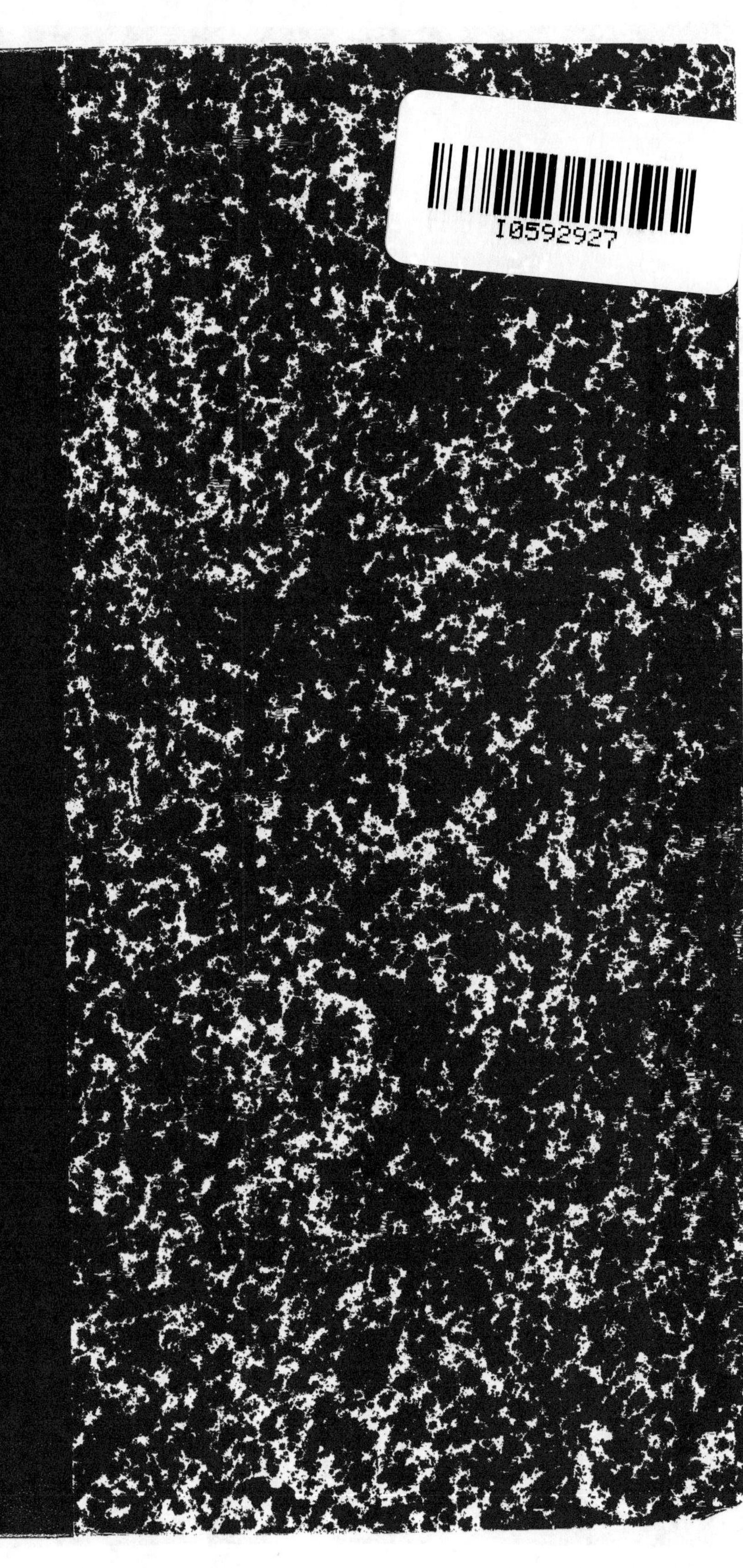

I0592927

LES
ŒVVRES
DE PIERRE DE RONSARD.

Volume Second.

A PARIS,

Chez NICOLAS BVON, rue S. Iacques, à l'enseigne
S. Claude, & de l'Homme Sauuage.

M. DC. XXIII.

AVEC PRIVILEGE DV ROY.

LES ELEGIES
DE P. DE RONSARD,
GENTIL-HOMME
VENDOMOIS.

A TRES-VERTVEVX SEIGNEVR, ANNE
DVC DE IOYEVSE, PAIR ET ADMIRAL
DE FRANCE, GOVVERNEVR
de Normandie.

Verſibus impariter iunctis Querimonia primùm,
Pòſt etiam incluſa eſt voti ſententia compos.　　Hor.

L E S *vers de l'Elegie au premier furent faicts*
　Pour y chanter des morts les geſtes & les faicts,
Ioincts au ſon du cornet : maintenant on compoſe
Diuers ſuiets en elle , & reçoit toute choſe.
　Amour pour y regner en a chaſſé la Mort :
Les vieux Grammairiens entr'-eux ſont en diſcord
Qui premier l'inuenta : mais la cauſe plaidée
Pend au croq ſous le iuge, & n'eſt encor vuidée.

Encores au Lecteur.

S*Oit courte l'Elegie en trente vers compriſe,*
　Ou en quarante au plus : Le fin Lecteur meſpriſe
Ces diſcours , ces narrez auſſi grands que la mer :
Il faut de maint rempart ta langue r'enfermer,
Qui veut touſiours cauſer, touſiours parler & dire,
Et reſerrer ta main qui boüillonne d'eſcrire.
　Il faut du premier vers conter ſa paſſion,
Et la ſuiure touſiours , ſi quelque fiction
Rare ne ſuruenoit pour orner ton ouurage,
En deux lignes acheue & non en d'auantage :
Ton ſujet ſoit preſſé ſans trancher l'autre vers,
Autant que tu pourras ſans courir de trauers :
Sois touſiours ſimple & vn, & que ta fin pregnante
Tire ſur l'Epigramme, vn peu douce & poignante.

Si i'euſſe compoſé la meilleure partie de ces Elegies à ma volonté, & non par exprés commandement des Roys & des Princes, i'euſſe eſté curieux de la briefueté : mais il a fallu ſatisfaire au deſir de ceux qui auoient puiſſance ſur moy, leſquels ne trouuent iamais rien de bon, ny de bien fait, s'il n'eſt de large eſtenduë, & comme on dit en prouerbe , auſſi grand que la Mer.

A MONSIEVR

A MONSIEVR DE LITOLFY

MARONY SEIGNEVR DE GAVVILLE
ET DE FEVGVEROLE, &c.
Abbé de Sainct Nicolas Au bois.

MONSIEVR,

Si ie prens la hardieſſe de vous preſenter ces Remarques de peu d'importance que i'ay faites en me joüant ſur les Elegies de Ronſard, ne croyez pas que ce ſoit à fin que vous y appreniez quelque choſe, ou que i'eſtime que vous ayez beſoin d'eſclairciſſement en leur lecture. Ce ſeroit manquer tout à fait de jugement de vous vouloir eſclairer en ce iour : apres auoir recognu par la familiarité dont voſtre amitié m'a honoré, auec combien de force & de vigueur voſtre eſprit comme vn Soleil d'Eſté diſſipe l'obſcurité des ſciences les plus nobles & les plus faſcheuſes. L'eſtime que ie vous ay ouy faire de ce grand Genie m'a fait croire que vous auriez aggreable qu'il paruſt encor au iour ſous voſtre adueu, auec ceſt hommage que ie rends à ſes cendres ; de deſcouurir en partie les miracles dont ſes penſees eſclatent en ce petit ouurage. Tout le Monde n'a point le bonheur de tirer ſon origine des grands Poëtes, ou s'il s'en trouue quelques vns, il aduient rarement qu'ils heritent des threſors immortels que la Nature leur auoit departis en naiſſant, comme vous qui pouuez vous vanter d'auoir ſuccedé aux dons de l'eſprit de ce grand Maron, Autheur de voſtre maiſon, que les ſiecles ont reueré & reuereront à iamais. Il s'en trouuera à qui ce peu de ce que i'ay fait aidera en la lecture de ceſt œuure : & ie ſuis bien aſſeuré que voſtre vertu qui va plus viſte que vos années, ne ſera pas marrie que ceux qui ont beſoin du ſecours le trouuent par le moyen de celuy qui eſt,

MONSIEVR,

Voſtre treſ-humble & tres-
obeyſſant ſeruiteur,
DE MARCASSVS.

EEee

De Joyeuse mourant eut plus grande victoire
Contre la mesme Mort, que lennemy sur luy,
Il lustrant sa maison tellement auiourd'huy,
Qu'eternelle entre tous en sera la memoire.

Thom. de leu. Fe. et ex.

EPITHALAME DE
MONSEIGNEVR LE DVC
DE IOYEVSE, PAIR ET ADMIRAL
DE FRANCE, ET GOVVERNEVR
de Normandie.

IOYEVSE, *suy ton nom, qui*
ioyeux te conuie
A iouir doucement d'vne ioyeuse
vie,
Puis que ta Destinée a surmonté le sort
De Fortune, & conduit ta nauire à bon port,
Qui maintenant de fleurs au havre est cou-
ronnée,
Portant dessus le mast le flambeau d'Hyme-
née.
Le iour que tu nasquis, d'artifice subtil
La Parque te trama les replis d'vn beau fil,
Et t'en fit vn present de ton bien desireuse,
Pour voir passer ta vie en toute chose heureuse.

Car à peine la barbe a crespé ton menton
De la douce toison de son premier cotton,
Qu'armé de la vertu non vulgaire & com-
mune,
Tu presses sous tes pieds l'Enuie & la Fortune;
Des peuples bien-aimé, de ton PRINCE
cheri,
Des Muses & de Mars à l'égal fauori :
Les Muses te chantant, & Mars dés ta ieu-
nesse
Signalant ta valeur d'honneur & de proüesse.
Ie te voy, ce me semble, au milieu des tour-
nois,
Vn Astre sur la teste, & au dos le harnois,
Accompagné d'Amour, enuoyer iusqu'aux
nuës
Les tronçons esclatez de tes lances rompuës.

Ie voy dessous l'acier de ton fort coutelas
Tomber & morions & pennaches à bas :
Ie te voy foudroyant combatre à la barriere,
Et poudroyant le camp d'vne viste carriere
(Comme ces vieux guerriers aux armes bien
appris)
Donner dedans la bague, & t'honorer du pris :
Et sur tous en valeur paroistre sur la place :
Puis le soir ensuiuant, quand Vesper de
sa face
Aura bruni le Ciel au poinct que le iour faut,
Ie te voy preparer pour vn plus doux assaut,
Non moins aspre au mestier de Cyprine la
belle,
Que vaillant aux combats quand la guerre
t'appelle.

Ie voy déja le soir des Amans attendu,
Ie voy déja le lict par les Graces tendu,
Qui dansent à l'entour, & versent à mains
pleines
Myrtes, Roses & Lis, Oeillets & Marjolai-
nes.

Venus pour honorer ce soir tant desiré,
Dedans son char portée à deux Cygnes tiré
Fendra l'air pour venir, & sur la couuerture
De ta couche nopciere estendra sa ceinture,
Afin que son Ceston d'vnion composé
Serre à iamais l'espouse auecques l'espousé.

Les Amours t'éuentant à petits branles
d'ailes
T'allumeront le cœur de cent flames nouuelles :

Ie les voy, ce me semble, vn déja destacher
Ta robe, & doucement dans le lict te coucher,
Te parfumer d'odeurs , & de la mariée
L'autre qui la ceinture a déja desliée,
Luy verser dans les yeux mille Graces, à fin
Qu'vne si sainte amour ne prenne iamais
    fin ;
Mais d'âge en âge croisse, autant ferme enlacée
Que la Vigne tient l'Orme en ses plus em-
    brassée.

    La parole & le Ieu qui les Amans conioint,
Les baisers colombins ne vous defaillent point :
Que chaque membre face en si doux exercice,
Comme poussez d'amour, tout amoureux of-
    fice :
Et de vostre bon-heur heureusement contens,
Cueillez sein contre sein les fleurs de vos Prin-
    temps.
Car l'âge le meilleur s'enfuit dés la ieunesse,
Et en sa place vient la mort & la vieillesse.
    Ie voy , ce semble , Hymen protecteur des
    humains,

Le brodequin és pieds , le flambeau dans les
    mains,
Hymen conseruateur des noms & des famil-
    les,
Separer en deux rangs les garçons & les filles,
Et les faire chanter à l'entour de ton lit,
Esclairez de son feu qui ta nopce embellit.
    I'oy déja de leurs pas la cadence ordonnée,
I'oy toute la maison ne sonner qu'Hymenée,
Et le cornet à l'huis faire vn bruit, pour n'oüir
Les cris, qui en pleurant la feront réjoüir.
    La Concorde à iamais en ta maison sejour-
    ne :
Y sejourne la Foy, & que l'an ne retourne
Sans vn petit I O Y E V X, qui ressemble à tous
    deux,
Pour faire pere & mere ensemble bien ioyeux :
Afin que ta vertu d'vn tel Prince appuyée,
Et au sang des LORRAINS d'vn nœud ferme
    alliée,
Luise vn nouueau Soleil, priuant de sa clarté
Ceux qui seront jaloux de ta felicité.

MARCASSVS.

Ioyeuse] C'est vn petit Epithalame en faueur de l'Admiral de Ioyeuse, à qui Henry III. auoit donné sa belle sœur fille de Lorraine en mariage. Selon la coustume des chants Nuptiaux il descrit l'aise & le contentement qu'il doit cueillir au sein de ceste grande Déesse ; prie le Ciel de donner au Pere & à la Mere vn enfant qui puisse vn iour égaler sa gloire à la leur , & par la ioye de ses belles qualitez empescher ses parens de vieillir.

Au haure se couronne] Il parle selon la coustume des anciens, qui arriuez qu'ils estoient au port, rendoient graces aux Dieux de la mer , leur faisoient des sacrifices, & particulierement au Dieu tutelaire du Nauire, duquel ils couronnoient l'image qui estoit à la proüe, si ie ne me trompe. Virgile a touché ceste coustume en ces vers :

    Votáque seruati soluent in littore nautæ
    Glauco, & Panopeæ, & Ino Melicertæ.

Et en vn autre lieu.

    Ceu pressæ cùm iam portum tetigere carinæ,
    Puppibus & læti nautæ imposuere coronas.

Prince] C'est Henry III. duquel il estoit fauory.   *Astre*] Il entend à la façon des Latins, l'habillement de teste. Aussi Virgile dit, *Ardet apex capiti.*   *Vesper*] La premiere estoile qui paroist au soir.   *Cyprine*] Les Poëtes appellent ainsi la Mere d'Amour, à cause qu'elle estoit grandement reueree dans l'Isle de Cypre.   *Ceinture*] C'est le Ceston de Venus, qui donnoit la puissance aux mariez d'engendrer.   *Desliée*] On deslioit la ceinture à la nouuelle mariée par ceremonie, à fin que son amant peust legitimement cueillir sa virginité.   *Hymen*] Dieu des Nopces : nous auons dit ailleurs pourquoy il a esté ainsi nommé par les anciens Grecs.   *Et les faire chanter*] Il est vray que pour exciter les nouueaux mariez on faisoit anciennement chanter dans leur chambre des vers extremement lascifs, que les Latins appelloient, *Fescennina carmina.*   *Ioyeux*] Vn garçon ainsi nommé du nom de son pere.   *Au sang*] Sa femme estoit sœur de la Royne, qui estoit de la maison de Lorraine.

REMARQVES DE P. DE
MARCASSVS SVR LES ELEGIES
DE P. DE RONSARD.

DE L'ELEGIE.

Omme les Grammairiens confeſſent ne ſçauoir pas le nom de celuy qui le premier fit des Elegies, quoy qu'il ſoit aſſeuré que c'eſt vn certain Poëte nommé Theocles de l'Iſle de Naxe ; auſſi s'abuſent-ils grandement quand ils penſent qu'elle a eſté ainſi nommée ϖαρὰ τὸ ἐῦ λέγειν τοὺς τεθνεῶτας. Au contraire, elle a eſté ainſi appellée de ſon premier ſujet, qui n'a point eſté, comme ces gens eſtiment, funebre, mais amoureux, comme nous monſtrerons. L'Elegie eut donques ſon nom de ce mot ἔλεος, qui ſignifie, complainte ou commiſeration : parce que par ceſte ſorte de vers les Amans ont fait voir la violence du mal qui les gennoit. Elle pourroit auſſi venir de ce mot Grec, ἐλελεῦ, dont il eſt aſſeuré que les Amoureux ſe ſeruoient pour haſter leurs Maiſtreſſes à leur ouurir la porte, deuant laquelle ils gemiſſoient. Apres qu'ils auoient joüy de leurs amours, ils celebroient leur contentement par ceſte meſme façon de vers, par leſquels ils auoient teſmoigné leur martyre. La netteté, la delicateſſe & la brieueté moderée auec les affections ſont les belles parties de ce Poëme. Il reçoit preſque toute ſorte de ſujets : les plaintes, les coleres, les prieres, les vœux, les actions de graces, la réjoüiſſance, le recit de quelque ruſe d'Amour, la meſdiſance, & ainſi du reſte.

E E e e iij

LES ELEGIES
DE P. DE RONSARD,
GENTIL-HOMME VENDOMOIS.

AV ROY HENRY III.

ELEGIE I.

IE ressemble, mon PRINCE, *au
Prestre d'Apollon,
Qui n'est iamais atteint du poi-
gnant aiguillon
Ou soit de Prophetie, ou soit de Poësie,
S'il ne sent de son Dieu son ame estre saisie.
Mais alors que Phebus, qui fait à son costé
Sonner l'arc & le luth, quitte le Ciel voûté,
Et vient voir ses autels, ses festes & son Tem-
ple,
Son Ministre soudain qui le voit & contem-
ple
Et le reçoit en soy, effarouché d'horreur
Se trouble tout le sang d'vne ardente fureur,
Et Prophete deuient sous le Dieu qui le
presse;
Puis son Dieu le laissant, sa fureur le de-
laisse :
Monstrant par tel accez que nostre humanité
N'est sinon le jouët de la Diuinité,
Tantost plein, tantost vuide, autant que veut
la grace
Du Ciel, qui courte en nous ou large en nous
s'amasse.
Pour ce trois fois heureux ceux ausquels est
permis
De voir les Dieux de prés & se les rendre
amis.
Ainsi quand par fortune, ou quand par
maladie*

*Ie m'absente de vous, ma Muse est refroidie,
Parnasse & ses deux fronts me semblent des
deserts,
Et pour moy se tarit la fontaine des vers :
Ie me sens transformé, comme si le breuuage
De Circe auoit charmé ma voix & mon cou-
rage :
Tant ma langue s'arreste à mon palais tout
court.
Mais lors que ie retourne au temple de la
Court,
Et que ie voy* HENRY, *l'Apollon qui m'in-
spire,
Soudain ie me descharme & ma langue veut
dire
Les honneurs d'vn tel Prince, & me sens r'en-
chanter
D'vn nouuel enthousiasme, afin de mieux
chanter
Vostre vertu qui regne au Monde sans égale,
Et tousiours vous chantant mourir vostre Ci-
gale.
C'est pourquoy ie retourne à baiser vos ge-
noux,
Pour réchaufer mon sang en m'approchant de
vous,
Et aussi, mon grand* ROY, *pour oser satisfaire
A vos commandemens, s'il vous plaist de m'en
faire.
Ne vous arrestez point à la vieille prison*

Qui enferme mon corps, ny à mon poil grifon,
A mon menton fleuri : mon corps n'eft que l'ef-
   corce,
Seruez-vous de l'efprit, mon efprit eft ma
   force.
Le corps doit bien toft rendre en vn tombeau
   poudreux
Aux premiers elemens cela qu'il a pris d'eux :
L'efprit viura toufiours qui vous doit faire
   viure,
Au moins tant que viuront les plumes & le
   liure.
   Quand i'auray cet honneur foit de vous
   rencontrer
Sortant de voftre châbre, ou foit pour y entrer,
Ie vous fuppli de dire (& auffi ie l'efpere)
Celuy fut éleué par les mains de mon pere,
Par mes freres nourri, & de moy bien aimé :
Il fut l'vn des premiers qui de gloire allumé
Fit paffer mon langage aux nations eftranges,
Ornant ma race & moy d'honneurs & de
   loüanges,
Et monftra le chemin encores non battu
A mes nobles François de fuiure la vertu.
   Ne faites point vers moy ainfi qu'vn mau-
   uais maiftre
Fait enuers fon cheual, ne luy donnant que
   paiftre,

(Encor qu'il ait gaigné des batailles fous luy)
Lors que la maladie, ou le commun ennuy
D'vn chacun, la vieilleffe, accident fans re-
   fource,
Refroidit fes jarrets, & empefche fa courfe.
   Mais fuiuez Scipion qui baftit fon Tom-
   beau
Sur Carthage, & qui onq' ne fit rien de fi beau
Qu'enterrer prés de foy, pour honorer fa gloire,
Le bon pere Ennius chantre de fa victoire :
Afin que vif & mort il euft à fon cofté
La Mufe qui auoit à fa race apporté
Plus de Lauriers facrez, que n'auoit fon efpée,
Au fang des ennemis tant de fois retrempée.
Car de vaincre Hannibal & pouuoir par fes
   mains
Deftourner le bon-heur de Carthage aux Ro-
   mains,
C'eftoit vn œuure grand dependant de For-
   tune,
Qui fe monftre à chacun également commune:
Mais allonger fon nom, & le rendre aiman-
   tin
Contre la faulx du Temps, dependoit du De-
   ftin,
Comme le voftre, S I R E, ayant ce priuilege
D'eftre aimé d'Apollon & de tout fon col-
   lege.

MARCASSVS.

Ie reffemble] Il dit que comme l'abfence de fon Prince le rend morne & ftupide, qu'ainfi fa prefence luy efchauffe tellement l'ame, qu'il fe fent affez fort pour pouffer le bruit de fes victoires par tous les coins de la Térre, pourueu qu'il daigne regarder de bon œil fes ouurages, & en recompenfer la peine de quelque douceur.
   L'arc] On donne le luth & l'arc à Apollon. Voyez ce qu'en dit Euftathius fur la priere que fait Chryfes à ce Dieu au premier de l'Iliade d'Homere.   *Circe*] C'eftoit vne Deeffe, qui par la force des herbes dont elle cognoiffoit parfaictement la vertu, changeoit les hommes en beftes. Virgile parle de cela en ces vers :

   Proxima Circæa raduntur littora terræ,
   Diues inacceffos vbi Solis filia lucos
   Affiduo refonat cantu, tectífque fuperbis
   Vrit odoratam nocturna in lumina cedrum,
   Arguto tenues percurrens pectine telas .
   Hinc exaudiri gemitus, iræque leonum
   Vincla recufantum, &c.

   Apollon] C'eft le furnom ou epithete de Phœbus, comme l'on peut remarquer dans Homere, Φοῖϐος Ἀπόλλων, & comme l'a auffi remarqué l'incomparable feigneur de l'Efcale au liure qu'il a fait *De caufis lingua Latina.*
   Cigales] Les Poëtes ont efté comparez à des Cigales, à caufe qu'elles chantent iufques à ce qu'elles meurent, & qu'en cefte feule efpece d'animaux les femelles font muëttes.   *Aux premiers Elements*] Il femble qu'en mourant nous rendions l'ame au feu, l'efprit à l'air, le corps à la terre, & l'humeur radicale à l'eau.   *Scipion*] Capitaine Romain, qui abaiffa l'orgueil de Carthage, qui s'accomparoit déja à Rome.   *Ennius*] Vieux Poëte Latin, duquel parle Horace en ces vers.

   Ennius ipfe pater nunquam nifi potus ad arma
   Profilyt dicenda.

   Hannibal] C'eftoit le General de l'armée des Carthaginois, qui apres auoir donné beaucoup de peine aux Romains, fut en fin vaincu par Scipion.   *Carthage*] Cefte ville d'Afrique tant renommée, que Didon baftit.

ELEGIE II.

A PHILIPPES DES-PORTES
Chartrain.

 Ous deuons à la Mort & nous *&*
     nos ouurages :
     Nous mourons les premiers, le
     long reply des âges
En roulant engloutit nos œuures à la fin :
Ainſi le veut Nature & le puiſſant Deſtin.
    D I E V ſeul eſt eternel : de l'homme elemen-
     taire
Ne reſte apres la mort ny veine ny artere :
Qui pis eſt, il ne ſent, il ne raiſonne plus,
Locatif deſcharné d'vn viel tombeau reclus.
C'eſt vn extreme abus, vne extreme folie
De croire que la Mort (¹) ſoit cauſe de la vie :
Ce ſont poinčts oppoſez autant que l'Occident
S'oppoſe à l'Orient, l'Ourſe au Midy ardent.
     L'vne eſt ſans mouuement, & l'autre nous
     remuë,
Qui la forme de l'ame en vigueur continuë,
Nous fait ouïr & voir, iuger, imaginer,
Diſcourir du preſent, du futur deuiner.
     (²) *Les morts ne ſont heureux, d'autant*
     que l'ame viue
Du mouuement principe en eux n'eſt plus
     ačtiue.
L'heur vient de la vertu, la vertu d'ačtion :
Le mort priué de faire eſt ſans perfečtion.
L'heur de l'ame, eſt de D I E V contempler la
     lumiere :
La contemplation de la cauſe premiere
Eſt ſa ſeule ačtion : contemplant elle agiſt :
Mais au contemplement l'heur de l'homme ne
     giſt.
     Jl giſt à l'œuure ſeul, impoſſible à la cendre
De ceux que la Mort fait ſous les ombres de-
     ſcendre,
C'eſt pourquoy de Pluton les champs desha-
     biteᴢ
N'ont polices ny loix ny villes ny citeᴢ.
     Or l'ouurage & l'ouurier ſont vn meſme
     voyage,
Leur Chemin eſt la Mort. Athenes & Car-
     thage,

Et Rome qui tenoit la hauteur des hauteurs,
Sont poudre maintenant comme leurs fonda-
     teurs.
Pour-ce les Grecs ont dit que glout de faim
     extreme,
Saturne deuoroit ſes propres enfans meſme.
Le general eſt ferme, & ne fait place au Tẽps,
Le particulier meurt preſque au bout de cent
     ans.
     Chacun de ſon labeur doit en ce Monde at-
     tendre
L'vſufruit ſeulement, que preſent il doit pren-
     dre
Sans ſe paiſtre d'attente & (³) d'vne eternité,
Qui n'eſt rien que fumée & pure vanité.
     Homere , qui ſeruit aux neuf Muſes de
     guide,
S'il voyoit auiourd'huy ſon vaillant Eacide,
Ne le cognoiſtroit plus, ny le dočte Maron
Son Phrygien Enec. Ainſi le froid giron
De la tombe aſſopit tous les ſens de nature,
Qui ſont deubs à la terre & à la pourriture.
     Nous ſemblons aux Taureaux, qui de cou-
     tres trenchans
A col morne & fumeux vont labourant les
     Champs,
Sillonnant par rayons vne germeuſe plaine,
Et toutesfois pour eux inutile eſt leur peine :
Ils ne mangent le bled qu'ils ont enſemencé,
Mais quelque vieille paille, ou du foin enroncé.
     Le Belier, Colonnel de ſa laineuſe troupe,
L'eſchine de toiſon pour les autres ſe houpe :
Car le drap, bien que ſien, ne l'habille pour-
     tant :
L'homme ingrat enuers luy au dos le va por-
     tant
Sans luy en ſçauoir gré. Ainſi noſtre eſcriture
Ne nous profite rien : c'eſt la race future
Qui ſeule en iouït toute , & qui iuge à loiſir,
Les ouurages d'autruy, & s'en donne plaiſir,
Rendant comme il luy plaiſt noſtre peine eſti-
     mée.
     Quant à moy, i'aime mieux trente ans de re-
     nommée,
Iouïſſant du Soleil, que mille ans de renom
Lors que la foſſe creuſe enfouïra mon nom,
Et lors que noſtre forme en vne autre ſe chãge.
» *L'homme qui ne ſent plus, n'a beſoin de*
     loüange.

Il est vray que l'honneur est le plus grand de
   tous
Les biens exterieurs qui sont propres à nous,
Qui viuons & sentons : les morts n'en ont que
   faire,
Toutesfois le bien faire est chose necessaire,
Qui profite aux viuans, & plaist aux heri-
   tiers.
   Les fils, de leurs ayeux racontent volon-
   tiers
Les magnanimes faits : la loüange illustrée
D'vn acte vertueux, ne fut iamais frustrée
De son digne loyer, soit futur ou present.
   Le Ciel ne donne à l'homme vn plus riche
   present
Que l'ardeur des vertus, les aimer & les sui-
   ure,
Vn renom excellent, bien mourir & bien vi-
   ure.
   DES-PORTES, qu'Aristote amuse tout
   le iour,

Qui honores ta Dure, & les champs qu'a
   l'entour
Chartres voit de son mont, & panché les re-
   garde,
Ie te donne ces vers, à fin de prendre garde
De ne tuer ton corps, desireux d'acquerir
Vn renom iournalier qui doit bien tost mourir:
Mais happe le present d'vn cœur plein d'alle-
   gresse,
Ce-pendant que le Prince, Amour, & la ieu-
   nesse
T'en donent le loisir, sans croire au lendemain.
» Le futur est douteux, le present est certain.

ANNOTATIONS DE L'AVTHEVR.

1. *Que la Mort soit cause de la vie*] Contre les Pytha-
goriques, qui pensoient qu'apres la mort nos ames
reuenoient en autres corps, & mesmes és bestes.

2. *Les Morts ne sont heureux*] C'est l'opinion d'Aristote qui est fausse : car les Morts qui meurent en
Dieu, sont heureux parfaitement.

3. *D'vne eternité*] Contre les Poëtes qui ne promettent autre chose à eux-mesmes & aux autres par
leurs vers, que l'eternité.

MARCASSVS.

Nous deuons à la Mort] Par plusieurs raisons tirées de la Philosophie, il monstre qu'il n'est rien de si doux que
la vie que nous passons en ce Monde, rien de si noble que l'action, que la contemplation n'est rien auprès d'elle.
C'est pourquoy il exhorte Philippes Des-Portes excellent Poëte, de n'abreger pas les plaisirs de sa vie par la
meditation des sciences.   *Pluton*] C'est le Dieu souuerain qui preside aux Enfers.   *Deuoroit*] Les anciens
peignoient Saturne, par lequel ils entendoient le Temps, auec vne pierre qu'il deuoroit, & de là iusques à ses
enfans, pour monstrer que le Temps consomme tout, & ne pardonne à rien.   *Le general*] Il entend, l'espece.
Le particulier] Il entend, l'indiuidu.   *Soit cause*] Contre les Pythagoriciens, comme il dit luy-mesme, qui
croyoient qu'apres la mort nos ames entroient en d'autres corps, mesmes des bestes.   *Les Morts*] C'est, comme il dit, l'opinion d'Aristote, qui est fausse : car ceux qui meurent bien, sont parfaitement heureux.   *D'vne
eternité*] Contre les Poëtes qui ne promettent que l'eternité par leurs vers.   *Eacide*] Il entend à la mode
des Poëtes Grecs & Latins, Achille, petit fils d'Eacus. Virgile.

ELEGIE III.

Ier quand bouche à bouche assis
   auprés de vous
Je contemplois vos yeux si cruels
   & si dous,
Dont Amour fit le coup qui me rend fantasti-
   que;
Vous demandiez pourquoy i'estois melancoli-
   que,
Et que toutes les fois que me verriez ainsi,
Vouliez sçauoir le mal qui causoit mon souci.
   Or afin qu'vne fois pour toutes ie vous die
La seule occasion de telle maladie,
Lisez ces vers, Madame, & vous verrez
   comment,

Et pourquoy ie me deuls d'Amour incessam-
   ment.
   Quand ie suis prés de vous, en vous voyant
   si belle,
Et vos cheueux frisez d'vne crespe cautelle,
Qui vous seruent d'vn reth, où vous pourriez
   lier
Seulement d'vn filet vn Scythe le plus fier,
Et voyant vostre front & vostre œil qui res-
   semble
Le Ciel quand ses beaux feux reluisent tous
   ensemble,
Et voyant vostre teint où les plus belles fleurs
Perdroient le plus naïf de leurs viues couleurs,
Et voyant vostre ris, & vostre belle bouche
Qu'Amour baise tout seul, car autre ne la
   touche :

Bref, voyant voſtre port, voſtre grace &
    beauté,
Voſtre fiere douceur, voſtre humble cruauté,
Et voyant d'autre part que ie ne puis attaindre
A vos perfections, i'ay cauſe de me plaindre,
D'eſtre melancolique, & de porter au front
Les maux que vos beaux yeux ſi doucement
    me font.
    I'ay peur que voſtre amour par le temps ne
    ſ'efface,
Ie doute qu'vn plus grand ne gaigne voſtre
    grace,
I'ay peur que quelque Dieu ne vous emporte
    aux Cieux :
Ie ſuis ialoux de moy, de mõ cœur, de mes yeux,
De mon corps, de mon ombre, & mon ame eſt
    eſpriſe
De frayeur ſi quelqu'vn auecques vous deuiſe.
    Ie reſſemble aux ſerpens, qui gardent les
    vergers
Où ſont les Pommes d'or : ſi quelques paſſagers
Approchēt du iardin, ces ſerpens les banniſſent,
Bien que d'vn ſi beau fruit eux-meſmes ne
    joüiſſent.
    Puis quand ie ſuis contraint d'aupres de
    vous partir,
Ie ſens hors de vos yeux vne vapeur ſortir
Qui entre dans les miens, dont ſoudain eſt ſaiſie
Ma raiſon qui ſe laiſſe aller par fantaiſie.
    Alors ſans nulle tréue, à toute heure, en tous
    lieux
Voſtre belle effigie erre deuant mes yeux,
Qui le ſang & le cœur & l'ame me tourmente
Du deſir de reuoir voſtre perſonne abſente.
Mon eſprit qui ſe fait du meilleur de mon ſang,
Se deſrobe de moy, me laiſſe froid & blanc,
Et quittant ſa maiſon dedans vos yeux ſe-
    journe.
    Quelquefois au logis ce traiſtre ſ'en retourne,
Et emmene mon cœur auecq' luy pour vous
    voir.
Mon ame court aprés à fin de le r'auoir,
Mais elle pour-neant dreſſe ſon entrepriſe;
Car ainſi que le cœur à la fin elle eſt priſe
En vn lieu ſi plaiſant, qu'elle perd ſouuenir,
Comme le cœur captif, de plus ſ'en reuenir.
Que ie hay mon penſer, qui fol prend hardieſſe
De ſ'en aller tout ſeul parler à ma Maiſtreſſe !
Ie l'aime & ſi le hay : ie l'aime pour-autant

Qu'il va fidelement mes peines racontant :
Ie le hay pour raiſon que iamais ne m'appelle
Quand il ſ'enfuit de moy & va parler à elle.
Las ! que n'eſt tout mon corps en penſers trans-
    formé ?
La voyant nuict & iour ie ſeroy mieux aimé.
    Ie reſſemble à celuy qui trop auare enſerre
Son plus riche threſor au plus creux de la terre :
Il a beau ſ'en aller en pays eſtranger,
De terres & de mers & de villes changer,
L'auarice iamais de ſon col ne détache :
Car ſon cœur eſt touſiours où ſon threſor ſe
    cache.
Touſiours ie penſe en vous, mon threſor, & ne
    puis
Viure ſi par penſer dedans vous ie ne ſuis.
    Quand Phebus au matin vient eſclairer
    au Monde,
Tirant dehors la mer ſa belle treſſe blonde,
Deux hoſtes differents, l'eſperance & la peur,
Comme mes ennemis ſe campent en mon cœur :
L'vne me veut mener au lieu de mon martyre,
Me preſſe de la ſuiure ; & l'autre m'en retire :
Ie ſens par leur diſcord deux effets dedãs moy,
Maintenant le plaiſir, & maintenant l'eſmoy :
En ſi diuers combats tous les iours ie trauaille,
Et ſi ne puis gaigner ny perdre la bataille.
    Puis quand la Lune au ſoir auecq' ſes noirs
    Cheuaux
Va r'appellant la nuit, elle appelle mes maux,
Me réueille les yeux, & la nuict, qui appaiſe
Le ſoucy des humains, ne reuient pour mon
    aiſe :
Ie ne ſay dans le lict que virer & tourner,
Ie ne puis vn moment d'vn coſté ſejourner
Sans me tourner ſur l'autre, & d'vne ardante
    eſpince
Amour toute la nuict m'égratigne & me pince.
    Si ce Dieu me permet vn moment ſom-
    meiller,
Incontinent en ſonge il me vient trauailler,
Et frayeur ſur frayeur dedans mon cœur aſ-
    ſemble.
    Tantoſt ie vous tiens priſe, & tantoſt il me
    ſemble
Que vous fuyez de moy, ainſi que bien ſouuent
S'enfuit vne fumée à l'arriuer du vent :
Ou comme fait vn Cerf voyant vn Loup
    ſauuage,

Ainſi loin de mes bras ſ'eſcarte voſtre image,
Tantoſt il vous transforme en tigre ou en lion,
Ou fait dedans mes yeux voler vn million
De figures en vain qui me tiennent en crainte,
Et qui ſont toute nuiȼt la cauſe de ma plainte.
   Or comme le Printemps porte touſiours les
   fleurs,
L'Eſté de ſa nature ameine les Ȼhaleurs,
Autonne les raiſins, & l'Hyuer la froidure :
Ainſi Amour cruel apporte de nature
Dans le cœur de l'Amant le ſoin & la douleur,
La triſteſſe, l'ennuy, les pleurs & le malheur,
La crainte, le ſoupçon, les ſoucis & la peine,
Paſſions dont mon ame eſt pour vous toute
   pleine :

Puis donc vous demandez, me voyant amou-
   reux,
La cauſe qui me fait ſi triſte & langoureux !
   Si de voſtre coſté vous auiez apperceuë
La moindre affectiõ que pour vous i'ay receuë,
Et ſi vous, dont la flame a mon cœur tout
   eſmeu,
Auiez ſenti l'ardeur qui vient de voſtre feu,
Me iugeant par vous-meſme, auriez la co-
   gnoiſſance
De mon propre malheur par voſtre experien-
   ce :
Voſtre front ſeroit triſte, & cognoiſtriez com-
   bien
Amour dõne de maux pour l'attente d'vn rien.

MARCASSVS.

Hier quand bouche à bouche] Ceſte Elegie n'a rien de difficile; il rend ſeulement raiſon à ſa Maiſtreſſe de ſa melancholie, dont elle l'auoit tancé : luy deſcouure le ſujet qui le rend ſi morne, & luy fait voir toutes les paſſions qui trauerſent le repos de ſon ame. *Friſez d'vne creſpe cautelle*] Que vous auez friſez finement à deſſein de donner de l'amour. *Le plus naïf de leurs viues couleurs*] C'eſt vne façon de parler frequente aux Grecs, pour, *de leurs plus naïues couleurs*. *Vergers*] Ce ſont les Vergers des filles d'Heſperus où le Dragon qui vomiſſoit du feu par la bouche gardoit les pommes d'or qu'Hercule conquiſt. *A l'arriuer*] Pour, à l'arriuée. Les Grecs parlent ainſi le plus ſouuent : car il n'eſt rien de plus ordinaire parmy eux, que de mettre les infinitifs pour des noms. *Toute nuiȼt*] Pour la commodité du vers, pour, *Toute la nuiȼt*.

ELEGIE IV.

A GENEVRE SA
MAISTRESSE.

G ENEVRE, ie te prie, eſcoute ce
   diſcours
   Qui commence & finit nos pre-
     mieres amours :
Souuent le ſouuenir de la choſe paſſée,
Quand on la renouuelle, eſt doux à la pen-
   ſée.
   Sur la fin de Iuillet que le chaud violant
Rendoit de toutes parts le Ciel eſtincelant,
Vn ſoir à mon malheur ie me baignoy dans
   Seine,
Où ie te vy danſer ſur la riue prochaine
Foulant du pied le ſable, & rempliſſant d'a-
   mour
Et de ta douce voix les riues d'alentour.
   Tout nud ie me vins mettre auec ta com-
   pagnie,
Où danſant ie bruſlay d'vne ardeur infinie,
Voyant ſous la clarté brunette du Croiſſant,

Ton œil brun à l'enui de l'autre apparoiſſant.
   Là ie baiſay ta main pour premiere accoin-
   tance,
Autrement de ton nom ie n'auois cognoiſſance.
Puis d'vn agile bond ie m'eſlançay dans l'eau
Penſant qu'elle eſteindroit mon premier feu
   nouueau.
Il aduint autrement : car au milieu des ondes
Ie me ſenti lié de tes deux treſſes blondes,
Et le feu de tes yeux qui les eaux penetra,
Maugré la froide humeur dedans mon cœur
   entra;
Dés le premier aſſaut ie perdi l'aſſeurance :
Ie m'en allay coucher ſans aucune eſperance
De iamais te reuoir pour te donner ma foy,
Comme ne cognoiſſant ny ta maiſon ny toy :
Ie ne te cognoiſſois pour la belle GENEVRE
Qui depuis me bruſla d'vne amoureuſe fiéure :
Auſſi de ton coſté tu ne me cognoiſſois
Pour RONSARD dont le nom a cours par
   les François.
   Si toſt que i'eu preſſé les plumes ocieuſes
De mon lict angoiſſeux, les peines ſoucieuſes,
Qu'Amour pour me liurer aiguiſe ſur ſa
   queux,

Vindrent dedãs mon cœur allumer mille feux,
Eschaufant le defir de te pouuoir cognoiftre,
Et de faire à tes yeux ma douleur apparoiftre.
 Auffi toft que l'Aurore eut appellé des eaux
Le Soleil fouffle-iour du nez de fes cheuaux,
Ie faute hors du lict, & feul ie me promeine
Loin des gens fur le bord, deuifant de ma peine.
 Quelle fureur me tient? & quel nouueau
  penfer
Me fait douteufement ma raifon balancer?
Où eft la fermeté de mon premier courage?
Et quoy, veux-ie r'entrer en vn nouueau fer-
  uage?
Veux-ie que tout mon âge aille au plaifir d'A-
  mour?
Que me fert d'eftre franc du lien qu'à l'entour
De mon col ie portois, quand MARIE *&*
  CASSANDRE
Aux rets de leurs cheueux captifs me fceurent
  prendre,
Si maintenant plus meur, plus froid & plus
  grifon,
Ie ne puis me feruir de ma fotte raifon?
Et s'il faut qu'à tous coups, côme infenfé, ie foye
De ce petit Amour & la butte & la proye?
 Non, il faut refifter ce-pendant que l'erreur
Ne fait que commencer, de peur que la fureur
Par le temps ne me gagne, & dedans ma poi-
  trine
Sans remede ou confort le mal ne s'enracine.
 Ainfi tout Philofophe & de conftance plein,
Comme fi Amour fuft quelque chofe de fain,
Ferme ie m'affeurois que iamais autre femme
N'allumeroit mon cœur d'vne nouuelle flame.
 Plein de fi beaux difcours au logis ie reuins,
Où plus fort que iamais amoureux ie deuins.
 Repaffant vers le foir ie t'auife à ta porte,
Et là le petit Dieu qui pour fes armes porte
La fleche & le carquois, fi grãd coup me donna,
Que ma pauure raifon foudain m'abandonna:
Puis me naurant le cœur, en figne de con-
  quefte
De fes pieds outrageux me refoula la tefte,
Me lia les deux mains, & ma voix deflia,
Qui pour auoir merci de tels mots te pria:
 Madame, fi l'œil peut iuger par le vifage
L'affection cachée au dedans du courage,
Certes ie puis iuger en voyant ta beauté,
Que ton cœur n'eft en rien taché de cruauté.

Auffi DIEV *ne fait point vne femme fi*
  belle,
Pour eftre contre Amour de nature rebelle.
Cela me fait hardi de m'adreffer à toy,
Puis que tant de douceur en ta face ie voy.
 Or ainfi que Telephe alla deuant la ville
De Troye, pour prier le valeureux Achille
De luy guarir fa playe: à toy ie viens ici
Las! pour guarir la mienne, & pour trouuer
  merci.
 Harfoir en fe joüant l'enfant de Cytherée
Faifant de tes beaux yeux vne fleche acerée
Et m'ouurant l'eftomac, tout le cœur m'a percé,
Et tu ne fçais, peut-eftre, ainfi m'auoir bleffé.
 Cefte fleche mortelle aux os s'eft arreftée,
Et au foye vlceré de fa poincte dentée,
Que ie ne puis ofter, tant mon fang efpandu
M'a laiffé de raifon & de fens efperdu.
Tout ainfi qu'vn veneur defireux de la chaffe,
Qui de maints coups de traits mainte biche
  pourchaffe,
De cent il en bleffe vne & fi ne le fçait pas,
Elle emporte la fleche, & haftant fon trefpas
S'enfuit par les rochers vagabonde & bleffee,
Pour fa playe guarir chercher la Panacee.
 Tu es ma Panacee, à toy ie viens ici
Pour guarir de ma playe, & pour auoir merci.
Ce n'eft le naturel d'vne Dame bien-nee
De viure contre Amour fierement obftinee:
Aux lions, aux ferpens qui font pleins de ve-
  nin
Conuient la cruauté, non au cœur feminin,
Qui tant plus eft benin, & tant plus, ce me
  femble,
Aux Dieux qui font benins de nature reffem-
  ble.
Tu n'auras grand hôneur de me laiffer mourir:
Il vaut mieux doucement ma langueur fecou-
  rir,
Et me prendre chez-toy pour feruiteur fidelle,
Que me tuer ainfi d'vne playe cruelle.
 A peine auoy-ie dit, quand d'vn fouspir
  profond
(Enfant de l'eftomac où les regrets fe font)
Brieuement tu refpons, que ie perdois ma peine,
Que i'efcriuois en l'eau, & femois dans l'areine,
Que la Mort fommeilleufe efteignoit ton flam-
  beau,
Et que tous tes defirs eftoient fous le tombeau
      T'oyant

Voyant ainsi parler confus ie m'en re-
tourne,
Où, triste, quatre iours au logis ie sejourne:
Le cinquiesme d'apres, de fureur transporté,
Ie retourne pour voir l'appast de ta beauté.

  Il ne faut, ce disoy-ie, ainsi vaincu se rendre :
Plus vne forte ville est difficile à prendre,
Plus apporte d'honneur à celuy qui la prend.
„ Toute braue vertu sans combat ne se rend.

  Or en parlant à toy de cent choses diuerses,
Nous esgarant tous deux d'amoureuses tra-
uerses,
A la fin priuément tu t'enquis de mon nom,
Et si i'auois aimé d'autres femmes ou non.

  Ie suis, dis-ie, RONSARD, & cela te suffise;
Qui ma belle science ay des Muses apprise,
Bien cognu d'Helicon, dont l'ardant aiguillon
Me fit danser au bal que conduit Apollon.

  Alors que tout le sang me boüilloit de ieu-
nesse,
Ie fis aux bords de Loire vne ieune Maistresse,
Que ma Muse en fureur sa CASSANDRE
appeloit,
A qui mesme Venus sa beauté n'égaloit.

  Ie m'espris en Anjou d'vne belle MARIE
Que i'aimay plus que moy, que mon cœur, que
ma vie.
Son pays le sçait bien, où cent mille chansons
Ie composay pour elle en cent mille façons.

  Mais (ô cruel Destin !) pour ma trop lon-
gue absence
D'vn autre seruiteur elle a fait accointance,
Et suis demeuré veuf sans prendre autre parti
Dés l'heure que mon cœur du sien s'est départi.

  Maintenant ie poursuy toute amour vaga-
bonde,
Ores i'aime la noire, ores i'aime la blonde,
Et sans amour certaine en mon cœur esprouuer,
Ie cherche ma fortune où ie la puis trouuer.
S'il te plaisoit m'aimer, par tes yeux ie te iure
Que d'vne autre amitié iamais ie n'aurois
cure.

  Mais dy-moy, ie te pri', si l'Archerot vain-
queur
Des hommes & des Dieux, t'a point blessé le
cœur ?
Et si son traict poignant qu'en nostre sang il
moüille
Se vid iamais sanglant de ta belle despoüille?

Lors tu fis vn souspir, & tes beaux yeux
soüillant
De larmes, & ton sein goute à goute moüillant,
Tu me respons ainsi : Il n'y a que les marbres,
Les piliers, les cailloux, les rochers, & les ar-
bres
Priuez de sentiment, qui se puissent garder
D'aimer quand vn bel œil les daigne regarder.

  Nous qui sommes vestus d'affections hu-
maines,
De muscles & de nerfs, de tendons & de vei-
nes,
Qui auons iugement, & qui point ne portons
Vn roc en lieu d'vn cœur, qui viuons & sen-
tons,
Il est bien mal-aisé de ne sentir la flame
Que le gentil Amour nous verse dedans l'ame.
Quant à moy ie confesse auoir senti combien
Ce petit Archerot fait de mal & de bien :
S'il te plaist de l'oüir ie m'en vay te le dire,
Et ne faut s'esbahir si mon cœur en souspire :
Il me plaist de nouueau mon dueil te descou-
urir,
Bien que d'vn si beau mal ie ne vueille guarir.

  Six ans sont ja passez qu'Amour conceut
enuie
Dessus la liberté nourrice de ma vie :
Et pour me rendre serue à luy qui peut oster
Le feu le plus ardant des mains de Jupiter,
Me desroba le cœur, & me fit amoureuse
D'vn amant dont i'estois contente & bien-heu-
reuse,
Que seul i'auois choisi si sage & si parfait,
Qu'à la belle Cyprine il eust bien satisfait.
Il aimoit la vertu, il abhorroit le vice,
Il aimoit tout honneste & gentil exercice :
Il ioüoit à la paume, il balloit, il chantoit,
Et le luth doucement de ses doigts retentoit :
Il sçauoit la vertu des herbes & des plantes,
Il cognoissoit du Ciel les sept flames errantes,
Leurs tours & leurs retours, leur soir, & leur
matin,
Et de là predisoit aux hommes le destin.
De Nature la grace en tout il auoit euë,
L'eloquëce en la bouche, & l'amour en la veuë :
Et quand en luy le Ciel n'eust poussé mon desir,
Encor pour sa vertu le deuois-ie choisir.

  L'espace de cinq ans nous auons prins en-
semble

F F f f

Les plaisirs que ieunesse en deux amans assem-
 ble,
Et ne se peut trouuer ny ieu ny passetemps,
Dont amour n'ait rendu nos ieunes ans con-
 tens.
 Venus ne garde point tant de douces blan-
 dices,
Tant de baisers mignards, d'attraicts & de de-
 lices
En ses vergers de Cypre à Mars son cher amy,
Soit veillant en ses bras, soit au lict endormy,
Que mon amant & moy, esbatant nos ieunes-
 ses,
Auons pris de plaisirs, d'esbats & de liesses.
Seul il estoit mon cœur, seule i'estois le sien :
Seul il estoit mon tout, seule i'estois son bien.
Seul mon ame il estoit, seule i'estois la sienne,
Et d'autre volonté il n'auoit que la mienne.
 Or sans auoir debat en esbats si plaisans,
Nous auions ja passé l'espace de six ans,
Quand la cruelle Mort ingrate & odieuse
Fut (malice du Ciel) sur nostre aise enuieuse.
 Ceste cruelle Mort franche d'affection
Qui iamais ne logea pitié ny passion,
Qui n'a ny sang, ny cœur, ny aureille, ny veuë,
Dure comme vn rocher que la marine esmeuë
Bat au bord Caspien, me blessa de sa faulx
Plus que le trait d'Amour qui commença mes
 maux,
Me rendant, comme fiere, execrable & inique,
(Ie meurs en y pensant!) mon amant hydro-
 pique.
De iour en iour coulant sa force s'escouloit :
Sa premiere beauté sans grace s'en-alloit
Comme vne ieune fleur sur la branche seichée,
Ou la neige d'hyuer du premier chaud touchée,
Que le foible Soleil distile peu à peu,
Ou comme fait la cire à la chaleur du feu.
 Helas qu'eussé-ie fait! si ceste Parque fiere,
Qui ne se peut fléchir par humaine priere,
M'eust voulu pour victime, & si en m'assom-
 mant,
Elle eust voulu sauuer la vie à mon amant,
Je me fusse estimée vne vraye amoureuse
D'acheter par ma mort vne ame si heureuse :
Mais ceste vieille sourde, ingrate à mon desir,
Ne le voulut iamais, ainçois tout à loisir,
Pour plus me martyrer & me rendre abusée,
De iour en iour tiroit le fil de sa fusée.

Je n'eusse pas souffert qu'on se fust approché
Du miserable lict où il estoit couché :
Ou que sa propre sœur d'vn naturel office
Luy eust touché la main ou luy eust faict ser-
 uice :
Seule ie le traitois sans secours d'estranger,
Car sans plus de ma main vouloit boire &
 manger.
 Ainsi de tristes pleurs la face ayant moüillée
(Ny de nuict ny de iour sans estre despoüillée)
I'estois prés de son lict pour luy donner confort,
Et pour voir si l'Amour pourroit vaincre la
 Mort.
 Or le iour qu'Atropos, qui nos toiles entame,
Auoit tout deuidé les filets de sa trame,
Me voyant souspirer, gemir & tourmenter,
Me tordre les cheueux, crier & lamenter,
Debile renforça sa voix à demy-morte,
Et me tournant les yeux me dit en telle sorte :
 Mon cœur, ma chere vie, appaise tes dou-
 leurs,
Ie me deuls de ton mal, & non dequoy ie meurs :
Car ie meurs bien contant, puis que mourant ie
 laisse
Mon ame entre les bras de si chere Maistresse :
Ie m'en-vois bien-heureux aux riues d'Ache-
 ron,
Heureux, puis qu'en mourant ie meurs en ton
 giron,
Ma léure sur la tienne, & tenant embrassée
La Dame que la mort n'oste de ma pensée.
Seulement ie me plains & lamente dequoy
Mourant entre tes bras tu lamentes pour moy.
 Appaise ta douleur, Maistresse, ie te prie,
Appaise-toy, mon cœur, appaise-toy, ma vie.
Si trespassant on doit sa Dame supplier,
Par tes cheueux dorez qui me peurent lier,
Je te prie & supplie, & par ta belle bouche,
Et par ta belle main qui iusqu'au cœur me tou-
 che,
Qu'encore apres ma mort tu me vueilles aimer,
Et dedans mon tombeau nos amours enfermer.
 Ou bien si ta ieunesse encore fraische & tẽdre
Veut apres mon trespas nouueau seruiteur
 prendre,
Au moins ie te suppli de vouloir bien choisir,
Et iamais en vn sot ne mettre ton desir,
Afin qu'vn ieune fat à mon bien ne succede,
Ains vn amy gaillard en mon lieu te possede.

Que ie ferois marri fi aux Enfers là bas
Quelqu'vn me venoit dire apres ce mien tré-
    pas,
Celle qui fut là haut ton cœur & ta penfée,
Qu'auec fi grand trauail tu as fi bien dreßée,
Aime vn fot maintenant! ce defpit me feroit
Plus grief que les tourmens que Pluton me fe-
    roit.
    Or Adieu, ie m'en-vois aux riues amou-
    reufes,
Compagnon du troupeau des ames bien-heu-
    reufes,
Deffous la grãd' foreft des myrtes ombrageux,
Que l'orage cruel ny les vents outrageux
N'effueillent tous les ans: où fans ceffe foufpire
Par les vermeilles fleurs le gracieux Zephyre.
Là portant fur le chef des rofes en tout temps,
Et autour de mon col les moiffons du Prin-
    temps,
Couché fous le bocage à la fraifcheur de l'ombre,
I'iray pour augmenter des Amoureux le nom-
    bre,
Comme tout affeuré que les gentils efprits
Qui iadis ont aimé ne m'auront à mefpris:
Pres d'eux me feront place, & fi penfe, Mada-
    me,
Qu'ils n'auront point là bas vne plus gentille
    ame.
    Mais las! puis que mon corps qui t'a fi bien
    aimé,
Sera tantoft fans forme en poudre confumé,
Pour fouuenance au-moins garde bien ma
    peinture
Où font tirez au vif les traits de ma figure:
La voyant tu pourras de moy te fouuenir
Et fouuent pres ton fein cherement la tenir.
    Et luy diras: Peinture, ombre de ce vifage
Qui mort & mis en cendre encores me foulage,
Que tu m'es douce & chere, ayãt perdu l'efpoir,
Si ce n'eft par la mort, de iamais te reuoir!
O beau vifage feint, feinte tefte, qui portes
Encor les aiguillons & les flamefches mortes
De ma premiere ardeur, ton faux m'eft gra-
    cieux,
Et feulement de toy fe repaiffent mes yeux.
    Ainfi tu parleras, ayant quelque memoire
De moy qui vay loger dans vne foffe noire,
Et qui rien au tombeau n'emporte auecques
    moy

Que le doux fouuenir que i'emporte de toy.
    Tels ou femblables mots d'vne bouche mou-
    rante
Me difoit mon ami: & moy toute pleurante,
D'vn cœur trifte & ferré rebaifant mille fois
Sa ieune face aimée, ainfi luy refpondois:
    Mon tout, ie ne verray fi toft finir ta vie,
Que ta vie ne foit de la mienne fuiuie:
Soit qu'elle aille aux Enfers, foit qu'elle aille là
    haut,
Mourant ie la fuiuray: car certes il ne faut
Que la fafcheufe Mort en vn iour def-aßëble
Deux corps qui ont vefcu fi longuement en-
    femble
En parfaite concorde & en parfaite amour.
    Il faut que nous mourions tous deux en
    mefme iour,
Et qu'enfemble courions vne mefme auanture,
Et que foyons couuerts de mefme fepulture.
Si toft que ta chaleur en froideur fe mu'ra,
L'exceffiue douleur au dedans me tu'ra:
Ou bien s'elle ne peut, d'vn coufteau tout fur
    l'heure
Je perceray mon cœur à celle fin qu'il meure.
Ainfi de mefme playe aux Ombres f'en-iront
L'efprit & la douleur qui mon cœur defli'ront:
Afin qu'apres ta mort morte ie puiffe fuiure
Toy de qui la beauté m'a fait mourir & viure.
    Ce-pendant de ma bouche errante i'engar-
    dois
Que l'ame ne fortift de la fienne, & tardois
L'efprit qui boüillonnoit à la léure au paffage,
Sur fon palle vifage appuyant mon vifage,
Preffant d'vn long baifer fa bouche, à celle fin
Que par vn doux baifer i'allongeaffe fa fin.
    Luy tirant vn foufpir fur ma face il s'en-
    cline,
Et fon chef lentement tomba fur ma poitrine,
Laiffant pendre fes bras, puis il me dit ainfi:
Mon fang, mon cœur, mes yeux, mon amou-
    reux fouci,
Tu ne dois defloger de cefte vie humaine
Sans le congé de DIEV: pource demeure faine,
Viuante apres ma mort, & de ce mortel lieu
Ne bouge, ie te pri', fans le vouloir de DIEV.
    Je defcen le premier où le Deftin m'enuoye
Te preparer là bas & la place & la voye:
Et fi apres la mort il refte rien de nous,
Ie iure par tes yeux qui me furent fi dous,

F F f f ij

Que l'oubli ne perdra la chere souuenance
Que i'ay de ton amour, & tousiours ma sem-
  blance
En tous temps, en tous lieux à toy viendra
  parler,
Et viendra sans frayeur ton esprit consoler :
Et si ie ne reuiens fantosme veritable,
Tu croiras que l'Enfer n'est sinon qu'vne fable.
Helas il ne l'est pas! & pource toute nuict
En dormant ie seray le Démon de ton lict :
De iour accõpagnant ton corps en toute place,
Comme vn petit oiseau i'iray deuant ta face,
Ie voleray sur toy, te contant les esbas,
Les ieux & les plaisirs que ie prendray là bas,
Si i'en reçoy quelcun : mais ie ne sçaurois croire
Qu'on prenne grand plaisir sous vne tombe
  noire.

  Finissant ces propos il deuient froid & blãc,
Vomissant de sa bouche vn grand ruisseau de
  sang.
Voilà, dit-il, ma vie en son sang consumée,
Qui t'a depuis six ans si cherement aimée :
Pren-la, ie te la donne. A peine il acheua,
Que l'esprit amoureux sous les myrtes s'en-va :
Il tombe en mon giron sans pouls & sans pa-
  role,
Et pour son corps aimé ne resta que l'idole.

  Qui pourroit raconter l'ennuy que ie receu,
Quand dessur mon girõ tout froid ie l'apperceu!
Mes sanglots au partir ne peurent trouuer
  place,
I'arrachay mes cheueux, i'esgratignay ma face,
Ie baignay de mes pleurs son visage & son sein,
Nommant tousiours son nom & l'appellant en
  vain.
Apres auoir preßé de mes doigts ses paupieres
Et dit dessus son chef les paroles dernieres,
Ayant le cœur vaincu de regret & d'ennuy,
Souspirant aigrement ie me pasmay sur luy.

  Cependant ses amis qui trespaßé le virent,
Le tirerent du lict & nud l'enseuelirent,
Fors le chef seulement, qui sans estre caché,
Dessus vn aureiller fut longuement couché :
Lors les parens du mort de la chambre m'oste-
  rent,
Et comme vn tronc de bois sus mon lict me por-
  terent.

  Mais si tost que ie sçeu que le corps estoit
  seul,

Ie retourne en la chambre embraſſer le linceul,
Et voyant, ô douleur! sa face descouuerte,
De cent mille poignars mon ame fut ouuerte.

  O, disois-ie, l'honneur des constans amou-
  reux
Qui es mort & qui vis entre les bien-heureux,
Si vifs nous partissions ensemble nos molestes,
Pourquoy n'auray-ie part en tes ioyes celestes?
Helas! apres ta mort nostre sort n'est égal,
Tout seul tu as le bien & seule i'ay le mal,
Tu es franc de souci & ie suis en misere,
Ton ame est déliée, & ie vis prisonniere
De peine & de souci & de regret, dequoy
Ie tarde si long temps sans aller apres toy.

  O beaux yeux où Venus tenoit sa torche
  ardante !
O beau front où d'Amour la trousse estoit pen-
  dante,
Et d'où sortoient de feu tant de rais si espés !
O bouche dont les mots m'estoient autant de
  rets !
O main qui si long temps m'as prise & retenuë !
O grace qui du Ciel estois ici venuë !
Las vous n'estes plus rien ! & tantost vous
  estiez
Le soustien de ma vie & me reconfortiez !
Car de vous seulement pendoit mon asseuran-
  ce,
Et vous perdant ie pers toute entiere esperãce.

  Las! auant que partir parles encore à moy,
Desrobe du sommeil tes lumieres, & voy
En quelle passion tu m'as icy laißée,
Qui meurs de cent trespas pour n'estre trespaſ-
  sée.

  Or Adieu, cher ami, d'vn eternel Adieu,
Pren de moy ce baiser, & le garde au milieu
Des ondes d'Acheron, & maugré Proserpine
Que tousiours son haleine eschaufe ta poitrine.
Ie n'auois acheué qu'il fut mis au cercueil :
Les torches qui flamboient & la pompe du
  dueil
L'attendoient en la ruë où couché dans sa biere
On le mena passer l'infernale riuiere.

  Ie le suiui de loing tant que peurent mes
  yeux,
Nommant la Mort cruelle & les astres des
  Cieux,
Astres fiers & cruels qui m'auoient condamnée
Si malheureusement auant que d'estre née,

A me ronger le cœur sans repos ny sejour,
Pour estre trop fidelle aux embusches d'A-
mour.
   Or ma douleur n'est point par le temps di-
uertie,
Et neuf mois sont passez que ie n'estois sortie
Du logis pour chercher quelque plaisir nou-
ueau,
Sinon hier au soir que tu me vis sur l'eau :
Car ie ne veux trouuer Medecin secourable,
Cherissant mon ennuy comme chose incurable.
   Ainsi toute pasmée & grosse de douleur,
Tu me fis par l'aureille entendre ton malheur,
Quand ie te respondis : Il n'est roche si dure
Qui molle ne pleurast d'vne telle auanture,
Et tout ce que l'Afrique allaite de ferin,
Et le vieillard Protée en son troupeau marin.
I'ay le corps tout debile & l'ame toute molle,
Qui me bat la poitrine au son de ta parolle.
I'ay les sens esblouïs, i'ay le cœur esperdu
D'amour & de pitié de t'auoir entendu
Aimer l'ombre d'vn mort : car c'est chose bien
rare
De voir amitié telle en vn temps si barbare.
   Toutefois à ton mal il faut trouuer confort,
Il faut prendre vn viuant en la place d'vn
mort :
Le mort est inutile à te faire seruice,
Le viuant pour aimer est duisant & propice,
Qui sent, qui oit, qui voit, & qui peut dis-
courir,
Et qui peut comme l'autre en te seruãt mourir :

Car vn homme n'auroit ny cœur ny sang ny
ame
S'il ne vouloit mourir pour, si gentille Dame.
Tu es encore ieune en la fleur de tes ans :
Vse donc de l'amour & de ses dons plaisans,
Et ne souffre qu'en vain l'Auril de ta ieunesse
Au milieu de son cours se ride de vieillesse.
   Nos ans sans retourner s'en-volent com-
me vn trait,
Et ne nous laissent rien sinon que le regret
Qui nous ronge le cœur de n'auoir osé prendre
Les jeux & les plaisirs de la ieunesse tendre.
Madame, croyez-moy, ce n'est pas la raison
Par vn fol iugement de trahir la saison
Dont ton premier Auril en-jouuence ta face ;
Et pource en ton amour donne-moy quelque
place.
   Quand celuy qui là bas durement est couché,
Entendra nos amours, il n'en sera fasché :
Car s'il faisoit au monde encor' sa demeurance,
Il me feroit peut-estre honneur & reuerence.
Puis suiuant son vouloir tu luy feras plaisir
De n'auoir en sa place vn sot voulu choisir.
   I'acheuoy de parler, lors que la nuict om-
breuse
Me fit prendre congé de ta main amoureuse :
I'allay trouuer le lict, où sans auoir repos
Me reuenoient tousiours tõ mort & tes propos,
Comme ayant dans le cœur du trait d'Amour
emprainte
Ta beauté, ton discours, tes larmes & ta
plainte.

MARCASSVS.

Geneure, ie te prie] Voicy ceste Elegie que les bons esprits estiment tant. Apres auoir recité le discours que luy tint vn iour Geneure, sur le trespas d'vn sien certain Amant, dont elle ne pouuoit supporter la perte, il l'exhorte à ne se souuenir plus d'vne chose morte, mais en faisant election d'vn autre en sa place, de ioüir des contentemens de la vie que la mort nous doit bien tost rauir. Il parseme sa priere de mille amoureuses impatiences qui la doiuent forcer à l'aimer plustost qu'vn autre.   *De l'autre*] De la Lune.   *Pensant qu'elle esteindroit*] Ainsi le croyoit le Berger naïf dans le Sophiste Longus, qui sentant vne chaleur amoureuse l'enflamer se plongeoit dans vne riuiere pour attiedir son ardeur ; en quoy il n'auança rien : sur quoy il discourt assez plaisamment.

Marie & Cassandre] Ce sont deux Maistresses qu'il auoit auparauant aimées.   *Telephe*] C'estoit vn des fils d'Hercule, Roy de Mysie, qui ayant voulu empescher les Grecs, qui s'en alloient contre les Troyens, de passer par son pays fut blessé par Achille : du depuis ne trouuant aucun remede à son mal, il consulta l'Oracle qui luy respondit, que personne ne le pouuoit guerir que celuy qui l'auoit offensé : sur laquelle asseurance il s'en alla au siege de Troye supplier Achille de le vouloir guerir : ce qu'il fit.   *Cytherée*] C'est Venus, ainsi nommée de Cytheres où elle estoit adorée.   *Elle emporte*] Ceste comparaison est de Virgile, quand il parle de l'amour de Didon.   *Panacee*] C'est la Déesse de la Medecine. Voyez le Plutus d'Aristophane.   *Helicon*] Montagne de Bœotie sacrée aux Muses.   *Caspien*] C'est le bord de la mer qui s'estend vers le Septentrion.   *Proserpine*] Déesse des Enfers.   *Ferine*] C'est du pur Latin, *ferinus*, pour, sauuage.   *Molestes*] Vieux mot, pour, fascheries.   *Protee*] C'est le Dieu de la mer, qui garde les troupeaux de Neptune. Voyez la fable d'Aristée, sur la fin du quatriesme des Georgiques de Virgile.

ELEGIE V.

A MONSIEVR DE FICTES
Treforier de l'Efpargne.

ADONIS.

ICTES, *qui n'eſt point feint*
aux enfans de la Muſe,
Si ta charge publique au trauail
ne t'amuſe,
Vien lire de Venus le bien & le malheur :
» Car touſiours vn plaiſir eſt meſlé de douleur.
　Amour voulant vn iour ſe venger de ſa
mere,
Eſleut de ſon carquois la fléche plus amere :
Puis en lunant ſon arc enſemble deſcocha
Adonis & ſon traiĉt qu'au ſang il luy ficha,
Adonis & berger & chaſſeur tout enſemble,
Dont la beauté parfaite aux images reſſem-
ble.
　Ses yeux eſtinceloient comme vn aſtre
eſtoillé
Que Tethys ſous ſa robbe a long temps recelé,
Eſclairant ſur le ſoir d'vne viue lumiere,
Et le Ciel de ſes raiz embellit la premiere.
　Vn petit poil follet luy couuroit le menton,
Greſle, prime, frizé, plus blond que le cotton
Qui croiſt deſſur les coings, ou la ſoye ſubtile
Qui couure au renouueau le dos d'vne che-
nille :
Ses léures combatoient les roſes qu'au iardin
On voit eſpanoüir au leuer du matin,
Qu'vne ieune pucelle en ſon giron amaſſe
Auant que leur beau teint par le chaud ne
s'efface.
Bref ce ieune Paſteur eſt tout ieune & tout
beau,
Il ſemble vn pré fleury que le Printemps nou-
ueau
Et la douce roſée en ſa verdeur nourriſſent,
Où de mille couleurs les fleurs ſ'eſpanoüiſſent :
C'eſt luy meſmes Amour : Venus n'euſt ſceu
choiſir
Vn Amant plus aimable à mettre ſon deſir.
　Ceſte belle Déeſſe en amour furieuſe,
De ſoy-meſme n'eſt plus ny de rien ſoucieuſe,

Le Ciel elle meſpriſe & les honneurs des Dieux:
Ses bouquets agencez d'vn art ingenieux
Luy viennent à meſpris, & tant Amour la
donte
Qu'elle a perdu le ſoin d'Eryce & d'Ama-
thonte .
　Ses cygnes, ſes pigeons qui ſouloient la por-
ter
Au thrône venerable où ſe ſied Jupiter,
A ſes pieds paiſſent l'herbe, & remplis de tri-
ſteſſe,
D'vn pitoyable chant lamentent leur Mai-
ſtreſſe,
Qu'vn Paſteur, qu'vn chaſſeur tourmente
ſans repos,
Et d'vn trait amoureux enuenime ſes os.
　Elle ne penſe en rien qu'en ceſte belle bou-
che,
Qu'en ſes yeux où l'Archer luy dreſſe l'eſcar-
mouche,
Qu'en ſes creſpes cheueux, & languiſſant d'en-
nuy,
Soy-meſme ſ'oubliant ne penſe plus qu'en luy,
Qu'en luy qui tient la clef de ſa douce penſée,
Et la rend comme il veut ioyeuſe & courrou-
cée :
Jamais ne l'abandonne, ou ſoit que le Soleil
En piquant ſes cheuaux ſorte de ſon réueil,
Soit au plus chaud Midy, ſoit à l'heure qu'il
guide
Son char en l'Ocean & luy baiſſe la bride.
　Dedans vne cabane ils ſont au poinĉt du
iour,
Ils ſont dedans vn antre à midy leur ſejour,
Au ſoir ils ſont couchez deſſous le frais om-
brage
Ou d'vn cheſne glandeux, ou d'vn antre ſau-
uage,
Eſtendus deſſus l'herbe, où en cent mille tours
La mere des Amours exerce ſes amours,
En cent mille façons l'embraſſe & le rebaiſe :
Luy qui ſent en ſon ame vne pareille braiſe,
Entonne ſa muſette, & pour la contenter
Leurs plaiſantes ardeurs ne ceſſe de chanter.
　Elle tient en l'oyant contenance diuerſe,
Tantoſt en ſon giron languit à la renuerſe,
Et tantoſt le regarde, & d'vn baiſer ſouuent
Entre-rompt ſes chanſons qui ſe perdent au
vent.

Elle cognoiſt ſes chiens, les nomme & les
   appelle,
Porte la trompe au col, chaſſereſſe nouuelle,
En main le large eſpieu, & encerne de rets
Et de filets tendus le milieu des foreſts :
Sçait le nom de ſes bœufs & du belier qui meine
Paiſtre en lieu d'vn Berger les brebis par la
   plaine,
Deuançant brauement le troupeau d'vn grand
   pas
Ainſi qu'vn Colonnel deuance ſes ſoldas.
   O bien-heureux enfant ! donc la belle Cy-
   there,
La mere des Amours, à toy ſeul veut com-
   plaire !
Seulette auecques toy veut tondre les brebis,
Et de ſa blanche main leur preſſurer le pis :
Et te baiſant mener les bœufs en paſturage,
Eſcliſſer des panniers, & faire du froumage,
Et rapporter au ſoir en ſon giron trouſſé
Vn aigneau qui ſa mere aux champs auoit
   laiſſé.
   Pourueu qu'elle ait touſiours ſa bouche ſur
   tes léures,
Elle ne craint l'odeur de tes puantes chéures :
Et pendue à ton col ne veut point refuſer
La nuiſt deſſur la terre à tes flancs repoſer,
S'endormir prés de toy ſur les herbes relantes,
Et t'embraſſer au bruit de tes brebis bellantes,
Et de tes grands taureaux, qui iuſqu'au poinſt
   du iour
Font (comme tu luy fais) aux genices l'amour.
   Le Dieu Mars cependant de regret ſe con-
   ſomme,
S'appelle miſerable, & ſe voudroit voir homme
Pour mourir de douleur : il eſt deſeſperé,
Qu'vn Veneur boccager ſoit à luy preferé !
Ialoux & furieux ſa ronde targe embraſſe,
De ſa pique eſbranlant les montagnes de Thra-
   ce :
Son cœur plein de colere & ſes yeux de moiteur,
Ne peuuent endurer pour riual vn Paſteur.
   Or vn iour Adonis retournoit de la chaſſe
Panthois & las de ſuiure vn grand cerf à la
   traçe :
Auquel du iarret dextre auoit couppé le nerf,
Et vainqueur rapportoit la teſte du grand
   cerf.
   Ami (diſoit Venus) ſi tu cours d'auanture

Vne beſte aux foreſts qui s'arme de nature,
Soit d'ongles, ſoit de dents, ie te pri ne la ſuy,
De peur que ta valeur ne cauſe mon ennuy :
Chaſſe les daims legers, les chéureuils & les
   chéures,
Et les cœurs effrayez des connils & des liéures :
Laiſſe en paix les ſangliers, les tigres & les
   ours,
Et n'aſſaux les lions aux toiles ny aux cours :
Croy-moy, mon cher ami, l'autre chaſſe eſt
   meilleure :
» Contre l'audacieux l'audace n'eſt pas ſeure.
Si tu mourois, helas ! de regret ie mourrois :
Car viure apres ta mort helas ! ie ne pourrois.
   Ainſi diſoit Venus : mais les haleines molles
Des vents ſans nul effeſt emportoient ſes paro-
   les.
   Il eſtoit nuiſt fermée, & les hommes laſſez
Deſſus la plume oiſiue auoient les yeux preſ-
   ſez,
Enfermez du ſommeil que la baſſe riuiere
De Styx fait diſtiller deſſur noſtre paupiere.
Ia les aſtres au Ciel faiſoient leur demi-tour :
Le celeſte Bouuier, qui ſe roule à l'entour
De l'Ourſe, eſtoit penché : tout ce qui vit és on-
   des,
Qui vit par les rochers dans les foreſts pro-
   fondes,
Poiſſons, ſerpens, lions du labeur trauaillez,
Oublians le ſouci, du ſomme eſtoient ſillez.
   Vn ſeul Mars veille au Ciel, qui plein de
   frenaiſie,
De rage, de fureur, d'ire & de ialouſie,
Ny d'yeux ny d'eſtomac ne reçoit le ſommeil,
Mais veille dans le lict ſans raiſon ny conſeil :
Tantoſt ſur vn coſté & tantoſt il ſe vire
Sur l'autre coup ſur coup : il lamente & ſou-
   ſpire,
Nomme Venus ingrate, & bruſlant de deſpit,
Armé de teſte en pied s'eſlance de ſon lit :
Et comme la fureur le martelle d'atteintes,
Va réueiller Diane & luy fit telles plaintes.
   Ma Sœur, de qui deſpend mon bien & mon
   ſecours,
I'embraſſe tes genoux pour mon dernier re-
   cours :
O Nymphe que la chaſſe & l'honneſte exer-
   cice,
Parmi les bois errante, ont eſloigné du vice :

Que les Faunes cornus , les Satyres bouquins
Craignent lors qu'en chaſſant tu as tes brode-
　　quins,
Et que l'égal troupeau de cent Nymphes com-
　　pagnes
Enuironne tes flancs par bois & par monta-
　　gnes:
S'il te ſouuient du iour qu'Orion le veneur
Dedans vne bruyere aſſaillit ton honneur,
Et que moy tout armé luy fis laſcher ſa priſe,
Si qu'en lieu de ton corps n'eut rien que la Che-
　　miſe:
Toy ſœur rens la pareille à ton frere au beſoin:
» On doit de ſes parens au danger auoir ſoin.
　　Tu ſçais comment Venus, qui ſouloit de ma
　　　　vie
Tenir ſeule la clef, de moy n'a plus d'enuie
Pour ſuiure vn Paſtoureau, vn Veneur, vn
　　enfant,
Du reſte ie me tais: la honte me defend
De te conter comment vne telle Déeſſe
Deſſous vn Bergerot ſi vilement s'abaiſſe.
　　Ie ne l'euſſe pas creu, ſi de mes propres
　　　　yeux
Ne l'euſſe regardée au milieu de ſes jeux,
Baiſant le jouuenceau bras à bras toute nuë,
Dont de deſpit au cœur la fiéure m'eſt venuë.
Ie l'euſſe bien tué: mais ie ne veux ſoüiller
Ma main en ſi bas ſang, qui ne ſçait deſpoüil-
　　ler
Que les Roys mes vaſſaux, & ne veux que
　　ma gloire
Par la mort d'vn Paſteur ſe liſe en vne hi-
　　ſtoire.
　　Ce ieune Damoiſeau delibere demain
Aller chaſſer au bois l'eſpieu dedans la main,
Sans chiens, pour faire voir à ſa tendre Mai-
　　ſtreſſe
Qu'autant qu'il eſt beau fils il eſt plein de
　　proüeſſe.
　　Pour me venger eſlance au deuant de ſes
　　　　yeux,
Tout heriſſé d'horreur, vn ſanglier furieux :
Enferme entre ſes dents les meurtres & la
　　foudre,
Que palle il le terraſſe au milieu de la poudre,
Appellant pour neant ſa Dame à ſon con-
　　fort,
Afin que mon amour ſe venge par ſa mort.

Ainſi diſoit ce Dieu : & elle de ſa teſte,
Fauoriſant ſon frere, accorda ſa requeſte.
　　A peine le Soleil ſe perruquoit de raiz,
Qu'il empoigne l'eſpieu & court par les foreſts:
De buiſſon en buiſſon reuient, recourt, re-
　　tourne,
Et iamais en vn lieu pareſſeux ne ſejourne.
　　Il regarde deçà, il regarde delà,
Il broſſa longuement & longuement alla
Sans trouuer nulle proye : ah! à la fin il treuue
Vn ſanglier, le malheur de ſa premiere preuue.
　　Ses yeux eſtoient de feu , & ſon dos cour-
　　　　rouſſé
De poil gros & rebours ſe tenoit heriſſé:
Eſcumeux il bruyoit comme par les valées
Font bruit en eſcumant les neiges deuallées
L'Hyuer quand les torrens ſe roulent contre-
　　val,
Et font aux laboureurs & aux bleds tant de
　　mal.
　　Il ſe tint ferme en pied pour enferrer la
　　　　beſte,
Et l'eſpieu luy planter à l'endroit où la teſte
Se joint auec le col : le ſanglier eſtonné,
Se recule à coſté, puis à front retourné,
Luy pouſſa de trauers ſes defenſes en l'aine,
Et tout palle & tout froid l'eſtendis ſur l'a-
　　raine.
　　Au cry de ſon amy la pauure Amante
　　　　vint,
Qui plus qu'vn marbre froid toute froide de-
　　uint :
Elle ſ'éuanoüit, puis eſtant reuenuë
Frappe la tendre Chair de ſa poitrine nuë,
S'arrache les cheueux teſmoins de ſon meſchef,
Et de vilain fumier des-honore ſon chef.
　　Tenant en ſon giron l'amoureuſe deſpoüille,
L'eſchauffe de ſouſpirs, de ſes larmes la moüille,
Lamente, pleure, crie, & groſſe de ſouci,
En regardant le mort faiſoit ſa plainte ainſi :
　　Donque ma chere vie apres tant de delices,
Tant de plaiſirs receus, tant de douces blandi-
　　ces,
Apres t'auoir nommé mon cœur & tout mon
　　bien,
Faut-il qu'en t'embraſſant ie n'embraſſe plus
　　rien
Qu'vn rien, à qui la mort, des beautez en-
　　uieuſe,

A fait baigner les yeux en l'onde Stygieuſe!
   Las! ſi tu m'euſſes creu tu n'euſſes aſſailly
Vn plus fort: au beſoin mon conſeil t'a failly.
La roſe fuit ta léure, & autour de ta bouche
Ne vit plus ton baiſer: toutesfois ie la touche,
Morte ie la rebaiſe, & ſentir tu ne puis
Ny mon baiſer ny moy, mes pleurs ny mes
   ennuis.
    Helas, pauure Adonis, tous les Amours te
    pleurent:
Par ta mort, Adonis, toutes delices meurent!
Ton baiſer ſeulement ne m'eſtoit pas plaiſant,
Quand viuant tu baiſois ma bouche en te bai-
   ſant:
Mais en te baiſant mort encor ma triſte peine
Se ſoulage vn petit d'vne lieſſe vaine:
Pource ie te reſchauffe & ne puis me garder
De te baiſer ſouuent & de te regarder.
    Helas, pauure Adonis, tous les Amours te
    pleurent:
Par ta faſcheuſe mort toutes delices meurent!
Adonis, parle à moy, & me vien conſoler,
Baiſe-moy pour adieu auant que t'en-aller.
   O belle face aimée, ô plaiſante lumiere
De tes yeux qui tenoient mon ame priſon-
   niere:
O cheueux creſpelus, ô deuis amoureux,
O ſouuenir du bien qui m'eſt trop douloureux,
O l'Auril de ton âge, ô premiere ieuneſſe,
Qui mortelle aueʒ pris le corps d'vne Déeſſe!
Las! vous n'eſtes plus rien, & ie me deuls de-
   quoy
Ie ſuis, & que la Mort n'a puiſſance ſur moy.
    Helas, pauure Adonis, tous les Amours te
    pleurent:
Toy mourant, par ta mort toutes delices meu-
   rent!
Las! auecques ta mort eſt morte ma beauté,
Ma couleur eſt ternie ainſi comme en Eſté
Se terniſſent les fleurs: pour toy ſeul i'eſtoy
   belle,
Et pour toy ſeulement ie vouloy ſembler telle.
   Je ſuis maintenant veſue, & porter ie ne
   veux
Ny des bagues aux doigts ny l'or en mes che-
   ueux,
Et ſi veux pour iamais (tant la douleur me
   tue)
Que la mere d'Amour de noir ſoit reueſtue:

Je veux que mon Ceſton ſoit accouſtré de noir,
Et que plus ie ne porte en la main de miroir.
    Helas, pauure Adonis, tous les Amours te
    pleurent:
Toy mort, pauure Adonis, toutes delices meu-
   rent!
Les bois auecques moy lamentent ton treſpas,
Les eaux te vont pleurant, Echo ne ſen taiſt
   pas,
Qui dedans ſes rochers redoublant ſa voix
   feinte,
Ayant pitié de moy va reſonnant ma plainte!
Toute belle fleur blanche a pris rouge couleur,
Et rien ne vit aux champs qui ne viue en
   douleur.
    Helas, pauure Adonis, tous les Amours te
    pleurent:
Toy mourant, Adonis, toutes delices meurent!
Las, helas tu es mort, tu es mort, Adonis!
Tu me laiſſes au cœur des regrets infinis:
Mes plaiſirs, mes eſbats auec ta mort languiſ-
   ſent,
Et pour ne mourir point mes douleurs ne fi-
   niſſent.
   Furieuſe d'eſprit, criant à haute vois,
Je veux eſcheuelée errer parmy les bois,
Pieds nuds, eſtomac nud: ie veux que ma poi-
   trine
Se laiſſe égratigner à toute dure eſpine,
Je veux que les chardons me deſchirent la
   peau,
Ie veux ſeule grimper ſur le haut du coupeau
De ce prochain rocher, & folle de penſée
Me jetter dedans l'onde à teſte renuerſée,
Pour conter aux poiſſons & aux fleuues le
   tort
Que la Parque m'a fait par ta faſcheuſe mort.
    Helas, pauure Adonis, tous les Amours te
    pleurent:
Les beautez par ta mort & les Charites meu-
   rent!
L'Amour ne vaut plus rien, la mort vaut
   beaucoup mieux,
Puis qu'elle prend à ſoy les delices des Dieux.
   Vous ſes chiens, qui plorez aux pieds de
   voſtre maiſtre,
Que par nom il ſouloit appeller & cognoiſtre:
Vous toiles & filets, & vous mal-ſeur eſpieu,
Dites à voſtre maiſtre vn eternel Adieu,

Et coureℤ és foreſts raconter aux Dryades,
Que du bel Adonis les plaiſantes œillades
Qui les bruſloient d'amour, ſont mortes, &
　　qu'auſſi
La mere des Amours eſt morte de ſouci.
　　Helas pauure Adonis, tous les Amours te
　　　pleurent :
Toy mourant par ta mort toutes delices meu-
　　rent !
　　　Vous mes Pigeons coupleℤ, qui parmy l'air
　　　　ſouuent
Traine ℤ mon Ehariot auſſi toſt que le vent,
Monte ℤ dedans le Ciel, & raconteℤ aux
　　nuës
Que mes lieſſes ſont vn ſonge deuenuës,
Lequel s'éuanoüit & ſans effeﬅ ſe pert
Auſſi toſt que noſtre œil par le iour eſt ouuert,
Ou comme l'onde coule, ou comme la fumée
Se perd du vent ſoufflé en replu conſommée.
　　　Vous Cygnes qui eſtieℤ à mon coﬁhe atte-
　　　　leℤ,
Ie vous donne franchiſe, en liberté voleℤ :
Voleℤ parmy les prez & conteℤ aux fleu-
　　rettes
Que Venus a verſé autant de larmelettes
Que de ſang Adonis : du ſang la belle fleur
De la Roſe vermeille a pourtrait ſa couleur,
Et du tendre cryſtal de mes larmes menuës
Les fleurs des Coquerets blanﬁhes ſont deue-
　　nuës.
　　　Et vous fidelles Sœurs, mes Graces qui plo-
　　　reℤ
Mon mal, & comme moy en larmes demeu-
　　reℤ,
Alle ℤ, laiſſeℤ-moy ſeule, alleℤ douces com-
　　pagnes,
Alle ℤ, & raconteℤ aux plus ſourdes monta-
　　gnes,
Que mort en mon giron i'embraſſe mon amy,
Qui ne reſſemble vn mort, mais vn homme en-
　　dormy
Qu'encores le ſommeil ne commence qu'à poin-
　　dre :
Dites-leur que d'odeurs ſon corps ne ſe peut oin-
　　dre :
Mes odeurs, mes parfums ſont en l'air reſpan-
　　dus,
Venus ne ſent plus rien, tous mes jeux ſont
　　perdus,

Mes danſes ont pris fin, mes plus douces lieſſes
Se tournent par ſa mort en ameres triſteſſes,
Mon ris en deſconfort, mon plaiſir en malheur,
Et rien ne vit en moy que la meſme douleur.
　　　Helas pauure Adonis, tous les Amours te
　　　　pleurent :
Car auecque ta mort toutes delices meurent !
　　　Tondeℤ-vous, mes enfans, mes Amours, &
　　　　jetteℤ
Vos cheueux ſur le mort : par pieces eſclatteℤ
Vos carquois & vos arcs, eſteigneℤ vos flam-
　　meſches,
Et en mille morceaux briſeℤ toutes vos fleſ-
　　ches :
Vene ℤ autour de moy & vous lamenteℤ
　　fort,
Et faites en plorant les obſeques du mort.
Que l'vn de ſes beaux doigts luy ſerre la pau-
　　piere,
L'vn ſouſleue ſa teſte, & l'autre par derriere
L'éuente de ſon aile, & l'vn porte de l'eau
Dans vn baſſin doré pour nettoyer ſa peau.
　　　Helas pauure Adonis, tous les Amours te
　　　　pleurent :
Par ta faſcheuſe mort toutes delices meurent !
　　　O trois fois bien-aimé, eſleue vn peu tes yeux,
Chaſſe vn peu de ton chef le ſomme obli-
　　uieux,
Afin que la douleur à ton aureille vienne,
Et que ie mette encor ma léure ſur la tienne,
T'embraſſant en mon ſein pour la derniere
　　fois :
Car là bas aux Enfers, Adonis, tu t'en-vois !
Pour le dernier Adieu baiſe-moy ie te prie :
Autant que ton baiſer encores a de vie,
Baiſe-moy pour adieu : ton haleine viendra
Dans ma bouche & de là dans le cœur deſcen-
　　dra,
Puis iuſqu'au fond de l'ame, à fin que d'âge
　　en âge
Ie conſerue en mon ſein ceﬅ amoureux breu-
　　uage,
Qu'en tes léures baiſant d'vn long traiﬁ ie
　　boiray :
Humant ie le boiray, puis au cœur l'enuoyray
Pour le mettre en ta place au fond de ma poi-
　　trine,
Car de toy deſormais ioüira Proſerpine.
　　　Ainſi diſoit Venus qui ſa léure approchant

Sur les léures du mort pleurante alloit cher-
*   chant*
Les reliques de l'ame & les humoit en elle,
Afin de leur seruir d'vne tumbe eternelle :
Les baignoit de ses pleurs, & d'vne haute vois
Remplissoit les rochers, les riues & les bois,
S'esgratignoit la iouë, & atteinte de rage
Se rompoit les cheueux & plomboit son visage.
*   Luy, tournant vers le Ciel les yeux, fit vn*
*   souspir,*
Puis pressé de la mort il se laisse assoupir
Sans force & sans vigueur dans les bras de la
*   Belle,*
Ainsi qu'on voit faillir sans cire vne chandelle.

*   Aussi tost qu'il fut mort, Amour d'autre*
*   costé*
Luy a plustost que vent son regret emporté,
Si qu'elle qui estoit n'agueres tant esprise
D'Adonis, l'oublia pour aimer vn Anchise,
Vn Pasteur Phrygien, qui par les prez her-
*   beux*
De Xanthe recourbé faisoit paistre ses bœufs.
*   Telles sont & seront les amitiez des femmes,*
Qui au commencement sont plus chaudes que
*   flames,*
Ce ne sont que souspirs, mais en fin telle amour
Ressemble aux fleurs d'Auril qui ne viuent
*   qu'vn iour.*

MARCASSVS.

Fidles, qui n'es point feint] Le Poëte pour monstrer la legereté des femmes, qui ne gardent la memoire de ce qu'elles aiment le plus que tant qu'elles en iouïssent, raconte icy les Amours de Venus & d'Adonis l'incomparable fils de Cynare pour sa beauté & pour sa gentillesse : il en descrit les affections, les plaisirs & les contentemens : la ialousie que Mars son ancien amy en conceut, qui ne pouuant supporter l'iniure que Venus luy faisoit de le quitter pour idolatrer les beautez d'vn visage mortel, alla supplier Diane de vouloir susciter le plus inhumain & le plus furieux sanglier qui seroit dans le païs, dans lequel ce ieune Chasseur deuoit vn iour signaler sa valeur aux yeux de sa Déesse, à fin qu'il finist sa vie en luy voulant donner la mort : ce que Diane luy accorda volontiers. Il descrit puis apres la mort de ce ieune Prince, & le desplaisir qu'en receut la Déesse d'Amour, qui en fut morte si le Destin luy eust voulu faire la courtoisie de la rendre mortelle.   *Aux images*] C'est à dire, les plus belles. Il parle à la façon des Autheurs Latins. Petrone parlant d'vne beauté parfaite, dit qu'elle estoit *omnibus signis emendatior*.   *Tethys*] Il faut entendre la Mer par ce nom de Déesse qui luy commande absolument.   *Robe*] Par sa robe, il faut entendre les flots.   *L'Archer*] C'est l'Amour.   *Mars*] Dieu de la guerre.   *Moiteur*] Pour, larmes.   *Thrace*] Pays de Mars & de la Grece.   *Styx*] C'est le fleuue des Enfers, dans lequel les Poëtes ont feint que le Sommeil alloit tremper ses aisles pour en secoüer l'eau endormante sur la paupiere des hommes.   *Bouuier*] C'est ceste estoile qui costoye sans cesse dans le Ciel la grande Ourse, du costé du Septentrion : les Grecs la nomment à cause de cela *Arctophylax*, comme qui diroit, gardien de l'Ourse.   *Oublians le souci*] Toute ceste circonlocution de la nuict est prise de Virgile.   *Diane*] Sa sœur & Deesse de la chasse & des forests, des plaines & des monts.   *Faunes*] Ce sont des Dieux champestres, comme aussi les Satyres.   *Qu'Orion*] C'estoit vn fils que Iupiter, Neptune & Mercure engendrerent de leur eau, d'où il est nommé Orion ἀπὸ τῦ οὐρεῖν. Cestui-cy fut grand Chasseur, & compagnon de Diane, laquelle il eut vn iour forcée, sans Mars qui arresta sa violence : du depuis ayant esté mordu par vn serpent qui le tua, Diane le mit dans le Ciel, où il est à present vn Astre fascheux au possible pour les pluyes & les tempestes qu'il suscite par son influence.   *Perruquoit*] Mot nouueau pour, se faisoit vne belle perruque de rais.   *De vilain fumier*] Il ne faut pas prendre ce vers au pied de la lettre, mais estimer seulement qu'elle des-honoroit ses cheueux, les deschirant & n'en tenant aucun compte. Ainsi parlent les anciens Poëtes Latins : comme vous pourrez remarquer assez souuent dans Virgile, d'Euandre, de Priam & du Roy Latinus.   *Ceston*] C'est ceste Ceinture de Venus, tant celebrée par les Poëtes Grecs.   *Dryades*] Nymphes des forests.   *Coquerets*] C'est vne herbe que les Latins appellent *Calicacabum*.   *Proserpine*] C'est la Royne des Enfers.   *Anchise*] C'estoit vn Prince Troyen, duquel Venus deuint amoureuse, apres la mort de son Adonis.   *Xanthe*] Fleuue de Troye, autrement appellé Scamandre.

ELEGIE VI.

A GENEVRE.

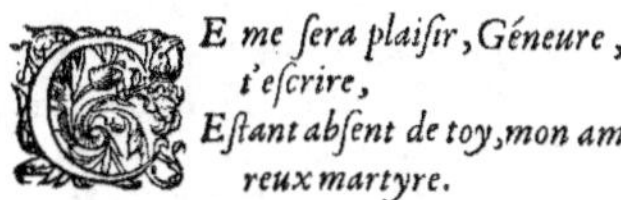

E me sera plaisir, Géneure, de
*   t'escrire,*
Estant absent de toy, mon amou-
*   reux martyre.*
Helas ie ne vy pas! ou ie vy tout ainsi

Que languit en son lict vn malade transi,
Qui deçà qui delà se tourne & se remuë
Ayant dedans le sang la fiévre continuë,
Qui réue & se despite & ne sçait comme il
*   faut*
(Ore entre la froideur & ore entre le chaud)
Gouuerner sagement sa raison estourdie
Des differents accez de telle maladie.
*   Ainsi quand le Soleil se plonge dans la mer,*
Quand il vient le matin les astres enfermer,

Et quand en plein midy tout ce Monde il
    contemple,
Ie brusle impatient, & mon mal sert d'exem-
    ple
Aux hommes, qu'on ne doit dessous le ioug plier
D'Amour, ou tout soudain le rompre ou l'ou-
    blier.

  Certes celuy meurt bien qui meurt par fan-
    tasie,
Lors que l'ame amoureuse est tellement saisie,
Qu'en fuyant de son corps pour reuiure autre-
    part,
A son hoste ancien ses vertus ne départ:
Mais priué d'action demeure froid & palle,
Sans force & mouuement & sans humeur
    vitalle,
Comme vn image fait de bronze ou de metal,
Qui (pour n'estre animé) ne sent ny bien ny
    mal.

  Ie ne voy rien icy qui regret ne m'ameine:
Le iour m'est ennuyeux, la nuict me tient à
    peine:
Et comme vn ennemy tres-dangereux ie fuy
Le lict qui toute nuict redouble mon ennuy.

  Quand le Soleil descend dans les ondes sa-
    lées,
Ie me desrobe és bois ou me pers és valées,
Ie me cache en vn antre, & fuyant vn cha-
    cun
(De peur qu'à mes pensers ne se montre im-
    portun)
Ie parle seul à moy, seul i'entretien mon ame,
Discourant cent propos d'amour & de ma
    Dame:
D'vn penser acheué l'autre soudain renaist,
Mon cœur d'autre viäde en amour ne se paist:
Il mourroit sans penser, le penser est sa vie,
Et ta douce beauté que seule i'ay suiuie.

  Ainsi par les deserts tout le iour ie me deulx,
Puis quand l'obscure nuict se perruque de
    feux,
Le solitaire effroy hors des bois me retire,
Et iusques au logis Amour me vient conduire.

  Quand ie suis en ma chambre encore pour
    cela
Ie ne suis à repos, le soing deçà delà
M'esgratigne le cœur, & ma playe cruelle
Lors que ie voy mon lict s'aigrit & renou-
    uelle:

Pour ne me coucher point ie cherche à leuiser,
Ie lis en quelque liure ou feins de composer,
Ou seul ie me promeine & repromeine encore,
Essayant de tromper l'ennuy qui me deuore.

  A la fin mes vallets qui portent sur les
    yeux
Et dans le nez ronflant le dormir ocieux,
Entre-sillez du somme ainsi me viennent dire:
Monsieur, il est bien tard, vn chacun se retire,
Ia minuict est sonné, qu'auez-vous à gemir?
La Chandelle est faillie, il est temps de dormir!
Alors importuné de leur sotte priere
Ie laisse tout mon corps pancher en vne chaire,
Nonchallant de moy-mesme, & mes bras vai-
    nement,
Et mon chef paresseux pendant sans mouue-
    ment.

  Ie suis sans mouuement, paresseux & tout
    lâche.
L'vn m'oste ma ceinture, & l'autre me dé-
    tache:
L'vn me tire la chausse, & l'autre le pour-
    point:
Ils me portent au lict & ie ne le sens point:
Puis quand ie suis couché, Amour qui me tra-
    uaille,
Armé de mes pensers me donne la bataille:
Le lict m'est vn Enfer, & pense que dedans
On ait semé du verre ou des chardons mordäs:
Maintenant d'vn costé, maintenant ie me
    tourne
Dessur l'autre en pleurant, & point ie ne
    seiourne.

  Amour impatient qui cause mes regrets,
Toute nuit sur mon cœur aiguise tous ses traits,
M'aiguillonne, me poingt, me pique & me tour-
    mente,
Et ta ieune beauté tousiours me represente.

  Mais si tost que le Coq plâté dessur vn pau
A trois fois saluë le beau Soleil nouueau,
Ie m'habille, & m'en-vois où le desir me meine
Par les prez non frayez de nulle trace hu-
    maine,
Et là ie ne voy fleur ny herbe ny bouton,
Qui ne me ramentoiue ores ton beau teton,
Et ores tes beaux yeux en qui Amour se iouë,
Ores ta belle bouche, ores ta belle iouë:

  Puis foulant la rosée, en pensant ie m'en-
    vois

Trouuer

Trouuer quelque Genéure au beau milieu d'vn
  bois,
Où loin de toutes gens ie me couche à l'om-
  brage
De cest arbre grené dont l'ombre me soulage:
Ie l'embrasse & le baise, & l'arraisonne
  ainsi,
Comme s'il entendoit ma peine & mon souci.
  Genéure qui le nom de ma Maistresse por-
  tes,
Au moins ie te suppli que tu me reconfortes
Couché sous tes rameaux, puis qu'absent ie ne
  puis
Ny baiser ny reuoir la Dame à qui ie suis.
Ie te puis asseurer que l'arbre de Thessale
De Phœbus tant chery n'aura loüange égale
A la tienne amoureuse, & mes escrits feront
Que les Genéures verds les Lauriers passeront.
  Or sus embrasse-moy, ou bien que ie t'em-
  brasse,
Abaisse vn peu ta cyme à fin que i'entrelasse
Mes bras à tes rameaux, & que cent mille
  fois
Ie baise ton escorce & embrasse ton bois.
  Iamais du bucheron la penible coignée
A te couper le pied ne soit embesongnée,
Iamais tes verds rameaux ne sentent nul
  meschef:
Tousiours l'ire du Ciel s'eslongne de ton chef,
Foudres, gresles & pluye : & iamais la froidure
Qui éfueille les bois n'éfueille ta verdure.
Tous les Dieux forestiers, les Faunes & les
  Pans
Te puissent honorer de bouquets tous les ans,
De guirlandes de fleurs, & leur bande cor-
  nuë
Face tousiours honneur à ta plante cognuë.
  A l'entour de ton pied, soit de iour, soit
  de nuit,
Vn petit ruisselet caquette d'vn doux bruit,
Murmurant ton beau nom par ses riues sa-
  crées :
Où les Nymphes des bois & les Nymphes des
  prées
Couuertes de bouquets y puissent tous les iours,
En dansant main à main, te conter mes a-
  mours,
Pour les bailler en garde, en faisant leurs ca-
  roles,

A la Nymphe des bois qui se paist de paroles.
  Ainsi ie parle à l'arbre, & puis en le bai-
  sant
Et rebaisant encor' ie luy vois redisant :
  Genéure bien-aimé, certes ie te ressemble ;
Auec toy le Destin sympathisant m'assemble :
Ta cyme est toute verte & mes pensers tous
  vers
Ne meurissent iamais : sur le Printemps tu
  sers
A percher les oiseaux, & l'Amour qui me
  cherche,
Ainsi qu'vn ieune oiseau dessur mon cœur se
  perche :
Ton chef est herissé, poignant est mon souci,
Ta racine est amere & mon mal l'est aussi :
Ta graine est toute ronde, & mon amour est
  ronde,
Constante en fermeté qui toute en elle abonde:
Ton escorce est bien dure,& dur aussi ie suis
A supporter d'amour la peine & les ennuis.
Tu parfumes les champs de ton odeur pro-
  chaine,
Et d'vne bône odeur m'amour est toute pleine :
Tu vis dedans les bois, & bocager ie vy
Solitaire & tout seul, si ie ne suis suiuy
D'Amour qui m'accompagne, & iamais ne
  me laisse
Sans me representer nostre belle Maistresse:
Nostre, car elle est mienne & tienne : puis ie
  croy
Que tu languis pour elle aussi bien comme moy.
  Ainsi ie parle à l'arbre, & luy, branlant
  la cyme,
Fait semblant de m'entendre, & d'apprendre
  ma ryme:
Puis la rechante aux vents, & se dit bien-
  heureux
D'estre honoré du nom dont ie suis amoureux.
  Voyla, chere Maistresse, en quelle frenaisie
Amour m'a fait tomber pour seule auoir
  choisie
Vostre ieune beauté, que l'imaginer sent
Au profond de l'esprit, bien qu'il en soit absent.
  I'ay certes esprouué par mainte experience
Que l'amour se renforce & s'augmente en
  l'absence,
Ou soit qu'en discourant le plaisant souuenir
Ainsi que d'vn appast la vienne entretenir,

GGgg

Ou foit que les portraits des lieffes paffées
S'impriment fraifchement en l'ame ramaffées,
Ou foit qu'elle ait regret au bien qu'elle a
   perdu,
Soit que le vuide corps plus plein fe foit rendu,
Soit que la volupté foit trop toft periffable,
Soit que le fouuenir d'elle foit plus durable :
Bref ie ne fçay que c'eft, mais certes ie fçay
   bien
Que i'aime mieux abfent qu'eftant prés de
   mon bien.
   Car quand il me fouuient ou de ta belle
   face,
Ou de l'heure ou du lieu, du temps ou de la
   place
Qu'Amour fi doucement me fit parler à toy,
D'vn extréme plaifir ie fuis tout hors de moy.
   Puis quand il me fouuient de tes douces pa-
   roles,
De tes douces chãfons defquelles tu m'affoles,
Me fouuenant encor de tes honneftetez,

Et de ta courtoifie, & de tes priuautez,
Et de l'affection enuers moy fi naïue,
Quand mon corps eft malade & mon ame pen-
   fiue :
   Et bref, me fouuenant de l'extréme dou-
   ceur
Qui part de tes beaux yeux dont ie nourris
   mon cœur,
Plus mon amour f'augmente & plus mon eftin-
   celle
Eftant loin de mon feu f'accroift & renouuelle.
   Voyla mon naturel, & fi trompé ie fuis,
La faute vient d'Amour, non de moy, qui ne
   puis
M'eflongner de l'ardeur de te reuoir prefente :
Si ie fuis abufé mon amour me contente.
   Maiftreffe, en attendant le bien de te reuoir,
Pour gages de mon cœur tu pourras receuoir
Ces vers que de fa main Amour mefme te
   porte :
En efcriuant de toy mon cœur fe reconforte.

MARCASSVS.

Ce me fera plaifir] Il defcrit toutes les impatiences dont Amour trauerfe fon ame, qui toufiours par les objects diuers qui s'offrent aux yeux fe prefente les rares perfections de fon inhumaine. Apres qu'il a affez fait voir mille paffions contraires qui le trauaillent fans luy donner aucun relafche, il fait vn excellent parallelo des qualitez de fa paffion à celles du Genéure qui porte le nom de fa Maiftreffe.   *L'arbre de Theffale*] Il entend le Laurier qu'Apollon aime par deffus tout le refte des arbres à caufe que fa Maiftreffe y vit dans l'efcorce.   *Theffale*] Pour, Theffalie, qui eft vne partie de la Grece, par laquelle paffe le fleuue Penee, pere de la belle Daphné Maiftreffe d'Apollon.   *Fit femblant*] A caufe que les Dryades viuent dans les arbres, on leur peut donner vne partie des fentiments des hommes.   *D'apprendre*] Comme Virgile dit des Lauriers du fleuue Eurote, à qui le fleuue apprit les chanfons d'Apollon qu'il auoit retenuës, l'oyant chanter fur fa riue.

ELEGIE VII.

SI l'Amour qui conduit des A-
   mans l'entreprife,
   Euft voulu mettre à fin ma parole
   promife,
Et fi le fier Deftin, dont chacun eft donté,
N'euft contre mon vouloir forcé ma volonté,
Penfif ie ne ferois languiffant de trifteffe,
Et verrois accomplir enuers vous ma promeffe.
   Mais puis que le malheur & les Cieux en-
   nemis,
Ialoux de mon plaifir, tel bien ne m'ont per-
   mis,
Il faut que le papier icy vous reprefente

   Le plaifant defplaifir qui le cœur me tour-
   mente.
   O quantesfois depuis voftre ennuyeux dé-
   part,
Solitaire & penfif ay-ie feul à l'efcart
Erré par les rochers ! & quantesfois aux plai-
   nes,
Et aux fablons deferts ay-ie conté mes peines,
Et l'ennuyeux regret que i'ay de ne reuoir
Voftre face qui peut les rochers efmouuoir !
   Tout ainfi qu'vn paffant qui parmy la
   nuict brune
Errant dedans vn bois fans ayde de la Lune
S'efgare en mille lieux ; car de chaque cofté
Le chemin luy eft clos faute de la clarté :
Ainfi faute de voir voftre belle lumiere,

Qui *estoit de mes yeux la clarté coustumiere,*
J'erre seul egaré : seulement le penser
Pour guide me conduit, & ne me veut laisser.

 Je m'en-vois bien souuent dans les forests
  desertes,
Sur le bord des ruisseaux, & par les riues ver-
 tes,
Où le pied me conduit, poußé du souuenir
Qui vous fait par image à mes yeux reuenir.

 Là, soit que i'apperçoiue vn arbre solitaire,
Vn rocher, vne fleur, vne fontaine claire,
Je pense en les voyant vous voir, & si ne puis
Penser en autre part qu'en vous à qui ie suis :
Ainsi bien loin de vous, de vous i'ay la pre-
 sence,
Et la longueur des lieux n'est cause de l'ab-
 sence.

 L'Astre qui me domine auant que d'estre
  né,
M'auoit pour estre esclaue ici predestiné,
Et ne puis eschapper que tousiours ie ne viue
Serf de peine & d'ennuy quelque part que ie
 suiue.
Si ie suis longuement en ceste Cour icy,
Ie seray prisonnier de dueil & de soucy :
En ceste Cour fascheuse, odieuse, & remplie
D'erreurs, d'opinions, de troubles & d'enuie,
Où rien ne m'est plaisant : car cela qui me
 plaist,
Ainsi comme il estoit pour ceste heure n'y est :
J'enten vostre beauté qui m'est plus agreable
Que de mes propres yeux la lumiere amia-
 ble :
Et si ie vais au lieu où vous faites sejour,
Ie seray prisonnier de ce fascheux Amour.

 Mais vne liberté telle prison i'appelle,
Pour vous sçauoir en tout si parfaite & si
 belle,

Qu'*vn Dieu le plus puissant s'estimeroit heu-*
 reux
D'estre de vos beaux yeux idolatre amoureux.

 Ce-pendant ie vous pri' (par vostre belle
  face,
Par vos crespes cheueux dont le lien m'enlace
Non seulement le corps mais l'esprit & le
 cœur,
Et ie ne sçay comment s'en faict maistre &
 vainqueur)
D'accuser ma fortune à mon vouloir con-
 traire,
Et non pas le desir que i'auoy de vous faire
En chemin compagnie & vous suiure en tous
 lieux,
Pour joüir sans repos du plaisir de vos yeux,
Et receueZ en gré ceste Lettre qui vole
Vers vous pour vn adieu en lieu de la parole,
Qui ne vous peut, helas ! en partant de ce lieu,
Ainsi qu'elle deuoit, dire humblement adieu.

 Hà, que ie suis marry que mon corps n'a des
  ailes
Pour voler comme vent où sont vos Damoi-
 selles !
Ie leur dirois adieu, & plus de mille fois
En diuerses façons leurs yeux ie baiserois :
Ie baiserois leur sein & leur bouche vermeille,
Qui resemble en beauté l'Aurore qui s'éueille,
Bouche de qui le ris d'entre les perles sort,
Qui donne tout ensemble & la vie & la mort.

 Puis que mon corps pesant ne permet que ie
  vole,
Seulement du penser absent ie me console,
Et par le souuenir, qui est le seul secours
Des amans eslongneZ, ie vous voy tous les
 iours :
Car l'absence des lieux ne peut rendre effacée
L'amour qui se nourrit du bien de la pensée.

MARCASSVS.

ELEGIE VIII.

 Eluy deuoit mourir de l'esclat du
   tonnerre,
   Qui premier descouurit les Mi-
   nes de la terre,
Qui becha ses boyaux, & hors de ses rongnons
Tira l'Argent & l'Or, deux meschans compa-
 gnons.
  Il ne fut pas content de les tourner en lames,
De les battre au marteau, les affiner aux fla-
 mes,
Les mettre en la coupelle & les refondre, afin
Que l'Or ne fust qu'esprit & qu'il deuinst plus
 fin :
Mais il les desguisa de cent sortes nouuelles
Decouppez par morceaux & par tenues
 roüelles,
Et furent ses morceaux en escus transformez,
En-noblis du portrait des grands Princes ar-
 mez,
Tenans droite l'espée, ou portans sur la teste
Vn rameau de Laurier, signe de leur conqueste,
Ou grauez d'vne Croix, dont la saincte vertu
Par sa force a tousiours le Monde combatu.
  Mesmes les puissans Dieux qui n'ont point
 indigence
Des biens qui sont acquis par nostre diligence,
Voyans l'Or si luisant en firent honorer
Leurs Images pompeux & leurs Temples dorer.
Iustice en fit iaunir sa balance sacrée,
Tant de ce sainct metal la splendeur luy ag-
 grée.
  Les hommes forcenez enragerent aprés :
Ils vendirent leur foy pour l'amasser espés,
Pour captif l'enfoüir en des fosses cauées,
Ou pour le faire battre en vaisselles grauées,
Afin que la viande en vn plat iaunissant
Allast des conuiez les yeux esbloüissant,
Et leur buffet chargé de riche orféurerie
Fist vn iour de la nuict par telle piperie.
  Ils ont estraint leur col de grosses chaines
 d'Or,
Ils ont fait des anneaux à leurs doigts, & en-
 cor
Des carquans à leurs bras, signe que leur fran-
 chise

Est serue de richesse, & que l'Or la tient prise.
  Ils furent si deceus qu'ils ne cognurent
 pas
Que ce metal estoit cause de leur trespas.
  Par luy sortit au iour la discorde enragée,
Par luy se renuersa mainte ville assiegée,
Par luy vint le procez, les guerres & le fer,
Et tout ce qui habite au portique d'Enfer.
Luy seul borna les champs : par luy le propre
 frere
N'est pas frere au besoin, ny le pere n'est pere :
Par luy la foy se fausse, & mille maux diuers
Par luy se sont campez en ce grand Vniuers,
Qui de toute bonté les terres desolerent :
Puis Iustice & Vergongne au Ciel s'en reuo-
 lerent.
  Les hauts Pins qui auoient si longuement
 esté
Sur la cyme des monts plantez en liberté,
Sentirent la cognée & tournez en nauire
Voguerent aux deux bords où le Soleil se vire,
Passerent sans frayeur les ondes de la mer,
Virent Scylle & Charybde asprement escu-
 mer,
Conduits d'vn matelot, dont la mordante en-
 uie
D'amasser des tresors baille aux ondes sa vie,
Afin de rapporter des pays estrangers
Des lingots recherchez par cent mille dangers.
  O bien-heureux le siecle où le peuple sau-
 uage
Viuoit par les forests de glan & de fruitage !
Qui sans charger sa main d'escuelle ou de vais-
 seau,
De la bouche tiroit les ondes d'vn ruisseau :
Qui les antres auoit pour maisons tapissées,
Et pour robbe l'habit des brebis herissées !
Le velours n'auoit lieu, la soye ny le lin,
Ny le drap enyuré des eaux du Gobelin.
  Les marchez n'estoient point, ny les peaux
 des oüailles
Ne seruoient aux contracts : les paisibles au-
 reilles
N'entendoient la trompette : ains la Tran-
 quillité,
La Foy, la Preud'hommie, Amour & Cha-
 rité
Regnoient aux cœurs humains, qui gardoient
 la Loy sainte

De Nature & de DIEV *sans force ny con-*
  trainte :
L'ardante ambition ne les tourmentoit pas :
Ils ne cognoissoient point ny Escus ny Ducats,
Nobles ny Angelots ny ces Portugaloises
Qui sement dans les cœurs des hommes tant de
  noises.
    Certes DIEV, *qui tout peut, deuoit (sage*
  BAILLON)
Faire que les rochers seruissent de billon,
Et les fueilles des bois qui tombent par la voye,
Se prinssent en pay'mcnt ainsi que la monnoye :
Chacun à chaque pas sans peine ny sans soin
Eust trouué par les champs secours à son be-
  soin,
Sans mendier cest Or qui ne nous veut at-
  tendre,
Mais tant plus est suiuy & moins se laisse
  prendre,
Volant comme vn oiseau ou comme vn traict
  poussé
Par la courbe roideur d'vn arc bien enfoncé.
    Or quant à moy, BAILLON, *ce metal ie*
  deteste,
Ie l'abhorre & le fuy & le hay comme peste,
Et certes à bon droit: car i'ay tousiours par luy,
En forçant ma nature, enduré trop d'ennuy.
Pour le penser gaigner i'ay courtisé les Prin-
  ces,

Et les grands Gouuerneurs des royales pro-
  uinces :
J'ay sué, trauaillé, escrit & composé,
Quatre heures en la nuict à peine ay reposé,
Ie me suis tourmenté sans nulle recompense :
Car enuers mes labeurs trop ingrate est la
  France.
    Mais puis que ce metal, cet Or si glorieux
Est ores le vainqueur de tous victorieux,
Et que le cours du temps la puissance luy donne
D'inuaincu commander à chacune personne :
Et qu'on ne vit tant d'air , ny d'eau , ny de
  Soleil,
Que par l'Or qui ne trouue vn metal son
  pareil :
Encor que ie l'abjure, & l'abhorre, & le fuye,
Si est-ce toutefois qu'à ce coup ie le prie
De passer par tes mains pour s'en-venir loger
Chez-moy qui le tiendra comme vn hoste
  estranger
Sans trop le caresser : car ie ne fay pas conte
D'vn homme, fust-il Roy, quand l'Argent le
  surmonte :
Il en faut seulement pour la necessité,
Et pour nous secourir en nostre aduersité :
Le reste est superflu, qui ne sert qu'à nous
  faire
Ou proye des larrons, ou fable du vulgaire.

MARCASSVS.

Celuy deuoit] Il deteste la puissance de l'Or & de l'Argent, & le pernicieux soin de ceux qui foüillerent les
entrailles de la terre pour les trouuer. Il monstre comme toutes les meschancetez qui se font dans le Monde
ne se font que pour posseder ces malheureux metaux.   *Le drap*] Il entend l'escarlate qu'on teint de la petite riuiere qui passe par les Gobelins au faux-bourg Sainct Marceau à Paris.

ELEGIE IX.

Inq iours sont ja passez, DENI-
  ZOT *mon amy,*
    Que ma Dame malade en repos
  n'a dormy :
Tu sçais combien son mal de douleur me con-
  somme,
Allons piller les champs de ta Sarte & du Loir,
Et d'vne triste main faisons nostre deuoir
De cueillir des pauots qui sont sacrez au
  Somme.

Hà mon Dieu que i'en voy ! ces champs en
  sont tous pleins !
Chargeons-en nostre sein, nos manches & nos
  mains !
Nous en auons assez : apporte du lierre,
Puis de gazons herbus maçonne vn Autel
  vert :
Trois fois tourne à l'entour, & d'vn chef
  descouuert
Dy ces mots apres moy, regardant contre
  terre :
    Somme fils de la Nuict, & de Lethe ou-
  blieux,

GGgg   iij

Pere alme, nourriſſier des hommes & des
  Dieux,
De qui l'aile en volant eſpand vne gelée
Sur l'humide cerueau, & bien qu'il fuſt rem—
  ply
D'amour & de procez, tu l'aſſoupis d'oubly,
Et charmes pour vn temps ſa triſſeſſe ſillée.
  Tu enſerres les yeux de tous les animaux
D'vn lien fait d'airain : de tous ceux qui des
  eaux
Douces & de la mer coupent l'humide voye,
Et de ceux empennez appris à bien voler,
Et de tous ceux qu'on laiſſe en paſturage aller,
Et de ceux qui au bois ſe nourriſſent de proye.
  Sans ton ſecours mourroit tout ce grand
  Monde icy :
C'eſt pourquoy l'on t'appelle alme, deſli—
  ſoucy,
Donne-vie, oſte-ſoin : ta ſemblance admoneſte
De contempler la Mort quand tu nous viens
  toucher
Du bout de ton pauot les yeux pour les bou—
  cher,
Et quand d'vn flot Lethé tu nous baignes la
  teſte.

Tu es du vueil des Dieux Prophete & meſ—
  ſager,
C'eſt toy qui en dormant à l'homme fais ſonger
Son ſort bon ou mauuais : & ſi nous eſtions
  ſages,
Sages non ſeulement, mais auſſi gens de bien,
Rien ne nous aduiendroit que nous ne ſçeuſſions
  bien
Long temps deuant le fait, inſtruits de tes
  preſages.
  O Somme, ô grand Démon, ô l'vtile repos
De toute ame qui vit, pren à gré ces pauots,
Cet encens, ceſte manne, & vien deſſous ton
  aile
Couuer vn peu les yeux, les tempes & le front
De ma Dame malade, & d'vn ſommeil pro—
  fond,
Toutesfois réueillable, allege le mal d'elle.
  C'eſt aſſez, DENIZOT, exaucé ie me ſens :
De ſon bon gré la flame eſt priſe dans l'encens,
Et ne ſçay quel Démon a la manne lechée :
Retournons au logis, le cœur me bat d'eſpoir,
Qui prophete me dit que nous la pourrons
  voir,
Sinon du tout guarie, au moins bien allegée.

MARCASSVS.

Cinq iours ſont ja paſſez] Il prie Deniſot ſon intime amy, de vouloir auecque luy faire vn ſacrifice de pauots au Sommeil, à fin qu'il ſe gliſſe dans les yeux de ſa Maiſtreſſe, qui de cinq iours entiers ne l'a point gouſté, de qùoy il eſt grandement affligé pour l'amour d'elle. *Sarte*] C'eſt vne petite riuiere. *Loir*] C'eſt vn des beaux fleuues de France aſſez renommé. *Fils de la Nuict*] La Nuict a porté, ſelon les anciens Mythologiciens, d'vne ventrée la Mort & le Sommeil. *Lethé*] C'eſt le fleuue d'Enfer, dans lequel nous auons dit que le Sommeil va tremper ſes ailes. Il ſe nomme Lethé de la qualité que les anciens Grecs ont creu qu'il auoit de faire oublier tout : car λήθη, veut dire, oubly. *Prophete*] C'eſt par luy que les Dieux nous font deuiner les choſes futures. Voyez Petrone, Hippocrate & Ariſtote *de Inſomnijs*. *Meſſager*] Comme dans Homere, lors qu'il eſt deſpeché par Iupiter à Agamemnon. *De ſon bon gré la flame*] C'eſtoit vn bon augure, comme vous pouuez voir dans ces vers de la Pharmaceutrie de Virgile :

Aſpice, corripuit tremulis altaria flammis
Sponte ſua, dum ferre moror, cinis ipſe. bonum ſit :
Neſcio quid certè eſt : & Hylax in limine latrat.
Credimus ? an qui amant, ipſi ſibi ſomnia fingunt ?
Parcite, ab vrbe venit, iam parcite carmina, Daphnis.

ELEGIE X.

D E moy ſeul ennemy ſans cauſe ie
  me fains,
  Puis tantoſt de Fortune & de
  vous ie me plains,
Accuſant vos beaux yeux, qui par vn traict
  de veuë

Auez de ſon rempart ma raiſon deſpourueuë,
Si qu'en lieu d'eſtre Dame à mon dam ie la ſens
Vne raiſon eſclaue obeïr à mes ſens,
Trompant ma fantaſie & me donnant pour
  maiſtre
Vn aueugle, vn enfant qui ne vient que de
  naiſtre.
Or de vous ie me plains qui tenez ſi haut lieu,
Que pour eſtre ſeruie il vous faudroit vn Dieu.

Mais plus que de nous deux ie me plains de
  Fortune,
Qui cruelle à mon mal sans cesse m'importune,
Me r'engrege ma playe & me faict amoureux
De vous dont le bon-heur m'a rendu malheu-
  reux:
Car pour aimer trop haut, & pour n'auoir
  égale
Ma puissance à la vostre, helas! ie suis Tantale
Qui meurs de soif en l'onde, & qui ne puis
  toucher
Au doux fruict que ie voy sur ma léure appro-
  cher.
  Ainsi pour estre moindre & vous superieure
De race & de grandeur ie languis à toute heure
Et re-vis sans espoir de iamais acquerir
Ce doux mal qui me fait si doucement mourir.
  Quand Pyrrhe & son mary peuploient les
  vuides terres,
Ruant parmy les chaps les semences des pierres
Peres du genre humain, les cailloux qu'ils iet-
  toient,
En dignité pareille également estoient:
En dignité pareille il nous faudroit donq estre,
Si voulions ressembler les autheurs de nostre
  estre,
Sans que race ou credit ou le bien temporel
Rompist l'egalité de nostre naturel.
  Maudits soient les presens dont la tasse fe-
  conde
De la belle Pandore a remply tout le monde!
Le peuple qui auoit également vescu,
Se vit d'ambition & de gloire vaincu.
De là vint la Grandeur, de là vint la richesse,
De là vint le haut nom de Royne & de Prin-
  cesse,
Tiltres ambitieux: & de là vint encor
Le desir d'enchasser les gemmes dedans l'or.
Lors la simplicité abandonna la place
Aux credits, aux faueurs, aux Grandeurs, à la
  race:
Et quittant les citez, les villes & les Rois
Auecques les Pasteurs habita par les bois.
  Le doux fils de Venus qui simple & nud
  desdaigne
Que toute Majesté le suiue pour compaigne,
Print l'arc dedans la main, & raguisant ses
  traits,
Pas à pas la suiuit par les hautes forests,

Et tirant doucement ses fleches moins cruelles
Dans le cœur innocent des ieunes Pastourelles
Entre les durs rochers, les bois & les deserts,
A la fraischeur d'vn antre ou sous les arbres
  verds,
Les apprit à aimer d'vne amitié non feinte
En toute liberté, sans danger ny sans crainte:
Les apprint à baiser, à toucher, à tasler,
Et de la simple amour simples se contenter,
Loin d'inequalité qui trop est dangereuse,
Et presque insupportable à toute ame amou-
  reuse.
  L'ennuy qui plus m'offense & plus me fait
  de mal,
C'est qu'à vostre Grandeur ie ne suis pas égal,
Et le cognoissant bien ie cherche en toute sorte
D'oster hors de mon cœur l'amour que ie vous
  porte:
Mais plus ie veux l'oster, & tant plus mon
  desir
Se laisse r'engluer de son nouueau plaisir,
Dressant à ma douleur, contre mon esperance,
Vn rempart fait du temps & de perseuerance.
  Ainsi plus ie desire à couurir ma douleur,
Plus ce m'est de plaisir de dire mon malheur,
Me combattre moy-mesme & resister aux
  peines
Dont ces hautes amours difficiles sont pleines.
Tantost i'espere tout, puis ie n'espere rien,
Tantost sur vos propos i'asseure tout mon bien:
J'ay des ailes de cire, en volant ie m'abaisse,
Et pour auoir bon cœur ie pers la hardiesse.
  Madame, ie vous pri' que vous n'ayez es-
  gard
A la noble Grandeur dont vostre race part,
Et faites, s'il vous plaist, que cela ne vous garde
Que vostre œil amoureux vn iour ne me re-
  garde.
Je sçay que ie suis fol d'aimer si hautement:
Mais volontiers Amour erre sans iugement,
Et tousiours la Raison ne guide la pensée,
Quand elle est par Amour doucement insensée.
  Tout bon cœur est sujet aux passions d'ai-
  mer:
On ne voit seulement les hommes s'enflamer
D'vn si gentil desir, mais les Dieux n'ont pas
  honte
D'abaisser leur Grandeur quand Amour les
  surmonte:

Et vestant maintenant les plumes d'vn oiseau,
Ou le poil d'vn Satyre, ou celuy d'vn Taureau,
Abandonnent le Ciel pleins d'amoureuses fla-
　　mes,
Pour estre seruiteurs de nos mortelles femmes.
En imitant ces Dieux s'il vous plaisoit vn iour,
Prenant pitié de moy, me donner vostre a-
　　mour,
Ie mettrois telle peine à vous faire seruice,
Qu'en moy vous trouuerieZ vn seruiteur sans
　　vice:
Et vous repentirieZ que plustost ie n'aurois
Receu vostre faueur, qui est digne des Rois,
Faueur que ie ne puis à ma douleur promettre,
Et qui d'homme mortel au Ciel me pourroit
　　mettre.
　　I'ay comme auantureux en diuers lieux
　　　aimé,

Tousiours sage & discret, des Dames estimé:
Ie sçay de quel honneur on respecte la grande,
Ie sçay bien quel seruice vne vefue demande,
Vne fille, vne femme, & si sçay bien comment
On se doit en tel faict gouuerner sagement:
Ie ne fis iamais faute & ne pourrois le faire,
Comme predestiné pour aux Dames com-
　　plaire.
　　Mais si par traict de temps ma serue loyau-
　　　té
Ne peut trouuer en vous que toute cruauté,
Et si contre ma foy vous deuenez si fiere,
Que ie ne puisse, helas! vous flechir par priere:
Pour me donner secours i'appelle à mon confort
Contre vostre rigueur Nemesis & la Mort,
Pour ne vous seruir plus de longue mocquerie,
Et mon ombre en tous lieux vous soit vne
　　Furie.

MARCASSVS.

De moy seul ennemy] Il maudit la boite de Pandore, par le moyen de laquelle l'inegalité fut mise entre les mortels, qui auparauant n'estoient pas plus les vns que les autres : Il s'excuse de ce qu'il aime plus hautement qu'il ne deuroit sur l'outrecuidance de l'Amour, qui oste le iugement à ceux qu'il domte & les rend teme-raires. *Tantale*] Tantale estoit fils de Iupiter & de la belle Nymphe Plote : il fut condamné par les Dieux pour auoir descouuert les mysteres du Ciel, à mourir de soif dedans l'eau & de faim aupres des fruits qui luy pendent sur la teste. *Pyrrhe*] C'estoit la femme de Deucalion, qui resta seule du Deluge vniuersel auec son mary, à qui Themis commanda de semer des cailloux, pour repeupler le monde. Voyez Ouide en ses Meta-morphoses. *Pandore*] Hesiode dit que c'est la premiere femme qui fut dans le monde, que Vulcain fit par le commandement de Iupiter, & à qui tous les Dieux donnerent quelque chose de particulier. Ceste femme-cy fut enuoyée de la part de Iupiter à Epimethée auec vne boite où tous les maux estoient enclos, afin qu'ils fus-sent dispersez par tout le Monde, pour le punir de ce que Promethee desroba le feu du Ciel. *Oiseau*] Comme quand il se conuertit en Cygne pour ioüir de Leda, de laquelle il eut Castor & Pollux. *Taureau*] Pour ioüir d'Europe. *Nemesis*] Autrement nommée Adrastee, Déesse qui punit les arrogans & les in-grats.

ELEGIE XI.

'Ay cherché mainte année & fuï
　　tout ensemble,
　　Que la longueur du temps qui
　　　l'amour des-assemble,
Ou disgrace, ou Fortune, ou voyage lointain,
Ou maladie ostast vostre amour de mon sein.
　　Mais plus i'opiniastre à vous seruir, Ma-
　　　dame,
Plus les ans vont fuyant, & plus ie porte en
　　l'ame
Maugré tous accidens, sans iamais estre franc,
Vostre beau nom qu'Amour m'a coulé dans le
　　sang.
Tant s'en faut que l'ardeur de mõ feu diminuë,

Que nourry de vos yeux tousiours il continuë
De renaistre en mon ame, & tousiours s'ac-
　　croissant
S'augmente de sa flame & deuient plus puissant.
Et pource desireux de vostre bonne grace,
I'essaye tous moyens de réchaufer la glace
Qui serroit froidement vostre cœur au dedans,
Defendant le passage à mes souspirs ardans,
Si qu'en sentant d'Amour la douloureuse
　　estreinte,
A par-moy bien souuent ie fais ainsi ma
　　plainte,
Reconfortant mon cœur. Tant plus vn bon
　　Soldart
Se rend opiniastre à garder le rempart,
Plus il est assiegé d'vne puissante armée,
Et tant plus il s'acquiert de bonne renommée,

S'il resiste au danger, & si braue de cœur
Il se fait au combat des ennemis vainqueur.
Donques en imitant le vaillant Capitaine,
» Combatons le malheur: L'honneur gist en
la peine.
Ainsi me consolant de tels braues propos,
Comme charmé d'Amour ie me senty dispos,
Et renforçay mon cœur à vous faire seruice,
Afin qu'en vous aimant mon Destin ie sui-
uisse.
Seule ie vous appelle à tesmoin de cecy,
Seule vous cognoissez mon mal & mon soucy
Sans rien vous reprocher: non qu'en pleurant
ie pense
Tirer de mon seruice aucune recompense,
(Vous seule cognoissez si ma fidelité
Merite d'estre bien ou d'estre mal-traité)
Mais afin que ma playe icy vous fust déclose:
Ou si vostre memoire, heureuse en autre chose,
Ou si vostre bel œil ne faisoit son deuoir,
Ce papier quelquefois vous peust ramen-
teuoir
Le tourment que i'endure, en vous faisant en-
tendre

Mon mal que vostre orgueil n'a iamais sçeu
comprendre.
Donques à tel effect garderez cet escrit,
Afin qu'en le lisant, vostre gentil esprit
S'asseure que le Temps ny la Mort ny For-
tune,
Ny tout ce qui depend d'enuie ou de rancune,
Ne sçauroit empescher ny ce bien ny cet heur
Que ie ne sois tousiours vostre humble serui-
teur,
Esclaue de vos yeux, où Amour mit l'enseigne
Qui le chemin d'honneur & de vertu m'ensei-
gne.
Car tant plus ie verray mon fait desesperé,
Plus ie verray mon cœur d'esperance asseuré,
Et feray fondement d'vne perseuerance
Quand de plus esperer ie perdray l'esperance.
Mon mal d'vn tel discord se contente & se
plaist,
Puis d'vne autre viande Amour ne se re-
paist.
L'accord & le discord luy seruent de pasture.
De tel arbre tel fruit: c'est d'Amour la na-
ture.

MARCASSVS.

I'ay cherché mainte année] Il dit qu'il a essayé plusieurs moyens de se despestrer de son amour, comme par l'absence d'vn temps assez long & par d'autres objects: mais qu'il n'a rien auancé: que plus il s'est debatu pour sortir des fers, plus il s'est rendu esclaue: qu'en fin puis qu'il y a de l'honneur à soustenir les efforts de si belles armes, il se resout de l'aimer eternellement, de tirer des consolations de ses deffaueurs, & de belles esperances du desespoir. Tout est icy aisé.

ELEGIE XII.

A I. HVRAVLT, SIEVR de la Pitardiere.

Voicy le temps, HVRAVLT, qui
ioyeux nous conuie
Par l'amour, par le vin, d'esbatre
nostre vie:
L'an reprend sa ieunesse, & nous monstre
comment
Il faut ainsi que luy rajeunir doucement.
Ne vois-tu pas, HVRAVLT, ces ieunes Aron-
delles,
Ces Pigeons tremoussans & du bec & des ailes,
Se baiser goulument & de nuict & de iour
Sur le haut d'vne tour se soulasser d'amour?

Ne vois-tu pas comment ces Vignes enlas-
sées
Serrent des grands Ormeaux les branches em-
brassées?
Regarde ce bocage, & voy d'vne autre part
Les bras longs & tortus du Lierre grimpart
En serpent se virer à l'entour de l'escorce
De ce chesne aux longs bras, & le baiser à
force.
N'ois-tu le Rossignol, chantre Cecropien,
Qui se plaint toute nuict du forfait ancien
Du mal-heureux Terée, & d'vne langue ha-
bile
Gringoter par les bois la mort de son Ityle?
Il reprend, il retient, il recoupe le son
Tantost haut, tantost bas, de sa longue chanson,
Apprise sans nul maistre, & d'vne forte
haleine

Raconte de sa sœur les larmes & la peine.
  Ne vois-tu d'autre part les Nymphes en
ces prez
Esmaillez, peinturez, verdurez, diaprez,
D'vn poulce delicat moissonner les fleurettes
Qui deuoient estre proye aux gentilles auettes,
Lesquelles en volant de sillons en sillons,
De iardins en iardins auec les papillons,
A petits branles d'aile amassent mesnageres
Des printanieres fleurs les odeurs passageres ?
  Celà nous admoneste en ces mois si plaisans
De ne frauder en rien l'vsufruict de nos ans;
Voicy la Mort qui vient, la vieille rechi-
gnée,
D'vne suite de maux tousiours accompagnée.
Il faut en despit d'elle empoigner le plaisir,
Non en ce mois de May, où l'âge & le loisir
Réueillent nostre sang qui ieunement boüil-
lonne,
Et aux plaisirs mignards tous nos sens aiguil-
lonne.
  Mais lors que soixante ans nous viendront
renfermer,
Il faut le triquetrac & les cartes aimer,
Sans se laisser domter à la rigueur de l'âge,

Qui nous fera là-bas faire vn si long voyage,
D'où plus on ne reuient, au moins comme l'on
dit :
Si Catulle a menti ma faute est à credit.
  Tu prens (ie le sçay bien) le conseil pour
toy-mesme
Que tu m'as ordonné : tu n'as point le teint
blesme
Ny le front renfrongné : & pense qu'à te voir
Tu es vn gaillard homme & prompt à t'es-
mouuoir,
Quand tu as prés de toy quelque gentille Da-
me,
Dont la ieune beauté te fait réjoüir l'ame :
Puis tu sers Apollon qui t'eschaufe le sein,
Et le pere Bacchus ne te vient à desdain.
  Ie t'en ressemble mieux : car en ma fan-
tasie
N'entra iamais ny dol, ny fard, n'hypocrisie.
Ie courtize Bacchus, Erycine, Apollon :
Les trois picquent mon cœur d'vn poignant
aiguillon :
Ie les prens sobrement : si ie faux d'auenture,
La faute n'est pas mienne, elle vient de na-
ture.

MARCASSVS.

Voicy le temps, Huraule] Il exhorte son amy de suiure les plaisirs de la vie, & d'imiter toutes les choses de la Nature qui se réjouissent au Printemps, à celle fin que la Mort ne le surprenne pas sans auoir bien passé le temps.   *Chantre Cecropien*] C'est à dire, Athenien, & Philomele estoit d'Athenes, qui fut changee en Rossignol.   *Du forfait, Terée*] Parce que Terée Roy de Thrace qui auoit espousé sa sœur Progné, la força: Nous en auons parlé ailleurs.   *Si Catulle a menty*] A cause que Catulle dit, que personne ne se réueille iamais depuis qu'vne fois il est endormy en l'autre Monde.

    Soles occidere, & redire possunt,
    Nobis cùm semel occidit breuis lux,
    Nox est perpetua vna dormienda.

Erycine] Venus a esté ainsi nommée par les anciens, d'Eryce montagne de Sicile, où elle estoit adorée.

ELEGIE XIII.

BIen que l'obeïssance & l'amour
que ie doy
Au seruice de DIEV, de l'Eglise
& du Roy,
Me retiennent au camp au milieu des alar-
mes,
Animé d'vn courage aussi fort que les armes :
Si est-ce que le traict qui sortit de vos yeux
Pour me blesser le cœur m'accompagne en tous
lieux,

Tousiours il me combat, & la douce memoire
De vos perfections luy donne la victoire.
  Soit que ie sois à pied auecques les soldars,
Ie sens tousiours d'Amour les fleches & les
dars;
Soit que i'aille à cheual armé par la campai-
gne,
Tousiours ce petit Dieu en croupe m'accom-
paigne :
Iamais ne m'abandonne, & comme mon vain-
queur
Met l'enseigne à mon front & se campe en
mon cœur.

La nuict quand les soldars sur la terre som-
  meillent
De la guerre lassez, mes pensers me réueillent:
L'vn presente à mes yeux voftre ieune beauté,
L'autre voftre douceur pleine de cruauté,
L'autre vos doux propos que ie garde dans
  l'ame:
Puis l'esperance vient, qui tout le cœur m'en-
  flame
D'vn desir tres-ardent d'aller bien toft renoir
Vos yeux qui me font viure & fentir &
  mouuoir.
    Las! ie les aime tant que ie ne pourroy
    viure
Vne heure fans les voir, dont l'esclair me faict
  fuiure
L'honneur & la vertu & le chemin des Cieux,
Tant ie fuis redeuable à leur feu gracieux!
    Ie mourrois fans aimer leur gentille lumiere
Qui m'embraza le cœur d'vne flame premiere,
Et qui me fit fentir combien eft fort & chaud
L'Amour venant d'vn lieu fi honorable &
  haut.
    Ie fuis la Salemandre, & ne fuis à mon aife
Si mon cœur n'eft toufiours au milieu d'vne
  braife:
Le feu de vos beaux yeux tant feulement me
  plaift,
Et mon cœur en bruflant fe nourrit & fe paift.
    Si d'vn cryftal bien net ma poitrine eftoit
    faite,
Vous voirriez clairemẽt mon amitié parfaite,
Vous cognoiftriez fans fard ma flame eftince-
  ler,
Qui efclaire plus loin quand ie la veux celer:
» (Toute gentille ardeur éprife en bonne place
» Ne fe cache iamais quelque chofe qu'on
  face.)
    Vous voirriez en mon cœur viuement im-
    primez
Voftre front, voftre bouche & vos yeux tant
  aimez,
Vos cheueux, les liens qui prifonniers me tien-
  nent,
Mes penfers qui tous feuls en tous lieux m'en-
  tretiennent,
Voftre main qui mon cœur en fes beaux doigts
  eftreint:
Vous voirriez au naïf voftre vifage peint,

Vos graces, vos beautez fi diuines & faintes,
Par le pinceau d'Amour dedans mon cœur em-
  praintes.
    Et lors ie fuis certain qu'en regardãt le trait
Imprimé dans mon fang de voftre beau pour-
  trait,
Vous auriez de ma foy parfaite cognoiffance,
Et feriez affeurée en mon obeïffance.
    Madame, ie fçay bien que tout feul ie ne fuis
Qui defire le lieu que gaigner ie ne puis:
Vn homme feulement en terre ne regarde
La clairté du Soleil qui fes rayons nous darde.
    Ie fçay que vos grandeurs, vos biens & vos
    honneurs
Ont le feruice acquis de deux braues Seigneurs,
Grans de race & de biens, de qui la renommée
Reluit comme vne eftoile à mi-nuict allumée,
Qui portans le harnois & le glaiue pointu,
Ont fait par leurs combas paroiftre leur vertu:
    Si eft-ce toutesfois bien qu'ils vantent leur
    race,
Courageux & remplis de Martiale audace,
Ie ne leur cede en rien: ou foit pour faire armer
Les galeres bien loin fur les flots de la mer,
Soit pour combattre en terre, & le fer de ma
  lance
Arroufer dans le fang des ennemis de France:
Mais ainfi que la nuict f'efface par le iour,
Tant foyent-ils amoureux ie paffe leur amour.
    Or fi c'eft bien aimer toufiours penfer en
    celle
Qu'on eftime en beauté fur toutes la plus belle,
Ne fonger, ne parler & ne réuer finon
En fa douce beauté, en fa grace, en fon nom,
Et n'auoir en penfant pour fujet qu'vne chofe,
Eftre plein d'vn efprit qui iamais ne repofe,
Ne viure plus en foy, remourir mille fois,
Ne parler qu'à demi, entre-rompre fa vois,
Difcourir fans difcours, viure de fantafie,
Tantoft efpris de peur, tantoft de ialoufie,
Se desfier de tout, ne f'affeurer de rien,
Diffimuler le mal, fe promettre le bien,
Si cela eft aimer, ie confeffe, Madame,
Que ie vous aime mieux que ie n'aime mon
  ame,
Mes yeux, mon fang, mon cœur: car ie ne veux
  aimer
Moy-mefmes que d'autant qu'il vous plaift
  m'eftimer.

Ià deux ans sont passez que vous estes cer-
   taine
Combien pour vostre amour i'ay de mal & de
   peine :
Et s'il faut preferer celuy qui le premier
Ose prier sa Dame & s'en fait coustumier,
Sur mes deux compagnons ie doy gaigner la
   place,
Comme ayant le premier desiré vostre grace :
Et pource ie serois de douleur consommé,
Si vn autre cueilloit le Champ que i'ay semé,
Et si par vn malheur la moisson qui m'est
   deuë,
Estoit deuant mes yeux d'vne autre main
   tonduë.
   L'opiniastre humeur d'auoir tant esperé,
Merite iustement que ie sois preferé.
Puis voudriez-vous ingrate abandonner la
   France,
L'air de vostre païs & de vostre naissance ?
Mais comment voudriez-vous la France
   abandonner
Quand tous les estrangers y veulent sejourner?
» Du païs naturel la douceur nous attire,
» Et chacun de son feu la lumiere desire.
» C'est à faire aux poissons qui courent par les
   eaux,
» Aux bestes des forests, aux vagabons oi-
   seaux,
» De changer de païs, & n'arrester vne heure :
» Mais l'homme bien rassis en sa terre de-
   meure.
   Et bien que l'Italie ait l'air delicieux,
Nourrice des Cesars Princes victorieux,
Qui firent par la guerre aux autres peuples
   honte :
Si est-ce qu'auiourd'huy la France la surmote
En Princes & en Roys, dont les faicts & les
   mains
Se pressent du silence à faute d'escriuains.
   Au reste ie sçay bien qu'vne Dame sans vice
Comme vous, n'a le cœur entaché d'auarice :
C'est vn vilain peché, deshonneste, odieux,
Ennemy capital des hommes & des Dieux.
Donques puis que le Ciel enuers vous ne fut
   chiche
De vous faire sur toute honneste, belle & ri-
   che,
Il ne faut ressembler à l'esponge qui boit,

Et tant plus elle a d'eau & tant plus en vou-
   droit.
» Le vray contentement ne gist en l'abon-
   dance,
» Il gist à la mesure & à la suffisance :
» Le but de la richesse est d'en sçauoir vser.
On pourroit vne femme indigente excuser
Qui court apres les biens pour nourrir sa fa-
   mille :
Mais vne riche Dame amoureuse & gentille,
Qui a l'esprit bien né, se fait vn mauuais tour
Quãd par trop d'auarice elle vend son amour.
   Or si vostre Grandeur aux richesses regar-
   de,
De trouuer vn mary iamais vous n'auez
   garde.
Il vous faudroit vn Dieu : l'homme qui est
   mortel,
N'est pas digne d'auoir vn mariage tel.
   Mais si vous regardez au port & à la face,
Aux grandeurs des Maisons, au sang & à la
   race,
Aux illustres vertus, indigne ie ne suis
D'auoir en vostre amour le bien que ie pour-
   suis.
   Et bref vous me serez ou gracieuse ou braue,
Maugré vostre rigueur ie seray vostre esclaue :
I'espere tant de vous & de vostre pitié,
Qu'vn iour i'auray le fruict de ma longue a-
   mitié :
   Ou bien si le Destin empesche ma fortune,
Ie vaincray le Destin par la rage importune :
Ie vous aimeray tant & vous seruiray tant,
Ie seray si loyal, si ferme & si constant,
Que vostre cœur vaincu (bien que cruel &
   rude)
M'ostera quelque iour le ioug de seruitude :
   Ou bien s'il ne le veut, ie fuiray dans ces bois,
Où tout desesperé maintenant ie m'en-vois
Mourir sous vn rocher : là passant d'auan-
   ture,
Faites grauer ces vers dessur ma sepulture :
   Celuy qui gist icy, mourut pour la
      beauté
D'vne Dame qui fut Phœnix en cruauté,
Qui tua son amy pour luy sembler trop
   belle,
Et mort sous ce tombeau souspire encor'
   pour elle.
                              ELEGIE

MARCASSVS.

Bien que l'obeïſſance] Bien que le ſeruice & le reſpect qu'il doit au Ciel & à ſon Roy deuſſent diuertir ſes penſees à ſonger à ſon deuoir, ſi eſt-ce qu'il dit que la beauté de ſa Dame, apres laquelle il bruſle impuiſſam-ment, a tant de pouuoir ſur luy, qu'elle ne permet pas qu'il ſonge à choſe du monde qu'à ſes perfections, & aux moyens d'en auoir vn iour la joüiſſance. Il la ſupplie de n'auoir pas plus d'égard aux richeſſes de deux corriuaux qu'il a, qu'à ſon ardente paſſion, qui eſt ſans pareille, & à ſa nobleſſe & ſa vertu, qui ne cedent en rien à celle de ces deux pourſuiuans. Que ſi elle demeure touſiours farouche en ſon endroit, il eſt content de finir ſa vie, pourueu qu'on eſcriue deſſus ſon tombeau que ſa Dame l'a tué parce qu'il l'auoit trouuée belle à ſes yeux, & amiable.

ELEGIE XIV.

 Viconque oſte par force vne ieu-
ne pucelle
Loin des bras de celuy qui meurt
pour l'amour d'elle,
Il a le cœur de roche & l'eſtomac de fer,
Et l'humaine pitié ne le peut eſchaufer:
Il a ſuccé le laict d'vne rouſſe Lionne,
Au fond d'vne cauerne vne Tigre felonne
L'a nourry de chair cruë, & n'a dedans le
cœur
Que vagues, que rochers endurcis de rigueur.
    O Dieux! i'aimerois mieux, ſi i'eſtois Roy
d'Aſie,
Que la guerre m'oſtaſt mon Sceptre que m'a-
mie.
L'homme vit aiſément en ce mortel ſejour
Sans auoir vn Royaume, & non pas ſans
amour,
" Amour qui eſt la vie & des Dieux & des
hommes.
Que ſert d'amonceler les threſors à grand's
ſommes,
Eſtre Prince, eſtre Roy, ſans prendre le doux
fruict
D'vne ieune Maiſtreſſe en ſes bras toute nuict?
Ah! le iour & la nuict viennent pleins de tri-
ſteſſe
A celuy, fuſt-il Dieu, qui languit ſans Mai-
ſtreſſe.
Las! ſi quelque voleur ou pirate de mer
Faiſant en ce païs ſes galeres ramer,
M'auoit oſté la mienne, ou quelque eſtrange
Prince,
Patience forcée il faudroit que ie prinſe,
Et ne me chaudroit point de pleurer ſur le
bord,

Faiſant maugré moy place à la rigueur du
Sort:
Voyant flotter la nef i'accuſerois Fortune,
Qui me ſeroit (peut-eſtre) auec mille commu-
ne:
Mais vn parent me l'oſte, ô fiere cruauté!
Iamais entre parens n'habita loyauté.
    Au temps de la famine, en vengeance, la
foudre
Sa caue & ſon grenier puiſſe reduire en pou-
dre,
Et luy en la plus dure & plus froide ſaiſon
Se puiſſe reſchaufer au feu de ſa maiſon,
Aille chercher ſon pain: ſes fils venus en âge,
Contre luy deſpitez luy puiſſent faire outrage
Par procez embroüillez de mille meſchans
tours,
Pour la punition de rauir mes amours.
    Sa femme ſoit publique & ſoit par la contrée
Au doigt de tout chacun vilainement mõſtrée:
Soit touſiours en tauerne ayant vendu ſes
biens,
Et face deshonneur, comme putain, aux ſiens.
    Dormez en doux repos, ô cendre Icarien-
ne,
Deſſous les myrtes verds voſtre Idole ſe tienne
Pour auoir bien aimé: ſi vous auez vendu
Voſtre bien ieunement pour vne deſpendu
Qui certes n'eſtoit pas digne de voſtre race,
Dormez en doux repos: DIEV vous face ſa
grace:
Tel vous pourra blaſmer deuant les gens, qui
ſçait
Et cognoiſt en ſon cœur que vous auez bien
fait.
    Ie ne ſuis pas celuy qui cenſeur vous accuſe,
Mais bien ie ſuis celui qui courtois vous excuſe,
Vous reſſemblant d'humeur, & qui ſuis de-
ſireux

H H h h

Mourir ainſi que vous tres-fidele amoureux.
   Mon Dieu ! que ſert d'aimer à la Cour ces
     Princeſſes ?
Iamais telle grandeur n'apporte que triſteſſes,
Que noiſes, que debats : il faut aller de nuit,
Il faut craindre vn mari, toute choſe leur nuit,
Puis pour leur recompenſe ils ne reçoiuent
   d'elles
Que le meſme plaiſir des ſimples Damoiſelles.
Ils n'ont pas le tetin ny l'embonpoinçt meil-
   leur,
Ny les cheueux plus beaux, ny plus belle cou-
   leur,
Ny quand on vient au poinçt des graces plus
   friandes.
   Il n'eſt (ce diſent-ils) que d'aimer choſes
     grandes,
Que d'aimer en grand lieu. Periſſe la Gran-
   deur
Qui touſiours ſ'accompaigne & de crainte & de
   de peur !
Le ieune Dorylas en donne experience,
Qui pour aimer trop haut n'eut iamais pa-
   tience,
Malheureux de ſon heur : Periſſe la Grãdeur
Qui touſiours ſ'accompaigne & de crainte &
     de peur !
   Tu diras au contraire : Vne riche Princeſſe
Eſt pleine de faueurs, d'honneurs & de ri-
   cheſſe,
De Pages, d'Eſtafiers. Hà ! quand on vient
   au bien
Du plaiſir amoureux, la ſuite ne vaut rien,
Il ſe faut cacher d'elle : en cela l'abondance
De trop de ſeruiteurs porte grande nuiſance.
Où quand on aime bas, iamais on n'eſt épris
(Comme eſtant ſeule à ſeul) de crainte d'eſtre
   pris :
Ou bien ſ'on eſt ſurpris, ce n'eſt que moquerie
Qui n'apporte à l'Amant querelle ny furie.
   Quant à moy baſſement ie veux touſiours
     aimer,
Et ne veux champion pour les Dames m'ar-
   mer
Sans grande occaſion : toute amour outragée,
Hoſteſſe d'vn bon cœur deſire eſtre vengée.

Auant qu'eſtre amoureux loüer ie ne pou-
   uois,
Comme ſimple au meſtier, la guerre de deux
   Rois
Pâris & Menelas, qui troublerent l'Aſie
Et l'Europe en faueur d'vne ſi belle amie.
   Or Menelas fit bien de la redemander
Par armes, & Pâris par armes la garder :
Car le tendre butin d'vne ſi chere proye
Valoit bien vn combat de dix ans deuant
   Troye.
Ie les abſous du fait, ie ſerois bien contant
La demander dix ans, & la garder autant.
   Achille, ne deſplaiſe à ton Poëte Homere,
Il t'a fait vn grand tort ! car apres ta colere
Ieunement irritée encontre Agamemnon,
Il t'a faiçt appointer pour ton mort compa-
   gnon :
Tu ne deuois ſuperbe entrer en telle rage,
Ou tu deuois garder plus long temps ton cou-
   rage.
O le braue amoureux ! des cheuaux viſte-
   pieds,
Des femmes, des talens, des citez, des trepieds
Te firent oublier ton ire genereuſe,
Qu'à bon droit tu conceus pour ta belle amou-
   reuſe !
Tu deuois courroucé, ſans te flechir apres,
Bruſler ou voir bruſler les nauires des Grecs.
Mais qui auroit, dy-moy, de te loüer enuie,
Quand tu as plus aimé ton amy que t'amie ?
As-tu daigné coqu embraſſer Briſeïs,
Apres qu'Agamemnon tes plaiſirs a trahis,
Honniſſant tes amours ? & quoy qu'il iuraſt
   d'elle,
Tu ne deuois penſer qu'il la rendiſt pucelle,
Elle ieune & luy ieune, apres auoir eſté
Couchez en meſme lict la longueur d'vn Eſté.
Ha ! tes geſtes ſont beaux : mais ton amour
   legere
Des-honore tes faits, & le Romant d'Ho-
   mere.
   Quant à moy, ny talens, ny femme, ny cité
Ne ſçauroient appaiſer mon courroux deſpité,
Que ie ne porte au cœur vne haineuſe flame
Contre ce faux parent qui m'a raui mon ame.

MARCASSVS.

Quiconque oste par force] Il difcourt de la neceffité qu'il y a d'aimer, des plaifirs qu'a vn henteux Amant en amour, qu'au delà il n'y a point de contentement folide : il fe plaint de la cruauté d'vn certain parent de fa Maiftreffe, qui jaloux de fon bien, luy a rauy fa chere moitié, il fait mille imprecations contre luy, & contre tous ceux dont l'enuie trauerfe le repos des Amans.   *Pâris & Menelas*] Pâris fils de Priam rauit de Sparte Helene femme de Menelas, d'où vint cefte grande guerre de Troye.   *Compagnon*] Iamais on ne peut appaifer Achille apres luy auoir ofté fa Btifeïs que fon cher amy Patrocle ne fuft mort : le reffentiment qu'il eut de fa mort luy fit reprendre les armes contre les Troyens.

ELEGIE XV.

'Ay ce matin amaßé de ma
  main
  Ce beau bouquet digne de voftre
   fein,
Si vn bouquet, tant foit digne, merite
Toucher le fein d'vne telle Charite,
Dont la ieuneffe enfante mille fleurs,
Mille beauteZ fajet de mes douleurs.

Ce gay bouquet qu'ici ie vous prefente,
Eft fait de fleurs que la terre pregnante
Fait de fon fein les premieres fortir
Quand le Printemps le daigne reueftir :
Fleur qui le nom porte, tant elle eft belle,
D'vn Dieu, d'vn Mois, de la Mer, & de
  celle
Qui la feconde en amour me gaigna,
Et d'vn grand feu le cœur m'accompagna.

Or tout ainfi que cefte fleur ne porte
Couleur qui foit d'vne femblable forte :
Voftre beauté diuerfe tout ainfi
Change de teint & de graces auffi.
Elle eft vermeille, & vous eftes vermeille,
Sa blancheur eft à la voftre pareille :
Elle eft d'azur, voftre efprit & vos yeux
Ont pour couleur le bel aZur des Cieux :
Elle a le gris pour fa parure mife,
Et vous aimez la belle couleur grife :
Elle bigarre & colore fon teint,
De cent beauteZ voftre vifage eft peint :
Elle fent bon, & voftre odeur eft bonne :
Gaye eft fa face, & le Ciel, qui vous donne
Dés la naiffance vne naïueté,
Vous tient toufiours en plaifante gay'té :
Son teint eft ieune, en ieuneffe vous eftes :

Parfaite elle eft, vous eftes des parfaites :
Bref, telle fleur ne dure qu'vn Printemps,
Et vos beauteZ ne durent pas long temps.

Le bouquet eft tout femé de Penfées,
I'en porte au cœur vn millier amaffées :
Maint ieune brin de Fenoil & de Thin
Vont honorant ce mien prefent, à fin
Qu'en les voyant vous euffieZ fouuenance
Qu'Amour moqué ameine vne vengeance.

Ceux qui ont feint les fables, ont conté
Que le Fenoil & le Thim ont efté
Filles iadis, qui furent transformées
Pour ne vouloir en ieuneffe eftre aimées :
Pource à bon droiᵈt Cupidon fe vengea,
Qui leurs beaux corps en fleurettes changea,
Pour vous monftrer par exemple notable
Qu'vn cœur cruel eft toufiours deteftable.

Tout le bouquet d'vn filet delié
Eft bien ferré, & i'ay le cœur lié
Au voftre, ainfi qu'vne vigne fe lie
Quand de fes bras aux ormeaux fe marie :
Lien qui peut, tant il eft dur & fort,
Rompre le cours du Temps & de la Mort.

Plus il ne refte à vous dire, Maiftreffe,
Que tout ainfi que cefte fleur fe laiffe
Paffer foudain, perdant grace & vigueur,
Et tombe à terre atteinte de langueur
Sans eftre plus des Amans defirée,
Comme vne fleur toute desfigurée,
Voftre âge ainfi verdoyant f'en-ira,
Et comme fleur fans grace perira.

Donq' ce-pendant que voftre âge fleuronne,
Et que Venus de fes dons vous couronne,
Si m'en croyeZ ne laiffez perdre vn iour
Sans folaftrer ou manier l'amour,
Pour n'auoir point regret en la vieilleffe
D'auoir perduë en fin voftre ieuneffe.

H H h h   ij

MARCASSVS.

I'ay ce matin] Il presente vn beau bouquet à sa Maistresse, duquel il compare les fleurs aux fleurs de sa ieunesse, la semond & l'inuite aux contentements de la vie par le peu de durée que les plus belles choses ont dans ce Monde.   *Preignante*] Pour, grosse.   *D'vn Dieu*] C'est la fleur qu'on nomme Marguerite, qui porte comme il dit, la premiere lettre du nom de Mars, de May, de Mer & de Marie sa seconde Maistresse.

ELEGIE XVI.

E suis certain que vostre bon
   esprit
   Dira soudain qu'il verra cet
   escrit,
Que ie ressemble au marinier qui donne
Repos au Ciel quand la marine est bonne,
Et de ses vœux ne va point tourmenter
Neptune en l'eau, ny au Ciel Iupiter,
Lors que le vent em-poupe son nauire,
Faisant chemin où son cœur le desire.
   Mais quand l'orage en la mer le sur-
   prend,
Et quand sa mort dessus la vague pend,
Palle & tremblant fait cent mille prieres,
Pour eschapper, aux Nymphes marinieres :
Si qu'en si dure & fascheuse saison
Toute sa bouche est pleine d'oraison;
Croize ses bras, & en telle fortune
Promet en vœux des grands dons à Neptune.
   Puis se voyant eschappé du danger,
S'enfuit gaillard, sans coulpable songer
Comme il doit rendre aux Dieux sur le ri-
   uage
Ses vœux iurez au milieu de l'orage.
   De telle erreur vous pourrez m'accuser :
Ie le confesse, & ne puis m'excuser :
Ie sens ma faute, & sçay bien qu'elle est
   grande,
Et pour cela pardon ie vous demande.
   Quand ie suis aise à mon repos icy,
Sans passions, affaires & soucy,
Enflé d'honneur & braue d'esperance,
Je ne vous fay ny cour ny reuerence,
Ie ne vay point troubler vostre repos,
Rompre vostre aise ou trancher vos propos:
Car sans mentir ie ferois conscience
D'abuser trop de vostre patience.

   Et si ie faux, comme certes ie faux,
D'vn seul deuoir procedent mes defaux,
Et du respect trop grand que ie vous porte,
En vous craignant & honorant de sorte
Que ie ne puis de vos yeux approcher,
Tant ie les aime & crain de les fascher.
   Mais quand Fortune icy m'est aduersaire,
Quand ie ne puis despecher mon affaire,
Quand quelque ennuy me desrobe l'espoir,
Quand on ne veut ma Muse receuoir,
Quand vn fascheux Chrysophile rechine
A ma priere, ou me tourne l'eschine,
Ou parle à moy par fraude & par cour-
   rous,
Pour mon support ie me retire à vous,
Je vous caresse & courtise & supplie,
Et par escrit, Deesse, ie vous prie
Comme mon tout, & ne suis abusé :
Aussi de vous ie ne suis refusé,
Tant vous auez l'ame gentille & pure
Qui les vertus aime de sa nature,
Et qui ne souffre, en despit du malheur,
Qu'vn vertueux soit vaincu de douleur.
C'est la raison pourquoy ie ne confesse
Que des Vertus la belle troupe espesse
Soit retournée (ainsi qu'on dit) aux Cieux,
Abandonnant ce Monde vicieux.
   Car vous voyant, DE BEAVNE, en
   terre suiure
Toutes vertus, on les peut dire viure
Toutes en vous, & en vous elles sont
Appâroissant toutes sur vostre front :
Si que celuy qui de prés y prend garde,
Vous regardant, en vous il les regarde.
En ceste Cour la plus-part sont menteurs,
Trompeurs, causeurs, mesdisans, affronteurs,
Vous presque seule y estes veritable,
Phœnix d'honneur qui n'a point de sembla-
   ble.

MARCASSVS.

Ie suis certain] Il s'excuse à quelque Dame de la Cour du peu de soin qu'il a de luy faire la cour, qu'en ses
necessitez où elle le peut seruir : il desguise ceste oubliance du respect qui le rend si froid à son accez qu'il n'ose
presque approcher d'elle, que quand la fascheuse necessité luy pousse malgré lûy. *Chrysophile*] Il entend quelque Tresorier de l'Espargne, qui faisoit en son endroit le chiche de ce dont son Roy luy estoit liberal. Chrysophile, vaut autant à dire comme, amy de l'or, ou auare.

ELEGIE XVII.

Ous fismes vn contract ensemble
l'autre iour,
Que tu me donnerois mille baisers
d'Amour,
Colombins, tourterins, à léures demi-closes,
A souspirs souspirans la mesme odeur des ro-
ses,
A langue serpentine, à tremblotans regars,
De pareille façon que Venus baise Mars,
Quand il se pasme d'aise au sein de sa Mai-
stresse.
Tu as parfait le nombre, helas ! ie le confesse :
Mais Amour sans milieu, ami d'extremité,
Ne se contente point d'vn nombre limité.
  Qui feroit sacrifice à Bacchus pour trois
  grapes,
A Pan pour trois aigneaux ? Iupiter, quand
tu frapes
De ton foudre la terre, (ayant poitry dans
l'air
Vne poisseuse nuë enceinte d'vn esclair)
Ta Majesté sans nombre eslance pesle-mesle
Pluye sur pluye espaisse & gresle dessus
gresle
Sur champs, mers & forests, sans regarder
combien.

Vn Prince est indigent qui peut nombrer son
bien.
L'abondance appartient à la Maison Roya-
le,
D'abondance en baisers ma Maistresse t'égale.
  Or toy donques cent fois plus belle que
  n'estoit
Celle qu'aux bords de Cypre vne Conque por-
toit,
Pressurant les cheueux de sa teste immor-
telle,
Encore tout moiteux de la mer maternelle :
Imite-moy ce Dieu, sans estre chiche ainsi
De tes almes baisers, dont mon cœur vit ici.
Si tu ne veux conter les langueurs & les
peines,
Ny les larmes qui font de mes yeux deux fon-
taines,
Pourquoy me contes-tu les biens que ie re-
çoy,
Quand ie ne conte point les maux que i'ay
pour toy ?
Car ce n'est la raison de donner par mesure
Tes baisers, quand des maux innombrables
i'endure.
Donne-moy donc au lict, ensemble bien v-
nis,
Tes baisers infinis pour mes maux infinis.

MARCASSVS.

Nous fismes vn contract] Ayant receu de sa Maistresse les baisers qu'elle luy auoit accordé, comme s'il n'en
auoit pas receu vn seul, il la prie de les luy vouloir continuer aussi amoureux que sont ceux que la Deesse d'A-
mour les donne à Mars : Disant qu'Amour hait le compte limité, autant qu'il aime l'infinité, estant luy-mesme
l'infiny : & que si elle desire contenter ce Dieu, qui peut renger ses volontez aux siennes, elle luy donne de pareilles faueurs qui ne finissent iamais qu'auec l'immortalité de leurs affections. *A langue serpentine*] C'est à
dire, la langue dans la bouche : ce qu'on appelloit baiser en serpent, parce que son aiguillon est fendu en deux,
de sorte qu'il semble qu'il ait deux langues. Ceste façon de baiser s'entend facilement de ce que dit vn ieune
Amoureux dans Plaute à sa Maistresse : *Fac me proserpentem bestiam, duplicem vt habeam linguam.* C'est à dire, Ie te
prie que tu faces qu'en me baisant i'aye deux langues en la bouche, à fin que ie ressemble le serpent qui en a deux.
  Pan] Dieu des Bergers.   *Vne Conque portoit*] Il entend Venus, qui aborda en l'Isle de Cypre dans vne coquille.   *Maternelle*] Le Ciel engrossit la Mer, selon nos Mythologistes, duquel embrassement nasquit Venus.
  Almes] Pour, douces & fauorables.

H H h h   iij

ELEGIE XVIII.

Ans ame, sans esprit, sans pouls,
 & sans haleine,
  Ie n'auois ny tendon, ny artere,
   ny veine,
Qui dissoute ne fust du combat amoureux :
Mes yeux estoient couuerts d'vn voile tene-
 breux,
Mes aureilles tintoient, & ma langue seichée
Estoit à mon palais de chaleur attachée.

 A bras demi-tombez ton col i'entrelaçois :
Nul vent de mes poulmons pasmé ie ne pous-
 sois :
I'auois deuant les yeux ce Royaume funeste
Qui iamais ne ioüit de la clairté celeste,
Et du vieillard Charon le bateau vermoulu
(Royaume que Pluton pour partage a voulu,)
Bref i'estois demi-mort, quand tes poulmons
 s'enflerent,
Et d'vne tiede haleine en souspirant souffle-
 rent

Vn baiser en ma bouche entrecoupé des coups
De ta langue lezarde, & de ton ris si doux :
Baiser viuifiant, nourricier de mon ame,
Dont l'alme, douce, humide, & restaurante
 flame
Esloigna de mes yeux mon trespas & ma nuit,
Et fit que le basteau du vieillard, qui conduit
Les ames des Amans à la riue amoureuse,
S'en alla sans passer la mienne langoureuse.

 Ainsi ie fus guary par l'esprit d'vn bai-
 ser :
Ie ne veux plus, Maistresse, à tel prix ap-
 paiser
Ma chaleur Cyprienne, & mesmement à
 l'heure
Que le Soleil ardant sous la Chienne demeure,
Et que son chaud rayon sur nos testes ietté,
Brusle tout nostre sang, & r'enflame l'Esté.

 En ce temps faisons tréue, espargnons nostre
 vie ;
De peur que mal-armez de la Philosophie
Nous ne sentions soudain, ou apres à loisir,
Que tousiours la douleur voisine le plaisir.

MARCASSVS.

Sans ame, sans esprit] Il dit qu'vn iour d'Esté il se lassa tellement en la lice amoureuse qu'il fut tout prest de rendre l'ame, si sa Maistresse ne l'eut retenue par l'esprit d'vn baiser amoureux qui luy rendit ses forces : Il demande donques, sage qu'il est deuenu à ses despens, tréue de cet exercice durant la Canicule, protestant d'employer ses courses en vne meilleure saison. *Funeste*] Il entend l'Enfer. *Charon*] C'est le Nautonnier des Enfers, qui passe les ames des trespassez. *Pluton*] Dieu des Enfers. *Cyprienne*] Amoureuse. *La Chienne*] C'est la Canicule, sous laquelle regnent les plus fascheux iours de l'Esté.

ELEGIE XIX.

A ROBERT DE LA HAYE
Maistre des Requestes de la
Royne de Nauarre.

I i'estois à renaistre au ventre de
 ma mere
  (Ayant, comme i'ay fait, prati-
   qué la misere
De ceste pauure vie, & les maux iournaliers
Qui sont des cœurs humains compagnons fa-
 miliers)
Et que la Parque dure en filant me vint dire:
Lequel veux-tu, RONSARD, des animaux
 eslire

Pour viure à ton plaisir ? certes i'aimerois
 mieux
Reuiure en vn oyseau & voler par les Cieux
Tout plein de liberté ; auoir vn beau plumage
Bigarré de couleurs, & chanter mon ramage
De tailliz en tailliz, de buissons en buissons,
Et aux Nymphes des bois apprendre mes Chan-
 sons,
Et de mon bec cornu parmy les Champs me
 paistre,
Que par deux fois vn homme en ce monde re-
 naistre.

 I'aimerois mieux vestir vn poisson escaillé,
Et fendre de Tethys le seiour esmaillé
De bleu meslé de pers, & du ply de l'eschine
Flotter de vague en vague au gré de la ma-
 rine :

Puis au plus chaud du iour sortant du fond
  des eaux,
Paresseux me ranger aux monstrueux trou-
  peaux
Du vieil Berger Protee & dormir sur le sable,
Que me voir derechef vn homme miserable.
　I'aimeroy mieux renaistre en vn Cerf bo-
　　cager,
Portant vn arbre au front, ayant le corps
　　leger
Et les ergots fourchus, & seul & solitaire
Faire aupres de ma Biche és buissons mon re-
　　paire,
Saulter parmy les fleurs, errer à mon plaisir,
Et me laisser conduire à mon premier desir,
Et la fraischeur des bois & des fontaines sui-
　　ure,
Que me voir derechef en vn homme reuiure.
　De tous les animaux le plus lourd animal
C'est l'homme, le sujet d'infortune & de mal,
Qui endure en viuant la peine que Tantale
La bas endure mort dedans l'onde infernale,
Et celle de Sisyphe & celle d'Ixion.
Uif son Enfer il porte, ou par ambition,
Ou par crainte de mort qui tousiours le tour-
　　mente,
Et plus vn mal finit & plus l'autre s'aug-
　　mente.
　Toutesfois à l'ouïr discrettement parler,
Vous diriez que sa gloire au Ciel s'en doit
　　voler,
Tant il fait en parlant de la beste entenduë,
Ignorant que les Dieux luy ont trop cher ven-
　　duë
Nostre pauure Raison qui malheureux le fait,
D'autant que par-sus tous il s'estime parfait.
　Ceste pauure Raison le conduit à la guerre,
Et dedans du sapin luy fait tourner la terre
A la mercy du vent, & si luy fait encor'
Pour extréme malheur chercher les mines
　　d'or:
Ou le fait Gouuerneur des Royales Prouin-
　　ces,
Et qui pis est le meine au seruice des Princes:
Luy apprend les mestiers dont il n'auoit be-
　　soin,
Et comme d'vn poinçon l'aiguillonne de soin:
Et pour trop raisonner, miserable il demeure
Sans se pouuoir garder qu'à la fin il ne meure.

　Au contraire les Cerfs, qui n'ont point de
　　raison,
Les poissons, les oyseaux, sont sans comparai-
　　son
Trop plus heureux que nous, qui sans soin &
　　sans peine
Errent de tous costez où le plaisir les meine:
Ils boiuent de l'eau claire, & se paissent du
　　fruict
Que la terre sans art d'elle mesme a produict.
　Que sert (dit Salomon) toutes choses en-
　　tendre,
Rechercher la nature & la vouloir comprédre,
Mourir dessus vn liure & vouloir tout sçauoir,
Vouloir parler de tout & toutes choses voir,
Et vouloir nostre esprit par estude contrain-
　　dre
A monter iusqu'au Ciel où il ne peut attain-
　　dre?
Tout n'est que vanité & pure vanité:
Tel desir est bourreau de nostre humanité.
Car si nous cognoissions nostre pauure nature,
Et que nous sommes faits d'vne matiere im-
　　pure,
Et mesme que le Ciel se menstre amy plus dous
Et pere plus benin aux animaux qu'à nous
Qui pleurons en naissant, & qui par le sup-
　　plice
D'estre au berceau liez (comme si ce fust vice
De sortir hors du ventre) à viure commençons,
Et tousiours en tourmens la vie nous passons.
Las! si nous cognoissions que nous n'auons
　　point d'ailes
Pour voler au sejour des choses supernelles,
Nous ne serions iamais soigneux ny curieux
D'apprendre les secrets eslongnez de nos yeux:
Ains contens de la terre & des traces hu-
　　maines,
Viurions sans affecter les choses si hautaines!
Mais que sçauroit voir l'homme au Monde de
　　nouueau?
C'est tousiours mesme Hyuer & mesme Re-
　　nouueau,
Mesme Esté, mesme Autonne, & les mesmes
　　annees
Sont tousiours pas à pas par ordre retournees.
　Ce Soleil qui reluit, luy-mesme reluisoit
Quand le bon Iosué son peuple conduisoit,
Et nostre Lune aussi, c'estoit la Lune mesme

Qui luiſoit à Noé : & la voûte ſupréme
Du Ciel qui tout contient, c'eſt ceſte meſme-là
Où ſur le Char flambant Helie s'en-vola.

   Ce qui eſt a eſté, & cela qui doit eſtre,
De ce qui eſt paſſé doit receuoir ſon eſtre :
Le fait ſera desfait & puis ſera refait,
Et puis eſtant refait ſe verra re-desfait :
Bref ce n'eſt qu'inconſtance & que pure men-
   ſonge
De noſtre pauure vie, ainçois de noſtre ſonge.
L'homme n'eſt que miſere, & doit mourir ex-
   prés
Afin que par ſa mort vn autre viue aprés :
L'vn meurt, l'autre reuit, & touſiours la naiſ-
   ſance
Par la corruption engendre vne autre eſſence.

   Mais tout ainſi, LA HAYE, honneur
   de noſtre temps,
Qu'entre les animaux par les Champs habi-
   tans
S'en trouuent quelques-vns qui en prudence
   valent
Plus que leurs compagnons & les hommes éga-
   lent
De ſageſſe & d'eſprit : ſouuentesfois auſſi
Entre cent millions d'hommes qui ſont ici,
S'en trouuent quelques-vns qui dans leurs
   cœurs aſſemblent
Tant de rares vertus, qu'aux grands Dieux
   ils reſſemblent,
Comme toy bien appris, bien ſage & bien
   diſcret,
Qui m'as diminué bien ſouuent le regret
De viure trop icy : car quand vn ſoin me
   faſche,

Ie me deſcouure à toy & mon cœur ie te laſche.

   Lors de mes paſſions, deſquelles ie me deuls,
Tu gouuernes la bride, & ie vais où tu veux.

   Tout ainſi qu'il aduient quand vne tourbe
   eſmeuë
Qui deçà qui delà mutine ſe remuë
De courroux forcenée, & d'vn bras furieux
Caillous, flames & dards fait voler iuſqu'aux
   Cieux,
Si de fortune alors vn graue perſonnage
Suruient en telle eſmeute, elle abat ſon cou-
   rage,
Et d'aureille dreſſée eſcoute & ſe tient coy,
Voyant ce ſage front paroiſtre deuant ſoy
Qui doucement la tance, & d'vn gracieux
   dire
Flatte ſon cœur felon & tempere ſon ire.

   Ainſi lors que mon ſens de ma raiſon vain-
   queur,
De mille paſſions me tourmente le cœur,
Tu luy ſerres le frein, corriges ſon audace,
Abaiſſes ſa fureur & le tiens en ſa place :
Puis me parlant de Dieu tu m'enleues l'eſprit
A cognoiſtre par Foy que c'eſt que IESVS-
   CHRIST,
Et comme par ſa mort de la mort nous deli-
   ure,
Et par ſon ſang nous fait eternellement viure.
En ce poinct de ta voix plus douce que le
   miel
Tu me rauis du corps & m'emportes au Ciel,
Tu romps mes paſſions, & ſeul me fais co-
   gnoiſtre
Que rien plus ſainct que l'homme au Monde
   ne peut naiſtre.

MARCASSVS.

Si i'eſtois à renaiſtre] Il deſcrit la miſerable condition de l'homme, qui eſt en bute à tant de malheurs. Monſtre qu'il ſeroit plus deſirable pour viure heureuſement, d'eſtre quelqu'vne de ces beſtes innocentes, qui coulent doucement leur vie dans le repos & dans la tranquillité. Puis il change d'auis quand il ſonge aux graues diſcours du Sieur de la Haye qui luy fait eſperer vne vie auſſi heureuſe apres ſa mort, qu'il trouue celle dont il ioüit à preſent infortunée.   *Tethys*] Pour la mer, par vne eſpece de figure que les Grecs nomment Metonymie, comme quand on prend Bacchus pour du vin, Cerés pour du bled, & ainſi du reſte.   *Arbre*] Les Veneurs, en terme de Chaſſe, l'appellent Bois.   *Siſyphe*] C'eſt celuy qui monte inceſſamment au bout de la montagne vne groſſe pierre, qui deuant qu'il l'ait poſée luy tombe des mains.   *Ixion*] C'eſt celuy qui pour auoir voulu rauir l'honneur à Iunon, fut attaché à la roüe dans les Enfers.   *Du ſapin*] Il parle à la façon des Poëtes Latins, prenant l'arbre pour le nauire, duquel il eſt fait. Ainſi, *pinus*, pour, *nauis*.   *Par la corruption*] Selon l'opinion des Philoſophes qui tiennent que *Generatio vnius eſt corruptio alterius*.   *Tout ainſi qu'il aduient*] Ceſte excellente comparaiſon eſt priſe de celle-cy de Virgile :

   Ac veluti magno in populo cùm ſæpe cooria eſt
   Seditio, ſæuitque animis ignobile vulgus,
   Iámque faces ad tecta volant : furor arma miniſtrat.

Tum pietate grauem ac meritis si fortè virum quem
Conspexere, silent, arrectisque auribus astant.
Ille regit dictis animos & pectora mulcet.

La Haye] C'estoit vn Maistre des Requestes de la Royne de Nauarre, sœur de François I.

ELEGIE XX.

A REMY BELLEAV,
excellent Poëte François.

 E veux, mon cher BELLEAV,
   que tu n'ignores point
D'où, ne qui est celuy, que les
   Muses ont ioint
D'vn nœud si ferme à toy, à fin que des an-
   nées
A nos neueux futurs les courses retournées
Ne celent que BELLEAV & RONSARD
   n'estoient qu'vn,
Et que tous deux auoient vn mesme cœur com-
   mun.
   Or quant à mon ancestre, il a tiré sa race
D'où le glacé Danube est voisin de la Thrace :
Plus bas que la Hongrie, en vne froide part,
Est vn Seigneur nommé le Marquis de RON-
   SART,
Riche d'or & de gens, de villes & de terre.
Vn de ses fils puisnez ardant de voir la guerre,
Vn camp d'autres puisnez assembla hazar-
   deux,
Et quittant son pays, fait Capitaine d'eux
Trauersa la Hongrie & la basse Allemaigne,
Trauersa la Bourgongne & la grasse Cham-
   paigne,
Et hardi vint seruir PHILIPPES DE
   VALOIS,
Qui pour lors auoit guerre encontre les An-
   glois.
   Il s'employa si bien au seruice de France,
Que le Roy luy donna des biens à suffisance
Sur les riues du Loir : puis du tout oubliant
Freres, pere & pays, François se mariant,
Engendra les ayeux dont est sorty le pere
Par qui premier ie vy ceste belle lumiere.
   Mon pere de HENRY gouuerna la Mai-
   son,
Fils du grand Roy FRANCOIS, lors qu'il
   fut en prison

Seruant de seur hostage à son pere en Espa-
   gne :
Faut-il pas qu'vn seruant son Seigneur ac-
   compagne
Fidele à sa fortune, & qu'en aduersité
Luy soit autant loyal qu'en la felicité ?
   Du costé maternel i'ay tiré mon lignage
De ceux de la TRIMOVILLE & de ceux
   du BOVCHAGE,
Et de ceux de ROVAVX, & de ceux de CHAV-
   DRIERS
Qui furent en leurs temps si vertueux guer-
   riers,
Que leur noble vertu, que Mars rend eter-
   nelle,
Reprint sur les Anglois les murs de la Ro-
   chelle,
Où l'vn de mes ayeux fut si preux, qu'au-
   iourd'huy
Vne ruë à son los porte le nom de luy.
   Mais s'il te plaist auoir autant de cognois-
   sance
(Comme de mes ayeux) du iour de ma nais-
   sance,
Mon BELLEAV, sans mentir ie diray ve-
   rité
Et de l'an & du iour de ma natiuité.
   L'an que le Roy FRANCOIS fut pris
   deuant Pauie,
Le iour d'vn Samedy DIEV me presta la vie
L'onziesme de Septembre, & presque ie me
   vy
Tout aussi tost que né de la Parque rauy.
   Ie ne fus le premier des enfans de mon
   pere,
Cinq deuant ma naissance en enfanta ma
   mere :
Deux sont morts au berceau, aux trois viuans
   en rien
Semblable ie ne suis ny de mœurs ny de bien.
   Si tost que i'eu neuf ans, au college on me
   meine :
Ie mis tant seulement vn demy-an de peine
D'apprendre les leçons du regent de Vailly,
Puis sans rien profiter du college sailly,

Ie vins en *Auignon*, où la puissante armée
Du Roy FRANCOIS estoit fierement ani-
meé
Contre CHARLES D'AVSTRICHE,&
là ie fus donné
Page au *Duc* D'ORLEANS : apres ie fus
mené
Suiuant le Roy d'Escosse en Escossoise terre,
Où trente mois ie fus & six en Angleterre.
A mon retour ce DVC pour Page me re-
print ;
Long temps à l'Escurie en repos ne me tint
Qu'il ne me renuoyast en Flandres & Zelan-
de,
Et depuis en Escosse, où la tempeste grande
Auecques LASSIGNI cuida faire tou-
cher,
Poussee aux bords Anglois, ma nef contre vn
rocher.
Plus de trois iours entiers dura ceste tem-
peste,
D'eau, de gresle & d'esclairs nous menaçant
la teste :
A la fin arriuez sans nul danger au port,
La nef en cent morceaux se rompt contre le
bord,
Nous laissant sur la rade,& point n'y eut de
perte

Sinon elle qui fut des flots salez couuerte,
Et le bagage espars que le vent secoüoit,
Et qui seruoit flottant aux ondes de joüet.
D'Escosse retourné ie fus mis hors de page,
Et à peine seize ans auoient borné mon âge,
Que l'an cinq cens quarante auec BAIF ie
vins
En la haute *Allemaigne*, où dessous luy i'ap-
prins
Combien peut la *Vertu* : apres la maladie
Par ne sçay quel Destin me vint boucher l'oüie,
Et dure m'accabla d'assommement si lourd,
Qu'encores auiourd'huy i'en reste demi-sourd.
L'an d'apres,en Auril,Amour me fit surpren-
dre,
Suiuant la Cour à Blois, des beaux yeux de
Cassandre,
Soit le nom faux ou vray, iamais le temps
vainqueur
N'effacera ce nom du marbre de mon cœur.
Conuoiteux de sçauoir disciple ie vins estre
De DAVRAT à Paris qui sept ans fut mon
Maistre.
En Grec & en Latin : chez luy premierement
Nostre ferme amitié print son commence-
ment,
Laquelle dans mon ame à tout iamais & celle
De nostre amy BAIF sera perpetuelle.

MARCASSVS.

Ie veux, mon cher Belleau] Il raconte icy à Remy Belleau excellent Poëte de son temps , son extraction & l'antiquité de sa maison, auec vne bonne partie de sa vie.   *Danube*] C'est vn fleuue renommé d'Allemaigne.   *Thrace*] Partie de la Grece.   *Marquis*] C'estoit estre grand Seigneur en ce temps-là, car il y auoit fort peu de Marquisats.   *Henry*] Henry II. pour lors Duc d'Orleans. C'estoit beaucoup que d'estre en ce temps là Maistre d'Hostel du Roy : car ces charges ne se donnoient qu'à de braues gens, & n'y auoit point de Valets de chambre qui ne fussent Gentilshommes.   *François*] François I. qui fut pris deuant Pauie tout couuert de poudre & de sang.   *Fut en prison*] Le Roy François I. retourna en France,& laissa ses deux fils François Dauphin & Henry Duc d'Orleans, du depuis Roy, en ostage en Espagne.   *Trimoüille*] Dont Madame la Princesse mere de Monsieur le Prince de Condé porte le nom.   *Bouchage*] De la maison de Ioyeuse, pere de Madame de Guise, mere de Madamoiselle de Montpensier.   *Roüaux*] D'où estoit ce grand guerrier Ioachim Roüaut Mareschal de France sous Charles VII.   *Chaudriers*] C'estoit vne ancienne maison.   *Tout aussi tost que né*] Il dit cela à cause que la Damoiselle qui le portoit quand on l'alloit baptiser , le laissa tomber sur vn pré. Voyez Claude Binet en sa vie.   *Ie ne fus le premier*] De l'aisné sont encore viuans comme petits fils de la Poissonniere & le Cheualier de Ronsard,& plusieurs filles des vns & des autres.   *Vailly*] Il estudia au College de Nauarre sous vn nommé de Vailly, sous lequel estudia aussi ce grand Cardinal de Lorraine.   *Charles d'Austriche*] Empereur & Roy d'Espagne, qui attaqua la Prouence, & qui se vantoit d'auoir Paris comme Madril. Voyez les Memoires de du Bellay Lieutenant en Piedmont.   *Duc d'Orleans*] Henry II. estant Dauphin par la mort de François son frere empoisonné à Tournon par le Côte de Montecuculo.   *Le Roy d'Escosse*] Quand il en emmena Magdeleine fille de François I. qu'il espousa dans Paris : Ce Roy estoit grand Pere de Iaques Roy d'Angleterre & d'Escosse à present regnant:il espousa en secôdes nopces la sœur de Monsieur de Guise François de Lorraine, d'où vient le parentage qui est entre Messieurs de Guise & le Roy d'Angleterre.   *En Flandres*] Le Duc d'Orleans enuoya Ronsard qui estoit son Page en Flâdres & en Zelande pour quelques parolles de creance qu'il enuoyoit à sa Maistresse niepce de l'Empereur.   *Lassigny*] Seigneur François.   *Baïf*] C'estoit Lazare de Baïf Gentilhomme Angeuin, parent de ceux de Laual & de Guimené, Ambassadeur pour le Roy en Allemagne comme il l'auoit esté à Venise, homme tres-sçauant, tesmoins les liures qu'il a faits *De re nauali*,& *De re vestiaria*. Il estoit pere de Ian Antoine Baïf excellent Poëte.

ELEGIE XXI.

Vand l'homme ingrat feroit
    tous les iours facrifice
D'vne hecatombe aux Dieux,
    fraudé de fon feruice,
Ne feroit efcouté : car leurs yeux deftournez
Ne fe voudroient foüiller de fes prefens don-
    neZ :
Tant l'homme ingrat defplaift aux Dieux qui
    tout preuoyent,
Et qui de leurs tonneaux bien & mal nous en-
    uoyent.
    Si i'eftoy, LOMENIE, ingrat en ton
        endroit,
La Mufe deformais rétiue ne voudroit
Venir à mes chanfons, & pour-neant fa
    traffe
Ie fuiuroy fur le mont du Cheuelu Parnaffe :
Pour-neant ie boiroy des flots Aoniens,
En vain ie dormirois és antres Thefpiens,
En vain ie nommeroy fon nom par les riua-
    ges :
Car elle me fuiroit dans les forefts fauuages,
Elle & toutes fes Sœurs, comme ne voulant
    pas

Suiure d'vn homme ingrat ny la voix, ny les
    pas.
Pource Pindare feint que le damné Tantale
Admonnefte à bon droict parmy l'ombre in-
    fernale
Chacun debteur de rendre à fon tour le bien-
    fait
Qu'vn autre auparauant amy luy aura fait.
Quand ie t'auroy donné les threfors de l'A-
    fie,
Ie n'auroy peu refpondre à cefte courtoifie
Dont tu m'as obligé de telle forte à toy,
Que la mort ne perdra les graces que i'en
    doy,
Non certes à toy feul, mais enfemble à ton
    frere,
Que Calliope eftime & qu'Apollon reuere.
Car tant que mes chanfons auront quelque
    pouuoir,
Ie veux qu'à nos neueux elles facent fçauoir
D'âge en âge fuiuant (pour éuiter l'offenfe
Où tombent les ingrats) qu'en feule recom-
    penfe
De tant d'hônefteteZ dont tu m'as rendu tien,
Ie ne t'ay rembourfé, ny n'ay peu, d'autre bien
Que du bien des neuf Sœurs : bien qui pauure
    ne cede
Aux plus riches threfors que l'Orient poffede.

MARCASSVS.

Quand l'homme ingrat] Il fait vn remerciement à Monfieur de Lomenie, de quelques particulieres obligations qu'il confeffe luy auoir, lefquelles il dit qu'il faut neceffairement qu'il recognoiffe par toute forte de
deuoirs s'il ne veut encourir la difgrace des Mufes.   *Cheuelu*] A caufe des arbres qui font aux montagnes ce
que font les cheueux aux hommes.   *Parnaffe*] Mont facré aux Mufes.

ELEGIE XXII.

A MONSIEVR LE GAST
Maiftre de Camp de la
Garde du Roy.

E fuis bruflé, LE GAST, d'vne
    double chaleur,
L'vne hafle mon front, l'autre
    enflame mon cœur :
Le hafle de mon front fe refraichit fans pei-
    ne,

Ou laué dans les eaux d'vne froide fon-
    taine,
Ou fous le frais d'vn antre, ou deffous la
    froideur
D'vn chefne dont les bras f'oppofent à l'ar-
    deur.
    Mais ny fleuues ny bois, ny antres foli-
        taires
Ne peuuent refroidir l'ardeur de mes arte-
    res,
Ny l'ofter de mon fang, tant vn amour nou-
    ueau
Fait fon nid en mon cœur, & pond comme
    vn oifeau,

Semblable au Rossignol qui apres son aimée
Va volant au Printemps de ramée en ramée,
De bocage en bocage, & de mainte chanson
Va dégoisant sa prine. En la mesme façon
Cet Amour emplumé sans demeure certaine
Passe de nerfs en nerfs, passe de veine en veine,
En mon foye, en mon cœur, en mes os, en mon
　　sang,
Puis de son traict aigu m'vlcerant tout le
　　flanc,
Fait vn huis pour sortir, & quand plus ie
　　m'essaye
Qu'il ne me face au cœur pour sortir vne
　　playe,
Me vient ouurir la bouche, & si fort il l'e-
　　straint
Que mangré que i'en aye à chanter la con-
　　traint.
La langue il me deslie, & luy-mesmes inuente,
En ma bouche caché, tous les vers que ie chante.
Luy seul me les inspire, & i'escris seulement
Non pas ce que ie veux, mais son commande-
　　ment.

　　L'homme ne peut tromper sa rude destinée!
Hé! n'est-ce pas grand cas qu'en moins d'vne
　　iournée
Cet Amour par les yeux a gaigné ma raison,
Et s'est fait non amy, mais Roy de ma mai-
　　son?
Et sans auoir esgard aux neiges de ma teste
(Comme si ma desfaite estoit despoüille preste)
Nourrit mon cœur en braise & au feu qui me
　　perd,
Qui brusle d'autant mieux que le bois n'est plus
　　verd.

　　Cet Amour, cet oiseau, car oiseau ie l'appelle,
Euente quelquefois ma chaleur de son aile,
Et me fait par espoir quelquefois respirer,
Me trahissant afin de mieux me martyrer :
Comme fait le vautour dont la faim arrestée
Ne ronge coup sur coup le cœur de Promethée,
Ains allongeant sa peine il le laisse à sejour
Vne nuict reposer pour le manger le iour.

　　Je ne sçaurois par art, estude ny coustume
Cognoistre bien ce Dieu qui est vestu de plu-
　　me :
Estrange est son plumage, & ie crains à loger
(Pour n'estre point deceu) vn si ieune estran-
　　ger.

Tous les autres oiseaux en quelque place naif-
　　sent,
Ou d'herbes, ou de fruicts, ou de graines se
　　paissent,
Et viuent entre nous, & sont parmy les bois
Ou cognus par leur plume, ou cognus par leur
　　vois.

　　Le mien m'est incognu, son nom & sa nature :
Ny d'herbe ny de fruicts il ne prend sa pasture,
Mais d'vn souspir cuisant, & d'vn penser
　　profond
Qui s'enfante au cerueau & se tient sur le frõt :
Se repaist d'vn soucy que d'vn autre il allonge,
Et en lieu d'abbreuuoir en nos larmes se plonge.

　　Les autres en volant amoureux & contents
Font vne fois leur nid au retour du Prin-
　　temps,
Et le mien aussi tost qu'en mon cœur il prit
　　place,
Fit ses œufs, puis couua, puis me fit vne race
De petits Amoureaux, qui de iour & de nuit
Demandent la bechée & menent vn grand
　　bruit.

　　En vn iour les petits deuiennent grands &
　　volent,
Ils volent sur mon cœur, me mangent, & m'af-
　　folent :
Car ie n'ay ny le sang ny le foye bastant
Pour loger telle engeance & pour en nourrir
　　tant.

　　J'ay tendu des gluaux & des pans pour les
　　prendre,
J'ay tendu des filets : ils ne veulent m'attendre,
Ils deçoiuent ma main, & en les poursuiuant,
En lieu de les happer ie ne prens que du vent.

　　Ils ne sont pas, LE GAST, de nature grossiere,
De froide, lente, & sombre, & pesante ma-
　　tiere :
Ils sont prompts & subtils, chauds, tendres &
　　menus,
Comme d'autre lignée & d'autre aire venus.

　　Ils ne sont Touranjaux, mais bien de la con-
　　trée
Où Laure iusqu'au cœur de son Petrarque
　　entrée
Fit pour elle si haut chanter ce Florentin,
Que Cygne par ses vers surmonta le Destin :
Si qu'auiourd'huy le Rhosne, & Sorgue, &
　　Valecluze

　　　　　　　　　　　　　　　　　Murmurant

Murmurant son renom, sont cognus par sa
 Muse.
Toy, LE GAST, dont l'honneur, les graces
 & l'attrait
Monstrent qu'un bel Amour t'a blessé d'un
 beau trait
Et que tu as au cœur quelque belle pensee,
A qui Mars & la Muse en un seul amasßee
Ont prodigué leurs dons, & t'ont fait valeu-
 reux
Et ensemble sçauant & ensemble amoureux,
Portant dessus le front l'une & l'autre cou-
 ronne

Que Mars & que Venus à ses poursuiuans
 donne,
Dy-moy par courtoisie (ainsi puisses tousiours
Quelque part que tu sois iouïr de tes amours)
Par quel rét aussi beau que ses cheueux de
 soye
Pourrois-ie enuelopper une si chere proye?
Je voudrois me sauuer par un mesme moyen,
Ou rompant le filet, ou serrant le lien:
C'est le poinct du secours, auquel ie veux en-
 tendre:
Car il me plaist, LE GAST, d'estre pris &
 de prendre.

MARCASSVS.

Ie suis bruslé] Il discourt des rigueurs que l'Amour luy tient, qui afin de luy donner moins de treue & plus de martyre, s'en est venu couuer dans son cœur où il a fait esclorre un nombre infiny d'Amours importuns, qui comme de petites Harpyes le deuorent nuict & iour.　*Neiges*] Pour, les cheueux blancs.　*Promethee*] C'est le cousin germain de Iupiter, qui dans Æschyle est attaché auec des cloux d'aimant à un grand rocher, afin que ses entrailles seruent de pasture à un goulu Vautour, & ce pour auoir, comme on dit, desrobé le feu du Ciel. Voyez ce que nous en auons dit ailleurs.　*Laure*] Maistresse de Petrarque.　*Florentin*] C'est Petrarque.　*Rosne*] Riuiere assez renommée, qui passe à Lion.　*Sorgue*] Petite riuiere.　*Valecluse*] C'est encore une petite riuiere.

ELEGIE XXIII.

NOus viuons, mon BELLEAV,
 une vie sans vie:
 Nous mortels qui viuons, nous
 seruons à l'enuie,
Nous seruons aux faueurs, & iamais nous
 n'auons
Un seul repos d'esprit tandis que nous viuons.
» De tous les animaux qui marchent sur la
 terre
» L'homme est le plus chetif: car il se fait la
 guerre
» Luy-mesmes à soy-mesme, & n'a dans son
 cerueau
» Autre plus grand desir que d'estre son bour-
 reau.
Regarde, ie te pri', le bœuf qui d'un col morne
Traine pour nous nourrir le joug dessus la
 corne:
Bien qu'il soit sans raison, gros & lourd ani-
 mal,
Jamais de son bon gré n'est cause de son mal,
Ains d'un cœur patient le labeur il endure,
Et la loy qu'en naissant luy ordonna Nature.

Puis quand il est au soir du labeur deslié,
Il met prés de son joug le trauail oublié,
Et dort sans aucun soin iusqu'à tant que l'Au-
 rore
Le réueille au matin pour trauailler encore.
Mais nous, pauures chetifs, soit de iour soit
 de nuit,
Tousiours quelque tristesse espineuse nous suit,
Qui nous lime le cœur: si quelqu'un esternuë,
Nous sommes courroucez: si quelqu'un par la
 ruë
Passe plus grãd que nous, nous tressuons d'ahã:
Si nous oyons crier de nuict quelque chouan,
» Nous herissons d'effroy: bref à la race hu-
 maine
» Tousiours de quelque part luy suruient quel-
 que peine:
» Car il ne luy suffit de ses propres malheurs
» Qu'elle a dés le berceau, mais elle en cherche
 ailleurs.
» Faueur, procez, amour, la rancueur, la
 feintise,
» L'ambition, l'honneur, l'ire, la conuoitise,
» Et le sale appetit d'amonceler des biens,
» Sont les maux estrangers que l'homme ad-
 iouste aux siens.

MARCASSVS.

Nous viuons, mon Belleau] Il monstre par les diuerses passions qui troublent le repos de nostre ame, combien les animaux sont plus heureux que les hommes, qui sont esclaues de leurs coleres, de leurs haines & de leur amour, qui ont autant de maistres qui commandent tyranniquement à leur raison qu'ils ont de desirs & d'ambitions.

ELEGIE XXIV.

A GENEVRE.

E temps se passe, & se passant,
    Madame,
  Il fait passer mon amoureuse
    flame,
Si que le feu d'Amour qui me brusloit,
Ne brusle plus mon cœur comme il souloit,
Et maintenant sa flame est aussi lente
Qu'auparauant elle estoit violente,
Quand viue & claire en mon ame croissoit
Et sur mon front luisante apparoissoit:
Si qu'on disoit me voyant en la sorte,
Qu'au cœur i'auois vne siéure bien forte.

    Tous les tesmoins qui decelent Amour,
Logeoient chez-moy: ie souspirois le iour,
Le lict m'estoit vn dur camp de bataille,
Et toute nuict i'auois vne tenaille
Qui foye & cœur & poulmons me pinçoit.
Ore ma face honteuse pallissoit,
Puis rougissoit : ma voix mal-prononcée
De longs souspirs estoit entre-cassée,
De mes propos ie n'acheuoy le quart :
Comme vn réueur qui songe en autre part,
I'auoy tousiours vostre face celeste
Deuant mes yeux, les graces & le geste,
Le chant, les pas que vous auiez alors
Que ie vous vy danser dessus les bors
De vostre Seine, où i'auallay l'amorce
Qui me tira d'vne gentille force
De l'estomac le cœur, qui bien-heureux
Se confessoit de se voir amoureux.

    Deux iours apres que ie receu la playe,
Ie cours en poste à Sainct Germain en Laye
Seruir mon ROY, bien qu'Amour plus grand
    Roy
Pour le seruir m'appelast tout à soy.

    Ny pour picquer ny pour donner carriere
A mon cheual, ie ne laissay derriere

Le chaud desir qui dans mon cœur viuoit,
Et compagnon en croupe me suiuoit :
Ny pour passer le large dos de Seine,
Qui se joüant quatre fois se r'ameine
D'vn vague ply, retors & reglissant,
Et quatre fois se remonstre au passant :
Ie n'estoufay pour les eaux de ce fleuue
Le feu boüillant d'vne chaleur si neuue,
Qui comme soulphre ou paille s'allumoit,
Et tout mon cœur en flames consumoit.
Le court chemin d'vn si petit voyage
Me fut plus long que le glacé riuage
Que le Soleil n'eschauffe de ses yeux,
Tant il m'estoit fascheux & ennuyeux :
Vn beau sentier me sembloit vne orniere,
Vne fontaine vne creuse riuiere,
Les bleds vn champ de la Bize batu,
Vn plein chemin vn passage tortu,
Et me sembloit, tant insensé i'estoye,
Que ce n'estoient que deserts en ma voye:
Si qu'en marchant il me sembloit marcher
Sur vne espine ou dessur vn rocher.

    Or à la fin piqué d'amour extréme,
Ie picque tant mon cheual & moy-mesme,
Que tout pensif & le cœur hors du sein,
Troublé d'esprit, i'arriue à Sainct Germain.

    Là i'oubliay toute ma Poësie,
Là ie perdy raison & fantaisie:
Car ne pouuant ainsi que ie voulois
Chanter mes vers aux aureilles des Rois,
Comme affolé d'vne siéure trop folle,
Ie perdy cœur, langue, esprit & parolle :
Si que mon PRINCE en riant cognut bien
A signes tels que ie n'estoy plus mien.

    La nuict suruint (qui des liens du Somme
Plus doux que miel serre les yeux de l'hom-
    me,
Par le present du repos adoucy)
Fermant du cœur la peine & le soucy,
Mais non le mien : car autant que la Lune
Laissa courir sa belle coche brune,
Qu'vn camp de feux suiuoit tout à l'entour.

Ie souspiray, impatient d'amour,
Dedans mon lict, tournant de place en place :
Tous vos propos, vos gestes, vostre grace,
Qui toute nuict prisonnier me tenoient,
L'vn apres l'autre au cœur me reuenoient,
Et par-sur tous ce conte lamentable
Où vous pleuriez vostre amy regretable :
Si que rauy & confus me sembloit
Que vostre main me fendoit, & m'embloit
Le cœur du sein, comme à l'heure premiere
Que ma raison demeura prisonniere.
  Mais aussi tost que l'Aube aux doigts ro-
sins,
Escheuelée, eut tous les lieux voisins
Remply de iour, & que la tresse blonde
Du grand Soleil s'esparpilla sur l'onde,
Ie m'en-allay, comme rauy d'esmoy,
Non courtizan au leuer de mon ROY,
Non bonneter vn Seigneur qui peut faire
Plaisir à ceux qui luy veulent complaire :
Mais me tuant de mon propre couteau,
Ierre tout seul dans le parc du Chasteau,
Pensant, réuant à ce gentil visage,
Dont maugré moy i'auois au cœur l'image.
  Si quelque amy venoit me caresser
Entre-rompant mes pas & mon penser,
Ie l'abhorrois, maudissant la fortune
D'auoir trouué vne langue importune :
Mon corps d'ahan goutte à goutte suoit,
En cent façons ma face se muoit,
Ne respondant, ne parlant, & ma bouche
A l'importun estoit comme vne souche,
Monstrant assez que tout ce qu'il disoit
Comme la mort ou plus me desplaisoit.
  A la parfin Amour qui se promeine
Auecque moy, hors du bois me rameine,
Et me plantant dessus le haut du mont,
Droit vers Paris me fit tourner le front.
  Lors m'allegeant d'vne ruse gentille,
Ie humois l'air de ceste grande ville
Coup dessous coup, qui m'entroit dans le cœur,
Et m'emplissoit de force & de vigueur,
Comme pensant humer la douce haleine
De la beauté qui me tenoit en peine.
  Puis ie disois, Hà ville! qu'à bon droit
Tu n'as égale au Monde en nul endroit,
Non pour le nom si fameux que tu portes,
Non pour auoir plus que Thebes de portes,
Riche de biens, riche de citoyens,

Sang genereux de ces premiers Troyens
Que Francion fit abreuuer en Seine
Quand il bastit au milieu de la plaine
Tes murs sejour de toute Royauté :
Mais pour celer en ton sein la beauté
D'vne sans pair comme toy, qui est telle
Que tout est laid en ce Monde aupres d'elle,
Comme il me semble, & si ie l'ay mal sçeu,
En lieu du vray le faux m'a bien deçeu.
  Que viens-ie faire en ceste Cour pour estre
Seul dans ce parc comme vn homme champe-
stre ?
La Cour peuplée, & qui aux autres sert
De passe-temps, m'est vn vuide desert.
Veux-ie emporter du ROY quelque largesse,
Quand à Paris est toute ma richesse ?
Ny Cour ny Roy ne valent s'absenter
Du moindre trait qui me fait lamenter,
Et des rayons d'vne si belle Dame
Qu'au cœur ie porte & que ie sens en l'ame.
Veux-ie languir en si triste sejour
Sans plus reuoir la clarté de mon iour ?
Veux-ie pensif, desert & solitaire,
Sans courtizer, sans prier, sans rien faire,
Fascheux, honteux, sans ayde & sans confort,
Estre à la Cour la proye de la Mort ?
  Pource partons & retournons vers celle
Où de l'amour la chance nous appelle.
  Ie n'auoy dit que ie monte à cheual,
Au grand galop ie descen contre-val
Au premier port, & puis ayant passée
Seine au long cours en elle entrelassée,
D'vn fort espron ie brosse le chemin
Qui me sembloit paué de Iosimin,
Et Amour fit ma course si agile,
Que i'arriuay comme vn songe à la ville,
Vn peu deuant que le Soleil couchant
Allast le iour dans les ondes cachant.
  Lors de fortune en passant par la ruë,
Estant la nuict plus noire deuenuë,
Ie vous auise à l'essüeil de vostre huis
Comme vn qui pense & réue en ses ennuis.
  Lors vous voyant si triste contenance,
De teste en pied à trembler ie commence,
Et tellement me laissa la raison,
Que tout muet ie r'entre en la maison,
N'osant troubler vostre face abaissee,
Ny vous plongée en si longue pensee.
  Incontinent que le Ciel estoilé

Du manteau noir de la nuict fut voilé,
Et que le Somme, enfant de la riuiere
De Styx, versa sur ma lente paupiere
Ie ne sçay quelle agreable liqueur,
Il me sembla qu'Amour m'ouurit le cœur,
Me separant en deux parts la poitrine,
Et me plantoit vne viue racine
Non de Laurier le prix de la vertu,
Mais d'vn Genéure & poignant & pointu,
Tout herißé comme il a de coustume,
Et plein d'vn fruit tout remply d'amertume,
Et toutefois amer ne me sembloit,
Tant en mon cœur de douceur assembloit.

Des mains d'Amour la racine plantée,
En vn moment deuint si augmentée
Et le sommet de fueilles si couuert,
Que tout mon cœur n'estoit qu'vn arbre vert.

Tous les pensers que i'auois pour la belle,
Venoient sous l'ombre en la fueille nouuelle
Deçà delà, comme ieunes oiseaux
Qui vont volant au frais des arbrisseaux
Quand la rousee arrouse leurs plumages,
Salüant l'Aube en cent mille langages.

De mes souspirs l'arbre prenoit chaleur,
Sa viue humeur s'engendroit de mon pleur,
Dont le Genéure abondoit d'auantage,
Me transformãt moy-mesme en son ombrage.

Toute la nuict Amour me trauailla,
Me réueilla cent fois & réueilla
En me disant; Sois joyeux, ie te prie,
Ie viens d'ouurir l'estomac de ta vie:
Comme i'ay mis vn beau Genéure au tien,
Vn beau Romarin ay planté dans le sien
Que d'elle-mesme en pensant elle arrose:
Pource, aussi tost que l'Aube aux doigts de rose
Aura versé le beau iour de son sein,
Va-t'en vers elle, & luy baise la main.

Ainsi l'Amour, ce grand Dieu, me conseille:
Mais aussi tost que l'Aurore vermeille,
Allant deuant les cheuaux du Soleil,
Fit l'Orient de roses tout vermeil,
Ie sors du lict, ie m'habille & m'appreste,
I'allay vers vous & vous fy ma requeste
A voix tremblante, en tout obeïssant
A ce grand Dieu si doux & si puissant.

Lors vous trouuant aussi douce & traitable
Qu'auparauant vous n'estiez accostable,
L'aspre fureur qui mes os penetra
S'éuanoüit, & Amour y entra.

La difference est grande & merueilleuse
D'entre l'Amour & la rage amoureuse.
Adonc la vraye & simple affection
Loin de fureur, de rage & passion
Nourrit mon cœur, passant de veine en veine:
Qui ne fut point ny friuole ny vaine;
Car vous ayant de mon amour pitié,
Me contraigniez de pareille amitié.

Comme au Printemps on voit vne belle ante
S'essencier en la nouuelle plante,
Et de deux corps par vn accord commun
Se ioindre ensemble & se coller en vn.
Ainsi tous deux n'estions que mesme chose,
Vostre ame estoit dedans la mienne enclose,
La mienne estoit en la vostre, & nos corps
Par sympathie & semblables accords
N'estoient plus qu'vn: si bien que vous, Madame,
Et moy n'estions qu'vn seul corps & qu'vne ame,
Ayant communs & pensers & desirs.

Ah! quand ie pense aux extrémes plaisirs
Que ie receu durant toute vne année,
I'ay du penser l'ame si estonnée
Qu'elle me fait tout tremblant deuenir,
Tant du penser m'est doux le souuenir.
Quand le Printemps poußoit l'herbe nouuelle,
Qui de couleurs se faisoit aussi belle
Qu'est la couleur d'vn gaillard Papegay
Bleu, pers, gris, jaune, incarnat & vert-gay,
Dés le matin auant que les auettes
Eußent succé la douceur des fleurettes
Qui embasmoient les iardins d'enuiron,
Vous amaßiez dedans vostre giron,
Comme vne fleur entre les fleurs assise,
La couleur jaune, incarnate & la grise,
Tantost la rousse & la blanche, & aussi
Le rouge œillet, le jaunissant soulci,
La pasquerette aux petites pensees:
L'vne sur l'autre en vn rond amassees,
Vn beau bouquet faisiez de vostre main,
Que vous cachiez vne heure en vostre sein:
Puis me baisant, au sortir de la porte
Me le donniez d'vne si douce sorte,
Que tout le iour i'en sentoy reuenir,
La fleur à l'œil, au cœur le souuenir.

A mon retour des champs ou de la ville,
D'vne main blanche à presser bien subtile

Vous m'accolliez, & en cent & cent lieux
Vous me baisiez & la bouche & les yeux
De voſtre langue à baiſer bien appriſe.

Tantoſt fronciez les plis de ma chemiſe,
A chaſque ply me baiſant, ou mordant
D'vn petit trait mon front de voſtre dent:
Tantoſt friziez de voſtre main vermeille
Mes blonds cheueux à l'entour de l'aureille,
Ou me pinſiez, chatoüilliez, & i'eſtois
Si hors de moy que rien ie ne ſentois,
Mort de plaiſir, tant le plaiſir extréme
Auoit perdu ma raiſon & moy-meſme.

Mais ce plaiſir que i'alloy receuant,
En peu de iours ſe perdit comme vent,
Et l'amitié chaudement allumée
S'aſſoupit toute & deuint en ſumée,
Fuſt que le Ciel le commandaſt ainſi,
Fuſt voſtre faute ou fuſt la mienne auſſi,
Fuſt par malheur ou par cas d'auenture,
Fuſt que chacun enſuiue ſa nature
Par trop encline aux nouuelles amours;
Ah! fier Deſtin, nous rompiſmes le cours,
Sans y penſer, de l'amitié premiere,
Quand plus l'ardeur couroit en ſa carriere:
Si que laiſſant le vieil pour le nouueau,

Par inconſtance & fureur de ceruueau,
Tous deux picquez d'eſtranges frenaiſies,
En autre part miſmes nos fantaiſies:
Si que tous deux faſchez de trop de loy,
Fuſmes contents de rompre noſtre foy
Pour la donner à de moindres peut-eſtre:
Ainſi Amour de toutes choſes maiſtre,
Ainſi le Ciel & la ſaiſon des temps
Furent & ſont & ſeront inconſtans.

Puis de tel fait la faute eſt excuſable.
Venus qui fut Déeſſe venerable,
Naurée au cœur des flames & des dards
De ſon enfant, aima bien le Dieu Mars,
Ce grand guerrier nourriſſon de la Thrace,
Peſte & terreur de noſtre humaine race:
Puis en quittant les amours de ce Dieu,
Elle choiſit Adonis en ſon lieu:
Puis ſe faſchant d'Adonis, fut épriſe
D'vn Paſtoureau, d'vn Phrygian Anchiſe
Qui habitoit le ſommet Idean:
Puis en laiſſant ce Paſteur Phrygian,
Aima Pâris de la meſme contrée,
Tant elle fut de ſon plaiſir outrée.
Elle fit bien d'auoir de tous pitié:
» Rien n'eſt ſi ſot qu'vne vieille amitié.

MARCASSVS.

Le temps ſe paſſe] Ce diſcours contient les inquietudes que l'Amour luy donne, auec quelques contes qu'il fait de ſon malheur, qu'il n'a iamais peu euiter quelque remede qu'il y ait appliqué: il ſe plaint que d'vn heur extreme dont il joüiſſoit, ayant les bonnes graces de Genéure, le temps l'ayant changée, l'a plongé dans vne mer de trauerſes & de martyres: puis il excuſe ſon inconſtance par l'exemple de la mere meſme d'Amour, qui quitta Vulcain pour Mars, Mars pour Adonis, Adonis pour Anchiſe, & Anchiſe en fin pour Pâris.   *Les teſ-moins*] Ce ſont les ſouſpirs, les inquietudes, les larmes, la palleur, & tout ce qui deſcouure le martyre de l'ame.

Ie n'achenoy le quart] C'eſt la couſtume de ceux qui ſont trauerſez de quelque violente paſſion de ne parler ia-mais qu'à demy. Voyez ce ieune homme dans Terence, qui amoureux de Thaïs dit: *Egóne illam? quæ illum? quæ me? que non? &c.*   *Se iouänt quatre fois*] Ie croy qu'il faut mettre cinq au lieu de quatre: car il y a les deux que l'on paſſoit au port de Nully deuant qu'il y eut des ponts, les deux de Chatou & le port au Peq, par lequel on deſ-cend à Sainct Germain: que s'il vouloit prendre les quatre premiers pour deux, il faudroit dire trois fois & non quatre.   *Portes*] Les ſept portes de Thebes ſont aſſez renommées dans les Poëtes Grecs & les Poëtes Latins.

Roſins] C'eſt l'epithete qu'Homere luy donne à chaſque pas.   *Troyens*] De Francus qui aborda en France.
Adonis] C'eſtoit ce beau ieune Prince fils de Cynare Roy de Cypre que Venus aima tant.   *Anchiſe*] Pere d'Enée.   *Idean*] Ide eſt vne montagne proche de Troye.   *Phrygian*] Ce Paſteur de Phrygie, à ſçauoir Pâris.

ELEGIE XXV.

Omme vn guerrier refroidi de
proüeſſe,
Qui a perdu ſa peine & ſa ieu-
neſſe,
Voire ſon ſang, le teſmoin de ſa foy,
Suiuant le camp d'vn Seigneur ou d'vn Roy,

Apres qu'il void que ſon Prince & ſon maiſtre
Ne veut ingrat ſon labeur recognoiſtre,
En barbe blanche & en cheueul griſon
Seul ſe retire à part en ſa maiſon,
Et là penſant en l'honneur qu'il merite,
Se paſſionne & s'enfle & ſe deſpite:
Croizant les bras & regardant les Cieux,
Iure, proteſte & atteſte les Dieux
De ne veſtir iamais en nulle place,

Pour guerroyer, ny armet ny cuirace :
Mais quand il oit le tabourin sonner,
Chaud de la guerre il y veut retourner,
Et sans respect de serment ny d'iniure,
Prend son harnois & suit son auanture.

Ie suis ainsi : car ayant fait sejour
Long temps en vain sous la charge d'Amour,
Ayant porté longuement son ensaigne,
Tenu sous luy l'amoureuse campaigne,
Receu sa soude, & long temps trauaillé,
Couru, cherché, assailli, bataillé,
Enflé de gloire & de perseuerance,
Ce fier Tyran pour toute recompense
De mon seruice & de ma loyauté,
M'a outragé d'extreme cruauté :
Si que despit contre si meschant maistre,
Ie fis serment de ne vouloir plus estre
Son seruiteur comme i'auois esté,
Et n'engager iamais ma liberté :
Mais mon serment s'en-vola dans la nuë :
» Serment d'Amant iamais ne continuë.

Car aussi tost que i'apperceu vos yeux,
Yeux? ie me trompe, ains deux astres des
　　Cieux,
Et vos cheueux mes liens, dont le moindre
Pourroit vn Scythe en seruage contraindre,
Et quand i'oüy vostre parler qui fait
Foy que l'esprit est diuin & parfait,
Lors i'oubliay mes sermens & mes peines.

Vn soulfre ardant s'éprit dedans mes vei-
　　nes
Par vos rayons, lequel se fit vainqueur
De ma Raison, & m'alluma le cœur
Du haut desir de consacrer ma vie
A vous que i'ay pour Maistresse suiuie,
Maistresse? non, mais Déesse qui tient
Si bien mon cœur que plus ne m'en souuient.

Ie sçay combien ceste heureuse naissance
Qui vous honore, est haute de puissance :
Ie cognois trop (& de là vient mon mal)
Qu'à vostre sang le mien n'est pas esgal,
Et si voy bien que i'ay taille trop basse
Pour deuancer l'homme qui me surpasse :
Et le voyant, ie suis desesperé
De paruenir au bien tant desiré,
S'il ne vous plaist abaisser la victoire,
Et m'estimer digne de vostre gloire :
Car autrement sans à vous m'appeller,
En si haut lieu ie ne sçaurois aller.

Souffrez, Maistresse, au moins que ie vous
　　aime
Plus que mon cœur, que mes yeux, que moy-
　　mesme,
Et permettez que ie puisse honorer
Vostre beauté qu'on deuroit adorer,
Tant l'abondante & prodigue Nature
Pour vous orner sur toute creature
A despoüillé tous les Cieux, & a fait
En vous, Madame, vn chef-d'œuure par-
　　fait.

Encore l'homme éleue la paupiere
Vers le Soleil, & vit de la lumiere,
Bien que le trait de ses feux radieux
En le voyant luy aueuglent les yeux.
Ainsi souffrez qu'à mon dam ie vous voye,
Et que l'autheur de mon malheur ie soye,
Puis qu'il me plaist de mourir regardant
Vostre bel œil si clair & si ardant.

Au temps passé les Déesses plus grandes
Quittant des Dieux les immortelles bandes,
Ont bien choisi çà bas pour seruiteurs
Non pas des Rois, mais des simples Pasteurs,
Et Iupiter plein d'amoureuses flames,
Laissant Iunon a bien aimé nos femmes :
Car volontiers Amour & Majesté
En mesme lieu compagnons n'ont esté.

Si vous estiez en l'Amour bien apprise,
Vous ne seriez d'vn grand Seigneur esprise :
Tousiours l'Amour d'vn Prince nous deçoit,
Dont tout le peuple à la fin s'apperçoit
Comme d'vn feu qui brusle vne campagne :
Car la raison sa fureur n'accompagne.

Mais quand Amour vient allumer le
　　cœur
D'vn Gentilhomme, en seruant il est seur,
Obeissant & craignant de desplaire,
Et ne commet son plaisir au vulgaire :
Ains au rebours, afin qu'il ne soit veu,
Cache sa playe & recele son feu,
Le nourrissant d'vne douce pensée,
Sans que sa Dame en soit point offensée,
Comme ie fais : par la discretion
Ie veux aimer, non par ambition
De m'éleuer pour plus haut entreprendre,
Mais sagement : aussi tant plus la cendre
Cache l'ardeur qui nous brusle au dedans,
Plus du brazier les charbons sont ardans.

En cependant vostre orgueil qui me lime,

Ne doit trouuer mauuais si ie l'estime,
Si ie vous prise, & si vous adorant
Ie vay pour vous si doucement mourant :

Car DIEV *cent fois plus grand que vous*
encore
N'est pas marry que le peuple l'adore.

MARCASSVS.

Comme vn guerrier] Par vne excellente comparaison d'vn soldat, qui apres auoir vieilli sous les armes sans recompense quelconque se retire chez soy, fait serment de n'aller plus à la guerre, & qui an moindre coup de tambour fausse son serment, il monstre le peu de constance qu'ont les Amans quand les desdains & les rigueurs de leurs Maistresses les ont rengez du costé du mespris ou de la haine qu'ils ne peuuent tenir que fort peu de temps. Il ne faut que la moindre esperance pour les changer tout à fait, & leur faire aimer auec plus de passion mille fois le sujet contre lequel l'impatience les auoit fait despiter. Ce qu'il dit luy estre aduenu. Car se voyant si mesprisé de sa Dame, voyant qu'elle auoit engagé son affection à vn autre pour le quitter, il s'estoit vne fois resolu de ne l'aimer plus, mais sa resolution fut bien tost dissipée par l'espoir que l'amour luy fit conceuoir de pouuoir flechir sa cruauté.

ELEGIE XXVI.

POur vous aimer, *Maistresse*, ie
  me tuë,
I'ay iour & nuict la fiéure con-
  tinuë,
Qui me consomme & haste mon trespas,
Mourant pour vous, & ne vous en chaut pas :
Vous n'auez soin ny esgard qu'à vous mes-
me :
Pour trop aimer vous n'estes iamais blesme,
Fiéure ne mal pour aimer ne vous poingt,
Et pour aimer vous ne souspirez point.

Franche d'esprit en vain estes priée,
Loin des filets de l'Amour desliée,
Libre suyez comme il vous plaist, ainsi
Mocquant vostre âge, Amour & mon souci.

Depuis trois ans vous paissez de mes lar-
mes,
M'ensorcelant de ne ie sçay quels charmes,
Dont l'amiable & courtoise douceur
Hume mon sang & altere mon cœur,
Qui d'autant plus me trahit qu'elle est douce :
Mais la plus fiere & amere secousse
Que pour ma mort vous mettez en auant,
C'est ne vouloir de seruiteur seruant.

Quoy? pensez-vous que l'amour soit la
bouche?
Autant vaudroit embrasser vne souche
Sans mouuement, que vos léures baiser,
Sur vos tetins printaniers reposer,
Presser vos yeux, les succer sans reuanche,
Toucher le sein, taster la cuisse blanche,
Ce n'est que vent, & tel plaisir ne vaut

Quand de l'amour le meilleur poinct desaut.

Mais se reioindre en vn & se remettre,
Et à l'ami toute chose permettre,
Se r'assembler ainsi qu'au premier temps,
C'est ce qui rend les Amoureux contens.
Il faut s'aimer d'vne amour mutuelle,
Non par la bouche, & non par la mammelle,
Non par les yeux : ce ne sont instrumens
Propres assez pour nos rassemblemens :
Mais pour se ioindre, il faut à l'auenture
Remettre en vn les outils de Nature.

Et quoy? cruelle, & quoy? voudriez-vous
bien,
Vous qui du Ciel receustes tant de bien,
A qui la grace & l'heureuse puissance
Des feux du Ciel ont orné la naissance,
Voudriez-vous bien d'vn cœur malicieux
Trahir nature & mespriser les Cieux,
Et resister à leur loy venerable?

Les fiers Geans (engeance miserable)
Contre le Ciel éleuerent ainsi
Le vain orgueil de leur braue sourcy :
Eux à la fin accablez de la foudre,
Noirs & puans broncherent sur la poudre,
Pour chastiment d'auoir si fols esté
Que des grands Dieux forcer la Majesté.

Voudriez-vous donque en beauté tres-
parfaite,
Grasse, en bon poinct, de ieunesse refaite,
Courtoise, honneste & d'vn abord si dous
Trahir les dons que vous portez en vous?

Ie croy que non : mais l'honneur vous
abuse,
Honneur friuole & de trop vaine excuse,
Qui n'est que fraude, & qui se fait par ars

Honneur icy & vice en autre part:
Voila comment tel honneur se demeine
Comme il nous plaist par fantasie humaine.

   Et bien, Madame, encore que la foy
De ce pays donnast vne autre loy,
Seuere loy qui nos cœurs emprisonne!
Auez-vous pas la nature assez bonne,
Assez de cœur & assez de moyen,
Assez d'esprit pour rompre ce lien?
Certes ouy: toute femme amoureuse
Est de nature assez ingenieuse.
Ne mettez donc le temps à nonchaloir,
Tant seulement ne faut que le vouloir:
» La volonté inuente toute chose:
» Et tout cela que vostre esprit propose
» Est acheué ou par temps ou soudain:
» Car du vouloir chambriere est la main.

   Femmes de Cour & les femmes des villes
Sont à tromper & cautes & habiles:
Car fueilletant nos liures, ell' ont sçeu
Ce qui attise ou amortit le feu:
Sçauent que c'est martel & ialousie,
Feindre & tromper, changer de fantasie,
Dissimuler & forger maint escrit:
Où la rustique & pauurette d'esprit
Suit la Nature, & rude d'artifice
Prend son plaisir sans fraude ne malice.

   Vous qui auez l'esprit gaillard & bon,
Née & nourrie en ville de renom,
Qui n'ignorez les presens de Minerue,
Ne voulez point de seruiteur qui serue
Aux doux plaisirs des amoureux combas.

Vous le voulez & ne le voulez pas,
Vous le voulez & si ne l'osez dire:
Ne le disant, vn amoureux martyre
Brusle vostre ame en feu continuel,
Qui trop resiste au plaisir mutuel.

   Si toute Dame en ce poinct vouloit faire,
Le Monde fust vn desert solitaire:
Villes & bourgs, bourgades & citez,
Maisons, chasteaux seroient deshabitez.

   Par ce plaisir bien souuent on engendre
Vn grand Achille, vn Monarque Alexan-
    dre:

Princes & Roys se font par tels moyens,
Et tous humains du Monde citoyens.

   Pource iadis la ville Hellespontique
Fit vn grand Temple au vieil Priape anti-
    que
Comme au grand Dieu de generation,
Pere germeux de toute nation.

   Doncques ma chere & plus que chere vie,
Si vous auez dedans le cœur enuie
Que ie vous serue, il faut sans long sejour
Estroitement pratiquer nostre amour
En cependant que les vertes années
Pour cet effect du Ciel nous sont données,
Sans pour-neant nostre âge consommer.

   Vn temps viendra qui nous gard'ra d'ai-
    mer
Par maladie, ou par mort, ou vieillesse:
Lors regrettant en vain nostre ieunesse,
Et regardant nos membres tous perclus,
Nous le voudrons, & ne le pourrons plus.

MARCASSVS.

Pour vous aimer] Par le recit des rigueurs de son tourment qui le fait mourir, il se plaint de sa Maistresse comme de la plus estrange & la plus cruelle du monde, qui luy permettant de la baiser ne luy veut point accorder la faueur que le mary tire de sa femme. Il luy remonstre que l'amour ne consiste point ny aux douces parolles, ny aux regards, ny aux baisers; que le vray & le solide contentement gist en ce qu'elle luy va si long temps refusant.   *Se r'assembler*] Aux premiers iours de l'Vniuers l'homme & la femme ne faisoient qu'vn corps selon la fable.   *Hellespontique*] Les villes proches de l'Hellespont dresserent des Autels à Priape Dieu de la generation, comme à celuy qui estoit né dans leur pays, & par qui le genre humain subsistoit.

ELEGIE XXVII.

V N long voyage ou vn courroux,
   Madame,
   Ou le temps seul pourront m'o-
   ster de l'ame
La sotte ardeur qui vient de vostre feu,

Puis qu'autrement mes amis ne l'ont peu,
M'admonestant d'vn conseil salutaire,
Que ie cognois & que ie ne puis faire:
Car tant ie suis par mes sens empesché,
Qu'en m'excusant i'approuue mon peché:
Et si quelqu'vn de mes parens m'accuse,
Incontinent d'vne subtile ruse
Par long propos ie desguise le tort

Pour pardonner à l'autheur de ma mort,
Voulant, menteur, aux autres faire croire
Que mon diffame est cause de ma gloire.
Bien que l'esprit resiste à mon vouloir,
Tout bon conseil ie mets à nonchaloir,
Par le penser m'encharnant vn vlcere
Au fond du cœur ; que plus ie delibere
Guarir ou rendre autrement adouci,
Plus son aigreur se paist de mon souci.

Quand de despit à par moy ie souspire,
Cent fois le iour ma raison me vient dire,
Que d'vn discours sagement balancé
Ie remedie au coup qui m'a blessé.

Heureux celuy qui ses peines oublie !
Va-t'en trois ans courir par l'Italie :
Ainsi pourras de ton col deslier
Ce lacz coulant qui te tient prisonnier.
Autres citez, autres villes & fleuues,
Autres desseins, autres volontez neuues,
Autre contree, autre air & autres Cieux
D'vn seul regard t'esbloüiront les yeux,
Et te feront sortir de la pensee
Plustost que vent celle qui t'a blessee.
Car comme vn clou par l'autre est repoussé,
L'amour par l'autre est soudain effacé.

Tu es semblable à ceux qui dans vn antre
Ont leur demeure où point le Soleil n'entre,

Eux regardans en si obscur sejour
Nostre lumiere vne heure en tout le iour,
Pensent qu'vne heure est le Soleil, & croyent
Que tout le iour est ceste heure qu'ils voyent.

Incontinent que leur cœur genereux
Les fait sortir hors du sejour ombreux,
En contemplant du Soleil la lumiere,
Ils ont horreur de leur grotte premiere.

Le bon Orphee en l'antique saison
Alla sur mer bien loin de sa maison
Pour effacer le regret de sa femme,
Et son chemin aneantit sa flame.

Quand le Soleil s'abaissoit & leuoit,
Tousiours pleurant & criant le trouuoit
Dessous vn roc, où son ame blessee
Se nourrissoit d'vne triste pensee,
Et ressembloit non vn corps animé,
Ains vn rocher en homme transformé.
Mais aussi tost qu'il laissa sa contree,
Autre amour neuue en son cœur est entree,
Et se guarit en changeant de païs.
Pour Eurydice il aima Calaïs,
Empoisonnant tout son cœur de la peste
De cet enfant : ie me tairay du reste :
De membre à membre il en fut detranché.
» Sans chastiment ne s'enfuit le peché.

MARCASSVS.

Vn long voyage] Il raconte icy comme sa Raison le voyant au piteux estat où la cruauté de l'Amour l'auoit reduit, luy persuadoit de quiter le lieu où estoit l'objet de son martyre ; que cest esloignement le gueriroit à l'exemple d'Orphee, qui apres la perte de son Eurydice, pour dissiper l'ennuy qu'il en auoit, se mit sur mer.

Orphée] C'estoit cest excellent chantre de Thrace, fils de Calliope, & qui fut matié à la belle Eurydice.

Calaïs] Fils de Borée & d'Orithye.   *Alla sur mer*] Au voyage des Argonautes, auquel il aima Calaïs qui y estoit auec son frere Zetés.

ELEGIE XXVIII.

Ous qui passez en tristesse le
iour,
Assujettis sous l'Empire d'A-
mour,
Cruel Tyran des humaines pensees :
Vous qui viuez d'esperances cassees,
Vous que Fortune, Amour, & la douleur
Vont abusant, escoutez mon malheur,
Malheur estrange, autant esmerueillable
Qu'en mon tourment ie n'ay point de sembla-
ble.

Mais par où dois-ie en mes vers commencer
Le mal qui vient griéuement m'offenser ?
Comme vn chemin qui en croix se trauerse,
De mainte voye en carrefours diuerse,
Fait le pieton du chemin esgarer :
Ainsi le mal diuers me fait errer
De mon propos, si que ie ne puis dire
D'où, ny comment proceda mon martyre :
Et toutefois icy ie le diray,
Me declarant le mieux que ie pourray.

De mon malheur l'occasion premiere
Fut la durté de ma cruelle mere,
Laquelle estant sans cœur & sans pitié,
Fit auorter ma nouuelle amitié,

Mere à son fils à tort mal-gracieuse,
Par le rapport d'vne vieille enuieuse
Qui haïssoit ma Maistresse, & faisoit
Qu'à mes parens mon amour desplaisoit.

Quiconque soit ceste vieille maudite,
Perisse, ô Dieux ! iustement interdite
De feu & d'eau, & la clarté des Cieux
Ne soit iamais agreable à ses yeux.

La pauureté tousiours luy face guerre,
Et sans secours aille de terre en terre
Cherchant son pain, & trespasse à la fin
Nuë, affamée, au milieu d'vn chemin,
Où sans honneur d'aucune sepulture
Soit des mastins & des loups la pasture.

Son esprit aille errant par les tombeaux,
Ou reuestu des plumes de corbeaux,
Sur les maisons toute nuict se lamente,
Et d'vn long cry les voisins espouuente,
Puis que par fraude elle a voulu blesser
L'honneste amour qu'on ne doit offenser.

De mon tourment ie fis certain mon pere :
Mais luy vieillard, qui du tout obtempere
Aux passions de celle qui me fit,
Parla pour moy, mais rien à mon profit :
Car remettant toute l'affaire à celle
Dont ie nasquis, la rendit plus cruelle
Contre mon mal, comme ayant seule à soy
Pouuoir de pere & de mere sur moy.
O cruauté d'vne mere obstinée,
Qui de son fils corrompt la Destinée !

Ma mere donq' est cause du tourment
Que ie reçoy, & vous diray comment.
Ainsi qu'on voit qu'entre ceux d'vn lignage
La priuauté s'augmente d'auantage,
Et l'amitié s'enflame plus auant
Par le moyen de se voir bien souuent :
Ainsi voit-on qu'Amour, qui tout dispense,
Souuent se mesle entre telle alliance,
Et tant il est gaillard & vigoureux,
Que des cousins il fait des amoureux :

Comme il aduint à moy qui me lamente,
Trouuant vn iour vne mienne parente
En vn festin (parente d'assez loin)
Qui fut depuis l'argument de mon soin :
Car estimant estre chose ciuile
D'entretenir vne Dame gentile
De qui i'estois vn petit allié,
Incontinent ie me senti lié,
Fait prisonnier de son deuis, si sage

Qu'il eust gaigné d'vn Scythe le courage.

Ie me vy prendre esclaue de ses yeux,
Où les Amours courtois & gracieux
Estoient logez, armez de ses œillades,
Qui d'vn seul coup mes sens firent malades :
Si qu'en viuant en autruy loin de moy,
Plein de souci, de tristesse & d'esmoy,
Autre penser n'auois en la pensee
Que la beauté que i'auois enlacee
Au fond du cœur, qui suiuoit en tous lieux
Mon souuenir, se monstrant à mes yeux,
Et ne souffroit, tant me faisoit de presse,
Que sur l'amour la raison fust maistresse :
Pource ie fus long temps malade ainsi,
Sans rencontrer ny pitié ny merci.

Mais comme on voit que la premiere en-
uie
D'vn ieune amant est souuent assouuie
Ou par l'estude ou par autre moyen,
I'entre-rompi le nœud de ce lien,
Qui d'autre amour m'auoit serré la voye
Estant fort ieune, & aussi que i'auoye
Vn frere aisné en âge florissant,
Qui plus que moy estoit fort & puissant,
Et qui deuoit selon sa destinée
Aller bien tost sous les loix d'Hymenée.

Or quand la Parque eut ce frere rauy,
Et que tout seul de mon nom ie me vy,
S'offrant à moy maint riche mariage,
L'amour premiere arresta mon courage,
Dont ie gardois encores en l'esprit
Le souuenir & le portrait escrit.

Pour tout remede vn iour ie delibere
De raconter mes amours à sa mere,
La suppliant n'auoir le cœur marry
Si pour amy ie deuenois mary
De la beauté de sa fille si belle,
Qu'autre desir ie n'auois sinon d'elle.

La mere adonq' qui mes propos oüit,
Les accordant tout mon cœur réjoüit :
Mais pour tel heur ne faillit ma misere :
Car la rigueur de ma fascheuse mere
Fraudant mon cœur, ma peine & mon espoir,
Opiniastre opposa son vouloir
Au mien forcé, & pour mon mal accroistre
Ne voulut onq' les vertus recognoistre
Ne la famille où ie voulois parti,
Ayant son cœur de mon bien diuerti
Par les rapports d'vne vieille Megere

Contre m'amie infame mensongere :
Et toutesfois ardent ie ne laissé
D'entretenir mon dessein commencé,
Faisant entendre à mon pere la peine
De trop aimer, dont i'auois l'ame pleine,
Disant ainsi : Pere, s'il te souuient
Du premier feu qui en ieunesse vient
Brusler les cœurs de sa flame amoureuse
(Heureux sujet d'vne ame bien-heureuse)
Ie te supplie aide à mon amitié,
Et, pere, pren de ton enfant pitié,
De moy qui meurs sans tenir embrassée
Celle qui vit Royne de ma pensée.

Ne fois, mon pere, homicide à grand tort
De ton seul fils, qui n'attend que la mort,
S'il ne te plaist qu'il esteigne sa flame
En si beau lieu qu'il desire pour femme.

Las! si tu veux à mon bien consentir,
Tu me feras vn tel aise sentir,
Mettant à fin ma vertueuse enuie,
Que doublement i'auray de toy la vie,
Et doublement seras mon pere ici,
Me donnant vie & m'ostant de souci.

De tels' propos mon pere i'arraisonne :
Luy qui estoit de nature tresbonne,
Me dit : Mon fils, i'ay pitié de ton mal,
Lequel ne trouue en amours son égal,
Loüant beaucoup ta volonté constante,
Qui ne se doit frustrer de son attante.

Mais pour-autant que vieillesse m'a
         fait
Par maladie impotent & desfait,
Ie ne sçaurois à ton vouloir complaire :
Car desormais ce n'est plus mon affaire
De me mesler de nopces ny de rien :
Le seul vouloir de ta mere est le mien.

Pource, mon fils, flechi-la par priere :
Son cœur n'est point d'vne lionne fiere
Ny d'vn sanglier, tu pourras par douceur
En souspirant luy amollir le cœur.

Ainsi disoit : Lors ie lamente & crie
Deuant ma mere, & la prie & reprie,
Et par douceur i'essaye d'arracher
En souspirant ce fer & ce rocher
Qui luy armoit la poitrine si dure,
Pour n'escouter la peine que i'endure,
Mettant tousiours au deuant de ses yeux
L'extréme ennuy de mon mal soucieux,
La nourriture & beauté de la fille,

Et les vertus de toute sa famille.

Mais pour neant ie cuidois l'enflamer :
Car mille fois plus sourde que la mer,
Qui par le vent se roulle sur le sable,
A ma priere estoit inexorable.

Alors me dit celle qui m'engendra :
Ton pere vieil fera ce qu'il voudra,
Car d'vn Pere est la puissance bien forte :
Mais quant à moy, plustost mille fois morte
I'iray là bas, que te voir marié
En si bas lieu dont tu es allié.

Ce mot estoit le dernier coup d'espée
Dont ell' pensoit auoir du tout coupée
Mon esperance, helas! qui florissoit
D'autant plus fort qu'elle la meurdrissoit.
Moy resolu de poursuiure ma prise,
Ie fy certains mes parens de l'emprise,
Qui tous d'accord loüerent mon conseil,
Et mon amour qui n'a point de pareil,
Et la langueur veritable & non feinte
D'vne amitié si constante & si sainte.

Adonq' pensant par le temps acquerir
Ce plaisant mal lequel me fait mourir,
Tousiours cherchois occasion expresse
D'aller aux lieux où estoit ma Maistresse.

Long temps apres tant de trauaux passez
(Par la douleur l'vn sur l'autre amassez)
Preuoyant bien que ma peine dolente
Auroit plantée vne amour violente
Dedans le cœur de Madame, & qu'aussi
Autant que moy elle auroit de souci,
Ie resolu, pour soulager ma vie,
De visiter vne si chere amie,
Dont le pourtrait dedans l'esprit i'auois,
Et de luy seul en mourant ie viuois.

Or trouuant seule vn iour ma seule Ai-
         mée
(Car la maison souuent m'estoit fermée,
De peur helas! que si la priuauté
D'vne si douce & plaisante beauté
M'estoit commune, vne enuieuse rage
Ne rallumast ma mere d'auantage :
Ie luy contay le feu qui me brusloit,
Dont la chaleur aux yeux m'estinceloit :
Ie luy contay que ie mourrois sans elle,
Que sa beauté me sembloit seule belle,
Que de souspirs mon cœur ie nourrissois,
Que d'elle seule attristé ie pensois,
Qu'elle estoit seule & ma vie & mon ame,

Mon ſang, mon tout, ma chaleur & ma fla-
　me,
Et que mon cœur n'auoit autre aliment
Que de ſonger en elle ſeulement,
Et maint propos ie diſois, que fait dire
Amour alors qu'on conte ſon martyre.

　En-ce-pendant à longs traits ie humois
De ſes beaux yeux les beaux traits que i'ai-
　mois,
Ie m'enlaçois en ſes treſſes dorées,
Je contemplois ſes léures colorées
De frais œillets, & ſon front où eſtoit
Amour au guet qui mon cœur combatoit.

　Ie contemplois ſon maintien & ſa grace,
Et ſon beau teint qui les roſes efface:
Ie deſrobois de ſes beauteℨ vn peu,
Doux aliment pour en eſtre repeu
En ſon abſence, ainſi que l'homme ſage
Qui entreprend de faire vn long voyage,
Mainte viande amaſſe dans ſon ſein
Pour reſiſter longuement à la faim.

　Sa mere adonq̃ ſuruenant fut joyeuſe
De tel amour ſi ſainte & vertueuſe,
Et approuuant ma longue paſſion,
De tous les deux loüa l'affection,
Me deſcouurant ſa volonté celée,
Dont i'eu depuis mon ame conſolée.

　Vn temps apres vne nopce ſuruint,
O iour heureux! où ma chere ame vint,
Qui paroiſſoit au milieu de la preſſe
Comme paroiſt Diane la Déeſſe,
Par-ſur le Chœur de ſes Nymphes ſautant,
Quand prés d'Eurote elle va ſeſbatant.

　Là ne me pleut, ny danſe ny aubades,
Ny balladins aux diſpoſtes gambades,
Fifres, cornets, ny les haubois qui font
Aller la danſe également en rond;
Ny les feſtins, les vins, ny les viandes,
Sucres, douceurs, confitures friandes
Ne me plaiſoient : ſeulement me plaiſoit
Ce corps diuin, qui chaſte me faiſoit
Viure & mourir, contemplant en preſence
D'vn œil goulu toute mon eſperance.

　D'vn feu pareil nos ſouſpirs embraſeℨ,
Et nos deſirs furent beaucoup priſeℨ
Des aſſiſtans les plus grands de la bande,
Qui admiroient vne amitié ſi grande,
Et de ma mere accuſoient la rigueur
Qui ſ'oppoſoit ſi cruelle à mon cœur.

　La nuiɛt ſuruint, & Amour, qui me
　ronge,
Me preſenta mes delices en ſonge,
Et parmi l'ombre en eſprit me fiſt voir
Tant de beauteℨ que i'auois veu le ſoir.

　Lors ie diſois : O Songe qui m'abuſes,
Me fortunant de ſi plaiſantes ruſes!
De tout mon bien ie ſuis tenu à toy,
Qui ſans pitié as eu pitié de moy :
Si qu'en d'eſpit de la fiere rudeſſe
Qui tient ma mere, accollant ma Maiſtreſſe
Ie l'ay baiſee, & ſeul tu m'as heüré,
Quand plus mon fait eſtoit deſeſperé.

　Le verd pauot, ton propre ſacrifice,
Sur ton autel à toute heure fleuriſſe,
Et puiſſes-tu éuiter le courroux
De Iupiter, puis que tu m'es ſi doux.

　Ainſi viuant en ſi douteuſe attente,
Des deux coſteℨ maint parti ſe preſente
De mariage, & nul ne vint à fin,
Eſtant rompu par vn heureux Deſtin.

　Hà! que ſerois-ie aupres d'vne autre fem-
　me,
Sinon du plomb ſans vigueur & ſans ame?
Que ſeroit-elle aupres d'vn autre auſſi,
Que froide & morte & palle de ſouci
Loin de ſon cœur ? Amour qui nous fait
　plaindre
Ne nous ſçauroit en autre part conioindre,
Tant le Deſtin, à tous les deux commun,
De nos eſprits en naiſſant ne fiſt qu'vn.

　Lors m'efforçant d'vne complainte amere,
Ie retentay le vouloir de ma mere,
Luy declarant le danger où i'eſtois :
Qu'vn tel fardeau ſur le cœur ie portois,
Qu'en bref, vaincu, ie laiſſerois la vie,
Et ſi ſoudain elle n'auoit enuie
De m'alleger ou me donner confort,
Qu'entre ſes bras elle auroit vn fils mort.

　Mais pour-neant ie luy fais ma requeſte,
Tant de la vieille elle auoit en la teſte
Les faux rapports qu'elle luy racontoit,
Que mes propos ny mes pleurs n'eſcoutoit,
Eſtant ioyeuſe & braue de ma perte.

　En-ce-pendant la foire fut ouuerte
De Sainɛt Germain, où ceux qui ont le cœur
Adoloré d'amoureuſe langueur,
Où ceux qui ont vne ardeur vehemente
D'eſtre butin d'vne nouuelle Amante,

Où ceux

O ù ceux qui ont vne ardeur de parler
A leur Maistresse où ils n'osent aller,
Où ceux qu'Amour à son conseil demande,
Vont amoureux d'vne gaillarde bande.

Là par bon-heur ma Deesse arriua:
Mon cœur deuant auecq' elle s'en-va,
Et puis mon pied me conduit par la presse
Où ie trouuay ma mortelle Deesse.

Là ie n'auois mon regard attaché
Ou sur la foule ou dessur le marché,
Ou sur le bien qui pendoit aux boutiques:
Mais contemplant tant de graces pudiques
Qui reluisoient sur le front de mon tour,
Ie ne trouuois commencement ny bout
En sa beauté: beauté qu'Amour m'a peinte
Dedans le cœur comme chose tressainte.

Là deuisant de nos tristes malheurs,
Elle augmenta plus viues mes douleurs,
Se lamentant de ma mere cruelle,
Qui sans raison ne faisoit conte d'elle,
De ses vertus, de sa condition,
Et qu'elle auoit mauuaise affection
En son endroit, se monstrant insensee
D'offenser ceux qui ne l'ont offensee.

Lors son courroux i'appaisay doucement,
Luy remonstrant son merite, & comment
Ma folle mere auoit tort de mesdire
De ses vertus que tout le monde admire.

Vn iour allant, comme souuent i'allois,
Voir vne Dame à qui parent i'estois,
Et elle aussi, la mere presque mise
En desespoir, de courroux fut esprise:
Se lamentoit, pleuroit, & gemissoit,
Que les vertus de sa fille on passoit
Dessous silence, & que tel mariage
Estoit trop long & de trop de voyage.

Elle alleguoit en pleurant, ne pouuoir
Sa ieune fille en autre lieu pouruoir,
Tant elle auoit à mon dire asseurance:
Que ses parens luy en faisoient instance,
Et qu'asprement tousiours luy reprochoient
De n'auoir soin de ceux qui luy touchoient.

Pource elle estant d'ennuy attenuée,
Et de vouloir presque à demi muée,
Aux champs alla, menant auecques soy
Mon tout, mon cœur, ma promesse & ma foy:
Où ie couru d'vne course hastée
Reconforter ceste desconfortée,
Aussi pour voir les yeux de ceste-là

Au feu desquels mon cœur se re-brula.
A son retour par heureuse rencontre
En quelque nopce encor' ie la rencontre,
Où, pour sçauoir si du temps la longueur
Ne m'auoit point effacé de son cœur,
De maint propos en propos ie l'attire
Pour la tenter, ne me voulant rien dire,
Ains retirée en vn penser profond,
Ny bien ny mal froide ne me respond.
Mais à la fin de mon dire esbranlée,
Rendit du tout mon ame consolée
En m'asseurant de sa fidelle amour.
Lors tout raui ie sens naistre à l'entour
De mon esprit vne joye incognuë,
Qui par sa bouche au cœur m'estoit venuë.

Donq' pour tousiours à mon aise la voir,
Soudain ie fis à sa mere sçauoir
(Pour consommer mon œuure proposee)
Qu'elle seroit ma future espousee,
La choisissant pour femme desormais,
Et que pour Dame autre n'aurois iamais:
Ie luy contay le danger de ma vie,
Et la rigueur de ma mere, & l'enuie
Qu'vne flateuse auoit d'vn tel parti,
Dont tout le mal, helas! estoit sorti.

La mere adonq' de mes raisons esmeuë,
Sage permit qu'vne si douce veuë
Entre nous deux desormais se feroit:
Que de sa part meurement penseroit
Au mariage & à ma foy promise,
Pour mettre fin à si belle entreprise.

Voila comment, Maistresse, i'ay vescu
Depuis le iour que mon œil fut vaincu
De vos beaux yeux: & soit que la iournée
Fust au matin des ondes retournée,
Fust vers le soir, quand le Soleil couchant
Va dans la mer ses cheuaux destachant,
Ou quand la Lune errante se promeine,
Pour vostre amour ie n'ay languy qu'en peine.

O grand Amour, grand oiseau par le dos,
Qui t'es logé au profond de mes os,
Ayant choisi pour maison ma moüelle,
Qui es armé d'vne fleche cruelle,
Et d'vn flambeau que ie sens dans le sein,
Oy ma priere & me sois plus humain:
Fay ie te pri' que ma Maistresse voye
D'vn œil benin ce papier que i'enuoye,
Où sont depeints la plus part de mes maux:
Qu'elle ne mette en oubli mes trauaux,

K K k k

Et que touſiours elle ait en ſa pensée
Noſtre amitié ſaintement commencée,
Touſiours mettant au deuant de ſes yeux
De ſon ami les ennuis ſoucieux,
Et que ſa mere autre part ne flechiſſe,
Et que le Ciel mon deſſein accompliſſe.

 Fay que la mienne au courroux endurci,
En mon endroit ait le cœur adpuci,
Et qu'en lieu d'eſtre à tort inſupportable
S'amolliſſant deuienne plus traitable,

Sans croire plus les malheureux propos
De ce vieil chien contraire à mon repos,
Qui porte enuie aux vertus de la belle
Qui n'a ſemblable en tout ce Monde qu'elle,
Parfaite autant que mon mal bien-heureux
Paſſe l'ennuy de tous les amoureux.

 Et ſi ô Dieu, tu parfais ma requeſte,
Je t'appendray ſur le haut de la teſte,
Comme en trophée, vn rameau de laurier,
Pour le loyer de ſauuer ton guerrier.

MARCASSVS.

Vous qui paſſez] Il ſeroit mal-aiſé à ceux de ma barbe de deſcouurir l'intention particuliere du Poëte, parce qu'il ne la deſcouure aucunement. L'on voit bien qu'il ſe plaint des rigueurs d'vne faſcheuſe mere qui trauer-ſoit ſes amours, dont il recite quelques aduentures. *Comme paroiſt*] Ceſte comparaiſon eſt tirée mot à mot du premier de l'Eneide. Nous en auons ailleurs allegué les vers : il n'eſt pas beſoin d'en charger l'impreſſion vne autre fois. *Heuré*] Pour, *bien-heuré*. *Pauot*] C'eſt la plante ſacree au Sommeil, parce qu'elle l'excite. *Adoloré*] Vieux mot, pour dire, tranſi trauerſé. Le reſte eſt ſi aiſé qu'on ſe mocqueroit de celuy qui le vou-droit interpreter.

ELEGIE XXIX.

DIRES, OV IMPRECATIONS.

 Onques voicy le iour qu'en
 triomphe eſt menée
 Madame ſous la loy du nopcier
 Hymenée :
Donques elle eſt menee aux rayons du flam-
beau
Qui mieux euſt deu mener ſon eſpoux au tom-
beau !
Donq' ſes cheueux frappez par petites remiſes,
Des vents, ſur qui i'ay dit cent & cent mi-
gnardiſes,
Sont couronnez de fleurs ! cheueux que d'a-
mour fol
I'ay baiſez, & liez mille fois à mon col.
 Faut-il qu'vn eſtranger me rauiſſe ma
 Dame ?
Faut-il qu'vn autre corps ioüyſſe de mon ame,
Et d'amoureux efforts du mariage armez
Face breche aux rempars que l'honneur a fer-
mez ?
 Que maintenant le cours de Nature ſe
 change ;
Que tout ſoit transformé, que rien ne ſoit
eſtrange,

Le chardon ſoit la roſe, & la vermeille fleur
De l'œillet Aiacin prenne blanche couleur,
Puis que tu m'as trompé, donnant la meſme
dextre
Que tu m'auois promiſe à l'eſtranger ton mai-
ſtre.
 M'auois-tu pas promis qu'alors que les
 ſaiſons
Feroient nos fronts ridez, & nos cheueux gri-
ſons,
Qu'eſloignez du vulgaire irions par les va-
lees,
Par les monts, par les bois, par les eaux recu-
lees
Herbes, plantes, & fleurs, & racines cueillir :
Puis les faiſant ou cuire, ou ſeicher, ou boüillir,
Au feu les diſtiler en eaux alembiquees,
Pour frauder le cizeau des trois Parques mo-
quees,
Et de remedes promts arracher hors des mains
Le tribut de Pluton, heritier des humains ?
 Telle fut Oenoné, & noſtre Meluſine,
Et la vieille Manton, fatidique heroïne :
Tels furent Zoroaſtre, Hippocrate, & Chi-
ron,
Qui ſauuant par tel art les peuples d'enui-
ron,
Firent d'eſtranges faits, & donnerent aux her-
bes

Les noms dont elles sont auiourd'huy si super-
bes;
Tant vaut en mesprisant les honneurs & les
biens
Profiter à soy-mesme, au public, & aux siens.
      Au matin quand l'Aurore eut tiré la lu-
      miere,
Hors du sein de Tethys, toy marchant la pre-
miere,
Ou moy marchant deuant, eussions de cent
couleurs
Cueilli de main soigneuse vne moisson de fleurs.
      A midi, quand Phebus plus hautement
      gouuerne
Les brides de son char, ou dans vne cauerne,
Ou dessous vn vieil chesne, ou le long d'vn ruis-
seau
Eussions, en ramassant en vn nostre monceau,
Trié toutes les fleurs, puis les ayant contees
Les eussions vers le soir ensemble remportees,
Les vnes au giron, les autres en la main,
Non pas en vn Palais aux grands piliers d'ai-
rain,
Aux soliueaux dorez, mais en nostre her-
mitage
Tapissé de lierre & de vigne sauuage,
Sejour plus gracieux que ces braues chasteaux
Qui ont senti la scie, & le bec des marteaux.
      Ainsi seruant à tous par si belle prati-
      que,
Eussions gaigné les cœurs de la troupe rusti-
que,
Et apres que cent ans eussent nos yeux fer-
mez,
De roses nos tombeaux eussent esté semez.
      Mais tu ne l'as voulu, desmentant ta pro-
      messe,
Aimant mieux vn mary qu'estre faite Déesse.
Thetis fit comme toy lors qu'elle s'allia
Espouse d'vn mortel, tant elle s'oublia.
      Quiconque fut la vieille ententiue au mes-
      sage,
Qui premiere brassa ton maudit mariage,
Que les mastins paillards la compissent tous-
jours,
Hurlant apres son ombre entre les carrefours:
Que la soif en tous temps la gorge luy desseiche:
Tant plus elle boira, tant plus sente vne mei-
che

De chaleur en la bouche, & crache à tous les
coups
Les dents dessus son sein esbranlé de la toux:
Puis sa genciue estant de rempars desarmée,
Soit d'vne lente faim à la fin consommée.
      Toy Corneille & Piuert, oiseaux mal-en-
      contreux
A ceux qu'Hymen accouple au colier malheu-
reux,
Deuiez à main senestre, en trauersant la voye,
Garder que ce voleur ne prist ma chere proye.
      Hà tu deuois, ô Terre, à fin de l'empescher,
Faire deuant son coche éleuer vn rocher
Pour rompre ses cheuaux, & verser par les
bouës
Cheuaux, cocher, limons, attellages, & rouës!
      Tel que les poursuiuans d'Hippodamie, alors
Que Myrtile froissa leurs coches & leurs
corps,
Empestrez au cordage, & à telle brisée
Rencontrerent la mort en lieu d'vne espousée.
      Tel qu'Hippolyte fut, quand les monstres
      marins
Effroyerent de peur ses coursiers aux longs
crins,
Et en luy deschirant les muscles & les veines
Le renuerserent mort sur les blondes areines.
      O terre, si le sang eust esté respandu
De ce meschant voleur, i'eusse cent fois pendu
Vœux, offrandes, & dons au plus haut des en-
trées
De ton Temple qui s'ouure à cent portes sa-
crées.
I'eusse mis vn tableau de durable renom,
Où ses cheuaux versez & sa cheute & son
nom
Eussent esté portraits, à fin que dans ton Tem-
ple
Estrangers & voisins eussent veu par exem-
ple
Qu'on ne doit desrober les amours hors du sein
De ceux qui ont la Muse & la plume en la
main.
      Que i'aime la saison où le mari de Rhée
Gouuernoit sous sa faux la terre bien-heurée!
Lors Hymen n'estoit Dieu, & encores le doy
Ne cognoissoit l'anneau, le Prestre, ny la
Loy.
Le plaisir estoit libre, & l'ardeur necessaire

K K k k   ij

De *Venus* la germeuſe eſtoit par tout vul-
 gaire,
Sous vn arbre,en vn antre,en vn chemin four-
 ché,
Et la honte pour lors n'eſtoit encor peché.
Encores ſ'ignoroit l'amour acquiſe à force,
Dots, anneaux, & contracts, la plainte & le
 diuorce,
Et le nom de mary, qui ſemble ſi cruel,
Et pour vn petit mot vn mal perpetuel.
  Si tu n'euſſes iamais ta liberté venduë,
Je t'euſſe plus celebre & plus noble renduë
Que les trois feux des trois à *Rome* ſi cognus,
Precepteurs delicats des enfans de *Venus*,
Qui ont chanté *Leſbie* & *Cynthie* & *Co-*
 rinne,
Et les chantent encor deſſous l'ombre *Myr-*
 tinne.
  Telle ie t'euſſe faite, & me l'auoit promis
Cypris,qui pour parade en ſes cheueux a mis
Le *Myrte* entortillé,& qui donna pour proye
Heleine Amycléenne au beau berger de *Troye*.
  Quand la Mort,dont l'horreur eſpouuante
 vn chacun,
Nous euſt conduits là bas au paſſage commun,
Ces trois en reliſant mes vers deſſus ta face,
Pour l'honneur de mon nom t'euſſent quitté
 leur place,
Encor qu'ils ſoient premiers ; de Nature le
 ſein
Eſt touſiours tetineux pour tout le genre hu-
 main :
Chacun le peut ſuccer,& ſa vertu feconde
Ne ſe vieillit iamais non plus que fait le
 Monde.
  Ie réue, & mon eſprit ſ'en-eſt volé de
 moy :
Ie n'aduiſe en voyant la choſe que ie voy :
Ie faux,cet eſtranger ne l'a point eſpouſee :
Venus en ma faueur ſoudain a compoſee
Vne image en lieu d'elle, à fin que ſans deduit
Vne idole en ſes bras ſe couchaſt toute nuict,
Un Squelete ſeiché,vne carcaſſe ectique,
Un fantoſme de corps fiéureux & pulmoni-
 que.
  Venus l'a transferée aux vergers Cy-
 priens,
Et entre les odeurs des prez *Idaliens*,
Où ſe paiſſant de fleurs entretient la Déeſſe,

La conduit en ſon Temple & la ſert de Pre-
 ſtreſſe,
L'encenſe & la ſupplie,& le reſte du iour
Comme vn petit enfant ſe iouë auecque A-
 mour.
Ha ie ne ſuis trompé ! ha ce n'eſt pas feintiſe !
J'oy le peuple amaſſé qui bruit deuant l'Egliſe:
J'oy les hault-bois ſonner, & la pompe de-
 uant :
Ie voy ſes beaux cheueux eſparpilleℨ au vent.
C'eſt elle,ie la voy,ie cognoy ſon viſage
Qui m'a tenu quatre ans en l'amoureux ſer-
 uage :
Ie recognoy ſes yeux,ie voy comme dedans
Amour forge ſes traits & ſes flambeaux ar-
 dans.
  Phebus,ſ'il eſt ainſi que tu ſois noſtre pere,
Refuſe à ceſte nopce auiourd'huy ta lumiere :
Tenebres ſoient par tout, ou ſi le iour eſt
 clair,
Que ce ſoit par le feu d'vn flamboyant eſclair
Eſclatté du tonnerre, & ſur la cheminée
Les Corbeaux & Hiboux chantent ſon Hy-
 menée.
  Que pour ſigne certain de ſes futurs ennuis
Elle heurte ſon pied contre le ſueil de l'huis
Sortant de la maiſon,& danſant à ſa feſte,
Du doigt tombe ſa bague , & les fleurs de ſa
 teſte :
Sa ceinture ſe rompe , & touſiours deſdai-
 gneux
Son mary la harcelle,& luy ſoit rechigneux.
  Pareſſeux aux meſtier qu'enſeigne la Cy-
 prine,
De ſa femme iamais n'eſchauffe la poitrine :
Ains morne par le froid qui le germe defend,
Iamais ſur ſes genoux ne branle ſon enfant,
Afin qu'elle cognoiſſe,abhorrant ſa malice,
Qu'vn bon cœur ne vend point l'amour pour
 l'auarice.

Le Poëte.

Quand *Veſper*, que *Venus* aime ſur tous
 les feux
Qui reluiſent au ſoir,apparut ſur la nuë,
Et que les yeux brunets des aſtres furent veus
Regarder à l'enui la Lune reuenuë,
Deux vieilles,dont la treſſe eſtoit toute chenuë,
Ayans le chef griſon de chardons couronné ;
De pauots & de ronce & d'ortie menuë

Ont le lict nuptial trois fois enuironné :
Puis d'vn charme à fous-vois l'ayant empoi-
    fonné,
Et fafciné la chambre en tournant leurs ca-
    roles,
D'vn parler enroüé, d'vn poil heriffonné,
Refpondant l'vne à l'autre, ont dit telles pa-
    roles.

LES VIEILLES.

La premiere Vieille.

O Hymen dont iamais le flambeau ne
    faillit,
O Hymen qui le Ciel à la Terre maries,
Graces, Mufes, Amours, ne chanteZ à ce
    lit,
Mais y chante la Parque & toutes les Furies.

La feconde Vieille.

La Noife & le Difcord y danfent à l'en-
    tour,
Et mefme cefte nuict, des nopces la plus belle,
Qu'ils deuroient f'embraffer, baifer, faire l'a-
    mour,
Ce ne foit que refus, morfures, & querelles.

I.

Son mary la deçoiue, & volage & cha-
    grin
Cherche autre amour nouuelle, ainfi que fit
    Thefee,
Quand parjurant fa foy deffus le bord marin
A la proye des loups laiffa fon effoufee.

II.

Deçoiue fon mary, ainfi que confentit
Eriphyle à la mort du Prophete Amphierre,
Quand vn goulfre béant à Thebes l'engloutit,
Et vif & tout armé trebucha fous la terre.

I.

Le Myrte toufiours double, à Venus dedié,
De fes rameaux Cyprins iamais ce lict n'em-
    braffe :
Mais comme vn fep de vigne à l'orme non lié,
Sans enfans, fans amour tombe contre la
    place.

II.

Du puant Tamarin, ennemy de Venus,
Soit la chambre en-jonchée, & non de Mar-
    jolaine :
L'herbe qui prend le nom des Satyres cornus,
Ne naiffe point ici, ny la plante d'Helaine.

I.

Les filles dont les ans croiffent en leurs
    Printemps,
N'y chantent point Hymen, mais bien ces fur-
    années
Qui ont déja paffé la vigueur de leur temps,
Et fans fleur & fans fruit f'en-vont toutes
    fanées.

II.

Ne verfeZ fur ce lict des bouquets bien tif-
    fus
De la fleur d'Adonis, ny la Roquette vtile
A réchaufer l'amour, mais refpandez deffus
La poudre où f'eft veautrée vne mule fterile.

I.

Tous baifers en foient loin, qui moiteux vont
    baignant
Les léures des amans à langues mi-forties ;
Que la nuict leur foit longue, & le lict plus
    poignant
Que f'ils eftoient coucheZ au milieu des orties.

II.

Adieu corps affembleZ de differente hu-
    meur,
Adieu, de trop chanter i'ay la voix enroüée,
Auffi bien en ce coing i'aduife le charmeur
Qui tient entre fes mains l'efguillette noüée.

Le Poëte.

Comme elles f'en alloient, i'en pris vne aux
    cheueux,
Et liant tout fon corps de cordes & de nœuds,
Ie l'arreftay captiue ainfi que fut Protée :
Puis ie luy demanday : O vieille radotée,
Dy-moy, par quel moyen ie rompray le fouci
Qui me tient en langueur pour cefte Dame
    ici ?

Dy-moy, quelle magie, ou charme ou chara-
   ctere
Pourroit defraciner mon amoureux vlcere,
Afin que libre & franc ie viue fans efmoy,
Pour chanter deformais aux Mufes & à
   moy ?
Si tu me fais ce bien, vn tourteau ie t'apprefte
Faict d'aulx & de pauot pour endormir ta
   tefte.
    Cefte vieille en touffant & fon chef fe-
   coüant,
Et trois fois deffus moy fes prunelles roüant.
Me refpondit ainfi :

La Vieille.

           Tu es vn fat, de croire
Qu'vn charme, qui n'eft rien, fur l'Amour ait
   victoire :
L'amour eft naturelle, & la faut fecourir
Par la mefme Nature afin de la guarir.
Si les charmes forçoient la fleche defbandée
De l'arc que porte Amour, la forciere Me-
   dée
Euft arrefté Iafon, & Circe euft arrefté
Vlyffe dans fon lict fi doucement traité.
    Mais charmes & magie, images & paro-
   les,
Et figures & poincts en Amour font friuo-
   les :
On ne fe peut guarir par telle fiction,
Ce n'eft que Poëfie & folle inuention,
Il faut venir au fait. Maintenant que l'an-
   née
Eft en fon mois de May ieunement retour-
   née ;
Voyage, fi tu peux, & changeant de païs
Laiffe-moy tes parens au logis efbahis :
Fay-toy tirer du fang, & chaffe de tes vei-
   nes
Par vn rouge canal tes foucis & tes peines :
Attache ton efprit à contr'imaginer

Quelque entreprife haute, à fin de deftour-
   ner
L'impreffion d'amour par vne autre nouuelle.
    Souuienne-toy des iours où tu ne la vis
   belle,
Rememore en l'efprit ce qu'elle auoit de laid :
Hante tes compagnons, ne va iamais feulet :
Et fi quelque lacquais de fes lettres t'apporte,
Fuy-le comme la pefte & luy ferme la porte.
Si tu as de fes dons, ou bagues, ou tableaux,
Chifres, lettres, cheueux, romp-les en cent
   morceaux,
De peur qu'en les voyant, la flame confu-
   mée
Par vn petit objet ne retourne allumée,
Eftant plus que iamais fon efclaue & vaffal :
» La recheute fouuent eft pire que le mal.
    Or fi tu veux trouuer vne fanté parfaite,
Il ne faut confulter Apollon le Prophete,
Ses trepieds ny fon Temple : en deux mots bré-
   uement
Je te rendray gaillard & te diray comment.
    Va où le cours de Seine en deux bras fe
   diuife,
Baignant ce grand Paris : cherche Ieanne la
   Grife,
De Venus courratiere, & entre le troupeau
Des filles qu'elle garde au logis, le plus beau,
Eflis d'vn œil accort celle qui plus reffemble
A ta Dame, & foudain en te foulant affem-
   ble
Ton flanc contre le fien, & de gaillards efforts
L'humeur pris en fes yeux rejette dans fon
   corps.
Long temps cefte diette en chambre continuë.
Si ta fiéure amoureufe apres ne diminuë,
Penfe que ta naiffance eut vn mauuais De-
   ftin.
Va faire ta neuuaine ou à Sainct Auertin,
Ou à Sainct Maturin, & croy que ta furie
De long temps ou iamais ne fe verra guerie.

MARCASSVS.

Donques voicy le iour] Voicy l'vne des excellentes pieces qui foient dans les Elegies. Son commencement eft imité du defefpoir de Damon : il fe tourmente comme luy de ce que fa Maiftreffe a efté mariee à vn autre, comme Damon fait des imprecations contre les nopces, & les mariez ; auffi fait noftre Poëte, & principale-ment contre celle qui a efté mediatrice de ce mariage dont il eft defefperé.   *Du flambeau*] Il fait vne allu-fion à l'ancienne couftume que l'on auoit de porter des flambeaux deuant les nouueaux mariez. Chalinus tou-che cefte ceremonie dans Plaute, quand il dit à Olympio fon riual, parlant de la gentille Cafina :
    Lucebis noua nupta facem.

Le chardon soit la rose] Ceux-là sont imitez de ceux-cy de Damon:
Certent & cygnis vllæ: sit Tityrus Orpheus,
Orpheus in syluis, inter Delphinas Arion.
Aiacin] Parce que du sang d'Aiax l'œillet fut teint.   *Heritier*] Par ce que tous les hommes apres leur mort reuiennent à luy.   *Oenone*] Oenone, comme vous pouuez apprendre de Zetzés sur Lycophron, estoit grandement sçauante en la Medecine.   *Melusine*] C'estoit vne Fée, d'où est venue la maison de Lusignan.
Zoroastre] Vous le pouuez voir dans Iustin, qui dit, que ce fut le premier & le plus grand Astrologue qui fut iamais.   *Hippocrate*] Prince des Medecins.   *Chiron*] Le plus sçauant qui fut iamais, par la prudence duquel, Thesee, Achille & les autres plus renommez Heros furent esleuez.   *D'vn mortel*] De Pelée pere d'Achille.   *En trauersant la voye*] Les anciens ne faisoient iamais leurs nopces quand quelque oiseau de mauuais presage auoit paru, ou quelque autre sinistre augure. C'est pourquoy vn certain valet, si ie ne me trompe, dans Terence, donne vn moyen d'empescher les nopces à vn certain ieune homme qui ne vouloit poiat estre marié : Tu peux, dit-il, dire que *Gallina cecinit, interdixit Ariolus, Aruspex vetuit ante brumam, aliquid negoty Noui incipere : quæ causa est iustißima.*   *Myrtile*] C'estoit vn des fils de Mercure & de la Nymphe Myrte, cocher d'Oenomaus, & qui se laissa corrompre par Pelops, qui luy fit descloüer l'essieu du char de son maistre pour quelque somme d'argent. Voyez Lycophron & son Scholiaste.   *Hippolyte*] Phedre femme de Thesée, n'ayant peu faire condescendre Hippolyte à soüiller le lict de son pere, l'accusa deuant Thesee du crimequ'elle luy auoit voulu faire commettre : sur quoy Thesee pria Neptune de le vouloir deliurer d'vn si meschant fils. Neptune comme Hippolyte chassoit sur la coste de la mer : fit sortir des monstres hors des ondes qui effrayerent les cheuaux d'Hippolyte de telle sorte qu'ils le renuerserent dans la mer.   *Mary de Rhee*] C'est Saturne, de qui le Sceptre estoit vne faux pour le sujet que nous auons dit ailleurs.   *Precepteurs delicats*] C'est Tibulle & Properce, & Ouide.   *Son Hymenée*] Son chant nuptial.   *Elle heurte son pied*] C'estoit vn tres-mauuais presage quand l'vn des mariez heurtoit de son pied au seüil de la porte ; voila pourquoy dans Plaute on recommande à vne nouuelle mariée, de prendre bien garde à ne rencontrer point le seuil, *Sensim noua nupta superattolle pedes, &c.*   *Fasciné*] C'est vn mot purement Latin, qui signifie charmé ou ensorcelé.   *Son espousée*] Il laissa la pauure Ariadne sur le bord de Die.   *Eriphyle*] C'estoit la femme d'Amphiaraus grand Prophete, de la mort duquel dependoit la conseruation de Thebes : elle le vendit pour vn bracelet, & le pauure miserable ayant esté contraint par la perfidie de sa femme de faire vne sortie auec les Thebains fut englouty par vne ouuerture de terre.   *Des Satyres*] On la nomme Satyrion, herbe extremement chaude, & du ius de laquelle ie croy que parle Petrone quand il dit : *Omnes mihi videbantur Satyrion bibisse.*   *Protee*] Qui fut lié par Aristée. Voyez-en le conte dans le quatriesme des Georgiques de Virgile.   *Tourteau*] C'est vne espece de gasteau.   *Medée*] Medée par ses charmes ne peust arrester la fuite de Iason, elle fut contrainte de le suiure.
Circe] Circe ne peust faire le mesme à l'endroit d'Vlysse, qui la contraignit l'espieu au poing de luy rendre ses compagnons qu'elle auoit changez en pourceaux, & de luy donner son congé.   *Se diuise*] C'est à l'Isle Sainct Pol prés l'Arsenac à Paris.   *Ieanne la Grise*] C'estoit quelque recommanderesse de son temps.

ELEGIE XXX.

CONTRE LES BVCHERONS
de la forest de Gastine.

*Q*uiconque aura premier la main embesongnée
    A te coupper, Forest, d'vne dure congnée,
Qu'il puisse s'enferrer de son propre baston,
Et sente en l'estomac la faim d'Erisichthon,
Qui coupa de Cerés le chesne venerable,
Et qui gourmand de tout, de tout insatiable,
Les bœufs & les moutons de sa mere esgorgea.
Puis pressé de la faim soy-mesme se mangea :
Ainsi puisse engloutir ses rentes & sa terre,
Et se deuore apres par les dents de la guerre.
    Qu'il puisse, pour venger le sang de nos forests,

Tousiours nouueaux emprunts sur nouueaux interests
Deuoir à l'vsurier, & qu'en fin il consomme
Tout son bien à payer la principale somme.
    Que tousiours sans repos ne face en son cerueau
Que tramer pour-neant quelque dessein nouueau,
Porté d'impatience & de fureur diuerse,
Et de mauuais conseil qui les hommes renuerse.
    Escoute, Bucheron, arreste vn peu le bras :
Ce ne sont pas des bois que tu jettes à bas ;
Ne vois-tu pas le sang lequel degoute à force
Des Nymphes qui viuoient dessous la dure escorce ?
Sacrilege meurdrier, si on pend vn voleur
Pour piller vn butin de bien peu de valeur,
Combien de feux, de fers, de morts, & de détresses
Merites-tu, meschant, pour tuer nos Déesses ?
Forests, haute maison des oiseaux bocagers !

Plus le Cerf solitaire & les Cheureuls legers
Ne paistront sous ton ombre, & ta verte cri-
niere
Plus du Soleil d'Esté ne rompra la lumiere.
    Plus l'amoureux Pasteur sus vn tronq
    adossé,
Enflant son flageolet à quatre trous persé,
Son mastin à ses pieds, à son flanc la houlette,
Ne dira plus l'ardeur de sa belle Ianette :
Tout deuiendra muet, Echo sera sans vois:
Tu deuiendras campagne, & en lieu de tes
bois,
Dont l'ombrage incertain lentement se re-
muë,
Tu sentiras le soc, le coutre, & la charruë :
Tu perdras ton silence, & Satyres & Pans,
Et plus le Cerf chez toy ne cachera ses Fans.
    Adieu vieille Forest, le joüet de Zephyre,
Où premier i'accorday les langues de ma
Lyre,
Où premier i'entendi les fléches raisonner
D'Apollon, qui me vint tout le cœur eston-
ner :
Où premier admirant la belle Calliope,
Ie deuins amoureux de sa neuuaine trope,
Quand sa main sur le front cent roses me
jetta,
Et de son propre laict Euterpe m'allaita.
    Adieu vieille Forest, adieu testes sacrées,

De tableaux & de fleurs en tout temps reue-
rées,
Maintenant le desdain des passans alterez,
Qui bruslez en l'Esté des rayons etherez,
Sans plus trouuer le frais de tes douces ver-
dures,
Accusent tes meurtriers, & leur disent in-
jures.
    Adieu chesnes, couronne aux vaillans ci-
toyens,
Arbres de Iupiter, germes Dodonéens,
Qui premiers aux humains donnastes à repai-
stre ;
Peuples vrayment ingrats, qui n'ont sçeu re-
cognoistre
Les biens receus de vous, peuples vrayment
grossiers,
De massacrer ainsi leurs peres nourriciers.
    Que l'homme est malheureux qui au mon-
de se fie !
O Dieux, que veritable est la Philosophie,
Qui dit que toute chose à la fin perira,
Et qu'en changeant de forme vne autre ve-
stira !
    De Tempé la valée vn iour sera monta-
gne,
Et la cyme d'Athos vne large campagne :
Neptune quelquefois de blé sera couuert,
» La matiere demeure & la forme se perd.

MARCASSVS.

    Quiconque aura premier] Il deteste la malheureuse action de ceux qui ont couppé vne Forest sacrée, & qui ont versé le sang des belles Dryades qui viuoient paisiblement, desrobé le frais aux passans, & mis à bas le sejour des Nymphes, des Satyres & des Pans : en fin fait mourir les arbres nourriciers de ceux du premier Siecle, &c.   *Euterpe*] Vne des Muses.   *Dodonéens*] Par ce que la forest de Dodone qui rendoit les Oracles, estoit la plus ancienne, & comme la mere de toutes les autres.   *Repaistre*] Ces forests nourrissoient les hommes de leur glan.   *Couronne*] Ceux qui auoient sauué la vie à vn citoyen estoient couronnez parmy les Romains de branches de chesne.

ELEGIE XXXI.

    I mes vers semblent doux, s'ils
    ont eu ce bon-heur
    D'honorer ma patrie, ils m'ont
    rendu l'honneur
Que Clothon m'a filé : & s'ils sont au con-
traire,
Que me vaudroit, DVRBAN, d'auantage
d'en faire ?

Ie serois vn grand fol. Si les Destins amis
Double vsufruict de vie à l'homme auoient
permis,
L'vn pour viure en plaisir, & l'autre en dé-
plaisance :
Au moins en sa douleur l'homme auroit espe-
rance
De viure aise à son tour apres le mal finé.
    Mais puis que le Destin à l'homme n'a
donné
Qu'vne petite vie, encore toute pleine

(Sur tous les animaux) de trauail & de peine:
Respondez-moy, chetifs, & pourquoy si sou-
　uent
Vous donnez-vous en proye à la fureur du
　vent,
Afin de rapporter vne barque chargée,
Le naufrage futur de Carpathe ou d'Egée?
　　Et pourquoy, pauures sots, pour gaigner le
　　　rempart
De quelque fort Chasteau mettez-vous au
　hazard
Si souuent vostre corps, qui est si foible &
　tendre,

Qu'à peine se peut-il d'vne fiéure defendre,
Tant s'en faut d'vn canon? & pourquoy tant
　de fois
Allez-vous mendier des Princes & des Rois
Vne foible & mondaine & chetiue largesse,
Afin d'amonceler vne breue richesse,
Et ne voyez la mort qui talonne vos pas?
　　O pauures abusez, hé! ne sçauez-vous
　　　pas
Que vous estes mortels? & que la Parque
　sage
Vous a de peu de iours borné vostre voyage?

MARCASSVS.

Si mes vers semblent doux] Toute ceste Elegie est presque prise de Theocrite, par laquelle il monstre que
les hommes n'ayants qu'à viure vne vie, deuroient la passer le plus doucement qu'ils pourroient. Tout est
aisé.

ELEGIE XXXII.

Inuectiue.

 Ource, Mignon, que tu es ieune
　　& beau,
　　Vn Adonis, vn Amour, vn ta-
　　　bleau,
Frizé, fardé, qui es yssu d'vn pere
Aussi douillet & peigné que ta mere:
Qui n'as iamais sué ny trauaillé,
A qui le pain en la main est baillé
Dés ton enfance, & qui n'as autre gloire
Qu'auoir au flanc vne belle escritoire
Peinte, houpée, & qui n'as le sçauoir
De lire, escrire, & faire ton deuoir,
Ny d'exercer ta charge, qui demande
Vne ceruelle & plus saine & plus grande.

　Tu oses bien au milieu des repas,
Ayant les mains le premier dans les plats,
Gorgé de mets & de riches viandes,
De vins fumeux & de saulces friandes,
Tu oses bien te moquer de mes vers,
Et te gaussant les lire de trauers,
A chaque poinct disant le mot pour rire!
　Si tu sçauois qu'ils coustent à escrire,
Si tu auois autant que moy sué,
Refueilleté Homere & remué,
Pour la science auec labeur apprendre,

Tu n'oserois, petit sot, me reprendre:
Mais tout raui de merueille & d'esmoy,
En me chantant tu dirois bien de moy,
Et me voyant vn Astre de la France,
Aurois mon nom en crainte & reuerence.
　Ie ne suis pas (petit mignon de Court)
Vn importun qui court & qui recourt
Apres tes pas, quand vn Grand luy ordonne
Vn froid present, qui au matin te donne
Bonnet, genoux, pour ta grace acquerir:
Ie ne suis tel, i'aimeroy mieux mourir,
Ie suis yssu de trop gentille race:
Ce n'est pour toy que le papier ie trace,
C'est pour moy seul quand i'en ay le loisir,
Et c'est, mignon, faute d'autre plaisir:
Et me plaisant ie veux bien te desplaire.
　Or si ta baue eschauffe ma colere,
Et si ta langue en ton palais n'est coy,
Les chiens, les chats pisseront dessus toy
Parmi la ruë, & mille harangeres
Te piqueront de leurs langues legeres,
Te brocardant de mots iniurieux,
Et la vergongne enuoy'ront sur tes yeux.
　Et ce-pendant, pour bien viure à ton aise,
Ie te souhaitte vne femme punaise,
Ie te souhaitte vn coquu bien cornu,
Et pour piafer vendre ton reuenu.
　Puis ne pouuant au ROY tes Comptes
　　rendre,
A Mon-faucon tout sec puisses-tu pendre.

Les yeux mangez de corbeaux charongneux,
Les pieds tirez de ces mastins hargneux
Qui vont grondant herissez de furie,
Quand on approche auprés de leur voirie.
  Autre tombeau tu n'as point merité,
Qui as mesdit de la Diuinité.
Hé, qu'est-il rien plus diuin qu'vn Poëte?
Esprit sacré, qui tantost est Prophete
Haut sur la nuë, & tantost il est plein
D'vn Apollon qui luy enfle le sein?
Enfant du Ciel & non pas de la Terre,
Qui fait tousiours aux ignorans la guerre,
Ainsi qu'à toy sottelet eshonté,
Enfant aisné de toute volupté,
Tousiours suiui de muguets tes semblables,
Mocqueurs, causeurs, escornifleurs de tables,
Qui bien repeus, autant de nez te font
Qu'a de probosce vn vieil Rhinoceront?
  Et toutefou tu fais de l'habile homme,
Comme nourri à Naples ou à Romme,
Poisant tes mots en balançant le chef,
Feignant de craindre vn dangereux meschef
Sur nostre France: & curant ta dent creuse
D'vne lentisque escumeuse & baueuse,
Trompes ainsi les pauures abusez:
En la façon que les marchans rusez,
Qui safraniers, par meschantes practiques,
N'ont point de draps aux secondes boutiques,
Mais monstrant tout dés le premier abord,
Font bonne mine, & se vantent bien fort.
  Ainsi, Mignon, sans auoir dedans l'ame
Rien de vertu, tu couures ton diffame
D'vn masque faux & d'vn front eshonté:
Ainsi fardé de toute volupté,
Comme vn boufon ton visage se monstre
Vn vray Hibou de meschante rencontre.
  DIEV qui ne prend les hommes pour con-
seil,
N'aima iamais les hommes pleins d'orgueil,
Hommes poitris de limoneuse terre,
Fresles & prompts à casser comme vn verre.

Il hait Briare, & tous ces orgueilleux
Geans mondains, qui tirent apres eux
(Pour n'auoir point de compagnons)l'eschelle
Des grand's faueurs & des biens, par la-
quelle
Ils sont montez en haute dignité:
  Et ce-pendant ils prestent charité
A quelque sot qui craintif les adore,
Et tels les pense, ainsi que fait vn More
Qui peint les siens aussi noirs comme luy;
Et à soy-mesme il accompare autruy.
  Mais si le fat vieillissant temporise
Iusqu'à porter au menton barbe grise,
Il les verra trebucher d'vn beau saut,
Ou ses enfans en verront l'eschafaut.
» Tousiours du Ciel la bruyante tempeste
» Des hauts rochers vient saccager la teste;
» Où les esclats des foudres trebuchans
» Vont pardonnant aux collines des champs.
  Heureux celuy qui du coutre renuerse
Son gras gueret d'vne peine diuerse,
Tantost semant, labourant & cueillant,
Dés le matin iusqu'au soir trauaillant!
  Si tant d'orgüeil autour de luy n'habite,
Si tant de biens, qui s'escoulent si vîte,
A tout le moins il loge en sa maison
Moins de faueur, & beaucoup de raison,
Dont il gouuerne en repos sa famille,
Loin du Palais, du Prince & de la ville:
  Où tu languis aux portes bien souuent
Des grands Seigneurs pour vn petit de vent,
Pour la faueur qui s'enfuit comme vn hoste,
Que la Fortune en quatre iours nous oste.
  Beaucoup de biens tu apprens d'acquerir,
Mais tu n'apprens, petit sot, à mourir,
Ny d'estre aimé, ny à sauuer ta vie,
Ny à tromper la rancune & l'enuie
Qui te poursuit d'vne haine en son cœur,
Et tout le Ciel accuse de rigueur,
Dequoy tu vis, & dequoy ta carcasse
De Mont-faucon ne pend sur la terrasse.

MARCASSVS.

Psource, Mignon] Ceste Satyre est sans doute contre quelque Financier, qui s'estoit mocqué de ses vers: en recompense de quoy nostre Poëte le peint de toutes les couleurs d'vn sot & d'vn meschant homme, qui doit par ses actions meriter d'estre pendu à Mont-faucon.

ELEGIE XXXIII.

AV SIEVR BARTHELEMI
DEL-BENE GENTILHOMME
Florentin, Poëte Italien excellent,
pour response & reuanche à deux de
ses Odes Italiennes.

EL-BENE (second Cygne apres
le Florentin
Que l'art, & le sçauoir, l'Amour
& le Destin,
Firent voler si haut sur Sorgue la riuiere,
Qu'il laissa de bien loin tous les autres derriere,
Sinon toy, qui de pres suis son vol, & sa vois,
Pour chanter les honneurs des Princes & des
Rois)
Ie pensoy qu'en pur don ta Muse m'eust don-
née
Vne Ode sur ton Luth diuinement sonnée,
Et que mon nom estoit de ton papier rayé :
Mais à ce que ie voy tu veux estre payé.
    Ie le veux c'est raison : de moy pour con-
tr'eschange
Tu auras en pay'ment loüange pour loüange,
Vn clou repousse l'autre : en la mesme façon
Tu auras vers pour vers, & chanson pour
chanson.
    Comme on voit par saisons les ventres des
campagnes
Fertiles maintenant, & maintenant breha-
gnes,
Porter l'vn apres l'autre & fourment & buis-
sons,
Et tousiours à plein sein ne iaunir de moissons:
Ainsi les bons esprits ne font tousiours de-
meure,
Fertils, en vn païs, mais changent d'heure en
heure,
Soit en se reposant, soit en portant du fruit.
    Depuis que ton Petrarque eut surmonté la
Nuit
De Dante, & Caualcant, & de sa renom-
mée,
Claire comme vn Soleil, eut la terre semée,
Fait citoyen du Ciel; nul apres luy n'a peu
Grimper sur Helicon pour y estre repeu

A la table des Sœurs de leur saincte Ambro-
sie,
Qui seule donne l'ame à nostre poësie:
Plusieurs ont essayé ce beau labeur en vain,
Mais la Muse à chacun ne donne de son pain.
    Or les dons d'Apollon, dont se vid em-
bellie,
Quand Petrarque viuoit, sa natiue Italie,
Estoient perdus sans toy, des Muses amou-
reux :
Qui plein d'vne ame viue, & d'vn cœur gene-
reux,
Ouurant le cabinet de leur grotte sacrée,
Presque seul as remis les vers en ta contrée.
    Dorment en paix les morts ; ie ne veux
offenser
Ceux qui ont ja passé ce qu'il nous faut passer.
Sur leur tombe florisse & le Lis & la Rose.
,, Vn homme fait beaucoup quand seulement il
oze.
    Amour, apres la mort de ce noble Tuscan,
De tous fut mis en vente ainsi comme à l'en-
can :
Chacun le refripoit, il n'auoit plus de fleches,
Ny d'arc, ny de carquois, de torches, ny de mé-
ches,
Quand tu en eus pitié, & soudain tu luy fis
(Comme ce bon Dedale à Icare son fils)
Des plumes pour voler par toute l'Etrurie,
Tes vers luy redonnant Temples & Sei-
gneurie.
    Si tost que ton menton par l'âge fut blan-
chi,
Et ton cœur des ardeurs de Venus affranchi,
Laissant Amour à part, d'vn plus braue cou-
rage
Tu commenças d'ourdir vn difficile ouurage,
Imitant les Romains, les Grecs, & les Fran-
çois:
Ce fut de marier les cordes à la vois,
Celebrant Tusquement, par tes chansons Lyri-
ques,
Les illustres vertus des hommes heroïques:
Où ton docte labeur le surpasse d'autant,
Que le Rossignol passe vn Pinçon en chan-
tant,
Quand Auril tend l'oreille aux complaintes
legeres
Des oiseaux amoureux, Sereines bocageres.

Car choififfant des vers & mafles & har-
dis,
Et des mots courageux, en ta langue tu dis
Vn argument nouueau forgé fur ton enclu-
me,
A toy-mefmes traçant vn chemin par ta plu-
me,
Pour monftrer que l'efprit inuente tous les
iours,
Sans voir iamais tarir la fource de fon cours.

Sous les ombres là bas le Calabrois Ho-
race
Entre les Myrtes verds te quitera fa place:
Et Pindare Thebain te cedera fon lieu:
Ainfi entre deux Dieux tu feras nouueau
Dieu,
Tant la Mufe (ta Circe) en te changeant, a
force
De faire vn corps diuin de ta mortelle ef-
corce.

MARCASSVS.

Del-bene, fecond Cygne] Il vfe de reuanche enuers le feigneur Del-bene excellent Poëte Italien, & Secretaire d'vn grand Seigneur Italien du temps de Petrarque, & luy enuoye des vers où fes loüanges font comprifes en reuanche de ceux que luy-mefme a fait en l'honneur de Ronfard.   *Sorgue*] Riuiere de Prouence.   *Petrarque*] Excellent Poëte Italien, comme auffi Dante & Caualcant.   *Dedale à fon fils*] La fable dit que Dedale pour fe fauuer des prifons de Minos, fe fit des aifles & à fon fils Icarus pour paffer la mer qu'on nomma Icarienne, apres la cheute de fon fils Icarus.   *Etrurie*] C'eft cefte partie de l'Italie, qu'on nomme à cefte heure, Tofca-ne.

FIN   DES   ELEGIES.

ODE

ODE

DEL SIGNOR BARTHOLOMEO
DEL-BENE.

AL SIGNOR PIETRO RONSARDO
GENTIL-HVOMO VENDOMESE,
eccellentiff. Poëta Franzefe.

Vando auido huomo, e induftre
L'intefte merci fue di feta & d'oro
Crede alla dubbia fè di mano illuftre,
Che mal difpenfa il ricco fuo teforo,
  Nutrito i mefi & gli anni
De promeffe & fperanze vane ogni hora,
Per riftorare i fuoi paffati danni,
Nuoue merci, & nuouo oro arrifchi ancora:
  Et con nouello inchioftro,
Et nuoui patti rotta fè rifalda,
Che fi rarò fi troua al fecol noftro
Ne i fuperbi palazi intera & falda.
  Tal l'humil Mufa mia
Credette vn tempo che nouello carme
Defteria il fouuenir, che in te dormia
Delle promeffe tue di chiaro farme
  Con le tue dotte carte,
Qual da me furon gia con fofche note
Le degne lodi tue dipinte & fparte,
Et fatte, fe non qui, cantando, note,

  Al men là d'Arno all' onde,
Doue nacque il canoro Cigno, & raro,
Delle cui opre, à null' altre feconde,
Jmitator fei tu fublime & chiaro.
  Ma di tal fpeme al fine
Caduti i vanni al mio lungo defire,
Mirando le tue Mufe alte & diuine
Speffo honorar del mio piu fcabro dire,
  Fei qual rozo pittore,
Sperato in van d'effere al viuo efpreffo
Da man più dotta, & con più bel colore,
Ch' allo fpecchio figura al fin fe fteffo:
  Cofi me fteffo hag g'io
Pinto nelle mie carte al terfo fpeglio
De gli occhi del mio Sol fereno & pio,
Si ch' altri non m'haria ritratto meglio;
  Se pur del noftro oprare
Tofca chiara Academia il ver m'accenna,
Dicendo che'l mio ftil bafta à impetrare
  Quel che indarno io fperai da la tua penna.

LLII

ELEGIA

NOMINE P. RONSARDI

ADVERSVS EIVS OBTRECTATORES

ET INVIDOS SCRIPTA A MICH.

Hospitalio, Franciæ Cancellario.

Agnificis aulæ cultoribus atque Poëtis
   Hæc Loria scribit valle Poëta nouus:
Excusare volens vestras quòd læserit aures,
   Obsessos aditus iam nisi liuor habet:
Excusare volens quòd sit nouitatis amator
   Verború,cùm vos omnia prisca iuuét.
Atque vtinam antiqui vestris ita cordibus altè
   Insitus officij cultus amórque foret!
Non ego consciffus furiali dente, laborem
   Spicula de tergo vellere sæua meo.
Non ego, qui tanti mihi cauffa fuere doloris,
   Auxiliú à nostris versibus ipse petam.
Non ego nunc Musas supplex orare Latinas,
   Rebus & afflictis poscere cogar opem.
Nam me cur patria coner defendere lingua,
   Quò rursus vitio plectar,vt antè,meo?
An risum vt cumulem ridere volentibus illis,
   Et foluam duplici seria tanta ioco?
Spero equidem vestris hæc poffe Latina probari
   Auribus,& veniæ me reperiffe locum.
Aut,minùs hæc si fortè valebunt,nil lubet vltrà
   Quærere, postremus sit meus iste labor.
Nulla noui cernentur in his vestigia verbi,

Nec vocis nouitas vos odiofa premet.
Quod mihi nunc præstat Romanæ copia linguæ,
   Paupertas nostræ sustulit antè mihi.
Vos antiqua dari nullo discrimine vobis
   Poscitis, in medio natáque verba foro.
Nos referre putamus an hac scribatur, an illa;
   Auctoris locuples linguáue pauper erit.
Hæc quoque posteriùs vos nunc expendite mecum,
   Quale boni officium debuit effe viri.
Si cui táta fuit iuuenili in corpore virtus,
   Ausit vt insuetos stultus inire modos:
Et cadat infelix confestim in limine primo,
   Et madidú turpi verberet ore folum:
Quid facias? transferre aliò coneris, & artem
   Linquere præcipias, cui minùs aptus erat?
Sin valet ingenio,& quamuis non optima fecit
   Prima, tamé spes est pòst meliora fore:
Continuò iubeas cœpto desistere cursu,
   Aut regredi prima,qua stetit ille,via?
Pergere commoneas potiùs,nisi tristis ab omni
   Officio prorsus corda remota geris.
Ætas est ætate regéda,senífq; maligni est
   Consilio iuuenem nolle iuuare suo:
Extremę fed nequitiæ maledicere surdo,
   Crescere & alterius poffe putare malis.
Diceris vt nostris excerpere carmina libris,
   Verbáq; iudicio peffima quæque tuo

Trunca palàm Regi recitare & Regis
  amicis:
    Quo nihil improbius gignere terra
    poteſt.
Monſtrares integra ſuis cum partibus,&
  quo
    Dicta modo, quo ſint ordine,quóque
    loco:
Virtutes pariter melioráque verba nota-
  res.
    Cōpenſas paucis vel mala plura bonis:
O cæcum inuidiæ crimen! non cernis,vt
  intus
    Non mea, ſed mores rideat ille tuos?
Solus népè vides, aut ſol tibi ſcilicet vni
    Naſum & iudicij lumen habere dedit.
Tu modò ſi bellè & feſtiuè pauca locu-
  tus
    Riſum aliis, riſum moueris ipſe tibi;
Magnû te feciſſe putas:ea ſcilicet ingens
    Magnáq; ſcurrilibus gloria parta iocis.
O ſtulti veræque ignari laudis, in iſto
    Ducitis egregium vincere curriculo?
Quo præſtat vobis iratus ſcriba, vel is
  qui
    Legatus nuper venerat Antipoli?
Sed quiſnam vobis hoc regni detulit, vt
  non
    Arbitrio liceat ſcribere cuique ſuo?
Lex eſt,abſentis ſi quis maledixit amico,
    Si famam læſit, nomen & alterius:
Si contra Regem petulanti protulit ore,
    Aut cótra ſuperos impia verba Deos.
Præterea fraudi nunquá fuit antè Poëtis
    Siue bonos verſus ſcribere, ſiue malos.
Quis Reges iſtos, quis poſſit ferre Ty-
  rannos,
    Delatum & falſis vatibus imperium?
Veſtram omnes imploro fidem, teſtór-
  que Poëtæ,
    Libera difficili ſoluite colla iugo.
Veſtrum ius adimi, libertatémq; ſinetis,
    Qua decus erepta verſibus omne pe-
    rit?
Nam ſi omnes hæc tam crudelia regna
  feratis,
    Deſertus vobis ſim licet, ipſe feram.
Verùm age, dic aliquid cur nolis verba
  nouari,

Seu decuit fieri,ſiue neceſſe fuit?
  Præſertim Græcis cùm fontibus illa tra-
  hantur,
    Nec ſint arbitrio nomina ficta meo.
Nam Græci niſi multa nouaſſent atque
  Latini,
    Non ea verborum copia víſque foret.
Sed primi ſtuduêre homines ſermonis
  ad vſum
    Diuitias patriæ ſuppeditare ſuæ.
Rhetoribus parcè res & tentata pu-
  denter
    Examen populi iudiciúmque ſubit.
Pars mox cœpta coli, cùm pars reiecta
  fuiſſet,
    Poſt æquè placuit verſa per ora virû.
Liberiùs priſci fabricarunt verba Poëtæ,
    Sed populi que non vſibus apta forét.
Ipſos náq; putes aliena ſcribere lingua,
    Tam variis cóſtant diſparibúſq; notis.
Hęc quódam populus riſit,riſêre Poëtæ
    Ipſi principiò non ſibi nota ſatis.
Vt mea tu rides, ſic eſt deriſus ab illis
    Æſchylus,& qui etiam nomen ab ære
    tulit.
Nec pòſt ceſſauêre noui noua condere
  Vates
    Nomina verborû, parciùs illa tamen.
Propterea Græci ſcriptores atque Latini
    Et parcè & timidè verba nouare iu-
    bent.
Qui poterit varios tenuis componere
  verſus,
    Diuerſis eadem facta referre modis,
Ni vel multa nouat, vel mutua plurima
  ſumit,
    Ni vacat augendis ingenioſa ſuis?
Quid? multos non hæc regio tulit antè
  Poëtas,
    Carmináque à noſtris multa leguntur
    auis?
Scripta quidem fateor:ſed quæ tamen
  omnia nullam
    Ingenij laudem lecta vel artis habent.
Non quiſquis potuit numeroſè claudere
  verſum
    Continuò vatis nomine dignus erit.
Multa habeat prouiſa neceſſe eſt antè,
  Poëtæ

Egregij nomen quifquis habere volet.
Vt veterum edifcat monimenta, nec vl-
lius artis
Doctrinæve pium pectus inane gerat:
Vt poffit Reges & Regú dicere pugnas,
Poffit ab armatis oppida capta viris.
Vt teneat quofcunque animis accende-
re motus
Cùm volet,accenfos vt cohibere fciat.
Scilicet hæc tua funt,præftabis & omnia
folus,
Vnum te toto pectore Phœbus amat.
Hæc te poffe amens profiteris? non ego:
verùm
Vt poffem, puero maxima cura fuit.
Sed me conantem Latio deducere Mu-
fas,
Atque illis patrio ponere templa folo,
Turbauere mali vates, falfique Poëtæ,
Quos premit inuidiæ laus aliena ma-
lo.
O nimiùm verè fapientem, qui fibi tan-
tùm
Contentus patriis laudibus ipfe canit:
Nec longinqua virûm quærit volitare
per ora,
Nomen & ad cœli fidera ferre fuum:
Nec prodeffe fuis vt poffet ciuibus olim,
Inuidiæ folus fubdidit ipfe caput.
Et tamen eft aliquid quo me confoler,
& vnde
Auxilium plagis vulneribúfq; petam.
Defpectus tibi fim,non fic mea carmina
vexes,
Non rabido toties, vt facis,ore petas:
Non metuas iaceant lectis femel vt tua
noftris,
Non tacitus dicas, hei mihi quid fa-
ciam?
Hic nos eiiciet regno, plebémque videri
Efficiet,turbas innumeráfque dabit.
Vifa femélque audita placebunt ifta,
placebunt,

Immundíq; terent vilia noftra pedes.
Hæc tecum, tu fi quid habes modò lu-
minis intus,
Attonitum nifi cor vel fine mente ge-
ris:
Quos mihi nunc animos, quantas in
carmina vires,
Et quam fpem reliqui temporis effe
putas?
Cùm videam miferum torqueri verfibus
iftis,
Qui mihi vix placeant ni tibi difpli-
ceant.
Non etenim noftri tam fum quàm fin-
gis amator,
Vt mea confeftim qualiacumq; pro-
bem.
Mutem quinetiam vel te monitore li-
benter,
Quæ noua funt fcriptis vel peregrina
meis:
Vt mihi ne verè pofthac malè dicere
poffis,
Atratis mala nec pungere verba notis:
Vtque adimá ridere tibi,quo diceris vno
Inter honoratos fcurra valere greges.
Qui mos quàm facro CHRISTI fit præ-
fide dignus,
Videris id tute, Gallia tota videt.
At tibi cùm fuerit factum fatis,ipfe vi-
ciffim
Oris pone tui fpicula,pone faces.
Non mihi femper erit circum patientia
pectus,
Non tua perpetuò dicta faléfq; feram.
Inuitus, iuro, triftes accingar Iambos,
Læfus & expediam carmina mille tibi,
Quæ miferum fubigant laqueum vel ne-
ctere collo,
Frácica vel turpi linquere regna fuga:
Vt difcant homines, linguæ fors vltima,
& oris,
Exitus effreni quàm mifer effe folet.

LES HYMNES

DE P. DE RONSARD

GENTIL-HOMME
VENDOMOIS.

A TRES-ILLVSTRE PRINCESSE
MARGVERITE DE FRANCE
DVCHESSE DE SAVOYE.

Commentez par NICOLAS RICHELET, *Parisien.*

LLll iiij

EPISTRE
D'ESTIENNE IODELLE
PARISIEN,

A MADAME MARGVERITE,
DVCHESSE DE SAVOYE.

I desormais vers toy, sous qui doit
  estre serue
L'impudente ignorance, on ad-
  dresse, ô MINERVE,
Tant d'œuures auortez, à qui leurs peres font
Porter effrontément ton beau nom sur le front:
Comme si l'on vouloit sa sauuegarde faire
Sous la targue qu'on void au poing de l'aduer-
  saire :
Si mesme dans ton Temple, impatient, ie voy
Quelque enroüé Corbeau croüasser deuant toy,
Qui se poussant au rang des Cygnes les plus
  rares
Vienne soüiller ton nom dedans ses vers bar-
  bares,
Et qui tout bigarré d'vn plumage emprunté,
Ne couche iamais moins qu'vne immortalité:
Ie ne seray point moins despit, ny nos Chari-
  tes,
Tes neuf sçauantes Sœurs, ne seront moins
  despites,
Que si nous auions veu dans vn Temple
  Troyen
Ou Aiax Oilée, ou le Laërtien,
L'vn pour forcer encor ta Prestresse Cassan-
  dre,
L'autre pour ton pourtrait gardien vouloir
  prendre
D'vne sanglante main, indigne de toucher
A cela que la Troye auoit tenu si cher.
Car pareil à ceux-cy est celuy qui s'efforce

De bon-gré-maugré faire aux Muses toute
  force.
C'est en lieu de gouster sur Parnasse les eaux
Des Muses, aualler la bourbe des ruisseaux,
Pour d'vne main soüillée au bourbier d'Igno-
  rance
Toucher au sacré los d'vne Pallas de France,
Faisant tort à ton Temple, à moy ton Prestre
  saint,
Voire à son nom qu'on void dés sa naissance
  esteint.
Mais aussi quand ie sçay qu'vn RONSARD,
  qui estonne
Et contente les Dieux, à qui ses vers il donne,
Vient humble dans ton Temple à tes pieds ap-
  porter
Ce qui peut aux neueux, voire aux peres oster
La gloire des beaux vers ; bien que l'on me vist
  estre
Ton plus cher seruiteur, ton plus fauori Pre-
  stre,
Te repaissant sans fin d'vn vers qui viêt à gré
Quand il vient d'vn IODELLE *à toy seule*
  sacré :
Ie ne suis moins ioyeux que la Prestresse an-
  tique
Du deuin Apollon, quand au Tẽple Delphique
Le grand Roy Lydien prodiguant son tresor
Vint enrichir ce lieu de mille presens d'or,
Eschangeant les vaisseaux d'argille bien tour-
  née

Aux vaisseaux massifs d'or, où la troupe
    estonnée
Des deuots pelerins abordeZ en ce lieu
Beuuoient de lögue suite aux festes de ce Dieu.
Car les riches presens qui or' cheZ-toy se treu-
    uent,
Presentez par RONSARD, *tout ainsi nous*
    abreuuent,
Inuitans tout vn Monde à loüer ton honneur,
Inuitans tout vn Monde à loüer ton donneur,
Qui recule en l'autel de ma grand' MAR-
    GVERITE,
Pour faire place à l'or, mon argile petite,
Où deuant ie faisois l'offrande à ta Grandeur,
Non pas d'vn pareil prix, mais bien d'vn pa-
    reil cœur.
» *Malheureux sont ceux-là, de qui les jalou-*
    sies
» *Pour les genner tous seuls ont les ames saisies:*
» *Malheureux est celuy, qui pour penser gai-*
    gner,
» *D'vn admirable ouurier veut la gloire es-*
    pargner.
Dans les antres ombreux le jaloux d'vn bon
    œuure
Doit viure, s'il ne veut que sa rage on descœu-
    ure.
Qu'est-ce qui fait les vers & leurs saints ar-
    tisans
Seruir d'vne risée à tant de Courtisans?
Et que les Grands, qui font leur but de la me-
    moire,
Dédaignët à tous coups l'ouurier de telle gloire,
Aimans mieux se priuer mesme de leur espoir,
Portans tout au cercueil, qu'en viuant receuoir
Les vengeurs de leur mort? hé, qui fait que la
    France
Charge souuent d'honneur son asnesse igno-
    rance,
Si ce n'est vne enuie? enuie qui ne veut
Souffrir vne vertu, qui trop plus qu'elle peut,
Se perdant pour la perdre? Il faut, il faut des
    autres
Vanter les beaux labeurs pour donner force
    aux nostres:
Tel admire souuent ce qu'il doit admirer,
Qui de soy-mesme fait d'auantage esperer.
» *Car quant au poinct d'honneur, tant plus*
    vn homme en quite,

» *Et plus il en retient, & plus il en merite.*
Ie seray tousiours franc: l'honneur que i'ay de
    toy
Au rebours de tout autre éueille vn cœur en
    moy,
Vn cœur prompt & gentil, qui fait que gay
    i'adore
Celuy qui comme moy ma grand' Minerue
    honore:
Et si fait que de luy ie m'accompagne, afin
Que ton nom & le sien vole au Monde sans fin.
Aux coüards soit l'enuie: oncques on ne vid
    estre
L'enuie dans l'esprit courageux & adestre:
Nul ne sçauroit si bien se faire plaire aux
    Dieux
Que ie ne desirasse encor qu'il leur pleust
    mieux:
Quand on a le cœur tel, bien qu'encore on ne
    face
Ses traits du tout parfaits, ce braue cœur efface
Par vne opinion le traict le plus parfait:
Puis de l'opinion la verité se fait:
Ainsi l'œuure d'autruy doit seruir à la vie
D'vn encouragement, & non pas d'vne enuie.
Tant s'en faut qu'enuieux de nos hommes ie
    sois,
Que ie iure ton chef, qu'entre tous nos Fran-
    çois
(Tant l'honneur du païs m'a peu tousiours
    espoindre)
Ie voudrois qu'on me vist (tel que ie suis) le
    moindre:
Ie ne seruirois plus fors qu'à ton sacré los
D'inciter, languissant, les esprits plus dispos:
Mais puis que nous voyons croistre en France
    vn tel nombre
De broüilleurs, qui ne font sinon que porter
    ombre
A la vertu naissante, il te faut prendre au
    poing
Ton glaiue & ton bouclier pour m'aider au
    besoin:
Et tant qu'encourageant mes forces à l'exem-
    ple
Du vainqueur VENDOMOIS, *ie sorte de*
    ton Temple
Pour sur les ignorans redoubler les efforts,
Et voir ces auortons aussi tost nais que morts:

Afin que l'heur de France & des Muses ie
   garde,
Faisant apres RONSARD la seule arriere-
   garde.
Ie les verray soudain sous mes traits s'effrayer,
Ie les verray soudain sous ta Gorgon muer,
Mais non pas de beaucoup : car estant demi-
   pierre
De l'esprit, il ne faut sinon que l'on reserre
Leur corps, futur rocher, afin qu'on oste à tous
Le pouuoir de se nuire eux-mesmes de leurs
   coups,
Arrestant par les yeux de Meduse auec l'ame
Le malheureux Démon qui si mal les enfla-
   me.
     Or cependant qu'ainsi ton secours i'atten-
   dray,
Et redoutable à tous au combat me rendray,

Embrasse-moy ces vers, que la harpe meilleure
Pour ta saincte Grandeur a sonnez à ceste
   heure :
Embrasse, embrasse, & fay ces beaux Hymnes
   sonner,
Freres de ceux qu'on veit à son ODET don-
   ner :
Tant que depuis ton Temple entendent les
   Estranges
Des hommes & des Dieux les plus belles
   loüanges,
Confessans qu'en ce siecle ingrat, aueugle &
   las
Des troubles de la guerre, on void vne Pallas,
Qui fait de nos vertus & de nos Muses conte,
Autant qu'à l'ignorance & au vice de honte :
Prenant pour les faueurs que fait sa Deïté,
L'vsure qu'elle attend en nostre Eternité.

A MONSEIGNEVR

MONSEIGNEVR MESSIRE

NICOLAS DE VERDVN, CHEVALIER,

CONSEILLER DV ROY EN SES CONSEILS
d'Eſtat & Priué, Premier Preſident en ſa
Cour de Parlement.

MONSEIGNEVR,

Vn grand frontiſpice ne conuient pas à vn petit ouurage: quatre ou cinq fueilles de papier ne ſont pas dignes d'vne grande offrande. Et c'eſt ce qui m'a fait douter long temps, apres l'œuure fait, ſi ie deuois vous le preſenter. Car en effet c'eſt trop, à la proportion & qualité de mon labeur, que voſtre illuſtre nom y ſoit inſcrit: Si ce n'eſt qu'eſtant vn nom d'eternelle vertu, la conſecration de l'Hymne de l'Eternité luy appartient. Outre que voſtre eſprit, plus grand encor que voſtre grande dignité, voſtre admirable humanité, integrité, voſtre reſolution aux actions du bien public, vous portent d'elles-meſmes à l'Eternité. Et puis, les lettres que vous aimez auec paſſion (voſtre eminent ſçauoir en eſt teſmoin) peuuent-elles auoir du deſſein, que ce ne ſoit à vous, non pour vous eterniſer, mais pour s'eterniſer en voſtre nom? De moy ce que i'en ay fait, n'a eſté que pour m'acquiter de mon deuoir en voſtre endroit, & pour vous faire voir au temps des Vacations, le diuertiſſement que ie me ſuis donné ſur vn Autheur, que i'eſtime vn petit moins ſçauant qu'Homere. C'eſt vn miracle de voir ce qu'il ſçait, & qui eſchappe à qui n'y a bon œil. Vn Euſtathe, vn Seruius, vn Macrobe y ſeroient bien occupez, & ie n'en veux teſmoin que vous, à qui, comme au grand Preſtre du ſçauoir, tout le myſtere ſainct des Grecs & des Latins eſt deſcouuert. Tant y a que vous aurez ce contentement en liſant cet Hymne, d'y voir la grandeur de celle, qui eſt ſeule capable de recompenſer vos merites infinis, comme elle eſt infinie. Et quant à moy, i'auray aſſez d'honneur, ſi par ces premices de mon humble affection, ie puis teſmoigner à tous, vous l'ayant agreable, que ie ſuis,

MONSEIGNEVR,

*Voſtre treſ-humble & tres-
obeyſſant ſeruiteur,*
RICHELET.

L E s *Hymnes sont des Grecs inuention premiere :*
Callimaque beaucoup leur donna de lumiere,
De splendeur, d'ornement.   Bons Dieux quelle douceur,
Quel intime plaisir sent-on autour du cœur
Quand on lit sa Delos, ou quand sa lyre sonne
Apollon & sa Sœur, les iumeaux de Latonne,
Ou les Bains de Pallas, Cerés, ou Iupiter !
Ah ! les Chrestiens deuroient les Gentils imiter
A couurir de beaux Liz & de Roses leurs testes,
Et chommer tous les ans à certains iours de festes
La memoire & les faits de nos Saincts immortels,
Et chanter tout le iour autour de leurs Autels :
Vendre au peuple deuot pains-d'espice & foaces,
Defoncer les tonneaux, fester les Dedicaces,
Les haut-bois enroüez sonner branles nouueaux,
Les villageois my-bœufs danser sous les ormeaux.

Tout ainsi que Dauid sautoit autour de l'Arche,
Sauter deuant l'Image, & d'vn pied qui démarche
Sous le son du Cornet, se tenant par les mains
Solenniser la feste en l'honneur de nos Saincts.

L'âge d'or reuiendroit : les vers & les Poëtes
Chantant de leurs Patrons les loüanges parfaites,
Chacun à qui mieux-mieux le sien voudroit vanter :
Lors le Ciel s'ouuriroit pour nous oüyr chanter.

Eux voyans leur memoire icy renouuelée,
Garderoient nos troupeaux de tac & clauelée,
Nous de peste & famine : & conseruant nos murs,
Nos peuples & nos Roys, l'enuoiroient chez les Turs,
Ou loin sur le Tartare, ou aux pays estranges
Qui ne cognoissent DIEV, ses Saincts, ny leurs loüanges.

LE
PREMIER LIVRE
DES HYMNES DE
P. DE RONSARD.

A TRES-ILLVSTRE PRINCESSE
MARGVERITE DE FRANCE, Duchesse de Sauoye.

HYMNE DE L'ETERNITE'.

Commenté par NICOLAS RICHELET, *Parisien.*

Ourmëté d'*Apollon qui m'a*
  l'ame eschaufée,
Ie veux plein de fureur, sui-
  uant les pas d'Orphée,
Recercher les secrets de Na-
  ture & des Cieux,
Ouurage d'vn esprit qui n'est point ocieux:
Ie veux, s'il m'est possible, atteindre à la loüan-
  ge
De celle qui iamais par les ans ne se change:
Mais bien qui fait changer les siecles & les
  temps,
Les mois & les saisons & les iours incon-
  stans,
Sans iamais se muer, pour n'estre point su-
  jette,
Comme Royne supréme, à la loy qu'elle a faite.
  Trauail grand & fascheux: & toutefois
  l'ardeur
D'oser vn si haut fait m'en conuie au labeur:

Puis ie le veux donner à vne qui merite
Qu'auec l'Eternité sa vertu soit escrite.
  Donne-moy, s'il te plaist, immense Eter-
  nité,
Pouuoir de celebrer ta grande Deïté:
Donne l'archet d'airain & la Lyre ferrée,
D'acier donne la corde & la voix acerée,
Afin que ma chanson soit viue autant de
  iours,
Qu'eternelle tu vis sans voir finir ton cours:
Toy la Royne des ans, des siecles & de l'âge,
Qui as eu pour ton lot tout le Ciel en parta-
  ge,
La premiere des Dieux, où bien loin de souci
Et de l'humain trauail qui nous tourmente
  ici,
Par toy-mesme contente, & par toy bien-
  heureuse
Tu regnes immortelle en tous biens plantu-
  reuse.

RICHELET.

Tourmenté d'Apollon] De l'Eternité, c'est à dire de Dieu, depend la nature : il est l'auteur de tout ce qui est creé: c'est à l'Eternité que l'Hymne premier, le premier honneur est deu: & c'est pourquoy nostre Poëte

M M m m

veut commencer ses Hymnes par elle, comme par le commencement, voire par ce qui a esté tousiours auant le commencement de toutes choses. Le labeur luy en fait peur ; & c'est pourquoy il demande & inuoque vne force extraordinaire. Ceste Eternité donc (dit-il) est maistresse du Temps, elle est au plus haut du Ciel, paisible & contente, pleine de magnificence & de lumiere, commandant au Destin, selon qu'il luy plaist que le Monde soit gouuerné : Et comme elle ne vieillit point, aussi ne veut-elle pas que la vieillesse approche du Ciel, ny le discord qui puisse troubler la paix & l'ordre du Monde, qui est son œuure & subiecté à elle, voire maintenu seulement par elle : comme au contraire l'estre de l'Eternité est en elle & de par elle-mesme, & n'a rien que de present ; le futur & le passé estans termes de nostre humanité, foible & miserable depuis le peché : au lieu que l'Eternité n'est rien que toute vertu, puissance, infinité, perfection, & bref qu'Eternité ; aupres de laquelle il desire apres sa mort, pouuoir voir Marguerite de France Duchesse de Sauoye. *Tourmenté*] Car tout enthousiasme est laborieux & donne du tourment. Ainsi le Calchas au 2. de l'Achilleide, espris de la fureur d'Apollon,

> —————*caligine sacra*
> *Pascitur, exiliunt crines, rigidísque laborat*
> *Vitta comis : nec colla loco nec in ordine gressus.*

& principalement les vrays Poëtes sont tourmentez en leur fureur, ἔνθεοι, ἐ κατεχόμϵνοι, ᾗ μαινόμϵνοι, Platon en son Io. *Plein de fureur*] Et sans cela, rien qui vaille en la Poësie, *negat enim sine furore Democritus, quemquam poëtam magnum esse posse*, Ciceron. *Suiuant les pas d'Orphee*] Qui s'est occupé en ses Hymnes, à la recherche de toute la nature, & des choses creées, tant superieures qu'inferieures. Eumolpe, Line, & Musee auparauant luy, ont fait de mesme. Ainsi dit Laërtius ; Musee le premier de tous enseigne κοσμογονίας ᾗ σφαῖραι, auec ceste haute proposition philosophique, que toutes choses procedent de l'vnité d'vn principe, & se resoluent au mesme principe, ἐκ ἑνός τὰ πάντα γίνϵαθαι, ᾗ ϵἰς ταὐτὸν ἀναλύϵαθαι. Line, traicte de la creation du Monde, κοσμογονίας, ζῴων ᾗ καρπῶν φύσϵως. Ainsi nostre Poëte en les imitant, veut auiourd'huy s'addonner à la recherche des secrets de la nature, tant intellectuelle, que sensible. Et principalement en suiuant les pas d'Orphee, esprit releué dans la cogitation des choses diuines, & grand Philosophe, comme l'appelle le mesme Laërtius, φιλόσοφον ἀρχαιότατον. *De celle qui iamais*] De l'Eternité, c'est à dire, de Dieu ; & de fait Marulle en l'Hymne de Iupiter, en dit autant,

> *Quem non principium, non vlla extrema fatigant,*
> *Expertem ortus atque obitus, qui cuncta gubernas*
> *Nescius Imperij, totúsque in te ipse, vicésque*
> *Despicis aeternus, & tempora sufficis aeuo.*

Qui fait changer les siecles] Comme estant la source du temps, *ex cuius perpetuitate perficitur*, ce dit Arnobe liu. 2. *infinita vt prodeant saecula* : & ces siecles coulent & se changent perpetuellement. *Comme Royne suprême*] *Immensi regina aeui*, Marulle. *L'archet d'airain*] Comme encor Marulle, *adamantina suffice plectra*. *Qu'eternelle tu vis*] Elegamment Sainct Hilaire sur Sainct Matthieu chap. 31. *aeternitas in infinito manet, sine mensura temporum semper est, vt in his quae fuerant, ita in illis quae consequentur, extenditur, semper integra, incorrupta, perfecta.* *Sans voir finir ton cours*] Marque encor essentielle de l'Eternité. A ce propos Tertullian contre Hermogenes, chap. 4. *quis alius aeternitatis status, quàm semper fuisse, & futurum esse, ex praerogatiua nullius initij & nullius finis ?*

Toy la Royne des ans] Et la plus ancienne de tout ce qui est, comme Thales appelle Dieu dans Laërtius, πρϵσβύτατον ὄντων. Or elle est Royne des ans, parce qu'ils n'ont point de pouuoir sur elle, ou parce qu'en effect les ans & les siecles sont non seulement posterieurs à l'Eternité, mais au Monde mesme, duquel le Temps a pris son origine ; & c'est ce que dit Philon Iuif aux Allegories, χρόνον νϵώτϵρον κόσμου, parce que c'est le Soleil, ἡλίου κίνησις, qui fait le temps, & le Soleil est fait apres le Ciel creé. *Et de l'humain trauail*] Fort bien ; car le trauail est pour les choses d'icy bas, mais au Ciel, *in caelo semper quiescitur*, ce dit Sainct Hilaire Psal. 131. & Dieu mesme, *indefessa illa natura, laborem nescit, & semper est in quiete.* *Par toy-mesme contente*] *Pace tua latè pollens téque ipsa beata*, Marulle selon que Platon definit Dieu, ζῷον ἀθάνατον, αὐτάρκϵς πρὸς ϵὐδαιμονίαν, οὐσίαν ἀΐδιον, τῆς τ' ἀγαθοῦ φύσϵως αἰτίαν, ou comme dit mieux Sainct Cyrille, πρᾶγμα αὐθύπαρχον, μὴ δϵόμϵνον ἑτέρου πρὸς τὴν ἑαυτοῦ σύστασιν.

<table>
<tr><td>

Tout au plus haut du Ciel dans vn thrône doré

Tu te sieds en l'habit d'vn manteau coloré

De pourpre rayé d'or, passant toute lumiere,

Autant que ta splendeur sur toutes est premiere :

Et là tenant au poing vn grand Sceptre aimantin,

Tu establis tes loix au seuere Destin,

</td><td>

Qu'il n'ose outrepasser, & que luy-mesme engraue

Fermes au front du Ciel, car il est ton esclaue :

Ordonnant dessous toy les neuf tẽples voûtez

Qui dedans & dehors cernent de tous costez,

Sans rien laisser ailleurs, tous les membres du Monde

Qui gist dessous tes pieds comme vne boule ronde.

</td></tr>
</table>

RICHELET.

Tout au plus haut du Ciel] La place de Dieu & de l'Eternité, ce dit Aristote, au 6. du Monde, d'où il est appellé *hypatos*, τὴν ἀνωτάτω, ᾗ πρώτην ἕδραν αὐτὸς ἔλαχϵν· ὕπατος διὰ τοῦτο ὠνόμασϵαι, ᾗ κατὰ τὸν ποιητὴν, ἀκροτάτῃ κορυφῇ τοῦ σύμπαντος ἐγκαθιδρυμένος οὐρανοῦ. Et Platon de mesme dans le Protreptic de Clement Alexandrin, αἰῶ πϵρὶ τὰ ἔσχατα τοῦ οὐρανοῦ, ἐν τῇ ἰδίᾳ πϵριωπῇ. *Dans vn thrône doré*] Tout ainsi que le Prophete Esaïe, fait seoir dans vn thrône l'Eternité du Fils de Dieu, *vidi Dominum sedentem super thronum excelsum, eleuatum, &c.* S. Cyrille Catech. 14. en marque de sa la puissance & majesté. *Tu te sieds*] Selon Platon, qui contraire aux autres Philosophes, lesquels meslent Dieu parmy la matiere, & le font sujet à ces chãgemés, dit, qu'il est assis au haut du Ciel sur des saincts fondemés, c'est à dire, sur le reglement & gouuernemẽt de la Nature, ἐῶν τοῦ ἀεὶ τὴν ἀεὶ κ̣τ̣ ταῦτα ὕτω φύσιν ἔχουσιν ἱδρυμένος ἐν βάθροις ἀγίοις, ὡς δ᾽ἀπαίνει κτ᾽ φύσιν ἀελμπορϑυόμϑνος. Plutarq. au traicté πρὸς ἡγεμένα ἀπιδ᾽. *En l'habit d'vn manteau coloré*] Pourquoy cest habit, & habit de pourpre rayé d'or? est-ce en marque de la richesse, opulence & grandeur de Dieu? ou si c'est par imitation de l'habit que le Prophete donne à l'Eglise, laquelle est ainsi representée au Ps. 44. *in vestitu deaurato, circumamicta varietatib.* selon que remarque S. Augustin au 17. de la Cité ch. 16. Ou bien, si c'est à ca usé des formes eternelles ou images de touteschoses qui sont en Dieu, & desquelles comme d'especes immortelles les indiuidus d'icy bas sont reuestus ; ainsi que dit elegamment Trismegiste en l'Asclepius, *mundum istum sensibilem, & quae in eo sunt omnia, à superiore illo mundo, quasi ex vestimento esse contecta.* Vn grand Sceptre aimantin] τῆς ἡγεμονείας κόσμιμμα, Dion: pour monstrer sa puissance inuincible & absoluë qui attire & emporte tout. *An seuere Destin*] Comme estant le Destin subject de l'Eternité, qui luy prescrit immutablement ce qui doit estre fait ; & c'est pourquoy Seruius 3. Æneid. dit, selon la definition de Ciceron, que le Destin est *connexio rerum per aeternitatem se inuicem tenens, qua suo ordine & lege variantur, ita tamen vt ipsa varietas habeat aeternitatem* : de façon que par ce Destin nostre Poëte entend la predestination de Dieu sur toutes les choses creées, dont la loy est seuere & immuable de toute Eternité, c'est à dire, que le Destin est vne verité constante, & coulante de l'Eternité, *ab omni aeternitate fluens veritas sempiterna*, comme encor le definit Ciceron au 1. de la Diuination : selon laquelle determination, Dieu a disposé les causes efficientes en la nature, pour faire que necessairement elle aille son cours, comme il l'a arresté. Et ceste nature procede des mouuemens du Ciel, au front duquel nostre Poëte dit fort bien, Que l'arrest & la loy des choses futures sont engrauez par le Destin mesme, c'est à dire, à l'effect de la predestinatiou diuine sur les choses qui doiuent estre. *Fermes au front du Ciel*] Car elles sont de necessité en l'ordre du temps, & selon le cours du Ciel, ordonné de Dieu : *haec enim tria, fatum, necessitas, ordo, Dei nutu sunt effecta, & ab his omne velle & nolle diuinitus auersum est, nec ira commouentur, nec flectuntur gratia, firmata diuinis legibus disciplina*, ce dit Trismegiste :

> *Stant adamantinis,*
> *Decreta coeli fixa vinclis,*
> *Nec dubio labefacta casu,*
> *Nec fracta vi.* Buchanan Psal. 77.

Les neuf temples voûtez] Les neuf Cieux, & semble par là que l'Auteur ne recognoisse que neuf Cieux. Comme de fait les Philosophes en ont eu diuerse opinion. Les vns ont dit qu'il n'y en auoit que huict : à sçauoir, ceux des 7. planetes, & le 8. des estoiles fixes, qu'ils appelloient le premier mobile : les autres ont dit qu'il y en auoit 9. necessairement, ayans recognu par experience que le huictiesme Ciel auoit deux mouuemens contraires, l'vn de l'Orient en Occident, & l'autre de l'Occident en Orient : & de là ils ont conclu, qu'il ne se pouuoit faire que le huictiesme Ciel fust le premier mobile, mais qu'il estoit le second ; & c'est l'opinion de Ptolemee. Les autres ayans obserué encor au firmament, vn autre mouuement qu'ils appellent de trepidation, *accessus & recessus*, & ne se pouuant faire qu'vn mesme Ciel ait de soy deux mouuemens contraires, ny qu'il en reçoiue deux du Ciel qui luy est superieur, d'autant que le premier mobile ne peut auoir qu'vn simple & vnique mouuement, de là ils ont conclu, qu'il falloit qu'il y eust vn dixiesme Ciel, lequel ils ont appellé le premier mobile. Et ce sont là tous les Cieux, qui ont esté remarquez par leur mouuement, & qui sont mobiles. Et quant aux immobiles, la Theologie en recognoist vn, qui est le Ciel empyrée, fixe & exempt de tout mouuement local, & remply d'vne lumiere incomprehensible, où les intelligences & bien-heureux esprits habitent. *Sans rien laisser ailleurs*] Pour monstrer qu'il n'y a point de vuide, mesme dehors, & pour faire voir que toute la matiere a esté employée en la creation du Monde, sans qu'il en soit resté rien pour faire d'autres mondes. Autrement il seroit imparfait & ne seroit pas vnique, ny image de Dieu, comme il est, quant à l'vnité, εἷς δεῖ κ̣ ὅλος, ce dit Philon Iuif περ. ἀφθ. κοσμ. ἐκτὸς μὲν γδ᾽ οὐδὲν δεῖ τοῦ κόσμου, πάντων εἰς τὴν συμπλήρωσιν αὐτῷ συνεργησάντων. *Tous les membres du Monde*] Toutes ses parties, tout ce qui est creé du Monde sensible, au dessus duquel est Dieu, l'infini, le Monde intelligible, ce dit Trismegiste. *Comme vne boule*] *Pila similis*, Ouide : mais pourquoy plustost ronde que d'vne autre figure ? Platon au Timée dit, que c'estoit à fin que la figure respondist à la qualité de l'animal, lequel embrassant en soy tous les animaux, deuoit estre aussi d'vne figure, qui continst & embrassast en soy toutes les figures, τὰ πάντ᾽ ἐν αὐτῷ ζῶα περιέχει μέλλοντι ζώῳ, πρέπον ἂν εἴη σχῆμα τὸ περιειληφὸς ἐν αὐτῷ πάντα ὁπόσα σχήματα.

A ton dextre costé la Ieunesse se tient,
Ieunesse au chef crespu, de qui la tresse vient
Par flots iusqu'aux talons d'vne enlasseure en-
    torse,
Enflant son estomac de vigueur & de force.
    Ceste belle Ieunesse au teint vermeil & franc,
D'vne boucle d'azur ceinte dessur le flanc,
Dans vn vase doré te donne de la destre
A boire du nectar, à fin de te faire estre
Tousiours saine & disposte, & à fin que ton
    front
Ne soit iamais ridé comme les nostres sont.
    Elle de l'autre main vigoureuse Déesse
Repousse l'estomac de la triste Vieillesse,

Et la bannit du Ciel à coups d'espée, à fin
Que le Ciel ne vieillisse & qu'il ne prenne fin.
    A ton autre costé la Puissance eternelle
Se tient debout plantée, armée à la mammelle
D'vn corselet ferré qui luy couure le sein,
Menaçant & branslant vn espieu dans la
    main,
Pour guerriere garder les bords de ton Empire,
Ton regne & ta richesse, à fin que rien n'em-
    pire
Par la suite des ans, & pour donner la mort
A quiconque voudroit ramener le Discord,
Discord ton ennemy, qui ses forces assemble
Pour faire mutiner les elemens ensemble

A la perte du Monde & de ton doux repos,
Et voudroit, s'il pouuoit, r'engendrer le
Chaos.
Mais tout aussi soudain que cet ennemy brasse

Trahison contre toy, la Vertu le menasse,
L'eternelle Vertu, & le chasse en Enfer
Garrotté pieds & mains de cent chaisnes de
fer.

RICHELET.

A ton dextre costé] C'est icy vne elegante allegorie selon les qualitez immuables & tousiours vnes de l'Eternité. Ainsi voyons-nous que Constantin, en la premiere harangue qu'il fait en l'assemblée de Nice, vse d'vne excellente allegorie, pour representer la grandeur de l'Eglise, sa diuinité, son estenduë, son fondement. Il represente donc l'Eglise, qu'il appelle τῆς πίστεως κυριακὸν οἰκητήριον, comme vne belle & grande maison, qui donne du comble iusqu'au Ciel, μέχρι τοῦ φέγγους τῶν ἄστρων, & qui s'estend par toute la terre. A ceste maison il donne douze colonnes fermes & plus blanches que la neige, les douze Apostres, qui en la puissance de la diuinité du Sauueur affermissent & establissent sa foy, δύο καὶ δέκα τὸν ἀριθμὸν κίονες, χιόνος λαμπρότεροι, ἀκίνητοι τῇ θείᾳ τῆς πίστεως, ἀϊδίως τῇ τῆς θεότητος τοῦ ἡμετέρου σωτῆρος δυνάμει βασταζοῦσι. Il met encor (quasi comme fait icy nostre Poëte) deux sentinelles ou gardiens à la porte de ceste Saincte maison : ἐπὶ ὁ κυριακὸς οἶκος, ὑπὸ δύο μόνων φυλάκων φρουρεῖται, la crainte & l'amour de Dieu, qui font que l'iniquité n'ose regarder seulement la porte, ἀλλὰ ἔκθεσις τούτου τοῦ τόπου ἐκκλείεται. tiré des actes du Concile de Nice. *Franc*] Pur & naturel. *Disposte*] Allaigre & gaye. Car il n'y a point de tristesse ny de maladie en l'Eternité. Et c'est pourquoy les Dieux, ce dit Seruius, iurent par le Styx fleuue de tristesse, c'est à dire, par leur contraire, *quia tristitia est contraria æternitati.* *Ne soit iamais ridé comme les nostres*] C'est la difference qu'il y a entre le bas & le haut du monde, les choses inferieures & superieures; celles-là sont immuables, celles-cy muables. Les Anciens ont limité le lieu des choses immuables & comme eternelles, de tout ce qui est *ad globi lunaris exordium* iusqu'au firmament & au dessus; & des muables, tout ce qui est dessous la Lune, qu'ils ont appellée *vita mortisque confinium*, Macrobe. *De la triste vieillesse*] Parce que rien ne vieillist au Ciel, *senium totis excludis prouida regnis*, Marulle. *Afin Que le Ciel ne vieillisse*] Et il ne sçauroit vieillir, car estant tiré sur vn patron eternel, il ne peut que ressembler à son idée, sans changement ny diminution; *huic nulla accessio fieri potest nec decessio.* Ioint que tout ce qu'il a de passion vient de luy-mesme & s'en nourrit, *consumptione & senio sui alitur*, ce dit elegamment Ciceron au liure de l'Vniuers. *Le Discord*] La confusion des elemens, les contrarietez desquels Tertullian appelle Antitheses; contre Marcion 2. chap. dernier. Tout ainsi que Philon Iuif appelle les elemens en leur accord, freres, ἀδελφὰ στοιχεῖα. au liure π. αφθ. *A la perte du Monde*] Fort bien à la perte, car de la paix & vnion de ces quatre, *ex his rebus numero quatuor mundi corpus est effectum, & eorum concordi amicitia atque charitate*; Ciceron : laquelle venant à se troubler par le discord & la confusion, il est force que le Monde perisse, *& tandem dies aliquis hunc dissipet, & in confusionem veterem, tenebrasque demergat*, comme dit Seneque *ad Polyb.* chap. 20. *R'engendrer le Chaos*] ἀκοσμίας, la confusion, comme elle estoit auparauant que le Monde fut; l'Aristote estime que le Chaos soit le lieu, τόπον εἶναι ἔφη, ce dit Philon Iuif, qui a esté preallable & necessaire pour receuoir la creation du Monde. Les Stoïques disent que le Chaos est l'eau περὶ τὴν χύσιν, comme principe vniuersel : si bien que r'engendrer le Chaos selon eux, ce seroit icy resoudre toutes les choses creées en eau, & les r'amener confusément à leur origine. αφθαρσ. κοσμ. *L'Eternelle Vertu*] L'efficace de ceste Eternité, c'est à dire, la vertu que Dieu a donné au Monde de pouuoir tousiours durer & demeurer en son ordre, qui resiste à la confusion, auec laquelle le Monde, c'est à dire, l'ornement d'vne parfaicte disposition ne peut subsister : καλὸς δὲ οὐδὲν ἐν ἀταξίᾳ, & le Monde, c'est à dire, l'ordre, τάξις, n'est rien autre chose, ce dit encor Philon Iuif au mesme liure, ἢ ἀκολουθία προηγουμένων ζῴων, καὶ ἐπομένων, qu'vn establissement de suitte, selon que les choses doiuent les vnes preceder & les autres suiure.

Bien loin suiuant tes pas, ainsi que ta ser-
uante
La Nature te suit, qui toute chose enfante,
D'vn baston appuyee, à qui mesmes les Dieux
Font honneur du genoüil quand elle vient aux
Cieux.
Saturne apres la suit, le vieillard venerable
Marchant tardiuement, dont la main ho-
norable,

Bien que vieille & ridee, esleue vne grand faux.
Le Soleil vient dessous à grands pas tous
égaux,
Et l'An, qui tant de fois tourne, passe &
repasse,
Glissant d'vn pied certain par vne mesme
trace,
Viue source de feu, qui nous fait les saisons,
Selon qu'il entre ou sort de ses douze maisons.

RICHELET.

Bien loin suiuant tes pas] Tout cecy est traduit de Marulle,
Pone tamen, quamuis longo pone interuallo,
Omniferens Natura subit, curuáque verendus
Falce senex, spatiísque breues æqualibus Horæ,
Atque idem toties Annus remeánsque meánsque,
Lubrica seruato relegens vestigia gressu.

La Nature te suit] Parce que peut-estre elle est comme son image, ainsi que dit Trismegiste au Pimandre, *cuius imago est omnis natura*, & de là la Nature suit fort bien l'Eternité, parce qu'aucune nature ne precede Dieu, *quem Natura numquam creauit*, ce dit encor le mesme. *Qui toute chose enfante*] Qualité propre à la Nature selon sa definition plus generale que luy donne Aristote au 4. des Metaphysiq. chap. 4. l'appellant τ̄ φυσικῶν φύσιν, & comme elle enfante tout, elle comprent aussi tout, τὰ πάντα δεχομένη σώματα, ce dit Platon au Timée, qui remarque vne qualité propre de la Nature, de receuoir & conceuoir indifferemment toutes choses, & neantmoins n'en garder ny contracter en soy aucune forme ou ressemblance : δέχεται γὸ, dit-il, ἀεὶ τὰ πάντα, & μορφὴν οὐδεμίαν ποτὲ οὐδενὶ τ̄ εἰσιόντων ὁμοίαν εἴληφεν οὐδαμῆ οὐδαμῶς. Mais Artemidore dit plus liure 4. chap. 3. Que non seulement la Nature est de toutes choses qui sont, & qui seront, mais de celles mesme qui ne seront iamais, τ̄ πάντη καὶ πάντως ἐσομένων τε καὶ οὐκ ἐσομένων φερομένα, φύσις ὠνόμασται. *Saturne apres la suit*] Et toutesfois ce n'est pas de là la premiere influence, car les estoiles fixes qui sont au dessus influent aussi bien, & seruent à la Nature. Remarquons d'auantage que les noms donnez aux Planettes, de Saturne, Iupiter, & autres, ne sont pas noms naturels, ny propres constitutions de leur nature, mais denominations positiues, pour l'instruction des hommes, *quæ stellis numeros & nomina fecit* : & de là est que Ciceron parlant de ceste Planete ou estoille de Saturne adiouste, *quam in terris Saturniam nominant*, Macrobe. *Le Vieillard venerable*] Non que les Astres soient vieux ou ieunes, mais c'est en representation de leurs proprietez, effects & influences, comme icy Saturne vieil, parce qu'il est tardif, malefique & qu'il produit des effects de froid & d'humidité : *Saturnus Deus pluuiarum est*, & principalement quand il se rencontre au Capricorne, *in Scorpio facit grandines*, & seul de toutes les Planetes, ce dit Seruius, *longiùs à se discedit, & bis ad vnumquodque signum recurrit*. *Marchant tardinement*] *Pigráque Saturni semita*, Claudian. Comme en effect c'est le plus tardif en son cours, qu'il ne parfait qu'en 30. ans ; & cela procede, de ce que plus les Spheres des Planetes sont proches du premier mobile, plus leur cours naturel en est tardif. Et de là est que le Ciel crystallin, qui est la neufiesme Sphere, comme la plus proche de ce premier mobile, ne parfait son cours naturel qu'en 4900. ans selon les Astronomes. Lucian au traicté de l'Astrologie, impute ceste tardiueté, au grand esloignement de ce Planete, tel qu'à peine le peut-on remarquer icy bas, Φέρεται γὸ ὁ Κρόνος τὴν ἔξω φορὰν, πολλὸν ἀφ' ἡμέων, καὶ οἱ νωθρή τε ἡ κίνησις, & τῷ ῥηΐδην πᾶσιν ἀνθρώποισι ὁρᾶσθαι, διὸ δὴ μιν ἑστάναι λέγουσιν. *Vne grand faux*] Ceste faux est symbolique & significatiue de l'effect bon ou mauuais de cest Astre, lequel comme la faux, quand il est direct & va en auant, ne fait point de mal, mais si fait bien quand il est retrograde : *Saturnus in progressu nihil nocet ; cùm est retrogradus, est periculosus, ideóque habere falcem in tutela dicitur*, Seruius. Fait à remarquer que l'antiquité donnoit à chaque Dieu par distinction quelque instrument ou habit particulier, dont se moque Arnobe liure 6. *In Deorum corporibus* (dit-il) *lasciuia artificum ludunt, dántque his formas, quæ cuilibet tristi possunt esse derisui. Itaque Hammon cum cornibus formatur & fingitur arietinis, Saturnus cum obunca falce, cum petaso gnatus Maia, &c.* *A grands pas*] Eu esgard à son cours extraordinaire qu'il fait en vingt quatre heures ; d'où peut-estre, les Massagetes à cause de cela, ce dit Herodote, luy sacrifioient des cheuaux comme au plus viste de tous les Dieux : car pour le regard de son cours naturel (δηλαδὴ γὰρ μυρίας περιόδους, ce dit Aristote au liure du Monde) qu'il n'accomplit qu'en 365. iours & six heures, il n'est pas à si grands pas que celuy de la Lune qui se fait en 28. iours. *Par vne mesme trace*] *Sua per vestigia voluitur annus.* *De feu*] Et de lumiere : *hic lucem rebus ministrat, aufértque tenebras ; hic reliqua sidera occultat : hic vices temporum annúmque semper renascentem ex vsu naturæ temperat, hic suum lumen cæteris quoque sideribus fœnerat, præclarus, eximius, &c.* Pline 2. chap. 6. *Qui nous fait les saisons*] Merueilleux Astre, ce dit Seneque : *illum annus sequitur, ad illius flexum hyemes æstatésque vertuntur*, au 2. des Questions Naturelles chap. 11. *De ses douze maisons*] Des douze signes du Zodiaque, *descripto circulo, qui signifer vocatur, in 12. animalium effigies, & per illas solis cursus*, Pline 2. chap. 4. Et tout ainsi que par ces douze signes du Zodiaque le Soleil fait les 4. saisons, la Lune fait aussi les douze mois, representez symboliquement des Egyptiens, par vne palme qui chaque mois produit vn rameau, κατὰ τὴν ἀνάπαλιν τῆς σελήνης, ce dit Orus.

<table>
<tr><td>

La Lune pend sous luy, qui muable transforme
Sa face tous les mois en vne triple forme,
Oeil ombreux de la nuict, guidant par les forests
Molosses & limiers, les Veneurs & leurs rets,
Que la sorciere adore, & de nuict réueillée
La regarde marcher nuds pieds, escheuelée,
Fichant ses yeux en elle. O grande Eternité,

</td><td>

Tu maintiens l'Vniuers en tranquille vnité :
De chainons enlassez les siecles tu attaches,
Et couué sous ton sein tout le Monde tu caches,
Luy donnant vie & force, autrement il n'auroit
Membres, ame, ne vie, & sans forme il mourroit :
Mais ta viue vigueur le conserue en son estre
Tousiours entier & sain sans amoindrir ne croistre.

</td></tr>
</table>

RICHELET.

La Lune pend sous luy] Non pas immediatement sous le Soleil, car deux autres Planetes sont entre-deux. Il est vray que quelques vns ont eu ceste opinion, fondée sur ce qu'ils ont veu qu'il n'y a que la Lune qui face eclipser le Soleil, & pour cela ils ont creu qu'elle estoit immediatement sous luy, & de fait Ciceron constitue ces deux Astres comme voisins & sans moyen, *Deus ipse Solem, quasi lumen accendit, ad secundum supra terram ambitum.* Ou bien cela se doit entendre, selon la diuision faite par quelques vns, des Planetes en cinq distances, lesquels ne font qu'vne distance de la Lune iusqu'au Soleil, & du Soleil iusqu'à Mars vne autre, ἐν πέντε διαστήμασι, περιέχει τοὺς πλανήτας, ἀπὸ τε μὲν δὴ τῆς ἀπὸ σελήνης ὑπὶ ἥλιον, ne faisans point d'estat des deux autres planetes qui sont entre la Lune & le Soleil, peut-estre à cause qu'ils sont ὁμόδρομοι ἡλίῳ, Plutarque au traicté de la creation de l'ame. *Fait encor icy* à obseruer comment l'ordre des planettes s'est cognu, à sçauoir par leurs eclipses & occultations : car il faut necessairement que celuy qui est eclipsé soit superieur, & puis que la Lune, quant à nous, fait eclipser Mercure & le Soleil, il faut par necessité d'ordre qu'elle soit sous eux. *Qui muable*] Et d'vne mutation long temps incognue, comme i'ay dit ailleurs, d'où Ciceron dans Nonius, *Lunæ quæ lineamenta sunt, potésne dicere cur eius nascentis aliàs hebetiora, aliâs acutiora videantur cornua ?* *Tous les mois*] Mais plustost toutes les sepmaines : & de fait que Philon Iuif remarque que ces figures & mutations diuerses, qu'il appelle χηματισμοί, se font de sept en sept iours, καθ' ἑβδομάδα, & à cause de la grande sympathie qu'a cest astre, entre les autres, auec la terre, il l'appelle, συμπαθέστατον πρὸς τὰ ἐπίγεια ἄστρον. aux Allegories. *En vne triple forme*] τείμορφος. *Triuia*, ce dit Germanicus, *eo quòd tribus fungatur figuris*, διὰ τὸ τρία σχήματα φαινότατα ἀποτελεῖν, Phornutus. *Oeil ombreux de la Nuict*] Mais plustost de l'ombreuse nuict, si ce n'est à cause des qualitez de cest astre, qui de sa nature est vn corps sombre & sans lumiere, *fax aëris, nec vltra superficiem quauis luce penetrabilis*, & lequel aussi, ce dit Macrobe, nous communique icy bas, *solam ignis similitudinem carentem sensu caloris*. *Guidant par les forests*] *Astrorum decus & nemorum*, Virgile. Et c'est en cela qu'elle est Diane, & qu'elle preside aux chemins, & pour cela reputee vierge, ce dit Sainct Augustin au 7. de sa Cité, chap. 16. parce que la voye ou le chemin n'enfante rien. *Molosses*] Grands chiens de chasse, & puissans, *multo legit arua molosso venator*, Statius. *Fichant les yeux en elle*] La regardant attentiuement, comme quand elle va coupant ses herbes, ainsi que dit Virgile, *Falcibus ad lunam messa, &c.* *Tu maintiens l'Vniuers*] Qu'entend-il par là que l'Eternité maintient l'Vniuers ? est-ce qu'il veut dire, que le Monde doiue estre Eternel, ou bien qu'il soit sans commencement, ἀφυσίκως ἀρχὴν ἔχον εὐδημίας, comme Platon en forme la question au Timée, & resout en fin, que combien qu'il ait cõmencé & ait esté creé ἀπ' ἀρχῆς πός ἀρξάμενος, toutefois ayant esté creé sur vn patron eternel, il ne peut qu'il ne soit tousiours eternel à l'aduenir. εἰ μὲν δὴ καλός ὅδε ὁ κόσμος, ὅ τε δημιουργὸς ἀγαθός, δῆλον ὡς πρὸς τὸν αἴδιον ἔβλεπεν. *En tranquille vnité*] Dieu Eternel accordant ses qualitez contraires, suiuant ce que dit Proclus, *Quid aliud & multa vnit, & congregat segregata, nisi diuinitas ?* Dieu, dis-ie, en l'vnion de ses Elemens conserue eternellement le Monde, *in æternitate custodit*, ce dit Seruius, *quia nulla pars elementi sine Deo est.* Ou bien parce que Dieu n'estant qu'vnité, rameine à soy par vnité tout ce qu'il a creé, *facit vtraque vnum* : & remarquons icy ce que dit Petrus Blesensis, que par sept ou huict sortes d'vnitez, comme par degrez, nous paruenons à la derniere vnité qui est Dieu, au 15. Sermon. *Les siecles tu attaches*] *Adamante ligas fugientia secla*, Matulle. *Et comme sous ton sein*] *Dei quasi incubatu*, parce que Dieu est au dessus de toute sa creation, *infinitus Deus, primo superiorû cæli circulo circumfusè supereminet, & omnia virtutis suæ spiritu, in vsum ac naturam animantium temperat*, Sainct Hilaire Psal. 135. Et par ce moyen il couue comme sous son sein tout le Monde ; auquel il communique, comme vne espece d'eternité, du moins d'immutabilité, τὴν ἐπερεύξιαν, qu'appelle Psellus en son Arithmetique. *Ame ne vie*] Car non seulement le Monde a vne ame qui le viuifie, mais aussi vn entendement: & Platon au Timée dit, que Dieu donna l'ame au corps du Monde, ψυχὴν ἐν τῷ σώματι, pour le rendre viuant : mais à l'ame il donna l'intelligence & l'entendement, τοιῷ μὲν ἐν ψυχῇ, d'où il l'appelle, ζῶον ἔμψυχον ἔννουν τι, διὰ τὴν τῦ θῦ πρόνοιαν. & en son Politique, ζῶον τε φρόνησιν εἰληχὸς ἐκ τῆ συναρμόσαντος αὐτὸς κατ' ἀρχαί. De sorte que le Monde est composé de substance intelligible & sensible, ἐκ τε συμπανηγ ἐισίας & νοητῆς, d'esprit & de corps, l'vn la forme, & l'autre la matiere. Plutarque au traicté περ. ψυχογονίας, & quelques vns, comme Pythagore, ont creu mesme, que Dieu estoit l'ame du Monde : ce que refute Sainct Augustin au 4. de sa Cité chap. 12. parce que, dit-il, si cela estoit, il faudroit que tout ce qui naist au Monde, procedant de ceste ame du Monde, fust partie de Dieu, ce qui est absurd. *Tousiours entier & sain*] Marque de son eternité. Et il faut bien qu'il soit tousiours tel. Car la maladie en quelque suiect que ce soit, ne peut proceder que de dehors ou de dedans, ce dit Philon Iuif, δῆλαι φθορᾶς αἰτίαι, ἢ μὲν ἐντὸς, ἡ μὲν ἐκτὸς. Pour le regard de dehors, rien ne peut arriuer au Monde qui l'offense & le rende malade, d'autant qu'il n'y a rien hors de luy, μηδενὸς ὑποσαντος μέρους, ὁλοκλήρων εἰσιν. Pour le regard des choses qui sont dedans luy, aucune ne luy peut aussi faire de mal, parce qu'il s'ensuiuroit absurdement que la partie seroit plus forte que le tout, τὸ μέρος τῦ ὅλε & μεῖζον εἶ ἢ κραταιότερον, ὅπ. ἀφ θαρα. *Sans amoindrir ne croistre*] Autre marque encor de son Eternité, car ce qui a esté fait tout à coup, sans progrez d'âge ny de croissance, n'est point subiect à décroistre : car croistre & décroistre sont relatifs : ᾧ γὸ μὴ αὔξησις, ce dit Philon Iuif au mesme liure, μηδὲ μείωσις πρόσεστι. Or nous voyons que le Monde ne croist point, & de là s'ensuit qu'il ne doit point diminuer, & qu'il doit donc durer eternellement.

Tu n'as pas les mortels fauorisez ainsi,
Que tu as heritez de peine & de souci,
De vieillesse & de mort, qui est leur vray par-
* - tage,*
Te souciant bien peu de nostre humain lignage,
Qui ne peut conseruer sa generation
Sinon par le succeᴢ de reparation,
A laquelle Venus incite la Nature
Par plaisir mutuel de chaque creature,
Pour garder son espece, & tousiours restaurer
Sa race qui ne peut eternelle durer.
*　Mais toy sans restaurer ton estre & ton*
* essence*

Viue tu te soustiens par ta propre puissance,
Sans craindre les cizeaux des Parques qui
* çà bas*
Ont puissance sur tout le vray lieu du trespas :
La terre est son partage, où selon il exerce
Par diuers accidens sa malice diuerse,
" N'ayant non plus d'esgard aux Princes
* qu'aux bouuiers,*
" Pesle-mesle égalant les Sceptres aux leuiers.
Quand tes loix au Conseil l'Estat du Mon-
* de ordonnent,*
En parlant à tes Dieux qui ton thrône enui-
* ronnent*

(Thrône qui de regner iamais ne cessera)
Ta bouche ne dit point, Il fut, ou, Il sera :
C'est vn langage humain pour remarquer la
* Chose :*
Le temps present tout seul à tes pieds se re-
* pose,*
Sans auoir compagnon : car tout le temps
* passé,*

Et celuy dont le pas n'est encor auancé,
Sont presens à ton œil, qui d'vn seul clin re-
* garde*
Le passé, le present, voire celuy qui tarde
A venir quant à nous, & non pas quant à
* toy,*
Ny à ton œil qui void tous les temps deuant
* soy.*

RICHELET.

Tu n'as pas les mortels] Les choses mortelles, les hommes. *Heritez*] Partagez. *Par le succez*] Par reparer successiuement ce qui deperit des indiuidus. *A laquelle Venus*] Le plaisir naturel qui nous porte à ceste propagation.

Vt res per Veneris blanditum secla propagent,
Ne genus occidat humanum.   Lucrece liu. 2.

Par plaisir mutuel] C'est à dire, des deux sexes : ἡ γὰρ συνουσία, ce dit Orus, ἐκ δύο ἱδρώτων συνέστηκεν, ἐκ τε τοῦ ἀνδρὸς ἢ τῆς γυναικὸς, & de là le double 16, hieroglyphique des Egyptiens. Et Sainct Ignace en l'Epistre à Heron appelle les femmes, συνεργοὺς τῆς ἐμνήσεως, διὰ ἡ γυναικὸς ἀνὴρ ὁ παιδοποιήσει. *& reparatio*, dit Seruius, *in sexu vtroque consistit.* *De chaque creature*] Mais plus naturellement encor de l'hôme & de la femme, d'autant que l'homme & la femme ne sont en effect que deux parcelles diuisees d'vn mesme animal, côme dit elegâment Philon Iuif, representant l'amour mutuel de l'homme & de la femme. ἔρως δὲ ὑπηρετημένος, καθάπερ ἑνὸς ζώου δίχα τμήματα διεστηκότα συναγαγὼν, εἰς ταυτὸν ἁρμόττεται, πόθον ἐνιδρυόμενος ἑκατέρῳ τῆς πρὸς θάτερον κοινωνίας, εἰς τὴν τοῦ ὁμοίου γένεσιν. *Pour garder son espece*] Et pour reünir la fin à son commencement par vne suitte perpetuelle. Et c'est ce que medite encor excellemment Philon Iuif au liure περὶ κοσμου. quand il dit, qu'en la creation, Dieu a fait le commencement iusqu'à la fin, ἀρχὴν πρὸς τὸ τέλος, & a fait retourner ceste fin à son commencement, ἢ τέλος ἐπ' ἀρχὴν ἀνακάμψαι ἐποίει, par le moyen que les especes se perpetuent, & de leur fin reprennent leur commencement : comme le fruict de la plante, φυτοῦ ὁ καρπὸς, est la fin du commencement, ἐκ ἀρχῆς τὸ τέλος, & entant que ce fruict, comme en la fin de la plante, est la semence de l'espece ; καρπῶ τὸ σπέρμα, ceste fin est le commencement d'vne nouuelle plante, ἐκ τέλους ἀρχὴ, & voila comme se gardent & perpetuent les especes. *Sans restaurer ton estre*] Parce que l'estre de Dieu & de son Eternité, est sa substance & sa nature mesme, voire son intelligence & sa Deité, ce dit Sainct Thomas. Et comme dit Sainct Augustin, *esse in Deo non est accidens*, & consequemment ne se restaure point, parce qu'il est eternel & immuable, & non suiect à aucun affoiblissement ou diminution. *Des Parques*] De la Mort, *sumptis à parcendo vocabulis, antiphrasticè*, ce dit Petrus Blesens. ep. 169. *Egalant les Sceptres aux leuiers*] *Aequans sceptra ligonibus*, ce dit quelqu'vn. Car en effect, c'est en la mort qu'est la parfaite égalité : ἰσοτιμία ἐν ᾅδου, καὶ ὅμοιοι πάντες, ce dit Lucian ; *quæ veneraris & quæ despicis*, ce dit Seneque *ad Marciam, vnus exæquabit cinis.* *A tes Dieux*] A ces Intelligences creées qui sont au Ciel. *Il fut, ou, Il sera*] Parce que ces termes de futur & du passé concernent les choses creées, sont marques & symboles de generation, χρόνου γεγονότος εἴδη, τὸ ἦν, τὸ ἔσται, ce dit elegamment Platon au Timée : mais à l'Eternité il ne conuient quel'estre & le temps present, τὸ ἔστι μόνον, κατὰ τὸν ἀληθῆ λόγον, d'autant qu'elle est immobile & immuable, auquel cas les termes de futur & du passé ne s'y peuuent appliquer, parce que, comme dit le mesme Platon, ce qui est eternel immobilement, τὸ δ' ἀεὶ κατὰ ταυτὰ ἔχον ἀκινήτως, n'est iamais plus vieil ny plus ieune en vn temps qu'en l'autre ; οὔτε πρεσβύτερον οὔτε νεώτερον προσήκει γίγνεσθαι. Et neantmoins fait à remarquer, ce que dit Gelase és actes du Concile de Nice, que l'Eternité se remarque aussi bien par ESTOIT comme par EST, comme quand l'Euangile parlant de l'Eternité du Fils de Dieu, dit, ὁ λόγος ἦν, le Verbe estoit, cest ESTOIT est vn terme d'Eternité qui n'est precedé de rien, disent les Peres du Concile, τὸ ἦν τὸ προϋπάρχειν ἐκ ἔχ, τὸ ἦν, προςγράφει τὸ ἐκ ἦν. *C'est vn langage humain pour remarquer*] Ou comme dit Gregoire le Theologien, ce sont termes seruans à diuiser & partir les actions de nostre temps, lesquelles passent autrement & s'escoulent, τὸ καθ' ἡμᾶς χρόνου τμήματα ἢ ῥοῦς τῆς φύσεως. *Le temps present tout seul*]

——præsenti inclusa fideli,
Diuersósque dies obtutu colligis vno.   Marulle.

Mais plus excellemment Sainct Augustin le dit en ses Questions, *præteritum & futurum inuenio in omni motu rerum : in veritate quæ manet, præteritum & futurum non inuenio, sed solum præsens, & hoc incorruptibiliter. Discute rerum mutationes, inuenies Fuit & Erit : cogita Deum, inuenies Est, Vbi Fuit & Erit esse non possit.* *Dont le pas n'est encor aduancé*] Le futur. *Sont presens à ton œil*] C'est ce que dit encor Sainct Augustin au 12. de sa Cité, chap. 15. qu'au mouuement de l'Eternité de Dieu, il ne faut pas dire que cela a esté, qui n'est pas desia, ou sera qui n'est pas encore. Et Sainct Hierosme sur l'Epistre de Sainct Paul à Tite, Toute l'Eternité est vn temps en Dieu, & la raison est de Sainct Hilaire au 1. de la Trinité, *quia in æternitate, posterius anteriúsve non congruit*, non plus qu'en la toute-Puissance, *validius infirmiúsve.* Et c'est pourquoy Dieu se nommant soy-mesme, dit admirablement, *& absoluta de se significatione, Ego sum qui sum, quia id ipsum quod est, neque desinentis est aliquando, neque cæpti.* *Tous les temps deuant soy*] *Quia non est Deus temporum posterior*, ce dit Arnobe Psal. 134. *Et vt esset tempus, ab eo sumpsit exordium.* Et encor Platon au Parmenide, passe plus outre, car il dit, que le temps present mesme ne conuient pas proprement à Dieu, ny à son Eternité, parce qu'il est temps, & le τὸ ὄν, l'Eternité n'a point de temps, & ne se peut rapporter à aucun temps en tout, d'autant qu'elle est immobile & tousiours deuant tout temps, de sorte que nous ne pouuons conceuoir l'Eternité, que negatiuement, en disant, qu'elle n'est point tout ce que nous pouuons enoncer ou imaginer d'elle.

Nous autres iournaliers , nous perdons la
    memoire
Des siecles ia coulez , & si ne pouuons croire
Ceux qui sont à venir comme nais impar-
    faits,
Encroustez d'vne argille & d'vn limon espais,
Aueugles & perclus de la saincte Lumiere,
Que le peché perdit en nostre premier pere :
Mais ferme tu retiens dedans ton souuenir
Tout ce qui est passé, & ce qui doit venir,
Comme haute Deesse eternelle & parfaite,
Et non ainsi que nous de masse impure faite.

Tu es toute dans toy ta partie & ton tout,
Sans nul commencement , sans milieu, ne sans
    bout,
Inuincible, immuable, entiere & toute ronde,
N'ayant partie en toy, qui en toy ne respon-
    de,

Toute commencement, toute fin, tout milieu,
Sans tenir aucun lieu, de toutes choses lieu,
Qui fais ta Deïté en tout par tout estendre,
Qu'on imagine bien, & qu'on ne peut com-
    prendre.

Regarde-moy Deesse au grand œil tout-
    voyant,
Royne du grand Olympe au grand tour flam-
    boyant,
Grande Mere des Dieux , grande Dame &
    Princesse.
Si ie l'ay merité, concede-moy, Deesse,
Concede-moy ce don : c'est qu'apres mon tres-
    pas
(Ayant laissé pourrir ma despoüille çà bas)
Ie puisse voir au Ciel la belle Marguerite
Pour qui i'ay ta loüange en cet Hymne des-
    crite.

R I C H E L E T.

Nous autres iournaliers] Subiects au temps & aux iours.   *Encroustez d'vne argille*] κεραμίλλαδος γῆς qu'appelle Plutarque : *nugatoria & imbecilla corpuscula,* ce dit Seneque au 2. de ses Questions Naturelles, chap. 2. *fluida , nec magna molitione perdenda,* enfermez dans vn corps de terre, par allusion à la matiere du premier homme, qui fut du limon de la terre comme dit Moyse, ἔπλασεν ὁ Θεὸς ἄνθρωπον , χοῦν λαβὼν ἀπὸ τῆς γῆς. Il est vray que ce ne fut pas, dit Philon Iuif, au liure de la Creation , d'vne terre indifferente , & telle qu'elle se presenta par hazard , mais Dieu la choisit la plus nette, & la plus pure, διαχεινας ἐξ ἁπάσης τὸ βέλτιστον , ἐκ καθαρᾶς ὕλης τὸ καθαρώτατον , comme vn parfait imager, qui vouloit faire vn parfait ouurage, pour seruir de maison & de Temple à son image , c'est à dire, à l'ame raisonnable : car, comme dit le mesme, nostre corps, ceste argille ou terre choisie, qu'appelle nostre Autheur, est la maison & le temple sacré de l'ame raisonnable, οἶκος καὶ νεὼς ἱερὸς ψυχῆς λογικῆς.   *Aueuglez & perclus de la saincte Lumiere*] C'est à dire, de ceste pure & simple cognoissance, auec laquelle l'ame raisonnable fut creée, auparauant que le peché l'eust aueuglée, ἀκράτου τῆς λογικῆς φύσεως ἐν ψυχῇ , ce dit Philon Iuif. Mais Trismegiste au Pimandre, impute cela à la masse du corps, qui contraint l'ame, *inimicum vmbraculum, quod te deorsum raptat, ne forté conspicias veritatis decorem, atque proximum bonum : hoc aciem interiorum sensuum hebetat & obtundit, crassa illam materia suffocat.* Car quant à l'ame, ce dit Seruius 6. elle a tousiours en soy , sa mesme clarté naturelle, mais son corps l'offusque : *vt si leonem includas in caueam, impeditus vim suam non perdit , sed exercere non potest : Ita animus non transit in vitia corporis, sed eius coniunctione impeditus, non exercet vim suam : animus per se nihil patitur , sed laborat ex corporis coniunctione ; per naturam suam non corrumpitur, sed per contactum rei alterius.*   *Que le peché perdit*] Comme s'il vouloit dire, que sans le peché l'ame eust conserué & retenu ses facultez & fonctions & sa lumiere, aussi libres auec le corps comme sans le corps ; ce qui est vray , mais le peché luy a tout osté ; *adempta est illi*, ce dit Tertullian, contre Marcion liu. 2. chap. 2. *Paradisi gloria, & familiaritas Dei, per quam omnia Dei cognouisset, si obedisset;* de sorte que Macarius elegamment Homelie 12. dit qu'en ceste estrange mutation l'homme est demeuré mort quant à Dieu, ἀπὸ τοῦ Θεοῦ ἀπέθανε, viuant seulement quant à sa propre nature, τῇ ἰδίᾳ φύσει.   *Tu es toute dans toy*] Car hors d'elle qu'y a-til qui ne soit creé, & consequemment non eternel ? *eius esse in sese est,* ce dit Sainct Hilaire contre l'Empereur Constantius , *non aliunde quod est sumens , sed id quod est , ex se atque in se obtinens.*   *Ta partie & ton tout*]   Marulle.

    Ipsa eadem pars, totum eadem, sine fine, sine ortu,
    Tota ortus, finisque æquè, discrimine nullo,
    Tota teres, nullaque tui non consona parte.

Qui est à dire, que l'Eternité est vne integrité simple, toute entiere en chaque partie ; car il n'y a point de partie en l'Eternité de Dieu, qui ne soit tout ; *totus idem est,* ce dit Gregorius Beticus au liure qu'il a fait *De Trinitate & fide, secundum substantiam, non pars & pars , non membrum & membrum , sed simplex nescio quid, & integrum & perfectum.*   *Sans nul commencement*] Qui est la vraye marque de l'Eternité de Dieu, τῷ θείῳ, ce dit Laërtius , τὸ μήτε ἀρχὴν ἔχει , μήτε τελευτὴν , & proprement Optatus Mileuitanus liu. 3. *Genus Dei est non habere genus, qui ex se est & manet in æternitate.* Et Tertullian contre Marcion, liure 2. chap. 3. *non tempus habuit , ante tempus quæ fecit tempus, sic vt nec initium ante initium, quæ constituit initium : atque ita carens & ordine initij & modo temporis, de immensa & interminabili ætate censebitur.*   *Immuable*] Sainct Hilaire elegamment à ce propos Psal. 2. *Nihil in æternam illam & perfectam naturam nouum incidit, neque qui ita est vt qualis est , talis & semper sit ; ne aliquando non idem sit, potest effici , aliquid aliud esse quàm semper est.* Et de là est que les Platoniciens ont recognu, que tout ce qui se voyoit au Monde estant muable, & receuant plus ou moins, ne pouuoit estre la premiere espece, ny Dieu Eternel, qui est tousiours constant & immuable , ce dit Sainct Augustin au 8. de sa Cité chap. 6.

parce qu'il ne se peut faire, ce dit Psellus en son Arithmetique, que ce qui est vne fois vn, soit autre chose que tousiours vn, *ἅπαξ γὰ πᾶϊν, ἐ ᾖϊ.* Et fait à remarquer, que ceste Immutabilité de Dieu, a cela de particulier, que quoy que conuerti en toutes choses, il ne change point, *vt licèt in omnia conuerti possit, tamen qualis est perseueret.* Et c'est la difference qu'il y a entre luy & ce qu'il a creé, d'autant que sa conuersion n'altere rien de ce qu'il est, au lieu que toutes les autres choses, *cùm conuertuntur amittunt quod fuerunt, quia natura conuertibilium ea lege est, ne permaneant in eo quod conuertitur, & perdant conuertendo quod fuerunt,* Tertullian au liure *de carne Christi* chap. 3.

N'ayant partie en toy qui en toy ne responde] D'autant qu'il n'y a rien de l'essence Eternelle, qui ne soit Eternel; rien de la substance Indiuisible de Dieu qui ne soit Dieu. Le mesme S. Hilaire encor Psal. 2. admirablement, *de mutatione non nouus est qui origine caret : ipse est qui quod est, non aliunde est : in sese est, secum est, ad se est, suus sibi est, & ipsi sibi omnia est, sibi ipse totus & totum.* *Tout commencement, toute fin, tout milieu*] Suiuant ce que dit Clement Alexandrin au Protreptic, que Dieu contient le commencement, le milieu, & la fin de toutes choses, *ἀρχὴν, ἢ τελευτὴν, ἢ μέσα τῶϊ ὄντων.* *Sans tenir aucun lieu, de toutes choses lieu*] C'est à dire, comprenant en son Infinité (qui consequemmēt n'a point de lieu) toutes choses qui ont lieu, & desquelles elle est cōme le lieu. Si ce n'est que nous disiōs, auec les Pyrrhoniens, ce que dit Laërtius, que le lieu n'est que par supposition pour la demōstration, *τόπον μὴ ἐξ δογματικῶς, ἀλλὰ ὑποθετικῶς;* auquel cas, le lieu ne seroit icy mis, que pour monstrer que l'Eternité embrasse & contient tout en son infinité non circonscripte, *sed superexcedenter,* suiuant ce que dit le Prophete, *Cælum & terram impleo,* pour monstrer que l'Eternité, *magis continet omnia, quàm continetur.* *Par tout estendre*] *Vnus & vbique totus diffusus,* S. Cyprian. *Qu'on imagine bien*] Et encor d'imagination grandement imparfaite; car comment imaginer Dieu, duquel l'estre infiny, non plus que la forme, ne peut estre veu ny compris ? & de là les Philosophes d'Egypte sçachans bien que Dieu estoit, & ne pouuans s'en rendre capables, ny les peuples, en ont feint des formes ou images, telles qu'ils ont estimé pouuoir estre necessaires à rendre Dieu cognoissable & sensible à l'homme : & d'autant plus qu'ils ont recognu que la forme de Dieu ne se pouuoit voir ny comprendre, ils en ont voulu fabriquer & imaginer mystiquement & par hieroglyphes, *καταποκυλάζειν τὰ ἀγάλματα ἢ τιμῶν, τῷ μὴ εἰδέναι τὴν τῦ θῦ μορφὴν,* ce dit Laërtius : mais en effect quelque imagination que nous en conceuions, ne pouuant sortir hors de nostre sens, elle est tousiours foible, & comme dit elegamment Arnobe liure 3. *quidquid tacita mentis cogitatione conceperis, in humanum transilit & corrumpitur sensum, nec habet propriæ significationis notam quod nostris dicitur verbis, atque ad negotia humana compositis. Vnus est hominis intellectus de Dei natura certissimus, & si scias & sentias, nihil de illo posse mortali oratione depromi.* *Et qu'on ne peut comprendre*] Combien que Dieu se comprenne aucunement par ses œuures, *ἀθεώρητος,* ce dit Aristote au 6. du Monde, *ἀπὸ ἐπ' αὐτῶϊ τῶϊ ἔργων χωρεῖται,* mais son Eternité est certes Incomprehensible, d'autant qu'estant infinie, & n'y ayant rien au Monde & en nostre esprit qui ne soit finy, elle ne peut estre comprise, non plus que la chose muable ne peut mesurer l'immuable, disent les Mathematiciens, *πρὸς τὰ ἀμετάπτωτα ὐδεὶς κανόϊ ἢ μέτρος χρῆται τοῖς μεταπτωτοῖς,* Strabon liure 2. outre que l'abysme en est si grand, que l'on s'y perd, *ὅσον ἥλιεις,* ce dit Macarius homel. 12. *διὰ γνῶσιως ἐρθυνθεὶς ἢ εἰσελθὼν, χωρεῖς εἰς βάθος, ἢ ὐθὲ κατελαμβανεις.* Bref ce dit encor S. Hilaire (grand & subtil Euesque de nos Gaules) *Intelligentiam commoue, & totum mente complectere, nihil tenes : totum hoc habet reliquum, reliquum autem hoc semper in toto est, ergo neque totum ei reliquum est, cui reliquum est, neque reliquum est, cui est omne quod totum est : ita religionem intelligentiæ excedit, extra quem nihil est, & cuius est semper, vt semper sit; ad quem eloquendum sermo sileat, & ad inuestigandum sensus hebeat, & ad complectendum intelligentia coarctetur.* *Au grand œil tout voyant*] Parce que Dieu Eternel, est tout œil en ce qu'il voit, comme il est tout aureille en ce qu'il oit : *ipse totus oculus,* ce dit Tertullian au liure de la Trinité, *& totus videt, & totus auris, quia totus audit, & totus manus quia totus operatur ; Idem enim quidquid illud est, totus æqualis est, & totus vbique est.* *Royne du grand Olympe*] Comme Platon appelle Dieu *βασιλέα,* ne luy donnant autre nom, ainsi qu'a remarqué Apulée sur la fin de sa premiere Apologie, *quia totus rerum natura causa est, & ratio & origo initialis.*

Ayant laissé pourrir ma despoüille] Estant mort : car la mort n'est rien autre chose qu'vne pourriture & corruption du corps *φθής ἢ φθορά,* & de là le songe mortel de Socrate, songeant qu'vne belle femme, luy disoit par vn vers d'Homere que dans trois iours il iroit en Phthie, c'est à dire qu'il mourroit, par équiuoque du propre nom de ceste ville de Thessalie, à l'effect de la Mort, *φθοίνοφος.* Ciceron au 1. de sa Diuination.

HYMNE II.

DE CALAÏS ET ZETHÉS.

A elle-mesme.

IE veux donner ceste Hymne
  aux enfans de Boree,
Deux freres emplumez, qui d'vne aile doree
Peinte à plumes d'azur (monstrueux iouuenceaux)
De vistesse passoient les vents & les oiseaux.
Leurs costez en naissant d'ailes ne se vestirent :

Mais quand ils furent grands, grandes elles sortirent
A l'enuy de la barbe, & leur dos s'en orna
Si tost qu'vn poil follet leur menton cottonna.
  Ie sçay que ie deurois, Princesse MARGVERITE,
D'vn vers non trafiqué chanter vostre merite,
Sans loüer autre nom, & des Grecs estrangers
N'emprunter desormais les discours mensongers :
Le vostre est suffisant à quiconque desire
Gaigner le premier bruit de bien sonner la Lyre :
Mais vous le desdaignez, & dites qu'il ne faut
Sinon loüer le DIEV qui habite là haut;

De qui la gloire doit tousiours estre chantee,
Ainsin on vous desplaist quand vous estes
    vantee,
Et tousiours rougissez, si d'vn vers importun
Quelqu'vn bat vostre aureille en loüant trop
    quelqu'vn,
Ou secoüez la teste, ou d'vn œil venerable
Monstrez qu'vn vil flateur ne vous est agrea-
    ble.

    Pource, illustre Princesse, au signe que i'ay
    veu,
Il faut ne vous loüer ou vous loüer bien peu,
Et suiure son sujet sans vous penser complaire
Par loüanges, ainsi qu'on plaist au populaire.

    Quand Iason l'Argonaute à l'aide de Pal-
    las
Eust poußé d'auirons & de force de bras
Au port Bithynien la barque qui premiere
De rames balloya l'eschine mariniere,
Les preux dedans Argon comme en vn ven-
    tre enclos,
Lassez d'auoir tourné tout le iour tant de flots,
D'vne ancre au bec crochu la gallere arreste-
    rent,
Puis au soir pour dormir au riuage sauterent.

    Là Iason descendit, qui ne faisoit encor
Que friser son menton d'vn petit crespe d'or,
Iason le gouuerneur de toute la nauire,
Qui luisoit en beauté comme au soir on void
    luire
L'estoile de Venus, lors que la nuict n'a pas
Encor du tout voilé les terres de ses bras.

    Apres luy descendit le cheuelu Orphee,
Qui tenoit en ses mains vne harpe estofee
De deux coudes d'yuoire, où par rang se te-
    noient
Les cordes, qui d'enhaut inégales venoient
A bas l'vne apres l'autre en biais cheuillees :
En la façon qu'on voit les ailes esbranlees
Des aigles en volant, qui depuis les cerceaux
Se suiuent pres à pres, à rangs tous inegaux.

    Ce noble chantre auoit par-sur tous priui-
    lege
De ne tirer la rame, ains assis en son siege
Au plus haut de la proüe auecques ses chansons
Donnoit courage aux Preux animez de ses
    sons :
Maintenant par ses vers r'appellant en me-
    moire

De leurs nobles ayeux les gestes & la gloire,
Maintenant se tournant vers Argon, la ha-
    stoit
D'vn chant persuasif que le bois escoutoit.

    Là fut le sage Idmon, lequel (bien que l'au-
    gure
Luy eust souuent predit sa mort estre future
Au bord Mariandin s'il alloit en Colchos)
Espoint d'vn grand desir de s'acquerir du los,
Aima mieux viure peu perdant ceste lumiere,
Que de trainer sans gloire vne ame casaniere.
  » *O belle & douce gloire hostesse d'vn bon*
    cœur !
  » *Seule pour la vertu tu nous ostes la peur.*

    Là print riuage Idas, & son frere Lyncee
Qui souuent de ses yeux la terre auoit percee,
De ses yeux qui voyoient, tant ils furent ai-
    gus,
Les Manes des Enfers, & les Dieux de là
    sus :
Là descendit Phlias, là descendit Eupheme,
Augé-fils du Soleil, Acaste & Polypheme,
Polypheme qui fut si viste & si dispos,
Qu'il couroit à pied sec sur l'escume des flots :
La vapeur seulement de la vague liquide
Tenoit vn peu le bas de ses talons humide.

    Là sauta sur l'arene Ancé, qui ne portoit
Jamais cuirasse au dos, seulement se vestoit
(Comme cil qui pensoit qu'on ne trompe son
    heure)
De la peau d'vn grand Ours qu'il vestoit pour
    armure.
Luy secoüant au poing vn brand armé de
    cloux
A la poincte d'acier, qui trenchoit des deux
    bouts,
Marchoit comme vn Gean, & en lieu d'vne
    creste
La queuë d'vn cheual luy pendoit de la teste.

    Là print riuage Argus, Telamon & Tiphys,
Et celuy qui auoit Achille pour son fils,
Et celuy qui deuoit aux riues Euboées
Rendre des Grecs vainqueurs les nauires
    noyées.

    Là descendit aussi l'indonté iouuenceau
Cenée à qui le fer rebouchoit sur la peau
Et contre-bondissoit, cõme on voit pesle-mesle
Bondir au tẽps d'Hyuer sur l'ardoise la gresle ;
Ou dessus vne enclume vn marteau par cõpas

Ressauter, quand Vulcan la frappe à tour de
  bras :
On dit que ce Cenec au milieu d'vne guerre,
De busches accablé, alla vif sous la terre,
Quand luy, qui trop hardy en sa peau se fia,
Les Centaures tout seul au combat desfia.
    Là Mopsus aborda, grand Augure & Pro-
  phete,
Des secrets d'Apollon veritable interprete,
Mais chetif qui ne sçeut prophetiser sa mort :
Vn rameau de laurier pour panonceau luy sort
Du haut de son armet, & vne robbe blanche
Faite à houpettes d'or luy pēdoit sur la hanche :
Plus bas que les replis de son voile de lin
Ses pieds estoient chaussez d'vn rouge brode-
  quin,
Duquel sur le deuant vne corne sesleue
Qui se recoquilloit iusqu'à demy la greue.
    Las ! le pauure Mopsus, Mopsus qui ne
  sçauoit
Qu'aux bords Pagazeans ramener ne deuoit
Argon, & que sa rame, en regrettant sa perte,
Chommeroit sans rien faire en sa place deserte :
Car d'vn tel auiron les ondes il rouloit,
Que nul apres sa mort sa place ne vouloit.
    Là Castor & Pollux, fleur de Cheualerie,
Prindrent du bord marin la froide hostellerie ;
L'vn qui eust mieux piqué vn beau cheual
  guerrier
Aux champs Laconiens que d'estre marinier :
L'autre mieux escrimé que suer sous la rame.
Tout au haut de leur teste vne nouuelle flame
Sembloit déja reluire, & de larges rayons
Trēbloter au sommet de leurs beaux morions,
Morions façonnez d'inuention gentille
Sur le mesme pourtrait de l'ouale coquille,
Que l'vn & l'autre auoit dessus la teste, alors
Qu'vn œuf de ses deux bouts les esclouit de-
  hors.
    Vne robe de pourpre, ainsi que feu trēblante
Pendoit de leurs collets iusqu'aux bas de leur
  plante,
Dont leur mere Leda pour vn present exquis
Auoit au departir honoré ses deux fils,
Ouuriere entrelassant d'vne metaine voye,
Aux tenues filets d'or, tenues filets de soye.
Au milieu de l'habit Taygette apparoissoit,
Où le cheual Cyllare entre les fleurs paissoit :
Et plus bas sur le bord de ceste robe neuue

Eurote sesgayoit serpentant en son fleuue
A longs tortis d'argent, où en maintes façons
Dessus le bord luittoient les filles aux garçons.
    Vn œuf estoit pourtraict sur l'herbe de la
  riue
Fendu par la moitié, où la peinture viue
De Castor à vn bout de l'œuf se presentoit,
Et celle de Pollux à l'autre bout estoit.
    Au milieu de l'habit de soye blanche & fine
Voloit au naturel la semblance d'vn Cygne,
Ayant le col si beau & le regard si dous,
Que chacun eust pensé que Iupiter dessous
Encor' aimoit caché, tant l'image pourtraite
Et du Cygne & de Lede estoit viuement faite.
    Là Zethe & Calaïs les derniers du bateau
Sortirēt pour dormir au premier front de l'eau,
Ausquels de tous costez cōme deux belles ondes
Les cheueux d'or flottoient dessus les ailes blon-
  des,
Et pleins de libertez entremesloient dedans
Les plumes pesle-mesle à l'abandon des vents.
    Telle troupe d'Heros, l'eslite de la Grece,
Accompagnoient Iason d'vn cœur plein d'al-
  legresse,
Qui toute nuict couchez sur le riuage nu
Dormirent iusqu'au poinct que le iour fut
  venu.
    Aussi tost que du iour l'aube fut retournee,
Voicy venir au bord le malheureux Phinee,
Qui plus qu'homme mortel enduroit du tour-
  ment :
Car le pauure chetif n'estoit pas seulement
Banny de son pays, & vne aueugle nuë
N'estoit (ô cruauté) dessus ses yeux venuë
Par le vouloir des Dieux, qui luy auoient osté
(Pour trop prophetiser) le don de la clairté :
Mais à tous ses repas les Harpyes cruelles,
Demenans vn grand bruit, & du bec & des
  ailes,
Luy pilloient sa viande, & leur griffe arra-
  choit
Tout cela que ce Prince à sa leure approchoit,
Vomissant de leur gorge vne odeur si mau-
  uaise,
Que toute la viande en deuenoit punaise.
    Tousiours d'vn craquetis leur maschoire
  cliquoit :
Tousiours de palle faim leur bec sentre-cho-
  quoit.

Comme la dent d'vn loup, quand la faim l'es-
　poinçonne,
Ou comme d'vn lyon, dont la maschoire sonne,
Et béant, & courant, & faisant vn grand
　bruit
Fait craqueter sa gueule apres vn cerf qui fuit:
Ainsi bruyoient les dents de ces Monstres in-
　fames,
Qui du menton en haut sembloient de belles
　femmes,
De l'eschine aux oiseaux, & leur ventre trem-
　bloit
De faim, qui de grandeur vn bourbier res-
　sembloit,
Et pour iambes auoient vne accrochante griffe
En escailles armée, ainsi qu'vn hippogrife.
　　Ce chetif ne viuoit que de petits morceaux
Qui tomboient infectez du bec de ces oiseaux,
Et fust mort de douleur sans la ferme esperäce
Qu'il auoit de trouuer quelque iour deliurance
Par les fils Boreans, que le noble Iason
Deuoit par là conduire allant à la Toison.
　　Aussi tost que Phinee au riuage oüit bruire
Les Princes éueillez au sifflet du Nauire,
Il se leua du lict ainsi qu'vn songe vain;
Appuyant d'vn baston sa tremblotante main,
Et tastonnant les murs, sortit hors de sa porte
D'vn pied foible & recreu, lequel à peine
　porte
Le corps vieil & moisi : l'eschine de son dos
Ne monstroit aux voyans qu'vne carcasse d'os
Sous vne peau crasseuse, & sa perruque dure
Comme poil de sanglier se herissoit d'ordure.
　　Luy sortant de sa chambre affoibly des ge-
　nous,
Se trainoit vers le bruit bronchant à tous les
　coups :
Or' vn estourdiment tout le cerueau luy serre,
Ore tout à la ronde il pensoit que la terre
Chancelloit dessous luy, & ores il dormoit
Accablé d'vn sommeil qui son chef assom-
　moit.
　　Aussi tost que les Preux sur le bord l'aui-
　serent,
De merueille estonnez au vieillard deuiserent
Piteux de sa fortune : à la fin souspirant
D'vne debile voix qu'à peine alloit tirant
De son foible estomac, & roüant la paupiere
De ses yeux orphelins de la douce lumiere,

Et virant pour-n.ant ses prunelles en l'air,
Se tourna vers le bruit, & commence à parler:
　　O troupe dés long temps en mes vœux at-
　tenduë !
S'il est vray que soyez la mesme troupe esluë
Que Iason, maistrisé des Destins de son Roy,
Au riuage Colchide emmene auecque soy,
Sillonnant les premiers de vos rames fameu-
　ses
Le marbre renuersé des vagues escumeuses :
O troupe genereuse, enfans des Dieux yssus,
Ou bien estans des Dieux ou nepueux ou con-
　ceus,
Octroyez-moy de grace vne pauure demande.
Par le Roy Iupiter, & par Iunon la grande
Ie vous prie & supplie, & par Pallas aussi
Qui si loin vous conduit, & de vous a souci :
Ne me desdaignez point, Prince tres-misera-
　ble,
Ains auant que partir soyez-moy secourable.
　　Vn celeste courroux n'a seulement mes
　yeux
Fait orphelins du iour, ny le faix odieux
De la triste vieillesse auec tremblante peine,
D'vn baston appuyé, seulement ie ne traine :
Mais vn plus grand malheur me domte que
　ceux-cy;
C'est quand ie veux manger (Dieux que dy-
　ie !) voicy
Comme ces tourbillons qui deuäcent les pluyes,
Venir de tous costez les friandes Harpyes
Rauder dessur ma nape, & d'vn bec passager
Desrober le disner que ie deurois manger :
Coup sur coup à mon nez retournent & re-
　uiennent,
Puis se perdans en l'air loin de terre se tien-
　nent
Hautes dessus le vent : derechef espiant
Ma viande, du Ciel deuallent en criant,
Et sans les aduiser fondent à l'impourueuë
Dessus ma table ainsi qu'on void fondre vne
　nuë
De tempestes armée, alors que le feu pers
Du tonnerre ensoulphré saccage les bleds verts.
　　Ie ne puis éuiter ces gourmandes cruelles:
Ie tromperoy' plustost mon ventre affamé
　qu'elles,
Tant elles sont au guet : car si tost que du doy
Ie touche la viande, elles volent sur moy.
　　　　　　　　　　　　　　　Et mon

Et mon pauure manger hors des mains me ra-
  uiſſent,
Et de mauuaiſe odeur les plats empuantiſſent.
  De leurs morceaux tombeZ ſans plus ie me
    nourris:
Mais ils ſont ſi punais, ſi ords & ſi pourris,
Que de cent pas autour vn homme n'en ap-
  proche,
Euſt-il le neZ de fer & l'eſtomac de roche,
S'il n'eſtoit comme moy de faim eſpoinçonné,
Ou bien à tel malheur par les Dieux condam-
  né.
  De tels puants morceaux ie traine au iour
    ma vie,
Maugreant Atropos qu'elle n'a point enuie
De trencher mon filet. Fuſſé-ie treſpaſſé
Quand du grand Iupiter le vueil i'outrepaſſé,
Par mes oracles vrais rendant trop manifeſte
Aux hommes d'icy bas la volonté celeſte!
  Ce ſeul monſtre importun qu'on ſurnomme
    la Faim,
Qui de iour & de nuiĉt abboye dans mon ſein,
Pour nourrir mon malheur, iette dedans mon
  ventre
Vn deſir de manger. Ventre, non, mais vn an-
  tre,
Pluſtoſt vne cloaque inſtrument de mes maux,
» Combien ſeul aux mortels donnes-tu de tra-
  uaux!
Toutefois le Ciel veut que les fils de Borée,
Compaignons du labeur de la Toiſon dorée,
Allegent ma douleur, d'autres ne le pourroient,
Et quand ils le voudroient certes ils ne ſçau-
  roient,
S'il eſt vray que ie ſois Phinée Roy de Thrace,
Et qu'Apollon encore en mon cœur ait la
  place :
Et ſ'encore il eſt vray qu'en ma premiere fleur
Autrefois i'eſpouſay Cleopatre leur ſœur:
Et ſ'encor il eſt vray qu'Agenor fut mon pere,
Ayant pour ſœur Europe & Cadmus pour mon
  frere.
  La pitié naturelle alla le cœur ſerrer
De Zethés, qui ſe print chaudement à pleurer,
Meu du nom de ſa ſœur : puis prenant la pa-
  role,
Luy touche dans la main, & ainſi le conſole.
  Ceſſe tes cris, vieillard, nous ferons ton con-
    fort,

Et comme tes parens nous ferons noſtre effort
A venger pour le moins l'vne de tes iniures,
Pourueu que par ſerment à haute voix tu iures
Que le courroux des Dieux qui ſ'auance à loiſir
Nos chefs ne foudroy'ra pour i'auoir fait
  plaiſir :
Car ce n'eſt la raiſon de gaigner en ſalaire
L'ire de Iupiter pour te vouloir bien faire.
» Quand vne fois les Dieux ſe ſentent irri-
  teZ,
» Soudain n'offenſent ceux qui les ont deſpi-
  teZ,
» Mais en temporiſant puniſſent le merite
» Au double de celuy qui penſoit eſtre quite :
Pource en leuant tes mains iure icy deuant
  tous,
Que la rancœur des Dieux ne tombera ſur
  nous.
  Adonques le Vieillard eſclata des aſtelles,
Et reſpandit le ſang d'vn taureau deſſus elles,
Qu'on auoit aſſommé le chef encontre-mont,
Il fit trois petits feux en cerne tout en rond,
Il meſla dans du laiĉt l'eau de la mer ſalée,
Il arroſa de vin la victime immolée,
Effondra le taureau, entrailles & iambons
De ſel bien ſaupoudrez ietta ſur les charbons :
Puis ayant ſur le chef vne couronne pleine
De Myrique prophete & de chaſte Veruene,
Eſleuant pour-neant ſes paupieres aux Cieux,
Par ſerment ſolennel atteſta tous les Dieux.
  Sçache le grand Soleil qui void tout en ce
    Monde,
Sçache la mer, la terre, & l'abyſme profonde,
Et l'aueugle bandeau qui me ſille à l'entour
Les yeux pour ne ioüir de la beauté du iour,
Et le ſçachent auſſi les meſchantes Furies
Qui me pillent ma vie en forme de Harpyes,
Que nul de tous les Dieux (i'en iure) contre
  vous
Pour m'auoir ſoulagé n'enuoira ſon courrous.
  I'ay preueu dés long tẽps la fin de ma miſere,
Ie ſçay que Iupiter ne tient plus ſa cholere
(De ſa grace) ſur moy, lequel pour mon ſup-
  port
A fait aux fils des Grecs en ce lieu prendre
  port,
  Ainſi parloit Phinée, & ja deſſur le ſable
Les valets de ce Prince auoient dreſſé la table,
De viures la chargeant & de vins à foiſon,

NNnn

Mets qu'ils deuoient manger derniers en sa
    maison.

   Les deux freres cachez sous vne roche creu-
    se,
De halliers herissee,& d'vne horreur affreuse,
Attendoient les oiseaux, ayant pendus aux
    bras,
A demy retroussez,leurs trenchans coutelas.
   Cependant Telamon en vne chaire ornée
De gazons fit asseoir le malheureux Phinée,
Le priant de manger & de ietter bien loin
Aux ondes & au vent sa famine & son
    soin.
Aussi tost que ses doigts toucherent la viande,
On entendit en l'air ceste troupe gourmande
Criailler d'vn grand bruit,comme on oit dans
    vn bois
Prés le bord de la mer vne confuse vois
De Palles &Butors,quand vn larron ils trou-
    uent
Qui remarque leurs nids & leurs femmes qui
    couuent.

   Puis en fondant du Ciel sans les apperce-
    uoir
(Ainsi qu'vn foudre ardant qui prompt se
    laisse choir
S'esclatant d'vn grand bruit)dessus luy se per-
    cherent,
Et de leurs becs crochus la viande arracherent
Hors de ses vuides mains,haletant vne odeur
Qui empuantissoit des Cheualiers le cœur.
Là quelque peu de temps en mangeant seiour-
    nerent,
Puis comme tourbillons en l'air s'en retourne-
    rent.

   Lors Zethe & Calaïs happerent leurs bou-
    clairs,
Dont l'acier reluisoit comme des astres clairs,
Et secoüant és mains leur cymeterre croche,
Comme vents orageux sortirent de la roche,
Commandant aux valets d'vn pied prompt
    & leger
Rapporter sur la table encores à manger.
   A peine à peine estoient les viandes seruies,
Que voicy derechef les gloutonnes Harpyes
Tournoyer sur la table,& de leur bec pillard
Rauissant la viande affamer le vieillard.
En mangeant ils craquoient & du bec & des
    ailes,

Comme font ces corbeaux qui succent les cer-
    uelles
Des animaux pourris; leurs gorges aboyoient
D'vne voix de mâtins qui les Grecs effroyoiët.
   Zethe du premier coup son aile ne remuë,
Ny Calaïs la sienne : ains ainsi qu'vne gruë
Auance vne enjambée,ou deux ou trois,auant
Qu'abandonner la terre & se donner au vent:
Ainsi deux ou trois pas en sautant enjambe-
    berent
Les enfans d'Aquilon,puis au Ciel s'esleuerent
Pendus entre deux airs, esbranlant d'vn grand
    bruit
Les ailes que leur pere en les soufflant conduit
Pour leur donner vistesse : autrement par trop
    lentes
N'eussent iamais atteint les Harpyes volan-
    tes,
Qui de legereté les foudres égaloient,
Ou soit en retournant , ou soit quand ell' al-
    loient
Deuorer le repas de l'aueugle Phinée
Condamné par les Dieux à telle destinée.
   Les Preux dessur le bord s'arresterent
    béans,
Accompagnans des yeux ces grands Monstres
    fuyans
Tant qu'ils peuuent en l'air,ayant l'ame sur-
    prise
Du desir de sçauoir la fin de l'entreprise.
   Ainsi que deux Faucons qui vn chemin se
    font
En l'air suiuant leur proye, & volent front à
    front :
Ainsi voloient ces deux,secoüant à la dextre
L'espee,& le bouclier en l'autre main senestre.
   Les Môstres en voyant leurs ennemis ailez,
Tournant autour du bord ne s'en sont en-vo-
    lez,
Haut esleueZ en l'air : sans plus d'vne aile oi-
    siue
Tournoient comme vn Milan à l'entour de la
    riue :
Mais quand sisler l'espée ils ouïrent au vent
Des freres qui de prés les alloient poursuiuant,
Hastët le vol en l'air, & de leurs gueules pleines
Rendirent les morceaux pour voler plus hau-
    taines,
Comme on void vn heron , pour estre plus leger

Quand il fent vn gerfault, fa gorge defchar-
  ger:
Ores dedans le Ciel les Harpyes fe pendent,
Ores plus bas en l'air à pelotons defcendent,
Et ores en laiffant prés de terre ramer
Les ailes, vont razant les plaines & la mer.
  Comme vn liéure preffé d'vne importune
    fuite
De chiens, par mainte ruze entrecoupe fa fuite
Maintenant d'vn deftour, maintenant d'vn
  retour,
Pour tromper les chaffeurs amufez à l'entour :
Tout ainfi ces oifeaux de rufes & d'entorces
Errant puis çà puis là, mettoient toutes leurs
  forces
De tromper ces guerriers, qui fans fin ne repos
Haletât les fuiuoient, & leur pendoient au dos,
Toufiours du fer trenchant martelant fur leurs
  plumes :
Mais autant euft valu frapper fur des enclu-
  mes ;
Car iamais nulle playe à la chair ne prenoit,
Et du coup fur l'efpée aucun fang ne venoit.
  Ainfi que les bateurs qui frappent dans
    vne aire
Par compas les prefens de noftre antique mere,
L'aire fait vn grand bruit, le fleau qui fe roi-
  dit
Contre le bled battu, dedans l'air rebondit :
Ainfi ces Boreans à grands coups d'alumelles
Chamailloient fur le chef, fur les flancs, fur les
  ailes,
D'vn coup fuiuy menu : le dos en gemiffoit,
Et fans playe l'efpée en haut réjaliffoit.
  Si eft-ce qu'à la fin ils les euffent tuées
Sur l'onde Ionienne aux Ifles fituées
Entre deux grands rochers (Ifles diétes des
  Grecs
Plôtes en premier nom, en fecond nom apres
Pour le retour d'iceux Strophades fe nomme-
  rent)
Sans que les Cheualiers de là s'en retournerent,
S'apparoiffant Iris qui du Ciel defcendit,
Et de paffer plus outre ainfi leur defendit.
  Il fuffit (dit Iris) race Aquilonienne,
De bannir iufqu'icy la race Typhéenne :
De paffer plus auant il ne faut attenter,
Ny de chaffer plus loin les chiens de Iupiter :
Lequel (bien qu'vn Ægis luy ferue de cuiraffe,

Et qu'il laiffe tomber vne flambante maffe
Pour fon dard, quand il veut, de fes ardantes
  mains)
Tels chiens il a choifi pour punir les humains.
Et pource retournez; la chofe eft ordonnée
Qu'ils ne mangeront plus les viures de Phinée :
Iunon le veut ainfi, i'en iure par les eaux
(Qu'on ne doit parjurer) des marefts infer-
  naux.
  A-tant Iris f'en-vole au Ciel en fa re-
    traite,
Et ces monftres f'en-vont dans vn antre de
  Crete,
Où depuis enfermez ne font plus détachez
Si ce n'eft pour punir des hommes les pechez.
  Au mandement d'Iris, la fille Thauman-
    tide,
Les freres ont ferré dedans leur guaine vuide
L'efpee, & fans laiffer leurs ailes efbranler,
D'vn voler fufpendu fe fouftenoient en l'air.
Les Princes cependant demeurez au riuage
Arraifonnent Phinée, & luy donnent cou-
  rage,
Luy lauent tout le corps, luy baillent habits
  neufs,
Et le font arrenger à la table aupres d'eux.
Luy qui mouroit de faim, de haftiueté grande,
Difpos à toutes mains, rauiffoit la viande,
Et mordoit goulument comme vn homme en
  fongeant
Réue apres la viande, & s'engoüe en man-
  geant :
Il benit de Cerés le prefent fauourable,
Et du gentil Bacchus la liqueur fecourable,
Il benit la viande, & tout ce qu'on dreffoit,
Ioyeux de le manger, affamé beniffoit.
  Apres qu'il eut du tout fa famine appaifee,
Et qu'il eut la parole en fes flancs plus aifee,
Iafon qui vers le foir encor ne voyoit point
Les freres de retour, d'vn grand defir efpoint
De fçauoir les perils que luy gardoit Fortune,
La fin de fon voyage, & les flots de Neptu-
  ne,
Soucieux vers Phinée arriere fe tourna,
Et d'vn parler en crainte ainfi l'arraifonna.
  Sage fils d'Agenor qui cognois les augures,
Qui fçais preuoir de loin toutes chofes futures :
Puis que par mon moyen maintenant ton fou-
  hait

Desiré dés long-temps à ton vueil est parfait,
Entens à mon labeur, & amy prophetise
Quelle certaine issuë aura mon entreprise.
L'espouse à Iupiter & sa fille Pallas
Ont charpenté ma nef, & ne me repen pas
D'auoir suiuy leurs voix, car iusques à ceste
        heure
Ie n'eusse sçeu ioüir de fortune meilleure.
Mais plus i'arriue prés du Phase & de Col-
        chos,
Plus vne froide peur s'escoule par mes os :
Quand ie pense aux taureaux qui ont la flame
        enclose
Au nez, & au dragon qui iamais ne repose,
Ie suis desesperé, & tremblant tout de peur
Ie crain de n'acheuer vn si fascheux labeur :
Pource ie te suppli de m'annoncer l'issuë
De la charge que i'ay sous Pelias receuë.
        Apres auoir aux Dieux, tant aux bas com-
        me aux hauts,
Sacrifié le sang de quatre grands taureaux,
Deux noirs à ceux d'embas, & deux blancs
        aux celestes,
Le vieillard allegé de ses premiers molestes,
Frais, dispos, & refait, & qui plus ne portoit
Vn visage affamé, mais bien qui reuestoit
De graue majesté sa face venerable,
Ouurit de tels propos sa bouche veritable.
        Valeureux fils d'Æson des Dieux le fauo-
        ris,
A bonne fin viendra ton voyage entrepris :
Car Iunon qui vous sert de Deesse propice,
Ne souffrira iamais que sa barque perisse,
Laquelle doit vn iour de ses feux radieux
Par les astres nager & voguer par les Cieux.
        Au demarer d'icy selon vos destinées
Il vous faudra passer les roches Cyanées,
Roches pleines d'effroy qui se choquent de
        front,
Et courent sans auoir des racines au fond,
Comme deux grands beliers qui surpris de fu-
        rie
Se heurtent teste à teste au bout d'vne prairie :
La mer en boüillonnant qui ses montaignes
        suit
En tortis escumeuse, abaye d'vn grand bruit :
Aucunefois ouuerte en deux elle se creue,
Et s'abysme aux Enfers, aucunefois s'esleue
Dedans le Ciel penduë, & d'vn horrible tour

Se roule en groumelant aux riues d'alentour,
Et vague dessus vague en escumant assemble.
        Ces rochers tout ainsi que s'ils ioüoient en-
        semble,
S'eslongnent quelque peu, puis courent pour
        s'outrer
Tournez l'vn contre l'autre, & à leur rencon-
        trer
Vn feu sort de leur front ainsi que le tonnerre
Qui choquant rudement la nuë qui l'enserre,
Au milieu de la nuict, des pluyes & du vent,
Fait vn iour de son feu qui se va ressuyant,
Brillant à longs esclairs, dont la flame eslancée
Des pauures cœurs humains estonne la pensée.
        Ainsi se vont hurtant ces rochers vagabons,
Mais plus se hurteront & tant plus soyez
        pronts
De pousser d'vn accord la rame à la poitrine,
Et à grands tours de bras forcez-moy la ma-
        rine :
Bandez-vous au labeur : car si tost que serez
Entre les deux rochers déja presque enserrez,
Iunon auec Pallas, vos deux cheres compa-
        gnes,
Arresteront le choq de ces dures montagnes,
L'vne çà, l'autre-là, les ouurãt de leurs mains :
Vn heron conduira faussement vos desseins.
        Puis dés le mesme iour, sans estre plus er-
        rantes,
Neptune attachera de racine leurs plantes
Au profond de la mer (ainsi le veut ce Dieu)
Pour n'abandonner plus leur riue ny leur lieu.
        Apres vous ramerez prés l'escumeuse entrée
Du fleuue Thermodon, costoyant la contrée
Des femmes sans mammelle, où par les champs
        espars
En trois grandes citez habitent en trois pars.
Ces femmes ne sont point comme nos femme-
        lettes
Qui font par le mestier promener les nauettes
En ourdissant la toile, ou tournent le fuseau,
Ou roulent le filet autour d'vn deuideau,
Ou se teignent les doigts aux couleurs des ou-
        urages :
Elles n'ont que la guerre empreinte en leurs
        courages :
Le brandir de la pique, & de bien manier
Sur le sablon poudreux vn beau cheual guer-
        rier,

Ou de ruer la hache & de faire la guerre
Aux hommes qui voudroient aborder à leur
    terre :
Pource n'approchez pas, n'approchez de leur
    bord,
Vous n'auriez autre gain que d'y trouuer la
    mort.
    Apres, vous surgirez dedans l'Isle deserte
D'hommes & de troupeaux : mais bien toute
    couuerte
D'oiseaux qui ont la plume à poincte comme
    espics,
Et la dardent des flancs ainsi que porcs-espics.
    Suiuant la grande mer qui de ses ondes
    rase
Les pieds demy-mangez du haut mont de
    Caucase,
Vous oirrez tout le Ciel rebruire aux enuirons
D'vn aigle dont le vol est plus long qu'auirons :
C'est l'oiseau qui se paist du cœur de Pro-
    methée :
Vous oirrez les hauts cris de sa voix sanglotée,
Et les gemissemens retrainez en langueur
Du larron imager quand l'Aigle mord son
    cœur.
    Entrecoupant le cours du grand Phase Col-
    chide,
Forçant le cours de l'eau ioignant le bord hu-
    mide
Dedans vn verd taillis, pres le Temple de
    Mars,
Vous voirrez la Toison dessus vn chesne espars
Houpuë en laine d'or, qui reluit claire & nette
Comme reluit au soir quelque belle planette.
    Que vous diray-ie plus ? le Destin me de-
    fend
De vous prophetiser vos fortunes de rang,
Ny comment vous voirrez vostre vie gardée
Des arts Hecateans de la ieune Medée.
J'ay peché lourdement autrefois de vouloir
Faire aux hommes mortels de poinct en poinct
    sçauoir
La volonté des Dieux, qui veulent leurs ora-
    cles
Estre tousiours voilez de ne sçay quels obsta-
    cles,
Et manques en partie, à fin que les humains
Dressent tousiours au Ciel & le cœur & les
    mains,

Et qu'humbles enuers Dieu, à Dieu secours de-
    mandent,
Quand au sommet du chef les miseres leur
    pendent.
Dedans le champ de Mars dessous vn joug
    d'acier
D'vne chaisne de fer il vous faudra lier
Deux taureaux dont les pieds sont d'airain,
    & la gorge
Ressemble vne fournaise où le feu se regorge.
    Comme deux grands soufflets qu'vn mares-
    chal boiteux
A sa forge ententif enfle d'esprit venteux,
Puis haut puis bas tirant & repoussant l'ha-
    leine
Du vent souffle-charbon, dont leur poitrine
    est pleine,
Auecques vn grand bruit fait ronfler ses four-
    neaux :
Ainsi en reniflant, les nez de ces taureaux
Iettent à pelottons vne flame allumée
Par ondes noircissante en obscure fumée,
Deçà delà roüez à l'abandon du vent.
Mais à force de mains, courbé sur le deuant,
Tirant encontre-bas leur cornes par outrance,
Vous les ferez broncher à genoux sur la panse
Dontez dessous le joug, & fendant les sillons
Les piquerez aux flancs à grands coups d'ai-
    guillons.
    Semant en laboureur la fertile contrée
Des dents d'vn grand serpent ; comme d'vne
    ventrée
Les mottes enfant'ront en lieu de blez germez
Vne fiere moisson de Cheualiers armez :
On ne voit point la nuict tant d'estoilles flam-
    bantes
Driller au Firmament, quand les nuës pen-
    dantes
Ont déuoilé le Ciel, comme en ce Champ de
    Mars
Vous voirrez flamboyer d'escus & de soudars,
De harnois, de boucliers, de piques & de haches,
Et de clairs morions crestez de longs panaches.
    Cet escadron voudra dessur vous se ruer :
Mais d'vn reuers d'espée il le faudra tuer,
Ou le rendre mutin d'vne ciuile guerre :
Les vns déja tous grands marcheront sur la
    terre,
Les autres à grand' peine auront le chef sorty :

N N n n iij

Aux vns le corps en deux sera demy-party,
Du col iusqu'au nombril ayant estre & figure,
Et du nombril aux pieds ce sera pierre dure.
  Les autres mani'ront les iambes en-à-bas,
Qui n'auront point encor d'espaules ny de
  bras :
Et les autres du chef donneront cognoissance,
Leuant la motte en haut, de leur prompte naif-
  sance.
Comme vn homme duquel le champ est en de-
  bat,
De bon matin s'éueille, & de sa faux abat
En haste la moisson toute verte tombee :
Il sie à toute main : la faucille courbee
Ne pardonne aux sillons : en la mesme façon
Vous trencherez soudain la guerriere moisson
Des hommes Terre-nez qui ne feront que d'e-
  stre,
Et sentiront la mort aussi tost que le naistre.
  Les sillons de leur sang à grands flots on-
  doy'ront,
Les vns dessus le front, les autres tomberont
Renuersez sur le dos, les autres de cholere
En trepignant mordront les mottes de leur
  mere :
Et les autres trenchez (autant qu'iceux adonc
Esleueront le corps) la moitié de leur tronc
Coulera dans le Phase aux poissons la pasture,
Et l'autre engraissera les champs de pourriture.
  Par charmes vous pourrez endormir le
  serpent
Qui couue sous le ventre en largeur vn ar-
  pent,
De crestes perruqué, à qui iamais le somme
Tant soit peu iour & nuict les paupieres n'as-
  somme :
Il a le chef horrible, il a les yeux ardans,
Sur la maschoire large il a trois rangs de dents,
Et sa langue en siflant sible d'vne voix telle
Que les petits enfans se mussent sous l'aisselle
De leur mere en tremblant, quand luy fai-
  sant vn bruit
Garde la Toison d'or & veille toute nuict.
  Comme on void bien souuent, quand vn
  Pasteur qui garde
Ses troupeaux dans vn bois, & laisse par mes-
  garde
Choir en vn chesne creux quelque tison de feu,
La flame en petillant se traine peu à peu,

Mange premier le pied, puis le faiste elle allu-
  me,
Puis toute la forest s'embraze & se consume :
Un repli de fumee entresuiui de pres,
Puis vn autre, & vn autre, & puis vn autre
  apres
Se voûte en ondoyant : ainsi de ceste beste
Le dos se va courbant de la queuë à la teste
De plis longs & tortus : toutefois prenez cœur,
Un seul enchantement vous en fera vain-
  queur,
Et gaignerez la peau de fils d'or ennoblie,
Puis vous retournerez vainqueurs en Thessa-
  lie.
  A peine ce vieillard aux oracles des Dieux
Sans ordre auoit mis fin, quand voici dans les
  Cieux
Les freres de retour, faisant par la nuict som-
  bre
Aux rayons de la Lune apparoistre leur om-
  bre :
Ils furent longuement à tourner dedans l'air,
Puis d'vne poincte en bas se laisserent caler
Sur le bout de l'antenne, & de là sur le sable,
Où trouuerent encor leurs compagnons à ta-
  ble.
  Ainsi que deux laniers qui ont chassé long
  temps,
Ou par faim qui les presse, ou pour leur passe-
  temps,
Ayant ouy la voix des maistres qui les pensent,
Reuiennent à leur cri, puis en fondant s'eslan-
  cent
En poincte de roideur sur le leurre ietté :
  Ainsi les Boreans apres auoir esté
Longuement attendus, contre-bas se baisse-
  rent,
Et de leurs pieds legers le riuage presserent
Haletant & tirant l'haleine à leur retour,
Comme vn coureur d'Olympe ayant finy son
  tour.
  Ils content à Iason iusques en quelle place
Aux Harpyes en l'air ils ont donné la chasse,
Et comme Iris iura par le fleuue d'embas
Que plus ne reuiendroient desrober le repas
Du vieillard, qui ioyeux les embrasse & les
  loüe :
Il leur baise la main, il leur baise la ioüe,
Et de mille mercis rend grace aux deux enfans

Qu'Aquilon engendra, le plus viste des vents.
  En cependant Tiphys qui vid flamber l'Au-
  rore,
Eueilla du sifflet ceux qui dormoient encore:
Il les fit soir de rang, les priant d'auoir soing
D'empoigner brusquement les auirons au
  poing.
Adonque la galere également tirée
Alloit à dos rompu dessus l'onde azurée,
Et de longs plis courbez s'entre-coupant le
  dos,
Se trainoit en ronflant sur les bosses des flots:
Le riuage s'enfuit & rien n'est manifeste
A leurs yeux que la mer & la voûte celeste.
  Or adieu Cheualiers aux armes excellans,
Adieu noble Iason, adieu freres volans:
Ou soit que vous soyez hommes de sainctes
  vies,
Philosophes constans, qui chassez les Harpyes
De la table des Rois, les flateurs, les menteurs
Qui deuorent leurs biens & de leurs serui-
  teurs,
Ou soit que vous ayez la plante si legere
Qu'on ait feint de vous deux la fable menson-
  gere,
Que vous passez les vents (car la viste Aëllon,
Celenon & sa sœur ne denotent sinon
Les souffles rauissans des vents & des orages)
Voguez heureusement aux Colchides riuages.
Vostre Hymne est acheué, ie ne vous lou'ray
  plus.
  Je me veux souuenir de Castor & Pollux
Enfans de Iupiter, pour rendre leur memoire
Par les peuples François fleurissante de gloire.
  Ils meritent mes vers: aussi bien de ce temps
Les auares Seigneurs ne sont gueres contens
Qu'on descriue leurs fai:s, & si quelqu'vn
  attire
Par caresse vn Poëte à ses gestes descrire,
Il fera le bragard & ne voudra penser
De vouloir par bien-faits les Muses auancer:
Busles, qui aiment mieux faire grande leur
  race,
Ou bastir des Palais, que d'acquerir la grace
D'Apollon: ô les sots qui ne cognoissent pas
Qu'à la fin leurs chasteaux trebucheront à
  bas,
Et qu'en moins de cent ans leurs races inco-
  gnues

Se traineront sans nom par les tourbes menues!
  Qu'ils meurent sans honneur, puis qu'ils
  veulent mourir,
Engloutis en leur tombe: & faisons refleurir
Celuy de ces Iumeaux, de ces freres d'Helene,
Qui viuent à leur rang au celeste domaine:
Ils m'en sçauront bon gré, si l'art industrieux
Des Muses peut monter si haut que iusqu'aux
  Cieux.

HYMNE III.

DE POLLVX ET DE CASTOR.

A GASPAR DE COLLIGNY,
Sieur de Chastillon, Admiral
de France.

IL me plaist, COLLIGNY, d'i-
  miter le tonnerre,
  Qui deuant que ruer sa fureur
  contre terre,
Gronde premierement d'vn petit bruit en l'air,
Et reluit dans la nuë auec vn peu d'esclair:
Puis soudain coup sur coup redoublant sa tem-
  peste,
Son bruit & son esclair, vient saccager la teste
D'vn superbe rocher, & en fait sur les eaux
Et sur les champs voisins esclater les mor-
  ceaux.
  Ainsi du premier coup il ne faut que ie
  tonne
Vos gestes en-noblis des trauaux de Bellonne:
Il faut sonder ma force, & m'esprouuer vn
  peu,
Mener vn petit bruit, luire d'vn petit feu,
Faisant mon coup d'essay sur les patrons
  estranges,
Auant que haut-tonner vos fameuses loüan-
  ges
D'vn son digne de vous, pour viuement semer
De vostre beau renom les terres & la mer.
  Ce-pendant ie feray comme vn joüeur de
  Lyre,
Qui decoupe vn fredon auant que sa main tire
Fil à fil la chanson, pour tenter seulement
Si la corde à l'esprit respond fidelement.
    NNnn iiij

Ainsi pour mieux sonner vos vertus & vos
 gestes
(Qui vous égaleront par renom aux Celestes)
Ie viens à CHASTILLON, sur ma Lyre
 chanter
Comme pour vn fredon les fils de Iupiter,
Les Iumeaux que Leda la Thestiade fille
Enfanta pres d'Eurote enclos en la coquille
D'vn œuf que Iupiter dans le ventre luy mit,
Quand d'vn Cygne amoureux il emprunta
 l'habit,
Démentant sa Grandeur sous vne estrange
 plume,
Brulé du feu d'Amour qui les plus grands al-
 lume.
  Donques ie veux chanter ces deux Laco-
 niens,
Ces deux freres bessons Lacedemoniens :
Sus donq chantons deux fois, voire trois, voire
 quatre
Ces deux masles garçons : Pollux bon à com-
 batre
Aux Cestes emplombez, & Castor souuerain
A picquer vn cheual & le ranger au frain :
Qui sauuent les soldats au milieu des armées,
Quand les batailles sont brusquement ani-
 mées,
Et quand les Cheualiers pesle-mesle aux com-
 bats
Sous leurs cheuaux tuez sont trebuchez à bas :
Et qui sauuent encor les nauires forcées
Des homicides flots, quand elles sont poußées,
(Ou des Astres couchans, ou des Astres le-
 uans)
Comme pour le ioüet de fortune & des vents,
Lesquels roulent la vague aussi haut que la
 croupe
D'vn grand escueil marin, maintenant sur la
 poupe,
Maintenant sur la proue, aux flancs, ou sur le
 bord,
Ou de quelque costé qu'il plaist à leur effort :
Le mast se fend en deux, & l'antenne caßée
Tombe aueque la hune à morceaux despecée :
Le gouuernal se froisse, & le tillac dessus
Et dessous est remply de larges flots boßus.
  Le tonnerre ensoulphré s'éclate de la nuë,
Vn esclair qui scintille à longue poincte aiguë
Fait vn iour incertain du milieu de la nuit,

Les cordes de la nef mugissent d'vn grand
 bruit,
La mer tonne à ses bords, que les vents pesle-
 mesle
Martellent pleins d'esclairs, de pluyes & de
 gresle.
Toutefois vous sauuez les pauures matelots,
Et retirez la nef de la proye des flots :
Vous endormez les vents, & flattez la ma-
 rine
D'vne tranquillité gracieuse & benigne :
Les nuës çà & là se perdent dans les Cieux,
Et la Creche & les Ours apparoissent aux
 yeux
Des mariniers tremblans, qui donnent tes-
 moignage
Que la mer se fait propre & douce au naui-
 gage.
  O tous deux le secours, ô tous deux le sup-
 port
De ceux qui sur les flots n'attendent que la
 Mort !
Chantres victorieux, Cheualiers, & Poëtes,
Tous deux également mes chers amis vous estes.
  Donques, lequel de vous lou'ray-ie le pre-
 mier
Ou Pollux l'escrimeur, ou Castor l'escuyer,
Vous celebrant tous deux ? ta loüange pre-
 miere,
O Pollux, ie diray, puis celle de ton frere.
  Quand Argon aborda (portant les fils des
 Dieux)
Au port Bebrycien, Iason fut curieux
De sçauoir si la paix y regnoit ou la guerre,
Enuoyant son Heraut pour descouurir la
 terre,
Quelles gens l'habitoient, pour viures y cher-
 cher,
Fleuues, & fraisches eaux pour leur soif estan-
 cher :
Ce messager arma d'Oliuier pacifique
Sa forte main guerriere en lieu d'vne grand'
 pique,
Et d'vn pasle Oliuier couronna tout en rond
(Heureux signe de paix) la douceur de son
 front.
  A peine auoit laißé la marine sallée,
Qu'il apperçeut vn homme au fond d'vne
 vallée,

Ains vn fantôme d'homme, en vain pleurant
le nom
Et l'absente amitié d'vn sien mort compagnon:
Il n'auoit que la peau seulement animée,
Sa bouche de long ieun pallissoit affamée,
Sa barbe s'aualloit d'vn poil rude & cras-
seux,
Son teint estoit plombé, ses yeux haues &
creux,
Et pour habillement luy pendoient des eschines
Les lambeaux d'vn haillon tout recousu d'es-
pines :
Si tost qu'il vit Cephee, il accourt au deuant:
Quiconques sois (dit-il) ne marche plus
auant,
Chetif, retourne-t'en, las ! en cependant qu'o-
res
Le viure & le fuïr sont en tes pieds encores.
Cephé ne perdit cœur oyant ces premiers
mots,
Mais voyant que celuy n'auoit autre propos
Que mort, que sang, que peur, craignant quel-
que dommage,
Retourne à toute haste & gagne le riuage,
Menant auecques soy Timante, à qui le cœur
Frissonnoit en tremblant d'vne semblable
peur
Qu'vn poisson qui tapit son corps dessous la
mousse
Quand le vent Aquilon son escaille repousse.
Lors pleurant il leur dit, Laissez ce bord
icy :
Ce n'est pas vn riuage auquel on a soucy
Des lointains estrangers, que l'ire de Neptune,
Ou le desir de terre y conduit de fortune :
En lieu d'humanité, les meurtres & la mort
Et le sang espandu maistrisent tout ce bord :
Ce n'est pas vn Royaume auquel la reuerence
Qu'on doit à la pitié face sa demeurance :
Non ce n'est pas icy où l'equitable foy
Tient le peuple en repos d'vne paisible Loy !
Comme les Etneans, engeance abomina-
ble,
Soit de nuict, soit de iour errent dessus le sa-
ble
Du bord Sicilien, à fin de regarder
Si l'orage d'Hyuer fera point aborder,
Contrainte par le vent, quelque nef d'auen-
ture

Pour seruir au Cyclop' de sanglante pasture :
Ainsi les habitans de ce mesme terroy
Fourmillent à ce bord d'vn regard plein d'ef-
froy,
Espiant tour à tour si la fortune ou l'ire
Du vent conduira point quelque pauure na-
uire
Pleine d'hommes passans, à fin de les lier
Prisonnier de leur Roy, pour les sacrifier
A son pere Neptune au deuant d'vne roche,
Comme simples taureaux que le ministre ap-
proche
Par force prés l'Autel, puis en haussant le
bras
D'vn grand coup de maillet les fait tomber à
bas.
Ainsi leur Roy cruel qu'Amycus on sur-
nomme,
Au deuant d'vn rocher sans pitié les assomme,
Puis en roüant leurs corps deux ou trois fois en
l'air
Pour nourrir les poissons les jette dans la mer.
Ceux qui sont les plus forts, & de plus belle
taille,
Contraint en despit d'eux de jouster en ba-
taille
Contre luy seul à seul au milieu d'vn camp
clos,
Où d'vn grand coup de Ceste il leur froisse les
os.
Tantost ce grand Gean viendra sur ceste
riue :
Sa troupe en le voyant tremble toute craintiue,
Tant il est grand & lourd : il la va surpassant
De tout le chef entier, comme vn pin se haus-
sant
Sur toute la forest, ou comme la montagne
D'Olympe, dont le chef les astres accompa-
gne,
Qui void des monts sous luy, encor qu'ils soient
bien grands,
Ne hausser que leur teste à l'egal de ses flancs.
Aux hommes de façon ny de face il ne sem-
ble :
Cent rides sur le front l'vne sur l'autre assem-
ble
Longues comme sillons, que les coultres tren-
chans
Ont largement creusez en labourât les champs:

Les dents deçà delà luy grincent en la gueulle
D'vn bruit tout enroüé comme d'vne grand'
    meulle,
Que la force d'vn homme, ou d'vn ruiſſeau
    coulant
Tout autour du moulin fait ſonner en roulant:
Comme le poil d'vn Ours ſe roidit ſa perru-
    que,
Vn taillis de ſourcils hideuſement offuſque
Ses gros yeux enflamez, enſanglantez & roux
Comme l'Aſtre de Mars tout rouge de cour-
    roux:
Au reſte il a le bras & la iambe velue
Plus que la dure peau d'vne chéure pelue,
Et demeine en marchant vn plus horrible
    bruit
Qu'vn torrent eſcumeux, qui boüillonnant
    ſenfuit.
    Touſiours de ſon coſté compagne luy pen-
        dille,
Comme pour ſon ioüet, vne creuſe coquille
Retorſe par le bout & large, que ſouuent
Ainſi qu'vn flageolet il entonne de vent:
Il n'a ſi toſt dedans entonné ſon haleine,
Que les Bebryciens accourent ſur l'arene,
Et prompts autour de luy ſe viennent tous
    ruer
Pour ſçauoir ſ'il faut point eſcorcher ou tuer.
    Il a ſous vn rocher pour ſa maiſon vn an-
        tre,
Où iamais du Soleil la belle clairté n'entre,
Soit qu'il monte à cheual abandonnant les
    eaux,
Ou ſoit qu'il laiſſe cheoir en la mer ſes che-
    uaux.
Deuant ſon antre put vn odeur de voiries,
De carcaſſes de morts, relantes & pourries:
Icy l'os d'vne iambe, & là celuy d'vn bras
Blanchiſſent l'vn ſur l'autre à grands mon-
    ceaux à bas.
    Tout au haut du ſommet de ſes hideuſes
        portes,
Des eſtrangers meurdris pendent les teſtes
    mortes,
Que pour vne parade il accroche de rang
A longs filets glacez diſtillantes le ſang,
Qui reſpandent (horreur!) par les playes
    cruelles
Du teſt froiſſé de coups leurs gluantes ceruelles:

Qu'on ne recognoiſt plus, ny le nom de ceux-
    là
Qui viuans les portoient, tant fierement il a
Leurs fronts eſcarboüillez d'vne forte cou-
    raye,
De la bouche & des yeux ne faiſant qu'vne
    playe.
    Il a dedans ſon antre à Neptune eſleué
Vn autel impiteux de meurdre tout paué,
Où pendent ſur le haut les courayes funeſtes
(Ie tremble en le diſant) des homicides Ceſtes
Taillez de cuir de bœuf qu'on aſſomme à la
    mort,
Pelu, non courroyé, large, puiſſant & fort.
    Il ſ'entourne le corps de ſes fortes ceintu-
        res,
Les couldes & les bras, & les eſpaules dures,
Serrant en chaque main deux bourrelets char-
    gez
De plomb couſu dedans & de cloux arran-
    gez,
Deſquels, fuſt-ce par jeu, iamais vn coup ne
    ruë
Que ſoudain il n'aſſomme, eſtourdiſſe, ou ne
    tuë.
Mais (dit-il) ie vous pri' quel plaiſir de le voir
Si fier & ſi cruel ſçauriez-vous receuoir?
Tant ſ'en-faut qu'à l'eſſay vous le deuiez at-
    tendre!
Pource fuyez bien toſt qu'il ne vous vienne
    prendre:
Dreſſez le voile au maſt, ſi par voſtre ſejour
Vous ne voulez laiſſer la lumiere du iour.
Ieſtois le compagnon du malheureux Otrée,
Que l'orage pouſſa dedans ceſte contrée,
Duquel (ſ'il euſt veſcu) Iaſon n'euſt deſdaigné
En vn voyage tel de ſ'eſtre accompagné:
Il combatit icy d'vne puiſſance extreme
Contre le grand Gean: ie luy pliay moy-meſ-
    me
Les courayes aux bras, mais d'vn poing fou-
    droyant
Il luy froiſſa la teſte en ruiſſeaux ondoyant
De ſang & de ceruelle, & pour victoire au
    faiſte
De ſa porte eſleua ſa miſerable teſte.
    Il m'euſt auſſi tué, mais me voyant ſi bas
Et ſi petit de corps, hautain, ne voulut pas
Me fauoriſer tant, que me faire cognoiſtre

Combien sont gracieux les foudres de sa destre.
  Et pource il ne voulut dedans mon sang hu-
main,
Comme en chose si vile, ensanglanter sa main :
Il m'enuoya tout seul sans viures & sans ar-
mes
Dedans ce bois desert, pour m'escouler de lar-
mes,
Et pour mourir de dueil sans boire ne manger,
Bien loin de mon païs en vn bord estranger :
Si le vent auiourd'huy quelque passant n'a-
meine
Pour jouster contre luy, ce soir il aura pleine
La gorge de ma chair, & assis sur le bort
Humera tout mon sang dedans vn test de
mort.
  Pource ie vous suppli' par le Ciel respirable,
Par l'Air, par le Soleil, soyez-moy secourable,
Ruez-moy dans la mer ou m'assommez de
coups :
Bref, si i'ay ce bon-heur que de mourir par
vous,
Heureuse ie diray ma miserable vie,
Au moins si ie la voy par les hommes rauie.
  Ainsi disoit Timant, qui les genoux te-
noit
De Jason, que la peur au cœur espoinçonnoit :
Tout le sang luy gela, tremblant de froide
crainte
Que sa barque ne fust par le Gean atteinte.
  A-tant dessus le bord voicy venir le Roy,
Ayant les yeux ardans d'vn merueilleux ef-
froy :
Il fermoit en sa dextre vne dure massuë
De sauuage Oliuier, de toutes pars bossuë
De nœuds armez de cloux, dont il contoit ses
bœufs
Quand saouls ils retournoient des riuages her-
beux.
Comme vn loup tourmenté de faim, & de
colere,
Oyant le plaint d'vn fan qui a perdu sa mere,
Sort du bois à grand' haste, & de sang tout ar-
dent
Herisse son eschine, & fait craquer sa dent :
De tel pas il aborde à la riue premiere,
Où ja se promenoit ceste troupe guerriere :
Les vns de deux caillous faisoient sortir du
feu,

Les autres ja contoient cela qu'ils auoient veu :
Les vns cherchoient vn fleuue, ou de la forest
verte
Apportoient des fueillards sur la riue deserte
Pour en faire des licts, les autres apprestoient
Des viures pour disner, & les autres luit-
toient.
  Tout soudain qu'il les veit, son cœur fremit
de joye,
Enragé d'assommer vne si tendre proye :
Ne plus ne moins que fait vn grand Tigre af-
famé
Voyant vn Cerf au bois de son front desarmé :
Lors sans vser vers eux d'humanité requise
Quand quelques incognus sur le bord on auise,
Ny sans les saluer, ny sans leur demander
Quel besoin les faisoit à son port aborder,
Quelles gens ils estoient, leurs parens, ou leur
race,
Hautement s'escria d'vne telle menace :
  Si de vostre bon gré vous abordez icy
Pour jouster contre moy, approchez, me voi-
cy :
Le plus braue de vous entre ses mains empon-
gne
Les armes seul à seul, & se mette en besongne :
Ou bien si vagabonds & par la mer errans
Vous ancrez à mon bord de mes loix ignorans,
Sur l'heure à vos despens ie les vous veux ap-
prendre :
I'ay fait commandement qu'homme n'osast
descendre
Prenant terre à mon port, soit allant ou ve-
nant
Ou deuers le Midy, ou deuers le Ponant,
Sans faire contre moy preuue de sa vaillance :
On visite ma terre à telle conuenance.
  Pource, sans tant muser, soudain despe-
chez-vous
D'eslire en vostre troupe vn homme par sus
tous
Qui se combatte à moy, ou sans plus vous le
dire
Ie darderay le feu dedans vostre nauire,
Et vous feray tous vifs estouffer là dedans
Enfumez & grillez sur les charbons ardans.
  Les larmes ny les vœux, ny les humbles prie-
res,
Ny les droits d'hostellage ici ne seruent gueres :

Icy l'on ne flechiſt nos cœurs audacieux
Pour nous preſcher en vain la iuſtice des
   Dieux :
Des autres nations Iupiter ſoit le maiſtre,
En ſoit l'eſpouuental , ie ne le veux cognoiſtre :
Ie ſuis mon Iupiter,& ſans craindre autre ef-
   froy,
Ma main comme il me plaiſt,me ſert ſeule de
   loy :
Et pource n'eſperez graces ny courtoiſies :
Il y a trop long temps que mes armes moiſies
Poudreuſes ſont au croc pendans ſans faire
   rien :
Ie vous puis aſſeurer que i'engarderay bien
Que voſtre belle nef trompe mes embuſcades,
Pour attacher les pieds des roches Symplega-
   des.

   Ces mots furent en vain d'Amycus pro-
   noncez
Qui de l'eſcrime auoit tous les yeux enfoncez.
   La ſuperbe menace en colere alla poindre
Tout le ſang de Iaſon : Idas qui ne ſçait crain-
   dre,
Grondoit entre les dents : ſi faiſoit bien encor
Meleagre, Tiphys , Telamon, & Neſtor,
(Noms illuſtrez d'honneur,nobles de renom-
   mée,
Roys de diuers pays, & paſteurs de l'armée,
Qui ſurpaſſoient autāt tous les autres guerriers
Que les petits Geneſts ſont paſſez des Lau-
   riers)
Boüillonnans en leur cœur de venger ceſte in-
   jure :
Mais Pollux deuant tous, applaudy du mur-
   mure
Des ſoldars,s'eſleua ſentant bien en ſon cœur
Qu'vn fils de Iupiter denoit eſtre vainqueur
Sur celuy de Neptun',contre lequel il fronce
Ses ſourcils, & luy fit vne telle reſponce :
   Quiconque ſois, cruel, ne nous menace
   plus :
Moy le moindre de tous l'Amyclean Pollux,
Tout ſeul obeïray, ſans faire d'autre élite,
Franchement à la loy que tu nous as predite :
Et peut-eſtre,vanteur,qu'on te fera ſentir
A coups de gands plombez trop tard le re-
   pentir.

   Amycus d'vn reuers luy tourne la pau-
   piere,

Et luy riant des dents , d'vne œillade meur-
   triere
Luy meſuroit le corps, ainſi qu'vn grand
   Lyon
Qui ſe void enfermé d'vn eſpais million
De Chaſſeurs & de chiens, ſeulement il œil-
   lade
Celuy qui le plus prés luy dreſſe l'embuſcade,
Et le veut le premier (comme vn hardy ve-
   neur)
Aſſaillir & tuer pour en auoir l'honneur.

   Ainſi le regardoit ce Monſtre abominable :
Mais ne le voyant point ny de port effroya-
   ble,
Ny de maſſe de corps,ains doüillette la peau,
Les yeux ſereins & doux, le teint vermeil &
   beau,
D'vn hauſſebec le mocque,& ſecoüa la teſte
Qu'vn tel mignon oſoit attendre ſa tempeſte :
Ne plus ne moins qu'au Ciel Typhee ſ'irrita,
Quand le ieune Bacchus à luy ſe preſenta,
Et la belle Pallas viergeallement felonne,
Qui contre ſes cent bras oppoſoit ſa Gorgonne.

   A la fin l'abordant d'vne horrible façon,
Quiconque ſois(dit-il) approche-toy , Garçon,
Pour ne r'emporter plus ce beau front à ta
   mere,
Ny ce teint damoiſeau, qui trop ſotte reuere
Les autels maintenant de ton païs en vain
Pour toy qui dois mourir ſans mercy de ma
   main.
Icy ne ſe font pas les luttes de Taygette,
Ny les jeux Piſeans,où le vainqueur ſe iette
Tout nud dedans Alphee, & ſe baignant ſans
   peur
Laue és flots paternels ſa poudreuſe ſueur :
Icy l'on ne combat pour le prix d'vne femme,
D'vn trepied,d'vn cheual , mais pour la vie
   & l'ame,
Pour reſpandre le ſang,& pour faire ſecher
La teſte des vaincus au faiſte d'vn plan-
   cher.

   Il n'eut pas acheué qu'à bas il ſe deſcharge
De la peau d'vn Lyon,qui ſon eſchine large
Luy couuroit iuſqu'aux pieds,où encores de-
   dans
Se courboient les ſourcils, les ongles & les
   dents,
Et nud ſe vint planter au milieu de l'arene,
   Monſtrant

Monstrant sa large espaule, & sa poitrine
    pleine
D'vne forest de poil : ses muscles ronds & gros
Ressembloient aux cailloux que la course des
    flots
D'vn grand torrent d'Hyuer a polis sur le sa-
    ble :
Au reste il se monstroit en geste ressemblable
A l'vn de ces Geans, qui trop audacieux
Voulurent debouter de leur siege les Dieux.
    Pollux d'autre costé vne robbe despoüille
Faite d'vn drap filé sur la mesme quenoüille
De sa belle Maistresse (alors que les Heros
Baiserent par amour les filles de Lemnos)
Qu'en partant luy donna pour auoir souue-
    nance,
En vestant cet habit, de leur douce accoin-
    tance.
    Il secoüoit en l'air à ruades ses bras
Escartez çà & là, pour voir s'ils estoient las
D'auoir tiré la rame, ou par longuement
    estre
Engourdis sans branler les armes en la destre :
L'autre n'essayoit point ses membres grands &
    forts,
Mais se tenant serré roidissoit tout le corps
Enflambé d'vn desir d'espandre la ceruelle
De ce ieune garçon, qui de soye nouuelle
Commençoit à couurir son menton damoi-
    seau,
Comme vn ieune duuet couure vn petit oi-
    seau.
    Ce-pendant vn valet sur le riuage apporte
Des Cestes emplombez d'vne pareille sorte,
Semblables de grosseur, largeur & pesanteur.
    Pren lequel que voudras, ce dit ce Roy van-
    teur,
Sans sort, à celle fin que tu ne puisses dire
Apres estre vaincu qu'on t'ait baillé le pire.
    Ainsi dit Amycus, qui sans choix eslança
Les Cestes sur l'arene, & Pollux amassa
Les plus prés de ses pieds sans en faire autre
    compte,
Et le Gean les siens d'vne vistesse prompte.
    En-cependant Ornyte & Arete valets
Pour la derniere fois mirent les bourrelets
Aux deux poings de leur maistre, & ses mains
    assom'resses
Lierent ply sur ply de ceintures espesses.

    Castor d'autre costé de courayes armoit
Son frere, & de parole au combat l'animoit,
Le priant mille fois d'auoir en souuenance
La Grece, & de quel pere ils auoient pris nais-
    sance.
    Si tost qu'ils furent prests, ils choisirent tous
    deux
Vn lieu propre au combat, & faisant autour
    d'eux
Asseoir leurs compagnons en rond & large
    espace,
Se planterent sans peur au milieu de la place.
    Premierement de coups refrapperent le vent,
Puis eslongnant la teste, allongent au deuant
Les bras pour leurs rempars, & de prés accou-
    plerent
Main contre main espaisse, & leurs coups re-
    doublerent :
Pollux adroict & fin en l'art Amycleau,
L'honneur le plus fameux du sablon Elean,
Maintenant se plantoit dessus la jambe destre,
Maintenant se viroit sus la iambe senestre,
Ores s'accourcissoit, ores s'allongeoit grand,
Ore à demy-tourné ne monstroit que le flanc,
Ores tout l'estomac, & se desmarchant ores
En frappant se paroit & defendoit encores,
Tousiours l'enuironnant & l'espiant au front
Pour luy froisser le test : ne plus ne moins que
    font
Les soldats qui par ruse, embuscade & finesse
Espient les abords de quelque forteresse,
Descouurant d'vn œil prompt, ores bas ores
    haut,
Le lieu le plus commode à la prendre d'assaut.
    L'autre comme vn rocher qui de son poids
    s'asseure
Sur le bord Ægean, en sa place demeure
Ferme dessus le pied, & sans se remuer
Attendoit que ce Grec s'allast sur luy ruer.
    Pollux qui sans repos le grand Gean tour-
    mente,
Ayant choisi le lieu, sur les orteils se plante
Et s'eslança sur luy, comme vn flot courroussé
S'eslance contre vn roc dont il est repoussé :
Et luy cassant le nez d'vne vilaine touche,
Luy fit pisser le sang du nez & de la bouche :
Mais voulant reculer ce grand Gean roidit
Ses bras, & d'vn grand coup le chef luy estour-
    dit.

Lors la fureur domine & la raison se trou-
 ble,
Vn coup sur l'autre coup sans cesse se redouble,
Qui plus menu que gresle en bondissant se suit
Ores sur l'estomac qui sonne d'vn grand bruit,
Ores dessus le ventre, & ores sur l'eschine :
Comme on void les marteaux au bord de la
 marine,
Des nerueux charpentiers redoubler de grands
 coups
Quand ils congnent à force vne suite de clous,
Pour ensemble attacher les aiz d'vne nauire :
Vn choq sur l'autre choq ne cesse de rebruire :
Le cauerneux riuage & le vuide des bois
Comme au creux d'vn theatre en redonnent
 la vois :
 Ainsi de mainte playe & mainte qu'ils se
 donnent
De leurs tempes cauez les deux fosses resson-
 nent,
Et de coups redoublez l'vn sur l'autre abon-
 dans,
Font craquer leur maschoire & claqueter leurs
 dents.
 Vne sueur poudreuse en fumant goutte à
 goutte
Depuis le haut du Chef iusqu'au pied leur de-
 goutte :
Ils haletent de chaud, & ne peuuent tirer
De leurs flancs harassez le vent pour respi-
 rer :
Si bien que par contrainte ils reprindent ha-
 leine,
Se reculans à part aux deux bouts de l'arene :
Comme Mars quelquefois fichant sa lance à
 bas
Fait reposer deux camps au milieu des combas.
 Puis soudain en fureur la mort se rappor-
 terent,
Et de teste & de mains lourdement se heurte-
 rent :
Ne plus ne moins qu'on void deux taureaux
 amoureux
Faire au milieu d'vn pré des combats valeu-
 reux,
Et se lauer de sang la peau du col pendante,
Et se tronquer du front la corne menaçante,
Pour l'amour d'vne vache : autour d'eux est
 muet

Tout le menu troupeau, qui encores ne sçait
Qui leur doit commander, & qui parmy
 l'herbage
Vainqueur aura tout seul la vache en ma-
 riage.
De pareille fureur les guerriers marteloient
Leurs tempes & leurs fronts, & point ne re-
 culoient.
A celuy la vergongne, & à cestuy l'espreuue
De l'ennemy cognu pousse vne force neuue
Dans le cœur vigoureux, & pour s'estre co-
 gnus
Ils sont plus furieux & plus forts deuenus.
 Amycus enflamé d'vne boüillante rage,
Ramassant son esprit redoubla son courage,
Et faisant reculer Pollux en chaque coing,
Ores du poing senestre, ores de l'autre poing,
D'vne main sans repos le tourne & le se-
 couë,
Et de ses bourrelets luy fait sonner la ioüe,
L'estomac & le flanc, ne laissant sejourner
Le Grec, sans le pousser, tourmenter & tour-
 ner.
 Pollux aucunefois de la teste baissée
Trompe la grande main sur sa teste eslancée :
Aucunefois d'vn pas, ou d'vn petit destour
Euitoit mille morts qui bruyoient à l'en-
 tour
De sa douteuse aureille : il n'auoit plus d'ha-
 leine :
De sang noir & figé sa gorge sonnoit pleine,
Qu'il crachoit par la bouche, & de coups in-
 sensé
Son chef deçà delà luy pendoit balancé :
A la fin rencontrant du talon vne pierre
Où les nerfs s'attachoient, tomba contre la
 terre
Estendu sur le dos : Lors les Bebryciens
D'aise firent vn bruit, & les Thessaliens
Estonnez du hazard Pollux encouragerent,
Et de leurs voix au cœur sa force reloge-
 rent.
 Déja ce grand Gean sans nul esgard ve-
 noit
Luy fouler l'estomac : mais Pollux qui tenoit
Les iambes au deuant, d'vne finesse preste
Renuersa le Gean contre-mont sur sa teste.
 Plustost que deux esclairs qui s'eslancent de
 nuit

Se trouuerent debout : vne guerre s'ensuit
Plus forte que deuant, & la vertu honteuse
R'allume dans leurs   cœurs vne ire gene-
    reuse :
Sans espargner les mains deçà delà dispos
Halettent l'vn sur l'autre, & se battent les
    os,
Et meurtrissant leur chair de leurs dures cou-
    rayes,
S'entrecassent les dents, & s'enyurent de
    playes.
    A la fin Amycus ne pouuant endurer
Qu'vn enfant si long temps deuant luy peust
    durer :
Ainsi qu'vn arc d'acier qu'à toute force on
    bande
Pour en ruer le traict, d'vne vigueur plus
    grande,
Se banda tout le corps, & en dressant le bras
Luy mesura le chef pour ne le faillir pas :
Puis soudain comme foudre il deschargea sa
    dextre,
Mais en vain : car Pollux d'vne cautelle a-
    dextre
A chef baissé coula sous luy si finement
Que le bras ne toucha que le dos seulement.
    Lors de sa dextre main la senestre luy
    tire,
Et luy tournant la hanche, en le chargeant le
    vire
Renuersé sur le dos; tel saut Amycus prit,
Que tout son corps en fut sur le sablon escrit :
Il fit en trebuchant vn grand bruit au riua-
    ge,
Non autrement qu'vn Pin, quand le venteux
    orage
Desracine sa souche, & le fait trebucher
Tout d'vn coup lourdement du faiste d'vn ro-
    cher :
Ce grand Pin en tombant, d'vne longue tra-
    uerse
Auecques vn grand bruit tous les buissons
    renuerse.
    Pollux qui le pressa, luy mist ses deux ge-
    nous
Sur l'estomac rebelle, & de cent mille coups
A son aise donnez, luy deschira les tayes
Du cerueau qui couloit du creux de mille
    playes :

Puis le foulant aux pieds, luy dit en le tru-
    fant,
Va-t'en conter là bas à Pluton, qu'vn en-
    fant
De Iupiter t'a fait son Ombre miserable :
Mon nom te seruira de sepulchre honora-
    ble.
    A peine ses yeux morts luy paroissoient au
    front,
Son visage bouffi, & ses léures se font
Retraictes dans la chair, & le sang comme
    glace
Dans la barbe figé deshonnoroit sa face :
Pollux victorieux saouler ne se pouuoit
De regarder ce tronq, qui tant de morts auoit
Quand vif il esbranloit la dextre en la ba-
    taille :
Il regarde ses bras, il regarde sa taille,
Son estomac nerueux effroyable de crins,
Et le merueilleux tour de ses os Geantins :
Ainsi que le Berger qui seurement regarde
Vn grand Lyon tué, dont la griffe pillarde
Souloit froisser ses bœufs, & sans crainte d'a-
    bois
Estoit l'espouuentail des pasteurs & des bois.
    Incontinent Jason & toute la brigade
Luy presserent le col d'vne espesse accolla-
    de,
Et son frere Castor de ses mains desplia
Les Cestes, & du front le sang luy ressuya,
Et en le caressant pour si belle conqueste,
D'vn chapeau de Laurier couronnerent sa
    teste.
    A l'enuy tout le iour ne firent que chanter
L'honneur de ce guerrier, enfant de Iupi-
    ter,
Virilement issu de la Spartaine race :
Puis faisant tournoyer de main en main la
    tasse
Pleine, qui escumoit de vin tout à-l'entour,
Se festoyoient l'vn l'autre en attendant le
    iour,
Lequel si tost ne vint , qu'ils pendent à la
    hune
La teste du Geant & suiuent leur fortune.
    Ie t'ay chanté, Pollux : il me plaist bien
    encor
Chanter (comme le tien) le combat de Ca-
    stor.

OOoo ij

Certes ie le feray, ma chanson il merite :
Ie la luy ay promise, il faut que ie m'acqui-
te.
    O fameux Escuyers, Caualcadours, Guer-
riers,
Escrimeurs, Voltigeurs, Soldas & Mari-
niers :
O les fils putatifs du Spartain Tyndarée,
Tous deux iusqu'au tombeau du vieillard A-
pharée
Vous fustes poursuiuis par Idas & Lyncé,
Qui les filles auoient de Leucip' fiancé :
Desquelles par amour ardamment vous espri-
stes,
Puis au sortir de table à force les rauistes.
Or déja vous estiez auec elles venus
Iusqu'au bord du tombeau, quand vous fustes
cognus
Par les deux fiancez qui d'escus & de haches
Auoient les bras chargez & le chef de pen-
naches :
Apres estre sautez de leur char brusquement,
Lyncé frere puisné parla premierement
(Faisant sortir sa voix du haut de sa salade)
Fronçant les yeux ardens d'vne cruelle œil-
lade :
    Demeurez, compagnons, pourquoy desrobez-
vous
Sous ombre d'amitié le bien qui est à nous ? -
Ces filles qu'à grand tort vous emmenez, sont
nostres :
Homme ne les sçauroit sans mentir dire vo-
stres :
Long temps a que leur pere a iuré par sa foy
En femmes les donner à mon frere & à moy.
Qui plus est ie sçay bien que les filles s'en deu-
lent,
Et que pour leurs maris nullement ne vous
veulent :
Voy-les là toutes deux, demandez-leur pour
voir
Lesquels en mariage elles veulent auoir.
Vous voirrez qu'enuers nous s'enclinent leurs
pensées,
Comme à nous par serment dés long temps
fiancées :
Si quelques estrangers nous les vouloient oster,
En armes vous deuriez nos querelles porter,
Tant s'en-faut que deuiez vser de ces rapines

Enuers nous vos voisins & elles vos cousines.
    Ce n'est pas tour d'amis que d'auoir des-
robé
Nos nopces par argent, & d'auoir destourbé
Sous ombre de present la volonté du pere :
Quel los r'emportez-vous d'vn si grand vi-
tupere
En Sparte la Cité ? tout homme par raison
Ainsi qu'à des brigands vous clorra sa maison.
    Est-ce en vostre païs que la loy veut per-
mettre
Qu'en la moisson d'autruy la faux on aille
mettre ?
C'est trop pensé de soy que de courir apres
Les filles de renom dont les maris sont pres,
Qui ont l'espée en main comme vous, pour de-
fendre
Qu'on ne vienne par dol leur mariage prendre :
Pource retirez-vous, & nous quittez le bien
Qui de raison est nostre auquel vous n'auez
rien :
Nostre païs tout seul n'engendre des femelles,
L'amoureuse Achaïe en produit de tres-
belles,
Si fait Sparte & Argos, & Mycenes aussi
Où les filles, sans chois, florissent tout ainsi
En graces & beautez és maisons de leur mere,
Que les fleurs des iardins en la saison pre-
miere :
Lesquelles franchement bien facile vous est
Pour femmes les auoir si quelqu'vne vous
plaist :
Mesmes il n'y a Roy qui bien ne vueille enten-
dre
D'auoir chez-luy Pollux & Castor pour son
gendre :
Car vous estes tres-beaux, vaillans & gra-
cieux,
Aux armes bien adroicts & naiz du sang des
Dieux.
    Au reste si quelqu'vn par sotte outrecuidace
Vous vouloit empescher de trouuer alliance,
Ne nous espargnez point, vous voirrez le desir
Que nous auons tous deux de vous faire plai-
sir :
Ou bien si par orgueil qui les ieunes maistrise
Ne retirez vos mains de si folle entreprise,
Et si le vent sans grace a soufflé dedans l'air
En lieu de vous flechir mon gracieux parler,

Nous les freres puiſnez combaterons enſem-
ble,
Ie dy Caſtor & moy, ou vous ſi bon vous ſem-
ble :
Afin qu'vne maiſon ne lamente qu'vn mort,
Les viuans donneront à nos peres confort :
Puis ſans aucun debat par nopces ſolennelles
Coucheront dans le lict des deux ieunes pu-
celles.
  Ainſi diſoit Lyncé, mais le cruel Deſtin
Ne mit pas tout cela qu'il auoit dit à fin.
Lors les freres jumeaux faſchez d'vn tel lan-
gage
Murmuroient en leurs dents, comme fait le
cordage,
Les voiles & l'antenne & le maſt quand le
vent
Commence peu à peu à souſpirer deuant
Les poſtes meſſagers de ſa proche venuë
Qui font bruire la riue & creſper l'eau che-
nuë.
  De la ſimple parole ils ſont venus aux
cris,
Des cris à la fureur, furieux ils ont pris
Les armes en la main, comme vn vent qui à
peine
A ſon commencement vn petit bruit demei-
ne,
Puis le bruit ſe redouble, & fait ruer apres
Eſclattez par tronçons les membres des fo-
rés,
Eſbranle les rochers, & onde deſſur onde
Renuerſe iuſqu'au Ciel la grande mer pro-
fonde.
  Les deux freres aiſnez mirent les armes
bas,
Et Caſtor & Lyncé s'armerent aux combas,
Furieux iouuenceaux, qui tous deux ieunes
d'âge
Egaloient les aiſnez de force & de courage.
  Caſtor à l'vn des bouts du camp ſe pre-
ſenta :
Et Lyncé d'vn pied ferme à l'autre ſe planta,
Par ondes ſecoüant vne pique d'Erable,
Qui couuroit tout le camp d'vne ombre eſpou-
uantable.
  Caſtor du premier coup ne fraya que le
bort

De l'eſcu de Lyncé, qui pendoit grand &
fort
A ſept replis de cuir le long de la poictrine,
La poincte de la picque en trempe dure &
fine
Sans plus ſe reboucha, & ne peut dans le
flanc
Comme elle auoit deſir teindre le bois de ſang.
  Lyncé d'autre coſté contre ſon aduerſaire
Droict ſur le morion tire vn coup ſans rien
faire :
Car la poincte trouuant le fer gliſſant &
rond,
En lieu de s'y ficher rebondit contre-mont
Iuſqu'au ſommet du timbre, & n'eut rien que
la creſte
Des plumes pour le ſang qu'il vouloit de la
teſte.
  Ores en ſe marchant ſur l'vn & l'autre
pié,
Ores courbant le corps comme à demy plié,
Se trauailloient en vain d'allée & de venuë
Si point en quelque endroit il voirroit la chair
nuë :
Mais ſe voyans tous deux fidelement cou-
uers,
Preſque deſeſperez, bandez d'os & de nerfs
Se heurterent ſi fort, que leurs piques for-
cées
Aux boucliers oppoſez ſe rompirent froiſſées.
Mais le coup ne fut pas égal en chaque part :
Lyncé demeura ſain, Caſtor de part en part
Eut (en ſe deſmarchant) d'vn eſclat d'auan-
ture
Le bras gauche percé au droict de la ioin-
ture.
  Pollux en deuint triſte, & Idas qui eſtoit
Aſſis ſur le tombeau d'aiſe s'en debatoit :
Le ſang ieune & vermeil ſur la main luy
ondoye
Semblable à la couleur de ceſte rouge ſoye
Dont les filles d'Aſie empourprent de leurs
doigts
Les riches veſtemens des Princes & des
Rois.
  Apres en leur ioignant tirerent les eſpées
Qui leur pendoient aux flancs en des gaines
houpées

A boutons faits de soye, & secoüant en l'air
Le fer estincellant viennent à chamailler
Leurs morions ferreẓ, qui rouges d'estincelles
Luisoient dessous les coups des dures allumelles.
  Les féures de Vulcan sont plus lents &
    tardis
A demener les bras, que ces guerriers har-
    dis
A manier les mains : le pied ferme s'arreste
Contre le pied haineux, la teste ioint la teste,
Le fer touche le fer, & troublez de courrous
Sans regarder l'endroit se meurtrissent de
    coups.
  Castor maistre en son art, qui les armes re-
    mue,
Feignit de luy porter vn estoc en la veuë :
L'autre pour luy parer se descouurit le sein.
Aussi tost que Castor haute luy vid la main,
Des pieds, des bras, de teste enfonça de furie,
Et droit en ceste part où l'homme a plus de
    vie
Au creux de l'estomac tout outre luy persa
Les poulmons, & du coup à bas le renuersa.
  Le cœur qui sans souffler en pasmoison de-
    meure,
S'estouffa dans le sang, sa force la meilleure
Abandonna ses nerfs, & menu sanglottant,
De gros souspirs alloit ses entrailles battant.
Il trepignoit des pieds sur la rouge poussiere :
Vn dur sommeil de fer luy silla la paupiere,
Et roüant de trauers les prunelles des yeux,
Comme vent souspira son ame dans les Cieux :
Chetifs qui ne deuoient accoller embrassées
Ny son frere ny luy leurs ieunes fiancées.
  Idas tout forcené de voir son frere mort,
Arracha du tombeau par violent effort
Vn pillier fait de marbre, & marchoit en co-
    lere
A grands pas pour tuer le meurtrier de son
    frere :
Mais Iupiter d'enhaut sa race defendit,
Qui dedans vne nuë horrible descendit,
Et se courbant le corps haussa la main armée

D'vne vapeur soulphreuse en l'air tout allu-
    mée :
Puis sur le chef d'Idas sa tempeste eslança,
Qui d'vn feu prompt & vif tout le corps luy
    passa :
La flame en petillant l'estomac enuironne
D'Idas qui tient encor' en ses mains la cou-
    lonne,
Bronché mort sur la tombe : Ainsi en prend à
    ceux
Qui veulent quereller à gens plus vaillans
    qu'eux,
Mesmes à vous Iumeaux pleins de forte puis-
    sance,
Et qui d'vn pere fort prinstes vostre naissance.
Ie vous saluë enfans de Leda qui receut
Vn Cygne pour mary quand elle vous conceut :
Nobles freres iumeaux d'Helene la tres-belle,
Donnez à ma Chanson vne gloire eternelle,
Non mienne mais la vostre, & celle de GAS-
    PART
Qui des Muses s'est fait la gloire & le rem-
    part.
Vous aimez les chansons quand elles sont
    bien-faites :
Et pource au temps passé, les bien-disans Poë-
    tes
Furent de vos amis, & de tous les Heros
Qui suiuans Menelas acquirent quelque los,
Arresteẓ par dix ans dans le port de Sigée,
Bien loin de leurs pays deuant Troye assiegée.
  Homere le premier chanta l'honneur des
    Grecs,
Des Troyens & de vous : & moy, petit, apres
Si peu que ie sçay faire, & si peu que la Muse
Me depart de ses biens, & si peu qu'elle m'vse
De faueur ie vous l'offre, & vous l'apporte
    icy.
Ie sçay que vous auez les Hymnes en soucy :
Car les Dieux ne sçauroient receuoir de plus
    dignes
Offrandes des mortels que les vers & les
    Hymnes.

HYMNE IIII.

DE HENRY DEVXIESME
DE CE NOM, ROY DE
France.

 *VSes, quand nous voudrons des*
Dieux nous souuenir,
Il faut les celebrant commencer &
finir
Au pere Iupiter, comme au Dieu qui la ban-
de
Des autres fait trembler & maistre leur com-
mande.
Mais lors que nous voudrons chanter l'hon-
neur des Rois,
Il faudra par HENRY *Monarque des*
François
Commencer & finir, comme au Roy qui sur-
passe
En grandeur les plus gråds de ceste terre basse.
» L'honneur est le seul prix que demandent les
Dieux :
» Aussi l'homme mortel ne leur peut donner
mieux :
Et Iupiter aprés la sanglante victoire
Des Geans, ne voulut receuoir autre gloire
Sinon d'ouïr sonner à son fils Apollon
Comme son trait armé d'vn flambant tour-
billon
D'esclats, de bruit, de peur, de soulphre, & de
tonnerre,
Auoit escarboüillé leurs cerueaux contre terre
Par les champs Flegreans, & comme leurs
grands corps,
Et leurs cent bras armez estoient renuersez
morts
Sous les monts qu'ils portoient, & comme pour
trophée
De sa victoire, Etna flamboye sur Typhée.
Sus donc, diuines Sœurs, de vos dons aidez-
moy
Pour dignement orner voftre frere, mon ROY.
Le Bucheron qui serre en sa main la coignée,
Entré dedans vn bois pour faire sa iournée,
Ne sçait où commencer : ici le tronc d'vn Pin
Se presente à l'ouurier, là celuy d'vn Sapin :

Ici du coin de l'œil marque le pied d'vn Chesne,
Là celuy d'vn Fouteau, ici celuy d'vn Fres-
ne :
A la fin tout pensif de toutes parts cherchant
Lequel il coupera, tourne le fer trenchant
Sur le pied d'vn Ormeau & par terre le rue
Pour en faire vne nef, ou faire vne charrue.
Ainsi tenant és mains le Luth bien appre-
sté,
Entré dans ton Palais deuant ta MAIESTE',
Ie doute, tout pensif, quelle vertu premiere
De mille que tu as sera mise en lumiere :
Tes vertus, tes grandeurs, ta iustice & ta
foy,
Ta bonté, ta pitié d'vn coup s'offrent à moy,
Ta vaillance au combat, au conseil ta pru-
dence :
Ainsi ie reste pauure, & le trop l'abondance
D'vn si riche suiet m'engarde de penser
De toutes à laquelle il me faut commencer.
Si faut-il toutefois qu'à l'vne ie commence :
Car i'oy déja ta voix d'vn costé qui me tance,
Et de l'autre costé ie m'entens accuser
De ma Lyre qu'en vain ie la fais trop muser.
Or qui voudroit conter l'abondante lar-
gesse
Dont le Ciel a versé dessus toy sa richesse,
Il n'auroit iamais fait, & son vers tournoyé
Aux flots de tant d'honneurs seroit bien tost
noyé.
Il t'a fait comme vn Preux (quant à la forte
taille)
Qui se couure le corps d'vne aimantine escaillé,
Frere de ces guerriers qu'Homere nous a peins
Si vaillans deuant Troye, Aiax & les ger-
mains
Roys pasteurs de l'armée, & le dispos Achille
Qui rembarrant de coups les Troyens à leur
ville,
Comme vn loup les aigneaux, par morceaux les
hachoit,
Et des fleuues le cours d'hommes morts empes-
choit :
Mais bien que cet Achille ait le nom de pied-
vite,
De coureur, de sauteur, pourtant il ne merite
D'auoir l'honneur sur toy, soit à corps eslancé
Pour sauter vne haye ou franchir vn fossé,
Ou soit pour voltiger, ou pour monter en selle

Armé de teste en pied quand la guerre t'ap-
   pelle.
    Or parle qui voudra de Castor & Pollux
Enfans iumeaux d'vn œuf : tu merites trop
   plus
D'honneur que tous les deux, d'autant que tu
   assemble'
En toy ce qu'ils auoient à departir ensemble.
L'vn fut bon Cheualier, l'autre bon escrimeur :
Seul de ces deux mestiers tu as le double hon-
   neur :
   Car où est l'escrimeur qui ses armes approu-
   che
   De toy sans vergongneux remporter vne tou-
   che ?
Ou soit que de l'espée il te plaise joüer,
Soit qu'en la gauche main te plaise secoüer
La targue, ou le bouclier, ou soit que l'on s'at-
   tache
Contre toy pour ruer ou la pique ou la hache :
Nul mieux que toy ne sçait comme il faut dé-
   marcher,
Comme il faut vn coup feint sous les armes
   cacher,
Comme on garde le temps, & comme on se
   mesure,
Comme on ne doit tirer vn coup à l'auanture.
   Quant à bien manier & piquer vn cheual
La France n'eut iamais ny n'aura ton égal,
Et semble que ton corps naisse hors de la selle
Centaure mi-cheual, soit que poulain rebelle
Ne vueille point tourner, ou soit que façonné
Tu le faces volter d'vn peuple cnuironné
Qui prés de toy s'accoude au long de la bar-
   riere :
Ou soit qu'à sauts gaillars, ou soit qu'à la car-
   riere,
Ou soit qu'à bride ronde, ou en long manié
Ta main ait au cheual auecq' le frein lié.
Vn entendement d'homme, à fin de te com-
   plaire,
Et ensemble esbahir les yeux du populaire.
D'vne sueuse escume il est tout blanchissant,
De ses nazeaux venteux vne flame est yssant,
Le frein luy sonne aux dents, il bat du pied la
   terre :
Il hennit, il se tourne, aucunefois il serre
Vne aureille derriere, & fait l'autre auancer,
Il tremble tout sous toy, & ne peut r'amasser

Son vent entre ses flancs, monstrant par vn
   tel signe
Qu'il cognoist bien qu'il porte vne charge diui-
   ne.
   I'ay (quand i'estois ton Page) autrefois
   sous GRANVAL
Veu dans ton Escurie vn semblable Cheual
Qu'on surnommoit Hobere, ayant bien co-
   gnoissance
De toy montant dessus : car d'vne reuerence
Courbé te salüoit : puis sans le gouuerner
Se laissoit de luy-mesme en cent voltes tourner
Si viste & si menu, que la veuë & la teste
Tournans s'esblouissoient, tant ceste noble beste
Auoit en bien seruant vn extréme desir,
Te cognoissant son Roy, de te donner plaisir.
   Or quand tu ne serois ny Monarque ny
   Prince,
Encor on te voirroit par toute la Prouince
Comme vn Seigneur adroit dessus tous estimé,
Et bien tost d'vn grand Prince, ou d'vn Mo-
   narque aimé
Pour les dons que le Ciel t'a donneZ en par-
   tage,
Te faisant heroïque & de braue courage.
Tesmoin est de ton cœur ceste ieune fureur
Dont tu voulois prés Marne assaillir l'Empe-
   reur,
Lequel ayant passé les riues de la Meuse,
Remenaçoit Paris ta grand' cité fameuse :
Tu luy eusses, Guerrier, ta vertu fait sentir,
Et se tirant le poil mille fois repentir
D'estre en France venu, sans vne paix far-
   dée
Par qui fut son armée & sa vie gardée.
   La liberté des Roys est mal-sobre en pro-
   pos,
Ou point ou peu ne donne à sa langue repos,
Ou iure ou se despite, ou se vante ou blaspheme,
Ou se mocquant d'autruy est mocquable elle-
   mesme :
Mais tu n'es point iureur, blasphemeur, ne
   menteur,
Colere ne despit, ne mocqueur, ne vanteur :
Tu es sobre en propos, pensif & taciturne,
Qui sont les plus beaux dons de l'astre de Sa-
   turne.
   Il n'y eut iamais Prince en l'antique saison
Ny en ce temps present mieux garni de raison,

Ny d'apprehenſion que toy, ny de memoire :
Or quant à ta memoire on ne le ſçauroit
   croire,
Qui familierement ne t'auroit pratiqué.
Si tu as vne fois vn homme remarqué
Sans plus du coin de l'œil, allaſt-il aux Tarta-
   res,
Nauigeaſt-il à l'Jnde, ou aux Iſles barbares
Où de l'humaine chair viuent les habitans,
Voire & ſans retourner ſejournaſt-il vingt
   ans :
S'il reuient de fortune vn iour en ta preſence,
Tu auras tout ſoudain de luy recognoiſſance :
Vertu tres-neceſſaire aux Monarques d'a-
   uoir,
Afin de n'oublier ceux qui ſont leur deuoir :
» Car pour neant vn homme au danger met ſa
   vie
» Pour ſon Prince ſeruir ſi ſon Prince l'ou-
   blie.
  Que dirons-nous encor ? plus que les autres
   Roys
Tu es dur au trauail : ſils portent le harnois
Vne heure ſur le dos, ils ont l'eſchine arnée,
Et en lieu d'vn rouſſin prennent la haquenée :
Mais vn iour voire deux tu ſouſtiens le la-
   beur
Des armes ſur l'eſchine & iuges la ſueur
Eſtre le vray parfum qui doit orner la face
D'vn Roy qui pour combatre a veſtu la cui-
   race.
Auſſi deuant le temps le poil blanc t'eſt venu,
Et ia tu as le Chef & le menton chenu,
Signe de grand trauail & de grande ſageſſe,
Qui de leurs beaux preſens decorent ta ieu-
   neſſe,
Luy adiouſtant le poids de meure grauité.
  Comme Prince aduiſé tu as touſiours eſté
Prompt à croire conſeil : car tu ne delibere
Rien ſinon par l'aduis des vieux & ſages Pe-
   res,
Qui pratiques, par l'âge ont iugement certain,
De peur de rencontrer par vn conſeil ſoudain
Du vieil Epimethé la fille Repentance,
Comme les autres Roys qui n'ont point de pru-
   dence.
  Le riche deſſous toy ne craint point que ſon
   bien
Par faux accuſement ne demeure plus ſien :

Le volleur, le meurtrier, impunis ne demeu-
   rent,
Les hommes innocens par faux Iuges ne meu-
   rent
Corrompus par argent : les coulpables auſſi
Enuers ta Majeſté trouuent peu de merci.
Ta bonté toutefois au coulpable pardonne,
S'il a par les combas ſouſtenu ta Couronne :
Car tu n'es pas cruel, & ta Royale main
Ne ſe réjoüit point du pauure ſang humain,
A l'exemple de DIEV, qui ſes foudres re-
   tarde,
Et en lieu de nos chefs pour nous eſtonner
   darde
Ou les ſommets d'Athos, ou les Cerauniens,
Ou les cheſnes branchus des bois Dodoniens,
Ou le haut des citeZ, & du boulet qu'il ruë
Touſiours nous eſpouuante & peu ſouuent
   nous tuë.
  De toutes les vertus qui te logent aux
   Cieux,
Ta liberalité te rend égal aux Dieux,
Liberaux comme toy, eſtimans l'auarice
Vn peché monſtrueux, eſcole de tout vice :
Lequel plus eſt remply & plus cherche à man-
   ger
De l'or tres-miſerable acquis à grand danger :
Mais tu ne veux ſouffrir qu'vn treſor dans le
   Louure
Se moiſiſſant en vain d'vne roüille ſe couure.
  On ne void artiſan en ſon art excellant,
Ny ſoudart ſignalé à la guerre vaillant,
A qui ta pleine main de grace n'eſlargiſſe
Vn condigne loyer de ſon noble artifice :
Et c'eſt l'occaſion, ô magnanime ROY !
Que chacun te recherche, & veut chanter de
   toy
Tu n'es à tes ſuiets ſeulement debonnaire :
Si quelque Potentat eſt preſſé de miſere,
De perte de pays, de menace de mort,
Ayant pitié de luy tu luy donnes ſupport,
Et de ta grande main à ce fait conſtumiere,
Chez luy tu le remets en liberté premiere.
Nos Roys Princes des Rois les ſont ou redé-
   font,
Leur rabaiſſant la teſte, ou releuant le front.
  Que diray plus de toy ? & de l'obeiſſance
A ton pere portée en ta premiere enfance ?
L'honorant tellement comme ton pere & Roy,

Que les autres enfans prenoient exemple à
    toy,
Tant peut la Charité : derechef tu l'honores
Comme vn fils pitoyable apres sa mort enco-
    res,
Enuironnant son corps d'vn tombeau som-
    ptueux,
Où le bec d'vn ciZeau d'vn art presomptueux
A le marbre animé de batailles grauées,
Et de guerres par luy iadis paracheuées.
    Dedans ce Mausolée , enclos en mesme
    estuy,
Tes deux freres esteints dorment auecques luy,
Et ta mere à ses flancs : lesquels t'aiment &
    prisent,
Et du Ciel où ils sont, tes guerres fauorisent
De leurs rayons ardents, réjoüys de te voir
De leur Sceptre heritier faire bien ton de-
    uoir ;
Et ton Pere, dequoy augmentant sa Couronne,
Tu le passes d'autant (quant aux faits de Bel-
    lonne)
Qu'Achille fit Pelée, & qu'Aiax Telamon,
Et que le vieil Atré le grand Agamemnon.
    Tu as (quelque dessein que ton cœur delibere)
Tousiours de ton costé la fortune prospere
Auecques la vertu, & c'est ce qui te fait,
Pour t'allier des deux, venir tout à souhait.
Vray est quant à tes faits tu veux sur toute
    chose
Qu'aux gestes de ton Pere homme ne les pre-
    pose :
Mais la Fame qui vole & parle librement,
Qui sujette n'est point à ton commandement,
Donne l'honneur aux tiens, & en ceste partie
De tes humbles sujets ta loy n'est obeie.
    O mon Dieu que de joye & q●●●d'aise re-
    çoit
Ta mere quand du Ciel çà bas elle te voit
Si bien regir ton peuple, & garder l'heritage
De sa noble Duché qui luy vint en partage !
Laquelle a plus de joye & de plaisir receu,
De t'auoir en son ventre heureusement conceu,
Que Thetis d'enfanter Achille Peleïde,
Ou Argie la Grecque en conceuant Tydide.
    Si tost qu'elle se vid voisine d'accoucher,
Et que ia la douleur son cœur venoit toucher,
S'en vint à Sainct-Germain, où la bonne Lu-
    cine

Luy osta la douleur que l'on sent en gesine.
    Adonc toy Fils semblable à ton Pere nas-
    quis,
Et sans armes naissant, vn Royaume conquis.
Lors les Nymphes des bois, des taillis, & des
    prées,
Des plaines, & des monts, & des forests sa-
    crées,
Les Naïades de Seine & le bon Sainct Ger-
    main,
Te couchant au berceau te branloient en leur
    main,
Et disoient : Crois enfant, enfant pren accrois-
    sance
Pour l'ornement de nous & de toute la Fran-
    ce :
Iamais tant Iupiter sa Crete n'honora,
Hercule iamais tant Thebes ne decora,
Apollon sa Delos, comme ta renommée
Rendra France à iamais sur toutes estimée.
    Ainsi en te baisant prophetisoient ces
    Dieux,
Quand vn Aigle volant bien haut dedans les
    Cieux
(Augure bon aux Roys) trois fois dessus sa
    teste
Fit vn grand bruit suiui d'vne gauche tem-
    peste.
Ceux ausquels Iupiter enuoye ce bon-heur
En naissant, il les fait Monarques pleins
    d'honneur,
Possesseurs de grands biens, dont le Ciel aura
    cure,
Et n'auront point au Monde vne loüange ob-
    scure.
    Artemis aux Ueneurs, Mars preside aux
    Guerriers,
Vulcan aux Mareschaux, Neptune aux Ma-
    riniers :
Les Poëtes Phebus & les chantres fait naistre :
Mais du grand Iupiter les Roys prennent leur
    estre.
    Au Monde on ne void rien si haut ne si diuin
Que les Princes sceptrez, ne qui tant soit voi-
    sin
Du grand Iupiter qu'eux, dont la main large
    & grande
Aux Soudars, aux Chasseurs, & aux Chan-
    tres commande,

Et bref à tout chacun : car sçauroit-on rien
   voir
En terre, qui ne soit plié sous le pouuoir
Des Rois aux longues mains, qui leurs Sceptres
   estendent
De l'vne à l'autre mer, & apres D I E V com-
   mandent ?
   Iupiter est leur pere, & generalement
Il fait des biens à tous, mais non également :
Car les vns ne sont Roys que d'vne petite
   Isle,
Les autres d'vn desert ou d'vne pauure ville,
Les autres ont leur regne en vn pays trop
   froid,
Glacé, souflé de vent, les autres sous l'endroit
Du Cancre chaleureux, où nul vent ne soulage
En Esté tant soit peu leur basané visage :
Mais le nostre a le sien en vn lieu temperé,
Long, large, bien peuplé, de villes remparé,
De chasteaux, & de forts, dont les murs qui se
   donnent
Au Ciel, de leur hauteur les estrangers eston-
   nent.
   Ce grand D I E V bien souuent des Princes
   l'appareil
Tranche au milieu de l'œuure & leur rompt le
   conseil :
Les vns font en vn an leurs longues entrepri-
   ses,
Des autres à neant les affaires sont mises,
Et tout cela qu'ils ont, bien que sages, pensé,
S'enfuit comme le vent sans estre commencé.
Quant aux petits desseins que nostre R O Y
   commence
A penser, ils sont faits aussi tost qu'il les pense :
Quant aux grands, il les pense en son lict au
   matin,
Vers le soir par effect il en voirra la fin.
Tant Iupiter l'honore & tant il est prospere
Aux courageux aduis que son cœur delibere.
   Mais, Muse, ou ie me trompe, ou sans frau-
   de ie croy
Que Iupiter a fait partage auec mon R O Y :
Il a pris pour sa part les gresles & les nuës,
Les cometes, les vents, & les pluyes menuës,
Les neiges, les frimas, & le vuide de l'air,
Et ie ne sçay quel bruit entourné d'vn esclair,
Et d'vn boulet de feu qu'on appelle tonnerre :
Mais pour soy nostre Prince a retenu la Terre,

Terre pleine de biens, de villes, & de forts,
Et d'hommes à la guerre & aux Muses ac-
   corts.
   Si Iupiter se vante au Ciel auoir en pompe
Plus de Dieux que tu n'as, de beaucoup il se
   trompe.
S'il vante sa Bellonne, ou s'il vante son Mars,
Tu en as plus de cent, recteurs de tes soldars,
Qui ont de la vertu les ames animées,
Capitaines rusez au mestier des armées :
Et si par dessus toy il se vante d'auoir
Vn Mercure pour faire en parlant son de-
   uoir,
Tu en nourris vn autre accort, prudent &
   sage,
Et trop plus que le sien facond en son langage.
   S'il se vante d'auoir vn Apollon chez luy,
Tu en as plus de mille en ta Cour auiourd'huy,
Vn Carle, vn Saint-Gelais, & ie m'ose pro-
   mettre
De seconder leur rang, si tu m'y daignes met-
   tre.
Doncques que Iupiter en son Palais-là haut
Se braue auecq ses Dieux, mon grãd P R I N C E,
   il ne faut
Qu'on l'accompare à toy qui nous monstres à
   veuë
De quelle puissance est ta Majesté pourueuë.
   Nul Monarque d'Europe en sa main ne
   tint onq
Vn Royaume qui soit si large ne si long,
Plus abondant en bleds, vins, forests & en
   prées :
Aussi le trop de chaud n'offense tes contrées,
Ny le trop de froideur, ny le vent ruineux,
Ny le trac escaillé des Dragons venimeux,
Ny rochers infertils, ny sablons inutiles.
   Que diray plus de toy ? de cinq ou de six
   villes
Tu n'es seulement Roy, mais mille & mille en-
   cor
Auec vn million pleines de gens & d'or
Te font obeïssance & t'honorent leur maistre.
Sur lesquelles on void ton Paris apparoistre
Comme vn Pin éleué sur les petits buissons :
Où cent mille artisans en cent mille façons
Exercent leurs mestiers : l'vn aux lettres s'ad-
   donne,
Et l'autre, Conseiller, tes sainctes loix ordonne.

L'vn eſt peintre, imager, armurier, entailleur,
Orféure, lapidaire, engraueur, eſmailleur :
Les autres renfrongneʒ fondent artillerie,
Et grands Cyclopes nuds font vne batterie
A grands coups de marteaux, puis d'vn égal
    compas
D'ordre l'vn apres l'autre en haut leuent les
    bras,
(On diroit que les mains de mille Salmonées
Sont en ton Arcenal de nouueau retournées,
Qui dans vn Chariot fait d'airain ſe portoit,
Et courant ſur vn pont les foudres imitoit)
Et refrappent ſi dru ſur la maſſe qui ſonne,
Que le prochain riuage & le fleuue en reſon-
    ne :
Le metal coule au feu par la flame irrité
Qui doit vn iour ruyner quelque forte cité.
    Pour toy le iour ſe leue en ta France, & la
    mer
Fait pour toy tout autour ſes vagues eſcumer :
Pour toy la terre eſt groſſe & tous les ans en-
    fante :
Pour toy des grand's foreſts la fueille renaiſ-
    ſante
Tous les ans ſe refriſe, & les fleunes ſinon
Ne courent dans la mer que pour bruire ton
    nom.
    Pourroit-on voir enclume, ou flame inge-
    nieuſe,
Ou forge en quelque part qui ne fuſt curieuſe
De fondre du metal & ſoigneuſe grauer
Ton viſage au naïf à fin de t'eſleuer
Comme vn Dieu par le peuple ? il n'y auroit
    ny ruë
Ny place où l'on ne viſt ta Royale ſtatuë
Pour te faire adorer du populaire bas,
Si tu l'euſſes voulu : mais tu ne le veux pas,
Et laiſſes à bon droit au Roy qui ſe desfie
Du peuple, qu'vn marteau ſon renom deïfie.
    Si toſt que le Deſtin eut ton chef ordonné
D'eſtre en lieu de ton Pere en France cou-
    ronné,
Lors que chacun penſoit que tu courois la
    lance,
Que tu faiſois tournois & maſques pour la
    dance,
Et qu'en ris & qu'en jeux & paſſetemps plai-
    ſans
De lente oiſiueté tu roüillois tes beaux ans :

Au bout de quinze iours France fut eſbahie
Que tu auois déja l'Angleterre enuahie,
Et ſans en faire bruit, par merueilleux efforts
Tu auois ja conquis de Boulongne les forts,
Et par armes contraint ceſte arrogance An-
    gloiſe
A te vendre Boulongne & la rendre Fran-
    çoiſe.
    Tu ne fus ſatisfait de ce premier honneur :
Mais ſuiuant ta fortune & ton premier bon-
    heur,
Deux ou trois ans apres tu mis en la campa-
    gne
Ton camp pour affranchir les Princes d'Al-
    lemagne.
Adoncque toy veſtu, non des armes que feint
Homere à ſon Achille, où tous le Ciel fut
    peint,
Ains armé de bon cœur, de force & de proüeſ-
    ſe,
Tu ne mis ſeule aux champs la Françoiſe ieu-
    neſſe :
Mais Anglois, Eſcoſſois, Italiens & Grecs
Eſtonneʒ de ton nom, voulurent voir de pres
Le port de ta Grandeur, & tous ſ'aſſujetti-
    rent
A tes loix, & pour toy les armures veſti-
    rent :
Où la peur d'offenſer ſe vid de toutes pars
Si ſaintement gardée entre tant de ſoudars
(Bien qu'ils fuſſent diuers d'armes & de lan-
    gage)
Que meſme l'ennemi ne ſentit le pillage,
(Merueille) & pour ce coup l'eſpée & le har-
    nois
Par ton commandement obeïrent aux lois.
    Tu pris Mets en paſſant : puis venu ſur la
    riue
Du grand Rhin t'apparut l'Allemagne ca-
    ptiue,
Laquelle auoit d'ahan tout le dos recourbé,
Ses yeux eſtoient caueʒ, ſon viſage plombé,
Son Chef ſe heriſſoit à treſſes deſpliees,
Et de chaiſnes de fer ſes mains eſtoient liees :
Elle vn peu ſ'accoudant de trauers ſur le bord
Du Rhin, ainſi te prie : O PRINCE heu-
    reux & fort,
Si Nature & la race aux Monarques com-
    mandent

D'aider

D'aider les pauures Roys qui secours leur de-
mandent,
Et s'il faut par pitié secourir nos parens,
S'il faut de nos amis soigner les differens,
Las! pren compassion de ma serue misere,
Et fils, donne secours à moy qui suis ta mere.
Quand Francus ton ayeul de Troye fut chassé
Il vint en mon païs : puis ayant amassé
Vn camp de mes enfans alla vaincre la Fran-
ce,
Et des miens & de luy les tiens prindrent naif-
sance.
     Ainsi dit l'Allemagne, & à peine n'eut pas
Acheué que ses fers luy tomberent à bas,
Son dos redeuint droit, & ses yeux & sa face
Reuestirent l'honneur de leur premiere grace :
Et soudain de captiue en liberté se vid,
Tant vn grand Roy de France au besoin luy
seruit,
Ainsi qu'vn bon enfant qui de sa mere a cure,
Et n'est point entaché d'vne ingrate nature.
     Estant saoul de la terre apres tu fis armer
La flotte de tes naux, & l'enuoyas ramer
Dessus la mer Tyrrhene, où elle print à force,
Maugré le Geneuois, la belle isle de Corse,
Afin de faire entendre aux estrangers loin-
tains
Combien vn Roy de France a puissantes les
mains.
Bref faisant par espreuue à l'ennemi cognoi-
stre
Que par mer tu estois & par terre son maistre,
Forcé de ton Destin & de tes nobles faits,
Humble te vint prier de luy donner la paix :
Lors voulant à toy-mesme & à luy satis-
faire,
Pour le repos de tous la paix tu voulus faire.
     Déja la douce Paix vous accordoit tous
deux,
Quand il voila ses yeux d'vn bandeau rancu-
neux,
Afin de ne preuoir le sien futur dommage,
Et que D I E V par tes mains le punist d'auan-
tage.
     Or la Paix est rompuë, & ne faut plus
chercher
Qu'à se meurdrir en guerre & à se détran-
cher :
La Foy n'a plus de lieu, la pitié s'est bannie,

En sa place commande horreur & felonnie :
On oit de tous costez les armeures sonner,
On n'oit pres de la Meuse autre chose tonner
Que mailles & boucliers, & Mars qui se pro-
meine
A costé de Meziere & des bois de l'Ardéne,
S'esgaye en son harnois dedans vn char monté
De quatre grands coursiers horriblement por-
té.
La Fureur & la Peur leur conduisent la bride,
Et la Fame emplumée allant deuant pour
guide,
Laisse auec vn grand flot çà & là parmy
l'air
Sous le vent des cheuaux son pennage voler.
Ce Dieu qui de son char les espaules luy presse,
D'vn espieu Thracien contraint de la Déesse
Les langues à crier des bruits & vrais &
faux,
Pour effroyer l'Europe & la remplir de maux.
     Tu seras, mon grand R O Y, le premier des
gensdarmes
Contre les ennemis qui vestiras les armes
Enceint de ta Noblesse : & le premier seras
Qui de ta lance à iour leurs bandes fausseras.
     Apres qu'heureusement tu auras sceu dé-
faire
Tes ennemis vaincus, lors tu auras affaire
De mes Muses, ô P R I N C E, & les voudras
priser
Honorant mon merite, à fin d'eterniser
Toy, & tes coups de masse, & tout ce que ta
lance
Aura paracheué d'vne heureuse vaillance.
     Si d'vn cœur liberal tu m'inuites chez-toy,
Ton Palais me voirra menant auecque moy
Les maistres des chansons Phebus & Callio-
pe,
Pour te celebrer Roy le plus grand de l'Eu-
rope :
»Tousiours auecq' l'honneur le labeur est vtil,
» Quand on cultiue vn champ qui est gras &
fertil.
Vn Roy, tant soit-il grand en terre ou en
proüesse,
Meurt comme vn laboureur sans gloire, s'il ne
laisse
Quelque renom de soy : & ce renom ne peut
Venir apres la mort, si la Muse ne veut

P P p p

Le donner à celuy qui doucement l'inuite,
Et d'honneste faueur compense son merite.
   Mais quoy? PRINCE, on dira que ie
     suis demandeur,
Il vaut mieux acheuer l'Hymne de ta Gran-
   deur:
Car déja ie t'ennuye oyant chose si basse,
Puis ja ma voix s'enroüe & mon poulce se
   lasse.
   Or puis que nos deux Roys les plus grands
     des humains
N'ont voulu receuoir la Paix entre leurs
   mains,
Afin que tout le peuple eust fait son œuure en
   ioye,
Il vaut mieux prier DIEV qu'aux François
   il enuoye

La victoire, & le Chef de nostre ROY guer-
   rier
Soit tousiours couronné de palme & de lau-
   rier,
Et que tant, de combats tournent à nostre
   gloire.
   Escoute donc ma voix, ô Déesse Victoire,
Qui guaris des soudars les playes,& qui tiens
En ta garde les Roys,les villes & les biens:
Soit que tu sois au Ciel voisine à la Couronne,
Soit que ta Majesté grauement enuironne
Le Thrône à Iupiter, ou l'armet de Pallas,
Ou le bouclier de Mars: vien Déesse icy bas
Fauoriser HENRY, & d'vn bon œil re-
   garde
La France pour iamais & le pren en ta gar-
   de.

COMMENDATRIX EPIST. MICHAELIS
HOSPITALII, FRANCIÆ CANCELLARII,
VIRI DOCTISSIMI,

Ad CAROLVM *Cardinalem* LOTHARENVM.

Vam facilè in multis antiqui
   norat Homeri
Carmen Aristarchus, mis-
   sum simul ore fuisset:
Tam citò cognosces, ac nullo penè la-
   bore
Cuius & hoc sit vatis opus: nempe illius
   omneis
Qui veteres vnus scribendi laude Poëtas
Æquauit, dubiámque facit tibi Mantua
   palmam.
Aspice quàm se tollit humo, quámque
   arduus altum
Fert cœlo caput, & clara inter sydera
   condit:
Quos, vbi sæua canit magnorum prælia
   Regum,
Dat sonitus, quæ verba ruit, vel fulmi-
   nis instar
Vel torrentis aquæ,quantas è diuite vena
Fundit opes: quàm mox fertur sedatus,
   & ore
Cóposito memorat iucúdę tépora paçis:

Et quibus auxiliis, quo sit respublicà
   more
Gesta domi, laudémque togæ fulgenti-
   bus armis
Comparat,& pulchris linguæ mel suaue
   triumphis.
   Iámque tui dotes animi quàm sedulus
    omneis
Exequitur, quæque hoc bissenos Rege
   per annos
Gesseris, incipiens à primo flore iuuétæ,
Vt nunc implicitum bellis,quæ maxima
   nostrum
Circunstant Regem, necdum satis vnde
   tuentem
Soluere militibus stipendia possit auaris,
Expedias lingua varios & moribus absq;
Seditione regas eadem intra castra ma-
   niplos.
   Sic velut in tabula non, CAROLE,
    pictus Apellis,
Pharrhasiiue manu es, sed nobilis arte
   Poëtæ,

Et calamo vatum nulli cedente priorum:

Vt quoties hærebis imagine fixus in illa,

Non solùm oblectêre bonis tibi munere Diuûm

Concessis ; sed durus & asper censor, in
horas

Sis memor ínque dies, à te(non credulus)
ipso

Tanquam depositæ rationem poscere
summæ :

Ne qua tibi virtus pulchro decedat a-
ceruo,

Ne qua suum perdat vitiis infecta decorem,

Ne vel mentitum hunc, quum scriberet,
esse Poëtam,

Vel dicant homines pòst, te peiora secu-
tum.

   Atque his carminibus propè táquam
pignore certo

Obstrictam Regíque fidem patriæque
memento

Esse tuam : vt laudum posthac quæcunque tuarum

Abfuerit, scriptis huius celebrata re-
quirat

Continuò Populus : te Rex & regius
omnis

Appellet tanquam ex tabulis pactóque
Senatus.

Hæc erit vtilitas, præclarum hunc, CA-
ROLE, fructum

Versibus his capies & multum & sæpè
terendis :

Ludicra ne posthac & inania carmina
vatum

Esse putet quisquam, & tantùm palpare
legenti.

   Talia cùm scribat RONSARDVS
Apolline digna,

Scribat ei, teretes puero cui Cynthius
aures

Præbuit : alterius nec laudis egere videntur,

Nec prece, nec studio commendatoris
amici.

Illa (scio) passis manibus, velóque pa-
tente

Excipies, excepta leges relegésque liben-
ter.

Nam neque tu poteras alio sat carmine
dignè

Laudari: atque huius qui carminis æquet
honorem,

Et patria eximio reddat præconia vati,

Nullus erit : quis enim RONSARDO
digna reponat ?

HYMNE V.

DE CHARLES CARDINAL
DE LORRAINE.

'Aurois esté conceu des flots de
la marine,
   Un roc en lieu d'vn cœur i'au-
rois en la poitrine,
Et i'aurois esté né sans ame & sans raison,
Si ie ne te chantois & toute ta Maison,
Mon CHARLES, mon Prelat, mon Lau-
rier de LORRAINE.
Esprit venu du Ciel pour supporter la peine
Des François quand la France & le Sceptre
du ROY
Appelloit à son aide vn tel Prince que toy.

Or si des grands rochers les estres non pas-
sibles,
Et les corps vegetants des arbres insensibles,
Et les fiers animaux, cruels hostes des bois,
Et ceux qu'on appriuoise à supporter nos lois,
Et des oiseaux pendants les troupes esmail-
lees,
Et du pere Ocean les bandes escaillees
T'honorent à l'enuy, & si les vents par tout
Respandent en souflant de l'vn à l'autre bout
Du Monde tes honneurs, dés la terre gelée
Des Scythes englacez, iusques à la hallée
Des Mores basanez, & d'où nostre Soleil
Réueille sa paupiere, & la donne au som-
meil :
   Moy à qui ta loüange eschauffe la pensée,
Des fureurs d'Apollon brusquement eslan-
cée,

Qui voy tes actions & qui en suis rauy,
Moy qui suis animé, qui respire & qui vy,
Moy qui en lieu d'vn cœur dans l'estomac ne
   porte
D'vn imployable fer vne matiere morte:
En voyant tes grandeurs que feroy-ie sinon
Renommer ta loüange, & celebrer ton nom
Auec tout l'Vniuers, qui hautement confesse
Combien peut la valeur, la force & la hau-
   tesse
De ton sang demy-Dieu, de qui mesme a
   frayeur
L'Enuie qui s'aueugle aux rais de ta lueur?
   Pour ne farder mes vers d'vne menteuse
    audace
Ie ne veux mendier les tiltres de ta race,
Et ne veux que ma Lyre emprunte autre
   chanson,
Ny que ma faulx d'ailleurs coupe vne autre
   moisson:
Ta valeur te suffit sans que flatteur on vienne
D'vn estrange sujet bailler lustre à la tienne.
   Si ie voulois ta gloire enrichir par les faits
Et par les gestes vieux que tes Peres ont faits:
Si ie voulois chanter ton ayeul CHARLE-
   MAGNE,
Et ses Lauriers conquis en France & en Espa-
   gne,
Lors que les Sarrazins de fureur attizez
Poußerent leurs Geans contre les baptizez:
Si ie voulois chanter les Chrestiennes armées
De GODEFROY *vainqueur des villes*
   Idumées,
De BAVDOVIN, *d'*EVSTACHE, &
   combien de harnois
Ton Pere a foudroyé dessous le Roy FRAN-
   COIS,
Le iour me defaudroit: puis ma Muse petite
N'oseroit s'attaquer à si braue merite:
Homme sinon toy-mesme escrire ne pourroit
Les faits de tes ayeux: car plus il oseroit,
Plus luy faudroit oser: tu peux seul de ta plu-
   me
Composer de toy-mesme & des tiens vn vo-
   lume:
Nul ne le peut que toy, s'il ne veut que sa main
Sans l'ouurage acheuer prenne l'outil en vain.
   Quelqu'vn dira le Monde, & son œuure
    admirable,

Et la terre sejour de l'homme miserable,
Et la mer qui d'vn cours sans paresse cou-
   lant
Va dedans son giron nostre terre accollant,
Et comme l'air espars toute la mer embrasse,
Et l'air est embrassé du feu qui le surpasse,
Et comme tous ensemble en leurs ordres pres-
   sez,
De la voûte du Ciel s'enchaisnent embrassez.
   Mais tout ce que ma Muse enuers toy libe-
    rale
Desormais publi'ra, soit que haute elle égale
Tes honneurs en chantant, soit qu'elle ait ce
   bon-heur
(Qu'esperer ie ne puis) de passer ton honneur,
Soit (& cela ie crains) que basse elle demeure
Moindre qu'vn tel sujet: si est-ce qu'à toute
   heure
Moindre te chantera, & ce qu'elle pourra
De grand ou de petit elle te le vou'ra:
Afin qu'vn si grand nom mes liures autho-
   rise,
Et qu'au front de mes vers tousiours CHAR-
   LES *se life,*
Côme on lit auiourd'huy l'Histoire des Herôs,
Dont le temps n'a perdu ny les faits ny le lôs.
   Muse à la belle voix, Calliope immortelle,
Frise tes beaux cheueux, habille-toy tres-belle,
Enferme ton beau pied de ton riche patin,
Boucle haut ta ceinture aupres de ton tetin,
Et comme d'vn grand Dieu la fille venera-
   ble,
Entre dans le Palais de ce PRINCE *honno-*
   rable,
Heurte à son cabinet, duquel tu m'esliras
Vn millier de vertus que tu me rediras.
Puis i'en feray le conte à ceux du futur âge,
Afin que le renom d'vn si grand Personnage
Se cognoisse en sa vie, & qu'apres son trespas
Ses gestes sous l'oubly ne se perdent là bas,
Et l'araigne pendante à bien filer experte
Ne deuide ses rets sur sa tombe deserte.
   Ainsi qu'vn marinier durement tourmenté
De debtes & d'enfans, fuyant la pauureté
Sillonne de sa nef l'eschine de Neptune
Iusques en l'Orient au hazard de fortune:
A la fin retourné heureusement au port,
Riche d'Indique proye, estalle sur le bord
Le butin que sa main a pillé sous l'Aurore,

Rubis, perles, saphirs & diamans encore
Assemblez pesle-mesle, & de telle foison
Enrichit ses parens & toute sa maison:
Ainsi ma Calliope à la fin retournee
De ton Palais Royal reuient enuironnee
De cent mille ioyaux qu'elle espand à la fois
Comme de grands tresors deuant les yeux
 François.

 Quel vers ira premier annoncer ta loüan-
 ge
Heraut de tes vertus parmy le peuple estran-
 ge?
Quel sera le dernier? comme Hercule le
 grand
Soustint de ses grands bras tout ce Monde qui
 pend,
Le Veneur Orion ardant en son espée,
Et l'Ourse qui iamais en la mer n'est trempée,
Et le Bouuier tardif qui son char va roulant
A sept rayons de feu, & le serpent coulant
A replis estoilez , que la main enfantine
D'Apollon mit au Ciel, & en fit vn beau
 signe,
Quand il tendit son arc & Python il tua
Du premier coup de traict qu'apprentif il rua:
Et le grand Eridan de Phaëthon la tombe,
Et la mere qui crie & de tristesse tombe,
La teste à ses genoux, ne faisant que pleurer
Sa fille, qu'vn grand Monstre est prest à de-
 uorer.

 En la mesme façon tu soustiens dés en-
 fance,
Non des bras, mais d'esprit les affaires de
 France,
Fardeau gros & pesant, où l'on void que tu
 as
L'esprit plus fort & prompt, qu'Hercule n'eut
 les bras :
S'il faut faire vn conseil, s'il faut qu'on for-
 tifie
Quelque braue cité qui l'ennemy desfie,
S'il faut ou destourner, ou tenter le danger,
S'il faut auec presens gagner vn estranger,
S'il faut garder la paix, s'il faut que l'on guer-
 roye,
S'il faut leuer vn camp , s'il faut qu'on le sou-
 doye,
S'il faut trouuer argent, s'il faut faire vne loy,
S'il faut remedier aux abus de la Foy,

S'il faut de nos citez Chastier la Police,
S'il faut serrer le frein aux hommes de Iustice,
S'il faut toute la France aux Estats assembler,
S'il faut tous les François d'vn clin faire trem-
 bler,
Tu dis tout, tu fais tout : & nostre ROY ne
 treuue
Rien bon si ton aduis grauement ne l'appreuue.
Vn affaire acheué, vn autre te suruient
Qui fertile renaist : & sur-ce il me souuient
De l'Hydre (soit la fable ou mensongere ou
 vraye)
Qui plus repulluloit fertile de sa playe,
Plus on couppoit son Chef, & plus il reuenoit,
Et tousiours à son dam plus testu deuenoit :
Ainsi plus tu finis & plus il te faut faire,
Tant la France est vn Hydre abondant en af-
 faire.

 Que diray plus de toy? tu as esté transmis
Vers les Imperiaux pour nous les rendre amis :
Où tu fis par deux fois la grandeur apparoi-
 stre
Et du Sceptre de France, & du ROY nostre
 maistre,
Et si bien à propos par articles deduit
Combien vne paix vaut, combien la guerre
 nuit,
Qu'ils furent tous espris de honte & de mer-
 ueille
Des persuasions de ta voix nompareille,
Rauis de tes discours, & de t'auoir cogneu
Au milieu de tes dicts si ieune & si chenu.

 Vlysse fut transmis aux Princes de la Grece
Pour leur dire combien la Troyenne ieunesse
Les auoit offensez; luy-mesme fut apres
Auecques Chryseis enuoyé par les Grecs
A son pere Chryses, afin que sa priere
Appaisast d'Apollon la sagette meurtriere,
Qui par neuf iours entiers la peste auoit tiré
Contre l'ost des Gregeois grieuement martiré :
Pource qu'Agamemnon n'auoit pas voulu
 rendre
Sa fille & la rançon en lieu d'icelle prendre :
(Ainsi l'on void souuent le peuple dessur soy
Soustenir innocent les fautes de son Roy.)

 Comme luy ny le froid des Alpes haut-cor-
 nuës,
Qui soustiennent le Ciel de leurs croupes che-
 nuës,

Nourrices de maint fleuue & de maint gros
   torrent
A gros boüillons enflez descendant & cou-
   rant,
Qui portent en tout temps sur leurs dos so-
   litaires
Les neiges, les frimas, les vents hereditaires :
Ny les dangers marins ne t'ont point en-
   gardé
Qu'à Rome tu ne sois sur le Tybre abordé,
Mercure des François, de faconde si rare,
Pour faire entendre au Pape, à Venise, à
   Ferrare
Le tort qu'on fait au Roy, & pour les animer
En gardant son party de iustement s'armer.
   Bons Dieux ! de quelle ardeur rauis-tu les
   courages
De ces Venitiens, Peres qui sont si sages ?
Quand leur Senat pendant en tes propos miel-
   leux,
Tenoit en toy fichez & la bouche & les yeux,
Sans se mouuoir non plus qu'vn roc à la ve-
   nuë
Ou des vents ou des flots du bord ne se remuë,
Admiran's en leur cœur de grande affection
Et ta graue parole. & ta suasion ?
Car ta suasion & ta graue eloquence
S'égalent tout ainsi qu'vne droite balance,
Quand le poids çà & là ne monte ne descend,
Mais pair à pair s'arreste & iustemnt se
   pend.
   Qui a point veu courir à bruyantes ondées
Vn torrent franchissant ses riues desbordées,
Ou sur les monts d'Auuergne, ou sur le plus
   haut mont
Des cloistres Pyrenez, quand la neige se fond,
Et que par gros monceaux le Soleil la consom-
   me ?
Il t'a veu renuerser deuant le Pape à Rome
Les boüillons d'eloquence : ainsi qu'au temps
   iadis
Demosthene poussoit ses tonnerres hardis
Au milieu d'vn parquet, quand sa voix nom-
   pareille
Tiroit des auditeurs les ames par l'aurcille :
Ainsi dans le Senat de Cardinaux tout plein
Tu flechissois le cœur du grand Pasteur Ro-
   main,
Soit en luy suadant de ne tromper la guerre

Que ton Frere amenoit pour l'honneur de
   Sainct Pierre,
Et pour sauuer ses Clefs qui pendoient, en
   danger
(Sacrilege butin !) du soldat estranger :
Soit en luy remonstrant comme l'Aigle d'Au-
   striche,
Qui des plumes des Roys finement se fait ri-
   che,
Despoüillant ta Maison se repaist du tombeau
De la morte Sereine, assis au bord de l'eau
Que les Chalcidiens forussis habiterent,
Quand des Dieux irritez l'Oracle ils euite-
   rent :
Lors tu sçeus si adroit emmieiller ta vois,
Que le Pape eloquent en langage Gregeois,
En langage Romain, admirant ta ieunesse,
Et tes mots enrichis d'vne graue sagesse,
Oyant ton oraison, tout rauy s'estonna
De toy, qui le premier sur le Tybre sonna
La grandeur des François, dont la langue po-
   lie
N'auoit encor gaigné que par toy l'Italie.
   Quand il te plaist en long filer vne oraison,
Et auec vn grand tour deduire ta raison,
Errant deça delà par les fleurs d'Oratoire,
Et sans cacher ton art ta cause faire croire :
Tu sembles au cheual d'Espagne, que la main
D'vn adroit escuyer maistrise sous le frain,
Ores à bride lasche, ores auec l'estroite
Le pousse de l'espron dans la carriere droite,
Et ores à courbette, ores auec le bond,
Et ores de pied coy le piroüette en rond
Brusquement çà & là sans tenir mesme espa-
   ce,
Mais voltant au plaisir de celuy qui le chasse.
   Ou s'il te plaist darder vn parler orageux
Plein de foudre & de gresle, & d'vn cœur cou-
   rageux
Accourcir tes propos d'vne suite enlassee,
Et enserrer tes mots d'vne chaine pressee,
Par la langue voulant tes pensers égaler,
L'Atrean Menelas te quitte son parler.
   Ou bien quand il te plaist d'assez longue
   estenduë
Peindre ton oraison d'vne fleur espanduë,
Qui sans se replier, comme vn ruisseau cou-
   lant
Marche par son canal d'vn pied non violant,

Sans hausser ny enfler sa course ny son onde,
Du bon pere Nestor tu passes la faconde.
  I'en appelle à tesmoin ton langage commun,
Dont ordinairement tu parles à chacun,
Qui demeure estoné, tant la poignante estrein-
  te
De ta diserte voix a son aureille atteinte.
  I'ay pour tesmoins encor les propos que tu
  tins
A nos vieux Senateurs quand au Palais tu
  vins,
Soit pour leur remonstrer d'vn gentil artifice
Quel bien est la vertu, quelle peste est le vice,
Et comme vn Roy ne peut iustement selon
  DIEV
Gouuerner ses sujets si Iustice n'a lieu.
  I'ay pour tesmoins encor tes propos vene-
  rables
Que tu tiens au Conseil, ou soit pour les coul-
  pables
Accuser droitement, soit pour fauoriser
L'innocent que l'on veut faussement accuser.
  I'ay pour tesmoins encor les sermons Ca-
  tholiques,
Doctes, sententieux, deuots, Euangeliques,
Lors qu'au Temple le peuple aussi espais se
  tient
Pour boire le nectar qui de ta langue vient,
Comme espais il s'assemble à fin d'auoir la
  veuë
De ton Frere qui passe en triomphe en la ruë,
Vainqueur des ennemis, & attache au Pa-
  lais
Les estendars captifs de Guiné ou de Calais,
Ou ceux de Luxembourg, ou ceux de Thion-
  uille,
Quand Meuse Bourguignonne il nous rendit
  seruille.
Toy donques esleué dedans ta chaire, alors
Sans trop branler les bras, sans trop mouuoir
  le corps
De gestes affettez, par ta saincte doctrine
Du peuple suadé tu gagnes la poitrine,
Et regnes en leurs cœurs au dedans surmon-
  tez
De tes mots, dont ils sont tournez de tous co-
  stez.
  Comme vn Pilote assis au bout de la na-
  uire,

Qui tout ainsi qu'il veut la gouuerne & la
  vire,
Tu gouuernes le peuple, en t'escoutant, qui est
Tourné d'affections tout ainsi qu'il te plaist.
» Ce qui fait differer l'homme d'auec la beste,
» Ce n'est pas l'estomac, ny le pied ny la teste,
» La face ny les yeux : c'est la seule raison,
» Et nostre esprit logé au haut de la maison
» Du cerueau son rempart, qui le futur re-
  garde,
» Commande au corps là bas, & de nous a la
  garde :
» Mais ce qui l'homme fait de l'homme diffe-
  rer,
» C'est la seule parole, & sçauoir proferer
» Par art ce que l'on pense, & sçauoir comme
  sage
» Mettre les passions de nostre ame en vsage.
  Qui est-ce qui pourroit raconter digne-
  ment
L'oraison que tu fis dés le commencement
Quand tu sacras le ROY? comme vn tres-
  Chrestien Prince
Doit en se gouuernant gouuerner sa Prouin-
  ce,
Que c'est de commander, que c'est que d'estre
  Roy,
Auoir vn IESVS-CHRIST pour le but de
  sa foy,
Estre sans tyrannie, administrer Iustice,
Et garder que vertu ne tombe sous le vice.
  Ie dirois l'oraison que n'aguères tu fis,
Quand nostre ROY bailla comme en gage
  son fils
(Pitoyable bonté!) aux trois Estats de Fran-
  ce,
Leur promettant en Roy qu'il auroit souue-
  nance
De tant de loyautez qu'il auoit receu d'eux
Au temps le plus cruel : quand le sort hazar-
  deux
De Mars, qui la victoire aux Princes oste
  & donne,
Luy esbranla des mains le Sceptre & la Cou-
  ronne :
Adonc toy poursuiuant les paroles du ROY,
Vestu d'vn rouge habit qui flamboit dessus toy
A rais estincellans, comme on void vne estoile
Sous vne nuict d'Hyuer, qui a vaincu le voile

PPpp iiij

De la nuë empeſchante, & des feux eſcla-
    tans
Deſcouure aux mariniers les ſignes du beau
    temps :
    Ainſi tu reluiſois d'habits & de viſage,
Portant deſſur le front de Mercure l'image,
Quand ſon chapeau plumeux, & ſes talons
    aileZ,
Et ſon baſton ſerré de ſerpens accolleZ
Le ſouſtiennent par l'air, & d'vne longue
    fuite,
Leger, ſe va planter deſſus vn exercite
Ou deſſus vne ville, & d'vne haute voix
Annonce ſon meſſage aux peuples & aux
    Roys.
Le cœur des Roys fremit, & la tourbe aſſem-
    blee
Oyant la voix du Dieu fremit toute troublee,
Ferme ſans remuer ny les yeux ny les pas :
Ainſi tu eſbranlois tout le cœur des Eſtats
Qui rauis ne changeoient de geſtes ny de pla-
    ces,
Oyant tes mots ſortis de la bouche des Gra-
    ces.
    Si i'auois de puiſſance autant que i'ay d'o-
    ſer,
De ces deux oraiſons i'oſerois compoſer
Vn liure tout entier : mais mon dos ne ſe char-
    ge
D'vn faix ſi accablant, ſi peſant & ſi large :
Quand ie le voudrois faire, encor ie ne pour-
    rois,
Ny tes mots imiter non plus qu'on voit au bois
Quelque petit Pinçon (bien qu'il ait bon cou-
    rage)
Du gentil Roſſignol imiter le ramage.
    L'eloquence ſans plus agreable ne t'eſt :
Mais en ton cabinet quelquefois il te plaiſt
De HENRY noſtre Prince eſcrire les hi-
    ſtoires,
Ses combats alternez de pertes & victoires,
Eſquelles tu as part : car en robbe & armé
Tu l'as touſiours ſuiui comme ſon cher-aimé.
    Quand tu es à repos des affaires publiques,
Tu te tournes ioyeux aux nombres Poëtiques
Grecs, Latins & François, & lors tout le
    coupeau
Du Nymphal Helicon, Phebus & le trou-
    peau

Que Calliope meine à ton chant ſe preſente,
Et t'aimant à l'enuy ſes beaux dons te pre-
    ſente.
    Il ſeroit bien ingrat,& n'auroit pas eſté
De Iupiter conceu, de Memoire allaité,
S'il ne te confeſſoit ſon Seigneur & ſon mai-
    ſtre,
Qui l'as fait deſloger de ſon manoir champe-
    ſtre
Barbare & mal baſti, qu'vn pauure ruiſſelet,
Qu'vn lierre, vne mouſſe, vn laurier verdelet
Entournoit ſeulement, qui n'auoit en partage
Qu'vn Luth mal-façonné, & qu'vn antre
    ſauuage,
Et maintenant ſe void par toy ſeul honoré,
Luy donnant ton Meudon où il eſt adoré,
Ton Meudon maintenant le ſejour de la Mu-
    ſe,
Meudon qui prend ſon nom de l'antique Me-
    duſe.
    Quelquefois il te plaiſt pour l'eſprit des-
    facher,
Du Luth au ventre creux les languettes tou-
    cher,
Pour leur faire parler les geſtes de tes Peres,
Et les nouueaux combas acheueZ par tes Fre-
    res :
Comme Achille faiſoit pour s'alleger vn peu,
Bien qu'en l'oſt des Gregeois Hector ruaſt le
    feu,
Et que l'horrible effroy de la trompe entonnee
Criaſt contre le bruit de la Lyre ſonnee.
    Mon Dieu ! que de douceur, que d'aiſe &
    de plaiſir
L'ame reçoit alors qu'elle ſe ſent ſaiſir
Et du geſte & du ſon, & de la voix enſemble
Que ton Feraboſco ſur trois Lyres aſſemble,
Quand les trois Apollons chantant diuine-
    ment,
Et mariant la Lyre à la voix doucement,
Tout d'vn coup de la voix & de la main agile
Refont mourir Didon par les vers de Virgile,
Mourans preſques eux-meſme; ou de fredons
    plus hauts
De Guine & de Calais retonnent les aſſauts,
Victoires de ton Frere : adonques il n'eſt ame
Qui ne laiſſe le corps,& toute ne ſe pâme
De leur douce chanſon, comme là haut aux
    Cieux

Sous le Chant d'Apollon se pasment tous les
  Dieux
Quand il touche la Lyre, & chante le trophee
Qu'esleua Jupiter des armes de Typhee.
  Que diray plus de toy? quand le fatal De-
  stin
Renuersa toute France aux murs de Sainct
  Quentin,
Et que MONTMORENCY des François
  Conneshable,
Ayant rendu de soy mainte preuue honora-
  ble,
Vaillant, sage & hardy, en son âge dernier
Fut les armes au poing emmené prisonnier,
Alors qu'vn beau sepulchre acquis par la vi-
  ctoire
Le deuoit honorer d'vne immortelle gloire,
Vn Guesclin des François, n'eust esté que le
  sort
Enuia son triomphe, & son heureuse mort?
Mais ny son bon aduis, son sens ny sa proüesse
Ne peurent resister à l'aueugle Deesse;
Pour monstrer vn exemple à tout homme ve-
  stu
De chair, que le Destin peut plus que la vertu.
  Alors en attendant le retour de ton Frere
Que la France appelloit en aide à sa misere,
Que le Tybre Romain amusoit à ses bors,
Tu fis fortifier nos villes & nos ports
D'vn esprit preuoyant: tu mis Paris en ar-
  mes:
Tu fis de toutes parts amasser des gensdar-
  mes,
Qui venoient file à file aussi espais qu'en mer
On void flot dessus flot les tempestes s'armer,
Et poussant & groundant & s'enflant d'vn
  orage
D'vn long ordre se suiure, & hurter le riua-
  ge:
D'vn tel ordre nos gens de cuirasses chargez,
Par ton commandement se suiuoient arren-
  gez.
  Encor que nostre France errast toute trou-
  blee
De misere à misere à l'autre redoublee,
Et que nostre malheur tant plus on le pensoit
Acheué, plus fertile apres recommençoit.
  Comme on voit bien souuent les sources des
  fontaines,

Quand le plomb est gasté, multiplier leurs vei-
  nes:
Plus ceste-cy l'on bouche, & tant plus ceste-là
Se creue de la terre & iaillit çà & là,
Puis vne autre & vne autre: ainsi en abon-
  dance
Le malheur plus fertil tousiours naissoit en
  France:
Mais armé de vertu tu t'opposas si bien
Au malheur, que le mal ne nous offensa rien,
Et rendis si à poinct nos armes ordonnees,
Que ton Frere venu, en moins de trois iour-
  nees
Nos estendars perdus nous furent redonnez,
La couleur deuint belle aux François eston-
  nez,
Et nostre grand' Cité que la peur tenoit prise,
Reprint cœur au seul nom de ton Frere de
  GVISE,
De qui les nobles faits d'vn plus horrible son
Ie te veux faire entendre en vne autre chan-
  son,
Si ceste-cy te plaist, & si tu me fais signe
Qu'assez à gré te vient le bas son de mon
  Hymne,
Le receuant de moy ainsi que DIEV reçoit
Vne petite offrande, alors qu'il apperçoit
Le cœur du suppliant estre bon & fidelle.
Qui ne peut mettre au chef d'vn Sainct vne
  chandelle,
Au moins la mette aux pieds, & qui aux pieds
  sacrez
Ne la peut mettre, au moins qu'il la mette aux
  degrez,
Ou sur quelque pillier: en ce poinct vne of-
  frande,
Bien qu'elle soit petite en vaut bien vne gran-
  de.
" Car la deuotion fait valoir le present,
" Et comme s'il fust d'or le fait riche & pe-
  sant.
  Dirons-nous quand Fortune ennemie à nos
  armes
Mit en route le camp du Mareschal de
  TERMES,
Qu'elle auoit en son sein si cherement nourry
Faisant loyal seruice à son Prince HENRY,
Depuis se despitant contre l'honneur qu'à
  force

Il conquit en Escoffe, en Itale, & en Corfe,
Luy tourna le vifage & d'vn nouueau mef-
　　chef
En luy perdant fes gens luy foudroya le chef?
　　Lors tu monftras combien la prudence par-
　　　faite
Doit confeiller vn Prince apres vne desfaite:
Soudain tu repeuplas d'armes & de plaftrons
Et de nouueaux foldars nos rompus efca-
　　drons:
Tu tranfmis du renfort aux places plus debiles,
De nouueaux Gouuerneurs tu affeuras nos
　　villes,
Si bien que l'ennemy qui noftre camp desfit,
N'eut que la vaine gloire, & non pas le pro-
　　fit.
Voilà que tu nous fers quand la Fortune ad-
　　uerfe
Nous donne en fe iouant quelque dure tra-
　　uerfe,
Si qu'en toutes faifons pour l'hōneur des Fran-
　　çois
Tu batailles en robbe, & ton Frere en harnois.

　　Auienne que iamais ton Frere ne rencontre
La Fortune ennemie, ou fi elle fe monftre
Ayant tourné fa robbe, au dos des ennemis
Et non fur ta maifon le defaftre foit mis,
Afin que le malheur qui les Princes menace
N'entre-rompe iamais les honneurs de ta race.
　　Mais que diray-ie plus? que diray-ie de
　　　toy?
Diray-ie la faueur que te porte le Roy
Comme à fon cher parent & feruiteur fidelle?
Diray-ie ta Niepce en beauté la plus belle
Que le Ciel ait fait naiftre? & dont les yeux
　　plaifans
Meriteroient encor' vn combat de dix ans,
Soit qu'elle fuft dix ans par les Grecs deman-
　　dée,
Ou qu'elle fuft dix ans par les Troyens gar-
　　dée?
Laquelle a pour mary du ROY *le Fils aifné,*
Et luy a pour douaire vn Royaume donné
Riche de peuple & d'or, aux confins de la terre
Que le pere Ocean de tous coftez enferre?
　　Que fçauroit fouhaiter vn pere tres-humain
A fon petit enfant, le branlant en fa main,
Que les biens que le Ciel te depart fans mefu-
　　re,

Sain de corps & d'efprit, vne ame belle & pure,
Ieune, riche, fçauant, des plus grands honoré,
Et prefque comme vn Dieu des peuples adoré?
Tu as vn doux accueil qui les hommes attire
D'vn petit clin de tefte, & d'vn petit fou-
　　rire:
Tu portes au maintien l'habillement pareil,
Ny trop haut d'ornement, ny trop bas d'ap-
　　pareil,
Non comme Mecenas trop lafche ou magni-
　　fique,
Ou comme auoit Caton trop groffier & rufti-
　　que:
Mais en t'accommodant à ton authorité,
Tu te pares toufiours felon ta dignité.
Tu es doux & courtois, non rempli d'arro-
　　gance,
Et Prince tres-facile à donner audience,
Debonnaire & clement, & ce poinct gra-
　　cieux
Seul entre tes bontez te fait égal aux Dieux:
» Car bien que de tous poincts aux Dieux
　　l'homme foit moindre,
» La vertu de pitié au Ciel nous fait atteindre.
　　Tu es des offenfez le terme & le fouftien,
Tu n'ourdis nulle fraude au riche pour fon
　　bien,
Ton threfor ne s'accroift de la toifon publique,
Par confifcations ny par moyen inique:
Le marchand n'eft par toy banny de fa mai-
　　fon,
Ny par toy l'innocent puny contre raifon:
Tu as l'eftomac pur de la chetiue enuie
Qui prenant vie en nous confomme noftre vie,
Comme vn ver qui caché dans le bois fe nour-
　　rit,
Et tant plus s'y nourrit, & plus il le pourrit:
Ou comme on void le fer par fa rouilleure
　　mefme
A la fin fe manger: ainfi l'Enuie blefme
La nourriffant nous mange, & nous pince le
　　cœur,
Nous deffeichant les os d'vne lente rancœur.
　　Il ne faut pas, PRELAT, *que le renom ce-*
　　　lefte
D'vn Prince foit taché de fi vilaine pefte,
Mais ouuert à chacun, familier & benin,
Et ne couuer au cœur vn fi mefchant venin.
　　Lequel de nos François a pris la hardieffe

De s'adresser à toy, que ta prompte allegresse
Doucement n'ait receu, & ne luy ait monstré
Qu'il auoit vn Seigneur tres-humain rencon-
    tré ?
    Si tu vois seulement qu'il porte sur la face
Quelque traict de vertu, tu luy monstres ta
    grace
Et l'auances par tout, & ce qui est meilleur
Que ton auancement, tu l'aimes de bon cœur.
    Où est l'esprit gentil qui dignement s'appli-
    que
Ou à la Poësie, ou à la Rhetorique,
A la Philosophie, à qui tu n'as aidé,
Et d'vn parler candide au R O Y recomman-
    dé ?
Certes i'en suis tesmoin, qui ma basse fortune,
M'insinuant chez toy, fis blanche en lieu de
    brune.
    Or c'est trop commencé : car si mon style bas
Presumoit d'acheuer, il n'y fourniroit pas :
Il faut que l'H O S P I T A L, que nostre siecle
    prise
Vn petit moins qu'Homere, ose telle entrepri-
    se,
Et non moy qui ne puis, ny ne suis assez fort
Pour soustenir au dos vn si pesant effort.
    Puis ton Frere m'appelle au son de la trom-
    pette,
Afin d'aller au camp pour estre son Poëte.
Ie le voy, ce me semble, au milieu des soudars
Commander d'vne picque, ou dessur les rem-
    pars
De nuict asseoir la garde, & tout enflé de
    guerre
Vn somme entre-éueillé prendre dessur la
    terre :
Ie le voy, ce me semble, à cheual au milieu
Des escadrons armez, tout pareil à ce Dieu
Qui rempli de fureur, de vaillance & d'au-
    dace,
Pour seruir à son pere ameine vn camp de
    Thrace :
Les riues de Strymon, les rochers, & les vaux
De Rhodope poussez de l'ongle des cheuaux
Fremissent à l'entour, & les armes ferrées
Dans Hebre de bien loin s'esclatent remi-
    rées.
    Ie seray de Poëte vn valeureux guerrier
Au milieu des soldats couronné de laurier,

Qui deux fois me ceindra d'vne fueilleuse cre-
    ste,
Pour auoir de ton Frere honoré la conqueste,
Et chanté tes honneurs : & ce faisant ie veux
En vn mesme papier vous accoupler tous deux.
Ainsi la vieille Muse assembloit en mesme
    Hymne
De Castor & Pollux la loüange diuine.
    Dieux de qui les longs ans ne sont iamais
    peris,
Gardiens de la France & des murs de Paris,
De Seine Bourguignonne, & des citez anti-
    ques
De Gaule, le sejour des Troyennes reliques,
Escartez loin du chef de ces Freres ici,
Qui sont nos deux rempars, le mal & le souci :
Tenez-les en santé, continuez du P R I N C E
Enuers eux l'amitié, & pour nostre Prouince
Faites tant, s'il vous plaist, qu'ils y demeurent
    vieux,
Et que bien tard au Ciel tous deux se facent
    Dieux.

HYMNE VI.

DE LA IVSTICE.

A CHARLES CARDINAL
DE LORRAINE.

V N plus sçauant que moy ou plus
    ami des Cieux
Chantera les combas de tes nobles
    ayeux,
Dira de G O D E F R O Y l'auǎtureuse armée,
Et la palme conquise en la terre Idumée,
Et le cours du Iourdain qui fut si plein de
    morts
Que le sang infidele outre-couloit ses bords :
Chantera de Damas la muraille forcée,
Chantera Cesarée, Antioche & Nicée,
Galilée, Iturée, & comme G O D E F R O Y
De Tyr, & de Sidon par armes se fit Roy,
De Rhodes, & de Cypre, & de Hierosoly-
    me,
Et des peuples sujets au Sceptre de Solyme.
    Apres en ramenant tes ayeux d'outre-mer
Les fera pour la gloire aux batailles armer

Pres la grande Hesperie, & vaincre ceste
terre
Où le fardeau d'vn mont vn grand Geant en-
serre,
Lequel luy fut iadis par les Dieux enuoyé
Quand il tomba du Ciel à demy foudroyé.
   Puis leur fera planter l'Escuffon de LOR-
RAINE
Sur le fameux tombeau de l'antique Seraine.
Apres il chantera les magnanimes faits
Que ton grand Frere, ainçois que tes Freres
ont faits,
Donnant de leurs vertus à tout le Monde
exemple:
Si bien que le Soleil qui tout void & côtemple
Lors qu'il tire ou qu'il plonge en l'Ocean ses
yeux,
Ne void point icy bas Princes plus vaillans
qu'eux,
Soit pour donner conseil, soit pour donner ba-
taille,
Soit pour prendre ou garder les forts d'vne
muraille.
   Mais moy foible d'esprit, qui ne puis en-
tonner
Si hautement l'airain pour leur gloire sonner,
Il me suffit, PRELAT, si chantant ie puis
dire
L'vne de tes vertus dessus ma basse Lyre,
Vne seule & non plus; car quand i'entrepren-
drois
De toutes les chanter, impuissant ie faudrois,
Comme chose trop haute, & m'eust fait la Na-
ture
Plus que bronze ou metal la langue & la voix
dure.
   DIEV fit naistre IVSTICE en l'Age
d'or çà bas
Quand le peuple innocent encor ne viuoit pas
Comme il fait en peché, & quand le vice en-
core
N'auoit passé les bords de la boëte à Pandore:
Quand ces mots Tien & Mien, en vsage n'e-
stoient,
Et quand les laboureurs du soc ne tourmen-
toient,
Vlcerant par sillons, les entrailles encloses
Des champs qui produisoient de leur gré toutes
choses;

Et quand les mariniers ne pallissoient encor'
Sur le dos de Tethys pour amasser de l'or.
   Ceste Iustice adonc, bien qu'elle fust Déesse,
S'apparoissoit au peuple au milieu de la presse,
Et en les caressant les assembloit le iour
Au milieu d'vne ruë ou dans vn carre-
four,
Les preschant & priant d'euiter la malice,
Et de garder entr'eux vne saincte police,
Fuïr procez, debats, querelle, inimitié,
Et d'aimer charité, paix, concorde & pitié.
La Loy n'estoit encor' en airain engrauée,
Et le Iuge n'auoit sa chaire encor' leuée
Haute dans vn Palais, & debout au Par-
quet
Encores ne vendoit l'Aduocat son caquet
Pour damner l'innocent & sauuer le coulpa-
ble.
   Ceste seule Déesse au peuple venerable
Les faisoit gens de bien, & sans aucune peur
Des Loix, leur engrauoit l'equité dans le cœur,
» Qu'ils gardoient de leur gré: mais toute cho-
se passe,
» Et rien ferme ne dure en ceste terre basse.
   Si tost que la malice au Monde eut com-
mencé
Son trac, & que ja l'or se monstroit effacé,
Pallissant en argent sa teinture premiere,
Plus Iustice n'estoit aux hommes familiere
Comme elle souloit estre, & ne vouloit han-
ter
Le peuple qui déja tendoit à se gaster,
Et plus visiblement le iour parmy la ruë
Les hommes ne preschoit: mais vestant vne
nuë,
Hurlante en piteux cris son visage voila,
Et bien loing des Citez és forests s'en-vola:
Car elle desdaignoit d'estre icy bas suiuie
Des hommes forlignans de leur premiere vie.
   Aussi tost que la nuict les ombres ame-
noit,
Elle quittoit les bois, & pleurante venoit
Crier sur le sommet des villes les plus hautes,
Pour effroyer le peuple & reprendre ses fau-
tes,
Tousiours le menaçant qu'il ne la voirroit plus,
Et qu'elle s'en iroit à son pere là sus.
» L'œil de DIEV, ce disoit, toutes choses re-
garde,

» Il

» Il void tout, il sçait tout, & sur tout il prend
garde,
» Il sera courroucé dequoy vous me chassez,
» Pource repentez-vous de vos pechez pas-
sez,
» Il vous fera pardon, il est Dieu debon-
naire,
» Et comme les humains ne tient pas sa co-
lere :
» Sinon de pis en pis au faiste paruiendrez
» De tout vice execrable, & puis vous ap-
prendrez
» Apres le chastiment de vos ames meschan-
tes
» Combien les mains de DIEV sont dures &
trenchantes.
Ainsi toute la nuict la Iustice crioit
Sur le haut des citez, qui le peuple effrayoit,
Et leur faisoit trembler le cœur en la poitrine,
Craignant de leurs pechez la vengeance di-
uine.
Mais ce peuple mourut; & apres luy nasquit
Vn autre de son sang qui plus meschant ves-
quit :
Lors le siecle de fer regna par tout le Monde,
Et l'Orque despiteux de la fosse profonde
Ici haut enuoya les Furies, à fin
De pressurer au cœur des hommes leur venin.
Adonc fraude & procez enuahirent la
terre,
Poison, rancœur, debat, & l'homicide guerre,
Qui faisant craqueter le fer entre ses mains
Marchoit pesantement sur le chef des hu-
mains,
Et trenchoit sous l'acier de sa hache meur-
triere
Des vieux siecles passez la concorde premie-
re.
Ce que voyant Iustice ardante de fureur
Contre le meschant peuple empoisonné d'er-
reur,
Qui, pour suiure discord, rompoit les loix tran-
quilles,
Vint encore de nuict se planter sur les villes:
Où plus, comme deuant, le peuple ne pria,
Mais d'vne horrible voix hurlante s'escria
Si effroyablement que les murs & les places
Et les maisons trembloient au bruit de ses me-
naces.

Meschant peuple auorton, disoit-elle, est-ce
ainsi
Qu'à moy fille de Dieu tu rens vn grand-
merci
De t'auoir si long temps couué dessous mes
ailes,
Te nourrissant du laict de mes propres mam-
melles?
Ie m'en-vole de terre, adieu, meschant, adieu,
Adieu peuple maudit, ie t'asseure que DIEV
Vengera mon depart d'vne horrible tem-
peste,
Que ja déja son bras eslance sur ta teste.
Las! où tu soulois viure en repos plantu-
reux,
Tu viuras desormais en trauail malheureux:
Il faudra que les bœufs aux champs tu ai-
guillonnes,
Et que du soc aigu la terre tu sillonnes,
Et que soir & matin le labeur de ta main
Nourrisse par sueur ta miserable faim :
Pour la punition de tes fautes malines
Les champs ne produiront que ronces & qu'es-
pines :
Le Printemps qui souloit te rire tous les iours,
Se changeant en Hyuer perdra son premier
cours,
Et sera departi en vapeurs chaleureuses,
Qui halleront ton corps de flames douloureu-
ses,
En frimas & en pluye & en glace qui doit
Faire transir bien tost ton pauure corps de
froid.
Ton chef deuiendra blanc en la fleur de
ieunesse,
Et iamais n'attendras les bornes de vieil-
lesse,
Comme ne meritant par ton faict vicieux
De iouir longuement de la clairté des Cieux.
Si peu que tu viuras tu viuras en moleste,
Et tousiours vne fiéure, vn catharre, vne
peste
Te suiuront sans parler, venans tous à la
fois :
Dieu les faisant muets desrobera leur vois,
Afin que sans mot dire ils te happent à l'heure
Que tu estimeras ta vie estre plus seure.
Qui pis est, indigence & la famine aussi,
Hostes de ton hostel, te donneront souci.

  Tout sera corrompu, les espouses muables
N'enfanteront des fils à leurs espoux semblables :
Tout sera depraué, bourgs, villes, & maisons
Fouruoyantes du traq des premieres saisons.
  DIEV te fera mourir au milieu des batailles
Accablé l'vn sur l'autre, & fera les murailles
De tes grandes citez dessous terre abysmer,
Et la foudre perdra tes nauires en mer.
Si le peuple m'eust creu, il eust sans nulle peine
Heureusement franchi ceste carriere humaine,
Et fust mort tout ainsi que ceux à qui les yeux
S'endorment dans le lict d'vn sommeil gracieux :
  Mais il viura tousiours en douleur asseruie,
Fraudé des passetemps & des biens de la vie :
Puis à la fin la mort en tourmẽt & en dueil
Dans vn lict angoisseux luy viendra fermer l'œil.
Qui plus est, ce grand DIEV qui de son œuure a cure,
Enuoira ses Démons couuerts de nuë obscure
Par le Monde espier les vicieux, à fin
De les faire mourir d'vne mauuaise fin :
Et lors vn vain regret rongera ta poitrine
Et ton cœur deschiré d'vne mordante espine,
Dequoy tu m'as chassée en lieu de me cherir,
Qui te soulois, ingrat, si cherement nourrir.
  Ainsi pleuroit Iustice, & d'vne robe blanche
Se voilant tout le chef iusqu'au bas de la hanche,
Auec ses autres sœurs, quittant ce val mondain
Au Ciel s'en retourna d'vn vol prompt & soudain.
Comme on void quelquefois singler à tire d'ailes,
En vn temps orageux cinq ou six Colombelles,
Qui de peur de la gresle au logis s'en reuont,
Et viste parmy l'air volent toutes d'vn front.
  Si tost que dans le Ciel Iustice fut venuë,
Long temps deuant le thrône à genoux s'est tenuë
Du Pere tout-puissant, puis d'vn cœur despité
Sans respect de personne a son faict recité.

  Pere, t'esbahis-tu dequoy ie suis tremblante,
Dequoy i'ay de frayeur la poitrine haletante,
Quand là bas à grand' peine ay-ie peu garantir
De mort ma pauure vie, auant que de partir ?
Ce peuple malheureux auquel i'estois allée
Par ton commandement, n'a sans plus violée
La reuerence deuë à ta grand' Majesté :
Mais il a, qui plus est, dans son cœur projetté
De t'arracher la foudre, & d'vne triple eschelle
De montagnes, rauir ta demeure eternelle.
Celuy qui maintenant vit le plus entaché
De meurdre, de malice, & bref de tout peché,
Est le plus vertueux ; ils pillent, ils blasphement,
Et rien qu'assassinats & que meurdres ils n'aiment :
Ils desdaignent tes loix, & n'ont plus en souci
Ny toy, ny ton sainct Nom, ny tes Temples aussi,
Et tant en leur audace & malice se fient,
Qu'en se mocquant de toy ta puissance desfient.
Pource, si quelque soin de ton honneur te tient,
Et si iusques au cœur ma priere te vient,
Et si d'vne fureur iustement tu t'irrites,
Ren-leur le chastiment selon les demerites,
Et n'endure, Seigneur, que l'on vienne outrager
D'vn cœur presomptueux ton Nom sans le venger.
  A-tant se teut Iustice, & pour faire cognoistre
Que son Pere l'aimoit, s'alla seoir à la dextre
De son Thrône diuin, d'où la terre & les Cieux
Abaissez à ses pieds regarde de ses yeux.
  Iupiter irrité des larmes de sa fille,
Des Dieux incontinent assembla le concile,
Lesquels obeissans à son commandement,
Par troupes arrangez viennent soudainement.
Ceux du Ciel le haut rang des Chaires ont tenuës,
Les marins le milieu, & les tourbes menuës
Des petits demi-Dieux confusément se sont

Que commettoient là bas les hommes vicieux,
Lesquels si obstinez en leur malice furent,
Qu'en leur faute endurcis changer ne se vou-
lurent,
Ny me crier pardon, bien que par maints ser-
mons
Aduertis ie les eusse en songe & par Démons.
  Pource ie les noyay & delaschay les bri-
des
De mes pluyes du Ciel, & des mers homi-
cides
Par sept iours sur la terre, & ne s'en sauua
qu'vn
Que tout ne fust raui du naufrage commun.
Je pensois r'animer de la Terre la face
D'vne plus innocente & plus diuine race,
Qui s'abstiendroit du mal, de peur de n'encou-
rir
Le pareil chastiment duquel ie fis mourir
Ses ayeux obstinez qui m'oserent desplaire:
Mais il en est allé, ô Dieux, tout au contrai-
re:
Car ce peuple nouueau commet plus de forfait
En vn iour qu'en cent ans le premier n'auoit
fait.
Pource ie veux par feu luy consommer la vie
Des grands iusqu'aux petits, & que nul ne me
prie
Ainsi que l'autre fois de luy faire pardon:
Ie ne le feray pas, car vn seul ne vit bon.
Ie ru'ray par trois iours ma cholere attisée,
Pleuuant flames du Ciel sur la terre embra-
sée,
Et feray sans pitié tous les corps enflamer
Qui marchent sur la terre & nagent dans la
mer,
Pour leur meschanceté, & la terre bruslée
Ne sera (ie le veux) iamais renouuelée
D'vn autre genre humain: car qui le refe-
roit,
D'âge en âge suiuant tousiours pire seroit.
  Est-il pas bien ingrat? il sçait que toutes
choses
Qui sont dedans le rond de mon grand Ciel
encloses,
Sont faites pour luy seul, & qu'à luy i'ay
permis
Que tous les animaux sous ses pieds seroient
mis,

Ceux des champs, & tous ceux qui en la mer
respirent,
Et ceux qui parmi l'air s'égayent & se vi-
rent.
Le mal-heureux sçait bien que ma main l'a
fait tel
Que rien ne luy defaut que le poinct d'immor-
tel,
Car il est, quant au reste, aussi noble qu'vn
Ange,
Tant ie l'ay couronné de gloire & de loüange.
  J'ay fait pour luy du Ciel le grand tour
nompareil,
Les estoiles, le iour, la Lune, & le Soleil
Pour luy donner clairté: car ie n'en ay que
faire,
Sans le secours du iour ma face est assez clai-
re:
Les rayons du Soleil & des astres des Cieux
Viennent de ma lumiere & non la mienne
d'eux.
  Pour luy ie rends de fruits la terre toute
pleine:
Ce n'est pour me saouler que son fruit elle
ameine,
Ny la mer ses poissons, ie ne mange ne boy,
Viuant ie me soustiens par la vertu de moy:
J'ay tout creé pour luy, lequel en recompense
De mes biens est ingrat, & forcené ne pense
Que ie note ses faits: mais en lieu d'inuoquer
Mon Nom, hoche la teste, & s'en ose mo-
quer:
Pource ie le veux perdre, & luy faire cognoi-
stre
Que son vice me fasche, & que ie suis son Mai-
stre.
  Ainsi dit le grand DIEV, qui si fier as-
sembla
Ses sourcis, que le Ciel & la terre en trembla.
Déja dedans ses mains tenoit l'ardante foudre,
Et n'eust fait de la terre & du Ciel qu'vne
poudre,
Sans sa fille CLEMENCE à l'œil paisible
& doux,
Qui ses genous embrasse, & retient son
courroux.
  Pere, puis qu'il te plaist entre tes noms de
mettre
Le nom de tres-benin, il faut aussi permettre

A ta rigueur d'vser des effets de ce nom :
Autrement tu serois en vain appellé bon.
Tu peux, si tu le veux, tout ce Monde desfaire,
Le voudrois-tu plus grand ou plus petit re-
   faire ?
De le faire pareil ce ne seroit rien fait.
Or de voir ton Palais, fait, refait & défait,
Ce seroit ieu d'enfant, qui bastit au riuage
Vn chasteau de sablon, puis destruit son ou-
   urage.
Ce qu'il ne faut, Seigneur : car la destru-
   ction
N'est pas seante à Dieu, mais generation :
Pource il te pleut iadis bastir tout ce grand
   Monde,
Et peupler d'animaux toute la terre ronde,
Afin que de ton Thrône en voyant les hu-
   mains
Prinsses quelque plaisir aux œuures de tes
   mains :
Mais ores vn chacun blasmera ta puissance,
Et seras en mespris comme vn Dieu d'incon-
   stance,
Qui nagueres voulus tout le Monde noyer,
Et maintenant le veux encore foudroyer.
Si tu destruis le Monde il faudra qu'il retienne
De son premier Chaos la figure ancienne :
Et si tout est confus, qui adoncques dira
Les Hymnes de ta gloire & ton Nom benira ?
   ra ?
Qui lors racontera tes merueilles si grandes ?
Qui deuot chargera tes saincts Autels d'of-
   frandes ?
Qui la flame immortelle aux Temples gar-
   dera ?
Qui d'encens Sabean ton Thrône enfumera ?
Il vaut mieux, ô Seigneur, que tu les espouuan-
   tes
Par songes, par Daimons, par Cometes vo-
   lantes,
Que les tuer du tout : car tels qu'ils sont, Sei-
   gneur,
Bons ou mauuais ils sont creez à ton honneur.
Si tu frappes leur cœur, ils te voudront en-
   tendre :
Il n'est enduict de roche, il est humain & ten-
   dre,
Lequel sera soudain, bien qu'il soit endurcy,
Chastié de son vice, & te cri'ra mercy.

A-tant se teut CLEMENCE, & ja de
   sa parolle
Auoit du pere sien faite l'ire plus molle,
Quand THEMIS la diuine au bas du Throne
   alla
De DIEV presque appaisé, auquel ainsi
   parla :
O souuerain Seigneur, Roy des Dieux & des
   hommes,
Par qui tous nous viuons, & par qui tous nous
   sommes,
Qui regis tout en tout, & n'es regi d'aucun,
Qui as (comme il t'a pleu) departi à chacun
Dés le commencement vn naturel office,
Et vn propre mestier pour te faire seruice,
Donnant au puissant Mars la force & le pou-
   uoir,
A Phebus la Musique, à Pallas le sçauoir,
A moy l'authorité sur toutes destinees
Que ta bouche fatale a iadis terminces,
Escrites en airain qui ne se peut casser,
Et que mesme le Temps ne sçauroit effacer :
» Car tout ce que tu dis est chose tres-certaine,
» Et ce que l'homme dit n'est rien que chose
   vaine.
   Or doncques pour ouurir les secrets du De-
   stin,
Le Monde n'est encor enuieilly par sa fin,
Il est du tout entier, & faut que mainte espace
De maints siecles futurs se roulent en leur
   place
Auant que le bruler : vueilles donq' secourir
La gent que tu voulois si tost faire mourir.
Il faut que les rayons de tes flames diuines
Illuminent les cœurs des Sibylles diuines,
Des Prophetes aussi qui seront tes prescheurs,
Et sans esgard d'aucun blasmeront les pe-
   cheurs,
Pour reprendre en ton Nom de tous hommes
   le vice,
Attendant le retour de ta fille Iustice,
Laquelle doit encore icy haut sejourner
Longue espace de iours auant que retourner.
   Au têps que le Destin en Gaule fera naistre
HENRY second du nom, des autres Roys le
   maistre,
Que les Cieux à l'enuy s'efforceront d'orner,
Iustice auec ses Sœurs là bas doit retourner.
Ce grand Roy cherira vn Prince de sa race

Qui d'honneur, de vertu, de sçauoir & de
  grace
Entre tous les humains n'aura point son pa-
  reil,
Et sa bonté luira comme luit le Soleil :
Il aura sur le front telle majesté peinte,
Que du premier abord le vice en aura crain-
  te,
S'enfuyant deuant luy apres l'auoir cognu
Prince si ieune d'ans & de mœurs si chenu.
  Celuy sera nommé le PRELAT DE
  LORRAINE,
CHARLES, dedans lequel ta fille souueraine
Miraculeusement tu feras transformer,
Pour les faits vicieux des humains refor-
  mer.
Elle prendra son corps : car sa face celeste,
Comme elle fut iadis, ne sera manifeste
Aux hommes de là bas, se souuenant encor
Qu'ils l'ont d'entr'eux chassée apres le Siecle
  d'or.
  Ainsi parla Themis en paroles prophetes,
  Qui furent puis apres en temps & lieu par-
  faites :
Car si tost que le Ciel eut du Prince HENRY
En la terre amené le beau regne chery
Des hommes & des Dieux, & que toute la
  France
Portoit à ce Prelat honneur & reuerence
Pour les nobles vertus desquelles il est plein :
DIEV print incontinent Iustice par la main,
Et luy dit, Mon enfant, il ne faut contredire
Aux seueres decrets du Destin qui te tire
Une autrefois au Monde, il est têps de partir :
Quand tu seras au Monde, il te faudra vestir
Du corps de ce Prelat, que Themis, qui preside
A mes desseins futurs, t'a baillé pour ton
  guide.
  Comme il disoit tels mots, de Iustice en-
  tourna
Les yeux d'vn bandeau noir, & puis il luy
  donna
Vne balance d'or dedans la main senestre,
Et vn glaiue trenchant à porter en sa dextre :
» Le glaiue pour punir ceux qui seront mau-
  uais :
» La balance à poiser egalement les faicts
» Des grands & des petits comme equité l'or-
  donne :

» Le bandeau pour ne voir en iugement per-
  sonne.
En ce poinct equippée elle reuint çà bas :
Mais auant que partir elle n'oublia pas
La troupe de ses Sœurs, les guidant la pre-
  miere :
Nemesis d'assez loin les suiuoit par derriere
Ayant le pied boiteux, & ne pouuant en
  l'air
De ses ailes si tost que les autres voler.
  Soudain que la Iustice en terre fut ve-
  nuë,
Dessus la Cour du ROY longuement s'est te-
  nuë :
Puis ainsi qu'vn rayon du Soleil qui descend
Contre vn verre & le perce & si point ne le
  fend,
Tant sa viue vertu subtilement est forte,
Rayon venant du Ciel : en la semblable sorte
Iustice tout d'vn coup viuement s'eslança
Dedans ton corps, PRELAT, & point ne
  l'offença,
Comme chose celeste : y logeant auec elle
De ses diuines Sœurs la troupe non mortelle,
Qui ne fut pas si tost entree dedans toy,
Que tu vins de tels mots aborder nostre ROY.
  PRINCE, dont la Grandeur en majesté
  surpasse
Tous les Rois tant soient grands de ceste terre
  basse ;
Ce n'est le tout que d'estre aux armes fu-
  rieux,
Adroit, vaillant & fort, il faut bien auoir
  mieux :
Il faut apres la guerre, ainsi qu'vn sage Prin-
  ce,
Gouuerner par Iustice & par loix ta Pro-
  uince,
Afin que tes sujets viuent en equité,
Et que ton ennemy par ta lance donté
Te recognoisse autant iusticier equitable
En paix, comme aux combats t'a cogneu re-
  doutable.
  La Nature concede aux animaux des bois,
Aux oiseaux, aux poissons, des reigles & des
  lois,
Qu'ils n'outrepassent point : au monde on ne
  void chose
Qu'vn accord arresté ne gouuerne & dispose :

La mer, le Ciel, la terre, & chacun Element
Garde vne loy constante inuiolablement :
On ne void que le iour deuienne la nuict bru-
ne,
Que le Soleil ardant se transforme en la Lu-
ne,
Ou le Ciel en la mer, & iamais on n'a veu
L'air deuenir la terre, & la terre le feu.
Nature venerable en qui prudence abonde,
A fait telle ordonnance en l'ame de ce Mon-
de,
Qui ne se change point, & ne se changera
Tant que le Ciel voûté les astres logera :
Et pource du nom Grec ce grand Monde s'ap-
pelle,
D'autant que l'ordonnance en est plaisante &
belle :
Mais celuy qui nous fit immortels les esprits,
Comme à ses chers enfans & ses plus fauoris,
Que trop plus que le Ciel ny que la terre il
aime,
Nous a donné ses loix de sa propre main mes-
me.
MOYSE premierement apprit les loix de
DIEV
Pour les grauer au cœur du populaire He-
brieu :
Minos a des Cretois les villes gouuernées
Des loix que Iupiter luy auoit ordonnées :
Et Solon par les loix que Pallas luy donna
Regit l'Athenien, Lycurgue gouuerna
Par celles d'Apollon la ville de Lacene:
Et bref des loix de Dieu toute la terre est
pleine.
Car Iupiter, Pallas, Apollon, sont les noms
Que le seul Dieu reçoit en maintes nations
Pour ses diuers effects que l'on ne peut com-
prendre,
Si par mille surnoms on ne les fait entendre.
Ce DIEV, ce TOVT-PVISSANT qui
tout void & regit,
DIEV, en qui nostre vie, en qui nostre mort
git,
Ne nous concede rien apres l'ame immortelle
Si sainct que la Iustice : on ne sçauroit sans
elle
Viure en paix ou en guerre, & tousiours nostre
cœur
En tremblant fremiroit d'vne douteuse peur

Qu'on ne pillast nos biens, ou que tost nostre
vie
Par glaiue ou par poison ne nous fust ac-
courcie.
Sans Iustice le peuple effrenément viuroit,
Comme vn nauire en mer qui en poupe n'au-
roit
Vn Pilote ruzé pour ses voyes conduire.
Cela que sert en mer vn Pilote au nauire,
La Loy sert aux Citez, & au peuple qui est
Inconstant en pensée, & n'a iamais d'arrest:
Il auroit auiourd'huy vne opinion folle,
Le lendemain vne autre, & comme vn vent
qui volle,
Çà & la voleroient les esprits des humains,
Et iamais ne seroient en vn propos certains,
Sans la diuine Loy qui leurs volontez bride,
Et maugré leur desir à bon chemin les guide,
Ne voulant point souffrir qu'vn homme vi-
cieux
Sans purger son peché vienne deuant ses yeux.
Elle fait que le Roy sur le peuple a puis-
sance,
Et que le peuple serf luy rend obeissance :
Elle nous a monstré comme il faut adorer
Le seul Dieu eternel, comme il faut honorer
Pere, mere, parens, & quelle reuerence
On doit aux morts, de peur de troubler leur si-
lence.
DIEV, qui le Ciel habite, a tousiours en
souci
Ceux qui aiment Iustice, & qui la font aussi :
De ceux le bien est ferme, & comme vne Pla-
nette
De tous costez reluit leur conscience nette,
Et tousiours en honneur fleurissent leurs en-
fans,
Et ne meurent iamais qu'assoupis de vieux
ans.
Mais ce DIEV Tout-puissant iamais son
cœur n'appaise
Contre celuy qui fait la Iustice mauuaise,
Qui par argent la vend, & qui corrompt ma-
lin
Le bon droict de la veufue & du pauure or-
phelin :
Il luy garde tousiours vne dure vengeance
Qui lente pas à pas talonne son offence,
Luy enuoyant Até Déesse de meschef.

Qui de ses pieds de fer escarboüille son chef :
Car D I E V sur les Palais s'assiet pour le re-
fuge
Des pauures, d'où son œil remarque le bon
Iuge,
Pour le recompenser selon qu'il a bien fait,
Et le faux Iuge, à fin de punir son mesfait.
    Doncques, R O Y, si tu veux que ton regne
    prospere,
Il te faut craindre D I E V : le Prince qui re-
uere
Dieu, Iustice, & la Loy, vit tousiours fleuris-
sant,
Et tousiours void sous luy le peuple obeïssant :
Son ennemy le craint : & s'il leue vne armée
Tousiours sera vainqueur, & la Fame em-
plumée
Viuant bruira son nom, & le peuple en tout
lieu
Apres qu'il sera mort le tiendra comme vn
Dieu.

Ainsi dis-tu, P R E L A T, & le R O Y de sa
teste
Abaissant les sourcis accorda ta requeste :
Et lors le Siecle d'or en France retourna,
Qui sans se transformer depuis y sejourna,
Faisant fleurir le droit sous nostre Prince iuste,
Sous H E N R Y, dont le bras equitable & ro-
buste
Trencha par ton moyen auecq' ses sainctes Lois
La teste du Procez, vieil Monstre des Fran-
çois.
    Ie te saluë, ô saincte & diuine Iustice,
Et toy, grand C A R D I N A L autheur de la
Police :
Puissent tousiours mes vers, maugré le cours
des ans,
Aux siecles apparoistre & doctes & plaisans,
Pour leur monstrer combien ce me fut douce
peine
De celebrer l'honneur de C H A R L E S D E
L O R R A I N E.

QQqq iiij

A MONSEIGNEVR

MESSIRE ANTOINE SEGVIER,

CHEVALIER SIEVR DE VILLIERS

ET DE FOVRQVEVX, CONSEILLER DV
Roy en ses Conseils d'Estat & Priué, President
en sa Cour de Parlement.

MONSEIGNEVR,

Ce n'est pas, en vous presentant ce petit labeur, que ie ne sçache bien quel il est, & quel il deuroit estre, principalement ayant pour object l'honneur de se vouloir donner à vous. Mais i'ay tousiours creu, qu'és actes de la volonté, l'affection de l'ame en est plus la mesure, que le merite de la chose, son prix ou sa valeur. Chacun en cela fait ce qu'il peut & selon sa force, nec vlli vnquam vitio fuit, Deos colere quoquomodo posset. Rustici, molâ tantùm salsâ litant, qui thura non habent. *Ie suis comme le Telemach d'Homere, raui de la splendeur & de l'esclat du beau Palais de Menelas; Ie sçay plus admirer ce que vous estes & vos incomparables qualitez, que ie ne puis bien m'exprimer à les representer, & moins encor à raconter l'honneur qui vous est deu. I'ay comme luy, l'estonnement & l'exclamation,*

Φράζεο χαλκοῦ τε στεροπὴν κὴ δώματα ἠχέεντα.

mais ie n'ay pas l'expreßion qu'il a ; copiosus sentiendi non loquendi, non ingratus sed oppressus. *Seulement ie diray qu'en la grandeur de vostre esprit, vous estes celuy, duquel on peut dire auecque verité, ce que dit Apulee, qu'en quelque façon,* quodam significatu animus humanus, etiam in corpore litus Dæmon nuncupatur. *A qui donc puis-je mieux offrir cet Hymne des Daimons, d'vn grand Daimon d'esprit, qu'à vous le sainct Daimon de tous les grands esprits? qui sçauez tout, tout ornement, toute profondité d'erudition, &, ce qui est le sel, toute prudence & iugement. Quand vous parlez, on peut dire de vous,* ζωὸς ἔνδοϑὲν αὐλὴ, *c'est le thresor interieur des Cieux qui se descouure, chacun en est raui; & pour moy, la veneration me saisit,* σέβας μ' ἔχ εἰσορόωντα. *Ie voudrois,* MONSEIGNEVR, *que ce petit labeur fust digne de vous : mais il ne se peut : il faudroit vous-mesme à vous-mesme, & vostre main pour vostre esprit. Cependant, que feray-ie à l'ambition que i'ay que* voſtre illuſtre nom y ſoit inſcrit? ſinon que i'imite ces pauures païſans, qui ſur leur petit toiɛ̃t bien ſouuent mettent le nom de Dieu. Autrefois vn chariot des champs, mal-propre & negligé, fut honoré du port des Dieux. Il eſt vray que vous auez icy du bon & du mauuais: l'Hymne du grand Ronsard, & mes obſeruations: Celuy-là, tres-excellent, & par delà tout le hazard des iugemens: celles-cy, qui paſſent comme és grands traffics, mauuais parmy le bon, le fort portant le foible. Ie vay ſeulement, ſelon ſon Genie & ſes conceptions, foüillant dedans les anciens Grecs & Latins, les lieux d'où il a puiſé ce qu'il dit. Ces vacations dernieres, Monseignevr, m'ont donné ce loiſir: ie leur dois ce repos aɛ̃tif, ἔμπρακτον ἡσυχίαν, qu'appelle Gregoire de Nazianze; comme c'eſt là, depuis quelques annees, le parc de mes exercices, & la lice que ie cours de mon occupation, pendant le ſommeil des affaires du Palais. Le ſujeɛ̃t des Daimons eſt ample, mais ie ne fais qu'ouurir le pas, & comme la porte des myſteres de ce grand Auteur: y entre plus auant qui le pourra: comme ie ſçay que tout autre que moy le peut, & mieux & plus amplement. Mais c'eſt aſſez pour mon contentement, ſi vous receueƶ ce que i'ay fait: c'eſt trop, ſi vous le rejettez; mais ſi vous l'approuuez, Deorum vitam aptus videbor. Ie ſuis,

MONSEIGNEVR,

                                        Voſtre treſ-humble & tres-
                                          obeyſſant ſeruiteur,
                                          Richelet.

HYMNE VII.

LES DAIMONS.

A LANCELOT CARLE,
Euesque de Rhiez.

Commenté par N. RICHELET Parisien.

ARLE, *de qui l'esprit recherche*
l'Vniuers,
Pour gage d'amitié ie te donne ces
vers,
Afin que ton Bordeaux, & ta large Garonne
Flottant contre ses bords ta loüange resonne,
Et ton nom par la France autant puisse vo-
ler
Que ce vers qui s'en-vole aux habitans de
l'air :
En ta faueur, mon CARLE *, il est temps*
que i'enuoye
Ma Muse extrauaguer par vne estroitte voye,
Laquelle des François aux vieux temps, ne fut
pas
(Tant elle est incognuë) empreinte de leurs
pas,
Afin d'estre promeuë au mystere admirable
Des Daimons, pour t'en faire vn present ve-
nerable :
L'argument est fort haut, mais vn esprit ne
peut
Trouuer rien de fascheux si la Muse le veut.

RICHELET.

Carle, de qui l'esprit] Le discours des Daimons n'est pas commun ny facile : les Anges & eux ont esté creez de Dieu lors qu'il crea le Monde : les Anges, pures intelligences au Ciel, sans passion comme sans corps, cognoissans toutes choses ; les Daimons au contraire, sous le Ciel, corporels, mais d'vn corps subtil & habile à se changer en toutes formes selon la qualité de l'element où ils sont, & selon leur volonté : formes la pluspart monstrueuses & imparfaites, voire plustost illusions, lesquelles nous espouuantent, quand nostre imagination en est preuenue, principalement en dormant, nostre esprit se figurant lors plusieurs visions estranges. Quelquesfois les Daimons se font voir, mais leur forme ne dure guere. Ils se nourrissent les vns de vapeurs, les autres du sang des sacrifices, & tiennent du diuin & de l'humain, comme natures moyennes, capables de bien & de mal selon leur inclination : Au surplus ils habitent en diuers lieux, en l'air, és eaux, sur la terre & dans la terre ; & selon leurs habitations & formes differentes ils ont aussi diuers noms, & differents effects. Mais la pluspart n'est que feinte : sinon qu'on dit qu'en Nortuegue ils sont familiers & seruent domestiquement. Entre les Daimons les sousterrains sont les plus grossiers & plus meschans, mais moins changeans de forme : les aërins sont meilleurs, mais aussi plus muables selon l'inconstance de leur demeure. Ceux des eaux sont bons & mauuais, appaisent la mer & l'excitent, sont bien souuent auteurs des naufrages. Les sousterrains renuersent les villes, font les tremble-terres, sont aux minieres, où ils estouffent ceux qui en approchent. Et ceux-cy pour leur extreme foideur, quelquesfois entrent dans le corps des bestes, pour doucement se reschauffer & humecter. Les Daimons des montaignes & des bois sont follets & gaillards, & aiment à danser. Mais en general tous les Daimons craignent le feu, & plus l'espée. Car ils sont sensibles en leurs corps, quoy que l'incision n'en dure guere, & se reprenne aussi tost. Dauantage ces esprits ne s'addressent gueres qu'aux personnes simples, qu'ils fascinent de persuasions & de promesses de leur faire faire merueilles, & contre la Nature. Et neantmoins eux mesmes sont si sots, qu'ils craignent les sorciers, & sont esclaues de leurs menaces & de leurs charmes, iusqu'à se laisser emprisonner dans des miroirs & des anneaux. Que si quelquesfois ils entrent dans le corps de l'homme (ce qui paroist par vne agitation & trouble d'esprit extraordinaire, & par la pluralité des langues que parle le possedé) il n'y a rien qui les contraigne & violente tant que l'exorcisme au nom de Dieu, deuant lequel aussi il est raisonnable que toute creature flechisse & obeïsse. Sur la fin l'Auteur prie Dieu de destourner des Chrestiens & de luy, ces spectres & terreurs sur les Turcs, & contre ceux qui mesdiront de ses escrits. *L'Vniuers*] Toute la Nature, τὸ πᾶν. *Garonne*] *Vasconidis regnator aquæ,* Buchanan. *Ta loüange resonne*] Par reflexion, comme estant le flotter des eaux la voix des fleuues, ou que les Poëtes les considerent tousiours comme Natures animées : ainsi dans le Claudian.

———*Lætatur in antro*
Amnis, & vndantem declinat prodigus vrnam.

S'ennole] Proprement : car il faut voler pour suiure les Daimons.   *Aux habitans de l'air*] Aux Daimons, lesquels, dit Isidore, *post transgressionem in aëriam qualitatem conuersi sunt : nec aëris illius puriora spatia, sed ista caliginosa tenere permissi sunt, qui eis quasi carcer est, vsque ad tempus iudicij.*   *Ma Muse extrauaguer*] Sur vne matiere extraordinaire & nouuelle à nos François :

———*intenta nulli*
Antra sequi vacuósque saltus ;
Pigétque trita vatibus orbita.   Marulle.

Promeuë] Initiée.   *Au mystere admirable*] A la science, & recherche occulte & merueilleuse des Daimons, de leur nature & operations, dont Psellus a fait vn excellent Dialogue, περὶ ἐνεργείας δαιμόνων, duquel plusieurs imitations sont en cest Hymne. Autrement le mystere des Daimons est effroyable, & execrable, ὄργια παρανόμως,

& ἐξάγειν, commeon dit, ce dit Pfellus, par faire prendre à leurs profez des ordures d'excremens fecs & humi-des, τῆς ὑγρᾶς & τῆς ξηρᾶς, περιττώματα. *L'argument eft fort haut*] Et fi difficile en plufieurs queftions, *vt difficillimè poffit ab hominibus, aut omnino non poffit inueniri*. S. Auguftin au 2. *de retractat. c. 30.* fe retractant d'vne de ces difficul-tez, qu'il auoit voulu refoudre trop hardiment, *Rem dixi occultiffimam*, dit-il, *audaciori affertione, quàm debui*. Cefte queftion eftoit de fçauoir fi les Daimons connoiffent nos penfees.

> *Quand l'Eternel baftit le grand Palais du*
> * Monde,*
> *Il peupla de poiffons les abyfmes de l'onde,*
> *D'hommes la terre, & l'air de Daimons, &*
> * les Cieux*

> *D'Anges, à celle fin qu'il n'y euft point de*
> * lieux*
> *Vuides en l'Vniuers, & felon leurs natures*
> *Qu'ils fuffent tous remplis de propres crea-*
> * tures.*

RICHELET.

Quand l'Eternel baftit] Proprement : car à Dieu feul, ce dit Platon, il appartient de creer, baftir, edifier, ᾧ μόνῳ πλάττειν & δημιουργεῖν προσήκει. En l'Epinomide. Or il remarque le temps, que les Anges & Daimons furent creez, côme c'eft la plus cômune opinion qu'ils le furent quand & quand le Monde, & non pas long téps deuant, côme l'an-cienne Theologie le croyoit. Et de fait que Moyfe ne parle point de la creation des Anges, quoy que la creation en ayt efté faite le 2. iour, de tous enfemble, & d'vne efpece, & en vn mefme temps. *Le grand Palais*] A caufe de fa magnifique & diuine ftructure. *Il peupla de poiffons*] C'eft la raifon d'Apulee *de Deo Socratis*, pour eftablir les Daimons en l'element de l'air, à fçauoir qu'il n'y a point d'element qui ne foit peuplé de fes creatures ; la terre a fes hommes, la mer fes poiffons, le feu mefme n'eft pas fans fes animaux, & confequemment l'air doit auoir les fiens, qui font les Daimons : *mediorum ifta fortitio eft, qui in aëris plagis terræ contermini, nec minus confinibus cælo, perinde verfantur, vt in quacumque parte Naturæ propria fint animalia, & in æthere volantia, & in terra gradientia.*

D'hommes la terre] *Ad confummandam molis huius integritatem,* difoient les Payens dans Arnobe 2. *partem ali-quam conferunt, & nifi fuerint additi, imperfecta eft, & clauda Vniuerfitatu hæc fumma*: & difoient à caufe de cela, qu'e-ftant neceffaire que toutes les parties du Monde fuffent habitees, Dieu auoit enuoyé des ames icy bas comme en des colonies, pour eftre incorporees. *Et quia habitari oportuit has partes, idcirco huc animas tamquam in colonias ali-quas Deus omnipotens mifit* : ce qui eft ridicule & auffi refuté par Arnobe. *Et l'air de Daimons*] Selon la Philofo-phie Platonique : mais neantmoins felon la verité, ce n'eft pas la premiere habitation des Daimons ; Car origi-nairement en leur creation, c'eftoient natures angeliques belles & pures : Mais depuis, ces efprits s'eftans tour-nez tout à coup au mal & defuoyez du bien, ἐκπραπέντες τοῦ καλοῦ, dit Gregoire de Nazianze en fes definitions, ils ont efté precipitez de leur demeure, qui en l'air, qui en terre, qui aux abyfmes, & aux Enfers & ailleurs. Trifme-gifte toutesfois, en l'Afclepius, met les Heros en l'air, *inter aërii puriffimam partem fupra nos & terram* ; & les Dai-mons auec nous : Mais la commune opinion eft, que la conuexité du Ciel & de l'air en eft toute remplie, κόσμος ἔμψυχος, δαιμόνων πλήρη, Laërtius : & Sainct Auguftin au 8. de fa Cité ch. 14. dit que les Daimons, felon Platon, font en l'air, au milieu des Dieux & des hommes. *Et les Cieux D'Anges*] Mais il oublie le feu qui doit auoir auffi fes creatures : & de fait quelques vns tiennent qu'il y a auffi des Daimons de feu, διάπυροι, qu'Orphee appelle ἰερά-νιους, qui font de fubftance de feu : & quelques forciers mefmes fuppofent des Daimons folaires & lunaires. Mais noftre Auteur dit que Dieu peupla d'Anges les Cieux, à fçauoir en les creant : Mais comment a efté faite cefte creation excellente d'efprits purs & intelligens, que Gregoire de Nazianze appelle fecondes fplendeurs, δεύτε-ρας λαμπρότητας ? Il dit en l'Oraifon 28. que la bonté de Dieu n'eftant pas contente de fa propre contemplation, τῇ ἑαυτῆς ἀγαθότητος ἡνεία, & à fin que plufieurs chofes y participaffent par vn effect diffus, cefte bonté premierement conceut en fa penfee les Anges, ἐννοεῖ ταὶ Ἀγγελικὰς δυνάμεις, laquelle cogitation fut vn œuure remply du Verbe & de la perfection du fainct Efprit, ὃ ἐνθύμημα, ἔργον ἦν, λόγῳ ſυμπληρούμενον, ᾗ πνεύματι τελειούμενον. Et ainfi, dit-il, ces fe-condes fplendeurs furent creées miniftres & feruiteurs de la premiere lumiere, ὃ ὅπως ἔπ' ἐκείνας λαμπρότητας δευτε-ραι, λειτουργοὶ τῆς πρώτης λαμπρότητος, qu'il appelle au mefme endroit Monde intellectuel, νοητὸν κόσμον, & vn feu fans corps & fans matiere, ἄυλον πῦρ ᾗ ἀσώματον : de forte que felon cet Auteur, les Anges font la premiere cogitation de la bonté de Dieu auparauant la creation du Ciel & de la Terre ; les Anges eftans le premier Monde, le Ciel & la Terre le fecond. *A celle fin qu'il n'y euft point de lieux*] Cecy eft de l'Alcinoüs de Platon, qui dit, qu'il y a des Natures creées en chacun des elemens, καθ' ἕκαστον τῶν ſτοιχείων, ἔν τι αἰθέρι, ἔν πυρί, ἀέρι, ᾗ ὕδατι. Et par la raifon de noftre Auteur, ὡς μηδὲν κόσμου μέρος, ψυχῆς ἄμοιρον ᾖ. En l'Epinomide, il fait cinq lieux, dans l'eftendue de chafcun defquels ont efté creez diuers animaux, felon la nature & qualité du lieu : *Ex ingenio regionis*, dit Apulee, le feu, l'air, l'eau, la terre ; & ce qu'il appelle τὸν αἰθέρα· τούτων δ' ἐν ἡγεμονίαις ἑκάστων, ζῶα πολὺ ᾗ παντοδαπὸν ἀποτελεῖσθαι. *Vuides en l'Vniuers*] C'eft à dire, fans eftre remplis de creatures animees. Car il n'y a rien de vuide, *inane nihil effe dixeris*, dit Trifmegifte en l'Afclepius, *nifi cuius rei inane fit hoc, quod dicis inane*. Et au mefme endroit, traittant fubtilement que c'eft que lieu, il dit, que le lieu pris & confideré feul, ne fe peut entendre ny comprendre, non pas mefme en efprit, *intellectu caret* ; d'où eft, dit-il, qu'il n'y a point de lieu feul au monde ; *nam fi pofueris locum, fine eo cuius eft, inanis videbitur locus : quem in mundo effe non credo*. C'eft pourquoy il n'y a point de lieux vuides ; car s'ils font vui-des, ils ne font plus lieux ; & s'ils font lieux, ils font pleins & remplis de ce qui les fait eftre lieux. Et c'eft pour-quoy le lieu eftât la circonference de tout ce qui eft, eft auffi le plus grâd & plus capable de toutes chofes, μέγιστον πάντος, Laërtius. Il eft vray que ceux qui eftabliffent le vuide, ne font pas fans raifons, comme celles-cy de Lucrece. 1. Le vuide, dit-il,

> ——*locus eft intactus, inane, vacánfque.*
> *Quòd fi non effet, nulla ratione moueri*
> *Res poffent.*

D'autant qu'elles s'empefcheroient par concours, & en ce faifant, la matiere demeurant preffee, feroient fans mouuement.

Principium quoniam cedendi nulla daret res.

Item, la penetration des choses à trauers les corps plus solides, monstre qu'il y a du vuide:

Nam nisi inania sint, quà possent corpora quæque

Transire?

Remplis de propres creatures] Comme l'air de Daimons. Car il n'y a pas de raison, que cet Element, *solum hoc ex quatuor*, dit Apulee, *quod tanto spatio interstitum est, cassum ab omnibus, desertúmque à cultoribus suis natura patiatur :* & dire qu'il est peuplé d'oiseaux, cela n'est pas : car ils ne volent pas si haut, *nec vltra Olympi verticem sublimantur :* outre que l'oiseau tient plus de la terre que de l'air, *terrestre animal, non aëreum.*

Il mit aupres de luy (son plaisir le voulut)
L'escadron precieux des Anges qu'il eslut
Pour Citoyens du Ciel, qui sans corps y de-
  meurent,
Et francs de passions non plus que luy ne meu-
  rent :
Esprits intelligens plus que les nostres purs,
Qui cognoissent les ans tant passez que fu-
  turs,
Et tout l'estat mondain, comme voyant les
  Choses
De pres au sein de Dieu où elles sont encloses:

RICHELET.

Il mit aupres de luy] Les Anges, *in superioribus conditos*, intelligences subtiles, *ipsúmque signaculum similitudinis Dei ; vt quo subtilior est natura, eo in illis plenius similitudo Dei creditur expressa*, Sainct Greg. *Son plaisir le voulut*]Gra-tuitement, par vn principe de grace donné à tous, *vt principium dauma dilectionis, omnibus est commune* : le mesme Sainct Gregoire le Grand. *L'escadron precieux*] σπαναι επηγειαι, comme les appelle Apollinarius Psal. 90. l'ar-mee, l'exercite du Ciel, les neuf ordres sacrez de ces sainctes intelligences, Anges, Archanges, Vertus, Puissan-ces, Principautez, Dominations, Throsnes, Cherubins, & Seraphins, representez par les neuf pierres precieu-ses d'Ezechiel chap. 28. Mais combien y a-il d'Anges? Diuerses opinions là dessus, des vns qui en comptent 99. fois autant que d'hommes, se fondans sur la parabole de nostre Seigneur, laissant 99. brebis pour en aller chercher vne qui est l'homme; *Plures sunt Angeli*, dit Saint Cyrille Catechef. 15. *nonaginta nouem oues, sunt illi, tu verò centesima.* Les autres, qu'il y en a dix fois autant, sur ce que l'Element inferieur est surpassé dix fois du supe-rieur. Les autres qu'il y en a autant que d'hommes; Dieu, ce dit Moyse, ayant limité les peuples selon le nombre des enfans de Dieu, c'est à dire, des Anges. L'opinion du Maistre des Sentences, est qu'il y a autant d'Anges que d'hommes qui seront sauuez : les Rabbins en comptent iusqu'à six cens mil millions, & vn mil & six cens cin-quante cinq mil & 72. Anges. Quelques vns tiennent qu'il y en a autant que d'estoiles. Daniel chap. 7. en met iusqu'à mil milliers, & dix fois cent mil, qui est le plus grand nombre qui se puisse exprimer entre les hom-mes : mais la plus vraye opinion, est seulement qu'ils sont innombrables, Maldonat. *Des Anges*] Ce nom explique non pas leur nature, mais leur ministere; *officy, non natura vocabulum*, Tertullian *de car. Christ. cap. 14.* *Pour citoyens du Ciel*] Philon Iuif au 2. de la Monarch. considerant le Monde comme vn temple, duquel le Ciel est la sacristie & la plus saincte partie, en fait les Anges sousdiacres, ὑποδιακόνους, & les appelle ἀσωμάτας ψυχας, ἵλως νοερας, ames sans corps & purement intellectuelles. *Qui sans corps y demeurent*] Fort bien, lors qu'ils y demeurent, & quand ils ont esté creez, *substantiæ spiritales*, dit Tertullian, αὐλοι, Greg. de Naz. οὐσιαι ἀκέριοι & ἀπλυσατοι, Macar. homel. 15. comme la substance de nostre ame, *sine carne*, Saint Irenée. Mais quand ils sont enuoyez icy bas, pour leur ministere, *transfigurabiles ad tempus in carnem humanam, vt videri & congredi cum ho-minibus possint*, conseruans neantmoins tousiours en eux interieurement leur propre substance. *Salua intus sub-stantia propria*, Tertull. *De car. Christ. cap. 6.* Toutesfois plusieurs ont estimé que les Anges auoient esté creez cor-porels, mais d'vn corps subtil & inuisible; comme l'air qui est corps, & inuisible, & pour cela souuent appel-lé Esprit, selon plusieurs des Peres qui ont tenu qu'il n'y a que Dieu seul qui n'a point de corps. Autrement il ne se peut pas bien comprendre comment les Anges n'ayans point de corps se peuuent mouuoir de lieu en autre, & remuer d'autres corps, & auoir la cognoissance des choses corporelles. Outre que plusieurs Anges ont esté veuz & touchez, & consequemment sont corporels. Les autres ont tenu qu'ils n'ont point du tout de corps, premierement en ce qu'ils sont appellez Esprits, & les esprits sont incorporels. Secondement que les Anges ne sont pas moins esprits que nos ames, qui ne sont pas corps, ains la forme du corps : & plusieurs au-tres raisons de ceux qui ont traité ceste matiere & qui tiennent que la plus probable opinion est que les Anges n'ont point de corps, & sont pures intelligences. *Et francs de passions*] Toutesfois Gregoire de Na-zianze en sa derniere Theologique, qui est l'oraison 37. du Sainct Esprit, en doute : car ayant parlé des hom-mes qui sont composez, & bien souuent opposez, συνθετοι και αντιθετοι, ie ne sçay, dit-il, si la mesme chose ne se rencontre point aux Anges, & à toutes ces natures celestes, quoy que creatures simples, mais qui sont plus fermes au bien, à cause qu'ils sont proches du souuerain Bien, καν απλοι τινες ωσι, & προς το καλον παγιωτεροι, τῳ προς το ακρον καλον εγγυτητι. Et Sainct Cyrille 2. Catechef. dit la mesme chose. Neantmoins Macar. homel. 3. dit que les Anges au Ciel, n'ont rien entre eux que dilection, qui les vnit en paix & concorde sans emulation & sans enuie, & consequemment sans passion : οἱ ἐν οὐρανοῖς ἄγγελοι συνεισιν ἀλλήλοις, ἐν ὁμονοία πολλῇ, ἐν εἰρήνῃ & ἀγάπῃ δια-γοντες. *Non plus que luy ne meurent*] Sont immortels, n'ayans ny corps ny matiere; mais immortels, non par nature, mais par grace; si ce n'est en ce qu'ils n'ont point de principe interieur, qui les rende mortels; & neantmoins ils sont comme nos ames dependans d'vne puissance superieure, qui les peut aneantir & rendre mortels, voire reduire à rien comme ils ont esté creez de rien. *Esprits intelligens*] Sçauans & qui ont des in-telligences par tout, *quia rebus quæ hic aguntur præstò sunt* : S. Augustin. Ou bien ils sont dits intelligens, à cause des belles Idees de toutes choses, que la vision de la beauté de Dieu leur represente; & de là les Theologiens di-sent que les Anges discourent entre-eux comme creatures raisonnables, & apprennent tous les iours plusieurs
choses

choſes qu'ils ne ſçauent pas. *Et tout l'Eſtat mondain*] Mais non pas toutes choſes, ny les myſteres diuins, ſi ce n'eſt quelques vns par reuelations : ils cognoiſſent bien la nature de toutes choſes au genre vniuerſel, comme le premier homme la cognoiſſoit, mais ils ne cognoiſſent pas les indiuidus des choſes naturelles. Pour le regard de l'Eſtat du Monde, iuſques meſme au particulier des prouinces & des hommes, ils le cognoiſſent. *Meminimus,* dit Sainct Hilaire Pſal.129. *eſſe plures ſpirituales virtutes quibus Angelorum eſt nomen, Eccleſiis præſidentes. ſunt & Moſe teſtante ſecundum numerum Angelorum fines gentium, Adæ filys conſtituti : & Domino docente, puſillorum Angeli quotidie Deum vident* ; les appellans là meſme, *efficientes ſpiritus, & in miniſterium miſſos.* Et l'autheur de l'expoſition du Symbole, attribué à Sainct Cyprian, dit, que ces vertus intellectuelles ſont ordonnees pour la conduicte & direction du Monde. *Ab initio, dit-il, cùm Deus feciſſet Mundum, præfecit & præpoſuit quaſdam virtutum cœleſtium poteſtates, quibus regeretur & diſpenſaretur mortalium genus* ; & voyla pourquoy ils cognoiſſent tout l'Eſtat mondain. *Comme voyans les choſes*] ἐς ῥίον δεδορκότες, dit Syneſe. Quelques autres ont dit, par l'infuſion des formes, ou par les eſpeces des choſes. Et c'eſt vne queſtion que forme Sainct Thomas en ſa Somme 1. part. *quæſt.* 12. *Vtrum videntes Deum per eſſentiam, omnia in Deo videant ?* Il dit qu'aucun intellect creé ne peut comprendre Dieu, *nec poteſt etiam in ipſo videre omnia quæ facit vel facere poteſt, ſed plura vel pauciora, ſecundum quòd perfectius vel imperfectius eum videt.* Ce qui ſe faict par vnion de l'Eſſence diuine à l'intellect, & ſans aucun obiect de ſimilitude. Sainct Auguſtin dit ; *omnia opera noſtra, noſtra interiora vident, & nos omni hora intuentur, & Deum. Non eſt obſtaculum, non ſunt tenebræ quibus impediantur videre omnia noſtra : quia diuinum lumen, quo illuminantur, penetrat omnia, quia lux in tenebris lucet, &c.* Et par ce meſme moyen ils cognoiſſent les choſes futures, leſquelles ils ne pourroient ſçauoir autrement ; *futura enim præſcire ſolius Dei eſt, qui in ſui contemplatione, etiam Angelos illa præſcire facit,* 26. *quæſt.* 5.

De prés au ſein de Dieu] Au ſein, mais non pas le ſein de Dieu, car ce ſeroit cognoiſtre Dieu, ce qui n'appartient qu'à Ieſus-Chriſt fils vnique de Dieu, & au Sainct Eſprit, c'eſt à dire que la ſeule tres-ſaincte Trinité ſe cognoiſt, *Patrem nemo vidit, niſi qui eſt de cœlo.* Mais les Anges, dit Sainct Cyrille catechef. 6. le voyent ſelon leur portee & capacité, & autant que Ieſus-Chriſt leur en reuele par le Sainct Eſprit, c'eſt à dire ſelon la meſure de leur eleuation & de leur ordre, ainſi que dit le meſme, catechef. 7.

En l'eſtage de l'air deſſous la Lune eſpars,
Air gros, eſpais, broüillé, qui eſt de toutes
   pars
Touſiours remply de vents, de foudres & d'o-
   rages,
Il logea les Daimons au milieu des nuages,
Leur place deſtinee, ayant vn corps leger,
L'vn de feu, l'autre d'air, à fin de voyager
Aiſément par le vague, & ne tomber en
   terre :
Et peſant quelque peu, à fin que leur corps
   n'erre
Trop haut iuſques au Ciel, abandonnant le
   lieu
Qui leur eſt deſtiné par le vouloir de Dieu.
Ne plus ne moins qu'on voit l'exercite des
   nuës
En vn temps pluuieux egalement penduës
D'vn iuſte poids en l'air, marcher ainſi qu'il
   faut,
Ny deſcendre trop bas, ny ſeſleuer trop haut :
Et tout ainſi qu'on voit qu'elles meſmes ſe for-
   ment
En cent diuers pourtraits dont les vents les
   transforment
En Centaures, ſerpens, oiſeaux, hommes,
   poiſſons,
Et d'vne forme en l'autre errent en cent
   façons :
Tout ainſi les Daimons qui ont le corps ha-
   bile,

Aiſé, ſouple, diſpoſt, à ſe muer facile,
Changent bien toſt de forme, & leur corps
   agile eſt
Transformé tout ſoudain en tout ce qui leur
   plaiſt :
Ores en vn tonneau groſſement ſeſlargiſſent,
Ores en peloton rondement ſe groſſiſſent,
Ores en vn cheuron les voirriez allonger,
Ores mouuoir les pieds, & ores ne bouger.
Bien ſouuent on les voit ſe transformer en
   beſte,
Tronquez par la moitié ; l'vne n'a que la teſte,
L'autre n'a que les yeux, l'autre n'a que les
   bras
Et l'autre que les pieds tous velus par-à-bas.
   Les autres ſont entiers, & à ceux qu'ils
     rencontrent,
En forme de ſerpens & de dragons ſe mõſtrent,
D'orfrayes, de choüans, cheueches, de cor-
   beaux,
De boucs, de maſtins noirs, de chats, loups
   & taureaux,
Et prennent les couleurs à tels corps conue-
   nables,
Pour mieux repreſenter leurs feintes vray-
   ſemblables :
En la façon qu'on voit Iris ſe figurer
Des rayons du Soleil, qui la vient peinturer
De trois couleurs, pourueu que l'oppoſee nuë,
Où l'image ſe fait, ſoit & creuſe & menuë :
Autrement l'Arc-en-ciel n'auroit impreſſion.

RICHELET.

En l'estage de l'air] Maintenant il parle des Daimons, lesquels il met en l'Element & region de l'air, selon l'opinion des Platoniques : & de là mesme, à cause de ceste habitation, Arnobe Psalm. 78. dit que le Prophete les appelle *volatilia cœli*, tout ainsi que l'Apostre, *spiritus aëris huius*.   *Air gros, espais, broüillé*] Ce n'est pas dans le subtil & purifié, mais dans l'opaque, nuageux, & embroüillé, où se font les meteores : & pour cela les Daimons appellez par les Peres Grecs, κοσμοκράτορες τῶ σκότης.   *Il logea les Daimons*] Conuenablement à leur corps qui est d'air : Animaux, dit Apulee, qui ne sont ny celestes ny terrestres, *tertia quædam animalia, quæ neque sunt tam bruta quàm terrea, neque tam leuia quàm ætherea, sed quodammodo vtrimque seiugata : de Deo Socrat.*   *Ayant vn corps leger*] *Corpus sui generis*, dit Tertullian, mais vn corps meilleur que le nostre, *corpora meliora, potiora corporum munera*, dit Sainct Augustin 8. de la Cité ch. 15. Tout de mesme qu'ils ont vne demeure meilleure, & en vn plus haut Element que le nostre ; aussi leur corps est simple & léger, ne participant à aucune solidité terrestre, *sila corporum possident*, dit Apulee, *rara & splendida & tenuia vsque adeò, vt radios omnes nostri tuoris, & raritate transmittant, & subtilitate frustrentur*.   *A fin de voyager*] Legerement par tout le Monde, comme il leur plaist : car n'estans qu'esprits agiles, voire oiseaux, *omnis enim spiritus*, dit Tertull. Apologet. *ales est, hoc Angeli & Dæmones, igitur momento vbique sunt ; totus orbis illis locus vnus est : quod vbique geratur, tam facilè sciunt, quàm enunciant.*   *Par le vague*] Par l'air, qui n'est pas vague, *sed inani similis*, Pline.   *Et pesant quelque peu*] Cecy est d'Apulee, *habent igitur hæc dæmonum corpora modicum ponderis, ne ad superna incedant ; aliquid lenitatis, ne ad inferna præcipitentur.*   *Le lieu qui leur est destiné*] Non pas de creation ny d'origine, mais depuis leur cheute. Car en la creation l'Ange & le Daimon n'est qu'vn, mais l'Ange ayant perseueré en la perfection de son estre, est lumineux & sans matiere, τὸ Ἀγγελικὸν παντάπασιν ὄζιν ἄϋλον, le Daimon au contraire, obscur & tenebreux, comme despoüillé de sa lumiere naturelle, γυμνωθεὶς τῶ συζύγου φωτὸς, Psellus.   *Ne plus ne moins qu'on voit l'exercite des Nuës*] Ceste comparaison est d'Apulee, mais icy plus nette, & plus à propos de son sujet, ne les considerant qu'entre deux airs, *pendulas & mobiles, huc & illuc, vice nauis in aëris pelago ventis gubernatas.*   *Et tout ainsi qu'on voit*] Ceste autre comparaison des mesmes Nuës, touchant les diuerses formes & figures qu'elles prennent en l'air, qui semblent d'animaux & de monstres, aussi tost dissipez, est de Psellus, καθάπερ γὰρ καὶ τὰς νεφέλας ὁρᾶν ὄζιν, ὁτὲ μὲν ἀνθρώπων, ὁτὲ ἄρκτων, ὁτὲ δὲ δρακόντων, ἢ τινῶν ἑτέρων ἀποτελούσας χημαλισμόν.   *En cent diuers pourtraits*] Car l'air en ses Nuës est capable de toute forme, comme il se voit és Nuës d'Aristophane, ἱππόκαμπος ἐν αἰθέει, Menander.   *Qui a le corps habile*] *Ex illo scilicet purissimo aëris liquido & sereno elemento coalitum*, Apulee.   *Transformé tout soudain*] Par illusion & par vanité, plustost que par verité : mais sçauoir si de mesme ils peuuent transformer le corps de l'homme comme Apulee en asne, les compagnons d'Vlysse en pourceaux, tenans neantmoins tousiours leur ame raisonnable. Sainct Augustin en parle ainsi, *Nec sanè Dæmones naturas creant, sed specie tenus, quæ à vero Deo creata sunt, commutant, vt videantur esse quod non sunt. Non itaque solum animum, sed ne corpus quidem vlla ratione crediderim, Dæmonum arte, vel potestate, in membra bestialia posse conuerti.* Toutesfois l'Alcine de l'Arioste, plus que la Circe d'Homere, les change mesme en corps insensibles, en arbres, en fontaines.

> Gli muta, altri in abeti, altri in oliua,
> Altri in palma, altri in cedro, altri secondo
> Che vedi me su queste verde riua :
> Altri in liquido fonte, alcuni in fera,
> Come più aggrada à questa Fata altera.

Ores en vn tonneau] Psellus dit bien qu'ils s'estrecissent & allongent, comme il leur plaist, mais il ne dit pas en tonneau ny en peloton, τῶ μὲν εἰς ὄγκον ἥττω, τῶ εἰς μεῖζον μῆκος.   *Les voirrie allonger*] Mais les Daimons se voyent-ils, & ἐμφανεῖς ὁρῶνται ? Apulée le dit, & qu'il est dangereux de les voir, si ce n'est qu'eux-mesmes se presentent, *ex nemini hominum temerè visibilia, nisi diuinitùs speciem suam offerant.* Psellus dit que c'est l'aduis des Peres que le Daimon estant corporel, ἐκ ἀσώματον τὸ δαιμόνιον φῦλον, se peut faire voir. Adioustant que le grand S. Basile soustient, que les Daimons n'ont pas seulement vn corps, mais encor les Anges en ont, mais ceux-cy des corps purs, deliez, espurez & subtils, οἷα τινὰ πνεύματα λεπτὰ, καὶ ἀερώδη, καὶ ἄϋλα. Que si l'Escriture quelquesfois les dit incorporels, c'est par comparaison de nos corps, à l'esgard desquels il semble que les Anges & Daimons sont sans corps, ἀσώματοι.   *Se transformer en beste*] Trithemius le dit en ses Questions à l'Empereur Ferdinand. *Diuersarum quoque species assumunt bestiarum, prout diuersis tanguntur affectionibus. Sancti autem Angeli, quoniam affectione numquam variantur, vniformiter semper apparent, in forma virili*, iamais en femme, dit-il, iamais en beste ; ce qui toutesfois n'est pas vray. Car le Sainct Esprit mesme prend bien le corps d'vne vraye Colombe, dit Tertullian, *tam vera erat Columba, quàm Spiritus* : ce que toutefois plusieurs des Peres nient, remarque Pamelius chap. 3. *de carne Christi*.   *Tronqué par la moitié*] Car la plus part des formes que prennent les Daimons, sont fantasques & monstrueuses, comme d'esprits aueugles & sans iugement ; & mesme qu'en cest endroit Monsieur Roüillard le ieune, Aduocat en la Cour, officieux esprit, & qui sçait plusieurs choses, m'a appris d'vne Homelie de S. Chrysost. sur le Psalm. 41. que iamais les Daimons ne se monstrent en leur vraye forme, qui est tres-effroyable, *horrendo illo & terribili vultu, sed ludicris inuoluti formis*.   *En forme de serpens*] Principalement sous l'antiquité les Genies ou Daimons prouinciaux, ἐπιχώριοι δαίμονες, dit Clement Alexandrin au Protreptic, prenoient ceste forme & se representoient en serpens. De là dans Isidore, *Orig. 12. cap. 4. angues apud veteres pro Genijs locorum erant habiti.* Ainsi dans le Philopseudes de Lucian, vn sorcier prend toutes ces formes, ἄρτι μὲν κύων, ἄρτι δὲ ταῦρος ἡγεόμενος ἢ λέων.   *Et prennent les couleurs*] Conuenables au corps qu'ils representent, & en vn instant aussi en prennent la figure, selon leur souplesse naturelle, καὶ σχῆμα καὶ χρῶμα πολυειδῶς, ὥσπερ ἀὴρ, Psellus.

Leurs feintes vray-semblables] Car és choses qui ne sont pas naturelles, ains extraordinaires, la chose semble vraye, qui ne l'est pas *secundum Stoicos*, dit Seruius, *qui dicunt ea, quæ contra naturam sunt, non fieri, sed fieri videri* : Comme sont les fantosmes simulez des Daimons, qui paroissent vrays. Mais, supposé qu'aux Daimons ces pretendus corps ne soient que fictions, en est-il de mesme aux Anges, & sont-ce vrays corps que ceux qu'ils monstrent lors de leur fonction & ministere ? Entre les Theologiens les vns disent que par affection & volonté ils disposent de leurs corps tres-subtils pour les rendre autant visibles qu'il leur plaist : Tertullian dit qu'ils prennent vn corps hypostatique ; les autres que leurs corps sont d'vne matiere celeste, les autres d'vn meslange des quatre Elemens, les autres de l'air seulement, & d'autres d'air & de vapeurs : finallement quelques vns tiennent que ce ne sont point vrays corps, mais dispositions qu'ils forment en nos sens, d'vne creance de corps qui n'est pas. Et neantmoins il est probable, que les Anges prennent quelquefois des vrays corps, comme aussi les Daimons se seruent des corps de personnes defunctes, Maldonat.   *Iris se figurer*] L'Arc-en-Ciel, la fille de Merueille, le miroir du Soleil, qu'appelle le Sieur de Beneuent, elegant & iudicieux escriuain, en vn sien Panegyric, n'y ayant rien de plus merueilleux que de voir vn rayon de Soleil en vn mesme sujet faire trois ou quatre diuerses couleurs.

Pourueu que l'opposee Nuë] *Iris enim*, dit Seruius, *nisi è regione Solis, non fit : cui varios colores illa dat res : quia aqua tenuis, aër lucidus, & nubes caligantes irradiatæ, varios creant colores.*   *Où l'image*] Le meteore se forme & s'imprime. Voyez Pline liure 2.

Mais le Daimon la prend de sa propre
   action
Et de sa volonté, en la maniere mesme
Que soudain nostre jouë en craignant deuient
   blesme
De son propre vouloir, & toute rouge alors
Que la honte luy peint la peau par le dehors :
En ce poinct les Daimons masquez de vaines
   feintes
Donnent aux cœurs humains de merueilleuses
   craintes.
Car ainsi que l'air prend & reçoit alentour
Toute forme & couleur cependant qu'il est
   iour,
Puis les rebaille aux yeux qui de nature peu-
   uent
En eux les receuoir, & qui propres se treu-
   uent :
Tout ainsi les Daimons font leurs masqueu-
   res voir
A nostre fantaisie apte à les receuoir :
Puis nostre fantaisie à l'esprit les rapporte,
De la mesme façon & de la mesme sorte,
Qu'elle les imagine en dormant ou veillant :
Et lors vne frayeur va nos cœurs assaillant,
Le poil nous dresse au chef, & du front goute
   à goute
Jusqu'au bas des talons la sueur nous degoute.

Si nous sommes au lict n'osons leuer les bras,
Ny tant soit peu tourner le corps entre les
   draps :
Adonq nous est aduis que nous voyons nos
   Peres
Morts dedans vn linceul, & nos defunctes
   Meres
Parler à nous la nuict, & que voyons en l'eau
Quelqu'vn de nos amis perir dans vn bateau :
Il semble qu'vn grand Ours tout affamé nous
   mange,
Ou que seuls nous errons par vn desert estrãge
Au milieu des Lyons, ou qu'au bois vn volleur
Nous met pour nostre argent la dague dans le
   cœur.
Souuent à l'improuueuë on les voit apparoi-
   stre,
Tellement qu'on les peut facilement cognoi-
   stre,
Comme Achille cogneut Minerue qui le print
Par le poil de la teste & son courroux retint :
Mais eux bien peu de temps de leur forme
   iouïssent,
Et tout soudain en rien elles s'éuanouïssent,
Comme si de couleurs les ondes on teignoit,
Ou si l'air & le vent de couleurs on peignoit :
Car leur corps n'est solide & apte de nature
A retenir long temps vne prise figure.

RICHELET.

Mais le Daimon] *Versipellis*, Pline 8. chap. 22. à cause de ceste facile metamorphose.   *La prend de sa propre action*] C'est à dire, par la puissance naturelle & fantastique qui est en luy, de representer les formes & les couleurs selon le fantosme qu'il prend, περὶ τῆς ἐν αὐτῷ φαντασικῆς ἐνεργείας προσιζανούσης εἰς αὐτὰ τὰ χρωμάτων εἴδη, Psell. Mais est-ce sans matiere, comme Tertullian dit que c'est le propre de l'action & puissance des Anges de se faire vn corps sans matiere ; *hoc proprium est angelicæ potestatis ex nulla materia corpus sibi sumere, de carn. Christi* chap. 6.   *Que soudain nostre iouë*] Par vne surprise d'esprit, & par l'obiect inopiné de quelque chose extraordinaire & subite qui nous suruient, auparauant que l'entendement s'y applique pour en iuger par raison, *his passionibus præuenientibus mentis & rationis officium*, dit Sainct Augustin 9. de la Cité chap. 9. Car iusqu'alors, ceste sorte de passion forme en nous malgré nous ces tesmoignages exterieurs de crainte & de ioye.   *En craignant deuient blesme*] Mais ce n'est pas de volonté, & en cela il semble que l'action & la volonté du Daimon est mal comparee à vn mouuement qui n'est point en nostre puissance & volonté, mais qui nous surprend malgré nous : *vt inuitis nobis rubor ad improba verba suffunditur*, Seneque 2. *de ira*, chap. 2. Toutefois ceste comparaison est de Psellus, mais plus elegamment en nostre Autheur, car l'autre dit seulement, καθάπερ ἡμῶν φοβηθέντις, αὖθις ἐρύθημα.   *Que la honte luy peint*] Ou la colere, laquelle estant aussi vn acte subit, enuoye la chaleur au visage qui le rougit, καὶ ὅτι θερμότης γίνεται περὶ ἐκεῖνα τὰ μέρη, ὅτι ἐρυθραίνονται οἱ ὀργιζόμθνοι, Suidas. Il est vray que la colere pallit quelquefois, ce que ne fait iamais la honte.   *Car ainsi que l'air prend*] Cecy est de Psellus, mais bien representé : καθάπερ γὰρ ἀκτῖνος οὔσης, ὑπωσὶ χρώματα καὶ μορφαὶ λαμβάνων, à sçauoir, l'air, εἰς τὰ πεφυκότα δέχεσθαι διαδιδωσιν· οὕτω καὶ τὰ δαιμόνια καὶ σχήματα καὶ χρώματα καὶ ὁποίας ἂν αὐτοὶ βούλωνται μορφαὶ εἰς τὸ ψυχικὸν καὶ ἡμέτερον πνεῦμα, (nostre Auteur dit, à nostre fantaisie) ταῦτα διαπορθμεύουσι.   *Font leurs masqueures voir*] Leurs prestiges & illusions, & leurs impostures, εἴδωλα καὶ καταψευσθήμα, Psell. *artem nugatoriam & noxiæ superstitionis*, Sainct Augustin. Ce que practiquent aussi les sorciers, & vous en auez entre autres, cest exemple dans le Philopseudes de Lucian, de celuy qui estant arriué dans vne hostellerie sans seruiteur, prenoit vn pilon, vn verroüil, & autre telle chose, & les habillant, auec des parolles enchantees, en faisoit des valets cheminans & des hommes seruans, λαβὼν τὸν μοχλὸν, καὶ τὸ ὕπερον, περιβαλὼν ἱματίοις, ἐπειπών τινα ἐπῳδὴν, ἐποίει βαδίζειν, πᾶσι δήοις ἄνθρωπον εἶ δοκοῦντα. Et c'est là toute leur finesse, dit Lactance *de orig. error. car.* 15. *visus hominum præstigijs obcæcantibus fallere, vt non videantur ea quæ sunt, & videre se putent illa quæ non sunt.*

A nostre fantaisie] Comme s'il vouloit dire, que ce n'est pas que la chose soit, mais nostre imagination foible & timide, se figure des visions qui ne sont point, & s'en espouuante. C'est la question que forme le ieune Pline *ep.* 7. *Velim scire esse phantasmata, seu habere propriam figuram, numénque aliquod putes inane seu vanam ex metu nostro imaginem capere?* toutesfois les exemples qu'il rapporte en ceste epistre sont verifiez par effects : ce qui monstre qu'il y a du Daimon qui s'incorpore comme il luy plaist.   *Apte à les receuoir*] Selon qu'elle y est disposee, ou selon mesme l'aptitude qu'ils luy donnent : car quelquefois ils se meslent en nos pensees & cogitations, dit Sainct Augustin, *Miris & inuisibilibus modis, per illam subtilitatem, corpora hominum non sentientium penetrando, & se cogitationibus eorum, per quædam imaginaria visa miscendo, siue vigilantium siue dormientium* : Mais cela s'entend quand la pensee de l'homme se produit à quelque acte exterieur, & encor cela n'est pas bien certain, dit Sainct Augustin, Dieu estant seul qui cognoist *occulta cordium.*   *Qu'elle les imagine*] C'est à dire, que le Daimon ayant suborné nostre imagination par diuerses visions & obiects, l'esprit puis apres s'y accommode & en conçoit les images, dont puis apres il est troublé la nuict, & quelquefois mesme de iour en veillant ou dormant, ἐγρηγορόσί τε καὶ καθεύδουσιν, nous faisans voir selon le temperament de nos corps des images de volupté, εἴδωλα παθῶν, & des chatoüillemens hypogastriques, καὶ τὰ ἐν ἡμῖν ὑπογάστρια ἀργαλισμοῖς ἐρεθίζοντες, Psell.   *Le poil nous dresse au chef*] Ainsi selon la forte imagination d'Enee, le simulacre de sa femme se presentant à luy, luy fait horreur.

> *Infelix simulachrum, atque ipsius vmbra Creüsæ*
> *Visa mihi ante oculos, & nota maior imago.*
> *Obstupui, steterúnque comæ.*   Virgil. 2. Eneid.

Si nous sommes au lict] Chose estrange, ce dit Ausone, *somnus abolitor omnium, imagines affert.* Mais ce qu'il dit icy ne semble pas vray ; car bien souuent ces visions arriuent de nuict à toutes personnes indifferemment qui ne sçauent que c'est de Daimons ny de Magie, selon l'humeur & le temperament qu'elles ont, & neantmoins il semble icy que telles visions soient formees en nostre esprit par les Daimons. Le Concile d'Ancyre dit bien que les simples femmes seduites par le Daimon, ont de ces visions, par diuerses transformations qu'il se donne. *Cùm mentem cuiuscunque mulieris ceperit, & hanc per infidelitatem sibi subiugauerit, illicò transformat se in diuersarum species personarum atque similitudines, & mentem quam captiuam tenet, in somnijs deludens, modò læta, modò tristia, modò incognitas personas ostendens, per quæque deuia deducit.*   *Nos defunctes meres*] Et cela peut estre aussi par vne apparition vraye, comme S. Augustin au liure *de cura pro mortuis*, ne le mescroit pas, à cause de la pluralité des grands autheurs qui le tesmoignent : mais il estime que cela se fait, *Angelicis operationibus*, pour la consolation des viuans. Ainsi Moyse mort dans le Deuteronome, se fait voir & apparoist, comme encor en la transfiguration il se trouue auec Helie qui est encor viuant, & neantmoins il est vray, qu'apres que Sainct Augustin a dit que ces choses là, *exhibentur diuinitùs, longè aliter quàm se habet vsitatus ordo singulis creaturarum generibus attributus*, il adiouste, que ceste question est par dessus son sçauoir, *res est altior, quàm vt à me possit attingi, & abstrusior quàm vt à me valeat perscrutari*, Pamelius.   *Comme Achille cogneut Minerue*] Luy seul, *soli perspicua*, Apulee, pas vn des autres Grecs ne la voyant, dit Homere au 1. de l'Iliade, *Homerica Minerua, quæ medijs cœtibus Graiùm cohibendo Achille interuenit, nec cernitur vlli*, Virgil. Et neantmoins il est rare que les Dieux & Daimons soient veuz des hommes, car tousiours ils se couurent d'vne nuë, τὸ νέφος περιβαλλόντων αἱ θεοὶ, ne voulans pas estre veuz.   *Qui le print Par le poil*] L'arrestant au transport de sa colere contre Agamemnon, ξανθῆς δὲ κόμης ἕλε Πηλείωνα : cela voulant dire, que les grands personnages, mesme en leurs plus fortes passions, & nonobstant leur courage, ont ou doiuent auoir de la retenuë par prudence, & doit leur conduite tousiours proceder sagement : qui fait qu'Homere ne manque iamais à les assister & accompagner de quelque Dieu. *Quæ ratio*, dit Ciceron, *poëtas, maximéque Homerum impulit, vt principibus heroum Vlyssi, Diomedi, Agamemnoni, Achilli, certos Deos discriminum & periculorum comites adiungerent.*   *Peu de temps de leur forme iouissent*] Parce que le Daimon prenant ces diuerses formes de l'air ou de l'eau, ὀλίγον χρόνον τούτων ἀπολαύον ἔχη, à cause qu'aussi tost la figure ou la couleur se dissoult & escoule, εὐθέως διαχεῖται καὶ διαλύεται καὶ διαλιάθησει τὸ χρῶμα, Psell.   *En rien s'éuanouissent*] D'autant qu'en effect ce ne sont pas vrays corps, *sed tenues sine corpore vitæ, vmbra sub imagine formæ*, Virgil. 6.   *Car leur corps n'est solide*] Et ceste raison est naturelle ; *omne enim corpus*, dit Seneque 4. de ses Quest. Naturelles, chap. 5. *quo solidius est, calorem* (disons aussi *colorem*) *diutiùs seruat, & omnia quæ crassioris solidiorísque materiæ sunt, hoc fidelius custodiunt.*

<table>
<tr><td>

Les vns viuent en l'air de respirations,
Les autres plus grossiers d'euaporations,
A la façon de l'huistre : aussi le sacrifice
Du sang des animaux leur est doux & propice.
Ils sont participans de Dieu & des humains :

</td><td>

De Dieu comme immortels, des hommes comme pleins
De toutes passions : ils desirent, ils craignent,
Ils veulent conceuoir, ils aiment & desdaignent :

</td></tr>
</table>

L'air compofe leur corps, ains leur mafque   Qui refpire icy bas)n'eft qu'vne fimple effence:
commun,   D'vn meflange agencé nos corps prennens
Dieu frāc de la matiere(ouuriere d'vn chacun   naiffance.

RICHELET.

Les vns viuent en l'air] Fort bien,les vns,car toutes fortes de Daimons ne font pas nourris de cefte façon;le lu‑
cifuge,l'aquatique,le foufterrain,font nourris plus groffierement, τὸ μυσσφαές, ϗ ὑδραῖον, ϗ ὅσον ὅϛιν ὑποχθόνιον, ce dit
Pfell. qui en compte de fix fortes, ☿ τῶν δαιμόνων γῶυν, par vne efficace qu'il trouue en ce nombre,difant que le fe‑
naire,ἑξάς,eft nombre de creation & de corps,à caufe qu'en cet efpace de fix,toutes chofes furent creées, εἰ πᾶσαι
σωματικαὶ τελειώσεις, ϗ ὁ κόσμος.   *De refpirations*] τῷ ἔχοντα δι' εἰσπνοῆς,Pfel.   *Les groffiers d'euaporations*] Pfellus dit,d'hu‑
midité,d'humeur liquide,ὑγρότης,que noftre Poëte appelle plus proprement euaporation,côme l'Huiftre , ὥσπερ
ἀπόγσοι ϗ ὀσρακόδερμα, c'eft à dire,ὦ σῶμαν,mais par attraction de la vapeur qui eft à l'entour d'eux. Car les Daimons
aiment & hument la vapeur des facrifices,κνίσσηι γηνδότης,Greg.de Nazian.d'où Tertullian *ad Scapulam* appelle ces
vapeurs de facrifices *pabulum dæmonum*,& S. Cyprian,*nidore altarium & rogis pecorum faginantur*,κατῶ δικτα(δ)ρόροι,
Clem.Alex.au Protreptic.   *Auffi le facrifice*] Et c'eft pourquoy,à caufe de la neceffité de cefte nourriture & par
emulation des facrifices faits à Dieu,ces apoftats font fi curieux fous le paganifme de les ordonner,côme eftans
leurs Dieux,*Dij gentium dæmonia*,Pfal. 95. Et de là aux Ieux feculiers les liures Sibyllins commandans ῥίζειν ἱερὰ,ἀρ‑
νας τε ϗ αἶγας.De là ceft Empereur dans le 2.de Zofimus folemnifant cefte fefte,πρὸς ἄρνας δύσιη,τε βωμοῖς καθαμάξας,&
iamais n'y manquoient,& pour cela tant d'hecatombes.   *Ils font participans de Dieu & des humains*] Cecy eft d'A‑
pulee,apres Platon en fon Banquet,où la Diotime le dit.*Sunt inter homines ac Deos, vt loco regionis , ita ingenio mentis
interfiti;habentes cōmunem cum fuperis immortalitatem,cum inferis paffionem.*Et S.Auguft.8.*de ciuit.c.* 14.rapportant l'opi‑
nion des Platoniciens,*Dij*,dit-il,*excelfiffimum locum tenent,homines infimum,Dæmones medium,&c.* Mais Lactance , *de
orig.error.*chap. 15.attribue cefte commune participation,non au lieu moyen qu'ils tiennent entre Dieu & l'hom‑
me,mais à leur eftre & origine qui procede de la conionction des Anges auec les femmes de la terre;en quoy
il fe trompe.   *Pleins de toutes paffions*] δαίμονες ἐμπαθεῖς ϗ σωματώδεις, Pfell.fuiets aux paffions de l'ame côme l'hom‑
me.   *Ils defirent*] Il touche icy les quatre paffions,deux bonnes,deux mauuaifes;deux du temps prefent,& deux
du futur : *à bonis opinatis duas,vnam præfentis temporis vt gaudium,vnam futuri vt fpem : à malis fimiliter duas,vnam præ‑
fentis vt dolorem,vnam futuri, vt metum,*Seru.   *Ils craignent*] Grandement,ce dit Pfell.δαιμόνια φῦλα δειλίας ἔμπλεα.   *Ils
veulent conceuoir*] ἀποφυαίνειν,Pfell. c'eft à dire,engendrer;mais comment cela,s'ils n'ont point de corps,& font im‑
mortels ? car comme dit Lactance,*id opus ad propagandam fobolem mortalibus tribuit Deus, quod fine fubftantia corporali
nullum poteft effe.*Si donc ils veulent conceuoir,il faut dire qu'ils ont quelque corps? Mais eft-ce entre eux qu'ils
veulent conceuoir,& s'ils ont difference de fexe, les vns eftans Incubes , les autres Succubes, ou fi c'eft auec les
femmes qu'ils veulent habiter?Quelques vns des anciens ont creu qu'ils eftoient entre eux alternatiuement In‑
cubes & Succubes ; mais la plus part des Peres a creu leur habitation auec les femmes: & de fait S. Auguftin en
forme la queftion aux Anges,*vtrum poffint Angeli,cùm fpiritus fint,corporaliter coire cū fœminis*;& dit mefme,que pour
le regard des Daimons,veu tant de tefmoignages, *de quorum fide dubitandum non eft, hoc negare impudentiæ videtur*,
au 15.*de ciuit.*ch.23.ioint plufieurs confeffions des forciers.Et de là dit-on que Merlin eft né d'vne femme & d'vn
Incube,& Homere fils d'vn Daimon,& Alexandre auffi de ce ferpent qui fut veu couché auec fa mere,Plutarq.

   Ils aiment & defdaignent] *Amatores quorundam hominum,& tueri illos,interdum aduerfari & affligere,*Apulee,lequel
en fin parle ainfi de leurs paffions; *Igitur & mifereri,& indignari,& angi,& lætari,omnémque humani animi faciem
pati,ac fimili motu cordis & falo mentis, ad omnes cogitationum æftus fluctuare.*   *Ains leur mafque*] μόνον ὄμμα, Pfell.   *Dieu
franc de la matiere*] Maintenant il vient à vne autre raifon des Platoniciens,que Dieu & l'homme eftans deux ex‑
tremitez,il faut entre deux la mediocrité des Daimons, *mediocritas dæmonum,* qui les conioigne ; & tout cecy eft
d'Apulee apres Platon,finon que l'Auteur parle icy d'vne autre façon & plus proprement de Dieu ; car Apulee
fe contente de remarquer que les Dieux font tranquilles & fans émotion d'efprit ; *cuncti cælites femper eodem ftatu
mentis,æternâ æquabilitate potiuntur,nec mens illa à fuâ perpetuâ fectâ ad quempiam fubitum habitum dimouetur* ; mais noftre
Auteur fait Dieu feul, fans matiere & vne fimple effence : fans matiere, parce que c'eft vn acte pur, *cùm Deus fit
actus purus,*dit S.Thomas,*primum bonum & optimum,& primum agens fimpliciter : non eft aliqua materia in ipfo,* il n'eft
compofé de matiere ny de forme,il n'eft rien que fa propre effence, *ens fimpliciter primum, omni prorfus fimplicitate
gaudens.*   *Ouuriere d'vn chacun*] C'eft à dire,compofant tout ce qui eft creé icy bas, apres que Dieu l'a eu creée;
car autrement la matiere n'eft ouuriere de rien , & c'eftoit l'erreur d'Hermogenes, comme i'ay remarqué fur
l'Hymne du Ciel, qui eftabliffoit Dieu & la matiere comme deux principes , refuté fortement par Tertullian.
N'eft qu'vne fimple effence] Et cefte fimplicité d'effence, donna fuiet au moine Euagrius dans Greg. de Naz. oraif.
45.de luy faire cefte grande queftion;Comment la Nature,ou,plus proprement,l'effence de Dieu peut eftre fim‑
ple,receuant le nombre de trois ? car,difoit-il, ce qui eft fimple, ᾗ γὸ ἁπλοῦν, μονοειδές τε ἀναείδμον, & ce qui tombe
fous le nombre,τὸ δὲ δεδμοῖς ἱπωπίων,neceffairement fe diuife,ἀναίσκη τέμνεσθαι. Que fi l'effence de Dieu eft fimple,
cefte pofition de noms eft fuperflue,περιττὴ τῶν ὀνομάτων ἡ θέσις,& fi cefte diuerfité de noms eft vraye, la fimplicité &
vniformité d'effence n'eft plus,& s'éuanouît :mais S.Gregoire luy refpond & môftre que cefte pofition de noms
ne bleffe point l'vnité ny fimplicité de l'effence de Dieu,ἵνα ἀμιγῆ τῷ κρείττονος ὕπαρξη, ἡ καταβολὴ τῶν ὀνομάτων ἡ θέσις,
&c.   *D'vn meflange agencé*] Des quatre Elemens,qui compofent noftre corps, *proportione contexta atque ordinata.*

Or deux extremitez ne font point fans mi‑   Dieu qui eft tout puiffant de nature eternelle,
lieu: Les hommes impuiffans de nature mortelle:
Les deux extremitez font les hōmes & Dieu: Des hommes & de Dieu les Daimons aërins

R R r r   iij

Sont communs en nature, habitans les con-
fins
De la terre & du Ciel, & dans l'air se de-
lectent,
Et sont bons ou mauuais tout ainsi qu'ils s'af-
fectent:
Les bons viennent de l'air iusques en ces bas
lieux,
Pour nous faire sçauoir la volonté des Dieux,
Puis remportent à Dieu nos faits & nos prie-
res,
Et détachent du corps nos ames prisonnieres
Pour les mener là-haut, à fin d'imaginer
Ce qui se doit sçauoir pour nous endoctriner.

Ils nous monstrent de nuict par songes admi-
rables
De nos biens, de nos maux les signes verita-
bles:
D'eux vient la Prophetie, & l'art qui est ob-
scur
De sçauoir par oiseaux augurer le futur:
Hannibal sçeut par eux d'vn de ses yeux la
perte:
Tullin se vit par eux la perruque couuerte
D'vn feu presagieux: par eux l'aigle se
mit
Sur le chef de Tarquin qui grand Roy le
predit.

RICHELET.

Or deux extremitez] Cela est vray naturellement, mais entre Dieu & l'homme, il ne faut point de Daimon au milieu pour la communication de l'vn auec l'autre : car sans ce moyen les graces & benedictions de Dieu se peuuent communiquer à l'homme, & pareillement les vœux & prieres de l'homme monter à Dieu. Mais ce que traitte icy nostre Auteur est Platonique, sur vne raison & fondement de Platon en son Banquet, rapportee par Apulee, *quòd nullus Deus rebus humanis interuenit, nec miscetur homini,* θεὸς ἀνθρώπῳ ὐ μίγνυται, & en ce cas il faut quelque nature ou creature au milieu, qui les vnisse & en soit comme le lien : mais ceste raison de Platon est absurde, & refutee par Sainct Augustin, qui nie que Dieu se communique au Daimon & non à l'homme; *Præclara sanctitas Dei,* dit-il, *quæ non miscetur homini pœnitenti, supplicanti, & miscetur Dæmoni arroganti: non miscetur homini confugienti ad diuinitatem, & miscetur Dæmoni fugienti diuinitatem,* 8. de ciuit. cap. 20. Ainsi donc le Daimon n'est point le milieu, estant certain que Dieu se communique à toutes choses, sans aucun moyen; *nec Dæmonibus indiget nuncijs, nec à diuinitate quod agimus potest ignorari,* dit le mesme, chapitre 21.

Des hommes & de Dieu] Comme estans les Daimons interpretes & truchemens communs; & pour cela Platon en l'Epinomide les met en l'air, comme lieu moyen, δαίμονες ἀέριον γένος, ἔχοντες ἕδραν μεταξὺ ὗ μέσον, τῆς ἑρμηνείας αἴτιον. *Les Daimons aërins*] Ce n'est pas seulement le Daimon de l'air, mais en general tout Daimon, πᾶν τὸ δαιμόνιον, dit Platon, μεταξὺ θνητοῦ ᾗ ἀθανάτου, toute la nature des Daimons, & non des aërins seulement; mais c'est parce que l'air est leur plus commune habitation. *Sont communs en nature*] Sont mi-partis d'immortel & de mortel, & de là appellez Daimons, ἀπὸ τοῦ δαΐζειν, *quasi dedaïsmenoi, quòd illis partita substantia sit, atque diuisa qualitas,* Macrobe. *Et sont bons ou mauuais*] εὐδαίμονες ᾗ κακοδαίμονες. Toutesfois Gregoire de Nazian. Poëm. 61. dit que quoy que Dieu les ait appellez bons & mauuais, κακούς τ' ἀγαθούς τε, toutesfois tout n'en vaut rien, οἱ πάντες πλεῦνες κακοί, & tous sont ennemis de l'homme, πλάσματος ἐσθλῦ. Neantmoins parmy les Payens, quelques-vns d'eux ont donné de bons aduis, comme celuy de Socrate, & celuy qui sur le mont Parthenien se presenta pour aduertir les Grecs de la venue de Xerxes, les asseurant qu'il seroit à leur secours contre luy, & creurent les Atheniens que c'estoit le Dieu Pan, Herodot. Et sur ceste creance qu'auoient les Payens, qu'entre les Daimons il y en auoit de bons & de mauuais, ils prioient tous les deux, les vns comme amis, & les autres comme ennemis pour les destourner de mal faire, οἱ μὲν σωτῆρες εὐφημούμενοι, οἱ δ' σωτηρίας αἰτούμενοι περὶ τῆς ὀπιβούλων σωτηρίας, dit Clement Alexand. au Protreptic : adioustant neantmoins qu'il n'y en a point de bons, mais que comme flateurs, κολάκων δίκην, ils font semblant d'affectionner nostre protection. Mais c'est pour eux-mesmes qu'ils le font, aimant la vapeur & fumee des sacrifices qu'ils commandent. *Tout ainsi qu'ils s'affectent*] Selon qu'ils s'inclinent à aimer ou haïr, emportez de leurs passions comme nous, *ijsdem quibus nos perturbationibus obnoxij,* Apulee. Et de là remarque Laërtius, que les Egyptiens se formoient deux principes, le bon & mauuais Daimon, δύο κατ' αὐτοὺς εἶ ἀρχάς, ἀγαθὸν δαίμονα ᾗ κακὸν δαίμονα. *Pour nous faire sçauoir la volonté des Dieux*] Tout cela est de Platon, & apres luy Apulee, qui disent que ces Daimons, *sunt inter mortales cœlicolásque vestores hinc precum, inde donorum : qui vltrò citróque portant, hinc petitiones, inde suppetias, ceu quidam vtrimque interpretes & salutigeri; &c.* Mais Sainct Augustin se moque encor de cela; car les Daimons estans meschans & impudiques, comment se rendront-ils porteurs de prieres & vœux de pudicité? *ergo,* dit-il, *& pudicitia si quid à Dijs impetrare voluerit, non poterit suis meritis nisi suis interuenientibus inimicis?* 8. de ciuit. cap. 18. Au surplus comment est-ce que les Daimons nous peuuent faire sçauoir la volonté des Dieux, est-ce par parole? Psellus dit qu'ouy, mais que ce ne sont pas parolles articulees ny qui facent bruit, μετὰ πληγῶν ᾗ ψόφων, ains comme les ames separees du corps parlent entre elles ἀπλήκτως, le Daimon s'approchant de nostre aureille, nous chuchette vn certain susurre, ψιθυρίζων ὑποφωνῶ. *Puis emportent à Dieu*] Synese attribue cela aux Anges, προθυμοῦσι σοφοῖς ἀγίων ὕμνων, Hymn. 3. porteurs de nos cantiques à Dieu, comme fait le Tasso en sa Hierusalem.

———— *Messo giocondo*
Che i decreti del cielo in terra porta,
Et i preghi e i voti nostri al ciel riporta.

Et Platon, aux Daimons, οἱ προθυμοῦντες, dit Porphyre, τὰ παρ' ἀνθρώπων θεοῖς, ᾗ τὰ παρὰ θεῶν ἀνθρώποις. Sainct Hilaire Pfalm. 119. dit que ce n'eft pas que les Anges mefmes portent à Dieu nos prieres, mais qu'ils fe ioignent auec nous & intercedent pour nous enuers luy . *Deo nihil ex ijs quæ agimus ignorante, fed infirmitate noftra ad rogandum & promerendum, fpiritualis interceßionis myfterio indigente.* **Nos faits & nos prieres**] Tout ce que nous faifons en general, & ce que nous demandons aux Dieux, dit Platon, διὰ τύτυ πάσα ἐστὶν ἡ ὁμιλία ϗ ἡ διάλεκτος θεοῖς πρὸς ἀνθρώπυς, *per medias illas poteftates,* dit Apulee, *defideria noftra & merita ad Deos commeant.* **Ils deftachent du corps nos ames**] Par les ecftafes & abftractions ou fpeculations de philofophie, pour feruir à noftre enfeignement. Platon dit auffi que le Daimon particulier de chacun, quand nous deuons mourir, délie noftre ame de fon corps & la conduit au iugement pour eftre fa vie examinee, *vbi vitâ editâ, remeandum eft,* dit Apulee, *eundem illum dæmonem, qui nobis præbitus fuit, raptare illico & trahere veluti cuftodiam fuam ad iudicium, atque illic in caufa dicenda affiftere, fi qua commentiatur redarguere.* **Les fignes veritables**] Non feulement par la vifion, mais par l'effect, *vera, non quia videntur,* Tertullian *de anima, cap.* 57. *fed quia adimplentur ; fides fomniorum de affectu, non de confpectu renuntiatur.* **D'eux vient la Prophetie**] Non pas la fainéte Prophetie qui vient de Dieu feul, & laquelle Tertullian au liure de l'ame *cap.* 11. appelle hardiment *amentiam, vim fpiritualem qua prophetia conftat:* mais il entend icy toutes fortes de predictions & magies, *cuncta denunciata, & magorum varia miracula, omnéfque præfagiorum fpecies,* Apulee : ce qu'ils font par diuerfes façons, *extis phyficulandis, præpetibus gubernandis, ofcinibus erudiendis, vel vatibus infpirandis, cæterifque per quæ futura dinofcimus.* Lactance dit, que ces predictions de Daimons fe font par vne cognoiffance & preffentiment qu'ils ont des difpofitions de Dieu, felon qu'à leur creation ils ont efté fes miniftres : l'effect defquelles difpofitions ils preuiennent, & en donnent l'aduis par oracles, fonges ou prodiges, à fin d'en eftre creuz les auteurs. *Cùm difpofitiones Dei præfentiant,* dit-il, *quippe qui miniftri eius fuerint, interponunt fe in his rebus, vt quæcumque à Deo vel facta funt, vel fiunt, ipfi potiùs facere aut feciffe videantur. Et quoties alicui populo vel vrbi fecundùm Dei ftatutum boni quid impendet, illi fe id facturos vel prodigiis, vel fomnijs, vel oraculis pollicentur.* Ce que dit auffi Minutius Felix, *Dum extorum fibras animant, auium volatus gubernant, fortes requirunt, oracula efficiunt falfis pluribus innoluta, nam & falluntur & fallunt.* **Et l'art qui eft obfcur**] La fcience augurale, οἰωνοσκοπία, ce qui fe fait par le vol & par le chant des oifeaux, *aliæ enim canentes ore faciunt aufpicium,* comme le corbeau & la corneille, *& ofcines vocantur ;* les auttes *volantes ;* comme l'aigle, le vautour & autres, *quæ præpetes dictæ, Feftus ;* & encor entre ceux-cy, *præpetes* font les heureux, les mal-heureux *inebræ, Seruius.* Tel fut le prefage de ces deux corbeaux, qui fe batans l'vn l'autre furent abbatus par vn aigle, lequel fe vint percher fur la tente d'Aufte, Sueton. Mais Sainct Cyprian fe moque de telle fcience, comme n'ayant aucune certitude de bon-heur ny de mal-heur ; *Regulus,* dit il, *aufpicia feruauit & captus eft ; pullos edaces habuit Paulus, & tamen apud Cannas cæfus eft : C. Cæfar, ne ante brumam in Africam nauigia tranfmitteret, auguriis & aufpiciis retinentibus fpreuit, eò faciliùs & nauigauit & vicit.* **Hannibal fçeut par eux**] Tout ce qui eft icy d'exemples eft d'Apulee, *Annibali fomnia orbitatem oculi commonent. Tarquinius Prifcus aquila obumbratur ab apice. Seruius Tullius flamma colluminatur à capite.* **D'vn de fes yeux la perte**] Et il fut encor aduerty en fonge de la perte de l'autre, s'il ne s'abftenoit du facrilege qu'il vouloit faire d'vne colomne d'or maffif au temple *Iunonis Laciniæ,* Ciceron. **Tullin fe vit par eux**] Eftant encor petit enfant, *Tullio etiam tum puerulo dormienti circa caput flamma emicuit,* Valer. Maxim. **Sur le chef de Tarquin**] *Sunt qui ab aquila Tarquinio apicem impofitum putent,* Cic. 1. *de legib.*

Les mauuais au contraire apportent fur la terre
Peftes, fiéures, langueurs, orages & tonnerre :
Ils font des bruits en l'air pour nous efpouuanter,
Ils font aux yeux humains deux Soleils prefenter,
Ils font noircir la Lune horriblement hideufe,
Et font pleurer le Ciel d'vne pluye faigneufe :
Bref, tout ce qui fe fait en l'air de monftrueux
Et en terre çà bas, ne fe fait que par eux.
Les vns vont habitant les maifons ruinees,
Ou des grandes citeZ les places deftournees
En quelque carrefour, & hurlent toute nuit
Accompagnez de Chiens, d'vn effroyable bruit.
Vous diriez que cent fers ils trainent par la ruë,
Efclatant vne voix en complaintes aiguë,
Qui réueillent les cœurs des hommes fommeillans,
Et donnent grand' frayeur à ceux qui font veillans.
Les autres font nommeZ par diuers noms,
Incubes,
Larues, Lares, Lémurs, Pénates, & Succubes,
Empoufes, Lamiens, qui ne vaguent pas tant
Que font les aërins : fans plus vont habitant
Autour de nos maifons, & de trauers fe couchent
Deffus noftre eftomac, & nous taftent & touchent :
Ils remuent de nuit, bancs, tables, & treteaux,
Clefs, huys, portes, buffets, bancs, tables, efcabeaux,
Ou comptent nos trefors, ou iettent contre terre
Maintenant vne efpee, & maintenant vn verre :
Toutefois au matin on ne voit rien caffé,
Ny meuble qui ne foit en fa place agencé.

RICHELET.

Les mauuais au contraire] A la distinction des bons, comme estoit celuy de Socrate, qui de viue voix l'aduertissoit de son bien & de son mal, & de ce qu'il ne deuoit pas faire, Σωκράτι τῷ φιλοσόφῳ δαιμόνιον διὰ φωνῆς προτημαίνειν ᾧ μὴ πρακτέον τὴν ἔκασιν, Gelase és actes du Concile de Nice ch. 4.   *Apportent fieures, pestes*] *Immissiones per Angelos malos* : car Dieu se sert de leur meschant naturel pour la punition de la terre, ὥσπερ ὀργαίοις συμφορῶν, dit Synese en l'Epistre contre Andronicus; quand Dieu, dit-il, a besoin de quelques punisseurs, δεῖται κολαστῶν, il se sert tantost des Daimons qui remplissent la terre des locustes, tantost de ceux qui excitent les pestes & maladies, χρῆται μὲν ἀχελάρχαις ἀκρίδων δαίμοσι, νῶ ᾗ ὧν ἔργα λοιμοί. Et de là aussi entre les sorciers les vns sont capables d'vn mal, les autres d'vn autre, μάγοι χαλάζης, μάγοι τῶ μυῶν, νεφελοτόκοι, *tempestarij*, chacun diuersement. Et c'est mesme aux Daimons ce qui donne vne creance de sçauoir le futur, dit S. Augustin, quand ils predisent ce qu'ils veulent faire; *accipiunt enim sæpe potestatem & morbos immittere, & ipsum aërem vitiando morbidum reddere.*   *Ils font aux yeux humains deux Soleils*] Mais c'est fascination, car deux Soleils ne sont point, & ne peuuent estre, toutesfois Iul. Obsequens remarque *Formis duos soles interdiu visos*, & sous Marius, trois : Mais la Magie ou le Daimon *exteriores oculos circumscribit, Tertull. de anima cap.* 57. & de fait que les verges magiciennes sous Pharaon n'estoient que prestiges, qui sembloient toutesfois vrayes à Pharaon, *corpora videbantur Pharaoni & Aegyptijs magicarum virgarum dracones, sed Mosei veritas mendacium deuorauit.*   *Pleurer le Ciel*] Proprement, à cause de la tristesse de la chose, & que les pluyes aussi sont comme les pleurs du Ciel.   *D'vne pluye saigneuse*] *Cruentis imbribus*, dit Iulius Obsequens : & non seulement de sang, mais aussi de toutes choses, *lapidum pluuiæ, terræ, lactis, ferri, &c.* Pline 2. ch. 56.   *Bref tout ce qui se fait en l'air*] Et cela leur est aisé, parce qu'habitans dans l'air, ils en sçauent & forment les habitudes & dispositions comme il leur plaist : *habent de incolatu aëris*, dit Tertull. en l'Apologetic, *& de vicinia siderum, & de commercio nubium cælestes sapere paraturas, vt & pluuias quas iam sentiunt, repromittant.*   *Et en terre çà bas*] Et encor plus sur la mer, où ils font la tempeste & la tranquillité; & de là dans Homere aupres de l'Isle des Sereines, au 12. de l'Odyssee, il est dit que le Daimon endormoit les flots, κοίμησε ᾗ κύματα δαίμων. Mais en terre que ne font-ils point, de mal & de monstrueux, & d'estrange? Dans Arnob. 1. vous les remarquez, *mortiferam immittere quibuslibet tabem, familiarum dirumpere charitates, sine clauibus reserare quæ clausa sunt, ora silentio vincire, in curriculis equos debilitare, incitare, tardare, &c.*   *Les vns vont habitant*] Ceux-là sont les Daimons terrestres, καταχθόνιοι δαίμονες, qui se retirent és vieilles masures, & chasteaux inhabitez, comme à Bissestre.   *Vous diriez que cent sers*] Ainsi ce fantosme que voit Athenodore dans Pline, 2. *catenas manibus gerebat, quatiebátque; inde inhabitantibus tristes, duræque noctes per metum vigilabantur; ferri sonus & strepitus vinculorum reddebatur*, & semble que cest endroit soit imité de là.   *Par diuers noms*] Expliquez & entendus diuersement par les Auteurs.   *Incubes*] Comme les Duisiens de nos Gaulois remarquez par S. Augustin au 15. de la Cité chap. 23. Daimons salaces & impudiques, *improbi mulieribus*, qui les courent & culbutent, se couchans sur elles. Seruius les appelle *Inuos, ab incundo passim cum omnibus animalibus*, & dit que ce sont Pans & Faunes.   *Larues, Lares, Lemurs*] Et aussi Manes, Genies, & Penates; sont quasi tout vn, & plus differens de noms que de nature & d'effets, ce dit Arnobe liure 3. Mais voicy comme Apulee explique distinctement ces trois; Le Lemur, dit-il, est nostre Genie, apres que l'ame est separee du corps (& en ce faisant selon son opinion nostre ame hors du corps deuient Daimon, ce qui est absurd) Or de ces Lemurs, ceux qui sont pacifiques, & aimans leurs successeurs s'appellent Lares, *qui posterorum suorum curam sortiti, pacato & quieto numine domum possident.* Ceux qui ont mal vescu, errans & vagabons par la terre, sont Larues, qui font peur aux gens de bien, & du mal aux meschans, *inane terriculamentum bonis hominibus, cetetùm noxium malis.* Et ceux de ces Lemurs que l'on ne sçait s'ils sont ou Lares ou Larues, sont appellez Manes, & reputez Dieux par honneur. Mais principalement les Lares estoient reuerez par les Anciens, iusques là que les enfans sortans d'enfance, leur dedioient & consacroient leurs chaisnes, & pouppees; *solebant*, dit Acron, *pueri, postquam pueritiam excedebant, dys laribus bullas suas consecrare, similiter puellæ puppas.*   *Penates*] *Penetrales Dij*, Catull. toutes sortes de Daimons familiers, comme gardiens des sepulchres domestiques; car anciennement les defuncts s'enterroient dans la maison. *Apud maiores nostros*, dit Seruius, *vbicumque quis extinctus fuisset, ad domum suam referebatur, ibíque sepeliebatur.*   *Succubes, Empouses, Lamiens*] Daimons fœminins; le Succube est contraire de l'Incube; l'Empouse, ἔμπουσα, vn Daimon de nuict qui marche sur vn pied, Eustath. Lamiens, ou Lamies, Dion en son histoire Libyque les represente moitié belles femmes, moitié serpens, *Lamiæ nudauerunt mammas*, Hieremie.   *Agencé*] Bien rangé.

On dit qu'en Norouegue ils se loüent à ga-
    ges,
Et font comme valets des maisons les mesna-
    ges,
Ils pensent les cheuaux, ils vont tirer le vin,
Ils font cuire le rost, ils serancent le lin,
Ils filent la fusee, & les robbes nettoyent
Au leuer de leur maistre, & les places balayent.
    Or qui voudroit narrer les contes qu'on fait
    d'eux,
De tristes, de gaillards, d'horribles, de piteux,

On n'auroit iamais fait : car hôme ne se treuue
Qui tousiours n'en raconte vne merueille
    neuue.
    Les autres moins terrains sont à part ha-
    bitans
Torrens, fleuues, ruisseaux, les lacs & les
    estangs,
Les marais endormis & les fontaines viues,
En forme de Sereine apparoissant aux riues.
    Tant que les aërins ils n'ont d'affections,
Aussi leur corps ne prend tant de mutations :

Ils n'aiment qu'vne forme, & volontiers icelle
Est du nombril en haut d'vne ieune pucelle
Qui a les cheueux longs, & les yeux verts & beaux,
Contr'-imitans l'azur de leurs propres ruisseaux.
Pource ils se font nommer Naiades, Nereïdes,
Les filles de Tethys, les cinquante Phorcides,
Qui errent par la mer sur le dos des Dauphins,
Bridans les Esturgeons, les Fouches, & les Thyns,
Aucunefois vaguäs tout au sommet des ondes,
Aucunefois au bas des abysmes profondes.

Ils ont le mesme esprit que les autres Daimons,
Les vns pernicieux, les autres doux & bons :
Ils font faire à la mer en vn iour deux voyages,
Ils appaisent les flots, ils mouuent les orages,
Ils sauuent les bateaux, ou font contre vn rocher
Perir quand il leur plaist la nef & le nocher.

Neptune le Daimon voulut noyer Vlysse,
Leucothoé luy fut à son danger propice.
L'Egyptien Protée attaché d'vn lien,
Par sa fille trahy, enseigna le moyen
Au chetif Menelas de retourner en Grece,
Qui tout desesperé se rongeoit de tristesse.

RICHELET.

On dit qu'en Norouegue] Et dans tous les pays Septentrionaux les plus auancez deuers le Pole & proches de la mer Baltique, ces Daimons y font des merueilles : Les vns qu'ils appellent Bonnasses sont parfaits palefreniers, les autres appellez Drolles seruent en figure d'homme ou de femme, & se loüent à faire promptement tout ce qu'il faut en la maison. Quelques-vns se rendent Daimons particuliers, appellez Teruilles, comme pouuoit estre l'Orthon du Comte de Corasse en Bearn, dont parle Froissard, qui seruoit à réueiller ceux qui dormoient, & à conter en vn instant des nouuelles de tous les costez du Monde ; & apres auoir réueillé & conté tout à son maistre, se retiroit & le laissoit dormir. Mais par la Norouegue & le Dannemarch se voyent visiblement les Danses des Daimons, qu'ils appellent, Danses des Helluës. Le Loyer 4. chap. 11. Et Olaus Magnus, au liure des peuples Septentrionaux en parle ainsi : *Hodie etiam in partibus Septemtrionalibus Dæmones se visibiles exhibent, & hominibus inseruiunt, eorum iumenta & animalia ad pastum ducunt & reducunt, &c.*

Et sont comme valets] Sainct Gregoire de Nazianze en l'oraison de Sainct Cyprian (ce n'est pas le grand Sainct Cyprian d'Afrique) dit, qu'auparauant que ce Sainct fust Chrestien, il s'en seruoit d'vn, δαιμόνων ἑνὶ φιλοσωμάτων ἢ φιληδόνων, qui aquarioli vice fungebatur enuers Saincte Iustine, ωεγαγωγός. Et remarque au mesme endroit, oraison 18. que ces puissances apostatiques & rebelles, αἱ ὑποπεσᾶκαὶ δυνάμεις, sont promptes à seruir les hommes en leurs meschancetez, par vn desir qu'ils ont d'auoir plusieurs compagnons de leur cheute, πολλοῖς κοινωτοῖς τῆ πτώματος : & leurs salaires & recompenses, sont, dit-il, des victimes immolees : μισθὸς τῆς ωεγαγωγίας, θυσίαι τε & σπονδαί.

Ils pensent les cheuaux] Sont garçons d'estable. Ce mot proprement signifie soigner & traiter vn malade, c'est à dire, en auoir soin attentiuement & y porter son esprit & sa pensée ; & secondement, il s'applique aux cheuaux & autres bestes.   *Ils serancent le lin*] C'est vne des façons du lin sur vn plan d'alesnes ou aiguilles pointues, appellez serancs.   *De tristes, de gaillards*] Le liure des spectres du Loyer en est plein.   *Merueille neuue*] Nouuelle.   *Les autres moins terrains*] Les aquatiques, *quartum genus dæmonum.*   *Habitans Torrens, fleuues, ruisseaux*] *Omnibus aquis,* dit Seruius, *Nymphæ sunt præsidentes, Ecl.* 1. *Immundi spiritus,* Tertull. *de baptismo cap.* 5. *aquis incubant, affectantes illam in primordio diuini spiritus gestationem ; sciunt opaci quique fontes, & auij quique riui, & in balneis piscinæ, & Euripi in domibus, vel cisternæ & putei, qui rapere dicuntur, scilicet per vim spiritus nocentis.* Et cela conforme à ce que dit encor Seruius, que les ames des Heros, *Heroum animæ vel in fontibus habitant, vel in nemoribus, Ecl.* 5.   *Fontaines viues*] Courantes & actiues, *flumine viuo,* Virgil.   *En forme de Sereine*] ἐν χυναικείῳ σχήματι δαιμόνια, Scholiast. de Theocrit, θηλύμορφα. Or ces Sereines (soient vrayes ou fabuleuses, car Clement Alex. au Prottreptic les appelle Σειρῆνας μυθικαὶ) estoient trois Daimons feminins, & blandissans au Pelore de la Sicile,

    — siculi latus obsedere Pelori,
  Accensaque malo, tam non impune canoras
  In pestem vertere lyræ, vox blanda carinas
  Alligat, audito frænantur carmine remi. Claud.

Et Marulle, *cunctando consuetæ morari voce rates triplici puellæ.*   *Aussi leur corps ne prend*] Ils ne changent pas tant que les autres, dit Psellus, ὑδραῖοι ἢ δυνατται μορφαὶ μεθισάπειν πλείοις, ζώπας ὡς ὁπίπαν ἐμφάινον, & c'est ce que dit Ouid. 8. Metam. qu'il y en a, desquels la forme,

  Forma semel mota est & in hoc renouamine mansit:
  Sunt quibus in plures ius est transire figuras :

& d'ordinaire ils sont oiseaux ou femmes, que les Grecs appellent Naiades, Nereides, Ναΐδας πόντας ἢ Νηρηΐδας θηλυκῶς καλοῦσι, ce que nostre Autheur dit icy.   *D'vne ieune pucelle*] Ce n'est pas toutesfois que les Daimons naturellement soient masles ou femelles, μηδ᾽ ὅτι δαιμόνιον θῆος, ἄρσεν ἢ θῆλυ κατ᾽ φύσιν, dit Psell. Car ce sont corps simples, mais corps souples & faciles à se plier, & former en telle figure & posture qu'ils veulent, εὐάγωγα ἢ ἢ ὄντα & εὔκαμπτα ωρὸς πάντα σηματίζμόν.   *L'Azur*] La couleur bleuë.   *Les cinquante Phorcides*] Nymphes de la mer. *Phorcique chorum,* Virg. 5.   *Sur le dos des Dauphins*] Car ces poissons se laissent monter, & le Dauphin mesme à l'hôme.

Vous en auez vn notable exemple au 8. des Epistres de Pline 32. *Les Esturgeons, les Foulches & les Thins*] *Aci-penseres, Phocas, & Thynnos*, grands poissons de mer. *Les vns pernicieux*] Nous auons desia dit que tous ne valent rien, quelque apparence qu'ils donnent à leurs œuures ; *operatio dæmonum*, dit Tertullian en l'Apologetic, *est hominis euersio ; sic malitia spiritalis à primordio auspicata est in hominis exitium.* *En vn iour deux voyages*] Flus & reflus, *Oceanum effundunt ac renocant.* Seneque 7. *de benefic.* 1. *Venilia, vnda est, quæ ad littus venit, Salacia quæ in salum redit*, qui semble estre ce flus & reflus, *fluctus refluens*, Sainct Augustin 7. *de Ciuit.c.22.* *Voulut noyer Vlysse*] Homere 11. Odyss. dit que ce fut en haine de ce qu'il auoit creué l'œil à vn sien fils,

χωόμενος ὅτι οἱ υἱὸν φίλον ἐξαλάωσε.

Leucothoé luy fut propice] Laquelle au 5. de l'Odyssee se changeant en Plongeon, luy donne conseil comment il se peut sauuer du courroux de Neptune, en nageant sur vn voile qu'elle luy donne, κρήδεμνον ὑπὸ στέρνοιο ἄμβροτον, &c. *L'Egyptien Protee attaché d'vn lien*] Πρωτεὺς Αἰγύπτιος, au 4. de l'Odyssee, où Menelas luy-mesme en fait le discours à Telemach. Et dit que comme il y eust long temps que ses vaisseaux fussent arrestez au port du Phare de l'Egypte, & qu'il n'auoit plus de viures, ny ses gens de courage, Edothee, fille de Protee,

Εἰδοθέη Πρωτέος θυγάτηρ ἁλίοιο γέροντος,

l'aduertit de surprendre s'il pouuoit ce vieillard, sçauant aux mesures & chemins de la mer, lequel luy enseigneroit le moyen de retourner en son pays,

ὃς δή τοι εἴπησιν ὁδὸν καὶ μέτρα κελεύθου.

Et comme Menelas ne sçauoit pas la forme de l'embusche qu'il falloit dresser pour le prendre, elle luy donna aduis que sur le Midy il sortoit de la mer & s'endormoit en certaines cauernes, ἐλθὼν κοιμᾶται ὑπὸ σπέσσι, apres auoir compté ses troupeaux, & qu'en ce sommeil il falloit qu'il le surprist & le liast fortement, sans le deslier & laisser eschapper, iusqu'à ce qu'apres plusieurs illusions de formes que remarque Homere, il eust repris celle, en laquelle il auoit esté pris dormant, parce qu'alors il luy enseigneroit indubitablement son retour, & les Dieux qui luy estoient contraires. Tout cela elegamment rapporté & descrit 4. Georgiq. *Par sa fille*] Que l'on disoit sa fille, comme elle dit elle-mesme, τὸν δέ τ' ἐμὸν πατέρ' ἔμμεναι. *Trahi*] Homere le dit, δόλον δ' ἐπεμήσατο πατρί, mais quelle trahison ? à sçauoir qu'outre l'aduis de le lier, elle apporta à Menelas, & à trois de ses compagnons, des peaux de Foulches, φωκάων δέρματα, desquelles elle les fit couurir proprement, à fin qu'ils parussent estre des troupeaux de Protee, & que sans se deffier d'eux ils peussent approcher plus pres de luy. Et mesme contre l'odeur infect & insupportable de ces Monstres marins, elle leur parfuma le nez d'Ambrosie, Ἀμβροσίην ὑπὸ ῥῖνα ἑκάστῳ θῆκε, ce dit Homere : & voilà toute la trahison dont nostre Autheur parle en cest endroit. *Au chetif Menelas*] δήχα παχόντι, & qui mouroit de desespoir de iamais pouuoir retourner en son pays.

Ils se changent souuent en grands flam-
beaux ardans
Esclairans sur les eaux, pour conduire dedans
Le passant fouruoyé trompé de leur lumiere,
Puis le meinent noyer au fonds d'vne riuiere.
 Les vns ayans pitié des hommes & des
 naux,
S'assisent sur le mast, comme deux feux iu-
meaux,
Et tirent la nauire & les hommes de peine,
Nommez le feu Sainct Herme, ou les freres
 d'Heleine.
 Les autres moins subtils, chargez d'vn
 corps plus gras
Et plus materiel, habitent les lieux bas,
Et ne changent iamais de la forme qu'ils tien-
nent :
Car point d'affections de changer ne leur vien-
nent,

Non plus qu'à la souris qui dans vn trou se
tient,
Et rien en souuenir que manger ne luy vient.
 Si sont-ils toutesfois de meschante nature :
Car si quelqu'vn deuale en vn puits d'auen-
ture,
Ou va par auarice aux minieres de fer,
D'or, de cuiure ou d'argent, ils viennent
l'estoufer,
Et serrant son gosier sans haleine le tüent.
 Aucunefois sous terre engloutissent & ruent
Les peupleuses Citez & leurs murs trebu-
chans :
Ils font trembler la terre, ils creuassent les
champs,
Et d'vne flamme ardente au profond du Tar-
tare
Allument le mont d'Etne, & Vesuue, &
Lipare.

RICHELET.

Ils se changent souuent en grands flambeaux] Que l'on appelle les Ardans, qui font semblant de vouloir esclairer les passans en s'approchant d'eux, & poursuiuans ceux qui les fuyent, & conduisans dans des eaux & precipices ceux qui les suiuent. Au surplus ceste sorte de Daimon craint le sifflet, & se venge rudement de ceux qui le sifflent, s'ils ne gaignent au pied & ne s'enferment promptement le voyant venir. Tantost ils sont grands, tantost plus petits, voltigeans d'vn costé & d'autre sur les riuieres. Quelques-vns croyent que ces Ardans procedent de causes naturelles, dans lesquelles bien souuent se mesle le Daimon. Voy Bodin & Camerarius.

Pour conduire dedans] Car en general les Daimons sont ennemis de l'homme, & encor de Dieu, μισεῖ τὸ δαιμόνιον τὸ θεομισὸν, ὃ ἀνθρώποις πολέμιον, Psellus. Mais tous ne sont pas meschans esgallement : mais ceux-cy esclairent pour noyer. *Comme deux feux jumeaux*] Comme les Dioscures, *ignes fulgorésque marini*, Arnobe. *Les freres d'Helene*] *Fratres Helenæ lucida sidera*, Horace. Mais ces feux S. Herme ne paroissent qu'apres la tempeste passée ; De là le Roy Louys XI. appella feu Sainct Herme vn Seigneur de sa Cour, qui estoit venu apres la bataille. *Les autres moins subtils*] Les terrestres, ὑποχθόνιοι, grossiers & quasi insensibles, δυσαίσθητοι, Psell. *Habitent les lieux bas*] Comme és sepulchres & monumens où ils apparoissent quelquesfois comme esprits terrestres, περὶ τοὺς χθόνα, κάτω βαίνοντα περὶ τοὺς τάφους, ὡς τὰ μνημεῖα καλινδούμενα, ὃ ὑποφαίνοντα ἀμυδρὰς σκιοειδῆ φαντάσματα, Clem. Alex. au Protreptic. *Et ne changent iamais de la forme*] Ny de lieu ; & de là peut-estre sont venus les Dieux Topiques ou Genies, lesquels, dit Seruius, *ad alias regiones numquam transeunt*. *Non plus qu'à la souris*] Ceste comparaison est de Psellus, qui dit qu'il y a des Daimons massifs & stupides, comme le sous-terrain, lequel à peu d'imagination, & à cause de cela change peu souuent de formes, διὸ κ μορφὰς ἐκ ἀμείβει πλείους, son corps n'estant pas habile ny prompt, μηδὲ τὸ σῶμα εὔπνως τε κ εὐκίνητον. Et ces Daimons-là, dit-il, sont comme les souris, qui ne se souuiennent ny du trou d'où elles sont sorties, ny du chemin où il faut aller, ὡς μύες, μήτε τὸν εἰδότες, μήτε πὸν οἳ πορδύοντες, n'ayans leur imagination qu'à trouuer dequoy manger, μίας φαντασίας τῆς ἐδωδῆς. *Quasi mures semper edimus*, Plaut. Capt.

En vn puits d'auenture] Et encore pis quand par curiosité : car ces Daimons ne veulent pas estre veuz ny recherchez : que si d'auenture on se trouue où ils sont, on n'en reçoit pas de mal. De là remarque Pausanias en ses Attiques, qu'aux champs de Marathon, où toutes les nuicts s'entendent des hennissemens des cheuaux, & des cris d'hommes combattans, τῶ ἵππων χρεμετιζόντων κ ἀνδρῶν μαχομένων, ceux qui par curiosité y vont de nuict pour les ouïr, n'en retournent point sans esprouuer la colere des Daimons, τῶ δαιμόνων ὀργήν, ce qui n'aduient pas quand ils s'y trouuent par hazard. *Ou va par auarice aux minieres*] Seneque au 5. de ses Quest. Natur. dit que l'auarice est dangereuse de ceux, *qui pecuniam in altißimis vsque latebris sequuntur, & relicto spiritu libero in illos se demittunt specus, in quos nullum noctium diérúmque peruenit discrimen, & à tergo lucem relinquunt*. De là est aussi, qu'en ces lieux, comme mortels & dangereux, εἰς τὴν ἀπὸ μετάλλων ἐργασίαν, dit Plutarque au Parallelle de Crassus, on ne se seruoit anciennement que de coulpables & criminels, ou de barbares, κακούργων κ βαρβάρων δεδεμένων κ φθειρομένων ἐν τοῖς ὑπονόμοις κ νοσεροῖς. Et Strabon liure 12. remarque qu'en certaine montagne du Pont ils se seruent, μεταλλευταῖς τῆς ἀπὸ κακουργίας ἀγρεαζομένοις ἀνδραπόδοις, & la raison est, qu'outre la difficulté du labeur, l'air des minieres est mortel & insupportable, θανάσιμον κ δύσοιστον τὸν ἀέρα φασὶν, ὥστε ὠκύμορα εἶ) τὰ σώματα, & sans doute qu'à cause de ceste malignité on y a mis l'habitation de certains Daimons. *D'or, de cuiure ou d'argent*] Et toutesfois ce sont les Daimons qui ont descouuert les minieres & les metaux : *siquidem metallorum opera nudauerunt*, dit Tertullian 1. *de cultu* 2.

Et serrant le gosier les tuent] κατάγοντα κ κατέχοντα, dit Psell. qui est le mal que fait ceste sorte de Daimons. *Ruent Les peupleuses citez*] En se meslant parmy les vents & l'esprit renfermé de la terre qui veut sortir, *quique quærens locum. omnes angustias dimouet, & claustra sua conatur effringere : sicque fit, vt terra spiritu luctante, & fugam quærente moueantur* : & nous en auons vn exemple effroyable depuis peu de iours, de la ville de Piüry aux Grisons, engloutie d'vn tremblement & du transport d'vne grand' montaigne, le 4. Septembre 1618. auec la perte de 3500. habitans : *quid cuiquam tutum satis videri potest, si mundus ipse concutitur, & partes eius solidißima labant ?* Seneque.

Du Tartare] De l'Enfer. *Allument le mont Etne*] En la Sicile : mais cela s'entend d'vne flamme plus grande & extraordinaire, car il estoit commun & comme naturel de voir brusler ceste montaigne : mais c'estoit vn prodige qui s'expioit *maioribus hostijs, si mons Ætna ignibus abundasset. Iul. Obsequens* : & cela pouuoit arriuer par les Daimons. *Vesuue*] Montagne de la Campagne qui iettoit autrefois le feu, à la recherche de l'embrasement de laquelle mourut le grand Pline. Voyez l'Epistre qu'en escrit le ieune Pline à Tacite liure 6. *Et Lipare*] Vne des 7. Isles Æoliennes aupres de la Sicile, *Vulcani domus*, Virgile.

Aucunefois transis d'excessiue froideur,
Laissent les lieux terrains pour chercher la
   chaleur,
Non celle du Soleil, car elle est trop ardante,
Mais le sang temperé d'vne beste viuante :
Et entrent dans les porcs, dans les chiens, dans
   les loups,
Et les font sauteler sur l'herbe comme fouls.
   Les autres plus gaillards habitent les mon-
     taignes :
Les taillis, les forests, les vaux & les campa-
   gnes,
Les tertres & les monts, & souuent dans vn
   bois

Ou dans le creux d'vn roc, d'vne douteuse vois
Annoncent le futur, non qu'au parfait cognues
Toutes choses leur soient ains que d'estre ve-
   nues :
Mais eux qui par long âge experimentez sont
Aux affaires du Monde, & qui plus que nous
   ont
D'art, de vie, & sçauoir, plustost que nous aui-
   sent
(Nous qui mourons trop tost) le futur qu'ils
   predisent :
Toutefois la prudence & l'aduis peut donner
Aux hommes craignans DIEV pouuoir de
   deuiner.

RICHELET.

Aucunefois transis] Maintenant il dit que les sousterrains sont si transis de froid, que n'osans se chauffer au Soleil, ils entrent dans le corps des porcs ou autres animaux. Ainsi dans Sainct Matthieu chap. 8. *abierunt in porcos*, & le demanderent à nostre Seigneur qui le leur permit ; & ce n'est pas (dit Psellus) pour mal qu'ils vueillent aux animaux ny pour leur nuire, mais c'est d'autant que la chaleur de l'animal leur est aggreable, ἀλλ' ἐπεὶ σῶμα ζωῶδες θερμότητος, car les Daimons habitans en des lieux extremement froids & secs ψυχροῖς ἐρατως ἢ αὐχμοῖς, sont transis de froid, πολλῆς ἐμψύξεως, & à cause de cela aiment la chaleur animale, ou des estuues, comme temperée, σύμμετρον ἴσαν ἢ σύντροπον, & fuyent celle du Soleil, parce qu'elle brule & desseiche, ὡς καυστικὴν ἢ ξηραίνουσαν. *D'vne douteuse voix*] D'vne parole ambigue, car ils trompent & sont trompez, comme a dit cy-dessus Minutius Felix ; & cela monstre qu'ils ne sçauent pas bien certainement ce qu'ils disent. *Annoncent le futur*] Non pas infailliblement, ny absolument : les Anges mesmes ne le peuuent pas faire, car cela n'appartient qu'à Dieu seul, qui appelle les choses qui ne sont pas, comme celles qui sont, dit Sainct Paul Rom. 4. Mais ils annoncent & cognoissent les choses futures, qui ont leurs causes necessaires, & ce en leurs causes naturellement, Ils cognoissent aussi les choses qui ont leurs causes contingentes ou libres, mais par reuelation, comme la mort de Saül au 1. des Roys, & d'Achab au 3. Comme tout ce qu'ont annoncé les Sibylles & Oracles. Mais ils ne cognoissent point les choses futures, qui sont de la volonté de Dieu, ny mesme de la nostre, si ce n'est ce qu'ils en preiugent par nostre inclination ou par quelque acte exterieur, comme traicte Sainct Augustin au liure de la diuination des Daimons. Item, les Daimons ayans des actes de volonté, predisent ce qu'eux-mesmes veulent faire. Mais les choses futures qui dependent des causes libres & consequentes, ne sont cogneües que de Dieu seul, qui les cognoist en soy-mesme, & les regarde comme presentes & certaines. Que si quelquesfois les Daimons nous declarent nos pensees & nos desirs, cela procede de la cognoissance qu'ils en ont par quelques actions ou effects exterieurs, ou par quelques signes secrets qui sont en nostre corps, qu'ils cognoissent & que nous mesmes ignorons. Mais purement & simplement les Anges ny les Daimons ne cognoissent point nos pensees ny volontez, qui sont d'vn autre ordre que les choses naturelles, desquelles seulement les Anges en leur creation ont receu les especes & similitudes. Mais la pensee sans le consentement de la volonté qui est libre, ne produit point d'espece ny de similitude qui la face cognoistre, & consequemment ne peut estre cogneuë ny des Anges ny des Daimons. *Non qu'au parfait cogneües*] C'est à dire qu'ils ne cognoissent pas parfaictement les choses futures, mais comme elles ont quelques dispositions precedentes qui les anticipent, les Daimons habiles esprits & rompus dans la cognoissance de la Nature, les preiugent & en preuiennent l'euenement qu'ils nous annoncent, & les sorciers font de mesme, dit Arnobe liure 1. *imminentia student prænoscere, quæ necessariò velint nolint, suis ordinationibus veniunt.* *Mais eux qui par long âge*] Car ce sont les premieres creatures animées : de là elegamment Arnobe, ou quelque autre que luy, Psalm. 136. les appelle les premiers naiz d'Egypte, *qui ideo primogeniti dicuntur, quia nullus vetustior, aut prior in peccato dæmonys.* *Experimentez sont aux affaires*] Trois circonstances les rendent sçauans & experimentez ; l'vne, leur corps aërien, qui se porte legerement par tout, & leur sens subtil qui conçoit promptement ; l'autre, qu'ils font plusieurs choses que les hommes ne peuuent faire ; & la troisiesme qu'ils ont vne longue experience des choses du Monde. S. Augustin dit tout cela : *Vt aëry corporis sensus terrenorum corporum sensum facilè præcedant, volatus auium incomparabiliter vincunt, ex quibus rebus, acumine sensus, celeritate motus, multò antè cognita prænuntiant. Accedit etiam Dæmonibus, per tam longum tempus quo eorum vita protenditur, rerum longè maior experientia, quàm potest hominibus propter breuitatem vitæ prouenire : adde quòd plerumque prænuntiant quæ ipsi facturi sunt.* Et Isidore dit la mesme chose : *Illis quidem inest rerum cognitio, plusquam infirmitatis est humanæ, partim subtilioris sensus acumine, partim experientia longissimæ vitæ, partim per Dei iussum angelica reuelatione.* *D'art & de sçauoir*] Mais de sçauoir pour mal faire, car le Daimon, dit Sainct Ignace aux Philippiens, est sçauant en cela, σοφὸς τῶ κακοποιῆσαι, mais à faire bien ἀγνοίας πεπλήρωται. *Nous qui mourons trop tost*] *Tarda sapientia, cita morte,* Apulee.

Le futur qu'ils predisent] Encor Tertullian en son Apologetic nous apprend comment ceste prediction se fait. Ce n'est pas qu'elle vienne d'eux ny de leur cognoissance, mais ils la desrobent subtilement de ceux à qui Dieu la donne : *Dispositiones*, dit-il, *nunc è prophetis concionantibus excerpunt, & nunc lectionibus resonantibus carpunt ; ita & hinc sumentes quasdam temporum sortes, æmulantur diuinitatem, dum furantur diuinationem.* *Aux hommes craignans Dieu pouuoir de deuiner*] Il dit finalement que les Daimons n'ont pas seuls ceste faculté de diuination, mais que l'homme de bien aussi la peut auoir. Apulee en sa premiere Apologie le dit, que la faculté de deuiner peut aussi bien appartenir à l'homme qu'au Daimon, pourueu que cest homme soit de bon esprit & non vicieux, qu'il soit pur & simple & quasi enfant, *vt in eo*, dit-il, *diuina potestas quasi bonis ædibus diuersetur.* Et voicy ce qu'il dit touchant ceste diuination en l'homme : *Illud mecum reputo, posse animum humanum, & puerilem præsertim simplicémque, seu carminum auocamento, seu odorum delinimento, soporari, & ad obliuionem præsentium externari, & paulisper remota corporis memoria, redigi ac redire ad naturam suam, quæ est immortalis scilicet & diuina, atque ita veluti quodam sopore futura rerum præsagire.* Mais sans y apporter tant de façon, Ciceron dit indistinctement que ceste faculté diuinatrice est en nous, & *præuidet animus humanus ipse per sese, quippe qui Deorum cognatione teneatur : inest*, dit-il, *in animis præsagio extrinsecus iniecta atque inclusa diuinitas*, à sçauoir ou par songes, ou par le ministere de ces esprits immortels, qui sont les Daimons desquels l'air est plein ; *quòd plenus sit aër immortalium animorum* ; au 1. de la Diuination ; & voicy comment les Stoïques prouuent qu'il y a diuination : S'il y a des Dieux, disent-ils, & s'ils n'aduertissent l'homme & ne luy donnent le pressentiment de ce qui doit aduenir, il faut que ce soit ou parce qu'ils ne l'aiment pas, ou qu'ils ignorent eux-mesmes l'aduenir, ou qu'ils croyent qu'il n'a point d'interest de le sçauoir, ou que c'est chose indigne de leur majesté de l'en aduertir, ou finalement qu'ils ne le peuuent faire : or tout cela est faux & le contraire vray : & consequemment il y a diuination.

Les vns aucunefois se transforment en
    Fees,
En Dryades de bois, en Nymphes & Napees,
En Faunes, en Syluains, en Satyres & Pans,
Qui ont le corps pelu marqueté comme fans :

Ils ont l'orteil de bouc, & d'vn cheureul l'au-
    reille,
La corne d'vn chamois, & la face vermeille
Comme vn rouge Croissant, & dansent toute
    nuit

Dedans

Dedans vn carrefour, ou prés d'vne eau qui
  bruit.
  Ils craignent tous du feu la lumiere tres-
  belle :
Et pource Pythagore ordonna que sans elle
On ne priast les Dieux : mais plus que les
  flambeaux
Ny que les vers charmez ils craignent les
  couteaux,
Et tremblent de frayeur s'ils voyent vne espee,
De peur de ne sentir leur liaison coupee :
Ce que souuentefois i'ay de nuit esprouué,
Et rien de si certain contre-eux ie n'ay trouué.
  D'vn poinct nous differons : quand le fer
    nous incise,
Nostre chair est long temps auant qu'estre re-
  prise,
Des Daimons à l'instant : ainsi que qui fen-
  droit

L'air, ou le vent, ou l'eau, qui tost se re-
  prendroit .
Que diray-ie plus d'eux ? ils sont pleins de
  science,
Quant au reste, impudents, & pleins d'ou-
  trecuidance,
Sans aucun iugement : ils sont follets, men-
  teurs,
Volages, inconstans, traistres & decepteurs,
Mutins, impatiens, qui iamais n'apparoissent
A ceux qui leur nature & leurs abus co-
  gnoissent.
  Mais s'ils sentent vn homme abandonné
    d'espoir
Errer seul aux deserts, le viendront deceuoir :
Ou tromperont les cœurs des simplettes Ber-
  geres
Qui gardent les brebis, & les feront sor-
  cieres.

RICHELET.

Les vns aucunefois se transforment en Fees] Qui sont Daimons feminins, deuorans les hommes qui s'appro-chent d'eux : les Italiens les appellent *Fate* ; peut-estre que ce sont celles que les Anciens appelloient *Fatum &* *Faunas,* & encores *Lamias.*   *Dryades*] Nymphes des bois.   *En Nymphes*] Des eaux, *quasi lympha.*   *Napees*] Des fontaines selon Seruius, mais selon leur nom, Nymphes des boccages & des fleurs.   *En Faunes, en Syluains*] Ce sont Daimons qui habitent les forests, de leur nature follastres & gays, qui courent apres les hommes & femmes en riant, sans leur faire autre mal, disent Palladius & Cassian.   *Qui ont le corps pelu*] Et de là les Peres par ces mots d'Esaie, *Occurrent Dæmonia, monocentaurus & pilosus,* entendent par ce pelu, le Faune, Pan, ou Satyre.   *Et dansent toute nuict*] I'en ay parlé ailleurs, & c'est leur sabat.   *Ils craignent tous du feu*] Ilsont peur du feu, & plus de l'espee, l'vn les bruslant, & l'autre les blessant & entamant leur corps, ὡς ᾗ πληθόϊσμα ὀδυνᾶσθαι, ᾗ πυεὶ προσομιλή-σαντα κρίεσθαι, Psell.   *Ny que les vers charmez*] Les paroles enchantees ; & neantmoins ils les craignent fort, & à cause de l'effroy qu'ils en ont, Lucian appelle ces vers charmez, τὴν φειχωδεστάτην ἐπίρρησιν, au Philopseude   s'ils *voyent vne espee*] φασγάνε προύβλημα, Lycophron. Car l'espee les coupe & diuise auec douleur ; & c'est pourquoy leur composition subtile & animee d'esprit ταῖς ἀκμαῖς τῶν σιδήρων δέδαικα ᾗ πρόσωπαι. Et les sorciers qui cognoissent les antipathies & sympathies des Daimons, les euoquent ou chassent selon qu'ils veulent ou en ont besoin. Car pour les chasser & garder d'approcher, ils vsent du fer & du feu, & pour les faire venir, ils les flattent de ce qu'ils aiment, ταῖς ἀντιπαθίαις ἐκφυγγάζοντες, ἢ ταῖς συμπαθίαις μειλίσσοντες, Psellus : & de cela Francus est aduerty par Hyante au 4. de la Franciade,

  Quand tu verras que les Esprits viendront
  Boire le sang, & qu'espais se tiendront
  Pres de la fosse au sang toute trempée,
  Hors du fourreau tire ta large espée,
  Et fais semblant de les vouloir trencher
  Si prés de toy s'efforcent d'approcher.

Ainsi Enee aux Enfers voyant ces menuës ombres qui l'enuironnent, *ferrum corripit, strictámque aciem venientibus offert.* Et tous, apres Homere au 11. de l'Odyssee, où Vlysse fait la mesme chose, ξίφος ὀξὺ ἐρυσσάμενος παρὰ μηρῦ, & no-stre Autheur dit l'auoir esprouué.   *D'vn poinct nous differons*] Cecy est quasi mot à mot de Psellus. L'homme en cela differe du Daimon, qu'estant blessé, sa blessure se reprend & consolide difficilement, μόλις ἢ ὑδαρῦς ἐλᾶται. Mais l'incision du Daimon, aussi tost se rejoint, comme les parcelles d'air & d'eau diuisees, par quelque corps solide, se reünissent aisément, τὸ διαιρέμψον τῶ δαίμονος εὐθὺς συμφύεται, καθα'περ ἀέρος, ἢ ᾗ ὕδατος μόεια, &c.   *Qui tost se reprendroit*] *Diuisus enim aër, continuò in se reclusus est, vt ignoretur transitus illius,* chap. 5. *Sapient.*   *Quant au reste impudens*] En vn mot, meschans en tout ce qu'ils font : *spiritus nocendi cupidissimos,* les appelle Sainct Augustin au 8. *de Ciuit.* chap. 22. *à iustitia penitus alienos, superbia tumidos, inuidentia liuidos, fallacia callidos, qui in hoc aëre habitant, quia de Cœli superioris sublimitate deiecti, merito irregressibilis transgressionis, in hoc sibi congruo velut carcere prædamnati sunt.*   *Sans aucun iugement*] Confus & broüillons ; pour cela Synese Hym. 2. les appelle ὅμιλοι πολύτροποι ᾗ πολυμήται.   *Traistres & decepteurs*] *Ab ipsis enim rumor falsus & seritur & fouetur,* Minut. Felix.   *Qui leur abus cognoissent*] Leurs impostures ; ny à ceux aussi qui ne les craignent point. *Nihil aliud possunt quàm nocere,* dit Lactance, *sed ijs à quibus timentur* ; & apparoissent aux infideles, *qui profani sunt à sacramento veritatis,* Dieu le permet-tant ainsi.   *Abandonné d'espoir*] Si quelque homme est desesperé, ils s'addressent à luy ; mais aux gens de bien ia-mais, car les ames pures & diuines, καθαραὶ ψυχαὶ ᾗ ϗοειδῆς, dit Greg. de Naz. oraiis. 18. cognoissent leurs tours &

s'en gardent, quoy que le Daimon ait vn esprit souple & sophistique, καὶ ὅτι σοφιστικὸς ἦ καὶ ποικίλος τὴν ἐπιχείρησιν. *Le viendront deceuoir*] Pour l'acheuer de perdre, car ces esprits vagues & impurs n'ont autre dessein; *spiritus insinceri & vagi*, Sainct Cyprian, *qui posteaquàm terrenis vitiis immersi sunt, & à vigore cælesti terreno contagio recesserunt, non desinunt perditi perdere, & errorem prauitatis infundere.* *Ou tromperont les cœurs*] C'est à dire seduiront l'esprit, l'entendement, ou les affections & volontez : non pas toutefois que le Daimon, disent les Theologiens, puisse directement agir contre l'entendement, mais il trouble & corrompt la partie qui en est capable, laquelle ne peut plus faire sa fonction : & de là vient la fureur de Saül au 16. des Roys : c'est ce que m'apprend Monseigneur du Vair garde des Seaux de France, sage Nestor & sans reproche, au 2. chap. de ses Meditations sur Iob : *La prouidence*, dit-il, *donna ceste borne à Satan, & mesme luy defendit de toucher aux fonctions de l'ame de Iob, & d'alterer les instrumens necessaires à l'vsage de raison, de peur que si elle estoit troublee par les illusions de cest ennemy, il ne voulust,* &c. *Des simplettes Bergeres*] *Leuibus & ineptis ingenijs quæstuosam mendacijs suis caliginem inijcientes*, Valer. Car aux hommes d'entendement iamais ces illusions ne se presentent ; remarque Plutarque en la vie de Dion, μηδένι αὖ νοῦν ἔχοντι προσαινοῦν φαντάσμα δαίμονος, adioustant que ces apparitions procedent de la foible imagination que l'esprit des enfans ou des simples femmes, ou d'hommes malades se donne, qu'il y a des esprits, se monstrans à eux, ἀλλὰ παιδάρια καὶ γυναῖα, καὶ προσφόρως δι' ἀσθένειαν ἀνθρώπους ἔτι πάντῃ τῆς ψυχῆς, ἢ δυσκρασία σώματος θορυβώδης, δόξας ἐφέλκεσθαι κενὰς καὶ ἀνοήτους, δαίμονα πονηρὸν ὃν αὐτοῖς εἶ). Et neantmoins il se remarque que les plus grands esprits anciennement estoient sorciers, comme Pythagore, auec son aigle montant & descendant ainsi qu'il vouloit, Orphee, Homere, Zoroastre, Socrate, Apollonius & infinis autres; mais auiourd'huy ce mestier n'est plus que des ignorans, *non ampliùs philosophorum, sed rusticorum & idiotarum*, ce dit Erault 5. *rer. iudic.* aussi voit-on qu'il y a plus de sorcieres, que de sorciers.

Si tost que leurs cerueaux sont abusez &
    pris
Des folles vanitez de ces meschans esprits,
Elles cuident pousser ou retenir les nuës,
Et les riuieres sont par elles retenuës :
Elles tirent la Lune, & les espics crestez
Sont par elles d'vn chãp en vn autre arrestez,
Et par elles souuent la foudre est retardée :
Telles furent iadis Circe, Thrace, Medée,
Urgande, Melusine, & mille dont le nom
Par effects merueilleux s'est acquis du re-
    nom.

Au reste ils sont si sots, & si badins qu'ils
    craignent
Les charmeurs dont les points & la voix les
    contraignent
A leur faire seruice, & les tiennent fer-
    mez
Ou dedans des miroüers, ou des anneaux char-
    mez,
Et n'en osent sortir enchantez d'vn mur-
    mure,
Ou d'vne voix barbare, ou de quelque fi-
    gure.

RICHELET.

Si tost que leurs cerueaux] Incontinent que ces simples femmes sont abusees par le Daimon, elles croyent faire merueilles, ce qu'elles ne font pas, & pour cela est fait le can. *Episcop.* 26. quest. 5. qui les appelle *sceleratas mulieres retro post Satanam conuersas, dæmonum illusionibus & phantasmatibus seductas, quæ credunt & profitentur se nocturnis horis equitare super quasdam bestias, & multarum terrarum spatia, intempesta noctis silentio pertransire; captis magis mentibus quàm sceleratis*, dit Tite-Liue. Mais ie sçay bien que ce canon reçoit plusieurs interpretations & difficultez. *Des folles vanitez*] Car ce n'est que vanité, folie, & meschanceté tout ce que fait le Daimon. *Elles cuident pousser*] Non pas que cela soit, ny pour elles-mesmes qui pensent le faire, ny pour ceux qui pensent le voir : & c'est ce que dit Tertullian liure de l'Ame chap. 57. de celles qui promettent de faire reuenir les ames des defuncts, *Publica iam literatura est, quæ animas etiam iusta ætate sopitas, etiam proba morte disiunctas, etiam prompta humatione dispunctas, euocaturam se ab inferûm incolatu pollicetur.* Mais ce n'est, dit-il, qu'illusion & imposture, *non alia fallaciæ vis est operatior planè, quia & phantasma præstatur, & corpus adfingitur, nec magnum illi, exteriores oculos circumscribere.* Ainsi dans Arnobe liure 2. sont remarquees des femmes sorcieres, qui se disoient auoir certaines prieres, *commendatitias preces, quibus emollitæ nescio quæ potestates, vias faciles præbeant ad cælum contendentibus subuolare.* *Ou retenir les Nuës*] Comme ceste sorciere d'Ouide,

    ———concussáque sisto,
    Stantia concutio, cantu fera nubila pello,
    Nubiláque induco, ventos abigóque vocóque.

Et les riuieres sont] La sorciere de Virgil. 4. dit qu'elle peut

    Sistere aquam fluuijs, & vertere sydera retro :

& celle d'Ouide les faire rebrousser,

    Inque caput liquidas arte recuruat aquas.

Elles tirent la Lune] Malgré elle, *reluctantis lunæ cornua*, Ouid. & l'arrachent du Ciel,

    ———noui quo Thessala cantu
    Eripiat lunare iubar,   Claudian. & Martial appelle cela, *Thessalico lunam deducere rhombo*, & c'est encor là vne de leurs folies. *Et les espics crestez*] Celuy-cy est estrange, que les bleds d'vn champ se puissent transporter en vn autre, ce qu'Apulee en sa 1. Apolog. appelle *incredundas frugum illecebras.* Et toutefois deux choses iustifient cest effect de magie; l'vne l'histoire de Pline qui l'impute à prodige & qui dit qu'vn champ

d'oliuiers appartenant à vn Cheualier Romain sous Neron, se trouua transporté de l'autre costé du chemin public. *Prodigium in nostro æuo,* dit-il, 17. *cap.* 26. *Neronis principis ruina factum, in agro Marrucino, Vectij Marcelli e primis equestris ordinis, oliueto vniuerso viam publicam transgresso, aruisque inde à contrario in locum oliueti profectii.* L'autre, la punition & prohibition de la loy des 12. Tables, *alio traducere messes, alienam segetem pellicere, excantare: hæc pestifera scelerataque doctrina,* dit Sainct Augustin, *fructus alieni in alias terras transferri perhibentur.* **La foudre est arrestee**] Coniuree & destournee, & les vents aussi appaisez, & pour cest effect magique, Empedocle appellé κωλυσανέμας, Laërt. **Telles furent iadis**] Sorcieres, ou reputees telles, parce qu'elles sçauoient & faisoient des choses par dessus le commun des femmes : & Medee mesme s'en plaint dans l'Euripide, de ce que quelque peu de sçauoir luy donnoit de la calomnie & de l'enuie en public.

φεῦ φεῦ, ἡ τῶν με σοφῶν, δηγὰ πολλάκις
ἔβλαψε δόξα, &c.

Et aussi remarque Apulee, que les grands Philosophes estoient calomniez de magie, à cause des grands secrets qu'ils sçauoient, *quasi facere etiam scirent, quæ sciebant fieri.* Ainsi Cassiodore dit, que la medecine excellente, est reputee magie par les ignorans, à cause de ses grands effects, *ab ignorantibus penè præsagium putatur, amplius intelligens quàm videtur,* 6. *c.* 19. **Circe, Thrace, Medee**] Sorcieres fameuses dans les autheurs Grecs & Latins. **Vrgande**] Dans les Amadis. **Melusine**] De la maison de Lusignan. **Par effects merueilleux**] Fort bien par œuures de merueile, mais non pas de miracle ; car les miracles *solius Dei sunt opera, contra materiam mirabiliter edita, non hominis opera, non dæmonis : dæmon, aut homo mira aut mirabilia efficere potest ; miracula solus Deus vel vel per homines,* le grand Cuias sur le chap. *Venerabili. ext. de testib.* **Au reste ils sont si sots**] Eusebe le dit chap. 6. de la preparat. Euangel. & monstrent par là qu'ils sont foibles & passibles, d'estre esclaues des hommes, & d'auoir peur de certaines parolles barbares, par lesquelles ils sont attachez comme par des liens. **Dont les poincts**] Certains poincts, cercle ou contour de lieu que les sorciers leur limitent, & qu'ils n'osent outrepasser. **Et la voix les contraignent**] *Horrido murmure imperiosisque verbis,* Quintilian 10. **A leur faire seruice**] Excellemment Clement Alexandrin au Protrept. remarque cela, & que les sorciers se glorifient, de les tenir suiects malgré eux à leur seruice. αὐτοῖς ὑπηρέτας δαίμονας, οἰκέτας αὐτοὺς ἑαυτοὺς καταγράψαντες, ταῖς κατ' ἐπ' ἀναγκασμόνοις ὕλαις, ταῖς ἐπαοιδαῖς πεπωληκότες.

Ou des anneaux charmez] Comme des Mandegloires. Et remarque l'Eucrates de Lucian, que ces anneaux sont figurez & grauez de quelque emprainte en forme de cachet, sous laquelle mesme le daimon parle, δακτύλιον ἕνα ἔχω Ἀπόλλωνος τοῦ Πυθίου εἰκόνα ἐκτυπώσας ᾧ σφραγῖδος, ᾧ ὅτε ὁ Ἀπόλλων φθέγεται πρὸς ἐμέ. **Enchantez d'vn murmure**] D'vne voix sourde & mal distincte, dont vse le sorcier, ψιθυρίζων λόγοις φαικράις, Aristenet ; ou plustost comme dit Seruius, *non verbo, sed quibusdam mysticis sonis, hisque varijs,* 6. **Ou d'vne voix barbare**] Incognue & polysyllabe, ce dit Lucian, σύμμιγνὺς ἅμα βαρβαρικὰ ἕνα ᾧ ἄσημα ὀνόματα, ᾧ πολυσύλλαβα, en la Necyomantie, τὴν ἐπῳδὴν ἐπιτονθορύσας, dit le mesme, comme sont ces mots dans les Rustiques de Caton pour guarir vne luxation, *daries, dardaries, Astataries, huat hanat, &c.*

Aucunefois malins entrent dedans nos corps,	*Toute essence immortelle, & tout ce qu'on voit naistre,*
Et en nous tourmentant nous laissent presque morts,	*Comme au nom du Seigneur de toute chose maistre.*
Ou nous meuuent la fiéure, ou troublans nos courages	*O Seigneur eternel en qui seul gist ma foy,*
Font nos langues parler de dix mille langages.	*Pour l'honneur de ton nom de grace donne-moy,*
Mais si quelqu'vn les tance au nom du Tres-puissant,	*Donne-moy que iamais ie ne trouue en ma voye*
Ils vont hurlant, criant, tremblant & fremis-sant,	*Ces Paniques terreurs : mais ô Seigneur en-uoye*
Et forcez sont contraints d'abandonner la place :	*Loin de la Chrestienté dans le païs des Turcs*
Tant le sainct nom de D I E V *leur est grande menace !*	*Ces Larues, ces Daimons, ces Lares & Le-murs,*
Auquel non seulement les Anges ne sont pas	*Ou sur le chef de ceux qui oseront mesdire*
Flechissans les genoux, mais nous, & ceux d'embas,	*Des Chansons que i'accorde à ma nouuelle Lyre.*

RICHELET.

Aucunefois malins entrent dedans nos corps] Et cela s'est veu bien souuent sous le Iudaïsme, & du temps de nostre Seigneur, *irrepentes etiam corporibus, occultè,* dit Minutius Felix, *vt spiritus tenues, morbos fingunt, mentes terrent, membra distorquent, &c.* *Et en nous tourmentant*] Synese en l'epistre à Iesan, dit que ces possessions ou tourmens demoniaques seruent comme de purgation à l'ame ; car alors les Daimons nous font ce que les foulons font au drap, lesquels en le pressant, lauant, frottant, luy ostent ses taches & le rendent net, δαίμονες, dit-il, ἐκ καθαρτήριον, τέχνην ἔχοντες ἐπὶ ταῖς ψυχαῖς, ᾧ οἱ γναφεῖς ἐπὶ τοῖς ἱματίοις τοῖς πιαροῖς. *Ou nous meuuent la fiéure*] Et telles autres maladies qu'il leur plaist, comme les Epilepsies, remarque le fameux Cuias sur la l. penult. *D. de reb. creditis, καὶ ὅτι ἀκ-ψίας ποιοῦσης δαίμονες.* Et Lactance *de orig. err. cap. 15. cùm sint spiritus tenues & incomprehensibiles, insinuant se corporibus hominum, & occultè in visceribus operti, valetudinem vitiant, morbos citant, somniis animos terrent, mentes furoribus quatiunt.*

Font nos langues parler] Toutes sortes de langages, encor que iamais on ne les ait ouy parler. Ainsi ceste femme enceinte & en trauail d'enfant, dans Psellus, possedée d'vn Daimon, parle le langage Armenien, *τὸ κατ' Ἀρμενίοις φθέγεται*, combien que iamais elle n'eust esté en Armenie; & adiouste cest Autheur, que les Daimons n'ont point de langue particuliere, mais ils parlent la langue du pays où ils se trouuent : car entre-eux ils n'en ont que faire, parce qu'ils s'entreparlent & communiquent sans parole, *ἄδι φωνῆς ὁμιλοῦσιν.* *Les tance au nom du Trespuis-sant*] Au seul nom de Dieu & Iesus-Christ qui leur est effroyable, *φρίκτῳ τῷ Θεῦ λόγου ὀνόματι*, dit Psellus : Car à ceste prononciation, d'audacieux & presomptueux qu'ils estoient, ils deuiennent timides, ayans peur d'estre releguez dans le fonds des abysmes par les Anges saincts qui en ont la charge & le pouuoir. Arnob. liu. 1. dit aussi que ce puissant Nom les chasse; *huius nomen auditum fugat noxios spiritus, imponit silentium vatibus, haruspices inconsultos reddit, non horrore nominis,* comme disoient les Payens, *sed maioris licentia potestatis.* Et de fait que Tertullian remarque au liure du tesmoignage de l'ame, que les Chrestiens seuls chassoient les Diables, *soli de corporibus dæmonia exigimus.* *Ils vont hurlant, criant*] A cause du feu de la priere & de l'exorcisme qui les brusle, *dum incendiis orationis de corporibus exiguntur*, dit Minutius Felix. Et ainsi dans Greg. de Nazian. poëm. 61. le Daimon exorcizé, est criant, fremissant, & bruyant sous le grand nom de Dieu,

τρίζων, ἀραλέων τε, βοὴν ἀνὸς ὑψιμέδοντος.

& dit plus, qu'en marquant seulement l'air du grand signe de la Croix, *σταυροῦ μεγάλοιο γράμματι*, ils fuyent & tremblent. Et vous voyez dans le 8. de S. Luc, comme ils crient à nostre Seigneur, *clamant, & sæpè clamans*, dit S. Hilaire au 6. de la Trinité, *Quid mihi & tibi est, Iesu fili Dei altissimi ? cùm Dei virtute vincuntur, vt possessa diu corpora deserant.*

Et sorcez sont contraints] Plusieurs tesmoignages des Peres; mais celuy-cy de S. Cyprian; *Adiurati per Deum verum, nobis statim cedunt, & se dæmones fatentur, & de obsessis corporibus exire coguntur. Videas*, dit-il, *illos nostra voce & oratione occultè flagellis cædi, igne torqueri, incremento pœnæ propagantis extendi, eiulare, gemere, deprecari ; vnde veniant, & quando discedant, ipsis etiam qui se colunt audientibus confiteri ; & vel exiliunt statim vel euanescunt gradatim, prout fides patientis adiuuat, aut gratia curantis aspirat.* Et S. Cyrille en la Preface de ses Catecheses, dit que les Exorcistes, *Exorcistæ per Spiritum sanctum, incutiunt timorem, & in corpore tamquam in fornace, animam accendunt : fugit tunc inimicus dæmon, &c.* *D'abandonner la place*] Laquelle n'estoit iamais és Temples ny és maisons particulieres : car dans ces deux lieux iamais les exorcismes ne se faisoient : dans l'vn pour la reuerence du lieu, & dans l'autre pour la crainte. Et notez aussi que la priere des exorcismes ne finissoit iamais par ces mots, *Per Dominum nostrum Iesum Christum*, mais par ceux-cy, *Per eum qui venturus est iudicare sæculum per ignem* ; parce que les Daimons apprehendent ce iugement, & tousiours quand ils sortoient, ils donnoient vn signe exterieur de leur sortie. *Tant le sainct nom de Dieu*] De Iesus-Christ; & rien en la primitiue Eglise ne seruit tant à faire des Chrestiens; Tertullian mesme se conuertit par là, dit Pamelius, quand on voyoit qu'au nom de Iesus-Christ les Daimons se confessoient Daimons & sortoient. *Iussus à quolibet Christiano spiritus ille, tam se dæmonem confitetur de vero, quàm alibi Deum de falso ; Christiano mentiri non audentes, Christum timentes in Deo, & Deum in Christo, subijciuntur seruis Dei & Christi. Ita de contactu atque afflatu, etiam de corporibus nostro imperio excedunt, inuiti & dolentes, Apolog. 23.* *Que iamais ie ne trouue*] En vn mot, selon quo finit nostre priere Chrestienne, *Libera nos à malo.* *Dans le pays des Turcs*] Chez les infidelles, & nos ennemis. Ainsi Apulee en sa premiere Apologie, fait la mesme imprecation contre son aduersaire, & luy souhaite *obuias species mortuorum, quidquid vmbrarum est vsquam, quidquid Lemurum, quidquid Manium, quidquid Laruarum :* bref, *omnia noctium occursacula, omnia bustorum formidamina.* *Ces Larues, ces Daimons*] Qui quelquesfois paroissent en armee toute entiere feignás de vouloir côbattre, dit Placidus sur le 4. de la Thebaide; ainsi ils parurent à Alexandre côme il passoit son armee en l'Asie, *conspexit proximam littori manum armatorum armis Achiuis candentibus*, laquelle poursuiuie par les siens iusques dans la Thrace, *ea species vmbrarum abijt à conspectu Macedonum.* Et ceux du pays asseurerent que telles visions leur estoient ordinaires. *Qui oseront mesdire*] Comme il y a des sots & de grands ignorans qui le font; ainsi que d'Homere & de Virgile : Mais, ô grand Genie, & quasi seul heritier de l'ancienne literature, *iustus heres veterum literarum*, comme dit Symmach. pardonne-leur : ce sont des Sycophantes de mots, *τῆς ἑτοιμάτως συκοφάνται*, comme parle Greg. de Nazianze oraison 37. Esprits sichus, s'alembiquans trois mois à faire vne miserable poincte, *stilo formicante* ; poincte qui se choque de guet à pend, & qui se tue par ineptie aussi tost qu'elle est nee. Ouuriers bien estoignez de faire iamais des mondes de doctrine, d'ornement, & d'enthousiasmes sacrez comme nostre Autheur. Pardonne-leur de rechef : car ce sont ames foibles, *à quibus nihil speraueris forte, nihil solidum*, dit Seneque, & qui n'en peuuent aussi iuger : ce sont des males herbes, qui ont quelque vert, mais sans fruict, & quasi sans racine : ce sont versificateurs sophistes, qui ryment des proses & syllogisent des vers, & qui ne sont pas capables de iuger que tous tes desseins d'esprit sont grands, genereux & magnanimes, & que tu es le seul admirable à dignement comprendre ton suiet, & à le remplir comme il faut : finalement que tu fais ce que le ieune Pline dit de Passienus, *omnia tamquam singula solus absoluis.*

A MONSEIGNEVR

MONSEIGNEVR MESSIRE
NICOLAS DE VERDVN, CHEVALIER,
CONSEILLER DV ROY EN SES CONSEILS
d'Eſtat & Priué, Premier Preſident en ſa
Cour de Parlement.

MONSEIGNEVR,

*Apres auoir eu l'honneur de vous preſenter vne fois l'Hymne
de l'Eternité, Eternité que vous meritez (au moins ſi la viue
vertu, les bonnes mœurs, le bien public que vous procurez, ſi
la chaiſne du ſçauoir vniuerſel que vous eſtraignez, doiuent meriter à l'aduenir quelque honneur qui ne ſoit pas mortel) il me ſemble que ie ne puis maintenant vous offrir rien plus à propos que celuy du Ciel. Car déja les deux ne
ſont pas beaucoup eſloigneZ l'vn de l'autre, ils habitent quaſi dans vn meſme
lieu, ils ſont auſsi d'vn meſme auteur, & i'adiouſteray que le ſujeƈt du Ciel,
n'eſt guere moins releué que celuy de l'Eternité. En effeƈt c'eſt vn grand œuure,
& admirable, & d'vn grand ouurier, ſoit que vous conſideriez la merueille
de ſa creation, ſoit l'ordre & diſpoſition de ſon œconomie, ſoit la regle infaillible de ſes mouuemens circulaires & perpetuels, ſoit les effeƈts de ſes influences & découlemens ſur la Terre, ſoit finalement, pour reuenir à mon ſujet,
que vous regardieZ le ſçauant eſprit du grand RONSARD, noſtre Archimede, qui a peu ſi bien l'entendre, & en ſi peu d'eſpace n'oublier quaſi rien de
ce grand ouurage. Ie me ſuis donc mis ces vacations, par vne eſtude de relaſche,
& de plaiſir non inutile, à ramaſſer ce que i'auois de Commentaire eſpars ſur
ce ſujet, fait à ma mode, ſuccinƈtement, & par les textes des auteurs Grecs &
Latins, parce que ce ſont certainement les meilleurs, & plus aſſeurez garands
de ce qui ſe dit. I'ay fait comme dit Seneque, ſubduxi me interim cuſtodiæ,
& vinculis fori, vt Cœlo & philoſophia reficerer: i'ay vſé du droiƈt des
vacations : car pourquoy ſont-elles faites, ſi ce n'eſt pour ſecoüer les fers de la
clientele, & pendant ce temps, ceſſant de faire ce qui ſe fait toute l'annee,
eſcrire des Academiques, des Tuſculanes, des liures de l'Vniuers, & par ce diuertiſſement,* tanquam ex alicuius rei malignioris intenſione, quæ oculos defatigat, in publicum libera luce prodire? *Or de ſi peu que i'ay fait,*
MONSEIGNEVR, *ie vous prie, en vous le preſentant me pardonner, ſi i'oſe*

SSſſ iij

vous importuner encore ceste fois : Ie protefte, que c'est voftre courtoifie, voftre bonté, & voftre humanité, qui me font ainfi hardy : & auffi que ie fuis bien aife de vous rendre compte, comme ie dois, de ce que m'a fait faire le loifir de cefte vacation. Vous y verrez vn eftude affez curieux, & conuenable à la bon-naffe des Alcyons du Palais, & de la ceffation des affaires ; bref vn grand Au-teur interpreté, qui traite exactement du Monde & de la Nature, comme au-trefois a fait Empedocle, & les autres premiers Philofophes qui eftoient Poëtes, & defquels ie puis dire, que Platon & Ariftote ne font la plus part du temps que les interpretes. Que fi ceux-là Grecs, le font de leurs auteurs Grecs, pour-quoy nous François, ne le ferons-nous de nos François ? Et qu'y a-il parmy les Grecs qui puiffe égaler ceft Hymne, en ce qui eft du Ciel & du Monde, que nous pouuons appeller, comme fait l'homme Philon Iuif, βραχὺν οὐρανόν ? Si peu donc qu'il y a de mon eftude & obferuation, MONSEIGNEVR, ie vous le prefente, comme à mon Cenfeur & mon Ephore : trop heureux s'il a le fupport de voftre iugement, & de voftre doctrine vniuerfelle, que ie reuere auec admiration, en tout ce que vous faites de public, qui vous eft obligé, & moy en particulier, qui feray toute ma vie,

MONSEIGNEVR,

Voftre tref-humble & tres-
obeyffant feruiteur,
RICHELET.

HYMNE VIII.

Dv Ciel.

A IEAN DE MOREL,
Ambrvnois, Gentilhom-
me de la Maison de la
Royne Mere.

Commenté par N. Richelet Parisien.

 OREL, à qui le Ciel de luy-mef-
me ſe donne
Sans qu'vn autre te l'offre, oy ma
Lyre qui ſonne
Ie ne ſçay quoy de grand, ioyau digne de toy,
Voire d'vn cabinet pour l'ornement d'vn
Roy.
Tous les autres ioyaux, tant ſoient riches, pe-
riſſent,
Mais les miens, tant ſoient vieux, touſiours ſe
rajeuniſſent :
La roüille ne le temps ne les enlaidit point :

Tu les as meritez comme celuy qui joint
La candeur aux meſtiers des Muſes bien pei-
gnees,
Que tu as dés enfance au bal accompagnees.
 O Ciel rond & voûté, haute maiſon de
Dieu,
Qui preſtes en ton ſein à toutes choſes lieu,
Et qui roules ſi toſt ta grand' boule eſbranlee
Sur deux aiſſieux fichez, que la viſteſſe ailee
Des aigles & des vents par l'air ne ſçauroient
pas
En voulant égaler le nombre de tes pas :
Tant ſeulement l'eſprit de prompte hardieſſe,
Comme venant de toy, égale ta viſteſſe.
O Ciel viſte coureur, tu parfais ton grand
tour
D'vn pied iamais recreu, en l'eſpace d'vn
iour !
Ainçois d'vn pied de fer qui ſans ceſſe retour-
ne
Au lieu duquel il part, & iamais ne ſejour-
ne,
Trainant tout auec ſoy, pour ne ſouffrir mou-
rir
L'Vniuers en pareſſe à faute de courir.

RICHELET.

Morel, à qui le Ciel] Il ne ſe peut rien dire du Ciel ou du Monde, qui ſoit dans ceſt Hymne par abregé : de ſa figure, de ſon aſſiette, de ſon mouuement, de ſon ame interieure & infuſe, de ſes diuerſes ſpheres, de ſon harmonie, de ſa matiere ou ſubſtance, de ſon ordre, de ſon autheur, de ſon vnité, de ſes influxions ſur la terre & ſur la nature ; bref ceſt Hymne eſt comme vn ſommaire du Timee de Platon, & des quatre liures du Ciel de l'Ariſtote, & de tout ce que les autres Philoſophes en ont eſcrit, auec vn ſi grand racourciſſement, qu'il y a de-quoy s'eſtonner en ce grand ſubiect, de l'eſprit, du ſtyle & du iugement de noſtre Autheur. Or il faut noter, en general, que le Ciel en ceſt Hymne ſignifie le Monde & la ſphere entiere de l'Vniuers, comme dit S. Augu-ſtin au 8. de ſa Cité, chap. 1. *quod ſæpè Cæli & terræ nomine nuncupatur,* & l'Ariſtote au 1. du Ciel chap. 9. τὸ γὸ ὅλον ἢ τὸ πᾶν εἰώθαμεν λέχιν ὀερανόν. Ainſi Pline au commencement de ſon hiſtoire, *Mundum & hoc quod nomine alio Cælum appellare libuit ;* comme encor le Platon au Timee vſe indifferemment de ce mot, ὁ ἢ πᾶς ὀερανὸς ἢ κόσμος, que l'Ariſtote appelle au liure du Monde, ch. 2. οὐσυμα ἲ ὀερανῦ ἢ γῆς, qui eſt en effect le ſuiect de ceſt Hymne. *Pour l'ornement d'vn Roy*] Et c'eſt pourquoy peut-eſtre l'Ariſtote a dedié ſon liure du Monde à Alexandre, ἡγεμόνων ἀείςω, ch. 1.

La candeur] La pureté des mœurs, *Des Muſes bien peignees*] Μυσῶν ἐϋπλοκάμων, qui ne ſont point confuſes, pource que les ſciences ſont toutes filles de l'ordre & du iugement. *Au bal*] Mais pourquoy ce bal, commu-nément attribué aux Muſes ? eſt-ce point à cauſe de l'harmonie que les Muſes, c'eſt à dire, les ſciences, ont entre elles ; de ſorte, ce dit Proclus, qu'elles n'ont aucune contrarieté ; cela procedant, dit-il, de ce que toutes les ſcien-ces, eſtans formées de l'vnité d'vne ſcience ſuperieure, tendent toutes d'vn conſentement, & comme par ca-dence à l'vnion de ce principe. *O Ciel rond*] ϟῆμα σφαιροειδὲς ἔχων, Suidas. *Formam eius in ſpeciem orbis abſoluti glo-batam, conſenſus mortalium orbem appellantium, ſed & argumenta rerum docent, Plin. 2. cap. 2.* Il eſt vray que quelques-vns l'ont fait pointu & pyramidal, κωνοειδῆ, les autres oblong comme vn œuf, ὠοειδῆ, Plutarq. *Voûté*] Conuexe. *Cæli conuexa,* Virgile. *Haute maiſon de Dieu*] Ϟεῦ οἰκητήειον, ſuiuant meſme la definition du Ciel dans Suidas, qui dit, que c'eſt la derniere circonference qui contient tout ce qu'il y a de diuin, ἐερανός, ὅτι ἐερᾶτη ἀελαφέρεια, ὃν ἢ πᾶ ἱδρῦται τὸ ϟεῖον. Et neantmoins ce n'eſt pas, ce dit Alcuin au 2. de la Trinité ch. 5. que le Ciel ſoit la maiſon de Dieu localement, *nam ſpatio locorum non continetur Deus, Non capitur cælo,* Claudian. Et de fait, dit-il, pour monſtrer que le Ciel materiel & corporel n'eſt point habitation de Dieu, quand l'Eſcriture dit qu'il habite au Ciel, *in Cælis, id eſt in Sanctis,* qui ſont le temple & la maiſon de Dieu, *templum Dei ſanctum eſt, quod eſtis vos :* & d'ailleurs, il dit, auparauant la creation du Ciel, Dieu auoit ſon habitation, *Deus habitabat in ſe & apud ſe :* ou bien en ce qu'il eſt dit, qu'il habite au Ciel, c'eſt parce que *maior eſt agnitio in Cælis, id eſt, in Angelis, illius ſumma maieſtatis & eſſentiæ, quà in terra habitantib.*

S S ſſ iiij

sanctis, & les autres considerations qu'apporte cest Autheur en ce chapitre, qui est fait pour cela. *A toutes cho-*
ses lien] Contenant tout, *cuius circumflexu teguntur cuncta*, Pline liure 2.ch.1. d'autant que hors luy il n'y a ny corps
ny matiere, *omni natura cohærente*, ce dit Ciceron au 1. de ses Academiques, *& continuata cum omnibus suis partibus,*
extra quem nulla pars materiæ sit, nullúmque corpus.   *Et qui roules si tost*] Rapidement, *inerrabili celeritate*, Pline liure
1. chap.3. *quid enim est illa conuersione citatius?* Seneque au 7. des Questions Naturelles chap. 9.   *Sur deux ais-*
sieux fichez] Sur les deux Poles du Monde, deux poincts fixes, sur lesquels se faict le mouuement du premier
mobile ; *sunt etiam axes Zodiaci*, sur lesquels se faict le cours naturel de chaque Planete. Et est à remarquer que
par l'estenduë de ces deux aissieux fixes, ou Poles du Monde se mesure la longueur du Ciel, λέγω ῇ μῆκος αὐτῇ,
τὸ κτ' τοῖς πόλοις διάστημα, Aristot. au 2. du Ciel chap. 2. & sont appellez fixes, parce qu'ils sont immobiles, διὰ τὸ
μὴ κινεῖσθαι, ce dit le mesme.   *Que la vistesse aislee*] Parce qu'il n'y a rien si viste,& à peine que nostre imagination l'egale, κινήσει ὀξύτητος, Aristote au liu.du Monde ch. 5. d'où mesme Seneque appelle la vistesse de son cours
properantis cæli fugam, suitte telle, que seulement le Soleil en vne heure fait 544. mille lieuës.   *Tant seulement*
l'esprit] L'ame, l'homme interieur, comme venant du Ciel, imite sa promptitude. Elegamment S. Hilaire Ps.
123. represente ceste agilité de nostre esprit. *Ad imaginem Dei homo interior effectus, mobilis, mouens, citus, incorporeus,*
subtilis, æternus, quantum in se est, speciem naturæ principalis imitatur, dum transcurrit, dum circumuolat, & dicto citius
Vltra Oceanum est ; nunc in Cælos euolat, nunc in abyssis est, nunc Orientem Occidentémque perlustrat ; Naturam Dei mobilitas
animæ perennis imitatur. Ce qui semble estre tiré du Pimandre, où Trismegiste dit, *animæ tuæ præcipito, & citius quàm*
præcipies euolabit ; iubeto vt transeat Oceanum, & illa priusquam iusseris,ibi erit. Aussi Homere pour monstrer vne chose
prompte dit, ὥστε νόημα. Et Platon en son Phædrus appelle nostre esprit, vne aisle, πτερὸν προσηγόρευσιν, Plutarq. τά-
χιστον νοῦς, ce dit Thales dans Laërtius, διὰ παντὸς γὸ τρέχι, à cause de la promptitude de son mouuement.   *Ton grand*
tour] Grand en effet,μεγέθει παντπέρτατον, ce dit Aristot.au 5. du Monde ; si grand, qu'il est quasi comme infini : Car
si le quatriesme des Elemens, qui est le feu, est dix fois plus grand en sa circonference, que tout le circuit de la
terre,quel doit estre le tour proportionnément,non seulement du dernier Ciel, du Ciel empyree, mais du Ciel
de l'Eternité,qui est le Ciel du Ciel ? Certes il faut dire qu'il est tres-grand,& aussi Pline dit que c'est temerité de
le penser mesurer, *furor est mensuram eius animo quosdam agitasse atque prodere ausos*,liu.2.c.1.   *D'vn pied iamais recreu*]
Irrequieto ambitu,24. *horarum spatio*, Pline 2.ch.3.   *Qui sans cesse retourne*] *Qui semper in motu est, & stare nescit*, à
cause de l'ame du Monde qui l'agite,qui est tousiours viuante, & à cause de sa vie,tousiours en mouuement : ce
dit Macrobe.Neantmoins quelques-vns, mesmes de nos modernes,ont tenu que le mouuement du Ciel se doit
reposer, apres qu'il sera paruenu à certain poinct,qui le doit arrester. Viués sur le 21.de la Cité ch.7. Or ce mouuement perpetuel, qui sans cesse retourne,ἀπαύστῳ κινήσει, procede,ce dit l'Aristote,de ce que le corps spherique &
circulaire n'a qu'vn mesme lieu où il commence & finit, τῷ κύκλῳ σώματος,ὁ αὐτὸς τόπος, ὅθι ἤρξατο ᾗ εἰς ὃν πλδυτᾷ, &
parce moyen le Monde n'a point de lieu, où il soit dit plustost commencer que finir son mouuement ; & c'est
pourquoy il retourne sans cesse, & ne finit point.   *Au lieu duquel il part*] Par reuolution necessaire en soy-
mesme,d'autant que comme il est dit cy-dessus, n'y ayant aucun lieu hors de luy,force est que par continuation
en soy-mesme,il retourne d'où il vient ; *cùm nullus locus vltrà sit, quò se tendat accessio, continuatione in se perpetuæ redi-*
tionis agitatur ; & ceste agitation se fait en rond, parce que tel est le cours d'vne sphere qui comprend toute espace dehors & dedans soy,Macrob. *vt in orbe*, Seneque au 5. *de beneficiis* chap. 8. *cui nihil est imum, nihil summum,nihil*
extremum,quia motu ordo mutatur,& quæ sequebantur præcedunt,& quæ occidebant oriuntur ; omnia quomodocunque ierint,
in idem reuertuntur. Et outre ce retour iournalier & naturel en soy-mesme, & en vn mesme lieu du premier Ciel,
les anciens en ont encor introduit vn autre ; τῆς περὶ γῦι ᾗ κατ' ἐξαντίου ἰόντων φθμαξιν,Platon au Timee : disans,qu'a-
pres vn grande reuolution d'annees, *completo demum magno anno* , tous les Cieux & les Astres se remettoient en
leur situation. *Omnia sidera*, dit Seruius, *in ortus suos redire, & referri rursus eodem motu,& sic omnia quæ fuerant habere*
iterationem.   *Et iamais ne seiourne*] *Suum sine intermissione peragens opus, nec hæsitat vsquam,nec resistit*, Seneque au
7. de ses Quest.Naturel.ch.10.   *Trainant tout auec soy*] C'est à dire,en ce cours premier vniuersel du Ciel, qui
se fait en vn iour & en vne nuict,emportant & forçant le cours naturel des Orbes inferieurs, διὰ γὸ ἁπλῆς τῆς σύμπαντος ἀεικαὶ φθιαγωγῆς, ἡμέρα ᾗ νυκτὶ ἀφροδισίαις, δηλοῖαι πάντων διέξοδοι γίνονται, Aristot. ch. 6. du Monde.   *Pour ne souffrir*
mourir l'Vniuers en paresse] Par la cessation du mouuement ; & c'est pourquoy l'Heraclite, bannissoit du Ciel le
repos, ἠρεμίαι ᾗ στάσιν ἐκ τῶν ὅλων αἴρων , disant que cela conuenoit aux morts, τὸ τῶν νεκρῶν τῇ), & que le mouuement
perpetuel appartenoit aux choses eternelles, κίνησιν αίδιον τοῖς αἰδίοις, Plutarq.

L'Esprit de l'ETERNEL, qui auance ta
          course
Espandu dedans toy comme vne viue source
De tous costez t'anime, & donne mouuement,

Te faisant tournoyer en Sphere rondement
Pour estre plus parfaict : car en la forme
          ronde
Gist la perfection qui toute en soy abonde.

RICHELET.

L'Esprit de l'Eternel] *Fusus per omnes rerum naturæ partes spiritus*, Quintilian,ou comme dit Macrob. *mens animandæ*
immensitati vniuersitair se insundens,selon la science & subtile introduction qu'en a fait Platon, qui dit que l'esprit
procedant de Dieu,a creé l'ame du Ciel, *cùm globus ipse,quod cælum est*, ce dit le mesme Macrob. 6. *anima sit fabrica,*
anima ex mente processerit, mens ex Deo, qui verè summus est, procreata sit : voire que Plutarque aux questions Platoniques, dit que Platon l'appelle portion de la diuinité, μοῖραν πολλὴ θειότητος, ὡ ὁ θεὸς ἐγκατέσπειρεν ἀφ' ἑαυτῆ τῇ ὕλῃ, ᾗ
κατέμιξεν.   D'où mesme Philon Iuif, appelle cest Esprit, conformément à l'induction de Platon , la cause actiue
du Monde, ὁ τῶν ὅλων νῦς, δραστήριον αἴτιον : & l'Aristote au liure du Monde chap. 4. interprete cest esprit, vne vertu
genitale & animee, infuse par tout ; λέγεται, dit-il, ᾗ ἑτέρως πνεῦμα, ὅτι ἐν φυτοῖς ᾗ ζώοις, ᾗ διὰ πάντων διήκουσα, ἔμψυχές

π̃ ε̃ χρίμος ἔαία. Et semble que Tertullian contre Hermogenes l'a ainsi entendu chapitre 32. disant, que cest esprit, est vn esprit de vie creé pour animer toutes choses, *spiritum conditum ostendens, qui in terras conditas deputabatur, qui super aquas ferebatur, librator, & adflator, & animator Vniuersitatis, non Vt quidam putant ipsum Deum significari spiritum, quia Deus spiritus : neque enim aquæ Dominum sustinere sufficerent*; combien que plusieurs des Peres ont escrit que c'estoit le Sainct Esprit, encor qu'Origene ait dit qu'en cest endroit de l'Escriture, le Sainct Esprit ne s'entendoit que par allegorie, comme a remarqué Pamelius : Mais Sainct Cyprian, elegamment au Sermon du Sainct Esprit, qui luy est attribué, parlant de l'introduction de cest Esprit de l'Vniuers, dit que cela a procedé, de ce que quelques Philosophes anciens, ayant par la communication auec les Hebreux leu ces mots de la Genese, *Spiritus Domini ferebatur super aquas*, & ne pouuans bien comprendre cela, ont imaginé vne ame du Monde qui fait mouuoir les Cieux, & qui viuifie toutes choses; *spiritus Sanctus*, dit-il, *ab ipso Mundi initio, aquis legitur supersusus, non materialibus aquis ; cuius spiritus sempiterna virtus & diuinitas, cùm in propria natura, ab inquisitoribus Mundi, antiquis Philosophis, propriè inuestigari non posset, subtilissimis tamen intuiti sunt coniecturis, compositionem Mundi; compositisque & distinctis elementorum affectibus præsentem omnibus animam affuisse, quæ secundum genus & ordinem singulorum Vitam præberet & motum : hanc Vitam, hunc motum, hanc rerum essentiam, animam Mundi philosophi Vocauerunt, putantes cælestia corpora, Solem dico & Lunam, & stellas ipsúmque firmamentum, huius animæ Virtute moueri, & regi, & aquas, & terram & aërem huius semine imprægnari. Qui ad-uance ta course*] Qui te donne mouuement, *infusa per artus Mens agitat molem.* L'Abbé Trithemius au traicté qu'il a fait des sept intelligences, attribue ce mouuement à l'Esprit de Dieu, c'est à dire, à vn Ange de Dieu, ou intelligence commise à mouuoir le Ciel superieur: tout ainsi qu'à chaque Ciel ou planete inferieure, il y a, dit-il, vn Esprit commis qui gouuerne le Monde alternatiuement, chacun 354. ans 4. mois, auquel apres ce temps fini, vn autre esprit de planete succede qui gouuerne autant, chacun auec ses influences & varietez diuerses qui se voyent au Monde. *Espandu dedans toy*] Iusques dans la moindre parcelle de chaque Element: d'où Seruius a dit liure 6. *quòd nulla pars elementi sine Deo est*, & l'Heraclite, *διὰ πάσης γὸ ἔρχεται τῆς ἐσίας*, suiuant, peut-estre, ce qu'ils croyoient que ceste ame de l'Vniuers, estoit Dieu-mesme, ainsi que remarque Clement Alexandrin au Protreptic, qu'Aristote a pensé, que ceste ame du Monde estoit Dieu, *τῷ κόσμον τὸ ψυχὴ θεὸν ὑπολαμβάνων*, combien que le mesme ailleurs eust dit, que tout ce qui est depuis icy bas iusqu'à la Lune, n'est pas luy ny son esprit, mais sa simple prouidence, *μέχρι τῆς σελήνης τὴν πρόνοιαν*, &c. *De tous costez t'anime*] Parce qu'il colloqua l'ame du Monde en son milieu, ce dit Platon, *ψυχὴν δ᾽ εἰς τὸ μέσον αὐτῆ θεὶς*, & de ce milieu, la respandit de tous costez en sa circonference, & mesme en couurit tout l'exterieur de ce grand corps, *διὰ παντὸς τε ἔτεινε, & ἔτι ἔξω τὸ σῶμα αὐτῆ περιεκάλυψε*, au Timee : ayant mieux aimé nostre Autheur, suiure en cela l'opinion de Platon, que celle d'Aristote, qui nie que le Monde soit animé par tout, mais seulement en vne partie, à sçauoir, en ses spheres celestes, qui sont, dit-il, animees & viuantes, *σφαίρας γὸ περιέχειν ἐμψύχοις & ζωτικαί.* Chose absurde, qu'vne partie soit plustost animee, que son Tout ; les choses celestes & superieures, *τὰ οὐράνια*, plustost que les elementaires & inferieures, *τὰ σώμεα*, Plutarque. *Te faisant tournoyer*] *Vna conuersione, atque eadem, qua circum se torquetur & Vertitur*, Ciceron. *En sphere rondement*] *ἐν κύκλῳ*, qui est le plus parfait de tous les mouuemens, que Philon Iuif dit estre sept en nombre. Car tout mouuement se fait, ou en haut, ou en bas, ou à droit, ou à gauche, en deuant, en arriere, ou en rond, *κίνησις ἐπία, τὴν ἄνω, τὴν κάτω, τὴν ἐπὶ δέξια, τὴν ἐπ᾽ εὐώνυμα, τὴν πρόσω, τὴν κατόπιν, τὴν ἐν κύκλῳ*, au liure de la Creation. *Car en la forme ronde Gist la perfection*] Ailleurs nostre Autheur,

> Le Ciel n'est dit parfait pour sa grandeur,
> Luy & ce sein (le sein de sa Cassandre) le sont pour leur rondeur,
> Car le parfait consiste en choses rondes.

Et ceste perfection procede, ce dit Pline elegamment, liure 2. chap. 2. de ce que ceste figure spherique & ronde, *omnibus sui partibus, vergit in sese, ac sibi ipsa toleranda est, séque includit & continet, nullarum egens compaginum, nec finem aut initium Vllis sui partibus sentiens, ad motum aptissima.*

De ton branle premier des autres tout diuers
Tu tires au rebours les corps de l'Vniuers,
Bandez en resistant contre ta violence,
Seuls à part demenans vne seconde danse ;
L'vn deçà, l'autre là, comme ils sont agitez
Des mouuemens reiglez de leurs diuersitez.

RICHELET.

De ton branle premier] C'est à dire, du mouuement rauy du premier mobile, qui est tousiours vn & simple, & qui emporte en 24. heures les autres Cieux: d'où est que le Soleil, suiuant contre son cours naturel ce rauissement, nous fait aussi le iour en 24. heures, & par ainsi chasque sphere des planetes a double mouuement. Et faut noter que ce premier Ciel, au mouuement duquel les autres sont emportez, est au dessus de la huictiesme sphere, & n'a point d'estoilles, comme remarque Synese, Hymne 2.

> ὑπὲρ ὀγδόαν ἢ δίναν
> ἑλίκων ἀεροφορήτων,
> ῥόος ἀστέρων ἔρημος
> ὑποκολπίας ἐλαύνων
> ψυχᾶς αἴτιον θεοίσας,
> μέγαν ἀμφὶ νόον χορεύει.

Des autres tout diuers] D'autant que le mouuement du premier Ciel, *maxima sphera*, est de l'Orient en Occicident, different en cela de toutes les autres spheres, *quæ contra sphæræ maximæ, id est ipsius Cæli impetum contrario motu ad Orientem ab Occidente voluuntur*, ce dit Macrobe. Et Orapollo en ses Hieroglyphiques le dit aussi, αὖτος ὁ κόσμος ὑπὸ τῦ ἀπηλιώτου εἰς λίβα φέρεται, οδὶ τ̄ ἀέρων δρόμος ἀπὸ λιβὸς εἰς ἀπηλιώτω. Et Strabon liure 2. ὐξανὸς φέρεται ἀπ᾽ ἀναΓολῦς ἐπὶ δύσιν, σιὰ αὐτῳ̄ δ᾽ οἱ ἀπλανεῖς ἀσέρες ὁμοταχῦς τῳ̄ πόλῳ, κỳ ἐπϝομίνων φέρονται κύκλοι. Mais comment est-ce que cela se peut cognoistre? Il se cognoist entre autres choses, par le mouuement des douze signes du Zodiaque, qui sont Estoilles fixes dans le Ciel, & qui sont emportees de son mouuement, & reglees comme luy, desquels signes le premier est le Mouton, le 2. le Taureau, le 3. les Iumeaux, & ainsi des autres, iusqu'à douze qui s'entresuiuent, & qui vont contre le Ciel d'Orient en Occident; Au contraire des planetes qui sont Estoilles vagues & errantes. Car le Soleil ne va pas de Gemini en Taurus, ny de Taurus en Aries, ny selon leur cours, mais il va comme il se voit du Mouton au Taureau, & ainsi des autres, & consequemment d'vn cours contraire au leur, & au Ciel, *non cum Cælo, sed contra cælum*, Macrobe. *Tu tires au rebours*] ὐκ εἰς ὁμοίιω φορίω, ce dit Lucian, ἥλιός π ὲ ὁ κόσμος κινέονται, ἀλλ᾽ ἐς ὀμήξον ἀγγίλοις ϐεϝομέουσι. Et neantmoins ne laissent pas les spheres inferieures, d'aller tousiours & parfaire leur cours naturel, *errantium siderum meatus*, ce dit Pline, *contrarium Mundo agere cursum, id est lævum, illo semper in dexteram præcipiti; & quamuis assidua conuersione immensæ celeritatis attollantur ab eo, rapianturque in occasum, aduerso tamen ire motu, per suos quæque passu*: ce qui se fait par vne necessité naturelle, ce dit Aristote au 3. du Ciel chap. 2. qui ne peut admettre vn cours forcé, & contre nature, qu'il n'y en ait aussi vn de naturel, τὸ ϝ βία κινεῖϛαι ὲ ϖαϝα φύσιν, ταυτὶ δηλα μὲν εἰ ϖαϝα φύσιν ὅϋ τις κίνησις, αϝάγκη τῳ̄ ὲ κỳ φύσιν. *Les corps de l'Vniuers*] μεγάλα σώματα, qu'appelle Heraclite, c'est à dire, tous ces grands orbes celestes qui sont au dessous; Quant au nombre des Cieux, i'ay dit ailleurs de Sainct Hilaire, sur Sainct Matthieu, qu'il n'est pas bien certain. *Nemo, dit-il, de numero cælorum dicere præsumat, &c.* à fin de ne nous arrester point à la folie de Basilides dans Tertullian au liure de la prescription chap. 46. qui dit, *ab Angelis 365. Cælos institutos*. *Bandez en resistant*] D'où elegamment Claudian dit que ces sept planetes, *retro nituntur in ortum*, & Seneque ad *Marciam*, chap. 18. *diuersas agentia vias, & in contrarium præcipiti Mundo nitentia*: d'où Trismegiste au Pimandre ch. 2. appelle ceste sorte de mouuement, vne resistance, & les compare en cela à l'homme qui nage & se roidit contre le courant de l'eau, pour ne se laisser emporter. *Contre ta violence*] Violence impropre, & eu esgard à ce que les autres Cieux inferieurs luy obeissent: car autrement és corps celestes il n'y a rien de violent ny de resistant, tout y est naturel selon la raison de l'œconomie du Monde. Et le mouuement des spheres inferieures n'est non plus forcé, que le mouuement de celuy, qui se remuë dans vn nauire faisant voile sur mer. *Seuls à part demenans*] Chacun selon la propriété de son principe & mouuement naturel, κỳ ταῦ ἰδίας ἑκάσων ϖϐϥοκϐϥωϟ, ce dit Aristote au 6. du Monde, ne laissans pas d'aller, & de parfaire leurs cours separément selon leur interualle limité, & par leur trace naturelle, encor qu'ils soient contrairement ranis par ce premier mouuement qui emporte tout. *Vne seconde dance*] Qui se fait sur les deux Poles du Zodiaque, au lieu que la dance ou mouuement du premier mobile, se fait sur les deux poles du Monde. *L'vn deçà, l'autre là*] A cause de la difference & diuersité de leurs spheres, qui auancent les vnes plus ou moins que les autres, encor qu'ils soient tous semblables, quant à se mouuoir d'Occident en Orient; *non habent motum inter se similem*, ce dit Apulee, *& æqualem, sed affixæ diuersis globis, inordinatum vt sic dixerim ordinem seruant*. *Des mouuemens reglez*] Ordonnez, fixes, & immuables: car comme dit Macarius Homelie 15. ces corps superieurs, ne peuuent rien changer de leur estat & condition qu'ils obseruent reglément, parce que ce sont corps sans volonté: ὅτι ἔχουσι θέλημα, οϝδὲ παρ᾽ ὃ οϝιἴοθησι, μεταϟρατίωϝαϥ σωϝϝταϥ, de sorte qu'ils sont comme liez à la Necessité de cest ordre, ce dit le mesme, νεϝϝὸς ἅπαξ ν̄ϟακται, ὲ φύσηϝ ϝϝι ἀμυϟαϐλήτῳ δέδεται. Ou bien il appelle reglez ces mouuemens, c'est à dire, conduicts & ordonnez reglément par la sagesse & prouidence de Dieu. Car il ne faut pas croire, ce dit Seneque au 5. des Bienfaicts chap. 8. *sine aliquo custode tantum opus stare, & hunc syderum certum discursum, fortuiti impetus esse, sed hanc inoffensam velocitatem, procedere æterna legis imperio*. Ou bien il entend reglez, c'est à dire, tousiours semblables, qui ne relaschent ou bandent non plus en vn temps qu'en l'autre, comme remarque Aristote au 2. du Ciel, chap. 6. que le Ciel κινεῖται ὁμαλῶς, μήτε αϋϋοιϝ ἐχὶ, μήτε ὑπίταοιϝ ἢ αἰχμλϐ.

De leurs diuersitez] Diuersitez seulement, pour ce qui est de l'espace du temps qu'ils employent à faire leur cours; car au surplus ils sont tous semblables en promptitude, en mouuement, & en la façon mesme de leur cours. *Omnium quidem par celeritas, motus similis*, dit Macrobe, *& idem est modus meandi, sed non omnes eodem tempore circos suos, orbesque conficiunt*; & c'est pourquoy ils semblent diuers.

Ainsi guidant premier si grande compagnie,
Tu fais vne si douce & plaisante harmo-
   nie,
Que nos Luts ne sont rien au prix des moin-
   dres sons
Qui resonnent là haut de diuerses façons.

RICHELET.

Ainsi guidant premier] Comme le Coryphee, ce dit Aristote chap. 6. du liure du Monde, qui conduit la troupe, qui luy donne le ton, qui le finit, & sous lequel chaque Ciel chante comme sa partie, d'vne parfaite musique & harmonie. Les mots de cest Autheur sont elegants: μία ϝ (dit-il) παϝτων ἁρμονία σωϝαϟόντων ὲ χορϐϝόντων κỳ τὸϝ ὐϝανὸϝ, ϟκ ἑνός τε κίνεται χϟεῖς ἐϝ ἀπολήξαι. *Si grande compagnie*] Les Estoilles fixes & errantes, qui neantmoins ne font que huict Cieux. *Tu fais vne si douce & plaisante harmonie*] Harmonie parfaicte, ce dit Platon, & Ciceron au Songe de Scipion; à laquelle toutefois les hommes sont sourds, à cause que le bruit en est trop grand; *hoc sonitu completæ aures obsurduerunt*, ne plus ne moins que ceux qui habitent les Catadupes, *vbi Nilus præcipitat ex altissimis montibus, propter magnitudinem sonitus sensu audiendi carent*. Mais là haut, les esprits diuins en sont rauis, & c'est ce que dit Africanus, quand il demande à son pere, *Quis est hic, inquam, quis est qui complet aures meas tantus & tam dulcis sonus?* Or ceste pretendue harmonie procede du mouuement inegal des orbes celeftes, conioincts par vniffon au premier Ciel, *qui interuallis imparibus acuta cum grauibus temperans, varios æquabiliter concentus efficit.* Toutesfois il eft certain que cefte harmonie materielle & fenfible, eft imaginaire, & opinion de Pythagore, dont fe moque Ariftote au 2. du Ciel chapitre 9. & la raifon de Pythagore eft qu'icy bas le moindre mouuement d'vn corps fait du bruit, d'où il conclud, ἀναγκαῖον ἐῖ) τηλικούτων φερομένων σωμάτων γίγνεσθαι ψόφον. Mais il fe trompe, dit Ariftote, ne prenant pas garde que cela eft vray és corps dont les mouuemens font forcez & violentez : adiouftant contre cefte pretendue harmonie, que fi elle eftoit vraye, ne pouuant eftre que grande, par proportion à ces grands corps, il eft indubitable que nous l'entendrions mieux encor, que nous n'entendons les bruits du tonnerre : ce que nous ne faifons pas, & confequemment il faut dire, que c'eft chofe inuentee à plaifir, κομψῶς ᾗ σοφιστικῶς. Et de fait le grand Pline, qui en forme le doubte, ne l'ofe dire, *an fit immenfus, & ideo fenfum aurium facilè excedens, tanta molis vertigine affidua rotatæ fonitus, dixerim non hercle magis, quàm circumactorum fimul tinnitus fyderum fuófque voluentium orbes, dulci quidem & incredibili fuauitate concentus; nobis qui intus agimus, iuxta diebus & noctibus tacitus labitur mundus.* Que fi donc il y a de l'harmonie, comme il y en a, c'eft vne harmonie non pas de fons ny de voix, ny fenfible aux aureilles, mais fpirituelle, communicable à l'intellect, par l'ordre & parfaicte difpofition de toutes chofes creées, comme dit elegamment Clement Alexandrin au commencement de fon Protreptic : τῷ δὲ τὸ πᾶν ἐκδήσαμεν ἱρμασμένως, ᾗ τῶ ἀτρίων ἰαφωνίας εἰς τάξιν ἐντείνων ἐμφωνίας, ἵνα δὴ ὅλος ὁ κόσμος αὐτῷ ἁρμονία γένηται. Comme pour exemple, dit-il, quand Dieu adoucit & quafi amollit la force & l'impetuofité du feu, πυρὸς ὁρμὴν, par la douceur de l'air, comme par vn meflange & temperament de la Mufique Dorienne auec la Lydienne, Δωρικὸν ἁρμονίας κεράσας Λυδίῳ, ou comme quand nous voyons, dit Pline 2. chapitre 5. *mutuo complexu diuerfitatis fieri nexum, & leuia ponderibus inhiberi, quò minùs euolent, contráque grauia ne ruant, fufpendi leuibus in fublime tendentibus.* Auffi l'Abbé Trithemius dit en vne fienne Epiftre, que cefte harmonie celefte ne fe doit pas entendre materiellement. *Harmoniam cœleftem, non materialem, fed fpiritualem confonantiam nobis fufcipiendam fcias oportet, vbi numerus, ordo, & menfura per ternarium in vnitatem conueniunt; ad quam confonantiam inferiora noftra omnia funt conformanda :* adiouftant ces mots; *Fatuum eft, harmoniam arbitrari cœleftem, ftellarum confonantium motu caufante auribus perceptibilem formare fonum;* car cefte harmonie celefte, dit-il, n'eft rien autre chofe, *quàm numero, ordine, & menfura diftributionum inuiolabilis confonantia.* *Qui refonnent là haut*] Et pourquoy là haut pluftoft qu'icy bas? Car fi la raifon de Pythagore eft, que nous n'entendons point ces fons icy bas, à caufe que le trop grand bruit *accedit ad filentium,* ce dit Ficin, tout ainfi que l'extreme mouuement *ad quietem,* il s'enfuit qu'encore moins là haut qu'icy bas ces fons doiuent eftre entendus, parce que le bruit y eft plus grand, & confequemment cefte pretendue harmonie s'y entend moins : & par ainfi il fe voit que cefte mufique du Ciel & du Monde, n'eft pas vne Mufique de tons ny vn concert de voix, ou de luths, mais vne harmonie de nombres, & de mefures parfaictes. *De diuerfes façons*] Selon fa fuppofition d'harmonie fenfible, & comme l'Ariftote dit au 6. du Monde, ἐν διαφόροις φωναῖς, ὀξυτέραις ᾗ βαρυτέραις. Ce qui neantmoins fe peut auffi bien adapter aux diuers mouuemens des Cieux, & contrarietez elementaires, qui s'accordent enfemble & font vne harmonie.

D'vn feu vif & diuin ta voûte eft com-
    poſee,
Non feu materiel, dont la flame expofee
Cà bas en nos fouyers, mangeroit affamé
De toutes les forefts le branchage ramé :
Et pource tous les iours il faut qu'on le nour-
    riffe
Le repaiffant de bois, f'on ne veut qu'il pe-
    riffe.
Mais celuy qui là haut en vigueur entre-
    tient

Toy & tes yeux d'Argus, de luy feul fe
    fouftient
Sans mendier fecours : car fa viue eftincelle
Sans aucun aliment fe nourrit de par elle :
D'elle-mefme elle luit comme fait le Soleil,
Temperant l'Vniuers d'vn feu doux & pa-
    reil
A celuy qui habite en l'eftomac de l'hom-
    me,
Qui tout le corps efchaufe & point ne le con-
    fomme.

RICHELET.

D'vn feu vif & diuin] Nullement d'vn feu, dit Trifmegifte au Pimandre, mais tout y eft plein de lumiere. Il eft vray qu'il parle icy felon Platon, & ceux de fa fecte qui penfent que le Ciel foit de feu, mais feu pur, innocent, & qui ne confume point. Auffi les Stoïciens ont dit, comme a remarqué Sainct Auguftin au 8. de fa Cité, chap. 5. que ce feu n'eft pas feulement diuin, mais qu'il eft viuant, & fage, & fabricateur de tout le Monde, à caufe qu'ils croyoient que ce feu eftoit Dieu mefme. *Ta voûte eft compofee*] C'eft à dire, formee d'vne matiere tres-fimple, plus fimple que celle des quatre elemens, qui font au deffous de luy, & reputez principes de toutes chofes : ou bien il veut, peut-eftre, dire par cefte compofition du Ciel, qu'il n'y a rien de creé qui ne foit compofé : les Elemens mefme, qu'Epicure imaginoit eftre compofez, σύνθετα, *ex duobus principijs, inani & atomis,* qu'il dit eftre les deux Elemens de la Nature, les Elemens des elemens, Seruius Eclog. 6. *Non feu materiel*] ἀϋλαίαν, fimple & quafi fans matiere, vn feu plein de fplendeur & de lumiere : *æthereus enim ignis,* dit Seruius, *caret fumo & folo fplendore viget, nihil perimens.* *Mangeroit affamé*] *Cuius calor,* ce dit Macrobe au 7. des Saturnales, chap. 13. *in appetentia femper eft, & folus ignis, alimenti perpetui defiderio, quidquid offendit abfumit.* Et c'eft mefme la difference qu'il y a entre le feu elementaire, lequel en fa fphere n'a non plus befoin d'aliment, qu'en ont l'eau ou la terre en la leur; & le feu terreftre, qui ne peut viure fans aliment, & qui deuore tout : & de là elegamment remarque Donat fur l'Eunuque, que la Courtifanne eft appellee feu, *ignem meretricem accipimus, quòd auida & auara eft, vt ignis alimentorum.*   *Le repaiſſant de bois*] Sa nourriture, Pline liure 36. chap. 27. *Immenſa & improba rerum naturæ portio,* dit-il, parlant du feu, & *in qua dubium ſit, plura abſumat an pariat.*   *S'on ne veut qu'il periſſe*] *Quia ſi non abſumit, extinguitur, & alterius corporis imminutione nutritur,* Caſſiodor. 3. 43.   *Et tes yeux d'Argus*] Tes aſtres. La mythologie vulgaire ſçait que l'Argus eſt hieroglyphique du Ciel. Il eſtoit tout plein d'yeux, πανόπτης, le Ciel eſt tout remply d'Eſtoilles; la moitié de ſes yeux touſiours veilloit, *Et quamuis ſopor eſt oculorum parte receptus, Parte tamen vigilat,* Ouide; la moitié auſſi des Eſtoilles touſiours ſe voit ſur noſtre hemiſphere, ou ſur l'autre.   *A celuy qui habite en l'eſtomac*] Platon au Timée, le compare à celuy qui eſclaire & luit ſans bruler dans nos yeux : τῶ πυρὸς, ὅταν τὸ μὲν καίειν ἰσχύ, τὸ δὲ παρέχειν φῶς ἥμερον, οἰκεῖον ἑκάστης ἡμέρας, ςῶμα ἐμηχανήσαντο γίγνεσθαι.

<table>
<tr><td>

Qu'à bon droit les Gregeois t'ont nommé
   d'vn beau nom!
Qui bien t'auiſera ne trouuera ſinon
En toy qu'vn ornement, & qu'vne beauté
   pure,
Qu'vn compas bien reglé, qu'vne iuſte meſure,
Et bref, qu'vn rond parfait : dont l'immenſe
   grandeur,
Hauteur, largeur, biais, trauers & profon-
   deur

</td><td>

Nous monſtrent en voyant vn ſi bel edifice,
Combien l'eſprit de DIEV eſt remply d'ar-
   tifice,
Et ſubtil artiſan, qui te baſtit de rien,
Et t'accomplit ſi beau : pour nous monſtrer
   combien
Grande eſt ſa Majeſté, qui hautaine de-
   mande
Pour ſon Palais Royal vne maiſon ſi gran-
   de.

</td></tr>
</table>

RICHELET.

Qu'à bon droit les Gregeois] Et les Latins pareillement, & quaſi apres eux tous les peuples, *conſenſu gentium, quem κόσμον Græci nomine ornamenti appellauerunt, eum nos à perfecta abſolutáque elegantia, Mundum :* Pline.

T'ont nommé d'vn beau nom] Et outre le nom, quand ils parlent de ceſt excellent ouurage de Dieu, ils vſent quaſi touſiours de ces mots, ἔπαξε, ἢ διεκόσμηςε, ἢ ςυνήρμωςε, tous termes de beauté, d'ordre, de conſonance, & d'harmonie. De là S. Hilaire au 1. de la Trinité, *pulchrum itaque Cœlum, æther, terra, maria & vniuerſitas omnis eſt, quæ ex ornatu ſuo, vt etiam Græcis placet, dignè κόσμος, id eſt, Mundus nuncupari videtur.* De meſme Tertullian contre Hermogenes, chap. 41. *Ornamenti nomine penes Græcos eſt Mundus*; d'où il concluoit qu'il ne pouuoit eſtre miroir de la matiere, *ſpeculum materiæ,* en ce qu'Hermogenes ſuppoſoit ceſte matiere eternelle, & neantmoins informe. Bref Philon Iuif περὶ ἀφθ. κόσμ. dit que le Monde proprement, ἐτύμως ἢ προσφυέςατα κόσμος κέκληται, ὅ ῥα τινα γ᾽ ὁρᾷς ἢ διὰ κακοσμηδμός, ou comme dit Thales dans Laërtius, κάλλιςον κόσμος, ποίημα γὸ Θεῦ, ouurage parfait par vn ouurier parfait, κόσμος κάλλιςος τῶν γεγονότων, Θεὸς ἢ ἄριςος τῶν αἰτίων, Platon au Timée.   *Qu'vn compas bien reglé*] Admirable reglement de toutes les choſes confuſes & deſreglees. Et de fait Philon Iuif, περὶ ἀφθ. κόσμ. l'appelle elegamment τάξιν τῶν ἀτάκτων, ἁρμονίας τῶν ἀναρμόςων, ςυμφωνίαν τῶν ἀςυμφώνων, ἕνωςιν τῶν διεςηκότων. Ce qui proceda tout à coup, & verbo, encor qu'il ſemble que Tertull. contre Hermogenes ait voulu donner des interualles à ceſte creation; *ſiquidem,* dit-il, *omnia opera ſua Deus ordine conſummauit, incultis primò elementis depalans quodammodo Mundum, dehinc exornatis velut dedicans.*   *Et bref qu'vn rond parfait*] Si exactement rond, *vt nihil effici poſſit rotundius, nihil aſperitatis habeat, nihil offenſionis, nihil lacunoſum, omneſque partes ſimillimæ omnium,* Ciceron; & l'Ariſtote au 2. du Ciel, chap. 4. dit de meſme, κτ᾽ ἀκρίβειαν ἔνςορνος ὕτως, que rien ne ſe peut voir icy bas de plus rond, τῶν παρ' ἡμῖν ἐν ὀφθαλμοῖς φαινομένων. Et non ſeulement il eſt parfait en ſa rondeur, mais encor en ſon corps, comme dit le meſme au liure 1. chapitre 1. à cauſe que tout autre corps eſt partie de luy, & luy n'eſt partie de rien, τὸ πᾶν, ὅ ταῦτα μόρια, τέλειον ἀναγκαῖον ἦ, ne ſouffrant ny digreſſion, ny defectuoſité, μήτε τὴν ἔκβαςιν, μήτε τὴν ἔλλειψιν.   *Vn ſi bel edifice*] Et qui ne pouuoit eſtre autre, puis que Dieu en eſtoit l'ouurier; car Dieu eſtant tres-bon, il n'a peu rien faire que de beau, ce dit Platon au Timée, θέμις δὲ ὔτ᾽ ἦν ὔτ᾽ ἔςι τῷ ἀρίςῳ δρᾷν ἄλλο πλὴν τὸ κάλλιςον.   *Nous monſtrent*] Fort bien, car tout l'ouurage du Ciel eſt vn teſmoignage de Dieu. Toutes choſes teſmoignent Dieu, *Cœli enarrant gloriam Dei,* iuſqu'aux pierres, ce dit Heraclite, en vne ſienne Epiſtre à Hermodorus, λίθοι Θεῦ μάρτυρες · νὺξ αὐτῷ & ἡμέρα μαρτυρῦςι, ὧραι αὐτῷ μάρτυρες, γῆ ὅλη καρποφορῦςα μάρτυς, ςελήνης ὁ κύκλος ἐκείνε ἔργον, ἐ ϛ᾽ ἄςιος μαρτυρεία.   *Combien l'eſprit de Dieu eſt remply d'artifice*] Voire que c'eſt l'ordre & l'artifice meſme, & de là eſt appellé Dieu, κός, ce dit Clement Alexandrin ſur la fin du premier des Stromates, περὶ τὴν Θεὸν εἴρηται & τάξιν, & τὴν διακόσμηςιν. Et de là Hieremie dit que l'œuure du Monde eſt de la puiſſance, de l'intelligence & du ſens de Dieu. *Deus faciens terram in valentia ſua; parans orbem in intelligentia ſua, & ſuo ſenſu extendens cœlos,* Tertullian. Et faut adiouſter, ſans trauail, car Dieu fait tout d'vne puiſſance qui luy eſt facile, ce dit l'Ariſtote au liure du Monde, chapitre 6. ὁ μὲν αὐτουργὸς & ὁππόνε ζώε κάματον ὑπομένων, διὰ δυνάμει χωρίςος ἀτρύτῳ. D'où l'Eſcriture energiquement pour monſtrer ceſte facilité, a dit, *Dixit, & facta ſunt.* Il eſt vray qu'en Dieu la parole eſt operation, ce dit Clement Alexandrin. Philon Iuif dit plus, que Dieu feit le Monde de ſa ſeule penſee, διανοούμενος, & que les ſix iours ne furent que pour l'ordre naturel, duquel le Six eſt ſymbole.

Et ſubtil

Et subtil artizan] Admirable ouurier certes, en l'excellente & subtile disposition de toutes les parties de ce Monde ; *totum enim hoc Mundi corpus*, ce dit Tertullian en l'onziesme chapitre de l'Apologetic, *siue innatum & infectum secundum Pythagoram, siue natum & factum, secundum Platonem, semel vtique in hac constructione dispositum & instructum & ordinatism, cum omni rationis gubernaculo inuentum est.* *Qui te bastit de rien*] Ou comme dit du Bartas, *dans l'infini d'vn rien*, sans matiere precedente, contre l'opinion de quelques Philosophes qui ont posé la matiere pour principe à toutes choses, sans commencement & egale en puissance à Dieu, ὕλην ἄναρχον, ἢ ὕλην ῥίζαν, ἢ ῥίζαν δύναμιν, ἢ ἰσοδυναμίαν, disans que la matiere estoit la racine de tout, & la racine estre esgalle en puissance & vertu à la puissance de Dieu; Macar. Homel. 16. Cela procedant, de ce qu'ils disoient qu'aucune generation ne se pouuoit faire de rien, ὐ γὰρ ἐκ τῶ μὴ ὄντος, ἢ φύσις, ce dit Plutarque au traicté de la creation de l'ame ; μηδὲν ἐκ μηδενός γίνεσθαι, ce dit Aristote au commencement de son liure περὶ Ξενοφαίης. C'est pourquoy ils presupposoient qu'il falloit necessairement que la matiere fust eternelle & increée, ὕλην ἀγεννησίαν. Et de là dans Ciceron au liure *de Fato*, vne question qui ne se peut soudre, *incnodabilis quaestio*, dit-il, *vt de nihilo quidpiam fiat, quod nec Epicuro, nec cuiquam Physico placet*. Aussi Seneque epistre 65. *vniuersa*, dit-il, *ex Deo & materia constant; etenim debet esse, vnde aliquid fiat, deinde à quo fiat* ; subordinant Dieu, par ce moyen, à la matiere ; qui est l'erreur d'Hermogenes, que refute excellemment Tertullian, & monstre qu'il faut necessairement qu'aucune matiere n'ait precedé la creation du Monde ; *si enim illa vsus est Deus ad opera Mundi, iam & materia superior inuenitur, quae illi copiam operandi subministrauit*, & en cela Dieu ne seroit pas tout-puissant, *si non & hoc potens, ex nihilo omnia proferre*: & par consequent il faut que le monde soit fait de rien, & sans matiere precedante sa creation. Adioustez encor à cecy ce que dit le mesme, chapitre 17. qu'il faut, pour faire que Dieu soit vn, qu'il n'y ait point eu de matiere auant le Monde, *vnici Dei status hanc regulam vindicat, non aliter vnici, nisi quia solius, non aliter solius, nisi quia nihil cum illo* : & partant il faut dire auec Clement Alexandrin chapitre 6. du Pedagogic, que la matiere du Monde a esté la volonté de Dieu. θέλημα αὐτῶ ἔργον ἐστὶ, καὶ τῦτο κόσμος ὀνομάζεται. Et les raisons de Lucrece liure 1. ne sont pas bonnes pour la creation du Monde, voulant prouuer, *ex nihilo nihil posse creari*; elles sont bonnes apres la creation, pour dire que maintenant au Monde rien ne se fait de rien. Mais Platon, comme il est plus diuin que les autres, ne pouuant toutefois pas bien receuoir ceste creation de rien, *ex nihilo*, dit qu'elle a procedé de l'esprit & de la necessité, τῶ κόσμου γένεσις ἐξ ἀνάγκης τε καὶ νῦ συστάσεως ἐγρήθη, l'vn commandant ou persuadant, & l'autre obeïssant ὑπὸ πειθοῦς ἔμφρονος, au Timee. *Pour nous monstrer combien grande est sa Majesté*] C'est ce que dit Tertullian, en son Apologetic, *Deus totam molem istam, cum omni instrumento elementorum, corporum, spirituum, verbo quo iussit, ratione qua disposuit, virtute qua potuit, de nihilo expressit, in ornamentum maiestatis suae, vnde & Graeci nomen Mundo κόσμον accommodauerunt.*

Or ce D I E V Tout-puissant, tant il est bon
  & dous,
S'est fait le citoyen du Monde comme nous,
Et n'a tant desdaigné nostre humaine na-
  ture
Qu'il ait outre les bords de ta large closture
Autre maison bastie, ains s'est logé chez-toy,
Chez-toy franc de soucis, de peines, & d'es-
  moy,
Qui vont couurant le front des terres habi-
  tables,
Des terres la maison des humains miserables :

Comme le bon bourgeois habite en sa cité,
Vn Roy dans son Palais, son sejour limité,
Sans demeurer ailleurs, de peur qu'vne que-
  relle
Ciuile ne troublast sa maison paternelle,
Et pour seruir aux loix, d'œil, d'ame, & de
  support.
  Quand le Prince est absent tousiours le
  droict a tort :
L'Equité, la Justice, ont perdu leur puis-
  sance,
Qui fleurissent en Paix par sa seule pre-
  sence.

RICHELET.

Or ce Dieu Tout-puissant] En cela Tout-puissant, que de rien il a fait toutes choses. *S'est fait le citoyen*] Suiuant l'opinion de Platon, car les Stoïciens le mettoient hors du Monde, *extra Mundum positum*, ce dit Tertullian en son Apologetic, *qui figuli modo extrinsecus torqueat molem hanc* : & les Platoniciens, *intra Mundum, qui gubernatoris exemplo, intra illud maneat, quod regat*. *Comme nous*] D'où Ciceron dit que le Monde est la maison, ou la ville des Dieux & des hommes, *domus aut vrbs vtrorumque*; mais ce *comme* là, n'est pas assez propre. Et l'Hermite Blacquerne dans Raymond Lulle, dit, que Dieu est au Monde comme vn escriuain dans son liure. *Outre les bords*] C'est à dire, au delà du Monde, hors lequel il faudroit qu'il y eust d'autres Mondes, ou vn vuide; ce qui n'est pas, comme nous dirons cy-apres, car Dieu n'a creé qu'vn Monde, dans lequel, & hors lequel il habite : & comment cela? Alcuin au 2. de la Trinité chapitre 4. l'explique ainsi. *Immensitas diuinae magnitudinis ista est, vt intelligamus eum intra omnia, sed non inclusum; extra omnia, sed non exclusum: & ideo interiorem vt omnia contineat; ideo exteriorem, vt incircumscripta magnitudinis suae immensitate omnia concludat*: adioustant excellemment, que Dieu comme Createur, est hors du Monde, *per id quod exterior est, ostenditur esse creator*: & comme gouuerneur & administrateur est dans le Monde, *per id quod interior, gubernare omnia demonstratur. Ac ne ea quae creata sunt, sine Deo essent, Deus exterior, vt omnia concludantur ab eo, non locali magnitudine, sed potentiali præsentia, qua vbique præsens est, vt omnia illi præsentia.* *De ta large closture*] Proprement closture, parce qu'il clost & enferme tout, & de là mesme appellé ὅρος, ce dit Philon Iuif, parce qu'il est borne de toutes choses, διὸ ἡ πάντων ὅρος, & le premier de toutes les choses visibles, πρῶτος τῶν ὁρατῶν. *Ains s'est logé chez toy*] Et de fait qu'Aristote au 6. du Monde appelle Dieu δύναμιν ἐν ὁρατῷ ἱδρυμένην. Mais neantmoins il faut entendre ce *logé*, comme dit Sainct Hilaire Psalm. 131. *non corporali aditu, vt alibi non degens, sed spirituali virtute, & luminis modo*; ou comme dit le mesme au 1. de la Trinité, *intra & extra, & supereminens & internus, id est, circumfusus & infusus.* Et Sainct Augustin au 7. de la Cité chap. 30. Car il ne faut pas croire que Dieu soit enfermé là haut, comme dans vn lieu certain qui le retient, estant incirconscript, non compris & infini, ἀπερίγραπτος καὶ ἀκατάληπτος, ce dit Macarius Homel. 16. Il est par tout, dit le mesme, πανταχοῦ ὑπεραγόμενος, ἢ ἐν τοῖς ὄρεσι καὶ ἐν τῇ θαλάσσῃ, &c. Et toutefois non par forme de passage de lieu à autre, comme les Anges, οὐχὶ κατὰ μετάβασιν, ἢ ὥσπερ οἱ ἄγγελοι κατερχόμενοι ἐξ οὐρανοῦ ἐπὶ τὴν γῆν. Il est comme dit Isaie chap. 66. *Cælum mihi thronus est*, adioustant neantmoins, pour monstrer que ce qui est creé estant fini, ne peut estre maison ny lieu de l'infini, *Quam domum ædificabitis mihi, aut quis locus requietionis meæ?* *Le front*] La face. *Vn Roy dans son Palais*] Par œconomie & pour l'administration, comme disoit mesme Pythagore, qu'il ne falloit pas croire que Dieu fust hors du Monde, ἐκτὸς τοῦ διακοσμήσεως, ce dit Clement Alexand. au Protreptic. ἀλλ' ἐν αὐτῷ ὅλος, ἐν ὅλῳ τῷ κύκλῳ ὑπίσκοπος πάντας θεώμενος. L'Aristote au liure du Monde chap. 6. dit de mesme que nostre Autheur, sinon que sa comparaison est plus ample; car, dit-il, ce que le patron est dans le nauire, le cocher dans son char, le maistre en vn chœur de Musique, & le Capitaine dans vne armee, Dieu l'est au Monde, ὅπερ ἐν νηὶ κυβερνήτης, ἐν ἅρματι δ' ἡνίοχος, ἐν χορῷ κορυφαῖος, ἐν πόλει δὲ νόμος, ἐν στρατοπέδῳ δ' ἡγεμὼν, τοῦτο θεὸς ἐν κόσμῳ. *De peur qu'vne querelle*] Tout cela est Platonique, & impropre à l'esgard de Dieu; car la presence actuelle du Roy est necessaire à son Estat, de peur de trouble, ἄναρχον γὰρ ἄτακτον καὶ στασιῶδες, dit Gregoire de Nazianz. au 3. de sa Theologie: mais il n'en est pas ainsi de Dieu, la puissance & vertu duquel est tousiours presente à toutes choses, quoy que son essence soit infinie hors le Monde. *Pour seruir aux loix d'œil*] C'est pourquoy aussi Philon Iuif dit, que le Monde a Dieu pour Ephore, τὸν ἔφορον ἢ βραβευτὴν καὶ δικαστὴν, par lequel il faut que tout soit gouuerné, ὑφ' οὗ τὰ πάντα οἰκονομεῖται καὶ πρυτανεύεται θέμις. Et comme dit Gregoire de Nazian. au 2. de sa Theologie, il ne faut pas s'imaginer que ce grand Monde soit sans Roy & sans Gouuerneur, αἰχμάλωτόν τι καὶ ἀκυβέρνητον εἶ).

Si celuy qui comprend doit emporter le prix	*Et en son ordre à part limites vn chacun:*
Et l'honneur sur celuy qui plus bas est compris,	*Toy, qui n'as ton pareil, & ne sembles qu'à vn,*
Tu dois auoir l'honneur sur ceste masse toute,	*Qu'à toy, qui es ton moule, & la seule modelle*
Qui tout seul la comprens dessous ta large voûte,	*De toy-mesme tout rond, comme chose eternelle.*

RICHELET.

Si celuy qui comprend] Il n'y a point de doubte qu'il est superieur, & plus grand, que celuy qui est compris, τὸ περιεχόμενον ἔλαττον ὅτι τοῦ περιέχοντος, Plutarq. aux Quest. Platoniq. *nihil enim non maius est, id quod capit, eo quod capitur.* Tertullian contre Marcion 1. chap. 15. Et ceste maxime qui est naturelle & rapportée encor par Gregoire de Nazianze au 2. de sa Theologie, luy fait former ceste question, à cause de cela, de sçauoir si Dieu est dans le Monde, ou hors le Monde. Et dit, qu'il semble que Dieu ne soit pas dans le Monde. Car s'il y estoit, ou en vne partie, ou parmy le tout, il seroit moindre que son ouurage, & circonscrit de l'enclos du Ciel; ce qui est absurd. Si aussi il est hors & outre le Monde, comment cela se peut-il faire, n'y ayant rien entre deux qui puisse separer Dieu du Monde? Et si le Monde est le lieu de Tout, où pourra estre la chose qui n'est point du Tout? Certes ces questions sont difficiles, & procedent de la foiblesse de nostre esprit, qui ne peut iamais atteindre à cognoistre & conceuoir que c'est que Dieu: Nous ne le voyons que par le dos, & du pied de la montagne, & par l'œuure de ses doigts, qui monstre qu'il est incogitable & incomprehensible: & icy, mon ame, abbaisse ta pensee en simplicité, sans vouloir trop cercher ce que tu ne pourras iamais trouuer. *Sur ceste masse*] Sur tout ce qui est du reste de l'Vniuers enclos dedans toy. Car comme dit Philon Iuif, au liure περὶ ἀφθαρσίας, ce dernier Ciel embrasse tout, κατὰ περιοχὴν γῆς. *Et en son ordre à part*] Cela est vray pour les planetes, dont les Cieux sont à part & separez l'vn de l'autre, mais non pour les estoiles fixes, qui sont toutes dans vn mesme Ciel. *Toy qui n'as ton pareil*] Parce qu'il est seul & vnique. Fort bien Seneque au 5. *de Beneficys*, chap. 10. *Par sum, sed alicui; quis est enim par sibi? quod comparatur, sine altero non intelligitur*: & comment est ce donc, que nostre Poëte dit que le Monde resemble à soy-mesme, *cùm nemo sibi par sit?* *Et ne sembles qu'à vn*] Qu'est-ce à dire cela? est-ce qu'il veut dire, que le Monde est vnique, & à cause de cela ne peut resembler qu'à soy-mesme? ou qu'il soit de l'aduis de Platon, & de Philon Iuif, qui feignent vn monde intelligible, patron du sensible, sur lequel il est tiré, τῷ πρεσβυτέρῳ νεώτερον ἀπεικόνισμα, imaginans que Dieu a fait en son esprit des images precedens, & que puis apres vsant de ces patrons, παραδείγμασι χρώμενος ἐκείνοις, il en a fait le monde sensible. Et par ainsi ce Monde auroit son moule intellectuel precedent, auquel il resembleroit. Et cela introduit sur vne autre maxime du mesme Philon Iuif, au liure de la Creation, qui dit, que la nature ne fait iamais rien de corporel, que premierement elle n'en ait vn moule incorporel, οὐδὲν αἰσθητὸν ἀσωμάτου παραδείγματος πλαστουργεῖ, ἀλλ' ἐν ἀσθενεῖ. Et cela est bien vray que l'intelligence & l'imagination precedent tousiours tout ce que nous faisons; & de là elegamment le mesme Philon appelle ce monde sensible, ἀπ' ἀρχετύπου νοητοῦ παραδείγματος μίμημα αἰσθητόν. *A toy qui es ton moule*] Au Monde intelligible, qui est moule & archetype du sensible, & qui en est l'idee, à laquelle il resemble: car comme dit l'Asclepius de Trismegiste, *in creatore erant omnia, antequam creasset omnia.* Car auttement le Monde sensible ne peut estre le moule de soy-mesme ; si ce n'est qu'il vueille dire que le Monde sensible n'est rien autre chose que la forme corporelle du Monde intelligible, & tous deux vne mesme chose. *Necesse est,* ce dit Tertullian au liure de l'Ame chap. 8. *omnino hunc mundum, imaginem esse alterius alicuius :* & cela ne blesse point la verité du rien qui l'a precedé. Et peut-estre aussi que c'est à cause de cela, & qu'il a esté fait de rien, que nostre Auteur dit, qu'il est moule de soy-mesme ; car rien ne le precede. Il ne peut estre semblable qu'à soy mesme, selon ce que dit mesme Epicure, *nihil esse quod non habeat originem sui ; nam hoc est gigni de nihilo,* Seruius 2. Georg.   *De toy-mesme tout rond*] Par necessité de sa forme & perfection de son principe naturel, comme dit l'Aristote au 2. du Ciel ch. 4. σῶμα δὲ ἀνάγκη σφαιροειδὲς ἔχειν τὸν κόσμον. Et la raison est, ce dit-il, que premierement la figure ronde est plus parfaite, à laquelle tant aux lignes qu'aux figures solides, rien ne se peut adiouster. Secondement, parce que ceste figure, comme la plus parfaite, est la premiere, entant que le parfait πλεῖον προ͂τερον τῶ ἀτελεῖς. Tiercement, à fin que la premiere figure soit la figure du premier corps, πρῶτον σῶμα τῶ πρῶτου σώματος. En quatriesme lieu, parce que si le Monde estoit de figure droite, εὐθύγραμμος, & non ronde, il aduiendroit que hors du Monde il y auroit du vuide & du corps, d'autant que iamais la figure droite, ny autre que la ronde, n'occupe & ne remplit tout entierement vn mesme lieu. *Comme chose eternelle*] Diuine, & comme s'il vouloit dire que la rondeur soit le symbole & la marque de son eternité, ainsi que dit l'Aristote 2. du Ciel, ch. 3. οὐρανὸς σῶμα τί ἔστιν· διὰ τοῦτο, ἐχ τὸ ἐγκύκλιον σῶμα, ὃ φύσει κινεῖται κύκλῳ ἀεί. Toutefois les Mages, dans Laërtius, qui le font rond & spherique, σφαιροειδῆ, ne laissent pas de le dire engendré, & corruptible, γεννητὸν ᾗ φθαρτόν. Platon donne vne autre raison de l'eternité du Monde, & qu'il ne perira point, sçauoir est qu'il imagine, que Dieu estant bon, & ne voulant rien faire que de tresparfaict, n'aura pas voulu tirer le Monde, que sur vn patron eternel. *Si is,* ce dit Ciceron au liure du Monde, (qui ne fait rien que nous traduire en cest endroit le Grec de Platon) *qui aliquod munus efficere molitur, eam speciem quae semper est intuebitur, atque iam sibi proponet exemplar, praeclarum opus efficiat, necesse est : sin autem illam qua gignitur, nunquam illam quam expetet pulchritudinem consequetur.* Et de là il conclud, que le Monde estant beau, comme il est, & celuy qui l'a creé, tres-bon, il faut croire qu'il a mieux aimé le faire sur vn patron eternel, pour le rendre eternel : *cùm sit pulcher hic mundus, probus eius artifex, profectò speciem aeternitatis imitari maluit,* pour faire que le Monde *sit simulachrum aeternum alicuius aeterni.* Toutefois Lactance liure 7. chap. 3. dit, qu'il n'y a pas apparence que le Monde doiue estre eternel ; & sa raison est, qu'il est fait pour l'homme, qui n'est pas eternel. *Si hominum causa factus est,* dit-il, *& ita factus est vt esset aeternus, cur ergo ipsi, quorum causa factus est, non sunt sempiterni ? si mortales, propter quos factus est, ergo mortalis ipse atque solubilis : neque enim pluris est ipse, quàm ij quorum gratia factus est.* Et de fait la verité dit, *Caeli peribunt, Mundus complicabitur vt liber.* Il est vray que Philon Iuif, au liure περὶ ἀφθαρσίας remarque trois opinions sur ce subiect, τρεῖς δόξας, dit-il, τῶ μὲν ἀίδιον τὸν κόσμον φαμένων, ἀγένητόν τε ᾗ ἀνώλεθρον, des autres qui le disent, γενητόν τε ᾗ φθαρτὸν, & des troisiesmes qui participent aux deux opinions de cy-dessus, tenans le Monde ᗤ γενητὸν τε ἀφθαρτον, creé & neantmoins incorruptible & eternel.

<table>
<tr><td>

Tu n'as en ta grandeur commencement ne bout,

Tu es tout dedans toy, de toutes choses tout,

Non contraint, infini, fait d'vn fini espace,

Dont le sein large & creux toutes choses embrasse,

Sans rien laisser dehors : & pource c'est erreur,

C'est vn extreme abus, vne extreme fureur

De credule penser des mondes hors du Monde :

Tu prens tout, tu tiens tout dessous ton arche ronde,

</td><td>

D'vn contour merueilleux la terre couronnant,

Et la grand' mer qui vient la terre enuironnant,

L'air espars & le feu : & bref on ne voit chose

Ou qui ne soit à toy, ou dedans toy enclose,

Et de quelque costé que nous tournions les yeux,

Nous auons pour object la closture des Cieux.

</td></tr>
</table>

RICHELET.

Tu n'as en ta grandeur commencement ne bout] Cela est vray, eu esgard à sa figure qui est parfaictement ronde, & de laquelle consequemment vous ne sçauez où prendre le commencement ny la fin ; *sic est enim rotunditatis volubilis, vt quod sit volubilitatis initium ignores, cùm omnia se semper & praecedere & sequi videantur,* Trismegiste *in Asclepio.* Et comme il n'a point de commencement ny de bout, il n'a point aussi de milieu ; car la figure circulaire n'en a point, τῆ κύκλῳ φορᾶς, ἐκ ἔστιν ὅτι ὅθι, ὅτι οἷ, ὅτι μέσον· ὅτι γὰρ ἀρχὴ, ὅτι πέρας, ὅτι μέσον ἔστιν αὐτῆς ἁπλῶς, Aristot. 2. du Ciel chap. 6.   *Tu es tout dedans toy*] Fort bien, pour refuter l'opinion de ceux, comme d'Empedocle, qui disoient bien, qu'il n'y auoit qu'vn Monde, mais que ce n'estoit pas le tout, ἀλλὰ ὀλίγον τι τῶ παντὸς μέρος, Plutarque. Mais excellemment Pline, duquel cecy est comme traduit, liure 2. chap. 1. *Mundus,* dit-il, *totus in toto, imò verò ipse totum : finitus & infinito similis, omnium rerum certus, & similis incerto ; extra, intra, cuncta complexus in se, idémque rerum naturae opus, & rerum ipsa Natura.* Ainsi Platon dit en son Timee, qu'il comprend tout ce qu'il y a de creation, il est tout de tout, il comprend entierement tout ce qu'il y a d'Element & de matiere, ἐκ γὰρ πυρὸς παντὸς, ὕδατός τε ᗤ ἀέρος τε γῆς συνέστησεν αὐτὸν ὁ συνιστὰς, μέρος οὐδὲν οὐδενὸς, οὐδὲ δύναμιν ἔξωθεν ὑπολιπών. Et ses raisons sont, à fin premierement qu'il fust vnique, secondement qu'il fust parfait & composé des parties entieres & parfaites, & finalement qu'il fust incorruptible, ἀνόσος. Ce qui ne pourroit estre, si quelque matiere l'enuironnoit par dehors qui ne fust point du Monde.   *De toutes choses tout*] Finies ou infinies, animées ou inanimées. Car quand mesme la matiere seroit

seroit capable de l'infini: ce qui n'est pas, le Monde est assez grand, pour estre seul capable de ceste infinité de la Nature. *Nam si hæc infinitas*, ce dit Pline, *Naturæ omnium artifici potest assignari, in vno facilius potest intelligi, tanto præsertim opere.* D'ailleurs, si le Monde est vn animal, *cuius omne animal*, ce dit Ciceron au liure de l'Vniuers, *quasi particula quædam est, siue in singulis, siue in diuerso genere cernatur*; il faut necessairement qu'il comprenne tout, ou qu'il ne soit pas l'animal comprenant tous les animaux, en quoy il seroit imparfait. *Non contrainct*] Parce qu'il n'y a rien de forcé ny de violent en tout ce qui est du Ciel & de la Nature. *Infini*] Peut-estre quant à son ame, que Platon *in Philebo* appelle infinité, ἀπειρίαν. Mais neantmoins comment cela se peut-il accorder, qu'il soit infini, & fait d'vn espace fini? est-ce point à cause qu'il comprend tout & qu'il n'y a rien de creé hors de luy, & en cela il a quelque apparence d'infinité? Et toutefois en ce qu'il est creé, il ne se peut dire qu'il ne soit fini. Ainsi S. Hilaire contre l'Empereur Constantius, parlant de Dieu; *infinitus* (dit il) *quia non ipse in aliquo, sed intra eum omnia.* Et c'est pour cela, qu'à l'esgard des autres choses creées, lesquelles le Ciel comprend toutes, il semble qu'il soit infini; & par ce que rien de creé ne le comprend; mais en ce qu'il est *in loco, non extra locum*, ce qui n'appartient qu'à Dieu, *qui non continetur in loco*, ce dit le mesme S. Hilaire, il semble estre fini. Adioustez aussi que le Monde estant corps, il faut qu'il soit fini, *quia non potest dari aliquod corpus actu infinitum*: & tout corps physique a sa nature limitée, soit par la forme, soit par la matiere. Item il est fini, en ce qu'il se meut, *secundum locum motus.* Or tout ce qui se meut doit auoir vn lieu, *locum quem non impleat.* Et neantmoins il a comme vne marque d'infinité en ce qu'il occupe tout, & que son mouuement est en soy-mesme. Et c'est pourquoy nostre Poëte recognoissant en luy des marques de l'infini, & du fini, selon les Philosophes, il luy donne l'vn & l'autre. *Fait d'vn fini espace*] Peut estre par la distinction de Diogene, qui mettoit difference entre l'Vniuers & le Monde, faisant l'Vniuers infini, τὸ πᾶν ἄπειρον, le Monde fini, τὸν κόσμον πεπεράνθαι. Ou bien c'est par allusion à l'opinion des Stoïques, qui disent que le Tout est l'infini, & à cest esgard le Monde, quant à nous, estant Tout, il seroit infini; Mais pour estre infini ils veulent qu'il soit ioint auec le vuide, τὸ πᾶν σὺν κενῷ ἄπειρον. Autrement le tout sans le vuide, ainsi qu'ils disent, n'est que le Monde, lequel en ce cas est fini, Plutarque. Mais il est sans difficulté que le Monde est fini; ce qui se void, ce dit Aristote, 1. liure du Ciel, chap. 5. par son mouuement circulaire, d'autant qu'il n'y a point de corps se mouuant en rond qui soit infini, οὐδὲν σῶμα κύκλῳ κινούμενον, ἄπειρον. Et outre qu'il est impossible, qu'aucun corps en la nature soit infini, σῶμα οὐκ εἶ) ἄπειρον, le mesme chap. 6. Adioustez que tout corps sensible est fini, & le Ciel est corps sensible, αἰσθητὸν σῶμα, comme aussi tout corps qui est en lieu, ἐν τόπῳ, chap. 7.

Toutes choses embrasse] Toutes les formes creées, d'où Suidas l'appelle πλήρωμα τῶν εἰδῶν. *Sans rien laisser dehors*] Toutesfois Trismegiste en l'Asclepius, met le Monde intelligible hors le Monde sensible, & dit que ce Monde intelligible est remply de choses semblables à ses intelligences diuines; tout ainsi que le Monde sensible est plein de corps & animaux proportionnez à sa nature. *Sicuti enim quod dicitur extra mundum (si tamen est aliquid*, dit-il, *nec istud enim credo) sic ab eo plenum esse intelligibilium rerum, id est diuinitatis suæ similium, vt hic etiam qui dicitur sensibilis Mundus plenissimus sit corporum & animalium natura suæ & qualitati conuenientium.* Et en ce faisant il y auroit deux Mondes hors l'vn de l'autre; ce qui est absurd: & de fait Ciceron, pour monstrer qu'il n'y a rien dehors, dit que Dieu n'a point donné d'yeux ny d'aureilles au Monde, parce qu'il n'y a rien à ouïr, ny à voir dehors, mais seulement l'a induit, & comme enuironné par tout d'vne polisseure exterieure; *totam figuram Mundi læuitate circumdedit.* Et de là S. Augustin au 7. de sa Cité chap. 8. se moque des quatre visages de Ianus, representant le Monde, comme si, dit-il, le Monde auoit quelque chose à regarder hors soy. Virgile neantmoins semble imaginer quelque chose hors le Monde, quand il dit,

———iacet extra sidera tellus,
    Extra anni solisque vias.

Où Donat, *vult esse*, dit-il, *Vlterius aliquid Poëta, quod Sol nesciat, & Mundus excludat.* Mais aussi, s'il n'y a plus rien hors le Monde, où sera le lieu où il se meut? Comme de faict c'est vne difficile question de sçauoir, si le Monde *qui est in loco, ipse est locus.* Et non seulement ceste question se fait, mais plusieurs autres remarquees par Arnobe liure 2. *Mundus iste, qui nos habet, vtrumne sit genitus, an tempore aliquo constitutus, cuius rei ob causam, cur non fixus & immobilis maneat, sed orbe toto circumferatur in motu, sua ipse sponte an violentia circumagatur? locus ipse ac spatium in quo situs est ac volutatur, quid sit? infinitus, finitus, inanis? an solidus axis eum sustineat, extremis cardinibus nitens? an ipse se potius vi propria sufferat, & spiritu interiore suspendat?* Mais en fin il est certain qu'il n'y a rien dehors, que Dieu, *qui extima Mundi complectitur*, comme dit Trismegiste au Pimandre 11. & qui a fait le Monde, selon Platon, ἓν ὅλον ἐξ ἁπάντων τέλειον, au Timée. *Et pource c'est erreur*] Erreur de Metrodore, qui supposant le Monde estre dans l'infini, & se figurant l'infini comme vn grand champ, disoit qu'il n'y auoit point d'apparence que dans vn grand champ il ne creust qu'vn espy de bled, ἐν μεγάλῳ πεδίῳ ἕνα στάχυν γεννηθῆναι, & de mesme qu'il n'y eust qu'vn Monde dans l'infini, ἕνα κόσμον ἐν τῷ ἀπείρῳ, Plutarque. Et aussi c'estoit l'opinion d'Anaximander, qui croyoit que les principes estoient infinis de chacune chose, & qu'ils engendroient des Mondes innombrables, resolubles neantmoins, & puis renaissans, pour durer iusqu'à certains âges, ainsi qu'a remarqué Sainct Augustin au 8. de sa Cité ch. 2.

Vne extréme fureur] Pline parle ainsi, *furor est profecto furor, egredi ex eo*; parce qu'en effect s'il y auoit plusieurs Mondes, il faudroit à chacun d'eux, *totidem soles, totidémque lunas*: & en sortant d'vn Monde, pour entrer en plusieurs, l'imagination n'en seroit iamais finie, *eadem quæstione, in termino cogitationis semper occursura, desiderio finis.*

De credule penser des mondes hors du Monde] D'autant, ce dit Seneque, que le Monde estant tout, *nihil est extra omnia*, 1. des Bienfaits, ch. 3. & puis, ce dit Ciceron en son liure de l'Vniuers, le Monde estant tiré sur vn exemple parfait, & comprenant en soy *omnes animantes qui ratione intelliguntur, non potest esse cum altero.* Et c'est pourquoy, dit-il, *vt hic Mundus esset animanti absoluto simillimus, hoc ipso quod solus atque vnus esset, idcirco singularem Deus Mundum atque vnigenitum procreauit.* Epicure neantmoins, Democrit, & Empedocle, & la plus part des Stoïques, ce dit Philon Iuif, πολλοὺς κόσμους ὑπογράφουσι, la generation desquels ils attribuent aux atomes, & l'euersion ou destruction de ces Mondes, φθορὰς δὲ, αὐηκοπῆς ἢ ὑποστάσεις τῶν γεγονότων, au liure περ. ἀφ. κοσμ. Mais les raisons de l'vnité du Monde au mesme liure, sont; la premiere, que Dieu, qui est vnique, l'a fait comme son œuure, semblable à soy, selon l'vnité. La seconde, qu'il y a employé toute la matiere. Elegamment certes Philon Iuif en cest endroit, εἰς ὅ ἐστιν ὁ αἰσθητὸς κόσμος τοῦ, ἐπειδὴ ἢ εἰς δημιουργός, ἐξομοιώσας αὐτῷ κατὰ τὴν μόνωσιν τὸ ἔργον, ὃ πᾶσαν κατεχρήσατο τῇ οὐσίᾳ εἰς τὴν τοῦ ἔλου ζώισιν. Et la troisiesme raison est, que ce Monde ne seroit pas tout ny Vniuers, ὅλον οὐκ, εἰ μὴ ἐξ ὅλων, s'il n'estoit composé de tout ce qui est creé. Aussi à cause de cela & en symbole de ceste vnité, Clement Alexand. remarque au 5. des Stromates, que Moyse ne fit bastir qu'vn Temple à Dieu, ἕνα νεὼν ἱδρυσάμθμος τῦ Θῦ, μονογθμῆ τε κόσμον ἡ τὸν ἕνα καπήγγελε Θεόν. *Tu tiens tout, tu prens tout*] Et il le faut bien, puis qu'il est seul & vnique, & fait sur l'vnité d'vn patron, ἵνα οὖν τόδε, ce dit Platon au commencement du Timee, κỳ τὴν μόνωσι ὅμοιον ἢ τῷ παντελεῖ ζώῳ, διὰ ταῦτα οὔτε δύο, οὔτε ἀπείρους ἐποίησεν ὁ ποιῶν κόσμοις, ἀλλὰ εἷς ὅδε μονογθμὴς οὐρανὸς ὅὅἰ τε καὶ ἔσται. *Dessous ton arche*] Dans la conuexité de ta voûte. *La Terre couronnant*] Pourquoy commence-il par la Terre, qui est la derniere & la plus eslongnée de la circonference du premier Ciel ? est-ce point pour remarquer, ce que dit le mesme Platon au Timee, qu'en l'ordre de la creation le feu & la terre ont esté les premiers creez par necessité, d'autant que le Monde ayant à estre & visible & solide, & rien ne se pouuant voir sans le feu, χωρισθὲν δέ τι πυρὸς οὐδὲν ἂν ποτὲ ὁρατὸν γένοιτο, rien aussi de palpable & solide sans la Terre, οὐδὲ ἁπτὸν, ἄνευ τινὸς στερεοῦ, στερεὸν ἢ ἄνευ γῆς, il fut necessaire que Dieu commençast sa creation par ces deux principes, ὃκ πυρὸς ἡ γῆς τὸ τῦ παντὸς ἀρχόμθμος σῶμα. Et c'est pourquoy aussi nostre Poëte ioint ces deux extremitez, du lumineux & du solide. *La mer, la terre enuironnant*] *Quæ terram nubit,* ce dit Arnobe liure 3. & Seneque *ad Marciam,* chap.18. appelle l'Ocean, *terrarum vinculum.* Ce qui se fait par vne liaison excellente & naturelle, par laquelle toutes les contrarietez elementaires s'vnissent ensemble, selon les qualitez de leurs dispositions, par ordre & par degré ; de la Terre qui s'vnit à l'eau, de l'eau à l'air, de l'air au feu : Dieu ayant donné à chaque element deux qualitez & proprietez, par l'vne desquelles ils se ressemblent, & sont capables d'vnion. Comme en ce que la terre est seiche, elle est contraire à l'eau : mais en ce qu'elle est froide, elle luy ressemble : & ceste conformité de qualitez les vnit : & c'est ce que dit Macrobe liure premier, chap. 6. *ita elementa inter se diuersissima, opifex Deus, ordinis opportunitate connexuit, vt facilè iungerentur. Nam cùm binæ in singulis qualitates essent, talem vnicuique de duabus alteram dedit, vt in eo cui adhæret cognatam sibi & similem reperiret.* Au surplus quand il dit, *La terre enuironnant,* cela s'entend en ce que naturellement la mer doit couurir la terre, comme l'air fait la mer, τῇ γῇ σθείκαται ὁ ὕδωρ, ce dit Strabon liure 17. mais il a esté necessaire pour l'habitation de l'homme, qui n'est pas animal aquatique, ἐκ ἐνυδρον ζῶον, que la prouidence de Dieu ait fait sortir hors de l'eau certaines parties de la terre, ἔξοχαὶ ἐν τῇ γῇ πολλαί, comme aussi qu'il ait fait plusieurs recez & cauitez, εἰσοχαὶς, pour retirer ses eaux. *Ou qui ne soit à toy*] Parce qu'il est seul, & comprend toute la matiere, διὰ τὸ πᾶσαν τὴν ὕλην ἐμπεριειληφέναι εἴσω, ce dit Aristot. au 1. du Ciel, ch. 9. parce qu'il contient tout corps sensible & naturel, ἢ ἁπαντὸς τῦ φυσικῦ ἡ αἰσθητῦ τῦ σώματος, & que c'est vne composition de toute la matiere, ἢ ἁπάσης τῆς οἰκείας ὕλης ὁ πᾶς κόσμος, bref que hors le Ciel ou le Monde, il n'y a ny lieu, ny vuide, ny temps, ny en fin rien qui soit creé.

<table>
<tr><td>

Tes murs sont de crystal & de glace espoissie,
Des rayons du Soleil fermement endurcie,
Où tes feux sont cloüez, ainçois tes grands
    flambeaux,
Qui rendent tes Palais plus sereins & plus
    berux.
    Du grand & large tour de ta celeste voûte
Vne ame, vne vertu, vne vigueur degoute

</td><td>

Tousiours dessur la terre, en l'air, & dans
    la mer,
Pour fertiles les rendre, & les faire germer :
Car sans ta douce humeur qui distile sans cesse,
La terre par le temps deuiendroit en vieillesse :
Mais arrosant d'enhaut sa face tous les iours,
Iamais ne s'enuieillit non plus que fait ton
    cours.

</td></tr>
</table>

RICHELET.

Tes murs sont de crystal] C'est à dire, d'vne matiere simple, diaphane & transparente, comme est la glace ou le crystal. Et ceste matiere des Cieux n'est pas prise des quatre Elemens, ce dit Apulée, mais d'vn autre cinquiesme Element à part, qui est diuin, & pour la composition des corps diuins. *Elementum verò non vnum ex quatuor, quæ nota sunt cunctis, sed longè aliud, numero quintum, ordine primum, genere diuinum & inuiolabile.* Mais neantmoins ce n'est pas que sa matiere soit certaine, car nous ne le sçauons pas, ce dit Arnobe liure 3. *si vitreus esse dicatur mundus, si argenteus, ferreus, vel fragili condolatus testa, non dubitemus falsum esse contendere, quamuis quæ sit eius materia nesciamus.* Mais encor que l'on ne sçache pas bien, si ceste matiere est glace ou crystal, neantmoins les Philosophes, comme les Brachmanes dans Strabon, liure 15. sont d'accord, que les Cieux & les Astres ne sont point composez des quatre Elemens, mais d'vn cinquiesme, πέμπτη τις ὅἰ φύσις, ὃξ ἧς ὁ οὐρανὸς & τὰ ἄστρα : Mais nostre Autheur a suiui Empedocle, qui fait le Ciel, τὸν οὐρανὸν κρυσταλλοειδῆ, dans Laërtius, & Lactance encor chap.17. *de opificio Dei,* qui l'appelle, *aërem glaciatum.* Homere au contraire, dont se moque Lucian aux Sacrifices, distingue ce qui est dedans, d'auec ce qui est par dehors, χαλκοῦ ὅἰ τὰ ἔξω, dit-il : Mais il est vray-semblable, que sans cognoistre sa matiere, elle est dite de crystal & de glace, à cause de sa diaphanité, & qu'il est selon Philon Iuif, καθαρώτατος τῆς σωματικῆς οὐσίας. *Et de glace espoissie, Des rayons du Soleil*] Aristote a dit, que c'est vn meslange de chaud & de froid, ὃκ θερμοῦ ἡ ψυχῦ μίμαγμα. Les autres ont dit, que l'exterieur du Ciel ou du Mode estoit de terre, τὴν σφειροειδὴ τὴν ἐξωτάτω γείνεω. Les autres, que sa substance estoit d'vn air congelé, ἢ ἀέρος συμπαγέντος ὑπὸ πυρὸς κρυσταλλοειδῶς, Plutarque. *Où tes feux sont cloüez*] Tes Astres, qu'il dit estre de feu & fixes, ἥλων δίκην, comme disoit Anaximene, & comme ils sont tous, horsmis les sept Planetes, lesquelles neantmoins sont aussi fixes, chacune dans son Ciel, à part. Mais Aristote au 2. du Ciel chap.7. ne dit pas que les Astres soient de feu, mais qu'ils sont de la substance du corps qui les contient : & adiouste, que ceux qui les supposent estre de feu, πῦρ εἶναι φάσκοντες τό), le disent, à cause de ce qu'ils croyent que tout ce corps superieur est de feu, τὸ ἄνω σῶμα πῦρ τό), ce qui n'est pas. Que si les Astres paroissent de feu & auoir de la chaleur, c'est à cause de leur mouuement qui eschauffe le fer & les pierres : d'où mesme Anaxagore a dit, que les Estoilles n'estoient rien autre chose que pierres allumées & enleuées de la terre, par le rapide mouuement du Ciel, αἰθέρος τῇ δίνῃ περιδινήσεως ἀναρπάζοντος πέτρας ὃκ δ γῆς ἡ καταφλέξαντος τούτας, Plutarque. *Vne ame, vne vertu, vne vigueur degoute*] Vn decoulement genital & animé sur la terre. Et de là Trismegiste appelle le Ciel l'ame de la terre ; l'Eternité, l'ame du Ciel ; & Dieu, l'ame de l'Eternité ; & ces decoulemens ou defluxions animees, monstrent que le Ciel ou le Monde est animé, qu'il est animal viuant & raisonnable, puis qu'il fait & produit des animaux viuans & raisonnables, dit Ciceron, au 2. de la Nature des Dieux. *Nihil enim quod animi, quódque rationis est expers, id generare ex se potest animantem compotémque rationis; animans est igitur mundus compósque rationis.* C'est pourquoy aussi le mesme Trismegiste dit, que de l'ame du Monde dependent les ames de toutes les autres choses qui sont dans le Monde. *Tousiours dessur la terre*] Qui est en ce faisant, comme la femelle, & le Ciel le masle, ainsi que dit Aristote au 1. de la generation des animaux, chap. 2. διὸ ἐν τῷ ὅλῳ, τὴν γῆς φύσιν, ὡς θῆλυ, ᾗ μητέρα νομίζουσιν· οὐρανὸν δὲ ᾗ ἄλλοι, ὡς γεννῶντας ᾗ πατέρα προσαγορεύουσιν. Et de là est que le Ciel influe & distille ses semences sur la terre. *Coniugis in gremium.* *Car sans ta douce humeur*] *Quia*, ce dit Seruius, *nisi humor de cælo in terras descenderet, nihil crearetur*; ce qui a fait la fable, *amputata Cælo Virilia in mare cadentia Venerem creasse.* Aussi est notable ce que dit Orus, que pource qu'au Ciel, & du Ciel, sont faites les plus parfaites creations & generations, les Egyptiens appellent le Ciel, du nom de femelle, οὐρανίας, οὐ τὸν οὐρανὸν λέγειν, *prorsus mirabili natura*, dit Pline liu. 31. c. 1. *si quis velit reputare, vt fruges gignantur, in cælum migrare aquas, animámque etiam herbis vitalem inde deferre, iusta confessione, omnes quoque terræ vires aquarum esse beneficij.* *Iamais ne s'enuieillit*] Ny tout le Monde aussi. C'est, ce dit Fulgence en son Mythologie, ce vaultour de Promethee, *quem in modum Mundi posuere, quòd Mundus celeri quadam volucritate versetur, & cadauerum nascentium occidentiúmque perennitate depascitur. Itaque alitur ac sustentatur, diuina prouidentia sapientia, quæ nec ipsa finiri nouit, nec Mundus cessare ab eius elementis aliquatenus possit.* *Non plus que fait ton cours*] Et la raison en est bonne, que puis que le Ciel ne vieillit point, & est perpetuel, & sans intermission en ses influences, que la terre aussi qui luy est subiecte, qui reçoit ses formes, impressions & qualitez de luy, est de mesme ; *quoniam subiecta quæque materia*, dit Tertullian au liure du Baptesme chap. 4. *eius quæ desuper imminet, qualitatem rapiat necesse est, maximè corporalis spiritalem.*

<table>
<tr><td>

Tu mets les Dieux au joug d'Anangé la
*   fatale,*
Tu depars à chacun sa semence natale,

</td><td>

La nature en ton sein ses ouurages respand :
Tu es premier chaisnon de la chaisne qui
*   pend.*

</td></tr>
</table>

RICHELET.

Tu mets les Dieux au joug] *Natura sancta potentis, Ipsos vocas sub iuga cælites*, Marulle. Mais que veut dire cela ? est-ce que par ces Dieux, lesquels le Ciel ou le Monde met au ioug, il vueille entendre ce mouuement superieur qui emporte les sept Planetes, que les anciens appelloient, ce dit Albert, *Deos Naturæ*, ἐπειδὴ μὲν θεοὺς τοὺς πλανήτας, Xenocrate Philosophe Africain, dans Clement Alexand. & par ainsi les reduit comme au ioug de la Necessité de le suiure ? Comme mesme S. Augustin 7. de sa Cité ch. 9. que l'ancienne philosophie entendoit par Iupiter. le Ciel ou le Monde vniuersel, & les autres Dieux, ses parties, sur lesquels il regne & commande, & par ce moyen les reduit au ioug de la Necessité de faire ce qu'il veut. Ou finalement n'est-ce point à dire, que les Cieux estans meus & gouuernez par intelligences, selon aucuns, celle du premier Ciel, côme la plus puissante, attache les intelligences inferieures à sa conduite, par la necessité de leur charge, & les met au ioug de l'obeissance qu'ils doiuent, à ce qui leur est prescrit en l'œconomie du Monde, que Platon appelle Necessité ? *D'Anangé la fatale*] De la Necessité de ce qui est destiné par leur cours : les Latins comme nostre Autheur, ont naturalisé ce mot, ainsi que Marulle, parlant de l'Amour, dit,

    Antiqua superata Anancé,
    Suscipis Mundum placidus regendum.

Or ceste Necessité fatale se doit rapporter à leur ordre infaillible & immuable, qui ne châge point : *non possunt mutari*, dit Seneque epist. 58. *agit illa continuus ordo fatorum, & per statas vices remeant*, selon la loy du Monde vniuersel. Ou bien n'est-ce point que par ceste Necessité il faille entendre Dieu, auquel tout ce Monde obeit & est subiect, comme dit l'Aristote au dernier chapitre du Monde, que la Necessité n'est rien autre chose que Dieu, l'estre & la Nature duquel est immuable & immobile ? οἶμαι δ', ce dit-il, ᾗ τὴν ἀνάγκην οὐκ ἄλλο τι λέγεσθαι, πλὴν τὸν τόπον οἱονεὶ ἀκίνητον οὐσίας ὄντα. *Sa semence natale*] Parce que de là découle toute l'essence, & la semence des choses inferieures, τὰ σπέρματα τὰ πλημμελίας, le Ciel preparant, & preuenant la forme & la matiere de chaque indiuidu, par vn meslange ou liaison de son esprit auec les Elemens. *Tu es premier chaisnon*] C'est la chaisne d'Homere, *quam pendere de cælo in terras Deum iussisse commemorat*, ce dit Macrobe ; voulant entendre par ceste chaisne, duquel le Ciel est le premier chaisnon, la parfaite connexion de toutes les choses du Monde, qui s'entretiennent depuis les plus grandes iusqu'aux plus petites. *Cùm etenim omnia continuis successionibus se sequantur, degenerantia à summo per ordinem ad imum meandi, inuenietur pressiùs intuenti, à summo Deo vsque ad vltimam rerum fæcem, vna se mutuis vinculis religans & nusquam interrupta connexio*, chap. 14. Les autres, comme Philon Iuif, ne veulent pas estendre ceste chaisne ou liaison si auant, mais seulement iusqu'à l'homme, qu'ils font le dernier chaisnon de la creation, comme le Ciel en est le premier, & ainsi les deux, ἀρχὴ ᾗ τέλος τῶν γεγονότων, à fin que Dieu par ceste chaisne vnisse les extremitez, le grand & le petit Monde, l'homme, que ce mesme autheur appelle, βραχὺν οὐρανόν, à cause de plusieurs characteres & conformitez, πολλὰς ἐν αὐτῷ φύσεις ἀστεροειδεῖς ἀγαλματοφορούσῃ, au liure de la Creation. Au reste le Ciel est dit le premier, soit parce qu'il tient le dessus de toutes choses creées, soit peut-estre aussi, parce que le Ciel en l'ordre de la creation est le premier creé ; & c'est pourquoy, dit Philon Iuif, quand Moyse a dit que Dieu au commencement ἐν ἀρχῇ, a fait le Ciel, c'est de mesme que s'il eust dit, πρῶτον ἐπίνοιαν τὸν οὐρανόν, comme destiné pour estre la maison sacrée, οἶκον ἱερώτατον θεῶν ἀφανῶν τε ᾗ αἰσθητῶν. Les autres comme Strabon liure 17. disent que comme le Ciel est le premier chaisnon, la terre aussi est le dernier ; car ce sont les deux extremes du Monde, τὰ ἄκρα τῶν τοῦ κόσμου μερῶν, d'autant qu'au corps spherique, la circonference exterieure, τὸ ἐσχάτω, est vne des extremitez, & l'autre est son centre ou le milieu, τὸ μέσον, comme la terre, qui est par ce moyen le dernier chaisnon. *De la chaisne qui pend*] De ceste suitte comme eternelle des choses qui se perpetuent par les influences du Ciel icy bas ; qui est comme le commencement de la chaisne, ἐκ τῆ

ἀκ.εἰνης δ᾽ χρυσᾶς, ἢ ἀῤῥύτυ σεᾶς, ce dit Themiſtius ; laquelle chaiſne dorée, dit-il, n'eſt rien autre choſe qu'vne ſub-
ſtitution ou ſubrogation de ce qui naiſt à ce qui meurt, ξυῤῥαπλύσης φύσεως ἀεὶ ἢ ξυγκομιδώσης τῷ φθίνοντι τὸ φυόμβρον.

<table>
<tr><td>

Toy comme ſecond pere, en abondance en-
 fantes
Les ſiecles ; & des ans les ſuites renaiſſantes,
Les mois & les ſaiſons, les heures & les iours
Ainſi que iouuenceaux ieuniſſent de ton
 cours ;
Frayant ſans nul repos vne orniere eternelle,
Qui touſiours ſe retrace & ſe refraye en elle.
Bref, te voyant ſi beau, ie ne ſçaurois penſer
Que quatre ou cinq mille ans te puiſſent com-
 mencer.
 Sois Saint de quelque nom que tu voudras,
 ó Pere,

</td><td>

A qui de l'Vniuers la nature obtempere,
Aimantin, varié, aƶuré, tournoyant,
Fils de Saturne, Roy, tout oyant, tout-
 voyant,
Ciel grand Palais de DIEV *, exauce ma*
 priere :
Quand la Mort deſli'ra mon ame priſon-
 niere,
Et celle de MOREL *, hors de ce corps hu-*
 main,
Daigne les receuoir, benin, dedans ton ſein
Apres mille trauaux : & vueilles de ta grace
Cheƶ-toy les reloger en leur premiere place.

</td></tr>
</table>

RICHELET.

Toy comme ſecond pere] Car Dieu eſt le premier, comme Createur de toutes choſes ; & luy le ſecond, comme la
Terre eſt auſſi appellee mere ; *quis enim Cælum & Terram patrem & matrem, venerationis & honorū gratia non appellet ?*
Tertullian Apologetic. *En abondance enfantes Les ſiecles*] *Corpora temporum,* Tertullian. Et Platon dit au Timee,
que Dieu faiſant le Ciel & ſes mouuemens, au meſme inſtant fit le Temps, καὶ ος γὸ μετ᾽ ὑεραῖ κίνησιν, à l'image de
l'Eternité, κ᾽ τὸ παράδειγμα τῆς αἰωνίε φύσεως. & puis apres le Ciel, comme ſecond pere, par le mouuement & le cours
de ſes aſtres : *ex ſideribus enim tempora colliguntur,* dit Seruius ; fait les iours, les mois, les ans & les ſaiſons, qui auparauant que le Ciel fuſt creé n'eſtoient point, ἡμέρας γὸ ἢ νύκτας, ἢ μῆνας, ἢ ὀνιαυτοὺς, ἵνα ὄντας ωρὶν ὐρανὸν ἠμηδας, ἢ νῦν
ἅμα ὀκείνῳ ξυνισαιμένῳ τὼ θεενιν αὐτῷ μηχανάται. Et c'eſt auſſi pourquoy Philon Iuif, qui Platoniſe touſiours, dit
comme luy, que le temps eſt né, ou auec le Ciel ou apres le Ciel, χρόνος δ᾽ ἐκ ἦν ωρὸ κόσμου, ἀλλ᾽ ἢ σὺν αὐτῷ γέγονεν, ἢ μετ᾽
αὐτόν, & ainſi le Ciel eſt pere du temps, & des ſiecles, puis que ſon mouuement les fait eſtre. *Les ſuites renaiſſan-*
tes] Perpetuelles, comme ſont toutes les choſes qui procedent du cours & mouuement du Ciel, & de la nature,
encore meſme qu'elles ayent des interualles. *Quod ex Cælo cadit, et ſi non aſſiduè fit,* ce dit le Iuriſconſulte en la l.
28. *D. de ſeruitutib. præd. vrban. ex naturali tamen cauſa fit, & ideo perpetuò fieri exiſtimatur.* A plus forte raiſon ſeront
perpetuelles ces ſuites des iours & des mois, qui n'intermettent iamais, à cauſe meſine du mouuement circulaire du Ciel, qui retourne à l'inſtant, & touſiours en ſoy meſme, d'où auſſi les Grecs proprement appellent les
ans, ὀνιαυτοὺς, à cauſe de ceſte ſuite renaiſſante. *Les mois, & les ſaiſons, les heures & les iours*] Diuerſement, à ſçauoir, les mois par le mouuement de la Lune, & les autres par le mouuement du Soleil, comme dit le Platon au
Timee, μεὶς ϳ ἐπιδαὶ σελίωη ωδεὶ θοῦσα τὸ ἑαυτῆς κύκλον, ἥλιον ὁ μικαταλάβοι. Et le Soleil fait l'annee, ὁπόται τὸ ἑαυτῷ ωδειελθοι
κύκλον, & en conſequence les ſaiſons, le tout par ſon cours naturel. Mais quant aux heures & aux iours, il les fait
par force, emporté par le rapide mouuement du premier Ciel, comme i'ay dit cy-deſſus. *Ainſi que iouuen-*
ceaux] A propos de ceſt enigme Grec rapporté par Laërtius, d'vn pere qui a douze fils, chacun deſquels a 30.
filles, moitié blanches & moitié brunes, & finalement mortelles, quoy qu'immortelles, parce qu'elles renaiſ-
ſent.

Εἷς ὁ πατὴρ, παῖδες ϳ δυώδεκα. τῶν ϳ ἑκάςῳ
Παῖδες τετήκοντα διαάδιχα εἶδος ἔχουσαι,
Αἱ μὲν λθυκαί ἔασιν ἰδεῖν, αἱ δ᾽ αὖτε μέλαιναι,
Ἀθάνατοι δέ τι ἐοῦσαι, ἀποφθινύθουσιν ἅπασαι.

Sans nul repos] ἀεικίνητοι, marque de l'Eternité, ce dit Platon au Phædrus, τὸ ἀεικίνητον ἀθάνατον. *Vne orniere*]
Vn ſentier, vne trace. *Ie ne ſçaurois penſer Que quatre ou cinq mille ans t'ayent peu commencer*] Tant à cauſe de
l'admirable perfection de l'œuure, qu'à cauſe auſſi que c'eſt vne conſideration merueilleuſe, & de haute ſpe-
culation, ce dit Sainct Auguſtin au 12. de ſa Cité chap. 14. que Dieu ait eternellement eſté, c'eſt à dire,
par infinis & innombrables ſiecles auant la creation, *infinita retro æternitate,* ayant ſeulement voulu creer le
Monde & l'homme depuis cinq ou ſix mil ans en çà. *Valdè altum eſt, & ſemper Deum fuiſſe, & hominem, quem*
nunquam antè fecerat, ex aliquo tempore primum facere voluiſſe, nec conſilium voluntatémque mutaſſe. Et de fait auſſi
que toute la Philoſophie Payenne a creu que le Monde eſtoit eternel : *opus æternitatis eſt Mundus, factus quidem*
non aliquando, factus autem ſemper ab æuo, Triſmegiſte. Et Pline, *Credi par eſt æternum, neque genitum, neque*
interiturum vnquam. Toutefois l'Ariſtote au ſecond du Ciel, chapitre premier, dit que c'eſt vne grande
diſpute, de ſçauoir ſi le Monde a eu commencement, & s'il aura fin, parce que l'vn eſt relatif à l'autre ;
ou ſi ayant eſté creé, il demeure neantmoins incorruptible, quoy que dedans ſoy il contienne pluſieurs
choſes incorruptibles ; pour faire, dit-il, que ceſte cyclophorie ſoit parfaite quant à elle & incorruptible, mais
non quant aux parties qu'elle embraſſe, τέλεως ἔσαι ωεριέχῃ ταὶ ἁπλῆς, ἢ ταὶ ἐχούσης ωέρας, ἢ πῶλλω, αὐτὴ μὲν οὐδεμίαν ὔτε ἀρχὴν ἔχουσα ὔτε πλετλὼ. Toutefois Platon dit, qu'il a eu commencement, par la maxime, qu'il n'y a

rien de sensible qui ne soit creé, τὰ αἰσθητὰ γηγόμ̃ενα ὃ ζῶντα ἐφαίη, au Timee. *Aimantin*] D'aimant ; & pourquoy cela ? est-ce point qu'il vueille dire, que le Ciel a la nature & proprieté de l'aimant, qui attire & retient à soy, toute la chaisne naturelle de la creation, laquelle pend comme de luy, en toute ceste longue rangée de spheres & natures subordinees qui dependent de luy, καὶ μακρὸν στίχον ὑπὸ μιᾶς ὁλκῆς δυνάμεως, comme parle Philon Iuif, *περ. κοσμου.* *Ciel grand Palais de Dieu*] Nous l'auons expliqué cy-dessus, *Deorum domus est quod vocamus Cælum,* Apulee ; & pour cela Tertullian en son Apologetic dit, que quand l'ame mesme fait sa priere, *non ad Capitolium, sed ad Cælum respicit : nouit enim sedem Dei viui ab illo.* *Quand la mort desli'ra mon ame*] Synese fait la mesme priere,

Δός με φυγοῦσαν
Σπέρματος ἄταν,
Θοὸν ὄμμα βαλεῖν
Ἐπὶ σαῖς αὐλαῖς, &c.

En leur premiere place] Parce que du Ciel est l'origine de l'ame, *de qua eius origo,* Apulee. ὅθεν αἱ ψυχαὶ προρέει πηγά. Synese.

HYMNE IX.

DV ROY HENRY III.
ROY DE FRANCE, POVR
la victoire de Montcontour.

T El qu'vn petit *Aigle* sort
    Fier & fort
De dessous l'aile à sa mere,
Et d'ongles crochus & longs
    Aux Dragons
Fait guerre sortant de l'aire :
Tel qu'vn ieune Lyonneau
    Tout nouueau
Quittant cauerne & boccage,
Pour premier combat assaut
    D'vn cœur haut
Quelque grand Taureau sauuage :
Tel aux despens de vos dos
    Huguenos
Sentistes ce ieune PRINCE,
Fils de Roy, Frere de Roy,
    Dont la Foy
Merite vne autre Prouince.
A peine sur son menton
    Vn cotton
De soye se laisse espandre ;
Qu'en trompant le fin trompeur,
    S'est sans peur
Monstré digne d'Alexandre.
Il a, guidant ses guerriers,
    De Lauriers
Orné son front & sa bande :
Et Capitaine parfait,
    Sa main fait
Ce qu'aux autres il commande.
Il a trenché le lien

Gordien
Pour nos bonnes destinées :
Il a coupé le licol
    Qui au col
Nous pendoit dés huict années.
Il a d'vn glaiue trenchant
    Au meschant
Coupé la force & l'audace :
Il a des ennemis morts
    Les grans corps
Fait tomber dessus la place.
Ils ont esté combatus
    Abbatus,
Terrassez dessus la poudre,
Comme chesnes esbranchez
    Trebuchez
Dessous l'esclat d'vne foudre.
De sang gisent tous couuers
    A l'enuers,
Tesmoins de sa main vaillante :
Ils ont esté foudroyez,
    Poudroyez
Sur les bords de la Charante.
Charante qui prend son nom
    D'Acheron,
A tels esprits sert de guide,
Les passant comme en bateau
    Par son eau
Au riuage Acherontide.
Ils sont trebuchez à bas,
    Le repas
Des mastins sans sepulture,
Et sans honneur de tombeaux
    Les corbeaux
De leur chair font leur pasture.
Ny le trenchant coutelas,
    Ny le bras,
Ny force à la guerre adextre

,, *Ne sert de rien à la fin*
,,   *Au plus fin,*
,,   *Quand il se prend à son maistre.*
Du fort pere vient l'enfant
     Trionfant :
   Le cheual ensuit sa race:
   Le chien qui de bon sang part,
     Va gaillard
   De luy-mesmes à la chasse.
Ainsi Pyrrhe Achillien
     Du Troyen
   Coupa la guerre ancienne,
   Ruant en l'âge où tu-es
     Les feux Grecs
   Dedans la ville Troyenne.
Ainsi Prince valeureux,
     Et heureux,
   Tu mets fin à nostre guerre,
   Qui depuis huit ans passez,
     Oppressez

Nous tenoit les cœurs en serré.
Ce que les vieux n'auoient sçeu,
     Tu l'as peu
   Paracheuer en vne heure:
   Aussi, Prince de bon-heur,
     Tout l'honneur
   Sans compagnon t'en demeure.
A Dieu graces nous rendons,
     Et fendons
   L'air sous l'hymne de Victoire,
   Poussant gaillards & ioyeux
     Jusqu'aux Cieux,
   Ton nom, tes faits, & ta gloire.
Et soit au premier réucil
     Du Soleil,
   Soit qu'en la mer il s'abaisse,
   Toustours nous chantons HENRY
     Fauori
   De Mars & de la ieunesse.

A

MONSIEVR MAILLET,

ADVOCAT EN PARLEMENT.

MONSIEVR,

Le long temps qu'il y a que nous sommes amis, par vn consentement d'affections, & de volontez, qui nous ont vnis iusques icy, m'a quasi persuadé de croire, que c'est l'effect de quelque synastrie ou constellation fauorable entre nous deux, qui retient & gouuerne nos esprits. Ce m'est beaucoup de bien & de contentement que cela soit ainsi : d'autant que mon Saturne n'en vaut que mieux, temperé de l'heureux aspect de vostre Iupiter, ou plustost de la Venus de vostre aggreable conuersation, & de la douceur du parler de vostre Mercure. O quelle felicité, quand estant auecque vous, ie voy nos esprits n'auoir qu'vn centre, nos volontez, qu'vne fin, & nos deux cœurs deuenir comme l'Androgyne de Platon, vn cercle de deux natures en vn mouuement. C'est pourquoy estant obligé, ce me semble, à ces corps superieurs de ceste bonne fortune, de laquelle vne si longue experience me fait foy, & ramassant sur l'Hymne des Estoilles de nostre RONSARD, ce que i'ay mesnagé d'obseruation sur ce sujet, ie ne le dois, ny veux offrir qu'à vous, à fin que ce mastic d'esprit, soit le lien à iamais de nostre inuiolable amitié, & que les siecles à venir, sçachent, que toutes les autres amitiez remarquées de l'antiquité ne sont que fictions, & des ombres, auprès de la nostre, laquelle ie vous prie me continuer, comme de ma part ie veux me perpetuer toute ma vie,

MONSIEVR,

Vostre plus-humble et tres-affectionné amy, et seruiteur,
RICHELET.

HYMNE X.

DES ESTOILLES.

AV SIEVR DE PYBRAC.

Commenté par N. RICHELET
Parisien.

Des Muses la plus faconde
Ma Calliope, conte-moy
L'influs des Astres, & pour-
quoy

Tant de fortunes sont au Monde.
Discourant mille fois
Ensemble par les bois,
Esmerueillez nous sommes
Des flambeaux de la nuit,
Et du change qui suit
La nature des hommes.
Chante-moy du Ciel la puissance,
Et des Estoilles la valeur,
D'où le bon-heur & le mal-heur
Vient aux mortels dés la naissance.
Soit qu'il faille deslors
Regarder que nos corps
Des mottes animées
Et des arbres creuez
Nasquirent esleuez
Comme plantes semées :

RICHELET.

O des Muses] L'estat & le changement de tout ce qui est icy bas despend des astres : il en est comme esclaue.
Ils agissent puissamment sur l'homme, selon la fortune & le Destin inuincible qui luy est donné, & qu'il ne peut
flechir ny changer : Seulement en vne chose il est maistre d'eux, s'il craint Dieu, lequel leur commande : & aussi
qu'en effect l'influence & la côstellation n'a point de pouuoir sur l'ame, mais sur les corps que les astres forment
& obligent à telle constitution naturelle qu'il leur plaist, & en consequence, à ces diuerses actions & inclinations qu'ils ont, & ausquelles il est quasi forcé d'obeïr : & cela durera tousiours, tant que la composition du
Monde subsistera : Finissant nostre Autheur par vn doubte de la matiere & qualité des Astres, & par vne priere,
pour la conseruation de ceux dont il fait mention.   *La plus faconde*] Et à cause de cela, qui porte la parolle
pour les autres, comme i'ay dit ailleurs, *è nobis maxima*, disent les Muses mesmes ; Ouide en sa Metamorphose.   *L'influs des Astres*] L'effect & la vertu qui decoule d'eux sur les choses d'icy bas : & c'est vne question, de sçauoir, si les Astres font, *si astra faciunt*, ou plustost s'ils ne sont seulement que demonstratifs :
Plotin dans Macrobe dit, qu'ils sont comme les oiseaux, lesquels *futura pennis & voce significant, nescientes* :
ainsi (dit-il) *nihil vi vel potestate astrorum hominibus euenire, sed ea quæ decreti necessitas in singulos sancit, per horum*
transitum, stationem, recessumve monstrari, liure premier.   *Tant de fortunes*] Tant d'accidens diuers, & d'auantures, que chacun de nous impute tantost à la fortune & tantost à l'influence. Car la fortune & les astres
sont deux ; *parsque alia*, dit Pline liure 2. chapitre 7. *& hanc pellit, astroque suo euentus assignat & nascendi legi-*
bus.   *Par les bois*] Où le Poëte se plaist, *Syluas amat, & fugit vrbes*, Horat.   *Esmerueillez nous sommes*]
Merueille excellente, contemplans le Ciel, & l'ouurage de ce grand bouclier, *cùm cæli chorum suda tempestate*
visimus, pictis noctibus, seuera gratia, toruo decore sufficientes in hoc perfectissimo (vt ait Ennius) Clypeo, mirù fulgo-
ribus variata calamina, Apulee de Deo Socratis.   *Des flambeaux de la nuit*] De la Lune & des Estoilles, &
encor plus donc dequoy s'esmerueiller du flambeau du iour, *qui sidera abscondit*, Seneque au 7. des Questions Naturelles, chapitre 1.   *Et des Estoilles la valeur*] Ce que chacune vaut, c'est à dire sa puissance & ses
effects. Car comme les Estoilles sont differentes en grandeur, & en lumiere. *Aliæ enim sunt claræ, aliæ secunda*
lucis, aliæ obscuræ, dit Seruius 1. *Georgic.* elles sont aussi diuerses en puissance & influence.   *D'où le bon-heur &*
le mal-heur] Cela s'entend selon la volonté de Dieu ; & de fait Sainct Augustin au 5. de la Cité chapitre 1.
escriuant contre ceux qui definissent le Destin, vne force & vertu de la position ou situation des Estoilles,
estimans que les Astres ordonnent & determinent nostre bien ou nostre mal sans le vouloir de Dieu, dit
que telle opinion est impie ; & mesme l'opinion de ceux qui disent que les Astres ont cest effect à eux baillé
par la puissance de Dieu ; & conclud que les Estoilles ne font rien, mais seulement selon leur rencontre
& situation signifient simplement, & rien plus.   *Dés la naissance*] Dés l'heure qu'ils sont naiz, & de là,
la recherche si curieuse des natiuitez & horoscopes, pour trouuer ce qui nous est promis de bon ou de mauuais en ce poinct fatal de la naissance. Et Tertullian au liure de l'Idolatrie chap. 9. dit à ce propos, que les
Astrologues annoncerent les premiers la natiuité de Christ ; *Primi stellarum interpretes natum Christum annun-*
ciauerunt.   Mais il adiouste qu'apres ceste natiuité marquée & remarquée dans le Ciel, il n'est plus permis desormais à personne d'aller s'informer de la sienne, par la disposition des Astres. *Scientia ista*, dit-il,

Vsque ad Euangelium fuit conceſſa, vt Chriſto edito, nemo exinde natiuitatem de cœlo interpretetur; Et pour cela, dit-il, le ſonge des Mages, par lequel ils furent aduertis de tenir vn autre chemin, & laiſſer celuy par lequel ils eſtoient venus.   *Des mottes animees*] *In ignotas Gleba recens animata formas,* Marulle. De morceaux de terre, façonnez & animez, dont les premiers hommes furent compoſez, ſans pere ny mere.

         Compoſiti luto nulliſque parentibus.   Iuuenal.

       Et des arbres creuez] *Ruptis creatos ilicibus viros.* Marulle encor, de qui ceſt Hymne eſt imité : ἀπὸ δρυὸς παλαιφάτα κ̀ ἀπὸ πέτρης, Clement. Alexand. au Protrept. Non toutefois que les arbres creuez ayent iamais produit des hommes, mais leur habitation premiere ayant eſté parmy les foreſts & dans le creux des vieux cheſnes, on a creu qu'ils en eſtoient nais & originaires : *dum non erat adhuc vſus caſarum,* ce dit Placidus ſur le 4. de la Thebaïde, *filios ſuos arborum cauus aut concauis ſpecubus contegebant.* Et Statius elegamment,

         ——*quercus lauriſque ferebant*
      Cruda puerperia, ac populos vmbroſa creauit
      Fraxinus, & fœta viridu puer excidit orno.

Auſſi merueilleux eſt ce que dit Lucian au 1. des Hiſtoires veritables, de certains peuples appellez Dendrites, ξύλος ἀνθρώπων δενδρῖται, procreez d'vn arbre de chair, δένδρῳ σαρκικῷ, portant des glands d'vne coudee, qui ſe forment & façonnent puis apres encor en hommes.   *Comme plantes ſemees*] Et de là Philon Iuif, περὶ ἀφθαρ. dit, que ceſte fiction de la naiſſance des hommes procreez des arbres, a fait qu'elle eſt reputee la premiere & plus ancienne, & que l'autre façon de naiſtre les vns des autres, ἐξ ἀλλήλων φύσεις, n'eſt que la ſeconde, & eſt nouuelle.

Soit qu'on regarde au long eſpace   *Prend ſon eſtre & ſon bout*
De tant de ſiecles empennez,   *Des celeſtes chandelles:*
Qui legers de pied retournez   *Que le Soleil ne voit*
Se ſuiuent d'vne meſme trace: *Rien çà-bas qui ne ſoit*
     On cognoiſtra que tout   *En ſeruage ſous elles.*

RICHELET.

Soit qu'on regarde] Que l'on conſidere tout ce qui eſt aduenu au Monde ſous les ſiecles paſſez.   *Empennez*] Emplumez, qui paſſent viſtement ; *res omnium velociſſima,* dit Seneque, *in curſu enim ſemper eſt, fluit & præcipitatur, antè deſinit eſſe quàm venit,* au liure *de breuit. vit.*   *Retournez d'vne meſme trace*] A cauſe du mouuement circulaire du Ciel, qui fait le temps & les ſiecles, & qui retourne comme en ſoy-meſme par vne meſme trace, mais non que ce qui eſt des ſiecles paſſez puiſſe retourner : neantmoins l'opinion a eſté de quelques-vns, que toutes choſes meſme en eſpeces & indiuidus, retournoient par reuolutions en leur premier eſtat, κατ' ἀποκατάστασιν, *id eſt per omnium rerum volubilitatem ex ſiderum ratione venientem :* Seruius Ecl. 4. par la conuerſion du grand an, *iterum ſignificationes tempeſtatum & ſiderum eaſdem reuerti,* Pline 10. chapitre 2. ce qui eſt refuté par Sainct Auguſtin au 12. de ſa Cité, chapitre 13. d'autant, dit-il, que ſi ceſte opinion auoit lieu, il ne ſe pourroit faire qu'en quelque façon, l'ame par ces reuolutions ne fuſt mortelle : outre qu'il s'enſuiuroit, que ſi par reuolutions des aſtres les choſes retournoient à eſtre ce qu'elles ont eſté, noſtre Seigneur, qui vne fois mort & reſuſcité, ne peut plus mourir, deuroit encor naiſtre & mourir de rechef : ce qui eſt impie, & telle opinion eſt abſurde.   *On cognoiſtra que tout*] Tout ce qui eſt corporel au deſſous des aſtres, & encor dit Ciceron au liure du Deſtin, *affectio aſtrorum valet ad quaſdam res, ad omnes certè non valet :* en quoy paroiſt l'erreur des Marcionites, dit Tertullian 1. chapitre 8. qui attribuoient aux Eſtoilles, *ipſis etiam ſtellis, viuere Creatoris.* Ce tout donc ſe doit rapporter aux choſes corporelles, ſans aucun pouuoir ny influence ſur l'ame, laquelle eſt plus haute que tout le Ciel où ſont les aſtres : & la raiſon eſt, premierement, que les aſtres ſont ſimplement corps ; ſecondement, qu'ils ſont inſenſibles : *Aſtra nihil intelligunt,* ce dit Trithemius, *nec ſentiunt quidem : vnde nec ſapientiam menti noſtræ conferunt, nec aliquod in nos habent dominium : nihil ad mentem immortalem facit ſtellarum diſpoſitio, ſed corpus in corpus duntaxat : mens eſt libera, nec ſtellis ſubijcitur, nec earum influentias concipit, nec motum ſequitur, ſed ſupercæleſti principio : à quo & facta eſt, & fœcundatur, tantùm communicat,* & c'eſt pourquoy noſtre Autheur dit cy-apres, que les aſtres donnent laloy ſeulement aux corps.   *Son eſtre & ſon bout*] Son commencement, & ſa fin.   *Des celeſtes chandelles*] Des Eſtoilles, τῇ τούτων κράσει τὰ ἐπὶ γῆς γίνεσθαι, Laërtius. *Effectus rerum omnium, aut mouent, aut notant,* Seneque Epiſt. 88.   *Rien çà bas qui ne ſoit*] Et pour cela, dit Philon Iuif au 1. περὶ μοναρχ. pluſieurs ont creu que les aſtres ſont les cauſes de toutes les choſes qui ſont, τὰς τῶν γινομένων ἁπάντων αἰτίας, & pour raiſon de ceſt effect ou cauſe vniuerſelle, les ont eſtimez Dieux ſouuerains, καὶ ἀποκρεῖπερας. Mais Moyſe, dit-il, en a penſé autrement ; car il a dit ſeulement, que le Monde eſt ainſi qu'vne grande ville, καθάπερ πόλις ἡ μεγίστη, laquelle a des magiſtrats & des ſubjects, ἄρχοντας κ̀ ὑπηκόους, & que les aſtres tant errans que fixes, en ſont les magiſtrats, mais non pas magiſtrats abſolus, αὐτεξούσιοι, ou qui agiſſent, comme il dit ailleurs, αὐτοκρατῆ δυνάμει, mais ſubjects & lieutenans de Dieu, ἀλλ' ἑνὸς τῶ πάντων πατρὸς ὕπαρχοι, pour faire & influer icy bas ſelon qu'il leur preſcrit. Et c'eſt en ce cas-là, que ſoubs eux tout eſt ſubject icy bas, comme inſtrumens ſubordinez au gouuernement de Dieu, & ſelon qu'il luy plaiſt, κὶ προστάξιν τῶ πατρός.   *En ſeruage ſous elles*] Eſclaues des Eſtoiles & de leurs influences, *mirabilitas rerum,* ce dit Albert, au traitté *de mirabilibus Mundi, & in ſtellis & in aſpectibus, à quibus res contrahunt ſuas proprietates mirabiles & occultas,* par la conuenance qu'elles ont auec la figure de l'aſtre du Ciel ſous lequel elles ſont creées.

Delà

De là, les semences des fleuues
Sortent & r'entrent dans la mer :
De là, les terres font germer
Tous les ans tant de moissons neuues :
   De là, naissent les fleurs,

Les glaces, les chaleurs,
Les pluyes printanieres :
De là, faut que chacun
Souffre l'arrest commun
Des Parques filandieres.

RICHELET.

De là, les semences des fleuues] C'est à dire, des effects & proprietez particulieres de chacun de ces Astres se font toutes les choses qu'il dit ; car ils n'ont pas tous vne mesme puissance ny vn mesme effect ; les vns font la pluye, les autres le vent ; les vns le froid, les autres le chaud. Pline elegamment liure 2. chapitre 39. *Siderum propria est quibusque vis, ad suam cuique naturam fertilis. alia sunt in liquorem soluti humoris fæcunda, alia concreti in pruinas, aut coacti in niues, aut glaciati in grandines : alia flatus, alia teporis, alia vaporis, alia roris, alia rigoris, & in suo quæque motu naturam exercent.* Et cela se fait par vne sympathie que les Astres ont auec la terre & l'air, κατὰ πᾶσαν φυσικὴν συμπάθειαν πρὸς ἀέρα & γῆν, dit Philon Iuif au liure de la Creation, où il attribue aux Astres les mesmes choses que fait icy l'Auteur, ces origines des fleuues & leurs reflus & retours, les saisons & leurs changemens & diuersitez, καθ' ἑκάστην ὡρείας ἐμποιούσης μεταβολάς, ποταμὸς πλημμυρεῖ & μειῶσι, πελαγῶν ἐργαζονται ἑσπαί, ἐξαναχαροιμένων ἢ παλιρροίαις χωριμένων. Et l'Aristote au 6. du Monde (si ce liure est de luy) leur attribue aussi tous ces effects naturels, ἱππῶται τέτοις ποταμῶν ἐκροαί, θαλάσσης αἰδιδούσις, δένδρων ἐκφύσεις, καρπῶν πεπαύσεις, γοναὶ ζώων, ἐκτροφαί τε πάντων, ἢ ἀκμαὶ ἢ φθίσεις. *Les terres font germer*] Tirent le germe & l'influs prolifique & seminal de tout ce qu'elles produisent : ou plustost, dit Ficin sur le 10. de la Republique de Platon, *planta cuiuslibet germen, proprijs quibusdam figuris & suo tempore pullulans, videtur vnà cum vniuersali temporis verni natura ad idem prouocante, concurrere.* Neantmoins Plutarque dit au traicté πρὸς ἡμέρα ἀπαίδευτον, que c'est le Ciel qui influe & donne à la terre les germes ou principes de toutes les semences necessaires à la generation de toutes choses : ὁ γὰρ καθίησιν ἀρχὰς σπερμάτων προσηκόντων, γῆ δὲ ἀναδίδωσιν, αὔξεται ἢ τὰ γὰρ ὄμβροις. Mais aussi faut-il recognoistre que la terre donne comme vne infusion d'esprit au Ciel, *vt inani Cœlo spiritum infundit,* dit Pline ; de telle sorte que quand quelque chose s'esleue trop dans le Ciel, ou refuse d'y monter par vapeur, les Astres y interposent leur pouuoir pour l'abbaisser ou esleuer, *terrena in cælum tendentia deprimit siderum vis, eadémque quæ sponte non subeunt, ad se trahunt,* 2. chapitre 28. *Tous les ans*] Par vne regle fixe & infaillible de la nature : *quis æstates & hyemes, quæque in temporibus annua vice intelliguntur, siderum motu fieri dubitet?* Pline liure 2. chapitre 39. *De là naissent les fleurs*] Toutesfois il est vray, & aussi Philon Iuif le dit au liure de la Creation, que la terre auoit produit toutes sortes de plantes & de fruicts auparauant que le Soleil & la Lune fussent creez, πρὸ ἡλίου ἢ σελήνης, παντοῖα τὰ φυτά, παντοίας ἢ καρπούς ὑπέχων ἢ γῆ. Et cela s'est fait tout expres, & par prouidence, ce dit le mesme Auteur, à fin que l'on ne creust pas que les Astres fussent les auteurs & les causes de l'estre des choses d'icy bas. Donc ces mots de nostre Auteur se doiuent entendre, que les Astres constituent les saisons, sous lesquelles procedent les naissances de toutes choses selon la loy de leur creation premiere qui est de Dieu. *Les glaces, les chaleurs*] L'Hyuer & l'Esté. *Stella,* dit Seneque 2. de ses Questions Naturelles chap. 11. *ortu suo occasúve contrario, modò frigora, modò imbres aliásque terrarum iniurias turbidas mouent.* *Les pluyes*] Qui ne sont rien que vapeurs attirees par le Soleil, & amassees en nues, lesquelles puis apres, *cùm cœperint Soli esse vicinæ, eius calore soluuntur in pluuias,* Seruius Ecl. 6. Et non comme disoit l'insensé Manes, que ce sont sueurs d'vn ieune homme au Ciel qui poursuit d'amour vne fille, laquelle s'enfuit deuant luy. Sainct Cyrille 6. Catechef. 1. *De là, faut que chacun*] Tant en general qu'en particulier. Car vous remarquez les effects de ces corps superieurs, sur le general des Nations mesmes, & des Estats, selon la diuersité de leurs climats, & selon qu'ils en sont dominez & regardez de plus prés ou plus loing : De là, dit encor Seruius, leur inclination & naturel est different : *Afros versipelles, Græcos leues, Gallos pigriores videmus ingenij ; quod natura climatum facit,* Eneid. 1. *L'arrest commun*] L'execution de ce qui a esté arresté là haut, contre tous hommes naiz & à naistre, qu'il appelle pour cest effect, arrest commun, & l'appelle aussi arrest des Parques, c'est à dire, arrest de leur greffe, d'autant que ce sont elles, qui tiennent les registres du Ciel, *librariæ cœlitum,* dit Martianus, *& archiui custodes, quæ sententias Iouis, orthographæ studio veritatis excipiunt.* *Filandieres*] Ainsi les appelle Apulee liure 6. *Textrices anus telam struentes,* trois Sœurs inexorables, filles de la Necessité, Platon.

En vain l'homme de sa priere
Vous tourmente soir & matin :
Il est trainé par son Destin,
Comme est vn flot de la riuiere :
   Ou comme est le tronçon

D'vn roc, ou d'vn glaçon
Qui roule à la trauerse,
Ou comme vn tronc froissé
Que le vent courroussé
Culbute à la renuerse.

VVuu

RICHELET.

En vain l'homme de sa priere] A cause de la constitution infaillible, & inuariable de ces corps superieurs, qui ne peuuent changer, & qui vont & doiuent tousiours aller d'vne mesme façon : d'où sensuit, ce dit Albert au traitté des Influences, que tout ce qui se fait icy de sacrifice & priere, *non potest remouere actionem corporum supercælestium, dantium vitam & mortem.* Ce qui est vray naturellement, & ordinairement. Et Seneque aussi, en ce cas-là, de la determination des Astres & du Destin, dit, que les prieres sont inutiles, & appelle ces expiations, *expiationes illas procurationésque, ægra mentis solatia.* Et pourquoy cela ? *quia fata (dit-il) ius suum peragunt, nec vlla commouentur prece, non misericordia flectuntur, non gratia; seruant cursum irreuocabilem, & ex destinato fluunt.* Et de là dans le traicté de Lucian, θεῶν ὀκκλησία, Momus se plaignant de l'abus de ceste opinion du Destin, dit, qu'elle est cause que l'on n'immole plus d'Hecatombes, & appelle ces noms, du Destin, de la Fortune, & de l'influs des Astres, noms vainement inuentez par des Philosophes faineants, κατὰ πραγμάτων ὀνόματα ὑπὸ βλακῶν ἀνθρώπων ἢ φιλοσόφων ἐπινοηθέντα. Adioustant que personne ne veut plus sacrifier, ὐδεὶς θύειν βούλεται, sous pretexte de la persuasion qu'ils ont, qu'apres auoir immolé μυρίας ἑκατόμβας, tousiours le Destin ne laissera pas d'auoir son cours, tel qu'il a esté arresté à la naissance de chacun, τὴν τύχην προξξύσειν τὰ μεμοιραμένα, ἃ ἀ᾽ ἐξ ἀρχῆς ἑκάςῳ ἐπικλώθη. *Vous tourmente*] Vous importune inutilement, d'autant que les Astres & le Destin emportent vne necessité, *necessitatem rerum actionúmque quam nulla vis rumpit. Hanc,* dit Seneque au 2. des Questions Naturelles chapitre 35. *si sacrificys & capite niuea agna exorare iudicas, diuina non nosti ;* & partant c'est trauailler en vain, que de penser changer ou flechir vne chose immuable & inexorable : mais toutefois, pour faire que les prieres & sacrifices puissent profiter, comme il est certain qu'elles seruent, & sont vtiles, comme toutes bonnes œuures, *salua vi ac potestate fatorum;* le mesme Seneque dit que toutes choses ne sont pas determinees fixement & par Destin, mais quelques vnes; *quædam à Dys immortalibus, ita suspensa relicta sunt, vt in bonum vertant, si admota Dys preces fuerint; & ita non est hoc contra fatum, sed ipsum quoque in fato est.* liure 2. chap. 37. *Et sic (dit-il) etiam manente fato, aliquid in hominis arbitrio est.* *Il est trainé par son Destin*] Emporté malgré luy & par necessité : & c'est vne question, dit Sainct Basile en l'Epistre au Philosophe Eustathius, de sçauoir s'il est vray, ce qui se dit vulgairement, qu'il y ait vne necessité de destinee, qui domine sur toutes choses petites & grandes, & qui rende nostre volonté sans puissance; ou si c'est la fortune & le hazard qui gouuerne nostre vie ; μήποτε ἀληθὲς ὅτι τὸ περὶ τῆς πολλὰ θρυλλούμενον, ὅτι ἀνάγκη τίς ἐστὶ & εἱμαρμένη, ᾗ τὰ μικρὰ ᾗ τὰ μείζω τῶν ἡμετέρων ἄγεται, αὐτοὶ δὲ ὐδένὸς ἐσμὲν οἱ ἄνθρωποι κύριοι, ἢ εἰ μὴ τῶν τύχῃ τὶς πάντως τὸ ἀνθρώπινον ἐλαύνει. Mais Minutius Felix dit qu'il n'y a point d'autre Destin qui emporte l'homme que sa volonté, & quand il fait quelque mal il ne faut point qu'il s'excuse sur la fatalité ; *nec de fato quisquam aut solatium captet, aut excuset, mens libera est, & ideo actus hominis non dignitas indicatur.* Il y a bien, dit-il, vne determination diuine, en la prescience de Dieu, de ce que nous ferons, & de la cognoissance qu'il a des merites & qualitez futures d'vn chacun; & en ce cas dés auparauant que nous soyons naiz, nostre estat est resolu & decreté; *quid enim aliud est fatum,* dit le mesme, *quàm quod de vnoquoque nostrûm Deus fatus est ? qui cùm possit præscire materiam pro meritis & qualitatibus singulorum, etiam fata determinat :* Mais cela ne vient point de la contrainte de Dieu, ny de nostre geniture, mais de nostre volonté corrompuë : & c'est pourquoy le mesme Auteur adiouste, *ita in nobis non plectitur genitura, sed ingenÿ natura punitur.* Et comme dit Sainct Hierosme chapitre 26. de Ieremie, ceste prescience de Dieu ne fait pas que la chose qu'il preuoit doiue estre, mais parce qu'elle sera il la preuoit ; *non enim ex eo quod Deus scit futurum, aliquid ideo futurum est, sed quia futurum est, Deus nouit.* Car si l'homme est entrainé par vn Destin, selon la suite des causes establies, qui sont infaillibles & perpetuelles, il s'ensuiura qu'il n'aura aucune volonté; ce qui est absurd : *qui enim introducunt (dit Ciceron) causarum seriem sempiternam, ÿ mentem hominis voluntate libera spoliatam necessitate fati deuinciunt :* auquel cas, ἀργῷ λόγῳ, par vne lasche resolution, l'homme n'a que faire de s'entre-mettre de rien ; qui est priuer la vie de toute action : & partant il faut resoudre auec Tertullian au liure de l'Ame, chapitre 21. qu'en l'homme il y a naturellement vne volonté libre, *inest nobis τὸ αὐτεξούσιον, naturaliter.* *Comme est vn flot de la riuiere*]

    Vt trudit vndas vnda, fluctus fluctui

      Cedit sequenti :   Buchan.

mais fort bien Seneque à ce sujet, au 2. de ses Questions Naturelles, chap. 35. *quemadmodum rapidorum aqua torrentium, in se non recurrit, nec moratur quidem, quia priorem superueniens præcipitat : sic ordinem rerum, fati æterna series rotat, cuius hæc prima lex est, stare decreto.* *Le tronçon*] Vn quartier de roc. *A la trauerse*] De tort & de trauers, selon que sa pente ou le mouuement de son poids l'emporte. *Culbute*] Precipite c'en-dessus dessous.

Bref, les humaines creatures
Sont de Fortune le ioüet :
Dans le retour de son roüet
Va déuidant nos auantures.
    Le sage seulement

Aura commandement
Sur vostre espesse bande,
Et sur vous aura lieu
L'homme sainct qui craint Dieu :
Car Dieu seul vous commande.

RICHELET.

Bref les humaines creatures] Maintenant il dit que la fortune se iouë des hommes, & par ce moyen il fait l'homme subiect à trois choses, au destin, à l'influence, & à la fortune; disons encor à la nature : mais, n'est-ce point que toutes ces choses en effect, ne soient qu'vne ? Et de fait, Ficin sur le 10. de la Republique de Platon, remarque, que quasi tous les Philosophes, confondent la nature & le destin, *quia tanta naturæ cum fato cognatio est, vt vix inter se à Philosophis discernantur.*　　*Sont de fortune*] C'est à dire, subiectes au sort & à la condition soubs laquelle elles sont creées, qui est en effect le destin, & non qu'en cest Hymne il soit question de la fortune, sinon qu'icy par la fortune il vueille entendre les effects du destin qui sont diuers, & paroissent au cours de la vie, auoir des accidens fortuits & temeraires, de bien & de mal. Et pour cela Ciceron dit; *Quid attinet inculcare fatum, cùm sine fato, ratio omnium rerum ad naturam fortunámve referatur ?*　　*Le iouët*] Parce que soit la fortune, ou soit le destin, ils se ioüent tous deux, de la vie & des actions des hommes, qu'ils renuersent en plusieurs malheurs & desplaisirs comme il leur plaist. Et de là Pline parlant de la fortune, *quæ fecit magna gaudia* (dit-il) *nisi ex malis, aut quæ mala immensa nisi ex ingentibus gaudiis ?* 7. chap. 42.　　*Va deuidant nos aduentures*] Ce qui nous doit aduenir depuis le commencement de nostre vie iusqu'à la fin. Et notez que ces mots de Rouët & Deuider, monstrent, que l'Auteur par la fortune entend icy la Destinee, à laquelle Platon au 10. de sa Republique donne vn fuseau de diamant, lequel est tourné & deuidé aux pieds de la Necessité, & laquelle conserue toutes choses, selon que Iupiter ou Dieu les a creées & ordonnées.　　*Le sage seulement*] *Victrix fortunæ sapientia*, Iuuenal. Mais comment cela? ce n'est pas que purement & simplement il puisse empescher l'influs & l'effect des astres, car il ne sçauroit faire que l'influence de Saturne ne soit froide : mais préuoyant cela par cognoissance, il peut donner ordre que ce qu'il préuoit ne l'offense point en son particulier; & c'est en ceste façon qu'il est dit que le sage *sapiens dominabitur astris* : tout ainsi que l'on dit des Dieux, qu'ils ne peuuent resister à ce qui est du destin pour en destourner à iamais l'effect, mais ils peuuent bien en differer & trauerser l'execution,

　　　　Sed trahere atque moras tantis licet addere rebus.

Et ce dit Placidus, *Dijs hoc solùm conceditur, vt contra fata moram faciant.*　　*Sur vostre espesse bande*] Nombreuse multitude; & toutefois Pline liure 2. dit que tout le Ciel n'est distribué qu'en 72. signes, dans lesquels on ne remarque à l'œil & d'effect que 1600. estoilles, *mille sexcentas stellas insignes effectu visúve.*　　*Sur vous aura lieu l'homme sainct*] C'est à dire, sur le destin, la fatalité, les influences, l'homme de saincte vie aura pouuoir : par ce que l'homme de bien, dit Platon, est en la prouidence de Dieu, qui est par dessus le destin; & selon que l'ame degenere dans les habitudes & corruptions du corps, tant plus elle pert de sa liberté & s'assubiectit au destin; & voicy comme l'esclaircit Ficin sur le 10 de sa Repub. *Animæ nostræ* (dit-il) *cùm expedita tantùm mente contemplatrice viuunt, sunt in prouidentia solùm, penitúsque liberè viuunt : cùm verò in vegetali parte ad corpus hoc inclinatio inualescit, atque ad imaginationem vsque propagatur, ad fatum iam declinantes, pariter à libertate degenerant, & dum composito corpori coniunguntur, iam in ipsum sui corporis fatum sese mergunt, minúsque admodum pristinæ retinent libertatis : denique postquam affectus corporeos, in habitum contraxerunt, fato iam funditus obruuntur, omni libertate priuatæ.* Et voyla pourquoy nostre Poëte excepte du Destin & de la subiection des influences l'homme qui craint Dieu.

Nostre esprit, vne flame agile　
Qui vient de Dieu, dépend de soy :　
Aux corps vous donnez vostre loy,　
Comme vn potier à son argile.　
　Du corps le iour dernier　

Ne differe au premier,
C'est vne chaisne estrainte :
Ce qui m'est ordonné
Au poinct que ie fu né,
Ie le suy par contrainte.

RICHELET.

Nostre esprit] Nostre ame.　　*Vne flame agile*] νοερὸν πῦρ ἢ ἀσω\'βεσον. Opinion des deux Heraclites, dont l'vn l'appelle lumiere, & l'autre vne estincelle du feu des estoilles : mais il n'y a rien de si incertain entre les Philosophes que leur opinion touchant l'ame, & resolution de sçauoir que c'est. L'vn dit que c'est vne essence qui se meut soy-mesme; les autres, vn nombre, vne entelechie, vne harmonie, vne Idee, vn esprit subtil diffus par tout le corps, vn esprit meslé parmy les atomes, vne quintessence, vn feu, vn air, vne composition de tous les deux, Macrob. & à cause de cela Seneque dit fort bien, *habere nos animum cuius imperio & impellimur & reuocamur, omnes fatebuntur : quid tamen sit animus ille rector dominúsque nostri, non magis quisquam tibi expediet quàm vbi sit : alius enim tibi dicet esse spiritum, alius concentum quendam, alius vim diuinam & Dei partem, alius tenuissimum aërem, alius incorporalem potentiam : non deerit qui sanguinem dicat, qui calorem.*　　*Qui vient de Dieu*] Faite à son image, & neantmoins qui n'est pas Dieu : car comme dit fort bien Tertullian contre Marcion 2. chap. 8. *Etsi de vento aura, non tamen ventus aura; homo est imago Dei, Deus est spiritus; imago ergo spiritus, est adflatus.* C'est ce que dit aussi Macarius Homel. 1. que nostre ame n'est pas de la nature, essence ou substance de Dieu, ὅτι γὰ φύσιως τῆς θειότητος ὅσιν ἡ ψυχὴ, mais elle est creature intellectuelle de Dieu, κτίσμα τὸ νεαρὸν ⁊ ὡραῖον, ⁊ μέγα ἢ θαυμασὸν, ⁊ καλὸν ὁμοίωμα ⁊ εἰκὼν Θεοῦ. Les Platoniciens mesme l'ont dit : & leur raison est, que si l'ame faisoit partie de l'essence de Dieu, ceste partie seroit parfaictement semblable à son tout, & consequemment tousiours parfaite sans trouble & sans passion : ce qui n'est pas; car l'ame en la plus part de ses actions est toute confusion & perturbation. *Non admittimus*, dit Proclus, *eos qui animam putant esse quandam diuinæ essentiæ partem, partem verò hanc esse toti persimilem sempérque perfectam*; adioustant mesme que l'ame de l'homme, n'est pas du premier genre, ny de la premiere constitution, mais de la seconde & troisiesme. Philon Iuif l'appelle τῆς μακαρίας φύσεως ὅμοίωσιν ἠ ἀπαυγασμα.

Depend de soy] Parce qu'elle vient de Dieu, & est faite à son image. *Libera sententia ab initio est homo; libera sententia est Deus, cuius ad similitudinem est factus*, dit S. Irenee 4. chap. 72. ainsi nostre ame à cause de cela, αὐτεξύσιος ἔτι, ἰδ ὁ θέλει ποιεῖ. Macarius Homel. 15. ἰδ τὼ ἐλευθερίαν ἔχ τῆ ἡμέραν σκεῦος ἐκλογῆς & ζωῆς, nonobstant la pretendue influence des astres, qui ne peut rien sur elle, comme il est dit cy dessus. Et notez que ceste independance & liberté, ne luy vient qu'à cause de ceste image & ressemblance. *Liberum*, dit Tertullian, 2. chap. 5. contre Marcion, *& sui arbitrij & siue potestatis inuenio hominem à Deo constitutum, nullam magis imaginem & similitudinem Dei animaduertens, quàm eiusmodi status formam.* *Au corps*] Et à toutes ses parties : Car ces astres ne sont pas corps oisifs & inutiles, & pour esclairer seulement. *Quid tu*, dit Seneque au 4. des Questions Natur. chap. 32. *tot millia siderum iudicas otiosa lucere? omnia quæ supra nos sunt, partem sibi nostri vindicant.* *Vostre loy*] Loy de destin & de fatalité, que Platon au Timee appelle νόμον εἱμαρμένον, qui est fixe & arrestee. *Le iour dernier ne differe au premier*] Parce que le premier iour que l'homme est né, le destin est reglé de tout ce qui doit estre de sa vie iusqu'au dernier iour ; & en cela quant à l'establissement & au decret de sa destinee il n'y a point de difference entre le dernier & le premier iour : car comme dit nostre Auteur, c'est vne chaisne estreincte : & c'est ce que dit Pythagore (remarque Laërtius en sa vie) qu'aussi tost que l'enfant est né, il a en soy toutes les raisons & conditions des aduentures de sa vie future, mais qui ne se doiuent faire voir que par ordre & en temps & lieu, selon leur connexion & enchaisnement, ἔχειν ἐν αὑτῷ πάσας τὰς λόγους τῆς ζωῆς, ὧν εἱρομένων, συνέχεται κҭ τὰς ἁρμονίας λόγοις, ἑκάστου ἐν πλαγεδρίοις καιροῖς ὑπηρχομένων. *Estreinte*] Serree & fermee depuis le premier anneau iusques au dernier. *Ce qui m'est ordonné*] C'est ce que dit Q. Curse, *vnumquemque æterna constitutione nexúque causarum latentium & multò antè destinatarum, suum ordinem immutabili lege percurrere.* Et Seneque, *vita sicut iussa est à primo die, currit.* Et faut noter, qu'outre ce decret particulier à la naissance de chacun, il y en a vn public vniuersel & general, *semel in omnes futuros vnquam, Deo decretum*, Pline 2. ch. 7. *Au poinct que ie fus né*] Au moment de la natiuité, qui est de grande importance, & qui, ce dit Pindare en la 5. des Nemees, est l'arbitre & le maistre des actions de toute nostre vie, πότμος συγγενὴς κεῖνι ἔργων ὑπὲρ πάντων. Et ce poinct, est ce que Dion Cassius appelle, τὸ μόριον τὸ τὼ ὥραν ὑποκοπία, ὅτι τις εἰς φῶς ἔξίει. Mais Platon excellemment au Phædrus, imaginant l'effect de l'ascendant, & des astres au moment de la naissance, dit que selon la difference des cercles & spheres de ces Dieux (il appelle ainsi les astres) d'où coulent & descendent nos ames, nous affectionnons diuersement les choses d'icy bas, nous les conceuons bonnes ou mauuaises à nostre opinion, & y portons nostre desir selon la nature & l'influs de l'astre sous lequel nous sommes nez : ἰδ οὕτω καθ᾽ ἕκαστον θεὸν, ὁ ἕκαστος ἰὼ χορεύτης, ὅπειον ον ᾑδῶ ἰδ μιμούμενος εἰς τὸ δυνατὸν ζῆ, ἕως ἂ ᾖ ἀδιάφορος. Celuy qui a l'ascendant de Iupiter, aime les hautes speculations, celuy de Mars les violences & outrages ; celuy d'Apollon les vaticinations, & ainsi des autres. *Ie le suy par contrainte*] Mais plustost, *per electionem*, dit S. Irenee, liure 4. chap. 72. ou bien par contrainte conditionnee & non absoluë, *de necessitate conditionata* ; & au cas qu'il y ait de l'aptitude & disposition au sujet qui reçoit l'influence. Ce qui monstre qu'absolument & purement les constellations ne forcent point. Ie sçay bien que Democrit, Empedocle, & Aristote mesme nous attachans à vn destin procedant de ces corps superieurs, veulent *vt id fatum vim necessitatis afferat* : d'autres plus retenus reseruent à nos esprits la liberté de leur mouuement volontaire, *animorum motus voluntarios*, parce qu'autrement s'il y a de la contrainte forcée, en l'influence & disposition de nostre ascendant, & qu'il ne nous soit pas permis de consentir ou contredire à rien, *efficietur*, ce dit Ciceron, *vt neque laudationes iustæ sint, neque vituperationes, nec honores, nec supplicia.* Ou bien il faut interpreter ceste contrainte, entant qu'en tout ce qui se fait icy bas il y a des causes antecedentes, *non perfectæ, & principales, sed adiuuantes & proximæ*, lesquelles disposent bien, mais ne forcent pas nostre volonté, c'est à dire, impriment & donnent bien quelque commencement de mouuemens, *vt in Cylindro, cui principium motionis datur, non volubilitas* ; mais puis apres ne luy ostent pas la liberté de son mouuement naturel & consentement volontaire. Et c'est ce que dit Arnobe, liure 2. que Dieu (& consequemment moins les astres) ne nous force à rien, *nulli Deus infert necessitatem, imperiosa formidine nullum terret* : & comme les Payens demandoient, pourquoy Dieu qui est tout-puissant, & sauueur, & plein de douceur, ne les conuertissoit à luy malgré eux ; il respond, que cela seroit plustost vne violence qu'vne grace, *vis ista esset, non gratia* : or y a-il rien plus iniuste, *quàm repugnantibus, quàm inuitis extorquere in contrarium voluntates, & inculcare quod nolint?* D'où s'ensuit, qu'il n'y a rien qui nous contraigne & necessite à faire autre chose que ce que nous voulons.

L'vn meurt au mestier de la guerre
Noircy d'vn poudreux tourbillon,
L'autre pousse d'vn aiguillon
Les bœufs au trauail de sa terre.
    L'vn vit contre son gré
    Pressé d'vn bas degré,
    Qui tend à chose haute :
    Le mal est defendu,
    L'innocent est pendu,
    Qui ne fit iamais faute.
Telle est du Ciel la loy certaine
Qu'il faut souffrir & non forcer :

Le bon soldat ne doit passer
Le vouloir de son Capitaine.
    L'vn perd dés le berceau
    L'vsage du cerueau,
    Auorton inutile :
    L'autre de vent repeu,
    Deuient le boute-feu
    D'vne guerre ciuile.
L'vn de la mer court les orages
Enfermant sa vie en du bois :
L'autre pressant le Cerf d'abois,
Deuient Satyre des bocages.

RICHELET.

L'vn meurt au mestier de la guerre] Et toutes ces diuerses professions procedent de la premiere influence & constellation. Ainsi Perse, Satyr. 5. sur mesme sujet.

> *Mille hominum species ; nec voto viuitur vno :*
> *Mercibus hic Italis mutat sub Sole recenti*
> *Rugosum piper, & pallentis grana cumini.*
> *Hic satur irriguo mauult turgescere somno.*
> *Hic campo indulget, hunc alea decoquit, ille*
> *In Venerem putret.*

Les autres les imputent à nostre choix & volonté, γνωμικῷ θελήματι, quelquefois contraire à nostre inclination naturelle, φυσικῷ θελήματι. *Au trauail*] A labourer sa terre. *D'vn bas degré*] D'vn petit rang, beaucoup au dessus de son merite & de son courage. *L'innocent est pendu*] Grande iniustice des Astres & de la Fortune ; mais quoy ? dit Valere, *cedit interdum generosus spiritus, & fortunæ viribus succumbit.* *Du Ciel la loy certaine*] Mais plustost incertaine & bizarre : car quelle certitude, que deux personnes nées en vne mesme nuict, comme Hector & Polydamas & dans vn mesme ventre, & à vne mesme heure, soient neantmoins differens, *& diuersæ sortis viri ? Hoc,* ce dit Pline liure 7.chap. 49. *iisdem horis nascentibus in toto Mundo quotidie euenit, paritérque domini ac serui gignuntur, Reges & inopes.* Voyez S. Augustin au 5. de la Cité. *Qu'il faut souffrir*] *Ne munus humanum, à Deo assignatum defugisse videamur,* Ciceron. *Le vouloir de son Capitaine*] Qui met son soldat où il veut, comme il luy plaist, ὡς ἐν τινι φρυρᾷ ἐσμὲν οἱ ἄνθρωποι, &c. Platon en son Phædon. *L'vsage du cerueau*] L'entendement. *Auorton inutile*] *Telluris inutile pondus.*

L'autre de vent repeu] De vaine ambition. Seneque parle ainsi de ces diuerses affections & professions, comme nostre Autheur : *Alium insatiabilis tenet auaritia, alium in superuacuis laboribus operosa sedulitas ; alius vino madet, alius inertia torpet ; alium defatigat ex alienis iudicijs suspensa semper ambitio ; alium mercandi præceps cupiditas, circa omnes terras, omnia maria spe lucri ducit ; quosdam torquet cupido militiæ nunquam non aut alienis periculis intentos, aut suis anxios. De breuitat. vit.* *Deuient le boute-feu*] Fort bien, *deuient,* par sa mauuaise passion, qui ne procede pas de sa naissance, ny de l'influence : car le sort & la fortune de nostre vie depend de nous & de nostre choix. *Sortem vitæ eligendi,* dit Arnobe liure 2. *nulli est, inquit Plato, Deus caussa, neque alterius voluntas ascribi potest cuiquam rectè ; cùm voluntatis libertas in ipsius sit posita potestate, qui voluit :* si bien que c'est l'homme qui se fait, & deuient ce qu'il est. *L'vn de la mer*] Comme les Corsaires, *qui mortis periculo in mortem viuunt, & hyberna experiuntur maria,* Pline : comme tous ceux que l'auarice fait courir les hazards de la nauigation. *Iniuria naturæ,* dit encore Pline excellemment en la Preface du liure 19. *ac summa audacia, & quò peruenire nulla execratio sufficiet, contra inuentorem, cui satis non fuit hominem in terra mori, nisi periret & insepultus.* *Sa vie dans du bois*] Dangereuse temerité & hazardouse. *Scitis,* dit Seneque 7. Controuers. 1. *nihil esse periculosius quàm etiam instructa nauigia ; parua materia seiungit fato.* *Pressant le Cerf*] Vn Chasseur. *Satyre des Boccages*] Qui n'aime que les bois & les forests comme vn Satyre.

<table>
<tr><td>

L'vn sans peur de méchef,
Bat d'vn superbe chef
Le cercle de la Lune,
Qui tombe outrecuidé,
Pour n'auoir bien guidé
Les brides de Fortune.

L'vn valet de sa panse pleine,
Pourceau d'Epicure ocieux,
Mange en vn iour de ses ayeux
Les biens acquis à grande peine.

Ce guerrier qui tantost
Terre & mer d'vn grand ost
Couuroit de tant de voiles,

</td><td>

Court de teste & de nom
Pendille à Mont-faucon :
Ainsi vous plaist, Estoiles.

Et toutefois loin des miseres
Qu'aux mortels vous versez icy,
Vous mocquez de nostre soucy,
Tournant vos courses ordinaires :

Et n'auez peur de rien,
Tant que le fort lien
De la saincte Nature
Tient ce Monde arresté,
Et que la Majesté
Du grand Iupiter dure.

</td></tr>
</table>

RICHELET.

L'vn sans peur de meschef] Temeraire & presomptueux, ἄνηχῶν ὑπερήφανος, mais qui par sa temerité & impudence se perd, ἀευλία ἐ μειζόνων ἐρᾶν, Euripid. *Bat d'vn superbe chef*] τῇ κεφαλῇ τ᾽ ἐρεῖν ἔκαρθωσι, comme parle Synese en vne Epistre contre Andronicus. Et Aristote appelle cela, ἡμιωρόριον αἰαχανεσθαι. *Le cercle de la Lune*] Car l'orgueil est celeste d'origine, & de nation, *superbia natione cælestis est,* dit Blesensis, Epist. 90. *semper in altum nititur vt grauiùs cadat ;* ou comme dit le mesme sur le Iob, chapitre 1. *illuc lubentiùs tendit*

Vnde cecidit.   *Qui tombe outrecuidé*] *Saltu ignominioso,* dit encor le mesme, chap. 2. *de excelso in abyssum, de throno in sterquilinium, de cælo in cænum.*   *L'vn valet de sa panse*] Vn prodigue, vn homme de bonne chere.   *Fourceau d'Epicure*] *Discipulus Epicuri potiùs quàm Christi.* Blesens. Mais pourquoy est-ce que nostre Autheur appelle l'Epicure ocieux, luy qui a tant escrit d'œuures philosophiques, importans & laborieux, comme il se voit dans Laërtius; iusques là que Lucrece liure 5. le compare à Hercule? C'est parce que quelques vns l'appellent *patronum inertiæ, quòd mollia ac desidiosa præcipiat, & ad voluptates ducentia.* Seneque, *in sapientem,* &c. Et neantmoins le mesme au liure *de beat. vit.* chap. 12. confesse que ç'a esté vn grand Philosophe, duquel la volupté est mal entenduë & plus mal interpretée. *Non æstimatur voluptas illa Epicuri,* dit-il, *cùm sobria & sicca sit, & honesta præcepta intrà latent: Mea quidem ista sententia est, sancta Epicurum & recta præcipere, & si propiùs accesseris tristitia,* &c. chap. 13.   *Mange en vn iour*] *Furiosum facit exitum, quòd ad bona. l. 12. §. final. D. de tutor. & curat. & pecuniam qua Fabiæ gentis splendori seruire debet, flagitijs deijcit,* Valer.   *Ce guerrier*] Gaspar de Colligny, Admiral de France. Ainsi Properce parle d'Antoine, sans le nommer.

> *Cerne ducem modò qui fremitu compleuit inani*
> *Actia damnatis æquora militibus.*

Court de teste] Ἀποκεφαλισθεὶς, Macar. Homel. 15. *cui corpore trunco caput abest,* comme parle Seneque *in Hercul. fur.*   *Pendille à Mont-faucon*] Voy l'Histoire du temps. C'est le malheur quasi des grands hommes, qu'vne malheureuse mort: *sic Socrates cogitur in carcere mori, Rutilius in exilio viuere, Pompeius & Cicero clientibus suis præbere ceruicem: Necesse est queri tam iniqua præmia fortunam persoluere,* Seneque *de tranquill. vit.* chap. 15. & le mesme, ch. 11. *quæ dignitas, cuius non prætextam, & augurale & patricia, sordes non comitentur, & exportatio, & notæ, & mille macula, & extrema contemptio?* & cela mesme se voit auiourd'huy.   *Ainsi vous plaist, Estoilles*] C'est la question qui est difficile à sçauoir, si les astres pleuuent & peuuent sur nous tels malheurs: *non magis difficile est scire quid possint,* dit Seneque liure 2. des Quest. Naturelles, chap. 32. *quàm dubitari debet an possint.* Marulle toutesfois,

> *Has leges fatale animis venientibus astrum*
> *Imposuit, cælique ascendens hora potentis.*

Mais disons plustost que cela vient de l'inconstance des choses du Monde, quand elles sont grandes & heureuses. *Nulli fortunæ minùs quàm optimæ creditur; alia fœlicitate ad tuendam fœlicitatem opus est,* Seneque, *de breuit. vit.* chap. 17.   *Tournant vos courses ordinaires*] Reglees & immuables, & qui ne s'arrestent point: car comme dit Seneque au 7. des Quest. Naturelles chap. 25. *Non licet stare cælestibus, nec auerti: prodeunt omnia, & vt semel iussa sunt vadunt: idem erit illis cursus, qui sui finis; opus hoc æternum habet irreuocabiles motus.* Et le mesme Trismegiste au Pimandre 8. *Cælestium corpora, vnum atque eundem ordinem seruant, quem primum à patre suo sortita sunt:* Et l'Apulee, *De Deo Socratis,* dit que ces corps superieurs, *indeflexo, certo & stato cursu, meatus longè ordinatissimos diuinis vicibus æternos efficiunt.*   *Tant que le sort lien*] Tant que le Monde durera: car les Astres sont incorporez & entez au corps du Monde, & en ce cas attachez à la durée de son estre. *Aeterna est cælestibus natura intexentibus Mundum, intexíque concretis, potentia autem ad terram magnopere pertinens,* Pline 2. ch. 8.   *De la saincte Nature*] C'est à dire, de cest ordre naturel estably de Dieu, qui ne subsiste, & ne s'entretient que par sa prouidence, & n'est pas eternel: *manent enim cuncta,* Seneque elegamment Epist. 58. *non quia æterna sunt, sed quia defenduntur cura regentis. Immortalia tutore non egent: hæc conseruat artifex, fragilitatem materiæ vi sua vincens:* Ou bien par la saincte Nature, il entend ceste vertu animante & animée, qui retient en son estre le Monde, & qui luy donne ses semences, qui le subrogent perpetuellement, & le conseruent. Ainsi dans la vie de Zenon, Laërtius dit que les Philosophes definissent la Nature, φύσιν δ᾽, ποτὲ μὲν ἑκτικωφερομένην, τὴν συνέχουσαν τ̀ κόσμον, ποτὲ δὲ τὴν φύουσαν τὰ ἐπὶ γῆς, adioustant que la Nature est vne habitude qui se meut de soy-mesme, ἕξις ἐξ αὑτῆς κινουμένη, κατὰ σπερματικοὺς λόγους.   *Tient ce Monde arresté*] Selon la loy que Dieu luy a prescrite, θεσμοῖς & νόμοις, dit Philon Iuif au liure de la Creation, ὓς ὥρισεν ὁ Θεὸς ἀκινήτους ἐν τῷ παντὶ, & à laquelle le Monde est arresté.   *Et que la Majesté*] Et comment cela? car la Majesté & puissance de Dieu, c'est à dire, Dieu peut bien tousiours estre, comme il est, eternel; & toutesfois les astres ny le Ciel ne l'estre pas, comme ils n'estoient pas auparauant leur creation. *Cæli peribunt, tu autem permanes;* si bien qu'il faut dire que ces mots de nostre Autheur, ne signifient pas que les estoilles seront tant que Dieu sera, mais tant que Dieu voudra que le Monde soit, ou bien tant que la vie & l'estre qui est donné au Monde, & à toutes les choses creées, durera. Laquelle vie ou vertu d'animer les Philosophes appellent Iupiter, Ζῆνα καλοῦσι παρ᾽ ὅσον τοῖσζῆν αἴτιός ἐστι. Laërtius en la vie de Zenon.   *Du grand Iupiter dure*] La Philosophie de Platon a dit premierement que les Astres estoient creatures animees & diuines, *animantia eáque diuina*; & secondement, qu'ayans esté creez, quoy qu'immortels, ils pouuoient estre aneantis & resolubles, à la volonté & par le conseil seul de celuy qui leur auoit donné le commencement & l'estre; sans toutesfois, dit-il, que cela doiue iamais aduenir; & en ce cas, selon Platon, ils doiuent tousiours demeurer. Voicy ce qu'a traduit Ciceron en son liure de l'Vniuers, mot à mot du Timee, à ce propos. *Hæc vos, qui Deorum satu orti estis, attendite: Quorum operum ego parens effectórque sum, qua per me facta, non sunt dissoluta me inuito, quamquam omne colligatum solui potest, sed haud quaquam boni est, ratione vinctum velle dissoluere: sed quoniam orti estis, immortales vos quidem esse, & indissolubiles non potestis Neutiquam tamen dissoluemini, nec vos vlla mortis fata periment, nec fraus valentior quàm consilium meum.* Et la mesme chose est rapportee par Philon Iuif au liure περὶ ἀφθαρσ. De là est que le Iupiter des Romains, estoit appellé Tigillus, comme l'appuy & le soustenement du Monde, sans lequel il ne peut subsister.

<table>
<tr><td>

Du Ciel les ministres vous estes,
Et agreable n'auez pas,
Qu'vn autre face rien çà bas
Ny là haut, si vous ne le faites.

</td><td>

Astres qui tout voyez,
Ou soit que vous soyez
Des bosses allumées,
Ou des testes de cloux

</td></tr>
</table>

Ardantes de feu roux
Dans le Ciel enfermées :
Ie vous saluë, heureuses flames,
Estoilles, filles de la Nuit,
Et ce Destin qui nous conduit,
Que vous pendistes à nos trames.
    Tandis que tous les iours
    Vous deuidez vos cours
    D'vne danse etherée :
    Endurant ie viuray,
    Et la Chance suiuray
    Que vous m'auez liurée.
Gardez des François la Colonne,
Sous qui renaist l'antique foy ;
Gardez sa Mere, & ce grand Roy,
Esleu par vous en la Poulonne :

Et faictes que PIBRAC,
Qui a suiuy le trac
De la douce Hippocrene,
Des peuples Poulonnois
Bien-tost aux Champs François
En santé s'en reuienne :
PIBRAC *de la belle Garonne*
Le docte eloquent nourrisson,
Dont au Ciel vole la Chanson
Quand il nous chante sa Bocconne.
    Gardez LE GAST *aussi,*
    Des Muses le souci,
    De Mars & de Cyprine,
    Et faictes que le dard
    Du Scythique soldard
    N'entame sa poitrine.

RICHELET.

Du Ciel les Ministres] Qui seruent à l'ordre & composition des mouuemens du Ciel : car autrement ce sont corps insensibles & inanimez, qui neantmoins ont leurs effects & proprietez en leurs mouuemens : car, comme dit Lucian, il faut bien necessairement que les Astres facent de grands effects en l'agitation de leur mouuement, puis que nous voyons que le moindre mouuement d'vn cheual & du vent, fait mouuoir les pierres & les fueilles, & les sort de leur place. Ce qui fait qu'il ne se peut dire que ces grands corps du Monde, en leur grand & rapide contour, n'ayent point d'effect sur nous, ὑπὸ δὲ τῇ δίνῃ τῶν ἀστέρων μηδὲν ἀπολαύεσθαι, au traicté de l'Astrologie. *Astres*] Estoilles, ἀστέρες, non ἀστὴρ, *stella singularis,* ἄστρον, *signum stellis coactum,* Macrob. *Qui tout voyez*] Ils sont donc animaux, & animez ; & de faict dans Philon Iuif au liure de la Creation, ζῶά τε καὶ λέγονται καὶ ζῶα νοεῖται, & Pline aussi liure 2. chap. 6. parlant du Soleil, *omnia intuens, omnia etiam exaudiens.* Et ce qui a fait croire à la Philosophie que les Estoilles auoient des ames diuines & raisonnables, *diuinis animatæ mentibus,* dit Ciceron, a esté la consideration de leur figure circulaire & spherique, parce qu'ils estimoient, qu'en tous corps, *omnibus corporibus, quæ in formam teretem, id est, in sphæræ modum formabantur, diuinas mentes infundi ;* d'autant que la forme spherique *sola mentis capax est.* Et pour ceste raison les astres, comme le Monde, sont estimez auoir ame non seulement naturelle *sensus & incrementi præbendi,* mais diuine & raisonnable ; tout ainsi, voire plus que l'homme animal moindre, qui toutefois a l'ame raisonnable, *id est, vim mentis diuinæ* ; à cause que de tous les animaux, il est seul, *cui in capite inest sphæræ similitudo,* Macrob. *Des bosses allumees*] Philon Iuif au liure de la Creation, dit excellemment, que ce sont de belles & diuines images, ἀγάλματα θεῖα καὶ περικαλλέστατα, que Dieu crea sensiblement, en regardant dans l'Idee de la lumiere intellectuelle, πρὸς τὴν τοῦ νοητοῦ φωτὸς ἰδέαν. Arnobe les appelle *frustilla ignea.* *Ou des testes de cloux*] *In contextu cæli fixu.* Estant la substance en cest endroit, plus serree & plus espaisse, comme vn nœud dans du bois, à fin que la lumiere du Soleil puisse reflechir & ne penetrer pas. Et non que la substance de l'astre soit autre que la substance de son Ciel, car tous les corps du Ciel sont homogenes. Seneque à ce propos, au 7. de ses Questions Naturelles : Si les astres, dit-il, n'estoient d'vne matiere solide & ramassee, leur flame s'escouleroit, & ne tiendroit pas, *per se flamma diffugeret, nisi haberet aliquid quod teneret, & à quo teneretur : conglobatámque nec stabili inditam corpori, iam mundus turbine suo dissipasset.* *Ardantes de feux roux*] *Sidera ex duro concreta, & ignem alienum poscentia,* Seneque 7. Quest. Natur. chap. 1. *Inde,* dit Pline, *tot stellarum collucentium illos oculos,* 2. chap. 5. *Dans le Ciel enfermées*] *Fixus & immobilis populus,* Seneque liure 7. chap. 24. & de là mesme sont appellees Estoilles, *stellæ dictæ, quarum natura est vt stent semper,* Seruius. *Filles de la Nuict*] *Quæ noctem decore vario distinguunt,* Seneque. *Et ce Destin*] Ceste fatalité & determination de ce que nous deuons estre ineuitablement. *Fatum est,* dit Apulee, *per quod ineuitabiles cogitationes Dei atque incepta complentur.* *Qui nous conduit*] Sous lequel nous viuons & mourons. Et à ce propos Seruius 4. Eneid. fait vne obseruation, disant que nostre vie *tribus continetur, Natura, fato, fortuna.* La vie naturelle, dit-il, est celle *cui vltra centum & viginti solstitiales annos concessum non est.* Celle du Destin est de 90. ans, *hoc est, cui tres Saturni cursus exitium creant, nisi forté aliarum stellarum benignitas etiam tertium eius superet cursum.* La vie de la fortune est celle que le malheur nous rauit, *ruina, incendio, naufragio.* *Que vous pendistes*] Parce que, dit Orus, c'est de l'œconomie des astres que depend le Destin de nostre vie, ἐξ ἀστρικῆς οἰκονομίας εἱμαρμένη συνίσταται. *A nos trames*] A nostre vie ; car les Poëtes parlent de nostre vie comme d'vne toile qui s'ourdit, depuis le premier fil iusqu'au dernier que la Mort coupe. Et de là, dit Artemidore, liure 3. chap. 36. songer de voir ourdir vne toile de nouueau, c'est signe de longuement viure, comme par vne vie qui commence : au contraire songer que l'on la couppe, c'est signe de mort, ἐγρὴ ὁρᾶν ἐρχόμενος ὑφαίνεσθαι, μακρὸν ἐπαγορεύει βίον· ὁ δὲ πρὸς ὀκπομένην ὀλίγον. *Vous deuidez vos cours*] En rond comme vn peloton de fil, ταῖς κατ' ὕεκτὸν ἀσκπολήσεις, Plilon Iuif.   *D'vne danſe etherée*] D'vn mouuement meſuré & compaſſé dans le Ciel.   *Et la chance*] Le hazard, *quidquid ſtella triſte latúm ve naſcentibus conſtituerit*, Seneque.   *Que vous m'aureʒ liuree*] σοφοὶ κυβάπαι, Sophocl.   *Des François la Colonne*] CHARLES IX.   *Et ce grand Roy*] HENRY III. que les Poulonnois deſirerent auoir pour leur Roy. *Pibrac*] Perſonnage excellent, *vir ad omnia natus*. Voyez ſa vie deſcrite par Paſchal, & l'Eloge de Sceuole de Saintemarthe.   *De la douce Hippocrene*] De la fontaine du Cheual, fontaine des Muſes,

Dura Meduſæi quem præpetis vngula rupit.   Ouid. 5. Metamorph.

Garonne] Fleuue qui paſſe à Thoulouſe, où eſt né Monſieur de Pibrac.   *La chanſon*] Ce n'eſt pas à dire ſeulement des vers qu'il a faiéts, mais de tout ce qu'il a eſcrit, comme remarque Strabon liure 1. que les Anciens diſoient Chanter, pour, parler eloquemment, à cauſe que l'eloquence ou le bien-dire appartenoit principalement à la Poëſie, de laquelle les eſcrits ſe chantoient, τὸ ᾄδειν, ἀπὸ τῆ φράζειν πλήσμον ὅτι τῖς πάλαι, la Poëſie eſtant la ſource & fontaine de l'elocution, πηγὴ ᾗ ἀρχὴ φράσεως κατασκευασμένης ᾗ ῥητορικῆς ὕπηρξεν ἡ ποιητική.   *Sa Bocconne*] Foreſt du Roy, proche d'vne des maiſons du ſieur de Pibrac, comme i'ay appris de Monſieur de Pibrac ſon fils, Maiſtre des Requeſtes.

FIN DV PREMIER LIVRE DES HYMNES.

LE
SECOND LIVRE
DES HYMNES DE
P. DE RONSARD.

A ODET DE COLLIGNI, CARDINAL
DE CHASTILLON.

HYMNE DE LA PHILOSOPHIE.

Commenté par Nicolas Richelet, *Parisien.*

SI Calliope autresfois de son gré
M'a fait ouurir son cabinet sa-
cré
Pour y choisir vn present d'excellence,
Present qui fut la digne recompense
D'auoir serui la troupe de ses Sœurs
Depuis vingt ans par cent mille labeurs:
C'est maintenant que ie doy de mon coffre
Le retirer pour en faire vn bel offre
A mon Odet, Prelat à qui ne faut

Rien presenter si le present n'est haut,
De bonne estoffe, & de valeur semblable
A la vertu qui le rend admirable.
  Aussi ne veux-ie offrir à tel seigneur
Vn don orné de mediocre honneur,
Mais vn present admirable à l'Enuie:
L'Hymne sacré de la Philosophie,
Laquelle doit entre les bons esprits
Sur tous les arts auoir le premier prix,
D'autant que c'est la science premiere
De qui toute autre emprunte sa lumiere.

RICHELET.

Si Calliope] La Philosophie est vn grand don, c'est la premiere de toutes les sciences, & qui les contient toutes. Elle separe l'homme de sa matiere, l'eleuant au Ciel, pour y cognoistre Dieu, les Anges, leurs ordres diuines, les Cieux, les Astres, les Daimons & leurs puissances, comme aussi leur subiection. Elle nous apprend toute l'Astrologie en vne Sphere, dans laquelle, comme par vn charme puissant, elle attire tout le Ciel icy bas. Et en cela, est quasi plus puissante que celuy qui tient le haut bout de la chaisne de toutes les choses creées. Ceste science est encore merueilleuse à nous descouurir tous les secrets de la Nature, les plus obscurs : les va- rietez de la Lune, l'estre du Soleil, l'harmonie des Cieux, les mouuemens de ses Spheres, tous les Meteores, les passions de la Terre, & mesme portant sa cognoissance iusqu'aux Enfers, elle deliure l'homme d'ignorance & de crainte. Dauantage, elle nous reuele tout ce qui est caché sous les eaux, pourquoy les Vents perpetuel- lement les agitent, & d'où vient qu'anciennement on a creu, que cest element estoit la matiere & principe de toutes choses, comme aussi la nourriture. Finalement venant au particulier de la Terre habitable, elle nous en fait voir la mesure, le circuit, les parties, & par vn abregé de carte, tout ce qu'elle contient de villes, de fleuues, de montaignes : mais ce qui est de plus important, pour la conseruation des hommes & de leurs mœurs, les ayant retirez d'vne vie sauuage pour viure en societez ; leur a donné des Loix & des Polices, pour fuir le vice & suiure la Vertu ; auec l'inuention de plusieurs mestiers pour leur occupation. Tellement que celuy qui est plei-nement instruit de la Philosophie, sçait tout, est intrepide aux accidens, & bien heureux, n'ayant autre obiect que la Vertu. *Si Calliope*] Pourquoy Calliope en ce sujet de Philosophie, qui semble ne luy conuenir pas ? Car Plutarque au 9. des Symposiaques, dit que ceste Muse conuerse seulement auec les Roys, *σὺν βασιλεῦσιν*, & ne se mesle point auec ces faiseurs de syllogismes, *τοῖς σιλλογικοῖς συλλογισμοῖς*, ny auec ces proposeurs de questions ardues & difficiles, *οὐδὲ ἐρωτῶσιν μεγάλα*, comme est tout le sujet de cest Hymne. Mais il faut dire que ceste Muse est prise icy pour toute l'estude des sciences, d'où il tire la Philosophie, laquelle comme la pre-miere & plus releuée, conuient bien à la premiere & plus excellente des Muses. *Son cabinet sacré*] *Reducta & intriore sacrario clausa*, Seneque. *Vn present d'excellence*] Ainsi Gregoire de Nysse appelle son œuure, qu'il donne à son frere, *περὶ ἀσθενοῦς ἀνθρώπου*, vn don laborieux de son esprit, *τὸ δῶρον, οὐκ τῆς σχολῆς ἐλευθερίας, οὐκ ἀπόνων γυμνασίων*. *De valeur semblable*] Inestimable, comme est la Philosophie, *cuius hoc pretium est, non posse pretio capi*, Seneque ep. 90. *A la vertu*] Qui est quasi la fin de la Philosophie, du moins de la Morale, & la der-niere perfection de la Nature, dit Ciceron au 1. *de legib. Nihil aliud est virtus, quàm perfecta, & ad summum per-ducta natura*. *Mais vn present*] Vn notable present, vn don des Dieux, *ἀγαθὸν δωρηθὲν ἐκ θεῶν*, dit Platon au Timee. *Nulli scientia*, dit Seneque, *sed omnibus facultate, philosophiam Dy tribuerunt*. *Admirable à l'Enuie*] Que l'Enuie mesme confessera estre merueilleux & tres-excellent, *quod vituperare ne inimici quidem possint*, Pline 3. ep. quoy que l'Enuie se prenne tousiours aux merites & les mesprise. *Multis propter sapientiam inuidetur, & habet vir-tus causam ad inuidiam*, Seneque. *De la Philosophie*] Qui n'est rien autre chose qu'vn estude de la sagesse, ou plustost vne recherche & cognoissance vniuerselle de toutes choses, *Amor sapientiæ*, dit Seneque. *Sur tous les arts*] Qui ne sont rien que ses ministres, *Sapientiæ studium, sublime, forte, magnanimum*, dit Seneque, *cætera pusilla & puerilia sunt, & alias artes sub dominio habet*. Entant mesme qu'elle les comprend tous, & par les expe-riences les a fait naistre : *ἐκ πολλῶν τῆς ἐμπειρίας ἐννοημάτων*, dit Aristot. au 1. des Metaphys. Delà elegamment Cice-ron en vne Epistre, appelle vne maison des champs qu'auoit son frere, la Philosophie des autres : *Ea villa quæ nunc est, tanquam philosophia videtur esse, quæ obiurget cæterarum villarum insaniam*. *La science premiere*] *ἀρχικωτάτη τῶν ἐπιστημῶν*, Aristot. entant que Theologie, *& in quantum*, dit Sainct Thomas, *de Deo determinat, vt est altissima causa* : & aussi que c'est vne faculté, comme les autres sciences, mais qui plus fortement que les autres instruit & prepare l'ame à la vertu, *τῆς ψυχῆς θεραπεία*, dit Synese en ses Epistres : bref, dit Quintilian, *Philosophia res sum-ma, & ad paucos pertinet*. *De qui tout autre emprunte*] Et est l'excellence de la principalissime des sciences, comme est la Philosophie, d'ordonner & de prescrire aux autres, comme à ses subiettes & seruantes *ὑπηρετίσιν*, d'autant que ceste science est vniuerselle, & par sa speculation & cognoissance, sçait, dit Aristot. au premier de la Metaphys. chap. 8. pourquoy chaque chose se fait, *γνωεῖζεται τίνος ἕνεκεν ὅτι πρακτέον ἕκαστον*, & cognoist tout ce qui est de meilleur & parfaict en toute la Nature, *τὸ ἄριστον ἐν τῇ φύσει πάσῃ*.

Elle voyant qu'à l'homme estoit nié	*Haute s'attache aux merueilles des Cieux,*
D'aller au Ciel, disposte a deslié	*Vaguant par tout, & sans estre lassee*
Loin hors du corps nostre ame emprisonnee,	*Tout l'Vniuers discourt en sa pensee,*
Et par esprit aux astres l'a menee :	*Et seule osant des astres s'allier,*
Car en dressant de nostre ame les yeux,	*Veut du grand D I E V la nature espier.*

RICHELET.

Elle voyant] Tout cecy est imité, voire traduit du liure du Monde chap. 1. (de quelque Auteur que soit ce liure, où il est dit que le corps ne pouuant s'esleuer au Ciel, l'ame, l'entendement y fut porté par la Philosophie, *ἐπειδὴ οὐχ οἷόν τε τῷ σώματι εἰς τὸν οὐράνιον ἀφικέσθαι τόπον, ἡ τὴν γῆν ἐκλιπόντα τὸν οὐράνιον ἐκεῖνον χῶρον καταλαβεῖν, ἡ γοῦν ψυχὴ διὰ φιλοσοφίας λαβοῦσα ἡγεμόνα τὸν νοῦν ἐπραγματεύσατο & ἐπεδήμησεν*. Et apres luy Apulee ; *Cùm homines*, dit-il, *Mundum eiusque penetralia adire non possent, vt è terreno domicilio illas regiones inspicerent, Philosophiam ducem nacti, eiusque imbuti inuentis, animo peregri-nari ausi sunt per cæli plagas, exploratione acuminis sui, &c.* *A l'homme*] A ceste composition de corps & d'ame.

Disposte a deslié] Fort bien, car ceste science seule deslie & est libre, *μόνη ἐλευθέρα τῶν ἐπιστημῶν*, dit Aristote, d'autant qu'elle n'est qu'à cause de soy-mesme & pour soy-mesme, sans autre obiect de seruitude de chose qui soit, comme vne possession diuine, *ἐκ ἀνθρωπίνη κτῆσις*. *Bien loin du corps*] Des sens corporels, *πόρρω τῶν αἰσθήσεων*, Aristote, d'autant, dit Apulee, qu'elle ne trauaille à rien tant, *nihil sic agit, quàm vt semper studeat animam corporis consortio separare* : Et Socrate au Phædon, dit qu'il faut que l'esprit du Philosophe, à cause de ses hauts sujects & contemplations, soit en perpetuelle abstraction, & quasi sans passion corporelle. *A corporalibus semper ad incorporalia se transferens*, dit Seneque : *φεύγων ἀπὸ σώματος*, Platon : ou comme parle Origene, *ἔξω τῶν σωματικῶν & τῶν κάτω νοημάτων*. *Nostre ame emprisonnee*] Et laquelle y est comme morte dans vn tombeau, *σῶμα, quasi σῆμα*. Et neantmoins ceste prison luy est si aggreable & naturelle, qu'apres la mort ou separation, elle en desire la reünion, comme ayant nos ames à estre de meilleure condition auec nos corps, que sans eux : *cùm illis melius esse debeat cum corporibus suis*, dit Sainct Augustin ; & pour leur plus grande beatitude, du moins *extensiuè*, disent les Theologiens. *Et par esprit*] *Intellectu mentis, vt inuisibilia Dei conspiceret* ; ce que l'homme peut, dit l'Apostre, *per ea quæ facta sunt*. Et le Maistre des Sentences *lib. 1. distinct. 3. acie mentis acriùs contemplantes*. Apul. principalement pour cognoistre les choses celestes & diuines. Car, comme dit Seneque, la Philosophie a deux objects ; l'vn concerne les Dieux, & l'autre les hommes. La Philosophie du premier object, *altior est & animosior, multum per-misit sibi ; non fuit oculis contenta, maius esse quiddam ac pulcrius quod extra conspectum natura posuisset, docet quid agatur in Cælo, & è tenebris ereptos, illò perducit vnde lucet*. *Aux astres l'a menee*] Selon mesme son aptitude & inclination naturelle ; car, comme dit Clement Alexandrin au 4. des Stromates, l'ame par la Philosophie se plaist de s'esleuer au Ciel, comme à sa patrie & deuers ses parens, πέπαται ἡ ψυχὴ πρὸς τὸ Θεὸν, ὑπὸ διὰ φιλοσοφίας παρὰ δικεφόβις, πρὸς τὴς ἴδιω καθ᾽ἔτι συγγενεῖς. Ou bien quand il dit icy que l'ame est esleuée aux astres, c'est pour remarquer la premiere & plus noble partie de la Philosophie, qui est la contemplatiue, à la recherche & cognoissance de toutes les choses superieures & celestes, selon la diuision commune, qui ne fait que deux parties, con-templatiue & actiue, à laquelle Platon adiousta la Logique, selon qu'il l'auoit apprise des Hebreux, ce dit Eusebe liure 2. chap. 4. *de præparat. Euangel.* Mais en cest Hymne nostre Auteur neglige ceste partie & n'en parle point ; soit peut-estre qu'elle est comme infuse & meslee aux deux autres, ou que la Logique ne soit pas tant Philosophie, comme chicane de la Philosophie, *solertia disputandi* qu'appelle Sainct Augustin : comme de fait, ainsi qu'en Dieu sont deux actions premieres & principalles, l'vne de cognoistre & l'autre de gouuerner & conseruer toutes choses, de mesme & par quelque analogie, nostre ame n'a que ces deux facultez, *intelligendi & appetendi*, qui se rapportent à la Philosophie contemplatiue & actiue. Et nostre Auteur mesme le dit elegamment en ces beaux vers de l'Hymne de l'Hyuer, qui sont à ce sujet.

> *Toute Philosophie en deux est diuisee,*
> *L'vne est aiguë, & viue , & prompte, & aduisee,*
> *Qui sans paresse ou peur , d'vn vol audacieux,*
> *Abandonne la terre, & se promeine aux Cieux.*

De nostre ame les yeux] Nostre intellect qui est son œil pour voir & contempler ce qui est beau. Car, τὸ καλὸν ἐ τὸ ἀγαθὸν, qu'appelle Socrate dans le Phedon, ne se voit pas par les yeux du corps, αἰσθήσει τῆ διὰ τὰ σώματος, mais par l'œil de l'ame, qui est la contemplation, αὐτῇ τῇ διανοία. *Aux merueilles des Cieux*] Qui donnent de l'admiration à nos esprits. Et par là, premierement a commencé la Philosophie, dit Aristote, par l'estonnement & la merueille, par admirer : διὰ τὸ θαυμάζειν οἱ ἄνθρωποι ἐ νῦν ἐ τὸ πρῶτον ἤρξαντο φιλοσοφεῖν. Et par ordre, dit il, des choses faciles aux difficiles, & par se former des doubtes, περὶ τῆς μείζονας διαπορήσαντας. Et principalement nos esprits s'estonnerent des passions de la Lune, du Soleil & des astres, περὶ τῆς σελήνης παθημάτων, ἐ τῆς περὶ τὸν ἥλιον ἐ ἄστρα. *Vaguant par tout*] Prenant cognoissance de toutes choses creées, & increées. *Laxum spatium res magna desiderat, magna & spatiosa res est sapientia,* dit Seneque, *vacuo illi loco opus est.*

Tout l'Vniuers] Et en vn mot dit encor Seneque, *omnia quæ in notitiam cadere possunt,* toute la matiere & toute la forme. *Veut du grand Dieu la Nature espier*] Obseruer de prés, s'il est possible, son essence ; mais cela ne se peut, & comme dit Sainct Hilaire Psal. 129. *humana infirmitatis religiosa confessio est, ex Deo hoc solum nosse, quòd Deus est.* Les Anges mesmes n'y voyent goutte, & n'y a science ny imagination qui puisse donner iusqu'à l'essence & nature de Dieu. *Deus caligo est,* dit Sainct Denys, *posuit tenebras latibulum suum, & tabernaculum eius tenebrosa aqua,* Psalm. 17. à peine en cognoissons-nous quelque chose par les effects de sa puissance qui ne sont iamais si grands ny si parfaits que leur cause. Fort bien Clement Alexand. au 2. des Stromat. plus nous approchons de Dieu pour cognoistre ce qu'il est, plus il est loin de nous. Et c'est le bel Enigme, dit cest Auteur, θαῦμα ἄῤῥητον, qui dit, que Dieu est loin & prés de nous, ἐξαναχωρῶν ἀεὶ ἐ πόρρω ἀφιστάμενοι χρῆμα τὸ διώκοντος, loin, πόρρω ἰὼ κατ᾽ οὐσίαν, ἐγγύθεν δὲ δυνάμει. Adioustant mesme que l'Escriture pour representer l'impossibilité de ceste cognoissance en la personne de Moyse qui tasche de cognoistre Dieu, appelle le lieu où Moyse est pour le cognoistre, τὸν γνόφον, tenebre ou obscurité : non que Dieu soit tenebres ou en tenebres, mais l'Escriture entend par là la foible & imparfaite cognoissance qu'en a l'esprit, pour grand qu'il soit, & ainsi *Deus est appropinquans & fugiens.* Et Seneque admirablement au 7. de ses Questions, *in sanctiore secessu maiestas tanta delitet, & regnum suum, id est se regit : nec vlli aditum dat, & quid sit hoc, sine quo nihil est , scire non possumus.* Toutefois nostre ame a cela, dit Iamblic, que pour la perfection de son estre elle tasche le plus qu'elle peut de cognoistre Dieu : *Esse nostrum (dit-il) est Deum cognoscere , quia præcipuum esse anima, est intellectus suus, in quo idem est esse, quod intelligere diuina actu perpetuo.*

<table>
<tr><td>

Elle cognoist des Anges les essences,
La Hierarchie & toutes les puissances
De ces Daimons qui habitent le lieu
De l'air, qui est des hommes & de DIEV
Egal distant, & comme tous les songes
Se font par eux vrais ou pleins de mensonges.
Seule elle sçait les bons & les mauuais,
Leurs qualitez, leur forme & leurs effets,
Et leur mystere, & ce qu'on leur doit faire
Pour les fascher, ou bien pour leur complaire :

</td><td>

Et pourquoy c'est qu'ils sont tant desireux
De la matiere, & coüards & peureux,
Craignant le coup d'vne trenchante espée :
Et par quel art leur nature est trompée
Des Enchanteurs, qui les tiennent serrez
Estroitement dans des anneaux ferrez,
Ensorcelez , ou par vne figure,
Ou par le bruit d'vn magique murmure,
D'esprits diuins se rendans seruiteurs
(Tant ils sont sots) des humains Enchanteurs.

</td></tr>
</table>

RICHELET.

Elle cognoist] Les choses plus occultes & secretes qu'elle nous fait voir. Et de là, dit Elias Cretens. sur l'Oraison 16. de Greg. de Nazian. σοφία quasi σαφία. *Des Anges les essences*] Leurs formes immaterielles, leur estre spirituel, creé deuant le Monde ; *quos intelligentia concepit,* dit Nicetas : desquels le Pere est la cause ; le Fils, est l'effet, l'œuure ou l'action ; le Sainct Esprit, la perfection qui les anime. Ce sont essences ou natures simples, vn feu sans matiere, & sans corps, *spiritus & flamma ignis,* Psal. 103. Damascene liu. 2. les appelle lumieres intelle-

&cquelles, *lumina intellectualia, ex primo & æterno lumine illuminationem habentia*, & qui s'entre-communiquent leurs intentions sans parolles. Sainct Hierofme fur l'Epiftre de S. Paul à Tite, dit que par des siecles eternels auparauant le Monde les Anges eftoient, & toute la Hierarchie seruant à Dieu.   *La Hierarchie*] Leur ordre & rang facré; car il y a vn ordre entre-eux, τάξις ἐν Ἀγγέλοις, dit Gregoire de Nazianz. Oraif. 26. iufqu'à neuf, remarquez par Sainct Denys en fa Hierarchie. Toutefois S. Hilaire Pfal. 129. met cela entre les cognoiffances difficiles: *quis enim cuufas*, dit il, *naturásque cœli, & huius & fuperioris & cæterorum fciet? quis Angelorum & Poteftatum, & Dominatuum, & Thronorum, & Principatuum officia rationéfque percipiet? quis Cherubin & Seraphin perpetuas voces æternásque intelliget*, &c. S. Ignace de mefme aux Tralliens, dit qu'il ne peut comprendre ces ordres Angeliques. τὰς Ἀγγελικὰς τάξεις, τὰς τῶν δυνάμεων τε καὶ κυριοτήτων διαφορὰς, τῶν τε Χερουβὶμ καὶ Σεραφεὶμ ὑπεροχὰς, &c. Or fait à remarquer que cefte Hierarchie eft triple, & chacune de trois rangs, & que chacune de fes intelligences cognoift fes proprietez & illuminations mediates ou immediates, *omnis intelligentia intelligit effentiam fuam*, felon l'opinion commune des Theologiens. Et tous ces efprits font fubordinez les vns aux autres, τῇ ὑποβάσει καὶ ὑπερβάσει, dit Greg. de Naz. *fuperiores enim Angeli communicant & reuelant Angelis inferioribus fecreta fibi defuper reuelata.* Et le dernier ordre les communique aux hommes; Dieu, dit Genebrard, ayant voulu mettre ceft ordre en fa prouidence, *vt inferiora per media, & media per inferiora regat*: fi ce n'eft és cas aufquels il luy plaift d'vfer de fa puiffance abfoluë, *per fe & citra illorum operam*, Pfal. 33. Ioint ce que dit Beda au Sermon de tous les Saincts.   *De ces Daimons*] De ces puiffances apoftatiques qu'appelle Greg. de Nazian. ἀποστατικαὶ δυνάμεις.   *Qui habitent le lieu*] Le fecond element, l'air, d'où S. Auguftin les appelle *aëria animalia*, fur la Genefe *ad literam*; l'Efcriture, *aërias poteftates.* Et neantmoins ceft air ne leur eft pas donné pour habitation à caufe de la fubtilité de leur nature, ny pour ce qu'ils foient d'vne condition plus digne que l'homme; mais pour leur punition & des hommes auffi: *Dæmonibus*, dit S. Thomas, *duplex locus pœnalis debetur*; *vnus ratione fuæ culpæ, & hic eft infernus*; *alius ratione exercitationis humanæ, caliginofus aër.*   *Des hommes & de Dieu Egal-diftant*] Et qui marie le Ciel à la terre par vne egalle diftance; *qui cœlum terrámque connectit*; *qui ima ac fumma fic feparat, vt tamen iungat, quia medius interuenit, & vtrique per hoc confenfus eft*, Seneque au 2. des Queftions. Et ceft air eft compofé de trois regions; la premiere proche de l'element du feu eft plus chaude & fubtile, *propter viciniam æternorum ignium affiduúmque cœli circumactam*: La feconde, eft froide, parce qu'elle eft eflongnee du chaud fuperieur, & n'eft pas atteinte de la reflexion du Soleil, *replicato Solis calore*: Et la troifiefme eft obfcure & temperee d'vne tiedeur, *tepet terrarum halitu*; & par la reflexion, *quia huc vfque Solis radij replicantur*, encor Seneque.   *Et comme tous les fonges fe font par eux*] Du moins Tertullian en fon Apologetic, dit, que la croyance des Payens eftoit, que les Magiciens par la puiffance des Daimons inuoquez, enuoyent les fonges, *fomnia immittunt habentes inuitatorum Angelorum & Dæmonum affiftentem fibi poteftatem.*   *Vrais ou pleins de menfonges*] Encor Tertullian au liure de l'ame, le dit ainfi; *Definimus à Dæmonijs plurimùm incuti fomnia, etfi interdum vera, quanto magis vana, & fruftratoria, & turbida, & immunda? iufques à donner mefme de mauuaifes vifions aux ames fainctes, *vt dormientibus obrepat quâ poteft, fi vigilantibus non poteft.*   *Comme vne voix*] Tantoft de menace & tantoft de douceur, comme remarque Platon au 2. de la Republique, que les Magiciens les contraignent, ἐπαγωγαῖς καὶ καταδεσμοῖς τοὺς θεοὺς πείθοντες ὑπηρετεῖν. Et neantmoins c'eft vne queftion de fçauoir, fi les hommes peuuent en quelque façon que ce foit, contraindre les Daimons ou les flatter & amadoüer de telle forte qu'ils obeiffent : Sainct Auguftin au 21. de la Cité, femble le croire: *Illiciuntur*, dit-il, *ad inhabitandum per creaturas, fignis quæ cuiufque delectationi congruunt, per varia genera lapidum, herbarum, lignorum, carminum, rituum.* Et les Platoniciens auffi, comme Proclus, Pfellus & Porphyre: d'où ils inferent que la magie eftoit naturelle, puis que les chofes naturelles auoient pouuoir fur les Daimons : ce qui n'eft pas neantmoins, n'y ayant point de fubftance corporelle qui puiffe tant fur les fpirituelles; de forte que quand vn Daimon apparoift contraint & obeiffant à la voix de l'homme, c'eft par diffimulation, *& ex pacto*, & non que veritablement il ne foit toufiours libre. Et fort bien Delrio au 2. de fes Difquifitions, *fimulat fe captum vt te capiat, fe vinctum vt te vinciat; fingit fe tua arte, vel imagini vel lapidi alligatum, vt te funibus religatum ad inferna perducat.*   *Dans des anneaux*] Comme eux auffi fe cachoient dans des ftatues de pierre, d'où proceda l'authorité des Idoles; *Ifti impuri Dæmones fub ftatuis & imaginibus delitefcunt*, dit Minutius Felix. Mais pour le regard de ces anneaux, celuy de Gyges eftoit tel, οἷος ἦν ὁ τοῦ Γύγου, dit Lucian, lequel rendoit inuifible celuy qui le portoit, ὡς μὴ ἑώρων τὸν περιφέροντα, & comme eftoit celuy d'Angelique dans l'Ariofte, & l'anneau fabuleux de noftre Charlemaigne, qui le rendit amoureux du lac d'Aix la Chappelle, où il fut ietté par l'Archeuefque Turpin. Encor Lucian obferue au Nauigage, que ces anneaux, οἱ δακτύλιοι, auoient des vertus differentes, felon le pouuoir limité du Daimon enfermé dedans, les vns de rendre inuulnerables, les autres capables de voler en l'air, les autres de fe rendre inuifibles, les autres d'eftre aimez de tous, & autres femblables effects, dont neantmoins il fe mocque. Et toutefois fous la fuperftition des anciens ces anneaux fe vendoient & acheptoient, & prenoit-on garde à les forger fous l'afcendant heureux de quelque bon Aftre, & au meilleur afpect de la Lune; y meflans quelques herbes fauorifees de leurs conftellations, & les forgeans auffi d'vn metal de mefme. Ainfi noftre Auteur auquel il n'efchappe rien de fçauant, n'oublie pas ces anneaux forciers qui fe portoient, & que Pline appelle *digitis Deos geftare.*   *D'vn magique murmure*] τῷ φθόγγῳ τῆς ἐπῳδῆς, Origene.   *D'efprits diuins*] Qu'ils eftoient auparauant leur cheute: ou bien eu efgard à leur nature premiere, *& in quantum naturæ funt*, dit Sainct Auguftin liure 12. de la Cité, *& antequam ex malæ voluntatis initio vitiata funt.* Car comme dit Sainct Denys, és Daimons mefme, tout ce qu'ils auoient de nature leur eft demeuré entier. Et en ce cas, quoy que Diables, ils peuuent eftre dits efprits diuins, *quibus nihil detractum eft de bonitate naturæ*, parce que le peché n'ofte rien de la fubftance ny du fujet creé.   *Se rendans feruiteurs*] Comme eftans fubjects aux paffions ainfi que nous, *mens Dæmonum fubiecta paffionibus formidinum, libidinum*: &c. Sainct Auguftin.   *Tant ils font fots*] Et toute la magie n'eft que fottife, *ars nugatoria*; encor Sainct Auguftin au 9. *de Ciuit.*

Non seulement elle entend les pratiques
Et les vertus des sept Feux erratiques,
Mais d'vn clin d'œil habile elle comprend
Tout à la fois le Ciel, tant soit-il grand.
Et comme on voit la sorciere importune
Tirer du Ciel par ses charmes la Lune :

Elle sans plus la Lune ou le Soleil
N'attire à bas par son art nompareil,
Mais tout le Ciel fait deualer en terre,
Et sa grandeur en vne Sphere enserre
(Miracle grand) qui tant d'astres contraints
Comme vn jouët nous met entre les mains.

RICHELET.

Non seulement elle entend] C'est à dire, que non seulement la Philosophie sçait l'Astrologie, mais elle en a mesine la demonstration dans vne Sphere. *Les pratiques Et les vertus*] Leurs influences & leurs effects, qui sont grands & merueilleux. Car ils contiennent, dit Seruius, les fatalitez & destinees de toutes choses: *his fatorum ratio continetur.* Et Macrobe, *ab his stellis ad hominum vitam manant aduersa vel prospera.* Elle cognoist aussi qui des Planetes sont bons, ou malefiques; Mars & Saturne ne vallent rien, Iupiter & Venus sont bons, Mercure est indifferent, selon qu'il s'approche d'vn bon ou mauuais Planete. Mais c'est vne question difficile, de sçauoir pourquoy des Estoilles & Planetes, les vnes sont bonnes & salutaires, les autres malignes & malefiques, *cùm sit diuinorum vna natura.* Macrobe sur le Songe de Scipion, l'explique par vne premiere supposition, que nostre vie depend du Soleil & de la Lune, *vtriusque luminis beneficio hæc nobis constat vita qua fruimur.* Secondement, il dit, que les actions & accidens de nostre vie, *prouentum actionum,* qu'il appelle, se rapportent & appartiennent tant à l'influs de ces deux Planetes gouuerneurs de nostre vie, qu'à l'influs des cinq autres. Et tiercement, que plus vne Planete s'associe souuent & s'applique de nombre & d'aspect, *per plures numeros Soli & Lunæ,* plus elle est vtile à nostre vie, *magis vitæ nostræ commoda, quasi luminibus vita nostra auctoribus numerorum ratione concors :* qui fait qu'à cause de cela Iupiter, Venus & Mercure sont reputez benefiques, Saturne & Mars au contraire malefiques, *minùs commodi vitæ humanæ existimantur, quasi cum vita nostra auctoribus certa numerorum ratione non iuncti.* *Des sept Feux erratiques*] Des 7. Planetes, qui sont mal appellez erratiques, *errantia sidera,* dit le grand Pline, *cùm errent nulla minùs illis.* Neantmoins leurs Cieux ou Spheres errent diuersement, tantost vers le Midy, tantost au Septentrion, bien souuent contre le cours naturel du Monde, *sed nunquam cum Mundo,* si ce n'est en retrogradant : & encor des sept, iamais le Soleil ny la Lune ne vont, *nisi contra Mundum,* Seruius. Au contraire des Estoilles de la huictiesme Sphere, qui ont tousiours vn cours semblable. *Tout à la fois*] Et en petit volume, comme est vne Sphere. *Le Ciel tant soit-il grand*] παντὸς διακόσμησις, Lucian. *Et comme on voit la sorciere*] Selon la simplicité de l'antiquité qui le croyoit ainsi, & que les sorciers prouoquoient & repoussoient les pluyes : *rudis antiquitas credebat,* dit Seneque, *attrahi imbres cantibus & repelli;* comme encor qu'elles attiroient icy bas la Lune, ou la fixoient. *Par son art nom-pareil*] Par son inuention, & par la cognoissance familiere que la Philosophie a donné aux hommes de toutes les choses celestes, qu'ils ignoroient, iusqu'à s'espouuanter des eclipses, ne voyans pas qu'il est naturel, τὰ σελήνην ἐκλείπειν, dit Laërtius, εἰς τὸ σκίασμα τῆς γῆς ἐμπίπτουσαν, que l'eclipse soit, quand la Lune se trouue en l'ombre de la terre. *En vne Sphere*] Excellente inuention, qui nous represente, comme celle d'Archimede, l'ordre, le mouuement, la distinction des Cieux, *suum voluens audax industria Mundum,* dit Claudian. Lucian neantmoins se moque des Philosophes qui ont de ces Spheres, σφαίρας πιαὶ πικίλας, & qui osent icy bas nous dire les mesures du Ciel, τὸ τέγαιον αὐτὸ ὀπηλικέωυ τίς. *Miracle grand*] Et admirable de voir tout le Ciel, toute la science syderale, dans vn petit globe, *paruo orbe,*
Iura poli, rerúmque fidem, legésque Deorum, &c. Encor Claudian.
Qui tant d'astres contraints] Et leur vastitude renfermee dans vn petit rond. Mais Ciceron demande, pourquoy Dieu qui eternellement estoit deuant le Monde creé, a voulu embellir le Ciel de tant d'Astres, *quid erat quod concupisceret Deus Mundum signis & luminibus tanquam Ædilis ornare?* Ce n'a pas esté, dit-il, à fin qu'il fust mieux logé ny plus clairement; car il s'ensuiuroit qu'auparauant, *infinito tempore,* il eust vescu in tenebris tanquam in gurgustio. Ce n'a pas esté aussi à fin que ceste varieté le delectast : car si cela luy eust esté à plaisir, il ne s'en fust pas priué si long temps. Il n'y a pas aussi d'apparence qu'vn tel ornement, *tanta rerum molitio,* ait esté faite pour les hommes, qui la pluspart sont stupides & n'y cognoissent rien, & n'en resoult autre chose : mais neantmoins il est vray que toute ceste diuine construction a esté faicte pour l'homme, διὰ τὸ λογικὸν ζῶον τὰ πάντα, Origene, contre *Celsus.*

Donc à bon droit ceste Philosophie
D'vn Iupiter les menaces desfie,
Qui plein d'orgueil se vante que les Dieux
Ne le sçauroient à bas tirer des Cieux,
Tirassent-ils d'vne main coniurée
Le bout pendant de la Chaisne ferrée,

Et que luy seul, quand bon luy semblera,
Tous de sa chaisne au Ciel les tirera.
Mais les efforts d'vne telle science
Tirent les Dieux, & la mesme puissance
De Iupiter, & comme tous charmez
Dedans du bois les detient enfermez.

X X x x

RICHELET.

Donc à bon droit] Admirant donc l'inuention philosophique de la Sphere, il donne à la Philosophie plus de pouuoir, que n'a le Iupiter d'Homere auec sa chaisne qui attire tout.   *D'vn Iupiter les menaces*] Auquel Homere, au 8. de l'Iliade, par vne inuention mystique & grandement philosophique, attribue ceste chaisne, chaisne dorée, σειρὴν χρυσείην, de laquelle il tient le haut bout.   *Qui plein d'orgueil*] *Supercilio potestatis sua*, & pour monstrer l'vnité incommunicable & separee de ce qu'il est seul en son essence & puissance. Et Platon mesme par imitation de ceste fiction, imagine vn Dieu par dessus tous les autres, qui est le Pere & le Maistre de toutes choses, *qui rerum omnium dominator atque auctor est, solus ab omnibus nexibus aliquid patiendi gerendíve, nulla vice ad alicuius rei mutua obstrictus; idque maiestatis incredibili nimietate & ineffabili*, Apulee.   *Se vante que les Dieux*] Promethee, dans Æschyle, dit que c'est par puissance tyrannique, ἀθέσμως, qu'il opprime les autres Dieux. Mais Aristote au liure des trois Philosophes, dit que ce n'est pas estre Dieu que d'estre dominé de quelqu'vn, ἔστι γὰρ θεὸν ὑπὸ δύναμιν εἶναι, κρατεῖν, ἀλλὰ μὴ κρατεῖσθαι.   *Ne le sçauroient à bas tirer*] Parce que n'ayant qu'vn Dieu seul increé, & infini, tout le reste ne le peut egaller: ou comme dit Iamblic au liure des Mysteres, Dieu estant vnité simple; *nihil potest attingere vnitatem ipsam*. Et Trismegiste au Pimandre : *actio Dei, potestas inseparabilis, cum qua nec humanam nec diuinam vllam comparare quis audeat : nihil quippe simile est ei, quod dissimile solúmque & vnum est*.   *D'vne main conjuree*] Par conspiration entre-eux; d'autant qu'ils n'ont puissance que celle qui leur est permise & donnee par celuy qui est seul & vniquement Dieu; Platon au Timee le monstre par deux belles considerations; l'vne, quand il fait dire par le mesme Iupiter à tous les autres Dieux, qu'ils sont dissolubles entant que creez, mais neantmoins qu'ils demeureront tousiours immortels, soustenus par sa toute-puissance. Et l'autre, qu'ayant formé les ames immortelles, il permet aux autres Dieux, l'ouurage & la facture des corps, τοῖς νέοις παρέδωκε σώματα πλάττειν θνητά, & de faire tout ce qui peut seruir à l'ornement & embellissement de l'ame, pour monstrer que leur puissance est subordinée, & donnee, & mesme reuoquable.   *Le bout pendant de la chaisne*] Laquelle n'est rien autre chose, que l'ordre, la raison & la suitte des causes & choses creées, qui depend de la puissance & volonté de Dieu : *ipse causarum ordo & quædam connexio*, dit Sainct Augustin au 5. de sa Cité, *quam Dei summi tribuunt voluntati & potestati, qui optime & veracissimè creditur, & cuncta scire antequam fiant, & nihil inordinatum relinquere, & à quo sunt omnes potestates, quamuis ab illo non sint omnium voluntates*. Et c'est aussi pourquoy Aristote au liure du mouuement des animaux, chap. 4. interprete ceste fiction d'Homere, du principe du mouuement qui vient de Dieu immobile à tout effort, & qui au contraire emporte toutes choses & leur donne mouuement, ὁ περὶ ὅλως ἀκίνητος, dit-il, ἐπεὶ οὐδενὸς ἐνδέχεται κινηθῆναι. Et de là est que tous les autres Dieux ont beau tirer à eux le bout d'en bas de la chaisne, puis qu'ils n'ont force ne mouuement que de celuy qui tient le bout d'en haut, & est le principe de toutes les choses creées, lesquelles sont enchaisnees depuis la plus haute iusqu'à la plus basse.   *Serree*] Estrainte, & à toute laquelle Dieu se communique & insinue par ordre & par degrez : *cælestis illa potestas*, dit Apulee, *ab vno ad secundum, & deinceps ad tertium & vsque ad supremum attactu continuo vim sua maiestatis insinuat*. Ou comme dit Sainct Augustin, *insuperabiliter per cuncta porrigitur*, ayant Dieu fait toutes choses *in ordine, numero & mensura*.

   Et que luy seul] Priuatiuement à tous, comme estant μέγας ἀρχὸς ἁπάντων, Orphee. Et comme Tertullian en son Apologetic, l'appelle *sublimiorem & potentiorem & principem Mundi, vt imperium summa dominationis sit penes vnum, officia eius penes multos*.   *De sa chaisne*] Qui est sienne, comme estant l'Autheur de toute la creation representee par ceste chaisne dorée d'Homere.   *Au Ciel les tirera*] Comme estant la source & le principe de toutes les emanations diuines, disent les Theologiens. Et Iob, *super omnes cælos ipse considerat*, Dieu attirant toutes choses à soy, *super omnia & omnium comprehensiuus*, dit S. Denys *de diuinis nominib. c. 3.* où fait à remarquer, qu'il vse de deux similitudes à ce propos, pour monstrer que c'est Dieu qui nous attire, & non pas nous qui l'attirons : l'vne, qu'il est, dit-il, comme vne chaisne de splendeur & de lumiere suspendue au dessus de la sommité des Cieux, se communiquant iusqu'aux choses qui sont icy bas, *veluti multi luminis splendor, ex cælesti summitate suspensus, & in ea quæ hìc sunt perueniens* : laquelle il semble que nous attirions à nous, mais en verité c'est elle qui nous attire à ses clairtez : *non deducimus illum, sed nos ipsi reducimur ad excelsiores lucidissimorum radiorum claritates*. L'autre dont il vse, pour representer cest attraict diuin, est d'vne forte & immuable pierre, à laquelle le chable d'vn nauire est attaché, & lequel iamais n'attire la pierre, mais bien nous attire à la pierre : *non ad nos petram, sed nosmetipsos & nauim ad petram adducit*, qui est en effect vne imitation de ceste chaisne mystique d'Homere, qui ne veut dire autre chose sinon que Dieu *essentia Dei, est reductiua & conuersiua in se, tanquam ad vnum simplex, primum & perfectum principium* : ἐπιστρεφή, dit Origene, τὸ ὅλον διὰ χρόνου πρὸς ἑαυτὸν. C'est, ce dit encore Iamblic, ceste vnité, qui vnit à soy toutes choses par degrez. Premierement, les intelligences & substances superieures, & puis apres nos ames, *vnit sibi animas ab æterno per vnitates earum secundùm contiguitatem, tam propriam & efficacem vt esse continuitas videatur*.   *Comme charmé*] Par allusion aux charmes des Sorciers, qui prescriuent & limitent aux Daimons certain espace de lieu qu'ils n'osent outrepasser.   *Dans du bois*] Dans vne Sphere :
Inclusus varijs famulatur spiritus astris. Claudian.

Elle premiere a trouué l'ouuerture	*Mousse, ou cornu, & pourquoy toute ronde*
Par long trauail des secrets de Nature:	*Ou demi-ronde elle apparoist au Monde:*
A sçeu dequoy les tonnerres se font,	*A sçeu pourquoy le Soleil perd couleur,*
Pourquoy la Lune a maintenant le front	*Que c'est qu'il est, ou lumiere ou chaleur:*

RICHELET.

Elle premiere] Et le premier suject de la Philosophie a esté la recherche des choses naturelles, ζήτησις περὶ ἀληθείας, dit Clem. Alexand. ἢ τῆς τῶν ὄντων φύσεως, auparauant que de venir aux diuines & surnaturelles, comme plus difficiles.   *Des secrets de Nature*] *Rerum naturam scrutata*, Seneq. tout le corps Physique composé de matiere & de forme, *omne substantiale principium*, estant la premiere de trois parties de la Philosophie, Naturelle, Morale & rationale ou Logique, ausquelles on adiouste la Politique & l'Oeconomique.   *A sceu dequoy*] Il fait icy vn recueil de plusieurs secrets ou questions qui appartiennent à la Philosophie, comme fait Claudian au Panegytic de Manlius.

> ———*Elementa docet, sempérque fluentis*
> *Materiæ causas, quæ vis animauerit astra,*
> *impleuítque choros, quo viuat machina motu,*
> *Sidera cur septem retro nitantur in ortus*
> *Obluctata polo, varýsque meatibus idem*
> *Arbiter, an geminæ conuertant æthera mentis;*
> *Sitne color proprius rerum, lucísque repulsu*
> *Eludant aciem, tumidos quæ luna recursus*
> *Nutriat Oceani, quæ fracta tonitrua vento,*
> *Quis trahat imbriferas nubes, qui saxa creentur*
> *Grandinis, vnde rigor niuibus, quæ flamma per auras*
> *Excutiat rutilos tractus, aut fulmina velox*
> *Torqueat, aut tristem figat crinita cometem.*

Les tonnerres se font] Ils se font premierement en l'air, *in nubibus & è nubibus*, ou plustost ils se font de terre & d'eau, *terrâ & aquâ*, à sçauoir par vne vapeur seiche & fumeuse de la terre, *& halitu humido aquarum*. Et encor les tonnerres ne sont que le troisiesme effect de ceste conglobation d'esprit & de vapeur en la nuë, car il y a l'esclair, la foudre & le tonnerre : le premier n'est que commination, *comminatio sine ictu* : le second, *iaculatio cum ictu*; & le troisiesme n'est qu'vn bruit qui procede de la collision, *collisis nubibus, tanquam nubis ictæ sonus*, Seneq. Et Apulee dit, qu'il se fait *adflictu nubium, cùm flamma robustiore incendio & impetu deuehitur in terras, & habet fulminis nomen atque formidinem*.   *Pourquoy*] Ce Pourquoy-là, dit Aristote au 1. de la Metaphys. est la marque de la science, quand on peut dire le pourquoy de quelque chose, διὰ τί, comme pourquoy le feu est chaud, διὰ τὸ θερμὸν τὸ πῦρ, & non pas seulement, qu'il est chaud, ὅτι θερμὸν, l'vn est de la science, & l'autre de l'experience.   *La Lune a maintenant le front*] πολυειδὴς, ἢ ἐν ἄλλοτε ἄλλῃ μορφῇ τρεπομένη, dit Lucian au traicté de l'Astrologie : Et le grand Pline, dit que ces varietez & changemens de la Lune ont long temps tourmenté les esprits, indignes de l'ignorance en laquelle ils estoient, d'vn Astre si proche d'eux.   *Mousse ou cornu*] *Modò corniculata*, dit Apulee, *seu diuidua, seu pertumida, seu plena sit* : mousse au premier quartier, cornu à la nouuelle Lune, rond en son plein, demi-rond en son declin ou dernier quartier. Et non seulement ces questions se font de la Lune, mais encor plusieurs autres; *cur deficiat, quare obumbretur, quare dißimillimum soli lumen accipiat, cùm accipiat à Sole; quare modò rubeat, modò palleat; quare liuidus illi & ater color sit, cùm à conspectu Solis excluditur*, Seneque au 7. des Questions. Et Trismegiste l'appelle elegamment, l'Organe de la Nature.   *Pourquoy le Soleil perd sa couleur*] Sa lumiere, quand il est en eclipse, & ceste eclipse n'aduient iamais qn'au 30. iour de la Lune, *Sol numquam deficit, nisi cùm tricesimus Lunæ dies est*. Comme aussi la Lune n'eclipse point, *nisi quinto decimo cursus sui die*, Macrobe. Et quand il dit que le Soleil perd sa couleur, c'est improprement, *quia Sol in defectu nihil patitur, sed noster fraudatur aspectus, cùm Luna Soli succedens, obiectu suo lumen eius repellit*, dit le mesme ; ou comme dit Seruius, *cùm Luna è regione eius obstiterit radijs, & eos nobis fecerit non videri*. Ainsi donc ce n'est pas que le Soleil perde iamais sa couleur, ny que son eclipse soit vrayement eclipse : mais comme dit Seneque au 5. de Beneficijs, *Duorum siderum est coitus, cùm Luna humiliore incurrens via, infra ipsum Solem, orbem suum posuit & illum obiectu suo abscondit* : adioustant mesme vne chose qui n'est pas & ne peut estre, à sçauoir, que la Lune opposee en diametre, peut faire eclipser tout le Soleil, *excludere totius aspectum, si recto libramento inter Solem terrásque succeßit*. Et neantmoins, ceste perte de couleur, causée par l'opposition de la Lune, ou comme parle Psellus sur la fin de sa Geometrie, ἀντιφραξαμένη πρὸς τὸν φωτίζοντα ἥλιον ἡ σελήνη, Plutarque en la Vie de Nicias, l'appelle obscurcissement du Soleil, ἐπισκότησιν τοῦ ἡλίου γινομένην ὑπὸ σελήνης.   *Que c'est qu'il est*] Et mille autres questions qui se font en ceste matiere, & principalement sur le Soleil; *an orbe sit Sol amplior, an pedis vnius latitudine metiatur*, dit Arnobe liure 2. s'il y a lieu d'accroissement en sa lumiere, *an incremento sit locus ? Numquid Sol magnitudini adijciat ?* & autres demandes que fait Seneq. Ep. 79. *loquacibus magis*, dit Valere, *quàm certis argumentis*. Comme de fait Lactance liure 3. ch. 3. se moque de ces vanitez de questions, & de vouloir rechercher les causes naturelles de toutes choses, *causas naturalium rerum scire velle ; Sol vtrúmne tantus quátus videtur, an multis partibus maior sit, quàm omnis terra ; item Luna globosa sit, aut concaua, & stellæ vtrúmne adhæreant Cœlo, an per aërem libero cursu ferantur* : & en fin il resout, que de vouloir cóprendre ces choses par la dispute, c'est de mesme que si nous voulions discourir, d'vne ville, *qualem esse arbitremur cuiuspiam remotißimæ gentis vrbem, quam numquam vidimus, cuiúsque nihil aliud quàm nomen audiuimus*.   *Ou lumiere*] Il semble qu'il soit plustost lumiere, comme sont toutes les autres Estoilles qui ont toutes leurs substances lumineuses de lumiere propre & non empruntee du Soleil, *constant natura lucida & splendenti per se, non autem per participationem solaris diradiationis*. Genebrard Psal. 148. qui dit mesme que toute la substance celeste est lumineuse, & que le Soleil ne leur sert que d'intention & augmentation de lumiere, *intentione luminis*, à fin qu'en dissipant les ombres de la region qui nous enuironne, leur splendeur puisse penetrer iusqu'à nous : *nullus est orbis, nulla pars orbis, quæ non sit luminosa*. Et ainsi il semble que Lucian ait en ceste opinion, que chaque Astre ou Estoille a sa lumiere propre & naturelle, quand il fait, *in Menippo*, que la Lune se plaint,

X X x x   ij

de ce qu'on luy impute que fa lumiere eſt deſrobée, baſtarde ou empruntée, τὸ φῶς αὐτὸ κλοπιμαῖόν τε ἢ νόθον ἦ ἢ παρὰ τῶ ἡλίε. Mais on ne ſe contente pas ſeulement de ceſte queſtion s'il eſt lumiere, mais on en fait encor vne autre, combien il a de lumiere, πόσον ἔχᾳ φῶς ὁ ἥλιος, dit Macarius Homel. 12. où il dit que le Soleil eſt toute lumiere, ὅλος ἐξ ὅλȣ, φῶς ἐςιν.   *Ou chaleur*] Empedocle diſoit que c'eſtoit vne grande maſſe de feu, πυρὸς ἄθροιςμα μέγα, Laëꞃtius: Les Stoïciens diſent que c'eſt ie ne ſçay quoy de bruſlant & enflammant, ἄναμμα, dit Clement Alex. & qui eſt intelligent, νοεꝛόν, & qui ſe nourrit, comme tous les Aſtres, des eaux de la mer, ἐκ θαλαττίων ὑδάτων.

A ſçeu comment tout le Firmament dance,   *Ceux qui vont toſt au ſon de l'harmonie,*
Et comme D ı ᴇ ᴠ *le guide à la cadance :*   *Ceux qui vont tard aprés leur compagnie,*
A ſçeu les corps de ce grand Vniuers,   *Comme Saturne aggraué de trop d'ans,*
Qui vont danſant de droit ou de trauers,   *Qui ſuit le bal à pas mornes & lens.*

RICHELET.

A ſçeu comment] Il paſſe au mouuement des Cieux.   *Tout le Firmament dance*] Comment ſe meut le Ciel des Eſtoilles fixes, le huictieſme Ciel, *Cœlum ſidereum*; non que ce ſoit le dernier Ciel ſuperieur, car le Ciel Empyrée eſt au deſſus, Ciel de lumiere, créé le premier iour, & apres lequel fut creé le Firmament au ſecond iour, dit Genebrard Pſal. 148. mais noſtre Autheur ne parle icy que des Cieux qui ont mouuement, ce que n'a pas le Ciel Empyrée qui eſt fixe & immobile, ſiege des Bien-heureux, eſclatant de lumiere inacceſſible, *lucis inacceſſæ*, dit Sainct Paul, *Cœlum cœlorum*, le Pſalmiſte.   *Et comme Dieu*] Qui eſt en cela comme le Maiſtre de Muſique, qui bat la meſure & donne le ton, *vt dux carminis*, dit Apulee, *hymno præcinit, ſic diuina mens mundanas varietates adinſtar vnius concentionis reuelat.*   *Le guide à la cadance*] Auec certaines meſures d'harmonie reglee, & Muſique parfaite, κτ τὰς τῆς μυσικῆς τελείας νόμας, dit Philon Iuif; comme de fait les anciens Theologiens diſoient, que c'eſt le fait & l'œuure de Dieu de maintenir tout en harmonie; & meſme les Payens faiſoient porter aux images de leurs Dieux, des inſtrumens de Muſique, ὄρϒανα μυσικὰ θεῶν ὀνεχᾴειζον ἀϒάλμασι, pour monſtrer que l'harmonie de toutes choſes appartient à Dieu. Mais pour ce qui eſt du mouuement du Ciel, on a diſputé autrefois, ſi luy-meſme ſe mouuoit de ſa volonté, ou par la vertu de quelque cauſe qui le pouſſaſt, *an ſua ſponte aut voluntate circumagatur*, dit Arnobe liu. 2. *an virtutis alicuius impulſionibus torqueatur.* Mais il ſemble que le mouuement qu'ont les Cieux, leur eſt de principe naturel que Dieu leur a donné.   *Les corps de ce grand Vniuers*] Les grandes ſpheres des Cieux, les orbes celeſtes, qui ſont les grands corps du Monde, comme ſi chaque Ciel eſtoit vn corps, & non vn membre du Tout.   *Qui vont danſant*] Comment, qui vont danſant? eſt-ce par action animée qui ſoit en eux & aux Eſtoilles? Platon l'a creu ainſi, & apres luy Origene, περὶ ἀρχῶν chap. 7. a ſouſtenu qu'ils auoient ame. Et Sainct Auguſtin ſur la Geneſe *ad literam*, en a fort doubté, & en ſon Enchiridion chapitre 58. diſant qu'il n'eſt pas bien certain, *an ſidera ſenſum & mentem habeant, & ad ſocietatem beatorum Angelorum pertineant*; Et ne le decide point en aucun endroit. Mais neantmoins la commune opinion des Peres eſt, que ny le Monde, ny les Cieux, ny les Eſtoilles ne ſont ſenſibles ny animez.   *De droit & de trauers*] *Non vna ſed diuerſa via, & plerumque contraria, diuerſis occaſibus ortibúſque*, Apulee. Et au liure du Monde, qui n'eſt pas d'Ariſtote, chap. 6. eſt dit qu'ils ne vont pas d'vn meſme chemin, mais different, ὠ τῆς αὐτῆς ὁδῦ πᾶσιν ὄυσης, ἀλλὰ διαφόρȣ. Et c'eſt ce qui monſtre que ce ſont Cieux diſtincts & ſeparez.   *Ceux qui vont toſt*] Selon leur cours naturel, comme la Lune en 30. iours, le Soleil en vn an, & ainſi des autres qui ſont plus tardifs, c'eſt à dire, qui ont leur circonference plus grande.   *Au ſon de l'harmonie*] C'eſt Platon qui dit que le diuers mouuement des Cieux fait vne harmonie dont i'ay parlé ſur l'Hymne du Ciel, & a imaginé tout ceſt ordre & conſtitution ſuperieure de mouuemens celeſtes, comme vne tablature de Muſique compoſee de diuers tons, voire que pour marque de ceſte harmonie, il a feint ſur chaque Ciel vne Sereine aſſiſe qui les fait tourner, ἑκάςτω τῶν ςφαιρῶν περιφέρειν νlῦ ἐπ' αὐτῆς Σειρῦνα ςυνθυκᵘίαν, leſquelles toutes enſemble meſlans leurs voix & leurs accords, chacune ſelon le propre mouuement de ſon Ciel, en compoſent l'harmonie d'vne danſe ſacrée, τῆς ἱερᾶς χορείας ὀκταχορδον ἐμμίλϒαν, Plutarque. Harmonie au ſurplus qui bruit non pas aux aureilles, mais à l'entendement, περὶ μόνȣ νόησιν, dit Pſeilus au commencement de ſa Muſique, en comprenant par intellect, la ſymmetrie & analogie de tout l'Vniuers, αὐτὸ ϒὰρ, ſυμμετρία τις ἐςὶ ἢ ἀναλοϒία, τὸ πᾶν, dit-il.   *Ceux qui vont tard*] Ce n'eſt pas qu'ils ne ſoient tous egallement viſtes, mais cela procede de leurs eſlongnemens & diſtances & de la grandeur de leurs Spheres, dont les proportions ſont auſſi differentes & inegalles, car les Planetes ſont conſtituées en cinq diſtances, ἐν πέντε διαςήμασι, tellement meſme que le Soleil n'eſt pas au milieu des Planetes, *ſpatio, ſed numero*, Macrobe. Ainſi que nous voyons qu'aux ſolſtices, περὶ τροπαί, le Soleil a ſes mouuemens plus lents, ἐλάχιςα κινήματα, & aux equinoxes, περὶ τὰς ἰσημεꞃίας, les a plus viſtes. Plutarque φυχοϒον. Et combien, dit l'Autheur du liure du Monde chap. 6. qu'ils ſoient tous compris & enclos dans vne meſme Sphere, ὑπὸ μιᾶς ςφαίρας, emportez d'vn meſme premier Mobile, toutesfois les vns ſe meuuent plus lentement que les autres, τῶν μὲν θᾶττον, τῶν δὲ ϒολαιότερον, ce qui ſe fait, dit-il, par leurs interualles differens, & par la conſtitution de leur cours naturel, περὶ τὰ τῶν διαςημάτων μῆκη, ἢ ταῖ ἰδίας ἑκαςῶν κατασκ*ȣ*αί.   *Comme Saturne*] Qui eſt la plus haute & derniere Planete, & fait à remarquer que les noms des Planetes, ne leur ſont pas de nature, mais de l'impoſition de l'homme, *qui ſtellis numeros & nomina fecit. Non ſunt natura inuenta, ſed hominum commenta*, dit Macrobe, pour les pouuoir diſtinguer.   *Aggraué de trop d'ans*] C'eſt par fiction, & ſur la ſuppoſition que ſon cours eſt plus lent que celuy des autres, mais en effect ce n'est pas qu'il soit plus vieil & de plus ancienne creation que les autres, ny qu'il soit plus lent; au contraire il est plus viste : *stella Saturni, quæ ex omnibus iter suum lentißimè efficit, grauis est? non,* dit Seneque au 7. de ses Quest. *sed leuitatis argumentum habet quòd super cæteras est, sed maiore ambitu circuit, nec tardius it quàm cætera, sed longius.* Qui suit le bal] *Chorum astrorum,* Apulee, μνκαλια τῆς ἄςρων κίνησι, Isidore Pelusien, ep. 3. & fort bien le mouuement analogique & proportionné du cours des astres, les vns aux autres, & au total de l'Vniuers, πρὸς ἄλληλα, & πρὸς τὸ ὅλον, est appellé bal, duquel mesme ils sont les instrumens, ὥσπερ ὄργανα, Plutarq. A pas mornes & lens] A cause qu'il est de nature froide, *gelide & rigentis natura*; Pline : ou que son influence est malefique & pluuieuse, *frigida stella,* Virgile. Et en quelque signe qu'il entre, il ne fait que du mal, *in Capricorno facit grauißimas pluuias, in Scorpio grandines :* aux vns il fait les vents, aux autres les tonnerres, & seul de tous les planetes, *bis ad vnumquodque signum remeat,* Seruius. Au reste la grandeur de ce planete est telle, qu'il luy faut 30. ans pour fournir son Zodiaque, & est plus grand 90. fois que toute la terre : & en si grand eslongnement de nous, qu'en 5754. ans, l'homme qui descendroit de l'extremité de sa sphere, qui touche celle de Iupiter, ne pourroit arriuer en terre qu'en faisant dix lieuës par iour.

Elle cognoist comme se fait la gresle,
Comme se fait la neige & la nielle,
Les tourbillons, & curieuse sçait
Comme sous nous le tremblement se fait:
Bref, elle sçait les vents & les orages,
Et d'où se font en l'air ces longs images

Troublans nos cœurs d'espouuantemens vains,
Et la premiere asseura les humains,
Les guarissant du mal de l'ignorance,
Des hauts secrets leur donnant cognoissance,
Pour les apprendre à cognoistre le bien,
Les asseurer, & ne douter de rien.

RICHELET.

Elle cognoist] Maintenant il vient à la Meteorologie, qu'il semble icy transcrite du 1. des Meteores d'Aristote, & n'est pas le moindre sujet de la Philosophie, ny le plus facile; *Dicite,* dit Arnobe liure 2. *quibus modis fiant, & rationibus pluuiæ, vt in superis partibus, atque in aëris hoc medio suspensa aqua teneatur, natura res labilis & ad fluorem tam prona? dicite quid sit, quod grandinem torqueat, quod guttatim faciat pluuiam labi, quod niues plumeas, ventus vnde oriatur, & quid sit, &c.* Mais en vn mot, il faut dire, comme disoient les Egyptiens, que tous ces Meteores dépendent & se forment selon les conuersions de l'air, κỳ ἀέρος τροπῇ, Laertius. *Comment se fait la gresle*] Elle se fait de pluye, estreinte & durcie par le froid, *pluuia futura grando fit, iniuria frigoris,* Seneque au 4. de ses Quest. *Comment se fait la neige*] Elle se fait aussi quand l'air est plus froid qu'il ne faut pour la pluye, & moins qu'il n'est necessaire pour la gresle : *hoc medio frigore, non nimis intento niues fiunt, coactu aquis,* Seneque. Mais le Menippe de Lucian est ridicule, qui s'estonne comment la neige se fait en l'air, veu que le Soleil y est tousiours, πῶς χιόνα τῆς ἀνεκτοῦ, τοῦ ἡλίου παρόντος ἀεί; *Les tourbillons*] Premierement le tourbillon est vn vent, qui se tourne en rond dans soy-mesme & rapidement, *ventus circumactus, & eundem ambiens locum, & se in ipsa vertigine concitans :* Secondement, selon qu'il opiniastre sa volutation, il deuient tourbillon de feu, *inflammatur & igneus turbo est.* Tiercement, le tourbillon se fait par vne complexion d'humide & de terrestre dans vn globe d'air, *cùm humida terrenáque in se globus aliquis aëris clausit.* Finalement, le tourbillon se fait au dessous des nuës & se forme à l'entour de la terre, *circa terram concipitur,* auec des effects merueilleux de violence, *nam arbusta radicitus vellit, & quocumque incubuit, solum nudat, syluas & tecta corripiens*; & quelquefois rauit en l'air les nauires toutes entieres, Seneque. *Comme sous nous le tremblement se fait*] *Vnde tremor terris,* Virgile : où Seruius dit que les opinions en sont diuerses : des vns qui tiennent, que c'est vn vent enfermé és cauitez de la terre qui le fait, *in concauis terræ :* des autres, qui disent que c'est vne eau genitale, *aqua genitalis quæ terras concutit*; & des autres qui ont opinion que la terre est spongieuse, creuassee & subiecte à plusieurs ruines interieures & secrettes, *quæ latentes ruinæ superposita vniuersa concutiunt, spiritus crescente violentia,* dit Apulee, *& insinuante se telluris angustys, nec exitum inueniente :* Et faut obseruer qu'il y en a de quatre sortes; les vns qui s'esmeuuent à costé, *e lateribus, proxima quæque iactantes*; les autres en haut, *qui subsiliunt excutientes onera & recuperantes.* Les troisiesmes, quand la terre s'ouure & vomit dehors ce qu'elle a dedans, *cùm desilit tellus & abstrudere videtur*; Et la quatriesme, quand la terre se secouë simplement par vne droicte trepidation : *& sine inclinationis periculo nutans.* *Elle sçait les vents*] Leur nature, leurs noms diuers, leurs causes & leurs effects. Le vent, disent les Philosophes, n'est rien autre chose qu'vne exhalaison froide & seiche, laquelle montant de la terre, & empeschee par le froid, se meut diuersement, *circa terram lateraliter*; ou, comme dit Seneque, *ventus est aër fluens in vnam partem.* *Et les orages*] Les tempestes, ou rauages de grosses pluyes; *aëre patefacto, & soluente se nimbo grauiore vastóque,* Seneque. *En l'air*] En la supreme region de l'air : car tous ces Meteores ne sont rien autre chose, qu'affections & passions de l'air & des nuës, πάθη ἀέρων ἢ νεφῶν, Clement Alex. au Protreptic. *Ces longs images*] Comme Cometes, & autres affections de l'air & signes qui paroissent au Ciel, *imagines, stella longiores, columnæ clypeique flagrantes,* dit Seneque, *aliaque insigni nouitate flamma, ad quas stupent omnes*; qui dit assez que les Cometes *& alia cœli ostenta, vt faces, tubæ, trabésque denso & pigro aëre creantur,* & partant plustost aux païs Septentrionnaux qu'ailleurs, οἱ κομῆται διὰ πάθος ἀέρος γεννώμενοι, Clement Alex. *D'espouuantemens vains*] Et qui ne procedent que de nostre ignorance, *quia nobis ignorantibus verum, omnia terribilia sunt,* Seneque. *Asseura les humains*] Parce qu'auparauant qu'ils fussent instruits en ces secrets naturels, ils trembloient de tout ce qu'ils voyoient au Ciel, iusques-là qu'vne eclipse de Lune leur faisoit tant de peur, que trois iours durant ils ne faisoient rien que se garder, ἐπὶ τρεῖς ἡμέρας ποιούμενοι τὴν φυλακήν, Plutarque. *Les guarissant du mal de l'ignorance*] Car pour cela & pour fuir l'ignorance, les hommes, dit Aristote au 1. des Metaphysiques, se sont mis à philosopher, διὰ τὸ φεύγειν τὴν ἄγνοιαν ἐφιλοσόφησαν. *A cognoistre le bien*] Purement & simplement, c'est à dire, *summum bonum,* difficile cognoissance, & fort controuersée entre les Philosophes. Des vns qui le constituent en la vertu, *quid* *enim præter ipsam boni est?* dit Ciceron en sa 5.Tuscul.des autres en la volupté : des autres en indolence ou apathie. Aucuns le mettent en la sagesse, les autres en l'esprit, quelques vns au corps. Mais à nous, nostre seul & souuerain bien est Dieu.   *Et ne douter de rien*] Qui est la perfection & consommation de la Philosophie, voire c'en est la mere : car le douter est ce qui nous porte à vouloir sçauoir, & comme dit Aristote aux Metaphys. ἐςὶ ỹ τοῖς εὐπορῆσαι βουλοϕόοις πεϑύρχου δἰαπορῆσαι καλῶς.

Puis tout ainsi que s'elle auoit les ailes
Du fils de Maïe à l'entour des aisselles,
Vole aux Enfers & recognoist là bas
Ce qui est vray & ce qui ne l'est pas,
Pour deliurer de frayeur & de crainte
Nos cœurs gennez d'vne friuole feinte.

   Puis de là bas reuolant icy haut
Pleine d'ardeur, sans qui l'art rien ne vaut,
Vient mesurer les grand's mers fluctueuses,
Baille des noms aux troupes monstrueuses
Du vieil Protée, & par mille façons
Le naturel recognoist des poissons :

Elle cognoist ces haleines qui ventent,
Et pourquoy c'est que la mer ils tourmentent :
Et pourquoy c'est que le siecle ancien
Nomma vieillard le bon pere Ocean
Germe de tout, & non seulement pere,
Mais nourricier, & donnant comme mere
A ses enfans ses mammelles, à fin
Que sans honneur ce Tout ne prenne fin :
Car il nourrit les troupes ondoyantes,
Et les oiseaux qui de plumes pendantes
Battent le Ciel, les pauures & les Rois,
Et toute beste habitant dans les bois.

RICHELET.

Puis tout ainsi] Pour monstrer que rien n'est incognu ny caché à la Philosophie, tout le Monde haut & bas est de sa recherche, *per hanc omnium Deorum templum, Mundus iste reseratur,* Seneque.   *Du fils de Maïe*] De Mercure, *volucris Dei,* Statius.   *Vole aux Enfers*] *Declarat,* dit Seneque, *quid inferi, quid lares,* &c.   *Ce qui est vray & ce qui ne l'est pas*] Qui est le grand effect de la Philosophie de cognoistre le faux & le vray, διωρῆσαι τὸ ἀληϑὲς & τὸ ψεῦδος, Aristote : *vetat parere opinionibus falsis,* dit Seneque, *& quanti quidque sit vera æstimatione perpendit.*   *D'vne friuole feinte*] Soit de tant de sortes de supplices imaginaires procedez de la fiction des Poëtes, soit que quelques Philosophes, comme Lucrece, ont soustenu, qu'il n'y auoit point d'Enfer, sur ceste raison qu'il n'y a point de lieu où le mettre, *cùm sub terris dicantur esse Antipodes,* dit Seruius ; & pour le regard du centre ou milieu de la terre, il ne sçauroit non plus y estre, *quia terræ soliditas & centrum non patitur ;* & que sa profondité ne peut aussi suffire à la capacité qu'il luy faut ; & consequemment ils croyoient que l'Enfer de nostre ame estoit toute la terre, où elle est enuoyée comme en la plus basse partie du Monde. Sainct Augustin dit, que personne ne peut sçauoir en quelle partie du Monde est l'Enfer ; *in qua parte mundi infernus sit, scire neminem arbitror, nisi cui diuinus Spiritus reuelabit.* Quelques vns, dit Sainct Thomas, *in quadam parte terrarum infernum esse putauerunt ;* les autres dessous, les autres *supra terræ superficiem.* Mais quoy que c'en soit & en quelque lieu qu'il soit, il y en a vn, redoutable, pour l'horrible, & non friuole punition des damnez.   *Pleine d'ardeur*] De l'enthousiasme, d'vne sagesse & saincte cognoissance, remplie de toutes choses, ἐκ τῶ πληρώματος, ayant la Philosophie vne plenitude de cognoissance, qui la porte par tout, comme Origene dit que l'Escriture saincte donne vne plenitude à ceux qui ont des yeux, pour voir les œuures de la plenitude de Dieu : τοῖς ἔχουσιν ὀϕϑαλμὺς βλέποντας τὰ τῶ πληρώματος.   *Vient mesurer les grand's mers*] Par la nauigation, *iniuria naturæ, & summa audacia,* dit Pline : ou par monstrer la mesure tant des mers, qui sont entre les terres descouuertes, que de toute la circonference de son Element.   *Aux troupes monstrueuses*] Aux ourques & baleines & autres prodigieux poissons, *Draconibus maris & alijs piscibus immanibus,* appellez Dragons à cause de leur vaste grandeur tant terrestre qu'aquatique. Genebrard Psal. 148. mais principalement les animaux de la mer sont grands, *humoris luxuria,* dit Pline, *& mari latè supino, mollique ac fertili accremento.*   *Du vieil Protée*] Qui garde les troupeaux de Neptune. I'en ay parlé sur l'Hymne des Daimons.   *Le naturel des poissons*] Desquels est tout le neufiesme liure de Pline, & plusieurs autres en ont escrit ; comme Aristote, Oppian, & Plutarque, &c.   *Les haleines qui ventent*] Les vents de tempeste, *spiritus procellarum,* Psal. 158.   *Et pourquoy c'est que la mer ils tourmentent*] Pour exciter sa paresse & sa langueur, *mare per se languidum & iacens incitat spiritus,* Seneque. Et aussi pour la rendre nauigable, *aqua enim sine spiritu, quomodo posset intendi?* car, comme dit Artemidore 2.chap.23. la tranquillité de la mer est marque de faineantise, χαλμὺν ἀπραξίας πϱοσαγορθύει διὰ τὴν ἀκινησίαν.   *Que le siecle ancien*] Les premiers Philosophes, πϱῶτοι ϑεολογήσαντες, dit Aristot. 1.Metaph. comme Thales.   *Nomma vieillard*] πολιὴν ϑάλασσαν. Est-ce point à cause que la mer moutonnée est de couleur blanche & grise, & comme dit Seruius, *propter spumas senior dictus, aut propter reuerentiam,* ainsi que dit Tertullian, *de Baptis. Habes homo inprimis ætatem venerari aquarum quòd antiqua substantia :* ou parce que le blanc est la couleur de la vieillesse, d'où Clement Alexand. au Pedagog. dit elegamment, que le sang qui se conuertit en laict, vieillit, χεϱσόνει πϱὸς τὸ ἄϕοβον τῆ χυδίι.   *Le bon pere Ocean*] Comme la cause & le principe de toutes choses, Hesiode en sa Theogonie. Et Messire Auguste de Thou, l'incomparable preud'homme, eloquence & science de son siecle,

<blockquote>
Quidquid vbique vides, & quidquid vbique Deorum est,
Principium generisque sui incunabula debent.
Oceano, &c.
</blockquote>

Germe de tout] ἀρχὴ τῶ πάντων ὕδωρ, Laërtius : & non seulement la matiere & le commencement de toutes

choſes, mais auſſi la fin & la reſolution , ἐκ τῦ ὑγρᾶ τα΄ πάντα συνίσταται , ᾗ εἰς ὑγρόν ἀναλύεται. Que s'il eſt germe & ſemence de tout, comme Ariſtote dit 1. Metaph. πάντων τὰ σπέρματα τὼ φύσιν ὑγρὰν ἔχὶ, il s'enſuit auſſi que l'eau
eſt germe & principe du feu meſme, ἀπὸ τὸ θερμὸν ἐκ τῦτε γιγνόμει, comme auſſi les Theogoniens font l'Oceã
pere de tous les Dieux indifferemment, & conſequemment de Vulcan & de Pluton. Encor Monſieur de Thou,
prince de l'hiſtoire de ſon temps,

      ——ſupero quòd Iuppiter æthere regnat,
       Quòd Neptunus aquas , quòd Pluto temperat vmbras,

         Muneris eſt noſtri. Et Sainct Auguſtin, hinc omnia elementa Mundi exiſtere; Et conſequemment
le feu , ce qui eſt abſurd; mais Germe de tout, ſe doit entendre, entant qu'aucune choſe icy bas ne peut ſubſi-
ſter , dit Philon Iuif, ſans ceſte ſubſtance humide, ἄνευ ὑγρᾶς ὑσίας , & que les ſemences des animaux & des plantes meſmes ſont humides , & ne produiſent rien ſans humidité, ἄνευ ὑγρότητος. Mais nourriſſier] Cela eſt vray, ᾗ
ζωὴν παιὼν, Ariſtot. Ses mammelles] Qui rayent des fleuues & des fontaines ſur la terre, πηγαζοντες μαϛοὶ, qu'appelle
elegamment Philon Iuif, μαϛοὶ ῥείθρες, ᾦ πηγῶ, au liure de la Creation. A fin que ſans honneur] A cauſe que rien
ne fleurit, ny ne fructifie ſans humidité. Ce Tout] Cela ſe doit entendre de la Terre, les Cieux pour leur conſer-
uation n'ayans que faire de cet element. Car il nourrit] Gregoire de Nyſſe en ſon Hexam. fait vne queſtion,
ſçauoir, ſi l'vſage de l'eau en tant de ſortes de ſujects & de nourritures diuerſes, diminue ſon element, Il dit
que non, & que cela ſe voit à l'œil , la mer eſtant touſiours auſſi pleine, & les riuieres touſiours dans les meſures d'vn meſme cours, ὁμοίωδμ, dit il, τὼ θαλαωωίαν ὂν τῷ ἴσῳ πληρωμύρατος, ᾗ ὀϗϛ ποταμῶς τὼ φοεὰν ὀν τῖς ἰδίοις ὀριναι
μύϛϛις. Car chaque element a cela, que quoy qu'il ſe communique, il ne laiſſe pas de demeurer tout entier, &
de ſe conſeruer ſans diminution; car c'eſt ne plus ne moins, dit cet Auteur, que quand l'eau paſſe d'vn pot en
vn autre, τὸ ὀν τῷ παρεςμῳ ὕδωρ ᾗ μεταλαμβάνειν πϱὸς ἕτερον. Les troupes ondoyantes] Les poiſſons. Battent le Ciel]
Per aëris vias præpetes, Apulee.

Et d'auantage, à fin qu'il n'y ait choſe	Et ſans que l'homme en cent nauires erre
Qu'elle ne ſçache en tout ce Monde encloſe,	Vingt ou trente ans, ne luy monſtre la terre
La terre arpente, & du riuage ardent,	D'vn ſeul regard: ceux qui touchent nos bords,
De l'Orient iuſques à l'Occident,	Et ceux qui froids ſont écartez du corps
Et de la part de l'Ourſe Boreale	De noſtre Monde, & la gent blanche & noire,
Sçait la longueur, la largeur, l'interualle :	Et tout cela que la ſableuſe hiſtoire
Il n'y a bois, mont, fleuue ne cité,	De l'Amerique eſcrit de noſtre temps,
Qu'en vn papier elle n'ait limité :	De l'Eſpagnol les treſors plus contens.

R I C H E L E T.

Et d'auantage] Ayant parlé de Dieu, & des Cieux, & de l'air, & de l'eau, il vient maintenant à la terre,
pour auec la Geographie paſſer à la Philoſophie morale. En tout ce Monde] Spectatrix rerum omnium philoſophia,
Seneque. La terre arpente] Meſure le circuit de toute la terre, γῆς περίοδυς, Lucian. Ambitum terra, quem con-
ſtat habere, dit Macrob. ſtadiorum millia ducenta quinquaginta; Ce qui ſe peut verifier aiſément par la triplication
de ſon diametre, comme auſſi par la multiplication du meſme diametre, on peut meſurer l'eleuation de ſon
ombre, vſque ad Solis curſum, en multipliant ſexagies ſexaginta millia ſtadiorum, qui eſt le diametre de la terre. Et
ceſte meſure ſe fait par la Geometrie, qui eſt vne partie des Mathematiques qui nous apprend les meſures de
toutes choſes, nos latifundia metiri docet, dit Seneque epiſt. 88. inuention procedee de la neceſſité des inonda-
tions du Nil, dit Seruius, pour conſeruer les poſſeſſions d'vn chacun, lors que ce fleuue plus æquo creſcens confudit
terminos poſſeſſionum. Au demeurant quand il dit, que la Philoſophie arpente la terre, la meſure par arpens, cela
s'entend en ce qu'elle eſt habitable & deſcouuerte; car autrement la Nature l'a toute enuironnée d'eau. Abyſ-
ſus ſicut veſtimentum amictus eius, ſuper montes ſtabunt aquæ, Pſal. 104. Du riuage ardent] Du coſté du Midy. De
l'Orient iuſques à l'Occident] Qui eſt ſa longitude, Pline 2. chap. 108. quantum diſtat Ortus ab Occidente, longè fecit, &c.
Pſal. 103. De l'Ourſe Boreale] Qui eſt ſa latitude: Ex parte Boreæ, quæ Septentrionalis vocatur, Apulee, à la diſtin-
ction de l'Auſtrale, qui eſt Antarctique & la partie inferieure du Monde. Latitude au ſurplus à Meridiano ſitu
ad Septentrionem, dit Pline, & moindre de moitié que ſa longitude, c'eſt à dire, qu'elle eſt de moitié moins deſcouuerte & habitée en ſa latitude, à cauſe du rigoureux temperament des deux extremitez. Sa latitude, πλάτος,
dit le liure du Monde, eſt de quarante mil ſtades, τετρακιςμυρίων ςαδίων, ſa longitude, μῆκος δὲ, de ſeptante mil
ſtades. Philon Iuif aux allegories donne à l'Ourſe & à ſes influences d'eſtre, la principale cauſe de la ſocieté &
vnion des hommes, à cauſe du nombre des ſept Eſtoilles qui la compoſent, ἄρκτος ἐϛὶ ἀρχοῖς κοινωνίας ᾗ ἑνώσεως
ἀνθρώπων αἰτία. Sçait la longueur, la largeur, l'interualle] Qui eſt toute la meſure des choſes corporelles : omnia
corporalia tribus lineis continentur, longitudine, latitudine & profunditate, Caſſiodor. de anima cap. 4. Qu'en vn papier]
En vne carte ou mappemonde, par la Geographie, breui tabella, dit Sainct Hieroſme, orbem terrarum vnius tabulæ
ambitu circumſcribit, aliquanto detrimento magnitudinis, nullo diſpendio veritatis, Auſon. Et notez que noſtre Auteur
ne s'arreſte qu'à deux parties, Geometrie & Geographie, comme les plus vtiles, ainſi que faiſoient les Romains,
dit Ciceron, qui limitoient leur ſcience des Mathematiques à la Geometrie & Arithmetique : nos metiendi ratio-
cinandique vtilitate huius artis terminamus modum. Et ſans que l'homme en cent nauires erre] Comme il a fallu
que les premiers ayent fait pour les deſcouurir. Et cela eſt excellent de voir à l'œil tout le Monde tout à coup
& ſans danger. Præcipuum eſt in rebus humanis, dit Seneque, non claſſibus maria compleſſe, nec in rubri maris littore ſigna
fixiſſe, nec deficiente terra, ad aliorum iniurias erraſſe in Oceano ignota quærentem, ſed animo omne vidiſſe. Qui eſcar-
tez du corps] ἔξω καθ' ἡμᾶς οἰκεφθόης, comme les Ameriquains, qui ſont quaſi comme d'vn autre Monde. De

X X x x iiij

noſtre Monde] C'eſt à dire, loin de noſtre climat ou hemiſphere : car bien ſouuent le mot de Monde, ne ſe prend que pour vne partie de l'Vniuers, & quelquefois meſme pour vne partie de la Terre : & comme remarque Origene, ce mot eſt homonyme, ὁμώνυμος τῆς κόσμα προσηγορίας φωνὴ, comme quand dans Sainct Iean, il eſt dit, *Mundus in maligno poſitus eſt*, il eſt pris là pour les choſes humaines & terreſtres, ἀπὸ τῶν προσήκων ἢ αἰ θρωπίνων. *Et la gent blanche & noire*] Tels que ſont tous les Septentrionaux, au contraire des Meridionaux, comme les Ethiopiens, qui ſont noirs & bruſlez du Soleil, τὰ σώματα ὑπὸ ἡλίε μεμελασμένοι, Origene. *La fableuſe hiſtoire*] Les menteries que nous en content les Eſpagnols & Portugais. *De l'Amerique*] Quatrieſme partie de la Terre, incogneuë à tous les anciens, ou pluſtoſt vn nouueau Monde, deſcouuert premierement par Americ Veſpuce.

Les treſors] Et le ſeminaire de toutes les guerres & corruptions de l'Europe.

<table>
<tr><td>

Puis elle vint reuiſiter les villes,
Et leur donna des polices ciuiles,
Pour les regir par ſtatuts & par lois :
Car pour-neant on euſt quitté les bois
Et les deſerts, où le peuple ſauuage
Viuoit de glan, ſans trouuer d'auantage

</td><td>

Qu'entre les bois, au milieu des citez
Moins de iuſtice & plus d'iniquitez :
Et ſi la Loy, pedagogue du vice,
N'euſt fait regner Themis & la Iuſtice,
Que Iupiter au pouuoir indonté
Prés de ſon throſne aſſied à ſon coſté.

</td></tr>
</table>

RICHELET.

Puis elle vint] Voicy le dernier & plus vtile effect de la Philoſophie concernant les mœurs & les polices.

Reuiſiter les villes] Et alors commença l'Ethique ou la Morale, la Politique & Oeconomique ; laquelle Philoſophie Morale eſt la troiſieſme partie : toute la Philoſophie eſtant diuiſee en trois, comme i'ay dit, Phyſique, Ethique & Dialectique. μέρη ἢ φιλοσοφίας τρεία, φυσικὸν, ἠθικὸν, διαλεκτικόν. La Phyſique traitte, τὰ περὶ κόσμε, & τῶν ἐν αὐτῷ : l'Ethique, τὰ περὶ βίε, ἢ τῶν πρὸς ἡμᾶς. Et la Dialectique ne fait autre choſe que nous apprendre les raiſons de l'vne & de l'autre, τὰς ἀμφοτέρων λόγες, Laërtius ; & ce fut Socrate, dit Sainct Auguſtin, qui en fut l'Autheur, & flechit le premier aux bonnes mœurs toute la Philoſophie ; *primus vniuerſam Philoſophiam, ad corrigendos componendoſque mores, flexiſſe memoratur, cùm ante illum omnes magis Phyſicis, id eſt, naturalibus rebus perſcrutandis operam maximam impenderent* : Ce qu'il fit, ſoit qu'il creuſt que ceſte ſorte de Philoſophie eſtoit moins obſcure, plus certaine & plus vtile à la vie ; ou ſoit qu'il eſtimaſt que ſans la pureté de l'ame, l'autre Philoſophie plus haute & Theologique ne ſe pouuoit bien apprendre ny comprendre : *nolebat immundos terrenis cupiditatibus animos ſe extendere in diuina conari ; nec putabat niſi mundata mente poſſe comprehendi.* *Des polices ciuiles*] Des reglemens politiques par bons & ſages conſeils. *Vis ſcire*, dit Seneque, *quid promittit philoſophia generi humano? conſilium*, de bonnes loix, des conſeils pacifiques, & non barbares & infidelles, & par vn bon ordre. τάξις, dit Gregoire de Nazian. oraiſ. 26. l'ordre & la police nous a ſeparé des brutes, τῶν ἀλόγων ἡμᾶς διέκρινε, & πόλεις ᾤκισε, & νόμες ἔθετο, ἢ ἀρετὴν ἐτίμησε, ἢ κακίαν ἐκόλασε, ἢ τέχνας εὗρε, ἢ συζυγίας ἡρμόσατο, &c. *Pour les regir par ſtatuts*] Qui eſt la Politique ; admirable ſcience & faueur de Dieu, τέχνης ἢ δυνάμεως ἢ χάριτος θείας, dit Syneſe à Theophile, en ſes Epiſtres, que quelqu'vn ait eu ce pouuoir de flater, amadoüer des ſauuages, & les reduire à quelques polices dans des villes, ἀνθρώπες ἐξομαλῆσαι ἢ καταδημαγωγῆσαι τὸ πλῆθος εἰς βίον. *Et par loix*] Et non par leur propre volonté ou pluſtoſt impetuoſité ; *Quid enim à belli confuſione*, dit Caſſiodore, *pax tranquilla diſtabit, ſi per vim litigia terminentur ? hinc eſt quòd legum reperta eſt ſacra reuerentia, vt nihil proprio impulſu ageretur.* *Euſt quitté les bois*] La vie ſauuage, d'où la Philoſophie retira les hommes, & les apprit à ſe baſtir des villes, *ſparſos & caſulis tectos, aut aliquá rupe ſuffoſſa docuit tecta moliri*, Seneque. Et Ariſtide l'attribuë à Minerue, c'eſt à dire, à la Philoſophie, en l'oraiſon qu'il a fait d'elle, diſant que c'eſt l'œuure & le don de la ſageſſe d'auoir retiré les hommes de ceſte vie de montaigne & ſolitaire, ἐκ τῆς ὀρείε ἢ καθ' ἑκάςες διαίτης, pour habiter en commun, εἰς συνοικίαν. *Viuoit de glan*] Premiere nourriture des hommes pendant qu'ils viuoient vne vie ſauuage dans les bois. *Glandiferæ arbores*, dit le grand Pline, *primò victum mortalium aluerunt, nutrices inopis & feræ ſortis.* Et neantmoins c'eſt le deſſert des Eſpagnols, *ſecundis menſis per Hiſpanias glans inſeritur*, dit le meſme 16. c. 13. Et remarque Seruius, que parce qu'au fruict de cheſne fut la cauſe de la premiere vie des hommes, *in hac arbore, cauſa vitæ hominibus fuit, qui glandibus veſcebantur*, celuy qui ſauuoit en guerre vn citoyen eſtoit couronné de cheſne. *Moins de iuſtice*] C'eſt à dire, qu'en vain les hommes ſe fuſſent vnis en ſocietez ciuiles, s'ils auoient à eſtre auſſi injuſtes que dans les bois, & s'ils n'eſtoient reglez par loix qui leur monſtraſſent ce qui eſtoit iuſte, ou ce qui ne l'eſtoit pas ; qui eſt quaſi ce que dit Sainct Paul aux Romains, qu'il ne ſert rien que la circonciſion ſoit, ſi les actions du prepuce demeurent ; car en ce cas la circonciſion eſt prepuce. *Et ſi la Loy*] Eſtablie & conſtituee aux peuples aſſociez, pour leur enjoindre le bien & defendre le mal pour la paix & tranquillité des villes : car c'eſt là tout l'object & la fin de la loy, dit Origene, τὸ προστακτικὸν τῶν πρακτέον, ἀπαγορευτικὸν ἢ ὧν ε πρακτέον, τοῖς αὐτῶ ὑποτεταγμένοις. *Pedagogue du vice*] Par alluſion à ce que dit Sainct Paul aux Galates, *lex pædagogus noſter fuit in Chriſtum, vt in fide iuſtificemur* : qui eſt à dire, que la loy de Moyſe a eſté noſtre inſtruction, & noſtre guide iuſqu'à noſtre Seigneur. Mais icy il ſemble qu'il appelle la loy, pedagogue, qui corrige & punit le vice, ſelon que dit Seneque, *ſurrepentibus vitijs opus eſſe legibus.* Ou bien, pedagogue, n'eſt-ce point à dire, que la loy nous a monſtré ce qui eſtoit peché, comme dit encor Seneque, *de Clementia*, cap. 23. *dum vendicat oſtendit poſſe fieri : itáque parricida cum lege cœperunt, & illis facinus pœna monſtrauit.* Et comme dit encor Sainct Paul aux Romains que par la loy eſt la cognoiſſance du peché, la loy n'eſtant pas faite contre les vertus : *aduerſus hac lex non eſt.* *N'euſt fait regner Themis*] D'autant qu'apres la publication de la loy, perſonne n'eſtant plus ignorant du mal, deuenoit plus coulpable & puniſſable en le faiſant. Elegamment Saluian 4. de Prouid. *Nihil contemptu agunt cæleſtium præceptorum, præcepta Domini neſcientes, quia non facit aliquid contra legem,*

legis ignarus.   *Au pouuoir indonté*] Comme il eſt remarqué cy-deſſus, & à cauſe de ceſte qualité robuſte
& indontable. Nicetas ſur l'Oraiſon 39. de Gregoire de Naz. remarque, que Saturne ſon pere creuſt l'auoir
denoré, en auallant vne pierre, *perſuaſum habuit ſe Iouem deuoraſſe, deuorato lapide, propter naturæ firmitatem &*
robur.   *A ſon coſté*] Comme eſtant la Iuſtice vn des principaux attributs de Dieu.

Que diray plus ? ô tres-ſainte & tres-
  grande
Fille du Ciel, dont la vertu commande
A tous meſtiers ; le Poëte te doit,
Le Medecin, & le Nocher qui voit
De ſon timon les Eſtoilles gliſſantes,
Et le Charmeur ſes figures puiſſantes.

Bref toute en tout tu as voulu trouuer
Tout art à fin de le faire eſprouuer,
Pour ne ſouffrir qu'vn trop engourdy ſom-
  me
Sans faire rien roüillaſt l'eſprit de l'homme:
Qui par toy ſeul attaché dans les Cieux,
Boit du Nectar à la table des Dieux.

RICHELET.

Que diray plus ?] Car ſi vous prenez garde, voila tout le plus excellent qui ſe peut dire en ſommaire de
la Philoſophie, & neantmoins voicy ce qu'il y adiouſte.   *O tres-ſainte*] Tout ce qui ſuit eſt comme vne
imitation abbregee de l'Oraiſon d'Ariſtide à Minerue.   *Et tres-grande*] A cauſe de ſon amplitude, & que
la Philoſophie *nihil ab alio petit,* Seneque.   *Fille du Ciel*] Parce que la Philoſophie eſt vne choſe diuine,
θεῖόν τι ϗ δαιμόνιον χρῆμα, l'Autheur du liure du Monde tout au commencement.   *Dont la vertu commande*]
Fort bien *commande* ; car l'inuention des arts & des meſtiers n'eſt pas d'elle, pour le moins l'exercice n'en eſt
pas.   Combien que Poſidonius l'ait ſouſtenu, dont ſe moque Seneque, *viliſsimorum mancipiorum iſta commenta*
ſunt, dit-il, *ſapientia altiùs ſedet ; manus edocet, ſed animorum magiſtra eſt ; artificem vides vitæ, alias artes habet ſub*
dominio, αὐτῆ δίσποινα, Clement Alex. 1. Strom. qui doit commander, & non pas eſtre commandée, ὅτι αὐτεῖι,
ϊϗ ὅτι ἄρχεδαι, dit Ariſtot. 1. Metaph. Et ailleurs Seneque, *artes miniſtræ ſunt, Sapientia domina ; artes ſeruiunt vitæ,*
Sapientia imperat, adeſt & iubet. Il eſt bien vray, dit encor Seneque Epiſt. 90. que l'eſprit & la raiſon ont inuenté
les arts ; *omnia iſta ratio quidem, ſed non recta ratio commenta eſt ; hominis enim, non Sapientiæ ſunt,* principalement
pour les meſtiers ordinaires & mechaniques, *quibus in quotidiano vſu vita vtitur, quas ſagacitas hominum non*
Sapientia inuenit.   *A tous meſtiers*] Et à toutes profeſſions tant liberales que mechaniques, leſquelles
toutes en quelque façon ont beſoin d'elle, & ſont de quatre ſortes, dit Poſidonius dans Seneque, *vulgares,*
ludicræ, pueriles & liberales.   Mais Ariſtide les diuiſe ſeulement en deux, εἰς ἀπύρας, ϗ ἐμπύρας, deſquels il donne
la diſtribution à Minerue, ἃς ϗαθ᾽ ἑϰάςυς διαιρεῖ, ſelon qu'elle eſt le chef de toute la prudence, ἁπάσης σοφίας
ἐχμϱῶν.   *Le Poëte te doit*] Voire qu'anciennement les Philoſophes n'eſtoient que Poëtes, & les Poëtes que
Philoſophes, & s'appelloien Sophiſtes, nom d'honneur, auparauant que ſous Pythagore celuy de Philoſophe ſe fuſt introduit, ᵘ μόνον οἱ σοφοὶ, σοφιςαὶ ὀϰαλεῦντο, ἀλλὰ ϗ οἱ ποιηταὶ, Laërtius. Et auſſi ſi vous conſiderez la
plus-part des fictions des anciens Poëtes, comme d'Homere, ce n'eſt que Philoſophie, ſoit naturelle, ſoit
moralle, deſguiſée, τῆς ποιήσεως παίγνια, πάσης ſύμπλεα σοφίας, dit Theophylacte ; comme cy-deſſus la chaiſne
doree, & les liens d'Vlyſſe aux Sereines, qui nous monſtrent le charme & le mal des voluptez, & comme il
y faut reſiſter ; & quantité d'autres telles fictions excellentes & philoſophiques.   Mais pourquoy eſt-ce qu'il
ne dit point icy que l'Orateur doit à la Philoſophie ? n'eſt-ce point à cauſe que Ciceron fait l'Eloquence
compaigne de la Philoſophie, & dit que l'vne & l'autre mutuellement s'obligent & s'entre-rendent ? *Cum*
hoc genere philoſophia, magnam habet Orator ſocietatem : ſubtilitatem enim ab Academia mutuatur, & ei viciſsim
reddit vbertatem orationis & ornamenta dicendi.   *Le Medecin*] Car la medecine n'eſt que Philoſophie, pour le
moins naturelle ; & de là anciennement les Medecins s'appelloient Phyſiciens.   *Et le Nocher qui voit*] Tout
l'art meſme de la nauigation, ϗ τὰ ναυτικὰ Ἀθιναᾶ ᾦ, dit Ariſtide ; & pareillement le traffic, ἐμπεία. Et de là remarque Clement Alex. 1. Strom. que les Grecs appellent Sages, σοφὼς ϰαλήϰασι, ceux qui excellent en quelque meſtier, comme dans Homere, τέϰϰα σοφὸν, & dans Heſiode ναύτιω σοφὸν, & l'ouurier du Sanctuaire au 36.
de l'Exode, eſt dit plein d'eſprit diuin, de ſageſſe & de ſcience, πνεῦμαι θεῖω σοφίας ϗ σωνέσεως. Tout cela, pour
monſtrer qu'il n'y a ſorte de profeſſion, qui n'ait part à la Philoſophie, laquelle n'eſt rien en effect qu'vne
prudence infuſe aux ouurages & actions des hommes, qui different neantmoins en leur Philoſophie : car celle
des ouuriers & artiſans eſt materielle, & de ſens corporel, αἰσθησεως, & celle des hommes d'eſtude, eſt d'intellect & de diſcours, τῆς διανοίας ϗ θεωρίας, dit le meſme.   *De ſon timon*] De ſon gouuernail.   *Les Eſtoilles*
gliſſantes] Le leuer & le coucher des Eſtoilles, & principallement l'Ourſe, *cuius ductu nautæ naues regunt,* Seruius.
C'eſt à dire, ceux qui font voile ſur noſtre Horizon, car l'autre hemiſphere ne la peut voir. Et comme dit
encor le meſme, à ceux qui nauiguent du Midy, *ex Africa, Iupiter nauigationis auctor eſt.* Et c'eſt ce que le Pilote
doit ſçauoir, & les effects bons ou mauuais des aſtres & des vents.   *Et le Charmeur*] Le Sorcier. Car la
Magie appartient encor à la Philoſophie, entant qu'elle eſt naturelle, & ſçait les abus & operations des Daimõs,
comme i'ay remarqué ailleurs.   *Bref toute en tout*] πολυποίϰιλος σοφία, Clement Alex. Et comme dit S. Paul aux
Epheſiens, πολυμερῶς ϗ πολυτρόπως, διὰ τέχνης, διὰ ὀπιστήμης, &c. pour noſtre vtilité, eſtant la Philoſophie vn fleuue
eternel, ἀένναος ποταμός, dans lequel influent toutes ſortes de ſources, τὰ ρεῦδεα ἄλλα ἄλλοθεν.   *A fin de le faire*
eſprouuer] Fort bien, mais non pas pour l'eſprouuer & l'exercer elle-meſme, car ſi bien l'inuention vient d'elle,
le miniſtere ny l'exercice n'eſt pas pour elle : *omnia quidem hæc Sapiens inuenit,* dit Seneque, *ſed ſordidioribus mi-*
niſtris dedit ; d'autant que tous ces meſtiers ſont ſans courage, n'apprennent & ne donnent point de vertu, *iſtæ*
artes non ſunt magnitudinem animi profeſſæ, non conſurgunt in altum, nec fortuita faſtidiunt : mais la Philoſophie *ſupra*
chara mortalibus collocat.   *Roüillaſt l'eſprit de l'homme*] De peur que le ſommeil & l'oiſiueté ne rendiſt l'hom-

me gourd & inutile,comme est vn fer roüillé.　　*Par toy seule attaché dans les Cieux*] Par vne longue habitude de contemplation, & purgation de l'ame, que la saincte Philosophie, les vertus, les bonnes œuures purifient & eleuent à Dieu, par illumination d'vne saincte science, *post piam sempiternarum rerum disquisitionem, ad Dei cognitionem animam euehens, ipsiúsque desiderium, rei omnium expetendæ affigens, hoc est Deo*,Nicetas oraif.39. de Greg. de Naz.　　*A la table des Dieux*] *Diuinæ participationis suauitate*, dit encor Nicetas, oraif. 38. quand l'excellente eleuation de l'ame saincte & contemplatiue, la met comme en Paradis; du moins la fait icy iouïr du Paradis terrestre & de son arbre de vie,qn'il explique ceste pureté de contemplation. Et Seneque excellemment,*Quaris quæ res Sapientem faciat? quæ Deum? des oportet illi aliquid diuinum, aliquid cæleste,aliquid magnificum.* Et ailleurs hardiment, *Est aliquid, quo Sapiens antecedat Deum*,Epist.53.

Ton nom soit sainct, saincte Philosophie,　　　Viura tousiours bien-heureux *&* contant,
L'homme prudent qui resolu se fie　　　　　　Sans craindre rien, comme celuy qui pense
En tes propos d'vn courage constant,　　　　　» Que la vertu seule est sa recompense.

RICHELET.

Ton nom soit sainct] Ainsi quasi finissent tous les Hymnes de Marulle,*O sanctißime Deorum, &c.* Et Callimach. χαῖρε μέγα κρείων, &c. Et quand il dit icy,*Ton nom soit sainct*, c'ost à dire, qu'il produise en nous vn effect de saincteté. Fort bien S. Cyprian; Quand nous disons, *Sanctificetur nomen tuum*, ce n'est pas, *quòd optemus Deo vt sanctificetur orationibus nostris, sed quòd petamus ab eo, vt nomen eius sanctificetur in nobis, quia opus est nobis quotidiana sanctificatione, qui quotidie delinquimus.*　　*L'homme prudent*] Qui par les preceptes de la Philosophie, selon les Stoïques, s'est acquis vne habitude de prudence & de constance, incapable de tout trouble & d'emotion: *qui prudens est*, dit Seneque, *est temperans, constans, imperturbatus, sine tristitia; qui sine tristitia est, beatus est; ergo prudens beatus est, & prudentia ad beatam vitam satis est*, Epist.85. Et faut noter qu'il y a difference, *inter sapientiam & prudentiam*; L'vne est vne discipline, *disciplina diuinarum humanarúmque rerum*; l'autre vne science de discretion, *scientia intelligendorum, & malorum, & eorum quæ dicuntur media*, Apulee.　　*Qui resolu*] *Adeptus solidam viuendi rationem*, encore Apulee.　　*D'vn courage constant*] Dans l'infirmité mesme, *habens hominis infirmitatem, & securitatem Dei*, Seneque.　　*Tousiours bien-heureux*] *Perfectè & summè beatus*, Seneque.　　*Sans craindre rien*] Ferme,intrepide, courageux, *vt nec in secundis rebus efferatur*, dit Apulee, *nec contrahatur in aduersis, conscientiâ suâ fretus, securus & confidens*, comme celuy qui croit que rien ne peut faire preiudice à l'homme sage;*nihil horum nocere potest Sapienti, quæ opinantur cæteri mala esse*;iusqu'à conuertir mesme les mauuais accidens en choses bonnes, selon qu'il se persuade que tout ce qui luy aduient, appartient à Dieu.　　*Que la seule vertu*] D'autant qu'il n'y a qu'elle qui rend les hommes bien-heureux, & que sans elle quelque prosperité que nous ayons, nous sommes malheureux : *sola virtus fortunatißimos potest facere, cùm absque hac, ex alijs prosperis non poßit foelicitas inueniri*: Apulee. Ce qui se doit entendre humainement & selon les Stoïques; mais selon nous il n'y a aucun souuerain bien que Dieu. C'est pourquoy dit Lombard au 1. des Sentences, que nous ne deuons rechercher que l'vsage des vertus, & non la fruition : *virtutes non propter se, sed propter solam beatitudinem sunt amandæ.*

Sa recompense] Et sa volupté : *habet enim secum voluptatem, sine qua non est, etiam cùm sola est*, Seneque. Et neantmoins entre les Philosophes il y a grande contestation sur ce principe,de sçauoir, si la vertu suffit à tout, *pugnant inter se & dissentiunt, & perpetuam per sæcula litem trahunt*, Quintilian Declam. 168. iusques là, que Laërtius escrit, que la seule Philosophie morale s'est desmembrée en dix sectes, εἰς αἱρέσεις δέκα.

A MONSEIGNEVR

MESSIRE CHARLES DE

BALSAC, EVESQVE ET COMTE

DE NOYON, PAIR DE

France.

MONSEIGNEVR,

Combien que l'œuure de ceſt Hymne Chreſtien ſoit ſainĉt & d'vn ſujeĉt diuin, & digne auſsi d'vn ſçauoir profond, que l'ignorance d'vn eſprit comme le mien, ne ſçauroit four-nir pour le bien interpreter, cela n'appartenant qu'à ceux qui comme vous che-minent ſur les traces de l'abyſme, ἐν ἴχνεσιν ἀβύσσου ἐμπατοῦντες, ainſi que parle Gregoire de Nazianze au 2. de ſa Theologie, c'eſt à dire à ceux qui tous les iours ſont auecque Dieu: Neantmoins, homme de terre que ie ſuis, i'oſe leuer le doigt au Ciel, approchant mes tenebres du iour de ceſt ouurage di-uin & celeſte, non pour luy donner plus d'ornement & de perfeĉtion qu'il n'a, mais pour prendre l'occaſion de la dignité d'vn ſujeĉt ſacré, que ie vous puiſſe preſenter conuenablement, & qui ne ſoit profane deuant vos yeux: vous y verrez en raccourcy, tout le merueilleux, l'eſclattant, & le plus beau, τὸ χρυσαυγὲς καὶ κατάστερον de l'humanité de noſtre Seigneur, & de ſa vie mira-culeuſe: vous y verrez ſa Natiuité, ſa Paſsion, ſes Miracles, ſa Reſurre-ĉtion, ſon Aſcenſion, ſon Egliſe, bref tout ce qui eſt de la plus haute diſpen-ſation du Pere en la perſonne de noſtre Seigneur ſon Fils Eternel. Il n'y a que cela, peut-eſtre, que vous trouuerez quelque choſe à deſirer au parallele, fait de luy auec vn Hercule eſtranger & Payen, qui a beaucoup d'impro-prieté: ce qui eſt vray. Mais quoy! puis que rien ne peut eſtre dit qu'impro-prement de Dieu, & par application des aĉtions & locutions des choſes d'icy bas, κοινωνία ᾗ κλήσεως, comme dit encor le meſme Pere Grec, liure 3. & puis que ceſt Hercule Payen eſt vne fiĉtion anticipee de ce que les Prophetes & Sibyl-les auoient figuré de l'homme-Dieu noſtre Seigneur IESVS-CHRIST. Et pour cela noſtre Poëte en a pris le ſujeĉt, pour vendiquer du Paganiſme, ce qui appartient proprement aux Chreſtiens. Or c'eſt à vous, MONSEIGNEVR,

& à voſtre ſaincte profeſſion, que ceſt ouurage eſt deub, au Pontife, ce qui eſt du Sanctuaire & du Sainct des Saincts. Ce que i'y ay faict n'eſt pas grand cas, comme auſſi le Palais a peu de communication auec ceſt eſtude ſainct & ſpirituel, peu de loiſir pour s'y conſommer: nous ne faiſons en courant qu'effleurer, ſans enfoncer: eſprits ſommaires & volans intactæ ſegetis per ſumma, pour s'eſchapper quelquesfois des confuſions de noſtre profeſſion turbulente, au calme de ce ſacré repos. I'en reçois neantmoins ceſt autre profit, que ce petit labeur, me ſert d'offrande en voſtre endroit, & de teſmoignage, auiourd'huy que ie rends à la poſterité de l'honneur que i'ay de voſtre cognoiſſance, & du merite de vos courtoiſies, qui m'obligent d'eſtre à iamais,

MONSEIGNEVR,

Voſtre treſ-humble & tres-
obeyſſant ſeruiteur,
RICHELET.

LE COMTE D'ALSINOIS A RONSARD,
SVR SON HERCVLE CHRESTIEN.

Combien est ce DIEV, ce grand DIEV admirable
En ses effects diuins, ce DIEV qui t'a donné,
Par sa grace, cest heur d'auoir si bien sonné
Sous vn Hercule feint IESVS-CHRIST veritable.
Tu es, d'vn vain Poëte & d'Amant miserable,
Fait le Harpeur de DIEV, maintenant couronné
D'vn Laurier qui n'est point pour vn temps ordonné,
Puis que tu as choisi vn suiect perdurable.
Tout ainsi qu'en la Croix l'Hercule belliqueur
Des pechez monstrueux & de la Mort vainqueur,
Affranchist ton esprit de la Mort immortelle :
L'Hymne qu'à tel Vainqueur tu chantes sainctement,
Plus que tout autre chant chanté prophanement,
Doit affranchir ton nom d'vne mort eternelle.

HYMNE II.

L'HERCVLE CHRESTIEN.

A ODET DE COLLIGNY,
Cardinal de Chastillon.

Commenté par N. RICHELET Parisien.

St - il pas temps desormais de
chanter
  Vn vers Chrestien qui puisse
  contenter
Mieux que deuant les Chrestiennes aureilles ?
Est-il pas temps de chanter les merueilles
De nostre DIEV ? & toute la rondeur
De l'Vniuers remply de sa grandeur ?
Le Payen sonne vne chanson Payenne,
Et le Chrestien vne chanson Chrestienne :

Le vers Payen est digne des Payens,
Mais le Chrestien est digne des Chrestiens.
 Donques de DIEV le Nom tres-sainct
  & digne
Commencera & finira mon Hymne :
Car c'est le DIEV qui m'a donné l'esprit
De celebrer son enfant Iesus-Christ :
Or puisse donc ceste Lyre d'yuoire
Tousiours chanter sa loüange & sa gloire :
Telle qu'elle est, ô Seigneur, desormais
Ie la consacre à tes pieds pour iamais.
 Mais, ô Seigneur, quel chant ou quelle Lyre,
Ou quelle langue entreprendroit de dire
Suffisamment ta loüange & combien
Tu nous as fait par ta grace de bien ?
A nous les tiens, tes enfans, & tes hommes,
Nous qui troupeaux de ta pasture sommes,
Nous tes esleus, que par nom tu cognois,
Nous certes, nous, l'ouurage de tes doigts ?

RICHELET.

Est-il pas temps desormais] L'Autheur dit, qu'il ne veut plus s'addonner qu'à des suiects diuins & Chrestiens,
& principalement à chanter les loüanges de Dieu & de Iesus-Christ son fils, duquel les œuures sont grands
& merueilleux en sa Diuinité & humanité : Ayant fait toutes choses pour le bien & salut de l'homme, lequel
soit Iuif ou Gentil, s'est grandement oublié & aueuglé aux predictions de sa venuë, qui luy estoit annoncée
par les Prophetes & Sibylles, idolatrant des faulses deitez, & leur donnant l'honneur qui n'est deub qu'au vray
Dieu. Et pour le monstrer, par vn parallelle ingenieux, quoy qu'imparfait, il dit, que la plus part des choses

escrites par les Payens, de l'Hercule Payen, en sa naissance, sa vie, ses combats, ses labeurs, sa mort, & son apotheose, appartient proprement à Iesus-Christ : les Gentils s'estans feint & composé vn Hercule, des actions diuines & merueilleuses que les Prophetes & Oracles mesmes, annonçoient deuoir vn iour s'effectuer & accomplir en la diuine humanité de Iesus-Christ nostre Hercule. Au surplus pour ce qui est de ceste comparaison en soy, il y en a quelques-vns qui l'ont blasmee, comme Tertullian la reprend en Marcion, *Herculem* (dit-il) *de fabula facis Christum*, liure 4. chapitre 10. mais cela estoit blasmable en Marcion, qui le faisoit par heresie, & non pas en nostre Autheur qui le fait par honneur & par effort d'esprit. Aussi Seneque au 4. *de Benefic.* chap. 7. dit qu'il n'est pas hors de propos & sans raison d'appliquer & adapter à Dieu, vn nom de rapport & conformité à ce qu'il fait: *quoties voles* (dit-il) *tibi licet aliter hunc auctorem rerum nostrarum compellare, quæcumque voles illi nomina proprie aptabis, vim aliquam effectúmque cælestem continentia; tot appellationes eius possunt esse quot munera : hunc Herculem nostri putant, quia vis eius inuicta sit,* Mesme, Plutarque en la vie de Lycurgue, compare la ville de Sparte à Hercule, en ce que l'vn auec sa masse purgeoit le Monde de voleurs & de Tyrans, & ceste ville auec vn mot de bulletin ou de mandement, les ostoit de la Grece: donc ce parallele, en ce que nostre Autheur en dit, quoy qu'impropre, ne peut estre trouué mauuais. Veu mesme que Theophylacte en son Commentaire sur Ionas, remarquant qu'Hercule fut trois iours au ventre d'vne Baleine, ne fait point difficulté d'appliquer ceste fable à la verité des trois iours de la sepulture de nostre Seigneur, & en cela, de les comparer l'vn à l'autre. *Le Payen sonne*] C'est à dire, l'Idolatre & le Gentil, car ainsi les Chrestiens trente ans apres Iesus-Christ appelloient les Gentils, c'est à dire, gens grossiers, rustiques & ignorans, qui croyoient diuersement tout ce qu'on leur faisoit croire, παχανοί, ιδιῶται, ἄποροι, Hesych. autant de bourgs, autant de croyances diuerses, *pro pagorum diuersitate.* *De Dieu le nom tres-sainct*] En la cogitation duquel il faut se prosterner en terre, & l'adorer d'vn profond silence. Quant au nom de Dieu, & de sçauoir s'il en a vn, ou s'il en peut auoir; voyez le second chap. du Dodecameron de Petr. Faber. *Commencera*] Aussi faut-il que Dieu soit le commencement & la fin de tout ce que nous faisons, θεὸς ἡμῖσθω παντὸς ἔργα ἦ λόγου. Synese au commencement de l'epistre *Petro sacerdoti.* *Son enfant*] Son Fils vnique, *vnigenitum suum, qui est splendor gloriæ, & figura substantiæ eius,* Sainct Paul aux Hebrieux. *Iesus-Christ*] Nostre Sauueur, nom de salut & d'onction, car Iesus, signifie Sauueur, & Christ, signifie Oinct, *quem vnxit pater Spiritu sancto. Iesus qui populum saluet; Christus, qui Pontifex factus sit in æternum,* Sainct Cyprian sur le Symbole. *Vt à chrismate Christus, sic Iesus vocatus est à salute,* ce dit Chrysologus Archeuesque de Rauenne au Sermon 57. sur le Symbole. Iesus, ce dit Tertullian *aduersus Praxeam,* est son nom propre, *quod & ab Angelo impositum est, alterum appellatio est, & accidens, quod ab vnctione conuenit.* *Dire suffisamment*] Il ne se peut, veu que Sainct Iean sur la fin de son Euangile, qui contient tant de merueilles de Iesus-Christ, adiouste ces mots, *Sunt autem & alia multa quæ fecit Iesus, quæ si scriberentur per singula, nec Mundum arbitror capere posse eos, qui scribendi sunt, libros.* *Nous tes esleus*] *Genus electum & plebs tua quam acquisiuisti :* Esaie 43. φῶς ὀκλικτὸν, Macarius Homel. 27.

Pour nous, Seigneur, tu as basty le Monde :
Tu as, Seigneur, comme vne boule ronde
Tourné son pli, & pour nous dans les Cieux
Tu as fait luire vn camp de petits feux :
Pour nous encor dedans leur voûte claire
Tu attachas vn double luminaire,
L'vn qui le iour aux labeurs nous conduit ;
L'autre qui fait vn iour quand il est nuict :
Tu as pour nous en ce Monde ordonnée
Egalement la course de l'année,
Pour nous monstrer par son train regulier,
Combien tu es en tes faits singulier.

Tu fis pour nous les forests & les prées,
Tu fis les champs & les ondes sacrées
De l'Ocean, tu luy peuplas ses eaux
Pour nous, Seigneur, & pendis les oiseaux
En l'air pour nous, & pour nous les campagnes
Tu fis baisser, & leuer les montaignes.
Pour nous encor, pour nous ta Deïté
Prit le fardeau de nostre humanité,
(Miracle grand) mais auant que le prendre
Tu nous le fis par tes Heraux entendre.

RICHELET.

Pour nous, Seigneur, tu as basti le Monde] Ce fut vne notable question qui fut agitee au Concile de Nice, de sçauoir si le Monde estoit fait pour l'homme, ou l'homme pour le Monde, & si l'homme estoit deuant la creation du Monde, ou apres : εἰ κόσμος διὰ τὸν ἄνθρωπον, ἢ μεταφυέστερος τῦ ἀνθρώπε ἢ τῆς λογιτικῆς σοφίας, ἐν τῆ τῦ θεοῦ ἐνθυμίσι. En fin la resolution fut, que le Monde est basti pour l'homme, & que l'homme au dessein & en la proposition & deliberatioe de Dieu, ἐν τῆ τῦ θεοῦ ἐνθυμίσι, est le premier de toutes les natures crées, πρεσβύτερος ἐστὶ τῦ κόσμε ἢ τῆς τῦ κόσμε φύσεως, combien qu'en l'ordre actuel de la creation il soit le dernier, ἐν τῆ τῆς κτίσεως παρόδῳ. Gelase és actes du Concile de Nice. Car Dieu ayant de loin & eternellement predestiné en sa bonté de créer l'homme, il voulut premierement luy créer & preparer le Monde comme sa maison. *Bonitas eius priùs domicilium homini commentata est ;* Tertullian contre Marcion liure 2. chap. 4. Et le mesme au chap. 3. dit que Dieu voulut créer le Monde, à fin qu'il y eust quelque chose de creé qui le cogneust. *Noluit Deus in æternum latere, id est non esse aliquid cui Deus cognosceretur.* Et notez qu'il dit que c'est Dieu qui a creé, contre ceux qui disoient que le Monde est l'œuure des Anges, *inferiores Angelos Mundum fecisse,* ce dit le mesme Tertullian *de præscript. aduers. hæretic.* Dieu demeurant releué bien loing dans son infiny, *in summis, & illis infinitis partibus, & in superioribus manere.* Comme *vne boule ronde*] I'ay parlé ailleurs de sa figure, sur l'Hymne du Ciel. *Vn camp de petits feux*] στρατιὰν, Philon Iuif, vne multitude, & comme vne armee rangee d'Estoilles, qu'il appelle petits feux, selon l'apparence, & selon mesme qu'Epicure les mesuroit à la proportion du sens, croyant que les astres n'estoient pas plus grands qu'ils apparoissent : combien que la moindre Estoille du firmament soit plus grande dixhuict fois que la terre. Car les Estoilles ont diuerses grandeurs, *diuersæ sunt magnitudinis*, disent les Astronomes, *primæ, secundæ, tertiæ*, iusqu'à six. Ou bien il les appelle petits, par relation à ce qui paroist de la grandeur du Soleil. Et Pline à ce propos liure 2. chap. 39. *nec verò hæc tanta debent existimari, quanta cernuntur, cùm esse eorum nullum minus luna, tam immensæ altitudinis ratio declaret.* Or ici fait à remarquer, ce que dit Philon Iuif au liure de la Creation : que les astres ont esté creez & mis au Ciel pour quatre choses : l'vne pour esclairer, πρὸς τὸ φωσφορεῖν, l'autre pour seruir de signes & prognostiques, ὅπως σημεῖα μέλλοντων προφαίνωσιν, la troisiesme pour marquer les saisons, εἰς καιρὲς, περὶ τὰς ἐποίας ὥρας, & la quatriesme, pour donner la mesure au temps, πρὸς μέτρα χρόνων. *Vn double luminaire*] Le Soleil & la Lune, δύο φωστῆρας τὸὺς μεγάλους, ce dit Moyse. *L'vn qui le iour*] A sçauoir le Soleil, *qui vnicus est & Mundum hunc temperat*, Tertullian, *sydus & luminare distinguendis & notandis temporibus dispositum.* *L'autre qui fait vn iour quand il est nuict*] La Lune qui luit par reflexion de la lumiere du Soleil, & la nuict fait comme vne espece de iour, *in tenebrarum remedium ab Natura sydus repertum*, Pline ; & Philon Iuif dit, τῆς ἡμέρας τὸ κράτος ἡλίῳ, ὁῖα μεγάλῳ βασιλεῖ, τῆς ἢ νυκτὸς σελήνη, ἢ τῷ πλήθει τῶν ἄλλων ἀστέρων. *Les forests & les prées*] Et en general toutes choses, αὐτὸς ἐποίησεν γεωργὸν, γῆν, ζῶα, ἑρπτά, θρεία, &c. Macar. Homel. 12. *Et les ondes sacrées*] Pourquoy sacrées, ou sainctes ? n'est-ce point à cause, dit Tertullian, au liure *de Baptismo*, chap. 4. qu'au commencement de la creation, *cùm tenebra sine cultu sjderum informes erant, & tristis abyssus, & terra imparata, & cœlum rude*, l'esprit de Dieu, le Sainct Esprit estoit porté dessus les eaux ? *solus liquor semper materia perfecta, dignum vectaculum Deo subijciebat : sanctum autem vtique super sanctum ferebatur, aut ab eo quod superferebatur id quod ferebat, sanctitatem mutuabatur, & ita de sancto, sanctificata natura aquarum*, & à cause de cela, nostre Poëte les appelle sacrées. *Tu luy peuplas ses eaux*] Notez qu'il suit l'ordre, car les poissons furent creez deuant les oiseaux, dit Philon Iuif, τὴν ἀρχὴν ἀπὸ τῶν ἐνύδρων ποιούμενος, par les moindres animaux, pour finir par le plus excellent qui est l'homme, selon l'ordre naturel des choses, ἄρχεσθαι μὲν ἀπὸ τῶ φαυλοτάτω, λήγειν δ' εἰς τὸ πάντων ἄριστον. Et c'est ce que dit encor Tertullian, qu'entre les Elemens, la mer fut la premiere animée, au liure du Baptesme, chap. 3. *Ordinato per elementa Mundo, cùm incolæ darentur, primis aquis præceptum est animas proferre : primus liquor, quod proferret, edidit.* *Par son train regulier*] C'est à dire, reglé, par certains retours & analogies de nombres, ἀριθμῶν ἀναλογίαις ἢ περιόδων συμφωνίαις, comme parle Philon Iuif, selon l'ordre, consonance & harmonie des Cieux, que le mesme appelle, ἀρχέτυπον ἢ παραδειγματικὴν μουσικὴν, sur laquelle la Musique de la terre, & des hommes a esté formée. *Pour nous encor*] Ce qui est plus que toute l'œuure de la creation de cy-dessus ; *plus enim Deus in sola redemptione hominis, quàm in tota Mundi fabrica laborauit*, Petr. Blesens. sur le Iob chap. 1. *Pour nous ta Deité*] *Dei radius delapsus in virginem*, comme parle Tertullian en son Apologetic, ou comme dit le Prophete, *pluuia in vellus descendens* : chose admirable & d'vn profond conseil, que Dieu se soit fait homme pour l'homme, σαρκωθεὶς ἢ τεχθεὶς ἐκ παρθένε δι' οἰκείας φιλανθρωπίας, disent les Peres au Concile de Nice. *Alto consilio*, dit Pierre de Blois au Sermon 15. *verbum caro factum est, hoc enim mysterium absconditum à sæculis, tempore suo innotuit hominibus & Angelis.* Appliquons icy plus proprement ce que dit Seneque epist. 73. *miraris*, dit-il, *hominem ad Deos ire ? Deus ad homines venit, immò (quod propius est) in homines venit.* Et Sainct Augustin au 13. de la Trinité ch. 17. *Verbum incarnatum est & humanatum, vt gratia Dei in nobis, sine vllis præcedentibus meritis in homine Christo commendaretur.*

Prit le fardeau de nostre humanité] Excellemment S. Irenée liure 5. *Factus est quod sumus nos, vt nos perficeret esse, quod ipse est : non enim aliter nos discere poteramus quæ sunt Dei, nisi magister noster, verbum existens, homo factus fuisset.* Adioustez les autres raisons qu'en rapporte S. Cyrille Catech. 12. *Miracle grand*] Et vn abysme de meditation infinie, *abyssus inscrutabilis, incarnationis Dominicæ sacramentum*, ce dit Petr. Bles. & mesme en la forme qu'elle s'est faite, non par vn mouuement local, mais par vne manifestation ineffable de la puissance de Dieu : *non enim ad virginem*, ce dit Alcuin au 3. de la Trinité chap. 11. *locali motu, verbi diuinitas venit, sed ineffabili potentiæ suæ manifestatione, & vterum matris gignendus impleuit, nec dimisit patrem cùm venit ad virginem, vbique totus, vbique perfectus.* *Par tes Heraux entendre*] Par tes Prophetes & par les Sibylles, les vns, sçauoir les Prophetes, sçachans aucunement ce qu'ils annonçoient pour ce regard ; mais quant aux Sibylles elles l'ignoroient du tout. Et S. Augustin au 7. de sa Cité, chap. 32. dit, que tous les Prophetes mesmes n'entendoient pas tout ce qu'ils disoient, mais Dieu parloit par eux selon l'inspiration qu'il leur donnoit. Vray est, que pour le sommaire du salut, en la venuë de Iesus-Christ ; tous l'ont sçeu & entendu par la manifestation que Dieu leur en a donnée, ce dit Viues. Mais particulierement Macarius Homel. 27. expliquant ces mots de S. Paul en la 1. aux Corinth. *quæ oculus non vidit*, dit que les Prophetes par vne cognoissance limitée auoient cognu & sçeu la venue du Sauueur, mais qu'ils n'auoient ny cognu ny entendu, quoy qu'ils en parlent tant, qu'il deust estre crucifié, & qu'il deust laisser à sa nouuelle Eglise le Sacrement de sa chair & de son sang, sous le pain & le vin, οἱ προφῆται, dit-il, ὅτι μὲν ἔρχεται ὁ λυτρωτὴς ᾔδεσαν, ὅτι ἢ παρὰ τὸ σταυρῶται, &c. ὐκ ᾔδεσαν ὐπ' ὅκουσαν. Et toutesfois S. Ignace, aux Magnesiens, parlant d'eux, dit que les Prophetes, οἱ προφῆται ὄντες δῆλοι τῷ πνεύματι, προσεδόκων αὐτὸν, ἵε ὡς διδάσκαλον ἀπεμφρον, crians tous vnanimement ceste voix, Il viendra & nous sauuera, αὐτὸς ἥξει ἢ σώσει ἡμᾶς.

Premierement entendre tu le fis
Mille ans deuant à ton peuple des Iuifs,
Luy enuoyant vn nombre de Prophetes
Remplis de DIEV, *& certains interpretes*
De ta venuë, à fin de l'aduertir

Que tu deuois ta Deïté vestir
D'vn corps humain pour tirer de souffrance
Tout Israël, selon la conuenance
Qu'à Abraham le vieil Pere tu fis,
Lors qu'il fut prest de t'immoler son fils.

RICHELET.

Premierement] Aux Iuifs, comme il estoit raisonnable, puis qu'ils estoient lors peuple de Dieu, & en auoient eu la promesse en Abraham : peuple d'ailleurs en ce temps-là tant aimé de Dieu, *vt Dei vocibus, quibus edocebatur de de promerendo Deo, præmoneretur*: Tertullian en son Apologetic chap.21. Mais auiourd'huy peuple maudit ; *Iudæi dispersi, palabundi, cœli & soli sui extorres, vagantur per orbem, sine homine, sine Deo rege, quibus nec aduenarium iure terram patriam saltem vestigio salutare conceditur.* *Mille ans deuant*] Comme il falloit bien que les propheties precedassent, puis que Iesus-Christ qui estoit prophetisé, venant apres, en estoit la fin & l'accomplissement, *quia lex & prophetia omnis Christi deputabatur aduentui*, dit Sainct Hilaire can.23. sur Sainct Matthieu. *De Prophetes*] De saincts personnages, qui leur annonçoient tout ce que feroit & souffriroit Iesus-Christ, appellez Prophetes, *ab officio præfandi*, Tertullian. *Remplis de Dieu*] Et de son Sainct Esprit qui les faisoit parler, *spiritu diuino inundatos*, comme dit encor Tertullian, *in ecstasi videntes & intelligentes*, & ce dit Lactance liure 7. chap.25. *Vno spiritu similia dicentes*, & Sainct Irenee, *omnes & multi vnum præformantes & ea quæ sunt vnius annunciantes* : admirable repletion de l'esprit de Dieu, dit Sainct Gregoire, qui fait tant de miracles : *ô qualis artifex iste spiritus ! implet citharædum, & psalmistam facit : implet pastorem armentarium sycomoros vellicantem, & prophetam facit : implet piscatorem, & prædicatorem facit : implet persecutorem, & doctorem gentium facit : implet publicanum, & euangelistam facit*, en l'Homel. de la Pentecoste. *Et certains interpretes*] Precis & fidelles truchemens de sa volonté, de son Incarnation, & de toutes les actions de sa vie ; *Legite diligentiis scripturas*, Sainct Irenée 4. chap.66. *& inuenietis vniuersam actionem & omnem doctrinam & omnem passionem Domini nostri prædicatam in ipsis.* Mais *Petrus Blesensis*, elegamment au sermon de la Natiuité, dit que les Prophetes ont esté comme des coqs qui ont annoncé par leur chant la venuë du Soleil & de la lumiere, *quasi quidam galli fuerunt Prophetæ, genus humanum quasi sopitum suis clamoribus excitantes, ortum quoque solis præconantes.* Et c'est pourquoy, dit-il, la Messe de minuict se dit ce iour-là, comme representant le chant matinal de tous les Prophetes, qui soubs la nuict des figures ont annoncé le iour de la verité. *Afin de l'aduertir*] C'est à dire, le tenir aduerty, comme seruiteurs qui estoient enuoyez deuant le maistre, à fin que ce peuple se disposast dignement à le receuoir, & à tenir tout prest ; *propter apparatum & expeditionem eorum, qui incipient suscipere suum Dominum*, Sainct Irenee liure 4. chap.67. *Que tu deuoit*] A sçauoir, la seconde personne de la tres-saincte Trinité, encore que le Pere ou le Sainct Esprit pouuoient aussi bien prendre chair comme le Fils, disent les Theologiens ; mais l'Incarnation a esté plus conuenable au Fils, à cause que principallement l'offense d'Adam auoit esté commise contre luy, *dum Filio assimilari præsumpsit Adam, volens scire bonum & malum vt Deus, Petrus Bles.* *Ta Deité vestir*] Et l'vnir à la chair, *quæ specialiter illius erat, & de Spiritu Sancto concepta*, Optatus Mileuitan. liure 1. par vne admirable vnion, θαυμασία ἑνώσει, des deux natures hypostatiquement, κ^τ τὴν ὑπόστασιν, c'est à dire sans separation & aussi sans confusion, ἀδιαιρέτως, καὶ ἀσυγχύτως, comme parle le Prestre Theodore en son liure de l'Incarnation. *Pour tirer de souffrance*] *Vt saluum faceret genus humanum*, abolissant le peché originel, & satisfaisant pour nous à la iustice de son Pere, *purgationem peccatorum faciens*, Sainct Paul aux Hebrieux 1. Sainct Cyprian dit, que ce qu'il a pris chair a esté à fin qu'il fist paruenir l'homme iusqu'à Dieu son Pere. *Deus semper cum homine miscetur* (dit-il) *vt hominem perducat ad Patrem : & quod homo est, esse Christus voluit, vt homo possit esse quod Christus est.* Et Sainct Irenee liure 5. chap.3. dit, que cela s'est fait, à fin que nostre humanité abbatue sous la Mort par le premier homme vaincu, se releuast à la vie par la victoire de Christ homme-Dieu ; *vt quemadmodum per hominem victum, descendit in mortem genus nostrum ; sic iterum per hominem victorem ascendamus in vitam.* *Selon la conuenance*] Suiuant l'accord, le traitté, & la promesse de Dieu faite à Abraham, κ^τ τὴν ἐπαγγελίαν κ τὴν διαθήκην, ce dit l'Apostre, par laquelle les Iuifs ont obtenu que Christ fust de leur peuple, & venu d'eux selon la chair, Ἐξ ὧν ὁ Χριστὸς κ^τ σάρκα. *Qu'à Abraham*] Comme il est dit aux Galates 3. & aux Hebrieux 6. & quand, au 22. de la Genese, Dieu luy dit, qu'en sa semence toutes nations seront benistes, c'est à dire, en Iesus-Christ : *in semine tuo hæreditabo omnes gentes*, Arnobe Psalm.77. & Sainct Augustin au 18. de sa Cité chap. 22. *Le vieil pere*] Pere de la foy, l'appelle Tertullian, *patrem fidei, & diuinæ familiaritatis virum* : au liure de la Resurrection chap.18. *Lors qu'il fut prest*] Si prest, dit Sainct Hilaire Psalm.127. *vt princeps ille fidei, filium ex promissione vnicum offerre in hostiam iussus, & sacrificio admouere, orbitatis dolorem pertulerit.* Au surplus, nostre Autheur dit fort bien, *Lors qu'il fust prest*, car il ne fit que le presenter, par vne foy miraculeuse, dit l'Apostre aux Hebrieux chap.9. *Fide obtulit Abraham Isaac, cùm tentaretur, & vnigenitum offerebat, in quo susceperat repromissionem.* Mais, ce dit Tertullian, au liure de la Patience, si Dieu ne l'eust arresté c'en fust faict ; *tam graue præceptum, quod nec Domino fieri placebat, patienter & audiuit, & si Deus voluisset, implesset.* Et Sainct Augustin serm. 73. admirant cela, dit que ce fut vn combat contre la Nature : & Sainct Chrysostome adiouste, que combien que le commandement de sacrifier son fils fut contraire à la promesse de l'infinité de sa race & generation : toutesfois sa foy fut telle, qu'il creut que Dieu le pouuoit resusciter & rappeller de la Mort, *arbitrans quia & à mortuis potens est suscitare eum Deus*, dit l'Apostre au mesme endroit. *De t'immoler son fils*] Isaac, vraye figure de nostre Seigneur Iesus-Christ, *qui à patre hostia ducebatur, & lignum sibi ipsi portabat*, Tertullian, au liure contre les Iuifs, chap. 11. *Christi exitum iam tunc denotans, in victimam concessi à patre, & lignum passionis suæ baiulantis.*

<table>
<tr><td>

Mais ce tien peuple, endurcy de courage
Pour tes biens-faits, qui deuoit dauantage
Que les Gentils croire en ce que disoient
Tes saincts Herauts qui te prophetisoient :
Sans regarder sils offensoient le Maistre
Qui les faisoit en ton nom comparestre
Pour ta venuë en ce Monde prescher,
Ingrats vers toy les ont fait détrencher
Par leurs bourreaux en cent morts violantes,
Et du Sang iuste ont eu les mains sanglantes.

</td><td>

Puis quand tu vis les Iuifs estre retifs
A leur salut, par les peuples Gentils
Tu enuoyas les Sibylles deuines
Pour tes Herauts, qui de leurs voix diuines
Prophetisant, preschoient en chacun lieu
L'Aduenement du Messias de Dieu :
A celle fin, Seigneur, que ta venuë
En nul païs ne fust point incognuë.
Elles chantoient que ta Diuinité
Pour nous sauuer prendroit Natiuité

</td></tr>
</table>

De Femme-Vierge, & dedans leurs Oracles	*Quelle grand' Croix, & combien de trauaux*
Chantoient tes faits,ta vie & tes miracles,	*Tu souffrirois pour lauer nostre offense,*
De poinct en poinct, quels & combien de	*Comme vn agneau qui n'a point de def-*
maux,	*fense.*

RICHELET.

Mais ce tien peuple endurcy] Le peuple Iuif, *populus ceruicosus*, comme l'appelle Sainct Hilaire, Psalm. 12. & auquel aussi Macarius, Homel. 4. impure & reproche la dureté de cœur, το σκληρον της καρδιας αυτων, conuertissant en mal tout le bien qui luy estoit fait. Excellemment le mesme Sainct Hilaire à ce propos sur le Psalm. 121. *Ille Israël à Domino Pharaone vindicatus, in mari ablutus, in deserto Angelorum cibo pastus, in lege eruditus, in Prophetis obiurgatus, in Natiuitate à Domino per consortium corporis susceptus, in cruce si crederet saluatus, in Resurrectione si consideretur, glorificatus, nihil horum suum credidit, nihil horum suum manere voluit, sed habens Manna, cucumeres Ægypti desiderauit; legem expectans à Deo, vitulum adorauit; Prophetas audiens occidit; Virginis partum prophetatum sibi infamauit; Deum in carne non credidit; peccati remissorem, falsi peccati reum arguit; emit ad mortem, in crucem sustulit, testes Resurrectionis ad silentium corrupit, Apostolos morte interfecit:* donc peuple meschant & endurcy aux biens que Dieu luy a faits.   *Qui deuoit dauantage Que les Gentils croire*] Tant pour raison de ces bienfaits, qu'à cause de la promesse qui luy auoit esté faite, & que IESVS-CHRIST luy estoit annoncé clairement par les Prophetes, dont il demeuroit d'accord, & cela l'obligeoit d'auantage à croire, que les Gentils. Et toutesfois ceux-cy qui n'auoient que les predictions obscures & difficiles des Sibylles, ont plustost creu : voy de cela l'Histoire Tripartite, liure 1. chap. 2. pourquoy les Gentils plustost que les Iuifs ont receu la Foy Chrestienne.   *Tes Saincts Herauts*] Tes Prophetes, *seciales Dei*, qui prophetisoient toute la vie future de IESVS-CHRIST, mais auec plus d'ombrage, sa passion, dit Tertullian contre les Iuifs, chap. 10. *vt difficultas intellectus gratiam Dei quæreret.* Et notez qu'il dit, Saincts, à la distinction des meschans qui peuuent estre Prophetes veritables. *Docemur*, dit Sainct Augustin en la prophetie de Caïphe, *etiam homines malos per Prophetiæ spiritum futura prædicere.*   *Les ont fait détrancher*] Mourir extraordinairement, *lapidati sunt, secti sunt, tentati sunt, in occisione gladij mortui sunt*, Sainct Paul aux Hebr. chap. 11. comme Hieremie lapidé en Egypte, ce dit la Glose interlineaire, Ezechiel en Babylone, Esaye scié auec vne scie de bois par Manassé, *serra lignea confectus crudelissimè*, ce dit Lactance : d'où Macarius, Homel. 4. appelle les Iuifs, τας προφητας του Θεου απικτεινοντας. Et Sainct Ignace en l'Epistre aux Tralliens, les appelle θεοφονικτας, adioustant encor que c'est dire peu contre eux, que cela, μικρον ειπειν, consideré qu'ils ont tué leur Seigneur mesme, κυριοκτονοι.   *Les Iuifs estre retifs*] Incredules à leur salut, & à la Croix future de IESVS-CHRIST, ainsi que Moyse leur auoit predit, *Erit vita tua pendens in ligno ante oculos tuos, & non credes vita tua*, Tertullian contre les Iuifs, chap. 11.   *Tu enuoyas les Sibylles*] Fort bien, *Tu enuoyas* : car les Sibylles estoient comme enuoyees de Dieu vers les Gentils, pour leur annoncer ses conseils touchant l'humanité de son Fils, d'où elles sont appellees Sibylles, Σειου βουλη, par vne dialecte & locution Æolique, quasi θευ βουλη, Lactance au liure 1. chapitre 6. qui en compte iusqu'à dix.   *Deuines*] Parce qu'elles deuinoient ce qui deuoit aduenir en nostre Seigneur, & en cela elles estoient les Prophetes des Gentils, comme les Prophetes estoient (s'il faut ainsi dire) les Sibylles des Iuifs. Et notez que ce qu'elles ont predit de l'Aduenement, Vie & Passion de IESVS-CHRIST, a esté plus clair, moins obscur, & plus manifeste, que ce que les Prophetes mesmes en ont dit, ce dit Sainct Paul, remarque Clement Alexand. au 6. des Stromates) qui renuoye à la lecture de la Sibylle, & d'vn Hystaspes ou Hydaspes, qu'appelle Lactance liure 7. chapitre 18. Ο Αποστολος λεγων Παυλος, λαβετι και τας ελλωνικας βιβλυς, επιγνωτε Σιβυλλαν, και ευρησετε πολλω τηλαυγεσερον και σαφεσερον γεγραμμενον τον υιον του Θεου. Cela toutefois ne se trouue point en ses Epistres.   *Qui de leurs voix diuines*] Diuines en ce qu'elles disoient & annonçoient de Dieu : Ciceron dit que cela se faisoit par la vertu de leur nature ; & c'est la difference, dit-il, qu'il y a eu entre la Sibylle & la Pythic de Delphes, *hanc vis terræ incitabat*, l'esprit sortant de la terre quand elle estoit sur le Trepié, *istam natura.*   *L'aduenement*] Le premier aduenement : car il y en a deux de prophetisez, l'vn en humilité de chair & de naissance humaine, & l'autre en puissance de iugement & de diuinité : ce que les Iuifs n'ont peu entendre, & n'en ont fait qu'vn ; *duobus Aduentibus eius significatis*, dit Tertullian en son Apologet. *Primo, qui iam expunctus est in humilitate conditionis humanæ : Secundo, qui concludendo sæculo imminet in sublimitate diuinitatis exerta.* Au surplus il dit fort bien, que les Sibylles preschoient ce premier Aduenement de sa Diuinité, descenduë du Ciel, pour nous deliurer de la seruitude du peché, & pour destruire l'impieté des loix de l'Idolatrie,

    Και ετ' απ' ηελιε πεμψεις Θεος βασιληα

    Ος πασαν γαιαν παυσει πολεμοιο κακοις, la Sibylle dans Lactance liure 7. chap. 18.   *Du Messias de Dieu*] De l'Oinct de Dieu, de CHRIST, nom de qualité & de dignité, *nuncupatio potestatis & regni, sic enim Iudæi Reges suos appellabant*, Lactance liure 4. chap. 7. & c'est vn mot Hebreu, qui signifie Oinct, de mesme signification que le mot de CHRIST.   *Que ta Diuinité*] Et pourquoy ce salut & ce sauuement de l'homme, a-il desiré la personne du Fils de Dieu, plustost que le ministere d'vn Ange, ou de l'homme mesme ? *Petrus Blesens.* le dit, *si tantum negotium*, dit-il, *Angelo committeretur, non esset tutum, quia in Lucifero superbia Angelum reddit infamem & suspectum : si homini, non foret similiter securum : cùm primum hominem, inobedientia culpabilem meritò condemnauit. Angelus insufficiens, homo deficiens : vnus imbellis, alter imbecillis.* Et c'est pourquoy nostre Seigneur ayant comme esté la cause & l'object de la premiere offense de l'homme, comme la saincteté d'Abel, cause du crime de Caïn, il n'y a eu que luy *Deus homo*, qui ait deu rachepter & sauuer l'homme par son Incarnation & sa Croix.   *Pour nous sauuer*] Nous pecheurs qu'il a aimez. *Si enim peccatores Deus non amaret*, ce dit Sainct Augustin au traicté du Lazare, *de Cælo ad terram non descenderet.*   *Prendroit Natiuité*] Fort bien : car il n'y auoit que la Diuinité, qui peust prendre ceste sorte de Natiuité d'vne Vierge, à laquelle sans la presence du Verbe il estoit impossible de conceuoit ; de façon que c'est la puissance & vertu de ce Verbe diuin, qui la fit mere par dessus la Nature, ἐς ἂν αὐτὴ ἡ μακαρεία παρθένος, ἰ᾽ἀπὸ τ̃ ὅρον τῆς φύσεως γόνιμον ἔλαϐε δύναμιν εἰς τὸ τεκνῶσαι, μὴ δ̓ὰ τῆς ἐνδημίας τῦ λόγου εἰς τῦτο πανορμηθεῖσα, ce dit le Prestre Theodore en son liure de l'incarnation. Et de là est que ceste Natiuité, pour sa merueille, est appellee paradoxe, παράδοξες πανπᾶς dans Sainct Ignace aux Philippiens : & en l'Epistre à Heron, Diacre d'Antioche ; *Quid hoc miraculi est ?* dit l'Euesque Maximus, *nascitur caro de carne, non tamen generata per carnem, sed secreto quodam incomprehensóque conceptu procedit de mortali fœmina diuina progenies.* Et S. Augustin, *mirare*, dit-il, *quæ peperit & mater & Virgo est, quem peperit & infans & Verbum est.*   *De Femme-Vierge*] De la tressaincte Vierge Marie, suiuant la Prophetie d'Isaie, chap. 7. *Ecce virgo concipiet & pariet*, par l'operation du Sainct Esprit, *superueniente in Virginem Spiritu Sanéto*, pour la fecondité de son ventre, selon qu'il est escrit, *terra nostra dedit fruétum suum, & veritas de terra orta est* : *cùm Christus*, dit Sainct Cyprian, *in Virginem illabitur & carnem Spiritu sanéto cooperante induitur*, ἐνοίκῳ Θεῶ, Sainct Ignace aux Tralliens, ὀκ ἐκ τῆς πορθείω αἵματων σῶμα, πλὴν ὅσον ἀπὸ ὁμιλίας ἀνδρός. Et aussi dit Tertullian, *de carne Christi*, chap. 17. il falloit bien que ceste sorte de Natiuité fust nouuelle & extraordinaire, *nouè nasci debebat, noua natiuitatis dedicator : & hæc est noua natiuitas dum homo nascitur in Deo, carne antiqui seminis suscepta sine semine antiquo, vt illam nouo semine, id est spiritualiter reformaret* : Ainsi Sainct Irenee, liure 4. chap. 59. l'appelle aussi *nouam generationem, mirè & inopinatè à Deo in signum salutis datam, quæ est ex Virgine.* Or comme le premier homme, qui auoit perdu l'homme, auoit esté formé *de terra virgine*, il a fallu aussi que le second homme, pour reparer l'homme, nasquist d'vne chair vierge, ce dit *Petrus Blesens.* laquelle Vierge n'a iamais peu estre que Vierge deuant, & en l'enfantement, & apres, par vne grande raison, dit Alcuin au 3. de la Trinité, chap. 14. *Dignum enim erat vt Deo nascente meritum cresceret castitatis, ne per eius Aduentum violarentur integra, qui venerat sanare corrupta.* Nostre Seigneur, ce dit Sainct Ambroise, est sorty de la Vierge, *sicut aqua fluxerunt de petra, non communi lege patefaéti corporis, sed supernaturaliter & clauso vtero, Pamelius.*   *Comme vn agneau*] Nom qui luy a esté donné par Sainct Iean le Prophete, dit Sainct Ignace aux Philippiens, pour signifier sa Passion, φωνὴ Ἰωάννε προφῆτε σημαίνουσα πάθος διὰ τῆς ἀμνῦ προσηγορίας. Mais cest Agneau de douceur en sa Passion, a esté vn Lyon de force en sa Resurreétion, & vn Aigle d'excellente eleuation en son Ascension, disent les Peres.   *Qui n'a point de defense*] Mais qui est muet, dit Ieremie, ὡς πρόϐατον ἐπὶ σφαγὴν, ἢ ὡς ἀμνὸς ἐναντίον τῦ κείροντος αὐτὸν ἄφωνος. *Quia Dominus dederat illi linguam disciplina, vt sciret quomodo eius oporteret proferre sermonem*, Tertullian contre Marcion, liure 4. ch. 42.

<table>
<tr><td>

Mais, ô Seigneur, les Gentils vicieux,
Qui n'auoient point ta foy deuant les yeux,
Ont conuerty les parolles predites,
(Que pour toy seul la Sibylle auoit dites)
A leurs faux Dieux contre toute raison,
Attribuant maintenant à Jason,
Et maintenant à vn Hercule estrange,
Ce qui estoit de propre à ta loüange :
Peuple incredule, & mal-caut à penser,
Que D I E V jaloux s'en deuoit courroucer :
Ce D I E V jaloux, qui iustement s'irrite,
Estant fraudé de l'honneur qu'il merite :
» Ce Dieu qui dit, Nul est égal à moy,
» L'homme n'est rien, le Prince ny le Roy :
» Ie suis qui suis, i'ay parfait toute chouse,
» Je suis le Dieu qui ay l'ame jalouse,
» Qui bruit, qui tanse, alors que les humains
» Donnent ma gloire à l'œuure de leurs mains.

</td><td>

Certes, ô Dieu, toutes bestes sauuages
Qui sur les monts, & qui par les boccages,
Et par les champs vont de chaque costé,
Pour se nourrir n'offensent ta bonté :
Tous les oiseaux qui parmy l'air se joüent,
Tous les poissons qui par les ondes noüent,
Tous les rochers, les plaines & les bois,
Pasles de peur tremblent dessous ta vois,
Pasles de peur tremblent deuant ta face,
Si ton courroux tant soit peu les menace :
L'homme sans plus (l'homme que tu as fait
Par dessus tous animal plus parfait,
En qui tu mis les traits de ton Image,
Et vers le Ciel luy haussas le visage,
A qui tu fis tant de graces auoir,
En qui tu mis iugement & sçauoir)
Seul seul t'offense ! & ingrat par sa faute,
Blesse l'honneur de ta Majesté haute.

</td></tr>
</table>

RICHELET.

Mais, ô Seigneur, les Gentils] Les Payens ont destourné à leur idolatrie, ce que les Sibylles leur auoient annoncé de la vie & humanité future de Iesus-Christ.   *A Jason*] Celuy qui fut chef des Argonautes.   *Estrange*] Sauuage & bizarre.   *Ce qui estoit de propre*] Ce qui t'appartenoit : grande faute faicte à Dieu, dit Tertullian, au liure de l'Idolatrie, chap. 1. *honores illi suos denegans, & conferens alijs.*   *Que Dieu jaloux*] Ζηλωτὴς Θεός, non que Dieu soit jaloux, dit Origene, Homelie 8. sur l'Exode, exposant ces mots, mais pour s'accommoder à nous, & nous rendre parfaits. *Ipse fragilitatem humanorum non recusat affeétuum ; quis enim audiens Deum Zelantem, non continuò miretur ? sed omnia propter nos agit & patitur Deus, &, vt possimus edoceri, notis & vsitatis affeétibus nobis loquitur :* & comme dit fort bien Gregoire de Tours, *Dominus noster non vt homo irascitur ; commouetur enim vt terreat, pellit vt reuocet, irascitur vt emendet.*   *Qui iustement s'irrite*] Contre l'idolatrie : & de là Ieremie, *Nolite ambulare post Deos alienos vt seruiatis eis, ne incitetis me in operibus manuum vestrarum ad dispendendos vos.*   *Nul n'est égal à moy*] Fort bien Sainct Cyprian, *illa sublimitas non potest habere consortem, cùm sola teneat omnem potestatem* : Il n'y a qu'vn seul Dieu, qui ne peut estre qu'vnique, & consequemment n'a point d'egal. Elegamment Tertullian contre Hermogenes chapitre 4. *Si Deus est, vnicum sit necesse est, vt vnus sit; at quid erit vnicum & singulare nisi cui nihil adaequabitur ? quid principale nisi quod super omnia, nisi quod ante omnia, & ex quo omnia ?* *Ie suis qui suis*] Excellent nom de Dieu, qui n'a point de nom plus propre que celuy de l'Estre, & de Dieu, κυριώτερον πάντων τῶν ὅπι Θεῷ λεγομένων ὀνομάτων, dit Sainct Iean Damascene : *ne nomen Dei quaeras*, Sainct Cyprian, *Deus nomen est illi : Deo qui solus est, Dei vocabulum totum est.* Il ne peut pas plus proprement se nommer, qu'en disant qu'il est celuy qui est : car en effect, c'est luy seul qui est proprement, le reste n'est rien, ἐν τὸ ὄν, disoit Parmenide, ᾗ τὸ παρὰ τὸ ὄν, ὀδέ, remarque Parsymerius en sa paraphrase sur les lignes insecables d'Aristote. Et de là Sainct Augustin au 8. de sa Cité, chap. 11. dit qu'encor que les choses que Dieu a creées soient & ayent estre, toutesfois estans muables, elles ne sont pas vrayement ny proprement à l'esgard de l'estre de Dieu, qui est de par soy-mesme & immuable : & c'est pourquoy au 4. de l'Exode, Dieu enuoyant Moyse pour deliurer son peuple luy dit proprement son nom, ἐγὼ εἰμὶ ὃς ὤν, Ie suis qui suis ; & aussi Platon en son Sophiste, disant que Dieu ne peut auoir de nom qui le represente suffisamment, l'appelle τὸ ὄν, & Dieu dans Philon Iuif en la vie de Moyse, dit qu'il n'y a point de nom qui luy soit plus propre que celuy de l'estre, οὐδὲν ὄνομα τὸ παράπαν, ἐπ' ἐμοὶ κυριολογεῖται ᾧ μόνῳ προσέστι τὸ εἶ). Voy ce que remarque de ce nom diuin *Petrus Faber*, chap. 2. de son Dodecameron, & *Lilius Giraldus* 1. Syntagm. des noms de Dieu, de 4. 12. & 42. lettres, où à ce propos il remarque choses rares.   *A l'œuure de leurs mains*] A leurs images par idolatrie de fausses deïtez.

    Qui parmy l'air se iouent] Se meuuent, comme l'explique Seruius, *geminos ludere pendentes pueros, id est, moueri*, 8. Eneid. Et notez icy ce que dit *Macarius* elegamment, Homel. 14. que l'air & la mer, sont la terre des oiseaux & des poissons, parce qu'ils s'y soustiennent, comme nous faisons sur la terre, ἔσι γῆ ὂν τῇ αἶει ὂν ἢ πεπατῆσι ὁ ζῶα τὰ ὄρεα, ὁ ἔσι γῆ τῶν ἰχθύων τὸ ὕδωρ. *Noüent*] Nageut.   *L'homme sans plus*] C'est à dire tout le genre humain, à cause de l'vnité de la creation du premier homme, duquel puis apres tous les autres sont descendus, & c'est pourquoy *vnius singularis appellatio comprehendit humanum genus*, dit Lactance, au contraire des Stoïques, dit-il, qui ignorans ceste vnité de premiere creation, ne parlent iamais des hommes que pluratiuement, comme quand ils disent, *hominum causa non hominis, mundum esse fabricatum*, selon l'opinion qu'ils ont euë que les hommes au commencement, *homines in omnibus terris & agris tanquam fungos esse generatos.*

    L'homme que tu as fait] Interieur & exterieur d'ame & de corps, *ex duobus generibus vnum animal*, dit Sainct Hilaire, Psalm. 118. lettre Iod. Quant à l'ame raisonnable & immortelle, *opus illud non habet in se assumptam aliunde alterius naturae imaginem, incorporale est, quidquid illud de consilij sententia inchoatur : fit enim ad imaginem Dei, non Dei imago; quia imago Dei est primogenitus omnis creaturae, sed ad imaginem, id est secundum imaginis & similitudinis speciem diuinum in eo & incorporale condendum.* Pour le regard du second œuure concernant le corps de l'homme, il est bien different du premier, ce dit le mesme, *differt ab institutione prima*, parce qu'au premier, Dieu, fait, & au second, Dieu prend de la terre, *sumitur puluis & terrena materies formatur in hominem, vel praeparatur, & ex alio in aliud opere ac studio artificis expolitur : primum ergo non accepit sed fecit : secundum, non, vt prius, fecit, sed accepit & formauit.* Et tout cela est œuure de Dieu, auquel œuure ainsi que vous remarquez trois sortes d'operations, aussi vous y trouuez trois qualitez ou perfections ; l'vne qu'il est fait premierement à l'image de Dieu ; l'autre qu'il a sa conformation naturelle & corporelle faicte de terre, & la troisiesme qu'il est animé d'vn esprit de vie, par l'inspiration duquel *in viuentem animam commouetur*, ce dit le mesme.   *Par dessus tous animal plus parfait*] Non seulement à cause des circonstances de sa creation remarquées cy-dessus, mais parce aussi qu'il a des particularitez excellentes, qui luy sont propres à l'exclusion des autres animaux, comme il a la parole seul, & eux n'ont que la voix, λόγον & μόνος ἄνθρωπος ἐχ τῶν ζώων, Aristote au 1. de la Republique chap. 2. ἡ ἀδρωϊὰ φωνή, ὁ τοῖς ἄλλοις ὑπάρχει ζώοις, seul il a iugement de discretion du iuste & de l'iniuste, τῶν γὸ πρὸς τὰ ἄλλα ζῶα τοῖς ἀνθρώποις ἴδιον, τὸ μόνον ἀγαθοῦ ὁ κακοῦ, ὁ δικαίου ὁ ἀδίκου ὁ τῶν ἄλλων αἴσθησιν ἔχειν : seul il a le corps le plus droit de tous les animaux, τῶν ἄλλων ὀρθότατον, & plusieurs autres proprietez & perfections qui seroient longues à recueillir, pour lesquelles Seneque au 6. *de benefic.* chap. 23. dit fort bien, *scias (dit-il) hominem non esse tumultuarium & incogitatum opus : inter maxima rerum suarum natura nihil habet quo magis glorietur, aut cui certè glorietur.* Mais plus elegamment Synese en l'Epistre qu'il escrit à Iean, dit que l'homme est l'ombre de toute la perfection de Dieu, τῷ θείῳ παντὸς διακόσμου σκιὰ τὸ ἀνθρώπινον.   *Les traits de ton image*] En l'ame, & non pas au corps, comme il a esté dit cy-dessus, ὁ κατὰ τῆς κατασκευῆς τύχης τὸ σῆμα, dit Clement Alexandrin au 6. des Stromates : mais diuinement Philon Iuif au liure de la Creation : Les traits, dit-il, de ceste image ne sont pas en la forme exterieure & corporelle : car Dieu n'a rien en soy qui ressemble à ceste forme de corps, mais ils sont en son entendement, qui est comme le Dieu de son ame, & son conducteur. τὴν ἐμφέρειαν (dit-il) μηδεὶς εἰκαζέτω σώματος χαρακτῆρσι, ὅτι γὸ ἀνθρωπόμορφος ὁ Θεός, ὔτε θεοειδὲς τὸ ἀνθρώπινον σῶμα · ἡ ἡ εἰκὼν λέλεκται κατὰ τῆς ψυχῆς ἡγεμόνα νοῦν. Adioustons ce qu'en disent sanctement les Peres du Concile de Nicee és Actes recueillis par Gelase ; Les traits de l'image de Dieu en l'homme se doiuent entendre, à sçauoir que Dieu estant par nature la bonté mesme, la saincteté, la pureté, la simplicité & felicité, il a comme par vne emprainte, graué en la substance de l'homme les traits de ceste nature, ἐνέπηξε τῇ νοερᾷ, τῇ ἀνθρώπου οὐσίᾳ, τὸ κατ' εἰκόνα αὐτῇ ὁ ὁμοίωσιν, à fin que ce qui est en Dieu par nature, soit en la puissance de l'homme par sa grace, κατὰ τὴν αὐτῷ χάριν.   *Et vers le Ciel luy haussas le visage*] Lieu de son origine, pour y chercher & contempler Dieu. Et à ce propos Sainct Cyprian, au Traicté contre Demetrian, *rectum te Deus fecit, & cùm caetera animalia prona, & ad terram situ vrgente depressa sint, tibi sublimis status, & ad Caelum, atque ad Deum tuum vultus erectus est : illuc intuere, illuc oculos tuos erige, in supernis Deum quaere, sublimitatem serua qua natus es.* Tout expres, dit Lactance, il est creé la teste leuée au Ciel, *ne sub pedibus quaerat Deum, nec à vestigijs suis eruat quod adoret.* Ioignez icy ces beaux vers de Maistre Iacques Choart, Doyen des Aduocats du Parlement, personnage d'excellente probité, & de rare erudition, en son Adam :

—— *Hominem eximio teretis ceruicis honore*
Crura pedésque ambos, vultúmque atque ora supernè
Arrectum, in patriae aspectum, sedísque domúsque
Templa sub aetherei statuit sublimia Caeli.

Celuy s'est fait des autres Dieux nou-
    ueaux,
Cest idolatre idolatra des veaux,
Et le Belier qui ses cornes replie
Sur les sablons de la cuitte Libye :
Celuy premier controuua les abus
D'importuner les Trepieds de Phebus :
Celuy se fit vne Iunon cruelle,
Vne Pallas armee à la mammelle,
Et pour son Dieu, ce malheureux receut
Un Apollon qui tousiours le deceut,
De mots douteux de son Oracle estrange :
Celuy premier d'vne horrible meslange

Combla ton Ciel : il y mit des taureaux,
Des chiens, vn asne, vn lieure, & des che-
    ureaux,
Deux Ours, vn fleuue, vn serpent, & la chéure
Qui respandit son laict dedans la léure
De leur beau Dieu par l'espace d'vn an,
Estant caché dans l'antre Dictean.
Voila comment des Gentils la malice,
Comme les Iuifs aueuglez de leur vice,
Ont desrobé ton honneur precieux,
Pour le donner à ie ne sçay quels Dieux,
Qui ne sçauroient en nostre teste faire
Par leur vertu vn poil ny le desfaire.

RICHELET.

Celuy s'est fait] Proprement, s'est fait, parlant des Idoles. *Idola nempè, si non fiant, non sunt, quorum fabrica vexatio est, Optatus Mileuit.* liure 4. sur la fin, *& sine artifice fieri non potest.*   *Idolatra des veaux*] Le peuple Iuif s'en fit faire vn, *bubulum caput, de monilibus fœminarum & annulis virorum,* lors qu'au desert il dit à Aaron, *Fac nobis Deos qui nos antecedant,* Exode 32. Et Tertullian contre les Iuifs chap. 1. Les Gentils de mesme ont idolatré des animaux, & autres choses honteuses, *Gentes verò quædam animalia, etiam aliqua & obscœna pro Dijs habent, ac multa dictu magis pudenda, per fœtidos cibos & alia similia iurantes,* Pline 2. chap. 7.   *Et le Belier*] Sous l'image duquel Iupiter Ammon estoit representé en Afrique, & là se rendoient des Oracles fameux dont i'ay parlé ailleurs : mesme qu'Alexandre desireux d'estre reputé fils de ce Iupiter Ammon, Ἄμμωνος ὑὸς ᾖ δοκεῖν, voulut que les statuaires de son temps, le representassent portant cornes comme ce Belier, κερασφόρος αἰαπλάττεσθαι πρὸς τὸ ἄγαλμα τὸ ποιῶν, Clement Alexandrin en son Protrept.   *Cuitte Libye*] Partie de l'Afrique, bruslante & sablonneuse, d'où Synese en vne sienne Epistre l'appelle διψηρὰν Λιβύην.   *Les abus*] Parce qu'en effect les Oracles en quelque façon que ce fut, abusoient tousiours ceux pour lesquels ils estoient rendus, par leur ambiguité : comme quand dans le 2. d'Apollodore, les Heraclides furent demander à la Pythie de Delphes le temps de leur retour au Peloponnese, l'Oracle fut qu'ils retourneroient dans le troisiesme fruict, παρεμείναντας τοῦ τρίτου καρπὸν κατέρχεσθαι, ce qu'ils interpreterent dans la troisiesme annee, & là dessus donnerent la bataille, où ils furent défaits : & comme long temps apres on se fust plaint de l'abus de cest Oracle, la Pythie respondit, qu'il s'entendoit du fruict de generation & de race, ὐ γῆς ἀλλὰ γυναικὸς καρπὸν τρίτον : & voilà l'abus dont l'antiquité est pleine d'exemples.

Importuner] D'autant qu'il ne se faisoit quasi rien, que l'Oracle n'en fust enquis & importuné, comme i'ay remarqué ailleurs. Et Pline, *non matrimonia, non liberos, non denique quicquam nisi iubentibus sacris diligunt,* 2. chap. 7.   *Les Trepiez de Phebus*] *Phœbi tripodas,* d'où se rendoient les Oracles : car le Trepié estoit comme vne selle à trois pieds, sur laquelle la Prestresse d'Apollon se mettoit à son seant, retroussee par derriere, & tant plus bas estoit le Trepié dans le creux d'où sortoit l'esprit du Demon, plus certaine en estoit la response : mais aussi plus laborieux & dangereux l'effort de l'inspiration à la Prestresse qui estoit dessus ; *vnde vt certæ consulentibus sortes petuntur, ita nimius diuini spiritus haustus reddentibus pestifer existit,* Valer. Maxim. liure 1. chap. 8.   *Vne Iunon cruelle*] Pleine de courroux & de vengeance, comme dans Homere elle est tousiours representee, & dans Virgile.   *Vne Pallas armee*] Vne Vierge animeuse & guerriere, *sub militis galea puella delitescens,* Arnobe 6. ou bien armee à la mammelle : c'est à dire ceinte, *succincta,* ζωστεία, comme ceste Minerue, dont parle Pausanias aux Beotiques. Le ζώννυσθαι des Grecs anciennement signifioit l'vn & l'autre, estre ceint & armé, ᾗ ζώνη, τῆς ὅπλων τὴν σκεύην. Platon adiouste au Critias, que Minerue est representee armee, pour monstrer que les femmes sont aussi capables des armes & de la guerre que les hommes, ὁπλισμένην τὴν θεὸν, ὅτι κατὰ τότ᾽ ἦν τὰ ὑπιτηδεύματα ταῖς γυναιξὶ ἢ ἀνδράσι τὰ περὶ τ᾽ πόλεμον.   *De mots douteux*] D'Oracles ambigus, & principalement equiuoques aux mots, d'où Eschyle en son Promethee les appelle elegamment, à cause de leurs amphibologies & perplexes ambiguitez, αἰολοστόμους χρησμοὺς, ἀσήμως δυσφράτως τ᾽ εἰρημένας.   *Estrange*] Ce mot en nostre langue signifie diuersement, & tousiours quelque chose hors la reigle commune & difficile à comprendre.   *Vne horrible meslange*] Vne monstrueuse confusion de choses ridicules, que les hommes idolatres mirent au Ciel, & entre les Astres, *portenta quædam & monstra venerantes,* dit S. Cypr. dont se moque S. Aug. au 7. de sa Cité, c. 15. & Pline aussi au 2. c. 7. *quamobrem,* dit-il, *maior cœlitum populus quàm hominum intelligi potest, cùm singuli quoque ex semetipsis totidem Deos faciant.* Et Hercule mesme dans Seneque,

———*tellus in cœlo videt*
Quodcunque timuit, transtulit Iuno feras,
Inuasit omnis ecce iam cœlum fera ;
Méque antecessit : astra portentis priùs
Ferisque Iuno tribuit, vt cœlum mihi
Faciat timendum.

Il y mit des taureaux] Toutes ces varietez d'animaux dont parle icy nostre Autheur, imaginez fabuleusement dans le Ciel, ne sont rien autre chose que les diuerses faces des feux ou flambeaux du Ciel, *ignium multæ variæque facies sunt,* dit Seneque au 1. de ses Questions Naturelles, *Aristoteles quoddam genus eorum capram vocat : si me interrogaueris, quare ? prior mihi rationem reddas oportet, quare hædi vocentur : globum ignis Aristoteles Capram appellat.* Toutesfois Pline au 2. de son Histoire chap. 3. dit que ces impressions de figures

d'animaux, & d'autres choses, *innumeræ effigies animalium rerúmque cunctarum Cœlo impressæ,* sont veritables, & se recognoissent à la veuë, *visus probatione, alibi plaustri, alibi vrsi, tauri alibi, alibi litteræ figura est*; & croit que de ces figures d'animaux de là haut, & de leurs defluxions se forment les Monstres d'icy bas, principalement en la mer.   *En l'antre Dictean*] En l'Isle de Candie,
        Latuit infans rupis exesæ specu.   Seneque.
     Ont desrobé ton honneur] *Superstitionibus falsis religionem veram subuertentes.* Sainct Cyprian.   *A ie ne sçay quels Dieux*] Fantasques & ridicules, selon la corruption de l'esprit des peuples, dont se moque mesme Lucian, qui en fait vne remarque *in Ioue tragœdo* : les Scythes, dit-il, sacrifient à leur Cymeterre, ἀκινάκη Σύσττις, Αἰθίοπες ἡμέρα, Λασύελοι ἀσελτερᾶ, Πέρσαι ποιεῖ, & Αἰγύπτιοι ὕδατι· Μεμφίταις τε ὁ βῦς Θεός, Γακτσσώπαις δὲ κρόμωιν, ἤ ἄλλοις Ἶσις, κροκόδειλος, & ἄλλοις κυνοκέφαλος, αἴλυρος, ἢ πίθηκος.   *Qui ne sçauroient en nostre teste*] Impuissans tout à fait. *Et quid præstare colentibus possunt* (Sainct Cyprian contre Demetrian) *qui se de non colentibus vindicare non possunt? Cur verò Deos putas pro Romanis posse, quos sæpiùs videas, nihil prorsus aduersus eorum arma valuisse?* Lisez Arnobe liure 6. & Clement Alex. au Protreptic.

Mais où est l'œil, tant soit-il aueuglé,
Où est l'esprit, tant soit-il desreiglé,
S'il veut vn peu mes paroles comprendre,
Que par raison ie ne luy face entendre,
Que la pluspart des choses qu'on escrit
D'Hercule est deuë à vn seul I E S V S-
        C H R I S T ?
Premierement, qu'est-ce de trois nuictees
Que Jupiter tint en vne arrestees,
Quand il voulut son Alcmene embrasser,
Qu'vn nombre d'ans qui se deuoient passer,
Ains que I E S V S prinst naissance de Mere,
Tant il y eut dans le Ciel de Mystere,
Auant que luy celast sa Deïté
Sous le manteau de nostre humanité?

Hé! qu'est-ce apres de Junon homicide,
Qui enuoya dans le berceau d'Alcide
Deux grands serpens pour le faire perir,
Qu'Herodes Roy, qui pour faire mourir
L'Enfant I E S V S, enuoya par la terre
De Bethléem ses Satrapes de guerre,
Pour le tuer, & les petits enfans
Qui seroient naiz au dessous de deux ans?
On les pensoit tous deux estre fils d'hommes,
Et purs humains ainsi comme nous sommes,
Et par le peuple enfans les nommoit-on,
L'vn de Joseph, l'autre d'Amphitryon,
Bien que I E S V S eust pris de D I E V son
        estre,
Et Iupiter eust fait Hercule naistre.

RICHELET.

Mais où est l'œil] Il entre maintenant au parallelle des deux Hercules.   *Que la pluspart*] Car il n'est pas necessaire, en fait de comparaison, que tout se rapporte. *Cùm proferuntur exempla,* dit Sainct Cyprian sur le Symbole, *non per omnia similitudinem seruare possunt rei illius cui præbere putantur exemplum, sed vnius alicuius partis pro qua videntur assumpta, similitudinem tenens* : comme quand l'Escriture dit, que le Royaume des Cieux *simile est fermento,* dans Sainct Matthieu 13. ce n'est pas qu'il soit *per omnia simile fermento,* mais cest exemple, *ad hoc solùm videtur assumptum, vt ostendatur ex parua prædicatione Verbi, humanas mentes fidei fermento posse coalescere,* Et de là s'ensuit, dit le mesme Sainct Cyprian, *exempla non in omnibus his, quorum exempla sunt, esse similia* : ce qui sert encor d'Apologie à la comparaison que fait nostre Autheur. Et Arnobe ne s'esloigne pas de pareille comparaison, quand il parle ainsi, *Si Herculem quòd feras, quòd fures, quòd multiplicum capitum superauit compescuítque natrices, diuorum retulistis in cœtum, honoribus quantis afficiendus est nobis, qui ab erroribus nos magnis insinuata veritate traduxit?*   *D'Hercule*] Ce nom anciennement estoit general pour tout homme fort, & de labeur, contre les Monstres.   *Est deuë à vn seul Iesus-Christ*] Est propre, & desia eurent-ils cela de commun tous deux, que leur vie fut toute laborieuse, quoy qu'illustre d'honneur & de gloire, ἐπίμονος δὲ & μοχθηρὸς ὁ τῦ Θῦ βίος, ὅτι λω ἐν ἀ-Θρώποις, ἤ εἰ πάνυ λαμπρὸς λω & ἐνδόξος, Artemidor. liure 2. chap. 42.   *De trois nuictees*] Les vns disent, neuf, comme Arnobe liure 4. *Iupiter noctibus vix nouem, vnam potuit prolem extundere, concinnare, compingere.* Sainct Hierosme contre Vigilance dit deux, *in Alcmena adulterio duas noctes Iupiter copulauit, vt magnæ fortitudinis Hercules nasceretur,* comme dit aussi *Martianus Capella* liure 2. que ceste double nuict, *geminatæ noctis obsequium in Herculis ortu vim numinis approbat.* Seneque de mesme, qui mythologisant sur ceste fable, dit que ces deux nuicts ont esté imaginées par les Poëtes, pour monstrer que le temps employé à iouïr de ce que l'on aime, n'est iamais assez long : *tempus illud quod amant breue est & præceps : inde etiam Poëtarum furor, fabulis humanos errores alentium, quibus visus est Iupiter à voluptate concubitus delinitus, duplicasse noctem,* au liure *de breuit. vit.* chap. 16. *Placidus* sur le 12. de la Thebaïde, dit trois, comme nostre Autheur, *nox Herculea, quam iussit esse triplicem Iupiter, demutatus in Amphitryonis speciem, ne aduentu diei, concubitus voluptas minueretur* : voyez à ce propos la premiere Comedie de Plaute.   *En vne arrestées*] *Cùm lege Mundi Iupiter rupta, Roscidæ noctis geminauit horas, Iussítque Phœbum tardiùs celeres agitare currus.* Seneque en l'Agamemnon.   *Alcmene*] Mere d'Hercule.   *Qu'vn nombre d'ans qui se deuoient passer*] Car il a fallu pour la grandeur de ce mystere, que plusieurs annees se passassent, & que celuy qui deuoit estre mediateur de Dieu & des hommes, *in medio annorum nasceretur,* non pas au commencement ny à la fin du Monde.   *Prinst naissance*] Vraye naissance, non πὸ δοκεῖν, *non natiuitatis phantasma,* Tertullian *de Car. Christ.* chap. 1.   *De mere*] *Ex sola Virginis carne formatus, non per interualla temporum vt cæteri, sed statim homo in omnibus membris suis, statim animatus, eiusdem potentiæ & virtutis cuius erat cùm tricenarius prædicaret* : Petrus Blesens.

au Sermon de l'Annonciation. *Tant il y eut dans le Ciel de mystere*] Cela se faisant par vne longue preordi-
nation œconomique de Dieu, κτ᾽ τὼ οἰκονομικὼ προδιατυπωσιν, Clement Alexandrin, chap. 6. de son Pedagog.
Auant que luy] Auparauant que le Fils eternel & inuisible de Dieu, fut fait visible & comme temporel par sa
chair, ἄχρονος ἐν χρόνῳ, ἢ ἀόρατος τῇ φύσει ὁρατὸς ἐν σαρκὶ, Sainct Ignace à Polycarpe : & alors Iesus-Christ fut fait de
deux natures, *in duabus & ex duabus naturis ; sanctuarium interius & exterius : interius, verbum in principio apud patrem : exterius, verbum caro factum in tempore. Petrus Blesens.* au 2. Sermon. *Celast sa Deité*] Et l'vnit à nostre nature si parfaictement & estroittement, *vt idem sit homo qui Deus est, & Deus qui homo*, dit Alcuin au 2. de la Trinité
chap. 10. *nec vlla est in hac duarum coniunctione naturarum, id est, Diuinitatis & humanitatis, personalis separatio : &
quia forma Dei accepit formam serui, vtrumque Deus & vtrumque homo ; sed vtrumque Deus propter accipientem Deum,
vtrumque autem homo propter acceptum hominem : nec tamen illa susceptione, alterum eorum in alterum conuersum est atque
mutatum : Nec diuinitas in creaturam mutata est, vt desistat esse diuinitas, nec creatura in diuinitatem, vt desistat esse creatura :*
admirable conionction donc, & incomprehensible vnion du Createur à la creature par l'Incarnation du Fils
de Dieu. *Sous le manteau*] Sous la chair, que Sainct Paul aux Hebrieux chap. 9. appelle aussi *velamen.*
D'Alcide] D'Hercule, du nom d'Alcee son ayeul paternel, ou bien ἀπὸ τῆς ἀλκῆς. *Deux grands serpens*] πλώερα
δύο, Theocrit, lesquels il estouffa dans son berceau, n'estant âgé seulement que de dix mois, δεκαμηνος ὤν. Et ce
berceau estoit le bouclier d'vn Roy que son pere auoit desfait. Elegamment Seneque,

> ———monstra superauit prius
> *Quàm nosse posset. gemina cristati caput*
> *Angues ferebant ora, quos contra obuius*
> *Reptauit infans, & tumida tenera guttura*
> *Elidens manu, prælusit hydræ.*

Qu' Herodes Roy] Roy estranger qui n'estoit pas du peuple d'Israël, *sed ex sylua alienigenarum*, dit Sainct Cyprian sur le Symbole ; & alors le Sceptre sortit de la maison de Iuda. Car Herodes estoit Idumean du costé de
son pere, & Arabe du costé de sa mere : Nicephor. liure 1. chap. 6. *Pour faire mourir L'enfant Iesus*] Et pourquoy le faire mourir ? *quis irascitur pueris*, Seneque 2. *de ira cap.* 9. *quorum ætas nondum nouit rerum discrimina?* Mais
c'est d'autant qu'il estoit escrit, que cest enfant seroit Roy des Iuifs, & la crainte de n'estre plus Roy, φόβος ἐπὶ ἀφαι-
ρέσει βασιλείας, dit Sainct Ignace, luy fit faire ce cruel Edict de la mort des enfans, νηπιοκτόνον πρόσταγμα, qu'appelle
le mesme, & la mesme apprehension, ce dit Adon en sa Chronique, porta Domitian à commander, que tout
ce qui restoit de la race de Dauid fust tué, *quasi adhuc futurus esset Rex ex semine Dauid qui regnum posset adipisci*,
combien que Iesus-Christ fust mort, il y auoit déja long temps. *De Bethleem*] Terre & contree illustre par
ceste Natiuité, *vbi natus est Iesus, sanctus de monte Ephrem*, Sainct Irenee liure 3. chap. 23. selon la prophetie de Mi-
chee : *& tu Bethleem, non minima es in ducibus Iuda, ex te enim exiet dux qui pascat populum meum Israël.* *Ses Satrapes de
guerre*] Ses Capitaines, ceux qui commandoient à ses armees : ce mot en nostre langue, est quasi tousiours mauuais, au lieu qu'en sa primitiue & naturelle qui est Persique, il signifie vn legitime Gouuerneur de Prouince.
Et ces petits enfans] *Nescientes mortem & sub cultro ridentes*, Tertullian en son Apologet. & Arnobe liure 7. *adhuc parui nutricum sub alimonia constituti, vt in eos immitteretur par & vna sæuitia, priusque acerbitatem mortis, quàm dul-
cedinem aliquam perciperent luminis* : Mais ce meurtrier aussi mourut six ans apres, *scatentibus toto corpore vermibus*,
dit Adon, ou comme parle Pline elegamment, *erodente seipso corpore & supplicia sibi gignente.* *L'vn de Ioseph*]
Qui toutesfois n'estoit point son pere, πατρὸς οὐ σπείραντος, Sainct Ignace. *L'autre, d'Amphitryon*] Ἀρχεῖα κεκλη-
εφίος Ἀμφιτρύωνος, Theocrit. Eidyll. 24. *De Dieu son estre*] Son fils de substance & d'essence, *non adoptionis sed
natura, non temporaneus sed æternus, non aliunde sed consubstantialis, dilectus æternaliter & singulariter prædilectus, Petrus
Blesens.* au Sermon de la Transfiguration. Verbe de Dieu, dit sainct Ignace en l'epistre aux Magnesiens, non pas
de simple parole prononcée, mais de substance, οὐ ῥητὸς λόγος, ἀλλ᾽ οὐσιώδης, οὐ λαλιᾶ ἐναρθρου φώνημα, ἀλλ᾽ ἐνεργείας θεϊκῆς
οὐσία γεννητή. *Idcircò filius Dei & Deus dilectus ex vnitate substantia, à matrice non recessit sed excessit*, Tertull. Apologet.

Hé! qu'est-ce apres de ces Monstres infects,
De ces Dragons par Hercule desfaits ?
De mille horreurs, de mille estranges bestes,
De ce Serpent effroyable à sept testes,
De ce Lion, des Centaures vaincus,

De Geryon, de Busire & Cacus,
Qui tous viuoient comme Mostres difformes :
Sinon le vice & les pechez enormes
Que Iesus-Christ par le celeste effort
De sa grand' Croix mit en mourant à mort.

RICHELET.

Hé! qu'est-ce apres de ces Monstres] Comme en effect par tous ces labeurs d'Hercules, on ne peut entendre
autre chose, sinon, ce que dit Artemidore liure 2. chap. 42. qu'Hercule deuant sa vie a esté la terreur des meschans & la protection des bons, ἀεὶ γὰρ ὁ θεὸς ἐπήμμωι τοῖς ἀδικουμένοις, ἢ εὐαρεῖ τοῖς προστρομένοις ἢ τοῖς ἀδικόν τι προϊεμένοις,
πονηρὸς ὁ θεός. *Par Hercule desfaits*] Luy-mesme le dit dans Lucian aux Dialogues des Dieux, τοσαῦτα ὅ πεποίηκα,
ἐκκαθαίρων τὸν βίον, θηεία πάντα καταγωνιζόμενος, ἢ ἀνθρώπους οὕτως τιμωρόμενος. *De ce serpent*] De l'Hydre. *A sept
testes*] *Numerosum malum*, Seneque sans s'amuser au discours de toutes ces fables, qui seroit long, & de choses
vulgaires. *De ce Lion*] Nemean, son premier labeur, Seneque : & qu'il estrangla, Ἡρακλῆς ἄγχων τὸν λέοντα, Pausanias aux Laconiques. *Des Centaures vaincus*] A coups de fleches, dit encor Pausanias aux Eliaques, Ἡρακλῆς
τὸ ἔργον τοξεύοντος Κενταύρους. *De Geryon*] Duquel il emmena les vaches, τὰς Γηρυόνου, Pausanias. *De Busire & Cacus*] Deux prodiges d'hommes, ἄδικοί τινες ἄνθρωποι ἢ θηλιώδεις, οὓς ἐκεῖνος ἐζήλαυνε ἢ ἐκάθαιρε, dit Epictete liure
2. chapitre 6. dont l'vn immoloit ses hostes sur des autels chez luy, & voulut mesme immoler Hercule,
dit Seruius, & pour cela il le défit : & l'autre fut vn brigand, valet d'Euandre, qui pilla tout le païs, & se retiroit
dans vne cauerne du mont Auentin, où Hercule, duquel il auoit emmené les bœufs, l'estrangla : Virgile en fait

le difcours au 8. de l'Eneid.　*Sinon le vice & le peché*] Qui font les Monftres des hommes, que Iefus-Chrift a combatus & mis à mort : Seneque au liure *Quòd in fapientem non cadit iniuria*, fait la mefme comparaifon d'Hercule combattant les Monftres, auec Caton combattant les vices de fon fiecle, & met la victoire de Caton par deffus celle d'Hercule : *Cato (dit-il) cum feris mänus non contulit, nec monftra igne ac ferro perfecutus eft, nec in ea tempora incidit, quibus credi poffet, cœlum vnius humeris inniti : fed cum Ambitu congreffus, multiformi malo, & cum potentia immenfa cupiditate, aduerfus vitia ciuitatis degenerantis & peffum fua mole fidentis ftetit folus, &c.* Et mefme en la perfonne d'Hercule, dit Seruius, les fages rapportent fa force, plus à la défaite des paffions de l'efprit, qu'aux forces exterieures du corps, *Hercules à prudentioribus mente magis, quàm corpore fortis inducitur : adeò vt duodecim eius labores referri poffint ad aliquid :* fa force, dit-il, c'eft fa raifon, *ratio eft, qua omnes cupiditates, & cuncta vitia terrena contempfit & domuit.*　　*De fa grand' Croix*] C'eft à dire, de ce grand & admirable œuure de la Paffion, que fainct Ignace appelle, Θεομαχίσων πάθος : & non que cela fe doiue entendre du bois materiel de fa Croix : combien que la Croix en fon figne & charactere, foit vn Hieroglyphique fignifiant la mort des affections du Monde, & la victoire fur le vice. Ainfi que Sainct Denys au fixiefme chapitre de fa Hierarchie, explique le figne de la Croix qui fe faifoit fur la tefte du Religieux qui faifoit profeffion, τὸ ςαυροειδὲς τύπε σφραγὶς δηλοῖ τῆς πασῶν ὁμῦ τῆς ϲαρκικῶν ὀρέξεων ἀϊενεργηϲίαν. Mais pourquoy eft-ce que Iefus-Chrift entre tant de fortes de fupplices a voulu choifir celuy de la Croix ? Sainct Cyprian fur le Symbole formant cefte queftion, dit, que c'eft premierement, pour ce que la Croix porte en fa figure comme vne efpece de triomphe & de trophee ; en marque que cefte mort feroit la victoire & la mort de la Mort : & à ce propos font elegans & remarquables les fynonymes de la Croix, & les eloges que luy donnent les Peres du Concile de Nicee, chap. 6. quand ils l'appellent, τὸ τῆ ϲωτηεία πάθες τρόπαιον, ϲωτηειῶδες ϲημεῖον, & ἀληθινὸν ἔλεγχον τῆς αἰϲθρείας. Secondement, qu'il falloit que la mort de Iefus-Chrift foubmift & fubiugaft trois fortes de puiffances & de natures, celeftes, terreftres, & infernales, comme dit l'Apoftre : ce que fait Iefus-Chrift en fa mort par la figure de la Croix, *& quia hæc omnia fua morte vincebat, conueniens myfterio mors quæfita eft :* le haut de la Croix qui porte dans le Ciel ou dans l'air, monftrant la victoire fur les puiffances aërees ; le trauers enfeignant qu'auec fes deux bras eftendus, Iefus-Chrift eft victorieux de la terre & du peché des hommes ; & le bas de la Croix perçant dans la terre, *ea parte quæ fub terram demergitur,* monftre la victoire de l'Enfer.　　Et encor Lactance liure 4. chap. 26. faifant auffi la mefme queftion, *cur fummus pater id potiffimùm genus mortis elegerit ; & cur, fi Deus fuit, & mori voluit Chriftus, non faltem honefto aliquo mortis genere affectus eft, & cur potiffimùm cruce, infami genere fupplicy, quod etiam homine libero, quamuis nocente, videatur indignum,* il dit, pour premiere caufe, que celuy qui venoit en humilité pour les petits & les foibles, a deu mourir de la mort de laquelle font punis les coulpables de vile condition, à fin que tous indifferemment priffent efpoir de leur falut en luy : la feconde, à fin que fon corps demeuraft entier : *vt integrum corpus eius conferuaretur,* comme il aduenoit en cefte forte de fupplice, quand le crucifié fe trouuoit mort auparauant la fraction de fes membres, comme il eft arriué en noftre Seigneur, par la puiffance qu'il a eu de mourir quand il a voulu : la troifiefme caufe pour laquelle *Deus crucem maluerit,* eft que fa mort deuoit eftre efleuee & exaltee pour eftre veuë de tout le Monde, *& quoniam is qui patibulo fufpenditur, & confpicuus eft omnibus, & cæteris altior, crux potiùs electa eft,* en fignification que Iefus-Chrift feroit à l'auenir fi exalté, que toutes les Nations de la terre le cognoiftroient & viendroient à luy, comme auffi fes bras eftoient eftendus en la Croix à ceft effect, pour monftrer, qu'il appelloit à fon embraffement, tous les peuples du Monde.　　*En mourant mit à mort*] Voire les plus enormes pechez, que la Croix met à mort : de forte que par le merite appliqué de cefte Croix de Iefus-Chrift, aucun peché pour grand qu'il foit ne nous eft imputé : c'eft ce que dit vn Ægyptius dans Zofime liure fecond, à Conftantin coulpable du parricide de fon fils, & du malheur de la mort de fa femme Faufta, fur le refus que luy faifoient les Preftres de fon paganifme, de l'expier, difans qu'il n'y auoit point d'expiation pour vn fi grand peché, ἐ καθαρμῷ τρόπες ἀναϲύημαϲι τηλικαῦτα καθέϲϲι δυνάμεος, au contraire, il luy dit que le Chriftianifme purgeoit & lauoit l'homme de toute mefchanceté, & qu'auffi toft qu'il fe faifoit Chreftien, de mefchant il deuenoit homme de bien, πάϲης ἁμαρτάδος ἀϲαμρύκλω ἔ) τὴν τῆς χριϲιάνων δόξαν, ἐ τὲς ἀϲεϲύς μεταλαμϲάϊοντας αὐτῆς, πάϲης ἁμϲρτίας ἔξω ϲὑϲχρῆμα καθἵϲαϲιν, ce qu'il creut & deuint Chreftien.

Hé ! qu'eft-ce apres d'Hefionne de Troye
Contre vn rocher liée pour la proye
D'vn Ourque fier ? qu'eft-ce de Promethé
Deffus Caucafe aux aigles garotté ?
Lefquels Alcide affranchit hors de peine
Les deliurant ? finon Nature humaine
(J'entens Adam) que Chrift a détaché
Par fa bonté des liens de peché,

Lors que la Loy comme vne aigle fans ceffe
Luy pincetoit fon ame pechereffe,
Sans nul efpoir, auant que par la Foy
De Chrift la grace euft combatu la Loy ?
Qu'eft ce qu'Hercul' qui toufiours obtempere
A Euryfthé ? finon Chrift à fon Pere,
Ses mandemens toufiours accompliffant,
Iufqu'à la mort fon humble obeiffant ?

R I C H E L E T.

Hé, qu'eft-ce apres d'Hefionne] Fille de Laomedon. On dit que Neptune indigné de ce que ce Roy luy refufa fon falaire fit fortir de la mer plufieurs Ourques ou Baleines, qui faifoient beaucoup de dommage : fur quoy l'oracle d'Apollon confulté, il fut refpondu par ce Dieu, qui auoit le mefme fujet d'indignation que Neptune, que pour faire retirer ces Baleines, il falloit leur bailler en proye les plus nobles filles du païs & mefme Hefioune : ce qui fut fait ; mais Hercule deliura cefte-cy, comme il la veit liee & attachee à vne roche pour eftre déuorée. Seruius toutefois dit que toute cefte deliurance eft fabuleufe.　　*D'vne Ourque fier*] D'vne Baleine,

Monstre marin.   *Qu'est-ce que Promethé*] Voyez le Promethée d'Eschyle.   *Dessus Caucase*] Haute montaigne, retentissante des clameurs de ce Promethée.

———*Immensis conclamata querelis*
Saxa senis.   Martial.

Aux aigles garrotté] δεμώτης θεός, Eschyle, &c. Enchaisnement fait par Vulcain.   *Lesquels Alcide affranchit*] Ayant tué l'aigle à coups de fleches. *Prometheum Iouis imperio in Caucaso monte religatum, occisa sagittis Aquila liberauit,* Seruius 8. καταπαύων τὸν αἰῶνα, dit Lucian sur la fin de son Promethée, selon mesme la prediction qu'il auoit faite qu'vn archer Thebain le deliureroit, c'est à dire, Hercule, τοξότης Θηβαῖος.   *Sinon nature humaine*] L'homme, que Iesus-Christ a deliuré, & reüny à Dieu son Pere, *Christus veniens,* dit Optatus, liure 4. *Deum & hominem reuocauit in pacem, & fecit ambos vnum, tollens medium, sepem parietis.*   *I'entens Adam*] Le premier de tous les hommes, duquel comme d'vne racine infecte & corrompuë, à cause de sa transgression, tous les descendans sont corrompus & subiects à peché, ἀπὸ τῆς τοῦ Ἀδὰμ ἐκπτώσεως βραβαίνης τὴν ἐσωλήν, Macar. Homel. 5.   *Que Christ a destaché*] Second Adam, qui a racheté & payé ce que le premier Adam auoit vendu & obligé à Satan: c'est ce qu'il dit dans l'Homel. 11. de Macarius, ἐχαρισάμην ἢ σοὶ διαφθαρθὲν σῶμα ἢ τῇ πρώτη Ἀδάμ, βραβαίνω σοι τὰ χρώματα, ἐγὼ γὰ ἀπέδωκα τῷ χρεία τῇ Ἀδὰμ σταυρωθείς, & fort bien, σταυρωθεὶς, car ce payement fut fait le iour de sa crucifixion, & ceste crucifixion le iour mesme qu'Adam contracta la debte, c'est à dire, le peché. *Manifestum est,* dit Sainct Irenée liure 5. *quoniam in illa die mortem sustinuit Dominus, obediens patri, in qua mortuus est Adam inobediens Deo: in qua autem mortuus est, in ipsa & manducauit.*   *Par sa bonté*] *Miseratione sola suæ voluntatis humanatus,* Pet. Blesensis.   *Des liens de peché*] *Vinculis & fascijs peccatorum,* aux Prouerb. 5. c'est à dire, du peché d'origine, qui ne se peut oster que par Iesus-Christ, *quod semel Christi sanguis extinxit,* dit Sainct Cyprian, au can. *minor, de pænitent. distinct.* 1. & auquel tout homme, excepté luy, a esté suiect. Il oste aussi le peché actuel; mais de ce peché l'homme en quelque façon se peut defendre, selon la liberté de son ame: & de fait, que plusieurs n'ont point commis de peché actuel, preuenus de la grace, & sanctification auparauant leur naissance.   *Lors que la Loy*] En general, tant non escrite, *quæ naturaliter intelligebatur,* que celle de Moyse, *scripta in tabulis lapideis,* dit Tertullian contre les Iuifs: laquelle Loy, quoy que l'homme l'accomplist, ne pouuoit iamais le iustifier à salut.

Comme vn aigle] A cause de sa rigueur: & de fait l'Apostre aux Rom. 8. l'appelle, *legem seruitutis in timore, quæ tormentorum metu, ad sui obseruantiam sibi subiectos prouocet.* D'où adiouste Tertullian contre les Iuifs chapitre 3. que l'ancienne loy, *vetus lex vltione gladij se vindicabat.*   *Luy pincetoit son ame*] Le tourmentoit tousiours d'vn remord, attendu qu'elle ne pouuoit iamais le rendre parfait, *non poterat iuxta conscientiam perfectum facere,* ce dit Sainct Paul aux Hebr. 9. Car la loy de Moyse, comme la piscine des foulons, seruoit plus à la purification de la chair que de l'ame, *ad emendationem carnis & non spiritus valuit, ad declinationem verò peccati non valebat,* Petr. Blesensis, au 1. des Sermons. Toutefois le mesme, au mesme endroit, dit, que la loy de Moyse, qu'il appelle pour son defaut, ecliptique, auoit quelques preceptes seruans à la iustification, *habuit quædam mandata mundantia ad iustificationem, alia verò, quæ neminem mundabant ad salutem.* Et c'est pourquoy la grace a esté du tout necessaire, d'autant qu'il estoit impossible, dit Sainct Hilaire liure 9. de la Trinité, *impossibile erat legi per fidem iustificationis saluare credentes;* & à cause de cela pour la perfection de l'ame & de son salut, *æterna redemptio inuenta per proprium sanguinem Christi,* qui est la fin de la loy, *finis quippe legis Christus est:* Sainct Paul encor aux Hebr.   *Sans nul espoir*] Car il n'y auoit point d'esperance de pouuoir estre sauué par la loy seule. *Lex ex Sion non fuit salutaris:* Sainct Hilaire Psalm. 54. *opere quidem viuificans, sed non iustificans in fide.* Laquelle iustification n'appartenoit qu'à la grace de Iesus-Christ, & aux enfans d'Abraham suiuant la promesse, *qui filij promissionis deputantur in semen, & sunt filij Abrahæ non secundum carnem:* & c'est pourquoy l'Apostre aux Hebrieux 7. appelle la loy, *inutilitatem & infirmitatem; nihil enim ad perfectum adduxit lex, quia non iustificatur homo ex operibus legis nisi per fidem Iesu-Christi,* aux Galates 2. & aux Rom. 4. *Si Abraham ex operibus legis iustificatus est, habet gloriam, sed non apud Deum.*   *De Christ la grace*] Qui est l'œuure eternel du Verbe, ἔργον τοῦ λόγου αἰώνιον, Clement Alexand. au Pedagog. chap. 7.   *Eut combatu la loy*] *Superducto Euangelio, expunctore totius retro vetustatis,* Tertullian au liure de l'Oraison chap. 1. C'est à dire, la loy qui estoit l'ombre des choses futures, *vmbra scilicet futurorum,* comme dit l'Apostre, & laquelle s'esuanoüissoit en Iesus-Christ qui en estoit la verité, & qui d'auantage conuertissoit par sa grace, ce qu'elle auoit de materiel & literal en doctrine spirituelle, comme remarque S. Hilaire Psalm. 118. lettre Aleph: & c'est en cela que la grace a combatu la loy. Car notez, dit le mesme, que ceste loy ne se deuoit pas entendre de la loy ou commandement du Decalogue qui subsiste tousiours, & lequel Iesus-Christ n'a ny combatu ny abbatu, *quia semper mandatum illud per obseruantiam implendum est : non enim in eo species futuræ imaginis continetur, sed præsentem habet operationis effectum.* Qui est la difference qu'il faut faire entre loy & commandement.

A Eurysthé] Vn iniuste Roy de la Grece qui luy commanda tant de labeurs qu'il en estoit las; *sessus imperando Eurystheus,* Seneque.   *Iusqu'à la Mort son humble obeïssant*] Admirable obeïssance, dit Sainct Hilaire Psal. 231. *cùm per obedientiam voluntatis paternæ, ex Deo homo, ex potente infirmus, ex viuificante mortuus, ex æternorum sæculorum iudice, crucis reus dicitur :* & à la fin Christ faict oblation & sacrifice pour nous, ὑπὲρ ἡμῶν καὶ προσφορὰ τῷ θεῷ, Sainct Iguace aux Ephesiens, & Sainct Paul aux Hebr. chap. 3. *Cùm esset filius Dei, didicit ex his quæ passus est, obedientiam : obediens fuit vsque ad mortem, mortem autem crucis :* le mesme aux Philippiens ch. 2.

Hé! qu'est-ce apres de Iunon l'enuieuse,
Qui fut tousiours ennemie odieuse
Des faits qu'Alcide en ce Monde acheuoit?
Sinon Satan qui tousiours conceuoit
Une ire en vain contre Christ & sa gloire,
Pour empescher de sa Croix la victoire?
Et qu'est-ce apres d'Hercule, qui remis

Par vne main le Dieu Pluton, qui vint
Sur le tombeau de la morte Euryuie,
Le contraignant de la remettre en vie?
Sinon IESVS qui la Mort arresta
Par son pouuoir, quand il ressuscita
Son cher Lazare, & de la nuict profonde
Le renuoya citoyen de ce Monde?

RICHE.

RICHELET.

Hé! qu'est-ce apres de Iunon] Qui portoit enuie à ses entreprises glorieuses, & le haïssoit mortellement, comme il dit luy-mesme dans Seneque, —— *in pœnas meas, Atque in labores non satis terræ patent Iunonis odio.* *Sinon Satan*] Diction Hebraïque qui signifie vn meschant aduersaire lequel s'oppose à tout bien : c'est pourquoy le Diable, *angelus malitiæ*, comme l'appelle Tertullian au liure du tesmoignage de l'ame chap. 3. par prerogatiue de ce naturel ennemy & contraire à tout bien, s'appelle proprement Satan. *Pour empescher de sa Croix*] Car le Diable a tousiours fait son effort d'empescher la Passion de Iesus-Christ auant sa Croix. Et mesme apres sa Passion a tasché de l'aneantir par diuerses impostures ; & tout cela parce qu'il voyoit bien qu'elle seroit sa mort & nostre vie, le trophee eleué contre sa puissance, τὸ ἔσπαιρον χτ' τῆς αὐτῇ δυνάμεως, dit Sainct Ignace aux Philippiens, qui remarque cet empeschement, disant que le Diable par la penitence imparfaite de Iudas & par le songe de la femme du Pontife, ποιεῖν περιεστῶτα τὰ χτ' τὸ σταυρὸν, & Tertullian au liure de la Prescript. chap. 47. dit que les puissances, *Potestates huius mundi nolebant Christum pati, ne humano generi per mortem ipsius salus pararetur.* Et P. Blesens. sur le Iob chap. 2. *Cùm per Filium Dei ordinata esset nostra redemptio, præsentiens hostis quod in morte Christi nostræ redemptionis dispensatio implebatur, salutem totius humani generis, per fœminam machinatus est impedire : in vxore itaque Pilati visiones deceptorias, & phantasticas illusiones immisit.* Toutefois fait à remarquer ce que dit le mesme Sainct Ignace aux Ephesiens, que le Diable a ignoré trois mysteres de grand esclat, τρία μυστήρια κραυγῆς, la virginité de la Vierge, son enfantement, & la mort de nostre Seigneur, ἔλαθε τὸν ἀρχόντα τῦ αἰῶνος τύτε, ἡ παρθενία Μαρίας, ἡ ὁ τοκετὸς αὐτῆς, ὁμοίως ἡ ὁ θάνατος Κυρίε. *La Victoire*] Noua gloria potestatem & sublimitatem, qu'appelle Tertullian, *cuius imperium*, dit le Prophete Isaie, *factum est super humerum ipsius*, chap. 9. le trophee de tous les trophees, & le plus releué, ἔχμαψε πάντα ὑψηλότερον, Greg. de Nazian. en sa 2. contre Iulian. *Sur le tombeau de la morte Euryuie*] Sur le tombeau d'Alceste, morte pour Admete son mary : mais Hercule se trouuant lors au logis de la defuncte, & obligé de l'hospitalité qu'il y receuoit, ayant sceu le lieu du tombeau où estoit le corps, τύμβον ξεστὸν ὃ περασιν, se resolut de la rauoir en vie, & la rendre à son mary.

    δεῖ γὰρ με σῶσαι τὴν θανῦσαν ἀρτίως,
    γυναῖκα (dit-il) δ' εἰς τόνδ' αὖθις ἱδρύσαι δόμον.

Et voicy comment dit l'Euripide en son Alceste : Hercule s'alla mettre d'embuscade en son tombeau, espiant le Roy des Morts, ἄνακτα τῶν νεκρῶν θανάτον, comme il venoit boire les premices des effusions funerales qui s'y faisoient, & le prenant à la gorge auec les mains, κύκλῳ σφειβαλὼν, le contraignit par force de luy rendre Alceste en vie comme auparauant, μάχην συνάψας δαιμόνων τῷ κοιρῶνῳ, ayant combatu par ce moyen contre le Roy des Diables, ainsi que dit nostre Autheur. Mais quant au nom d'Euryuie qu'il luy donne, Euripide n'en parle point, & peut-estre que ce nom luy est icy donné, à cause de sa vie qui luy a esté renduë, & comme estenduë, quasi ἀρύσιος, ou à cause que la vie luy a esté restituee par la grande force & puissance d'Hercule, εὐρυβίη. Seneque fait aussi mention du combat d'Hercule contre Pluton, où il dit qu'il fut blessé.

    Effugit tenui cuspide saucius,
    Et mortis dominus pertimuit mori.

Qui la mort arresta] *Et per mortem destruxit eum qui habebat mortis imperium, id est diabolum*, S. Paul aux Hebrieux 2. *Par son pouuoir*] Miraculeux pouuoir, dit Lactance au 4. chap. 16. *quid enim miraculo dignius omnium sæculorum, quàm decursam vitam resignasse, completisque hominum temporibus tempora adiecisse, & arcana mortis reuelasse ?* Aussi S. Augustin au traicté du Lazare, dit fort bien, que ceste mort *non erat ad mortem, sed ad miraculum.* *Quand il resuscita*] καὶ μετ' τὴν τελετὴν βραχεῖα ἐπὶ ῥάδδῳ ἀνάστασιν πεποίηκε, ἡ εἰς τὸ τῦ φωτὸς λαμπρότητα αὖθις ἀνῆξε, disoit Constantin à l'ouuerture du Concile de Nice, parlant quasi comme nostre Autheur. *Son cher Lazare*] Qui fut le premier qui nous apprist des nouuelles de la Mort & de l'Enfer, *primus proditor inferni fuit*, la glos. du Can. *quantas libet, de pœnit.* Au reste il l'appelle son cher Lazare, parce qu'il l'aimoit, dit l'Escriture, *Ecce quomodo amabat eum* : & pour le resusciter il pria extraordinairement & s'esmeut en soy-mesme, à cause de la qualité du miracle, *fremuit spiritu & turbauit seipsum.* *Et de la nuict profonde*] Ceux qui meditent spirituellement sur ceste resurrection, disent qu'elle est l'image d'vne grande conuersion d'vn vieil pecheur que la misericorde de Dieu r'appelle à la vie & à soy par la penitence, *Lazarus fœtidus significat peccatorem se & alios suo exemplo corrumpentem* : lequel Dieu resuscite en Bethanie maison d'obeïssance, c'est à dire de l'Eglise, & en l'odeur du parfum de son alabastre rompu, c'est à dire de son corps crucifié, *corporis lanceati & confixi*, corrige & surmonte tout ce qui est de la puanteur des pechez, *quantuslibet mortui fœtor sit, aboletur omnis, vbi sacrum redoluerit. vnguentum, surgit defunctus, &c.* S. Ambroise au mesme endroit. *Le renuoya citoyen*] Parce que c'estoit le mesme qui en estoit sorty quatre iours auparauant, ὃ δὴ ἐξῆλθε τῆς σορῦ ὁ νεκρὸς, οἷος ἦν πρὶν ἢ παθεῖν, Clement. Alexand. chap. 1. du Pedagog. Nicephore interpretant les quatre iours de la mort du Lazare, dit que c'est pour monstrer que les quatre Elemens, ou principes de sa constitution naturelle estans morts en luy, Dieu par sa resurrection les remit & renouuela au mesme estat de vie & constitution qu'auparauant, liure 1. chap. 37.

Qu'est-ce qu'Hercule ayant repudié
Sa vieille espouse, à fin d'estre allié
D'vne nouuelle estrangere conquise ?
Sinon IESVS, *qui l'ancienne Eglise*
Des premiers Iuifs pour femme refusa
Et des Gentils l'Eglise il espousa ?
   Hercule print l'habit de son espouse,

Et IESVS-CHRIST *fit la semblabe chouse :*
Car il vestit l'humain habillement
De son Eglise, & l'aima tellement
Qu'en sa faueur receut la mort cruelle
Estant vestu des habillemens d'elle.
   Qu'est-ce d'Hercule, & du puissant
    Atlas

Qui ce grand Ciel souftiennent de leurs bras?
Sinon le Pere, & le Fils qui reffemble
De force au Pere, & souftiennent enfemble

Tout ce grand Monde, ouurage qui fou-
dain
Seroit tombé fans la celefte main.

RICHELET.

Qu'eft-ce qu'Hercule] Qui laiffe de fuiure fa femme, pour en efpoufer vne autre eftrangere. *Qui l'ancienne Eglife*] La Synagogue des Iuifs reiettée par luy. *Ego neglexi eos, dicit Dominus*, Sainct Paul aux Hebrieux chap. 8. *Pour femme refufa*] Refus qui doit durer iufqu'à ce que le nombre des Gentils appellez à falut foit remply, & iufqu'à la confommation du fiecle, *in confummatione*, dit Sainct Hilaire Pfal. 59. *cùm intrauerit gentium plenitudo, tum quidquid Ifraël eft reliquum faluabitur, propter patres & electos, quibus hæc difpenfatio mifericordiæ referuatur.* *Et des Gentils*] De l'idolatrie, *de idololatria fibi fponfauit Ecclefiam, & ex vocatione gentium arceffit:* Tertullian, contre Marcion liure 4.chap.10. Et Sainct Irenee liure 1. chap. 4. *Defperatas gentes, cohæredes & corporatas & participes fanctorum fecit Deus.* Et Sainct Hilaire Pfal.121. *Ex Hierufalem enim exiens verbum venit ad gentes.* Et par ainfi des deux enfans de Rebecca le puifné eft deuenu maiftre de l'aifné, le Chreftien *minor ætate temporum adeptus notitiam diuinæ miferationis*, dit Tertullian contre les Iuifs chap.1. a efté preferé & eleué par deffus les Iuifs, felon la prediction de la Genefe chap. 25. *Populus populum fuperabit, & maior feruiet minori.* *L'Eglife il efpoufa*] Il dit fort bien que Iefus-Chrift a efpoufé fon Eglife, qui luy eft vnie par vn grand Sacrement de Mariage parfait, & auffi eft vnique, & feule legitime. De là Optatus contre Parmenian dit, que les autres Eglifes des Heretiques ne font point efpoufes, *dotes earum effe non poffe, fed proftitutas & fine iure honefti matrimonij effe, quas recufat Chriftus qui eft fponfus vnius Ecclefiæ.* Et Sainct Auguftin aux Actes de la conference des Catholiques auec les Donatiftes, dit à ce propos: *Scripturæ noftræ Chriftum & Ecclefiam tamquam fanctum commendant coniugium, Chriftum fponfum, illam fponfam.* *Hercule prit l'habit*] Seneque le reprefente ainfi veftu,

———*pictum vefte Sidonia latus,*
    Mitra ferocem barbara frontem premens.

L'humain habillement] La chair & le corps, *amictum, ftolam*, qu'appelle l'Efcriture en quelque endroit. *Et l'aima tellement*] Qu'en l'efpoufant il la doüa de fon propre fang qu'il refpandit pour fon rachapt, dit Sainct Ignace: νύμφη τῶ Χριϲοῦ, ὑπὲρ ἧς, φέρνης λόγῳ δέχει τὸ οἰκεῖον αἷμα, ἵνα αὐτὴν ἐξαγοράϲῃ. *Receut la mort cruelle*] La mort de la Croix, le dernier, voire l'vnique baifer de la bouche de Iefus-Chrift, que l'Eglife luy demande au Cantique des Cantiques, *Ofculetur me ofculo oris fui*; & pour le luy donner, abbaiffant auffi la tefte, il rend fon efprit, c'eft à dire fon amour fainct, deuers la terre, ainfi que m'apprit en l'vne de fes predications Meffire Philippes Coffepean Euefque d'Aire, grand ornement de l'Eglife, μέγιϲον τὸ τῆς ἐκκλκϲίας καλλώπιϲμα, comme autresfois on appella le grand Leontius de Cefaree Euefque de Cappadoce aux actes du Concile de Nice. *Et du puiffant Atlas*] Que la fabuleufe antiquité s'eft imaginé fouftenir le Ciel, c'eft à dire tout le monde, ἄχθος ὑπὸ διαγκαλον, dit Efchyle en fon Promethee, où cet Atlas eft dit, κίον' οὐρανοῦ ᾗ χθονὸς ὤμοις ἐρείδων. Mais Ariftote au liure du mouuement des animaux chap. 3. dit que cefte fable, quoy que fans apparence en nature, a efté introduite pour aucunement donner vne caufe ou raifon au mouuement du Ciel : On a feint (dit-il) cet Atlas comme vn Geant, qui touche des pieds la terre, & le Ciel de la tefte, ἐπὶ τῆς γῆς ἔχοντα τοὺς πόδας, fur la folidité & immobilité de laquelle fe repofant (car il faut que ce qui meut foit fur quelque chofe folide & immobile) il donne mouuement au Ciel à l'entour des deux Poles : & ainfi ils font cet Atlas feruir de diametre, ὡσπερ διαμετρον ὄντα ᾗ ϲρέφοντα τὸν οὐρανὸν περὶ τοὺς πόλους. *De leurs bras*] Les vns de leurs bras : comme dit Seneque, qui appelle les bras d'Hercule, *Mundum folitos ferre lacertos*; les autres difent de leurs efpaules, τοῖς ὤμοις τὸν οὐρανὸν ἔχοντας, comme Apollodore; les autres de leur dos, comme Efchyle, νώτοις οὐρανὸν ὑποϲαϲιλοντας. *Sinon le Pere*] *A quo funt omnia*, ce dit l'Apoftre. *Et le Fils*] Iefus-Chrift qui a fait toutes chofes, *per quem facta funt omnia*, αὐτὸς γὸ ἐποίηϲι τὰ πάντα, Sainct Ignace à ceux de Tarfe. *Qui reffemble au pere*] De mefmeté de fubftance, *figura fubftantiæ eius*, & qui luy eft égal en tout, φῶς αΐδιον ἐκ φωτὸς αΐδιου, difent les Peres de Nice.

Qu'eft-ce en apres de Charybde lar-
    ronne,
Qui aualla dans fa gorge gloutonne,
Vn des Taureaux qu'Alcide conduifoit
Prés du riuage où ce Monftre gifoit ?
Sinon Satan, Monftre qui ne demande
Qu'à nous rauir, qui pilla dans la bande
De IESVS-CHRIST fon Difciple Iu-
    das,
Et l'engloutit dans les Enfers là bas ?
    Hercule fut en chacune contree,
Où par effects fa force il a monftree,
Toufiours nommé des hommes, en faueur

De fes vertus, Chaffe-mal & Sauueur :
De mefmes noms IESVS-CHRIST on
    furnomme;
Car feul il garde, & feul il fauue l'homme.
    Hé ! qu'eft-ce apres des Geans qui les
    Cieux
Ont efchelé pour en chaffer les Dieux,
Aufquels Alcide a les forces oftees,
Sinon IESVS le donteur des Athees,
Qui remparez d'vne humaine raifon,
Veulent chaffer DIEV hors de fa maifon,
Sans IESVS-CHRIST qui leur fait refi-
    ftance,

RICHELET.

Qu'eſt-ce en apres de Charybde] Seruius ſur le 3. de l'Eneid. dit que ce fut vne femme gloutonne, *voraciſſima fœmina, quæ boues Herculis rapuit,* (noſtre Autheur n'en dit qu'vn) Et d'vn coup de foudre fut precipitee en la mer Ionique, où depuis en marque de ceſte voracité, elle eſt demeuree comme vne eſpece de gouffre monſtrueux, lequel

   ——*imo barathri de gurgite vaſtos*
    Sorbet in abruptum fluctus, rurſuſque ſub auras
    Erigit alternos, & ſydera verberat vnda.   Virgile.

Son diſciple Iudas] Le traiſtre Iſcariot : *proditorem, quem inter Apoſtolos ipſe Chriſtus elegerat,* dit S. Cyprian, epiſt. 3. qui l'appelle encor en vn autre endroit, *vnum de amicis & conuiuu Chriſti, quem comitatui ſuo aſciuerat,* Tertullian liure 4. contre Marcion, ch. 41.   *En chacune contrée*] Par tout le Monde, *toto Deus narratur orbe,* Seneq. quia, dit Seneque le Philoſophe *in Lud. totum orbem terrarum Hercules pererrauit, & omnes nationes nouit.*   *Touſiours nommé*] Et inuoqué des foibles & affligez, comme chaſſe-mal & Sauueur, εἰς ἐπικλείαν ὀπαλεῖ ὡς ἀλεξίκακος τοῖς ὀρτλια πάχουσι, Suidas.   *Des hommes*] Et parce auſſi que c'eſtoit pour eux & pour leur deliurance qu'il combattoit, & non pour ſoy, *Hercules enim nihil ſibi vicit,* Seneque 1. de Benef. ch. 13. *Orbem terrarum tranſiuit non concupiſcendo ſed vindicando, quid vinceret malorum hoſtis, bonorum vindex, terrarum mariſque pacator?*   *De meſme nom Ieſus-Chriſt*] C'eſt à dire, de Sauueur. De là ce noble Acroſtiche de noſtre Seigneur, en ce mot Grec Ι Χ Θ Υ Σ, duquel la derniere lettre le qualifie Sauueur, ces cinq lettres ne repreſentans autre choſe que ces mots, Ieſus-Chriſt, Fils de Dieu, Sauueur. D'où Optatus dit elegamment que ce mot, ἰχθὺς, qui ſignifie poiſſon, *in vno nomine per ſingulas literas turbam ſanctorum nominum continet.* C'eſt le poiſſon de Tobie, dit le meſme, *qui Chriſtus intelligitur,* d'où Tertullian au liure du Bapteſme chap. 1. nous appelle *piſciculos ſecundum* ἰχθὺν *noſtrum Ieſum Chriſtum.*   *Et ſeul il ſauue l'homme*] Parce que ſeul il a ſatisfait à la Iuſtice de ſon Pere. *torcular calcaui ſolus,* dit Eſaie, & *veram hoſtiam ſe obtulit Deo Patri* ; & par ce moyen il a ſeul ſauué l'hôme, luy arrachant ſon peché, comme à luy ſeul il appartenoit de le pouuoir faire, ἐκείζωσαι τὴν ἁμαρτίαν, Θεοῦ ὄντ, Macar. Homel. 3. ἐν δυνατὸν ἀνθρώπῳ ἐξ ἰδίας δυνάμεως. Et le meſme elegamment Homel. 2. Tout ainſi, dit-il, qu'il n'y a que Dieu ſeul qui puiſſe ſeparer le vent d'auec le Soleil, χωρίσαι τὸν ἄνεμον ἀπὸ τῆς ἡλίω, auſſi il n'y a que luy ſeul qui puiſſe ſeparer l'ame du peché, χωρίσαι τὴν ψυχὴν ἀπὸ τῆς ἁμαρτίας, & conſequemment il n'y a que luy ſeul qui la puiſſe ſauuer.   *Des Geans qui les Cieux*] I'ay remarqué ailleurs comme en ceſte Gigantomachie Hercule fut des premiers contre eux.   *Des Athées*] Des hommes qui n'ont point de Dieu.   *Qui rempare d'vne humaine raiſon*] Laquelle eſt vne vraye folie en ce qui eſt de la Foy, & des œuures & ſacremens de Dieu : car il n'eſt pas poſſible que la raiſon & la ratiocination de l'homme puiſſe conceuoir tout ce qui eſt de Dieu : elle ne comprend pas meſme tout ce qui eſt de la nature & du monde : *quid igitur mali eſt,* dit S. Irenee liure 2. chap. 47. *ſi & eorum quæ in Scripturis requiruntur, quædam quidem abſoluamus, ſecundum gratiam Dei, quædam autem commendemus Deo? Vt ſemper quidem Deus doceat, homo autem ſemper diſcat quæ ſunt à Deo, qui diuitias habet indeterminabiles, & regnum ſine fine, & diſciplinam immenſam.*   *Et par la Foy*] De laquelle voyez l'Hymne excellent, & la loüange dans Sainct Paul aux Hebr. chap. 11. *Fide intelligimus aptata eſſe ſæcula verbo Dei, vt ex inuiſibilibus viſibilia fierent. Credere autem oportet accedentem ad Deum, quia eſt, &c.*

Hé! qu'eſt-ce apres d'Hercule qui alla
Sur le mont d'Oete, & par feu ſimmola
A Iupiter? ſinon CHRIST *à ſon Pere*
Qui ſimmola ſur le mont de Caluaire?

  Hercule ayant vne maſſe de bois
Vint aux Enfers : IESVS *ayant ſa Croix*
Y vint auſſi. Hercule oſta Theſee
Hors des Enfers, & ſon cher Pirithee,
Trainant par force à reculons le Chien

Portier de Styx, attaché d'vn lien :
Et CHRIST *rompant la porte Tenarée,*
Par la vertu de ſa Croix honorée
Ses chers amis hors des Limbes ietta.

  Hercule mort viuant ſe preſenta
A Philoctete, & IESVS *à la bande*
Des vnze ſiens, à laquelle il commande
D'aller preſcher qu'il eſt reſſuſcité
Pour le ſalut de noſtre humanité.

RICHELET.

Hé! qu'eſt-ce apres d'Hercule qui alla] Il compare maintenant les deux morts, de l'vn ſur le mont d'Oeta, & de l'autre ſur le Caluaire.   *Sur le mont d'Oete*] Voyez l'*Hercules Oetæus* de Seneque. Toutefois Suidas dit qu'il laiſſa ſon corps aux Thermopyles & y fut deifié, ἐν ᾧ τῷ τόπῳ τούτῳ λέγεται τὸν Ἡρακλέα ἀποθέμενον τὸ ſῶμα ἀποθεωθῆναι.   *Et par feu ſimmola*] *Flammis ad ſydera miſſus,* Iuuenal. Et S. Cyprian, *Hercules vt hominem exuat Oetæis ignibus concrematur :* & de là vn Philoſophe Indien imitant Hercule en ceſte ſorte de mort, *ô præclarum diſceſſum* (inquit) *è vita, cùm vt Herculi contigit, mortali corpore cremato, in lucem animus exceſſerit,* Ciceron.   *Qui s'immola*] Qui s'offrit luy-meſme volontairement à la Croix, *ex infirmitate noſtra crucifixus,* dit Alcuin, *idem ſacerdos & ſacrificium, veniens offerre pro nobis, quod ſumpſit ex nobis :* liu. 3. ch. 12. ce qui aduint en l'an 15. de l'Empire de Tibere, *quo paſſus eſt Chriſtus, annos habens quaſi* 30. Tertullian contre les Iuifs ch. 8. Quelques-vns toutefois comme Irenee liure 2. ch. 40. ont eu opinion que Ieſus-Chriſt a eſté crucifié apres l'âge de 40. ans, ſe fondans ſur ce que le Temple qui eſtoit image du corps de Chriſt auoit eſté autât de têps à ſe rebaſtir : mais ils ſe ſont meſpris, & la plus cômune opiniô eſt que Ieſus-Chriſt fut crucifié au cômencement du trentetroiſieſine an de ſa vie.   *Sur le mont de Caluaire*] Où ſa Croix fut eſleuée & plantée, & luy exalté en ſa chair ſelô la prefiguration du ſerpent d'airain, appella tout le Monde à ſoy pour le ſauuer eternellement. ὁ λόγος, dit Sainct Ignace aux Smyrneans, ὑψωθείσης αὐτοῦ τῆς ſαρκὸς κατὰ τὸν ἐν τῇ ἐρήμῳ χαλκοῦν ὄφιν, πάντας ἕλκυσι πρὸς ἑαυτὸν εἰς ſωτηρίαν αἰωνίαν. Or le Caluaire eſt vne montaigne hors des portes de Hieruſalem, où Sainct Auguſtin & Origene rapportent par tradition, qu'au lieu meſme où la Croix de noſtre Seigneur a eſté fichée, eſtoit enterré le premier homme, *& ideo Caluariæ locus dictus, quia caput primi hominis ibi dicitur eſſe ſepultum, & it*

Z Z z z   ij

erectus est medicus, vbi iacebat ægrotus. Gregoire de Tours au 1. de ses Histoires adiouste, que le lieu mesme sur le
Caluaire où a esté plantée la Croix, est le lieu où Abraham offrit son fils en sacrifice. Sainct Hierosme toutefois
sur l'Epistre aux Ephesiens, est d'aduis contraire à Sainct Augustin.   *Ayant vne masse de bois*] Et tout son equi-
page, *scytalosagittipelliger*, comme il est appellé en vn mot par Tertullian au liure *de Pallio.*   *Vint aux Enfers*]
Et de là dans Virgile au 8.
          Te Stygij tremuere lacus, te ianitor Orci, &c.
Et Seneque,
          Effregit ecce limen inferni Iouis,
          Erebóque capto potitur.
   Ayant sa Croix] C'est à dire, ayant souffert sa passion de la Croix, & non qu'il eust actuellement sa Croix
materielle, comme Hercule auoit sa masse : Ou peut-estre par ces mots, *ayant sa Croix*, il veut dire, portant &
retenant en son ame les marques de sa crucifixion, attendu que lors Iesus-Christ n'estoit pas encore ressuscité. Car apres sa Resurrectió ces marques de playes en ses mains, en ses pieds & en son costé, luy sont demeurées,
dit Pierre de Blois au traité de la Transfiguration ; *post resurrectionem in corpore glorificato, vulnerum cicatrices ostendit;*
& tousiours luy demeureront, remarque Suarez en ses Commentaires sur Sainct Thomas.   *Y vint aussi*]
En son ame seulement, *anima sola per mortem à corpore segregata apud inferos iustorum animis præsto fuit,* & à la mesme
heure en sortit, n'y estant entré que comme vn esclair, *fulgetri celeritate*, esclairant & retirant ceux qui attendoient de luy sa deliurance. Nicephore liure 1. chap. 3. & notez, dit Sainct Augustin, qu'à ceste ame estoit
ioinct & vny le Verbe, *mors enim & passio Christi, animam à verbo non separauit, sed corpus ab anima.*   *Hors des*
Enfers] Cela se voit dans les deux Hercules de Seneque, comme il deliure Thesee & Pirithee son amy auec
luy.   *Trainant par force*] Au contraire Plutarque en la vie de Nicias, dit que ce fut la volonté de Proserpine, παρ᾽ ἧς ἔλαβε τὸν Κέρβερον, lequel puis apres il mena en lesse par les villes de la Grece,
          —*superfibica manu*
          Atrum per vrbes ducit Argolicas canem.
   Portier de Styx] *Petr. Blesens. ep.*14. appelle elegamment ces huissiers de porte, qui sont rudes, des Cerberes,
ostiarios Cameræ : post primum Cerberum, dit-il, *tibi superest alius horribilior.*   *La porte Tenarée*] Du Tenare, de l'Enfer.   *Par la vertu de sa Croix*] *Subigendo mortem trophæo crucis* : Sainct Cyprian.   *Honorée*] Maintenant venerable & pleine de tout honneur entre les Chrestiens, au lieu qu'auparauant la passion de Christ, ce n'estoit
qu'infamie : & de là pour luy rendre plus d'honneur, nos loix ne veulent pas que le signe en soit mis & graué
par terre, *in solo, vel in silice, vel in marmoribus humi positis*, en la l. vniq. *Cod. nemini licere signum Saluatoris Christi.*
Et à cause de cela Constantin, dit Sozomene 1. chap. 8. changea le supplice de la Croix en celuy de la fourche,
τὴν τῷ σταυρῷ τιμωρίαν νόμῳ ἀνεῖλε τῆς κρίσεως τῆς δικαιπείου, & voulut que ce signe diuin, τὸν ἐ θεῖον σύμβολον, fust graué
& imprimé dans la monnoye, ἐν νομίσμασι ᾧ εἰκόσι συγγράφεσθαι ᾧ σωτυπῶσθαι. *Ses chers amis*] Les Peres & Patriarches
& autres ames predestinees au Paradis, ausquelles l'ame de Iesus-Christ crucifié vint prescher dans les Limbes, *eis qui in carcere inclusi erant spiritibus veniens prædicauit, qui increduli fuerant aliquando, quando expectabant Dei*
patientiam. Sainct Pierre en l'Epistre 1. chap. 3. & Sainct Cyprian sur le Symbole : *redit ergo victor à mortuis, inferni*
secum spolia trahens : eduxit enim eos qui tenebantur à morte.   *Hors des Limbes ietta*] Qui sont vn lieu, comme le sein
d'Abraham, où les Peres estoient attendans la venuë de Iesus-Christ, qui les deliurast de leur captiuité, *tempo-*
rale aliquod animarum receptaculum, duquel lieu, *& aliis locis non cœlestibus*, lisez ce qu'en remarque Pamelius au
Paradoxe 9. de Tertullian, où il appelle le Purgatoire *traditionem Ecclesiæ.*   *Mort-viuant*] Suidas remarque
qu'il a vescu deux fois, ζῶσαι δὶς λέγουσι ᾧ ἀναβιῶναι ἡ Ἡρακλέα.   *Se presenta A Philoctete*] Son compagnon, auquel
en mourant il resigna son arc & ses fleches. Or ceste apparition à Philoctete fut en l'Isle de Lemnos, quand il
luy commanda de retourner à Troye, pour de ses fleches, qui estoient fatales, mettre fin à la guerre, & puis apres
des despoüilles luy faire ses honneurs funebres, comme tout cela se lit sur la fin du Philoctete de Sophocle.   *Et*
Iesvs à la bande] Tout de mesme qu'il estoit auparauant sa Mort, *talis vt antè fuerat*, S. Cyprian ; & demeura
auec ses disciples quarante iours depuis qu'il fut ressuscité, *vt denuò ad præcepta vitalia instrui possent, & discerent*
quæ docerent. Tertullian dit le mesme en son Apologetic, chap. 21.   *Des onze siens*] Car le douziesme qui l'auoit
trahy, & s'estoit desesperé, n'en estoit pas, *vno eorum decusso*, dit Tertullian au liure de la Prescription contre les
Heretiques, ch. 20. *reliquos vndecim regrediens ad Patrem post Resurrectionem iussit ire & docere nationes.* Au surplus ceste apparition de Iesus-Christ aux onze ensemble, se fit apres quelques apparitions particulieres à aucuns d'eux,
comme à S. Pierre, & aux deux qui alloient en Emaüs, & se fit sur le vespre, alors que ces Pelerins estans retournez en Hierusalem, racontoient aux autres comme ils l'auoient veu & recognu à la fraction du pain ; & sur ce
discours, comme ils estoient enfermez, les portes closes, il apparut à eux tous, & leur donna sa paix. Nicephore
liure 1. ch. 34.   *D'aller prescher*] Premierement au peuple d'Israël, qui a esté le premier aduerty de l'Euangile,
quia hoc est testamentum, quod disponam domui Israël, S. Paul aux Hebr. ch. 8. & selon qu'il est dit en S. Matthieu, c. 10.
In viam gentium ne abieritis, sed potiùs ite ad oues quæ perierunt domus Israël. Et secondement aux nations, *Euntes docete*
omnes gentes : Et notez quels Predicateurs, hommes simples & idiots, qui ne sçauoient rien, *quos Christus non de cla-*
mositate logicorum, non de vrbanitate rhetorum, non de schola Iustiniani, sed de simplici ruditate elegit, & tamen per eos ope-
ratus est salutem in medio terræ, *Petr. Blesens.* au traité de la Transfiguration.   *Qu'il est ressuscité*] Par la puissance
de sa diuinité, *qua Deus erat* ; selon qu'il l'auoit dit, & les Prophetes auparauant, & mesme la Sibylle,
          Καὶ θανάτου μοῖραν τελέσει τριτον ἦμαρ ὑπνώσας.
          Καὶ τότ᾽ ἀπὸ φθιμένων ἀναδείξας εἰς φάος ἥξει,
          Πρῶτος ἀναστάσεως κλησις ἀρχὴν ὑποδείξας.
dans Lactance, liure 4. chap. 10.   *Pour le salut de nostre humanité*] Et aussi pour nostre Resurrection : car il faut
que ce corps mort & mortel reuiue & deuienne immortel, τὸ θνητὸν τοῦτο ἐνδύσασθαι ἀθανασίαν, Sainct Paul en la 1.
aux Corinthiens.

Hercule au Ciel espousa la Ieunesse,   De tous les ans, deifiant son corps
Et Iesvs-Christ l'Eternité, maistresse   Qui fut humain, le premice des morts :

Reßuscité pour ses brebis cogneuës,
Et qui bien-tost esleué dans les nuës
Enuironné des Anges glorieux,
Viendra iuger ce Monde vicieux,
Ayant és mains le glaiue de vengeance :
Deuant ses pieds ira Dame Clemence,
Pour condamner les meschans réprouuez,
Et pour sauuer ceux qui seront trouuez
Auoir vescu fidellement en crainte,
Et en l'espoir de sa Parolle sainte.
　　I'ay, mon ODET, en ta faueur chanté

Ce vers Chrestien, pour estre presenté
Deuant tes yeux, à fin de te complaire.
Non, ie ne puis, ny ne veux plus rien faire,
S'il ne te plaist, d'autant que i'ay voulu
Sur tous Seigneurs te choisir pour eslu :
Et ce faisant les autres ie n'offance,
Car tu es bien l'vn des Seigneurs de France,
Qui plus cheris à mon gré la Vertu,
Comme Prelat d'elle tout reuestu :
C'est la raison, ODET, que ie te voüe
Ce chant que DIEV dessus ma Lyre ioüe.

RICHELET.

Hercule au Ciel espousa] Mariage ridicule, ce dit Pline liure 2. chap. 7. *matrimonia enim inter Deos credi, tantóque æuo ex his neminem nasci, puerilium propè deliramentorum est.* *La Ieunesse*] *Hebe, formosa Herculis vxor ad cyathos,* Iuuenal. *L'Eternité, maistresse De tous les ans*] Voyez mon Commentaire sur l'Hymne de l'Eternité. *Deïfiant son corps*] *Glorificato corpore quod in cælestem gloriam transformatum est,* Sainct Hilaire Psalm. 128. le mettant à la dextre de Dieu son Pere, & comme dit Sainct Cyprian au Sermon de Pasques, *Forma serui reuersa in formam Dei, dum exinanitio humilitatis, ad deposita altitudinis redit maiestatem.* Et le mesme encor sur le Symbole; *Vt corpus quod mortale & corruptibile susceperat, de sepulchri petra leuatum & incorruptibile effectum, iam non in terrenis, sed in cælestibus & in Patris dextera collocaret.* *Le premier des morts*] Le premier de la Resurrection des morts, προῶτος ἐξ ἀναστάσεως νεκρῶν, Sainct Ignace à ceux de Tarse, le rapportant de Sainct Paul aux Romains, πρωτότοκος ἐκ νεκρῶν, Macar. Homel. 27. & comme la Sibylle a dit cy-dessus, πρῶτος ἀναστάσεως, *Primogenitus mortuorum & Princeps vitæ Dei.* Sainct Irenee, liure 4. chapitre 59. *Et qui bien-tost esleué*] Ce qui ne se peut sçauoir; & de fait Tertullian au liure de la Resurrection de la chair, chap. 22. appelle ce iour, *diem vltimum & occultum, nec vlli præterquam Patri notum, & tamen signis atque portentis & concussionibus elementorum & constiEllationibus nationum prænotatum.* *Enuironné des Anges*] *Conuallantibus eum Angelis,* en gloire & magnificence, *speciem honorabilem & decorem habiturus indeficientem, in nubibus Cæli tanquam filius hominis veniens,* Daniel, & Tertullian, chapitre final, contre les Iuifs, & au liure du Iugement. *Viendra iuger*] *Terribili iudicio,* dit l'Apostre aux Hebrieux 9. de sorte qu'en ces iours, dit Sainct Iean, *quærent homines mortem & non inuenient, & desiderabunt mori, & mors fugiet ab illis.* Helas! Seigneur, faictes-nous grace maintenant, & misericorde, s'il vous plaist, puisqu'alors il n'y en aura point : car la trompette de ce iour espouuantable m'effroye & me réueille, d'autant que ie suis vn tres-grand pecheur, *non vnus, ex multis peccator.* *Le Monde vicieux*] Qui sera diuisé en deux parts, dit Macarius Homel. 11. L'vne, d'vne multitude noire & tenebreuse, destinée pour le feu eternel; l'autre d'vne troupe pure & lumineuse, appellee pour iouïr du repos au Ciel, εἰς δύο γὰρ μέρη ἔσται ὁ κόσμος· ἡ γίνεται μία ποίμνη σκοτεινὴ, ἡ χωρῦ εἰς πῦρ αἰώνιον· ἓ μία, πλήρης φωτὸς, ἡ πρὸς ἡ ὀυράνιον λῆξιν ἀναγομένη. Ou comme dit *Petr. Bles.* au Sermon 7. *in iudicio tres ordines hominum erunt, iudicandi, iudicantes, iudicati, Ephraïm, Benjamin & Manasse.* *Ayant és mains le glaiue*] Pour faire la moisson des ames, comme dit Optatus, liure 7. que le iour du Iugement, *dies Iudicij messis est animarum : veniet de Cælo,* Sainct Cyprian, *ad pœnam Diaboli & censuram generis humani, vltoris vigore & iudicis potestate.* *Dame Clemence Pour condamner*] Chose estrange, que la Clemence mesme, en ce iour effroyable contre sa nature vse de condemnation enuers les meschans. Cela se rapporte à ce que dit aussi Tertullian au liure du Iugement, que les Anges mesmes ne souffriront pas que les meschans facent aucunes prieres.

> ──────lugens sua crimina turba
> *Effundit gemitus lachrimis arentibus omnes :*
> *Corripit Angelicus cœtus, prohibéque precari,*
> *Et prohibet seras clamando fundere voces,*
> *Sublata venia.*

Et Sainct Thomas dit aussi que les bien-heureux n'auront aucune compassion des damnez, Quest. 94. ains s'en réjouïront, *per accidens contemplando in eis diuinæ Iustitiæ rectitudinem.* *Et pour sauuer ceux*] Qui auront bien vescu, *apparebit omnibus expectantibus se in salutem per fidem,* l'Apostre aux Hebr. chap. 11. *alijs ferus vt Iudex, alijs mansuetus vt Saluator,* Tertullian.

HYMNE III.

Dv Printemps.

A FLEVRIMONT ROBERTET,
Seignevr d'Alvye,
Secretaire d'Eſtat.

Commenté par N. Richelet, Pariſien.

IE chante, ROBERTET, la
  ſaiſon du Printemps,
Et comme Amour & luy, apres
  auoir long-temps
Combatu le diſcord de la maſſe premiere,

Attrempez de chaleur ſortirent en lumiere.
Tous deux furent oiſeaux, l'vn dans les cœurs
  vola,
L'autre au retour de l'an iouuenceau ſ'en-
  alla
Rajeunir contre terre, & pour mieux ſe con-
  duire
Il ſe fit compagnon des courriers de Zephyre.
Zephyre auoit vn rhé d'aimant laborieux,
Si rare & ſi ſubtil qu'il deceuoit les yeux,
Ouurage de Vulcan : lequel depuis l'Aurore,
Depuis le iour couchant iuſqu'au riuage
  More
Tenoit large eſtendu, pour prendre dans ce
  rhé
Flore dont le Printemps eſtoit enamouré.

RICHELET.

Ie chante, Robertet] L'Amour & le Printemps ont combatu le Chaos, d'où ils ſont ſortis pour animer toutes choſes, & les porter à la propagation des Indiuidus. Et quant au Printemps, il a commencé par vne douceur de vent & d'air ſur la Terre humide, à produire vne verdure vniuerſelle qui la couure comme d'vn rhé eſtendu, où ſont nées puis apres toutes ſortes de fleurs, repreſentées ſous le nom, l'habit, & la beauté de Flore. Et comme il aduient quelque-fois que la fin du froid ſurprend les fleurs au commencement du Printemps, ceſte Flore eſt quaſi rauie par vn vent froid, mais ſauuée par la Terre. Depuis le Zephyre la ſurprend, & la donne au Printemps, accompagnée d'Amour, de Ieuneſſe, & de Volupté, qui tous enſemble entretiennent l'Vniuers par vn amour mutuel & naturel, portant à la generation de toutes choſes & au renouuellement de la Nature. Et cela, dit-il, au commencement du Monde, eſtoit touſiours ſemblable, par vn Printemps non interrompu, iuſqu'à ce que Dieu irrité contre l'homme, diuiſa le Printemps en quatre, & en tira l'Eſté, l'Automne, & l'Hyuer, (deſquels il remarque en paſſant, quelques effects & qualitez) tous les quatre ſe chaſſans, & ſuccedans l'vn à l'autre. Et d'autant qu'au Printemps les iours croiſſent, & que le Soleil eſchauffant la Terre, la rend belle & fertile; il deſguiſe par vne fiction d'Amour, leurs effects naturels, auec tant de circonſtances, qu'il n'y a quaſi mot, qui ne porte à quelque ſecret de la Nature, iuſqu'à la fin de l'Hymne, où il prie pour l'amour & la ſanté de Robertet. Au ſurplus fait à remarquer, que cet Hymne, & les trois autres des Saiſons de l'année, ſont naturels comme ceux de Marulle & allegoriques, repreſentans ſelon la Philoſophie des premiers Poëtes, toute la Nature. Et comme dit Arnobe liure 5. *aliud quidem dicitur, ſed intelligitur aliud, & ſub vulgari ſimplicitate ſermonis, latet ratio ſecreta, & altitudo inuoluta myſterij.* A quoy il faut prendre garde en liſant ces Hymnes. *Ie chante*] Parce que c'eſt en vers, qui ſe chantoient anciennement, ᾠδή, dit Strabon liure 1. λόγος μεμελιςμένος, d'où meſme il remarque que toutes ſortes de Poëſies prenoient leur nom & qualité de chanter, comme Rhapſodie, Tragedie, Comedie, & autres; & d'autant que le premier bien-dire, & la premiere elocution de l'antiquité, eſtoit venuë des Poëtes, dont les œuures ſe chantoient, chanter fut dit la meſme choſe que bien parler & eloquemment, τὸ ᾄδήν, τὸ αὐτὸ φράζειν. Et par là quaſi tous les Poëtes commencent leurs œuures, comme Homere, Virgile, Lucain, Oppian la Venerie, Σοὶ μάκαρ ἀείδω, & autres. *La ſaiſon du Printemps*] *Horam verni temporis*, l'appelle Horace à la mode des Grecs. Et Sainct Cyprian, *temperiem roſis lætam & floribus coronatam*, Epiſt. 4. *Et comme Amour*] Heſiode dit, qu'il fut le troiſieſme des choſes creées : La premiere fut le Chaos, πρῶτα μὲν πάντων χάος : la ſeconde, la Terre, αὐτὰρ ἔπειτα γαῖ' εὐρύςερνος, & la troiſieſme, l'Amour, le plus excellent de tous les Dieux, ἔρως, ὃς πάντων μεταπρέπει ἀθανάτοισι. Toutefois Quintilian l'appelle *antiquiſſimum Numen, & cui ſe Naturæ debet æternitas, quique cuncta priſca noctis operta caligine diduxit primùm, deinde miſcuit.* Ficin ſur le Banquet de Platon, dit que par l'Amour, qu'il interprete la bonté de Dieu, a eſté creé tout le Monde. *Long-temps*] *Infinita retro æternitate.* Et c'eſt vne grande queſtion que forme Sainct Auguſtin au 12. de ſa Cité, comme i'ay remarqué ſur l'Hymne du Ciel, pourquoy Dieu a eſté ſi long-temps ſans créer le Monde. Car quand il luy a pleu de le faire il n'y a point eu de combat, ny de long-temps pour le rendre parfait, le tout ayant procedé de rien, ſelon ſa volonté & bonté, *verbo & ſpiritu oris eius, abſque labore & moleſtia, & alicuius externi adminiculo*, Genebrard, Pſal. 148. *Combatu le diſcord*] τὸ νεῖκος, qu'appelle Ariſtote au 1. de ſa Metaphyſ. où il diſcourt de ce principe du Monde, comme Heſiode; Philon Iuif au liure de la Creation, l'appelle ἀντίθεσιν, l'Amour voulant l'vnion & l'ordre des choſes qui eſtoient diuiſées & confuſes dans le Chaos, & au contraire le debat & la contention en voulant touſiours la diſſipation & confuſion. Combien que l'opinion d'Empedocle ſoit que l'amitié ſepare & diſſoult, & qu'au contraire le diſcord vnit & conjoint; φιλία διακρίνει, τὸ δὲ νεῖκος ſυγκρίνει, Ariſtot. 1. Metaphyſ. Les autres entendent par ce diſcord, la matiere informe qu'ils appellent, ἄταξ, contre lequel l'Amour combat & le vainc. *Pan*, dit Seruius, *fingitur à Poëtis cum Amore Deo luctatus, & ab eo victus*, quand la matiere du Tout est mise en ordre par l'Amour : *Omnia vincit Amor.* Aristophane neantmoins parlant de ce combat, dit que dans l'infinité du sein de l'Erebe, ὑπέξας ἐν ἀπείροισι κόλποις, l'Amour estant esclos d'vn œuf de la Nuict combatit le Chaos, & nous crea tous, καὶ πρῶτον μιχθεὶς μυχίω ἀνέδειξεν ἡμέτερον γένος. *De la masse premiere*] Du Chaos, qu'elegamment Marulle appelle, *cæcum & rude rerum volumen.* Claudian dit, comme i'ay remarqué ailleurs, que ce fut la Clemence qui vainquit le Chaos:

  ——*prima Chaos Clementia soluit,*
  Congeriem miserata rudem.

Mais pourquoy est-ce que l'Autheur attribue ce combat au Printemps aussi bien qu'à l'Amour ? est-ce point que l'Amour est tousiours compagnon du Printemps ? ou bien qu'il veut dire que le Monde a esté creé au Printemps, comme Sainct Cyrille en sa Catechese 14. dit que ce fut au mois d'Auril : *Tunc dixit Deus , Producat terra herbám virentem;* d'où mesme entre les Hebrieux, ce mois est le premier mois de l'année; dit le mesme; & ce qui fait croire que le Monde a esté creé en ce temps-là, est que l'homme peu de temps apres sa creation est tombé au peché, & en pareil temps qu'il est tombé, il a esté releué. Or nostre Seigneur est mort au Printemps, *vt quo tempore euersio fuit, eodem rursus facta sit reparatio.* Et comme dit Sainct Leon Pape au Sermon de la Passion, *sacer nonorum mensis emicuit, vt in quo accepit Mundus exordium, in eodem haberet Christiana creatura principium.* Toutefois Philon Iuif met la creation du Monde au mois de Septembre, auquel tous les fruicts sont meurs & parfaicts, à fin que les animaux qui deuoient estre creez, en peussent aussi tost estre nourris, ἐν τῇ πρώτῃ γενέσει τῶν ὅλων ὁ θεὸς ἅπασαν τὴν τῶν φυτῶν ὕλην ὅτι γῆς ἀνεδίδε, πλείαν, καρπὸς ἐχούσης ἐκ ἀρχῆς; εἰς χρῆσιν ζώων τῆς αὐτίκα τροφόρων. *Attrempé de chaleur*] μετ' ἠρεμιότητος εὐκρασία, comme parle Aristote, bien temperée, comme il la faut telle pour la generation. Car, dit Clement Alexandrin au 1. du Pedagogic, εἰ θηλεῖ ἡ κρᾶσις, & au contraire l'extréme de l'vn ou de l'autre, du froid ou du chaud, est sterile & ne produit rien, σφαλερὰ δ' ἡ ἀκρότης εἰς ἀτεκνίαν. Et pour ceste raison nostre Poëte fait l'Amour & le Printemps attrempez de chaleur. Selon aussi qu'au Printemps nostre froid hyuernal se modere & reschauffe : ἐν τῷ ἔαρι τὸ ψυχρὸν θερμαίνεται, Aristote en ses Problemes, sect. 1. *Sortirent*] En euidence, & de là l'Amour appellé Phanete. Oppian dit au quatriesme de sa Pescherie, que l'Amour sortit du Chaos auec son flambeau, ὃυ χάτεος, ὀξεῖι πυρσῷ λαμπόμενος, qui est ce que dit nostre Autheur, en lumiere. *En lumiere*] Qui auoit esté creé le premier iour, & estoit la forme du Soleil, quoy qu'il n'ait esté creé que le quatriesme iour, dit Elias Cretensis sur l'Oraison 37. de Greg. de Nazian. *Tous deux furent oyseaux*] Cela est vray pour le regard de l'Amour, qui est tousiours ainsi representé, γλυκύπικρον ὄρπετον. Mais pourquoy le Printemps ? Est-ce point que ceste saison est toute amoureuse, & par conformité d'effects le Printemps est oyseau comme luy ? ou est-ce point qu'en ceste saison les oyseaux retournent à nous *ornithýs & chelidonýs stantibus*, dit Pline ? ou bien à cause qu'en ceste saison, les cœurs des animaux volent d'amour, dit Longus ? *L'vn*] L'Amour, Φερωνύς, Phornutus. *Dans les cœurs*] Les rendant vagues & volages comme luy, πίλναι ἐς αἱ τῶν ἐρώντων καρδίαι, Clement Alexand. au 1. du Pedagog. *L'autre au retour de l'an*] Ce qui est vray quand l'an commençoit en Mars, comme de fait le Printemps est le vray commencement de l'année, *anni initium mensis est Martius*, dit Seruius, *& prima pars Veris.* *Raieunir contre terre*] Remettre en ieunesse toutes choses, *ringiouenir l'anno*, Petrarque. *Et pour mieux se conduire*] Fort bien, & selon la Nature; car sans le Zephyre, & ces douces bouffees de chaleur qui le precedent, le Printemps n'est point, ou n'a quasi point d'effect, *quia tempore Fauonÿ arua laxantur quæ fuerant præclusa frigore*, Seruius. *Des courriers*] De ces douces respirations, qui sont comme les prodromes de ce Vent, *molles auræ quæ pro vento valent, lenes aëris motus, qui nondum ventus*, dit Seneque au 5. de ses Questions. *De Zephyre*] Que Pline appelle *spiritum Mundi genitalem, ver inchoantem*, 16. Claudian, *gratissimum Veris patrem.* *Zephyre auoit vn rhé*] Cecy est tout allegorique & naturel, & ne veut dire autre chose, sinon que la douceur de ce Vent temperé, fait pousser l'herbe par tout, & puis les fleurs, comme dit Philon Iuif, περ. κοσμοπ. que l'arbre τὸ δένδρον, τῇ εὐκρασία τῶν πνευμάτων ἢ ψυχαῖς ἅμα ⟨⟩ μαλακωτέραις αὔραις ζωπυρεῖται ἢ πϑηνεῖται, ἢ συναυξέται. *Vn rhé*] Il entend ceste premiere pointe de verd que la Nature & ce Vent estendent sur la Terre, où naissent puis apres les fleurs comme surprises dans ce rhé. Et Aristote l'entend ainsi au 2. des Plantes chap. 6. quand il appelle ceste premiere verdure, ὕφασμα χλοάζον, vn crespe vert, vne toile verte, tissue & estendue sur la Terre ; & c'est ce rhé du Zephyre dont parle icy l'Autheur. *D'aimant*] A cause que l'aimant est attractif & amoureux,

  Flagrat anhela silex & amicam saucia sentit
  Duritiem , placidósque Chalybs suspirat amores,

Claudian. Qui dit aussi que ceste pierre figure & represente Venus,

  ——*Venerem magnetica gemma figurat.*

Laquelle Venus n'est rien autre chose qu'vn desir de produire & d'engendrer, *catuliente Naturâ*, dit Pline. *Laborieux*] Parce qu'il a fallu auparauant combattre le froid de l'Hyuer.

  ——*gelidus canis cùm montibus humor*
  Liquitur, & Zephyro mollis se gleba resoluit; Virgile.

deuant que ce rhé d'aimant s'estendist. *Si rare*] Si clair & delié, *prætenui filo*, διὰ τὴν ἀραιότητα, dit Aristote περ. χρωμά. Et cela est dit encor naturellement, à cause que de la subtile poincte de ceste premiere verdure, qui procede de l'effect de la chaleur qui attire inuisiblement en haut l'humeur, ὅτι ἡ θερμότης, dit Aristote au 2. des Plantes, αὐτὸς τὴν ὑγρότητα πρὸς τὰ ἄκρα τῆς φυτῆς ἐφέλκεται. Ou bien ce rhé de verdure, est rare & subtil, d'autant que toutes les parties des plantes sont rares & delices, τὰ μέρη τῆς φυτῆς ὅτι τὸ πλείστον, εἰσὶν ἀραιά, dit encor Aristote. *Qui deceuoit les yeux*] *Qui lumina fallere posset*, Ouide 4. Metamorph. comme Mars fut surpris, *subtilissimis catenis*, dit Placidus, qu'il ne voyoit pas. *Ouurage de Vulcan*] Cela est dit non pas seulement par ce que tous les rares ouurages de l'antiquité sont imputez à Vulcain, comme le bouclier d'Achille, l'espée de Daunus,

  Ensem quem Dauno ignipotens deus ipse parenti
  Fecerat,

dit Virgile : mais par raison naturelle, voulant entendre que ceste premiere production ou tissure de vert;

est vne operation de la chaleur, qui attire l'humeur en haut, lequel iusqu'à la digestion est verdure, dit le Philosophe, τὸ ὑγρὸν ὃ φαίνεται ἔξωθεν, ὅτιν ἡ χλωρότης ἐν τῆς φυτῆς. De maniere qu'il dit fort bien, que ce rhé est ouurage de Vulcan, ἔργον Ἡφαίστοιο, car c'est le feu qui fait cela.   *Depuis l'Aurore*] Excellemment encor, & naturellement il limite icy le dessein du Zephyre, à l'Orient, l'Occident, & à certaine partie du Midy, qui sont climats temperez: car il n'y a que ces endroicts qui ayent le Printemps & les fleurs: le Septentrion, la Scythie, comme aussi les Aethiopiens, *Afri sitientes*, qu'appelle Virgile, *ob sium cæli terrarúmque*, dit Mela, n'en ont point, *medio terræ*, qui est le lieu que remarque icy l'Autheur, *salubris vtrinque mistura*, dit Pline, 2. *& fertilis ad omnia tractus*.   *Depuis le iour couchant*] Et principalement de ce costé là, car c'est d'où vient le Zephyre, ἐνταῦθα καὶ αἱ τῆ Ζεφύρε πνοαί, dit Strabon; & à cause de cela, dit le mesme, on met en Occident les Elysez, ἐνταῦθα ἢ τὸ ἠλύσιον πεδίον.   *Iusqu'au riuage More*] Iusqu'à la Mauritanie, car plus auant c'est la Zone torride, inhabitable & inaccessible, selon l'erreur des anciens, où tout est sec & brulé de chaleur: *qua Solis orbita*, dit Pline, *terra exusta flammis & cremata cominus vapore torretur*, ἐπὶ μέλαιας, dit Callimach, où il n'y a ny Zephyre ny fleurs.   *Large estendu*] *Deducto in tenuitatem*, Seruius.   *Pour prendre dans ce rhé*] Fort bien & naturellement; car apres la fueille & le vert naist la fleur; & comme dit le Philosophe, l'humeur est la fueille, & sa digestion ou concoction est la fleur; ou Flore, qui est prise dans ce rhé de verdure, ἔστι αὐτὴ ἡ ὑγρότης φύλλα, ἡ δὲ πέψις ἔστιν αὖθος, Aristote 2. chap. 7. περ. φυτ. l'vn preparé pour l'autre.   *Flore dont le Printemps*] Mais pourquoy le Printemps plustost enamouré de Flore, que de Cerés, Pomone, ou autre? Est-ce point qu'à ceste saison principallement est deuë la fleur de toutes choses, & que sans la fleur & la germination il n'y a point de fruict? A fin de n'imaginer pas comme a fait quelcun de nostre temps contre la Nature, que iamais les fruicts puissent passer la promesse des fleurs, c'est à dire, que des enfans puissent naistre sans pere. Ou n'est-ce point que le principal effect vniuersel de ceste saison, est de faire que toutes semences, arbres, & plantes, *tempestiuè floreant*, comme dit Varron? Et de là est que le Printemps est plus enamouré de Flore, que des autres diuinitez rustiques & champestres qui appartiennent plus à l'Esté & à l'Automne.   *Estoit enamouré*] Aussi Iean Second l'appelle *amatorem suum*, & dit qu'il la surprit non dans vn rhé, mais en l'espiant, & l'enueloppa dans ses aisles,
Securam pennis mollibus implicuit.

<table>
<tr><td>

Or ceste Flore estoit vne Nymphe gentille,
Que la terre conceut pour sa seconde fille:
Ses cheueux estoient d'or, annelez & tressez;
D'vne boucle d'argent ses flancs estoient pressez,
Son sein estoit remply d'esmail & de verdure:

</td><td>

Vn crespe delié luy seruoit de vesture,
Et portoit en la main vn cosin plein de fleurs
Qui nasquirent iadis du crystal de ses pleurs,
Quand Aquilon voulut la mener en Scythie,
Et la rauir ainsi comme il fit Orithye:
Mais elle cria tant que la Terre y courut,
Et des mains du larron sa fille secourut.

</td></tr>
</table>

RICHELET.

Or ceste Flore estoit] Maintenant par la beauté de ceste Nymphe, il veut dire que les fleurs sont belles. Ainsi s'appellent fleurs les choses belles & excellentes, comme dans Plaute, *Simonide flos Poëtarum*; comme entre les François nostre Poëte, qui est seul, tout le Parnasse.   *Que la Terre conceut*] Selon ceux qui font les elemens animaux, *aliqui elementa animalia esse voluerunt*, Seruius.   *Pour sa seconde fille*] Pourquoy sa seconde? est-ce point qu'à la creation du Monde la Terre ait premierement porté les fruicts, comme i'ay remarqué de Philon Iuif, & puis apres, les fleurs: ou que le vert & l'herbe, en ordre de naissance, dit Aristote, est tousiours deuant la fleur, côme il semble mesme se lire au 1. de la Genese, *Germinet terra herbam virentem, & facientem semen & fructum iuxta genus suum*; si bien que l'herbe & la fueille est la premiere fille de la Terre, & la fleur la seconde.   *Les cheueux estoient d'or*] Beaux, *aurea, pulchra*, Seruius; ξανθὴ ἢ ἦν αὐτῆς ἡ κόμη, Aelian; & n'y a rien plus beau que la teste des fleurs.   *Annelez & tressez*] Diuers selon la forme differente des fleurs. Clement Alexand. au 3. de son Pedagog. appelle ces volutes, & tresses de cheueux, κρομαλικούς. Et Claudian elegamment,
——— *Multifidos crinis variatur in orbes.*
    D'vne boucle d'argent] Car l'or ne conuient pas à la frugalité des champs. Quelquefois ceste boucle est d'vn diamant; ainsi Venus dans Claudian:
——— *sudata marito*
    Fibula purpureos gemma suspendit amictus.
Peut-estre aussi que ceste boucle est de la façon, à cause que les bouquets de fleurs se lient ainsi. Ou bien par ceste Nymphe ainsi troussee, il veut dire, qu'au Printemps la vie laborieuse recommence, ἔργων ἕκαστα, dit Artemidore liure 2. Et les actifs & industrieux, sont tousiours representez ceints & troussez, *succincti, id est, expediti*, Tertullian.   *Ses flancs*] εἰς γόνυ μέχρι, Callimach, & toutes les filles actiues & genereuses de l'antiquité sont ainsi habillees, comme i'ay remarqué ailleurs.   *Son sein estoit remply*] *Herbas imitante sinu*, Statius.   *D'esmail & de verdure*] D'vn vert esmaillé, de fleurs & d'herbes. Car l'esmail est, cet esclat luisant qui se voit sur les fleurs, *florum encaustum*.   *Vn crespe delié*] Soit à cause de la tenuité des fleurs, dont le corps est simple, soit que la vanité des belles a ceste curiosité de s'habiller de gaze & de crespe, que Clement Alex. au 2. du Pedagog. appelle elegamment des toiles d'araignes, καθάπερ ἐκ τῆς ἀράχνης, μεμιμμσημένας λεπτύργίας, ἢ μαλακότερα ὑφάσματα.   *Vn coffin plein de fleurs*] *Ridentem calathum folys*, Claudian; plein de fleurs, selon la saison qui en est abondante.   *Qui nasquirent iadis*] Que veut dire cela, & pourquoy ces fleurs nées de pleurs du rauissement de

cefte Nymphe? Eft-ce point que comme le Printemps eft diuifé en trois, dit Seruius, *in nouum, adultum, & præ-ceps*, ces fleurs dont il parle, font celles qui viennent au commencement & quafi dans le froid, & confequem-ment font comme nées des pleurs de cefte Nymphe que le froid vouloit rauir? Que fi cela ne fuffit, il faut remarquer ce que dit Ficin fur le Banquet de Platon, qu'en faict d'Allegorie, il n'eft pas neceffaire que tout s'explique ou refponde, & fe rapporte exactement à quelque effect ou caufe naturelle; & comme dit Sainct Auguftin, *non omnia quæ in figuris finguntur, fignificare aliquid putanda funt: multa enim propter illa quæ fignificant, ordinis & cognitionis gratia funt adiuncta.* Et c'eft pourquoy tout ce qui eft en cest Hymne, quoy que pour le Printemps, n'eft pas toufiours tout à fait appliquable au Printemps.   *Du cryftal de fes pleurs*] De fes larmes claires comme cryftal: ce qui fe dit peut-eftre à caufe des gouttes rondes de rofee, qui fe joüent au matin fur les fleurs, *teretes gutta*, dit Virgile, & qui en font quafi l'eftre,

Dum matutinis præfudat Solibus aër.   Claudian.

Quand Aquilon] Vent froid & fec, ennemy des fleurs, qui veut rauir Flore, mais qui en eft empefché par la terre, lors du Printemps amollie par le Zephyre, & forte affez pour defendre fa geniture de ce rauiffement: auffi noftre Poëte dit fimplement qu'il la voulut rauir, à caufe que le commencement du Printemps a quel-que froid qui fait peur aux fleurs, & les empefche de fortir; mais ce vent comme foible alors, *ex conjunctione contrariarum rerum*, dit Seruius, & demeurant auec l'Hyuer, quitte fa proye à fon frere, dit Ouide,

Et dederat fratri Boreas ius omne rapinæ:

par vne raifon naturelle, que les fleurs, voire toutes plantes naiffent de l'humidité, *in humido fponte na-fcuntur.*   *En Scythie*] Region foide & Septentrionale aux Hyperborez. *Spectant & Septentrionem Scythæ*, Mela: & là, point de fleurs, *ob fæua Hyemis admodum affidua*, dit le mefme.   *Comme il fit Orithye*] Nymphe de-meurant fur vne montaigne, & confequemment expofée au vent: mais on dit que ce fut vne fille Athenienne, rauie par vn Prince de Thrace, qui l'enleua vifte comme vn vent. Et Platon au commencement du Phedrus, dit que cefte fille par la force du vent, romba du haut d'vn mont & mourut, & fut fa precipitation appellee rauiffement, ϗ ὕτω δὴ τελουτήσασαν, λεχθῆναι ὑπὸ τῦ Βορέα ἁρπασθον γεγονέναι.   *Et elle cria tant*] A caufe du defir extréme qu'ont lors toutes chofes en la Nature, de s'efchapper du froid, & de produire, felon mefme que la terre y eft difpofee.

<table>
<tr><td>

Toufiours la douce manne & la tendre
  rofée
(Qui d'vne vapeur tendre en l'air eft côpofée)
Et la forte Ieuneffe au fang chaud & ardant,
Et Amour qui alloit fon bel arc defbandant,
Et Venus qui eftoit de rofes bien coifée,

</td><td>

Suiuoient de tous coftez Flore la belle Fée.
  Vn iour qu'elle danfoit Zephyre l'efpia,
Et tendant fes filets la print & la lia
En fes rets enlacée, & ieune & toute belle
Au Printemps la donna qui languiffoit pour
  elle.

</td></tr>
</table>

RICHELET.

Toufiours la douce manne] Il dit maintenant que Flore eft fuiuie de manne, de rofee, de Ieuneffe, d'Amour, & de volupté; & il eft vray que tout cela fuit la fleur & le Printemps des chofes. De là les Grecs appellent l'hom-me vieil & marcide, ἀπηνθηκότα, qui eft fans fleur. *Homo ficut flos agri, fic efflorebit*, ἐξανθήσεται, Pfal. 102.   *La douce manne*] Il entend toutes ces douces influences & decoulemens du Ciel, par lefquelles en cefte faifon la terre eft humectee & rendue fertile, & defquelles Dieu, dit le Prophete, *de fuperioribus fuis rigat*, dans *ftirpibus*, dit Genebrard, *incrementum, formam & ornatum.* Quant au mot de Manne, c'eft proprement tout ce que Dieu enuoye de nourriture icy bas à toutes chofes, comme rapporte le mefme Genebrard fur ces mots, *& pluit illis manna.*   *Et la tendre rofee*] μαλθακὴ δρόσος, Pindare: foit à caufe qu'elle eft aggreable aux herbes ieunes & tendres, *in tenera gratiffimus herba*, Virgil. ou foit que fa compofition eft d'vne humeur delicate & foible, ἁπαλὸς ὄμβρος, comme i'ay dit ailleurs.   *Qui d'vne vapeur tendre*] Et tellement tendre qu'il n'y a point de rofee en Hyuer, ny en Efté, ny mefme quand il fait vent, à caufe de la foibleffe de cefte vapeur ou fueur du Ciel, ce dit Pline, *rores neque gelu, neque ardoribus, neque ventis exiftere*, 2. chap. 60.   *En l'air*] *Nec nifi ferena nocte*, dit le mefme, & qui chet le matin, *matutino tempore cadit*, Seruius, aliment des fleurs.   *Et la forte Ieuneffe*] *Nouella ætas*, dit Donat, qui eft principallement forte en la fleur des chofes.   *Et Amour*] Ieune auffi, & qui fuit toufiours la ieuneffe & la fleur, *in florida & nitente ætate afpirat, & florida concupifcit*, Ficin fur le Banquet, ch. 7.

Au fang chaud & ardant] Subtilifant nos humeurs fur lefquelles le feu domine en noftre fleur, & confe-quemment l'ardeur à aimer, qui s'efmouffe puis apres auec le temps, & nous laiffe plus d'eau & de terre, que d'air & de feu. *Temporis diuturnitate*, encor Ficin, *partibus humorum fubtilioribus refolutis, partes reftant admodum craffiores, igneque & aëre exhalato, aquæ & terræ regnat exceffus*, & alors l'Amour nous fuit.   *Et Venus*] La volupté, *vis generandi*, qui fe monftre en la fleur: & auffi que fon aftre eft caufe de la generation des chofes de la terre, *huius natura cuncta generantur in terris*, & par fon leuer tant du matin que du foir, *vtroque exortu*, dit Pline, *genitali rore confpergens, non terræ modò conceptus implet, verùm animantium quoque omnium ftimulat*, & princi-palement au Printemps: c'eft pourquoy noftre Autheur dit qu'elle fuit Flore.   *De rofes bien coifée*] Sa coifure ordinaire. Et Philoftrate dit, que les belles ne fe doiuent armer que de rofes, δῖ τὰς καλὰς μόνοις ῥόδοις ὁπλίζεσθαι, ϗ ζωίλω λαμβάνειν ἀπὸ τῶ ἐραστῶ τὴν πανοπλίαν, à caufe de la conformité de bonne odeur & de bonne couleur qui eft aux belles, & aux rofes, διὰ συμβάσεως τῆς εὐωδίας ϗ διὰ τὸ οἰκεῖον τῆς χροιᾶ.   *Suiuoient de tous coftez*] Fort bien & naturellement, à caufe du plaifir que donnent les chofes belles & florides; & toutes chofes, dit Ariftote en fes Problemes, fe fuiuent & fuyent felon qu'elles font belles ou laides, gayes ou triftes: φεύγεσθαι ϗ διώκεσθαι, καθ' ὅσον ϗ ἡδέως ἄπασα. Et la beauté en fa fleur fur toutes chofes fe fait fuiure, dit Lucian au Charidemus: ou plus vo-lontiers, dit-il, nous obeïffons aux belles que nous ne commandons aux autres qui ne le font pas.   *La belle Fée*]

La belle enchanteresse, qui charme tout de sa beauté. Car y a-il rien en la Nature & au Printemps qui rauisse plus que la beauté des fleurs, *florum ioculis & osculis?* & à cause de cela Philostrate les appelle, ῆς ἀσραπαὶ ἡ ἔρωτε λαμπάδας.   *Vn iour qu'elle dansoit*] χορδύᾳ. C'est encore vne action de la Ieunesse, de la Fleur & du Printemps, de là dans Horace à vne vieille, *Te non cithara decent, Nec flos purpureus rosæ.*   *L'espia*] Pour l'enuelopper & la surprendre en cachette comme il feit, ἡ δὲ λαθραῖον, ἀπατητικὸν, Aristot.   *Et tendant ses filets*] Nous auons dit que c'est ceste verdure vniuerselle qui precede la fleur, & dans laquelle elle naist.   *Ieune & toute belle*] Car, ce dit Quintilian, *non est flos nisi nouus.*   *Qui languissoit*] D'autant que iusqu'aux fleurs, le Printemps est froid, & comme en langueur: & dans Philostrate les fleurs sont dites, πρὸς κόμας.

<table>
<tr><td>

Si tost que le Printemps en ses bras la receut,
Femme d'vn si grand Dieu fertile elle conceut
Les beautez de la Terre, & sa viue semence
Fit soudain retourner tout le môde en enfance.
    Alors d'vn nouueau chef les bois furent
  couuerts,

</td><td>

Les prez furent vestus d'habillemens tous
  verds,
Les vignes de raisins: les campagnes porterent
Le froment qu'à foison les terres enfanterent,
Le doux miel distila du haut des arbrisseaux,
Et le laict sauoureux coula par les ruisseaux.

</td></tr>
</table>

RICHELET.

Si tost que le Printemps] Il veut dire, selon l'ordre, & l'effect naturel, que du mariage du Printemps & des fleurs naissent les fruicts en chaque plante, qui ne sont rien autre chose qu'vne coagulation du chaud & de l'humide, & quasi la derniere digestion de la nature, dit Aristote au 2. des Plantes, ch. 7.   *Fertile elle conceut*] Il feint le Printemps & Flore, comme auteurs en la Nature, premierement des fleurs, & puis des fruicts: *quia primus conceptus ordine Natura*, dit Pline, est des fleurs, *incipiente flare vento Fauonio.*   *De la Terre*] De toute la terre, *vt elementi*, qui est plus dire, dit Seruius, que si l'on disoit, des Terres, qui ne sont que parties. 2. Georg.   *Et sa viue semence*] C'est à dire, la semence vniuerselle que la saison & le Ciel meslent aux semences particulieres de chaque chose: Et Varron dit que ceste sorte de semences est secrette & incogneuë à nos sens: *duplex est semen*, dit il, *vnum quod latet nostrum sensum, alterum quod apertum:* Et ces secrettes semences, sont celles, disent Anaxagore & Theophraste, que l'air & l'eau influent, *influunt in agrum:* qui est vne viue semence qui anime la particuliere. Et Ciceron l'appelle vn mouuement interieur, *cuiusque plantæ seminibus inclusus, vt aut flores, aut fruges fundat,* 5. Tuscul. Obseruation que ie tiens de Monsieur Du-Iour Aduocat en la Cour, homme d'erudition iudicieuse, & aimé des Muses.   *Retourner tout le Monde*] Chose admirable, dit Sainct Augustin au Sermon des parolles de l'Apostre, *herba quæ ante vixit & moritur, rursum reuiuiscit ex semine.* Et c'est ce retour du Monde à son enfance, par vn renouuellement que fait la saison. Tertullian plus excellemment appelle cela vne intelligence ou discipline qui est entre la Terre & le Ciel; au liure de *Resurrect. carn. c. 12. Renoluuntur hyemes & æstates, & verna, & autumna, cum suis viribus, moribus, fructibus:* quippe *etiam terræ de cœlo disciplina est, arbores vestire post spolia, flores denuo colorare, herbas rursus imponere, exhibere eadem quæ absumpta sunt semina, nec priùs exhibere quàm absumpta: Mira ratio*, dit-il, *de fraudatrice seruatrix, vt reddat intercipit, vt custodiat perdit, vt integret vitiat, vt etiam ampliet priùs decoquit.* Et Minutius Fœlix de mesme, *flores occidunt & reuiuiscunt, post senium arbusta frondescunt, arbores in hyberno, occultant virorem ariditate mentita*, d'autant qu'elle retourne au Printemps.   *Alors d'vn nouueau chef*] Par ceste resurrection de toutes choses, les arbres se recouurent de fueilles, *viridantibus comis cæsariata*, dit Apulee.

> ——*Tunc omnis parturit arbos,*
> *Tunc frondent sylua, tunc formosissimus annus*
> *incipit.*   Virgil.

D'habillemens tous vers] Il appelle ainsi leur herbe, comme aux arbres sont les fueilles, lesquelles tous les Philosophes anciens, dit Aristote, asseuroient autrefois estre fruicts, οἱ παλαιοὶ δὲ σοφοὶ τὰ φύλλα παῖτα, καρπὸς δ) διελέγαιωμ, au 2. des Plantes chap. 7. Mais en general cest habillement vert est donné aux plantes, d'autant que leur principe est de couleur verte, ou d'herbe, ὦ πᾶσι τῆς φυσῖς, dit Aristote au liure περὶ χρωμάτ. ἀρχὴ τὸ πρασῖδις ὅτι τῆς χρωμάτων, & comme dit Claudian, ——*vernus sequitur color, omnis in herbas*

> *Turget humus.*   Mais Ouide represente tout cecy.

> *Arboribus redeunt detonsæ frigore frondes,*
> *Viuidáque in grauido palmite gemma tumet;*
> *Quæque diu latuit, nunc quà se tollat in auras*
> *Fertilis occultas innenit herba vias:*
> *Nunc facundus ager, pecoris nunc hora creandi,*
> *Nunc auis in ramo tecta larémque parat.*

Et fait à remarquer, que chaque saison a sa couleur; l'Esté rouge, l'Automne blanche, l'Hyuer la couleur bleuë, *venetum colorem*, & le Printemps la couleur verte, *prasinum.*   *Les vignes de raisins*] Comment cela, veu que les raisins ne sont pas du Printemps? Pline remarque que la vigne seule enfante deux fois, *vitis sola bis parturit:* La premiere fois, *cùm primùm emittit vuam*, ce qu'elle fait au Printemps, & fleurit deuers le Solstice, *solstitio floret:* Et la seconde fois, *iterum*, dit-il, *cùm digerit*, quand elle forme sa grappe, & met ses grains par ordre.   *Porterent le froment*] Parce qu'encore au Printemps, & principalement sous l'Equinoxe se forment, & parsont les bleds, ἔαρ μὲν ὁ τῆς σῖτυ καρπὸς, ἡ ἄλλων ὅσα σπαρτά, Phil. Iuif, περὶ κοσμ. & Thucydide *lib.* 4. appelle ce temps-là, χρόνον τῆ πρὸς, περὶ τὸν σῖτον ἐν ἀκμῇ ᾖ), comme aussi il appelle le commencement de l'Esté, περὶ σῖτυ ἐκβολλώ.   *Le doux miel distila*] C'est à dire sous l'innocence, & lors que le Printemps estoit perpetuel, *ante Iouem*, dit Virgile; mais depuis, quand la corruption suruint, *mella decussit folijs. Du haut des arbrisseaux*] Mais plustost des grands arbres, disent Ouide & Pline, *Flauáque de viridi stillabant ilice mella. Robora ferunt & mella*, ce qui se fait, dit-il, par des rosées de miel qui tombent du Ciel sur les arbres, & principalement sur les sommets des chesnes ; *constat rore[s] melleos è cælo fluentes non alijs magis considere frondibus.* 16.8. Strabon aussi remarque liure 15. que les calames ou roseaux d'Inde font le miel sans mouches, ποιοῦσι μέλι, μελισσῶν μὴ ὄσῶν. *Et le laict sauoureux*] *Flumina iam lactis iam flumina nectaris ibant*, Ouid. Mais Virgile dit ruisseaux de vin, lesquels sous la meschanceté des hommes furent arrestez.

Et pasßim risus currentia vina repreßit.

Il est vray que le laict conuenoit mieux à l'innocence & pureté des hommes, selon que Clem. Alex. remarque qu'Homere appelle les hommes iustes, γαλακτοφάγοις. Ainsi quand Dieu promet à son peuple vne vie heureuse il luy promet vne terre *fluentem lacte & melle*, Arnob. Psal. 94. l'vn prouenant des gras pasturages, & l'autre de l'abondance des fleurs: ce qui conuient bien au Printemps.

Amour qui le Printemps , son amy, n'abandonne,
Prit l'arc dedans la main : son dos il enuironne
D'vn carquois plein de traits, puis alla dans la mer
Iusqu'au centre des eaux les poissons enflamer,
Et maugré la froideur des plus humides nuës
Enflama les oiseaux de ses flames cognuës :
Alla par les rochers & par les bois deserts
Jrriter la fureur des sangliers & des cerfs,

Et parmi les citez, aux hommes raisonnables
Fit sentir la douleur de ses traits incurables :
Et en blessant les cœurs d'vn amoureux souci,
Auecque la douceur mesla si bien aussi
L'aigreur qui doucement coule dedans les veines ;
Et auec le plaisir mesla si bien les peines,
Qu'vn homme ne pourroit s'estimer bien-heureux,
S'il n'a senti le mal du plaisir amoureux.

RICHELET.

Amour qui le Printemps] Parce que c'est en ceste saison que toutes choses infailliblement se portent à l'Amour, qui

Dulcibus rixis & amico amaro
Pectora versat,   Marulle.

Per hunc, dit Ficin sur le Banquet chap. 11. *sidera lumen suum in elementa diffundunt : herbæ quoque ac arbores , cupida sui seminis propagandi sui similia gignunt : animalia quoque bruta, & homines eiusdem cupiditatis illecebris ad procreandam sobolem rapiuntur :* & principallement les choses du Monde elementaire s'irritent à l'amour en ceste saison. *Il prit l'arc*] πτέρως, ainsi peint à cause que la beauté blesse de loing.   *D'vn carquois*] Plein de fleches.

Et meritò hamatis manus est armata sagittis,
Et pharetra ex humero Gnoßia vtroque iacet,
Antè ferit quoniam tuti quàm cernimus hostem.   Properce 2.

Plein de traits] Baptiste Leon en son Architecture, fait mention d'vne fleche d'Amour, qui pendoit miraculeusement en l'air dans le Temple de la Diane d'Ephese , sans estre soustenue de rien.   *Puis alla dans la mer*] Quoy qu'element froid, où l'Amour ne laisse pas de bruler :

——*medijs in vndis,*
Improbus Phorci nimia puellas
Lampade adurit.   Marulle.

Mais excellemment Columelle represente l'amour en ceste saison liure 10.

——*tunc sunt genitalia tempora Mundi,*
Tunc Amor ad coitus properat, tunc spiritus orbis
Bacchatur Veneri , stimulísque Cupidinis actus
Ipse suas adamat partes , & fœtibus implet :
Tunc Pater æquoreus, tunc & regnator aquarum,
Ille suam Tethyn , hic pellicit Amphitriten.
Hinc maria , hinc montes , hinc totus denique Mundus
Ver agit , hinc hominum, pecudum volucrúmque cupido,
Atque Amor ignescit menti , sæuitque medullis.

Iusqu'au centre] Iusqu'au plus profond de la mer ; car le centre est le plus bas és corps spheriques : & Oppian au 4. de sa Pescherie, dit de mesme, νεάτης δ' ὑπὸ κεύθεσι λίμνης Δύῃς, &c. où tu peux lire tout au commencement plusieurs excellens effets de l'Amour qui seruent icy.   *Les poissons enflamer*] Et les premiers , comme estans les premiers animez en l'ordre de la creation, toutesfois si eu sensibles & animez , que Philon Iuif περ. κοσμοπ. les appelle animaux, & quasi non animaux, ὥσπερ μὴ ζῶα χ̓ ὃ ζῶα, κινητὰ ὄψυχα, & neantmoins ne laissent pas d'auoir de l'amour.   *Enflamma les oiseaux*] En vn mot, *omnia*, dit Pline, *pro sua quæque natura* , 16. chap. 25.   *Irriter la fureur*] A cause que ceste sorte d'animaux est lors en rut , & en fureur , *mares rabie libidinis sæuiunt*, dit Pline, des Cerfs.   *Qui doucement coule dedans les veines*] Parce que ce feu principallement se mesle dans nostre sang, ou comme dit Seruius, *quia per venas Amor currit sicut venenum.*   *Et auec le plaisir mesla si bien les peines*] Estant ceste passion si meslee de bien & de mal, qu'elle est tous les deux : de là Saluian, *O Amor ! quid te appellem nescio ; bonum an malum , dulcem an asperum ; ita enim vtroque plenus es, vt vtrumque esse videaris.* Et ce dit Oppian au 4. de ses Halieutiques, l'Amour est doux à voir, mais douloureux à sentir , θεῶν κάλλιστος ἰδὴ ὅσοις Εἰσιδέειν, ἄλγιστος δ' ὅτι κραδίην ὀρόθυνει.

Iupiter s'alluma d'vne ialouse enuie   *En trois parts diuisa : adonques vint l'Esté*
Voyant que le Printemps ioüyssoit de s'amie :   *Qui hasta tout le Ciel : & si ce n'eust esté*
L'ire le surmonta, puis prenant le couteau   *Que Iunon enuoya Iris sa messagere,*
Dont n'aguere il auoit entamé son cerueau   *Qui la pluye amassa de son aile legere,*
Quand il conceut Pallas la Déesse guerriere,   *Et tempera le feu de moiteuse froideur,*
Détrencha le Printemps, & sa saison entiere   *Le Monde fust peri d'vne excessiue ardeur.*

RICHELET.

Iupiter s'alluma] Iusques icy, il a parlé du Printemps comme d'vne saison qui duroit toute l'année, *Ver erat assi-duum,* Virgil. ou côme dit Ouide, *Vnius tellus ante coloris erat.* Mais la malignité de l'homme indigne de ceste cle-mence perpetuelle du Ciel, estant condamnée au labeur, fut le temperament du Ciel changé en des inegalitez de chaud & de froid & d'humide, qui constituerent les quatre saisons. Et d'autant que ces changemens procedent principalement du Ciel & de l'air qui s'entend par Iupiter, il dit qu'il s'alluma d'ire & de ialousie contre le Prin-temps, *quod maxime turbato fit aëre,* dit Pline, selon la collection des diuerses humeurs qui lors montent en haut, & qui couurent le Ciel, & qui semblent couper en 4. differences toute la Nature, selon les 4. differences du Soleil, que le mesme remarque liu. 2. Et c'est pourquoy par vn desguisement allegorique de ce qui est naturel, il impute à la colere de Iupiter, qui aimoit la Terre auparauant sa corruption, ce trenchement du Printemps en 4. saisons differentes, selon que le mesme dit encor que de l'air procedent la pluspart des maux d'icy bas. *plurima mortalium mala, & rerum Natura pugna secum,* laquelle se rencontre en ces 4. saisons, *Vltro citróque commeante Natura, quâ, Vt tor-mento aliquo, & Mundi celeritate discordia accenditur.* Ou bien par Iupiter qui est l'ame du Monde, *anima Mundi,* dit Ficin: & veut dire que ceste ame du Monde, veut par sa nature agir diuersement, & ne peut demeurer oysiue en vn estat informe & imparfait, côme il aduiendroit, s'il n'y auoit qu'vne saison. Ou finalement expliquant ce qu'il dit Theologiquement, il veut dire que Dieu ialoux, *ζηλωτὴς,* qui est l'Epithete qu'il se donne luy mesme, & en co-lere contre l'homme, abusant de l'estat heureux & constant auquel il l'auoit creé sur la terre, le tira de ce Prin-temps perpetuel, (ou Paradis terrestre) en le diuisant en 4. saisons par le mesme pouuoir que sa sagesse eternelle auoit creé le Monde, qu'il appelle le couteau, dont ils'ouurit le chef, duquel est engendrée eternellement la Sa-pience & prouidence intellectuelle de tout le Monde, *prior enim omnium nata est sapientia, & intellectus prudentia ab auo,* & le reste du ch. 1. de l'Ecclesiast.   *D'vne ialouse enuie*] Car la ialousie est vn feu, qui brusle le cœur, ἢ ὣ ζη-λοτύπη καρδία δέρματος πυρ'ιτα, Orus.   *Ioüyssoit de s'amie*] Occupoit seul toute la Terre, ce qui ne se peut naturel-lement, d'autant que le Ciel & le Soleil, selon leurs cours diuers, agissent & influent aussi diuersement, *figuras sumere quaslibet sciens,* dit Marulle, *modò algentes coactus in fluuios, latices perennat, dein peracto rursus orbe , in solitos remeat vapores.*   *L'ire le surmonta*] Ce n'est pas qu'il y ait de la colere en Dieu, ny de la fureur, mais c'est par anthropo-pathie, ou selon les effects qui s'en remarquent és choses, comme icy, ou aux hommes: *hi humani affectus in Deo non sunt, nisi secundum effectus & actiones,* Genebrard Psal. 2.   *Puis prenant le couteau*] Vsant de sa puissance, *iure gladij, summa potestate,* disent nos Iurisconsultes.   *Dont n'aguere il auoit entamé son cerueau*] En la creation du Monde, qui est vn œuure de sa puissance, sur lequel aussi tost est conceuë sa prouidence intellectuelle, qui le conserue & en-tretient : qui est ceste Pallas dont parle l'Auteur, selon la Philosophie de Platon ; car voicy comme l'explique Fi-cin sur le Timee ch. 5. *Memineris* (dit-il) *Neptunum quidem prouidentiam naturalem, Palladém verò prouidentiam intellectua-lem significare, atque hanc ipsam Palladem à Platonicis describi, diuinitaté sapienter simul atque potenter, tum cœlestia exornantem, tum quæ sub Cœlo sunt ædificantem.* Et voilà pourquoy du mesme couteau, qu'est conceuë sa sage prouidence, il fait icy les 4. saisons : & quant à ce que Pallas est conceuë du cerueau, cela est dit encor par raison naturelle, *ratione naturæ,* dit Placidus au 2. de la Thebaïde, *quia prudentia omnis in capite est.* Et de rechef selon ceste Philosophie Pla-tonique, elle est dite dans Marulle, non seulement *ex ipso patris vertice edita,* mais encor *hominum origo & cœlitum.*   *La Déesse guerriere*] τοῖς ἀνθρώποις ἀγορεύων τὰ ἐς πολέμους, Lucian au Charidemus. *Hasta potentis viraginem, Ausis tremen-dam masculis,* Marulle ; soit à cause du combat qu'elle rendit contre les Geans, culbutant leurs montaignes, *nefan-dos aggeres disijciens,* encor Marulle ; ou soit que la prouidence de Dieu combat perpetuellement les contrarietez elementaires, & les empesche comme sequestre, de ruiner le Monde.   *Détrencha le Printemps*] Proprement, à cause de sa suitte & continuité interrompuë, qui est vne vraye section, comme Harmenopule liu. 1. tit. 3. appelle elegamment la prescription, τομὴν ἢ διακοπὴν, qui empesche que les années ne se puissent conter de suitte, διὰ τὸ μὴ ἀριθμεῖσθαι τὰς χρόνους, κατ' συνέχειαν.   *Et sa saison entiere*] D'autant qu'auparauant ceste section *Ver erat æternum,* Ouid. *En trois parts diuisa*] *Orbe discordi & in regna diuiso,* Pline. Mais plustost en 4. quand d'vne saison il en fit quatre, *spa-tijs exegit quattuor annum,* Ouide. Et Pline les appelle *quadripartitas anni varietates.* Les Allemans pourroient bien dire en trois, selon que Tacite remarque en leurs mœurs, qu'ils ne distribuent pas l'année en autant de saisons que nous, *annum ipsum non in totidem digerunt species: hyems & Ver & æstas, intellectu ac vocabula habent; Autumni perinde nomen, ac bona ignorantur.* Et partant il semble, qu'il faut mettre icy *quatre,* au lieu de ces mots (*trois parts:*) autremét il n'y auroit que trois saisons; car le Printemps ne laissa pas de demeurer auec les trois autres saisons, mais au lieu de toute l'année il ne dura plus que trois mois; & c'est ce que dit Ouide, *contraxit tempora Veris,* selon que dit Ser-uius, *quòd anni quatuor sunt tepora, diuisa in tres menses.*   *Adonques vint l'Esté*] Apres ceste diuision imaginaire d'vne saison en trois. Car Philon Iuif *περ. κοσμ.* remarque que dés le commencement du Monde, τῇ τοῦ παντὸς ὑπεργασίᾳ τε ἢ κόσμου γενέσει, furent les 4. saisons, ἐνιαίαι ὧραι τέσσαρες, l'année, dit-il, ayant esté diuisée en quatre, τετραχῇ τοῦ ὁνιαυτοῦ διατεμηθέντος, εἰς χειμῶνα, ἢ ἔαρ, ἢ θέρος, ἢ μετόπωρον, où vous remarquez qu'il met l'Hyuer le premier en l'ordre des saisons; ce qui est naturel.   *Qui hasta*] De secheresse & de chaleur.   *Que Iunon*] Qui signifie l'air, lequel se trouble souuent en Esté par orages, *repentina & præcipiti pluuia,* Seruius; pour humecter la terre & temperer la chaleur extreme de la saison. *Nubes enim, vnde & fulmina, aëris sunt,* dit encor le mesme.   *Enuoya Iris*] Par ce que ce Meteore est tousiours pluuieux, —— *cùm tramite flexo , Semita discretis interuiret humida nimbis,* dit elegamment Claudian, parlant de l'Arc-en-Ciel, qui est ceste Iris. Et neantmoins Pline dit liure 2. qu'en Esté & depuis l'equinoxe du Printemps l'Arc-en-Ciel ne se voit point, *arcus dis crescente ab æquinoctio verno non existunt,*

exiſtunt, nec circa ſolſtitium longiſſimis diebus : toutefois il dit qu'en Eſté il y en a quelques vns, *ſed per meridiem non cernuntur.* *Sa meſſagere*] Et des autres Dieux auſſi, *non tantùm miniſtra Dearum*, dit Placiꝰlus, *ſed & Deorum.* *Qui la pluye amaſſa*] Selon qu'elle eſt lors grandement vtile & neceſſaire aux fruicts de la terre :

  Dulce ſatis humor, maturis frugibus imbres. Virgile.

Qui tempera le feu] C'eſt pourquoy Virgile deſire que les ſolſtices ſoient humides, *humida ſolſtitia*, principalement celuy d'Eſté qui eſt au mois de Iuin, 18. *Calendas Iulij, quo tempore ſol inferiores circulos incipit petere*, Seruius. *Le Monde fuſt peri*] Attendu que la terre ſans humidité ne peut de rien ſeruir : *terra arida & ſicca*, dit Pline, *conſtare per ſe, ac ſine humore non poteſt. 2. c. 65.*

Apres l'Autonne vint chargé de maladies,   Le Soleil qui aimoit la Terre, ſe faſcha
Et l'Hyuer qui receut les tempeſtes hardies Dequoy l'Hyuer ialoux ſa Dame luy cacha,
Des vents impetueux qui ſe bouſent ſi fort   Et rendit de ſes yeux la lumiere eclipſee,
Qu'à peine l'Uniuers reſiſte à leur effort,   Portant deſſur le front le mal de ſa penſee,
Et couurirent, mutins, la terre peſle-meſle   Et retournant ſon char à reculons, alla
De pluyes, de glaçons, de neiges & de greſle. Deuers le Capricorne & ſe retira là.

RICHELET.

Apres l'Autonne vint] Il remarque ſommairement quelque choſe des deux autres ſaiſons. *Chargé de maladies*] *Valetudinum tentator*, Tertullian : Et de maladies aigues & dangereuſes, ἐν φθινοπώρῳ ὀξύτατοι αἱ νόσοι, parce que l'Autonne eſt froid & ſec, & combat par ce moyen les deux principes de la vie, qui ſont le chaud & l'humide. D'ailleurs, il reſſerre les humeurs, & par ſes fruicts nous cauſe pluſieurs cruditez : outre qu'en ceſte ſaiſon on fait peu de ſang, & pluſieurs autres circonſtances reſeruees ſur ſon Hymne. *Et l'Hyuer*] Autre ſaiſon, ἀπὸ τῦ ὕειν, parce qu'il eſt principalement pluuieux. *Les tempeſtes hardies*] Les plus fortes, car l'Autonne a les ſiennes, *Quid tempeſtates Autumni*, Virgile. *Des vents impetueux*] Principalement en Hyuer, d'où meſme leur violence s'appelle *Hyems*, du nom propre de la ſaiſon ; *Hyems duas res ſignificat, aut tempus, aut vim venti*, Seruius. *Qui ſe bouffent*] S'enflent. *Qu'à peine l'Vniuers*] C'eſt à dire, le Monde elementaire,

  ———*maria ac terras, cælúmque profundum,*
   Quippè ferant rapidi ſecum, Virgile.

lanient Mundum, Ouid. *De neiges & de greſles*] Oüy bien de neiges, mais non pas de greſles ; car en Hyuer il ne greſle point. Et Seneque en forme la queſtion au 4. de ſes Queſtions, *quare Hyeme ningat, non grandinet, & vere iam frigore infracto, grando cadat*, où il en apporte les raiſons. Et Pline de meſme, *per Hyemem niues cadere non grandines* : mais il faut dire que cela aduient, entre la fin de l'Hyuer, & le commencement du Printemps. *Le Soleil qui aimoit la terre*] A cauſe que ſes principaux effects ſont ſur elle, *propter potentiam eius, quæ magnopere ad terram pertinet*, Pline 1. chap. 8. *ſe faſcha*] Selon ceux qui font les aſtres animez & ſenſibles, comme Platon au Timée. *Sa Dame luy cacha*] La Terre, & cela eſt dit ſelon l'eſtat naturel de la ſaiſon, à cauſe que l'air eſtant plein de nuages, & obſcur en Hyuer, empeſche que le Soleil ne ſoit veu de la terre, *aër nubilo denſatur*, Seruius : ou à cauſe auſſi que les neiges de l'Hyuer couurent la terre, & la cachent au Soleil. Et elegamment Macarius Homel. 11. appelle ce froid & ces neiges qui couurent la terre, vne eſpece d'affliction que ſentent les ſemences ; τὰ σπέρματα θλίψιν ὑπομένει, εἰς τὸν χιμῶνα, ᾗ τὴν ψυχρότητα τῦ ἀέρων. *Eclipſee*] Non pas eclipſee, mais obſcurcie ou ſoubſtraite la plus part du temps. Car proprement iamais la lumiere du Soleil n'eſt eclipſee : quoy que les Epicuriens ayent dit, que le Soleil naiſſoit & mouroit tous les iours, *Solem cum die naſci, & cum die perire*, Seruius. Mais Seneque Epiſt. 92. dit fort bien, *ſemper ſolis vis & lux integra eſt : & quamuis aliquid interiaceat, quod nos prohibeat eius aſpectu, in opere eſt, curſu ſuo fertur ; non eſt minor, ſed minùs fulget, & in occulto vim ſuam exercet.* *Portant deſſus le front*] Ainſi Virgile interprete l'obſcurité du Soleil, vne paſſion & vn dueil qu'il auoit de la mort de Ceſar :

  Cùm caput obſcura nitidum ferrugine tinxit,
  Impiáque æternam timuerunt ſæcula noctem.

Le mal de ſa penſee] Quoy que tout cela ſoit par neceſſité de nature : car autrement ſans ce changement & retrogradation, deux maux aduiendroient en la nature ; l'vn que la terre ayant touſiours le Soleil d'vn meſme coſté ſe laſſeroit de porter & de produire ; & l'autre, que n'en eſtant point regardée de l'autre coſté, elle ſeroit ſterile & ne produiroit rien : & c'eſt ce que Marulle dit fort bien.

  Ergo corporibus ne tandem exhauſta creandis
  Sylua cadat Natura, aut Sol pater omnibus idem
  Occupet in partem totis bona debita terris,
  Alterno temone caui modò brachia Cancri
  Ignit, & æſtiuam rectus ferit inde Syenem,
  Nunc preſſim Ægocerota, gelu regna horrida longo
  Saturni viſit ſenis. Ce qui aduient quand il va au Capricorne. *Et retournant ſon char*] Ce qui ſe fait auſſi toſt qu'il a atteint ſon Solſtice, à *ſolſtitio ſtatim inclinat & dat ſpatium noctibus*, Seneq. 7. de ſes Queſt. *A reculons alla*] Deſcendant à ſon ſolſtice d'Hyuer, qui ſont les plus courts iours, quand il retrograde du tropique du Cancre au tropique du Capricorne, de l'Arctique à l'Antarctique. Car comme nous auons les iours plus grands le Soleil montant, *ſeptentrionalem plagam verſus*, dit Pline, auſſi les auons-nous plus courts le

A A A a a

mesme reculant *ad alium polum*; car selon qu'il change de solstice, *diem extendit aut contrahit*, Seneque : *bis permutatis spatijs*, dit encor Pline, *in auctum diei*, *bruma*, *octaua in parte Capricorni : noctis verò, solstitio, totidem in partibus Cancri.*

<table>
<tr><td>

Adonques en frayeur tenebreuse & profonde
(Le Soleil estant loing) fust demeuré le Monde
Sans le gentil Printemps qui le fit reuenir,
Et soudain derechef amoureux deuenir.
D'vne chaisne de fer deux ou trois fois retorse
Prenant l'Hyuer au corps le garota par force,
Et sans auoir pitié de ce pauure grison,
L'espace de neuf mois le detint en prison.

Ainsi par le Printemps la terre se fit belle,

</td><td>

Ainsi le beau Soleil retourna deuers elle,
Et redoublant le feu de sa premiere amour,
Monta bien haut au Ciel & allongea le iour,
Afin que plus long temps il embrassast sa femme :
Et ne fust que Tethys a pitié de la flame
Qu'Amour luy verse au cœur, il fust ja consumé.

Mais pour remedier à son mal enflamé,
Elle appelle la Nuit : adonc la Nuit détache,
Ou semble détacher, le Soleil qu'elle cache
En la mer, où Tethys refroidit sa chaleur.

</td></tr>
</table>

RICHELET.

Adonques en frayeur] Le Soleil estant loing, & ne luisant que fort peu sur nostre Hemisphere, & d'ailleurs estant quasi tousiours obscurci de nuages, ἠέρι ϰ̀ νεφέλη κεκαλυμμένος, comme remarque Homere, que sont ceux ausquels le Soleil ne luit point.

    ...ὁ Ἥλιος φαέθων ἐπιλάμπεται ἀκτίνεσιν.

Et alors, dit Tertullian, comme nostre Autheur, au liure *di Resurrect.* *funestatur Mundi honor, & omnis substantia denigratur; sordent, silent, torpent cuncta.*   *Le Soleil estant loing*] Deuers le Capricorne, qui est vn signe. au tropique d'Hyuer, comme i'ay dit, & ce à nostre esgard, & selon le climat où nous sommes.   *Sans le gentil Printemps*] Toutefois le Soleil commence à reuenir bien long temps deuant, mais ses effects sont foibles, & ne commencent à se sentir qu'au commencement du Printemps, sous lequel donc il semble reuenir.   *Et derechef amoureux deuenir*] Selon les influences de la saison, & que toutes choses en la nature par chacun an, *habent iterationem*, Seruius.   *D'vne chaisne de fer*] D'vn lien inuincible pour neuf mois, comme le Prophete dit, *Reges eos in virga ferrea*; & tous les Auteurs vsent en ce sens de ce mot.   *Deux ou trois fois retorse*] C'est à dire, par le Printemps & l'Autonne, au milieu desquels est l'Hyuer, ou par toutes les trois saisons qui le tiennent lié.   *De ce pauure grison*] A cause de ses neiges & de sa froideur, car l'Hyuer n'est rien autre chose qu'vn excez de froid & de sec, ὑπερβολὴ ψυχρότητος ϰ̀ ξηρότητος, Aristote en ses Problemes, 1. sect. Aussi que ceste saison est comme la vieillesse qui ne produit rien.   *Par le Printemps la Terre se fait belle*] Car il faut à la terre le Printemps, pour commencer à produire, δεῖται ἐν ταῖς ϰαιροῖς τοῦ ἔτους ϰ̀ ὥρας, dit encor Aristote au 1. des Plantes, ϰ̀ τῷ ἔαρος μᾶλον.   *Et redoublant le feu*] *Incalescens plus satis*, comme il aduient tousiours, *redingratis amoribus.*   *Montant bien haut au Ciel*] *Longo sole*, Virgile.   *Et allongea le iour*] μακρότητι τῇ ἡμέρα προσάγων ἐν τῇ κινήσει αὐτοῦ, comme parle Aristote 2. des Plantes 6. d'autant qu'alors les iours sont desia grands.   *Il embrassast sa femme*] *Coniugis infusus gremio*, & en effect sa femme, à cause que de ces deux, procedent quasi toutes les generations de la Nature.   *Et ne fust que Tethys*] La mer, *vxor Oceani*, Seruius. D'autant qu'alors non seulement les exhalaisons de la mer attirees par le Soleil, font la pluye, le Printemps à son commencement, estant quasi tousiours pluuieux; mais aussi parce qu'alors les Hyades qui est vn signe pluuieux au front du Taureau, se leuent, *quæ ortu suo pluuias faciunt*, Seruius : Et les Pleiades aussi, *aliàs Vergiliæ*, sous lesquelles la nauigation commence, & autres constellations pluuieuses, qui s'esleuent auec le Printemps. Outre que les iours alors, ont quelque égalité auec les nuicts, & par ainsi la nuict & ces pluyes temperent, & font que l'ardeur du Soleil est moderee, qui est ce qu'il dit excellemment que Tethys appelle la nuict pour remedier à la chaleur du Soleil qui est amoureux de la Terre.   *Elle appelle la Nuict*] Car le Soleil se couchant dans la mer, la nuict vient, & comme dit Tertullian, *Sol moritur in noctem, & tenebris vsquequaque sepelitur, de Resurrect. car.* Et la nuict sert grandement à temperer l'ardeur du Soleil, parce que sous l'equinoxe Vernal la nuict est humide :

   Noctes lentus non deficit humor.   Virgile.

Et d'ailleurs c'est alors la moitié du iour, ἥμισυ τμῆμα τοῦ σύμπαντος χρόνου, Philon Iuif.   *Ou semble détacher*] Ainsi parle-t'on des choses qui paroissent ce qu'elles ne sont pas, comme l'Isis de Telethuse, dans Ouide, *Aut stetit, aut visa est.*   *Détacher le Soleil*] A cause de son char & de ses cheuaux, qui sont quatre;

   Tempora continui signantes quattuor anni.

Ausquels par distinction des saisons on attribue quatre diuerses couleurs qui depuis à Rome furent marquez de quatre factions.   *Qu'elle cache en la mer*] De là Florus appelle le Soleil couchant, *cadentem in maria Solem, obrutum aquis ignem*;

   Cùm iam fessa dies, & in æquora montis opaci,
   Vmbra cadit, vitreóque nutant prætoria ponto.   Statius.

Où Tethys refroidit sa chaleur] Toutefois l'eau n'esteint point l'amour; au contraire l'eau s'allume sous l'amour : αὐτὸ ϰ̀ ὑπὸ ἔρωτος τὸ ὕδωρ καίεται, Philostrate en l'vne de ses Epistres. Et n'y a point de refrigere d'eau assez puissant contre ceste flame. τὸ φιλοίνελαιον εἰς ἑαυτὸν τὴν φλόγα ὑποσπωμένον, εἴτι ὃν πηγῆς, εἴτι ὃν ποταμοῦ.

Mais luy qui cache en l'eau sa contrainte
   douleur,
S'enfuit de son giron la laissant endormie,
Et dés l'Aube à cheual retourne voir s'amie.
  Aussi de son costé la Terre cognoist bien
Que de telle amitié procede tout son bien :
Pource, de mille fleurs son visage elle farde,
Et de pareil amour s'échauffe & le regarde.

Comme vne ieune fille, à fin de plaire mieux
Aux yeux de son amy, par vn soin curieux
S'accoustre & se fait belle, & d'vn fin artifice
L'attire doucement à luy faire seruice :
Ainsi la Terre rend son visage plus beau,
Pour retenir long temps cet amoureux flâbeau
Qui luy donne la vie, & de qui la lumiere
Par sa vertu la fait de toutes choses mere.

RICHELET.

Mais luy qui cache en l'eau] *Cùm se condit in vndas*, Virgil. *S'enfuit de son giron*] *Procedens de thalamo suo, exultat sicut gigas ad currendam viam* : excellemment le texte sacré, Psal. 19. à cause de la promptitude de son cours ; *nam & fugam de profectione & cursu legimus*, Seruius. *La laissant endormie*] A cause de sa tranquillité, & qu'au Printemps la nauigation recommence, *natalis nauigationis incipit*, Vegece : *nauigabili iam pelago*, Ciceron. Et pour cest effect est la mer comme endormie. *Et dés l'Aube*] Mais plustost apres l'Aube ; car apres elle, vient le iour & le Soleil se leue, ἡ ἡμέρα ἐκ τοῦ περὶ, ὅτι μετ᾽ αὐτήν, Aristote au 2. de sa Metaphys. c. 2. *A cheual*] A cause de la vistesse de son cours. De là est que Castor & Pollux ont les cheuaux en leur tutelle ; *quòd eorum velocißimæ sunt stellæ*, Seruius. Les Poëtes encor luy donnent vn chariot, qu'il met, dit Mimnermus, chez les Aethiopes, où il le reprend aussi tost que l'Aube est venue.

      Γαίαν ἐς Αἰθιόπων, ἵνα οἱ θοὸν ἅρμα καὶ ἵπποι.

Faisant à remarquer qu'à cause de la difference des saisons les anciens donnoient deux sortes de cheuaux au Soleil, blancs en Hyuer & roux en Esté. *Ab initio*, dit Tertullian, *de spectacul. c. 19. duo Soli fuerunt, albus hyemi ob niues candidas, russeus æstati, ob Solis ruborem.* *Retourne voir s'amie*] L'esclairer de sa lumiere & la feconder. *Interficiens mortem suam, noctem*, dit elegamment Tertullian, *rescindens sepulturam suam, tenebras, heres sibimet existens;* parce qu'il semble comme mourir en se couchant, & succeder promptement à soy-mesme, en retournant aussi tost, comme il fait, principalement sur la fin du Printemps. *Procede tout son bien*] Car ce planete opere merueilleusement sur la terre, *corpora alit, sata euocat, percoquit fructus*, Seneque 7. de Benefic. *Pour ce de mille fleurs*] Et de toutes sortes de couleurs, διὰ τὰς πολυχροίας, Aristote, *varijs colorum picturis in certamen vsque luxurians*, Pline 16. Ce qui se fait à l'aspect de cest astre, & sont ces fleurs le second enfantement de la Nature ; *pariunt enim arbores cùm florent, flósque est pleni veris indicium, arborum gaudium*, Pline encor. *Son visage elle farde*] Comme desirant de paroistre belle à celuy qui luy fait l'amour.

    ——*versicoloribus anni*
    Fœtibus alma parens cingi sua tempora gaudet.   Columelle.

Et de pareille ardeur] Luy tesmoignant de l'amour reciproque :
    Et patitur nexus flammata cupidine Tellus.   Encor Columelle.

Et de cet amour commun naissent non seulement les fleurs, mais toutes les beautez de la Nature : & vn Poëte Italien,

    Quando a mortali, l'ardente alto valore
    Rende più chiari le sue luci il sole,
    Di vaghe herbette, gigli, & di viole
    S'orna la terra, e d'ogni bel colore.

Comme vne ieune fille] Imitation de Claudian au Panegyrique du Consulat d'Honorius ;

    Ac veluti officijs trepidantibus, ora puellæ
    Spe propiore tori, mater sollertior ornat,
    Adueniente proco, vestésque & cingula comit
    Sæpe manu, viridíque angustat iaspide pectus,
    Substringítque comam gemmis; & colla monili
    Circuit, & baccis onerat candentibus aures,
    Sic oculis placitura tuis, &c.

S'accoustre & se fait belle] Ceste passion rendant ainsi propres & curieux les Amans :
    ——*nec deside cura*   *Segnis marcet amor,*   Claudian.

Et comme dit Marulle,
    Hoc magis occulta placuisse quærit   *Callida ab arte.*

Et d'vn fin artifice] Imposture commune à toutes celles qui aiment. Et de fait Clement Alex. au 2. du Pedag. appelle ceste parure curieuse, τὴν φιλοκομίαν, vne cogitation de mentir & de tromper, μελετὴ τῷ ψεύδεσθαι & ἔθος ἀπάτης, pour faire, dit le mesme, que la fraude combatte contre la verité, l'art contre la nature, ἀπάτη ἀληθείᾳ, & τέχνη πρὸς τὴν φύσιν. Ce qui ne sert de rien aux femmes si elles sont belles ; si laides, c'est par là qu'elles monstrent leur defaut : ἐντεῦθεν ἐξ ὧν ὃ μὴ ἔχουσι. *Pour retenir long temps*] Car ce qui est beau, nous oblige & nous retient malgré nous : *hoc restat*, dit Ficin, *vt tunc ardenti flagret amore, quando speciosum aliquod rei pulchræ simulachrum nactus, ad plenam pulchritudinis possessionem instigatur.* *Qui luy donne la vie*] Par sa chaleur & ses influences. *Non dubium est*, dit Seneque, au 4. de Benef. *quin hoc humani generis domicilium, circuitus Solis vicibus temperet, quin huius calore corpora, terræ relaxentur, immodici humores comprimantur; ille annum observabilem circumactu suo facit.* Mais d'où vient qu'en cet Hymne il n'est point parlé du tout de la Lune, veu ses grands effects sur la terre, & qu'elle marque tous les mois de l'année, & sert infiniment à la fecondité de la terre & maturité des fruicts ? *Huius tepore efficaci*, dit encor Seneque, *& penetrabili rigatur maturitas frugum, ad huius cursum fœcunditas humana respondet.* Adioustant Philon Iuif, que le cours de ces deux astres, fait les quatre saisons, δι᾽ ὧν ἡμέραι, χειμῶνες, ἔαρες, μετοπώρου ἔσται. N'est-ce point, peut-estre, à cause que la Lune n'a point de propre lumiere, ains empruntee du Soleil, & consequemment que le tout procede comme du Soleil? combien que Genebrard Psal. 148. tient que tous les astres, la Lune, les estoilles sont lumineuses de leur nature, *constant natura lucida & splendenti, non per participationem solaris diradiationis,* comme tous les Philosophes tiennent.   *Par sa vertu*] Et toutefois remarque fort bien Philon Iuif, ϗϼ. κϗϭμ. que la terre portoit toutes sortes de plantes & de fruits auparauant la creation du Soleil; si bien que ce qu'elle produit procede plustost de sa forme & du principe de sa creation, que de la vertu ou influence du Soleil, n'ayant que faire la Terre de toutes ces choses du Ciel, ἃ κατ᾽ ἱερὸν ἐκγόνων, dit Philon Iuif; qui ont bien quelque vertu, mais qui ne formét ny ne creent rien. Et toutefois l'experience fait voir que ces corps superieurs peuuent infiniment sur la terre : Et c'est pourquoy, dit Pline, il en faut obseruer les temps & les mœurs, *siderum mores seruandi, quia confitendum est, cælo maxime constare omnia,* & comme dit Seruius, *vniuersa ex astrorum motu pendere.*   *De toutes choses mere*] Et l'engrosse, μυστικῷ τῆς φύσις ὄργῳ, Clem. Alex. car il est son masle, & elle sa femelle, le Soleil pere, & la Terre la mere : γῆ μήτηρ ὅθεν, ὁ δ᾽ ἥλιος πατήρ, Aristot. Mere, dit Philon Iuif, ἐπειδὴ πάντων αἰτία γενέσεως, ἢ διαμονῆς ζώων, ὁμοῦ ἢ φυτῶν.

En l'honneur de cest Hymne, ô Printemps
   gracieux,
Qui r'appelles l'annee, & la remets aux Cieux,
Trois fois ie te saluë, & trois fois ie te prie
D'élongner tout malheur du chef de mon
   Alüye,
Et si quelque Maistresse en ces beaux mois icy

Luy tourmente le cœur d'vn amoureux soucy,
Flechi sa cruauté & la rens amoureuse
Autant qu'auparauant elle estoit rigoureuse :
Et fay que ses beaux ans qui sont en leur
   Printemps,
Soient tousiours en amour bien-heureux &
   contens.

RICHELET.

En l'honneur de cest Hymne] Il finit comme quasi en tous Hymnes, par priere.   *O Printemps gracieux*] Beau, aggreable, λευκὸν ἔαρ, Callimach.

   Nomen cum violis rosísque natum,
   Quo pars optima nuncupatur anni,
   Hyblam quod sapit, Atticósque flores,
   Quod nidos olet alitis superbæ,
   Nomen nectare dulcius beato.   Martial. 9. ep.

Qui r'appelles l'annee] C'est à dire la premiere des saisons, comme i'ay remarqué sur les Odes, que chaque saison s'appelloit année.   *Et la remets aux Cieux*] Au Verseau, *in Aquario,* auquel signe le Soleil entrant, commence le Printemps : *dies primus Veris,* dit Varron 1. *est in Aquario,* & au 23. iour de ce signe. Que si l'on veut dire, qu'il entend que le Printemps soit le commencement de l'année, il faut dire que c'est selon le temps que l'année commençoit en Mars, *anni initium Martius est mensis,* dit Seruius, remarquant aussi que l'année long temps n'eut que dix mois, iusqu'à ce que la raison & l'estat des signes y en intercala deux autres, à sçauoir, Ianuier & Feurier; mais selon nous, l'année commençant en Ianuier, il ne se peut dire que le Printemps commence l'année.   *D'eslongner tout malheur du chef*] Encor cela est dit naturellement, d'autant qu'en ceste saison, le sang se renouuelle, & les humeurs se remuent; qui causent bien souuent de l'indisposition & du mal de teste, & comme dit Hippocrate, τῶ ἔρος αἷμα πλεῖσον, à cause que le froid se relasche.

HYMNE IV.

DE L'ESTE'.

A FLEVRIMONT ROBER-
TET SEIGNEVR DV FRESNE,
Secretaire d'Estat.

Ouché dessous l'ombrage aupres
   d'vne fontaine,
Euitant la chaleur que l'Esté nous
   ameine,
Que sçauroy-ie mieux faire en vn lieu si plaisant,

Sinon chanter l'Esté de flames reluisant,
Et tout chargé de feu comme vne masse
   ardante
Qu'vne tenaille serre en sa pince mordante ?
Chanton donques l'Esté, & monton au coupeau
Du Nymphal Helicon par vn sentier nouueau :
Cherchon autre chemin, celuy ne me peut
   plaire,
Qui suit, en imitant, les traces du vulgaire.
  Nouueau Cygne emplumé ie veux voler
   bien haut,

Et veux comme l'Esté auoir l'estomac chaud
Des ardeurs d'Apollon, courant par la car-
riere
Des Muses, & ietter vne obscure poussiere
Aux yeux de mes suiuans qui voudroient
comme moy
Grimper sur Helicon, où des Muses ie boy
L'eau qui me fait tout seul enfler de la vi-
ctoire,
Afin que nul ne puisse auoir part à ma gloire,
Ny au laurier sacré en tout temps verdissant,
Que ie veux marier au Fresne fleurissant.
*   L'amoureuse Nature estoit vn iour fa-*
*   schee,*
De se voir sans rien faire aupres du Temps
couchee :
Il y a (ce disoit) tant de siecles passez
Que du Temps mon mary les membres sont
cassez,
Froids, perclus, impotens, la scharge de ma
couche ;
Ce n'est plus que du plomb, ce n'est plus qu'vne
souche
Qui sans se remuer gist le long d'vn sentier
Apres qu'elle a senti le fer du scharpentier.
*   J'ay beau passer ma main tres-delicate & *
*   blanche*
Ores dessus son ventre, ores dessus sa hanche,
I'ay beau fourcher ma iambe & schatoüiller sa
chair :
Il demeure immobile aussi froid qu'vn rocher,
Descharné, deshallé, sans puissance ny force,
N'ayant plus rien de vif sinon vn peu d'es-
corce.
En lieu de me respondre il ronfle & si ne puis
En tirer seulement vn baiser en trois nuicts.
*   Las ! il n'estoit pas tel quand pour sa chere*
*   espouse*
Il me prit chez mon pere : il n'aimoit autre
chouse
Que l'amoureux deduit, duquel les mariez
Se trouuent bras à bras à leurs femmes liez.
*   Tousiours il m'accolloit d'vne chaude em-*
*   brassee,*
Tousiours ma bouche estoit à la sienne pressee,
Et fusmes si gaillards, que ce grand Vniuers
Fut peuplé tout soudain de nos enfans diuers :
Car tout cela qui vit, & qui habite au Mon-
de,

Est yssu du plaisir de nostre amour feconde.
*   Maintenant il est vieil & ie ne le suis pas !*
Ie sens encor en moy les gracieux appas
Dont Amour, mon enfant, chatoüille la
pensee,
Et sa flame en mon cœur n'est encor effacee.
*   Bref, i'ay deliberé de me donner plaisir,*
Aupres de mon mary ie ne veux plus gesir.
*   La foy de mariage est pour les hommes*
*   faite*
Grossiers, mal-auisez, & de race imparfaite,
Assuiettis aux loix : & non pas pour les
Dieux
Qui pleins de liberté habitent dans les Cieux.
Quant à moy ie suis franche, & Déesse i'e-
stime
Autant vn fils bastard comme vn fils legitime.
*   Ainsi disoit Nature, & de ce pas alla*
Au Palais du Soleil, auquel ainsi parla :
*   Soleil de ce grand Tout l'ame, l'œil & la*
*   vie,*
Je suis de tes beautez en l'ame si rauie,
Que tu me verras toute en larmes consommer,
S'il ne te plaist guarir mon mal qui vient d'ai-
mer.
*   Bien que ce soit vergongne aux femmes*
*   d'oser dire,*
Et premieres conter leur amoureux martyre,
Ne deuans par honneur aux hommes confesser
Qu'Amour puisse leur cœur de ses fleches blis-
ser ;
Si est ce qu'en aimant en vne place haute,
De confesser son mal il n'y a point de faute :
*Car plus le lieu qu'on aime est honorable & *
haut,
Plus l'excuse est loüable & petit le defaut :
D'autant que la grandeur qui nostre ame mai-
strise,
Dérobe en commandant nous & nostre fran-
chise :
De là vient nostre ardeur qui porte auecques
soy
Le feu qui se decele & qui n'a point de loy.
*   Te voyant l'autre iour chez mon pere à la*
*   table,*
Sans barbe & cheuelu, de visage accointable,
Ieune, doux & courtois, tu me gaignas le cœur :
Depuis ie n'ay vescu qu'en peine & qu'en lan-
gueur,

A A A a a   iij

Souspirante pour toy & pour ton beau vi-
  sage,
Qui m'a dedans l'esprit imprimé ton image :
Ie ne fais que gemir, & pense nuict & iour
Le moyen de guarir mes pleurs & mon amour.
    Aux charmes pour l'oster i'ay mis ma fan-
  tasie,
Mais mon ame qui vit de trop d'amour sai-
  sie,
Refuse tout confort : mon extréme secours
Est d'auoir sans tarder à ta grace recours,
Et t'embrasser tout nud, pendant que la nuict
  brune
Conduira par le Ciel les cheuaux de la Lune.
    Le Soleil qui se vit de telle Dame aimé,
Fut de pareille amour tout soudain allumé :
» Vn magnanime cœur volontiers ne s'ex-
  cuse,
» Et quand il est aimé d'aimer il ne refuse.
Encore qu'elle fust vn peu vieille à la voir,
Si est-ce que sa grace auoit peu l'esmouuoir,
Et luy auoit jetté le soulphre dans les vei-
  nes,
Qui ja de son amour s'allumoient toutes plei-
  nes,
Fumantes du desir hautain & genereux
De venir promptement au combat amou-
  reux.
    Les Heures, qui estoient du Soleil cham-
  brieres,
Appresterent la couche, & gentilles ouurieres
Parfumerent les draps, & de mille couleurs
Ietterent par dessus des bouquets & des fleurs :
Puis faisant en la chambre arriuer le silence,
Coucherent les amans remplis d'impatience.
    De quatre embrassemens que Nature re-
  ceut
D'vn amy si ardant, feconde elle conceut
Quatre enfans en vn coup, l'vn fut Herma-
  frodite
(Le Printemps est son nom) de puissance pe-
  tite,
Entre masle & femelle, inconstant, incer-
  tain,
Variable en effect du soir au lendemain.
    L'Esté fut masle entier, ardant, roux &
  colere,
Estincellant & chaud, ressemblant à son
  pere,

Guerrier, prompt, & hardi, tousiours en
  action,
Vigoureux, genereux, plein de perfection,
Ennemi de repos : l'Autonne fut femelle,
Qui n'eut rien de vertu ny de puissance en elle.
    L'Hyuer fut masle entier, monstrueux &
  hideux,
Negeux, tourbillonneux, pluuieux & ven-
  teux,
Perruqué de glaçons, herissé de froidure,
Qui fit peur en naissant à sa mere Nature.
    Aussi tost que l'Aurore eut quitté le sejour
De son vieillard Tithon pour allumer le iour,
Le Soleil s'éueilla, & réueilla s'amie,
Qui d'aise languissoit en ses bras endormie.
    Se rebaisant l'vn l'autre ils saillent hors du
  lit :
Mais si tost que le Ciel de roses s'embellit,
Le Soleil s'en-alla, & pendit en escharpe
Son carquois d'vn costé, & de l'autre sa
  harpe,
Il ceingnit son baudrier de gemmes som-
  ptueux,
Il affubla son chef de rayons tortueux,
Ceingnit sa dague d'or ardente de lumiere,
Et à pied s'en alloit commencer sa carriere :
    Quand sa chere Maistresse ayant au cœur
  pitié
Que son amy faisoit si long voyage à pié,
Luy donna pour present vn char d'excellent
  œuure,
Que le boiteux Vulcan industrieux manœu-
  ure
Forgea de sa main propre, & souuent au
  fourneau
Le souffla, l'allongea à grands coups de mar-
  teau,
Refrappant, haletant, & suant sur l'enclu-
  me
Auant qu'il fust poli : puis selon la coustume
Des anciens parens, courtois le luy donna,
Quand le Temps son mary pour femme l'em-
  mena.
    Le timon estoit d'or, & les roües dorees
Estoient de maint ruby richement honorees,
Qui deçà qui delà flamboyoient à l'entour,
Et remplis de clairté faisoient vn autre iour.
    Le Soleil non ingrat luy donne en recom-
  pense

D'vn chariot si beau la Déesse Iouuence,
A fin qu'elle fust belle à iamais, & à fin
Que sa forte vigueur par l'âge ne print fin,
Et que iamais son front ne ridast de vieillesse,
Ayant pour compagnie auec soy la Ieunesse.
    Tous deux au departir se baisent douce-
    ment,
S'entredisent Adieu d'vn long embrassement.
    Luy bien aise d'auoir telle Dame trou-
    uee,
Et d'estre bien payé de sa douce coruee,
Gallope apres l'Aurore : elle, s'en va trouuer
Son mary qui se laisse en paresse couuer.
    O combien luy desplaist ce vieillard que le
    somme
Ronflant entre les draps si froidement assom-
    me,
Languissant de vieillesse en vn lit ocieux
En son Palais à part bien loin des autres
    Dieux !
Soudain luy saute au col, l'embrasse & le re-
    baise ,
Et d'vne fine ruse en le flattant l'appaise.
» Toute espouse amoureuse a de nature l'art
» De sçauoir du mary soupçonneux & vieil-
    lard
» Appaiser le courroux apres qu'elle retourne
» Du lit où son amy auec son cœur seiourne :
» Amour ingenieux trouue mille moyens
» D'abuser les ialoux & de sauuer les siens.
    En ce-pendant l'Esté qui bon fils obtem-
    pere
Au Soleil, est nourry chez le Soleil son pere :
Il deuint en vn mois grand, corpulent, &
    fort,
Et ja de son menton le poil doré luy sort.
» Les Dieux tout en vn coup à leur âge par-
    uiennent,
» Les hommes par le temps en accroissance
    viennent :
» Car ils sont immortels, les hommes d'icy
    bas,
» Des Dieux enfans bastards, croissent pour le
    trespas.
    Aussi tost qu'il fut grand, ayant l'âge où
    commence
A s'enfler dans les reins l'amoureuse semence,
Cerés en fut esprise, & brulant d'amitié
Vint voir son amoureux lequel en eut pitié :

Et comme elle portoit vne peine plus forte,
La premiere commence & dist en ceste sorte :
    Ie ne vien pas icy, tant pour me secourir
Du mal de trop aimer dont tu me fais mou-
    rir ,
Que pour garder ce Monde & luy donner
    puissance,
Vertu, force & pouuoir, lequel n'est qu'en
    enfance,
Debile, sans effect, & sans maturité,
Par faute de sentir nostre diuinité :
Depuis que le Printemps, ceste garse virile,
Aime la terre en vain, la terre est inutile,
Qui ne porte que fleurs, & l'humeur qui l'é-
    point
Languit tousiours en séue, & ne se meurist
    point.
» Dequoy seruent les fleurs si les fruits ne
    meurissent ?
» Dequoy seruent les blez si les grains ne
    iaunissent ?
» Toute chose a sa fin & tend à quelque but :
Le Destin l'a voulu, lors que le Monde fut
En ordre comme il est : telle est la conuenance
De Nature & de D I E V par fatale ordon-
    nance.
    Et pource s'il te plaist pour espouse m'a-
    uoir,
Pleine de ta vertu, ie feray mon deuoir
De meurir les amours de la terre infeconde,
Et de rendre parfait l'imparfait de ce Monde.
    A toy fils du Soleil est la perfection,
Tu soustiens & nourris la generation :
Car rien sans ta vertu au Monde ne peut
    estre,
Comme estant des saisons le Seigneur & le
    maistre.
    Ainsi disoit Cerés, & l'Esté tout soudain
De sa viue chaleur luy eschaufa le sein,
La prit pour son espouse, & la prenant à
    l'heure
La Terre se vestit d'vne forme meilleure
Par tel embrassement, lequel en peu de iours
Du beau Printemps & d'elle accomplit les
    amours.
    Ie te saluë, Esté, le Prince de l'annee,
Fils du Soleil, fauteur de toute chose nee,
Pere alme , nourricier, donne-blé, donne-
    vin,

A A A a a   iiij

Masle, parfait, entier, tout grand & tout diuin,
Perruqué de rayons, qui sers de longue guide
Au Soleil, qui matin tient ses cheuaux en bride,
Souhaité des humains, tout couronné d'espis,
Qui figures les ans des hommes accomplis,
Qui forges les esclairs, la foudre & le tonnerre,
Marinier, voyageur, courrier, homme de guerre.
  Escarte loin de moy tout mal & tout meschef,
Eslongne toute peste & fiéure loin du chef
Du docte ROBERTET, *lequel point ne refuse*
De se laisser rauir doucement à la Muse:
Augmente-luy ses ans, sa force & sa valeur,
Et conserue sa vie en ta viue chaleur.

HYMNE V.

DE L'AVTONNE.

A CLAVDE DE L'AV-
BESPINE SECRETAIRE
d'Estat.

E iour que ie fu né, Apollon, qui preside
  Aux Muses, me seruit en ce Monde de guide,
M'anima d'vn esprit subtil & vigoureux,
Et me fit de science & d'honneur amoureux.
  En lieu des grands tresors & des richesses vaines,
Qui aueuglent les yeux des personnes humaines,
Me donna pour partage vne fureur d'esprit,
Et l'art de bien coucher ma verue par escrit.
  Il me haussa le cœur, haussa la fantasie,
M'inspirant dedans l'ame vn don de Poësie,
Que DIEV *n'a concedé qu'à l'esprit agité*
Des poignans aiguillons de sa Diuinité.
  Quand l'homme en est atteint, il deuient vn Prophete,
Il predit toute chose auant qu'elle soit faite,
Il cognoist la nature & les secrets des Cieux,

Et d'vn esprit boüillant s'éleue entre les Dieux.
  Il cognoist la vertu des herbes & des pierres,
Il enferme les vents, il charme les tonnerres:
Sciences que le peuple admire, & ne sçait pas
Que DIEV *les va donnant aux hommes d'icy bas,*
Quand ils ont de l'humain les ames separees,
Et qu'à telle fureur elles sont preparees
Par oraison, par ieusne, & penitence aussi,
Dont auiourd'huy le Monde a bien peu de souci.
  Car DIEV *ne communique aux hommes ses mysteres,*
S'ils ne sont vertueux, deuots & solitaires,
Eslongnez des Tyrans, & des peuples qui ont
La malice en la main, & l'impudence au front,
Brulez d'ambition & tourmentez d'enuie,
Qui leur sert de bourreau tout le temps de leur vie.
  Je n'auois pas quinze ans que les monts & les bois
Et les eaux me plaisoient plus que la Cour des Rois,
Et les noires forests en fueillages voutees,
Et du bec des oiseaux les roches picotees:
Vne valee, vn antre, en horreur obscurci,
Vn desert effroyable estoit tout mon souci:
A fin de voir au soir les Nymphes & les Fees
Danser dessous la Lune en cotte par les prees,
(Fantastique d'esprit) & de voir les Syluains
Estre boucs par les pieds, & hommes par les mains,
Et porter sur le front des cornes en la sorte
Qu'vn petit aignelet de quatre mois les porte.
  I'allois apres la dance, & craintif ie pressois
Mes pas dedans le trac des Nymphes, & pensois
Que pour mettre mon pied en leur trace poudreuse
I'aurois incontinent l'ame plus genereuse:
Ainsi que l'Ascrean qui grauement sonna
Quand l'vne des neuf Sœurs du laurier luy donna.
  Or ie ne fu trompé de ma ieune entreprise:
Car la gentille Euterpe ayant ma dextre prise,

Pour m'oſter le mortel par neuf fois me laua
De l'eau d'vne fontaine où peu de monde va,
Me charma par neuf fois, puis d'vne bouche
    enflee
(Ayant deſſus mon chef ſon haleine ſouflee)
Me heriſſa le poil de crainte & de fureur,
Et me remplit le cœur d'ingenieuſe erreur,
En me diſant ainſi: Puis que tu veux nous
    ſuiure,
Heureux apres la mort nous te ferons reuiure
Par longue renommée, & ton los ennobli
Accablé du tombeau n'ira point en oubli.
    Tu ſeras du vulgaire appellé frenetique,
Inſenſé, furieux, farouche, fantaſtique,
Mauſſade, mal-plaiſant : car le peuple meſdit
De celuy qui de mœurs aux ſiennes contredit.
    Mais courage, RONSARD, les plus do-
    ctes Poëtes,
Les Sibylles, Deuins, Augures & Prophetes,
Huez, ſiflez, moquez des peuples ont eſté :
Et toutefois, RONSARD, ils diſoient verité.
    N'eſpere d'amaſſer de grands biens en ce
    Monde:
Vne foreſt, vn pré, vne montagne, vne onde
Sera ton heritage, & ſeras plus heureux
Que ceux qui vont cachant tant de treſors
    cheᴣ eux:
Tu n'auras point de peur qu'vn Roy de ſa
    tempeſte
Te vienne en moins d'vn iour eſcarboüiller la
    teſte,
Où confiſquer tes biens : mais tout paiſible &
    coy
Tu viuras dans les bois pour la Muſe & pour
    toy.
    Ainſi diſoit la Nymphe, & de là ie vins
    eſtre
Diſciple de Daurat, qui long temps fut mon
    maiſtre,
M'apprit la Poëſie, & me monſtra comment
On doit feindre & cacher les fables propre-
    ment,
Et à bien déguiſer la verité des choſes
D'vn fabuleux manteau dont elles ſont en-
    cloſes.
I'appris en ſon eſcole à immortaliſer
Les hommes que ie veux celebrer & priſer,
Leur donnant de mes biens, ainſi que ie te
    donne

Pour preſent immortel l'Hymne de ceſt Au-
    tonne.
    Or ſi toſt que l'Autonne eut l'âge de pou-
    uoir
Gouſter le plaiſant mal qu'Amour fait rece-
    uoir,
Et que ja ſes tetins meſſagers de ieuneſſe,
Comme pommes s'enfloient d'vne ronde alle-
    greſſe :
Elle n'auoit ſouci d'amour ny du plaiſir
Qui vient le tendre cœur d'vne fille ſaiſir,
Quand ſur l'âge premiere elle ſe voit aimée,
Et quand Amour la tient doucement allumée.
    Ses plaiſirs ſeulement n'eſtoient qu'à re-
    garder,
Qu'à baiſer ſa nourrice & à la mignarder,
Qu'à veſtir proprement des robbes decoupees,
Qu'à faire de l'enfant, qu'à coifer des poupees,
Et touſiours ſouſpiroit quand on ne l'allaitoit,
Et quand ſon nourricier au col ne la portoit.
Ses actes toutesfois donnoient bien teſmoi-
    gnage
Qu'elle ſeroit vn iour de tres-mauuais cou-
    rage :
Car touſiours rechignoit, groumeloit & tan-
    ſoit,
Et rien que tromperie en ſon cœur ne penſoit.
    Vn iour que ſa nourrice eſtoit toute amuſee
A tourner au Soleil les plis de ſa fuſee,
(Et qu'ores de la dent, & qu'ores de la main
Egaloit le filet pendu prés de ſon ſein,
Pinçant des premiers doigts la filace ſouillée
De la gluante humeur de ſa léure moüillée :
Puis en pirouëtant, allongeant & virant,
Et en accourciſſant, reſerrant & tirant
Du fuzeau bien enflé les courſes vagabondes,
Arrengeoit les filets, & les metroit par on-
    des :)
Elle vit que l'Autonne eſtoit ſeule à repos,
Adoncque elle l'appelle, & luy diſt tels pro-
    pos :
Ma fille, dés le iour que tu fus enfantee,
Par ta mere tu fus en mon Antre apportee
De nuit, à celle fin que ton corps fuſt nourry
Et traité ſans le ſceu de ſon faſcheux mary :
Pource ie te diray tes parens & ton eſtre.
    Enfle-toy le courage, & ne penſe pas eſtre
Fille d'vn Laboureur, qui de coultres tren-
    chans

Fend la terre & la seme, & engrosse les champs,
Et rapporte au logis les deux mains empoulées:
    Ny fille d'vn Pasteur qui au fond des
        valees
Fait paistre son troupeau par les pastis her-
        beux,
Qui tient vn harigot & fleute entre les bœufs:
Tu es bien d'autre sang plus genereux issuë,
Et de parens plus grands & plus nobles con-
        ceuë.
    N'as-tu oüy parler, au soir en escoutant
Prés du feu mon mary en ses bras te portant,
D'vne grande Déesse heureusement feconde,
A qui le Ciel donna la charge de ce Monde?
Parqui tout est nourri, par qui tout est produit,
Par qui nous recueillons & la fleur & le fruit?
Qui est tout, qui fait tout, qui a toute puis-
        sance?
    De ses reins, mon enfant, tu as pris ta
        naissance,
Et de ce grand flambeau que tu vois luire aux
        Cieux,
Qui sçait tout, qui oit tout, qui voit tout de
        ses yeux,
Pere alme, nourricier de toute la machine,
Viue la soustenant par sa vertu diuine.
De ces deux tu nasquis : & pour mieux le
        sçauoir,
Il est temps, mon enfant, que tu les ailles voir,
Il est temps de laisser tes jeux & ta simplesse,
» Martes, cheuaux de bois : ce qui sied en ieu-
        nesse
» Ne sied quand on est grand, & chaque âge
        en venant
» Apporte auecque soy ce qui est conuenant.
Et pour ce il ne faut plus comme vn poupelin
        pendre
Au col de mon mary, mais bien te faut ap-
        prendre
A danser, à baller, à friser tes cheueux,
Les allonger en onde, & les serrer en nœuds,
A dextrement mouuoir l'appast de ton œillade,
A faire d'vn sou-ris tout vn peuple malade,
A sçauoir conseiller ta face à ton miroüer,
A parler finement & finement ioüer,
A sçauoir finement inuenter mille excuses,
A donner vne baye, à trouuer mille ruses,
A pratiquer d'amour l'amertume & le doux,
Et par telle finesse acquerir vn espoux.

    Or si tost que l'Aurore à la vermeille
        bouche
Aura du vieil Tithon abandonné la couche,
Il faudra t'éueiller, à fin d'aller trouuer
Non guere loin d'icy ton pere à son leuer.
    Or pour mieux acheuer ta soudaine entre-
        prise,
Il faut prier vn Vent, à fin qu'il te conduise:
La cauerne où l'Auton demeure n'est pas loin.
Pource va le prier qu'il en prenne le soin.
    Ainsi dit la nourrice, & l'Autonne sur
        l'heure
S'en-alla dedans l'Antre où le Monstre de-
        meure.
    Elle trouua le Vent tout pantois & lassé
D'auoir la mer d'Afrique & ses sablons passé,
Et ja pour s'endormir auoit plié ses ailes
Depuis le bas des flancs iusqu'au haut des
        aisselles :
Tout ainsi qu'vn Faucon laisse fourcher en
        crois
Les siennes sur le dos quãd il se perche au bois.
    Ce Vent humide & chaud gisoit à la ren-
        uerse
Estendu sur le dos d'vne longue trauerse,
Au beau milieu de l'antre (horrible chose à
        voir)
Maints fleuues du menton comme d'vn en-
        tonnoir
Luy coulent à ses pieds, & sa teste chenuë
Estoit de tous costeʒ couuerte d'vne nuë,
Qui de-çà qui de-là sur le dos luy rendoit
Des vapeurs qu'en volant par le Monde
        espandoit.
    Son Antre s'estuuoit d'vne chaleur crou-
        pie,
Moite, lasche, pesante, ocieuse, assoupie,
Ainsi qu'on voit sortir de la gueule d'vn four
Vne lente chaleur qui estuue le iour.
    Là sur vn peu de paille à terre estoit cou-
        chée
Vne lice aboyant iusqu'aux os desseichée :
Les voisins d'alentour (qui paistre là sou-
        loient)
La vieille Maladie en son nom l'appelloient.
Elle auoit vn grand rang de tetaces tirées
Longues cõme boyaux, par le bout deschirées,
Que d'vn muffle affamé vne engeance de
        maux

Luy ſuçoient tout ainſi que petits animaux,
Qu'elle (qui doucement ſur ſa race ſe veau-
     tre)
De ſon col retourné lechoit l'vn apres l'autre,
Pour leur former le corps en autant de façons
Qu'on voit dedans la mer de ſortes de poiſ-
     ſons,
De ſablons ſur la rade, & de fleurs au riuage
Quand le ieune Printemps découure ſon vi-
     ſage.
     Là comme petits loups les caterres couuoit,
Et là la fiéure quarte, & tierce ſe trouuoit,
Enflures, flux de ſang, langueurs, hydropi-
     ſies,
La toux ronge-poumon, iauniſſe, pleureſies,
Lenteurs, peſtes, charbons, tournoymens de
     cerueau,
Et rongnes dont l'ardeur fait allumer la peau.
     Ceſte vilaine & ſale & monſtrueuſe
     oſture,
Bien qu'elle ſoit d'vn part, n'eſt pas d'vne
     nature,
L'vne croiſt en vn iour, l'autre en demande
     trois,
L'vne en demande ſept, & l'autre veut vn
     mois,
L'autre eſt vieille en vne heure, & l'autre ne
     peut croiſtre.
     Or ſi toſt qu'ils ſont grands, pour eux-meſ-
     mes ſe paiſtre
La mere oſte leur voix & leurs langues, à fin
D'aller ſans dire mot loger chez le plus fin.
     Adonq' à l'impourueu les terres ils aſſail-
     lent,
Et les pauures mortels tourmentent & tra-
     uaillent;
Lors peu ſert l'oraiſon, la force, & la valeur,
Et l'art forcé du mal, qui fait place au mal-
     heur.
Si toſt que ceſt Autonne eut trauerſé la porte
De l'antre, elle parla au Vent en telle ſorte :
     O maiſtre de la mer, que la terre en ſes bras
Preſſe de tous coſtez, Vent qui viens de là bas
Où l'autre Ourſe incogneuë aux hommes de ce
     Monde,
D'Aſtres plus grands & beaux que les noſtres
     abonde :
O Vent qui trauerſant par vn air chaleureux,
Et par la gent brulée, attires caterreux.

De grand's eſponges d'eau, dont largement tu
     baignes
De ton goſier venteux les monts & les cam-
     paignes,
Porte-moy, ie te prie, au Palais du Soleil :
Et ſi par ton moyen ie ſuis à ſon réueil,
Ie te iure en tes mains vne ferme alliance,
Tu ſeras mon amy : & ſi quelque puiſſance
Le Soleil me départ, tu l'auras comme moy,
Et l'Autonne iamais ne ſe verra ſans toy.
     Ainſi diſt cet hommace, & le Vent qui la
     charge,
L'emporta parmy l'air ſur ſon eſpaule large.
     C'eſtoit au meſme poinct que l'Eſtoile du
     iour
Auoit déja chaſſé les Aſtres d'alentour
Des paſtures du Ciel, & les contant par nom-
     bre,
Toutes en vn monceau les alloit mettre à l'om-
     bre.
     Ià la Lune argentée alloit voir ſon ami,
Son bel Endymion ſur le mont endormi :
Et jà la belle Aurore au viſage de roſes,
Les barrieres du Ciel par tout auoit décloſes :
Et déjà le Soleil ſon front auoit huilé
De fard, à celle fin qu'il ne fuſt point hallé,
Et aſſis dans ſon char, déjà tenoit la bride
De ſes courſiers tirez hors de l'eſtable vuide,
Quand tout à l'impourueu l'Autonne arriua
     là.
     Adoncques le Soleil retif ſe recula
Arriere de ſa fille, & tournant ſon viſage
(De peur de ne la voir) fit vn autre voyage.
     Les grands Monſtres du Ciel leſquels vi-
     rent muer
Le Soleil de couleur, la cuiderent tuer,
La pourſuiuant par tout de telle violance,
Qu'elle ſ'alla cacher au creux de la Balance,
Et ſans le Scorpion qui affreux & hideux
De ſes pieds allongez ſe mit au deuant d'eux,
Ils l'euſſent fait mourir, boüillonnans de colere
De voir ainſi tourner le Soleil en arriere.
     Apres auoir eſté en crainte quelque temps,
Elle alla viſiter ſon frere le Printemps
Dans ſon Palais fleury, que la Nymphe Ieu-
     neſſe
A baſti de ſa main, ouurage de Déeſſe.
Ce Palais eſt aſſis au beau milieu d'vn pré
De roſes & de lis & d'œillets diapré,

Qui ne craignent iamais ny chaleur ny froi-
     dure :
Car en tout temps ce pré foisonne de verdure.
     Les pins & les sapins y voisinent les
          Cieux,
Et le Cedre embasmé d'vn flair delicieux;
Les Rossignols logez dans les bois y jargon-
     nent,
Par les iardins carrez les fontaines reson-
     nent,
Qui arrousent le pied des pommeux orangers,
Et des myrtes sacrez qui nous sont estrangers.
     Volupté, gentillesse, amour & gaillardise,
Et Venus qui le cœur des grands Princes
     attise,
Seiourne en ce Palais, où ses Cygnes mignons
Volent tout à l'entour auecques ses Pigeons :
Tout rit en ce verger : car tout ce qui ameine
Tristesse & desplaisir, iamais ne s'y promeine.
     A l'heure que l'Autonne au Palais arriua,
Cherchant de tous costez son frere n'y trouua :
Il estoit allé voir l'industrieux Zephyre,
Qui tendoit ses filets, & tendus se retire
Au beau milieu du ré, à fin d'enueloper
Flore, quand il la peut en ses nœuds attraper.
     Ainsi qu'en nos iardins on voit embeson-
          gnée
Dés la poincte du iour la ventreuse Araignée,
Qui quinze ou vingt filets (comme pour fon-
     dement
De son ré commencé) attache proprement,
Puis tournant à l'entour d'vne addresse sub-
     tile,
Tantost haut, tantost bas des iambes elle file,
Et fait de l'vn à l'autre vn ouurage gentil,
De trauers, de biais, noüant tousiours le fil,
Puis se plante au milieu de sa toile tenduë
Pour attraper le ver, ou la mousche attenduë :
     Ainsi faisoit Zephyre : or l'Autonne qui
          vit
Sans garde le Palais, à son frere rauit
Ses bouquets & ses fleurs, & comme vne lar-
     ronne
(Apres l'auoir pillé) sen fit vne couronne.
     De la je sit porter au Palais de l'Esté,
Que Cerés festoyoit en pleine majesté.
     Triptoleme faisoit (pour le doux benefice
Du beau froment donné) à Cerés sacrifice,
Où la blonde Déesse en appareil estoit

Auecques son mary l'Esté qu'elle traittoit,
Et tenoit en dansant au milieu de la feste,
Du pauot en la main, des espics sur la teste.
     Cependant ceste garce entra dans le Cha-
          steau :
Dedans la basse-court elle vit maint rateau,
Mainte fourche, maint van, mainte grosse
     iauelle,
Mainte gerbe, toison de la moisson nouuelle,
Boisseaux, poches, bissacs, de grands monceaux
     de blé
En l'aire çà & là l'vn sur l'autre assemblé :
Les vns battoient le grain dessus la terre dure,
Les autres au grenier le portoient par mesure,
Et sous les tourbillons les bourriers qui vo-
     loient
Pour le joüet du vent, parmy l'air sen-alloient.
     Elle entra dans la salle, & au croc vit pen-
          dantes
(Faites comme en tortis) de grand's flames
     ardantes
Dont l'Esté s'affubloit pour mieux se bra-
     garder,
Quand son pere venoit de prés le regarder :
Elle prit finement deux rayons de son frere
Pour en parer son chef, puis alla voir sa mere.
     Le Palais magnifique où Nature habitoit,
Sur piliers Phrygiens éleué se portoit :
Les voûtes estoient d'or, d'or estoit la closture,
Et d'argent affiné la haute couuerture :
Là cent portes estoient toutes faites d'ay-
     mant :
En-contre les parois reluit maint diamant,
Maint rubi, maint saphyr, que le boiteux Ma-
     nœuure
A luy-mesme attachez, ingenieux chef-
     d'œuure.
     Là sont d'âge pareils cent icunes iouuen-
          ceaux,
Beaux, vermeils, crespelus, aux mentons da-
     moiseaux,
Aux coudes retroussez, & cent Nymphes
     vermeilles
Toutes d'âge, de face & de beautez pareilles,
Qui ont l'vn apres l'autre, & en toute saison
La charge & le souci d'vne telle maison.
Ils portent en la main de grand's cruches pro-
     fondes,
L'vne verse à longs flots la semence des ondes,
                                   L'autre

L'autre coule le plomb, l'autre espuise du sein
Des antres de Pluton les riuieres d'estain,
L'autre les ruisseaux d'or, l'autre affine le cui-
	ure,
L'autre le vif-argent qui veut tousiours se
	suiure,
L'autre cherche le soulphre, & l'autre est di-
	ligent
De foüiller les conduits du fer & de l'argent.
	Là sont dedans des pots sur tes tables en-
	closes
Auec leurs escriteaux les semences des choses,
Que ces ieunes garçons gardent à celle fin
Que ce grand Vniuers ne prenne iamais fin,
Les semans tous les ans d'vn mutuel office,
Et tousiours vieillissant tousiours il raieunisse;
Que l'air ait ses oiseaux & la mer ses pois-
	sons,
Et la terre ses fleurs de diuerses façons.
	Si tost que la Nature eut apperçeu sa fille,
Fuy (dit-elle) d'ici, tu perdras ma famille,
Fuy-t'en de ma maison, tu seras en tes ans
La perte & le malheur de mes autres enfans :
Tu perdras tout cela que la bonne froidure
De l'Hyuer germera : tout ce que la verdure
Du Printemps produira, & tout ce qui croi-
	stra
De meur & de parfait quand l'Esté paroistra:
Tu feras escouler les cheueux des bocages,
Chauues seront les bois, sans herbes les riua-
	ges,
Par ta main, Phthinopore, & dessus les hu-
	mains
Maligne respandras mille maux de tes mains.
	L'Autonne en larmoyant s'en-estoit en-
	allée,
Quand elle oüit vn bruit au fond d'vne vallée,
Et s'approchant de prés elle vit vn grand Roy
Que deux Tigres portoient en magnifique ar-
	roy:
Ses yeux estinceloient tout ainsi que chan-
	delles,
Ses cheueux luy pendoient plus bas que les ais-
	selles,
Sa face estoit de vierge, & auoit sur le front
Deux petits cornichons comme les cheureaux
	ont :
Ses léures n'estoient point de barbe crespelées,
Son corps estoit bouffi, ses cuisses potelées,

Ieunesse & Volupté luy seruoient de voisins,
Et tenoit en sa main deux grapes de raisins.
	Deuant ce Roy dansoient les folles Edoni-
	des,
Les vnes talonnoient des Pantheres sans bri-
	des,
Les autres respandoient leurs cheueux sur le
	dos,
Les autres dans la main brâloient des jauelots,
Herissez de lierre & de fueilles de vigne :
Silene au rouge nez sans mesure trepigne
Monté dessur son asne, & comme tout donté
De vin, laisse tomber sa teste d'vn costé :
Les Satyres cornus, les Syluains pieds-de-
	chéure
Font vn bruit d'instrumens : l'vn qui enfle sa
	léure
Fait sonner vn haut-bois, & l'autre tout
	autour
De la brigade fait resonner vn tabour.
	Si tost que Bacchus vit Autonne la pu-
	celle,
Venus luy fit descendre au cœur vne estincelle
Par les yeux enuoyée, & tout soudainement
Il deuint amoureux, & si ne sçeut comment.
	Il sent dedans ses os vne peste qui erre
De moüelle en moüelle, & luy fait telle guerre,
Qu'auec vn grand souspir, gemissant, est con-
	traint
De confesser qu'Amour l'a viuement attaint.
Il a l'ame penduë aux beaux yeux de la belle,
En ses cheueux se lie & ne pense qu'en elle,
Il se brusle luy mesme, & fust mort de souci
Si pour la courtiser ne luy eust dit ainsi.
	Ie confesse qu'Amour de sa gentille fla-
	me
Autrefois m'a brulé pour vne ieune Dame,
Que le traistre Thesé laissa dessus le bord
Seule entre les rochers, la proye de la Mort :
Mais comme i'ay pour toy, telle amoureuse
	playe
Ie n'eus oncques pour elle, & tant plus ie m'es-
	saye
De l'oster, & tant plus ie sens ceste poison
Faire mon appetit maistre de la Raison:
Et pour-ce pren pitié de mon ame embrasée,
Et vien dedans mon char pour ma tendre
	espousée,
Vien enlacer mon col : ce n'est vn petit heur

Quand vne femme acquiert vn Dieu pour
    seruiteur.
    Helas ie te suppli' par ceste belle bouche,
Par ces yeux dont l'esclair iusqu'en l'ame me
    touche,
Par ces cheueux crespez qui me pressent le
    cœur,
N'entretien d'vn espoir longuement ma lan-
    gueur :
Reçoy-moy pour mary, au reste prens en gage
Mon amour comme en dot d'vn si beau ma-
    riage :
Car ton corps, qui mon cœur a chassé de son
    lieu,
Est digne de monter au lict d'vn plus grand
    Dieu.
    Si ne suis-ie pourtant vn demi-Dieu cham-
    pestre :
Ie suis ce grand Bacchus des Satyres le mai-
    stre,
Qui ay cent mille autels, qui ay cêt mille noms,
Tant craint & reueré par tant de nations.
    Dontant dessous mon joug la cruauté des
    Lynces,
Triomphant i'ay vaincu les Indes & leurs
    Princes :
I'ay fait mourir Lycurgue, & Penthé i'ay tué,
Les mariniers Tyrrheins en Dauphins i'ay
    mué,
Et en Chauue-souris tourné les Minäides
Qui auoient mesprisé mes festes Thebaïdes.
Iupiter est mon pere, & quand ie monte aux
    Cieux,
Ie m'assieds en mon thrône entre les plus hauts
    Dieux.
    Ainsi disoit Bacchus, & tout soudain l'Au-
    tonne
A ce Prince amoureux pour espouse se
    donne :
En son char il la monte en graue maiesté,
Et depuis l'vn sans l'autre ils n'ont iamais
    esté,
Tant peuuent en amour deux courages en-
    semble
Quand vne affection pareille les assemble,
Non crainte de parens qui l'amitié destruit,
Et deuant que fleurir fait auorter le fruit.
    Ie te saluë, Autonne, & ton mary qui
    porte

Le nom d'auoir passé par vne double porte,
Maistresse du vaisseau que l'Abondance tient,
Par qui en sa beauté Pomone se maintient :
Chasse ie te suppli' toute peste maline,
Fieures, rheumes, langueurs du chef de l'Av-
    BESPINE,
Conserue sa famille, & remplis à foison
De pommes & de fruits, & de vins sa maison.
    O bonne & grande part des saisons de l'an-
    née
Autonne de tous biens richement couronnée,
Des humains le grenier, le celier, la planté,
Qui as part au Printemps, qui as part à l'Esté !
Donne que l'AVBESPINE en sa vieillesse
    arriue
Plein d'vn esprit gaillard, plein d'vne force
    viue,
Et que iamais l'Enuie, ennemie de ceux
Qui se font excellens pour n'estre paresseux
A bien seruir les Roys, d'inconstance subite
Ne se monstre vers luy fascheuse ny despite :
Mais qu'il ioüysse en paix des biens qu'il s'est
    acquis,
Soit ieune en cheueux noirs, soit vieil en che-
    ueux gris,
Afin qu'en sa maison en repos il les vse,
Puis qu'il est si courtois aux enfans de la Muse.
    Autonne c'est assez, ie veux me souuenir
De ton frere l'Hyuer qui doit bien tost venir :
Ie m'en vais le chanter, car ie l'estime digne
Autant ou plus que toy de l'honorer d'vn
    Hymne.

HYMNE VI.

DE L'HYVER.

A MONSIEVR BOVRDIN,
SEIGNEVR DE VILLENNES,
Procureur General.

Ie ne veux sur mon front la cou-
    ronne attacher
D'vn Laurier de iardins trop
    facile à chercher;
Il faut que ie le trouue au plus haut d'vne
    roche

A grimper mal-aisée, où personne n'appro-
che :
Je veux auec trauail brusquement y monter,
M'esgrafignant les mains auant que l'appor-
ter,
Afin qu'enuironné de maint peuple, ie chante
Quelle proprieté se trouue en telle plante.

   Peuple, ce verd Laurier pour qui i'ay
   combatu,
(Diray-ie en le monstrant) est de grande
vertu :
Si quelqu'vn le regarde, ou le masche, ou le pose
Pour couronne à son chef, tout soudain il
compose,
Et les Muses qui sont noble race du Ciel,
Arrosent sa parolle & sa bouche de miel :
Il est soudain aimé des Seigneurs & des Prin-
ces,
Il marche venerable au milieu des Prouinces,
Il rend par son bel art son païs estonné,
Il a le front de gloire & d'honneur couronné,
Et au trait de ses yeux & au port de sa face
Ses ennemis ont peur & sont froids comme
glace :
Il est sans passion, sans crainte ny douleur,
Plus grand que le Destin, Fortune, & le mal-
heur :
Car soit qu'il vist tomber toute ceste machine,
Il ne verra son cœur trembler en sa poitrine,
Philosophe hardi constant de toutes pars,
Armé de sa vertu comme de grands rempars.
   Ces ieunes apprentis desloyaux à leur mai-
   stre,
Ne peuuent du Laurier l'excellence cognoistre :
Mais les gentils esprits, des Muses le bon-
heur,
Cognoissent bien la plante & luy font grand
honneur.
Quand ie la porte és mains, au front, ou soubs
la robe,
Si quelqu'vn par finesse vne fueille en dérobe,
La fueille le decelle, & ne veut que le prix
Des fronts Apollinez soit emblé ny surpris :
Le Laurier le desdaigne, & bien qu'ils le tour-
mentent,
Iamais de ses rameaux la bonne odeur ne sen-
tent,
Comme chose forcée, & qui ne vient à gré
A l'arbre de Parnasse, à Phebus consacré.

Il veut qu'on le recherche auec trauail &
peine .
Sur le roc dont la cyme est fascheuse & hau-
taine ;
Comme i'ay cestuy-cy, que ie plante au iardin
(Pour tousiours y fleurir) de mon docte
BOVRDIN.
   Toute Philosophie est en deux diuisée,
L'vne est aiguë, & viue, & prompte, & ::d-
uisée,
Qui sans paresse ou peur, d'vn vol audacieux
Abandonne la terre, & se promeine aux
Cieux.
   Hardis furent les cœurs qui les premiers
   monterent
Au Ciel, & d'vn grand soin les Astres affron-
terent :
Là, sans auoir frayeur des cloistres enflamez
Du Monde où tant de corps diuers sont en-
fermez,
Par leur viue vertu s'ouurirent vne entrée,
Et veirent iusqu'au sein la Nature sacrée :
Ils espierent DIEV, puis ils furent aprés
Si fiers, que de conter aux hommes ses secrets,
Et d'vn esprit ardant eurent la cognoissance
De ce qui n'est point né, de ce qui prend nais-
sance,
Et en pillant le Ciel, comme vn riche butin,
Mirent dessous leurs pieds Fortune & le De-
stin.
   L'autre Philosophie habite sous la nuë,
A qui tant seulement ceste terre est cognuë
Sans se pousser au Ciel, le cœur qui luy defaut
Ne luy laisse entreprendre vn voyage si haut :
Elle a pour son sujet les negoces ciuiles,
L'equité, la Iustice, & le repos des villes :
Et au chant de sa Lyre, a fait sortir des bois
Les hommes forestiers pour leur bailler des
lois :
Elle sçait la vertu des herbes & des plantes,
Elle va dessous terre aux creuaces beantes
Tirer l'argent & l'or, & chercher de sa main
Le fer qui doit rougir en nostre sang hu-
main.
   Puis à fin que le peuple ignorant ne mes-
   prise
La verité cognuë apres l'auoir apprise,
D'vn voile bien subtil (comme les Peintres
font

*Aux tableaux bien pourtraits) luy couure
   tout le front,*
Et laisse seulement tout au trauers du voile
Paroistre ses rayons comme vne belle estoille,
Afin que le vulgaire ait desir de chercher
La couuerte beauté dont il n'ose approcher.
   *Tel i'ay tracé cest Hymne, imitant l'exem-
     plaire*
Des fables d'Hesiode & de celles d'Homere.
   *Le iour que la Nature accoucha de l'Hy-
     uer,*
On vit de tous costez tous les Vents arriuer
*Les parrains de l'enfant, & le Ciel pesle-
   mesle*
Enfarina les champs de neiges & de gresle :
Il n'estoit pas encore és prisons du berceau,
Que Mercure le prend, & le mist en la peau
D'vn mouton bien frizé, puis de roide volée
A son dos l'emporta sur la voûte estoilée,
Et se moquant de luy, il le vint presenter
Au milieu de la salle aux pieds de Iupiter.
   Iupiter se sourit de la hideuse mine
*Du garçon qui rampant à quatre pieds che-
   mine*
A l'entour de ses pieds, comme vn petit mastin
Qui sent venir sa mere & cherche le tetin.
*Les tourbillons venteux rouloient dessus sa
   face,*
Il auoit les cheueux roidis à fils de glace,
Renuersez, boursouflez, & sur le dos portoit
Vne humide toison qui tousiours degoutoit :
Il estoit rechigné, hargneux & solitaire :
Et pource Iupiter de tous les Dieux le pere,
Preuoyant qu'il seroit quelque Mõstre odieux,
Ainsi qu'il fist Vulcan le renuersa des Cieux.
   Alors le pauure Hyuer à teste renuersée
Fut culbuté par l'air d'vne cheute eslancée,
Roüant dés le matin iusqu'au Soleil couchant,
*Tousiours piroüettant, tournoyant, & bron-
   chant ;*
A la fin en glissant par le trauers des nuës,
S'arresta renuersé sur les riues chenuës
De Strymon, hostelier de ce vent qui nous fait
En baloyant le Ciel le iour serein & net.
   *La Thrace ce-pendant s'estimoit bien-heu-
     reuse*
D'estre de cest enfant la nourrice amoureuse,
Que soudain elle emplit de force & de vigueur,
Et d'vn tel nourrisson auoit plaisir au cœur.

Or le Vent qui sçauoit que par vne risée
La face de l'Hyuer fut au Ciel mesprisée,
Le vint, comme son frere, en fureur irriter
D'entreprendre la guerre encontre Iupiter.
   *Et quoy ! disoit Borée à l'Hyuer magna-
     nime,*
*Veux-tu souffrir qu'on face au Ciel si peu d'e-
   stime*
De toy ieune guerrier ? & que tu sois fraudé
*De l'honneur que ta mere a pour toy deman-
   dé ?*
Regarde de quel sang tu as pris ta naissance ?
*Quels sont tes alliez, & quelle est ta puis-
   sance ?*
*Combien tu as de mains, de iambes & de
   bras*
Pour renuerser du Ciel ce Iupiter à bas ?
   Il se vante d'auoir vne maison ferrée,
Au grand plancher d'airain d'eternelle durée,
*Et que seul, quand il veut, les Dieux peut sur-
   monter,*
*Et qu'eux tous assemblez ne le sçauroient
   donter.*
   *Mais ce qui plus me fasche, & m'espoin-
     çonne d'ire,*
*C'est qu'il auance au Ciel ie ne sçay quel Sa-
   tyre,*
Vn Mercure larron, vn Mauors rioteux,
Vn Alcide gourmand, dont le Ciel est honteux.
   Il aime l'estranger & ses parens recule,
Et se vante d'auoir ie ne sçay quel Hercule,
Dont la forte massuë en guerroyant abat
*Tout cela que la Mort luy presente au com-
   bat.*
S'il a le fort Hercule autour de son trophée,
Tu auras en ton camp l'ingenieux Typhée,
*Qui a cent yeux, cent bras, cent mains, & cent
   cerueaux,*
Excellent à trouuer mille desseins nouueaux :
*Luy seul vaut son Alcide, & toute son ar-
   mée.*
" *Courage, la vertu n'est pas vne fumée*
" *Qui deçà quidelà s'éuanoüit en vain,*
" *Elle veut l'action du cœur & de la main.*
*Mande-luy promptement qu'il te face par-
   tage,*
Luy suffise le Ciel, sans rauir dauantage.
   *Tout ce qui pend en l'air sous l'aire du
     Croissant,*

Tout ce qui monte en haut, & le Ciel va paif-
    fant,
Dont la Nature change & s'altere & se mue,
Soit maintenant en vent, soit maintenant en
    nue,
Neiges, glaces, frimas, sont proprement à
    toy,
Et les plaines de l'Air te confessent leur Roy.
    Courage, compagnon, iouïs de ta contrée :
Quant à moy, ie suis fils de l'Aurore &
    d'Astrée :
Et ne veux endurer que ce tort te soit fait :
» Le magnanime cœur se cognoist à l'effet.
    Ainsi disoit ce Vent plein d'vne ame dé-
    pite,
Enuoyant ses courriers, l'vn deuers Amphi-
    trite,
L'autre vers les estangs, riuieres, & ruisseaux.
    Ces postes en volant plus roidement qu'oi-
    seaux,
Hucherent d'vn grand cry les cent freres Da-
    ctyles,
Curetes, Corybans, aux armes bien-habiles :
L'vn courut aux Enfers, des Ombres posses-
    seurs,
Appeller le grand Chien, la Gorgonne, & ses
    Sœurs,
Et l'autre fit venir les ventreuses Harpyes
Qui sur le bord de Styx sommeilloient accrou-
    pies :
Pegase y vint aussi, le cheual emplumé,
Ne portant plus au dos son Cheualier armé.
    L'autre sonna Triton aux longs cheueux
    humides,
Proté, Glauque, Portonne, & les vieilles
    Phorcydes
Au regard renfrongné, qui branloient en la
    main
En lieu d'vne quenoüille vn jauelot d'airain.
    Les autres vont au creux de la terre en-
    soulphrée,
Appeller Encelade, & le fort Briarée,
Gyge, Cotte, Porphyre, & ces Titans qui
    font
En souleuãt les champs d'vne plaine vn grand
    mont,
Et creuassant la terre obscure de fumée,
Dégorgent iusqu'au Ciel vne haleine enfla-
    mée.

Ces courageux guerriers plus vistes qu'vn
    esclair
S'allerent tous camper au beau milieu de l'air
Sous l'espais d'vne nuë, en sa croûte asseurée,
Comme dans le rempart d'vne ville emmurée,
Et gaignerent le Fort, alors que le Soleil
Tournant les pieds vers nous se penchoit au
    sommeil.
    Les Astres qui faisoient au Ciel la sen-
    tinelle,
Aduertirent les Dieux de l'estrange nouuelle,
De la piste & du cry des cheuaux hennissans,
Des soudars sous le fer ieunement bondissans,
Du nombre d'estendars, du cliquetis des ar-
    mes,
Et d'vn peuple incognu de barbares gendar-
    mes,
Dont les boucliers flamboient comme ces roux
    cheueux
Des Cometes, qui sont enuenimez de feux
Qui deçà qui delà leurs grands rayons espan-
    dent,
Et de l'air en glissant à front baissé descen-
    dent
Sur le mast d'vn nauire, ou sur vne cité
Que DIEV veut chastier pour sa meschan-
    ceté.
    Iupiter tout soudain fit apprester sa bande,
Et veut qu'vn seul Alcide à ses troupes com-
    mande,
Que Mercure le suiue, & que le ieune Mars
Face de bande en bande arranger les soldars.
    Si tost que le Soleil sortit hors de sa cou-
    che,
L'Hyuer d'vn grand courage attaque l'escar-
    mouche,
Et fit marcher deuant comme cheuaux legers
Les tourbillons poudreux, pour sonder les dan-
    gers.
    Briare estoit armé d'vne vieille ferraille,
En lieu d'vn morion s'afubloit d'vne escaille
De dragon effroyable, & de sa bouche issoit
Vn brasier enfumé qui le iour noircissoit.
Cent bras se remuoient de ses espaules dures.
La peur, l'horreur, l'effroy, les meurtres, les
    iniures
Marchoient deuant sa face, & de tous les
    costez
Rendoit ses ennemis ou peureux ou dontez.

Sous le cry des soldars la terre trembla
    toute,
La mer en tressaillit, le Ciel estoit en doute,
Et ne sçauoit lequel seroit victorieux
Ou le camp de l'Hyuer, ou bien celuy des
    Dieux.
    Hercule à l'aborder, se mit à l'auantgarde,
Et de cent yeux ardens ses ennemis regarde :
Il les presse, il les tue, & les abat dessous
Sa pesante massuë effroyable de clous :
Ses bandes toutefois n'auoient l'ame asseu-
    rée,
Et craignoient tellement les mains de Bria-
    rée ;
Que la glaçante peur coulante par les os,
Tourna honteusement à la fuite leur dos.
    L'Hyuer d'autre costé faisoit vn grand
    carnage,
Et sans perdre ny cœur, ny force, ny courage,
Comme vn foudre emporté dessus l'aile du
    vent,
Alloit le fer au poing la Victoire suiuant :
Et n'eust esté le Iour qui par vne rancune
Abysma la Lumiere ès ondes de Neptune,
Enuieux sur l'Hyuer, il eust eu ce bon-heur
De donner à son camp la victoire & l'hon-
    neur.
    Ce-pendant Iupiter qui des siens se desfie,
Ramassa son armée & son camp fortifie,
Il appella la Nuict, & luy dit tel propos :
    Nuict, fille de la Terre, & mere du Re-
    pos,
S'il te souuient du bien que ie te fis à l'heure
Que Phanete voulut desrober ta demeure,
Et qu'il n'eut pour le tout sinon vne moitié :
Nuict, sois-moy secourable & pren de moy
    pitié.
Il faut qu'en ma faueur tu sois noire & trou-
    blée,
Que ton char soit tardif, ta langueur redou-
    blée,
A fin que mon Mercure ait loisir d'espier
L'Hyuer, & prisonnier pieds & mains le
    lier.
    Nuict, repos des mortels, si tu me veux
    complaire,
Tu auras vn present qu'autrefois ie fis faire
Ainsi qu'vn beau jouët, à sept voûtes, tout
    rond,

Voûtes qui en tournant d'elles-mesmes s'en
    vont
En biaiz haut & bas à l'entour d'vne pom-
    me,
Et si iamais le temps leur course ne consom-
    me.
    Vn Cyclope apparoist au milieu du jouët,
Qui tient haut en sa dextre vn cliquetant
    fouët,
En la gauche vne bride, & au dessous du
    ventre
(Chose horrible à conter) il a les pieds d'vn
    Cancre.
Vn Coq dessus son front chante pour l'éueiller
Quand il veut dessous l'eau trop long-temps
    sommeiller :
Il a les cheueux d'or, & sa face enflamée
Reluit comme vne flame en vn chaume allu-
    mée
Qu'vn Laboureur attize, & fait de peu à peu
Sortir d'vne estincelle vn grand brasier de feu.
    Or tu auras en don (si tu me fais seruice)
Ce present ennobly d'excellent artifice.
Va-t'en chercher le Somme, & luy dy de par
    moy,
Qu'il ameine Morphée & le Silence coy,
Et qu'il face endormir cest Hyuer qui con-
    spire
De renuerser le Ciel, mes Dieux, & mon Em-
    pire :
Mercure te suiura pour le surprendre, afin
De mettre sans combat ceste querelle à fin.
    Ainsi dit Iupiter, & la Nuict est allée
En son antre vestir sa cazaque estoillée,
Que la Terre fila & ourdit de ses mains
Pour couurir les labeurs & les yeux des hu-
    mains :
Amour y fut pourtrait, & ce doux exercice
Qui garde que le Monde orphelin ne perisse :
Puis appella le Somme, & luy a dit ainsi :
    Somme, mon cher enfant, le sorcier du
    souci,
Iupiter te commande aller dedans l'armée
De l'Hyuer, & serrer sa paupiere enfermée
D'vne chaisne de miel, & de prendre auec
    toy
Pour compagnons Morphée, & le Silence coy :
Va donq siller les yeux de l'Hyuer, qui con-
    spire

De renuerfer le Ciel, Iupin, & fon Empire.
    A-tant fe teut la Nuict, & le Sommeil
        adonq
Couurit fon chef d'vn voile autant large que
    long,
Prit des fouliers de feutre, & puife en la ri-
    uiere
De Styx vne vapeur qui couure la Lumiere.
    Il couronna fon chef d'vn pauot endormy,
Puis rampa doucement au camp de l'enne-
    my,
Traçant de l'air venteux la region humide,
Faifant marcher deuant le Silence pour guide.
    Adonques le Sommeil caut & malicieux
S'alla comme vn oifeau planter deuant les
    yeux
De l'Hyuer qui veilloit, tournant en fa pen-
    fée
Le moyen d'acheuer la guerre commencée.
Apres que le Sommeil, fur fa tefte perché,
L'eut long-temps affoupy, comme vn traict dé-
    coché
Coula dedans fes yeux, & doucement affemble
D'vn dormir englué fes paupieres enfemble,
Fit chanceler fa tefte, & fi bien il entra
Des yeux en l'eftomac, qu'au cœur le penetra,
Et luy fit en ronflant (tant le dormir le tou-
    che)
Verfer le doux fommeil du nez & de la bou-
    che.
    Mercure, ce-pendant, finement l'enchaina,
Et au grand Iupiter prifonnier l'amena.
    Iupiter qui le vit reduit fous fa puiffance,
D'vn feuere fourcil le menace & le tance,
Et fi fort contre luy le courroux l'embrafa,
Que fans fa fœur Iunon, qui fon ire appaifa,
Euft foudroyé l'Hyuer : mais elle qui le prie,
Embraffant fes genoux, modera fa furie.
    O Iupiter, des Dieux & des peres le
        Roy,
Fay (ce difoit Iunon) quelque chofe pour
    moy!
Ie fuis, Saturnien, ta fœur & ton efpoufe,
Et au Ciel comme toy ie commäde & difpoufe.
Helas! pere benin, qui iuftement defens
Par ta loy de tuer, pardonne à tes enfans :
Ie fçay que tu pourrois de l'efclat d'vn ton-
    nerre
Enfoulfrez & brulez les renuerfer par terre :

Mais il vaut mieux ruer les foudres que tu
    tiens,
Sur le haut des rochers, que fur le chef des
    tiens :
Et pource ie te pri change de fantafie,
Laiffe-les moy gaigner par douce courtoifie :
» Il n'eft rien fi cruel, que le cœur feminin
» Ne rende par douceur gracieux & benin.
    Ainfi difoit Iunon, & Iupin de fa tefte,
Ayant flechy fon ire, accorda la requefte.
    Incontinent, Iris, qui des fleuues te pais,
Tu fis fçauoir aux camps le traité de la
    paix :
Tu deflias l'Hyuer, & de prompte allegreffe
L'inuitas au feftin de Iunon ta maiftreffe.
    Si toft que l'appareil du feftin fut dreffé,
Hebé la ieune Nymphe au coude retrouffé,
Mit de l'eau dans l'efguiere, & la prit en la
    deftre,
Et le baffin doré en l'autre main feneftre :
Contre vn pilier marbrin fon dos elle appuya,
Laua les mains des Dieux, & puis les effuya
D'vn linge bien filé, bien plié, que Minerue
Pour vn riche trefor auoit mis en referue,
Et iamais de fon coffre elle ne l'aueignoit
Sinon quand Iupiter l'Ocean bien-veignoit.
    Auffi toft que les Dieux furent affis à ta-
        ble
(Chacun tenant fon rang & fa place hono-
    rable)
Voicy les demy-Dieux, qui du haut iufqu'au
    bas
La nape grande & large ont couuerte de plas
Entaillez en burin, où f'enleuoient boffées
Des Dieux & des Titans les victoires paffées,
Et comme Iupiter aux Enfers foudroya
Le Gean qui le Ciel de cent bras guerroya.
    Apollon fit venir les Mufes en la dance,
La belle Calliope alloit à la cadance
Sur toutes la premiere, & deffus le troupeau
Paroiffoit comme vn pin fur le haut d'vn cou-
    peau.
    Tantoft elle chantoit, tantoft d'vne gam-
        bade
Elle faifoit roüer fa ronde vertugade :
Pan le Dieu boccager de fa flute fonna :
Le haut Palais doré mugiffant raifonna
Sous la voix des hautbois, & ce-pendant la
    coupe

BBBbb iiij

Alloit de main en main en rond parmy la
    troupe.
    Aprés que le desir de manger fut donté,
Et l'appetit de boire en beuuant fut osté,
Chacun pour escouter ferma la bouche close,
Et alors Iupiter commença telle chose.
    » Il n'est rien de plus sainct que la saincte
    amitié :
Et pource, comme pere, ayant au cœur pitié
Des guerres qui estoient en nostre sang trem-
    pées,
I'ay brisé les harnois & cassé les espées,
Aimant trop mieux porter, sans titre de guer-
    rier,
L'Oliuier sur le front qu'vn chapeau de Lau-
    rier.
C'est la raison pourquoy, Hyuer, ie te deliure,
Afin qu'en amitié le Monde puisse viure.
    Va-t'en là bas en terre, & commande trois
    mois :
Je te donne pouuoir de renuerser les bois,
D'esbranler les rochers, d'arrester les riuieres,
Et sous vn frein glacé les brider prisonnieres,
Et de la grande Mer les humides sillons
Tourner ores de vents, ores de tourbillons.
    Ie te fay seigneur des pluyes & des nuës,
Des neiges, des frimats, & des gresles menuës,
Et des vents que du Ciel pour iamais ie banis :
Et si veux, quand Venus ira voir Adonis,
Que tu la traites bien, pour voir apres Cy-
    belle
Se germer de leur veuë, & s'en faire plus belle :
Et bref mon cher enfant, ie te veux faire
    auoir
Là bas autant d'honneur, qu'au Ciel i'ay de
    pouuoir.
    Ainsi dit Iupiter, & l'Hyuer qui l'accorde,
Jura d'entretenir ceste heurcuse concorde :
Il prit congé des Dieux, & viuement de là,
Ayant rompu son camp, en terre deuala.
    Ie te saluë, Hyuer, le bon fils de Nature :
Chasse de mon BOVRDIN toute estrange
    auanture ;
Ne gaste point ses champs, ses vignes, ny ses
    blez,
Qu'ils viennent au grenier, d'vsure redou-
    blez,
Et que ses gras troupeaux au temps de la gelée
Ne sentent en son parc ny taq ny clauelée :

Son corps ne soit iamais de rheumes tour-
    menté,
Et conserue sa vie en parfaite santé.

HYMNE VII.

DE L'OR.

A IEAN DORAT SON
PRECEPTEVR.

E ferois grande iniure à mes vers
     & à moy,
    Si en parlant de l'Or ie ne par-
    lois de toy
Qui as le nom doré, mon DORAT : car cest
    Hymne
De qui les vers sont d'Or, d'vn autre homme
    n'est digne
Que de toy, dont le nom, la Muse & le parler
Semblent l'Or que ton fleuue Orence fait cou-
    ler.
    Comme iadis Homere acquit la renommée
D'yurongne, pour auoir en ses vers estimée
La vigne, & de Bacchus les dons delicieux :
Ainsi i'auray le bruit d'estre auaricieux,
D'autant que ie celebre en mes vers la Ri-
    chesse.
    Or le peuple dira ce qu'il voudra, si est-ce
Qu'Homere ne fut pas yurongne, pour auoir
Celebré par ses vers de Bacchus le pouuoir :
Ny moy auare aussi, bien qu'icy ie m'efforce
De celebrer de l'Or l'excellence & la force.
Hé bons Dieux ! qui voudroit penser tant seu-
    lement
Que vingt ou trente escus logeassent longue-
    ment
En la bourse d'vn Poëte ? hé qui est le barbare
Qui oseroit songer qu'Apollon fust auare ?
Oseroit bien quelqu'vn telle faute penser,
Si à tort ne vouloit les Muses offenser,
Qui iamais par leurs vers ne se sont souciées
D'espargner de l'argent pour estre mariées ?
Tellement que tousiours la dure pauureté
Les contraint par les bois de garder chasteté.
Pour ceste occasion Calliope regarde
Celuy d'vn mauuais œil, qui trop chichement
    garde

Quelque tresor moisi dans vn coffre roüillé :
Son cœur, comme son Or, est de vice soüillé,
Et tousiours,quoy qu'il die,ou qu'il chante ,ou
    qu'il face,
Des saintes Muses perd la faueur & la grace :
Car il ne pense rien que l'Or dont il est plein,
Comme vn chien,bien que saoul,ne pense qu'en
    du pain.
        Ceux qui ont en nostre art acquis le tesmoi-
        gnage
D'escrire doctement ont vescu sans l'vsage
De l'Or ambitieux, & ne furent tentez
De ses esbloüyssons, mais se sont contentez
(Si c'est contentement) d'vne noble misere,
Riche de pauureté : tesmoin en est Homere,
De qui , comme vn ruisseau d'âge en âge vi-
    uant,
La Muse va tousiours ses Chantres abreu-
    uant :
Toutesfois i'aime mieux suiure sa diligence,
Imitant ses beaux vers , qu'auoir son indi-
    gence,
Qui pauure d'huis en huis ses Poëmes chantoit
Pour vn morceau de pain qu'vn riche luy
    iettoit.
        Dont pour ce coup, DORAT, ie diray la
        loüange
De ce noble metal,en qui mesme se change
Iupiter , & qui veut ses pourtraits hono-
    rez
Et ses Temples diuins en estre tous dorez,
Comme honorant celuy qui le rend honora-
    ble :
Car sans l'Or son pourtrait seroit peu vene-
    rable.
Il peut estre qu'vn autre aprés moy suruien-
    dra,
Qui chanter par despit la Pauureté voudra :
Quiconque soit celuy,la chante sans enuie :
Il se peut asseurer qu'à luy ny qu'à sa vie,
Ny qu'à ses actions vn homme de bon cœur
Ne portera iamais ny haine ny rancœur.
        O bien-heureux metal par qui heureux
        nous sommes,
Le sang, les nerfs , la force,& la vie des hom-
    mes !
Celuy qui te desdaigne, & ne t'a point acquis,
Semble vn mort qui chemine entre les hommes
    vifs :

Pour cela iustement le Comique Menandre
Osa deuant le peuple Epicharme reprendre
De ce qu'il asseuroit que les Astres des Cieux,
Les vents , la mer, le feu , estoient seulement
    Dieux :
Où luy tout au contraire asseuroit la Richesse
(Tant elle a de puissance) estre seule Déesse.
        Si quelqu'vn , disoit-il, la loge en sa mai-
        son,
Il aura tout soudain toute chose à foison,
Champs, prez , vin,bois,valets,tesmoins,amis,
    Iustice,
Et chacun sera prest à luy faire seruice.
        La Richesse sans plus nous trouue des amis :
Celuy qu'elle cherit,à luy seul est permis
De s'asseoir pres des Roys , & son ennemy
    n'ose
Contre sa dignité gronder en nulle chose.
Pourquoy nous courbons-nous deuant les
    grands Seigneurs ?
Pourquoy leur faisons-nous du genoüil tant
    d'honneurs,
Sinon pour leur Richesse ? est-il pas vray-sem-
    blable
Si vn Roy deuenoit vn Here miserable,
Nul en guerre pour luy ne voudroit plus
    mourir ?
Et pourquoy le sert-on, sinon pour acquerir
Des biens en le seruant ? mais dites,pourquoy
    est-ce
Qu'vn Poëte , vn Orateur, vn Philosophe
    addresse
Ses liures aux grands Roys ? pourquoy tant
    d'artizans
Offrent-ils leurs labeurs aux Princes courti-
    zans,
Sinon pour auoir d'eux quelque largesse hon-
    neste ?
C'est l'Or qui met aux Roys la Couronne en
    la teste,
Qui leur donne puissance,& les fait comman-
    der.
        Mais vien-çà, mon DORAT,ie te veux
        demander,
Platon eust-il fait cas du Tyran de Sicile,
Le fust-il allé voir, se fust-il fait seruile
Aux plaisirs de ce Roy, sans l'espoir qu'il
    auoit
D'en tirer du profit ? nenny : car on ne voit

Philosophe icy bas , tant soit-il honorable,
Tant soit de lōgs poils blancs son menton vene-
*   rable,*
Tant soit son gros sourcil grauement renfron-
*   gné,*
Que d'vn riche present bien tost ne soit gaigné,
Et qu'il ne parle bas, & défronce sa ride.
*   Cognoissant bien cela, l'auare Simonide*
Disoit , Ie voy tousiours quelque pauure sçau-
*   ant*
Philosophe barbu se promener deuant
La maison d'vn Seigneur, qui son argent em-
*   porte,*
Mais ie ne voy iamais les Seigneurs à sa porte.
*   Pour-Dieu , n'allegue icy les forces de*
*   Vertu !*
Tu le perdrois contant : mais viençà, pourrois-
*   tu*
Deuenir bien sçauant si les liures te faillent ?
Ce ne sont pas, DORAT, les Muses qui les
*   baillent,*
C'est le precieux Or, il les faut acheter,
Sans argent vn Libraire en voudroit-il pre-
*   ster ?*
Certes ie croy que non : ou bien sil te les preste,
Dans trois iours au plus tard il en voudra la
*   dette.*
*   Mais sçaurois-tu bien faire à Cheual ton*
*   deuoir*
Si tu n'as de l'argent pour vn cheual auoir ?
Pourrois-tu bien aller à la guerre sans armes ?
La guerre se fait-elle au Monde sans gen-
*   darmes,*
Sans soudars ou sans fer ? ne faut-il soudoyer
Tant de gens, si tu veux les faire guerroyer ?
Celuy qui ne veut point de la soude, desire
Auoir plus grande chose à laquelle il aspire,
Ou pension , ou l'Ordre, ou à plus haut hon-
*   neur :*
Mais tout, ô gentil Or, se fait en ta faueur.
*   Sçauroit-on deuenir expert en la Peinture,*
Expert en la Musique, ou en l'Architecture,
Si l'argent nous defaut pour auoir des outils ?
Voirroit-on en tant d'arts tant de maistres
*   subtils,*
S'ils n'auoient par argent payé l'apprentissage
Des mestiers achetez ? ô bon DIEV, que
*   l'vsage*
De ce metal est grand ! ô qu'il est precieux !

L'homme ne vit pas tant de l'air tiré des
*   Cieux,*
De pain , de vin, de feu , comme il se laisse
*   viure*
De cent mille plaisirs que cest Or luy deliure :
Sans luy chacun languit en paresseux sejour :
Sans luy l'homme ne peut ny pratiquer l'a-
*   mour,*
Ny prodiguer festins, ny demener la dance,
Ny au son des haubois marcher à la cadance :
Sans luy l'on ne sçauroit en pais estranger,
Ny mesmes au sien propre, vne heure voyager :
Sans luy, comme en songeant , vn homme se
*   pourchasse*
Le plaisir des oiseaux, le plaisir de la chasse,
Le plaisir des cheuaux : c'est luy qui les con-
*   duit,*
Et qui gouuerne seul des hommes le deduit.
*   Qui plus est, on ne peut apparoistre loüable*
Sans luy , ny faire à DIEV vn œuure chari-
*   table :*
Si l'argent nous defaut , nostre indigente main
Ne sçauroit rien donner aux pauures morts de
*   faim :*
Qui veut faire vn bel acte , il faut la bourse
*   pleine :*
Car rien d'expedient (comme dit Demosthene)
Ne se peut commencer ny acheuer sans luy,
D'autant que l'âge d'Or regne encor auiour-
*   d'huy.*
Si Venus l'apperçoit, elle deuient charmée :
On ne voit porte au Monde , & fust-elle
*   fermée*
De cent clefs , qui ne souure au deuant de
*   cest Or :*
Il nous donne la grace, & si nous donne encor
Sçauoir, honneur , beauté, parentez, ma-
*   riages,*
Et seul il nous transforme en cent mille vi-
*   sages :*
Il fait l'ignorant sage, & par luy le lourdaut
Est tenu pour accort, & s'esleue plus haut
En honneur qu'vn sçauant, ou qu'vn ver-
*   tueux, pource*
» Que la pauure Vertu n'a iamais bonne
*   bourse.*
Combien voit-on de gens qui seroient estimez
Sots , niais & badins, sils n'estoient bien ar-
*   mez*

De Madame Richesse, escu de leur sottise,
Qui fait que le vulgaire ainsi que Dieux les
    prise?
Ah, que maint grand Seigneur seroit estimé
    sot
Sans Richesse, qui fait qu'on n'ose dire mot,
Et qui nous tient la voix en la bouche arrestée!
    Et bref, la Richesse est la corne d'Amal-
    thée,
Qui tout donne à foison, c'est le joyau d'hon-
    neur,
C'est la perle de prix, c'est le souu'rain bon-
    heur:
Quiconque l'a chez soy, est heureux & loüa-
    ble:
Quiconque ne l'a point, est vrayment mise-
    rable.
    Plus la terre auiourd'huy ne produit de son
    gré
Le miel pour nourrir l'homme, & du chesne
    sacré
(Lors que nous auons faim) les glands ne nous
    secourent:
Plus de vin ny de laict les riuieres ne courent:
Il faut à coups de soc & de coultres trenchans
Deux ou trois fois l'année importuner les
    champs:
Il faut planter, enter, prouigner à la ligne
Sur le sommet des monts la despenseuse vigne:
Tout couste de l'argent, il faut acheter bœufs,
Pelles, serpes, rateaux, ou bien si tu ne peux
En fournir ta maison, il faut que ta main aille
Supplier ton voisin qu'à manger il te baille:
Car de bien peu nous sert le Grec & le Latin,
Quand la faim nous assaut l'estomac au ma-
    tin.
    Au reste, la Nature ainsi qu'vne autre
    beste
N'a point l'homme habillé du pied iusqu'à la
    teste:
On voit cheuaux, lions, ours, brebis & tau-
    reaux,
Chiens, chats, sangliers, & cerfs vestus de gros-
    ses peaux
Qui defendent leurs corps de chaud & de froi-
    dure,
Mais d'vne simple peau nous a couuerts Na-
    ture:
Pource il faut de l'argẽt à couurir nostre corps,

Qui de luy-mesme est tendre & doüillet par
    dehors,
Auquel le chaud, le froid, & le vent est con-
    traire:
Hé qui n'a de l'argent, comment le peut-on
    faire?
Il faut trembler de froid, il faut mourir de
    chaut,
Sans iamais auoir rien de tout ce qu'il nous
    faut.
    Le pauure seulement ce metal ne souhaite:
Le graue Historien, l'Orateur, le Poëte
Brulent tous apres luy: le Legiste le veut:
Sans luy plus qu'vn malade vn Medecin se
    deut:
Par luy le Marinier se donne à la Fortune,
Et desprise les vents & les flots de Neptune
En vne fraisle nef, & si ose passer
Charybde sans frayeur, pour de l'Or amasser.
    Le Theologien plein de saincteté grande,
Auec ses oraisons la Richesse demande:
Le constant Philosophe, & ceux qui ont souci
Des mouuements du Ciel, la demandent aussi:
Chacun la veut auoir, chacun l'estime & prise:
Pource entre les vertus Aristote l'a mise,
Non pas comme vertu, mais comme l'instru-
    ment
Par lequel la vertu se monstre clairement,
Qui manque est de soy-mesme, & iamais ne se
    monstre
En lumiere, si l'Or pour guide ne rencontre.
C'est luy qui satisfait à nos necessitez,
C'est luy qui remedie à nos aduersitez,
Et qui nous adoucit Fortune tant soit dure,
Et qui de nostre corps soigneusement a cure:
Car à la verité nos freres & nos sœurs
Ne sont pas nos amis si fideles & seurs,
Que l'Or nous est amy, quand quelque ma-
    ladie,
Ou de fiéure, ou de peste, estonne nostre vie.
    Bien souuent vn parent, ou par inimitié,
Ou par crainte du mal, ou par grande pitié
N'ose aller secourir ny sa sœur, ny son frere,
Et sans aide le laisse au lict en sa misere.
Mais l'Or sert de parent, qui enuoye soudain
Chercher le Medecin, lequel, tenté du gain,
Secourt le patient, le panse & le console,
Et par drogues retient son ame qui s'en-
    vole.

L'or n'est pas seulement de nostre corps soi-
         gneux,
Ill'est de nostre esprit: qui tant soit chagrineux,
Despit, triste, pensif, réueur, melancolique,
Est tout soudain guary d'vne douce Musique,
Ou de liures nouueaux diuinement escrits
Que l'Or nous donne à fin d'alleger nos esprits.
      O gentil Or, par tout tes forces tu défcœu-
         ures
Plus claires que le iour! tu es vtile aux œuures
Soit de guerre ou de paix: par toy les saintes
         lois
Fleurissent és citez, par toy les grands bour-
         geois,
Les Palais, les marchez, pompeusement fleu-
         rissent,
Et par toy iusqu'au Ciel les Temples se bastis-
         sent:
L'auare laboureur, l'artizan, les marchans
Changent en ton metal l'vsure de leurs champs:
Car trop plus que Cerés tu luy sembles vtile
Pour luy, pour sa maison, pour marier sa fille,
A qui ja les tetins à demi-pleins de laict
Demandent à leur pere vn mary nouuellet.
      Mais aussi tost que Mars anime les ba-
         tailles,
Tu r'accouftres les forts, tu flanques les mu-
         railles,
Tu fonds artillerie, & fais de toutes parts
Caualiers, gabions, terrasses & remparts,
Herses, machecouliz: car l'humaine proüesse
En vain se defendroit sans toy, Dame Ri-
         chesse.
Aussi les Anciens admirans ta vertu,
Ont le mouton d'Hellés de fin Or reuestu:
Ils ont en ta faueur les pommes honorées
De Venus & d'Atlas faites toutes dorées:
D'Or ils ont fait les Dieux, d'Or leurs Tem-
         ples aussi,
Tant aux hommes tu es & aux Dieux en
         souci.
      On dit que Iupiter pour vanter sa puissance
Monstroit vn iour sa foudre, & Mars mon-
         stroit sa lance,
Saturne sa grand' faulx, Neptune son Tri-
         dent,
Apollon son bel arc, Amour son traict ardent,
Bacchus son beau vignoble, & Cerés ses cam-
         paignes,

Flore ses belles fleurs, le Dieu Pan ses montai-
         gnes,
Hercule sa massuë, & bref les autres Dieux
L'vn sur l'autre vantoient leurs biens à qui
         mieux mieux:
Toutesfois ils donnoient par vne voix com-
         mune
L'honneur de ce debat au grand Prince Ne-
         ptune,
Quand la Terre leur mere espointe de douleur
Qu'vn autre par-sur elle emportoit cet hon-
         neur,
Ouurit son large sein, & au trauers des fentes
De sa peau, leur monstra les mines d'Or lui-
         santes,
Qui rayonnent ainsi que l'esclair du Soleil
Reluisant au matin, lors que son beau réueil
N'est point enuironné de l'espais d'vn nuage,
Ou comme l'on voit luire au soir le beau visage
De Vesper la Cyprine, allumant les beaux
         crins
De son chef bien laué dedans les flots marins.
      Incontinent les Dieux estonnez confesse-
         rent
Qu'elle estoit la plus riche, & flattans la presse-
         rent
De leur donner vn peu de celà radieux
Que son ventre cachoit, pour en orner les
         Cieux:
Ils ne le nommoient point: car ainsi qu'il est
         ores,
L'Or, pour n'estre cogneu, ne se nommoit en-
         cores:
Ce que la Terre fit, & prodigue honora
De son Or ses enfans, & leurs Cieux en dora.
      Adonques Iupiter en fit iaunir son throne,
Son sceptre, sa couronne, & Iunon la matrone
Ainsi que son espoux son beau throne en forma,
Et dedans ses patins par rayons l'enferma:
Le Soleil en crespa sa cheuelure blonde,
Et en dora son char qui donne iour au Monde:
Mercure en fit orner sa verge qui n'estoit
Auparauant que d'If: & Phebus qui por-
         toit
L'arc de bois & la harpe, en fit soudain re-
         luire
Les deux bouts de son arc, & les flancs de sa
         lyre:
Amour en fit son trait, & Pallas qui n'a point
                                             La

La Richeſſe en grand ſoin, en eut le cœur
    eſpoint,
Si bien qu'elle en dora le groin de ſa Gorgonne,
Et tout le corſelet qui ſon corps enuironne :
Mars en fit engrauer ſa hache & ſon boucler,
Les Graces en ont fait leur demi-ceint bou-
    cler,
Et pour l'honneur de luy Venus la Cytherée
Touſiours depuis ſ'eſt faite appeller la Dorée :
Et meſme la Iuſtice à l'œil ſi renfrongné
Non plus que Iupiter ne l'a pas dédaigné ;
Mais ſoudain cognoiſſant de ceſt Or l'excel-
    lence
En fit broder ſa robbe, & faire ſa Balance.
    Si donques tous les Dieux ſe ſont voulus
        dorer
De ce noble metal, faut-il pas l'honorer,
Priſer, aimer, loüer ? faut-il pas qu'on le
    nomme
L'ornement des grands Dieux, & le confort
    de l'homme ?
Quant à moy, ie ne puis m'engarder de crier
Apres ce beau metal, & ainſi le prier :
    O le ſacré bon-heur de noſtre race hu-
        maine,
Qu'à bon droit on t'appelle en tous lieux chaſ-
    ſe-peine,
Donne-vie, oſte-ſoin ! puiſſe en toute ſaiſon
Eſtre pleine de toy ma bourſe & ma maiſon.
Où tu loges, iamais n'arriue malencontre :
Auienne que touſiours, touſiours ie te r'en-
    contre,
Soit de nuict, ſoit de iour, & que tous mes
    haineux
Ne te puiſſent iamais empriſonner chez eux
Cöme vn hoſte forcé : mais puiſſes-tu ſans ceſſe
Venir loger chez-moy, qui hautement confeſſe
Qu'vn homme ne ſçauroit ſans ton precieux
    don
Rien tenter de hardy, d'vtile ny de bon.
    I'entr'oy déja quelqu'vn qui ſot me viendra
        dire
Que de la Pauureté ie ne deuois meſdire,
Et que ſi i'entendois quelle commodité
Elle a, ie l'euſſe dite vne felicité :
Car c'eſt le don de DIEV, & iamais DIEV
    ne donne
Vne choſe aux mortels ſi la choſe n'eſt bonne :
Mais par faute d'auoir quelquefois pratiqué

L'heur qui d'elle prouient, à tort m'en ſuis
    moqué.
Quiconque ſoit celuy qui ſe fera partie
Contre moy, ie reſpons qu'aſſez ie l'ay ſentie :
Mais que c'eſt la raiſon, qui ne veut point celer
La verité, qui fait mes vers ainſi parler.
Celuy qui la loü'ra pour eſtre vn don celeſte,
Il faudra que de meſme il loüe auſſi la peſte,
La famine, la Mort, qui ſont preſens des
    Dieux,
Et toutefois ce ſont preſens tres-odieux,
Et dignes que chacun les euite & les fuye
Comme les vrais bourreaux de noſtre humaine
    vie.
    » Tu me diras encor qu'on ne doit amaſſer
» Auec tel ſoin le bien qu'on voit ſi toſt paſſer,
» Et que pluſtoſt que vent, que ſonge ou que fu-
    mee
» La richeſſe du monde en rien eſt conſommee.
    Et vien-çà mon amy, puis qu'il nous faut
        ioüer
La farce des humains, vaut-il pas mieux loüer
(Qui peut) l'habit d'vn Roy, d'vn grand Prin-
    ce, ou d'vn Comte,
Que l'habit d'vn coquin duquel on ne fait
    compte ?
Le bien ne ſe perd pas ſi toſt comme tu dis :
Les Royaumes fondez par les Roys de iadis
Sont venus à leurs fils, qui ſeuls de race en
    race
Ont touſiours obtenu de leurs peres la place.
Ia mille ans ſont paſſez que les Roys des Fran-
    çois
Gouuernent ſans changer la France ſous leurs
    lois,
Et touſiours ſont accreuz de puiſſance en
    puiſſance :
Noſtre Prince HENRY donne aſſez co-
    gnoiſſance
Que les biens temporels long temps demeurent
    ſeurs,
Qui vit le plus grand Roy de ſes predeceſſeurs,
Lequel par ſes combats autres Regnes appreſte
Qui doiuent couronner de ſes enfans la teſte.
    Tu me diras aprés, que les plus gens de bien
Des vieux ſiecles paſſez philoſophoient ſans
    bien,
Et que les plus vaillans Capitaines des guerres
Viuoient ſans acquerir ny richeſſes ny terres.
CCCcc

Ta raison auroit lieu, si l'on ne voyoit qu'eux
Auoir esté iadis vaillans & belliqueux:
Mais puis que tant de Roys ont fait leur gloire espandre
Par leurs combats au Monde, vn Pyrrhe, vn Alexandre,
Vn Cesar, vn Octaue, il nous faut confesser
Que la noble Vertu ne se veut adresser
Aux pauures seulement, & que seuls ils n'ont d'elle
Pris la possession, mais plustost qu'elle appelle
Les Roys à son secours, d'autant qu'ils ont pouuoir
Par leur riche grandeur de la faire valoir:
» Car voir vn pauure adroit est vn cas d'auenture,
» Et le grand Prince l'est volontiers de nature.
Quelqu'vn aprés cecy me viendra dire encor
Comme par moquerie: Hé, mais qu'est-ce que l'Or
Pour en faire vn tel cas, qu'vn sablon que l'on treuue
Aux riues de la mer, ou sur le bord d'vn fleuue?
Il ne chet pas du Ciel, il faut auec grand soin
A qui le veut auoir l'aller chercher bien loin.
O trop enflé des mots de la Philosophie,
Ne sçais-tu pas que l'Or entretient nostre vie?
Et que par son moyen au Monde nous auons
Pain, vin, chair & poisson, par lesquels nous viuons?
Pource ne me dy plus que l'Or est chose vaine,
Puis que seul il nourrist toute la race humaine.
Tu me dirois encor: Qui sçauroit le plaisir
De manger la salade, on n'auroit plus desir
D'amasser tant de biens, pour les laisser en proye
D'vn indigne heritier, qui sautera de joye
Gaillard apres ta mort, qui de mille festins,
Masques, cartes & dez, musique & baladins
En trois ou quatre mois rēdra ta bourse vuide.
Ah! quiconques sois-tu, escoute Simonide
» Qui dit: I'aimerois mieux que le Ciel m'eust permis
» En mourant enrichir mes propres ennemis,
» Que vif me voir reduit à si pauure misere
» De hōteux emprunter vn liard à mon frere.
Escoute Theognis qui se plaint en ses vers

Qu'on ne peut trouuer mal dedans tout l'Vniuers
Si grand que pauureté, & qu'on la doit grand erre
Fuïr, par feu, par mer, par rochers & par terre.
Quant à moy, mon DORAT, i'aimerois cent fois mieux
Trouuer vn grand Lion au regard furieux,
Que de la rencontrer: d'vn grand Lion la gueule
Se paistroit en deux coups de ma chair toute seule,
Où ceste pauureté auec ses palles dents
M'engloutiroit tout vif, ma femme & mes enfans.
Tu diras que Richesse attraine auecques elle
Tousiours pour sa compagne, enuie, haine, querelle,
Procez, noises, debats, affaires & soucy,
Peine, tourment, soupçon, & la sottise aussi:
» Car volontiers sottise est le propre heritage
» De celuy qui sans peine est riche dés ieune âge.
Tu diras qu'elle rend les hommes glorieux,
Superbes, desdaigneux, tyrans, seditieux,
Et qui plus est, paillards, gourmands & pleins de vice,
» D'autant que Richesse est de tous maux la nourrice,
Et qu'au rebours on voit la simple pauureté
Estre mere des arts, & de tranquillité.
Vrayment ie m'esbahis comme impudent tu oses
Babiller sans rougir de si friuoles choses:
Il faut donques aussi que Princes & Seigneurs,
Empereurs, Papes, Roys, Monarques, Gouuerneurs
Soient plus malins, d'autant qu'ils ont plus de richesse.
Hé! ne sçais-tu pas bien que Raison est maistresse?
Et que si l'homme riche a dans luy seulement
Tant soit peu de Raison, que tres-soigneusement
Il se gardera bien de commettre vne offense,
Craignant de perdre honneur, dignitez & cheuance?
Où le pauure au cōtraire, ayant senty la faim,

Deſſus le bien d'autruy touſiours mettra la
  main.
Et deuiendra brigand, affronteur, homicide:
» Car certes il n'eſt rien que le pauure ne cuide
» Luy eſtre fait licite : il a l'œil impudent,
Le ventre large & creux, palle & dure la dent,
L'eſtomac affamé, & tout roüillé d'enuie
Touſiours meſdit de ceux dont heureuſe eſt la
  vie,
Et iamais à ſon gré ne voit rien de parfait:
Bref, il n'y a peché qui par luy ne ſoit fait,
Et meſmes quand la faim ſon goZier eſpoin-
  çonne,
Et toute inuention de mal faire luy donne.
    C'eſt abus de penſer qu'vne compagne peur
Aille touſiours frappant d'vn riche homme le
  cœur,
Comme celuy qui porte en ſa bougette pleine
(Ainſi que le Caſtor) la cauſe de ſa peine:
Où le pauure au contraire exempt de tout
  effroy
A naturellement vne aſſeurance en ſoy:
Car luy ſans craindre rien, ayant ſa panetiere
Sur l'eſpaule en eſcharpe, vne nuit toute entiere,
Voire deux, voire trois en vn bois dormira,
Et de peur des brigands ſon cœur ne fremira,
D'autant que ſon malheur de rien craindre
  l'engarde,
Et le defend trop mieux que cent Archers de
  garde.
    Or s'il eſtoit ainſi, les Roys ſeroient crain-
  tifs,
Ce qu'on voit eſtre faux: car dés qu'ils ſont
  petits,
Ils ſont déja hardis & bien adroits aux ar-
  mes,
Comme nourris en guerre au milieu des alar-
  mes :
Qui plus eſt, les Seigneurs ne vont iamais tous
  ſeuls,
Ils ont touſiours des gens derriere & de-
  uant eux
Armez de teſte en pied, pour ſe mettre en
  defenſe
Si quelqu'vn vouloit faire à leur perſonne
  offenſe.
Quand la nuict eſt venuë, ils ſe font bien
  traiter,
Où le pauure s'en-va ſur l'herbe ſe ietter:

Quel plaiſir peut-il prendre à dormir contre
  terre,
S'il n'a plaiſir de prendre vne fiéure, vn ca-
  terre,
Vne goutte, vne toux, ou bien quelque au-
  tre mal
Pour le mener languir au lict d'vn hoſpital?
    L'homme eſt vrayment maudit qui la pau-
  ureté loüe :
Iamais pour ſa parente vn Prince ne l'auouë,
Iamais pres des grands Roys on ne la voit
  aſſeoir.
Elle eſt mere d'erreur, & de tout deſeſpoir,
Et d'vn meſchant lien nos eſprits elle lie :
Eſcoute Theognis qui contre elle ſ'eſcrie,
    Hà! laſche pauureté, pourquoy me preſ-
  ſes-tu
Les eſpaules ſi fort que tu m'as abatu?
Pourquoy me rends-tu fat au peuple qui
  m'auiſe ?
Pourquoy, vieille, fais-tu que chacun me deſ-
  priſe ?
Tu m'enſeignes le mal que ie fais maugré moy :
Qui pis eſt, ie ne puis, comme eſclaue de toy,
Exercer la Vertu, ny faire œuure loüable,
Quand i'aurois de Minos le ſçauoir venerable:
Et quand les Dieux m'auroient toutes choſes
  appris,
Encor touſiours ſeroy-je aux hômes à meſpris,
Et viurois ſans honneur, d'autant que tu me
  preſſes
De ton fardeau l'eſpaule, & iamais ne me
  laiſſes.
Va-t'en, vilaine, ailleurs, puis que l'honneur
  te fuit,
Et que touſiours la honte & le malheur te ſuit.
    Ainſi dit Theognis, auquel certes i'accorde
Que l'on ne voit Harpye en ce Monde ſi orde
Que ceſte pauureté: or d'elle c'eſt trop dit :
Quiconque la lou'ra ſoit pouilleux & maudit.
    Iuſqu'à ces vers icy nous auons eſtimée
La richeſſe, & auons la pauureté blaſmee:
Il eſt temps d'accuſer ceux-là qui ne font rien
Sinon vendre leur rente, & gourmander leur
  bien.
Ie m'eſbahis, DORAT, côment la terre endure
Souſtenir ces gourmans qui luy font telle iniure
Que de gaſter ſes dons par leurs meſchantes
  mains,

CCCcc ij

Nourriſſans maquereaux, deſbauchez & pu-
    tains,
Naquets, flateurs, menteurs, & n'ont autre
    lieſſe
Que d'engloutir en vain leur chetiue richeſſe
Par leur pere laiſſee, & ne ſont en nul lieu
Conte de leurs parens, ny des pauures de DIEV.
Leurs biens ſemblent aux fruits qui croiſſent és
    montagnes,
Ou dedans le deſert des ſteriles campagnes,
Des hommes non cueillis : ſeulement les cor-
    beaux
Les mangent deſſus l'arbre, & en font leurs
    morceaux.
    Ne crains-tu point, gourmand, qu'apres telle
    boubance
Ta main ne ſoit reduite en ſi grande indigence
Que d'aller à la fin, tout honteux, requerir
Vn liard à ceux-là que tu ſoulois nourrir,
Leſquels à ton beſoin ne te voudront entendre?
    Ah, ce n'eſt pas ainſi qu'on doit les biens
    deſpendre
Que DIEV preſte aux humains : creez ils ne
    ſont pas
Pour ſeruir aux putains ny aux flateurs d'a-
    pas,
Qui comme des corbeaux ton heritage man-
    gent,
Et tant que ton bien dure, autre table ne
    changent.
Ils ſont faits pour nourrir les pauures eſco-
    liers,
Les pauures orphelins, les pauures priſon-
    niers,
Les pauures eſtrangers, les pauures ſouffre-
    teuſes
Qui n'oſent mendier, tant elles ſont honteuſes :
Voilà pourquoy le bien nous eſt dõné des Cieux,
Et non pour le deſpendre en banquets vicieux.
    Que veux-tu tant manger? ſçais-tu pas que
    ton ventre
Eſt ingrat de tes dons? & quelque bien qui
    entre
Dans ſon gouffre, iamais ne ſe ſaoule contant,
Et qu'vn quart d'heure aprés il en demande
    autant?
Ayant d'vn grand braſier la ſemblable nature,
Lequel plus on le ſaoule, & plus veut de
    paſture.

Il vaut trop mieux donner à maint pauure
    indigent
Qui t'en ſçaura bon gré, ou viures, ou argent,
Ou quelque autre bien-fait : car de telle deſpẽſe
Tu en auras au Monde, ou au Ciel recom-
    penſe,
Non de vouloir chez-toy les flateurs rencon-
    trer,
Qui te feront vn iour ainſi qu'eux beliſtrer.
    Mais tout ainſi, DORAT, que ie trouue
    execrables
Les gourmands, tout ainſi ie trouue miſerables
Ceux qui par mille ſoins amoncellent vn Or,
Puis languiſſent de faim aupres de leur treſor,
Qui comme vn priſonnier dans vn coffre le
    gardent,
Ou comme vn don ſacré au Temple le regar-
    dent.
    Vieil auaricieux, ie te pri' reſpons-moy!
Penſes-tu eſtre heureux pour enfermer chez
    toy
Tous les vins de Bourgongne, ou les bleds de
    Champagne,
Ou toutes les toiſons d'Auuergne ou de Bre-
    taigne,
Quand tu n'as qu'vne robe, & quand tu meurs
    de faim
Et de ſoif au milieu de ton vin & ton pain?
Quand tu n'oſes hanter vn homme venerable
De peur de l'inuiter quelquefois à ta table?
» Non, la richeſſe, non, ne ſe meſure pas
» Aux eſcus amaſſez l'vn ſur l'autre à grands
    tas,
» Mais au contentement : celuy qui ſe contente
» Vit tres-riche, & n'euſt-il qu'vne moyenne
    rente.
Que te ſeruent, dy-moy, tant de riches ioyaux,
Bagues, meuble, maiſons, & habits & vaiſ-
    ſeaux
Si tu n'en vſes point? autant vaudroit des
    pierres
Dedans ton cabinet, ou des mottes de terres :
Tu ſembles à Priam, lequel ayant pouuoir
Sur vn throne doré hautement de ſ'aſſoir,
Se couchoit contre terre, & parfumoit ſa teſte
Et tout ſon eſtomac d'vn fumier deshonneſte.
    Tu es bien malheureux de te donner ennuy,
Et d'eſpargner ton bien pour enrichir autruy.
Tu reſſembles encore au vieil pere d'Vlyſſe,

Lequel n'ayant chez luy qu'vne pauure nour-
  risse
Pour faire son mesnage, au village habitoit,
Et loin de ses amis chichement se traittoit,
Pendant que Penelope & sa bande consomme
En danses & festins les biens de ce bon homme.
  Tu souffres en viuant presques vn pareil
  mal
Que souffre dãs l'Enfer le malheureux Tantal'
Qui meurt de soif en l'onde, & affamé ne
  touche
Iamais le fruict qui pend à l'entour de sa bou-
  che:
Car quand il veut le fruict de ses léures tou-
  cher,
Tousiours quelque malheur le garde d'appro-
  cher,
Ou l'onde se recule, ou le vent qui remuë
Les pommes loin de luy, les emporte en la nuë:
Ainsi voulant manger, iamais ne mange rien:
Mais le vent parmy l'air ne desrobe ton bien,
Tu le vens au marché, & aux prochaines
  halles
Aux yeux de tous venans au plus offrant
  l'estalles:
Afin d'en rapporter de l'argent à plein poing
Pour te laisser mourir de faim à ton besoing.
  Comme l'homme hydropic, iusques à tant
  qu'il creue,
Iamais hors des ruisseaux ses léures il ne leue:
Aussi iamais ta main ne cesse d'acquerir
Des biens, iusques à tant qu'il te faille mourir.
  Encores si Charon de l'autre bord dé l'onde
Espris de ton argent te repassoit au Monde,
L'argent te seruiroit, & faudroit amasser,
De l'Or, pour luy donner à fin de repasser.
Mais puis que pour l'argent iamais il ne re-
  passe
Ceux qui sont vne fois entrez dedans sa
  nasse,
Soient Laboureurs ou Roys, il faut viure du
  bien
Que DIEV t'a departy, cependant qu'il est
  tien:
Car apres ton decez, las! ta richesse vaine
Ne te seruira plus qu'à te ronger de peine
Par vn cruel remors de t'auoir refusé
Ton bien propre à toy-mesme, & de t'estre
  abusé,

Larron de ton bon-heur, qui n'eus onques
  enuie
De prendre auant ta mort vn plaisir en ta vie.
  Ie te saluë, heureux, & plus qu'heureux
  metal,
Qui nourris les humains, & les saues de mal:
Celuy qui dignement voudra chanter ta grace,
Ta vertu, tes honneurs, il faudra qu'il se face
Argentier, General, ou Tresorier d'vn Roy,
Ayant tousiours les doigts iaunes de ton aloy,
Et non pas escolier, qui n'a point cognoissance
(Pour te voir rarement) combien peut ta
  puissance.

HYMNE VIII.

DE BACCHVS.

A IEAN BRINON CON-
seiller en Parlement.

Ve sçauroy-ie mieux faire en ce
  temps de vendanges,
Apres auoir chanté d'vn verre les
  loüanges,
Sinon chanter Bacchus & ses festes, à fin
De celebrer le Dieu des verres & du vin?
Qui changea le premier (ô change heureux!)
  l'vsage
De l'onde Acheloée en vn meilleur bruuage.
  Mais quoy? ie suis confus: car ie ne sçay
  comment,
Ne moins de quel païs ie doy premierement
Chanter d'où est ce Dieu, sa race est en querelle:
Thebes dit qu'il teta le laict de sa mammelle,
Et Nyse dit qu'il est de son ventre sorty:
Pere lequel des deux en ta race a menty?
  Selon le vieil prouerbe, & trop sotte & trop
  lourde
Thebe' a tousiours esté pour trouuer vne
  bourde,
Et sien ne t'auou'roit si son fils tu n'estois:
Mais Nyse est menteresse & les peuples In-
  dois,
  Il est vray quand Iunon de despit enragee
De voir ta mere grosse eut sa forme changee
En la vieille Beroë, & que par son moyen

Le plus gracieux feu du grand Saturnien
Fit ta mere auorter, & que parmy la foudre,
Non encores formé, tu sortis noir de poudre
Hors du ventre brulé, que ton pere marry
A Nyse t'enuoya pour y estre nourry
Des mains d'Hippe & d'Inon, & de la vieille
    Athame,
Non le iour qu'auorta ta mere par la flame :
Car soudain que Semele en brulant te lâcha
De membres non parfait, ton pere te cacha
Dedans sa cuisse ouuerte, à fin que là tu
    prisses
Ta forme, & que tes mois comme au ventre ac-
    complisses :
Puis si tost que sa cuisse eut parfait iustement
    ment
Le terme où s'accomplit vn vray enfante-
    ment,
Il vint en Arabie, & comme vne accouchée
Qui sent auec douleur vne longue trenchée,
Rompit pour t'enfanter le bien-germeux lien
De sa cuisse feconde au bord Sagarien.
    L'Arabie pour lors n'estoit encor heu-
    reuse,
Et Sagar n'auoit point encores odoreuse
Sa riue comme il a, Iupiter, quand tu fis
(Afin de parfumer les couches de ton fils)
Produire de ton sang en la terre le bâme,
Et la casse & l'encens, la myrrhe & le cala-
    me :
Puis si tost qu'il fut né, tu luy cousis la peau
D'vn petit cerf au dos, & mis dans vn ber-
    ceau
Tu le baillas de nuict aux Nymphes Sagrien-
    nes,
Pour le porter nourrir és grottes Nyseennes :
Et pource qu'au berceau il y fut amené,
Nyse se vante à tort que chez-elle il'est né.
    Incontinent Junon s'alluma de colere
D'auoir veu son mary estre deuenu mere,
Et soudain enuoya pour espier l'enfant
L'oiseau qui va de nuict ; l'oiseau adonques
    fend
Le Ciel vague, & si bien parfit son entreprise
Qu'il l'entr'ouït vagir dedans l'antre de
    Nyse :
Comme il estoit leger, au Ciel s'en reuola,
Et rapporte à Iunon que l'enfant estoit là.
    Iunon n'attendit point, tant elle fut irée,

Que sa charrette à Paons par le Ciel fust tirée,
Ains faisant le plongeon, se laissa toute aller
A l'abandon du Vent, qui la guidoit par l'air
Tousiours baissant le front sur la terre In-
    dienne :
Béante à ses talons la suiuoit vne chienne,
Qu'expres elle amenoit, à fin de se vanger
Et faire ce bastard à sa chienne manger.
    Mais Inon qui preuit de Iunon la cau-
    telle,
Pour tromper la Déesse, Athamante elle ap-
    pelle,
Et luy conta comment Iunon venoit chercher
L'enfançon pour le faire en pieces détran-
    cher.
    Athamante soudain le tapit contre terre,
Et couurit le berceau de fueilles de lierre,
De crainte que Junon en cherchant ne le vist,
Et deuorer tout vif à son chien ne le fist,
Ou de peur qu'autrement ne luy fist quelque
    offense :
Depuis ceste heure-là, Bacchus pour recom-
    pense
Entre tous arbrisseaux a pour le sien eslu
(Comme l'ayant sauué) le lierre fueillu.
    Lors Iunon qui se vit fraudée de sa queste,
Vne horrible fureur enuoya dans la teste
De la nourrice Jnon, qui si fort la poursuit,
Qu'au plus haut d'vn escueil mourable la con-
    duit :
Et là, tenant son fils Melicert, l'insensée,
Pour guarir sa fureur, en la mer s'est lancée :
Euan, Iach, Euoé, tu n'as gueres esté
Depuis qu'elle mourut dans le bers allaité.
Soudain tu deuins grand & donnas cognois-
    sance
En peu d'ans de quel Dieu tu auois prins nais-
    sance :
Et certes ie ne puis m'esmerueiller assez
De ceux qui t'ont fait peindre és vieux siecles
    passez
Gras, douillet, potelé, la face effeminée,
Et de barbe ne t'ont la bouche couronnée :
Car tu deuins barbu, & soudain tu fus fait
D'vn ieune enfant qui tette vn iouuenceau
    parfait.
    O Dieu, ie m'esbahis de la gorge innocente
Du bouc qui tes autels à ta feste ensanglante :
Sans ce pere cornu tu n'eusses point trouué

Le vin par qui tu as tout le Monde abreuué,
Tu auisas vn iour par l'espais d'vn bocage
Vn grand bouc qui broutoit la lambrunche
    sauuage,
Et tout soudain qu'il eut de la vigne brouté,
Tu le vis chanceller tout yure d'vn costé :
A l'heure tu pensas qu'vne force diuine
Estoit en ceste plante, & bechant sa racine,
Soigneusement tu fis ses sauuages raisins
En l'an suiuant apres addoucir en bons vins.
    Apres ayant pitié de nostre race humaine
Qui pour lors estanchoit sa soif en la fon-
    taine,
Tu voulus tournoyer toute la terre, à fin
D'enseigner aux humains l'vsage de ton vin.
    Tu montas sur vn char que deux Lynces
    farouches
Trainoient d'vn col felon, maschantes en leurs
    bouches
Vn frein d'or écumeux : leur regard estoit feu
Pareil aux yeux de ceux qui de nuict ont trop
    beu.
Vn manteau Tyrien s'écouloit sur tes han-
    ches,
Vn chapelet de lis mêlé de roses franches,
Et de fueilles de vigne & de lierre espars,
Voltigeant, ombrageoit ton chef de toutes
    pars.
Deuant ton char pompeux marchoient l'Ire &
    la Crainte,
Les peu-sobres Propos, & la Colere teinte
D'vn vermeillon flambant, le Vice & la
    Vertu,
Le Somme, & le Discord d'vn corselet vestu.
    Son asne talonnoit le bon vieillard Silene
Portant le van mystiq sus vne lance pleine
De pampre, & publioit d'vne tremblante
    voix
De son ieune enfançon les festes & les loix.
    A son cri sauteloient le troupeau des Me-
    nades,
Des Pans & des Syluains, des Lenes & des
    Thyades,
Et menans vn grand bruit de cors & de ta-
    bours,
Faisoient trembler d'effroy les villes & les
    bours
Par où le char passoit : leurs tresses secoüées
A l'abandon du vent erroient entre-noüées.

De longs serpens priuez, & leur main bran-
    dissoit
Vn dard qu'vn sep de vigne à l'entour tapis-
    soit.
    Que tu prenois, Bacchus, en ton cœur de
    liesse
De voir sauter de nuit vne hurlante presse,
Qui couuerte de peaux sous les antres bal-
    loient,
Quand les trois ans passez tes Festes appel-
    loient ?
Et quel plaisir de voir les vierges Lydiennes,
Ou celles de Phrygie, ou les Meoniennes
Par les prez Asians carollant à l'entour
Du bord Meandrien contre-imiter son tour ?
Elles en ton honneur d'vne boucle azurée
Graffoient sur les genoux leur cotte figurée,
Et trepignant en rond, ainsi que petits fans
En ballant sauteloient : de tous costez les vents,
Amoureux de leur sein, par soüéues remises
S'entonnoient doucement és plis de leurs che-
    mises,
Tout le Ciel respondant sous le bruit enroüé
Des balleurs qui chantoient Euan, Iach, Euoé.
    Bien que chantre & gaillard tu sois allé sous
    terre
Auec l'habit d'Hercule, à fin d'y aller querre
Euripide ou Eschyl', les Vâtes ont esté
Tousiours à tort ingrats enuers ta Majesté,
Lesquels iadis ont feint, quand les Geans dou-
    blerent
Les monts contre les Dieux, que vif te démen-
    brerent
T'enfuyant du combat, & que ta sœur Pallas
Te ramassa le cœur qui tremblotoit à bas.
    Ils mentent, ô Bacchus : car quand tu vis
    la race
Des Geans qui gaignoient par armes au Ciel
    place,
Les Dieux tournans le dos, valeureux tu t'ar-
    mas
Des dents d'vn grand Lion, en qui tu te
    formas,
Et d'vn coup de machoire au milieu de la
    guerre
Tu culbutas du Ciel Mime & Gyge par terre,
Et sur le haut d'Olympe en trophée tu mis
Les corselets sanglants de ces deux ennemis.
    Pere, vn chacun te nomme Esrasiot, Triete,

Nyſean, Indien, Thebain, Baſſar, Phanete,
Bref, en cent mille lieux mille noms tu reçois :
Mais ie te nomme à droit, Bacchus le Vendo-
    mois.
    Car lors que tu courois vagabond par le
    Monde,
Tu vins camper ton oſt au bord gauche de
    l'onde
De mon Loir, qui pour lors de ſes coutaux
    voiſins
Ne voyoit remirer en ſes eaux les raiſins :
Mais, Pere, tout ſoudain que la terre nouuelle
Sentit tes pieds diuins qui marchoient deſſus
    elle,
(Miracle !) tout ſoudain fertile elle produit
La vigne heriſſée en fueilles & en fruit ;
Où ta main fit prou'gner vne haute coutiere,
Qui de ton nom Denys eut nom la Denyſiere.
    Pere, où me traines-tu ? que veux-tu
    plus de moy ?
Et quoy ? n'ay-ie pas, Pere, aſſez chanté de
    toy ?
Euoé, ie forcene, ah ie ſens ma poitrine
Chaude de gros boüillons de ta fureur diuine!
Ah Baſſar ie te voy, & tes yeux rougiſſans,
Et flottans ſur ton col tes cheueux blondiſ-
    ſans !
J'ay perdu, Cuiſſe-né, mon vagabond cou-
    rage
Qui ſuit ton ſaint Orgie, emporté de ta rage :
Ie ſens mon cœur trembler, tant il eſt agité
Des poignans aiguillons de ta Diuinité :
Donne-moy d'vne part ces cors & ces clo-
    chettes,
Ces tabours d'autre part, de l'autre ces ſon-
    nettes :
Qu'vn beguin ſerpentin me ſerre les cheueux
Heriſſez de lierre & de vigne aux longs nœux,
Et que l'eſprit d'Eole en ſoufflant les tour-
    mante
Comme la fueille eſparſe és cheſnes d'Ery-
    mante.
    Il me ſemble en eſprit que de pieds mal-
    certains,
Sans meſure, & ſans art mataſſinant des
    mains,
Danſent autour de moy les folles Edonides
Par les deſerts neigeux des riuages Hebrides,
Hurlant en voix aiguë, & par force ioignant

Leurs chefs eſceruelez ſous le thyrſe poignant :
Et moy vague d'eſprit, ſoufflant à groſſe ha-
    leine,
Conduit de trop de vin, ie cours parmi la
    plaine
A iambe chancelante, allant, Chantre, deuant
Ton Orgie ſacré qui mes pas va ſuiuant :
Orgie ton myſtere aux peuples admirable,
Caché dedans le fond d'vn panier venerable
Que porte vne Menade, & ſur lequel en vain
Vn homme lay mettroit, pour le prendre, la
    main,
Auant qu'il fuſt laué par ſept ou neuf ſoirees
Ez ſources de Parnaſſe aux neuf Muſes ſa-
    crees.
Jà la terre fremit ſous les pieds furieux,
Jà la nuë poudreuſe oſte le iour aux yeux,
Tant les champs ſont foulez des troupeaux
    des Euantes
Qui vont iuſques au Ciel les poudres éle-
    uantes.
    A leur fol arriuer les oiſeaux parmy l'air,
D'vn tel bruit eſtonnez, ceſſent de plus voler,
Se cachant par les bois, & les Feres troublees
De peur ſe vont tapir au profond des vallees,
Et les fleuues peureux, du bruit eſmerueillez,
Appellent ſous les eaux leurs peuples eſcail-
    lez.
    La Ieuneſſe & l'Amour & les Graces te
    ſuiuent :
Sans ta douce fureur les voluptez ne viuent :
Le ieu, la bonne chere, & la danſe te ſuit :
Quelque part où tu ſois le deſplaiſir s'enfuit :
Le chagrin & l'ennuy, plus ſoudain que la
    nuë
Ne fuit du vent Boré la contraire venuë.
    Que diray plus de toy ? d'vn nœud impa-
    tient
Tu vas hommes & Dieux ſous ton thyrſe
    liant.
Alme, pere, Denys, tu es beaucoup à craindre,
Qui contrains vn chacun, & nul te peut con-
    traindre.
    O Cuiſſe-né Bacchus, Myſtiq, Hymenean,
Carpime, Euaſte, Agnien, Manique, Le-
    nean,
Euie, Euolien, Baladin, Solitere,
Vangeur, Satyre, Roy, germe des Dieux, &
    pere,

Martial, Nomian, Cornu, Vieillard, Enfant,
Pean, Nyctelian : Gange vit triomphant
Ton char en-orgueilli de ta dextre fameuse,
Qui auoit tout conquis iusqu'à la mer gem-
    meuse :
Les Geans terre-nez ont senti ton pouuoir :
Tu fis vne mort dure à Penthé receuoir
Par les mains de sa mere, & transformas la
    taille
Des auares Nochers en poissonneuse escaille,
D'hommes faits des Dauphins, & as encores
    fait
A Lycurgue ennemy confesser son mesfait.
    Rechanteray-ie encor ces trois filles The-
    baines,
Qui mesprisans tes loix, virent leurs toiles
    pleines
De pampre suruenu, & fuyantes de nuit
Aux coins de leurs maisons, iettans vn petit
    bruit
Se virent tout soudain de leurs corps dénuées,
Et en Chauue-souris estrangement muées ?
Il vaut mieux les chanter que chanter le peché
Du Satyre, qui vit tout son dos escorché,
Et le deu chastiment du Prince de Mysie,
Et la punition du meschant Acrisie,
Qui se vit, bien que tard, assez recompensé,
Aux despens de son sang, de t'auoir offensé.
    Toy grand, toy sainct, toy Dieu, tu flechis
    les riuieres ;
Tu appaises les mers quand plus elles sont fie-
    res ;
Tu fis rouler le vin de maint rocher creué,
Et par toy le doux miel és chesnes fut trouué.
La Musique te doit : les peuples & les villes
Te doiuent leurs rempars & leurs regles ci-
    uiles :
La liberté te doit, qui aime mieux s'offrir
A la mort, que se voir sous vn Tyran souffrir.
La verité te doit, & te doiuent encore
Toutes religions dont les Dieux on adore.
    Tu rens l'homme vaillant, tu adioins au
    conseil
De celuy qui te croit vn pouuoir nompareil.
Par toy les deuineurs troublez en leurs poi-
    trines
Fremissent sous le ioug de tes fureurs diuines :
Tu fais germer la terre, & de viues couleurs
Tu bigarres les prez, orgueillis de leurs fleurs :

Tu desdaignes l'Enfer, tu restaurés le Monde
De ta longue ieunesse & de ta tresse blonde :
Tousiours vn, sans estre vn, qui te fais & des-
    fais,
Qui meurs de iour en iour, & si ne meurs ia-
    mais.
    Par toy, Pere, chargez de ta douce Am-
    brosie
Nous eleuons au Ciel l'humaine fantasie,
Portez dedans ton char ; & d'hommes vi-
    cieux,
Purgez de ta liqueur osons monter aux Cieux,
Et du grand Iupiter nous asseoir à la table.
    Ie te saluë, ô Roy ! le Lychnite admira-
    ble
Des hommes & des Dieux, ie te saluë encor
En faueur de BRINON, qui d'vne tasse d'or,
Pleine de maluoisie, en sa maison t'appelle
Auec ton vieil Silene & ta mere Semele.

HYMNE IX.

DE LA MORT.

A LOVYS DES MASVRES,
Poëte François.

Commenté par N. RICHELET Parisien.

MASVRES, desormais on ne peut
    inuenter
Nul argument nouueau qui soit
    bon à chanter,
Ou haut sur la trompette, ou bas dessus la lyre :
Aux anciens la Muse a tout permis de dire,
Tellement qu'il ne reste à nous autres derniers
Sinon le desespoir d'ensuiure les premiers,
Et béant apres eux recognoistre leur trace
Faicte au chemin frayé qui conduit sur Par-
    nasse :
Lesquels iadis guidez de leur mere Vertu,
Ont tellement du pied ce grand chemin battu,
Qu'on ne voit auiourd'huy sur la docte pous-
    siere
D'Helicon, que les pas d'Hesiode & d'Ho-
    mere,
D'Arate, de Nicandre, & de mille autres
    Grecs

Des vieux siecles passez, qui beurent à longs
*   traits*
Toute l'eau iusqu'au fond des Filles de Me-
*   moire,*
N'en laissans vne goute aux derniers pour en
*   boire :*
Qui maintenant confus à foule à foule vont
Chercher encor de l'eau dessus le double mont :
Mais ils montent en vain; car plus ils y se-
*   journent,*
Et plus mourans de soif au logis s'en retour-
*   nent.*
*   Moy donc, qui de long temps par espreuue*
*   sçay bien*
Qu'au sommet de Parnasse on ne trouue plus
*   rien*
Pour estancher la soif d'vne gorge alteree,
Ie veux aller chercher quelque source sacree
D'vn ruisseau non touché, qui murmurant
*   s'enfuit*

Dedans vn beau verger loin de gens & de
*   bruit :*
Source, que le Soleil n'aura iamais cognuë,
Que les oiseaux du Ciel de leur bouche cornuë
N'auront iamais soüillée, & où les Pastou-
*   reaux*
N'auront iamais conduit les pieds de leurs
*   taureaux.*
Ie boiray tout mon saoul de ceste onde pucelle,
Et puis ie chanteray quelque chanson nou-
*   uelle,*
Dont les accords seront peut-estre si tres-dous,
Que les siecles voudront les redire apres nous :
Et suiuant mon esprit, à nul des vieux anti-
*   ques,*
Larron, ie ne deuray mes chansons poëtiques :
Car il me plaist pour toy de faire icy ramer
Mes propres auirons dessus ma propre mer,
Et de voler au Ciel par vne voye estrange,
Te chantant de la Mort la non-dite loüange.

R I C H E L E T.

Masures, desormais] Il n'y a plus d'inuention à trouuer chez le Grec; car tout y est descouuert ; Et ce sujet de la Mort est nouueau, laquelle donc il loüe par les biens qu'elle fait, se moquant de ceux qui en ont peur; veu qu'elle est l'acte le plus pur de nostre liberté, qui nous conduit au Ciel, loin de ceste vie laborieuse : & est egallé indifferemment à tous. Que si quelques vns s'en affligent, c'est qu'ils se l'imaginent effroyable, & apprehendent la dissolution du corps qui ne sent plus rien apres la mort. Au lieu que l'ame est immortelle, pour laquelle il faut auoit peur, en fuyant les vices & corruptions de la terre, selon l'exemple que nous en a laissé nostre Seigneur. Aussi que la misere de l'homme, luy doit faire trouuer la Mort heureuse, quoy que les plus resolus en ayent peur quand ils la voyent. Il y en a d'autres encor qui la craignent, mais c'est par apprehension des tourmens de l'Enfer, qui toutefois ne touchent point aux Chrestiens, pour lesquels Iesus-Christ a vaincu l'Enfer, en portant par eux sa Croix apres luy, laquelle est vn fardeau de soulagement. Aussi que l'inconstance des choses du Monde, & nostre tristesse en naissant, monstrent assez les desplaisirs de la vie qui sont infinis, & apres lesquels il faut tousiours finir : Et ceux-là sont les plus heureux, qui plustost s'acquittent de la debte, selon le vœu commun des plus gens de bien, recognoissans la Mort pour vn grand bien-fait de Dieu, qui nous vnit à luy, pour ne plus mourir, exempts de tous maux, & participans de la vie eternelle. Que si la Mort semble destruire tout ce qui est au Monde, la propagation des especes repare tout par la generation, tellement que c'est plustost mutation de forme, qu'extinction. En fin nostre Auteur desire vne mort prompte & genereuse, pour l'honneur de Dieu & de son Prince.　　*Ou haut sur la trompette*] *Terribili sonitu,* Virgile.　　*Dessus la Lyre*] *Imbelli lyra,* Horace.　　*La Muse*] La grande cognoissance qu'ils auoient des sciences.　　*Béant*] Ouurant la bouche à vuide, χαίνω.　　*Parnasse*] Domicile des Muses.　　*Hesiode*] En ses œuures & iournees.　　*Et d'Homere*] Qui a quasi tout inuenté en son Iliade, Odyssée & en ses Hymnes.　　*D'Arate*] En ses Phenomenes.　　*De Nicandre*] En ses Theriaques & Alexipharmaques.　　*Toute l'eau des filles de Memoire*] Tout le sçauoir du Monde.　　*N'en laissans vne goute*] *Ne stillicidium de situla,* Tertullian, *de præscript.*　　*Confus*] Fort bien, parce qu'ils n'y trouuent rien de ce qu'ils demandent : *naturaliter confusio nascitur,* dit Arnobe Psalm. 118. *quando quod poscitur denegatur :* ou comme dit Genebrard Psal. 21. *Confundi, est rem speratam vel petitam non impetrare.*　　*Par espreuue*] Toute sa vie & son estude n'ayant esté que cela, comme ses œuures le monstrent bien.　　*Ie veux aller chercher*] Ainsi Pline en sa Preface, se plaist en la nouueauté de sa matiere, non traittée par aucun. *Præterea iter est, non trita auctoribus via, nec qua peregrinari animus expetat. nemo apud nos qui idem tentauerit, nemo apud Græcos qui omnia tentauerit.*　　*Vne source sacrée*] Nouuelle, *noui fontis eruptio aras habet,* Seneque : Et Lucrece liure 1. parle comme nostre Auteur :

——Iuuat integros accedere fontes,
Atque haurire, iuuatque nouos decerpere flores,
Insignemque meo capiti petere inde coronam,
Vnde prius nulli velarint tempora Musæ.

Que le Soleil] *Nullo Sole tepescens :* comme caché sous des arbres.　　*Que les oiseaux du Ciel*] Tout cecy est imité d'Ouide 3. Metamorph.

Quem neque pastores, neque pasta monte capellæ
Contigerant, aliúd've pecus : quem nulla volucris,

Nec fera turbarat, nec lapsus ab arbore ramus.

De ceste onde pucelle] Comme Tertullian dit, *virgine saliua, de Ieiunijs.*   *Dont les accords seront*] Accords excellents, comme sont tous les escrits de cest Auteur, lequel seul de tous nos François, donne, comme disoit Sainct Basile de Libanius, l'ame à ce qu'il escrit, μόνος τῆς λόγοις ψυχὴν ἐχαρίζετο.   *Larron ie ne deuray*] Mais quel larron ? du larcin de Promethee, παντέχνε πυρὸς σέλας κλέψαντος, dit Eschyle. Et il n'appartient pas à chaçun de faire de tels larcins.   *Par vne voye estrange*] Extraordinaire & triste, à cause du suject. Ainsi Oppian au commencement de sa Chasse,

—————τρηχείαν ὁπιστείβωμεν ἀταρπὸν,
τὴν μερόπων ὕπο τις ἐῆς ἐπέτησιν ἀοιδαῖς.

<table>
<tr><td>

C'est vne grand' Deesse, & qui merite bien
Mes vers, puis qu'elle fait aux hommes tant
  de bien,
Quand elle ne feroit que nous oster des peines,
Et hors de tant de maux dont nos vies sont
  pleines,
Sans nous rejoindre à DIEV nostre souu'rain
  Seigneur,

</td><td>

Encore elle nous fait trop de bien & d'honneur.
Et la deuons nommer nostre mere amiable.
  Où est l'homme çà-bas, s'il n'est bien miserable
Et lourd d'entendement, qui ne vueille estre hors
De l'humaine prison de ce terrestre corps ?

</td></tr>
</table>

RICHELET.

C'est vne grand' Deesse] Au contraire c'est la punition de celuy qui naist, à cause du peché des premiers hommes : *fatendum est,* dit Sainct Augustin 13. de sa Cité, *primos quidem homines ita fuisse institutos, vt si non peccauissent, nullum mortis experirentur genus.* Et neantmoins ceste punition est vn grand bien, *quoniam,* dit Pline, liure 25. chap. 3. *ea vitæ conditio est vt mors plerumque etiam optimus portus sit.*   *Aux hommes tant de bien*] En ce qu'elle leur oste mesme leurs pechez futurs, à fin que tousiours & immortellement ils ne pechent, comme ils feroient s'ils n'estoient mortels, & par ce moyen, dit Sainct Greg. de Nazianze, la peine du peché de l'homme, luy est vne espece de misericorde, κερδαίνει τὸν θάνατον, ὥ τὸ διακοπτῶσαι τὴν ἁμαρτίαν, ἵνα μὴ ἀθάνατον ᾖ τὸ κακὸν, ἢ γίνεται φιλανθρωπία, ἢ τιμωρεία. Et c'est ainsi, dit-il, que Dieu punit, tousiours à quelque effect de sa bonté. oraison 42. Et de mesme remarque Sainct Irenee liure 3. chap. 37. que pour cela Dieu transporta l'homme du Paradis, *& à ligno vitæ longè transtulit,* par commiseration & non par enuie, *non inuidens ei lignum vitæ, quemadmodum quidam dicunt, sed miserans eius, vt non perseueraret semper transgressor, neque immortale esset, quod est circa eum, & malum interminabile: prohibuit autem eius transgressionem, interponens mortem, & cessare faciens peccatum, finem inferens ei per carnis resolutionem, vt moriens peccato inciperet viuere Deo.*   *Que nous oster des peines*] Excellemment dans Artemidore, liure 5. chap. 30. la Mort est ce bel enfant, l'enfantement duquel deliure sa mere de toute peine, c'est à dire, la vie de l'homme, τὸ καλὸν παιδάριον, ὁ θάνατος, διὰ τὸ ἄπονον τῦ νοσώδες ἢ ταλαπώρι βίω.   *Sans nous reioindre à Dieu*] Proprement, car sans elle il ne se peut ; d'autant, ce dit Platon au Cratyle, que Dieu ne veut point adherer aux hommes, tant qu'ils ont vn corps, μὴ ἐθέλει συνεῖναι τῆς ἀνθρώποις ἔχουσι τὰ σώματα, mais seulement auec les ames desliees de leurs affections & passions corporelles, ἀλλὰ συγγίνεται ἐπειδὰν ἡ ψυχὴ καθαρᾷ ᾖ πάντων τῶν περὶ τὸ σῶμα κακῶν ἢ ἐπιθυμιῶν. Et alors par la Mort nous sommes faits comme petits Soleils à l'entour du grand, μετὰ τῶ ἑαυτῶν ἢ οἱ ῥιόπται φῶτα μικρά, φῶς τὸ μέγα περιχορεύοντες, Greg. de Nazianz. oraif. 19. qui dit mesme que la Mort immortalise le corps, entant que sa resurrection ne peut estre sans sa dissolution, donnant au mortel, τῇ θνητῇ τὴν ἀθανασίαν διὰ λύπης, 26.   *Nostre souu'rain seigneur*] Comme estans ses creatures. Mais c'est vne difficile question, dit S. Augustin au 11. de sa Cité, de sçauoir, si Dieu a tousiours esté Seigneur aupparauant qu'il y eust rien de creé, & ce grand personnage n'en ose rien resoudre. *Ego quidem Dominum Deum aliquando Dominum non fuisse dicere non audeo. Sed cùm cogito, cuius rei Dominus semper fuerit, si semper creatura non fuit, affirmare aliquid pertimesco:* n'en sçachant mesme qu'en dire à l'esgard des Anges, qui semblent estre d'vne plus ancienne creation que l'homme; *Et omni tempore fuisse, quia sine his nulla tempora esse potuerunt, & tamen facti sunt,* dit le mesme. Toutefois au liure de la Trinité chap. 16. il dit, que ceste qualité est en Dieu, *ex tempore, non secundum accidens Dei, sed secundum accidens eius ad quod dici aliquid Deus incipit relatiuè.*   *Nostre mere amiable*] D'autant qu'elle nous enfante à la vraye vie, comme nostre pretendue vie à la mort, par sa corruption, qui luy donne commencement : ζωὴ ᵟ ἐκ φθορᾶς ἀρχομένη τῆς μήτρα ἡμῖν, ἢ διὰ φθορᾶς ὀδύνου, dit Greg. de Nazianz. nous conduit à la Mort, εἰς βίου τύπου καλύουσι. Et cela, dit-il, proprement n'est pas Mort, ἢ κυρίως προσαγορεύεται θάνατος, κακῶν ἀπαλλαγὴ, ἢ πρὸς τὴν ἄσω παλακὴς μετάγει ζωὴν. Et neantmoins, il n'y a point de mort, dit Tertullian, au liure de l'Ame, qui n'ait de la violence; *proinde etsi varij exitus mortis, nullum tamen ita dicemus leuem, vt non vi agatur: ipsa illa ratio operatrix mortis, simplex licèt, vis est; naufragia sunt vita, etiam tranquilla mortis euentus.*   *Qui ne vueille estre hors*] Car mesme par punition les anciens croyoient, qu'apres la mort les ames retournoient és corps, *aliquæ redeunt ad corpora,* dit Seruius, *propter malam vitam, aliquæ propter fati necessitatem.* Tellement que chacun doit desirer d'en sortir. Et la Mort fait cela, *hæc seruitutem inuito domino remittit, hæc captiuorum catenas leuat, hæc è carcere educit,* Seneque *ad Mart.* 20.   *De l'humaine prison*] Du corps. Ainsi les premiers Chrestiens dans Arnobe, appelloient les faire mourir, rompre leur prison, bruler leur maison: *in ipsum sæuiunt carcerem, vrunt tectum, non vitam eripiunt,* 2. Et la Theologie des Payens a creu mesme que le corps estoit non seulement la prison de l'ame, mais son Enfer : *aliud esse inferos negauerunt quàm ipsa corpora,* Macrobe, *quibus inclusa anima, carcerem fœdum patiuntur.*   *De ce terrestre corps*] Vne pure terre en toutes façons, *terra creatione, conuersatione, morte: terra natura, vita, sepultura,* Petr. Blesens. sur le Iob.

Ainsi qu'vn prisonnier qui iour & nuict
  endure,
Les manicles aux mains, aux pieds la chaisne
  dure,
Se doit bien réjoüir à l'heure qu'il se voit
Deliuré de prison: Ainsi l'homme se doit
Réjoüir grandement, quand la Mort luy deslie
Le lien qui serroit sa miserable vie,
» *Pour viure en liberté: car on ne sçauroit voir*
» *Rien çà bas qui ne soit par naturel deuoir*
» *Esclaue de labeur: non seulement nous hom-*
  mes
» *Qui vrais enfans de peine & de miseres som-*
  mes,
Mais le Soleil, la Lune & les Astres des Cieux
Font auecques trauail leur tour laborieux:
La mer auec trauail deux fois le iour che-
  mine:
La terre tout ainsi qu'vne femme en gesine
(Qui pleine de douleur met au iour ses en-
  fans)
Ses fruits auec trauail nous produit tous les
  ans:
Ainsi Dieu l'a voulu, afin que seul il viue
Affranchi du labeur qui la race chetiue
Des humains va rongeant de soucis langou-
  reux:

Pource, l'homme est bien sot, ainçois bien
  malheureux
Qui a peur de mourir, & mesmement à
  l'heure
Qu'il ne peut resister que soudain il ne meure.
Se mocqueroit-on pas de quelque comba-
  tant,
Qui dans le camp entré siroit espouuantant
Ayant sans coup ruer le cœur plus froid que
  glace,
Voyant tant seulement de l'ennemy la face?
Puis qu'il faut au Marchand sur la mer
  voyager,
Est-ce pas le meilleur sans suiure le danger
Retourner en sa terre & reuoir son riuage?
Puis qu'on est resolu d'accomplir vn voyage
Est-ce pas le meilleur de bien tost mettre fin
(Pour regaigner l'hostel) aux labeurs du che-
  min?
De ce chemin mondain qui est dur & penible,
Espineux, raboteux, & fascheux au possible,
Maintenant large & long, & maintenant
  estroit,
Où celuy de la Mort est vn chemin tout droit,
Si certain à tenir, que ceux qui ne voi'nt goute
Sans fouruoyer d'vn pas n'en faillent point la
  route?

R I C H E L E T.

Ainsi qu'vn prisonnier] Car la vie n'est autre chose qu'vne prison, & consequemment deuons reputer heureux ceux qui sont deliurez des coruees & seruitudes de la vie, εὐδαιμονίζειν, dit Plutarque, τοὺς ἀπολυθέντας τῆς ἐν αὐτῷ βίῳ λατρείας. *Deliuré de prison*] Et la Mort fait ceste deliurance, *tunc seruis Dei pacem esse*, dit Sainct Cyprian, *tunc liberam & tranquillam quietem, quando de istis Mundi turbinibus extracti, sedis & securitatis æternæ portum petimus; quando expuncta morte, ad immortalitatem venimus*, au liure de Mortal. Et n'y a rien qui deliure comme fait la Mort; *Hæc res*, dit Seneque en la Preface de ses Questions, *efficit non è iure Quiritium liberum, sed è iure Naturæ*. *Quand la Mort luy deslie*] Greg. de Nazianze dit, que c'est l'Ange qui deslie l'ame au temps prefix, & qu'aucun ne le peut empescher : οὐχ οὕτως τις ἰσχυρὸς ὑπάρξει, ὡς τὸν ἀφαιρούμενον τὴν ψυχὴν αὐτῷ ἄγγελον κωλῦσαι δυνάσθαι, orais. 5. *Le lien*] Le corps, δέμας, que Dieu, dit Plotin, a fait fort aisé à deslier, pour en sortir quand il luy plaist de nous r'appeller. *Sa miserable vie*] Et sa bien-heureuse aussi; car c'est alors qu'il est plus à propos de mourir, à fin que le malheur suruenant ne corrompe ceste felicité : *Nunc est profectò*, dit l'Amant de la Comedie, *interfici cùm perpeti me possum, Ne hoc gaudium contaminet vita ægritudine aliquà*, en l'Eunuch. *Esclaue de labeur*] ἐργῶδη τὸν βίον, l'appelle Plutarque πρὸς Ἀπολλ. *Mais le Soleil, la Lune*] *Nec sydera pacem semper habent*, Claudian; comme remarque l'Ecclesiaste, *oritur Sol & occidit, & ad locum suum reuertitur; vbique renascens gyrat per Meridiem, & in circulos suos reuertitur*, qui est vne espece de trauail : Seneque aussi le dit, *siderum modo, quæ irrequieta semper, cursus suos explicant : ad Polyb.* cap. 26. *Font auecques trauail*] C'est à dire auec mouuement, & encor naturel : car là haut, parmy ces corps diuins, dit l'Aristote, il n'y a rien de contraint ny par trauail, mais leur nature est d'estre tousiours en mouuement : *Cælestium natura*, dit Seneque *ad Heluiam, semper in motu est : fugit & velocissimo cursu agitur : aspice sidera Mundum illustrantia, nullum eorum perstat, labitur assiduè, & locum ex loco mutat; semper in transitu sunt*, chap. 6. *Deux fois le iour*] *Alternis æstibus reciprocum*, Seneque. Et comme dit ailleurs le mesme, *pelago in se recedente, & introrsùm agente & modò erumpente*, par son flus & reflus, selon l'estat de la Lune, *ad cuius arbitrium Oceanus exundat*. *Qu'vne femme en gesine*] Pline en vn mot, *coacta generat, & semper homini parturit*, 2. chap. 63. *Pource l'homme est bien sot*] Bien ignorant de sa miserable condition qui craint la Mort : *ô ignaros*, dit Seneque *ad Marciam, malorum suorum, quibus non Mors, vt optimum Naturæ inuentum, laudatur : omnibus finis, multis remedium, quibusdem votum; de nullis melius merita quàm de his ad quos venit, antequam innocetur*, chap. 20. Et Sainct Cyprian : *improuidi & ingrati sumus ad diuina beneficia, nec quid nobis conferatur agnoscimus.*

agnoscimus.   *Qui a peur de mourir*] Et toutefois c'est vne grande Philosophie, que de la mespriser, θανάτε κα-ταφρονεῖν, & en cela consistoit le grand employ des Gymnosophistes, dit Laërtius.   *Qu'il ne peut resister*] Auquel cas, *sine remedio timor stultus est, & ratio terrorem prudentibus excutit,* dit Seneque 6. des Quest. Et S. Hierosme, *ve-limus nolimus, abesse longiùs non potest quod futuri sumus.* 2.   *Puis qu'il faut au marchant*] Buchanan dit la mesme chose *in Baptista.*

> ——quis vbi liquit carceres,
> Non cursor rapitur ad metam? freto
> Quis æstuoso, nocte tenebrosa vagus,
> Portu recuset se quieto condere?
> Quis exul errans per peregrini soli
> Deserta tesqua, doleat in patriam citò
> Sese reuerti?

Mais mieux S. Cyprian : *Amplectamur diem, qui assignat singulos domicilio suo, qui nos istinc ereptos paradiso restituit & regno cælesti. Quis non peregrè constitutus properet in patriam regredi? quis non ad suos nauigare festinans ventum prosperum cupidiùs optaret, vt velociter charos liceret amplecti?* & apres luy encor S. Greg. de Naz. dit que le retour à la maison est meilleur que la peregrination, le port que la nauigation, le voyage & la iournée faite qu'encore à faire, βελτίων ἡ κατοικία τῆς παροικίας, ὡς ὥσπερ ὅτι τοῖς πλέουσι λιμὲν, ὃ ὅτος, τῦτο τοῖς ἐνταῦθα χειμαζομένοις ἡ ἐκεῖσε μετάστασις ἡ μετάθεσις, en l'oraison sur la mort de son pere. Et la Mort, dit Seneque, est vn port, *in quem si quis inter primos annos delatus est, non magis queri debet, quàm qui citò nauigauit,* ep. 80.   *L'hostel*] Le logis, mais ce mot ne s'entend pas des communes maisons, ains des grands palais.   *Chemin mondain qui est dur & penible*] Et plein de combats par tout : elegamment S. Cyprian; *Quid aliud in Mundo quàm pugna aduersus Diabolum quotidie geritur? quàm aduer-sus iacula eius, conflictationibus assiduis dimicatur? Cum auaritia nobis, cum impudicitia, cum ira, cum ambitione congressio est; vt magis concupiscendum sit, & optandum, ad Christum subueniente velociùs morte properare. Quis enim non ad læti-tiam venire festinet, & quæ cæcitas animi, quæue dementia est, amare pressuras, & pœnas & lachrymas Mundi, & non festinare potiùs ad gaudium quod numquam possit auferri?*   *Maintenant large & long*] Quand l'homme vit en in-nocence & en la crainte de Dieu, que le Prophete appelle *ambulare in latitudine,* Psal. 118.   *Qui ne voyent goute*] Icy ce mot, *voyent,* extraordinairement est monosyllabe, comme de fait il y a quelque contraction in-sensible, quand nous le prononçons, toutefois cela est rare : mais comme dit Ciceron 3. Tuscul. *Patria in suum tenuit, & dixit audaciùs,* & cela n'est pas sans exemple : ainsi dans Terence act. 2. *Andriæ,* en ces mots, *est vnic rei caput,* le mot, *rei, monosyllabum est,* comme le mot *ait,* & mesme *meorum* y est dissyllabe.   *N'en faillent point la route*] Par ce que c'est vn chemin fort battu, & par où tout le Monde va : *omnibus nobis illic commune est iter,* Seneque.

<table>
<tr><td>

Si les hommes pensoient à par-eux quel-
    quefois
Qu'il nous faut tous mourir, & que mesmes
    les Rois
Ne peuuent éuiter de la Mort la puissance,
Ils prendroient en leurs cœurs vn peu de pa-
    tience.
Sommes-nous plus diuins qu'Achille ny
    qu'Aiax,
Qu'Alexandre ou Cesar, qui ne se sçeurent
    pas
Deffendre du trespas, bien qu'ils eussent en
    guerre
Reduite sous leurs mains presque toute la
    terre?
Beaucoup ne sçachans point qu'ils sont en-
    fans de DIEV,

</td><td>

Pleurent auant partir, & s'attristent, au
    lieu
De chanter hautement le Pean de victoire,
Et pensent que la Mort soit quelque beste
    noire
Qui les viendra manger, & que dix mille
    vers
Rongeront de leurs corps les os tous descou-
    uers,
Et leur test qui doit estre en vn coin solitaire
L'effroyable ornement d'vn ombreux cime-
    taire.
Chetif, apres la mort le corps ne sent plus rien:
En vain tu es peureux, il ne sent mal ny bien,
Non plus qu'il faisoit lors que le germe à ton
    pere
N'auoit enflé de toy le ventre de ta mere.

</td></tr>
</table>

RICHELET.

Si les hommes pensoient] Il n'y a point de doubte que la condition de mort qu'il faut subir à tous, nous doit faire resoudre, & en cela il n'y a point de difference entre le Chrestien & le Payen : Et comme dit S. Cyprian, *Secundum legem primæ natiuitatis manet caro ista communis; & quoad vsque isthic in mundo sumus, cum genere humano carnis æqualitate coniungimur, spiritu separamur.*   *Qu'il nous faut tous mourir*] Grande consolation, dit Seneq. à Polybe, *cogitare id sibi accidere, quod ante se passi sunt omnes, omnésque passuri; vt sic crudelitatem fati soletur æqua-litas.* En quoy nous ne differons que de peu de temps, *alium alio tempore fata comprehendent, neminem præteribunt.* Et il n'y a point de syllogisme à faire, dit *Petr. Blesenj.* ep. 173. contre ceste necessité de mourir, *quia mors ex modo*

DDDdd

neceßitatis omnem superat syllogismum, exceptiones non recipit, dilationes aliquas non attendit. *Et que mesme les Roys*] Et c'est en quoy seulement il n'y a point de difference entre eux & le moindre du Monde. *Conditor ille generis humani,* dit Seneque epist. 92. *non natalibus nos, nec nominum claritate distinguit, nisi dum sumus. Et* non seulement les Roys meurent, mais encor leurs Royaumes, *tota cum regibus regna, populique cum gentibus tulere fatum suum, omnes, imò omnia in ultimum diem spectant,* dit encor Seneque *ad Polyb.* Et de là dans Plutarque ϖϱὸς Ἀπολ. vn Poëte demande où est Cresus & Xerxes auec toute leur magnificence.

Πῦ γὸ τὰ σεμνὰ κεῖτα; πῦ δὲ Λυδίης
Μέγας δυνάστης Κροῖσος, ἢ Ξέρξης, &c.

Sommes-nous plus diuins qu' Achille] Qui sont morts. Fort bien Seneque *ad Mar.* 12. *ne Deos quidem fabulæ immunes reliquerunt; puto, ut nostrorum funerum leuamentum esset, etiam diuina concidere; nec malum est, quod etiam ad fœlicißimos peruenit.* *Qu' Alexandre & Cesar*] Les deux de la Terre habitable, qui ont le plus conquis & donné de batailles. Voy leurs vies & paralleles dans Plutarque. Mais à ce propos *Petr. Blesens.* sur le Iob, *Vbi nunc est Iulius Cæsar? Vbi est Alexander Magnus? Vbi Carolus Magnus? Vidimus viros strenuißimos armis, principes potestate terribiles tota die mori, & terra infodi, ut quod terra fuerat, reuertatur in terram.* *Presque toute la terre*] Et pour cela Seneque au 5. de ses Questions, les compare aux deluges, & embrasemens furieux, & aux pestes, *qui exitio gentium clari, non minores fuere pestes, quàm inundatio qua planum omne perfusum est; quàm conflagratio, qua magna pars animantium exaruit.* *Beaucoup ne sçachant pas*] *Si ἀμαθίας,* Plutarque, ou plustost, dit Sainct Cyprian, *in domo fidei fidem non habentes, dolent cùm de saculo exeunt, cùm potius gaudendum quàm dolendum sit.* *De chanter hautement*] Car s'il nous faut pleurer, dit Gregoire de Nazianze, c'est plustost auec Dauid, de ce que nostre demeure en la terre, est prolongée; *incolatus noster prolongatus est;* & de ce que nous sommmes retenus si long temps dans ces sepulchres de corps qui nous enuironnent, *ὅ̓τι βεϰδιώμεδα ἐν τοῖς τάφοις οἷς ϖεϱιφέϱομεν,* oraison 10. *Le Pean de victoire*] ϰαλλίνιϰον, l'hymne de victoire, *pæana canentes,* Virgil. comme Æschyle dit, *παιᾶνα τῦ θανόντος.* Ce mot Grec qui signifie proprement, dit Seruius, *laudes Apollinis,* & qui puis apres s'est appliqué à l'honneur de tous les Dieux, a esté naturalisé par les Latins, & icy adopté par nostre Autheur pour vn cantique de ioye, *ὑπηνίϰα παιᾶνος,* qui se chantoit tantost à l'entrée du combat, & tantost à la fin apres la victoire, comme ailleurs i'ay remarqué du Scholiaste d'Aristophane, *δύο παιᾶνας.* *Et pensent que la Mort*] Fort bien, *pensent;* car ce n'est qu'vne opinion du vulgaire, qui s'est donné de l'effroy de ce nom. Ainsi Seneque dit que le mot d'exil, *verbum ipsum persuasione quadam & consensu iam asperius ad aures venit, & audientes tamquam triste & execrabile ferit, ita enim populus iußit;* mais en effect, non plus que la Mort, ce n'est rien, *quàm loci commutatio,* & entre les Chrestiens vn changement de la terre au Ciel. *Quelque beste noire*] μορμὼ, chose ridicule, dit Gregoire de Nazian. de se peindre la Mort comme l'on fait, laquelle est plus effroyable de nom que d'effect, *ἐν ὀνόματι μᾶλλον ἢ ϖϱάγματι τὸ φοβεϱὸν ἔχει,* Oraison 19. C'est se faire peur de la beste comme les petits enfans, qui la craignent, dit Xenophon, *ὥσπεϱ μορμόλυϰας παιδάϱια,* more puerorum, dit encor Seneque, *quibus metus incutit vmbra & personarum deformitas.* Ainsi vne mere dans Theocrit fait peur à son petit fils de la beste qui mord, pour empescher qu'il ne la suiue, *μοϱμὼ, δάϰνει ἵππος,* &c. *Rongeront de leurs corps*] C'est encor vne de nos foibles imaginations, & Seneque Epistre 102. la remarque : *Istud corpus, dit-il, diu inhabitatum, pone. scindetur, obruetur, abolebitur :* mais, dit-il diuinement, medite au contraire le grand bien qui te vient de ceste dissolution, *sed altius aliquid sublimiúsque meditare : aliquando naturæ arcana tibi retegentur; discutietur ista caligo, & lux vndique clara percutiet : imaginare tecum quantus ille sit fulgor : nulla serenum vmbra turbabit, æqualiter splendebit omne cœli latus : tunc in tenebris vixisse dices, cùm totam lucem totus aspexeris; quid tibi videbitur diuina lux, cùm illam suo loco videbis?* *Les os tous descouuerts*] λευϰὰ ὀστία, Homer. comme c'est, dit-il, la condition de nos corps apres que nous sommes morts, *δίϰην ὀϛᾶ βϱοτῶν,* 11. Odyss. *Leur test*] Leur crane. *L'effroyable ornement*] Ce mot est indifferent, ἐν τῶ μίσων, selon le suiect auquel il s'applique, & en Latin mesme, *ornatus,* dit Donat sur l'Eunuch. τῶ μίσων est, *ad decus & ad turpitudinem,* comme icy. *Cimetaire*] Nous disons *cimetiere.* Mais c'est peut-estre la dialecte du Vendomois. *Chetif apres la mort*] Fort bien apres la mort; car ce n'est plus la Mort, d'autant que la Mort où qu'en la mort, & le grand Sainct Augustin subtilise de la façon 13. *de Ciuit.* chap. 9. *Vtrum id tempus quo anima à corporibus separatæ, post mortem potius an in morte dicendum est. Si enim post mortem est, iam non ipsa mors, quæ transacta atque præterita est.* Et la Mort encor n'est pas en ceux qui meurent, *quandiu enim sentiunt, adhuc vtique viuunt; & si adhuc viuunt, ante mortem, quàm in morte potiùs esse dicendi sunt : quia illa cùm venerit, aufert omnem corporis sensum.* Et partant la Mort n'est ny deuant ny apres, mais seulement en son moment mortel, qui est incogitable & imperceptible. Et iugeons si cela nous doit faire peur. *Le corps ne sent plus rien*] Et c'est pourquoy, disoit Epicure, la Mort ne nous concerne point ; *quod enim dissoluitur sensu caret, & quod sensu caret, nihil ad nos :* dont Tertullian se moque au liure de l'Ame. Mais Ciceron dans Lactance argumente bien mieux ; *Gratulemur nobis, quoniam mors, aut meliorem quàm qui est in vita, aut certè non deteriorem est ablatura statum : Nam sine corpore anima vigente, diuina est vita; sensu carente, nihil profectò est mali.* *Il ne sent mal ny bien*] Et comment cela ? d'autant que l'vn ne l'autre ne peut subsister sans sujet, & par ce moyen à l'esgard du corps la mort n'est ny mal ny bien. Et c'est la raison de Seneque *ad Marc.* 19. *Mors nec bonum, nec malum est : quia bona maláque circa aliquam versantur materiam; ac non potest fortuna tenere quod natura dimisit, nec potest miser esse qui nullus est.* *Que le germe à ton pere*] La semence, *nondum inchoato conceptu, & adhuc in semine,* ep. Vlt. Seneque. Or le germe, est proprement des semences de la terre; mais les termes du labourage, s'appliquent fort bien à la generation de l'homme. Et de là obserue Artemidore, que c'est vn bon augure à ceux qui se marient de songer, de semer & labourer, *μοϱχῦν, ἢ σπείϱειν, ἢ ἀϱοτειᾶν.* *Le Ventre de ta mere*] σπεϱματιϰὸν, Harmenopule; *formandi hominis monetam,* l'appelle Macrobe; *antequam,* dit Seneque, ep. 102. *ex maternorum viscerum calido molliúque fomento emissum, afflaßet aura liberior.*

Telephe ne sent plus la playe qu'il receut
D'Achille, quand Bacchus en tombant le
  deceut :
Et des coups de Paris plus ne se sent A-
  chille,
Plus Hector ne sent rien ny son frere Troïle.
C'est le tout que l'esprit qui sent apres la
  Mort,
Selon que le bon œuure ou le vice le mord :
C'est le tout que de l'ame, il faut auoir soin
  d'elle,
D'autant que DIEV l'a faite à iamais im-
  mortelle :
Il faut trembler de peur que par faicts vi-
  cieux

Nous ne la bannissions de sa maison, les
  Cieux,
Pour endurer apres vn exil tres-moleste,
Absente du regard de son Pere celeste :
Et ne faut de ce corps auoir si grand ennuy,
Qui n'est que son valet & son mortel estuy,
Brutal, impatient, de nature maline,
Et qui tousiours repugne à la raison diuine.
Pource il nous faut garder de n'estre surmon-
  teZ
Des traistres hameçons des fausses volu-
  pteZ,
Qui nous plaisent si peu, qu'en moins d'vn seul
  quart-d'heure
Rien, fors le repentir, d'elles ne nous demeure.

RICHELET.

Telephe ne sent plus] Ce sont exemples fabuleux pour esgayer l'œuure, qui est triste. Acron dit, qu'Achille ayant surpris à la rencontre ce Roy des Mysiens, qu'il croyoit estre Troyen, le combatit & blessa : mais apres l'auoir recognu, il le guarit luy-mesme. C'est ce que dit Seneque 4. Controuers. *hostis aliquando vulnus sanauit, quod fecerat, errore cognito.*   *Quand Bacchus en tombant le deceut*] Delà appellé σφαλτις. Mais cest accident ne fut pas au combat d'Achille ; ains comme ce Prince des Mysiens couroit sus à son peuple, il rencontra vn sep de vigne qui le fit cheoir, d'où les Mysiens ont tenu depuis, Bacchus pour leur conseruateur.   *Et des coups de Paris*] Car ce fut luy qui le feit mourir à coups de flèches :
———*cecidit Paridis Phœbíque sagittis,*   Ouid.
Ny Hector] Duquel vous voyez le combat & la mort au 22. de l'Iliade, & l'animosité du vainqueur contre le corps mort.   *Ny son frere Troïle*] Tué encor par Achille.
———*fugiens amissis Troïlus armis,*
Infœlix puer, atque impar congressus Achilli.   Virgil. 1.
Mais Seruius dit, que ce fut vn combat d'amour, & qu'il mourut dans les embrassemens d'Achille qui en estoit amoureux.   *Qui sent apres la Mort*] Et comment sentir estant incorporel ? De là les Philosophes, & Tertullian mesme ont fait les ames corporelles. Au liure de l'ame : *incorporalitas enim nihil patitur,* dit-il, *non habens per quod pati possit ; aut si habet, hoc erit corpus* ; & de là mesme il luy donne ses proportions, de longitude & latitude, vne forme & vne couleur, *lucida est, & aërei coloris, & forma per omnia humana.* Mais c'est vn de ses Paradoxes remarqué par Pamelius, principalement pour ce qui est de la couleur, dont se moque Sainct Augustin.   *Selon que le bon œuure*] Cela n'a point de doubte, que nous serons iugez, selon nos bonnes ou mauuaises œuures. *Qui operantur bonum,* dit Sainct Irenee, *gloriam & honorem percipient, cùm possint non operari illud ; hi autem qui illud non operantur, iudicium iustum recipient Dei.* Et c'est ce charactere double de bien ou de mal qui est en l'homme, dit Sainct Ignace aux Magnesiens, δύο γὰρ λέγω χαρακτῆρας ἐν ἀνθρώποις, τὸν μὲν νομίσματος, qui sont les bonnes œuures, τὸν δὲ παραχαράγματος, qui sont les mauuaises. Et notez, qu'ils ne se reforment plus par quelque chose que ce soit, apres la Mort ; *mortui noua merita non comparantur,* dit Sainct Augustin au Sermon *de Verb. Apostoli, vt de dormientibus non contristemur, cùm pro eis boni aliquid operantur sui ; sed eorum præcedentibus consequentia ista redduntur. Et ideo istam finiens quisque vitam, nisi quod meruit in ipsa, non poterit habere post ipsam.*   *Il faut auoir soin d'elle*] Grandement, d'autant qu'en sa perte nous sommes perdus. Elegamment Greg. de Naz. en son Apologetic ou Orais. 1. ὑμῖν δὲ οἷς τὸ κινδυνευόμενον ἐστι σωτηρία ψυχῆς τῆς μακαρίας τε καὶ ἀθανάτου, καὶ ἀθανάτα κολασθησομένης, ἢ ἐπαινεθησομένης, διὰ κακίαν ἢ ἀρετὴν, πόσον χρὴ δοκεῖν ᾖ τὸν ἀγῶνα, &c. Et la raison de Platon est au Phedon, comme celle de l'Autheur, d'autant, dit-il, qu'elle est immortelle : car si elle estoit mortelle, il ne s'en faudroit point soucier, δίκαιον ἐργάζου θάνατον, dit Socrate, ὅτι εἴπερ ἡ ψυχὴ ἀθάνατος ἐστι, ἐπιμελείας δὴ δεῖται, &c.   *Dieu l'a faite*] Et c'est son principal œuure, τὸ τοῦ Θεοῦ πλάσμα τὸ ἔνδοξον, Greg. de Nazian. Orais. 10.   *A iamais immortelle*] A fin que l'ouurage ressemble à son ouurier, *quia pars semper genus sequitur,* dit Seruius : bien toutefois que l'ame ne soit nulle partie de Dieu ; mais seulement elle est immortelle de creation : tellement qu'il n'y a de l'homme que l'humain qui meurt, le diuin demeurant immortel ; tout ainsi qu'en Iesus-Christ, dit Nouatian au liure de la Trinité, *non illud mortuum est, quod Deus est, sed illud in illo quod homo est : sicut in cæteris hominibus, qui non sunt caro tantummodo, sed caro & anima, caro quidem sola, incursum interitus mortisque patitur ; extra leges autem interitus & mortis, anima incorrupta cernitur.* Neantmoins, dit Alcuin 3. *de Trinit.* chap. 18. les ames ont aussi leur mort, *habent anima mortem suam : in impietate* ; mais elles ont aussi leur resurrection, *quando per gratiam Dei viuificata resurgunt à morte iniquitatis.*   *Il faut trembler de peur*] Deux choses, dit Greg. de Nazianz. ne me laissent point reposer : l'vne la gloire eternelle, & l'autre la terreur du dernier Iugement, τοῦτον ἐγὼ φοβοῦμαι τὸν φόβον, τούτῳ καὶ νύκτωρ τε μεθ' ἡμέραν συνήφθην, καὶ οὐκ ἐᾷ με ἀναπνεῖν, ἡ ἐκεῖθεν δόξα, καὶ τὰ ὁκ ἔσω δικαιωτήρια. Le desir de l'vne, dit-il, me met comme en defaillance, & l'horreur de l'autre me fait frissonner, τῇ δὲ φείδω τε ἀποσχήσομαι, Orais. 10.   *Que par faits vicieux*] Qui suiuent l'ame apres la mort, *quæ enim diu coniuncta sunt, inuicem se*

D D D d d   ij

tenent, Seruius, *& trahunt relliquias sordium ; & sordes illa deposito corpore supersunt,* pour lesquelles, dit-il, les ames sont exposées à diuers supplices, non pour leur punition, *animæ enim pœnas non perserunt,* mais pour leur purgation, selon l'opinion de Platon. *Nous ne le bannissions*] Et ce bannissement du Ciel est la Mort de l'ame, la seconde mort, & la plus importante; *illa enim est grauior,* dit Sainct Augustin 13. *de Ciuit. & omnium malorum pessima, quæ non fit separatione animæ & corporis, sed in æternam pœnam potiùs viriúsque complexu :* & en laquelle les hommes ne sont ny viuans ny morts, mais tousiours mourans ; *numquam viuentes, numquam mortui, sed sine fine morientes.* *Absente du regard*] Qui est la fin derniere de l'homme, & pour laquelle il a esté creé, & son dernier progrez, dit Sainct Irenée liure 4. Car, dit il, *oportuit hominem primò fieri, & factum augeri, & auctum corroborari, & corroboratum multiplicari, & multiplicatum conualescere, conualescentem verò glorificari, glorificatum videre Dominum suum : Deus enim est qui habet videri ; visio autem Dei efficax est incorruptela, incorruptela verò proximum facit esse Deo.* *Et ne faut de ce corps*] Non pas pour apprehender tant sa dissolution, mais il le faut estimer comme vn ouurage excellent, façonné de la main de Dieu, sur l'image anticipée de la chair future de nostre Seigneur : *ita limus ille,* dit elegamment Tertullian, *de Resurrect. iam tunc imaginem induens Christi futuri in carne, non tantùm Dei opus erat, sed pignus.* Il le faut encor honorer comme vne terre glorieuse, *limus Dei manu gloriosus, & caro Dei afflatu gloriosior,* dit le mesme, adjoustant encor qu'il le faut entretenir en pureté de toutes sales & mauuaises actions, comme ayant à estre comparticipant du bien & du mal de l'ame, *consors & cohæres, si temporalium, cur non & æternorum ? nec possunt separari in merce de quos opera coniungit.* *Qui n'est que son valet*] Ce dit Tertullian, *caro famula & administra animæ deputatur.* Et au liure du Baptesme, *Spiritus dominatur, caro famulatur, tamen inter se communicant reatum, spiritus ob imperium, caro ob ministerium.* *Et son mortel estuy*] *Vagina,* encor Tertull. *de Resurrect.* c'est la tunique de Ioseph, que la beste, c'est à dire, la Mort deuore, tandis que Ioseph, c'est à dire, l'ame vit immortellement, *Petr. Blesens.* & ce dit le mesme, sermon 9. le corps est la cire, & l'ame est *ellychnium latens in cera, carnis domicilio tecta.* Platon au Phedrus dit plus hardiment, que nostre ame y est enfermee & attachee comme dans vne huistre, ὀστρέου τρόπον. *A la raison diuine*] Fort bien *diuine, quippè res Dei ratio,* Tertull. *de Pænitent.* *De n'estre surmontez*] En les combatant perpetuellement : *Et quidem genere militiæ,* dit Seneque Epist. 51. *quo numquam quies, numquam otium datur : debellandæ sunt imprimis voluptates, quæ sæua quoque ingenia ad se rapuerunt.*

Des traistres hameçons] Et c'est pourquoy le mesme Seneque les compare à ces brigands d'Egypte qui s'appelloient Philotes, *quæ in hoc nos amplectuntur vt strangulent.* *Des faulses voluptez*] Ἀφροδίτης τῆς ἀπατήρου, qui nous surprend par tromperie, & bien souuent fait perdre la vie aux plus forts. Et à ce propos la fable rapportée par Strabon liure 10. qui dit que ce fut Venus, qui ayant attiré les Geans vn à vn, τῶν γιγάντων ἕκαστον δεχομένη καθ' ἕνα, les liura frauduleusement à Hercule pour les faire mourir, τῷ Ἡρακλεῖ προδιδοῦ δολοφονεῖν ἐξ ἀπάτης. *Qui nous plaisent si peu*] Et qui ne durent guere, *citò enim nos omnis voluptas relinquit, quæ fluit & transit, & penè antequàm veniat aufertur, & longior fideliórque est memoria voluptatum quàm præsentia,* Seneque *ad Polyb.* *Rien fors le repentir*] Tout à l'instant, & principallement à l'heure de la Mort : *eos enim, qui secus, quàm decuit, vixerunt,* dit Ciceron au 1. de la Diuinat. *peccatorum suorum tum maximè pænitet,* outre le repentir & la honte, *voluptas fragilis est & breuis, fastidit obiecta, quo auidiùs hausta est, citiùs in contrarium recidens, cuius subinde necesse est aut pæniteat aut pudeat,* Seneque *de Benefic.*

Il ne faut pas humer de Circe les vais-
seaux,
De peur que transformez en tigres ou pour-
ceaux
Nous ne puissions reuoir d'Ithaque la fumée,
Du Ciel, nostre demeure à l'ame accoustu-
mée,
Où tous nous faut aller, non chargez du far-
deau
D'orgueil, qui nous feroit perir nostre ba-
teau
Ains que venir au port, mais chargez d'espe-
rance,
Pauureté, nudité, tourment, & patience,
Comme estans vrais enfans & disciples de
CHRIST,
Qui viuant nous bailla ce chemin par escrit,
Et marqua de son Sang ceste voye tres-
sainte,
Mourant tout le premier pour nous oster la
crainte.

O que d'estre ja morts nous seroit vn grand
bien,
Si nous considerions que nous ne sommes
rien
Qu'vne terre animée, & qu'vne viuante
ombre.
Le sujet de douleur, de misere, & d'encom-
bre,
Voire, & que nous passons en miserables
maux
Le reste (ô creue-cœur!) de tous les ani-
maux.
Non pour autre raison Homere nous égale
A la fueille d'Hyuer qui des arbres de-
uale,
Tant nous sommes chetifs & pauures iour-
naliers,
Receuant sans repos maux sur maux à mil-
liers,
Comme faits d'vne masse impuissante & de-
bile.

Il ne faut pas humer] Il continue encor à destourner de la volupté, & ce qu'il dit icy, est imité de Marulle Hym. 1.

> *Impia Circea depasti pocula mensa,*
> *Ipsi inter facies simulachráque mille ferarum,*
> *Obscœnis stabulamur haris, nec tecta paterna*
> *Respicimus, dulcémque Ithaco de culmine fumum.*

De Circe les vaisseaux] Par ceste Circe & ses vaisseaux il entend les charmes de la Volupté, qui nous corrompent les sens & subuertissent la raison. Ceste Circe, dit Seruius, *libidine sua & blanditijs homines in ferinam vitam ab humana deducebat, vt libidini & voluptatibus operam darent.* 7. *De peur que transformez*] *In fœdas dociles transire figuras,* Marulle; mais, dit Seruius, *corrupto sensu, sed eodem animo manente;* car ce sont toutiours hommes quant à l'ame, mais brutes quant aux sens & aux passions. *En Tigres ou pourceaux*] Selon la qualité ou differences de nos passions qui nous rendent semblables aux bestes, dit Clement Alexandrin au 4. de ses Tapisseries. θηρία μᾶλλον ἢ ἄνθρωποι, comme l'intemperant est vn asne, l'auare vn loup, le trompeur vn serpent, ὄφις ὑβριστής, ὁ ἀκόλαστος; λύκος ἅρπαξ, ὁ πλεονεκτικὸς, ὄφις ὁ ἀπατεών. Et Sainct Irenee liure 5. *qui irrationabiliter viuunt, & effrenati adijciuntur in sua desideria, & porcorum & canum more viuunt, equi furentes ad fœminas.* Tant ceste fiction & inuention d'Homere, est excellente au 10. de l'Odyssée, representant son Vlysse courant sus à ceste Fee l'espee à la main, & se rendant maistre de ses charmes & enchantemens. *D'Ithaque la fumee*] Nostre patrie. Admirable conception d'Homere, qui feint en son Vlysse, que mesme la fumee de son Isle luy plaist d'auantage, que l'Immortalité que luy offroit Calypson. Et fort bien le profane Iulian en vne sienne Epistre. οὐσία τίνων εἰκούσης μικρᾶς ὁμῇ ἢ τραχείας, ἢ ἦ γ᾽ ἄλλο ἤτω Ἰθάκην; ὅτι Καλυψώ, ὅτι φύσεως ὅτι τὸ κρεῖττον μεταβολή, τὸ μὴ δὲ Ἰθάκην αὐτὶ τίνων αἱρεῖσθαι. *Nostre demeure*] πολίτευμα, dit l'Apostre. *A l'ame accoustumée*] Comment accoustumée, si seulement au temps du corps formé elle est creée, & infuse? Est-ce point qu'il vueille dire, comme remarque Viues, que Sainct Augustin sur la Genese *ad litteram,* a dit, quel'ame de l'homme fut au commencement creée auec les autres choses spirituelles? & en ce faisant elle seroit d'ancienne creation & comme les autres Intelligences accoustumée au Ciel. *Dubium est, secerit ne antea, & indiderit postea, an crearis cum corpore: Nam in Genesi ad litteram, progenitam hominis animam cum cæteris spiritualibus rebus ait: 12. de Ciuit. ch. 23.* Ou, accoustumée, n'est-ce point à dire, naturelle, à cause de son estre premier & celeste qui en est descendu? *quia Dei statu nato immortalis, & substantiæ simplicis,* Tertull. *Comme estans vrais enfans*] De nostre Seigneur, *qui labore tolerato,* dit S. Cyprian, *ad Christum per angustam Christi viam pergimus: præmium vitæ & fides, ipso indicante capientes.* *Qui viuant vous bailla*] τύπος ἡμῖν γινόμενος, dit elegamment Macar. Hom. 12. διὰ ὕβριων σταωσιν ἀκαίτινον ὅτι τῆς κεφαλῆς ἱδρῶσιν. Et de là, dit ce bon Hermite, il nous faut estre ses imitateurs, ὀφείλομεν αὐτῷ μιμηταὶ γίνεσθαι, nous crucifier auec luy, σταυροῦσθαι τῷ σταυρωθέντι, συμπαθεῖν τῷ παθόντι, par ce qu'autrement, on ne va point au Ciel sans tribulation, αἰδε παθημάτων, ἢ τῆς τραχείας, ἐντεῦθεν, ἢ πιλημβάνης ὁδῷ. *Mourant tout le premier*] De tous les Chrestiens, ou le premier de sa pure volonté, *mori dignatus est ex voluntate,* dit S. Greg. en l'Homel. de la Pasque, *& resurrexit ex potestate, & ostendit exemplo quod nobis promisit in præmio.* *Qui ne sommes rien*] Qu'vn songe mal-arresté, vn fantosme vain, vn oyseau passant, vne vapeur, vne rosée du matin, vne fleur aussi tost flestrie que nee; bref l'homme, *homo sicut fœnum dies eius, & tanquam flos agri sic efflorebit,* ὥτως ἔξανθήσει, & le reste de tous ces eloges de misere & de foiblesse, obseruez par Greg. de Naz. Oraif. 10. *Qu'vne terre animee*] Vne composition de corps & d'ame. Platon toutefois compose l'homme de trois; d'esprit, d'ame, & de corps, que Tertullian appelle *hominis trinitatem.* Et de ceste opinion du premier Alcibiade, l'heretique Valentin imaginoit trois sortes d'hommes, πνευματικῶν, ψυχικῶν, ἢ σαρκικῶν. Mais comment est-ce que l'homme est terre, nostre chair ne ressemblant point à la Terre? Tertullian au liure *de carne Christi* ch. 9. dit, que telle qu'elle est, *sine testimonio suæ originis non est.* D'autant que quasi toutes les parties du corps ont quelque rapport & conformité à celle de la terre. *Considera,* dit il, *singulas qualitates, musculos vt glebas, ossa vt saxa, etiam circum papillas calculos quosdam: aspice neruorum tenaces connexus, vt traduces radicum, & venarum ramosos discursus vt ambages riuorum, & lanugines vt muscos, & comam vt cespitem, & ipsos medullarum in abdito thesauros, vt metalla carnis.* *Vne viuante ombre*] *Fumus & vapor ad modicum tempus,* Pet. Bles. ep. 11. *Le sujet de douleur*] Iusques-là que bien souuent nostre misere nous fait souhaitter la mort, *tot periculorum genera,* dit le grand Pline, *tot morbi, tot metus, tot curæ, toties innocata morte, vt nullum frequentius sit votum.* *De tous les animaux*] Le plus foible, & comme dit Seneque, *nudum, & suapte natura inerme, alienæ opis indigens.* *Homere nous égale*] Au 6. de l'Iliade.

> Οἵη περ φύλλων γενεή, τοίηδε ἢ αὐδρῶν,
> Φύλλα τὰ μὲν τ᾽ ἄνεμος χαμάδις χέει, &c.

Qui des arbres deuale] Vray image de la vie de l'homme, dit Plutarque, εἰκὼν ἀνθρωπίνου βίου, selon qu'elle est verte ou seiche. *Comme faits d'vne masse*] La raison en est naturelle, qu'estans composez d'vne matiere foible & corruptible, il aduient qu'en naissant nous en tirons par communication la corruption, φυσικῶς, dit Plutarque, πρὸς Ἀπολλ. μίγνυται ἐν πᾶσι κακοῦ μοῖρα, ἢ τὰ σπέρματα εὐθὺς θνητὰ ὄντα, ταύτης κεκοινωνηκὼς τῆς αἰτίας. Qui est à dire, que nous ne pouuons ressembler, qu'à la matiere qui compose l'homme, *ex infirmis fluidísque contextum,* Seneque.

<table>
<tr><td>

Pource ie m'esbahis des paroles d'Achille,
Qui dit dans les Enfers, qu'il aimeroit trop
    mieux
Estre vn pauure valet, & iouïr de nos Cieux,
Que d'estre Roy des morts: certes il faut bien
    dire

</td><td>

Que contre Agamemnon auoit perdu son ire,
Et que de Briseïs plus ne se souuenoit,
Et que plus son Patrocle au cœur ne luy ve-
    noit,
Qui tant & tant de fois luy donnerent enuie
De mourir de despit pendant qu'il fut en vie.

</td></tr>
</table>

Ou bien s'il eust oüy l'vn des Sages, qui dit
" *Que l'homme n'est sinon durant le temps*
   qu'il vit
" *Qu'vne mutation qui n'a constance aucune,*
" *Qu'vne proye du temps, qu'vn iouët de For-*
   tune:
Il n'eust voulu çà - haut renaistre par deux
   fois,
Non pour estre valet, mais le plus grand des
   Roys.
   Masures, on dira que toute chose humaine
Se peut bien recouurer, terres, rentes, domaine,
Maisons, femmes, honneurs, mais que par nul
   effort
On ne peut recouurer l'ame quand elle sort,
Et qu'il n'est rien si beau que de voir la lumiere

De ce commun Soleil qui n'est seulement chere
Aux hommes sains & forts, mais aux vieux
   chargez d'ans,
Perclus, estropiats, catharreux, impotans.
   Tu diras que tousiours tu vois ces Platoni-
   ques,
Ces Philosophes pleins de propos magnifiques,
Dire bien de la Mort: mais quand ils sont jà
   vieux,
Et que le flot mortel leur noüe dans les yeux,
Et que leur pied tremblant est desia sur la
   tombe;
Que la parole graue & seuere leur tombe,
Et commencent en vain à gemir & pleurer,
Et voudroient, s'ils pouuoient, leur trespas dif-
   ferer.

RICHELET.

Pource ie m'esbahis] Car peu de grands naturels desirent de vieillir long-temps en ce Monde, & moins encor d'y retourner : *numquam magnis ingenijs cara in corpore mora est ; exire atque erumpere gestiunt, & agrè has angustias ferunt, vagi per omne sublime,* Seneque.   *Qui dit dans les Enfers*] En l'onziesme de l'Odyssee, où Vlysse parle à luy, & le tient bien-heureux d'estre mort ; mais en pleurant il luy respond qu'il aimeroit mieux estre le plus pauure valet du monde, n'ayant quasi pas du pain, que d'estre Roy des morts.   *Qu'il aimeroit trop mieux*] Voicy ce qu'il dit dans Homere :

Βουλοίμην κ' ἐπάρουρος ἐὼν θητευέμεν ἄλλῳ
Ἀνδρὶ παρ' ἀκλήρῳ, ᾧ μὴ βίοτος πολὺς εἴη,
Ἢ πᾶσιν νεκύεσσι καταφθιμένοισιν ἀνάσσειν.

   Que contre Agamemnon] Au 1. de l'Iliade. Car en ceste colere, il ne se soucioit pas de mourir, pourueu qu'il se vengeast, iusqu'à tirer l'espee que Minerue arreste.   *De Briseïs*] Vne belle fille qu'il eut pour sa part du pil-lage de Thebes : car c'estoit la plus haute recompense que l'antiquité rendoit à la valeur, *captiua forma præstantior vltima sors habebatur,* dit Quintilian, *declam.* 306. κούρην Βρισῆος, τὴν μοι δόσαν υἷες Ἀχαιῶν, dit luy-mesme Achille au 1. de l'Iliade, & qu'il aima si fort, que luy estant rauie par Agamemnon, il quitta les armes iusqu'à la mort de Patrocle, & fut cause de beaucoup de maux que souffrirent les Grecs.   *Plus ne se souuenoit*] Et c'est ce qui luy fait desirer de reuiure, selon mesme que Platon a feint pour establir le retour des ames dans les corps, & à vne autre vie, apres vn certain temps, qu'elles perdoient la souuenance de tout ce qu'elles auoient esté au Monde, *Lethæo haustu;* & Virgile elegamment l'a remarqué.

   ———*anima quibus altera fato*
Corpora debentur, Lethæi ad fluminis vndam
Securos latices, & longa obliuia potant;
Scilicet immemores supera vt conuexa reuisant
Rursus, & incipiant in corpora velle reuerti.

   Son Patrocle] φίλη κεφαλή, son Hephestion, à la mort duquel il s'affligea tant, que pour le venger il reprit les armes, comme il se voit aux 17. 18. & 19. de l'Iliade.   *De mourir de despit*] C'est luy qui le dit, & que la mort, telle que Iupiter voudra, luy sera aggreable :

   ———κῆρα δ' ἐγὼ τότε δέξομαι ὁππότε κεν δὴ
Ζεὺς ἐθέλῃ τελέσαι.   18. Iliad.

   L'vn des Sages] Peut-estre Simonide, qui dans Plutarque en la Consolation d'Apollonius le dit, ou Euri-dipe.   *Qu'vn iouët de Fortune*] *Campus possessióque fortuna instabilis variorum,* Donat sur l'Eunuch.   *Renaistre deux fois*] παλιγγενέσαι.   *Aux hommes sains & forts*] Et c'est à eux aussi ausquels il appartient de viure, *habet suos vita terminos,* dit Quintilian, *dum membra sufficiunt, dum in officio vires sunt.*   *De ce commun Soleil*] C'est encor vne des causes, qui selon nostre foible imagination nous fait craindre la Mort, ayans opinion que nous ne verrons goutte : & c'est alors que l'ame bien-heureuse voit plus clair. Seneque ep. 82. en remarque trois, la priuation de la lumiere, la dissolution de l'indiuidu, & l'incertitude du lieu où nous allons ; *amor permanendi conseruandíque se insita voluntas ; illa quoque,* dit-il, *& morti nos alienant, quòd hæc iam nouimus : illa ad quæ transituri sumus, nescimus qualia sint, & horremus ignota : naturalis præterea tenebrarum metus est, in quas abductura mors creditur.*   *Mais aux vieux chargez d'ans*] Qui est vne grande folie, veu qu'il faut alors necessairement mourir, & qu'aux vieillards, dit Aristote au liure de la Respiration, il faut peu d'accident & de mouuement pour les faire mourir, διὸ καὶ μικρῶν τῶν παθημάτων ἐπιφθειρόμενοι ἐν τῷ γήρᾳ ταχέως τελευτῶσιν, à cause du peu de feu qu'ils ont, & qui s'esteint auec peu de mouuement, διὰ μικρὰν κίνησιν ἀποσβέννυται, chap. 17.   *Perclus, estropiats, catharreux*] Tous maux qui suiuent la vieillesse, *omnia ista in longa vita sunt,* dit Seneque, *quomodo in longa via, & puluis, & lutum, & pluuia.* Et c'est alors qu'il n'y a plus d'apparence de vouloir viure ; & de fuïr la Mort. *O mors, bonum est iudicium tuum, homini indigenti, & qui minoratur viribus, & defecto ætate,* Ecclesiast. chap 41.   *Ces Platoniques*] Les plus discourans de l'immortalité de l'ame & de sa felicité apres la Mort, comme tout le *Phedon* en est plein. *De propos magnifiques*] De belles parolles, mais sans resolution, quand il les faut executer eux-mesmes, *In his*, dit Quintilian, 268. *nihil deprehendas præter fictam frontem, & perpetuum otium; & quamdam ex arrogantia auctoritatem.* *Là vieux*] *Silicerny, Acherontici.* *Et que le flot mortel*] Qu'ils voyent desia le Styx coulant deuant leurs yeux. *A gemir & pleurer*] Diogene s'en moque dans Lucian, & remarque, que tous ceux qui passent là-bas pleurent, horsmis les enfans, πάντες δακρύοντες πλάω τ νεογνῶν & πμηίων, & principalement les vieillards, οἱ πάω χψησκόντες, que l'amour & le philtre de la vie, φιλῶν τὸ βίω, dit il, passionne le plus, ᾗ φιλόζωοι εἰσίν. Bien plus resolu qu'eux, le ieune Nerua, qui dans Tacite 6. *Annal. nullis moriendi rationibus, dum integer, dum intentatus, honestum finem vult, & moriendi consilium capit.* *Et voudroient s'ils pouuoient*] Et l'Aristote mesme, grand Philosophe, se plaint pour cela de la Nature, dit Seneque au traité *de Breuitat. vitæ. Aristoteli cum rerum natura exigenti, minimè conuenientis sapienti viro lis est, illam animalibus tantùm indulsisse, vt quina aut dena sæcula edurent, homini in tam multa ac magna genito, tanto citeriorem terminum stare.*

Tu me diras encor que tu trembles de crainte
D'vn batelier Charon, qui passe par côtrainte
Les ames outre l'eau d'vn torrent effroyant,
Et que tu crains le Chien à trois voix aboyant,
Et les eaux de Tantal' & le roc de Sisyphe,
Et des cruelles Sœurs l'abominable griffe,
Et tout cela qu'ont feint les Poëtes là-bas
Nous attendre aux Enfers apres nostre tré-
    pas.
   Quiconque dis cecy, pour Dieu qu'il te
    souuienne
Que ton ame n'est pas Payenne, mais Chre-
   stienne,
Et que nostre grand Maistre en la Croix
   estendu
Et mourant, de la Mort l'aiguillon a perdu,

Et d'elle maintenât n'a fait qu'vn beau passage
A retourner au Ciel pour nous donner courage
De porter nostre croix, fardeau leger & doux,
Et de mourir pour luy comme il est mort pour
    nous,
Sans craindre, comme enfans, la nacelle infer-
   nale,
Le rocher d'Ixion & les eaux de Tantale,
Et Charon, & le chien Cerbere à trois abois,
Desquels le sang de CHRIST t'affranchit
   en la Croix,
Pourueu qu'en ton viuant tu luy vueilles
   complaire,
Faisant ses mandemens qui sont aisez à faire:
Car son joug est plaisant, gracieux & leger,
Qui le dos nous soulage en lieu de le charger.

RICHELET.

Tu me diras encor] Autre cause, qui fait que l'on apprehende la Mort, à sçauoir la fiction des choses hideuses qui sont en Enfer. *Que tu trembles de peur*] Imité de Ciceron en sa 1. Tuscul. *non te illa terrent, triceps apud inferos Cerberus, Cocyti fremitus, transuectio Acherontis, mento summam aquam attingens siti enectus Tantalus? Num illud quod Sisyphus versat, &c.* qui sont toutes les mesmes choses que rapporte icy l'Autheur. *Par contrainte*] De sa charge, ou que les milliers d'ames sont là, qui le prient de les passer. Virgil. 6.

  Huc omnis turba ad ripas effusa ruebat.
  Stabant orantes primi transmittere cursum,
  Tendebántque manus ripa vlterioris amore;
  Nauita sed tristis nunc hos, nunc accipit illos.

D'vn torrent effroyant] *Pice torrentis atraque voraginis,* Virgil. *A trois voix*] *Latratu trifauci, Ibid.* *Et les eaux de Tantal'*] Qui fuyent de sa bouche quand il les approche. Figure des Auaricieux, dit Macrobe, *quos epulis ante ora positis, excruciari fame, quósque acquirendi desiderium cogit præsentem copiam non videre, in affluentia inopes, & nescientes parta respicere dum egent habendis.* *Et le roc de Sisyphe*] *Non exuperabile saxum.* Puny de la façon, dit Pausanias, pour auoir descouuert vn rapt de Iupiter, ἀπὶ τῶ μιωνύματος. *Et les cruelles Sœurs*] Les Furies, neantmoins appellees Eumenides. *Et tout cela qu'ont feint*] Tous ces supplices fabuleux, que personne ne croit, dit Iuuenal.

  Esse aliquos Manes & subterranea regna,
  Et contum, & Stygio ranas in gurgite nigras,
  Atque vna transire vadum tot millia cymba
  Nec pueri credunt.

Et Seneque aussi *ad Marciam* 19. *illa quæ nobis inferos faciunt terribiles fabula est, luserunt ista Poëtæ, & vanis nôs agitauere terroribus.* *Payenne, mais Chrestienne*] Et aux Chrestiens la Mort ne doit point faire peur, ny l'Enfer mesme. *Mori planè timeat,* dit Sainct Cyprian, *sed qui ex aqua & Spiritu non renatus, gehennæ ignibus mancipatur. Mori timeat qui non Christi cruce & passione censetur. Mori timeat qui ad secundàm mortem de hac morte transibit. Mori timeat cui hac mora longior confertur vt cruciatus eius & gemitus interim differatur. Mortalitas ista vt Iudæis & Gentibus & Christi hostibus pestis est, ita Dei seruis salutaris excessus est.* *En la Croix estendu*] Où, dit S. Hilaire, il a voulu mourir, à fin que par ceste Mort il endurast ie ne sçay quoy de plus que la Mort, *vt plus nescio quid morte pateretur.* *De la Mort l'aiguillon a perdu*] *Occidit peccatum, & mortem euacuauit,* Sainct Irenee, comme auoit dit S. Paul, *absorpta est mors in victoria. Vbi est, Mors, aculeus tuus?* Mais Tertullian, *de Coron. milit. abstulit virtus crucis omnes aculeos mortis, in Dominici capitis tolerantia obtundens.* Grand miracle, dit Macar. Hom. 11. que le serpent mort a fait mourir celuy

DDDdd   iiij

qui viuoit, θαῦμα μέγιϛον, ὁ νεκρὸς ὄφις τὸν ζῶντα ἀπέκτεινε. Et le mesme dit elegamment qu'au corps mort de Iesus-Christ a esté nostre vie, ἐν τῷ νεκρῷ σώματι ἡ ζωή. Et que là est nostre redemption, ἀπολύτρωσις, & que par ceste mort nostre Seigneur dispute & argumente contre la Mort, διαλέγεται αὐτῷ ὁ κύριος, & luy commande de luy rendre & representer toutes les ames de ceux qui sont morts, ἐκ ϐαλεῖν ἐκ τοῦ ᾅδε ἢ τῷ θανάτῳ τὰς ψυχὰς ἃ ἀποδῶσαι αὐτῷ. *Qui vn beau passage*] De la terre au Ciel, *introitum in delicias cœlestis patriæ, in potentias Domini, in abyssum claritatis æternæ,* Pet. Blesens. ἐπισούδιον ἢ τὸ πάχα, ἐκ τῶν κάτω πρὸς τὰ ἄνω, ἢ εἰς τὴν γῆν ἐπαγγελίας πρόσοδον ἢ ἀνάϐασιν, Greg. de Naz. qui dit mesme qu'intellectuellement le passage d'Egypte est symbole de nostre mort, oraison 42. Ainsi Sainct Cyprian, *non est exitus, sed transitus, & temporali itinere decurso ad æterna transgressus.* Mais quoy, si l'homme n'eust point peché, ne fut-il point mort ? S. Augustin au 13. de sa Cité serm. 15. dit que c'est la croyance Catholique, qu'il ne fut point mort, car la mort n'est point de la nature, Dieu n'ayant creé nulle mort, & S. Thomas est de mesme aduis : *necessitatem moriendi vitasset,* Genebrard. Psal. 48. *si in honore & gloria iustitiæ originaria permansisset, neque peccasset.* Mais Scotus grand Scholastique est au contraire & soustient qu'il fut mort, & que l'arbre de vie ne pouuoit pas luy perpetuer la vie du corps. Et notez icy, *passage,* d'autant que tout cela se passe en vn moment, & ce moment encor par nos Iurisconsultes est plus imputé à la vie qu'à la Mort, *moriendi momentum vitæ reputatur non morti :* & ce moment cessé, ce n'est plus la Mort, mais c'est apres la Mort, comme i'ay remarqué cy-dessus de S. Augustin : duquel fait encor à remarquer ce qu'il dit à ce propos, que les Grammairiens Latins ne peuuent coniuguer le verbe *moritur,* qui n'a ny preterit ny participe : car au lieu qu'il faudroit dire, *mortus est,* comme, *ortus est,* on dit, *mortuus est,* le nom au lieu du participe preterit, à cause, dit-il, que le moment de la mort ne se peut remarquer, que par intellect & imagination : de mesme que le temps present, ne se peut si purement comprendre qu'il ne tienne quelque chose du futur & du passé. *Le porter nostre croix*] Pour nous amer à le suiure, & à l'imiter, en supportant les tourmens & tribulations, & à mourir, non pas comme dit Tertullian, *in mollibus febribus & le ctulis ; sed in martyrys, si crucem tuam tollas, & Dominum sequaris vt ipse præcepit :* adjoustant ces beaux mots, *tota paradisi clauis, sanguis tuus est.* *Fardeau leger & deux*] C'est luy-mesme qui le dit : ζυγὸς μου χρηϛὸς, ἢ φορτίον μου ἐλαφρὸν ἔϛι, Clement Alex. sur la fin du Protreptic. *Leue onus est, porta mansuetè,* dit Arnobe Psal. 131. *trahe Christianè hoc, in te recordabitur Dominus, quòd ad portanda præcepta eius, mansuetum pecus tuum est, id est corpus tuum, & non recalcitrantem te exhibes Christo.* *Sans craindre comme enfans*] Toutes ces sortes de tourmens fabuleux, bien inuentez chez les Payens & auec beaucoup de discours pour les porter à bien viure. Mais toutesfois ce n'est pas qu'il n'y ait point d'Enfers, ny de tourmens actuels pour les ames des meschans, qui sont bien autres que ceux des Payens, d'autant qu'apres quelques reuolutions de temps ils finissoient selon leur creance, mais la verité du Christianisme les croit eternels. Tertullian *de anima : Nobis inferi non nuda cauositas, nec subdiualis aliqua mundi sentina creduntur, sed in fossa terræ, & in alto vastitas, & in ipsis visceribus eius abstrusa profunditas.* Et le mesme au 47. de son Apologetic, dit qu'il y a vn feu, *ignis arcani subterraneus thesaurus,* ce que dit aussi Sainct Augustin au 2. de ses Retractat. chap. 34. *La rouë d'Ixion*] *Ad rotam religati,* dit Seruius, *postquam illicitos Iunonis petiit amplexus,* que Macrobe dit estre l'image de l'imprudence de ceux, *qui nihil consilio prouidentes, nihil ratione moderantes, casibus & fortuitis semper rotantur.* *Pourueu qu'en ton viuant*] Il n'y a point de doubte, que nos debtes sont payées en la Croix de nostre Seigneur, mais pourueu (& c'est le poinct) que nous l'imitions & faisions ses commandemens, qui sont aisez à faire : *si Christo credis,* dit P. Bles. *aut credis in Christum, cur graue reputas, quod ipse indicat leue ?* *Car son joug est plaisant*] En Sainct Matthieu 11. *Iugum meum suaue est, & onus meum leue.*

» *S'il y auoit au Monde vn estat de durée,*
» *Si quelque chose estoit en la terre asseurée,*
» *Ce seroit vn plaisir de viure longuement :*
» *Mais puis qu'on n'y voit rien qui ordinai-*
    rement
» *Ne se change & rechange, & d'inconstance*
    abonde,
» *Ce n'est pas grand plaisir que de viure en*
    ce Monde :
Nous le cognoissons bien, qui tousiours lamen-
    tons,
Et pleurons aussi tost que du ventre sortons,
Comme presagians par naturel augure
De ce logis mondain la misere future.
Non pour autre raison les Thraces gemissoient

Pleurans piteusement quand les enfans nais-
    soient :
Et quand la Mort mettoit quelqu'vn d'eux
    en la biere,
L'estimoient bien-heureux, comme franc de
    misere.
Iamais vn seul plaisir en viuãt nous n'auons :
Quãd nous sommes enfans, debiles nous viuons
Marchans à quatre pieds : & quand le se-
    cond âge
Nous vient encottonner de barbe le visage,
Lors la mer des ennuis se desborde sur nous,
Qui de nostre raison demanche à tous les coups
Le gouuernail, vaincu de l'onde renuersee,
En diuerses façons troublant nostre pensee.

RICHELET.

S'il y auoit au Monde] Cela est vray qu'il n'y a rien de durable ny de perpetuel sur la terre, soit en particulier, soit en general ; *non priuatarum tantùm domuum,* dit Seneque en la preface du troisiesme de ses Quest. *quas leuis casus impellit, sed etiam publicarum : Regna ex infimo coorta, supra imperantes tacuerunt, vetera imperia in ipso flore cecidere.* Et pour le regard des hommes, chacun meurt l'vn apres l'autre, & les premiers mourans, dit Greg. de Nazian. ne sont que les premiers enuoyez, ἄνθρωποι ἀνθρώπους προπέμποντες, oraison 19. *Mais puis qu'on n'y voit rien*] C'est la condition de toutes les choses du Monde, c'est le iugement qu'en a prononcé Dieu, *hoc indicium à Domino omni carni*, Eccles. 41.   *Ce n'est pas grand plaisir*] C'est le grand Pline qui le dit ; *vitam quidem non adeò expetendam censemus, vt quoquo modo trahenda sit ; ex omnibus bonis quæ homini tribuit Natura, nullum esse melius tempestiua morte* ; Et Seneque hardiment *ad Marc.* dit que personne ne voudroit de la vie s'il estoit capable de raison & de cognoissance : *vitam non mehercule quisquam accepisset, nisi daretur inscijs.*   *Qui tousiours lamentons*] Tous les Auteurs s'accordent à ces tesmoignages de nostre misere. Sainct Cyprian elegamment au sermon de la Patience ; *vnusquisque cùm nascitur, & hospitio huius Mundi excipitur, initium sumit à lacrymis ; & quamuis adhuc omnium nescius & ignarus nihil aliud nouit in ipsa prima natiuitate, quàm flere, prouidentia naturali lamentatur vitæ mortalis anxietates & labores, & procellas mundi quas ingreditur, in exordio statim suo, ploratu vel gemitu rudis animæ testatur.* Et Seneque ; *non vides qualem vitam nobis rerum Natura promiserit, quæ primum nascentium omen, fletum esse voluit.*   *Que du ventre sortons*] De là Quintilian ; *Quis miratur flere hominem ? hinc infantia incipit, in hanc necessitatem plerumque fortuna deducit : quis est enim dies qui non triste aliquid & flebile nobis minetur ?* Et toutefois Philon Iuif ne dit pas que cela se face par presage que donne l'enfant du malheur de la vie, mais par le sentiment corporel du froid qu'il sent, à cause du lieu chaud d'où il sort : ἀποκλαίεται τὸ βρέφος ἀποκυνθὲν, ἀλγῆσαν τῇ περιψύξει. ἐκ γὰρ θερμοτάτου ἢ πυρωδεστάτου χωρίου τὸ ἀθρόον ἐξαπιναίως εἰς ἀέρα ψυχρὸν, ἐπλήχθη. κοσμ.   *Comme presagians*] Tertullian *de Anima*, parle ainsi : *Augurem incommodorum vocem illam interpretantur, quòd etiam præsagiens habenda sit ab ingressu natiuitatis.*   *Par naturel augure*] C'est à dire, par la condition de sa nature, mesme auant le peché, quand bien l'homme ne fust iamais mort. Car tousiours ces qualitez de foiblesse & d'enfance eussent esté en son origine ; attendu que ce n'est pas par punition que nous naissons tels, comme dit Sainct Augustin ; *non enim ad infantilem hebetudinem, & infirmitatem animi & corporis quam videmus in paruulis, peccato vel pœna redactus est, & ad ista infantilia rudimenta præsumptione illicita & damnatione iusta prolapsus est primus homo.* 13. *de Ciuit.*   *La misere future*] Descrite excellemment par Pline en la Preface du liure 7. de son Histoire, *Natura, hominem tantùm nudum, & in nuda humo, natali die abijcit, ad vagitus statim & ploratum, nullúmque tot animalium aliud ad lacrymas, & has protinus vitæ principio.* Et aussi tost, dit-il, garrotté, *ab hoc lucis principio, quæ ne feras quidem inter nos genitas, vincula excipiunt, & omnium membrorum nexus : itáque fœliciter natus iacet, manibus pedibúsque deuinctis, flens, animal cæteris imperaturum, & à supplicijs vitam auspicatur, vnam tantùm ob culpam, quia natum est.*   *Les Thraces gemissoient*] *Thraces*, dit Valer. 2. *natales hominum flebiliter, exequias cum hilaritate celebrant.* Strabon liure 11. attribuë la mesme coustume à quelques peuples barbares des enuirons du Caucase :

Τὸν φύντα θρηνεῖν, εἰς ὅσα ἄρχεται κακά,

Τὸν δ' αὖ θανόντα ὡς πόνων πεπαυμένον,

Χαίροντας, εὐφημοῦντας ἐκπέμπειν δόμων.

Adioustant que les Caspiens reputent malheureux l'homme septuagenaire, quand, apres qu'il est exposé au desert, εἰς τὴν ἐρημίαν, il ne treuue personne qui le face mourir, ἐὰν ὑπὸ μηδενὸς, κακοδαιμονίζουσι.   *Quand les enfans naissoient*] Et la raison est, que l'yssuë de la vie est meilleure que l'entrée, βίου ἔξοδος ἀμείνων φύσεως : Greg. de Naz. oraïs. 53. & l'vn, dit Theophylacte en ses Morales, est plus à pleurer que l'autre. ἐγὼ τὴν φύσιν, εἰ τὸν θάνατον μᾶλλον δακρύσαιμι· τὸ μὲν γὰρ δακρύων ἀρχὴ, τὸ δ' αὖ τῶν ἀνιώντων κατάλυσις.   *L'estimoient bien-heureux*] C'est pourquoy Sainct Cyprian, deffend à la mort des Chrestiens, les pleurs & les robbes de dueil. *Fratres nostros non esse lugendos, accersione Dominica de sæculo liberatos, cùm sciam eos non amitti, sed præmitti, recedentes præcedere, vt proficiscentes & nauigantes, desiderari eos debere non plangi, nec accipiendas esse hìc atras vestes, quando illi sibi indumenta alba iam sumpserint.*   *Quand nous sommes enfans*] Car nous commençons par l'enfance : mais Platon en son Politic, dit vne chose assez estrange, à sçauoir, que quelque iour à l'aduenir le Monde changeant de mouuement, *cùm mundus cœperit ab occiduis partibus oriri*, les hommes naistront tous vieux & decrepits, *erupturos homines è telluris gremio, senes, canos, decrepitos*, lesquels à proportion du temps qu'ils viuront, & par degrez deuiendront ieunes, iusqu'à estre enfans ; au lieu que d'enfans maintenant nous deuenons vieux ; & finiront ainsi par où maintenant nous commençons à viure, *per eosdem gradus quibus hodie crescitur ad incunabula infantiæ desituros*, remarque Arnobe liure 2.   *Debiles nous viuons*] Et les plus foibles de tous les animaux, *summæ inter cuncta animalia imbecillitatis*, ignorant de tout à sa naissance, au lieu que chaque animal cognoist aussi tost ce qu'il a d'instinct. *Cætera sentire naturam suam, alia pernicitatem vsurpare, alia præpetes volatus, alia vires, alia nare ; hominem scire nihil sine doctrina, non fari, non ingredi, breuitérque non aliud naturæ sponte quàm flere,* Pline Preface du liure 7. Et Quintilian, *caducum circa initia animal, homines sumus, nam ferarum pecudúmque fœtibus, & statim ingressus, & ad vbera impetus.*   *Quand le second âge*] Il ne faut point dire, second âge, car toute la vie n'est qu'vn poinct ; mais la Nature merueilleuse a trouué moyen de diuiser ce poinct en plusieurs parties, dit Seneque elegamment Epist. 45. *Punctum est quod viuimus, & adhuc puncto minus ; sed hoc minimum specie quadam longioris spatij natura diuisit : aliud ex hoc infantiam fecit, aliud pueritiam, aliud adolescentiam, aliud inclinationem quandam, ab adolescentia ad senectutem, aliud ipsam senectutem.* Et icy par le second âge, il entend la puberté, mais encor Seneque, *quid opus est partes deflere ? tota vita flebilis est.*   *Encottonner*] Couurir de duuet sa iouë & se menton, ou de soye nouuelle, comme dit ailleurs nostre Autheur, *lanugine vestire.*   *Qui de nostre raison*] Voulant dire, que nostre raison principallement se laisse emporter aux afflictions quand elles sont grandes, & quoy qu'aucune passion n'obeïsse, celle de la douleur & de l'affliction maistrise. *Scio*, dit Seneque, *nullum affectum seruire : minimè verò eum qui ex dolore nascitur : ferox enim & aduersus omne remedium contumax est :* comme dit aussi Plutarque, περὶ Ἀπαθ. c'est de toutes les passions la plus insupportable. πασῶν γὰρ ὄντων ψυχικῶν παθῶν, ἡ λύπη χαλεπωτάτη πέφυκεν εἶ παντων.

L'vn veut suiure la guerre & tenir ne s'y peut,	*De quelque autre mestier au marinier contraire :*
L'autre la marchandise, & tout soudain il veut	*Cestui-cy veut l'honneur, cestui-là le sçauoir,*
Deuenir marinier, puis apres se veut faire	*Cestuy aime les Champs, cestui-là se fait voir*

Le premier au Palais, & suë à toute peine
Pour auoir la faueur du peuple, qui est vaine :
Mais ils ont beau courir : car vieillesse les suit,
Laquelle en moins d'vn iour enuieuse destruit
La ieunesse, & contraint que leur vigueur
s'en-aille
Se consommant en l'air ainsi qu'vn feu de
paille,
Et n'apparoissent plus cela qu'ils ont esté,
Non plus qu'vne fleurette apres le chaud Esté:
Adonc la Mort se sied dessus leur blanche teste,
Qui demande sa debte & la veut auoir preste:
Ou bien si quelques iours, pour leur faire
plaisir,
Les souffre dans le lict languir tout à loisir,
Si est-ce que soudain apres l'vsure grande,
D'yeux, de bras, ou de pieds, sa debte rede-
mande,

Et veut auec l'vsure auoir le principal :
Ainsi pour viure trop leur vient mal dessus
mal.
   Pource à bon droit disoit le Comique Me-
nandre,
" Que tousiours Iupiter en ieunesse veut pren-
dre
" Ceux qu'il aime le plus, & ceux qu'il n'aime
pas
Les laisse en cheueux blancs long-temps viure
çà-bas :
Aussi ce grand SAINCT PAVL jadis de-
siroit estre
Deslié de son corps pour viure auec son Mai-
stre,
Et jà luy tardoit trop qu'il n'en sortoit dehors
Pour viure auecque CHRIST, le premice
des morts.

RICHELET.

L'vn veut suiure la guerre] Ces diuerses inclinations procedans de l'instinct naturel de chacun, dit Platon au Timée, κατὰ φύσιν τὸ καθ' αὑτὸ ἑκάστῳ προσφορον. Ainsi Seneque *ad Polyb.* 23. *alium ad quotidianum opus laboriosa egestas vocat; alium ambitio numquam quieta sollicitat; alius diuitias quas optauerat metuit, & voto laborat suo: alium sollicitudo, alium labor torquet.* Et Virgil.

   Sollicitant alij remis freta cæca, ruúntque
   In ferrum, &c.

Et tout soudain il veut] Par vn esprit de vertige & d'inconstance, dit *Petr. Blesens. ep.* 11. *spiritu vertiginis ducti titubando incedunt.* *Veut l'honneur*] *Nubes & inania captat.* *Le premier au Palais*] Fameux Aduocat, *venali eloquio,* Seneque. *Car vieillesse les suit*] Iuuenal 10.

   ——*festinat decurrere velox*
   Flosculus, angusta miseræque breuissima vitæ
   Portio; dum bibimus, dùm serta, vnguenta, puellas
   Poscimus, obrepit non intellecta senectus.

Non plus qu'vne fleurette] Et comme dit Statius,

   ——*velut primos expiraturus ad Austros,*
   Mollibus in pratis altè flos improbus.

Qui demande sa debte] Leur vie. *Morieris,* dit Seneque, *non quia ægrotas, sed quia viuis :* car la vie est deuë à la Mort, c'est le tribut naturel, τῷ τῆς φύσεως νόμῳ. τὴν κοινὴν εἰσφοράν, l'appelle Gregoire de Nazian. Oraif. 10. *Et la veut auoir preste*] *Cùm visum est repetit, nec tuam in eo societatem sequitur, sed suam legem;* & à qui *vult debitum suum exigit,* Seneque. La vie, dit Plutarque, est vn prest fatal, μοιρίδιον ἐπὶ χρόνος τὸ ζῆν, qu'il faut rendre sans regret, ἀπαράκλως, quand le creancier le demande, ὅταν ὁ δανείσας ἀπαιτῇ. La vie, dit le mesme, est comme vn depost, fait à vn banquier ; il faut qu'il le rende non quand il luy plaist, mais quand on luy redemande ; & n'y a point de temps prefix pour le depost de la vie, ἐχρῆν γὰ τὸ ζῆν ὥσπερ παρακαταθήκαις ταῖς ἐξ ἀνάγκης, ἢ τούτῳ χρόνος οὐδείς ἐστιν ὡρισμένος τῆς ἀποδόσεως. *De bras & de pieds*] A toute force. χείρεσσι ποσίν τε, Pindare. *Ainsi pour viure trop*] Iuuenal 10.

   Hæc data pœna diu viuentibus, vt renouata
   Semper clade domus, multis in luctibus, ínque
   Perpetuo mœrore, & nigra veste senescant.

C'est pourquoy dans Xenophon, celuy est dit heureux qui choisit vne vie courte, μακάριος ὅτις ὁ τὸ μήκιστον ἑλόμενος τοῦ βίου. Outre que ceux qui sont ainsi morts apres vne longue vie, sont de mesmes que ceux qui n'ont vescu qu'vn iour, sinon que la longue vie a seruy à les rendre plus coupables. *Etenim,* dit S. Hierosme 2. ep. *inter eum qui decem vixit annos, & eum qui mille, postquam idem vitæ finis aduenerit, & irrecusabilis mortis necessitas, transactum omne tantumdem est, nisi quòd senex magis onustus peccatorum fasce proficiscitur.* *Le Comique Menandre*] *Attica facundi ora Menandri,* Stat. Et auparauant luy Salomon l'auoit dit 4. Sap. du rauissement d'Enoch, *raptus est, placita enim erat Deo anima eius, propter hoc properauit educere eum de media iniquitate.* Et S. Cyprian, *qui Deo placeant, maturiùs hinc eximi & citiùs liberari, ne dum in isto mundo diutiùs immorantur, mundi contactibus polluantur.* *Que tousiours Iupiter*] Voicy le vers de Menandre :

   Ὃν οἱ θεοὶ φιλοῦσ', ἀποθνήσκει νέος.

Ceux qu'il aime le plus] Et ceux aussi qu'il veut recompenser de leur pieté & religion, il leur enuoye la Mort, πολλοὺς δ' εὐσέβειας περὶ θεῶν ταύτης τυχόντας τῆς δωρεᾶς, dit Plutarque, qui en rapporte plusieurs exemples, περὶ Ἀπολ. & toutefois Greg. de Naz. au contraire en l'Oraif. 53. dit qu'il sçait que Dieu fait bien tost mourir les meſchans : ὀπίσσωμαι ἢ καὶ προσαναρπαζομένως ἐν δὲ δὲ τὰς ἀσεβεῖς.   *Les laiſſe en cheueux blancs*] *ſeneʒtâ in pœnam viuaci,* Pline. Et cela n'eſt pas vie : *non eſt,* dit Seneque, *quòd quemquam propter canos aut rugas putes diu vixiſſe; non ille diu vixit, ſed diu fuit; non multum nauigauit, ſed multum iaʒtatus eſt.* C'eſt pourquoy dit le meſme *ad Marciam : ideóque fœliciſſimis optanda mors eſt, & optimè cum his agitur, quos natura citò in tutum recipit.* Outre que le chemin du Ciel eſt plus facile à ceux qui meurent toſt, *facilius ad ſuperos iter eſt, animis citò ab humana conuerſatione dimiſſis, minus enim fæcis ponderíſque traxerunt; antequam obducerentur & altiùs terrena conciperent, liberati, leuiores ad originem ſuam reuolant, & facilius abſoluti transfluunt,* encor le meſme.   *Auſſi ce grand Sainʒt Paul*] A qui le teſmoignage a eſté rendu d'eſtre vaiſſeau d'election, μεμαρτυρημένος ὅτι σκεῦος ἐστὶν ἐκλογῆς, dit S. Ignace aux Epheſiens; duquel, à propos du deſir de mourir pour l'amour & charité de noſtre Seigneur, voyez l'Epiſtre aux Romains, où ceſt Eueſque Martyr, ioyeux de ſes tourmens, appelle ſes liens πνευματικὲς μαργαρίτας, & luy-meſme s'appelle froment de Dieu, cherchant d'eſtre briſé ſous la dent des beſtes, σῖτον Θεῦ, à fin qu'il ſoit fair pain de Dieu, καθαρὸς ἄρτος Θεῦ. Quant à ce qu'il l'appelle grand S. Paul, ce n'eſt pas aſſez, & vn eloge ne ſuffit pas à cet homme diuin. Voicy comment Greg. de Nazianz. oraiſ. 26. le qualifie, Παῦλος ὁ μέγας κῆρυξ τῆς ἀληθείας, ὁ τῶν ἐθνῶν ἐν πίστει διδάσκαλος, ὁ τὸν πολὺν κύκλον τῷ εὐαγγελίῳ πληρώσας, ὁ μὴ ἄλλῳ τινὶ ζῶν ἢ Χριστῷ, ὁ μέχρι τρίτου οὐρανοῦ φθάσας, ὁ τῆς παραδείσου θεατής, ὁ πολλῶν διὰ τὴν τελειότητα, τὴν ἀνάλυσιν. *Deſiroit d'eſtre*] *Cupio diſſolui, &c.   Pour viure auecques Chriſt*] Qui eſt la fin heureuſe du Chreſtien. *Si credis in Deum,* dit S. Cyprian, *cur non cum Chriſto futurus, & de Domini pollicitatione ſecurus, quod ad Chriſtum voceris amplecʒteris, & quòd Zabulo careas gratularis?   Le premice des morts*] Marchant à la mort, le premier de tous les ſiens, comme Greg. de Naz. appelle la mort de Cæſarius le premice de ſon depart, ἀπαρχὴν τῆς ἀποδημίας. Et S. Irenée 2. de meſme; & l'explique, *primogenitus ex mortuis, ipſe primatum tenens in omnibus, princeps vitæ, prior omnium, & præcedens omnes.*

<table>
<tr><td>

On dit que les humains auoient au premier âge

Des Dieux receu la vie en eternel partage,

Et ne mouroient iamais : toutefois pleins d'ennuy

Et de ſoucis viuoient comme ils ſont auiourd'huy:

Leur langue à Iupiter accuſa Promethée

De la flame du feu qu'il luy auoit oſtée:

Et adonques ce Dieu, pour les recompenſer

De tel accuſement, ne peut iamais penſer

Plus grand don que la Mort, & leur en fit largeſſe

Pour vn diuin preſent, comme d'vne Déeſſe.

</td><td>

Auſſi grands que la Terre il luy fit les deux bras

Armez d'vne grand' faulx, & les pieds par à bas

Luy calfeutra de laine, à fin qu'ame viuante

Ne peuſt oüyr le bruit de ſa trace ſuiuante.

Il ne luy fit point d'yeux, d'oreilles ny de cœur,

Pour n'eſtre pitoyable en voyant la langueur

Des hommes, & pour eſtre à leur triſte priere

Touſiours ſourde, arrogante, inexorable, & fiere:

Pource elle eſt toute ſeule entre les Immortels,

Qui ne veut point auoir de temples ny d'autels,

Et qui ne ſe flechit d'oraiſon ny d'uffrande.

</td></tr>
</table>

RICHELET.

On dit que les humains] Ce n'eſt point vn dire, mais vne verité, que les hommes au commencement furent creez immortels, pour ne point mourir, comme i'ay dit cy-deſſus de S. Auguſtin, ſi iamais ils n'euſſent peché. Et comment ceſte immortalité? Par le moyen, dit Philon Iuif au liure de la Creation, de l'arbre de vie planté au Paradis terreſtre; lequel arbre de vie, ceſt auteur interprete συμβολικῶς, vne ſainʒte vie & pieté, Θεοσέβειαν, qu'il appelle τὸ δένδρον τῆς ζωῆς, par lequel noſtre ame eſt immortaliſée, ἀθανατίζεται ἡ ψυχή. Adiouſtant meſme, qu'il n'y a pas apparence, que ce Paradis terreſtre ſoit autre choſe que noſtre ame raiſonnable, τὸ τῆς ψυχῆς ἡγεμονικόν, où germent diuerſes plantes d'opinions. Ce qui eſt confirmé par Sainʒt Auguſtin, mais tellement qu'auec ce ſens myſtic & intellecʒtuel, il ſouſtient auſſi la verité reeile & creée du Paradis terreſtre. *Nemo itaque prohibet intelligi paradiſum vitam bonorum: quattuor eius flumina quattuor virtutes, & ligna eius omnes vtiles diſciplinas, & lignorum fruʒtus mores piorum, & lignum vitæ ipſam bonorum omnium matrem ſapientiam : & lignum ſcientiæ boni & mali, transgreſſi mandati experimentum.* Mais ce Paradis ſpirituel n'exclud pas le corporel. Non plus, dit-il, que les deux enfans d'Abraham, eſtans la figure des deux Teſtamens, ne laiſſent pas d'auoir eſté corporellement & veritablement; & le reſte que luy & Viues traittent 13. *de Ciuit.   La vie en eternel partage*] Il n'y a point de difficulté qu'ils furent creez pour ne iamais mourir. Elegamment Alcuin 3. *de Trinit. prima conditio hominis fuit poſſe non mori, cui propter peccati pœnam contigit non poſſe non mori : reſtat in illa fœlicitate beatitudinis illud tertium non poſſe mori.* Par ce moyen l'homme ne fut pas creé immortel, mais il fut creé capable de ſe faire immortel, en obeiſſant au commandement & ne pechant point. Et c'eſt ce que dit S. Thomas, qu'à cauſe de la condition de la matiere, de laquelle l'homme eſt fait, il ſemble que la Mort luy ſoit naturelle : & neantmoins elle luy a eſté donnée pour punition, *Mors homini & eſt naturalis, propter conditionem materiæ, & eſt pœnalis propter amiſſionem diuini beneficij præſeruantis à morte : Quæſt.* 164. Toutesfois Tertull. *de Anima* chap. 52. *Audenter determinamus, mortem non ex natura ſecutam hominem, ſed ex culpa, ne ipſa quidem naturali :* car ny la mort, ny le peché ne ſont naturels à l'homme. S. Auguſtin de meſme 13. *de Ciuit.* chap. 15.   *Leur langue à Iupiter*] Ie ne ſçay d'où il a pris cela, & i'oſerois croire que c'eſt ſa propre ficʒtion : comme dans Plutarque, περὶ Ἀπολ. eſt celle qu'vn Philoſophe feit du dueil à Arſinoë, ſur la mort de ſon fils.   *De la flame du feu*] Duquel il deſroba quelque eſtincelle pour animer ſes ouurages. Voy le Promethée d'Eſchyle.   *Pour les recompenſer*] Au contraire, de ce larcin de feu, qui ſubtiliſa les esprits, tout malheur leur est arriué, Τοῖς δ' ἐγὼ ἀντὶ πυρὸς δώσω κακὸν, dit Iupiter luy-mesme dans les Iours d'Hesiode. Et auparauant ce feu desrobbé, les hommes viuoient sans maladies & sans ennuis, ἄτερ κακῶν ᾗ ἄτερ χαλεποῖο πόνοιο, Νούσων τ' ἀργαλέων. Il est vray que parmy ces punitions, la Mort n'y est point; si bien que pour soustenir la fiction de l'Autheur, il faut dire, que la cause du malheur des hommes leur estant incogneuë long-temps, en fin ils la descouurirent, & en accuserent Promethée, qui en fut puny, & eux en furent recompensez de la mort, à fin que leurs maux ne fussent pas immortels.   *De tel accusement*] De ce decelement : car encore disons-nous, *accusez*, pour, monstrez, descouurez.   *Comme d'vne Déesse*] Pour l'opposer à celle qui auoit fait tant de mal aux hommes, dit Hesiode, & qui fut enuoyée à Epimethée.   *Aussi grands que la Terre*] C'est vne peinture ou figure de la Mort selon ses effects ordinaires & vniuersels : ainsi il luy fait les bras aussi grands que la Terre, attendu qu'il n'y a rien sur la Terre qui ne soit mortel, *Nullo fata loco possis excludere*, Martial.   *D'vne grand' faulx*] D'autant qu'elle moissonne tout indistinctement, *Nullum saua caput, &c.*   *Luy calfeutra de laine*] A cause qu'elle vient à nous sans bruit, ἄφνω ἐπέρχεται, dit Orus, comme si elle auoit les pieds feutrez ou fourrez. Elegamment Seneque *ad Mar. agunt opus suum fata, nobis sensum nostra necis auferunt; quóque facilius obrepat, mors sub ipso vita nomine latet.*   *A fin qu'ame viuante*] Car personne ne sçait & ne peut sçauoir l'heure de sa mort; *Estote parati, quia nescitis qua hora, &c.* Et c'est, dit Plutarque, πρὸς Ἀπολ. vn des grands biens que la Nature (disons Dieu) nous a faits, de nous auoir caché l'heure de nostre mort, ἄδηλον τὴν τοῦ θανάτου προθεσμίαν, d'autant que cela nous eust remplis de tristesse & de langueur : aucuns mesmes, dit-il, fussent deuenuz secs d'apprehension, προεξετηκόντά τινες, &c.   *Il ne luy feit point d'yeux*] Parce que sans regarder, & sans ouïr, & sans s'esmouuoir, elle moissonne tout indifferemment : & c'est aussi à cause de ce que nous sommes apres la mort priuez de tous nos sens : ce qui monstre manifestement, dit Ciceron, 1. *Tuscul.* que les sens sont de l'ame & non du corps, *animum & videre, & audire, non eas partes, qua quasi fenestra sunt animi.*   *A leur triste priere*] Et à leur imprecation mesme; car il est de la Mort comme de la Fortune. *Faciamus licèt illi conuicium, non nostro tantùm ore, sed etiam publico, non tamen mutabitur; aduersus omnes se preces, omnésque querimonias eriget,* Seneq. *ad Polyb.*   *Tousiours sourde, arrogante*] Encor Seneque, *stant dura fata & inexorabilia; nemo illa conuitio, nemo fletu, nemo causa mouet; nihil vmquam parcunt illi, nec remittunt; proinde parcamus lachrymis nihil proficientibus.*   *Toute seule*] Et neantmoins il y a encore vne Déesse, la diuine Eloquence, qui n'a point de Temple que la parolle, ἐκ ἔτι Πειθοῦς ἱερὸν ἄλλο, πλὴν λόγος, disoient les Grecs.   *Et qui ne se flechit*] *Hac nulli paret, hac est qua nihil quicquam alieno facit arbitrio,* Seneque *ad Mar.*   *Ny d'offrande*] Elle est seule de tous les Dieux, dit Eschyle, qui n'aime point les presens, μόνος θεῶν θάνατος δώρων οὐκ ἐρᾷ.

<table>
<tr><td>

Par exprés mandement le grand DIEV
luy commande
Tuer premier les bons, & de les enuoyer
Incontinent au Ciel, pour le digne loyer
De n'auoir point commis encontre luy d'of-
    fense:
Puis à la race humaine il fit vne deffense
De iamais n'outrager les hommes endor-
    mis,
Soit de nuict soit de iour, fussent leurs enne-
    mis,
D'autant que le Sommeil est le frere de celle
Qui l'ame reconduit à la vie eternelle,
Où plus elle n'endure auec son DIEV *là*
    haut

</td><td>

Ny peine ny soucy, ny froidure ny chaud,
Procez ny maladie : ains, de tout mal exempte,
De siecle en siecle vit bien-heureuse & con-
    tente
Aupres de son Facteur, non plus se renfer-
    mant
En quelque corps nouueau, ou bien se trans-
    formant
En estoille, ou vagant par l'air dans les nua-
    ges,
Ou voletant çà-bas dans les deserts sauuages
(Comme beaucoup ont creu) mais en toute
    saison
Demeurant dans le Ciel, son antique mai-
    son.

</td></tr>
</table>

RICHELET.

Par exprés mandement] C'est la bonté de Dieu, qui appelle à la mort les bons, de peur qu'ils ne se corrompent, & sa longanimité, qui patiente les meschans à fin qu'ils s'amendent.   *Incontinent au Ciel*] *Pramium vita*, dit Sainct Cyprian, *gaudium salutis aterna, & perpetua latitia, & possessio paradisi nuper amissa, cùm terrenis caelestia & magna parnis succedunt.*   *Les hommes endormis*] D'autant que les hommes endormis, sont comme morts, *iacet enim corpus dormientis vt mortui*, Cicer. & tousiours ç'a esté vn acte lasche & barbare, entre ennemis mesme, d'offenser le mort. *Vt viuo nocere volueris, mortuo tamen parcendum est,* Quintilian.   *Le Sommeil est le frere*] Et frere aisné de la Mort, car il est premier en la vie de dormir que de mourir : & le premier homme commença mesme par le dormir, auparauant que par boire & manger. Et Dieu, dit Tertullian, ayant tousiours dés Idées de ce qu'il fait, *nihil sine exemplaribus molitus paradigmate Platonico*, nous veut monstrer par là le commencement & la fin de nostre vie, *insty ac finis lineas, testationem plastica ac sepultura*, & que comme nostre corps auparauant sa vie, estoit dans le sommeil du rien, duquel neantmoins il est venu à la vie : aussi apres la Mort, qui est comme le second rien de la vie, le corps doit retourner à la vie par la resurrection, par laquelle l'ame *habet necessitatem corporis rursus agitandi.* Il est aussi son frere iumeau, pour monstrer leur plus grande conformité.

Plutarque

Plutarque, περὶ τὸ ξῦ δίδυμα τὴν ὁμοιότητα μάλιστα παρεμφαίνει. Et de là, dans Nonnus la Mort appellée ἀδελφεὸς ὕπνος, non pas toutefois, dit Athenagoras, qu'ils soient enfans de mesme pere, τινὲς ἀδελφοὺς τῷ θανάτῳ ὕπνον ὀνομά-ζουσι, mais parce qu'ils sont de mesme condition, & ont leurs effects semblables, τῆς ὁμοίας πάθης, insensibles & ignorans quasi de leur estre, ᾗ τῆς ἰδίας ζωῆς; ou, peut-estre, ils sont freres, à cause que mourir & dormir sont conuertibles & mots homonymes, comme quand nous appellons καμόντας, τοὺς τεθνηκότας, ou finalle-ment, dit le grand Pline 7. à cause que le sommeil fait que nous sommes morts la moitié de la vie, *æstimatione nocturnæ quietis, dimidio quisque spatio vitæ suæ viuit, & pars æqua morti similis exigitur.* Socrate dans Plutarque dit, que le sommeil est le petit mystere de la Mort, μικρὸν τοῦ θανάτου μυστήριον, & la Mort au contraire le mystere d'vn grand & long sommeil, μακροτέρα ὕπνου, dit Theophylact. Pourquoy mesme Homere l'appelle χάλκεον ὕπνον. *Qui l'ame reconduit*] Qui remet nostre ame au Ciel d'où elle est venuë. De là dans *Petrus Blesens.* la Mort est appellée *ianna patriæ natiuitatis vitæ, principium beatitudinis, primitiæ præmiorum omnibus;* & dans Greg. de Nazianz. Sainct Basile tient la Mort à bien-fait, comme le reconduisant à Dieu, ὁ θάνατος εὐεργέτης, καὶ γὰρ θᾶττον πέμπει με πρὸς Θεόν. *Où plus elle n'endure*] Beatifiée, en repos, comblée de tous biens. Disons mieux auec Alcuin 3. *de Trinit. tunc sabbatismus æternæ quietis omnibus Sanctis erit, vbi videbitur qui amabitur, nulla erit eis tunc necessitas laborandi, aut vlla cuiuslibet indigentiæ molestia, sed plena certáque securitas, & sempiterna fœlicitas, & in-deficiens lætitia.* *Ny froidure*] οὐ κακοπαθὴς νόσοις, &c. Greg. de Nazian. *in Paradiso nullus æstus & frigus,* Sainct Augustin 14. *de Ciuit. cap.16.* *De siecle en siecle*] Eternellement & sans fin, *beatitudine sine vllo recursu mise-riarum,* dit Sainct Augustin 12. *de Ciuit. certißima permanente, & ys, qui ex miseria liberantur, in sua beata im̃a mortalitate sine fine manentibus.* Mais sçauoir si apres la fin du Monde, & le Iugement, & en ceste beatitude, il y aura des suittes de siecles, *ordinata illa dissimilitudine procurrentia,* comme à present, & ce que veulent dire ces mots tres-difficiles à entendre, *in sæcula sæculorum.* Voyez au mesme endroict comme Sainct Augustin n'en ose rien definir. *Aupres de son Facteur*] Aupres de Dieu, en vne excellente & parfaite beatitude, quand elle sort du corps en sa grace, καλῇ καὶ θεοφιλεῖ, dit Gregoire de Nazian. alors, dit cest autheur excellemment, τῷ συν-δεδεμένῳ λυθείσῃ σώματος ἀπῆρθε ἀπαλλαγῇ, εὐθὺς ἰδὼν ἐν συναισθήσει καὶ θεωρίᾳ, τῷ φέροντος αὐτὴν καλῷ, θαυμασίας τινὰ ἑόρτην ἥδεται καὶ ἀγάλλεται, &c. *Non plus se renfermant*] Pour viure de rechef au Monde, & y mourir, comme c'estoit l'erreur de quelques Philosophes, *animas recorporari,* dit Tertullian, *& pro vita & meritis genera anima-lium sortiri,* dont il se moque au liure de l'Ame. *En quelque corps nouueau*] Selon la Metempsychose de Pythagore, s'imaginant que l'ame sortant du corps passoit dans vn autre, sinon que n'ayant point dege-neré de son estre, ains conserué sa perfection icy bas, elle retournoit droit à son astre. Son opinion fon-dée sur ce qu'il disoit que Dieu auoit distribué les ames selon le nombre des Estoilles, *sideribus parem nume-rum animorum,* dit Ciceron au liure de l'Vniuers, *& singulos ad singula:* d'où puis apres elles couloient dans les corps, egallement parfaites quant à leur origine : mais que deuenans corrompues par l'affection & con-tagion des corps, elles passoient tantost d'vn corps d'homme en celuy d'vne femme, *secundus ortus in figu-ram muliebrem transferebat;* que si en ce corps de femme, l'ame continuoit ses corruptions & dissolutions, elle passoit en vn corps de beste, la plus approchante de sa corruption, *in suis moribus simillimas figuras pecudum & ferarum,* sans iamais cesser d'estre agitée & remuée de la façon iusques à ce que la raison l'eust remise en la premiere perfection de son origine. Et ceste creance d'ame animant plusieurs corps l'vn apres l'autre, a procedé de ce que les anciens Philosophes ne croyoient pas que les ames fussent propres & particulieres de chacun, mais generalles, & qu'il n'y auoit que le corps qui fust propre : *secundum Philosophos,* dit Seruius, *corpus solum nostrum est, anima generalitas est, & adeò non est nostra, vt in alia corpora transeat.* Et notez, ce que nous apprend le mesme, que ceste metempsychose, ne se faisoit pas seulement d'vn corps à autre, mais aussi d'vn hemisphere en l'autre, de nous aux Antipodes : *Nam prudentiores,* dit-il, *etiam animas per* μεταμψύχωσιν *di-cunt ad alterius terræ partes, corpora transitum facere, id est non in eodem climate versari.* Mais tout cela est absurd, mes-me ce que dit Chrysippe dans Lactance, que nostre ame apres certaines reuolutions retourne dans son mesme corps, si ce n'est, comme nous le croyons, par le moyen de la resurrection : car alors il est vray ce qu'il dit, οὐκ ἀδύνατον, καὶ ἡμᾶς μετὰ τὸ τελευτῆσαι, πάλιν ἀπολωδότων τινῶν εἰλημμένων χρόνων, εἰς ὃ νῦν ἐσμὲν καταστήσεσθαι σχῆμα. 7. ch. 23. *Ou bien se transformant en Estoille*] Comme l'ame de Cesar, *stella micat, caso de corpore rapta, Fit iubar,* Ouid.15.Met. *Ou vagant par l'air*] Et parmy les spheres des Cieux, comme c'estoit encor vne opinion, *post absolutionem corpo-rum,* dit Seruius, *vagantur pro vitæ merito in circulis,* sans aucun lieu certain ny arresté, *Nulli certa domus,* Virgil. Mais principallement vaguoient les ames de ceux, qui estoient morts auant leur temps, iusqu'à ce qu'elles l'eussent accomply; *aiunt,* dit Tettullian, *immatura morte præuentas, eousque vagari donec reliquatio compleatur ætatis:* qui est vne mocquerie, dit-il, *ætatem enim non potest capere sine corpore, quia per corpora operantur ætates.* *Ou voletant çà bas*] Comme faisoient les ames de ceux qui s'estoient violentez, selon les Physiciens, dit Seruius, *qui dicunt* βιοθανάτων *animas in originem suam non recipi, nisi vagantes legitimum fati tempus compleuerint:* ou cela s'entend des ames de ceux qui n'auoient pas esté enseuelis ny inhumez, que l'on disoit voleter alentour de leurs corps, *voli-tare caua sub imagine formæ,* Virgil. *Son antique maison*] Sa premiere maison. Car la maison du Ciel ne luy est guere plus ancienne, que celle de la terre, estant l'ame seulement creée dans le Ciell à l'instant que le corps est capable de la receuoir.

Pour contempler de DIEV *l'eternelle puis-*
sance,
Les Daimons, les Herôs, & l'Angelique es-
sence,
Les Astres, le Soleil, & le merueilleux tour
De la voûte du Ciel qui nous cerne à l'entour,
Se contentant de voir dessous elle les nuës,

La grande mer flottante, & les terres co-
gnuës,
Sans plus y retourner : car à la verité
Bien peu se sentiroit de ta benignité,
O gracieuse Mort, si pour la fois seconde
Abandonnoit le Ciel, & reuenoit au Monde :
Aussi dans ton lien tu ne la peux auoir

Qu'vn coup , bien que ta main estende son
  pouuoir
En cent mille façons sur toute chose née :
» Car naissans nous mourons : telle est la De-
  stinée
» Des corps sujets à toy , qui tiens tout , qui
  prens tout,
Qui n'as en ton pouuoir certaine fin ne bout:
Et ne fust de Venus l'ame generatiue,
Qui tes fautes repare, & rend la forme viue,

Le Monde periroit, mais son germe en refait
Autant de son costé que ton dard en desfait.
Que ta puissance , ô Mort , est grande &
  admirable !
Rien au Monde par toy ne se dit perdurable :
Mais tout ainsi que l'onde à val des ruisseaux
  fuit
Le pressant coulement de l'autre qui la suit;
» Ainsi le temps se coule, & le present fait place
» Au futur importun qui les talons luy trace.

RICHELET.

Pour contempler de Dieu] Non seulement les œuures de la puissance de Dieu, comme sont toutes les choses créées, mais Dieu mesme, lequel alors, dit Alcuin, *erit sanctorum satietas, beatorum iucunditas, & omnia quæcunque desiderari possunt : ipse erit perfectio desideriorum nostrorum, qui sine fine videbitur, sine fastidio amabitur, sine fatigaitone laudabitur.* *Les Daimons*] I'en ay assez parlé sur l'Hymne des Daimons. *Les Herôs*] Natures moyennes entre les hommes & les Daimons. Voyez ce qu'en escrit Viues sur le 21. chap. de l'onziesme de la Cité de Sainct Augustin. *Les Astres, le Soleil*] Leurs proprietez secrettes, & tout ce que nous ignorons d'eux, que l'esprit alors en pleine liberté, cognoist auec beaucoup de plaisir : *tunc enim fruitur aperto & libero cælo, cùm ex humili atque depresso in eum emicuit locum, qui solutas vinculis animas recepit sinu. Et tunc,* dit Seneque, *liberè vagatur, omniáque rerum Naturæ bona cum summa voluptate perspicit.* *Le meruecilleux tour*] Le grand & spacieux circuit, ou le mouuement tousiours semblable & reglé : d'où Platon en l'Epinomide infere qu'il est viuant & animé, τεκμήριον ἱκανὸν τῦ φρονίμως ζῦ : Il dit donc, que l'ame apres la mort voit tout cela, *non ex coniecturis,* dit Seneque *ad Mar. sed omnium ex vero perita, in arcana Naturæ vadens.* *Dessous elle*] *Sub pedibus nubes,* Virgil. *Delectat,* dit encore Seneque, *ex alto relicta respicere.* *Sans plus y retourner*] D'autant que l'ame est au Ciel reuestuë de l'Eternité, comme de sa propre substance, *superinduta substantia propria æternitatis,* Tertullian Apolog. & ne voudroit pas quitter la lumiere pour les tenebres; ny son immortalité pour mourir derechef. *Si pour la fois seconde*] Et c'est vne des consolations en la mort, dit Seneque epist. 94. *in morte quam pati lex est, magnum est solatium, quòd ad neminem redit.* Et c'estoit vne des folies de Democrit, qui croyoit que l'on reuiuoit : *reuiuiscendi promissa Democrito vanitas, qui non reuixit ipse. Quæ (malùm) ista dementia est, iterari vitam morte?* Pline 7. Et fort bien Artemidore, qui dit que les defuncts sont Dieux & Immortels; par ce qu'ils ne meurent plus. θεοὶ ᾗ οἱ ἀποθανόντες, ἐπὶ μηκέτι τεθνήξονται. 3. chap. 13. *Qu'vn coup*] Homere le dit, ἅπαξ θνήσκω' ἄνθρωποι, Odyss. 12. C'est ce temple de Summanus dans les Eliaques de Pausanias, qui ne s'ouuroit qu'vne fois l'annee, pour monstrer que l'homme ne meurt qu'vne fois, ὅτι ᾗ ἀνθρώποις ἅπαξ ἡ κάθοδος ἐς τῦ ᾅδ'ε. Et la raison de Seneque admirée par Tertullian, au liure de l'Ame, ch. 33. est, qu'apres la mort, la mort mesme n'est plus, *post mortem omnia finiuntur, etiam ipsa.* *Sur toute chose née*] Et rien au Monde qui s'en sauue, *videlicet vt in orbem, ista tempestas, & sine delectu vastat omnia, agítque vt sua, nullíque contigit impunè nasci,* Seneque *ad Marc.* *Car naissans nous mourons*] C'est à dire que mesme en naissant nous mourons, & comme dit S. Cyprian, *in ortu adhuc suo ad finem natiuitas properat.* Mais excellemment S. Augustin 13. *de Ciuit. Ex quo quisque in isto corpore morituro esse cœperit, numquàm in eo non agitur, vt mors non veniat; hoc enim agit eius mutabilitas toto tempore vitæ huius : nemo quippe est, qui non post annum sit, quàm ante annum fuit, & cras quàm hodie, & hodie quàm heri, & paulò pòst quàm nunc, & nunc quàm paulo ante, morti propinquior : quoniam quidquid temporis viuitur, de spatio viuendi demitur, vt omnino nihil sit aliud tempus vitæ huius, quàm cursus ad mortem.* Et comme dit Varron en vn mot, *nati denascimur.* Ou bien quand il dit qu'en naissant nous mourons, c'est à dire, que l'vn est relatif à l'autre, & que le mourir est aussi commun à l'homme comme le naistre, ἔστι μὲν πᾶσιν κοινὸν φύσεως ὁ θάνατος, Aristot. ch. 17. de la Respirat. *Telle est la destinée*] Non pas destinée; car le Destin est en la premiere origine, *Et lege naturæ,* dit S. Augustin, *nullam mortem homini Deus fecit;* mais par punition du peché, *merito peccati; quoniam peccatum vindicans Deus dixit homini, in quo tunc omnes eramus, Terra es, & in terram ibis,* 13. *de Ciuit.* selon que dit aussi S. Cyprian contre Demetrian, que c'est le iugement prononcé contre le Monde. *Hæc sententia mundo data est, hæc Dei lex est, vt omnia orta occidant.* *Et ne fust de Venus*] Ce n'est pas toutefois que ceste benediction generatiue & de multiplication, ait esté donnée pour remede contre la mort; car auparauant le iugement de mort & la punition du peché qui est la mort, les hommes estoient naiz pour engendrer & multiplier; & sans mourir n'eussent pas laissé de faire des enfans : pour monstrer, dit excellemment S. Augustin, que la procreation des enfans appartient à la gloire du mariage, & non pas à la peine du peché. *Illa benedictio nuptiarum, vt coniugati crescerent & multiplicarentur & implerent terram, quamuis & in delinquentibus manserit, tamen antequam delinquerent data est : vt cognoscerent procreationem filiorum ad gloriam connubij, non ad pœnam pertinere peccati,* 14. *de Ciuit.* Et comme au mesme liure, quelques-vns vouloient dire, que sans la mort, qui est la peine du peché, les hommes n'eussent point engendré, S. Augustin leur respond, *Quisquis dicit non fuisse coïturos, nec generaturos nisi peccassent, quid dicit nisi propter numerositatem sanctorum, necessarium hominu fuisse peccatum? &c.* *Qui rend la forme viue*] Qui redonne la forme viuante à la matiere morte. *Son germe*] Ce principe de toute la conformation de l'homme; *qui totus in semine est.* *Rien au Monde*] Fort bien Seneque, *Ita est nihil perpetuum : pauca diuturna sunt : quidquid cœpit, & desinit: Mundo quidam minantur interitum, &c. ad Polyb.* A plus forte raison les hommes , les villes, les Republiques.

In species translata nouas; sic omnia verti
Cernimus, atque alias assumere robora gentes,
Concidere has : sic magna fuit censúque virísque,
Nunc humilis; veteres tantummodo Troia ruinas,
Et pro diuitijs tumulos ostendit auorum. Ouid. 15. Metam.

Mais tout ainsi que l'onde] Ceste comparaison est viue & pleine de representation, *sicut vnda superuenit vndam.* *Ainsi le temps se coule*] Mais plustost s'enfuit, comme Seneque remarque, que Virgile ne parle iamais de la prestesse du temps, *de celeritate temporum,* qu'il n'vse du mot de fuir. *Nunquam Virgilius dicit dies ire, sed fugere ; quod currendi genus concitatissimum est :* qui est à dire, *quòd nisi properemus relinquimur, & nescij rapimur,* ep. 108. *Au futur importun*] Parce qu'il le presse & le suit de prés. *Qui les talons luy trace*] Qui luy fait vne trace sur les talons en marchant dessus.

„ *Ce qui fut, se refait : tout coule comme vne*
   eau,
„ *Et rien dessous le Ciel ne se voit de nou-*
   ueau :
Mais la forme se change en vne autre nouuelle,
Et ce changement là, Viure, au Monde s'ap-
   pelle,
Et Mourir, quand la forme en vne autre
   s'en-va :
Ainsi auec Venus la Nature trouua
Moyen de r'animer par longs & diuers chan-
   ges
(La matiere restant) tout cela que tu manges :
„ *Mais nostre ame immortelle est tousiours en*
   vn lieu,
„ *Au change non sujette, assise aupres de Dieu,*

„ *Citoyenne à iamais de la ville etheree,*
„ *Qu'elle auoit si long temps en ce corps de-*
   siree.
Ie te saluë heureuse & profitable Mort,
Des extremes douleurs medecin & con-
   fort :
Quand mon heure viendra, Déesse, ie te prie
Ne me laisse long temps languir en maladie,
Tourmenté dans vn lict : mais puis qu'il faut
   mourir,
Donne-moy que soudain ie te puisse encou-
   rir,
Ou pour l'honneur de Dieu, ou pour seruir
   mon Prince,
Nauré, poitrine ouuerte, au bord de ma
   Prouince.

RICHELET.

Ce qui fut, se refait] Ce n'est pas à dire que la mesme chose qui estoit se reface ; mais c'est par la prorogation de l'espece, *secundum speciem, non numero idem,* disent les Philosophes ; comme quand le pere subroge son fils en sa place, & se refait comme en luy, n'y ayant à tous deux qu'vne matiere commune, qui d'vne forme vieille se change en vne nouuelle ; la nature estant, dict Plutarque προς Απολ. comme l'imager, ως πλαστων, qui d'vne mesme argille fait des animaux, & puis les broüille & confond en d'autres formes. Aussi d'vne mesme matiere εκ της αυτης υλης, elle a faict nos ayeux, nos peres, & puis nous, αιαπωκλισις. Et par ainsi tout ce qui est au monde n'est rien qu'vn fleuue coulant sans cesse de generation en corruption, ως ποταμος ενδελεχως ρεων της φυσεως η φθορας. Seneque le dit aussi au 5. de benefic. *verùm natura nihil dicitur perdere, quia quidquid illi auellitur, ad illam redit : nec perire quidquam potest, quod quò excedat non habet, sed eodem reuoluitur vnde discedit.* Et fort bien Ouide duquel est imité ce qu'il dit icy,

   ——*idémque retexitur ordo,*
Nec species sua cuique manet, rerúmque nouatrix
Ex alijs alias reparat Natura figuras.

Mais encor mieux Tertullian, *de Resur. Vniuersa conditio recidiua est ; quodcumque conueneris fuit, quodcumque amiseris, nihil non iterum est : omnia in statum redeunt cùm abscesserint, omnia incipiunt cùm desierint, ideo finiuntur vt fiant.* *Tout coule comme vne eau*] Opinion d'Heraclite, ρειν τα ολα ποταμου δικην, Laert. *Manifestum est,* Seneque ad *Hel. nihil eodem loco manere, quo genitum est : assiduus humani generis discursus est, quotidie aliquid in tam magno orbe mutatur.* *Mais la forme se change*] Fort bien, se change seulement, car il ne se pert rien, & faut bien distinguer, dit Tertullian, entre perdition & mutation, *discernendáque demutatio ab omni argumento perditionis ; aliud enim demutatio ; aliud perditio.* Et s'il y auoit perdition, la chair ne resusciteroit point ; *perysse enim est in totum non esse ; mutatum esse aliter esse est.* Si bien que la Mort n'est que mutation de forme, *cum salute substantiæ,* dit le mesme, *de Resurrect.* c'est seulement que les elemens sont changez, dit Seruius, *elementa mutantur quorum perire mutari est.* Mais fort bien Philon Iuif aux Allegories, ημιεσις φλος, ψυχης αρχη. ουδεν επισχει της φυσεως. διαφερομενον αλλο προς αλλο, μορφην επεσαν απεδειξε. *Et ce changement là*] Traduit d'Ouide 15. Metamorph.

   ——*nascíque vocatur*
Incipere esse aliud, quàm quod fuit antè ; morique
Desinere illud idem.

Et mourir quand la forme] Quand le corps se resout en ses elemens, comme il fait par la corruption qui suit la Mort, ainsi que dit Cyrus dans Xenophon, sur la fin de sa Cyropedie, διαλυομένου ἢ ἀνθρώπου, δῆλα ὅτι ἕκαϛα ἀπῆλθε πρὸς τὸ ὁμόφυλον, πλὴν τῆς ψυχῆς. Et le Trismegiste en son Pimandre, *erras,* dit-il, *in nomine, non moritur in Mundo quicquam, sed composita corpora dissoluuntur: dissolutio mors non est, sed mistionis resolutio quædam. Soluitur autem vnio, non vt ea quæ sunt intereant, sed vt vetera iuuenescant.*   *Auec Venus la Nature*] I'ay monstré cy-dessus, que non, & que les hommes sans mourir deuoient engendrer, si bien que la generation n'a pas esté introduitte pour remede contre la Mort, mais le sens commun de la Philosophie Payenne est tel.   *Sa matiere restant*] *Quæ Deo in elementorum custodia reseruatur,* Minutius Fel.   *Assise*] C'est vn mot impropre, & seulement pour monstrer sa constance au Ciel, comme dans Arnobe Psal. 1. *non sedeat, id est, non permaneat.* Toutefois, *vos sedebitis,* dit nostre Seigneur à ses Apostres.   *De la ville etheree*] Du Ciel, τῆς πόλεως τῆς ἐπουρανίου, dit Macar. Homel. 12. mais cela s'entend, *non ratione nominis* (Petr. Blesens. serm. 35.) *sed ciuitas ratione similitudinis,* Cité perpetuelle, *& cuius participatio est in idipsum,* dit le Psalm. 129. *id est, non in id, & aliud,* comme sont toutes les autres villes du Monde. Cité perpetuelle, dit Sainct Augustin 5. *de Ciuit.* où personne ne naist, car personne ne meurt, *ciuitas sempiterna, vbi nullum oritur, quia nullus moritur.* Adioustons icy, notablement, que plusieurs des Peres, comme Tertullian, S. Irenee, Iustin Martyr, Lactance & autres se sont formez en l'esprit vne ville etheree, *Ciuitatem Hierusalem descendentem de cælo in terram nouam,* prenans mal le chap. 21. de l'Apocalypse, dans laquelle Cité, ils ont creu que chacun deuoit viure 1000. ans auec Christ, apres la resurrection, auparauant que d'aller au Ciel.   *si long temps desiree*] Et Philon Iuif mesme au liure ϖ. ἀφθάρτου. dit que nostre Mort ne prouient que de ce grand desir, pour lequel les elemens combattent perpetuellement pour se deffaire & donner passage à l'ame, & pour le desir aussi qu'a chacun d'eux de retourner à son mouuement naturel, διὰ πόθον ὑπὸ τῆς κỹ φύσιν κινήσεως, d'où ils sont comme par force arrachez pour la composition du corps.   *Et profitable mort*] A ceux, *qui boni bene moriuntur,* S. Augustin.   *Ne me laisse long temps languir en maladie*] Imité de Marulle, *Da quæso, da Gradiue pulchrâque ob patriam atque inopina fata.* A cause, dit Clement Alexand. au 4. de ses tapisseries, que la longue maladie amollit & effemine l'esprit, ce qui rend l'ame moins pure, & fait qu'elle s'en va auec plusieurs passions, qui luy sont autant de plomb, & pour cela, dit-il, les Grecs desiroient grandement de mourir en guerre, non par desir de mourir violemment, mais d'autant qu'en guerre on meurt sans craindre, & quasi sans sentir la Mort: οἱ παλαιοὶ τῶν παρ' ἡμῖν, ὅτι ἐν πολέμῳ ἀποθανόντων τῶν πολιτῶν ἐπαινοῦσι· ὅτι κỹ πόλεμον πλεῖϛοι, ἀδεῶς τε θαττὸν ἀπήλλακται, ὑπολύμαχς τῷ σώματος, ὡς ὑ θεϛκαμοὶ τὰ ψυχῆς, οὐδὲ κα̈ταμαλακιαθείς, οἷα ϖὶ τῇς τούτοις πάσχουσι οἱ ἄνθρωποι.   *Mais puis qu'il faut mourir*] Bon gré mal gré, Θανεῖν με δῖ, καὶ μὴ θέλω, Anacreon, *publica totius summi generis sententia, hoc spopondit omne quod nascitur,* Tertullian.   *Ou pour l'honneur de Dieu*] Pour sa religion, *aut in opere aliquo virtutis,* dit Seneque.

Ou pour seruir mon Prince] Le Roy: *si bellum inciderit, vt vulnera, & omnia quæ bellorum necessitas fert, generosè feram,* Seneque.   *Nauré poitrine ouuerte*] Qui est le vœu courageux des François, *Gallorum votum,* dit Valere, *qui in acie gaudio exultabant tanquam gloriosè & fœliciter vita excessuri, lamentabantur in morbo, quasi turpiter & miserabiliter perituri.* Aussi remarque Platon au Menoxenus, que c'est gloire de mourir en guerre, καλὸν τῇ τε πόλεμῳ ἀποθανεῖν, à cause du grand honneur funeral que l'on rend à ceux qui meurent ainsi, iusques là mesme que de leurs corps absens & perdus, le dueil se fait contre le droict commun, *si quis in bello occiderit, etsi corpus eius non comparet, lugebitur, l. final. §. 1. de his qui not. infa.* Et ce qu'y dit excellemment le grand Cuias en ses Posthumes sur les Questions de Papinian.   *Au bord de ma Prouince*] Sur la frontiere, en deffendant sa patrie. Excellemment disent les femmes de Sparte dans le Pyrrhus de Plutarque, estans à l'assaut de leur ville, que c'est vn grand plaisir, de combattre & de vaincre à la veuë de son pays, voire mesme mourir entre les bras de sa mere, apres auoir fait le deuoir d'vn homme de bien, ἡδὺ μὲν εἰκᾷ εἰ ὀφθαλμοῖς τῆς πατρίδος, ἀλλ' εἰ ἢ θνήσκειν ὑ ϖεὶ μητέρων ἢ γυναικῶν, ἀξίως τῆς Σπάρτης πεσούντας.

HYMNE X.

DE MERCVRE.

A CLAVDE BINET, BEAVVOISIN, POETE François.

Ncore il me restoit entre tant de
   malheurs
Que la vieillesse apporte, entre
   tant de douleurs
Dont la goutte m'assaut pieds, iambes &
   ioincture,
De chanter, ja vieillard, les mestiers de
   Mercure:
Ie les diray pourtant, encor que mon poil blanc

Esteigne autour du cœur la chaleur de mon
   sang:
Car il ne veut souffrir, que ma lente vieillesse
M'engourdisse en vn lict enerué de paresse,
Afin que mon vieil âge acquiere autant d'honneur
Que mon premier s'acquit de bruit & de bonheur.

Ie diray ses serpens, ie diray sa houssine,
Ses ailerons entez dessus sa capeline,
Ses talonniers dorez qui le portent deuant
Les plus roides courriers des foudres & du
   vent,
Quand viste entre deux airs, affublé d'vn
   nuage,
De Iupiter apporte aux hommes le message,
C'à bas volant à fleur sur l'humide & le sec:
Dieu à qui l'âge antique a doré tout le bec,

» Pour monſtrer qu'aiſément l'eloquente pa-
role
» Perſuadant l'eſprit dedans le cœur ſen-
vole,
» Et que rien n'eſt ſi fort qu'il ne ſoit combatu
» Par la voix dont le charme eſt d'extreme
vertu,
» Et que par le couſteau de la langue emplu-
mee
» On fait plus en vn iour, qu'en cent ans vne
armee.
Ie diray lors que Maie Atlantide enfanta
Son petit Mercurin, que tout chaut le porta
Dans vne peau de bouc à Iupiter ſon pere,
Ioyeux de voir ſon germe, & rembraſſant la
mere,
Luy ſouuint du plaiſir que premier il receut
Quand elle d'vn grand Dieu vn autre Dieu
conceut:
Puis en vuidant deux fois ſa Nectareuſe
coupe,
Tout gaillard appella ſon Aigle, auquel il
coupe
Des ailes le fin bout, deſcourtant ſon oiſeau,
Pour les couldre au bonnet du petit Mercu-
reau:
Du reſte il en ourdit des talonniers, qu'il boute
Aux talons de ſon fils, pour mieux fendre la
rôute
Des Cieux, qui côme vn Paon de beaux yeux
ſont couuers,
Et pour deſcendre en bas au plus creux des
Enfers;
Courrier, aux Dieux d'enhaut & d'embas ag-
greable,
Ayant, amy des deux, ſous l'Enfer effroyable
Vn Palais comme au Ciel, prés celuy de
Pluton,
Où ſe couche au portail l'engeance d'Alecton,
Qui te fait reuerence alors que tu ameines
Nos ames voir de Styx les bourbeuſes arcines,
Et quand le vieil Charon ſeruiteur de la
Mort
En ſa gondole aſſis nous paſſe à l'autre bort.
Puis rongna de ſon Aigle & le bec & la ſerre:
La rongnure en ſa main ſoigneuſement il
ſerre,
Qu'il couſit aux dix bords des ongles du garçon
Pour rauir & piller & prendre en la façon

De ces corbeaux de Cour, qui maſquez d'im-
pudence
Pillent les biens d'autruy ſans nulle conſcience:
C'eſt pourquoy leurs maiſons ne durent pas
long temps,
Et leurs fils deſbauchez perdent en vn Prin-
temps
Le labeur mal-acquis de leurs peres, & com-
me
Le pere a déterré le ſimple Gentil-homme
Par procez embroüillé, les fils en ſont ven-
geurs,
Et des biens paternels gouſpilleurs & man-
geurs;
» Ou les vendent du tout: quoy que le meſ-
chant face,
» Iamais le bien n'arriue à ſa troiſieſme race,
» Soit que DIEV le permette, ou que le flot
mondain
» Toute choſe mortelle engloutiſſe en ſon ſein;
» Soit que pour conſeruer toute eſpece eternelle
,, La matiere touſiours cherche forme nou-
uelle.
Il n'auoit pas trois iours qu'il deſroba les
bœufs
D'Apollon, qui paiſſoient ſur les replis herbeus
D'Olympe flamboyant, les tirant par la queuë,
Afin que de leur pas la trace ne fuſt veuë:
Puis d'ennemis iurez deuindrent bons amis;
Et lors petit larron, à ce Dieu tu promis
De luy donner ta lyre en voûte contrefaicte,
(Ainſi ferme alliance entre vous deux fut
faicte)
Et ne l'abandonner ſoit de iour ſoit de nuict,
Non plus qu'vn bon archer ſon Prince qu'il
conduict.
Il n'auoit pas huict iours que ſon pere le
meine
Trouuer Pan le fluteur ſur le mont de Cyl-
lene,
Afin de luy apprendre à ſonner vn tel ſon
Que les deux bouts du Monde oüyſſent ſa
chanſon.
Bon diſciple, en deux iours en ſçeut plus que
ſon maiſtre.
Iupiter en ſon cœur ſe réjouiſſoit d'eſtre
Pere d'vn tel enfant, tous deux ſen vont de là
Veoir luiter les Spartains: tout ſon corps il
huilla

De maſle huile d'olif, & deſſus ſa chair nuë
Sema pour l'encrouſter vne poudre menuë.
Contre le plus puiſſant ce garçon s'ahurta,
De bras forts & nerueux à bas le culbuta,
Luy faiſant imprimer le ſablon de l'eſchine,
Comme vn pin que le vent abat de la racine.
Puis ils allerent veoir les foires & marchez
Pour ſçauoir le trafic, & les meſtiers cachez
Des Marchants par le gain, artifices, prati-
ques
De toutes ſortes d'arts qu'on apprend aux
boutiques.
Il deuint en vn iour ſçauant en tel meſtier,
Maquignon, reuendeur, affronteur, coura-
tier,
Subtil & cauteleux, comme vn Dieu de ſou-
pleſſe
Appris dés le berceau au trafic de fineſſe.
Apres d'vn Alquemiſte il alla voir fumer
Les fourneaux qui font l'homme & ſon bien
conſommer,
Marotte des plus fins, vne ſotte eſperance
Qui trompe les plus cauts d'vne vaine appa-
rence:
Il cognut le ſalpeſtre & tous les vegetaux,
Antimoine, arſenic, vitriol, & metaux,
Tines, cuues, baſſins, & creuſets & coupelle,
Et l'argent prompt & vif qui de ſon nom
s'appelle,
Vaſes, coffres, & pots bien vernis & plom-
bez,
Fiolles aux longs cols contre elles recourbez,
Meubles d'vn Alquemiſte abuſé de ſottiſe,
Qui ſoy-meſme deçoit par ſa folle entrepriſe:
Puis au Ciel s'en retourne à fin d'accompagner
Le Soleil, & de loin ſa courſe n'eſloigner.
C'eſt toy qui de ta verge endors les yeux de
l'homme,
Les deſbouches aprés & rebouches du ſomme,
Et luy fais, ſommeillant du ſoir iuſqu'au ma-
tin,
Loin rauy de ſoy-meſme apprendre ſon De-
ſtin.
C'eſt toy, Prince, qui rends nos eſprits tres-
habiles
A trouuer vne yſſuë aux choſes difficiles,
Ambaſſadeur, Agent, qui ne crains les dan-
gers,
Soit de terre ou de mer, ou de Roys eſtrangers,

Touſiours en action, ſans repos ny ſans trēues,
Pourueu que ton labeur entrepris tu achéues.
C'eſt toy qui des mortels aiguiſant les cer-
ueaux,
Les pouſſes à trouuer mille meſtiers nouueaux,
A comprendre du Ciel la diuine ſcience,
Et les autres cognus par longue experience.
" La peine, la ſueur touſiours marche deuant:
" L'homme par le labeur meditant & réuant
" Et ſe rongeant ſoy-meſme, en repenſant in-
uente
" Toutes choſes: ainſi que Iupiter enfante
" Pallas de ſon cerueau, il enfante du ſien,
" Et ſe fait ſeul autheur de ſon mal & ſon
bien.
Courrier, ie te ſaluë, & tes vertus cognues,
Seigneur des carrefours, des places & des rues,
Treſbon entre les bons, & qui mauuais effais
Verſes quand tu es ioint auecques les mau-
uais,
Alquemiſte, marchand, couratier, & le Prince
De ceux qui ont les mains ſujettes à la pince,
Bazané, fantaſtic, retiré, ſonge-creux,
Aux pieds touſiours au guet, aux poulces dan-
gereux.
Tu es de Iupiter l'eſprit & l'interprete,
Des ſonges coniecteur, Ariole & Prophete,
Dont la viue vertu paſſe & coule par tout
Les membres du grand corps fini ſans auoir
bout.
Eſt-il rien en ce Monde où Mercure ne
paſſe
Volant au Ciel là haut & ſous la terre baſſe?
Tu es des charlatans le ſeigneur, & de ceux
Qui les peuples béans amuſent autour d'eux,
Vendeurs de theriaque, & de ceux qui aux
places
Ioüants des gobelets font tours de paſſe-paſſes,
Et de ceux qui iugeants és lignes de la main,
D'vn babil affronteur vont mendiant leur
pain.
Ce fut toy, bon fluteur, qui du haut d'vne
roche
Endormis & tuas de ſa ſerpette croche
Le paſteur de Iunon, qui ſa vache gardoit,
Et de cent yeux veillant paiſtre la regardoit:
Qui depuis ſur le Nil, de Temples decorée
De vœux, d'encens, d'autels, fut Déeſſe
honorée

Aupres de son Osire, où de son front cornu
La terre regardant se lechoit le pied nu,
Comme elle qui l'Egypte endoctrina d'adresse
D'embrasser le labeur & fuïr la paresse,
Les terres cultiuer d'vn art laborieux :
» Pour profiter à tous les hommes se font
Dieux.

Ce fut toy qui premier effondras la Tor-
tuë,
Faisant de chaque tripe vne corde menuë
Qui sonnoit sous le poulce, & le dedans osté,
De son doz escaillé tu fis ton Luth voûté
Large, creux & ventru, où comprimé s'en-
tonne
L'air qui sortant dehors par les cordes resonne.

Ce fut toy qui guidas les accords & la
main
D'Amphion architecte, autheur du mur The-
bain,
Quand les rochers dansans sautoient apres sa
trace
Suiuant le son qui reste encores en leur race,
Et les fit arrenger d'eux-mesmes sur le mur.
» La Musique adoucit vn cœur tant soit-il
dur :

Ce fut toy qui de nuict abandonnant sa
ville
Conduis le vieil Priam en la tente d'Achille,
Prince insolent & fier, pour racheter Hector
Son fils par la rançon des larmes & de l'or :
Puis trompant l'ost des Grecs, ramenas sans
outrage
Le bon pere reuoir son loyal heritage :
» Tant peut l'affection d'vn bon pere grison
» Perdant son fils aisné soustien de sa maison.

C'est toy qui donnes crainte aux villes en-
fermées,
Et qui volant de nuict sur le haut des ar-
mées,
Apportes de ton pere vne menace aux Rois
Qui forcent la Iustice & corrompent les lois,
Trop acharnez au sang, trop ardans aux ba-
tailles
Pour gaigner d'vn Chasteau quelques froides
murailles :
Vne comete rousse en feux prodigieux
Suit tes talons de prés, espouuentail des yeux,
Qui ses cheueux rebours en vn trousseau re-
trousse,

Signe que Jupiter au peuple se courrouce.
Donne-moy que ie puisse à mon aise dor-
mir
Les longues nuicts d'Hyuer, & pouuoir af-
fermir
Mes iambes & mes bras debiles par la goutte.
Enten-moy de ton Ciel & ma priere escoute,
Et pour recompenser celuy qui t'a chanté,
Donne-luy bon esprit, richesses & santé.

BINET, soin d'Apollon, dont la vine elo-
quence
Flate mon mal d'espoir, mon procez d'asseu-
rance,
Au lieu de tes beaux vers, du trafic de nostre
art,
Des honneurs de Mercure icy ie te fay part :
Voilà quel est le fruit de nostre marchandise,
Qui au seul prix d'honneur se vend, s'eschan-
ge, & prise.

PARAPHRASE SVR le Te Devm Lavdamvs, &c.

Seigneur DIEV nous te loüons,
Et pour Seigneur nous t'a-
uoüons :
Toute la Terre te reuere
Et te confesse eternel Pere.
Toutes les Puissances des Cieux,
Tous les Archanges glorieux,
Cherubins, Seraphins, te prient,
Et sans cesse d'vne voix crient :
Le Seigneur des armes est Saint,
Le Seigneur des armes est craint :
Le Ciel & la Terre est remplie
Du los de sa gloire accomplie.
Les Saincts Apostres honorez,
Les Martyrs de blanc decorez,
La troupe de tant de Prophetes
Chantent tes loüanges parfaites.
L'Eglise est par tout confessant
Toy, Pere, grand DIEV tout-puissant,
De qui la Majesté immense
N'est que vertu, gloire & puissance.
Et ton FILS de gloire tout plein,
Venerable, vnique & certain,

Et le SAINCT ESPRIT qui confole
Les cœurs humains de ta parolle.
   CHRIST eſt Roy de gloire en tout lieu,
CHRIST eſt l'eternel fils de DIEV
Qui pour oſter l'homme de peine,
A pris chair d'vne VIERGE humaine.

   Il a vaincu par ſon effort
L'aiguillon de la fiere Mort,
Ouurant la Maiſon eternelle
A toute ame qui eſt fidelle.

   Il eſt à la dextre monté
De DIEV prés de ſa Majeſté,
Et là ſa ferme place il fonde
Iuſqu'à tant qu'il iuge le Monde.

   O CHRIST eternel & tout bon,
Fay à tes ſeruiteurs pardon,
Que tu as par ta mort amere
Rachetez de rançon ſi chere.

   Fay-nous enrooller, s'il te plaiſt,
Au nombre du troupeau qui eſt
De tes Eſleuz, pour auoir place

En Paradis deuant ta face.

   Las! ſauue ton peuple, ô Seigneur,
Et le beny de ton bon-heur,
Regis & ſouſtien en ton âge
Ceux qui ſont de ton heritage.

   Nous te beniſſons tous les iours,
Et de ſiecle en ſiecle touſiours,
Pour mieux celebrer ta memoire,
Nous chantons ton nom & ta gloire.

   O Seigneur DIEV, ſans t'offenſer
Ce iour icy puiſſe paſſer,
Et par ta ſainčte grace accorde
A nos pechez miſericorde.

   Seigneur tout benin & tout dous,
Reſpan ta pitié deſſur nous,
Ainſi qu'en ta douce clemence
Auons touſiours noſtre eſperance.

   En toy, Seigneur, nous eſperons,
T'aimons, prions, & adorons:
Car ceux en qui ta grace abonde,
N'iront confus en l'autre Monde.

A

MONSIEVR LORMIER,

CONSEILLER DE LA COVR

DES AYDES.

MONSIEVR,

L'honneur que vous me faites de voſtre amitié, deſireroit de moy vne plus grande recognoiſſance, & quelque choſe qui ne fuſt pas ruſtique. Mais ie n'ay rien de preſt pour le preſent, du cru de ceſte vacation, que cela. Et mon deſir me preſſe, de vous teſmoigner par quelque gage, mon affection. Il eſt vray, qu'à vous qui eſtes deuenu pere de famille, en voſtre maiſon des champs, pendant ces feries d'affaires, ceſte ruſticité d'vn grand Auteur, enrichie de quelque paſſement que i'y ay mis, ne ſera pas, peut-eſtre, mal-agreable. Vous la verrez comme vne fille des champs, pure & ſimple, mais belle ; vn bauolet de lin, qui vaut bien du quintin ou du linomple, ſans fard & ſans affetterie. Je vous en dirois d'auantage, ſi vn petit preſent ſouffroit vn grand diſcours. Mais il faut de la proportion par tout; ne villa fundum quærat, *comme dit vn grand maiſtre de l'Agriculture,* néue fundus villam. C'eſt pourquoy ie finis, & vous prie d'excuſer, non tant l'inconſideration, que la deuotion de celuy qui eſt,

MONSIEVR,

Voſtre treſ-humble & tres-
affectionné ſeruiteur,
RICHELET.

HYMNE XII.

DES PERES DE FAMILLE,

A SAINCT BLAISE.

Sur le chant, *Te rogamus audi nos.*

Commenté par N. RICHELET Parisien.

Ainct BLAISE, qui vis aux Cieux
Comme vn Ange precieux,
Si de la terre ou nous sommes,
Tu entens la voix des hommes,
Receuant les vœuz de tous,
Ie te prie, escoute-nous.

Ce iourd'huy que nous faisons
A ton autel oraisons
Et processions sacrées
Pour nous, nos bleds, & nos prées,
Chantant ton Hymne à genous,
Ie te prie, escoute-nous.

Chasse loin de nostre chef
Toute peste & tout meschef,
Que l'air corrompu nous verse,
Quand la main de Dieu diuerse
Respand sur nous son courrous:
Ie te prie, escoute-nous.

Garde nos petits troupeaux,
Laines entieres & peaux,
De la ronce dentelée,
De tac & de clauelée,
De morfonture & de tous,
Je te prie, escoute-nous.

RICHELET.

Sainct Blaise] C'est vn Hymne rustique de bons Laboureurs & villageois, qui prient Sainct Blaise, en chomant le iour de sa feste, & faisans leurs processions, d'auoir soin de leurs petites familles, leur procurer tout ce qui leur est necessaire en leur petit mesnage, & de destourner ce qui leur peut faire dommage; Mais cela si naïuement & curieusement, qu'il n'y a guere de bien à desirer en la vie rustique, ny de mal à fuir pour ces bonnes gens, qui ne soit compris en ceste priere. Et faut noter que ce sont proprement ceux de ceste condition, qui sont peres de famille, selon que Seruius obserue, que Caton definit le pere de famille, celuy qui est bon Laboureur & bon Berger, *qui bene pascit & bene arat*; Et Varron appelle aussi les femmes des champs *matresfamilias*: & c'est pourquoy nostre Autheur donne ceste inscription à son Hymne. Ie sçay bien toutesfois que tout maistre en general qui a seruiteurs, est appellé pere de famille, par vne qualité de douceurs; *maiores nostri*, dit Seneque epist. 47. *dominum patremfamilias appellauerunt; seruos familiares, vt omnem inuidiam dominis, omnem contumeliam seruis detraherent.* *Qui vis aux Cieux*] Vn des premiers nais au Ciel; ainsi que Gregoire de Nazianz. oraison 11. appelle les Saincts, ἐκκλησίαν πρωτοτόκων ἀπογεγραμμένων ἐν οὐρανοῖς, *quorum nomina scripta sunt in Cœlis*, dit nostre Seigneur, *quippe adoptionem diuinitùs consecuti sunt.*

Tu entens] Pourquoy non, voyant la face de Dieu, & estans comme les Anges? Platon en l'Épistre à Denys, dit bien, que les ames des defuncts ont le sentiment des choses qui se font en terre, ἔτι τις αἴσθησις τοῖς τετελευτηκόσι τῶν ἐνθάδε. *Receuant les vœux*] Mais principalement des Laboureurs. *sic vota quotannis Agricolæ faciunt.* Et en font souuent, à cause de plusieurs sortes de necessitez qui leur arriuent: ainsi dans Caton, *votum pro bubus, vt valeant, sic facito.* *Ie te prie, escoute-nous*] C'est vne imitation de la fin de chaque article de priere de nos Letanies, qu'il repete aussi à chaque couplet de cest Hymne, & remarque Socrate dans Xenophon en son œconomique, qu'il n'y a rien de plus important en la vie rustique, pour les fruicts & bestiaux, que de bien prier Dieu, ὑπὲρ ὑγιείας & ξηρῶν καρπῶν, & βοῶν & ἵππων & προβάτων, & ὑπὲρ πάντων δὲ τῶν κτημάτων τοῖς θεοῖς εὔχεσθαι. *Ce iourd'huy que nous faisons*] Fort bien, le iour de sa Feste. Comme aussi Caton commande à son Laboureur, *vt feriæ seruentur. cap. 5.* *A ton autel*] *Ab altitudine altaria*; parce qu'ils sont esleuez, Seruius. *Et processions sacrées*] Qui se font à l'entour du village ou de la parroisse, *quasi ambaruali ritu, cùm circum fœlix it hostia fruges*, Virgil. Mais celles-là estoient prophanes, celles de l'Eglise, sainctes & anciennes, & desquelles Tertullian *ad vxor.* Voyez ce qu'en obserue Monsieur Duranti premier President de Tholoze *lib. 2. de Ritib. cap. 10.* *Pour nous, nos bleds & nos prees*] Et les Laboureurs des Payens, *cùm suouetaurilia, vel solitaurilia circumagi iubebant*, en la lustration de leurs champs, en conceuoient ainsi la priere à Iupiter. *Mars pater, te precor, &c. quoius rei ergô, agrum, terram, fundúmque meum suouetaurilia circumagi iussi, vt tu morbos, visos inuisósque, viduertatem, vastitudinémque, calamitates, intemperiásque prohibessis, defendásque, auerruncésque; vtique tu fruges, iumenta, vineta, virgultáque, grandire benéque euenire siris, pastores pecudáque salua seruassis, diúque bonam salutem, valetudinémque mihi, domo, familiáque*, Caton c. 141. Aussi Synese en vne epistre de la loüange de la vie rustique, dit que les paysans ont diuerses & differentes prieres, selon les diuerses necessitez de leur maison rustique, εὔχαι ὕλης, ἐπὶ τι ἀσώματα & αἰτήσεις ἀγαθῶν, ἀνθρώποις, ᾗ φυτοῖς & βοτοῖς. *Toute peste*] Quæ non est *via mortis simplex*, Virg. Chose horrible à toutes choses, *pestilentia corrupti aëris*, Seruius: laquelle Virgile descrit excellemment au 3. des Georgiques. *Garde nos petits troupeaux*] Il commence premierement par les bestes à laine, d'autant que ce sont les premieres qui se sont laissé manier & appriuoiser à l'homme, *è feris enim pecudibus, primùm oues comprehensas ab hominibus ac mansuefactas*, Varron 2. *de re rustic.* *Laines entieres*] Non gastees, & ce sont les bonnes brebis, *quæ lana multa & molli, villis altis & densis, toto corpore*, Varron.

Et peaux] Qui leur font fort neceſſaires pour ſe veſtir & leurs ſeruiteurs, ou pour les vendre, car quelques na-tions, *quædam nationes,* dit Varron, *harum pellibus ſunt veſtitæ.* *De la ronce dentelee*] Qui les mòrd, *Horrenti rubo,* & leur donne la gale, *Turpis oues tentat ſcabies,* Virgil. laquelle leur vient ou de la pluye froide, ou du gel trop aigu, ou de l'ordure de leur ſueur quand elles ſont tondues de nouueau, ou quand *hirſuti ſecuerunt corpora vepres;* & c'eſt pourquoy ils prient icy de les garder de cela. *De tac & de clauelee*] Maladies de ces animaux, auſquelles ils ſont fort ſujets, & quelques bien nourris qu'ils ſoient, les perdent. προϐάτα, dit Xenophon en ſon œconomique, κάλ-λιστα τεϑραμμένα ἴσος ἐλϑοῦσα κάλιστα ἀπώλεσεν. De là la ſtipulation en les acheptant, *ſanas rectè eſſe, neque de pecore morboſo eſſè,* Varron. *De morſonture*] *Nequid à frigore laborent,* principallement les aigneaux, Varron.

<table>
<tr><td>

Que touſiours accompagnez
Soient de maſlins rechignez,
Le iour allant en paſture,
Et la nuict en leur cloſture,
De peur de la dent des Loups:
Ie te prie, eſcoute-nous.

   Si le Loup de ſang ardent
Prend vn Mouton en ſa dent,
Quand du bois il ſort en queſte,
Huans tous apres la beſte,
Que ſoudain il ſoit recous:
Ie te prie, eſcoute-nous.

   Garde qu'en allant aux champs,
Les larrons qui ſont meſchans,
Ne deſrobent fils ne mere:

</td><td>

Garde-les de la vipere,
Et d'aſpics au ventre rous:
Ie te prie, eſcoute-nous.

   Que ny Sorciers ny poiſon
N'endommagent leur toiſon
Par parole ou par breuuage:
Qu'ils paſſent l'Eſté ſans rage,
Que l'Automne leur ſoit dous:
Ie te prie, eſcoute-nous.

   Garde-nous de trop d'ardeurs,
Et d'exceſſiues froideurs:
Donne-nous la bonne annee,
Force bleds, force vinee,
Sans fiéure, rongne ne clous:
Ie te prie, eſcoute-nous.

</td></tr>
</table>

R I C H E L E T.

Que touſiours accompagnez] ἐπὶ φυλακῇ, Artemidor. 2. c. 11. car c'eſt leur aſſeurance, qui les defend & les garde, *cuſtos eſt pecoris, quod eo comite indiget, ad ſe defendendum: lupus enim oues captare ſolet, cui opponimus canes defenſores,* Varron 2. *De maſtins*] *Hylacibus,* Qu'Heſiode appelle καρχαρόδοντας, les Loix georgiques & coloniques de Iuſtinian, κύνας ποιμαίνοντας. Et ces chiens ſeruent à trois choſes, contre les larrons, contre les Loups, & contre les Eſpagnols, qui ſont quaſi tous picoreurs de beſtial. ——— *Nunquam cuſtodibus illis*

   Nocturnum ſtabulis furem, incurſúſque luporum,

   Aut impacatos à tergo horrebis Iberos.

Où Seruius dit, *fere enim omnes Hiſpani acerrimi abactores ſunt*: adjouſtez l'Epithete du Poëte, *impacati.* *Rechignez*] Triſtes, & qui monſtrent les dents, *pecoris gratia,* dit la l. *Pomponius. de acquir. rer. dominio.* *Le iour allant en paſture*] *Luciferi primo cum ſidere,* Virgil. de bon matin, *prima luce,* parce qu'alors aux ſaiſons de roſée, l'herbe eſt tendre, *propterea quòd tunc herba roſcida, meridianam quæ eſt aridior iucunditate præſtat,* Var. 2. *En leur cloſture*] Quand ils par-quent de nuict en la campagne, *in ſeptis, cùm foris eſt pernoctandum.* Et à cet effect les Paſtres, *cùm à tectis abſunt longè, portant ſecum crates & retia,* Var. 2. *De peur des loups*] *Triſte lupus ſtabulis. Et lupus inſidias pecori,* Virg. *En queſte*] Com-me à la chaſſe, *prædatrix turba.* *Huans*] Crians à grandes huées, *clamore incondito, & vaſtitate vocis,* cóme veut Co-lumelle, à cauſe de cela, que les Bergers ayent la voix forte. *Apres la beſte*] Le loup, comme Virgil. *inque fert cur-uam compagib. aluum.* *Que ſoudain il ſoit recous*] En courant bruſquement apres; & pour cela Varron veut que les Bergers, *ſint veloces, mobiles, expeditis membris.* *Fils & mere*] L'aigneau ny la brebis, *à matribus hædos,* Virg. *Garde-les de la vipere*] Car les champs y ſont fort ſujets, & cela fait beaucoup de mal aux beſtiaux.

   Sæpe ſub immotis præſepibus, aut mala tactu

   Vipera delituit, cœliúmque exterrita fugit, &c.   Virgil. 3. Georg.

& principalement quand ils paiſſent parmy l'herbe, *Latet anguis in herba, & virides occultant ſpineta lacertos,* Eclog. 2. & Caton en preſcrit le remede, *ſi bouem aut aliam quamuis quadrupedem ſerpens momorderit,* c. 102. *Que ny ſorcier*] I'en ay parlé ailleurs. *Par parolle ou par breuuage*] ἐπωδῇ ᾗ φαρμακεύσι, Platon. *Garde-nous de trop d'ardeurs*] Car en l'agriculture il faut vne harmonie egalle & bien compoſee, & rien n'y doit eſtre exceſſif, non plus qu'au Monde vniuerſel, & les principes de l'vn le ſont de l'autre, *principia eadem quæ mundi, aqua, terra, anima & ſol,* Var. 1. c. 5. *Et d'exceſſiues froideurs*] Car entre autres choſes le froid extreſme tue le beſtial, *Intereunt pecudes,* Virgil. 3. Georg. *Force bleds*] En vn mot, εὐκαρπίαν. *Sans rongne*] *Sine ſcabie & vlceribus,* qui ſont les maux ordinaires des troupeaux, Seruius.

<table>
<tr><td>

   Garge nos petits vergers,
Et nos jardins potagers,
Nos maiſons & nos familles,
Enfans, & femmes, & filles,
Et leur donne bons eſpous:
Ie te prie, eſcoute-nous.
   Garde Poulles & Pouſſins

</td><td>

De Renards & de larcins:
Garde, ſauues nos Auettes,
Qu'ils portent force fleurettes
Touſiours en leurs petits trous:
Ie te prie, eſcoute-nous.
   Fay naiſtre force boutons
Pour engraiſſer nos Moutons,

</td></tr>
</table>

Et force fueille menuë,
Que paist la troupe cornuë
De nos Chéures & nos Boucs:
Ie te prie escoute-nous.

   Chasse la guerre bien loing:
Romps les armes dans le poing
Du soldat qui frappe & tuë
Celuy qui tient la charruë,
Mangeant son bien en deux coups:
Je te prie, escoute-nous.

   Que le plaideur grippe-tout

Par procés qui sont sans bout,
N'enueloppe le bon homme,
Qui chiquanant se consomme,
Puis meurt de faim & de poux:
Ie te prie, escoute-nous.

   Que l'impudent vsurier,
Laissant l'interest premier,
N'assemble point sans mesure
Vsure dessus vsure,
Pour rauir son petit clous:
Ie te prie, escoute-nous.

RICHELET.

Garde nos petits vergers] Qui sont pour les arbres fruictiers. Car la terre de la maison rustique est diuisée en 4. dit Seruius, apres Varron, *quadrifariam diuiditur: aut enim aruus est ager, id est sationalis, aut consitus, id est aptus arboribus, aut pascuus, qui herbis tantùm & animalibus vacat, aut floreus in quo sunt horti*, 1. Georg. *Et nos iardins potagers*] A la distinction de ceux qui ne sont que pour les compartimens & les tulippes; vanité du siecle, & precieuse, *censu æstimata, non sensu*, selon la folie du temps: mais la maison rustique n'a le iardin que pour l'vtilité & frugalité, & en a grand soin; Et anciennement le iardin estoit la marque d'vne mere de famille bône ou mauuaise mesnagere, *nequam esse in domo matres familias (etenim hæc cura fœmina dicebatur) vbi indiligens esset hortus : horti maximè placebant, quia non egebant igni, parceréntque ligno, expedita res & parata semper*, Pline 19. c. 4. Voyez le liure 10. de Columelle, qui est tout de cela. *Enfans & femmes & filles*] Ainsi dans Caton les Laboureurs faisoient certaines prieres auec offrandes & sacrifices pour toute leur famille, *porco fœmina faciebant, Iano, Ioui, Iunoni præfati ; Iane, pater, bonas preces precor, vti sies volens propitius mihi liberísque meis, domo, familiæque meæ*, c. 134. *Garde Poulles*] Car c'est encor là, vn des reuenus de la vie rustique, *ex quibus adhibita cura magnos capit fructus*, ce dit Varron 3. c. 9. *ex ouis & pullis*. *De Renards*] Meschâs animaux, κακίστον ἀλώπηκα l'appelle Theophylacte, principallement dans vn poulailler; & il remarque que quand il est pris les paysans le lient, ἢ τὺς ἀγροίκους συγκαλεσάμενοι, & appellans le voisinage le font mourir en public. *Garde saoues nos auettes*] Comme animaux vtiles au Laboureur; μέλισσαι γεωργοῖς ἀγαθαί, Artemidor. 2. 22. Varron les appelle, *mellis matres & Musarum volucres*, 3. & cela de grand reuenu au pere de famille, *non minima vectigalia*, Columelle, tesmoin ces deux soldats dans Varron, qui n'ayans qu'vn petit champ, *agellum non certè maiorem vno iugero, circum villam totam aluearium fecerunt, & hortum habuerunt*, qu'ils planterent d'herbes & de fleurs pour ces petites mousches, & deuindrent riches iusqu'à 10000. sesterces de reuenu par an. *Force fleurettes*] *Ad mellificium* : mais outre que ces animaux sont politiques, πολιτικὰ ζῶα, comme les appelle Aristote, *in societate operis & ædificiorum*, Varron; les auettes ont encor cela de particulier que *cibos suos faciunt*, dit Pline 11. c. 30. & d'ailleurs sont pures & chastes : *apicula*, dit Petr. Blesensis au sermon 9. *non resoluitur in libidinem, nec commixtione sexuum frangitur, ceram operatur*. Et sommairement Varron, *harum tria, cibus, domus, opus*, 3. *En leurs petits trous*] Qui sont hexagones & de bonne architecture, ἐν κάλυκι αἱ θῦν, Aristote. *De nos chéures*] Et neantmoins les chéures aiment mieux *agrestibus fruticibus pasci*, & *virgulta carpere : inde à carpendo capra dicta*, parce qu'elles broutent tout, & principalement le ieune iect des arbrisseaux. Et remarque Varron 2. qu'à cause que cet animal est dommageable à ce qu'il approche, les Astrologues ont mis au Ciel le signe de la Chéure, hors les 12. signes du Zodiaque, *ita receperunt in cœlum, vt extra limbum 12. signorum excluserint*. *Chasse la guerre bien loin*] Car qu'y a-il de plus ruineux & plus contraire à l'innocence & foiblesse des pauures gens des champs que la guerre ? qui valent autant

> ———tantùm tela inter Martia, quantùm
> Chaonias dicunt aquila veniente columbai.

Virgil. & delà, la solitude & le desert par tout, dit le mesme :

> Quippe vbi fas versùm atque nefas, tot bella per orbem,
> Tam multæ scelerum facies ; &c.

Que le plaideur grippe-tout] Le chicaneur, autre peste des champs, *qui hac lege tueri videtur pauperes, vt spoliet*. Saluian. Et c'est pourquoy le villageois de Theophylacte, dit plaisamment, que la Republique champestre τῶν γεωργῶν πολιτεία, ne peut supporter ces sortes de gens qui n'ont que la practique en la bouche, & qui parlent tousiours de Messieurs les Iuges, συκοφάντας ἄνδρας, ἢ τὰ ἄνδρες δικασταὶ φθεγγομένους πυκνότερον. *N'enueloppe le bon-homme*] Aussi Caton veut que la maison rustique, *litibus familia abstineat*, ch. 5. & Hesiode defend que le Laboureur soit plaideur, ἀγορῆς ἐπακούων. Mais Columelle va plus auant & dit que les Republiques *sine causidicis olim satis fœlices fuere, futuræque sunt* : encore que ceux de ceste excellente profession soient pour le droit seulement, & pour empescher les chicaneties : Et nostre Droict, *occupati circa rem rusticam, in forum compellendi non sunt, l. 1. D. de feryis*, sont *securi, dum villis insident, dum agros colunt*, ce dit l'Authent. *C. quæ res pign*. *Que l'impudent vsurier*] Il l'appelle impudent, soit parce que l'vsure n'a point d'honneur, *honestum non est fœnerari*, ce dit Caton au cômencement de sa vie rustique, ou soit que l'vsurier n'a point de pudeur ny de honte, en prenant interest excessif, & interest de l'interest, παλιντοκία, & par anatocisme, ce qui est defendu, τόκον πρὸς τόκῳ μὴ δανείζεσθαι, Plutarq. *Clous*] Dialecte du pays de Touraine, Anjou, Vendomois, pour *clos*, c'est à dire son petit bien, côme le mot de maison, dit Xenophon en ses Oeconomiques, se prend pour tout ce qu'vn homme possede, πάντα τῇ οἴκῳ ταῦτά ἐστιν, ὅσα τις ἔξω τῆς οἰκίας ἐκέκτητο.

Garde nos petits ruisseaux
De foüillure de Pourceaux,
Naiz pour engraisser leur pance:

Pour eux tombe en abondance
Le glan des Chesnes secous:
Ie te prie, escoute-nous.

Nos Genices au Printemps
Ne sentent Mouches ne Tans,
Enflent de laict leurs mammelles :
Que pleines soient nos faiscelles
De fourmages secs & mous :
Ie te prie, escoute-nous.

 Nos Bouuiers sans murmurer
Puissent la peine endurer,
Bien repeus à nostre table :
Soient les Bœufs dedans l'estable
Tousiours de fourrages saouls :
Ie te prie, escoute-nous.

 Chasse loin les paresseux :
Donne bon courage à ceux
Qui trauaillent, sans blesseure
De congnee, & sans morsure
De Chiens enragez & fous :
Ie te prie, escoute-nous.

Bref, garde nous de terreurs,
Et de Paniques fureurs,
Et d'illusion estrange,
Et de feu sacré, qui mange
Membres, arteres, & pouls :
Ie te prie, escoute nous.

 Donne que ceux qui viendront
Prier ton nom, & rendront
A ton Autel leurs offrandes,
Iouïssent de leurs demandes.
De tous leurs pechez absous :
Ie te prie, escoute-nous.

 Sainct BLAISE, qui vis aux Cieux
Comme vn Ange precieux,
Si de la terre où nous sommes,
Tu entens la voix des hommes,
Receuant les vœux de tous,
Ie te prie, escouté-nous.

RICHELET.

Garde nos petits ruisseaux] Car toute l'agriculture ne vaut rien sans eau, *sine aqua, omnis acida ac misera agricultura*, Varron 1. parce que rien ne nourrit tant que l'eau, οὐδὲν γὰρ οὕτω ἔμφιμον, ὡς ὕδωρ, Artemid. 2. 26. Et n'y a rien aussi plus necessaire en la maison rustique, principalement pour les iardinages, ὕδωρ δ', πάντων ἰδίᾳ τὸ περὶ κηπείας διαφερόντως ἔμφιμον, Plat. au 8. des loix, qui en fait des loix expresses, à fin que chacun ait de l'eau d'vne façon ou d'autre, ou de pluye, ou de riuiere, ou de source, ou d'artifice, & punit ceux qui les corrompent & destournent, principallement és terroirs secs & chauds. *Nihil magis in querela est*, dit Aggenus, *quàm si quis inhibuerit aquam pluuiam in agrum vicini influere*. Et nous auons en nostre droit, *Ne aqua inquinetur, vitietur, corrumpatur, deteriór ve fiat*, au §. *Labeo. l. 1. D. de aqua quotid.*

De soüilleure de pourceaux] *Qui puros fontes cænosos efficiunt*, Seruius. Ainsi donc ces animaux soüillent & soüillent; *delectantur non solùm aqua, sed etiam luto, quæ est illorum requies*, dit Varron, & pour cela ils aiment à paistre, *in locis vliginosis.*

Nais pour engraisser] Et pour seruir aussi grandement à la maison rustique, car c'est la chair du paysan. *Quis non audiuit*, dit Varron, 2. *patres nostros dicere, ignauum & sumptuosum esse, qui succidiam in carnario suspenderet potiùs ab laniario, quàm ex domestico fundo?* C'est pourquoy ceste nourriture y est grande; & encore en la premiere frugalité, on n'en mangeoit qu'aux grandes festes : de là, *natalitiis cognatum ponere lardum*, dans Iuuenal. Au surplus ces animaux sont quelquesfois si gras, *vt præ pinguitudine, non modò surgere non possint*; mais souffrēt mesme, comme il s'est veu en Arcadie, *vt sorex in eorum corpore, exesa carne nidum faciat & pariat*; encore Varron.

Le glan des chesnes] Qui est leur meilleure nourriture, *qua maximè sus alitur*, encor que cest animal se nourrit de tout, mais le glan de chesne est meilleur, *glans querna*, dit Pline 16. chap. 6. *suem facit diffusam & grauissimam.*

Nos genisses au Printemps] Fort bien au Printemps, qui est la saison en laquelle le laict abonde en ces animaux, que les pastis gras & les herbes nouuelles, & l'air doucement humide remplit de sang, & de là le laict : excellemment Clem. Alex. 6. ch. du Pedagog. sur la fin nous apprend cela, τὰ γὰρ ζῶα ταῦτα, τῷ ἔπι κατὰ τὴν ὥραν, ἰῷ ἐὰρ καλῶμεν, ὑγροτέρα τῷ περιέχοντος, ἀνιᾷ ἐκ τῆς πόας, καὶ τῶν νομῶν εὐχύλων τὸ γαλα καὶ εὐανθεῖς καὶ ἔνικμων, αἵματος πίμπλαται πρότερον, ὃκ ᾖ τῷ αἵματος, δαψιλέστερον κεῖται τὸ γαλα.

Ne sentent Mousches ne Tans] D'autant que cela bien souuent les desespere, & les fait mouscher, principalement en esté, *eas æstate Tabani concitare solent, ac bestiolæ quædam minutæ sub cauda*, Varr.

Enflent de laict] Ayent force laict, *cythiso pasta distentent vbera vaccæ*, Virg. parce que le laict est vne bonne nourriture, & la plus nourtissante, *omnium rerum, quas cibi causa capimus, liquentium maximè alibile*, Varron 2. chap. 11.

Nos faiscelles] *Fiscella è iunco.*

De fourmages secs & mous] Qui sont encor vne grande nourriture à la vie champestre, *maximi cibi* : Et ces deux sortes y doiuent estre par difference. *Est enim discrimen, vtrum casei molles & recentes sint, an aridi & veteres.* Car les fourmages frais nourrissent plus, *molles sunt magis alibiles*, Varron 2.

Nos bouuiers] Vn autre grand bien d'auoir de bons valets de charruë. Et apres les bergers il vient aux bouuiers : car l'vne & l'autre fonction se conioint en la maison rustique, ἡ προβατευτικὴ τέχνη, dit Xenophon en son Oeconomique, συνῆπται τῇ γεωργία.

Puissent la peine endurer] πρόθυμοι καὶ πείθεσθαι θέλοντες, Xenophon; *sint experrecti vigoris*, Columell. *cùm istud opus*, dit-il, *viridem ætatem cum robore corporis, ad labores sufferendos desideret* : car il faut que l'homme des champs soit dur & laborieux; *rusticorum prædiorum administratio*, dit Pline au 6. de ses Epistres, *poscit durum aliquem & agrestem, cui nec labor ille grauis, nec cura sordida, nec tristis solitudo videatur.*

A nostre table] Auec le maistre, à la mode des champs.

Soient les bœufs] C'est encor vn des principaux soings de laboureur; *boues maxima diligētia curatos habeto, & vt iumenta pabula habeant, quia nihil est quod magis expediat quàm boues bene curare*, Caton 54.

De fourrages saouls] En temps d'hyuer, *pabulo arido, hyemis tempore animalibus ad pastum*, Seruius : & faut que le pere de famille pouruoye à leur nourriture en tout temps, *prouidendum, vt totum annum rectè pascantur intus & foris*, Varron.

Chasse loin les paresseux] Fort bien; car la maison rustique veut le trauail actif; & c'est pourquoy Caton enioint que tousiours le maistre, *villicus familiam suam exerceat*, & rien alors n'enrichit tant que ceste profession, & condition de vie, *efficacibus exemplis*, dit Pline 14. c. 4. *non maria plus temerata conferre mercatori, non in rubrum littus Indicúm ve, merces petitas, quàm sedulum ruris larem.* Et Columell. en sa preface l'appelle, *genus amplificandi retinendíque patrimonij, quod omni crimine caret.* Aussi Hesiode dit

que les lasches & faineants ἀεργοὶ, sont ennemis des Dieux & des hommes , & tousiours la famine les suit, λιμὸς
πέμπται ἀεργῷ σύμφορος αἰδρὶ , au contraire les actifs & laborieux deuiennent riches , ἐξ ἔργων πολύμηλοι ἀφνειοί τε.
Donne bon courage] Car le trauail des champs , est quelquefois trop grand,

   ——*pater ipse colendi*
  Haud facilem esse viam voluit,
   Nec torpere graui voluit sua regna veterno. Virgil.
 Sans morsure De chiens enragez] Dangereux mal , *canibus rabies venit,* Virgil. laquelle nous rend lymphatiques
quand nous sommes mordus. *Et d'illusion estrange*] Comme les gens des champs y sont plus suiets à cause
de leur simplicité , ainsi que i'ay remarqué sur l'Hymne des Daimons. *Et du feu sacré*] Meschant mal, *contractos
artus sacer ignis edebat,* Virgil. 4. Georg. *Leurs offrandes*] ἀπαρχαὶ τοῖς Χοῖς, Xenophon. *iouissent de leurs demandes*] *Rei voti.* *De tous leurs pechez absous*] Par ton intercession, car c'est Dieu qui pardonne & absout.

HYMNE XIII.

DE SAINCT ROCH.

 Vs, serrons-nous les mains, sus,
  marchons en dansant,
  Le Luth ne soit muet , le pied
  soit bondissant
A pas entre-coupez, & poussent dans la nuë,
Guidez par le cornet, vne poudre menuë.
Que les enfans de Chœur, que les chantres
 deuant
Nous monstrent le chemin, nous les irons sui-
 uant
De l'esprit & des yeux , contrefaisant la dance
Qu'ils nous auront marquée aux loix de leur
 cadance.
Regardons-les partir en leurs blancs surpelis,
Au chef enuironné de Roses & de Lis,
Tondus iusques au front: mais voyons ie vous
 prie
Les freres enrolez en nostre confrairie,
Ayant tous l'estomac de ghirlandes enceinct,
Laisser vuide boutique & venir voir le Sainct,
Afin de luy offrir leurs deuotes offrandes,
Pour impetrer de D I E V *leurs vœux & leurs*
 demandes.
 Les vieillards de bastons leurs iambes ap-
 puyez
Sont exempts du chemin, & les corps ennuyez
De longue maladie, & celles que Lucine,
La mere des humains, accompagne en gesine,
Et celles au sang froid, dont le cheueu blanchi
A plus de soixante ans de carriere franchi:
Celles qui par les mains d'vn nopcier Hymenée
Ont versé sur le col leurs cheueux ceste année,
Ny les hômes dispos, ny les forts iouuenceaux,

Dont le sang chaud & vif s'escoule par ruis-
 seaux
Par les veines du corps, n'auront point de me-
 rite,
S'ils ne font le chemin, car la traitte est petite,
Soit que partions au soir quâd le iour est coullé,
Soit au matin à ieun , ains qu'auoir auallé
De l'humide & du sec, ou soit à la vesprée
Quand le faucheur lassé retourne de la prée.
 Mon D I E V, *que de rochers pierreux &*
 raboteux,
D'antres entrecoupez , dont les sommets ven-
 teux
Cachent dessous leurs pieds vne vaste câpagne
De sablon, que la peur & l'horreur accôpagne !
Qui guidera nos pas par ce sablon espés ?
 I'auise vn grand léurier, suiuons son train
 de prés :
Redoublons le marcher, ie le voy côme il entre,
C'est le chien du bon S A I N C T, *dedans le*
 creux d'vn antre
I'en voy déja la Chasse, & des lampes autour,
Les gardes de ce S A I N C T *qui bruslent nuict*
 & iour :
Car l'huile est eternelle esprise dans la meche
Qui garde que ce feu sans humeur ne se seche.
Qui en prend vne goute & parmy ses citez
La verse, il chasse au loin toutes aduersitez :
L'air se purge & deuient bening & salutaire:
La ville est sans frayeur , le peuple volontaire
S'esgaye par les champs, & de la peste franc,
Sautelant par le corps sent rajeunir son sang.
 Mais lisons ce Tableau & voyons qu'il
 veut dire,
La legende du SAINCT *dedans se pourra lire,*
Lisez-le, Secretain, en-ce-pendant que tous
Suppliront le bon S A I N C T, *courbez sur les*
 genous.

FIN DES HYMNES.

LES
POEMES DE P. DE
RONSARD, GENTIL-HOMME
VENDOMOIS.

DEDIEZ

A TRES-ILLVSTRE ET TRES-VERTVEVSE
Princesse Marie Stvart,
Royne d'Escosse.

Auec les Remarques de P. DE MARCASSVS.

FFFff ij

‑‑‑Certis medium, & tolerabile rebus
Rectè concedi.

‑‑‑mediocribus eſſe Poëtis
Non homines, non Dî, non conceſſere columnæ.
                              Horat.

AV LECTEVR.

Oëme & Poëſie ont grande difference,
Poëſie eſt vn pré de diuerſe apparence,
Orgueilleux de ſes biens, & riche de ſes fleurs,
Diapré, peinturé de cent mille couleurs,
Qui fournit de bouquets les amantes Pucelles,
Et de viures les camps des Abeilles nouuelles,
Poëme eſt vne fleur, où comme en des forés
Vn ſeul Cheſne, vn ſeul Orme, vn Sapin, vn Cyprés,
Qu'vn nerueux Charpentier tourne en courbes charrues,
Ou en carreaux voûtez des nauires ventrues,
Pour aller voir apres de Thetys les dangers,
Et les bords enrichis des biens des eſtrangers.
    D'Homere l'Iliade, & ſa ſœur l'Odyſſée
Eſt vne Poëſie en ſujets ramaſſée,
Diuerſe d'arguments : le Cyclope éborgné,
D'Achille le bouclier, Circe au chef bien-peigné,
Prothée, Calypſon par Mercure aduertie,
Eſt vn petit Poëme oſté de ſa partie,
Et de ſon corps entier. Ainſi qu'vn meſnager
Qui veut vn vieil Laurier de ſes fils deſcharger,
Prend l'vn de ſes enfans qui eſtoient en grand nombre,
Et déja grandelets ſe cachoient deſſous l'ombre
De leur mere nourrice, & le replante ailleurs,
Afin que ſes ayeuls en deuiennent meilleurs :
Apres auoir foüye en terre teſte plante
Bien loin de ſes parens, elle croiſt & s'augmente,
Puis de fueilles ombreuſe, & viue de verdeur,
Parfume le iardin & l'air de ſon odeur ;
Le Iardinier joyeux ſe plaiſt en ſon ouurage,
" Bien cultiuer le ſien ne fit iamais dommage.

A MADAME DE
CHASTEAV-NEVF.

MADAME,

Puis que voftre efprit s'eft toufiours iudicieufement defmeflé des affaires les plus confufes & les plus importantes, aufquelles le feruice des Roys & de Dieu vous ont fait paffer la vie, ie vous puis mettre au rang de ceux à qui ces remarques font dediees, fans deroger à la qualité des hommes, qui feroient condamneZ de malice ou d'enuie s'ils penfoient fe preualoir fur vous des aduantages de leur naiffance. Le Poëte auffi bien recognoiffant vos merites a parlé de vous en fa poëfie auec tant de refpeEt & de paffion que de perfonne du Monde. De moy, n'ayant rien en main pour recognoiftre l'honneur que vous m'aueZ fait de me voir de bon œil, i'ay pris la hardieffe de vous offrir ce peu de Commentaires que i'ay fait fur les Poemes de Ronfard : defirant tefmoigner le refpeEt que ie vous porte, finon par quelque bonne occafion, aumoins comme les plus pauures d'entre les hommes, qui ne pouuant faire de facrifices aux Dieux de cent bœufs, leur offrent quelque peu de fleurs, pour s'acquitter de ce qu'ils peuuent. Comme voftre bonté approche plus de la qualité de ces puiffances Celeftes que ma condition n'egalle la pauureté de ceux-là ; i'efpere que vous ne me continuerez pas voftre bienvueillance pour l'amour de mon prefent ; mais que vous aimerez mon prefent pour l'amour de la bonne volonté de celuy qui fera toute fa vie,

MADAME,

*Voftre tres-humble &
tres-obeïffant feruiteur,*
DE MARCASSVS.

FFFff iij

Et les belles beätez, et les grandeur plus grandes,
Sont pleines de dangers, et de Malheurs diuers :
Ce sont Buttes à Maux : Qui n'en croira mes vers,
Viene voir ceste Reyne, et lise ses legendes.
Tho. de leu F. et ex.

LE
PREMIER LIVRE
DES POEMES DE
P. DE RONSARD.

DEDIEZ

A TRES-ILLVSTRE ET TRES-VERTVEVSE
PRINCESSE MARIE STVART,
Royne d'Escosse.

SONNET.

Ncores que la Mer de bien loin nous separe,
Si est-ce que l'esclair de vostre beau Soleil,
De vostre œil qui n'a point au Monde de pareil,
Iamais loin de mon cœur par le temps ne s'egare.
ROYNE, qui enfermez vne ROYNE si rare,
Adoucissez vostre ire & changez de conseil:
Le Soleil se leuant & allant au sommeil
Ne voit point en la terre vn acte si barbare.
Peuples, vous forlignez, aux armes nonchalants
De vos ayeux Renaulds, Lancelots & Rolands,
Qui prenoient d'vn grand cœur pour les Dames querelle,
Les gardoient, les sauuoient, où vous n'auez, François,
Encore osé toucher ny vestir le harnois
Pour oster de seruage vne ROYNE si belle.

MARCASSVS.

Encores que la Mer] Le premier liure des Poëmes est addressé à la plus belle Princesse qui fust iamais, Marie Stuard vesue de François II. & mere de Iacques Roy de la grande Bretaigne. Ceste Princesse cherissoit grandement nostre Poëte, & l'estimoit comme elle le tesmoigna bien par le buffet de vaisselle d'argent, de la valeur de deux mil escus, qu'elle luy enuoya, auec ceste inscription : A Ronsard l'Apollon des François. Quant à ce Sonnet, il est en sa faueur, pour blasmer la barbarie d'Elisabeth Royne d'Angleterre qui la detenoit en ce temps-là prisonniere : & la negligence de ses parents, qui descendans de ces vieux Cheualiers de Charlemagne n'imitoient point leurs proüesses en la defense de leur parente, comme les autres faisoient pour celles mesmes qui ne leur touchoient en rien.   *Royne.*] Il parle à la Royne Elisabeth qui la detenoit, comme i'ay dit, prisonniere. *Renaulds, Lancelots, Rolands*] C'estoient de braues Cheualiers errans, qui au prix de leur sang vengeoient le tort qu'on faisoit aux Dames. Au reste, Roland estoit proche parent de Charlemaigne, dont ceux de qui Ronsard tance la negligence, descendent.

REGRET, A ELLE-MESME.

LE iour que vostre voile aux vents se recourba,
Et de nos yeux pleurans les vostres desroba,
Ce iour, la mesme voile emporta loin de Frãce
Les Muses qui souloient y faire demeurance,
Quand l'heureuse Fortune icy vous arrestoit,
Et le Sceptre François entre vos mains estoit.

 Depuis, nostre Parnasse est deuenu sterile,
Sa source maintenant d'vne bourbe distile,
Son Laurier est seché, son Lierre est destruit,
Et sa Croupe iumelle est ceinte d'vne nuict.

 Les Muses en pleurant ont laissé nos mon-
taignes :
Que pourroient plus chanter ces neuf belles
compagnes,
Quand vous, leur beau suiet, qui les faisoit
parler,
Sans espoir de retour est daigné s'en-aller ?
Quand vostre Majesté qui leur donnoit puis-
sance,
A trenché leur parole auecque son absence ?
 Quand vostre belle léure, où Nature posa
Vn beau iardin d'œillets que Pithon arrosa
De Nectar & de miel, quand vostre bouche
pleine
De perles, de rubis, & d'vne douce haleine :
 Quand vos yeux estoilez, deux beaux lo-
gis d'Amour
Qui feroient d'vne nuict le Midi d'vn beau
iour,
Et penetrant les cœurs, pourroient dedans les
ames
Des Scythes imprimer la vertu de leurs flames :
 Quand vostre front d'albastre & l'or de
vos cheueux
Annelez & tressez, dont le moindre des nœux
Donteroit vne armée, & feroit en la guerre
Lors des mains des soldats tõber le fer à terre :
 Quand cet yuoire blanc qui enfle vostre sein,
Quand vostre longue & gresle & delicate
main,

Quand vostre belle taille & vostre beau corsage
Qui resemble au pourtrait d'vne celeste image :
Quand vos sages propos, quand vostre douce
vois
Qui pourroit esmouuoir les rochers & les bois,
Las ! ne sont plus icy : quand tant de beautez
rares
Dont les Graces des Cieux ne vous furent
auares
Abandonnant la France ont d'vn autre costé
L'agreable sujet de nos vers emporté !
Comment pourroient chanter les bouches des
Poëtes,
• Quand par vostre depart les Muses sont
muettes ?
» Tout ce qui est de beau ne se garde long temps :
Les Roses & les Lis ne regnent qu'vn Prin-
temps :
Ainsi vostre beauté, seulement apparuë
Quinze ans en nostre France, est soudain dis-
paruë,
Comme on voit d'vn esclair s'éuanoüir le trait,
Et d'elle n'a laissé sinon que le regret,
Sinon le desplaisir qui me remet sans cesse
Au cœur le souuenir d'vne telle PRINCESSE.
 Hà, que bien peu s'en faut que remply de
fureur,
Voyant vostre Destin, ie ne tombe en l'erreur
De ceux qui ont pensé qu'au plaisir de Fortune
Ce Mõde est gouuerné sans preuoyãce aucune !
 Ciel ingrat & cruel, ie te pri' respons-moy,
Respons, ie te suppli', que te fit nostre R O Y,
Auquel, si ieune d'ans, tu as trenché la vie ?
Que t'a fait son Espouse, à qui la palle enuie
A desrobé des mains le Sceptre si soudain,
Pour veufue l'enuoyer en son païs lointain,
En la fleur de son âge, ayant esmeu contr'elle
Et contre sa Grandeur sa terre naturelle ?
 Or si les hommes naiz entre les peuples bas
D'vn cœur pesant & lourd qui ne resiste pas,
Auoient souffert en l'ame vne moindre partie
De la tristesse, helas ! que femme elle a sentie,
Ils seroient surmontez de peine & de douleur,
Et vaincus du Destin feroiẽt place au malheur :
 Où ceste noble R O Y N E, & haute & ma-
gnanime,

Dont le cœur genereux par la vertu s'anime,
Ne ployant sous le mal, d'vn courage in-
donté,
Comme ferme & constante a le mal surmonté,
Et n'a voulu souffrir que Fortune eust la
gloire
D'auoir en l'assaillant sus elle la victoire,
Portant vn ieune cœur en vn courage vieux,
De l'Enuie & du Sort tousiours victorieux.

Tu dois auoir, Escosse, vne gloire eternelle
Pour estre le berceau d'vne Royne si belle :
Car soit que le Soleil en bas face sejour,
Soit qu'il le face en haut, son œil te sert de
iour.

Aussi toute beauté qui n'a ny fin ny terme,
Aux Isles prend naissance, & non en terre
ferme.
Diane qui reluit par l'obscur de la nuit,
Et qui par les forests ses Molosses conduit,
En Delos prit naissance, & la gentille mere
Des Amours emplumez nasquit dedans Cy-
there :
Escosse la belle Isle a receu ce bon-heur
De vous produire aussi, des Dames tout l'hon-
neur.

Hà, que ie veux de mal au grand Prince
Neptune !
Prince fier & cruel, qui pour vne rancune
Qu'il portoit à la Terre, auecque son Trident
Alla de tous costez les vagues respandant,
Et par despit cacha presque de nostre mere
Tout le sein fructueux sous la marine amere,
Appetissant ses bords, puis en les escartant
En Isles, dans sa mer les alla replantant :
Et pour n'estre ioüet ny des vents ny des on-
des,
Leurs plantes attacha sous les vagues pro-
fondes,
D'vne chaisne de fer : seulement à Delos
Permit en liberté de courir sur les flots.

Ie voudrois bien qu'vn Dieu, le plus grand
de la troupe

De ceux qui sont au Ciel, espuisast d'vne
poupe
Toute l'eau de la mer : lors à pied sec i'irois
Du riuage François au riuage Escossois,
Et marchant seurement sur les blondes arei-
nes,
Sans estre espouuenté des hideuses Baleines,
Je voirrois les beaux yeux de ce gentil Soleil,
Qui ne sçauroit trouuer au Monde son pa-
reil.

Mais puis qu'il n'est permis de forcer la
Nature,
Et qu'il faut que la mer de vagues nous em-
mure,
Pour la passer d'vn coup en lieu de grands
vaisseaux,
I'enuoiray mes pensers qui volent comme oi-
seaux.
Par eux ie reuoirray sans danger à toute heure
Ceste belle Princesse & sa belle demeure :
Et là pour tout iamais ie voudray seiourner,
Car d'vn lieu si plaisant on ne peut retour-
ner.

Certes l'homme seroit furieux manifeste,
Qui voudroit retourner d'vn Paradis celeste,
Disant que de son bien il receuroit vn mal,
Pour se voir eslongné de son païs natal.

La Nature a tousiours dedans la mer loin-
taine,
Par les bois, par les rocs, sous les monceaux d'a-
reine
Fait naistre les beautez, & n'a point à nos
yeux
Ny à nous fait present de ses dons precieux :
Les Perles, les Rubis sont enfans des riuages,
Et tousiours les odeurs sont aux terres sau-
uages.

Ainsi D I E V qui a soin de vostre Royauté,
A fait (miracle grand) naistre vostre beauté
Sur le bord estranger, comme chose laissée
Non pour les yeux de l'homme, ainçois pour
la pensée.

MARCASSVS.

Le iour que vostre voile] Ronsard enuoya ceste piece à ceste grande Princesse, vn peu apres qu'elle se fust retirée en Escosse. Il fait mille regrets sur son depart : & luy rend les loüanges qui estoient deuës à sa beauté & à sa vertu.   *Entre vos mains*] Quand elle estoit auec François II.   *Parnasse*] Mont de Beotie, sacré aux Muses.   *D'vne bourbe*] Tout cecy est dit par allegorie, pour monstrer que son absence auoit fermé la bou-che aux Poëtes, & tary toute la source de leurs genereuses pensees.   *Son Laurier*] C'estoit l'arbre qu'A-pollon aimoit de voir en tous les lieux où il se plaisoit, à cause que Daphné sa Maistresse fut conuertie en arbre, d'où vient que les Anciens ont creu, que ceux qui en maschoient, prophetisoient & deuenoient Poëtes. Lisez le Scholiaste de Lycophron tout au commencement de sa Cassandre.   *Son Lierre*] Appliquez les mesmes choses presque que i'ay dites du Laurier, au Lierre, & sçachez que Bacchus, à qui il estoit consacré, estoit aussi bien Dieu des Poëtes que des yurongnes.   *Pithon*] C'estoit la Deesse de la persuasion, ainsi appellée par les Grecs de leur verbe, qui signifie persuader.   *De ceux qui ont pensé*] Comme certains Philosophes anciens, desquels parle Ciceron en ses liures de la Nature des Dieux, qui attribuoient la conduite & l'euenement de toutes choses au hazard & à la Fortune : de laquelle opinion parle aussi Claudian tout au commencement, si ie ne me trompe, du Poëme qu'il a fait contre Eutropius.   *Nostre Roy*] François I I.   *Son Espouse*] Marie Stuart.   *Delos*] Ceste Isle, comme ont creu tous les Poëtes, fut errante iusques à ce que Iupiter l'affermit en faueur des couches de Latone.

FANTAISIE, A ELLE-MESME.

Bien que le trait de vostre belle
    face,
    Peinte en mon cœur par le temps
        ne s'efface,
Et que tousiours ie le porte imprimé
Comme vn tableau viuement animé :
I'ay toutefois pour la chose plus rare
(Dont mon estude & mes liures ie pare)
Vostre semblant qui fait honneur au lieu,
Comme vn pourtrait au Temple de son Dieu.

    Vous n'estes viue en drap d'or habillée,
Ny les joyaux de l'Inde despoüillée,
Riches d'esmail, & d'ouurages, ne font
Luire vn beau iour autour de vostre front :
Et vostre main des plus belles la belle,
N'a rien sinon sa blancheur naturelle,
Et vos longs doigts, cinq rameaux inégaux,
Ne sont pompeux de bagues ny d'anneaux,
Et la beauté de vostre gorge viue
N'a pour carquan que sa blancheur naïue.

    Vn crespe long, subtil, & delié,
Ply- contre-ply retors & replié,
Habit de dueil, vous sert de couuerture
Depuis le chef iusques à la ceinture,
Qui s'enfle ainsi qu'vn voile, quand le vent
Soufle la barque, & la single en auant.
De tel habit vous estiez accoustrée
Partant, helas ! de la belle contrée
Dont auiez eu le Sceptre dans la main,
Lors que pensiue, & baignant vostre sein
Du beau crystal de vos larmes roulées,
Triste marchiez par les longues allées
Du grand iardin de ce Royal Chasteau
Qui prend son nom de la beauté d'vne eau.

    Tous les chemins blanchissoient sous vos
        toiles,

Ainsi qu'on voit blanchir les rondes voiles,
Et se courber bouffantes sur la mer,
Quand les forçats ont cessé de ramer :
Et la galere au gré du vent poussée
Flot dessur flot s'en-va toute eslancée
Sillonnant l'eau, & faisant d'vn grand bruit
Piroüetter la vague qui la suit.

    Lors les rochers, bien qu'ils n'eussent point
        d'ame,
Voyans marcher vne si belle Dame,
Et les deserts, les sablons & l'estang
Où vit maint Cygne habillé tout de blanc,
Et des hauts Pins la cyme de verd peinte,
Vous contemploient comme vne chose sainte,
Et pensoient voir (pour ne voir rien de tel)
Vne Déesse en habit d'vn mortel
Se promener, quand l'Aube retournée
Par les iardins poussoit la matinée,
Et vers le soir, quand déja le Soleil
A chef baissé s'en-alloit au sommeil.

    Droit au deuant de vostre pourtraiture
I'ay mis d'vn R O Y l'excellente peinture
Bien ieune d'ans, qui iamais n'eut le cœur
Ny l'œil blessé d'amoureuse langueur :
Et toutefois à luy voir le visage,
Chacun diroit qu'il aime vostre Image,
Et qu'allumé des rais de vostre iour,
Il se consume & s'escoule d'amour
En sa peinture, & que son pourtrait mesme
Comme amoureux en deuient froid & blesme.
On iugeroit qu'il contemple vos yeux
Doux, beaux, courtois, plaisans, delicieux,
Vn peu brunets, où la delicatesse
Rit, non aux verds qui sont pleins de rudesse.
Aussi les Grecs, en amour les premiers,
Ont à Pallas Déesse des guerriers
Donné l'œil verd, & le brun à Cythere,
Comme d'Amour & des Graces la mere.

    Luy donc épris d'vn visage si beau
Où vit Amour, son trait, & son flambeau,

En' son pourtrait vous diriez qu'il souspire,
Et que muet ne vous ose rien dire.

  Pource voyant mon Maistre en tel ennuy,
Ie suis contraint de raisonner pour luy,
Parlant ainsi : O ame fortunée,
Qui acheuas le cours de ta iournée
Presque en naissant, & qui bien loin d'icy
Vis dans le Ciel despestré du soucy,
Que ie senty comme vn cruel orage
Le mesme iour que hastant ton voyage
Tu vins là haut pour viure sans douleurs,
Me laissant seul entre mille malheurs,
Dont ie n'auois, pour estre en mon enfance,
Ou bien petite, ou nulle cognoissance,
Et qu'auiourd'huy griéuement i'apperçoy
Depuis que l'âge a commandé sur moy.

  Las ! tout ainsi, belle ame fraternelle,
Qu'estant volé sur la voûte eternelle,
Me feis Seigneur du Sceptre des Gaulois,
Que ne m'as-tu de celle que ie vois
Fait en mourant heritier de ta place,
Pour embrasser ceste brulante glace,
Dont la froideur qui le cœur m'a blessé,
Vaut tout l'honneur qu'icy tu m'as laissé ?
Car Sceptre, Empire, & puissante Couronne
Ne valent pas le mal qu'elle me donne :
Mais pourquoy sens-ie en mon âge imparfait
Auant le temps le mal qu'elle me fait ?

  Le ieune Amour, qu'au fond du cœur ie
    porte,
M'apprend d'enfance à viure en telle sorte,
Qui de ses dards, des hommes triomphans,
Blesse d'vn coup & vieillards & enfans :
Mais plus l'enfant, lequel déja commence
Porter la fleur de sa blonde iouuence
Sur le menton : & qui commence aussi
Porter au front vn amoureux souci,
Ayant le sang plus chaud que de coustume.

  Le grand Amour qui les Princes allume,
M'a fait sentir au cœur deuant le temps
Ce qu'vn grossier ne sent qu'à cinquante ans,
En me faisant amoureux deuant l'âge
De vos vertus & de vostre visage.

  Puis il faudroit que ie fusse vn rocher,
Si viuement ie ne sentois toucher
De vos beaux yeux mon ame toute esmeuë,
Puis que si belle icy ie vous ay veuë
Royne & ma sœur, & d'vn regard si dous
Tirer nos cœurs & nos yeux apres vous.

  Mais dequoy sert, ô Royne, de me plain-
    dre,
Puisqu'à mon bien ie ne sçaurois atteindre ?
La parenté, l'alliance qui est
Entre nous deux, griéuement me desplaist.

  Ce nom de sœur charitable m'outrage :
Ie voudrois estre ou moindre de lignage,
Ou moindre en tout : lors ie pourrois guarir
Ce mal d'Amour dont il me faut mourir.

  Ha ! frere mien, tu ne dois faire plainte
Dequoy ta vie en ta fleur est esteinte :
Auoir joüy d'vne telle-beauté
Sein contre sein, valloit ta Royauté,
Et tout le bien qu'vn grand Monarque a-
    masse :
Vn tel plaisir toute richesse passe,
Et seulement il n'appartient qu'aux Dieux
D'oser penser combien peuuent ses yeux.

  De tels propos ie parle pour mon Maistre,
Qui fait semblant en son Image d'estre
Plein de souspirs, & voudroit s'efforcer :
Mais hors des dents la voix ne peut passer,
Le mort tableau luy oste la parole,
Et la peinture en larmes toute molle
En deuient palle, & retient la couleur
De l'amoureux tout palle de douleur,
Qui se tourmente, & par souspirs desire
Estre entendu, & si ne le peut dire.

  Vous d'autre part faites semblant d'auoir
En gré sa plainte, & de la receuoir,
Et l'appellant luy ouurir de vos villes
Les riches ports & les Haures fertiles :
Mais ceste mer qui s'espand entre-deux
D'vn large champ escumeux & ondeux,
Vous porte enuie, & ne veut point, ce sem-
    ble,
Que soyez ioints par mariage ensemble.
Et qu'est-il rien plus cruel que la mer,
Mer qui son nom a desrobé d'amer ?

  Vous n'estes seule à qui ceste marine
S'est fait cognoistre enuieuse & maline :
Hero le sçait, Helles, & ceste-là
Que le Taureau sur sa croupe en-vola,
Qui fut Princesse en son Printemps si belle,
Que nostre Europe a porté le nom d'elle.

  Ie suis marry que la douce Venus
Nasquit des flots d'escume tous chenus :
Elle d'Amour la compagne & la mere,
Digne n'estoit d'vne naissance amere.

Des flots couuerts d'horreur & de peril,
Mais deuoit naistre au Printemps en Auril
D'vn pré fleury, pres d'vne eau gazoüil-
lante
Dessous la mousse, & non de la tourmente.

C'est pour monstrer que l'Amour est trom-
peur,
Amer, cruel, plein de crainte & de peur,
Comme celuy qui porte en ses mains closes
Plus de chardons que de lis, & de roses.

MARCASSVS.

Bien que le traict] Il descrit son depart en Escosse, le desplaisir qu'il en sent, auec toutes les choses qui en co
Royaume auoient ioüy de sa douce presence. Il y mesle les regrets de Charles IX. qui se plaint de ce que
l'Amour la luy a fait trouuer si belle & si aimable, la loy luy en defendant la ioüissance. *semblant*] Pour,
pourtrait. *De l'Inde*] Il entend les perles & les autres pierres precieuses. *Chasteau*] C'est Fontaine-bleau.
Blanchissoient] C'est à cause que les Dames en ce temps-là, pour le dueil portoient des voiles de toile d'a-
tour iusques aux pieds. *D'vn Roy*] C'est Charles IX. *Verd*] Les Grecs l'ont appellée γλαυκῶπις. *A
Cythere*] Les mesmes Grecs ont tousiours donné des yeux noirs à Venus & aux belles Dames, c'est pourquoy
ils l'ont appellee ἑλικῶπις, que les Scholiastes d'Homere interpretent, μέλανα ὄμματα ἔχουσα. *Maistre*] Charles
IX. *O ame*] Il entend François II. *Hero*] C'estoit vne belle fille de Seste, ville de Thrace, qui vit noyer
son Leandre lors qu'il la venoit trouuer. Lisez l'Epistre d'Ouide de Leandre à Hero. *Helles*] C'estoit la fille
d'Athamas Roy de Thebes, qui s'enfuyant de son païs sur vn Belier par la mer auec son frere Phryxus, pour
euiter la colere & la haine de sa belle-mere, tomba dans la mer, à laquelle elle laissa son nom comme son
corps.

ENVOY, A ELLE-MESME.

IE n'ay voulu, MADAME, que ce Liure
Passast la mer sans vous voir &
vous suiure,
Pour remarquer ainsi qu'en vn tableau,
Ce que Nature & les Cieux ont de beau:
Et pour vous suiure, ou en vostre lictiere,
Ou à cheual, quand vous, seule heritiere
D'vn si grand peuple, allez de tous costez,
Voir les suiets sous vostre main dontez:
Ou pour seruir de douce compagnie
A vos pensers, quand la tourbe infinie
Qui vous courtise & d'yeux & de bonnet,
Vous laisse seule en vostre cabinet,
Où soulageant vos Royales pensées
(De trop de soin & d'affaires lassées)
Prenez vn Luth, ou chantez, ou lisez,
Et quelquefois mes vers vous eslisez
Entre vn millier, dont ie tressaute d'aise,
Braue de faire vn œuure qui vous plaise:
Car ie ne veux en ce Monde choisir
Plus grand honneur que vous donner plaisir.

   Ce Liure donq' qui en rend tesmoignage,
Seroit marry, si faisant vn voyage
En Angleterre, il n'alloit tout d'vn train
En vostre Escosse, & vous baisoit la main,

Voyant d'vn coup deux Roynes enfermées
En mesme mer, de qui les renommées
Maugré la mer volent par l'Vniuers.
   C'est donq' raison, puisque i'ay fait ces
vers
Pour toutes deux, que prompt ie les enuoye
A toutes deux, par vne mesme voye,
Pour celebrer d'vn coup en ce faisant
Vos deux beautez, par vn mesme present.
   O Liure donq' plus heureux que ton mai-
stre,
Tu vas au lieu auquel ie voudrois estre,
Voire où ie suis tousiours par le penser,
Et si le corps pouuoit la mer passer
Comme l'esprit, ie verrois à toute heure
Le beau seiour où la ROYNE demeure,
De qui les yeux luisent comme vn beau iour.
   En si plaisant & celeste séjour
Vit la vertu, l'honneur, la courtoisie,
Et la beauté, dedans le Ciel choisie,
Qui monstre assez aux rais de ses flambeaux
Combien au Ciel tous les Anges sont beaux:
Car du haut Ciel telle beauté partie,
Fait voir icy le tout par la partie.
   Elle courtoise, ô Liure glorieux,
Te receuant d'vn visage ioyeux,
Et te tendant la main de bonne sorte,
Te demand'ra comme RONSARD se porte,
Que c'est qu'il fait, ce qu'il dit, ce qu'il est:
Tu luy diras qu'icy tout luy desplaist.

Soul

Soul de ſoy-meſme : & que meſme ſa vie,
Comme peſant à ſon corps, luy ennuye,

Se trouuant ſeul, & pleurant par les bois
La triſte mort d'vn Prince & de deux Rois.

MARCASSVS.

Ie n'ay voulu, Madame] Par beaucoup de loüanges tirees des perfections de la Royne d'Eſcoſſe, il vient à preſenter ſon liure à ceſte belle Royne, de laquelle abſent, il teſmoigne vn extreme dueil. Preſque tout y eſt aiſé. *Deux Roynes*] Marie Stuard, & Eliſabet.   *D'vn Prince & de deux Rois*] C'eſt Henry II. &c François II. ſon fils. Le Prince dont il parle eſt, ſi ie ne me trompe, Charles Duc d'Orleans, de qui l'Autheur auoit eſté Page.

REGRET,

A L'HVILLIER PARISIEN,
Pour elle-meſme.

 'HVILLIER, ſi nous perdons
ceſte belle PRINCESSE,
Qui en vn corps mortel reſſemble
vne Déeſſe,
Nous perdons de la Cour le beau Soleil qui
luit,
Dont iamais la clarté n'a tiré vers la nuit,
Mais touſiours en monſtrant ſa ſplendeur
couſtumiere,
A fait contre le iour paroiſtre ſa lumiere.
     Ne te ſouuient-il point des longues nuiċts
     d'Hyuer,
Où nulle Eſtoille au Ciel ne ſe daigne leuer,
Mais lente & pareſſeuſe en ſon lict eſt cachée,
Quand Tithon en ſes bras tient ſa femme cou-
chée,
Et le Monde languit en tenebreux ſejour,
En horreur & en peur, pour l'abſence du
iour ?
     Ainſi, amy l'HVILLIER, noſtre Cour
     ſera-t'elle
Veuſue de la clarté d'vne Royne ſi belle;
Belle en perfection : car toute la beauté
Qui eſt, & qui ſera, & a iamais eſté,
Pres de la ſienne eſt laide, & la mere Nature
Ne compoſa iamais ſi belle creature.
     Au milieu du Printemps entre les Lis naſ-
     quit
Son corps, qui de blancheur les Lis meſmes
vainquit,
Et les Roſes qui ſont du ſang d'Adonis teintes,
Furent par ſa couleur de leur vermeil de-
peintes :

Amour de ſes beaux traicts luy compoſa les
yeux,
Et les Graces, qui ſont les trois filles des Cieux,
De leurs dons les plus beaux ceſte PRINCESSE
ornerent,
Et pour mieux la ſeruir les Cieux abandon-
nerent.
     Si ſa belle peinture au moins nous demou-
     roit,
En ſen-allant de nous toute ne ſ'en-iroit,
Et aurions le plaiſir du ſage Roy Protée
Qui d'Heleine retint la figure empruntée :
Mais elle ſen-va toute, & ne laiſſe ſinon
Le triſte ſouuenir qui reſte de ſon nom,
Et le regret de perdre vn ſi diuin viſage,
Qui captif retiendroit vn cœur le plus ſau-
uage.
     Le iour que ie voirray ſon depart appro-
     cher,
Ie veux pour ne le voir deuenir vn rocher,
Sourd, muet, inſenſible, & le long d'vne
plaine
Ie me veux transformer en l'eau d'vne fon-
taine,
Afin de la pleurer comme les Nymphes font
Quand les fleurs hors des prez par la Biſe
ſen vont,
Ou quand par vn torrent les fontaines ſe ſoüil-
lent,
Ou quand de leur verdeur les arbres ſe deſ-
poüillent.
     Hà ! pluſtoſt ie voudrois vn oiſeau deuenir
Pour mieux l'accompagner, & touſiours me
tenir
Sur le haut de ſon coche; ou ie voudrois reluire
Comme vne claire Eſtoille au haut de ſa
Nauire,
S'elle paſſoit la mer, & par terre & par eau
Ie n'abandonnerois vn viſage ſi beau.

GGGgg

Que ne viuent encor les Palladins de France!
Vn Roland, vn Renaud! ils prendroient sa defense,
Et l'accompagneroient & seroient bien-heureux
D'en auoir seulement vn regard amoureux,
Qui du grand Iupiter appaiseroit la dextre,
Et encore amoureux çà bas le feroit estre.
  C'est abus que les Dieux autrefois ay'nt aimé,
Ils auroient maintenant l'estomac allumé
D'vne telle Princesse, & poinçonnez d'enuie,
L'auroient dedans le Ciel pour leur Dame rauie.
Celle que desroba le Bœuf Sidonien,
Que le Cygne trompa, prés d'elle ne sont rien:

Ny celles que l'on dit par les vers estimées,
Ne furent en leurs temps si dignes d'estre aimées.
  Seulement la hauteur de son Sceptre luy nuit:
Amour simple & naïf les Majestez ne suit,
Il fuit la Royauté place trop dangereuse,
Où languit sans espoir l'esperance amoureuse.
  Or aille où le Destin emmener la voudra,
Tousiours dessous ses pieds la terre se peindra
D'vn beau tapis de fleurs, les eaux seront paisibles,
Les vents appaiseront leurs haleines terribles,
La mer se fera douce, & pour voir sa beauté
Le Soleil espandra sur elle sa clarté,
Au-moins si le Soleil en la voyant n'a honte
Qu'vne telle beauté sa beauté ne surmonte.

MARCASSVS.

L'Huillier] Il se plaint du depart de ceste belle Princesse à l'Huillier vn de ses amis (& dont est encor à present la maison des plus anciennes & des plus riches de Paris) du depart de Marie Stuard, vefue de François I I. Pour tesmoigner les ressentiments qu'il a de son esloignement, tantost il desire estre vn rocher pour ne la voir point partir, tantost vne fontaine pour pleurer son absence, tantost quelque autre chose insensible : en fin apres l'auoir dignement loüée il luy promet mille contentements qui luy doiuent arriuer.

Adonis] C'estoit vn ieune Prince d'Arabie, fils de Myrrha, dont Venus deuint passionnément amoureuse, & qui fut tué par vn Sanglier à la Chasse. Les Poëtes ont feint que les Roses auoient esté teintes de son sang. *Retint la figure*] Pâris, selon ceste fiction, s'enfuyant de Sparte auec Helene, passa chez Protee, lequel ayant veu ceste belle Princesse, pria Pâris de permettre qu'il en fit-le pourtraict ; ce que Pâris luy accorda. Neantmoins il me souuient d'auoir leu dans Lycophron & dans son Scholiaste qu'il retint Helene mesme & bailla à Pâris vn fantosme. Voyez ce liure, vous y trouuerez beaucoup de choses sur ce suiect.

Le Bœuf Sidonien] C'estoit Europe, que Iupiter rauit en forme de Taureau. Voyez le premier liure des Dionysiaques de Nonnus. *Que le Cygne*] C'estoit Leda, mere de Castor & Pollux, que Iupiter depucela en forme de Cygne.

REGRET,

POVR ELLE-MESME.

Comme vn beau pré despoüillé de
ses fleurs,
  Comme vn tableau priué de ses
couleurs,
Comme le Ciel, s'il perdoit ses estoiles,
La mer ses eaux, la nauire ses voiles,
Vn bois sa fueille, vn antre son effroy,
Vn grand Palais la pompe de son Roy,
Et vn anneau sa perle precieuse :
Ainsi perdra la France soucieuse
Ses ornemens, perdant la Royauté
Qui fut sa fleur, sa couleur, sa beauté.
  Dure Fortune, indontable, & felonne,
Tu es vrayment fille d'vne Lyonne,

Tu vas passant les Tigres en rigueur,
Tu n'eus iamais en l'estomac de cœur
D'ainsi traiter vne ROYNE si belle!
  Premierement, tu l'as dés la mammelle
Assuiettie à porter le malheur,
Lors que sa mere atteinte de douleur,
Dans son giron, craignant l'armée Angloise,
L'alloit cachant par la terre Escossoise.
A peine estoit sortie hors du berceau,
Que tu l'as mise en mer sur vn vaisseau,
Abandonnant le lieu de sa naissançe,
Sceptre, & parens, pour demeurer en France.
  Lors en changeant de courage malin,
La regardas d'vn visage benin,
Et d'orpheline ensemble & d'estrangere
(Hà que tu es inconstante & legere!)
La marias au fils de nostre ROY,
Qui depuis tint la France dessous soy.

Puis en l'ayant, ô Fortune insensee!
Iusqu'au sommet des grands honneurs poussee,
Tu as occis à seize ans son mary:
Ny plus ny moins qu'en vn iardin fleury
Meurt vn beau Lis quand la pluye pesante
Aggraue en bas sa teste languissante,
Ou comme au soir la Rose perd couleur,
Et meurt seichée alors que la chaleur
Boit son humeur qui la tenoit en vie,
Et fueille à fueille à bas tombe fanie.

Sa belle espouse atteinte de souci,
Apres sa mort est demeurée ainsi
Qu'on voit au bois la vefue Tourterelle,
Ayant perdu sa compagne fidelle:
Iamais vn autre elle ne veut choisir,
Car par la mort est mort tout son desir:
Ny pré ny bois son regret ne console,
Et d'arbre en arbre au poinct du iour ne vole,
Ains se cachant dedans les lieux secrets,
Seulette aux vents raconte ses regrets,
Se paist de sable, & sans amy se branche,
En souspirant sur vne seiche branche.

Fortune helas! ne suffisoit-il pas
De l'offenser d'vn si piteux trespas,
Sans luy remplir diuersement sa terre
D'opinions, de sectes, & de guerre?
Bander son peuple aux armes tant prisé
Auant qu'il fust par sectes diuisé?

Si la fureur de tes mains tant cruelles
Ont tel pouuoir sur des choses si belles,
Si l'equité, la bonté, la pitié,
Porter au vice extreme inimitié,
Si la vertu, la chasteté de vie,
N'ont peu flechir ny ton sort ny l'enuie,
Qu'esperons-nous de nos humanitez?

Le Ciel d'airain, logis des Deïtez,
N'est asseuré, ses Dieux ny ses Déesses,
Puis qu'icy bas nos diuines Princesses,
Qui te deuroient aux larmes inuiter,
Contre l'ennuy ne peuuent resister.

Tu n'es encor, ô Fortune, contente:
Ta cruauté nostre douleur augmente,
En nous voulant priuer de ses beaux yeux,

Yeux qui font honte aux estoilles des Cieux:
Nous desrobant ceste beauté diuine,
Pour la donner aux flots de la marine.

Puisse la mer la terre deuenir,
Puisse la Nef comme vn rocher tenir
Au bord de l'eau, de peur qu'elle n'emporte
Vn corps si beau qui nostre âge conforte,
Ceste beauté, honneur de nostre temps,
Qui rend les Roys & les peuples contens.

Hà ie voudrois, Escosse, que tu peusses
Errer ainsi que Déle: & que tu n'eusses
Les pieds fermez au profond de la mer!

Hà ie voudrois que tu peusses ramer
Ainsi que vole vne barque poussee
De mainte rame à ses flancs eslancee,
Pour t'enfuïr longue espace deuant
Le tard vaisseau qui t'iroit poursuiuant,
Sans voir iamais surgir à ton riuage
La belle Royne à qui tu dois hommage.

Puis elle adonc, qui te suiuroit en vain,
Retourneroit en France tout soudain
Pour habiter son Duché de Touraine:
Lors de chansons i'aurois la bouche pleine,
Et en mes vers si fort ie la loü'rois,
Que comme vn Cygne en chantant ie mour-
rois.

Pour mon obiect i'aurois la beauté d'elle,
Pour mon sujet sa constance immortelle:
Où maintenant la voyant absenter,
Rien que douleur ie ne sçauroy chanter.

Sus mon souspir, plainte de noir vestuë,
Monte au plus haut d'vne roche pointuë,
Cherche les bois des hommes separez,
Fuy-t'en aux lieux qui sont plus esgarez,
Et en pleurant à l'entour des riuieres,
Raconte aux vents que ie perdy n'aguieres
Vne Maistresse, vne perle de prix,
Et vne fleur, la fleur des bons esprits,
Vne diuine & rare MARGVERITE
Qui pour la France en la Sauoye habite,
Et maintenant vne Royne ie pers,
Qui fut l'honneur de France & de mes
vers.

MARCASSVS.

Comme vn beau pré] Nostre Poëte charmé des beautez incomparables, & des rares qualitez de ceste
Princesse, ne se peut tenir de deplorer toutes les discourtoisies que la fortune luy a fait ressentir, tant en son
enfance qu'en la perte de son Roy: monstre comme par son absence les choses les plus belles du Monde

perdant leur grace & leur ornement par vn espouuentable miracle, passent en leurs contraires.   *Vne Royne*]
C'est ceste Princesse dont nous auons parlé, femme de François II.   *Nostre Roy*] C'est Henry II.   *Vn beau*
Lis] Si ie ne me trompe, ceste comparaison est tirée de Virgile, au lieu où il parle de la mort de l'vn de ces
deux grands amis Nisus & Euryalus.   *Le Ciel d'airain*] Ceste application est prise des Poëtes anciens Grecs
& Latins.   *Dele*] Dele estoit vne Isle flotante dans la mer Egée, que Iupiter arresta en faueur de Latone,
qui deuoit y faire ses couches.   *Marguerite*] C'estoit Marguerite de Sauoye, dont i'ay parlé sur les Elegies.

LA HARANGVE DE TRES-
ILLVSTRE ET TRES-MAGNA-
nime Prince François, Duc de
Guise, aux Soldats de
Mets, le iour de
l'assault.

A CHARLES tres-illustre Cardinal de
Lorraine, son Frere.

Qvand Charles l'Empereur, qui
se donne en songeant
Tout l'Empire du Monde, & qui
se va rongeant
D'vne gloire affamée & d'vn soin d'entre-
prendre
De vouloir, à son dam, contre nostre ROY
prendre
Les nouueaux murs François d'vne foible
cité,
Où le Destin auoit son OVTRE *limité :*
De gens & de cheuaux effroya la campaigne,
Troupe à troupe espuisant les peuples d'Alle-
maigne,
Et toute la Hongrie, & l'escadron ardant
Des peuples basanez, my-Mores d'Occident.
   Et quand tout forcené contre l'honneur de
   France,
Arrangeoit son armee en plus grande abon-
dance
Que les vents empennez de roüez tourbillons,
L'vn l'autre se choquant ne courbent de sil-
lons,
Les vns bossus deuant, & les autres derriere,
Au giron de Tethys, la vieille mariniere.
   Et quand enuironné de tant de gouffanons,
Fit braquer tout d'vn rang cent pieces de
canons
Sur le bord d'vn fossé, qui de gorges béantes
Vomissoient à la fois cent balotes tonnantes
Contre Mets esbranlé, & d'vn hurter plus
dur

Qu'vn esclat foudroyant esbrecherent son
mur,
D'autant d'espace ouuert que l'on voit d'ou-
uerture
Dans les champs porte-blez, quand la fau-
cille dure
A rongé les tuyaux, & que le moissonneur
Ne laisse vn seul espy pour la main du glaneur.
   Et quand ja les tortis des serpentes tran-
   chées
Furent gros de soldars & de picques couchées
Du long contre leur flanc, prests à donner l'as-
saut :
Lors ton Frere de GVISE *eslancé d'vn*
plein saut
Sur le rempart cogneu, plein d'effroyable au-
dace
Défiant leurs canons s'arma deuant leur face.
Jl prit ses beaux cuissots & ses gréues encor,
Gréues faictes d'argent & iointes à cloux
d'or :
D'or les boucles estoient, où sourdoient esleuées
Mille croisettes d'or au burin engrauées :
Sur le ply du genou erroit vn grand serpent
Qui des tortis brisez de son ventre rampant
Faisoit le mouuement de ceste genouliere,
Le bordant de la queuë en lieu de cordeliere.
   Jl a d'vn corselet son corps enuironné
De fils d'or & d'argent par lignes rayonné
Opposez l'vn à l'autre, & dedans ceste ar-
meure
Viuoit (miracle grand) vne riche engraueure.
   Aupres du hausse-col le PAPE VRBAIN
   estoit
En blanche barbe peint, qui graue admonestoit
Les Roys Chrestiens de faire aux Sarrazins
la guerre,
Et de Hierusalem le sainct Royaume ac-
querre :
Sa robe estoit de pourpre, & à replis bossus
Son roquet cramoisi luy pendoit par dessus :
Dessous à plis ondez fait d'vne toile blanche
Son sourpelis couloit iusqu'au bas de la hanche :

Vis à vis de ce PAPE *engrauez en or fin*
Tressailloient d'allegresse EVSTACHE *&*
   BAVDOVIN,
Et le Comte de Flandre, & faisoient de leur
   teste
Vn signe d'obeïr à sa iuste requeste.
   Là le Duc GODEFROY *d'vn art laborieux*
Embossé dans l'acier, vendoit deuotieux
Verdun, Mets, & Buillon, & d'vn braue
   courage
Ainsi qu'vne tempeste amenoit vn orage
De soldats tous armez: le fer qui gemissoit
Sous le pied des cheuaux d'effroy s'y herissoit.
   Autour du corselet, dessus les feintes plaines
De l'Ocean voguoient trois cens nauires plei-
   nes
De Cheualiers croisez: d'autre costé le bord
Du payen Corborant rougissoit de la mort.
   Là vaincus s'esleuoient en graueure bossée,
Les grands murs d'Antioche, & les murs de
   Nicée,
Ceux de Tyr & Sidon, & là ce GODEFROY
De toute la Iudée estoit peint comme Roy.
   Puis il saisit apres sa merueilleuse targe
Forte, massiue, dure, en rondeur aussi large
Qu'est vn Soleil couchant, où du fils d'Aristor
Estoient grauez les yeux en cent estoilles d'or.
   Deux couleuures d'acier dos à dos tortillees
Trainant dedans le fer leurs traces escaillees,
Couroient le long du bord, qui d'vn col replié
Ressembloient de couleur à cest Arc varié
Que Iupiter attache au milieu des nuages
En voûte, pour seruir aux hommes de pre-
   sages.
   Du milieu de l'escu Gorgone s'esleuoit
Borgnoyant renfrongné, qui trois testes auoit
Naissantes d'vn seul col, & de chacune teste,
Grongnàte, vomissoit la foudre & la tempeste.
   Là, comme Roy de Naple, estoit emburiné
CHARLES *Comte du Maine, & le bon*
   Roy RENE',
Et tous les vieux combats que la maison
   LORRAINE
A faits sur le tombeau de l'antique Seraine.
   Apres il s'affubla d'vn morion brillant
Comme vn long trac de feu, qui des champs
   va pillant
Les espics déja meurs, lors que parmy les
   plaines

Des laboureurs fraudez le Ciel gaste les peines.
   Haletant dans l'acier, Antée fut em-
   preint
Sur le haut de la creste, horriblement estreins
Des bras courbez d'Hercule, & luy qui se tra-
   uaille
D'eschapper hors du ply de si dure tenaille,
Enfle ses nerfs en vain, & tout accrauanté
Encor sur vn genouil foible se tient planté:
Puis tout à coup il tombe, & de sa gueule bée
Desgorge vn panonceau. Puis il print son espee
Au flambant émery: le fourreau fut d'vn os
D'Elephant Indien, marqueté sur le dos
De barbillons courbez, & sa dague guer-
   riere
Plus que l'astre de Mars espandoit de lumiere.
   Apres qu'il eut de fer tout son corps reuestu,
Branlant la pique au poing aiguisa la vertu
De ses nobles soldats, & d'vn cœur magna-
   nime
Par ces vers Tyrteans au combat les anime:
   Sus courage, Soldats, sus sus, monstrez-
   vous or
De la race d'Hercule, & de celle d'Hector:
Hercule apres auoir l'Espaigne surmontee,
Vint en Gaule espouser la Royne Galatee
Dont vous estes yssus: puis le Troyen Francus
Seul heritier d'Hector quittant les murs
   vaincus
D'Ilion, vint en France, & la race Troyenne
Mesla cent ans apres auec l'Herculienne.
   Pource amis, prenez cœur, imitez vos
   ayeux:
Encore DIEV *nous aime, encore* DIEV *ses*
   yeux
N'a destourné de nous ny de nostre entreprise,
Ainçois plus que deuant la Gaule fauorise:
La Gaule il fauorise & fauorisera,
Tant que nostre bon ROY *son gouuerneur sera.*
   Donques ne craignez point tel peuple de
   gendarmes:
Mais chacun se fiant plus en DIEV *qu'en ses*
   armes,
Droit oppose sa pique au deuant du guerrier
Qui viendra sur la breche au combat le pre-
   mier:
Chacun de vous s'arrange en bon ordre en sa
   place,
Et prodiguant sa vie apres sa mort la face

GG Ggg iij

Plus claire que le iour: vous n'estes pas, Sol-
   dars,
Ignorans de garder la breche des rempars,
Et les murs assiegez d'vne effroyable bande:
Encor' il vous souuient des murs de la Mi-
   rande
Et de ceux-là de Parme, & vous souuient
   aussi
De ceux-là de Peronne, & ceux de Landreci,
Où tous les ennemis qui vos forces tenterent,
Rien sinon des-honneur chez eux ne rempor-
   terent.
Nul n'aura par mes mains recompense ny
   prix,
Si son lieu le premier sur la breche il n'a pris,
Fust-il beau comme vn Ange, & par dessus la
   trope
Apparust-il horrible en vn corps de Cyclope:
Surmontast il au cours le vent Threïcien,
Et de riches tresors le grand Roy Phrygien,
Eust-il le bras de Mars, la langue de Mer-
   cure,
Et se fust tout le Ciel & toute la Nature
Empeschez pour le faire accomply de tout
   point,
S'il n'est braue au combat ie ne l'estime point.
   Non, ie n'ignore pas qu'vne belle victoire
D'âge en âge coulant n'eternise la gloire
Des hommes combatans, soient ieunes ou soient
   vieux,
Et de terre enleuez ne les enuoye aux Cieux.
Mais certes Enyon la guerriere Deesse
Cent fois plus que les vieux estime vne ieu-
   nesse
Qui brusle de combatre, & qui ne fait encor
A l'entour du menton que iaunir d'vn poil
   d'or.
Ceste ieunesse-là mordant ses léures d'ire,
Et grinçant de fureur, à soy-mesmes inspire
Vne ame valeureuse, & s'ente dans le cœur
Je ne sçay quel effort qui desdaigne la peur.
Ceste ieunesse-là tousiours braue s'essaye
De se voir entr'-ouurir l'estomac d'vne playe,
Combatant la premiere, & mieux voudroit se
   voir
Mourir de mille morts qu'au dos la receuoir.
C'est vergongne de voir couché sur la pous-
   siere
Vn ieune homme fuyant nauré par le derriere,

Ayant le dos beant d'vlceres apparens:
Celuy vray'ment honnit ses fils & ses pa-
   rens,
Longue fable du peuple, & la cruelle Parque
Passe son nom & luy dans vne mesme bar-
   que:
Mais celuy qui premier s'opposant à l'effort
Des vaillans ennemis meurt d'vne belle mort,
Tenant encor au poing sa picque vengeresse;
A l'heure qu'on l'enterre, vne dolente presse
Chantant du trespassé la gloire & les va-
   leurs,
Réchauffe le corps froid d'vne tiede eau de
   pleurs.
»Jamais des masles cœurs les loüanges ne meu-
   rent,
» Et les fils de leurs fils tousiours loüez demeu-
   rent
» Comme Dieux au vulgaire, & tousiours
   renommez
» Demeurent leurs tombeaux de mille fleurs
   semez.
   Si quelqu'vn de la troupe en combatant
   euite
La mort cent fois cherchée, & qu'ensemble il
   incite
Son prochain compagnon à choquer viuement,
Ou vrayment à mourir l'arme au poing bra-
   uement,
Le peuple par la ruë honorera sa face,
Et venant au Senat chacun luy fera place
L'honorant comme vn Dieu, & n'aura son
   pareil,
Premier en la bataille & premier au conseil.
   Le coüard au contraire enlaidy d'vne
   honte,
Ne sera rien sinon vn populaire conte,
Et peut-estre banny de son païs natif,
Pour sa coüardeté vagabond & fuitif,
Portant ses fils au col, d'huys en huys ira
   querre
Son miserable pain en quelque estrange terre,
Et de haillons vestu, & priué de bon-heur,
N'osera plus hanter les gens dignes d'honneur:
Et sa race à iamais, fust-elle decorée
De nobles bisayeux, sera deshonorée.
   Pource faites-vous preux: bien qu'il soit
   ordonné
Du naturel Destin que tout ce qui est né

Vestu d'os & de nerfs soit quelque-iour la
   proye
De la Mort mange-tout, & que mesmes à
   Troye
Achille & Sarpedon enfans des Dieux n'ont
   pas
Non plus que fit Thersite euité le trespas.
   Mouron, mouron, amis, il vaut mieux pour
   defendre
Nous & nostre païs l'ame vaillante rendre,
L'ame vaillante rendre au dessus du rempart,
D'vn grand coup de canon faussez de part en
   part,
Ou d'vn grand coup de picque accourcir no-
   stre vie,
Que languir vieux au lict mattez de maladie.
   Courage donc, Soldats, ne craignez point
   la mort :
» *La Mort ne peut tuer l'homme vaillant &*
   fort :
La Mort tant seulement par les combats
   vient mordre
Ie ne sçay quels coüards qui n'osent tenir ordre.
Tenez donque bon ordre, & gardez vostre
   ranc,
Pressez l'vn contre l'autre, & collez flanc
   à flanc,
Pied contre pied fiché, & teste contre teste
Bataillez brauement, & creste contre creste.
Tienne le Canonnier le canon comme il faut
Droitement contre ceux qui viendront à l'af-
   faut :
Bref, que chacun de vous à son estat regarde,
Le halebardier tienne au poing sa halebarde,
La pique le piquier, & le haquebutier
Couché plat sur le ventre exerce son mestier.
   Et vous, Princes du Sang, de qui la noble
   race
Dés le premier berceau vous inspire vne au-
   dace
De mespriser la Mort, ce n'est pas vous qu'il
   faut
Animer comme vn peuple à qui le cœur defaut
Voyant flamber le fer : vostre natif courage
Mieux que moy vous enseigne au Martial
   ouurage.
   Ie parle à vous, Soldats, mettez deuant vos
   yeux
De nostre nouueau R O Y les faits victorieux :

Comme il a démarqué les bornes de la France
Pour les planter plus loin par le fer de sa lance :
Comme il a reconquis nos forts sur les Anglois,
Et comme Luxembourg obeït à ses lois,
Et comme tout le Rhin effroyé de ses bandes
Le confessa seigneur de ses eaux Allemandes.
Puis vous souuienne aussi que ce grand Empe-
   reur
Ne nous tient assiegez que par vne fureur
Naissant de desespoir d'auoir veu nostre
   Prince
Si auant maugré soy maistriser sa Prouince :
Vous souuienne, Soldats, en quelle aduersité
Seroit reduite, helas ! ceste belle cité
Si vous la laissez prendre, & combien violees
De filles on verroit, & de maisons volees,
Et combien de vieillards par les cheueux gri-
   sons
Seroient trainez dehors de leurs propres mai-
   sons,
Et qui pis est, Soldats, que de flames éprises
Enflammeroient d'autels, de Conuents & d'E-
   glises ;
Qui pour destourner d'eux tant de maux in-
   humains,
Ont commis leur salut à l'effort de vos mains.
Ne les fraudez donc point d'vne telle esperáce,
Monstrant à l'Espagnol quelles mains a la
   France,
Et que Fortune femme aime mieux par raison
Vn ieune Roy vaillant, qu'vn Empereur
   grison.
   Or si quelqu'vn de vous m'apperçoit le vi-
   sage
Tant soit palle de peur, ou faillir de courage,
Ie ne veux qu'en flattant il me vienne excuser,
Ains ie luy veux donner congé de m'accuser
(Ce que n'aduienne, ô D I E V *! que l'vn de*
   vous me face)
Car ie ne veux icy, non, non, tenir la place
D'vn Prince seulement, mais d'vn simple sol-
   dart
Couché tout le premier sur le front d'vn rem-
   part.
   Ainsi parla ton Frere inspirant au courage
Des siens, vne proüesse, vne horreur, vne rage
De combatre obstinez : son panache pendant
Terriblement courbé par ondes descendant
Sur le dos escaillé, du haut de la terrace

Effroyoit l'Espagnol d'vne horrible menace.
Comme vn brandon de feu le rond de son
*   bouclair*
Eclatoit parmy l'air vn monstrueux esclair,
Non autrement qu'on voit vne rouge Comete
Enflamer tout le Ciel d'vne crineuse crette :
Ou tout ainsi qu'on voit flamber le Sirien
Au plus chaud iour d'Esté, quand la gueule
*   du chien*
Allumant tout le Ciel d'vne flameche forte,
Aux hommes, & la soif, & les fiéures apporte.
*   Voy donc, PRELAT, que vaut vn vail-*
*   lant conducteur !*
L'Empereur frissonna d'vne si froide peur
Voyant ton Frere armé, que sur l'heure, sur
*   l'heure*

Du tout desesperé de fortune meilleure,
Tourna le dos honteux : tant pour nostre sa-
*   lut*
Le magnanime cœur de ton Frere valut !
Sur les bornes de Gaule affrontant sa ieunesse
Aux desseins plus rusez de la grise vieillesse
D'vn si caut Empereur. Iô PRINCE
*   LORRAIN,*
Encore quelquesfois de ma trompe d'airain
Ie sonneray tes faits d'vne longue Iliade :
Car ceux-là de Pericle & ceux d'Alcibiade
N'égalent tes honneurs, ny le braue renom
De celuy qui d'Afrique emporta le surnom,
Ny ton ayeul qui veit au Iourdain ses ar-
*   mees*
Se couronner le front de palmes Idumees.

MARCASSVS.

Quand Charles] Ceste piece est en l'honneur de François Duc de Guise, qui soustint le siege à Mets, contre Charles le Quint. La principale partie consiste en la description du Bouclier de ce grand Capitaine, sur lequel l'Histoire de Godefroy de Buillon, duquel la maison de Guise descend, est descrite. *Son Outre*] C'estoit la deuise de Charles le Quint. A sçauoir, les deux Colonnes d'Hercule auec ce mot, *Vltra.* Apres qu'il eut esté contraint de leuer le siege de deuant Mets on fit des vers Latins sur ceste deuise : à cause qu'il fut arresté à Mets, lequel en Latin est equiuoque auec des termes. *Hongrie*] Il en eut beaucoup de gens, à cause que sa sœur Marie en estoit Royne. *My-mores*] Il entend les Espagnols, tant parce qu'ils sont basanez en effect, que parce qu'ils sont meslez de ces gens-là, depuis que les Mores se saisirent d'vne grande partie de l'Espagne. *Tethys*] C'est la Deesse de la mer, & se prend pour la mer mesme. *Il prit ses, &c.*] Il imite Homere en cecy, lequel fait armer Pâris & les autres Princes, descriuant par le menu tout leur attirail. *Croisettes d'or*] A sçauoir, les Croix de Lorraine. *Par lignes rayonné*] Rayé d'or & d'argent. C'est ainsi que Virgile descrit les armes des soldats d'Enee, si ie ne me trompe. *Pape Vrbain*] C'estoit le Pape, sous lequel Godefroy de Buillon fit la Croisade. *Eustache & Baudoüin*] C'estoient deux fils de Godefroy qui vendit Mets, Buillon & Verdun qui estoient de Lorraine, pour faire la Croisade. *Antioche*] Ville de Syrie. *Nicee*] Ville d'Asie, où se fit ce Synode si celebre. *Tyr*] Ville de Phœnicie. *Sidon*] Ville de Carthage. *Fils d'Aristor*] C'estoit Argus, que les Anciens ont feint auoir cent yeux. *Gorgone*] Les Anciens ont feint que c'estoit vn Monstre, dont le regard transformoit en pierre. On disoit que Persee & Minerue le portoient ordinairement sur leur targe. Si vous desirez lire quelque chose de plus approchant de la verité, touchant Gorgone, Meduse, &c. voyez Diodore Sicilien. *Comte du Maine & le bon Roy René*] Ils sont descendus de Louys Duc d'Anjou, vn des fils du Roy Iean. Ce Roy René a esté fort celebré par Petrarque. *Antee*] Ce fut vn Geant de Libye, fils de Neptune, qu'Hercule defit. *Tyrteans*] Ils ont esté ainsi appellez du fils d'Arcimbrote Tyrtee, Poëte excellent, qui ayant esté esleu General d'armee par les Atheniens de l'aduis de l'Oracle, anima tellement par ses vers les soldats au combat qu'ils demeurerent victorieux sur leurs ennemis. *D'Hercule & de celle d'Hector*] D'Hercule, à cause de Pyrene ou de Galatee qu'Hercule espousa en Gaule ; d'Hector, à cause de Francus son fils. *Ilion*] C'estoit ainsi que se nommoit le Chasteau du Roy Priam : mais il se prend à la coustume des anciens Poëtes, pour la ville de Troye. *Mirande*] Ville d'Italie, de laquelle estoit ce grand Picus Mirandula. *Parme*] Ville d'Italie. *Peronne*] Ville de Picardie. *Landrecy*] Ville d'Artois. *Thracien*] Qui soufle du costé de la Grece. *Phrygien*] Du Grand Seigneur. *Mars*] Dieu de la guerre. *Mercure*] Dieu de l'eloquence. *Enyon*] C'est proprement vne des trois Furies d'Enfer. Mais Ronsard la prend icy pour la Déesse de la guerre, pour ceste fureur qui nous emporte dans les perils. *Achille*] Ce vaillant fils de Thetis & de Pelee, qui mourut au siege de Troye. *Sarpedon*] Fils de Iupiter & de Laodamie. *Thersite*] C'estoit vn bouffon, qui se mesloit de broquarder tout le monde au siege de Troye, & qui receuoit des coups de baston pour recompense de sa mesdisance, comme vous voyez dans Homere. *Démarqué*] Il conquist force villes au voyage d'Allemagne. *Rhin*] Fleuue d'Allemaigne. *Sur les Anglois*] Bologne. *Le surnom*] Scipion l'Afriquain. *Ton ayeul*] Godefroy.

LES ARMES.

A IEAN BRINON CON-
seiller en Parlement.

Q Viconque a le premier des Enfers
    deterré
    Le fer,estoit, BRINON, luy-mesme
    bien ferré :
Luy-mesme auoit, ce croy-ie , occis son propre
    pere,
Tué sa propre sœur, tué sa propre mere :
Luy-mesme auoit au soir à son hoste estranger
Dessus la table offert ses enfans à manger :
Et ne croyoit qu'au Ciel les Dieux eussent
    puissance
(Car il n'en croyoit point) de punir son offence.
    Que les Siecles dorez à bon droict sont
    loüez
Sur les siecles de fer, quand les glans secoüez
Des chesnes nourrissiers , quand la triangle
    feine
Paissoit le peuple oisif par les forests sans peine :
Et quand dans les ruisseaux iusqu'à la riue
    pleins
Les hommes tiroient l'eau dans le creux de
    leurs mains ?
    Alors on n'attachoit (pour les rendre plus
    seures)
Des portes aux maisons, aux portes des serru-
    res :
Et lors on n'oyoit point ce mot de Tien ne Mien :
Tous viuoient en commun , car tous n'auoient
    qu'vn bien :
De ce que l'vn vouloit, l'autre en auoit enuie,
Et tous d'accord passoient heureusement la vie.
    Mais si tost que le fer par malheur fut
    trouué,
Qu'au fond de ses roignons Pluton auoit couué
Par tant d'espaces d'ans là bas dessous la terre,
Au iour auecques luy la discorde & la guerre
Et le meurtre sortit , & sortirent dehors
Ces mots de Tuë, Assomme, & mille horribles
    morts.
    Le Monde adonq' fut plein de crime & de
    diffame :
Le mary machina la poison à sa femme,

Le fils tua son pere, & le frere sa sœur,
Et l'hoste ne fut pas de son hoste bien seur.
    Les peuples effroyez de l'horreur des ba-
    tailles,
Flanquerent leurs citez de fosse & de mu-
    railles :
Car le peuple aux forests sans police espandu,
Es villes par troupeaux s'estoit déja rendu,
Qui pour se maintenir au dos vestit les armes.
Lors le Monde changé n'oyoit que les alarmes
Tonner de tous costez , & le volage Mars
Tout sanglant forcener au milieu des Soldars.
Les Geans serpent-piez sur les Dieux s'enhar-
    dirent,
Les Lapithes armez les Centaures occirent,
Thebé à cent portes veit ses deux Princes
    tuez,
Et Troye à fleur de Champ' ses Pergames ruez.
    Qui pis est , des humains les races trop
    cruelles
N'ont pas fait seulement roidir en allumelles
Le fer enfant du feu : mais du grand Iupiter
Ont osé par le fer le tonnerre imiter,
Et imiter sa foudre en du fer entonnee
Bien d'vne autre façon que ne fit Salmonee.
    Ils ont fondu premier l'homicide metal
Souflé d'vne Furie au brazier infernal
Que vomit Phlegethon : ils ont mis en la fonte
Le soin, la peur, l'horreur , l'ire , & la flame
    pronte
Pleine de puanteur : ils ont apres cherché
Le soulfre que Nature aux yeux auoit caché
Des mortels inuenteurs : puis le long des mu-
    railles
D'vne estable porchere , ou dedans les en-
    trailles
D'vne grotte relente, ou d'vn mont reculé
Ils sont allez chercher le salpestre gelé :
Puis poudroyant en vn ces drogues eslongnees
Au penser des humains , sans peur les ont
    congnees
Au ventre des canons, les faisant dégorger
Vne balle qui bruit si haut au desloger,
Qui court si tost par l'air que la terre en chan-
    celle,
Que l'Enfer s'en creuasse & prend clarté
    nouuelle,
Que la Mer en tressaut , & la voûte des
    Cieux

En craquetant se rompt dessous le pied des
    Dieux.
    'De quel genre de mort estoit digne cest hom-
    me
Qui premier inventa le fer qui nous consom-
    me?
Qui premier artizan le canon pertuisa,
Et sortir de sa gorge vn tel foudre auisa?
Et qui veit sans pleurer roüer en tant de sortes
Parmy l'air tant de bras, & tant de testes
    mortes?
Ny la soif de Tantal', ny la roü d'Ixion
Ne suffiroient là bas à sa punition,
Ny le Vautour beccu, dont la griffe cruelle
Pince de Promethé la poitrine immortelle.
    Par luy comme iadis on ne voit plus d'He-
    ctors,
D'Achilles, ny d'Aiax: car les hommes plus
    forts
Sont auiourd'huy tuez d'vn Poltron en ca-
    chette
A coups de harquebouze, ou à coups de mous-
    quette.
    Au temps qu'on batailloit sans fraude, main
    à main,
On cognoissoit au fait celuy qui estoit plein
De peur ou d'asseurance, & ne vouloit-on
    croire
Que Thersite au combat meritast tant de gloire
Qu'Achille en meritoit, mais Thersite au-
    iourdhuy
Tuë Achille de loin & triomphe de luy.
    Pourquoy, Chetifs humains, auez-vous tant
    d'enuie
A grands coups de canons d'accourcir vostre
    vie?
Vous mourez assez tost: si vous pensez là bas
Auoir autant qu'icy de plaisirs & d'esbas,
Ah! vous estes trompez: bien que l'vnique
    fille
De Cerés en soit Royne, en nul temps la fau-
    cille
N'y coupe la moisson, ny aux coutaux voisins
Iamais Bacchus n'y fait verdeler ses raisins,
Helas! mais à l'entour la Mort palle y de-
    meure,

Tousiours vn peuple gresle autour d'vn lac y
    pleure,
Ayant la peau bruslee, & les cheueux cen-
    dreux,
Le visage plombé, les yeux mornes & creux.
» O fortuné celuy qui bien loin de la guerre
» Cultiue en longue paix l'vsure de sa terre,
» Et qui iamais au lict ne se veit estonner
» D'oüir au poinct du iour la trompette son-
    ner!
» Qui ne sçait quel mot c'est que cargue, ca-
    misade,
» Sentinelle, diane, escarmouche, embuscade:
» Mais qui plein de repos en la grise saison
» Attend au coin du feu la mort en sa mai-
    son,
» Afin qu'il ait l'œil clos par les mains de sa
    fille,
» Et qu'il soit mis en terre aupres de sa fa-
    mille,
» Non aupres d'vne haye, ou au fond d'vn
    fossé,
» Ayant d'vn coup de plomb le corps outre-
    percé.
    Mais que dy-ie, BRINON? qui n'au-
    roit la maniere
De l'airain & du fer iadis mise en lumiere,
Et qui ne se seroit artizan auisé
En fondant le canon de l'auoir pertuisé
Et d'auoir aceré l'alumelle trempee,
Tu ne m'eusses donné ny dague ny espee,
(Car le fer n'eust vsage) & ne m'eusses, BRI-
NON,
Donné ny pistolet, ny roüet, ny canon.
Toutesfois ie plains tant du commun le dom-
    mage,
Que ie voudrois (croy moy) que celuy qui
    l'vsage
Trouua premier du fer, n'eust iamais esté né,
Et n'auoir eu tes dons: car DIEV n'eust
    destourné
Son visage de nous, & la Paix violee,
N'eust point abandonné la terre desolee
Pour s'en-voler là haut, laissant le monde icy
S'entre-piller, naurer & tuer sans mercy.

MARCASSVS.

Quiconque a le premier] Le sieur de Brinon Conseiller en Parlement & grand amateur des Muses, auoit sans doute, fait present de quelque arme à Ronsard, comme il le tesmoigne luy mesme sur la fin de ceste piece : c'est pourquoy il a pris l'occasion de descrire les maux que l'vsage du fer a apportez dans le Monde : au lieu qu'auparauant tous viuoient dans l'innocence, laquelle il monstre par le siecle doré qu'il descrit quand & quand. *Ses enfans à manger*] Comme fit Lycaon à Iupiter. *Quand les glans*] Tous les Poëtes Grecs, Latins & Italiens sont d'accord qu'au siecle d'innocence les hommes viuoient du glan qu'ils cueilloient dans les forests. *Pluton*] Parce que la Theologie des Anciens a creu Pluton Dieu de tous les mineraux & de toutes les richesses qui sont sous terre. Voyez les Commentaires d'Aristophane, sur sa premiere Comedie. *De son hoste*] Vn des plus grands crimes des anciens, c'estoit de violer le droict d'hospitalité. Voila pourquoy vn certain personnage dans Plaute, dit à vn autre, apres vne infinité d'autres iniures, qu'il a tué son hoste. *Geans*] C'estoient ceux qui se rebellerent contre le Ciel par l'aduis de la Terre leur mere, qui les porta à ceste felonnie, comme tesmoignent tous les Poëtes. Voyez leur deffaite dans le premier & second liure des Dionysiaques de Nonne. *Lapithes*] C'estoient des peuples de Thessalie, qui tuerent les Centaures aux nopces de Pirithous, à cause qu'apres s'estre enyurez ils se mirent en deuoir de rauir l'espousee. *Ses deux Princes*] Eteocles & Polynices. Voyez la Tragedie d'Eschyle, & la Thebaïde de Stace. *Pergames*] On appelloit ainsi les forteresses de Troye. *Salmonee*] C'estoit vn Roy d'Elide fils d'Eole, qui s'estant fait bastir vn pont d'airain, s'y pourmenoit par dessus dans vn chariot, voulant par le bruit de ses cheuaux imiter le tonnerre de Iupiter, à fin que ses suiects l'adorassent : mais il fut luy-mesme reduit en poudre par celuy qu'il taschoit d'imiter. *Tantale*] C'estoit vn des fils de Iupiter & de la Nymphe Plote, autheur de la race des Tantalides. Cestui-cy ayant vn soir receu les Dieux chez luy, fit rostir son enfant nommé Pelops, & le seruit à table. Aucun des Dieux ne toucha à ce mets, excepté Cerés, qui en mangea vne espaule, pour laquelle les Dieux luy en donnerent vne d'yuoire, apres que Mercure l'eut rappellé des Enfers par leur commandement. Le pere fut ennoyé en sa place, où les Poëtes ont feint qu'il estoit en l'eau iusques au menton sans pouuoir boire, & touchoit presque des mains à des pommes sans les pouuoir cueillir. *Ixion*] Il fut fils de Phlegye, & pour auoir voulu poursuiure d'Amour Iunon, fut attaché dans les Enfers sur vne rouë qui tourne incessamment. *Promethee*] Ce fut vn des fils de Iapet, qui pour auoir voulu animer vn homme de boüe auec le feu qu'il auoit desrobé du Ciel, fut attaché au mont de Caucase, où vn Vautour se paist incessamment de ses entrailles qui renaissent à mesure que cest oiseau les deuore. *Hector*] Fils de Priam. *Achille*] Fils de Pelee & de Thetis. *Aiax*] Fils de Telamon. *Thersite*] C'estoit vn boufon qui estoit au siege de Troye, dont Homere descrit l'extréme laideur au second de l'Iliade, si ie ne me trompe. Achille le tua d'vn coup de poing. *En soit Royne*] C'est Proserpine fille de Cerés, qui est Royne des Enfers. *O Fortune*] Ces vers qui suiuent sont imitez d'vne des belles Odes d'Horace.

A IEAN DE LA PERVSE,
POETE.

E Ncore DIEV par sa grace n'a pas
A nous mortels qui viuons icy bas
Tout à la fois les choses reuelees :
Son sein beaucoup en cache de celees,
Et toutefois ce qu'il tient de celé,
Par sa bonté nous sera reuelé
Quand il voudra : car sa benigne grace
Des iournaliers fauorise la race.

En ce-pendant par soins & par labeurs
Et par trauaux il aiguise nos cœurs
Diuersement, de peur que nostre vie
Ne s'accagnarde en paresse engourdie.
De sa faueur en France il réueilla
Mon ieune esprit, qui premier trauailla
De marier les Odes à la Lyre,
Et de sçauoir sus ses cordes eslire
Quelle chanson y peut bien accorder,
Et quel fredon ne s'y peut en-corder.
Non sans labeur i'entrepris telle chose :
Mais le Destin qui tout en tous dispose,

M'y auoit tant ains que naistre adonné,
Qu'en peu de iours ie me vy façonné,
Par deux chemins suiuant la vieille trace
Des premiers pas de Pindare & d'Horace.

Presque d'vn temps le mesme esprit diuin
Dessommeilla du BELLAY l'Angeuin,
Qui doucement sur la Lyre d'yuoire
Acquit en France vne eternelle gloire :
Fait amoureux, d'vn pouce tremblotant
Poussa le Luth à voix douce chantant
Les passions que sa gentille Dame
Luy engrauoit au plus profond de l'ame.
Long temps deuant d'vn ton plus haut que luy
TYARD chanta son amoureux ennuy,
Qui iusqu'à l'os consumoit sa moüelle
Pour les beaux yeux de sa Dame cruelle.

Comme ces deux de mesme fleche atteint,
(Tant peut Amour) helas ! ie fu contraint
Dessus le Luth autres chansons apprendre,
Pensant flechir l'orgueil de ma CASSANDRE,
Mais pour-neant : car mes chansons n'ont peu
Ny l'enflamer, ny englacer mon feu.
Apres BAÏF d'vne fleche plus douce

Espoint au cœur, mignarda de son pouce
Des jouïssans les baisers sauoureux,
Et de la nuict les combats amoureux;
Et les plaisirs dont vne douce Amante
Entre ses bras son Damoiseau contente.

 Puis DES-AVTELS au contraire tou-
  ché
D'vn beau trait d'œil autrement descoché,
Chanta les maux qu'vn patient endure
Dans les prisons d'vne Maistresse dure.

 Apres Amour la France abandonna,
Et lors IODELLE heureusement sonna
D'vne voix humble & d'vne voix hardie
La Comedie auec la Tragedie,
Et d'vn ton double ore bas ore haut,
Remplit premier le François eschauffaut.

 Tu vins apres, encothurné PERVSE,
Espoinçonné de la Tragique Muse,
Muse vrayment qui t'a donné pouuoir
D'enfler tes vers, & graue conceuoir
Les tristes cris des miserables Princes
A l'impourueu chassez de leurs prouinces,
Et d'irriter de changemens soudains
Le Roy Creon, & les freres Thebains,
Ha cruauté! & de faire homicide
De ses enfans la sorciere Colchide.

 Peut-estre apres que DIEV nous donnera
Vn cœur hardy qui braue sonnera
De longue haleine vn Poëme heroïque :
Quelque autre apres la chanson Bucolique,
L'vn la Satyre, & l'autre plus gaillard
Nous sallera l'Epigramme raillard.
Car il nous aime, & si aime la France,
Et tirera nostre langue d'enfance :
Je dy pourueu que sa race, les Rois
Vueillent de grace œillader quelquefois
Leurs pauures Sœurs, les filles que Memoire
Luy enfanta pour celebrer sa gloire.
Car pour-neant le Poëte sacré
Chante ses vers, s'ils ne viennent à gré
Aux Roys sceptrez, en qui git la tutelle
Des doctes Sœurs & toute leur sequelle.

 Pource à bon droit nos vieux predecesseurs
Logeoient Hercule au Temple des neuf Sœurs,
Pour desseigner que leur puissance est morte,
Si quelque Heros ne leur tient la main forte,
Et que les vers demeurent desprisez,
Si d'vn grand Roy ne sont fauorisez.

 Aussi le Roy, quelque chose qu'il face,
Meurt sans honneur, s'il n'achete la grace
Par maints presents d'vn Poëte sçauant
Qui du tombeau le déterre viuant,
Et fait tousiours d'vne plume animée
Voler par tout sa viue renommée.

MARCASSVS.

Encore Dieu] Apres auoir discouru de plusieurs Poëtes de son temps, il tombe sur les loüanges de Iean de la Peruse, Poëte excellent du temps de Ronsard. Ce ieune esprit mourut d'amour. Il fit la Medee, & des Odes Pindariques. *Bellay*] Poëte excellent, qui chanta sa Maistresse Oliue. *Tyard*] C'estoit encore vn autre Poëte, duquel il est parlé aux Commentaires des Amours de Marie. *Baïf*] Vn autre Poëte excellent. *Des-Autels*] C'estoit vn Poëte Bourguignon, qui a chanté sa Saincte. *Iodelle*] Ce fut vn Poëte Parisien, à qui fut donné le prix du Bouc d'argent. *Creon*] Il y a eu deux Creons : l'vn fut Roy de Corinthe qui donna sa fille Creuse en mariage à Iason ; l'autre de Thebes qui donna sa fille à ŒEdipe. *Les freres*] Ce sont Eteocles & Polynices. Voyez Stace en sa Thebaïde. *La sorciere*] Il entend Medee, qui deschira son frere & ses propres enfans. Voyez Seneque le Tragique.

LA CHASSE.

A IEAN BRINON CON-seiller en Parlement.

Te seray-ie tousiours redeuable,
BRINON?
Ie pensois estre quitte en payant
 vn canon,
Vn Bacchus, vne espee, vn verre au ventre
 large,
Et voicy de rechef vne nouuelle charge.
C'est trop de fois pour toy les Muses inuoqué,
Je crains que ie ne sois de leur troupe moqué
Comme vn homme impudent, qui sans rougir
 apporte
Tousiours vn mesme sac à vne mesme porte.

 Donques pour ceste fois les Muses n'inuo-
  quon,
Et les laisson baller dans le val d'Helicon,
Ou sur le bord fleury de Parnasse, ou d'Eu-
 rotte :
» Le pellerin est sot qui ne sçait qu'vne rotte,
     » Le

„ *Le soldat qu'vne embusche , & sot est le*
  nocher
„ *Qui ne peut son bateau que d'vne ancre ac-*
  crocher.
Il faut qu'en autre part autre secours s'es-
  preuue
Que celuy des neuf Sœurs, & qu'autre Dieu
  ie treuue
Pour me fauoriser. Vous Deesses des bois,
Vous serez mon secours, qui portans le car-
  quois
Au senestre costé, par plaims & par campagnes,
Errez la trompe au col, de Diane compagnes.
  Sus donc inspirez-moy : ie chante icy vos
    biens,
Vos espieux, vos filets, vos chasses & vos
  chiens :
Couurez la tendre chair de vos grêues diuines
Du cuir damasquiné de vos courtes botines,
Vos cottes agraffez plus haut que les genoux,
Que vos Molosses fiers soient couplez apres
  vous,
Et que chaqu'vne branle en la main la sagette.
Ioy ce me semble, i'oy les vierges de Taigette
Qui m'appellent déja, & des chiens decouplez
I'oy dessus Menalon les abois redoublez.
  Mais auant que d'entrer en la forest épesse
De Grage ou d'Erymant, dy vierge chasse-
  resse,
Dy Phebe aux beaux talons, ceux qui ont les
  premiers
Trouué l'art de conduire és forests des limiers,
Le conseil, le dessein, & les arts de la Chasse :
Sœur iumelle à Phebus, chante-les moy de
  grace,
Et si tost qu'entendus ie les auray de toy,
A ceux ie les diray qui viendront apres moy,
Eux aux neueux futurs. Nature ingenieuse
Voyant les cœurs humains d'vne paresse oiseuse
S'engourdir lentement, pour les deparesser,
S'en vint au mont Pholois à Chiron s'ad-
  dresser,
Chiron d'en-haut mi-homme, & depuis la
  ceinture
Mi-cheual monstrueux, qui chassant d'auan-
  ture
Vn cerf, la venaison par morceaux decoupa,
Et le premier de tous à la table en soupa :
Puis Perse fils-de-pluye, ayant trenché la teste

De Gorgonne empierrant, premier fit la con-
  queste
Des cheureuls qu'il blessa par les bois en volāt.
Apres Castor fils-d'œuf, domte-poullain, vail-
  lant,
Alla sur vn cheual le premier à la chasse.
Puis Pollux l'escrimeur premier cognut la
  trace
Des cerfs par les limiers, & le premier à coups
De dens de forts léuriers fit estrāgler les loups.
Les espieux inuenta Meleagre au pied-viste,
Les toiles & les pans & les rets Hippolyte.
Atalante en chassant d'vn dard qu'elle rua,
Vn sanglier la premiere és bocages tua :
Orion inuenta les meutes & les lesses,
Et l'art de bien brosser par les forests espesses :
Puis mille sont venus lesquels ont augmenté
Le bel art de chasser par les Grecs inuenté.
  Ils n'ont pas seulement inuenté l'art de faire
De menteuses couleurs leurs beaux cheuaux
  pourtraire
Au ventre des iumens, mais ils ont eu souci
De pourtraire leurs chiens ains que de naistre
  aussi :
Puis d'vn esprit sagace ils ont eu cognoissance
Des bons & des mauuais, du poinct de leur
  naissance :
Ils ont fait choix de ceux dont le musle est
  camus,
Les yeux ardans & gros, le sourcil par-dessus
S'auallant renfrongné, vne teste petite,
Vne aureille pendante, vne gueule despite,
Les dents comme vne scie, vn col petit, le dos
Lõg, large, biẽ charnu, les nerfs forts & les ôs,
L'estomac rond & plein, & la iambe derriere
Plus longuette vn petit que la iambe premiere,
La queuë deliee : & bref quand tout le corps
Estoit ferme planté sur membres beaux &
  forts.
Puis ils les ont nommez dés leur ieunesse tendre
De noms aigus & courts, pour soudain les
  entendre,
Pamphag, Lelap, Melamp, Oribat, Aïstaut,
Hyle, Lachne, Agriod, Thoin, Asuol, Arpaut,
Ichnobat, Hylastor, & de mainte autre sorte
Selon que le langage en diuers lieux le porte.
  Mais qui est le mortel, eust-il la voix
    d'airain
Et la langue de fer, qui conteroit à plein

HHHhh

Des Chasseurs déuoyez les cours & les tra-
  uerses,
Et les diuers plaisirs de leurs chasses diuerses?
Celuy qui les diroit, diroit encore mieux
Tous les flots de l'Egée, & les astres des Cieux.
  L'vn auecques les rets enueloppe vne beste,
L'autre à dens de mastins ensanglante sa que-
  ste :
L'vn auec le vautret accule le sangler,
Et l'autre fait les ours aux dogues estrangler:
L'vn surprend le putois au piege fait en cerne,
Et l'autre le tesson enfume en sa cauerne :
L'vn fait vne trainée, & pendus à vn clou
Enleue par les pieds le renard & le lou :
L'vn tue auec le trait les bestes en leurs gistes,
L'autre à la course suit les liéures aux pieds-
  vistes,
D'vn cheual Espagnol poudroyant tous les
  chams :
L'vn prend le cerf à force, & de longs cris
  trenchans
De trompes & de chiens, & sans defaut le
  meine
En haletant mourir aupres d'vne fontaine.
Puis il pend en trofée à quelque arbre fourchu.
Au Dieu Pan forestier le front du cerf
  fourchu.
  C'est vn plaisir apres d'en faire la curée,
Puis s'aller endormir pres d'vne onde azurée
Dessus l'herbe mollette, ou prendre la fraischeur
D'vn antre tapissé de mousseuse espesseur,
Et d'entr'ouïr de loin ou Menalque ou Tityre,
Qui gardant leurs brebis dans vn val font re-
  dire
Vne eclogue à leur veze, & de voir à l'escart
Leurs aignelets cornus sauteler d'autre part.
  Quel plaisir est-ce, ô Dieux ! de manger és
  boccages
Du formage & du lait & des fraizes sau-
  uages,
Ou secoüer le fruit d'vn pommeux arbrisseau,
Ou de perdre la soif dans le prochain ruisseau?
  Hé, quel plaisir encor' quand la nuict est
  venuë
Retourner au logis, trouuer sa femme nuë
Gisante dans le lict, qui se pasme de peur
Que son ieune mary n'ait mis ailleurs son cœur,
Puis qu'il reuient si tard? & pense qu'il pour-
  chasse

Ez forests quelque Nymphe? il luy iure qu'il
  chasse,
Et qu'il aimeroit mieux la plus cruelle mort,
Que d'en aimer vne autre & de luy faire tort.
  Mais sur tous les plaisirs de la Chasse amia-
  ble,
Celle du chien couchant m'est la plus agreable,
Pour estre solitaire, & me faire penser
Ie ne sçay quoy qui doit les siecles deuancer.
  Lequel est digne d'estre admiré d'auantage,
Ou la brutalité du chien qui est si sage,
Ou la dexterité du chasseur inuentif,
Qui façonne le chien si sage & si craintif?
Vous diriez à le voir & qu'il est raisonnable,
Et qu'il a iugement, tant il est admirable
En son mestier appris, & accort à flairer
Les perdris, & les faire en crainte demeurer.
  En quatre coups de nez il éuente vne plaine,
Et guidé de son flair à petits pas se traine
Le front droit au gibier, puis la iambe éleuant
Et roidissant la queuë, & s'allongeant deuant
Se tient ferme planté, tant qu'il voye la place
Et le gibier motté couuert de la tirace.
  Mais par-sus tous les chiens à telle chasse
  appris,
Ton chien donné, BRINON, doit emporter
  le pris,
Et croy qu'il soit sorti de la race fatale
De ceux que donna Pan sur le mont de Me-
  nale
A la ieune Artemis, pour ne chasser en vain
Au môt Parrhasien les cerfs aux piés d'airain.
Il surmonte en beauté, en force, & en vistesse
Le léurier de Cephal, qui par diuine addresse
Surmonta toute beste, & qui ne peût en fin,
En marbre transformé, surmonter son Destin.
» Qui le surmonteroit, quand l'homme rai-
  sonnable
» Est luy-mesmes donté du Destin indom-
  ptable ?
  Apollon de ses vers seroit trop liberal
A celuy qui diroit des chiens en general
La force & la vertu, & combien de loüanges
Ils ont iadis receu par les terres estranges.
On les souloit ranger au combat les premiers
Comme hardis de cœur, & fideles guerriers :
Et faisoient bien souuent sans nulle autre pour-
  suite
Tourner les ennemis en vergongneuse fuite.

On ne sçauroit conter quelle fidelité
Ils ont enuers leur maistre à la necessité :
Aussi les demi-Dieux, comme Hercule &
    Thesée,
Allans en quelque emprise ou longue ou mal-
    aisée
S'accompagnoient de chiens, qui mieux ai-
    moient mourir,
Qu'au besoin leurs seigneurs, hardis, ne se-
    courir.

    Vlysse apres vingt ans incognu de sa trope,
De son fils Telemach & de sa Penelope,
Fut cogneu de son chien. Les chiens ont quel-
    quefois
(Le croye qui voudra) parlé d'humaine vois :
Et les Egyptiens admirans leur nature,
Ont adoré leurs Dieux sous Chiennine figure.
    Que diray plus, BRINON? certes on ne
        voit riens
Qui ne se tiëne fier d'auoir chez luy des chiens :
Le Ciel en est garny, la Mer en est garnie,
L'Enfer en est fourni, la Terre en est fournie.
Les hommes villageois ne dormiroient de nuit
Asseurez sans leurs chiës, & le pasteur qui suit
Les lieux vuides de gens, seroit tousiours en
    crainte
Que le loup de ses bœufs n'eust la maschoire
    teinte.
    Les Dames sans tenir és mains vn petit
        chien

N'auroient en deuisant ny grace ny maintien,
Et sans luy n'eussions veu la soye cramoise.
    On dit qu'Hercule vn iour en allant voir
        s'amie
(Dont Tyre estoit le nom) menoit pour com-
    pagnon
Derriere ses talons vn grand leurier mignon.
En trauersant vn mont le chien au nez habile
Sentit vne porphyre errante en sa coquille,
Ayant le corps tiré de la mesme façon
Qu'on voit sur le Printemps errer vn lima-
    çon,
Qui porte sa maison & monstre toute nuë
Son eschine en glissant sur l'herbette menuë :
Lors le chien affamé la porphyre mâcha,
Et de son sang vermeil le muffle s'en tacha.
    A peine Hercule fut dans la maison de Tyre
Qu'elle auisa le chien, & tout soudain desire
D'auoir en nouueau don vn vestement pareil
Au sang, duquel le chien auoit le nez ver-
    meil,
Ou que iamais au lict n'embrasseroit Alcide.
    Alcide obeïssant soudain retourne bride,
Et retraçant ses pas par le mont vit son chien
Qui se repeut encor du sang porphyrien,
Et plus qu'auparauant en auoit la dent peinte :
Lors il print de la laine, & apres l'auoir
    teinte
En ce beau sang vermeil, du drap en façonna,
Puis à sa chere amie en present le donna.

MARCASSVS.

Te seray-ie tousiours] Ce traitté de la Chasse est en partie imité de Xenophon, principalement en ce qui touche la qualité & description des chiens, les braues Heros qui l'ont pratiquee, & qui en ont esté les inuenteurs. Au reste, nous auons parlé au Poëme des Armes, du sieur de Brinon. *Vn canon, &c.*] Ce sont des pieces qu'il luy a dónées. *Helicon*] C'est vne montagne de Beotie, sacree aux Muses. *Permesse*] Fleuue qui bat le pied du mont de Parnasse sacré aux Muses. *Eurote*] Fleuue sacré à Apollon. *Ie chante icy*] Il inuoque les Déesses chasseresses, de mesme que Virgile en ses Georgiques inuoque les Dieux des champs, disant qu'il chante les presens & les faueurs qu'ils font aux hommes. *Molosses*] Ce sont des chiens grands & forts pour les bestes noires. *Taigere*] C'est vne ville de Laconie, d'où l'on faisoit venir d'excellents chiens de chasse, côme l'on peut voir dans Xenophon & dans Virg. *I'oy ce me semble*] C'est vne imitation du 3. de Virgile, où le Poëte dit presque la mesme chose. *Menalon*] C'est vne môtagne d'Arcadie, où il y auoit force chasse. *Erymant*] C'est aussi vne môtagne d'Arcadie. *Phebé*] Diane est ainsi appellée du nom de son frere Phebus. *Pholois à Chiron*] Chirô est appellé ainsi de sa mere Pholoé. Ce fut vn grâd personnage, maistre d'Achille, de Thesee, de Pirithoë, de Meleagre, & de plusieurs autres grands personnages, tous lesquels il instruisit à l'exercice de la Chasse. *Persée*] C'est celuy qui deliura Andromede. *Gorgonne*] C'estoit vn Monstre, à l'aspect duquel les Poëtes ont feint que tout le Monde deuenoit pierre. Lisez les Commentaires de Tzetzes sur Lycophron. *Fils-d'œuf*] Castor & Pollux fils de Leda, nasquirent d'vn œuf auec Helene, comme ont feint les Poëtes. Ce qui donna sujet de croire cela aux Anciens, ce fut que ces Princes estants naiz dans vne galerie voûtée qui a vn nom commun auec vn œuf, ils prirent du nom equiuoque la signification qui leur pleut, & en firent la fable toute entiere. *Meleagre*] Ce fut vn des fils d'Oenée Roy de Calydoine, grand Chasseur. *Toiles*] Ce sont de grandes pieces de toile espesse & tissuë en outil, bordee de grosse corde, qui seruent pour le deduit des Princes, quand ils veulent enclorre vn sanglier. *Pans*] C'est ce qui sert à entourer & clorre vn bois où l'on veut chasser les bestes noires. *Atalante*] C'estoit vne grande Princesse fille d'Iasius Roy des Argiens. C'est elle qui blessa ce grand sanglier si renommé de Calydoine. *Orion*] Nous en auons parlé ailleurs. *Meutes* Meute, parmy les Chasseurs, c'est vne compagnie de chiens-courans qui sont tous d'vne robe. *Lesses*] Couples de chiens ou de leuriers. *Sagace*] Mot Latinisé, & propre aux chiens, & par translation, pour rusé. *Dont le mufle*] Ces chiens camus, dit Xenophon, sont fort excellents, à cause qu'ils ont les

HHHhh ij

narines fort dilatees, par lesquelles ils reçoiuent plus facilement le vent qui leur apporte l'odeur du gibier.

Ardans & gros] C'est encore les marques des chiens diligens. *Les yeux ardans*] Ces chiens, au rapport de Xenophon en son traicté de la Chasse, sont actifs & diligens. *Refroigné*] Ceux-là sont aspres apres le gibier, & de bonne prise. *Teste petite*] La grandeur de la teste doit estre toute au nez & aux aureilles.

Depite] C'est à dire, refrongnee & farouche; en ceste partie la deformité tient lieu de beauté & de bonté. *Les dents*] Ce n'est pas assez que le chien ayt le nez bon pour descouurir le gibier : qu'il soit diligens & prompt pour le poursuiure : il faut qu'il ait les dents encore bonnes pour l'arrester. *Col petit*] Le col long ne vaut rien, parce qu'il ne soustient pas si ferme la teste, d'où vient que les chiens ne peuuent pas chasser si long temps. *La queuë deliee*] C'est à cause du mouuement qui leur est naturel, & qui les lasseroit s'il venoit d'vne queuë pesante & grossiere, qui leur donneroit plus de peine à remuer qu'vne deliee. Xenophon est de ce mesme auis. *De noms aigus & cours*] Ce sont les noms que Xenophon est d'aduis qu'on donne aux chiens, à fin qu'on les puisse dans peu de temps redoubler, & ces redoublemens animent les chiens. *Tous les flots de l'Egee*] C'est ainsi que Virgile s'excuse ordinairement d'vne longue narration qu'il dit estre aussi impossible que conter les Estoilles ou les flots de la mer Egee. *L'vn* } Il diuise la Chasse en ses especes. *Defaut*] Défaut, en termes de Venerie, est quand les chiens ont perdu les traces de la beste qu'ils chassent. *Pan*] Dieu des champs. *Menalque ou Tityre* } Noms de Bergers, sçauants en l'art de bien chanter & ioüer de la Musette. *Veze*] C'est vn instrument de Musique dont se seruoient les Bergers. *En quatre*] Voila vn vers fort excellent. *Motté*] C'est à dire, tapy contre vne motte. *Artemis*] Pan amoureux de Diane luy fit present de quelques beaux chiens de chasse. *Menale*] Mont d'Arcadie.

Parrhasien] D'Arcadie, qui est dans le Peloponese. *Cephal*] C'estoit vn des fils d'Eole, grand chasseur, auquel l'Aurore amoureuse de ses beautez donna vn chien nommé Lelaps & deux jauelots, qui estoient fataus à toucher quelque but que ce fut. Ce Chasseur fut transformé, selon l'opinion de quelques-vns, en marbre auec son chien. *Tyre*] C'estoit vne des Maistresses d'Hercule. Pour voir quelque chose de la teinture de l'escarlate il faut lire les Commentaires de Vigenere, sur la plate-peinture de Philostrate. *Alcide*] C'est vn des surnoms d'Hercule, qui vient du Grec.

LA LYRE,

A IEAN BELOT AGENOIS, Maistre des Requestes de l'Hostel du Roy.

B
ELOT, parcelle, ains le tout de
  ma vie,
  Quand ie te vy, ie n'auois plus
   enuie
De voir la Muse, ou danser à son bal,
Ou m'abreuuer en l'eau que le Cheual
D'vn coup de pied fit sourçoyer de terre.

Peu me plaisoit le Laurier qui enserre
Les doctes fronts, le Myrte Paphien,
Ny la fleur teinte au sang Adonien,
Ny tout l'esmail qui le Printemps colore,
Ny tous ces jeux que la ieunesse honore :
Mais au contraire, & malade & grison
J'aimois au feu l'aise de ma maison,
Aux plus gaillards quittant la Poësie
Que i'auois seule en ieunesse choisie
Pour soulager mon cœur qui boüillonnoit
Quand de son trait Amour l'aiguillonnoit,
Comme venin glissé dedans mes veines,
Entremeslant vn plaisir de cent peines.

Ie ne faisois, allegre de seiour,
Fust au coucher, fust au leuer du iour,
Qu'enter, planter, & tirer à la ligne
Le sep tortu de la ioyeuse vigne

Qui rend le cœur du ieune plus gaillard,
Et plus puissant l'estomach du vieillard.
Cerés nourrit, Bacchus réjoüit l'homme :
C'est pour cela que Bon-pere on le nomme.
Or pour autant que le pere Euien
A bonne part au mont Parnasien,
Tousiours pourtrait au Têple des neuf Muses,
Pour ses vertus en nos ames infuses,
Comme Prophete & Poëte vineux
Ie l'honorois d'artifice soigneux,
Ne cultiuant, ou fust iardin ou prée,
Deuant le sep de la vigne sacrée.
Il a rendu salaire à mon labeur,
De sa fureur me remplissant le cœur.
Car comme dit ce grand Platon, ce sage,
Quatre fureurs brulent nostre courage,
Bacchus, Amour, les Muses, Apollon,
Qui dans nos cœurs laissent vn aiguillon
Comme freslons, & d'vne ardeur secrette
Font soudain l'homme & Poëte & Prophete.

Ie voy par là que Poëte ie suis
Plein de fureur : car faire ie ne puis
Vn trait de vers, soit qu'vn Prince commande,
Soit qu'vne Dame ou l'Ami m'en demande,
Et à tous coups la verue ne me prend :
Ie bée en vain, & mon esprit attend
Tantost six mois, tantost vn an sans faire
Vers qui me puisse ou plaire ou satisfaire.

I'atten venir (certes ie n'en mens point)
Ceste fureur qui la Sibylle espoint :

Mais aussi tost que par long interualle
Dedans mon cœur du Ciel elle deualle,
Colere, ardant, furieux, agité,
Ie tremble tout dessous la Deïté.

    Or comme on voit ces torrens qui descen-
    dent
Du haut des monts, & flot sur flot se rendent
A gros boüillons en la vallée, & font
D'vne riuiere vne corne à leur front,
(Et c'est pourquoy les peintres qui les feignent
Fleuues-Taureaux, au front cornu les pei-
    pent)
Fumeux, bruyans, escumeux & venteux,
Et de leur musle ouurant au deuant d'eux
Vn chemin d'eau sans que rien les empesche,
Pour s'emboucher ou dans la riue fresche
D'vn prochain fleuue, ou au bord reculé
Du vieil Neptune au riuage salé.

    Ainsi ie cours à course desbridee,
Lors que la verue en moy s'est desbordee,
Impetueux sans raison ny conseil.

    Elle me dure ou le tour d'vn Soleil,
Quelquefois deux, quelquefois trois, puis
    morte
Elle languit en moy de telle sorte
Qu'vne herbe fait, languissant pour vn
    temps :
Puis dessus terre elle vit au Printemps,
Par son declin prenant force & croissance,
Et de sa mort vne icune naissance.

    Quand la fureur me laisse, tout soudain
Plume & papier me tombent de la main :
Du tout ie semble à la forte Commere,
Laquelle ayant d'vne trenchee amere
Ietté son Part, fuit de son lit : ainsi
Je fuy la chambre, oubliant le souci
De ceste ardeur qui me tenoit en serre,
Et lors du Ciel ie deualle en la terre,
Ah ! & en lieu de viure entre les Dieux,
Ie deuiens homme à moy-mesme odieux.

    Mais quand du tout ceste ardeur se retire,
Je ne sçaurois ny penser ny redire
Les vers escrits & ne m'en souuient plus.

    Ie ne suis rien qu'vn corps mort & perclus,
Dont l'ame vole autre part esbranlée,
Laissant son hoste aussi froid que gelée,
Et m'esbahis de ceux ausquels il est
Prompt de verser des vers quand il leur plaist.

    Le grand Platon en ses œuures nous chante

Que nostre esprit comme le corps enfante,
L'vn des enfans qui surmontent la mort,
L'autre des fils qui doiuent voir le port
Où le Nocher tient sa gondolle ouuerte
A tous venans, riche de nostre perte.

    Ainsi tous deux conçoiuent, mais il faut
Que le sang soit ieune, gaillard & chaud :
Car si le sang chaude vigueur ne baille
A tels enfans, ils ne font rien qui vaille.
Lors que Pallas sortoit hors du cerueau
De Iupiter, Vulcan prit vn couteau
Dont il ouurit à Iupiter la teste.
Adonc Pallas sortit à la grand' creste,
Au chef armé, ayant d'vn grand pauois
Les bras chargez, & le corps d'vn harnois :
Les Muses Sœurs furent les sages-femmes.

    Quant à Vulcan, c'est l'ardeur de nos ames
Qui nous eschauffe, & ouure viuement
De l'esprit gros le meur enfantement :
Quant à Pallas qui sort de la ceruelle,
C'est de l'esprit l'œuure toute nouuelle
Que le penser luy a fait conceuoir :
Les Muses sont l'estude & le sçauoir.

    Or mon cerueau qui le labeur desdaigne,
Estoit en friche & deuenu brehaigne
Sans enfanter, ou soit qu'il fust lassé
De trop d'enfans conceus au temps passé,
Soit qu'il cherchast le repos solitaire :
Il m'asseuroit de iamais plus ne faire
Chanson, ny vers, ny prose, ny escrit,
Donnant repos à mon fantasque esprit.

    Mais aussi tost qu'aux bords de la Garonne
Je te cognu d'vne nature bonne,
Courtois, honneste, hospital, liberal,
Toutes vertus ayant en general :
Soudain au cœur il me prit vne enuie
De te chanter, à fin qu'apres ta vie
Le peuple sceust que tes Graces ont eu
Vn Chantre tel ami de ta vertu,
Pour ne souffrir que tant de vertus tiennes
Cheussent là bas aux riues Stygiennes
Sans nul honneur, & qu'vne mesme nuit
Pressast ton corps, orphelin de bon bruit.

    Rien, mon BELOT, n'y sert la grand
    despense,
Les despensiers em-bousis de boubance
Veulent gaigner par vn art somptueux
Ou par banquets, par vins tumultueux,
La gloire humaine, & abusez se trompent,

Et par le trop eux-mesmes se corrompent.

  Car auiourd'huy chacun sçait sagement
Que vaut le chou, & viure sobrement :
Ainsi que toy qui des Chantres la grace
Gaignes amy , non par la soupe grasse,
Mais par l'honneur que courtois tu leur fais :
Pource à l'enuy ils celebrent tes fais.

  Par quel escrit faut-il que ie commence
Pour enuoyer des Muses la semence ,
(J'entens mes vers) par toute Europe, afin
Que ton renom suruiue apres ta fin ?

  Ta face semble & tes yeux solitaires
Aux creux vaisseaux de nos Apoticaires,
Qui par dessus rudement sont pourtraits
D'hommes & Dieux à plaisirs contrefaits,
D'une Iunon en l'air des vents soufflee,
D'une Pallas qui voit sa ioüe enflee,
Se courrouçant contre son Chalumeau,
Et d'un Bacchus assis sur un tonneau,
D'un Marsyas despoüillé de ses veines :
Et toutefois leurs Caissettes sont pleines.
D'Ambre, Ciuette & de Musq' odorant,
Manne, Rubarbe, Aloés secourant
L'estomach foible, & neantmoins il semble,
Voyant à l'œil ces images ensemble,
Que le dedans soit semblable au dehors.

  Tel fut Socrate, & toutefois alors
En front seuere, en œil melancholique,
Estoit l'honneur de la Chose publique,
Qui rien dehors, mais au dedans portoit
La saincte humeur dont Platon s'allaittoit,
Alcibiade , & mille dont la vie
Se corrigea par la Philosophie,
Que du haut Ciel aux villes il logea,
Reprint le peuple & les mœurs corrigea,
Et le sçauoir qu'on preschoit aux escoles,
Du cours du Ciel , de l'assiette des Poles,
De nous predire & le mal & le bien,
Et d'embrasser le Monde en un lien.
Il eschangea ses discours inutiles
Au reglement des citez & des villes,
Et sage fit la contemplation
Du cours du Ciel tomber en action.

  Pource à grand tort les vieux du premier
        âge
Ont feint Minos s'asseoir au banquetage
De Iupiter : ou bien son familier,
Qui par neuf ans d'un propos coustumier
Parloit à luy, ou fust sur la montagne

Du haut Olympe, ou sur Ide qui baigne
De cent ruisseaux les larges champs Cretois,
Comme l'autre Ide arrouse les Phrygeois.
Ah ! ils deuoient non pas un Minos prendre
Pour precepteur, mais un Socrate attendre
Pour bien regir les villes par la Loy :
Et toutefois il estoit comme toy
De front austere & de triste visage,
Au reste gay, docte, prudent & sage.

  Celuy qui voit ton front un peu pensif,
Pense l'esprit comme le corps massif,
Et ton dedans coniecte par la montre
Qui morne & lente & pensiue se montre
Suiuant ton estre, ou ton astre fatal :
Mais il se trompe & te iuge tres-mal.

  L'un en cecy, l'autre en cela te chante :
Mais de chacun la chanson plus frequente
(Qui plus au cœur nous laisse d'aiguillon)
C'est qu'en voyant le Gaulois Apollon
Tout mal en point errer par nostre France,
A qui la sotte & maligne ignorance
Pleine de fard , d'enuie & de desdain,
Auoit rauy la Lyre de la main,
En sa faueur tu ne t'es monstré chiche,
Faisant ce Dieu en ton dommage riche,
Luy consacrant par un vœu solennel
Ta Lyre courbe, un present eternel,
D'un art cousteux, afin qu'on la contemple
Pour le present de BELOT en son temple.

  D'or est l'archet, les cheuilles encor
Ont le bout d'or , le haut du coude est d'or,
Tout à l'entour mainte lame d'yuoire
Est engrauee ou d'une vraye histoire,
Ou de pourtraits plaisans & fabuleux,
Dont ceste Lyre a le ventre orgueilleux.

  Les plus hauts Dieux en festin delectable
Y sont assis : au milieu de la table
Est Apollon, qui accouple sa vois
Au tremblotis de l'archet & des doigts.

  En le voyant, vous diriez qu'il accorde,
Frappant son Luth , ceste vieille Discorde
D'entre Pallas & le Roy de la mer,
Deux puissans Dieux , qui vouloient sur-
        nommer
De leur beau nom les naissantes Athenes,
  Tous deux au bord des Attiques arenes
Se presentoient parrains de la Cité :
L'une en courroux & au front despité
A la grand' targe, à la poitrine armée,

Fit sortir hors de la terre germée
Vn Oliuier, qui la motte hauſſoit
Du haut du Chef & de terre croiſſoit
En ſe formant : puis chargé de fueillage,
De fleurs & fruits couuroit tout le riuage,
Signe de paix : Neptune plus ardent
Deux & trois coups frappant de ſon Trident,
Faiſoit ſemblant de faire iſſir de terre
Vn grand courſier inſtrument de la guerre,
Aux larges crins deſſus le col eſpars,
Qui henniſſant frappoit de toutes parts
D'vn ſon aigu toute la riue verte
Chaude du vent de ſa narine ouuerte.

Au naturel dans l'yuoire attaché
Vit vn Marſye au corps tout eſcorché,
Qui de ſon ſang fait vn fleuue en Phrygie,
Punition d'oſer ſa chalemie
Plus que le Luth d'Apollon eſtimer.

Vous le verriez lentement conſommer
Mort dans l'yuoire, & d'vne face humaine
N'eſtre plus rien qu'vne large fontaine.

En l'engraueure Apollon qui ſ'eſtoit
Vn peu courbé, luy-meſme ſe chantoit :
Comme les rocs bondiſſans par la voye
Traçoient ſes pas, maçons des murs de Troye,
Et comme au bruit de ſes nerfs bien tendus
Mille rochers de leur bon gré fendus
Suiuoient du Luth la corde non commune,
Où dix à peine alloient apres Neptune,
Vn Dieu groſſier de mœurs & de façons,
L'autre le Roy des vers & des chanſons :
(Miracle eſtrange !) encore depuis l'heure
Le ſon conceu dans les pierres demeure,
Qui va ſonnant ſous les coups du marteau,
Quand le maçon pour orner vn château,
En les taillant les frappe d'artifice,
Honneur de luy & de ſon edifice.

Ceſt Apollon de Dieu fait vn Paſteur
Aux bords d'Amphryſe allume tout ſon cœur
Du ieune Admete, ah ! & pour luy complaire
Gardoit ſes bœufs aux pieds-tors ſans ſalaire,
Entre-rompant ſes beaux vers blandiſſans
Deſſous le cry des taureaux mugiſſans.

Pres Apollon main à main y ſont peintes
Les corps tous nuds des trois Charites iointes
Suiuans Venus, & Venus par la main
Conduit Amour, qui tire de ſon ſein
Des pommes d'or, & comme vne ſagette
En ſe ioüant aux Charites les iette

A coup perdu : puis au ſein il ſe pend
D'vne des trois, & la baiſe en enfant.

Sur l'autre yuoire où les cordes ſ'attachent
Et d'ordre égal deſſus la Lyre marchent,
Vit vn Bacchus potelé, gros & gras,
Viel-iouuenceau, tenant entre ſes bras,
Vn vaſe plein qui tout enrichi ſemble
S'enorgueillir de cent fruits tous enſemble,
Fruits qui paſſoient les léures du vaiſſeau
En gros trochets : ainſi qu'au renouueau
Vn beau guinier par gros trochets fait naiſtre
Son fruit touffu, pour enſemble nous paiſtre,
Et les oiſeaux qui frians de ſon fruit,
Autour de l'arbre affamez font vn bruit.

Là mainte figue ornement de l'Automne,
Eſt peinte au vif, & tout ce que Pomonne
De tous coſteʒ verſe de larges mains
Deſſus les champs pour nourrir les humains.

Là le raiſin de ioyeuſe rencontre,
Là le concombre au ventre enflé ſ'y monſtre,
Et la chaſtaigne au rempart eſpineux :
Là fut la pêche au gouſt demi-vineux,
Et le pompon aux coſtes ſeparées,
Et les citrons ayans robbes dorées :
Là fut le glan fils des cheſnes ombreux,
La meure teinte au ſang des amoureux,
L'abricot froid, la poire pepineuſe,
Le coin barbu, la framboiſe areneuſe,
Et la ceriſe au malade confort,
Et le pauot qui les hommes endort,
Et la cormeille au dur noyau de pierre,
La corme auſſi qui le ventre reſſerre,
Auec la fraiſe au teint vermeil & beau
Semblable au bout d'vn tetin Damoiſeau :
Et par ſur tout de pampre vne couronne
Qui du vaiſſeau les léures enuironne.

Entre la guerre & la Paix eſt ce DIEV,
Ny l'vn ny l'autre, & ſi tient le milieu
De tous les deux, enſemble pour la lance,
Enſemble propre à conduire vne danſe :
Bas à ſes pieds vn mont eſt eleué,
Où Mercure eſt en l'yuoire engraué,
Qui tient au poing ſa baguette dorée,
De deux ſerpens enlacez honorée :
Sa capeline eſt riche d'ailerons,
Ses patins ont deux ailes aux talons,
Qui vont portant ce courrier Atlantide
Pluſtoſt que vent par le ſec & l'humide,
Ou ſoit qu'il tombe aux Enfers odieux,

Ou soit qu'il monte au Ciel siege des Dieux.

   Il va suiuant d'vn gentil artifice
Vne tortuë errant par la Cytise,
Herbe odorante, & luy froissant les os
Son dur rempart luy arrache du dos,
Mange sa chair, & laisse sa coquille
Pendre long temps au croc d'vne cheuille
Pour la secher aux rayons du Soleil.

   Puis attachant par vn art nompareil
D'vn ordre égal les tripes bien sechées
Du haut en bas à la coque attachées
D'vn animal marche-tard ocieux,
Fit vne Lyre au son delicieux,
Au ventre creux, aux accords delectables,
Le seul honneur des temples & des tables,
Et des bons Dieux le plaisir le plus promt,
Quand le Nectar leur eschaufe le front.

   Apollon vit aupres de ceste image,
Au cœur bouffi, à la poignante rage
De voir ses bœufs aux gros iarrets courbez,
Au large front, estre ainsi desrobez
D'vn art subtil : Mercure qui desire
Ieune larron, d'Apollon flatter l'ire,

En contre-eschange à ses bœufs, luy donna
Son instrument sur lequel il sonna
Long temps apres les enfans de la Terre
Pied contre-mont accablez du tonnerre.

   Peu leur seruit les trois monts amassez,
Vains monumens sur leurs corps renuersez :
Exemple vray que ceux qui veulent prendre
Guerre à leur Roy, autant doiuent attendre
De traits soulfrez aux bords Charanteans,
Que les Geans aux sablons Phlegreans.

   Telle est ta Lyre à Phebus appenduë,
Qui bien dorée & de nerfs bien tenduë,
Pend à son temple : à fin que nos François
Eussent, BELOT, le iouët de leurs doigts,
Ioignans d'accord sous vn pouce qui tremble,
L'Hymne à ce DIEV, & le tien tout en-
semble.

   Ce que i'ay peu sus elle fredonner,
Deuotement ie l'ay voulu donner
A l'amitié, le tesmoin de ce Liure,
Non aux faueurs, present qui te peut suiure
Apres mille ans, si des Muses l'effort
Peut surmonter les siecles & la Mort.

MARCASSVS.

Belot] C'est vne des belles pieces des Poëmes, dans laquelle apres auoir discouru de la Poësie, il se jette sur la description de la Lyre, sur laquelle il fait mille belles diuersitez. *En l'eau*] Il n'est presque personne qui ne sçache que les Poëtes feignent que la fontaine des Muses a esté creusée d'vn coup de pied par le cheual Pegase. *Sourçoyer*] C'est vn mot qu'il a composé, pour dire, saillir. *Les doctes fronts*] Il fait vne allusion à l'ancienne coustume qu'on auoit de couronner les Poëtes de Laurier qui est consacré à leur Dieu. *Paphien*] Le Myrte est consacré à Venus, & Venus est surnommee Paphienne, de l'Isle de Paphos, qui est dans la Grece, dont le Myrte prend mesme le nom. *Teinte du sang*] Ce sont des Anemones. Voyez Ouid. *Euien*] C'est vn surnom de Bacchus. *Prophete*] C'est pourquoy les Anciens ont attribué en partie les fureurs de la Poësie à Bacchus & la verité au vin. *Vne corne au front*] C'est à dire, que d'vne petite riuiere ils deuiennent de gros fleuues par les debordemens des torrens. Tous les Anciens Poëtes ont donné des cornes aux fleuues. *Que nostre esprit*] C'est pourquoy les Anciens & ceux de nostre temps appellent les liures, les enfans de leurs Autheurs. *Pauois*] C'est vne espece de bouclier. *Brehaigne*] Vieux mot qui signifie, sterile. *Tumultueux*] Vins puissants. *Qui vid sa iouë*] Pallas voulut iouër vn iour de la flute en se regardant dans l'eau : comme elle vit ses iouës enflees de mauuaise grace, elle ietta cet instrument & onques puis ne le voulut ouïr ny voir. *D'vn Marsyas*] Pour Marsyas, escorché pour s'estre voulu attaquer à Apollon, & faire à mieux iouër des instrumens de Musique ; il faut lire la premiere ou la seconde Floride d'Apulee. *Banquetage*] Mot fait à plaisir, & que les delicates aureilles de nostre temps ne souffriroient pas. *Ide*] C'est vne montagne de Phrygie, qui iadis estoit proche de la ville de Troye. Il y a vne autre Ide en Crete. *Coniecte*] Pour deuine. *Cousteux*] Pour, qui cousté beaucoup. *Vieille Discorde*] Il n'est personne qui ne sçache le different qui se meut entre Neptune & Minerue, touchant le nom qu'on donneroit à Athenes. Il fut neantmoins arresté que celuy des deux qui produiroit la chose la plus vtile aux hommes luy imposeroit le nom. Neptune d'vn coup de trident fit naistre le Cheual de la terre, qui estoit le symbole de la guerre, & grandement vtile pour la defense des hommes. Minerue d'autre costé fit sortir vne Oliue, qui fut estimée encore plus vtile au Monde, comme estant le symbole de la Paix. *Naissantes Athenes*] Il met Athenes au plurier, à l'imitation des Latins. *Issir*] Vieux mot des Romains, pour, sortir. *Maçons*] Neptune & Apollon, l'occasion s'estant presentee de les bannir iustement du Ciel, furent enuoyez à Laomedon pour bastir les murailles de sa ville. Apollon faisoit arranger ses pierres au son de son Luth. Si vous desirez voir le sujet de ce bannissement & du seruice que ces Dieux rendirét à ce Roy, lisez Tzetzes sur Lycophron. *Aux bords d'Amphryse*] C'estoit vn fleuue de Thessalie, sur les bords duquel Apollon fut despouïllé de sa diuinité, & fut contraint de garder les troupeaux du Roy Admete, à cause qu'il tua les Cyclopes. *Charites*] C'est vn mot Grec. Les François disent Graces. *Teinte au sang*] Le fruict du meurier, selon la fable, estoit blanc deuant que Pyrame & Thisbé l'eussent arrosé de leur sang. Lisez les Metamorphoses d'Ouide.

LE CHAT,

A REMY BELLEAV,
POETE.

DIEV est par tout, par tout se
   mesle DIEV,
Commencement, la fin & le mi-
   lieu
De ce qui vit, & dont l'ame est enclose
Par tout, & tient en vigueur toute chose,
Comme nostre ame infuse dans nos corps.

  Là dés long temps les membres seroient
   morts
De ce grand Tout, si ceste ame diuine
Ne se mesloit par toute la machine
Luy donnant vie, & force & mouuement :
Car de tout estre elle est commencement.

  Des Elemens & de ceste ame infuse
Nous sommes naiz : le corps mortel qui s'vse
Par trait de temps des Elemens est fait :
De DIEV vient l'ame, & comme il est par-
   fait
L'ame est parfaite, intouchable, immortelle,
Comme viuant d'vne essence eternelle :
L'ame n'a donc commencement ny bout,
Car la partie ensuit tousiours le tout.

  Par la vertu de ceste ame meslée
Tourne le Ciel à la voûte estoilée,
La mer ondoye, & la terre produit
Par les saisons herbes, fueilles & fruit :
Ie dy la terre, heureuse part du Monde,
Mere benigne à gros tetins feconde,
Au large sein : de là tous animaux,
Les emplumez, les escadrons des eaux :
De là, BELLEAV, ceux qui ont pour re-
   paire
Ou le rocher, ou le bois solitaire,
Viuent & sont : & mesmes les metaux,
Les diamans, rubis Orientaux,
Perles, saphirs ont de là leur essence,
Et par telle ame ils ont force & puissance,
Qui plus qui moins selon qu'ils en sont pleins :
Autant en est de nous pauures humains.

  Ne vois-tu pas que la saincte Iudée
Sur toute terre est plus recommandée
Pour apparoistre en elle des esprits

Remplis de Dieu, de Prophetie épris?
  Les regions, l'air & les corps y seruent,
Qui l'ame saine en vn corps sain conseruent :
Car d'autant plus que bien sain est le corps,
L'ame se monstre & reluist par dehors.

  Or comme on voit qu'entre les hommes
   naissent
Augurs, deuins, & prophetes qui laissent
Vn tesmoignage à la posterité
Qu'ils ont vescu pleins de diuinité :
Et comme on voit naistre icy des Sibylles
Par les troupeaux des femmes inutiles :
Ainsi voit-on, prophetes de nos maux,
Et de nos biens, naistre des animaux,
Qui le futur par signes nous predisent,
Et les mortels enseignent & aduisent :
Ainsi le veut ce grand Pere de tous
Qui de sa grace a tousiours soin de nous.

  Pere, il concede en ceste terre large
Par sa bonté aux animaux la charge
De tel souci pour ne douter de rien,
Ayant chez-nous qui nous dit mal & bien.
De là sortit l'escole de l'Augure
Marquant l'oiseau, qui par son vol figure
De l'aduenir le prompt euenement,
Raui de Dieu : & Dieu iamais ne ment.

  En nos maisons ce bon Dieu nous enuoye
Le coq, la poule, & le canard, & l'oye,
Qui vont monstrant d'vn signe non obscur
Soit ou mangeant, ou chantant, le futur.

  Herbes & fleurs, & les arbres qui croissent
En nos iardins prophetes apparoissent :
Mien est l'exemple, & par moy ie le sçay,
Enten l'histoire & ie te diray vray.

  Ie nourrissois à la mode ancienne
Dedans ma cour vne Thessalienne,
Qui autresfois pour ne vouloir aimer
Vit ses cheueux en fueilles transformer,
Dont la verdure en son Printemps demeure.

  Ie cultiuois ceste plante à toute heure,
Ie l'arrosois, la cerclois & bechois
Matin & soir : la voyant ie pensois
M'en faire au chef vne belle couronne :
L'homme propose & le Destin ordonne :
Cruel Destin à mon dam rencontré,
Qui m'a de l'arbre & de mon soin frustré.

  I'auois la plante au poinct du iour touchée,
Vne heure apres ie la vis arrachée
Par vn Démon : vne mortelle main

Ne fit le coup : le fait fut trop soudain.

     Vne heure apres ie vy la plante morte
Qui languissoit contre terre en la sorte
Que i'ay depuis languy dedans mon lit :
Et me disoit, Le Démon qui me suit
Me fait languir, comme vne fiéure quarte
Te doit blesmir : en pleurant ie m'escarte
Loin de ce meurdre, & soudain repassant
Ie ne vy plus le tige languissant,
Euanoüy comme on voit vne nuë
S'éuanoüir sous la clarté venuë.

     Deux mois apres vn cheual qui rua,
De coup de pied l'vn de mes gens tua,
Luy escrageant d'vne playe cruelle
Bien loin du test la gluante ceruelle.

     Luy trespassant m'appelloit par mon nom,
Me regardoit, signe qui n'estoit bon,
Car ie pensay qu'vn malheureux esclandre
Deuoit bien tost dessus mon chef descendre,
Comme il a fait : onze mois sont passeZ
Que i'ay la fiéure en mes membres casseZ.

     Mais par-sus tous l'animal domestique
Du triste Chat a l'esprit prophetique,
Et faisoient bien ces vieux Egyptiens
De l'honorer, & leurs Dieux qui des chiens
Auoient la face & la bouche aboyante.

     L'ame du Ciel en tout corps tournoyante,
Les pousse, anime, & fait aux hommes voir
Par eux les maux ausquels ils doiuent choir.
Homme ne vit qui tant haïsse au monde
Les Chats que moy d'vne haine profonde :
Ie hay leurs yeux, leur front & leur regard,
Et les voyant ie m'enfuy d'autre part
Tremblant de nerfs, de veines & de membre',
Et iamais chat n'entre dedans ma chambre,
Abhorrant ceux qui ne sçauroient durer
Sans voir vn chat aupres eux demeurer :
Et toutesfois ceste hideuse beste
Se vint coucher tout aupres de ma teste,
Cherchant le mol d'vn plumeux aureiller
Où ie soulois à gauche sommeiller :
Car volontiers à gauche ie sommeille
Iusqu'au matin que le coq me réueille.

     Le chat cria d'vn miauleux effroy :
Ie m'éueillay comme tout hors de moy,
Et en sursaut mes seruiteurs i'appelle :
L'vn allumoit vne ardente chandelle,
L'autre disoit que bon signe c'estoit
Quand vn chat blanc son maistre reflatoit :

L'autre disoit que le Chat solitaire
Estoit la fin d'vne longue misere.

     Et lors fronçant les plis de mon sourci,
La larme à l'œil ie leur respons ainsi :
Le Chat diuin, miaulant signifie
Vne fascheuse & longue maladie,
Et que long temps ie gard'ray la maison,
Comme le chat qui en toute saison
De son seigneur le logis n'abandonne,
Et soit Printemps, soit Esté, soit Autonne,
Et soit Hyuer, soit de iour, soit de nuit,
Ferme s'arreste & iamais ne s'enfuit,
Faisant la ronde & la garde eternelle
Comme vn soldat qui fait la sentinelle,
Auec le chien & l'Oye, dont la vois
Au Capitole annonça les Gaulois.

     Autant en est de la tarde tortuë,
Et du limas qui plus tard se remuë,
Porte-maisons, qui tousiours sur le dos
Ont leur Palais, leur lict & leur repos,
Lequel leur semble aussi bel edifice
Qu'vn grand chasteau basti par artifice.
L'homme, de nuict songeant ces animaux,
Peut bien penser que longs seront ses maux :
Mais s'il songeoit vne gruë ou vn cygne,
Ou le pluuier, cela luy seroit signe
De voyager, car tels oiseaux sont pront :
A tire d'aile ils reuiennent & vont
En terre, en l'air, sans arrester vne heure.

     Autant en est du loup qui ne demeure
En son bocage & cherche à voyager :
Aux maladifs il est bon à songer ;
Il leur promet que bien tost sans dommage
Sains & guaris feront quelque voyage.

     DIEV, qui tout peut, aux animaux per-
met
De dire vray, & l'homme qui ne met
Creance en eux est du tout frenetique :
» Car DIEV par tout en tout se communi-
que.

     Mais quoy ! ie porte aux forests des ra-
meaux,
En l'Ocean des poissons & des eaux,
Quand d'vn tel vers, mon BELLEAV, ie
te flate,
Qui as traduit du vieil Poëte Arate
Les signes vrais des animaux certains,
Que DIEV concede aux ignorans humains
En leurs maisons, & qui n'ont cognoissance

Du cours du Ciel ny de son influence,
Enfans de terre: ainsin il plaist à DIEV,
Qui ses bontez eslargit en tout lieu:
Et pour aimer sa pauure creature,

A sous nos pieds prosterné la nature
Des animaux, autant que l'homme est
    fait
Des animaux l'animal plus parfait.

MARCASSVS.

Dieu] Il ne fait que philosopher fantastiquement tout le long de ceste piece, pour monstrer que Dieu se communique à toutes les choses creées, & que par consequent, non seulement les animaux, mais encore les choses animees nous peuuent donner par des signes euidens la cognoissance des choses à venir. Pour confirmer ce discours il feint vne fable d'vne femme de Thessalie changee en arbre, & l'histoire de son Chat. Tout est tres-aisé, & ne merite pas explication.

LES PAROLES QVE DIST
CALYPSON, OV QV'ELLE
deuoit dire, voyant partir
Vlysse de son Isle.

A IEAN ANTOINE DE
Baïf Poëte excellent.

Onques coureur, fuitif, & va-
    gabond,
    Qui n'as honneur ny honte sur
        le front,
Que tous les Dieux, ausquels tu fais iniure,
Vont punissant pour ton ame pariure
Par mer, par terre, & t'ostans chaque iour
De ta maison le desiré retour,
Te vont tramant d'vne filace brune,
Coup dessus coup, fortune sur fortune,
Mal dessus mal, meschef dessus meschef,
Qui sans te perdre est pendu sur ton chef,
Pour allonger ta miserable vie
Qui par ton fils te doit estre rauie,
Quand de son dard en vn poison trempé
(Sauuant tes bœufs) seras à mort frappé.
    Quoy? vagabond, que des Dieux la ven-
        geance
Poursuit par tout! est-ce la recompense
Que tu me dois de t'auoir receu nu,
Naufrage vif à ce bord incognu,
Battu du foudre? helas trop pitoyable!
Ie te fis part ensemble & de ma table,
Et de mon lict, homme mortel, & moy
Sur qui la Mort n'a puissance ny loy,
Fille à ce Dieu qui par tout te tourmente.
    Que ie viuois bienheureuse & contente

Dedans mon antre, ah! auant que le sort
T'eust fait flotter à mes bords demi-mort
A calfourchons sur les aiz de ta proüe
(Naufrage vif dont la vague se ioüe)
Sans compagnons, que les feux enuoyez
Du Ciel auoient en ton lieu foudroyez.
Pauures chetifs qui furent sans leur faute
Punis pour toy, ame meschante & caute!
    Ie deuois croire au Dieu marin Proté
Qui dés long temps, Prophete, auoit chanté
Que finement trompée ie seroye
Par vn guerrier qui reuiendroit de Troye,
Qui auroit veu de la mer les perils,
Auroit cogneu Antiphate & Eris,
Les Lestrygons & le borgne Cyclope
Qui te mangea les meilleurs de ta trope.
    En te voyant, aux marques qu'il disoit
Ie te cogneu: mais Amour me nuisoit,
Qui me gaigna dés la premiere veuë:
Si que l'esprit, & l'ame toute esmeuë
Et la raison, me laisserent d'vn coup,
Et si voyois dedans tes yeux beaucoup
De signes vrais que tu estois Ulysse,
Homme meschant, artizan de malice.
    Aux iours d'Esté, quand le Soleil ardant,
De ses rayons la terre alloit fendant,
La creuaçant iusqu'au fonds de son centre,
Tous deux assis dessous le frais d'vn antre
Où le ruisseau iazoit à l'enuiron,
Ayant la teste au creux de mon giron,
Moy t'accollant, ou baisant ton visage,
Ie cogneu mieux ton malheureux courage.
    Car me contant qu'enuiron la mi-nuit
Estant par toy Diomede conduit,
Tu destournas les beaux coursiers de Thrace,
Tu as Dolon, que la Troyenne audace

Auoit induit pour ſçauoir ſi les Grecs
Voudroient combattre, ou s'ils fuiroient apres
Que la ieune Aube à la main ſaffranée
Auroit au Ciel la clarté ramenée.

　　Puis me contant qu'en veſtement d'vn
　　　　gueux
Rebobiné, repetaſſé, bourbeux,
Cherchant ton pain d'huis en huis à grand'
　　　peine,
Entras en Troye & parlas à Heleine,
Qui te monſtra tous les forts d'Ilion,
Te fit embler le ſainct Palladion,
Et ſain & ſauf ſortir hors de la ville.

　　Puis diſcourant que l'enfançon Achille
Receut par toy les armes en la main:
Puis me contant que les Gregeois en vain
Aux murs Troyens euſſent fait mille breches
Sans Philoctete & ſes fatales fleches,
Que tu trompas d'vne pariure foy,
Voulant apprendre à Pyrrhe comme toy
D'eſtre méchant, ce qu'il ne voulut faire,
Te hayſſant d'vne ardante colere,
Prince bien-né: certes ie preui bien
Que ta fineſſe & toy ne valoient rien,
Et qu'à la fin ie ſerois abuſée
Du beau parler d'vne ame ſi ruſée.

　　Que gemis-tu d'vn ſouſpir ſi amer,
Les yeux tournez ſur le dos de la mer,
Enflant penſif de ſanglots ta poitrine?
Fay ton bateau & ſur la mer chemine,
Voila du bois & des outils aſſez
Pour tes carreaux rudement compaſſez,
Dont tu baſtis ta barque naufragere
Sans aucun art d'vne main trop legere.

　　Va, marche, fuy où la mer & le vent
Te porteront: i'eſpere que ſouuent,
Comme vn plongeon, humant l'onde ſalée
Ie me voirray par mon nom appellée
Pour ton ſecours: mais deuſſes-tu mourir,
Ie ne ſçaurois ſur l'eau te ſecourir:
Car ie n'ay point deſſur la mer puiſſance,
Bien que la mer me donne ma naiſſance.

　　Mais las! deuant que cheoir en peril tel,
Il vaudroit mieux eſtre fait immortel
Pres Calypſon (dont vn Dieu te ſepare)
Que retenter cet element barbare
Qui n'a point d'yeux, de cœur ny de pitié:
Mais orageux & plein d'inimitié
Semble aux putains, qui contrefont les belles

Pour eſtre apres meurdrieres & cruelles.
La mer qui ſçait ainſi que toy piper,
Se fait bonnaſſe à fin de te tromper.

　　Où eſt la foy que tu m'auois donnée
Sous le ſerment du nopcier Hymenée,
Quand dextre en dextre en iurant me pro-
　　mis
Vn lict certain qu'en oubly tu as mis,
Et par le vent, autant que toy volage,
Iettes en vain le ſacré mariage?
Dont tu te ris en te joüant de moy,
Sans faire cas de Dieu ny de ta foy,
Ny d'abuſer de l'honneur des Déeſſes?

　　Auſſi tu dois de cent vagues eſpeſſes
(Pouſſé par force au riuage eſtranger)
Froiſſer ton chef parjure & menſonger.

　　Ah! tu deurois non pas froiſſer ta teſte,
Mais l'abyſmer au fort de la tempeſte,
Et ceſte langue appriſe à bien mentir,
Dont mainte Dame a peu ſe repentir
De l'auoir creuë: & ne ſuis la premiere
Pleurant ta bouche à tromper couſtumiere.

　　C'eſt quelque honneur tromper ſon enne-
　　my,
Ou ſoit qu'il veille ou qu'il ſoit endormy,
Quand la guerre eſt par armes eſchaufée:
Mais ce n'eſt mie à l'homme grand trofée,
Et grand honneur il n'a iamais receu
De deceuoir vn cœur déja deceu.

　　O méchant Grec, bien petite eſt la gloire
Quand deux trompeurs enſemble ont la vi-
　　ctoire
Sur vne femme au cœur ſimple & benin:
Un Dieu volage, inconſtant & malin,
Vn homme caut qui trompe par fineſſe
Non les Troyens, mais les plus fins de Grece.

　　Puis que Mercure eſt deſcendu pour toy,
Ie ne veux plus te retenir chez moy:
Suy ton chemin, cherche par le naufrage
De ton païs le ſablonneux riuage.

　　Que portes-tu méchant en ta maiſon
Sinon fineſſe, & fraude, & trahiſon,
Trompant par feinte & par fauſſe pratique
Déeſſe, Dieux, & grande Republique,
Que tu as peu par vn Cheual donter,
Que dix bons ans n'auoient ſceu ſurmonter?

　　Que vas-tu voir en ton Iſle pierreuſe,
Où ne bondit la jument genereuſe,
Ny le poulain? que vas-tu voir ſinon

Vne

Vne putain riche d'vn beau renom,
Ta filandiere & vieille Penelope?
Qui vit gaillarde au milieu de la trope
Des jouuenceaux, qui départent entre-eux,
A table assis, tes moutons & tes bœufs?
Boiuent ton vin, ce-pendant que la lyre,
Les fait danser, le boufon les fait rire?
Qui pour auoir plus de commodité,
A fait aller en Sparte la cité
Son Telemach, enfant qui se lamente
Que iour à iour s'appetisse sa rente,
Et ce-pendant qu'elle veut à plaisir
Quelque ribaut pour son mary choisir?

Il me souuient qu'assis dessous l'ombrage
Baisant tes yeux, ton front, & ton visage,
Toy me trompant d'vn parler eloquant,
Tu me contois, Penelope moquant,
Qu'elle estoit sotte,& n'auoit autre estude
Qu'à ne souffrir qu'vne laine fust rude
Pour en ourdir quelque ouurage nouueau,
Tousiours filant & virant le fuzeau
Tourbillonneux, mordant de la genciue
Les nœuds du fil tout baueux de saliue.

Icy auras soit de iour soit de nuit
Gaillarde espouse & auras chaste lit :
Quand ie voudrois deuenir variable,
Ie ne sçaurois : mon Isle est voyageable
Tant seulement aux vents & aux oiseaux,
Et non aux pas des hommes & cheuaux :
Car de bien loin ma terre separée
Du continent, de flots est emmurée,
Et rien n'aborde au feu de Calypson
Pour te donner ou martel ou soupçon.

Bien, pren le cas que la rame Pheaque
Te reconduise au riuage d'Ithaque,
Terre pierreuse & païs sablonneux :
Il te faudra d'vn habit haillonneux
Vestir ton corps,il faudra prendre guerre,
A coups de poing te battre contre vn herre,
Et t'accoster seulement d'vn porcher :
Voilà, finet, ce que tu vas chercher,
Et ce-pendant ta finesse icy laisse
Vn reaume acquis,chaste lict,& Déesse.

Disant ainsi, tout le cœur luy faillit,
Vn tremblement sa poitrine assaillit,
Le cœur luy bat,elle se pasma toute,
Du haut du front luy tomba goute à goute
Iusqu'aux talons vne lente sueur,
Et les cheueux luy dresserent d'horreur :

Puis retournant les yeux deuers son Isle,
Disoit pleurant : Terre grasse & fertile,
Lieu que les Dieux en propre auoient esleu,
Pour tes forests autrefois tu m'as pleu,
Pour tes iardins,pour tes belles fontaines,
Et pour tes bords bien émaillez d'areines :
Mais maintenant ta beauté me desplaist
Pour le depart de cet homme qui est
Ton seul honneur : or puis qu'il s'en absente,
Tu n'es plus rien qu'vne Isle mal plaisante.
Las! si au moins,homme méchant & fin,
I'auois au ventre vn petit Ulyssin
Qui te semblast,ie serois confortée,
M'éjoüyssant d'vne telle portée :
Mais tu t'en vas,larron de mon bon-heur,
N'ayant dequoy defendre mon honneur.

Arreste vn peu, souffre que ie te baise,
Pour refraichir ceste amoureuse braise,
Qui m'ard le cœur, & qu'en cent mille las
Ton col aimé i'enlace de mes bras.

Mais où fuis-tu? tu n'as ny mast, ny voile,
Robbes, habits, ne chemise, ne toile
Pour te vestir, ny viures pour manger :
Attens au-moins, vagabond estranger,
Que ie t'en donne, à fin que la famine
Ne te consomme errant sur la marine.

Ainsi tu vois que benin est mon cœur,
Le tien de fer aceré de rigueur,
Inexorable, impitoyable & rude,
Qui pour le bien m'vses d'ingratitude,
Cœur de lion, de tigre & de rocher,
A qui l'on peut iustement reprocher
Qu'estant issu du genre Sisyphide,
Rien ne te plaist que fraude & qu'homicide.

A tant se teut : mais Vlysse tousiours
(Sans s'esmouuoir) dola par quatre iours
Tillac, carene, & les fentes estoupe
De lente poix : il Cheuille la poupe,
Ferre la prouë : & poussant plus auant
Sa barque en mer, courbe la voile au vent
Le iour cinquiesme, & laissa loin derriere
Isle, Déesse, & larmes & priere.

Ces vers, BAÏF, amy des bons esprits,
Ie chante au lict qnand la fiéure m'a pris,
Pour mieux charmer le chagrin qui me ronge,
Me consolant (soit que ie veille ou songe)
Par Poësie, & ne veux autre bien :
Car ayant tout sans elle ie n'ay rien.

MARCASSVS.

Donques, coureur] Calypse estoit vne belle Nymphe, fille de l'Ocean & de Tethys, qui receut humainement dans son Isle Vlysse, qui reuenant du siege de Troye s'en retournoit en Ithaque. Comme il estoit batu de l'orage de la mer & recreu de la fatigue, elle n'en eust pas seulement pitié, mais elle le receut pour compagnon de son lict. Apres quelque temps que la iouïssance eut refroidi l'affection de cest Amant, & que l'absence de sa femme eust réueillé l'amour qu'il auoit pour elle, il quitta ceste Nymphe, bien qu'elle luy offrist l'immortalité. A son depart elle fait des regrets, & deteste contre ceste ame parjure & aussi perfide que cest Element qui l'auoit luy mesme mal-traitté. *Par mer, par terre*] C'est ce que dit Homere au commencement de son Odyssée.

D'vne filace brune] Il fait allusion aux Parques que les anciens ont creu filer nostre bon ou mauuais Destin d'vne estoffe fine ou rude, selon la suitte de nos auentures. Virgile l'attribuë au Destin, comme il le tesmoigne dans vne de ses Eclogues, où parlant de la bonne Fortune du fils de Pollion, il dit :

> *Sans nœuds & sans replis les grandes destinées*
> *Dans des trames des Dieux ourdirent tes années.*

Qui sans te perdre] C'est ce qu'on desire ordinairement à ceux que nous auons iuste sujet de haïr le plus. Ainsi Medée dans Seneque le Tragique ne veut point que Iason meure : mais qu'il viue eternellement dans sa misere : qu'il soit vagabond, sans maison, sans païs : qu'il la desire appaiser & qu'il ne puisse pas. *Les feux*] Ce desastre se voit dans l'Odyssée d'Homere. *Proté*] C'est vn Dieu de la mer, qui prophetise les choses à venir, comme vous pouuez voir par la fable d'Aristee au 4. des Georgiques de Virgile. *Antiphate*] Vlysse aborda au Royaume des Lestrygons où il courut fortune de sa vie, à cause qu'Antiphate leur Roy ne pardonnoit iamais aux estrangers, mais les mangeoit auec ses subjects en des festins. *Eris*] Vlysse pensa aussi se perdre prés de ceste Isle. *Les Lestrygons*] Nous en auons parlé. *Cyclope*] C'estoit vn Monstre enorme, fils de Neptune, dans l'antre duquel Vlysse entra sans y penser auec ses compagnons, dont quelques-vns furent deuorez en presence de leur Prince. Et Vlysse mesme eut seruy de mets à ce barbare, s'il ne se fut auisé de l'enyurer, & de luy pocher l'œil : ce qu'ayant fait il se sauua de Sicile que nostre Poëte a cy-dessus nommée Eris. *Diomede*] C'estoit vn Prince Grec compagnon d'Vlysse aussi vaillant que l'autre estoit rusé. *Dolon*] C'estoit vn espion des Troyens, qu'Vlysse & Diomede surprirent dans le camp des Grecs, & luy firent dire tout ce qu'il sçauoit des desseins des ennemis. *D'vn gueux*] Il arriua chez luy en cest equipage. *Palladion*] Troye ne pouuoit estre prise tant que l'Image de Pallas, qu'on nommoit, *Palladium*, y seroit. C'est pourquoy Vlysse & Diomede se deguiserent pour voir Helene qui leur fit voir tout ce qu'ils desiroient, & leur donna le moyen d'enleuer l'Image fatale : ce qu'ils firent. *Receu par toy*] Il falloit mener Achille au siege de Troye, mais il estoit parmy des filles deguisé à la Cour du Roy Lycomede. Donques Vlysse pour le descouurir se deguisa en marchand, & apporta mille belles gentillesses aux Dames de ce Roy, entre lesquelles il y auoit des armes, sur lesquelles Achille ietta incontinent les mains, à quoy Vlysse le recognut aussi tost. *Philoctete*] C'estoit le fils de Peante, grand amy d'Hercule qui luy donna ses sagettes enuenimees du sang de l'Hydre qu'il auoit tué : sans ces sagettes Troye ne pouuoit point estre prise. *Pyrrhe*] C'estoit le fils d'Achille. *Naufragere*] Il a basty ce mot pour dire, Qui estoit sujette de faire naufrage. *Mercure*] Ce fut Mercure qui luy commanda de quitter Calypse, comme l'on peut voir dans Homere. *Cheual*] Pour faire vne breche aux murailles de Troye les Grecs firent vn grand cheual de bois, & firent semblant de leuer le siege. Voyez le second de l'Eneide. *Sparte*] Ville de Grece. *Telemach*] Prince d'Ithaque, fils de Penelope & d'Vlysse. *Ribaux*] Nous auons parlé amplement ailleurs de l'antiquité de ce mot. *Mordant*] Il fait ces descriptions de choses si peu necessaires en nostre langue, à l'imitation des Grecs & des Latins qui descriuent iusques aux cloux d'vne rouë. *Continent*] C'est vn terme de Geographie, autrement, terre ferme. *Herre*] Pour, Here. *Sisyphide*] Il descendoit de Sisyphe, qui porte vn gros caillou au bout d'vne montagne dans les Enfers, sans l'y pouuoir iamais affermir.

LE SATYRE.

A I. HVRAVT BLESIEN, SEIGNEVR DE LA Pitardiere.

My HVRAVT, pour bien te faire rire,
Ie te feray le conte d'vn Satyre :
Le doux Ouide a la fable autre-
fois
Ditte en Romain, ie la dis en François,
Poussé d'ardeur d'vn semblable courage.
» Ce n'est moins fait d'honorer son langage,
» Qu'au Prince armé qui de loüange a soin,
» Borner vainqueur son Empire plus loin :
» Par ces deux poincts s'augmente la patrie.
    Mais, mon Huraut, il est temps que ie rie,
En regardant à ce Dieu folleton
Rompre les crins & plumer le menton
Par la grand' main d'Hercule, qui se fasche
De voir ce Dieu si paillard & si lasche,
Qui son salaire à coups de poings receut
Du faux Amour qui trompé le deceut.
    Hercule vn iour passant par Oebalie
Menoit Iole, amoureuse folie :
Comme ils erroient en cheminant tous deux
Par terres, bois, par boccages ombreux,
Luy, herissé dessous la peau veluë

D'vn grand lion , empoignoit ſa maſſuë
Ferme en ſes doigts, groſſe de cloux d'airain.
Elle portoit mille bouquets au ſein,
De bagues d'or ſes mains eſtoient chargées,
Son col brauoit de perles arrangées,
Son Chef eſtoit couuert follatrement
D'vn ſcophion attiſé proprement :
Sa robe eſtoit de pourpre Meonine,
Perſe en couleur, chancrée à la poitrine :
Ainſi qu'on voit au retour des beaux mois
Se promener ou nos Dames de Blois,
Ou d'Orleans, ou de Tours, ou d'Amboiſe
Deſſus la grêue où Loire ſe dégoiſe
Contre la riue : elles ſur le bord vert
Vont deux-à-deux au tetin deſcouuert,
Au collet laſche, & joignant la riuiere
Foulent l'eſmail de l'herbe printaniere.

*　　Faune qui eſt des femmes deſireux,*
Vit ceſte Dame & en fut amoureux :
Il s'alluma des beautez de la belle :
Ses yeux luyſoient ainſi qu'vne chandelle,
Son cœur ardoit de flames conſommé,
Ainſi qu'vn chaume en vn champ allumé,
Qu'vne bergere enflame d'auenture
Au temps d'Hyuer pour tromper la froidure.

*　　Or tellement ce Faune ſe rauit,*
Qu'en l'eſpiant par les bois la ſuiuit
Pour voir ſon giſte, à fin que par fineſſe
Il peuſt joüir d'vne telle Princeſſe.

*　　Ià le Soleil eſtoit tombé dans l'eau,*
Et jà Veſper de ſon cheual moreau
Porté au Ciel en ſa coche attelée,
Tiroit la nuict à la robe eſtoilée,
Au meſme temps que le bœuf tout laſſé
Traine au logis le coutre renuersé.

*　　En-cependant le ſouper on appreſte :*
L'vn l'arc au poing court és foreſts en queſte,
Cherche la biche & le cerf à l'eſcart,
L'autre de l'eau cherche d'vne autre part.

*　　Le cuiſinier ſous le fuſil aſſemble*
Mainte filace & mainte fueille enſemble,
Maint ſec feſtu : le caillou fait vn bruit
Deſſous l'acier : la flame qui ſe ſuit
Par le bas groſſe,& par le haut menuë,
D'vn pied tortu ſe perd dedans la nuë :
L'autre mainte herbe & fueille va couper,
Et fait des licts verdoyans pour ſouper.

*　　Tandis Hercule auec ſa chere peine*
Lauoit ſon front en l'eau d'vne fontaine,

Plein de ſueur & de poudre, qui fait
L'homme en amours mal-gracieux & lait.

*　　Quand il fut beau & bien poli,ſa Dame,*
Sa Dame,non, mais ſon ſang & ſon ame,
Qui tout Hercule en ſes liens tenoit,
Et d'elle ſeule au cœur ſe ſouuenoit,
Luy dit, Seigneur, nous autres Damoiſelles
N'auons vertu ſinon que ſembler belles :
Noſtre ſexe eſt imbecil,inutil :
Celuy de l'homme eſt robuſte & ſubtil,
Bon au conſeil, ſage au fait de iuſtice,
Vif aux combats, ruſé pour la police,
Et bref il eſt ſeul né pour commander :
Nous ne faiſons ſinon que nous farder,
Coudre, filer & broder vn ouurage,
Et gouuerner quelque maigre meſnage.

*　　Or ſi i'auois veſtu tant ſeulement*
Deux ou trois fois ton rude accouſtrement,
Je deuiendrois Amazone premiere,
Et te ſerois compagne plus guerriere.

*　　Donques , Seigneur , pour prendre paſſe-*
*　　temps,*
Ton fier habit preſte-moy pour vn temps,
Ton brand ferré, ta peau Cleoneenne
Rude de poil, & tu prendras la mienne.

*　　Luy plein d'amour, qui ne ſentoit plus rien,*
Luy reſpondit, Dame , ie le veux bien.

*　　Ainſi tous deux d'habillements changerent :*
Mais les habits d'Jole ne logerent
Ce grand Geant,ains par haut & par bas
Rompoit la manche en y fourrant les bras :
Juſqu'à mi-corps le ceignoit la ceinture,
Deſſous ſes nerfs craquetoit la couſture
A fil rompu, & les ſouliers faitifs
D'vn demi-pied luy eſtoient trop petits :
Il rompt carquans & chaiſnes bien dorées,
Car d'vn tel corps les forces honorées,
Par qui la terre en patience eſtoit,
Ne receuoient vn habit ſi eſtroit.

*　　Elle veſtit, ſans en eſtre effroyée,*
Du grand lion la peau non conroyée :
Prit la maſſuë, ah! trop peſant fardeau,
Et mal-ſeant pour vn bras Damoiſeau :
Si que marchant ſous ſi horrible charge,
La peau pour elle & trop longue & trop large,
Courboit ſon dos & ſes reins accabloit.

*　　Sous telle charge au Page reſſembloit,*
Qui ieune d'ans ſuit ſon maiſtre à la guerre
La lance au poing, au flanc la cimeterre,

L'armet au chef, qui trop grand & trop gros
Choque son front, & luy rebat le dos.

    A-tant la nuict qui d'ailes brunes vole,
Fit retourner Hercule & son Iole :
Ils vont souper, ils se couchent tous deux,
Sans déuestir leurs habits monstrueux.

    Là tout ioignant estoit l'horreur d'vn antre
Où le Soleil en nulle saison n'entre,
Sinon l'Hyuer, que son rayon tout droit
Passe dedans & amortit le froit,
Pour donner vie & force & accroissance
Aux belles fleurs qui là prennent naissance.

    De vif tufeau tout à l'entour estoient
Des bancs sans art qui d'herbes se vestoient,
Faisant d'eux-mesme vne pausade aizée
De Poliot & de mousse frizée,
Tendre, houpue, & de trefles qui font
Naistre en leur fueille vn Croissant sur le frôt.

    Aupres de l'huis, gardien de l'entrée,
Sonne vn ruisseau à la course sacrée,
Où les Syluains, où les Nymphes d'autour
Se vont baigner & pratiquer l'amour
Au chaud du iour, quand Diane, ennemie
De leurs plaisirs, dort és bois endormie.

    Dessus la porte vne lambrunche estoit,
Qui de ses doigts rempante se portoit
Sur vn ormeau, & d'vn large fueillage
Faisoit à l'antre & aux ondes ombrage,
Et au bestail qui s'y venoit cacher,
Et d'vn col lent son viure remascher.

    Là sur mainte herbe & mainte fueille ten-
  dre
Les deux amans repos allerent prendre :
Leurs seruiteurs, qui le somne souffloient
Par les nazeaux, sur les tisons ronfloient,
D'vn bas menton reffrappant leur poitrine
Autour du feu qui lentement decline.

    Quand le Satyre en l'antre vid seulets
Prés des charbons sommeiller les valets,
Pensant le Somne auoir aux yeux du maistre
Comme aux valets le doux sommeil fait nai-
  stre,
Il entre en l'antre, & alloit par compas
A pied leué doucement pas à pas,
Comme marchant sur le froissis d'vn verre
Ou sur des clous, & non dessus la terre.

    Aucunefois tout pensif reculoit,
Aucunefois en auant il alloit,
Se confiant en la nuict tenebreuse,
Le noir manteau de sa fraude amoureuse.

    Dessus vn pied tantost il se tenoit,
Tantost sur l'autre, & de mains tastonnoit
Ombres & mur : à la fin il rencontre
Auec la main (qui le chemin luy monstre)
Le bord du lict, où si bien arriua
Que son desir du premier coup trouua.

    Mais en touchant la robe leonine,
Retint la main, & sent en sa poitrine
Vn sang tout froid qui se glace de peur,
Et coup sur coup vn battement de cœur.
Puis courageux à l'autre bord s'auance
Fraudé de l'vne & de l'autre esperance :
Apres auoir d'Hercule retouché
Le mol habit, prés de luy s'est couché :
Leue sa cotte, & touche sa chair nuë
D'vn poil espais horriblement peluë.

    Luy qui sentoit vne estrangere main,
Fut estonné : Iole tout soudain
A haute voix les seruiteurs appelle
Qu'on apportast vne ardente chandelle
Pour voir le fait : car tous les enuirons
Estoient hantez de brigans & larrons.

    Le feu venu Hercule se colere,
S'enfle de fiel : vous l'eussiez ouy braire
Parmy cest antre, ainsi qu'vn grand taureau:
D'vn coup de poing il cassa le museau
Du Dieu bouquin, & d'vne main cruelle
De poil à poil tout le menton luy pelle,
Et tellement s'en-aigrit de courrous,
Que l'estomac luy martela de coups.

    Le paillard fuit dessus ses pieds de chéure,
Le sang glacé crachant à pleine léure,
Et en hurlant d'vne horrible vois,
Alla musser sa honte sous les bois.

    Que pleust à Dieu que tous les adulteres
Fussent punis de semblables salaires !
Paillards, ribaux, & rufiens, qui font
Porter aux Ians les cornes sur le front.

    On ne voit plus qu'vn fils ressemble au pere,
Faute, HVRAVT, qu'on ne punist la mere
(Qui se desbauche, & qui honnit sa foy)
Par la rigueur d'vne seuere loy,

MARCASSVS.

Amy Huraut] Iole estoit vne belle Princesse, fille d'Euryte Roy d'Oechalie. Hercule l'eut par la defaite de son pere : du depuis il l'aima tellement qu'il la mena mefme auec luy en plufieurs endroits de la terre, pour la rendre auffi fidelle tefmoing de fa valeur qu'elle l'eftoit de fon amour. Vne nuict qu'ils s'eftoient retirez au frais de quelque antre, vn Satyre de la prochaine foreft qui l'auoit veuë de iour, en deuint fi paffionné qu'il fe hazarda de l'aller trouuer de nuict, mais il s'abufa : car il rencontra Hercule au lieu de fa Maiftreffe, dont il auoit mis les habits comme elle les fiens. Hercule, qui n'entendoit point raillerie, le penfa affommer. *A la fable*] Ie croy que c'eft, fi la memoire ne me fait vn mauuais office, en fes Metamorphofes. *Dieu*] Selon l'ancienne Theologie, on diuifoit tous les Dieux en ceux qui eftoient dans le Ciel qu'on nommoit Soouerains : en ceux des Enfers & des Mers qui auoient vne puiffance approchante de celle des premiers : & en ceux qu'on nommoit mediocres, defquels eftoient les Dieux des boccages, les Syluains, les Satyres Dieux folaftres, infolents & lubriques au poffible. *Oebalie*] C'eft le Peloponefe, autrement, la Laconie. *Folie*] Il parle à l'imitation des Poëtes Grecs. Les François diroient, Sujet dont il eft fol. *Du Lion*] Apres qu'Hercule eut efgorgé le Lion de Nemée, il l'efcorcha & en porta du depuis la peau. *Dégoife*] C'eft pour la commodité de la rhythme qu'il s'eft feruy de ce mot : il en eut peu trouuer vn qui eut efté plus propre s'il eut voulu. *Faune*] C'eft vn des Dieux qui fe tiennent dans les champs, & que les anciens croyoient mourir apres vn long temps, ny plus ny moins que les hommes. *Se rauit*] Pour, fut rauy. *Sa chere peine*] Cela fe dit d'Iole, tout ainfi qu'auparauant il l'a nommée fon amoureufe folie. *Tout Hercule*] C'eft encore parler à l'imitation des Grecs. Pour dire, Elle tenoit Hercule tout à fait en fes liens. *N'auons vertu*] Cecy eft vn peu obfcur. Il veut dire neantmoins Seigneur, nous autres Damoifelles faifons gloire de paroiftre belles : & la beauté eft la feule vertu à laquelle nous afpirons. *Amazone premiere*] La premiere des Amazones. *Leonine*] C'eft à dire, de Lion. *La ceinture*] C'eft à dire, que la robe d'Iole eftoit fi eftroite à Hercule, qu'elle ne le couuroit qu'à demy. *Paufade*] C'eft au lieu de repos. *Lambrunche*] C'eft vne efpece de raifin fauuage. *Son viure*] Son viure à l'imitation des Grecs, pour dire fa viande. *Ians*] Pour, coqus.

LA SALADE.

A AMADIS IAMYN,
SON PAGE.

Aue ta main, qu'elle foit belle &
    nette,
    Marche apres moy, apporte vne
    feruiette,
Vne falade amaffon, & faifon
Part à nos ans des fruicts de la faifon.

  D'vn errant pied, d'vne veuë efcartée
Deçà, delà, en cent lieux rejettée
Sus vne riue & deffus vn foffé,
Deffus vn champ en pareffe laiffé
Du laboureur, qui de luy-mefme apporte
Sans cultiuer herbes de toute forte,
Ie m'en iray folitaire à l'efcart.

  Tu t'en iras, IAMYN, d'vn autre
    part
Chercher foigneux la bourfette toffuë,
La pafquerette à la fueille menuë,
La pimprenelle heureufe pour le fang
Et pour la ratte, & pour le mal de flanc :
Ie cueilleray, compagne de la mouffe,
La refponfette à la racine douce,
Et le bouton des nouueaux groifeliers
Qui le Printemps annoncent les premiers.

  Puis en lifant l'ingenieux Ouide,

En ces beaux vers où d'Amour eft le guide,
Regagnerons le logis pas à pas.

  Là recourfant iufqu'au coude nos bras,
Nous lauerons nos herbes à main pleine
Au cours facré de ma belle fontaine :
La blanchirons de fel en autre part,
L'arrouferons de vinaigre rofart,
L'engraifferons de l'huile de Prouence :
L'huile qui vient en nos vergers de France
Rompt l'eftomac & du tout ne vaut rien.
Voilà, IAMYN, voilà mon fouu'rain
    bien,

En attendant que de mes veines parte
Cefte execrable horrible fiéure quarte
Qui me confomme & le corps & le cœur,
Et me fait viure en extréme langueur.

  Tu me diras que la fiéure m'abufe,
Que ie fuis fol, ma falade, & ma Mufe :
Tu diras vray, ie le veux eftre auffi,
Telle fureur me guarit mon fouci.

  Tu me diras que la vie eft meilleure
Des importuns qui viuent à toute heure
Aupres des Roys en credit & bon-heur,
En-orgueilli de pompes & d'honneur :
Ie le fçay bien, mais ie ne le veux faire,
Car telle vie à la mienne eft contraire.

  Il faut mentir, flater & courtifer,
Rire fans ris, fa face defguifer
Au front d'autruy, & ie ne le veux faire,
Car telle vie à la mienne eft contraire.

Je suis pour suiure à la trace la Cour
Trop maladif, trop paresseux & sourd,
Et trop craintif : au reste ie demande
Un doux repos , & ne veux plus qu'on pende
Comme vn poignard les soucis sur mon
     front.
     En peu de temps les Courtizans s'en-
          vont
En chef grison , ou meurent sur vn coffre.
     DIEV pour salaire vn tel present leur
          offre
D'auoir gasté leur gentil naturel
Pour amasser trop de bien temporel,
Bien incertain qui tout soudain se passe
Sans paruenir à la troisiesme race.
» Car la Fortune aux retours inconstans,
» Ne peut souffrir l'ambitieux long-temps,
» Monstrant par luy, d'vne cheute soudaine,
» Que c'est du vent que la farce mondaine,
» Et que l'homme est tres-malheureux qui
     vit
» En Cour estrange, & ne meurt en son lit.
     Loin de moy soit la faueur & la pompe
Qui d'apparence & de fard nous retrompe,
Qui nous relime & nous ronge au dedans
D'orgueil, d'enuie & de soucis mordans.
     L'homme qui monte aux honneurs inu-
          tiles
Semble vn Colosse attaché de cheuilles,
Ferré de gonds, de barres & de cloux :
Par le visage il s'enfle de courroux,
Representant Jupiter ou Neptune.
Sa braue enflure estonne la commune,
D'or enrichie & d'azur par dehors :
Mais quand on voit le dedans du grand corps
N'estre que plastre & argile poitrie,
Alors chacun cognoist la moquerie,
Et desormais le Colosse pipeur
Pour sa hauteur ne fait seulement peur
Qu'au simple sot , & non à l'homme sage
Qui hausse-beque & mesprise l'ouurage.
     L'homme ignorant dont les iours sont si
          brefs,
» Ne cognoist pas que c'est vn jeu d'eschets
» Que nostre courte & miserable vie,
Et qu'aussi tost que la mort l'a rauie,
Dedans le sac on met tout à la fois
Rocs, Cheualiers, Pions, Roynes, & Rois.

Ainsi la terre en mesme sepulture
Met peuple & Roys par la loy de Nature,
Qui mere à tous sans nulle passion,
De l'vn des deux ne fait election :
» Monstrant par là, que la gloire mondaine
» Et la Grandeur est vne chose vaine.
     Ah! que me plaist ce vers Virgilian,
Où le vieillard pere Corycian
Auec sa marre en trauaillant cultiue
A tour de bras sa terre non-oisiue,
Et vers le soir , sans acheter si cher
Vin en tauerne, ou chair chez le boucher,
Alloit chargeant sa table de viandes
Qui luy sembloient plus douces & friandes
Auec la faim, que celles des Seigneurs
Pleines de pompe & de mets & d'hon-
     neurs ,
Qui desdaigneux de cent viandes changent
Sans aucun goust, car sans faim ils les man-
     gent.
Lequel des deux estoit le plus heureux ?
Ou ce grand Crasse en escus plantureux,
Qui pour n'auoir les honneurs de Pompée
Alla sentir la Parthienne espée ?
Ou ce vieillard qui son champ cultiuoit,
Et sans voir Rome en son jardin viuoit ?
» Si nous sçauions, ce disoit Hesiode,
» Combien nous sert la guimauue, & la mode
» De l'accoustrer, heureux l'homme seroit,
» Et la moitié le tout surpasseroit.
     Par la moitié il entendoit la vie
Sans aucun fard des laboureurs suiuie,
Qui viuent sains du labeur de leurs doigts,
Et par le tout les delices des Rois.
» La Nature est, ce dit le bon Horace,
» De peu contente , & nostre humaine race
» Ne quiert beaucoup : mais nous la corrom-
     pons,
» Et par le tout la moitié nous trompons.
     C'est trop presché, donne-moy ma salade,
Trop froide elle est (dis-tu) pour vn malade.
     Hé quoy ? IAMYN, tu fais le Medecin !
Laisse-moy viure au moins iusqu'à la fin,
Tout à mon aise, & ne sois triste augure
Soit à ma vie ou à ma mort future :
Car ie ne puis, ny toy pour ton secours,
Faire plus longs ou plus petits mes iours.
Il faut charger la barque Carontée :

„ *La barque c'eſt vne Biere voûtée*
„ *Faite en batteau : le naiſtre eſt le treſ-*
          pas :

„ *Sans naiſtre icy l'homme ne mourroit pas :*
„ *Fol qui d'ailleurs autre bien ſe propoſe !*
„ *Naiſſance & mort eſt vne meſme choſe.*

MARCASSVS

Laue ta main] Il prend l'occaſion d'aller cueillir vne ſalade auec Amadis Iamin, excellent perſonnage de ſon temps, lors ſon page, pour tomber ſur les incommoditez de la Cour & les innocens plaiſirs de la vie ruſtique. *Heureuſe*] Pour, bonne. *Recouſant*] C'eſt à dire, retrouſſant la manche iuſqu'au coude. *Coùrs ſacré*] Par ce que les anciens croyoient que les Nymphes habitoient les fontaines : voyla pourquoy ils diſoient auſſi que les ſources en eſtoient ſacrées. *Roſart*] Au lieu de roſat, pour la commodité de la rhythme. *Vergers de France*] Il entend le pays de deçà le Loire. *Rire ſans ru*] Pour, rire ſans enuie. *ſa face deſguiſer*] C'eſt à dire, compoſer ſon viſage à celuy des autres, eſtre ioyeux auec ceux qui ſont ioyeux, & triſte auec les triſtes : s'accommoder, en vn mot, aux humeurs d'autruy, & faire le complaiſant. *Qu'on pende*] On entend mal-aiſément icy le Poëte. Si ce n'eſt qu'il vueille dire qu'il ne veut plus qu'on face le refrongné en ſon endroit : & pour moy ie croy qu'il veut dire cela, & qu'il a pris ceſte façon de parler vn peu obſcure des Grecs. Car ie me ſouuiens d'auoir leu dans Ariſtophane, qu'vn certain perſonnage parlant à vn autre qui fait le refrongné, dict qu'il hayt ceux qui bandent le ſourcil à guiſe d'vn arc. Noſtre Poëte peut auoir forgé vne nouuelle façon de parler approchante de celle-là. *Hauſſe-beque*] C'eſt vn vieux mot qu'il a fait verbe, pour dire, faire vn ſigne de meſpris de la teſte. *Corycian*] Virgile parle de la meſnagerie & du contentement de ce bon vieillard dans le ſecond liure de ſes Georgiques, ſi ie ne m'abuſe. *Craſſe*] C'eſtoit vn des grands de Rome, qui s'en alla faire la guerre contre les Parthes, ne pouuant endurer la puiſſance de Pompée dans la ville. *Heſiode*] C'eſt vn excellent Poëte Grec. *Quiert*] Vieux mot, pour, deſire. *Et par le tout*] Le ſens de ce vers eſt obſcur. Ie croy qu'il veut dire, que nous ne ſçauons pas nous ſeruir heureuſement de ce peu de biens dont la Nature peut eſtre contente, à cauſe que noſtre deſir eſt inſatiable, & que nous voulons auoir tout. *Caroniée*] La barque de Caron, nautonnier des Enfers.

DISCOVRS D'VN AMOV-
REVX DESESPERÉ ET DE
ſon compagnon qui le conſole, & d'Amour qui le
reprend.

A Scevole de Saincte-
Marthe, *Poiƈteuin*, tres-
excellent Poëte.

Le deſeſperé commence.

D Ure beauté, *ingrate & mal-*
          heureuſe,
     Las ! eſcoutez ma plainte dou-
          loureuſe,
Et me voyez en mes larmes mourir,
Puis qu'autrement ne voulez ſecourir
Le mal qu'Amour m'a graué dedans l'ame,
De tout mon corps ne faiſant qu'vne flame,
Et qu'vn glaçon viuement attiſé
Du ſeul deſpit de me voir meſpriſé.
     Tant plus l'Amant de ſoy-meſme s'eſti-
          me,
Plus il eſt braue & plus eſt magnanime :
Tant plus ſon cœur eſt genereux & chaut,

Tant plus il aime en lieu parfait & haut :
Si par deſdain ſon ſeruice on outrage,
Incontinent l'amour ſe tourne en rage,
En pleurs, en cris, en larmes, en fureur,
Vrais ſouſpiraux pour éuenter le cœur,
Qui créueroit genné de telle preſſe,
Si pour confort n'accuſoit ſa Maiſtreſſe.
     Puis que vos yeux m'ont braſſé la poi-
          ſon,
Puis que pour vous i'ay perdu la raiſon,
Perdu l'eſprit, comme choſe friuole,
Ie perdray bien encore la parolle,
A fin de dire à ces rochers icy
De voſtre cœur le vouloir endurcy.
O beauté ! non, mais bien cruauté née
Sous malheureuſe & rude deſtinée,
Pour me tuer, deſchirer & humer
Mon ſang trahy deſſous le nom d'aimer.
     L'homme vrayment eſt digne de grand
          blâme
Qui perd ſon âge à ſeruir vne femme,
Sujet leger, qui vit du ſeul plaiſir
De varier, de changer, & choiſir,
Et qui ſe dit d'autant plus honorable,
Qu'elle eſt touſiours menteuſe & variable.
Auſſi Venus, qui naſquit dans les flots
(Flots ennemis de l'homme & du repos)

Nous monſtre aſſez que la plus ſeure Amante
N'eſt que tempeſte, orages & tourmente.
  Il ne faut point égaler le mal-heur
Au mien, qu'endure attaché le voleur
Deſſus Caucaſe, ou la peine infernale
De Salmonée, Ixion, ou Tantale:
Prés de mon mal leur ſort eſt bien heu-
  reux,
Qui veut ſouffrir il faut eſtre amoureux,
Il faut aimer vne ingrate cruelle,
Qui nous occit d'autant plus qu'elle eſt belle.
  Eſprit de roche, ame faite de fer,
Que mes ſouſpirs ne peuuent eſchaufer,
Cœur, mais du plomb, qui te caches indi-
  gne
D'eſtre logé ſous ſi belle poitrine:
Ris mon trompeur, front gracieux & fier,
Oeil, non pas œil, mais vn drillant acier,
Corps engendré dans l'eſpais des bocages,
Nourry du laict des lionnes ſauuages:
Si le deuoir vous eſchauffe à pitié,
Ayez ſoucy de ma longue amitié,
Et quelquefois helas! vous prenne enuie
D'auoir horreur des tourmens de ma vie,
Craignant la main de Nemeſis, qui fait
Punition de ceux qui ont forfait.
  Hé! quel forfait plus grand ſçauroit-on
  faire
Que ſon amy cruellement desfaire?
Le tourmenter, geſner, & martyrer,
Et tout ſon cœur par morceaux deſchirer?
  Toute la nuict quand le Soleil ſe plonge
Sous l'Ocean, l'eſpouuantable ſonge
En cent façons, pour me donner effroy,
Coup deſſus coup vous repreſente à moy.
Depuis le ſoir iuſqu'au poinct de l'Aurore
Penſif ie veille: Amour qui me deuore,
Comme ennemy de mon premier repos,
Ne donne tréue vn quart d'heure à mes os:
Deçà delà ie me tourne & reuire.
  Mon œil voyant le pourtrait qu'il de-
  ſire
Comme vn fantoſme errer deſſus mon lict,
Me fait taſter les ombres de la nuict,
Croiſant mes bras au deuant de l'image
Pour la ſerrer: mais elle plus volage
Qu'vn vent leger, en fuyant ne veut pas
Qu'vn vain plaiſir ie preſſe entre mes bras.

Mais quand l'Aurore abandonne la cou-
  che
Du vieil Tithon, tout réueux & farouche
Ie ſors du lict, & ſans autre teſmoin
Seul ie me pers en vn antre bien loin,
Parlant tout ſeul: Amour qui m'accompa-
  gne
Me fait aller de montagne en montagne,
De bois en bois, de penſer en penſer:
Ie fuy les lieux par où ie voy paſſer
Le peuple errant, & dreſſe mon allée
Entre les bois heriſſez de fueillée.
  Mais en fuyant les hommes & le iour,
Ie ne fuy point moy-meſmes, ny Amour,
Ny le penſer importun de ma Dame,
Qui comme vn Ours ſe repaiſt de mon ame,
Mange mon cœur, & me met en tous lieux
Voſtre pourtrait au deuant de mes yeux.
Aucunefois ceſte fauſſe eſperance
Par les deſerts me promet aſſeurance,
Et me pippant, menſongere, me dit
Qu'en voſtre amour i'auray quelque credit:
Mais ie ne veux à Déeſſe ſi vaine
Adjouſter foy, pour allonger ma peine.
  Las! mon eſprit par trop réuer a fait
Mon corps hideux, palle, morne & desfaict,
Desfiguré comme ces ombres vaines
Qui vont là bas ſans muſcles & ſans veines,
Sans ſang, ſans nerfs, aux riues d'Acheron,
Leger fardeau du bateau de Charon:
A tels eſprits pour aimer ie reſemble,
Trainant vn corps vif & mort tout enſem-
  ble.
  Doncques voyant mon treſpas approcher,
Ie veux mourir au pied de ce rocher
Plat eſtendu contre la froide terre,
Pour eſtre franc d'Amour & de ſa guerre,
Et des ſoucis ſi prompts à m'offenſer,
Et par-ſur tout de ce meſchant penſer.
  Il ne faut point qu'vn beau lict de ver-
  dure
Pour ornement couure ma ſepulture:
Roſes ne Lis ne ſont pour le tombeau
D'vn miſerable amoureux iouuenceau,
Mais bien la ronſe eſpineuſe y fleuriſſe,
Et en tout temps le chardon s'y heriſſe:
Nul paſtoureau n'y chante du flageol,
Mais le corbeau en lieu de roſſignol,
Et que la neige à coups de pied briſee

Sur le Printemps luy serue de rosée.
  Puis quand l'esprit tout franc sera de-
hors
Des serfs liens du miserable corps,
Ie ne veux point qu'il prenne vne autre for-
me,
Mais gresle & nud, & fantosme difforme,
Afreux, hideux, deuant ses yeux souuent
Vole & reuole aussi leger que vent,

En cent façons par vne estrange feinte
Troublant son ame en tous lieux d'vne
crainte,
Et tout son cœur de rage & de fureur,
Et son esprit de songes & d'horreur,
Ou soit la nuict en son lict endormie,
Ou soit le iour, à fin que nulle Amie
Sur la rigueur ne mette son appuy,
Prenant exemple à la peine d'autruy.

MARCASSVS.

Dure Beauté] Voicy les plaintes d'vn Amant, lequel apres auoir rendu tout ce qu'il deuoit à sa vehemente passion & aux merites de sa Dame, desesperant du bien qu'il recherchoit auec tant de soin & de peine, dispose de la fin de sa vie. *Glaçon attisé*] Il monstre le refroidissement que le mespris cause en amour. *D'vne telle presse*] C'est à dire, estant pressé de la sorte. *Brassé le poison*] Il veut dire; Appresté, ou fait prendre malicieusement. *Ie perdray bien*] Il veut dire; Puisque i'ay perdu en vous aimant la raison, ie peux bien perdre ces parolles que ie prononce, & ausquelles ie sçay fort bien que vous faites la sourde-aureille. *Voleur*] C'est Promethée, qui pour auoir desrobé le feu du Ciel fut attaché sur le mont de Caucase. Il faut voir le Promethée des Grecs dans le Poëte Tragique. *Ixion*] Cestui-ey pour auoir esté si temeraire que d'auoir voulu rechercher d'amour Iunon, fut attaché aux Enfers à vne rouë, dont le mouuement est perpetuel. *Salmonee*] C'estoit vn des fils d'Eole & Roy d'Elide, qui desirant d'estre adoré à l'egal des Dieux, fit construire vn pont d'airain, à fin qu'en s'y promenant sur vn char tiré à quatre cheuaux il imitast le tonnerre de Iupiter. Le Ciel ne pouuant endurer ceste insolence l'enuoya d'vn coup de foudre aux Enfers. *Tantale*] C'estoit vn des fils de Iupiter & de la Nymphe Plote. *Tithon*] C'est le mary de l'Aurore. *Ie ne fuy point moy-mesme*] C'est à dire; Ie ne me fuy point moy-mesme. *Ny le penser*] Pour dire, Ny les importunes pensées qui m'entretiennent des beautez & des rigueurs de ma Dame. *Acheron*] Fleuue qu'il faut passer aux Enfers pour aller aux champs Elysees.

LE COMPAGNON DE
L'AMOVREVX QVI
le console.

AH ! Compagnon, ramasse ton
  courage,
  La Raison soit maistresse de ta
  rage :
Réueille-toy d'vn sommeil si profond,
Et la Vertu replante sur ton front.
» Naiz pour l'honneur en ce Monde nous
  sommes :
» Les cris, les pleurs sont indignes des hom-
  mes,
» Qui de nature ont le cœur genereux
» Pour ne broncher sous le sort malheureux :
Mais vers le Ciel dressant tousiours la teste,
Ont pour sujet toute action honneste,
Vn haut courage, vn vertueux penser
Qui ne se peut de Fortune offenser.
» Entre les morts est morte l'esperance :
» Entre les vifs elle a sa demeurance.
Espere donq, & hardy ne reçoy

Le desespoir pour le loger chez-toy.
L'esperance est des Laboureurs nourrice,
L'esperance est aux prisonniers propice,
Sans elle en mer le Pilote n'iroit,
Bref, sans l'espoir le Monde periroit.
Rien n'est si dur qu'vne roche massiue,
Rien n'est si mol qu'vne fontaine viue :
Et toutefois l'onde auecques le temps
Mange la roche & la creuse dedans.
  Toute douleur, tant soit longue & mor-
  dante,
Tant soit sa playe en nostre cœur ardante,
Se peut casser par patience, ainsi
Qu'vn grand rocher sur le bord endurci
Casse à l'entour, sans bouger de sa place,
D'vn pied constant la mer qui le menace.
  Mets, ie te prie, au deuant de tes yeux
L'heure, le iour, & le temps & les lieux,
Où quelquefois ta constance asseurée
A la rigueur de Fortune endurée,
Voire plus grande & plus forte beaucoup
Que n'est l'Amour qui t'a donné ce coup.
  Souuienne-toy combien dessus la plaine
De la grand' mer tu as souffert de peine

Pendu sur l'onde, assailly de la mort
Qui t'espioit à deux doigts prés du port.

    Souuienne-toy combien tu as sur terre
Souffert de mal au trauail de la guerre,
Blessé, nauré, rigueur dessus rigueur,
Où toutesfois tu n'as perdu le cœur.

    Voudrois-tu donq', ô nouuelle misere!
Le perdre ainsi pour chose si legere?

    Souuienne-toy, regaignant ta raison,
Que ta Maistresse est de grande maison,
De noble sang, & non pas amusée
A déuider ou tourner la fusée:
Et que son œil, mais vn Soleil doré,
Et son esprit des autres adoré,
Et ses cheueux, les liens de ta prise,
Sa belle main à la victoire apprise,
Son ris, son chant, son parler & sa vois
Meritent bien le mal que tu reçois.

    Endure donq' : les amours sont sembla-
    bles
Aux iours qui sont de nature muables,
Tantost sereins & tantost pluuieux,
Chauds & glacez , ainsi qu'il plaist aux
    Cieux.

    I'estois vn iour amoureux d'vne Dame
Qui d'outre en outre auoit percé mon ame
De ses beaux yeux : plus mon cœur s'allumoit
Mourant pour elle, & moins elle m'aimoit,
De mon tourment apparoissant plus belle,
Et sa beauté la rendoit plus cruelle,
Comme vn chéureul qui va fuyant de peur
Deuant vn loup tout herissé d'horreur,
Qui ja déjà de sa griffe le presse:
Ainsi fuyoit ceste ieune Maistresse.

    O quantesfois tout seul entre les bois,
Entre l'effroy des antres les plus cois
Ay-ie conté dans vn desert sauuage
Le mal receu pour vn si beau visage?

    O quantesfois aux rochers d'alentour
Ay-ie conté la rudesse d'Amour,
Et arresté les vents à ma complainte?

    Echo sans plus, de mes souspirs atteinte,
Me respondoit, & d'vn pareil esmoy
M'accompagnant, pleuroit auecques moy.

    Cent fois troublé d'vne fureur extréme
I'ay mon poignard tourné contre moy-mes-
    me,
Pour deslier par le bien de la mort
L'esprit transi sans espoir de confort:

Mais quand la honte auoit refreint ma de-
    stre,
A tout le moins, disoy-ie, il me faut estre
Hoste des bois, & m'arrester icy
Sans que le peuple entende mon soucy.

    Jà n'est besoin que le Monde rougisse
De ma vergongne, il faut que ie languisse
En ces deserts, & traine ma langueur
Bien loin du peuple autour de mon malheur.

    Ainsi disois, mais les haleines molles
Des vents en l'air emportoient mes parolles:
Car tout soudain l'importun souuenir
Forçant mes pas, me faisoit reuenir
Deuant les yeux de ma belle guerriere
Inexorable & sourde à ma priere,
Qui de mes pleurs sa rigueur abreuuoit,
Et de mes cris non plus ne s'esmouuoit
Que fait la mer, quand palle du naufrage
Le nocher crie au milieu de l'orage.

    I'auois souffert quinze mois sa rigueur,
La larme à l'œil, sur le front la langueur,
La flame au cœur, le souspir en la bouche,
Sans amollir ceste beste farouche:

    Quand pour trouuer à mon mal guarison,
D'vn vieil sorcier ie cherchay la maison,
Sorcier barbu, à l'œil espouuentable,
Au gros sourcil, au front inaccostable,
Ridé, crasseux, arrogant, éhonté :
Seul ie l'aborde & mon mal luy conté.

    Jl me respond: Ta teste est estourdie
D'vne bien chaude & forte maladie:
Et toutefois tu pourras bien guarir
Si prompt tu veux toy-mesme secourir,
Non par l'effort d'vn magique murmure,
Par vers charmez, par estrange escriture,
Ny par billets à ton col attachez,
Ny par secrets des Demons recherchez.

    Tant seulement pour vn mois dissimule
Maugré ton cœur la flame qui te brule:
Change de face, & fein d'estre guary :
Ne marche plus comme triste & marry,
A front baissé souspirant par la voye:
Ny messagers ny lettres plus n'enuoye,
Nourrissement & appast de ton feu:
Cache ton mal, temporises vn peu,
Et tu voirras ains que le mois se passe,
» Que par le temps toute fureur s'efface.

    Apres auoir mon mal dissimulé,
Elle estima mon feu s'en estre allé,

Et que mon ame autre part enuolée,
En son endroit de chaude estoit gelée,
Et que mon cœur par feinte diuerty
Auoit ailleurs trouué nouueau party :
Par desespoir s'escria mal-heureuse,
Rompt ses cheueux, deuint toute amoureuse,
Et sans vser de plus longue rigueur
Me saute au col, & m'appella son cœur.

  Si tu m'en crois, guary-toy de la sorte :
Ou si tu n'as la constance assez forte,
Ie te diray pour ton dernier secours
Le vray moyen de perdre tes amours.

  On dit, Amy, qu'en la forest d'Ardeine
Dessous vn chesne ondoye vne fontaine,
Dont Angelique à longue haleine but :
Si que d'puis, dédaigneuse, ne peut
Aimer Regnaud, & dedans sa moüelle

Sentit couler vne glace nouuelle,
Tant seulement par la vertu d'vne eau,
Qui de son cœur esteignit le flambeau.

  Va te plonger par neuf fois en ceste onde,
Bois-en neuf fois, & neuf fois à la ronde
Des riues tourne, auant que le Soleil
Face apparoistre aux Indes son réueil.
Ou bien, Amy, si tu ne veux me croire,
Voicy Amour à la trousse d'yuoire,
A l'arc tendu, au traict bien aiguisé :
De tous les Dieux c'est le mieux auisé :
,, Oy-le parler. Quand vn Dieu nous con-
      seille,
,, Il faut apprendre & luy prester l'aureille :
,, Car il faut croire & tenir pour certain
,, Qu'vn Dieu ne veut tromper le genre hu-
      main.

MARCASSVS.

Ah ! compagnon] Pour arrester le desespoir de l'Amant, duquel vous auez ony les plaintes, cet officieux amy luy conseille de rabbatre l'orgueil de sa Maistresse, par vn refroidissement, à son exemple, qui ne pouuant ranger à la raison la cruauté d'vne Dame qu'il affectionnoit, se ietta sur le mespris, par lequel il gaigna aussi tost ses bonnes graces. C'est le naturel des Dames : elles mesprisent ceux qu'elles voyent mourir pour elles, & meurent pour ceux qui les tiennent comme des beautez indifferentes. *Vn vertueux penser*] C'est à dire, vne constante resolution. *Creuse dedans*] C'est à dire, creuse. *Souuienne-toy*] Pour, souuiens-toy. *Cheueux liens de ta prise*] Ie croy qu'il veut dire : Les cheueux qui sont les liens qui t'ont arresté. *Rudesse*] Rudesse, se prend icy pour rigueur & barbarie. *Esmoy*] D'vn pareil ressentiment. *Restreint*] Pour, retenu. *Ainsi disou*] Pour, Ie disois ainsi. *Molles*] Pour, douces. *Charmez*] Pour, charmans, car il faut qu'ils facent les effects des charmes, & non qu'ils les endurent. *De chaude*] Pour dire : de chaude estoit deuenuë gelée. *Vne fontaine*] C'est la fontaine enchantée de l'Arioste.

AMOVR REPREND
l'Amoureux.

MAsse de plomb, & digne qu'on
      te nomme
      Vn dur rocher en la forme d'vn
      homme,
Ou bien vn monstre en homme contrefait :
Pour le loyer du bien que ie t'ay fait
Me blasmes-tu ? tel miserable blâme
Ne peut sortir que d'vne meschante ame.

  Certes deuant que le coup de mon dard
T'eust attiré pour estre mon soudard,
Et que ie t'eusse en la belle campaigne
Des amoureux rangé sous mon enseigne ;
Tu viuois sot, ignorant & lourdaut,
Ton cœur grossier n'esperoit rien de haut,
Ton sang coüard estoit froid comme glace,
Ton ame estoit en ton corps vne masse,
Et mal en point, mal propre & mal vestu,

Niais, badin, eslongné de vertu,
Allois errant comme vn homme sauuage
Sans esleuer vers le Ciel le visage.

  Mais aussi tost que i'eu dedans ton cœur
Poussé le trait qui te tient en langueur,
En langueur, non, mais bien en esperance
D'auoir le fruit de ta perseuerance :
Incontinent que i'eu deuant tes yeux,
Mis le pourtrait dont tu es enuieux,
Lequel gaignant ton ame toute entiere
Fut ton sujet, ton obiet, ta matiere :
Bref, aussi tost que tu vins à sentir
Ce plaisant feu que tu voyois sortir
De la beauté de ta Dame bien née,
D'antique race & de grande lignée,
Et que tu vis comme les Astres font
Mille vertus reluire sur son front,
Et que le geste & l'apparence haute,
Et le desir d'euiter toute faute,
Et que l'honneur la vestoit proprement
Comme d'vn braue & riche accoustrement :

III ij vj

 Lors aux rayons d'vne si belle face
Changeas de mœurs, de nature & de grace:
Ton esprit fut actif & vigoureux,
Ton sang deuint plus chaud & genereux,
Ton ame s'est en beaux discours hauffee,
Et vers l'honneur s'en-vola ta pensee,
Par gaillardise esperant d'acquerir
Celle beauté qui te faisoit mourir.

 Adonc au Ciel tu esleuas la teste,
Tu deuins propre, & accort, & honneste,
Discret, facond, bien-parlant, bien-disant,
Et de fascheux, agreable & plaisant.

 Pour mieux donter la paresse & le vice,
Armes, cheuaux, furent ton exercice,
Guerres, combats, mascarades, tournois,
Et honorer l'Amour par le harnois.
Dont tu me dois (t'ayant donné Maistresse)
Ton bon esprit, ta grace & ta proüesse,
Et les vertus qui procedent d'aimer:
Puis comme ingrat tu ofes me blâmer.
Contre raison, qui ta fiere nature
Ay conuertie en douce nourriture!

 Tu me diras qu'Amour est passion
Pleine de forte & chaude affection,
Et que celuy qui mes fleches espreuue,
Pour vn seul bien mainte douleur y treuue:
,,*Vn plaisir est trop cherement vendu,*
,,*Quand pour l'auoir vn âge est despendu.*

 Escoute, Amy: le Ciel, par qui nous som-
  mes,
Ne doit pas tant à la race des hommes
Que de verser toute douceur icy
Sur nos plaisirs sans mesler du foucy.
,,*Il n'y a chose au Monde si heureuse,*
,,*Que par malheur la tristesse espineuse*
,,*D'vn soin mordant n'aigrisse, & que son*
  fiel
,,*De son aigreur ne corrompe le miel.*
,,*Mais quand le bien arriue apres la peine*
,,*Il est plus doux, d'autant que l'ame pleine*
,,*Des premiers maux, se laisse deceuoir*
,,*Du bien receu qui vient contre l'espoir.*

 Tu n'es pas seul qui pleures pour ta Da-
  me:
Les plus gaillars remplis d'vne belle ame,
Princes & Roys, Seigneurs cheualeureux,
Ont souspiré leur trauail amoureux.
 Voy les beaux yeux de ta belle Maistresse:
Voy le pouuoir de celuy qui te blesse,

De qui le coup par secrette langueur
Venant des yeux s'encharne sous ton cœur:
Lors tu prendras en ton mal patience,
Me cognoissant par ton experience,
Mal qui te vient de ton propre messait.
Ie suis tout bon: nul mal ie ne t'ay fait:
Mais ta raison par les sens deprauee,
A la beauté corporelle approuuee,
Non la celeste: aussi tu as receu
Tous les tourmens d'vn amoureux deceu.

 Car moy qui suis de nature tresbonne,
Enfant du Ciel, ne veux nuire à personne,
Mais profiter, tenant dessous ma main,
Comme vn bon Roy, en paix le genre hu-
  main.
 Ie tiens le Monde en parfaite alliance:
Les Elemens cognoissent ma puissance,
Peuples, citez ne viuent que par moy,
Et leur repos s'entretient par ma loy.
 Ie suis par tout, toute chose i'embrasse,
Ie fais de l'homme immortelle la race,
Le chatouillant doucement de mon trait,
Pour se refaire & laisser son pourtrait.

 Ie suis des Dieux le meilleur interprete,
Ie suis Deuin, Cabaliste & Prophete:
D'entre les Dieux & les hommes ie suis
Poste, courrier, & messager qui puis
Porter au Ciel des hommes les prieres,
Porter à l'homme en cent mille manieres
Songes, aduis & oracles de DIEV:
Car du grand air i'habite le milieu.
I'ay pere & mere, & n'ay pere ny mere:
Aucunefois ie pense auoir vn frere,
Quelquefois non: i'ay diuerses les mœurs,
Tantost ie vy & tantost ie remeurs,
Ieune, vieillard, chaut, delicat & tendre:
Comprenant tout, on ne me peut compren-
  dre:
Aussi d'vn DIEV *l'immense charité*
Ne se comprend par vostre humanité.

 Quand du haut Ciel les ames abaissees
Dedans les corps languissent oppressees
De la matiere & du pesant fardeau,
Ie leur esclaire aux rais de mon flambeau:
Ie les réueille & leur preste mes ailes
Pour reuoler és maisons eternelles
Par le bien-faict de contemplation.
,,*Car de l'amour la plus belle action*
,,*Est de rejoindre en charité profonde*

,,L'ame

„ *L'ame à son Dieu tandis qu'elle est au*
  Monde.
  Plus ta Maistresse est belle, & d'autant
  plus
Laissant ton corps impotent & perclus,
Deuois hausser tes yeux outre la nuë
Pour voir le beau dont ta Belle est venuë:
Mais t'amusant à la beauté du corps,
Et aux couleurs qui plaisent par dehors,
Qui comme fleurs en naissant se fanissent,
As abaissé tes esprits qui languissent
Lourds, engourdis d'vn sommeil ocieux,
Sans enuoyer ton ame iusqu'aux Cieux,
Estant plongee en l'amour furieuse,
Brutale amour, charnelle, vicieuse:
Donc de ton gré te liant en prison,
As dérobé toy-mesme & ta raison.

De telle erreur procede ta complainte,
Tes pleurs, tes cris, tes souspirs & la crain-
te,
Le desespoir de n'estre iamais tien,
Et mille maux que tu merites bien,
Voire les fers & toute genne extréme,
Puis que tu es le meurtrier de toy-mesme.
  SCEVOLE, amy des Muses que ie
  sers,
Icy ie t'offre, en lieu de tes beaux vers,
Vn froid discours larron de ta loüange.
  Tu n'es premier qui te trompes au chan-
  ge:
Glauque iadis s'y deceut deuant toy,
Et toutefois pren ce present de moy,
Pour tesmoigner d'vne encre perdurable,
Que mon vers fut à ton vers redeuable.

MARCASSVS.

Masse de plomb] L'Amour fait vne rude reprimende à cest Amant desesperé, qui s'estoit plaint de luy. Il luy monstre le bien, & l'honneur que recoiuent ceux qu'il daigne blesser de ses coups, qui réueillent les esprits les plus endormis: les rendent de sots habiles & gentils. Apres il descrit ses qualitez, monstre qu'il est le plus necessaire de tous les Dieux, puis que sans luy le Monde ne pourroit subsister. *Soudard*] Pour la commodité de la rhythme, au lieu de soldat. *Ensaigne*] Pour rhythmer auec *campaigne*, au lieu de dire, *enseigne*. *L'Amour par le harnois* [C'est à dire, & joindre les glorieux faits d'armes à ceux de l'Amour. *Donné Maistresse*] Au lieu de Donné vne Maistresse. *Ne*] Pour, n'en. *Le beau*] Il parle à la mode des Grecs, & prend beau, pour, beauté. *De toy-mesme*] Au lieu de dire, Puis que tu es ton propre meurtrier, ou que tu meurtris toy-mesme. *Larron de ta loüange*] Puis qu'il ne la raconte pas. *Glauque iadis s'y deceut*] Car il changea ses armes d'or auec d'autres qui estoient d'airain.

A PIERRE DV LAC
Auuergnac, tres-fameux Aduocat
en Parlement.

D V LAC, qui joins la gentille
  carolle
  Des doctes Sœurs à l'espineux
  Bartolle,
Par la douceur donnant vn contrepois
A la rigueur des plus seueres lois:
  En ce-pendant qu'en vain tu te consom-
  mes
Pour appaiser la malice des hommes,
Et qu'au Palais, tumultueux manoir,
Tu vas marchant sur le blanc & le noir:
Dés le matin iusques à la disnee,
Dés le disner à la nuict retournee,

Pensant en toy par quel docte bon-heur
Tu seras grand en biens & en honneur
Pour meriter les hauts estats de France:
Car ton Auuergne enfante en abondance
Et Chancelliers & Presidens qui ont
Tousiours porté Iustice sur le front.
  Ie fay l'amour auec ma siéure-quarte:
Il faut qu'vn clou par violence parte
Poussé d'vn autre : Ainsi, DV LAC, il
  faut
Que par mon chaut ie pousse l'autre chaut,
Chassant l'ardeur de ma siéure cruelle
Par la chaleur d'vne amitié nouuelle.
  Ie voudrois bien les deux flames chasser:
Mais ie ne puis ma nature passer,
Ny mon Destin, qui me donnent vne ame
Passionnee en l'vne & l'autre flame.
  L'vn de mes feux ne te consomme point,
KKKkk

L'autre te bruſle : & d'autant qu'il te
  point,
Plus il t'eſt doux, & tu ne veux attendre
Que ſon braſier ſe cache ſous la cendre,
L'enuironnant de penſers à l'entour
» *Pour le nourrir. Car volontiers amour*
» *Naiſt du penſer, & ſe paiſt d'eſperance,*
» *Et l'eſpoir vient de la perſeuerance.*
» *On ne doit point en amour eſperer,*
» *Qui à l'égal ne veut perſeuerer,*
Comme tu fais : qui touſiours perſeueres,
Pour ſoulager tes eſtudes ſeueres,
Entre-meſlant d'vn joyeux entre-las
Au doux Amour la farouche Pallas.

  Tu me diras, Et quoy ? la Poëſie
Amuſe encor ta folle fantaſie ?
Veu que tu as tant de ſacs au coſté,
Procez, enfans du Palais eshonté :
Peſant fardeau, pluſtoſt vilaine engeance,
Dont DIEV punit les hommes par ven-
  geance.
Ie ſens, DV LAC, le faix deſſus mon dos,
Et les Procez qui poignent iuſqu'à l'os :

Mais m'aſſeurant ſur ta foy non vulgaire,
Ie te les laiſſe & ſi ne m'en chaut guere.

  Je ſuis ſemblable au pelerin chargé,
Qui par la poudre a long-temps voyagé,
Quand ſa valiſe ou ſon biſſac le preſſe,
Au premier hoſte en oſtage il les laiſſe :
Il ceint ſa robbe, ou la retrouſſe, à fin
Que ſans empeſche il fende le chemin,
Et le premier au logis ſe repoſe,
Dorme ſon ſaoul, & ne penſe autre choſe.

  Ainſin, Amy, pour décharger mon faix,
Ie te reſigne & donne mes Procez,
Papiers & ſacs que le Palais gouuerne,
Vrais enfançons de ce Monſtre de Lerne,
Qui ſept arpens ſous la panſe fouloit,
Et d'vn ſeul col ſept teſtes eſbranloit :
Et toutefois de ſept reuers Alcide
Les fit broncher & en fut homicide.

  En imitant ce bras Tirynthien,
Tu peux trencher mon Procez, mais le
  tien,
D'vn ſeul reuers en ſuiuant ta couſtume,
Non par le fer, mais par ta docte plume.

MARCASSVS.

Du Lac] Apres qu'il a loüé ſon Amy pour la perſeuerance qu'il a aux affaires du Palais, & ſur la peine qu'il prend d'adoucir l'eſpineuſe eſtude de la Iuriſprudence par l'agreable exercice des vers ; il luy fait voir comme ſon occupation eſt toute differente de la ſienne, faiſant l'amour pour chaſſer la fiéure-quarte qui l'afflige. *Qui ioins la gentille, &c.*] C'eſt à dire, qui meſles les douceurs de la Poëſie auec l'amertume de la Iuriſprudence. *Donnant vn*] C'eſt à dire, Qui te ſers de la courtoiſie & de la bonté des Muſes pour adoucir les rigueurs des loix qui tiennent bien ſouuent de la barbarie, comme le droit eſtroit eſt mainte-fois vne grande iniuſtice. *Sur le blanc*] Qui diſcernes & ſepares les choſes iuſtes d'auec les iniuſtes. Il parle à la façon des anciens, qui exprimoient les bonnes & les mauuaiſes choſes par ces deux couleurs contraires. Et nous diſons encore, vne action noire, mais non pas blanche. *Porté iuſtice*] Qui ont touſiours bien rendu la iuſtice. *Mon chaut*] C'eſt parler à la façon des Grecs, au lieu de dire, La chaleur par la cha-leur. *Ma nature paſſer*] C'eſt à dire, Ie ne puis faire plus que ma nature ne me permet. *L'vn*] La fié-ure. *Conſomme*] Au lieu de, conſume : car conſomme & conſume ont deux ſignifications toutes differen-tes. *L'autre*] L'amour. *La farouche*] Pallas eſt la Déeſſe qui preſide aux ſciences. Il la nomme fa-rouche, parce qu'il veut entendre l'eſtude du Droict qui eſt eſpineux au poſſible. *Sans empeſche*] Sans em-peſchement. *Fende le chemin*] Ceſte hardieſſe ſeroit ſupportable ſi l'on voguoit en mer : car on expri-meroit la nature meſme de l'action. *Lerne*] Il entend l'Hydre, qu'Hercule tua. Lerne au reſte, eſtoit vn certain lac dans la Grece, dans lequel ce Monſtre, qui infectoit tout le païs, demeuroit. *Alcide*] C'eſtoit vn des ſurnoms d'Hercule. *Tirynthien*] C'eſt encore vn autre ſurnom de ce vaillant Heros.

LE SOVCI.

AV SIEVR CHEROVVRIER excellent Muſicien.

IE veux chanter, CHEROV-
VRIER, le Souci
Qui te plaiſt tant, & qui me
plaiſt auſſi:
Non le ſoucy qui tout le cœur nous ſerre,
Mais les Soucis, eſtoilles d'vn parterre,
Ains les Soleils des iardins, tant ils ſont
Iaunes, luiſans, & dorez ſur le front.

La Roſe emporte (empourprant ſon eſ-
pine)
Le premier lieu à cauſe d'Erycine,
Et du beau ſang d'Adon qui la peingnit:
L'Oeillet apres qu'Apollon contraingnit
Ioüer au diſque, & qui le fit occire
Sans y penſer à l'amoureux Zephyre,
Et fut depuis aux Spartes vn grand Dieu.

Ces deux, Soucy, ont eu le premier lieu,
Toy le troiſieſme, & s'il n'y a fleurette,
Ny giroflée, ou double violette,
Geneſt, ioſmin plus odorant que toy:
Au moins, Souci, ſil n'eſt vray ie le croy.

Soit que ma Dame autresfois m'ait don-
née
Ta couleur iaune, ou que l'ame inclinée
A voir, flairer, & contempler ta fleur,
Sur tous parfums eſtime ton odeur:
Iamais repas ne me fut agreable,
Si ton bouton n'enfleurit vne table,
Salade, pain, & toute la maiſon
Aux plus beaux mois de la prime ſaiſon:
Car de couleur ta couleur ie reſſemble,
Tu es, Souci, mon frere, ce me ſemble.

Tu es tout iaune, & tout iaune ie ſuis
Pour trop d'amour qu'effacer ie ne puis.

Printemps, Hyuer, tu gardes ta verdure:
Printemps, Hyuer, le ſoin d'amour me dure.

Double eſt ta fleur, ta fleur eſt ſimple
auſſi,
Mon cœur eſt ſimple, & vit touſiours ainſi:
Mais mes penſers & mes ennuis ſont doubles

Selon les yeux & farouches & troubles
De ma Maiſtreſſe, & mon ſoin eſt doublé
Si ſon œil eſt ou farouche ou troublé.

Quand le Soleil, ton amoureux, ſ'abaiſſe
Dedans le ſein de Tethys ſon hoſteſſe,
Allant reuoir le Pere de la mer,
On voit ton chef ſe clorre & ſe fermer
Palle défait: mais quand ſa treſſe blonde
De longs cheueux s'eſparpille ſur l'onde
Se réueillant, tu t'éueilles ioyeux,
Et pour le voir tu deſſilles les yeux,
Et ſa clarté eſt ſeule ton enuie,
Vn ſeul Soleil te donnant mort & vie.

Quand ie ne voy mon beau Soleil leué,
De toutes parts vn ſommeil aggraué
Deſſus le front des tenebres me donne,
Si qu'eſbloüy ie ne cognois perſonne.

Mais auſſi toſt que ſes rais deſſus moy
Me font vn iour, des yeux du cœur ie voy
Mille beautez, tant ſa gentille flame
En m'éclairant me reluit dedans l'ame,
Et loin du corps dont ie ſuis empeſché,
Tient mon eſprit aux aſtres attaché.

On dit, Souci, quand au bras on te lie,
Que tu guaris de la melancholie.
Or en cela nous ſommes differens:
Ce que ie voy, tout triſte ie le rens
Ainſi que moy, tant il ſort de triſteſſe
Hors de mes yeux pour ma rude Mai-
ſtreſſe,
Qui froide & lente, & morne en amitié
Mon pauure cœur ne veut prendre à pitié,
Me conſommant d'amour, tant elle eſt
belle:
Et ie veux bien me conſommer pour elle.

Adieu, Souci, ſi CHEROVVRIER paſ-
ſant
Par ſon jardin voit ton chef floriſſant,
Qui toute fleur au temps d'Hyuer ſurpaſſe,
Que l'Aube engendre & qu'vne nuict eſ-
face,
Te voyant naiſtre auſſi toſt que fanir:
Soir & matin fay-le-moy ſouuenir
Que noſtre vie aux fleurettes reſſemble,
Qui preſque vit, & preſque meurt enſemble:
Et ce-pendant qu'il eſt en ſon Printemps,
Viue amoureux & n'eſpargne le temps.

Si en naiſſant ce grand MAISTRE qui
donne

KKKkk ij

Heur & mal-heur à chacune personne,
M'auoit donné, mon CHEROVVRIER,
　　　ta vois
Dont tu flechis les peuples & les Rois,
Comme estant seul de France la merueille
Pour attirer vne ame par l'aureille :
Ie chasserois la fiéure de mon corps
Par la douceur de tant de beaux accords.

　　En lieu d'auoir ta nombreuse musique
I'ay l'autre ardeur ; la verue Poëtique,
Qui rompt ma fiéure & charme mon souci :
Ou s'il n'est vray, ie me console ainsi.

　　Doncq si i'auois ceste voix si diuine,
Present du Ciel, qui sort de ta poitrine,
Ie chanterois : mais ne pouuant chanter,
De l'autre ardeur il me faut contenter.

MARCASSVS.

Le Souci] Il chante les loüanges du Souci qu'il met apres l'Oeillet & la Rose. Clytie Maistresse du Soleil fut changée en ceste fleur. Lisez les Metamorphoses d'Ouide. Le sieur de Croisilles, esprit des plus rares & des plus accomplis de nostre temps, en a fait vne lettre qu'il intitule, Clytie au Soleil. *Adon*] C'estoit le fils d'vn Roy de Cypre, que Venus aima passionnément, & qui fut tué à la chasse par vn sanglier. *D'Erycine*] C'est vn des surnoms de Venus. Elle est ainsi appellée d'Eryx, qui est l'Isle de Sicile, dans laquelle elle auoit vn fameux Temple. *Qu'Apollon contraignit*] Hyacinthe estoit vn beau ieune enfant qu'Apollon tua d'vn coup de palet sans y penser, dont il eut vn extreme regret. Le Zephyre en fut cause qui destourna le coup sur la teste de ce ieune Prince, à fin d'en priuer Apollon qui le possedoit. *Aux Spartes*] Ces peuples le tindrent depuis sa mort pour dés plus grands d'entre les Immortels. *Ces deux*] L'Oeillet & la Rose. *N'ensleurit*] Ce mot est fort hardy. Il veut dire, Si ta fleur ne remplit d'odeur la table. *Prime saison*] Printemps. *Ie ressemble*] A cause de la ieunesse. *Printemps, Hyuer*] On dit, au Printemps, en Hyuer. *Ton amoureux*] A cause de Clytie qui fut changée en ceste fleur. *De longs cheueux s'éparpille*] Il veut dire, Esparpille sur l'onde ses longs cheueux. *Et sa clarté*] C'est à dire, Et tu n'auras autre desir que de voir sa clarté. *Aggraué*] Il a mis le passif pour l'actif. C'est le sommeil qui aggraue plustost qu'il n'est aggraué, *Dessur le front, &c.*] Ie croy qu'il veut dire : Vn sommeil fond de toutes parts dans ma teste, & assoupit tous mes sens, & enferme mes yeux dans l'obscurité de la nuict. *Dessus moy Me font*] C'est à dire, Me font iour. *Me reluit dedans*] Pour, reluit dedans mon ame. *Fay-le-moy*] Fais-le souuenir, &c. *Chacune personne*] Pour, chaque personne. *Ta voix*] Pour, ton eloquence.

LE PIN.

 *In, dont le Chef estend son verd*
　　　fueillage,
　　Sur mon Jardin & dessus mon
　　　boccage,
Le seul honneur des arbres d'alentour,
Droit, bien toffu, de Cybele l'amour :
Que ie tremblois n'aguere à froide crain-
　　te
Qu'on ne coupast ta plante qui m'est sain-
　　te!
Helas ie meurs quand i'y pense en ces iours
Que Blois fut pris, & qu'on menaçoit
　　Tours.

　　Quiconque soit qui eust embesongnée
A te couper la premiere congnée,
Auec le coup eust veu tout à la fois
Iaillir du sang ; car au cœur de ton bois
Vit cet Atys que la Mere ridée
Aima iadis sur la montaigne Idée :

Et le second qui d'vn trenchant baston
T'eust fait la playe, il eust d'Eresichthon
Senty la faim : car ta plante amoureuse
Passe le Chesne à la cyme glandeuse ;
Chesne à Cerés, qui auoit en tout temps
Le chef orné des bouquets du Prin-
　　temps,
Où la Dryade estoit dessous viuante,
Naissant, mourant, tout ainsi que la plan-
　　te.

　　Quelle chanson diray-ie en ton hon-
　　neur,
Pin de mon clos la gloire & le bon-heur ?
Diray-ie pas que ton escorce amere
Enferme Atys, que la Dindyme mere
Aima sur tous, comme elle le mua,
Et de ses loix Prestre l'institua ?

　　Ie le veux bien : Atys, tu le merites :
Catulle, honneur des Romaines Charites,
Te feit Romain en imitant les Grecs :
Et moy François en me ioüant apres
Te rediray, à fin que ton histoire

Maugré le temps fleuriſſe par memoire.
 Atys eſtoit vn ieune iouuenceau
D'eſprit gaillard, de viſage treſbeau,
Qui furieux ſe mit en la ſequelle
De ces chaſtrez, miniſtres de Cybelle.
Loix & ſtatuts, miniſtre, leur donna,
Puis ſes teſmoins d'vn caillou moiſſonna.
 Au ſon du buis par le mont ſolitaire,
Loin de chaſteaux, de bourgs, & du vulgaire,
Erroit ſuiui (couuert d'eſtranges peaux)
De ces chaſtrez, hommes-femmes troupeaux.
 Ta raiſon fut en fureur conuertie,
Qui te coupas la meilleure partie:
O bon Atys! aueuglé de malheur,
Tu te coupas le membre le meilleur,
Tes deux teſmoins gros de glaire feconde,
Sans qui ſeroit vn deſert ce grand Monde:
Ce n'eſt ton doigt, ton aureille, ou ta main,
Mais les auteurs de tout le genre humain.
 Apres trois iours que la poignante rage
Eut donné tréue à ſon foible courage,
Se repentant, plein d'vn ſouſpir amer
S'en-alla ſeoir ſur le bord de la mer.
 Que ſuis-ie? où ſuis-ie? ô pauure miſe-
 rable!
Ainſi bleſſé d'vne playe incurable,
Qui vais les champs de mon ſang rempliſ-
 ſant?
Si d'vn ſangler la defenſe en paſſant
M'auoit nauré, ie prendrois patience:
Mais las! helas! mais c'eſt moy qui m'offence.
O folle crainte, ô ſuperſtition!
O ſtatuts pleins d'abomination!
Religion venant d'ame mal-ſaine,
Seule tu es la cauſe de ma peine!
 En quelle erreur, Déeſſe, m'as-tu mis?
J'ay donc laiſſé pere, mere & amis,
Voiſins, parens, qui diſpos ſoulois eſtre,
Sur mes égaux à bien courir le maiſtre,
A bien luitter: maintenant ie me pers
Comme vne Fere errant par ces deſerts.
Plein d'vne erreur & d'vne peur friuole
Ie ſuy les pas d'vne Déeſſe folle.
 Meſchantes mains, pourquoy coupaſtes-
 vous
De tout mon corps le membre le plus dous?
Meſchantes mains bourrelles de ma vie,
Que ie vous porte & de haine & d'enuie!
 Quand i'eſtois tout, ie fu recommandé

Pour eſtre beau: ores ie ſuis ridé,
Palle, défait, abominable, infame,
Tout enſemble homme, & tout enſemble fem-
 me!
Et ſi ne ſuis ny l'vn ny l'autre d'eux,
Et toutefois mon corps eſt tous les deux.
 Adieu Palais de mon pere, adieu chaſſe,
Adieu eſpieux, adieu bons chiens de race,
Adieu le prix des couronnes qui ſont
L'honneur du ſable, & l'ornement du front,
Que tant de fois (ſigne d'vne main forte)
J'allois pendant à l'eſſueil de ma porte
Pour honorer le front de ma maiſon.
 Adieu païs, adieu ieune ſaiſon,
Adieu amis, adieu ieunes pucelles
Qu'on eſtimoit en beauté les plus belles,
Qui me ſouloient tant de fleurs enuoyer,
Adieu plaiſirs, ie m'en vais me noyer.
 A peine eut dit, que ſa complainte ouïe
Auoit frappé de Cybele l'ouïe:
Hors de ſon char en ſautant deuala,
Et vn Lion de ſon joug détela.
 Va genereuſe & magnanime Fere,
De ta grand' queuë irrite ta colere
En te frappant deçà delà le flanc:
Va où Atys a reſpandu ſon ſang
Prés de la mer ſur le bord ſolitaire,
Qui fuit mes loix, mon buis, & mon myſtere.
 Dreſſe ton poil, tes yeux ſoient feux ardens:
Tire ta langue vn pied hors de tes dents,
Et ce fuitif à mon troupeau r'ameine,
Cet homme-femme. Ainſi diſt Dindymene,
Et le Lion qui heriſſa ſa peau
Fit reuenir cet Eunuque au troupeau.
 Incontinent que Cybele l'aduiſe,
Elle eut pitié de ſa folle entrepriſe,
Et le touchant en Pin le transforma,
Arbre ſur tous que depuis elle aima,
Ayant de luy la teſte couronnée,
Ou ſoit qu'en pompe en ſon Char ſoit menée
Deſſus la terre, ou ſoit qu'elle aille aux Cieux
Voir ſes enfans, bonne mere des Dieux.
 Ie te ſaluë, ô Berecynthienne,
Qui t'éjoüis du nom de Phrygienne,
Conſerue-moy d'erreur & de méchef:
Ta fureur puiſſe auertiner le chef
De mes haineux, gardant ſaine ma teſte:
Autres que moy ſoient preſtres de ta feſte,
Initiez aux deſpens de leur chair:

K K K k k iij

Ce n'est pas moy qui achete si cher
„ Un repentir : ah ! malheureuse enuie,
„ Qui se fait grande au danger de sa vie.
*   Ainsi de toy les Grecs ont deuisé,*
Qui par ta fable ont le peuple auisé,
O bon Atys, qu'vn Philosophe sage
Doit comme toy estre vn homme sauuage.
Se faire vn Pin c'est frequenter les bois,
Fuïr citez, bourgades & bourgeois,
Cybele aimer : elle ne signifie,
A mon aduis, que la Philosophie,
Qui la premiere aux astres s'esleua,
Leur fit des noms, & premiere trouua
Leurs tours, retours, leur grandeur & puis-
sance.
*   Pour tels bien-faits la Gregeoise pru-*
dence,
Philosophant & cognoissant cela,
Mere des Dieux ta Cybele appella.
*   Tu n'as coupé (ce n'est que Poësie)*
Tes deux tesmoins : mais de ta fantaisie
Tu arrachas folles affections,
Mondains plaisirs, humaines passions,
Qui te troubloient, pour heureusement viure,

Et contempler ta Cybele & la suiure.
„ L'homme est Centaure : en bas il est Cheual,
„ Et homme en haut : d'embas vient tout le
mal,
„ Si la raison, qui est l'homme, ne guide
„ Cest animal & ne luy tient la bride,
„ Ainsi que toy qui en toute saison
„ Fis obeïr les sens à la raison.
*   Adieu Atys, si ceste vieille fable,*
Que ie te chante, au cœur t'est agreable,
Ie ne requiers pour tout loyer sinon
Qu'au vent ton Pin puisse entonner mon
nom.
*   Me chante donc la cyme non muete*
D'vn Pin sifflant, non vn mauuais Poëte :
Car i'aime mieux ces sifflemens diuers
Que le froid son de quelques méchans vers.
*   Ainsin, ODIN, ie passe la iournée*
Lors que la fiéure en mon corps encharnée
Ronge mes os, succe mon sang : ainsi
La Muse peut alleger le souci,
Et le malheur ne nous sçauroit tant poin-
dre,
Que la douleur en chantant ne soit moindre.

MARCASSVS.

Pin dont le chef] Atys estoit vn ieune garçon parfaictement beau, que Cybele admit au nombre de ses Prestres, à condition qu'il garderoit sa chasteté. Il aduint tout au contraire de ce qu'il luy auoit iuré : car la Nymphe Sangaritis dont il deuint passionnément amoureux luy fit rompre son serment, & violer sa chasteté, dequoy Cybele estant grandement faschée le rendit furieux : sur quoy ce miserable fit la sottise, qu'Origene fit du depuis. Et comme il n'estoit pas encore satisfait de s'estre si seurement puni, & qu'il vouloit se tuer, la Déesse eut pitié de luy & le changea en Pin.   *Cybele*] Cybele qui estoit mere de tous les Dieux, aima chastement Atys, comme le croyent nos fables.   *Que ie tremblois*] Que ie tremblois de crainte qu'on ne coupast.   *Froide crainte*] Il parle à la façon des anciens Poëtes. Ce n'est pas que la crainte soit froide ny chaude, car elle n'est point susceptible d'aucune de ces qualitez ; mais elle rend les hommes froids, à cause que quand ces apprehensions arriuent, le sang qui entretient la chaleur dans le corps de l'homme, se retire au cœur, comme pour la defense de la plus noble partie que la moindre secousse tuë.   *Que Blois*] De peur que i'auois qu'on ne coupast ses Pins.   *Iaillir du sang*] A cause d'Atys, qui fut conuerty en Pin, & que selon l'opinion des anciens Theologiens les ames de ceux qui ont esté changez en arbres viuent dessous l'escorce.   *Ridée*] A cause que c'est la grand'-mere de toutes les Deïtez.   *Idée*] Elle estoit en Phrygie, proche de Troye. Ses festes se celebroient sur ceste montagne plus qu'en autre part du Monde.   *Trenchant baston*] Ie ne sçay si ce n'est point vn coin de bois, dont on fendoit le bois mesme.   *La faim*] Eresichthon estoit l'homme le plus meschant & le plus impie qui fut iamais. La Thessalie le vit naistre, & manger ses propres membres de faim, à cause qu'il auoit coupé par mespris vn bois que Cerés aimoit grandement.   *A Cerés*] Parce qu'il luy est consacré.   *Dindyme mere*] Cybele estoit ainsi appellee à cause des sommets du mont Ida, qu'on nommoit de mesme.   *Chastrez*] Tous les Prebstres de Cybele estoient chastrez.   *Tesmoins d'vn caillou moissonna*] Pour dire, qu'il se chastra. Les Prebstres de ceste Déesse deuenoient insensez, & sur la chaleur de leur folie se coupoient ce que ie ne puis escrire honnestement, auec vne pierre trenchante de l'Isle de Samos, ou bien auec vn morceau de ces beaux vaisseaux qu'on y faisoit. Au reste, tesmoins, se prend icy à la façon que le prennent les Latins, comme le Comique dans sa premiere Comedie, & l'Orateur dans vne de ses Lettres, où il entretient son amy Fetus, si ie ne me trompe, sur les equiuoques des mots & la rencontre des saletez qui se font dans le langage le plus modeste du monde, quand par vne sotte curiosité on le veut esplucher, comme font les impertinents faiseurs d'anagrammes & d'allusions.   *De ces Chastrez*] De ces troupeaux chastrez hommes femmes.   *La meilleure partie*] C'est ce qu'il a nommé, tesmoins, auparauant.   *M'offense*] Pour, m'offensay.   *D'ame*] D'vne ame.   *Fere*] C'est vn mot pris du Latin, pour dire, beste sauuage.   *Quand i'estois tout*] Quand i'estois tout entier, & que ie ne m'estois point coupé ce qui me rendoit homme.   *Du sable*] Pour, de la lice ou des exercices.   *Eut dit*] Pour, eut-il dit.   *Deucala*]

Elle deuala. *Buis*] Il entend les flutes de buis dont on ioüoit à sa feste, & qui rendoient les hommes insensez. *Dindymene*] Cybele. Nous auons donné la raison pour laquelle elle se nommoit ainsi. *Ont le peuple auisé*] Pour dire, Ont rendu le peuple plus auisé qu'il n'estoit, l'ont rendu sage par le dommage d'autruy. *Cybele aimer*] Il parle à la façon des Grecs, qui mettent les infinitifs au lieu des nominatifs : l'amour de Cybele. *Encharnee*] Mot nouueau, c'est à dire, en racinée dans sa chair.

LE ROSSIGNOL, CHAN-
tant & faisant son nid dedans
vn Genéure de son
iardin.

A CLAVDE BINET.

Ay Rossignol, honneur de la ra-
 mée,
Qui iour *&* nuict courtises ton
 aimée,
Par mon iardin hoste de sa verdeur,
Quarante iours dégoisant ton ardeur,
Et t'esclatant d'vne voix qui gringote
Ores en haute, ores en basse note,
A bec ouuert, d'vn siffletis trenchant,
Hachant, coupant, entre-rompant ton chant
De cent fredons, tu donnes à ta femme
Vn doux martel, amoureux de ma Dame.

 Tu n'aurois point tant de faueurs, si-
 non
Que les vieux Grecs t'ont nommé d'vn beau
 nom :
Mais bien de deux, t'appellant, ce me sem-
 ble,
D'vn mesme mot, Chantre *&* Poëte en-
 semble.
Et ie dirois, si i'estois vn bragard,
Que Rossignol vient du nom de RON-
 SARD.

 Mais ce n'est moy qui ma Musique vante :
Soit bien, soit mal, Rossignolet, ie chante
Ainsi que toy pour me donner plaisir,
Quand i'ay ma Dame, argent *&* le loisir.
Quoy ? qui t'esmeut de courtiser sans cesse
Et d'enchanter GENEVRE ma Mai-
 stresse ?

 En ce Genéure, où tu chantes de nuit,
Dessous l'escorce vne pucelle vit,
A qui l'amour, la peur, *&* l'auanture
Ont fait changer de face *&* de nature.
 Vn iour ce Dieu, tout bouquin par le
 front,

La poursuiuoit d'vn pied de chéure pront.
Elle courant d'vne fuite legere,
Ainsi pria Diane boccagere :
Ou me transforme, ou bien fay-moy mou-
 rir :
La seule mort me pourra secourir
Ains que l'ardeur de ce bouquin ie sente.
 A peine eut dit, qu'elle fut vne plante :
Ses doigts longuets, ses bras veineux *&*
 beaux,
Comme ils estoient, se changent en rameaux :
Son pied deuint vne morne racine,
Et vne escorce entourna sa poitrine :
Puis ses cheueux de crainte rebroussez,
Espars se sont en fueilles herissez,
Et la palleur qu'elle auoit en sa fuite,
Vit sur l'escorce *&* tousiours y habite.

 Vn iour lassé de la chasse des loups,
Seul à l'escart ie m'endormi dessous
L'ombre fatal de ce Genéure, & elle
En corps humain m'apparut toute telle
Qu'elle fut lors que le bouc amoureux
La poursuiuoit par vn taillis ombreux,
Tant il auoit de flames dedans l'ame
Pour la beauté d'vne si icune Dame.
Depuis ce iour iamais ie n'ay cessé
D'auoir le cœur de son amour blessé,
Et de languir pour vn si beau visage.

 Et toutesfois braue de ton ramage,
Chantant, sifflant, *&* faisant mille tours,
Tu veux tout seul ioüir de mes amours,
Que de bon cœur, Rossignol, ie te laisse :
Car tu vaux mieux que ne fait ma Mai-
 stresse.

 Et qui plus est, comme on voit vn mary
Plein de finesse entre Dames nourry,
Faire secret l'amour à sa voisine :
Quand il n'a pas vne femme trop fine,
La persuade, auec vn beau parler,
De la hanter, visiter, *&* d'aller
Boire & manger souuent auecques elle,
A fin d'auoir (par vne ruse telle)
Plus de moyen d'œillader les beaux yeux
Qui de son cœur se font victorieux.
K K K k k iiij

Ainsi, riual, ta femme tu ameines
Dedans cest arbre, où d'vn nid fait de laines,
Mousses, duuet, ses petits elle pond,
Esclost, escouue, & qui apres se font
Ainsi que toy, au retour des fueillages,
Quarante iours Sereines des bocages.

   Quoy? Rossignol, la voix ne te defaut!
Et par despit tu t'efforces plus haut!

   Puis qu'autrement ma vérue poëtique
Ne peut gaigner ton ramage rustique,

Va, Rossignol, ie laisse seul pour toy
L'arbre amoureux, qui n'a soucy de moy;
L'arbre gentil, & toutefois farouche,
Qui fait saigner aussi tost qu'on le touche.

   Tandis, BINET, que la fiéure me tient
Reins, teste, flanc, la Muse m'entretient,
Et de venir à mon lit n'a point honte.

   Or des propos que sa bouche me conte,
Ie t'en fais part, à fin qu'à l'aduenir
De ton RONSARD te puisse souuenir.

MARCASSVS.

Gay Rossignol] Apres auoir demandé les raisons au Rossignol, pourquoy il a choisi le genéure pour faire retentir par tout le bois les doux frisons de sa voix; en fin il l'accuse d'estre son riual, & d'aimer sa Maistresse Genéure, qu'il dit auoir esté conuertie en cest arbre qui porte son nom, pour éuiter la violence d'vn Satyre qui la poursuiuoit. *De sa verdeur*] De la verdeur & de la beauté de sa Dame qui a esté transformée en genéure. *Ton ardeur*] Faisant entendre par tout l'excez de ton amour. *Chantre & Poëte*] Quand ils l'ont appellé Philomele, qui vaut autant à dire comme amoureux des vers & de la Musique. *Bragard*] Pour, vanteur. *Ce n'est moy*] Pour, ce n'est pas moy. *Vne pucelle*] Genéure, Maistresse du Poëte. *Eut dit*] Eut-elle dit. *Ains*] Deuant. *Veineux*] Mot nouueau, pour dire, couuert de veines. *Rebroussez*] Herissez. *Espars se font*] Se font espars, herissez en fueilles. *Faire secret l'amour*] C'est ainsi que les Grecs parlent : pour dire, faire l'amour secretement. *Auec vn beau parler*] Les Grecs parlent encor ainsi. *Sereines des bocages*] Par ce qu'il n'est rien de plus doux que le chant des Sereines, au moins à l'opinion des Poëtes, il leur compare les Rossignols qui de tous les oiseaux chantent le mieux.

L'OMBRE DV CHEVAL.

A MONSIEVR BELOT,
Conseiller & Maistre des Requestes
de l'Hostel du Roy.

AMy BELOT que l'honneur ac-
    compagne,
   Tu m'as donné, non vn cheual
    d'Espagne,
Mais l'ombre vain d'vn cheual par escrit,
Que ie comprens seulement en esprit :
Ie ne le puis ny par les yeux comprendre,
Ny par la main il ne se laisse prendre,
Chose inuisible, & fantôme me fuit,
Ainsi qu'on voit en nos songes de nuit
Se presenter ie ne sçay quels images
Sans corps, sans mains, sans bras & sans
    visages,
Qui çà qui là reuolent haut & bas.
Plus pour les prendre on allonge les bras,
Plus vont fuyant, & volages nous laissent
Béans en l'air apres elles, qui naissent
De vent leger & comme vent s'en-vont.

Sans plus à l'homme vn desir elles font
De les happer : ton cheual, ce me semble,
Ton cheual non, mais l'ombre leur ressemble,
Que seulement en dormant i'apperçoy :
Car autrement ton cheual ie ne voy.
Plus en songeant ton cheual ie me donne,
Plus il me trompe & fuit sur la Garonne,
Aux crins espars, au iarret souple & pront,
A l'estomac refait, au large front,
A la grand' queüe, à la brillante aureille;
En hennissant bien souuent il m'éueille,
Ou bien ie l'oy, ou ie le pense ouïr,
Puis comme idole en l'air s'éuanouïr.

   C'est vn cheual que ie nourris sans peine :
Il ne luy faut ny paille ny aueine,
Il ne me faut acheter ny du foin,
Ny des valets pour en auoir le soin,
Bride ne mors, selle, ny estriuieres :
Il n'a souci d'herbes ny de riuieres.

   Bref, ce n'est pas le cheual de Seian,
Lequel donnoit à son maistre mal-an,
Ny le cheual à l'eschine si forte
Qui le surnom de Teste-de-bœuf porte,
Ny le cheual qui conduict faussement,
Trompa les Rois, quand son hennissement

(Pour la iument qu'il vit à la trauerse)
Fit son seigneur le Monarque de Perse.

Ce n'est, BELOT, ce bon cheual Bayard
Qui aux combats penadoit si gaillard,
De qui Regnaud pressoit la courbe eschine :
Mais ton cheual, fantôme, ne chemine.

C'est le cheual du gentil Pacolet
Qui dedans l'air sen- voloit tout seulet,
Faisant seruice à Maugis, dont les charmes
Faisoient honneur aux Dames & aux ar-
mes.

Il vole en l'air, boit en l'air, d'air se paist :
C'est vn corps d'air, l'air seulement luy
plaist,
Et la fumée, & le vent, & le songe,
Et dedans l'air seulement il s'allonge.

Les beaux coursiers viste-pieds de Iunon
Viuent ainsi : ils ne mangent sinon
Qu'air, qu'ambrosie : ou quand ils ont grand
erre
Conduit du Ciel leur Royne en nostre terre,
Mangent vn peu de lotes dans les prez,
Qu'à sa Grandeur Samos a consacrez.

Ainsi se paist le dos-ailé Pegase,
Et le cheual de l'Aurore qui passe
Ceux du Soleil : ainsi nourrit les siens
Minerue & Mars par les prez Thraciens.
Ainsi le tien se nourrit sans pasture :
Car c'est, BELOT, vn cheual en peinture,
Qui me sert plus quand ie suis à seiour,
Songeant au lit, qu'il ne me sert le iour.

La chaude Afrique en certaine contree
A des iumens, qui en tournant l'entree
De leur nature au vent Zephyrien,
Sur le Printemps vont conceuant de rien :
Le tien venteux est issu de la race

De ces iumens, qui mesme le vent passe.

On dit qu'Vlysse autrefois prit le vent :
Mais ton cheual, BELOT, est si mouuant,
Si fretillant, qu'il ne veut pas permettre
Qu'en ses langs erins les doigts on puisse met-
tre,
Et du fin Grec la main ne le prendroit :
Car tel cheual iamais ne l'attendroit.

Aurois- tu leu (ô teste rare & chere)
Dedans les vers du fantastique Homere,
Qu'vn des cheuaux d'Achille s'auança,
Et le trespas à son maistre annonça ?

Tu crains, voyant ma longue maladie,
Que ton cheual en parlant ne me die,
Prophetizant, quelque funebre mot :
Garde-le bien, ie n'en veux point, BELOT.

Mon cher amy, i'ay bien voulu t'escrire
Ces vers raillards pour mieux te faire rire
Apres ta charge & le souci commun
De conceder audience à chacun,
Haut- esleué au throne de Iustice,
Aimant vertu & chastiant le vice.
DIEV, qui sous l'homme a le Monde soumis,
A l'homme seul le seul rire a permis
Pour s'égayer, & non pas à la beste
Qui n'a raison ny esprit en la teste.
" Il faut du rire honnestement vser
" Pour viure sain, non pour en abuser :
Car volontiers on iette à gorges pleines
Le ris qui naist des actions vilaines.

Le Ris est fils d'vn acte vergongneux,
On ne rit point d'vn geste vertueux,
Mais on l'admire : ainsi tu pourras rire
De ma folie, & de t'oser escrire
Ie ne sçay quoy qui m'est encor plus vain
Que ton cheual qui n'a selle ny frain,

MARCASSVS.

Amy *Belot*] C'est vne piece de raillerie, dont il gausse vn de ses amis de ce qu'il luy a fait present de la description de quelque cheual.   *L'ombre* *vain*] Pour, *vaine* : c'est à dire, vn fantosme & non vne chose reelle.   *Quels* *images*] Nous faisons *Image* feminin. Au reste image se prend icy à la façon des Latins pour vne chose qui passe par nostre fantaisie, & qui n'est pas reelle : ce qu'il a auparauant nommé *ombre*.   *Par les yeux*] Voir.   *Garonne*] Fleuue qui passe par Thoulouse, & des monts Pyrenez, dont il prend sa source, se va rendre dans l'Ocean.   *En l'air s'éuanouir*] Pour lier le discours il falloir dire ; Puis comme vne idole s'é-uanoüit en l'air.   *Mal-an*] Vieux mot, qui signifie peine & trauail.   *Sejan*] Ce fut des mignons de l'an-tiquité, qui fut deschiré par le peuple de Rome, bien qu'il eust esté aux bonnes graces de leur Empereur.   *Teste-de-bœuf*] Bucephale. Il ne sera pas hors de propos de descouurir l'erreur de ceux qui croyent que le cheual d'Alexandre le Grand eut vne teste de bœuf, parce qu'il se nommoit Bucephale, qui vaut autant à dire comme teste de bœuf. Les Grecs marquoient leurs genereux cheuaux, & leur donnoient le nom de la marque qu'ils leur auoient imprimée : d'où vient qu'on en appelloit quelques-vns Zamphores, à cause d'vn *Zampi* caractere Grec : les autres Coppaties qui auoient vn *Coppa* : & par mesme moyen Bucephale, à cause qu'il auoit vne teste de bœuf empreinte sur la cuisse.   *Cheual* *qui*] C'estoit le cheual qui hennist aux trois principaux qui deuoient

ſuccedet par le moyen de ce ſigne à l'Empire de ce ſale Roy de Perſe. Liſez-en l'hiſtoire dans Iuſtin. *Bayard*]
C'eſtoit le cheual de Regnaud de Montauban. *Ton cheual, fantoſme*] Au lieu de dire, Mais ton cheual qui
n'eſt qu'vn fantoſme, ne chemine pas. *Viſte-pieds*] Pour, Qui ont les pieds viſtes. *Lottes*] C'eſt vne
eſpece d'herbe qui croiſt en Egypte, qu'Homere met au premier rang de celles que les Dieux trouuent à leur
gouſt. *Samos*] C'eſt ceſte Iſle tant aimée de Iunon, qui eſt fort proche de l'Ionie, *Pegaſe*] Le cheual
qui naſquit du col de Meduſe : Liſez le Commentaire Grec de Lycophron. *Au Vent Zephyrien*] Pline &
Virgile au troiſieſme de ſes Georgiques remarquent cela. *Le tien venteux, &c.*] Pour l'intelligence de ces
vers, il les faut renger de ceſte ſorte: Le tien venteux qui paſſe meſme le vent, à ſçauoir, en viſteſſe, eſt iſſu de
la race de ces iumens, *Prit le vent*] Ceſte fable eſt recitée tout du long dans l'Odyſſee d'Homere. *Fin*
Grec] Il entend Vlyſſe, le plus ruſé de tous les Grecs. *A ſon maiſtre*] Cela eſt encore raconté par Homere
dans ſon Iliade.

DISCOVRS DE L'ALTE-
ration & changement des choſes
humaines.

AV SIEVR CHAVVEAV
Procureur en Parlement.

TV as, CHAVVEAV, la teſte
aſſez rompue
De ton Palais , ton Proté qui ſe
mue
Trop plus ſubtil que l'autre Egyptien
Que le Roy Grec arreſta d'vn lien,
Sans te la rompre en ces vers d'auantage,
De meubles, biens, d'argent ou d'heritage,
D'vn teſtament , d'vn contract vicieux,
D'vn faux arreſt, d'vn decret captieux.
Il eſt certain qu'en poſſedant la terre,
Auec la terre on poſſede la guerre.
Puis ie ne plaide encontre vn Sarrazin,
Iuif, Mamelu, mais contre mon voiſin,
De qui la borne eſt prochaine à la mienne.

   Tout cela vient par noſtre foy Chreſtienne
Ià foible & lente, & que la Charité.
Nom ſans effect, n'a plus d'authorité.

   Or auiourd'huy par armes la Iuſtice,
Et par meſpris & par noſtre malice,
Se voit forcer : auiourd'huy ſans moyen
Le crocheteur s'eſgale au citoyen.

   Bref tout ſe change en vent & en riſee,
Quand des ayeux la loy eſt meſpriſee,
Quand l'Euangile eſt commune aux Pa-
ſteurs,
Femmes, enfans, artiſans, ſeruiteurs,
Meſme aux brigans , qui fils de DIEV ſe
vantent,
Et quelque Pſalme entre les meurtres chan-
tent,
Et toutesfois ce beau tiltre choiſi

N'eſt en leur cœur qu'vn vieil conte moiſi.

   Ie ne t'eſcri ſi le ſerpent de Lerne,
Qui ſept arpens empeſchoit de ſon cerne,
Auec ſon ſang le Procez fit ſortir
Quand Herculés fit au Monſtre ſentir
Les cloux d'airain de l'arbreuſe maſſuë
Dont il tua les enfans de la Nuë,
Contre laquelle eſtoit vain tout l'effort,
A chaque coup donnant touſiours la mort.

   Ie ne t'eſcri ſi la vieille Megere
Allant hideuſe en ſa coche legere
Sema par tout le Procés redoublé,
Comme iadis Triptoleme le blé.

   Ie ne veux point telles choſes eſcrire,
Mais bien des vers qui pourront faire dire
A nos nepueux par vn diſcours nouueau
Que RONSARD fut bon amy de CHAV-
VEAV.

» Tout eſt mortel, tout vieillit en ce Monde :
» L'air & le feu, la terre , mer & l'onde
» Contre la mort reſiſter ne pourront,
» Et vieilliſſans, ainſi que nous mourront.
» Le Temps mangeard toute choſe conſomme,
Villes, Chaſteaux, Empires : voire l'homme,
L'homme, à qui DIEV fait part de ſa mai-
ſon,
Qui penſe, parle , & diſcourt par raiſon,
Duquel l'eſprit s'en-vole outre la nuë,
Le corps ſa forme en vne autre remuë.

   Il eſt bien vray, à parler proprement,
On ne meurt point, on change ſeulement
De forme en autre, & ce changer s'appelle
Mort, quand on prend vne forme nouuelle,
Et quand on ceſſe à n'eſtre plus icy,
Des cœurs humains le plus faſcheux ſoucy.

   Vois-tu le Ver, honneur de la Touraine,
Qui de ſa bouche auec les pieds ameine
Son fil ſur l'autre en tirant allongé ?
C'eſtoit vn œuf qui en ver s'eſt changé,
Apres auoir vomi toute ſa ſoye,

(*Que l'artizan par vne estroitte voye,*
Doit joindre à l'or pour les habits d'vn Roy.)

   Ce Ver aprés, comme ennuyé de soy,
Soudain se change, & vole par les prées,
Fait papillon aux ailes diaprées
De rouge, verd, azur & vermillon :

   Puis se faschant d'estre tant papillon,
Deuient chenille, & pond des œufs, pour faire
Que par sa mort il se puisse refaire.

   Ne vois-tu pas qu'vn œuf engendre vn
     coq
Cresté, grifé, & barbu, qui le choq
D'vn autre coq ne craint à la bataille ?
Engendre vn paon, que la Nature émaille
Des yeux d'Argus & des couleurs d'Iris ?
Ce sont aubins alterez & pourris
Qui d'vne espece en vne autre se forment,
Et d'aubins d'œufs en oiseaux se transfor-
     ment.

   Quelqu'vn a dit, de raisons mal-garni,
Que DIEV *n'a fait qu'vn grand nombre*
     fini
D'ames au Monde, & ces ames ne meurent,
Mais dans les corps par eschange demeurent
Selon le bien & le mal qu'elle ont fait.
L'vne est pourceau, l'autre vn serpent in-
     fait,
L'autre vn cheual, & l'autre plus gentille
Se fait oiseau qui pleure son Itylle.

   Leue, CHAVVEAV, *de tous costeZ*
     les yeux,
Voy ces rochers au front audacieux,
C'estoient iadis des plaines fromenteuses :
Voy d'autre part ces campagnes venteuses,
Ce fut iadis terre ferme, où les bœufs
Paissoient, cornus, par les pastis herbeux.

   Ainsi la forme en vne autre se change :
Cela n'est pas vne merueille estrange,
Car c'est la loy de Nature & de Dieu,
» Que rien ne soit perdurable en vn lieu.

   Qu'est deuenu l'Empire d'Assyrie ?
Du Mede, & Grec ? comme vne herbe fleu-
     rie
Qui trois mois dure en sa force & vigueur,
Ils sont tombeZ en vieillesse & langueur.

   Ceste merueille espouuentable au monde,
Qui commandoit dés le riuage où l'onde
De l'Ocean baigne les bords Anglois,
Iusques aux bords des vieux peuples Indois,

Ce grand, ce fort, cest Empire de Romme
Est trebuché de sa grandeur, & comme
Vn foudre ardent sur la terre passa,
Puis de ses mains luy-mesme se cassa :
Car nul que luy ne le pouuoit défaire,
Et nul que luy ne le sçauroit refaire,
Seul s'habilla & seul se déuestit,
Et de tres-grand luy seul se fit petit.

   Le Turc Seigneur de tant de villes fieres,
De tant de mers, de ports & de riuieres,
Qui ose seul vne Europe assaillir,
Doit quelque iour s'amoindrir & faillir.

   Contemple-moy de tout temps les Musi-
     ques,
Quand elles sont & fortes & rustiques,
D'vn masle son, croy que telle cité
Doit long-temps viure en sa felicité :
Et la cité sera tost ruinee
Où la Musique est toute effeminee.
» Tousiours la voix ensuit les passions,
» Les passions font les mutations.

   Quand tu verras tant de farceurs aux
     villes,
Sauteurs, boufons, bateleurs inutiles,
Qui vont plongeant le peuple en volupté :
Quand vne femme a trop de volonté
De s'attifer & de se faire belle,
Gastant par fard sa face naturelle :

   Quand tu verras que le pompeux habit
D'vn gentilhomme, au bourgeois interdit,
Pare vn marchand : quand l'humaine malice
Terrace aux pieds les loix & la Iustice,
Et les statuts ordonnez par les vieux :

   Quand tu verras qu'vn peuple auda-
     cieux
Ou se mutine, ou dit mal de son Prince :
Quand tu verras qu'vne ardente Prouince
Par ne sçay quelle orde contagion
Change de mœurs & de religion,
Et curieuse aux nouueauteZ s'applique :

   Pense, CHAVVEAV, *que telle Repu-*
     blique
Est bien malade : ainsi qu'on voit deuant
Le fort orage errer vn petit vent,
Qui çà qui là en se ioüant remuë
Par les chemins mainte fueille menuë :
Incontinent le soupçonneux Berger
Voyant tel signe éuite le danger,
Et retirant ses brebis de l'herbage,

Sous vn rocher attend venir l'orage,
   Ainsi voyant tels signes aduenir,
Du mal futur te pourras souuenir.

   On a pensé les flames immobiles
Du Ciel garder les Sceptres & les villes,
Et pour cela qu'ils regnent longuement
Quand vne estoille à leur commencement
Les va fondant d'vne bonne influence:
L'influx perdu, qu'ils perdent leur puissance.
Soit faux ou vray, mes vers n'en disent rien,
Ce n'est mon but: toutefois ie sçay bien
Que du haut Ciel les flambeaux ordinaires
N'ont si grand soin de nos humains affaires.

   Selon, CHAVVEAV, *l'inclin des na-*
    tions,
L'esprit des Rois & les mutations,
Viuent icy les Sceptres qui sont nostres:
Les vns bien peu & bien long-temps les autres:
Ainsi qu'on voit qu'vn chesne ou qu'vn fou-
    teau
Vit plus long-temps qu'vn saule ou qu'vn
    ormeau,
Ou qu'vn coudrier, selon leur nourriture,
Ou bien selon l'air propre & leur nature,
Ou bien selon le mal qui leur suruient:
 » *Car en santé tousiours on ne se tient.*

   Or toute mort, ou soit lente ou soudaine,
Vient par deux poincts à toute chose humaine,
Par accidens de dedans ou dehors:
La Parque en nous fait par là ses efforts.

   Par le dehors quand la chair est coupee
Iusques au cœur d'vne homicide espee:
Quand vn rocher, vn arbre, vn soliueau
Tombant d'enhaut nous froisse le cerueau:

   Par le dedans, quand la fiéure, la peste,
L'hydropisie, ou autre mal moleste
Veines & nerfs & les membres vitaux:
Lors nous mourons, les hostes des tombeaux.

   Ainsi aduient aux Sceptres qui se rompent,
Qui par dedans ou dehors se corrompent:

   Par le dehors, quand vn Prince estranger
Vient à main forte en armes outrager:
Par le dedans, quand les guerres ciuilles
De factions bruslent le cœur des villes:
Quand la Noblesse & le peuple sans foy,
Tout desbridé fait la guerre à son Roy:
Et vaudroit mieux faire bien loin la guerre
Aux Sarrazins qu'en nostre propre terre,
Qu'en nos foyers, dont iamais le vainqueur
N'a rapporté qu'vne enflure de cœur;
Et pour-ce il faut chastier son enuie.
Voylà comment le Sceptre qui déuie,
Reprend vigueur, & se fait florissant,
Autant ou plus qu'il estoit languissant:
Il se fait craindre aux nations estranges,
Et iusqu'au Ciel fait voler ses loüanges.

   O Tout-puissant, grand Monarque des
    Rois,
Qui dans les cœurs nous sondes & nous vois,
Qui dás tes mains gardes le cœur d'vn Prince:
Garde, grand D I E V, *la Françoise Prouince,*
Garde le R O Y, *ses Freres & sa Sœur,*
Garde la Mere; & si quelque malheur
Doit arriuer dont la verge soit preste,
Des ennemis puisse frapper la teste,
Et s'eslongner bien loin du Chef du R O Y,
Du tien, CHAVVEAV, *des peuples & de*
    moy.

MARCASSVS.

Tu as, Chauueau] Dans la suitte de ce grand discours il depeint la miserable condition des choses humaines, qui à peine sont-elles nees qu'elles faillent, les vnes s'esleuant de la ruine & de la perte des autres par vn eternel changement qui altere & dissipe tout.   *Que le Roy Grec*] Ie croy qu'il entend parler de Menelas, qui fut contraint de le lier pour rauoir sa Maistresse qu'il auoit rauie à Pâris, comme il passoit en Egypte & l'enlenoit de Sparte. L'histoire est racontee tout au long dans Tzetzes sur la Cassandre de Lycophron. Si ce n'est qu'il saille lire, *Qui le Roy Grec,* & qu'il entende Pâris que Protee arresta pres le fleuue Canope en Egypte, & luy retint Helene, qu'il rendit du depuis à Menelas.   *Et quelque Psalme*] Il parle du temps que les premiers Huguenots exerçoient leurs cruautez en France, sous pretexte de leur nouuelle Religion.   *Le serpent*] Il entend l'Hydre dont nous auons cy-dessus parlé.   *Les enfans de la Nuë*] Il entend les Centaures Monstres, qui estoient demi-hômes & demi-cheuaux. Ils furent fils d'Ixion & de la Nuë qu'il embrassa sous la ressemblance de Iunon.   *Megere*] C'est vne des Furies d'Enfer.   *Triptoleme*] C'est ce fils tant renommé de Celeus Roy d'Eleusis, qui enseigna le premier aux hommes de cultiuer la terre, & de la semer.   *Mangeard*] Qui deuore tout.   *Ce changer*] C'est parler comme les Grecs, qui mettent les infinitifs des verbes pour les nominatifs, comme *ce changer,* pour, *ce changement.*   *Grisé*] Mot nouueau, pour, Ayant des griffes.   *Yeux d'Argus*] Que Iunon attacha à sa queue apres que Mercure l'eut tué. Lisez les Metamorphoses d'Ouide.   *Iris*] C'est la Messagere des Dieux: autrement, l'Arc en Ciel.   *Aubins*] Il prend *aubin,* pour le iaune d'vn œuf.   *Qu'elle*] Licence Poëtique, pour, *qu'elles ont fait.*   *Oiseau*] Hirondelle qui pleure son fils Itys.   *Fromenteuses*] Mot composé par le Poëte, au lieu de dire, Pleines de bled.   *Venteuses*] La mer que les vents agitent la plus part du temps.   *Ses mains*] L'Empire Romain & sa
gloire

gloire se perdit dans le desordre des guerres ciuiles que causerent les Grecs, & depuis Pompee & Cesar, & dû depuis Lepide, Auguste & Antoine.   *Musiques*] On ne se sert gueres de ce mot qu'au singulier.   *Influx*] Pour, influence.   *Inclin*] A la façon des Grecs, qui disent, le viure, pour, la vie: ainsi, l'inclin, pour, l'inclination. *Dénie*] Metaphore fort hardie.

HYLAS.

A IEAN PASSERAT
Lecteur du Roy, excellent Poëte Latin & François.

IE veux, Hercule, autant qu'il
   m'est possible,
   Chanter ton nom, & ton bras
   inuincible,
Pour recompense heureuse des bienfaits
Qu'à nos François autrefois tu as faits,
Te redonnant l'honneur que tu merites:
Que des malins les œuures bien escrites
Soüilloient à tort, te faisant vn voleur,
Forceur d'enfans, de femmes violeur,
Brigand, larron, & pour te rendre infame,
T'ont fait meurdrir tes enfans & ta femme,
Fol de cerueau, vagabond de fureur:

  Bref ils t'ont fait la cloaque d'erreur,
Tyran, meschant: mais c'est bien le contraire,
Car tu appris aux vieux François à faire
Toutes vertus, & par ta douce vois
Les retiras des antres & des bois,
Pour habiter les chasteaux & les villes,
Hayr la faine, & les glands inutilles,
Semer le bled, cultiuer les bons vins,
Honorer Dieu, reuerer ses voisins.

  Ce ne sont pas les faits d'vn meschant hom-
me,
Et toutefois l'Antiquité te nomme
Gourmand, meschant, dont ie te veux venger,
Pour ne souffrir tes vertus outrager.

  Quand tu trenchas la monstrueuse teste
De l'Espagnol, tu prins pour ta conqueste
Ses bœufs cornus, ses bœufs au large front,
Aux pieds retors, qui luisoient comme font
Les astres clairs, lors qu'vne nuict sereine
D'vne grand' dance en biais les pourmeine,
Et font jaillir çà & là de leurs yeux
Maints petits feux qui honorent les Cieux.

  Tu vins, Hercule, auec ta riche proye
Sur le riuage où l'eau de Sosne roye

Se vient au Rosne à Lyon marier:
  Là ainsi qu'eux tu te voulus lier
Pour mariage auecques Galatée,
Qui de Pallas ne fut pas surmontée
En tout sçauoir, de Venus en beauté,
Ny de Iunon en braue royauté,
Qui dominoit la terre paternelle
Seule au païs qui de son nom s'appelle.

  Or toy, Hercule, au soin accoustumé,
Aprés auoir vn Herculin semé
En Galatée, allas par mer & terre
Faire aux Tyrans & aux Monstres la guerre.

  Tu ressemblois au pere laboureur,
Qui defrichant & mettant en valeur
Vn champ nouueau, negligé l'abandonne,
Fors aux saisons qu'il seme ou qu'il moissonne:
Hercule ainsi de sa femme approchoit
Ou l'engrossant, ou lors qu'elle accouchoit,
Non autrement: le reste de l'annee
Sa main estoit aux guerres addonnee,
Et sa massuë, amie de son flanc,
Des fiers Tyrans se rougissoit de sang.

  O bon Hercule! ayant couuert l'eschine
Du faix velu d'vne peau leonine,
Terrible à voir pour ses ongles crochus,
Et ses sourcils horriblement fourchus,
L'arc en la main, esloigné de tes tropes,
Seul tu vins voir les terres des Dryopes,
Comme l'erreur de tes pieds te portoit,
Ou bien ainsi que ton Destin estoit.

  On dit qu'aux champs rencontrant Theo-
dame
Qui labouroit, tu luy rauis sa femme,
Forças son fils, & luy mangeas ses bœufs.
Ce sont des faits que croire ie ne veux:
Car vn vengeur comme toy de malices,
Ne honnit point son nom de tant de vices.
Mais de ton temps les Vates ont menti,
Qui tes vertus en blasme ont conuerti,
& par beaux vers faussement diffamee
De tous costez ta bonne renommee.

  Or quant au poinct du Roy Theodamas,
Et de ses bœufs qui estoient gros & gras,
Tu leur appris du bout de ta massuë

D'ouurir la terre, & trainer la charruë,
Et le collier tout vn iour fouftenir.

De gras les fis bien maigres deuenir:
Voila pourquoy la tourbe eftant trompee,
Difoit qu'aux bœufs la gorge auois coupee,
Tué leur Roy, que tu rendis meilleur
Qu'auparauant trauaillant laboureur,
S'emmaigriffant & fuant fous la peine
De cultiuer fes vignes & fa plaine.

Autant en eft d'Hylas fon ieune fils,
Que de groffier habile homme tu fis,
En le forçant & contraignant d'apprendre
Toutes vertus dés fa ieuneffe tendre.

Or auffi toft qu'en la prime faifon
La Renommee eut femé que Iafon
Alloit gaigner au riuage Colchide
Le Belier d'or, de fa charge homicide,
Tu ne voulus qu'vn voyage fi beau
Se fift fans toy : tu pris le iouuenceau
Portant ton arc & ta trouffe fatale,
Qui te fuiuoit d'vne allure inégale.
Car, ô bon Roy, le moindre de tes pas
En valoit cinq des petits pieds d'Hylas.

Le bien-cheri tu vins en la nauire:
Tu refufas qu'on te vouluft eflire
Chef de l'emprife, & allas, demi-Dieu,
Du grand vaiffeau prendre place au milieu,
Tenant la rame, & tournant l'eau falee
Qui efcumoit autour de la galee.
Si que ton bras aburté contre l'eau
Faifoit trembler les poutres du vaiffeau,
Eftant Orphê au plus haut de la poupe,
Qui de fa Lyre encourageoit la troupe.

Là le riuage apparoiffoit au foir
Du Myfien : le vent fe laiffa choir,
Et fur le maft flotoit la voile lâche,
Quand ces Guerriers, ainfi qu'ouuriers de
tafche
Qui vers le foir (alors que le bouuier
Deffous la nuict vient fes bœufs deflier)
Haftent leurs mains & craffeufes & dures,
A qui le ventre affamé dit iniures.

Ainfi chacun fe print à s'animer
Par vn combat honnefte de ramer.

Les auirons vont d'ordre, & la galere
Pouffee auant d'vne ieune colere
Voloit fur l'eau, faifant d'vn large tour
Maint gros boüillon efcumer à l'entour.

Chacun adioufte à l'addreffe la force,

Et de gaigner fon compagnon s'efforce.
Mais toy, Hercule, à qui tout le cœur bat
Du haut defir de vaincre en ce combat,
En t'efforçant contre l'onde azuree,
Rompis ta rame à la pointe ferree,
Dont de defpit tu foufpires & plains.

Vn des morceaux te refte entre les mains,
L'autre morceau en tournoyant fe ioüe
Flot deffus flot où la vague le roüe,
Ayant le fiel de colere allumé,
De voir ton poing d'auiron defarmé.

De tel effort tu cheus à la renuerfe:
Tes pieds f'en-vont d'vne longue trauerfe
Frapper la proüe, & la poupe ton chef
Plat eftendu : mais nul de ton méchef,
Te regardant, de peur n'ofa mot dire:
Seul te leuant tu t'en pris à fou-rire.
Eux d'vn grand cœur fe banderent fi fort
Que vers la nuict arriuerêt au port.

Mais auffi toft que l'Aube fut leuee,
Hercule entra dans la foreft trouuee,
Pour efpier des yeux à l'enuiron
Quelque arbre propre à faire vn auiron.

Hercule eftant penfif & fantaftique,
Erre tout feul en la foreft ruftique,
Haute maifon des oifeaux : à la fin
Il vid fans nœuds, fans branches, vn fapin
Frappé du vent d'vne lente fecouffe:
Il iette à bas fon arc courbe & fa trouffe,
Et affermant contre terre les pas,
Et roidiffant les mufcles de fes bras,
Enflant d'ardeur les veines du vifage,
Mit fes deux mains deffus l'arbre fauuage
A dos courbé, & bien qu'il tint beaucoup,
Il l'arracha tout net du premier coup,
Racine & tout, deffus l'efpaule forte
Le va chargeant, s'en retourne & l'emporte.

Ainfi qu'on void aifément l'oifeleur
Cercler la place à cacher le malheur
Du fimple oifeau : il arrache fans peine
Le chaume fec, dont la place eftoit pleine.
Ainfi Hercule aifément arracha
Ce grand fapin fi toft qu'il y toucha.

Ou comme on void qu'en mer vne bour-
rache
Par violence en tempeftant arrache
Hors de fon lieu le maft qui eft debout,
Et le fait choir à bas, cordes & tout,
Dont il fe tient auffi fort qu'vn polype

Fait contre vn roc, qui se grimpe & se gripe,
De ses cheueux si abord au rocher,
Que le pescheur ne l'en peut arracher:
Mais à la fin à main forte il l'arrache,
Car fil à fil ses liens il détache,
Et tout joyeux (en le portant parmi
Tant de poissons) rit de son ennemi.

Tandis Hylas ieune, gaillard & brusque,
Aux blanches mains, à la longue perruque,
Au beau visage, à l'œil noir & serain,
Prit vne cruche aux deux anses d'airain,
Et seul entra dans la forest prochaine
Pour chercher l'eau d'vne belle fontaine.

Comme il alloit, les freres qui auoient
Ailes au dos, amoureux le suiuoient,
Volant sur luy, pour baiser sa chair blanche.
Il destournoit l'embusche d'vne branche,
Marchant tousiours pour soudain retourner
Auant qu'Hercule arriuast à disner.

Il nourrissoit l'enfant pour tel office,
En ce seul fait il luy faisoit seruice:
Car en mangeant, Hercule ne beuuoit
Que la seule eau dont l'enfant l'abreuuoit,
Ny Telamon, comme fortune assemble
Deux grands amis en vne table ensemble.
» C'est vn tresor que la bonne amitié,
» Quand vn amy retrouue sa moitié.

Or cet enfant comme son pied le meine,
Dans la forest ombreuse se pourmeine
Errant par tout, ains qu'auiser le bord
De la fontaine où l'attendoit la mort.

On dit qu'Hylas n'eust pas trouué la source
De si belle eau, sans vn cerf, dont la course,
Par le moyen de Iunon (qui le cœur
Portoit, marastre, enroüillé de rancœur
Des faits d'Hercule, & en creuoit de rage)
Cest enfant Grec guida sur le riuage.

Ceste fontaine estoit tout à l'entour
Riche d'émail & de fleurs, que l'amour
De corps humains fit changer en fleurettes,
Peintes du teint des palles amourettes:
Le lis sauuage, & la rose & l'œillet,
Le roux souci, l'odorant serpollet,
Le bleu glayeul, les hautes gantelées,
La pasquerette aux fueilles piolées,
La giroflée & le passe-velours,
Et le narcis qui ne vit que deux iours,
Et ceste fleur que l'Auril renouuelle
Et qui du nom des Satyres s'appelle:

Et l'autre fleur que Iunon fit sortir
Quand d'vn coqu voulut son corps vestir,
De tel oisel empruntant le plumage,
Du frere sien fuyant le mariage
Comme trop ieune, & desdaignant le jeu
D'amour, qui ard nos cœurs d'vn si doux feu.

Vn chesne large ombrageoit l'onde noire:
Faunes, Syluains n'y venoient iamais boire,
Ains de bien loin s'enfuyoient esbahis :
Maison sacrée aux Nymphes du païs,
Et au Printemps, qui de sa douce haleine
Embasmoit l'air, les forests & la plaine,
Que les pasteurs en frayeur honoroient
Et de bouquets les riues decoroient.

Vn ombre lent par petite secousse
Erroit dessus, ainsi que le vent pousse,
Pousse & repousse, & pousse sur les eaux
L'entrelassure ombreuse des rameaux.

Là mainte source en boüillons sablonneuse
Faisant jaillir mainte conque perleuse,
Peindoit les bords de passemens diuers,
De grauois gris, rouges, iaunes & pers.

Là carolloient à tresses décoifées
De main à main les Nymphes & les Fées,
Foulant du pied les herbes d'alentour,
Puis dessous l'eau se cachoient tout le iour.

La belle Herbine au haut de l'onde assise,
Voyant l'Enfant, soudain en fut esprise,
Et se plongeant à chef-baissé le front,
Alla trouuer Printine au plus profond.

Royne des eaux, ma Maistresse honorée,
J'ay veu là haut sur la riue voirée
Un ieune enfant, par qui seroient vaincus
De gaillardise Apollon & Bacchus.
Venez-le voir, vous verrez vne face
De qui le trait les Déesses menace,
Et qui plus est, vn crespelu coton
Ne fait que poindre autour de son menton.

Printine adonc qui s'estoit amusée
A retourner les plus d'vne fusée,
En se hastant luy tomberent soudain
Fil & quenouille & fuzeau de la main.

Venus adonq luy darde vne sagette
De celles-là qu'aux Nymphes elle iette,
Et aux grands Dieux qu'elle fait langoureux,
Quand des mortels deuiennent amoureux,
Quittant du Ciel les regions seraines
Pour estre fable à nos femmes humaines,
Et déguiser d'habillement nouueau

Leurs corps changez en cygne ou en taurean.
   Pres de la Nymphe au plus profond des
      ondes
Eſtoit Antrine aux belles treſſes blondes,
Et Azurine aux tetins deſcouuerts,
Verdine, Ondine, & Bordine aux yeux vers.

   L'vne des deux eſtoit encor pucelle,
Et l'autre auoit du laict en la mammelle,
Et de Lucine en la fleur de ſes ans
Auoit ſenti les traits doux & cuiſans,
Qui deuidoient les toiſons Tyriennes
Teintes au ſang des huyſtres Indiennes.

   Incontinent tout ouurage laiſſé,
Nagent ſur l'eau, où d'vn œil abaiſſé
Voyent l'enfant, qui de couleur reſſemble
A ces blancs lis qu'vne amoureuſe aſſemble
Auec la roſe, ou au teint de l'œillet
Qui va nageant ſur la blancheur du lait.
Tandis Hylas de la gauche ſappuye
Deſſus le bord, de l'autre tient la buye,
Qu'à front panché laiſſe tomber en l'eau.
L'eau qui s'engouffre au ventre du vaiſſeau,
Fit vn grand bruit : en ce pendant Printine
Ardente au cœur d'vne telle rapine,
Sa gauche main finement approcha,
Et du garçon le col elle accrocha :
Coup deſſus coup le baiſe & le rebaiſe
En l'attirant, à fin que plus à l'aiſe
Sa peſanteur l'emportaſt contre-bas :
Puis de la dextre elle happa le bras
Dont il tenoit le vaiſſeau, & ſ'efforce
De le tirer ſous l'onde à toute force.

   Hylas crioit & reſiſtoit en vain :
Dedans le gouffre il tomba tout ſoudain
Pied-contre-mont, comme on voit par le vuide
Tomber du Ciel vne flame liquide
Toute d'vn coup dans la mer, pour ſignal
Que la nauire eſt ſauue de tout mal :
Lors le Patron qui recognoiſt l'eſtoille,
Aux matelots ſiſle qu'on face voile,
Le vent eſt bon : en la meſme façon
Tomba d'vn coup ſous l'onde le garçon.

   Sur ſes genoux la Nymphe, qui eſt folle
De trop d'amour, le flatte & le conſole :
Puis luy fit part de ſa table & ſon lit,
Et de ſon cœur : d'auantage luy fit
D'homme mortel vne Dëité prendre.

   Nul n'auoit peu le cri d'Hylas entendre
Fors Telamon qui la voix entendit

D'Hylas tombé : Hercule il attendit,
Puis le voyant de bien loin il l'appelle,
Et ſouſpirant luy conta la nouuelle.

   En attendant, cher Amy, ton retour,
I'ay entendu deux ou trois fois autour
De mon aureille vne voix lamentable,
Au cri d'Hylas totalement ſemblable :
Il eſt en peine, ou bien il ſ'eſt noyé,
Ou ta maraſtre a, deſpite, enuoyé
Quelque lion pour en farcir ſa panſe;
Bref, ton Hylas eſt mort, comme ie penſe.

   D'aſpre courroux le fiel luy boüillonna,
Ietta ſa charge, & ſoudain retourna
Sur le riuage où la troupe éueillée
Faiſoit lits d'herbe & tentes de fueillée,
Pour ſ'enquerir, en ſanglotant menu,
Si l'enfant Grec eſtoit point reuenu :
Par tout il cherche & recherche & retourne,
Reuient, reua, & iamais ne ſejourne.

   Mais quand il vit que l'eſchanſon Hylas
Vers le logis n'auoit tourné les pas,
Fit vn grand cri : il auoit l'ame atteinte
D'vne angoiſſeuſe & miſerable plainte,
Refrappant l'air de maint ſouſpir profond,
En gemiſſant comme les vaches font
Quand par les bois appellent leurs genices,
Que les couteaux des diuins ſacrifices
Ont fait mourir, empourprez de leur ſang :
Deuant l'autel elles giſent de rang,
A qui le cœur tremblote & les arteres :
L'air retentit deſſous le cri des meres !

   Tout furieux retourna dans les bois
Criant Hylas : vne greſlette vois
Foible & ſans force entr'oit à grande peine,
Qui luy reſpond : la voix ſembloit lointaine,
Et toutefois bien prochaine elle eſtoit :
Mais l'eau gardoit qu'à plein ſon ne ſortoit,
En l'eſtoufant : ce-pendant par vallées,
Par ronces, bois, par roches reculées
Court & recourt penſant à ſon malheur,
Quand vers le ſoir ſ'endormoit de douleur.

   Iaſon qui vit la nuict eſtre tombée,
Et le vent bon pour la voile courbée,
Dreſſe les ponts, monte au vaiſſeau cognu,
Croyant qu'Hercule y fuſt déja venu.

   Ceſt art ſubtil ſe fit par la menée
De Meleagre enfant du grand Oenée,
Qui, bien que tard, vn iour ſe repentit,
Quand le tiſon ſes entrailles roſtit,

Lequel estoit enuieux des victoires
Et des labeurs d'Hercule aux fesses noires.

Comme il dormoit du trauail ennuyé,
Ayant le col sur sa trousse appuyé,
L'arc d'vn costé, de l'autre la massuë,
Voicy venir l'ombre gresle & mennë
Du ieune Hylas, qui secoüant le chef
De son Seigneur, luy conta son meschef.

Mon seul Seigneur, qui fus mon esperance,
Qui les vertus m'appris dés mon enfance,
A fin qu'vn iour ie peusse deuenir
Grand comme toy; puis au Ciel paruenir:
Puisant de l'eau pour te seruir à table,
(Amour n'est pas, comme on pense, vne fable)
Vne Déesse amoureuse me vit,
Qui tout soudain dessous l'eau me rauit.
Ie t'appellois pour-neant, quand ma bouche
Fut pleine d'eau : quand rebelle & farouche
De sa houssine en me frappant tourna
Mon corps en D I E V, puis son lict me donna.

Assez, Seigneur, & par mer & par terre
J'ay veu sous toy le mestier de la guerre,
Assez mon dos a sué sous le fais
De ta massuë, assez tes nobles faicts
Ont illustré ma viue renommée.

Or maintenant ma peine est consommée :
Loin de la terre, & loin de tout soucy
Qu'ont les mortels, heureux ie vis icy.

Adieu, Seigneur, adieu ma chere teste :

Par ta Marastre encor mainte conqueste
Te reste à faire, & mille maux diuers
Que tu auras vaguant par l'Vniuers :
Puis à la fin vne mort tres-cruelle
Doit consommer ta figure mortelle.

Ton corps brulé sen ira dans les Cieux
Prendre sa place à la table des Dieux :
Puis tu auras, loyer de ta proüesse,
Pour femme Hebé, la Royne de Ieunesse.
,, Car les beaux faits de l'homme vertueux
,, Ne meurent point : mais du voluptueux
,, Qui a sa vie en plaisirs consommée,
,, Auec la mort se perd la renommée.

Ainsin Hylas à son maistre parla,
La nuict s'enfuit & l'ombre s'en-vola.

Mon PASSERAT, ie ressemble à l'abeille
Qui va cueillant tantost la fleur vermeille,
Tantost la iaune, errant de pré en pré
Où plus les fleurs fleurissent à son gré,
Contre l'Hyuer amassant force viures.

Ainsi lisant & fueilletant mes liures,
I'amasse, trie & choisis le plus beau,
Qu'en cent couleurs ie peins en vn tableau,
Tantost en l'autre, & prompt en ma peinture
Sans me forcer i'imite la Nature :
Comme i'ay fait en ce pourtrait d'Hylas
Que ie te donne, & si à gré tu l'as,
I'en aimeray mon present dauantage,
D'auoir sçeu plaire à si grand personnage.

MARCASSVS.

Ie veux, Hercule] Il n'est personne qui n'ait oüy parler de l'expedition de Iason, comme il alla en Colchos, pour conquerir la Toison de ce Belier qui porta Phryxus outre mer. Hercule fut vn de ceux qui accompagnerent ce ieune Prince à vne si valeureuse entreprise. Comme il aimoit vn beau ieune garçon nommé Hylas, Grec de nation, il le mena quant & luy. Apres vne longue tempeste ayant abordé vn riuage pour se refaire, Hercule entra dans vne forest pour en tirer quelque arbre, dont il auoit affaire pour r'habiller son vaisseau & l'equipper de nouueaux auirons. Ce ieune enfant y entra aussi pour puisser de l'eau dans vne fontaine : à peine y fut-il que les Nymphes en estans deuenues passionnées le rauirent. Hercule en fit des regrets incroyables. C'est ce que le Poëte raconte en ce long discours. *Qu'à nos François*] Il vint en France espouser la Royne Galatée, de laquelle les Gaulois prindrent leur nom. *Voleur*] Comme quand on dit, qu'allant aux Enfers il fit mille maux par tous les logis où il passa. Voyez les Grenoüilles d'Aristophane. *Meurtrir tes enfans*] Iunon luy ayant osté le iugement, il tua ses enfans & sa femme. Lisez l'Hercule furieux de Seneque. *D'erreur*] Erreur se doit icy prendre pour vice. *Tes vertus outrager*] Voulant dire, Pour ne souffrir qu'on outrage tes vertus. *De l'Espagnol*] De ce grand Tyran Geryon Roy des Espagnes. *D'vne grand' dance*] Les anciens Theologiens ont creu que les mouuemens des Cieux se faisoient à la cadence, & musicalement. Lisez le vieil Scholiaste d'Aristophane sur la Comedie intitulée, Les Nuës. *Proye*] Les bœufs de Geryon. *Qu'eux*] Le Rosne & la Sosne. *Braue Royauté*] En Majesté Royale. *Semé*] Hardie façon de parler, pour dire, Apres auoir fait vn petit Hercule à la Royne Galatée. *Des fiers Tyrans*] C'est vne inuersion, vn peu licencieuse. *Theodame*] C'estoit le pere d'Hylas. *Vates*] C'est vn mot fait du Latin, qui signifie, Deuins ou Poëtes. *Tourbe*] C'est à dire, La simple & ignorante populace. *De sa charge homicide*] C'est à dire, Homicide de la charge qu'il portoit : il l'appelle homicide à cause qu'en passant la mer il laissa tomber Hellés, sœur de Phryxus, du naufrage de laquelle la mer fut du depuis appellée, Hellespont : comme qui diroit, Mer de Hellés. *Allure inégale*] D'vn pas inégal. *Le bien chery*] C'est à dire, Tu fus parfaitement bien receu dans le nauire. *Orphée*] Orphée cet excellent chantre de Thrace, fut aussi de ceste partie. *Bourrache*] Au lieu de bourrasque, pour la commodité de la rhythme. *Polype*] C'est vn poisson qui s'attache si ferme aux rochers, qu'il est impossible à toutes les tempestes de l'en arracher. *Les freres*] C'estoient les fils de Borée, Calaïs & Zetés qui estoient auec Iason. *Tel office*] Pour luy apprester à disner. *Ny Telamon*] Il ne beuuoit que de l'eau. *De Iunon*] C'estoit elle qui causoit tous les desplaisirs & les hazards à Hercules,

L'enfant] Hylas.   *Des Satyres*] Satyrion.   *Peindoit*] Peignoit.   *Herbine*] Nom pris de l'herbe.   *Printlne*] Du Printemps.   *Plus profond*] De l'eau.   *Cygne*] Pour l'amour de Leda.   *Taureau*] Pour Europe.   *Antrine*] Nom pris d'vn antre.   *Azurine*] De l'azur.   *Verdine*] Du verd.   *Ondine*] De l'onde.   *Bordine*] Du bord des fleuues, de la mer, des fontaines ou des forests.   *Lucine*] C'estoit la Déesse qui presidoit aux accouchemens des femmes.   *Tyriens*] C'estoit de là que venoient les plus fines laines.   *Buye*] C'est vne cruche.   *Sauue*] Exempto de tout mal.   *Meleagre*] C'estoit le fils d'Oenée, qui estoit fort jaloux de la gloire d'Hercule.   *Ses entrailles rostit*] Quand sa mere jetta dans le feu le tison duquel sa vie dependoit.   *Noires*] De poil.   *Mon corps* [Me transforma en Dieu.   *Sué sous le faix*] C'estoit mal fait à Hercule de donner ceste peine à ce bel enfant qu'il aimoit tant.   *Chere teste*] Façon des Latins.   *Bruslé*] Il est vray qu'Hercule se brusla luy-mesme sur le mont Oeta. Lisez la Tragedie qu'en a fait Seneque.   *Hebe*] Hebe, en Grec, signifie Ieunesse. Ceste Déesse estoit fille de Iunon & versoit du vin à la table de son pere, iusqu'à ce que Iupiter donna sa charge à Ganymede; d'où vint la haine que Iunon du depuis porta aux Troyens.   *Passerat*) C'estoit vn des plus grands esprits & des plus rares personnages de son siecle. La maison de Mesmes en sçauroit dire des nouuelles, qui l'a entretenu long-temps honorablement, comme elle est le sacré Temples des Muses & de la vertu, aussi bien que de la Fortune.

De ce Duc genereux, la guerrierre vaillance.
Graue aux cœurs ennemys l'espouantable effroy,
C'est le rampart de Metz, c'est le pris de son Roy,
C'est de Xainctonge l'heur, c'est l'honneur de Prouence.

Thomas de Leu Fecit.

LE
SECOND LIVRE
DES POEMES DE
P. DE RONSARD.

LES PARQVES.

A TRES-VERTVEVX SEIGNEVR I. LOYS
DE NOGARET, DVC D'ESPARNON, PAIR
& Colonel de l'Infanterie de France.

Auec les Remarques de P. DE MARCASSVS.

 E iour que tu nasquis, les trois
    Parques chenues,
    Fortune *&* la Vertu main à
    main sont venues
Danser à ton berceau, *&* t'ouurans leur tetin,
T'allaictant & baisant, chanterent ton Destin.
    Enfant, qui prens du Ciel ta naissance pre-
    miere,
Voy ce iour qui te rit d'vne belle lumiere :
Vien citoyen du Monde, *&* tout en-astré
    d'heur,
Porte au front dés le naistre vn signal de gran-
    deur :
Crois donc pour surmonter toute fortune ex-
    tréme,
Ne cognoissant qu'vn ROY, tes vertus, *&*
    toy-mesme.
    Si tost que la vigueur de l'âge qui permet
D'endosser le harnois *&* d'affubler l'armet,
T'aura fait artizan des mestiers de Bellonne
(Pour seruir ton HENRY, son Sceptre *&*
    sa Couronne)
Ie te voy renuerser Cheualiers *&* soldars,

Et d'actes valeureux égaler le Dieu Mars :
Ie te voy de corps morts ensanglanter la place,
Ie voy rouge ta main, rouge ta coutelace
Du sang des ennemis, & marchant le premier
Te couronner le front de palme *&* de laurier.
    Ie te voy tout armé de tes bandes armées
D'vn long ordre suiui, comme plis de fumées
Entre-esclaireZ de feux *&* de brasiers espais,
Qui se pressent l'vn l'autre, *&* se suiuent de
    prés.
    Ou comme on voit en mer les entorses des
    ondes
S'enfler dessous le vent, secondes sur secondes
Suiure le maistre flot, qui bruyantes s'en-vont
Se rompre d'vn grand heurt contre le premier
    front
D'vn rocher opposé : Ainsi suiuront les bandes
File-à file tes pas, tant que tu leur cõmandes
D'aller hurter le mur d'vn rempart ennemy
Pour l'emporter d'assaut : ou te suiure parmy
L'escadron plus serré des troupes que la guerre
Mettra deuant tes mains pour en pauer la
    terre.

LLLll iiij

» *L'Aigle de l'Aigle naist : le Lyon gene-*
      reux
» *Engendre le Lyon : d'vn pere valeureux*
(Valeureux comme luy) tu as pris ta naif-
      fance,
Et d'vn ROY *tu prendras ta gloire & ta*
      puiffance.
      Mais quand les corcelets auront fait place
      aux loix,
Et qu'au rateau la lance, & au croc les harnois
Pendront froids' & roüillez, & la diuine race
D'Aftrée embellira les terres de fa face :
Alors durant la paix, plein d'vn foin nompa-
      reil
Ie te voy le premier affifter au Confeil,
Les affaires d'Eftat en ton efprit compren-
      dre,
Et des peuples les mœurs & la police entendre :
Afin qu'en guerre armé, & en paix defarmé,
Tu fois chery du Prince, & des peuples aimé,
Miniftre des deux temps : car l'homme en vain
*   fefforce,*
S'il n'eftreint d'vn lien la Prudence & la
      Force.
      La Parque ainfi parla. La Vertu d'au-
      tre-part
Jettant fur fon berceau doucement fon regard,
Enflant fa bouche ronde, infpira fon haleine
Sur toy, pour te remplir des biens dont elle eft
      pleine :

Afin qu'on ne vift point les peuples eftonnez
Des honneurs & des biens qui te feront don-
      nez,
Les ayant à bon droit par peine & par me-
      rite,
Et non par la faueur qui fen-vole fi vifte.
      Fortune vint apres : qui te prenant la
      main,
Et ton corps tendrelet réchauffant à fon fein,
Et ta bouche arroufant du laict de fa mam-
      melle,
Te dift, Mon cher enfant (car ainfi ie t'ap-
      pelle,
D'autãt que par fus tous tu m'es le plus à gré)
Quand mon heureufe main t'aura mis au de-
      gré
Le plus haut des honneurs dont fouuent ie me
      jouë,
Ie te feray conftante, & cafferay ma rouë :
Mes ailes ie rompray en ta faueur, à fin
Que ton credit foit ferme, & ne bronche à la
      fin :
Mais fans iamais bouger de ta place affeurée,
Tu conferues ton lieu d'eternelle durée
Iufqu'au iour que plein d'ans, des Mufes pro-
      tecteur,
Tu retournes de terre à ton premier facteur.
      A-tant fur ton berceau ces Déeffes mefle-
      rent
Des Rofes & des Lis, puis au Ciel reuolerent.

MARCASSVS.

Le iour que tu nafquis] La Theologie des Anciens a tenu les Parques pour les plus fouueraines puiffances qui fuffent parmy les Dieux. Auffi leur a-t'on mis en main la conduitte de toutes les affaires pour en difpofer à leur volonté. Elles ont auffi la vie des hommes en leur pouuoir : l'accoutciffent & l'abregent comme il leur plaift. Quelques-vns les ont prifes pour les Deftinees, à l'humeur defquelles tous les Dieux enfemble ne fçauroient refifter. C'eft elles qui fçauent tout, & qui difpofent de tout. Or le Poëte feint qu'à la naiffance de Monfieur le Duc d'Efparnon ces trois Puiffances, affiftees de la Fortune & de la Vertu, vindrent predire les heureux fuccez de fes confeils & de fes armes. Certes fi le Poëte eut fait le plus grand effort qu'il eut peu iamais faire, & qu'il eut dit de ce perfonnage tout ce qu'vn grand efprit s'en fçauroit imaginer de merueilleux, il ne fatisferoit pas à la grandeur de fes rares qualitez. Quelque iour la vraye hiftoire de fa vie paffera pour Roman, & contre l'ordre & la couftume des hommes de noftre temps la verité fera receuë pour fable, comme à prefent la fable paffe pour verité.   *Parques chenuës*] Il les appelle chenuës, à caufe de leur extréme vieilleffe : elles font nées, comme l'antiquité l'a creu, auffi toft que le temps.   *En-aftré d'heur*] Auquel les aftres ont promis toute forte de bon-heur.   *Signal*] Signal fe prend icy pour figne ou marque.   *Bellonne*] C'eft la Déeffe de la guerre.   *Henry*] C'eftoit Henry III. l'vnique Dieu des Princes, qui aimoit vniquement Monfieur d'Efparnon.   *Fumees*] Fumee n'eft point en vfage qu'au fingulier.   *Tant que tu*] Pour, Iufques à ce que tu leur commanderas d'aller, &c.   *Aftree*] C'eft la Déeffe qui prefide à la Iuftice, durant le regne de laquelle les hommes viuoient dans l'innocence, iouiffans des plaifirs de l'âge d'or.   *Bouche ronde*] Mal-aifément les François pourroient-ils comprendre ce que c'eft que bouche ronde, s'ils ne fçauoient qu'il parle à la Latine. Les Latins appelloient bouche ronde, celle qui ne lafchoit aucune parolle qui ne fuft meurement pefée.   *A*] Pour, dans.   *Et cafferay ma rouë*] C'eft vne bonne penfee. Les Anciens ont mis la Fortune fur vne rouë, pour monftrer le peu d'affeurance qu'il y a en fes faueurs : mais icy elle iure qu'apres

qu'elle aura mis Monſieur d'Eſparnon au faiſte de ſa grandeur, qu'elle caſſera ſa rouë. Le ſieur Garnier m'a
donné d'autrefois vn Sonnet ſur ce ſujet : & parce que c'eſt vn de ceux qui affectionnent grandement noſtre
Poëte, ie ne feray pas difficulté de le mettre icy, à fin que le monde voye ſi les Poëtes de la Cour luy peuuent
oſter à iuſte ſujet, le titre de premier Poëte du Roy, que ſes lauriers luy ont acquis.

Dieu ſe fait voir en nous quand noſtre ame il agite,
Nous ſommes tout de feu : nous parlons clairement
De la choſe future, inſpirez viuement
D'vne ſainĉte fureur violente & ſubite.
L'eſlan d'vn bon Poëte orné d'vn vray merite,
A beaucoup de pouuoir : ce diuin truchement,
RONSARD parlant de toy le monſtre éuidemment
En ſes rares eſcrits, où ta gloire eſt predite.
O le vray fils d'vn pere en qui les bons Deſtins
Mirent tant de valeur au déchet des mutins,
Grand Duc, ſi ta merueille il a ſçeu te predire,
Vn qui le repreſente & de corps & de voix,
Te predit en ce temps que Dieu te veut eſlire
Vn des premiers de France à releuer la Croix.

A IEAN DV THIER,
SEIGNEVR DE BEAV-REGARD,
Secretaire d'Eſtat.

Vi fait honneur aux Roys, il fait
honneur à DIEV:
Les Princes & les Roys tiennent
le plus grand lieu
» Apres la Deïté : & qui reuere encore
» Les ſeruiteurs d'vn Roy le Roy meſme il ho-
nore.
Il eſt vray, mon DV THIER, qu'vn hom-
me comme toy
Donne plus de trauail à celebrer qu'vn Roy:
Car la gloire des Roys en ſujet eſt fertille,
Et ne trauaille guere vne plume gentille,
Ny vn eſprit gaillard, ſ'il a receu tant d'heur
Que de ne ſ'effrayer de chanter leur Gran-
deur.
   D'vn theme ſi fecond en abondance vien-
nent
Propos deſſur propos qui la Muſe entretien-
nent,
Comme vn Hyuer les eaux qui ſ'écoulent
d'vn mont,
Et courans dans la mer file-à-file ſ'en-vont:
Mais pour loüer vn moindre il faut de l'ar-
tifice,
Afin que la vertu n'apparoiſſe eſtre vice.
   Si eſt-ce, mon DV THIER, que les plus
grands honneurs
Qui ſont communs en Frãce à nos plus grands
Seigneurs

Te ſont communs auſſi, & ſi ie l'oſois dire,
De toy ſeul à bon droit on les deuroit eſcrire
Comme propres à toy : mais ces Dieux de la
Court
Me happent à la gorge, & me font taire court.
   Comme on voit bien ſouuent aux mines
deſſous terre,
Soient d'argent, ſoient de fer, de grands pilliers
de pierre,
Qui ſont veus ſouſtenir la mine de leurs bras,
Et ahanner beaucoup, & ſi n'ahannent pas :
Ce ſont d'autres pilliers qui loin du iour ſe tien-
nent
Dedans des coings à part qui tout le faix ſou-
tiennent:
Ainſi les grands Seigneurs, ſoit en guerre ou
en paix,
En credit eſleuez, ſemblent porter le faix
Des affaires de France auec l'eſpaule large,
Et toutesfois c'eſt toy qui en portes la charge.
   S'il arriue vn paquet d'Itale, ou plus auant,
Soit de Corſe ou de Grece, ou du bout du Le-
uant,
Ils le dépliront bien, mais il te faudra mettre
En ton eſtude apres pour reſpondre à la lettre.
Car ainſi que le Ciel ne ſouſtient qu'vn So-
leil,
France n'a qu'vn DV THIER, qui n'a point
de pareil,
Ou ſoit pour ſagement les Eſtrangers ſemon-
dre,
Ou ſoit pour cautement à leurs paquets re-
ſpondre:
Car ſoit en ſtile bas, ou en ſtile hautain,

Les Graces du François s'écoulent de ta main.
  Nul homme ne se vante estre heureux en
la prose,
Que pour certain exemple aux yeux ne se pro-
pose
Tes escrits & ton stile, & pour exerciter
Sa main, il ne trauaille à te contre-imiter.
  Jcy vn Alleman des nouuelles t'apporte,
Jcy vn Espagnol se tient deuant ta porte :
L'Anglois, l'Italien, & l'Escossois aussi
Font la presse à ton huis, & te donnent souci :
L'vn cecy, l'vn cela diuersement demande :
Puis il te faut signer ce que le ROY com-
mande,
Qui selon les effets de diuers argumens
Te baille en moins d'vn iour mille commande-
mens,
De petits, de moyens & de grande impor-
tance.
  Encor as-tu le soin des grands tresors de
France :
Tailles, tributs, empruns, decimes & impos,
Ne laissent ton esprit vn quart d'heure en re-
pos,
Qui se plaist d'acheuer mille choses contraires,
Et plus est vigoureux, tant plus il a d'affai-
res.
Or ainsi qu'vn poisson se nourrit en son eau,
Et vne Salemandre au brasier d'vn four-
neau,
Tu te plais en ta peine : & ta verde vieillesse
Se nourrit du trauail qui iamais ne te laisse.
  Quand tu vas au matin aux affaires du
ROY,
Vne tourbe de gens fremit toute aprés toy,
Qui deçà, qui delà tes costez enuironnent,
Et tous diuers propos à tes aureilles sonnent :
L'vn te baille vn placet, l'vn te va condui-
sant
Pour luy faire donner au ROY quelque pre-
sent :
L'autre (qui a de prés ton aureille approchée)
Demande si sa lettre a esté dépechée :
L'vn est fasché d'attendre, & n'a repos aucun
Que tousiours ne te suiue & te soit importun :
L'autre plus gracieux te fait la reuerence,
Et l'autre te requiert l'auoir en souuenance :
Bref la foulle te presse, & demeine vn grand
bruit

Tout à l'entour de toy, comme vn torrent qui
fuit
Bouïllonnant par le fond des pierreuses valées,
Quand dessous le Printemps les neiges sont
coulées.
  Tu n'as si tost disné, qu'il ne te faille aller
Au Conseil, pour ouïr des affaires parler :
Puis au coucher du ROY, puis selon ta cou-
stume
Presque toute la nuit veiller auec la plume.
Et pource nostre ROY d'vn fauorable ac-
cueil
Te prise & te cherit, & te porte bon œil,
Comme à celuy qui prend en France plus de
peine :
Si fait MONTMORENCY, & CHAR-
LES DE LORRAINE :
Non seuls, mais tout le peuple, & ceux qui ont
l'esprit
De sçauoir discerner combien vaut ton escrit :
Et moy par dessus tous, qui de plus prés admire
Ta vertu qui me fait ceste lettre t'escrire.
  Quand vn homme s'éleue aupres de ces grands
Dieux,
Mesprisant les petits, deuient audacieux,
Et s'enflant tout le cœur d'arrogance & de
gloire,
Se mocque de chacun, & si ne veut plus croire
Qu'il soit homme sujet à supporter l'assaut
De Fortune qui doit luy donner vn beau
sault :
Mais certes à la fin vne horrible tempeste
De la fureur d'vn Roy luy saccage la teste :
Et plus il se vouloit aux Princes égaler,
Et plus auec risée on le fait deualer
Par la tourbe incognuë, à fin qu'il soit exem-
ple
D'vn orgueil foudroyé, à l'œil qui le contemple.
  Mais toy, qui as l'esprit net d'enuie & d'or-
gueil,
Qui fais aux vertueux vn honneste racueil,
Qui te sçais moderer en la fortune bonne,
Qui es homme de bien, qui n'offenses personne,
De iour en iour tu vois augmenter ton bon-
heur,
Tu vois contituer ta gloire & ton honneur,
Loin de l'ambition, de fraude, & de feintise :
Et c'est l'occasion pour laquelle te prise
Le peuple qui tousiours ne cesse d'espier

Les vices des Seigneurs, & de les descrier,
,, Et se plaist en cela : car de la chose faite
,, Par les Grands, bien ou mal, le peuple est la
    trompette :
Et toutefois il t'aime, & dit que nostre ROY
N'a point de seruiteur plus diligent que toy.
    Tu ne roüilles ton cœur de l'execrable vice
De ceste orde furie & harpye Auarice,
Qui les tresors du Monde attire dans sa main :
Car puis qu'il faut mourir, ou ce soir, ou de-
    main,
Que sert d'amonceller tant d'escus en vn cof-
    fre ?
Las ! puis que la Nature ingrate ne nous offre
Que l'vsufruict du bien, que sert de desirer
Tant de possessions, que sert de deschirer
Le ventre de la terre, & hautement con-
    struire
Vn palais orgueilleux de marbre & de por-
    phire ?
Où peut-estre (ô folie) il ne logera pas,
Par la mort preuenu : ou après le trespas
Quelque prodigue enfant de cest auare pere,
Ieune, fol, desbauché, en fera bonne chere,
Vendra, joü'ra, perdra, & despendra le bien
Par son pere amassé, qui ne luy couste rien ?
,, Car tout l'auoir mondain, quelque chose
    qu'on face
,, Iamais ferme n'arreste à la troisiesme race :
,, Ains fuit comme la bale, alors qu'au mois
    d'Esté
,, Le grain bien loin du van parmy l'aire est
    jetté.
Mais sur tout, mon DV THIER, jaloux, ie
    porte enuie
A ceste liberté nourrice de ta vie,
Aux bons mots que tu dis, à ton esprit naïf,
Si prompt & si gentil, si gaillard & si vif,
Qui doctement addonne aux vers sa fan-
    taisie,
Te faisant amoureux de nostre Poësie.
    Tu n'es pas seulement Poëte tres-parfait,
Mais si en nostre langue vn gentil esprit fait
Epigramme ou Sonnet, Epistre ou Elegie,
Tu luy as tout soudain ta faueur eslargie,
Et sans le deceuoir, tu le mets en honneur
Aupres d'vn Cardinal, d'vn Prince, ou d'vn
    Seigneur.
    Cela ne peut sortir que d'vn noble courage,

Et d'vn homme bien nay : i'en ay pour tesmoi-
    gnage
Et SALEL, & tous ceux qui par les ans
    passez
Se sont prés du feu ROY par la Muse auan-
    cez.
    Or ie ne veux souffrir que les vistes car-
    rieres
Des ans perdent le bien que tu me fis n'agueres :
Et si ne veux souffrir qu'vn acte grand &
    beau
Que tu fis à deux Grecs, aille sous le tombeau,
Deux pauures estrangers qui bannis de la
    Grece,
Auoient prins à la Cour de France leur ad-
    dresse,
Incogneus, sans appuy, pleins de soin & d'es-
    moy,
Pensans auoir support, ou d'vn Prince ou d'vn
    Roy.
Mais ce fut au contraire : ô Princes, quelle
    honte,
D'vn peuple si sacré (helas !) ne faire conte !
Ils estoient delaissez presqu'à mourir de faim,
Honteux de mendier le miserable pain,
Quand à l'extremité, portant vn tresor rare,
S'addresserent à toy : c'estoit du vieil Pindare
Vn liuret incognu, & vn liure nouueau
Du gentil Simonide, éueillé du tombeau.
Toy lors comme courtois, benin & debonnaire,
Ne fis tant seulement dépescher leur affaire,
Mais tu recompensas auec beaucoup d'escus
Ces liures qui auoient tant de siecles vaincus,
Et qui portoient au front de la marge pour
    guide
Ce grand nom de Pindare, & du grand Si-
    monide,
Desquels tu as orné le somptueux chasteau
De Beauregard, ton œuure, & l'en as fais
    plus beau
Que si Rome foüillant ses terres despoüillées
En don t'eust enuoyé ses medailles roüillées.
    Pourquoy vay-ie contant, moy François,
    les bien-faits
Qu'à ces Grecs estrangers, liberal, tu as faits,
Et ie ne conte pas ceste faueur honneste
Que ie receu du ROY naguere à ta requeste ?
Si ie la celebrois, le vulgaire menteur,
Babillard & causeur, m'appelleroit flateur,

Et diroit que toufiours ma Muſe eſt fauo-
rable
Vers ceux qui m'ont receu d'vn viſage amia-
ble.
Tu ne la mettras pas (s'il te plaiſt) à meſpris:
La Muſe fut jadis vers les Roys en grand
pris :
Des peuples elle fut autrefois adorée ,

Et de toy par ſus tous maintenant honorée.
Elle auecques Phœbus hardiment oſe en-
trer
Dedans ton cabinet , à fin de te monſtrer
Ces vers mal- façonnez qu'humblement ie te
donne,
Et (auecques les vers) le cœur & la per-
ſonne.

MARCASSVS.

Qui fait honneur] Ce n'eſt qu'vn perpetuel Panegyrique ſur la liberalité, honneſteté & courtoiſie de Monſieur du Thier Secretaire d'Eſtat. Il s'eſtend auſſi grandement ſur l'importance de ſa charge, dont il monſtre
qu'il s'aquitte auec tant de ſoin & d'affection que ſes veilles profitent plus à l'Eſtat que toutes les diligences
des Grands.   *A celebrer*] A eſté celebré.   *D'heur*] Heur ne ſe met gueres qu'auec vn epithete. Il ſe prend
neantmoins icy pour bon-heur.   *Que de ne, &c.*] Pour dire, Que de n'apprehender point de dire & de chanter leurs loüanges.   *Itale*] Italie.   *Corſe*] C'eſt vne Iſle de la mer Mediterranee.   *Semondre*] Prier de
quelque choſe, ou les exhorter.   *Les graces du François*] Pour dire, Ce que les François ont de gentil & de beau,
coule de ta plume quand tu eſcris.   *Exerciter*] Exercer.   *Sonnent*] Pour, tiennent.   *Repos aucun*] Pour,
aucun repos.   *Requiert l'auoir*] Pour, Requiert l'auoir en ſouuenance.   *Quand deſſou*] Quand à l'arriuée du
Printemps la neige ſe fond.   *Veiller auec la plume*] Il veut dire, veiller en eſcriuant.   *Porte bon œil*] Voir de
bon œil.   *Qu'il ſoit*] Pour, Qu'il ſerue d'exemple.   *Racueil*] Acueil.   *L'auoir*] Pour le bien.   *N'arreſte*]
Pour, ne demeure à, &c.   *Porte enuie*] Pour, porte de l'enuie.   *Salel*] Il eſtoit de Quercy.   *Feu Roy*]
François I.

DISCOVRS CONTRE
FORTVNE.

A ODET DE COLLIGNY
Cardinal de Chaſtillon.

'Eſt à vous, mon ODET, à qui
ie me veux plaindre ,
Et comme en vn tableau ma for-
tune vous peindre,
A vous qui auez ſoin de mon bien, tout ainſi
Qu'vn pere tres-ſoigneux de ſon fils a ſouci:
» *Tant vaut d'vn gentil cœur la prudente*
nature,
» *Qui ne careſſe pas chacun à l'auenture,*
» *Puis dés le lendemain perd ſon affection:*
Telle inconſtance d'ame & telle paſſion
Ne vous eſt conuenable, à qui Dame Sageſſe
A conjoinct les vertus auecques la Nobleſſe.

    A vous donc ie me plains, MECENE tres-
parfait,
Du miſerable tort que Fortune me fait,
De Fortune ennemie, inconſtante & legere,
Sourde, muette, aueugle, ingrate & menſon-
gere,
Sans foy, ſans loy, ſans lieu, vagante ſans
arreſt,

A qui le vice agrée & la vertu deſplaiſt,
Meſchante pipereſſe, abominable infame,
Et digne (comme elle eſt) de l'habit d'vne
femme.
    Quand ceſte aueugle ſotte a pris vn homme
à jeu,
Dés le commencement elle ſ'en moque vn peu,
S'en joüe & ſen eſbat : puis comme variable,
En riant le trahit & en fait vne fable,
Vn populaire conte, & l'aſſied au plus haut
(Pour eſtre regardé) du tragiq' eſchafaut.
    Elle tant ſeulement volage n'importune
Les mariniers pendus aux vagues de Ne-
ptune,
Que la maudite ſoif d'amaſſer vn treſor
Aux naufrages expoſe à la ſuite de l'or,
Ny ceux que l'indigence obſcurcit par les fou-
les
Des peuples incognus qui portent les ampoules
En la main endurcie, & à coups d'aiguillons
Contraignent les taureaux de fendre les ſil-
lons:
Mais braue elle ſ'attaque aux plus hautes
perſonnes,
Elle renuerſe à bas les Roys porte-couronnes,
Et des Princes plus hauts atterre les hon-
neurs :
Elle rompt les credits, elle abat les Seigneurs,
                 Quand

Quand en moins d'vn clin d'œil son visage elle
  vire.
  Vostre noble Maison en sçauroit bien que
  dire,
Laquelle a resisté par la seule vertu,
Et plus s'est veu défaite, & plus a combatu,
Et n'a voulu souffrir que Fortune eust la gloire
D'auoir sur vostre race emporté la victoire.
  Or ce Monstre cruel hideux & plein d'ef-
  froy,
Seulement nuict & iour ne se moque de moy :
Mais comme vn grand Breton qui luitte d'ar-
  tifice
Contre vn Nain impuissant de corps & d'e-
  xercice,
M'a pressé contre terre, & m'a froissé le corps
De ses bras ennemis qui dontent les plus forts :
Aucunefois le ventre, aucunefois la gorge
Me serre tout ainsi qu'en la fumeuse forge
Des ouuriers de Vulcain la tenaille dedans
Sa maschoire de fer serre des cloux ardans,
Et ne puis eschapper de sa griffe cruelle,
Quoy que vostre beau nom à mon secours i'ap-
  pelle.
  Depuis que le Destin (Destin mauuais &
  bon)
A vous me presenta pour chanter vostre
  nom :
Ie dy bon & mauuais : car certes il me semble
Que le Destin fut bon & mauuais tout en-
  semble :
Bon, pour auoir trouué tel Seigneur comme
  vous,
Qui m'estes si benin, si gracieux, & dous,
Non maistre, mais amy, tout franc d'ingrati-
  tude,
Et qui fauorisez les Muses & l'estude,
Qui par mille moyens m'auez monstré com-
  bien
Vous me portez au cœur, & me voulez de bien :
Et mauuais, pourautant que vostre bonne
  chere
De mon ambition fut la source premiere.
  Auant qu'aller chez-vous ie viuois sans
  esmoy :
Maintenant par les bois, maintenant à par
  moy,
I'errois prés des ruisseaux, maintenant par les
  prées

I'allois, le nourrisson des neuf Muses sacrées :
Il n'y auoit rocher qui ne me fust ouuert,
Ny antre qui ne fust à mon œil découuert,
Ny source que des mains boiuant ie n'espui-
  sasse,
Ny si basse vallée où tout seul ie n'allasse.
  Phebus au crin doré son luth me presentoit,
Pan le Dieu forestier sous mes flutes sautoit,
Et auec les Syluains les gentilles Dryades
Fouloient sous mes chansons l'herbette de gam-
  bades.
  Il n'y auoit François, tant fust-il bien
  appris,
Qui n'honorast mes chants & qui n'en fust
  épris :
Car tous ceux qu'en mon art les meilleurs on
  estime
(S'ils ne portent au cœur vne enuieuse lime)
Iustes confesseront (escrire ie le puis :
Qu'indonté du trauail tout le premier ie suis
Qui de Grece ay conduit les Muses en la
  France,
Et premier mesuré leur pas à ma cadance)
Si qu'en lieu du langage & Romain & Gre-
  geois
Premier les fis parler le langage François,
Tout hardy m'opposant à la tourbe ignorante,
Tant plus elle crioit, plus elle estoit ardente
De déchirer mon nom, & plus me diffamoit,
Plus d'vn courage ardent ma vertu s'allumoit
Contre ce populaire, en dérobant les choses
Qui sont és liures Grecs antiquement encloses.
Ie fis des mots nouueaux, ie restauray les
  vieux,
Bien peu me souciant du vulgaire enuieux,
Médisant, ignorant, qui depuis a fait conte
De mes vers qu'au premier il me tournoit à
  honte :
Et alors (mon ODET) tout pur d'ambition,
Eslongné de la Cour, sans nulle affection
De paruenir aux biens, ie viuois en franchise
Sain, dispos & gaillard, bien loin de conuoi-
  tise.
  Mais depuis que vostre œil daigna tant s'a-
  baisser
Que regarder mes vers, & l'Auteur caresser,
Et que vostre bonté (qui n'a point de pareille)
Promit de m'endormir sur l'vne & l'autre
  aureille ;

Adonc l'ambition s'alluma dans mon cœur,
Credule, ie conceu la Royale grandeur,
Ie conceus Eueschez, Prieurez, Abbayes,
Soudain abandonnant les Muses, esbahyes
De me voir transformer d'vn escolier contant
En nouueau courtizan demandeur incon-
　　stant.
„ O que mal-aisément l'ambition se couure !
　　Lors i'appris le chemin d'aller souuent au
　　　　Louure,
Contre mon naturel i'appris de me trouuer
Et à vostre coucher & à vostre leuer,
A me tenir debout dessus la terre dure,
A suiure vos talons, à forcer ma nature :
Et bref en moins d'vn an ie deuins tout chãgé,
Comme si de Glaucus l'herbe i'eusse mangé,
Ou si i'eusse embrassé l'enchanteresse Alcine
Qui transforma l'Anglois en myrteuse racine.
　　Apollon qui souloit m'agréer me despleut,
Et depuis mon esprit, comme il souloit, ne peut
Se ranger à l'estude, & ma plume fertile,
Faute de l'exercer, se moisit inutile :
Si qu'en lieu d'estre seul, d'apprendre, & de
　　sçauoir,
Ie bruslay du desir d'amasser & d'auoir :
I'appris à déguiser le naïf de ma face,
Espier, escouter, aller de place en place,
„ Cherchant la mort d'autruy : miserable
　　moyen,
„ Quand par la mort d'autruy on augmente
　　son bien.
　　Et alors, à bon droit, les Muses courroußées
Dequoy ie les auois si laschement laissées,
Vindrent à la Fortune, & luy dirent ainsi :
　　O Déesse, qui tiens tout ce qui est icy
Enclos dessous la Lune, & qui seule as puis-
　　sance
Sur tout cela qui prend en la terre naissance,
Qui fais tout, qui peux tout, & qui gouuer-
　　nes tout,
Sans nul commencement, sans milieu, ny sans
　　bout,
A qui les puissans Roys doiuent leurs grand's
　　armées,
A qui les mariniers leurs galeres ramées,
A qui le laboureur son trauail annuel,
Et à qui le marchand son soin continuel;
Qui tiens dedans tes mains les Roys & les
　　Empires,

Qui en bas & en haut les broüilles & les vires
Comme tu veux, Déesse, & qui par l'Vniuers
Seule te fais nommer de mille noms diuers,
Selon que tu es dure, ou bonne, ou fauorable :
Entens nostre oraison, & nous sois secourable.
　　Nous auons longuemẽt entre nos bras chery,
Et cõme nostre enfant tres-cherement nourry
Vn RONSARD Vendomois, luy permettant
　　l'entrée
(Qu'à bien peu nous faisons) de nostre onde
　　sacrée,
Luy permettant de boire en nos diuins ruis-
　　seaux,
De toucher nostre Luth, de monter aux cou-
　　peaux
De nostre sainct Parnasse, & comme par
　　conqueste,
Porter de nos Lauriers vn chapeau sur la teste,
Et aux raïs de la Lune entre cent mille fleurs
De son pied fouler l'herbe au milieu de nos
　　Sœurs.
　　Or ce RONSARD ingrat de tant de
　　benefices
Qu'il a receus de nous, comme de ses nourrices,
Alleché des faueurs trompeuses de la Court
(Le pauure sot qu'il est) aprés les Princes
　　court,
Et nous met à mespris, nous fuit & nous dé-
　　daigne,
Ne fait plus cas de nous ny de nostre mon-
　　taigne,
Et comme furieux son Luth il a brisé
Et d'vn cœur tout chagrin nostre Chœur dé-
　　prisé,
Si bien que maintenant, refractaire il éuite
La source de Pegase, où nostre troupe habite.
　　Pource, grande Déesse, à qui Dieu met és
　　mains
Les verges pour punir les pechez des humains,
Puny cet apostat, & de playes cruelles
Montre-luy qu'il ne doit outrager les Pucelles
Filles de Jupiter, à qui cent mille autels
Fument à nostre honneur, honorez des mor-
　　tels.
Encore que tu sois pour Déesse tenuë,
Si ce n'estoit par nous, tu ne serois cognuë :
Car si nous n'escriuions à la posterité
Les diuers accidens de ta diuinité,
Tu ne serois Déesse, & ton pouuoir si ample

Sans nous n'auroit autels, sacrifices , ny Tem-
    ple.
    Pour nous recompenser , donne-nous que
      tousiours
Il voye ses desseins aller tout au rebours,
Et que iamais vn seul à son profit n'arriue:
Donne-nous que tousiours en esperance viue,
Et qu'à son MECENAS il donne tant d'en-
    nuy
Qu'à la fin il s'en fasche & s'ennuye de luy.
Là donc, grande Déesse, accomply nos deman-
    des,
Tu peux faire cela : tu fais choses plus grandes.
    A-tant se teut la Muse : & Fortune du
    clin
D'vn sourcy rabaissé, mit la priere à fin.
    Autour de ses costez ceste grande Déesse
A mille seruiteurs en vne tourbe espesse,
Qui n'attendent sinon de se voir appeller
De leur Maistresse, à fin de promptement aller
A ses commandemens, pour au Monde par-
    faire,
Comme Fortune veut, bonne ou mauuaise af-
    faire.
Là se voit le despit qui se ronge le cœur,
La pasle maladie & la foible langueur:
Là se voit mainte nef contre vn rocher cassée,
Et mainte grande armée à terre renuersée:
Là sied le déconfort qui se rompt les cheueux,
La flambante fureur, le courroux outrageux,
Le dueil , la passion , les sanglots & les larmes,
Le desespoir qui tourne encontre soy les armes,
La perte de procez, d'amis, & de parens,
Et mille autres malheurs d'effets tous differẽs.
    Bref, tous les accidens de la terre & de
    l'onde,
Et tout ce qui tourmente ou réjoüist le Monde,
Accompagnent la Fée, & d'vn spacieux tour,
Ainsi qu'Archers de corps la ceignent à l'en-
    tour.
    Là couplez pesle-mesle auecques les tristesses
Tiennent rang les-plaisirs, la joye, & les liesses,
Le credit, les faueurs, qui pendent à filets
Aux soliueaux dorez des malheureux Palais:
Des vns la soye est simple , & des autres re-
    torce,
Que ceste Royne aueugle auecques vne Force
Coupe en moins d'vn moment, & de hauts
    Empereurs

Les fait en mesme iour deuenir laboureurs,
Abaissant leurs estats par les tourbes com-
    munes.
    Là se roulent autant de sortes de fortunes
Qu'on voit d'herbe en vn pré de mille fleurs
    vestu,
Ou de sablon aux bords de l'Euripe tortu.
Or de tous les valets qu'elle auoit à la dextre,
Appella le Malheur, valet le plus adextre
Qui soit en sa maison, pour sçauoir finement
Mettre à chef de sa Royne vn prompt com-
    mandement.
    Marche, Malheur, dist-elle, & voilé d'vne
    nuë
Entre dedans Paris, à fin qu'à ta venuë
Homme ne te cognoisse, & puis de part en part
Entre dedans l'esprit du Vendomois RON-
    SARD:
Va donc, & le rencontre au matin en sa cou-
    che,
Entre dedans ses yeux, en son cœur, en sa
    bouche :
Fay-le si mal-heureux, que tout ce qu'il fera,
Songera, pensera, par tout où il ira,
Ne soit rien que malheur : va , ie te le com-
    mande,
Et pour tost m'obeïr desloge de ma bande.
    Ainsi disoit Fortune au Malheur , bien-
    heureux
De faire cõme luy quelqu'autre malheureux.
    C'estoit au poinct du iour que l'Aube re-
    tournée
Auoit du vieil Tithon la couche abandonnée,
Et ja l'oiseau cresté auoit tout à l'entour
Du logis de DAVRAT annoncé le beau iour,
Quand ce méchant Malheur entra dedans ma
    chambre,
Entra dedans mon lict, & du lict ie n'eu mem-
    bre
Où promptement n'entrast, plus viste qu'vn
    esclair
Que Iupiter enuoye en temps serein & clair.
    Ie m'habillay soudain : mais sortant de la
    porte
Ie heurtay contre l'huis du pied de telle sorte,
Que par augure tel i'auise le méchef
Qui ja me poursuiuant me pendoit sur le chef:
Par trois fois me trẽbla toute la iambe destre,
Vn liure me tomba hors de la main senestre,

Bazané me deuint tout le beau teint vermeil,
Et n'esternuay point regardant le Soleil.

Depuis ce mauuais iour, plein de soin &
d'enuie,
De trauaux courtizans ie tourmětay ma vie:
Mõ cœur, que le malheur par la doute esbrăla,
Me prometant cecy & maintenant cela.

Ie vous importunay mille fois la sepmaine,
I'importunay le R o y d'vne priere vaine,
Lequel m'a plus donné qu'esperer ie n'osé:
Mais tousiours le malheur au don s'est op-
posé:
Et plus l'auez prié, & plus Fortune a mise
Sa miserable main sur la chose promise.
Si la fausse nouuelle, ou l'aduertissement
De quelque bien arriue à la Cour faussement,
Tousiours s'addresse à moy, & la bonne nou-
uelle
Me fuit de tous costez, & iamais ne m'appelle:
Ou bien à tel Destin (mon Prelat) ie suis né,
Ou bien là haut au Ciel il est determiné
Que tousiours le bon-heur fuira la Poësie,
N'ayant pour tout son bien qu'vne Lyre
moisie,
Ou qu'vn Luth mal-en-ordre, incognu des
Seigneurs,
Sonnant par les rochers, sans biens & sans
honneurs.

Et non tant seulement le malheur ne m'of-
fence:
Ie le suis d'autre part de la fausse esperance
Bourrelle de la vie, ah ! qui le genre humain
Amuse d'vne baye, & le repaist en vain.

Quiconques a produit l'esperance feconde,
Mere des vanitez, il a produit au monde
La semence des maux (miserables bourreaux
Qui de nuict & de iour tourmentent nos cer-
ueaux.)

Pandore, tu deuois loin de la terre basse
Desfermer le couuercle à ta maudite tasse,
Au Ciel ou en Enfer, ie ne m'en souci pas,
Pourueu que ton seiour ne fust point icy bas.

Ceste meschante peste, au soir quand ie me
couche,
Se couchant prés de moy me dresse l'escarmouche,
Et mille vanitez dans le cerueau me peint,
Et ce qui n'est pas vray, vray-semblable me
feint.

Et deçà & delà m'agite & me tourmente
Sous l'espoir incertain d'vne menteuse attente.
Quelquefois ceste fausse, en me flatant, me dit,
Te veux-tu defier, R o n s a r d, de ton
credit?

Lors triste ie respons à la vaine esperance:
Du temps du Roy F r a n c o i s grand Mo-
narque de France
Ie pouuois esperer, lequel tousiours mettoit
En reserue le bien pour qui le meritoit,
Et sans le pourchasser venoit le benefice
A celuy qui faisoit à la Muse seruice.
Maintenant ie ne suis ny veneur, ny maçon
Pour acquerir du bien en si basse façon:
Et si ay fait seruice autant à ma contrée
Qu'vne vile truelle à trois crosses tymbrée:
Déloge de chez-moy, mal à gré ie reçoy,
Pour ainsi me tromper, vn tel hoste que toy.

Aucunefois (Prelat) il me prend vne enuie
(Où iamais ie ne fus) de courir l'Italie,
Et par vn long voyage effacer le soucy
Et le mauuais Destin qui me pipent icy:
Pauure sot que ie suis, qui pense qu'vn
voyage,
Tant soit-il estranger, m'arrache du courage
Le soucy encharné, qui dans mon cœur vi-
uroit,
Et dessus mon cheual en crope me suiuroit.

Ie veux aucunefois abandonner ce Monde,
Et hazarder ma vie aux fortunes de l'onde,
Pour arriuer au bord, auquel Villegaignon
Sous le Pol Antarctique a semé vostre nom:
Mais chetif que ie suis, pour courir la marine
Par vagues & par vents, la fortune maline
Ne m'abandonneroit, & le mordant esmoy
Dessus la poupe assis viendroit auecques moy.

Docte Villegaignon, tu fais vne grand'
faute
De vouloir rendre fine vne gent si peu caute,
Comme ton Amerique, où le peuple incognu
Erre innocentement tout farouche & tout nu,
D'habits tout aussi nu qu'il est nu de malice,
Qui ne cognoist les noms de vertu ny de vice,
De Senat ny de Roy; qui vit à son plaisir
Porté de l'appetit de son premier desir,
Et qui n'a dedans l'ame ainsi que nous em-
prainte
La frayeur de la Loy qui nous fait viure en
crainte,

Mais ſuiuant ſa nature eſt ſeul maiſtre de ſoy,
Soy-meſmes eſt ſa loy, ſon Senat & ſon Roy:
Qui de coutres trenchans la terre n'importune,
Laquelle comme l'air à chacun eſt commune,
Et comme l'eau d'vn fleuue, eſt commun tout
    leur bien,
Sans procez engendrer de ce mot Tien &
    Mien.
Pour ce, laiſſe-les-là : ne romps plus (ie te
    prie)
Le tranquille repos de leur premiere vie:
Laiſſe-les, ie te pri', ſi pitié te remord,
Ne les tourmente plus & t'enfuy de leur
    bord.
Las! ſi tu leur apprens à limiter la terre,
Pour agrandir leurs champs ils ſe feront la
    guerre,
Les procez auront lieu, l'amitié defaudra,
Et l'aſpre ambition tourmenter les viendra,
Comme elle fait icy nous autres pauures hom-
    mes,
Qui par trop de raiſon trop miſerables ſom-
    mes :
Ils viuent maintenant en leur âge doré.
    Or pour auoir rendu leur âge d'or ferré
En les faiſant trop fins, quand ils auront
    l'vſage
De cognoiſtre le mal, ils viendront au riuage
Où ton camp eſt aſſis, & en te maudiſſant
Iront auec le feu ta faute puniſſant,
Abominant le iour que ta voile premiere
Blanchit ſur le ſablon de leur riue eſtran-
    gere.
Pource laiſſe-les là, & n'attache à leur col
Le joug de ſeruitude, ainçois le dur licol
Qui les eſtrangleroit ſous l'audace cruelle
D'vn tyran, ou d'vn Iuge, ou d'vne loy nou-
    uelle.
    Viuez, heureuſe gent, ſans peine & ſans
    ſouci,
Viuez ioyeuſement : ie voudrois viure ainſi.
    L'Iliade des maux qui ma raiſon trauaille,
Et ceux que le malheur en ſe joüant me baille
En rompant mes deſſeins, ne m'auroit arreſté,
Et gaillard ie viurois en toute liberté.
    Mais l'extréme regret qui plus le cœur me
    preſſe,
C'eſt qu'il faut qu'à tous coups, tous les iours
    & ſans ceſſe

Ie vous ſois importun. Or comme genereux
Vous ſçauez que l'eſprit de l'homme eſt deſi-
    reux
D'acquerir de l'honneur, & ardent de ſe faire
Apparoiſtre en credit deſſus le populaire,
Populaire ignorant, groſſe maſſe de chair,
Qui a le ſentiment d'vn arbre ou d'vn rocher,
Traine à bas ſa penſée, & de peu ſe contente,
D'autant que ſon eſprit hautes choſes n'at-
    tente :
Il a le cœur glacé, & iamais ne comprend
Le plaiſir qu'on reçoit d'apparoiſtre bien
    grand.
Mais le gaillard eſprit à la hauteſſe penſe,
Et pour y paruenir il faut de l'impudence :
,, L'impudence nourrit l'honneur & les eſtats,
,, L'impudence nourrit les criars Aduocats,
,, Nourrit les Courtizans, entretient les gen-
    darmes :
,, L'impudence auiourd'huy ſont les meilleures
    armes
,, Dont on ſe puiſſe aider, meſme à celuy qui
    veut
,, Paruenir à la Cour, où la vertu ne peut
,, Pour vertu ſe monſtrer, ſi l'impudence forte
,, A l'huis des grands Seigneurs ſur ſon dos ne
    la porte.
    Mais ſur tous le Poëte eſt le plus eshonté:
Car ainſi qu'vne mouſche, apres qu'elle a gouté
Ou du miel, ou du laict, quelque choſe qu'on
    face,
Et deuſt-elle mourir, n'abandonne la place,
Ains vole opiniaſtre & reuole à l'entour,
Cour ſur coup redoublant ſon tour & ſon re-
    tour
Sur le breuuage aimé, iuſqu'à tant que gour-
    mande
Ait ſon ventre affamé remply de la viande :
Ainſi fait le Poëte, alors que le bon-heur
Luy preſente l'appaſt d'vne douce faueur,
La ſuit opiniaſtre, & comme vne ſang-ſuë
La hume iuſqu'à tant que ſa faim ſoit repuë.
    I'ay de voſtre faueur en telle ſorte vſé :
Pardonnez-moy, Prelat, i'en ay trop abuſé,
Et receuez ces vers comme venans d'vn hom-
    me
Qui réue en chaude fiéure, ou frenetique, ou
    comme
D'vn à qui la douleur fait dégorger en vain,

M M M m m   iij

Des mots, qu'il ne diroit s'il auoit le corps
  sain.
Ainsi l'affection, l'ambition & l'ire,
Mal-rassis du cerueau, me font icy ré-
  crire
Vn discours fantastique, où ie n'eusse pensé
Si mon esprit n'estoit de despit insensé.

Ce-pendant, Monseigneur, ie sens deue-
  nir moindre
En chantant le souci qui mon cœur souloit
  poindre,
Et me suis déchargé de ma griéue douleur
De vous auoir chargé d'escouter mon mal-
  heur.

MARCASSVS.

C'est à vous, mon Odet] Il se plaint de l'ingratitude de la Fortune, & vomit contre elle tout ce que le ressentiment de ses disgraces luy dicte. Cest Odet, est Odet de Colligny, qui se fit Huguenot comme ses freres l'Admiral & Dandelot. *Mecene*] Il appelle Odet, Mecene, à cause que c'estoit l'vnique support des gens de lettres, comme Mecene l'estoit du temps d'Auguste. *Vagante*] Pour, vagabonde. *Populaire conte*] On dit, la fable du peuple. *A la suitte de l'or*] C'est à dire, pour trouuer de l'or. *Atterre*] Met par terre. *Vostre maison*] Il dit cela à cause des prisons de guerre du Connestable de Montmorency son oncle & de ses deux freres par l'Espagnol, apres la bataille de Sainct Quentin, & de la disgrace du Connestable sous le declin du regne de François I. *Vulcan*] C'est le mary de Venus, forgeron des Dieux. *Syluains*] Dieux des forests, *Dryades*] Nymphes des bois. *Antiquement encloses*] Encloses depuis long temps. *Que regarder*] Pour, Que de regarder mes vers. *A suiure vos talons*] A vous suiure. *De Glaucus l'herbe*] Glauque estoit vn certain pescheur, qui fut conuerty en Dieu de la Mer, pour auoir voulu gouster d'vne herbe qui auoit donné la force aux poissons qu'il auoit peschez, de sauter du riuage dans la mer. *L'Anglois*] Astolphe. *La source*] La fontaine d'Helicon. *Filles*] Il entend les Muses. Voyez leur naissance dans l'Ode qu'il a dediée au Chancelier de l'Hospital. *Rompt*] Au lieu de, arrache. *La Fée*] La Fortune. *Euripe*] C'est vn destroit de mer, qui est entre le port d'Aulide & l'Isle d'Eubœe. *Tithon*] C'est le mary de l'Aurore. *L'oiseau cresté*] Le coq. *De Daurat*] Poëte Royal, chez qui Ronsard demeuroit. *Vile truelle*] Ie croy qu'il parle d'vn certain Architecte à qui le Roy auoit donné vne Abbaye, contre lequel on dit que le Poëte escriuit vn iour à vne des murailles du Loure, *Fort. reuerent. habé. Villegaignon*] Tels qu'ont esté de nostre temps Rasilly & Poitrincourt. *Sous le Pole*] Aux Antipodes. *Pitié te remord*] Si tu es sensible à la pitié. *Iliade*] Pour, infinité. *Apparoistre*] Pour, paroistre. *Hautes choses n'attente*] Pour dire, N'aspire à des desseins trop ambitieux. *Vne mouche)* Les anciens la tenoient pour le symbole de l'impudence. Lisez Athenée & la Comedie de Plaute qui est intitulée *Persa.*

LES ISLES FORTVNEES.

A MARC ANTOINE
DE MVRET.

PVis qu'Enyon d'vne effroyable
    trope
    Pieds contre-mont bouleuerse
    l'Europe,
La pauure Europe, & que l'horrible Mars
Le sang Chrestien espand de toutes pars,
Or' mutinant contre soy l'Allemagne,
Or' opposant à la France l'Espagne,
Joyeux de meurtre, or' le païs François
A l'Italie, & l'Escosse à l'Anglois:
Peuple chetif, qui ses forces hazarde
Contre soy-mesme, & qui sot ne prend
  garde
Que ce grand Turc bien tost ne faudra pas
De renuerser leurs puissances à bas,
Les separant comme vne Ourse cruelle
De cent Chameaux separe la querelle.

Et, qui pis est, puis que les bons esprits
Palles de faim, sans faueur & sans pris,
Aux Cours des Roys sans Mecenes frisson-
  nent,
Bien que le fruict des Muses ils moisson-
  nent,
Disgraciez comme gens vicieux.
  Puis que l'on voit tant de foudres aux
  Cieux
En temps serein, puis que tant de Cometes,
Tant de cheurons, tant d'horribles Plane-
  tes
Nous menacer: puis qu'au milieu de l'air
On voit si dru tant de flames voler,
Puis trebucher de glissades roulantes.
  Puis que l'on oit tant d'Hecates hurlan-
  tes
Toutes les nuicts remplir de longs abois
Les carrefours, les chemins & les bois,
Et de longs cris se plaindre és cimetaires,
Effarouchant les esprits solitaires:
  Parton, MVRET, allon chercher ail-
  leurs

Vn Ciel meilleur, & d'autres champs meil-
    leurs :
Laisson, MVRET, aux tigres effroyables
Et aux lions ces terres miserables :
Fuyon fuyon quelque part où nos piez
Ou nos bateaux dextrement desliez
Nous conduiront : mais auant que de met-
    tre
La voile au vent, il te faudra promettre
De ne vouloir en France reuenir
Iusques à tant qu'on voye deuenir
Le More blanc, & le François encore
Se bazanant prendre le teint d'vn More :
Et tant qu'on voye en vn mesme troupeau
Errer amis le lion & l'agneau.

    Donc si ton cœur tressaute d'vne enuie
De bien-heurer le reste de ta vie,
Croy mon conseil, & laisse seul ici
En son malheur le vulgaire endurci :
Ou si tu as quelque raison meilleure,
Sans plus tarder, à ceste heure, à ceste heure,
Dy-la, MVRET, sinon marche deuant,
Et mets premier les antennes au vent.

    Que songes-tu ? mon Dieu que de paresse
T'amuse ici ! regarde quelle presse
Dessus le bord ioyeuse nous attend
Pour la conduire, & ses bras nous estend,
Et deuers nous toute courbe s'encline,
Et de la teste en criant nous fait signe
De la passer dedans nostre bateau !

    Ie voy Thyard, Des Autels & Belleau,
Butet, Du Parc, Bellay, Dorat, & celle
Troupe de gens qui court apres Iodelle :
Icy Baïf vne troupe conduit,
Et là i'auise vn grand peuple qui suit
Nostre Maigny, & parmy la campagne
Vn escadron qui Maumont accompagne.

    Voicy Turin, la Peruse & Tagaalt,
Et Tahureau, qui ja tirent en hault
L'ancre courbee, & plantez sur la poupe,
D'vn cry naual encouragent la troupe
D'abandonner le terroir paternel,
Pour viure ailleurs en repos eternel.
Cà que i'embrasse vne si chere bande :
Or-sus, amis, puis que le vent commande
De démarer, sus, d'vn bras vigoureux
Pousson la nef à ce bord bien-heureux,
Au port heureux des Isles bien-heurees,
Que l'Ocean de ses eaux azurees,

Loin de l'Europe, & loin de ses combas
Pour nostre bande emmure de ses bras.
    Là sans naurer comme icy nostre ayeule
Du soc aigu, prodigue, toute seule,
Fera germer en ioyeuses forests
Parmy les champs les presens de Cerés :
Là sans tailler la nourrissiere plante
Du bon Denis, d'vne grimpeure lente
S'entortillant meurira ses raisins
De son bon gré sur les ormes voisins.
    Là sans mentir les arbres se iaunissent
D'autant de fruits que leurs boutons fleuris-
    sent,
Et sans faillir, en tous temps diaprez
De mille fleurs s'y peinturent les prez
Francs de la Bize, & des roches hautaines
Tousiours de laict gazoüillent les fontaines.
    Là comme icy l'auarice n'a pas
Borné les champs, ny d'vn effort de bras
Auec grand bruit les Pins on ne renuerse
Pour aller voir d'vne longue trauerse
Quelque autre monde : ains iamais décou-
    uerts
On ne les voit de leurs ombrages verts,
Par trop de chaud, ou par trop de froidure :
Iamais le loup pour quester sa pasture
Venant au soir, ne vient effaroucher
Le seur bestail à l'heure de coucher :
Ains sans pasteur, & sans qu'on luy com-
    mande,
Beslant aigu, de son bon gré demande
Que l'on l'ameille, & de luy-mesme tend
Son pis enflé qui de cresme s'estend.
Là des dragons les races escaillees
Gardant les bords des riues esmaillees
Ne font horreur à celuy qui seulet
Va par les prez ourdir vn chapelet.
    Le vent poussé dans les trompettes tortes
Ne bruit point là, ny les fieres cohortes
D'hommes armez horriblement ne font
Leurs morions craquer dessus le front.
Là les enfans n'enterrent point leurs peres,
Et là les sœurs ne lamentent leurs freres :
Et l'espousé ne s'adolore pas
De voir mourir sa femme entre ses bras :
Car leurs beaux ans entrelassez n'arriuent
A la vieillesse, ains d'âge en âge viuent,
Par la bonté de la terre & des Cieux,
Ieunes & sains comme viuent les Dieux.
                MMMmm   iiij

L'à n'aborda l'impudique *Medee*
Suiuant Iaſon, ny là n'eſt abordee
La nef de Cadme , & là d'Ulyſſe accort
L'errant troupeau ne ſauta ſur le bord.

Là venerable en vne robe blanche,
Et couronné la teſte d'vne branche
Ou de laurier, ou d'oliuier retors,
Guidant nos pas maintenant ſur les bors
Du flot ſalé, maintenant aux valees,
Et maintenant prés des eaux reculees,
Ou ſous le frais d'vn vieux cheſne branchu,
Ou ſous l'abry de quelque antre fourchu,
Diuin MVRET, *tu nous liras Catulle,*
Liras Ouide, & Properce & Tibulle,
Ou tu ioindras au cyſtre Teïen,
Auec Bacchus l'enfant Cytherien:
Ou fueilletant vn Homere plus braue,
Tu nous liras d'vne majeſté graue
Comme Venus couurit d'vne eſpeſſeur
Ià demi mort le Troyen rauiſſeur,
Quand Menelas, le plus petit Atride,
En lieu du chef eut la ſalade vuide:
Puis comme Hector deſſous vn faux har-
nois
Tua Patrocle, & comme les Gregeois
Demi-bruſlez de la Troyenne flame,
Prioient Achil' deſpit pour vne femme:
Puis comme luy nouuellement armé
D'vn fer diuin, contre Hector animé
Le fit broncher ſur ſa natiue poudre,
Comme vn Pin tombe accablé de la foudre.

A ces chanſons les cheſnes aureillez
Abaiſſeront leurs chefs émerueillez,
Et Philomele en quelque arbre égaree
N'aura ſouci du peché de Teree,
Et par les prez les eſtonnez ruiſſeaux
Pour t'imiter accoiſeront leurs eaux.

Pan le cornu, doux effroy des Dryades,
Et les Syluains amoureux des Naïades
Sçauront par cœur les accents de ta vois
Pour les apprendre aux rochers & aux bois,
Voire ſi bien qu'on n'oira qu'vn Zephyre
Parmy les fleurs tes loüanges redire.

Là, tous huilez, les vns ſur les ſablons
Iront luitant, les autres aux balons
Deſſus les prez d'vne partie égale
Courront enſemble, & iou'ront à la bale:
L'vn doucement à l'autre eſcrimera,
Outre la marque vn autre ſautera,

Ou d'vne main bruſquement balancee
Ru'ra la pierre, ou la barre eſlancee.

L'vn de ſon dard, plus que le vent ſou-
dain,
Decruchera le cheureul ou le dain:
Les vns plus gais deſſus les herbes molles,
Vireuoltans à l'entour des carolles,
Suiuront ta note, & danſans au milieu
Tu paroiſtras des eſpaules vn Dieu
Les ſurpaſſant: mais les autres plus ſages,
Dans quelque plaine, ou deſſus les riuages
Le long d'vn port des villes fonderont,
Et de leur nom ces villes nommeront.

Telles, MVRET, *telles terres diuines*
Loin des combats, loin des guerres mutines,
Loin de ſoucis, de ſoins & de remors,
Toy, toy, MVRET, *appellent à leurs bors,*
Aux bords heureux des Iſles plantureuſes,
Aux bords diuins des Iſles bien heureuſes,
Que Iupiter reſerua pour les ſiens,
Lors qu'il changea des ſiecles anciens
L'or en argent, & l'argent en la roüille
D'vn fer meurtrier qui de ſon meurtre ſoüille
La pauure Europe! Europe que les Dieux
Ne daignent plus regarder de leurs yeux,
Et que ie fuy de bon cœur ſous ta guide,
Laſchant premier aux nauires la bride,
Et de bon cœur à qui ie dis Adieu
Pour viure heureux en l'heur d'vn ſi beau
lieu.

PROSOPOPEE DE LOYS
DE RONSARD, CHEVALIER
de l'Ordre, Maiſtre d'Hoſtel
du Roy Henry II. & pere
de l'Autheur.

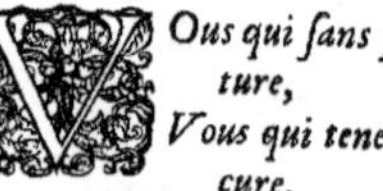

Vous qui ſans foy errez à l'auan-
ture,
Vous qui tenez la ſecte d'Epi-
cure,
Amendez-vous, pour Dieu ne croyez pas
Que l'ame meure auecque le treſpas.

La nuict haſtoit la moitié de ſa courſe,
Et mi-courbé le gardien de l'Ourſe
Viroit ſon char d'vn aſſez petit tour
Au rond du Pole, en attendant le iour:

Quand i'apperceu fur mon lict vne image
Grefle, fans os, qui l'œil & le vifage,
Le corps, la taille, & la parolle auoit
Du pere mien quand au monde il viuoit.

En me pouffant, trois fois elle me touche :
La retouchant, f'en-vola de ma couche
Loin par trois fois, & par trois fois reuint :
A la parfin, plus affreufe, me print
La gauche main, & chargeant ma poitrine
Me dit ces mots tous remplis de doctrine:

Mon cher enfant, par le congé de DIEV
Ie fais d'enhaut ma defcente en ce lieu
Pour t'enfeigner quel chemin tu dois fuiure
En cefte terre, & comme tu dois viure,
Comme tu dois plein d'ardeur & de foy
Venir vn iour au Ciel auecques moy.

Premierement, crain DIEV *fur toute*
chofe;
Aye toufiours dedans ton ame enclofe
Sa faincte Loy, & toufiours IESVS-
CHRIST
Noftre Sauueur en ton cœur foit efcrit.

Apres, mon fils, fi tu veux que DIEV
t'aime
Aime ton proche autant comme toy-mefme:
DIEV *le commande, & ne te ry de luy,*
Si par malheur luy furuient quelque ennuy.

D'vn ferment vain le nom de DIEV *ne*
iure,
Fuy tout larcin, abftien-toy de luxure,
Ne fois meurdrier, ne fois point glorieux,

Sois humble à tous, porte honneur aux plus
vieux;
En iugement, pour gain, ou pour dommage,
Ou pour rancœur, ne dy faux tefmoignage.

Ton cœur ne foit d'auarice entaché;
Ne commers point vn fcandaleux peché,
Ne fois menteur, ny plein de flaterie :
Vers l'innocent n'vfe de tromperie :
Commande-toy, & en toute faifon
Fay que tes fens feruent à la raifon.

Et par fur tout obeïs à ton Prince,
Et n'enfrain point les loix de ta Prouince :
Sois doux & fage, & ne fois auancé
De dire à tous ce que tu as penfé,
Ains temporife, & toufiours te confeille
Aux gens de bien, & leur prefte l'aureille.

Viuant ainfi tu feras bien-heureux,
Riche d'honneur, & de biens plantureux,
Et mort, ton ame en la vie eternelle
Se viendra ioindre à la mienne, & à celle
De l'Oncle tien, qui encores d'ici
Voit, comme moy, la peine & le fouci
Qui te tourmente, & fait à DIEV *priere,*
Pour ton profit, de ne t'y laiffer guiere.

Ainfi difant, ie vins pour l'embraffer,
Et par trois fois ie la voulu preffer,
La cheriffant, mais la nueufe Idole
Fraudant mes doigts, ainfi qu'vn vent f'en-
vole
Trois fois touchee, & tout émerucillé,
Au poinct du iour foudain ie m'éueillé.

M A R C A S S V S.

Puis qu'Enyon] Il exhorte Muret, grand perfonnage de fon temps, à quitter les perilleux appas de la Cour, pour aller chercher l'agreable repos de la folitude. Qu'auffi bien les Mufes font exilees de la Cour des Roys : qu'en leur place l'auarice, la tromperie, la cruauté & le mefpris du Ciel y tient le haut du paué. *Enyon*] Les anciens ont ainfi appellé vne des Furies d'Enfer. *L'Allemaigne*] A caufe des guerres de la Religion. *La France*] Pour la guerre d'alors. *A l'Italie*] Sous François I I. *L'Efcoffe*] Quand on vouloit vfurper fur l'authorité de la Royne, fœur de François de Lorraine Duc de Guife, & mere de Marie Stuard, qui fut menée en France de l'âge de quatre ans pour ce fujet. *Mecenes*] A caufe que Mecene eftoit vn fauory d'Augufte, qui fauorifoit grandement les lettres; il nomme Mecenes, ceux que le Ciel a gratifiez de cefte recognoiffance que les braues gens doiuent au merite des lettres. *Cheurons*] Il entend des Meteores, c'eft à dire, des feux qui fe font quelquesfois en l'air, qui parce que bien fouuent ils font longs, il les appelle des *Cheurons*, à l'imitation des anciens Poëtes. *Hecate*] C'eft la Déeffe effroyable, qui prefide aux carrefours, & à tous les effects que la Magie peut produire. Lifez Noël des Comtes. *Cimetaires*] On dit, cimetieres: mais il a efté contraint de mutiler le mot pour adioufter les deux rhythmes. *Solitaires*] Ceux qui demeurent dans la folitude. *L'erre* | La pifte. *Echo*] C'eft vne Nymphe dont le corps fut conuerty en voix. Elle aima paffionnément Narciffe. Lifez Ouide. *Dryades*] Nymphes des forefts. *Faunes*] Dieux des bois. *Satyres*] De mefme. *Pans*] Dieux des champs. *Napees*] De mefme que Dryades. Le nom vient du Grec de mefme que celuy des autres, & fignifie prefque la mefme chofe. *Oreades*] Déeffes des montagnes. *Déeffe* | C'eft la Renommée.

V O V S qui sens foy] Prosopopee est vne sorte de figure particuliere aux Poëtes & aux Orateurs anciens, par laquelle ils font parler les choses mortes ou qui ne peuuent point parler aux temps & aux occasions ausquelles on les fait discourir. Icy Ronsard fait parler son pere en songe sur les moyens & la creance qu'il doit tenir pour paruenir au Souuerain bien. *Epicure*] On a creu qu'Epicure & ceux de son escole ne croyoient point que l'ame des hommes fust immortelle : & parrant qu'il falloit gouster les plaisirs de la vie. Ce qui donna creance à ceste opinion, fut, que ce Philosophe croyoit que l'homme deuoit éuiter le mal & suiure le bien : n'incommoder iamais la santé de son corps, ny le repos de son ame par aucune sorte d'excez. *Le Gardien*] Les Astrologues le nomment Arctophylax, autrement, le Bouuier. *L'Ourse*] C'est l'Estoille du Pole, qui ne se plonge iamais dans la mer, mais demeure eternellement sur nostre Horison. Voyez les Metamorphoses d'Ouide, & vous en sçaurez la raison. *Proche*] Au lieu de, prochain. *Leur preste*] Prester l'aureille icy, signifie obeïr aux bons aduertissemens des Sages. *Nueuse Idole*] L'ombre. *Mes doigts*] C'est à dire, S'eschappant de mes mains & me trompant par sa vaine apparence.

LE HOVX.

A IEAN BRINON
Conseiller en Parlement.

Es vns chanteront le Fresne
Bon à la guerre, ou le Chesne
Qui fut iadis és forests
Le vieil oracle des Grecs :
Les autres l'Oliue pale,
Ou le Laurier qui s'égale,
Maugré le froid Aquilon,
Aux beaux cheueux d'Apollon :
Les autres la Palme heureuse,
Les vns la fucille amoureuse
Du Myrte, qui doit vn iour
M'eternizer pour l'amour
Que la Cyprine m'inspire :
Mais moy, sans plus ie veux dire
En ces vers, d'vn style dous
Le nouueau blason d'vn Hous :
Non de ces Hous solitaires
Batus des vents ordinaires
Sur les monts Caucaseans,
Ou sur les monts Ripheans,
Ou sur la riue Scythique :
Mais bien vn Hous domestique,
Qui pare en toute saison
Le iardin & la maison
De BRINON, qui dés enfance
Mena les Muses en France,
Et les osant deuancer,
Premier les mena dancer.

Mais en chose si petite
Il ne faut pas que i'inuite
Les Muses : à ceste fois
Vous Nymphes, l'honneur des bois,
Sans autre force plus grande

Direz ce que ie demande.
Le Hous vne Nymphe estoit,
Qui par les forests portoit
L'arc de Diane pucelle :
Et l'eut-on prise pour elle,
Sinon qu'elle n'auoit pas
Ny les brodequins si bas,
Ny semblable souquenie :
Car l'vne ondoyoit garnie
De franges d'or recamé,
Et l'autre de fil tramé :
Au reste en beauté pareilles,
Sur les espaules vermeilles
Ores son cheueu mouuant
Seruoit de ioüet au vent ;
(Aise d'empestrer ses ailes
Dedans des tresses si belles)
Ores en mille plis joint
Au costé n'empeschoit point
D'vne flotante secousse
Ny sa trompe, ny sa trousse.

Il faisoit chaud, & Phœbus
De ses rayons plus aigus
Recuisoit iusqu'à la lie
Des ondes l'humeur tarie,
Quand le Hous pour éuiter
L'ardent Chien de Iupiter,
Se cacha dedans vn antre
Où iamais le Soleil n'entre.

Deuant cet antre pendoit
Vn vieil cep, qui espandoit
Ses bras tortus iusqu'en terre
Entrelassez de lierre :
Là s'élargissoit aussi
Vn vieil coudrier racoursi
Retoffu de mille branches,
Où de leurs gorgettes franches
Les oisillons tous les iours
Deuisoient de leurs amours.

Là gemiſſoit la Tourt'relle,
Là roüoit la Colombelle :
Là Philomele vn long bruit
Menoit de iour & de nuit
Dequoy ſa ſœur outragée
N'eſtoit pas aſſez vengée :
Echon l'image des bois
Redoublant leurs belles vois.

Dedans l'antre vne fontaine
Sourdoit d'vne noire véne,
Qui trainoit ſon ruiſſelet
Par vn ſentier mouſſelet
Plein de Nymphes & de Fees
De jonc ſimplement coiffees :
Là deſſus d'vn tuffeau blanc
Nature auoit fait vn banc
Tapiſſé de creſpe mouſſe
Et de ieune herbette douce.

Deſſus ce banc ſ'aſſoyant
Le Somme à l'œil ondoyant,
Vint arrouſer la paupiere
De la Nymphe Dianiere.
De ſon poing l'arc ſ'eſcoula :
Jcy giſt ſa trouſſe, & là
Giſt ſa trompe détachee,
Et ſa treſſe deláchee
Cà & là ſ'eſparpilloit
Loin du chef qui ſommeilloit,
A ſes pieds eſtant tombee
Sa couronne recourbee.

A peine eut-elle le ſein
Et le nez de ſomme plein,
Que Pan le Dieu du bocage
Sentit l'amoureuſe rage
S'écouler iuſqu'au milieu
Du cœur : car il n'y a Dieu
Plus prompt à ſentir en l'ame
De Venus l'ardente flame :
Jmpatient de la voir,
Enſemble & de ne pouuoir
Alentir ſa rage eſmeuë,
Roidit ſa chéurine queuë,
Et plus que deuant ronflant
L'ire du nez, & enflant
Son viſage peint de meures,
Haſte les tortes alleures
De ſes ergots mi-fourchus
Entre les buiſſons branchus,
Tant qu'il fut prés de ſamie

Au fond de l'antre endormie.
Déja Pan à ſon ſouhait
Le ieu d'amours auoit fait,
Quand la Pucelle ſ'éueille
Qui honteuſement vermeille
Dreſſant le front & les yeux
Et les bras deuers les Dieux,
Fit vne priere telle
A Diane la pucelle.

Si i'ay porté quelquefois
Apres toy parmy les bois
Ton arc, ta trompe & ta leſſe,
Venge-moy, chaſte Déeſſe,
Et puny ce Dieu moqueur,
Ce bouquin, qui de ton Chœur
Fait touſiours quelque rapine :
Ou bien, ſi ie n'en ſuis digne,
Fay que ton Pere puiſſant
De ſon foudre puniſſant
Dedans les Enfers me ruë :
Ou bien dés ceſte heure muë
En quelque Monſtre nouueau
Tout cela que i'ay de beau,
Et vien ma face desfaire
Qui plaiſt quand ie ne veux plaire.

Ainſi diſant, ſ'eſleua,
Et leuee elle trouua
Que ja roidiſſoit ſa plante
En neuue racine lente,
Et ſes gréues en vn tronc,
Et l'eſcorce tout du long
Luy rampoit deſſus la hanche
Et ſur la poitrine blanche :
Elle vit ſes bras iumeaux
S'allonger en deux rameaux,
Ses doigts en branches couuertes,
Ses cheueux en fueilles vertes,
Qui de piquerons aigus
Se heriſſoient par deſſus
Tout à l'entour de ſa ſouche
De peur que Pan ne la touche.

Mais l'eſprit qui fut enclos
Dans ſa chair & dans ſes os
Auant qu'elle fuſt muée,
Ne ſe perdit en nuée,
Ains tel qu'il fut, luy reſta,
Et ſous l'arbre ſ'arreſta :
Car auec les arbres naiſſent
Touſiours des eſprits qui croiſſent

Comme l'arbre, & meurent lors
Qu'ils sentent les arbres mors.
    Quelqu'vn de ton parentage,
BRINON, dés le premier âge
Que le Hous fut transformé,
En prit vn sion ramé,
Et le planta tout sus l'heure
Au iardin de ta demeure,
Pour diuertir l'achoison
De toute estrange poison,
Qu'vn ver, ou qu'vne araignee
Y pourroit auoir trainee :
Et pour seruir aux oiseaux
De logis en ses rameaux,
Qui chez luy d'amour s'y plaignent,
Et sans haine ne dédaignent
Tousiours leur brancher dessus,
Bien qu'on en face la glus
Qui quelquefois les doit prendre,
Et serfs en cage les rendre.
    Quel Poëte diroit bien
L'heur, le profit, & le bien
Que ce Hous fait à son maistre ?
En Iuillet le garde d'estre
Dedans sa chambre hallé,
Lors que le Chien estoillé
De sa dangereuse flame
Hommes & bestes enflame.
    L'Hyuer le garde du vent,
Et qui plus est, le defend
Qu'vne voisine bauarde
Dans sa chambre ne regarde,
Qui, peut-estre, conteroit
D'auoir veu ce qu'ell' n'auroit,
Et luy feroit la jaseuse
Une farce scandaleuse.
    Croyez quand on vous dira,
Lecteurs, qu'Orphee tira
Iadis par sa voix diuine
Les chesnes & leur racine :
BRINON l'Orphé du iourd'huy
En fait bien autant que luy,
Car de sa voix toute belle,
Que Calliope en-mielle,
A ce Houx émerueillé,

Comme s'il fust aureillé,
Fait venir à sa fenestre
Pour ouïr parler son maistre :
Et peu s'en faut qu'il ne met
Dans la chambre son sommet,
Ses cheueux & ses aureilles,
Pour ouïr mille merueilles,
Et pour du tout se laisser
A son BRINON embrasser.
    Et ce faisant il égale
Les amours d'vn Palme-masle,
Qui faict amoureux nouueau,
Se pancha sur vn ruisseau,
Pour caresser d'vn grand zele
A l'autre bord sa femelle :
Et tant il courba le dos
De sa souche sur les flos
Pour l'enlasser de sa branche,
Qu'aux Pasteurs seruoit de planche.
    Or vy, Houx, d'oresnauant
Le Chef au Ciel esleuant :
Vy plus fameux par ma Lyre
Que les vieux chesnes d'Epire.
Iamais choüans ne corbeaux
Ne diffament tes rameaux,
Ny corneilles, ny choüetes,
Mais les rossignols Poëtes
Y puissent bruire tousiours
Les plaintes de leurs amours.
    Iamais foudre ne tempeste
Ne s'esclate sur ta teste,
Ny le feu tombé des mains
Des mal-auisez humains :
Mais en tout temps, de rosee
Soit ta perruque arrosee,
Et de la manne du Ciel :
Et tousiours la mouche à miel
Mesnage au creux de ta souche
Vn fruict digne de la bouche
De ton maistre bien-heureux.
    Iamais le temps rigoureux
Ne te liure à la vieillesse :
Mais, Houx, puisses-tu sans cesse
Viure en autant de renom
Que ton possesseur BRINON.

MARCASSVS.

Les vns] C'est vn perpetuel Panegyrique du Houx & du sieur de Brinon, dont nous auons parlé ailleurs. Comme les fables nous apprennent qu'il y a eu plusieurs Nymphes qui ont esté changées en arbres,
                                                                                                        nostre

noſtre Poëte feint que ce Houx-cy eſtoit vne des plus belles Nymphes de Diane, qui pour éuiter la force que le Dieu Pan luy vouloit faire, pria ſa Maiſtreſſe de la ttransformer : ce qu'elle fit & deuint Houx.   *Oracle*] Les anciens ont creu que les cheſnes de la foreſt de Dodone rendoient des Oracles.   *Cyprine*] C'eſt Venus, ainſi nommee de l'Iſle de Cypre où elle eſtoit adorée.   *Cancaſeans*] Du nom de Caucaſe, qui ſepare les Indes de l'Aſie.   *Ripheans*] En Scythie.   *Chien*] C'eſt la Canicule, ſous laquelle dominent les plus boüillans iours de l'Eſté.   *Tourt'relle*] Pour, Tourterelle.   *Sa Sœur*] Progné. Liſez Ouide.   *Mouſſelet*] Couuert de mouſſe.   *L'œil ondoyant*] C'eſt ainſi que les anciens Poëtes Latins deſcriuent le mouuement des yeux ſur le poinct que la Mort ou le ſommeil les va fermer.   *Dianiere*] De Diane.   *Chœur*] Chœur ſe prend icy pour nombre ou compagnie.   *Muée*] Pour, changée.   *Achoiſon*] Vieux mot.   *Qu'ell'*] Pour, qu'elle.   *Ialeuſe*] Licence qui ne ſeroit permiſe à tous.   *Orphée*] C'eſtoit vn excellent Chantre de Thrace, fils de l'vne des Muſes, qui ſe faiſoit ſuiure aux rochers, aux beſtes farouches & aux arbres.   *Aureillé*] Au lieu de, eut des aureilles.   *Seneſtre*] Seneſtre & maiſtre, licence de rymes.   *Palme-maſle*] Parce qu'il y a des femelles.   *D'Epire*] Epire eſt vne partie de la Grec où nous auons dit qu'eſtoit la foreſt de Dodone, qui rendoit les oracles.   *Roſſignol; Poëtes*] Parce que les Grecs l'appellent Philomele.

A P. L'ESCOT, SEIGNEVR de Clany, Aumoſnier du Roy.

Puis que DIEV ne m'a fait pour ſupporter les armes,
Et mourir tout ſanglant au milieu des alarmes
En imitant les faits de mes premiers ayeux:
Si ne veux-ie pourtant demeurer ocieux;
Ains comme ie pourray, ie veux laiſſer memoire
Que i'allay ſur Parnaſſe acquerir de la gloire,
A fin que mon renom des ſiecles non vaincu,
Rechante à mes neueux qu'autrefois i'ay veſcu
Careſſé d'Apollon & des Muſes aimées,
Que i'ay plus que ma vie en mon âge eſtimées.
Pour elles à trente ans i'auois le Chef griſon,
Maigre, palle, défait, enclos en la priſon
D'vne melancholique & rheumatique eſtude,
Renfrongné, mal-courtois, ſombre, penſif, & rude,
A fin qu'en me tuant ie peuſſe receuoir
Quelque peu de renom pour vn peu de ſçauoir.
Ie fus ſouuentesfois retanſé de mon pere
Voyant que i'aimois trop les deux filles d'Homere,
Et les enfans de ceux qui doctement ont ſceu
Enfanter en papier ce qu'ils auoient conceu :
Et me diſoit ainſi : Pauure ſot, tu t'amuſes
A courtiſer en vain Apollon & les Muſes:

Que te ſçauroit donner ce beau chantre Apollon,
Qu'vne lyre, vn archet, vne corde, vn fredon,
Qui ſe reſpand au vent ainſi qu'vne fumée,
Ou comme poudre en l'air vainement conſumée?
Que te ſçauroient donner les Muſes qui n'ont rien,
Sinon autour du Chef ie ne ſçay quel lien
De myrte, de lierre, ou d'vne amorce vaine
T'allecher tout vn iour au bord d'vne fontaine,
Ou dedans vn vieil antre, à fin d'y repoſer
Ton cerueau mal-raſſis, & béant compoſer
Des vers qui te feront, comme pleins de manie,
Appeller vn bon fol en toute compagnie?
Laiſſe ce froid meſtier qui iamais en auant
N'a pouſſé l'artizan tant y fuſt-il ſçauant :
Mais auec ſa fureur qu'il appelle diuine,
Meurt touſiours accueilly d'vne palle famine.
Homere que tu tiens ſi ſouuent en tes mains,
Qu'en ton cerueau mal-ſain comme vn Dieu tu te peins,
N'eut iamais vn liard : ſi bien que ſa vielle,
Et ſa Muſe qu'on dit qui eut la voix ſi belle,
Ne le ſceurent nourrir, & falloit que ſa faim
D'huis en huis mendiaſt le miſerable pain.
Laiſſe-moy, pauure ſot, ceſte ſcience folle :
Hante-moy les Palais, careſſe-moy Bartole,

Et d'vne voix dorée au milieu d'vn parquet
Aux deſpens d'vn pauure homme exerce ton
    caquet,
Et fumeux & ſueux , d'vne bouche ton-
    nante
Deuant vn Preſident mets-moy ta langue en
    vente :
On peut par ce moyen aux richeſſes monter,
Et ſe faire du peuple en tous lieux bonneter.
    Ou bien embraſſe-moy l'argenteuſe ſcience
Dont le ſage Hippocras eut tant d'expe-
    rience,
Grand honneur de ſon Iſle : encor' que ſon
    meſtier
Soit venu d'Apollon, il s'eſt fait heritier
Des biens & des honneurs, & à la Poëſie,
Sa ſœur, n'a rien laiſſé qu'vne Lyre moiſie.
    Ne ſois donc pareſſeux d'apprendre ce que
    peut
La Nature en nos corps , tout cela qu'elle
    veut,
Tout cela qu'elle fuit : par ſi gentille addreſſe
En ſecourant autruy on gaigne la richeſſe.
    Ou bien ſi le deſir genereux & hardy,
En t'eſchauffant le ſang, ne rend accoüardy
Ton cœur à meſpriſer les perils de la terre,
Pren les armes au poing , & va ſuiure la
    guerre,
Et d'vne belle playe en l'eſtomac ouuert,
Meurs deſſus vn rempart de poudre tout
    couuert :
Par ſi noble moyen ſouuent on deuient ri-
    che,
Car enuers les ſoldats vn bon Prince n'eſt
    chiche.
    Ainſi en me tançant mon pere me diſoit.
Ou fuſt quand le Soleil hors de l'eau con-
    duiſoit
Ses courſiers gallopans par la penible trette,
Ou fuſt quand vers le ſoir il plongeoit ſa
    charette ;
Fuſt la nuict, quand la Lune auec ſes noirs
    cheuaux,
Creuſe & pleine reprend l'erre de ſes tra-
    uaux.
    » O qu'il eſt mal-aiſé de forcer la nature !
» Touſiours quelque Genie, ou l'influence dure
» D'vn Aſtre nous inuite à ſuiure maugré
    tous

» Le Deſtin qu'en naiſſant il verſa deſſur
    nous.
    Pour menace ou priere , ou courtoiſe re-
    queſte
Que mon pere me fiſt, il ne ſceut de ma teſte
Oſter la Poëſie ; & plus il me tançoit,
Plus à faire des vers la fureur me pouſſoit.
    Ie n'auois pas douze ans , qu'au profond
    des vallées,
Dans les hautes foreſts des hommes reculées,
Dans les antres ſecrets de frayeur tout cou-
    uers,
Sans auoir ſoin de rien ie compoſois des vers :
Echo me reſpondoit & les ſimples Dryades,
Faunes, Satyres, Pans, Napées, Oreades,
Egipans qui portoient des cornes ſur le front,
Et qui ballant ſautoient comme les chéures
    font,
Et le gentil troupeau des fantaſtiques Fées
Autour de moy danſoient à cottes degra-
    fées.
    Ie fu premierement curieux du Latin :
Mais voyant par effect que mon cruel Deſtin
Ne m'auoit dextrement pour le Latin fait
    naiſtre,
Ie me fey tout François, aimant certes mieux
    eſtre
En ma langue ou ſecond, ou le tiers, ou premier,
Que d'eſtre ſans honneur à Rome le dernier.
    Donc ſuiuant ma nature aux Muſes in-
    clinée,
Sans contraindre ou forcer ma propre deſtinée,
I'enrichy noſtre France , & pris en gré d'a-
    uoir,
En ſeruant mon païs , plus d'honneur que
    d'auoir.
    Toy, L'Escot, dont le nom iuſques aux
    Aſtres vole,
As pareil naturel : car eſtant à l'eſcole,
On ne peut le Deſtin de ton eſprit forcer
Que touſiours auec l'encre on ne te viſt tracer
Quelque belle peinture, & ja fait Geomettre,
Angles, lignes & poincts ſur vne carte mettre :
Puis arriuant ton âge au terme de vingt ans,
Tes eſprits courageux ne furent pas contens
Sans doctement conioindre auecques la Pein-
    ture
L'art de Mathematique & de l'Archite-
    cture,

Où tu es tellement auec honneur monté,
Que le siecle ancien est par toy surmonté.
  Car bien que tu sois noble & de mœurs &
    de race,
Bien que dés le berceau l'abondance te face,
Sans en chercher ailleurs, riche en bien tem-
    porel,
Si as-tu franchement suiui ton naturel;
Et tes premiers Regens n'ont iamais peu dis-
    traire
Ton cœur de ton instinct pour suiure le con-
    traire.
  On a beau d'vne perche appuyer les grands
    bras
D'vn arbre qui se plie, il tend tousiours en bas:
La nature ne veut en rien estre forcee,
Mais suiure le Destin duquel elle est puossee.
  Iadis le Roy FRANCOIS, des Lettres
    amateur,
De ton diuin esprit premier admirateur,
T'aima par dessus tous : ce ne fut en son âge
Peu d'honneur d'estre aimé d'vn si grand per-
    sonnage,
Qui soudain cognoissoit le vice & la vertu,
Quelque déguisement dont l'homme fust vestu.
  HENRY, qui apres luy tint le Sceptre de
    France,
Ayant de ta valeur parfaite cognoissance,
Honora ton sçauoir, si bien que ce grand Roy

Ne vouloit escouter vn autre homme que toy,
Soit disnant & soupant , & te donna la
    charge
De son Louure enrichy d'edifice plus large,
Ouurage somptueux, à fin d'estre montré
Vn Roy tres-magnifique en t'ayant rencôtré.
  Il me souuient vn iour que ce PRINCE
    à la table
Parlant de ta vertu, comme chose admirable,
Disoit que tu auois de toy-mesmes appris,
Et que sur tous aussi tu emportois le pris:
Comme a fait mon RONSARD, qui à la
    Poësie,
Maugré tous ses parens a mis sa fantaisie.
Et pour cela tu fis engrauer sur le haut
Du Louure vne Déesse, à qui iamais ne faut
Le vent, à iouë enflee, au creux d'vne trom-
    pette,
Et la monstras au Roy, disant qu'elle estoit
    faite
Exprés pour figurer la force de mes vers,
Qui comme vent portoient son nom par l'Vn-
    iuers.
  Or ce bon PRINCE est mort, & pour faire
    cognoistre
Que nous auons seruy tous deux vn si grand
    maistre,
Ie te donne ces vers, pour eternelle foy
Que la seule vertu m'accompagna de toy.

MARCASSVS.

Puis que Dieu ne m'a fait] Il monstre comme la condition de ceux qui se meslent de la Poësie est miserable. Ceste piece est dediee, comme l'on voit, au sieur l'Escot de Clany, qui est celuy qui a fait le dessein
du pauillon du Louure. *Filles*] Il entend l'Iliade & l'Odyssee. *Comme poudre*] Au lieu de, la poudre.
Hippocras] Pour, Hippocrate Prince des Medecins. *Son Isle*] Il estoit de l'Isle de Coë. *D'Apollon*]
A cause d'Esculape son fils. *L'erre*] Pour, le train. *Echo*] C'est ceste Nymphe dont il ne demeura
que la voix qui se plaint par tout de l'ingratitude de son amant. *Dryades*] Nymphes des bois. *Faunes*]
Dieux des bois. *Satyres*] De mesme. *Pans*] Dieux des champs. *Oreades*] Deesses des monts. *Napees*]
C'est de mesme que Dryades. *Egipans*] Les Pans sont ainsi nommez à cause de la moitié du corps qu'ils
tiennent de la cheure. *Déesse*] Il entend la Renommée.

A ODET DE COLLIGNY
Cardinal de Chastillon.

'Homme ne peut sçauoir s'il est
    parfaitement
Aimé des siens ou non, quand il
    est hautement
Assis dessus la rouë, & quand dame Fortune
Le souleue aux honneurs d'vne main non
    commune :

Car autour du bon-heur pesle-mesle sont mis
Aussi bien les flateurs que les certains amis,
Qui font semblable mine, & prompts à tout
    office
Pressent les grands Seigneurs à leur faire ser-
    uice
D'vne pareille ardeur, sinon que le moqueur
Presse plus que celuy qui aime de bon cœur.
  Si quelque grand Seigneur quelque chose
    commande,
Si bonnet ou chappeau, ou son coche demande.

NNNnn   ij

S'il veut aller dehors, ou parler à quelqu'vn,
S'il faut l'accompagner, le flateur importun
Est toufiours le premier, & plein de diligence
Deuant les vrais amis sans vergongne s'a-
uance,
Courant,suant,preffant, à fin de mieux vser
Du Seigneur dont il veut du credit abuser.

　Si ce pipeur rusé se trouue en compaignie,
Ses propos sont dorez, sa parole est garnie
De loüanges,d'honneurs, à tous propos loüant
Le seigneur courtizé dont il se va ioüant,
Et dit à haute voix : O mon Dieu, que ie
nomme
Heureux le seruiteur auoüé d'vn tel homme !
O le gentil seigneur ! iamais l'œil du Soleil
(Ce dira le flateur) ne voirra son pareil.
　　Mais quand la roüe tourne & l'aueugle
Déesse
Le fait tomber en bas, la tourbe flateresse,
Qui ne suit que le bien,au grãd galop s'enfuit.
Ainsi qu'vne putain, quand elle voit destruit
Le ribaut qu'elle aimoit,plus amy ne l'appelle,
Le laisse en la prison & fait amour nouuelle:
Ainsi font les flateurs, qui arrachent alors
Le masque de leur face & suiuent les plus
forts,
Traistres & desloyaux, desdaignans la per-
sonne
Qu'ils adoroient naguiere en la fortune bõne.
　　Et non tant seulement ils s'en reculent loin
Ainsi que d'vn aspic, de peur d'en auoir soin,
Mais comme mal-heureux en tous lieux le
mesprisent,
L'appellant vn coyon,& de son nom mesdisent.
Permettez,mon ODET, de parler librement
A vous qui n'aimez point les flateurs nullemẽt:
Voyez-vous la plus-part de ceux qui vous
talonnent,
Qui matin & qui soir vos costez enuironnent
En allant au Chasteau? si le Roy par courrous
Vous commandoit vn iour vous retirer chez
vous,
Ou si quelque enuieux, ou si Fortune aduerse
Vous dõnoit en passant le heurt d'vne trauerse,
S'ils pensoient que vostre oncle, & vostre
frere aussi,
Captifs (ô creue-cœur !) ne reuinssent icy
Heureux comme deuant : ceste importune
bande

De corbeaux affamez ne seroit plus si grande:
Et de cent ou deux cens qui vous suiuent par
fois,
Le nombre deuiendroit ou à deux ou à trois,
Nombre bon,mais petit, plaignant vostre for-
tune,
Et portant cõme vous vne douleur commune.
" Car le parfait ami qui aime de bon cœur,
" Aime au temps du mal-heur & au temps
du bon-heur.
" Tout cela qui depend de nostre vie humaine,
" De nature s'engage au soin & à la peine,
" Au change & au rechange, & n'a rien tant
certain
" Qui ne soit esbranlé du soir au lendemain.
　　Comme vn arbre planté sur les monts so-
litaires,
Battu diuersement de deux vents tout con-
traires,
L'vn le souffle deçà, & l'autre de rechef
Le resouffle delà ; les fueilles de son chef
Volent de tous costez, qui iusqu'en terre on-
doye :
Caché dessous vn roc le Pasteur sen effroye.
　　Ou comme on voit les bleds espessement
plantez,
Branler au mois de May leurs tuyaux éuen-
tez,
Deçà delà pliez sous le vent de Zephyre,
Ou sous l'Astre moiteux : l'vn à gauche les
vire,
L'autre les souffle à dextre, & poussez en
auant
Et poussez en arriere obeissent au vent :
Ou comme vn tourbillon qui chassé du ton-
nerre
Premier en limaçon vient baloyer la terre,
Puis venteux & poudreux s'eslance dans la
mer,
Et fait l'vn dessus l'autre horriblement armer
Les flots qui maintenant aux estoiles s'égalent,
Maintenant iusqu'au fond de l'arene deua-
lent,
Auecques vn grand bruit pesle-mesle fuyans,
Bossez,voutez,courbez, escumãs & bruyans:
L'vn se voûte deuant, l'autre se courbe ar-
riere,
L'autre roule à costé: presque en telle maniere
" S'esbranle nostre vie & rien n'est en ce lieu

,, *Ferme finon l'amour que nous portons à*
DIEV,
,, *Lequel eft plus certain que n'eft pas l'alliance*
,, *Des grands feigneurs mondains tout pleins*
de défiance.
On dit que Iupiter deuant le fueil de l'huis
De l'Olympe là haut a fait mettre deux muis,
L'vn tout comblé de biens, l'autre de maux: fa
deftre
Verfe le mal au Monde & le bien la feneftre:
Monftrant que pour vn bien il donne doubles
maux,
Et pour vn feul plaifir cinq cens mille tra-
uaux.
Mais ainfi qu'vn rocher oppofe au vent fa
tefte,
Et fes pieds endurcis aux flots de la tempefte,
Il faut contre fortune oppofer la vertu,
Et plus auoir bon cœur tans plus on eft batu.
Mais ainfi que Milon ne trouuoit point la
charge
Pefante d'vn grand bœuf fur fon efpaule
large,
Pour auoir dés enfance appris à le porter:
Ainfi le faix mondain vous eft à fupporter
Honorable & leger, pour auoir dés enfance
Accouftumé l'efpaule aux chofes d'impor-
tance,
Mais mal-aifé pour moy qui fuy parmy les
bois
Les Nymphes qui n'ont rien que le luth & la
vois.
,, *O bien-heureux celuy qui peut vfer fon âge*
,, *En repos, labourant fon petit heritage!*
,, *Qui loin de fes enfans charitable ne part,*
,, *Qu'vne mefme maifon a veu ieune & vieil-*
lart:
,, *Et qui par les moiffons au Printemps re-*
tournées,
,, *Et non pas par les Rois, va contant les an-*
nées:
,, *Qui fe fouftient les bras d'vn bafton ap-*
puyez,
,, *Parmy les champs où ieune alloit à quatre*
piez:
,, *Qui voit les grands forefts qu'il plantoit*
en icuneffe
,, *D'vn mefme âge que luy paruenir à vieil-*
leffe:

,, *Et qui loin de la ville & d'horologe a mis*
,, *Vn cadran naturel à l'effueil de fon huis!*
,, *Luy tout deuocieux enuers les Dieux ap-*
prefte
,, *Toufiours vn chappelet pour mettre fur leur*
tefte,
,, *Fait honneur à Cerés, à Palés, & à Pan,*
,, *A Bacchus, au Soleil, qui nous rameine l'an,*
,, *Aux Lares de fon toict, aux Faunes &*
aux Fées:
,, *Il dort au bruit de l'eau qui court parmy les*
prées,
,, *Aimant mieux les ouïr qu'vn bruit d'vn*
tabourin,
,, *Ou le mugiffement d'vn orage marin.*
,, *Heureux doncques heureux qui de fon toict*
ne bouge,
,, *Qui ne voit le Senat veftu de robe rouge,*
,, *Ny le Palais criard, les Princes ny le Roy,*
,, *Ny fa trompeufe Cour qui ne tient point de*
foy.
,, *Si dés le poinct du iour quelqu'vn ne le faluë,*
,, *S'il n'eft comme vn grand Prince honoré par*
la ruë,
,, *Si le velours, la foye, & le rouge chapeau*
,, *Ne luy flamboye au chef, fi allant au Cha-*
fteau
,, *Vne fuite de gens fa trace ne talonne;*
,, *Il vit heureufement, & la terre trefbonne*
,, *Mere égale de tous ne laiffe pas pourtant*
,, *A luy donner les biens dont il fe tient contát.*
,, *Il vit loin de la guerre & des querelles feintes*
,, *Dont ces grands Courtizans ont les ames at-*
teintes,
,, *Bruflant à petit feu fans intermiffion,*
,, *D'vne fecrette enuie & d'vne ambition,*
,, *Pour auoir feulement ce mefchant honneur*
d'eftre
,, *Les premiers en credit, & gouuerner leur*
maiftre:
,, *Miferables valets, vendant leur liberté*
,, *Pour vn petit d'honneur feruement acheté!*
,, *Quoy? faut-il pas mourir? Bien que l'hom-*
me fe face
,, *Riche en trefor mondain & tous ceux de fa*
race,
,, *Si mourra-il pourtant, & ne fera cognu*
,, *Non plus qu'vn crocheteur lequel eft mors*
tout nu.

N N N n n iij

1254

Or aille qui voudra mendier à grand'
   peine
D'vn Prince ou d'vn grand Roy la faueur in-
   certaine :
Quant à moy i'aime mieux ne manger que
   du pain
Et boire d'vn ruisseau puisé dedans la main,
Sauter, ou m'endormir sur la belle verdure,
Ou composer des vers prés d'vne eau qui mur-
   mure,
Voir les Muses baller dans vn antre de nuit,
Ouïr au soir bien tard pesle-mesle le bruit
Des bœufs & des aigneaux qui reuiennent
   de paistre :
Et bref i'ayme trop mieux ceste vie cham-
   pestre,
Semer, enter, planter, franc d'vsure & d'es-
   moy,

Que me vendre moy-mesme au seruice du
   Roy.
Ainsi vesquit jadis Saturne le bon-hom-
   me,
Et le Pasteur Romule autour des murs de
   Rome,
Le berger Adonis, & celuy qui iugea
Des Déesses la noise, & qui depuis changea
En rame sa houlette, & par les eaux salées
Alla rauir Helene és terres Amyclées,
Ayant si fort les sens par telle amour trahis,
Qu'en fin il se perdit, son pere & son païs.
Comme ces trois premiers ie suis content de
   viure,
Pourueu que ie viuote en fueilletant vn liure,
Sans auoir soin des biens, des Roys, & de la
   Cour :
Aussi bien nostre vie a le terme trop court.

MARCASSVS.

L'homme] Il monstre la mal-heureuse condition des Grands, qui pensent que ce soit pour leurs merites qu'on leur face la Cour, tandis que l'on court apres leur fortune. Apres cela il se iette sur les loüanges de la vie rusti-que, qu'il monstre estre aussi pleine de bon-heur que d'innocence. *si bonnet*] S'il demande son bonnet, son coche ou son chapeau. *Ribaut*] Nous auons parlé d'autresfois de ce mot. *Milon*] C'estoit vn puissant bour-geois de Crotone, qu'on dit auoir porté vn stade loing vn bœuf, puis apres l'auoir tué d'vn coup de poing, & finalement mangé en vn repas. Si cela est vray, ie m'en rapporte à ceux qui examinent les contes de plus pres que moy qui les prens comme on me les baille. *O bien-heureux*] Presque tout ce qui suit est traduction d'vne Ode d'Horace & de Virgile, lesquels ont loüé la vie rustique. *Cerés*] Déesse des bleds. *Palés*] Des champs, principalement du bestail. *Pan*] Des champs. *Bacchus*] Du vin. *Lares*] Ce sont les Dieux domestiques, ain-si appellez par les Latins. *Tout*] La partie se prend pour le tout. *Ruisseau puisé*] Pour l'eau du ruisseau : meto-nymie. *Adonis*] Prince de Grece, que Venus aima. *Qui iugea*] C'est Pâris, fils de Priam. *Rame*] Pâris fut berger : & du depuis ayant esté recognu fils de Priam, il fit vn voyage en Grece, durant lequel faisant voile en pleine mer, il tira l'auiron à son tour comme ses compagnons. Les anciens Heros, comme on voit dans Ho-mere, ne se desdaignoient de tirer la rame à leur tour, comme on lit des Argonautes.

A CHRISTOPHLE DE CHOISEVL.

En la loüange de BELLEAV.

On, ie ne me deuls pas qu'vne telle
   abondance
D'Escriuains auiourd'huy four-
   mille en nostre France ;
Mais, CHOISEVL, ie me deuls que tous
   n'escriuent bien,
Sans gaster ainsi l'encre & le papier pour
   rien,
Poussez plus d'vne ardeur que polis de do-
   ctrine,
Le plus certain rempart de l'humaine poitrine.

Du regne de HENRY deux ou trois seule-
   ment
Apparurent au iour, qui chantans douce-
   ment
Firent d'vn ton hardy entre les nostres bruire
Maintenant la guiterne, & maintenant la
   lyre,
Et maintenant le luth, & oserent la main
Mettre sur l'instrument que Pallas fit d'ai-
   rain.
Incontinent apres vne tourbe incognuë
De nouueaux escriuains pesle-mesle est ve-
   nuë
Se ruer sans esgard, qui ont demy-gasté
Celà que les premiers auoient si bien chanté ;
Chetifs ! qui ne sçauoient que nostre Poësie
Est vn don qui ne tombe en toute fantaisie :

Vn don venant de DIEV, *que par force on*
ne peut
Acquerir, si le Ciel de grace ne le veut.
  Mais ainsi que la terre a la semence en-
close
Des bleds vn an entier,& l'autre an se repose
Oisiue sans produire,ou bien s'elle produit,
Ce ne sont que chardons & que ronces sans
fruit,
Attendant que l'autre an pour conceuoir re-
uienne,
A fin d'estre plus grasse & plus Cererienne:
Ainsi la France mere a produit pour vn temps
Comme vne terre grasse vne moisson d'enfans
Gentils, doctes, bien-naiz, puis ell' s'est re-
posee,
Lasse,ne se trouuant à porter disposee
Bon fruit comme deuant, ains ronces & buis-
sons
En lieu du premier fruict de ses riches mois-
sons :
Maintenant à son tour fertile elle commence
A s'enfler tout le sein d'vne belle semence,
Et ne veut plus souffrir que son gueret oiseux
De chardons se herisse & de halliers ronceux,
Te conceuant, BELLEAV, *qui vins en la*
brigade
Des bons, pour accomplir la septiesme Pleïa-
de :
Qui as (comme bien-né) ton naturel suiui,
Et que les Muses ont naïuement raui
Aux contemplations de leurs sciences belles,
Te faisant enfanter choses toutes nouuelles,
Sans imiter que toy, & la gentille erreur
Qui t'allume l'esprit d'vne docte fureur,
Ne faisant cas de ceux qui en mesme lan-
gage
Ensuiuent les premiers par faute de courage,
Et faute de n'oser aller boire de l'eau
Sur le mont d'Helicon par vn sentier nou-
ueau.
  Or auant que vouloir te publier au Monde,
Tu as daigné tenter d'exprimer la faconde
Des Grecs en nostre langue, & as pour ton
patron
Choisi le doux archet du vieil Anacreon,
Qui monstre comme il faut d'vne parolle douce
Plaindre nos passions, lors que Venus nous
pousse

Sa fleche dans le cœur : comme il faut souspirer,
Comme il faut esperer & se desesperer :
Comme il faut adiouster la lyre chanteresse
Et le pere Bacchus à Cypris la Déesse :
Comme il faut s'esgayer ce-pendant qu'A-
tropos
Nous permet les plaisirs d'vn amoureux repos :
Et comme il faut qu'on danse , & comme il
faut qu'on saute,
Non pas d'vn vers enflé plein d'arrogance
haute,
Obscur, masqué, broüillé d'vn tas d'inuentions
Qui font peur aux lisans,mais par descriptions
Douces, & doucement coulantes d'vn doux
style,
Propres au naturel de Venus la gentile
Et de son fils Amour, qui ne prend à plaisir
Qu'on luy aille vn sujet estrangement choisir,
Que luy-mesme n'entend,bien que Dieu, &
qu'il sçaiche
Toutes les passions que peut causer sa fleche.
  Mais loüe qui voudra les replis recourbez
Des torrens de Pindare à nos yeux dérobez,
Obscurs, rudes , fascheux , & ses chansons co-
gnues
Que ie ne sçay comment par songes & par
nues,
Que le peuple n'entend : le doux Anacreon
Me plaist, & ie voudrois que la douce Sap-
phon,
Qui si bien réueilloit la lyre Lesbienne,
En France accompagnast la Muse Teïenne !
Mon BELLEAV, *si cela par souhait auoit*
lieu,
Je ne voudrois pas estre au Ciel vn demi-
Dieu,
Pour lire dessous l'ombre vn si mignard ou-
urage,
Qui comme nous souspire vn amoureux dom-
mage,
Vne plaisante peine, vne belle langueur
Qu'Amour pour son plaisir nous graue dans
le cœur.
Encore ie voudrois que le doux Simonide,
(Pourueu qu'il ne pleurast) Alcman,& Bac-
chylide,
Alcée & Stesichore , & ces neuf Chantres
Grecs
Fussent ressuscitez : nous les lirions exprés

Pour choisir leurs beaux vers pleins de douces
paroles,
Et les graues seroient pour les maistres d'esco-
les,
A fin d'espouuanter les simples escoliers
Au bruit de leurs gros vers furieux & guer-
riers.
Mais Dieu ne le veut pas, qui couure sous la
terre
Tant de liures perdus, naufrages de la guerre,
Tant d'arts laborieux & tant de gestes beaux
Qui sont ores sans nom, les hostes des tom-
beaux:
Puis nous faut-il douter, que tout çà bas ne
meure
Puis que de tant d'esprits le labeur ne demeure?

Mais quoy? du demeurant qu'il nous en
est resté
Le plus doux (à mon gré) t'est icy presenté,
Mon CHOISEVL, *mon demy, par ton*
BELLEAV, *qui ores*
Te le donne & le voüe, & le consacre encores:
Et ce faisant, CHOISEVL, *ie te puis as-*
seurer
Qu'il te donne beaucoup, car cecy peut durer
Ferme contre le temps, & la richesse humaine
Ondoyante s'enfuit comme le temps l'em-
meine
Errant puis çà puis là, sans arrest ny sejour:
Et ce present mettra ton beau renom au iour
Sans iamais s'effacer pour reuiure par gloire
Autant qu'Anacreon a vescu par memoire.

MARCASSVS.

Non, ie ne me deuls pas] Il vante le present que Belleau auoit fait à Choiseul : Il luy auoit donné la version d'Anacreon que nostre Poëte prefere à l'obscurité de Pindare & des autres, dont à peine peut-on comprendre les extrauagances.   *Henry*] Henry II.   *Guiterne*] Pour, guiterre.   *Ell' s'est*] Pour, elle s'est. Nostre siecle ne souffriroit point que l'on mutilast ainsi les mots.   *Ronceux*] C'est vn mot fait à plaisir, pour dire, tout couuert de ronces.   *Pleiades*] Les sept Poëtes qui se trouuoient du temps de Ronsard, eurent ce nom, & les nomma-t'on la Pleiade. Pleiades sont certaines estoiles qui sont au nombre de sept, dont la venuë nous cause tousiours de la pluye.   *Cererienne*] A cause que Cerés preside à la fertilité de la terre.   *Atropos*] C'est vne des Parques qui tiennent nostre vie entre leurs mains.   *Saiche*] Pour, sache. Il a corrompu le mot à cause de la rhythme.   *Anacreon*] Poëte Grec cogneu de tout le Monde.   *Sapphon*] C'estoit vne Dame de l'Isle de Samos, dont l'esprit estoit excellent, & qui faisoit grandement bien en vers.   *Simonide, Alcman, Bacchylide, Alcee, Stesichore*] Poëtes Grecs.

EXHORTATION AV
Camp du Roy Henry II.

L'*Heure que vous auez si long-*
temps attenduë,
Maintenant (ô Soldats) en vos
mains s'est renduë:
Il ne faut plus courir pour voir les ennemis,
Aupres de vostre camp leurs tentes ils ont mis,
Si bien qu'on voit ensemble en la mesme cam-
pagne
Et les forces de France, & les forces d'Espa-
gne
S'appeller au combat, & attendre des Cieux
Lequel d'vn si beau camp sera victorieux.
   DIEV *qui tient maintenant le party de*
la France,
Du soldat ennemy punira l'arrogance,
Et r'enuoyra sur luy le malheureux destin

Qui défit nostre armée aux murs de Sainct
Quentin.
Assez luy suffisoit d'auoir perdu la ville
De Guines, de Calais, Hammes, & Thion-
uille,
Sans vouloir derechef retomber en vos mains
Pour estre à la mercy de nos Princes LOR-
RAINS,
Ainçois de nostre ROY, *qui luy mesme en*
personne
Veut les armes au poing defendre sa Cou-
ronne.
   Vous, Princes & Seigneurs, monstrez-vous
diligens
A ranger bien en ordre & vous & tous vos
gens;
Que la noble vertu de vostre race antique
Ne soit point démentie en cet honeur bellique:
Mais comme demi-Dieux & les premiers du
Sang,

En défiant la Mort, tenez le premier rang,
Et par voſtre vertu (qu'on ne ſçauroit ab-
batre)
Monſtrez à vos ſoldats le chemin de côbatre.
    Vous Gendarmes, ſerrez la cuiſſe à vos
        arſons,
Briſez-moy voſtre lance en cent mille trôſons,
Prenez le coutelas, & la peſante mace,
Et de vos ennemis pauez toute la place :
L'ongle de vos rouſſins marche ſur les mon-
ceaux
Des ennemis occis, dont les larges ruiſſeaux
De ſang puiſſé engraiſſer la plaine fromen-
teuſe,
Pour n'eſtre au laboureur ſterile ny menteuſe.
    Sus donc pouſſez, preſſez, & de vos gros
        plaſtrons,
Bardes, cuiraſſe, armets, forcez les eſcadrons
Des ſoldats oppoſez, qui vous faiſant ou-
trage,
De vos premiers ayeux occupent l'heritage :
Car Flandres, & Holande, & Brabant, &
Artois,
Iadu obeiſſoient aux Sceptres de nos Rois.
Et vous ieunes Soldats, à qui la barbe encore
D'vn petit poil doré tout le menton decore,
Serrez-vous en bon ordre, & chacun en ſon
cœur
S'enflame de combatre, & de mourir vain-
queur.
    Mourez donc en la guerre, ou bien ſi de
        fortune
Vous eſchappez la mort à tout homme com-
mune,
Au moins dans l'eſtomac au logis rapportez
Vne playe honorable : ainſi reconfortez
Vos Peres qui ſeront ſautelans d'allegreſſe
Voyant dans l'eſtomac peinte voſtre proüeſſe.
    Sus donc branlez la pique au ſon du ta-
        bourin,
Maugré les ennemis baignez-vous dans le
        Rhin,
Et en vos morions puiſez l'eau pour en boire,
Comme ſi c'eſtoit l'eau de Garonne ou de
        Loire.
    Vous Allemans auſſi, qui de loin eſtrangers
Venez pour ſecourir la France en ſes dangers,
Bandez vos piſtolets, & faites apparaiſtre
Que de voſtre pays eſt iſſu noſtre anceſtre.

Et vous nobles François, monſtrez-vous
        gens de bien
Vers le ROY qui iamais ne vous refuſa rien,
Soit offices, ou dons, ou amendes, ou graces,
Qui par force ne prêd vos terres ny vos places,
Comme vn cruel Tyran, & puis dans voſtre
        lit
Iamais ny voſtre fille ou femme ne rauit :
Qui ne vous fait mourir par fraude ou par
        colere,
Mais comme vn Roy Chreſtien eſt doux &
        debonnaire,
Et comme ſon enfant duquel il a ſouci,
Vray pere, aime ſon peuple & ſa Nobleſſe auſſi.
    Là donc, qu'opiniaſtre en ſa place on ſ'ar-
        reſte,
Tenez pied contre pied, & teſte contre teſte,
Bouclier contre bouclier, & pour nous ſecourir
Marchez teſte baiſſie, & deuſſiez-vous
        mourir :
Mordez pluſtoſt la terre en mourant, que
        de faire
Place à voſtre ennemy : non, laiſſez-vous
        desfaire
Pluſtoſt de mille morts que reculer vn pas.
    Nobles enfans de Mars, vous ne comba-
        tez pas
Pour le prix d'vn tournoy, pour vne choſe vile :
Vous combatez pour vous & pour voſtre
        famille,
Pour garder vos maiſons & vos peres ja
        vieux,
Qui prians Dieu pour vous tiennent les mains
        aux Cieux.
    Si vainqueurs vous gaignez par armes la
        Iournée,
Vous voirrez des François la gloire retournée
Que Sainct Quentin perdit, & en toutes ſai-
        ſons
Deſormais vous ſerez ſans crainte en vos
        maiſons :
Mais ſi vous la perdez par faute de courage,
Vous mettez voſtre gloire & la France en
        ſeruage,
Et perdrez en vn iour l'honneur qu'auoient
        conquis
En mille ans vos ayeux. Donques ſils l'ont
        acquis
Aux deſpens de leur ſang, il faut auoir enuie

De le garder de mesme aux despens de la vie:
Car apres vostre mort ces bons peres vieillars
Se moqueroient de vous d'auoir esté coüars.
» Courage donc, amis, c'est vne saincte guerre
» De mourir pour son Prince & defendre sa
    terre,
» De garder sa maison, sa femme & ses en-
    fans,
Par vn petit de sang qui surmonte les ans,
Et de morts vous rend vifs : ne craignez de
    respandre
La vie qu'on ne peut en plus beau lieu despen-
    dre
Que lors qu'on la respand pour sa terre & pour
    soy,
Au milieu des combats deuant les yeux du
    Roy.
Ne craignez de mourir en gaignant la vi-
    ctoire :
La mort de vostre los ne perdra la memoire.
Nostre ROY *qui vous aime, y a si bien*
    pourueu,
Que vostre beau renom à iamais sera leu
Et releu dãs mes vers, auquel ce noble Prince
A commis les honneurs de toute sa prouince,
Pour loüer les vaillans qui le meritent bien,

Et blasmer les coüars qui ne meritent rien.
    Sus donques que chacun à son fait prenne
    garde,
Ayant vn tel flambeau qui si pres vous re-
    garde :
Aussi biẽ en fuyant la Mort vous assaudroit,
Et dedãs vos maisons mourir il vous faudroit
De catherre ou de fiéure, ou par l'ire secrette
D'vn procez mal-vuidé ou d'vne vieille dette,
De peste, ou de poison, ou d'vn autre meschef
Qui tousiours poursuit l'homme, & luy pend
    sur le chef.
    Là donc, mourez plustost d'vn plomb ou
    d'vne lance,
Repoussez l'Espagnol des frontieres de France,
Ouurez-vous par le fer le beau chemin des
    Cieux.
Dieu qui donne courage aux cœurs victo-
    rieux,
Ce Dieu qui est le Dieu des camps & des ar-
    mees,
Puisse rendre au combat vos forces animees :
» La victoire & l'honneur dependent de sa
    main,
Car rien ne peut sans luy tout le pouuoir hu-
    main.

MARCASSVS.

L'heure que vous auez] Il exhorte l'armee du Roy à combatre valeureusement pour la querelle de leur Princõ & la defense de leur païs. C'estoit à vne bataille que l'on alloit donner à Philippes II. d'Espagne.   *Guynes, Calais, &c.*] Et toute la Comté d'Oye que Monsieur de Guise prit en peu de iours, reuenant de secourir Rome contre le Duc d'Albe Lieutenant de l'Empereur, apres la malheureuse Iournee de S. Quentin, autrement dicte, de Sainct Laurens.   *Lorrains*] Messieurs de Guise.   *De nostre Roy*] Henry II. qui campa son armee pres d'Amiens.   *Flandres, &c.*] Tout cela estoit à la France.   *Seront sautelans*] C'est en termes des Grecs.   *Rhin*] Fleuue d'Allemaigne.   *Garonne*] Fleuue du Languedoc, de Gascongne.   *Tiennent*] Pour, haussent.   *Ne perdra*] Durera eternellement.

EXHORTATION POVR
LA PAIX.

On, ne combatez pas, viuez en
    amitié,
Chrestiens, changez vostre ire
    auecques la pitié,
Changez à la douceur les rancunes ameres,
Et ne trempez vos dars dans le sang de vos
    freres,
Que CHRIST *le fils de* DIEV, *abandon-*
    nant les Cieux,

En terre a rachetez de son sang precieux,
Ensemble nous liant par sa bonté diuine,
De nom, de foy, de loy, d'amour & de do-
    ctrine,
Nous monstrant au partir comme il falloit
    s'aimer,
Sans couuer dans le cœur vn courroux si amer.
    C'est à faire aux lions remplis de tyrannie,
Aux loups Apuliens, aux tigres d'Hyrcanie,
De se faire la guerre, & de courroux ar-
    dans
Se rompre à coups de griffe, & à grands coups
    de dents :

Et non à vous Chrestiens, de qui la loy tres-
  sainte
A du tout de vos cœurs toute rancune estainte.
  Sus donc, saluëz-vous d'vne amiable
    vois,
Auecques le courroux despoüillez le harnois,
Détachez vos boucliers, vos piques non tou-
  chées
Soient le fer contre bas à la terre fichées :
Essuyez au fourreau vos luisans coutelas,
Froissez ainsi qu'vn verre en million d'esclas
La lance mesprisée, & les creuses tempestes
Des canons, foudre humaine, eslongnez de
  vos testes :
Au profond des Enfers, ou au creux de la mer
(Pour iamais ne les voir) faites-les abysmer.
  Ou bien si vous auez les ames eschauf-
    fées
Du desir de loüange & du los des trofées,
Et si en vos maisons le repos vous desplaist,
Reuestez le harnois : encores le Turc n'est
Si eslongné d'icy, qu'auecques plus de gloire
Helas! qu'à vous meurtrir, vous n'ayez la
  victoire
Dessus tel ennemy, qui vsurpe à grand tort
Le lieu où IESVS-CHRIST pour vous re-
  ceut la mort.
C'est là, Soldats, c'est là, c'est où il faut com-
  batre,
Et de nostre SAVVEVR l'heritage debatre,
Et repousser les chiens qui honnissent le lieu
Du Sepulchre où fut mis le MESSIAS de
  DIEV.
  Respondez, ie vous pri', pourquoy dés vo-
    stre enfance
Tenez-vous asseurée en CHRIST vostre
  fiance?
Et pourquoy en son nom estes-vous baptisez?
Pourquoy des mescreans estes-vous diuisez?
Pourquoy iusqu'à la mort haïssez-vous leur
  race,
S'ils ont, sans coups ruer, occupé vostre place?
S'ils ont, sans coups ruer, en Europe passé?
Par armes l'ont gaignée, & vous en ont
  chassé?
Pourquoy par feu, par fer, & par guerre
  cruelle
N'auez-vous fait mourir ceste gent infi-
  delle?

Et pourquoy desormais, comme les vrais sol-
  dars
De CHRIST, ne portez vous pour CHRIST
  les estendars?
  Quand vous serez batus & bien rompu
    la teste
L'espace de vingt ans, encores la conqueste
De nos Rois ne sera si grande que la main :
Et auront fait mourir cent mille hommes en
  vain
Autour d'vn froid village ou d'vne pauure
  ville,
D'vn petit Chastelet pour le rendre seruile.
Ou si vous boüillonnez à gaigner plus de
  bien,
Laissez vos froids combats empoulez d'vn
  beau rien,
Et pour vous enrichir, sans plus glacer de
  crainte,
Chassez les Sarrasins hors de la Terre-sain-
  cte,
Où la moindre Cité que d'assaut on prendra,
D'vn butin abondant tres-riches vous ren-
  dra.
  Là sont les grands Palais & les grandes
    riuieres
Qui vieilles de renom roullent braues & fieres:
Là coule le Iourdain, Gange, Eufrate, & le
  Nil;
Là sans le cultiuer le païs est fertil:
Là le Caire & Damas, Memphis & Cesa-
  rée,
Tyr, Sidon, Antioche, & la ville honorée
Du grand nom d'Alexandre, esleuent ius-
  qu'aux Cieux
De leurs superbes murs les fronts audacieux,
Où de tous les costez, soit de la mer Egée,
Soit des flots Adrians, vne flote chargée
Maintenant de lingots, maintenant de
  ioyaux,
Maintenant de parfums, maintenant de me-
  taux,
Auecques vn grand bruit dedans le haure
  viennent,
Ou prés de la muraille à la rade se tiennent.
Ce sont les vrais butins que vous, soldats
  Chrestiens,
Deuriez rauir du Sceptre & des mains des
  Payens,

Sans vous tuer ainsi en Espagne & en Fran-
    ce,
O honte! à l'appetit d'vne froide vengeance.
    Quelle fureur vous tient de vous entre-
    tuer,
Et deuant vostre temps aux Enfers vous ruer
A grands coups de canons, de piques & de
    lance?
» *La mort vient assez tost, helas! sans qu'on*
    l'auance:
» *Et de cent millions qui viuent en ce temps,*
» *Vn à peine doit viure ou trente ou quaran-*
    te ans.
    Ah malheureuse Terre, à grand tort on te
    nomme
Et la douce nourrice & la mere de l'homme:
Par toy seule nous vient ce malheureux souci
De s'entre-guerroyer & se tuer ainsi!
    On dit que quelquefois te sentant trop
    chargée
D'hommes qui te fouloient, pour estre soula-
    gée
Du fardeau qui pressoit ton eschine si fort,
Tu prias Iupiter de te donner confort:
Et lors il enuoya la meschante Discorde
Exciter les Thebains d'vne guerre tres-orde,
Vilaine, incestueuse, où l'infidelle main
Des deux freres versa leur propre sang ger-
    main.
Apres elle alluma la querelle Troyenne,
Où la force d'Europe & la force Asienne
D'vn combat de dix ans, sans se donner re-
    pos,
De toy, Terre marastre, ont deschargé le dos.
Mille combats apres venus par violance
Ont si bien esclaircy des peuples l'abondance,
Que tu ne sçaurois plus, ô grossier animal,
Te plaindre que le dos te face plus de mal.
    Ah mal-heureux humains! ne sçauriez-
    vous cognaistre
Que la nature, helas! ne vous a point fait nai-
    stre
Pour quereller ainsi, vous qui naissez tous nus
Sans force & desarmez? les animaux cognus
Par les grandes forests, dragons, lions, ti-
    gresses,
Sont armez ou de griffe, ou d'escailles espesses,
Et sortant hors du ventre au plus creux d'vn
    rocher,

Desia naissent guerriers & se paissent de chair:
Les veines de leur col noircissent de cholere,
Ia font mine de guerre, & ensuiuent leur mere.
Mais vous humains, ausquels d'vn seul petit
    cousteau,
Ou d'vne esguille fresle on perceroit la peau,
Les muscles & les nerfs, contre vostre nature,
Qui ne cherche que paix, allez à l'auanture
Au milieu des canons oubliant vos maisons,
Enflez de trop d'orgueil & de trop de raisons.
    Que maudit soit celuy qui deschira la
    terre,
Et dedans ses boyaux le fer y alla querre,
Que la Nature auoit d'vn art si curieux
Au profond de son ventre eslongné de nos
    yeux:
De là se fit l'espée & la dague meurtriere,
Les canons ensoulphrez & la lance guerriere,
Et le dur coutelas en Lune recourbé.
    Maudit soit Promethé, par qui fut dé-
    robé
Le feu celestiel, & qui forgea la lame
Qui si tost hors du corps nous fait enfuir
    l'ame:
Tu deuois, Iupiter, luy foudroyer le chef,
Et recacher au Ciel ta flame derechef,
Et ietter plus auant dessous la terre basse
Le fer qui maintenant se façonne en cuirasse,
Maintenant en armet, & tu deuois encor
Iusqu'au fond des Enfers cacher les mines
    d'or;
Car le fer & l'acier nuire aux hommes ne
    peuuent,
Si pour leur compagnon l'autre metal ne treu-
    uent.
Que maudit soit celuy qui premier le trouua,
Qui premier le fondit, & premier l'approuua:
Il eust plus fait pour nous s'il eust remis au
    Monde
Vne Chimere, vne Hydre, en cent testes fe-
    conde,
Vn Pithon tout enflé de venin dangereux,
Que d'auoir descouuert ce metal mal-heu-
    reux.
» *Par la guerre ferrée on renuerse les villes,*
» *On depraue les loix diuines & ciuilles,*
» *On brule les Autels & les Temples de*
    Dieu:
» *L'Equité ne fleurit, la Iustice n'a lieu,*
                          » *Les*

» Les maiſons de leurs biens demeurent dé-
pouïllées,
» Les vieillards ſont occis, les filles violées,
» Le pauure laboureur du ſien eſt deueſtu,
» Et d'vn vice execrable on fait vne vertu.
　　Eſt-ce pas le meilleur, ô Soldats magna-
nimes!
Pour ne commettre point l'horreur de tant de
crimes,
Bien viure en vos maiſons ſans armes, &
auoir
Femme tres-belle & chaſte entre vos bras, &
voir
Vos enfans ſe joüer autour de la tetine,
Vous pendiller au col d'vne main enfan-
tine,
Vous friſoter la barbe, ou tordre les che-
ueux,
Vous appeller papa, vous faire mille jeux;
Que de viure en vn camp, que coucher ſur la
dure
L'Eſté à la chaleur, l'Hyuer à la froidure?
Et prés de ſes parens mourir bien ancien,
Que d'auoir pour ſepulchre vn eſtomac d'vn
chien?
　　Pource nobles Soldats, & vous nobles Gen-
darmes,
Et de bouche & de cœur deteſteZ-moy les
armes:
Au croc vos morions pour iamais ſoient lieZ,
A l'entour l'araignée, en filant de ſes pieZ,
Y ourdiſſe ſes rets, & en vos creuſes targes
Les ouurieres du miel y depoſent leurs char-
ges:
ReforgeZ pour iamais le bout de voſtre eſtoc,
Le bout de voſtre pique en la poincte d'vn
ſoc:
Vos lances deſormais en vouges ſoient trem-
pées,
Et en faulx deſormais courbez-moy vos
eſpées,
Et que le nom de Mars, ſes crimes & ſes
faits

Ne ſoient plus entendus, mais le beau nom de
Paix.
» La Paix premierement compoſa ce grand
Monde,
» La Paix mit l'air, le feu, le Ciel, la terre &
l'onde
» En paiſible amitié, & la Paix querella
» Au Chaos le Diſcord, & le chaſſa de là
» Pour accorder ce Tout: la Paix fonda les
villes,
» La Paix fertiliſa les campagnes ſterilles:
» La Paix deſſous le joug fit mugir les tau-
reaux,
» La Paix dedans les prez fit ſauter les trou-
peaux,
» La Paix ſur les coutaux tira droict à la
ligne
» Les enfans arrangeZ de la fertile vigne:
» De raiſins empampreZ Bacche elle enui-
ronna,
» Et le chef de Cerés de froment couronna:
» Elle enfla tout le ſein de la belle Pomonne
» D'abondance de fruicts que nous produit
l'Autonne:
» Elle défaroucha de nos premiers ayeux
» Les cœurs rudes & fiers, & les fit gra-
cieux,
» Et d'vn peuple vagant és bois à la fortune,
» Parmy les grand's citez en fit vne com-
mune.
　　Donc, Paix, fille de DIEV, vueille-toy
ſouuenir,
Si ie t'inuoque à gré, maintenant de venir
Rompre l'ire des Roys, & pour l'honneur de
celle
Que IESVS-CHRIST a faite au Monde
vniuerſelle,
Entre ſon Pere & nous, repouſſe de ta main
Loin des peuples Chreſtiens le Diſcord inhu-
main
Qui les tient acharneZ, & veuilles de ta
grace
A iamais nous aimer, & toute noſtre race.

MARCASSVS.

Non, ne combatteZ point] Il exhorte les bons François à la Paix; ou ſi leurs eſprits ne peuuent point demeurer en repos, & que leur courage ne demande que des occaſions pour ſe ſignaler, il les conjure de tourner
leurs armes contre ce puiſſant Tyran qui domine à l'Aſie; & mettre en liberté la Grece & l'heritage de IESVS-
CHRIST, qui gemiſſent ſous l'inſupportable joug de ſa cruauté. 　　Apuliens] Apulie eſt vne contree d'Italie.

O O O o o

Hyrcanie] Vne partie de la Scythie, *Eſtuyez*] D'eſtuy. *Pri'*] Pour, prie. *Chaſtelet*] Ville de Picardie nommée Chaſtelet, ou Caſtelet. *Iourdain*] Fleuue de la Paleſtine. *Gange*] C'eſt ce fleuue dont parle l'Eſcriture Saincte. *Euphrate*] Fleuue de la Meſopotamie. *Nil, Egypte, Caire, &c.*] Tout cela eſt dans la domination du Grand Seigneur. *Du nom*] Alexandrie. *Adrians*] De la mer Adriatique. *Deux freres*] Eteocles & Polynices. *Querre*] Pour, querir. *Promethée*] Ce fut celuy qui pour auoir deſrobé le feu du Ciel à fin d'animer vn homme de bouë qu'il auoit fait, fut attaché au mont de Caucaſe. *Fertiliſa*] Pour, rendit fertiles. *Bacche*] Pour, Bacchus.

AV ROY HENRY II.

*S*IRE, quiconque ſoit qui fera
     voſtre Hiſtoire
     Honorant voſtre nom d'eternelle
       memoire,
A fin qu'à tout iamais les peuples à venir
De vos belles vertus ſe puiſſent ſouuenir;
Dira, Depuis le iour que noſtre Roy vous fu-
     ſtes,
Et le Sceptre François en la dextre receuſtes,
Que vous n'auez ceſſé en guerre auoir veſcu
Maintenant le vainqueur, maintenant le
     vaincu.
     Dira que voſtre eſprit (tres-magnanime
      PRINCE)
Ne ſ'eſt pas contenté de ſa ſeule Prouince,
Mais par diuers moyens, & par diuerſes fois
A tenté d'augmenter l'Empire des François :
Et ſi Fortune aduerſe aux braues entrepriſes
De voſtre Majeſté, ne les a toutes miſes
A bien-heureuſe fin, toutefois on a veu
Que vous auez oſé & que vous auez peu.
Du premier coup d'eſſay Boulongne vous gai-
     gnaſtes,
Dedans les eaux du Rhin vos cheuaux abreu-
     uaſtes :
L'Eſcoſſois, dont le Sceptre eſt maintenant à
     vous,
S'eſt fait grand par voſtre aide, & l'Anglois,
     qui de coups
Se ſent encor douloir, meſmes en voſtre abſence
A cogneu que pouuoit voſtre forte puiſſance :
Vous fiſtes tout ſoudain par les eaux de la mer
Bien loin du bord François vos nauires ar-
     mer,
Et comme auantureux, vous conquiſtes par
     force
Maugré le Geneuois la belle Iſle de Corſe :
Maugré le Florentin auez deſſous vos lois
Gouuerné par trois ans le peuple Siennois :
Et ſous le magnanime & ſage Duc de Guiſe

Naples, de droict Françoiſe, en frayeur auez
     miſe.
     Vous auez de Calais regaigné voſtre port,
Que les Roys vos ayeux ont eſtimé ſi fort
Que non du ſeul penſer l'oſerent entreprendre :
Vous l'auez entrepris & ſi l'auez ſceu pren-
     dre.
Bref, vous eſtes le Roy qui plus auez eſté
Et en guerre & en paix, qui plus auez tenté
Le hazard de Fortune, & comme ſur ſa roüe
Des Princes & des Roys ſe remoque & ſe
     joüe :
Elle vous a monſtré que peuuent les combas,
Aucunefois en haut, aucunefois en bas
Elle vous a tourné : pour exemple qu'au
     Monde
Vn Roy, tant ſoit-il grand, d'infortunes abôde.
     Or apres mainte guerre & mainte tréue
     auſſi,
L'vn des Princes LORRAINS *auec*
   MONTMORENCY
Ont ramené la Paix, il faut bien qu'on la
     garde :
» *Ceux qui la gardent bien, le haut* DIEV *les*
     regarde,
» *Et ne regarde point vn Roy de qui la main*
» *Touſiours trempe ſon glaiue au pauure ſang*
     humain.
» SIRE, *ie vous ſuppli' de croire qu'il vaut*
     mieux
» *Se contenter du ſien, que d'eſtre ambitieux*
» *Sur les Sceptres d'autruy : mal-heureux qui*
     deſire
» *Ainſi comme à trois dez hazarder ſon Em-*
     pire
» *Sous le jeu de Fortune, & auquel on ne ſçait*
» *Si l'incertaine fin doit reſpondre au ſouhait.*
     Que deſirez-vous plus ? voſtre France eſt
     ſi grande !
» *L'homme qui n'eſt content & qui touſiours*
     demande,
» *Quand il ſeroit vn Dieu, eſt mal-heureux*
     d'autant

„ *Que toufiours il defire & n'eft iamais con-*
   tant.

   Or, Prince, imaginez des Flamans la vi-
   ctoire:
Quel honneur auriez-vous d'vne fi pauure
   gloire,
D'auoir vn Roy Chreftien, comme vous, en-
   chainé,
Et par voftre Paris en triomphe mené?
Il vaudroit mieux chaffer le Turc hors de la
   Grece,
Qui miferable vit fous le ioug de deftreffe,
Que chaffer de fa ville, ou d'affommer de coups
Vn peuple en IESVS-CHRIST baptifé
   comme vous.

   Il vaudroit beaucoup mieux, vous qui ve-
   nez fur l'âge
Ia grifon, gouuerner voftre Royal mefnage,
Et vos petits enfans encores aux berceaux,
Qu'acquerir par danger des Sceptres tout nou-
   ueaux:
Il vaut mieux viure en paix, c'eft à dire bien
   viure,
Ou baftir voftre Louure, ou lire dans vn liure,
Ou chaffer és forefts, que tant vous trauailler,
Et pour vn peu de bien fi long temps batailler.
Que fouhaittez-vous plus ? la Fortune eft
   muable:
Vous auez fait de vous mainte preuue hono-
   rable:
Il fuffit, il fuffit, il eft temps deformais
Fouler la guerre aux pieds, & n'en parler
   iamais.
„ *Penfez-vous eftre Dieu ? l'honneur du*
   monde paffe,
„ *Il faut vn iour mourir quelque chofe qu'on*
   face :
„ *Et apres voftre mort, fuffiez-vous Em-*
   pereur,
„ *Vous ne ferez non-plus qu'vn fimple labou-*
   reur.

   Donc, SIRE, puis que DIEV (qui de vo-
   ftre Couronne
Et de vous a pris foin) Paix, fa fille, vous
   donne,
Prefent qu'il n'auoit fait aux Princes vos
   ayeux:
Gardez-bien ce ioyau, il vous enrichift mieux
Que s'il auoit domté par vne longue guerre

Deffous voftre pouuoir l'Efpagne & l'An-
   gleterre.
Sus donc embraffez-la, & embraffez auffi
Ceft honneur de LORRAINE & de MONT-
   MORENCY,
Qui par diuers moyens d'vne entreprife fage
L'ont faite à voftre honneur & à voftre auan-
   tage.

   O Paix fille de DIEV! qui nous viens ré-
   joüyr
Comme l'Aube du iour qui fait r'efpanoüyr
Auecques la rofée vne rofe fleurie
Que l'ardeur du Soleil auoit rendu flétrie :
Apres la guerre ainfi venant en ce bas lieu,
Tu nous as réjoüis, ô grand' fille de Dieu.

   Chaffe ie te fuppli la guerre & les querelles
Bien loin du bord Chreftien deffur les Infi-
   delles,
Turc, Parthes, Mammelus, Scythes & Sarra-
   fins,
Et fur ceux qui du Nil font les proches voifins:
Pends nos armes au croc, & en lieu des ba-
   tailles
Attache à des crampons les lances aux mu-
   railles,
Et que le coutelas du fang humain foüillé,
Pendu d'vne couraye au fourreau foit roüillé,
Et que le corcelet au plancher fe moififfe,
Et l'araigne à iamais fes filets y ourdiffe.

   Donne-nous que celuy qui fera le moyen
Entre ces deux grands Roys de rompre le lien,
Meure trahy des fiens d'vne playe cruelle,
Et qu'aux champs les maftins luy fuccent la
   ceruelle:
Que fes enfans bannis puiffent mourir de fain
D'huis en huis, fans trouuer qui leur jette du
   pain.

   Donne-nous que celuy qui mettra foin &
   peine
De te faire regner, voye fa maifon pleine
De faueurs & de biens, & qu'il voye fleurir
Ses enfans en honneur auant que de mourir.

   Donne-nous tout cela : donne-nous d'a-
   uantage,
Afin que le repos n'éuerue le courage
De HENRY noftre Prince en jeux volu-
   ptueux,
Qu'il foit pour tout iamais (comme il eft) ver-
   tueux,

OOO oo ij

Que son esprit s'addonne aux choses d'impor-
tance,
Et qu'imitant son pere il aime la science,

Afin qu'au temps de paix il fleurisse en sçauoir
Autant qu'il fit en guerre en force & en
pouuoir.

MARCASSVS.

Sire] Il exhorte le Roy à entretenir la Paix qu'il venoit de faire auec Philippes I I.   *Mais par*] Au lieu de dire, Mais que par diuers moyens il s'est, &c.   *Bologne*] Ce fut sur le poinct de son voyage.   *Les eaux du Rhin*] Il parle du voyage d'Allemagne.   *L'Escossois*] A cause qu'il maria François I I. son fils à l'heritiere d'Escosse, apres auoir secouru sa mere contre l'Anglois.   *Montmorency*] Il pratiqua la Paix estant prisonnier, & l'alliance de Philippes d'Espagne auec Elisabet de France.   *Des Flamans la victoire*] C'est quand Philippes Auguste ayant vaincu les Flamans, amena sur vne litiere enchaisné Ferrand.   *Royal mesnage*] Mesnage est trop bas.   *Fouler*] Pour, de fouler.   *Deux grands Roys*] Philippes I I. & Henry I I.

DV RETOVR D'ANNE
DE MONTMORENCY,
Connestable de France.

A ODET DE COLLIGNY
Cardinal de Chastillon.

O N ne doit appeller tandis qu'il vit
     icy,
     Vn homme bien - heureux ny
     mal-heureux aussi :
» Tout çà-bas est douteux : la seule heure der-
  niere
» Parfait nostre bon-heur, ou bien nostre mi-
  sere.
» Tel fleurit auiourd'huy qui demain flestrira,
» Tel flestrit auiourd'huy qui demain fleu-
  rira :
» La Fortune gouuerne, & en tournant sa
  rouë
» Rit de nostre conseil & de nos faits se joue.
  Rien n'y sert la raison, ny la force de cœur,
Noblesse ny parens, richesse ny faueur,
Ny mesme la vertu, ny la Philosophie
Qui s'arme en son sçauoir : la Fortune défie
Les humaines raisons, & sans auoir lié
Sa force à nos conseils, les escaroüille au pié :
Force qui n'a iamais nostre plainte escoutée,
Qui domte tout le Monde, & n'est iamais
  domtée :
Ne vois-tu, mon ODET, que le mesme Des-
  tin
Qui nous fit mal-heureux aux murs de Sainct
  Quentin,

Luy-mesme nostre dueil chãge en réjoüissance,
Redonnant auiourd'huy ton oncle en nostre
  France ?
La France estoit malade en l'absence de luy,
Souspiroit son malheur, se tourmentoit d'en-
  nuy,
Frappoit son estomac, de pleurs estoit couuerte,
S'arrachoit les cheueux, & lamentoit sa perte.
  Comme vn petit enfant que sa nourrice
    auoit
Allaité longuement, pleure s'il ne la voit,
De ses petites mains au berceau se tourmente,
En souspirant l'appelle, & tousiours se lamente
D'vne voix enfantine, & ne veut s'éjouïr
Iusqu'à tãt qu'il la voye ou qu'il la puisse ouïr :
Mais si tost qu'il la voit, en luy riant s'ap-
  paise,
Luy embrasse le col, & doucement la baise :
Elle en ses bras l'eschauffe, & depuis le matin
Soigneuse iusqu'au soir le pend à son tetin :
Ainsi toute la France à l'heureuse venuë,
De ton oncle captif joyeuse est deuenuë,
Reuoyant de retour celuy qui tant de fois
L'auoit si bien seruie en bien seruant nos Rois.
  Elle s'est réjouïe, ainsi qu'on voit la terre
En Auril s'égayer, quand le Printemps des-
  serre
Les huis de la Nature, & quand l'Hyuer
  neigeux
A mis à part sa gresle & ses vents orageux :
Adonques par les prez les fleurs s'espanoüis-
  sent,
Et auecques le Ciel les terres s'éjouïssent :
Ainsi toute la France & ses Estats aussi
Se sont tous réjouïs voyant ton oncle ici.

Le pauure laboureur qui conduit sa charruë,
Celuy qui d'auirons la marine remuë,
Le Prestre, l'Aduocat, & le Noble qui tient
L'espée à son costé, d'aise ne se contient,
Ains le montre par signe, & sautant de liesse
Foule la guerre aux pieds, le soin & la tri-
stesse :
Tant il est de la France à bon droit estimé,
Non de confiscations ny de biens affamé,
Que la seule vertu sans reproche & sans
vice,
Que l'esprit vigilant & le loyal seruice
Qu'il a fait à deux Roys, de Cheualier priué
L'ont au plus haut degré de la France éleué.
   Sus donc, France, sus donc, que gaillarde on
   te voye
Parmi les carrefours dresser les feux de joye :
Qu'on respande du vin, & que le peuple
   émeu
D'allegresse, en dansant tout à l'entour du
   feu,
De chapelets de fleurs se couronne la teste,
Et qu'à iamais le iour de son retour soit feste.
   Sus donc, embrasse-moy ce Seigneur desiré,
Que hors de la prison tu eusses retiré
Aux despens de ton sang & de ta propre vie,
Et que le peuple auoit de racheter enuie,
Si le Prince vainqueur eust de grace permis
Qu'vne riche rançon en liberté l'eust mis.
   Rembrasse derechef ce vieillard honora-
   ble,
Ton auisé Nestor, ton sage Connestable,
Lequel à son retour ne te r'ameine pas
Querelle ny discord, ny guerre, ny combas :
Mais la Paix bien-heureuse à son retour ar-
   riue
Ceinte tout à l'entour des branches de l'Oliue.
   Quel Palme, quel Laurier oseroit cou-
   ronner
Ce grand MONTMORENCY, qui vient
   pour nous donner
La Paix, ayant défait le Monstre de la guerre?

Les belliqueurs Romains qui vainquirent la
   Terre,
Ne pourroient s'égaler à sa belle vertu,
Non pas ce Scipion, bien qu'il ait combatu
Le vaillant Hannibal, & receu de Carthuge
Pour les siens & pour luy le surnom en par-
   tage :
Ny le premier Cesar qui mit dessous sa main
Par trop d'ambition tout l'Empire Romain.
   Ce n'est pas de merueille en suiuant mainte
   année
Les guerres, si l'on trouue vne heure infor-
   tunée,
De perdre vne bataille & d'estre prisonnier,
Cela souuent arriue à maint grand Cheualier :
Mais tirer du profit de sa propre défaite,
Et faire d'vne guerre vne amitié parfaite,
Accorder deux grands Roys, & leur flechir le
   cœur,
Et faire le vaincu pareil à son vainqueur,
Et d'vn Duc ennemy tirer vne alliance,
Et joindre estroittement l'Espagne auec la
   France
D'vn nœud qui pour iamais en amour s'entre-
   tient,
Au seul MONTMORENCY cest honneur
   appartient,
Qui plus a fait pour nous, que s'il auoit par
   armes
Déconfit tout vn camp de cent mille gēdarmes,
» *D'autāt que la vie est meilleure que la mort,*
» *Et que la douce Paix vaut mieux que le*
   discord.
   Cependant, mon ODET, de la fortune amere
Pren maintenant le fruit, en reuoyant ton frere
Et ton oncle en faueur à l'entour de leur Roy,
Qui plaignoit leur mal-heur aussi bien com-
   me toy :
» *Et appren desormais pour chose tres cer-*
   taine
» *Qu'il ne faut s'asseurer de nulle chose hu-*
   maine.

MARCASSVS.

On ne doit appeller] Il se resioüit auec le Cardinal de Chastillon de l'heureux retour d'Anne de Montmorency Connestable de France.   *Rit*] Au lieu de, se rit.   *Force*] Il en parle comme de la Déesse
qui presidoit à la violence & aux grands efforts.   *Malheureux*] Parce que les François y perdirent la bataille.   *Ton oncle*] Anne de Montmorency.   *Tient*] Au lieu de, porte.   *Quel Palme*] Les François
font Palme feminin.   *Premier*] C'est Iules Cesar.   *Duc*] Le Duc de Sauoye.

A IEAN MOREL,
Ambrunois.

Vand Iaſon & la fleur de la
vaillante Grece
Portans leur mere au dos ſur-
monterent la preſſe
Des ſablons de Libye, & à force de bras
La pouſſerent au lac le parrain de Pallas:
Triton le Dieu de l'eau découurant iuſqu'aux
coſtes
Son beau corps monſtrueux, pour careſſer ſes
hoſtes,
Leur donna le preſent le premier qu'il trouua:
Ce fut vn verd gaZon de terre qu'il leua
En haſte l'arrachant de ſon riuage meſme,
Et le mit en la main de l'Argonaute Euphe-
me,
Qui joyeux le receut, bien qu'il ne penſaſt pas
Que ceſte motte fuſt (comme c'eſtoit) grand
cas.

Or la nuiſt il ſongea qu'vne douce rouſée
De laiſt auoit par tout ceſte motte arrouſée,
Qu'il tenoit cherement embraſſée en ſon ſein,
Et qu'elle ſe ſhangeoit en fille ſous ſa main,
Et que luy tout ardant de la grand' beauté
d'elle
Accolloit par amour ceſte ieune pucelle,
Qui ſembloit dans le liſt piteuſement crier
Comme vne de quinze ans que l'on va ma-
rier.

Eupheme à ſon réueil ne perdit la memoire
Du ſonge merueilleux qu'il n'auoit oſé croire
Deuant qu'il appellaſt à ſon conſeil Iaſon,
Et luy euſt dit le ſonge auenu du gaZon.

Lors Iaſon luy reſpond: O Dieux que tel
augure
Promet d'heur & de bien à ta race future!
Iette-moy ceſte motte au profond de la mer,
Les Dieux incontinent la feront transfor-
mer
En Iſle, qui ſera la tres-belle nommée
There, de tes enfans nourrice renommée,
De tes nobles enfans qui feront iuſqu'aux
Cieux
De bouche en bouche aller leurs faits victo-
rieux.

Lors il ietta la motte à l'abandon de l'onde,
Dont vne Iſle ſe fit la plus belle du Monde.

Ainſi, mon cher M O R E L, la fleur de
mes amis,
Ie t'ay offert le don le premier qui ſ'eſt mis
De fortune en ma main, à fin qu'en quelque
ſorte
Ie deſcouuriſſe au iour l'amour que ie te porte,
Comme voulant trop mieux te donner ſeule-
ment
Un don qui fuſt petit, que rien totalement,
A toy qui as eſgard au cœur de la perſonne,
Et non à la valeur du preſent qu'on te donne.

Or ce petit labeur que ie conſacre tien,
Eſt de petite monſtre, & ie le ſçay tres-bien:
Mais certes il n'eſt pas ſi petit que l'on penſe:
Peut-eſtre qu'il vaut mieux que la groſſe ap-
parence
De ces tomes enflez, de gloire conuoiteux,
Qui ſont fardeZ de mots ſourcilleux & ven-
teux,
Empoullez & maſqueZ, où rien ne ſe décœuure
Que l'arrogant iargon d'vn ambicieux œuure.

Ne vois-tu ces Chaſteaux iuſqu'an Ciel
éleuez
Tomber touſiours deuant qu'ils ſoient para-
cheuez?
S'ils ne tombent du tout, volontiers quelque
pierre
Touſiours de quelque part trebuche contre
terre:
Et pendant que la ſalle ou la cuiſine on fait,
D'autre coſté la chambre, ou la tour ſe défait.

Ie te confeſſe bien que le fleuue de Seine
A le cours grand & long, mais touſiours il aſ-
treine
Auec ſoy de la fange, & ſes plus recourbez,
Sans eſtre iamais nets ſont touſiours embour-
bez.

C'eſt pourquoy de Cerés les miniſtres Meliſſes
Voulans de leur Déeſſe orner les ſacrifices,
Puiſent en la fontaine, & non en ces torrens
Qui tonnent d'vn grand bruit par les rochers
courans.

Petits Sonnets bien-faits, belles Chanſons petites,
Petits diſcours gentils, ſont les fleurs des Charites,

Des Sœurs & d'Apollon, qui ne daignent
        aimer
Ceux qui chantent vn œuure aussi grand que
        la mer,
Sans riue ny sans fond, de tempestes armée,
Et qui iamais ne dort tranquille ny calmée.
        Peut-estre que ce Liure vn iour se for-
        mera
En viue renommée, & volant semera
Tes honneurs par le Monde, & ceux dont ton
        espouse
Sa pudique maison d'artifices dispouse :
Et ne voudra souffrir que la despite Mort
Emporte auec le corps vos noms outre le bord
Qu'on ne peut repasser, si ce n'est par la bar-
        que
Des vers, qui font outrage à la cruelle Par-
        que.
        Mais tout ainsi, MOREL, que par les
        beaux pourpris,
Ou par les champs qui sont diuersement fleuris,
On void errer l'abeille, & de ses cuisselettes
Ne prendre également des prez toutes fleu-
        rettes,
Mais auec preuoyance vn iugement elle a
De cueillir ceste-cy, & laisser ceste-la :

Ainsi en fueilletant ce mien petit ouurage
Tu sçauras bien tirer (comme prudent & sage)
Les vers qui seront fols, amoureux, éuentez,
D'auec ceux qui seront plus grauement chan-
        tez,
Et plus dignes de toy, qui n'as l'aureille at-
        teinte
Sinon de chastes vers d'vne Muse tres-sainte,
Qui parle sagement, & qui point ne rougit
De honte, ny l'auteur, ny celuy qui la lit.
        Le suiect amoureux que maintenant ie
        traite,
Ne me veut conceder vne plume discrete,
Qui sans choix me fait dire ore mal, ore bien,
Ainsi qu'Amour le veut qui m'a rendu tout
        sien :
Imitant en ce poinct Nature ingenieuse,
Qui met en mesme prée vne herbe venimeuse
Tout auprés d'vne bonne, & met dedans les
        Cieux
Vn Astre qui est bon prés d'vn malicieux :
» Et mesmes Iupiter le bien & le mal donne
» De ses pipes là haut, à chacune personne,
» Afin qu'homme ne soit parfait en ce bas
        lieu :
» Car la perfection appartient seule à DIEV.

MARCASSVS.

Quand Iason] Sur la dedicace qu'il auoit faite de quelques Sonnets amoureux au sieur Morel Gentil-
homme Ambrunois, il luy fait voir que les naïuetez sont plus plaisantes & plus agreables aux bonnes aureilles que ces pieces que la science & le galimatias rend obscures.   *Iason*] Allant à la conqueste de la Toison d'or. Quiconque voudra sçauoir les aduentures de ce voyage si fameux, faut qu'il lise ou Valerius Flaccus ou Apollonius Rhodius qui en ont escrit.   *Leur mere*] Au dos de leur nauire.   *Parrain de Pallas*] Il
entend le lac Lenian où Minerue fut lauée par vn Triton.   *Eupheme*] C'estoit vn ieune Prince Grec, compagnon de Iason.   *Beauté d'elle*] Aulieu de dire, de sa grande beauté.   *Consacre tien*] Pour dire, que ie te
consacre.   *Dispouse*] Pour, dispose.   *Outrage à la Parque*] C'est à dire, qui viuent en despit de la Parque,
qui tient la vie de toutes choses entre ses mains.   *Toutes fleurettes*] Au lieu de, toute sorte de fleurs.

A ODET DE COLLIGNY
Cardinal de Chastillon.

Tout ce qui est enclos sous la voûte
        des Cieux
N'est sinon vn theatre ouuert &
        spacieux,
Où l'homme desguisé, l'autre sans faux visage
Ioüe sur l'eschaufaut vn diuers personnage :
Où madame Fortune aux grands & aux pe-
        tits,

Ainsi qu'vn bon Chorage, appreste les ha-
        bits :
Quelquefois la Vertu, i'entends si la Fortune,
Qui fait ioüer les jeux, ne luy est importune.
        L'vn joüe auec l'habit d'vn pompeux Em-
        pereur,
L'autre d'vn crocheteur, l'autre d'vn labou-
        reur,
L'autre d'vn mercadant ; ainsi la force hu-
        maine
Au plaisir de Fortune au Monde se demaine.
Tel joüoit maintenant le Prince Agamemnon,

OOOoo iiij

Ou Oedipe, ou Telephe, ou Aiax, ou Creon,
Qui deuiendra Corsaire ou Forçat qui che-
mine
Dans vn logis de bois au gré de la marine :
Et tel est dans du Pin sur les ondes marchant,
Qui deuiendra sur terre Aduocat ou Mar-
chand :
Et tel changeant d'habit contre-faisoit le mai-
stre,
Qu'on ne voudroit apres pour vn valet co-
gnoistre,
Ou soit que de nature on n'est iamais contant,
Ou que le sort humain est tousiours inconstant.
    Dés le commencement que ie fus donné
    Page
Pour vser la pluspart de la fleur de mon âge
Au Royaume Escossois de vagues emmuré ;
Qui m'eust en m'embarquant sur la poupe,
    iuré
Que changeant mon espée aux armes bien ap-
prise,
I'eusse pris le bonnet des Pasteurs de l'Eglise,
Ie ne l'eusse pas creu : & me l'eust dit Phœ-
bus,
I'eusse dit son Trepied, & luy n'estre qu'abus :
Car i'auois tout le cœur enflé d'aimer les ar-
mes,
Ie voulois me brauer au nombre des gendar-
mes,
Et de mon naturel ie cherchois les debats,

Moins desireux de paix, qu'amoureux de
    combats.
    Mais Fortune voyant que ie suiuois sans
    elle
Mon inclination gaillarde & naturelle,
Changea ma volonté, & m'arracha du sein
Ma premiere entreprise & mon premier des-
    sein.
    Ie deuins escolier, & mis ma fantaisie
Au folastre mestier de nostre Poësie,
A fin de vous seruir, & les Princes de nom,
Pour ensemble acquerir des biens & du re-
    nom :
» Car l'honneur sans le bien laisse l'homme en
    arriere,
» Et le bien sans l'honneur ne profite de guiere.
    Puis que Protenotaire il faut en bonnet
    rond
Acheuer mon roulet comme les autres font,
Ie vous pri ne souffrez (si quelque soin vous
    touche
De RONSARD qui vous sert & de cœur &
    bouche)
Que l'enuieux vn iour ne luy reproche point
De l'auoir veu ioüer sans tiltre & mal-em-
    point
Sans argent, endetté, sans table & sans pa-
    rolle,
Ayant en vous seruant tres-mal joüé son
    rolle.

MARCASSVS.

Tout ce qui est enclos] Il discourt de la diuerse condition que les hommes suiuent, & des rigueurs que la Fortune leur tient, les faisant espouser des vacations le plus souuent contraires à leurs inclinations. Parmy tout cela, il descoure la contrainte qu'il eut de quitter les armes, pour s'addonner tout à fait à la Poësie, à laquelle son Démon le portoit. Prie ce grand Cardinal de ne permettre point que ceste diuine fureur soit cause de sa mauuaise fortune. *Chorage*] C'est vn mot purement Grec. Il signifie celuy qui anciennement auoit la superintendance de la Comedie : d'orner le theatre & d'habiller les Acteurs. *Mercadant*] Mot Italien, au lieu de marchand. *Agamemnon*] Frere de Menelas. *Oedipe*] Pere d'Antigone. *Telephe*] C'est ce Prince de Mysie, qui fut blessé par Achille, & guary par vn coup redouble sur le premier. *Aiax*] Prince Grec. *Creon*] Roy de Thebes. *Logis de bois*] Vn nauire. *Le Pin*] Pour vn nauire, parce qu'on le bastit de cest arbre. *Me brauer*] Me faire paroistre.

L'EXERCICE DE L'ESPRIT
DE L'HOMME.

Sur la traduction de Tite-Liue, faite
par Hamelin.

Ous ne sommes pas naiz de la dure
semence
Des caillous animeʒ : d'vne plus
noble essence
Nostre esprit est formé, lequel a retenu
Le naturel du lieu duquel il est venu.
  Or tout ainsi que DIEV en variant
exerce,
Estant seul, simple & vn, sa puissance diuerse,
Et se monstre admirable en ce grand Vniuers
Pour la varieté de ses effects diuers:
Ainsi nostre ame seule, image tres-petite
De l'image de DIEV, le TOVT-PVISSANT
imite
D'vn subtil artifice, & de sa Deïté
Nous monstre les effects par sa diuersité.
  Quand elle trouue vn corps d'vne masse
legere
Qui honore craintif son hostesse estrangere,
Et qui sans grommeler obeït promptement
Comme vn bon seruiteur à son commande-
ment,
Elle acheue des faits qui donnent d'âge en âge
Et d'elle & de son corps illustre tesmoignage:
Car de son naturel sans quelque chose ourdir,
Oisiue dans le corps ne se veut engourdir,
D'autant que son essence est disposte & mo-
bile,
Et qui ne peut iamais demeurer inutile.
  Comme vne bonne mere apres que son fils
dort
Couché seul au berceau, hors de la chambre
sort,
Et dedans vn iardin s'esbat & se promeine
Iusqu'à tant que le soin de son fils le r'ameine
Duquel elle est soigneuse, & le trouuant seulet
Découure sa mammelle, & luy donne du laict.
Ainsi nostre ame sort quand nostre corps re-
pose,
Comme d'vne prison où elle estoit enclose:
Et en se promenant & joüant par les Cieux,

Son païs naturel, banquette auec les Dieux:
Puis ayant bien mangé de sa saincte Am-
brosie,
Redeualle en son corps pour le remettre en vie,
Qui pasmé sommeilloit, & qui soudain mour-
roit,
Si l'ame à retourner trop long temps demeu-
roit.
  Si tost qu'elle est r'entrée, elle luy commu-
nique
Ce qu'elle apprend de DIEV, luy monstre la
pratique
Du mouuement du Ciel, luy marque les gran-
deurs
Des Astres ethereʒ, leur force & leurs splen-
deurs,
Des grands & des petits: car comme en vne
ville
Où chacun garde bien la police ciuile,
On voit les Senateurs au premier rang mar-
chans
Tenir leur grauité, au second les marchans,
Au tiers les artizans, au quart la populace:
Ainsi dedans le Ciel les Astres ont leur place
Et leur propre degré, grands, petits, &
moyens,
De la maison du Ciel eternels citoyens.
  Elle luy dit apres s'il y a d'autres Mondes,
Et Nature reçoit les formes vagabondes,
Si le Soleil, si Mars, & si la Lune aussi
D'hommes sont habiteʒ comme est la terre
icy
De villes, de forests, de prez & de riuieres:
Si leurs corps sont formeʒ de plus simples ma-
tieres
Que les nostres mortels, qui sont faits grosse-
ment,
Comme habitans ce sombre & grossier ele-
ment.
  Luy dit comme se fait la foudre dans les
nuës,
Les gresles, les frimats, & les pluyes menuës,
Vents, neiges, tourbillons, & luy fait mesurer
Le Ciel, la mer, la terre, à fin de l'asseurer
Par mysteres si hauts, que nostre ame est di-
uine,
Ayant prise de DIEV sa premiere origine.
  Elle fait que les vns deuiennent inuenteurs
Des secrets plus cacheʒ, les autres Orateurs,

Les autres Medecins : aux vns la Poësie
Imprime brusquement dedans la fantaisie,
Et aux autres la Loy, aux autres de pouuoir
D'vn Luth bien accordé les hommes esmou-
uoir,
Aux autres de sacrer la venerable histoire
Des humains accidens au Temple de Me-
moire :
Comme a fait cest autheur, qui du peuple Ro-
main
A descrit les combats, peuple qui sous sa main
Tenoit ce que la mer dedans ses bras enserre,
Que nous pauures humains soulons nommer la
Terre.
   Or ce peuple de Mars iamais rien n'en-
treprit
En ses premiers combats, que Liue n'ait escrit,
Et n'a voulu souffrir que l'enuieux silence
Engloutist sans honneur la Romaine puissance.
Or luy grand discourut, comme preuoyant
bien
Que tout ce qui est né deuoit finir en rien,
Et que Rome à la fin, son marbre & son por-
phire,
Sa hauteur, sa grandeur, & bref tout son
Empire
Par la suite des ans deuiendroit vn Tombeau,
Sur lequel le Pasteur conduiroit son troupeau:
Il a contre le temps ceste Rome allongée
Par les doctes filets d'vne encre bien purgée,
Et d'vne heureuse plume, outil duquel le sort
S'oppose à la rigueur du Temps & de la Mort.
Qui cognoistroit Hector, qui cognoistroit
Troïle,
Ny d'Vlysse les faits, ny le courroux d'Achille,
Alexandre, Cesar, sans l'encre qui combat
Contre la faux du Temps qui toute chose abat?
   Mais par-sur tout l'Histoire est vn bien
profitable
Et la plus propre à nous, quand elle est veri-
table :
Elle fait d'vn ieune homme vn vieillard à
vingt ans,
D'vn vieillard vn enfant, s'il ne cognoist des
temps
Et des mutations les miseres communes,
Et l'heur & le malheur des diuerses fortunes.
L'Histoire, sans nous mettre au hazard des
dangers,

Nous apprend les combats des Princes estran-
gers,
Et de ceux de nostre âge, & comme vne pein-
ture
Nous represente à l'œil toute humaine auen-
ture :
Nous montre qu'à la fin le meschant est deceu,
Nous montre quel loyer l'homme iuste a receu,
Afin que par exemple vn chacun puisse suiure
Loin de meschanceté le chemin de bien-viure.
   L'Histoire sert aux Roys, aux Senats, &
à ceux
Qui veulent par la guerre auoir le nom de
Preux :
Et bref, tousiours l'Histoire est propre à tous
vsages :
C'est le tesmoin du temps, la memoire des âges,
La maistresse des ans, la vie des mourans,
Le tableau des humains, miroir des ignorans,
Et de tous accidens messagere ehenuë,
Par qui la verité des siecles est cognue,
Qui n'enlaidit iamais : car tant plus vieille
elle est,
Plus elle semble ieune, & plus elle nous plaist.
   Or des Historiens nul antique n'arriue
Ny moderne à l'honneur du Romain Tite-
Liue,
Lequel (las !) toutesfois en tenebres gisoit,
Et des peuples Latins seulement se lisoit :
Maintenant les François auront son bel ou-
urage
Traduit fidelement en leur propre langage
Par le docte Amelin, lequel auoit deuant
En cent façons monstré combien il est sçauant,
Soit en Philosophie, ou en l'art d'Oratoire,
Soit à sçauoir traiter les faits de nostre Hi-
stoire,
Ou soit pour contenter l'aureille de nos Rois
Et par les vers Latins, & par les vers Fran-
çois.
   Si les meilleurs autheurs de Rome & de la
Grece
Estoient ainsi traduits, la Françoise ieunesse
Sans tant se trauailler à comprendre des mots
(Comme des perroquets en vne cage enclos)
Apprendroient la science en leur propre lan-
gage ;
Le langage des Grecs ne vaut pas d'auantage
Que celuy des François : le mot ne sert de rien,

La science fait tout, qui se dit aussi bien
En François qu'en Latin, nostre langue com-
    mune :
Les mots sont differens, mais la chose est
    toute vne.
    Et pource l'on deuroit par presens inuiter
Ce gentil Translateur, à fin d'en exciter
Mille par son exēple à rendre en nostre France,

Ainsi qu'vn propre acquest, les arts, & la
    science :
Car iamais moindre honneur à l'homme n'est
    venu
D'augmenter richement son langage cognu,
Que sur les ennemis en seruant sa Prouin-
    ce
Par armes allonger l'Empire de son Prince.

MARCASSVS.

Nous ne sommes] Apres auoir discouru du profit qu'apporte l'Histoire pour regler les mœurs de toute sorte de gens, il se met sur les loüanges du sieur Hamelin, touchant la traduction de Tite-Liue.   *Des cail-loux animez*] Les fables nous disent qu'il ne resta dans tout le Monde, apres le Deluge vniuersel, que Deuca-lion & Pyrrhe. Ceux cy se voyans seuls, eurent enuie de repeupler le Monde, & pour ce sujet en allerent demander les moyens à l'Oracle de Themis. Il leur fut respondu, qu'ils semassent les os de leur grand' mere: eux prindrent des cailloux de la terre & les ietterent par derriere : ceux que Deucalion ietta se changerent à l'instant en hommes, & ceux de Pyrrhe en femmes.   *Si la Lune*] Plusieurs ont creu que la Lune estoit habitée, & qu'il y auoit des villes & des chasteaux.   *Liue*] Tite-Liue.   *Hector*] C'estoit vn Prince de Troye fils de Priam.   *Troile*] C'estoit vn ieune Troyen qu'Achille desarma.   *Vlysse*] C'estoit le Roy d'Ithaque, qui estoit au siege de Troye.

NARCISSE.

A IEAN DAVRAT
son Precepteur.

SVs dépan, mon DAVRAT, de
    son croc ta Musette,
    Qui durant tout l'Hyuer auoit
    esté muette;
Et loin du populace allons ouïr la vois
De dix mille oiselets qui se plaignent és bois.
    Ia des monts contre-val les tiedes neiges
        chéent,
Ia les ouuertes fleurs par les campaignes béent,
Ia l'espineux rosier desplie ses boutons
Au leuer du Soleil, qui semblent aux tetons
Des filles de quinze ans quand le sein leur
    pommelle,
Et s'éleue bossé d'vne enflure iumelle.
    Ia la mer git couchée en son grand lit espars,
Ia Zephyre murmure, & ia de toutes pars
Calfeutrant son vaisseau le Nocher hait le
    sable,
Le pastoureau la cēdre, & le troupeau l'estable,
Desireux dés l'Aurore aller brouter les fleurs
Qui peignent les ruisseaux de dix mille cou-
    leurs.
    Ia l'arbre de Bacchus rampe en sa robbe
        neuue,

Se pend à ses chéureaux, & ia la forest veuue
Herisse sa perruque, & Cerés du Ciel voit
Déja crester le blé qui couronner la doit :
Ia prés du verd buisson sur les herbes nouuelles
Tournassent leurs fuseaux les gayes pastou-
    relles,
Et d'vn long lerelot, aux forests d'alentour,
Et aux prochains taillis racontent leur amour.
    Ceste belle saison me remet en memoire
Le Printemps où Iason espoinçonné de gloire
Esleut la fleur de Grece, & de son auiron
Baloya le premier de Tethys le giron :
Et me remet encor la meurtriere fontaine
Par qui le beau Narcis aima son ombre
    vaine,
Coulpable de sa mort : car pour trop se mirer,
Sur le bord estranger luy conuient expirer.
    Vne fontaine estoit nette, claire & sans
        bourbe,
Enceinte à l'enuiron d'vn beau riuage courbe
Tout bigarré d'esmail : là le rosier pourpré,
Le glayeul, & le lis à Iunon consacré
A l'enuy respiroient vne suaue haleine,
Et la fleur d'Adonis, iadis la douce peine
De la belle Venus, qui chetif ne sçauoit
Que le Destin si tost aux riues le deuoit,
Pour estre le butin des vierges, curieuses
A remplir leurs cofins de moissons amoureuses.
    Ny Nymphe, ny Syluain, ny bœuf, ny Pa-
        stoureau,

Ny du haut d'vn buiſſon la cheute d'vn ra-
  meau,
Ny ſangler embourbé n'auoient ſon eau trou-
  blée.

Or le Soleil auoit ſa chaleur redoublée,
Quand Narciſſe aux beaux yeux pantoiſe-
  ment laſſé
Du chaud & d'auoir trop aux montaignes
  chaſſé,
Vint là pour eſtancher la ſoif qui le tourmente,
Mais las! en l'eſtanchant vne autre luy aug-
  mente :
Car en beuuant à front, ſon ſemblant ap-
  perceut
Sur l'eau repreſenté, qui fraudé le deceut.
Helas que feroit-il, puis que la deſtinée
Luy auoit au berceau ceſte mort ordonnée ?
En vain ſon ombre il aime, & ſimple d'eſprit
  croit
Que ce ſoit vn vray corps de ſon ombre qu'il
  voit,
Et perdant la raiſon ſottement il s'affole
D'œillader pour neant vne menteuſe idole :
Il admire ſoy-meſme, & ſur le bord fiché
Bée en vain deſſus l'eau, par les yeux attaché.

  Il contemple ſon poil qui renuerſé ſe couche
Tout le long de ſon dos, il voit ſa belle bouche,
Il voit ſes yeux ardents plus clairs que le
  Soleil,
Et le luſtre roſin de ſon beau teint vermeil :
Il regarde ſes doigts & ſa main merueillable,
Et tout ce dont il eſt luy-meſmes admirable.

  Il ſe priſe, il s'eſtime, & de luy-meſme aimé
Allume en l'eau le feu dont il eſt conſumé :
Il ne ſçait ce qu'il voit, & de ce qu'il ignore,
Le deſir trop goulu tout le cœur luy deuore,
Las ! & le meſme abus qui l'incite à ſe voir,
Luy nourrit l'eſperance & le fait deceuoir.
Quantes-fois pour-neant de ſa léure appro-
  chée
Voulut toucher ſon ombre & ne l'a point
  touchée ?
Quantes-fois pour-neant de ſoy-meſmes épris,
En l'eau s'eſt voulu prendre & ne ſ'eſt iamais
  pris ?

  Leue, credule enfant, tes yeux, & ne re-
  garde
En vain comme tu fais vne idole fuyarde :
Ce que tu quiers n'eſt point : ſi tu verſes parmy

La fontaine vne larme, adieu ton vain amy :
Il n'a rien propre à ſoy, l'image preſentée
Que tu vois dedans l'eau tu l'as ſeul apportée,
Et la remporteras auecques toy auſſi,
Si tu peux ſans mourir te remporter d'icy.

  Ny faim, ny froid, ny chaud, ny de dormir
  l'enuie
Ne peurent retirer ſa miſerable vie
Hors de l'eau menſongere, ains couché ſur le
  bord
Ne fait que ſouſpirer ſous les traits de la
  Mort :
Ne ſans tourner ailleurs ſa ſimple fantaſie;
De trop ſe regarder ſes yeux ne raſſaſie,
Et par eux ſe conſume : à la fin s'éleuant
Vn petit hors de l'eau, tend ſes bras en auant
Aux foreſts d'alentour, & plein de pitié grande
D'vne voix caſſe & lente en pleurant leur
  demande :

  Qui, dites-moy, foreſts, fut oncques amou-
  reux
Si miſerablement que moy ſot malheureux ?
Hé! viſtes-vous iamais, bien que ſoyez agées
D'vne infinité d'ans, amour ſi enragées ?
Vous le ſçauez, foreſts : car mainte & mainte
  fois
Vous auez recelé les amans ſous vos bois.

  Ce que ie voy me plaiſt, & ſi ie n'ay puiſ-
  ſance,
Tant ie ſuis deſaſtré, d'en auoir ioüiſſance,
Ny tant ſoit peu baiſer la bouche que ie voy,
Qui ce ſemble me baiſe & s'approche de moy.

  Mais ce qui plus me deult, c'eſt qu'vne dure
  porte,
Qu'vn roc, qu'vne foreſt, qu'vne muraille
  forte
Ne nous ſepare point, ſeulement vn peu d'eau
Me garde de ioüyr d'vn viſage ſi beau.

  Quiconque ſois, enfant, ſors de l'eau ie te
  prie :
Quel plaiſir y prens-tu ? icy l'herbe eſt fleurie,
Icy la torte vigne à l'orme s'aſſemblant
De tous coſteʒ eſpand vn ombrage tremblant :
Icy le verd lierre, & la tendrette mouſſe
Font la riue ſembler plus que le ſommeil
  douce.

  A peine il auoit dit, quand vn pleur re-
  doublé
(Qui coula dedans l'eau) ſon plaiſir a troublé.

Où

Où fuis-tu? disoit-il: celuy qui te supplie,
Ny sa ieune beauté, n'est digne qu'on le fuye.
Las! demeure, où fuis-tu? les Nymphes de
　　ces bois
Ne m'ont point desdaigné, ny celle qui la vois
Fait retentir és monts d'vne complainte lente,
Et si n'ont point iouy du fruit de leur attente,
Car alors de l'amour mon cœur n'estoit espoint
Pour aimer maintenant ce qui ne m'aime
　　point.
　　Las! tu me nourrissois tantost d'vne espe-
　　rance:
En l'onde tu tenois la mesme contenance
Que baissé ie tenois: si mes bras ie pliois,
Tu me pliois les tiens: moy riant, tu riois,
Et autant que mon œil de pleurs faisoit espan-
　　dre,
Le tien d'autre costé autant m'en venoit ren-
　　dre.
Si ie faisois du chef vn clin tant seulement,
Vn autre clin ton chef faisoit également:
Et si parlant i'ouurois ma bouchette ver-
　　meille,
Tu parlois, mais ta voix ne frappoit mon au-
　　reille.
Ie cognois maintenant l'effet de mon erreur,
Ie suis mesme celuy qui me mets en fureur,
Ie suis mesme celuy, celuy-mesme que i'aime,
Rien ie ne voy dans l'eau que l'ombre de moy-
　　mesme.
　　Que feray-ie chetif? pri'ray-ie, ou si ie doy
Moy-mesme estre prié? ie porte auecques moy
Et l'amant & l'aimé, & ne sçaurois tant
　　faire
Las! que de l'vn des deux ie me puisse défaire.

Mais seray-ie tousiours couché dessus le
　　bord
Comme vn froid simulachre en attendant la
　　mort?
O bien-heureuse mort, haste-toy, ie te prie,
Et me trenche d'vn coup & l'amour & la vie,
Afin qu'auecques moy ie voye aussi perir
(Si c'est quelque plaisir) ce qui me fait mourir.
　　Il auoit acheué, quand du front goute à
　　goute
Vne lente sueur aux talons luy degoute,
Et se consume ainsi que fait la cire au feu,
Ou la neige de Mars qui lente peu à peu
S'écoule sur les monts de Thrace ou d'Arcadie,
Des rayons incertains du Soleil attiedie.
　　Si bien que de Narcis qui fut iadis si beau,
Qui plus que laict caillé auoit blanche la peau:
Qui de front, d'yeux, de bouche & de tout le
　　visage
Ressembloit le pourtrait d'vne Adonine image,
Ne resta seulement qu'vne petite fleur
Qui d'vn iaune safran emprunta la couleur,
Laquelle n'oubliant sa naissance premiere,
Suit encor auiourd'huy la riue fontainiere,
Et tousiours prés des eaux apparoist au Prin-
　　temps,
Que le vent qui tout soufle abat en peu de tēps.
Aux arbres la Nature a permis longue vie:
Ceste fleur du matin ou du soir est rauie.
Ainsi l'ordre le veut & la necessité,
Qui dés le premier iour de la natiuité
Allonge ou raccourcit nos fuseaux, & nous
　　donne,
Non ce que nous voulons, mais cela qu'elle or-
　　donne.

MARCASSVS.

Sus dépan, mon Daurat] Apres auoir descrit le Printemps à Iean Daurat son Precepteur, il luy raconte l'histoire de l'infortuné Narcisse. Cestui-cy estoit le plus beau fils que le fleuue Cephisse & la Nymphe Liriope eussent peu engendrer. Sa beauté fut cause de son malheur. Car s'estant apperceu dans vne fontaine il deuint si
passionnément amoureux de luy-mesme qu'il en fut changé en vne fleur qui en a retenu son nom: dont les
Nymphes qui l'auoient aimé à l'enuy en eurent plus de regret que de satisfaction, quoy qu'il les eust toutes
egalement mesprisées. *Du populace*] Populace est feminin. *Tournassent*] C'est vn mot que l'Auteur a fait
à son plaisir; l'on dit, tourner. *Narcis*] Au lieu de, Narcisse. *Il admire soy-mesme*] Au lieu de dire, il s'admire soy-mesme. *Son semblant*] L'on dit, sa ressemblance, ou son pourtrait, ou son image. *Merueillable*]
Ce mot n'est point François: on dit bien, esmerueillable; mais ce n'est pas ce qu'il veut dire. Il veut dire vne
belle main. *s'est voulu*] Il falloit dire, s'est-il voulu prendre? *Ny celle*] Il falloit dire, ny celle qui fait retentir sa voix par les monts. Il entend l'Echo. *Nos fuseaux*] Qui deuident nostre vie. Il le faut entendre du
pouuoir que la Theologie des anciens a donné aux Parques.

PROMESSE.

'Estoit au poinct du iour que les
　songes certains
D'vn faux imaginer n'abusent
　les humains,
Par la porte de corne entrez en nos pensées,
Des labeurs iournaliers debiles & lassées,
Songes qui sans tromper par vne vanité,
Dessous vn voile obscur monstrent la verité.
　Ainsi que ie dormois donnant repos à l'a-
　me,
En songe m'apparut l'image d'vne Dame,
Qui monstroit à son port n'estre point de bas
　lieu,
Ains sembloit, à la voir, sœur ou femme d'vn
　Dieu.
　Ses cheueux estoient beaux, & les traits de
　sa face
Monstroient diuersement ie ne sçay quelle
　grace
Qui dontoit les plus fiers, & d'vn tour de ses
　yeux
Eust appaisé la mer & serené les Cieux.
Elle portoit au front vne majesté sainte ;
Sa bouche en sou-riant de roses estoit peinte :
Elle estoit venerable, & quand elle parloit
Vn parler emmiellé de sa leure couloit :
Elle auoit le sein beau, la taille droite & belle :
Et soit qu'elle marchast, soit qu'on approchast
　d'elle,
Soit riant, soit parlant, soit en mouuant le
　pas,
Deuisant, discourant, elle auoit des appas,
Des rets, des hameçons, & de la glus pour
　prendre
Les credules esprits qui la vouloient attendre :
Car on ne peut fuir, si tost qu'on l'apperçoit,
Que de son doux attrait prisonnier on ne soit,
Tant elle a de moyens, d'engins, & de ma-
　nieres
Pour capituler à soy les ames prisonnieres.
　Sa robe estoit dorée à boutons par deuant :
Elle auoit en ses mains des ballons pleins de
　vent,
Des sacs pleins de fumée, & des bouteilles
　pleines

D'honneurs & de faueurs, & de parolles
　vaines :
Si quelque homme aduisé les cassoit de la main,
En lieu d'vn ferme corps n'en sortoit que du
　vain :
Telle enflure se voit és torrens des vallées,
Quand le dos escumeux des ondes ampoullées
S'enfle dessous la pluye en bouteilles, qui font
Vne monstre d'vn rien, puis en rien se deffont.
　Autour de ceste Nymphe erroit vne grand'
　bande
Qui d'vn bruit importun mille choses de-
　mande,
Seigneurs, soldats, marchans, courtisans, ma-
　riniers :
Les vns vont les premiers, les autres les der-
　niers,
Selon le bon visage, & selon la caresse
Que leur fait en riant ceste braue Déesse :
Elle allaicte vn chacun d'esperance, & pour-
　tant
Sans estre contenté chacun sen-va contant.
Elle donne à ceux-cy tantost vne accolade,
Tantost vn clin de teste, & tantost vn œil-
　lade :
Aux autres elle donne & faueurs & honneurs,
Et de petits valets en fait de grands seigneurs.
　A son costé pendille vne grande Escarcelle
Large, profonde, creuse, où ceste Damoiselle
Découuroit sa boutique, & en monstroit le
　front
Tout riche d'apparence, à la façon que font
Les marchands plus rusez, à fin qu'on eust
　enuie,
Voyant l'ombre du bien, de luy sacrer la vie,
Dedans ceste Escarcelle estoient les Eueschez,
Abbayes, PrieureZ, Marquisats & Duchez,
Comtez, Gouuernemens, Pensions, & sans
　ordre
Pendoit au fond du sac Sainct Michel & son
　Ordre,
Credits, faueurs, honneurs, estats petits &
　hauts,
Connestables & Pairs, Mareschaux, Admi-
　raux,
Chanceliers, Presidens, & autre maint office
Qu'elle promet à fin qu'on luy face seruice.
　Tous les peuples estoient enuieux & ar-
　dans

D'empoigner l'Escarcelle & de foüiller de-
   dans :
Admiroient son enflure, & auoient l'ame
   esmeuë
D'extréme ambition si tost qu'ils l'auoient
   veuë :
Ils ne pensoient qu'en elle, & sans plus leurs
   desseins
Estoient de la surprendre & d'y mettre les
   mains :
Et pource ils accouroient autour de l'Escar-
   celle,
Comme guespes autour d'vne grappe nouuelle.
Quand quelqu'vn murmuroit, la Dame l'ap-
   paisoit :
Car de sa gibeciere vn Leurre elle faisoit,
Qu'elle monstroit au peuple, & comme trop
   legere,
Aux vns estoit marastre, aux autres estoit
   mere.
L'vn deuenoit content sans attendre qu'vn
   iour :
L'autre attendoit vingt ans (miserable sejour)
L'autre dix, l'autre cinq, puis au lieu d'vn
   Office,
Estat, ou pension, remboursoit leur seruice,
Ou bien d'vn Attendez, ou bien, Il m'en
   souuient :
Mais telle souuenance en souuenir ne vient.
   Le peuple, ce-pendant, souffloit à grosse
   haleine,
Qui suant & pressant & courant mettoit
   peine
De courtizer la Nymphe, & d'vn cœur in-
   donté,
Sans craindre le trauail, luy pendoit au costé.
   En pompe deuant elle estoit Dame Fortune,
Qui sourde, aueugle, sorte, & sans raison
   aucune
Par le milieu du peuple à l'auenture alloit
Abaissant & haussant tous ceux qu'elle vou-
   loit,
Et folle & variable, & pleine de malice
Mesprisoit la vertu, & cherissoit le vice.
   Au bruit de telle gent, qui murmuroit plus
   haut
Qu'vn grand torrent d'Hyuer, ie m'éueille en
   sursaut,
Et voyant pres mon lict vne Dame si belle,

Ie m'enquiers de son nom, & deuise auec elle :
Déesse, approche-toy, conte-moy ta vertu,
D'où es-tu? d'où viens tu? & où te loges-tu?
A voir tant seulement ta braue contenance,
D'vn pauure laboureur tu n'as pris ta naif-
   sance :
Tes mains, ton front, ta face, & tes yeux ne
   sont pas
Semblables aux mortels qui naissent icy bas.
   Ainsi ie luy demande, & ainsi la Déesse
Me respond à son tour : Amy, ie suis Pro-
   messe,
Dont le pouuoir hautain, superbe & spacieux
Commande sur la Mer, en la Terre & aux
   Cieux :
La troupe que tu vois, me suit à la parole,
Et pour vn petit mot qui de ma bouche vole,
Ie suis crainte & seruie, & si puis esbranler
Le cœur des plus constans, m'ayans oüy par-
   ler :
I'habite ces Palais & ces Maisons royalles,
Ie loge en ces Chasteaux & en ces grandes
   Salles
Qui ont les soliueaux argentez & dorez,
Superbes en piliers de marbre elabourez :
Les Roys, les Empereurs, les Seigneurs & les
   Princes
Ne peuuent rien sans moy : ie garde leurs
   Prouinces,
Ie flate leur sujets, & puissante, ie fais
La guerre quand ie veux, les tréues, & la
   paix :
Ie destruy les citez, ie perds les Republiques,
Ie corromps la Iustice & les loix politiques,
Ie fay ce que ie veux, tout tremble dessous moy,
Et ma seule parole est plus forte qu'vn Roy.
   Le soldat pour moy seule abandonne sa vie :
Celle du marinier des ondes est rauie,
Flotante à mon seruice : & tout homme sça-
   uant
Pour penser m'acquerir, met la plume en
   auant.
Le barbu Philosophe en son cœur me desire,
Le Theologien en ma faueur respire,
Le Poëte est à moy, à moy l'Historien,
L'Architecte & le Peintre, & le Musicien :
L'Aduocat en mon nom preste sa conscience,
Le braue Courtisan se destruit de despense,
Le sot Protenotaire icy vient pour m'auoir,

P P P P P ij

Mesmes les Cardinaux sont joyeux de me
 voir :
Le Président, amy de la Loy plus seuere,
Le graue Conseiller m'estime & me reuere.
 I'ay tousiours au costé pendu quelque im-
 portun,
Ie ne chasse personne, & retiens vn chacun,
Non pas également : car les vns ie colloque
Aux suprémes honneurs, des autres ie me
 moque ;
Ie les tiens en suspens, puis quand ils sont
 grisons,
Mourir ie les r'enuoye auprés de leurs tisons :
Les autres finement ie deçoy d'vne ruse,
Les autres doucement ie pipe d'vne excuse :
Ie flatte en commandant, & tellement ie sçay
Mesler bien à propos le faux auec le vray,
Que paissant vn chacun d'vne vaine espe-
 rance,
Chacun est asseuré sans auoir asseurance.
 Or si tu veux me suiure, & venir de ma
 part,
Je n'vseray vers toy de fraude ny de fard,
Ie te tiendray parole, & auras en peu d'heure,
Comme ceux que tu vois, la fortune meilleure :
Tu es trop escollier, laisse tout & me suy,
Et deuiens habile hõme à l'exemple d'autruy.
Ie suis, ie n'en mens point, bien aise quand ie
 trompe
Ces fardez Courtisans enflez de trop de pompe,
Qui tousiours importuns à mes aureilles sont :
Mais honteuse ie porte vne vergongne au
 front,
Quand il me faut tromper, par trop d'ingra-
 titude,
Ou les hommes de guerre, ou les hommes d'e-
 stude :
Les vns gardent le Sceptre, & les autres des
 Rois
Eternisent l'honneur par vne docte vois.
Ie crain plus les derniers, d'autant que blanche
 ou noire
Ils font, comme il leur plaist, des hommes la
 memoire.
I'ay tousiours bon vouloir, mais tousiours ie ne
 puis
Contenter vn chacun, tant quelquesfois ie suis
D'affaires accablee : & alors, comme sage,
Ie me sers au besoin d'vn gracieux langage

Pour retenir les cœurs des sujets : autrement
Ie perdrois mon credit en vn petit moment.
 La parolle, RONSARD, est la seule
 Magie :
L'ame par la parolle est conduite & regie :
Elle émeut le courage, émeut les passions,
Esmeut les volontez & les affections :
Par elle l'amoureux peut flechir sa maistresse,
Par elle l'vsurier adoucit sa rudesse
Prestant sans interest, & le courroux des
 Dieux
S'appaise par l'effort d'vn parler gracieux :
Ie m'en aide souuent comme d'vn artifice
Qui contraint toute France à me faire seruice,
Et c'est le seul moyen qui mon nom fait vain-
 queur,
„ Car tousiours la parole est maistresse du cœur.
 DIEV mesme qui tout peut, ne sçauroit ia-
 mais faire
Que sa volonté puisse à tous hommes cõplaire :
L'vn desire la pluye, & l'autre le beau temps,
Et iamais icy bas on ne les voit contens :
Mais vne heure à la fin accomplit toutes cho-
 ses,
Tousiours vne saison ne produit pas les roses,
Et de tous les humains le sort n'est pas égal,
Il faut l'vn apres l'autre endurer bien & mal :
Et l'homme qui se deult d'vne telle auanture,
Peche contre les loix du Ciel & de Nature.
 Ainsi disoit PROMESSE, & ie luy
 respondi,
O visage effronté, impudent & hardi !
Apres m'auoir trompé quinze ans sans recom-
 pense
De tant de beaux labeurs dont i'honore la
 France,
Me veux-tu re-tromper ? va-t'en, ie te pro-
 mets
Par mon sainct Apollon de ne t'aimer iamais :
Ce n'est pas d'auiourd'huy que ton fard ie dé-
 couure,
Ie t'ay mille fois veuë en ces salles du Louure,
Et tu m'as mille fois par ton langage beau
Pipé à Saint Germain, & à Fontaine-bleau,
Et en ces grand's maisons superbes & Royales
Où iamais on ne voit les promesses loyales :
Pource va-t'en d'icy, car ie te hay plus fort
(Et certes à bon droit) que ie ne hay la mort :
Tu as, comme vne ingrate, impudente, & rusée,

De tes appas trompeurs ma ieuneſſe abuſée :
Tu m'as nourri d'eſpoirs, tu m'as fait aſſeurer,
Tu m'as fait eſperer pour me deſeſperer
De toy, cruelle, ingrate, & digne de martyre,
Qui me donnes la baye, & ne t'en fais que rire.
Tu ne gardes iamais ny parole ny foy,
Ce n'eſt que piperie & menſonge que toy,
Que fard, que vanité ; & pour les cœurs at-
	traire,
Tu penſes d'vne ſorte, & parles au contraire.
Tu as à ton ſeruice vn tas de Courtiſans,
De moqueurs, de flateurs, de menteurs, de plai-
	ſans,
Tes valets éhontez, qui ſont faits à ta guiſe :
L'vn en faiſant le fin toutes choſes déguiſe,
L'autre fait l'entendu, & l'autre le ruſé :
Ainſi l'homme de bien eſt touſiours abuſé.
Malheureux eſt celuy qui te ſuit, pour ſe faire
Le joüet de ta fraude, & fable du vulgaire :
Tant ſen faut que ie vueille à tes loix me
	ranger,
Que ie ne voudrois pas deux heures te loger,
Ny voir ny careſſer : ſors d'icy, pipereſſe,
Tu portes à grand tort l'Eſtat d'vne Déeſſe.

	Ainſi tout furieux la Nymphe ie tançois,
Quand elle me reſpond que i'eſtois vn Fráçois,
Inconſtant & leger, & vray'ment vn Poëte,
Qui a le cerueau creux & la teſte mal-faite.

	Il faut, ce me diſoit, corrompre ton Deſtin,
Changer ton naturel, te leuer au matin,
Te coucher à mi-nuict, & apprendre à te
	taire,
Et qui plus eſt, RONSARD, à n'eſtre vo-
	lontaire.

	Il faut les grands Seigneurs courtizer &
	chercher,
Venir à leur leuer, venir à leur coucher,
Se trouuer à leur table, & diſcourir vn conte,
Eſtre bon importun & n'auoir point de honte.
Voyla le vray chemin que tu dois retenir,
Si tu veux promptement aux honneurs par-
	uenir,
Et non faire des vers ou joüer ſur la Lyre,
Ce ſont pauures meſtiers dont on ne fait que
	rire.

	Au temps des Roys paſſez i'auois le front
	menteur,
Le parler d'vn trompeur, les yeux d'vn af-
	fronteur :

Maintenant ie ſuis ferme, & pleine d'aſſeu-
	rance ;
Car auiourd'huy la ROYNE a toute má
	puiſſance :
Elle a le cœur entier, magnanime & hautain,
Et ſa ſeule parole eſt vn arreſt certain :
Sa bouche eſt vn oracle, & ſa voix prononcée,
Comme celle d'vn Dieu, ne dément ſa penſée.
Auant que de promettre elle ſonge long temps :
Aprés auoir promis, ſes propos ſont conſtans,
Et l'importunité ne la ſçauroit combattre :
Car de promettre à deux, ou à trois ou à
	quatre,
C'eſt ſigne d'inconſtance, & le cœur genereux
Ne doit iamais promettre vn meſme bien à
	deux :
C'eſt à faire aux enfans, & aux ſimples pu-
	celles
Qui n'ont rien de vertu ny de parfait en elles,
Et non à la Princeſſe, à qui le Ciel a mis
Deſſous ſa Majeſté tant de peuples ſoumis,
Leſquels tout d'vn accord admirent ſa pru-
	dence,
Qui poiſe tant de peuple en egale balance :
Ouurage mal-aiſé ; toutesfois elle fait
Que chacun vit ſous elle heureux & ſatis-
	fait.

	Ceſte ROYNE de biens & d'honneurs
	couronnée,
Ne veut comme autrefois ſe voir importunée,
Ou que par la priere on force ſon plaiſir :
Sa prouidence veut elle-meſme choiſir
Les hommes vertueux, & en credit les met-
	tre,
Les faiſant bien-heureux auant que leur pro-
	mettre :
Et c'eſt le vray moyen d'auoir des ſeruiteurs,
Et non pas d'auancer des ſots ny des flateurs,
Qui ſont autour des Roys éleueZ en la ſorte
Qu'vn marmouſet joufflu, qui rechignant ſup-
	porte,
Ce ſemble, tout le fais d'vne voûte, & com-
	bien
Qu'il ſemble tout porter, ſon dos ne porte rien :
Il ne fait que la mine, affreux d'ouuerte
	gueule,
La voûte de ſon poids ſe porte toute ſeule.
	Or ſi la Muſe a fait enfanter ton cerueau,
Eſtreine ſa Grandeur d'vn ouurage nouueau :

Et tout ainsi qu'on voit en mieux changer l'année,
Tu pourras voir changer en mieux ta Destinée.

Ainsi disoit PROMESSE, & bien loin de mes yeux
S'enfuyant de mon lit se perdit dans les Cieux.

MARCASSVS.

C'estoit au poinct] Apres auoir descrit les beautez & les attraits de la Promesse qu'il a veuë en songe, il en dit les imperfections qui la rendent aussi noire, & aussi meschante qu'elle est belle en apparence. *Songes certains*] C'est lors que nostre ame est moins attachée au corps, & se promeine plus librement dans la cognoissance des choses futures : comme nous l'apprend Hippocrate au liure qu'il a fait des Diuinations qui procedent des songes. *Par la porte de corne*] Homere a feint que le songe descendoit du Ciel par deux portes, dont l'vne estoit de corne, & l'autre d'yuoire : qu'il sortoit de celle-cy pour tromper les hommes ; de celle-là pour les aduertir des choses à venir. Lisez Eustathius sur le songe qui vint aduertir Agamemnon dans le camp, de ce qu'il deuoit faire. *Serené*] Rendu serein. *A boutons*] Auec des boutons. *Du vain*] Il parle à la façon des Grecs. *Grand*] Pour, grande. *Sacrer*] Pour, consacrer. *Sainct Michel & son ordre*] C'est l'ancien Ordre des Roys de France. *Prés mon lict*] Prés de mon lict. *Toute France*] Pour, toute la France. *Ce me disoit*] Ce me disoit-elle.

PARADOXE.

AV ROY CHARLES IX.

IE voudrois bien, ô Pallas, te
 chanter,
 Mais ie ne puis vn ouurage in-
 uenter
Digne de toy, digne de ta puissance,
Ny du cerueau dont tu pris ta naissance,
Quand esbranlant vn bouclier Gorgontin
Tu fis trembler tout le Ciel aimantin.

Il est bien vray que nostre ame diuine
Peut inuenter suiuant son origine,
Et par esprit s'en-voler dans les Cieux.
Mais dequoy sert ce titre ambitieux,
Quand les Lions bien armez de nature,
Font par les champs des hommes leur pasture,
Et plus puissans ensanglantent leur flanc,
Ongles & dents tousiours en nostre sang ?
Et toutesfois l'homme se vante maistre
Des animaux, dont la nature & l'estre
Et le berceau où il est attaché,
Monstre qu'estre hôme est presques vn peché.

Bien peu nous sert la race Titanique
De Promethée & son argile antique,
Et le feu pris en la haute Maison
Contre vn Lion qui n'a point de raison.

Les seules mains qui en dix doigts s'allient,
Comme il nous plaist qui s'ouurent & se plient,
Nous font seigneurs des animaux ; & non
Vne raison qui n'a rien que le nom,
Bien qu'arrogante & venteuse se fie

Aux sots discours de la Philosophie,
Laquelle en vain au Ciel veut faire aller
Nos corps bourbeux qui ne peuuent voller.
Voyez-vous pas que ceux qui dés naissance
Perdent esprit, raison & cognoissance,
Fols, idiots, la honte des humains,
Font seulement (pour manier les mains)
Crainte au Lion & au Tigre sauuage :
Tant vaut la main & son gentil vsage !

Si les Sangliers, les Tigres, & les Loups
Auoient des mains & des doigts comme nous,
Ils seroient Roys des terres où nous sommes,
Et donneroient commandement aux hommes :
» Mais bien peu sert vn cœur superbe & haut
» A l'ennemy quand la main luy defaut.

La main fait tout : les murailles sont fermes
Par nostre main : la main forge les armes,
Et fait tourner en coutres bien trenchans
Le rouge fer laboureur de nos champs.

La main ourdit rets, cordages & toiles,
Creuse les nefs, leur attache des voiles
Au haut du mast, les ailes des vaisseaux.

La main bien iointe en cinq souples ra-
 meaux,
Commence tout, parfait tout, & ne cesse
De trauailler, des mestiers la Princesse,
Qui peut son œuure aux Estoilles pousser,
Royne des arts, ministre du penser.

Les Mains font l'hôme, & le font de la beste
Estre vainqueur, non les pieds ny la teste.
Ta main, Pallas, ton Oliuier planta,
Huile & pressoüers ta main nous inuenta,
Filer la laine, escarder & la teindre,
Vn bel ouurage auec l'aiguille peindre

De soye & d'or : par là tu te vengeas
Quand en Araigne Arachne tu changeas,
Et pour chef-d'œuure, & l'honneur de ton voile
Tu la fis pendre au milieu de sa toile.

    Par les cinq doigts les hômes se font preux :
Que diray plus ? la bataille de Dreux,
De Sainct Denis par la main fut gaignée.
Si la raison n'en est accompagnée,
Ce n'est que vent, d'autant qu'elle ne peut
Paracheuer les desseins qu'elle veut.

    J'ay, mon grand PRINCE, en ce vers
      memorable
Escrit des Mains la loüange admirable :
Car peu vaudroit l'entendement humain,

Bien que diuin, sans l'aide de la main :
Et ie diray comme ma fantaisie
Fut réueillée en telle Poësie.

    Voyant vn Loup qui mangeoit vn Tau-
      reau,
Et menassoit des dents le Pastoureau,
Le Pasteur prit par vn cas d'auenture
Deux longs cousteaux pendus à sa ceinture,
Et les faisant l'vn sur l'autre choquer
Fit peur au Loup : voyant le Loup moquer
Par telle ruse, & d'vne main si prompte,
J'eu tout le cœur enuironné de honte
Dequoy personne encores n'auoit fait
L'Hymne des Mains par qui tout se parfait.

MARCASSVS.

Ie voudrois] Paradoze, n'est qu'vne preuue que l'on fait contre l'opinion commune de quelque chose, fausse ou vray-semblable, que l'on veut neantmoins faire passer pour veritable, comme icy nostre Poëte nous desire prouuer que nous sommes inferieurs aux animaux & nostre raison à nos mains. *Du cerueau*] Elle nasquit du cerueau de Iupiter. *Gorgontin*] Sur lequel estoit peinte la Gorgonne. Nous en auons parlé ailleurs. *Plus puissans*] Il y manque, que nous, ou qu'eux. *Vante maistre*] Il falloit dire, d'estre maistre. *Titanique*] Il entend les Titans, qui furent les plus puissans de tous les hommes. *Promethée*] C'est celuy qui forma vn homme de boüe & l'anima par le moyen du feu qu'il déroba du Ciel : & c'est dequoy il parle au vers suiuant. *Arachne*] C'estoit vne fille d'Idmon, laquelle se voulut preferer à Pallas : mais son ouurage ayant esté mesprisé, elle se pendit, & fut changée en Araignée. Lisez Ouide. *Preux*] Vaillants. *Que diray plus*] Au lieu de dire, que diray-ie plus ? *De Dreux, De S. Denis*] C'est la seconde bataille gaignée par le Roy contre les Huguenots : la premiere par Monsieur de Guise François de Lorraine, où le Prince de Condé fut pris : l'autre par le Connestable, où il fut blessé à mort par Stuard Escossois.

LES NVES,
OV
NOVVELLES DE P. DE
RONSARD Vendomois.

Ceste piece & la suiuante, n'ont esté imprimees durant la vie de l'Autheur.

Q Vand le Soleil, ce grand flambeau
      qui orne
      De son regard le front du Ca-
      pricorne,
Retient plus court le frein de ses cheuaux,
Et paresseux n'allonge ses trauaux,
Monstrant au Monde vne face lointaine,
Palle, deffaite, inconstante, incertaine,
Qui ne veut plus de rayons se peigner,
Mais fait semblant de vouloir desdaigner,
Par vn amour froidement endormie,
La belle Flore & la Terre s'amie.

    Adonc l'Hyuer, que la ieune saison
Du beau Printemps enchaisnoit en prison,

Vient deslier les superbes courages
Des vents armez de gresles & d'orages,
Qui tout soudain, comme freres mutins,
Frappent les monts, desracinent les Pins,
Et d'vn grand bruit à la riue voisine
Flot dessus flot renuersent la marine
Blanche d'escume, & aux pieds des rochers
Froissent, helas ! la maison des Nochers,
Faisant bransler sur les vagues profondes
Les corps noyez pour le joüet des ondes,
Iettez apres dessus le sable nu,
Hostes puants du riuage incognu.

    L'air ce-pendant qui s'imprime des nuës
Forme en son sein des Chimeres cornuës,
Et côme il plaist aux grands vents de souffler,
On voit la nuë estrangement s'enfler,
Representant en cent diuers images
Cent vains pourtraits de differens visages,
Qui du Soleil effacent le beau front,
Et sur la terre effroyables se font :
Car dedans l'air telles feintes tracees
Des cœurs humains estonnent les pensees :
L'vne en sautant & courant en auant,

Vuide, sans poids, sert d'vne balle au vent :
L'autre chargee est constante en sa place,
L'vn est de rien, l'aure est pleine de glace,
L'autre de neige, & l'autre ayant le teint
Noir, azuré, blanc & rouge s'espreint
Comme vne esponge aux sommets des mon-
  tagnes :
L'autre s'aualle aux plus basses campagnes,
Et se rompant en sifflemens trenchans,
Verse la pluye & arrose les champs.

    Vn tel brouillart dessus Paris arriue
Quand de ses rais nostre Soleil nous priue,
Et que bien loin il emporte autre part
Sa Majesté, qui le iour nous départ,
Auec la vostre & celle de son Frere,
Car sans vous deux la sienne n'est pas claire.

    Incontinent que le R O Y, nostre iour,
Nostre Soleil, fait ailleurs son sejour,
Et que tournant les rayons de sa face
Loin de nos yeux, reluit en autre place,
L'Hyuer nous prend : lors mille impressions
Se font en l'air d'imaginations,
Qui d'vn grand tour se pourmeinent ensemble,
Puis tout le corps en vn monceau s'assemble,
Et ce monceau qui fantastique pend
Deçà, delà, diuisé se respand
En cent façons, & se démembre en nuës,
Non pas de gresle ou de pluyes menuës,
Neiges, frimats, ou de glace qui perd
Le ieune bled dessus le sillon verd.

    L'air imprimé ne respand choses telles
Dessus Paris : mais cent mille nouuelles,
Qui font pleuuoir, bruyantes d'vn grand son,
Leurs nouueautez en diuerse façon.
A l'impourueu tantost vient vne nuë,
Et ne sçait-on comment elle est venuë,
Laquelle espand, que les Huguenots font
Vn grand amas, & qu'assemblez se sont ;
Et qu'au Synode ils ont conclud de prendre
La force en main, & trompez ne se rendre
Sous vne paix, qui friuolle retient
Que l'Euangile en lumiere ne vient,
Et que bien tost les peuples d'Allemagne
Viendront pour eux couurir nostre campagne,
Pareils en nombre aux sablons de la mer,
Ou aux flambeaux que l'on voit allumer
Aux nuits d'Hyuer, quand la grand couuer-
  ture
Du Ciel ardant est bien claire & bien pure.

    L'autre au contraire apres laisse plouuoir
Que la Prestrise ardante fait mouuoir
Guerre à Geneue. & que jà la Sauoye
Sous son grand Duc en a trassé la voye :
Et que le R O Y à son âge venu,
Les doit froisser comme sablon menu,
Les punissant de leurs fautes commises
D'auoir pillé son bien & ses Eglises.

    L'autre soudain en cheminant par l'air,
Tout en vn coup sa charge fait couler,
Versant par tout que la partie est forte
Des Huguenots & des Romains, de sorte
Qu'il ne faut rien remuer des deux parts,
Que le profit en viendroit aux soldarts :
Et que le R O Y de puissance asseurée
A fait l'Edit d'eternelle durée ;
Que le Papiste à ses M E S S E S ira,
Le Huguenot du presche iouïra.

    L'autre fait choir qu'on brasse quelque chose,
Dont la menée encore n'est déclose :
Et que bien tost on verra de grands cas.
Puis l'autre au Turc fait auancer le pas,
Et va semant que sa grand Cymeterre
Doit commander bien tost à nostre terre,
Et que pour trop disputer de la Foy
A la parfin nous n'aurons plus de Loy.

    L'autre, en ouurant ses ombres espaissies
Pleines d'horreur, fait cheoir des propheties,
Qu'on dit venir du cabinet de D I E V :
C'est qu'au Palais il n'y a plus de lieu
Pour nostre Prince, & que c'est certain signe
Que de nos Roys prochaine est la ruine :
Et que la France, aprés tant de dangers,
Doit enrichir les Sceptres estrangers :
Et que du L Y S la royalle teinture
Des L E O P A R S deuiendra la pasture.

    On dit, alors que le Palais fut fait,
Qu'vn grand Deuin en son art tres-parfait,
Prophetisa qu'apres vn long espace,
Quand au Palais n'y aura plus de place
Pour y dresser l'image de nos Rois,
Que tout soudain l'Empire des François
Seroit destruict, ou seroit en discorde,
Et qu'à cela B R I G I D E s'y accorde ;
Et ceux qui pleins d'vn prophetique esprit
Auant mille ans de la France ont escrit.

    L'autre en tombant vne frayeur distille
Qui fait trembler les peuples de la ville :
C'est que le sang des fideles vangé

Voirra bien tost par armes saccagé
Ce grand Paris, comme ville maudite :
Que sa ruine en cent lieux est predite,
Pour le loyer d'auoir tant resisté
A l'Euangile & à la verité.

    L'autre soudain en gouttes se diuise,
Et va pleurant le tort fait à l'Eglise,
Et qu'on voirra nostre Sceptre perdu
Tant que le bien de DIEV sera vendu :
Et qu'à celuy qui en fit la menée
Le Ciel appreste vne mauuaise année.
L'autre fait choir dessus Paris espais,
Qu'on va iurer plus que deuant la Paix,
Pour assoupir toute querelle esmeuë,
Et qu'à Narbonne on doit faire vne veuë,
Entre le Roy d'Espagne & nostre ROY :
Et que tous deux, pour soustenir la Foy
De leurs ayeux, prendront bien tost les armes :
Qu'on voit déja l'appareil des gendarmes
Comme à sous-main finement se dresser,
Et qu'on voirra plus qu'on ne doit penser.

    L'autre qui vient de pestes toute pleine,
D'vn bruit commun va semant qu'à grand'
        peine
Le ROY fera son chemin tout entier :
Et qu'à grand' peine il voirra le cartier
De la Prouence & de tout ce riuage,
Qu'vn grãd Seigneur ne meure à son voyage.

    L'autre soudain ainsi qu'vn bel esclair
Qui du Ciel tombe & s'espand dedans l'air,
De son regard appaisant les orages,
Fait distiller cinquante mariages :
Que nostre ROY pour aise reposer,
De l'Empereur doit la fille espouser,
Et que bien tost on doit faire la nopce
D'vn Espagnol à la Royne d'Escosse :
Et qu'vn Anglois si fortuné sera
Que sa Maistresse vn iour espousera :
Et qu'vn François, pour plus hautain se ren-
        dre,
Des Allemans se veut faire le gendre.

    L'autre en changeant de menaces, predit
Que nostre PRINCE en armes sera dit
Le plus puissant des Princes de l'Europe :
Et que vainqueur en conduisant sa trope,
Par les Lauriers & les Palmes sera
Ce Roy qui seul la France refera.

    L'autre en semant, d'vn iour enuironnée,
Vostre vertu & vostre Destinée

Et vostre esprit, resonne que nos Rois
N'ont pas si bien par la crainte des Lois
Gardé leur Sceptre, ou par la violence,
Que vous, Madame, auec vostre prudence :
Et à ce bruit le peuple qui se sent
Vostre obligé, d'vn accord s'y consent.

    Quand sur Paris ces nuës passageres
Ont deschargé leurs nouuelles legeres,
Le bruit qui vole & reuole soudain,
Dresse l'aureille & ramasse en son sein
A pleine main ces nouuelles venuës ;
Puis au Palais, puis par toutes les ruës,
Par les maisons il les seme à monceaux,
Et fait courir mille propos nouueaux
Faux, vrais, douteux : car tantost en l'aureille,
Tantost bien haut il raconte merueille,
Triste tantost, tantost ioyeux & gay
Mesle si bien le faux auec le vray,
Que des propos racontez à la troupe
Chacun en parle, & en disne, & en soupe :
Mesme en dormant on ne peut retenir
L'esprit esmeu de son resouuenir.

    Mais vous, Madame, à qui la saincte vie
Donne l'honneur de surmonter l'enuie :
Qui mesprisez d'vn cœur sage & prudent
Toute fortune & mauuais accident,
Dessous vos pieds vous pressez ces nouuelles,
Pleines de rien, sans vous effrayer d'elles :
Et sans auoir ny crainte ny souci
Du peuple sot, ny de sa langue aussi,
Marchez, Déesse, au milieu de nos Princes,
Reuisitant les Royalles prouinces :
Et d'vn œil prompt vos subiets remarquez,
Les vns en biens hautement colloquez,
Les autres non : car selon le merite
Vous les traittez d'vne faueur petite,
D'vne moyenne, ou d'vne grande, à fin
Que le caquet du Courtisan trop fin,
Comme importun vostre esprit ne deçoiue,
Et que l'honneur en flatant ne reçoiue
Du vertueux, qui a mieux merité
D'estre de vous benignement traitté.

    Donc à bon droict, comme mere subtile
D'heureux conseil, menez de ville en ville
Vostre fils Roy, & luy monstrez combien
Au Prince sert de cognoistre son bien :
Le façonnant dés ieunesse aux affaires
Qui sont aux Rois propres & necessaires :
A fin qu'vn iour en âge paruenu,

Ayant beaucoup appris & retenu,
De son esprit, sans aide de personne,
Il puisse seul gouuerner sa Couronne :
Sans se fier , comme vn Roy paresseux
Et fai-neant, aux flateurs, ou à ceux
Qui de plus pres pendus à ses aureilles,
Sans nul effect luy promettent merueilles,
Pillant le peuple & rauissant le bien,
Comme il leur plaist, quand le Roy n'en sent
    rien.
   Ainsi, Madame, on chante que Cybelle
Aimant son fils d'vne amour naturelle,

Son petit fils Iupiter, le tenoit
Entre ses bras, & par tout le menoit
Voir les citez , les villes & la terre :
Puis dans la main luy bailla le tonnerre,
Et le poussant iusqu'au sommet des Cieux,
Pour sa vertu le fit maistre des Dieux.
   Ainsi vous deux, apres longues années
Qui du Destin vous furent ordonnées,
Irez au Ciel , & comme deux flambeaux
Vous reluirez en deux astres noueaux,
Fauorisant d'vne heureuse influance
Vos heritiers, les Roys & vostre France.

MARCASSVS.

Quand le Soleil] De mesme que les tempestes, les gresles & les frimats s'approchent à mesure que le Soleil s'esloigne de nous : qu'ainsi la peur, les pretextes , les deffiances & les faux bruits se coulent parmy le peuple durant l'absence de leur Roy.   *Capricorne*] C'est le dixiesme signe du Zodiaque. Quand le Soleil entre dans sa maison, nous auons le solstice d'Hyuer.   *Flore*] C'est la Déesse des fleurs.   *Des Chimeres*] Aristophane dit dans sa seconde Comedie, qu'il n'est rien que les nuës ne representent en l'air.   *Diuers images*] Les François font tousiours, image, feminin.   *Sa Majesté*] Charles IX.   *Son Frere*] François II.   *Pour aise reposer*] L'on diroit, pour se reposer à l'aise.   *La fille*] C'estoit Elisabet d'Austriche qu'il espousa du depuis.   *D'vn Espagnol*] Ie me doute que c'est le Roy Philippe auec la Royne vefue de François II.   *Qu'vn Anglois*] Auec la Royne Stuard.   *Et qu'vn François*] C'estoit vn Prince Huguenot.   *Madame*] C'est la Royne-mere.   *Raconte merueille*] On dit, raconte merueilles, & non, merueille.   *Cybelle*] C'estoit la mere des Dieux, dont nous auons parlé ailleurs.

AV TRESORIER DE L'ESPARGNE.

IE sçay, MOREAV, les affai-
   res de France :
   Ie sçay combien nostre PRINCE
   a souffrance
D'argent (le nerf des guerres) & i'entens :
Crier au camp les soldats mal-contens :
I'oy d'autre part la Prouince affligée
D'imposts, tributs, & de tailles mangée,
Qui donne sang & entrailles au ROY,
A longs souspirs se lamentant dequoy
Rien n'est payé, sans que pourtant on laisse
De la charger d'vne angoisseuse presse :
Comme le fleuue en la marine court,
Tout cest argent tire deuers la Court.
   La Court qui est comme vn homme hydro-
    pique,
Qui plus il boit, plus la soif domestique
Le fait reboire, & si n'en est nourry:
Car son foye est vlcereux & pourry,
Qui ne sçauroit digerer son breuuage :
Mais le tournant en tres-mauuais vsage,

Bouffit le corps, qui toutefois n'est pas,
Estant enflé, ou plus sain, ou plus gras :
   Ainsi pour voir les esponges ventreuses
De nostre Court, en argent plantureuses,
Grosses de biens, il ne faut pas penser
Que pour cela leur soif vueille cesser.
Plus ils en ont, plus se plaignent & deulent,
Plus sont enflez, plus d'enfleures ils veulent.
   Il faut chasser quelques Italiens,
Les vrays corbeaux rauisseurs de nos biens,
A qui la chair & la graisse est donnée :
Qui ne font pas comme la Cananée,
Se contentans des miettes de pain,
Mais prenant tout nous font mourir de faim,
Et si auons la machoire assez dure
Pour manger seuls nostre propre pasture,
Sans que l'on voye vn Messer estranger
Venir le bien à nous pauures manger,
Pour balancer seulement vne aureille.
Regarde-moy dés la mer de Marseille
Iusques au Haure, ah ! autrefois Anglois ;
Voy la Bourgongne, & les Champs Lyonnois,
Ceux ont en main les plus gras benefices,
Daces, imposts, & les meilleurs offices
Où les François ne sont recommandez

Ne satisfaicts sinon d'vn Attendez.

Il ne faut plus que la ROYNE bastisse,
Ny que sa Chaux nos tresors appetisse,
Molins suffit sans en bastir ailleurs.
Peintres, Maçons, Engraueurs, Entailleurs
Succent l'Espargne auec leurs piperies :
Mais que nous sert son lieu des Thuilleries ?
De rien, MOREAV, ce n'est que vanité,
Deuant cent ans sera deshabité,
Et n'y aura ny fenestre ny salle,
Leton entier, corniche ny oualle.
,, Son plus certain, son Palais le plus beau,
,, C'est Saint Denis, quand aupres du tombeau
,, De son mary dormira trespassée,
,, A joinctes mains, à clos yeux renuersée.
Il ne faut plus qu'en temps de paix le ROY
Donne ses biens sans cognoistre pourquoy
Prodiguement ces richesses il donne
A quelque nombre, & destruit sa Couronne,
Qui seuls en font & graisse & aliment :
Les autres n'ont aucun nourrissement,
Languissans secs comme membres ectiques.

As-tu point veu dans ces fables antiques
Vn Roy Phinée aueugle, qui n'auoit
Dequoy manger, quand manger il deuoit :
Car tout soudain les Harpyes gourmandes
Hors de sa main rauissoient les viandes,
Et sans laisser à ses pauures seruans
Vn seul morceau, se perdoient dans les vens ?
,, Si des François l'innombrable finance
,, Alloit par ordre, & par iuste dépance,
,, Chacun pourroit aisément s'en sentir,
,, Et si n'auroit au cœur vn repentir
,, De haZarder pour le Prince la vie.
,, Quand des François la bource est bien gar-
*   nie,*
,, Et quand l'argent s'y conte à grands mon-
*   ceaux,*
,, Quand l'or y court comme l'onde aux ruis-
*   seaux,*
,, Chacun benit le Prince & sa Couronne ;
,, A le seruir Chaudement on s'addonne,
,, On meurt pour luy : mais quand l'argent
*   defaut,*
,, L'esprit languit, & le cœur n'est plus Chaud,
Chacun est froid en son debuoir, & lasche
A s'acquitter dignement de sa tasche :
Le plus vaillant deuient rosse & coüard,
Le seul argent pousse l'homme au haZard :

Le regiment de STROSSY, qui égale
En combatant la fureur Martiale,
Deuient tout froid, & mesmes au besoing
Aux Cheualiers tremble la lance au poing,
Et tout armé pour-neant il s'efforce.
,, L'or est le nerf, & du nerf vient la force.
,, Le bon Coursier au combat diligent
,, Sçait quand son maistre est bien garny d'ar-
*   gent :*
,, Aucine, foin, & tel autre fourrage
,, Ne luy deffaut ; alors d'vn grand courage
,, Preste le dos à son maistre, & ioyeux,
,, Par les combats le rend victorieux.
,, Quant est de moy, si cet aloy ne sonne
,, Dedans mon sac, mon Euterpe frissonne,
,, Ie deuiens froid, composer ie ne peux :
,, Mais quand i'en ay ie fay ce que ie veux.

D'où vient cela, que cest or, que la terre
Si loing de nous en ses boyaux enserre,
Et qui n'a rien en l'homme de commun,
Nous donne vie, & nourrit vn chacun ?
Le bled qu'on mange entretient la personne,
Le vin qu'on boit nous fait la force bonne,
La Chair se tourne en aliment benin ;
Mais cest argent, de terre le venin,
Qu'on voit chacun si ardentement suiure,
Sans le manger fait tout le monde viure.
,, On dit qu'vn iour Iupin estant fasché
,, De voir le monde engraué de peché,
,, Delibera perdre la race humaine
,, Par diuers maux & par diuerse peine :
,, Le grand Deluge en Orient coula,
,, Sous Phaëthon la Grece se brusla :
,, La guerre vint à Thebes, & à Troye.
,, Le plus grand mal qui estoit, la monnoye,
,, Restoit encor : mais la terre en bailla,
,, Que Iupiter arrondit & tailla,
,, Comme ressors, par roüelles menuës,
,, Et en farcit le ventre de ses nuës,
,, Puis les creua d'vn grand bruit, & soudain
,, L'or & l'argent pleust sur le genre humain.
,, Comme on voit choir mainte fleurette épesse
,, Sur les Corps Saincts suiuis d'vne grand'
*   presse,*
Lors que le peuple en sa deuotion
Fait par la rüe vne Procession,
Criant pardon au Seigneur de ses fautes :
Alors on voit des fenestres plus hautes
Tomber les fleurs d'vn nuage plaisant :

„ *Ainſi du Ciel tomboit le faux preſent,*
„ *Beau de couleur, de forme & d'apparence,*
„ *Mais en effet d'vne autre difference:*
„ *Le peuple ſot qui penſoit que l'argent*
„ *Fuſt don du Ciel, y courut diligent*
„ *Pour l'amaſſer par foules & par bandes;*
„ *S'entre-pouſſans faiſoient des noiſes gran-*
     des,
„ *Et tant ardans apres l'or ils eſtoient,*
„ *Qu'en le ſerrant à grands coups ſe bat-*
     toient,
„ *Tant d'argumens pour les combats il offre:*
„ *L'vn empliſſoit vn bahu, l'autre vn coffre,*

„ *L'autre la bource, & chargez à foiſon*
„ *S'en retournoient ioyeux en leur maiſon.*
„ *Je n'y eſtois,* MOREAV, *i'eſtois malade*
„ *Quand ceſte heureuſe opulente brigade*
„ *Amaſſoit l'or à pleins paniers: or toy*
„ *Qui en ſerras pour France & pour le* ROY,
„ *Et pour les tiens, mon* MOREAV, *ie te prie*
     *   *   *

„ *M'en departir ſi peu que tu voudras:*
„ *Plus indigent le* ROY *n'en ſera pas:*
„ *Et deſormais de promeſſes n'abuſes*
„ *Ton vieil Amy, ton* RONSARD, *& ſes*
     Muſes.

MARCASSVS.

Ie ſçay, Moreau] Il ſe plaint au ſieur Moreau Treſorier de l'Eſpargne, de l'ingratitude du temps & du deſordre des finances qui eſtoient prodigaliſees à des Eſtrangers & non aux bons François qui meritoient d'en eſtre re-compenſez comme luy. *D'impoſts*] Ce fut ſous le regne de ce Roy qu'on commença à donner des aduis. *Deulent*] Vieil mot, de douloir. *Meſſer*] Mot Italien. *Pour balancer*] C'eſt que l'Italien balance touſiours ſes mots auec des geſtes. *Ceux ont*] Ceux-là ont. *Sainct Denis*] Où ſont les ſepulchres des Rois. *Phinée*] C'eſt ce malheureux Roy auquel les Harpyes rauiſſoient tous les mets qu'on luy pouuoit ſeruir. Liſez Virgile. *Euterpe*] C'eſt vne des neuf Muſes. *Deluge*] Sous Deucalion. *Phaëthon*] Il tomba dans le Po. *Thebes*] La guerre des deux freres, deſcrite par le Poëte Statius. *Pour France*] Pour la France.

A OLIVIER DE MAGNY,
POETE LYRIQVE.

*Q*V'on me dreſſe vn Autel; qu'à
     non-pair on m'ameine
Trois porcs, & trois aigneaux
     friſeZ de noire laine,
Qu'on me tire du vin pour verſer ſur le feu:
Ie veux publiquement ce iourd'huy faire vn
     vœu
Deuant toute la France, & deuot me con-
     traindre
Par vn ſerment promis, de iamais ne l'en-
     fraindre:
„ *Car par droict de nature vn bon cœur eſt*
     tenu
„ *De ſouſtenir celuy qui l'aura ſouſtenu.*
     Or ainſi que le poil de ceſte noire beſte
Craquette dans le feu, ainſi ma chere teſte
Y puiſſe craqueter, ſi iamais enuers toy,
Conſtant en mon contract, ie te manque de
     foy.

Te ſerrant les deux mains, par les Dieux
     ie te iure
De n'endurer iamais qu'vn ſot te face injure,
Sans te venger ainſi que tu m'as reuengé
Du ſot iniurieux qui m'auoit outragé.
Doncques, mon cher MAGNY, *que nul ne*
     ſe hazarde
D'offenſer ton renom: car i'en ay pris la garde,
Qui veux monſtrer à ceux qui s'en voudroient
     moquer
De quel aſpre aiguillon ma Muſe ſçait piquer.
     Tandis par cent trauaux pourſuy ton en-
     trepriſe.
„ *Les Dieux ont la Sueur deuant la Vertu*
     miſe,
„ *Et faut beaucoup grimper ains qu'atteindre*
     au ſommet
„ *Du roc où la Vertu liberale promet*
„ *Apres dix mille ennuis vne gloire eternelle*
A ceux qui comme toy ſeront amoureux d'elle,
Et qui deſdaigneront d'vn courage hautain
Ces maſtins enuieux qui nous mordent en
     vain.

MARCASSVS.

Qu'on me dreſſe] Il fait icy vne eſpece de ſerment tiré de la Magie, par lequel il ſe donne à tous les mal-heurs qui luy pourront arriuer, au cas qu'il ſoit iamais ingrat enuers Oliuier de Magny. *Ains*) Pour, deuant que.

A

A luy-mesme.

Ors que ta mere eſtoit preſte à ge-
  ſir de toy,
  Si Iupiter, des Dieux & des
  hommes le Roy,
Luy euſt iuré ces mots : L'enfant dont tu es
  pleine,
Sera tãt qu'il viura ſans douleur & ſans peine,
Et touſiours luy viendront les biens ſans y
  ſonger,
Tu dirois à bon droit Iupiter menſonger.
  Mais puis que tu es né, ainſi que tous nous
  ſommes,
A la condition des miſerables hommes,
Pour auoir en partage ennuis, ſoucis, trauaux,
Douleurs, triſteſſes, ſoins, tourmens, peines &
  maux,
Il faut baiſſer le doz, & porter la fortune
Qui vient dés la naiſſance à tous hommes
  commune :
Ce que facilement patient tu feras

Quand iuge de toy-meſme en ton cœur penſeras
» Que tu n'es pas vn Dieu, & qu'on ne voit
  au Monde
» Choſe qui plus que l'hõme en miſeres abonde,
» Qui plus ſoudain s'eſleue, & qui plus ſoudain
  ſoit
» Tombé quand il eſt haut : & certes à bon droit,
» Car il n'a point de force, & ſi touſiours de-
  mande
» D'attenter plus que luy quelque entrepriſe
  grande.
  Ce que tu quiers du ROY, MAGNY,
  n'eſt pas grand cas :
Et déja l'eſperance en giſt entre tes bras.
Le iour preſſe la nuict : pource pren bon cou-
  rage,
Tu n'as garde de fondre au milieu de l'orage,
Puis que tu as en lieu du bel Aſtre beſſon
Des Spartains, la faueur de ton grand D'A-
  VANSON,
Qui ja pouſſe ta Nef ſur la riue deſerte,
Pour y payer tes vœux à Glauque & Me-
  licerte.

MARCASSVS.

Lors que ta mere] Il deſcrit les miſeres auſquelles tous ceux qui naiſſent ſont ſujets par vne ordonnance fatale du Ciel, qui n'en excepte pas meſmes les Roys, puis que bien ſouuent contre leurs deſirs ils perdent ce qu'ils voudroient retenir au prix de leurs vies : & ne peuuent point executer leurs deſſeins comme ils voudroient. *Aſtre beſſon*] Il entend Caſtor & Pollux, qui naquirent d'vne meſme ventrée.   *Glauque & Melicerte*] Ce ſont deux puiſſans Dieux de la mer.

A MONSIEVR NICOT,
perſonnage tres-ſçauant.

Ature fit preſent de cornes aux
  Taureaux,
  Et pour armes de crampe, & de
  ſole aux cheuaux,
Aux poiſſons du noüer, & aux aigles d'adreſſe
De trencher l'air ſoudain, aux liéures de vi-
  ſteſſe,
Aux ſerpens du venin enueloppé dedans

Leur queuë & leur genciue, & aux lions des
  dens,
A l'homme de prudence, & n'ayant plus puiſ-
  ſance
De donner, comme à l'homme, aux femmes la
  prudence,
Leur donna la beauté, pour les ſeruir en lieu
De piſtoles, de dars, de lances & d'eſpieu :
Car la beauté, NICOT, d'vne plaiſante
  Dame,
Surmonte hommes & Dieux, les armes & la
  flame.

MARCASSVS.

Nature] Comme la Nature s'eſt pleuë à departir à chaſque eſpece d'animaux ſes faueurs, à l'vn la force, à l'autre la legereté, à l'autre la fineſſe, à l'autre la viſteſſe, & ainſi du reſte : qu'ainſi le Ciel a donné la beauté aux femmes pour triompher de tous ceux qu'elles veulent.

Fin du ſecond liure des Poëmes.

Lors que cest arbrsseau plein de si belle fleurs,
Promettoit plus de fruit pour le bien de sa france :
La mort le luy osta, pour semplir de malheurs
Et mourut auec luy de son heur l'esperance

LES
SONNETS DIVERS
DE P. DE RONSARD
GENTIL-HOMMME
VENDOMOIS.

DEDIEZ AV ROY FRANCOIS II.

AV ROY FRANCOIS II.
DE CE NOM.

RANÇOIS, *qui prens ton nom de* FRANÇOIS *ton Grand-*
pere,
Qui de ta Mere prens la grace & la beauté,
De ta Tante l'esprit, & ceste Royauté
Que tu portes au front, du Roy HENRY *ton Pere:*
   La France apres sa mort par ta proüesse espere
De voir l'Italien sous son Sceptre donté:
Car tel honneur t'est deu, ô ROY, *qui d'vn costé*
En es le vray Seigneur, heritier de ta Mere.
   Ton Pere doit gaigner la Flandre, & les Anglois,
L'Allemaigne, & l'Espagne : & par force tu dois
Gaigner, comme heritier, l'Italie maternelle.
   „Souuienne-toy, pourtant, quand tu seras grand Roy,
„Beaucoup de sang Chrestien ne respandre sous toy:
„Mais pardonne au vaincu, & donte le rebelle.

AV ROY HENRY III.

L'*Europe est trop petite, & l'Asie & l'A-*
frique
Pour toy qui te verras de tout le Monde Roy:
Aussi le Ciel n'aguere a fait naistre pour toy
Du milieu de la mer la nouuelle Amerique.
   Afin que ce grand Tout soit l'Empire Gal-
lique,
Et que le Monde entier obeïsse à ta Loy:
Comme déja ton Sceptre abaisse dessous soy

QQQqq ij

L'*Arctique, il puisse vn iour gouuerner l'An-*
    tarctique.
    Les Parques dans le Ciel t'ont filé cet hon-
      neur :
Quand tu seras tout seul de ce Mõde Seigneur,
Tu fermeras par tout le Temple de la guerre.
    La Paix les & Vertus au Monde fleuri-
      ront :
Iupiter & HENRY l'Vniuers partiront,
L'vn Empereur du Ciel & l'autre de la Terre.

A luy-mesme.

*N*Y *couplet amoureux, ny amoureuse li-*
    gne,
Ny Sonnet, ny chanson ne vous peut mettre
    aux Cieux :
Un liure, tant soit grand, taut soit laborieux,
De vos belles vertus encores n'est pas digne.
    Vous estes des François l'heur, le Ciel, & le
      signe :
Et qui voudroit chanter vos faits victorieux,
Guerres, combats, desseins, villes, places &
    lieux,
Il faudroit emprunter la douce voix d'vn
    Cygne.
    Pourtant souuenez-vous qu'orfelins de
      renom
Diomede fust mort, Achille, Agamemnon,
Sans la Muse d'Homere heureusement fertile,
    Qui des Roys genereux les honneurs escri-
      uoit :
Pour cela Scipion d'Ennius se seruoit,
Et le fils de Cesar se seruoit de Virgile.

A luy-mesme.

MADRIGAL.

*P*Erles, *rubis, & pierres precieuses*
    Soient pour le front de ce Royal Guerrier,
PRINCE inuincible, & non le verd laurier,
Honneur trop bas pour ses mains belliqueu-
    ses.
    De Myrte verd les fueilles bien-heureuses
Soient pour le mien, à fin de me lier,
Non pour ma gloire, ains comme vn prison-
    nier,
Qu'Amour a prins aux guerres amoureuses.

    Mais s'il aduient, aprés auoir vescu
Long temps en peine & en douleur extréme,
Qu'en surmontant la force de moy-mesme
Ie sois vainqueur du Dieu qui m'a vaincu,
    Tant redouté au Ciel & en la terre,
Mon loz sera plus diuin que le sien :
Il a vaincu des hommes en la guerre,
Et moy vn Dieu, son Seigneur & le mien.

A luy-mesme.

*P*RINCE, *quand tout mon sang boüil-*
    lonnoit de ieunesse,
Et de corps & d'esprit, gaillard & vigou-
    reux,
Sur l'Auril de mes ans ie deuins amoureux
D'vne belle, gentille & courtoise Maistresse.
    Seule elle estoit mon cœur, mes yeux & ma
      Déesse :
Aussi de sa beauté ie fu tant desireux,
Que mon plaisant mal-heur me sembloit bien-
    heureux :
Mais ce boüillon d'amour par le temps a pris
    cesse.
    Maintenant que ie suis sur l'Autonne, &
      grison,
Les amours pour RONSARD ne sont plus
    de saison :
Ie ne veux toutefois m'excuser dessus l'âge.
    Vostre commandement de ieunesse me sert,
Lequel maugré les ans m'allume le courage,
D'autant que le bois sec brusle mieux que le
    verd.

A luy-mesme.

*V*N *plus ieune Escriuain, que l'âge fauo-*
    rise,
Chantera la beauté, la grace & les attraits,
Les arcs, les feux, les nœuds, les liens & les
    traits,
Les larmes, les souspirs, l'embusche & la sur-
    prise :
    La foy cent fois rompuë & cent fois re-
      promise ;
Dons, messages, escrits, prieres & souhaits,
Guerres, haines, discords, tréues, noises &
    paix
De celle dont les yeux tiennent vostre frãchise.

Au ieune âge conuient chanter telles chan-
  sons;
A moy d'enfler la trompe, & de plus graues
  sons
Réueiller par les champs les Françoises armees,
  Et sonner les vertus de ces braues guerriers
Qui loin dedans l'Asie aux terres Idumees,
Du sang Royal de France ont planté les lau-
  riers.

A MONSEIGNEVR LE DVC
DE TOVRAINE, FRANÇOIS
DE FRANCE, fils & frere de
Roy, entrant en la maison
de l'Autheur.

BIEN *que ceste maison ne vante son por-*
  phyre,
Son marbre, ny son iaspe en œuure elabouré;
Que son plancher ne soit lambrißé ny doré,
Ny pourtraict de tableaux que le vulgaire
  admire :
  Toutesfois Amphion l'a bien daigné con-
  struire,
Où le son de sa Lyre est encor demeuré,
Où Phœbus comme en Delphe y est seul ho-
  noré,
Où la plus belle Muse a choisi son Empire.
  Apprenez, mon grand PRINCE, à mé-
  priser les biens,
La richeße d'vn Prince est l'amitié des siens :
Le reste des Grandeurs nous abuse & nous
  trompe.
  La bonté, la vertu, la iustice & les lois
Aiment mieux habiter les antres & les bois,
Que l'orgueil des Palais qui n'ont rien que la
  pompe.

AVDICT SEIGNEVR DVC
entrant en son Iardin.

Vne Nymphe Iardiniere parle.

CES *grands, ces triomphans, ces superbes*
  Romains,
Qui auoient eu du Ciel vn si braue courage,
A leur commencement viuoient du labourage,

Et sans hôte tenoient, la charuë en leurs mains.
  Ces grandeurs, ces honneurs dont les hom-
  mes sont plains,
Ne sont pas les vrais biens qui font l'homme
  plus sage :
Vn petit clos de terre, vn petit heritage
Les rend plus vertueux, plus gaillards & plus
  sains.
  Ces arbres, qui pour vous leurs robbes re-
  nouuellent,
Ces fleurs & ces iardins & ces fruicts vous
  appellent,
Celebrans iusqu'au Ciel vos faits & vos va-
  leurs;
  Dignes d'auoir autels, temples & sacrifice,
Et que vostre beau nom escrit entre les fleurs,
Passe le nom d'Aiax, d'Hyacinthe & Nar-
  cisse.

AVDICT SEIGNEVR DVC,
entrant dedans son bois.

Vne Nymphe Boccagere parle.

IE *suis Hamadryade en ces chesnes enclose :*
  Ie vy dessous l'escorce, & vous vien racon-
  ter
Que ces bois, ces forests ne cessent de chanter
Vous en qui la fortune & la vertu repose.
  Rien icy n'est de verd, qui gay ne se dispose
A loüer vos honneurs, les dire & les vanter,
A fin que Loire puisse en la mer les porter,
Et que vostre seul nom deuienne toute chose.
  Puis la mer espandra vostre honneur par
  le vent,
Et le vent parmy l'air : puis au Ciel s'esleuant,
Vostre corps deuiendra quelque estoille allumée.
  Ainsi vous ioüyrez de ce grand Vniuers,
S'il vous plaist d'vn bon œil permettre que mes
  vers
Deuiennent les Heraux de vostre renommee.

AVDICT SEIGNEVR DVC,
luy presentant du fruict.

VOVS *presenter du fruict c'est porter de*
  l'areine
QQQqq iij

Aux riues de la mer, des espics à Cerés,
Des estoiles au Ciel, des arbres aux forests,
Des roses aux iardins, des eaux à la fontaine.
  De fruits auant le temps vostre ieunesse est
    pleine :
Vos fruicts sont vos grandeurs, vos vertus &
    vos faits,
L'amour de vostre peuple, & le bien de la paix,
Et d'auoir deliuré la France de sa peine.
  Si mõ present est pauure, à blasmer ie ne suis,
Ie vous donne, mon DVC, tout le bien que ie
    puis.
Celuy qui donne tout ne retient rien de reste.
  Mõ esprit est mõ tout, au moins ie le croy tel :
Mon present est donc grand, d'autant que le
    mortel
Fait place à la Grandeur de la chose celeste.

AV ROY HENRY II.
de ce nom.

QV*and entre les Cesars i'apperçoy ton*
    image
Descouurant tout le front de laurier reuestu,
Voyez (ce dis-ie lors) combien peut la vertu
Qui fait d'vn ieune Roy vn Cesar deuãt l'âge.
  Ton peuple en ton pourtrait reuere ton vi-
    sage,
Et la main qui n'aguere a si bien combatu,
Quand l'Anglois, & par terre & par mer
    abatu,
A ta France rendit son ancien riuage.
  Ce n'est petit honneur que d'estre pourtrait,
    S*IRE*,
Entre les vieux Cesars qui ont regi l'Empire,
Comme toy valeureux, magnanimes & iustes.
  Ce signe te promet, grand R*OY victorieux,*
Puis que vif on t'esleue au nombre des Augu-
    stes,
Que mort tu seras fait des compagnons des
    Dieux.

A LA ROYNE-MERE
Catherine de Medicis.

L'*Heur & malheur que le Destin pro-*
    pose,

D'effet à l'homme il le donne à cognoistre :
En vous blessant vn peu le bras senestre,
Telle blessure afferme quelque chose.
  Aux nerfs du bras la puissance est enclose :
S'il est blessé le corps n'est plus adestre,
Il deuient serf en lieu qu'il estoit maistre,
Et sans agir paresseux se repose.
  Le bras est pris pour le Sceptre d'vn Roy:
Le bras denote & la force & la Loy,
Et par le bras vn Empire on void naistre.
  Quand il se deult, le corps est offensé :
Mais ie pri' DIEV, ROYNE, *que ton*
    bras dextre
Qui nous soustient ne soit iamais blessé.

A LOYS DE BOVRBON
Prince de Condé.

MADRIGAL.

PR*INCE Royal, quand le Ciel t'ani-*
    ma,
Il te donna vne ame prompte & viue,
Qui dans ton corps ne languit point oisiue,
Non plus que fait celuy qui la forma.
  L'honneste Amour en tes yeux s'enferma ;
Pithon sucra ta parole naïue
Pleine de miel, douce & persuasiue,
Qui l'autre iour tout l'esprit me charma.
  Voyant ta face à toute heure il me semble
Que i'apperçoy trois grands Dieux tous en-
    semble :
Mars sur ton front a planté son effroy,
Mercure a pris ta bouche pour s'esbatre,
  Amour tes yeux, où tousiours ie le voy.
Qui pourroit donc vn tel Prince combatre,
Qui a tousiours trois grands Dieux auec soy?

A L'ALTESSE MERE DV
Duc de Lorraine.

PO*ur celebrer l'honneur de vostre race,*
Noble du sang d'Empereurs & de Rois,
Qui nostre Europe ont mis dessous leurs lois,
Puis dans le Ciel demi-Dieux ont leur place.
  Pour celebrer vostre port, vostre grace,

Et voſtre Alteſſe, il faudroit que ma vois
Deuinſt airain, & faudroit que mes doigts
Deuinſſent fer, mon encre eau de Parnaſſe.

Voulant deſcrire ou voſtre honneſteté,
Voſtre prudence ou voſtre Majeſté,
Que le Lorrain & le Flaman admire;
Je ſuis muet & la voix me defaut :
Car pour loüer tant de graces, il faut
Ou bien-chanter, ou du tout ne rien dire.

A MONSIEVR DE NEMOVRS.

IE demandois à l'Oracle des Dieux
Où ie pourrois trouuer le Dieu des armes,
Et l'autre Dieu qui ſe paiſt de nos larmes,
Quãd ſes beaux traits nous offenſent les yeux :
J'ay (ce diſoy-ie) eſté en mille lieux
Sans rencontrer ce Prince des gendarmes,
Ny ſans trouuer l'autre, dont les allarmes
Bleſſent nos cœurs d'vn mal ſi gracieux.

L'Oracle adonc, d'vne voix qui murmure,
Reſpond que Mars a changé de figure,
Et qu'autre forme a pris le Dieu d'Amours.

Pour les trouuer en vne meſme place,
Va-t'en chercher le Prince de NEMOVRS :
Car l'vn & l'autre habite dans ſa face.

A CHARLES, CARDINAL DE LORRAINE.

LE Monde ne va pas, comme dit Epicure,
Par vn cas fortuit, mais il va par raiſon :
Chacun le peut iuger voyant voſtre maiſon,
Qui d'art regit la France, & non pas d'auan-
    ture.
D'vne prudence iointe à la ſage Nature
Vous preuoyez des temps l'vne & l'autre
    ſaiſon :
En ſi grande ieuneſſe ayant le chef griſon,
Vous aſſemblez tout ſeul vn Ianus en Mer-
    cure.
Auſſi le ROY vous aime, & le Ciel vous
    appreſte
Vn triple diademe à bon droit ſur la teſte,
Pour vous faire Paſteur ſur tous le ſouuerain.

Le puiſſiez-vous donc eſtre & mourir en
    vieilleſſe :
Voſtre ame puiſſe auoir l'eternelle promeſſe,
Et voſtre corps ſe faire vn bel Aſtre Lorrain.

A luy-meſme.

DElphe ne reçoit point d'vn ſi ioyeux vi-
    ſage
Apollon qui reuient de voir Déle ſa mere
(Par le commandement de Jupiter ſon pere)
Quand au bout de ſix mois il a fait ſon voyage :
Comme toute la France apres voſtre meſ-
    ſage
Ioyeuſe vous reçoit, vous eſtime & reuere,
S'ébahiſſant de voir voſtre front ſi ſeuere,
Si prudent & ſi vieil en la fleur de voſtre âge.

Apollon & vous ſeul ſçauez interpreter,
L'vn les ſecrets d'vn Roy, l'autre de Iupiter :
L'vn craint au Ciel, & l'autre en la terre ha-
    bitable.
Tant ſeulement d'vn poinct vous differez
    tous deux :
Apollon eſt obſcur, tortueux & douteux,
Et vous eſtes touſiours certain & veritable.

A luy-meſme.

PRELAT, bien que noſtre âge aille tout de
    trauers,
Age vrayment de fer, de meurtres & de
    larmes,
De guerres & de morts, de ſang & de gen-
    darmes,
Ie ne veux pas laiſſer à vous chanter des vers.
Ennius qui ſonnoit le los par l'Vniuers
Du vainqueur Scipion, au milieu des alarmes
Marchoit & ne ceſſoit de murmurer ſes car-
    mes,
Les accordant au bruit des tabourins diuers.
Plus le vent animoit la guerriere trompete,
Plus le phifre ſonnoit, plus ce gentil Poëte
Chantoit ſon Scipion. Ainſi à haute vois
Ie chante vos honneurs, qui ſeuls me pour-
    ront faire
Auſſi bon Ennius en chantant voſtre Frere,
Comme en guerre il ſ'eſt fait Scipion des Fran-
    çois.

A HENRY DE FRANCE, DVC D'ANION, DEPVIS Roy de France.

Croissez Enfant du R o y le plus grand
 de l'Europe,
Croissez ainsi qu'vn Liz dans vn pré fleurissant,
Alors qu'au poinct du iour tout blanc s'espa-
 nissant,
Hors de son beau bouton ses beaux plis déuelope.

 Croissez pour tost conduire vne guerriere
 trope
Dessus la mer Tyrrhene, & d'vn bras punissât
Tuer ainsi qu'Hercule vn Aigle rauissant
Qui cruel se repaist du cœur de Parthenope.

 Ceste maison d'A n i o v, dont vous portez
 le nom,
Maison grosse d'honneur, de gloire & de renom,
Presque dés le berceau aux guerres vous appelle.

 Ainsi le lionneau maugré les Pastoureaux,
D'vn grand Lyon yssu, sortant de la mamelle,
Pour son premier essay combat les grands
 taureaux.

A ANNE DE MONTMORENCY, CONNESTABLE DE France.

Si desormais le peuple, en plaisir delectable,
En danses & festins s'esbat en sa maison,
Et si l'Eglise fait à D i e v son oraison,
Sans que Mars trouble plus son deuoir cha-
 ritable:

 L'honneur vous en est deu, sage-preux
 Connestable,
Qui par vostre bon sens, bon conseil & raison,
Aprés auoir de guerre esteinte la saison,
Vous donnez à la France vn repos souhai-
 table.

 Quand on lira les faits de vous, M o n t-
 m o r e n c y,
Vous aurez pour la guerre & pour la paix aussi
Vn los qui tousiours vif volera sur la terre.

Mais plus aurez d'honneur pour auoir fait
 la paix,
Que pour auoir sous vous cent mille hommes
 défaits,
D'autant que la paix est meilleure que la
 guerre.

A I. DE CARNAVALET, GOVVERNEVR DV ROY Henry III.

Dv fort Iason Chiron fut gouuerneur,
Phœnix le fut du magnanime Achille,
Qui des Troyens fit tresbucher la ville,
Tuant Hector qui en estoit Seigneur.

 Comme ceux-cy vous auez ce bon-heur
D'estre choisi de la Royne entre mille,
Pour gouuerner la ieunesse docile
D'vn si grand R o y, du monde tout l'honneur.

 Iason alla la Toison d'or conquerre,
Achille fut le foudre de la guerre,
Ornant son chef de Lauriers infinis.

 Mais de vous seul les loüanges parfaites
Vaincroiët les deux: d'autât que seul vous estes
Plus vertueux que Chiron & Phœnix.

A I. DE MONLVC, Euesque de Valence.

Docte P r e l a t, qui portes sur la face
Phœbus pourtraict, & Pallas au cer-
 ueau:
Ie te dedie en cest œuure nouueau
Tous mes Lauriers, mon Myrte & mon
 Parnasse.

 Ie ne veux plus qu'en vain le temps se passe
Sans composer quelque liure plus beau,
Pour y grauer ainsi qu'en vn tableau,
D'vn tel Prelat les vertus & la grace.

 En te plaisant, à la France ie plais:
D'autre douceur mon esprit ie ne pais
Qu'aux beaux discours de ta douce faconde:

 Pource ie veux tes honneurs raconter:
Car de sçauoir vn M o n l v c cōntenter,
C'est contenter la France & tout le Monde.

A. M. DE CLERMONT,
Duchesse d'Vsez.

Comme vne Nymphe est l'honneur d'vne
    prée,
Vn Diamant est l'honneur d'vn anneau,
Vn ieune Pin d'vn bocage nouueau,
Et d'vn iardin vne Rose pourprée:
    Ainsi de tous vous estes estimée
De ceste Cour l'ornement le plus beau:
Vous luy seruez d'esprit & de tableau,
Comme il vous plaist, la rendant animée.
    Sans vous, la Cour fascheuse deuiendroit:
Son bien, son heur, sa grace luy faudroit,
Prenant de vous & vie & nourriture.
    Vous luy seruez d'vn miracle nouueau,
Comme ayant seule en la bouche Mercure,
Amour aux yeux, & Pallas au cerueau.

A GILLES BOVRDIN
PROCVREVR GENERAL
du Roy.

Est-ce le Ciel, qui nous trompe, BOVR-
    DIN,
Ou nos pechez, ou nostre loy diuerse,
Qui çà, qui là tout le Monde renuerse,
Et qui confond l'humain & le diuin?
    Si ce mal-heur procede du Destin,
Nous ne sçaurions éuiter sa trauerse:
Si le mal vient de nostre humeur peruerse,
Prions à DIEV d'y mettre bien-tost fin.
    L'vn est boiteux, l'vn bronche, & l'autre
    cloche,
Verité marche, & personne n'approche,
L'vn se dément, l'autre se contrefait:
    L'vn blasme l'autre, & l'accuse de vice,
Chacun dispute & defend sa malice,
Et ce-pendant personne n'est parfait.

A I. D'AVANSON,
Conseiller d'Estat.

Entre les durs combats, les assauts & les
    armes,

Il me souuient de toy, mon Phœbus AVAN-
    SON:
Ie ne feray iamais ny Ode ny Chanson,
Que tu ne sois tousiours des premiers en mes
    carmes.
    Ià Francus entourné de ses Troyens gen-
    darmes
Fonde Paris sous moy : ie n'oy plus que le son
Des cheuaux hennissans, & bruire maint
    tronson
De mainte grosse lance au milieu des alarmes.
    Ce grand œuure immortel i'entrepens pour
    mon ROY,
Lequel s'il ne fait cas de Francus ny de moy,
Ie feray comme fit la colere Sibyle
    Au Roy qui ne voulut achepter ses escrits.
Pourquoy entreprendroy-ie vn labeur inutile?
Hector ne vaut pas tant, ny Francus, ny
    Páris.

A M. FORGET, SECRE-
TAIRE DE MADAME
de Sauoye.

Il vaudroit beaucoup mieux manger en sa
    maison
Du pain cuit en la cendre, & viuoter à peine,
Boire au creux de la main de l'eau d'vne fon-
    taine,
Que se rendre soy-mesme à la Cour en prison.
    En la Cour où, FORGET, rien ne se voit
    de bon
Que ta seule MAISTRESSE en bonté sou-
    ueraine,
Les autres sont pipeurs, & pleins d'vne foy
    vaine,
Ne retenans sans plus de vertus que le nom.
    Encor vn coup, FORGET, ie te dis que le
    pain
Cuit en la cendre, & l'eau qu'on puise dans la
    main,
Sont plus doux que de boire en Cour de l'Am-
    brosie,
    „ Ou manger du Nectar. Maudit est le
    mestier
„ Qui nous acquiert du bien par vne hypocrisie,
„ Et dont ne iouït point le troisiesme heritier.

A I. D'AVANSON.

D'Avanson, quand ie voy ta barbe
　　 & ton visage,
Ie pense voir Phœbus : quand tu tiens la ba-
　　lance,
Presidant au Senat, pour tes vertus, ie pense
Voir la mesme Iustice, en te voyant si sage.

　　 Voyant ta grauité, ie pense-voir l'image
De Iupiter qui tient les Dieux en sa puissance :
Ie pense ouïr Mercure, oyant ton eloquence,
Et voir le grand Hercule en voyant ton cor-
　　sage.

　　 Car tout ainsi qu'Hercule auec l'eschine
　　large,
Quand Atlas est recreu, soustient la grosse
　　charge
De ce Monde à son tour dessus sa grand' es-
　　paule :

　　 Ainsi, grand Avanson, d'vne con-
　　stante peine
Secondant le trauail de Charles de
　　Lorraine,
Tu soustiens apres luy tout le faix de la Gaule.

A I. DV THIER,
Secretaire d'Estat.

Despescher presque seul les affaires de
　　France
D'vne main qui se fait diuine en escriuant :
De respondre aux pacquets d'Itale & du Le-
　　uant,
De vacquer nuict & iour aux choses d'impor-
　　tance :

　　 De mener le premier des neuf Muses la
　　dance,
Compaignon d'Apollon : d'aller haut-esleuant
En faueur & credit ceux qui vont ensuiuant
De bien loin apres toy des Muses la cadance :

　　 Parler d'vne voix graue aux Princes har-
　　diment,
Salüer d'vn œil doux les petits priuément,
Auoir dedans le cœur mille vertus encloses,

　　 Sans estre courtizan, mais ouuert & en-
　　tier :

Iamais le Ciel benin n'assembla tant de choses,
Pour faire vn homme heureux, en autre qu'en
DV Thier.

A CHARLES D'ESPINAY.

Icy i'appen la despoüille ancienne
De mes Amours à ton amour, Maistresse :
Icy vaincu, D'Espinay, ie confesse
Que ta Chanson a surmonté la mienne.

　　 Il ne faut plus que ma Cassandre vienne
Faire la braue en habit de Déesse :
Il faut qu'Oliue & Francine s'abbaisse
Deuant l'honneur de celle qui est tienne.

　　 Qui eust pensé qu'vn païs si desert,
De grands rochers & de forests couuert,
Que l'Ocean en demi-rond enserre,

　　 Eust peu donner vn si gentil sonneur ?
Ainsi iadis de sa grossiere terre
Entre les Grecs Alcman se fit l'honneur.

A luy-mesme.

Ia mon ardeur estoit reduite en cendre,
Et par le temps déja se consumoit
Ceste fureur qui le cœur m'allumoit,
Quand amoureux ie chantois de Cassandre.

　　 Mais de tes vers la flame a fait reprendre
La flame aux miens, & mon feu qui dormoit,
Par le tien mesme à l'enuy s'enflamoit,
Et tel au cœur ie l'ay senti descendre.

　　 O que ta Dame a bien les yeux ardans !
Qui seulement ne te bruslent dedans,
Quand de bien prés tu l'adores si belle :

　　 Mais sans la voir, qui fait par tes escrits
D'vn grand brasier allumer nos esprits,
Et comme toy nous fait amoureux d'elle.

A PIERRE BELON.

Si du nom d'Odysses l'Odyssée est nommée,
De ton nom, mon Belon, ton liure on
　　deust nommer,
Qui n'as veu seulement nostre terre & sa mer,
Et nostre Ourse qui luit dãs nos Cieux allumée :

　　 Mais le Pol Antarctique, & la terre
　　enfermée

Là bas dessous nos pieds ; & sans peur d'a-
* bysmer*
Par ce grand Vniuers tu as voulu semer
De la France & de toy la viue renommée.
   Tu as veu la Turquie, Assyrie & Syrie,
Palestine, Arabie, Egypte & Barbarie :
Au prix de toy ce Grec par dix ans ne vit
* rien.*
   Aussi dessus ce Grec tu as double auantage :
C'est que tu as plus veu,& tu as ton voyage
Escrit de ta main propre, & non pas luy le
* sien.*

A LOYS DES MASVRES,
TOVRNESIEN POETE
François.

MASVRES, *tu m'as veu, bien que la*
   France à l'heure
Encor' ne m'enroloit entre les bons esprits,
Et sans barbe, & barbu i'ay releu tes escrits,
Qui engardet qu' Enée en la France ne meure.
   Ah! que ie suis marry qu'encore ne de-
   meure
A Paris ce troupeau si doctement appris,
Qui n'agueres chantoit pour emporter le pris,
Et sa chanson estoit sur toutes la meilleure.
   Pour vne opinion de Beze est deslogé,
Tu as par faux rapport longuement voyagé,
Le sçauant PELETIER a vagué comme
   Vlysse.
   Phœbus, tu ne vaux rien,& vous ne va-
   lez rien,
Muses joüet à fols ; puisqu'en vostre seruice
Vos seruans n'ont reçeu que du mal pour du
   bien.

A ESTIENNE IODELLE,
Poëte François.

TV *ne deuois,IODELLE, en autre ville*
   naistre
Qu'en celle de Paris, & ne deuois auoir
Autre fleuue que Seine,ou des Dieux receuoir
Autre esprit que le tien, à toute chose adestre.
   Ce qui est grand se fait par le grand reco-
   gnaistre :

Paris se fait plus grand par son IODELLE
   voir,
Et Seine en s'esleuant au bruit de ton sçauoir,
Des fleuues ose bien le plus grand apparaistre.
   A ton esprit si grand ne falloit vn village,
Ny le bord incognu de quelque bas riuage,
Mais grand' ville, & grand fleuue agrandis
   de ton heur.
   Vn seul bien ta vertu si iustement de-
   mande :
C'est que nostre grand PRINCE ignorant
   ta grandeur,
Ne se veut monstrer grand à ta Muse si
   grande.

SONNET.

DE *Phœbus & des Roys Iupiter est le*
   pere,
Et les Poëtes sont du grand Phœbus conceus,
Aussi de Iupiter tous les deux sont yssus :
Car de l'vn il est pere ,& des autres grand-
   pere.
   Quand les Roys sont heureux, la Poësie
   espere
Auecques leur bon-heur de se remettre sus :
Quand ils sont mal-heureux, elle n'espere plus,
Mais côme leur parente a part en leur misere.
   Certes i'en suis tesmoin, qui depuis le mal-
   heur
Que mon Prince receut, ie n'ay eu que dou-
   leur,
Tristesse, ennuy, tourment & mordantes
   espinces
   D'enuieux mesdisans , qui m'ont le cœur
   transi :
Mais voyant mon ROY triste, il me plaist
   d'estre ainsi,
Puis que la Poësie est parente des Princes.

A LA ROYNE CATHERINE
DE MEDICIS.

DEpuis la mort du bon PRINCE, mon
   maistre,
Vostre mary, mon Seigneur & mon Roy,
I'ay tant receu de langueur & d'esmoy,

Qu'auecques luy presque ie me sens estre.
   Vn nouueau dueil en mon cœur ie sens
     naistre,
Quand prés de vous, Madame, ie ne voy
Sa Majesté, qui faisoit cas de moy,
Et qui pour sien me daignoit recognaistre.
   En regardant de toutes parts icy,
Ie ne voy rien que larmes & soucy;
Toute tristesse a sa mort ensuiuie:
   Ses seruiteurs portent noire couleur
Pour son trespas, & ie la porte au cœur,
Non pour vn an, mais pour toute ma vie.

SVR LA NAISSANCE DV
DVC DE BEAVMONT, FILS
aisné du Duc de Vendosme,
Roy de Nauarre.

C'est le Roy HENRY LE GRAND.

QVe Gastine ait tout le chef iaunissant
   De maint Citron & mainte belle
Orange:
Que toute odeur de toute terre estrange
Aille par tout nos vergers remplissant:
   Le Loir soit laict, son rempart verdissant
En vn tapis d'esmeraude se change:
Et le sablon qui dans Braye se range,
D'arenes d'or soit par tout blondissant.
   Pleuue le Ciel des parfums & des roses,
Soient des grands vents les haleines encloses,
La mer soit calme, & l'air plein de bon-heur.
   Ce iour nasquit l'heritier de mon Mai-
stre:
File-luy, Parque, vn beau filet d'honneur,
Puis aille au Ciel de Nectar se repaistre.

AVDICT S. DVC DE
BEAVMONT.

IEune Herculin, qui dés le ventre saint
   Fus destiné pour le commun seruice,
Et qui naissant rompis la teste au vice
Par ton beau nom dedans les Astres peint:
   Quand l'âge d'homme aura ton cœur at-
     teint,
S'il reste encor quelque trac de malice,

Le Monde adonc ployé sous ta police,
Se pourra voir totalement esteint.
   En ce-pendant crois, Enfant, & prospere,
Et sage appren les hauts faits de ton pere,
Et ses vertus, & les honneurs des Roys.
   Puis autre Hector tu courras à la guerre,
Autre Jason rameras pour conquerre
Non la Toison, mais les champs Nauarrois.

AV ROY CHARLES IX.
LVY PRESENTANT DES
Pompons de son iardin.

BIen que Bacchus soit le Prince des vins,
   Et que Cerés à nos moissons commande,
L'vn toutefois, & l'autre ne demande
Qu'vn peu d'espics & qu'vn peu de raisins.
   Neptune Roy des orages marins
Veut qu'vn tableau pour present on luy ren-
de,
Et Iupiter ne cherche pour offrande
Que l'humble cœur des deuots pelerins.
   Vous qui semblez de façons & de gestes
Aux Immortels, imitant les Celestes,
Prenez de moy ces Pompons & ces fruits.
   Les vous offrant, ie ne crains que per-
sonne
Blasme mon don: car, SIRE, ie vous donne
Non pas beaucoup, mais tout ce que ie puis.

A luy-mesme.

LE ieune Hercule au berceau combatit
   Les deux serpens qui le vouloient occire:
Quand il fut grand il combatit Busire,
Et le Lion duquel il se vestit.
   Il fut si fort, que le vice sentit
En tous endroits combien pouuoit son ire:
Monstres, Geans chassa de son Empire,
Et la malice en bien-fait conuertit.
   Toutes vertus marchoient deuant sa face:
Pource il fut dit de Iupiter la race,
Et de la terre il vola dans les Cieux.
   SIRE, imitez les faits de ce grand Prince,
De toute erreur purgez vostre Prouince.
Par tels degrez les Roys deuiennent Dieux.

A

A luy-mesme.

MADRIGAL.

QVand coup sur coup le bucheron ner-
    ueux,
Qui d'vne hache aux arbres fait la guerre,
Esparpillez a renuersé par terre
D'vn vieil Laurier le tige & les cheueux :
  En sa racine il est vn an, ou deux
Caché sans croistre, où sa force il enterre,
Puis de sa souche en reiettant desserre
Vn peuple vert d'enfans & de neueux.
    Ainsi tu es de FRANÇOIS ton grand-
    pere
Le rejetton, par qui la France espere
Le reuoir naistre en ton tige nouueau.
    Déja dans toy tout viuant il respire,
Ayant de luy l'esprit & le cerueau,
Pareil de mœurs, de façons & d'Empire.
Entre vous deux ce poinct seul est à dire,
Il fut vieil arbre, & toy ieune arbrisseau.

A luy-mesme.

VOicy le iour, où le Sainct CHARLE-
    MAIGNE
Vostre parrain, ayeul de vos ayeux,
Par sa vertu monta dedans les Cieux,
Ayant chassé les Sarrazins d'Espaigne.
  Il fut si preux, que toute l'Allemaigne,
Alains & Gots aux armes furieux,
Humbles craignoient son bras victorieux,
Quand de son Aigle il desployoit l'enseigne.
  CHARLES, suiuez ce CHARLES, &
    vous faites
Vray heritier de ses vertus parfaites,
Comme le nom ayant l'honneur commun.
  Ce ROY fut grand d'Empire & de cou-
    rage :
Vous le serez encore d'auantage,
D'autant que neuf est plus grand nombre
  qu'vn.

A luy-mesme.

Sur son habillement à la mode des vieux Gaulois.

SI vous n'auiez la bonne conscience
  De vos ayeux, l'honneur & la vertu,
En vain (Grand ROY) vous seriez reuestu
D'vn vieil habit qui n'est plus en vsance.
  Mais pour monstrer que l'antique prudence
Et des Gaulois le bon glaiue pointu
Ont sous vos pieds les vices abbatu,
Vous prenez d'eux à bon droict l'apparence.
  Peuple, courage : & puis que nostre ROY
Est vieil d'habit, de vertus & de foy,
Ie voy renaistre vne saison meilleure.
  Ce vieil habit est tesmoin seulement
Que des vieux Roys la vertu luy demeure
Autant au cœur, qu'au corps l'habillement.

A HENRY DE BOVRBON, Roy de Nauarre.

ROy de vertu, d'honneur & de bonté,
  Qui tiens sous toy la terre Nauarroise,
Tu viens choisir nostre Perle Françoise
Qui n'a pareille en grace ne beauté.
  Mars, à qui plaist l'horrible cruauté,
Couuert de sang, de discord & de noise,
En quelque part, PRINCE, que ton pied voise,
S'enfuit vaincu deuant ta Royauté.
  A ton chemin la Paix seruit de guide
Et ce bon Dieu qui aux nopces preside,
Pour assembler d'vn lien amoureux
  La belle au beau, ieunesse à la ieunesse,
La bonne au bon, le Prince à la Princesse :
Qui vit iamais vn accord plus heureux ?

A MADAME DE ROHAN.

IL ne faut point pour estre ingenieux,
  Boire de l'eau de la source sacrée,
Ny voir danser sous la brune serée
Au mont fourchu les Muses & les Dieux.
    R R R r r

Il ne faut voir, Madame, que vos yeux
Et voſtre front, ſiege de Cytherée,
Et voſtre bouche, où Pithon la ſucrée
A fait loger tous les preſens des Cieux.
   Il ne faut voir que voſtre bonne grace,
Et le Printemps de voſtre ieune face,
Qui peut d'Amour les rochers attizer.
   Bref ſi quelqu'vn voyant voſtre preſence
Ne deuient Poete, il ne faut plus qu'il penſe
Que les neuf Sœurs le facent poetiſer.

A MADAME DE
VILLEROY.

Madelene, oſteZ-moy ce nom de L'Av-
   BESPINE,
Et prenez en ſa place & Palmes & Lauriers
Qui croiſſent ſur Parnaſſe en verdeur les pre-
   miers,
Dignes de prendre en vous & tiges & racine.
   Chef couronné d'honneur, rare & chaſte poi-
   trine,
Où naiſſent les vertus & les arts à milliers,
Et les dons d'Apollon qui vous ſont familiers,
Si bien que rien de vous, que vous-meſmes,
   n'eſt digne.
   Ie ſuis en vous voyant heureux & mal-
   heureux :
Heureux de voir vos vers, ouurages genereux ;
Et malheureux de voir ma Muſe qui ſe couche
   Deſſous voſtre Orient. O ſainct germe nou-
   ueau
De Pallas, preneZ cœur : les Sœurs n'ont aſſez
   d'eau
Sur le mõt d'Helicon pour lauer voſtre bouche.

A IVLLES GASSOT,
Secretaire du Roy.

Ie ſuis ſemblable à la ieune pucelle
Qui va cherchant par les iardins fleuris
Au poinct du iour les Roſes & les Liz
Pour ſe parer, quand l'an ſe renouuelle :
   Mais ne voyant nulle Roſe nouuelle,
Ny d'autres fleurs les iardins embellis,
Prend du Lierre, & de ſes doigts polis
Fait vn bouquet pour ſe faire plus belle.

Ainſi, GASSOT, n'ayant Roſes ny fleurs
En mon verger dignes de tes valeurs,
Oeillets, Soucis, Lauandes ny Penſées :
   Ce petit don ie preſente à tes yeux,
Et tel preſent vaudra peut-eſtre mieux
Qu'vn grand touffeau de fleurs mal-agencées.

SVR LA BERGERIE DE
Remy Belleau, Poëte.

MADRIGAL.

Voicy ce bon luiteur non iamais abatu,
   Qui pour rauir le prix, compagnon de la
   peine,
Des Muſes Champion, ſe planta ſur l'areine,
Et pour elles cent fois en France a combatu.
   Voicy celuy qui fut des premiers reueſtu
Du harnois de Pallas, qui de nerfs & de veine
Et de bras recourbez terraſſa ſur la plaine
L'Ignorance, & ſacra ſon nom à la Vertu.
   Ma France eſcoute-moy, voicy l'vn de
   ces peres
Qui cerchant par trauail des Muſes les re-
   paires,
Beut Permeſſe, & ſ'emplit de fureur toutle
   ſein,
En chef noir & griſon deſireux de les ſuiure.
   Donc, Lecteur, ſi tu peux entre les Muſes
   viure,
Achete-moy BELLEAV : mais ſi Phœbus
   en vain
En naiſſant t'auiſa, n'achete point ce liure,
Autrement tu n'aurois qu'vn fardeau dans
   la main.

A NICOLAS LE SVEVR,
Preſident aux Enqueſtes.

Ny l'Oliuier ſacré des Hyperboreans,
   Ny le veneur ſuiuant la Biche au pied
   de cuiure,
Ny l'huile dont le corps des Athletes ſen-
   yure,
Suans ſous le trauail des tournois Eleans :
   Ny la poudre Olympique aux luſtres Pi-
   ſeans,

Ny le fleuue qui veut son Arethuse suiure,
Ne sçauroient ta vertu si bien faire reuiure,
Que tes propres escrits, victorieux des ans.
    Tu as fait que la voix aux Latins soit
        passée
Du Cygne qui chantoit sur la riue Dircée,
Ne t'effroyant des mots de ce harpeur Latin.
    Des iousteurs Eleans perie est la conqueste :
Mais l'honneur que la Muse a mis dessus ta
        teste,
*Uaincra la faulx du Temps, la Parque, & *
le Destin.

A IAQVES DE BROV,
Conseiller du Roy en son
Grand Conseil.

*N*OUS *sommes amoureux, non de mesme*
        Maistresse,
Mais de beauté pareille & de mesme rigueur:
La tienne est à Poictiers, qui t'a rauy le cœur,
La mienne est à la Cour en forme de Déesse.
    La mienne sans me plaindre vne heure ne
        me laisse :
La tienne te tourmente en extreme langueur,
Nous differons d'vn poinct: c'est qu'vn iour
        ta douleur
Prendra fin, & iamais la mienne n'aura cesse.
    Le flambeau d'Hymenée aura de toy pitié:
Ie ne sçaurois me ioindre auecque ma moitié,
O cruauté du Ciel aux amans trop seuere !
    De BROV, *conforte-moy, ie te confor-*
        teray:
Ainsi plus doucement mon mal ie porteray:
Vn mal-heureux d'vn autre allege la misere.

A ROBERT GARNIER,
Prince des Tragiques.

*I*E *suis raui quand ce braue sonneur*
Donte en ses vers la Romaine arrogance,
Quand il bastit Athenes en la France,
Par le cothurne acquerant de l'honneur :
    Le bouc n'est pas digne de son bon-heur,
Le lierre est trop basse recompense,
Le Temps certain qui les hommes auance,
De ses vertus sera le guerdonneur.

Par toy, GARNIER, *la Scene des Fran-*
        çois
Se change en or, qui n'estoit que de bois,
Digne où les Grands lamentent leur fortune.
    Sur Helicon tu grimpes des derniers,
Mais tels derniers souuent sont les premiers
En ce bel art où la gloire est commune.

A luy-mesme.

*I*L *me souuient,* GARNIER, *que ie prestay*
        la main
Quand ta Muse accoucha, ie le veux faire
        encore :
Le parrain bien souuent par l'enfant se decore,
Par l'enfant bien souuent s'honore le parrain.
    Ton ouurage, GARNIER, *Tragique &*
        souuerain,
Qui fils, parrain ensemble, & toute France
        honore,
Fera voller ton nom du Scythe iusqu'au
        More,
Plus dur contre les ans que marbre ny qu'ai-
        rain.
    Réioüy-toy, mon Loir, ta gloire est infinie,
Huyne & Sarte tes sœurs te feront compa-
        gnie,
Faisant GARNIER, BELLEAV, &
        RONSARD *estimer;*
    Trois fleuues qu'Apollon en trois esprits as-
        semble.
Quand trois fleuues, GARNIER, *se desgor-*
        gent ensemble,
Bien qu'ils ne soient pas grands font vne gran-
de mer.

A I. DE EDINTON.

*Q*VAND *tu nasquis,* EDINTON, *tous les*
        Cieux
Mirent en toy toute leur harmonie,
Et dans ton Luth leur douceur infinie
Qui peut charmer les hommes & les Dieux.
    Oyant ton chant sur tous melodieux
Ie vy, ie meurs, ie suis plein de manie,
Et tellement ton accord me manie,
Que ie deuiens & sage & furieux.
    En mon endroit tu es vn Timothée,

Ie sens toufiours mon ame furmontée
De ta douceur qui me vient arracher
  L'efprit pafmé de fi douces merueilles :
Las! pour t'oüir que n'ay-ie cent aureilles,
Ou fans t'oüir que ne fuis-ie vn rocher?

A AMADIS IAMIN
Secretaire du Roy.

TRois temps, IAMIN, icy bas ont naif-
    fance,
Le temps paßé, le prefent, le futur :
Quant au futur, il nous eft trop obfcur :
Car il n'eft pas en noftre cognoiffance.

  Quant au paßé, il fuit fans efperance
De retourner pour faire vn lendemain,
Et ne reuient iamais en noftre main :
Le feul prefent eft en noftre puiffance.

  Donques, IAMIN, jouißons du prefent,
Incontinent il deuiendroit abfent :
Boiuons enfemble, empliffon ce grand verre,

  Pendant que l'heure en donne le loifir,
Auec le vin, l'Amour & le plaifir
Charmon le temps, les foucis & la guerre.

A LA RIVIERE
DV LOIR.

REfpon-moy, mefchant Loir (me rens-tu
    ce loyer
Pour auoir tant Chanté ta gloire & ta loüan-
  ge?)
As-tu ofé, barbare, au milieu de ta fange
Renuerfant mon bateau fous tes flots m'en-
  uoyer?

  Si ma plume euft daigné feulement em-
  ployer
Six vers à celebrer quelque autre fleuue
  eftrange,
Quiconque foit celuy, fuft-ce le Nil, ou Gange,
Le Danube ou le Rhin, ne m'euft voulu noyer.

  Pindare, tu mentois, l'eau n'eft pas la
  meilleure
De tous les Elemens : la terre eft la plus feure,
Qui de fon large fein tant de biens nous dé-
  part,

  O fleuue Stygieux, defcente Acherontide,

Tu m'as voulu noyer, de ton chantre homicide,
Pour te vanter le fleuue où fe noya RON-
SARD.

VOEV A MERCVRE.

MADRIGAL.

DIeu voyager Menalien Mercure,
  Qui recognois pour ton grand-pere
Atlas,
Courrier des Dieux, qui iamais ne fus las
D'aller au Ciel & fous la terre obfcure!

  Dieu-meßager, qui des paßans as cure,
Qui des pietons feul gouuernes les pas,
Et qui guidé par tant de chemins m'as
Où me portoit mon âge & l'auanture :

  Tout ce qui fut le faix de mes rongnons,
Ceinture, dague, efpée, compagnons
De mes trauaux, à toy ie les dedie
Deffus ma porte en mon cheueul grifon.

  Si ieune d'ans tu m'as conduit la vie
Par mainte voye & en mainte faifon
Courant fortune en eftrange patrie,
Garde-moy fain en ma propre maifon.

SONNET A QVELQVES
SEIGNEVRS QVI SOVPE-
rent chez luy.

CE grand Hercule, apres auoir fçeu pren-
    dre
De Geryon les terres & les bœus,
Plein de victoire & d'honneurs & de vœus,
Daigna fouper en la maifon d'Euandre.

  Ce Pere ardant qui tout le Ciel peut fen-
  dre
D'efclairs fuiuis de feux prefagieux,
Ofa grand Prince, abandonnant les Cieux,
En la maifon de Philemon defcendre.

  Par tel exemple apprenez, mes Seigneurs,
A mefprifer les biens & les honneurs,
Et defdaigner la pompeufe richeffe.

  Le trop d'honneur va l'homme deceuant :
Pour viure heureux il n'eft que la fimpleffe :
» Faueurs des Rois fen-volent comme vent.

SONNET DE MESME
SVIECT.

LE bon Bacchus, qui la teste a garnie
De cornes d'or, le pere des raisins,
Qui fit couler les ruisseaux en bons vins,
Soit le bon Dieu de ceste compagnie.

  Cerés changeant les glans de Chaonie
En bons espics pour le viure amender,
Du haut du Ciel vous puisse regarder
Auecq'Venus, les Graces & Genie.

  La bonne mere Amalthée, au vaisseau
Chargé de fruits, enfans du Renouueau,
En vos maisons respande ses Charites.

  Puisse l'Autonne, à la palle couleur,
Fiéures & Toux, Catherres & Douleur
Bien loin de vous enuoyer sur les Scythes.

SONNET.

AV SIEVR GALANDIVS,
Principal de Boncourt son
intime amy.

NOus ne sommes Esprits, mon GAL-
LAND, nous ne sommes
De ceux qui de Nectar au Ciel se vont pais-
sant,
Dont le sang ne va point és veines jallissant :
Pour ceste raison Dieux, Homere, tu les nom-
mes.

  Des Elemens confus les accablantes sommes
De tout animal né vont le corps oppressant,
De moment en moment changeant & peris-
sant :
Nature à telle loy fit la race des hommes.

  Les Esprits n'ont besoin de reparation,
Pour n'estre point sujects à la corruption,
Qui va de forme en forme estrangement mes-
lée.

  L'homme se doit nourrir pour fuïr ce dan-
ger :
C'est pourquoy nostre vie est tousiours attelée
A deux mauuais cheuaux, le Boire & le
Manger.

SONNET.

IE vous donne des œufs. L'œuf en sa forme
ronde
Semble au Ciel qui peut tout en ses bras en-
fermer,
Le feu, l'air & la terre & l'humeur de la mer,
Et sans estre cōpris comprend tout en ce Mōde.

  La taye semble à l'air, & la glaire feconde
Semble à la mer qui fait toutes choses germer :
L'aubin ressēble au feu qui peut tout animer,
La coque en pesanteur comme la terre abonde.

  Et le Ciel & les œufs de blancheur sont couuers.
Ie vous donne (en donnant vn œuf) tout l'V-
niuers :
Diuin est le present, s'il vous est agreable :

  Mais bien qu'il soit parfait, il ne peut égaler
Vostre perfection qui n'a point de semblable,
Dont les Dieux seulemēt sont dignes de parler.

SONNET.

POVR VN ANAGRAMME.

DV mariage sainct la Loy bien-ordonnée
Se fait au Ciel là haut : pour-ce l'Anti-
quité,
Comme vn bien approchant de la Diuinité,
A mis entre les Dieux le nopcier Hymenée.

  Nous differons des Dieux, car toute chose
née
Par race s'eternize en la posterité :
Eux immortels d'essence & pleins d'Eternité,
N'ont besoin comme nous de future lignée.

  Le Mariage fait de nostre race humaine
Est tousiours mal-heureux & tout remply de
peine,
S'il ne vient par Destin qui tous deux nous
lira.

  Pource voyant nos noms qui l'asseurent,
i'espere
Que le nostre doit estre agreable & prospere,
Puis que le DIEV D'EN-HAVT A TOY
ME MARI'RA.

SONNET.

VOus estes déja vieille & ie le suis aussi,
Ioignons nostre vieillesse, & l'accollons
 ensemble,
Et faisons d'vn Hyuer qui de froidure tremble
Autant que nous pourrons vn Printemps
 adouci.
 Vn homme n'est point vieil s'il ne le croit
 ainsi :
Vieillard n'est qui ne veut : qui ne veut il af-
 femble
Vne nouuelle trame à sa vieille ; & ressemble
Vn serpent rajeuni quand l'an retourne ici.
 Ostez-moy de ce fard l'impudente encrou-
 sture,
On ne sçauroit tromper la loy de la Nature,
Ny derider vn front condamné du miroir,
 Ny durcir vn tetin déja pendant & flasque.
Le temps de vostre face arrachera le masque,
Et deuiendray vn Cygne en lieu d'vn Cor-
 beau noir.

SONNET.

QVe ie serois marry si tu m'auois donné
Le loyer qu'vn Amant demande à sa
 Maistresse !
Alors que tout mon sang boüillonnoit de ieu-
 nesse,
Tous mes desirs estoient de m'en voir guerdóné.
 Maintenant que mon poil est du tout gri-
 sonné,
I'abhorre en y pensant moy-mesme & ma fa-
 desse,
Qui seruis si long-temps pour vn bien qui se
 laisse
Pourrir en vn sepulchre aux vers abandonné.
 Enchanté, ie seruis vne vieille carcasse,
Vn squelete seiché, vne impudente face,
Vne qui n'a plaisir qu'en amoureux transi.
 Bonne la loy de Cypre, où la fille au ri-
 uage
Embrassant vn chacun gaignoit son mariage
Sans laisser tant languir vn amant en souci.

FIN DES SONNETS DIVERS.

LES GAYETEZ
DE P. DE RONSARD
GENTIL-HOMME
VENDOMOIS.

DEDIEES A IEAN ANTOINE DE
BAIF, POETE FRANCOIS.

GAYETE' I.

Qui don'ray-ie ces sornet-
tes,
Et ces mignardes chanson-
nettes?
A toy, mon I A N O T : car
tousiours
Tu as fait cas de mes Amours,
Et as estimé quelque chose
Les vers raillars que ie compose :
Aussi ie n'ay point de mignon
Ny de plus aimé compagnon
Que toy mon petit œil que i'aime
Autant ou plus que mon cœur mesme;
Attendu que tu m'aimes mieux
Ny que ton cœur, ny que tes yeux.

Pource, mon I A N O T, ie te liure
Tout le plus gaillard de ce liure,
Et tout le plus mignardelet
De ce beau liure nouuelet :
Liure que les Sœurs Thespiennes
Dessus les riues Pimpléennes
Rauy me firent conceuoir,
Quand ieune garçon i'allay voir
Le brisement de leur cadance,
Et Apollon le guide-dance.

Pren-le donc, I A N O T, tel qu'il est :

Il me plaira beaucoup s'il plaist
A ta Muse Grecque-Latine,
Compagne de la Doratine :
Et sois fauteur de son renom,
De nostre amour & de mon nom,
A fin que toy, moy, & mon liure
Plus d'vn siecle puissions reuiure.

GAYETE' II.

Ssez vray'ment on ne reuere
Les diuines bourdes d'Homere,
Qui dit qu'on ne sçauroit auoir
Si grand plaisir que de se voir
Entre ses amis à la table,
Quand vn menestrier delectable
Paist l'aureille d'vne chanson,
Et quand l'oste-soif Eschanson
Fait aller en rond par la troupe
De main en main la pleine coupe.

Je te saluë, heureux boiueur,
Des meilleurs le meilleur réueur :
Ie te saluë, ô bon Homere,
Tes vers cachent quelque mystere :
Il me plaist de voir si ce vin

M'ouurira leur secret diuin :
Iô ! ie l'entens, chere troupe,
La seule odeur de ceste coupe
M'a fait vn rapsode gaillard
Pour bien entendre ce vieillard.
Tu voulois dire, bon Homere,
Qu'on doit faire tres-bonne chere
Tandis que l'âge & la saison
Et la peu maistresse Raison
Permettent à nostre ieunesse
Les libertez de la liesse,
Sans auoir soin du lendemain :
Mais d'vn hanap de main en main,
D'vne trepignante cadance,
D'vn rouër autour de la dance,
De meutes de chiens par les bois,
De luths mariez à la vois,
D'vn flus, d'vn dé, d'vne premiere,
D'vne belle fleur Printaniere,
Et d'vne amour de quatorze ans,
Et de mille autres ieux plaisans
Donner soulas à nostre vie
Qui bien tost nous sera rauie.

Moy donq' au logis de sejour
En ce temps d'Hyuer, que le iour
N'a pas de longueur vne brasse,
Et l'eau se bride d'vne glace :
Ores que les vents outrageux
Enragent d'vn bruit orageux :
Ores que les douces gorgettes
Des Dauliennes sont muettes :
Ores qu'au soir on ne voit plus
Danser par les Antres reclus
Les Pans auecques les Dryades,
Ny sur les riues les Naïades :

Que feroy-ie en telle saison,
Sinon oiseux à la maison,
Ensuyuant l'oracle d'Homere,
Prés du feu faire bonne chere,
Et souuent baigner mon cerueau
Dans la liqueur d'vn vin nouueau,
Qui tousiours traine pour compaigne
Ou la rostie, ou la chastaigne ?

En ceste grande coupe d'or
Verse, Page, & reuerse encor' ;
Il me plaist de noyer ma peine
Au fond de ceste tasse pleine,
Et d'estrangler auec le vin
Mon souci qui n'a point de fin.

Cà, Page, donne ce Catulle,
Donne-moy Tibulle & Marulle,
Donne ma Lyre & mon archet,
Depan-la tost de ce crochet :
Viste donq, à fin que ie chante,
A fin que par mes vers i'enchante
Ce soin de l'Amour trop cruel
Fait mon hoste perpetuel.

O pere, ô Bacchus, ie te prie
Que ta saincte fureur me lie
Dessous ton thyrse, à celle fin,
O Pere, que i'erre sans fin
Par tes montaignes reculées
Et par l'horreur de tes valées.

Ce n'est pas moy, las ! ce n'est pas
Qui dédaigne suiure tes pas,
Et couuert de lierre, bróre
Par la Thrace Euan, pourueu, Pere,
Las ! pourueu, Pere, las ! pourueu
Que ta flame esteigne le feu,
Qu'Amour de ses rouges tenailles
Me tournasse par les entrailles.

LES PLAISIRS
RVSTIQVES.

A MAVRICE DE LA
PORTE.

E N ce-pendant que le pesteux Au-
tonne
Tes citoyens l'vn sur l'autre
moissonne,
Et que Caron a les bras tout lassez
D'auoir déja tant de Manes passez :
Icy fuyant ta ville perilleuse,
Ie suis venu prés de Marne l'Isleuse,
Non guere loin d'où le cours de ses eaux
D'vn bras fourchu baigne les pieds de Meaux :
Meaux, dont Bacchus soigneux a pris la garde,
Et d'vn bon-œil ses colines regarde
Riches de vin, qui n'est point surmonté
Du vin d'Aï en friande bonté.
Non seulement Bacchus les fauorise,
Mais sa compagne, & le pasteur d'Amphryse,
L'vne y faisant les espics blondoyer,
L'autre à foison les herbes verdoyer.

Dés le matin que l'Aube safranée

A du beau iour la clairté ramenée,
Et dés Midy iufqu'aux rayons couchans,
Tout efgaré ie m'enfuy par les champs
A humer l'air, à voir les belles prées,
A contempler les colines pamprées,
A voir de loin la charge des pommiers
Prefque rompus de leurs fruits Autonniers,
A repouffer fur l'herbe verdelette
A tour de bras l'efteuf d'vne palete,
A voir couler fur Marne les bateaux,
A me cacher dans le ionc des Ifleaux.
Ore ie fuy quelque liéure à la trace,
Or' la Perdris ie couure à la tirace,
Or' d'vne ligne apaftant l'hameçon,
Loin haut de l'eau i'enleue le poiffon :
Or' dans les trous d'vne Ifle tortueufe
Ie vay cherchant l'Efcreuice cancreufe,
Or' ie me baigne, ou couché fur les bors
Sans y penfer à l'enuers ie m'endors.

　　Puis réueillé, ma guitterre ie touche,
Et m'adoffant contre vne vieille fouche,
Ie dy les vers que Tityre chantoit
Quand prés d'Augufte encores il n'eftoit,
Et qu'il pleuroit au Mantoüan riuage,
Déja barbu, fon defert heritage.
Ainfi iadis Alexandre le blond,
Le beau Pâris, appuyé fur vn tronc
Harpoit, alors qu'il vit parmy les nuës
Venir à luy les trois Déeffes nuës.
Deuant les trois Mercure le premier
Partiffoit l'air de fon pied talonnier,
Ayant és mains la Pomme d'or faifie,
Le commun mal d'Europe & de l'Afie,

　　Mais d'autant plus que Poete i'aime mieux
Le bon Bacchus que tous les autres Dieux,
Sur tous plaifirs la vendange m'agrée,
A voir tomber cefte manne pourprée .
Qu'à pieds defchaux vn gafcheur fait couler
Dedans la cuue à force de fouler.

　　Sur les coutaux marche d'ordre vne troupe :
L'vn les raifins d'vne ferpette coupe,
L'autre les porte en fa hotte au preffoüer,
L'vn tout autour du piuot fait roüer
La viz qui geint, l'autre le marc afferre
En vn monceau, & d'aiz preffez le ferre :
L'vn met à l'anche vn panier attaché,
L'autre reçoit le pepin efcaché,
L'vn tient le muy, l'autre le vin entonne,
Vn bruit fe fait, le preffoüer en refonne.

Voila, la PORTE, en quel plaifir ie fuis
Or' que ta ville efpouuanté ie fuis ;
Or' que l'Autonne efpanche fon vfure,
Et que la Liure à iufte poids mefure
La nuiCt égale auec les iours égaux,
Et que les iours ne font ne froids ne chaux.

　　Ie te promets qu'auffi toft que la Bife
Hors des forefts aura la fueille mife,
Faifant des prez la verte robe choir,
Que d'vn pied prompt ie courray pour reuoir
Mes compagnons, & mes liures que i'aime.
Plus mille fois que toy, ny que moy-mefme.

L'ALOVETTE.

　　H E' Dieu que ie porte d'enuie
Aux plaifirs de ta douce vie,
Aloüette, qui de l'amour
Degoizes dés le poinCt du iour,
Secoüant en l'air la rofée
Dont ta plume eft toute arroufée ?
Deuant que Phœbus foit leué
Tu enleues ton corps laué
Pour l'effuyer pres de la nuë,
Tremouffant d'vne aile menuë :
Et te fourdant à petits bons,
Tu dis en l'air de fi doux fons
Compofez de ta tirelire,
Qu'il n'eft amant qui ne defire,
T'oyant chanter au Renouueau,
Comme toy deuenir oifeau.

　　Quand ton Chant t'a bien amufee,
De l'air tu tombes en fufee
Qu'vne ieune pucelle au foir
De fa quenoüille laiffe choir,
Quand au fouyer elle fommeille,
Frappant fon fein de fon aureille :
Ou bien quand en filant le iour
Voit celuy qui luy fait l'amour
Venir prés d'elle à l'impourueuë,
De honte elle abbaiffe la veuë,
Et fon tors fufeau delié
Loin de fa main roule à fon pié.
Ainfi tu roules, Aloüette,
Ma doucelette mignonnette,
Qui plus qu'vn Roffignol me plais
Qui chante en vn boccage effais.

　　Tu vis fans offenfer perfonne,

Ton bec innocent ne moiſſonne
Le froment, comme ces oiſeaux
Qui font aux hommes mille maux,
Soit que le bled rongent en herbe,
Ou ſoit qu'ils l'égrainent en gerbe :
Mais tu vis par les ſillons vers
De petits fourmis & de vers,
Ou d'vne mouche, ou d'vne achee
Tu portes aux tiens la bechee,
A tes fils non encor aileꝫ,
D'vn blond duuet emmanteleꝫ.

    A grand tort les fables des Poëtes
Vous accuſent vous, Alöuettes,
D'auoir voſtre pere hay
Iadis iuſqu'à l'auoir trahy,
Coupant de ſa teſte Royale
La blonde perruque fatale,
En laquelle vn poil il portoit
En qui toute ſa force eſtoit.
Mais quoy ? vous n'eſtes pas ſeulettes
A qui la langue des Poëtes
A fait grand tort : dedans le bois
Le Roſſignol à haute vois,
Caché deſſous quelque verdure,
Se plaint d'eux, & leur dit iniure.
Si fait bien l'Arondelle auſſi
Quand elle chante ſon coſſi :
Ne laiſſez pas pourtant de dire
Mieux que deuant la tirelire,
Et faites creuer par deſpit
Ces menteurs de ce qu'ils ont dit.

    Ne laiſſez pour cela de viure
Ioyeuſement, & de pourſuiure
A chaque retour du Printemps
Vos accouſtumez paſſetemps :
Ainſi iamais la main pillarde
D'vne paſtourelle mignarde
Parmy les ſillons eſpiant
Voſtre nouueau nid pepiant,
Quand vous chantez ne le deſrobe
Ou dans ſa cage ou ſous ſa robe.
    Viuez oiſeaux, & vous hauſſeꝫ
Touſiours en l'air, & annonceꝫ
De voſtre chant & de voſtre aile
Que le Printemps ſe renouuelle.

LE FRESLON.

A REMY BELLEAV,
POETE.

Qvi ne te chanteroit, Freſlon,
De qui le piquant aiguillon
Releua l'Aſne de Silene,
Quand les Indois parmi la plaine
Au milieu des ſanglans combas
Le firent treſbucher à bas ?
Bien peu ſeruoit au vieillard d'eſtre
De Bacchus gouuerneur & Preſtre,
Captifs ils l'euſſent fait mourir
Sans toy qui les vins ſecourir.

    Déja la troupe des Menades,
Des Mimallons & des Thyades
Tournoient le dos, & de Bacchus
Ià déjà les ſoldats vaincus
Iettoient leurs lances enthyrſees,
Et leurs armeures heriſſees
De peaux de Lynces, & leur Roy
Déjà fuyoit en deſarroy,
Quand Iupiter eut ſouuenance
Qu'il eſtoit né de ſa ſemence.

    Pour aider à ſon fils peureux
Il fit ſortir d'vn Cheſne creux
De Freſlons vne fiere bande,
Et les irritant leur commande
De piquer la bouche & les yeux
Des nuds Indois victorieux.

    A peine eut dit, qu'vne grand' nuë
De poignans Freſlons eſt venuë
Se deſborder toute à la fois
Deſſus la face des Indois,
Qui plus fort qu'vn greſleux orage
De coups martela leur viſage.

    Là ſur tous vn Freſlon eſtoit
Qui braue par l'air ſe portoit
Sur quatre grand's ailes dorees :
En maintes lames colorees
Son dos luiſoit par la moitié :
Luy courageux, ayant pitié
De voir au milieu de la guerre
Silene & ſon Aſne par terre,
Piqua cet Aſne dans le flanc
Quatre ou cinq coups iuſques au ſang :

L'Aſne qui ſoudain ſe réueille
Deſſous le vieillard fit merueille
De ſi bien mordre à coup de dens,
Ruant des pieds, que le dedans
Des plus eſpeſſes embuſcades
Ouurit en deux de ſes ruades,
Tellement que luy ſeul tourna
En fuite l'Indois, & donna
A Bacchus, eſtonné, la gloire
Et le butin de la victoire.

   Lors Bacchus, en lieu d'vn bienfait
Que les Freſlons luy auoient fait,
Leur ordonna pour recompenſe
D'auoir à tout iamais puiſſance
Sur les vignes, & de manger
Les raiſins preſts à vendanger,
Et boire du mouſt dans la tonne
En bourdonnant, lors que l'Autonne
Amaſſe des coutaux voiſins
Dedans le preſſoüer les raiſins,
Et que le vin nouueau ſ'eſcoule
Sous le pied glueux qui le foule.

   Or viueʒ bien-heureux Freſlons,
Touſiours de moy vos aiguillons
Et de BELLLEAV ſoient loin à l'heure
Que la vendange ſera meure:
Et rien ne murmurez ſinon
Par l'air que de BELLEAV le nom,
Nom qui ſeroit beaucoup plus digne
D'eſtre dit par la voix d'vn Cygne.

GAYETE' III.

Ne ieune pucelette,
Pucelette graſſelette,
Qu'eſperdument i'aime mieux
Que mon cœur ny que mes yeux,
A la moitié de ma vie
Eſperdument aſſeruie
De ſon graſſet en-bon-point:
Mais faſché ie ne ſuis point
D'eſtre ſerf pour l'amour d'elle,
Pour l'en-bon-point de la belle,
Qu'eſperdument i'aime mieux
Que mon cœur ny que mes yeux.

   Las! vne autre pucelette,
Pucelette maigrelette,
Qu'eſperdument i'aime mieux

Que mon cœur ny que mes yeux,
Eſperdument a rauie
L'autre moitié de ma vie
De ſon maigret en-bon-point:
Mais faſché ie ne ſuis point
D'eſtre ſerf pour l'amour d'elle
Pour la maigreur de la belle
Qu'eſperdument i'aime mieux
Que mon cœur ny que mes yeux.

   Autant me plaiſt la graſſette
Comme me plaiſt la maigrette,
Et l'vne à ſon tour autant
Que l'autre me rend contant.

   Ie puiſſe mourir, graſſette,
Ie puiſſe mourir, maigrette,
Si ie ne vous aime mieux
Toutes deux, que mes deux yeux,
Ny qu'vne ieune pucelle
N'aime vn nid de tourterelle,
Ou ſon petit chien mignon,
Du paſſereau compagnon,
Petit chien, qui point ne laiſſe
De faire importune preſſe
Au paſſereau, qui touſiours
A pour fidele ſecours
Le tendre ſein de la belle,
Quand le chien plume ſon aile,
Ou de trauers regardant,
Apres l'oiſeau va grondant.

   Et ſi ie ments, graſſelette,
Et ſi ie ments, maigreletee,
Si ie ments, Amour archer
Dans mon cœur puiſſe cacher
Ses fleches d'or barbelees,
Et dans vous les plombelees,
Si ie ne vous aime mieux
Toutes deux que mes deux yeux.

   Bien eſt-il vray, graſſelette,
Bien eſt-il vray, maigrelette,
Que l'appaſt trop doucereux
Des hameçons amoureux
Dont vous me ſçaueʒ attraire,
Eſt l'vn à l'autre contraire.
L'vne d'vn ſein graſſelet,
Et d'vn bel œil brunelet
Dans ſes beauteʒ tient ma vie
Eſperdument aſſeruie,
Or' luy taſtonnant le flanc,
Or' le bel yuoire blanc

De sa cuisse rondelette,
Or' sa grosse mottelette,
Où les doux troupeaux ailez
Des freres encarquelez
Dix mille fleches decochent
Aux ribaux qui s'en approchent.
Mais par dessus tout m'espoint
Vn grasselet en-bon-point,
Vne fesse rebondie,
Vne poitrine arrondie
En deux montelets bossus,
Où l'on dormiroit dessus
Comme entre cent fleurs decloses,
Ou dessus vn lit de roses.
Puis auecques tout cela
Encor d'auantage elle a
Ie ne sçay quelle feintise,
Ne sçay quelle mignotise,
Qui fait que ie l'aime mieux
Que mon cœur ny que mes yeux.

   L'autre maigre pucelette
A voir n'est pas si bellette,
Elle a les yeux verdelets
Et les tetins maigrelets:
Son flanc, sa cuisse, sa hanche
N'ont la charneure si blanche
Comme a l'autre, & si ondez
Ne sont ses cheueux blondez:
Le rempart de sa fossette
N'a l'enflure si grossette,
Ny son ventrelet n'est pas
Si rebondi ne si gras:
Si bien que quand ie la perce,
Ie sens les dents d'une herse,
I'enten mille osfets cornus
Qui me blessent les flancs nus.

   Mais en lieu de beautez telles,
Elle en a d'autres plus belles,
Vn chant qui rauit mon cœur,
Et qui dedans moy vainqueur
Toutes mes veines attise:
Vne douce mignotise,
Vn doux languir de ses yeux,
Vn doux souspir gracieux,
Quand sa douce main manie
La douceur d'une harmonie.

   Nulle mieux qu'elle au danser
Ne sçait ses pas deuancer
Ou retarder par mesure:

Ribaut viét du mot Latin *Riualis*, que les Fráçois ont pris en mauuaise part, faisant tort au vocable, car il signifie compagnõ & competiteur en amour.

Nulle mieux ne me coniure
Par les traits de Cupidon,
Par son arc, par son brandon,
Si i'en aime vne autre qu'elle:
Et nulle mieux ne m'emmielle
La bouche, quand son baiser
Vient mes léures arroser,
Begayant d'vn doux langage.
Que diray-ie d'auantage?
D'vn si gaillard maniment
Soulage nostre vniment
Lors que toute elle tremousse,
Que sa tremblante secousse
A fait que ie l'aime mieux
Que mon cœur ny que mes yeux.

   Iamais vne ne me fasche
Pour ne la seruir à tasche:
Car quand ie suis mi-lassé
Du premier plaisir passé,
Dés le iour ie laisse celle
Qui m'a fasché dessus elle,
Et m'en vois prendre vn petit
Dessus l'autre d'appetit:
Afin qu'apres la derniere
Ie retourne à la premiere,
Pour n'estre recreu d'amours.
Aussi n'est-il bon tousiours
De gouster vne viande:
Car tant soit-elle friande,
Sans quelquefois l'eschanger
On se fasche d'en manger.

   Mais d'où vient cela, grassette,
Mais d'où vient cela, maigrette,
Que depuis deux ou trois mois
Ie n'embrassay qu'vne fois
(Encor ce fut à l'emblée,
Et d'vne ioye troublée)
Vostre estomac grasselet,
Et vostre sein maigrelet?

   A'-vous peur d'estre nommées
Pucelles mal renommées?
A'-vous peur qu'vn blasonneur
Caquette de vostre honneur?
Et qu'il die: Ces deux belles
Qui font de iour les pucelles,
Toute nuiçt d'vn bras mignon
Eschauffent vn compagnon,
Qui les paye en chansonnettes,
En rymes & en sornettes?

LAS!

Las ! mignardes, ie ſçay bien
Qui vous empeſche, & combien
Le Seigneur de ce village
Vous ſoüille de ſon langage,
Meſdiſant de voſtre nom
Qui plus que le ſien eſt bon.

Ah ! à grand tort, graſſelette,
Ah ! à grand tort, maigrelette,
Ah ! à grand tort ceſt ennuy
Me procede de celuy
Qui me deuſt ſeruir de pere,
De ſœur, de frere & de mere.

Mais luy, voyant que ie ſuis
Voſtre cœur, & que ie puis
Dauantage entre les Dames,
Farcit voſtre nom de blames,
D'vn meſdire trop amer,
Pour vous engarder d'aimer
Celuy qui gaillard vous aime
Toutes deux plus que ſoy-meſme,
Celuy qui vous aime mieux
Toutes deux que ſes deux yeux.

Bien, bien, laiſſez-le meſdire :
Deuſt-il tout vif creuer d'ire
Et forcené ſe manger,
Il ne ſçauroit eſtranger
L'amitié que ie vous porte,
Tant elle eſt conſtante & forte :
Ny le temps ny ſon effort,
Ny violence de mort,
Ny les mutines iniures,
Ny les meſdiſans pariures,
Ny les outrageux brocars
De vos voiſins babillars,
Ny la trop ſoigneuſe garde
D'vne couſine bauarde,
Ny le ſoupçon des paſſans,
Ny les maris menaçans,
Ny les audaces des freres,
Ny les preſchemens des meres,
Ny les oncles ſourcilleux,
Ny les dangers perilleux,
Qui l'amour peuuent deffaire,
N'auront puiſſance de faire
Que touſiours ie n'aime mieux
Que mon cœur ny que mes yeux,
L'vne & l'autre pucelette,
Graſſelette & maigrelette.

LE VOYAGE D'HERCVEIL.

Ebout, i'enten la brigade,
    I'oy l'aubade
    De nos amis enjoüez,
Qui pour nous éueiller ſonnent
    Et entonnent
    Leurs chalumeaux enroüez.
I'entr'oy déja la guiterre,
    I'oy la terre
    Qui treſſaute ſous leurs pas :
I'enten la libre cadence
    De leur danſe
    Qui trepigne ſans compas.
Corydon, ouure la porte,
    Qu'on leur porte
    Dés la pointe du matin
Iambons, paſtez & ſaucices,
    Sacrifices
    Qu'on doit immoler au vin.
Dieu gard' la ſçauante trope :
    Calliope
    Honore voſtre renom,
Bellay, Baïf, & encores
    Toy qui dores
    La France en l'or de ton nom.
Le long des ondes ſacrees
    Par les prees,
    Couronnez de ſaules vers,
Au ſon des ondes iaZardes
    Trepillardes,
    A l'enui ferez des vers.
Moy petit, dont la penſee
    N'eſt hauſſee
    Du deſir d'vn vol ſi haut,
Qui ne permet que mon ame
    Se r'enflame
    De l'ardeur d'vn feu ſi chaud :
En lieu de telles merueilles,
    Deux bouteilles
    Ie prendray ſur mes rongnons,
Et ce hanap à double anſe,
    Dont la panſe
    Sert d'oracle aux compagnons.
Voyez Vruoy qui enſerre
    De lierre
    Son flacon plein de vin blanc,
            SSSſſ

Et le portant sur l'espaule
    D'vne gaule,
  Luy pendille iusqu'au flanc !
A voir de celuy la mine
    Qui chemine
  Seul parlant à basse vois,
Et à voir aussi la mouë
    De sa jouë,
  C'est le Comte d'Alsinois.
Je le voy comme il galope
    Par la trope
  Vn grand asne sans licol :
Je le voy comme il le flate,
    Et luy grate
  Les aureilles & le col.
Ainsi les Pasteurs de Troye
    Par la voye
  Guidoient Silene monté,
Preschant les loix de sa feste,
    Et sa teste
  Qui luy panchoit à costé.
Vigneau le suit à la trace,
    Qui ramasse
  Ses flacons tombez à bas,
Et les fleurs que son aureille
    Qui sommeille
  Laisse choir à chaque pas.
Ore ce Vigneau le touche
    Or' la bouche
  Il luy ouure, ore dedans
Met ses doigts, puis les retire,
    Et pour rire
  S'entre-rechignent des dents.
Iô, Iô, troupe chere,
    Quelle chere
  Ce iour ameine pour nous !
Parton donc or' que l'Aurore
    Est encore
  Dans les bras de son espous.
Laissons au logis les Dames :
    Par les flames
  La Cyprienne éuiton :
Le chaut, le vin, Cytheree,
    Font l'entree
  Du grand portail de Pluton.
Chacun ceigne son espee
    Equippee
  Pour se reuanger le dos,
De peur qu'vn brigand ne face

    Nostre face
  Deualer deuant Minos.
Gardons, amis, qu'on ne tombe
    En la tombe,
  Sejour aueugle & reclus :
» Depuis qu'vne fois la vie
    » Est rauie,
  » Les Sœurs ne la filent plus.
Iô, que ie voy de roses
    Ià décloses
  Par l'Orient flamboyant :
A voir des nuës diuerses
    Les trauerses,
  Voicy le iour ondoyant.
Voicy l'Aube safranee,
    Qui jà nee
  Couure d'œillets & de fleurs
Le Ciel qui le iour desserre,
    Et la terre
  De rosees & de pleurs.
Sors du lit Aube sacree,
    Et recree
  De ton beau front ce troupeau,
Qui pour toy pend à la gaule
    De ce saule
  D'vn coq chante-iour la peau :
Euoé pere, il me semble
    Que tout tremble
  D'vn tournement nompareil,
Et que ie voy d'vn œil trouble
    Le Ciel double
  Doubler vn autre Soleil !
Euoé donteur des Indes,
    Que tu guindes
  Mon cœur bien haut, Eldean !
Tu luy dis quel sacrifice
    Est propice
  A ton Autel Lenean.
Auienne qu'orné de vigne
    Ie trepigne
  Tousiours dessous toy, Euan !
Qu'à ta feste Trietere
    Ton mystere
  Ie porte dans ton van.
Ie voy Silene qui entre
    En son antre,
  I'oy les bois esmerueilleZ :
Ie le voy sur l'herbe fresche
    Comme il presche

Les Satyres aureillez :
Euoé Denys, tempere,
   Thebain pere,
Tempere vn peu mon erreur :
Tempere vn peu ma pensee
   Insensee
Du plaisir de ta fureur.
Ce n'est pas moy qui te taxe,
   Roy de Naxe,
Deïarter le Thracien,
Ny d'auoir au Chef la mitre,
   Ny le titre
Du triompheur Indien :
Mais bien c'est moy qui te loüe,
   Qui t'auoüe
Pour vn Dieu, d'auoir planté
La vigne en raisins feconde,
   Dont le Monde
Est si doucement tenté :
Vigne, ainçois douce guerriere,
   Qui derriere
Chasse des hommes bien loin,
Non l'amour ny la plaisance,
   Ny la dance,
   Mais le trauail & le soin.
Ie voy cent bestes nouuelles
   Pleines d'ailes,
Sus nos testes reuoler,
Et la main espouuantee
   De Penthee
Qui les pourfuit parmy l'air.
Euan ! que ta feste folle
   Me rafolle
De vineux estourbillons :
Ie ne voy point d'autres bestes
   Sur nos testes
Qu'vn scadron de papillons.
Leurs aisles de couleurs maintes
   Sont dépeintes,
   Leur front en cornes se fend;
Et leur bouche bien petite
   Contr'imite
   Le musle d'vn Elephant.
Lequel aura la victoire
   Et la gloire
D'auoir conquis le plus beau ?
Qui tout doré sert de guide
   Par le vuide
   A cest escadron nouueau ?

Iô, comme il prend la fuite,
   Noftre suite
Ne le sçauroit offenser,
Si le plus gay de la trope
   Ne galope
Pluftost, pour le deuancer.
Ie le tenois sans sa voye
   Qui ondoye
D'vn voler bien peu certain :
Et sans l'erreur de son onde
   Vagabonde
Qui se moquoit de ma main.
Et sans vne vigne entorse,
   Qui la force
   A souftraite de mes pas,
Et m'a fait prendre bedaine
   Sus la plaine
   Adenté tout plat à bas.
Teleph' sentit en la sorte
   La main forte
Du Grec qui le combatit,
Quand au milieu de la guerre
   Contre terre
   Vn sep tortu l'abbatit.
Iô, regardez derriere
   La poudriere
Que BERGER escarte au vent,
Tant en courant il s'eslance,
   Et sauance
Pour l'affronter par deuant.
Mais, mais voyez, voyez comme
   Il assomme
Le papillon estendu,
Et comme l'aisle & la teste
   De la beste
Sur vn saule il a pendu !
Ia la despoüille captiue
   Cefte riue
Honore, & ces saules vers :
Et jà leur escorce verte
   Est couuerte
Du long cerne de ces vers.
Ie BERGER plein de vistesse,
   Par humblesse
Aux Dieux Chéure-pieds i'appans
Cefte despoüille conquise
   Par moy prise
En l'âge de soixante ans.
Pere, que ta verne douce

Me repousse
En vn doux affollement :
Plus fort que deuant ta rage
Le courage
Me raffolle doucement.
De ces chesnes goute à goute
Redegoute,
Ce me semble, le miel roux :
Et ces ruisselets qui roulent,
Tous pleins coulent
De nectar & de vin doux.
Amis, qu'à teste panchée
Estanchée
Soit nostre soif là dedans :
Il faut que leur vin appaise
Ceste braise
Qui cuit nos gosiers ardans.
Que chacun de nous y entre
Iusqu'au ventre,
Iusqu'au dos, iusques au front,
Que chacun sonde & re-sonde
La douce onde
Qui bat le plus creux du fond.
Voyez VRVOY qui s'eslance
Sur la pance
Tout vestu dans le ruisseau,
Et voyez comme il garboüille
En grenoüille
Dessous les vagues de l'eau !
Suiuons le sainct trac humide
De ce guide,
Eslançon-nous comme luy,
Et lauon sous ceste riue
En l'eau viue
Pour tout iamais nostre ennuy.
Que l'homme est heureux de viure,
S'il veut suiure
Ta folie, ô Cuisse-né,
Dont le beau front s'enuironne
Pour couronne
D'vn verd pampre raisiné !
Sans toy ie ne voudrois estre
Dieu, ne maistre
Des Indiens, ne sans toy
De Thebes Ogygienne,
Cité tienne,
Ie ne voudrois estre Roy :
Sans toy, dy-ie, race belle
De Semele,

Sans toy, dy-ie, Nysean,
Sans toy qui nos soins effaces
Par tes tasses,
Pere Euien, Lenean.
Iô, ie voy la vallée
Auallée
Entre deux tertres bossus,
Et le double arc qui emmure
Le murmure
De deux ruisselets moussus.
C'est toy, Hercueil, qui encores
Portes ores
D'Hercule l'antique nom,
Qui consacra la memoire
De ta gloire
Aux labeurs de son renom.
Ie saluë tes Dryades,
Tes Naiades,
Et leurs beaux antres cognus,
Et de tes Satyres peres
Les repaires,
Et des Faunes front-cornus.
Chacun ait la main armée
De ramée,
Chacun d'vne gaye vois
Assourdisse les campagnes,
Les montagnes,
Les eaux, les prez, & les bois.
Ià la cuisine allumée
Sa fumée,
Fait tressauter iusqu'aux Cieux,
Et jà les tables dressées
Sont pressées
De repas delicieux.
Cela vrayment nous inuite
D'aller vite
Pour appaiser vn petit
La furie vehemente
Qui tourmente
Nostre abboyant appetit.
Dessous nous pleuue vne nuë
D'eau menuë
Pleine de liz & de fleurs :
Qu'vn lict de roses on face
Par la place
Bigarré de cent couleurs.
Qu'on prodigue, qu'on respande
La viande
D'vne liberale main :

Et les vins dont l'ancienne
    Memphienne
Festoya le mol Romain.
Ores, amis, qu'on n'oublie
    De l'amie
Le nom qui vos cœurs lia :
Qu'on vuide autant ceste coupe,
    Chere troupe,
Que de lettres il y a.
Neuf fois au nom de Cassandre
    Ie vois prendre
Neuf fois du vin du flacon,
Afin de neuf fois le boire
    En memoire
Des neuf lettres de son nom.
Qu'on me charge toute pleine
    La fontaine
De maint flacon surnoüant :
Qu'en l'honneur du Dieu maint verre
    Mi-plein erre,
Sur les vagues se roüant.
Euan, ta force diuine
    Ne domine
Les hommes tant seulement :
Elle estraint de toutes bestes
    Toutes testes
D'vn effort ioyeusement.
Voyez-vous ceste grenoüille
    Qui gazoüille,
Yure sur le haut de l'eau,
Tant l'odeur d'vne bouteille
    L'assommeille
Et luy charme le cerueau ?
Comme elle du vin surprise
    Est assise
Sur nos flacons entr'ouuerts ?
Comme sus l'vn & sus l'autre
    Elle veautre
Son corps flotant à l'enuers ?
Mais tandis que ceste beste
    Nous arreste,
D'autre costé n'oyez-vous
De Dorat la voix sucree
    Qui recree
Tout le Ciel d'vn chant si dous ?
Iô, Iô, qu'on s'auance :
    Il commence
Encore à former ses chants,
Celebrant en voix Romaine

    La fontaine
Et tous les Dieux de ces champs.
Preston donc à ses merueilles
    Nos aureilles :
L'enthousiasme Limosin
Ne luy permet rien de dire
    Sur sa Lyre
Qui ne soit diuin, diuin.
Iô, Iô, quel doux stile
    Se distile
De ses nombres tout diuers ?
Nul miel tant ne me recree
    Que m'agree
Le doux Nectar de ses vers.
Quand ie l'enten, il me semble
    Que l'on m'emble
Tout l'esprit rauy soudain,
Et que loin du peuple i'erre
    Sous la terre
Auec l'ame du Thebain ;
Auecque l'ame d'Horace :
    Telle grace
Remplist sa bouche de miel,
De miel sa Muse diuine,
    Vrayment dine
D'estre Sereine du Ciel.
Hà ! Vesper brunette Estoile,
    Dont le voile
Noircit du Ciel le coupeau,
Ne vueilles si tost paraistre
    Menant paistre
Par les ombres ton troupeau.
Arreste, noire courriere,
    Ta lumiere
Pour oüir plus longuement
La douceur de sa parole,
    Qui m'affole
D'vn si gay chatoüillement.
Quoy ? des Astres la bergere
    Trop legere
Tu reuiens faire ton tour ?
Deuant l'heure tu flamboyes,
    Et enuoyes
Sous les ondes nostre iour ?
Va, va ialouse, chemine,
    Tu n'es dine,
Ny tes Estoiles d'oüir
Une chanson si parfaite,
    Qui n'est faite

SSSSS iij

Que pour l'homme réjoüir.
Donque, puis que la nuict sombre
    Pleine d'ombre
  Vient les montagnes saisir,
Retournon, troupe gentille,
    Dans la ville
  Demy-soulez de plaisir.
» *Iamais l'homme, auant qu'il meure,*
    » *Ne demeure*
  » *Bien-heureux parfaitement :*
» *Tousiours auec la liesse*
    » *La tristesse*
  » *Se mesle secrettement.*

DITHYRAMBES A LA
POMPE DV BOVC DE
E. Iodelle , Poëte
Tragique.

Out rauy d'esprit ie forcene,
Vne nouuelle fureur me mene
D'vn saut de course dans les bois,
  Iach iach, i'oy la vois
Des plus vineuses Thyades,
Ie voy les folles Menades
Dans les antres trepigner,
Et de serpens se peigner.
Iach, ïach, Euoé,
Euoé, ïach, ïach.
    Ie les oy,
Ie les voy
Comme au trauers d'vne nuë,
D'vne cadance menuë
Sans ordre, ny sans compas,
Laisser chanceler leurs pas.
Ie voy les secrets mystiques
Des festes Trieteriques,
Et les Syluains tout autour,
De maint tour
Cotissans dessus la terre,
Tous herissez de lierre,
Badiner, & plaisanter,
Et en voix d'asnes chanter,
Iach, ïach, Euoé,
Euoë, ïach, ïach.
    Ie voy, d'vn œil assez trouble,
Vne couple
De Satyres cornus, chéurepiez & mi-bestes,

Qui soustiennent de leurs testes
Les yures costez de Silene,
Talonnant à toute peine
Son asne musard, & le guide
D'vne des mains sans licol ne sans bride :
Et de l'autre, à ses aureilles
Pend deux bouteilles,
Et puis il dit qu'on rie,
Et qu'on crie,
Iach, ïach, Euoé,
Euoé, ïach, ïach.
    Hoh, ie me trouble sous sa chanson,
Vne horrible frisson
Court par mes veines, quand i'oy brére
Ce vieil Pere,
Qui nourrit, aprés que Semele
Sentit la flame cruelle,
Le bon Bacchus Diphyen
Dedans l'antre Nyssien,
Du laict des Tigresses :
Les Nymphes, & les Déesses
Chantans autour de son bers
Ces beaux vers,
Iach, ïach, Euoé,
Euoé, ïach, ïach.
    Euoé, Cryphien, ie sens
M'embler l'esprit, & le sens
Sous vne verue qui m'affolle,
Qui me ioint à la carolle
Des plus gaillardes
Bandes montagnardes,
Et à l'auertineuse trope
Des Mimallons, qui Rhodope
Foulent d'vn pié barbare,
Où la Thrace se separe
En deux,
Du flot glacé de Hebre le negeux.
Iach, ïach, Euoé,
Euoé, ïach, ïach.
    Il me semble qu'vne poussiere
Offusque du iour la lumiere,
S'éleuant par les champs
Sous le pié des marchans.
Euoé, Pere, Satyre,
Protogone, Euastire,
Double-corne, Agnien,
Oeil-taureau, Martial, Euien,
Porte-lierre, Omadien, Triete,
Ta fureur me gette

Hors de moy,
Ie te voy, ie te voy,
Voy-te-cy
Romp-ſoucy:
Mon cœur boüillonnant d'vne rage,
En-vole vers toy mon courage.
Ie forcene, ie demoniacle;
L'horrible vent de ton oracle,
I'entens l'eſprit de ce bon vin nouueau,
Me tempeſte le cerueau.
Iach, ïach, Euoé,
Euoé, ïach, ïach.

Vne frayeur par tout le corps
Me tient: mes genoux peu fors
A l'arriuer de ce Dieu tremblottent,
Et mes parolles ſanglottent
Ie ne ſçay quels vers inſenſez.
Auancez, auancez, auancez
Ceſte vendange nouuelle,
Voicy le fils de Semele,
Ie le ſens deſſus mon cœur
S'aſſoir comme vn Roy vainqueur.
I'oy les clairons tintinans,
Et les tabourins tonnans,
I'oy autour de luy le buys
Caqueter par cent pertuis,
Le buys Phrygien, que l'Entourée
D'vne haleine mal-meſurée
Enfle autour de ſes Chatrez.
Ie les voy tous penetrez
D'vne rage inſenſée,
Et tous eſperdus de penſée
Chanter ïach, Euoé,
Euoé, ïach, ïach.

Euan, Pere, ou ie me trompe,
Ou ie voy la pompe
D'vn Bouc aux cornes dorées,
De lierre decorées,
Et qui vray'ment a le teint
Teinct
De la couleur d'vn Silene,
Quand tout rouge il pert l'haleine
D'auoir d'vn coup vuidé ſon flacon
Plein d'vn vin Tholozan ou bien d'vn vin
*   Gaſcon.*
Iach, ïach, Euoé,
Euoé, ïach, ïach.

Mais qui ſont ces enthyrſez
Heriſſez

De cent fueilles de lierre,
Qui font rebondir la terre
De leurs piés, & de la teſte
A ce Bouc font ſi grand' feſte?
Chantant tout autour de luy
Ceſte chanſon briſ-ennuy,
Iach, ïach, Euoé,
Euoé, ïach, ïach.

Tout forcené à leur bruit ie fremy;
I'entreuoy Baïf & Remy,
Colet, Ianuier, & Vergeſſe, & le Conte,
Paſchal, Muret, & Ronſard qui monte
Deſſus le Bouc, qui de ſon gré
Marche, à fin d'eſtre ſacré
Aux pieds immortels de Iodelle,
Bouc, le ſeul prix de ſa gloire eternelle:
Pour auoir d'vne voix hardie
Renouuelé la Tragedie,
Et deterré ſon honneur le plus beau
Qui vermoulu giſoit ſous le tombeau.
Iach, ïach, Euoé,
Euoé, ïach, ïach.

Hoh, hoh, comme ceſte Brigade
Me fait ſigne d'vne gambade,
De m'aller mettre ſous ton ioug,
Pour ayder à pouſſer le Bouc.
Mais, Pere, las! pardonne-moy, pardonne;
Aſſez & trop m'eſperonne
Ta fureur-ſans cela,
Aſſez deçà & delà
Ie ſuy tes pas à la trace
Par les Indes, & par la Thrace:
Ores d'vn Thyrſe porte-lierre
Faiſant à tes Tigres la guerre:
Ores auec tes Euantes,
Et tes Menades bien boiuantes,
Redoublant à pleine voix
Par les bois
Iach, ïach, Euoé,
Euoé, ïach, ïach.

Maugré-moy, Pere, ta fureur,
Plein d'horreur,
M'y traine, & ne voulant pas,
Maugré-moy ie ſens mes pas
Qui me dérobent mal-ſain,
Ou Iodelle de ſa main
Du Bouc tenant la mouſtache,
Que poil à poil il arrache,
Et de l'autre non pareſſeuſe

Haut éleuant vne coupe vineuse,
Te Chante, ô Dieu Bacchique,
Cest Hymne Dithyrambique,
Iach, ïach, Euoé,
Euoé, ïach, ïach.

 Haï auant Muses Thespiennes,
Haï auant Nymphes Nyssiennes,
Rechantez-moy ce Pere Bromien,
Race flameuse du Saturnien,
Qu'engendra la bonne Semele,
Enfant orné d'vne perruque belle,
Et de gros yeux
Plus clairs que les Astres des Cieux.
Iach, ïach, Euoé,
Euoé, ïach, ïach.

 Euoé mes entrailles sonnent
Sous ses fureurs qui m'espoinçonnent,
Et son esprit de ce Dieu trop chargé,
Forcené, enragé.
Iach, ïach, Euoé,
Euoé, ïach, ïach.

 Que l'on me donne ces clochettes,
Et ses jazardes sonnettes.
Soit ma perruque decoree
D'vne couronne couléuree :
Perruque lierre-porte,
Que l'ame Thracienne emporte
Deçà delà dessus mon col.
Iach, ïach, Euoé,
Euoé, ïach, ïach.

 Il me plaist ores d'estre fol,
Et qu'à mes flancs les Edonides,
Par les montaignes les plus vuides
D'vn pié sacré tremblant,
En vn rond s'assemblant,
Frappent la terre, & de hurlees
Effroyent toutes les valees,
Le Talonneur de l'asne tard,
Bassar, Euan, redoublant d'autre part
Iach, ïach, Euoé,
Euoé, ïach, ïach.

 Il me plaist, comme tout épris
De ta fureur, ce iour gaigner le pris,
Et haletant à grosse haleine,
Faire poudrer sous mes pieds ceste plaine.
Çà ce Thyrse, & ceste Tiare,
C'est toy, Naxien, qui m'égare
Sur la cime de ce rocher :
Il me plaist d'accrocher

Mes ongles contre son escorce,
Et cheuestré dessous ta douce force,
Aller deuant ton Orgie incognuë,
La celebrant de voix aiguë,
Orgie, de toy Pere
Le mystere,
Qu'vn panier enclôt saintement,
Et que nul premierement
En vain oseroit toucher, sans estre
Ton Prestre :
Ayant neuf fois deuant ton Simulacre
Enduré le sainct lauacre
De la fontaine verree
Aux Muses sacree.
Iach, ïach, Euoé,
Euoé, ïach, ïach.

 O Pere ! où me guides-tu ?
Deuant ta vertu
Les bestes toutes troublées
Se baugent dans les valées :
Ny les oiseaux n'ont pouuoir de hacher,
Comme ils faisoient, le vague, sans broncher
Incontinent qu'ils te sentent :
Dessous leurs goulfres s'absentent
De l'Ocean les troupes escaillees,
Horriblement émerueillees,
De voir
La force de ton pouuoir.
Iach, ïach, Euoé,
Euoé, ïach, ïach.

 Par tout les Amours te suiuent,
Et sans toy les Graces ne viuent,
La Force, la Ieunesse,
La bonne Liesse
Te suit,
Le Soucy te fuit,
Et la Vieillesse chenuë,
Plustost qu'vne nuë
Deuant Aquilon
Au gosier felon.
Iach, ïach, Euoé,
Euoé, ïach, ïach.

 Vn chacun tu vas liant
Sous ton Thyrse impatient :
Alme Denys, tu es vrayment à craindre,
Qui peux contraindre tout, & nul te peut con-
 traindre.
O Cuisse-né, Archete, Hymenien,
Bassare, Roy, Rustique, Eubolien,

Nyctelien, Trigone, Solitere,
Vengeur, Manic, germe des Dieux, & Pere,
Nomien, Double, Hospitalier,
Beaucoup, Forme, Premier, Dernier,
Lenean, Porte-Sceptre, Grandime,
Lysien, Baleur, Bonime,
Nourri-vigne, Aime-pampre, Enfant,
Gange te vit triomphant,
Et la gemmeuse Mer
Que le Soleil vient allumer
De la premiere sagette,
Qu'à son leuer il nous jette.
Bien te sentit la Terriere Corte
Des Geans, montaigne-porte :
Et bien Mime te sentit,
Quand ta main Rhete abatit,
Et bien te sentit Penthée,
Qui mesprisa ta feste inusitée,
Et bien les Nautonniers barbares,
Quand leurs mains auares
Te tromperent, toy beau,
Toy Dieu celé dessous vn iouuenceau.
Iach, ïach, Euoé,
Euoé, ïach, ïach.

    Que diray-ie de tes Thebaines,
Qui virent leurs toiles pleines
De vigne, & par la nuit
Elles iettans vn petit bruit,
Se virent de corps denuées,
En chauue-souris muées?
Quoy du Soldart de Mysie?
Et de l'impieteux Acrisie,
Qui à la fin sentit bien ta puissance,
Bien que puny d'vne tarde vengeance?
    C'est toy qui flechis les riuieres,
Et les mers, tant soient-elles fieres :
Toy sainct, toy grand, tu romps en deux
Les rochers vineux,
Et tu fais hors de leurs veines
Tressauter à val les fontaines
Douces de Nectar, & des houx
Tu fais suinter le miel doux.
Iach, ïach, Euoé,
Euoé, ïach, ïach.

    Le Coutre en voûte doublé
Te doit, & Cerés porte-blé;
Les Loix te doiuent, & les Villes,
Et les Polices ciuiles.
La Liberté, qui aime mieux s'offrir

A la mort qu'vn Tyran souffrir,
Te doit, & te doit encore
L'Hôneur, par qui les hauts Dieux on decore.
Iach, ïach, Euoé,
Euoé, ïach, ïach.

    Par toy on adjoute, pareil,
Le pouuoir au conseil,
Et les Mimallons arrachans
Par les champs
Les veaux des tetins de leurs meres,
Comme Feres,
D'vn pied vieillard vont roüant
Autour de Rhodope ioüant.
Iach, ïach, Euoé,
Euoé, ïach, ïach.

    Mille Chœurs de Poëtes diuins,
Mille Chantres, & Deuins,
Fremissent à ton honneur :
Tu es à la vigne donneur
De sa grappe, & au pré
De son émail diapré.
Les riues par toy fleurissent,
Les bleds par toy se herissent :
O alme Dieu,
En tout lieu
Tu rends compagnables
Les semences mal sortables.
Iach, ïach, Euoé,
Euoé, ïach, ïach.

    Tu repares d'vne ieunesse,
La vieillesse
Des siecles fuyans par le Monde;
Tu poises ceste Masse ronde,
O Démon, & tu enserre'
L'eau tout au rond de la terre,
Et au milieu du grand air fortement
Tu pens la Terre iustement.
Iach, ïach, Euoé,
Euoé, ïach, ïach.

    Par toy, chargez de ton Nectar,
Rempans auec toy dans ton char,
Nous conceuons des Cieux
Les secrets precieux,
Et bien que ne soyons qu'hommes,
Par toy Demi-dieux nous sommes.
Iach, ïach, Euoé,
Euoé, ïach, ïach.

    Ie te saluë, ô Lychnite!
Ie te saluë, ô l'eslite

Des Dieux, & le Pere
A qui ce Tout obtempere!
Dextre vien à ceux
Qui ne sont point paresseux
De renouueller tes mysteres:
Ameine les doubles Meres
Des Amours, & vien,
Euien,
Oeillader tes bons amis,
Auec ta compagne Themis
Enclose des anciennes
Nymphes Coryciennes,
Et reçoy,
O Roy,
Le Bouc ronge-vigne,
Qui trepigne
Sur ton Autel
Immortel.
Iach, ïach, Euoé,
Euoé, ïach, ïach.

    Vien donc, Pere, & me regarde
D'vn bon œil, & pren en garde
Moy ton Poëte, IODELLE;
Et pour la gloire eternelle
De ma braue Tragœdie,
Reçoy ce vœu qu'humble ie te dedie.

GAYETE' IIII.

    'Ay vescu deux mois, ou trois,
    Mieux fortuné que les Rois
    De la plus fertile Asie,
    Quand ma main tenoit saisie
Celle qui tient dans ses yeux
Je ne sçay quoy, qui vaut mieux
Que les perles Jndiennes,
Ou les masses Midiennes.

    Mais depuis que deux guerriers,
Deux soldars auanturiers,
Par vne tréue mauuaise
Sont venus corrompre l'aise
De mon plaisir amoureux,
I'ay vescu plus malheureux
Qu'vn Empereur de l'Asie,
De qui la terre est saisie,
Fait esclaue sous les mains
Des plus belliqueux Romains.

    Las! si quelque hardiesse

Enflamme vostre ieunesse;
Si l'amour de vostre Mars
Tient vos cœurs, allez soldars,
Allez bien-heureux gendarmes,
Allez, & vestez les armes,
Secourez la fleur de Lis:
Ainsi le vineux Denis,
Le bon Bacchus porte-lance
Soit tousiours vostre deffense.

    Et quoy? ne vaut il pas mieux,
Braues soldars furieux,
De coups esclaircir les foules,
Qu'ainsi effroyer les poules
De vos sayons bigarrez?
Allez, & vous reparez
De vos belles cottes-d'armes,
Allez bien-heureux gendarmes,
Secourez la fleur de Lis:
Ainsi le vineux Denis,
Le bon Bacchus porte-lance
Soit tousiours vostre deffense.

    Il ne faut pas que l'Hyuer
Vous engarde d'arriuer
Où la bataille se donne,
Où le ROY mesme en personne,
Plein d'audace, & de terreur,
Espouuante l'Empereur,
Tout blanc de crainte poureuse,
Dessus les bors de la Meuse.

    A ce bel œuure, Guerriers,
Ne serez-vous des premiers?
Ah! que vous aurez de honte
Si vn autre vous raconte
Combien le ROY print de forts,
Combien de gens seront morts
A telle ou telle entreprise,
Et quelle ville fut prise
Par eschelle, ou par assaut,
Combien le pillage vaut,
En quel lieu l'Infanterie,
En quel la Gendarmerie
Heureusement firent voir
Les exploits de leur deuoir,
Nobles de mille conquestes:
Lors vous baisserez les testes,
Et de honte aurez le teint
Tout vergongneusement teint.

    Las! fraudez de telle gloire
N'oserez manger, ny boire

A l'escot des Tauerniers,
Ny iurer comme Sauniers
Entre les gens du village:
Mais portant bas le visage,
Et mal asseurez du cœur,
Tousiours vous mourrez de peur
Qu'vn bon guerrier ne brocarde
Vostre lascheté coüarde.

  Donc si quelque honneur vous poingt,
Soldars, ne cagnardez point,
Suiuez le train de vos peres,
Et rapportez à vos meres
Double honneur & double bien,
Sans vous ie garderay bien
Vos sœurs : allez donc gendarmes,
Allez, & vestez les armes,
Secourez la fleur de Lis :
Ainsi le vineux Denis,
Le bon Bacchus porte-lance
Soit tousiours vostre defence.

GAYETE V.

I Aquet aime autant sa Robine
Qu'vne pucelle sa poupine:
Robine aime autant son Iaquet
Qu'vn amoureux fait son bou-
     quet.
O amourettes doucelettes,
O doucelettes amourettes,
O couple d'amis bien-heureux,
Ensemble aimez & amoureux!
O Robine bien fortunée
De s'estre au bon Iaquet donnée!
O bon Iaquet bien fortuné
De s'estre à Robine donné!
Que ny les cottes violettes,
Les ribans, ny les ceinturettes,
Les brasselets, les chaperons,
Les deuanteaux, les mancherons
N'ont eu la puissance d'époindre
Pour macreaux ensemble les ioindre.

  Mais les riuages babillars,
L'oisiueté des prez mignars,
Les fonteines argentelettes
Qui attrainent leurs ondelettes
Par vn petit trac mousselet
Du creux d'vn antre verdelet,
Les grand's forests renouuelées,

Le solitaire des valées
Closes d'effroy tout à l'entour,
Furent cause de telle amour.

  En la saison que l'Hyuer dure,
Tous deux pour tromper la froidure,
Au pied d'vn chesne mi-mangé
De main tremblante ont arrangé
Des cheneuotes, des fougeres,
Des fueilles de Tramble legeres,
Des buchettes, & des brochars,
Et souflant le feu des deux pars,
Chaufoient à fesses acroupies
Le cler dégout de leurs roupies.

  Apres qu'ils furent vn petit
Des-angourdis, vn appetit
Se vint ruer dans la poitrine
Et de Iaquet, & de Robine.

  Robine tira de son sein
Vn gros quignon buret de pain,
Qu'elle auoit fait de pur aueine,
Pour tout le long de sa semaine :
Et le trempant au iust des eaux,
Et dans le broüet des poureaux,
De l'autre costé reculée
Mangeoit à part son éculée.

  D'autre costé Iaquet, épris
D'vne faim merueilleuse, a pris
Du ventre de sa panetiere
Vne galette toute entiere,
Cuitte sur les charbons du four,
Et blanche de sel tout autour,
Que Guillemine sa marraine
Luy auoit donné pour estraine.
Comme il repaissoit, il a veu,
Guignant par le trauers du feu,
De sa Robine recoursée
La grosse motte retroussée,
Et son petit cas barbelu
D'vn or iaunement crespelu,
Dont le fond sembloit vne rose
Non encor à demy déclose.

  Robine aussi d'vne autre part
De Iaquet guignoit le Tribart,
Qui luy pendoit entre les iambes
Plus rouge que les rouges flambes
Qu'elle attisoit songneusement.
Apres auoir veu longuement
Ce membre gros & renfrongné,
Robine ne la dédaigné,

Mais en leuant vn peu la teste,
A Jaquet fit ceste requeste.

  Iaquet (dit-ell') que i'aime mieux,
Ny que mon cœur, ny que mes yeux,
Si tu n'aimes mieux ta galette
Que ta mignarde Robinette,
Ie te pri', Iaquet, iauche-moy,
Et mets le grand pau que ie voy
Dedans le rond de ma fossette.

  Helas! (dit Jaquet) ma doucette,
Si plus cher ne t'est ton grignon
Que moy, Iaquinot ton mignon,
Approche-toy, mignardelette,
Doucelette, paillardelette,
Mon pain, ma faim, mon appetit,
Pour mieux te chouser vn petit.

  A peine eut dit, qu'elle s'approche,
Et le bon Iaquet qui l'embroche,
Fit trepigner tous les Syluains
Du dru maniment de ses reins.
Les boucs barbus qui l'aguetterent,
Paillars, sur les chéures monterent,
Et ce Iaquet contr'aguignant,
Alloient à l'enuy trepignant.

  O bien-heureuses amourettes,
O amourettes doucelettes,
O couple d'amans bien-heureux,
Ensemble aimez, & amoureux!
O Robine bien fortunée
De s'estre au bon Iaquet donnée!
O bon Iaquet bien fortuné
De s'estre à Robine donné!
O doucelettes amourettes,
O amourettes doucelettes!

GAYETE' VI.

*A**V vieil temps que l'enfant de*
Rhée
N'auoit la terre dedorée,
Les Heroes ne dédaignoient
Les chiens qui les accompagnoient,
Fideles gardes de leur trace:
Mais toy, Chien de meschante race,
En lieu d'estre bon gardien
Du trac de m'amie & du mien,
Tu as comblé moy & m'amie
De deshonneur, & d'infamie:

Car toy, par ne sçay quel Destin,
Desloyal & traistre mastin,
Iapant à la porte fermée
De la chambre, où ma mieux aimée
Me dorlotoit entre ses bras
Connillant de iour dans les dras,
Tu donnas soupçon aux voisines,
Aux sœurs, aux freres, aux cousines
T'oyans plaindre à l'huys lentement
Sans entrer, que segrettement
Tout seul ie faisois la chosette
Auecque elle dans sa couchette.

  Et si bien le bruit de cela
Courut par le bourg çà & là,
Qu'au rapport de telle nouuelle
Sa vieille mere, plus cruelle
Qu'vne louue, ardant de courroux
Sa fille diffama de coups,
Luy escriuant de vergelettes
L'yuoire de ses costelettes.

  Ainsi, traistre, ton aboyer,
Traistre m'a rendu le loyer
De t'aimer plus cher qu'vne mere
N'aime sa fille la plus chere.
Si tu ne m'eusses esté tel,
Je t'eusse fait Chien immortel,
Et t'eusse mis parmy les Signes
Entre les Astres plus insignes,
Compagnon du chien d'Orion,
Ou de celuy qui le Lion
Aboye, quand la vierge Astrée
Se voit du Soleil rencontrée.

  Car certes ton corps n'est pas laid,
Et ta peau plus blanche que lait
De mille frisons houpeluë
Et ta basse aureille veluë,
Ton nez camard, & tes gros yeux
Meritoient bien de luire aux Cieux:
Mais en lieu d'vne gloire telle,
Vne demangeante gratelle,
Vne fourmilliere de poux,
Vn camp de puces, & de loups,
La rage, le farcin, la taigne,
Vn dogue affamé de Bretaigne
Iusqu'aux os te puissent manger
Sur quelque fumier estranger,
Meschant mastin, pour loyer d'estre
Si traistre à ton fidele maistre.

GAYETE'

GAYETE' VII.

Nfant quartannier, combien
Ta petitesse a de bien!
Combien en a ton enfance,
Si elle auoit cognoissance
De l'heur que ie dois auoir,
Et qu'elle a sans le sçauoir!
　Mais quand la begue blandice
De ta raillarde nourrice
Dés le poinct du iour te dit,
Mignon, vous couchez au lit,
Voire és bras de la pucelle,
Qui de ses beautez excelle
La rose, & de ses beaux yeux,
Cela qui treluit aux Cieux.
A l'heure, de honte, à l'heure,
Mignon, ton petit œil pleure,
Et te cachant dans les dras,
Ou petillant de tes bras,
Dépit tu gimbes contre elle :
Et luy dis, Mammam, ma belle,
Mon gateau, mon sucre doux,
Et pourquoy me dictes-vous
Que ie couche auecq Ianette?
　Puis el' te baille sa tette,
Et t'appaisant d'vn joüet,
D'vne clef, ou d'vn roüet,
De poix, ou de piroüettes,
Essuye tes larmelettes.
Ha pauuret! tu ne sçais pas :
Celle qui dedans ses bras
Toute nuict te poupeline,
C'est, mignon, ceste maline,
Las! mignon, c'est ceste-là
Qui de ses yeux me brusla.
　Que pleust à Dieu que ie peusse
Pour vn soir deuenir puce,
Ou que les ars Medeans
Eussent rajeuni mes ans,
Ou conuerty ma ieunesse
En ta peu caute simplesse,
Me faisant semblable à toy!
Sans soupçon ie coucheroy
Entre tes bras, ma cruelle,
Entre tes bras, ma rebelle,
Ore te baisant les yeux,

Ore le sein precieux,
D'où les Amours qui m'aguettent,
Mille fleches me sagettent.
　Lors certes ie ne voudroy
Estre fait vn nouueau Roy
Pour ainsi laisser m'amie
Toute seulette endormie.
Et peut-estre qu'au réueil,
Ou quand plus le doux sommeil
Luy enfleroit la mammelle,
Qu'en glissant plat dessus elle,
Ie luy feroy si grand bien,
Qu'elle apres quitteroit bien
Toy, ses freres, & son pere,
Qui plus est, sa douce mere,
Pour me suiure à l'abandon,
Comme Venus son Adon
Suiuoit par toute contrée,
Fust que la nuit, accoustrée
D'astres, tombast dans les eaux,
Fust que les flammeux naseaux
Souflassent d'vne haleinée
Hors des eaux la matinée.

GAYETE' VIII.

Le Nuage, ou l'Yurongne.

N soir, le iour de Sainct Mar-
　　tin,
Thenot au milieu du festin
Ayant déja mille verrées
D'vn gozier large deuorées,
Ayant gloutement aualé
Sans mascher maint iambon salé,
Ayant rongé mille saucisses,
Mille pastez tous pleins d'espices,
Ayant maint flacon rehumé,
Et mangé maint brezil fumé,
Hors des mains luy coula sa coupe :
Puis bégayant deuers la troupe,
Et d'vn geste tout furieux
Tournant la prunelle des yeux,
Pour mieux digerer son vinage,
Sur le banc pancha son visage.
　Ia ja commençoit à ronfler,
A nariner, à renifler,
Quand deux flacons cheus contre terre,

TTTtt

Pefle-mefle auecques vn verre,
Vindrent réueiller à demy
Thenot fur le banc endormy.

 Thenot donc qui demy f'éueille,
Frottant fon front, & fon aureille,
Et s'alongeant deux ou trois fois,
En furfault ietta cefte voix :

 Il eft iour, dit l'Aloüette,
Non eft non, dit la fillette :
Ha là là là là là là là,
Ie voy deçà, ie voy delà,
Ie voy mille beftes cornuës,
Mille marmots dedans les nuës :
De l'vne fort vn grand taureau,
Sur l'autre fautelle vn chéureau :
L'vne a les cornes d'vn Satyre,
Et du ventre de l'autre tire
Vn Crocodille mille tours.
Ie voy des villes & des tours,
I'en voy de rouges, & de vertes,
Voy-les-là, ie les voy couuertes
De fucres, & de poids confis.
I'en voy de morts, i'en voy de vifs,
I'en voy, voyez-les donc? qui femblent
Aux blez qui fous la Bize tremblent.

 J'auife vn camp de Nains armez,
I'en voy qui ne font point formez,
Tronquez de cuiffes, & de iambes,
Et fi ont les yeux comme flambes
Au creux de l'eftomac affis.
I'en voy cinquante, i'en voy fix
Qui font fans ventre, & fi ont tefte
Effroyable d'vne grand' crefte.

 Voicy deux nuages tous pleins
De Mores, qui n'ont point de mains,
Ny de corps, & ont les vifages
Semblables à des chats fauuages :
Les vns portent des pieds de chéure,
Et les autres n'ont qu'vne léure
Qui feule barbotte, & dedans
Ils n'ont ny machoires, ny dens.

 J'en voy de barbus comme hermites,
Ie voy les combas des Lapithes,
I'en voy tous heriffez de peaux,
I'entr'auife mille troupeaux
De Singes, qui d'vn tour de ioüe
D'enhault aux hommes font la mouë:
Ie voy, ie voy parmy les flos
D'vne Baleine le grand dos,

Et fes efpines qui paroiffent
Comme en l'eau deux roches qui croiffent.
Vn y gallope vn grand deftrier
Sans bride, felle ny eftrier.
L'vn talonne à peine vne vache,
L'autre deffus vn afne, tâche
De vouloir iaillir d'vn plein fault
Sus vn qui manie vn crapault :
L'vn va tardif, l'autre galope,
L'vn f'élance deffus la crope
D'vn Centaure tout débridé :
Et l'autre d'vn Geant guidé,
Portant au front vne fonnette,
Par l'air cheuauche à la genette.
L'vn fur le dos fe charge vn veau,
L'autre en fa main tient vn marteau :
L'vn d'vne mine renfrongnée
Arme fon poing d'vne congnée :
L'vn porte vn dard, l'autre vn trident,
Et l'autre vn tifon tout ardent.

 Les vns font montez fur des gruës,
Et les autres fus des tortuës
Vont à la chaffe auecq' les Dieux.
Je voy le bon Pere joyeux
Qui fe transforme en cent nouuelles :
I'en voy qui n'ont point de ceruelles,
Et font vn amas nompareil,
Pour vouloir battre le Soleil,
Et pour l'enclorre en la cauerne
Ou de fainct Patrice, ou d'Auerne :
Je voy fa Sœur qui le defend,
Je voy tout le Ciel qui fe fend,
Et la terre qui fe creuace,
Et le Chaos qui les menace.

 Je voy cent mille Satyreaux
Ayans les ergots de Chéureaux
Faire peur à mille Naiades.
Ie voy la dance des Dryades
Parmy les forefts trepigner,
Et maintenant fe repeigner
Au fond des plus tiedes valées,
Ores à treffes aualées,
Ores gentement en vn rond,
Ores à flacons fur le front,
Puis fe baigner dans les fontaines.

 Las ! ces nuës de grefles pleines
Me predifent que Iupiter
Se veut contre moy dépiter,
Bré bré bré bré, voicy le foudre,

Craq craq craq, n'oyez-vous decoudre
Le ventre d'vn nuau? i'ay veu,
I'ay veu, craq craq, i'ay veu le feu,
I'ay veu l'orage: & le tonnerre
Tout mort me brise contre terre.

A tant cet yurongne Thenot
De peur qu'il eut ne dit plus mot,
Pensant vrayment que la tempeste
Luy auoit foudroyé la teste.

Fin des Gayetez.

TRADVCTION DE QVELQVES
EPIGRAMMES GRECS SVR
la Genisse de Myron.

Asteur, il ne faut que tu vien-
nes
Amener tes vaches icy,
De peur qu'au soir auec les
tiennes
Tu ne remmenes ceste-cy.

Autre.
Ie n'ay de vache la figure:
Mais Myron m'attachant, me mit
Dessus ce pilier, par despit
Que i'auois mangé sa pasture.

Autre.
Ie suis la vache de Myron,
Bouuier, & non pas feinte image:
Pique mes flancs d'vn aiguillon,
Et me menes en labourage.

Autre.
Pourquoy Myron m'as tu fait stable
Sur ce pilier? ne veux-tu pas
Me descendre, & mener là-bas
Auec les autres en l'estable?

Autre.
Si vn veau m'auise, il cri'ra:
Si vn taureau, il m'aimera:
Et si c'est vn Pasteur champestre,
Aux champs me voudra mener paistre.

Autre.
Bien que sur ce pilier ie sois
Par Myron en airain pourtraite,
Comme les bœufs ie mugirois
S'il m'auoit vne langue faite.

Autre.
Vn Tan en voyant la figure
De ceste vache fut moqué:
Ie n'ay iamais (dit-il) piqué
Vache qui eust la peau si dure.

Autre.
Icy Myron me tient serrée:
Sur moy frappent les Pastoureaux
Cuidans que ie sois demeurée
Apres le reste des taureaux.

Autre.
Veau, pourquoy viens-tu seulet
Sous mon ventre pour teter?
L'art ne m'a voulu prester
Dans les mammelles du lait.

Autre.
Pourquoy est-ce que tu m'enserres,
Myron, sur ce pilier taillé?
Si tu m'eusses vn ioug baillé
Ie t'eusse labouré tes terres.

Autre.
Pourueu qu'on ne mette la main
Sur mon dos, quoy qu'on me regarde
De pres ou de loin, on n'a garde
De dire que ie sois d'airain.

Autre.
Si Myron mes pieds ne détache,
Dessus ce pilier ie mourray:
S'il les détache, ie courray
Par les fleurs comme vne autre vache.

TRADVCTION DE QVEL-
QVES AVTRES EPIGRAM-
mes Grecs.

Σώματα πολλὰ ζίφϑϑ.

Veux-tu sçauoir quelle voye
L'homme à pauureté conuoye?
Esleuer trop de Palais,
Et nourrir trop de valets.

TTTtt   ij

Du Grec d'Automedon.

Εὐδαίμων πρῶτον μὲν ὁ μηδενὶ μηδὲν
ὀφείλων.

Vx creanciers ne deuoir rien,
Est de tous biens le premier bien :
Le second, n'estre en mariage,
Le tiers, de viure sans lignage.
Mais si vn fol se veut lier
Sous Hymenée, il doit prier
Qu'argent receu, dessous la lame
Le iour mesme enterre sa femme.
   Celuy qui cognoist bien cecy,
Vit sagement, & n'a soucy
Des atomes, ny s'Epicure
Cherche du vuide en la Nature.

Εἴτις ἅπαξ γήμας.

L'Homme vne fois mariê,
   Qui lié
Se reuoit par mariage ;
Par deux fois se vient ranger
   Au danger,
Sauué du premier naufrage.

Εἰκὼν ἡ Σέξτυ μελέτᾳ.

L'Image de Thomas medite quelque chose,
   Et Thomas au parquet se taist à bouche
   close :
L'Image est Aduocat à voir son parlant trait,
Et Thomas n'est sinon pourtrait de son pour-
   trait.

De Palladas.

Εἰ ὃ τρέφειν πώγονα.

SI nourrir grand' barbe au menton
Nous fait Philosophes paraistre,
Vn bouc barbasse pourroit estre
Par ce moyen quelque Platon.

D'Ammian.

Οἵ τὸν πώγονα φρενῶν ποιητικὸν εἶναι.

TV penses estre veu plus sage
   Pour porter grand' barbe au visage :
Et pource, à l'entour de ta bouche
Tu nourris vn grand chasse-mouche :
Si tu m'en crois iette-l'à bas :
La grand' barbe n'engendre pas
Les sciences plus excellentes,
Mais des morpions & des lentes.

De Nicarche.

Εἰς Ῥόδον εἰ πλεύσι τις.

QVelcun voulant à Rhodes nauiger,
   Ains qu'entreprendre vn si long naui-
      gage,
Pour s'enquerir s'il auroit bon voyage,
Il vint d'Olymp' le Prestre interroger :
Il luy respond, Monte dans vn vaisseau
Qui soit tout vuide, & par l'Hyuer ne pousse,
Mais en Esté quand la saison est douce,
Hors de son port ton nauire sur l'eau :
Si tu parfais ce que ma voix t'apprend,
A Rhode iras sur les flots de Neptune,
A seureté, i'enten si de fortune
Quelque Pirate en la mer ne te prend.

Du mesme.

Χρυσὲ πάτερ κολάκων.

OMere des flateurs, Richesse,
   Fille du soin & de tristesse,
T'auoir est vne grande peur,
Et ne t'auoir grande douleur.

Du mesme.

Πορδὴ ἀποκτείνει πολλούς.

LE Pet qui ne peut sortir
   A maints la mort fait sentir,
Et le Pet de son chant donne

La vie à mainte personne:
Si donc vn pet est si fort
Qu'il sauue, ou donne la mort,
D'vn pet la force est égale
A la puissance Royale.

DE LVCIL.

Ῥύγχος ἔχων τοιοῦτον.

AYant tel crochet de naseaux
Fuy les fontaines & les eaux,
Et ne te mires en leur bord:
Si ton visage tu mirois,
Comme Narcisse tu mourrois
Te haïssant iusqu'à la mort.

BErteau le pescheur s'est noyé
En sa nacelle poissonniere,
Dont le bois fut tout employé
A faire les aiz de sa biere:
De Charon la main nautonniere
Ne prit argent de ce Berteau,
Comme ayant passé la riuiere
Des morts en son propre bateau.

DE SAPPHON.

Δέδυκε μὲν ἀ σελάνα.

DEjà la Lune est couchée,
La Poussiniere est cachée:
Déjà la mi nuit brunette
Vers l'Aurore s'est panchée,
Et ie dors au lict seulette.

DE MARTIAL.

D'Vn Barbier la femme tu es,
Tu ne tonds seulement, tu rés.

QVelle est ceste Déesse en larmoyant cou-
chée
Sur le tombeau d'Aiax? C'est la pauure
Vertu.

Quelle main si hardie a sa tresse arrachée
Et de grands coups de poing son estomac batu?
Soy-mesme se l'est fait de son ongle pointu,
Despite contre Vlysse, aprés que laschement
(L'ost des Grecs estant iuge) vn tort bien
debatu
Vainquit la verité par vn faux iugement.

QVand Vlysse pendoit à l'abandon des
flots,
La tempeste receut en son giron humide
Le boucler Pelean, large, pesant & gros,
Et mal-seant au bras du coüard Laërtide:
Dont Aiax se tua, de soy-mesme homicide.
Mais la mer qui garda plus iustemét les lois
Que les deux Atreans, ny que tous les Gre-
geois,
De ses vagues poussa le boucler Eacide
Sur la tombe d'Aiax, non au bord Ithaquois.

Du Grec de Posidippe.

Ποίην τις βιότοιο τάμοι τρίβον; εἰν ἀγορῆ μὲν
Νείκεα.

QVel train de vie est-il bon que ie suiue,
Afin, MVRET, qu'heureusement
ie viue?
Aux Cours des Roys regne l'ambition,
Les Senateurs sont pleins de passion,
Les maisons sont de mille soucis pleines,
Le labourage est tout rempli de peines,
Le matelot voit à deux doigts du bord
De son bateau pendre tousiours la mort.
Celuy qui erre en vn pays estrange,
S'il a du bien, craint qu'vn autre le mange:
Le guerrier meurt masqué d'vne valeur.
Le mariage est comblé de malheur,
Et si l'on vid sans estre en mariage,
Seul & desert il faut vser son âge:
Auoir enfans, n'auoir enfans aussi
Donne tousiours domestique souci.
La ieunesse est peu sage & mal-habile,
La vieillesse est languissante & debile,
Ayant tousiours la mort deuant les yeux.
Donques, MVRET, ie croy qu'il vaudroit
mieux
L'vn de ces deux, ou bien iamais de n'estre,
Ou de mourir si tost qu'on vient de naistre.

Du Grec de Lucil.

Εἰ ταχὺς εἰς ὃ φαγεῖν.

SI tu es viste à souper,
Et à courir mal-adestre,
Des pieds il te faut repaistre,
Et des léures galoper.

Vœu d'vn Vigneron à Bacchus.

EScoute enfançon de Silene,
Bacchus, si tu veux charger pleine
Ma ieune vigne de raisins
Plus que celles de mes voisins,
Et que la vierge Icarienne
De son pere ne se souuienne
Brulant de son Chien éteal
Les vignes cause de son mal:
J'honoreray ton beau Septembre
De ce Bouc cornu rouge pampre,
Et le faisant trois fois roüer
Aux quatre coings de mon pressoüer,
De ses rouges-veines saigneuses
Ie teindray tes pipes vineuses,
Puis sur le haut de cest Ormeau
En vœu ie t'appendray la peau.

Vœu d'vn Pescheur aux Naïades.

SI de ma tremblante gaule
Ie puis leuer hors de l'eau,
Prins à l'haim, le gros Barbeau
Qui hante au pied de ce saule:
  Naïades des eaux profondes,
A vous ie promets en vœu
De iamais n'estre reueu
Repescher dessur vos ondes.
  Et pour remarque eternelle,
A ces saules verdelets
Ie vous pendray mes filets,
Mes lignes & ma nacelle.

De Palladas.

Ἥ εἰς κάτοχος ἐστὶν ὅταν σκαλάθης.

QVand il te plaist becher, Dimanche,
Ton grand nez te sert d'vne tranche;
Quand vendanger, d'vn couteau tors;
D'vne trompette, quand tu dors:
Aux naux il sert d'ancre tortuë,
Aux laboureurs d'vne charruë,
D'vn haim aux pescheurs mariniers,
Et de hauet aux cuisiniers:
Aux charpentiers de doloüere,
Aux iardiniers de cerclouere,
De besaguë au feure, & puis
De maillet pour frapper à l'huis.
Ainsi, Dimanche, en toutes sortes
Pour cent mestiers vn nez tu portes.

Au mesme.

Εἰπὲ, πόθεν σὺ μετρῇς κόσμον.

GEometre qui as vestu
Vn corps fait d'vne fresle terre,
Pourquoy trompeur mesures-tu
Tout ce Monde qui nous enserre?
Mesure-toy premierement,
Et te cognois & te commande,
Et puis mesure entierement
Le Ciel & la Terre si grande.
Si homme tu n'as le pouuoir
De te cognoistre & ta nature,
Comment pourras-tu bien sçauoir
De ce grand Monde la mesure?

Ὁ Φθόνος οἰκτιρμοῦ κρὶ Πίνδαρον.

TRop plus que la misere est meilleure l'en-
uie,
Ceux qui sont enuiez ont vne heureuse vie.
On a tousiours pitié de ces pauures chetifs.
Puisse-ie n'estre, ô Dieux, des grands ny des
    petits,
La mediocrité fait la personne heureuse.

Le haut degré d'honneur est chose dangereuse,
Et le trop bas estat traisne ordinairement
Pour sa suitte vne injure & vn messprise-
  ment.

Le iour elle est de vin, & la nuict de l'eau
  pure.
Et pource, si quelqu'vn sans sçauoir sa na-
  ture
Erroit en ce logis, tant soit-il caut & fin,
Pensant boire de l'eau, ne boira que du
  vin.

EPITAPHE DE NIOBE,
FAICT PAR AVSONE,
tant admiré de Marulle.

Entre-parleurs.

NIOBE ET LE PASSANT.

Niobe.

IE viuois, vn rocher Praxitele m'a
  faite.
Le P. *Pourquoy la main,qui fut d'animer*
  si parfaite,
Ne t'a l'ame & l'esprit en ce rocher laißé?
Niob. *Ie les perdy tous deux quand les*
  Dieux i'offensé.

SONNET IMITE' DV
Grec de Posidippe.

SVR L'IMAGE DV TEMPS.

QVi, & d'où est l'ouurier ? Du Mans.
    Son nom ? Le Conte.
Toy-mesme qui es-tu ?   Le Temps qui tout
    surmonte.
Pourquoy sur les ortels vas-tu tousiours cou-
    lant ?
Pour monstrer que ie suis incessamment rou-
    lant.
  Pourquoy as-tu les pieds legers de doubles
    ailes ?
A fin de m'en-voler comme vent dessus elles.
Que te sert ce razoüer affilé par le bout?
Pour monstrer que ie suis celuy qui trenche
    tout.
  Pourquoy as-tu les yeux couuers d'vne
    criniere ?
Pour estre pris deuant & non par le derriere.
Et pourquoy chauue ? A fin de ne me voir
    hapé
  Si dés le premier coup ie ne suis attrapé.
Tel peint comme tu vois, le Conte me des-
    cœuure,
Monstrant mon naturel par vn si beau chef-
    d'œuure.

SVR LA FONTAINE QVI
EST AV IARDIN DV SIEVR
REGNAVLT, Thresorier & Rece-
ueur general des Finances de feu
Monseigneur Frere du Roy,àBagno-
let prés Paris.

PEgase fit du pied la source d'Hippo-
  crene,
De sa lance Pallas a fait ceste fonténe
Pour lauer sa sueur, & nettoyer ses bras,
Quand poudreuse & sanglante elle vient des
  combats :
Aussi pour réjoüir son hoste qui caresse
Les doctes seruiteurs d'vne telle Déesse.
  Si bien que des neuf Sœurs le sacré trou-
    pelet
Est venu de la Grece habiter Bagnolet,
Pour accorder sa voix à l'onde qui caquette,
Et pour chanter l'honneur du Maistre qui
  le traite.
  Les Nymphes & Bacchus pour miracle
    nouueau
Deux doubles qualitez donnerent à cette eau :

SVR VN LIVRE TRAIC-
TANT DE LA FOY CA-
tholique, traduit par Iean
de Lauardin.

Dialogue du Passant & du Libraire.

P. QVi est ce liure? L. Estranger. P. Qui
    l'a faict?

L. *Le grand Ofie en ſçauoir tout parfait.*
P. *Qui l'a conduit des terres Poulonoiſes,*
Et fait ſonner nos parolles Françoiſes?
L. *C'eſt* LAVARDIN, *ce ſçauant tranſla-*
  teur,
Et docte autant que le premier Autheur.
P. *Dequoy diſcourt ce Liure magnifique?*
L. *De noſtre Loy, de la Foy Catholique,*
Tout ce qu'il faut retenir ou laiſſer,
Et qu'vn Chreſtien doit à DIEV *confeſſer,*
Pour eſtre net du fard de l'hereſie,

Croyant l'Egliſe, & non la fantaiſie
De ces cerueaux éuentez, eſgarez,
Qui par orgueil ſont de nous ſeparez.
Et bref, Paſſant, ſi le zele t'allume
Des Peres vieux, achepte ce Volume,
Pour viure ſeur en la ferme vnion.
Mais ſi tu es de l'autre opinion,
Et ſi tu veux les menſonges enſuiure
Des no:uueaux fols, n'achepte pas ce Liure
Pour t'en mocquer; tu porterois en vain
En lieu d'vn liure vn fardeau dans la main.

Sic vos non vobis fertis aratra boues.
Sic vos non vobis nidificatis aues.
Sic vos non vobis mellificatis apes.
Sic vos non vobis vellera fertis oues.

Fin des Epigrammes.

DISCOVRS
DES MISERES
DE CE TEMPS.

PAR P. DE RONSARD
Gentil-homme Vendomois.

DEDIEZ

A CATHERINE DE MEDICIS, ROYNE
MERE DES ROYS FRANCOIS II.
CHARLES IX. ET HENRY III.

Auec vn esclaircissement des choses plus difficiles.

Par le Sr CLAVDE GARNIER.

Tous les Siecles passez des Royautez humeines,
N'ont rien veu de pareil au vray de ce Tableau :
C'est la Mere des Roys, et la Reyne des Reynes,
Qui par ses grands effetz, depite son Tombeau.

Iho. de Fe. et ex

DISCOVRS
DES MISERES
DE CE TEMPS.

DEDIEZ

A CATHERINE DE MEDICIS, ROYNE
MERE DES ROYS FRANCOIS II.
CHARLES IX. ET HENRY III.

Auec vn esclaircissement des choses plus difficiles.

Par le Sr CLAVDE GARNIER, G. P.

I depuis que le Monde a pris commencement,
Le vice d'âge en âge auoit accroissement ;
Cinq mille ans sont passez que l'extreme malice
Eust surmonté le peuple, & tout ne fust que vice:
Mais puis que nous voyons les hommes en tous lieux
Viure l'vn vertueux, & l'autre vicieux,
Il nous faut confesser que le vice difforme
N'est pas victorieux: mais suit la mesme forme
Qu'il receut dés le iour que l'homme fut vestu
(Ainsi que d'vn habit) de vice & de vertu.
Ny mesme la vertu ne s'est point augmen-
tée:

Si elle s'augmentoit, sa force fust montée
Au plus haut periode, & tout seroit ici
Vertueux & parfait: ce qui n'est pas ainsi.
Or comme il plaist aux loix, aux Princes &
à l'âge,
Quelquefois la vertu abonde d'auantage,
Le vice quelquefois, & l'vn en se haussant,
Va de son compagnon le credit rabaissant,
Puis il est rabaissé: à fin que leur puissance
Ne prenne entre le peuple vne entiere crois-
sance.
Ainsi plaist au SEIGNEVR de nous
exerciter,
Et entre bien & mal laisser l'homme habiter,
Comme le marinier qui conduit son voyage
Ores par le beau temps & ores par l'orage.

GARNIER.

En ces Discours de feu Monsieur de RONSARD, qui doiuent tenir le premier rang de tout ce qu'il a iamais fait voir au iour, il dépeint excellemment, comme en vn tableau viuement representé, les Miseres & les infortunes, qui sous la minorité du Roy CHARLES IX. de loüable memoire, accablerent presque toute la France, à l'aduenement de l'irreligion de Caluin Ministre de Geneue : & manifeste si à nud la verité, qu'il ne se peut mieux, comme estant né dans le Monde en l'origine de ceste abominable & plus que miserable Secte. Or ayant esté prié de remettre les Oeuures d'vn si digne Autheur en leur premier estat, & de leur rendre par vne correction volontaire l'honneur qui leur auoit esté rauy par les ignorances, ou par les ne gligences de la preſſe, i'ay de meſme eſté requis de ietter l'œil ſur le parangon de cet Ouurage, pour y donner vn Commentaire (i'entens parler de ces Diſcours des Miſeres de la France) Ie me ſuis rendu ployable aux honneſtes prieres que l'on m'en a fait, (nonobſtant vne infinité de conſiderations, dont ie m'en pouuois diſtraire) à condition toutesfois que l'on ne rechercheroit vn entier Commentaire de moy, comme choſe repugnante aux douces libertez de mon eſprit, ains que l'on auroit à gré d'en tirer ſans plus vn eſclairciſſement. Ie ne doute point que nombre de ceux leſquels ont mis peine de faire authoriſer, au preiudice des Muſes, leurs nouuelles façons d'eſcrire, differentes des belles conceptions de l'Antiquité, ne renforcent les atteintes dont ils m'ont touſiours aſſailly, pour me voir eſtre ennemy de leurs foibles nouueautez; & qu'ils ne prennent icy le temps & l'occaſion d'ouurir entierement la bonde aux orages de leurs mediſances: ie n'en doubte poiɴt; mais i'y ſuis tellement fait, que c'eſt vne des moindres paſſions qui me gouuerne: s'ils croyent faire mieux, la campagne eſt libre, ie ne leur veux rien conteſter: & puis ce n'eſt là que ie recherche le fondement & la racine de ma gloire. Ceux qui vont dans le bon ſentier, & qui n'ont l'ame portée qu'à iuger ſainement, auront à gré ce petit labeur, & s'ils y trouuent quelque choſe à redire, ils conſidereront à par eux que les hommes ne ſont tout parfaits, & que ces attributs ne ſont reſerez qu'à Dieu.

Vous, ROYNE, *dont l'eſprit ſe repaiſt*
　　quelquefois
De lire & d'eſcouter l'Hiſtoire des François,
Vous ſçauez (en voyant tant de faits memo-
　　rables)
Que les ſiecles paſſez ne furent pas ſemblables.
　Vn tel Roy fut cruel, l'autre ne le fut pas:
L'ambition d'vn tel cauſa mille debats:
Vn tel fut ignorant, l'autre prudent & ſage;
L'autre n'eut point de cœur, l'autre trop de
　　courage:
» *Tels que furent les Roys, tels furĕt les ſuiets:*
» *Car les Roys ſont touſiours des peuples les*
　　obiets.
　Il faut donc dés ieuneſſe inſtruire bien vn
　　Prince,
A fin qu'auec prudence il tienne ſa Prouince.
Il faut premierement qu'il ait deuant les yeux
La crainte d'vn ſeul DIEV, *qu'il ſoit deuo-*
　　tieux
Vers l'Egliſe approuuée, & que point il ne
　　change

La Foy de ſes ayeux pour en prendre vne
　　eſtrange:
Ainſi que nous voyons inſtruire noſtre ROY,
Qui par voſtre vertu n'a point changé de
　　Loy.
　　Las! Madame, en ce temps que le cruel
　　orage
Menace les François d'vn ſi piteux naufrage,
Que la greſle & la pluye, & la fureur des
　　Cieux
Ont irrité la mer de vents ſeditieux,
Et que l'Aſtre Iumeau ne daigne plus reluire,
Prenez le gouuernail de ce pauure nauire:
Et maugré la tempeſte, & le cruel effort
De la mer & des vents, conduiſez-le à bon
　　port.
　　La France à ioinctes mains vous en prie
　　& reprie,
Las! qui ſera bien toſt & proye & moquerie
Des Princes eſtrangers, ſ'il ne vous plaiſt en
　　bref
Par voſtre authorité appaiſer ſon meſchef.

GARNIER.

Vous, Royne] C'eſt Catherine de Medicis, eſpouſe du Roy Henry II. du nom, & mere des Roys François II. Charles IX. Henry III. & François Duc d'Anjou, de Berry, & de Touraine. *Il faut donc dés ieuneſſe*] Il entend parler du Roy Charles IX. le Pere des lettres & des Muſes, lors regnant, & lequel eſtoit encores, pour ſa minorité, ſous la Regence de la Royne ſa mere. *Vers l'Egliſe approuuée, & que point il ne change La foy de ſes ayeulx pour en prendre vne eſtrange*] Qu'il viue en l'obeïſſance de l'Egliſe Catholique Apoſtolique & Romaine, la vraye Egliſe, hors laquelle il n'eſt point de ſalut, & qu'il ne la change pas à la Secte de Caluin. Il la nomme *eſtrange*, comme peruerſe & meſchante, ou pour auoir tiré ſon origine de Luther Allemand. *Las! Madame, en ce temps que le cruel orage*] Ce ſont icy toutes metaphores priſes du mauuais temps. *L'aſtre Iumeau*] Caſtor & Pollux, ou le ſainct Herme, Eſtoiles qui font diſſiper l'orage à leur apparition. Il dit l'aſtre Iumeau, pour les aſtres Iumeaux, d'autant qu'ils ſont tellement ioints qu'ils ne ſont qu'vn. Voyez Hyginus, & Arat Poëte Grec en ſes Phenomenes & Apparences.

Hà! que diront là bas ſous les tombes pou-
　　dreuſes
De tant de vaillans Roys les ames genereuſes?
Que dira Pharamond, Clodion, & Clouis?

Nos Pepins, nos Martels, nos Charles, nos
　　Louys:
Qui de leur propre ſang à tous perils de guerre
Ont acquis à leurs fils vne ſi belle terre?

Que

Que diront tant de Ducs & tant d'hom-
mes guerriers

Qui sont morts d'vne playe au combat les pre-
miers,

Et pour France ont souffert tant de labeurs
extrémes,

La voyant auiourd'huy destruire par soy-
mesmes!

Ils se repentiront d'auoir tant trauaillé,
Assailly, defendu, guerroyé, bataillé,
Pour vn peuple mutin diuisé de courage,
Qui perd en se jouant vn si bel heritage:
Heritage opulent, que toy peuple qui bois
La Tamise Albionne, & toy More qui
vois

Tomber le Chariot du Soleil sur ta teste,
Et toy race Gothique aux armes tousiours
preste,

Qui sens la froide Bise en tes Cheueux ven-
ter,

Par armes n'auiez sçeu ny froisser ny don-
ter.

Car tout ainsi qu'on voit de la dure coi-
gnée

Moins reboucher l'acier, plus est embeson-
gnée

A couper, à trancher, & à fendre du bois,
Ainsi par le trauail s'endurcit le François:
Lequel n'ayant trouué qui par armes le
donte,

De son propre couteau soy mesme se sur-
monte.

Ainsi le fier Aiax fut de soy le vainqueur,
De son propre poignard s'outre-perçant le
cœur.

Ainsi Rome iadis des choses la merueille,
(Qui depuis le riuage où le Soleil s'éueille,
Iusques à l'autre bord son Empire estendit)
Tournant le fer contre elle à la fin se per-
dit.

GARNIER.

Hà! que diront là bas sous les tombes poudreuses] A sçauoir, nombre des Roys de France qui pour l'augmenter & la conseruer ont respandu maintefois leur sang. *Pharamond*] Premier Roy des François, de la loy Payenne, & fils de Marcomire, lequel estoit leur Duc quand ils faisoient leur seiour outre le Rhin dans l'Allemagne, & qu'ils n'estoient venus encore habiter les Gaulles. *Clodion*] Fils de Pharamond second Roy de France. *Clouis*] Premier Roy Chrestien des François. *Nos Pepins, nos Martels*] Comme, les Alcides, les Alexandres, car il ne s'est veu qu'vn Martel & qu'vn Pepin ayans ce nom. *Nos Charles, nos Louys*] Huict Charles parauant Charles I X. au regne duquel l'Autheur escriuoit, & douze Louys pour lors. *La Tamise*] Fleuue qui separe l'Angleterre d'auec l'Escosse. *Albionne*] Pource que l'Angleterre se nommoit Albion, à raison de ses hauts rochers que la mer blanchit & laue. *Et toy More qui bois*] Peuple d'Occident, fort noir; dit ainsi, ἀπὸ τῦ μαύρⁱ, d'autant qu'il est noir sur tous peuples. *Tomber le chariot du Soleil*] Les Poëtes donnent à leur fantaisie vn char au Soleil, à la Lune, & à l'Aurore. Virgile.

Præcipitem Oceani rubro lauit æquore currum.

Et d'autant que les Mores sont au couchant; l'Autheur dit qu'ils voyent tomber le char du Soleil à plomb sur leur teste, c'est à dire, soubs leur Horison, qui est l'estenduë que nous voyons du Ciel. *Et toy race Gothique*] Les Goths (selon quelques-vns les Getes) sont peuples inhumains & cruels de Scythie, en la contree du Septentrion d'Europe, voisins des Danois & de Noruegue, lesquels peuples subjuguerent iadis par armes l'Italie, raserent la ville de Rome à l'esgal de la terre, & respandirent leur barbarie par tout l'vniuers. Voyez Munster liure troisiesme de sa Cosmographie, parlant de leurs gestes. On dit qu'ils ont esté nommez Goths de Gothland ville de Germanie en laquelle ils habiterent. *Qui sens la froide Bize*] Façons de parler excellentes des Poëtes Grecs & Latins, au lieu de dire; Qui sont au pays où la Bise vente. *Bise*] Autrement Borée, Aquilon, vent tres-froid & violent, qui souffle dans les pays du Septentrion. On l'appelle, Bise, pource qu'elle rend les choses de la terre bises & noires; comme on dit Aquilon, d'*Aquilem color*, qui veut dire, couleur brune; iaçoit qu'il ayt pareillement tel nom du vol precipité de l'Aigle. On nomme la Bise sur mer, le vent de Nord, & Tramontane; & par fois vent de Borée, qui signifie en Grec, mugir & siffler. *Par armes n'auiez sçeu*] D'autant que les Goths n'ont iamais rien peu sur le Royaume de France, au contraire ils ont eu tousiours du pire quand ils ont osé l'entreprendre: tesmoin leur chef & conducteur Attila surnommé le fleau de Dieu, lequel y perdit la vie & nombre infiny des siens, apres mille cruautez & mille fureurs par luy commises. *Ainsi le fier Aiax*] Aiax fils de Telamon & d'Hesione fille de Laomedon Roy de Troye la grande, estoit le plus fort de tous les Grecs apres Achille: ce vaillant Prince estant mort, il demanda qu'il eut la preference de ses armes qu'il meritoit par sa valeur; mais la bien-disance & le beau discours d'Vlysse, luy rauit ce bon-heur & les obtint par dessur luy du iugement de tous les Princes Grecs. Aiax indigné de ce faux iugement & preuenu de fureur, apres auoir exercé mille follies, se retirant à l'escart, & reuenant à soy tira le glaiue dont Hector l'auoit iadis honoré pour son merite & se le passant à trauers le corps, se tua. Du sang qu'il espandit nasquit vne fleur de son nom: les autrés disent que ce fut vn Hyacinthe. Voyez le treiziesme de la Metamorphose d'Ouide. Il est dit Aiax, ἀπὸ τῦ αἰάζειν, de pleurer. Voyez Sophocle. *Ainsi Rome iadis*] Rome ville d'Italie, assise pres le Tybre, estoit ditte la merueille, & le chef du Monde, comme siege des Empereurs. *Roma caput Orbis*. & maintenant par vn meilleur eschange elle est le siege & le throne de l'Eglise. *Qui depuis le riuage*] De l'Orient, où le Soleil est veu poindre & comme s'esueiller : car les Poëtes disent qu'il se va coucher alors qu'il passe deuers l'autre Horison, nous causant la nuict. *Iusques à l'autre bord*] De l'Occident, où sa lumiere est venë ou semble defaillir. Rome est tant cogneuë & tant renommée, que d'en vouloir parler on n'auroit iamais fait.

C'est grand cas que nos yeux sont si pleins
   d'vne nuë,
Qu'ils ne cognoissent pas nostre perte aue-
   nuë,
Bien que les estrangers qui n'ont point d'a-
   mitié
A nostre nation, en ont mesme pitié.
Nous sommes accablez d'ignorance si forte,
Et liez d'vn sommeil si paresseux, de sorte
Que nostre esprit ne sent le malheur qui nous
   poingt,
Et voyant nostre mal, nous ne le voyons
   point.
   Dés long-temps les escrits des antiques
   Prophetes,
Les songes menaçans, les hideuses Cometes,
Auoient assez predit que l'an soixante &
   deux
Rendroit de tous costez les François malheu-
   reux,
Tuez, assassinez : mais pour n'estre pas sa-
   ges
Foy n'auons adjoustée à si diuins presages,
Obstinez, aueuglez : ainsi le peuple He-
   brieu
N'auoit point de creance aux Prophetes de
   Dieu :
Lequel ayant pitié du François qui four-
   uoye,
Comme pere benin, du haut Ciel il enuoye
Songes & visions, & Prophetes, à fin

Qu'il pleure & se repente, & s'amende à la
   fin.
   Le Ciel qui a pleuré tout le long de
   l'année,
Et Seine qui couroit d'vne vague effrenée,
Et bestail, & pasteurs, & maisons rauis-
   soit,
De son malheur futur Paris aduertissoit,
Et sembloit que les eaux en leur rage pro-
   fonde
Voulussent re-noyer vne autre fois le Mon-
   de :
Cela nous predisoit que la Terre & les Cieux
Menaçoient nostre chef d'vn mal prodigieux.
   O toy Historien, qui d'encre non menteuse
Escriras de ce temps l'histoire monstrueuse,
Raconte à nos enfans tout ce malheur fatal,
Afin qu'en te lisant ils pleurent nostre mal,
Et qu'ils prennent exemple aux pechez de
   leurs peres,
De peur de ne tomber en pareilles miseres.
   De quel front, de quel œil, ô siecles in-
   constans !
Pourront-ils regarder l'histoire de ce temps ?
En lisant que l'honneur, & le Sceptre de
   France
Qui depuis si long âge auoit pris accrois-
   sance,
Par vne opinion nourrice des combats
Comme vne grande roche est bronché contre
   bas ?

GARNIER.

C'est grand cas que nos yeux sont si pleins d'vne nuë] Icy l'Autheur parle des yeux de l'esprit & de l'entendement. *Nebulosus error*, dit Prudence. *D'vne nuë*] Voilez, aueuglez. *Bien que les estrangers*] L'Espagnol & l'Anglois qui parauant s'estoient faits assez recognoistre ennemys de la France au regne de François I. & de Henry II. *Liez d'vn sommeil paresseux*] Contraints; metaphores poëtiques. *Paresseux*] Qui rend les hommes paresseux. Stace au liure troisiesme des Boccages.
   Ante rates pigro torpebant æquora somno.
Ouide en l'onziesme de la Metamorphose :
   Mons cauus, ignaui domus & penetrabilia somni.
Et au deuxiesme du Pont.
   Ne tua marcescant per inertes ocia somnos.
   Dés long-temps les escrits, &c.] Les Prognostiques des compositeurs d'Ephemerides & des Centuries. *Les songes menaçans*] C'est vne particuliere intelligence du temps, comme est le songe de la Royne Marie de Medicis, mere du Roy Louys le Iuste & victorieux, la nuict deuant le parricide execrable du Roy

Henry le Grand. Voyez l'Histoire de la vie & de la mort de ce grand Roy, faicte par Mathieu, & l'Oraison funebre de Bertaud Euesque de Séez. *Les hideuses Cometes*] Hideuses, ou pour leurs mauuais effects, ou pour leurs rayons prodigieux. Strosse le fils, moderne Poëte Latin.

> *Quum subitò horrifici genus exitiale cometa.*

Elle est appellee Comete de *Coma*, qui veut dire en Grec & en Latin, Cheueleure. *L'an soixante & deux*] Où ceux de la Religion pretenduë commencerent de battre la campagne ouuertement, & de surprendre les villes : qui fut l'entrée des maux qui s'exercerent pour le fait de la Religion, apres le Colloque de Poissy. *Ainsi le peuple Hebrieu*] Le peuple de Dieu, le peuple Iuif. *Le Ciel qui a pleuré*] Metaphore tiree des pleurs. *Seine*] Fleuue qui naist d'vne petite source vers Langres, & qui passe au milieu de Paris. Entre les autres, le Prince des Lyriques Latins Horace tire vn preiugé des malheurs aduenus à Rome de tels euenemens en l'Ode 2. du premier liure :

> *Iam satis terris niuis atque dira*
> *Grandinis misit Pater : & rubente*
> *Dextera sacras iaculatus arceis*
> *Terruit Vrbem.*

Et plus loing en suiuant :

> *Vidimus flauum Tyberim retortis*
> *Littore Hetrusco violenter vndis*
> *Ire deiectum monimenta Regis*
> *Templáque Vesta, &c.*

Voulussent re-noyer vne autre fois] L'ayant desia esté vne fois par le Deluge vniuersel, dont les Payens auoient cognoissance, bien que fabuleusement. *O toy Historien qui d'encre non menteuse*] Pourautant que l'Histoire doit en tout & par tout s'appuyer de la verité. *Qui depuis si long-temps*] Depuis douze cents ans. *Par vne opinion*] La creance nouuelle. *Nourrice des combats*] Qui les a maintenus opiniastrement.

On dit que Jupiter fasché contre la race
Des hommes, qui vouloient par curieuse au-
dace
Enuoyer leurs raisons iusqu'au Ciel pour
sçauoir
Les hauts secrets diuins que l'homme ne doit
voir,
Vn iour estant gaillard choisit pour son amie
Dame Presomption, la voyant endormie
Au pied du mont Olympe ; & la baisant, sou-
dain
Conceut l'Opinion, peste du genre humain :
Cuider en fut nourrice, & fut mise à l'es-
colle
D'Orgueil, de Fantasie, & de Ieunesse
folle.
Elle fut si enflée, & si pleine d'erreur,
Que mesmes ses parens faisoit trembler d'hor-
reur.
Elle auoit le regard d'vne orgueilleuse beste :

De vent & de fumée auoit pleine la teste,
Son cœur estoit couué de vaine affection,
Et sous vn pauure habit cachoit l'ambition :
Son visage estoit beau comme d'vne Se-
reine.
D'vne parole douce auoit la bouche pleine :
Legere elle portoit des ailes sur le dos :
Ses jambes & ses pieds n'estoient de chair ny
d'os,
Ils estoient faits de laine & de coton bien
tendre,
Afin qu'à son marcher on ne la peust enten-
dre.
Elle se vint loger par estranges moyens
Dedans le Cabinet des Theologiens,
De ces nouueaux Rabins, & broüilla leurs
courages
Par la diuersité de cent nouueaux passages,
A fin de les punir d'estre trop curieux,
Et d'auoir eschelé, comme Geans, les Cieux.

GARNIER.

On dit que Iupiter] Il n'est besoin de faire vn long discours de Iupiter, il est assez cogneu pour le Roy des faux Dieux : il estoit fils de Saturne, lequel estoit en la place où fabuleusement il est, parauant qu'auoir vsurpé la couronne de l'Vniuers sur le bon-homme vieillard son pere. *Que l'homme ne doibt voir*] Ce que dit Orphee, au commencement du liure intitulé *Orus Apollinis. Orpheus si quando verba faceret, &c :* Le Roy Phinee perdit la veuë, & fut incommodé par les Harpyes, à l'occasion de ce qu'il auoit decelé aux hommes le secret des Dieux, Apollonius Rhod. liu. 2. des Argonaut.

Εἰ δ' ἐπάκτιον οἶκον Ἀληνοείδης ἔχε φιτεύς,
Ὅς ϖεὶ δὴ πάντων ὀλοώτατα πήματ' ἀνέτλη
Εἵνεκα μαντοσύνης τὴν οἱ πάρος ἐξηυάλιξε
Λητοΐδης, ὐδ' ὅσον ὀπίζετο ᾗ Διὸς αὐτῇ,   &c.
Χρείων ἀτρεκέως ἱερὸν νόον ἀνθρώποισι.
Τῷ καί οἱ γήρας μὲν ὑπὶ δ' ηταιὸν ἴαλλεν,
Ἐκ δ' ἕλετ' ὀφθαλμῶν γλυκερὸν φάος, ὐδὲ γανύσθαι
Εἴα ἀϖερεσίοισιν ὀνείασιν, ὅσσα θ' οἱ αἰεὶ
Θέσφατα πευθόμενοι ϖελιναμέται οἴκαδ' ἄγλρον.

 Olympe] Montagne extremement esleuée entre la region de Thessalie & la Macedoine, que les habitans du lieu nomment Ciel ; d'autant qu'elle paroist aller au de là des nuës, comme font aussi les Poëtes:
Elle est dicte Olympe, comme ὅλος λαμϖρὸς, à raison de ce qu'elle est illuminée des clairs rayons du Soleil,
& n'est voilee d'aucun nuage. Hesiode, Poëte Grec, y fait naistre les Muses ; ce que nostre Autheur a depeint ingenieusement en l'Ode Pindarique au Chancelier Michel de l'Hospital.
 Errant par les champs de la Grace.

En la seconde Antistrophe:
 Memoire, Royne d'Eleuthere,
 Par neuf baisers qu'elle receut
 De Iupiter qui la fit mere,
 D'vn seul coup neuf filles conceut. &c.

 La baisant soudain] C'est en termes de pudicité. *Et sous vn pauure habit*] Les Ministres du temps.
Sereine] Monstre de mer, ayant par en haut la ressemblance d'vne fille, & par en bas la figure d'vn poisson.
L'on dit qu'elles furent trois sœurs, Parthenope, Ligée, & Leucosie, filles d'Achelois & de Terpsichore, lesquelles tenoient le riuage de Sicile, où par la douce harmonie de leur chant elles faisoient tomber au naufrage miserablement les nauigeans, qu'elles attiroient d'vn agreable effort, & puis les deuoroient : & qu'V-
lysse arriuant là, boucha de cire finement les aureilles de ses compagnons, & se fit lier au mast du nauire:
tellement que les ayant deceuës, leur ennuy fut tellement grand qu'elles se precipiterent dans la mer. Leur
Isle est merueilleusement bien descrite par Homere au 12. de l'Odyssee, quand Circe admoneste Vlysse d'euiter leur peril.
 Σειρῆνάς μὲν ϖρῶτον ἀφίξεαι, αἵ ῥά τε πάντας, &c.

Et dans le quatriesme des Argonautes d'Apollonius Rhodius.
 ——αἶψα δὲ νῆσον
 Καλὴν κιδηρούσῃσιν ἱπόφρακον, ἔνθα λίγειαι, &c.

où le Poëte, hors de l'opinion d'Homere, dit qu'elles se precipiterent de fascherie, voyant que la harpe
d'Orphee auoit rendu leur voix, inutile & sans effect ; ce que le mesme Orphee rapporte en ses Argonautes parlant de soy.
 Ἔνθάδ' ἐριζόμεναι λιγυρὴν ὄπα γηρύσαντ, &c.

Ouide, & le plus releué de tous les Poëtes Latins, Virgile, en ont assez amplement discouru. *Ils estoient*
faits de laine] Homere dit que Iupiter a les pieds de laine, quand il ne veut pas qu'on l'entende arriuer.
 Des Theologiens] Il y eut des Theologiens, aussi bien que des autres, qui par vne sotte curiosité furent
pippez de l'heresie de Luther & de Caluin. *Rabins*] Docteurs des Iuifs : Rabih veut dire Maistre en
langue Hebraïque. *Passages*] De l'Escriture saincte, dont ils firent de leur teste vne rhapsodie. *Et*
d'auoir eschelé] On sçait la fable des Geans, qui pour attenter sur Iupiter, & gaigner le Ciel, firent vn
amas de roches & de montagnes l'vne sur l'autre. Le premier de la Metamorphose d'Ouide en fait le discours amplement & fabuleusement, & la Saincte Bible veritablement. Voyez l'assaut & la bataille, & comme Iupiter les foudroya morts par les champs Phlegreans, dans Hesiode, en sa Theogonie, où generation
des Dieux : & Silius Italicus au 11. liu. parlant des montagnes dont ils furent accablez, & Sannazar Poëte Italien dans son Arcadie, prose 12. La Saincte Escriture fait descendre les Geans non fabuleux de la posterité de
Seth, peuple de Dieu, & de la race de Caïn ; Moyse au 6. chap. de Genese.

Ce Monstre que i'ay dit, met la France	*La sœur contre la sœur, & les cousins ger-*
en campagne,	*mains*
Mendiant le secours de Sauoye & d'Espa-	*Au sang de leurs cousins veulent tremper*
gne,	*leurs mains :*
Et de la nation qui prompte au tabourin	*L'oncle hait son nepueu, le seruiteur son mai-*
Boit le large Danube & les ondes du	*stre :*
Rhin.	*La femme ne veut plus son mary recognoi-*
Ce Monstre arme le fils contre son propre	*stre :*
pere,	*Les enfans sans raison disputent de la Foy,*
Le frere factieux s'arme contre son frere,	*Et tout à l'abandon va sans ordre & sans loy.*

L'artisan par ce Monstre a laissé sa bou-
tique,
Le Pasteur ses brebis, l'Aduocat sa practi-
que,
Sa nef le Marinier, son trafiq' le Mar-
chant,
Et par luy le preud'homme est deuenu mes-
chant,
L'Escolier se desbauche, & de sa faulx tor-
tuë
Le Laboureur façonne vne dague pointuë,
Vne pique guerriere il fait de son rateau,
Et l'acier de son coutre il change en vn cou-
teau.
*   Morte est l'authorité: chacun vit en sa*
guise:
Au vice desreglé la licence est permise:
Le desir, l'auarice, & l'erreur insensé
Ont c'en dessus dessous le Monde renuersé.
*   On fait des lieux sacreZ vne horrible*
voirie,
Vne grange, vne estable, & vne porcherie,

Si bien que Dieu n'est seur en sa propre mai-
son:
Au Ciel est reuolée & Iustice & Raison,
Et en leur place, helas! regne le brigandage,
La haine, la rancueur, le sang & le car-
nage.
*   Tout va de pis en pis : le suiet a brisé*
Le serment qu'il deuoit à son Roy mesprisé:
Mars enflé de faux zele & de vaine appa-
rance,
Ainsi qu'vne Furie agite nostre France,
Qui farouche à son Prince opiniastre suit
L'erreur d'vn estranger, & soy-mesmes de-
struit.
*   Tel voit-on le poulain, dont la bouche trop*
forte
Par bois & par rochers son Escuyer em-
porte,
Et maugré l'esperon, la houssine & la main
Se gourmer de sa bride, & n'obeïr au frein:
Ainsi la France court en armes diuisée,
Depuis que la Raison n'est plus authorisée.

G A R N I E R.

Ce Monstre que i'ay dit met la France en campagne] Il entend l'Heresie, le plus vilain Monstre qui fut iamais.   *Mendiant le secours De Sauoye, &c.*] Nations qui furent employées d'vne & d'autre part à s'armer.
Sauoye] Pays voisin du Piemont à la racine des Alpes, que le fleuue du Pau baigne, lequel est maintenant
honoré de l'alliance de Madame Christine seconde fille du feu Roy Henry le Grand, & Sœur du Roy Louys
XIII. par le mariage d'elle & de Monseigneur le Prince-majeur de Piemont.   *Espagne*] Ample region
d'Europe, qui va des monts Pyrenées, iusqu'aux deux Colonnes d'Hercule aux riues du Couchant, & d'ailleurs iusques vers la Mer du Septentrion. Madame Elisabeth aisnée de Madame de Piemont, est celle qui
porte la Couronne de ce pays, & qui le fait respirer sous le doux air des Lys de France, comme estans venus
du Ciel.   *Et de la nation qui prompte au tabourin*] L'Allemagne, de qui la nation guerriere est tousiouts
appareillée au premier son du tambour. C'est vne imitation des Latins.   *Tabourin*] Ainsi disoit-on iadis, & maintenant Tambour.   *Danube*] Fleuue d'Allemagne.   *Rhin*] Autre fleuue du mesme pays.
  Ce Monstre arme le fils] Chose predite en l'Euangile pour les derniers temps: *Surget gens contra gentem, &*
regnum aduersus regnum. Tradet autem frater fratrem in mortem, & pater filium: & consurgent filij in parentes, &
morte afficient eos. Et Ouide au premier de la Metamorphose.

> *———non hospes ab hospite tutus,*
> *Non socer à genero : fratrum quoque gratia rara est.*

  Les enfans sans raison] Comme font les perroquets.   *L'artiZan par ce Monstre*] Les compagnons
d'Vlysse, par leur vaine credulité furent ainsi changez en pourceaux.   *Et de sa faux tortuë*] Virgile au
septiesme de l'Eneide:

> *Vomeris huc, & falcis honos, huc omnis aratri*
> *Cessit amor: recoquunt patrios fornacibus enses.*

  On fait des lieux sacreZ vne horrible voirie] Lisez l'Histoire de France de Milles Piguere, & d'autres non
suspects.   *Au Ciel est reuolée*]

> *Victa iacet Pietas, & Virgo cæde madentes*
> *Vltima cœlestum terras Astræa reliquit.*

Ouide au premier des Metamorphoses   *Mars*] Roy de Thrace, Dieu de la Guerre, & fils de Iunon.
Furie] Les Poëtes les feignent trois, qui de leurs foüets & de leurs serpents agitent les esprits des hommes, leur inspirant les maux qu'ils font. Elles se nomment Megere, Alecton & Tisiphone.   Voyez Virgile.   *L'erreur d'vn estranger*] De Martin Luther (ou Luder, mot d'orde signification) Moyne Augustin d'Allemagne, maistre & precepteur de Iean Caluin.   *Se gourmer de sa bride*] Resister, faire le
retif.

V V V u u   iij

Mais vous, Royne tres-sage, en voyant ce
   discord,
Pouuez en commandant les mettre tous d'ac-
   cord;
Imitant le pasteur, qui voyant les armées
Des Abeilles voler au combat animées,
Et par l'air à monceaux espaisses se ruer,
Se percer, se piquer, se naurer, se tuer,
Puis comme tourbillons se meslant pesle-mesle
Tomber mortes du Ciel aussi menu que gresle,

Portant vn gentil cœur dedans vn petit corps;
Il verse sur leurs champs vn peu de poudre : &
   lors
De ces soudars ailez le pasteur à son aise
Pour vn peu de sablon tant de noises appaise.
   Ainsi presque pour rien la seule dignité
De vos Enfans, de vous, de vostre authorité
(Que pour vostre vertu chaque Estat vous ac-
   corde)
Pourra bien appaiser vne telle discorde.

GARNIER.

Mais vous, Royne] Catherine de Medicis Royne mere de Charles I X. comme nous auons dir. *Qui voyant les armées Des Abeilles*] Les Abeilles ont chacunes leur Roy qui les meine quand elles se veulent battre. Voyez Virgile en ses Georgiques liure 4. & comme le pasteur les appaise.
   Pulueris exigui iactu compressa quiescent.

O Dieu qui de là haut nous enuoyas ton
   Fils,
Et la paix eternelle auecques nous tu fis,
Donne, ie te suppli', que ceste Royne mere
Puisse de ces deux camps appaiser la colere:
Donne-moy derechef que son Sceptre puis-
   sant
Soit maugré le discord en armes fleurissant:
Donne que la fureur de la guerre barbare
Aille bien loin de France au riuage Tartare:
Donne que nos couteaux de sang humain ta-
   chez
Soient dans vn magazin pour iamais atta-
   chez :
Et les armes au croq, sans estre embesongnées
Soient pleines desormais de toiles d'araignées.
   Ou bien (ô Seigneur Dieu) si les cruels De-
   stins

Nous veulent saccager par la main des mu-
   tins,
Donne que hors des poings eschappe l'alumelle
De ceux qui soustiendront la mauuaise que-
   relle:
Donne que les serpens des hideuses Fureurs
Agitent leurs cerueaux de Paniques terreurs.
   Donne qu'en plein midy le iour leur semble
   trouble,
Donne que pour vn coup ils en sentent vn
   double,
Donne que la poussiere entre dedans leurs
   yeux.
D'vn esclat de tonnerre arme ta main aux
   Cieux,
Et pour punition eslance sur leur teste,
Et non sur les rochers les traicts de la tem-
   peste.

GARNIER.

O Dieu qui de là haut nous enuoyas ton Fils] Pour s'incarner au ventre de la bien-heureuse Vierge Marie. *Et la paix eternelle*] Car nous estions dans la guerre du peché originel. *De ces deux camps*] De celuy du Roy Charles IX. & de celuy de l'Huguenot, qui desia s'estoit campé sur les rangs pour luy donner bataille, comme nous voyons encores pour l'heure de maintenant, à l'encontre du Roy Louys XIII. *Au riuage Tartare*] Au païs des Tartares; riuage, pour region, lieu, contrée : c'est vne metonymie, la partie pour le tout. Tartarie est vn païs situé vers l'endroit de la terre où l'Orient se conjoint au Septentrion; on la nomme Tartarie du fleuue Tartar qui la trauerse : elle est montueuse, sablonneuse, & du climat sterile : & qui veut imaginer quelque chose de barbare & cruel, il le faut imaginer des habitans de ce pays. *Bien loin de France*] De mesme parle Horace en l'Ode 35. du premier liure.
   ———— ô vtinam noua
   Incude distringas retusum in
   Massagetas, Arabasque ferrum.
Et en la vingt & vniesme du mesme liure.
   Hic bellum lachrymosum, hic miseram famem,
   Pestémque à populo & principe Cæsare in
   Persas, atque Britannos
   Vestra motus aget prece.

Donne que les Serpens] Nous auons parlé cy-deuant des Fureurs de là bas.   *Deſtins*] Sort, Fortune,
deſtiner à quelque choſe.   *Paniques terreurs*] Effroy ſoudain, peur ſubite arriuant ſans cauſe. Ce mot
vient des frayeurs inopinées, que les Anciens preſumoient leur eſtre enuoyées de Pan le Cheure-pied, Dieu
d'Arcadie, eſtant irrité, Herodote liure 7. & Plutarque en la vie d'Epaminondas. Pan ſignifie en Latin des
Incubes, eſprits de nuict, qui baillent des terreurs ſubites aux mortels: & dit-on que c'eſt eux qui baillent
l'oppreſſion nocturne que referent les Medecins à la ratte.   La noite fontaine d'où va deriuant le fleuue Styx
dans les Enfers, eſt auſſi ditte Panique.   *Et non ſur les rochers*] Horace aux Odes !
　　　　——Ferſúntque ſummos
　　　　Fulmina montes.

CONTINVATION DV
DISCOVRS DES MISERES
de ce temps.

A LA MESME ROYNE.

ADAME, ie ſerois ou du plomb
　　　ou du bois,
　　Si moy que la Nature a fait nai-
　　ſtre François,
Aux races à venir ie ne contois la peine
Et l'extréme malheur dont noſtre France eſt
　　pleine.
　　Ie veux de ſiecle en ſiecle au Monde pu-
　　blier.
D'vne plume de fer ſur vn papier d'acier,
Que ſes propres enfans l'ont priſe & de-
　　ueſtuë,
Et iuſques à la mort vilainement batuë.
　　Elle ſemble au marchand, accueilly de
　　malheur,
Lequel au coing d'vn bois rencontre le volleur,
Qui contre l'eſtomach luy tend la main armee,
Tant il a l'ame au corps d'auarice affamee.
　　Il n'eſt pas ſeulement content de luy piller
La bourſe & le Cheual: il le fait deſpoüiller,
Le bat & le tourmente, & d'vne dague
　　eſſaye
De luy chaſſer du corps l'ame par vne playe:
Puis en le voyant mort ſe ſou-rit de ſes coups,
Et le laiſſe manger aux maſtins & aux
　　loups.
Si eſt-ce que de Dieu la juſte intelligence
Court apres le meurtrier & en prend la
　　vengeance:
Et deſſus vne rouë (apres mille trauaux)
Sert aux hommes d'exemple & de proye aux
　　corbeaux.
　　Mais ces nouueaux Chreſtiens qui la
　　France ont pillée,

Vollée, aſſaſſinée, à force deſpoüillée,
Et de cent mille coups tout l'eſtomach batu
(Comme ſi brigandage eſtoit vne vertu)
Viuent ſans chaſtiment, & à les oüir dire,
C'eſt Dieu qui les conduit & ne ſ'en font que
　　rire.
　　Ils ont le cœur ſi haut, ſi ſuperbe & ſi fier,
Qu'ils oſent au combat leur maiſtre desfier,
Ils ſe diſent de Dieu les mignons, & au reſte
Qu'ils ſont les heritiers du Royaume celeſte:
Les pauures inſenſez! qui ne cognoiſſent pas
Que Dieu pere commun des hommes d'icy bas
Veut ſauuer vn chacun, & qu'à ſes crea-
　　tures
De ſon grand Paradis il ouure les cloſtures.
Certes beaucoup de vuide, & beaucoup de
　　vains lieux
Et de ſieges ſeroient ſans ames dans les Cieux:
Et Paradis ſeroit vne plaine deſerte,
Si pour eux ſeulement la porte eſtoit ouuerte.
　　Or ces braues vanteurs controuuez fils de
　　Dieu,
En la dextre ont le glaiue & en l'autre le feu,
Et comme furieux qui frappent & enragent,
Vollent les Temples ſaincts, & les Villes ſac-
　　cagent.
　　Et quoy? Bruſler maiſons, piller & bri-
　　gander,
Tuer, aſſaſſiner, par force commander,
N'obeïr plus aux Rois, amaſſer des armées,
Appellez-vous cela Egliſes reformées?
　　IESVS que ſeulement vous confeſſez icy
De bouche & non de cœur, ne faiſoit pas ainſi:
Et Sainct Paul en preſchant n'auoit pour
　　toutes armes
Sinon l'humilité, les ieuſnes & les larmes:
Et les Peres Martyrs aux plus dures ſaiſons
Des Tyrans, ne ſ'armoient ſinon que d'orai-
　　ſons:
Bien qu'vn Ange du Ciel à leur moindre priere
En ſoufflant euſt rué les Tyrans en arriere.

VVVuu iiij

„ *Par force on ne sçauroit Paradis violer :*　*Armez de patience il faut suiure sa voye,*
I e s v s, *nous a monstré le chemin d'y aller :*　*Non amasser vn camp, & s'enrichir de proye.*

GARNIER.

Madame, ie serois] L'Autheur continuë icy le Discours des Miseres de France pour la Religion, perseuetant de les addresser à la Royne mere du Roy, comme à celle qui tient le gouuernail des affaires pendant le bas aage de sa Majesté.　*Ie veux de siecle en siecle au Monde publier D'vne plume de fer*] Marulle Poëte Latin moderne en l'Hymne de l'Eternité :
Ipsa mihi vocem atque adamantina suffice plectra
Dum caneris.
D'auarice affamée] Espoinçonnée, desireuse ; metaphore.　*Nouueaux Chrestiens*] Qui se disent les Enfans de Christ.　*Veut sauuer vn chacun*] Desire le salut de tous, par les effects de leurs bonnes œuures, cooperantes auec la grace qu'il leur depart.　*Certes beaucoup de vuide*] Contre l'opinion vaine de Platon, qui dit, rien n'estre vuide en pas-vn endroit.　*Et des sieges seroient sans ames dans les Cieux*] Sunt multæ mansiones.　*Si pour eux seulement*] Ironiquement, & par gausserie, car les mescreans & les fidelles ne peuuent estre en mesme lieu, puis que hors la barque de l'Eglise on ne trouue point de salut.　*Controuuez fils de Dieu*] Qui se nomment comme il est dit cy-deuant.　*Et Sainct Paul en preschant*] Voyez les Actes des Apostres.　*Et les Peres Martyrs*] Voyez Eusebe, Nicephore, & tous les Escriuains de l'Histoire Ecclesiastique.　*Bien qu'vn Ange du Ciel*] Qui tua cent octante mille Assyriens.

Voulez-vous ressembler à ces fols Albigeois
Qui planterent leur secte auecque le harnois ?
Ou à ces Arriens qui par leur frenesie
Firent perdre aux Chrestiens les villes de l'Asie ?
Ou à Zuingle qui fut en guerre déconfit,
Chef de ceux que le Duc de Lorraine desfit ?
　Vous estes, Predicans, en possession d'estre
Tousiours battus, tuez : nostre Roy vostre maistre
Bien tost à vostre dam le vous fera sentir,
Et lors vous sentirez que peut le repentir.
　Tandis vous exercez vos malices cruelles,
Et de l'Apocalypse estes les Sauterelles,
Lesquelles aussi tost que le puits fut ouuert
D'Enfer, par qui le Ciel de nuës fut couuert,
Auecque la fumée en la terre sortirent,
Et des fiers Scorpions la puissance vestirent.
Ell' auoient face d'homme & portoient de grands dens,
Tout ainsi que Lyons affamez & mordans.
Leur maniere d'aller en marchant sur la terre
Sembloit cheuaux armez qui courent à la guerre,
Ainsi qu'ardentement vous courez aux combas,
Et villes & chasteaux renuersez contre-bas.
　Ell' auoient de fin or les couronnes aux testes,
Ce sont vos morions reluisans par les crestes :
Ell' auoient tout le corps de plastrons enfermez,
Les vostres sont tousiours de corselets armez :
Comme d'vn Scorpion meurtriere estoit leur queuë ;
Meurtriers vos pistolets, vos mains & vostre veuë :
Perdant estoit leur maistre, & le vostre a perdu
Le sceptre que nos Rois auoient tant defendu.
Vous ressemblez encore à ces ieunes Viperes,
Qui ouurent en naissant le ventre de leurs meres ;
Ainsi en auortant vous auez fait mourir
La France vostre mere en lieu de la nourrir.

GARNIER.

Voulez-vous ressembler à ces fols Albigeois] Les Albigeois estoient des Heretiques, peres des nostres, du païs d'Alby vers le Languedoc, qui furent debellez & reduits par S. Louys Roy de France. Ils tenoient de la creance folle des Gots qui iadis auoient esté maistres de ce païs qu'ils infecterent. Plusieurs Grands estoient de leur secte, le Roy d'Arragon, les Comtes de Toulouse & de Foix, &c.　*Arriens*] Anciens Heretiques portans ce nom d'Arrius Euesque Apostat.　*Firent perdre aux Chrestiens*] Estans cause du passage du Turc en Asie, qui ne demandoit qu'à pescher en eau trouble.　*Zuingle*] Heretique Allemand, venu depuis Luther, qui s'estant fait chef d'vne armée d'aussi bonnes gens que luy, voulant tirer chemin vers les terres de Lorraine pour y venir authorifer auec les fiennes, les refueries que ledit Luther fon maiftre auoit commencé de forger l'an 1517. par tyrannie; mais il fut trompé de l'Oracle à bon efcient, car le Duc & fon frere puifné Claude de Lorraine, premier Duc de Guife, le deffirent & le taillerent en pieces luy & les fiens; Planche des valeureux chaftimens que cefte Maifon deuoit exercer de pere en fils fur telle vermine. *Et de l'Apocalypfe eftes les Sauterelles*] Voyez le neufiefme chap. de l'Apocalypfe de S. Iean. *Et quintus Angelus tuba cecinit, & vidi Stellam de cælo cecidiffe in terram, & data eft ei clauis putei abyffi. Et aperuit puteum abyffi, & afcendit fumus putei ficut fumus fornacis magnæ, & obfcuratus eft Sol, & aer de fumo putei. Et de fumo putei exierunt Locuftæ in terram, & data eft illis poteftas, ficut habent poteftatem fcorpiones terræ,* &c. *Apocalypfe*] Mot Grec, qui veut dire Reuelation. *Sauterelles*] Dont les plus grandes font vertes, & les petites grifes. Ce petit animal qui faute par les bleds auec des aiflerons & de grandes jambes, eft affez cogneu. *Scorpions*] Animaux dangereux abondants par l'Italie, qui bleffent à mort de leur queuë, fi promptement l'on ne remedie à leur piqueure. Voyez Nicandre Poëte Grec, en fes Theriaques. *Veftirent*] Metaphore. *Lyons affamez*] Cruels animaux de Libye, qui ne font iamais raffafiez. *Plaftrons*] Cuiraces d'vn cofté, pour le deuant du corps. *Meurtriers vos piftolets*] Pour l'affaffin commis à l'endroit de François de Lorraine Duc de Guife deuant Orleans, par Iean Poltrot, foy difant fieur de Merey. Le fiege eftant campé deuant Orleans, 1563. par mondit Seigneur de Guife, où Beze Miniftre de Geneue & les plus qualifiez des Huguenots s'eftoient retirez & fortifiez : comme le 24. de Feburier apres auoit mis bon ordre à tout, il reuenoit le foir du Portereau, l'vn des fauxbourgs de la ville, & repaffoit la riuiere de Loire en petite compagnie, le traiftre qui depuis n'aguere auoit l'honneur d'eftre fien, le frappa d'vn coup de piftolet chargé de trois balles dans l'efpaule droite, au deffaut de l'armure, dont il mourut en peu de iours, auec l'extreme regret de toute la France. Le meurtrier efchappa, monté à l'auantage, & courut toute la nuict : mais comme Dieu ne laiffe rien d'impuny toft ou tard, il permit qu'il fe trouua, le iour venu, dans le camp des Suiffes, où miraculeufement il fut pris, & de là tiré à quatre cheuaux dans la ville principale du Royaume. Telle mort eut ce grand Prince, qui depuis l'an 1543. qu'il veftit fes premieres armes, fit des chofes merueilleufes pour le feruice des Rois du Ciel, & de la terre, & dont l'on empliroit vn iufte volume. C'eft pourquoy ie m'abftiendray d'en parler; difant feulement pour cefte heure, qu'il deffit l'Empereur Charles cinquiefme à Renty : que pour la deffenfe du Vicaire de Iesvs, il remplit d'effroy l'Italie : qu'il fauua Mets contre vne armée de quatre vingts mille hommes; qu'il mit en fept iours Calais à raifon, detenu par deux cents & dix ans des Anglois : qu'il prit Thionuille : qu'il deliura Paris d'vn fiege, & gaigna la iournée à Dreux. Lors que le Roy Henry le Grand fut à la guerre de Piémont, la Cour eftant à Geneue, on dit que Beze, defia caduc, fe voulut purger d'auoir efté complice du meurtre, enuers Meffeigneurs de Guife les petits fils de ce vaillant & genereux Prince. *Et voftre veuë*] Comme fait le Bafilic petit ferpent iaunatre, qui donne la mort de fon regard. Voyez Pline liu. 8. chap. 21. *Perdant eftoit leur maiftre*] L'Ange de l'Abyfme nommé de l'Hebrieu *Abaddon*, & du Grec *Apollyon*, & du Latin *Exterminans*, qui veut dire en François, comme Perdant. Or il faut noter, que l'Autheur ne faict icy la comparaifon des Sauterelles par la caufe, mais bien par l'effect, d'autant qu'elles tourmentoient ceux qui n'auoient la marque de Dieu fur le front; chofe contraire à noftre fubjet. *Vous reffemblez encore à ces ieunes Viperes*] Serpens venimeux, qui n'ont moyen de fortir au iour qu'en defchirant le ventre de leurs meres & les tuant, à caufe de leurs petites dents faictes comme vne fcie. Elles font dites Viperes, *quafi viuiparæ*. Lifez Nicandre en fes Theriaques, & le Commentaire de Greuin.

De Beze, ie te prie, efcoute ma parolle,
Que tu eftimeras d'vne perfonne folle :
S'il te plaift toutesfois de iuger fainement,
Apres m'auoir ouy tu diras autrement.
 La terre qu'auiourd'huy tu remplis toute
  d'armes
Et de nouueaux Chreftiens defguifez en gen-
  darmes,
(O traiftre pieté) qui du pillage ardents

Naiffent deffous ta voix, tout ainfi que des
  dents
Du grand Serpent Thebain les hommes qui
  muerent
Le limon en couteaux defquels s'entretue-
  rent,
Et nez & demy-nez fe firent tous perir,
Si qu'vn mefme Soleil les vit naiftre &
  mourir.

GARNIER.

De Beze, ie te prie] Il s'addreffe à Beze comme au boutefeu des rebellions : & de faict l'on a toufiours veu le mal en tout lieu prouenir des Miniftres, preoccupans les fens & peruertiffans les cœurs trop prompts, à la verité, de croire à la voix de ces trompeufes Sereines. *Tout ainfi que les dents Du grand Serpent Thebain*] Du Serpent de Mars. En voicy la fable fuccinctement. Cadmus Roy de Phœnicie eftoit allé par le commandement de fon pere Agenor Roy de Tyr & de Sidon, chercher Europe fa fœur, que Iupiter auoit finement enleuée par les ondes fous la forme d'vn Taureau : ne l'ayant point trouuée, & n'ofant retourner, il s'arrefta vers le pays d'Aonie non gueres loing du Mont Parnaffe, & là ietta le fondement de la ville de Thebes, d'où le Serpent eft nommé Thebain. Or fes compagnons ayans efté par hazard deuorez dudit Serpent de Mars, le dueil & l'impatience venans à le gaigner, il fe veftit brufquement de la peau d'vn lyon, s'arma d'vne forte iaueline, & courant vers fon antre, l'affaillit furieufement, & le tua : puis à l'admonition de Mars, ou de Pallas, il arracha fes dents, les fema comme des grains, & n'auoit à peine acheué, qu'il les vid tranfmuer en foldats armez, qui s'entretuoient & formez, & demy-formez; & naiffans venoient à mourir : & n'en demeura que cinq, comme il pleut aux Dieux, que retint Cadmus, & le fuiuirent, & feruirent fidellement. Apollon. Rhod. en fon liure 3. des Argonaut. en dit quelque chofe de moins & de plus. Voyez Nonnus Panopolitanus au Rauiffement d'Europe, & la fuitte. *Vn mefme Soleil*] Vn mefme iour, phrafe poëtique.

Ce n'eſt pas vne terre Allemande ou Go-
thique,
Ny vne region Tartare ny Scythique:
C'eſt celle où tu naſquis qui douce te receut,
Alors qu'à Vezelay ta mere te conceut :
Celle qui t'a nourry & qui t'a fait apprendre
La ſcience & les arts dés ta ieuneſſe tendre,
Pour luy faire ſeruice & pour en bien vſer,
Et non comme tu fais, à fin d'en abuſer.

Si tu es enuers elle enfant de bon courage,
Ores que tu le peux, rens-luy ſon nourriſ-
ſage,
Retire tes ſoldarts, & au Lac Geneuois
(Comme choſe execrable) enfonce leurs har-
nois.

Ne preſche plus en France vne doctrine
armée,
Vn Chriſt empiſtolé tout noirci de fumée,
Qui comme vn Mehemet va portant en la
main

Vn large coutelas rouge de ſang humain.
Cela deſplaiſt à DIEV, cela deſplaiſt au
Prince :
Cela n'eſt qu'vn appaſt qui tire la prouince
A la ſedition, laquelle deſſous toy
Pour auoir liberté ne voudra plus de Roy.

Certes il vaudroit mieux à Lozanne re-
lire
Du grand fils de Thetis les proüeſſes & l'i-
re,
Faire combattre Ajax, faire parler Ne-
ſtor,
Ou re-bleſſer Venus, ou re-tuer Hector,
Que reprendre l'Egliſe, ou, pour eſtre dit ſage,
Raccouſtrer en Sainct Paul ie ne ſçay quel
paſſage :
De Beze, ou ie me trompe, ou cela ne vaut pas
Que France en ta faueur face tant de combas,
Ny qu'vn Prince Royal pour ta cauſe s'em-
peſche.

GARNIER.

Ce n'eſt pas vne terre Allemande ou Gothique] Cy-deuant nous auons diſcouru de ces pays. *Vezelay*] Ville de
Bourgongne, où Theodore de Beze auoit pris naiſſance, d'honneſtes & ſages parents, & qualifiez. Voyez à l'Egliſe S. Coſme prés les Cordeliers de Paris à coſté droit de la porte du chœur, vn petit tableau, dans lequel ſont re-
preſentez des perſonnages veſtus en dueil auec torches, & des vers que le meſme Beze a faits pour vn ſien oncle,
honoré du tiltre de Conſeiller. Il fut tenu dans ce lieu de Vezelay jadis vn Concile pour le voyage d'Outre-mer,
où S. Bernard harangua deuant maints Prelats, & meſme deuant le Pape. Voyla comme les roſiers ſont naiſtre
les eſpines. *La ſcience & les arts*] Il faut aduoüer que Beze auoit merité le nom de Prince des Poëtes Latins
de ſon temps; & que l'on void par le ſtile, & par les non communs aiguillons de ce qu'il nomme *Iuuenalia Beze*, que s'il euſt pluſtoſt voulu s'arreſter aux fontaines d'Hippocrene & d'Aonie qu'à celles de Styx, & de Leman, veritablement il euſt acquis autant de gloire & de renom qu'il merite d'oubliance : mais quoy ? le Prieuré
de Lonjumeau, dont il n'euſt la preference, nous le rauit. Et bien qu'il reſmoignaſt aſſez par lettres & par meſ-
ſages, l'eſtroite amitié qu'il auoit iurée autresfois à mon pere, (toute conſideration de religion miſe à part) dés
leurs conferences d'eſtudes, ie ne laiſſeray d'en parler comme ie fais, & comme ie doibs. Il eſt mort le 13. d'Octobre 1616. aagé de 86. ans. *Au lac Geneuois*] Au lac Leman, ſur le bord duquel la ville de Geneue eſt aſſiſe, &
ſur le bord duquel prend origine le fleuue du Rhoſne, qui paſſe à Lyon. *Tes ſoldarts*] Comme eſtants leuez
par tes mutines predications. *Vne doctrine armée*] Qui preſche les armes. *Vn Chriſt empiſtolé*] Aurelle Prudence, à l'encontre de Marcion.

Marcionita Deus triſtis, ferus, inſidiator, &c.

Mehemet] Mahomet, le faux Dieu des Turcs. Quiconque aura veu l'Alcoran, liure de leur folle & ſuperſti-
tieuſe loy, verra là ce beau Dieu fait à plaiſir, & les eternelles recompenſes dont il fait charrée. *Lozanne*]
Ville de Sauoye, où Beze eſtoit profeſſeur és lettres humaines & Grecques dés l'an 1548. *Du grand fils de Thetis*]
D'Achille, nommé grand pour ſes beaux faits. *Thetis*] Nymphe & Deeſſe marine femme de Pelée: car Tethys
par y Grec, & s finale, eſt mere & Deeſſe des mers & des eaux, & non la mere d'Achille. *Les proüeſſes & l'i-
re*] Sa colere & ſon mal-talent enuers Agamemnon general au camp des Grecs ; pour ce qu'il luy auoit oſté Bri-
ſeis, vne tres-belle fille qu'il aymoit, & dont il s'eſtoit rendu maiſtre au ſac d'vne ville : & ceſte ire fut telle
qu'Achille ſe retirant dans ſon nauire, & ne voulant plus combatre ; les Troyés, leurs ennemis, eurent de iour en
iour priſe ſur leurs gens, & les defaiſoient à venë d'œil, où meſme Patrocle, celuy qu'Achille affectionnoit le plus
y laiſſa la vie : ſeul effect qui le remir aux champs aux deſpens des ennemis, apres auoir endoſſé les armes que
Thetis ſa mere auoit obtenues de Vulcan forgeron des Dieux ; car le Prince des Troyens Hector, auoit eu les
ſiennes, dont Patrocle ſon fauory, qu'il auoit tué, s'eſtoit reueſtu. Virg.

- qui redit exuuias indutus Achillis.

Faire combattre Aiax] Vn des plus vaillants Grecs, & le plus adroit à lancer le iauelot. *Faire parler Neſtor*] Le
vieillard Neſtor le plus eloquent & le plus ſage en conſeil de tous les Grecs. *Ou rebleſſer Venus*] Qui fut bleſſée par Diomede, voulant faire pour ſon fils Ænée Prince Troyen : ce que nous auons touché dans mon liure
de la Franciade, au paracheuement de celle de noſtre Autheur.

——— & là Venus atteinte
Alloit ſaignant par les armes contrainte.

Ou re-tuer Hector] Par Achille qui l'ayant rué bas, le traiſna mort par trois fois à la queuë de ſon char, autour des remparts de la Cité, pour venger Patrocle. Homere a dit tout cecy dans l'Iliade. Et Virgile au second de l'Æneide.

Raptatus bigis vt quondam, atérque cruento
Puluere, pérque pedes traiectus lora tumentes.   & ailleurs.
Ter circum Iliacos raptauerat Hectora muros.

Et dans ma Franciade.

Là sur la poudre, au rond de la Cité,
Le Peleïde enflé de cruauté,
Boüillante au fiel d'vne vengeance noire,
Traisnoit Hector, le riual de sa gloire.

Re-tuer, re-blesser] Voulant dire que Beze renouuelloit celà dans la chaire publique.   *Raccoustrer en Saint Paul*] Maniere des Heretiques de rapetasser le bon & le mauuais, pour s'en targuer, & pour donner couleur & poids à leurs faussetez.   *Ny qu'vn Prince Royal*] Louys de Bourbon Prince de Condé, Seigneur quant au reste de bon naturel, & cherissant les hommes vertueux & sçauants : mais quoy ? la bourrasque fut generale, & par vne mauuaise atteinte il en fut choisi comme les autres.

Vn iour en te voyant aller faire ton pres-
che,
Ayant dessous vn reistre vne espée au costé,
Mon D I E V, ce dy-ie lors, quelle saincte
bonté!
O parole de D I E V d'vn faux masque trom-
pée,
Puis que les Predicans preschent à coups
d'espée!
Bien tost auec le fer nous serons consumez,
Puis qu'on voit de couteaux les Ministres
armez.

Et lors deux surueillans qui parler m'en-
tendirent,
Auec vn hausse-bec ainsi me respondirent:
Quoy? parles-tu de luy qui seul est enuoyé
Du Ciel pour r'enseigner le peuple déuoyé?
Ou tu es vn Athée, ou quelque benefice
Te fait ainsi vomir ta rage & ta malice,
Puis que si arrogant tu ne fais point d'honneur
A ce Prophete Sainct enuoyé du Seigneur.

Adonc ie respondy; Appellez-vous Athée
Celuy qui dés enfance onc du cœur n'a ostée
La foy de ses ayeuls? qui ne trouble les lois
De son païs natal, les peuples ny les Rois?
Appellez-vous Athée vn homme qui mesprise
Vos songes contre-faits, les monstres de l'E-
glise?
Qui croit en vn seul D I E V, qui croit au
Sainct Esprit,
Qui croit de tout son cœur au Sauueur I E-
S V S - C H R I S T?
Appellez-vous Athée vn homme qui deteste
Et vous & vos erreurs comme infernale peste?
Et vos beaux Predicans, qui subtils oiseleurs

Pipent le simple peuple, ainsi que basteleurs,
Lesquels enfarinez au milieu d'vne place
Vont ioüant finement leurs tours de passe-
passe:
Et à fin qu'on ne voye en plein iour leurs abus,
Soufflent dedans les yeux leur poudre d'oribus.
Vostre poudre est crier bien haut contre le
Pape,
Deschiffrant maintenant sa tiare & sa chape,
Maintenant ses pardons, ses bulles, & son
bien,
Et plus haut vous criez, plus estes gens de bien.
Vous ressemblez à ceux que les fiéures in-
sensent,
Qui cuident estre vrais tous les songes qu'ils
pensent:
Toutefois la pluspart de vos Rhetoriqueurs
Vous preschent autrement qu'ils n'ont de-
dans les cœurs.
L'vn monte sur la chaire ayant l'ame sur-
prise
D'arrogance & d'orgueil, l'autre de conuoi-
tise,
Et l'autre qui n'a rien voudroit bien en auoir:
L'autre brusle d'ardeur de monter en pouuoir,
L'autre a l'esprit aigu qui par mainte tra-
uerse
Sous ombre des abus la verité renuerse.
Vous ne ressemblez pas à nos premiers Do-
cteurs,
Qui sans craindre la mort ny les persecuteurs,
De leur bon gré s'offroient eux-mesmes aux
supplices,
Sans enuoyer pour eux ie ne sçay quels no-
uices!

GARNIER.

Vn iour en te voyant aller faire ton presche] A la maison des quatre Euangelistes dans le faux-bourg S. Marcel.

prés l'Eglise de Saint Medard, aux premiers troubles. *Presche*] Au lieu de Predication, mot Huguenot. *Ayant dessous vn reistre*] Sous vn grand manteau deuallant iusqu'aux pieds, comme les portoient les Reistres (mot qui signifie en Allemand homme de cheual, comme *Lansquenet*, ou *Lansquenez*, veut dire homme de pied.) Beze alloit ainsi faire son presche, & les autres Ministres, ce que i'ay ouy raconter à qui l'a veu, mesme alors du tumulte de Saint Medard, où ces nouueaux Reformez pillerent & briserent tout, foulants aux pieds le Saint Sacrement de l'Autel, esgorgeans & tuans les hommes, pour ce, disoient-ils, que le son de la cloche importunoit leur Ministre Malo qui faisoit le presche. Ce fut en Decembre aux festes de Noël. *Et lors deux Surueillants*] Ainsi les Huguenots qualifient leurs espions. *Hausse-bec*] Vn hochement de teste. *Athée*] Qui ne veut croire vn Dieu : il vient du mot Grec Θεός. *Songes*] Resueries. Au Pastor fido.

Son veramente i sogni
De le nostre speranze.

Les monstres de l'Eglise] Monstres arriuez dans l'Eglise pour la molester. *Predicans*] Ainsi les Huguenots ont baptisé leurs Predicateurs : voulans mots à part, & creance à part, comme Dieu à part. *Enfarinez*] Les basteleurs jadis auoient tousiours le visage couuert de farine. *Poudre d'oribus*] Charme, sort, deception : l'on nomme ainsi vulgairement les illusions que donnent les basteleurs & charlatans, pour faire sembler voir, ce qui n'est pas : quant au mot, i'estime qu'il est fait à plaisir. *Tiare*] Du mot Grec τιάρα, ornement de teste des femmes de Perse. Turban, coiffure des Turcs : & d'autant que la triple couronne du Saint Pere est haute, elle est ainsi nommée. *Chappe*] Ce que le Prestre met par dessus l'aube : on le doibt sçauoir, mais peut-estre que l'Huguenot l'ignore, il luy faut apprendre. *Ses Pardons*] Ses Indulgences. *Ses Bulles*] Ses Patentes, & mandemens. *Rhetoriqueurs*] Il les nomme ainsi par raillerie de ce mot, qui signifie l'art de bien parler ; d'autant qu'ils s'estudioient au bien dire, pour seduire & piper le monde. *A nos premiers Docteurs*] Ceux de la premiere Eglise. *Nouices*] Apprentifs.

Que vit tant à Genéue vn Caluin desia vieux,
Qu'il ne se fait en France vn martyr glorieux
Souffrant pour sa parole ? ô ames peu hardies !
Vous ressemblez à ceux qui font les Tragedies,
Lesquels sans les iouër demeurêt tous craintifs,
Et en donnent la charge aux nouueaux apprentifs,
Pour n'estre point mocquez ny sifflez, si l'issuë
De la fable n'est pas du peuple bien receuë.

Le peuple qui vous suit est tout empoisonné :
Il a tant le cerueau de sectes estonné,
Que toute la Rheubarbe & toute l'Anticyre
Ne luy sçauroient guarir sa vérue qui empire :
Car tant s'en faut, helas ! qu'on la puisse guarir,
Que son mal le contente, & luy plaist d'en mourir.

Il faut, ce dites-vous, que ce peuple fidelle
Soit guidé par vn chef qui prenne sa querelle
Ainsi que Gedeon, qui seul esleu de D I E V,
Contre les Madians conduit le peuple Hebrieu.

Si Gedeon auoit commis vos brigandages,
Vos meurtres, vos larcins, vos Gothiques pillages,
Il seroit execrable : & s'il auoit forfait
Contre le droict commun, il auroit tresmal fait.

De vostre election faictes-nous voir la Bulle,
Et nous monstrez de D I E V le sein & la cedulle :
Si vous ne la monstrez, il faut que vous croyez
Que ie ne croiray pas que soyez enuoyez.

Ce n'est plus auiourd'huy qu'on croit en tels Oracles,
Faites à tout le moins quelques petits miracles,
Comme les Peres Saincts qui jadis guerissoient
Ceux qui de maladie aux chemins languissoient,
Et desquels seulement l'ombre estoit salutaire.
Il n'est plus question, ce dites-vous, d'en faire,
La Foy est approuuée. Allez aux regions
Qui n'ont ouy parler de nos Religions,
Au Perou, Canada, Calicuth, Canibales,
Là monstrez par effect vos vertus Caluinales.

Si tost que ceste gent grossiere vous verra
Faire vn petit miracle, en vous elle croira,
Et changera sa vie où toute erreur abonde :
Ainsi vous sauuerez la plus grand part du monde.

GARNIER.

Que vit tant à Genéue vn Caluin] Iean Caluin, fut en premier Chanoine de l'Eglise de Noyon, ville de Picardie : de là, honteux de s'estre veu punir de quelque forfait desnaturé, le compagnon se retira dans Geneue, la retraitte & l'asyle des bons garçons, & des banis ; où pour comble de ses meschancetez, il fit banqueroute à la

Foy : lisez sa vie dans Bolsec, parmy les vies de Luther & de Beze, par le mesme, & par Fontaine, & Sleidan. Il mourut à Geneue 1569. aagé de 56. ans, 7. mois, 13. iours. Assez de fois i'ay memoire d'auoir entendu par la bouche d'vne personne qui m'attouchoit assez, qu'estant venu dans Paris secrettement, elle le veid de hazard comme elle entroit en la maison d'vne portant le nom mesme, de laquelle il estoit frere, & que tout plein de Grands affluoient de toutes parts là, mais qu'il vnida la nuict pour se tirer d'inconuenient. Or est-il qu'il se nommoit Chauuin, nom lequel il desguisa, pour auoir forfaict, ne voulant estre cogneu. *Vn Martyr glorieux*] L'Autheur dict cecy par moquerie. *Tragedies*] Ieux graues de Theatre, du mot qui signifie grauité : la fin de la Tragedie est tousiours funeste & sanglante. *Sectes*] Opinions suiuies de plusieurs : L'Autheur les nomme differentes, pource qu'il en regnoit tout plein, comme nous dirons en son lieu ; tellement qu'il n'estoit fils de bonne mere alors qu'il n'en resuast quelqu'vne. *Rheubarbe*] Simple de grande proprieté, qui vient des terres de Pont. Voyez Dioscoride & Matthiole des Simples. *Anticyre*] Isle aux confins de Thessalie, voisine du mont d'Oëte, où croist la meilleure Ellebore : il est de l'Ellebore noire & de la blanche, tres-purgatiue & dangereuse, car en effect elle est vn poison : Voyez les deux mesmes Autheurs prealleguez, & Theophraste, si ie ne m'abuse. L'Isle est icy prise au lieu de l'herbe par metonymie. *Vérue*] Humeur, caprice, boutade. Ie l'estimerois venir du mot Latin *veruex*, comme fait Caprice du mot *Caper* : *verae* signifie en Allemand & Polonois, splendeur & lumiere. *Fidelle*] Ainsi les Huguenots veulent par honneur se qualifier : ainsi l'on a veu d'autres Heretiques se nommer les Parfaits, comme en Angleterre ils se disent Puritains, à sçauoir purs. il vaudroit mieux qu'ils en deferassent le iugement à d'autres. *Gedeon*] Iuge en Israël, conducteur & Chef du peuple de D I E V, contre les infidelles Madians. *Hebrieu*] Iuif. *Gothiques*] Appartenans aux Goths ; nous en auons parlé : ce sont hommes tres-cruels. *Oracles*] Pour dire, choses tres-vrayes ; neantmoins il est pris auec abusion, d'autant que les faux Demons en estoient l'organe ; & de fait ils cesserent à l'Aduenement premier de I E S V S-C H R I S T. Plutarque en ses Morales en a fait vn traitté. *Ceux qui de maladie au chemin languissoient*] Que les Apostres guerissoient miraculeusement ; voyez les Actes. *Et desquels seulement*] L'ombre de Saint Pierre. *Perou*] Terre de l'Inde Occidentale, vers le Bresil, tres-fertile en or, & d'où viennent les perroquets & les singes. *Canada*] Grand pays, au dessus de l'Amerique, fort plein d'Isles, que le Sieur de Poitrincourt, vaillant Gentil-homme, nomma la nouuelle France aux voyages qu'il fit. *Calicuth*] Region d'Indie, située vers le fleuue de Gange, abondante en espiceries, dont le Roy miserablement adore le Diable. *Canibales*] Ou Caribes, du mot & dialecte voisin, qui signifie hardy : cruelle nation d'Amerique, viuante de chair humaine, qui se retire au pourpris desert d'vne Isle infeconde, vn ou deux degrez outre la ligne de l'Equateur : ils adorent le Ciel & les astres : ils sont de couleur brune, le visage fort laid, & de stature petite : au reste braues nageurs, & braues archers, & vont tous raz & tous nuds : autres disent qu'ils sont tres-hauts de corsage, mais pourtant ne sçauroient-ils estre generalement l'vn & l'autre.

Les Apostres jadis preschoient tous d'vn accord :
Entre vous auiourd'huy ne regne que discord :
Les vns sont Zuingliens, les autres Lutheristes,
Les autres Puritains, Quintins, Anabaptistes,
Les autres de Caluin vont adorant les pas,
L'vn est Predestiné & l'autre ne l'est pas,
Et l'autre enrage apres l'erreur Muncerienne,
Et bien tost s'ouurira l'escole Bezienne.
Si bien que ce Luther lequel estoit premier,
Cassé par les nouueaux est presque le dernier,
Et sa secte qui fut de tant d'hommes garnie,
Est la moindre de neuf qui sont en Germanie.
Vous deuriez pour le moins pour nous faire trembler,
Estre ensemble d'accord sans vous desassembler :
Car C H R I S T n'est pas vn D I E V de noise ny discorde :

C H R I S T n'est que charité, qu'amour & que concorde,
Et monstrez clairement par la diuision
Que D I E V n'est point autheur de vostre opinion.
Mais monstrez-moy quelqu'vn qui ait changé de vie,
Apres auoir suiuy vostre belle folie :
I'en voy qui ont changé de couleur & de teint,
Hideux en barbe longue & en visage feint,
Qui sont plus que deuant, tristes, mornes & palles,
Comme Oreste agité de fureurs infernales.
Mais ie n'en ay point veu qui soient d'audacieux
Plus humbles deuenus, plus doux ny gracieux,
De paillards continens, de menteurs veritables,
D'effrontez vergongneux, de cruels charitables,
De larrons aumosniers, & pas-vn n'a changé
Le vice dont il fut auparauant chargé.

GARNIER.

Les Apostres jadis preschoient tous d'vn accord] Bien qu'en diuers lieux separez, & dans les plus esloignez da l'Vniuers. *Zuingliens*] De la secte de Zuingle, dont nous auons parlé cy-deuant. *Lutheristes*] De Luther. *Pu-ritains*] L'Angleterre a deux Sectes : l'vne de Iean Caluin, l'autre de Martin Luther : Ceux de Caluin disent qu'ils ont dauantage de pureté (quelle humilité Chrestienne & reformée !) de là sont-ils nommez Puritains. *Quintins*] Heretiques du nom de leur Autheur ; il y peut auoir 60. ans : ils ne durerent guere, aussi ne fut-il gue-re suiuy. I'aurois eu quelque opinion d'vn François qui portoit le nom de Quintus, amy de nostre Autheur pa-rauant sa reuolte, & depuis vn de ceux qui l'auroient blasmé. *Anabaptistes*] Pour ce qu'ils estoient deux fois baptisez. Ce fut vn Prestre Souisse, nommé Thomas Muncer, qui donna l'estre à ceste belle Religion delicieu-se, l'an 1522. dont Luther auoit long temps deuant frayé le chemin par ses escrits, & par la hantise de son noir & de sa blanche, comme il a tesmoigné. Iean Leidan, bon escolier de la maxime brutale des Arsacides, fut leur conducteur & leur Prince. *L'vn est Predestiné*] Les vns tenans, les autres niants la predestination, tant ils ont d'arrest & de fermeté. *Predestiné*] Deuant destiné. C'est où l'Heretique blaspheme, s'opiniastrant que D I E V predestine à l'Enfer, & que partant c'est chose inutile de bien operer, quand on est destiné là : Nous au-tres Catholiques, nous maintenons que la prescience de D I E V, qui n'ignore aucune chose, ne donne point de contrainte, & ne cause point de necessité. L'Autheur pour faire voir la dissension de l'Heretique, & le suspens où tousiours il est, monstre comme c'est vne giroüette, qui remuë & bransle à tous vents. *Muncerienne*] De Muncer, introducteur des Anabaptistes. *Bezienne*] De Beze, Patriarche de l'Eglise de Geneue. *Est la moin-dre de neuf*] De Zuingle, Oecolampade, Luther, Caluin, Muncer, Quintin, Blaterius, Hosiandre, Schne-phius : Si l'Autheur y veut comprendre Melanchthon, Beze, Carlostade, Bucer, & tout plein d'autres pareils, le nombre est de beaucoup plus de neuf : aussi dit-on qu'il est infini. Voylà de braues hommes pour croire en eux. *Germanie*] Allemagne, ainsi dite, pour autant que jadis ses peuples viuoient par tout esgaux en habitude & maniere de viure, comme si d'auenture ils eussent esté freres germains. C'est vn grand pays du Septentrion, que le Danube & le Rhin baignent, & d'où le François tire de longue main son origine. Voyez Iean le Maire de Belges en l'Illustration des Gaules. *De couleur & de teint*] Chose remarquée en telles gens, à sçauoir aux Mi-nistres, qui baille indice veritable de la synderese de leur cœur, & de l'Esprit de tenebres qui les possede. Nos Religieux & les plus austeres & mortifiez sont tousiours veuz gais, & de couleur vermeille, la plus part. *Comme Oreste agité des fureurs infernales*] Oreste fils d'Agamemnon & de Clytemnestre, desirant se venger de la mort de son pere, que sa mere, entretenuë par Ægisthe, auoit fait tuer, il les fit mourir tous deux : pour le-quel outrage, & pour auoir aussi tué Pyrrhe dans le Temple sacré d'Apollon, il deuint furieux, & ne perdit ceste fureur, qu'il n'eust esté premierement au Temple de Diane, nommée Taurique, pour luy sacrifier, & la prier, dont il prend son nom Orestes, de ἀρέσω, qui veut dire prier. Ce fut Pylade son fidele amy qui le con-duisit là. Voyez Euripide & Sophocle Poëtes Grecs en leurs Tragedies, d'Oreste, d'Electre, & d'Iphigene. *Fu-reurs infernales*] Furies ; nous en auons cy-deuant parlé.

*Ie cognois quelques-vns de ces fols qui
vous suiuent,*

*Ie sçay bien que les Turcs & les Tartares vi-
uent*

*Plus modestement qu'eux, & suis tout ef-
froyé*

Que mille fois le iour leur Chef n'est foudroyé.

*I'ay peur que tout ainsi qu'Arrius fit
l'entrée*

Au Turc qui surmonta l'Asienne contrée,

Que par vostre moyen il ne se vueille armer,

Et que pour nous donter il ne passe la mer,

*Et que vous les premiers n'en supportiez la
peine*

En pensant vous venger de l'Eglise Romaine.

„ Ainsi celuy qui tend le piege deceuant,

*„ En voulant prendre autruy se prend le plus
souuent,*

*La tourbe qui vous suit est si vaine & si
sotte,*

Qu'estant affriädée aux douceurs de la Lotte,

I'entens affriandée à ceste liberté

*Que vous preschez par tout, tient le pas ar-
resté*

Sur le bord estranger & plus n'a souuenance

De vouloir retourner au lieu de sa naissance.

*Helas ! si vous auiez quelque peu de rai-
son,*

*Vous cognoistriez bien tost qu'on vous tient
en prison,*

Pipez, ensorcelez, comme par sa malice

Circe tenoit charmez les compagnons d'Vlysse.

GARNIER.

Ie cognois quelques-vns de ces fols] Des Ministres. *Turcs*] Il n'est celuy qui n'ait oüy parler des Turcs, ils vien-nent des Parthes & d'vne prouince nommée Turquestan, dite anciennement Arie : mais depuis (les pechez des Chrestiens en estant le subiet) ils ont merueilleusement pullulé. Tous les vassaux du Turc, sont nommez Turcs, bien qu'ils ne le soient pas, nom qui leur est iniurieux. Ils tiennent la Religion du faux Prophete Maho-met. Voyez Belon en ses obseru. liu. 3. chap. 16. Leur Religion, c'est vne Religion de tous loppins : s'accordans auec les Sabelliens pour nier la Trinité ; ne voulans en la Diuinité que deux personnes, comme les Manicheens ; niants l'egalité du Pere & du Fils ainsi qu'Eunomius : presumant le Saint Esprit estre vne creature, à la fantaisie des Macedoniens, & voulans maintenir la pluralité des femmes, pour se ruer dans la charnalité des Nicolai-tes. *Tartares*] Peuples d'où l'Orient se ioint au Septentrion : nous en auons parlé. *Arrius*] Voyez cy dessus. *Asie*] Vne des parties du monde aussi grande que toute l'Europe & l'Afrique, dite ainsi du nom d'vne fille de l'Ocean & de Tethys, nommée Asia, femme de Iapet, & mere de Promethée, ou selon d'autres, du nom d'Asius, fils de Manée Roy de Lydie. Elle s'estend depuis le Midy iusqu'au Septentrion; ayant pour frontiere deuers l'Occident, le fleuue du Nil, celuy de Tanaïs, la mer Euxine, & partie de la Mediterranée: des autres parties de la terre, elle est enuironnée de l'Ocean: voyez la Carte. *Ainsi celuy qui tend le piege*] Dauid en ses Pseaumes. *Tourbe*] Troupe, *turba*. *Affriandée aux douceurs de la Lotte*] Lote fruit extremement doux, qui naist en Afrique: il nourrit tellement que ceux du pays ne viuent d'autre chose, & pourtant sont-ils nommez Lotophages, qui veut dire en Grec mangeurs de Lote: on fait mille gentillesses du bois, & sur tout de bons fifres. L'Autheur dit, affriandée, faisant vne allusion sur la fable d'Vlysse, dont les compagnons le furent tellement de ce doux fruit, que s'il n'eust eu l'industrie de les faire lier au mas du nauire, ils ne vouloient plus bouger de ce pays. *A ceste liberté*] La Religion nouuelle estant merueilleusement libertine & licencieuse. *Sur le bord estranger*] A Geneue, en Allemagne. *Circe tenoit charmez les compagnons d'Vlysse*] Circe estoit fille du Soleil, & de la Nymphe Perseis, Hesiode en sa Theogonie.

> Ἡελίῳ δ' ἀκάμαντι τέκε κλυτὴ Ὠκεανίνη
> Περσηίς, Κίρκην τε, καὶ Αἰήτην βασιλῆα.

Et Homere en l'Odyssée. κ.

> Αἰαίην δ' ἐς νῆσον ἀφικόμεθ', &c.

Elle demeuroit sur la coste de l'Italie, & fut en grand renom pour les charmes desquels elle vsoit. Elle donnoit à manger certains gasteaux d'herbes, qu'elle mixtionnoit de vin, par lesquels les hommes estoient changez en bestes, les frappant d'vne houssine. Virgile au 7. de l'Æneide.

> *Hinc exaudiri gemitus, iræque leonum*
> *Vincla recusantum, ac sera sub nocte rudentum:*
> *Setigerique sues, atque in præsepibus vrsi*
> *Sæuire, ac formæ magnorum vlulare luporum,*
> *Quos hominum ex facie Dea sæua potentibus herbis*
> *Induerat Circe in vultus, ac terga ferarum.*

Lycophron.

> Ποίαν δὲ θηρόπλαστον οὐκ ἐπόψεται
> Δραίκματαν ὀγκυκλῶσαι ἀλφίτῳ, θρόνα,
> Καὶ κῆρα κνωπόμορφοι; αἱ δὲ δύσμοροι
> Σπήσοντες ἄτας ἐν συφοῖσι φορβάδες
> Τίτθοζα χυλῷ συμμεμιγμένα τρυγός. &c.

Ouide la descrit ainsi dans le 14. de la Metamorph. Les compagnons d'Vlysse firent espreuue de ce changement aussi bien que d'autres, fors leur conducteur Euryloch, qui par sa fuite eschapa le danger.

O Seigneur tout-puissant, ne mets point en oubly
D'enuoyer vn Mercure auecque le Moly
Vers ce Prince Royal, à fin qu'il l'admon-
neste,
Et luy face r'entrer la raison en la teste,
Luy décharme le sens, luy dessille les yeux,
Luy monstre clairement quels furent ses ayeux
Grands Rois & Gouuerneurs des grandes Re-
publiques,
Tant craints & redoutez pour estre Catholi-
ques!
Si la saine raison le regaigne vne fois,
Luy qui est si gaillard, si doux & si cour-
tois,
Il cognoistra l'estat auquel on le fait viure:
Et comme pour de l'or on luy donne du cuiure,

Et pour vn grand chemin vn sentier esgaré,
Et pour vn diamant vn verre bigarré.
Ha! que ie suis marry que cil qui fut mon maistre,
Depestré du filet ne se peut recognoistre!
Ie n'aime son erreur, mais haïr ie ne puis
Vn si digne Prelat dont seruiteur ie suis,
Qui benin m'a serui (quand fortune prospere
Le tenoit pres des Rois) de Seigneur & de pere.
DIEV preserue son chef de mal-heur & d'ennuy,
Et le bon-heur du Ciel puisse tomber sur luy.
Acheuant ces propos ie me retire & laisse
Ces Surueillans confus au milieu de la presse,
Qui disoient que Satan le cœur m'auoit conué,
Et me grinçât les dents m'appelloient reprouué.

GARNIER.

D'enuoyer vn Mercure auecque le Moly] Herbe qui vient en la region d'Arcadie, au mont de Cyllene, & par les riuages du Lac de Penée, la plus souueraine de toutes les herbes, contre la force des enchantemens, selon Homere. Les compagnons d'Vlysse estans metamorphosez en bestes par les charmes de Circe, ils en furent deliurez par ceste herbe que le Dieu Mercure luy donna. Voyez Homere au liure de l'Odyssée κ. & Lycophron à la suite des vers que nous auons alleguez. *Vers ce Prince Royal*] Le Prince de Condé Loys. *Dessille*] Mot de fauconnerie, de ciller. *Grands Roys & Gouuerneurs*] Depuis Hues Capet, iusqu'aux successeurs du Roy Sainct Loys, tige de la maison de Bourbon. *Luy qui est si gaillard*] L'Autheur auoit le naturel si franc, que l'on iugera tousiours ces loüanges ne prouenir de flatterie ny de complaisance. *Ha! que ie suis marry que cil qui fut mon mai-*

stre] Le Cardinal de Chastillon , frere du Colonel d'Andelot , & de l'Admiral de Colligny. L'appellant son maistre, il le fait par honneur, comme ayant esté le Mecene des beaux esprits , du temps du Roy Henry deuxiesme , auant qu'il eut changé sa qualité de Protecteur de l'Eglise Gallicane , à celle de protecteur & deffenseur de l'heresie : Car Ronsard estoit d'vne Maison si releuée d'origine & d'alliance , qu'il ne pouuoit , ainsi qu'il a dit ailleurs , seruir autres Maistres que Roys.   *Surueillans*] Nous en auons parlé.   *Reprouué*] Damné.

L'autre iour en pensant que ceste pauure terre
S'en alloit (ô mal-heur !) la proye d'Angleterre ,
Et que ses propres fils amenoient l'estranger
Qui boit les eaux du Rhin , à fin de l'outrager :
M'apparut tristement l'Idole de la France ,
Non telle qu'elle estoit lors que la braue lance
De Henry la gardoit , mais foible sans confort ,
Comme vne pauure femme atteinte de la mort.
Son Sceptre luy pendoit , & sa robe semée
De fleurs de Lys estoit en cent lieux entamée :
Son poil estoit hideux , son œil baue & profond ,
Et nulle Maiesté ne luy haussoit le front.
    En la voyant ainsi , ie luy dis , O Princesse ,
Qui presque de l'Europe as esté la maistresse ,
Mere de tant de Roys , conte-moy ton malheur ,
Et dy-moy ie te pri' d'où te vient ta douleur ?
Elle adonc en tirant sa parole contrainte ,
Souspirant aigrement , me fit telle complainte.

GARNIER.

Que ceste pauure terre s'en alloit (ô mal-heur !) la proye d'Angleterre] Comme elle auoit esté sous le Roy Charles VII. par l'entremise de Philippes Duc de Bourgogne & d'autres mauuais François.   *L'estranger Qui boit les eaux du Rhin*] L'Allemand, dont le fleuue du Rhin baigne le païs. C'est vne figure dicte Antonomasie commune entre les bons Poëtes Latins. Horace liure 2. Ode derniere.

—— *me peritus*
Discet Iber , Rhodanique potor.
Et Virgile au septiesme de l'Æneide.
Qui Tybrin , Fabarimque bibunt.

L'Idole] L'image, representation de quelque chose ; bien que l'Idole soit prise tousiours en mauuaise part. *De Henry*] Second du nom, quand auparauant il menoit guerre contre Charles d'Austriche Empereur, & depuis contre Philippes Roy d'Espagne son fils.   *Comme vne pauure femme*] En ceste representation de pays en habit de femme : voyez le commencement du rauissement d'Europe en Theocrite εἰδύλ. ιβ'.

Εὐρώπη ποτὲ Κύπρις , &c.
A commencer au huictiesme vers.   *Qui presque de l'Europe*] Les François ayant auantageusement porté leurs armes dans les premiers lieux de l'Europe.   *Europe*] Vne des parties du monde, la premiere & la moindre, ainsi appellée d'Europe fille d'Agenor, Roy de Phenicie. Elle est enclose & fermée à l'Occident par la mer Atlantique, où sont les Colomnes d'Hercule : au Septentrion par la mer Angloise ; deuers l'Orient par le fleuue Tanaïs, le palus Meotide , & la mer Pontique : & deuers le Midy par la mer dite Mediterranée, qui la separe de l'Afrique. C'est la mieux temperée de toutes les parties du monde, & la mieux policée ; la fleur du Christianisme est comprise en elle, où parmi les autres, la Grece, l'Espagne, l'Allemagne, la France & l'Italie ont leur seiour.

Une ville est assise és Champs Sauoysiens ,
Qui par fraude a chassé ses Seigneurs anciens ,
Miserable seiour de toute apostasie ,
D'opiniastreté , d'orgueil , & d'heresie ,
Laquelle (en ce-pendant que les Rois augmentoient
Mes bornes , & bien loin pour l'honneur combatoient)
Appellant les banis en sa secte damnable ,
M'a fait comme tu vois chetiue & miserable.
    Or mes Rois cognoissans qu'vne telle cité
S'efforceroit de rompre vn iour leur dignité ,
Deliberoient assez de la ruer par terre :
Mais contre elle iamais n'ont entrepris la guerre :
Ou soit par negligence , ou soit par le Destin
Entiere ils l'ont laissée , & de là vient ma fin.
    Comme ces laboureurs , dont les mains inutiles
Laissent pendre l'hyuer vn touseau de chenilles
Dans vne fueille seiche au faiste d'vn pomier ,
Si tost que le Soleil de son rayon premier
A la fueille eschauffée , & qu'elle est arrousée

Par

Par deux ou par trois fois d'vne tendre rosée;
Le venin qui sembloit par l'hyuer consumé,
En Chenilles soudain apparoist animé,
Qui tombent de la fueille , & rampent à
    grand' peine
D'vn dos entre-cassé au milieu de la plaine:
L'vne monte en vn chesne & l'autre en vn
    Ormeau ,
Et tousiours en mangeant se trainent au cou-
    peau :
Puis descendent à terre, & tellement se pais-
    sent
Qu'vne seule verdure en la terre ne laissent.
  Alors le laboureur voyant son Champ gasté,
Lamente pour neant qu'il ne s'estoit hasté
D'estouffer de bonne heure vne telle semence:
Il voit que c'est sa faute & s'en donne l'of-
    fence.
  Ainsi lors que mes Rois aux guerres s'ef-
    forçoient ,

Toutes en vn monceau ces chenilles croissoient !
Si qu'en moins de trois mois telle tourbe en-
    ragee
Sur moy s'est espanduë, & m'a toute mangee.
  Or mes peuples mutins , arrogans & men-
    teurs
M'ont cassé le bras droit chassant mes Se-
    nateurs :
Car de peur que la loy ne corrigeast leur vice,
De mes Palais Royaux ont banny la Iustice:
Ils ont rompu ma robbe en rompant mes citeZ,
Rendans mes Citoyens contre moy despitez :
Ont pillé mes cheueux en pillant mes Eglises,
Mes Eglises helas ! que par force ils ont prises,
En poudres foudroyant Images & Autels,
Venerable sejour de nos Saincts immortels.
Contr'eux puisse tourner si mal-heureuse
    chose,
Et l'or sainct desrobé leur soit l'or de Tho-
    lose !

GARNIER.

Vne ville est assise és champs Sauoysiens] Geneue. *Ses Seigneurs anciens*] Son Duc & son Euesque desquels ayant secoüé le ioug, elle a banni les dominations.   *Apostasie*] D'apostat, mot Grec signifiant reuoltement, & par lequel sont proprement dits ceux qui rompent la foy iurée à leur Capitaine. Les Moynes qui iettent le froc aux orties sont appellez tels en la Chrestienté, pour ce qu'ils abandonnent le rang qu'ils tenoient en l'Eglise Catholique. *Heresie*] Du mot Grec αἵρεσις, qui veut dire, opinion.   *Que les Rois augmentoient*] Faisant la guer- re aux pays Estranges.   *Appellant les bannis*] Quiconque par ses mesfaicts estoit recherché par la Iustice, alloit à refuge en ce lieu comme dans vn asyle, où pour acheuer de se perdre il changeoit de loy.   *Or mes Rois cognois- sants*] Peuoyants le futur.   *Ou soit par le Destin*] Qui semble ne pouuoir estre forcé, pour euiter le mal-heur à venir. *Chenilles*] Il en est de plusieurs manieres; telle vermine dommageable est assez cogneuë, & principalement des laboureurs.   *Rosée*] Eau qui tombe le matin sur les herbes.   *Ramper*] Se trainer.   *Chesne, ormeau*] Arbres cogneus.   *En moins de trois mois*] Ayant paru tout d'vn coup.   *Sur moy s'est espanduë*] Pour autant que de là toute l'infection de l'heresie est desbondée sur les terres de France.   *M'ont cassé le bras droit chassant mes Senateurs*] La Iustice est le bras droit en vn Royaume, & l'Heretique à fin de la bannir, pour mieux fournir à son libertin- nage, en mettoit hors les Senateurs, par de faux & mauuais pretextes.   *Cheueux*] Accompatez à l'Eglise. *Leur soit l'or de Tholose*] Vn Temple magnifique estoit dans la ville de Tholose (ou Thoulouse) anciennement, dés long-temps garny d'vne infinité de grands thresors amassez, ausquels si l'on touchoit, pour y mesfaire, on ne failloit point de mourir, & d'vne fin mal-heureuse. Cela parut en Cepion, comme en d'autres Capitai- nes Romains.

  Ils n'ont pas seulement sacrileges nouueaux,
Fait de mes Temples saincts, estables à Che-
    uaux:
Mais comme tourmenteZ des fureurs Sty-
    giales
Ont violé l'honneur des Ombres sepulcrales,
Afin que par tel acte inique & mal-heureux
Les viuans & les morts conspirassent contre
    eux.
Busire fut plus doux , & celuy qui promeine
Vne roche aux Enfers , eut l'ame plus hu-
    maine :
Bref ils m'ont delaissée en extréme langueur.

Toutesfois en mon mal ie n'ay perdu le cœur,
Pour auoir vne Royne à propos rencontrée,
Qui douce & gracieuse enuers moy s'est mon-
    strée.
Elle par sa vertu (quand le cruel effort
De ces nouueaux mutins me trainoit à la
    mort)
Lamentoit ma fortune , & comme Royne
    sage
Reconfortoit mon cœur & me donnoit cou-
    rage.
Elle abaissant pour moy sa haute Ma-
    jesté,

X X X x x

Preposant mon salut à son authorité,
Mesmes estant malade est maintefois allée
Pour m'appointer à ceux qui m'ont ainsi vo-
lée.
  Mais D I E V *qui des malings n'a pitié ny*
  mercy
(Comme au Roy Pharaon) a leur cœur en-
durcy,
A fin que tout d'vn coup sa main puissante &
haute
Les corrige en fureur & punisse leur faute.
  Puis quand ie voy mon Roy, qui desia de-
uient grand,
Qui courageusement me soustient & defend,
Ie suis toute guarie, & la seule apparence
D'vn Prince si bien né me nourrit d'espe-
rance.
  Auant qu'il soit long-temps ce magnani-
me Roy

Dontera les mutins qui s'arment contre moy,
Et ces faux deuineurs qui d'vne bouche ou-
uerte
De son Sceptre Royal ont predite la perte.
  Cependant pren la plume & d'vn style
endurcy
Contre le trait des ans engraue tout cecy.
A fin que nos nepueux puissent vn iour co-
gnoistre
Que l'homme est mal-heureux qui se prend à
son Maistre.
  Ainsi par vision la France à moy parla,
Puis s'esuanoüissant de mes yeux s'en-vola
Comme vne poudre au vent, ou comme vne
fumée
Qui soudain dans la nuë est en rien consumée.

Fin du Discours des miseres de
ce temps.

GARNIER.

Fait de mes Temples saincts estables à cheuaux] L'Heretique ne peut desauoüer celà; mesme encore en nos iours, 1621. & 22. en ceste guerre que nous esperons la derniere, par la grace de I E S V S-C H R I S T, & par la valeur admirable du Roy Louys XIII. Prince qui fait voir en son aage plus tendre, que les Aigles n'engendrent point des Colombes. *Stygiales*] Pour ce que les Fureurs ou Furies sont habitantes de l'Enfer, d'où le fleuue de Styx est l'vn des fleuues. *Ont violé l'honneur des ombres sepulchrales*] Comme de Sainct Martin de Tours; & du Roy Louys XI. à Nostre Dame de Clery prés Vendosme, iettant leurs cendres au vent, & ioüant à la courte boule de la teste de ce Roy des fleurs de Lys, ointe de la Saincte Ampoulle, en hayne de ce qu'il honnoroit la Vierge M A R I E, & portoit son image au chappeau. *Ombres*] Esprits des morts, selon nos Poëtes, nommez en Latin *Manes.* Il dit, violé les Ombres, d'autant qu'elles sont à l'enuiron des tombeaux, ou pour ce qu'elles desirent fort la sepulture de leurs corps, n'ayant rien de plus recommandé, tesmoin Palinure dans Virgile. *Busire fut plus doux*] Busire fils de Neptune & de Libye, fut l'vn des Tyrans d'Ægypte si cruel, & si plein d'inhumanité, qu'il immoloit & sacrifioit les Estrangers, au Dieu Iupiter, ou les donnoit à ses cheuaux pour les deuorer. Hercule en fin le tua, comme il luy prepatoit des embusches, & tua quant & quant son fils, son herault, & les ministres de l'Autel. Virgile 3. des Georgiques.

——— *qui aut Eurysthea durum,*
  Aut illaudati nescit Busiridis aras?
Ouide au liure des Heroïdes.
  Si te vidisset cultu Busiris in isto.
Et Stace au 12. liu. de la Thebaide.
  Non trucibus monstris Busirim infandúmque dedisti.

Et celuy qui promene] Sisyphe, il estoit fils d'Æole, & tenu pour vn des fins & cauteleux hommes du monde. En fin Thesée en vint à bout, & le tua pour ses voleries : de là pour en estre chastié, comme on dit, il fut precipité dans les Enfers, & condamné de rouler vne roche du bas au faiste d'vne haute & roide montagne, d'où retombant, il est contraint de la remonter incessamment. Virgile, Horace, Ouide en ont parlé, mais dessus tous Homere en l'Odyssée λ, naïuement & de bonne grace. *Vne Royne*] Catherine de Medicis mere du Roy Charles IX. regnant pour lors, comme nous auons dit. *Est maintesfois allée*] Hors Paris trouuer les ennemis, où souuent elle a plus fait d'vne parole, que n'auoient sceu faire les camps armez. *Mais Dieu qui des malins n'a pitié ny mercy*] D I E V fait misericorde à tous : mais quand il voit les cœurs endurcis & rebelles, sa Majesté les abandonne, comme indignes de son pardon. Pharaon Roy des Ægyptiens en rend tesmoignage, qui n'ayant voulu s'amollir & se recognoistre, fut submergé dans les eaux & tous ses gens de guerre, poursuiuant à mort les enfans d'Israël, & Moyse leur General, qui passoient la mer rouge à sec. Or il ne faut pas entendre que D I E V l'eut endurci, mais bien qu'il l'eut permis : ainsi quand il dit en l'Oraison Dominicale ; Ne nous induy point à la tentation, l'on doibt entendre : Ne permets que nous soyons induits : & dans le Pseaume : N'encline point mon cœur aux paroles de malice : car le prenant à la lettre, on le iugeroit auec Caluin, autheur de peché. *Puis quand ie voy mon Roy*] Charles neufiesme. *D'vn style endurci*] D'vn style d'vn grand Poëte, qui puisse durer contre les assauts du temps, & non d'vn style de rimeur, qui n'a rien que du fard & de la parade. *Nepueux*] La posterité, *nepotes.* *Ainsi par vision*] Vne presque semblable chose est dans Virgile au 6. de l'Æneide.

——— *effugit imago*
  Par leuibus ventu, volucrique simillima somno.
Et nous auons ainsi dit en l'Institution du Roy Louys XIII. desdiée à la Royne sa mere.

A tant le Roy Henry demeura fans parole,
Et comme vn blanc pigeon qui loin des yeux s'enuole,
Dans le vague des airs, en efloignant mes yeux
Il s'enuola (MADAME) en la voute des Cieux,
Et les rayons du iour qui fur mon lit brillerent,
Donnans fur ma paupiere à l'inftant m'efueillerent.

INSTITVTION POVR L'A-
DOLESCENCE DV ROY TRES-
Chreftien Charles IX. de
ce nom.

IRE, ce n'eft pas tout que d'e-
ftre Roy de France,
Il faut que la vertu honore vo-
ftre enfance:
„ Vn Roy fans la vertu porte le Sceptre en
vain,
„ Qui ne luy fert finon d'vn fardeau dans la
main.
Pource on dit que Thetis la femme de
Pelée,
Apres auoir la peau de fon enfant bruflée,
Pour le rendre immortel le print en fon gi-
ron,
Et de nuict l'emporta dans l'Antre de Chi-
ron:
Chiron noble Centaure, à fin de luy ap-
prendre
Les plus rares vertus dés fa ieuneffe tendre,
Et de fcience & d'art fon Achille honorer.
„ Vn Roy pour eftre grãd ne doit rien ignorer.
Il ne doit feulement fçauoir l'art de la
guerre,

De garder les citeZ, ou les ruer par terre,
De picquer les Cheuaux, ou contre fon har-
nois
Receuoir mille coups de lances aux tour-
nois:
De fçauoir comme il faut dreffer vne embuf-
cade,
Ou donner vne cargue ou vne camifade,
Se renger en bataille & fous les eftendars
Mettre par artifice en ordre les foldars.
Les Rois les plus brutaux telles chofes n'i-
gnorent,
Et par le fang verfé leurs couronnes hono-
rent:
Tout ainfi que Lyons qui s'eftiment alors
De tous les animaux eftre veuz les plus
forts,
Quand leur gueule deuore vn Cerf au grand
corfage,
Et ont remply les champs de meurtre & de
carnage.
Mais les Princes mieux-naiz n'eftiment
leur vertu
Proceder ny de fang ny de glaiue pointu,
Ny de harnois ferrez qui les peuples eston-
nent,
Mais par les beaux meftiers que les Mufes
nous donnent.

GARNIER.

Sire, ce n'eft pas tout que d'eftre Roy de France] A l'imitation d'Ifocrate Philofophe Grec noftre Autheur faict icy pour le Roy Charles IX. vne inftitution, còmme luy pour le Roy Nicocles.   *Sire*] DIEV en langage des Perfes. *Vn Roy fans la vertu porte le Sceptre en vain*] Iuuenal Satyre 8.

Tota licet veteres exornent vndique ceræ
Atria, nobilitas fola eft atque vnica virtus.

Thetis] Deeffe & Nymphe marine, femme de Pelée, nous en auons defia parlé. C'eftoit la fille de Nerée. Euripid. en l'Iphig.

Μὰ τὴν δι᾽ ὑγρῶν κυμάτων περαμβρος
Νηρέα φυτουργὸν Θέτιδος, ἥ μ᾽ ἐχίνατι.

On dit qu'elle mit Achille, eftant petit, fous le feu, pour ofter de luy ce qu'il y auoit de mortel; car fon pere eftoit homme, fubiect aux loix du trefpas, & lequel luy fut donné contre fon gré. Parauant elle l'auoit trempé de miel & d'ambrofie, de peur qu'il ne fut bruflé, comme auoient efté fes freres; pourtant il eft nommé, feul ef-chappé du feu : Voyez Lycophron.   *Chiron*] Fils de Saturne & de Phillyre : il eftoit demy-homme & demy-cheual, homme en haut, & cheual par embas. Apollonius liu. 2. des Argonaut.

Νυκτὴ δ᾽ ἱππιλόφος, &c.

Pour ce, difent les fables, que Saturne pere des Dieux, fe iouant à Phillyre, eftant veu d'Ops fa femme, il fe conuertit en cheual, la caufe de cefte generation monftrueufe. Chiron fut efleu Gounerneur d'Achille, du preux Iafon, comme de tout plein d'autres ieunes Seigneurs, à raifon de ce qu'il eftoit fçauant, debonnaire, aymant la Iuftice, affable & vertueux. Pindare en la feptiefme des Pythies, difcourt auec louange de l'inftitution

d'Achille : on tient qu'il inuenta la composition des medicaments,& donna le premier la cognoissance des herbes & des simples ; & qu'il fut tué par Hercule d'vne flesche empoisonnée : mais Theocrite asseure en la Tha-
lysie qu'il vesquit au monde grand temps.

Ἄεχ γέ πα τοιγνδε Φόλω κτ λαίνον αὐτ̈ρ
Κρητῆρ Ἡρακλῆι γέρων ἐσκιάσατο Χείρων·

Estant mort il fut colloqué dans le Ciel entre les astres,& nommé Sagittaire,le plus bas & le dernier des Signes,
auquel entre le Soleil le 18. de Nouembre, en sortant de la maison du Cancre, dit l'Escreuisse : & pour autant
qu'il auoit esté homme de bien , craignant les Dieux , il fut placé deuant l'Autel, dit *Ara* , brillant de 15. estoiles.
Voyez Hyginus , & les Phenomenes d'Arat Poëte Grec.   *Centaures*] Les Centaures demy-hommes & demy-
cheuaux, sont fils de la Nue & d'Ixion: Nous en ferons cy apres le discours en son lieu.   *Vn Roy pour estre grand*
ne doit rien ignorer] Contre ceux-là dont la maxime est que le sçauoir est incompatible auec les Roys.   *Tournoi*]
Où l'on iouste , & court la bague.   *Cargue*] Bailler la cargue, charger l'ennemy.   *Camisade*] Mettre des che-
mises blanches par dessus l'armeure pour se recognoistre , quand on veut donner atteinte de nuit aux ennemis.
Par les beaux mestiers] Par les vers.

Quand les Muses qui sont filles de Iu-
　　piter
(Dont les Rois sont issus) les Rois daignent
　　chanter,
Elles les font marcher en toute reuerence,
Loin de leur Majesté bannissant l'ignorance:
Et tous remplis de grace & de diuinité,
Les font parmy le peuple ordonner equité.
Ils deuiennent appris en la Mathemati-
　　que,
En l'art de bien parler , en Histoire , en Mu-
　　sique,
En Physionomie , à fin de mieux sçauoir
Iuger de leurs subjets seulement à les voir.
　Telle science sceut le ieune Prince Achille,
Puis sçauant & vaillant fit trebucher
　　Troïlle
Sur le champ Phrygien , & fit mourir encor
Deuant le mur Troyen le magnanime He-
　　ctor:

Il tua Sarpedon, tua Pentasilée,
Et par luy la cité de Troye fut bruslée.
　Tel fut iadis Thesée, Hercules & Iason,
Et tous les vaillans preux de l'antique saison:
Tels vous serez aussi , si la Parque cruelle
Ne tranche auant le temps vostre trame nou-
　　uelle.
　　Charles, vostre beau nom tant commun à
　　nos Rois,
Nom du Ciel reuenu en France par neuf
　　fois,
Neuf fois,nombre parfait (comme cil qui as-
　　semble
Pour sa perfection trois triades ensemble)
Monstre que vous aurez l'empire & le re-
　　nom
De huict Charles passez dont vous portez le
　　nom.
Mais pour vous faire tel il faut de l'artifice,
Et dés ieunesse apprendre à combatre le vice.

GARNIER.

Quand les Muses qui sont filles de Iupiter] Dont Iupiter , le Maistre de tous les Dieux , engrossa Mnemosyne,
Royne d'Eleuthere , autrement ditte Memoire, au pied de la montagne d'Olympe. Voyez Hesiode en sa Theogonie , & remarquerez du naturel & de l'artifice merueilleux : elles sont neuf, que les Poëtes vont reclamant : à
sçauoir Cleion, Melpomene, Thalie, Euterpe, Terpsichore, Eraton, Calliope, Vranie, & Polymnie. Virgile
& Callimach en deux Epigrammes, Latine, & Grecque, les ont ainsi descrites.   *Dont les Rois sont issus*] On nomme Iupiter le pere des Rois, pour ce qu'ils ne releuent que de D I E V, touchant le fait temporel, seconds apres
luy , dit Tertullien, Apologie trentiesme.   *Mathematique*] Science tres-vtile & necessaire au mestier de la guerre , tant pour les fortifications, bataillons, qu'autres choses semblables, du mot Grec μάθημα, *disciplina* , μαθη-
ματικός, *disciplinarius* : Xenophon, Thucydide, Platon, Aristote: elle comprend la Geometrie, l'Astronomie,
& pareilles sciences.   *En l'art de bien parler*] La Rhetorique.   *Histoire*] Ample recit des faits dignes de memoire , soit des Empereurs, & des Rois , soit des autres.   *Musique*] L'Autheur la prend icy d'vn autre biais que de
l'harmonie qui resiouit l'oreille, à sçauoir l'harmonie & le train des choses du monde : comme l'harmonie des
Cieux, par qui tout est reglé.   *Physionomie*] Recognoissance du naturel de l'homme en le voyant : le preiugé
par la loy naturelle de ce qui doit estre, de φύσις, nature,& νόμος, loy.   *Achille*] Nous en auons parlé.   *Troïle*]
Vn des fils de Priam Roy de Phrygie, & d'Hecube sa femme, lequel porté d'vne ieune audace, osa bien combatre Achille, qui le tua facilement. Virgile au premier des Æneid.

　　Parte alia fugiens amissis Troilus armis,
　　Infœlix puer , atque impar congressus Achilli,
　　Fertur equis , currúque hæret resupinus inani.

　Sur le champ Phrygien] Le champ Troyen.   *Hector*] Fils aisné du Roy Priam , la deffense & le bouclier de
Troye assiegée ; vaillant & genereux Prince, qui fut tué par Achille, & traisné, comme il est rapporté cy-de-
uant.   *Il tua Sarpedon*] Sarpedon fils de Iupiter ne fut tué par Achille, mais de la main de Patrocle : Voyez
Homere au liure ϖ dans l'Iliade ; & pourtant ne faut-il arguer l'Autheur d'ignorance, estant ce qu'il estoit,

mais on le doit referer à la boutade qui l'emportoit lors: *Aliquando bonus dormitat Homerus.* *Pentasilée*] Royne des Amazones, venuë au secours des Troyens. *Et par luy la cité de Troye fut bruslée*] Iaçoit qu'il fut desia
mort, il en auoit fait neantmoins le chemin pat ses valeurs; aussi d'ailleurs il estoit predit. *Thesée*] Fils d'Æ-
gée Roy d'Athenes, qui surmonta les Amazones guerrieres, tua Creon qui desnioit la sepulture aux corps
tuez en la guerre d'Arges; mit bas le Minotaure demy-homme & demy-taureau : fit mourir les trois brigands,
Scyron, Procuste & Scinis : veinquit les Centaures, & reduisit les Thebains : descendit auec son amy Pirithois
dans les Enfers en despit du chien Cerbere, à fin de r'auoir Proserpine. *Hercule*] Fils de Iupiter & d'Alcmene,
qui purgea la terre de monstres; ces beaux faits sont cogneus de tous. *Iason*] Fils d'Æson, ieune Prince, qui
nonobstant des perils incroyables fit & parfit le voyage de la Toison d'or, qu'il eut, & de laquelle il triompha
victorieux. Ces trois, Thesée, Hercule, & Iason furent nourris petits chez le Centaure Chiron, dont nous
auons parlé. *Et tous les vaillants preux*] Et tous les Heros qui firent compagnie à Iason en ce voyage d'honneur. Lisez-en les noms & le dénombrement, és Argonautes d'Orphée Poëte Grec, & dans Valere Flacque
Poëte Latin. *Preux*] Vieil mot, duquel ont esté nommez les hommes vertueusement belliqueux. Les Histoires en font mention de neuf, Iosué, Dauid, Iudas Machabée, Hector, Alexandre, Iules Cesar, Artus, Charles Magne, Godefroy de Billon. *Si la Parque cruelle Ne tranche auant le temps*] Ce qui fut veu trop tost pour
le bien de la France & des Muses. Les Poëtes feignent trois Parques, sçauoir est Clothon, Lachesis, Atropos, qui
sont filles de la Nuict, & d'Erebe : elles sont dittes filer & couper la trame de nos vies. *Charles vostre beau*
nom] Charles IX. *Triade*] Nombre de trois, le premier des nombres impairs, nombre heureux. Virgile:
———— *numero Deus impare gaudet.*

Il faut premierement apprendre à crain-
   dre DIEV,
Dont vous estes l'image, & porter au milieu
De vostre cœur son nom & sa Saincte pa-
   role,
Comme le seul secours dont l'homme se con-
   sole.
   En apres si voulez en terre prosperer,
Vous deuez vostre mere humblement hono-
   rer,
La craindre & la seruir, qui seulement de
   mere
Ne vous sert pas icy, mais de garde & de
   pere.
Apres il faut tenir la loy de vos ayeux,
Qui furent Rois en terre & sont là haut aux
   Cieux :
Et garder que le peuple imprime en sa cer-
   uelle
Le curieux erreur d'vne secte nouuelle.
   Apres il faut apprendre à bien imaginer,
Autrement la raison ne pourroit gouuerner :
Car tout le mal qui vient à l'homme prend
   naissance
Quand par sus la raison le cuider a puissance.
   Tout ainsi que le corps s'exerce en trauail-
   lant,
Il faut que la raison s'exerce en bataillant
Contre la monstrueuse & fausse fantaisie,
De peur que vainement l'ame n'en soit sai-
   sie :
Car ce n'est pas le tout de sçauoir la vertu,
Il faut cognoistre aussi le vice reuestu
D'vn habit vertueux qui d'autant plus of-
   fense,

Qu'il se monstre honorable & a belle appa-
   rence,
   De là vous apprendrez à vous cognoistre
   bien,
Et en vous cognoissant vous ferez tousiours
   bien,
,, Le vray commencement pour en vertus ac-
   croistre
,, C'est (disoit Apollon) soy-mesme se cognoi-
   stre :
Celuy qui se cognoist, est seul maistre de soy,
Et sans auoir Royaume, il est vrayment vn
   Roy.
   Commencez donc ainsi : puis si tost que
   par l'aage
Vous serez homme fait de corps & de coura-
   rage,
Il faudra de vous mesme apprendre à com-
   mander,
A ouïr vos subjects, les voir, & deman-
   der,
Les cognoistre par nom, & leur faire iustice,
Honorer la vertu & corriger le vice.
   Mal-heureux sont les Rois qui fondent
   leur appuy
Sur l'ayde d'vn commis, qui par les yeux d'au-
   truy
Voyent l'estat du peuple, & oyent par l'o-
   reille
D'vn flateur mensonger qui leur conte mer-
   ueille.
Tel Roy ne regne pas, ou bien il regne en
   peur,
D'autant qu'il ne sçait rien, d'offenser vn
   trompeur.

XXXXx iij

Mais (Sire) ou ie m'abuse en voyant vo-
stre grace,
Ou vous tiendreZ d'vn Roy la legitime place:

Vous fereZ vostre charge, & comme vn
Prince doux,
Audience & faueur vous donnerez à tous.

GARNIER.

Il faut premierement apprendre] Arat à l'enttée de ses Phenomenes, & Theocrite en la loüange de Ptoloméc Roy d'Ægypte.

Ἐκ Διὸς ἀρχώμεθα , &c.

Dont vous estes l'image] Les Roys les images de DIEV.   *Vous deueZ vostre mere*] Ce que Chiron le Centaure apprit au ieune Achille. D'ailleurs Phocylide ,

πρῶτα Θεὸν τίμα , μετέπειτα ἢ σειο γονῆας.

DIEV tout premier , puis pere & mere honore.

Ainsi tourné par Monsieur de Pybrac , vne des plus viues lumieres de la Gascogne : ce que ie ne dis pour l'affe-&tion mutuelle d'entre luy & feu mon pere ; mais au gré de la verité qui ne peut estre , comme dit Pindare , voi-lée ny cachée.   *La loy de vos ayeulx*] La Religion Catholique.   *Imprime*] Metaphore.   *Le curieux erreur*] Mas-culin de feminin.   *Secte*] Nous en auons parlé.   *Imaginer*] Pourpenser , raisonner , auoir l'image deuant les yeux de l'esprit.   *Cuider*] Penser.   *Contre la monstrueuse & fausse fantaisie*] Les illusions de Sathan pour faire errer en la foy.   *C'est (disoit Apollon) soy-mesme se cognoistre*] Inscription du Temple de Delphes , *Nosce te ip-sum.*   *Apollon*] Roy des Muses , Oracle des Payens.   *Les cognoistre par nom*] Ce que i'ay par fois eu l'honneur de remarquer en la personne de Louys XIII. lors Dauphin , comme il estoit à la table , s'enquerant du nom des Capitaines du Regiment des Gardes : Ce que ma lyre ne peut taire en l'Ode que ie donnay pour cet effect , à la perle des Gouuerneurs des ieunes Rois , en tout & par tout , Monsieur le Mareschal de Souuré.

Que i'ayme à voir ce PRINCE , ieune enfant ,
Qui doit regir le Monde en triomphant ,
Parler de chiens , de cheuaax , & de chasse ,
Et discourir auecques tant de grace !
Mais quel soulas me tient
Alors qu'il s'entretient
Auec les Capitaines !
Alexandre fut tel ,
Ce grand Prince immortel ,
Dont tant d'œuures sont pleines.

Vostre Palais Royal cognoistrez en pre-
sence,
Et ne commettrez point vne petite offence.
Si vn Pilote faut tant soit peu sur la mer,
Il fera dessous l'eau la nauire abysmer:
„ Si vn Monarque faut tant soit peu , la pro-
uince
„ Se perd ; car volontiers le peuple suit le
Prince.
Aussi pour estre Roy vous ne deuez penser
Vouloir comme vn Tyran vos subiets offen-
ser.
De mesme nostre corps vostre corps est de
boüë.
„ Des petits & des grands la Fortune se ioüe.
Tous les regnes mondains se font & se desfont,
Et au gré de Fortune ils viennent & s'en-vōt :
Et ne durent non plus qu'vne flamme allumée,
Qui soudain est esprise , & soudain consumée.
Or , Sire , imiteZ DIEV , lequel vous a
donné
Le Sceptre , & vous a fait vn grand Roy cou-
ronné.
Faites misericorde à celuy qui supplie ,
Punissez l'orgueilleux qui s'arme en sa folie ,

Ne poussez par faueur vn homme en di-
gnité ,
Mais choisissez celuy qui l'a bien merité:
Ne baillez pour argent ny estats ny offices,
Ne donnez aux premiers les vacans bene-
fices ,
Ne souffrez pres de vous ne flateurs ne van-
teurs :
Fuyez ces plaisans fols qui ne sont que men-
teurs ,
Et n'endureZ iamais que les langues legeres
Mesdisent des Seigneurs des terres estrageres.
Ne soyez point mocqueur , ne trop haut à
la main ,
Vous souuenant tousiours que vous estes hu-
main :
Ne pillez vos suiets par rançons ny par tail-
les ,
Ne prenez sans raison ny guerres ny ba-
tailles :
Gardez le vostre propre , & vos biens amas-
sez ;
Car pour viure content vous en auez asseZ.
S'il vous plaist vous garder sans Archers
de la garde ,

Il faut que d'vn bon œil le peuple vous re-
garde,
Qu'il vous aime sans crainte : ainsi les puis-
sans Rois
Ont conserué leur vie, & non par le harnois.
Comme le corps Royal ayez l'ame Royale,
Tirez le peuple à vous d'vne main liberale,
,, Et pensez que le mal le plus pernicieux •
,, C'est vn Prince sordide & auaricieux.
Ayez autour de vous personnes venera-
bles,
Et les oyez parler volontiers à vos tables :
Soyez leur auditeur comme fut vostre ayeul
Ce grand François qui vit encores au cer-
cueil.
Soyez comme vn bon Prince amoureux de
la gloire,
Et faites que de vous se remplisse vne histoire
Digne de vostre nom, vous faisant immortel
Comme Charles le Grand, ou bien Charles
Martel.
Ne souffrez que les Grands blessent le po-
pulaire,
Ne souffrez que le peuple au grand puisse des-
plaire :
Gouuernez vostre argent par sagesse & rai-
son.
,, Le Prince qui ne peut gouuerner sa maison,
,, Sa femme, ses enfans, & son bien dome-
stique,
,, Ne sçauroit gouuerner vne grand' Republi-
que.
Pensez long-temps deuant que faire au-
cuns Edicts :
Mais si tost qu'ils seront deuant le peuple dicts,
Qu'ils soient pour tout iamais d'inuincible
puissance,

Autrement vos Decrets sentiroient leur en-
fance.
Ne vous monstrez iamais pompeusement
vestu ;
,, L'habillement des Rois est la seule vertu.
Que vostre corps reluise en vertus glorieuses,
Non par habits chargez de pierres precieuses.
D'amis plus que d'argent monstrez-vous
desireux :
,, Les Princes sans amis sont tousiours mal-
heureux.
Aimez les gens de bien, ayant tousiours enuie
De ressembler à ceux qui sont de bonne vie.
Punissez les malins & les seditieux :
Ne soyez point chagrin, despit, ne furieux :
Mais honneste & gaillard, portant sur le
visage
De vostre gentille ame vn gentil tesmoi-
gnage.
Or, Sire, pour-autant que nul n'a le
pouuoir
De chastier les Rois qui font mal leur deuoir,
Punissez-vous vous-mesme, à fin que la iustice
De DIEV qui est plus grand, vos fautes ne
punisse.
Ie dy ce puissant DIEV dont l'Empire est
sans bout,
Qui de son throsne assis en la terre void tout,
Et fait à vn chacun ses iustices égales,
Autant aux laboureurs qu'aux personnes
Royales :
Lequel nous supplions vous tenir en sa Loy,
Et vous aymer autant qu'il fit Dauid son
Roy,
Et rendre comme à luy vostre Sceptre tran-
quille.
,, Sans la faueur de DIEV la force est inutile.

GARNIER.

Vostre Palais Royal cognoistrez en presence] Honorerez de vostre presence quelquesfois vostre Cour Royale de
Parlement, à fin d'auoir cognoissance des affaires & de la Iustice.   Pilote] Nocher, Nautonnier, qui sert de
guide au nauire.   Si vn Monarque faut tant soit peu] Pindare Ode premiere des Pythies. ἀιντροφ· ιϛ·

$$\text{Εἰ τι εὖ φλαῦρον προτ-ειπὼ-}$$
$$\text{σι, μέγα τοι φέρεται}$$
$$\text{παρ' σέθεν.}$$

Car volontiers le peuple]
Regis ad exemplum totus componitur orbis.
Comme vn Tyran] Vn vsurpateur: car depuis que ce mot s'est veu prendre en mauuaise part, il ne s'est iamais
attribué legitimement aux Rois.   Vostre corps est de boüe] Celuy de nostre premier pere en ayant esté formé.   Des
grands & des petits la fortune se ioüe] Ouide des Tristes.
Nempe dat & quodcunque libet fortuna, rapitque :
Irus & est subitò qui modò Croesus erat.
Et au gré de Fortune] Selon les Payens : mais selon nous au gré de l'inconstance des choses.   Or, sire, imitez

Dieu] En ces douze vers, il y a beaucoup de choses à considerer. *Archer de la garde*]Ceux qui toufiours accompagnent le Roy, portant le Blanc à leurs efpieux. *Harnois*]Armure. *Sordide*]Vilain, ce que l'on a donné pour tiltre à l'auare, comme le plus infame de tous & le plus immonde. Claudian liure 2. des loüanges de Stillic.

Ac primum scelerum matrem, &c.

Qui vit encores au cercueil]Dont le renom vole, de quoy l'on parle; qui vit dans la bouche des hommes: tiltre des Rois amateurs de la science. *Charles le Grand*]Charles-magne Roy de France. *Charles Martel*]Maistre du Palais, tres-vaillant & fort guerrier. *Edicts*]Patentes, mandements. *Decrets*]Deliberations. *Ne vous monstrez iamais pompeusement vestu*]L'on a remarqué dans l'Histoire l'esclat superflu des habits auoir regné sous Philippes de Valois, Charles VI. & François premier, & que tous mal-heurs en sont deriuez: la bataille de Crecy, la bataille d'Azincourt, & la bataille de Pauie. Hierusalem n'eut pas meilleure aduenture. Le Poëme des vieux Gaullois que nostre Autheur addresse au Roy Charles, tesmoigne bien qu'il fut modeste en habits. *Ne soyez point chagrin, despit*]Humeurs du Roy Charles quand il estoit en bas aage, au rapport de ceux qui l'ont veu familierement. *Dont l'Empire est sans bout*]Tu autem permanes. *Thiosne*]Siege de Majesté. *Et fait à vn chacun*]N'estant accepteur de nul: *Et non est personarum acceptio apud Deum,* Saint Paul aux Romains. *Dauid*]Roy de Iudée, Poëte & Prophete, lequel estoit selon le cœur de DIEV. La Vierge tiroit son origine de luy. Qui desirera voir quelque chose de l'institution du Prince, Isocrate & Xenophon de la Cyropedie en ont pertinemment discouru: feu Monsieur Iean Antoine de Baïf, compagnon d'estude de l'Autheur, recogneu pour vn des sçauans hommes de nostre siecle, en a fait vne pour le Roy Charles IX. Monsieur Des-Yueteaux Precepteur du Roy d'à present, vne pour Monseigneur Cesar Duc de Vendome: & (s'il m'est permis d'auoir rang parmy les bons esprits) celle que i'ay faite pour le Roy le plus grand de tous les Roys ne sera teuë: Les Espagnols & les Italiens n'ont traîné l'aisle en ce digne & fructueux subject.

DISCOVRS A G. DES-AVTELS POETE ET IVRISCONsulte excellent.

Es-Autels que la Loy, *& que la Rhetorique,*
Et que la Muse suit comme son fils vnique,
Ie suis esmerueillé que les grands de la Court
(Veu le temps orageux qui par l'Europe court)
Ne s'arment les costez d'hommes ayans puissance
Comme toy de plaider leurs causes en la France,
Et reuenger d'vn art par toy renouuelé,
Le Sceptre que le peuple a par terre foulé.
  C'est doncques auiourd'huy que les Rois
  & les Princes

N'ont besoin de garder par armes leurs prouinces
Et contre leurs suiets opposer le harnois:
Mais il faut les garder par liures & par lois,
Instrumens qui pourront de la tourbe mutine
Appaiser le courage & flatter la poitrine:
Car il faut desormais defendre nos maisons,
Non par le fer trenchant, ains par viues raisons,
Et d'vn cœur courageux nos ennemis abbatre
Par les mesmes bastons dont ils nous veulent batre.
  Ainsi que l'ennemy par liures a seduit
Le peuple déuoyé qui faussement le suit,
Il faut en disputant par liures le confondre,
Par liures l'assaillir, par liures luy respondre,
Sans monstrer au besoin nos courages faillis,
Mais plus fort resister plus serons assaillis.

GARNIER.

Des-Autels) Ce Discours est du tumulte d'Amboise, au commencement du regne de François II. Voyez l'Histoire de France. Guillaume des Autels Gentil-homme Bourguignon Poëte François & bon Orateur. *Que la loy & que la Rhetorique*]Ton bien dire à soustenir la foy: d'autant qu'il mit alors au iour vn discours en prose contre les mutins, lequel i'ay veu. *Et que la Muse*] A cause des vers. *Que les grands de la Cour*]Qui demeuroient encore en suspens, attendant le vent. *Par l'Europe*]En diuers lieux de l'Europe; nous en auons parlé. *Par soy renouuelé*]Remis en vsage. *C'est doncques auiourd'huy*]Qn'il n'est plus besoin d'armer contre l'Espagnol, comme au temps de Henry deuxiesme, mais de confondre l'heretique à son aduenement, par raisons, & le tirer benignement de sa folie auec les doux accords de la harpe de Dauid. *Par liures a seduit*]De petits liurets de seduction, iettez par les carrefours & maisons.

Si ne voy-ie pourtant personne qui se pousse
Sur le haut de la breche & l'ennemy repousse,
Qui braue nous assaut, & personne ne prend
La plume, & par escrit nostre loy ne defend:

Les peuples ont recours à la bonté celeste,
Et à DIEV sans s'ayder recommandent le reste:
Comme gens esperdus demeurent ocieux,

Cependant les mutins se font victorieux.
   Durant la guerre à Troye à l'heure que
   la Grece
Pressoit contre les murs la Troyenne ieunesse,
Et que le grand Achille empeschoit les ruis-
   seaux
De porter à Tethys le tribut de leurs eaux,
Ceux qui estoient dedans la muraille assie-
   gée,
Ceux qui estoient dehors dans le port de Sigée,
Failloient également : mon Des-Autels,
   ainsi
Nos ennemis font faute, & nous faillons
   aussi:
Ils faillent de vouloir renuerser nostre Em-
   pire,
Et de vouloir par force aux Princes contre-
   dire,

Et de presumer trop de leurs sens orgueilleux,
Et par songes nouueaux forcer la loy des
   vieux :
Ils faillent de laisser le chemin de leurs peres,
Pour ensuiure le train des sectes estrangeres:
Ils faillent de semer libelles & placars,
Pleins de derisions, d'iniures & brocars,
Diffamans les plus grands de nostre Cour
   Royale,
Qui ne seruent de rien qu'à nourrir vn scan-
   dale :
Ils faillent de penser que tous soient aueu-
   glez,
Que seuls ils ont des yeux, que seuls ils sont
   reiglez,
Et que nous fouruoyez ensuiuons la doctrine
Humaine & corrompuë, & non pas la di-
   uine.

GARNIER.

Si ne voy-ie pourtant] Allegorie bien prise des soustenans dans vne ville. *Et à Dieu sans s'ayder*] Ayde-toy, ie t'ayde-ray. *Durant la guerre à Troye*] Quand pour la derniere fois on assiegea Troye ; auparauant destruite & sacca-gée au regne d'autres Monarques. Ce fut vne ville de la mineure Asie, dont le principal lieu se nommoit Ilion.

   —— *fuit Ilium & ingens*
   Gloria Dardanidum.

Elle fut ainsi dicte de Tros fils d'Erichthon : deuant elle estoit nommée Teucre, de Teucer, & Dardanie, de Dardan : pour la derniere fois le siege y teint dix ans, & se veit reduite en cendre par les Grecs, à cause du ra-uissement d'Helene, femme de Menelas, par le ieune fils du Roy des Troyens Paris. Voyez Homere en toute son Iliade; Calaber en toutes ses Paralip. & Virgile en tout le second de l'Æneide. *Et que le grand Achille empes-choit les ruisseaux De porter à Tethys*] Et qu'il empeschoit les eaux, pour les morts dont il les combloit, d'aller ren-dre l'hommage de leur onde à la mer, qui les reçoit tous. *Tethys*] Deesse des Mers, pour la mer, comme Hy-men pour les nopces, Vulcain pour le feu, Bacchus pour le vin, Cerés pour le bled : c'est vne Metonymie. *Dans le port de Sigée*] Où les nauires des assiegeans estoient. Ce fut vn des Promontoires des campagnes Troyen-nes, dit Σιγὴ selon quelques-vns de σιγᾶν, à *silendo*, pour autant qu'Hercule indigné contre Laomedon Roy de Troye, partit de là dissimulant, & conduit par vn fin silence conquit la ville. Autres le nomment Si-gée par Ironie, à contrepoil, d'autant que les eaux choquantes les pierres & les cailloux y font vn merueilleux bruit. *Failloient esgallement*] Quelques-vns ont remarqué leurs fautes par vne curiosité. *Songes nouueaux*] ReSueries, fantaisies. *La loy des vieux*] La foy Catholique. *Le chemin de leurs peres*] Qui n'auoient ouy parler d'autre Religion que de l'ancienne Romaine. *Des sectes estrangeres*] Venantes d'Allemagne d'entre les pots & les gobelets. *Libelles & placars*] Recours de l'Heretique : Voyez la procession memorable du Saint Sacre-ment, où mesme le Roy François premier assista, Messeigneurs les Enfans, tous les Princes & Gentils-hom-mes, les Archers & les Suisses, la torche en main, teste nuë, faisant amende honorable pour eux, de leurs inue-ctiues abominables affichées dans les carrefours de Paris, contre l'honneur du Saint Sacrement de l'Autel. *Diffamans les plus grands*] Messeigneurs de Guise, Oncles de la Royne Espouse de François deuxiesme. *Hu-maine & corrompuë*] Ainsi dit l'Huguenot pour toutes raisons, que nous suiuons l'opinion des hommes. Si DIEV nous instruit par la bouche des hommes, ne pretendent-ils pas qu'ils reçoiuent de mesme leur opinion ? Car ils n'ont parlé bouche à bouche auec DIEV, comme a fait Moyse. Ie voy bien que c'est, peut-estre qu'ils suiuent l'opinion des bestes.

Ils faillent de penser qu'à Luther seule-
   ment
DIEV se soit apparu, & generalement
Que depuis neuf cens ans l'Eglise est deprauée
Du vin d'hypocrisie à longs traits abreuuée:
Et que le seul escrit d'vn Bucere vaut mieux,
D'vn Zuingle & d'vn Caluin (hommes se-
   ditieux)
Que l'accord de l'Eglise & les statuts de mille

Docteurs, poussez de DIEV, conuoquez au
   Concile.
   Que faudroit-il de DIEV desormais esperer,
Si luy, sans ignorance, auoit souffert errer
Si long temps son Eglise ? Est-il autheur de
   faute ?
Quel gain en reuiendroit à sa Majesté haute ?
Quel honneur, quel profit de s'estre tant celé,
Pour s'estre à vn Luther seulement reuelé ?

XXXXx v

Or nous faillons aussi : car depuis Sainct
   Gregoire
Nul Pontife Romain dont le nom soit notoire,
En chaire ne prescha : & faillons d'autre part,
Que le bien de l'Eglise aux enfans se depart.
Il ne faut s'estonner, Chrestiens, si la na-
   celle
Du bon Pasteur Sainct Pierre en ce monde
   chancelle,
Puis que les ignorans , les enfans de quinze
   ans,
Je ne sçay quels muguets , ie ne sçay quels
   plaisans,
Ont les biens de l'Eglise , & que les benefices
Se vendent par argent ainsi que les offices.
   Mais que diroit Sainct Paul , s'il reue-
   noit icy ,
De nos ieunes Prelats , qui n'ont point de
   soucy
De leur pauure troupeau , dont ils prennent la
   laine ,
Et quelquesfois le cuir , qui tous viuent sans
   peine ,
Sans prescher , sans prier , sans bon exemple
   d'eux ,

Parfumez , decoupez , courtisans , amou-
   reux ,
Veneurs , & fauconniers , & auec la pail-
   larde
Perdent les biens de DIEV dont ils n'ont
   que la garde !
   Que diroit -il de voir l'Eglise à IESVS-
   CHRIST,
Qui fut iadis fondée en humblesse d'esprit,
En toute patience , en toute obeïssance ,
Sans argent , sans credit , sans force , ny puis-
   sance ,
Pauure , nuë , exilée , ayant iusques aux os
Les verges & les foüets , imprimez sur le dos.
Et la voir auiourd'huy riche , grasse , &
   hautaine ,
Toute pleine d'escus , de rente , & de domaine ?
Ses ministres enflez , & ses Papes encor
Pompeusement vestus de soye & de drap d'or ?
Il se repentiroit d'auoir souffert pour elle
Tant de coups de baston , tant de peine cruelle,
Tant de bannissemens , & voyant tel mes-
   chef ,
Pri'roit qu'vn trait de feu luy accablast le
   chef.

GARNIER.

Que depuis neuf cens ans l'Eglise est deprauée] L'Huguenot reformé ne desauoüe donc pas, que la Romaine E-glise ne soit la vraye Eglise; puis qu'il la tient deprauée depuis neuf cens ans ; *elle donc alors. Du vin d'hypo-crisie*] De l'enyurement, par l'ostentation des Hypocrites. *A longs traits*] Auec plaisir. *Luther. Bucere*] Deux moynes reniez. *Zuingle. Caluin*] Heretiques dont nous auons parlé. *De mille Docteurs*] De tout temps ia-mais les Catholiques n'ont decidé poinct de Religion , sans l'aduis des Prelats en nombre, auec austeritez, ieus-nes, & processions, à fin de se rendre plus dignes d'attirer les illuminations de l'Esprit de DIEV. *Concile*] Saincte assemblée. *Sans ignorance*] Qui n'a point d'ignorance , qui sçait tout. *Est-il autheur de faute ?*] Com-me le maintient Caluin. Aurelle Prudence.

Inuentor vitij non est Deus.

De s'estre tant celé] Quinze cens ans depuis IESVS-CHRIST, iusqu'à cet Allemand deffroqué. Voyez Eckius contemporain de Luther , en son Enchiridion. *Frustra Deus misit Filium, frustra spiritum Sanctum , frustra Apostolos, Martyres , Doctores , Confessores : si per Lutherum solum lux veritatis aperienda erat , cur Deus non vnum misit Lutherum pro omnibus? Sainct Gregoire*] Pape. *Pontife Romain*] Euesque Romain. *Que le bien de l'Eglise aux enfans se depart*] Il n'est point besoin de commentaire en ces dix vers suiuans ; les enfans à la mammelle en sçauroient bien que dire s'ils parloient, & mesme ceux qui n'ont encores veu le iour. *La nacelle Du bon pasteur S. Pierre*] La barque de l'Eglise, figurée par l'Arche de Noé. *Mais que diroit Sainct Paul*] Il diroit que le temps auquel il reprochoit de tel-les maluersations n'estoit que fleurs. *Dont ils prennent la laine*] Termes de l'Escriture. *A Iesus-Christ*] De IESVS-CHRIST : la fille au Roy, pour la fille du Roy : ainsi les Grecs. *Humblesse*] Humilité. *Exilée*] Bannie. *Ayant iusques aux os*] Les Apostres qui voyageoient par le monde à fin d'enseigner IESVS-CHRIST , enduroient les op-probres, les coups de foüet , bien qu'ils eussent peu facilement armer , estans honorez & suiuis de plusieurs : mais il falloit planter la Religion de la maniere , pour la bien asseoir & fonder. *Ses Ministres enflez*] Il ne par-le icy des Ministres par abusion , mais des Officiers de l'Eglise Catholique. *Et ses Papes encor*] Il entend peut-estre hors les pompes de l'Eglise , où l'on ne sçauroit esclatter & briller assez.

Il faut donc corriger de nostre Saincte
   Eglise
Cent mille abus commis par l'auare Prestrise,
De peur que le courroux du Seigneur tout-
   puissans

N'aille d'vn iuste feu nos fautes punissant.
   Quelle fureur nouuelle a corrompu nostre
   aise ?
Las ! des Lutheriens la cause est tres-mau-
   uaise ,

Et la defendent bien : & par malheur fatal
La nostre est bonne & saincte, & la defen-
  dons mal.
  O heureuse la gent que la mort fortunée
A depuis neuf cens ans sous la tombe emme-
  née !
Heureux les peres vieux des bons siecles pas-
  sez,
Qui sont sans varier en leur foy trespassez,
Ains que de tant d'abus l'Eglise fut malade !
Qui n'oüirent iamais parler d'Oecolampade,
De Zuingle, de Bucer, de Luther, de Caluin :
Mais sans rien innouer du seruice diuin
Ont vescu longuement, puis d'vne vie heu-
  reuse
En I E S V S ont rendu leur ame genereuse.
  Las ! pauure France helas ! comme vne
    opinion
Diuerse a corrompu ta premiere vnion !
Tes enfans qui deuroient te garder te trauail-
  lent,
Et pour vn poil de bouc entr'eux-mesmes ba-
  taillent,
Et comme reprouuez d'vn courage meschant,
Contre ton estomac tournent le fer tren-
  chant.
  N'auions-nous pas assez engraißé la cam-
    pagne
De Flandres, de Piedmont, de Naples, &
  d'Espagne
De nostre propre sang, sans tourner les cou-
  teaux
Contre toy nostre mere, & tes propres boyaux ?
A fin que du Grand-Turc les peuples infidel-
  les
Rißent en nous voyant sanglans de nos que-
  relles :
Et en lieu qu'on les deust par armes surmon-
  ter,
Nous vißent de nos mains nous-mesmes nous
  donter,
Ou par l'ire de Dieu, ou par la destinée,
Qui te rend par les tiens, ô France, extermi-
  née ?
  Las ! faut-il, ô Destin, que le Sceptre Fran-
    çois,

Que le fort Allemant, l'Espagnol, & l'An-
  glois
N'a sçeu iamais froisser, tombe sous la puis-
  sance
Du vassal qui deuroit luy rendre obeïssance ?
Sceptre qui fut iadis tant craint de toutes
  pars,
Qui iadis enuoya outre-mer ses soldars
Gaigner la Palestine, & toute l'Idumée,
Tyr, Sidon, Atioche, & la ville nommée
D'vn sainct nom, où I E S V S en la Croix
  attaché
De son precieux sang laua nostre peché ?
Sceptre qui fut iadis la terreur des Barbares,
Des Turcs, des Mammelus, des Perses, des
  Tartares,
Bref, par tout l'Vniuers tant craint & re-
  douté,
Faut-il que par les siens luy-mesme soit donté ?
  France, de ton malheur tu es cause en
    partie :
Je t'en ay par mes vers mille fois aduertie :
Tu es marastre aux tiens & mere aux estran-
  gers,
Qui se mocquent de toy quand tu es aux
  dangers,
Car sans aucun trauail les Estrangers ob-
  tiennent
Les biens qui à tes fils iustement appartien-
  nent.
  Pour exemple te soit ce docte Des-Autels,
Qui à ton los a fait des liures immortels,
Qui poursuiuoit en Cour dés long-temps vne
  affaire
De bien peu de valeur, & ne la pouuoit faire
Sans ce bon Cardinal, qui rompant le sejour
Le renuoya content en l'espace d'vn iour.
Voilà comme des tiens tu fais bien peu de
  conte,
Dont tu deurois au front toute rougir de hôte.
  Tu te mocques aussi des Prophetes que
    Dieu
Choisit en tes enfans, & les fait au milieu
De ton sein apparoistre, à fin de te predire
Ton malheur à venir, mais tu n'en fais que
  rire.

GARNIER.

Il faut donc corriger] C'est vn grand malheur de l'auarice des Prestres, veu qu'ils n'ont point de charge

X X X x x   vj

qui les oblige à celà : ie ne parle à tous, car il en est de bons & de recommandables par tout ; mais à beaucoup neantmoins, qui deuroient se mesurer à leur rang, & considerer la brieueté des iours, & l'incertitude de la mort. De telle auarice, côme dit l'Autheur, ont eu leur origine infinis abus, où l'on deuoit s'attaquer, & non pas au fonds de la creance. *D'vn iuste feu*] D'vn coup de tonnerre. *Lutheriens*] Sectaires de Luther. *Et la defendent bien*] Opiniastrement & viuement. *Et la defendons mal*] Laschement & paresseusement *Fatal*] Ineuitable. *O heureuse la gent*] Nation, *gens*, disent les Latins. *A depuis neuf cens ans*] Auant, dit-il, que les abus arriuez en l'Eglise donnassent matiere à l'esprit de l'homme d'errer en leur objet, par trop d'inconstance & d'infirmité. *Les Peres vieux*] Les predecesseurs, *patres nostri*, dit le Psalmiste. *Oecolampade*] Moyne renié, Heretique Allemand, assez cognu. *Et pour vn poil de bouc*] Horace Epistre 18.

Alter rixatur de lana sæpè caprina.

N'auions-nous pas assez engraissé la campagne] Du sang & de la charongne des corps, dont la terre deuient grasse & meilleure à porter. Il entend des guerres faites par les Roys Charles V I I I. Louys X I I. François I. & Henry I I. *Flandres*] Region de la Gaule Belgique, au riuage de l'Ocean du Septentrion, dont les peuples tirent leur nom d'vn nommé Flandbert, nepueu de Clodion le Cheuelu Roy de France. Æmile au 5. liu. dit qu'ils tirent leur origine des Saxons. Elle obeït maintenant au Roy d'Espagne, mais elle appartient aux François. *Piemont*] Region d'Italie, appartenante aux Ducs de Sauoye, dont la ville capitale arrousee du fleuue du Po, se nomme Thurin : ce païs est voisin des Alpes. *Naples*] Ville principale du Royaume de Sicile en Italie, au riuage de la mer, ainsi appellee de Neapolis, c'est à dire ville-neuue, pour ce qu'elle fut rebastie par le commandement de l'Oracle, apres auoir esté desmolie. Elle estoit ditte Parthenope de la Sereine Parthenope laquelle y fut enterree. Elle appartient aux François, mais l'Espagnol y commande. *Grand-Turc*] Grand à cause des grandes possessions qu'il a. *Infidelles*] Mescreans, ne croyans à la bonne Loy. *Nous vissent de nos mains nous mesmes*] Faisant leur proffit de nos dissensions. *Destinee*] Nous en auons parlé ailleurs, & esclaircy le mot. *O Destin*] Pour Destinee. *Allemands, Espagnols, Anglois*] Alors ennemis de France. *Outre-mer ses soldars*] Du temps de Godefroy de Bouillon, Duc de Lorraine, Roy de Hierusalem, de Sainct Louys Roy de France, & de tout plein d'autres. *Palestine*] Prouince de Syrie, & voisine de l'Arabie, laquelle a pour riuiere le fleuue du Iourdain. L'etymologie de son nom est differente ; & diuerse en est l'origine : les Hebreux & les Grecs en ont voulu discourir : Voyez ce qu'en dit Postel en la description de Syrie. *Idumée*] Pays de Syrie, entre la Iudee & l'Arabie, ditte ainsi d'Edom fils d'Esaü : Lisez la Bible. Il y a deux Idumees, l'inferieure, & la superieure, laquelle va de longueur iusques vers Hierusalem ; & iusqu'au lac de Sodome en largeur, elle est aucunefois ditte Palestine. *Tyr*] Ville de Phœnicie, grande en renom, ditte Sur. Elle fut iadis vne Isle assise au cœur de la mer, comme dit le Prophete Ezechiel : elle estoit separee & distinguée de sept cens pas de la terre, mais Alexandre le Grand la tenant assiegee, y fit tant de comblements, & de remparts, qu'il la ioignit à la terre ferme, & Nabuchodonosor pareillement. Aucuns disent qu'elle fut bastie auant la ruine de Troye ; d'autant qu'Agenor la fit construire apres : Elle n'est recommandable auiourd'huy, qu'à raison du pourpre dont elle excelle abondamment. Les Anciens, lesquels n'ont rien oublié qui peust fournir à leurs imaginations, en ont parlé de ceste maniere : Hercule estoit amoureux d'vne belle Nymphe, qui se nommoit Tyro : d'auenture en se promenant, vn chien qui le suiuoit rencontra dans les rochers vn pourpre, & le mangea, tellement que sa lippe en demeura teinte : comme il fut de retour vers son amante, elle eut tant à gré ceste belle couleur, & ses yeux en furent tellement rauis, qu'elle luy iura d'affection ne luy permettre iamais les faueurs qu'il esperoit d'elle, que premierement elle n'en eut vne robbe teinte par son moyen. Que ne fait l'amour ? elle n'eust si tost dit qu'il part, & qu'il ne mit son desir en effect. Du nom de ceste belle, on nomme l'Isle de Tyr, en Grec *Tyros*. *Sidon*] Ditte *Seida*, ville maritime de Phœnicie, bien cognuë, & bastie par les Mediterraneans, à fin d'y sejourner, pource qu'ils estoient affligez perpetuellement ailleurs de tremblemens de terre. Elle est nommee en langue du pays Sidon, pour le nombre & la quantité des poissons dont elle abonde : autres disent qu'elle a tel nom de Side, fille de Bele ; & Iosephe Autheur non fabuleux, de Sichem fils de Canaan : il y naist de bon pourpre. Ouide, des Trist. liu. 4.

Hic, qui Sidonio fulget sublimis in ostro, &c.

Ainsi parle Iesus-Christ en Sainct Matth. de ces deux villes : *Væ tibi Chorozain, væ tibi Bethsaïda : quia si in Tyro & Sidone factæ fuissent virtutes, quæ factæ sunt in vobis, olim in cilicio & cinere sedentes pœniterent.* *Antioche*] Ville capitale de Syrie, fut premierement nommee, entre diuers noms, *Theopolis*, qui signifie, ville de Dieu ; le fleuue Oronte passe à trauers : Claudian du rauissement de Proserpine liu. 3.

   ——*Quales non diuite ripa*
Lambit Apollinei nemoris nutritor Orontes.

Et Dionys *de situ Orbis* :

   Antiochi mediam regionem dirimens.

Les eaux de Parphar l'arrosent à l'Occident. Il est dit qu'Antioche fut bastie par Seleuce Nicanor, Olympiade 119. en memoire des siens : Elle fut aussi nommee Reblatha, comme il appert au 4. liu. des Roys. *Et la ville nommée*] C'est Hierusalem, où I E S V S est mort en Croix pour nos fautes. Qui la desirera voir descritte amplement, daignera lire mon Histoire de la Passion de I E S V S-C H R I S T au liure premier, en ces termes. Hierusalem estoit la Cité de Dieu la plus cherie : elle s'esleuoit au coupeau des montagnes sainctes, & deuançoit d'air & de terroir les plus heureuses villes de tout le Monde. Elle estoit par dessur les autres, comme le chef est par dessur le corps, &c. Dans mon Institution du Roy voicy comme i'en ay parlé :

   I'entr'oy déja le bruit des peuples qui l'attendent ;
   I'entens mille citez qui pour Roy le demandent,
   Tyr, Damas, Cesarée, Antioche & Memphis,
   Et celle où nos pechez en oubly furent mis. &c.

La terreur des Barbares] Le nom François ayant esté craint par tout. *Barbares*] De Barbarie ; pays situé dans vne Isle vers l'Indie, au fleuue du Gange, selon Prolomee : Il est vis à vis le Gouffre Arabic, d'où la mer Arabique. Steph. Là sont les Royaumes d'Arger & de Thunis. *Mammelus*] C'estoient peuples qui faisoient la meilleure partie des forces de guerre du Soudan d'Egypte. Ce mot vient d'vn mot Turquois, signifiant

Renegat. Ie le tiens de Monsieur Bersius vn des plus rares & sçauans hommes de nostre aage. *Perses*] Peuples Orientaux, de la regionde Perse, du nom de Persée, fort abandonnez aux delices. Horace Ode 9.liu.3.

Persarum vigui Rege beatior.

Ils sont bornez au Septentrion des Medes, au Couchant de Susiane, à l'Orient des Carmaniens, & du Gouffre Persique au Midy, Ptolomée liure 5. *Maratre*] Belle-mere; voulant dire, peu naturelle. Ouide Metamorphose 1.liure.

Lurida terribiles miscent aconita Nouercæ.

Mere aux Estrangers] Nous le voyons tous les iours, comme des hommes de rien, des valets, des malotruz qui viennent à Paris le bissac & la valise sur l'espaule, ont en peu d'heure les premiers degrez, & n'est Prince qui marche auec d'auantage d'esclat & de brauerie que leurs enfans : & tout au rebours, les personnes de famille & de maison, faute du bon-heur qui rit à ces champignons, demeurent-là comme tombez des nuës, donnant regne & couleur au prouerbe, Cent ans banniere, & cent ans ciuiere : & le pis du jeu, des petits brosillons de papier, sortis à guise de Myrmidons & de Pygmeés des moindres lisieres de France viennent par faux-entendre & par faueur empieter la gloire & la recompense des meilleurs Genies, & des enfans legitimes. *Des Autels*] A qui ceste piece est dédiée, lequel estoit au pourchas de quelque affaire enuers les Thresoriers peut-estre & les Secretaires (dont l'on en voit assez de pareils, qui cherissent plus vn charlatan qu'vn homme recommandable) ne pouuoit obtenir ce qu'il demandoit raisonnablement. *Liures immortels*] De vers & de prose. *Cardinal*] Ou le Cardinal de Lorraine, ou celuy de Chastillon, deuant sa renolte. *Prophetes*] Faiseurs de predictions, dont il en est quelquefois de bons & de gens de probité. *En tes Enfans*] Il parle à la France. *De ton sein*] De tes villes, Metaphore commune aux Poëtes.

Ou soit que du grand Dieu l'immense
    eternité

Ait de Nostradamus l'enthousiasme excité,

Ou soit que le Démon bon ou mauuais l'agite,

Ou soit que de nature il ait l'ame subite,

Et outre le mortel s'eslance iusqu'aux Cieux,

Et de là nous redit des faits prodigieux ;

Ou soit que son esprit sombre & melancoli-
    que,

D'humeurs grasses repeu, le rende fantasti-
    que :

Bref, il est ce qu'il est : si est-ce toutefois

Que par les mots douteux de sa prophete
    vois,

Comme vn Oracle antique il a dés mainte
    année

Predit la plus grand part de nostre destinée.

Ie ne l'eusse pas creu, si le Ciel qui depart

Bien & mal aux humains, n'eust esté de sa
    part.

Certainement le Ciel marry de la ruine

D'vn Sceptre si puissant, en a monstré le si-
    gne :

Depuis vn an entier n'a cessé de pleurer :

On a veu la Comete ardante demeurer

Droit sur nostre païs : & du Ciel descendante

Tomber à Sainct Germain vne colonne ar-
    dante.

Nostre Prince au milieu de ses plaisirs est
    mort,

Et son fils ieune d'ans a soustenu l'effort

De ses propres subjets, & la chambre ho-
    norée

De son Palais Royal ne luy fut asseurée.

GARNIER.

Ou soit que du grand Dieu l'immense eternité Ait de Nostradamus] Entre les Propheties de Nostradamus on recognoist par les Centuries qu'il a faittes dés le temps de Henry II. & qui tesmoignent de iour en iour des merueilles, quel homme c'estoit. Il auoit nom Michel de Nostradame, & venoit de la Gascogne, estant petit-fils d'vne femme qui, ce dit-on, predisoit comme luy. Ie tiens de ceux lesquels ont fait sa vie, qu'il l'exerçoit en bon Catholique & en bon Chrestien, ieusnant & donnant l'aumosne, & craignant Dieu. *Enthousiasme*] Inspiration diuine, du mot Grec ἐνθουσιασμός. *Démon bon ou mauuais*] Le bon ou mauuais Ange; toutesfois comme Ange est le plus souuent referé en bonne part, ainsi Démon est pris au contraire. Les Anciens tiennent qu'ils sont les messagers des hommes aux Dieux, & des Dieux aux hommes; qu'ils tiennent du mortel & de l'immortel. Voyez Platon en son Banquet. *L'ame subite*] Brusque à s'emporter. *D'humeurs grasses repeu*] Ces humeurs rendent, comme disent les Medecins, la personne melancholique, & de là fantastique : attributs, & qualitez propres aux imaginations prophetiques. *Douteux*] Obscurs, car il escrit ainsi. *Oracle*] Cela est dit. *De nostre destinée*] Du futur. *Si le Ciel qui depart*] Voyez Homere, parlant des deux tonneaux que Iupiter a là haut au sueil d'Olympe, dont il depart aux humains le mal & le bien. *Le Ciel n'a cessé de pleurer*] De pleuuoir, figure. *Comete*] Ie pense en auoir parlé cy-deuant, la disant venir de *Coma*, cheuelure, qui vient du mot Grec κόμη, dont elle est ditte κομήτης. Ceste Estoille cheueluë est tousiours auant-courriere de quelque malheur : celle de l'an 1579. & 80. preceda la contagion qui mit sous terre 40. mille corps dans Paris ; l'embrasement du Conuent des Cordeliers, la mort de François de Valois frere du Roy, comme depuis les mouuements de la Ligue, où furent tuez Messieurs de Guise à Blois, & depuis le Roy Henry III. à Sainct Cloud, dont le siege de Paris fut de la suitte, & mille autres prodiges. Celle de l'an 1618.

enorme en grandeur, s'il en fut iamais, a precedé les guerres de l'Empereur & du Palatin, comme du Roy de France, & des rebelles de la Rochelle & de Montauban. L'on dit les Cometes prouenir d'vne exhalaison chau-de, qui esleuée par dessous la moyenne region de l'air & la haute, deuient vn astre noueau, tenant de la matiere du feu. *Tomber à Sainct Germain vne colonne ardante*] A Sainct Germain en Laye, sejour des Roys prés Paris. Le 12. de Septembre 1621. quatre iours auant la fatalle & deplorable mort de ce grand & vaillant guerrier Henry de Lorraine Duc de Mayenne au siege de Montauban, le Ciel fut rendu tout clair à Pariis vers le soir des cheurons de feu qui parutent. *Nostre Prince au milieu de ses plaisirs*] Henry I I. qui fut blessé à mort d'vn coup de lance, par le Sieur de Lorges Comte de Montgomery Capitaine des Gardes de sa Majesté, jou-stant auec luy deuant l'excellente maison des Tournelles (de present la place Royale au quartier S. Anthoine) en resiouïssance de la Paix Iurée auec Philippe Roy d'Espagne & du mariage de sa fille Elisabeth auec luy ; & de sa sœur Marguerite auec le Prince de Piemont. *Et son fils ieune d'ans*] François I I. à qui les noueaux Huguenots, & des plus grands de sa Cour, presenterent des requestes fort audacieusement, pour l'introdu-ction de leur nouuelle creance. Voyez Milles Pigueræ en son Histoire du temps, pour estre bien faicte, & purement Catholique. *De son Palais Royal*] De sa maison.

Donques ny les hauts faits des Princes
    ses ayeux,
Ny tant de Temples saincts esleuez iusqu'aux
    Cieux,
Ny son Sceptre innocent, ny sa terre puis-
    sante,
Aux guerres addonnée, aux lettres floris-
    sante,
Ny sa bonté naïue, indole, & pieté,
Ny sa propre vertu graue de Majesté,
Ny la deuotion, la foy, ny la priere
De sa femme pudique, & de sa chaste mere,
N'ont enuers le Destin tant de graces trouué,
Qu'vn malheur si noueau ne luy soit ar-
    riué,
Et que l'air infecté du terroir Saxonique,
N'ait empuanty l'air de la terre Gallique !
    Que si des Guisiens le courage hautain
N'eust au besoin esté nostre rempart certain,
Si au fort du danger leur ame genereuse
Se fut monstrée oisiue, ou tardiue, ou peu-
    reuse,
C'estoit fait que du Sceptre, & la conta-
    gion
De Luther eust gasté nostre religion.
Mais François d'vne-part tout seul auec les
    armes
Opposa sa poitrine à si chaudes alarmes :
Et CHARLES d'autre-part auec deuo-
    tions
Et sermons s'opposa à leurs seditions,
Et par sa preuoyance & doctrine seuere

Par le peuple engarda de plus courir d'vlcere.
    Ils ont maugré l'Enuie & maugré le De-
    stin,
Et l'infidele foy du vulgaire mutin,
A l'enui combatu la troupe sacrilege,
Et la religion ont remise en son siege.
    O Seigneur tout-puissant ! pour loyer des
    bien-faits,
Que ces Princes Lorrains au besoin nous ont
    faits ;
Et si mes humbles vœus trouuent deuant ta
    face
Quelque peu de credit; ie te suppli de grace,
Que ces deux Guisiens qui pour l'amour de
    toy
Ramassent les esclats de nostre antique Foy,
Fleurissent à iamais en faueur vers le Prince,
Et que iamais le bec des peuples ne les pince.
    Donne que les enfans des enfans yssus
    d'eux
Soient aussi bons Chrestiens & aussi gene-
    reux,
Plus grands que nulle enuie : & qu'en paix
    eternelle
Ils puissent habiter leur maison paternelle.
Ou si quelque desastre, ou le cruel malheur
Les menace tous deux, ialoux de leur valeur,
Tourne sur les mutins la menace & l'injure,
Ou sur l'ignare chef du vulgaire parjure,
Ny digne du Soleil, ny digne de tirer
L'air qui nous fait la vie és poulmons respi-
    rer.

GARNIER.

Donques ny les hauts faits des Princes ses ayeux, Ny tant de Temples saincts] Suffisants d'arrester par leur object diuin la naissante heresie. *Ny son Sceptre innocent*] A cause de son ieune aage de quinze à seize ans, auquel il mourut. *Aux lettres fleurissante*] D'autant que la France estoit alors, ou peu deuant, ce qu'estoit la ville d'Athenes chez les Grecs, & celle de Rome au pays Latin : ie dis par l'entremise du grand Roy François I.

nommé Grand à cet effect. *Indole*] Mot nouueau, du mot Latin, *indoles*, venant de φύω, qui veut dire le signe & la remarque de ce que l'on doit estre vn iour : nous l'auons touché cy-dessus. *Propre vertu*] Née auec luy. *De sa femme pudique*] Marie de Stuard legitime Royne d'Escosse, & d'Angleterre : vne des plus belles Princesses du Monde, & la mere du sçauant Roy Iacques à present regnant en la grande Bretagne. Elisabeth Royne vsurpatrice d'Angleterre l'a fait decapiter inhumainement en nos iours, & tres-innocemment pour la Foy. *Chaste mere*] Catherine de Medicis. *Enuers le Destin*] Enuers Dieu qui nombre & prescrit nos iours. *Et que l'air infecté du terroir Saxonique*] Peuples d'Allemaigne, voisins des Cimbres, demeurants vers les bords & les paluds immeables de l'Ocean du Septentrion, comme a dit Ptolomée liur. 3. chap. 1. Il le nomme infecté de l'heresie, pource que Luther auoit pris naissance en la ville d'Istebe, de la Comté de Mansfelt en Saxe, qui fut la nuict precedente le iour de S. Martin 1493. *Que si des Guisiens*] Messieurs de Guise. Voyez Aurelle Prudence, contre Symach. Heretique :

——— *Dux agminis Imperiisque*
Christi potens nobis iuuenii fuit, & comes eius
Atque parens Stilico, &c.

François] Duc de Guise. *Tout seul auec ses armes*] Les autres Seigneurs n'ayant encore dit mot, ou pris les armes. Encore Prudence au mesme Poëme contre Symachus, ou Symmaque :

At noster Stilico congressum comminus ipsa
Ex acie ferrata virum dare terga coegit.

Charles] Cardinal de Lorraine, vn des freres dudit Duc, qui montoit en Chaire alors pour combatre l'heresie, auec vne langue d'or. *Doctrine seuere*] Aigrement reprenant, & ne flattant pas auec son bien-dire. *Courir l'vlcere*] Le mal deuenir plus grand. *Ils ont mal-gré l'enuie*] Qui dure encore auiourd'huy. *Sacrilege*] Pilleresse des Eglises. *Ramassant les esclats de nostre antique Foy*] Dont l'Heretique vouloit disperser & diuiser l'integrité. *Fleurissent à iamais*] Metaphore tirée de la beauté des fleurs. *Et que iamais le bec*] Horace Ode 6. des Epodes.

An si quis atro dente me petiuerit.

Et aux Odes liure quatriesme.

Et iam dente minùs mordeor inuido.

Donne que les enfans des enfans] Messeigneurs Charles de Lorraine Duc de Guise, le Prince de Ieinuille Duc de Cheureuse, le Cardinal & le Cheualier, d'vne part : & Messeigneurs Henry de Lorraine Duc de Mayenne, & le Comte de Someriue. *Plus grands que nulle enuie*] Horace Ode derniere du second liure :

——— *inuidiáque maior Vrbes relinquam.*

Ou si quelque desastre] Le meurtre de Poltrot : ainsi les Poëtes predisent. Horace,

Est Deus in nobis, agitante calescimus illo.

Tourne sur les mutins] Nous auons touché ceste maniere de renuoy, prise d'Horace. *Vulgaire parjure*] Ayant en maints endroits tourné sa iaquette par legereté. *Ny digne du Soleil*] Du iour. *Es poulmons rester*] Ils sont dits les soufflets de la vie.

DISCOVRS A LOVYS
DES MASVRES
Tournesien.

Omme celuy qui voit du haut
    d'vne fenestre
A l'entour de ses yeux vne plaine
    champestre,
Differente de lieu, de forme & de façon :
Icy vne riuiere, vn rocher, vn buisson
Se presente à ses yeux : & là s'y represente
Vn tertre, vne prairie, vn taillis, vne sente,
Vn verger, vne vigne, vn iardin bien
    dressé,
Vn hallier, vne espine, vn chardon herissé :
Et la part que son œil vagabond se transporte,
Il descouure vn païs de differente sorte,
De bon & de mauuais : Des Masures ainsi
Celuy qui lit les vers que i'ay pourtraits
    icy,
Regarde d'vn trait d'œil mainte diuerse chose.

Qui bonne qui mauuaise en mon papier en-
    close.
» Dieu seul ne faut iamais, les hommes vo-
    lontiers
» Sont tousiours de nature imparfaits & fau-
    tiers.
Mon liure est ressemblable à ces tables
    friandes
Qu'vn Prince fait charger de diuerses vian-
    des :
Le mets qui plaist à l'vn à l'autre est desplai-
    sant,
Ce qui est sucre à l'vn est à l'autre cuisant :
L'vn aime le salé, l'autre aime la chair fade :
L'vn est Pythagoriste, & se paist de salade :
L'vn aime le vin fort, l'autre aime le vin
    doux,
Et iamais le banquet n'est agreable à tous.
Le Prince toutefois qui librement festie,
Ne s'en offense point : car la plus grand' par-
    tie
De ceux qui sont assis, au festin sont allez

De leur propre vouloir sans y estre appelez.
Ainsi ny par Edict, ny par arrest publi-
que
Je ne contrains personne à mon vers Poëti-
que :
Le lise qui voudra, l'achette qui voudra :

Celuy qui bien content de mon vers se tien-
dra,
Me fera grand plaisir : s'il aduient au con-
traire,
Masures, c'est tout vn, ie ne sçaurois qu'y
faire.

GARNIER.

Comme celuy qui voit] Il addresse & dedie ce Discours à Des-Masures, de la ville de Tournay, qui fut en son temps bon Poëte François & Latin. C'est luy qui tourna l'Eneide en vers, & qui fut Autheur de l'Ode à Monsieur de Neuers François de Cleues :

Ores qu'on voit de toutes parts,
Le sang humain, &c.

Il fut Capitaine de cheuaux durant les guerres du Roy Henry II. & de l'Empereur Charles le Quint, & fut en quelque peine, ce disoit-on, pour auoir intelligence auec l'ennemy, dont il se purgea. Comme les Muses d'alors cheminoient d'vn bon air, elles auoient aussi des fauoris de bonne origine, comme Ronsard, de la maison de la Trimoüille & de Bouchage, Bellay de celle dont il portoit le nom, Baïf de celle de Laual & de Malicorne, & S. Gelais de celle de Lansac. Belleau fut gouuerneur de Monsieur Delbœuf, pere de celuy qui maintenant succede à la valeur de Monsieur de Mayenne, au Languedoc, en la premiere fleur de son aage. Garnier fut Lieutenant general pour la Iustice au pays du Maine; & Sceuole de Saincte-Matthe, qui vit encore, Thresorier general du Poictou. Tahureau, Des-Autels, Butet, & plusieurs autres, furent tous Gentils-hommes de bonne part : aussi ne couroient-ils les ruës pour vne lippée comme vne infinité d'auiourd'huy, qui font gloire de changer les façons de l'antiquité pour introduire leurs inuentions niaises, capables des foibles esprits, à fin d'en acquerir : & si quelqu'vn tient des qualitez de ceux du bon temps, ils le font anatheme. *Tertre*] Vn petit mont. *Taillis*] Vn bois couppé, remontant. *Sente*] Chemin. *Hallier*] Buisson espineux. *Espine*] Aube-espine. *Verger*] Plant d'arbres fruictiers. *Portraits*] Du pinceau des Muses. I'ay vsé de cette maniere de dire au portrait du Roy, que i'enuoyay en Espagne à la Royne Infante Anne d'Austriche. *Qui bonne, qui mauuaise*] Façon de parler Italienne. *Fautiers*] Nom composé du verbe, faillir. *Ressemblable*] Pour semblable. *Pythagoriste*] Viuant sobrement & d'especes de salades comme les disciples de Pythagore. Ce fut vn excellent Philosophe Legislateur & Mathematique natif de l'Isle de Samos. Il tint premier la Metempsychose & transmigration des corps, & mourut en fin à Metaponte. *Feste*] Pour festoye : licence, ou mot du pays. *Edict*] Mandement. *Arrest publique*] Pour public, licence à cause de la ryme, permise à luy.

Ie m'estonne de ceux de la nouuelle foy,
Qui pour me haut-loüer disent tousiours de
moy,
Si Ronsard ne cachoit son talent dedans terre,
Or' parlant de l'Amour, or' parlant de la
guerre,
Et qu'il voulust du tout chanter de IESVS-
CHRIST,
Il seroit tout parfait : car il a bon esprit :
Mais Satan l'a seduit, le pere des mensonges,
Qui pour la verité l'ensorcelle de songes.
O pauures abuseZ! que le nouueau sçauoir
D'vn Moyne desroqué a laissé deceuoir!
Tenez-vous en vos peaux, & ne iugeZ per-
sonne :
Ie suis ce que ie suis, ma conscience est bonne,
Et Dieu à qui le cœur des hommes apparoist,
Sonde seul ma pensée, & seul il la cognoist.
O bien-heureux Lorrains! que la secte
Caluine,
Et l'erreur de la terre à la vostre voisine

Ne depraua iamais : d'où seroit animé
Vn habitant du Rhin, en vn poësle enfermé,
A bien interpreter les sainctes Escritures
Entre les gobelets, les vins, & les iniures?
Y croye qui voudra, Amy, ie te promets
Par ton bel Amphion de n'y croire iamais.
L'autre iour en dormant (comme vne
vaine idole,
Qui deçà qui delà au gré du vent s'en-vole)
M'apparut du Bellay, non pas tel qu'il estoit
Quand son vers doucereux les Princes allai-
toit,
Et qu'il faisoit courir la France apres sa
Lyre,
Qui souspirant son nom le plaint & le desire :
Mais haue & descharné, planté sur de grands
os,
Ses costes, sa carcasse, & l'espine du dos
Estoient veufues de chair : & sa diserte bou-
che,
Où iadis se logeoit la miellere mouche,

Les Graces & Pithon, fut sans langue & sans
  dens :
Et ses yeux qui estoient si prompts & si ardans
A voir danser le bal des neuf doctes Pucelles
Estoient sans blanc, sans noir, sans clairté, ny
  prunelles :

Et sa teste qui fut le Caballin coupeau,
Auoit le nez retrait sans cheueux & sans
  peau,
Point de forme d'aureille, & la creuse ouuerture
De son ventre n'estoit que vers & pourriture.

GARNIER.

Ie m'estonne de ceux de la nouuelle loy] Dans vne des Inuectiues faictes par eux contre l'Autheur, on voit cecy, comme icy naifuement il le rapporte ; & citerois leurs vers, n'estoit que i'aurois horreur de soüiller ma plume dans leurs blasphemes & dans leurs sales mesdisances. *Talent*] Piece d'or Attique, valant six cens escus, parmy lesanciens, au rapport de Budée au liure *de Asse.* Le Talent Hebraïque valoit plus. Il y en auoit pareillement vn d'argent, valant plus de 17. vingts escus. *Cachoit son talent*] Voyez au Nouueau Testament de ceux qui firent profiter le Talent, & leur recompense ; & la peine de celuy qui ne l'ayant mis à profit l'auoit caché. Sainct Matthieu chap. 25. *Sicut enim homo peregre proficiscens, vocauit seruos suos, & tradidit illis bona sua. Et vni dedit quinque talenta, alij autem duo, alij verò vnum, vnicuique secundum propriam virtutem : &c.* *Satan*] Nom qui veut dire Aduersaire, approprié dans l'Escriture au Diable. *Pere de mensonges*] Ainsi nommé par IESVS-CHRIST. *Le nouueau sçauoir d'vn Moyne desfroqué*] La religion nouuelle de Luther. *Tenez-vous en vos peaux*] Demeurez en vous, & ne iugez que de vous. *Et Dieu à qui le cœur des hommes apparoist*] *Scrutans corda.* *O bien-heureux Lorrains*] Ceux du pays de Lorraine. *Et l'erreur de la terre à la vostre voisine*] A cause de Strasbourg ville d'Allemagne, frontiere de Lorraine. *Vn habitant du Rhin*] Vn Allemand, d'autant que le Rhin est vn fleuue de ce pays : nous auons touché ceste maniere de parler. *Poesle*] Vn lieu pour se tenir chaud l'Hyuer dans les pays froids : Le Polonois en vse fort, & l'Allemand, n'en bougeant presque durant le froid, entre les pots & les liures. *Les iniures*] Les compositions iniurieuses contre la Foy. *Par ton bel Amphion*] Coniuration faite par ce que l'on aime : Par ton bel Apollon : Par ta belle troupe des Muses : Par ta Lyre. Amphion, selon nos Poëtes fils de Iupiter & d'Antiope, ou selon d'autres fils de Mercure, inuenteur de la Lyre, duquel il la receut : il en ioüa si melodieusement que les pierres dont la ville de Thebes fut construitte suiuirent les deux accords de sa Lyre iusques-là. Horace en l'Art Poëtique.

  Dictus & Amphion Thebana conditor arcis
  Saxa mouere sono testudinis, & prece blanda
  Ducere quò vellet.

Trois fois ie le voulois comme en songe em-
  brasser,
Et trois fois s'enfuyant ne se voulut laisser
Presser entre mes bras : & son ombre gres-
  lette
Volloit de place en place, ainsi qu'vne aloüette
Volle deuant le chien, lequel la va suiuant,
Et en pensant la prendre il ne prend que du
  vent :
A la fin en ouurant sa bouche morne & palle,
Fit sortir vne voix comme d'vne cigalle,
Ou d'vn petit grillon, ou d'vn petit poulet,
Quand bien loin de sa mere il pepie seulet :
Et me disoit, Amy, que sans tache d'enuie
I'aimay quand ie viuois comme ma propre
  vie,
Qui premier me poussas & me formas la vois
A celebrer l'honneur du langage François,
Et compagnon d'vn art tu me monstras l'ad-
  dresse
De me lauer la bouche és ondes de Permesse :

Puis qu'il plaist au Destin me prendre deuant
  toy,
Entens ceste leçon & la retiens de moy.
  Crains Dieu sur toute chose, & le fard
    d'Epicure
Ne te face iamais errer à l'auanture :
Toute ton esperance & de corps & d'esprit
Soit fermement fichée au Sauueur IESVS-
  CHRIST.
Obeïs à ton Prince & au bras de Iustice,
Et fais à tes amis & plaisir & seruice :
Contente-toy du tien, & ne sois desireux
D'estre plus que tu es, & tu seras heureux.
» Quant au Monde où tu es, ce n'est qu'vne
    Chimere,
» Qui te sert de marastre en lieu de douce
    mere :
» Tout y va par fortune & par opinion,
» Et rien n'y est durable en parfaicte vnion.
» Dieu ne change iamais, l'homme n'est que
    fumée,

» *Qu'vn petit trait de feu tient vn iour allu-*
mée.

Bien-heureux est celuy qui n'y vit lon-
guement,
Et celuy qui sans nom vit si obscurement
Qu'à peine il est cogneu de ceux de son vil-
lage.
Celuy, amy Ronsard, celuy est le plus sage.

Si aux esprits des morts tu veux adiou-
ster foy,
Qui ne sont plus menteurs, Ronsard, retire-
toy,
Vy seul en ta maison, & jà grison delaisse
A suiure plus la Cour, ta Circe enchante-
resse.

Quant aux champs où ie suis, nous sommes
tous égaux,
Les Manes des grands Rois & des hommes
ruraux,
Des bouuiers, des Soldans, & des Princes
d'Asie,
Errent également selon leur fantaisie,
Qui deçà qui delà de verger en verger
S'esbattent à plaisir sans soupçon ny danger.

Simples, gresles, legers, comme on voit les
auettes
Voler parmy nos prez sur les ieunes fleuret-
tes.

Entre Homere & Virgile, ainsi qu'vn
demi-Dieu,
Enuironné d'esprits i'ay ma place au milieu,
Et suis en la façon que m'a descrit Masures :
Là suiuant les forests & les belles verdures
Ie voy les demi-Dieux & le bon Roy
HENRY,
Qui se cachant sa playe erre seul & marry,
Dequoy la dure Parque a sans pitié rauie
Tout d'vn coup son repos, sa ieunesse & sa
vie.

Et i'erre comme luy de tristesse blessé,
Dequoy sur mon Printemps si tost ie t'ay
laissé,
Sans auoir dit adieu à toute nostre bande,
A qui leur du Bellay par toy se recomman-
de.

Ainsi dist ceste idole, & comme vn pront
esclair
S'enfuyant de mes yeux, se perdit dedans l'air.

GARNIER.

Trois fois ie le voulois comme vn songe embrasser] Homere en l'Odyssee liure A, quand Vlysse veut tendre les bras à sa mere dans les Enfers :

Ὣς ἔφατ'. αὐτὰρ ἔγωγ' ἔθελον φρεσὶ μερμηρίξας
Μητρὸς ἐμῆς ψυχὴν ἑλέειν κατατεθνηκυίης·
Τεὶς μὲν ἐφορμήθην, ἑλέειν τί με θυμὸς ἄνωγε,
Τεὶς δέ μοι ἐκ χειρῶν σκιῇ ἴκελος ἢ καὶ ὀνείρῳ
Ἔπτατ'.

Et Sannazar en la vision du Marquis de Pescare:

Tre volte iui pensai d'hauerlo cinto;
Tre volte mossi, ohime, le braccia in vano.

Et son ombre greslette] Son ame, son esprit: ainsi les accompare Virgile aux abeilles. *Cigalle*] Petit animal que la terre produit, viuant d'air & de rosee, qui chante fort doucement. *Grillon*] Autre petit animal qui chante au soir en Esté dans les trous des cheminees. *Me formas la voix*] Pour ce qu'ayant fait cognoissance par les champs sur le chemin de Poictiers, encores fort ieune d'aage, & s'estans rencontrez en la mesme inclination Poëtique, il luy decela tout plein de secrets pour y dignement atteindre. *De me lauer la bouche és ondes*] Boire en la fontaine des Muses, danser à leur bal, dormir sur leurs montagnes, estre veu de bon œil d'elles en naissant, &c. pour dire, exercer leurs mestiers comme il faut. *Me prendre deuant toy*] Qui fut le premier iour de l'an 1559. ou 60. d'vne mort subite, à l'aage de 34. ans. Il auoit esté fort tard à composer, & s'estant mis au lict pour dormir il n'en réueilla plus. *Le fard d'Epicure*] Les instructions voluptueuses d'Epicure, Philosophe qui mettoit le souuerain bien en la volupté de l'esprit, & nioit la diuine prouidence és choses humaines. Ceux qui depuis ont tenu de ses opinions ont esté nommez Epicuriens. Il estoit homme sobre, mais d'autant qu'il preschoit les voluptez, on a baillé ce nom d'Epicuriens aux charnels & voluptueux. Ce qui de present a tousiours le mesme cours. *Au bras de Iustice*] Elle est le bras de l'Estat & du Royaume. *Contente-toy du tien*] Horace Ode 16. liu.2.

Viuitur paruo bene, cui paternum
Splendet in mensa tenui salinum : &c.

Et les deux vers escrits sur vne des montées du Palais de ceste ville, sous l'effigie d'Enguerrand de Marigny qui l'auoit fait bastir, alors qu'il eut passé (tout grand Comte qu'il estoit) par les mains de la Iustice auec ignominie.

Chacun soit content de ses biens,
Qui n'a suffisance n'a riens.

Chimere] Grotesque, fantaisie, chose qui n'est point, & ne fut iamais. C'estoit vn Monstre de Lycie, fait en Lyon par deuant, en Dragon par derriere, & par le milieu comme vne Chéure. Lucrece de la Nature des choses :

Prima leo, postrema Draco, media ipsa Chimæra.

Et de mesme Ouide au 6. liure des Metamorphoses. Elle iettoit le feu par les nazeaux ; Voyez le mesme Horace, en l'Ode 2. du premier liure.

Non si Chimæra spiritus ignea.

Bellerophon, monté sur le cheual Pegase, dont Neptune son geniteur luy fit present, la combatit, & la tua, par l'admonition du Roy du pays qui le vouloit exterminer. Homere en descrit la fable entiere au 6. de l'Iliade. ʒ comme fait Hesiode en sa Theogonie. Mettant la fable à part, on dit que c'estoit vne montagne de Lycie qui iettoit le feu ; qu'il habitoit des Lyons au sommet ; que dans le milieu, lequel abondoit en pasturages, les boucs & les chéures paissoient, & que le bas estoit vn repaire venimeux de serpens : dont on a feint vn beau Monstre ayant ces qualitez. *Tout y va par fortune*] Suiuant l'opinion philosophique, où l'on ne croit pas. *Dieu ne change iamais*] Dauid au Pseaume 102. Hebr. *Tu autem idem ipse es, & anni tui non deficient.* *L'homme n'est que fumée*] Horace :

Puluis & vmbra sumus.

Si aux esprits des morts tu veux adjouster foy] Qui reuiennent selon mesme l'Escriture. *Putabant se spiritum videre.* *Qui ne sont point menteurs*] Quand ils sont de Dieu. *Circe*] Il en a esté parlé cy-deuant. *Quand aux champs où te suis*] Les champs Elysiens où fabuleusement sont les ames des bien-heureux : aussi le dit-il poëtiquement, & non doctoralement. Voyez l'entiere description dans Virgile au 6. de l'Eneide. *Manes*] De manes, esprits, ombres : nous auons touché ce mot. *Soldans*] Ou Soudans ; nom lequel ont porté les Seigneurs commandans à l'Egypte, depuis que les Roys en ont esté chassez : autres disent Sultans, mot Arabique & Chaldaïque : & diray en passant que le mot de Soutane vient delà, pourautant qu'ils en portent generalement. De present le Turc en est possesseur & tient là des Gouuerneurs pour luy, dés que Selime eut fait tuer le Souldan 1517. *Et des Princes d'Asie*] Le plus fertile & riche pays du Monde ; les Turcs en sont Empereurs maintenant. *Comme on voit les auettes*] Nous auons cy-deuant parlé de ceste comparaison Virgilienne. *Entre Homere & Virgile*] Les deux Princes des Poëtes Grecs & des Latins. *Demi-Dieu*] Vn Heroë, comme fut Hercule. *Que m'a descrit Mazures*] En ses vers. *Là suiuant les forests*] Les myrtes des champs Elysiens : ainsi les nomme Virgile. *Et le bon Roy Henry qui se cachant sa playe*] Le coup receu par Montgomery d'vne lance, au Tournoy en la ruë Sainct Anthoine, auant qu'il fut Huguenot, comme nous auons dit. Imitation de Virgile au 6. de l'Eneide.

Inter quas Phœnissa recens à vulnere Dido,
Errabat sylua in magna.

Dequoy la dure Parque] La fiere & deplorable Mort. *Son repos*] Ayant fait la Paix auec le Roy Philippes d'Espagne. *La ieunesse & la vie*] Estant mort à quarante & vn an. *Dequoy sur mon Printemps si tost ie t'ay laissé, sans t'auoir dit adieu*] Pour auoir esté surpris. *Printemps*] Auril ieune aage. *Idole*] Nous en auons parlé. *Et comme vn prompt esclair*] *Euanescit in auras.* Virgil.

REMONSTRANCE AV PEVPLE DE France.

O Ciel! ô Mer! ô Terre! ô Dieu pere commun
Des Iuifs, & des Chrestiens, des Turcs, & d'vn chacun :
Qui nourris aussi bien par ta bonté publique
Ceux du Pole Antartiq' que ceux du Pole Artique :
Qui donnes & raison & vie & mouuement
Sans respect de personne à tous également :
Et fais du Ciel là haut sur les testes humaines
Tomber, comme il te plaist, les graces & les peines :
O Seigneur tout puissant, qui as tousiours esté
Vers toutes nations plein de toute bonté,
De quoy te sert là haut le trait de ton tonnerre
Si d'vn esclat de feu tu n'en brusles la terre?
Es-tu dedans vn trosne assis sans faire rien?
Il ne faut point douter que tu ne sçaches bien
Cela que contre toy brassent tes creatures,
Et toutesfois, Seigneur, tu le vois & l'endures!
Ne vois tu pas du Ciel ces petits animaux,
Lesquels ne sont vestus que de petites peaux,
Ces petits animaux qu'on appelle les hommes,
Qu'ainsi que bulles d'eaux tu créues & consommes,
Que les doctes Romains & les doctes Gregeois
Nomment songe, fumée, & fueillage des bois,
Qui n'ont iamais icy la verité cognuë
Que ie ne sçay comment par songes & par nuë?
Et toutesfois, Seigneur, ils font les empeschez,

Comme si tes secrets ne leur estoient cachez,
Braues entrepreneurs, & discoureurs des
   choses
Qui aux entendemens de tous hommes sont
   closes,
Qui par longue dispute & curieux propos
Ne te laissent iouïr du bien de ton repos,
Qui de tes Sacremens effacent la memoire,
Qui disputent en vain de cela qu'il faut croire,
Qui font trouuer ton Fils imposteur & men-
   teur :

Ne les puniras-tu, souuerain Createur ?
Tiendras-tu leur party ? veux-tu que l'on
   t'appelle
Le Seigneur des larrons, & le Dieu de que-
   relle ?
Ta nature y repugne, aussi tu as le nom
De doux, de pacifiq, de clement & de bon,
Et ce Monde accordant, ton ouurage admi-
   rable
Nous monstre que l'accord t'est tousiours a-
   greable.

GARNIER.

O Ciel! ô Mer! ô Terre! ô Dieu pere commum] En ce Discours l'Autheur vse de presque semblable entrée qu'Horace en la cinquiesme Ode de ses Epodes:

   At, ô Deorum quisquis in Cælo regis
   Terras, & humanum genus,
   Quid iste fert tumultus ?

Et comme ledict Horace fait telle imprecation vehemente au nom d'vne Sorciere qui l'auoit mal traitté, de mesme il la fait au nom de ceux qui par leurs nouueaux charmes venoient enforceler & perdre la France. *Des Iuifs*] Autrefois le peuple de Dieu ; maintenant l'abomination de la terre, depuis la mort de Iesus Christ. D'en vouloir descrire le pays, il faudroit aspirer à la description de tout le Monde : car ils sont espars & vagabonds par tout, sans feu ny lieu que par benefice d'autruy : puis ils ne sont Iuifs naturels de ceste Iudée que l'on nomme la Terre-Saincte, & laquelle est vne region de l'Asie mineur en la Syrie, ayant la mer morte à l'Orient, mais de l'origine, & par meslange de pere en fils, de quelques vns de ces Iuifs là, sçauoir est de ceux qui machinerent contre le Fils de Dieu. *Turcs*] Il en a esté parlé. *Ceux du Pole Antarctiq' que ceux du Pole Arctique*] *Antarctiq'*, est dit *metri causa*. Les deux Poles sont deux poincts immobiles qui sont comme deux escieux, deux gonds ou piuots, entre qui le Ciel roule, tourne & fait son cours : l'vn deuers le Septentrion, l'autre au Midy : le Pole Septentrional est nommé Pole Arctique, πόλος signifiant en Grec vn escieu ; ἄρκτος signifiant vn Ours en la mesme langue ; comme voulant dire l'Escieu de l'Ourse, laquelle est vne Estoille, autrement ditte par les Grecs *Elice*, des Latins *vrsa maior*, qui l'espace d'vn iour & d'vne nuict roullant au cercle dernier lequel enuironne le Pole du Septentrion, le tourne & le circuit : & guide ceux qui voyagent sur mer auec l'aiguille. L'autre se nomme Pole Antarctique, du mot qui signifie, opposé à l'Ourse : il est au Midy en la partie Australe, & n'est point veu de nostre Horizon comme l'autre. Lisez Proclus en sa Sphere. *Sans respect de personne*] N'estant acceptateur d'aucun. *Tomber, comme il te plaist, tes graces*] La grace preuenant. *Et les peines*] Les afflictions à fin de nous esprouuer, & de nous faire recognoistre. *De quoy te sert là haut*] En ces 28. vers suiuans il semble que l'Autheur vueille se despiter & murmurer contre Dieu, mais la suitte apprend le contraire : c'est vne imitation de Iob. *Quare de vulua eduxisti me ? Cur faciem tuam abscondis, & arbitraris me inimicum tuum? Contra folium quod vento rapitur, ostendis potentiam tuam, & stipulam siccam persequeris. Indica mihi cur me ita iudices? Nunquid bonum tibi videtur si calumnieris, & opprimas me opus manuum tuarum, & consilium impiorum adiuues?* *Le traict de ton tonnerre*] Les Poëtes voulans denoter l'enuoy de quelques mauuais effects, sa plus part du temps c'est par metaphore d'vn trait & d'vne fleche, comme le tonnerre, la peste, les fureurs d'Amour : chose que ce grand Prophete & grand Poëte Dauid n'a pas obmise, *A sagitta volante in die.* *Ces petits animaux*] D'autant que les hommes sont nommez ainsi par les Philosophes. *Petites peaux*] Tendres, subjettes aux coups, au rebours (ce dit Platon) des autres animaux qui les ont plus dures. *Bulles d'eau*] Comme petites bouteilles qui se font au paué maintesfois quand il pleut. *Tu creues & consommes*] Quand l'heure de la mort est venuë. *Que les doctes Romains, & les doctes Gregeois*] Entre les autres Homere, que nous auons imité dans le Tombeau du feu Roy Henry le Grand.

   Ha que le grand Homere à bon droit parangonne
   Les hommes de la Terre aux fueilles de l'Autonne!

Par songes & par nuë] Prudence, contre les Marcionites:

   Quæ te confundunt nebulæ ? quis somnus inerti
   Incubat ingenio ?

Et George Pisides elegant Poëte Grec en son œuure Catholique des Six iours, autrement de l'Opifice du Monde, que Bartas a presque tourné de mot à mot en sa peu coulante & peu fidelle Sepmaine.

   Ω τω ἀντεξάρπτον ἰω ἔχε φύσιν
   Κρύψας ὁμίχλη ἢ σβεστίλας γόφῳ.

L'Autheur parle icy des Huguenots seulement, car la foy nous est assez cognuë à nous autres Catholiques. *Ne te laissant iouïr du bien de ton repos*] La paix des tiens, laquelle est tienne, leur ayant donnée. *Qui de tes Sacremens effacent la memoire*] De sept n'en voulant que deux. *Qui font trouuer ton Fils imposteur*] Disant que IESVS-CHRIST ne donnoit que la figure de son corps en la Cene qu'il fit prest d'aller à la mort, bien qu'il dit apertement : *Cecy est mon corps*, C'est grand fait, que l'Heretique ne veut point de traditions à l'Escriture, mais la pure lettre ; & quand elle fait contre ses opinions, il n'en veut plus, & ne demande alors que la Tradition:

dition. L'on voit par là quel homme c'est & quel maistre il a. Si parmy les hommes les Testamens sont inviolable: si l'on n'y peut contrarier par le decret des Loix, pourquoy feroit on le contraire au Testament du Fils de Dieu? car Testament signifiant *Testatio mentis*, on voit qu'aux moindres personnes mesme c'est vn fait irreuocable.   *Et ce Monde accordant ton ouurage*] Disant, que par le reglement dont il a formé l'Vniuers, on peut recognoistre l'amour qu'il porte aux choses reglées.

Mais qui seroit le Turc, le Iuif, le Sarrasin,
Qui voyant les erreurs du Chrestien son voisin,
Se voudroit baptizer, le voyant d'heure en
    heure
Changer d'opinion, & iamais ne s'asseure?
Le cognoissant leger, mutin, seditieux,
Et trahir en vn iour la foy de ses ayeux?
Volontaire, inconstant, qui au propos chancelle
Du premier qui luy chãte vne chãson nouuelle?
Le voyant Manichée, & tantost Arrien,
Tantost Caluinien, tantost Lutherien,
Suiure son propre aduis non celuy de l'Eglise?
Vn vray ionc d'vn estang, le ioüet de la Bise,
Ou quelque giroüette inconstante, & suiuant
Sur le haut d'vne tour la volonté du vent?
Et qui seroit le Turc lequel auroit enuie
De se faire Chrestien en voyant telle vie?

  Certes si ie n'auois vne certaine foy
Que Dieu par sõ Esprit de grace a mise en moy,
Voyant la Chrestienté n'estre plus que risée,

I'aurois honte d'auoir la teste baptisée,
Ie me repentirois d'auoir esté Chrestien,
Et comme les premiers ie deuiendrois Payen.
  La nuict i'adorerou les rayons de la Lune,
Au matin le Soleil, la lumiere commune,
L'œil du Monde; & si Dieu au chef porte des
    yeux,
Les rayons du Soleil sont les siens radieux,
Qui dõnent vie à tous, nous cõseruẽt, & gardẽt,
Et les faits des humains en ce Mõde regardent.

  Ie dy ce grand Soleil, qui nous fait les saisons
Selon qu'il entre ou sort de ses douze maisons,
Qui remplit l'Vniuers de ses vertus cognuës,
Qui d'vn trait de ses yeux nous dissipe les nuës,
L'esprit, l'ame du Mõde, ardant & flãboyant,
En la course d'vn iour tout le Ciel tournoyant,
Plein d'ĩmense grãdeur, rõd, vagabõd, & ferme,
Lequel a dessous luy tout le Mõde pour terme,
En repos, sans repos, oisif, & sans sejour,
Fils aisné de Nature & le pere du iour.

GARNIER.

Mais qui seroit le Turc, le Iuif] Voyez plus haut.   *Sarrasin*] Les Sarrasins, qui premiers ont receu la meschante & fausse Loy de Mahomet, furent habitants de la pierreuse Arabie, à l'endroit où le pays s'estend vers la Iudée, & vers l'Egypte à l'autre part. Ils furent appellez ainsi, du lieu nommé, Sarrace, proche des Nabathées: ou du nom de Sarra femme d'Abraham, (selon d'autres; raison pour laquelle ils se vantent les successeurs & vrays heritiers des promesses diuines. Iadis le François a bien esprouué leurs degasts & leurs armes; toutefois ils en ont esté bien estrillez: & Charles-Magne en a fait curée assez de fois, aux pays estranges.   *Le voyant d'heure en heure Changer*] Pour ce que l'Heretique n'est iamais certain.   *Manichée*] Heretique Persien, dont les Sectaires furent appellez Manicheens, & lesquels, pour éuiter la signification du mot Manichée, qui veut dire, fol, publioient dans la Grece que Manichée estoit à dire, Verse manne. Voyez l'Histoire Ecclesiastique.   *Suiure son propre aduis*] Estant particulier, & non du S. Esprit.   *Vne certaine foy que Dieu par son Esprit*] *Fides donum Dei ac lumen.*   *La teste baptizée*] Pour ce que l'on baptize au chef.   *Payen*] Infidelle, mescreant, Ethnique, ennemy de IESVS. Sous le mot de Payen tous infidelles qui n'adorent point IESVS, sont compris. *Paganus; Pagani*, comme *Gentes.*   *La nuict i'adorerou les rayons de la Lune, Au matin le Soleil*] Comme font certains peuples de l'Indie.   *Oeil du Monde*] Pour ce qu'il voit tout.   *Les rayons du Soleil sont les siens*] Gentillesse poëtique & nonobstant l'allegation de Plutarque, non veritable. Marulle liu. 3. en l'Hymne du Soleil.   *Auricomum genitor fœcundo lumine Solem, &c.*

Selon qu'il entre ou sort de ses douze maisons] Par le Zodiaque, autrement dit l'escharpe du Ciel, où cheminant de biais, & faisant son cours propre, annuel & regulier par les douze signes, il quitte l'vn pour entrer en l'autre de mois en mois, dans le 4. Ciel, parfaisant sondit cours en 300. 51. iours 5. heures, d'où se reglent parfaitement les 4. Saisons de l'année. Marulle encore en son Hymne: *Lucida perlapsus Cœli duodena per astra.*

D'vn traict de ses yeux] D'vne pointe, d'vn regard: voicy Traict en bonne part, au contraire de celuy du tonnerre.   *L'esprit, l'ame du Monde*] Pour ce qu'il donne vie à tout.   *Tout ce Monde pour terme*] Ne passant les 2 bouts du Monde.   *En repos*] Se couchant suiuant le dire des Poëtes, quand la nuict vient en nostre Hemisphere, & qu'il porte le iour ailleurs.   *Sans repos*] Allant tousiours, & ne se couchant point, bien qu'il nous le semble quand il est sous l'autre Horizon.   *Fils aisné de Nature*] Pour ce que Nature est humainement ditte la mere de toutes choses, & que le Soleil est fait en partie afin de les conseruer & maintenir. L'Autheur a dit en son Hymne de l'Esté, (l'vne des 4. plus rares ouurages qu'il ait iamais produit) que la Nature s'ennuyant de la froideur eneruée du Temps son mary, elle deuint amoureuse du Soleil, & que de son fait elle engendra l'Esté.

I'adorerois Cerés qui les bleds nous apporte,
Et Bacchus qui le cœur des hommes reconforte,
Neptune le sejour des vents & des vaisseaux,
Les Faunes & les Pans, & les Nymphes

des eaux,
Et la Terre hospital de toute creature,
Et ces Dieux que l'on feint ministres de Nature.

YYYyy

Mais l'Euangile sainct du Sauueur IESVS
CHRIST
M'a fermement grauée vne foy dans l'esprit,
Que ie ne veux changer pour vne autre nou-
uelle,
Et deußé-ie endurer vne mort tres-cruelle.

De tant de nouueautez ie ne suis curieux,
Il me plaist d'imiter le train de mes ayeux:
Ie croy qu'en Paradis ils viuent à leur aise,
Encor qu'ils n'ay'nt suiui ny Caluin ny de
Beze.

Dieu n'est pas vn menteur, abuseur ny
trompeur:
De sa saincte promesse il ne faut auoir peur,
Ce n'est que verité, & sa viue parole,
N'est pas comme la nostre incertaine & friuole.

L'hôme qui croit en moy(dit-il)sera sauué:
Nous croyons tous en toy, nostre chef est laué

En ton nom,ô IESVS,*& dés nostre ieunesse*
Par foy nous esperons en ta saincte promesse.

Et toutefois, Seigneur, par vn mauuais
destin
Je ne sçay quel yurongne, apostat Augustin
Nous presche le contraire, & tellement il ose,
Qu'à toy la verité sa mensonge il oppose.

Le iour que tu donnois à ta suite ton corps,
Personne d'vn cousteau ne te pressoit alors
Pour te faire mentir & pour dire au contraire
De ce que tu auois deliberé de faire.

Tu as dit simplement d'vn parler net & franc,
Prenant le pain & vin, C'est cy mon corps
& sang,
Non,signe de mô corps:toutefois ces Ministres,
Ces nouueaux desroquez, apostats & belistres,
Desmentent ton parler disant que tu réuois,
Et que tu n'entendois les mots que tu disois.

GARNIER.

I'adorerois Cerés] L'Autheur continue à dire ce qu'il feroit, & seroit contraint de faire, voyant tant de suspens & tant de religions, s'il n'auoit la foy de IESVS-CHRIST imprimée au cœur. *Cerés qui les bleds nous apporte*] Cerés fille de Saturne & d'Ops, sœur de Iupiter & de Neptune, & mere de Proserpine, est ditte la Déesse des bleds, d'autant qu'elle eut l'industrie & l'art d'inuenter à labourer la terre, à la semer, à battre à la grange, à vanner & cribler, à moudre & faire le pain : car les hommes viuoient parauant de glands & de pommes sauuages. Beaucoup de choses sont dittes de Cerés que l'on pourra voir en la Mythologie de Natalis Comes, & dans le premier liure des Georgiques de Virgile. *Et Bacchus qui les cœurs des hommes reconforte*] Pour ce qu'il est Dieu des vins, comme Cerés Deesse des bleds. *Vinum latificat cor hominis,* dit la Saincte Escriture. Il est fils de Iupiter & de Semele, & Roy des Indes. *Neptune le seiour des vents & des vaisseaux*] Neptune est Roy des eaux & frere de Iupiter, mais il est pris icy pour l'eau mesme. *Et ces Dieux que l'on feint ministres de Nature*] Comme Genie, Amour, & le Dieu des Iardins. *L'homme qui croit en moy, dit-il,*] *Qui credit in me, saluus erit,* dit l'Euangile. *Est laué*] Baptisé. *Par Foy nous esperons.*] Ayant la creance & la Foy. *Par vn mauuais Destin*] Par malheur. *Yurongne, apostat Augustin*] Luther dit yurongne, pour estre Allemand, qui fait gloire de boire, autant que le François d'aimer; Apostat, côme ayant esté Moyne d'vn côuent d'Augustins. *Le soir que tu donnois à ta suite ton corps*] Lors que IESVS fit la Cene, parauant qu'aller souffrir la mort. *C'est cy mon corps & sang*] *Hoc est corpus meum. Ego sum panis viuus, qui de cœlo descendi: si quis manducauerit ex hoc pane, viuet in æternum.* S.Iean chap.6. Nous en auons parlé. *Ces nouueaux desroquez*] Pource que les Ministres la plus part estoient moynes reniez, ayant ietté le froc aux orties. *Disant que tu réuou*] Ainsi dit l'Huguenot, que IESVS s'estoit si troublé, qu'il entendoit autrement qu'il ne disoit.

Ils nous veulēt môstrer par raison naturelle
Que ton corps n'est iamais qu'à la dextre eter-
nelle
De ton Pere là haut, & veulent t'attacher
Ainsi qu'vn Promethée au faiste d'vn rocher.

Ils nous veulent prouuer par la Philosophie
Qu'vn corps n'est en deux lieux, aussi ie ne
leur nie:
Car tout corps n'a qu'vn lieu: mais le tien, ô
Seigneur!
Qui n'est que Majesté, que Puissance &
qu'Honneur,
Diuin, Glorifié, n'est pas comme les nostres.

Celuy à porte close alla voir les Apostres,
Celuy sans rien casser sortit hors du tombeau,
Celuy sans pesanteur d'os, de chair ny de peau,
Monta dedans le Ciel: si ta vertu feconde

Sans matiere apprestée a basti tout ce Monde,
Si tu es tout diuin, tout sainct, tout glorieux,
Tu peux cômuniquer ton corps en diuers lieux.
Tu serois impuissant si tu n'auois puissance
D'accomplir tout cela que ta Majesté pense.

Mais quel plaisir prens-tu pour troubler
ton repos,
D'ouïr l'humain caquet tenir tant de propos?
D'ouïr ces Predicâs qui par nouueaux passages
En t'attachant au Ciel, monstrent qu'ils ne
sont sages?
Qui pippent le vulgaire & disputent de toy,
Et r'appellent tousiours en doute nostre foy?

Il fait bon disputer des choses naturelles,
Des foudres,&des vêts,des neiges,&des grêles
Et non pas de la foy, dont il ne faut douter:
Seulement il faut croire & non en disputer.

Tout homme curieux lequel voudra s'en-
    querre
Dequoy Dieu fit le Ciel, les ondes, & la terre,
Du Serpent qui parla, de la pomme d'Adam,
D'vne femme en du sel, de l'asne à Balaam,
Des miracles de Moyse, & de toutes les choses,
Qui sont dedans la Bible estrangement enclo-
    ses,
Il y perdra l'esprit: car Dieu qui est caché,

Ne veut que son secret soit ainsi recherché.
    Bref, nous sommes mortels, & les choses
        diuines
Ne se peuuent loger en nos foibles poitrines,
Et de sa prescience en vain nous deuisons:
Car il n'est pas sujet à nos sottes raisons.
» L'entendemēt humain, tāt soit-il admirable,
» Du moindre faict de Dieu, sans grace, n'est
    capable.

GARNIER.

Ils nous veulent monstrer] Suiuant l'opinion des Philosophes.   *A la dextre eternelle*] De Dieu.   *Il nous veulent prouuer*] La chose est Philosophique.   *Celuy à porte close*] Apres la Resurrection.   *Celuy sans rien casser*] En venant à ressusciter.   *Celuy sans pesanteur*] A l'Ascension, comme ayant vn corps glorieux, & non pesant comme les nostres.   *Tu peux communiquer ton corps en diuers lieux*] Comme en la Saincte Hostie. Pouuant estre en dix mille & dix millions d'Hosties, comme la voix & la parolle en autant d'oreilles.   *D'accomplir tout cela*] Ipse dixit & facta sunt, ipse mandauit & creata sunt.   *Predicants*] Nom des Prescheurs de la nouuelle opinion.   *Nouueaux passages*] Allegations falsifiees, cōme és Bibles de Geneue, & d'autres impressions du nom des villes Catholiques, pour mieux tromper.   *En t'attachant au Ciel*] Disant que tu ne bouges de là, sans estre icy bas.   *Des foudres & des vents*] Comme ils sont formez. Lisez Aristote & Plutarque, & ceux lesquels ont parlé des Meteores.   *Seulement il faut croire*] *Tu quidem fide sta. Noli altum sapere.*   *Du Serpent qui parla*] Du Diable, quand il seduisit Eue nostre ayeule dans le jardin du Paradis terrestre, en luy donnant la Pome.   *D'vne femme en du sel*] De la femme de Loth, qui sortant de l'abominable ville de Sodome, fut changée en vne statuë de sel, pour auoir, curieuse, transgressé les commandemens & les volontez de Dieu. Genes.   *L'asne à Balaam*] L'asnesse, laquelle portoit Balaam, qui s'en alloit maudire Israël par enchantement. Nombres 22. Balaam signifie iniquité du peuple.   *Des miracles de Moyse*] Pour les enfans d'Israël, desquels il estoit General & conducteur au desert. Exod. 3.   *Bible*] Liure: & pource que dans tel liure, tout est compris, il est nommé liure sans despendance.   *Estrangement encloses*] Qui sembleroient estranges, les considerant humainement.   *Car Dieu qui est caché*] Dont les hauts secrets ne doiuent estre decelez.   *Et les choses diuines Ne se doiuent loger*] Ce n'est pas à dire que nous deuions estre priuez des choses diuines, mais qu'il ne faut aspirer aux secrets diuins.   *Prescience*] Mot pour signifier l'auant-cognoissance de toutes choses.

Mais comment pourroit l'homme auec ses
    petits yeux
Cognoistre clairement les mysteres Cieux;
Quand nous ne sçauons pas regir nos Repu-
    bliques,
Ny mesmes gouuerner nos choses domestiques?
Quand nous ne cognoissons la moindre herbe
    des prez?
Quand nous ne voyons pas ce qui est à nos piez?
Toutefois les Docteurs de ces sectes nouuelles,
Comme si l'Esprit Sainct auoit vsé ses ailes
A s'appuyer sur eux, comme s'ils auoient eu
Du Ciel dru & menu mille langues de feu,
Et comme s'ils auoient (ainsi que dit la fable
De Minos) banqueté des hauts Dieux à la
    table:
Sans que honte & vergongne en leur cœur
    trouue lieu,
Parlent profondement des mysteres de Dieu;
Ils sont ses Conseillers, ils sont ses Secretaires,
Ils sçauent ses aduis, ils sçauent ses affaires,
Ils ont la clef du Ciel & y entrent tous seuls,
Ou qui veut y entrer, il faut parler à eux.
Les autres ne sont rien sinon que grosses bestes,

Gros chapperons fourrez, grasses & lourdes
    testes:
Sainct Ambrois, sainct Hierosme, & les au-
    tres Docteurs
N'estoient que des réueurs, des faux, & des
    menteurs:
Auec eux seulement le Sainct Esprit se treuue,
Et du Sainct Euangile ils ont trouué la febue.
    O pauures abusez! mille sont dans Paris,
Lesquels sont dés jeunesse aux estudes nourris,
Qui de contre vne natte estudians attachent
Melancholiquement la pituite qu'ils crachent,
Desquels vous apprendriez en diuerses façons
Encores dix bons ans, mille & mille leçons.
    Il ne faut se ruser de longue experience
Pour estre exactement docte en vostre science:
Les barbiers, les maçons en vn iour y sont
    clers,
Tant vos mysteres saincts sont cachez &
    couuers.
    Il faut tant seulement auecques hardiesse
Detester le Papat, parler contre la Messe,
Estre sobre en propos, barbe longue & le front
De rides labouré, l'œil farouche & profond,

Y Y Y y y   ij

Les cheueux mal peignez, le sourcy qui s'auale,
Le maintien refrongné, le visage tout passe,
Se monstrer rarement, composer maint escrit,
Parler de l'Eternel, du Seigneur & de Christ,
Auoir d'vn grand manteau les espaules cou-
uertes,
Bref, estre bon brigand & ne iurer que Certes.

Il faut pour rendre aussi les peuples estonez,
Discourir de Iacob & des predestinez,
Auoir Sainct Paul en bouche & le prendre à
la lettre,
Aux femmes, aux enfans l'Euägile permettre,
Les œuures mespriser, & haut-loüer la foy.
Voilà tout le sçauoir de vostre belle loy.

GARNIER.

Mais comment pourroit l'homme] Prudence en l'Apotheose contre les Sabelliens.

Quum sit difficilis via noscere Principiorum
Semina, cui dabitur mortali exquirere, quidnam
Vltra Principium Deus egerit?

Comme si l'Esprit Sainct auoit vsé ses aisles] Pourautant que le S. Esprit deualla sur Iesus-Christ lors de son Baptesme en forme de Colombe au fleuue du Iourdain. *Et vidit Spiritum Dei descendentem sicut Colombam, & venientem super ipsum*, S. Luc 3. L'Autheur veut dire: comme s'ils estoient fauorisez de toutes les inspirations que donne le Sainct Esprit. *Comme s'ils auoient eu*] Comme la Vierge, & les Apostres qui receurent le iour de la Pentecoste, le S. Esprit, en guise de langues de feu. *Et apparuerunt illis dispertita lingua tanquam ignis*, Act. des Apostres. *Ainsi que dit la fable de Minos*] Minos fils de Iupiter & d'Europe, & Roy de Crete, fut le premier qui la rangea sous des Loix: & pource qu'il aima fort l'equité durant sa vie, apres sa mort on l'a fait Iuge des Enfers. Homere en l'Odyss. liu. A.

Ἐνθ' ἦτοι Μίνωα, &c.

Æaque, & Rhadamanthe, encores fils de Iupiter, sont Iuges des Enfers, mais il est par dessur eux, pour resoudre les choses d'importance & de valeur: aussi Iupiter, comme il est dit icy, l'honore tant, qu'il le daigne faire banqueter & manger de l'Ambrosie à la table des Dieux. Or Platon dit, que pour estre aimant de la Iustice, il est disciple du Dieu Iupiter son pere, entendant que l'on ne peut l'administrer comme il faut sans l'aimer & l'ensuiure. Homere, comme Platon, le nomme Oariste de Iupiter, c'est à dire, familier & disciple. Tzetzes Autheur Grec en la 9. Hist. de ses Chiliades & en la 49. de la 12. le maintient fils d'Asterius Roy de Crete, & parle de luy bien au long, & du Minotaure. *Sans que honte & vergongne*] Ouy, car on doit auoir de la honte de profonder les mysteres qui sont en Dieu, pour en mal vser. *Ses Conseillers*] Ses Apostres, sur lesquels il presidoit sur terre, & preside au Ciel. *Ses Secretaires*] Les Euangelistes. *Ils ont la clef du Ciel*] Comme S. Pierre. *Il faut parler à eux*] Se faire de leur religion pretenduë. *S. Ambrois*] Pour, S. Ambroise, en consideration du vers. Il entend icy les 4. Docteurs de l'Eglise, S. Ambroise, S. Gregoire, S. Hierosme, & S. Augustin, desquels l'Huguenot se rit comme de gens simples & lourdauts, & rejette leurs passages quand ils ne font pour luy. *Ils ont trouué la febue*] Prouerbe commun, tiré par allegorie de la febue du gasteau des Roys, où la Royauté se donne par sort. *O pauures abusez, mille sont dans Paris*] Il faut dire vingt mille auiourd'huy; car on peut aduoüer sans flatter, que la Sorbonne, Maison des Theologiens de Paris & son escolle diuine, & les autres ne furent iamais à la vingtiesme partie si comblees de ieunesse releuee d'esprit & d'origine qu'elles sont auiourd'huy. *Pituite*] Humeur froide & melancolique, humeur catharreuse & gluante: c'est pourquoy l'Autheur dit que les estudians l'attachent contre la paroy. *Se ruser*] Mot de Chasse. *Clercs*] Sçauants. *Il faut tant seulement*] C'est depeindre au vif telles gens. *Le Papat*] La condition des Papes. *La Messe*] L'oblation des oblations. *Certes*] Iuron des Ministres Predicans: c'est à dire en Hebrieu, Il est ainsi. Le mauuais Roy de Geth, qui se voulut mocquer du bon Roy Dauid, se nommoit Achis, de la signification du mot; & diriez qu'en disant certes, ils iurent par luy: telle est l'affirmation des Gascons; toutesfois Alain Chartier, Historiogr. & Poëte du Roy Charles VII. & lequel estoit Normäd, vse fort de ce mot Acertes, qui veut dire Certes. *Discourir de Iacob & des Predestinez*] Iacob fils d'Isaac & frere puisné d'Esaü, mais qui pour vn broüet de lentille fut depuis l'aisné, receut finement de son pere la benediction qu'il apprestoit à son frere, & de là toutes manieres de biens & de felicitez luy succederent: Et pourautant qu'il se bandoit en la contemplation des choses bonnes, le nom d'Israël luy fut donné de Dieu, auec l'eternelle beatitude, consistant en la vision de sa Majesté haute. Car Israël signifie l'homme qui voit Dieu; tels que sont les bien-heureux, lesquels ont esté predestinez, c'est à dire, esleuz pour estre sauuez. *Auoir Sainct Paul en bouche*] Pour ce que le Huguenot en fait trophée. *Et le prendre à la lettre*] Pour autant qu'il semble du premier abord en quelques endroits, faire pour eux, le prenant à la lettre; mais à la tradition tout le contraire est apperceu clairement. *Aux femmes, aux enfans l'Euangile permettre*] Chose tellement difficile, que les Docteurs y sont bien empeschez, & mesme les Conciles. Bien que les escrits des liures contiennent la science, on ne l'apprend sans maistre: les maistres sont les Predicateurs, qui transforment la viande en laict pour les enfans, qui ne la pourroient ny mascher ny digerer. Car les ignorans sont des enfans. *Les œuures mespriser*] Ce qui n'est à blasmer. Parmy le grand nombre, i'en deduiray peu du vieil & nouueau Testament. Hieremie 31. *Et merces operi tuo, ait Dominus.* Prouerbe 11. *Impius facit opus instabile, seminanti autem iustitiam merces fidelis:* Sap. 3. 5. *Bonorum operum gloriosus est fructus.* Sap. 10. *Iusti in perpetuum viuent, & apud Dominum est merces eorum.* Eccles. 16. *Misericordia facit vnicuique locum, secundum meritum operum suorum.* Matth. 11. *Quicunque potum dederit vni ex minimis istis calicem aquæ frigidæ, non perdet mercedem suam.* Ioan. *Procedent qui bona fecerunt in resurrectionem vitæ, qui verò mala egerunt, in resurrectionem iudicij.* Et S. Paul dont ils parlent tant, 2. aux Romains. *Reddet Deus vnicuique secundum opera eius. Gloria & honor omni operanti bonum.* 1. Cor. 3. *Vnusquisque mercedem accipiet secundum laborem suum.* 1. Cor. 5. *Omnes manifestari oportet ante-tribunal Domini nostri Iesu Christi, vt referat vnusquisque propria corporis prout gessit, siue bonum, siue malum.* *Et haut loüer la Foy*] Qui n'est rien sans les œuures. Phil. 11. *Vobis donatum est pro Christo, vt non solùm in eum credatis, sed etiam vt pro illo patiamini.* Math. vlt. *Euntes docete omnes gentes, baptizantes eos in nomine Patris, & Filij, & Spiritus Sancti, docentes eos non solùm credere, sed etiam seruare omnia quæcunque mandaui vobis.*

I'ay autrefois gousté, quand i'estois ieune
d'âge,
Du miel empoisonné de vostre doux breuuage:
Mais quelque bon Démon m'ayant oüy crier,
Auant que l'aualler me l'osta du gosier. ·

    Non, non, ie ne veux point que ceux qui
doiuent naistre,
Pour vn fol Huguenot me puissent recognoi-
stre:
Ie n'aime point ces noms qui sont finis en ots,
Gots, Cagots, Austrogots, Visgots & Hugue-
nots:
Ils me sont odieux comme peste, & ie pense
Qu'ils sont prodigieux à l'Empire de France.

    Vous ne pippez sinon le vulgaire innocent,
Grosse masse de plomb qui ne voit ny ne sent,
Ou le ieune marchant, le bragard gentil-hom-
me,
L'escolier débauché, la simple femme, & somme
Ceux qui sçauent vn peu, non les hommes qui
sont
D'vn iugement rassis, & d'vn sçauoir pro-
fond.

    Perisse mille fois ceste tourbe mutine
Qui folle court apres la nouuelle doctrine,
Et par opinion se laisse sottement
Sous ombre de pitié gaigner l'entendement.

    O Seigneur, tu deuois pour chose necessaire
Mettre l'opinion aux talons, & la faire
Loin du chef demeurer, & non pas l'apposer,
Si pres de la raison, à fin de l'abuser?

Comme vn meschant voisin, qui abuse à toute
heure
Celuy qui par fortune aupres de luy demeure.
    Ce Monstre qui se coule en nos cerueaux
apres
Va gaignant la raison laquelle habite aupres,
Et alors toute chose en l'homme est desbordée,
Quand par l'opinion la raison est guidée.

    La seule Opinion fait les hommes armer,
Et frere contre frere au combat animer;
Perd la Religion, renuerse les grand's villes,
Les couronnes des Rois, les polices ciuiles:
Et apres que le peuple est sous elle abatu,
Lors le vice & l'erreur surmonte la vertu.

    Or ceste Opinion fille de Fantaisie
Outre-vole l'Afrique, & l'Europe & l'Asie
Sans iamais s'arrester: car d'vn vol nompareil
Elle attaint en vn iour la course du Soleil.

    Elle a les pieds de vent, & dessur les aisselles
Comme vn Monstre emplumé, porte de gran-
des ailes:
Elle a la bouche ouuerte, & cent langues de-
dans,
Sa poitrine est de plomb, ses yeux prompts &
ardans,
Tout son chef est de verre, & a pour côpagnie
La ieunesse, l'erreur, l'orgueil & la manie.
De ses tetins ce Monstre vn Vuiclef alaita,
Et en despit du Ciel vn Iean Hus enfanta,
Puis elle se logea sur le haut de la porte
De Luther son enfant, & dist en ceste sorte.

GARNIER.

I'ay autrefois gousté] L'Autheur encore bien ieune, comme il dit, auoit eu quelque allechement du beau parler des Heretiques, dont il fut plustost deliuré qu'engagé, par la fauorable inspiration d'vn bon Ange, qu'il appelle bon Demon (car il est pris en bonne & mauuaise part, comme nous auons fait voir). Il dit que cet Ange gardien l'entendit crier, pour dire, qu'il le vit en combat dans son esprit, & resistant au vent commun de la tentation qui souffloit par tout alors: Demon signifie en Grec, sçauant.   Du miel empoisonné] Charmé; C'est vne allusion des breuuages de Circe.   Huguenot] Diuerse est l'opinion de la deriuaison: Les vns disent qu'il vient de Iean Hus, Heretique bruslé vif au Concile de Constance, enuiron 150. ans auparauant: Les autres du Roy Hugon, dont l'esprit couroit de nuict à Tours, comme ils faisoient, s'assemblans de nuict, & que les mutins d'Amboise furent pris à Tours: Les autres de Hens quenaux, qui veut dire en Suisse, gens mutins & seditieux: Les autres du commencement de la Harangue de Beze au Colloque de Poissy, trois fois interrompuë, & commençant: Huc nos ve-nimus: & les autres disent le semblable d'vn ieune Gentilhomme Allemand, lequel estant pris à la faction d'Amboise, & conduit à Monseigneur le Cardinal de Lorraine, luy donna la mesme respôse, comme il l'interrogeoit.   Cagots] Simulez, gens de faux-semblant, caphards, hypocrites; ce mot vient de Goth, qui signifie en Allemand, Dieu: ainsi nomme-'ton les hypocrites, mangeurs de Crucifix.   Austrogohts, Visgoths] C'estoient mesmes peuples lesquels estans diuisez prindrent chacun leur nom. Procope dit que les Goths, Ostrogoths, Visgoths & Vandales sout appellez tous d'vn mesme nom Sarmates, gens de mesme pays: la diuersité de leurs gouuerneurs & capitaines leur ayant fait auoir differentes appellations.   L'Empire de France] Le Royaume de France, par vn mouuement d'affection.   Le ieune marchand] Encore simple & niais.   Sous ombre de pitié] Sous le voile des paroles de vaine compassion: dont les seducteurs l'enueloppent.   Si prés de la raison] Car l'Opinion se loge aupres d'elle, à fin de trouuer subiet de la surprendre & la troubler, comme vne pernicieuse & meschante voisine, que l'on appelle vn Hydre à cent testes.   Fille de Fantaisie] Pource qu'elle naist des folles imaginations qui volent dans l'esprit.

Afrique] C'eſt vne des parties du Monde,ainſi nommée d'Aſer,de la poſterité d'Abraham,lequel ayant armé contre Libye(nom qu'elle portoit auec celuy d'Heſperie,comme diſent les Grecs)& vaincu ſes ennemis, il s'arreſta là. Ceſte partie du Monde eſt aſſiſe entre l'Aſie,l'Europe & le Midy , prenant ſon eſtendue en ſa longueur des confins d'Egypte,à la mer des Gades,où ſont les Colonnes d'Hercule,vers le Caucaſe;ainſi nommées, parce que ledit Hercule ayant penetré iuſqu'à ce lieu,rendit la nauigation bien aiſée. On feint qu'il planta là ces deux Coulonnes à fin de ſeruir de marque aux deux extremitez de la terre : c'eſt le deſtroit de Gilbraltar. La mer qui ceint l'Afrique vers le Septentrion, porte le nom de Libyque : Ethiopique celle deuers le Midy : celle de la part d'Occident,Atlantique. Bref,la mer & le Nil la ſeparent des autres parties du Monde. *La courſe du Soleil*] Qui fait le tour du Monde en vn iour. *Elle a les pieds de vent*] Pour monſtrer ſa velocité. *Et deſſur les aiſſelles, &c.*] Telle eſt la Renommée dans Virgile au 4. de l'Eneide.

Monſtrum horrendum , ingens , &c.

Sa poitrine eſt de plomb] Dure, peſante,inacceſſible, qui ne ſe peut fleſchir. Il prend icy metonymiquement la poitrine pour le cœur. *Tout ſon chef eſt de verre*] Clair, tranſparent, fol. *Manie*] Fureur ardente. *Vuicleff*] Heretique Anglois,des premiers de ceux leſquels ont infecté l'Allemagne & la Boheme, & qui fut deuant Iean Hus & Hieroſme de Prague Bohemiens : Il auoit toutes les erreurs que depuis ont eu les autres & les noſtres,qui deuroient mourir de honte,d'auoir abandonné la Foy de IESVS-CHRIST, & de leurs ayeuls, enſeignée en l'Egliſe,pour ſuiure les illuſions de tels yurongnes , brigands , & meurtriers. L'Empereur Sigiſmond commanda(ce fut au Concile de Conſtance) que les os dudit Vuicleff fuſſent deterrez & bruſlez , ſi l'on pouuoit les cognoiſtre & diſcerner. *Iean Hus*] Heretique nay de bas & pauure lieu d'vn village de Boheme appellé Huſz,dont il prit le nom qui veut dire Oüye,pource qu'il eſtoit iugé par les Bohemiens de grand & vif eſprit, il dogmatiſoit en l'an 1408.& fut bruſlé tout vif au Concile de Conſtance.

Mon fils,il ne faut plus que tu laiſſes roüiller
Ton eſprit en pareſſe, il te faut deſpoüiller
Cet habit môſtrueux,il faut laiſſer ton cloiſtre:
Aux Princes & aux Rois ie te feray cognoi-
  ſtre,
Et ſi feray ton nom fameux de tous coſteʒ,
Et rendray deſſous-toy les peuples ſurmonteʒ.
,,Il faut oſer beaucoup : la Fortune demande
,,Vn magnanime cœur qui oſe choſe grande.
  Ne vois-tu que le Pape eſt trop enflé de biës?
Comme il preſſe ſous ſoy les Princes terriens ?
Et comme ſon Egliſe eſt toute deprauée
D'ambition,de gloire,& d'erreur abreuuée ?
Ne vois-tu ſes ſuppoſts pareſſeux & pouſſifs,
Decoupeʒ,parfumez,delicats, & laſcifs,
Fauconniers,& veneurs,qui occupent & tien-
  nent
Les biens qui iuſtement aux pauures appar-
  tiennent,
Sans preſcher, ſans prier, ſans garder le trou-
  peau,
Dont ils tirent la graiſſe,& deſchirent la peau?
  Dieu t'appelle à ce faict : courage,ie te prie :
Le Monde enſorcelé de vaine pipperie
Ne pourra reſiſter : tout va de pis en pis,
Et tout eſt renuerſé des grands iuſqu'aux pe-
  tits.
  La Foy aueq' ſa ſœur de la terre eſt bannie.
Et regnent en leur lieu luxure & gloutonnie :
L'exterieur domine en tout ce Monde icy,
Et de l'interieur perſonne n'a ſoucy.
  Pource ie viens du Ciel pour te le faire en-
  tendre,

Il te faut maintenant en main les armes pren-
  dre :
Ie fourniray de feu,de meſche & de fuzil :
De mille inuentions i'auray l'eſprit fertil,
Je marcheray deuant , & d'vn cry vray-
  ſemblable
I'amaſſeray pour toy le vulgaire muable :
I'iray le cœur des Roys de ma flamme attizer,
Ie feray leurs citez en deux parts diuiſer,
Et ſeray pour iamais ta fidelle compagne.
  Tu feras grand plaiſir aux Princes d'Al-
  lemagne,
Qui ſont marris de voir (comme eſtans gene-
  reux)
Vn Eueſque Electeur qui domine ſur eux :
S'ils veulent qu'en leur main l'Election ſoit
  miſe,
Il faut rompre premier les forces de l'Egliſe :
Vn moyen plus ſubtil ne ſe trouue ſinon
Que de monter en Chaire, & d'auancer ton
  nom,
Abominer le Pape,& par mille fineſſes
Crier contre l'Egliſe, & deſcrier les Meſſes.
  Ainſi diſoit ce Monſtre, & arrachant ſou-
  dain
Vn ſerpent de ſon dos , le jetta dans le ſein
De Luther eſtonné : le ſerpent ſe deſrobe,
Qui gliſſant lentement par les plis de ſa robe
Entre ſous la Chemiſe , & coulant ſans tou-
  cher
De ce Moyne abuſé ny la peau ny la chair,
Luy ſouffle viuement vne ame ſerpentine,
Et ſon venin mortel vomit en ſa poitrine.

L'enracinant au cœur : puis faisant vn grand bruit *D'escailles & de dents comme vn songe s'en-fuit.*

GARNIER.

Mon fils, il ne faut plus] L'Autheur descrit icy la harangue persuasiue de l'Opinion, à fin de seduire Luther, & luy faire abandonner son cloistre d'Augustins, pour se nommer le chef des Heresiarques : La fin du 7. de l'Eneide de Virgile, est le modelle de tout ce discours :

Turne, tot incassum fusos patiere labores ?

Roüiller en paresse] Metaphore prise du fer. *Cest habit monstrueux*] L'habit de Religion. *La fortune demande*] Virgile : *Audentes Fortuna iuuat, timidósque repellit.*

Ne vois-tu que le Pape] Discours familiers de ceux que l'erreur a separez de l'Eglise ; lesquels pour la rendre plus abjecte & plus facile à ruiner, voudroient qu'elle eut vn chef sans pouuoir & sans esclat : & si comme ils disent, le vice & le desreglement ont tel regne en ses enfans leurs aduersaires, qu'ils tirent la poutre de leurs yeux, auant que reprendre le festu des autres. *Ses supposts*] Les Catholiques Ecclesiastiques. *La Foy auec sa sœur*] Charité. *Pource ie viens du Ciel*] Telle est l'outrecuidance de l'Opinion, de vouloir tesmoigner qu'elle prend langue dans le Ciel. *De feu, de mesche & de fuzil*] De boutefeu, d'appareil. *De ma flamme*] Ie les enflammeray : ie les porteray violemment. *En deux parts diuiser*] La Cité diuisée sera desolée. *Aux Princes d'Allemagne*] Comme à Federic Duc de Saxe qui fut le support de l'Heresie. *Vn Euesque Electeur*] Vn de ceux qui donnent leur voix pour monter à l'Empire. *Ainsi disoit ce Monstre*] Suitte des effets d'Alecton dans Virgile au 7. de l'Eneide. Et Prudence contre les Marcionites : *Complicat ecce nouo sinuosos pectore nexus, &c.* Dans le Tombeau que nous auons fait du Roy Henry le Grand ie ne m'eslongne beaucoup de l'imitation du Poëte Latin, quand le Meurtre parle à ce vilain monstre de Rauaillac qui le 14. de May, l'an 1610. osa luy donner la mort, par vn des estranges parricides que l'on veit iamais.

Ce disant, aussi tost vne langue il tira
Des serpents qu'il auoit, & luy rua dans l'ame,
Fumante à gros boüillons de venins & de flame,
Sans outrager le corps ; mais soudain les esprits
Furent de violence & de fureur épris.

Ce que nous auons encore imité dans le premier liure de mon Histoire de la Passion, quand le Demon vient accueillir Iudas, pour l'induire à trahison contre IESVS. Le Demon l'accueillant & le guignant de trauers, luy coula subtilement au dedans vn venin, creé par cette enuie, & luy glissant au cœur, le mit tout c'en dessus dessous, & tout en fougue. Le bois d'vne iauelle estant desliée, se peut rompre & diuiser bien aisément. Le venin furetant luy penetra les moüelles, sans toucher les os, & sa noire infection luy regorgea par la bouche, le faisant murmurer entre ses dents contre l'honneur de IESVS, & le culte & la reuerence deubs à sa Majesté diuine. *Luy souffle*] Luy ierre auec vn souffle : imitation des Poëtes Grecs & Latins. *L'enracinant au cœur*] Metaphore, luy respandant & luy versant au cœur.

Au bruit de ce serpent que les monts re-
  doublerent,
Le Danube & le Rhin en leur course en trem-
  blerent,
L'Allemagne en eut peur, & l'Espagne en
  fremit :
D'vn bon somme depuis la France n'en dor-
  mit,
L'Itale s'estonna, & les bords d'Angleterre
Tressaillirent d'effroy comme au bruit d'vn
  tonnerre.

Lors Luther agité des fureurs du serpent,
Son venin & sa rage en Saxone respand,
Et si bien en preschant il supplie & commande,
Qu'à la fin il se voit docteur d'vne grand
  bande.

Depuis les Allemans ne se virent en paix,
La mort, le sang, la guerre, & les meurtres
  espais
Ont assiegé leur terre, & cent sortes de vices
Ont c'en-dessus-dessous renuersé leurs polices.

De là sont procedez les maux que nous auōs,
De là vient le discord qu'abusez nous suiuons :
De là vient que le fils fait la guerre à son pere,
La femme à son mary, & le frere à son frere,
A l'oncle le nepueu : de là sont renuersez
Les Conciles sacrez des vieux siecles passez.

De là toute heresie au Mōde prit naissance,
De là vient que l'Eglise a perdu sa puissance,
De là vient que les Rois ont le Sceptre esbranlé,
De là vient que le foible est du fort violé ;
De là sont procedez des Geans qui eschellent
Le Ciel, & au combat les Dieux mesmes ap-
  pellent :
De là vient que le Monde est plein d'iniquité,
Remply de desfiance & d'infidelité,
Ayant perdu sa reigle, & sa forme ancienne.

Si la Religion & si la foy Chrestienne
Apporte de tels fruits, i'aime mieux la quitter,
Et banny m'en-aller les Indes habiter
Sous le Pol Antarctique où les sauuages viuĕt,
Et la loy de Nature heureusement ensuiuent.

YYYyy iiij

Mais en bref, ô Seigneur, Tout-puissant
& tout fort,
Par ta saincte bonté tu rompras leur effort,
Tu perdras leur conseil, & leur force animée
Contre ta Majesté enuoyras en fumée.
Car tu n'es pas l'appuy ny l'amy des larrons:
C'est pourquoy ton secours en bref nous espe-
rons:
La victoire des champs ne depend de nos ar-
mes,
Du nombre des pietons, du nombre des gen-
darmes:
Elle gist en ta grace, & ta dextre des Cieux
Fait celuy que tu veux icy victorieux.

Nous sçauons bien, Seigneur, que nos fau-
tes sont grandes,
Nous sçauons nos pechez: mais Seigneur, tu
demandes
Pour satisfaction vn courage contrit,
Vn cœur humilié, vn penitent esprit.

Et pource, Seigneur Dieu, ne punis en
ton ire
Ton peuple repentant qui lamente & souspire,
Qui te demande grace, & par triste meschef

Les fautes de ses Roys ne tourne sur son chef.
Vous Princes, & vous Roys, la faute auez
commise
Pour laquelle auiourd'huy souffre toute l'E-
glise,
Bien que de vostre temps vous n'ayez pas
cognu
Ny senty le malheur qui nous est aduenu.

Vostre facilité qui vendoit les offices,
Qui donnoit aux premiers les vaquans bene-
fices,
Qui l'Eglise de Dieu d'ignorans farcissoit,
Qui de larrons priuez les Palais remplissoit,
Est cause de ce mal: il ne faut qu'vn ieune
homme
Soit Euesque ou Abbé ou Cardinal de Rome:
Il faut bien le choisir auant que luy donner
Vne mitre, & Pasteur des peuples l'ordonner.

Il faut certainement qu'il ait le nom de
Prestre,
Prestre veut dire vieil: c'est afin qu'il puisse
estre
De cent mille pechez en son office franc,
Que la ieunesse donne en la chaleur du sang.

GARNIER.

Le Danube & le Rhin en leur course tremblerent] C'est à dire, figuratiuement; Les habitans du pays où coulent ces fleuues, s'estonnerent. Le Danube, & le Rhin deux fleuues d'Allemagne, dont nous auons parlé, si ie ne me trompe, comme nous auons fait de l'Allemagne, de l'Espagne, & de l'Angleterre.   *De l'Itale*] De l'Italie; C'est vne region de l'Europe, qui fut premierement ditte Hesperie, du nom de l'Estoille *Hesperus*, qui luy est opposee deuers Occident: secondement Oenottie, de la bonté de son vin, nommé des Grecs, οἶνος, & prist en fin le nom d'Italie, d'Itale fils du Roy de Sicile. Elle commence aux Alpes qui luy sont comme rempart durable, & s'estend d'vne longue entresuitte par entre le Midy & l'Orient iusqu'en l'Isle Sicilienne; tellement que ces deux qui la bornent de la maniere luy seruent comme de longs & larges fossez. Elle est d'vn terroir merueilleusemét fertile, & d'vn air extremement sain: Plusieurs mers cóme l'Oceane, la Tyrrhene, l'Hadriatique, luy font espaule: Rome est vne de ses villes renommees; le Tybre vn de ses fleuues, & l'Apennin l'vne de ses montagnes. Les Autheurs l'enseigneront plus au long, à qui voudra ietter les yeux dessus.   *saxons*] Saxe, pays de Luther.   *De là font procedez les maux*] Horace Ode 3. du premier liure.

――――― *maçies & noua febrium*
Terris incubuit cohors.

Et Prudence contre les Marcionites:

Hinc natale caput vitiorum, principe ab illo
Fluxit origo mali, qui se corrumpere primum,
Mox hominem dederit, nullo informante magistro:
Vltimus exilium subuerso præside mundu
Sortitur, mundique omnu labefacta supellex.

Le discord qu'abusez nous suiuons] C'est à dire; qu'abusez vous suiuez, Heretiques.   *Que le fils*] Les parents estans de loy diuerse, & ne pouuans s'accorder, ny viure en paix sans quereller.   *Les Conciles sacrez*] Où tant de Prelats assemblez, priants & ieusnans auoient determiné les choses concernantes la Foy par l'illumination du S. Esprit.   *Que l'Eglise a perdu sa puissance*] En maints lieux, par la force de l'Heresie.   *Les Indes*] Nous en auons descript le pays.   *Les Sauuages*] Peuples demeurans là, tous nuds, & la plus part tous velus. Ce mot est pris vulgairement pour gens barbares.   *Et la Loy de Nature*] Sans autre foy ny religion, sinon de viure comme Nature l'enseigne.   *La victoire des champs*] La bataille se deuant donner.   *Fait celuy que tu veux*] Pour des raisons cachees.   *Vn courage contrit*] Cor contritum & humiliatum Deus non despicies.   *Ne punis en ton ire*] Ne in furore arguas me, neque in ira tua corripias me.   *Vous Princes & vous Roys*] Pour auoir esté Princes trop indulgens, & toleré les abus qu'il falloit extirper en les corrigeant, comme le principe du mal, & du faux pretexte.   *Bien que de vostre temps*] Reprise à fin de s'excuser, & faire voir que l'on doit traitter les Souuerains & les Roys auec paroles de soye.   *Vostre facilité*] Il descrit les suiects du mal, qui ne sont pas encore esteints en l'aage où nous viuons.   *Farcissoit*] Metaphore de cuisine assez moindre, toutefois bien prise, voulant móstrer le peu de chois, par la cófusion du meslãge. *Euesque*]

Pour sçauoir quel est, & doit estre l'Euesque, lisez Sainct Paul en sa 1. epist. à Timothée, chap. 3. Vn Euesque est vn Pasteur general, ayant Diocese & chanoines. *Abbé*] Pasteur religieux, ayant seulement à regir & commander les Moynes de son Conuent. Il en est dit de Commendataires, que Budee nomme *fiduciary*. *Cardinal de Rome*] Pource que les Cardinaux sont faits à Rome. On les nomme Princes de l'Eglise, comme estans les premiers dō la Cour du Vicaire de Iesus-Christ sur terre. Ils sont dits Cardinaux de *cardo*, qui signifie vn gond, c'est à dire, qui soustient, ou doit soustenir le faix, & luy donner mouuement, comme le gond fait à la porte. *Mitre*] La Thiare d'vn Euesque ou Abbé. *Prebstre*] C'est à dire, ancien ; πρεσβύτερος.

Si Platon preuoyoit par les molles Musi-
    ques
Le futur changement des grandes Republi-
    ques,
Et si par l'harmonie il iugeoit la cité :
Voyant en nostre Eglise vne lasciueté,
On pouuoit bien iuger qu'elle seroit destruite,
Puis que icunes Pilots luy seruoient de con-
    duite.
    „ Tout Sceptre & tout Empire & toutes
    regions
„ Fleurissent en grandeur par les religions :
„ Par elles ou en paix ou en guerre nous som-
    mes :
„ Car c'est le vray ciment qui entretient les
    hommes.
On ne doit en l'Eglise Euesque receuoir
S'il n'est vieil, s'il ne presche, & s'il n'est de
    sçauoir :
Et ne faut esleuer par faueur ny richesse
Aux offices publics l'inexperte ieunesse
D'vn escolier qui vient de Tholose, deuant
Que par longue practique il deuienne sça-
    uant.

Vous Royne, en departant les dignitez plus
    hautes,
Des Roys vos deuanciers ne faites pas les
    fautes,
Qui sans sçauoir les mœurs de celuy qui plus
    fort
Se hastoit de picquer, & d'apporter la mort,
Donnoient le benefice, & sans sçauoir les
    charges
Des loix de IESVS-CHRIST, en furent
    par trop larges,
Lesquels au temps passé ne furent ordonneZ
Des premiers fondateurs pour estre ainsi don-
    neZ.
    Madame, il faut chasser ces gourmandes
    Harpyes,
Ie dy ces importuns dont les griffes remplies
De cent mille morceaux tendent tousiours la
    main,
Et tant plus ils sont saouls tant plus meurent
    de faim,
Esponges de la Cour, qui succent & qui tirent,
Plus ils creuent de biens, & plus ils en desi-
    rent.

GARNIER.

Si Platon preuoyoit par les molles Musiques] Ce Philosophe iugeoit de l'aneantissement des Republiques & des Citez, par les foibles musiques, & par les non masles harmonies, côme au contraire leur relenement par les fortes, & non languissantes. Voyant auiourd'huy tant de rymeurs & de versificateurs, qui par leurs modulations superstitieuses (vrays termes dont vse feu Monsieur Des-Portes dans vne lettre qu'il me faisoit l'honneur de m'escrire) veulent acquerir tout l'honneur, & reduire à neant, s'ils pouuoient, les enthousiasmes des vrays enfans d'Apollon, ne tiendrons-nous pas de ceste imagination Platonique en iugeant mal de la France ? mais nous en esperons le relenement par les faueurs que la Muse espere du Roy Louys XIII. apres les heureuses victoires que l'on voit & que l'on espere de iour en iour de sa Majesté. *Ieunes Pilots*] Au lieu de Pilotes, à cause du vers : Ce sont mariniers ; & pource que l'Eglise est comparée à vne barque, l'Autheur vsant de Metaphore, nomme les Prelats des Pilotes. *Ciment*] Le ciment est fait de tests de pots, ou bien de tuilleaux cassez & broyez en poudre auec de la chaux. Les coureurs en vsent trauaillants aux goutieres. *S'il ne presche*] Par la grace de Dieu, comme ie pense que nous auons dit, on ne s'en doit plaindre auiourd'huy : Pleust à la Diuine Majesté que le reste allast aussi bien. *Qui vient de Tholose*] Vne des premieres & meilleures Vniuersitez, comme elle est vne des plus grandes villes, & des plus excellentes en beaux esprits. *Vous Royne*] Il s'addresse à la Royne mere Catherine de Medicis, comme ayant tout pouuoir en l'Estat, par droit de Regence, à cause de la minorité du Roy Charles IX. *De picquer*] Le cheual. *Et d'apporter la mort*] Les postillons & coureurs de benefices, lesquels pour en auoir tuent les cheuaux à force de picquer. *Lesquels au temps passé*] Chose deplorable de voir que les biens donnez & leguez pour entretenir l'austerité dans les Conuents, y maintiennent, comme dit Petrarque,

       La gola, e'l sonno, è l'otiose piume.

Ces gourmandes Harpyes] Qui sont dites les Chiens de Iupiter. Voyez Apollonius liu. 2. des Argon.

    οὐ θέμις ὦ υἷες Βορέω ξιφέεσσιν ἐλάσαι
    Ἁρπυίας μεγάλοιο Διὸς κύνας.

Hesiode en sa Theogonie les nomme sœurs d'Iris & filles de Thaumante & d'Electre fille de l'Ocean.

    Θαύμας δ' Ὠκεανοῖο βαθυρρείταο θύγατρα
    ἠγάγετ' Ἠλέκτρην· ἡ δ' ὠκεῖαν τίκεν Ἶριν,
    ἠϋκόμους θ' Ἁρπυίας Ἀελλώ τ', Ὠκυπέτην π.

1362

D'autres les font estre filles de Neptune & de la Terra, & sont dittes Harpyes, du mot Grec ἁρπάζω, signifiant ra-
uir tout à soy; car Iupiter les designe pour aller rauir le boire & le manger des humains qui l'ont offensé; comme
le descrit Apollonius Rhod. du Roy Phinée en ses Argonaut. On les appelle encore les oiseaux Stymphalides,
Virg. aux Epigr. *Stymphalidas pepulit volucres discrimine quinto.*
Leur face est d'vne vierge, leurs mains sont fort crochuës, & portent des aisles sur leur dos : leurs noms sont,
Aëllon, Ocypete, & Celenon. Quant au reste leur ventre est fort grand, & tousiours affamé. Virgile au 3. de
l'Eneid. *Tristius haud illis monstrum, nec sæuior vlla*
  Pestis, & ira Deûm Stygys sese extulit vndis.
  Virginei volucrum vultus : fœdissima ventris
  Proluuies vncæque manus, & pallida semper
  Ora fame.

Ie dy ces imposteurs] Ces coureurs de benefices, qui voudroient en rauir à tous : & bien qu'il soit tres-malaisé
de s'en bien acquitter d'vn seul, en desireroient auoir vn cent. *Esponges de la Cour*] Gens qui tirent tout comme l'esponge. Voyez Alciat en ses Epigrammes peintes. *Qui succent & qui tirent*] Ainsi que des petits coule-
ureaux, nommez Sang-suës.

O vous, doctes Prelats, poussez du Sainct
  Esprit,
Qui estes assemblez au nom de Iesus-Christ,
Et taschez sainctement par vne voye vtile
De conduire l'Eglise à l'accord d'vn Concile,
Vous mesmes les premiers, Prelats, reformez-
  vous,
Et comme vrais Pasteurs faites la guerre aux
  Loups :
Ostez l'ambition, la richesse excessiue,
Arrachez de vos cœurs la ieunesse lasciue,
Soyez sobres à table, & sobres en propos,
De vos troupeaux commis cherchez-moy le
  repos,
Non le vostre, Prelats : car vostre vray office
Est prescher, remonstrer, & chastier le vice.
  Vos grandeurs, vos honneurs, vos gloires
  despoüillez,
Soyez-moy de vertus non de soye habillez,
Ayez chaste le corps, simple la conscience :
Soit de nuict, soit de iour, apprenez la science :
Gardez entre le peuple vne humble dignité,

Et joignez la douceur auec la grauité.
Ne vous entremeslez des affaires mon-
  daines,
Fuyez la Cour des Roys & leurs faueurs sou-
  daines,
Qui perissent plustost qu'vn brandon allumé
Qu'on voit tantost reluire, & tantost con-
  sumé.
  Allez faire la Cour à vos pauures oüail-
  les,
Faictes que vostre voix entre par leurs au-
  railles,
Tenez-vous pres du parc, & ne laissez en-
  trer
Les Loups en vostre clos, faute de vous mon-
  strer.
  Si de nous reformer vous auez quelque
  ennuie,
Reformez, les premiers, vos biens & vostre
  vie,
Et alors le troupeau qui dessous vous viura,
Reformé côme vous de bon cœur vous suiura.

GARNIER.

O vous doctes Prelats] L'Autheur par vne belle Apostrophe, arrestant son discours, le destourne aux Prelats assemblez pour aller au Concile de Trente. *Et comme vrays Pasteurs faites la guerre aux loups*] Ainsi l'Euangile
nomme ceux qui tourmentent l'Eglise & son parc. *Vos grandeurs, vos honneurs*] Le faste & l'orgueil : mais que
diroit-il auiourd'huy, s'il voyoit non seulement des Prelats, mais iusqu'à des simples Aumosniers, trainer apres
leur cheual des lacquais auec l'espée en escharpe? *Hei mihi qualis erat, &c.* *Et ioignez la douceur auec la grauité*]
Chose necessaire aux grands Pasteurs de l'Eglise ; La grauité pour monstrer la dignité de leur rang : la douceur
pour attraire, & non desbaucher les inferieurs par vne mine austere & rechignée. Parmy ceux de nostre aage,
lesquels ont esté pleins de ces deux belles vertus, ie nommeray sans complaisance feu M. de Laon de l'illustre
maison de Nangis, dont la memoire n'ira iamais soubs l'oubly : M. de Noyon de la maison d'Entragues : M. de
Comminges fils de Monsieur le Mareschal de Souuray : feu M. de Cheuerny Euesque de Chartres, & celuy qui
maintenant luy succede, M. de Bourgueil de l'ancienne maison d'Estampes. *Ne vous entre-meslez des affaires mondaines*] Car on ne peut seruir à deux maistres. *Fuyez la Cour des Rois*] Chose estrange d'y voir autant de
sottanes que d'espées! Ie ne dis pas qu'il n'en faille prés de la Majesté, pour l'Eglise, & quelquefois pour le conseil, mais que tout ne desborde pas là comme les riuieres, tandis que la secheresse est vers leur troupeau. *Qui
perissent plustost*] Car si le vent d'inconstance regne en quelque lieu, c'est-là. *Allez faire la Cour*] Voyez des
oüailles, & par quelles manieres leur Pasteur se fait recognoistre d'elles, & quel il doit estre, au Nouueau Testament en S. Iean 10. chap. où le Pasteur des Pasteurs vse de ces termes : *Ego sum Pastor bonus.* *Oüailles, orailles*]
Licence pour la ryme. *De bon cœur vous suiura*] *Regis ad exemplum totus componitur orbis.*

Vous Iuges des Citez qui d'vne main égale
Deuriez administrer la Iustice Royale,
Cent & cent fois le iour mettez deuant vos
　　yeux
Que l'erreur qui pullule en nos seditieux,
Est vostre seule faute : & sans vos entreprises,
Que nos villes iamais n'eussent esté surprises.
　　Si vous eussiez puny par le glaiue trenchant
Le Huguenot mutin, l'Heretique meschant,
Le peuple fust en paix : mais vostre conni-
　　uence
A perdu la Iustice & l'Empire de France.
　　Il faut sans auoir peur des Princes ny des
　　Rois,
Tenir droit la balance, & ne trahir les lois
De D I E V, qui sur le fait des Iustices prend
　　garde,
Et assis aux sommets des citez vous regarde:
Il perse vos maisons de son œil tout-voyant,
Et grand Iuge, cognoist le Iuge foruoyant
Par present alleché, ou celuy qui par crainte
Corrompt la Majesté de la Iustice saincte.
　　Et vous Nobles, aussi, mes propos entendez,
Qui faussement seduits vous estes desbandez
Du seruice de D I E V : vueillez vous reco-
　　gnoistre,
Seruez vostre pays, & le Roy vostre maistre,
Posez les armes bas : espere-z'vous honneur
D'auoir osté le Sceptre au Roy vostre Sei-
　　gneur?
Et d'auoir desrobé par armes la Prouince
D'vn ieune Roy mineur, vostre naturel
　　Prince?
　　Vos peres ont receu de nos Rois ses ayeux
Les honneurs & les biens qui vous font glo-
　　rieux :
Et d'eux auez receu en tiltre la Noblesse,
Pour auoir dessous eux monstré vostre prouës-
　　se,
Soit chassant l'Espagnol, ou combattant l'An-
　　glois,
A fin de maintenir le Sceptre des François :

Vous-mesmes auiourd'huy le voulez-vous
　　destruire,
Apres que vostre sang en a fondé l'Empire?
　　Telle fureur n'est point aux Tygres ny aux
　　Ours,
Qui s'entre-ayment l'vn l'autre, & se don-
　　nent secours,
Et pour garder leur race en armes se remuent;
Les François seulement se pillent & se tuent,
Et la terre en leur sang baignent de tous costez,
A fin que d'autre main ils ne soient surmontez.
　　La foy (ce dites-vous) nous fait prendre
　　les armes !
Si la Religion est cause des allarmes,
Des meurtres & du sang que vous versez icy,
Hé! qui de telle foy voudroit auoir soucy?
Si par fer & par feu, par plomb, par pou-
　　dre noire
Les songes de Caluin nous voulez faire croire?
　　Si vous eussiez esté simples comme deuant,
Sans aller les faueurs des Princes poursuy-
　　uant :
Si vous n'eussiez parlé que d'amender l'Eglise,
Que d'oster les abus de l'auare Prestrise,
Ie vous eusse suiuy, & n'eusse pas esté
Le moindre des suiuans qui vous ont escouté.
　　Mais voyant vos couteaux, vos soldars,
　　vos gendarmes,
Voyant que vous plantez vostre foy par les
　　armes,
Et que vous n'auez plus ceste simplicité
Que vous portiez au front en toute humilité,
I'ay pensé que Satan qui les hommes attise
D'ambition, estoit Chef de vostre entreprise.
　　L'esperance de mieux, le desir de vous voir
En dignité plus haute & plus riche en pouuoir,
Vos haines, vos discords, vos querelles priuées,
Sont cause que vos mains sont de sang a-
　　breuuées,
Non la Religion qui sans plus ne vous sert
Que d'vn masque emprunté qu'on void au
　　descouuert.

GARNIER.

Vous Iugez des Citez] Il parle à Messieurs de la Iustice, & leur impute la faute du mal, pour auoir esté lents & froids à punir le rebelle heretique, auant qu'il eut plus d'aduantage.　　Sans vos entreprises] A sçauoir de ne les punir, & de choyer peut-estre leur rang, & leurs beaux actes passez aux guerres de l'Estranger.　　Qui d'vne main esgale] A cause de la balance que Themis Deesse de la Iustice a dans ses mains.　　Tenir droit la balance] Faire iustice & droit quand il le faut.　　Est assis aux sommets] Comme en eschauguette & sentinelle, bien que D I E V soit par tout : mais l'Autheur feint cecy, pour d'auantage exprimer le soin qu'il a de penetrer ce que l'on fait. C'est encore vne imitation de l'antiquité.　Voyez au premier liure de la Franciade de l'Autheur.

Avec Pallas, qui sur le haut sommet
Du premier mur, &c.

Et dans le mesme liure:

Et toy Iunon dessus la porte assise
Hastois les Grecs, &c.

Et d'auoir desrobé] Prenant ses villes, & son reuenu. *Vos peres ont receu*] D'autant que les premiers tiltres de Noblesses és maisons, viennent des Rois, lesquels ont puissance d'annoblir. *Qui vous font glorieux*] Abus que nous voyons entre les hommes, qui ne se rendét glorieux & superbes de leur vertu, mais pour auoir des biens & des grades, qui sont attributs de fortune & du sort, & non du merite. *Pour auoir dessous eux monstré vostre prouesse*] Vn des plus vrays & plus dignes subiets d'annoblissement; tel que fut celuy du Grand Roy François premier à tous les soldats qui firent teste à l'Empereur Charles V. en la ville de Landrecy, du pays d'Artois. *Soit chassant l'Espagnol, ou combatant l'Anglois*] Enuers qui le François auoit guerre. *Tigres*] Animaux tres-cruels, naissants au pays d'Hyrcanie. *Ours*] Autre espece d'animaux cruels, faisants leur sejour aux pays montagneux: ils s'en void aux frontieres de Gascogne. Voyez Pline de leur naturel, & de leur chasse dans Oppian. *Qui s'entr'ayment l'vn l'autre*] A sçauoir les Tigres les Tigres, & les Ours les Ours: chose commune & generale à tous animaux fors qu'à l'homme, qui fait voir en soy moins de respect & d'humanité. *En armes se remuent*] Armes naturelles. *Et la terre en leur sang*] Petrarque ch. 16. du liu. 2.

Perche'l verde terreno
Del barbarico sangue si dipinga?

A fin que d'autre main ils ne soient surmontez] Le mesme, au mesme lieu.

Se da le proprie mani
Questo n'auien, hor chi sia, che ne scampi?

La foy, ce dites-vous, nous fait prendre les armes] Dont la Foy n'a iamais esté plantée, mais au gré de la souffrance. Voyez Saint Paul quand il dit: *Ter virgis cæsus fui;* neantmoins il auoit tant de monde qui le suiuoit & croyoit en ses paroles, qu'il pouuoit estre secondé. *Par plomb*] Bales de plomb. *Poudre noire*] Poudre à canon. *Les songes de Caluin*] Les caprices & resueries, comme nous auons dit, pour ce que les folles imaginations ont de l'air des songes. *Le moindre des suiuants qui vous eust escouté*] Ce que l'on feroit encore auec raison: il dit le moindre, pour la force & l'aduantage de sa plume. *Ceste simplicité que vous portiez au front*] Auant que changer de robbe, & tourner jaquette, en faisant les hypocrites. *Sathan*] Le Diable. *L'esperance de mieux*] Et de vray, non la Religion, mais toutes ces choses deduites par ceste demy-douzaine de vers, en fut le subiet: peché contre le Sainct Esprit, de recognoistre en faisant mal que c'est faire mal. *D'vn masque*] D'vne feinte & desguisement.

Et vous Nobles aussi qui n'auez renoncée
A la foy qui vous est par l'Eglise annoncée,
Soustenez vostre Roy, mettez-luy derechef
Le Sceptre dans la main, & la Couronne
    au chef,
N'espargnez vostre sang, vos biens ny vo-
    stre vie:
» Heureux celuy qui meurt pour garder sa pa-
    trie!
    Vous peuple qui du coutre, & de bœufs
    accouplez
Fendez la terre grasse & y semez des blez:
    Vous Marchans qui allez les vns sur la ma-
    rine,
Les autres sur la terre, & de qui la poitrine
N'a humé de Luther la secte ny la foy,
Monstrez-vous à ce coup bons seruiteurs de
    Roy.
    Et vous sacré troupeau, sacrez mignons des
    Muses,
Qui auez au cerueau les sciences infuses,
Qui faites en papier luire vos noms icy
Comme vn Soleil d'Esté de rayons esclarcy,

De nostre ieune Prince escriuez la querelle,
Et armez Apollon & les Muses pour elle.
    Ie sçay qu'ils sont cruels & tyrans in-
    humains:
Nagueres le bon DIEV me sauua de leurs
    mains,
Apres m'auoir tiré cinq coups de harquebuse,
Encore il n'a voulu perdre ma pauure Muse:
Ie vis encor, Lecteur, & ce bien ie reçoy
Par vn miracle grand que DIEV fit dessur
    moy.
    Ie meurs quand ie les voy ainsi que haren-
    geres
Ietter mille brocars de leurs langues legeres,
Et blasphemer l'honneur des Seigneurs les plus
    hauts
D'vn nom iniurieux de Guysars & Papaux.
    Ie meurs quand ie les voy par troupes inco-
    gnues
Marcher aux carrefours, ou au milieu des rues
Et dire que la France est en piteux estat,
Et que les Guysiens auront bien tost le mat.

GARNIER.

Et vous Nobles] Il parle aux Catholiques, demeurez en la foy sans changer. *Heureux celuy qui meurt*]
Horace:

Dulce & decorum est pro patria mori.

Vous peuple qui du coutre] Les laboureurs. Sannazar au second liure *de partu virginis.*

Quique Lycaoniam felicia iugera, quique
Flauentem curuis Lyciam perrumpit aratris.

Et Virgile, & tout plein d'autres. *Coutre*] Vn des instruments de la charuë qui send les guerets. *Et de bœufs accouplez*] Comme en Champagne & diuers autres lieux. *N'a humé de Luther*] *Auribus hausit,* dans le Psalmiste, & dans Horace, *Densum bibit aure vulgus. Et vous sacré troupeau*] Les Poëtes. *Et armez Apollon & les Muses*] Disposez-les à combatre armez de bons escrits. Apollon c'est le Dieu que les Poëtes inuoquent fabuleusement, non cet Apollon de l'Oracle, dont l'Escriture fait mention : car il estoit vn Diable, & partant le vulgaire estimeroit que tous Poëtes (la vertu desquels leur foible esprit ne sçait comprendre) rechercheroient l'aide & le secours des malins esptits. Iupiter & Latone engendrerent l'Apollon des Poëtes, comme ils feignent. Voyez Hesiode en sa Theog.

Λητὼ δ' Ἀπόλλωνα, &c.

Et pour ceux de langue Latine, Ouide 1. des Metamorph.

Iuppiter est genitor.

Herodote en l'Euterpe le dit fils de Bacchus, mais il n'est pas suiuy. Ἀπόλλωνα δὲ ἐ Ἄπμμτ, Διονύσου, &c. Pource qu'il est inuenteur de la musique, il est dit regir les Muses dont il est gouuerneur & chef.   Ouid. au 1. des Met.

——— *per me concordant carmina neruis.*

Touchant les Muses, nous en auons donné lumiere cy-deuant. Hesiode en sa Theog. en a descrit la naissance, & l'Autheur en l'Ode au Mecene de la Poësie, Michel de l'Hospital Chancelier de France.   *Apres m'auoir tiré*] Les Huguenots & Lutheriens, n'estans assouuis de leurs escrits & de leurs blasmes, contre le renom de l'Autheur, pour auoir dit la verité, si leur rage ne les eut portez à le vouloir assassiner. En leur Histoire des troubles ils le nomment Prestre, & Capitaine de larrons contr'eux : mais c'est peu de chose au regard de leurs vers ramassez contre luy, dont les plus sçauants Autheurs auoient eu l'honneur d'estre cheris en premier & bien receus de luy.   *Lecteur*] Il parle à quiconque lira ce liure. *Ainsi que harangeres*] Voyez les œuures de Beze & Caluin, iamais harangere ny tripiere ne fut plus abondante & copieuse en iniures; effects indignes vrayement des hommes d'honneur & de rang. *Brocards*] Mocqueries : ce mot peut venir du mot de la chasse, quand les cerfs pour donner la baye, meinent auec eux vn bien ieune cerf. *Guisards*] Mots iettez auec iniures contre Messieurs de Guise & la maison de Lorraine, par les Huguenots. *Papaux*] Le mesme enuers les Catholiques, par derision des Papes : mais si πάππας, veut dire Pere, ils nous font honneur au lieu de honte; & si πᾶ πίστς veut dire, *omnis fides,* toute foy. *Carrefour*] Ou Carfour, *Triuium,* τρίοδος, endroit où se rendent trois ruës, dit trepied : c'est vne place grande & publique; & m'imaginerois qu'il fut nommé Carfour de l'ancien mot, Carfour, Carfeu, venant du Couure-feu de sept heures du soir pour l'*Aue Maria,* que l'on sonnoit aux lieux publics. *Auront bien tost le mat*] *Matto,* en Italien veut dire fol; mais il est pris icy comme au ieu des Eschets, quand on donne eschec & mat, & qu'arrestant la meilleure piece, on gaigne le ieu.

Ie meurs en les voyant enflez de vanteries,
Semans de toutes parts cent mille menteries,
Et desguiser le vray par telle authorité,
Que le faux controuué semble estre verité,
Puis resserrer l'espaule, & dire qu'ils depleu-
     rent
Le mal-heur de la guerre, & de ceux qui y
     meurent,
Asseurans pour la fin, que le grand DIEV
     des Cieux
Les fera quoy qu'il tarde icy victorieux.
   Ie suis plein de despit, quand les femmes
     fragiles
Interpretent en vain le sens des Euangiles,
Qui deuroient mesnager & garder leur mai-
     son.
   Ie meurs quand les enfans qui n'ont point
     de raison,
Vont disputant de DIEV qu'on ne sçauroit
     comprendre,
Tant s'en faut qu'vn enfant ses secrets puis-
     se entendre.
   Iay l'esprit tout geiné de dueil & de tour-
     ment,

Voyant ce peuple icy des presches si gourmant,
Qui laisse son estau, son banc & sa charuë,
Et comme furieux par les presches se ruë
D'vn courage si chaud qu'on ne l'en peut
     tirer,
Voire en mille morceaux le deust-on deschi-
     rer.
   Vlysse à la parfin chassa ses bandes sottes
A grands coups de baston, de la douceur des
     lottes,
Qui oublioient leur terre, & au bord estran-
     ger
Vouloient viure & mourir pour les lottes
     manger.
Mais ny glaiue, ny mort ne retient ceste
     bande,
Tant elle est du sermon des Ministres friande:
Bref, elle veut mourir, apres auoir gousté
D'vne si dommageable & folle nouueanté.
   Iay pitié quand ie voy quelque homme de
     boutique,
Quelque pauure artizan deuenir heretique:
Mais i'ay despit au cœur, & horreur quand
     ie voy

Vn homme bien gaillard abandonner ſa foy,
Quand vn gentil eſprit pippé huguenotiſe,
Et quand iuſqu'à la mort ce venin le mai-
ſtriſe.
Voyant ceſte eſcriture ils diront en cour-
roux,
Et quoy ? ce gentil ſot eſcrit doncq' contre
nous ?
Il flatte les Seigneurs , il fait d'vn Diable
vn Ange.
Auant qu'il ſoit long temps on luy rendra
ſon change,
Comme à Villegaignon qui ne s'eſt bien trouué
D'auoir ce grand Caluin au combat eſprouué.
Quant à moy ie ſuis preſt, & ne perdray
courage,

Ferme comme vn rocher , le rempart d'vn
riuage,
Qui ſe moque des vents , & plus le flot ſallé
Sape & mine ſon pied, & moins eſt eſbranlé.
Au moins concedez-nous vos priuileges
meſmes,
Puis que vous deſchirez les dignitez ſupré-
mes
Des Papes , des Prelats , par mots iniu-
rieux,
Ne ſoyez ie vous pri' deſſur nous enuieux,
Grondans comme maſtins , ſi nos plumes s'a-
guiſent
Contre vos Predicans qui le peuple ſeduiſent!
A la fin vous verrez apres auoir oſté
Le chaud mal qui vous tient, que ie dy verité.

GARNIER.

Ie meurs en les voyant enflez , &c.] Vraye epithete des vanteurs. *Semant*] Eſpanchant : ſemer vn faux bruit. *Puis reſſerrer l'eſpaule*] Façon des Italiens , quand ils font les eſtonnez , & monſtrent ne ſçauoir plus que dire. *Et dire qu'ils depleurent*] Larmes de Crocodille. *Interpretent en vain le ſens*] Lequel, ainſi que nous auons dit, empeſcheroit vne aſſemblée entiere de Prelats. *Qu'on ne ſçauroit comprendre*] *Incomprehenſibilis*, Epithete que l'Egliſe attribue à Dieu ſeul. *Et comme furieux par les preſches ſe rue*] Le Diable eſtant le ſinge de Dieu, veut des Martyrs auſſi bien que luy. *Preſches*] Predications à l'Huguenotte, comme nous auons dit. Tels furent les Huguenots en leur premier enſorcellement , teſmoin le carnage fait d'eux en leur aſſemblée dans la ruë de Sorbonne , au declin du Regne du Roy Henry II. lors qu'ils dogmatiſoient en cachette, ſous le nom de Lutheriens, & qu'ils donnoient foy de ce qu'en dit l'Euangile prophetiquement. *ſi ergo dixerint vobis , ecce in deſerto eſt, nolite exire : ecce in penetralibus , nolite credere.* *Vlyſſe à la parfin*] Nous auons parlé de ceſte fable. *Miniſtres*] Preſcheurs des Huguenots comme l'on ſçait. *Bien gaillard*] De bon eſprit ; non ſtupide. *Huguenotiſe*] Verbe du nom Huguenot , comme (ſans comparaiſon) Pindariſe, Ronſardiſe. Or diſant qu'il a plus de compaſſion des beaux eſprits que des autres , ce n'eſt qu'il ait moins de charité : ſeulement veut-il entendre qu'il eſt deſpité de voir vn bel eſprit demeurer hebeté, ſans auoir recours au pouuoir que la nature luy donne. *Ce venin le maiſtriſe*] Ceſte erreur enuenimée. *Il fait d'vn Diable vn Ange*] Prouerbe & maniere commune : c'eſt à dire, il fait de vice vertu. *Comme à Villegagnon*] Docte perſonnage, alors qu'il fut en priſe contre ce bon Apoſtre de la nouuelle creance : mais touſiours l'Huguenot à l'oüir parler, eſt le maiſtre & le vainqueur en diſpute, comme en nos iours le Pleſſis Mornay dans Fontaine-bleau , deuant le Roy Henry le Grand, en la Conference auec le Cardinal du Perron. *Le rempart d'vn riuage*] La borne. *Qui ſe moque des vents*] Que les vents ne peuuent eſbranler. *Moins eſbranlé*] Car bien que le flot donne ſa marque au rocher qu'il bat par ſucceſſion de temps , il eſt tellement gros & maſſif, qu'il n'en eſt point affoibly. *Deſchirez les dignitez*] Auec les dents de la meſdiſance. *Pri'*] Pour prie à cauſe du vers. *S'aguiſent*] Pour eſcrire choſes picquantes. Metaphore des ſagettes. Horace:
—— acuens ſagittas
Cote cruenta.
Le chaud mal qui vous tient] La freneſie qui vous met en erreur.

Vous Prince genereux , race du ſang de
France,
Dont le tige Royal de ce Roy print naiſſance.
Qui pour la foy Chreſtienne outre la mer,
paſſa,
Et ſa gloire fameuſe aux Barbares laiſſa :
Si vous n'auiez les yeux aggrauez d'vn dur
ſomme,
Vous cognoiſtriez bien toſt que la fraude d'vn
homme
Banni de ſon païs l'eſprit vous a pippé,
Et des liens d'erreur par tout enuelopé.

Il vous enfle le cœur d'vne vaine eſpe-
rance,
De gagner noſtre Empire , il vous donne aſ-
ſeurance,
Il vous promet le monde : & vous Prince
tres-bon,
Nay du ſang inuaincu des Seigneurs de Bour-
bon,
L'oreille vous tendez à ces promeſſes vaines,
Qui ſe bouſſent de vent ainſi que bales pleines :
Mais ſi d'vn coup de pied quelqu'vn les va
creuant,

L'enfleuré fait vn bruit, & n'en sort que du
    vent.
    Puis vous qui ne sçauiez (certes dire ie
    l'ose)
Combien le commander est vne douce chose,
Vous voyant obey de vingt mille soldars,
Voyant floter pour vous aux champs mille
    estendars,
Voyant tant de Seigneurs qui vous font tant
    d'hommages,
Voyant de tous costez, bourgs, citez & vil-
    lages,
Obeïr à vos loix, & vous nommer veinqueur,
Cela, Prince tres-bon, vous fait grossir le
    cœur.
    Ce pendant ils vous font vn Roy de Tra-
    gedie,
Exerçant dessous vous leur malice hardie,
Et se couurant de vous, Seigneur, & de vos
    bras,
Ils font cent mille maux que vous ne sçauez
    pas:
Et ce qui plus me deult, c'est qu'encores ils di-
    sent
Que les Anges de DIEV par tout les fauo-
    risent.
    De tel arbre tel fruit: ils sont larrons, bri-
    gans,
Inuenteurs & menteurs, vanteurs & arro-
    gans,
Superbes, soupçonneux: au reste ie ne nie
Qu'on ne puisse trouuer en leur tourbe infinie
Quelque homme iuste & droit, qui garde bien
    sa foy:
Telle bonté ne vient pour croire en telle loy,
Ains pour estre bien-nay: car s'il fust d'auan-
    ture
Vn Turc, il garderoit ceste bonne nature.
Ie cognois vn Seigneur, las! qui les va sui-
    uant,
+ (Duquel iusqu'à la mort ie demourray ser-
    uant:)
Ie sçay que le Soleil ne void çà bas personne
Qui ait le cœur si bon, la nature si bonne,
Plus amy de vertu, & tel ie l'ay trouué,
L'ayant en mon besoin mille fois esprouué:
En larmes & soupirs, Seigneur DIEV, ie
    te prie
De conseruer son bien, son honneur & sa vie.

    Rien ne me fasche tant que ce peuple batu:
Car bien qu'il soit tousiours par armes com-
    batu,
Froissé, cassé, rompu, il caquette & grou-
    melle,
Et tousiours va semant quelque fausse nou-
    uelle:
Tantost il a le cœur superbe & glorieux,
Et dit qu'vn escadron des Archanges des
    Cieux
Viendra pour son secours: tantost la Germa-
    nie
Arme pour sa defense vne troupe infinie,
Et tantost les Anglois le viennent secourir,
Et ne void cependant comme on le fait mou-
    rir,
Tué de tous costez: telle fiéure maline
Ne se pourroit guarir par nulle medecine.
    Il veut tantost la paix, tantost ne la veut
    pas,
Il songe, il fantastique, il n'a point de com-
    pas,
Tantost enflé de cœur, tantost bas de cou-
    rage,
Et sans preuoir le sien predit nostre dom-
    mage.
    Au reste, de parole il est fier & hau-
    tain,
Il a la bouche chaude, & bien froide la main,
Il presume de soy: mais sa folle pensée
Comme par vn destin est tousiours renuersée.
    Que diroit-on de DIEV, si luy benin &
    doux
Suiuoit vostre party & combattois pour
    vous?
Voulez-vous qu'il soit DIEV des meur-
    triers de ses Papes,
De ces briseurs d'autels, de ces larrons de
    Chapes,
Des volleurs de calice? hà! Prince, ie sçay
    bien
Que la plus grande part des Prestres ne vaut
    rien;
Mais l'Eglise de DIEV est saincte & ve-
    ritable,
Ses mysteres sacrez, & sa voix perdurable.
    Prince, si vous n'auiez vostre rang ou-
    blié,
Et si vostre œil estoit tant soit peu deslié,

Vous cognoistriez bien tost que les Ministres
   vostres
Sont certes ie le sçay plus meschans que les
   nostres :
Il sont simples d'habits, d'honneur ambitieux,
Ils sont doux au parler, le cœur est glorieux,
Leur front est vergongneux, leurs ames es-
   hontées :
Les vns sont Apostats, les autres sont Athées,
Les autres par sur tous veulent le premier
   lieu :
Les autres sont ialoux du Paradis de Dievx,
Le promettant à ceux qui leurs songes ensui-
   uent :
Les autres sont menteurs sophistes qui escri-
   uent
Sur la parole Saincte, & en mille façons

Tourmentent l'Euangile, & en sont des chan-
   sons.
   Dessillez-vous les yeux, Prince tres-
   magnanime,
Et lors de tels galans vous serez peu d'estime:
Recherchez leur ieunesse, & comme ils ont
   vescu,
Et vous ne serez plus de tels hommes veincu.
   Prince tres-magnanime & courtois de
   nature,
Ne soyez offensé lisant ceste escriture :
Ie vous honore & prise, & estes le Seigneur
Auquel i'ay desiré plus de biens & d'honneur,
Comme vostre suiet, ayant pris ma naissance,
Où le Roy vostre frere auoit toute puissance.
Mais l'amour du pays, & de ses loix aussi,
Et de la verité me fait parler ainsi.

GARNIER.

Vous Prince genereux] Il destourne son propos à Louys de Bourbon Prince de Condé, chef du party, l'honorant tellement pour son humeur obligeante, & l'affection qu'il auoit aux Muses, qu'il ne le peut abandonner par les orages.   *De ce Roy prit naissance*] De Saint Louys, tige des Bourbons, qui passa la mer, & fit guerre aux Barbares pour la foy, si bien qu'il y mourut.   *Aggrauez d'vn doux somme*] Comme endormis par les charmes de la persuasion.   *Que la fraude d'vn homme Banni de son pays*] Caluin, banni de la ville de Noyon, pour le crime (ce dit.on) qui regnoit iadis en la terre de Loth.   *Et des liens d'erreur*] Façon de parler comme aux Poëtes. Ouid.

   Decidit incasses præda petita meos.

Ainsi que bales pleines] Balons à ioüer que l'on enfle de vent, par le moyen d'vne syringue pleine d'eau : L'on en faisoit de bien petits, ce qui leur fait à mon aduis appeller balles.   *Combien le commander*] Le commandement: Petrarque est tout plein de ces termes de parler.   *Vn Roy de Tragedie*] Qui ne dure pas.   *Ils sont cent mille maux que vous ne sçauez pas*] Et de fait on a tort de blasmer les Rois & les Princes, des violents excez que la guerre enfante ; n'ayants pas les yeux d'Argus pour voir tout ce que l'on y fait sous l'authorité de leur nom.   *Et ce qui plus me deult*] Mot qui vient de douloir.   *De tel arbre tel fruit*] *Arbor bona bonos fructus facit*, dit l'Euangile.   *Quelque homme iuste & droit*] Par naturelle inclination.   *Droict*] Suiuant la droicture.   *Qui garde bien sa foy*] Sa parolle : car faire banqueroute à la Religion, ce n'est pas garder sa foy.   *Pour croire en telle loy*] L'Huguenotte.   *Ie cognois vn Seigneur, las ! qui les va suiuant*] C'est Odet de Coligny Cardinal de Chastillon frere de l'Admiral Gaspard de Coligny, dont nous auons parlé : d'autant qu'il estoit parauant la bourasque, & la reuolte, vn amy parfait des Muses, l'Autheur qui ne peut oublier ceux qui les ont fauorisées, ne peut s'en taire. Voyez vne de ses Odes, qui dit ainsi.

   Mais d'où vient cela, mon Odet,
   Si de fortune ie salue
   Quelque Courtisant par la rue
   Ou de la voix, ou du bonnet.

Ie sçay que le Soleil] Il donne poëtiquement des yeux au Soleil & le fait voir, comme les Poetes anciens.   *Rien ne me fasche tant*] Qui verra cecy, verra l'image du temps present, naïfuement bien representée.   *Escadron*] Ou scadron, troupe rangée d'hommes de guerre.   *Germanie*] L'Allemagne, comme nous auons dit.   *Anglois*] Leurs associez comme les Allemands.   *Telle fieure*] Telle frenesie.   *Il fantastique*] Il a des fantasques pensées.   *Compas*] Mesure.   *Il a la bouche chaude & bien froide la main*] Il dit beaucoup, mais il fait peu.   *Comme par vn Destin*] Pour dire qu'il le semble.   *Des meurtriers de ses Papes*] Conseillans de les meurtrir : car on repute la volonté pour le fait.   *Que la plus grande part des Prestres*] Mais ils sont toutesfois sur la chaire de Moyse, & partant leur faut-il obeir, dit la Sapience eternelle.

Ie veux encor parler à celuy qui exerce
Dessous vostre grandeur la Iustice peruerse.
Quelle loy te commande, ô barbare insensé,
De punir l'innocent qui n'a point offensé ?
Quel Tygre, quel Lyon ne trembleroit de
   crainte

De condamner à mort vne innocence sainte ?
   Qu'auoit commis Sapin Conseiller d'e-
   quité,
Dont l'honneur, la vertu, les mœurs, l'in-
   tegrité,
Fleurissoient au Palais comme parmy le voile

De la nuict tenebreuse vne flambante eſtoile ?
    Tu diras pour reſponſe : On pend nos com-
        pagnons ,
De rendre la pareille icy nous enſeignons :
Et peu nous ſoucions de tort ny de droiture ,
Pourueu que nous puiſſions reuenger noſtre
    iniure.
        Hà ! reſponſe d'vn Scythe , & non pas d'vn
            Chreſtien ,
Lequel doit pour le mal touſiours rendre le
    bien !
Par mines ſeulement Chreſtien tu te deſ-
    cœuures ,
Ie dy Chreſtien de bouche , & Scythe par les
    œuures.
        O bien-heureux Sapin , vray martyr de
            la Foy !
Tel eſt au rang des Sainéts qui n'eſt plus Sainét
    que toy :
Les œillets & les lis , comme pour couuerture ,
Puiſſent touſiours fleurir deſſus ta ſepulture.
        Prince , ſouuenez-vous que vos freres ſont
            morts
Outre le naturel , par violents efforts ,
Et que voſtre maiſon maintefois a ſentie
La grande main de D I E V ſus elle appeſantie ,
Et pour ce accordez-vous auecques voſtre
    aiſné

Antoine , à qui le Ciel largement a donné
La vertu de remettre en faueur voſtre race ,
Et luy faire tenir ſon vray rang & ſa place.
    Si vous eſtieZ deux mois aupres de noſtre
        Roy ,
Vous reprendriez ſoudain voſtre premiere
    loy ,
Et auriez en horreur ceſte tourbe mutine ,
Qui vous tient apaſté de ſa folle doétrine.
        Hà Prince , c'eſt aſſez , c'eſt aſſez guerroyé.
Voſtre Frere auant l'âge au ſepulchre enuoyé ,
Les playes dont la France eſt ſous vous af-
    fligée ,
Et les mains des larrons dont elle eſt ſaccagée ,
Les loix & le païs ſi riche & ſi puiſſant ,
Depuis douze cens ans aux armes fleuriſſant ,
L'extreme cruauté des meurtres & des flam-
    mes ,
La mort des iouuenceaux , la complainte des
    femmes ,
Et le cry des vieillards qui tiennent embraſſez
En leurs tremblantes mains leurs enfans treſ-
    paſſez ,
Et du peuple mangé les ſouſpirs & les larmes
Vous deuroient eſmouuoir à mettre bas les
    armes :
Ou bien s'il ne vous plaiſt ſelon droit & raiſon
Deſarmer voſtre force , oyez mon oraiſon.

GARNIER.

Ie veux encor parler à celuy qui exerce] L'Autheur abhorre maintenant auec colere celuy qui exerçoit la iuſtice (ou l'iniuſtice) pour les Huguenots , & le tance aigrement d'auoir fait pendre innocemment feu Monſieur Sapin Conſeiller en l'auguſte & ſacré Parlement de Paris , & de leur repartie barbare & meſchante qu'ils faiſoient en vengeance de leurs Miniſtres , qui le meritoient bien comme rebelles pris dans les villes emportées d'aſſaut : & puis c'eſt vn faiét qui deſpend ſans plus de l'Authorité Royale. On tenoit ledit Sapin veritablement pour vn des plus hommes de bien de la Cour. *Fleuriſſoient au Palais*] Eſclattoient. *Comme parmy le voile*] Horace aux Odes :

    Creſcit occulto velut arbor æuo
    Fama Marcelli , micat inter omnes
    Iulium ſidus , velut inter ignes
        Luna minores.

De rendre la pareille] Terence aux Comedies :
    Par pari referto , ne eam mordeat.
Scythe] Nation cruelle dont nous auons parlé.   *Deſcœuures*] Pour , deſcouures , l'vn ; & l'autre ſe dit. *Les œillets & les lys*] Virgile au 6. de l'Æneide :
    —— manibus date lilia plenis ,
    Purpureos ſpargam flores , animámque nepotis
    His ſaltem accumulem donis , & fungar inani
        Munere.
Prince , ſouuenez-vous que vos freres ſont morts] François de Bourbon Comte d'Anguien , qui deffit ieune d'ans le vieil Marquis Del Guaſt Lieutenant de l'Empereur Charles V. à Seriſoles 1544. & qui mourut d'vne cheute de bahu , ietté par vne feneſtre à la Roche-Guyon , en vn combat de plaiſir , au mois de Feburier 1545. & Iean de Bourbon Duc d'Anguien tué le 10. iour d'Aouſt 1557. à la iournée de Sainét Laurens prés la ville de Sainét Quentin en Picardie , aſſiegée par Philippes Second Roy d'Eſpagne.   *Antoine*] Duc de Vendoſme , & Roy de Nauarre à cauſe de Ieanne d'Albret ſa femme , & grand Pere du Roy Louys XIII. à preſent regnant , lequel eſtant l'aiſné de la Royale Maiſon de Vendoſme. *Voſtre frere auant l'âge*] C'eſt Monſieur d'Anguien dont nous

venons de parler, de qui Luther regrette la mort. Voyez ses Odes Pindariques de sa victoire & de son trespas.

L'Hymne qu'apres tes combats
Marot fit de ta victoire,
Prince heureux, &c.

Depuis douze cens ans] Depuis le Regne de Clouis premier Roy Chrestien.   *Et du peuple mangé*] Ruiné.

Vous Princes conducteurs de nostre saincte armée,	*Sacré sang Guysian, nos rampars & nos forts,*
Royal sang de Bourbon, de qui la renommée	*Sang qui fatalement en la Gaule te monstres,*
Se loge dans le Ciel : vous Freres grands & forts,	*Pour donter les mutins, comme Hercule les monstres.*

GARNIER.

Vous Princes conducteurs] L'Autheur s'addresse & destourne sa parole au Duc de Vendosme, Roy de Nauarre, Lieutenant general pour le Roy : au Duc de Montpensier Louys, & au Prince de la Roche-sur-yon, tous de la maison de Bourbon.   *Vous Freres grands & forts, Sacré sang Guisian*] Messieurs de Guise & d'Aumale.   *Sacré*] Pour raison de ce grand Charles Cardinal de Lorraine.   *Nos rampars & nos forts*] Pour auoir gardé Mets & Paris.   *Fatalement*] Destinément : il veut dire icy, de pere en fils.   *En la Gaule*] En la France : Elle est ditte Gaule du mot Grec γάλα, qui signifie du laict, pour autant que ces peuples estoient & sont fort blancs. Ceste Gaule, (car il en est trois) c'est la Gaule Françoise, ditte perruquée ou Transalpine, au deça des Alpes.   *Comme Hercule les monstres*] Hercule fils de Iupiter & d'Alcmene, & colloqué par la force & la gloire qu'il auoit au rang des Dieux, eut de grandes & rudes trauerses par la ialousie que la Deesse Iunon portoit à sa mere : elle excitoit par haine tousiours quelque monstre à fin de luy nuire, mais il ne les entreprenoit iamais qu'il n'en vinst à bout; & commença dés le maillot à leur faire teste & les exterminer. Le temps manqueroit deuant la parole qui s'estudieroit à raconter le nombre de ses faits, & des monstres qu'il a mis bas : Voyez Quintus Smyrnæus de quelques-vns, mis an parangon des autres.

> Πρῶτα μὲν, ὁν Νεμίῃ βελαρὸν κατέπεφνε λέοντα.
> Δϐ'τερον, ὁν Λέρνῃ πολυαύχενον ὤλεσεν Ὕδρην, &c.

La version Latine est, que l'on met au nombre des Epigrammes de Virgile, (s'il est ainsi, ie m'en rapporte) est telle.

> *Prima Cleonæi tolerata ærumna leonis.*
> *Proxima Lernæam ferro & face contudit Hydram,* &c.

Du nombre infini des monstres debellez, voyez Lucrece des choses naturelles, & le Poëte Euripide en son Hercule furieux.

> Ἔτ' ὁν γαλακτῇ τ' ἔνη, &c.

Quand Iupiter l'engendra, le Soleil fut caché trois iours, & demeura trois nuicts à le faire, dit Orphée en ses Argonautes. Il est dit qu'il mourut tout en feu sur la montaigne d'Oete, & qu'il espousa la Ieunesse là haut au Ciel. De vouloir raconter sa vie, ses valeurs, ses amours, & bref tout ce que l'on en dit, on en feroit vn liure entier : les Grecs & Latins ne parlent d'autre chose, & qui voudra le mieux cognoistre, aille voir Theocrite, en l'Idyll. 25. & 26. & Moschus en la 2. Aisle voir encore Pindare en ses Odes, & les deux Poëmes que l'Autheur en a fait, à sçauoir l'Hercule Chrestien, & la comparaison d'Hercule au Roy Charles IX.

Et vous Montmorency sage Nestor François,	*Et ce pendant qu'aurez le sang & l'ame viue,*
Fidele seruiteur de quatre ou de cinq Rois,	*Ne souffrez qu'elle tombe en misere captiue.*
Qui meritez d'auoir en memoire eternelle	*Souuenez-vous, Seigneurs, que vous estes enfans*
Ainsi que du Guesclin vne ardente chandelle :	*De ces peres iadis aux guerres triomphans,*
Vous d'Anuille son fils, sage, vaillant & preux,	*Qui pour garder la foy de la terre Françoise*
Vous Seigneurs qui portez vn cœur cheualeureux,	*Perdirent l'Albigeoise & la secte Vaudoise.*
Que chacun à la mort fortement s'abandonne,	*Contemplez-moy vos mains, vos muscles, & vos bras :*
Et de ce ieune Roy redressez la Couronne!	*Pareilles mains auoient vos peres aux combas.*
Redonnez-luy le Sceptre, & d'vn bras indonté	*Imitez vos ayeux, à fin que la Noblesse*
Combatez pour la France & pour sa liberté,	*Vous anime le cœur de pareille proüesse.*

GARNIER.

Et vous Montmorency] Anne de Montmorency digne Connestable de France, & tres-digne Fauorit du Roy François I. qui veid & seruit Louys XII. ledit François I. Henry II. François II. & Charles IX. sous lequel il finit ses iours glorieusement, au retour de la bataille S. Denys, apres auoir en plusieurs autres batailles fait preu-ue de sa valeur & de son courage, & de l'ancienneté du nom qu'il portoit. *Sage Nestor François*] Pour ce qu'il estoit aagé de prés de quatre vingts ans, quand il fut blessé à mort. Nestor mourut fort vieil, & quand l'on veut desirer longue vie à quelqu'vn, les ans de Nestor luy sont desirez. Il estoit nay de Pyle, & c'estoit vn des plus eloquents & faconds Orateurs des Grecs deuant Troye assiegée. *Ainsi que du Guesclin*] Bertrand du Guesclin Gentil-homme Breton, Comte de Longueuille, fut vn des braues Cheualiers de la Cour de Charles V. Roy de France, & pourtant il fut par merite honoré de la charge de Connestable : Il mourut sous Charles V. & long-temps de là Charles VI. son fils, bien que fort ieune, pour retribuer les seruices qu'il auoit rendus à la Couronne par sa generosité, luy fit dresser des funerailles comme on feroit dresser pour vn Roy mesme, & le fit ensepulturer en la mesme Chapelle dudit Charles V. à Saint Denys, le Mausolée de nos Rois. *Vne ardente chandelle*] Vne lampe ardente à son tombeau. *Vous d'Anuille son fils*] Vn des fils puisnez du Connestable de Montmorency, depuis aussi Connestable sous le Roy Henry le Grand. C'est le pere de Monsieur l'Admiral d'auiourd'huy, lequel fait voir de iour en iour en Languedoc contre les Rebelles, qu'il ne degenere point, & que veu son ieune aage il promet à l'aduenir des merueilles. C'est encores le pere de ce miroir de beauté, de gentillesse & de pieté, Madame la Princesse de Condé, la digne espouse de Monseigneur le Prince de Condé Henry de Bourbon, l'vn des mieux disans, des plus affables, des plus valeureux, & des plus zelez à la foy Catholique Apostolique & Romaine, que l'Eglise ait veu de long temps ; & de ceux qui regardent les Muses & leurs nourrissons (i'entends les vrais) de meilleur œil, & de meilleure affection ; Vertus qu'il ne tient pas seulement des Bourbons, mais aussi de Madame la Princesse Charlotte de la Trimoüille mere de son excellen-ce. Pour en mieux rendre le tesmoignage, nous engrauerons icy pour l'aduenir ces vers que nous auons au-tresfois appendus & vouez au temple de sa gloire.

A LA LOVANGE DE MONSEIGNEVR HENRY DE BOVRBON TROISIESME PRINCE DE CONDÉ.

SONNET.

POVR combatre Israël le Madian s'appreste
A la rebellion : son incredulité
Le faisant regimber contre la verité,
Luy fait haïr le calme & cherir la tempeste.

Mille desseins peruers luy roullent dans sa teste,
De fureur & de rage en son cœur agité :
L'effect desia l'enseigne, en l'inhumanité
Qu'il exerce, au mespris d'vne heureuse conqueste.

Mais ô DIEV ! pour le vaincre, vn Gedeon par toy
Nous est ores donné, qui soustenant la foy
Bien tost luy doibt apprendre à reuerer son Maistre.

C'est HENRY DE BOVRBON, cousin du Roy LOVYS :
Authorise son bras, que nous voyons parestre
La cheute des crapaux dessous les FLEVRS DE LYS.

Albigeoise] Nous auons traicté cy. deuant de la secte Albigeoise, qui tenoit de l'Arrienne & de la Manicheen-ne, & dont les Caluinistes & Lutheriens ont fait vne rhapsodie & meslange, pour donner fonds à leur vaine Religion. *Vaudoise*] Secte ditte les Pauures de Lyon, d'vn nommé Valdo, qui fut homme pieux : & lequel tenant pour maxime que toute chose estoit commune entre les Chrestiens, donna tout ce qu'il auoit aux pau-ures : ceux qui l'imiterent furent nommez les Pauures de Lyon : mais parmy cecy faisant mille deshonnestes, al-lant de lieux en lieux pesle-mesle hommes & femmes, couchants ensemble pour voir s'ils resisteroient à l'eguil-lon de la chair, & garderoient la chasteté ; parmy leur hantise & menteries d'auantage en resistant, ils furent con-damnez viuement du Saint Pere : quifut l'an 1226. A l'occasion du despit qu'en eurent ces fols, ils ietterent la semence de toutes les erreurs d'alors, & renouuellerent celles des Gots lors qu'ils alloient commandant au Languedoc. Ce furent les Albigeois & les Vaudois qui firent ce beau ieu, que le Roy Philippe Auguste Dieu-donné rompit, & lequel s'est renouuellé de nostre temps : car il faut aduoüer que toutes ces orages qui depuis la la mort de IESVS-CHRIST frappent la barque de l'Église Romaine, toutes ces differentes heresies, viennent les vnes des autres, repigeonnant, & reprenant seue par nos fautes, & par les vices qui regnent, & dont l'on ne reprime les desbauchez.

Vous guerriers asseurez, vous pietons,
    vous soldars
De Bellonne conçeus, ieune race de Mars,
Dont les fresches vertus par la Gaule fleuris-
    sent,
	N'ayez peur que les bois leurs fueilles conuer-
	    tissent
	En Huguenots armez, ou comme les Titans
	Ils naissent de la terre en armes comba-
	    tans.

Ne craignez point auſſi les troupes d'Alle-
   magne,

Ny ces Reiſtres mutins qu'vn François accom-
   pagne :

Ils ne ſont point conceus d'vn fer ny d'vn ro-
   cher,

Leur cœur ſe peut naurer, penetrable eſt leur
   chair :

Jls n'ont non plus que vous ny de mains ny de
   iambes,

Leurs glaiues ne ſont point acerez dans les
   flambes

Des eaux de Phlegethon : ils ſont ſubjets aux
   coups,

De femmes engendrez, & mortels comme
   nous.

Ne craignez point auſſi, vous bandes Mar-
   tialles,

Les corps effeminez des Miniſtres ſi palles,

Qui font ſi triſte mine, & qui tournêt aux
   Cieux,

En faiſât leurs ſermons, la prunelle des yeux.

Mais ayez forte pique & bien tran-
   chante eſpée,

Bon cœur, & bonne main, bône armure trem-
   pée,

La bonne targue au bras, aux corps bons cor-
   ſelets,

Bonne poudre, bon plomb, bon feu, bons piſto-
   lets,

Bon morion en teſte, & ſur tout vne face
Qui du premier regard voſtre ennemy desface.

GARNIER.

Vous guerriez aſſeurez] L'Autheur apres auoir admoneſté les Princes & les Seigneurs, admoneſte les ſoldats à bien faire & bien ſeruir le Roy. *Bellonne*] Deeſſe de la guerre & ſœur de Mars, autrement ditte Enyon. C'eſt elle qui meine & conduit le char de Mars, & foüette ſes cheuaux. Virgil. en ſon Æneide. Ses Preſtres luy ſacrifioient de leur propre ſang, & deuant ſon Temple vne colomne s'eſleuoit nommée la Colomne bellique, ſur laquelle vn Heraut d'armes iettoit, ou brandiſſoit vne pique denonçant la guerre. Voyez Feſtus ; & *Alex. ab Alexandro*, liu. 3. chap. 11. *Ieune race de Mars*] Pour ce que la ieuneſſe eſt touſiours la plus courageuſſe, pour eſtre la moins conſiderante. *Freſches vertus*] Pour les guerres freſchement accomplies heureuſement & valureuſement contre les Princes eſtrangers. *Gaule*] France, comme nous auons dit nagueres. *Titans*] Les fils de Titan frere de Saturne, & fils de la Terre. Geans qui menerent la guerre contre Iupiter leur couſin germain. Horace liu. 2. Odes 12.

    —— domitóſque Herculea manu
Telluris iuuenes : vnde periculum
Fulgens contremuit domus
Saturni veteris.

Et le meſme en l'Ode 4. du 3. liure en diſcourt aſſez amplement. Æſchyle en ſon Promethée les dit fils du Ciel & de la Terre.

    Ἔτ' ἐγὼ τὰ λῷστα βουλεύων τιθεῖν
    Τιτᾶνας, Οὐρανοῦ τε ἢ Χθονὸς τέκνα.

Et Orphée en ſon Hymne faict en leur nom.

    Τιτῆνες γαίης τε ἢ οὐρανοῦ ἀγλαὰ τέκνα,
    Ἡμετέρων προγονοι πατέρων, &c.

Iupiter les dompta, par le moyen d'vne peau de la cheure Amalthée qui l'auoit nourri, dont il fut admoneſté par la Deeſſe Themis, comme ayant eſté iugée deuoir eſtre vniour effroyable à ces monſtres : & dit-on qu'il fit iurer tous les Dieux ſur vn autel, de luy garder fidelité, parauant la bataille ; lequel autel eſt cet aſtre, que les Aſtrologues nomment *Ara*, l'autel. Nicandre Poëte Grec en ſes Theriaques, dit que Iupiter les ayant tuez, il naſquit de leur ſang, vne infinité de ſerpens venimeux. Les fables diſent mille autre choſes d'eux qui ſeroient trop longues à raconter : ie diray ſeulement pour arriuer au ſubiet de l'Autheur, que la terre produiſit de leur ſang eſchauffé des hommes guerroyants & naiz à la rebellion, de qui la mauuaiſtié fut cauſe de l'inondation fabuleuſe du grand Deluge vniuerſel : ils auoient des pieds de ſerpent. *Ny ces Reiſtres mutins qu'vn François accompagne*] François de Coligny ſeigneur d'Andelot, Collonel de l'Infanterie Françoiſe auparauant ſon Huguenotterie dés le Regne de Henry II. qui l'en fit empriſonner à Melun, iuſqu'à luy vouloir faire perdre la teſte alors, ſi par le moyen de ſon Oncle Anne de Montmorency Conneſtable, il n'eut en ſe retractant demandé pardon. *Reiſtres mutins*] Pour leur mutinerie, auſſi pour la Religion. *D'vn fer ny d'vn rocher*] Tibulle 10. Elegie du premier liure.

    Quàm ferus, & verè ferreus ille fuit.

  Ny de mains ny de iambes] Comme Geryon ; comme Briarée. *Acerez*] Affilez. *Dans les flambes Des eaux de Phlegethon*] Dans l'eau de ce fleuue d'Enfer, (qui tenant de ſon nom, φλέγω ardeo, regorge de flammes) pour les rendre plus venimeux & plus mortels en les forgeant : ce que nous auons allegué d'Horace, *acuens ſagittas Cote cruenta*, ſe rapporte à la façon d'aiguiſer & d'enuenimer les armes. Ainſi l'auons-nous dit au Tombeau du Roy Henry le Grand.

    Ce Demon, qui boüilloit en ces extremitez,
    Va ſaiſir vn couſteau, le void de tous coſtez,
    Le frotte, l'eſclaircit, l'empoiſonne, l'aiguiſe

Affilant ses trenchants, & la pointe amenuise
En crochets edenteZ.
Virgile au 6. de l'Æneide parle de ce fleuue en la maniere,
Quæ rapidus flammis ambit torrentibus amnis
Tartareus phlegethon, &c.
Les quatre autres fleuues des Enfers sont Lethés , Cocyte , Acheron & Styx.   *Des Ministres si pasles*] Dé
crainte & de coulpe, non d'austeritez.   *Et qui tournent aux Cieux*] Leurs chimagrées.   *Armure trempée*]
De bonne trempe , bien forgée à l'espreuue ; Metaphore prise des armuriers. Petrarque y faisant al-
lusion.

Si ch' io mi credo homai, che monti, ò piagge,
E fiumi , & selue sapian di che tempre
Sia la mia vita.

Targue] Bouclier , rondelle , rondache , propre auec le Coutelas pour affronter vne bresche.   *Qui du pre-*
mier regard] La bonne opinion que l'on donne en guerre de sa resolution vaut beaucoup. A la mienne volonté qu'en ceste guerre de Sainct Iean d'Angely, de Clerac, & de Montauban, nos Gentils-hommes trop courageux eussent recherché l'aduantage que presente icy nostre Autheur, & qu'ils n'eussent desdaigné le couuert de leurs armes ! nous aurions encor parmy tant de Seigneurs de valeur & de merite, ce grand Duc de
Mayenne & ce gentil Baron de Thermes , pour lequel i'engraueray ces quatre vers icy pour y durer à iamais.

Si Terme en quelque langue vn pilier signifie,
Thermes venant de choir au milieu des combats,
Il faut que de tomber vn chacun se deffie,
Puis que l'vn des piliers de la France est à bas.

Vous ne combatteZ pas (soldars) comme
antresfois
Pour borner plus auant l'Empire de vos Rois:
C'est pour l'honneur de DIEV *& sa que-*
relle saincte
Qu'auiourd'huy vous porteZ l'espée au costé
ceinte.
Ie dy pour ce grand DIEV *qui bastit*
tout de rien,
Qui iadis affligea le peuple Egyptien,
Et nourrit d'Israël la troupe merueilleuse
Quarante ans aux deserts de manne sauou-
reuse:
Qui d'vn rocher sans eaux les eaux fit on-
doyer,
Fit de nuict la colonne ardante flamboyer
Pour guider ses enfans par monts & par
valées:
Qui noya Pharaon sous les ondes salées,
Et fit passer son peuple ainsi que par ba-
teaux
Sans danger , à pied sec , par le profond des
eaux.
Pour ce grand DIEV *, soldars , les ar-*
mes auez prises,
Qui fauorisera vous & vos entreprises,
Comme il fit Iosué par le peuple Estran-
ger:
Car DIEV *ne laisse point ses amis au*
danger.
DIEV tout grand & tout bon, qui habites
les nuës,

Et qui cognois l'autheur des guerres ad-
uenuës,
DIEV *, qui regardes tout, qui vois tout &*
entens,
Donne ie te suppli' que l'herbe du prin-
temps
Si tost parmy les champs nouuelle ne fleu-
risse,
Que l'autheur de ces maux au combat ne pe-
risse,
Ayant le corselet d'outre en outre enfoncé
D'vne pique ou d'vn plomb fatalement
poussé.
Donne que de son sang il enyure la
terre,
Et que ses compagnons au milieu de la guerre
RenuerseZ à ses pieds , haletans & ar-
dens
Mordent dessur le champ la poudre entre leurs
dens,
Estendus l'vn sur l'autre , & que la multi-
tude
Qui s'asseure en ton Nom , franche de serui-
tude,
De fleurs bien couronnée, à haute voix, Sei-
gneur,
Tout à l'entour des morts celebre ton hon-
neur,
Et d'vn cantique Sainct chante de race en
race
Aux peuples à venir tes vertus & ta gra-
ce.

ZZZzz

Vous ne combattez pas] Les Grecs sont tous pleins de ces traits : vous ne combattez pour gaigner vn prix : vous ne combatez pour vn laurier : ce que l'Autheur n'a point oublié dans sa Franciade, quand le Geant Phouere parle à Francus.

Ieune garçon, l'on ne combat icy, &c.

Qui jadis affligea le peuple Egyptien] De grenoüilles, de mousches, de tenebres, de gresles, de venins, pour ce qu'il mal-menoit Israël son peuple. Quant à l'Egyptien, nous en auons traitté cy deuant. *Et nourrit d'Israel*] Ainsi nommé d'Israël, fils de Iacob ; & nommé troupe merueilleuse pour son grand nombre. *Quarante ans au desert*] Sous la conduite & charge de Moyse ains que d'arriuer en la terre de promission. *De manne sauoureuse*] D'vne graine blanche comme de Coriandre, laquelle tomboit du Ciel, ayant le goust de toutes les viandes que desiroit manger le peuple d'Israël : Elle fut ditte manne du mot signifiant, *Quid est hoc ?* qu'il prononçoit auec estonnement, la recognoissant de telle vertu. *Qui d'vn rocher sans eaux*] Que fit sourdre Moyse du coup de sa baguette, Israël ayant besoin d'eau. *Fit de nuict la colonne*] Pour conduire Israël. *Qui noya Pharaon*] Dans la mer rouge, ce Roy d'Egypte y poursuyuant Israël qui la franchissoit miraculeusement à sec. *Comme il fit Iosué*] Grand & vaillant Capitaine aymé de D I E V, qui fut apres Moyse conducteur & chef du peuple d'Israël : il veinquit & mit bas 31. Rois : passa le Iourdain à sec quand & l'Arche d'Alliance : arresta de ses prieres le cours du Soleil & de la Lune : fit tomber au son des trompettes les murailles de Ierico : fit arriuer Israël en la terre de promission : descriut la celeste Hierusalem ; & representoit IESVS par le nom Iosué qui le signifie, & par ses belles & diuines actions. *Par le peuple estranger*] Par les terres & nations Estrangeres. *Car Dieu ne laisse point ses amis au danger*] *Scapulis suis obumbrabit tibi, & sub pennis eius sperabu.* *Qui habites les nuës*] Au Ciel Empyrée, au delà des nuës, qui nous semblent à nous autres le Ciel, bien qu'il en soit fort esloigné : Le Psalmiste vse de telle figure souuent. *Que l'herbe du printemps*] Que le printemps. Phrase Poëtique. *Que l'Autheur de ces maux*] L'Admiral de Coligny, braue homme de guerre, quant au reste grand Capitaine, & Gentil-homme des plus hardis, comme nostre Autheur a bien voulu tesmoigner par de ses meilleurs escrits, mais trop boüillant à former le party qui broüille encores auiourd'huy la France. O meschante erreur, que ne fais-tu point dans les cœurs & dans les esprits, quand tu les viens ensorceler, & mesme dans les plus enclins aux choses de la pieté ! Ie dis cecy pour vne remarque faite par moy dans l'Eglise de Saincte Syre en Champagne, à cinq lieuës de Troyes, où se voyent des guerisons merueilleuses de la pierre, & du calcul : c'est dans vn petit bois de tableau dont l'imprimé bien lisible est tel.

Gaspard de Coligny Seigneur & Baron de Boüan & de Beaufort, Escuier tranchant de Messeigneurs le Dauphin & Duc d'Orleans, natif de la Franche Comté de Bourgogne, a esté auiourd'huy 14. du mois d'Apuril, 1539. deliuré de 7. pierres, lesquelles il a fait par la bouche ; & estant en peril de mort, soy voüant à Madame Saincte Syre fut deliuré desdittes pierres, & est en bonne santé : dont ledit Seigneur veut & entend estre pensionnaire à iamais de l'Eglise de Madame Saincte Syre.

Nous voyons encore maintenant (& sans flatter) quel est son fils Monsieur d'Andelot, & de quel zele il est enflamé pour la Religion Catholique Apostolique & Romaine, & de quel amour il est embrasé pour la deuotion. Lesquels effects si l'on ne remarque en Monsieur de Chastillon son Nepueu, pour le moins a-t'il fidellement seruy le Roy, ne contribuant en ces dernieres guerres à la rebellion mal-heureuse & fatale des autres, vrays Hydres, qui ne sont plus tost deffaits, qu'ils ne veulent desesperément renoüueller. *Fatalement poußé*] Determinément. *Il enyure la terre*] La faisant plus que boire. *Mordent dessur le champ la poudre*] Horace Ode 7. liure 2.

Cùm fracta virtus, & minaces
Turpe solum tetigere mento.

L'Autheur dit icy plus, car il n'entend seulement donner du menton contre terre, mais de rage mordre la poussiere. *De fleurs bien couronnée*] Pour dire, De fleurs couronnée ; les Grecs mettent souuent ce mot, bien, par affetterie, comme l'Espagnol, *tan bien*. Touchant la couronne de fleurs, c'est vne des vieilles Coustumes des anciens, dont les Poetes Grecs & Latins donnent foy : couronnant la pouppe des Nauires, les tasses pour boire, les testes des filles & des iouuenceaux, & les victorieux.

PROGNOSTIQVES SVR
LES MISERES DE NOSTRE
temps.

L
Ong temps deuant que les guerres
ciuilles
Broüillassent France, on veid par-
my nos villes
Errer soudain des hommes incognus,
Barbus, crineux, crasseux & demy-nus
Qui transportez de noire fantaisie,
A tous venans contoient leur frenaisie
En plein marché, ou dans vn carrefour,

Dés le matin iusqu'au coucher du iour,
Hurlans, crians, tirans de place en place
A leurs talons enfans & populace.
  Non seulement le peuple sans raison
Pour les ouyr sortoit de sa maison :
Mais les plus grands & les plus sages furent
Ceux qui par crainte à table les receurent,
Deuotieux (croyans en verité
Que par leur voix parloit la Deité)
Fust Huguenot, fust neutre, ou fust Papiste :
L'vn se disoit Sainct Iean l'Euangeliste,
Qui se vantoit (fantastique d'esprit)
D'auoir dormi au sein de IESVS-CHRIST ?
Bien que son art fust de fondre le cuiure,

Vray Alchymiſte, & qu'il apprinſt à viure
Aux idiots: luy-meſmes ne ſceut pas
Viure pour luy, ny préuoir ſon treſpas,
Soit qu'il mouruſt par vice ou par ſimpleſſe.
  Vn qui crioit enflé de hardieſſe,
La Monarchie, & Ceſar ſe vantoit,
Vint apres luy: il diſoit qu'il eſtoit
Ce grand Ceſar qui au fil de l'eſpée
Par ſang ciuil baigna Rome & Pompée.
Ce fol eſtoit de nation Romain,
Qui ſouſtenoit vne boule en ſa main,
Et ſur le Chef vn fourré diadéme.
Lors ie diſois tout penſif en moy-meſme:
Aſſez & trop noſtre France a de fous,
Sans que le Tybre en reſpande ſur nous:
Sans nous donner vn Ceſar qui l'Empire
Fiſt trebucher, & qui nous vient predire
Vn changement ou d'Eſtat ou de Lois.
  Apres luy vint le bon Roy des Gaulois,
Iadis pedant, qui auoit la penſée
Et la raiſon à demy renuerſée,
Et qui tirant tout Paris apres ſoy,
Des vieux Gaulois ſe vantoit d'eſtre Roy.
  Or quand on void que tout ſoudain vn homme
Réue, radotte & penſif ſe conſomme,
D'yeux ſaffranez, de ſourcils renfron-
  gnez
D'ongles craſſeux, de cheueux mal-pei-
  gnez,
Paſle, bouffi d'eſpouuanteuſe œillade,
On dit qu'il eſt, ou qu'il ſera malade,
Pour ce qu'on void les ſignes par dehors
Nous teſmoigner les paſſions du corps.
  Ainſi voyant tant de ſectes nouuelles,
Et tant de fols, tant de creuſes ceruelles,
Tant d'Almanachs qui d'vn langage ob-
  ſcur

Comme Démons annoncent le futur:
Et quand on void tant de Monſtres diffor-
  mes,
Qui en naiſſant prennent diuerſes formes,
Les pieds en-haut, la teſte contre-bas,
Enfans morts-nez, chiens, veaux, aigneaux
  & chats
A double corps, trois yeux & cinq oreilles:
Bref, quand on void tant d'eſtranges mer-
  ueilles
Qui tout d'vn coup paroiſſent en maints
  lieux,
Monſtres non veus de nos premiers ayeux,
C'eſt ſigne ſeur qu'incontinent la terre
Doit ſouſtenir la famine & la guerre,
Les fleaux de DIEV qui marchent les pre-
  miers,
Du changement certains auant-courriers.
  Ou ſoit que DIEV comme en lettres de
  chiffre
Douteuſement ſon vouloir nous déchiffre
D'vn charactere obſcur & mal-aiſé,
Soit qu'vn Démon de ſoy-meſme auiſé,
Qui vit long temps, & a veu mainte choſe,
Voyant le Ciel qui les Aſtres diſpoſe
A bien ou mal, comme il veut les virer,
Se meſle en l'homme, & luy vient inſpirer,
En le troublant, vne parole obſcure:
Soit que cela ſe face d'auanture,
Ie n'en ſçay rien: l'homme qui eſt humain,
Ne tient de DIEV le ſecret en la main.
Mais ie ſçay bien que DIEV qui tout or-
  donne,
Par ſignes tels teſmoignage nous donne
De ſon courroux, & qu'il eſt irrité
Contre le Prince, ou contre la Cité,
Où le peché ſe mocque de la peine.
D'exemples tels la Bible eſt toute pleine.

GARNIER.

Long temps deuant] En ce diſcours, il parle de certains fouls courans les ruës deuant les guerres ciuiles, qui pouuoit eſtre au Regne de Henry II. tels que nous auons eu de noſtre temps, le Prince Mandon, le Comte de Permiſſion, Maiſtre Pierre du For l'Eueſque. *Ciuiles*] D'entre Citoyens, du mot Latin *Ciues*. *Noire frenaiſie*] Triſte & ſombre folie. *Heurlants*] Clabaudans, menans bruit. *Neutre*] Ny de l'vn ny de l'autre. *Papiſte*] Nous l'auons expliqué. Ie ne treuue le mot, Huguenot, en regne de ce temps-là: mais il le prend pour heretique & Lutherien; comme le mot de Papiſte au lieu de Catholique Romain. *L'vn ſe diſoit ſaint Iean l'Euangeliſte*] Le bien-aymé de IESVS-CHRIST, & le plus haut & ſublime Euangeliſte; duquel on eſt en differend, s'il eſt mort, ou s'il eſt au Paradis terreſtre: on le cognoiſt aſſez par tout, mais il faut tout dire. *Au ſein de Ieſus-Chriſt*] Où S. Iean dormit à la Cene. *Alchymiſte*] Alambiqueur, ſoufleur, chercheur de pierre philoſophale: c'eſt à dire qui penſe conuertir en or les metaux de peu de recommandation, par le moyen de ſes fourneaux, & tandis l'eſperance qui l'abuſe le porte au neant. Alchymie ἀπὸ τῆς χυλῆς, à raiſon des ſucs qui ſont extraits par le feu. Les autres disent que l'Egypte, où les Prebstres d'Isis & d'Osiris vsoient de cet art, se nommoit Chemie en leur langage. *Aux idiots*] Aux simples : bien simples voirement, & bien grossiers de croire en telles niaiseries. *Soit qu'il mourut par vice*, &c.] Il appert que cet homme finit par Iustice. *Vn qui crioit La Monarchie*] Vn qui parloit à cor & à cry de la Monarchie, en se l'attribuant par vanterie. *Monarchie*] Regne & gouuernement d'vn seul, de μόνος σόλως, & de αρχω impero. *Cesar*] Iules Cesar le premier qui se donna le nom d'Empereur des Romains : il se rendit maistre des Gaules, escriuant luy-mesme ses beaux faicts : & les vns ne l'accomparent seulement au grand Alexandre, mais le veulent faire aller par dessus. Apres tant de belles victoires comme il entroit au Senat il y fut assassiné traistreusement de plusieurs coups; mal-heureux desastre qu'il eut euité, s'il eust vonlu croire aux admonitions. *Par sang ciuil*] Par la guerre ciuile. *Baigna*] Trempa. *Rome*] Par les guerres qu'il eut contre Pompée. *Pompée*] Gneé Pompée surnommé le Grand pour ses faicts, ayant bien ieune d'ans triomphé des Rois : trop heureux si par le malheur d'vn combat dernier il n'eust rendu les abbois en Egypte en s'enfuyant de la bataille de Pharsale. *Vne boule en sa main*] Comme Empereur, la boule signifiant le monde. *Vn fourré Diadéme*] Tel qu'en portoit vn vieil fol de nostre temps, nommé maistre Pierre du For l'Euesque. *Sans que le Tybre*] Synecdoche, vne partie pour le tout, le Tybre pour Rome, le fleuue pour la ville. *En respande*] Effect respondant à la cause, le propre du fleuue estant de verser & de respandre. *Sans nous donner vn Cesar qui l'Empire Fit tresbucher*] Cesar ne le fit pas tresbucher, mais pour changer la Republique de Rome en Empire, & s'en faire le maistre, il causa beaucoup de mouuements & de troubles, qui ne furent pas moins dangereux à la Republique Romaine ; laquelle icy l'Autheur confond auec l'Empire, n'en faisant qu'vne mesme chose. *Apres luy vint*] Apres ce fol, vn autre fol qui se disoit Roy des vieux Gaulois, & lequel auoit esté pedant. *A demy renuersée*] Estropiée. *Et qui tirant tout Paris*] Attirant. *Almanachs*] Les miroüers du temps. *Qui d'vn langage obscur*] Doubteux, ambigu. *Comme Demons*] Bons ou mauuais Anges, comme nous auons dit, & lesquels annoncent le futur : c'est à dire la chose à venir, d'autant qu'ils ont vne grande experience, à raison de ce qu'ils ont veu. *Et quand on void tant de Monstres*] Aussi faict-on bien encor. *Les fleaux de Dieu*] Lesquels deux auec la peste furent offerts & presentez à Dauid, qui choisit seulement le fleau duquel il ne se pouuoit garantir, à fin de n'estre seul exempt des chastimens de là haut. *Comme en lettres de chiffre*] Lettres secrettes dont l'on s'ayde fort en temps de guerres. *Deschiffre*] Donne l'intelligence. *Charactere*] Escriture. *Soit qu'vn Demon*] Nous en venons de parler. *Voyant le Ciel qui les Astres*] Comme estant vne cause premiere. *Se mesle en l'homme*] Il tient que le Demon se mesle à ceux qui predisent le futur, soit mauuais ou bon, leur influant des obscures paroles que l'on n'entend point. Lisez Virgile de la force du meslange au 6. de l'Eneide.

> —— totámque infusa per artus
> Mens agitat molem, & magno se corpore misces.

se face d'aduenture] De hazard. *La Bible*] La saincte Escriture.

EPISTRE.

INQ fepmaines apres la mort de feu Monſeigneur le Duc de Guy-
ſe François de Lorraine, me furent enuoyez de la part d'vn mien
amy trois petits liures, leſquels auoient eſté ſecrettement compoſez
deux ou trois mois auparauant le deceds dudit Seigneur, par quelque Miniſtreau de Genéue, & depuis deſcouuerts, publiez, & imprimez à Orleans contre moy, auſquels comme par contrainte i'ay
reſpondu en ce preſent liure. Atteſtant DIEV & les hommes, que iamais ie n'eu
deſir ny volonté d'offenſer perſonne, de quelque qualité qu'elle ſoit, ſi de fortune
il ne m'eſt aduenu d'eſcrire choſes, leſquelles n'eſtoient incogneuës ſeulement aux
petits enfans, tant s'en faut qu'elles le fuſſent des Hiſtoriographes de noſtre temps,
qui ſans paſſion ont deliberé rendre de poinct en poinct fidele teſmoignage de nos
guerres ciuiles à la poſterité. Bien eſt vray que mon principal but & vraye intention
a touſiours eſté de taxer & blaſmer ceux, qui ſous ombre de l'Euangile, comme les
hommes non paſſionnez pourront facilement cognoiſtre par mes œuures, ont
commis des actes tels que les Scythes n'oſeroient, ny ne voudroient ſeulement auoir
penſé. Donc, quiconque ſois, Predicant, ou autre, qui m'as voulu mal-heureuſe-
ment calomnier, ie te ſupplie de prendre en gré ceſte reſponſe, t'aſſeurant que ſi
i'auois meilleure cognoiſſance de toy, que tu n'en ſerois quitte à ſi bon marché, &
au lieu de quinze ou ſeize cens vers que ie t'enuoye pour reſchaufer ta colere, ie ferois de ta vie vne iliade entiere. Car ie me trompe, ou ton froc jetté aux orties, ou
quelque memorable impoſture, ou autre choſe de pareille farine, me fourniroient
argumens aſſez ſuffiſans pour t'imprimer ſur le front vne marque qu'aiſément tu
ne pourrois effacer Ie ne fais point de doute, que ta malice ne ſe ſoit maintesfois ef-
forcée de vouloir ſous couleur de belles paroles, irriter les Princes & Seigneurs contre moy, interpretant fauſſement mes eſcrits, voire iuſques à faire courir vn bruit par
ceſte ville, que leur grandeur me braſſoit ie ne ſçay quoy de mauuaiſe digeſtion.
Quant à moy, ie les eſtime Princes & Seigneurs ſi magnanimes & genereux, que ie
n'en croy rien, m'aſſeurant qu'ils ne voudroient eſtre miniſtres de la meſchante volonté d'vn ſi petit galand que toy: auſſi auroient-ils bien peu de loüange d'offenſer
vn Gentil-homme de bonne race & de bonne part, comme ie ſuis, cogneu & tenu
pour homme de bien (ſi ce n'eſt de toy, ou de tes ſemblables) par toute la France, ſans
premierement ſçauoir de ſa propre bouche ſes raiſons, & la verité Et pour ce, Predicant mon amy. ie te conſeille de laiſſer deſormais en repos tels Seigneurs, dont les
grandeurs, intentions & entrepriſes ne dependent de la querelle de mes eſcrits ny
des tiens, ſans prouoquer dauantage leur courroux contre moy, qui leur ſuis plus
que tu n'es, tres-humble, & tres-obeiſſant ſeruiteur. Or comme ie ne ſuis pas ſi mal
accompagné de iugement & de raiſon que ie m'eſtime de leur qualibre: auſſi faut-
il que tu penſes, Predicant, que ie ne ſuis rien moins que toy. Le camp eſt ouuert, les lices ſont dreſſées, les armes d'encre & de papier ſont faciles à trouuer:
tu n'auras point faute de paſſe-temps. Mais à la verité, ie voudrois que pour eſprouuer mes forces, tu m'euſſes preſenté vn plus rude champion. Car i'ay le courage tel,

Z Z Z z z iij

que i'ayme mieux quitter les armes, que combatre contre vn moindre, dont la victoire ne me fçauroit apporter ny plaifir ny honneur. Suppliant derechef celuy qui
fe fentira fi gaillard que d'entrer en la barriere, ne vouloir trouuer eftrange, fi tout
ainfi qu'en pleine liberté il tonne des mots iniurieux contre le Pape, les Prelats, &
toute l'ancienne conftitution de l'Eglife, ie puiffe auffi de mon cofté parler librement contre fa doctrine, Cenes, Prefches, Mariages, Predeftinations fantaftiques,
& fonges monftrueux de Caluin, qu'vn tas de Predicantereaux (ou follicitez par
leurs femmes, ou efpoinçonnez de faim, ou curieux de remuer mefnage) ont re-
cueilly à Genéue pour venir apres enforceler la ieuneffe de France, & (ce qui eft
encores plus dommageable) vne bonne partie de nos hommes, qui faifoient monftre fur tous les autres d'auoir le cerueau mieux fait, plus rufez aux affaires, & moins
ftudieux de toute pernicieufe nouueauté. Or pour abreger, Predicant, vn Turc, vn
Arabe me permettroit facilement cefte licence, & me donneroit auec toute modeftie congé de luy refpondre. Toy donques, qui te vantes eftre reformé, à meilleure
raifon accorderas ma requefte, à fin que ta caufe & la mienne foit cogneuë de
tous, & que l'honneur foit rendu à celuy de nous deux qui l'aura mieux merité.
Adieu, Predicant mon amy.

Des diuers effects de quatre humeurs qui font en frere Zamariel
Predicant, & Miniftre de Genéue.

Ton erreur, ta fureur, ton orgueil, & ton fard,
Qui t'efgare, & t'infenfe, & t'enfle, & te defguife,
(Déuoyé, fol, fuperbe, & feint contre l'Eglife)
Te rend confus, felon, arrogant, & cafard.

RESPONSE DE PIERRE DE
RONSARD AVX INIVRES ET CALOMNIES
DE IE NE SCAY QVELS PREDICANTEREAVX
& Ministreaux de Genéue.

Voy? tu jappes, mastin, à fin de
   dre, m'effroyer,
Qui n'osois ny gronder, ny mor-
   dre, n'abboyer,
Sans parole, sans voix, sans poumons, sans
   haleine,
Quand ce grand Duc viuoit, ce Laurier de
   Lorraine,
Qu'en violant le droict & diuin & hu-
   main,
Tu as assassiné d'vne traistreuse main :
Et maintenant enflé par la mort d'vn tel
   homme
Tu mesdis de mon nom que la France re-
   nomme,

Abboyant ma vertu; & faisant du bra-
   gard,
Pour te mettre en honneur tu te prens à
   Ronsard.
Ainsi trop follement la puissance li-
   quide
De ce fleuue escorné combattit contre Al-
   cide :
Ainsi contre luy - mesme Antée osa luit-
   ter,
Ainsi contre Apollon Marsye osa fluter :
Qui pour punition de se prendre à son mai-
   stre,
De son dos escorché fit vn grand fleuue
   naistre.

GARNIER.

L'Autheur en ce Discours admirable & tout plein d'enthousiasme Poëtique, faict l'honneur de respondre à certaines gens, qui par vne folle boutade s'estans rebellez contre l'Eglise, auoient semé consre luy diuers Poëmes & discours, de despit de ce qu'il auoit parlé des Miseres du temps en ses escrits : & mesme de ceux qu'il auoit honorez franchement de son amitié pour la gentillesse de leur esprit au faict de la Muse, & pour l'intelligence qu'ils auoient des bonnes lettres : I'en tairay le nom, pour ce que l'vn d'eux est bien mort en la foy de la vraye Eglise, & que les enfants de l'vn & de l'autre viuent. Dans le Tome du Recueil de Poësie de l'Autheur, quelque piece leur touche & leur appartient. *Quoy? tu jappes, mastin*] Horace en l'O-de 6. des Epodes.

> *Quid immerentis hospites vexas canis*
>   *Ignauus aduersum lupos?*

Et quelques vers apres.

> *Tu cùm timenda voce complesti nemus,*
>   *Proiectum odoraris cibum.*

Sans poumons] Pout ce que le respir vient des poumons, & la voix du respir.   *Quand ce grand Duc viuoit*] François de Lorraine Duc de Guise tué par le miserable Poltrot, dont nous auons deduit l'Histoire au commencement, & n'en diray plus, sinon que tels excés enuers les Grands principalement, font horreur à D I E V, font peur aux Anges, tant la chose est execrable : & doubte si la Majesté diuine feroit grace, & donneroit les moyens à telles gens de se recognoistre à la mort.   *Ce laurier*] Il le nomme laurier pour ses valeurs, estimant trop peu de chose de luy desdier, à luy qui merite luy-mesme d'estre nommé laurier, comme le tige d'où procedent maints lauriers, soit en beaux faits, soit en enfans.   *Qu'en violant tout droit*] D I E V deffendant le meurtre & l'assassin dans les Commandemens : & la Iustice donnant rigoureux Arrest de mort contre les Assassins & les meurtriers. Assassin vient d'Arsacide, par corruption de mot. Les Arsacides furent gens induits par folles suasions, & par des imaginaires contentemens à venir de loing pour tuer les Rois & les Grands : Voyez Estienne Pasquier en ses Recherches liure 8. chap. 10.   *Et maintenant enflé par la mort d'vn tel homme*] Prenant ressource & courage, parlant haut, & leuant les cornes; *Parata tollo cornua.*   *Tu mesdis de mon nom que la France renomme*] Pour estre le Prince des Poëtes de son temps.   *Abayant ma vertu*] Continuation de la metaphore. *Et faisant du bragard*] Du suffisant, du huppé.   *Pour te mettre en honneur*] D'autant que c'est gloire d'aspirer haut. *Ronsard*] Le nom de l'Autheur, venant (comme il en fait mention dans l'Elegie adressée à Remy Belleau) d'vn

Z Z Z zz iiij

Marquis de Ronſard en la Morauie, du temps de Philippes de Valois Roy des François, ioinct par le nœud d'v-
ne alliance à la Maiſon de Rouaux, de Chandriers, de Ioyeuſe, & de la Trimoüille. Pareilles bien-ſeantes vanteries ſont communes à tous les bons Poëtes Grecs & Latins.   *La puiſſance liquide De ce fleuue eſcorné combatit
contre Alcide*] Le fleuue d'Achelois. Telle en eſt la fable. Achelois Roy d'Ætolie, fils de l'Ocean & de la Terre,
ou comme d'autres veulent, de Tethys, ou du Soleil & de la Terre, & pere des Sereines, eut duel pour la belle Deianire, fille d'Oenée Roy de Calydoine, auec le preux Hercule, dit Alcide, & nommé tel icy, d'ἀλκὴ, mot
Grec, qui vaut autant à dire, que fort : mais le voyant plus aduantageux que luy de beaucoup, il ſe changea
premierement en vn ſerpent, & de rechef en vn taureau furieux, auquel Alcide ayant arraché vne corne, il en
fit preſent à l'Abondance, compagne de la Fortune, qui depuis, à fin de rendre celle d'Achelois eſcorné, receut au lieu par eſchange celle d'Amalthée, ceſte Cheure qui nourrit Iupiter en l'Iſle de Crete, où deux Nymphes le gardoient auec les Curetes, de peur que Saturne le vieillard ſon pere, ne le deuoraſt comme il faiſoit des
autres. On dit qu'en ce duel Achelois d'abondant changea ſa forme en riuiere qui porta ſon nom, laquelle ſort
& tire ſon origine de Pinde en la Grece : & pour autant qu'elle ſemble auoir deux cornes, l'on feint telle belle
fable. De ſes changemens & de ſes Metamorphoſes ainſi parle Sophocle aux Trachiniennes.

> Μνηστὴρ γὰρ ἦν μοι ποταμὸς, Ἀχελῷον λέγω,
> Ὅς μ' ἐν τρισὶ μορφαῖσιν ἐξῄτει πατὴρ,
> Φοιτῶν ἐναργὴς ταῦρος, ἄλλοτ' αἰόλος
> Δράκων ἑλικτὸς, ἄλλοτ' ἀνδρείῳ τύπῳ
> Βούκρανος, ἐκ δὲ δασκίου γενειάδος,
> Κρουνοὶ διερραίνοντο κρηναίου ποτοῦ.

On tient qu'Achelois fut le premier qui trouua la plus que loüable inuention de mettre l'eau dans le vin, par vn
gracieux, vtile & ſalubre meſlange. Virg. liu. 1. des Georgiq.

> *Pocúláque inuentis Acheloia miſcuit vndis.*

Ce qu'a dit premierement Sapphon.   *Fleuue eſcorné*] Nous en auons donné la raiſon.   *Puiſſance liquide*] Coul-
lante, pour eſtre vne eau.   *Antée*] Grand & tres-enorme Geant, Libyen, de quarante coudées, lequel luittant
auec Alcide, acqueroit nouuelles forces, toutes les fois qu'il preſſoit la Terre ſa mere, (comme elle l'eſt de
tous les Geans) ce que voyant ledit Alcide, il l'eſtouffa le tenant ſuſpendu quelque temps en l'air. Seneque en
ſes Tragedies.

> *Strauit Antæum Libycis arenis.*

Et Lucain liure 4.

> *Hoc quoque tam vaſtas cumulauit munere vires*
> *Terra ſui fœtus, quòd cùm tetigere parentem,*
> *Iam defeſſa vigent renouato robore membra.*

Et Stace liure 6.

> ——— *Herculeis preſſum ſic fama lacertis*
> *Terrigenam ſudaſſe Libyn.*

Apollon] Nous auons ailleurs diſcouru de cet imaginaire Dieu des Poëtes.   *Marſye*] Satyre, excellent ioüeur
de flutte, nay de la ville de Celene en Phrygie, qui pour auoir oſé comparer ſa flutte à la douce Lyre d'Apollon, fut par iugement lié contre vn Pin, de la main d'Apollon meſme, & par luy meſme eſcorché, dont il naſquit vn fleuue de meſme nom. Nicandre.

> Πολλάκι δὲ πίτυος γοερῶς ἀπὸ δάκρυα πῆξαι
> Μαρσύου ἦχι τε Φοῖβος ἀπέκλυε δύσματο γυῖα.

Agatharcide en ſes Phrygiennes dit que les Satyres naſquirent du ſang de Marſye ; toutesfois Ouide en ſes Metamorphoſes, dit que les Satyres le pleurerent.   *A ſon maiſtre*] Pour ce qu'il eſtoit moindre au faict de leur
contention.

<table>
<tr><td>

Ton cœur bien qu'arrogant de peur deuoit
   faillir
Au bruit de mon renom, me venant aſſaillir,
Laborieux Athlete & poudreux d'exercice,
Qui ne tremble iamais pour vn petit nouice.
Tes eſcrits ſont teſmoins que tu m'as deſrobé,
Du fardeau du larcin ton dos eſt tout courbé :
Tu en rougis de honte, & en ta conſcience
Pere tu me cognois d'vne telle ſcience.
Si quelque bonté loge encores en ton cœur,
Tu ſens d'vne Furie vne lente rigueur,
Vn vengeur aiguillon qui de toy ne s'ab-
   ſente,
D'auoir oſé blaſmer la perſonne innocente :
Sçachant bien que tu mens & que ie ne ſuis
   point

</td><td>

Des vices entaché dont ta rage me poingt.
   Or ie te laiſſe en paix : car ie ne veux deſ-
   cendre
En noiſe contre toy, ny moins les armes pren-
   dre :
Tu es foible pour moy ſi ie veux eſcrimer
Du baſton qui me fait par l'Europe eſtimer.
Mais ſi ce grand guerrier, & grand ſoldat de
   Beze
Se preſente au combat, mon cœur ſautera
   d'aize.
D'vn ſi fort ennemy ie ſeray glorieux,
Et DIEV ſçait qui des deux ſera victorieux.
Hardi ie planteray mes pas deſſur l'arene,
Ie roidiray les bras ſoufflant à groſſe halene,
Et happant, & ſerrant, ſuant & haletant,

</td></tr>
</table>

Du matin iusqu'au soir ie l'iray combatant,
Sans deslier des mains, ny cestes ny courayes,
Que tous deux ne soyons enyurez de nos
   playes.
   A luy seul ie desire au combat m'attacher,
Ie luy seray le Tan qui le fera moucher
Furieux par mes vers, comme en vne prairie
On void vn grand taureau forcené de furie,
Qui court & par rochers, par bois & par
   estangs,
Quand le Tan importun luy tourmente les
   flancs.
   Mais certes contre toy i'ay perdu le cou-
   rage,
Qui as rapetassé de mes vers ton ouurage:
Ie m'assaudrois moy mesme, & ton larcin a
   fait
Que ie suis demeuré contant & satisfait.
   Toutefois brefuement il me plaist de re-
   spondre

A quelqu'vn de tes points faciles à confondre;
Et si tu as souci d'ouïr la verité,
Je iure du grand D I E V l'immense deité,
Que ie diray le vray sans fard ny sans in-
   iure,
Car d'estre iniurieux ce n'est pas ma nature:
Je te laisse cet art duquel tu as vescu,
Et veux quant à ce point de toy estre vaincu.
   Or sus mon frere en Christ, tu dis que ie
   suis Prestre:
J'atteste l'Eternel que ie le voudrois estre,
Et auoir tout le chef & le dos empesché
Dessous la pesanteur d'vne bonne Euesché:
Lors i'auroy la couronne à bon droict sur la
   teste,
Qu'vn rasoir blanchiroit le iour d'vne grand'
   feste,
Ouuerte, large, longue, allant iusques au front,
En forme d'vn Croissant qui tout se courbe en
   rond.

GARNIER.

Ton cœur bien qu'arrogant de peur deuoit faillir Au bruit de mon renom] Le renom de l'Autheur fut tel, (& mesme comme i'ay entendu par la bouche du grand Sceuole de Sainte Marthe, qui lors de sa premiere ieunesse estudioit à Paris, où les Muses tenoient le haut du paué) que les passants le monstroient au doigt par la ruë auec admiration, comme dit Horace,

   Quòd monstror digito prætereuntium.

Athlete] Mot qui signifie luiteur. *Et poudreux d'exercice*] Pour ce que les Athletes combatoient sur l'areine. *Nouice*] Nouueau. *Tes escrits sont tesmoins*] Ce different est veu dans vne epistre de l'Autheur à ses calomniateurs, au Tome du Recueil. *Desrobé*] Des plus beaux traits de ses escrits. *si quelque bonté loge*] Si peut-estre la cognoissance & le repentir ont lieu dans ton cœur. *Tu sens d'vne Furie*] Vn ver qui te ronge petit à petit: vn esguillon poignant qui sert de vengeance & de reuenche à la personne blasmée. *Du baston qui me fait*] De ma profession. Le baston se prend differemment pour vne infinité de choses: le baston de la foy, le ru du baston, &c. *Mais si ce grand Guerrier*] En la guerre des Muses, pour les carmes Latins, car de Beze estoit grossier & vulgaire en la Poësie Françoise. *Cestes*] Manoples, ou gantelets faicts de cuir de bœuf non paré auec du plomb cousu par dedans, ainsi nommez à *cædendo*, que les Athletes & luiteurs approprioient à leurs mains auec des fortes courayes, quand ils se vouloient battre. Virgile au 5. de l'Æneide.

   Seu crudo fidit pugnam committere cæstu.

Homere au 23. de l'Iliade.

   Ζῶμα δέ οἱ πρῶτον περὶ καίββαλεν, αὐτὰρ ἔπειτα
   Δῶκεν ἱμάντας εὐδμήτους βοὸς ἀγραύλοιο.

Apollonius Rhod. au 2. des Argonaut. du combat d'Amycus & de Pollux.

   Κέκλυθ' ἁλίπλαικτοι τὰ περ ἰδρεΐμεν ὔμμιν ἔοικεν.

Et Theocrite aux Dioscures 25. Eidyll.

   Ὑμνέομες Λήδας τε & αἰγιόχω Διὸς υἱώ.

Enyurez de nos playes] Dauid Psalme 64. *Visitasti terram, & inebriasti eam.* *Tan*] Ou Taon, grosse mouche guespe, ou freslon venant des riuieres, qui s'attache aux flancs des vaches, des taureaux & bœufs, ou dessous leur queuë au temps de la chaleur, en les poignant & les faisant courir & moucher. Apollonius aux Argon.

   Τετρηχὼς οἷόν τε νέαις ὅτι φορβάσιν οἶστρος
   Τέμεται, ὅν τε μύωπα βοῶν κλείουσι νομῆες.

Et le Poëte Anacreon.

   Καί με τύπτει
   Μέσον ἧπαρ ὥσπερ οἶστρος.

Orphée en ses Argonaut.   Νῶ δ' ἐπὶ, &c.
Et Virgile aux Georgiques.

   Est lucos Silari circa, ilicibúsque virentem
   Plurimus Alburnum volitans, cui nomen Asilo
   Romanum est, Oestrum Graij vertere vocantes.

Ailleurs encore, parlant de la persecution de Iunon contre Io. *Moucher*] Ce mot ne peut mieux deriuer que de mouche. *Immense*] Grande, desmesurée. *Car d'estre iniurieux*] Ce que l'on a remarqué dans Beze & Caluin, si remplis d'iniures sales & vilaines dans leurs inuectiues, que les harangeres & les crocheteurs auroient plus de retenuë. *Duquel tu as vescu*] Pour autant que les Huguenots recherchoient de telles gens, pour enleuer la piece du renom, comme ils ont tellement fait par leurs mefdifances, dans les plus nobles & vieilles familles, que cela iufqu'à nous a paffé comme vertu. *Frere en Chrift*] Nom que s'eftoient donné Meffieurs de la Reformée ; toutesfois pour differer de nous ils ont retranché le facré nom de I E S V S, dont ils font indignes. *Tu dis que ie fuis Preftre*] Comme ils l'ont qualifié dans leur Hiftoire partiale & menfongere, & dans leurs autres difcours, bien qu'il ne le fut pas ; chofe neantmoins dont il fe fut trouué beaucoup honoré. *Vne bonne Euefché*] Il eft icy fœminin, car il dit, bonne : & faut le prendre à raillerie quand il en defire, pour ce qu'il n'eut voulu fe charger d'vn fi pefant fardeau, contraire à la douce liberté de la Mufe, non plus que feu Monfieur l'Abbé de Thiron Philippes des Portes, quand le feu Roy Henry le Grand l'en voulut honorer apres la reunion de Normandie où ce rare perfonnage auoit dignement & fidellement trauaillé. *Qu'vn rafoir blanchiroit*] Que le barbier luy renouuelleroit aux iours folemnels. *Ouuerte, large, longue*] Tout cela pour denoter la grandeur. *En forme d'vn Croiffant qui tout fe courbe en rond*] Quand il s'arrondit, & fe difpofe à la nouuelle Lune.

Iadis ce grand *Eumolpe*, & ce grand Prince *Orphée*,
Qui auoient d'*Apollon* l'ame toute efchaufée,
Qui l'antique *Magie* apporterent aux *Grecs*,
Qui des flambeaux du *Ciel* cogneurent les secrets,
Qui lifoient dans le cœur des beftes les prefages,
Qui des oifeaux deuins pratiquoient les langages,
Qui faifoient apres eux fous l'accord de leur vois
Bondir côme theureaux les rochers & les bois,
Qui du vouloir de *Dieu* eftoient les interpretes,
Furent Preftres facrez, *Pontifes* & *Prophetes*.

GARNIER.

Iadis ce grand Eumolpe] Eumolpe fils du Poëte Mufée, lequel enfeigna la maniere des facrifices annuels d'Eleufine, de Ceres, & de Proferpine. *Et ce grand Prince Orphée*] Nommé Prince d'autant qu'il fut Roy des Cicones, peuples de Thrace, comme luy mefme tefmoigne. Il eftoit grand Poëte & grand Muficien, dont on l'a feint auoir pris naiffance de la Mufe Calliope, & d'Apollon Roy des vers, bien que d'autres le vueillent dire fils d'Oeagre, & luy mefme ne s'en taift pas au commencement du liure qu'il a fait des Argonautes. Nous renuoyerons au dixiefme de la Metamorph. d'Ouide les curieux, pour luy voir aller querir fon efpoufe Eurydice aux Enfers, & la reperdre incontinent par fon erreur : auffi verront-ils là fa retraitte hors de la hantife du monde, & fa deplorable fin par les Bacchantes, ces chofes n'eftans pas de noftre fubiect. *Qui auoient d'Apollon*] A qui ce Dieu fourniffoit de verue & d'enthoufiafme Poëtique : & de fait les œuures d'Orphée en qualité, font iugées tres-admirables, comme entre les autres fes Hymnes, fes Argonautes, & fes pierreries. De tous les Payens on le tient auoir eu dans fes efcrits plus de reffentiment du vray D I E V. *Qui l'antique Magie apporterent aux Grecs*] Il entend Magie en bonne part, Mage voulant dire Sage en langue Perfienne, & denoter vn homme expert en la cognoiffance & relation des chofes diuines : Ciceron *de diuinat*. Strabon liure 16. Xenoph. 7. de la Cyrop. Pline & beaucoup d'autres. Zoroaftres 1. Roy des Bactriens, fut le premier qui l'inuenta, la pratiquant dans le Royaume de Perfe ; & les deux icy nommez en firent part aux Grecs. *Qui des flambeaux du Ciel cogneurent les fecrets*] L'influence des aftres, par les fecrets de l'Aftrologie. *Qui lifoient dans les cœurs des beftes*] Comme faifoient les Augures de l'Antiquité par le tremblement & mouuement des entrailles des victimes pour coniecturer de bons ou de finiftres euenemens. *Lifoient*] Apprenoient, metaphore. *Qui des oyfeaux deuins apprenoient*] Mefmes obferuations de l'Antiquité par le chant & vol des oyfeaux.

Sic fata voluns, ftellæque docent auiumque volatus.

Orphée en fon liure des Argonautes, vers le commencement parle diuinement de tout cecy.

Ἀμφὶ δ̕ μαντίης ἐδάη πολυπείρονας ὅρμους,

Θηρῶν, οἰωτῶν τε, ἓ ἥ σπλάγχνων δίοις ὅσίν.

Et les cinq autres vers fuiuans. Il parle encore de telles diuinations au liure qu'il a fait des pierres precieufes.

Ὅν δέ κεν αἰθρώπων πεπνυμόμον, &c.

Deuins] Non qu'ils deuinaffent ; mais pour ce qu'ils faifoient deuiner. *Qui faifoient apres eux Bondir*] Bien qu'il le die en plurier, il n'entend parler icy que d'Orphée. Horace 1. liure des Odes.

Vnde vocalem temere infequutæ,
Orphea fyluæ,
Arte materna rapidos morantem
Fluminum curfus, celeréfque ventos,
Blandum & auritas fidibus canoris
Ducere fylnas.

Virgile aux Epigramm.

Threicius quondam vates fide creditur canora
Mouiffe fenfus acrium ferarum,
Atque amnes tenuiffe vagos,
Et furda cantu concitaffe faxa.
Suauifonófque modos teftudinis arbores fequntæ
Vmbram ferunt præbuiffe vati.

Sed placidis hominum dictis fera corda mitigauit,
Doctáque vitam voce temperauit :
Iustitiam docuit : cœtu quoque congregauit vno,
Morésque agrestes expoliuit Orpheus.

Voyez-en la description non moins elegante au premier liure des Argon. d'Apollon. Rhod. Orphée en dit quelque chose en ses Argonautes. Voyez le contenu. *Qui du vouloir de Dieu*] Sçauoir des Dieux de leur creance. *Furent Prebstres*] De leurs faux Dieux. *Pontifes*] Nous l'auons dit. *Prophetes*] Qui disent les choses futures.

Les Roys de ce païs que le desbord du Nil
D'vn limon fructueux rend pregnant & fer-
  til,
Estoient Prestres mitreZ, & ceux qui l'As-
  syrie
Tenoient obeïssante à leur grand Seigneurie :
Ie voudrois l'estre ainsi, i'aurois le pas posé,
Les doigts escarbouclez, le menton bien rasé,
La chape à haut collet, & vray messire
  Pierre
I'irois signant le Ciel, les ondes, & la terre.
  Ie n'irois pas chanter sur la tumbe des
  morts,
Prenant comme tu dis vn Aspergés retors
De Sauge ou de Cyprés : ce seroient mes Vi-
  caires :
Ie ferois tous les iours les Sermons ordinaires,
Ie dirois la grand' Messe, & le Temple voûté
Retentiroit en l'air mon chant regringoté.
  Ie serois reueré, ie tiendrois bonne table,
Non viuant comme toy Ministre misera-
  ble,
Pauure sot Predicant, à qui l'ambition
Dresse au cœur vne rouë & te fait Ixion,
Te fait dedans les eaux vn alteré Tantale,
Te fait souffrir la peine à ce voleur égale,
Qui remonte & repousse aux Enfers vn ro-
  cher
Dont tu as pris ton nom : car qui voudroit
  chercher
Dedans ton estomat, qui d'vn rocher ap-
  proche,
En lieu d'vn cœur humain, on verroit vne
  roche :
Tu es bien malheureux d'iniurier celuy,
Qui ne te fit iamais outrage ny ennuy.
  Mais à fin qu'on cognoisse au vray qu'en
  tes escoles
Il n'y a que brocards, qu'iniures, & paro-
  les,
Que nulle charité ta doctrine ne sent,
Disciple de Satan tu blasmes l'innocent.

Laisse respondre ceux que ie touche en mon
  liure,
Ils ont l'esprit gaillard, ils me sçauront pour-
  suiure
De couplet à couplet : tu leur fais des-hon-
  neur
D'estre dessur leur gloire ainsi entrepreneur.
  Tu fais du bon valet, ou l'esprit fantasti-
  que
De mes Démons poursuit ton cerueau lunati-
  que,
Qui te rend Lou-garou (car à ce que ie voy
Tu as veu les Rabas encores mieux que moy)
Ou bien en releschant ma brusque poësie,
La Panique fureur ta ceruelle a saisie.
  Si tu veux confesser que Lou-garou tu
  sois,
Hoste melancholiq' des tombeaux & des crois,
Pour te donner plaisir vray'ment ie te confesse
Que ie suis Prestre-raz, que i'ay dit la grand'
  Messe :
Mais deuant que parler il faut exorciser
Ton Démon qui te fait mes Démons mespri-
  ser.
  FuyeZ peuples, fuyez, que personne n'ap-
  proche,
SauueZ-vous en l'Eglise, allez sonner la
  cloche
A son dru & menu, faites flamber du feu,
Faites vn cerne en rond, murmurez peu à
  peu
Quelque basse oraison, & mettez en la bou-
  che
Sept ou neuf grains de sel, de peur qu'il ne
  vous touche.
  Voy-le-cy, ie le voy escumant & bauant,
Il se roule en arriere, il se roule en auant,
Affreux, hideux, bourbeux : vne espesse fu-
  mée
Ondoye de sa gorge en flames allumée :
Il a le Diable au corps : ses yeux caueZ de-
  dans,

Z Z Z z z   vj

Sans prunelle & sans blanc, reluisent comme
   Ardans,
Qui par les nuicts d'Hyuer à flames vaga-
   bondes

En errant font noyer les passans dans les
   ondes :
Il a le museau tors & le dos herißé
Ainsi qu'vn gros maslin des dogues pelißé.

GARNIER.

Les Roys de ce pays que le desbord du Nil] L'Autheur, pour rabbatre le caquet du Ministre Huguenot, continue à paranympher & mettre au comble d'honneur la Prebstrise, disant que les Roys du pays du Nil (lequel est l'Egypte, que le fleuue du Nil arrose) estoient Euesques & Prebstres. Voyez Plutarque au traicté d'Isis & d'Osiris, comme ils s'eslisoient de l'ordre militaire, & de là se rangeoient à la prebstrise. Ce fleuue est dit Nil, du Roy Nilée, ou bien de *νέαν ἰλὺν*, qui veut dire, attirant vn nouueau limon ; car le debord qu'il fait tous les ans au solstice d'Esté, dans le pays d'Egypte, l'engraisse & le fertilise de son limon preignant (c'est à dire, enfantant) au lieu des pluyes qui iamais n'y tombent, au rapport mesme du Philosophe Platon. Son origine vient de la montagne inferieure de Mauritanie, puis trauersant l'Ethiopie d'vn roide cours triangulaire comme vn Delta Grec, apres auoir fait quelque sejour ailleurs, il produit mainte Isle au pays d'Egypte, & de là se descharge en la mer par sept endroits. Ouide.

Ille fluens diues septena per ostia Nilus.

Le mesme encore.

——— & septem discretus in ostia Nilus.

Et Properce liure 2.

Aut cancrem Aegyptum, & Nilum, cùm trattes in vrbem
Septem captiuis debilis ibat aquis.

Le Tasso le nomme celeste, Chant 17. Stance 14.

Ch'è del celeste Nilo opera, e dono.

Et Lucain liure 10. en discourt amplement pour contenter les desireux.   *Prebstres mitrez*] Pontifes.   *Et ceux qui l' Assyrie*] Les Roys de ce pays. Nous auons parlé de l'Assyrie plus haut.   *Les doigts escarbouclez*] A la façon des anneaux que portent les Euesques. La pierre d'Escarboucle est de l'œil du rubis & de sa couleur, mais elle esclatte plus viuement, & brille la nuit comme vne chandelle. On en tire des pays du Leuant & du Couchant, mais celle qui vaut plus, c'est le masle : car la femelle est d'vn teint plus obscur & foible. Voyez ce qu'en dit le Peintre de la Nature Belleau, parlant de son esclat :

Qui rayonne & vif estincelle,
Ainsi que fait vne chandelle
Par les tenebres de la nuit :
Ou comme au vent d'vne fournaise
On voit rougir entre la braise
Le Charbon bluetant qui luit.

Le menton bien rasé] Chose bien plus aduenante à ceux qui boiuent le sang de IESVS, que d'auoir la barbe en poincte & la moustache empesee.   *La chape à haut collet*] Qui ne seroit guere propre auec nos rotondes.   *Et vray messire Pierre*] Pource qu'il auoit nom Pierre. Messire est vn nom de gaberie donné par les Huguenots charitablement aux Catholiques.   *Signant*] Du signe de la Croix, la terreur des malins Esprits.   *Aspergés*] D'autant que l'on asperge d'eau beniste le peuple auec quelque branche auant la grand' Messe.   *Sauge*] Herbe dont la senteur & les vertus ont de l'efficace : voyez Matthiole sur le Dioscoride liur. 3. chap. 34.   *Cyprés*] Arbre anciennement destiné pour les mortuaires, dont l'Isle de Candie est le vray sejour.   *Vicaires*] C'est à dire Lieutenans, qui font la charge d'vn autre : Vicaire est celuy qui dans l'Eglise fait en l'absence du Curé.   *Ie diros la grand' Messe*] La principale, car toutes les Messes vont d'vn mesme train, puis que IESVS-CHRIST est là present realement & de fait. Ce mot tiré de l'Hebreu veut dire Sacrifice, & faut que Messieurs de la Reforme l'aduoüent, comme estant aduoüé depuis seize cens ans.   *Temple*] Eglise. On peut dire l'vn & l'autre, neantmoins nous retiendrons le mot d'Eglise, & laisserons le Temple aux Huguenots, pour ce qu'ils le veulent.   *Regringoté*] Mot fait à plaisir.

Ie serois reueré, ie tiendrois bonne table] Grand aduantage pour se voir honoré : tesmoin celuy qui me disoit serieusement, apres auoir bien disné chez feu Monsieur Desportes Abbé de Thyron, que c'estoit (comme de fait il ne s'abusoit pas) vn excellent & grand Poëte, vn homme de grand prix, & qu'il tenoit bonne table. Si discourant il estoit rauy, ie ne l'estois pas moins de l'entendre.   *Dresse au cœur vne roüe*] Nous auons parlé de la roüe d'Ixion.   *Vn alteré Tantale*] Tantale fils de Iupiter & de la Nymphe Plote, Roy de Phrygie, & l'ayeul de Menelas & d'Agamemnon, ayant conuié les Dieux à venir banqueter chez luy, voulant sonder les diuinitez, il demembra son fils Pelops, mit boüillir sa chair, & leur presenta membre à membre sur table : dont venant à recognoistre le fait ils ne voulurent manger, excepté Cerés qui luy denora l'espaule entiere, pour laquelle vne d'yuoire luy fut remise de par les Dieux, qui firent aussi rappeller des Enfers son ame, ayant enuoyé là Mercure pour cet effect. Pindare aux Olympies à Hieron de Syracuse.

Ἐπεὶ καθαροῦ λέβητος ἐξέιλε
Κλωθὼ ἐλέφαντι φαίδιμον
ὦμον κεκαδμόρον.

Tantale pour cette meschanceté fut relegué dans les Enfers où l'on dit qu'il est mourant de soif dans les eaux, & mourant de faim prés d'vn arbre chargé de maints fruicts : l'eau s'abaissant quand il veut boire, & l'arbre s'esleuant quand il desire manger. Qui voudra se repaistre dignement l'esprit de l'image de ce tourment, il ira chez Homere dans l'Odyssee λ. Ce qui m'empeschera d'en alleguer apres d'autres.   *La peine à ce voleur esgale*]

Siſyphe, dont nous auons raconté la fable cy-deuant. *Aux Enfers vn rocher dont tu as pris toh nom*] Pour ce que le nom du Miniſtre auec lequel l'Autheur agit, commençoit par le nom de Roche; & bien que ie ne m'en donne guere de peine, ie le tairay neantmoins; pour ne donner ſcandale aux enfans ou petits enfans qui viennent de luy. *Qui d'vn rocher approche*] En dureté. L'eſtomac pour le cœur. *Qu'en tes eſcoles*] En tes enſeignemens. *Brocards*] Nous en auons parlé. *Et paroles*] Caquet. *Leiſſe reſſondre à ceux que ie touche*] A Beze. *Ils ont l'eſprit gaillard*] Capable : quand il dit, à ceux, il entend, à celuy, maniere de parler commune. *Tu fais du bon valet*] D'eſcrire pour les autres. *Ou l'eſprit fantaſtique De mes Démons pourſuit*] Ou l'aiguillon de mon Genie, de ma Poëtique fureur, te donne ombrage, & te picque. Il dit fantaſtique pour bizarre, car vn Poëte eſt ſujet au caprice entierement, quand il eſt en ſon trauail : & diſant, *mes Demons*, il entend les inſpirations & les agitations de la Muſe. *Ton cerueau lunatique*] Participant de la Lune, qui tient le premier rang d'inconſtance, & de legereté, par deſſur les Planettes, comme eſtant voiſine de la terre, des vents & des nuages. *Lou-garou*] L'on en parle differemment : les vns tiennent qu'ils ſont eſprits allants de nuict par les carrefours & les ruës, faiſants ſonner des chaiſnes de fer, & iettants des hurlemens effroyables, reueſtus des corps morts enterrez par les cimetieres : ce que le mot Grec, de tout biaiz donne aſſez à cognoiſtre, Μορμολύϛις, Demons errants, μορμώ vn maſque, ou choſe terrible & donnant effroy : Les autres diſent qu'ils ſont hommes troublez de iugement, qui ſortent la nuict hors du lict, & vont tracaſſer, hurler, & frapper rudement aux portes cloſes, s'eſtimants eſtre changez en Loups; dont ils ſont nommez pour ceſte cauſe, Lycanthropes. D'aucuns les tiennent pour gens excommuniez par l'Egliſe, à qui le Diable affule toutes les nuicts à certaines heures preſcrites, la hure & les chaiſnes : &(s'il n'eſt vray ie m'en rapporte, neantmoins ie l'ay pluſieurs fois ouy de ceux qui diſoient en auoir entendu, comme veu) qu'ils aiment fort à tronçonner & maſcher de l'argent quand ils ſont en leur garoüage, & qu'ils en peuuent rencontrer, ou ſaiſir aux femmes ayants demi-ceints : D'autres les croyent des Sorciers déguiſez en Loups, qui mangent les hommes & les enfans, & d'autres les eſtiment de vrays Loups. Ie penſerois que la diction de Lou-garou viendroit des garots qu'il traine, ou du mot garre, ou de garoüage : s'elle vient d'ailleurs, ie n'y contredis pas. *Tu as veu les Rabas encores mieux que moy*] Rabat eſt vn mot de Touraine, qui veut dire, vn Eſprit qui raude & va de nuict : Or l'Autheur dit au Miniſtre, qu'il a veu les Rabas mieux que luy qui parle, d'autant que ſes compagnons en leurs Inuectiues luy reprochoient qu'en diuers de ſes Poëmes il racontoit (choſe feinte, & licence fabuleuſe) que le vieil Rembure, que la France, la Promeſſe, la Fortune, les Muſes, Du Bellay, qu'vn fantoſme prés du Loir, s'eſtoient apparus à luy : ce qui peut bien eſtre auſſi de quelques vns; car on ne peut nier l'apparition des Eſprits, quand la Sainte Eſcriture dit : *Putabant ſe ſpiritum videre.* *Ou bien en releſchant ma bruſque Poëſie*] En la paſſant & repaſſant auec friandiſe, & la refueilletant. *Bruſque*] Vigoureuſe. *Panique fureur*] Nous auons diſcouru des terreurs Paniques, des ſoudaines frayeurs, & maintenant il s'agit au lieu des fureurs Paniques, des agitations ou pluſtoſt bouleuerſemens & deſreglemens d'eſprits, les vns & les autres ayants bien la puiſſance de naiſtre & deriuer d'vn meſme lieu : Bref, pour le bien faire entendre, l'Autheur va diſant au Miniſtre, que ſa fureur naiſt, ou de ſe iuger eſtre picqué viuement; ou du boüillon que l'enthouſiaſme de ſes vers, leuz & releuz attentiuement, produit en luy. *Melancholic*] Pour, melancholique, & le nomme ainſi, pour autant que la melancholie eſt la fidelle compagne de telles gens. *Et des Croix*] Eſleuées dans les Cimetieres. *Exorciſer*] Coniurer les malins Eſprits, à fin de les chaſſer des corps : choſe appartenante, comme dit Sainct Marc 16. chap. aux vrays Miniſtres de l'Egliſe, qui ſont les Prebſtres : *Signa autem eos qui crediderint, hæc ſequentur : In nomine meo dæmonia eijcient.* *Ton Démon qui te fait mes Démons meſpriſer*] Cecy ne redonde qu'à la fureur, dont l'Autheur habille en vray Démon celle du Miniſtre. *Fuyez, peuples, fuyez*] L'Autheur pour coniurer ſon Miniſtre, ou le Démon qui le gouuerne, faict icy l'ample deſcription d'vn Exorciſme; où toutefois il meſle, auec vne licence Poëtique, d'autres obſeruations que de l'exorciſme, comme du cerne, du murmure, & des grains de ſel par nombre; choſes de l'appartenance des charmes des Anciens. Voyez Theocrite & Virgile. *Voy-le-cy*] Le voicy, maniere de parler Gaſconne. *Eſcumant & bauant*] Quiconque aura veu (comme i'en ay veu quelquesfois) des Poſſedez & Demoniaques, il les trouuera bien depeints icy de leurs couleurs. *Ardents*] Aucuns diſent que les Ardents ſont des feux de bon-heur appellez Sainct Herme, apparoiſſants d'enhaut en mer ſur les nauires, autrement dits, Furioles, flamerolles, ou flambars, & des Latins, *Ignes fatui* : les autres les penſent des longs rayons de feu ſautelants, qui meinent les voyageurs au chemin des eaux, pour les noyer, en la ſaiſon d'Hyuer, ce dit l'Autheur, pour quelque raiſon peut-eſtre venante au ſubjet, car on en voit aſſez l'Eſté. Quand tels feux conduiſent ainſi les voyageurs à l'eau pour les noyer, ils ſe tiennent d'ongles & de dents à la terre, de peur de s'y voir contraints. Les autres diſent que les vers luiſants brillants de nuict en la campagne, ſont Ardents. *A flames vagabondes*] Errantes. *Dogues*] Dogue eſt general à dire en Anglois vn Chien : mais pource qu'il en vient de beaux, gros, furieux, & ſur tout noirs, de là, nous les appellons dogues d'Angleterre, & ſeulement telle forme & ſtature de chiens : comme nous appellons vn cheual pouſſif, vne roſſe, d'autant que *Roſſ* en Allemand ſignifie vn cheual. *Peliſſé*] Chargé de poil : neantmoins les plus frequents & les plus beaux dogues ſont de poil ras.

Fuyez peuples, fuyez : non, attendez la beſte,	*Ie tiens le Monſtre pris : voyez comme il chemine*
Apportez ceſte eſtolle, il faut prendre ſa teſte,	*Sur les pieds de derriere, & comme il ne veut pas*
Et luy ſerrer le col, il faut ſemer eſpais	*Rebellant à l'eſtolle accompagner mes pas !*
Sur luy de l'eau beniſte auec vn Aſpergés,	*Sus ſus, Preſtres, frappez deſſur la beſte priſe,*
Il faut faire des Croix en long ſur ſon eſchine.	*Que par force on le traine aux degrez de l'Egliſe.*

Ainsi le gros mastin des Enfers fut trainé,
Quand il sentit son col par *Alcide* enchainé :
Mais si tost que du iour apperceut la lumiere,
Beant il s'accula dedans vne poussiere,
Et là veautrant son corps par l'espais des sa-
blons,
Tantost alloit auant, tantost à reculons :

Puis poussif se faisant trainer à toute force,
Auoit en mille nœuds toute la chaine entorce
Tirant le col arriere : Hercule qui se mit
En courroux, estrangla le mastin, qui vomit
Du gosier suffoqué vne baue escumeuse,
Dont nasquit l'Aconit, herbe tres-veni-
meuse.

GARNIER.

Estolle] C'est vne maniere d'escharpe que met le Prebstre à son col, deuallante sur l'aube en Croix, de l'vne à l'autre part, quand il veut dire la Messe : & de fait le Diable espouuenté la craint fort, & tous les autres ornements du Prebstre consequemment. *Eau beniste*] Eau lustrale, où tous les Dimanches deuant la grand' Messe, comme nous auons dit ,le Prebstre fait des benedictions & des exorcismes contre le Diable, qui la redoubte plus (chose tous les iours experimentée) que nous le foudre & la tempeste. *Il faut faire des Croix*] La terreur des malins Esprits, & le rempart du Chrestien. *Monstres*]Toutes bestes difformes sont dittes Monstres. *Voyez comme il chemine*] Les Demoniaques lors de leur possession vont de mesme, & s'esleuent quelquefois de terre (ce que i'ay veu) tirant à soy quantité d'hommes, & principalement quand on leue & monstre le Corps de IESVS-CHRIST en la saincte Hostie. *Aux degrez de l'Eglise*]Pour l'y faire entrer de force, car il y resiste viuement. *Ainsi le gros mastin des Enfers*] Le chien Cerbere portier d'Enfer, ayant trois chefs entortillez de serpens, & le dos aussi, comme disent les Poëtes : Virgile liu.6. de l'Eneid.

Cerberus hæc ingens latratu regna trifauci
Personat, aduerso recubans immanis in antro.

Horace au troisiesme liure des Odes:

Cessit immanis tibi blandienti
Ianitor aulæ
Cerberus : quamuis furiale centum
Muniant angues caput eius, atque
Spiritus teter, saniesque manet
Ore trilingui.

Et Tibulle liure troisiesme:

Cui tres sunt linguæ, tergeminúmque caput.

Ailleurs Horace luy donne cent testes :

Demittit atras bellua centiceps
Aures.

Et le Poëte Hesiode en sa Theogonie cinquante, où l'on peut voir autant d'opinions & de sens que de testes.

— ὠμηστὴν, ἀΐδεω κύνα χαλκεόφωνον,
πεντηκοντακέφαλον.

Ciceron ne luy donne que trois testes, ny Sophocle. *Fut traisné*] Par Hercule autrement dit Alcide, qui fut le douziesme de ses labeurs enjoints & commandez. Il tira ce chien des Enfers par la cauerne effroyable d'aupres le Tenare ; & dit-on qu'il n'eust si tost veu les rayons inaccoustumez du iour, qu'il ne vomist,& que de tel vomissement remply d'escume , & d'orde infection, l'Aconite, poison tres-maligne, eut son estre. Il est ainsi nómé des Grecs,ce dit le Commentaire de Nicandre,pour ce qu'il vient en abódance autour de la ville Acone, située au long de la mer Pontique, & principalement au long de la riue d'Acheron, prés la cauerne Achereuse, que les anciens Poëtes disoient estre le port & l'entrée des Enfers : & d'autant qu'il prouient (ce disent Ouide & Nicandre) parmy les cailloux & les rochers, où la poudre & la terre ne sont point, aucuns le deriuent du mot Grec ἀκόνιτ, qui signifie, sans poudre. Vulgairement il est nommé Riagas, ou Reagal, d'autant qu'il est si venimeux & dangereux,qu'il est pris également pour tous venins. Voilà quant au chien Cerbere, portier des Enfers, nay d'Echidne, mot qui signifie vne vipere, & du Geant Typhon, comme dit Hesiode. Or il est bien à presumer qu'il ne fut estranglé par Hercule à mort, ains seulement qu'il l'estrangloit, d'autant que l'Enfer imaginaire des Anciens n'eust plus eu d'Huissier ny de Portier. *Beant*] Hians,ouuert.

Ainsi ce Lou-garou vn venin vomira,
Quand de son estomach le Diable s'enfuira.
Hà Dieu, qu'il est vilain ! il rend déja sa
gorge
Aussi large qu'on voit les soufflets d'vne
forge,
Qu'vn boiteux mareschal éuente quand il
faut

Frapper à tour de bras sur l'enclume vn fer
chaut.
Voyez combien d'humeurs differentes luy
sortent,
Qui de son naturel les qualitez rapportent:
La rouge que voila le fit presomptueux,
Ceste verte le fit mutin tumultueux,
Et ceste humeur noirastre & triste de nature

Est celle qui pippoit les hommes d'imposture :
La rousse que voilà le faisoit impudent,
Bouson injurieux , brocardeur , & mor-
  dant,
Et l'autre que voicy visqueuse , espaisse &
  noire,
Le rendoit par sur tous hargneux au Consi-
  stoire.
Ie me fasche de voir ce meschant animal
Vomir tant de venins , tout le cœur m'en fait
  mal.
    Faites venir quelque homme expert en
      Medecine
Pour l'abreuuer du iust d'vne forte racine :
Si son mal doit guarir, l'Hellebore sans plus
Guarira son cerueau lunatique & perclus.
    Ie pense, à voir son front, qu'il n'a point de
      ceruelle,
    Ie m'en-vois luy sonder le nez d'vne esprou-
      uelle :
Certes il n'en a point , le fer est bien auant,

Et en lieu de cerueau son chef n'est que du
  vent.
Helas ! i'en ay pitié , si faut-il qu'on le
  traitte,
Il faut que chez Thony il face vne diette,
Ou bien que le Greffier, comme vn Astolphe,
  en bref
Luy souffle d'vn cornet le sens dedans le
  chef.
    S'il veut que la santé pour iamais luy re-
      uienne,
Il faut que par neuf iours seulement il s'abs-
  tienne
(Non pas de manger chair , ne de boire du
  vin)
Mais de lire & de croire aux œuures de Cal-
  uin,
Abiurer son erreur fausse & pernicieuse,
Ne trainer plus au corps vne ame iniurieuse,
Ne tourmenter plus Dieu d'opinions, & lors
Sa premiere santé luy r'ent'ra dans le corps.

GARNIER.

Quand de son estomac le Diable s'enfuira] Quand les Diables partent des corps, auec iussion, l'on voit du moins sortir espais des estranges fumées, noires, & puantes.   *Qu'vn boiteux mareschal*] Pour ce que le For-geron des Dieux, Vulcan, mary de la belle Venus, entre ses laides imperfections, estoit de l'vne & de l'autre hanche boiteux : & d'autant qu'il est dit Roy des forgerons & mareschaux, l'Autheur les rend tous clochants & boiteux comme luy, par honneur. La raison pour laquelle il fut boiteux, c'est qu'estant né de Iunon, com-me dit Hesiode, Iupiter le veit si laid, qu'il le precipita d'enhaut par le trauers des nuës en l'Isle de Lemnos, située en la mer Egée. Homere au liure *α*. de l'Iliade le fait ainsi parler de ceste culbutte du haut du Ciel :

> ἤδη γάρ με καὶ ἄλλοτ' ἀλεξέμεναι μεμαῶτα, &c.

Le mesme Poëte en son Hymne d'Apollon, ne dit qu'il fut precipité d'enhaut par Iupiter, mais bien par Iunon sa mere, & que Thetis l'esleua.

> πῆς ἐμὸς Ἥφαιςος ῥικτὸς πόδας, ὃν τίκον αὐτή,
> ῥῖψ' ἀπὰ χειρὸν ἑλῦσα, ἡ ἔμβαλον ἀ'ρῖï πόντῳ, &c.

Frapper à tour de bras] Virgile au 8. de l'Eneide :

> Illi inter sese multa vi brachia tollunt
> In numerum , versantque tenaci forcipe massam.

En mon second liure de l'Amour triomphant voicy comme nous en auons parlé.

> Vn autre bat l'enclume :
> Il souffle , il geint, il fume,
> Demenant haut & bas,
> A grand force de bras,
> Les marteaux qui redondent, &c.

Voyez combien d'humeurs] Dans les Commentaires de Nicandre on pourra voir de telles sortes d'humeurs differentes en ceux que les poisons dominent violentement , & dans les autres liures de Medecine on co-gnoistra leurs effects.   *Visqueuse*] Tenante, gluante.   *Consistoire*] Siege & throsne d'vn Souuerain Magistrat. On dit le Consistoire du Pape, où tenant le siege les Cardinaux l'enuironnent comme Senateurs : & pour comble d'honneur, messieurs les Huguenots ont nommé leur banc de pestilence, Consistoire, par or-gueil, & par singerie.   *Faictes venir quelque homme expert en Medecine*] Pour voir si d'aduenture son mal estoit phrenesie ou rage.   *Hellebore*] Il en est de masle & de femelle, de noir & de blanc : nous en auons dit quelque chose au precedent.   *Esprouuelle*] Ferrement de Chirurgien long & menu, duquel il sonde le fond des playes.   *Comme vn Astolphe, en Thony*] Fol d'alors.   *Le Greffier*] Quelque autre de pareille farine, de ce temps là.   bref *Luy souffle d'vn cornet le sens*] Le Discours en est dans le 37. Chant de l'Arioste, quand l'Anglois Astolphe monté sur vn postillon volant, fut au Paradis terrestre querir dans vne fiole certaine liqueur ditte le Sens, à fin de le redonner au Prince Roland, deuenu fol pour la belle Angelique dont il estoit amoureux :

> Era, come vn liquor sottile e molle,
> Atto à essalar , se non si tien ben chiuso ;
> Et si vedea raccolto in varie ampolle, &c.

Et peu apres en la mesme Stance,

> ———quando
> *Hauea scritto di fuor, Senno l'Orlando.*

La guarison de Roland est ainsi descritte au 39. Chant du mesme Autheur, 57. Stance.

> *Haueasi Astolfo apparecchiato il vaso*
> *In che'l senno d'Orlando era rinchinso;*
> *E quello in modo appropinquogli al naso,*
> *Che nel tirar che fece il fiato in suso,*
> *Tutto il voltò. Marauiglioso caso,*
> *Che ritornò la mente al primier Vso, &c.*

L'Autheur ayant icy recours aux fous pour guarir la folie de son Ministre, on voit bien qu'il le prend ironiquement : & luy faisant redonner le sens par vn Astolphe dans vn cornet, au lieu d'vne fiole, il veut parauenture entendre que le tirant de la fiole il fut mis dans vn cornet pour estre soufflé dans le nez plus commodément.

il faut que par neuf iours] La neufuaine accoustumée aux Eglises, de tout temps, faisant trois nombres de trois, nombre heureux. *Non pas à manger chair*] Cecy par ironie, comme cy deuant. *Aux œuures de Caluin*] Dont l'Institution marche au premier rang de fausseté. *Abjurer son erreur*] Qu'il abjure son erreur. *Ne traisner plus au corps vne ame*] Pour ce que nous auons les corps si terrestres & pesants que les ames n'y sont que traisnées, veu leur agilité, qui les porteroit aisément d'vn clin d'œil en toutes les parts du Monde estans libres. *Ne tourmenter plus Dieu*] Nous auons parlé de ce mot, & le redisons encore pour faire entendre que cela fasche & tourmente Dieu quand l'on est en erreur de ce qu'il est, & que l'on rompt le nœud du repos qu'il aime tant. *Rent'ra*] Pour, rentrera, licence.

Or sus, changeons propos, & parlons d'au-
tre chose :
Tu dis qu'vne sourdesse a mon aureille close :
Tu te moques de moy & me viens blason-
ner
Pour vn pauure accident que Dieu me veut
donner.
Nouuel Euangeliste, insensé, plein d'ou-
trage,
Vray enfant de Satan, dy-moy, en quel pas-
sage
Tu trouues qu'vn Chrestien (sil n'est bien
enragé)
Se doiue comme toy moquer d'vn affligé ?
Ta langue monstre bien aux brocards qu'elle
rue,
Que tu portes au corps vne ame bien tortuë.
Quoy ? est-ce le profit, & le fruit que tu
fais,
En preschant l'Euangile où tu ne creuz ia-
mais ?
Que tu te moques bien de l'Escriture sainte,
Ayant le cœur meschant, & la parole feinte !
Quoy ? moquer l'affligé sans t'auoir irrité,
Est-ce pas estre Athée & plein d'impieté ?
Les Lyons Africains, les Tygres d'Hyrcanie
Ne couuent dans le cœur si grande felonnie.
Appren icy de moy que Dieu te punira,
Et comme tu te ris, vengeur il se rira

De toy, qui en preschant peux bien tromper les
hommes,
Qui grossiers de nature, & imbecilles som-
mes ;
Mais non pas l'Eternel qui voit d'vn œil pro-
fond
Ton cœur & tes pensers, & sçait bien quels ils
sont.
On dit qu'au Ciel là haut au deuant de la
porte
Il y a deux tonneaux de differente sorte :
L'vn est plein de tous biens, l'autre est plein de
tous maux,
Que Dieu respand çà bas sur tous les ani-
maux :
Il nous donne le mal auecques la main dextre,
Et le bien chichement auecques la senestre.
» Si faut-il prendre à gré ce qui vient de sa
part :
» Car sans nostre congé ses dons il nous de-
part.
Les Poëtes premiers, dont la gloire cognuë
A desfié les ans, auoient mauuaise veuë,
Thamyre, Tiresie, Homere, & cestuy-là
Qui au prix de ses yeux contre Helene parla :
Et ceux de nostre temps à qui la Muse insigne
Aspire, vont portant la sourdesse pour signe :
Tesmoin est du Bellay comme moy demi-sourd,
Dont l'hôneur merité par tout le Môde court.

GARNIER.

Or sus, changeons propos] L'Autheur reprend icy le chemin dont il s'estoit esloigné, pour recontinuer de respondre aux calomnies de ceux dont la bouche & le cœur ont, à voir, fort peu de reforme, de gabber les inconueniens & les infortunes qui viennent sur les hommes, pour les affliger; comme de la surdité qu'il auoit, & de la peine à bien entendre: ce qu'il rapporta du voyage qu'il fit en Allemagne à l'aage de 16. ans 1540. en la compagnie de ce grand Lazare de Baïf, pour lors Ambassadeur tres-digne en ce païs. il estoit Page de Charles Duc d'Orleans fils du Roy, lequel le voyant adroit, galland & beau, l'enuoyoit aux bonnes occasions és nations estranges, pour le façonner & le rendre capable de le bien seruir, comme il fit en Escosse auec le Roy du païs qui venoit d'espouser Madame sa Sœur à Paris & s'en retournoit: comme en Angleterre; & depuis en Hollande & Zelande vers l'Empereur Charles V. dont il recherchoit la fille ou la niepce, comme le raconte le Sieur de Langey, Guillaume du Bellay. *Sourdesse*] Surdité, comme simplesse & simplicité. *Blasonner*] Blasmer: taçoit que l'on prenne aussi blazon pour deuise. *Que Dieu me veut donner*] Car tels effects sont plustost verges qu'effects de mal, dont l'Huguenot accuse Dieu. *Nouuel Euangeliste*] Qui fait à sa poste vne Euangile toute nouuelle. *En quel passage*] En quel endroit de liure. *Moquer d'vn affligé*] Contre les œuures de Charité, qui parlent de les consoler. *Aux brocards qu'elle rue*] Aux injures qu'elle met en auant. *Ame tortuë*] Contrefaite & mal-née. *En preschant l'Euangile où tu ne creus iamais*] Qui la croit mal ne la croit pas. *L'Escriture Saincte*] La Bible, contenant le vieil & le nouueau Testament. *Les Lyons Africains*] D'autant qu'ils viennent de l'Afrique, dont nous auons fait la description. *Tigres d'Hyrcanie*] Pays d'où viennent les Tigres; nous en auons aussi parlé. Virgile de leur fureur au 2. des Georgiques:

> *At rabidæ Tigres absunt, & sæua Leonum*
> *Semina.*

Hyrcanie] Region ditte ainsi de la forest de ce lieu, nommée Hyrcanie: Elle a vers Orient la mer Caspienne, au Midy l'Armenie; l'Albanie au Septentrion, l'Iberie au Couchant: Les Pantheres, les Tigres, & les Leopards sont frequents en telle region pour l'ombrage & l'espoisseur des forests: elle est tres fertile, & presque en tous endroits vne rase campagne embellie de tout plein de celebres villes, comme rapportent les bons Autheurs, & s'il les faut croire, parmy les singularitez qu'elle a, parmy l'abondance qui la rend heureuse, les oliuiers respandent le miel pour de l'huile. *Ne couuent dans leur cœur*] Ne gardent long temps. *On dit qu'au Ciel là haut*] Nous auons traitté plus haut de ces tonnes du mal & du bien, qui sont dans Homere, en l'Iliade liu. ω. *Animaux*] Dont les hommes font vne partie. *A deffié les ans*] N'a craint d'estre effacée par le cours du temps, n'ayant pouuoir sur les escrits des bons Autheurs. Horace, Ode 9. du 4. liu.

> *Totne tuos patiar labores*
> *Impunè, Lolli, carpere liuidas*
> *Obliuiones ?*

Thamyre] Poëte extremement beau, du pays de Thrace, qui fut aueuglé par les Muses, ayant fait pact auec elles de joüir d'elles si d'aduenture il les gaignoit à joüer de la Lyre; & que s'il perdoit, il subiroit la peine qu'elles voudroient luy donner; laquelle fut la perte des yeux. *Tiresie*] Poëte & Deuin né de Thebes, fils d'Euere, perdit les yeux au gré de Iunon, pour auoir donné contre elle vn droict iugement en faueur de Iupiter son espoux, touchant la difference des plaisirs d'amour d'entre les maris & les femmes, dont Iupiter en recompense luy donna l'aiguillon de prophetie: Callimach va disant en son Hymne des Bains de Pallas, que ce fut pour l'auoir regardée se baiguant en la fontaine d'Helicon. Voyez chez Homere en l'Odyssee, liu. κ. Vlysse aux Enfers appellant son ame, qui l'instruit de beaucoup de choses du futur. *Homere*] Prince des Poëtes Grecs, autheur de l'Iliade & de l'Odyssee. Voyez Plutarque en sa vie. *Et celuy-là Qui au prix de ses yeux contre Helene parla*] Le Poëte Stesichore, Poëte Lyrique serieux & graue. Horace Ode 9. du quatriesme liure:

> *Stesichorique graues Camœnæ.*

Il nasquit en la ville d'Himere de Sicile, dont il fut dit Himerean. Quant à son nom de Stesichore, il l'eut pour auoir joint le chœur auec le chant de la Lyre tout premier; car auparauant on le nommoit Tisie. Voyant qu'Helene estoit cause de tant de maux par la guerre de Troye, il fit des vers contre elle, dont ses freres Pollux & Castor l'aueuglerent, mais ayant chanté la palinodie, à sçauoir le desdit, ils luy redonnerent l'vsage de la veuë. Horace:

> *Infamis Helenæ Castor offensus vice*
> *Adempta vati reddidere lumina.*

Bellay] Compagnon de l'Autheur, nous en auons dit quelque chose.

<table>
<tr><td>

Vrayment quand tu estois à Paris l'autre
   année,
Descharné, deshalé, la couleur bazanée,
Et palle tout ainsi qu'vn Croissant enchanté,
I'euz pitié de te voir en ce poinct tourmenté,
Et sans injurier la misere commune,
I'auois compassion de ta pauure fortune.
   Or à ce qu'on disoit, ce mal tu auois pris
Trauaillant au mestier de la belle Cypris:
Toutefois contemplant ta taille longue &
   droite,
Ta main blanche & polie, & ta personne
   adroite,

</td><td>

Te cognoissant gaillard, honneste, gracieux,
Et faire sagement l'amour en diuers lieux,
(Tu sçais si ie dy vray) ie fis à Dieu priere
De te faire joüir de ta santé premiere:
En te voyant ainsi, i'auois pitié de toy,
Tant s'en faut que l'enuie entrast iamais chez
   moy.
   Tu m'accuses, Cafard, d'auoir eu la ve-
   rolle:
Vn chaste Predicant de fait & de parolle
Ne deuroit iamais dire vn propos si vilain:
Mais que sort-il du sac ? cela dont il est
   plein.

</td></tr>
</table>

Tousiours le volleur pense à la despoüille
    prise,
Et tousiours le paillard parle de paillar-
    dise.
Tay-toy, de l'Euangile impudent auorton,
I'entens encor assez pour ouïr ton Dicton,
Quand dedans vn tombreau tout emplastré
    d'ordure
Nostre place Maubert sera ta sepulture.
    Tu dis que ie suis vieil, encore n'ay-ie at-
    teint
Trente & sept ans passez, & mon corps ne se
    plaint
D'ans ny de maladie, & en toutes les sortes

Mes nerfs sont bien tendus, & mes veines bien
    fortes :
Et si i'ay le teint palle & le cheueu grison,
Mes membres toutefois ne sont hors de saison.
    Or cela n'est que ieu dont ie ne fay que rire,
Et voudrou que ce fust le plus de ton mesdire.
    Pourquoy fais tu courir si faussement de
    moy
Que ie suis vn Athee infidele & sans loy ?
Si tu es si ardent & si bruslé d'enuie
D'informer de mes mœurs, de mon faict, de
    ma vie,
Ie ne suis incognu : tu pourras aisément
Sçauoir quel i'ay vescu dés le commencement.

GARNIER.

Vrayment quand tu estois à Paris l'autre année] Selon que l'on traittoit & que la Paix se faisoit, on alloit & ve-noit par tout librement sans recherche ; car alors on voyoit assez de Paix fourrées. *Deshallé, descharné*] Com-me on dit quand les cheuaux maigrissent. *La couleur basanée*] Pour ce que la chair prés des os, comme on voit au retour des longues maladies, tient plus de la chere morne, que de la naïue blancheur. *Et passe tout ainsi*] D'autant que l'on remet vne peau nouuelle, au sortir des bains & des estuues de Cypris. *Qu'vn Croissant enchanté*] Virgile Eclog. 8.

    Carmina vel cœlo possunt deducere Lunam.

Et Tibulle,

    Cautus & è curru Lunam deducere tentat.

Et Horace encore, en l'Ode troisiesme des Epodes:

    Quæ sidera excantata voce Thessala,
    Lunámque cœlo deripit.

Et les Grecs en parlent de la maniere. Sosophane en Meleagre :

    μάχρις ἐπῳδαῖς πᾶσα Θεσσαλὶς κόρη,
    πάντες λέγουσιν ὡς καθαιρεῖ. ὲ γὰρ ἀ
    ψεύδης σελήνης αἰθέρος καταιβάτης.

Aristophane en la Comedie des Nuées :

    Γυναῖκα φαρμακίδ' εἰ πριάμενος Θετταλὴν,
    καθέλοιμι νύκτωρ τὴν σελήνην.

Ainsi l'Antiquité presumoit superstitieusement que les femmes de Thessalie, où les charmes estoient frequents, enchantoient la Lune ; & c'estoit quand elle auoit eclipse. *La misere commune*] D'autant que ce mal est vul-gaire & commun par trop. *Au mestier de la belle Cypris*] Au ieu public de Venus ; aux licences d'Amour. Il n'est point besoin de raconter ce qu'est Venus ou Cypris, ny d'où, ny de quels parents ; elle est assez bien cognuë : l'on sçait qu'elle est fille à Dione, & fille à Iupiter, ou de l'escume de la mer & de Saturne, au gré des autres : qu'elle est mere de Cupidon, femme de Vulcan, fauorite de Mars ; qu'elle estoit brunette, qu'elle aimoit Adonis, qu'elle prit son estre de l'escume des flots de la mer auec certain autre ingredient, & que sa mere se nommoit la belle Dione. *Cafard*] Hypocrite. Nous auons deja touché ce mot. *Verolle*] Pour sça-uoir l'origine de ce mal, car il faut sçauoir tout, le bien pour le rechercher, & le mal pour l'euiter ; il a pris son origine aux Indes, & n'a pris chemin vers la France qu'au regne de Charles VIII. fils du Roy Louys XI. C'est vers les Indiens vne legere gratelle, qu'ils font aisément dissiper cueillant & mangeant d'vne racine appellee Gayac. Les Espagnols ayant conquis ceste region gaignerent bien tost ceste maladie par la hantise des femmes, dont ils auoient plus de mal à receuoir guarison, comme estans nayz d'vn pays moins chaud : à leur retour ils en firent present aux Italiens qu'ils visiterent, lesquels estans encores participans de moins de chaleur, furent contraints d'en rechercher par les moyens de l'estuue : & depuis nos François allants à la conqueste de Na-ples, firent leur debuoir assez bien de la gaigner & de la conduire honorablement en ces quartiers, & de là par tout, mais auec plus d'inconuenient, à raison des climats plus froids : & s'est donné tel Empire que d'vne pauure & mal en conche, elle est auiourd'huy, comme on voit, vne grande & triomphante Royne. C'estoit neantmoins vn diuin effect, pour seruir de retenuë aux desbordements de ceux qui preferoient la crainte au mal : auiourd'huy le frein s'est rompu, la bride est laschée tellement, qu'elle est moins apprehendée icy que chez les Indiens : & qui pis est, les marys la donnent souuent à leurs femmes lesquelles n'en peuuent mais. *Vn chaste Predicant*] C'est à contre-poil, n'estant rien de si ribaud, & tout sous couleur de reforme & d'instruction. *Mais que sort-il du sac*] Prouerbe antique ; & de fait tous les quolibets du vulgaire sont dans les Grecs. *Auorton*] Homme imparfaict, à demi-faict, auorté. *Dicton*] Le iugement, que prononce le Bourreau tout haut quand il fait mourir vn patient. *Dedans vn tombreau*] Telles gens n'estans dignes de la charrette. *Nostre place Maubert*] Marché renommé situé prés les Carmes de Paris, au bas de la montagne Saincte Gene-uiefue, vn des lieux où se font les Iustices. Le nom qu'elle porte vient d'vn appellé Maubert, à qui iadis elle

Appartenoit. *Le cheueu grison*] Pour les cheueux, il les auoit gris à trente ans, comme luy-mesine dit en l'Ode 46. du 4. liure.

Pour auoir trop aimé vostre bande inegale,
Muses qui deffiez (ce dittes-vous) le temps,
I'ay les yeux tous battus, la face toute pasle,
Le chef grison & chauue, & si n'ay que trente ans.

Athée] Atheïste, nous en auons parlé.

I'ay suiui les grands Rois, i'ay suiui les
    grands Princes,
I'ay practiqué les mœurs des estranges pro-
    uinces,
I'ay long temps escolier à Paris habité,
Là tu pourras sçauoir de moy la verité:
Lors tu pourras iuger sans plus me faire in-
    iure,
Par la seule raison non par la coniecture.
    Ne conclus plus ainsi : Ronsard est bien
    appris,
Il a veu l'Euangile, il a veu nos escris,
Et n'est pas Huguenot, il est donques Athee :
Telle conclusion est faussement iettée :
Car tous les bons esprits n'ensuiuent point tes
    pas,
Et toutefois sans Dieu viuans ils ne sont
    pas :
Telle iniure redonde aux plus grands de l'Eu-
    rope,
Dont à peine de mille vn s'enroule en ta
    trope.

Lequel est plus Athee ou de moy ou de toy?
De moy qui ay vescu tousiours tranquile &
    coy
En la loy du païs, en l'humble obeïssance
Des Rois, des Magistrats qui ont sur nous
    puissance,
Qui sans m'enforceler d'vne nouuelle erreur
N'ay mis par mes sermons les peuples en fu-
    reur :
    Ou toy qui en ouurant le grand cheual de
    Troye,
As mis tout ce Royaume aux estrangers en
    proye ?
As faict que le voisin a tué son voisin,
Le pere son enfant, le cousin son cousin ?
    Qui rends Dieu partial selon ta fantaisie,
Qui es melancholique & plein de frenaisie,
Qui fais de l'habile homme, & qui aux in-
    nocens
Interpretes, malin, l'Euangile à ton sens?
Qui as comme vn brigand la Iustice oppressee,
Et c'en-dessus-dessous la France renuersee?

GARNIER.

I'ay suiui les grands Roys] Ayant esté Page des trois Enfans du Roy François I. *I'ay suiui les grands Princes*] Il entend des Royaumes estrangers, comme nous auons dit, par le commandement des Roys. *I'ay long temps Escolier*] Quand apres la mort de son pere Louys de Ronsard, il changea la Court à la maison du sçauant Dorat precepteur de Iean Antoine de Baif où sa demeure fut de sept ans, à fin de vaquer à la Poësie, & la mettre en son periode : & ne faut estre esmerueillé de ce change, car alors Paris estoit ce que fut Athenes, la Muse ayant tant de vogue en son estenduë, qu'elle y donnoit le couuert à trente mille Escoliers : aussi lors vne petite Stance rymée, n'eust en la victoire sur les Iliades. *Est faussement iettée*] Metaphore du jeu de dez. *Europe*] Vne des parties du Monde, que nous auons desduitte. *Trope*] pour, troupe. *En l'humble obeïssance*] Car l'Huguenot secouänt le ioug à Dieu, fait de mesme enuers les Roys & les Magistrats ; *Abyssus abyssum inuocat.* *D'vne nouuelle erreur*] De la nouuelle opinion. *Ou toy qui en ouurant le grand cheual de Troye*] Allegorie du Cheual de bois, par le moyen duquel Troye la grande fut prise, & saccagée entierement des Grecs : Virgile ainsi le raconte au second de l'Eneide. Les Grecs ennuyez & las d'auoir esté 10. ans campez deuant cette gran-de & forte ville, capitale de Phrygie, en l'Asie mineure, & sans l'emporter : voyant qu'ils estoient brisez par la guerre, & violemment repoussez de la main des fieres Destinées, ils construisirent vn grand Cheual de bois creux, à l'esgal d'vne montagne, & garnirent son enclos de nombre de gensdarmes, feignants le voüer reli-gieusement, pour fauoriser leur retour, à la Deesse Pallas, ouuriere de l'entreprise, à raison de la vieille hayne qu'elle portoit à la nation Troyenne, à cause de Pâris, & de son iugement de la pomme d'or. Ce bruit court, & nonobstant l'opposition d'aucuns, il fut admis en la ville triomphamment. Tandis les Grecs se cacherent dans l'Isle de Tenede ; & les Troyens, qui presumoient le siege estre leué, cessants la garde & le guet, tindrent court planiere, & table ouuerte ; si bien que le trop de vin les endormit, & lors vn des Grecs nommé Sinon, qui par feintise s'estoit venu rendre aux Troyens quelques iours auparauant, & qui portoit les clefs du cheual de bois, ouurit l'vn de ses costez, d'où les Grecs les plus qualifiez sortirent ; & d'ailleurs, tenant vn flambeau, donna le signe aux autres de l'Isle de Tenede, qui soudainement approcherent, briserent la porte de la ville, & s'en ren-dants maistres firent vn piteux massacre au dedans. Virg. 2. des Eneïdes:
    Inuadunt vrbem somno vinóque sepultam.

Voyez Homere en l'Odyssee liur. A.   *As fait que le voisin a tué son voisin*] *Tradet autem frater fratrem in mortem, & pater filium, & consurgent fily in parentes & morte afficient eos.*   *Qui rends Dieu partial*] Disant qu'il est pour toy, qui ne vaux rien.   *Melancholique & plein de frenaisie*] Nous auons dit plus haut que l'vne precede l'autre.   *Aux innocens*] Aux ignorans abusez.   *La Iustice oppressée*] Effect de la guerre ciuile, & du mespris que l'Huguenot a fait du Senat venerable.

Ainsi qu'on voit la mer quand l'Autan d'vn costé
Luitte contre Aquilon au gosier indonté,
Tous deux à contre-fil horriblant leur halene
Du fond iusques au haut bouleuersent l'arene,
Toute la mer se trouble, & s'esleuant aux Cieux,
Des matelots desrobe & l'espoir & les yeux.
Ainsi la France, helas! de tout malheur comblée
Par tes opinions erroit toute troublée,
Ia preste à s'abysmer : & sans l'astre Iumeau
De la Royne & du Prince, elle fust au tombeau.
Mais la paix que la Royne heureusement a faicte,
L'a remise en vigueur & sa force a refaite,
Comme vne douce pluye en sa vertu remet
La fleur espanoüie à qui ja le sommet
Pendoit flestry du Chaud, quand le Soleil ameine
Les fiéures & la soif à nostre race humaine.
Ie ne suis ny rocher, ny Tigre, ny Serpent,
Mon regard contre-bas brutalement ne pend,
I'ay le chef esleué pour voir & pour cognoistre
De ce grand Vniuers le Seigneur & le Maistre :

Car en voyant du Ciel l'ordre qui point ne faut,
I'ay le cœur asseuré qu'vn moteur est là-haut,
Qui tout sage & tout bon gouuerne cet Empire,
Comme vn Pilote en mer gouuerne son nauire :
Et que ce grand Palais si largement voûté,
De son diuin ouurier ensuit la volonté.
Or ce DIEV tout-puissant plein d'eternelle essence,
Tout remply de vertu, de bonté, de puissance,
D'immense Majesté, qui voit tout, qui sçait tout,
Sans nul commencement, sans milieu ne sans bout,
Dont la diuinité tres-Royale & supresme
N'a besoin d'autre bien sinon de son bien mesme,
Se commençant par elle & finissant en soy :
Bref, ce Prince eternel, ce Seigneur, & ce Roy,
Qui des peuples le pere & le pasteur se nomme,
Ayant compassion des miseres de l'homme,
Et desirant qu'il fust du peché triomphant,
En ce Monde enuoya son cher vnique Enfant,
Eternel comme luy, & de la mesme essence,
Ayant du Pere sien la gloire & la puissance.

GARNIER.

Ainsi qu'on voit la mer quand l'Autan] Vent de Midy, vent d'Automne.   *Aquilon*] Vent du Septentrion. *Au gosier indonté*] Pour ce qu'il n'est vent, tant fort soit-il, qui donte l'Aquilon. De cette concurrence de vents contraires, voyez l'Ode de l'Autheur au Chancelier de l'Hospital :

Vn tonnerre aislé par la Bise,
Vn autre ne choque si fort,
Lors que le vent Africain brise
Mesme air par vn contraire effort.

Et Lucrece :   —————*tonitru quatiuntur cærula cæli,*
Propterea quia concurrunt sublime volantes
Aethereæ nubes contrà pugnantibus Austris.

Horriblant] Verbe fait, sur le nom, horrible.   *A contre-fil*] Contre le cours de l'eau : donnant empeschement à son train, par leurs rudes soufflements opposez.   *L'arene*] Le sable, *arena* ; car les vents la font iaillir du fonds.   *Matelots*] Pilotes, Nochers, Nautonniers, Mariniers.   *L'astre Iumeau de la Royne & du Prince*] La Royne mere du Roy Charles I X. lors regnant, & Louys Prince de Condé, qui par vn abouchement ayant traitté la Paix, ressembloient à l'astre Iumeau de Castor & Pollux, qui sereinent la tempeste : l'Autheur fait vne allusion de la tempeste cessant par le calme.   *Quand le Soleil ameine les fiéures*] Au signe du Cancre & du Lyon, par l'Esté. *Ie ne suis ny rocher*] Ie n'ay le cœur si dur.   *Tigre*] Voyez plus haut.   *Serpent*] Beste venimeuse & rempante. *Mon regard contre bas*] Comme les bestes.   *I'ay le chef esleué*] Ouid. 1. des Metamorph.

Os homini sublime dedit, cœlúmque tueri
Iussit, & erectos ad sidera tollere vultus.

Vniuers] Le Ciel & la Terre.   *L'ordre qui point ne faut*] Le reglement des saisons.   *Qu'vn Moteur est là haut*] Chose recogneuë par Aristote, bien que Payen.   *Et que ce grand Palais*] Le Ciel.   *Plein d'eternelle essence*] Il dit plein d'essence, à fin d'exprimer auec le mot de plenitude, la Grãdeur, & l'Immensité de la Diuine essence.   *Sans nul commencement, sans milieu ny sans bout*] De tout temps.   *Se commençant par elle*] Ego sum A, & Ω, principium & finis.   *Et le Pasteur se nomme*] Ego sum Pastor bonus.   *Ayant compassion des miseres de l'homme*] Par la transgression de nostre ayeul Adam, qui pour auoir mangé le fruict de vie, contre la defense, nous auoit perdus, si Dieu n'eust enuoyé IESVS-CHRIST son Fils pour nous releuer de ceste misere, en prenant chair humaine au sacré ventre de la bien-heureuse Vierge. Ainsi l'auons-nous touché dans le Preambule de mon Histoire de la Passion. Voylà comme nous deuions tous esprouuer ceste mesaduenture & ceste horreur, d'estre perdus à iamais, & comme il nous falloit asseurer de nous voir abysmez eternellement dans les flots d'vn estrange desespoir : mais Dieu pitoyable & clement y voulut suruenir, vsant de grace & de misericorde enuers ceux, qui meritoient les violentes rigueurs de la Iustice d'en-haut : non pas en offrant les Holocaustes de mille Hecatombes : le forfaict tendant à l'extremité, la reparation ne deuoit estre moindre : il voulut donc luy-mesme s'exposer à la mort, pour rachepter de la mort les ingrats qui l'auoient offensé rebellemét : & d'autant qu'il estoit impassible, & non mortel, comme estant Dieu, sa Majesté voulut prendre chair humaine au ventre bien-heureux d'vne Vierge, moyen de se faire aimer & cognoistre, pour autant que l'amour des hommes (qui sont terrestres & difficiles) n'est point en la chose incognuë.   *Du peché triomphant*] Par le triomphe de IESVS.   *Vnique*] Seul. *Filius Dei vnigenitus*, Symbole de Nice.   *Eternel comme luy & de la mesme essence*] Consubstantialem Patri, au mesme Symbole.

<table>
<tr><td>

Or ce Fils bien-aimé qu'on nomme IESVS-
   CHRIST,

(*Au ventre virginal conceu du Sainct*
   Esprit)

Vestit sa deité d'vne nature humaine,

Et sans peché porta de nos pechez la peine :

Publiquement au peuple en ce Monde pres-
   cha :

De son Pere l'honneur non le sien il cher-
   cha,

Et sans conduire aux Champs ny soldats, ny
   armées,

Fit germer l'Euangile és terres Idumées.

Il fut accompagné de douze seulement,

</td><td>

Mal-logé, mal-vestu, viuant tres-pauure-
   ment,

(*Bien que tout fust à luy de l'vn à l'autre*
   Pole)

Il fut tres-admirable en œuure & en parole,

Aux Morts il fit reuoir la clarté de nos
   Cieux,

Rendit l'oreille aux sourds, aux aueugles les
   yeux :

Il saoula de cinq pains les troupes vagabon-
   des,

Il arresta les vents, il marcha sur les ondes,

Et de son corps diuin mortellement vestu

Les miracles sortoient, tesmoins de sa vertu.

</td></tr>
</table>

GARNIER.

Or ce Fils bien-aimé] L'Autheur poursuit diuinement l'Histoire de nostre Salut, & de la creance qu'il en a, pour faire voir au Ministre qu'il n'est pas si noir comme il l'a depeint.   *Fils bien-aimé*] Hic est Filius meus dilectus, Matth. chap. 7.   *Qu'on nomme Iesus-Christ*] IESVS, voulant dire, Sauueur; & CHRIST, Oinct.   *Au ventre Virginal, conceu du Sainct Esprit*] Le diuin mystere de l'Incarnation.   *D'vne nature humaine*] D'vn corps d'homme.   *En ce Monde il prescha*] Depuis trente ans iusqu'à trente-trois qu'il mourut en Croix.   *Publiquement*] Ego palàm loquutus sum mundo, ego semper docui in Synagoga, & in Templo, quò omnes Iudæi conueniunt : & in occulto loquutus sum nihil, S. Iean chap. 18. Et non pas en des lieux cachez, & retirez, comme font les Huguenots.   *De son Pere l'honneur, non le sien il chercha*] Tesmoin le refus des Royaumes temporels.   *Et sans conduire aux champs, ny soldats*] Comme les Huguenots reformez.   *Fit germer l'Euangile*]. Fit naistre; metaphore des plantes.   *Es terres Idumées*] En la Palestine, que l'on nomme la Terre-Saincte, où Iesus prescha, fit des miracles, & souffrit mort. Nous auons descrit ce pays.   *Il fut accompagné de douze seulement*] S. Pierre, S. Iean l'Euangeliste, S. André, S. Iacques le Majeur, S. Barnabé, S. Iacques le Mineur, S. Barthelemy, S Matthieu, S. Thomas, S. Simon, S. Iude, S. Philippes, & Iudas le traistre.   *De l'vn à l'autre Pole*] D'vn bout du Monde à l'autre. Il est faict mention du Pole cy-deuant.   *Mal-logé, mal-vestu*] Ne recherchant que le mesaise & la pauureté.   *Il fut tres-admirable en œuure & en parolle*] Tesmoin Iosephe, & ceux à qui les Iuifs auoient donné commission de le prendre.   *Aux morts il fit reuoir*] A Lazare frere de Magdaleine, au fils de la vefue de Nahim, comme à la fille de Iayre, vn des grands de la Synagogue.   *Rendit l'oreille aux sourds*] Au Demoniaque, sourd, aueugle, & muet. Il prend icy l'oreille pour l'ouïe.   *Aux aueugles les yeux*] A Barthimée, à l'aueugle-né.   *Il saoula de cinq pains*] Les cinq pains d'orges, vers l'estang de Genezareth.   *Il arresta les vents, il marcha sur les ondes*] Quand S. Pierre eut crainte de se noyer venant sur mer en Capharnaum.

<table>
<tr><td>

Le peuple qui auoit la ceruelle endurcie,

Le fit mourir en Croix suiuant la Prophetie :

Il fut mis au tombeau, puis il ressuscita,

</td><td>

Puis porté dans le Ciel à la dextre monta

De son Pere là haut, & n'en doit point descẽdre

Visible, que ce Mõde il ne consomme en cendre.

</td></tr>
</table>

Quand vainqueur de la Mort dans le Ciel se hauſſa,
Pour gouuerner les ſiens vne Egliſe laiſſa,
A qui donna pouuoir de lier & diſſoudre,

D'accuſer, de iuger, de damner, & d'abſoudre,
Promettant que touſiours auec elle ſeroit,
Et, comme ſon Eſpoux, ne la delaiſſeroit.

GARNIER.

Le peuple qui auoit la ceruelle endurcie Le fit mourir en Croix ſelon la Prophetie] Il entend les Iuifs, endurcis comme Pharaon, leſquels firent mourir I E S V S en Croix, verifiant contre eux-meſmes, les Propheties du vieil Teſtament, que de iour en iour ils auoient en main, ſans les vouloir cognoiſtre. *Il fut mis au tombeau*] Par Nicodeme, & Ioſeph d'Arimathie. *Puis il reſſuſcita*] Qui fut trois iours apres ſa mort. *Puis porté dans le Ciel*] De ſoy-meſme, & par ſa vertu. *A la dextre il monta de ſon Pere là haut*] L'Aſcenſion, 40. iours apres auoir rendu l'eſprit. *Et n'en doit point deſcendre Viſible*] Car inuiſiblement il eſt tous les iours parmy nous en l'Hoſtie. *Que ce Monde il ne conſomme en cendre*] Au iour eſpouuentable du Iugement dernier. *Quand vainqueur de la Mort*] Pour ce que la Mort auoit barres ſur nous parauant la ſienne, qui nous redonna la vie; eſtants pour mourir eternellement ſans elle, par la faute de noſtre premier pere Adam. *Pour gouuerner les ſiens vne Egliſe il laiſſa*] Quand il dit trois fois à S. Pierre : *Simon Ioannis, paſce agnos meos, paſce oues meas. A qui donna pouuoir de lier & d'abſoudre*] *Beatus es Simon Bar-Iona, quia caro & ſanguis non reuelauit tibi, ſed Pater meus qui in cœlis eſt. Ego dico tibi, Tu es Petrus, & ſuper hanc petram ædificabo Eccleſiam meam, & portæ inferi non præualebunt aduerſus eam : & tibi dabo claues regni cœlorum, & quodcunque ligaueris ſuper terram, erit ligatum & in cœlis : & quodcunque ſolueris ſuper terram, erit ſolutum & in cœlis. A qui donna*] Pour, A qui il donna, licence Poëtique. *De damner*] De condamner : ou ſi le mot veut dire purement damner, c'eſt par la fulmination que l'on auroit meritée, car Dieu qui deſire la côuerſion du pecheur, ne le damne point, mais bien le pecheur meſme ſe damne, & Dieu le condamne. *Promettant que touſiours auec elle ſeroit*] *Et ecce ego vobiſcum ſum omnibus diebus, vſque ad conſummationem ſæculi,* Matth. 28. *Et comme ſon Eſpoux*] Voyez le Cantique des Cantiques de Salomon, de l'Eſpoux & de l'Eſpouſe, de I E S V S-C H R I S T & de l'Egliſe, ſi diuinement tourné ſous le nom d'Eclogues ſacrees, par Remy Belleau Poëte François.

Ceſte Egliſe premiere en IESVS-CHRIST fondee,
Pleine d'vn Sainct Eſprit, s'apparut en Judee:
Puis Sainct Paul, le vaiſſeau de grace & de ſçauoir,
La fit ardantement en Grece receuoir :
Puis elle vint à Rome, & de là fut portee
Bien loin aux quatre parts de la terre habitee.
Ceſte Egliſe nous eſt par la tradition

De pere en fils laiſſee en toute nation
Pour bône & legitime, & venant des Apoſtres
Seule la confeſſons ſans en receuoir d'autres.
Elle, pleine de grace & de l'eſprit de Dieu,
Choiſit quatre teſmoins, Saincts Iean, Luc, Marc, Matthieu,
Secretaires de CHRIST, & pour les faire croire
Aux peuples baptiſez approuua leur hiſtoire.

GARNIER.

Ceſte Egliſe premiere en Ieſus-Chriſt fondée] L'Autheur parle icy de l'Egliſe primitiue. *Iudée*] Si nous n'auons deſia parlé de celle diuine Region, d'où la nation des Iuifs a pris ſon eſtre, nous dirons qu'elle eſt ditte Paleſtine, & compriſe en l'Aſſyrie, & qu'elle eſt ſituée entre le pays de Celoſyrie & la pierreuſe Arabie : Qu'à l'Occident elle eſt enuironnée de la mer Egyptienne, & deuers l'Orient du fleuue Iourdain : Que par la Bible elle eſt nômée la terre de Chanaan, riche en biens, feconde en bleds, aggreable en eaux, fertile en baume, & temperée en air, comme eſtant aſſiſe au milieu du Monde : & que par la conduite de Ioſué les Hebreux la mirent iadis en leur poſſeſſion quarante ans apres la deliurance d'Iſraël : que c'eſtoit la bien-heureuſe terre promiſe aux Patriarches Abraham, Iſaac & Iacob leurs peres ; de laquelle voulant exprimer la fertilité nompareille, ils diſoient qu'elle rendoit comme des fontaines de laict & de miel. *Puis Sainct Paul, le vaiſſeau de grace & de ſçauoir*] Qui porta l'Euangile par les regions de la Grece, auec mille peines & mille ſouffrances. On le nommoit Saul en premier, & fut grand perſecuteur & grand aduerſaire du nom Chreſtien. Mais Dieu qui le deſignoit pour eſtre, en faueur de l'Egliſe, Apoſtre des Gentils, comme il alloit au front d'vne troupe de gens de guerre pour ruiner les Chreſtiens, apparut au Ciel, & le fit tomber de ſon cheual, en le tançant : & pour autant qu'il fut eſleu de Dieu, l'eſleuant du fond des miſeres au comble des graces, il fut nommé Vaiſſeau de Grace. Il eſtoit grandement ſçauant, & releué de hautes conceptions, leſquelles nos Huguenots & leurs femmes preſomptueuſes n'ayant la force de comprendre ils ſont tombez en erreur. Finalement il perdit la teſte à Rome pour la foy de I E S V S. *Puis elle vint à Rome*] Où S. Pierre luy donna commencement & forme, y tenant rang de Pontife pluſieurs annees deuât que ſouffrir le martyre : choſe approuuée de la bouche de tous les Peres. *Et de là fut portée Bien loin aux quatre parts*] Telle qu'en deſpit d'vn nombre infini de Sectes & d'Hereſies, nous la voyons auiourd'huy reluire par tout, ayant reſiſté viuement aux orages qui l'ont batuë depuis ſeize cens ans : & comme nous la voyons auſſi briller en noſtre France, depuis le temps que S. Denys l'Areopagite l'en a fauoriſee, y venant celebrer des riues d'Athenes, la Meſſe en la capitale de ſon Royaume. *Tradition*] Enſeignement. *De pere en fils laiſſée*] D'vn long ordre, par lequel nous ſommes inſtruits des choſes dont nous ſerions naturellement ignorants. *Saincts Iean, Luc, Marc, Matthieu*] Les quatre Euangeliſtes. *Secretaires de Chriſt*] Ayants eſté par les eſcrits & par l'Hiſtoire de leurs Euangiles, dictees de la bouche du S. Eſprit, les teſmoins de l'Egliſe, approuuez d'elle, à fin d'en imprimer la creance & la foy dans l'ame des Chreſtiens.

Si tost qu'elle eut rangé les villes & les Rois,
Pour maintenir le peuple elle ordonna des lois,
Et à fin de coller les prouinces vnies
Comme vn cymêt bien fort, fit des ceremonies,
Sans lesquelles long temps en toute region
Ne se pourroit garder nulle religion.

Certes il faut pêser que ceux du premier âge,
Plus que ceux d'auiourd'huy auoient le cer-
ueau sage,
Et que par ignorance ils n'ont iamais failly :
Car leur siecle n'estoit d'ignorance assailly.

Or ceste Eglise fut dés long temps figurée
Par l'Arche qui flottoit dessur l'onde azurée,
Quand Dieu ne pardonnoit qu'aux hommes
qui estoient
Entrez au fond d'icelle, & dans elle habitoient :
Le reste fut la proye & le joüet de l'onde,
Que le Ciel desborda pour se venger du Mõde.
Aussi l'homme ne peut en terre estre sauué,
S'il n'est dedans le sein de l'Eglise trouué,
Si comme vn citoyen n'habite dedans elle,
Ou s'il cherche autre part autre maison nou-
uelle.

Il est vray que le Temps qui tout change &
destruit,
A mille & mille abus en l'Eglise introduit,

Enfantez d'ignorance & couuez sous la targe
Des Prelats ocieux qui en auoient la charge.
Ie sçay que nos Pasteurs ont souhaité la peau
Plus qu'ils n'ont la santé de leur pauure trou-
peau :
Ie sçay que des Abbez la cuisine trop riche
A laissé du Seigneur tomber la vigne en friche :
Ie voy bien que l'yuraye estouffe le bon blé,
Et sin'ay pas l'esprit si gros ne si troublé,
Que ie ne sente bien que l'Eglise premiere
Par le temps a perdu beaucoup de sa lumiere.

Tant s'en faut que ie vueille aux abus de-
meurer,
Que ie me veux du tout des abus separer ;
Des abus que ie hay, que i'abhorre, & mesprise :
Ie ne me veux pourtant separer de l'Eglise,
Ny ne feray iamais : plustost par mille efforts
Ie voudrois endurer l'horreur de mille morts.

Cõme vn bon laboureur, qui par sa diligêce
Separe les bourriers de la bonne semence,
Il faut comme en vn van de l'Eglise trier
Les abus, les jetter, & non la décrier,
Et non s'en separer, mais fermement la suiure,
Et dedans son giron tousiours mourir & viure.

Donc si ie suis Athee en suiuant ceste loy,
La faute est à mon pere, & le blasme est à moy.

GARNIER.

Si tost qu'elle eut rangé les villes & les Rois] Car toute chose auparauant estoit sans forme & sans reigle. *Elle or̃donna des Loix*] Meilleures que les Payennes. *Ceremonies*] Qui sont l'ame & l'entretien de la Religion, pour voir tousiours esclairer d'vn mesme embellissement & d'vn pareil ordre en chaque lieu des symboles & des marques de pieté : ceremonies de qui les mysteres ne peuuent estre desaduoüez ; que l'on ne desaduoüe le chemin que Dieu nous en a fait, par l'aueugle-nay, par la femme adultere, & par vne infinité d'exemples dont la Bible est toute remplie. *Plus que ceux d'auiourd'huy auoient le cerueau sage*] Du moins autant, quand cet aage estoit honoré de tant de Peres & de Saincts Docteurs approuuez en toutes les regions du Monde par leurs diuins escrits, & leur bonne vie. *Par l'Arche qui flottoit*] L'Arche de Noé, dans laquelle Dieu le fit enclore & tous ses enfans, & de chaque animal vne paire, quand il enuoya le Deluge sur terre, à fin d'exterminer la race des hommes, qui l'a-uoient irrité par leur execrable & meschante vie. C'estoit la figure de l'Eglise : car tout de mesme qu'il estoit im-possible d'estre garanti hors de l'Arche, ainsi qui n'est dans l'Arche & dans la barque de l'Eglise (à sçauoir la Ca-tholique Apostolique & Romaine) il est hors de la voye & du chemin de salut. *Que le Temps qui tout change & destruit*] Tempus edax rerum. Voyez Hierosme Angerian en l'Epigramme intitulée *De suo amore æterno*, laquelle dit merueille des ruines du Temps.

Tempore tecta ruunt Pratoria, tempore vires,
Tempore quæsita debilitantur opes, &c.

Et couuez sous la targe Des Prelats ocieux] Produits & nourris sous leur bouclier d'asseurance. *A laissé du Seigneur tomber la vigne en friche*] L'Eglise. *Malos malè perdet, & vineam suam locabit alijs agricolis, qui reddent ei fructum in temporibus suis*, Matth. ch. 22. *Que l'yuraye estouffe le bon blé*] *Cùm autem dormirent homines, venit inimicus, & semina-uit zizania in medio tritici, & abijt.* *Yuraye*] C'est vne herbe qui vient de grains de fourment & d'orge, putrefiez & corrompus des trop grandes & longues pluyes de l'Hyuer. *Que l'Eglise premiere Par le temps a perdu*] D'autant que la desbauche odieuse qui prenoit sceue dans les Cloistres & dans les Dioceses d'alors, tenoit le rang de l'au-sterité : plainte, grace à Dieu, que l'on ne peut mettre en auant auiourd'huy, veu les reformes sainctes & volon-taires, qui brillent de part en part en la France, en despit des estranges dissolutions qui regnent parmy nombre d'autres de la profession. *Ie ne me veux pourtant separer de l'Eglise*] Et de fait, pour voir l'eau tempestueuse & pleine de vagues, delaisseroit-on d'en boire ? auroit-on de l'horreur des fruits, pour voir les chenilles grimper sur les arbres ? *Comme vn bon Laboureur qui par sa diligence Separe les bourriers, &c.*] *Cuius ventilabrum in manu eius, & purgabit aream suam : & congregabit triticum in horreum suum, paleas autem comburet igni inextinguibili*, Luc chap. 3. *Bourriers*] Ce sont les menus brins de paille qui volent & sortent du van, quand ayant battu dans la grange on vanne le bled pour le serrer au grenier. *La faute est à mon pere*] De m'auoir ainsi nourry. *Et le blasme est à moy*] De l'auoir creu.

Tu dis en vomissant dessur moy ta malice,
Que i'ay fait d'vn grand Bouc à Bacchus sa-
crifice :
Tu ments impudemment : cinquante gens de
bien
Qui estoient au banquet diront qu'il n'en est
rien.
Muses qui habitez de Parnasse la crope,
Filles de Iupiter, qui allez neuf en trope,
Venez & repoussez par vos belles chansons,
L'iniure faite à vous & à vos nourrissons.
Iodelle ayant gaigné par vne voix hardie
L'honneur que l'homme Grec donne à la Tra-
gedie,
Pour auoir en haussant le bas stile François,
Contenté doctement les oreilles des Rois :
La brigade qui lors au Ciel leuoit la teste
(Quand le temps permettoit vne licence hon-
neste)
Honorant son esprit gaillard & bien appris,
Luy fit present d'vn Bouc, des Tragiques le
prix.
Ià la nappe estoit mise, & la table garnie
Se bordoit d'vne saincte & docte compagnie,
Quand deux ou trois ensemble en riant ont
poussé
Le pere du troupeau à long poil herissé :
Il venoit à grands pas ayant la barbe peinte,
D'vn chapelet de fleurs la teste il auoit ceinte,
Le bouquet sur l'oreille, & bien fier se sentoit
Dequoy telle ieunesse ainsi le presentoit :
Puis il fut rejetté pour chose mesprisée
Apres qu'il eut seruy d'vne longue risée,
Et non sacrifié, comme tu dis, menteur,
De telle faulse bourde impudent inuenteur.
Tu te plains d'autre part que ma vie est
lasciue,
En delices, en jeux, en vices excessiue :
Tu mens meschantement, si tu m'auois suiuy
Deux mois, tu sçaurois bien en quel estat ie vy.
Or ie veux que ma vie en escrit apparoisse,
Afin que pour menteur vn chacun te cognoisse.
M'éueillant au matin, deuant que faire
rien
I'inuoque l'Eternel le Pere de tout bien,
Le priant humblement de me donner sa grace,
Et que le iour naissant sans l'offenser se passe :
Qu'il chasse toute secte & tout erreur de moy,
Qu'il me vueille garder en ma premiere foy.

Sans entreprendre rien qui blesse ma prouince,
Tres-humble obseruateur des loix & de mon
Prince.
Apres ie sors du lict & quand ie suis vestu
Ie me range à l'estude & apprens la vertu,
Composant & lisant, suiuant ma destinée,
Qui s'est dés mon enfance aux Muses enclinée :
Quatre ou cinq heures seul ie m'arreste enfer-
mé :
Puis sentant mon esprit de trop lire assommé,
I'abandonne le liure & m'en vais à l'Eglise :
Au retour pour plaisir vne heure ie deuise :
De là ie viens disner faisant sobre repas,
Ie rends graces à Dieu : au reste ie m'esbas.
Car si l'apres-disnée est plaisante & sereine,
Ie m'en-vais pourmener tantost parmy la
plaine,
Tantost en vn village, & tantost en vn bois,
Et tantost par les lieux solitaires & cois.
I'aime fort les iardins qui sentent le sauuage,
I'aime le flot de l'eau qui gazoüille au riuage.
Là, deuisant sur l'herbe auec vn mien amy,
Ie me suis par les fleurs bien souuent endormy
A l'ombrage d'vn Saule, ou lisant dãs vn liure
I'ay cherché le moyen de me faire reuiure,
Tout pur d'ambition, & des soucis cuisans,
Miserables bourreaux d'vn tas de mesdisans,
Qui font (côme rauis) les Prophetes en France,
Pippans les grands Seigneurs d'vne belle appa-
rence.
Mais quand le Ciel est triste & tout noir,
d'espesseur,
Et qu'il ne fait aux champs ny plaisant ny
bien seur,
Ie cherche compagnie, ou ie ioüe à la Prime,
Ie voltige, ou ie saute, ou ie lutte, ou i'escrime,
Ie dy le mot pour rire, & à la verité
Ie ne loge chez-moy trop de seuerité.
Puis quand la nuict brunette a rangé les
Estoilles,
Encourtinant le Ciel & la Terre de voiles,
Sans soucy ie me couche, & là leuant les yeux
Et la bouche & le cœur vers la voûte des Cieux,
Ie fais mon oraison, priant la bonté haute
De vouloir pardonner doucement à ma faute :
Au reste ie ne suis ny mutin ny meschant,
Qui fay croire ma loy par le glaiue trenchant :
Voilà comme ie vy ; si ta vie est meilleure,
Ie n'en suis enuieux, & soit à la bonne heure.

GARNIER.

D'vn grand Bouc à Bacchus sacrifice] Nous auons desia parlé quelque part, à mon aduis, de la tache que fait la dent & la morsure de l'Huguenot, quand il luy plaist. Si nostre Autheur eut embrassé la mauuaise religion qu'il tient, iamais l'on n'eust parlé de l'Histoire scandaleuse dont il est maintenant question : mais qui n'est des siens il est criminel de leze Majesté diuine, & fust-il de la meilleure vie du Monde, il sera des plus meschants. Assez ont oüy parler du voyage d'Hercueil, ou de la promenade, & comme vue infinité de ieunesse (addonnée à faire la Cour aux Muses, par vn vray siecle d'or pour elle, & dont nostre Autheur auoit vn des premiers rangs) se mit en desbauche honneste, pour ce que

> ———neque semper arcum   Tendit Apollo.

Ils firent là banquet par ordre, où l'eslite des beaux esprits d'alors estoit ; & principalement à fin de contribuer à l'esiouïssance qu'ils auoient de ce qu'Estienne Iodelle natif de Paris, auoit gaigné l'honneur & le prix de la Tragedie, (car c'estoit parauant que Garnier eust escrit) & merité de leur main le Bouc d'argent, duquel nous dirons quelque chose à la suitte. Ils firent mille gentillesses, maints beaux vers, tels que la piece intitulée aux œuures de l'Autheur Le voyage d'Hercueil, & les Dithyrambes du mesme, si l'on veut, où pour mieux follastrer ils enjoliuerent de barbeaux, de coquelicos, de coquelourdes vn Bouc rencontré dans le village par hazard, lequel les vns, au desceu des autres, menerent de force par la corne, & le presenterent dans la sale, riant à gorge ouuerte, puis on le chassa : de fait il est bien à presumer que des hommes Chrestiens & gens d'honneur eussent voulu croire au Dieu Bacchus des Payens, de qui les enfans mesmes se railleroient : mais c'en estoit de la bande & trop honorez d'en estre, qui retournants leurs jaquettes chercherent telle malice, pour trouuer à redire en la vie de l'innocent, pour ce qu'il estoit bon Catholique.   *Muses qui habitez de Parnasse la croupe*] Nous auons parlé des Muses ; que les Poëtes disent aimer & cherir la montagne de Parnasse, autrement Parnaso, tellement qu'elles y demeurent le plus souuent : elle est en la Phocide, ayant deux hauts sommets, tous couuerts de lauriers comme deux forests : L'vn se nomme Tithorée, l'autre Hyampée, dit Herodote en l'Vranie. Toute la montagne est sacrée aux Muses, & pareillement à leur Apollon, pour lequel vn Temple est basti-là comme les anciens affirment : Les fontaines de Castalie, d'Hippocrene, & d'Aganippe y sont ; & Stephanus asseure que la montagne a le nom de Parnasse, du nom d'vn Prophete.   *Filles de Iupiter*] Ce que nous auons allegué du Poëte Hesiode en sa Theogonie, l'apprend. *Neuf en troupes*] Nous l'auons monstré par vne des Epigrammes de Virgile.   *Vos nourrissons*] Les Poëtes nourrissons des Muses.   *Iodelle ayant gaigné par vne voix hardie l'honneur que l'homme Grec donne à la Tragedie*] Il faut entendre que l'inuention de la Tragœdie vient des Grecs, Æschyle en ayant esté le premier inuenteur ; & son nom de mesme ἀπὸ τοῦ τράγου, c'est à dire, du Bouc, que l'on immoloit & sacrifioit à Bacchus, pour rendre graces des fruicts ; & ce que chantoient les Chœurs à l'enuiron des Autels, on le nommoit ainsi pareillement. Varron dit que cet animal estant pernicieux à la vigne, on l'immoloit à Bacchus pour ceste raison.   *Luy fit present d'vn Bouc des Tragiques le prix.*] Horace : *Carmine qui Tragico vilem certauit ob hircum.*

Brigade] Veut dire, Compagnie, & troupe. Petrarque :

> Così venia quella brigata allegra.

Le pere du troupeau] D'autant qu'il est fait à mener les chéures en teste à la maniere d'vn Capitaine, dont il est nommé des Latins, *pater gregis.*   *Ayant la barbe peinte*] Du ius de fleurs espreintes là rencontrées sans premediter.   *Qu'il chasse toute sesté, &c.*] Par de bonnes inspirations.   *Qui blesse ma prouince*] Qui l'offense : comme leze-Majesté, pour offensee.   *Aux Muses inclinée*] A la Poësie.   *Saule*] Arbre sterile & bastard, planté sur les bords des riuieres, & dans les Isles, ayant le corps bas, & la teste large.   *De me faire reuiure*] En meditant quelque sujet pour luy donner apres sa mort du renom.   *Pur d'ambition*] Horace, *scelerisque purus.*   *Qui font les Prophetes en France*] Les Huguenots.   *La Prime*] Ieu de cartes, où l'on oste les huicts, les neufs & les dix ; où les testes valent moins, & le sept, plus. Le flus est de quatre semblables, & prime de quatre differentes, & permis est de faire vade, tant que l'on aye ce que l'on desire. Et que pour deduire ce ieu l'on ne m'accuse d'authoriser les brelands, au contraire, c'est pour les abhorrer : car du temps qu'il auoit regné & cours, on n'auoit tant de recours aux dez, & pareils ieus de hazard, allants plus viste, que nos petits mignons de fortune, qui tirent les milliers de pistolles des griffes de leurs peres, qui viennent d'ailleurs, font tant valoir, au gré de leurs moyens excessifs, dont l'on entretiendroit beaucoup de mignons de la vertu.   *Ie voltige*] Voltiger est l'essay que l'on fait sur vn cheual de bois, pour le manege des cheuaux ; montant, deualant, sautant, pour estre mieux duit, quand on y vient à bon escient : car dés que l'Autheur fut nourry page chez le Roy, c'estoit vn des mieux expers à tels maneges, dont ne s'est peu taire Dorat en l'Ode Pindarique en sa loüange au deuant de ses Amours en la premiere Epode.

> *Nam si quis artem, sinuosáque*
> *Corporis volumina velit,*
> *Quibus corpus aptè*
> *Vel in equum, vel de equo*
> *Volans micat in audacibus*
> *Pugnis, stupebit dicatum grauibus vmbris,*
> *Musarum agilibus quoque*
> *Saltibus Martis expedisse membra.*

A rangé les Estoilles] Pourautant qu'il est à voir aux yeux que la nuit ameine les Estoilles, bien qu'elles sont tousjours de nuit & de iour, mais le Soleil empesche de les voir quand il fait son cours, *Maius lumen offuscat minus.* *Encourtinant*] Mettant des courtines & des voiles, des rideaux & custodes, & semblables choses deuant les yeux, qui les empeschent de voir & de jouïr de leurs functions.   *Ie fay mon oraison*] Chose recommandée, pour l'incertitude que l'on a si l'on doit resueiller ou non.

> Mais quand ie suis aux lieux où il faut   D'vn cœur deuotieux l'office & le deuoir,
> faire voir   Lors ie suis de l'Eglise vne colonne ferme,

D'vn surpelis ondé les espaules ie m'arme,
D'vne haumusse le bras, d'vne chappe le dos,
Et non comme tu dis faite de Croix & d'os :
C'est pour vn Capelan, la mienne est honoree
De grandes boucles d'or & de frange doree:
Et sans toy, sacrilege, encore ie l'aurois
Couuerte des presens qui viennent des Indois :
Mais ta main de Harpye & tes griffes trop
haues
Nous gardent bien d'auoir les espaules si
braues,
Riblant, comme larrons, des bons Saincts im-
mortels
Chasses, & corporaulx, calices & autels.

Ie ne perds vn moment des prieres diuines:
Dés la poincte du iour ie m'en-vais à Matines,
I'ay mon breuiere au poing, ie chante quel-
quesfois,
Mais c'est bien rarement, car i'ay mauuaise
vois:
Le deuoir du seruice en rien ie n'abandonne,
Ie suis à Prime, à Sexte, & à Tierce, & à
Nonne:
I'oy dire la grand' Messe, & auecques l'en-
cent,
(Qui par l'Eglise espars comme parfum se sent)
I'honore mon Prelat des autres l'outrepasse,
Qui a pris d'Agenor son surnom & sa race.
Apres le tour finy ie viens pour me r'assoir:
Bref, depuis le matin iusqu'au retour du soir

Nous chantons au Seigneur loüanges & can-
tiques,
Et prions Dieu pour vous qui estes heretiques.
Si tous les Predicans eussent vescu ainsi,
Le peuple ne fust pas comme il est en souci,
Les villes de leurs biens ne seroient despoüillées,
Les chasteaux renuersez, les Eglises pillées:
Le Laboureur sans crainte eust labouré ses
champs,
Les marchez desertez seroient pleins de Mar-
chans,
Et comme vn beau Soleil par toute la contrée
De France reluiroit le vieil siecle d'Astrée.

Les Reistres en laissant le riuage du Rhin,
Comme freslons armez, n'eussent beu nostre
vin:
Ie me plains de bien peu, ils n'eussent bri-
gandée
La Gaule qui s'estoit en deux parts desban-
dée,
Et n'eussent fait rouler auec tant de charrois
Dessous vn Roy mineur, le thresor des Fran-
çois :
Ny les blonds nourrissons de la froide An-
gleterre
N'eussent passé la mer achetant nostre terre.
Or c'est-là, Predicant, l'Euangile & le fruict
Que ta nouuelle secte en la France a produict,
Rompant toute amitié, & desnoüant la corde
Qui fortement serroit les peuples en concorde.

GARNIER.

Mais quand ie suis aux lieux] Il est à presumer icy, que l'Autheur allant au declinant de ieunesse, & quittant l'espee, s'estoit voulu ranger à la profession de l'Eglise, & qu'il estoit Archidiacre du Mans : ce que l'on peut inferer par ce qu'il en dit à la suitte. *Vne colonne ferme*] Vn des premiers, vn appuy. *Surpelis*] Ornement de fine toile, ainsi nommé d'autant qu'il est tout de plis, & qu'il est mis par dessur la robbe des Prelats, des Moines & des Prebstres. *Ie m'arme*] Metaphore. *Haumusse*] C'est vne peau veluë, que les Chanoines portent sur l'vn des bras, & quelquefois à l'enuiron de leur dos, & de leur col: Les vns disent que c'est pour leur faire songer à la Mort, d'autant qu'elle est d'vne beste morte ; comme on fait de la cendre le premier iour du Caresme, pour monstrer qu'il faut deuenir cendre. Les autres disent, que les Chanoines furent des premiers en l'Eglise ; & que pour auoir combatu le Diable, & remporté l'honneur de la victoire sur luy, tousiours depuis ils ont eu sur eux vne telle peau, comme en signe de trophée, voulans demonstrer qu'ils en ont eu la peau mesme & les despoüilles. *Chappe*] Nous en auons desia parlé ; c'est le vestement superieur des Euesques & Pasteurs quand ils officient. *Faites de Croix & d'os*] Pour les mortuaires. *Capelan*] Qui s'entretient du reuenu d'vne Chappelle. *Sacrilege*] Larron des choses sacrées. *Des presens qui viennent des Indois*] Des pierreries qui viennent de ce pays, dont les gens d'Eglise seroient honorez, sans l'Huguenot qui les a pillées. *Mais ta main de Harpye*] Ta main crochuë & larronnesse ; voyez où nous auons touché des Harpyes. *Haues*] Empoignantes, de Hauee, qui signifie poignée. *Riblant*] Destroussant, brigandant. *Chasses*] Ou Capses, bieres des Saincts, où l'on met & recueille leurs os. *Corporaux*] Où l'on met les Hosties, le *Corpus Domini.* *Calices*] Où le Prebstre boit le Sang de IESVS-CHRIST à l'Autel. *Et Autels*] A sçauoir leurs ornements. Metonymie. *Matines*] Les premieres oraisons que l'on fait à l'Eglise, dés la poincte du iour. *Breuiaire*] Liure contenant l'office que l'homme d'Eglise est obligé de dire par chaque iour. *Prime, Sexte, Tierce, None*] Prieres consecutiues des heures du iour, adaptees de l'accord general de l'Eglise aux sujets diuins. *Et auecques l'encent*] Que l'on espand dans l'Eglise auec vn encensoir d'argent. *Qui a pris d'Agenor son surnom & sa race*] L'Euesque du Mans Cardinal de Remboüillet, de la maison d'Angenes, qui se r'apporte au nom d'Agenor, Prince du temps de la guerre Troyenne : voylà que c'est d'estre amy des Poëtes. *Apres le tour fini*] De l'Eglise, où l'on encense à vespres, durant le Cantique de la Vierge.   *Predicans*] Prescheurs Huguenots, comme nous auons dit.   *Le vieil siecle d'Astrée*] L'ancien aage d'or, où la vierge Astrée, ditte la Iustice, residoit. Elle estoit fille de l'Aurore & du Prince Astreus, comme dit Arat Poëte Grec en ses Phenomenes; tellement que pour la bonne Iustice dont l'on voyoit esclatter son pere, elle fut ditte & nommée Déesse de Iustice. Les autres la disent fille de Iupiter & de la Déesse Themis, laquelle pour auoir iustement fauorisé les Dieux, à l'encontre mesme de son pere & de ses oncles, fut rauie au Ciel, & mise au nombre des Estoilles, sous le nom de la Vierge. Ouide raconte au premier de la Metamorph. que s'irritant de la malice des hommes, quittant la terre elle s'enuola dans le Ciel la derniere:

Vltima cælestum terras Astræa reliquit.

Arat de sa departie:

Ὡς εἰποῦσ᾽ ὄρεων ἐπιμαίετο.

Le mesme Arat vn peu deuant la depeint Couronnée d'espics: on la nomme aussi la Paix.   *Les Reistres*] Les hommes de cheual d'Allemagne.   *Le riuage du Rhin*] Les villes d'Allemagne assiles vers le fleuue du Rhin.   *Freslons*] Grosses mouches, qui raudent par les vendanges en bruyant dans les foulleries.   *Gaule*] La France.   *En deux parts desbandée*] Par la guere ciuile.   *Et n'eussent fait rouller*] Comme ils s'estoient promis l'an 1587. auec leurs nombres de chariots, si Monseigneur De Guise Henry de Lorraine eust eu le bras dans sa manche.   *Dessous vn Roy mineur*] Charles IX.   *Ny les blonds nourrissons de la froide Angleterre*] Ainsi nommez des Poëtes Latins, & recogneuz tels de nous en effect: Ils sont appellez froids, d'autant qu'ils sont vers le climat du Septentrion.   *N'eussent passé la mer*] Le grand Ocean qui les diuise de nous.   *Acheptant nostre terre*] Pour ce que des Grands leur promettoient, à fin d'auoir leur secours, de les remettre dans les Prouinces que iadis ils auoient souuerainement tennes dans la France, auant que Ieanne la Pucelle eut rabatu leurs clouds, & fait pancher leur queuë.   *Que ta nouuelle secte*] Ta nouuelle loy. Nous auons parlé du mot de Secte, mais il est redit encore en ce lieu, pour refuter ceux qui nomment irreligieusement d'vn tel nom les Conuents, & les ordres, bien que viuants sous vne mesme loy bien approuuée de toute l'Eglise; car Secte, ne leur en desplaise, n'est iamais qu'en mauuaise part, & ne se peut donner qu'aux heresies.   *Et desnoüant la corde*] Le nœud Gordien, nœud indissoluble.

Tu dis que chacun trouue à deuiser de moy,
Touche-là, Predicant, aussi fait-on de toy:
Tel deuis ne sçauroit ny profiter ny nuire:
Le Soleil pour cela ne laisse pas de luire
Sur ta teste, & la mienne, & comme aupa-
    rauant
Nous regardons le Ciel & respirons le vent.
Nous ne sommes meschans pour-autant que
    les hommes
Partiaux comme toy, disent que nous le som-
    mes:
Mais bien nous sommes tels, quand le remors
    caché
Dedans nostre estomac iuge nostre peché:
Et pource d'vn commun la vaine mesdisance
Ne nous peut offenser, c'est nostre conscience.
    Ainsi le Iuif accuse vn Turc Mahume-
    tain,
Et le Turc le Chrestien, mais Dieu iuge certain
Cognoist les cœurs de tous. Comment vn Cal-
    uiniste
Pourroit-il bien iuger des actes d'vn Papiste,
Quand ils sont ennemis? Frere, pour abbreger,
» *Le Iuge partial ne sçauroit bien iuger.*
    Tu m'estimes meschant, & meschant ie
    t'estime;
Ie retourne sur toy le mesme faict du crime:
Tu penses que c'est moy, ie pense que c'est toy:
Et qui fait ce discord? nostre diuerse foy.
Tu penses dire vray, ie pense aussi le dire:

Et lequel est trompé? certes tu as le pire:
Car tu crois seulement en ton opinion,
Moy en la Catholique & publique vnion.
    Hà! qui voudroit, Cafard, informer de ta
    vie,
On verroit que l'honneur, l'ambition, l'enuie,
L'orgueil, la cruauté, se logent à l'entour
De ton cœur vlceré: tu sembles ce Vautour,
De qui iamais la faim du gosier n'est ostée,
Deuorast-il cent fois cent cœurs à Promethée.
    Tu n'as pas en changeant d'habits & de
    sermons:
Changé de sang, de cœur, de foye, & de pou-
    mons:
Et tu monstres assez par ton orde escriture,
Que pour changer de loy, n'as changé de na-
    ture,
Ny ne feras iamais, bien que d'vn habit saint
Tu caches ta pensée & ton courage feint.
» *Ainsi le vieil renard tousiours renard de-*
    meure,
» *Bien qu'il change de poil, de place & de de-*
    meure.
    Tu dis que ie m'engraisse à l'ombre d'vn
    clocher:
Predicant mon amy, ie n'ay rien que la chair,
I'ay le front renfrongné, & ma peau mal-
    traittée
Retire à la couleur d'vne ame Acherontée:
Si bien que si i'auois ces habits grands & lons,

Ces manteaux allongez qui tombent aux ta-
*   lons,*
Et qu'on me vist au soir si pasle de visage,
On diroit que ie suis Ministre de village :
Pourueu que ie portasse vne toque à rebras,

Et dessous, vn bonnet quelquefois de taftas,
Quelquefois de velours, pour vn signal sini-
*   stre*
Que d'vn bon Surueillant on m'auroit fait
*   Ministre.*

GARNIER.

Tu dis que chacun trouue &c.] L'Autheur recontinue à parer les estocades tirées par le Ministre furieusement contre luy, faisant paroistre qu'il a bien de meilleures atteintes que luy, s'il le trouue, & ses compagnons de mesdisance en quelque chose digne de sa colere. *Le remors*] Le ver de conscience, l'aiguillon. *Ne nous peut offenser*] Ne nous peut faire perdre vn seul cheueu de la teste. *Iuif, Turc, Mahumetain*] Nous auons expliqué cela. *Caluiniste, Papiste*] Aussi l'auons-nous faict. *Le Iuge partial ne sçauroit bien iuger*] Reigle de droit. *Et publique vnion*] Dans laquelle par tout, comme nous auons dit en premier, l'on vit vnanimement, & sans discord. *On verroit que l'honneur*] Icy l'honneur est dit pour la gloire de la vanité. *Tu sembles au Vautour*] Les autres disent que c'est vn Aigle qui ronge le cœur de Promethée. *Vautour*] Le plus grand oyseau de rapine qui soit, allant tousiours apres les corps morts, & suiuant les endroits où l'on estropie les bestes : Phile de la proprieté des animaux.

κ̀ 3̀ σⲩⲛⲉⲭⲇ ⲙⲁⲟⲓ ⲧⲟῖ ⲟ μαχαιⲇⲁⲟⲓⲥ, &c.

Il est seul entre les oyseaux de volerie qui porte aux serres, entre les doigts la plume & le duuet : il en est de deux sortes, les vns noirs ou de couleur cendrée ; les autres bruns, ou de teint venant à la couleur blanchastre ; & font seulement deux ou trois petits. Qui voudra sçauoir leur naturel, leur cure, & leur volerie, qu'il voye le Miroir de Gaston Phœbus Comte de Foix, qui mourut l'an 1390. *Tu n'as pas en changeant de vie & de sermons*] Indice que le Ministre auoit esté Moyne ou Prebstre, & qu'il auoit deuant Catholiquement presché. *Par ton orde escriture*] La plus scandaleuse, impie, execrable & vilaine que l'on sçache imaginer. *D'vn habit sainct*] Car ils estoient reformez d'habits, pour faire croire au dedans pareille reforme. *Ainsi le vieil renard*] Tousiours meschant & rusé, bien qu'il change de poil & de ieunesse. *A l'ombre d'vn clocher*] A l'abry de l'Eglise ; dans son reuenu. *Predicant mon amy*] Comme disoit Nostre Seigneur à Iudas le traistre : *Amice ad quid venisti ?* *I'ay le front renfrogné*] Ridé par les veilles, car l'Autheur auoit esté l'vn des beaux hommes & de la plus riche taille & la mieux agreable de son temps. *D'vne ame Acherontée*] De ces ames, mais plustost de ces Ombres que les Poëtes feignent dans les Enfers : & dit *Acherontée*, pource que le fleuue d'Acheron, c'est vn des premiers fleuues de ce lieu. *Ces manteaux allongez*] Ces grands manteaux nommez Reistres, à cause de l'inuention Reistre, & dit *allongez*, voulant dire, Plus grands qu'à la mode. *Toque à rebras*] Bonnet dit à la coquarde, rond & plat & rebrassé. Voyez aux portraits de nos vieux Gaulois iusqu'au regne de Henry II. *Et dessous vn bonnet*] Vne callotte ayant des oreilles. *Pour vn signal sinistre*] Pour ce que l'Autheur se fust iugé bien malheureux qu'vn tel desastre luy fust arriué. *Bon Surueillant*] Comme on dit, vn bon garçon, quelquefois, pour vn mauuais garçon.

Tu dis que i'ay du bien : c'est doncques en
*   l'esprit,*
Ou comme le pescheur qui songe en Theocrit ;
Ou par opinion riche tu me veux faire :
Mais ceux à qui ie doy sçauent bien le con-
*   traire.*
Voudrois-tu point vser vers moy de Charité ?
Non ie ne suis point tant contre toy despité,
Que ie ne prenne bien de l'argent de ton Pres-
*   che,*
Pour descharger ton sac si la somme t'em-
*   pesche.*
*   Tu dis que i'ay gagé ma Muse pour flat-*
*   ter :*
Nul Prince ny Seigneur ne se sçauroit vanter
(Dont ie suis bien marry) de m'auoir donné
*   gage :*
Ie sers à qui ie veux, i'ay libre le courage.
Le Roy, son Frere, & Mere, & les Princes
*   ont bien*

Pouuoir de commander à mon luth Cynthien :
Des autres ie ne suis ny valet ny esclaue,
Et s'ils sont grands Seigneurs, i'ay l'esprit haut
*   & braue.*
*   Tu dis que i'ay vescu maintenant escolier,*
Maintenant courtizan, & maintenant
*   guerrier,*
Et que plusieurs mestiers ont esbatu ma vie.
Tu dis vray, Predicant : mais ie n'euz oncq'
*   enuie*
De me faire Ministre, ou comme toy, Ca-
*   fard,*
Vendre au peuple ignorant mes songes &
*   mon fard :*
I'aimerois mieux ramer sur ses ondes salées,
Ou auoir du labeur les deux mains ampoulées,
Ainsi qu'vn vigneron par les champs inco-
*   gneu,*
Qu'estre d'vn Gentil-homme vn pippeur de-
*   uenu.*

GARNIER.

Ou comme le pescheur qui songe en Theocrit] Voyez Theocrite en l'Eidyllie κ β. ditte ΑΛΙΕΙΣ, du pescheur qui dormant songeoit qu'il tiroit au bout de sa ligne vn poisson d'or.

                    —— ἀρκλυσα χρύσιον ἰχθύ
        Γαρτῶ τῷ χρυσῶ πεπυκασμένον, &c.

Ton presche] Ton Sermon : L'Huguenot de soy-mesme le veut nommer ainsi, pour n'auoir rien de commun (par droit de reforme) auec le Catholique. *Tu dis que i'ay gagé ma Muse*] Icy l'Autheur auec vne generosité de courage, monstre n'auoir engagé ses volontez aux Grands de la Cour, & ne releuer d'eux que par les effects de la courtoisie; Le Roy, son Frere, sa Mere, & les Princes, ayant à luy commander seulement, & non les autres; dont il s'esloigne autant de la recherche des bien-faits, comme il peut auoir à gré de ioüir des faueurs de la Principauté. *Luth Cynthien*] Lyre Apollineenne, venant d'Apollon Roy des Poëtes. Luth, harpe, lyre, tout cela dit pour la voix & pour les vers; chose familiere à tous les Poetes de chaque langue. Il le nomme Cynthien, d'autant que c'est l'vn des noms d'Apollon, nay dans la haute & large montagne de Cynthe, en l'Isle de Dele. *Maintenant escolier*] Estudiant chez Iean Dorat, homme de grand sçauoir, & Lecteur Royal, apres auoir abandonné la Cour pour mieux vaquer à la Poesie. *Maintenant Courtisan*] Lors qu'il suiuoit la Cour, estant Page du Roy. *Et maintenant Guerrier*] En son voyage des guerres de Piemont, qu'il changea depuis à la guerre des Muses. *Predicant*] Mot que l'Huguenot s'approprie. *Cafard*] Il est dit.

Tu dis que des Prelats la troupe docte &
    saincte
Au colloque à Poißy trembla toute de crainte,
Voyant les Predicans contre elle s'assembler:
Je la vy disputer, & ne la vy trembler,
Ferme comme vn rocher qui iamais pour
    orage
Soit de gresle ou de vent ne bouge du riuage,
Asseuré de son poids : ainsi sans s'esbranler
Je vy constantement ceste troupe parler.
    Respondez Predicans, si enflez d'espe-
    rance,
Eußiez-vous de Genéue osé venir en France
Sans auoir sauf-conduit escrit à vostre gré?
Vous doncques auiez peur, non ce troupeau
    sacré.
    Tu dis que i'ay blasmé ceste teste Caluine :
Ie ne la blasme pas, ie blasme sa doctrine :
Quant à moy ie le pense vn trompeur, vn men-
    teur ;
Tu le penses vn Ange, vn Apostre, vn Do-
    cteur,
L'appellant la lumiere & l'honneur des fi-
    delles :
Si tu l'estimes tant porte-luy des chandelles,
Il n'aura rien de moy : par toute nation
On cognoist son orgueil & son ambition.
    Tu dis que pour iaser & gosser à mon aize,
Et non pour m'amender, i'allois ouïr de Baize.
    Vn iour estant pensif, me voulant défas-
    cher,
Passant par Saint Marceau, ie l'allay voir
    prescher :
Et là me seruit bien la sourdesse benigne,

Car rien en mon cerueau n'entra de sa do-
    ctrine.
Ie m'en retournay franc comme i'estois venu,
Et ne vy seulement que son grand front chenu
Et sa barbe fourchue & ses mains renuer-
    sées,
Qui promettoient le Ciel aux troupes amas-
    sées :
Il donnoit Paradis au peuple d'alentour,
Et si pensoit que Dieu luy en deust de retour.
    Ie m'eschappay du Presche ainsi que du
    naufrage
S'eschappe le marchand qui du bord du riuage
Regarde seurement la tempeste & les vents,
Et les grands flots bossus escumans & mou-
    uans,
Non pas qu'il soit ioyeux de voir la vague
    perse
Porter ses compagnons noyez à la renuerse,
Ou de voir le butin, ou les fresles morceaux,
Du bateau tournoyez sur l'eschine des eaux :
Mais dedans son courage vne ioye il sent
    naistre,
Voyant du bord prochain le danger sans y
    estre.
    Tu dis qu'il me sied mal parler de la vertu?
Meschant Pharisien, pourquoy me blasmes-
    tu,
M'estimant ou fumée ou poussiere menuë,
Que le vent rase-terre emporte dans la nuë?
    N'enfle plus ton courage, apprens à l'a-
    baisser :
Donte-moy ce gros cœur lequel te fais hausser
Le front escceruelé si superbe & si rogue,

                A A A a a a   v

Comme si tu estois des vertus pedagogue.
Predicant mon amy, Dieu n'a pas destourné
Ses yeux si loin de nous qu'il ne nous ait donné
Quelque peu de raison. Si toute l'Ambrosie,
Tout le Nectar du Ciel t'abreuue & rassasie,
Encore le bon DIEV qui nous daigne es-
couter,
Nous donne quelquefois du pain bis à gouter.
  Si ta nouuelle secte en Paradis t'emporte,
Pour le moins nostre vieille en pourra voir la
porte.
Nous pauures ignorans par la bonté de
DIEV

Encore au fond d'vn coin trouuerons quel-
que lieu :
Car c'est bien la raison que la premiere place
Soit aux Caluiniens comme aux enfans de
grace.
  Tu sçais lequel des deux sortit iustifié
Du temple où ce vanteur s'estoit glorifié,
Et où le Publicain vers la bonté diuine
Se confessoit pecheur & battoit sa poitrine.
Ce superbe braueur au sourcil éleué,
Qui mesprisoit chacun, s'en alla reprouué
De Dieu, qui hait vne ame ambicieuse & fiere,
Et de l'humble pecheur accorda la priere.

GARNIER.

Tu dis que des Prelats la troupe docte & saincte Au Colloque à Poissy] L'Autheur parle icy du Colloque fait l'an 1561. le 24. d'Aoust, en la grande sale du refectoir à Poissy, deuant le Roy Charles IX. lors en bas aage, entre les Cardinaux & Prelats Catholiques & les Ministres du Caluinisme, où Theodore de Beze presidoit, les Huguenots ayant fait courir, à leur guise, impudemment & faussement vn bruit, qu'ils auoient eu le dessus & l'aduantage, & que les Prelats fremissoient de crainte en les oyant : mais comme respond l'Autheur, il est à presumer qu'ils deuoient trembler eux mesmes de peur, estans venus de loing par vn sauf-conduit, & non les Prelats, ayans occasion d'estre asseurez, comme estants dans leur fort & dans leur asyle, & mesme pour leur suffisance. Les Cardinaux de Lorraine & de Tournon furent de la partie ; & d'autant que ie doubte en auoir desia traitté, nous renuoyerons les curieux à l'Histoire de France. *Poissy*] Bourgade prés de Sainct Germain en Laye, & de Ioyenual ; où Sainct Louys nasquit, & depuis y fonda pieusement vn Conuent de Religieuses, lesquelles y sont encore à present, de l'Ordre Sainct Dominique. *Constantement*] Pour, constamment. *De Geneue*] De la retraitte de ces Apostats, de ceste meschante Babylonne. *Tu le penses vn Ange*] C'est la passion des Heretiques, vrayement aueuglez, d'idolatrer ceux desquels ils empruntent leur foy. I'en ay veu quelques vns les nommer Saincts, & le desnioient aux vrays Saincts. L'Histoire de Flandres baille foy de telle reuerence, par les frequentes paroles du vieil Prince d'Orange : *Yo soy Calbo de cabeça, y may mas Calbo tengo al coraçon*, faisant allusion de *Calbo*, à Caluin. *Porte-luy des chandelles*] Comme nous faisons aux images des Saincts, en memoire de la splendeur qu'ils ont donnée à l'Eglise. *Saint Marceau*] Faux-bourg de Paris en l'Vniuersité, dans lequel, au gré de la misere du temps, Beze preschoit en la maison des quatre Euangelistes prés Sainct Medard. *Et ses mains renuersées*] Faisant des gestes pour attraire & gaigner les esprits. *La vague perse*] Bleuë, à cause de la reflexion de l'air. *Sur l'eschine des eaux*] Ainsi les Poetes, le sein de Tethys, le dos de Neptune, qui sont pris tous deux pour la mer. *Meschant Pharisien, pourquoy me blasmes-tu?*] L'Autheur fait allusion du Ministre au Pharisien, qui se vantoit de ses bonnes œuures, deuant IESVS-CHRIST dans le Temple, à fin de le gaigner sur le Publiquain. Pharisien, du mot Hebreu qui veut dire separé. car les Pharisiens estoient par orgueil separez des autres. *Vent rase-terre*] Epithete faicte à l'imitation d'Homere. *Pedagogue*] Qui a la charge d'vn enfant. *Si toute l'Ambrosie*] Tous les dix vers suiuants marchent à contre-fil, & sont pris ironiquement. *Ambrosie*] Viande immortelle des Dieux, laquelle estant mangée (selon nos Poetes) l'on ne meurt plus. *Nectar*] Boisson des Dieux, pareille en effect. Petrarque Sonnet 16. du 1. liure.

    Pasco la mente d'vn si nobil cibo,
    Ch' Ambrosia & Nettar non inuidio à Gioue.

Ils signifient tous deux immortalité. L'Ambrosie & le Nectar sont choses fabuleuses, mais l'Autheur les dit allegoriquement pour douceur. *Pour le moins nostre vieille*] Il continüe en se gabbant ; car autrement il diroit pour nous Religion, non pas secte. *Du Temple où ce vanteur*] Le Pharisien dont nous auons parlé. *Et où le Publicain*] C'estoient fermiers publics, ayans charge des impositions. *Au sourcil esleué*] A la teste esleuée à la maniere des orgueilleux. *Reprouué*] Hors de la grace : de tel nom les damnez sont baptisez.

Deuant que le festu de mes yeux ar-
racher,
Des tiens premierement arrache le rocher,
Et deuant que blasmer, regarde si ton ame
Et si ta conscience est point digne de blame.
  A toy seul n'appartient de parler propre-
ment
Comme il faut conuerser au monde saincte-
ment :

C'est vn don general qu'à chacun le Ciel offre,
Et seulement Caluin ne l'a pas en son coffre.
  La vertu ne se peut à Genéue enfermer :
Elle a le dos ailé, elle passe la mer,
Elle s'en-vole au Ciel, elle marche sur terre
Viste comme vn esclair, messager du ton-
nerre :
Ou comme vn tourbillon, qui soudain s'esle-
uant

Erre de fleuue en fleuue & annonce le vent:
Ainſi de peuple en peuple elle court par le
    monde,
De ce grand Vniuers hoſteſſe vagabonde.
    Tantoſt elle ſe loge où le peuple bruſlé
Ne void loin de ſon chef le Soleil reculé,
Deſſous le pied duquel craque la chaude a-
    rene,

Où Phebus ſe veid pris des beaux yeux de Cy-
    rene:
Tantoſt elle s'en-vole où les champs tapiſ-
    ſez
De neige ont les cheueux de glaçons heriſſez,
Non gueres loin de l'Antre en horreur effroya-
    ble,
Que le froid Aquilon a choiſi pour eſtable.

GARNIER.

Deuant que le feſtu de mes yeux arracher] L'Autheur allegoriſe icy contre les blaſmes de l'Huguenot, ſur la com-paraiſon de la poultre & du feſtu dans Sainct Matthieu chap. 7. *Quid autem vides feſtucam in oculo fratris tui , & trabem in oculo tuo non vides?* A cauſe du vers au lieu de poultre , il a mis rocher. *En ſon coffre*] En ſon eſprit. *La vertu ne ſe peut à Geneue enfermer*] N'eſtant recluſe auec les Huguenots en cette ville , comme eſtant libre. Ciceron 5. des Queſt. Tuſc. *Virtus ſemper eſt libera, ſemper erecta. Elle a le dos aiſlé, elle paſſe la mer*] comme dit Pindare des Aigles en l'Ode 5. des Nemées :

    Καὶ πτέρυγι τούτοιο παλλον-
        τ' αἰετοῦ.

Eſclair meſſager du tonnerre] Pour ce qu'il apparoiſt deuant à l'œil; toutesfois le tonnerre va le premier. *Ou com-me vn tourbillon*] Sur mer on l'appelle entre les mariniers vn grain de vent:& ſur terre on le nomme vn tourbillon pour ce qu'il tournoye, & fait pirouëter les feſtus & la pouſſiere, auant l'orage. Valere Flacque au 1. liu. des Ar-gonaut.

    —— ſubitus volitantia malum
        Turbo rapit.

Et Pontan :

    Turbine iactatus volucri, & nigricante procella.

De ce grand Vniuers hoſteſſe vagabonde] Ciceron de fin. liu. 2. *Virtutes rerum omnium dominas vult eſſe ratio.* Par le mot d'Vniuers il comprend le Ciel & la terre. *Tantoſt elle ſe loge où le peuple bruſlé Ne void loing de ſon chef le ſoleil*] Au Midy, vers l'Afrique. *La chaude areine*] Le ſable craquetant, pour eſtre cuit par les ardeurs violen-tes du Soleil. *Où Phebus ſe veid pris*] Où Cyrene fille de Penée , amante d'Apollon ſurnommé Phœbus, conſtruiſit vne ville de ſon nom , laquelle eſt Metropolitaine & chef de Libye. *Où les champs tapiſſez De neige*] Les Poëtes diſent, tapiſſez de fleurs, tapiſſez de verdure ; & bien que l'on ne diſe guere tapiſſé de blanc , mais tendu, neantmoins il eſt bien permis à l'Autheur d'en vſer ainſi. *Ont les cheueux de glaçons heriſſez*] Les ra-meaux ſecs des bruyeres, qui repreſentent les cheueux des campagnes : façons d'eſcrire des Poëtes. *Non gueres loin de l'Antre en horreur effroyable Que le froid Aquilon a choiſi pour eſtable*] Au Septentrion vers la Scythie, où ce froid & cruel vent a ſa demeure, que l'Autheur nomme vn Antre , & puis vne eſtable, vrais manoirs des cho-ſes furieuſes comme il eſt. Virgile au premier de l'Eneide, aſſigne de meſme vn Antre au fier Æole Roy des vents.

    —— hic vaſto rex Æolus antro
        Luctantes ventos, &c.

Et puis à quelques vers de là:

    Circum clauſtra fremunt, &c.

Et Callimach, aux bains de Pallas.

    Ἥσυχος ὑψηλᾶς κορυφᾶς οὐ Θρήικος Αἵμου
    Θοῦρος Ἄρης ἐφύλασσε σὺν ἔντεσι, τὼ δέ οἱ ἵππω
    Ἐπίμωχον Βορέαο πόρρα ἀπέος κυλίζοντο.

    Tantoſt elle va voir le peuple du matin,
Qui a le col orné de l'Indique butin,
Et qui ſent le premier deſboucler la barriere
Aux cheuaux du Soleil qui vont prendre car-
    riere.
    Tantoſt elle chemine au peuple d'Occident,
Où le Soleil recreu haletant & pendant,
Laſche deſſur l'oreille à ſes cheuaux les brides,
Et ſon char baille en garde aux cinquante
    Phorcydes.
    Bref les peuples du monde ont vn don ge-
    neral
De ſçauoir diſcerner le bien d'auec le mal,

De parler ſagement des choſes politiques,
De ſçauoir gouuerner des grandes Republi-
    ques,
D'embraſſer la vertu, d'aimer la verité:
Et non ſeulement toy, qui plein de vanité,
Comme vn mignon de D I E V , veux les hom-
    mes attraire
Sous ombre des vertus , & tu fais le con-
    traire.
    Tu dis que ſi nos Rois reuenoiët du tombeau,
Ils ſe diroient heureux de voir le grand flãbeau
De ta ſecte allumé par la France oppreſſée,
Et d'y voir de Caluin l'Euangile annoncée.

Tantost elle va voir le peuple du matin] Le peuple du matin, veut dire, les habitans du Leuant ou de l'Orient. *Qui a le col orné de l'Indique butin*] Des pierreries des Indes, pays d'Orient, où l'on en porte au col à toute reste. *Et qui sent le premier desboucler la barriere Aux cheuaux du Soleil*] D'autant que c'est aux Indes que le Soleil iette les premiers rayons de ses yeux, pour donner iour à la terre : & pour ce que la nuict semble fermer les huis du iour, les Poëtes disent qu'au matin le Soleil ouure la barriere des Cieux, pour donner carriere aux cheuaux qu'eux mesmes luy baillent. Lesquels cheuaux se nomment Eoé, Pirois, Æthon, & Phlegon, ce dit Ouid. au 1. de la Metamorphose. Virgile en parle ainsi dans l'Eneid. au 2. liu.

$$\text{—— cùm primùm alto se gurgite tollunt}$$
$$\text{Solis equi, lucémque elatis naribus efflant.}$$

Au peuple d'Occident] Vers la mer Atlantique. *Où le Soleil recreu*] Pour denoter les fatigues de son cours. *Pendant*] Deuallant au couchant. *Aux cinquante Phorcydes*] Nymphes de la mer où le Soleil va coucher, au dire des Poëtes, & lesquelles par honneur viennent des atteller son char, & donner pasture à ses cheuaux, dont elles prennent la garde : Elles sont toutes filles de Phorque Dieu marin, fils de Neptune, & parauant Roy des Isles de Sardaigne & de Corse. *Des choses Politiques*] Du fait de la police. *Republiques*] Choses publiques: on nomme ainsi les villes franches & neutres, & quelques-fois aussi les Royaumes. *De voir le grand flambeau*] Voirement flambeau, qui brusloit, & brusle encore tout, bien qu'il soit *condutto al virde*, comme dit Petrarque. *Oppressée*] De l'Eglise Romaine, veut dire l'Huguenot ; mais de la secte meurtriere de Caluin suppost de l'Antechrist, ce dit l'Eglise Romaine.

Hà terre, creue-toy ! qui maintenant iouys
De nos Rois, & nous rends cet onziesme
  Louys,
Tel qu'il estoit alors, qu'au bout de sa bar-
  rette
Portoit dedans du plomb nostre Dame pour-
  traitte.
  Creue-toy, rends ce Prince, hà ! qu'il seroit
  marry
De voir, impieté ! l'Eglise de Clery,
Sa deuote maison destruitte & saccagée,
Ayant souffert l'horreur d'vne main en-
  ragée,
Sans lampes, sans autels, comme vn lieu de-
  solé,
Desert, inhabité, que la foudre a brulé :
Ou comme on void au camp sur le bord des
  frontieres
Vne grange, où logeoient les enseignes guer-
  rieres,
Sans clef, sans gond, sans porte, & sans fai-
  ste couuert,
Les pignons embrasez & tout le mur ouuert,
Et la place où Cerés gardoit sa gerbe en presse,
Estre pleine de fient & de littiere espesse.
  Hà ! qu'il seroit marry, d'entendre que
  ses os
Arrachez du tombeau, nostre commun repos,
Eussent veu derechef par tes mains la lu-
  miere,
Abandonnez au vent ainsi qu'vne poussiere !
Il se feroit amy du Comte Charolois,
Et pour vanger ses os, vestiroit le harnois

Contre toy, brise-tombe : & sa puissance ar-
  mée,
De France chasseroit ta peste enuenimée.
  Si qu'en lieu qu'on te void de pompe en-
  uironné
Marcher bragardement, agraué, boutonné,
De l'argent d'vne chasse, ou de l'or d'vn calice,
Tu fuirois vagabond le sainct œil de Iustice :
Bien que pour ton bourreau, ta coulpe & ton
  remord
Accusent ta malice, & te iugent à mort.
  Tu te mocques, Cafard, dequoy ma poësie
Ne suit l'art miserable, ains va par fantaisie,
Et de quoy ma fureur sans ordre se suiuant
Esparpille ses vers comme fueilles au vent :
Voila comme tu dis, que ma Muse sans bride
S'esgare respanduë où la fureur la guide.
  Si tu auois les yeux aussi prompts & ou-
  uerts
A desrober mon art, qu'à desrober mes vers,
Tu dirois que ma Muse est pleine d'artifice,
Et ma brusque vertu ne te seroit vn vice.
  En l'art de Poësie vn art il ne faut pas
Tel qu'ont les Predicans qui suiuent pas à pas
Leur sermon sceu par cœur, ou tel qu'il faut
  en prose,
Où tousiours l'Orateur suit le fil d'vne chose.
  Les Poëtes gaillars ont artifice à part,
Ils ont vn art caché, qui ne semble pas art
Aux versificateurs, d'autant qu'il se pro-
  meine
D'vne libre contrainte où la Muse le meine,
  As-tu point veu voler en la prime saison

L'auette qui de fleurs enrichit sa maison?
Tantost le beau Narcisse, & tãtost elle embrasse
Le vermeil Hyacinthe, & sãs suiure vne trasse

Erre de pré en pré, de iardin en iardin,
Chargeant vn doux fardeau de melisse ou de thin.

GARNIER.

Hà terre, creue-toy!] L'Autheur pour r'embarrer l'Huguenot, qui blaspheme indignement contre la preu-d'hommie de nos Rois deffuncts, reclame à haute voix le Roy Louys XI. tel & semblable qu'il estoit aux yeux des François & des Estrangers, quand il auoit à sa barette (mot Italien qui veut dire tocque ou bonnet) vne image de plomb de la glorieuse VIERGE MARIE, à laquelle il estoit merueilleusement deuotieux. *L'Egli-se de Clery, Sa deuote maison*] Pour ce qu'il alloit souuent en pellerinage à Nostre Dame de Clery prés Orleans, & que mesme par son commandement il estoit ensepulturé là. *Destruite & saccagée*] Par messieurs les Hu-guenots, qui respiroient tant de modestie. *Ou Cerés*] Ou les bleds, dont Cerés est la Deesse : elle est prise icy pour les bleds, comme dans Virgile au 1. de l'Eneide :

——— *Cererémque canistru*

    Expediunt.

D'entendre que ses os, Arrachez du tombeau] Nous auons parlé cy-deuant, comme telles gens de reforme auoient brisé la tombe de ce Roy des fleurs de Lys, ietté ses os & sa pouldre au vent, & ioüé de sa teste à la courte bou-le. *Nostre commun repos*] Nos corps finissans leurs trauaux. *Il se feroit amy du Comte Charolois*] De Charles fils du Duc Philippes de Bourgongne, qui faisoit la guerre au Roy Louys XI. du nom, tesmoin la bataille de Montlehery, qu'il perdit à l'encontre de sa Majesté. Le Roy Iean fut pere de son ayeul, & d'vne fille seule qu'il eut, Anne d'Austriche Royne de France & de Nauarre, espouse du Roy Louys XIII. est procedée. *Charolois*] Comté de Bourgongne. *Agrafé*] De grosses & riches agraffes que l'on portoit lors. *De quoy ma Poësie Ne suit l'art miserable*] Le Ministre ne sçachant plus que dire, & se voyant au bout de son rouler, fait de l'Aristarque, & censure les vers de l'Autheur, comme fit l'orgueilleux Cordonnier le tableau d'Apelle : il le reprend de ne suiure de fil en fil & d'vne venuë son discours, à la maniere des Orateurs, ou des mauuais Poëtes, qui s'astreig-nét si fort & si miserablement à l'art, qu'ils sont despourueus de la grace & de la gentillesse qui part du naturel, & auec lequel seul les Poëtes ont leur estre, ie dis les Poëtes seuls. *Sans bride*] Sans retenuë : il est pris metapho-riquement. *A desrober mon art qu'à desrober mes vers*] Comme on le peut voir dans les inuectiues des Mini-stres pleines de ses vers entiers. *Est pleine d'artifice*] De iugement à disposer. *Vn art il ne faut pas*] De la cou-leur ny de l'estoffe des arts communs, & tels que les autres sciences les demandent. *Qui suiuent pas à pas Leur sermon sçeu par cœur*] De fil en fil leurs declamations. *Qui ne semble pas art*] Art sans art. *Versificateurs*] Singes des Poëtes ; iniure aux Latins, comme aux François de les appeller rimeurs. Ce sont neantmoins auiourd'huy ceux qui par adueu des foibles esprits du temps (où la doctrine est à l'onction) gaignent la palme & le rameau doté. *D'vne libre contrainte*] Se contraignans volontairement. *Prime saison*] Première saison. *Auette*] Abeille, mouche à miel. *Enrichit sa maison*] Sa ruche, par les fleurs qu'elle y metamorphose en du miel de prix, les ayant chargées auec le bec & les cuisses. *Narcisse*] Appellée d'aucuns *Lirion* : c'est vne herbe de qui les fueilles retirent à celles des pourceaux, mais plus estroittes : sa fleur est blanche, & dedans iaune, & quelquesfois ver-meille; & demeure enclose dans vne petite boursette noire, longue & large : il est blanc de racine, & le plus odo-reux, & le meilleur croist és montagnes, & se plante enuiron la my-Septembre, apres l'esleuation de l'Arcture. Lisez Pline, Theophraste, & Dioscoride. Les Poëtes disent que Narcisse estant mort à la fontaine en se mirant, il nasquit de luy ceste belle fleur : à ceste cause l'Autheur le nomme icy beau. *Le vermeil Hyacinthe*] Vne autre bel-le fleur, que les Poëtes disent auoir eu son origine par la mort du bel Hyacinthe amant de Phœbus, qu'il tua d'vn palet en se ioüant & par hazard. Il estoit aymé de Zephyre, qui ialoux & marri de le voir plus encliner à l'amour de Phœbus, poussa roidement le palet contre le chef d'Hyacinthe, & le tua : du sang il en nasquit ceste fleur, par la volonté d'vn de ceux qui l'auoient tué, mais innocemment. *Melisse*] Herbe qui porte le nom, d'autant que les mouches à miel en sont extremément friandes : son odeur est pareille au flair du Citron, raison pourquoy les Italiens l'appellent *Cedronella*. Voyez Nicandre en ses Theriaques. *Thin*] C'est vne herbe de sauuage odeur, que les abeilles cherissent fort : il n'est besoin d'en parler, on la cognoist par tout. Virgile ne desmentira dans ses Eclogues, quiconque dira que l'abeille en est friande.

Ainsi le bon esprit que la Muse espoin-
    çonne,
Porté de la fureur sur Parnasse moissonne
Les fleurs de toutes parts, errant de tous
    costez :
En ce poinct par les Champs de Rome estoient
    portez
Le damoiseau Tibulle & celuy qui fit dire
Les Chansons des Gregeois à sa Romaine lyre.
Tels ne furent iamais les versificateurs,
Des Muses auortons, ny tous ces imposteurs,
Dont l'ardente fureur d'Apollon n'a saisie

L'ame d'vne gentille & docte frenaisie :
Tel bien ne se promet aux hommes vicieux,
Mais aux hommes bien-nez qui sont aimez
    des Cieux
    Escoute, Predicant tout enflé d'arrogance,
Faut-il que ta malice attire en consequence
Les vers que brusquement vn Poëte a chanté?
Ou tu es enragé, ou tu es enchanté,
De te prendre à ma quinte, & ton esprit s'oublie
De penser arracher vn sens d'vne folie.
    Ie suis fol, Predicant, quand i'ay la plu-
    me en main :

Mais quand ie n'escri plus i'ay le cerueau bien
*   sain.*
*   Au retour du Printemps les Muses ne sont*
*   sages,*
Furieux est celuy qui se prend à leurs rages,
Qui fait de l'habile homme, & sans penser à
*   luy*

Se monstre ingenieux aux ouurages d'autruy.
*   Ta teste, ny la mienne en ce mois n'est pas*
*   saine,*
Et pource, Predicant, faisons vne neufuaine,
Où? à Sainct Mathurin, car à nous voir
*   tous deux*
Nos cerueaux éuentez sont bien matclineux.

GARNIER.

Ainsi le bon esprit que la Muse espoinçonne] L'Autheur continuë à la repartie en faueur de ses Muses, que la noire dent, & l'enuieuse fureur d'vn impudent ose bien entreprendre. *Que la Muse espoinçonne*] Que l'humeur Poetique assaut. *Sur Parnasse moissonne Des fleurs*] Recueille des inspirations releuées : car le Parnasse, comme nous auons dit, est vne des plus hautes & des plus cheres montagnes que hantent les Muses. *Moissonne*] Metaphore de ceux qui font l'Aoust. *En ce poinct par les champs de Rome estoient portez Le damoiseau Tibulle, &c.*] C'est à dire que Tibulle Cheualier Romain, Poete amoureux & des plus mignards, & qu'Horace imitateur des Poetes Lyriques de Grece, tels que Pindare, Alcman, Stesichore, & la belle & gentille Sapphon, donnoient mesme saillie à leurs vers dans la Cité de Rome qu'il fait icy. *Des Muses auortons*] Enfans abortifs des Muses, nez auant terme, defectueux, du mot Latin *aborior*. *Ny tous ces imposteurs*] Ces rimailleurs d'Huguenots, qui faisoient rage de le blasmer en leurs escrits. *La fureur d'Apollon*] Virgile au 6. de l'Eneide.

> *At Phœbi nondum patiens immanis in antro*
> *Bacchatur vates.*

Apollon, comme nous auons dit, est le Dieu des Poetes.

> —— *quos numen Apollinis vrget.*

Frenaisie] Mesme despendance & mesme attribut des verues Poetiques. *Quinte*] Caprice, fantastiquerie, humeur bizarre. Ie tirerois volontiers la racine de Quinte de quint'essence, pour dire vn esprit alambiqué, subiect à courir les champs, & s'emporter hors de la raison. *Folie*] Epithete donnée par folie aux Poetes à cause de leurs enthousiasmes. Le vulgaire ayant le iugement trop bas pour les gouster, les qualifie de ce nom, mais, comme dit Sceuole de Saincte Marthe en quatre vers, Tous les Poetes sont fous, mais tous les fous ne sont pas Poetes. *Mais quand ie n'escris plus i'ay le cerueau bien sain*] Pour monstrer la force de l'aiguillon Poetique. *Au retour du printemps*] Saison qui redonne aux Poetes l'humeur sur toutes saisons de l'année. *Rages*] Virgile 6. de l'Eneide.

> *Os rabidum, fera corda domans, fingitque premendo.*

Qui fait de l'habile homme] Aristonyme, ἔστιν ὃ δὴ μάλιστα βλάπτον, τὸ ἀσώπους ὄντας τοὺς πολλοὺς οἴεσθαι φρονίμους ᾗ. Est hoc in primis in vita damnosum, quòd hominum pars maxima stulta sit, sapere tamen sibi videatur. *Et sans penser à luy Se monstre ingenieux*] Entendant le Ministre, qui n'a pas le iugement de voir qu'il ne paroist ingenieux en son ouurage, que par le rapt des ouurages de l'Autheur. *Ta teste ny la mienne en ce mois n'est pas saine*] Au printemps. Il le dit par galantise de soy, bien qu'il pense autrement. *Faisons vne neufuaine*] A Sainct Mathurin de l'Archant, où l'on meine les fous emmenotez & liez, pour y faire leurs Neuf iours : il n'est pas beaucoup loin de Fontaine-bleau. *Matelineux*] Ce mot peut venir de Mathurin corruptiuement ; ainsi les gens du bas vulgaire disent Catheline pour Catherine.

Tu sembles aux enfans, qui contemplent és
*   nuës*
Des villes, des Geans, des Chimeres cornuës,
Et ont de tel object le cerueau si esmeu,
Qu'ils pensent estre vray le masque qu'ils ont
*   veu :*
Ainsi tu penses vrais les vers dont ie me iouë,
Qui te font enrager, & ie les en aduouë.
*   Ny tes vers ny les miens oracles ne sont*
*   pas,*
Ie prens tant seulement les Muses pour esbas :
En riant ie compose, en riant ie veux lire,
Et voila tout le fruict que ie reçoy d'escrire :
Ceux qui font autrement ils ne sçauent choisir
Les vers qui ne sont nez sinon pour le plaisir :
Et pour ce les grands Rois ioignent à la Mu-
*   sique*

(Non au Conseil priué) le bel art Poetique.
*   Tu dis qu'auparauant i'estois fort re-*
*   nommé,*
Et qu'ores ie ne suis de personne estimé.
Penses-tu que ta secte embrasse tout le monde ?
Penses-tu que le Ciel, l'air, & la terre &
*   l'onde*
Se faschent contre moy pour te voir en cour-
*   rous ?*
Tu te trompes beaucoup : DIEV est pere de
*   tous :*
Ie n'ay que trop d'honneur : certes ie voudrois
*   estre*
Sans bruit, & sans renom, comme vn pa-
*   steur champestre,*
Ou comme vn laboureur qui de bœufs accou-
*   plez*

Repoitrit ses guerets pour y semer les blez.
„ *Celuy n'est pas heureux qu'on monstre par*
    la rue,
„ *Que le peuple cognoist, que le peuple salue,*
„ *Mais heureux est celuy que la gloire n'é-*
    point,
„ *Qui ne cognoist personne, & qu'on ne co-*
    gnoist point.
  A toy des Predicans ie quitte les fumées,
Les faueurs qui seront dans vn an consu-
    mées :
Car mon esprit se trompe, ou la mere des mois
N'aura point r'allumé ses cornes par neuf
    fois,
Qu'errans & vagabons, sans credit, sans puis-
    sance,
Ie les verray fuitifs, & bannis hors de
    France,
Huez, sifflez, vannez, & comme vieux
    renards,
De citez en citez, chassez de toutes parts.
  Cependant vous Seigneurs, qui leur don-
    nez entrée
En vos maisons, trompez de leur bouche su-
    crée,
N'ayez l'esprit credule à leur simple parler,
Ils voudront à la fin vos plaisirs controler :
Gardez-bien vos enfans, vos bourses, & vos
    femmes,
I'ay veu de tels gallans sortir de grands dif-
    fames :
Car pour auoir le corps d'vn grand Reistre
    empestré,
L'aiguillon de leur chair pour cela n'est cha-
    stré.
  Tu dis que ie mourrois accablé de grand'
    peine
Si ie voyois tomber nostre Eglise Romaine !
I'en serois bien marry : mais quand il ad-
    uiendroit,
Le magnanime cœur pourtant ne me faudroit.
I'ay quelque peu de bien qu'en la teste ie porte,
Qui ne craint, ny le vent, ny la tempeste
    forte,
Il nage auecque moy : ie suis seur que le tien
Au riuage estranger ne te seruiroit rien,

Où les gentils cerueaux n'ont besoin de ton
    Presche.
  Non, non, mon reuenu de partir ne m'em-
    pesche :
Il n'est pas opulent, ny gras, ny excessif :
Mon or n'est monnoyé, ny fondu, ny massif.
Ie vy en vray Poëte, & la faueur Royale
Ne se monstra iamais enuers moy liberale :
Et si ay merité de ma patrie autant
Que toy, faux imposteur, qui te bragardes
    tant.
  Tu pippes les Seigneurs d'vne vaine ap-
    parence,
Tu presches seulement pour engraisser ta panse,
Tu jappes en mastin contre les dignitez
Des Papes, des Prelats, & des authoritez:
Tu renuerses nos loix, & tout enflé de songes
En lieu de verité tu plantes tes mensonges,
Tes monstres contrefaits, qu'aboyant tu de-
    fens,
Tes larues qui font peur seulement aux en-
    fans.
  Tu as selon ton sens l'Euangile traictée,
Tu fais ton Eternel vn muable Protée,
Le tournant, le changeant, sans ordre, sans
    arrest,
Selon ta passion, & selon qu'il te plaist ;
Tu as vn beau parler tout fardé de cautelle,
Tu veux ton IESVS-CHRIST *tenir en*
    curatelle.
Tu sçais de l'Euangile engraisser tes deux
    mains,
Tu sçais bien enjoller quelques ieunes Non-
    nains,
Tu sçais bien desfroquer la simplesse d'vn
    Moine,
Et conuertir au tien de DIEV *le patrimoine :*
Tu as en Paradis le tiers & les deux pars,
Tu en es fils aisné, nous en sommes bastars.
  Tu as pour renforcer l'erreur de ta folie,
A ton Genéue appris quelque vieille Homelie
De Caluin, que par cœur tu nous presches ici :
Tu as en l'estomac vn Lexicon farci
De mots iniurieux qui donnent à cognoistre
Que meschant escolier tu as eu meschant mai-
    stre.

GARNIER.

Tu sembles aux enfans] Tu ressembles.   *Des villes, des Geans*] Vn Poëte Grec dont le nom m'est oublié, si ce
n'est Aristophane, represente naïfuement bien telles choses que l'on s'imagine dans les nuës : Voicy comme

nous en auons parlé dans vne Eclogue faite pour le Baptesme du Roy Louys XIII. pour lors Dauphin.

Desja Phœbus s'encline, & desja moins ardent
Ses coursiers il deualle au fonds de l'Occident;
Le Ciel desja s'empourpre, & dans le haut des nües
Des riuieres d'argent par le couchant sont veües,
Des forests de courail, & d'auantage encor
Des campagnes d'azur, & des montagnes d'or.

Geans, Chimeres] Nous auons parlé de cecy.   *Le masque*] La grotesque imaginée.   *Ainsi penses-tu vrays les vers dont ie me ioue*] Ainsi tu presumes les boutades fabuleuses, dont, comme Poëte, ie me sers, pour des opinions de verité.   *Qui te font enrager*] De ne pouuoir si bien faire.   *Oracle*] Voyez Plutarque en les Morales des Oracles cessez.   *Au Conseil Priué*] L'estroit Conseil des Rois.   *Guerets*] Les rayes de la terre labourée : il dit, de bœufs accouplez, d'autant qu'en maints lieux de France on guide la charuë auec des bœufs.   *Que le peuple salue*] *Turba salutantum*, dit Virgile.   *Fumées*] Vanitez qui passent legerement.   *La mere des mois*] La Lune, pour ce qu'elle change & fait les mois par son cours.   *Ses cornes*] Le Croissant. Orphée en son Hymne :

Κλῦθι ῥα βασίλεια φαεσφόρε, δῖα σελήνη ,

Ταυρόκερως μήνη, νυκτιδρόμε, ἠεροφοῖτι.

Huez] De huée, mot de chasse.   *Vannez*] Metaphore des grains secoüez dans le van.   *Bouche sucrée*] D'vn langage doux pour seduire.   *Reistre*] Manteau long, comme nous auons dit parauant.   *I'ay quelque peu de bien qu'en la teste ie porte*] *Omnia mea mecum porto*, comme le Philosophe Bias, l'vn des sept qui furent nommez les Sages de la Grece, disoit quand la ville de Priene fut pillée auec tous ses biens & toute sa famille.   *Ie vy en vray Poete*] Assez petitement, car iamais les Poëtes n'ont grande fortune, par vne mal-heureuse fatalité, principalement les bons, ou c'est chose fort rare : & diriez que l'aduantage d'esprit qu'ils ont leur suffit.   *Et la faueur Royale Ne se monstra iamais enuers moy*] Non que les Rois ne soient portez à la recognoissance de la vertu; mais il faut passer par les mains de tant d'Officiers, & qui font si peu de cas des personnes qui leur peuuent donner de la memoire pour remerciment, que telles faueurs ne sont mises en ligne de compte, n'arriuant pas.   *Bragardes*] Fais du braue.   *Larues*] Masques, faux visages, du mot Latin *larua*.   *Ton Eternel*] Pour ce que l'Huguenot, faisant le bon Chrestien, nomme à tout propos D I E V, l'Eternel.   *Ton muable Protée*] C'estoit vn Dieu marin, grand Prophete du Roy des ondes Neptune, qui prenoit telle forme qu'il desiroit, pour tromper ceux qui l'abordoient, à fin de sçauoir le futur; si bien que pour en venir à bout il le falloit saisir finement au corps, & le garroter & lier : adonc il reprenoit sa naturelle figure, & donnoit response à quiconque luy demandoit. Ouide aux Fastes.

Ille suam faciem transformat & alterat arte :
Mox domitus vinclis in sua membra redit.

Homere au 4. de l'Odyssée en parle de mesme.   *Tu veux ton Iesus-Christ tenir en curatelle*] Retranchant la puissance qu'il a.   *Tu sçais de l'Euangile engraisser tes deux mains*] En tirant proufit, auec gages, dons, & pensions.   *Enioller quelques ieunes Nonnains*] Qui furent par les Huguenos tirées de leur monastere auec cajolement, pour estre leurs femmes ou leurs garces : choses tolerables pour eux, si beaucoup n'eussent esté violemment forcées.   *Enioller*] Faire acroire.   *Desfroquer la simplesse d'vn Moine*] Dont ils en abusoient quantité, leur presentant des Nonnains, & les allechant ainsi cauteleusement par les attraits de la chair.   *Et conuertir au tien de Dieu le patrimoine*] Se donnans le reuenu des benefices, qu'ils ostoient aux gens d'Eglise, comme ils ont tousiours fait en Bearn, iusqu'en l'an 1620.   *Tu as en Paradis le tiers & les deux parts*] C'est ironiquement.   *A ton Genéue appris quelque vieille Homelie*] Mot dont beaucoup des Saincts Peres ont baptisé leurs œuures; ce que Beze & Caluin par singerie ont voulu faire aussi. ὁμιλία signifie coustume, conuersation, deuis, colloque. L'Autheur dit, vieille Homelie de Caluin, non pour la iuger ancienne, mais pour la iuger mesprisable : ainsi que l'on nomme par iniure, vieilles bestes, les ieunes filles mal-viuantes.   *Lexicon*] Ample Dictionnaire, & recueil des mots.   *Meschant maistre*] Le Diable, pere & maistre de l'heresie.

Où moy tout eslongné d'imposture & d'a-
bus,
Amoureux des presens qui viennent de Phœ-
bus,
Tout seul me suis perdu par les riues humides
Et par les bois toufus apres les Pierides,
Les Muses, mon souci, qui m'ont tant ho-
noré
Que de m'auoir le front de Myrte decoré :
Car pour ton aboyer ie ne perds la couronne
De Laurier, dont Phebus tout le chef m'enui-
ronne :
Elle ombrage mon front, signal victorieux
Qu'Apollon a donté par moy ses enuieux.
*   Aussi tost que la Muse eut enflé mon*
courage,

M'agitant brusquement d'vne gentille rage,
Ie senti dans mon cœur vn sang plus gene-
reux,
Plus chaud & plus gaillard qui me fis amou-
reux.
A vingt ans ie fu pris d'vne belle Mai-
stresse,
Et voulant par escrit tesmoigner ma détresse,
Ie vy que des François le langage trop bas
A terre se trainoit sans ordre ny compas :
Adonques pour hausser ma langue mater-
nelle,
Indonté du labeur, ie trauaillay pour elle,
Ie fis des mots noueaux, ie r'appelay les vieux,
Si bien que son renom ie poussay iusqu'aux
Cieux.

Ie fis d'autre façon que n'auoient les anti-
　ques,
Vocables composez, & phrases poëtiques,
Et mis la poësie en tel ordre qu'apres
Le François fut égal aux Romains & aux
　Grecs.
　Ha! que ie me repens de l'auoir apportée
Des riues d'Ausonie & du riuage Actée:
Filles de Iupiter, ie vous requiers pardon!
Helas ie ne pensois que vostre gentil don
Se deuft faire l'appast de la bouche hereti-
　que,
Pour seruir de chansons aux valets de bou-
　tique:
Apporté seulement en France ie l'auois
Pour donner passe-temps aux Princes &
　aux Rois.
　Tu ne le peux nier : car de ma plenitude
Vous estes tous remplis, ie suis seul vostre
　estude,
Vous estes tous issus de ma Muse & de moy;
Vous estes mes sujects, ie suis seul vostre Roy;
Vous estes mes ruisseaux, ie suis vostre fon-
　teine,
Et plus vous m'espuisez, plus ma fertile
　veine
Repoussant le sablon, iette vne source d'eaux,
D'vn surgeon eternel, pour vous autres ruis-
　seaux.
　C'est pourquoy sur le front la couronne ie
　porte,
Qui ne craint de l'hyuer la saison tant soit
　morte,
Et pource toute ronde elle entourne mon
　front :
Car rien n'est excellent au monde s'il n'est
　rond.
　Le grand Ciel est tout rond, la mer est
　toute ronde,
Et la terre en rondeur se couronne de l'onde,

D'vne couronne d'or le Soleil est orné,
La Lune a tout le front de rayons couronné,
Les Rois sont couronnez : heureuse est la per-
　sonne
Qui porte sur le front vne riche couronne.
　O le grand ornement des Papes & des
　Rois,
Des Ducs, des Empereurs! Couronne, ie vou-
　drois
Que le Roy couronné euft sur ma teste mise
La mitre d'vn Prelat, couronne de l'Egli-
　se :
Lors nous serions contens : toy de me voir
　tondu,
Moy de iouyr du bien où ie n'ay pretendu.
　Apres comme vn flateur tu dis que par la
　plume,
Du Prince de Condé la colere i'allume,
Et veux qu'vn tel Seigneur s'aigrisse contre
　moy,
Le faisant, ou Tyran, ou Tigre comme toy.
　I'attefte l'Eternel qui tout void & re-
　garde
(Et si ie suis menteur ie luy suppli' qu'il darde
Sa foudre sur mon chef) si iamais ie pensé
De rendre par mes vers vn tel Prince offensé :
A qui ie suis tenu de rendre obeïssance,
A qui i'ay dedié ma plume & ma puissance,
Qui m'ayme & me cognoist, & qui a main-
　tesfois
Estimé mes chansons deuant les yeux des
　Rois :
Qui est doux & benin, nay de bonne na-
　ture,
Qui a l'esprit gaillard, l'ame gentille &
　pure,
Qui cognoiftra bien toft, tant il est Prince
　bon,
Les maux que ton orgueil a commis sous son
　nom.

GARNIER.

l'Eſté, comme en la froidure, & iamais, ce dit on, le foudre n'y tombe: c'eſt pareillement la Couronne des Rois & des Empereurs. *Phebus*, *Apollon*] Le meſme, comme nous auons dit. *A donté par moy ſes enuieux*] Ceux qui vouloient impudemment s'attaquer à luy, blaſmant ſes plus chers fauoris. *Rage*] Poëtique fureur, comme nous auons dit. *Sang*] D'où les paſſions deriuent. *A vingt ans ie fus pris d'vne belle Maiſtreſſe*] De Caſſandre, en la ville de Blois, ſuiuant la Cour : il le teſmoigne en ſes Amours, Sonnet 116.

    Sur mes vingt ans par d'offence & de vice.

Et au 155.

   Ha! Bel-accueil, que ta douce parole
   Vint traiſtrement ma ieuneſſe offencer,
   Quand au verger tu la menas dancer
   Sur mes vingt ans, &c.

Le langage trop bas A terre ſe traiſnoit] Comme on peut voir par les œuures de Clement Marot, bel eſprit toutesfois, & des mieux naiz à la Poëſie s'il fut venu plus tard. L'Autheur ne le deſaduouë pas en l'Ode de Monſeigneur d'Anguien.

   Ie confeſſe bien qu'à l'heure
   Sa plume eſtoit la meilleure
   Pour deſſeigner, &c.

Sans ordre ny compas] A raiſon d'vn tas de rymeurs qui rampants en leurs monſtrueuſes conceptions faiſoient vn Chaos de la Poëſie. *Ma langue maternelle*) La Françoiſe, appriſe à la mammelle. *Ie fis des mots nouueaux*] Tirez des Eſtrangers, à fin d'enrichir noſtre langue, en les adoptant. *Ie r'appellay les vieux*] Ceux des Romains & les mots des pays. *Les antiques*] Les Poëtes François du vieux temps. *Vocables compoſez*) Mots compoſez du Grec. *Phraſes Poëtiques*) Manieres de parler recherchées ; toutes leſquelles choſes petit à petit ont mis noſtre langue en ſon periode. *Aux Romains & aux Grecs*) Qui par diuers ſiecles ont fait des merueilles de bien dire & de bien eſcrire. *Ha que ie ſuis marri de l'auoir apportée*) L'Autheur ſe repent d'auoir trauaillé pour l'Heretique. *Auſonie*) Italie où jadis on parloit Romain : c'eſt vne portion de l'Italie, dont jadis elle fut nommée entierement. Virg. au 4. de l'Eneide.

   Quæ tandem Auſonia Teucros conſidere terra
   Inuidia eſt ?

Et au 12.

   Sermonem Auſonij patrium, moréſque tenebunt.

Riues) Nous auons par cy deuant aduerty, que les Poëtes diſent ſouuentesfois riue, pour la region. *Actée*) Ainſi dite d'Actée, qui le premier y regna ; depuis nommée Attique, d'Attide, fille de Crane ; C'eſt la Region des Atheniens où l'on parloit Grec. Pauſanias liu.1. *Filles de Iupiter*) Les Muſes. *Se deuſt faire l'appaſt*) Fiſt entrer l'Heretique en deſir de s'en ſeruir à mal. *Aux valets de boutique*) Leur donnant paſſe-temps auec ces riotes ; car la meſdiſance va par tout, & rend chacun, ſinon capable, au moins deſireux & ſoucieux de l'entendre. *Apporté ſeulement en France ie l'auois*) L'Autheur ayant eſpuiſé les ſecrets des Latins, & ceux des Grecs, feint auoir apporté des riues de leur pays ce qu'il en a fait valoir. *Tu ne le peux nier*) Il abandonne ſon Apoſtrophe, & retourne à ſon Miniſtre, pour acheuer de le peindre naïfuement comme il faut. *Plenitude*) Empliſſement. *Vous eſtes tous iſſus*) Vous qui vous meſlez de la Poëſie. *Ie ſuis ſeul voſtre eſtude*) Vous autres ne ſçachant rien que par mes veilles & par mon labeur. *Vous eſtes mes ſuiects*) C'eſt icy parler en maiſtre & ſouuerainement. *Plus ma fertile veine*) Veïnes, ſont les conduits par où l'eau iallit & court ſous la terre, venant de la ſource : par metaphore on dit auſſi communément veine Poëtique, de la fluidité. Horace au 2. liure des Odes en la 18.

   At fides, & ingeni
   Benigna vena eſt.

Repouſſant le ſablon) D'autant qu'il eſt au deuant de la ſource. *Iette vne ſource d'eau*) Les eaux qui viennent de la ſource, & les iette par vn ſurgeon qui ne tarira iamais. *Surgeon*) Source. *Qui ne craint de l'Hyuer*) Nous l'auons dit plus haut, traittant du laurier. *Saiſon morte*) Fleſtrie. *Car rien n'eſt excellent au monde s'il n'eſt rond*] En Mathematique les choſes rondes ſont les mieux parfaites. *La mer eſt toute ronde*) Par ce qu'elle enuironne la terre, & par deux fois. *D'vne couronne d'or le Soleil eſt orné*) De rayons dorez. *Mitre*] Ornement de teſte de Pontife, dés l'ancien Teſtament.

Or quand Paris auoit ſa muraille aſſiegée,
Et que la guerre eſtoit en ſes faux-bourgs
  logée,
Et que les morions & les glaiues trenchans
Reluiſoient en la ville, & reluiſoient aux
  champs,
Voyant le laboureur tout penſif & tout
  morne,
L'vn trainer en pleurant ſa vache par la
  corne,
L'autre porter au col ſes enfans & ſon lit :
Ie m'enferme trois iours renfrongné de deſpit,
Et prenant le papier & l'encre de colere,

De ce temps mal-heureux i'eſcriui la miſere,
Blaſmant les Predicans qui ſeuls auoient preſ-
  ché
Que par le fer mutin le peuple fuſt tranché :
Blaſmant les aſſaſſins, les volleurs & l'outrage
Des hommes reformez, cruels en brigandage,
Sans ſouffrir toutesfois ma plume s'attacher
Aux Seigneurs dont le nom m'eſt venerable
  & cher.

Ie ne veux point reſpondre à ta Theologie,
Laquelle eſt toute rance, & puante & moiſie,
Toute rapetaſſée, & faite de l'erreur
Des premiers ſeducteurs inſenſez de fureur.

Comme vn pauure vieillard qui par la ville
    passe
Appuyé d'vn bafton, dans vne poche amaffe
Des vieux haillons qu'il trouue en cent mil-
    le morceaux,
L'vn deffus vn fumier, l'autre pres des ruif-
    feaux,
L'autre pres d'vn efgout, & l'autre dans vn
    antre
Où le peuple artifan va defcharger fon ventre:
Apres en choififfant tous ces morceaux efpars,
D'vn fil gros les rauaude, & couft de toutes
    pars,
Puis en fait vne robbe, & pour neuue la
    porte:
Ta fecte, Predicant, eft de femblable forte.
    Or bref il me fuffit de t'auoir irrité:
Comme vn bon laboureur qui fur la fin d'Efté
Quand defia la vendange à verdeler com-
    mence,
De peur que l'efcadron des freflons ne l'of-
    fence,
De tous coftez efpie vn chefne my-mangé
Où le camp refonnant des freflons eft logé:
Puis en prenant de nuict vn gros fagot de
    paille,
D'vn feu noir & fumeux leur donne la ba-
    taille:
La flame & la fumée entrant par les nafeaux
De ces foldars ailez, irrite leurs cerueaux,
Qui fremiffent ainfi que trompettes de guerre,
Et de colere en vain efpoinçonnent la terre.
    Mais toy (comme tu dis) qui as paffé tes
    ans
Contre les coups d'eftoc des hommes mefdifans,
Qui as vn eftomac que perfonne n'enfonce,
Tu pourras bien fouffrir cefte douce refponce:
Car ton corps demy-Dieu, contre tous les
    brocards
Des mefdifans eft feur comme entre deux
    rempars.
A-tant ie me tairay: mais deuant ie pro-
    tefte
Que fi horriblement ton erreur ie detefte,
Que mille & mille morts i'ayme mieux re-
    ceuoir,
Que laiffer ma raifon de ton fard deceuoir.
    Au refte i'ay releu ta vilaine efcriture
Qui fent fon charlatan facond à dire iniure,

Ou quelque harengere affife à petit-Pont,
Qui d'iniures affaut, & d'iniures refpond.
Hà que tu monftres bien que tu as le courage
Auffi fale & vilain qu'eft vilain ton lan-
    gage.
    Toutesfois glorieux ie me veux eftimer
Dequoy par tes brocars tu m'as voulu blâ-
    mer,
Comme feul n'endurant ta mefdifance amere.
    Cefte Royne qui vit de noftre Prince
    mere,
A fouffert plus que moy, quand aux pre-
    miers Eftas
Ialoux de fa grandeur, tu ne la voulois pas.
    Ce Roy des Nauarrois a fenty l'amertume
De ta langue, qui fait de mefdire couftume,
Quand l'ayant par defpit de Paradis banny,
Or l'appellois Caillette, or l'appellois Thony!
Quoy? ne faifois-tu pas à mode d'eftriuieres
Pour ce Roy l'autre annee au prefche tes
    prieres?
Tantoft ne priant pas, tantoft priant pour
    luy,
Selon qu'il t'apportoit, ou profit ou ennuy?
    Mefmes i'entens defia que ta malice pince
De brocards efpineux ce magnanime Prince,
Ce Seigneur de Condé, & le blafmes dequoy
Il ne fe monftre Tigre à ceux de noftre loy.
Ie fuis donques heureux de fouffrir tels ou-
    trages,
Ayant pour compagnons de fi grands per-
    fonnages.
    Or tu as beau gronder, pour r'affaillir mon
    fort,
Te gourmer & t'enfler comme autresfois au
    bort
La grenoüille s'enfla contre le bœuf, de forte
Que pour trop fe bouffer fur l'heure creua
    morte:
Tu as beau repliquer pour refpondre à mes
    vers,
Ie deuiendray muet: car ce n'eft moy qui fers
De bateleur au peuple, & de farce au vul-
    gaire:
Si tu en veux feruir, tu le pourras bien faire.
Ce pendant ie pri'ray l'Eternelle bonté
Te vouloir redonner ton fens & ta fanté.
    Mais auant que finir, enten, Race future,
Et comme vn teftament garde cefte efcriture.

BBBbbb   ij

Ou soit que les destins à nostre mal constans,
Soit que l'ire de DIEV face regner long temps
Ceste secte apres moy, Race, ie te supplie,
Ne t'insense iamais apres telle folie:
Et relisant ces vers, ie te pri' de penser
Qu'en Saxe ie l'ay veuë en mes iours com-
mencer,

Non comme CHRIST la sienne, ains par
fraude & puissance.
Dessous vn Apostat elle prit sa naissance:
Le feu, le fer, le meurtre, en sont le fondement:
DIEV vueille que la fin en arriue autrement,
Et que le grand flambeau de la guerre allumée
Comme vn tison de feu se consomme en fumée.

GARNIER.

Or quand Paris auoit sa muraille assiegée] Lors que Monsieur de Guise François de Lorraine y trauailloit gene-reusement pour la defense. On a bien veu depuis au siege de Paris durant la Ligue, telle image d'horreur & de pitié: ie dis ce grand & memorable siege où l'on veid des choses six mois durant, que l'on n'a iamais veuës dans la France, & peut-estre ailleurs, Hierusalem à part. Les Histoires de France pourront donner foy de tous les deux. *Des hommes reformez*] Des Huguenots, se disans tels. *A ta Theologie*] C'est à dire en Grec, parole de DIEV, mais l'Autheur ne le prend comme il le dit: par ainsi nous l'appellerons Demonologie, parole du Diable. *Rance*] Vieux mot, signifiant moisie. *Des premiers seducteurs*] Des Arriens, Vaudois, Albigeois, & autres. *Rauaude*] Rapetasse. *Verdeler*] Faire poindre sa verdure. *Escadron*] Nous en auons dit quelque cho-se, il est pris icy metaphoriquement. *Freslons*] Grosses mouches, comme Tahons. Voyez le Freslon de l'Autheur en ses Gayetez. Il descrit icy les freslons comme gens de guerre; & de fait ils obseruent quelque milice, & de geste & de rang, aussi bien que les autres. *Demy-Dieu*] Tenant de la Diuinité. *Charlatan*] Mot Italien, bouf-fon, hableur, vendeur de theriaque. *Ou quelque harangere assise à petit Pont*] Là iadis s'en tenoit le marché, non sans mille sortes d'iniures, comme tesmoigne le vieil Prouerbe commun. *Ceste Royne qui vit de nostre Prince mere*] Nous auons desia dit, que c'estoit Catherine de Medicis, Royne mere du Roy Charles IX. *Ce Roy des Nauarrois*] Anthoine de Bourbon, Duc de Vendosme, pere du Roy Henry le Grand, & mary de Ieanne Roy-ne de Nauarre. *L'amertume De ta langue*] Ta mesdisance. *Caillette*] Badin, niaiz: ainsi les femmes du vulgaire de Paris iniurient ceux qu'elles noisent. Cela peut venir de lasche & mol, comme sont les caillettes du mouton. *Thony*] Fous d'alors, comme nous auons dit en son lieu. Voyla comme l'Huguenot se rit & se gabbe des Prin-ces & des Rois, pour lesquels il ne faut que des paroles de soye: mais ils vont bien plus auant quand il s'agist de la vie, dont ils font eux mesmes gloire & trophée. C'est en l'inuectiue deuxiesme de B. de Mont-DIEV, contre l'Autheur, parlant de François de Lorraine Duc de Guise assassiné, vne des testes du Triumuirat com-me ils disoient, & les deux autres Anne de Montmorancy Connestable, & Sainct André Mareschal de France.

Mais le Trium-virat (ce coniuré triangle,
Dont nous auons osté tout fraischement vn angle,
Rendant ceste figure imparfaicte à iamais)
Ce grand monstre à trois chefs, &c.

A modes d'estriuieres] Que l'on allonge & resserre comme on veut, pour l'aisance du Cheualier. *Brocards espineux*] Iniures picquantes. *Tigre*] Pour homme cruel. *Pour r'assaillir mon fort*] Comme font au cerf les chiens & les picqueurs. *Gourmer*] C'est vn terme d'Escuyer, le cheual s'opiniastrant & se rebellant contre la bride, en maschant son frein blanc d'escume. *La grenouille s'enfla*] Voyez la fable d'Esope, de la grenouille, qui voulant par ambition deuenir ample comme le bœuf se creua. *Bateleur*] Ioüeur de passe-passe & de cour-dions: il vient de baster. *Ta santé*] D'autant que le Ministre releuoit de la grosse maladie. *Farce*] Bouffon-nerie que l'on ioüe sur le Theatre à la fin des ieux. *L'eternelle bonté*] DIEV. *Soit que les Destins*] Soit que la volonté Diuine. *Ne t'insense*] Verbe fait du nom insensé. *Qu'en Saxe ie l'ay veuë*] Sous Luther, né du pays de Saxe: il mit au iour ses erreurs l'an 1517. & l'Autheur nasquit 1524. *Non, comme Christ la sienne*] En toute hu-milité, non par le fer, le sang & le feu. *Dessous vn Apostat*] Luther moyne renié. *Que la fin en arriue*] La-quelle DIEV aydant nous esperons bien tost, malgré les traistres & les rebelles.

PRIERE A DIEV POVR LA VICTOIRE.

DOnne, Seigneur, que nostre en-
nemy vienne
Mesurer mort les riues de la
Vienne:
Et que sanglant de mille coups persé,
Sur le sablon trebuche renuersé,
Aupres des siens, au milieu de la guerre:
Et de ses dents mordillonne la terre
Plat estendu commme vn Pin esbranché,

Qu'un charpentier de trauers a couché
Au bord prochain, où son fer le decouppe,
Pour le tourner en forme d'vne pouppe,
Ou d'vne roüe, à fin de mesurer,
L'vn l'Ocean, l'autre aille labourer:
Des ennemis soit pareil le carnage
Tranchez aux bords d'vn sablonneux riuage.
Donne, Seigneur, que l'auare Germain,
Ces Reistres fiers puissent sentir la main
Du ieune Duc, si qu'vne mort cruelle
Face qu'vn seul n'en conte la nouuelle
En ce pays que le Rhin va lauant,
Et que leur nom se perde en nostre vent,

Et qu'à iamais leur morte renommée
S'esuanoüisse ainsi qu'vne fumée,
Et que leurs corps accableZ de cent coups
Soyent le disner des corbeaux & des loups.

O Tout-puissant, donne que nostre Prince,
Sans compagnon, maistrise sa Prouince :
Et que pompeux de braue majesté,
Entre à Paris en triomphe porté,
Et que sans grace & sans misericorde
Traine lié l'ennemy d'vne corde,
Bien loin derriere à son char attaché :
Punition de son graue peché,
D'auoir osé d'vne vaine entreprise
Forcer le Ciel, nostre Prince, & l'Eglise
Que D I E V bastit d'vn fondement tres-seur :
Aussi son bras en est le defenseur.

Donne, Seigneur, que la Chance incertaine
Ne tombe point sur nos champs de Touraine,
Que nos raisins, nos bleds & nos vergers
Aux laboureurs ne soient point mensongers,
Trompans les mains de la ieunesse blonde
Que le Danube abbreuue de son onde,
Et les nourrit superbes & felons
Comme les fils des Oursaux Aquilons,
Qui vont soufflant à leurs fieres venuës
Loind euant eux les legions des nuës,
Comme ceux-cy soufflent en nostre sein
Vn camp armé de pestes & de fain.

Donne, Seigneur, que l'infidele armée
Soit par soy-mesme en son sang consumée :
Qu'elle se puisse elle-mesme tuer.
Ou bien du Ciel qu'il te plaise ruer
Ton feu sur elle, & que toute elle meure,
Si que d'vn seul la trace ne demeure :
Comme il aduint dedans le champ de Mars,
Quand la moisson Colchide de soudars
Nasquit de terre, en armes herissée,
Que mesme iour vit naistre & trespassée.
O Seigneur D I E V, ma priere aduiendra :
Ta gauche main son Egide prendra,
Le fer ta dextre, ains que Phebus s'abaisse
Tout haletant au sein de son hostesse.

Ou bien, Seigneur, si l'ennemy poursuit
Tant le combat, qu'on le veinque de nuit,
L'Aube vermeille au large sein d'yuoire
Puisse en naissant annoncer la victoire :

Lors moy, qui suis le moindre des François,
D'estomac foible, & de petite vois,
Ie chanteray de ce Duc la loüange :
Afin, Seigneur, que toute terre estrange.
Craigne la France, & ne passe son bord ;
Ou le passant, le prix en soit la mort.

Viuent, Seigneur, nos terres fortunées,
A qui tu as tes Fleurs de Lys données :
Viue ce Roy, & viuent ses guerriers,
Qui de Poictiers remportent les Lauriers,
Lauriers gaignez, non selon la coustume
Des Courtisans, par l'ocieuse plume,
Le lict, l'amour : mais bien par la vertu,
Soin & trauail, par vn rampart battu
Et rebatu de ces foudres humaines,
Par veille & faim, par soucis & par peines :
Et qui nous ont par leur sang acheté
D'vn cœur hardy la douce liberté.

Borne le cœur, l'entreprise & l'audace
Des ennemis, qu'vne si foible place
A fait froisser, briser & trebucher,
Comme vne nef se rompt contre vn rocher,
Qui retournoit de Carpathe ou d'Egée,
Ioyeuse au port de lingots d'or chargée :
Mais en voulant dedans le haure entrer,
Par vn destin elle vient rencontrer
Vn roc sous mer qui la froisse au riuage,
Perdant son bien, que la mer, & l'orage
N'auoit sceu rompre : Ainsi cet Admiral
Ayant passé maint peril & maint mal,
Perte de gens, & perte de muraille,
Vne premiere & seconde bataille,
S'est venu rompre en cent mille quartiers
Contre les murs debiles de Poictiers :
Là ses cheueux qui par l'âge grisonnent,
Donnerent place aux Princes, qui cottonnent
D'vn ieune poil leurs mentons, & qui ont
Dés le berceau les lauriers sur le front.

Cœurs genereux, hostes d'vne belle ame,
On dit bien vray, Fortune est vne femme,
Qui aime mieux les ieunes que les vieux :
Les ieunes sont tousiours victorieux,
Tousiours le chaut surmonte la froidure :
Du gay Printemps plaisante est la verdure,
Et le Soleil en naissant est plus beau
Que le couchant qui se panche au tombeau.

G A R N I E R.

Donne, Seigneur, que nostre ennemy] L'Autheur fait icy priere à D I E V pour la victoire, le camp de Monseigneur d'Anjou (depuis Roy Henry troisiesme) & celuy des Princes, conduit par l'Admiral de Coligny, se

B B B b b b   iij

preparans à la bataille és plaines de Montcontour. *Mesurer mort*] *Italiam metire iacens*, Virgile aux Eneides. *La Vienne*] Riuiere en Poictou, sur laquelle sont les villes de Chastelleraud & de Chinon. *Mordillonne la terre*] De rage en mourant. *Mordillonne*] Manquant de force, pour mordre tout à fait. *Comme vn Pin*] Grand arbre qui porte la resine & les pignons, & duquel on fait les Nauires. Ouid. Metamorph. 1. liure.

    Nondum cæsa suis, peregrinum vt viseret orbem,
    Montibus, in liquidas pinus descenderat vndas.

Poupe] Le derriere du Nauire. *A fin de mesurer, L'vn l'Ocean*] Pour courir la grand' mer Oceane dans vn nauire, & sçauoir la grandeur qu'elle a. *D'vn sablonneux riuage*] D'autant que les ennemis estoient campez au bord de la riuiere. *L'auare Germain*] L'Allemand dit Germain de Germanie, nom que porte l'Alemagne, comme nous auons dit cy-deuant. *Reistres*] Gens de cheual d'Alemagne, nous en auons aussi parlé : fiers, auares, c'est leur vraye epithete. Horace au 4. des Odes.

    Quis Germania quos horrida parturit.

Du ieune Duc] Du Duc d'Anjou, n'ayant lors gueres que dix-sept à dix-huict ans. *En ce pays que le Rhin va lauant*] Le Rhin, comme nous auons dit, est vn des fleuues d'Alemagne. *Et que leur nom se perde en nostre vent*] En nostre bonne fortune. *Sans compagnon*] Pour ce que l'Huguenot iouyssoit du reuenu du Roy, léuant ses deniers, & prenant ses villes. *Sa Prouince*] Son Royaume, vne partie pour le tout. *Traisné lié l'ennemy d'vne corde*] Horace en l'Ode 12. du 2. liure.

    —— *ductáque per vias*
    Regum colla minantium.

Forcé le Ciel, nostre Prince & l'Eglise] Abbatant les loix humaines, & les diuines. *Que Dieu bastit d'vn fondement tres-seur*] *Et super hanc Petram ædificabo Ecclesiam*, comme nous auons rapporté cy-deuant. *Aussi son bras en est le defenseur*] *In potentatibus salus dexteræ eius*. *Chance*] Sort. *Sur nos champs de Touraine*] D'autant que l'Autheur auoit le Prieuré Sainct Cosme lez Tours; car il estoit Vendosmois, & non de Touraine. *Aux laboureurs ne soient point mensongers*] Horace Ode 1. liu. 3.

    Non verberatæ grandine vineæ,
    Fundúsque mendax.

Trempans les mains] Ayans les mains trempées. *De la ieunesse blonde*] Il entend par la ieunesse blonde les Allements, hommes blonds, qui dés leur ieunesse ont le cœur aux armes. Manilius de l'Astronomie l'appelle *Flaua Germania*. *Danube*] C'est vn fleuue du pays, dont nous auons parlé. *Felons*] Cruels. *Comme les fils des Oursaux Aquilons*] Naiz au Septentrion voisin de l'Estoille de l'Ourse, où le vent d'Aquilon regne. *Loing deuant eux les legions des nuës*] Ouide en la Metamorphose.

    Apta mihi vis est : hac tristia nubila pello.

Et Arat :   μέχρι Βορῆος ἀπασραίανζος ἴδναι.

Legions] Les Legions furent des troupes de gens de guerre d'Ordonnance, que les Romains establirent pour leur seureté : les ordinaires montans à six mille pietons & 730. cheuaux, & les ordinaires seules portoient l'Aigle : dites Legions d'*Eligendi*, pour auoir vne prerogatiue d'election des choses grandes par dessus les autres Legions, & les autres bandes guerrieres, telles que les Phalanges & les Cohortes : Voyez *Vuolfangus Lazius* és Commentaires de l'Histoire Romaine. Icy l'Autheur vse du mot de Legion par Metaphore, comme il fait d'vn camp de pestes. *Donne, Seigneur, que l'infidelle armée*] L'Autheur la nomme infidelle, pour n'estre en la vraye foy. *Soit par soy-mesme en son sang consumée*] Se tue elle mesme. *Ton feu*] Ton foudre. *Comme il aduint dedans le champ de Mars*] Des hommes qui s'entretuoient l'vn l'autre en naissant (comme nous auons dit ailleurs) & lesquels les dents venimeuses du fier dragon du champ de Mars auoient produits. *La moisson*] D'autant que Iason sema les dents du serpent, dont nasquirent ces hommes. *Colchides*] Pour autant que ce fut au voyage de Colchos. *Soldats*] Pour ce qu'ils furent veus naistre & sortir armez. *Egide*] L'escu, bouclier de Iupiter, couuert de la peau de la cheure Amalthée sa nourrice, comme nous auons dit cy-deuant, ἀπὸ τῆς αἰγός, à *Capra*. Le Poëte donne cet Egide au vray D I E V, par allusion. *Ains que Phœbus s'abaisse*] Auant que le Soleil panche. *Tout haletant*] Du trauail de son cours. *Au sein de son hostesse*] Dans les eaux de la mer, où les Poëtes disent qu'il va tous les soirs à l'hostellerie pour coucher ayant acheué son cours. Nous en auons parlé. *Si l'ennemy poursuit Tant le combat qu'on le veinque de nuit*] Pour ce que l'Admiral à fin de prendre l'aduantage du pays & du lieu, partit de nuict pour se loger à Moncontour; & depuis eurent le mesme dessein, pour gaigner Eruaux. *L'aube vermeille au large sein d'yuoire*] L'Aube ou l'Aurore (qui n'est autre chose que le poinct du iour) est vermeille & blanche, par les impressions & Meteores du Soleil. *Au large sein*] Maniere de parler frequente és vers des anciens Poëtes Grecs & Latins. Pindare baille aux Muses l'epithete du large sein : la terre est dite à la grande & large mammelle, & des autres ainsi. *Yuoire*] Dents d'elephant. *Lors moy qui suis le moindre*] Ce n'est parole d'Euangile, car icy la bouche ne parle de l'abondance du cœur. *D'estomach foible*] A tonner en vers. On void à la suite, comme il est vray que la bouche de l'Autheur ne s'organise par l'interieur, puis qu'il dit (& le peut dire) que sa petite voix eslancera le bruit de telle heureuse victoire dans les pays Estranges. *Les fleurs de Lys données*] Ie pense que nous auons parlé cy-deuant comme les fleurs de Lys furent données par l'Ange à Clouis Roy de France, au lieu de trois crapaux, où maintenant est l'Abbaye de Ioyenual, prés S. Barthelemy, non gueres loing de S. Germain en Laye. *Et viuent ces guerriers, Qui de Poictiers r'emportent les lauriers*] Messeigneurs Henry de Lorraine Duc de Guise dernier mort, & Charles de Lorraine premier Duc de Mayenne, qui soustindrent le siege de Poictiers contre l'Admiral de Coligny, l'vn n'ayant que 17. ans, & l'autre 14. *Par l'ocieuse plume, Le lit, l'amour*] Petrarque au Sonnet 7. de la 1. partie.

    La gola, e'l sonno, e l'otiose piume.

Foudres humaines] Artilleries, & canons. *Des ennemis qu'vne si foible place A fait froisser*] Poictiers, neantmoins forte de braues gens de guerre. Maxime de François Duc de Guise recitée par la Nouë, que c'est vne faute signalée d'attaquer vne grande place bien fournie, quand on poursuiuoit vn bien plus aduantageux & plus grand; & de fait cela redonna le temps à l'armée Royale, à demy deffaite par les incommoditez & fatigues, de se remettre. *Carpathe*] C'est vne Isle assise en la mer que l'on dit Mediterranée; voisine d'Egypte, au milieu de Crete & de Rhodes, & laquelle a de tour deux cens stades, & quatre villes renommées : la mer Egyptienne à cause d'elle est ditte Carpathe. Voyez Homere, & Pline, & ces vers d'Horace en l'Ode 5. du 4. liure.

Vt mater iuuenem , quem Notus iunido
Flatu Carpathij trans maris æquora
Cunctantem spatio longiùs annuo
Dulci detinet à domo.

Et en la 35. du premier liure, parlant à la Fortune. *Ægée*] Mer vulgairement ditte Archipelague. C'est vne partie de la mer Mediterranée, prés de la Grece, diuisant l'Europe d'auec l'Asie. Les vns tiennent qu'elle s'appelle Ægée, du pere de Thesée ainsi nommé, qui de bien haut se jetta dedans; les autres d'vne autre façon. *Lingots d'or*] Morceaux d'or tirez des mines. *Haure*] Port de mer. *Vn roc sous mer*] Escueil. *Ainsi cest Admiral*] Coligny. *Ayant passé maint peril & maint mal*] Sous les Rois François premier, & Henry deuxiesme tres-fidellement & vaillamment. *Perte de gens & perte de muraille*] Au siege de Sainct Quentin battu par Philippes II. Roy d'Espagne. *Vne premiere & seconde bataille*] Dreux, & Iarnac, autrement Iazeneuil, contre les Rois. *Aux Princes qui cottonnent*] Les deux ieunes freres de Guise. Cottonner est mettre la premiere barbe, pareille au cotton delié, ditte *lanugo*. *Dés le berceau les lauriers sur le front*] Tenans de leur Pere, & de leur grand Pere. *Hostes d'vne belle ame*] Qui logent dedans vne belle ame. *Fortune est vne femme*] On depeint les Deïtez hommes ou femmes. *Qui se panche au tombeau*] Qui meurt ou semble mourir.

Donne , Seigneur , que ceste barbe ten-
dre
Puisse à la grise vne vergongne rendre;
Et qu'au seul bruit de ce grand Duc d'An-
jou,
Les ennemis ployent dessous le iou,
Imitateur de l'esprit de son Frere ,
Imitateur des vertus de son pere ,
Imitateur de ces Ducs Angeuins ,
Princes guerriers , qui hautains & di-
uins ,
N'estimant point les petites conquestes,
Iusques au Ciel ont esleué les testes,
Et mesprisans la mer & les dangers,

Terres , trauaux , & peuples estrangers ,
Conquirent seuls d'vne force asseurée,
Tyr , & Sidon , Nicée , & Cesarée ,
Et la cité où I E S V S autresfois
Pour nos pechez ensanglanta sa Croix.
    Donne , Seigneur , que mon souhait a-
uienne,
Que l'ennemy aux riues de la Senne
Tombe sanglant de mille coups persé,
Sur le sablon trebuche, renuersé
Aupres des siens, au milieu de la guerre;
Et de ses dents morde la dure terre,
Comme insensé de voir tous ses desseins
Ainsi que vent eschapper de ses mains.

GARNIER.

Ceste barbe tendre Puisse à la grise] Monseigneur à l'Admiral. *Ploye dessous le ioug*] *Ferre iugum valet.* *De l'esprit de son Frere*] De Charles de Valois Roy de France. *Des vertus de son pere*] De Henry deuxiesme. *De ces Ducs Angeuins*] L'vn Frere de Sainct Louys, & Roy de Sicile, nommé Charles, qui fut à la terre Saincte; & l'autre fils du Roy Iean, nommé Louys, Roy de Sicile. *Tyr & Sidon*] Nous en auons amplement discouru. *Nicée*] Ville metropolitaine d'Asie & de Bithynie, au rapport de Strabon liure quatriesme. I'en tairay l'origine & les particularitez, me suffisant de publier qu'il y fut tenu jadis vn Concile renommé de trois cents dix-huict Euesques, pour refuter l'erreur des Arriens. *Iusques au Ciel ont esleué leurs testes*] C'est à dire, ont esté grands & triomphants. Horace Ode 1. du liure 1.
    Sublimi feriam vertice sydera.
Cesarée] Il en est trois, mais celle dont nous auons à parler, est vne ville de Palestine, & de Mauritanie, non gueres loing du mont Carmel, au riuage de la grande mer, que l'on nommoit la Tour de Strabon, deuant qu'Herodes l'eust faicte superbement & richement bastir au nom de Cesar. Là pour n'auoir rendu l'honneur à D I E V, que nous luy deuons rendre, le Nepueu de cest Herodes fut touché viuement de l'Ange, dont il mourut: & là Sainct Pierre baptisa Corneille Centurion. *Et la Cité où Iesus*] Hierusalem. *Vienne*] Riuiere, dont nous auons parlé.

B B B b b b   iiij

L'HYDRE DESFAICT,

ov

LOVANGE DE MONSEI-
GNEVR LE DVC D'ANIOV,
frere du Roy, à present Roy
de France.

 *L me faudroit vne aimaintine*
   main,
     La voix de bronze, vne plu-
     me d'airain,
Si ie voulois par vne digne hiſtoire
De ce grand Duc eſcrire la victoire,
Et les vertus qui demy-Dieu le font,
Et les lauriers qu'il s'eſt mis ſur le front,
Le nourriſſon de Fortune proſpere,
Fils d'vn Monarque, & d'vn Monarque
   Frere,
Qui par prouëſſe vn iour doit acquerir
Vn autre Sceptre auant que de mourir.
C'eſt ce Henry (ſecond honneur de France)
Fils de Henry, que Mars dés ſon enfance
Comme ſa race en ſon giron nourrit,
Et le meſtier des armes luy apprit:
Et couronnant cet enfant de lierre,
Dés le berceau le fit naiſtre à la guerre.
  Ainſi jadis le grand Saturnien
Fut alaitté dans l'antre Dictyen
Entre le bruit des boucliers & des armes:
Ainſi jadis ces deux fameux gendarmes
Iaſon, Achille, enfançons de Chiron,
Furent nourris en ſon docte giron,
Qui aux combats ſans crainte ſe pouſſerent,

Et de bien loin leur pere ſurpaſſerent.
  Ainſi ce Prince en la guerre nourry
Paſſe les faicts de ſon Pere Henry.
Il eſt certain que du bout de ſa lance
Henry borna plus outre noſtre France,
Et ſur le Rhin planta les Fleurs de Lys:
Mais ſes ſubjects de cœur eſtoient vnis,
Et ſans diſcord chacun en ſon office
A ce bon Roy faiſoient humble ſeruice:
Ce Duc guerrier a trouué les François
Tous diuiſez de vouloir & de lois,
Qui forcenez ſaccageoient leur Prouince,
Faiſant ſonner le fer contre leur Prince,
Tant peut vn peuple aux armes eshonté,
Quand la fureur le deuoir a donté.
  Luy conſeillé d'vne ieune prudence,
Des partiaux a froiſſé l'impudence,
Et par le fer planté comme veinqueur
L'obiſſance & la honte en leur cœur.
  O vaillant Duc, ainſi la fiere audace
De Hannibal s'amortiſſant fit place
A Scipion ieune Prince Romain,
Laiſſant tomber Carthage de ſa main.
  Mais à qui dois-ie égaler la ieuneſſe
De ce Henry, ſinon à la proüeſſe
Du ieune Pyrrhe, enfant Achillien,
Foudre & terreur du mur Dardanien?
Tous deux yſſus d'vne race Royale,
Tous deux ornez d'vne ame liberale:
Ieunes tous deux, & de qui le menton
Eſtoit à peine encreſpé de cotton,
Blonde toiſon qui ſort pour le meſſage
Que l'homme vient en la fleur de ſon âge:
Tous deux guerriers amoureux & courtois,
L'vn l'heur de Grece, & l'autre des Fran-
  çois?

GARNIER.

Il me faudroit vne aimantine main] L'Autheur en ce champ de victoire gaignée à Moncontour, par le Roy Henry II I. pour lors Duc d'Anjou, contre les Huguenots, commence par vne boutade, & par vne fougue, imitée du Poete Marulle, dont nous auons cy-deuant parlé, qu'il n'euſt ſceu mieux eſlire pour tirer au vif vn ſubiect de telle valeur.   *Aimantine*] D'Aimant: c'eſt vne pierre d'vne matiere qui tire à ſoy le fer.   *Bronze*] Eſpece de cuiure, tirant ſur le brun, qui dure infiniment, & dont l'on fabrique les ſtatuës.   *Airain*] Cuiure iaune, dont l'on fait les vſtanciles de maiſon. L'Autheur pour ſignifier l'eſtre durable de ſon chant de triomphe, a mis en auant ces Metaphores priſes des choſes dures.   *Qui demy-Dieu le font*] Heros, comme eſtoit Hercule, & tous ces Preux qui furent à la Toiſon d'or.   *Le nourriſſon de Fortune*] C'eſt vne Appoſition.   *Fils d'vn Monarque & d'vn Monarque Frere*] De Henry II. & de Charles IX. comme il eſt dit.   *Doibt acquerir Vn autre Sceptre*] Voyci comme D i e v met l'aiguillon de Prophetie en l'ame des Poetes, & comme Horace ne parloit en vain quand il le publioit: car il ne fut point de mention que fort long-temps apres de la Couronne de Pologne qui fut donnée à ce ieune & vaillant Prince 1573.   *Mars*] Dieu de la guerre, nous en auons deſia parlé.   *Et couronnant ceſt enfant de lierre*] Virgile :
       Inter victrices hederam tibi ſerpere Lauros.
  Dés le berceau] Dés la premiere ieuneſſe, comme l'on dit ; Il eſt guerrier, il eſt ſçauant, &c. dés le ventre de la

mere : c'est vne maniere de figure que les anciens Poëtes font valoir à tout propos.   *Le grand Saturnien*] Iupiter fils de Saturne.   *Fut allaitté dans l'antre Dictyen*] Rhée autrement ditte Cybelle, mere de Iupiter, soudain qu'il fut né, voyant que Saturne mangeoit ses enfans, & les deuoroit tous, le fit porter en Crete habilement dans vn antre, sur le mont Dictee, le recommandant au peuple de ceste region, nommez Corybantes & Dactyles, & depuis Curetes : ils furent Prebstres de Cybelle, & dansoient en choquant des armes deuant l'antre, de peur que la voix de l'enfant ne s'entendist. Voylà comme Iupiter fut sauué par les Curetes, nommez ainsi pour l'auoir nourry, ἀπὸ τῆς κουροτροφίας.   *Iason, Achille, Enfançons de Chiron*] Nous auons parlé d'eux.   *Enfançons*] Nourrissons.   *Et de bien loin leur pere surpasserent*] Æson le vieillard, & Pelee, à la femme duquel on prophetisa qu'elle'auroit vn fils qui passeroit la gloire de son pere.   *Henry borna plus outre nestre France, Et sur le Rhin, &c.*] Quand Henry II. fit en armes le voyage d'Allemagne, assise au fleuue du Rhin.   *A trouué les François Tous diuisez*] Quand il leur a donné la bataille par deux fois.   *Ainsi la fiere audace De Hannibal*] Hannibal, ou Annibal, fut General des Carthaginois à 26. ans contre les Romains, & leur fit mille maux, l'ayant promis & iuré sur leurs autels à son pere Amilcar. En fin Scipion Capitaine, & fort ieune Prince Romain, le vainquit dans le pays d'Afrique en luy rauissant Carthage, dont il fut nommé l'Africain. Cet Hannibal ayant gaigné la fuite, se retira vers le Roy de Bithynie, où demandé par les Romains, & de prés assiegé des leurs, il s'empoisonna d'vn venin qu'il porroit dans vn anneau, lors aagé de 72. ans, Plutarque, Eutrope, Orose. Quant à Scipion, bataillant genereusement contre les ennemys de l'Empire de Rome, il y fut tué.   *Carthage*] La premiere ville d'Afrique, & la plus renommée, qui fut bastie par Didon 70. ans deuant que Rome fust, dit Eusebe, & selon quelques-vns aprés la guerre de Troye.   Si d'auenture il n'en est parlé cy-deuant, on en tirera l'esclaircissement que nous en donnons, & iugera-t'on ce qu'elle estoit par ces vers du Prince des Poëtes Latins:

> ———*diues opum, studiisque asperrima belli :*
> *Quam Iuno fertur terris magis omnibus vnam*
> *Posthabita coluisse Samo. Hìc illius arma,*
> *Hìc currus fuit : &c.*

Du ieune Pyrrhe enfant Achillien] Il estoit fils d'Achille, & de Deidamie fille de Lycomede, & le nom de Pyrrhe luy fut donné pource qu'il auoit les cheueux roux. Il fut de mesme appellé Neoptoleme, à cause que bien ieunet il fut mené deuant Troye prés de sa fin : car il estoit predit qu'elle ne seroit iamais prise des Grecs que par le moyen des Eacides, dont son pere Achille estoit. Par luy maints grands, & des enfans mesmes du Roy Priam furent tuez, & de celà non content, il immola Polyxene aux ombres d'Achille son pere. En fin sous vn effort de ialousie & d'amour, Oreste par embusche le tua. Virg. 3. des Eneides.   *Foudre & terreur du mur Dardanien*] Du mur Troyen, dit ainsi, pourautant que iadis le Roy Dardan commanda là.   *Tous deux issus d'vne race Royale*] Pyrrhe des Eacides, Henry des Orleans & des Valois.   *Ornez d'vne ame liberale*] On n'ignore point l'extreme liberalité du Roy Henry III. plusieurs qui s'en trouuent bien sçauroient bien qu'en dire.   *Encrespez de cotton*] Frizé de poil follet : ce mot d'encrespe, vient de Petrarque, *Endora, emperla, increspa.*   *Blonde toison*] Blonde barbe.

L'vn quand la Grece estoit toute trou-
blée,
Venant à Troye accorda l'assemblée,
Donna l'assaut, vainquit son ennemy,
Et le fit choir ammoncelé parmy
Les durs cailloux tombez de ses murail-
les,
Et seul mit fin à dix ans de batailles,
Et d'vn tour d'œil paracheuer il sceut
Ce que son pere en dix Hyuers ne peut.

    Nostre Duc vint, quand la France
estonnée
De factions, de troubles & menée,
Sans frein, sans bride, erroit à son plaisir,
(Voulant pour loy la liberté choisir)
De gros boüillons s'esleuoit toute enflée,
Comme la mer des Aquilons souflée
Contre vn nauire, & lors perdant son art
Le Pilot laisse aller tout au hazard.

    Ainsi ce Duc s'apparut à nos peines :
Nos vieux Soldars & nos vieux Capitaines

Estoient perdus, & ne restoit sinon
Des vieux Gaulois que l'ombre & que le
nom.
Il s'eschauffa d'vne ame non commune,
Il entreprit de forcer la fortune,
Et au danger surmonter le Destin,
Et le projet que l'enuieux mutin
Se proposoit par belle couuerture,
Et pour son Frere essaya l'auenture.

    On dit qu'Alcide en viuant acheua
Treize labeurs : celuy qui controuua
Tant de trauaux mis à fin par Hercule,
Estoit menteur & de creance nulle :
Il suffit bien qu'vn homme en son viuant
Aille sans plus vne guerre acheuant.
Or ce Henry a fait chose impossible,
Tuant vn Hydre au combat inuincible :
Et seul de tous par armes a desfait
Ainsi qu'Hercule vn serpent contrefait,
Aux yeux ardans, à la gueule escumeuse,
A la poictrine infecte & venimeuse,
Qui d'vn seul col trois testes esbranloit.

Et seulement sept arpens ne fouloit
Dessous sa panse horrible & Stygienne :
Mais se roulant par toute la Guyenne,
Sa noire queuë à la Rochelle auoit,
Et ses trois chefs en Vienne abbreuuoit :
Monstre cruel, qui de sa seule haleine

Corrompoit l'air, les fleuues & la plaine.
Dedans sa griffe Angoulesme empie-
toit :
Son estomac en rampant se portoit
Dessus Niort, & sa large poitrine
Fouloit par tout la terre Poiteuine.

GARNIER.

La Grece] La Grece est vne region d'Europe, iadis la fontaine des arts, & la mere des vanitez : ditte Grece de son premier Roy, nommé Grecus : d'en vouloir parler comme des autres lieux, & d'escrire tout par le menu, l'encre & le papier n'y suffiroient, tant elle est admirable, & digne aussi d'estre admirée ; si bien que pour dire vn homme parfait, vn homme d'esprit, on dit, vn homme Grec. *Esseu toute troublée*] D'a-uoir perdu le vaillant Achille, occis en trahison de la main de Pâris, en vengeance de la mort d'Hector son frere aisné : d'auantage de ne pouuoir gaigner Troye, & l'emporter d'assaut, depuis tant d'années. *En dix Hyuers*] En dix ans ; vne partie pour le tout. *Sans frein, sans bride*] Metaphore du cheual. *La liberté choisir*] Seul but des Huguenots, que les appas du libertinage, & les plaisirs de l'abandon. *De gros bouillons s'esleuoit*] De fureur. *Comme la mer des Aquilons soufflée*] Des vents furieux du Septentrion.
　　　　——— Aquilonibus afferat vndas.

Pilot'] Au lieu de *Pilote*, c'est à dire Marinier; nous en auons, ie pense, dit quelque chose. *Estoient perduz*] Bien empeschez ; au bout de leur roollet : Or l'Autheur veut dire qu'ils estoient morts, comme le Duc de Guise, le Connestable de Montmorency, le Mareschal de Sainct André, les vns dans les com-bats, & les autres de sang froid & par trahison. *Et ne restoit sinon Des vieux Gaulois*] La plus part des bons & francs seruiteurs du Roy, se reduisant au neant. *Gaulois*] François. Nous en auons donné presque tousiours l'epithete de vieux au nom Gaulois. *Fortune*] Sort, hazard, ou la Royne des lege-retez. *Surmonter le Destin*] Qui sembloit contribuer aux pertes de la France. *Par belle couuerture*] Sous ombre de reforme & de religion. *Et pour son Frere*] Le Roy Charles. *Alcide*] Hercule. Voyez cy-deuant. *Treize labeurs*] Il en a produit vn grand nombre, mais on fait mention de douze principaux, que nous auons r'apportez en deux Epigrammes, l'vne Grecque & l'autre en Latin. *Tuant vn Hydre*] Hydre estoit vn grand Serpent, demeurant au palus de Lerne vers Argos, ayant trois chefs, lesquels renaissoient à mesure qu'Alcide les couppoit, tellement qu'il s'aduisa de les brusler, pour vaincre, aussi tost qu'il les auoit tranchez. Virgil. aux Epigr.
　　　　——— Lernæam ferro & face contudit Hydram.
Le mesme Virgil. au 6. de l'Eneide, luy baille 50. chefs.
　　　　Quinquaginta atris immanis hiatibus Hydra.

Tuant vn Hydre au combat inuincible] L'Huguenot, qu'il entend par l'Hydre. *Vn Serpent*] C'est l'Hy-dre mesme. *Et seulement sept arpent ne fouloit*] Car on dit que ce Monstre dont Hercule vint à bout, couuroit sept arpens de son corps : Arpent est vne mesure dont l'on conte les pieces de terre, soit de vignes, soit de bleds, soit d'autres choses, lequel tient ce que deux bœufs peuuent labourer le iour, qui sont 12. vingts pieds, selon les Romains. *Stygienne*] Infernale ; à cause de Styx fleuue des Enfers, comme nous auons dit ailleurs. *Guyenne*] Pays lequel a Bordeaux pour ville Metropolitaine ; & comprend tout ce que la Garonne abbreuue, dans le pays de Saintonge. *Rochelle*] Ville de Saintonge, que l'on peut dire estre la mesme chose au Royaume de France, que Geneue en la Duché de Sauoye. Son pays est nommé le Comté d'Aunis, lequel est moins large que long : il se borne du Poictou vers l'Orient, & vers le Septentrion : vers le Midy d'vne partie du Saintonge, & vers le Couchant de la mer Oceane. La Rochelle est sur vn bras de mer, ayant deux fois le iour le flus & son reflus : de tous endroicts elle est presque enuironnée de ma-rests, & le pays qui la voisine est fertile à bon escient. Elle eur de beaux priuileges de Charles VIII. Roy de France, dont elle a voulu tousiours s'ayder pour coulorer vne rebellion d'heresie enuers ses Roys ius-qu'à maintenant, qu'elle attend les armes iustes, & le comble des heureuses victoires du Roy Louys XIII. pour chastier son infidelité. Nos Roys l'ont fait bastir depuis 700. ans, pour resister aux brigands de mer : Les Anciens la nommoient, le Promontoire des Saintongeois, *Santonum portus*. Si ie m'estends beaucoup à son adieu, c'est bien la raison, puis qu'elle fait tant parler d'elle. *Vienne*] De qui nous auons discouru cy-deuant, laquelle passe à Chastelleraud en Poictou, comme elle fait en Anjou, vers Chinon. *Angou-lesme*] Ville fort ancienne, capitale d'Angoumois en Saintonge, assise en vn lieu tres-fort, & releué, qui paroist comme l'angle d'vne campagne estenduë entre deux riuieres, dont l'vne est la Charante, où les Huguenots payerent l'escot & les pots cassez à la bataille de Moncontour. *Niort*] Ville de Poictou, fort renommée pour les Foires qui s'y tiennent l'an par trois fois. *La terre Poiteuine*] Laquelle a plus de cent lieuës Françoises de longueur, à sçauoir du Lymosin iusqu'à Nantes, & de largeur depuis le Berry iusqu'à la mer. Le nom de Poiteuins deriue de *Picti*, qui veut dire peincts, d'autant que les peuples de là se fardoient le visage & les cheueux.

Nul tant fust preux, assaillir ne l'osa :
Ce ieune Duc hazardeux s'opposa
Seul à l'effroy d'vne si fiere beste :
Et luy coupa prés Lymoge vne teste,

Qui se mouuoit conduicte par Mouuant.
De son gosier elle souffloit au vent
Flame sur flame en salpestre allumée,
Chaude de braize & d'obscure fumée,

Et embrazoit tous les champs d'alentour.

Mais ce bon Prince ennemy de sejour,
Sans craindre chaud , ny gresle,ny gelée
D'espesse pluye & de neiges meslée,
Ny les mois froids où le Soleil ne vit,
En mesprisant l'Hyuer le poursuiuit
Si viuement qu'à la fin il rencontre
Encore vn coup les testes de ce Monstre.

Aupres Jarnac ce Henry luy couppa
Vn autre chef, mais l'Hydre le trompa :
Car prenant vie & vigueur de sa playe,
Plus que deuant le combat il essaye :
Et d'vn seul chef qui de trois demeura,
Du premier coup Lusignan deuora :
Puis renforcé de force & de courage,
Se renoüant nœud sur nœud d'auantage,
En se cachant par deux mois tous entiers
Dans vn marest voulut manger Poictiers.
Mais pour neant il jettoit sa menace :
Car ce grand Duc luy fit quitter la place,
Et l'attirant par la plaine au combat,

De ces trois chefs le dernier luy abat.

Or pour neant il se met en defense,
N'ayant plus rien que la queuë & la panse,
Qui se recherche , & tasche à rassembler
Son corps tranché qui ne fait que trem-
bler.

Au dernier coup que sa teste couppée
Baigna le champ sous l'Angeuine espée,
Il s'escria d'vn sifflement si haut ,
Que Moncontour, Sainct Iouyn, & Ar-
uaut
En ont tremblé, & la riuiere Diue
Toute effroyée en trembla dans sa riue.

Son corps perclus , sinueux & ram-
pant,
En se virant arpent dessus arpent
Pour se sauuer tout fardé de cautelle,
Vif en sa mort regaigna la Rochelle :
Où par vergongne il cache sa douleur
Sous vn semblant de ne craindre vn mal-
heur.

GARNIER.

Nul tant fust preux assaillir ne l'osa] L'Autheur habillant icy l'Huguenot en Hydre, il luy fait couurir tous les pays qu'il vsurpoit, & voloit au Roy Charles IX. son maistre; disant que l'on n'osoit l'assaillir, tant il estoit fier , mais que le Roy Henry III. pour lors Duc d'Anjou, l'assaillit & le deffit brauement. *Et luy couppa prés Lymoge vne teste*] Quand Louys de Bourbon Duc de Montpensier, vn des bons & zelez Princes de la Terre, y mit en pieces les Regiments de Pierre-gourde & Mouuans, qu'ils menoient au secours de l'Huguenot. Quant à Lymoges, c'est la premiere ville du Lymosin, tres-ancienne & tres-fameuse, assise partie sur vn valon , partie au faiste d'vne colline : elle est prés la Vienne, & porte son nom d'vn nommé Lemouix de la succession des enfans de Noé. *Mouuant*] Nous en auons parlé sous le nom du Viconte de Mouuans. *Salpestre*] Ce que l'on ratisse & recueille des murailles des caues , pour faire de la poudre à canon. *Mais ce bon Prince*] Henry. *Où le Soleil ne vit*] Où ses feux demeurent comme engourdis, & sans pouuoir. *Auprés Iarnac ce Henry luy couppa*] Iarnac ville de Saintonge, d'où la bataille qui fut donnée en ce lieu 1569. prit son nom : d'autres nomment laditte bataille Iaseneuil, d'autres Bassac , des lieux prochains. L'Autheur prend icy l'vne des testes de l'Hydre, pour le corps de l'armee entierement, & non d'aucun chef particulier, de mesme qu'il fait à la bataille de Moncontour. *Lusignan deuora*] Que l'Admiral de Coligny reduisit à soy quelque temps de là. C'est vne ville à cinq lieuës de Poictiers, dans laquelle est vn Chasteau fort que Melusine fit bastir anciennement. L'Autheur dit que l'Hydre se remettoit en vigueur perdant l'vne de ses testes, pource qu'il est dit que celuy d'Hercule en perdant vne , en regagnoit deux. *Se renoüant nœud sur nœud*] A la maniere des Serpents qui se renoüent & se refont. *Voulut manger Poitiers*] Car il ne la mangea pas, d'autant que Messieurs de Guise la defendirent. C'est la plus grande ville de France, & du plus grand tour apres celle de Paris, mais elle contient force vignes & force iardins : Elle est de tous endroits enuironnee de montagnes,fors d'vne part, où se voit à l'aise & d'vn bel aspect l'vni de ses campagnes verdoyantes, lesquelles se baignent delicieusement dans la riuiere du Clain, dont elle est arrousée. L'Autheur dit que l'Hydre se logea deux mois entiers dans vn marest, pour ce que vers l'Eglise de Sainct Hilaire de Poictiers, au bas de la montagne , iusqu'à Sainct Ladre, où faut la riuiere, vn grand & large marest s'estend, nommé l'Estang Sainct Hilaire, où plus de sept sepmaines le camp de l'Admiral de Coligny demeura, tenant le siege. *Que sa teste couppée Baigna le champ*] Le sang coulé de sa teste. *L'Angeuine espée*] Du Roy Henry III. alors Duc d'Anjou. *D'vn sifflement*] Comme font les Serpents. *Moncontour*] Lieu renommé pour la bataille que ledit Roy, Duc d'Anjou gaigna dans la plaine de Cron, demi-lieuë de là , contre les Huguenots conduits par l'Admiral Coligny. Moncontour est vn lieu sur les confins de Poictou, vers la haute Bretaigne, qui fait separation de l'Anjou , & dudit Poictou. *Aruaut*] Heruaut, ou Eruaux , à deux lieuës de là ; petite ville d'autour, comme Sainct Ioüin. *Diue*] C'est vne riuiere du mesme quartier. Disant que ces lieux ont tremblé d'effroy , c'est vne Metonymie , pour dire les habitants : Voyez Mosch. en l'Epitaphe de Bion , des villes qui pleurent. *Sinueux*] Tortu, courbé. *Rampant*] Voyez dans Nicandre en ses Theriaques, la fable du Serpent Hemorrhois, qu'Helene froissa du pied contre le Nil, en vengeance de la mort de son Pilote, qu'il auoit touché de sa dent ; & comme le Serpent ayant l'eschine rompuë, a tousiours rampé dés ceste heure-la.

Εἴ γ' ἔτυμον Τροίηθεν ἰὼν ἐχαλέψατο Φύλλοις
Αἶν Ἑλένη, ὅτι νῆα πολύςροιβον περὶ Νεῖλον
Ἔστασε, Βορέαο κακὴω προφυγόντης ὁμοκλὴν,
Ἦμος ἀναψύχοντα κυβερνητῆρα Κάνωβον, &c.

Virant] Tournant. *Vif en sa mort*] Reprenant vie, en se retirant en lieu d'abry. *Rochelle*] Nous en auons parlé desia ; que Dieu voulsist nous faire tant de bien que l'on n'en parlast iamais.

Courage Prince, il faut l'œuure par-
faire,
Il faut tuer le corps de l'aduersaire,
Sans le laisser par tronçons rechercher :
Il faut, mon Duc, la despoüille attacher
Toute sanglante au dessus de la porte
Du Temple sainct dont les pierres ie porte,
Que Calliope ourdit de son marteau
Non gueres loin où Loire de son eau
Baigne de Tours ses riues solitaires,
Et sera dit LE TEMPLE DES DEVX
FRERES.
Ainsi Castor & Pollux n'estans qu'vn,
N'auoient aussi qu'vn mesme autel com-
mun :
Ainsi Phœbus en la barbe où vous estes,
Occist Python de ses ieunes sagettes,
Et appendit pour spectacle immortel
La beste entiere au haut de son autel.
» *Car la moitié n'est iamais honorable :*

» *Tousiours le tout aux Dieux est agrea-*
ble :
» *Et rien ne sert de combatre à demy,*
» *Il faut du tout vaincre son ennemy.*
Les Deliens au retour de l'année
Deuant le Temple à la feste ordonnée
Tournoient le bal chantans tous d'vne
voix,
Comme Apollon tira de son carquois
Les premiers traits, & d'ardente secousse
Fit du Serpent toute la terre rousse :
Et ie diray comme nostre Apollin
Ce ieune Duc, ce François Herculin,
Esleu de tous Capitaine publique,
Coupa les chefs au serpent Hugnotique,
Lequel auoit ce Royaume embrasé,
Foüy les morts, sacrilege brisé
Les Temples saincts, honny nos bons Ima-
ges,
Et d'vn beau nom couuert ses brigandages.

GARNIER.

Courage, Prince] L'Autheur excite le vainqueur à l'acheuement, ayant bien commencé : L'on en vit des effects depuis. *Tronçons*] Grosses tranches, roüelles. *La despouille attacher*] Maniere des Anciens. *Dont les pierres ie porte, Que Calliope ourdit de son marteau*] C'est vne allegorie que tout cecy ; le Temple sainct, le marteau, les pierres, ne voulants signifier autre chose que les vers de l'Autheur, & l'immortalité qu'ils donnent. *Calliope*] Vne des Muses, la premiere de toutes, qui preside aux vers Heroïques. *Ourdit de son marteau*] I'entens icy nos esprits à trois fils, nos hardis repreneurs qui diront auec suffisance, que l'on n'ourdit pas auec le marteau ; que c'est vn terme pour les tisserants, & pour leur nauette ; La Baronie en faueur de Messieurs les Huguenots l'en reprit de mesme, en ses inuectiues, sans iuger qu'il est bien permis aux grands Poëtes, comme l'Autheur, d'vser de quelque licence, & de faire valoir aussi les figures par les figures mesmes. Que donc ces legeres testes (qui pour se faire estimer par leurs ignorances, proposoient d'augmenter & diminuer les œuures de l'Autheur, & demembrer ses vers pour y mettre des leurs, qui ne sont que pour les beurrieres) demeurent coyes ; sinon ie leur promets estre le second d'vn qui n'a point de second, & tel enuers eux tous, egalement, comme Alcide enuers les Pygmées, s'ils en meritent l'honneur & la faueur. *Non gueres loin où Loire de son eau Baigne de Tours les riues solitaires*] A Sainct Cosme lez Tours, Prieuré situé dans vn Isle, appartenant à l'Autheur, (& dans lequel il gist) autant plaisant lieu qu'il s'en voye. Il le nomme solitaire, pour les boccages touffus & secrets dont il est enuironné : si toutesfois solitaire doit se referer à Tours, c'est de la part qui tire à Sainct Cosme. *Loire*] C'est le nom d'vne riuiere, qui prend son origine des montagnes de Montpesat, vers le Puy en Velaye, & qui passant dans le pays de Bourbonnois se rend à Neuers, & finalement, va tomber en la mer au dessous de Nantes : Elle passe à Tours, à Blois, aux villes d'Orleans & d'Angers : bref elle arrose tant de lieux qu'elle en est par tout fameuse & renommée. *Tours*] Principale ville de Touraine, & l'vne des plus anciennes de la Gaule, assise au Loire, & bastie par les vieux Gaulois auant que iamais l'on eut oüy parler d'Ilion, ny de Troye la grande. Certains disent qu'vn nommé Turne la fit bastir. *Des deux Freres*] Charles IX. & Henry Duc d'Anjou, depuis Roy. *Castor & Pollux*] Fils Iumeaux de Iupiter & de Lede, fille de Tyndare : & pource que ledit Iupiter auoit emprunté la figure d'vn Cygne quand il traitta l'amour auec leur mere, on dit qu'ils sont venus d'vn œuf. Si tost qu'ils furent grands ils nettoyerent la mer de brigands & de pirates : à ceste raison l'on tient qu'ils sauuoient les nauires du naufrage, & que c'estoient deux Astres diuins nommez les Bessons ou Iumeaux, autrement Sainct Herme, ou les freres d'Helene : car elle estoit leur sœur. Theocrite en l'Eidyl. des Dioscures.

Ἀλλ' ἔρωτας ἱμεῖς τε ᾧ ἐκ βυθῦ ἕλκετε τάας
Αὐτίοιν ταύτοισιν ὀιοφθρόις θανέεσθαι, &c.

Les vns disent que Pollux aima son frere Castor d'vne amour si grande & si forte, que le voyant mort en duel, n'estant pas immortel comme luy, fit demande à Iupiter qu'il eust part à son immortalité, si bien qu'ils viuoient & mouroient l'vn & l'autre par rang & par semestre.   Virgile au sixiesme de l'Eneide:

Si fratrem Pollux alterna morte redemit,
Itque reditque viam toties.

Touchant leurs combats, voyez Apoll. Rhod. & Theocrit : & de leurs exercices du cheual & de l'escrime voyez Homere en leur Hymne. Horace en parle comme eux ainsi :

———*puerósque Ledæ*
Hunc equis, illum superare pugnis
Nobilem.

Ainsi Phebus] Apollon, de qui maintesfois nous auons parlé cy-deuant.   *Python*] Grand Serpent enorme, que les rayons du Soleil, & les fanges d'aprés le Deluge firent naistre, qu'Apollon tua de coups de fleches, prés la riuiere de Cephise au bas de Parnasse, à cause des rauages qu'il faisoit : il est nommé Python du nom de putrefaction : car πύθεσθαι, veut dire, *putrescere.* *En la barbe où vous estes*] Callimach en l'Hymne d'Apollon :

Καί τοι ἀεὶ καλὸς, ᾗ ἀεὶ νέος, οὔποτε Φοίβου
Θηλείαις οὐδ' ὅσον ὅτι χνόος ἦλθε παρειαῖς.

Ieunes sagettes] Non qu'il appelle ieunes les sagettes, mais pource qu'vne ieune main les tiroit : ainsi que l'on dit, vne vaillante espée, bien qu'elle n'ait rien de valeur de soy.   *Appendit*] Pendit comme en trophée, en homage, en vœu.   *Au haut de son autel*] Auquel il immoloit au Roy du Ciel.   *Tousjours le tout aux Dieux est agreable*] Ananias & Saphira donnent prenue comme il faut tout bailler à Dieu, sans retenir aucune chose.   *Les Deliens au retour de l'année*] Ceux de l'Isle de Dele, appartenante à Phebus, & dans laquelle il auoit esté né, quand elle estoit vagante & sans arrest.   *A la feste ordonnée Tournoient le bal*] Ouid. 1. de la Metamorph.

Instituit sacros celebri certamine ludos
Pythia perdomitæ serpentis nomine dictos.

Et Dion. *de situ Orbis:*

ῥύσια δ' Ἀπόλλωνι χορούς, &c.

Tournoient] Balloient en rond.   *Chantans tous d'vne voix*] Homere Iliad. α.

Οἳ δ' ταῦμήεσσι μολπῇ θεὸν, &c.

Apollin] Ieune Apollon.   *Herculin*] Petit Hercule, l'ΗΡΑΚΛΙΣΚΟΣ de Theocrite, de Moschus ou de Bion selon d'autres.   *Capitaine publique*] Au lieu de *public,* au sujet du vers : ce n'est pas à dire seulement General, mais comme liberateur du public.   *Foüy les morts*] Le Roy Loys XI. & d'auantage les Saincts. *Honny*] Gasté, vieil mot. *Honny soit qui mal y pense,* la deuise du Roy d'Angleterre, pour la Contesse de Salbery qu'il aimoit.   *Nos bons Images*] Representans Dieu, la Vierge & les Saincts, pour exciter à les auoir en memoire, & faire bien quand l'on y pensera. Le mot est masculin & feminin.

Deuant le Temple à vous, Freres, sacré,   *De vin d'Anjou gaillardement moüillée,*
Soit en la plaine ou au milieu d'vn pré,   *Et dés la nuict d'Estoilles habillée*
Me souuenant de vos belles conquestes,   *Iusques au iour ie diray vos honneurs,*
Feray des jeux & chomeray vos festes.   *Freres diuins, nos Hercules sauueurs,*
De maintes fleurs vn chapeau ie pli'ray   *Vous inuoquant qui fustes dés enfance*
Dessus mon front, ma bouche i'empliray   *Nos protecteurs tutelaires de France.*

GARNIER.

Deuant le Temple à vous, Freres, sacré] Charles IX. & Henry Duc d'Anjou. Voyez de ce Temple & de ces jeux annuels, la 12. Eclogue de Theocrite, admirable, d'vn bout à l'autre.

Ἦλυθες ὦ φίλε κοῦρε τρίτῃ σὺν νυκτὶ ᾧ ἀοῖ, &c.

Et chomeray vos festes] Ie celebreray, ie solemniseray : L'Autheur de l'Etymologicon François, dit que chomer ou comer, est en faict de Medecine, autant à dire, que tellement quellement endormy; paresseux, oysif : & n'est hors d'apparence, veu que l'on chome les festes auec vne maniere de loisir, ne differant gueres de la paresse.   *De maintes fleurs vn chapeau ie pli'ray*] De ce couronnement de fleurs, voyez Anacreon dans la plus part de ses Odes. C'est vne maniere que nous retenons encore aux Processions en l'Eglise, conuertissans l'antique folie en sagesse, & pure modestie.   *De vin d'Anjou*] Le vin ce pays est tenu pour fort delicat & non mal-faisant.   *Anjou*] Ce pays est de moyenne estenduë, & sert de borne à la Gaule Celtique, mais il est d'vne grande fertilité : plus de quarante riuieres l'arrosent : les riuieres, les viuiers, les estangs y sont en nombre, & pour les boccages dont il foisonnoit, il abonde en vignobles. Ce pays est borné de la Touraine, & du Vendomois à l'Orient, suiuant le cours de Loire, au Couchant de la petite Bretaigne : Le Poictou le joint au Midy; comme au Septentrion les Comtez du Mayne & de Laual, en tirant vers la Normandie.   *Gaillardement moüillé*] Voyez encore Anacreon Poëte Grec, de s'esioüir en beuuant, & poëtiquement.   *Et dés la nuict d'Estoilles habillée Iusques au iour*] Horace parle ainsi dans l'Ode 1. du liure 4.

———*dicimus integro*
Sicci manè die: dicimus Vuidi
Cùm Sol Oceano subest.
D'Estoilles habillée] Claudian.
Stat pronuba mixta Stellantes nox picta sinus.
Nos Hercules sauueurs] Les Poëtes Grecs honorent de l'Epithette de Sauueur Hercule, pour auoir banny les Monstres de la Terre: aussi fait l'Autheur les deux freres de Valois, Charles & Henry, pour faire le mesme enuers des Monstres beaucoup plus horribles. *Tutelaires*] Dieux tutelaires, nommez des Latins, *Penates, Lares,* Dieux familiers & domestiques.

LES ELEMENS ENNEMIS
DE L'HYDRE.

On seulement les hommes ont fait teste
A ceste horrible abominable beste,
A ce serpent qui de grandeur eust bien
Esté la peur du bras Tirynthien.
Mais l'air glueux d'vne espaisse gelée
Et d'vne neige en la pluye meslée,
Et d'vn long froid de glaces renfermé,
S'est contre luy cruellement armé.

La Terre mere à la grasse mammelle,
Qui porte tout, portant en despit d'elle
Dessus son dos vn peuple si troublé,
Nia son vin, ses pommes & son blé,
Et de ses fils detestant la misere,
Deuint marastre en lieu de bonne mere,
Et maudissoit nostre siecle roüillé,

Siecle de fer, de meurtre tout soüillé,
Tout detraqué de mœurs & de bien viure,
Vn siecle, non, ny de fer ny de cuiure,
Mais de bourbier en vices nompareil,
Que malgré luy regarde le Soleil.
Le Ciel couué de flames corrompuës
Et de vapeurs croupissantes és nuës,
Nous empesta de fiéures qui nous font
Venir le froid & la chaleur au front:
Puis le catharre & les hydropisies,
Langueurs, palleurs, pestes & freñaisies,
A gueule ouuerte erroient ainsi qu'vn Ours;
Signes que DIEV *se faschoit contre nous,*
Ayant horreur d'vne si longue guerre:
Ses mauuais traits versa dessus la terre
Pour estouffer par l'excés d'vn Esté
Ce vieil Python de Megere allaitté,
Qui d'vn grand ply couuoit dessous sa pance
Flamans, Anglois, Allemans & la Fran-
ce:
Et de son laict les nourrissant, faisoit
Que leur païs & DIEV *leur desplaisoit.*

GARNIER.

En ceste derniere boutade, l'Autheur fait contribuer les Elements à la perte des Huguenots, pour monstrer que non seulement la Terre demande leur ruine, mais le Ciel, comme de chose contraire aux loix humaines & diuines. *A ceste horrible beste*] A l'Hydre dont il est fait mention. *Horrible, abominable*] Horrendum, ingens, dit Virgile, parlant de la Renommée, auec deux epithetes. *Du bras Tirynthien*] Du bras d'Hercule, ainsi nommé de la ville de Tirynthe proche d'Arges dans laquelle il fut nourry. Virgil. liu. 7. des Eneides:

———*postquàm Laurentia victor,*
Geryone extincto, Tirynthius attigit arua,
Tyrrhenóque boues in flumine lauit Iberas.

Eust bien Esté la peur du bras] Eust fait retirer le bras. *D'vne espaisse gelee*] D'autant que le plus des coups se rua dans & contre l'Hyuer. *De glaces r'enfermé*] Le retournant plus que de saison. *La Terre mere à la grasse mammelle*] Valere Flac. ——— *& fertilis vbere terræ.*
Nia son vin, ses pommes & son blé] Sterilité fascheuse, & principallement en guerre. *Pommes*] Pour, le cydre, boisson des Normans. *Et de ses fils*] Pourautant que les hommes sont venus de terre & de limon.
Nostre siecle roüillé, Siecle de fer] Pource que le fer se roüille. Voyez Ouide au 1. de la Metamorph.
——— *de duro est vltima ferro.*
L'on ne peut voir vne meilleure piece, n'en desplaise au Grec d'Hesiode, en ses Oeuures & Iours, bien qu'il en ayt esté l'original & l'inuenteur. *Detraqué*] Hors du trac des bonnes mœurs: c'est l'opinion que i'ay de ce mot. *Ny de cuiure*] Pource que les deux Autheurs deuant nommez, ont descrit les aages d'or, & d'argent, de cuiure, & de fer. *Le Ciel couué*] Metaphore des oyseaux faisans leurs petits. *Et de vapeurs croupissantes és nuës*] Car elles attirent les vapeurs de la terre, qu'elles rennersent en pluyes; ce que l'Autheur a gentiment descrit dans le 64. Sonnet de ses Amours.
Rennerse l'eau dont la Terre est nourrie.
Nous empesta de fiéures] Il n'est point necessaire d'examiner ces maladies, puis qu'elles nous sont telle-

ment familier, qu'il n'eſt celuy ny celle des hommes & des femmes qui les puiſſe ignorer : toutesfois ie diray que le mot d'Hydropiſie (mal dangereux, qui rend vne enſlure aqueuſe ſous la peau du corps) vient du mot Grec ύδρία, qui ſignifie vne cruche à porter de l'eau. *Erroient ainſi qu'vn Ours*] Animal furieux, dont nous auons parlé, que l'Autheur nomme errant, pource qu'il erre & va touſiours en queſte pour faire butin. *Signes que Dieu ſe faſchoit contre nous*] Les ſignes du courroux & de l'ire de Dieu, ſont les fleaux qu'il nous enuoye, non tant pour nous faire endurer, que pour nous aduertir par les afflictions de retourner au bien. *Ayant horreur d'vne ſi longue guerre*] Du furieux ſiege de Poictiers, d'enuiron deux mois, comme nous auons dit. *Ses mauuais traits verſa deſſur la terre*] Les contagieuſes influences. *Pour eſtouffer par l'exceʒ d'vn Eſté Ce vieil Python*] Par les dyſenteries & les autres maladies qui ruinerent les aſſiegeans, entendus ſous le nom de l'Hydre, & de Python, cet enorme & grand Serpent, de qui nous auons parlé. Ces maladies, par vne chaleur extreme furent telles, que l'Admiral, le Comte de la Roche-foucaut, D'Acier, Colonnel de l'Infanterie Huguenotte, Briquemaud, Beauuais la Nocle & ſon frere y furent aux abbois, & le fils dudit la Nocle y mourut, auec vne infinité d'autres, qui n'eurent par ce moyen l'honneur d'eſtre pour reuanche de leur ſiege, eſtrillez à Moncontour. *De Megere allaiété*] L'vne des trois Furies. *Flamans*] Peuple de la Gaule Belgique, au riuage de l'Ocean deuers le Septentrion. *Anglois, Allemand*] Il eſt cy-deuant parlé d'eux : Le camp rebelle eſtoit compoſé de telles Nations. *Et de ſon laict les nourriſſant*] Du venin de ſes meſchancetez, & de ſes cruels deportemens. *Que leur pays & Dieu leur deſplaiſoit*] Leur pays ; l'abandonnant pour venir tourmenter la France : & Dieu; ſe retirans d'auec luy, pour affliger les ſiens.

Que dirons-nous des flots de noſtre Loire,
Qui affectant ſa part en la victoire,
En l'air moiteux ſes vagues enuoya,
Et pres Saumur ſes ennemis noya,
Pour ne ſouffrir qu'vne gent ſi maline
Contre ſon gré luy foulaſt la poitrine ?
Se deſbordant par ſix mois il oſa
Tant ſ'eſleuer, qu'au Monſtre ſ'oppoſa,
Le menaçant de ſa corne venteuſe.
Lors le Serpent d'vne frayeur douteuſe,
Voyant le fleuue, & craignant ſes abois,
N'oſa tenter au combat Achelois
Noſtre bon Loire, inuincible defence
De noſtre armée, & de toute la France.

Donc ſi les Rois & tous les Elemens
Se ſont monſtrez ennemis vehemens
De ce Python, il faut que la Nature,
Les Elemens & toute creature
Soient deſniez à ce Monſtre nouueau :

L'air, & le feu, toute la terre, & l'eau,
Qui, monſtre fier, les denioit aux hommes.
Il ne faut point, Terre, que tu conſommes
Si mauuais corps, qui trenchoit en tout lieu
Oreilles, neʒ, aux miniſtres de Dieu,
Sans ſ'eſmouuoir de paſſion humaine,
Ains tout enflé d'vne arrogance vaine
Les honniſſoit d'iniures & de coups.
Pource il doit eſtre ou paſture des loups,
Ou des corbeaux, ou des Chiens ſolitaires,
Qui renuerſa temples & cimetaires.

   Or, luy voyant qu'il n'y auoit lieu ſaint
Pour l'enterrer, luy- meſmes ſ'eſt contraint
De ſ'enfuir, & prolongeant ſes peines
D'aller choiſir les Iſles de Maraines
Son vray ſepulchre, afin que tous les flots
Loin de la France en reſpandent les os
Semez au vent, & que de ſon hiſtoire
Ne ſoit iamais ny liure ny memoire.

GARNIER.

Que dirons-nous des flots de noſtre Loire] Le fleuue du Vendomois, pays de l'Autheur, eſt le fleuue du Loir, non de Loire, mais il le dit pour Sainct Coſme, appartenant à luy, pres de qui les eaux de Loire paſſent. *En l'air moiteux ſes vagues enuoya, Et prés Saumur ſes ennemis noya*] Sçauoir eſt de continuelle pluye, qui ſe forme des vapeurs des eaux que la nuë attire, comme vn peu deuant il eſt plus au long traitté. *En l'air moiteux*] Deuenu moiteux par l'attraction des vagues. *Saumur*] Ville tres-forte, ſur la riuiere de Loire, à dix lieuës d'Angers ; & de qui l'on n'en ſçauroit plus dire, ny rien de plus excellent, & de plus haut, ſinon qu'elle a tout joignant ſes murs la Chapelle de Noſtre Dame des Ardilliers, tant renommée pour les continuelles merueilles, & pour le nombre infiny de miracles diuins qui s'y font tous les iours par les merites de la Vierge. *Gent*] Nation. *Luy foulaſt la poitrine*] Ne s'en emparaſt en la ruinant. *Se deſbordant par ſix mois*] C'eſt encore vn des efforts du Loire, contre l'Huguenot, auec permiſſion diuine. *Qu'au Monſtre*] A l'Hydre, à Python, à l'Huguenot rebelle, ainſi nommé de l'Autheur. *De ſa corne venteuſe*] Les Anciens depeignoient les fleuues comme des Taureaux, & partant ils leur donnoient des cornes. *Venteuſe*] Pour les vents qui font perpetuelle aſſiſtance à l'eau. *Ses abbois*] L'abboy des vagues, metaphore des abboyeurs de Chaſſe. *N'oſa tenter au combat Achelois Noſtre bon Loir*] Sous vne figure, ditte Appoſition, Loire eſt icy dit Achelois ; & par alluſion à la fable d'Achelois & d'Hercule (dont nous auons amplement diſcouru dans la Reſponſe au Miniſtre) il eſt dit que les Huguenots ſont moins que des Hercules, n'oſants, comme il fit, tenter au combat le fleuue de Loire, entendu ſous le nom d'Achelois. N'oſant tenter au combat ledit fleuue, c'eſt à dire, en n'oſant franchir ſes ondes. *Si les Roys*] Le Pape, l'Empereur, le Roy de France, & le Roy d'Eſpagne. *Et tous les Elemens*] L'eau, la terre, l'air, & le feu : L'eau par ſon deſbord, la terre par ſon infertilité, l'air par ſes continuelles pluyes, & le feu par ſes extremes chaleurs. *Soient deſniez à ce Monſtre nouueau*] Que ce Monſtre non iamais veu, ce Monſtre d'Hereſie, ne jouiſſe des biens de la terre pour s'alimenter, qu'il ne respire l'air, que le feu n'entretienne sa chaleur naturelle, & que l'eau de mesme ne luy departe son humidité, puis qu'il les desnioit aux hommes, leur retranchant leurs necessitez. *Oreilles, nez, aux Ministres de Dieu*] Maniere de faire des Huguenots, en plusieurs endroits (& pis encore) enuers les Moynes & les Prebstres : ce que les villes d'Angoulesme & de Nismes ont sceu voir entre les autres par les inhumanitez commises chez elles. *D'aller choisir les Isles de Maraines, Son vray sepulchre*] Tel que vient d'estre à leurs successeurs l'Isle de Rié dans la mesme region, par la vaillance du Roy Louys XIII. à l'aage de vingt ans, armé toute la nuict, & s'accompagnant à la charge, de Monseigneur le Prince de Condé, Henry de Bourbon, de Monseigneur Louys de Bourbon Comte de Soissons, & de Messeigneurs de Vendosme & de Fronssac, tous hardis & ieunes Princes, & de maints autres braues Seigneurs, entre lesquels le Mareschal de Vitry s'est bien fait voir digne de sortir de l'illustre & valeureuse maison de Nangis. Qui lira l'Histoire du temps vn iour, il admirera ce ieune, hazardeux & furieux combat, & ceste admirable victoire, les ennemys estans les plus forts de beaucoup. *Isles de Maraines*] Isles situees prés de la Rochelle, malheureuse ville, que nous deuons bien nommer en style de Petrarque,

> *Fontana di dolore, albergo d'ira,*
> *Schola d'errori, e tempio d'heresia.*

C'est par où nous auons à finir l'Esclaircissement que nous donnons à ces Discours tous diuins & tous parfaits des Miseres de la France de Monsieur de Ronsard, produits à l'aduenement de la fausse Religion de Caluin : Labeur assez rude, qui peut-estre sera iugé simple, & d'vn air different de l'air & du biaiz des sçauants Commentaires : ce que ie ne desadnoüeray pas, en aduoüant mon peu d'habitude en ceste maniere de paroistre, où ie ne fais estat de m'enrooller que ceste fois; desirant plustost me ranger aux œuures de plaisir, qu'aux ouurages de sueur : & puis, il n'est rien de si contreuenant à ma nature, & que i'aye plus en hayne, que le fait d'enseignement, & de vouloir, côme vne abeille, moissonner auec peine les herbes & les fleurs du sçauoir, pour en faire du miel dans l'esprit, & dans les ruches d'autruy : vœu que i'ay promis dés l'Orient de ma naissance, pour le continuer iusqu'à l'heure de mon trespas. Neantmoins i'oseray bien dire, que nous eussions parauanture mieux satisfait au gré des bons esprits, si le mien eust iouy du calme eust iouy du repos & de la tranquillité. Mais d'vne suitte, en vn mesme temps, la perte sensible d'vne mere, la poursuitte malheureuse d'vn faussaire, qui de haute-lutte aspire à me rauir le reste des anciens des-aduantages de la maison d'où ie sors, le desniement des faueurs & de la recognoissance dont le parangon des Roys m'a daigné plusieurs fois honorer de cœur & de bouche; la mesdisance opiniastre, & l'enuie d'vn tas d'ignorants escriuains de Prose & de Vers, ennemis ahurtez, & faux iuges des bons escrits, mes indispositions, & bref, vne infinité de pareilles visites d'enhaut, ne m'ont permis ce bon-heur & cet honneur. Ayant donc vn si grand nombre de miseres, l'on pourra troüuer bon que nous ayons mis ainsi la main sur les miseres du temps dudit sieur de Ronsard; où ie protesteray n'auoir eu dessein de piquer, ny d'entreprendre sinon l'Heresie, à laquelle ie veux tant de bien, que ie desirerois au prix de ma vie qu'elle fust du tout abandonnée comme vne paillarde, à fin que tous remis au giron de la vraye Eglise Catholique, Apostolique & Romaine, alors nous vesquissions generallement comme freres, sous vn mesme Dieu, sous vn mesme Roy, sous vne Loy mesme, & sous vne parfaite obeissance, comme nous deuons moyen d'arriuer apres vn si triste pellerinage que celuy du Monde, au pourprix des eternelles felicitez. Au reste bien que nous ayons entrepris (comme nous auons dit au commencement) de remettre, par vne correction volontaire, les Oeuures dudit sieur de Ronsard en leur premier honneur; i'aduertiray que les Epitaphes, le Recueil, ny le Tombeau n'ont suby les arrests, & les censures de nostre plume, à raison de l'empeschement que cecy nous en donnoit : & que nous n'auons pareillement ny touché, ny porté l'œil sur les Commentaires de ceux dont la Mort n'a point encorés triomphé. Monsieur Estienne vn des rares personnages d'entre nous, & qui tient de race, nous en a releuez, comme il a fait de l'ouurage mesme où nous auons trauaillé : car la presse alloit tellement viste, qu'il m'a fallu, contre la regle de mes ordinaires façons, clorre les yeux sur mon ouurage, que Dieu aydant nous sçaurons vn iour amender aux occasions. En fin si l'on nous reprend d'auoir esclaircy des choses, dira-t'on, plus qu'intelligibles, nous respondrons qu'il n'est rien si plein de lumiere, qui ne soit tenebreux à quelques-vns; tesmoin le Soleil, dont les rayons sont incogneuz des aueugles : & que si d'ailleurs, nous auons en vn mot touché ce que nous auions dit auparauant, c'est pour quiconque ne lisant au commencement du liure, estimeroit que nous aurions negligemment passé les choses de remarque : aussi prie-ray-ie que l'on ne m'attribue les fautes qui pourroient estre arriuées dans l'impression, laquelle par le meslange ou glissement des lettres fait tousiours quelque beau ieu sans vilainie.

FIN DES MISERES DE CE TEMPS.

LES EPITA-

LES
EPITAPHES DE
DIVERS SVIETS, DE
P. DE RONSARD, GENTIL-
HOMME VENDOMOIS.   •

Enfemble

LES DERNIERS VERS DV MESME
Autheur, auec fa Vie, & fon Tombeau.

CCCccc

E dernier honneur qu'on doit à l'homme mort,
C'est l'Epitaphe escrit tout à l'entour du bord
Du Tombeau pour memoire. On dit que Simonide
En fut premier autheur. Or si le sens preside
Encor aux Trespassez comme il faisoit icy,
Tel bien memoratif allege leur soucy,
Et se plaisent de lire en si petit espace
Leurs noms, & leurs surnoms, leurs villes & leur race.

LES
EPITAPHES DE
DIVERS SVIETS, DE
P. DE RONSARD GENTIL-
HOMME VENDOMOIS.

A TRES-ILLVSTRE ET VERTVEVX
Prince, CHARLES *Cardinal de* LORRAINE.

SVR LE COEVR DV FEV ROY TRES-
CHRESTIEN HENRY II.

PAR *vne Royne où sont*
toutes les graces
Trois Graces sont mises
dessus ce cœur,
Cœur d'vn grand Prince,
inuincible vainqueur,
Qui fut l'honneur des Vertus & des Gra-
ces.
Toy qui les faits de ce HENRY *embras-*
ses,
Ne t'esbahis, admirant sa grandeur,
Qu'vn peu d'espace en si peu de rondeur
Enserre vn cœur qui conquit tant de places.
Pour vn grand cœur falloit grand' place
aussi :
Mais l'ombre en est tant seulement icy :
Car de ce Roy l'espouse CATHERINE
En lieu de marbre Attique ou Parien,
Prenant ce cœur le mit en sa poitrine,
Et pour Tombeau le garde aupres du sien.

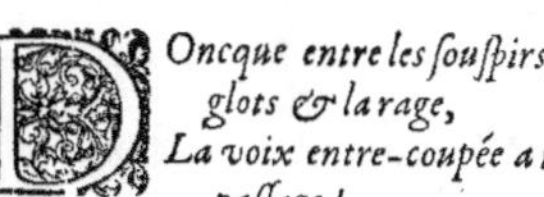

LE TOMBEAV DV FEV ROY
tres-Chrestien CHARLES IX.
Prince tres-debonnaire, tres-
vertueux & tres-
eloquent.

DONcque *entre les souspirs, les san-*
glots & la rage,
La voix entre-coupée a trouué le
passage !
Donques l'aspre douleur qui forçoit le vouloir,
A permis que ie peusse en ces vers me douloir !
Et que le seruiteur, que le malheur vit naistre,
Chantast en souspirant l'obseque de son mai-
stre ?
Hà ! CHARLES, *tu es mort, & mau-*
gré-moy ie vy !
Ie maudis le Destin que ie ne t'ay suiuy,
Comme les plus loyaux suiuoient les Roys de
Perse.
O malice des Cieux ! ô Fortune peruerse !
Atropos est trop lente à couper mon fuseau :
Douleur, tu me deurois occire à son Tombeau.

CCCccc ij

Dormez en doux repos ſous vos tombes
    poudreuſes,
Vous Auſſi, vous La Tour, ames tres-gene-
    reuſes,
Qui n'aueʒ peu ſouffrir ce honteux deshon-
    neur
De viure apres la mort du Roy voſtre Sei-
    gneur.

    Ny la Religion ſainctement obſeruée,
Qu'il auoit dés Clouis en la France trouuée,
Ny ſa douce eloquence & ſa force de Mars,
Son eſprit, magaʒin de toutes ſortes d'arts,
Ny l'amour de vertu, ny ſon âge premiere
Qui commençoit encore à gouſter la lumiere,
Ny les cris des François, ny les vœux mater-
    nels,
Ny les pleurs de ſa femme au milieu des au-
    tels
N'ont ſceu flechir la Mort que ſa fiere rudeſſe
N'ait tranché ſans pitié le fil de ſa ieuneſſe.
    Les Dieux tous vergongneux du malheur
    aduenu,
Et de n'auoir le coup de la Mort retenu,
Ont quitté leurs maiſons & leurs demeures
    vaines,
Comme indignes du ſoin des affaires humai-
    nes.
    Ie faux, c'eſt ce grand Dieu, ce Monarque
    des Dieux,
Qui l'a rauy d'icy, pour honorer les Cieux:
Pour en faire vne Eſtoille aux rayons cheuelue,
Telle qu'en ſon viuant luy-meſme l'auoit
    veuë.
    Auſſi bien, ô Deſtin, la France n'eſtoit
    pas
Ny digne de l'auoir, ny de porter ſes pas:
La France à ſon bon Prince vne maraſtre
    terre,
Où depuis la mammelle il n'a veſcu qu'en
    guerre,
Qu'en ciuiles fureurs, qu'au milieu des trai-
    ſons.
    Il a veu de IESVS abbatre les maiſons,
Prophaner les Autels, les Meſſes ſans vſage,
Et la Religion n'eſtre qu'vn brigandage:
Toutefois au beſoin ſa vertu n'a failly.
Il ſe vit au berceau des ſerpens aſſailly
Comme vn icune Herculin, dont il rompit la
    force:

Puis quand la tendre barbe au menton ſe ren-
    force:
Que l'âge & la vertu s'accroiſſent par le temps,
Il ſe vit aſſailly des ſuperbes Titans,
Qui combattoient ce Prince en ſes propres en-
    trailles,
Qu'à la fin il vainquit par quatre grand's
    batailles.
    Il eut le cœur ſi ferme & ſi digne d'vn Roy,
Que combatant pour Dieu, pour l'Egliſe &
    la Foy,
Pour autels, pour fouyers, contre les Hereti-
    ques,
Et rompant par conſeil leurs ſecrettes prati-
    ques,
Telle langueur extreme en ſon corps il en priſt,
Qu'il mourut en ſa fleur martyr de IESVS-
    CHRIST.
    Mais s'il faut raconter tant de choſes di-
    uerſes,
Tant de cas monſtrueux, tant de longues tra-
    uerſes
Que le Sort luy braſſoit, demeurant inuaincu,
Bien qu'il meure en icuneſſe, il a beaucoup
    veſcu.
    Si ſa Royauté fut de peu d'âge ſuiuie,
L'âge ne ſert de rien, les geſtes font la vie.
Alexandre à trente ans veſquit plus que ne
    font
Ceux qui ont la vieilleſſe & les rides au front.
Peu nous ſeruent des ans les courſes retournées:
Les vertus nous font l'âge, & non pas les
    années.
    Or ie reuiens à toy, Parque, qui n'as point
    d'yeux,
La fille de la Nuict & du lac Stygieux,
Qui ſeule ſans mercy, te plais à nous deſplaire:
Tu deurois ſeulement tuer le populaire,
Groſſe race de terre, & non celle des Rois:
Tu deurois pardonner à ce ſang de VALOIS.
    Ou s'il eſt arreſté que tout le Monde paſſe,
Tu deurois pour le moins leur donner plus d'e-
    ſpace,
Et leur preſter loiſir, par vn meilleur Deſtin.
D'acheuer doucement leurs cours iuſqu'à la
    fin,
Sans couper leur moiſſon anant qu'elle ſoit
    meure:
Mais contre ta rigueur perſonne ne s'aſſeure.

Ainſi les fleurs d'Auril par l'orage du temps,
Meurent dedans la prée au milieu du Prin-
    temps.

    A peine ſe fermoit le tombeau de ſon pere,
A peine ſe fermoit la tombe de ſon Frere,
Que voy-la-ci r'ouuerte, helas pour l'enter-
    rer,
Et ſous meſme cercueil l'eſperance enſerrer
De ſes loyaux ſubjets, qui d'vne ardante
    enuie
Luy auoient conſacré le ſeruice & la vie.
Ainſi en meſme place, auant que le coup ſoit
Repris & reſſoudé, l'autre coup ſe reçoit.

    Ah! malheureux cent fois vieil Chaſteau
    de Vincenes!
Parc, & bois mal-heureux, coulpables de nos
    peines!
En toy ce ieune Prince a fermé ſes beaux
    yeux,
Dignes de voir touſiours la lumiere des Cieux:
Jl a fermé ſa bouche où ſourdoit l'abondance
D'vn parler plus qu'humain emmiellé d'elo-
    quence:
Bref, où CHARLES eſt mort, qui n'a laiſſé
    ſinon
Dedans le cœur des ſiens qu'vn regret de ſon
    nom.

    Les Choüans, les Corbeaux de ſiniſtre pre-
    ſage
Volent touſiours ſur toy: ta court & ton bo-
    cage
Soient touſiours ſans verdeur, & d'vn hor-
    rible effroy
Le ſilence eternel loge touſiours cheƷ-toy.

    Dirons-nous les vertus de ce vertueux
    Prince?
Et l'amour qu'il portoit à toute ſa Prouince?
Sa vie qui ſeruoit à ſon peuple de Loy?
Sa debonnaireté, ſa croyance & ſa Foy?
Son cœur contre ſon âge inuaincu par le vice?
Ennemy des meſchans, le ſupport de Iuſtice?
Les armes & les arts à l'égal cheriſſant,
Et ſur tout à ſa Mere enfant obeïſſant?

    Dirons-nous de ce Roy les deſſeins heroï-
    ques?
Et ſon experience aux meſtiers politiques?
Dirons-nous ſon eſprit ingenieux & prompt,
Et que plus il cachoit qu'il ne monſtroit au
    front?

Dirons-nous ſa douceur à nulle autre ſeconde?
Sujet, qui laſſeroit vne plume feconde,
Tant il eſtoit de grace & d'honneur reueſtu.

    Vne telle moiſſon abondante en vertu
Se perdoit ſans profit à l'oubli diſperſee,
Si la Muſe ne l'euſt quelque peu ramaſſee:
Ainſi qu'vn laboureur apres qu'il voit, helas!
Ses eſpics par l'orage atterrez contre bas,
Souſpirant ſon malheur tout le champ il ra-
    telle,
Et en lieu d'vn grand nombre amaſſe vne
    jauelle,
Et toutesfois ce peu en vaut vn million,
Qui par l'ongle nous fait cognoiſtre le lion.

    CHARLES eſcoute-moy, ſi le tombeau
    qui ſerre
Tes os, n'empeſchent point de m'ouyr ſous la
    terre,
O trois fois grand eſprit, heureux entre les
    Dieux,
Eſtoille des François, tu dois eſtre joyeux
D'auoir payé ta debte au giron de ta Mere,
Et de n'eſtre couuert d'vne terre eſtrangere.

    Tu es mort en ton lict entre les bras des tiens,
Tu es mort deſdaignant les Sceptres terriens,
Aſpirant tout à DIEV, de fait & de penſee:
Vn regret te bleſſoit, c'eſt de n'auoir laiſſee
Ta Prouince en repos, que les Dieux dépitez
Tourmentent ſi long-temps pour nos iniquitez.

    Icy pleuroit ta Mere, icy pleuroit ta Femme,
Qui triſtes ramaſſoient le reſte de ton ame,
Errant deſſus ta bouche, & les yeux te fer-
    moient,
Te regardoient paſſer, & à longs traicts hu-
    moient
Ta vie & ton eſprit maugré la Mort voiſine,
Pour en lieu d'vn Tombeau, les mettre en leur
    poitrine.

    Et ſi la Saincte Loy des Chreſtiens l'euſt
    permis,
De larmes tout moüilleƷ coupez ils euſſent mis
Leurs cheueux entourneƷ d'odorante verdure,
De Myrte, & de Laurier, dedans ta ſepul-
    ture.

    Mere, ne pleure plus, il te faut aſſeurer:
Si ſeule tu eſtois exempte de pleurer,
L'Empire de Fortune auroit moins de puiſ-
    ſance,
Qui veut également de tous obeïſſance.

Aduienne que le Ciel t'eſlargiſſe les ans,
Que cruel il dérobe à tes ieunes enfans,
Pour les adioindre aux tiens, à fin que mainte
   année
La France par tes mains demeure gouuernée.
   Toy, fille d'Empereur, Eſpouſe de ce Roy,
Au milieu de tes pleurs, patiente, reçoy
La conſolation de la miſere humaine,
C'eſt qu'à la fin la Mort toutes choſes em-
   meine :
   Et que meſme le Ciel, qui fait mourir les
   Rois,
Et perir vn chacun, perira quelquesfois.
   Et toy, Duc d'Alençon, en qui ce ſiecle
   eſpere,
FRANÇOIS, digne du nom de FRANÇOIS
   ton grand Pere,
Le Frere de nos Roys, ſois fort en ce malheur :
Le temps, & non les pleurs, ſoulage la douleur.
   Et toy, diuin Eſprit, qui la France re-
   garde,
Qui as ſoin de ſes maux, & la prens ſous ta
   garde,
Comme Aſtre des VALOIS, pour touſiours
   luy verſer
Un bon-heur, & iamais, heureux, ne la laiſſer,
Réjoüy-toy là haut, & ſereine ta face,
Dequoy Caſtor ton Frere eſt regnant en ta
   place,
Qui par ſucceſſion eſt maiſtre de ton lieu :
Vn Dieu doit heriter à l'Empire d'vn Dieu :
Et quand il ne ſeroit heritier de l'Empire,
Pour ſes rares vertus on le deuroit eſlire :
Car il eſt vn Ceſar aux armes le premier,
A qui Mars a planté ſur le front le Laurier.
   Et reçoy, s'il te plaiſt, pour durable me-
   moire
Ces ſouſpirs tels qu'ils ſont, que i'appens à ta
   gloire,
Et ne ſois offenſé d'vn ſi mauuais eſcrit :
La douleur par ta mort m'a dérobé l'eſprit.

Sonnet de luy-meſme.

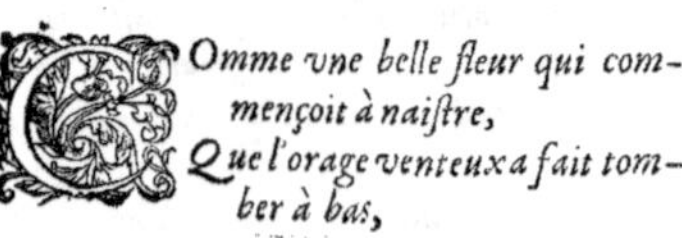

Omme vne belle fleur qui com-
   mençoit à naiſtre,
   Que l'orage venteux a fait tom-
   ber à bas,

Ainſi tu es tombé ſous le cruel treſpas,
(O malice des Cieux !) quand tu commençois
   d'eſtre.
   De ſouſpirs & de pleurs il conuient me re-
   paiſtre,
Te voyant au cercueil, helas ! trois fois helas !
Helas ! qui promettois qu'vn iour par tes com-
   bas
Ton Empire ſeroit de tout le Monde maiſtre.
   L'honneur & la Vertu, la Iuſtice & la Foy,
Et la Religion ſont mortes auecq' toy :
La France t'æpleuré, les Muſes & les Armes.
   Adieu, CHARLES, Adieu, du Ciel Aſtre
   nouueau :
Tandis que ie t'appreſte vn plus riche Tombeau
Pren de ton ſeruiteur ces ſouſpirs & ces lar-
   mes.

CAROLVS in terris, terrarum gloria
   vixit
Maxima, Iuſtitiæ magno & Pietatis
   amore :
Nunc idem cœlo viuens eſt, gloria cœli,
Quò ſe Iuſtitiæ & Pietatis ſuſtulit alis.

A M. ARNAVT SORBIN

PREDICATEVR DVDIT FEV
Roy CHARLES IX. Eueſque
de Neuers.

SONNET.

Vl ne deuoit pleurer la mort d'vn
   ſi bon ROY,
   Que toy qui cognoiſſois la bonté de
   ſa vie :
De ton Prince la mort à la Mort as rauie,
Qui en terre & au Ciel vit maintenant par
   toy.
   Il vit aupres de DIEV, ſans fleſchir de la
   Loy
Qu'icy tu luy preſchas, laquelle il a ſuiuie,
Pour meriter au Ciel la Palme deſſeruie,
Tout veſtu d'habit blanc, Enſeigne de ſa Foy.
   Le bon pleure le bon, le ſeruiteur le maiſtre :
Rendant l'ame en tes bras, conſtant tu le vis
   eſtre
D'eſprit ſans regretter ſon Sceptre terrien.

O *Maiſtre bien-heureux! qui eus à ton*
    ſeruice
Si fidele ſeruant, qui de trois fait l'office,
De Preſcheur, Confeſſeur, & d'vn Hiſtorien.

A   luy-meſme.

 *I le grain de froment ne ſe pour-*
    rit en terre,
    Il ne ſçauroit porter ny fueille ny
    bon fruit :
De la corruption la naiſſance ſe ſuit,
Et comme deux anneaux l'vn en l'autre ſ'en-
    ſerre.
    Le Chreſtien endormy ſous le tombeau de
    pierre
Doit reueſtir ſon corps en deſpit de la nuit :
Jl doit ſuiure ſon CHRIST, qui la Mort a
    deſtruit,
Premier victorieux d'vne ſi forte guerre.
    Il vit aſſis là-haut, triomphant de la Mort:
Il a vaincu Satan, les Enfers & leur ſort,
Et a fait que la mort n'eſt plus rien qu'vn
    paſſage,
    Qui ne doit aux Chreſtiens ſe monſtrer
    odieux,
Par lequel eſt paſſé CHARLES volant aux
    Cieux,
Prenant pour luy le gain, nous laiſſant le dom-
    mage.

LE   TOMBEAV   DE
MARGVERITE DE FRANCE,
Ducheſſe de Sauoye.

Enſemble, celuy de tres-auguſte & de
tres-ſainte memoire FRANÇOIS I.
de ce nom, & de Meſſieurs
ſes Enfans, & de ſes
petits Fils.

 H ! *que ie ſuis marry que la*
    Muſe Françoiſe
    Ne peut dire ces mots comme
    fait la Gregeoiſe,
Ocymore, diſpotme, oligochronien :
Certes ie les dirois du ſang VALESIEN,

Qui de beauté, de grace, & de luſtre reſſemble
Au Lys qui naiſt, fleurit, & languit tout en-
    ſemble.
    Ce Monarque FRANÇOIS, FRANÇOIS
    premier du nom,
Nourriſſon de Phebus, des Muſes le mignon,
Qui deſſous ſa Royale & Auguſte figure
Cachoit auec Pithon, les Graces, & Mercure,
Qui ſçauoit les ſecrets de la Terre & des Cieux,
Veit, ainſi que Priam, deuãt ſes propres yeux,
(Hé! qui pourroit du Ciel corrompre l'in-
    fluance?)
Enterrer ſes enfans en leur premiere enfance.
    Il veit (car il eſtoit dans le Ciel ordonné)
Treſpaſſer à Tournon ſon premier fils aiſné,
Qui de nom & de fait reſſembloit à ſon pere,
A qui jà la Fortune, heureuſement proſpere,
Sou-rioit d'vn bon œil, & jà dedans ſon ſein,
Comme ſon cher enfant l'apaſtoit de ſa main.
    A peine vn blond duuet commençoit à ſ'e-
    ſtendre
Sur ſon ieune menton que la mort le vint
    prendre,
Ordonnant pour ſon pere vn camp où tous les
    nerfs
De la Gaule tiroient : les Champs eſtoient cou-
    uerts
D'hommes & de cheuaux : bref, où la France
    armée
Toute dedans vn Oſt ſe voyoit enfermée.
    Il eut pour ſon ſepulchre vn millier d'eſten-
    dars,
De harnois, de boucliers, de piques, de ſoldars :
Le Roſne le pleura, & la Saoſne endormie :
Meſme de l'Eſpagnol l'arrogance ennemie
Pleura ce ieune Prince : & le pere outrageux,
Contre ſa propre teſte arracha ſes cheueux,
Jl arracha ſa barbe, & de telle deſpouille
Couurit ſon cher enfant. Ah! fatale que-
    noüille,
Parque, tu monſtres bien que ta cruelle main
Ne ſe donne ſoucy du pauure genre humain!
    Ainſi ieune & vaillant au Printemps de
    ta vie,
Tu mourus, Germaniq'! quand ta mere Liuie,
En lieu de receuoir vn triomphe nouueau,
(O cruauté du Ciel!) ne recet qu'vn tom-
    beau.
    Trois iours deuant ſa fin ie vins à ſon ſeruice:

C C C c c c   iiij

Mon malheur me permit qu'au lict mort ie le
    veiſſe,
Non comme vn homme mort , mais comme vn
    endormy,
Ou comme vn beau bouton qui ſe panche à
    demy,
Languiſſant en Auril, alors que la tempeſte,
Ialouſe de ſon teint, luy ag graue la teſte,
Et luy chargeant le col le fanit contre-bas,
Enſemble prenant vie auecques le treſpas.
    Ie vy ſon corps ouurir, oſant mes yeux re-
    paiſtre
Des poulmons & du cœur, & du foye à mon
    maiſtre.
Tel ſembloit Adonis ſur la place eſtendu,
Apres que tout ſon ſang du corps fut reſpandu.
    Jà trois mois ſe paſſoient , lors que la Re-
    nommée,
(Qui de FRANÇOIS auoit toute Europe
    ſemée,
Sa vertu, ſa Iuſtice, & ſon diuin ſçauoir)
Pouſſa le Roy d'Eſcoſſe en France pour le voir:
Comme iadis Saba, qui des terres lointaines
Viſita Salomon ſur les riues Iourdaines.
    Ce Roy d'Eſcoſſe eſtoit en la fleur de ſes ans:
Ses cheueux non tondus comme fin or luiſans,
Cordonnez & creſpez flottans deſſus ſa face,
Et ſur ſon col de laict luy donnoient bonne
    grace.
    Son port eſtoit Royal, ſon regard vigou-
    reux,
De vertus, & d'honneur, & de guerre amou-
    reux :
La douceur, & la force, illuſtroient ſon viſage,
Si que Venus & Mars en auoient fait partage.
    Ce grand Prince FRANÇOIS admirant
    l'Eſtranger,
Qui Roy chez vn grãd Roy ſeſtoit venu loger,
Son Sceptre abandonnant, ſa Couronne & ſon
    Iſle ;
Pour le recompenſer luy accorda ſa fille
La belle Magdelcine , honneur de chaſteté,
Vne Grace en beauté , Iunon en Majeſté.
    Déjà ces deux grands Roys l'vn en robbe
    Françoiſe,
Et l'autre reueſtu d'vne mante Eſcoſſoiſe,
Tous deux la Meſſe oüye, & repeus du Sainct
    Pain,
Les yeux leuez au Ciel, & la main en la main,

S'eſtoient confederez : les fleurs tomboient
    menuës,
La publique allegreſſe erroit parmy les ruës :
Les Nefs, les Gallions, les Caracons pendoient
A l'ancre dans le haure, & flottant attendoient
Ce Prince & ſon Eſpouſe, à fin de les conduire.
    A peine elle ſautoit en terre du Nauire,
Pour toucher ſon Eſcoſſe , & ſalüer le bord,
Quand en lieu d'vn Royaume elle y trouua la
    mort.
    Ny larmes du mary , ny beauté, ny ieuneſſe,
Ny vœu, ny oraiſon, ne flechit la rudeſſe
De la Parque qu'on dit la fille de la Nuict,
Que ceſte belle Royne, auant que porter fruict,
Ne mouruſt en ſa fleur : le poulmon qui eſt hoſte
De l'air qu'on va ſouflant luy tenoit à la coſte.
    Elle mourut ſans peine és bras de ſon mary,
Et parmy ſes baiſers : luy triſtement marry,
Ayant l'ame de dueil & de regret frappée,
Voulut cent fois veſtir de ſon corps ſon eſpée.
La raiſon le retint, & tout ce faict ie vey,
Qui ieune l'auois Page en ſa terre ſuiuy,
Trop plus que mon merite honoré d'vn tel
    Prince,
Sa bonté m'arreſtant deux ans en ſa Prouince.
    Retourné, ie fus Page au grand Duc d'Or-
    leans,
Le tiers Fils de FRANÇOIS, qui en fleur
    de ſes ans,
Ieune, adroit, & gaillard, & de haute entre-
    priſe,
Preſque le Monde entier eſtoit ſa conuoitiſe.
    De CHARLES Empereur le gendre il ſe
    vantoit :
Déjà la bonne Paix la terre frequentoit,
Mars ſ'enfuyoit en Thrace , & ce Duc penſoit
    eſtre
Déjà de la Bourgongne , & de Milan le mai-
    ſtre,
Miniſtre de la Paix ſuperbe ſe brauoit :
La faueur de ſon Pere & du peuple il auoit,
Nourriſſon de Fortune : & jà les Roys eſträges
Honoroient ſon Genie , & chantoient ſes
    loüanges.
    En magnifique pompe en Flandre il viſita
Par deux fois l'Empereur qui benin le traita:
Il luy promit ſa fille, & chargé d'eſperance,
De ieuneſſe & d'Amour , fit ſon retour en
    France.

Hà! folle ambition, tu ne dures qu'vn iour!
Il fut victorieux des murs de Luxembour.
Comme vn Dieu le suiuoit vne presse im-
portune :
Il vouloit commander à la mesme Fortune,
Maistre, ce luy sembloit, du Destin & du
Temps.
Il entroit à grand peine aux mois de son Prin-
temps,
Quand la mort qui auoit sur sa ieunesse enuie,
Luy trancha tout d'vn coup l'esperance &
la vie.
Ce Prince à Fremontier de la peste mourut :
Sceptre ny sang Royal Charles ne secourut
(Charles estoit son nom) que la fiere Eume-
nide
D'vne torche fumeuse au bord Acherontide
Ne dist son Hymenee, & pour vn lict nopcier
Ne luy sillast les yeux d'vn long somme d'acier,
Ayant pour vne femme vne tombe funeste.
O dure cruauté d'influence celeste !
O mal-heureux appas de grandeurs & d'hon-
neurs !
Malheureux qui se fie aux humaines faueurs,
Et au Monde qui semble vne tempeste esmeuë !
Seulement le Destin nous en mostra la veuë,
Puis la re-desroba : ainsi le vent destruit
L'ante quand elle est preste à porter vn bon
fruit.
Iamais le dur ciZeau de la Parque cruelle
Ne trancha de nos Rois vne trame si belle :
Iamais le mois d'Auril ne vid si belle fleur,
Ny l'Orient ioyau de si belle couleur.
Il sembloit vn Pâris en beauté de visage,
Il sembloit au Dieu Mars en grandeur de
courage,
Gracieux, debonnaire, eloquent & subtil,
D'inuentions de guerre vn magazin fertil.
Il auoit dans le corps l'ame si genereuse,
Qu'il n'eust iamais trouué sur la plaine pou-
dreuse
L'ennemy qu'à ses pieds il n'eust bouleuersé,
Bataille tant fust grande, ou mur qu'il n'eust
forcé.
Son pere qui chargeoit tous les Cieux de priere,
En mourant luy ferma l'vne & l'autre pau-
piere :
Se pasma dessus luy, de larmes le baigna,
Et presque demy-mort le mort accompaigna.

Les Roses & les Lis en tous temps puissent
naistre
Sur ce Charles qui fut pres de cinq ans mon
maistre.
Des deux freres à peine estoit clos le tom-
beau,
Que voicy dueil sur dueil, pleur dessus pleur
nouueau,
Trespas dessur trespas, misere sur misere :
Apres les enfans morts, voicy la mort du pere,
Du grand Prince FRANÇOIS, à qui toutes
les Sœurs
Hostesses d'Helicon, auoient de leurs douceurs
Abreuué l'estomac, à qui l'eau Castalide,
Les antres Cyrrheans, la grotte Pieride
S'ouuroient en sa faueur : grand Roy qui tout
sçauoit,
Qui sur le haut du front cent Majestez auoit
De qui la Vertu mesme honoroit la Couronne,
Mourut comme il entroit au cours de son
Autonne.
Il fut en sa ieunesse vn Prince auantureux,
Tantost heureux en guerre, & tantost mal-
heureux,
Comme il plaist au Destin, & à celle qui meine
Tantost bas, tantost haut, toute entreprise
humaine.
Bien qu'il fut des grands Rois le sommet
& honneur,
Et de tant de citez & de peuples seigneur,
Qu'en son sein Amalthee espandit l'abondance :
Bien qu'il fut opulent d'hommes & de puis-
sance,
Qu'il eust basty Chasteaux & Palais à foison,
Si est-ce qu'il mourut en estrange maison,
Laissant l'Anglois en France, & la paix mal
iuree
Auecques l'Empereur, de petite durée.
HENRY son second fils & son seul heritier,
Vint apres qui suiuant des armes le mestier,
Se fit aimer des siens & redouter par force
En Escosse, Angleterre, en Toscane & en Corse :
Il fut vn second Mars, & le Ciel l'auoit fait
Pour se monstrer en guerre vn Monarque
parfait.
Nul ne picquoit si bien le long de la campagne
Ou le coursier de Naple ou le genet d'Espagne :
Vn Castor en cheuaux, vn Pollux il estoit
Au mestier de l'escrime, il sautoit, il luttoit,

Et nul ne deuançoit ses pieds à la carriere,
Et nul ne combatoit si bien à la barriere,
Soit qu'il fust en pourpoint ou vestu du har-
    nois.
Il reconquit Calais, il serra les Anglois
En leur rempart de mer; il campa sur la riue
Du Rhin, & deliura l'Allemagne captiue;
Il força Thionuille, & gaigna Luxembour,
Mőmedis, Damuillers, & les forts d'alentour:
Il consuma sa vie aux trauaux de la guerre,
Conuoitant ceste terre, & tantost ceste terre,
Il sembloit à Pyrrhus, hazardeux à la main,
Qui tousiours enfiloit dessein dessus dessein:
Mais la face de Mars n'est pas tousiours cer-
    taine:
Car bien qu'il fust en guerre vn parfait Ca-
    pitaine,
Qu'il eust la force au bras & le courage au
    cœur,
Il fut tătost vaincu, & tantost fut vainqueur.
Voulant auitailler la Picarde muraille
Du foible Sainct Quentin, il perdit la bataille,
Où tout le sang François fut presque respandu,
Fit vne Paix contrainte, après auoir rendu
En vn iour le Piemont (ô chances mal-tour-
    nées !)
Et tout ce que cőquit son pere en trente années,
Le labeur & le sang de tant d'hommes guer-
    riers.
Ià l'Oliuier tenoit la place des Lauriers
Aux portaux attaché ; au croc pendoient les
    armes,
Et la Frăce essuyoit ses plaintes & ses larmes:
Ià le Palais estoit pour la nopce ordonné,
Le Louure de Lierre & de Buis couronné:
Déja sa Fille au Temple espouse estoit menée,
On n'oyoit retentir que la voix d'Hymenee,
Hymě, Hymě, sonnoit par tous les carrefours:
Par tout on ne voyoit que Graces & qu'A-
    mours:
Mars banny s'enfuyoit aux regions barbares,
Quand entre les clairons, trompettes & fan-
    fares,
Au milieu des tournois au chef il fut blessé,
Ayant l'œil gauche à mort d'vne lance persé,
Spectacle pitoyable ! exemple que la vie
De cĕt maux impreueux, fragile est poursuiuie,
Puis qu'vn Roy si puissant d'Empire & de
    hauteur,

En iouant est tué par vn sien seruiteur.
    Ainsi mourut HENRY (car toute chose
    passe)
Qui de bonté, beauté, prouesse & bonne grace
Surmontoit tous les Rois, mais le Ciel endurcy
Non plus que de bouuiers des Princes n'a soucy.
Il sentit pour le moins ce plaisir en son ame,
Qu'il mourut dăs le sein de sa pudique femme,
Et qu'il vit en son lict presque pasmez d'en-
    nuy
Tous ses petits enfans larmoyer pres de luy.
Ie le serui seize ans domestique à ses gages,
Non ingrat, luy sacrant mes plus gentils ou-
    urages:
Ie n'ay peu prolonger sa vie, mais i'ay sceu
Allonger son renom autant que ie l'ay peu.
    FRANÇOIS son premier fils, à qui la
    barbe tendre
Ne commençoit encor au menton qu'à s'esten-
    dre,
Tint le Sceptre apres luy, Prince mal-fortuné,
Qui se vit presque mort si tost qu'il se vit né.
Il fut dix-huict mois gouuerneur de l'Empire;
Le peuple outrecuidé qui tous les iours empire,
Empesté d'heresie, & de nouuelle Loy,
Arma sa faction contre ce ieune Roy.
Assemblant ses Estats pour corriger le vice
Des Nobles, des Prelats, du Peuple & de Iu-
    stice,
Et punir les mutins qui s'osoient émouuoir,
Et contenir la France en son iuste deuoir:
O cruauté du Ciel ! ô estrange merueille !
Voicy ce Prince mort d'vn catherre d'oreille,
Laissant ieunesse & vie, & son peuple troublé,
Et le Sceptre Escossois au François assemblé,
Et sa ieune Espousée en plainte douloureuse.
O Dieu que ceste vie est courte & malheureuse!
(ELIZABETH sa sœur, que d'vne estroitte foy
Son pere auoit coniointe au magnanime Roy
Qui du peuple Espagnol les brides lasche &
    serre,
A vingt ans se couurit d'vn sepulchre de terre,
Dans vn mesme batteau passant à l'autre bord
Sa beauté, sa ieunesse, & sa vie & sa mort.)
Conforte-toy, grand Roy, la sentence est donnée
Que la Parque est la fin de toute essence née.
    CHARLES son secőd frere apres luy succeda,
Qui en dure saison le Sceptre posseda:
En pleurant il vestit sa dignité Royale,

Comme presagiant sa fortune fatale,
Car si tost qu'il fust Roy (il le fut à dix ans)
La peste des meschans seducteurs mesdisans,
La licence du peuple, & la fureur des villes
Troublerent son Estat de cent guerres ciuiles.
Comme vn terrible orage esleué par le vent,
Qui trouble en boursouflant, tournoyant &
    mouuant
La mer vague sur vague en tortis retrainée,
Ou comme vne Megere aux Enfers déchainée,
Tout se rua sur luy. Le Soleil de despit
Abominant la Terre, en vestit noir habit :
Il se roüilla la face, & la Lune argentée
De taches eut long-temps sa corne ensanglan-
    tée :
La Seine outre ses bords sa rage délia,
La nourrice Cerés son bled nous dénia,
Le bon Pere ses vins, & Palés son herbage,
Et le sel si commun nous nia son vsage :
La famine & la guerre & la peste ont monstré
Que Dieu auoit son peuple en fureur rencôtré.
    Ce ROY, presques enfant vit sa France
    allumée,
Et ville contre ville en factions armée,
D'hommes & de conseil, & de tout indigent :
Il vit manger son peuple & voler son argent,
Il vit sa Majesté seruir d'vne risée,
Il vit de cent broquars sa Mere méprisée,
Il se vit dechassé de ses propres maisons,
Il vit les Temples saincts, le lieu des oraisons,
Autels & Sacremens n'estre qu'vne voirie,
La raison renuersée, & regner la furie.
    Par quatre grands combats vainquit son
    ennemy :
Mais vn feu de rancune alloit si bien parmy
Le peuple forcené, que morte vne querelle,
Vne autre d'autre part sourdoit toute nouuelle:
Ainsi vn feu d'émorche à l'autre feu se prend,
Que plus on pense esteindre, & plus il se ré-
    pand.
Ie me trouuay deux fois à sa Royale suite,
Lors que ses ennemis luy donnerent la fuite,
Quand il se pensa voir par trahison surpris
Auant qu'il peust gaigner sa cité de Paris:
Meschante nation, indigne, indigne d'estre
Du sang Hectorean, d'ainsi trahir tô Maistre!
Peuple vray'ment Scythique, ennemy de repos,
Et bien digne d'auoir pour ancestres les Goths.
    Jà de ce ieune Roy la dure Destinée

S'estoit en sa faueur plus douce retournée :
Ià son siecle en vertu se faisoit tout nouueau,
Quand vn rheume panthois, fontaine du
    cerueau,
Qui d'vn flot caterreux s'estoit entresuiuie,
Luy pourrit les poumons, souflets de nostre vie,
Despouillant le manteau de son humanité
A l'heure qu'il entroit en sa felicité.
Ainsi le marinier, creancier de Neptune,
Prest à payer les vœux qu'il deuoit à Fortune,
Ià saluant de l'œil sa maison & le bord,
Se perd, & sa nauire, entrant dedans le port.
    Il fut quatorze ans Roy, & en l'an de son
    âge
Vingt & quatre, il paya de Caron le naulage.
    Iamais esprit si beau ne si bon que le sien
N'alla sous les Lauriers du champ Elysien :
Iamais ame si sainte & en tout si parfaite,
Compagne des Heros là bas ne se fust faite,
S'il eust eu le loisir de monstrer aux humains
La force qu'il auoit & au cœur & aux mains.
    Il fut Prince bien-né, courtois & debonnaire,
D'vn esprit prôpt & vif, entre doux & colere :
Il aima la Iustice, eloquent, & discret,
Saturnien au reste à cacher son secret :
Contre les importuns il se seruoit de ruses,
Et sur tout amateur des lettres & des Muses.
    Quatorze ans ce bon Prince, alegre ie suiuy:
(Car autant qu'il fut Roy, autant ie le seruy)
Il souloit pour plaisir mes ouurages relire,
Et souuent sa Grandeur daignoit bien me
    récrire,
Et ie luy respondois, m'estimant bien-heureux
De me voir assailly d'vn Roy si genereux.
Ainsi CHARLES mourut des Muses la
    defense,
L'hôneur du genre humain, delices de la Frâce.
    FRANÇOIS Duc d'Alençon son Frere
    meurt apres,
Qui la France couurit de funestes Cypres,
Car la guerre qui fut bien loin de nostre porte
Entra dans la maison & la troubla de sorte
Que mille factions secrettes se couuoient,
Et postes & pacquets detroussez se trouuoient.
    Les villes grommeloient, & vouloient les
    villages
Secoüer de leur col le dur ioug des truages,
Et le faix des tributs, doüanes & impos,
Fardeaux démesurez qui accabloient leur dos,

Le sel, don de la mer, saliue de Neptune,
Fut vendu cherement à la pauure comune.
Sur le bled, sur le vin tailles on imposa,
La France toute en peur depuis n'en reposa,
Chacun se défioit ainsi qu'on se défie
Quãd vn Prince sãs hoirs & sans masles déuie.
   D'vn Royaume tõbé chacun veut vn lopin :
L'vn prend commencement de l'autre qui
   prend fin :
En moins de six cens ans tout Empire se change:
Le Temps est nostre pere, & le Temps nous
   remange,
Vn Saturne affamé, il luy faut obeïr,
Seruir à la Nature & non pas la haïr.
Qui blasme la Nature il blasme DIEV su-
   préme,
Car la Nature & DIEV est presque chose
   mesme :
DIEV cõmande par tout comme Prince absolu,
Elle execute, & fait cela qu'il a voulu,
Son ordre est vne chaine aimantine & ferrée
Qui se tient l'vne à l'autre étroittement serrée.
   Il fut tres-magnanime & vertueux guer-
   rier,
Qui ieune d'ans ceignit sa teste de Laurier,
Combatant pour l'honneur & pour borner la
   France
Aux riues de son Rhin : ah! en sortãt d'enfance
La Parque le rauit : ah! qui n'eut pas loisir
D'acheuer iusqu'au bout sa trame à son plaisir:
Car venant à fleurir les Destins trop contraires
Le feirent cõpagnon du Tombeau de ses Freres:
Il eut quatre Duchez, mais ny sang ny Duchez
N'ont veu des Parques Sœurs les ciseaux re-
   bouchez.
   O DIEV, dont la grandeur dedans le Ciel
   habite,
Garde d'vn œil soigneux la belle MARGVE-
   RITE
Qui tient des NAVARROIS le Sceptre en
   sa vigueur :
Ha! Mort, tu n'as point d'yeux, ny de sang,
   ny de cœur,
Et sourde tu te ris de nostre race humaine.
   La fille de HENRY, Duchesse de Lorraine,
Aprés ses Freres morts sur viure n'a voulu:
En lieu de ceste terre elle a le Ciel éleu,
Des Astres la compaigne & des ames plus sain-
   tes,

Laissant son ieune Espoux en larmes & en
   plaintes.
   Il ne restoit plus rien du germe tout diuin
Du premier Roy FRANÇOIS (car déja le
   Destin
Et la cruelle Parque en auoient fait leur proye)
Que MARGVERITE seule, honneur de la
   Sauoye,
Celeste Fleur-de-lis, quand le sort enuieux
Pour appauurir le mõde en enrichit les Cieux.
   Que n'ay-ie le sçauoir de l'escole Romaine,
Ou la Muse des Grecs? comme vn Cygne qui
   meine
Son dueil dessus Meandre, en pleurant ie dirois
La belle MARGVERITE, & ses faicts
   i'escrirois.
   Ie dirois que Pallas nasquit de la ceruelle
Du Pere Iupiter; qu'elle, Pallas nouuelle,
Sortit hors du cerueau de son Pere FRAN-
   ÇOIS,
Le pere des vertus, des armes & des Lois.
   Ie dirois qu'elle auoit l'Escu de la Gorgonne,
Que l'homme qui sa vie aux vices abandonne,
N'eust osé regarder ny de prés approcher,
Qu'il n'eust senty son corps se changer en ro-
   cher.
Ie dirois (tout ainsi que la mere Eleusine
Sema les champs de bleds) qu'elle toute diuine
Nourrice d'Helicon sema de toutes parts
La France de mestiers, de sciences, & d'arts :
   Qu'elle portoit vne ame hostelliere des Mu-
   ses,
Que les bonnes vertus estoient toutes infuses
En son corps heroïque, & quand elle nasquit,
Les Astres plus malins plus forte elle vainquit:
Et que le Ciel la feit si parfaite & si belle,
Que pour n'en faire plus en rompit le modelle,
Ne laissant pour exemple aux Princesses sinon
Le desir d'imiter le vol de son renom.
   Qu'on graue sur sa tombe vn blanc pour-
   trait d'vn Cygne,
Afin que d'âge en âge aux peuples il soit signe
Que la mere elle estoit des Muses, & aussi
Des hommes qui auoient les Muses en souci.
   Se plante à son Tombeau la viue Renommée
Ayant la trompe en bouche & l'échine em-
   plumée,
Cent aureilles, cent yeux, cent langues, & cent
   voix,

Pour

Pour chanter tous les iours, tous les ans, tous
 les mois,
De sa mort au Passant la gloire & le merite,
En criant : Si tu lis la belle MARGVERITE,
En qui tout le Ciel meit sa plus diuine part,
Tant de fois rechantée ès œuures de RON-
 SARD,
Qui fut en son viuant si precieuse chose,
Sçache que sous ce marbre en paix elle repose,
Sa cendre gist icy : & pource, Viateur,
Sois de son Epitaphe en larmes le Lecteur :
Baise sa tombe saincte, & sans souspirs ne
 passe
Des neuf Muses la Muse, & des Graces la
 Grace.
  Pour marquer sa grandeur puissent à l'a-
 uenir
Les rochers de Sauoye en sucre deuenir,
En canelle les bois, les torrens en rosée,
Et que sa tombe en soit en tous temps arrosée,
Et que pour signaler de son corps la valeur,
Y naisse de son nom & la perle & la fleur.
  Ie veux, pour n'estre ingrat, à sa feste or-
 donnée
(Qui reuiendra nouuelle au retour de l'année)
Comme vn antique Orphée en long surpelis
 blanc
Retroussé d'vne boucle & d'vn nœud sur le flac,
Chanter à haute voix d'vne bouche immortelle
L'honneur & la faueur qu'humble i'ay receu
 d'elle :
Comme elle eut soin de moy, pour l'honneur
 que i'auois
De seruir ses neueux mes maistres & mes Rois.
Ie diray que le Ciel me porte trop d'enuie
De me faire trainer vne si longue vie,
Et de me reseruer en chef demy-fleury,
Pour dresser les tombeaux des Rois qui m'ont
 nourry.
  Ie diray que des Grands la vie est incertaine,
Que fol est qui se fie en la faueur mondaine,
Vn iouët de Fortune, vne fleur du Printemps,
Puis qu'on voit tant de Rois durer si peu de
 temps.
  PIBRAC, grand ornement de la bande
 pourprée,
Encores qu'au Palais en la Chambre dorée
Deuant les Senateurs tu ais fait ébranler
Le cœur des auditeurs par ton docte parler,

Sans t'ébranler toy-mesme, estonnant l'assi-
 stance
Des foudres qui tôboient de ta viue eloquence:
Encore que ta voix ait fait plier sous toy
Les Sarmates felons, haranguant pour ton
 Roy,
Sans iamais t'émouuoir de tristesse ou de ioye :
Tu ne liras pourtant ces vers que ie t'enuoye,
Sans t'émouuoir, PIBRAC, & peut-estre
 pleurer,
Quand tu verras des Grands l'estat si peu du-
 rer,
Vn vent, vn songe, vn rien : & que la Parque
 brune,
Sans épargner personne, à chacun est commune.

EPITAPHE DE FRANCOIS DE BOVRBON, COMTE d'Anguien.

STANCES.

D'Homere Grec l'ingenieuse plu-
  me,
  Et de Timant' les animez ta-
  bleaux,
Durant leurs iours auoient vne coustume
D'arracher vifs les hommes des tombeaux :
  Ie vous dy ceux qu'il leur plaisoit encores
Resusciter en dépit de leur nuit
Obliuieuse, ores par l'encre, & ores
Par la couleur eternisant leur bruit.
  Mais telles gens deuoient leur second viure,
L'vn au papier, l'autre à la toile, & non
A la vertu, qui sans l'aide d'vn liure
Ou d'vn tableau, eternise son nom.
  Ta vertu donc seule te sert de tombe
Sans mendier ny plumes ny outils :
Car ton renom qui par la mort ne tombe,
Vit par dessus cent viuans inutils.
  Donques du Temps la force injurieuse
Ne rompt l'honneur que tu t'acquis, alors
Qu'Enyon vit ta main victorieuse
Tout le Piedmont couurir presque de mors :
  Et que le Pau te vit dessus sa riue
Rester vainqueur par vertueux effort,
Ayant pendu la despoüille captiue
Du vieil Marquis pour trophee à son bort.
  DDDddd

Apres auoir tant de gloires belliques
Mises à chef par le vouloir des Dieux,
Icy la mort mit en paix tes reliques,
Quand ton esprit fut citoyen des Cieux.
    Qui seruiront d'exemple memorable
Et d'aiguillon à la posterité,
Pour imiter ta loüange durable,
Et le Laurier que tu as merité.

PROSOPOPEE DE FEV
FRANÇOIS DE LORRAINE
Duc de Guise, tres-vertueux
Prince, & tres-excel-
lent Capitaine.

Moy, qui ay conduit en France tant d'armees,
Issu de ces vieux Rois des terres Idumees,
A moy, qui dés ieunesse aux armes ay vescu,
Des ennemis vainqueur, & nõ iamais vaincu:
A moy qui fus la crainte & l'effroy des batailles,
Qui prins & qui garday tant de fortes murailles,
A moy qui eus le cœur de proüesse animé,
A moy, qui ay l'Anglois en sa mer renfermé,
A moy, qui ay fait teste aux peuples d'Alemagne,
A moy, qui fus l'horreur de Naples & d'Espagne,
A moy, qui sans flechir, d'vne inuincible foy
Fus seruiteur de DIEV, de France & de mon Roy,
A moy, de qui le nom au Monde se voit estre
Telqu'il ne peut iamais augmẽter ny decroistre,
Ne dressez vn Tombeau par artifice humain,
Et tant de marbre dur ne polissez en vain.
    Pour tombe dressez-moy de Mets la grande ville,
Les grands murs de Calais, & ceux de Thionuille;
Et dessus mon sepulchre en deux lieux soit basty
Dreux à costé senestre, & à dextre Renty:
Grauez-y mes assauts, mes combats & mes guerres,
Fleuues, forests & monts, mers, campaignes, & terres

Qui tremblerent sous moy, & des peuples vaincus
Pendez-y les harnois, les noms, & les escus:
Puis à fin que ma gloire icy viue accomplie,
Assemblez sur mon corps la France & l'Italie,
Et toutes ces citez qui sentirent les coups
De ma dextre inuaincuë, & m'enterrez des-
sous.
    Ie veux pour mon sepulchre vne grande Prouince,
Qui fus vn grand guerrier, vn grand Duc, vn grand Prince:
Car vn petit tombeau n'est pas digne d'auoir
Celuy qui l'Vniuers remplit de son pouuoir.

EPITAPHE DE FEV
Monsieur d'Annebault.

'Homme seroit vn demi-Dieu parfait,
Si le grand DIEV en naissant l'auoit fait
Contre la mort immortel, sans le faire
Si tost mourir, pour son œuure défaire:
    Ou bien si DIEV ne le vouloit ainsi,
Il deuoit mettre vn rocher endurcy,
Ou de l'aimant, ou quelque fer bien large
Autour de l'homme ainsi qu'vne grand' targe,
Telle qu'auoit Gorgon, pour l'empierrer,
Elle & son dard venant nous enferrer.
    Helas! pourquoy le maistre de Nature,
DIEV Createur de toute Creature,
Voulut loger en si fraisle maison
Vne si haute & diuine raison?
Pourquoy fit-il de si petites veines,
Si petits nerfs, peaux si foibles & vaines,
Pour enfermer nos courages dedans
Et nos esprits si prompts & si ardans?
    Ou bien du tout il ne deuoit pas mettre
Tant de courage, ou il deuoit permettre
Que nostre corps fut plus fort ou plus dur
Pour resister, que le rempart d'vn mur.
    Cruel Destin, qui nos âges dérobes!
Quand les serpens ont déu estu leurs robes,
Auec la peau ils despoüillent leurs ans:
    Quand au Printemps les iours doux & plai-
sans
Sont retourneZ, en mille & mille sortes,

On voit sortir les fleurs qui sembloient mortes,
Les bois couppez reuerdissent plus beaux :
Mais quand la Parque a trenché nos fuscaux,
Sans plus ioüyr du sejour de ce monde,
L'homme là-bas s'en-va boire de l'onde
Du froid Oubly, qui sans esgard ny chois
Perd en ses eaux les Bergers & les Rois.

   Cruelle Mort ! sans yeux, ny cœur, Déesse !
Si tu prenois seulement la vieillesse,
Laissant meurir les hommes qui n'ont pas
Encor besoin de sentir le trespas :
Las ! tu aurois moisson assez fertile
Prenant à toy la vieillesse inutile :
Mais ne voulant aux ieunes pardonner,
Le nom de Tigre on te peut bien donner !

   En cent façons meurdriere tu consommes
Ore la vie, ore les biens des hommes,
» Mais en mourant l'homme a bien combatu
» Toy & ta faulx, qui meurt pour la vertu,
Comme cestuy, qui de braue entreprise,
A soustenu son Prince & son Eglise :
C'est Annebault du Dieu Mars tant chery,
Qui, ieune estant sous son pere nourry,
Qui lors estoit grand Admiral de France,
Suiuoit hardy les armes dés l'enfance :
Et outre l'âge a vestu le harnois,
Sacrant sa vie à l'honneur de nos Rois.

   La barbe encor, fleur de ieunesse tendre,
Ne commençoit sur sa iouë à s'estendre,
Que Capitaine il fut en tous dangers,
Ayant sous luy deux cens Cheuaux legers.

   Puis en croissant & en âge & en armes,
Fut conducteur de cinquante hommes d'ar-
     mes,
Monstrant par tout combien Mars l'estimoit,
Qui sa ieunesse aux combats animoit :
Car de frayeur n'eut oncques l'ame atteinte,
Et ne sçauoit quelle chose est la crainte,
S'estant trouué d'vn cœur vaillant & haut,
En maint combat, mainte allarme & assaut.

   Quand l'Espagnol, tout enflé de paroles,
Vint assaillir nostre camp à S'riZoles,
Et que la France ensanglanta ses mains
Des Espagnols & du sang des Germains,
Cet Annebault monstra lors sa vaillance,
Et le deuoir qu'il deuoit à la France :
Car bien qu'il fust d'vne fiéure assailly,
A tel besoin n'eust pas le cœur failly,
Ainçois armé d'honneur & de proüesse,

L'espée au poing ouurit en deux la presse.

   Lors saccageant, tuant & foudroyant
(Comme vn torrent de neiges ondoyant,
Gaste les bleds d'vne verte campagne)
Perdit sous luy les plus vaillans d'Espagne,
Et tellement poursuiuit son bon-heur,
Qu'il eut pour luy la pluspart de l'honneur.

   Quand la Fortune inconstante & maline
Honnit la France au camp de Graueline :
Luy, conduisant l'Arriere-garde, fit
Que l'Espagnol si soudain ne défit
Le camp François, arrestant la furie
De l'ennemy au hazard de sa vie :
Et si le reste eust imité son fait,
L'honneur François n'eust pas esté défait,
Qui fut perdu par faute de le suiure.

   Or luy, voulant plustost mourir que viure
Honteusement, fut prisonnier, & fut
Blessé d'vn coup qu'à la teste il receut :
Paya rançon de trop grosse despense,
Sans que depuis en ait eu recompense,
Tant & son bien, & son corps, & sa Foy,
Estoient voüez au seruice du Roy.

   Il a esté deux fois durant la guerre
Ostage en Flandre, & puis en Angleterre :
Il fut courtois, il fut aimé de tous,
Sage & affable, & gracieux, & dous.

   Les ennemis luy portoient reuerence,
Et les François estimoient sa prudence,
Et son parler qui n'estoit affecté.

   Il n'estoit point courtizan eshonté,
Ny en façons, ny en mœurs, ny en gestes :
Il supportoit les fortunes molestes
Patiemment, tirant d'vn cœur hautain
Au but d'honneur, & non au bien mondain,
Ayant tousiours tout le cours de sa vie
Toute vertu pour sa guide suiuie.

   Il fut tousiours à son Prince loyal,
Et aux soldats honneste & liberal,
Et ne suiuoit (comme il disoit) la guerre,
Comme beaucoup, pour du bien y acquerre,
» Mais pour l'honneur, qui est le seul loyer
» Du cœur, qui veut aux vertus s'employer.

   Il aimoit DIEV, craignant tousiours de
     faire
Chose qui fust à nostre Loy contraire :
Sa conscience estoit nette & son cœur :
Il estoit né pour l'honneste labeur,
Comme ayant l'ame & l'esprit loin du vice

D'ambition, d'enuie, & d'auarice.

Or ce Seigneur, digne du rang des Preux,
Mourut, helas! au combat deuant Dreux,
Quand la fureur & la ciuile haine
De noſtre ſang arrouſerent la plaine,
Et que la France (helas! le croiras-tu,
Peuple à venir) vit broncher la vertu
Des plus vaillans, & vit en nos batailles
Nos propres fers en nos propres entrail-
les.

Là ce Seigneur de durable renom,
Mourant ſans hoir, enſeuelit ſon nom
Auecques ſoy, & non ſa renommée,
Qui ne ſera par la mort conſommée,
Ains d'âge en âge on la verra fleurir :
» Car la vertu ne peut iamais mourir.

EPITAPHE DE FEV ROCH
CHASTEIGNER, SEIGNEVR
de la Roche de Poſé.

SI iamais ame, & belle & gene-
reuſe,
     Alla trouuer ſous la foreſt om-
breuſe
Les grands Heros, qui encore là bas
Vont exerçant le meſtier des combas :
Ceſte belle ame icy iadis hoſteſſe
D'vn ſi beau corps, paroiſt entre la preſſe
De ces grands Preux, & ſe ſied au milieu
Eſtant aſſiſe entr'eux ainſi qu'vn Dieu.

Quant à ſon corps il fut de telle race,
Qu'en noble ſang perſonne ne le paſſe :
Il fut ſi beau, ſi gaillard & parfait,
Que la Nature au monde l'auoit fait
Pour vn pourtrait de beauté toute pleine
De courtoiſie, & de douceur humaine.

Il eut le cœur ſi chaud & genereux,
Que dés enfance il fut cheualeureux,
Eſtant ſi preux, que Mars en eut enuie,
Voulant cent fois luy deſrober la vie :
Car il ſçauoit qu'vn ſi vaillant bon-heur
Effaceroit à la fin ſon honneur.

A peine eſtoit en ſa premiere enfance,
Que ſous FRANÇOIS, *grand Monarque*
     de France,
Premier du nom, haïſſant le repos,

Faiſoit craquer la cuiraſſe à ſon dos,
Et poudroyant ſous ſes pieds la campagne,
La picque au poing ſ'oppoſoit à l'Eſpagne.

Quand la ieuneſſe eut enflammé ſon cœur,
D'vn ſang plus chaud ſuiuit le camp vain-
     queur
Du Roy HENRY : *lors, aimé de Bellonne,*
Fut des premiers à recouurer Boulongne,
Où ſon cheual à la mort fut bleſſé
D'vn coup de plomb par l'ennemy pouſſé.

Pareil mal-heur receut à la Mirande :
Quand luy vaillant pouſſa toute ſa bande
Sur l'ennemy, où perdant ſon cheual,
Victorieux reuint ſans auoir mal.

Là ſecourant ceſte ville aſſiegée,
Ayant ſa main de ſa targue chargée,
En guerroyant receut par grand meſchef,
Un coup de plomb qui luy naura le chef,
Aupres la tempe, & ſi fort la tempeſte
De ce plombet luy greſla ſur la teſte,
Que ſon armet tout à plat luy froiſſa,
Et demi-mort à bas le renuerſa.

Au meſme ſiege eſtant fait Capitaine
De gens de pied, pour ſa premiere peine,
(Faiſant fuïr ſon ennemy tres-fort)
Gagna le Chef, les viures & le Fort,
Ayant rompu l'os de la iambe dextre
D'vne mouſquette : à peine pouuoit eſtre
Guary du coup, que luy, braue guerrier,
Sus l'ennemy ſ'eſlança le premier,
Où ſon cheual, au milieu de la guerre,
Mort eſtendu, mordit la froide terre.

Eſtant D'Anuille en Piedmont Viceroy,
Vn Eſpagnol trop preſumant de ſoy,
Le défia au combat de la lance :
Où d'vn grand coup cogneut bien ſa vaillance,
Et tellement en choquant le preſſa,
Que le cheual deſſus luy renuerſa
Pied contre-mont, tout ainſi qu'vne foudre
Qui fait broncher vn grand Pin ſur la poudre.

Il fut apres au milieu des dangers,
Fait conducteur de cent cheuaux legers
Deuant Vulpian, où prenant de ſa bande
Peu de ſoldats par vne aſtuce grande,
Sortant d'vn bois leurs viures il perdit,
Et par tel faict la ville ſe rendit.

Pres de Pontaſt, en la meſme contrée,
Eut d'vn plombet la cuiſſe gauche outrée
Preſqu'à la mort, fortement aſſaillant

Un escadron & nombreux & vaillant,
Qui conduisoit d'vne ardante furie
Des Espagnols la grosse artillerie.
Quand le grand Duc de Guise conduisoit
Le camp François à Naples & faisoit
De grand effroy trembler toute Italie,
Il eut le poing nauré pres de Iulie.

　Aupres d'Astul des ennemis contraint,
De trois grands coups tous diuers fut atteint,
L'vn à la cuisse, au chef, à la main destre :
Lors le cheual tombant dessous son maistre,
Le renuersa sur le sable estranger.
Là seul à pied, au milieu du danger,
Enueloppé d'vne troupe guerriere,
Sa liberté fut faicte prisonniere.

　Il fut mené pour le garder exprés
Au fort Aquile, & à Naples aprés,
Puis à Milan, fort'resse inaccessible :
Où, mal-traitté autant qu'il fut possible,
Estoit gardé d'vne dure façon,
Deux mille escus demandans pour rançon.

　Apres trois ans finis en grand' destresse,
Trompant le guet eschappa de finesse,
Si qu'en plein iour les gardes assina,
Et sans rançon aux siens sen retourna.

　Apres estant choisi entre cent mille,
Pour Lieutenant du Duc de Longueuille,
Lors que le trouble en nostre region
S'esmeut si chaud pour la Religion :
Ce Cheualier, honneur de sa Prouince,
Suiuant la part de CHARLES Roy, son
　　Prince,
Comme il poussoit les canons prés le mur
De Bourges, las! vn plomb fatal & dur
Luy écraza la teste & la ceruelle,
Perdant la vie en sa saison nouuelle.

　Or toy, Passant, qui viendras par icy,
Verse vn Printemps de roses espoissy
Sur ce Tombeau, & verse maintes branches
De vers Lauriers & vertes esparuanches:
Puis tous les ans raconte à ton enfant,
» Qu'vn beau mourir rend l'hôme triomphant,
» Dontant la Mort, quand la belle memoire
» De ses vertus est escrite en l'histoire,
» Seruant d'exemple & de publique Loy,
» Qu'vn bon subiet doit mourir pour son Roy.

EPITAPHE DE HERCVLE
STROSSE, MARESCHAL
de France.

CE n'est pas toy, STROSSE, qu'on doit
Entomber comme vne personne
Qui d'autres tiltres ne reçoit
Que les faueurs d'vne colonne.
Les murs de tant de villes prises,
Et les proües de tant de naux
Te seruiront par toy conquises,
Et de tiltres & de tombeaux.

ELEGIE EN FORME D'E-
PITAPHE, D'ANTOINE
Chasteigner, frere de Roch
Chasteigner, seigneur de la
Roche de Posé sur
l'Inde.

SI quelquefois le dueil, & les griéues
　　tristesses,
　　Ont poingt le cœur des plus
　　grandes Déesses:
Si quelquesfois Thetis pour son fils larmoya
　　Lors que Pâris aux Enfers l'enuoya :
Sepulchrale Elegie à ceste heure lamente,
　　Et de grands coups ta poitrine tourmente.
Ah! larmeuse Déesse: ah! vray'ment oren-
　　droit
　　Tu auras nom Elegie à bon droict.
Ce sonneur de tes vers, ce CHASTEIGNER
　　ta gloire,
　　A passé mort outre la riue noire :
Ce docte CHASTEIGNER, qui d'vn vers
　　qui couloit
　　Plus doux que miel, loüanger te souloit.
Voicy l'enfant Amour, qui porte despecee
　　Par grand despit sa trousse renuersee,
Porte son arc rompu, & sa torche sans feu.
Leue tes yeux & le regarde vn peu
Comme il vole tout morne, & d'vne main
　　courbee

Noircist de coups sa poitrine plombee!
N'ois-tu ses dolens cris, & ses tristes sanglos
 Sonner menu en sa poitrine enclos?
Voy d'autre part le Ieu & les Muses pleuran-
 tes,
 Et de despit les trois Graces errantes,
Comme folles crier, & Venus sans confort
 Toute pleureuse injurier la Mort.
Puis nous sommes nommez des Dieux les in-
 terpretes,
 Leur cher soucy, & leurs sacrez Poëtes!
O beaux noms sans profit! ô tiltres par trop
 vains!
 Puis que la Mort soüille à l'égal ses mains
Dedans le sang sacré des saincts Poëtes, comme
 Elle les soüille au sang d'vn vilain homme!
»Car vertu ny sçauoir ne nous retarde pas,
 »Ny pieté vn seul iour du trespas.
Orphé, que t'a serui ta mere Calliope,
 D'auoir trainé d'vne rampante trope
Les forests apres toy, d'auoir parmy les bois
 Dessauuagé les Feres sous ta vois?
Line, que t'ont seruy les accords de ta Lyre?
 A toy Thebain, que t'a seruy de dire
D'vn parler si facond, qu'à bord faire venir
 Les rochers apres toy, à fin de les vnir
Sans art de leur bon gré, dans les murs de ta
 ville?
 Que t'a seruy, Homere, ton beau stile?
Rien, car vous estes morts : mort est Aga-
 memnon,
 Achille, Aiax, mais non pas leur renom :
Par les vers animez leur viue renommee
 Ne se voit point des siecles consommee.
» Les vers tant seulement peuuent frauder la
 mort.
 Helas! amy, quel Destin ou quel sort
Helas s'opposa tant à ta gloire premiere,
 Qu'auant mourir tu ne mis en lumiere
Tes beaux vers amoureux qui chantoient à
 leur tour
 Et l'amer fiel, & le doux miel d'amour?
Vers, où chacun amant recognoissoit la peine,
 Et le plaisir de l'ardeur qui nous meine
Mille fois à la vie, & sans ne mourir pas
 Mille autrefois nous rameine au trepas :
Et toutefois helas! dans ton cercueil moisie
 Gist auec toy la belle Poësie.
Mais si mon Apollon fait mon cœur deuenir

Assez deuin pour chanter l'auenir,
Ie iure par tes os, que tandis que la France
 Estimera les vers de mon enfance,
Que tu seras loüé, & que le renom tien
 Ne perira, que perissant le mien.
Helas cher compagnon! & que ne fut ma vie
 Auecque toy d'vn mesme coup rauie!
Pourquoy ne suis-ie mort, helas! auecque toy?
 Quel fier Destin fut enuieux sur moy?
Ie fusse mort heureux d'vn mesme coup à
 l'heure,
 Où maintenant il conuient que ie meure
Mille fois sans mourir, tant me tourmente fort
 Le souuenir de ta piteuse mort.
Las! Parque, falloit-il trencher encor la trame,
 Et d'vn plombet, par force chasser l'ame
De celuy qui n'auoit vingt ans encor atteint!
 Et comme peut son estomac enceint
De tant de feux d'Amour souffrir en sa poi-
 trine
 Vn autre feu, que celuy de Cyprine?
O Ciel, ô Ciel cruel! ie m'esbahis comment
 Ce dur plombet ne fondit promptement,
Et que de CHASTEIGNER le sang a-
 moureux blesme
 Ne le changea en flames d'Amour mesme.
Cruel Mars, est-ce ainsi, est-ce ainsi, cruel
 Mars,
 Que tu cheris de Venus les soldars?
Les sonneurs de Venus, qui ta Venus doree
 Ont par leurs vers sur toutes honoree?
Tu es vn bel amy! d'ainsi faire toucher
 D'vn coup mortel son chantre le plus cher!
Mais las! que dis-ie? las! son ame est bien-
 heureuse
 D'auoir quitté sa vesture boüeuse,
Pour s'en-voler au Ciel, sans pratiquer icy
 Plus longuement la peine & le soucy.
»Heureux vrayment celuy qui ieune d'ans
 s'en-vole
 »Fraudant les haims de ceste vie folle,
»Qui tousiours nous abuse, & d'vn espoir
 trop vain
 »Nous va pipant tousiours du lendemain.
Et toy Pere vieillard de l'enfant que ie pleure,
 Réjoüis-toy de ton fils à ceste heure :
Car bien qu'il ne soit mort en plus meure sai-
 son
 Dessous le toict de ta propre maison:

Bien qu'il soit entombé d'vne pierre estrangere,
Et que la main de sa piteuse mere
A l'heure du trespas ne luy ait clos les yeux,
Et qu'en blasmant la cruauté des Dieux
N'ait cueilli de sa léure à l'entour de sa bouche
L'ame fuyante, & que dessus sa couche
Ses sœurs aux crins espars, & ses freres pleu-
rans
N'ayent versé des Oeillets bien-flairans,
N'ayent versé des Lis auec des Roses fran-
ches,
Et du Cyprés les mortuaires branches:
Pourtant, Pere vieillard, pren quelque recon-
fort,
Et d'vn vain pleur ne trempe point sa mort.
» Celuy ne meurt trop tost, n'eust-il que vingt
ans d'âge,
» Qui meurt au flot du Martial orage,
Ainsi qu'a fait ton fils pour son Roy batail-
lant:
Tell' mort conuient à tout homme vaillant,
Et non mourir au lict, ou dans la maison, com-
me
Quelque pucelle, ou quelque coüard homme.
» Celuy n'est point tué qui meurt honneste-
ment,
» Tenant au poing la pique brauement
» Pour sauuer sa patrie, & qui voudroit at-
tendre
» Cent morts, plustost qu'à l'ennemy se ren-
dre.
Ton fils n'attendit point que le rempart fut
pris,
Mais & de gloire & de vaillance espris,
Dés le premier assaut, occit vn Port'enseigne;
Et comme sa despoüille il leuoit pour enseigne
De sa ieune vertu, vn coup de plomb, helas!
Sur le rempart auança son trespas,
Outre-naurant sa gorge. & pour l'honneur de
France
Dessus la fleur de sa premiere enfance
Mourut à Teroane, & me laissa de luy
Au fond de l'ame vn eternel ennuy,
Qui, rongeard, m'accompagne, & me tient im-
primee
Tousiours au cœur sa face trop aimee.
Adieu chere ame, adieu, en eternel adieu:
Soit que l'oubli te serre en son milieu
Dans les champs Elysez, ou soit que sur la nuë

Tu sois heureuse entre les Dieux venuë,
Souuienne-toy de moy, & dans vn pré fleury
Te promenant auec mon Lignery,
Parle tousiours de moy, soit que la matinée
Ait d'Orient la clarté r'amenée;
Soit qu'il face Midy, ou soit que le Soleil
Dans l'Ocean se deualle au sommeil,
Parle tousiours de moy: de moy par les riuages,
Par les deserts des roches plus sauuages,
Entre les bois myrtés, ou dans vn Antre coy
Soir & matin parle tousiours de moy.
Que ton luth babillard autre chant ne caquette
Sinon mes vers, & de moy ton Poëte
Qui vit le cœur en dueil, souuienne-toy là-bas:
De moy qui meurs apres le tien trespas.
Sur l'herbe auprés de toy, ou sus la riue mole
Garde-moy place auprés de ton idole,
Afin que mesme place ensemble nous ayons
Et vifs & morts ensemble nous soyons.
Ie veux sans plus cela: car si i'estois Achille,
Je meurtriroy sur ta fosse cent mille
Espagnols tes meurtriers, & te feroy des jeux,
Que d'an en an nos plus tardifs neueux,
Deuots, celebreroient & d'escrime & de course,
Où prés Posé l'Inde allonge sa source.
Mais pour autant, Ami, qu'Achille ie ne suis,
Et que par sang vanger ie ne te puis,
Pren, pren, chere ame, pren le plus de ma puis-
sance,
Et par mes vers pren des ans la vengeance.
Reçoy, mon cher Patrocle, au milieu de ce pré
Ce neuf autel à ton nom consacré,
Qu'humble ie te dedie auecque ce Lierre,
Et ce ruisseau qui par neuf fois l'enserre.
Dessus quatre gazons sur ton vuide Tombeau
I'espan du laict, i'espan du vin nouueau,
Me meurtrissãt de coups, & couché sur ta lame
Par trois grás cris i'appelle en vain ton ame.
Comme Achille à Patrocl', ie te tons mes che-
ueux,
Que dés long temps i'auois promis en vœux
A mon fleuue du Loir, si i'eusse par ma peine
Conduit Francus au riuage de Seine:
Qui depuis s'orgueillit de l'honneur de son nom,
Et qui se vante encor de mon renom.
Mais voilà mes cheueux, prē-les, ie te les coupe:
Et tout ainsi qu'enclos en ceste coupe
Je les mets prés les tiens, puissent en doux repos
Auprés les tiens estre logez mes os.

EPITAPHE D'ANNE DVC
DE MONTMORENCY, PAIR,
& Conneſtable de
France.

 I d'vn Seigneur la vertu memo-
rable
Maugré la Mort doit eſtre per-
durable:
Si vn grand Duc a iamais merité
D'eſtre immortel à la poſterité :
Et ſi iamais vne fameuſe hiſtoire
Se doit grauer au Temple de Memoire,
C'eſt de celuy lequel repoſe icy.
Grand Conneſtable, ANNE MONT-MO-
RENCY,
Grand Duc & Pair, grand en tout, dont la
vie
A ſurmonté ſoy-meſmes & l'enuie,
En conſacrant (comme non abbatu
D'aucun mal-heur) ſes faits à ſa vertu.
    Quiconque ſois, deſpeche-toy de lire
Tout ce diſcours, pour t'en retourner dire
A tes enfans les geſtes & l'honneur
D'vn ſi vaillant & vertueux Seigneur,
A fin que d'âge en âge on le cognoiſſe,
Et ſon Tombeau pour exemple apparoiſſe
A tous François de ne faulſer ſa foy,
De craindre Dieu & mourir pour ſon Roy.
    Quant à ſa race, il tira ſa naiſſance
D'vne Maiſon tres-illuſtre en la France,
Qui de tout temps vertueuſe florit,
Et le premier honora IESVS-CHRIST:
MONT-MORENCY ceſte race eſt nom-
mée,
En faits de guerre & de paix renommée,
Noble d'ayeux & biſayeux, qui ont
Touſiours porté les Lauriers ſur le front.
    Or tout ainſi qu'vne riche abondance
A plus d'honneurs qu'vne pauure indigence,
Et que les prez plus luiſans de couleurs
Sont les plus beaux pour leurs diuerſes fleurs :
Ceſte race eſt ſur toutes la plus belle,
Race heroïque & antique, laquelle
De fils en fils (guerriers victorieux)
A ſon renom éleué iuſqu'aux Cieux :
Groſſe d'honneurs & de noms memorables,

Conceuant ſeule, Admiraux, Conneſtables,
Grands Mareſchaux , & mille digniteZ
Dont les hauteurs , honneurs, authoriteZ,
Comme à foiſon communes en leur race
(Ne cedant point aux plus grandes de place)
Ont gouuerné, prochaines de nos Rois,
Heureuſement l'empire des François :
Mais comme on voit entre cent mille eſtoiles
(Lors que la nuict a fait brunir ſes voiles)
Vne planette apparoiſtre à nos yeux
D'vn front plus clair, d'vn feu plus radieux,
Qui tout le Ciel dore de ſa lumiere,
Fait vn grand cerne, & reluiſt la premiere.
Ainſi ce Duc, celebre, a ſurmonté
Ceux de ſa race en illuſtre clarté,
En grands honneurs, grands faueurs, grand
courage,
En grand eſprit, grand ſçauoir, grand vſage,
Grand Cheualier, grand guerrier, qui a fait
Vn cours de vie honorable & parfait:
Tel qu'il deuoit pour ſes vertus attendre,
Où l'enuieux n'a trouué que reprendre.
    De cinq grands Roys, grands Princes de
renom,
Fut ſeruiteur & preſque compagnon :
Tant ſa prudence & vaillance honorable
Enuers les Roys le rendoit fauorable :
Mais par ſur tous fut tellement chery
Du grand Monarque inuincible HENRY,
Que la faueur ne l'euſt ſçeu plus accroiſtre,
Seul au ſommet des faueurs de ſon Maiſtre.
    FRANÇOIS Premier aux honneurs l'é-
léua,
Où la Fortune inconſtante eſprouua,
Tantoſt heureuſe & tantoſt mal-heureuſe:
Mais de ſon cœur la vertu genereuſe
Ne ſ'abaiſſa, foible, ſous la douleur,
Prenant vigueur de ſon propre mal-heur.
» L'homme en naiſſant n'a du Ciel aſſeü-
rance
» De voir ſa vie en égale balance :
» Il faut ſentir de Fortune la main :
» Tel eſt le ſort de noſtre genre humain.
    Ce Conneſtable exerçant ſon office,
Fit à nos Roys ſi fidele ſeruice,
Que la Iuſtice inique il reprima,
Et la Nobleſſe aux armes reforma,
Ne ſouffrant plus que la Gendarmerie,
Comme autrefois, fuſt vne pillerie.

A l'Heresie il opposa les Lois,
Par les Citez fit florir les bourgeois,
Et par les champs les laboureurs, de sorte
Que dessous luy toute fraude estoit morte :
Car n'offensant par ses gestes aucun,
Sa vie estoit vn exemple à chacun.

En guerre il fut valeureux au possible,
Dur au trauail, d'vn courage inuincible,
Resolu, sage & qui en bon conseil
N'a de son temps rencontré son pareil.

Si qu'on doutoit en voyant sa prudence
Si dextrement coniointe à la vaillance,
Auquel estoient plus conuenans ses faits,
Ou pour la guerre, ou pour le temps de Paix.

Il eut au cœur si profondement née
L'honneste ardeur d'accroistre sa lignée
Et de la voir en grand nombre florir,
Braue aux combats, ardante de mourir
Ainsi que luy au milieu des gend'armes,
Que tous ses fils ordonna pour les armes,
Non à l'Eglise, ou au métier de ceux
Qui sans trauail languissent paresseux.

Sa volonté n'a point esté trompée,
Ayant ses fils tous enfans de l'espée,
Sacrez à Mars, quatre freres qui vont
Portant l'honneur du pere sur le front :
Qui tous estoient presens à la bataille
Où ce grand Duc, par ceste Sœur qui taille
Le fil humain, vit le sien detranché
A si vieil âge honorable attaché :
Fil qui serroit d'vne si blanche trame
Vn corps si fort à vne si forte ame.

Aprés auoir en sa vieille saison
Remply d'honneurs & de biens sa maison,
Riche esleué par tout moyen honneste,
Mis des Lauriers sur le haut de sa teste,
Et sage & braue entre les conquereurs,
Fait teste aux Roys, fait teste aux Empe-
    reurs,
Prins & gardé mainte ville assiegée,
Esté huict fois en bataille rangée,
Pour cinq grands Roys combatant d'vn grand
    cœur,
Ores vaincu, & ores le vainqueur.
Apres auoir de Fortune diuerse
Diuerses fois senty mainte trauerse,
N'enflant son cœur en la prosperité,
Ne l'abaissant en l'infelicité.

Aprés auoir d'vne ferme alliance

Ioinct la Sauoye & l'Espagne & la France,
N'ayant iamais en son deuoir failly
Fut toutefois de l'enuie assailly :
Comme iadis maint braue Capitaine
De la gent Grecque, & de la gent Romaine,
Qui pour auoir leur pays trop aimé,
Virent leur nom du peuple diffamé.

Or comme on voit qu'vn bon athlete anti-
    que
Ne peut souffrir que la iouste Olympique,
Où dés ieunesse il auoit combatu,
Sans luy se passe, encor que la vertu
De son vieil corps par l'âge soit cassée,
Chaud toutefois d'vne ieune pensée,
Du croc roüillé détache son harnois,
Et va combatre au milieu des tournois,
Et tout poudreux de mourir il s'essaye,
Non de vieillesse, ains d'vne belle playe,
Par son sang mesme acquerant de l'honneur.

Ainsi a fait ce vertueux Seigneur,
Lequel chargé de quatre-vingts ans d'âge
(Plein toutefois d'vn valeureux courage)
Pour s'honorer d'vn glorieux trespas,
Versa son sang au milieu des combas :
Ratifiant les actes de sa vie
Par vne mort d'vne gloire suiuie :
» Car volontiers par vn commun accord
» La belle vie engendre belle mort.

Donc, toy Passant, qui as oüy les gestes
De ce mortel comparable aux celestes,
Entens sa fin, puis tu diras soudain
Que rien n'est ferme en ce cloistre mondain.

Quand les François par ciuiles batailles
Tournoient le fer en leurs propres entrailles,
Espoinçonnez d'infernale fureur,
Ce bon vieillard s'opposant à l'erreur,
Pour le secours du Roy son ieune Maistre
Fit toute France en armes apparaistre,
Dressa son camp & d'vn cœur hazardeux
Prés Sainct Denys se campa deuant eux,
Tout le premier marchant deuant sa bande,
Comme vn grand chef qui aux troupes com-
    mande.

A l'aborder viuement s'élança,
Et sur la poudre à ses pieds renuersa
Vn Cheualier, luy passant son espée
Outre le corps iusqu'aux gardes trempée.
Lors les François deuenus furieux
Par la vertu du Duc victorieux,

Honteux de voir qu'vne telle vieillesse
Faisoit rougir leur gaillarde ieunesse,
De pieds, de teste, & de glaiue pointu,
Ioignans Fortune auec la vertu,
D'vn si grand heurt les ennemis presserent,
Que sans vergongne en fuite les pousserent,
Enuironnant d'vne pouldre leur doz,
Le cœur de crainte, & de glace leurs oz.

 Et si la nuict (bonne mere commune)
N'eust eu pitié de si triste fortune,
Si des suiuans n'eust desrobé la main,
Et les fuyans enfermez en son sein,
Vn mesme soir par mesme destinee
Auoit finy la guerre & leur iournée.

 Comme il forçoit le front du second rang,
L'espee au poing, prodigue de son sang,
Vn, qui n'osoit l'aborder en la face,
Vint par derriere, & de sa coutelace
En quatre endroits le Chef luy detrancha,
Puis vn boulet dans les reins luy cacha.
Nauré à mort par vn hazard de guerre
Ce preux vieillard fut renuersé par terre,
Rouge de sang, couuert de poudre : & lors
Se fit voiler le visage & le corps,
Pour n'amoindrir aux soldats le courage,
Voyant leur chef occis en tel orage.

 Ainsi broncha ce grand Duc des François:
Dessus luy fit vn grand bruit son harnois,
En la façon qu'aux montaignes Rifees
Tombe vn viel Chesne ennobly de trofees,
Qui iusqu'au Ciel leuoit de toutes pars
Ses bras chargez des victoires de Mars,
Que les pasteurs de toute la contree
Ornoient de fleurs, comme plante sacree.

 Puis en parlant à Sanzé son Cousin,
Luy dist ; Sanzé, bien-heureuse est ma fin
D'ainsi mourir : mon trespas me doit plaire,
Perdant ma vie en si beau cimetaire.

 I'ay mon seruice en mourant approuué :
Dites au Roy qu'à la fin i'ay trouué
L'heureuse mort en mes playes cachee,
Que tant de fois i'auois pour luy cherchee.

 Il demandoit combien restoit de iour,
Et qu'il falloit poursuiure sans seiour
Des ennemis la victoire gaignee,
Que par son sang il nous auoit donnee.

 Il demandoit si le cruel effort
Aux autres Chefs auoit donné la mort
Ainsi qu'à luy : dites-leur, ie vous prie,

Que d'vne brusque & ardante furie
Pour nostre Prince ils marchent en auant,
Et la victoire ils aillent poursuiuant :
Si qu'en mourant n'auoit en sa memoire
Que ces beaux mots de Victoire, Victoire.

 Ainsi constant ce bon vieillard parla :
Deux iours aprés son ame s'en-vola
Aupres des Roys ses Maistres, en sa place
Laissant çà bas vne immortelle trace,
Et vn exemple à la posterité
De ses vertus & de sa loyauté.

 Vous donques Fils heritiers d'vn tel pere,
Bien que soyez en fortune prospere,
Riches d'honneur, de faueur & de bien,
Ne fendez point le marbre Parien,
Et ne fendez des colonnes de cuiure
Pour faire icy vostre Pere reuiure.

 En lieu de marbre & de piliers diuers
Enterrez-moy vostre Pere en ces vers,
Et l'honorez de nostre Poësie.

 Vne Colonne à la fin est moisie,
Et les tombeaux par l'âge sont dontez,
Non pas les vers que la Muse a chantez.

 Loin de ce mort soient les pompes fune-
  bres,
Ces habits noirs, ces feux par les tenebres,
Larmes & cris : marche le corselet
Percé, sanglant, marche le gantelet,
Son morion, sa lance & sa cornette.

 Le tabourin, le fifre & la trompette,
Tonnans au Ciel par differens accords
D'vn masle son marchent deuant le corps,
Et que tel bruit la Mort mesmes assomme.

 Il faut ainsi enterrer vn fort homme,
Car au milieu des chapes & des Croix,
D'vn vaillant Duc ne sied mal le harnois :
Qui de là haut en sa gloire infinie
Se plaist encor d'vne telle harmonie,
Comme estant mort plein d'inuincible foy,
Pour soustenir son Eglise & son Roy.

EPITAPHE DE MESSIRE
LOVYS DE BVEIL, COMTE
de Sanferre, excellent Capitaine.

Y deſſous giſt vn Comte de San-
　　ſerre,
　　Vn preux LOVYS DE BVEIL,
　　　　qui auoit
Autant de dons que nature en pouuoit
Mettre en vn corps magnanime à la guerre.
　Cy giſt celuy qui ſembloit vn tonnerre
Quand de ſes Rois les ennemis trouuoit,
Que la vertu & l'honneur qu'il ſuiuoit
Firent ſans pair tant qu'il veſquit en terre.
　Mais le haut Ciel qu'homme ne peut flechir,
L'oſta du monde, à fin de s'enrichir
De ſa belle ame à nulle autre ſeconde:
　Pour ne ſouffrir qu'vn cœur ſi valeureux
Viſt noſtre ſiecle ingrat & malheureux,
Où la vertu ne viuoit plus au monde.

EPITAPHE DV SEIGNEVR
DE SCILLAC.

V ſoit, Soleil, que d'en-bas tu
　　retournes
　　De l'Antipode, ou ſoit que tu ſe-
　　　　iournes
Sur noſtre Monde: hé! dy-moy, grand Flam-
　　beau,
Allant, venant, as-tu rien veu ſi beau,
Si valeureux que ce corps, que la terre
Mere commune en ceſte Tombe enſerre,
Qui deuoit luire apres le ſien treſpas
Là haut au Ciel, non pourrir icy bas?
　Et toy, Tombeau, qui durement enfermes
Cil qui ioignit les Muſes & les armes,
Combien de fois as-tu la nuiſt icy
Ouy gemir tout desfait & tranſy
Le ſainſt troupeau des Muſes, & appendre,
Triſte preſent, leurs cheueux à ſa cendre?
Qui des premiers Gentils-hommes François
Sur Helicon ſe baigna par neuf fois,
Beut de Permeſſe, & par bois & campagnes
Suiuit les pas des neuf Nymphes compagnes:
Fut à leur bal ſous la Lune, & ſoudain

De leurs beaux dons ſe remplit tout le ſein.
　Mais Eraton ſur toutes amiable,
Muſe d'Amour, luy eſtoit agreable.
　Que diray plus? Mars le fis bon guerrier,
Bon à cheual, au combat le premier,
Vaillant à pied, qui par trop de proüeſſe,
Perdit la vie en la fleur de ieuneſſe.
　Il craignit Dieu, il honora ſes Rois,
Obſeruateur des paternelles loix,
Et qui iamais ne gaſta ſa poitrine
D'vne nouuelle eſtrangere doſtrine:
Mais ſouſtenant de ſes Peres la Foy,
Mourut pour Dieu, pour la France & ſon
　　Roy,
Donnant exemple aux Nobles de le ſuiure,
Et comme il fit de mourir & de viure.
　En l'an ſoixante & neuf, que France eſtoit
Toute troublée, & qu'vne part veſtoit
D'armes ſon dos pour ſecourir ſon Prince,
Et l'autre part ſaccageoit ſa prouince,
Ne pardonnant à Temples ny Autels,
(Les fiers Geans ne furent iamais tels !)
Vn grand orage, ains pluſtoſt vne foudre,
De Prouençaux plus eſpais que la poudre
Ou les ſablons, contre leur Roy mutins,
Gaſtoient par tout les champs Perigordins,
Voulans leur ioindre au grand Camp des Re-
　　belles.
　Ce Preux orné de vertus immortelles,
S'y oppoſa, & combattant il fit
Que leur Camp fut d'vne part desconfit:
　Mais il tomba la ſanglante victime
Du noir Pluton: bien qu'il fuſt magnanime,
Et fort guerrier, il ne peuſt à la fin,
Verſant ſon ſang, euiter le Deſtin.
　Il eut d'vn plomb la poitrine perſee,
Il eut la teſte en ſix endroits bleſſee,
Mourant, helas! d'vn viſage ioyeux,
Dequoy ſon Prince eſtoit victorieux:
» Tant vn bon cœur qui eſt touché de gloire,
» Ayme ſon Dieu, ſon Prince & la victoire!
　Commè il eſtoit en ce mortel ennuy,
Vn ſien ſoldat auiſe aupres de luy:
Quand tu verras (ce luy dit) ma lumiere
Du tout eſteinte en vne nuiſt derniere,
De mes doigts oſte vn Cher anneau, ſoudart,
Rends-le à ma Dame & luy dis de ma part,
Baiſant ſa main, que par faute de vie,
Et non d'amour, plus ne ſera ſeruie

De moy, qui tombe au fleuue Stygieux :
Iurant son front, sa bouche, & ses beaux
*   yeux,*
Qu'encor i'auray sur l'infernal riuage
Peint en l'esprit son nom & son visage.

*   Il dit ainsi, & ainsi finissant,*
Alla sa vie & son sang vomissant.

*   Il fut de noble & vertueuse race :*
Il fut puisné, Scillac estoit sa place,
Iacques son nom, la Chastre son surnom,
Et n'eut horreur à trespasser, sinon
Le seul regret qu'il auoit de sa Dame,
Qui demy-mort luy reuenoit en l'ame.

*   Baigne, Passant, son sepulchre de pleurs,*
Puis verse aupres vne moisson de fleurs,
Myrtes, Lauriers : car le corps qui repose
Icy dessous, ne demande autre chose,
Comme celuy qui fut en son viuant
D'Amour, de Mars, & des Muses seruant.

EPITAPHE DE PHILIPPES
DE COMMINES,
Historien.

Entre-parleurs.

Le Prestre & le Passant.

PASSANT.

Velle est ceste Deesse emprainte
*   en ceste yuoire,*
*   Qui se rompt les cheueux à pleines*
*   mains ? Pr. L'Histoire.*
Pa. Et l'autre qui d'vn œil tristement despité
Lamente à ce tombeau ? Pr. La simple Verité.
Pa. Ne gist point mort icy le Romain Tite-
*   Liue ?*
Pr. Non, mais vn Bourguignon, dont la me-
*   moire viue*
Surpasse ce Romain, pour sçauoir égaler
La verité du faict auec le beau parler.
Pa. Dy-moy ce corps doüé de tant de vertus
*   dines.*
Pr. Philippes fut son nom, son surnom de Com-
*   mines.*
Pa. Fut-il riche, ou s'il fut de basse race issu ?
Pr. Il fut riche, & si fut de noble sang conceu.

Pa. Que conte son Histoire ? Pr. Elle dit le
*   voyage*
Que fit CHARLES à Naple, & le bouché
*   passage*
De Fortune ennemie, & des mesmes François
Les combats variez encontre les Anglois,
Et contre les Bretons, & les querelles folles
De nos Princes fauteurs du Comte de Cha-
*   roles,*
Lors que Mars auila de la France le los,
Et que le Mont-Hery la vid tourner le dos.
Pa. Fut-il present au faict, ou bien s'il l'oüit
*   dire ?*
Pr. Il fut present au faict, & n'a voulu de-
*   scrire*
Sinon ce qu'il a veu : ne pour Duc ne pour Roy,
Il n'a voulu trahir de l'Histoire la foy.
Pa. De quel estat fut-il ? Pr. De gouuerner les
*   Princes,*
Et sage Ambassadeur aux estranges Prouinces,
Pour l'honneur de son Maistre obstiné tra-
*   uailler,*
Et guerrier pour son Maistre, obstiné batailler.
Pa. Pour auoir ioint la plume ensemble auec la
*   lance,*
Qu'eust-il, Prestre, dy-moy, pour toute re-
*   compense ?*
Pr. Ah, fiere ingratitude ! il eut contre rai-
*   son*
La haine de son Maistre, & deux ans de prisō.
Pa. Quels Maistres auoit-il ? Pr. Philippes de
*   Bourgongne,*
Le Roy CHARLES huictiesme, & Loys :
*   ô vergongne,*
Vn Duc & deux grands Rois : sa vertu tou-
*   tesfois*
Ne se vid guerdonner ny de Ducs ny de Rois.
Bien qu'ils fussent suiuis d'vne pompeuse trope,
Qu'ils eussent en leurs mains les brides de l'Eu-
*   rope ;*
Si fussent-ils peris, & leur renom fust vain,
Sans la vraye faueur de ce noble Escriuain,
Qui vifs hors du tombeau de la mort les de-
*   liure,*
Et mieux qu'en leur viuant les fait encore
*   viure.*

*   Or toy, quiconque sois qui t'enquestes ainsi,*
Si tu n'as plus que faire en ceste Eglise icy,
Retourne en ta maison & conte à tes fils comme
*   Tu as*

Tu-as veu le Tombeau du premier Gentil-
  homme,
Qui d'vn cœur vertueux fit à la France voir
Que c'est honneur de ioindre aux armes le
  sçauoir.

EPITAPHE D'ARTVSE DE VERNON, DAME DE TELIGNY.

Y git (qui le croira ?) vne morte
  fontaine ;
Vne fontaine, non, mais vne bel-
  le Fée,
ARTVSE, *qui laissa sa belle robbe humaine*
Sous terre, pour reuoir dans le Ciel son Alphee.
  ARTVSE, *non, ie faux, c'est toy Nymphe*
  ARETHVSE,
Qui de tes claires eaux la source as fait tarir,
Et tarissant n'y eut ny Charite, ny Muse,
Qui ne pleurast, voyant ta fontaine perir.
  Et rompant leurs cheueux frapperent leurs
  poitrines,
Sur le haut d'Helicon languissantes d'esmoy,
Et maudissoient le iour qu'elles furent diuines,
Pour ne sçauoir mourir de douleur comme toy.
  Les Muses te vantoient la plus docte de
  France,
Les Charites chantoient ta simple honnesteté :
Mais tout cela se passe, & vient en decadence
Comme neige au Soleil, ou comme fleur d'Esté.
  L'onde qui distiloit de ta diuine source,
T'aduertissoit assez que tu deuois aller
Aussi-tost dans le Ciel, que tu voyois ta course
Parmy les prez mōdains soudainemēt couler.
  Or, tu es morte, Nymphe, & riē en ceste terre
Ne nous reste de toy sinon le vain Tombeau :
Ah ! trop ingrat Tombeau, qui froidement
  enserre
Cela qui n'est plus rien, & fut iadis si beau !
  Adieu belle ARETHVSE, *ou soit que tu*
  demeures
Dedans le Ciel là haut franche de nos liens,
Soit que tu sois là bas aux plaisantes demeures
Des vergers fleurissans aux champs Elysiens :
  Reçoy ces beaux œillets, reçoy ces roses pleines
De mes pleurs, dont ie viens ta Tōbe couronner :
Les lys & les œillets sont les dons qu'aux fon-
  taines,
Cōme autrefois tu fus, vn Passant doit donner.

EPITAPHE D'ANDRE' BLON-DET, LYONNOIS, SEIGNEVR de Rocquancourt.

Out ce qui est en ce grand Vni-
  uers,
Est composé de deux genres di-
  uers,
L'vn est mortel, & l'autre n'a sa vie,
Comme la nostre, à la mort asseruie :
Tous deux aussi possedent diuers lieux,
L'vn en la terre, & l'autre habite aux Cieux.
  Tout ce qui est là haut outre la Lune,
Vit seurement, sans desfiance aucune
De voir son estre, ou dissoult, ou mué,
Ou son espece en autre remué :
Car tout parfait vit en toute asseurance,
Se soustenant de sa propre substance,
Loin de la mort, & bien loin du soucy,
Qui aux humains ronge le cœur icy.
  Mais tout cela qui vit dessous la nuë,
Et de ses pieds foule la terre nüe,
Soit les oiseaux, vagues hostes de l'air,
Soit les poissons, citoyens de la mer :
Soit à l'escart dans les forests ramees,
Des cerfs legers les grand's testes armees,
Doiuent mourir : ils sont engendrez tels,
Et de la mort sont appelez mortels.
  Mais par-sur tous l'homme qui est semblable
D'esprit aux Dieux, est le plus miserable :
Et la Raison qui vient diuinement,
Luy est vendüe vn peu trop cherement.
  A tout le moins si Nature honorable
Eust ordonné d'arrest irreuocable,
Que les méchans mourroient tant seulement,
Viuans les bons perpetuellement,
Quelque confort auroit nostre misere,
Et la Nature à bon droit seroit mere.
Mais quand on void les méchans si long-temps
Viure gaillards au terme de cent ans,
Sans amender leur malice premiere :
Et quand on void les bons ne viure guiere,
L'humanité de l'homme soucieux
De s'enquerir, en accuse les Cieux.
  Las ! qui verroit dans vn gras labourage
Tomber du Ciel le mal-heureux orage,
Qui d'vne gresle, & d'vn vent iusqu'au fond

EEEeee

Perdroit les bleds qui jà grandets se font
Tous heriffez d'espics, où la femence
A se former à quatre rangs commence,
Et laisseroit seulement dans les Champs
La noire yuraye, & les chardons tranchans,
La ronce aiguë, & la mordante espine
Qui sur le bled miserable domine.
Qui est celuy, tant soit constant de cœur,
Qui n'accusast la celeste rigueur,
Et ne branlast contre le Ciel la teste,
D'auoir rué vne telle tempeste?
» Or toutefois conformer il nous faut
» Au sainct vouloir du grand Dieu de là
     haut,
» Qui des mortels à son vouloir dispose,
» Et pour le mieux ordonne toute chose:
Lequel a pris en sa celeste Court
A N D R E' B L O N D E T *seigneur de* R O C-
     Q V A N C O V R T,
Et l'a tiré de ceste fange humaine
Pour luy donner demeure plus certaine,
Où loin d'ennuis & de soins langoureux
Vit tres-heureux entre les bien-heureux.
Car bien qu'il fust grand Tresorier de France,
Bien qu'à l'Espargne il eust toute puissance,
Qu'il fut courtois, gracieux & gentil,
D'vn esprit vif, vigilant & subtil,
Qu'il fust amy des belles Pierides,
De leurs rochers, des sources Aonides,
Bon seruiteur des Princes & des Rois:
Si fut-il né pour mourir quelquefois,
Et pour changer ce miserable Monde,
Pour estre au Ciel où tout plaisir abonde.
     Doncques, L E F E V R E, *oste le desplaisir*
Qui pour sa mort t'estoit venu saisir,
Et ne repugne à la volonté sainte:
La sourde main n'entend point ta complainte,
Et par tes pleurs ne se peut racheter:
Aussi tes pleurs il ne peut écouter
Ny tes souspirs, comme estant froide cendre,
Qui plus ne peut tes paroles entendre:
Et tu te peux toy-mesmes tourmenter,
Et ton ennuy par larmes augmenter,
Te consommant de douleur soucieuse
Pour le regret d'vne ame bien-heureuse,
Qui vit au Ciel, exempte du trespas
Qui te demande, & tous ceux d'icy bas.

EPITAPHE DE LOYSE DE MAILLY, ABBESSE DE Caen & du Lis.

L'Esprit de la deffuncte parle au Passant.

     V soit que la Fortune, ou soit
     que le chemin
     T'ait conduit à ma tombe, écou-
     te à quelle fin
Passant, ie te suppli' d'arrester pour entendre,
Tant sois-tu bien appris, ce qu'il te faut ap-
     prendre
Pour mespriser le monde, & leuer ton esprit
A Dieu, dont tu es fils par vn seul I E S V S-
     C H R I S T:
Tu apprendras icy que les choses mondaines,
Par exemple de moy sont caduques & vaines,
Qui maintenant ne suis quant au monde plus
     riens:
» Tu apprendras encor que ny faueurs ny
     biens,
» Noble sang, ny parens, tant soient grands,
     n'ont puissance
» De faire tous ensemble à la Mort resistance.
Car si pour estre riche on ne deuoit mourir,
La richesse à bon droit me deuoit secourir,
Qui fus en mon viuant du Lis & Caen Ab-
     besse:
Et si contre la mort profitoit la Noblesse,
Encores moins son dart eust mon corps assailly,
Car i'estois de la race & du sang de M A I L L Y.
F E R R Y, *jadis Baron de Conty fut mon pere,*
Et de M O N T M O R E N C Y L O Y S E *fut*
     ma mere:
I'eu pour Oncle & Seigneur A N N E M O N T-
     M O R E N C Y
Connestable de France, & pour freres aussi
Messieurs de C O L L I G N Y, *de qui la renommee*
Viuante ne sera des âges consommee,
Plus forte que l'oubly: mais la mort qui n'a pas
A telle chose esgard, m'a conduite au trespas
Aussi bien qu'elle fait la moindre creature,
Et ne m'a rien laissé que ceste pierre dure.
» Comme vn bon pellerin s'éjoüit en son cœur
D'auoir de son voyage accomply la longueur

» *Pour reuoir au logis la face de son pere:*
» *Ainsi tout homme doit (pensant à la misere*
» *Qu'apporte iour & nuit ce voyage mondain)*
» *Rire d'aise en son cœur de l'accomplir soudain*
» *Pour voir son Dieu là haut, & pour estre*
   deliure
» *Des maux ausquels il faut en ce bas mon-*
   de viure:
Ainsi que maintenant en vn plus heureux lieu
Loin de soucis humains, ie vy pres de mon
   DIEV
Auecques ses Esleuz, qui comme moy se rient
Des vanitez du monde, & de ceux qui s'y fient.

EPITAPHE DE CLAVDE
DE L'AVBESPINE.

Vand L'AVBESPINE alla
   sous le tombeau
   En son Printemps, en son aage
     plus beau,
Qui fleurissoit comme vne ieune Rose
Dessus la branche au point du iour esclose,
Que la tempeste à Midy s'esleuant
Fanit à terre & fait ioüet du vent.

Vne Dryade errante escheuelee,
Seule, pensiue, en pleurant est allee
Soũs l'ombre aymé du desert AVBESPIN.

Là de sanglots trainant sa vie à fin,
Et consommant de tristesse son ame,
D'ongles pointus sa poitrine elle entame,
Et frappant l'air de cris continuels,
Nomme les Dieux & les Astres cruels,
Rompt ses cheueux, & de fureur attainte
Contre la Mort poussa telle complainte.

Sourde, cruelle & mal-heureuse Mort,
Qui m'as laissee en triste desconfort
Pour le regret d'vne si chere perte:
Ainsi que luy que ne m'as-tu couuerte
D'vn tombeau mesme? à fin qu'en doux repos
Ma cendre fust compagne de ses os,
Et que Caron, tous deux en vn voyage
Nous eust passez dessus l'autre riuage.
Car aussi bien ie ne vy plus icy,
Las! ie trespasse, & le mordant soucy,
Ioint au penser de ma perte auenuë,
En vn corps vif languissante me tüe,
Et n'ay recours qu'aux soußpirs & aux pleurs:

Cruels tesmoins de mes fortes douleurs.

Mais tel remede est propice à ma peine:
En larmoyant ie deuiendray fontaine,
Tant par les yeux de larmes i'espandray,
Ou me noyant, franche ie me rendray
Du corps fascheux, en qui ie vy sans viure,
Faicte vn esprit à fin de mieux le suiure.

Ah! fiere mort, alors que nos Printemps
En leurs verdeurs florissoient plus contens,
Luy en sa belle & premiere iouuence,
Moy en la fleur de l'âge qui commence,
Dure, felonne, au gros cœur inhumain,
Tu-as tranché d'vne cruelle main
(Du souuenir toute en fiéure ie tremble)
Le beau lien qui nous ioignit ensemble,
Et n'as vers luy si fauorable esté
Que ses beaux ans vinssent en leur Esté.

Les oisillons dedans leur nid sans plu-
   me
Par les Pasteurs ont ainsi de coustume
Estre rauis, ainçois que leurs beaux sons
Soient entendus de buissons en buissons.

Ainsi void-on sous la tempeste dure
Les blés versez en leur ieune verdure,
Et sans espoir contre terre accropis,
Ains que le chaud ait meury leurs épics.

D'où vient cela que les herbes qui crois-
   sent
Parmy les prés remeurent & renaissent,
Et quand l'homme est dans le Tombeau reclus,
Il va sous terre & ne retourne plus?

On dit qu'Orphee ardant en la poitrine
De trop d'amour, alla voir Proserpine:
Deuant Pluton si tristement sonna,
Que son espouse encor luy redonna.

Ah! que ne püis-ie ayant l'ame eschaufee
D'honneste amour deuenir vn Orphee?

I'irois là bas flechir de mes douleurs
Ces cœurs felons qui n'ont soin de nos pleurs,
Et des Enfers les ombres & les faintes
En larmoyant i'esmouü'rois de mes plaintes,
Non comme luy pour ma femme r'auoir,
Mais cher mary, seulement pour te voir,
Et pour sçauoir si la mortelle audace
T'a dérobé là bas ta belle face
Et tes beaux yeux, dont tel iour s'épandois
Que l'Amour mesme amoureux il rendoit.

Auecques moy descendroit Calliope
La Lyre au poing: car tu aimois la trope

Des Muſes ſœurs quand icy tu viuois,
Et pour plaiſir mignonnes les auois.

  Amour, Venus, les Ieux & les Charites
N'y viendroient pas : elles furent deſtruites
Quand tu mourus, mourant auecque toy :
L'honneur mourut, preud'hommie & la foy,
Et les vertus qui ſous meſme cloſture
De ton ſepulchre ont choiſi ſepulture.

  Jadis Alceſte à fin de ſecourir
Son Cher mary, pour luy voulut mourir :
Et ie voudrois pour te remettre en vie,
Qu'en te ſauuant la mienne fuſt rauie.

  Heureuſe Alceſte, heureuſe mille fois!
Cœur genereux, helas! qui ne voulois
Suruiure icy de tant de maux encloſe,
Ayant perdu vne ſi chere choſe,
Ton cœur fuſt mort entre cent mille ennuis.

  Tu fus premiere, & ſeconde ie ſuis,
Qui ne craindrois ſous les ombres deſcendre
Si par ma mort vif ie le pouuois rendre.

  Toy treſpaſſant pour mon mal appaiſer
Ie r'amaſſay de ta bouche vn baiſer,
Qui reſpirant ſur ta léure mourante
Erroit encor d'vne haleine odorante.

  D'vn long ſouſpir ce baiſer ie humay,
Uint aux poumons, au cœur ie l'enfermay,
Ie l'échaufay d'vne amoureuſe flame,
Et pour tombeau ie luy donnay mon ame.

  De ton treſpas les fleuues ont pleuré,
Et Seine large au grand cours ſeparé,
Qui ta maiſon entournoit de ſes ondes,
En a gemy ſous ſes vagues profondes :

  Les belles fleurs en ont perdu couleur :
L'Autonne atteint d'vne extreme douleur
Deuint Hyuer : les foreſts habillées
D'vn manteau verd, en furent dépoüillées.

  Tout ſe changea : les rochers & les bois
T'ont regretté : auſſi ont faict les Rois,
Princes, Seigneurs, qui auoient cognoiſſance
De ta vertu dés ta premiere enfance.

  Tout ſe paſma de triſteſſe & d'émoy :
Mais certes rien n'a tant gemy que moy,
Me conſommant de larmes inutiles.

  Le frere tien qui a pris de Neuf-villes
Son beau ſurnom, en gemit à la mort,
Sur ton ſepulchre aſſis ſans reconfort.

  Ton frere en pleure, & ta ſœur en la-
      mente,
Ton oncle grand, ton oncle s'en tourmente.

  Nous reſſemblons à ces Roſſignolets,
Qui retournant trouuent leurs nids ſeulets,
Eſtans allez chercher quelque bechée
Loin du taillis pour nourrir leur nichée,
Que le Paſteur de ſes ongles courbez
Cruellement ſans plume a dérobez.

  Decà delà d'vne complainte aiguë,
En groſſe voix, en longue & en menuë,
Entre-coupant l'haleine de leurs chants,
Font reſonner les taillis & les champs,
Et iour & nuit par les fueilles nouuelles
En gemiſſant redoublent leurs querelles.

  Ainſi, Treſ- cher, la mort nous accuſons,
Et mille maux contr'elle nous diſons :
Mais pour-neant : car elle eſt à merueilles
Sourde, & n'a point comme les Dieux d'o-
      reilles :
Pour ce les pleurs n'en peuuent approcher :
En lieu d'vn cœur elle porte vn rocher.

  A-tant ſe teut l'amoureuſe Dryade
Dont les beautez, les graces & l'œillade
Pourroient tuer la mort & le treſpas,
Forcer le Ciel : mais ces cruels n'ont pas
Ny yeux, ny cœurs, tendons, muſcles ny
      veines,
Pour ſe fléchir par prieres humaines.
» Il faut partir : car tout ce qui eſt né,
» Eſt pour mourir vn iour predeſtiné.

EPITAPHE DE FEV MON-SIEVR LE PRESIDENT DE Sainct André.

Entre-parleurs.

Le Paſſant & la Iuſtice.

LE PASSANT.

Ncor' que ce tombeau ne ſoit point
    decoré
De Marbre ny de Cuyure en
    œuure elaboré,
Qu'il ne ſoit enrichy d'vn pompeux edifice,
Si eſt-ce qu'en voyant la Déeſſe Iuſtice
Deſſus ſe lamenter, ie croy qu'il tient enclos
D'vn perſonnage illuſtre & la cendre & les os :
Pour ce raconte-moy, Déeſſe, ie te prie,

Quel fut ce corps, son nom, son estre & sa
    patrie,
Aussi de quels parens il se vid engendré.
Iust. *Il fut de Carcassonne, il eut nom Saint*
    André,
Yssu de noble race, & qui a d'auantage
Par sa propre vertu annobly son lignage.
Pas. *De quel estat fut-il ?* Iust. *De grande*
    authorité
President au Palais, qui remply d'equité
M'auoit donné son cœur, son ame & sa pensee,
Me tenant comme il faut iustement balancee.
*Bien qu'il fust venerable & d'honneurs & *
    d'enfans,
*De mœurs & de prudence & de conseil, & *
    d'ans,
Qui rendent en tous lieux l'homme plus ho-
    norable;
Bien qu'il eust vne taille aux Demidieux sem-
    blable,
Bien qu'il eust combatu l'ignorance & l'erreur,
L'asseurance des bons, des méchans la terreur,
Honoré des plus grands, aymé du populaire
Et de mes Senateurs le parfaict exemplaire :
Si est-ce que la Mort qui consomme chacun
L'a fait (comme tu vois) passer le port com-
    mun.
Les mortels ont çà bas pour vsufruict la vie,
Aussi tost au Printemps qu'en Autonne rauie,
Selon que les fuseaux des Parques l'ont filé.
Or' va, fay ton chemin, Passant, c'est trop
    parlé,
Apprens que la matiere eternelle demeure,
Et que la forme chãge & s'altere à toute heure,
Et que le composé se rompt par le discord,
Le simple seulement est exempt de la Mort.

SIXAIN POVR LES COEVRS
DE MESSIEVRS DE
l'Aubespine.

    Assant, trois cœurs en deux sont
        enterreZ icy :
      Les deux sont desia morts, l'au-
        tre vit en soucy,
Qui, demi-mort, sa vie & soy-mesme dédaigne.
Or comme ces trois cœurs en viuant n'e-
    stoient qu'vn,

C'est raison qu'à tous trois vn tombeau soit
    commun,
Afin que le cœur vif les cœurs morts accom-
    pagne.

EPITAPHE DE FRANCOISE
DE VIEIL-PONT PRIEVRE
de Poissy.

    My Passant, ie te suppli' d'at-
        tendre :
      Sous ce tombeau repose vn peu
        de cendre
D'vn corps, qui fut bien grand quand il vi-
    uoit,
Pour les vertus que ceste Dame auoit.
    C'est vne Dame heureuse & vertueuse,
Qui ne voulant estre voluptueuse,
A quatre ans vint pour estre instruite icy,
Puis à douze ans en prit le voile aussi,
Et à quatorze elle fist vœu de viure
Selon son ordre & les regles ensuiure.
    Biens & grandeurs & tiltres apparens,
Sang ancien, noblesse de parens
Ne luy failloient, ny richesse mondaine :
Mais dédaignant, comme vne chose vaine,
Tant de faueurs, plus humble apparoissoit,
Et sa vertu contre l'honneur croissoit.
Pour oncle elle eut ce grand Chef des armées
Qui de son nom les terres a semées,
Cest ANNEBAVT *de la France Admi-*
    ral,
Vtile au peuple, à son Prince feal,
Qui gouuerna de fidele creance
FRANÇOIS *premier, grand Monarque de*
    France :
Sans compagnon seul il le possedoit,
Et à nul autre en faueur ne cedoit.
C'estoit beaucoup de plaire à si grand Prince,
Qui le choisit de toute sa Prouince
Seul pour auoir entier gouuernement.
    Or de ce Roy le parfaict iugement
Ne se trompoit : car sa vertu fut telle
Qu'apres sa mort elle vit immortelle.
Il est bien vray qu'il eut des enuieux :
» (Enuiez sont les Princes & les Dieux.)
    Elle sortant d'vne si noble race,
Belle d'esprit & de corps & de face,

EEEeee iij

Auoit le front d'honneur si entourné,
Qu'en la voyant l'œil estoit estonné,
Et dans le cœur on sentoit vne crainte,
La voyant belle & ensemble si saincte.

    Vingt & sept ans elle alloit acheuant
Quand elle fut Dame de ce Conuant.
Or la voyant & belle & genereuse,
D'vn esprit prompt, & de memoire heureuse,
D'vn iugement & certain & rassis
Qui méprisoit le Monde & nos soucis,
Et toute-fois de chacun bien vouluë,
On estimoit que Dieu l'auoit esleuë,
La remplissoit de sa grace à foison,
Pour gouuerner vne telle maison:
Car de son temps en nombre on pouuoit estre
Plus de sept vingts & douze dans ce cloistre.

    Exemple fut à tous d'humilité,
D'honneur, vertu, humblesse, Chasteté;
De patience & prompte vigilance:
Et qui plus est d'entiere continence:
Aux souffreteux ses biens elle donna,
Et tellement de sa fin ordonna,
Que son trespas & la fin de sa vie
Fut d'vne mort bien-heureuse suiuie.

    Car preuoyant de son heure la fin
Leuoit les yeux vers le Seigneur, afin
D'abandonner sa prison corporelle
Pour aller voir la lumiere eternelle,
Et se rejoindre à son estre là haut
Pour bien iouïr du bien qui point ne faut.

    Doncques ayant ordonné ses affaires
Qui luy sembloient au monde necessaires,
A quarante ans en ce lieu trespassa,
Et de sa mort à chacune laissa
Dedans le cœur vne tristesse amere
Pour le regret d'vne perte si chere.

    Or va, Passant, où le pied te conduit,
Et pense en toy que le trespas te suit
Comme il a fait autrefois ceste Dame:
Pri' qu'à son corps legere soit la lame,
Et qu'en paisible & sommeilleux repos
Puissent dormir ses cendres & ses os :
Iette dessus maint Lis & mainte Rose:
Car cy-dessous la fleur d'honneur repose.

EPITAPHE DE FEV DA-
MOISELLE ANNE L'ESRAT
Angeuine.

Al-heureuse iournee
Mal-heureux Hymenee,
Qui là-bas as conduit
Ceste belle Angeuine,
Pour ses vertus indigne
De voir si tost la nuict.

    Auant qu'elle eust puissance
D'auoir la cognoissance
D'vne si saincte Amour,
Et du doux nom de mere,
La Parque trop seuere
Luy a bruny son iour.

    Hà debile Nature,
Puis que ta creature
Tu ne peux secourir!
Le Destin est le Maistre
De ce monde, & le naistre
Est cause du mourir.

  »   Ny beauté ny richesse
» Ne peuuent la rudesse
» De la Mort émouuoir:
» La Rose sur l'espine
» A sa robe pourprine
» Du matin iusqu'au soir.

    Belle ame genereuse,
Tu marches bien-heureuse
Là bas entre les fleurs,
Franche de nos miseres,
Laissant icy tes freres
En soucis & en pleurs:

    Desquels le noble couple
Passe la flame double
De ces Iumeaux diuins,
Dont l'honneur & la gloire
Luisent aux bords de Loire
Deux Astres Angeuins.

    Les riues Permessides,
Les sources Castalides,
Et l'Antre Cyrrheen
A l'enuy les cognoissent,
Et les lauriers qui croissent
Au mont Parnassien.

    Ils n'ont voulu construire

Ta Tombe de porphyre,
De pompe ny d'orgueil,
Ny de masses confuses:
Mais par l'outil des Muses
Ont basti ton cercueil.

  Des Muses la parole
Gaigne le Mauscole:
L'vn œuure de marteau,
L'autre edifice d'encre,
Où iamais la mort n'entre
Contre l'âge plus beau.

  Quelqu'vn de grand courage
Accomplira l'ouurage
Plus haut que n'est le mien:
L'ESRAT, pour te complaire,
Il me suffit de faire
Ce pilier Dorien:

  Et versant force roses
Et force fleurs escloses
Et force Myrte espais,
Supplier que la terre
D'vn mol giron enserre
Ses reliques en paix.

EPITAPHE DE MARVLLE
CAPITAINE, ET POETE
Grec tres-excellent, natif
de Constantinople.

*D*EmeneZ icy vos caroles,
Muses, & auec mes chansons
Accordez doucement les sons
De vos Luths & de vos Violes.

  Voicy de Marulle la Tombe,
Priez qu'à tout iamais du Ciel
La douce manne & le doux miel
Et la douce rosee y tombe.

  Ie faux, la Tombe de Marulle:
De luy sa Tombe n'a sinon
Les vaines lettres de son nom,
Il vit là bas auec Tibulle.

  Dessus les riues Elysees,
Et sous l'ombre des Myrtes vers,
Au bruit des eaux chante ses vers
Entre les ames bien prisees:

  Pincetant sa Lyre cornuë
En rond, au beau milieu d'vn val,
Tout le premier guide le bal,

Foulant du pied l'herbe menuë.

  Lors que ses doux accens respandent
Les douces flames de l'amour,
Les Heroïnes tout autour
De sa bouche Latine pendent.

  Tibulle auecques sa Delie
Danse la tenant par la main,
Corinne l'amoureux Romain,
Et Properce tient sa Cynthie.

  Mais quand ses graues sons réueillent
Les vieilles loüanges des Dieux,
Les esprits les plus precieux
Béans à son Luth s'émerueillent,

  Dequoy luy né sur le riuage
D'Hellesponte, a si bien chanté,
Qu'estant Grec il a surmonté
Les vieux Latins en leur langage.

  Chere Ame, pour les belles choses
Que i'appren en lisant tes vers,
Pren pour present ces Lauriers vers,
Ces frais lis & ces fraisches roses.

  Legere à tes os soit la terre:
Pluton te face vn doux recueil,
Et sur le haut de ton cercueil
Tousiours grimpe le verd Lierre.

SVR LE TRESPAS D'A-
DRIAN TVRNEBE, LECTEVR
du Roy, l'honneur des lettres
de son temps.

*I*E sçay chanter l'honneur d'vne
  riuiere:
  Mais quand ie suis sur le bord
  de la mer,
Pour la loüer, la voyant escumer
En sa grandeur si profonde & si fiere;

  Du cœur s'enfuit mon audace premiere
Prés de tant d'eau, qui me peut abysmer.
Ainsi voulant TVRNEBE r'animer,
Ie suis vaincu ayant trop de matiere.

  Comme la mer, sa loüange est sans riue,
Sans bord son los, qui luit comme vn flambeau:
D'vn si grand homme il ne faut qu'on escriue,

  Sans nos escrits son nom est assez beau:
Les bouts du Monde où le Soleil arriue,
Grands comme luy, luy seruent de Tombeau.

EEEee iiij

EPITAPHE DE IEAN DE LA PERVSE, ANGOVLMOIS, Poëte Tragique.

LAs ! tu dois à ce coup, chetiue
    Tragedie,
  Laisser tes graues Ieux,
  Laisser ta Scene vuide, & contre
    toy hardie
  Te tordre les cheueux:
Et de la mesme voix dont tu aigris les Princes
  Tombez en déconfort,
Tu dois bien annoncer aux estrages Prouinces
  Que LA PERVSE est mort.
Cour donc escheuelée, & dy que LA PERVSE
  Est mort, & qu'auiourd'huy
Le second ornement de la Tragique Muse
  Est mort auecque luy:
Mais nõ pas mort ainsi qu'il faisoit en sa Scene,
  Apres mille debas,
Les Princes & les Roys mourir d'vne mort
  vaine,
  Qui morts ne mouroient pas:
Car vn dormir de fer luy sille la paupiere
  D'vn eternel sommeil,
Et Iamais ne verra la plaisante lumiere
  De nostre beau Soleil.
Helas, cruel Pluton! puis que ta sale obscure
  Reçoit de tout quartier
Tout ce qui est au monde, & que de la Nature
  Tu es seul heritier,
Et qu'on ne peut frauder le dernier truage
  De ton port odieux,
Tu deuois pour le moins luy prester d'auantage
  L'vsufruit de nos Cieux.
Tu n'eusses riẽ perdu : car apres quelque année,
  Suiuant l'humaine Loy,
Aussi bien qu'auiourd'huy, la fiere Destinée
  L'eust emmené chez-toy.
Or Adieu donc, amy : aux Ombres dans la sale
  De ce cruel Pluton,
Tu iöues maintenant la fable de Tantale,
  Ou du pauure Ixion :
Et tu as icy haut laissé ta Scene vuide
  De Tragiques douleurs,
Laquelle autant sur toy que dessus Euripide
  Verse vn ruisseau de pleurs.

Tousiours sur le Printemps la vigne & le lierre
  D'vn refrizé rameau
Rampent pour ta couronne au plus haut de la
  pierre
  Qui te sert de Tombeau.

EPITAPHE DE NICOLAS VERGECE, GREC.

CRete me fit, la France m'a nourri,
  La Normandie icy me tient
    pourri.
  O fier Destin qui les hommes
  tourmente;
Qui fais vn Grec à Coutance perir !
» Ainsi prend fin toute chose naissante,
» De quelque part qu'on puisse icy mourir,
» Vn seul chemin nous meine à Rhadamante.

EPITAPHE DE MARIE BRACHET.

ARreste-toy, Passant : cy-dessous
  gist la cendre
  D'vne qui ne deuoit sous les om-
  bres descendre,
Mais qui deuoit plustost sans aller au tombeau,
Se faire dans le Ciel vn bel Astre nouueau,
Pour seruir de lumiere & de guide eternelle
Aux Dames qui l'honneur voudront suiure
  comme elle.
Car tout ce que Nature & le Ciel plus benin
Donnent pour ornement au sexe feminin,
Ceste Dame l'auoit, ayant tousiours suiuie
L'honorable vertu qui conduisoit sa vie.
  Les cheueux que tu vois rõpus & respandus,
Arrosez de ses pleurs tristement espandus,
Ce sont les vrais cheueux & les larmes nõ
  feintes,
Que la Pudicité, & ses compagnes saintes,
Sur la tombe ont versé, nommant les Dieux
  cruels,
D'oster si tost le iour qui luisoit aux mortels !
Car tant qu'elle vesquit, elle fut la lumiere,
Qui en toutes vertus esclairoit la premiere.
MARIE fut son nom, BRACHET fut son
  surnom,

Et sa ville Orleans, où l'on n'entend sinon
Loire contre les murs d'vne ville si forte
Encor se lamenter que sa MARIE est morte.
   Elle eut pour son espoux IEAN PREVOST,
   President,
Qui fut de la Iustice & d'honneur si ardent,
Que long-temps au Palais faisant au Roy
   seruice,
A chacun droitement administra Iustice.
   Huict fils consecutifs elle engendra de luy.
Le second de ces huict repose en mesme estuy
Que sa mere, ô pitié! & mesme tombe assemble
Et la mere & le fils en vn repos ensemble.
Il fut en son viuant General en la Cour
Des Aydes à Paris: le dard aueugle & sourd
De la mort l'a tué, pour faire à tous cognoistre
Que l'ordre s'entre-suit de mourir & de naistre.
   Mais bien qu'il fust entier, docte, & plein
   de bon-heur,
Et que sa mere fust de son siecle l'honneur,
Cela n'empescheroit qu'ainsi qu'vne fumee
Le Temps ne consumast leur belle renommee,
Sans vn autre PREVOST, lequel a suruescu
Les deux, & par ces vers leurs trespas a vaincu
Le vengeur de leur mort, comme estant l'excel-
   lence
De sa race, & tenant auiourd'huy la balance
Dans le Palais sacré, où dispensant les lois,
Merite estre nommé le Minos des François.
   Dieu le vueille garder, & faire que son om-
   bre,
Des autres qui sont morts n'aille augmenter le
   nombre:
Mais seruant au public, puisse forcer le temps,
Et, vieillard, arriuer au terme de cent ans.

EPITAPHE DV SEIGNEVR
DE QVELVS, PAR
Dialogue.

Le Passant, & le Genie.

Le P. ESt-ce icy la Tombe d'A-
      mour?
Le G. Non: car tu verrois à
      l'entour
Sa trousse à terre renuersee,
Son arc & sa flesche cassee,
A ses pieds rompu son bandeau,

Et sans lumiere son flambeau.
Le P. Est-ce point celle d'Adonis?
Le G. De Venus les pleurs infinis,
   Et du fier sanglier l'auenture
   Se verroient sur sa sepulture:
   Les pigeons, les cygnes voler,
   Amour sa mere consoler.
Le P. Est-ce Narcisse, qui aima
   L'eau qui sa face consomma,
   Amoureux de sa beauté vaine?
Le G. Aupres on verroit la fontaine,
   Et de luy transi sur le bord
   Naistre vne fleur apres sa mort.
Le P. Est-ce Aiax des Troyens vainqueur,
   Qui d'vn fer se perça le cœur,
   Tant d'erreur l'ame il eut frappée!
Le G. A bas on verroit son espée,
   Et son bouclier sans nul honneur
   Se roüiller prés de son Seigneur.
Le P. Est-ce Hyacinth', qui conuertit
   Son sang en fleur, quand il sentit
   Le palet poussé par Zephyre?
Le G. D'Apollon la piteuse Lyre
   S'entendroit icy resonner,
   Et personne ne l'oit sonner.
Le P. Qui donc repose icy dedans?
Le G. La beauté d'vn ieune Printemps,
   Et la vertu qui l'homme honore,
   Laquelle sous la Tombe encore
   En despit du mesme malheur,
   Enseigne aux François la valeur.
Le P. Quelle Parque, au cizeau cruel,
   Luy trancha sa trame? Le G. Vn duel.
   Mars comblé de peur & d'enuie,
   Deuant ses ans coupa sa vie,
   Craignant de ne se voir vaincu,
   Si ce corps eust long-temps vescu.
Le P. En quel âge vit-il Pluton?
Le G. A peine son ieune menton
   Se couuroit d'vne tendre soye
   Quand de la Parque il fut la proye.
   " Ainsi souuent le Ciel destruit
   " La plante auant que porter fruit.
Le P. Quel païs de luy s'est vanté?
Le G. Languedoc l'auoit enfanté,
   Issu de ceste vieille race
   De Leui, que le temps n'efface.
Le P. Au reste, dy son nom. Le G. QVELVS.
   Va, Passant, n'en demande plus.

POVR LE SEIGNEVR
DE MAVGIRON.

A Déesse Cyprine auoit conceu
    des Cieux,
    En ce siecle dernier, vn Enfant
    dont la venë
De flames & d'esclairs estoit si bien pourueuë
Qu'Amour son fils aisné en deuint enuieux.

  Dépit contre son frere, & jaloux de ses yeux,
Le gauche luy creua: mais sa main fut deceuë:
Car l'autre qui restoit, d'vne lumiere aiguë
Blessoit plus que deuant les hommes & les
    Dieux.

  Il vient en souspirant s'en complaindre à sa
    mere:
Sa mere s'en mocqua: Luy tout plein de colere
La Parque supplia de luy donner confort.

  La Parque comme Amour en deuint amou-
    reuse.
Ainsi MAVGIRON gist sous ceste Tombe
    ombreuse
Tout ensemble vaincu d'Amour & de la Mort.

EPITAPHE DE REMY
BELLEAV, POETE.

E taillez, mains industrieuses,
    Des pierres pour couurir BEL-
    LEAV,
    Luy-mesme a basty son Tombeau
Dedans ces pierres precieuses.

EPITAPHE D'ALBERT
IOVEVR DE LVTH DV
Roy François I.

Entre-parleurs.

Le Passant, & le Prestre.
Passant.

V'oy-ie dans ce Tombeau? Pr. Tu
    entens vne Lyre.
    Pa. Quoy? n'est-ce pas ce Luth qui
    peut si bien redire

Les Chansons d'Apollon, qui flatiez de sa vois
Tiroit apres ses pas les rochers & les bois,
Et pres de Pierie, ainsi qu'vne ceinture,
En vn rond les serroit sur la belle verdure?
Pr. Ce n'est pas cestuy-là. Pa. Quelle Lyre est-
    ce donc?
Pr. C'est celle d'vn Albert, que Phebus au poil
    blond
Apprit dés le berceau & luy donna la Harpe,
Et le Luth le meilleur qu'il mit onc en escharpe:
Si bien qu'apres sa mort son Luth mesmes en-
    clos
Dedans sa Tombe encor sonne aupres de ses os.
Pa. Ie suis émerueillé que sa Lyre premiere
En son art, ne flechit la Parque meurtriere!
Pr. Ne t'en esbahis point; Orphee qu'enfanta
Calliope, & tousiours en son sein allaita,
Ne l'a sceu point flechir, & pour la fois se-
    conde,
D'où plus il ne reuint, alla voir l'autre Monde.
Pa. Quelle mort le tua? Pr. Vne pierre qui
    vint
Luy boucher la vessie, & le conduit luy print,
En celle part où l'eau par son canal chemine,
Et tout d'vn coup boucha sa vie & son vrine.
Pa. Ie suis tout esbahy que luy qui flechissoit
Les pierres de son Luth, ne se l'amollissoit!
Pr. Aussi fit-il long-temps: car durant sa
    ieunesse
Que ses doigts remuoient d'vne agile souplesse,
Et qu'il touchoit le Luth plus viste & mieux
    à point,
Tousiours elle estoit molle, & ne roidissoit point:
Mais quand il deuint vieil, & que sa main pe-
    sante
S'engourdit sur le Luth à demy languissante,
La pierre d'vn costé dure à ses chants estoit,
Et de l'autre costé tousiours molle restoit.
Comme on voit le Coral dessous la mer s'é-
    tendre
Endurcy d'vn costé, de l'autre costé tendre.
  Cerbere à son passer tint ses gosiers fermez,
Et les Manes des morts par l'aureille charmez
Oublioient leurs trauaux: Titye sur la plaine
Aux vautours estendu, en oublia sa peine,
Phlegyas l'oublia, Sisyphe ne sentoit
Le vain labeur du roc, la roüe s'absentoit
Des membres d'Ixion, & Tantale en arriere
Ne vit de son gosier reculer sa riuiere.

Mais quel profit nous eſt-ce, & puis que
 ceux d'abas
En ont tout le plaiſir & nous ne l'auons pas?
Or toy, quiconque ſois, iette-luy mille bran-
 ches
De Laurier ſur ſa Tombe, & mille Roſes fran-
 ches,
Et le laiſſe dormir t'aſſeurant qu'auiourd'huy
Ou demain ou tantoſt, tu ſeras comme luy.

EPITAPHE DE COVRTE,
Chienne de Charles IX.

 *Fin que le Temps qui tout man-*
 ge,
N'effaçaſt vn iour la loüange,
Que COVRTE en viuant me-
 ritoit
Quand prés de CHARLES elle eſtoit,
Icy par la Parque rauie,
Du Roy reçoit vne autre vie,
La faiſant peindre en ce tableau,
Qui ſert à Courte de Tombeau.

 Courte, ſans queuë & ſans aureille,
N'auoit au Monde ſa pareille:
Auſſi dit-on que Courte auoit
Entendement quand ell' viuoit,
Plus de ſoin, plus de diligence,
Plus de raiſon, de ſouuenance
Que Petit-pere qui la tient,
A qui de rien plus ne ſouuient.

 Courte eſtoit pleine, groſſe & graſſe,
Courte joüoit de paſſe-paſſe,
Courte ſautoit ſur le baſton:
Courte nageoit iuſqu'au menton
Mieux qu'vn barbet lequel apporte
A ſon maiſtre la cane morte.

 Courte les perdrix éuentoit,
Courte les connins tourmentoit,
Courte trouuoit le liéure au giſte,
Courte iappoit, Courte alloit viſte
A corps gras, quand ſouuentefois
Couroit le cerf parmy les bois:
Courte n'auoit point de ſemblable,
Courte venoit deſſus la table
Du Roy, prendre iuſqu'en ſa main
Le biſcuit & le marſepain.
Mais quoy? ie dy les moindres choſes

Que Courte en elle auoit encloſes,
Qui par trop d'amour & de foy
Eſtoit jalouſe de ſon Roy:
Et toutefois Courte eſtoit fine,
Faiſant aux autres bonne mine,
Flatant celuy qui la traittoit
Quand loin de ſon maiſtre elle eſtoit.

 Mais ſi toſt qu'elle pouuoit eſtre
En la preſence de ſon maiſtre,
Et que ſon Roy la careſſoit,
Ses amis plus ne cognoiſſoit,
Et les mordoit comme felonne,
Ne voulant ſouffrir que perſonne
Approchaſt de ce qu'elle aimoit:
C'eſt pourquoy le Roy l'eſtimoit.

 Peuples François, venez apprendre
De ceſte beſte ſage, à rendre
Amour, deuoir, fidelité,
A la Royale Majeſté:
Luy offrir vos biens & vos teſtes,
Prenant exemple ſur les beſtes
Qui aiment & rendent honneur
Seulement au Roy leur Seigneur.

 » Mais quand vieilleſſe (qui aſſomme
» Non ſeulement le chien, mais l'homme)
Eut ſaiſi Courte, l'amitié
De ſon bon maiſtre en eut pitié,
L'enuoyant, ja vieille & ja bleſme,
A ceſte Dame-là qui meſme
L'auoit dés enfance nourry:
Dont Courte ayant le cœur marry,
Trainant ſa vie en déplaiſance,
Ne peut ſouffrir ſi longue abſence,
Ne ſi faſcheux banniſſement.

 Mais pleine de gemiſſement,
De regret, de dueil & d'enuie
De voir ſon Roy, perdit la vie,
Aimant mieux la mort receuoir
Que tant languir ſans le reuoir.

 Ainſi la Courte en ſa vieilleſſe
Mourut de dueil & de triſteſſe.
Apres que la mort la rauit,
Encore le Roy ſ'en ſeruit,
Faiſant conroyer ſa peau forte
En gans que ſa Majeſté porte.
Courte ainſi morte & viue a fait
A ſon Roy ſeruice parfait.

 Mort, vray'ment tu es bien cruelle
Tuant vne choſe ſi belle,

Veu qu'il y a tant d'animaux
Qui font aux hommes tant de maux!
Mais contre vne telle arrogance
Si faut-il prendre patience,
Courte m'amie, & l'oublier
Puis qu'on n'y peut remedier:
Et croire que par la valée
Où tu es, Courte, deualée,
» L'Empereur, le Pape & le Roy,
» Marcheront aussi bien que toy.
» Car telle voye froide & brune,
» A tous les peuples est commune,
» D'où plus iamais on ne reuient:
» Car le long oubly les retient.

Si ce grand Roy qui te desire,
Au Ciel te pouuoit faire viure,
Il te feroit prés du Lion
Compagne du chien d'Orion:
Et serois vn Signe celeste,
La nuict aux hommes manifeste.

Petit-pere, qui te tiendroit
En lesse, prés de toy rendroit
Comme vn bel Astre vne lumiere,
Qui des Cieux seroit la premiere:
Mais il ne peut, & ce qu'il peut
Faire pour toy, Courte, il le veut.

Il veut que tu sois icy mise,
» A fin que l'âge, qui tout brise,
» Et qui les villes fait perir,
Ne te face plus remourir,
Gardant à iamais ta memoire
Par le bien-fait de ceste histoire.

DIALOGVE DE BEAVMONT,
Léurier du Roy Charles IX.
& de Caron.

Ors que BEAVMONT entra
dans les Enfers,
Voyant Caron aux yeux ardens
& pers,
Son triste habit, ses voiles & ses rames,
Et le bateau dont il passe les ames,
Bien qu'il fust nud, image de la Mort,
Sans s'effroyer s'arresta sur le bort.
Caron qui vit sa taille forte & grande,
Tout esbahy, du bateau luy demande:
Ca. Qui t'a nourry? qui es-tu? d'où viens-tu?

Quelle contrée au monde t'a vestu
D'vn si beau corps, qui de force surpasse
Tes compagnons qu'en ma barque ie passe?
Beaumont respond. Be. Vn grand Roy m'a
nourry,
De qui i'estois sus tous le fauory:
Je viens de France, & suis né de Bretaigne.

La fiere Mort qui chacun accompaigne,
M'a fait descendre au fleuue Stygieux,
Iurant, Caron, par l'horreur de ces lieux
Que le soucy qui ronge ma pensée,
N'est pour auoir la lumiere laissée:
Le plus grand dueil qu'icy bas ie reçoy,
Vient du regret de ne voir plus mon Roy.
Ca. Il seroit temps, Beaumont, que tu apprinses
Sur ce riuage à oublier les Princes,
Sans te brauer du souuenir des Rois,
Be. Vn si bon Prince oublier ne pourrois.
Ca. Quel est ce Roy dont tu fais tant de con-
te?
Be. C'est CHARLES Roy qui les autres sur-
monte,
Dont la vertu ne se peut égaler,
Et suis certain qu'en ai oüy parler:
Car ja la terre en tous lieux est semée
De ses honneurs, & de sa renommée.
Ca. Ie le sçay bien: Mercure maintefois
Guidant icy les ames des François
M'en a parlé, m'a dit que son Empire
De l'Ocean où le Soleil se vire,
Et son renom, des ans victorieux,
Sera borné de la voûte des Cieux.

Doncques, Beaumont, pour l'honneur de
ton Maistre
Qui ja s'est fait par le Monde cognoistre,
Sans rien payer entre dans ce bateau,
Et des Enfers trauerse la grande eau.

Disant ainsi, la gondolle s'auance,
Et le Léurier d'vn sault leger s'eslance
Dedans l'esquif, que Caron roide & fort
Comme vn trait d'arc poussoit à l'autre bort.
A l'autre riue estoit le chien Cerbere
Tout herissé des serpens de Megere,
D'affreux regard, à gros sourcis pendans,
A trois gosiers, à trois crochets de dens,
Poussif, pantois, qui de longue trauerse
Sur le sablon gisoit à la renuerse,
D'vn corps pansu les passans effroyoit,
Et d'vn grand cry les Ombres aboyoit.

Ce gros maſtin oyant deſſur lagréue
Sonner les pas de Beaumont, ſe ſouſtene
A gueule ouuerte, & en ſe ſouleuant
Pour l'aboyer entre-maſcha le vent:
Mais auſſi toſt que la taille il eut veuë
De ce Léurier, le flata de ſa queuë
Qu'entre ſes pieds humblement il mettoit,
Et l'honorant ſon lieu luy preſentoit.

   Beaumont luy dit: Be. Arreſte & ne me ta-
     ches
De ce venin qu'en ta gueulle tu caches:
Ie ne veux point de ta place, maſtin,
En autre lieu me conduit le Deſtin:
Du noir Pluton le chien ie ne veux eſtre,
J'ay bien ſeruy en France vn plus grand mai-
   ſtre.

   Pluton n'eſt Roy que des morts ſeulement,
Sans chair, ſans ſang, ſans os, ſans mouue-
     ment,
Et d'vn monceau d'ombres, greſles & vaines,
Qui çà, qui là, ſans muſcles & ſans veines,
Foibles, ſans poids, debiles vont volant
Tout à l'entour d'vn riuage relant,
Noir, ſombre & froid, que le Soleil éuite,
Où la frayeur, l'horreur, la peur habite,
Vieilleſſe, ennuy, maladie & ſoucy:
Où mon grand Roy qui n'a que faire icy,
Commande en terre aux puiſſantes armées,
Aux Cheualiers, aux villes animées
D'vn peuple vif, obeïſſant & fort,
Et non, Cerbere, aux pourtraits de la Mort.
Pource tout ſeul en ces lieux pleins de craintes
Garde à ton Roy ſes ombres & ſes faintes.

   A peine eut dit, qu'en deſtournant le pas
Il vit frayé ſous vn vallon à bas
Vn grand chemin fourchu de double ſente:
L'vne conduit au Iuge Rhadamante,
Et l'autre mene aux champs delicieux,
Heureux ſeiour des Eſprits precieux.

   Suiuant le train d'vne ſi belle voye
Ce franc Léurier aux myrtes ſe conuoye,
Tout eſbahy de voir en tel ſeiour
Autre Soleil, autre clarté de iour,
Voir autres mons, autres bois, autres fleuues,
Autres foreſts de fueilles iamais veuues,
Et autres prez d'immortelles couleurs:
Car pour l'Hyuer n'y meurent point les fleurs.

Courte, qui eſt ſans queuë & ſans oreille,
Eſtant là bas comme icy ſans pareille,
Vint au deuant de Beaumont, qui prenoit
Son droit chemin où l'Oubly ſe tenoit,
Qui prés d'vn fleuue aux Eſprits donne à boire
A pleins vaiſſeaux vne eau bourbeuſe & noire
Qui du cerueau fait les ſens deſlier,
Et tout d'vn coup toute choſe oublier.

   Courte à Beaumont fit l'humble reuerence,
Luy demanda des nouuelles de France:
Puis ſont entrez deſſous les bois myrtez
De purs Eſprits par troupes habitez,
Qui comme oiſeaux aux ailes enplumées
De bois en bois volent par les ramées,
Francs des ſoucis & des maux qui nous font
Porter icy des rides ſur le front.

   Là (mon grand Roy) ſans trauail & ſans
     peine
Voſtre Beaumont tout gaillard ſe pourmeine,
Et court le Cerf par le bois tout ainſi
Comme il faiſoit quand il eſtoit icy:
Mais il les court & les prend comme en ſonge,
Quand le ſommeil d'vne douce menſonge
Deuant les yeux nous fait iouër la nuit
Ie ne ſçay quoy qui nous fuit & nous ſuit,
Qui prés & loin de noſtre teſte vole
N'eſtant pas corps, mais vne vaine idole,
Qu'on veut ſerrer & prendre bien ſouuent,
Mais en lieu d'elle on ne prend que du vent.

   Ainſi, Beaumont tient ouuerte la bouche
Apres le Cerf que iamais il ne touche:
Car ſans courir le courant d'vn grand train,
Trompe ſes dents, & le pourſuit en vain.

   Mais bien qu'il ſoit par ces champs à ſon
     aiſe,
Le grand deſir toutesfois ne s'appaiſe
De vous reuoir & voudroit reuenir,
Deuſt-il apres vn maſtin deuenir:
Car il vaut mieux, teſmoin le bon Homere,
Voir du Soleil l'agreable lumiere
Viuant au Monde & eſtre vn laboureur,
Qu'eſtre ſous terre & regner Empereur
De tous les morts: tant la vie eſt plaiſante
Au prix du faix d'vne Tombe peſante,
Dont la froideur aux hommes ne produit
Que le ſommeil, le ſilence, & la nuit.

FFF ſſſ

EPITAPHE DE LA BARBI-
CHE DE MADAME
de Villeroy.

Amais la Colchide toison,
Par qui l'auantureux Iason
Se rendit & fameux & riche,
N'eut tant le dos si crespelu,
Si blanc, si long, si houppelu,
Qu'estoit celuy de la Barbiche.

Erigone voyant aux Cieux
Son chien n'auoir si beaux les yeux,
Ny le corps si beau, par enuie
A faict ta Barbiche mourir :
Les Muses pour la secourir
Luy redonnent vne autre vie.

Vn esprit humain elle auoit,
T'aimoit, t'honoroit, te seruoit
En coche, à la chambre, à la Messe :
Contre chacun se despitoit,
Comme amoureuse qu'elle estoit
Et ialouse de sa maistresse.

Ton sein luy seruoit de rempart :
Elle viuoit de ton regard
Tousiours aupres de toy couchée :
Si tu auois ioye ou soucy,
Ta Barbiche en auoit aussi,
Comme toy ioyeuse ou faschée.

Apres sa mort pour l'honorer,
Tu ne te plais qu'à la pleurer,
Tant tu es d'vne amitié forte !
Mais cesse de te trauailler,
Les pleurs ne peuuent réueiller
Vne chose quand elle est morte.

Si rien eust flechy le trespas,
C'eust esté ton sein & tes bras,
Ton œil piteux, ta douce haleine
Qui reschauffoient ses membres morts,
En son esprit laissant le corps
A regret pour te voir en peine.

Ha ! qu'elle est morte doucement
Entre ton doux embrassement,
Ez plis de ta robbe amoureuse :
Mignonne Barbiche, croy-moy,

Que beaucoup voudroyent comme toy
Mourir d'vne mort si heureuse.

L'Aubespine, de qui l'honneur
Sert à la France de bon-heur,
Qui tiens Phœbus en ton escolle :
Si tu veux du temps la vanger,
Ne fay point de marbre estranger
A ta Barbiche vn Mauseole.

Les Muses seront son tombeau :
Aussi bien ce qu'elle eut de beau,
A pris autre nouuelle voye :
Son œil en Astre s'est changé,
Et son dos de houpes chargé,
S'est fait vne toison de soye.

Son corps n'a rien qui soit à luy :
Il ne t'en reste que l'ennuy,
Qui t'accompaigne inconsolable.
Ah ! que constante tu serois,
Si de fortune tu aimois
Vne beste plus raisonnable !

EPITAPHE DE
THOMAS.

A volupté, la gourmandise,
Le vin qui n'a point de soucy,
Et l'vne & l'autre paillardise
Auec Thomas gisent icy.

En lieu d'vne moisson partie
D'entre les fleurs du renouueau,
Tousiours le chardon & l'ortie
Puisse esgrafigner son tombeau.

EPITAPHE DE IACQVES
Mernable, joüeur de farces.

Andis que tu viuois, Mernable,
Tu n'auois ny maison, ny table,
Et iamais, pauure, tu n'as veu
En ta maison le pot au feu.

Ores la mort t'est profitable :
Car tu n'as plus besoin de table
Ny de pot, & si desormais
Tu as maison pour tout iamais.

Fin des Epitaphes.

LES DERNIERS
VERS DE PIERRE
DE RONSARD.

STANCES.

’Ay varié ma vie en deuidant
la trame
Que Clothon me filoit entre ma-
lade & ſain,
Maintenant la ſanté ſe logeoit en mon ſein,
Tantoſt la maladie, extreme fleau de l’ame.

La goutte jà vieillard me bourrela les vei-
nes,
Les muſcles & les nerfs, execrable douleur!
Monſtrant en cent façons, par cent diuerſes
peines,
Que l’homme n’eſt ſinon le ſujet de malheur.

L’vn meurt en ſon Printemps, l’autre at-
tend la vieilleſſe,
Le treſpas eſt tout vn, les accidens diuers:
Le vray threſor de l’hõme eſt la verte ieuneſſe,
Le reſte de nos ans ne ſont que des Hyuers.

Pour long-temps conſeruer telle richeſſe en-
tiere,
Ne force ta nature, ains enſuy la raiſon:
Fuy l’amour & le vin, des vices la matiere;
Grand loyer t’en demeure en la vieille ſaiſon.

La ieuneſſe des Dieux aux hommes n’eſt
donnée
Pour gouſpiller ſa fleur: ainſi qu’on void fanir
La roſe par le chaud, ainſi mal gouuernée,
La ieuneſſe s’enfuit ſans iamais reuenir.

SONNET I.

E n’ay plus que les os, vn Sque-
lete ie ſemble,
Decharné, denerué, demuſclé,
depoulpé,
Que le trait de la mort ſans pardon a frappé,
Ie n’oſe voir mes bras que de peur ie ne tremble.

Apollon & ſon fils, deux grands Maiſtres
enſemble,
Ne me ſçauroient guerir, leur meſtier m’a
trompé:
Adieu plaiſant Soleil, mon œil eſt eſtoupé,
Mon corps s’en va deſcendre où tout ſe deſ-
aſſemble.

Quel amy me voyant en ce poinct dé-
poüillé,
Ne remporte au logis vn œil triſte & moüillé,
Me conſolant au lict, & me baiſant la face,
En eſſuyant mes yeux par la mort endormis?
Adieu chers cõpagnons, Adieu mes chers amis,
Ie m’en vay le premier entretenir la place.

II.

Eſchantes nuicts d’Hyuer, nuicts
filles de Cocyte,
Que la Terre engendra, d’Encelade les ſœurs;
Serpentes d’Alecton, & fureur des fureurs,
N’approchez de mon lict, ou bien tournez plus
vîte.

Que fait tãt le Soleil au girõ d’Amphitrite?
Leue-toy, ie languis, accablé de douleurs:
Mais ne pouuoir dormir, c’eſt bien de mes
malheurs
Le plus grãd, qui ma vie enchagrine & dépite.

SeiZe heures, pour le moins, ie meurs les yeux
ouuers,
Me tournant, me virant de droit & de trauers
Sus l’vn, ſus l’autre flanc, ie tempeſte, ie crie.

Inquieté ie ne puis en vn lieu me tenir,
I’appelle en vain le iour, & la mort ie ſupplie,
Mais elle fait la ſourde, & ne veut pas venir.

III.

Onne-moy tes preſens en ces iours
que la Brune
Fait les plus courts de l’an, ou de
ton Rameau teint
Dãs le ruiſſeau d’oubly deſſus mõ frõt eſpreint,
Endor mes pauures yeux, mes goutes & mon
rhume.

Miſericorde, ô Dieu, ô Dieu ne me conſume
A faute de dormir! pluſtoſt ſois-je contreint
De me voir par la peſte ou par la fiéure eſteint,
Qui mon ſang deſſeiché dãs mes veines allume.

Heureux, cent fois heureux, animaux qui
dormez
Demy an en vos trous, ſous la terre enfermez,
Sans mãger du pauot qui tous les ſẽs aſſomme.

I’en ay mangé, i’ay beu de ſon iuſt oublieux,
En ſalade, cuit, cru, & toutesfou le ſomme
Ne vient par ſa froideur s’aſſeoir deſſus mes
yeux.

IIII.

*A*H ! longues nuicts d'Hyuer, de
    ma vie bourrelles,
  Donnez-moy patience , & me
    laiſſez dormir :
Voſtre nom ſeulement, & ſuer & fremir
Me fait par tout le corps, tant vous m'eſtes
    cruelles.
  Le ſommeil tant ſoit peu n'éuente de ſes ailes
Mes yeux touſiours ouuerts, & ne puis affer-
    mir
Paupiere ſur paupiere, & ne fais que gemir,
Souffrant comme Ixion des peines eternelles.
  Vieille ombre de la Terre, ainçois l'ombre
    d'Enfer,
Tu m'as ouuert les yeux d'vne chaine de fer,
Me conſumant au lict, nauré de mille pointes :
  Pour chaſſer mes douleurs ameine-moy la
    Mort :
Hà Mort ! le port commun, des hommes le
    confort,
Viens enterrer mes maux, ie t'en prie à mains
    jointes.

V.

*Q*Voy, mon Ame, dors-tu, engoūr-
    die en ta maſſe ?
  La trompette a ſonné, ſerre baga-
    ge, & va
Le chemin deſerté que IESVS-CHRIST
    trouua,
Quād tout mouillé de ſang racheta noſtre race.

C'eſt vn chemin faſcheux , borné de peu
    d'eſpace,
Tracé de peu de gens, que la ronce paua,
Où le chardon poignant ſes teſtes eſleua :
Pren courage pourtant, & ne quitte la place.
  N'appoſe point la main à la manſine, apres
Pour ficher ta charruë au milieu des guerets,
Retournant coup ſur coup en arriere ta veuë.
  Il ne faut commencer, ou du tout ſ'employer :
Il ne faut point mener, puis laiſſer la charruë :
Qui laiſſe ſon meſtier n'eſt digne du loyer.

IV.

*I*L faut laiſſer maiſons, & ver-
    gers & jardins,
  Vaiſſelles & vaiſſeaux que l'ar-
    tiſan burine,
Et chanter ſon obſeque en la façon du Cygne,
Qui chāte ſon treſpas ſur les bords Meandrins.
  C'eſt fait, i'ay deuidé le cours de mes deſtins,
I'ay veſcu, i'ay rendu mon nom aſſez inſigne :
Ma plume vole au Ciel, pour eſtre quelque Si-
    gne,
Loing des appas mondains qui trompent les
    plus fins.
  Heureux qui ne fut onc, plus heureux qui
    retourne
En rien cōme il.eſtoit, plus heureux qui ſejourne,
D'homme fait nouuel Ange, aupres de IESVS-
    CHRIST,
  Laiſſant pourrir çà bas ſa deſpoüille de bouë,
Dont le ſort, la Fortune, & le Deſtin ſe joüe,
Franc des liens du corps, pour n'eſtre qu'vn
    eſprit.

FIN.

LE
RECVEIL DES
SONNETS, ODES, HYMNES,
ELEGIES, FRAGMENTS, ET AVTRES
PIECES RETRANCHEES AVX EDITIONS
precedentes des Oeuures de P. DE RONSARD
Gentil-homme Vendomois.

*AVEC QVELQVES AVTRES NON
IMPRIMEES CY-DEVANT.*

FFFfff iij

Le Libraire au Lecteur.

My Lecteur, ceste derniere Impreſſion des œuures de feu Monſieur de Ronſard eſtant preſque acheuee, i'ay eſté ſollicité & commandé par pluſieurs hommes doctes & curieux de ramaſſer tant qu'il me ſeroit poſſible les Sonnets, Odes, Hymnes, Elegies, autres pieces entieres & fragments qu'il auoit pour certaine conſideration particuliere retranchez à diuerſes fois, & preſque à toutes les editions faictes de ſon viuant, & meſme en la derniere qu'il ordonna, & qui fut faicte incontinent apres ſon decez: Et de tout, faire vn recueil pour mettre ſeparément en la fin des œuures de ſa derniere correction, & ſans les y meſler en aucune façon. Ce que i'ay bien voulu faire auec autant de diligence que la brieueté du temps me l'a permis, non auec intention de contreuenir à la derniere volonté de l'Autheur, mais pour ſatisfaire au deſir & côtentement des plus curieux, auec leſquels i'ay touſiours eu regret de voir & laiſſer perdre quelque choſe venant de la main d'vn ſi grand perſonnage, à la memoire duquel nous deuons tous honneur & reuerence, & le nom duquel a ſurmonté & ſurmontera à iamais l'ignorance & l'enuie. Ie t'en fais donc part (amy Lecteur) te priant l'auoir à gré, & excuſer s'il ſe treuue quelque piece en ce Recueil qui poſſible ſe pourroit rencontrer encores dans le corps des œuures; ce qui n'a peu eſtre ſi ſoudainement recogneu à cauſe des corrections & changements faits par l'Autheur.

N. B.

LE
RECVEIL DES
SONNETS, ODES, HYMNES,
ELEGIES, FRAGMENTS, ET AVTRES
PIECES RETRANCHEES AVX EDITIONS
precedentes des Oeuures de P. DE RONSARD
Gentil-homme Vendomois.

AVEC QVELQVES AVTRES NON
IMPRIMEES CY-DEVANT.

I.

As! pleuſt à Dieu, n'auoir iamais tâté
Si follement le tetin de m'amie!
Sans ce malheur l'autre plus grande enuie
Iamais, helas! ne m'euſt le cœur tenté.
 Comme vn poiſſon, pour s'eſtre trop hâté,
 Par vn appaſt, ſuit la fin de ſa vie,
Ainſi ie vais où la mort me conuie,
D'vn beau tetin doucement apâté.
 Qui euſt penſé que le cruel deſtin
Euſt enfermé ſous vn ſi beau tetin
Vn ſi grand feu, pour m'en faire la proye?
 Auiſez donc, quel ſeroit le coucher
Entre ſes bras, puis qu'vn ſimple toucher
De mille morts, ſans iouyr, me foudroye.

MVRET.

Las! pleuſt à Dieu] Il ſe repent d'auoir touché le tetin de ſa Dame, parce que de là s'eſt eſchaufé dans ſon cœur vn ſi grand deſir de plus grand bien, que pour ne le pouuoir executer, il ſouffre vn tourment égal à mille morts.

I I.

'Ay cent fois eſpreuué les remedes d'Ouide,
Cent fois ie les eſpreuue encore tous les iours,
 Pour voir ſi ie pourray de mes vieilles amours,
Qui trop m'ardent le cœur, auoir l'eſtomach vuide.
 Mais cét amadoüeur, qui me tient à la bride,
Me voyant approcher du lieu de mon ſecours,
Maugré moy tout ſoudain fait vanoyer mon cours,
Et d'où ie vins mal-ſain, malade il me reguide.

FFFfff iiij

Hà, Poëte Romain, il te fut bien-aisé,
Quand d'vne courtizane on se voit embrasé,
Donner quelque remede, à fin qu'on sen dépestre :
Mais l'homme accort qui voit les yeux de mon Soleil,
Qui n'a de chasteté au Monde son pareil,
Tant plus il est esclaue & tant plus le veut estre.

MVRET.

I'ay cent fois esprouué] Ouide a escrit les liures du Remede d'amour, ausquels il enseigne beaucoup de moyens propres à ceux, qui sont enlassez d'amour, & s'en veulent defaire. Le Poëte dit qu'il les a tous essayez : mais que quand il est quasi prest à sortir de la prison d'Amour, Amour, qui le tient comme par la bride, dissipe toutes ses entreprinses, & le retire plus fort que deuant. Par ainsi donc, il dit pour conclusion, que les remedes d'Ouide sont aptes à ceux qui sont amoureux de quelque Courtizane, mais du tout inutiles à ceux qui ont mis leur cœur en bon & honneste lieu, comme il a fait.   *Amadoüer*] Abuseur. Amadoüer, est tenir quelqu'vn sous vaine esperance. Les Latins disent, *Inescare* : les Italiens, *Lusinghar.*   *Vanoyer*] Se perdre, deuenir en rien.   *D'vne courtizane*] D'vne femme abandonnée. Mot Italien.   *Accort*] Fin, auisé. Mot Italien.

I I I.

A Ton frere Pâris tu sembles en beauté,
A ta sœur Polyxene en chaste conscience,
A ton frere Helenin en prophete science,
A ton pariure ayeul en peu de loyauté.

  A ton pere Priam en braue Royauté,
Au vieillard Antenor en mielleuse eloquence,
A ta tante Antigone en superbe arrogance,
A ton grand frere Hector en fiere cruauté.

  Neptune n'assit onc vne pierre si dure
Dedans le mur Troyen, que toy pour qui i'endure
Vn million de morts, ny Vlysse vainqueur

  N'emplit tant Ilion de feux, de cris, & d'armes,
De souspirs, & de pleurs, que tu combles mon cœur
Sans l'auoir merité, de sanglots, & de larmes.

MVRET.

A ton frere Pâris] Il exprime les graces, & les conditions de sa Dame, par comparaisons prinses de l'ancienne Troye.   *A ton frere Pâris*] Pâris autrement nommé Alexandre fils de Priam, fut metueilleusement beau, comme tesmoigne Homere, Virgile, Ouide, Lucian, & autres.   *A ta sœur Polyxene*] Achille estant amoureux de Polyxene fille à Priam, trouua moyen de parleméter auecques les Troyens, leur promettant de moyenner la paix, & faire leuer le siege des Grecs, si on vouloit la luy donner en mariage. Ce que les Troyens feignirent luy accorder. Par ainsi se fiant en leur foy, il vint à Troye, là où il fut tué par Pâris, dans le Temple d'Apollon Thymbrean, d'vn coup de fléche, laquelle Apollon mesme guida droit au talon, parce qu'en ceste seule partie de son corps il pouuoit estre endommagé. Apres que Troye fut destruite, l'Ombre d'Achille apparut aux Grecs, commandant, que Polyxene fut décolee sur son tombeau, à fin qu'il la peust espouser apres sa mort : ce qui fut fait. Mais elle donna tesmoignage de sa chasteté, mesme en mourant, prenant soigneusement garde à tomber tellement, que les parties, que Nature a voulu cacher, ne fussent aucunement descouuertes. Euripide :

    —— Ἡ δὲ καὶ θνῄσκουσ' ὅμως
Πολλὴν πρόνοιαν εἶχεν εὐσχήμως πεσεῖν,
Κρύπτουσ' ἃ κρύπτειν ὄμματ' ἀρσένων χρεών.
    Et Ouide,
Tunc quoque cura fuit partes velare tegendas,
Cùm caderet, castique decus seruare pudoris.

Voy Euripide en la Tragedie Hecuba, Ouide au troisiesme des Metamorphoses, & Seneque en la Tragedie nommee Troas.   *A ton frere Helenin*] Helenin fils de Priam fut excellent Prophete : d'où est, qu'Enee parle ainsi à luy, dans le troisiesme de l'Eneïde.

Troiugena interpres diuûm, qui numina Phœbi,
Qui tripodas, Clarij lauros, qui sidera sentis,
Et volucrum linguas, & præpetis omina pennæ.

A ton pariure ayeul] A Laomedon, duquel i'ay assez parlé ailleurs. *Au vieillard Antenor*] Qui fut entre les Troyens fort estimé pour son conseil, & pour son eloquence. *A ta tante Antigone*] Sœur de Priam, si glorieuse qu'elle osa bien en beauté se comparer à Iunon : dequoy Iunon courroucée la conuertit en cigoigne. Voy le cinquiesme de la Metamorphose. *Neptune*] I'ay desia dit, que Neptune & Apollon bastirent les murailles de Troye. *Ilion*] Troye.

IV.

DV feu d'amour, impatient Roger
(Pipé du fard de magique cautelle)
Pour refroidir ta passion nouuelle,
Tu vins au lict d'Alcine te loger.

Opiniastre à ton feu soulager,
Ore planant, ore noüant sus elle,
Entre les bras d'vne Dame si belle,
Tu sceus d'Amour & d'elle te vanger.

En peu de temps le gracieux Zephyre,
D'vn vent heureux empoupant ton nauire,
Te fit surgir dans le port amoureux.

Mais quand ma nef de s'aborder est preste,
Tousiours plus loin quelque horrible tempeste
La single en mer, tant ie suis mal-heureux.

MVRET.

Du feu d'Amour] Il se plaint que sa fortune ne luy est aussi fauorable en amours, comme elle fut à Roger, lequel dés le premier soir qu'il arriua au chasteau de la belle magicienne Alcine, obtint d'icelle ce que les amans souhaitent le plus. Pour entendre cecy, voy l'Ariofte au feptiéme chant. *Empoupant ton nauire*] Te conduisant à ton gré. Les vents qui empoupent le nauire, c'est à dire, qui le frappent par le derriere (que les mariniers nomment la poupe) aydent merueilleusement son cours, & sont appellez par les Latins, *Venti secundi, quòd nauem sequantur.* De là est que le vulgaire François dit celuy auoir vent en poupe, à qui ses affaires succedent bien. *Surgir*] C'est ce que les Latins disent, *Appellere.* *La single*] La pousse. Mot de marine.

V.

PEtit nombril, que mon penser adore,
Et non mon œil, qui n'eut oncques le bien
De te voir nud, & qui merites bien
Que quelque ville on te bastisse encore.

Signe amoureux, duquel Amour s'honore,
Representant l'Androgyne lien,
Et le courroux du grand Saturnien,
Dont le nombril tousiours se rememore.

Ny ce beau chef, ny ces yeux, ny ce front,
Ny ce beau sein où les fleches se font,
Que les beautez diuersement se forgent,

Ne me pourroïent la douleur conforter,
Sans esperer quelque iour de taster
Ton compagnon, où les Amours se logent.

MVRET.

Petit nombril] Il loüe le nombril de sa Dame, disant que toutes les autres graces ne sçauroient assouuir son ardeur, s'il n'esperoit de pouuoir quelquefois taster ce nombril à bon escient.   *Que quelque ville on te bastisse encore*] Que pour l'honorer on face vne ville qui reçoiue nom de luy : ainsi comme Callimach raconte, qu'vne plaine de Candie fut nommée Omphalion, à cause que le nombril de Iupiter nouuellement né, y tomba. Le nombril se nomme en Grec, Omphalos. Callimach.

> Τουτάκι τοι πέσε δαῖμον ἀπ' ὀμφαλός·
> Ομφάλιον μετέπειτα πέδον καλέουσι Κυδωνες.

Signe amoureux] Il appelle le nombril signe de l'ancienne liaison des hommes. Aristophane au Banquet de Platon dit qu'au commencement, y auoit vne espece d'hommes Androgynes, c'est à dire, masles & femelles tout ensemble : lesquels, par ce que se confians en leur force, ils conspirerent contre les Dieux, furent par Apollon, auquel Iupiter l'auoit ainsi commandé, partis par le milieu : & que la cicatrice en est encores demeuree en la partie, que nous appellons le nombril. Voy l'Androgyne de Platon traduit par Heroët. *Ton compagnon*] On peut entendre aisément, qu'il veut dire.

VI.

NY ce coral, qui double se compasse,
   Sur mainte perle entée doublement,
Ny ceste bouche où vit fertilement
Vn mont d'odeurs qui le Liban surpasse :
   Ny ce bel or qui frisé s'entrelasse
En mille nouds crespez folastrement,
Ny ces œillets égalez proprement
Au blanc des lis encharnez dans sa face :
   Ny de ce front le beau Ciel esclarcy,
Ny le double arc de ce double sourcy,
N'ont à la mort ma vie abandonnée :
   Seuls vos beaux yeux (où le certain Archer,
Pour me tuer d'aguet se vint cacher)
Deuant le soir finissent ma iournee.

MVRET.

Ny ce coral] Toutes les autres beautez de sa Dame ne l'émeuuent point, au prix des yeux. *Ny ce coral*] Les leures.   *Sur mainte perle*] Il entend les dens.   *Le Liban*] Montaigne de Syrie copieuse en arbres odoriferans. *Ny ce bel or*] Le poil.   *Ny ces œillets*] Cette vermeille blancheur de la face.   *Le certain Archer*] Amour.   *Deuant le soir finissent ma iournee*] Auancent ma mort. Imitation de Petrarque.

VII.

LE seul penser, qui me fait deuenir
   Braue d'espoir, est si doux que mon ame
Desia gaignee, impuissante se pâme,
Songeant au bien qui me doit aduenir.
   Donc sans mourir pourray-ie soustenir
Le doux combat que me garde ma Dame,
Puis qu'vn penser si brusquement l'entame
Du seul plaisir d'vn si doux souuenir ?
   Helas ! Venus, que l'escume feconde
Non loin de Cypre enfanta dessus l'onde,
Si de fortune en ce combat ie meurs,

Reçoy ma vie, ô Déeſſe, & la guide
Par les odeurs de tes plus belles fleurs
Dans les vergers du Paradis de Gnide.

MVRET.

Le ſeul penſer] Quelque bonne dame (à ce que i'en puis penſer) auoit fait promeſſe de luy faire quelque bon traittement. Parquoy preuoyant le plaiſir, qu'il deuoit receuoir, il prie Venus, ſi de fortune il meurt en ſi honneſte combat, qu'elle l'emporte en ſon Paradis. Telles choſes échapent quelque-fois à ceux qui ſont paſſionnez d'amour, plus ſelon leur aueuglée affeⱺion, que ſelon la verité de ce qu'ils en penſent.

VIII.

Vand en ſongeant ma folaſtre i'accole,
Laiſſant mes flancs ſus les ſiens s'alonger,
Et que d'vn branle habilement leger,
En ſa moitié ma moitié ie recole :

Amour adonc ſi follement m'affole,
Qu'vn tel abus ie ne voudroy changer,
Non au butin d'vn riuage eſtranger,
Non au ſablon qui iaunit en Paⱺole.

Mon Dieu, quel heur, & quel contentement,
M'a fait ſentir ce faux recolement,
Changeant ma vie en cent metamorphoſes !

Combien de fois doucement agité,
Suis-ie ore mort, ore reſuſcité,
Entre cent lis, & cent vermeilles roſes ?

MVRET.

Quand en ſongeant] La pratique de ce Sonnet (ſi ie ne me trompe) ſeroit trop plus plaiſante, que l'expoſition.   *Paⱺole*] Fleuue de Lydie, parmy les arenes duquel ſe trouue beaucoup d'or.

IX.

'Iray touſiours & réuant & ſongeant
En ceſte prée où ie vy l'Angelette,
Qui d'eſperance & de crainte m'alaitte,
Et dans ſes yeux mes deſtins va logeant.

Quel fil de ſoye en treſſes s'allongeant
Frappoit ce iour ſa gorge nouuelette ?
De quelle roſe & de quelle fleurette
Sa face alloit comme Iris ſe changeant ?

Ce n'eſtoit point vne mortelle femme
Que ie vy lors, ny de mortelle Dame
Elle n'auoit ny le front ny les yeux :

Donques, Raiſon, ce ne fut choſe étrange
Si ie fu pris : c'étoit vrayment vn Ange
Qui pour nous prendre eſtoit venu des Cieux.

MVRET.

I'iray touſiours] Il eſt aiſé de ſoy.   *L'Angelette*] Ainſi eſt ſouuent nommée Madame Laure par Petrarque.
Iris] L'arc en Ciel qui s'apparoiſt de beaucoup de couleurs.

X.

Yant la mort mon cœur des-allié
De son subjet, ma flame estoit esteinte,
Mon chant muet, & la corde desceinte
Qui si long temps m'auoit ars & lié.

   Puis ie disois, Hé quelle autre moitié,
Apres la mort de ma moitié si sainte,
D'vn nouueau feu & d'vne neuue estrainte,
Ardra, noüra ma seconde amitié?

   Quand ie senty le plus froid de mon ame
Se rembraser d'vne nouuelle flame,
Prinse és filets des reths Idaliens:

   Amour reueult pour eschaufer ma glace,
Qu'autre œil me brusle, & qu'autre main m'enlasse:
O flame heureuse, ô plus qu'heureux liens!

MVRET.

Ayant la mort] Il auoit aymé quelque autre plustost que Cassandre, laquelle venant à mourir, il pensoit desia estre hors des liens d'Amour. Mais incontinent qu'il vit Cassandre, il en deuint encor beaucoup plus amoureux qu'il n'auoit esté de la premiere. *Idaliens*] Veneriens. Idalie est vne ville de Cypre.

XI.

EN escrimant, le mal-heur m'eslança,
Dessur le bras, vne arme rabatue
Qui de sa pointe entre mousse & pointue
Iusques à l'os le coude m'offença.

   Ia tout le bras à saigner commença,
Quand par pitié la Beauté qui me tue,
De l'estancher soigneuse s'éuertue,
Et de ses doigts ma playe elle pença.

   Las, di-ie lors, si tu-as quelque enuie
De soulager les playes de ma vie,
Et luy donner sa premiere vigueur:

   Non cette-cy, mais de ta pitié sonde
L'autre qu'Amour m'engraue si profonde,
Par tes beaux yeux au milieu de mon cœur.

MVRET.

En escrimant] Quelque-fois escrimant d'vne espée rabatue, il se blessa bien fort au bras: Incontinent sa Dame accourut vers luy pour le pencer. Mais il dit que si elle auoit enuie de luy donner guerison, elle deuroit plustost se soucier de guerir la playe qu'il a dans le profond du cœur. *Mousse*] Non trenchant. Mousse, est ce que les Latins disent, *Hebes.*

XII.

AV mesme lict où pensif ie repose,
Presque ma Dame en langueur trespassa
Deuant-hier, quand la siéure effaça
Son teint d'œillets, & sa léure de Rose.

Vne vapeur auec sa siéure esclose,
Dedans le lict son venin me laissa,
Qui par destin, diuerse, m'offensa
D'vne autre siéure en mes veines enclose.

L'vn apres l'autre elle auoit froid & chaut :
Ne l'vn ne l'autre à mon mal ne defaut ;
Et quand l'vn croist, l'autre ne diminue.

L'accés siéureux tousiours ne la tentoit,
De deux iours l'vn sa chaleur s'alentoit :
Ie sens tousiours la mienne continue.

M V R E T.

Au mesme lict] Se reposant dans vn lict où sa Dame auoit esté tourmentée par quelque temps d'vne siéure tierce, il dit que dans ce mesme lict il endure vne autre siéure, c'est à sçauoir vne siéure amoureuse. Mais il y a difference entre la sienne, & celle de sa Dame. Car celle de sa Dame faisoit, qu'elle auoit maintenant froid, maintenant chaut ; mais la sienne fait, qu'il a froid & chaut tout ensemble. Sa Dame n'estoit tourmentée, que de deux iours l'vn ; mais il est tourmenté perpetuellement.

X I I I.

Veufue maison des beaux yeux de Madame,
Qui pres & loin me paissent de douleur,
Ie t'accompare à quelque pré sans fleur,
A quelque corps orfelin de son ame.

L'honneur du Ciel est-ce pas ceste flame
Qui donne aux Dieux & lumiere & chaleur ?
Ton ornement est-ce pas la valeur
De son bel œil, qui tout le cœur m'enflame ?

Soient tes buffets chargez de masse d'or,
Et soient tes murs retapissez encor
De broderie en fils d'or enlassee.

Cela, Maison, ne me peut réjoüir,
Sans voir chez toy ceste Dame, & l'oüir,
Que i'oy tousiours, & voy dans ma pensée.

M V R E T.

Veufue maison] Il parle à vne maison, en laquelle sa Dame auoit quelquefois coustume de résider : & dit, que comme le Soleil est l'ornement du Ciel, ainsi l'œil d'icelle estoit l'ornement de la maison, qui fait qu'elle estant absente, il ne sçauroit aucunement prendre plaisir. *Me pasme*] Me fait pasmer. *Retapissez*] Pour, tapissez, le composé pour le simple : comme en Virgile, *tenditque, fouétque,* pour *contendit.*

X I V.

De toy, PASCHAL, il me plaist que i'escriue,
Qui de bien loin le peuple abandonnant,
Vas des Romains les tresors moissonnant,
Le long des bors où la Garonne arriue.

Haut d'vne langue eternellement viue,
Son cher PASCHAL Tholose aille sonnant,
PASCHAL, PASCHAL, Garonne resonnant,
Rien que PASCHAL ne responde sa riue.

Si ton DVRBAN, l'honneur de nostre temps,

1474
Lit quelquefois ces vers par passe-temps,
Di-luy, Paschal (ainsi l'aspre secousse
  Qui m'a fait écheoir, ne te puisse émouuoir)
Ce pauure Amant estoit digne d'auoir
Vne Maistresse, ou moins belle, ou plus douce.

M V R E T.

De toy, Paschal] Il addresse ce Sonnet à Pierre Paschal Gentil-homme natif du bas pays de Languedoc, homme, outre la cognoissance des sciences dignes d'vn bon esprit (ausquelles il a peu d'égaux) garny d'vne telle eloquence Latine, que mesme le Senat de Venise s'en est quelquefois émerueillé. Les huit premiers vers apartiennent à la loüange dudit Paschal. L'argument des six derniers est aisé de soy.   *Garonne*] Fleuue passant à Tholose, là où Paschal fait sa plus ordinaire residence.   *Si ton Durban*] Michel Pierre de Mauleon Protonotaire de Durban, Conseiller en Parlement à Tholose, homme tant excellent qu'il semble, que, comme l'on dit, Fortune, & Nature & les Dieux se soient efforcez à le combler de toutes choses souhaitables. Entre luy & Paschal est vne si grande amitié, qu'elle est suffisante pour effacer toutes celles, qui sont par les Auteurs recommandées. Mais ie ne sçauroy mieux les loüer, que par les paroles de l'Auteur, dans vne Ode qu'il écrit à Durban.

X V.

Elle qu'elle est, dedans ma souuenance
Ie la sen peinte, & sa bouche, & ses yeux,
Son doux regard, son parler gracieux,
Son doux maintien, sa douce contenance.
  Vn seul Ianet, honneur de nostre France,
De ses crayons ne la portraïroit mieux,
Que d'vn Archer le trait ingenieux
M'a peint au cœur sa viue remembrance.
  Dans le cœur doncque au fond d'vn diamant
I'ay son portrait, que ie süis plus aymant
Que mon cœur mesme, ô viue portraiture!
  De ce Ianet l'artifice mourra
Frapé du temps, mais le tien demourra
Pour estre vif apres ma sepulture.

M V R E T.

Telle qu'elle est] Peintre du monde ne sçauroit si bien pourtraire sa Dame, comme il se dit l'auoir pourtraitte dans le cœur.   *Vn seul Ianet*] Ianet Peintre du Roy, homme, sans controuerse, premier en son art.

X V I.

Mour tu semble' au Phalange qui point,
Luy de sa queuë, & toy de ta quadrelle:
De tous deux est la pointure mortelle,
Qui rampe au cœur, & si n'apparoist point.
  Sans souffrir mal tu me conduis au point
De la mort dure, & si ne voy par quelle
Playe ie meurs, ny comme ta cruelle
Poison autour de mon ame se joint.
  Ceux qui se font saigner le pié dans l'eau,
Meurent sans mal, pour vn crime nouueau
Fait à leur Roy, par traitreuse cautelle.

Ie meurs comme eux, voire & si ie n'ay fait
Encontre Amour, ny trayson ny forfait,
Si trop aymer vn crime ne s'appelle.

MVRET.

Amour, tu semble'] Il dit qu'Amour ressemble aux Phalanges, lesquelles blessent les hommes sansque la playe apparoisse. *Phalanges*] Phalanges vient de ce mot *Phalanx* , qui signifie troupe , pour ce qu'ils vont par bandes & par troupes : ce sont petites bestes insectes qui picquent les hommes à la mort , & si la blessure n'est manifeste nullement. Nicandre en ses Theriaques en descrit de neuf ou dix sortes. *Quadrelle*] Quadrelle est vn pur mot Italien non encor cogneu entre les François, qui signifie fleche.

XVII.

Eluy qui boit, comme a chanté Nicandre,
　　De l'Aconite, il a l'esprit troublé,
Tout ce qu'il voit luy semble estre doublé ;
Et sur ses yeux la nuit se vient espandre.
Celuy qui boit de l'amour de Cassandre
　　Qui par ses yeux au cœur est écoulé,
Il perd raison , il deuient affolé,
　　Cent fois le iour la Parque le vient prendre.
Mais la chaux viue, ou la roüille, ou le vin,
　　Ou l'or fondu, peuuent bien mettre fin
Au mal cruel que l'Aconite donne :
La mort sans plus a pouuoir de guarir
　　Le cœur de ceux que Madame empoisonne,
Mais bien-heureux qui peut ainsi mourir.

MVRET.

Celuy qui boit] Il dict qu'il n'y a point de difference de maladie entre ceux qui ont beu de l'Aconite , & ceux qui sont amoureux de Cassandre, sinon que ceux qui ont esté empoisonnez par l'Aconite se peuuent guarir par les remedes alleguez dedans les Alexipharmaques de Nicandre , & que les amoureux de Cassandre ne se peuuent iamais guarir que par la mort. *Aconite*] Aconite est vne herbe qui croist sur des rochers , qui premiere-ment prist sa naissance de l'escume du chien Cerbere , duquel Hercule auoit estraint le gosier d'vn lien bien serré pour le trainer hors des Enfers.

XVIII.

Oudroye-moy le corps ainsi que Capanée,
　　O Pere Iupiter, & de ton feu cruel
Esteins-moy l'autre feu qu'Amour continuel
Tousiours m'allume au cœur d'vne flame obstinée.
Il vaut mieux, ô grand Dieu, qu'vne seule iournée
　　Me despoüille soudain de mon fardeau mortel,
Que de souffrir tousiours en l'ame vn tourment tel
　　Que n'en souffre aux Enfers l'ame la plus damnée !
Ou bien si tu ne veux, Pere, me foudroyer,
　　Donne le desespoir, qui me meine noyer,
M'élançant du sommet d'vn rocher solitaire :
Puis qu'autrement par soin, par peine & par labeur,
　　Trahy de la Raison, ie ne me puis défaire
D'Amour, qui maugré-moy tient fort dedans mon cœur.

BELLEAV.

Foudroye-moy le corps] Il prie comme desesperé Iupiter le vouloir foudroyer, comme il foudroya deuant Thebes Capanée. Ce Capanée fut merueilleusement superbe & glorieux, & contempteur des Dieux, lequel par son audace & brauerie estant encruché sur les murs de Thebes, fut foudroyé par Iupiter. Voyez la fin du dixiesme liure de Stace, où sa mort est descrite.

XIX.

IE vous enuoye vn bouquet que ma main
Vient de trier de ces fleurs épanies :
Qui ne les eust à ce vespre cueillies,
Cheutes à terre elles fussent demain.
   Cela vous soit vn exemple certain
Que vos beautez, bien qu'elles soient fleuries,
En peu de temps cherront toutes flaitries,
Et comme fleurs, periront tout soudain.
   Le temps s'en-va, le temps s'en-va, ma Dame,
Las ! le temps non, mais nous nous en-allons,
Et tost serons estendus sous la lame :
   Et des amours desquelles nous parlons,
Quand serons morts, n'en sera plus nouuelle :
Pour ce aymez-moy, ce pendant qu'estes belle.

BELLEAV.

Ie vous enuoye vn bouquet que ma main] Voulant persuader à sa Dame de faire l'amour lors que le gay printemps de sa ieunesse luy commande, par vne gentille inuention luy enuoye vn bouquet fait de sa main, luy remonstrant comme la beauté est iournaliere & aussi tost passée que la fleur pert le vermeil de son teint, ne restant apres autre chose que la ride d'vne vieillesse importune. Ce Sonnet est fait à l'imitation d'vn Epigramme de Marulle :

Hæ violas atque hæc tibi candida lilia mitto :
   Legi hodie, violas candida lilia heri.
Lilia vt instantis monearis virgo senettæ,
   Tam citò quæ lapsis marcida sunt folijs.
Illæ vt vere suo doceant ver carpere vitæ,
   Inuida quod miseris tam breue Parca dedit.

XX.

VOus ne le voulez pas ? & bien, i'en suis content,
Contre vostre rigueur Dieu me doint patience,
Deuant qu'il soit vingt ans i'en auray la vengeance,
Voyant ternir vos yeux qui me trauaillent tant.
   On ne voit amoureux au monde si constant
Qui ne perdist le cœur, perdant sa recompence :
Quant à moy, si ne fust la longue experience,
Que i'ay de ma douleur, ie mourrois à l'instant.
   Toutesfois quand ie pense vn peu en mon courage
Que ie ne suis tout seul des femmes abusé,
Et que de plus accorts en ont receu dommage ;
   Ie pardonne à moy-mesme, & m'ay pour excusé :
Puis vous qui me trompez, en estes coustumiere,
Et qui pis est sur toute en beauté la premiere.

BELLEAV.

Vous ne le voulez pas ?] Il est vray-semblable que nostre Autheur s'estoit hazardé de faire quelque demande à
sa Dame, & que pour recompence de son seruice, il auoit esté payé d'vn refus : ce voyant il vient aux prises &
la menace d'auoir vengeance de sa cruauté, luy reprochant qu'elle deuiendra vieille & ridée, qu'il luy verra
ternir son teint & cauer ses yeux, & lors qu'il n'en fera conte. Puis il se plaint de son cruel traittement, & si
ce n'estoit qu'il est exercité à souffrir iournellement telles rigueurs, que long-temps a que la mort eust mis fin
à son desastre. En fin il se flatte de la consolation des miserables, disant qu'il n'est seul abusé en ses amours, &
que d'aussi accorts & rusez que luy ont esté payez de leurs merites, en pareille monnoye. Il y a presque de telles
menaces dedans Tibulle, voulant persuader à sa Dame de faire l'amour lors qu'elle est ieune.

    At tu, dum primi floret tibi temporis ætas,
    Vtere, nam tardo labitur illa pede.
    Interea dum fata sinunt iungamus amores,
    Iam veniet tenebris mors adoperta caput.
    Iam subrepet iners ætas, nec amare decebit,
    Dicere nec cano blanditias capiti.

Voyant ternir vos yeux] Ternir, perdre son teint, prendre couleur plombée, *liuere, marcescere,* μαραίνεϑαι. Et
que de plus accorts] Accort, mot Italien, qui signifie, de gentil esprit, bien-né, honneste, gaillard, auisé, que les
Grecs appellent πολύτροπον.

XXI.

Ie ne suis seulement amoureux de Marie,
  Anne me tient aussi dans les liens d'Amour :
Ore l'vne me plaist, ore l'autre à son tour :
Ainsi Tibulle aymoit Nemesis & Delie.

  Vn loyal me dira que c'est vne folie
D'en aymer, inconstant, deux ou trois en vn iour,
Voire, & qu'il faudroit bien vn homme de sejour,
Pour, gaillard, satisfaire à vne seule amie.

  Ie respons, Cherouurier, que ie suis amoureux,
Et non pas ioüissant de ce bien doucereux,
Que tout amant souhaitte auoir à sa commande.

  Quant à moy, seulement ie leur baise la main,
Les yeux, le front, le col, les leures, & le sein,
Et rien que ces biens-là, Cherouurier, ne demande.

BELLEAV.

Ie ne suis seulement amoureux] Il addresse ce Sonnet à Cherouurier l'vn de ses meilleurs & plus familiers
amis, la vertu & integrité duquel est assez cognuë entre ceux qui font profession de la musique & des bonnes
lettres. Or à l'exemple de Tibulle, lequel aymoit Nemesis & Delie, il dit estre amoureux non seulement de
Marie, mais d'Anne aussi, s'excusant toutesfois que cela n'est pas suffisante preuue pour l'accuser d'estre inconstant, par ce qu'il n'est du nombre de ceux qui ne font l'amour pour autre occasion que pour le dernier plaisir
seulement : & quant à luy qu'il ne pretend autre bien, qu'auoir cet heur de leur baiser la main, les yeux, se repaissant plus volontiers de telles mignardises que d'vne ioüissance tost passée. *Nemesis & Delie*] Les deux
Maistresses de Tibulle : voy ses Elegies. *On me dira tantost*] C'estoit vergongne anciennement de se contenter
d'vne Dame : Voy Properce qui s'en excuse auec reuerence.

    Vna contentum pudeat me viuere amica :
    Hoc si crimen erit, crimen amoris erit.

CHANSON.

Ie te hay bien (croy-moy) Maistresse,
Ie te hay bien, ie le confesse,
Et te deurois encor plus fort
Hayr que ie ne fais la mort.
  Toutesfois il faut que ie t'ayme

Plus que ma vie *&* que moy mesme,
Car plus ta fiere cruauté
Me rejette, plus ta beauté
(Pour mourir *&* viure auec elle)
A ton seruice me rappelle.

BELLEAV.

Ie te hay bien (croy-moy) Maistresse] Il confesse qu'encores qu'il aye mille occasions suffisantes pour porter inimitié à sa Maistresse, nonobstant qu'il est contraint de l'aymer : & d'autant plus que la rigueur d'elle le veut éloigner, d'autant sa bonne grace l'attire à soy, le rendant esclaue de son seruice. Il est Marullien.

> *Odi te, mihi crede , quantacunque es,*
> *Odi confiteor, Camilla : sed quam*
> *Et odi & magis in dies magisque*
> *Velim odisse , sequi atque amare cogor.*

XXII.

MArie , vous passez en taille , *&* en visage,
En grace, en ris, en yeux , en sein , *&* en teton
Vostre plus ieune sœur , d'autant que le bouton
D'vn rosier franc surpasse vne Rose sauuage.

    Ie ne sçaurois nier qu'vn rosier de bocage
Ne soit plaisant à l'œil *&* qu'il ne sente bon :
Aussi ie ne dy pas que vostre sœur Annon
Ne soit belle, mais quoy! vous l'estes dauantage.

    Ie sçay bien qu'apres vous elle a le premier prix,
Et que facilement on deuiendroit épris
De son ieune en-bon-point si vous estiez absente.

    Mais quand vous paroissez lors sa beauté senfuit,
Ou morne elle deuient, par la vostre presente,
Comme les Astres font , quand la Lune reluit.

BELLEAV.

Marie, vous passez] L'Auteur faisant l'amour à Marie ne vouloit pourtant oublier sa sœur Anne, ains se vouloit insinuer en sa bonne grace, laquelle encores qu'elle fust belle & moindre d'aage, si est-ce pourtant que sa sœur la passoit en toute beauté, d'autant que la rose franche surpasse l'esglantiere & sauuage. Car ses beautez (dit-il) ne paroissent non-plus deuant celles de sa sœur Marie que les estoilles deuant la clarté resplendissante de la Lune.

> *Quantò cùm radijs fulges argentea puris,*
> *Concedunt flammis sidera cuncta tuis :*
> *Tantò formosis formosior omnibus illa est.*   Ouid.

XXIII.

BIen que vous surpassiez en grace *&* en richesse
Celles de ce pays , *&* de toute autre part :
Vous ne deuez pourtant , & fussiez-vous Princesse,
Iamais vous repentir d'auoir aymé Ronsard.

    C'est luy, Dame, qui peut auecque son bel art,
Vous affranchir des ans, *&* vous faire Déesse:
Il vous promet ce bien, car rien de luy ne part,
Qui ne soit bien poli, son siecle le confesse.

    Vous me responderez , qu'il est vn peu sourdaut,

Et que c'est déplaisir en amour parler haut :
Vous dites verité, mais vous celez apres,
    Que luy, pour vous ouyr, s'approche à vostre oreille,
Et qu'il baise à tous coups vostre bouche vermeille
Au milieu des propos, d'autant qu'il en est pres.

BELLEAV.

Bien que vous surpassiez] Il dit à sa Maistresse qu'elle ne se doit repentir de l'auoir aimé, parce qu'il la peut rendre immortelle par le benefice des Muses, lesquelles ont puissance de tirer les hommes hors du tombeau & perpetuer leur memoire à iamais malgré l'iniure du temps & la dure contrainte de la mort.

       Trajcit & fati littora magnus Amor.   *Properce.*

Et comme dit Marulle à ce propos, parlant des Muses:

    Quæ mortis atræ legibus,
    Quæ temperis potentiores inuidi
    Viuos sepultos quos volunt raptos humo
    Per ora mittunt gentium.

Vous me responderez qu'il est vn peu sourdaut] Il raconte le plaisir qu'il tire de sa surdité, l'excusant par vne gentille inuention.

XXIIII.

MON amy puisse aimer vne femme de ville,
   Belle, courtoise, honeste, & de doux entretien:
Mon haineux puisse aimer au village vne fille,
Qui soit badine, sote, & qui ne sçache rien.

   Tout ainsi qu'en amour le plus excellent bien
Est d'aimer vne femme, & sçauante, & gentille:
Aussi le plus grand mal à ceux qui aiment bien,
C'est d'aimer vne femme indocte, & mal-habille.

   Vne gentille Dame entendra de nature
Quel plaisir c'est d'aimer, l'autre n'en aura cure,
Se peignant vn honneur dedans son esprit sot.

   Vous l'aurez beau prescher, & dire qu'elle est belle :
Froide comme vn rocher, vous entendra prés d'elle
Parler vn iour entier, & ne respondra mot.

BELLEAV.

Mon amy puisse aimer] Pour toutes vengeances qu'il desire auoir de son ennemy, il souhaite qu'il deuienne amoureux d'vne fille mal-apprise, & mal-nourrie, comme pour le plus grand malheur & la plus grande disgrace qui luy pourroit auenir. Or il est vray-semblable qu'il auoit receu quelque mauuais traittement de sa Dame, il s'en colere. Puis pour fauoriser son amy, il souhaitte qu'il s'en-amoure d'vne fille bien-apprise & bien-nourrie, proposant les honnestes courtoisies & mignards allechemens qu'on en reçoit, au contraire le peu de plaisir qu'on a de celle qui est mal-née, & mal-nourrie.

XXV.

IE croy que ie mourroy si ce n'estoit la Muse
   Qui deçà, qui de là fidele m'accompaigne,
Par bois, par champs, par eau, par taillis, par montaigne,
Et de ses beaux presens tous mes soucis abuse.

   Si ie suis ennuyé, ie n'ay point autre ruse
Pour me desennuyer, que Clion ma compaigne ;
Si tost que ie l'inuoque elle ne me dédaigne
Me venir saluër & iamais ne s'excuse.

   Des presens des neuf Sœurs soit en toute saison

Pleine toute ma chambre, & pleine ma maison,
Car la roüille iamais à leurs beaux dons ne touche :
Le Thym ne fleurit pas aux Abeilles si doux,
Comme leurs beaux presens me sont doux à la bouche,
Et dont les bons esprits ne furent iamais saouls.

BELLEAV.

Ie croy que ie mourroy] Il dit que sans la faueur qu'il reçoit des Muses ses fideles compaignes, il ne viuroit point heureux en ce Monde, receuant d'elles le souuerain remede d'abuser ses ennuys, & de tromper doucement ses passions. Puis il souhaitte en quelque part qu'il soit, que sa maison soit tousiours remplie de leurs presens, sur lesquels la roüille des ans, ny l'injure des siecles n'ont point de puissance. En fin par vne gentille comparaison il dit que le Thym n'est si gracieux aux mouches à miel, que la Poësie est douce & plaisante dedans ses léures, de laquelle les gentils esprits ne se saoulent iamais. *Que Clion*] Clion est vne des Muses. *Des presens des neuf sœurs*] Il entend la Poësie, present des Muses, filles de Iupiter & de Memoire. Le commencement de ce Sonnet est de Theocrite.

οὐδὲν ποττὸν ἔρωτα πεφύκει φάρμακον ἄλλο,
Νικία, οὔτ' ἔγχριστον ἐμοὶ δοκεῖ, οὐδ' ἐπίπαστον,
ἢ ταὶ Πιερίδες·

XXVI.

BAïF, *il semble à voir tes rymes langoureuses*
Que tu sois seul amant en France langoureux,
Et que tes compagnons ne sont point amoureux,
Mais déguisent leurs vers sous plaintes malheureuses.

Tu te trompes, BAïF, *les peines doloreuses*
D'amour, autant que toy nous rendent doloreux,
Sans nous feindre vn tourment : mais tu es plus heureux
Que nous, à raconter tes peines amoureuses.

Quant à moy, si i'estois ta Francine chantée,
Je ne serois iamais de ton vers enchantée
Qui se feignant vn dueil se fait pleurer soy-mesme.

Non, celuy n'aime point, ou bien il aime peu,
Qui peut donner par signe à cognoistre son feu,
Et qui peut raconter le quart de ce qu'il aime.

BELLEAV.

Baïf, il semble à voir] Il respond à vn Sonnet de Baïf, où il dit que la pluspart de ceux qui escriuent de l'amour ne sont vrayement affectiónez comme luy, ains que sous vne feinte & dissimulée passion se persuadent d'estre amoureux : Nostre Autheur dit au contraire, que celuy n'est point viuement touché du trait d'Amour, qui a cest heur de pouuoir découurir la moindre partie de ce qu'il aime. Ie ne diray autre chose de I. Ant. de Baïf, l'vn des meilleurs & plus fideles amis que i'aye en ce Monde : car la France cognoist assez par ses doctes escrits, soient Grecs, Latins, ou François, de quelle estoffe on le doit estimer.

XXVII.

HE ! *que me sert,* PASQVIER, *ceste belle verdure*
Qui rit parmy les prez, & d'oüir les oiseaux,
D'oüir en-contre-val le gazoüillis des eaux,
Et des vents printanniers le gracieux murmure ?

Quand celle qui me blesse, & de mon mal n'a cure,
Est absente de moy, & pour croistre mes maux
Me cache la clarté de ses astres iumeaux,
De ses yeux, dont mon cœur prenoit sa nourriture.

PASQVIER, *i'aimeroy mieux, qu'il fuſt Hyuer touſiours:*
Car l'Hyuer n'eſt ſi propre à nourrir les amours,
Comme eſt le Renouueau, qui d'aimer me conuie ;
*   Ainçois de me haïr, puis que ie n'ay pouuoir*
En ce beau mois d'Auril entre mes bras d'auoir
Celle qui dans ſes yeux tient ma mort & ma vie.

BELLEAV.

Hé! que me ſert, Paſquier] Il ſe plaint à Paſquier dela longue abſence de ſa Maiſtreſſe, pour n'auoir ceſt heur
de la voir lors que la gaye ſaiſon du Printemps le conuie à faire l'amour, ſouhaittant pluſtoſt les froides rigueurs de l'Hyuer, que de iouïr des douceurs du renouueau, abſent de ſa Dame. Tout eſt de ſon inuention.

XXVIII.

O Toy qui n'es de rien en ton cœur amoureuſe
    Que d'honneur & vertu, qui te font eſtimer,
Quoy! en glace & en feu voirras-tu conſommer
Touſiours mon pauure cœur ſans luy eſtre piteuſe?
*   Bien que vers-moy tu ſois ingrate, & dédaigneuſe,*
Fiere, dure, rebelle, & nonchalant' d'aimer,
Encor ie ne me puis engarder de nommer
La terre où tu naſquis ſur toute bien-heureuſe.
*   Ie ne te puis haïr, quoy que tu me ſois fiere,*
Mais bien ie hay celuy qui me mena de nuit
Prendre de tes beaux yeux l'accointance premicre :
*   Celuy ſans y penſer à la mort m'a conduit,*
Celuy ſeul me tua : hé mon Dieu! n'eſt-ce pas
Tuer que de conduire vn homme à ſon treſpas?

BELLEAV.

O toy qui n'es de rien] Encores que ſa Maiſtreſſe luy ſoit inceſſamment cruelle, ſans prendre pitié de ſon martyre, comme dédaignant le ſeruice d'vn loyal ſeruiteur, ſi eſt. ce que toutes ſes cruautez ne ſont ſuffiſantes (comme il dit) d'empeſcher qu'il ne nomme le lieu où elle print ſa naiſſance tres-heureux & fortuné, pour auoir
nourry vne ſi gentille creature, accomplie de tant de graces & de perfections.   *Quoy! en glace & en feu*] Telles
paſſions ſont aſſez vulgaires dedans les Poëtes.   *Ie ne te puis haïr*] Il confeſſe que nonobſtant toutes ſes rigueurs il ne luy peut porter inimitié, mais bien il hait celuy qui fut occaſion de la premiere cognoiſſance qu'il
eut d'elle, l'accuſant d'auoir eſté la ſeule cauſe de ſa mort, & que celuy veritablement tuë qui conduit l'homme
au lieu où il doit mourir. Il y a preſque vn tel commencement de Sonnet en Petrarque:
    Vera donna à cui di nulla cale
    Se non d'honor che ſour' ogn' altra mieti.

XXIX.

A Vtre (i'en jure Amour) ne ſe ſçauroit vanter
    D'auoir part en mon cœur, vous ſeule en eſtes Dame,
Vous ſeule gouuernez les brides de mon ame,
Et ſeuls vos yeux me font ou pleurer, ou chanter :
*   Ils m'ont ſceu tellement d'vn regard enchanter,*
Que ie ne puis ardoir d'autre nouuelle flamme :
Quand i'aurois deuant moy toute nuë vne femme,
Encores ſa beauté ne me ſçauroit tenter.
*   Si vous n'eſtes d'vn lieu ſi hautain que* CASSANDRE,
Je ne ſçaurois qu'y faire, Amour m'a fait deſcendre.

Iusques à vous aimer ; Amour, qui n'a point d'yeux,
Qui tous les iours transforme en cent sortes nouuelles,
Aigle, Cygne, Taureau, ce grand maistre des Dieux,
Pour le rendre amoureux de nos femmes mortelles.

BELLEAV.

Autre (i'en iure Amour] Il respond à sa Dame, laquelle ne se pouuoit persuader d'estre aimée de luy : pour l'asseurer du contraire, il iure par la puissance d'Amour, serment assez leger pour adiouster peu de foy aux parolles des amoureux. Dauantage, il dit auoir esté tellement enchanté par le regard de ses yeux, qu'il ne pourroit estre épris d'autre feu. Il dit aussi qu'Amour estant aueugle n'a point esgard à la grandeur ou à la petitesse de ceux, lesquels tombent en ses liens, & qui sont naurez de ses traits : par vne comparaison de Iupiter, lequel daigna bien se déguiser sous le plumage d'vn Cygne pour plus secrettement prendre son plaisir auecques Leda, & emprunter la figure d'vn Taureau pour rauir la belle Europe, toutes deux femmes mortelles & de petite estoffe au regard de la grandeur d'vn tel Dieu.   Properce sur ce propos.
Nam quid ego heroas, quid raptem in crimina diuos?
Iuppiter infamat seque suámque domum.
Amour m'a fait descendre] Semblable excuse en Horace.
Ne sit ancilla tibi amor pudori,
Xanthia Phoceu : priùs insolentem
Seruá Briseïs niueo colore
Mouit Achillem.
Les brides de mon ame] Ceste façon de parler est prise de Platon, lequel fait vne comparaison de la Raison, au Cocher qui tient les cheuaux en bride pour trainer la coche, par laquelle il vouloit figurer le corps, & par les deux cheuaux, l'vn blanc & l'autre noir, la bonne & mauuaise volonté.

XXX.

As ! pour vous trop aimer ie ne vous puis aimer :
Car il faut en aimant auoir discretion,
Helas ! ie ne l'ay pas : car trop d'affection
Me vient trop follement tout le cœur enflammer.

D'vn feu desesperé vous faites consommer
Mon cœur que vous brulez sans intermission,
Et si bien la fureur nourrit ma passion
Que la raison me faut, dont ie me deusse armer.

Ah ! guarissez-moy donc de ma fureur extreme,
Afin qu'auec raison honorer ie vous puisse,
Ou pardonnez au moins mes fautes à vous-mesme,

Et le peché commis en tastant vostre cuisse :
Car ie n'eusse touché en lieu si deffendu,
Si pour trop vous aimer mon sens ne fust perdu.

BELLEAV.

Las ! pour vous trop aimer] Il se couure d'vne honneste excuse contre le mauuais visage de sa Maistresse qui estoit courroucée contre luy, pource que maugré elle, il luy auoit tasté la cuisse, disant qu'il faut qu'elle luy pardonne comme à celuy qui est esgaré de la raison & qui est hors de sentiment : car la trop grande affection qu'il luy porte a tellement aliené son esprit, qu'il ne luy reste que sa fureur pour guide & pour compaigne. Et que si elle veut qu'il se porte plus modestement en son endroit, il faut qu'elle le guarisse, estant en sa puissance de luy donner le vray remede pour le tirer hors de sa fiéure.

XXXI.

Ma belle Maistresse, à tout le moins prenez
De moy vostre seruant ce Rossignol en cage :
Il est mon prisonnier, & ie vis en seruage
Sous vous, qui sans mercy en prison me tenez :

Allez donc, Rossignol, en sa chambre, & sonnez
Mon dueil à son aureille auec voftre ramage,
Et s'il vous est possible émouuez son courage
A me faire mercy, puis vous en reuenez.

Non, non, ne venez point, que feriez-vous chez-moy?
Sans aucun reconfort, vous languiriez d'esmoy:
» Vn prisonnier ne peut vn autre secourir.

Ie n'ay pas, Rossignol, sur voftre bien enuie,
Seulement ie me hay & me plains de ma vie,
Qui languit en prison, & si n'y peut mourir.

BELLEAV.

O ma belle Maiftresse] Il fait comparaison de sa vie prisonniere, à celle d'vn Rossignol en cage, duquel il fait present à sa Maiftresse, la priant de le vouloir receuoir : il prie le Rossignol d'amolir sa cruauté par les douceurs de son ramage, & qu'il demeure en sa maison, parce que l'Autheur estant prisonnier comme luy & en pareille misere, il ne luy pourroit donner aucun secours. Properce dit presque chose semblable.

Non ego tum potero solatia ferre roganti,
Cùm mihi nulla mei sit medicina mali.
Sed pariter miseri socio cogemur amore
Alter in alterius mutua flere sinu.

XXXII.

'An se rajeunissoit en sa verte iouuence,
Quand ie m'épris de vous, ma Sinope cruelle:
Seize ans estoit la fleur de voftre âge nouuelle,
Et voftre teint sentoit encores son enfance.

Vous auiez d'vne infante encor la contenance,
La parolle, & les pas : voftre bouche estoit belle,
Voftre front & vos mains dignes d'vne Immortelle,
Et voftre œil qui me fait trespasser quand i'y pense.

Amour, qui ce iour-là si grandes beautez vit,
Dans vn marbre, en mon cœur d'vn trait les escriuit:
Et si pour le iourd'huy vos beautez si parfaites

Ne sont comme autresfois, ie n'en suis moins rauy:
Car ie n'ay pas égard à cela que vous estes,
Mais au doux souuenir des beautez que ie vy.

BELLEAV.

L'an se rajeunissoit] Il est vray-semblable que cefte Sinope, de laquelle parle le Poëte és quatorze Sonnets ensuiuans, fut de plus illuftre parenté que la premiere, dont auparauant il a fait mention : Car ayant nommé l'autre (à ce que ie puis coniecturer) de son nom propre, il a par reuerence celé sous le nom de Sinope cefte-cy. La maniere de déguiser le nom des femmes, ausquelles on porte amitié, a toufiours efté approuuée par les Poëtes les plus anciens. On dit qu'Homere, ce grand Dieu de Poëfie, se feignit luy-mefme eftre Vlysse, & que s'amie auoit nom Penelope, & qu'en faueur d'elle & des trauaux qu'il auoit soufferts en son seruice, composa le plaifant difcours de l'Odyssee. Hefiode plus ancien que luy, aima vne Dame qu'il surnomma ἠως, c'est à dire matinalle ou belle comme l'Aube du iour, de laquelle il a commencé la defcription de son boucler. Callimach, Philete, & Mimnerme Poëtes Grecs Elegiaques ont fait le semblable. L'exemple desquels a efté suiuy par les Poëtes Latins, comme affez tu pourras voir en lifant les vers de Catulle, Tibulle, Properce, Corneille Gal. & Ouide celebrans leurs Maiftresses fous les noms feints de Lefbie, Delie, Nemefe, Cynthie, Lycoris, & Corinne. Noftre Autheur suiuant icy cefte ancienne façon, appelle sa Dame, Sinope, c'eft à dire, qui gafte & offense les yeux & la veuë : faifant venir son nom du verbe Grec σίνω, qui signifie perdre, & gafter : & ὄψ, qui signifie regard & veuë. Ie me douterois selon le Sonnet qui se commence,

Vos yeux estoient blessez d'vne humeur enflammee, que sa Dame ayant vn peu les yeux offensez de quelque Rheu-
me, le regardant luy enuoya vne partie de son mal : de telle façon qu'il sentit ses yeux blessez & malades par le
seul regard de sa Maistresse. Or nostre Poëte reuoyant apres vne longue espace de temps sa Maistresse qu'en
grande ieunesse il auoit aimée : & la trouuant plus âgee, auecques diminution de sa premiere beauté, luy dit
que pour cela il n'est moins amoureux d'elle qu'il estoit lors que premierement il la vit: Et qu'il ne regarde pas
à ce qu'elle est maintenant, mais à ce qu'elle fut autrefois quand il deuint son seruiteur.

XXXIII.

A Vant vostre partir ie vous fais vn present
(Bien que sans ce present impossible est de viure)
Marie, c'est mon cœur, qui brusle de vous suiure:
Mettez-l' en vostre sein il n'est pas si pesant.

Il vous sera fidele, humble, & obeïssant,
Comme vn, qui de son gré à vous seruir se liure:
Il est de toute amour, fors la vostre, deliure:
Mais la vostre le tue, & taist le mal qu'il sent.

Mais plus vous le tuez, & plus vostre se nomme,
Et iure par vos yeux qu'il vaut le Gentil homme,
Qui vous brusle d'amour, & n'en est enflamé.

O merueilleux effets de l'inconstance humaine !
» Celuy, qui aime bien, languit tousiours en peine :
» Celuy, qui n'aime point, est tousiours bien aimé.

BELLEAV.

Auant vostre partir] Le commencement de ce Sonnet est presque pareil au precedent : il prie sa Dame d'emporter son cœur auecques elle dedans son coche : la fin est toute pleine de ialousie, comme sont presque tous
les autres Sonnets qui s'addressent à elle.

XXXIV.

M A Sinope, mon cœur, ma vie, & ma lumiere,
Autant que vous passez toute ieune pucelle
En grace & en beauté, autant vous estes celle
Qui m'estes à grand tort inconstante & legere

Pardon, si ie l'ay dit : las! plus vous m'estes fiere,
Plus vous me deceuez, plus vous me semblez belle,
Plus vous m'estes volage, inconstante, & rebelle,
Et plus ie vous estime, & plus vous m'estes chere.

Or de vostre inconstance accuser ie me doy,
Vous fournissant d'amy qui fut plus beau que moy,
Plus ieune, & plus dispos, mais non d'amour si forte.

Doncques ie me condamne, & vous absous du fait :
Car c'est bien la raison que la peine ie porte,
Sinope, & non pas vous du peché que i'ay fait.

BELLEAV.

Ma Sinope, mon cœur] Il dit que luy mesmes est cause de son malheur, d'autant qu'il mena vn Gentil-homme
plus beau que luy voir sa Dame, lequel depuis luy faucha l'herbe sous le pied, & fut le mieux aimé.

XXXV.

D Vn sang froid, noir, & lent, ie sens glacer mon cœur,
Quand quelcun parle à vous, ou quand quelcun vous touche:

Vne

Vne ire autour du cœur me dreſſe l'eſcarmouche:
Ialoux contre celuy qui reçoit tant d'honneur.

Ie ſuis (ie n'en mens point) ialoux de voſtre ſœur,
De mon ombre, de moy, de mes yeux, de ma bouche:
Ainſi ce petit Dieu qui la raiſon me bouche,
Me tient touſiours en doute, en ſoupçon & en peur.

Ie ne puis aimer ceux à qui vous faites chere,
Fuſſent-ils mes couſins, mes oncles, ou mon pere,
Ie maudis leurs faueurs, i'abhorre leur bon-heur.

Les Amans & les Roys de compagnon ne veulent:
S'ils en ont de fortune, en armes ils ſen deulent.
Auoir vn compagnon, c'eſt auoir vn Seigneur.

BELLEAV.

D'vn ſang froid, noir, & lent] Ce Sonnet eſt tout plein de furieuſe paſſion , & d'extréme jalouſie.   *Ie ſuis*
(*ie n'en mens point*)] Pris de Iean Second en ſes Baiſers.
    Ergo ego mihi vel Iouem
    Riualem potero pati?
    Riuales oculi mei
    Non ferunt mea labra.

XXXVI.

C'Eſt trop aimé, pauure RONSARD, *delaiſſe*
D'eſtre plus ſot, & le temps deſpendu
A pourchaſſer l'amour d'vne Maiſtreſſe,
Comme perdu penſe l'auoir perdu.

Ne penſe pas, ſi tu as pretendu
En trop haut lieu vne haute Déeſſe,
Que pour ta peine vn bien te ſoit rendu:
»Amour ne paiſt les ſiens que de triſteſſe.

Ie cognois bien que ta Sinope t'aime,
Mais beaucoup mieux elle ſ'aime ſoy-meſme,
Qui ſeulement amy riche deſire.

Le bonnet rond, que tu prens maugré toy,
Et des puiſnez la rigoureuſe loy,
La font changer & (peut-eſtre) à vn pire.

BELLEAV.

C'eſt trop aimé] Ce Sonnet eſt tiré de Catulle, qui dit ainſi:
    Miſer Catulle deſinas ineptire,
    Et quod vides periſſe, perditum ducas.

XXXVII.

IE ne ſçaurois aimer autre que vous,
Non, Dame, non, ie ne ſçaurois le faire:
Autre que vous ne me ſçauroit complaire,
Et fuſt Venus deſcenduë entre nous.
Vos yeux me ſont ſi gracieux & dous,

HHHh h h

Que d'vn seul clin ils me peuuent défaire,
D'vn autre clin tout soudain me refaire,
Me faisant viure ou mourir en deux coups.

 Quand ie serois cinq cens mille ans en vie,
Autre que vous, ma mignonne m'amie,
Ne me feroit amoureux deuenir :

 Il me faudroit refaire d'autres veines,
Les miennes sont de vostre amour si pleines,
Qu'vn autre amour n'y sçauroit plus tenir.

BELLEAV.

Ie ne sçaurois aimer] Il asseure sa Maistresse de l'amour qu'il luy porte, & dit que si Venus mesme estoit descendue du Ciel, qu'elle ne pourroit ny par ses graces, ny par ses mignardises, l'attirer à son seruice. *Défaire*] Nous disons ce mot en François pour faire mourir. *Il me faudroit refaire d'autres veines*] Ceux qui ont plus naïuement parlé de l'Amour, ont tousiours logé sa puissance dedans les veines, parce qu'elles sont les propres & particuliers vaisseaux de nostre sang, qui cause le desir, & qui par sa chaleur naturelle nous donne la vie & réchauffe nostre cœur. Virgil. *Vulnus alit venis.* Et pource, on dit que le foye est le siege du desir & de l'amour.

XXXVII.

*P*Our aimer trop vne fiere beauté,
Ie suis en peine, & si ne sçaurois dire
D'où, ny comment, me suruint mon martire,
Ny à quel ieu ie perdy liberté.

 Si sçay-ie bien que ie suis arresté
Au lacs d'Amour : & si ne m'en retire,
Ny ne voudrois, car plus mon mal empire,
Et plus ie veux y estre mal-traitté.

 Ie ne dy pas, s'elle vouloit vn iour
Entre ses bras me guarir de l'amour,
Que son vouloir bien à gré ie ne prinse.

 Hé Dieu du Ciel ! hé qui ne le prendroit !
Quand seulement de son baiser, vn Prince,
Voire vn grand Dieu bien-heureux se tiendroit.

BELLEAV.

Pour aimer trop] Il dit que le mal qu'il endure au seruice de sa Dame luy est aggreable, toutesfois que si elle vouloit adoucir sa rigueur de quelque honneste faueur, qu'il ne seroit si dédaigneux de la refuser.

XXXVIII.

*D*Ictes, Maistresse, hé que vous, ay-ie fait !
Hé pourquoy las ! m'estes-vous si cruelle ?
Ay-ie failly de vous estre fidelle,
Ay-ie enuers vous commis quelque forfait ?

 Dictes, Maistresse, hé que vous ay-ie fait !
Hé, pourquoy las ! m'estes-vous si cruelle !
Ay-ie failly de vous estre fidelle,
Ay-ie enuers vous commis quelque forfait ?

 Certes nenny, car plustost que de faire
Chose qui deust, tant soit peu, vous desplaire,

I'aimerois mieux le trespas encourir.

   Mais ie voy bien que vous bruslez d'enuie
De me tuer : faictes-moy donc mourir
Puis qu'il vous plaist ; car à vous est ma vie.

BELLEAV.

Dictes, Maistresse] Ayant receu quelque mauuais œil de sa Dame, il se plaint & luy en demande l'occasion, ignorant la cause du mauuais visage qu'elle luy portoit. Il repete les quatre premiers vers d'vne mignardise qui n'a point mauuaise grace, encores que la loy du Sonnet ne le permette.

XXXIX.

PLus que iamais ie veux aimer, *Maistresse,*
   Vostre bel œil, qui me detient rauy
Mon cœur chez-luy, du iour que ie le vy,
Tel, qu'il sembloit celuy d'vne Déesse.

   C'est ce bel œil qui me plaist de liesse;
Liesse, non, mais d'vn mal dont ie vy;
Mal, mais vn bien, qui m'a tousiours suiuy,
Me nourrissant de ioye, & de tristesse.

   Déjà deux ans éuanoüis se font
Que vos beaux yeux, en me riant, me font
La playe au cœur, & si ne me soucie

   Quand ie mourrois d'vn mal si gracieux :
Car rien ne part de vous ny de vos yeux
Qui ne me soit trop plus cher que la vie.

BELLEAV.

Plus que iamais] Il dit que deux ans sont ja passez que premierement il fut surpris des beaux yeux de Marie, & qu'il ne se lasse pourtant de leur porter honneur, mais au contraire qu'il se delibere de les aimer plus ardemment que iamais, par ce que rien ne part d'vne si douce & gracieuse œillade, qu'il n'estime plus cher que sa vie.

X L.

GEntil Barbier, enfant de *Podalire,*
   Ie te supply, saigne bien ma Maistresse,
Et qu'en ce mois, en saignant, elle laisse
Le sang gelé dont elle me martire.

   Encore vn peu dans la palette tire
De ce sang froid, ains cette glace espesse,
Afin qu'apres en sa place renaisse
Vn sang plus chaud qui de m'aimer l'inspire.

   Ha! comme il sort: c'estoit ce sang si noir
Que ie n'ay peu de mon chant émouuoir
En souspirant pour elle mainte année.

   Ha! c'est assez, cesse, gentil Barbier,
Ha ie me pasme! & mon ame estonnée
S'éuanoüist, en voyant son meurtrier.

BELLEAV.

Gentil Barbier] Sa Dame eſtoit malade d'vne fiéure, & par ordonnance du Medecin, il luy falloit tirer du ſang : or il prie le Barbier de luy oſter tout celuy qui eſtoit glacé & refroidy dedans ſes veines, comme la cauſe principale qui l'empeſchoit de ne pouuoir s'eſchauffer à l'amour, à celle fin qu'en ſon lieu il en peuſt renaiſtre vn plus chaud & plus facile à s'enamourer. En fin voyant couler ce ſang, mortel ennemy de ſon ſeruice, il tombe en paſmoiſon, recognoiſſant ſon meurtrier.　*Enfant de Podalire*] Il ſurnomme ce Barbier du nom de Podalire, lequel eſtoit fils d'Eſculape, & frere de Machaon, tous deux celebrez tant par les vers d'Homere, que par les anciens Romains, pour auoir excellé en l'art de Medecine.　Ouide.

　　　Quantus apud Danaos Podalirius arte medendi.

　S'éuanoüit en voyant ſon meurtrier] Il a tiré cette paſſion de ce que l'on dit qu'vn corps mort par violence, commence à ſaigner, s'il ſent approcher celuy qui a fait le meurtre, comme demandant vengeance de ſon ſang : voy Marc Ficin qui en dit la raiſon.

XLI.

HE ! Dieu du Ciel, ie n'euſſe pas penſé,
　Qu'vn ſeul depart euſt cauſé tant de peine !
Ie n'ay ſur moy nerf, ny tendon, ny veine,
Faïe, ny cœur qui n'en ſoit offenſé.

　Helas ! ie ſuis à demy treſpaſſé,
Ains du tout mort : las ! ma douce inhumaine,
Auecques elle, en s'en-allant, emmeine
Mon pauure cœur de ſes beaux yeux bleſſé.

　Que pleuſt à Dieu ne l'auoir iamais veuë !
Son œil ſi beau ne m'euſt la flamme eſmeuë,
Par qui me faut vn tourment receuoir,

　Tel, que ma main m'occiroit à cette heure,
Sans vn penſer que i'ay de la reuoir,
Et ce penſer garde que ie ne meure.

BELLEAV.

　Hé ! Dieu du Ciel] Il montre en ce Sonnet le regret qu'il a d'abſenter ſa Dame, ſe menaçant luy-meſme ſe faire mourir, ſans l'eſperance qu'il a de la reuoir.

XLII.

D'Vne belle Marie, en vne autre Marie,
　BELLEAV, ie ſuis tombé, & dire ne te puis
De laquelle des deux plus amoureux ie ſuis,
Car i'en aime bien l'vne, & l'autre eſt bien m'amie.

　Plus mon affection en amour eſt demie
Et plus ceſte moitié me conſomme d'ennuis,
Car au lieu d'vne à part, deux au coup i'en pourſuis,
Et pour en aimer vne, vne autre ie n'oublie.

» Or touſiours l'amitié plus eſt enracinee,
» Plus long-temps elle eſt ferme & plus eſt obſtinée
» A ſouffrir de l'amour l'orage vehement.

　» Hé ! ſçais-tu pas, BELLEAV, que deux ancres jettées,
» Quand les vents ont plus fort les ondes agitées,
» Tiennent mieux vne nef, qu'vne ancre ſeulement ?

BELLEAV.

D'vne belle Marie] L'Autheur pour l'amitié qu'il me porte m'a toufiours familierement defcouuert fes plus fecrettes paffions. Or ayant pris congé de Marie vint à Paris où il deuint amoureux d'vne Dame portant ce mefme nom, à laquelle il parle d'autre grace, & auec autre refpeét : Plus il s'excufe d'auoir party fon amitié en deux, & fi dit qu'elle n'eft moins ferme que fi elle eftoit entiere, à l'exemple d'vn nauire, lequel eftant agité de tourmente eft plus affeuré pour fon dernier fecours, de deux ancres, que d'vne feulement. Cefte comparaifon eft prife de Pindare en fes Olympiques.

XLIII.

Vand ie ferois vn *Turc*, vn *Arabe*, ou vn *Scythe*,
Pauure, captif, malade, & d'honneur déueſtu,
Laid, vieillard, impotent, encor' ne deurois-tu
Eſtre, comme tu es, enuers moy ſi dépite :

Ie ſuis bien aſſeuré que mon cœur ne merite
D'aimer en ſi bon lieu, mais ta ſeule vertu
Me force de ce faire ; & plus ie ſuis batu
De ta fiere rigueur, plus ta beauté m'incite.

Si tu penſes trouuer vn ſeruiteur qui ſoit
Digne de ta beauté, ton penſer te deçoit,
Car vn Dieu (tant ſ'en-faut vn homme) n'en eſt digne.

Si tu veux donc aimer, il faut changer de cœur :
Ne ſçais-tu que *Venus* (bien qu'elle fuſt diuine)
Iadis pour ſon amy choiſit bien vn paſteur ?

BELLEAV.

Quand ie ſerois vn Turc] Il dit, que s'il auoit toutes les difgraces, & toutes les imperfeétions de tous les hommes mal-heureux, que ſa Dame ne deuroit pourtant vſer de telle cruauté en ſon endroit, encores qu'il confeſſe de ne meriter point d'aimer en ſi haut lieu, toutesfois que la vertu de ſa Dame l'incite à ce faire : Et que s'elle veut eſtre aimée, qu'il luy faut rabaiſſer ſon orgueil à l'exemple de Venus qui daigna bien choiſir vn berger pour ſon amy.   *Ne ſçais-tu que Venus*] La fin de ce Sonnet eſt priſe des Hymnes d'Homere en celle de Venus où il dit qu'elle deuint amoureuſe d'Anchiſe.

Αγχίσεω δ' ἄρα οἱ γλυκὺν ἵμερον ἔμβαλε θυμῷ.
Depuis elle fut auſſi amoureuſe d'Adonis qui eſtoit berger.   Virgile.
Et formoſus oues ad flumina pauit Adonis.

XLIV.

Ame, ie ne vous puis offrir à mon depart
Sinon mon pauure cœur, prenez- le ie vous prie;
Si vous ne le prenez, autre nouuelle amie
(I'en iure par vos yeux) iamais n'y aura pare.

Ie le ſens déjà bien, comme ioyeux il part
Hors de mon eſtomach, peu ſoigneux de ma vie,
Pour vous aller ſeruir, & rien ne le conuie
D'y aller (ce dit-il) que voſtre doux regard.

Or ſi vous le chaſſez, ie ne veux qu'il reuienne
Dedans mon eſtomach en ſa place ancienne,
Comme celuy qui hait ce qui vous deſplaira.

Il m'aura beau conter ſa peine & ſon malaiſe,
Car bien qu'il ſoit à moy, plus mien il ne ſera,
Pour ne voir rien chez-moy (Dame) qui vous deſplaiſe.

BELLEAV.

Dame, ie ne vous puis] Prenant congé de sa Dame, il luy fait present de son cœur, le menaçant que si elle ne le reçoit en sa demeure, qu'il n'espere iamais de rentrer chez luy, quelque mauuais traitement qu'il puisse alleguer. Ce Sonnet est tiré en partie d'vn de Petrarque qui commence.

Mille fiate, o dolce mia guerriera,
Per hauer co' begli occhi vostri pace,
I' hag gio proferto il cor : ma voi non piace
Mirar si basso con la mente altera.

XLV.

ROssignol, mon mignon, qui par ceste saulaye
Vas seul de branche en branche à ton gré voletant,
Et chantes à l'enuy de moy qui vais chantant
Celle qu'il faut tousiours que dans la bouche i'aye.

Nous souspirons tous deux, ta douce voix s'essaye
De sonner les amours d'vne qui t'aime tant,
Et moy triste ie vais la beauté regrettant
Qui m'a fait dans le cœur vne si aigre playe.

Toutefois, Rossignol, nous differons d'vn poinct,
C'est que tu es aimé, & ie ne le suis point,
Bien que tous deux ayons les musiques pareilles.

Car tu fléchis t'amie au doux bruit de tes sons,
Mais la mienne qui prent à dépit mes chansons,
Pour ne les escouter se bouche les aureilles.

BELLEAV.

Rossignol, mon mignon] Il fait comparaison de ses souspirs aux douces chansons du Rossignol, & dit que tous deux chantent pour fléchir la cruauté de leurs Maistresses, toutesfois que le Rossignol est plus heureux que luy, d'autant qu'il est aimé, & luy desesperé de l'estre iamais, Il y a vne telle inuention dedans Petrarque & dedans Bembe.

XLVI.

POurce que tu sçais bien que ie t'aime trop mieux,
Trop mieux dix mille fois que ie ne fais ma vie,
Que ie ne fais mon cœur, ma bouche, ny mes yeux,
Plus que le nom de mort, tu fuis le nom d'amie.

Si ie faisois semblant de n'auoir point enuie
D'estre ton seruiteur, tu m'aimerois trop mieux,
Trop mieux dix mille fois que tu ne fais ta vie,
Que tu ne fais ton cœur, ta bouche, ny tes yeux.

C'est d'amour la coustume, alors que plus on aime
D'estre tousiours hay : ie le sçay par moy-mesme
Qui suis tousiours banny du meilleur de tes graces

Quand ie t'aime sur toute : helas, que doy-ie faire !
Si ie pensois guarir mon mal par son contraire
Je te voudrois haïr à fin que tu m'aimasses.

BELLEAV.

Pource que tu sçais bien] Il dit que c'est le propre naturel de l'amour, d'aimer celuy qui plus luy porte d'inimitié, & pourtant il delibere de guarir son mal (qui est de trop aimer) par son contraire, qui sera de n'aimer point

XLVII.

Vand ie vous dis *Adieu*, *Dame*, mon seul appuy,
En vos yeux ie laissay mon cœur pour sa demeure
En gaige de ma foy: *&* si ay depuis l'heure
Fuyant le peuple & moy, tousiours vescu d'ennuy.

Mais pour Dieu ie vous pry me le rendre auiourd'huy
Que ie suis retourné, de peur que ie ne meure:
Ou bien que d'vn clin d'œil vostre beauté m'asseure
Que vous me donnerez le vostre en lieu de luy.

Las! donnez-le moy doncq, *&* de l'œil faites signe
Que vostre cœur est mien *&* que vous n'auez rien
Qui ne soit fort ioyeux, vous laissant, de me suiure.

Ou bien si vous voyez que ie ne sois pas digne
D'auoir chez-moy le vostre, au moins rendez le mien,
Car sans auoir vn cœur ie ne sçaurois plus viure.

BELLEAV.

Quand ie vous dis Adieu] Il prie sa Dame de luy renuoyer son cœur qu'il auoit laissé prisonnier dedans ses yeux, ou bien qu'elle luy donne le sien en eschange, & qu'il ne pourroit viure sans auoir l'vn ou l'autre.

CHANSON.

Lus tu connois que ie brusle pour toy,
Plus tu me fuis cruelle:
Plus tu connois que ie vis en esmoy,
Et plus tu m'es rebelle.
Te laisseray-ie? helas ie suis trop tien,
Mais ie beniray l'heure
De mon trespas : au-moins s'il te plaist bien
Qu'en te seruant ie meure.

BELLEAV.

Plus tu cognois que ie brusle pour toy] Ce sont reproches coustumieres à ceux qui aiment & qui sont passionnez pour leuts Maistresses, de tourner tout à leur des-auantage & de s'imprimer en la fantasie que s'ils ne sont caressez comme ils pensent meriter, que ce n'est que cruauté & rigueur, disant que d'autant plus qu'ils se monstrent affectionnez, ils reçoiuent plus mauuais traittement, ne seruant que de passe-temps à leurs maistresses. Pris de Marulle.

Quo te depereo magis magisque,
Odisti magis & magis Neæra.

XLVIII.

Oncques pour trop aimer il faut que ie trespasse,
La mort de mon *Amour* sera doncq le loyer?
» L'homme est bien mal-heureux qui se veut employer
» En seruant, meriter d'vne ingrate la grace.

Mais ie te pri' dy moy, que veux-tu que ie face?
Quelle preuue veux-tu afin de te ployer?
Las! cruelle, veux-tu que ie m'aille noyer,
Ou que de ma main propre (helas) ie me déface?

Es-tu quelque Busire, ou Cacus inhumain,
Pour te souler ainsi du pauure sang humain?
Fiere, ne crains-tu point Nemesis la Deesse,
Qui te demandera mon sang versé à tort?
Ne crains-tu point des Sœurs la troupe vengeresse,
Qui puniront là bas ton crime apres la mort?

BELLEAV.

Doncques pour trop aimer] Il se plaint qu'il ne peut amolir la dure cruauté de sa Dame, pour quelque seruice qu'il luy face, luy demandant s'elle retient point du naturel de Busire ou de Cacus, tous deux cruels assassins & alterez du sang humain : En fin il la menace de Nemesis & des trois Furies, se vantant par leur moyen d'en auoir sa raison. Busire fut l'vn des tyrans d'Egypte, fils de Neptune, de nature si cruelle & inhumaine, qu'il sa-crifioit les hommes estrangers, ou les faisoit deuorer à ses cheuaux. Hercule le tua, & nettoya le pays de ceste peste. Virgile parlant de luy dit,

    Aut illaudati nescit Busiridis aras.

  Ou Cacus inhumain] Cacus fut vn voleur insigne, fils de Vulcan, lequel faisoit sa retraite en vne cauerne du mont Auentin qui se monstre encores auiourd'huy en memoire de ce meurdrier. Il fut aussi tué par les mains d'Hercule : Voy Virgile au huictiesme de l'Æneide. Et Ouide en ses Fastes:

    Cacus Auentinæ timor atque infamia syluæ,
    Non leue finitimis, hospitibúsque malum.

  Nemesis la Deesse] Nemesis est celle qui punit les hommes de leur forfait.   *La troupe vengeresse*] Il entend les trois Furies filles d'Acheron & de la Nuit. Virgile :

    Dicuntur geminæ pestes cognomine Diræ,
    Quas & Tartaream Nox intempesta Megæram
    Vno eodémque tulit partu.

XLIX.

NE me dy plus, IMBERT, *que ie chante d'Amour,*
Ce traistre, ce méchant : comment pourroy-ie faire
Que mon esprit voulust louër son aduersaire,
Qui ne donne à ma peine vn moment de sejour!

  S'il m'auoit fait, IMBERT, *seulement vn bon tour,*
Ie l'en remercirois, mais il ne se veut plaire
Qu'à rengreger mon mal, & pour mieux me défaire,
Me met deuant les yeux ma Dame nuit & iour.

  Bien que Tantale soit miserable là-bas,
Ie le passe en mal-heur : car s'il ne mange pas
Le fruict qui pend sur luy, toutesfois il le touche,

  Et le baise, & s'en ioüe : & moy bien que ie sois
Aupres de mon plaisir, seulement de la bouche,
Ny des mains tant soit peu, toucher ne l'oserois.

BELLEAV.

Ne me dy plus, Imbert] Il donne ce Sonnet à Imbert l'vn de ses bons amis bien appris en la langue Grecque & Latine, & poursuit le mesme argument, toutesfois il décrit sa passion par vne plus gentille allegorie, disant que son mal-heur surpasse de beaucoup celuy de Tantale.   *Tantale*] Voyez la fable de Tantale bien & docte-ment escrite és commentaires de Muret sur le Sonnet qui commence, *Ie voudrois estre Ixion ou Tantale.*

L.

DAme, ie meurs pour vous, ie meurs pour vous, Madame,
Dame, ie meurs pour vous, & si ne vous en chaut:
Ie sens pour vous au cœur vn brasier si treschaut,

Que pour le refroidir, ie veux bien rendre l'ame.

Vous aurez pour iamais vn scandaleux diffame
Si vous me meurdrissez sans vous faire vn defaut.
Ha que voulez-vous dire? est-ce ainsi comme il faut
Par vne cruauté vous honnorer d'vn blasme?

Non, vous ne me pouuez reprocher que ie sois
Vn effronté menteur: car mon teint & ma vois,
Et mon chef ja grison vous seruent d'asseurance,

Et mes yeux trop enflez, & mon cœur plein d'émoy.
Hé que feray-ie plus! puis que nulle creance
Il ne vous plaist donner aux témoins de ma foy.

BELLEAV.

Dame, ie meurs pour vous] Il se plaint que sa Dame ne fait conte de son martyre. Il n'y a point de difficulté.
Et mes yeux trop enflez] Ce trait est pris de Theocrite.

>　　　οἱ δ' ὑπ' ἔρωτος
>δηξαὶ κυλοιδιάοντες ἐπώπια μοχθίζοντι.

Voy le Commentaire sur ces vers pour entendre la raison pour laquelle les yeux enflent aux amoureux.

LI.

L ne sera iamais, soit que ie viue en terre,
Soit qu'aux Enfers ie sois, où là haut dans les Cieux,
Il ne sera iamais que ie n'aime trop mieux
Que myrte, ou que laurier, la fueille de lierre.

Sur elle ceste main, qui tout le cœur me serre,
Trassa premierement de ses doigts gracieux
Les lettres de l'amour que me portoient ses yeux,
Et son cœur qui me faict vne si douce guerre.

Iamais si belle fueille à la riue Cumee
Ne fut par la Sibylle en lettres imprimee
Pour bailler par escrit aux hommes leur destin;

Comme ma Dame a peint d'vne espingle poignante
Mon sort sur le lierre: hé Dieu qu'Amour est fin!
Est-il rien qu'en aimant vne Dame n'inuente?

BELLEAV.

Il ne sera iamais] Sa Dame pour le peu de liberté qu'elle auoit de luy declarer sa volonté, par vne ruse bien inuentee luy donna vne fueille de lierre, sur laquelle elle auoit tracé son secret du bout d'vne espingle. Or il celebre ceste fueille, disant que les fueilles de la Sibylle Cumee sur lesquelles elle escriuoit la fortune & le destin des hommes, ne sont à comparer à celle que sa Maistresse luy auoit enuoyée. *Iamais si belle fueille à la riue Cumee*] Cecy est pris du troisiesme des Æneides de Virgile où il dit:

>*Huc vbi delatus Cumæam accesseris vrbem,*
>*Diuinósque lacus & Auerna sonantia syluis,*
>*Insanam vatem aspicies, qua rupe sub ima*
>*Fata canit, foliísque notas & nomina mandat.*
>*Quæcunque in folys descripsit carmina virgo,*
>*Digerit in numerum, atque antro seclusa relinquit.*

LII.

E veux lire en trois iours l'Iliade d'Homere,
Et pour-ce, Corydon, ferme bien l'huis sur moy:

Si rien me vient troubler, ie t'asseure ma foy
Tu sentiras combien pesante est ma colere.

   Ie ne veux seulement que nostre Chambriere
Vienne faire mon lit, ton compagnon, ny toy,
Ie veux trois iours entiers demeurer à requoy,
Pour follastrer apres vne sepmaine entiere.

   Mais si quelqu'vn venoit de la part de Cassandre,
Ouure-luy tost la porte, & ne le fais attendre,
Soudain entre en ma Chambre, & me vien accoustrer.

   Ie veux tant seulement à luy seul me monstrer:
Au reste, si vn Dieu vouloit pour moy descendre
Du Ciel, ferme la porte, & ne le laisse entrer.

LIII.

Pas mornes & lents seulet ie me promeine,
Nonchalant de moy-mesme, & quelque part que i'aille
Vn penser importun me liure la bataille,
Et ma fiere ennemie au deuant me rameine.

   Penser! vn peu de treue, hé permets que ma peine
Se soulage vn petit, & tousiours ne me baille
Argument de pleurer pour vne qui trauaille
Sans relasche mon cœur, tant elle est inhumaine.

   Or si tu ne le fais, ie te tromperay bien,
Ie t'asseure, Penser, que tu perdras ta place
Bien-tost, car ie mourray pour abatre ton fort:

   Puis quand ie seray mort, plus ne sentiray rien
(Tu m'auras beau naurer) que ta rigueur me face,
Ma Dame, ny Amour, car rien ne sent vn mort.

BELLEAV.

A pas mornes & lents] Il se plaint que quelque-part qu'il aille, il se trouue accompagné d'vn penser importun qui le tourmente: puis il dresse sa parole à ce penser, & le prie luy donner quelque relasche, autrement en
mourant il prendra vengeance de luy, & laissera en ruine le fort qu'Amour a basti dedans son cœur, par ce que
la mort l'affranchira de telles passions. Pris d'Anacreon.

LIV.

As ie ne veux ny ne me puis desfaire
De ce beau reth, où Amour me tient pris:
Et puis que i'ay tel voyage entrepris,
Ie veux mourir, ou ie le veux parfaire.

   I'oy la Raison qui me dit le contraire,
Et qui retient la bride à mes esprits,
Mais i'ay le cœur de vos yeux si épris
Que d'vn tel mal ie ne me puis distraire.

   Tay-toy, Raison: on dit communément,
" Belle fin fait qui meurt en bien aimant,
De telle mort ie veux suyure la trace:

Ma foy reſſemble au rocher endurcy,
Qui ſans auoir de l'orage ſoucy,
Plus eſt batu & moins change de place.

BELLEAV.

Las ie ne veux , ny ne me puis] Ce Sonnet eſt vne paſſion d'vn opiniaſtre : Le ſens eſt aiſé de ſoy. *Belle fin fait qui mcurt en bien aimant*] Petrarque :

Che bel fin fa chi ben amando more.

Ma foy reſſemble] Pris de l'Arioſte.

LV.

SI iamais homme en aimant fut heureux,
Ie ſuis heureux, icy ie le confeſſe,
Fait ſeruiteur d'vne belle Maiſtreſſe
Dont les beaux yeux ne me font mal-heureux.

D'vn autre bien ie ne ſuis deſireux :
Honneur, beauté, vertus, & gentilleſſe
Ainſi que fleurs honorent ſa ieuneſſe,
De qui ie ſuis ſainctement amoureux.

Donc ſi quelqu'vn veut dire que ſa grace
Et ſa beauté , toutes beautez n'efface,
Et qu'en amour ie ne viue contant ;

Deuant Amour au combat ie l'appelle,
Pour luy prouuer que mon cœur eſt conſtant,
Autant qu'elle eſt ſur toutes la plus belle.

BELLEAV.

Si iamais homme en aimant fut heureux] Ce Sonnet, à ce que ie puis coniecturer, eſt fait pour la mommerie d'vn amoureux bien fortuné qui veut combatre contre tous ceux qui n'eſtimeront ſa Maiſtreſſe auſſi belle que luy.

LVI.

LAs ! ſans eſpoir ie languis à grand tort,
Pour la rigueur d'vne beauté ſi fiere,
Qui ſans ouïr mes pleurs ny ma priere
Rid de mon mal ſi violent & fort.

De la beauté dont i'eſperois ſupport,
Pour mon ſeruice & longue foy premiere,
Ie ne reçoy que tourment & miſere,
Et pour ſecours ie n'attens que la mort.

Mais telle Dame eſt ſi ſage & ſi belle
Que ſi quelqu'vn la veut nommer cruelle
En me voyant traitté cruellement :

Vienne au combat, icy ie le deffie,
Il cognoiſtra qu'vn ſi dur traittement
Pour ſes vertus m'eſt vne douce vie.

BELLEAV.

Las ! ſans eſpoir] C'eſt vne mommerie d'vn amoureux deſeſperé.

SONNETS DE FEV P. DE RONSARD POVR HELEINE de Surgeres, non encor imprimez.

LVII.

Aistresse, embrasse-moy, baise-
moy, serre-moy,
Haleine contre haleine, échauf-
fe-moy la vie,
Mille & mille baisers donne-moy ie te prie,
Amour veut tout sans nombre, Amour n'a
point de loy.
* Baise & rebaise-moy; belle Bouche pour-*
quoy
Te gardes-tu là bas, quand tu seras blesmie,
A baiser (de Pluton ou la femme ou l'amie,)
N'ayant plus ny couleur, ny rien semblable
à toy?
* En viuant presse-moy de tes léures de ro-*
ses;
Begaye, en me baisant, à léures demy-clo-
ses
Mille mots trançonnez, mourant entre mes
bras.
* Ie mourray dans les tiens, puis, toy re-*
suscitée,
Ie resusciteray; allons ainsi là bas,
Le iour tant soit-il court vaut mieux que la
nuitée.

LVIII.

A mere des Amours i'honore dans les
Cieux
* Pour auoir trois beautez, trois Gra-*
ces auec elle;
Mais tu as vne laide & sotte Damoyselle,
Qui te fait deshonneur, le change vaudroit
mieux.
* Iamais le Chef d'Argus, fenestré de cent*
yeux,
Ne garda si soigneux l'Inachide pucelle,
Que sa rude paupiere, à veiller eternelle,
Te regarde, t'espie & te suit en tous lieux.

Ie ne suis pas vn Dieu pour me changer
en pluye;
Dessous vn Cygne blanc mes flames ie n'e-
stuye,
C'estoient de Iupiter les jeux malicieux.
* Ie prens de tes beaux yeux ma pasture &*
ma vie,
Pourquoy de tes regards me portes-tu en-
uie?
On voit sur les autels les images des Dieux.

LIX.

'Ay reçeu vos Cyprez, & vos Oran-
gers verds;
Le Cyprez est ma mort, l'Oranger signifie
(Ou Phebus me deçoit) qu'apres ma courte
vie
Vne gentille odeur sortira de mes vers.
* Receuez ces Pauots que le somme a cou-*
uers
D'vn oubly Stygien: Il est temps que i'oublie
L'Amour qui sans profit depuis six ans me lie,
Sans alenter la corde ou descloüer mes fers.
* Pour plaisir, en passant, d'vne lettre bien*
grosse
Les quatre vers suyuans engraue sur ma fosse.
Vne Espagnolle prit vn Tudesque en
ses mains:
* Ainsi le sot Hercule estoit captif d'Iole.*
La finesse appartient à la race Espa-
gnolle,
Et la simple nature appartient aux Ger-
mains.

LX.

On Page, D I E V te gard', que fait no-
stre Maistresse?
Tu m'apportes tousiours ou mon mal ou mon
bien:
Quand ie te voy ie tremble, & ie ne suis plus
mien,
Tantost chaud d'vn espoir, tantost froid de
tristesse.
* Çà baille moy la lettre, & pourtant ne me*
laisse,

Contemple

*Contemple bien mon front par qui tu pourras
  bien*
Cognoiſtre en le fronçant ou défronçant, com-
  bien
Sa lettre me contente ou donne de détreſſe.
  Mon Page, que ne ſuis-ie auſſi riche qu'vn
  Roy?
Ie feroy de porphyre vn beau temple pour toy,
Tu ſerois tout ſemblable à ce Dieu des voya-
  ges :
  Ie peindrois vne table où l'on verroit pour-
  traits
Nos ſermens, nos accords, nos guerres & nos
  paix,
Nos lettres, nos deuis, tes tours & tes meſ-
  ſages.

LXI.

Q **V**and au commencement i'admiray
  ton merite,
Tu viuois à la Cour ſans loüange & ſans
  bruit :
Maintenant vn renom par la France te ſuit,
Egallant en grandeur la Royalle Hippolyte.
  Liberal i'enuoyay les Muſes à ta ſuite,
Ie ſey loin de ton chef éuanoüir la nuiĉt,
Ie ſey flamber ton nom comme vn aſtre qui
  luit,
I'ay dans l'aẑur du Ciel ta loüange décrite.
  Ie n'en ſuis pas marry ; toutesfois ie me
  deux
Que tu ne m'aymes pas, qu'ingrate tu ne
  veux
Me payer que de ris, de lettres & d'œillades.
  Mon labeur ne ſe paye en ſemblables fa-
  çons,
Les autres pour parade ont cinq ou ſix Ĕhan-
  ſons
Au front de quelque liure, & toy des Iliades.

LXII.

L **'**Enfant contre lequel ny targue ny ſalade
  Ne pourroient reſiſter, d'vn trait plein de
  rigueur
M'auoit de telle ſorte vlceré tout le cœur

Et bruſlé tout le ſang que i'en deuins malade.
  I'anoy dedans le liĉt vn teint iaunement
  fade,
Quand celle qui pouuoit me remettre en vi-
  gueur,
Ayant quelque pitié de ma triſte langueur,
Me vint voir, guariſſant mon mal de ſon
  œillade.
  Encores auiourd'huy les miracles ſe font :
Les Sainĉtes & les Sainĉts les meſmes for-
  ces ont
Qu'aux bons ſiecles paſſez : car ſi toſt que ma
  Sainĉte
  Renuerſa la vertu de ſes rayons luiſans
Sur moy qui languiſſois, ma fiéure fut eſtein-
  te;
Un mortel medecin ne l'euſt faiĉt en dix ans.

LXIII.

I **E** n'ayme point les Juifs, ils ont mis en la
  Croix
Ce CHRIST, *ce* MESSIAS *qui noẑ*
  pechez efface,
Des Prophetes occis enſanglanté la place,
Murmuré contre DIEV *qui leur donna les*
  loix.
  Fils de Veſpaſian, grand Tite tu deuois,
Deſtruiſant leur Cité, en deſtruire la race,
Sans leur donner, ny temps, ny moment, ny
  eſpace
De Ĕhercher autre part autres diuers endroits.
  Iamais Leon Hebrieu des Juifs n'euſt prins
  naiſſance,
Leon Hebrieu, qui donne aux Dames co-
  gnoiſſance
D'vn amour fabuleux, la meſme fiĉtion :
  Faux trompeur, menſonger, plein de frau-
  de & d'aſtuce,
Ie croy qu'en luy coupant la peau de ſon pre-
  puce
On luy coupa le cœur & toute affeĉtion.

LXIV.

I **E** treſpaſſois d'amour aſſis auprés de toy,
  Cherchant tous les moyens de voir ma fla-

me esteinte;
Accorde, ce disoy-ie, à la fin ma complainte,
Si tu as quelque soin de mon mal & de moy.
   Ce n'est (ce me dis-tu) le remors de la loy
Qui me fait t'éconduire, ou la honte, ou la
       crainte,
Ny la frayeur des Dieux, ou telle autre con-
       trainte,
C'est qu'en tes passe-temps plaisir ie ne re-
       çoy.
   D'vne extréme froideur tout mon corps se
       compose,
Ie n'aime point Venus, i'abhorre telle cho-
       se,
Et les presens d'Amour me sont vne poison:
   Puis ie ne le veux pas. O subtile deffaite!
Ainsi parlent les Rois, defaillant la raison,
» *Il me plaist, ie le veux, ma volonté soit faite.*

LXV.

SI iamais homme en aimant fut heu-
       reux,
Ie suis heureux, icy ie le confesse,
Fait seruiteur d'vne belle Maistresse
Dont les beaux yeux ne me font mal-heu-
       reux.
   D'vn autre bien ie ne suis desireux:
Honneur, beauté, vertus & gentillesse
Ainsi que fleurs honorent sa ieunesse,
De qui ie suis saintement amoureux.
   Donc si quelqu'vn veut dire que sa grace
Et sa beauté toutes beautez n'efface,
Et qu'en amour ie ne viue contant,
   D'euant Amour au combat ie l'appelle,
Pour luy prouuer que mon cœur est con-
       stant,
Autant qu'elle est sur toutes la plus belle.

LXVI.

PLus que mes yeux i'aime tes beaux che-
       ueux,
Liens d'Amour que l'or mesme accompaigne,
Et suis ialoux du bon-heur de ton peigne,
Qui au matin desmesle leurs beaux neuds.
   En te peignant il se fait riche d'eux,

Il les desrobe: & l'Amour qui m'enseigne
D'estre larron, commande que ie preigne
Part au butin assez grand pour tous deux.
   Mais ie ne puis: car le peigne fidelle
Garde sa proye, & puis ta Damoiselle
Serre le reste, & me l'oste des doigts.
   O cruautez! ô beautez trop iniques!
Le pellerin touche bien aux reliques
Par le trauers d'vne vitre, ou d'vn bois.

LXVII.

MOn ame vit en seruage arrestee:
   Il aduiendra, Dame, ce qu'il pourra:
Le cœur viura te seruant, & mourra:
Ce m'est tout-vn, la chance en est iettee.
   Ie suis ioyeux dequoy tu m'as ostee
La liberté, & mon esprit sera
D'autant heureux, que serf il se verra
De ta beauté, des Astres empruntee.
   Il est bien vray que de nuict & de iour
Ie me complains des embusches d'Amour,
Qui d'vn penser vn autre fait renaistre.
   C'est mon Seigneur, ie ne le puis haïr:
Vueille ou non vueille, il faut luy obeïr:
Le seruiteur est moindre que son maistre.

LXVIII.

HElene fut occasion que Troye
   Se vit brusler d'vn feu victorieux:
Vous me bruslez du foudre de vos yeux,
Et aux Amours vous me donnez en proye.
   En vous seruant vous me monstrez la
       voye
Par vos vertus de m'en-aller aux Cieux,
Rauy du nom qu'Amour malicieux
Me tire au cœur, quelque part que ie soye.
   Non tant de fois par Homere chanté,
Seul tout le sang vous m'auez enchanté,
O beau visage engendré d'vn beau Cygne,
   De mes pensers la fin & le milieu!
Pour vous aimer mortel ie ne suis digne:
A la Déesse il appartient vn Dieu.

LXIX.

ON dit qu'Amour fut au commence-
   ment
Nourry de douce & d'amere paſture,
Et que deſlors il retint la nature
De ce contraire & diuers aliment :
   Il tire au cœur deux traits diuerſement,
Qui ſont tous deux porteZ à l'auenture :
Ils ſont auſſi de diuerſe poincture,
Monſtrans qu'Amour n'eſt rien que chan-
   gement.
   Ce petit Dieu naſquit de la tourmente,
Et pource il eſt de nature inconſtante :
Auſſi touſiours à varier il taſche.
   Quand vous m'aimieZ, ſur tous vous me-
   ſtieZ cher ;
Mais maintenant qu'il vous plaiſt vous faſ-
   cher
Encontre moy, contre vous ie me faſche.

LXX.

AMour, ie ne me plains de l'orgueil
   endurcy,
   Ny de la cruauté de ma ieune Lu-
   creſſe,
Ny comme ſans ſecours languir elle me laiſſe :
Ie me plains de ſa main & de ſon godmicy.
   C'eſt vn gros inſtrument par le bout étrecy
Dont chaſte elle corrompt toute nuict ſa ieu-
   neſſe,
Voila contre l'Amour ſa prudente fineſſe,
Voila comme elle trompe vn Amoureux
   ſoucy.
   Auſſi pour recompenſe vne haleine puan-
   te,
Une glaire eſpeſſie entre les draps gluante,
Vn œil haue & battu, vn teint palle &
   desfaict
   Monſtrent qu'vn faux plaiſir toute nuict
   la poſſede.
Il vaut mieux eſtre Phryne & Laïs tout à
   faict,
Que ſe feindre Lucreſſe auec vn tel remede.

LXXI.

PRince du ſang Troyen, race des Rois
   de France,
Dont l'ame genereuſe eſt compaigne des Dieux ;
Prince, en qui le Deſtin, la Nature & les
   Cieux
Ont verſé d'vn accord vne belle influance :
   Tu as de ton Soleil l'effect & la puiſ-
   ſance,
Tu romps l'obſcurité des hommes vicieux,
Tu entretiens les bons de ton œil radieux :
Car touſiours la bonté t'a pleu deZ ton en-
   fance.
   Ces arbres, ces iardins, ces antres & ces
   bois,
Ces fontaines, ces fleurs t'appellent d'vne
   vois,
Toy grand Prince François, ſous qui Mars
   eſt ſeruile.
   Dieu veut les volonteZ des hommes qui
   ſont ſiens :
Tu ne veux, comme luy, ny richeſſes ny biens,
Mais l'eſprit & les cœurs, & l'amour de ta
   ville.

LXXII.

RIen du haut Ciel le Deſtin ne propoſe,
   Que par effect ne le donne à cognoiſtre :
En vous bleſſant vn peu le bras ſeneſtre,
Telle bleſſure afferme quelque choſe.
   Dedans le bras la puiſſance eſt encloſe :
S'il eſt bleſſé, le corps n'eſt plus adeſtre,
Il deuient ſerf en lieu qu'il eſtoit maiſtre,
Et ſans honneur la force ſe repoſe.
   Le bras eſt pris pour le Sceptre d'vn Roy,
Le bras denote & la force & la loy,
Du bras Royal la iuſtice on voit naiſtre.
   Quand il ſe deult, le corps eſt offenſé :
Mais ie pri' Dieu, Royne, que ton bras dex-
   tre
Qui nous ſouſtient, ne ſoit iamais bleſſé.

LXXIII.

IE ſuis la Nef, vous eſtes mon Pilote:
Sans L'Aubeſpine on ne peut voya-
    ger:
Sous voſtre vent ma voile il faut ranger,
Au gré duquel il conuient que ie flote.

    En pleine mer la tempeſte trop forte
Pouſſe ma barque au rocher eſtranger:
De tous coſtez i'apperçoy le danger,
Et ſi pour moy toute eſperance eſt morte.

    Forcez le Ciel & la vague & le vent,
Et mon vaiſſeau conduiſez en auant
Au port heureux du tranquille riuage.
» C'eſt bien raiſon que l'homme ſoit humain,
Et qu'en voyant ſes amis au naufrage,
Au moins du bord il leur tende la main.

LXXIV.

A. I. D'AVANSON.

QV'on ne me vante plus d'Vlyſſe le
    voyage,
Qui ne vit en dix ans que Circe, & Caly-
    pſon,
Le Cyclope, & Scylla qui fut demy-poiſſon,
Et des fiers Leſtrygons l'enſanglanté riuage:
    Noſtre Vlyſſe François en a veu d'auan-
    tage
Seulement en trois ans: c'eſt ce grand D'A-
    VANSON,
Qui vit en moins de rien d'vne eſtrange fa-
    çon
Toute Rome ſ'enfler & de guerre & d'orage.
    Il vit deux Papes morts, il vit Sienne
    remiſe.
En ſon premier eſtat, puis perdre ſa fran-
    chiſe;
Il vit l'Europe en branle, & tout ce ſiecle
    auſſi
    Changer d'eſtats, de mœurs, de loix & de
    police.
Vlyſſe ne vit pas ſi grands faits que ceux-cy:
Auſſi mon D'AVANSON eſt bien plus grand
    qu'Vlyſſe.

LXXV.

Sur les Erreurs amoureuſes de Ponthus
de Tyard Maſconnois.

DE tes Erreurs l'erreur induſtrieuſe,
    Qui de la mort ne doute point l'aſſaut,
Errant de Thule au Baĉtre le plus chaut
Se fera voir des ans victorieuſe.

    Heureuſe erreur, douce manie heureuſe,
Où la raiſon errante ne defaut,
Seule tu erre' en t'eſgarant ſi haut
Au droit chemin de l'erreur amoureuſe.

    L'Aſtre beſſon qui ton cœur offença
De ſes rayons, iuſqu'au Ciel t'eſlança,
Où ton erreur des ſiennes fut attainte:
    Puis retombant par les ſpheres à bas,
Pour contre-errer tu fais errer mes pas
Apres l'erreur de ton erreur ſi ſainĉte.

LXXVI.

A OLIVIER DE MAGNY.

SI ie pouuois, MAGNY, acquerir par
    la grace
De noſtre D'Auanſon, quelque faueur de
    celle,
Qui de cent mille noms pour ſes effeĉts ſ'ap-
    pelle,
Et qui change trois fois diuerſement ſa face:
    Pres les iardins d'Annet, dans vne belle
    place,
Ie peindrois ſes honneurs d'vne lettre immor-
    telle,
Et tous les puiſſans Dieux qui marchent a-
    pres elle,
Quand la trompe à ſon col elle court à la
    chaſſe.
    Ie peindrois d'autre part, mais d'vne au-
    tre façon,
Comme vn nouueau Phœbus, le Seigneur
    D'Auanſon,
Des Muſes conduiſant la neuuaine celeſte.
    Mais il fuſt temps de voir ce portraiĉt
    accomply:

„ *Car les heures s'en vont, & des hommes*
ne reste
„ *Apres nostre trespas, que la cendre & l'ou-*
bly.

LXXVII.

*V*Ous auez, Ergasto, honny de vostre
   maistre
Le lict & les amours, vous en serez marché,
Afin que les vallets prennent exemple d'estre
Fideles en voyant puny vostre peché.
   Vous aurez à bon droict le nez demy
      tranché,
Et l'oreille senestre auec l'oreille dextre :
Ainsi vostre forfait vous sera reproché
De ceux qui vous pourront par ces marques
   cognoistre.
   Traistre, inique, & meschant, en tout mal
      embourbé,
Si l'on pend vn vallet pour auoir desrobé
Cinq sols à son Seigneur, hé ! quelle tyrannie
   Pour iuste chastiment aurez-vous me-
      rité,
Qui m'auez, sous couleur d'vne fidelité,
Prins vn bien qui m'estoit trop plus cher que
   la vie ?

LXXVIII.

*M*Onseigneur, ie n'ay plus cest ardeur
   de ieunesse
Qui me faisoit chanter les passions d'Amour :
I'ay le sang refroidy ; le iour suiuant le iour
En desrobant mes ans les donne à la vieil-
   lesse.
   Plus Phœbus ne me plaist ny Venus la
      Déesse,
Et la Grecque fureur qui bouïllonnoit au-
   tour
De mon cœur, qui estoit son fidele seiour,
Comme vin escumé sa puissance r'abaisse.
   Maintenant ie ressemble au vieil cheual
      guerrier,
Qui souloit couronner son maistre de Laurier,
Quand il oit la trompette, il est d'ardeur es-
   pris,

Et courageux en vain se pousse en la car-
   riere ;
Mais en lieu de courir, demeure seul der-
   riere,
Et r'apporte au logis la honte pour le prix.

LXXIX.

A LOYS DE BOVRBON,
Prince de Condé.

*P*Rince du sang Royal, ie suis d'vne
   nature
Constante, opiniastre, & qui n'admire rien :
Ie voy passer le mal, ie voy passer le bien,
Sans me donner soucy d'vne telle auenture.
   Qui va haut, qui va bas, qui ne garde
      mesure,
Qui fuit, qui suit, qui tient, qui dit que tout
   est sien :
L'vn se dit Zuinglien, l'autre Lutherien,
Et fait de l'habile homme au sens de l'Escri-
   ture.
   Tandis que nous aurons des muscles & des
      veines
Et du sang, nous aurons des passions hu-
   maines :
Chacun songe & discourt, & dit qu'il a
   raison.
   Chacun s'opiniastre, & se dit veritable :
Apres vne saison vient vne autre saison,
Et l'homme ce-pendant n'est sinon qu'vne
   fable.

LXXX.

A I. DE LANSAC
Seneschal d'Agenois.

*Q*Vand Apollon auroit faict vn ou-
   urage,
A qui, LANSAC, le sçauroit-il donner
Sinon à toy, qui pourrois estonner
De tes beaux vers les vers du premier âge ?
   Qui de chanter & du Luth as l'vsage,
Qui ne voulant en France seiourner,
As veu l'Asie, & le iour retourner

Quand au matin il refait son voyage?
  Qui de l'Amour cognois les passions,
Qui de la Cour sçais les affections,
Né pour les Dieux & les hommes (ce sem-
    ble.)
  Te voulant donc de ces vers estrener,
Ce n'est, LANSAC, à vn seul les donner,
C'est les donner à mille hommes ensemble.

LXXXI.

A NICOLAS DE NEVFVILLE,
Seigneur de Villeroy, Secretaire
d'Estat.

VILLEROY, dont le nom & le surnom
      ensemble
Sont pleins de majesté, fay de grace pour moy
Quelque chose qui soit digne de Villeroy,
Afin qu'à ton beau nom ta volonté resem-
    ble :
  Villeroy qui en vn toutes vertús assemble,
Roy de mœurs, & de nom, mais DIEV
      comme ie croy :
Car n'offenser personne, & obliger à soy
Les hommes, c'est vrayment estre DIEV,
    ce me semble.
  Par ce chemin Hercule alla dedans les
    Cieux,
Par ce chemin Thesee & Chiron furent
    Dieux,
Et tous ces vaillans Preux de la saison pre-
    miere :
  Ainsi qu'eux dans le Ciel auras vn pro-
    pre lieu,
Et chacun ensuiuant icy bas ta lumiere,
Apprendra comme toy d'homme à se faire vn
    Dieu.

LXXXII.

A LVDOVICO DAIACET-
TO FLORENTIN.

IE sçauois bien que la belle Florence
    Que l'Arne baigne, estoit vne cité
Qui noble & riche en sa fertilité
Auoit produit tant d'hommes d'excellence :
  Cosme, Laurens, dont l'heureuse prudence
Jointe à vertu gaigna l'autorité,
Et qui remit la Muse en dignité,
Et du grand Mars l'antique experience.
  I'estois certain qu'elle abondoit en biens,
Grandeurs, honneurs : mais que les citoyens
Fussent si grands absens de leur patrie,
  Ie l'ignorois. Or DAIACET tu es
Fleur de Florence, & liberal tu fais
Cognoistre assez le tout par ta partie.

LXXXIII.

ANne m'a fait de sa belle figure
    Vn beau present que ie garde bien cher;
Cher, pour-autát qu'on n'en sçauroit chercher
Vn qui passast si belle pourtraiture.
  Diane icy redonne sa peinture
A sa maistresse ANNE, pour reuancher
Non le present, mais humble pour tâcher
Que son seruice enuers son Ame dure.
  Des deux costez le portrait est graué
De maint exemple entre amis esprouué,
D'vn beau Coréb', de Pylade, & d'Oreste,
  Et d'vn autel sacré à l'Amitié :
Pour tesmoigner qu'vne amour si celeste
N'a fait qu'vn cœur d'vne double moitié.

RECVEIL DES CHANSONS.

Ourquoy tournez-vous voz
      yeux
   Gracieux,
      De moy quand voulez m'occire?
Comme si n'auiez pouuoir
Par me voir
D'vn seul regard me destruire?
   Las! vous le faites à fin
Que ma fin
Ne me semblast bien-heureuse,
Si i'allois en perissant
Iouïssant
De vostre œillade amoureuse.
   Mais quoy? vous abusez fort,
Cette mort
Qui vous semble tant cruelle,
Ce m'est vrayment vn bon-heur
Pour l'honneur
De vous, qui estes si belle.

Elas! ie n'ay pour mon objet
Q'vn regret, qu'vne souuenance:
La terre embrasse le suiet,
En qui viuoit mon esperance.
Cruel tombeau, ie n'ay plus rien,
Tu as desrobé tout mon bien,
   Ma mort, & ma vie,
   L'amant & l'amie,
   Plaints, souspirs, & pleurs,
   Douleurs sus douleurs.
   Que ne voy-ie, pour languir mieux,
Et pour viure en plus longue peine,
Mon cœur en souspirs, & mes yeux
Se changer en vne fontaine,
Mon corps en voix se transformer,
Pour souspirer, pleurer, nommer
   Ma mort, & ma vie.
   Ou ie voudrois estre vn rocher,
Et auoir le cœur insensible,
Ou esprit, à fin de cercher

Sous la terre mon impossible:
J'irois sans crainte du trespas
Redemander aux Dieux d'embas
   Ma mort, & ma vie.
   Mais ce ne sont que fictions:
Il me faut trouuer autres plaintes.
Mes veritables passions
Ne se peuuent seruir de feintes.
Le meilleur remede en cecy,
C'est mon tourment & mon soucy,
   Ma mort, & ma vie.
   Au prix de moy les amoureux
Voyant les beaux yeux de leur Dame,
Cheueux & bouche, sont heureux
De bruler d'vne viue flame.
En bien seruant ils ont espoir:
Je suis sans espoir de reuoir
   Ma mort, & ma vie.
   Ils aiment vn sujet qui vit:
La beauté viue les vient prendre,
L'œil qui voit, la bouche qui dit:
Et moy ie n'aime qu'vne cendre.
Le froid silence du tombeau
Enferme mon bien, & mon beau,
   Ma mort, & ma vie.
   Ils ont le toucher & l'ouïr,
Auant-courriers de la victoire:
Et ie ne puis iamais iouïr
Sinon d'vne triste memoire,
D'vn souuenir, & d'vn regret,
Qui tousiours lamenter me fait
   Ma mort, & ma vie.
   L'homme peut gaigner par effort
Mainte bataille, & mainte ville:
Mais de pouuoir vaincre la Mort
C'est vne chose difficile.
Le Ciel qui n'a point de pitié,
Cache sous terre ma moitié,
   Ma mort, & ma vie.
   Apres sa mort ie ne deuois,
Tué de douleur, la suruiure:
Autant que viue ie l'aimois,

I I I i i i   iiij

Aussi tost ie la deuois suiure :
Et aux siens assemblant mes os,
Vn mesme cercueil eust enclos
     Ma mort, & ma vie.

     Ie mettrois fin à mon malheur,
Qui hors de raison me transporte,
Si ce n'estoit que ma douleur
D'vn double bien me reconforte.
La penser Déesse, & songer
En elle, me fait allonger
     Ma mort, & ma vie.

     En songe la nuict ie la voy
Au Ciel vne estoille nouuelle
S'apparoistre en esprit à moy
Aussi viuante, & aussi belle
Comme elle estoit le premier iour
Qu'en ses beaux yeux ie veis Amour,
     Ma mort, & ma vie.

     Sur mon lict ie la sens voler,
Et deuiser de mille choses :
Me permet le voir, le parler,
Et luy baiser ses mains de roses :
Torche mes larmes de sa main,
Et presse mon cœur en son sein,
     Ma mort, & ma vie.

     La mesme beauté qu'elle auoit,
La mesme Venus, & la grace,
Le mesme Amour qui la suiuoit
En terre, apparoist en sa face,
Fors que ses yeux sont plus ardans,
Où plus à clair ie voy dedans
     Ma mort, & ma vie.

     Elle a les mesmes beaux cheueux,
Et le mesme trait de la bouche,
Dont le doux ris, & les doux nœuds
Eussent lié le plus farouche :
Le mesme parler, qui souloit
Mettre en doute, quand il vouloit,
     Ma mort, & ma vie.

     Puis d'vn beau iour qui point ne faut,
Dont sa belle ame est allumée,
Ie la voy retourner là haut
Dedans sa place accoustumée,
Et semble aux Anges deuiser
De ma peine & fauoriser
     Ma mort, & ma vie.

     Chanson, mais complainte d'amour,
Qui rends de mon mal tesmoignage,
Fuy la Court, le monde & le iour :

Va-t'en dans quelque bois sauuage,
Et là de ta dolente vois
Annonce aux rochers, & aux bois
     Ma mort, & ma vie,
     L'amant & l'amie,
     Plaints, souspirs, & pleurs,
     Douleurs sus douleurs.

IL me semble que la iournée
Dure plus longue qu'vne année,
Quand par malheur ie n'ay ce bien
De voir la grand' beauté de celle
Qui tient mon cœur, & sans laquelle
Vissé-ie tout, ie ne voy rien.

     Quiconque fut iadis le Sage,
Qui dit que l'amoureux courage
Vit de ce qu'il aime, il dit vray :
Ailleurs viuant il ne peut estre,
Ny d'autre viande se paistre :
I'en suis seur, i'en ay fait l'essay.

     Tousiours l'amant vit en l'aimée :
Pour cela mon ame affamée
Ne se veut souler que d'amour :
De l'amour elle est si friande,
Que sans plus de telle viande
Se veut repaistre nuict & iour.

     Si quelqu'vn dit que ie m'abuse,
Voye luy-mesme la Meduse
Qui d'vn rocher m'a fait le cœur,
Et l'ayant veuë ie m'asseure
Qu'il sera fait sur la mesme heure
Le compagnon de mon malheur.

     Car est-il homme que n'enchante
La voix d'vne Dame sçauante,
Et fust-il Scythe en cruauté ?
Il n'est point de plus grand' magie
Que la docte voix d'vne amie,
Quand elle est iointe à la beauté.

     Or i'aime bien, ie le confesse,
Et plus i'iray vers la vieillesse,
Et plus constant i'aimeray mieux :
Ie n'oubliray, fussé-ie en cendre,
La douce amour de ma Cassandre,
Qui loge mon cœur dans ses yeux.

     Adieu liberté ancienne,
Comme chose qui n'est plus mienne,
Adieu ma chere vie, adieu :
Ta fuite ne me peut desplaire,

Puis que ma perte volontaire
Se retreuue en vn si beau lieu.

   Chanson, va-t'en où ie t'adresse
Dans la chambre de ma Maistresse,
Dy-luy, baisant sa blanche main,
Que pour en santé me remettre,
Il ne luy faut sinon permettre
Que tu te caches dans son sein.

L'AMOVR OYSEAV.

*V*N enfant dedans vn bocage
Tendoit finement ses gluaux,
A fin de prendre des oyseaux
Pour les emprisonner en cage.

   Quand il veit, par cas d'auenture,
Sur vn arbre Amour emplumé,
Qui voloit par le bois ramé
Sur l'vne & sur l'autre verdure.

   L'enfant qui ne cognoissoit pas
Cet oyseau, fut si plein de ioye
Que pour prendre vne si grand' proye
Tendit sur l'arbre tous ses las.

   Mais quand il vit qu'il ne pouuoit
(Pour quelques gluaux qu'il peust tendre)
Ce cauteleux oyseau surprendre,
Qui voletant le deceuoit:

Il se print à se mutiner
Et jettant sa glus de colere,
Vint trouuer vne vieille mere,
Qui se mesloit de deuiner.

   Il luy va le fait auoüer,
Et sur le haut d'vn buys luy monstre,
L'oyseau de mauuaise rencontre,
Qui ne faisoit que se ioüer.

   La vieille en branlant ses cheueux
Qui ja grisonnoient de vieillesse,
Luy dit : Cesse mon enfant, cesse,
Si bien tost mourir tu ne veux,

   De prendre ce fier animal.
Cet oyseau, c'est Amour qui vole,
Qui tousiours les hommes affole
Et iamais ne fait que du mal.

   O que tu seras bien-heureux
Si tu le fuis toute ta vie,
Et si iamais tu n'as enuie
D'estre au rolle des amoureux.

   Mais i'ay grand doute qu'à l'instant
Que d'homme parfait auras l'âge,
Ce mal-heureux oyseau volage,
Qui par ces arbres te fuit tant,

   Sans y penser te surprendra,
Comme vne ieune & tendre queste,
Et foullant de ses pieds ta teste,
Que c'est que d'aimer t'apprendra.

LE
RECVEIL
DES ODES.

IE suis homme né pour mourir,
Ie suis bien seur que du trespas,
Ie ne me sçaurois secourir
Que poudre ie n'aille là bas.

Ie cognois bien les ans que i'ay,
Mais ceux qui me doiuent venir
Bons ou mauuais, ie ne les sçay,
Ny quand mon âge doit finir.

Pour-ce fuyez-vous-en, esmoy,
Qui rongez mon cœur à tous coups,
Fuyez-vous-en bien loin de moy,
Ie n'ay que faire auecque vous.

Au moins auant que trespasser
Que ie puisse à mon aise vn iour
Ioüer, sauter, rire & dancer
Auecque Bacchus & Amour.

A MARGVERITE.

EN mon cœur n'est point escrite
La rose, ny autre fleur,
C'est toy, belle Marguerite,
Par qui i'ay cette couleur.

N'es-tu celle dont les yeux,
Ont surpris
Par vn regard gracieux
Mes espris?

Puis que ta sœur de haut pris
Ta sœur pucelle d'elite
N'est cause de ma douleur,
C'est donc pour toy, Marguerite,
Que ie pris ceste couleur.

Vn soir ma fiéure nasquit,
Quand mon cœur
Pour Maistresse te requit :
Mais rigueur

D'vne amoureuse langueur
Soudain paya mon merite,
Me donnant ceste paleur
Pour t'aimer trop, Marguerite,
Et ta vermeille couleur.

Hé ! quel charme pourroit bien
Consumer
Le soucy qui s'est fait mien
Pour aimer ?

De mon tourment si amer
La ioüissance subite
Seule osteroit le malheur
Que me donna Marguerite
Par qui i'ay cette couleur.

O Terre fortunée
Des Muses le seiour,
Que le cours de l'année
Serene d'vn beau iour,

En toy, le Ciel non chiche
Prodiguant le bon heur,
A de la corne riche
Renuersé tout l'honneur.

Deux longs tertres te ceignent,
Qui de leur flanc hardi
Les Aquilons contraignent,
Et les vens du Midi.

Sur l'vn Gastine sainte
Mere des demi-dieux,
Sa teste de verd peinte
Enuoye iusqu'aux cieux.

Et sur l'autre prend vie
Maint beau cep, dont le vin
Porte bien peu d'enuie
Au vignoble Angeuin.

Le Loir tard à la fuite

En soy s'ébanoyant,
D'eau lentement conduite
Tes champs va tournoyant,
  Et rend en prez fertile
Le païs trauersé,
Par l'humeur qui distile
De son limon versé.
  Bien qu'on n'y vienne querre
Par flots iniurieux
De quelque estrange terre
L'or tant laborieux :
Et la gemme peschée
En l'Orient si cher,
Chez toy ne soit cherchée
Par l'auare nocher :
  L'Inde pourtant ne pense
Te vaincre, car les Dieux
D'vne autre recompense
Te fortunent bien mieux.
  La Justice grand erre
S'enfuyant d'icy bas,
Laissa dans nostre terre
Le saint trac de ses pas.
  Et s'encore à cette heure
De l'antique saison
Quelque vertu demeure,
Tu es bien sa maison.
  Bref quelque part que i'erre
Tant le Ciel m'y soit doux,
Ce petit coin de terre
Me riua par sus tous.
  Là ie veux que la Parque
Tranche mon fatal fil,
Et m'enuoye en la barque
De perdurable exil.
  Là te faudra répandre
Mille larmes parmy
(Mon Pacate) la cendre
De Ronsard ton amy.

A SA GVITERRE.

MA Guiterre, ie te chante,
  Par qui seule ie deçoy,
    Ie deçoy, ie romps, i'enchante
Les amours que ie reçoy.
  Nulle chose tant soit douce
Ne te sçauroit esgaler,

Par qui le soin ie repousse
Si tost qu'il te sent parler.
  Au son de ton harmonie
Je refreschy ma chaleur
Ardante en flamme infinie,
Naissant d'infini malheur.
  Plus cherement ie te garde
Que ie ne garde mes yeux,
Et ton fust que ie regarde
Peint dessus en mille lieux.
  Où le nom de ma Déesse
En maint amoureux lien,
En mains laz d'amour se laisse
Ioindre en chifre auec le mien.
  Où le beau Phebus qui baigne
Dans le Loir son poil doré,
Du luth aux Muses enseigne
Dont elles m'ont honoré,
  Son laurier preste l'oreille.
Si qu'au premier vent qui vient,
De reciter s'apareille
Ce que par cœur il retient.
  Icy les forests compagnes
Orphée attire, & les vens,
Et les voisines campagnes
Ombrage de bois suiuans.
  Là est Ide la branchuë,
Où l'oyseau de Iupiter
Dedans sa griffe crochuë
Vient Ganymede empieter.
  Ganymede delectable,
Chasserot delicieux,
Qui ores sert à la table
D'vn bel échanson aux Dieux.
  Ses chiens apres l'aigle aboyent,
Et ses gouuerneurs aussi,
En vain étonnez le voyent
Par l'air emporter ainsi.
  Tu es des Dames pensiues
L'instrument approprié,
Tu es des ames lasciues
Pour les amours dedié.
  Aussi est-ce ton office,
Non pas les assaus cruels,
Mais le ioyeux exercice
De souspirs continuez.
  Encore qu'au temps d'Horace
Les armes de tous costez
Sonnassent par la menace

Des Cantabres indomtez;
  Et que le Romain empire
Foullé des Parthes fuſt tant,
Si n'a - il point à ſa lyre
Bellonne accordé pourtant.

  Mais bien Venus la riante,
Et ſon fils plein de rigueur,
Lalage & Chloé fuyante
Dauant. auecques ſon cœur.

  Quand ſur toy ie chanteroye
D'Hector les combas diuers,
Et ce qui fut fait à Troye
Par les Grecs, en dix hyuers;

  Cela ne peut ſatisfaire
A l'amour qui trop me mord:
Que peut Hector pour moy faire?
Que peut Aiax qui eſt mort?

  Mieux vaut donc de ma Maiſtreſſe
Chanter les beautez, afin
Qu'à la douleur qui me preſſe
Daigne mettre heureuſe fin.

  Ces yeux autour de qui ſemble
Qu'Amour vole, ou que dedans
Il ſe cache, ou qu'il aſſemble
Cent traits pour les regardans.

  Chanton donc ſa cheuelure,
De laquelle amour vainqueur
Noüa mille rets à l'heure
Qu'il m'encordela le cœur.

  Et ſon ſein, roſé naïue,
Qui va & vient tout ainſi
Que font deux flots à leur riue
Pouſſez d'vn vent adoucy.

A CASSANDRE.

Pucelle plus tendre
  Qu'vn beau bouton vermeil,
Que le roſier engendre
Au leuer du Soleil,
Et ſe fait au matin
Tout l'honneur du iardin.

  Plus fort que le lierre
Qui ſe gripe à l'entour
Du cheſne aimé, qu'il ſerre
Enlaſſé de maint tour
Courbant ſes bras épars
Sus luy de toutes parts;

Serrez mon col maiſtreſſe,
De vos deux bras pliez,
D'vn neud qui fort me preſſe
Doucement me liez,
Vn baiſer mutuel
Nous ſoit perpetuel.

  Ny le temps, ny l'enuie
D'autre amour deſirer,
Ne pourra point ma vie
De vos léures tirer:
Ains ſerrez demourrons,
Et baiſant nous mourrons.

  Tous deux morts en meſme heure
Voirrons le lac fangeux,
Et l'obſcure demeure
De Pluton l'outrageux,
Et les champs ordonnez
Aux amans fortunez.

  Amour par les fleurettes
Du printemps eternel
Voirra nos amourettes
Sous le bois maternel:
Là nous ſçaurons combien
Les amans ont de bien.

  Le long des belles plaines
Et parmy les prez vers,
Les riues ſonnent pleines
De maints accords diuers:
L'vn ioüe, & l'autre au ſon
Danſe d'vne chanſon.

  Là le beau ciel décueuure
Touſiours vn front benin,
Sur les fleurs la couleuure
Ne vomit ſon venin,
Et touſiours les oyſeaux
Chantent ſur les rameaux.

  Touſiours les vens y ſonnent
Ie ne ſçay quoy de doux,
Et les lauriers y donnent
Touſiours des ombres moux;
Touſiours les belles fleurs
Y gardent leurs couleurs.

  Parmy le grand eſpace
De ce verger heureux
Nous aurons tous deux place
Entre les amoureux,
Et comme eux ſans ſoucy
Nous aimerons auſſi.

  Nulle Dame ancienne

Ne se dépitera,
Quand de la place sienne
Pour nous deux sostera,
Non celles dont les yeux
Ont surmonté les Dieux.

Qui du cœur la nuict me soustrait
Le penser qui viure me fait.

Orydon, verse sans fin
Dedans mon verre du vin,
A fin qu'endormir ie face
Vn Procés qui me tirace
Le cœur & l'ame plus fort
Qu'vn limier vn sanglier mort.

  Apres ce procés ici
Jamais peine ne souci
Ne feront que ie me dueille :
Aussi bien vueille ou non vueille,
Sans faire icy long sejour
Il faut que ie meure vn iour.

  Le long viure me déplaist :
Mal-heureux l'homme qui est
Accablé de la vieillesse :
Quand ie perdray la ieunesse,
Ie veux mourir tout soudain
Sans languir au lendemain.

  Ce-pendant verse sans fin
Dedans mon verre du vin,
A fin qu'endormir ie face
Vn procés qui me tirace
Le cœur & l'ame plus fort
Qu'vn limier vn sanglier mort.

E! mon Dieu, que ie te hay, Somme,
Et non pour autant qu'on te nomme
Le froid simulacre des mors :
Mais pour autant que quand ie dors,
Par toy du penser m'est rauie
L'ardeur qui me tenoit en vie :
Car dormant penser ie ne puis
Au bien par qui viuant ie suis,
Et sans lequel ie ne pourroye
Estre vif, si ie n'y songeoye.

  Pource ne me vien plus siller
L'œil pour me faire sommeiller ;
Le veiller m'est plus agreable
Que n'est ton dormir miserable,

Aisse-moy sommeiller, Amour !
Ne te suffit-il que de iour
Les yeux trop cruels de ma Da-
me
Me tourmentent le corps & l'ame,
Sans la nuict me vouloir ainsi
Tourmenter d'vn nouueau souci,
Alors que ie deurois refaire
Dans le lit, la peine ordinaire
Que tout le iour ie souffre au cœur !

  Helas! Amour plein de rigueur,
Cruel enfant, que veux-tu dire ?
Tousiours le vautour ne martyre
Le pauure cœur Promethean
Sus le sommet Caucasean,
Mais de nuict recroistre le laisse,
A fin qu'au matin s'en repaisse.

  Mais tu me ronges iour & nuit,
Et ton soin qui tousiours me suit,
Ne veut que mon cœur se reface :
Mais tousiours tousiours le tirace,
Ainsi qu'vn acharné limier
Tirace le cœur d'vn sanglier.

  Chacun dit que ie suis malade,
Me voyant la couleur si fade
Et le teint si morne & si blanc :
Et dit-on vray, car ie n'ay sang
En veine, ny force en artere ;
Aussi la nuict ie ne digere,
Et mon souper me reste cru
Dans l'estomac d'amours recru.

  Mais, Amour, i'auray la vengeance
De ta cruelle outrecuidance
Quittant ma vie, & si ie meurs
Ie seray franc de tes douleurs :
Car rien ne peut ta tyrannie
Sus vn corps qui n'a plus de vie.

A SON LVT.

SI autre-fois sous l'ombre de Gastine
Auons joüé quelque chanson Latine,
De Cassandre enamouré :
    Sus, maintenant Lut doré,
Sus l'honneur mien, dont la voix delectable
Sçait réjoüir les Princes à la table,
    Change de forme, & me sois
    Maintenant vn Lut François.

    Ie t'asseure que tes cordes
Par moy ne seront poluës
De chansons salement ordes
D'vn tas d'amours dissoluës :
Ie ne chanteray les Princes,
Ny le soin de leurs prouinces,
Ny moins la nef que prepare
Le marchant las ! trop auare
Pour aller apres ramer
Iusqu'aux plus lointaines terres,
Peschant ne sçay quelles pierres
Au bord de l'Indique mer.

    Tandis qu'en l'air ie souffleray ma vie,
Sonner Phebus i'auray tousiours enuie,
    Et ses compagnes aussi,
    Pour leur rendre vn grand-merci
De m'auoir fait Poëte de nature,
Aime-musique, ensemble aime-peinture,
    Et Prestre de leurs chansons
    Qui accordent à tes sons.

    L'enfant que la douce Muse
Naissant d'œil benin a veu,
Et de sa science infuse
Son ieune esprit a pourueu,
Tousiours en sa fantasie
Brulera de Poësie
Sans pretendre vn autre bien :
Encor qu'il combatist bien,
Iamais les Muses poureuses
Ne voudront le premier
De laurier, fust-il premier
Aux guerres victorieuses.

    La Poësie est vn feu consumant
Par grand ardeur l'esprit de son amant :
    Esprit que iamais ne laisse
    En repos tant el' le presse.

Voila pourquoy le ministre des Dieux
Vit sans grans biens, d'autant qu'il aime mieux
    Abonder d'inuentions
    Que de grand's possessions.
    Mais Dieu iuste qui dispense
Tout en tous, les fait chanter
Le futur en recompense
Pour le Monde espouuanter.
Ce sont les seuls interpretes
Des hauts Dieux que les Poëtes :
Car aux prieres qu'ils font
L'or aux Dieux criant ne sont,
Ni la richesse qui passe :
Mais vn Lut tousiours parlant
L'art des Muses excellent
Pour dessus leur rendre grace.

    Que dirons-nous de la Musique sainte ?
Si quelque amante en a l'aureille atteinte,
    Lente en larmes goute à goute
    Fondra sa chere ame toute,
Tant la douceur d'vne harmonie éueille
D'vn cœur ardant l'amitié qui sommeille,
    Au vif luy representant
    L'aimé par ce qu'elle entend.

    La Nature de tout mere,
Preuoyant que nostre vie
Sans plaisir seroit amere,
De la Musique eut enuie,
Et ses accords inuentant
Alla ses fils contentant
Par le son, qui loin nous jette
L'ennuy de l'ame sujette,
Pour l'ennuy mesme donter :
Ce que l'emeraude fine
Ni l'or tiré de sa mine
N'ont la puissance d'oster.

    Sus, Muses, sus, celebrez-moy le nom
Du grand Apelle immortel de renom,
Et de Zeuxe qui peignoit
Si au vif, qu'il contraignoit
L'esprit rauy du pensif regardant
A s'oublier soy-mesme, ce-pendant
    Que l'œil humoit à longs trais
    La douceur de ses portrais.

    C'est vn celeste present
Transmis çà-bas où nous sommes,
De terrestre faix exent

Pour leuer en haut les hommes :
Car ainsi que Dieu a fait
De rien le Monde parfait,
Il veut qu'en petite espace
Le Peintre ingenieux face
(Alors qu'il est agité)
Sans auoir nulle matiere
L'air, la mer, la terre entiere,
Instrument de Deïté.

   On dit que cil qui r'anima les terres
Vuides de gens, par le jet de ses pierres
    (Origine de la rude
     Et grossiere multitude)
Auoit aussi des diamans semé
Dont tel ouurier fut viuement formé,
    Son esprit faisant cognoistre
    L'origine de son estre.

   Dieux ! de quelle oblation
Acquiter vers vous me puis-ie,
Pour remuneration
Du bien receu qui m'oblige ?
Certes ie suis glorieux
D'estre ainsi amy des Dieux !
Qui seuls m'ont fait receuoir
Le meilleur de leur sçauoir
Pour mes passions guarir :
Et d'eux, mon Luth, tu attens
Viure çà-bas en tout temps,
Non de moy qui doy mourir.

   O de Phebus la gloire, & le trophée,
De qui iadis le Thracien Orphée
    Faisoit arrester les vens,
    Et courir les bois suyuans,
Ie te saluë, ô Lut harmonieux !
Raclant de moy tout le soin ennuyeux,
    Et de mes amours tranchantes
    Les peines, lors que tu chantes.

Ode non mesurée.

Oyon constans, & ne prenon souci
Quel iour suyuant poussera cestuy-ci;
Ietton au vent, mon GASPAR, tout l'af-
   faire
Dont nous n'auons que faire.
   Pourquoy m'iray-ie enquerir des Tartares

Et des païs estranges & Barbares,
Quand à grand peine ay-ie la cognoissance
    Du lieu de ma naissance ?
Volontiers l'ignorant
Va tousiours s'enquerant
Du Ciel plus haut que luy :
Las ! malheur sur les hommes,
Nais au Monde ne sommes
Que pour nous faire ennuy !

   C'est se mocquer de genner & de poindre
Le bas esprit des hommes, qui est moindre
Que les conseils de Dieu, ou de penser
    Sa volonté passer.

   Tousiours en luy fichon nostre esperance
Et en son Fils nostre ferme asseurance ;
Au demeurant allon auec le temps
    Heureusement contens.

A l'homme qui est né,
Peu de temps est donné
Pour se rire & s'esbatre.
Nous l'auons, ce-pendant
Qu'allons-nous attendant ?
Vn bon iour en vaut quatre.

   Soit que le Ciel de foudre nous despite,
Ou que la terre en bas se precipite,
Soit que la nuict deuienne iour qui luit,
    Soit que le iour soit nuit,
   Iamais de rien n'auray frayeur ne crainte,
Comme asseuré que la pensee sainte
De l'Eternel gouuerne en equité
    Ce Monde limité.
“ Le Seigneur de là-haut
“ Cognoist ce qu'il nous faut
“ Mieux que nous tous ensemble :
“ Sans nul égard d'aucun
“ Il départ à chatun
“ Tout ce que bon luy semble.

   Ie t'apprendray, si tu veux m'escouter,
Comment l'ennuy d'vn cœur se peut outer,
Et ce qui tient la tristesse cruelle,
    D'importune sequelle.

   Tu ne seras conuoiteux d'amasser
Le bien qui doit si vitement passer,
Comme tresors, honneurs, & auarices,
    Escolles de tous vices.
Car c'est plus de refraindre
Son desir, que de joindre
L'Ourse au Midy ardant,
L'Escosse sablonneuse

     KKKkkk ij

A l'Arabie heureuse,
Ou l'Jnde à l'Occident.
     Tu dois encor éuiter, ce me semble,
Faueurs des Roys, & des peuples ensemble :
De leurs Mignons tousiours quelque tempe-
ste
     Vient foudroyer la teste.
     Ce n'est pas tout, auecques prouidence
Fais vn amy, dont l'heureuse prudence
Te seruira de secours necessaire
     Contre l'heur aduersaire.
     Ton cœur bien preparé,
De force remparé,
En la fortune aduerse
Patience prendra :
En la bonne, craindra
Que l'heur ne le renuerse.
     Apres l'Hyuer, la saison variable
Pousse à son rang le Printemps amiable.
Si auiourd'huy nous sommes soucieux,
     Demain nous serons mieux.
     Tousiours de l'arc Apollon ne moleste
Le camp des Grecs pour leur tirer la peste,
Aucune-fois tout paisible, réueille
     Sa harpe qui sommeille.
     En orage outrageux
Tu seras courageux :
Puis si bon vent te sort,
Tes voiles trop enflées
De la faueur soufflées
Conduiras, sage, au port.
     Apres auoir prié deuotieux,
Les deux Iumeaux qui decorent les Cieux,
De tousiours luire au fort de la tempeste
     Sur le haut de la teste :
L'vn escrimeur en vers tu descriras,
L'autre donteur des cheuaux tu diras,
Ou pour leur sœur la querelle ennemie
     D'Europe & de l'Asie.

Ode non mesurée.

PVis que la Mort ne doit tarder
     Que prompte vers moy ne paruienne,
Trop humain suis pour me garder
Qu'espouuanté ne m'en souuienne,
Et qu'en memoire ne me vienne

Le cours des heures incerténes,
GASPAR, qui aux bords de Vienne
As rebasti Rome & Athénes.
     En vain l'on fuit la mer qui sonne
Contre les goulfres, ou la guerre,
Ou les vents mal-sains de l'Automne
Qui souflent la peste en la terre :
Puis que la Mort qui nous enterre,
Ieunes nous tuë, & nous conduit
Auant le temps, au lac qui erre
Par le royaume de la Nuict.
     » L'auaricieuse Nature,
» Et les trois Sœurs filans la vie,
» Se deuillent quand la creature
» Dure long-temps, portant enuie
» Au corps si tost il ne déuie :
» Le creant rose du Printemps,
,, A qui la naissance est rauie
,, Et la grace tout en vn temps.
     L'vn deuient gouteux, l'autre hectique,
L'autre n'attend que le cyprés,
Et celuy qui fut hydropique
Guarit pour retomber aprés :
Nous sommes humains tout exprés,
Pour auoir le cœur outragé
D'vn aigle, qui le voit d'auprés
Naistre, à fin qu'il soit remangé.
     Bien-tost sous les ombres, Gaspar,
La Mort nous guidera subite ;
N'or ny argent de telle part
Ne font que l'homme ressuscite :
Diane son cher Hippolyte
N'en tire hors, ains gist parmy
La troupe, où Thesé se dépite
Qu'il n'en peut rauoir son amy.
     ,, L'homme ne peut fuïr au Monde
,, Le certain de sa destinée.
Le marinier craint la fiere onde,
Le soldat la guerre obstinée,
Et n'ont peur de voir terminée
Leur vie sinon en tels lieux,
Mais vne Mort inopinée
Leur a tousiours fermé les yeux.
     Dequoy sert donc la medecine,
Et tout le gaiac estranger,
Vser d'onguens ou de racine,
Boire bolus, ou d'air changer :
Quand cela ne peut allonger
Nos iours contez ? où cours-tu, Muse,

Repren ton ſtile plus leger,
Et à ce graue ne t'amuſe.

Ode non meſurée.

Vand ie ſeroy ſi heureux de choiſir
　Maiſtreſſe ſelon mon deſir,
　Mon PELETIER, ie te veux dire
　Laquelle ie voudrois eſlire
Pour la ſeruir, conſtant, à ſon plaiſir !
L'âge non meur, mais verdelet encore,
　Eſt l'âge ſeul qui me deuore
　Le cœur d'impatience atteint.
　Noir ie veux l'œil & brun le teint,
Bien que l'œil verd toute la France adore.
I'aime la bouche imitante la roſe
　Au lent Soleil de May décloſe,
　Vn petit tetin nouuelet
　Qui ſe fait déja rondelet,
Et ſur l'yuoire eſleué ſe repoſe.
La taille droitte à la beauté pareille,
　Et deſſous la coife vne aureille
　Qui toute ſe monſtre dehors;
　En cent façons les cheueux tors,
La iouë égale à l'Aurore vermeille.
L'eſtomac plein, la iambe de bon tour
　Pleine de chair tout à l'entour,
　Que volontiers on tâteroit,
　Vn ſein qui les Dieux tenteroit,
Le flanc hauſſé, la cuiſſe faite au tour.
La dent d'yuoire, odorante l'haleine,
　A qui ſ'égaleroyent à peine
　Les doux parfums de la Sabée,
　Ou toute l'odeur derobée
Que l'Arabie heureuſement ameine.
L'eſprit naïf, & naïue la grace,
　La main laſciue, ou qu'elle embraſſe
　L'amy en ſon giron couché,
　Ou que ſon lut en ſoit touché,
Et vne voix qui meſme ſon lut paſſe.
Le pied petit, la main longuette & belle,
　Dontant tout cœur dur & rebelle,
　Et vn ris qui en découurant
　Maint diamant, allaſt ouurant
Le beau ſejour d'vne grace nouuelle.
Qu'ell' ſceut par cœur tout cela qu'a chanté
　Petrarque en amour tant vanté,

Ou la Roſe ſi bien eſcrite,
　Et contre les femmes deſpite,
Dont ie ſerois comme d'elle enchanté.
Quant au maintien, inconſtant & volage,
　Folâtre & digne de tel âge,
　Le regard errant cà & là,
　Vn naturel auec cela
Qui plus que l'art miſerable ſoulage.
Ie ne voudrois auoir en ma puiſſance
　A tous coups d'elle iouïſſance ;
　Souuent le nier vn petit
　En amour donne l'appetit,
Et fait durer la longue obeïſſance.
D'elle le temps ne pourroit m'eſtranger,
　N'autre amour, ne l'or eſtranger,
　Ny à tout le bien qui arriue
　De l'Orient à noſtre riue
Ie ne voudrois ma Brunette changer.
Lors que ſa bouche à me baiſer tendroit,
　Ou qu'approcher ne la voudroit
　Feignant la cruelle faſchee,
　Ou quand en quelque coin cachee
Sans l'auiſer prendre au col me viendroit.

Ode non meſurée.

ACLOV amy des Muſes,
　En la Muſique expert,
Pour neant tu t'amuſes,
Le temps en vain ſe pert,
Menant vn dueil apert :
Il vaut mieux que tu iettes
Les mordantes ſagettes
Qui ton cœur vont gréuant,
Aux Scythes, ou aux Gétes,
A l'abandon du vent.
　Ceux à qui point n'agréent
Tes beaux ars tant connus,
Et qui ne ſe recréent
De voir les Siluains nus,
Et les peres cornus
Pendre au haut d'vn rocher,
Doiuent bien ſe faſcher :
Non toy, dont la Poëſie
Peut le ſoin arracher
Hors de ta fantaſie.
　Et quoy? ie voy tes yeux
Moites d'vn pleur amer,

Soit quand Phebus aux Cieux
Vient le iour allumer,
Ou quand dedans la mer
Ses cheuaux il abreuue,
Gemissant ie te treuue
La fin de ton malheur,
Puis que ne bois, ne fleuue
N'appaise ta douleur.
 Donc la faueur du Monde
Te fait desesperer,
Laquelle on peut à l'onde
Iustement comparer,
Qui ne sçauroit durer
Vne heure sans orage:
» Appren à ton courage
» Voler ainsi qu'il faut;
» Par ceste aisle le sage
» S'en-vole aux Dieux là haut.
 Il est vray que la Court
Des Princes est aimable,
Mais long temps on y court
Sans fortune amiable.
Sor de là, pitoyable:
» Quand la Mort se courrousse,
» Sans égard elle pousse
» A bas vn Empereur,
» De la mesme secousse
» Qu'ell' fait vn laboureur.
 La vertu qui ordonne
Aux bons immortel nom,
N'a baillé la couronne
De Laurier pour renom
A nul homme, sinon
Qu'à celuy qui n'a garde
De prendre l'or en garde,
Viuant du sien contant,
Et à qui le regarde
D'vn œil ferme & constant.
 » C'est plus de commander
» Sur ses affections,
» Qu'aux Princes d'amender
» De mille nations:
» Qui de ses passions
» Est maistre entierement,
» Celuy vit seulement
» N'eust-il qu'vn toict de chaume,
» Et plus asseurément
» Qu'vn Roy de son Royaume.
 Quand nostre vie humaine

Longue en santé seroit,
Chaqu'vn à iuste peine
Des biens amasseroit,
Et point n'offenseroit!
» Pour la vie si bréue
» Faut-il tant qu'on se gréue
» D'amasser & d'auoir?
Matin le iour se léue
Pour mourir sus le soir.
 O soin meurtrier, encores
Que l'on s'allast cacher
Bien loin outre les Mores,
Tu nous viendrois chercher
Pour nous nuire & fascher:
Le gendarme en sa troupe
Tout seul te porte en croupe,
Et tu te vas cachant
Iusqu'au fond de la poupe
Compagnon du marchant.
 Donques puis que l'enuie
Et l'auarice forte
Sont bourreaux de la vie
De l'homme qui les porte:
Mon amy, ie t'enhorte
De les chasser: entens
A te donner bon temps,
Fuy les maux qui t'ennuyent,
» Qu'est-ce que tu attens?
» Les ans legers s'enfuyent.
 » Le temps bien peu durable
» Tout chauue par derriere
» Demeure inexorable
» S'il franchis sa carriere.
L'infernale portiere
Hoche de main égale
La grand cruche fatale:
Soit tost ou tard le Sort
Viendra vers toy tout pale
Pour t'annoncer la mort.
 Donques vn iour ne laisse
Voler sans ton plaisir,
L'importune vieillesse
Court tost pour nous saisir:
Tandis qu'auons loisir,
Tes amours anciennes
Chantons auec les miennes:
Ou bien si bon te semble
N'entonnon que les tiennes
Sur nos fleutes ensemble.

Pour tuer le souci
Qui rongeoit ton courage,
Asséons nous ici
Sous ce mignard ombrage :
Voy pres de ce riuage
Quatre Nymphes qui viennent,
A qui tant bien auiennent
Leurs corsets simplement,
Et leurs cheueux qui tiennent
A vn nœud seulement.

Hé, quel pasteur sera-ce
Qui au prochain ruisseau
Ira rincer ma tasse
Quatre ou cinq fois en l'eau ?
D'autant ce vin nouueau
Efface les ennuis,
Et fait dormir les nuis,
Autrement la memoire
De mes maux ie ne puis
Estrangler qu'apres boire.

A RENE' MACE'
Vendomois.

Ependant que tu nous dépeins
Des François la premiere histoire
Des-enseuelissant la gloire
Dont nos ayeux furent si pleins :

Horace, & ses nombres diuers
Amusent seulement ma Lyre,
A qui i'ay commandé de dire
Ce chant pour honorer tes vers.

Ie les entens desia tonner
Parmy la France, ce me semble,
Et voy tous nos Poëtes ensemble
D'vn tel murmure s'estonner.

I'entreuoy desia la lueur
Des bien estincellantes armes,
Chasser en fuite les gensdarmes,
Et les cheuaux pleins de sueur.

Icy le More est abatu,
Et là le vaillant Charlemaigne,
Tenant le fer au poing, enseigne
Aux François d'aimer la vertu.

C'est là le vray enfantement
De ta graue heroïque Muse,
Qui toute enflce ne s'amuse
Qu'à deuiser bien hautement.

Mais moy à qui ton Apollon
N'a donné si profonde veine,
Je façonne auec grande peine,
Des vers indignes de ton nom.

Tels qu'ils sont, M A C E', toutesfois
Ie veux qu'ils tesmoignent ta gloire,
Et commandent à la memoire
Que tu viues plus d'vne fois.

Ils chanteront à nos neueux
Comme tu allas aux montaignes
D'Helicon, voir les Sœurs compaignes
Et Apollon aux beaux cheueux :

Et comme la charmante vois
De tes douces & braues rimes
Les força de quitter leurs cimes
Pour habiter le Vendosmois.

A SON LICT.

LIct, que le fer industrieux
D'vn artisan laborieux
A façonné, presque d'vn égal tour
Qu'à ce grand monde encerne tout autour.

Où celle qui m'a mis le mors
De ses beaux doits foiblement fors,
Entre mes bras se repose à sejour,
Et chaque nuit égale au plus beau iour.

Qui vit iamais Mars & Uenus
Dans vn tableau portraits tous nus,
Des doux Amours la mere estroittement
Tiens Mars lassé, qui laisse lentement
Sa lance tomber à costé
D'vn si plaisant venin donté,
Et la baisant presse l'yuoire blanc,
Bouche sur bouche, & le flanc sur le flanc.

Celuy qui les a veu portraits,
Peut sur nous contempler les traits
De leurs plaisirs, lors que m'amie & moy
Tous nuds au lict faisons ie ne sçay quoy.

Deçà & là d'vn branle doux
Le Chalit tremblant comme nous,
Ainsi qu'on voit des bleds le chef mouuant
Sous le souspir du plus tranquille vant.

Hà que grand tort te font les Dieux
Qui ne te logent en leurs Cieux !
Tu leur serois vn ornement plus beau
Que n'est leur chien, leur asne & leur cor-
beau.

LES PEINTVRES D'VN
Païsage.

*T*Ableau, que l'eternelle gloire
  D'vn Apelle auouroit pour sien,
    Ou de quelqu'autre, dont l'histoire
    Celebre le nom ancien,
Tant la couleur heureusement parfaite
A la nature en son mort contrefaite :
    Où la grand' bande renfrongnée
    Des Cyclopes laborieux
    Est à la forge embesongnée,
    Qui d'vn effort industrieux
Haste vn tonnerre, afin d'armer la dextre
Du plus grand fils que Saturne ait fait naistre.
    Trois, sur l'enclume gemissante
    D'ordre égal le vont martelant,
    Et d'vne tenaille pinçante
    Tournent l'ouurage estincelant :
Vous les diriez qu'ils ahanent & suent,
Tant de grands coups dessur l'enclume ruent.
    En trois rayons de pluye torte
    Tout le tonnerre est finissant,
    En trois de vent qui le supporte,
    Et en trois de feu rougissant :
Ores de peur, ores de bruit, & ore
D'ire & d'éclair on le polit & dore.
    Les autres deux soufflets entonnent,
    Qui dans leurs grands ventres enflez
    Prennent le vent, & le redonnent
    Par compas aux charbons soufflez :
Le metal coule, & dedans la fournaise
Comme vn estang se répand en la braise.
    Vn peu plus haut parmy les nuës,
    Enflées d'vn vague ondoyant,
    Le pere ses fleches connuës
    Darde aual d'vn bras foudroyant :
Le feu se suit, & saccageant l'air, gronde
Faisant trembler le fondement du Monde.
    Entre l'orage, & la nuit pleine
    De gresle, martelant souuent,
    Vn pilote cale à grand' peine
    Sa voile trop serue du vent !
La mer le tance & les flots irez baignent
De monts bossus les cordes qui se plaignent.
    Les longs traits des flammes grand erre,
    En forme de lances errans,

Léchent l'estomac de la terre,
    Aux bords des fleuues éclairans :
Et la forest par les vens depessée
Egale aux champs sa perruque baissée.
    A costé gauche de l'orage
    Iunon sa colere celant,
    De Venus emprunte l'ouurage,
    Son beau demi-ceint excellant :
Et le ceignant, sa force coustumiere
Tire Iupin à l'amitié premiere.
    (Là les Amours sont portraits d'ordre,
    Celuy qui donte les oiseaux,
    Celuy qui chaleureux vient mordre
    Le cœur des Dauphins sous les eaux :
Leandre proye à la mer inhumaine,
Pendu aux flots noüe où l'Amour le meine)
    Iunon tenant les mains esparses,
    De son mary presse le sein :
    Luy qui s'enfle ses veines, arsés
    De trop d'amour dont il est plein,
Baise sa femme, & sur l'heure fait naistre
Le beau Printemps saison du premier estre.
    De l'Ocean l'image emprainte
    Contraint ses portraits finissans :
    D'aZur verdoyant elle est peinte,
    Et d'argent ses flots blandissans,
Où les Dauphins aux dos courbez y noüent,
Et sautelans à mille bonds se ioüent.
    Au milieu de l'onde imprimee
    Comme grandes forests on voit
    S'esseuer la nauale armee
    Que Charles à Thunis auoit :
Les flots batus des auirons qui sonnent
Contre les flancs de cent barques resonnent.
    Enuironné d'vne grand' trope
    Son pouuoir le rend orgueilleux,
    Trainant les forces de l'Europe
    Auec soy d'vn bras merueilleux.
L'Espagne y est, & les peuples qui viuent
Loin dessous l'Ourse, & les Flamans le sui-
    uent.
    Pres de Thunis sur le bord More
    L'Africain aueugle au danger
    La mer verte en pourpre colore
    Au sang du soldat estranger :
Mars les anime, & la Discorde irée
Trainant sa robbe en cent lieux dechirée,
    Tout au bas d'vne couleur pale
    Est repeint l'Empereur Romain,

Craignant noſtre Roy qui égale
Les Dieux par les faits de ſa main :
Mais pour neant, car de HENRY la lance
Ia-ja captif le traine dans la France.
Paris tient ſes portes décloſes
Receuant ſon Roy belliqueur,
Vne grande nüe de roſes
Pleut à l'entour du chef vainqueur :
Les feux de ioye icy & là ſallument,
Et iuſqu'au Ciel les autels des Dieux fument.

A PHEBVS, LVY
voüant ſes cheueux.

D I E V perruquier (qui autrefois
Banni du Ciel, parmy les bois
D'Admete gardas les taureaux,
Fait compagnon des paſtoureaux)
Mes cheueux i'offre à tels autels,
Et bien qu'ils ne ſoient immortels,
Ils te ſeront doux & plaiſans,
Pour eſtre la fleur de mes ans.
Mainte fille par amitié
En a ſouhaité la moitié
Pour s'en tifer, mais ie ne veux,
O Phœbus Roy des beaux Cheueux,
Rien de ma part te preſenter
Dont quelqu'vn ſe puiſſe vanter :
Car c'eſt toy qui n'as dédaigné
De m'auoir ſeul accompaigné,
Quand premier ie m'yuray de l'eau
Qui court ſur le double coupeau.
A mon réueil il me ſembla
Qu'vn chœur de vierges s'aſſembla,
Et que Calliope aux beaux yeux,
La Muſe qui Chante le mieux,
Pour preſent ſon luth me donna,
Qui depuis en France ſonna
Or' bien, or' mal en diuers ſons
Bonnes & mauuaiſes Chanſons.

A MAGDELEINE.

Es fictions, dont tu decores
L'ouurage que tu vas peignant,
D'Hyacinth', d'Europe, & encores
De Narciſſe ſe complaignant

De ſon ombre le dedaignant :
Ne ſont pas dignes de la peine
Qu'en vain tu donnes à tes doits :
Car pluſtoſt ſoit d'or, ſoit de laine
Ta toile peindre toute pleine
De ton tourment propre tu dois.
Quand ie te voy, & voy encore
Ce vieil mary que tu ne veux,
Ie voy Tithon, & voy l'Aurore,
Luy dormir, elle ſes cheueux
Refriſoter de mille nœuds,
Pour aller chercher ſon Cephale :
Et quoy qu'il ſoit alangoré
De voir ſa femme morte & pale,
Si ſuit-il celle qui égale
Les roſes d'vn front coloré.
Parmy les bois errent enſemble
Se ſoulant de plaiſir, mais las !
Iamais le ieune Amour n'aſſemble
Vn vieillard de l'amour ſi las
A vn Printemps tel que tu l'as.

EPIPALINODIE.

O Terre, ô Mer, ô Ciel eſpars,
Ie ſuis en feu de toutes pars :
Dedans & dehors mes entrailles
Vne chaleur le cœur me poingt
Plus fort qu'vn Mareſchal ne ioint
Le fer tout rouge en ſes tenailles.
La Chemiſe qui eſcorcha
Hercul' ſi toſt qu'il la toucha,
N'égale point la flamme mienne,
Ne tout le feu que rote en-haut
Bouïllonnante en ſoy d'vn grand chaut
La fournaiſe Sicilienne.
Le iour, les ſoucis preſidans
Condamnent ma coulpe au dedans,
Et la genne apres on me donne :
La peur ſans intermiſſion,
Sergent de leur commiſſion,
Me poingt, me picque, & m'éguillonne.
La nuict les fantoſmes volans,
Clacquetans leurs becs violans,
En ſiflant mon ame eſpouuantent,
Et les Furies qui ont ſoin
Venger le mal, tiennent au poin
Les verges dont ell' me tourmentent.

Il me semble que ie te voy
Murmurer des charmes sur moy,
Tant que d'effroy le poil me dresse,
Puis mon chef tu vas relauant
D'vne eau puisee bien auant
Dedans les ondes de tristesse.

    Que veux-tu plus, dy, que veux-tu,
Ne m'as-tu pas assez battu,
Veux tu qu'en cet âge ie meure?
Me veux-tu brusler, foudroyer,
Et tellement me poudroyer,
Qu'vn seul osset ne me demeure?

    Ie suis appresté, si tu veux,
De te sacrifier cent bœufs,
Afin de des enfler ton ire,
Ou si tu veux, auec les Dieux
Ie t'enuoy'ray là haut aux Cieux,
Par le son menteur de ma Lyre.

    Les freres d'Helene faschez,
Pour les iambes délaschez
Contre leur sœur par Stesichore,
A la fin luy ont pardonné,
Et, pleins de pitié, redonné
L'vsage de la veuë encore.

    Tu peux, helas! (Denise) aussi
Rompre la teste à mon souci,
Te fleschissant par ma priere:
Rechante tes vers, & les traits
De ma face en cire portraits,
Iette au vent trois fois par derriere.

    L'ardeur du courroux que l'on sent
Au premier âge adolescent,
Me fit trop nicement t'escrire:
Maintenant humble & repentant,
D'œil non feint ie vay lamentant
La iuste fureur de ton ire.

DE LA VENVE DE L'ESTE'
AV SEIGNEVR DE
Bonniuet.

*D*Esia les grand's chaleurs s'esmeuuent,
  Et presque les fleuues ne peuuent
Les peuples escaillez couurir,
Ia void-on la plaine alteree
Par la grande torche etheree
De soif se lascher, & souurir.
    L'estincelante Canicule

Qui ard, qui cuit, qui boult, qui brule,
L'esté nous darde de là haut,
Et le Soleil qui se promeine
Par le bras du Cancre, rameine
Ces mois halez d'vn si grand chaut.

    Icy la diligente troupe
Des mesnagers, par ordre coupe
Le poil de Cerés iaunissant,
Et là, iusques à la vespree
Abat les honneurs de la pree,
Des beaux prez l'honneur verdissant.

    Cependant leurs femmes sont prestes
D'asseurer au haut de leurs testes
Des plats de bois, & des baris,
Et filant marchent par la plaine,
Pour aller soulager la peine
De leurs laborieux maris.

    Si tost ne s'éueille l'Aurore,
Que le Pasteur ne soit encore
Plustost leué qu'elle, & alors
Au son de la corne réueille
Son troupeau qui encor sommeille
Dessus la fraische herbe dehors.

    Parmy les plaines descouuertes,
Par les bois, & les riues vertes,
Paist le bestail, ores courant
Entre les fleurs Apollinees,
Or' entre celles qui sont nées
Du sang d'Adonis en mourant.

    Sur les riues des belles ondes,
Les ieunes troupes vagabondes,
Les filles des troupeaux lascifs,
De fronts retournez s'entrechocquent
Deuant leurs peres qui s'en mocquent,
Au haut du prochain tertre assis.

    Mais quand en sa distance égale
Et le Soleil, & la Cigale,
Enroüément espand sa vois,
Et que nul Zephyre n'haleine
Tant soit peu les fleurs en la plaine,
Ne la teste ombreuse des bois:

    Adonc le Pasteur entre-lasse
Ses panniers de torse pelasse,
Ou il englüe les oiseaux,
Ou nu comme vn poisson il noüe,
Et auec les ondes se ioüe,
Cherchant le plus profond des eaux.

    Si l'antique fable est croyable,
Erigone la pitoyable

En tels mois alla luire aux Cieux
En forme de Vierge, qui ores
Reçoit dedans son sein encores
Le commun œil de tous les Dieux.

Oeil incogneu de nos valees,
Où les fontaines deualees
Du vif rocher vont murmurant,
Et où mille troupeaux se pressent,
Et le nez contre terre baissent,
Si grande chaleur endurant.

Sous les chesnes qui refraischissent,
Remaschent les bœufs, qui languissent
Au piteux cry continuel
De la genisse qui lamente
L'ingrate amour, dont la tourmente
Par les bois son taureau cruel.

Le Pastoureau qui s'en estonne,
S'essaye, du flageol qu'il sonne,
De soulager son mal ardent :
Ce qu'il fait, tant qu'il voye pendre
Contre-bas Phœbus, & descendre
Son chariot en l'Occident.

Et lors de toutes parts r'assemble
Sa troupe vagabonde ensemble,
Et la conuoye aux douces eaux,
Qui sobre en les beuuant ne touche
Sans plus que du haut de la bouche
Le premier front des pleins ruisseaux.

Puis au son des douces musettes
Marchent les troupes camusettes,
Pour aller trouuer le sejour,
Où les aspres chaleurs deçoiuent
Par vn dormir qu'elles reçoiuent
Lentement iusqu'au poinct du iour.

A IEANNE.

Grand' beauté, mais trop outrecuidee
Des presens de Venus,
Quand tu verras ta peau toute ridee,
Et tes cheueux chenus,
Contre le temps, & contre toy rebelle,
Diras en te tansant;
Que ne pensoy-ie alors que i'estoy belle,
Ce que ie vay pensant?
Ou bien pourquoy, à mon desir pareille,
Ne suis-ie maintenant?
» La beauté semble à la rose vermeille,

» Qui meurt incontinant.
Voila les vers tragiques & la plainte
Qu'au Ciel tu enuoiras
Incontinent que ta face dépeinte
Par le temps tu voirras.
Tu sçais combien ardamment ie t'adore,
Indocile à pitié,
Et tu me fuis, & tu ne veux encore
Te ioindre à ta moitié.
O de Paphos, & de Cypre regente,
Déesse aux noirs sourcis!
Plustost encor que le temps, sois vengente
Mes dédaignez soucis,
Et du brandon dont les cœurs tu enflammes
Des iumens tout autour,
Brusle-la moy, afin que de ses flammes
Ie me rie à mon tour.

Vous faisant de mon escriture
La lecture,
Souuent, GRVIET, m'auez repris
Dequoy si bas ie composoye,
Et n'osoye
Faire vn œuure de plus haut pris.
Tout esprit gaillard qui s'efforce,
N'a la force
De polir des liures parfaits:
Les nerfs foibles souuent se treuuent,
S'ils espreuuent
Plus que leur charge vn pesant faix.
Qui pensez-vous qui puisse escrire
L'ardente ire
D'Aiax, le fils de Telamon,
Ou d'Hector rechanter la gloire,
Ou l'histoire
De la race du vieil Emon?
Toute Muse pour tragedie
N'est hardie
A tonner sur vn eschaffaut,
Ne propre à rechanter la peine
D'erreur pleine
De ce Gregeois qui fut si caut.
Adieu donc enfans de la terre,
Qui la guerre
Entreprinstes contre les Dieux,
Ce n'est pas moy qui vous raconte,
Ne qui monte
Auecque vous iusques aux Cieux.

GRVIET, *ie pourſuiuray ma mode,*
    Par mainte Ode,
Mes vers ſeront fleuriſſans :
Les autres de Mars diront l'ire,
    Mais ma lire
Bruira l'amour que ie ſens.

AVX MOVCHES
A. MIEL.

V allez-vous filles du Ciel,
Grand miracle de la Nature ?
Où allez-vous, mouches à miel,
Chercher aux champs voſtre paſture ?
Si vous voulez cueillir les fleurs
D'odeur diuerſe & de couleurs,
Ne volez plus à l'auanture :

  Autour de Caſſandre halenée
De mes baiſers tant bien donnez,
Vous trouuerez la roſe née,
Et les œillets enuironnez
Des florettes enſanglantées
D'Hyacinthe, & d'Aiax, plantées
Pres des lys ſur ſa bouche nez.

  Les marjolaines y fleuriſſent,
L'amôme y eſt continuel,
Et les Lauriers qui ne periſſent
Pour l'Hyuer, tant ſoit-il cruel :
L'anis, le cheurefueil qui porte
La manne qui vous reconforte,
Y verdoye perpetuel.

  Mais ie vous pri gardez-vous bien,
Gardez-vous qu'on ne l'éguillonne,
Vous apprendrez bien toſt combien
Sa pointure eſt trop plus felonne,
Et de ſes fleurs ne vous ſoulez
Sans m'en garder ſi ne voulez
Que mon ame ne m'abandonne.

AV ROSSIGNOL.

Entil Roſſignol paſſager
Qui t'es encor venu loger
Dedans ceſte fraiſche ramee
Sur ta branchette accouſtumee,
Et qui nuit & iour de ta vois
Aſſourdis les mons & les bois,

Redoublant la vieille querelle
De Terée, & de Philomele :
  Ie te ſupplie (ainſi touſiours
Puiſſes ioüir de tes Amours)
De dire à ma douce inhumaine,
Au ſoir quand elle ſe promeine
Ici pour ton nid eſpier,
Que iamais ne faut ſe fier
En la beauté ny en la grace
Qui pluſtoſt qu'vn ſonge ſe paſſe.

  Dy-luy que les plus belles fleurs
En Ianuier perdent leurs couleurs,
Et quand le mois d'Auril arriue
Qu'ils reueſtent leur beauté viue :
Mais quand des filles le beau teint
Par l'âge eſt vne fois eſteint,
Dy-luy que plus il ne retourne,
Mais bien qu'en ſa place ſeiourne .
Au haut du front ie ne ſçay quoy
De creux à coucher tout le doy :
Et toute la face ſeichee
Deuient comme vne fleur touchee
Du ſoc aigu : dy-luy encor
Qu'apres qu'elle aura changé l'or
De ſes blonds cheueux, & que l'âge
Aura creſpé ſon beau viſage.
Qu'en vain lors elle pleurera,
Dequoy ieunette elle n'aura
Prins les plaiſirs qu'on ne peut prendre
Quand la vieilleſſe nous vient rendre
Si froids d'amours & ſi perclus,
Que les plaiſirs ne plaiſent plus.

  Mais, Roſſignol, que ne vient-elle
Maintenant ſur l'herbe nouuelle
Auecques moy dans ce buiſſon ?
Au bruit de ta douce chanſon,
Ie luy ferois ſous la coudrette
Sa couleur blanche vermeillette.

A MERCVRE.

Acond neueu d'Atlas, Mercure,
Qui le ſoin as pris & la cure
Des bons eſprits ſur tous les Dieux :
Accorde les nerfs de ma lyre,
Et fais qu'vn chant i'y puiſſe dire
Qui ne te ſoit point odieux.
  Honore mon nom par tes Odes,

L'art

L'art qu'on leur doit, les douces modes
A ton difciple ramentoy :
Comme à celuy que Thebes vante
Monftre-moy, afin que ie chante
Vn vers qui foit digne toy.

Ie garniray tes talons d'ailes,
Ta capeline de deux belles,
Ton bafton ie n'oubliray pas,
Dont tu nous endors & réueilles,
Et fais des œuures nompareilles
Au Ciel, en la terre, & là bas.

Ie feray que ta main deçoiue
(Sans que nul bouuier l'apperçoiue)
Phœbus qui fuit les Paftoureaux,
Luy dérobant & arc & trouffe,
Lors que plus fort il fe courrouffe
D'auoir perdu fes beaux toreaux.

Ie diray que ta langue fage
Apporte par l'air le meffage
Des Dieux, aux peuples & aux Rois :
Lors que les peuples fe mutinent,
Ou lors que les Rois qui dominent
Violentent les fainctes loix.

Comme il me plaift de te voir ores
Aller parmi la nuit encores
Auec Priam au camp des Grecs,
Racheter par dons, & par larmes
La fleur des magnanimes armes
Hector, qui caufa fes regrets !

C'eft toy qui guides, & accordes
L'ignorant pouce fus mes cordes,
Sans toy fourdes elles font, DIEV,
Sans toy ma guiterre ne fonne,
C'eft par toy qu'ell' chante & refonne,
Si elle chante en quelque lieu.

Fay que toute France me louë,
M'eftime, me prife, m'auouë
Entre fes Poetes parfaits :
Ie ne fen point ma voix fi baffe,
Qu'vn iour au Ciel elle ne paffe
Chantant de mon Prince les faits.

A MICHEL PIERRE DE
MAVLEON, PROTENOTAIRE
de Durban.

IE ne fuis iamais pareffeux
A confacrer le nom de ceux

Qui fe font dignes de la gloire,
Et nul mieux que moy par fes vers
Ne leur baftit dans l'vniuers
Les colonnes d'vne memoire.

MAVLEON, tu te peux vanter,
Puifque RONSARD te veut chanter,
Que tu deuanceras les aifles
Du temps qui vole, & qui conduit
Volontiers vne obfcure nuict
Aux vertus qui font les plus belles.

Mais par où doy-ie commencer
Pour tes louanges auancer ?
Ton abondance me fait pouure,
Tant la Nature heureux t'a fait,
Et tant le Ciel de fon parfait
Prodigue vers toy fe defcouure.

Certes la France n'a point veu
Vn homme encore fi pourueu
Des biens de la Mufe eternelle,
Ne qui dreffe fon vol plus haut,
Ne mieux guidant l'outil qu'il faut
Pour noftre langue maternelle.

Car foit en profe ou foit en vers,
Minant maint beau trefor diuers,
Tu nous fais riches par ta peine,
Induftrieux à refufer
Qu'vn mauuais fon vienne abufer
Tant foit peu ton oreille faine.

Le Ciel ne t'a pas feulement
Elargi prodigalement
Mille prefens, mais d'auantage
Il veut pour te fauorifer
Te faire vanter & prifer
Par les plus doctes de noftre âge.

Languedoc m'en fert de tefmoin,
Voire Venife, qui plus loin
S'efmerueilla de voir la grace
De ton PASCHAL, qui loüangeant
Les MAVLEONS, alla vengeant
L'outrage fait contre ta race.

Lors qu'au milieu des Peres vieux
Dégorgeant le prefent des Dieux
Par les torrens de fa harangue,
Déroba l'efprit des oyans
Comme épics çà & là ployans
Deffous le doux vent de fa langue.

Liant par fes mots courageux
Au col du meurtrier outrageux
Vne furie vengereffe,

LLL III

Qui plus que l'horreur de la mort
Encores luy ronge & luy mord
Sa conscience pecheresse.

   Mais ny mon style ny le mien
Ne te sçauroient chanter si bien,
Que toy-mesme, si tu découures
Tes labeurs escrits doctement,
Par lesquels manifestement
Le chemin du Ciel tu nous ouures.

   Car toy volant outre les Cieux,
Tu-as pillé du sein des Dieux
Le destin, & la prescience,
Et le premier as bien osé
Auoir en François composé
Les secrets de telle science.

A REMY BELLEAV.

Donc BELLEAV, tu portes enuie
Aux dépoüilles de l'Italie,
Qu'encores ta main ne tient pas,
Et t'armant sous le Duc de GVYSE,
Tu penses voir broncher à bas
Les murailles de Naples prises.

   I'eusse plustost pensé les courses
Des eaux remonter à leurs sources,
Que te voir changer aux harnois,
Aux piques, & aux harquebuses,
Tant de beaux vers que tu auois
Receu de la bouche des Muses.

AV FLEVVE DV LOIR.

Loir, dont le beau cours distille
Au sein d'vn pays fertile,
   Fay bruire mon renom
D'vn grand son en tes riues,
Qui se doiuent voir viues
Par l'honneur de ton nom.
Ainsi Tethys te puisse aimer
Plus que nul qui entre en la mer.

   Car si la Muse m'est prospere,
Fameux comme Amphryse, i'espere
   Te faire vn iour nombrer
Aux rangs des eaux qu'on prise,
Et que la Grece apprise
A daigné celebrer:

Pour estre le fleuue eternel
Qui baignes mon nid paternel.
   Sus donc à haute voix resonne
Le bruit que ma Muse te donne,
   Tu voirras desormais
   Par moy ton onde fiere
   S'enfler par ta riuiere
   Qui ne mourra iamais :
,,Car l'honneur qui des Muses vient,
,, Ferme contre l'âge se tient :
   Loir de qui la bonté ne cede
Au Nil qui l'Egypte possede,
   Pour le loyer d'auoir
   (Eternizant ta gloire
   De durable memoire)
   Fait si bien mon deuoir :
Quand i'auray mon âge accompli,
Enseueli d'vn long oubli,
   Si quelque pelerin arriue
Aupres de ta parlante riue,
   Dy luy à haute vois
   Que ma Muse premiere
   Apporte la lumiere
   De Grece en Vendomois.
Dy-luy ma race, & mes ayeux,
Et le sçauoir que i'eu des Cieux.
   Dy-leur, que moy d'affaire vuide,
Ayant tes filles pour ma guide
   A tes bors i'encorday
   Sur la lyre ces Odes,
   Et aux Françoises modes
   Premier les accorday :
Et tousiours rechante ces vers
Qu'à ton bord ie sonne à l'enuers.

Tv me fuis de plus viste course
Qu'vn fan la dent fiere d'vne Ourse,
Fan qui va les tetins chercher
De sa mere pour se cacher,
Allongeant sa iambe fuyarde
Si vn rameau le vient toucher :
Car pour le moindre bruit que face
D'vn serpent la glissante trace,
Et de genoux, & de cœur tremble :
   Las ! toy belle qui m'es ensemble
Ma douce vie, & mon trespas,
Atten-moy, ie ne te cours pas
Comme vn loup pour te faire outrage.

Mets donc, ma mignonne, vn peu bas
La cruauté de ton courage :
Arreste, fuyarde, tes pas,
Et toy ja d'âge pour m'attendre
Laisse ta mere, & vien apprendre
Combien l'Amour donne d'esbas.

CHanson, voici le iour
Où la beauté qui la terre décore,
Et que mon œil peu sagement adore,
    Vint en ce beau seiour.
    Le Ciel d'amour atteint,
Ardant de voir tant de beautez l'admire,
Et se courbant dessus sa face, mire
    Tout l'honneur de son teint.
    Car les diuins flambeaux,
Grandeur, vertu, les Amours, & la Grace,
A qui mieux mieux embellirent sa face
    De leurs presens plus beaux.
    Afin que par ses yeux
Tout l'imparfait de ma ieunesse folle
Fust corrigé, & qu'elle fust l'idole
    Pour me guider au mieux.
    Heureux iour retourné,
A tout iamais i'auray de toy memoire,
Et d'en en an ie chanteray la gloire
    De l'honneur en toy né.
    Sus Page, vistement
Donne ma lyre, afin que sur sa corde
D'vn pouce doux en sa faueur s'accorde
    Ce beau iour saintement.
    Seme par la maison
Tout le tresor des prez & de la plaine,
Le lis, la rose, & cela dont est pleine
    La nouuelle saison.
    Puis crie au temple aussi,
Que le Soleil ne vit oncques iournée
Qui fust de gloire & d'honneur tant ornée
    Comme il voit ceste-cy.

» *Qu'vn genre des Dieux, & des hommes :*
»   *Eux & nous n'auons mere qu'vne,*
»   *Tous par elle nous viuons,*
»   *Et pour heritage auons*
» *Ceste grand' lumiere commune.*
»   *Nostre raison qui tout auise,*
»   *Des Dieux compagnons nous rend :*
»   *Sans plus vn seul different*
» *Nostre genre & le leur diuise.*
„   *La vie aux Dieux n'est consumée,*
„   *Immortel est leur sejour,*
„   *Et l'homme ne vit qu'vn iour*
„ *Fuyant comme vn songe ou fumee :*
    Mais celuy qui acquiert la grace
        D'vn bien-heureux escriuant,
        De mortel se fait viuant,
Et au rang des celestes passe :
    Comme toy, que la Muse apprise
        De ton Macrin a chanté,
        Et t'a vn los enfanté
Qui la fuitte des ans mesprise.
    Elle a perpetué ta gloire
        La logeant là haut aux Cieux,
        Et a fait esgale aux Dieux
L'eternité de ta memoire.
    Apprenez donc vous Rois, & Princes
        Les Poëtes honorer,
        Qui seuls peuuent decorer
Vous, vos sujets & vos prouinces.
    Sans plus le grand Prince Alexandre,
        Qui à la terre commandoit,
        Vn Homere demandoit
Pour faire ses labeurs entendre.
    La France d'Homeres est pleine,
        Et d'eux liroit-on les fais,
        S'ils estoient tous satisfais
Autant que merite leur peine.

AV REVERENDISSIME
CARDINAL DV BELLAY.

DEdans ce grand Monde où nous som-
    mes
    Enclos generalement,
    Il n'y a tant seulement

DES ROSES PLANTEES
PREZ VN BLE'.

DIeu te gard l'honneur du Printemps
        Qui étens
Tes beaux tresors sur la branche,
Et qui découures au Soleil,
    Le vermeil
De ta couleur viuement franche.
    D'assez loin tu vois redoublé
            LLLlll ij

Dans le blé
Ta face du vermillon teinte,
Dans le blé qu'on voit réioüir
          De ioüir
De ton image en son verd peinte.
     Pres de toy sentant ton odeur,
          Plein d'ardeur,
Ie façonne vn vers, dont la grace
Maugré mille siecles viura,
          Et suiura
Le long vol des ailes d'Horace.
     Les vns chanteront les œillets
          Vermeillets,
Ou du lis la fleur argentée,
Ou celle qui s'est par les prez
          DiapreZ
Du sang des Princes enfantée.
     Mais moy tant que chanter pourray
          Ie louray
Tousiours en mes Odes la Rose,
D'autant qu'elle porte le nom
          De renom
De celle où ma vie est enclose.

A CASSANDRE.

Ymphe aux beaux yeux , qui souffles
          de ta bouche
Vne Arabie à qui prés en approuche,
     Pour déraciner mon esmoy
     Cent mille baisers donne-moy:
Donne-les-moy,ça que ie les deuore,
Tu fais la morte, il m'en faut bien encore:
     Redonne-m'en deux milliers donc,
     Et sur tous vn qui soit plus long
Que n'est celuy des douces colombelles
Prises au ieu de leurs amours nouuelles:
     Ainsi, ma CASSANDRE, viuons
     Puis que les douZe ans nous auons.
Incontinent nous mourrons,& Mercure
Nous voilera d'vne poudriere obscure,
     Et guidera nos tristes pas
     Au froid royaume de là bas,
Tenant au poing sa verge messagere,
Crainte là bas de la troupe legere.
     Si qu'aussi tost qu'aurons passé
     Le lac neuf fois entrelassé,
Et que sur nous sa sentence imployable

Aura ietté le Iuge inexorable,
     Ne parens, ne deuotions,
     Ne rentes, ne possessions
Ne fleschiront la cruche ne l'audace
Du nautonnier, si bien qu'il nous repasse,
     Du nautonnier qui n'a souci
     De pauure, ne de riche aussi.
Donc cependant que l'âge nous conuie
De nous ébatre , égayons nostre vie:
     Ne vois-tu le temps qui s'enfuit,
     Et la vieillesse qui nous suit?

A LA SOVRCE DV
LOIR.

Ource d'argent toute pleine,
     Dont le beau cours eternel
Fuit pour enrichir la plaine
De mon pays paternel.
     Sois donc orgueilleuse & fiere
     De le baigner de ton eau:
Nulle Françoise riuiere
N'en peut lauer vn plus beau.
     Que les Muses eternelles
     D'habiter n'ont dedaigné,
Ne Phœbus qui dit par elles
L'art où ie suis enseigné.
     Qui dessus ta riue herbuë
     Iadis fut enamouré
De la Nymphe cheueluë,
La Nymphe au beau crin doré:
     Et l'attrapa de vistesse
     Fuyant le long de tes bords,
Et là rauit sa ieunesse
Au milieu de mille efforts.
     Si qu'auiourd'huy d'elle encores
     Immortel est le renom
Dedans vn antre, qui ores
Se vante d'auoir son nom,
     Fuy doncques,heureuse Source,
     Et par Vendosme passant,
Retien la bride à la course
Le beau crystal effaçant.
     Puis saluë mon la Haye
     Du murmure de tes flots,
C'est celuy qui ne s'essaye
De sonner en vain ton los.
     Si le Ciel permet qu'il viue,

Il conuoira doucement
Les neuf Muses sur ta riue,
Pleines d'esuahissement,
     De le voir seul dessus l'herbe,
Rememorant leurs leçons,
Faire aller ton flot superbe,
Honoré par ses chansons.

     Va donques, & pren ces roses,
Que ie respan au giron
De toy, Source, qui arroses
Mon pays à l'enuiron.

     Qui te suppli' par mes Muses
De tousiours l'auoir à cœur,
Et que tousiours tu luy vses
Des faueurs de ta liqueur;

     Ne noyant ses pasturages
D'eau par trop se respandant,
Ne defraudant les ouurages
Du laboureur attendant;

     Mais fay que ton onde vtile,
Luy riant ioyeusement,
Innocente se distile
Par ses champs heureusement.

     Ainsi du DIEV *venerable*
De la mer, puisses auoir
Vne accolade honorable,
Entré chez luy pour le voir.

A RENE' D'VRVOY.

IE n'ay pas les mains apprises
     Au mestier muet de ceux
     Qui font vne image assise
Sur des piliers paresseux.

     Ma peinture n'est pas nue,
Mais viue, & par l'Vniuers
Guindée en l'air se remue
Dessus l'engin de mes vers.

     Auiourd'huy faut que i'atteigne
Au parfaict de mon art beau,
VRVOY *m'a dit que ie peigne*
Ses vertus en ce tableau.

     Muses, ouurez-moy la porte
De vostre cabinet saint,
Afin que de là i'apporte
Les traits dont il sera peint.

     Si ma boutique estoit riche
De vaisseaux labourez d'or,

Vers toy ie ne seroy chiche
Des plus beaux de mon thresor.

     Et si ie serois encore
D'vne main large baillant
Le prix dont la Grece honore
Le Capitaine vaillant.

     Mais ie n'ay telle puissance,
Tu n'en as aussi besoin :
Ta contente suffisance
Les repousseroit bien loin.

     Les vers sans plus t'éjoüissent,
Mes vers doncq' ie t'offriray;
Les vers seulement ioüissent
Du droit que ie te diray.

     Ne les pointes esleuées,
Ne les marbres imprimez
De grosses lettres grauées,
Ne les cuyures animez,

     Ne font que les hommes viuent,
En images contrefaits,
Comme les vers qui les suiuent,
Pour tesmoins de leurs beaux faits.

     Si la plume d'vn Poëte
Ne fauorisoit leur Nom,
La vertu seroit muette,
Et sans langue le renom.

     Du grand Hector la memoire
Fust ja morte, si les vers
N'eussent empané sa gloire
Voletant par l'Vniuers.

     De mille autres l'excellence,
Et l'honneur fust abatu :
Tousiours l'enuieux silence
S'arme contre la vertu.

     Les plumes doctes & rares
Iusqu'au Ciel ont enuoyé
Arracher des eaux auares
Achille presque noyé.

     C'est la Muse qui engarde
Les bons de ne mourir pas,
Et qui nos talons regarde
Pour ne deualer là bas.

     La Muse l'Enfer desfie,
Seule nous esleue aux Cieux,
Seule nous donne la vie,
Et nous met au rang des Dieux.

Ors que Bacchus entre chez moy,
Ie sen le soin, ie sen l'esmoy
S'endormir, & rauy me semble
Que dans mes coffres i'ay plus d'or,
Plus d'argent, & plus de thresor
Que Mide, ny que Crœse ensemble.

 Ie ne veux rien sinon tourner
Par la dance & me couronner
Le chef d'vn tortis de lierre :
Ie foule en esprit les honneurs,
Et les Estats des grands Seigneurs
A coups de pied i'écraze à terre.

 Verse-moy doncq' du vin nouueau
Pour m'arracher hors du cerueau
Le soin, par qui le cœur me tombe :
Verse donc pour me l'arracher :
Il vaut mieux yure se coucher
Dans le lict, que mort dans la tombe.

Oste GREVIN de mes escris,
Pour ce qu'il fut si mal-appris,
Afin de plaire au Caluinisme,
(Ie vouloy dire à l'Atheïsme)
D'iniurier par ses brocards
Mon nom cogneu de toutes parts,
Et dont il faisoit tant d'estime
Par son discours & par sa rime.

 Les ingrats ie ne puis aimer :
Et toy, que ie veux bien nommer,
Beau Chrestien, qui fais l'habile homme,
Pour te prendre au Pape de Rome,
Et à toute l'antiquité,
Cesse ton langage effronté,
Sans blasmer, en blasmant l'Eglise,
Que le bon IESVS auctorise,
Ceux qui t'aymoient, & plus cent fois
Vraymenv que tu ne meritois.

 Vous n'auez les testes bien faites,
Vous estes deux nouueaux Poëtes,
Taisez-vous, ou comme il faudra,
Mon Cuisinier vous respondra,
Car de vous presenter mon Page,
Ce vous seroit trop d'auantage.

SVR LA MORT D'VNE
HACQVENEE.

Es trois Parques à ta naissance
T'auoyent octroyé le pouuoir
De ne mourir, ains que de France
Le dernier bord tu peusses voir.

 Or, pour la fin de tes iournées,
Ton dernier voyage restoit
Icy dessous les Pyrenees,
Où l'arrest de ta mort estoit.

 Toy morte donc, que la Bretagne
Ta mere, ne se vante pas
De haquenée qui attaigne
Ta course, ton amble, ton pas :

 Ne moins les sablonneuses plaines
De la chaude Afrique, où souuent
Les iumens (miracle) sont pleines,
N'ayant mary sinon le vent.

Enus est par cent mille noms,
Et par cent mille autres surnoms
Des pauures Amans outragée :
L'vn la dit plus dure que fer,
L'autre la surnomme vn Enfer,
Et l'autre la nomme enragée.

 L'vn l'appelle soucis & pleurs,
L'autre tristesses & douleurs,
Et l'autre la desesperée :
Mais moy, pour ce qu'elle a tousiours
Esté propice à mes amours,
Ie la surnomme la sucrée.

Oseroit bien quelque Poëte
Nier des vers, douce Alouëtte,
Quant à moy, ie ne l'oserois :
Ie veux celebrer ton ramage
Sur tous oyseaux qui sont en cage,
Et sur tous ceux qui sont és bois.

 Qu'il te fait bon ouïr à l'heure
Que le bouuier les champs labeure,
Quand la terre le Printemps sent,
Qui plus de ta chanson est gaye,
Que courroucée de la playe
Du soc, qui l'estomac luy fend.

Si-tost que tu es arrosée
Au poinct du iour, de la rosée,
Tu fais en l'air mille discours :
En l'air des aisles tu fretilles,
Et penduë au Ciel tu babilles,
Et contes aux vents tes amours.

Puis du Ciel tu te laisses fondre
Dans vn sillon vert, soit pour pondre,
Soit pour esclorre, ou pour couuer,
Soit pour apporter la béchée
A tes petits, ou d'vne achée,
Ou d'vne chenille, ou d'vn ver.

Lors moy couché dessus l'herbette,
D'vne part i'oy ta chansonnette :
De l'autre sus du poliot,
A l'abry de quelque fougere,
I'escoute la ieune Bergere
Qui dégoise son lerelot.

Lors ie dy, Tu es bien-heureuse,
Gentille Aloüette amoureuse,
Qui n'as peur ny soucy de riens,
Qui iamais au cœur n'as sentie
Les desdains d'vne fiere amie,
Ny le soin d'amasser des biens :

Ou si quelque soucy te touche,
C'est, lors que le Soleil se couche,
De dormir, & de réueiller
De tes chansons auec l'Aurore,
Et Bergers, & passans encore,
Pour les enuoyer trauailler.

Mais ie vy tousiours en tristesse,
Pour les fiertez d'vne Maistresse,
Qui paye ma foy de trauaux,
Et d'vne plaisante mensonge,
Mensonge qui tousiours alonge
La longue trame de mes maux.

I tu me peux conter les fleurs
Du Printemps, & combien d'arene
La mer trouble de ses erreurs
Contre le bord d'Afrique ameine ;
Si tu me peux conter des Cieux
Toutes les estoilles ardantes,
Et des vieux chesnes spacieux
Toutes les fueilles verdoyantes :
Si tu me peux conter l'ardeur
Des amans, & leur peine dure,
Ie te feray le seul conteur,

MAGNY, des amours que i'endure.
Conte d'vn rang premierement
Deux cens que ie pris en Touraine,
De l'autre rang secondement
Quatre cens que ie pris au Maine.

Conte, mais ietre prés à prés,
Tous ceux d'Angers, & de la ville
D'Amboise, & de Vendosme aprés,
Qui se montent plus de cent mille.

Conte aprés six cens à la fois,
Dont à Paris ie me vy prendre,
Conte cent millions qu'à Blois
Ie pris dans les yeux de Cassandre.

Quoy? tu fais les contes trop cours :
Il semble que portes enuie
Au grand nombre de mes amours,
Conte-les tous, ie te supplie.

Mais non, il les vaut mieux oster :
Car tu ne trouuerois en France
Assez de gettons pour conter
D'amours vne telle abondance.

Ertes, par effect, ie sçay
Ce vieil prouerbe estre vray,
» Qu'entre la bouche & le verre
» Le vin souuent tombe à terre,
» Et ne faut que l'homme humain
» S'asseure de nulle chose,
» Si ia ne la tient enclose
» Estroittement dans la main.

On dit que le Ciel esgal
Donne du bien & du mal
Indifferemment à l'homme :
Mais à moy mal-heureux, comme
Si i'estois conceu d'vn chien,
Ou d'vne fiere lionne,
Tousiours mal sus mal me donne,
Et iamais vn pauure bien.

Ainsi, cruel, il te plaist
De m'abbatre, & qui pis est,
Comme si portois enuie
Aux angoisses de ma vie,
Pour me faire au double choir
En toute misere extréme,
Tu me fais haïr moy-mesme,
Et du tout m'ostes l'espoir.

A Maiſtreſſe que i'aime mieux
Dix mille fois ny que mes yeux,
Ny que mon cœur, ny que ma vie ;
Ne me donne plus, ie te prie,
Des confitures pour manger,
Penſant ma fiéure ſoulager :
Car ta confiture, Mignonne,
Tant elle eſt douce ne me donne
Qu'vn deſir de touſiours vouloir
Eſtre malade pour auoir
Tes friandiſes en la bouche.
    Mais bien ſi quelque ennuy te touche
De me voir ainſi tourmenté
Pour la perte de ma ſanté,
Et ſi tu veux que dés ceſte heure,
Pour viure dedans moy ie meure,
Fay-moy ſerment par Cupidon,
Par ſes traits & par ſon brandon,
Et par ſon arc, & par ſa trouſſe,
Et par Venus qui eſt ſi douce
A celles qui gardent leur foy :
Que iamais vn autre que moy,
Fuſt-ce vn Adonis, n'aura place
En ton heureuſe bonne-grace :
Lors ton ſerment pourra guarir
La fiéure qui me fait mourir,
Et non ta douce confiture,
Qui ne m'eſt que vaine paſture.

H heureuſe maladie,
   Comment es-tu ſi hardie
D'aſſaillir mon pauure corps
Qu'Amour dedans & dehors
De nuit & de iour enflame
Iuſques au profond de l'ame !
Et ſans pitié prend à ieu
De le mettre tout en feu ?
Ne crains-tu point, vieille bleſme,
Qu'il ne te brule toy-meſme ?
    Mais que cherches-tu chez-moy ?
Sonde-moy par tout, & voy
Que ie ne ſuis plus au nombre
Des viuans, mais bien vn Ombre
De ceux qu'Amour & la Mort
Ont conduit delà le port
Compagnon des troupes vaines.

Ie n'ay plus ny ſang ny veines,
Ny flanc, ny poumons, ny cœur ;
Long-temps a que la rigueur
De ma trop fiere Caſſandre
Me les a tournez en cendre.
Donc ſi tu veux m'offenſer,
Il te faut aller bleſſer
Le tendre corps de m'amie :
Car en elle giſt ma vie,
Et non en moy qui mort ſuis,
Et qui ſans ame ne puis
Sentir choſe qu'on me face,
Non plus qu'vne froide maſſe
De rocher ou de metal,
Qui ne ſent ne bien ne mal.

A SON LIVRE.

Ien qu'en toy mon liure on n'oye
Achille és plaines de Troye,
Brandir l'homicide dard,
Et qu'vn Hector n'y foudroye
L'eſtomac d'vn Grec ſoudard :
   Ne laiſſe pourtant de mettre
Tes vers au iour, car le metre
Qu'en toy bruire tu entens,
T'oſe pour iamais promettre
Te faire vainqueur du temps.
   Si la gloire & la lumiere
De Smyrne luit la premiere,
L'honneur ſur tous emportant,
Vne muette fumee
N'obſcurcit Thebes pourtant.
    Les vers qu'il m'a pleu de dire
Sur les langues de ma Lyre
Viuront, & ſuperieurs
Du Temps, on les voirra lire
Des hommes poſterieurs.
    Sus donc, Renommée, charge
Deſſus ton eſpaule large
Mon nom qui tente les Cieux,
Et le couure ſous ta targe
De peur du trait enuieux.
    Mon nom dés l'onde Atlantique
Iuſqu'au dos du More antique
Soit immortel teſmoigné,
Et depuis l'Iſle erratique
Iuſqu'au Breton eſloigné.

A fin que mon labeur croisse,
Et sonoreux apparoisse
Lyrique par dessus tous,
Et que Thebes se cognoisse
Faite Françoise par nous.

Ependant que ce beau mois dure,
Mignonne, allons sur la verdure,
Ne laisson perdre en vain le temps :
L'âge glissant qui ne s'arreste,
Meslant le poil de nostre teste,
S'enfuit ainsi que le Printemps.

Donc cependant que nostre vie
Et le temps d'aimer nous conuie,
Aymon, moissonnon nos desirs,
Passon l'Amour de veine en veine :
Incontinent la mort prochaine
Viendra desrober nos plaisirs.

ODELETTE.

Boiuon, le iour n'est si long que le doy,
Ie perds, Amy, mes soucis quand ie boy,
Donne-moy viste vn iambon sous ta treille,
   Et la bouteille
   Grosse à merueille
  Glougloute aupres de moy :
Auec la tasse & la rose vermeille
Il faut chasser l'esmoy.

A IEAN DAVRAT.

Vissé-ie entonner vn vers
Qui raconte à l'Uniuers
Ton los porté sus son aile,
Et combien ie fus heureux
Succer le laiĉt sauoureux
De ta feconde mammelle.

Sur ma langue doucement
Tu mis au commencement,
Ie ne sçay quelles meruetiles,
Que vulgaires ie rendy,
Et premier les espandy
Dans les Françoises aureilles.

Si en mes vers tu ne vois

Sinon le miel de ma vois
Versé pour ton los repaistre :
Qui m'en oseroit blasmer ?
Le disciple doit aimer,
Vanter & loüer son maistre.

Nul ne peut monstrer deuant
Qu'il soit expert & sçauant,
Et l'ignorance n'enseigne
Comme on se doit couronner
Et le chef enuironner
D'vne verdoyante enseigne.

Si i'ay du bruit il n'est mien,
Ie le confesse estre tien,
Dont la science hautaine
Tout alteré me trouua,
Et bien ieune m'abreuua
De l'vne & l'autre fontaine.

De sa mere l'apprentif
Peut de son Luth deceptif
Tromper les bandes rurales :
Puisse auenir que ma vois
Attire & flate des Rois
Les grandes mains liberales.

L'honneur nourrit le sçauoir
Quand l'œil d'vn Prince veut voir
Le ministre de la Muse,
Phebus luy fait ses leçons,
Phebus aime ses chansons,
Et son Luth ne luy refuse.

On ne se trauaille point
Ayant vn disciple époint
A vertu dés sa naissance ;
En peu de iours il est fait
D'apprentif maistre parfait,
I'en donne assez cognoissance.

A RENE' D'ORADOVR
Abbé de Beus.

E Temps de toutes choses maistre,
Les saisons de l'an terminant,
Monstre assez que rien ne peut estre
Longuement durable en son estre
Sans se changer incontinant.

Ores l'Hyuer brunit les Cieux
D'vn grand voile obscur emmuré ;
Ores il soufle audacieux,
Ores froid, ores pluuieux,

En son inconstance asseuré.

   Puis quand il s'enfuit variable,
On reuoit Zephyre arriuer,
Amenant vn Ciel amiable,
Qui est beaucoup plus aggreable,
Apres qu'on a senti l'Hyuer.

   Quand vn soucy triste & hideux,
ORADOVR, te viendroit saisir,
Ne t'effroye d'vn ny de deux:
Car le Temps seul, en dépit d'eux,
Te rendra libre à ton plaisir.

   Dessus ton Luth pour eux ne cesse,
Si tu me crois, de raconter
Les passions de ta Maistresse,
Et commé sa voix flateresse
L'ame du corps te sceut oster.

   De t'amie le nom aimé
Ores sur les eaux soit oüy,
Et ores par le bois ramé,
Qu'il n'y ait pré de fleurs semé
Que d'elle ne soit éjoüy.

   Aucunefois prés du riuage
Lentement couché sur le jonc,
Tu oyras dans le bois sauuage
La veuue Tourtre en son ramage
Se lamenter dessus vn tronc.

   Voilà comment il faut casser
L'effort des ennuis odieux,
Et le soin du cœur effacer:
Jncontinent tu dois passer
Les flots tant redoutez des Dieux.

   Apres la tourmente bien forte
Le Nautonnier, dur au labeur,
Boit sur la prouë, & reconforte
Sa troupe languissante & morte,
Chassant leur miserable peur.

   Compagnons, l'enduré tourmen
Par le vin nous effacerons:
Sus, sus, viuons ioyeusement,
Apres boire, plus aisément
La voile nous rehausserons.

DE LA IEVNE AMIE)
d'vn sien Amy.

A Geniſſe n'est assez druë,
Atten que ses ans soient venus,
Ne forte assez à la charruë,
Ne pour le taureau qui se ruë
Lourdement aux jeux de Venus:

   Ains meslée auecques les veaux,
Folâtre d'vne course viste,
Ou dessous les saules nouueaux
Se veautre à l'ombre, ou prés des eaux
Les flammes du Soleil éuite.

   Iamais n'endure qu'on la touche,
Fuyant à bonds comme vn cheureau,
Comme vn ieune cheureau farouche,
Qui sur le Printemps s'escarmouche
Par le tapis d'vn verd preau.

   Ne sois enuieux du desir
Des raisins trop verts, car l'Automne
Les meurira tout à loisir,
Lors tu pourras à ton plaisir
Manger la grappe meure & bonne.

   Le temps rauissant ton vert âge
Le luy don'ra: voilà le point
Comme elle croistra d'auantage,
Tirant vn gain de ton dommage,
Dommage que l'on ne sent point.

   Ià me semble que ie la voy
Mignarde en ton giron assise,
Te iurer eternelle foy,
Et ne sçauoir partir de toy,
Tant en toy son cœur aura mise.

   De toy pensiue & idolâtre
T'adorera quelque matin,
Ie preuoy ta main qui folâtre
Déja sur sa cuisse d'albâtre,
Et sur l'vn & l'autre tetin.

   Mais quoy? pour neant tu pretens
De vouloir violenter ores
L'inexorable loy du temps,
Que le plaisir que tu attens
Ne te veut pas donner encores.

A LA MVSE CLEION,
pour celebrer MACLOV DE
LA HAYE, le premier iour
du mois de May.

Vſes aux yeux noirs, mes pucelles,
Mes Muſes, dont les eſtincelles
Ardent mon nom par l'Vniuers,
De MACLOV ſacrez la memoire,
Et faites diſtiller ſa gloire
Dans le doux ſucre de vos vers.

O qui des foreſts cheueluës,
Et des belles riues veluës,
Cleion, t'éjoüis, ſus auant
Cent fleurs pour mon LA HAYE amaſſe,
Et qu'vne couronne on luy face
Pour ombrager ſon front ſçauant.

A toy, & à tes ſœurs compagnes
Il appartient par vos montaignes
L'eterniſer en ce verd mois:
Là donc, que ſa gloire ſ'épande,
Et ſur les cordes on l'étande
Du Luth qui bruit en Vendomois.

L'oubliuieux tombeau ſouffrir.
Qui penſes-tu qui ait fait croiſtre
Hector, ou Aiax ſi fameux,
Ne te puis-ie faire apparoiſtre
Par renommée autant comme eux?

Certes le fort & puiſſant ſtile
Des Poëtes bien eſcriuans,
Du creux de la foſſe inutile
Les a deterré tous viuans.

Bien quand ta main auroit repriſe
La ſerue Boulongne, & donté
Iuſqu'aux deux bouts de la Thamiſe
L'Anglois à force ſurmonté;

Tu n'as rien fait, ſi telle gloire
N'eſt pourtraite en mes vers, à fin
Que ta renaiſſante memoire
Viue par les bouches ſans fin.

Les liures ſeuls ont de la terre
Iupiter aux Cieux enuoyé,
Et luy ont donné le tonnerre
Dont Encelade eſt foudroyé.

Ainſi les deux freres d'Heleine
Par leur faueur ſe firent Dieux,
Sauuant la Nau qui eſt jà pleine
De flots, & de flots odieux.

A CHARLES DE PISSELEV,
Eueſque de Condon.

Ve nul papier d'orénauant
Par moy ne ſ'anime ſans mettre
(Docte Prelat) ton nom deuant
Pour donner faueur à mon metre.

C'eſt luy qui mieux te fera viure
Qu'vn pourtrait de marbre attaché,
Ou qu'vne medaille de cuyure
Miſe à ton los dans vn marché.

Si perles ou rubis i'auoye
Dedans mes coffres à preſent,
Et tout cela que l'Inde enuoye
Aux froides terres pour preſent;

Tu les aurois comme ma ryme:
Mais CHARLES (ou ie me deçoy)
Ou tu en ferois peu d'eſtime,
Et les bannirois loin de toy.

Rien que les Muſes ne t'émeuuent,
Les Muſes donc ie vueil t'offrir,
Les Muſes qui viues ne peuuent

A DIEV POVR LA
FAMINE.

Dieu des exercites,
Qui aux Iſraëlites
Donnant iadis ſecours,
Fendis en deux le cours
De la rouge eau ſalée,
Et comme vne valée
Que deux tertres eſpars
Emmurent de deux pars,
Tu fis au milieu d'elle
Vne voye fidelle,
Où à pied ſec parmi
Paſſa ton peuple ami:
Et puis en renuerſant
Le flot obeyſſant
Sus le Prince obſtiné,
Tu as exterminé
Luy & ſa gent noyée
Sous l'onde renuoyée.
Ton peuple errant delà

Aux deserts çà & là,
Les veaux de fonte adore,
Mais pour sa faute encore
Le Ciel ne laisse pas
De pleuuoir son repas,
Qu'il receut de ta grace
Par quarante ans d'espace.
O Seigneur, retourne ores
Tes yeux, & voy encores
Ton peuple languissant,
Ton peuple perissant,
Que la palle famine   (.)
(Mort estrange) extermine,
Pere, nous sçauons bien
Selon tes loix, combien
Nos iournalieres fautes
Sont horribles & hautes :
Et voyant nos pechez
Dont sommes entachez,
Que ceste affliction
N'est pas punition :
Mais nous sçauons aussi,
Que nous aurons merci,
Toutes les fois que nous
Flechissans les genous
Et souleuans la face
Demanderons ta grace.
Las, ô Dieu! sur nous veille,
Et de benigne aureille   (.)
En ceste aspre saison
Reçoy nostre oraison :
Ou bien sur les Tartares,
Turcs, Scythes, & Barbares
Qui n'ont la cognoissance
Du bruit de ta puissance,
O Seigneur, hardiment
Espan ce chastiment,
Et ton peuple console
Qui croit en ta parole,
Ou fay encor renaistre
Les ans du premier estre,
L'âge d'or precieux,
Où le peuple ocieux
Viuoit aux bois sans peine
De glan cheut & de feine.

A CASSANDRE.

LE Printemps vient, naissez fleuret-
tes
Coupables de mes amourettes,
Sus naissez, & toutes ensemble
Variez par vostre peinture
Vn manteau verd à la Nature.

CASSANDRE, qui tant leur ressemble,
Tu crois comme elles, ce me semble,
Et ton petit poil accourci
S'allonge en fil d'or auec l'âge
Comme vn reuerdissant fueillage.

Tu croistras donc pour le souci
De maint peuple, & de moy aussi,
Et si feras les fleurs compagnes
Qui croissent à l'enui de toy
Pallir de l'Amour comme moy.

Et les eaux baignans les campagnes,
Celles qui tonnent aux montaignes,
Frappant contre leur bord dolant,
Bruiront leurs amours eternelles
Si ton bel œil se mire en elles.

Apres maints cours de l'an volant,
Les Cieux pour t'enfanter, voulant
Se piller eux-mesmes, ont pris
Tout le beau vers eux retourné
Et de toy le Monde ont orné.

A fin qu'on ne mette à mespris
Mes Chants pour t'amour entrepris,
Qui les traits de ta beauté suiuent,
Et qui d'vn vers laborieux
La font remonter iusqu'aux Dieux.

Les beautez iusqu'aux Cieux arriuent
Si les Poëtes les descriuent :
Donc, CASSANDRE, si tu m'aimois
Tu apprendrois, de main docile,
L'art, & la maniere facile
Des Odes du Luth Vendomois.

Les Temples met l'Alleman à mespris
Par sectes dissolües.

CONTRE LA IEVNESSE FRANÇOISE COR-rompuë.

Esperons-nous l'Italie estre prise,
Ou regaigner par meilleure entreprise
  D'vn bras vindicatif,
Le serf butin de nos pertes si amples
Dont l'Espagnol a decoré ses Temples
  Dessous le Roy captif?
  Que telle gloire est loin de l'esperance,
Voyant (ô temps) la ieunesse de France
  A tout vice estre encline.
Outrecuidée en ses fautes se plaist,
Hait l'enseigneur, l'ignorante qu'ell' est
  De toute discipline.
  Ny escrimer, combattre à la barriere,
Ne façonner poulains en la carriere,
  Peu vertueuse n'ose.
Suit les putains, les naquets, les plaisans,
Et laschement corrompt ses ieunes ans,
  Sans oser plus grand' chose.
  De telles gens CHARLES n'a pas donté
Naples, Venise, & Milan surmonté
  Dessous son joug rebelle,
Mais d'vn soldat braue, vaillant, & fort
Qui de soy-mesme alloit hastant sa mort
  Par vne playe belle.
  Le pigeon vient du pigeon, & la chéure
Naist de la chéure, & le liéure du liéure,
  Le fils tousiours rapporte
Le naturel des parens auec luy:
Quel peuple donc pourroit naistre auiour-
  d'huy
  De race si peu forte?
  La fille preste à marier accorde
Trop librement sa chanson à la corde
  D'vn poulce curieux:
Et veut encor Petrarque retenir,
A fin que mieux ell' puisse entretenir
  L'amant luxurieux.
  Il n'y a rien que cet âge où nous som-
mes,
N'ait corrompu, il a gasté les hommes,
  Les nopces sont polluës:
Des Dieux vengeurs, sans honneur & sans
pris

A SON RETOVR DE GASCONGNE, VOYANT de loin Paris.

Deux & trois fois heureux ce mien re-
  gard,
Duquel ie voy la ville, où sont infuses
La discipline, & la gloire des Muses.
C'est toy Paris, que DIEV conserue &
  gard':
C'est toy qui as de science auec art
Endoctriné mon ieune âge ignorant,
Et qui chez-toy par cinq ans demeurant
L'as allaicté du laict qui de toy part.
  Combien ie sen ma vie heureuse en elle
En te voyant, au prix de ces monts blancs,
Qui ont l'échine, & la teste, & les flancs
Chargez de glace, & de neige eternelle!
Ie voy déjà la bande solennelle
Du sainct Parnasse en auant s'approcher,
Et me baiser, m'accoler, & toucher,
Me r'appellant à son estude belle.
  De l'autre part, ma Librairie, helas!
Grecque, Latine, Espagnole Italique,
En me tançant d'vn front melancolique
Me dit, que plus ie n'adore Pallas.
Vn milion d'amis ne seront las
Deux iours entiers de me faire la feste:
Vn Peletier qui a dedans sa teste
Muses, & Dieux, les Nymphes, & leurs lacs:
  D'AVRAT, réueil de la science morte,
Et mon Berger qui s'est fait gouuerneur
Non de troupeaux, mais de gloire & d'hôneur
Tiendra mon corps lassé d'vne main forte:
Tel iour heureux, qui tant d'aise m'apporte,
Soit par mes vers iusqu'au Ciel colloqué,
Et sur mon cœur d'vn blanc trauers marqué,
A celle fin que iamais il n'en sorte.
  Mon Oradour, ne Maclou n'y sont mie,
L'vn est allé à Rome pour le Roy,
L'autre en Anjou, esclaue de sa foy,
Vit sous l'Empire assez doux de s'amie.
Soit par la reste vne joye accomplie;
De folastrer faison nostre deuoir:
Ce iour passé, ie suis prest d'aller voir
    M M M M m m m

Si pour le temps les lettres on oublie.

 Plus que deuant ie t'aimeray, mon Liure:
A celle fin que le sçauoir i'apprinse,
J'ay delaissé & Cour, & Roy, & Prince,
Où i'estoy bien quand ie les vouloy suiure,
Pour recompense aussi ie me voy viure,
Et iusqu'au Ciel icy bas remué:
Ainsi qu'Horace en Cygne transmué
J'ay fait vn vol qui de mort me deliure.

 Car si le iour voit mon œuure entrepris,
L'Espagne docte, & l'Italie apprise,
Celuy qui boit le Rhin, & la Tamise,
Voudra m'apprendre ainsi que ie l'appris,
Et mon labeur aura loüange, & pris:
Sus, Vendomois (petit pays) sus donques
Esioüy-toy, si tu t'éioüys oncques,
Ie voy ton Nom fameux par mes escris.

 Les Pyramides tirées
Des entrailles d'vn rocher,
Iadis des Rois admirées,
Le Temps a fait trébucher.

 Mais si l'esprit Poëtique
Qui m'agite, n'est errant,
Plus que nul pilier antique
Ton œuure sera durant.

 Et si preuoy que la gloire
De ton vagabond renom
Ne fera sonner à Loire
Contre ses bords que ton nom.

 Et le tournant en son onde
Le ru'ra dedans la mer,
A fin que le vent au Monde
Le puisse par tout semer.

A BOVIV, ANGEVIN.

Estui-cy en vers les gloires
Des Dieux vainqueurs escrira,
Et cestui-là les victoires
De nos vieux Princes dira.

 Mais moy ie veux que ma Muse
Répande ton nom par l'air,
Et que toute s'y amuse
Si peu qu'elle sçait-parler:

 Pour estre de nostre France
L'vn de ceux qui ont défait
Le vilain Monstre Ignorance,
Et le siecle d'or refait.

 Que celuy qui s'estudie
D'estre pour iamais viuant,
La main d'vn Peintre mendie,
Ou l'encre d'vn escriuant.

 Mais toy, qui hautain déprise
Vne empruntée faueur
De la main (tant soit apprise)
D'vn Poëte, ou engraueur:

 Tu peux, maugré la Mort blesme,
Mieux qu'vne plume ou tableau,
T'arracher, viuant, toy-mesme
Hors de l'oublieux tombeau:

 Faisant vn vers plus durable
Qu'vn Colosse elabouré,
Ou la tombe memorable
Dont Mausole est honoré.

CONTRE VN QVI LVY
desroba son Horace.

Viconque ait mon liure pris,
D'oresnauant soit-il épris
D'vne fureur, tant qu'il luy semble
Voir au Ciel deux Soleils ensemble,
Comme Penthée.

 Au dos, pour sa punition,
Pende sans intermission
Vne furie qui le suiue:
Sa coulpe luy soit tant qu'il viue
Representée.

A MACLOV DE LA HAYE,
SVR LE TRAITTE' DE LA
Paix, fait entre le Roy François, & Henry d'An-
gleterre, 1544.

L est maintenant temps de boire,
Et d'vn doux vin obliuieux
Faire assoupir en la memoire
Le soin de nostre aise enuieux.
Que c'estoit chose defenduë
Auparauant de s'éioüyr,
Ains que la Paix nous fust renduë,
Et le repos pour en ioüyr?

 Je dy quand Mars armoit l'Espagne
Contre les François indontez,

Et ce peuple que la mer bagne
(*Hors du monde*) de tous costez,
L'Espagne en picques violentes
Furieuse, & ce peuple icy,
Par ses fleches en l'air volantes
A craindre grandement aussi.

Puis que la paix est reuenuë
Nous embellir de son seiour,
La ioye en l'obscur detenuë,
Doit à son rang sortir au iour.
Sus, Page, en l'honneur des trois Graces,
Verse trois fois en ce pot neuf,
Et neuf fois en ces neuues tasses,
En l'honneur des Sœurs qui sont neuf.

Ces lys, & les roses naïues
Sont espanduës lentement,
Ie hay les mains qui sont oisiues,
Qu'on se despeche vistement :
Là donc amy, de corde neuue
R'anime ton Luth endormy ;
Le Luth auec le vin se treuue
Plus doux, s'il est meslé parmy.

O quel Zephyre fauorable
Portera ce folastre bruit
Dedans l'oreille inexorable
De Magdaleine qui nous fuit ?
Le soin qui en l'ame s'engraue
Secourre aux vents ore tu dois :
C'est chose sage, & vray'ment graue,
De faire le fol quelque-fois.

La Nymphe aupres de ton repere,
Vn bal sur l'herbe demenans.
Comme ie desire, Fontaine,
De plus ne songer boire en toy
L'Esté, lors que la fiéure ameine
La mort despite contre moy.

A SA MVSE.

Rossi-toy, ma Muse Françoise,
Et enfante vn vers resonant,
Qui brusle d'vne telle noise
Qu'vn fleuue debordé tonant :
Alors qu'il saccage & emmeine,
Pillant de son flot, sans mercy,
Le thresor de la riche plaine,
Le bœuf & le bouuier aussi.

Et fay voir aux yeux de la France
Vn vers qui soit industrieux,
Foudroyant la vieille ignorance
De nos peres peu curieux.

Ne suy ny le sens, ny la rime,
Ny l'art du moderne ignorant,
Bien que le vulgaire l'estime,
Et en béant l'aille adorant.

Sus donque l'Enuie surmonte,
Coupe la teste à ce serpent,
Par tel chemin au ciel on monte,
Et le nom au monde s'épend.

A LA FONTAINE.
Bellerie.

Argentine Fontaine viue,
De qui le beau crystal courant,
D'vne fuitte lente & tardiue
Ressuscite le pré mourant.
Quand l'Esté messager moissonne
Le sein de Ceres deuestu,
Et l'aire par compas resonne
Dessous l'espy de blé battu.
A tout iamais puisses-tu estre
En honneur, & religion
Au bœuf & au bouuier champestre
De ta voisine region.
Et la Lune d'vn œil prospere,
Voye les bouquins amenans

A la Forest de Gastine.

Donques, Forest, c'est à ce iour
Que nostre Muse oisiue
Veut rompre pour toy son seiour,
Aussi tu seras viue.
Ie te dy viue pour le moins
Autant que celles, voire
De qui les Latins sont tesmoins,
Et les Grecs, de leur gloire.
De quel present te puis-je aussi
Payer & satisfaire,
Plus grand que cestuy-là qu'icy
Ma plume te veut faire ?
Toy, qui au doux froid de tes bois
Rauy d'esprit m'amuses :

Toy, qui fais qu'à toutes les fois
Me respondent les Muses.
　　Toy, qui deuant qu'il naisse en moy,
Le soin meurtrier arraches:
C'est toy qui de tout esmoy
M'alleges & défasches.
　　Toy, qui au caquet de mes vers
Estens l'oreille oyante,
Courbant' en bas les cheueux vers
De ta cime ployante.
　　La douce rosee te soit
Tousiours quotidiane,
Et le vent qu'en chassant reçoit
L'halenante Diane.
　　En toy habite desormais
Des Muses le college,
Et ton bois ne sente iamais
La flâme sacrilege.

A CASSANDRE.

I cet enfant qui erre
Vagabond par la terre
Auecques le carquois,
Frere de l'arc Turquois,
Arc qui me point & mord,
Auoit son flambeau mort,
Allumé dans l'haleine　　　　　　(∴)
Du Geant qui à peine
Tient le mont enuoyé
Sur son dos foudroyé,
Et m'en eust en dormant
Bruslé le cœur amant,
Comme (flâme indiscrette)
A la Roine de Crete,
Encor ne m'auroit tant
Bruslé sa flâme estant
Reprise en son flambeau,　　　　(∴)
Que ton visage beau,
Que ta bouche qui semble
Roses, & Lis ensemble,
Que tes noirs yeux lascifs,
Armez d'archiers sourcis,
Qui mille fleches tirent
Dans les miens, qui se mirent
En ta face, ô pucelle,
Me plaisant plus que celle
Qui desdaignant Tishon,

Au matin le voit-on
Peindre de mille roses
Ses barrieres descloses.

DE FEV LAZARE DE
Baïf, à Calliope.

I les Dieux
Larmes d'yeux
Versent pour la mort d'vn homme;
A ceste heure,
Dieux, qu'on pleure,
Et qu'en dueil on se consomme.
　　Calliope,
Et ta trope,
BAÏF chantez en voix telle,
Que sa gloire
Par memoire
Soit saintement immortelle.
　　En maint tour,
A l'entour
Du cercueil croisse lierre.
Nuit & iour
Sans seiour,
A l'ignorance il eut guerre.
　　L'excellence
De la France
Mourut en Budé premiere,
Et encores
Morte est ores
Des Muses l'autre lumiere.

A IOACHIM DV BELLAY
Angeuin.

I les ames vagabondes
Çà & là, des peres vieux,
Apres auoir beu les ondes
Du doux fleuue obliuieux,
Desdaignans l'obscur seiour,
Pleines d'amour de la vie premiere
Reuiennent voir de nos cieux la lumiere,
Et le clair de nostre iour.
Si ce qu'a dit Pythagore
Pour vray l'on veut estimer.
L'ame de Petrarque encore
T'est venuë r'animer.

L'experience est pour moy,
Veu que son liure antiq' tu ne leus oncques,
Et tu escris ainsi comme luy, donques
  Le mesme esprit est en toy.
    Vne Laure plus heureuse
    Te soit vn nouueau soucy,
    Et que ta plume amoureuse
    Engraue à son tour aussi,
    Des contens l'heur & le bien,
A celle fin que nostre siecle encore,
Comme le vieil, en te lisant t'honore,
  Pour gaster l'encre si bien.
    D'vne nuit obliuieuse
    Pourquoy tes vers caches-tu?
    La lumiere est enuieuse
    S'on luy cele la vertu:
    Par vn labeur glorieux
Ont surmonté les fureurs Poëtiques
D'Homere, Horace, & des autres antiques
  Les siecles iniurieux.

D'VN ROSSIGNOL
abusé.

EN May, lors que les riuieres
Des-enflent leurs ondes fieres
De la nége de l'Hyuer,
Et que l'on voit arriuer
Le beau signe qui r'assemble
Les amoureux joints ensemble,
Duquel la clarté naissant,
Sur vn bateau perissant,
Le vent se couche, & la mer
Rengorge son flot amer,
Le marinier soucieux
Prenant vn front plus ioyeux.
Donc, au retour de ce temps
Que tout rit sous le Printemps,
Le Rossignol passager,
Estoit venu r'assieger
Sa forteresse ramée,
De son caquet animée:
Là soit qu'il voulust chanter
Amour ou le lamenter,
S'assit, si l'antiquité
Chenuë dit verité,
Sur vn huis, dont s'escartoit
Vn ruisseau qui clair partoit,

Chantant de voix si sereine,
Si gaye, si souueraine,
Que les Chesnes bien oyants,
Et les Pins en bas ployants
Leurs oreilles pour l'ouyr
S'en voulurent resiouyr.
Ceste Nymphe sonoreuse
Du fier enfant amoureuse,
Iusqu'au Ciel le chant rapporte,
Redoublant la voix de sorte
Que les rochers d'eaux laueZ
Et leurs pieds d'elle cauez,
Le Ciel feirent assez seur
De la champestre douceur.
Mais luy qui escoute vn son
Tout semblable à sa chanson,
Puis voyant son ombre vaine
Remirée en sa fontaine,
Pense que son ombre estoit
Vn oiseau qui mieux chantoit.
Amour de gloire obstinée
Auec toute beste née,
Voulant demeurer le maistre
Et de soy le vainqueur estre,
Plus haut que deuant il sonne,
Plus haut le bois en resonne.
Il dit, & chante comment
Il fut tesmoin du tourment
Que la ialouse receut
Sous feint nom qui la deceut:
Et comme le Cheualier
Au iauelot singulier,
Se pasma dessus la face
Que desia la mort efface,
Appellant plustost les Dieux,
Et les astres odieux,
Plustost auecque grands cris
Comblant l'air de sa Procris,
Despitoit le nom semblable,
Et le vent du fait coulpable.
Il vouloit encore dire
De Clytie le martire,
Lors que les Nymphes des bois
D'aise ne tenant leurs vois,
A se mocquer commencerent,
Et le mocquant l'offenserent.
Luy qui a bien apperceu
Les oyant qu'il est deceu,
Teignit, tant ire le donte,

Ses joües d'honnefte honte;
Si que rompant vifte en l'air,
Le vuide par son voler,
Tellement se difparut
Qu'onques puis il n'apparut.
Qui est mieux femblable à toy
Petit Roffignol que moy?
Tous deux des Nymphes enfemble
Sommes trompez ce me femble,
Toy de ton chant, moy du mien;
Ainfi nous nuit noftre bien.
Car vers, ne chanfons efcrites,
Ne rimes tant foient bien dites,
N'ont rompu la cruauté
D'vne de qui la beauté
Me lime iufques au fond
Le cœur qui en flammes fond.
Mais ô Deeffe doree
Des beaux Amans adoree,
Liure-la-moy quelque iour
Dedans vn lit à feiour,
Afin qu'ell' me baife, & touche,
Qu'ell' me mette dans la bouche
Ie ne fçay quoy, dont Enuie
Ait deffit toute fa vie:
Qu'ell' me ferre, qu'ell' m'enchefne
(Comme vn Lierre le Chefne,
Ou la Vigne les Ormeaux)
Mon col de fes bras iumeaux.

A GASPAR D'AVVERGNE.

Ve tardes-tu, veu que les Mufes
T'ont eflargi tant de fçauoir,
Que plus fouuent tu ne t'amufes
A les chanter, & que tu n'vfes
De l'art qu'ell's t'ont fait receuoir?
Tu as le temps qu'il faut auoir,
Repos d'efprit, & patience,
Doux inftrument de la fcience:
Et toutefois l'heure s'enfuit
D'vn pied leger & diligent,
Sans que ton efprit negligent
Face apparoiftre de fon fruit.

On ne voit champ tant foit fertil,
S'il n'eft poitry du labourage,
Qu'à la fin ne vienne inutil,
Voire & le champ ioignant fut-il

Du Nil Egyptien riuage.
Tant foit vn cheual de courage,
Et couftumier à furmonter,
S'on eft long-temps fans y monter
Il deuient roffe, & fort en bride:
Ainfi des Mufes l'efcriuain,
S'il les delaiffe, helas! en vain
Il les inuoque apres pour guide.

L'orféure de tenir n'a honte
Les inftrumens de fon meftier,
Son plaifir fa peine furmonte,
Tellement qu'il feroit grand conte
Eftre oifif vn iour tout entier:
Ton art le paffe d'vn quartier,
Quoy? voire du tout ce me femble,
Toutefois encre & plume enfemble
Tu crains pareffeux à toucher.
D'orefnauant efcry, compofe:
La loüange pour peu de chofe
S'achette, & qu'eft il rien plus cher?

Mainte ville iadis puiffante
Eft ores morte auec fon nom,
Enfeuelie, & languiffante,
Et Troye eft encor floriffante,
Comme vn beau Printemps, en renom:
Bien d'autres Roys qu'Agamemnon,
Ont fait reluire leur vertu,
Et fi font morts, car ils n'ont eu
Vn Homere, qui mieux qu'en cuiure,
En medaille, en bronze ou tableau,
Les euft arrachez du tombeau,
Faifant leur nom viure & reuiure.

CHANT DE FOLIE A
Bacchus.

Elaiffe les peuples vaincus
Qui font fous le lit de l'Aurore,
Et la ville, qui, ô Bacchus,
Ceremonieufe t'adore.

De tes tigres tourne la bride
En France, où tu es inuoqué,
Et par l'air ton chariot guide
Deffus en pompe colloqué.

Que cefte fefte ne fe face
Sans t'y trouuer, Pere ioyeux,
C'eft de ton nom la dedicace,
Et le iour où l'on rit le mieux.

Voy-le-ci, ie le sen venir,
Et mon cœur estonné ne peut
Sa grand' diuinité tenir,
Tant elle l'agite & l'esmeut.

Quels sont ces rochers où ie vois
Leger d'esprit, quel est ce fleuue,
Quels sont ces antres, & ces bois
Où seul esgaré ie me treuue?

I'entens le bruire des cymbales
Et les Champs sonner Euoüé.
I'oy la rage des Bacchanales
Et le son du cor enroüé.

Icy le chancelant Silene
Sus vn tardif asne monté,
Les inconstans Satyres mene
Qui le soustiennent d'vn costé.

Qu'on boute du vin en la tasse,
Sommelier, qu'on en verse tant
Qu'il se respande dans la place,
Qu'on mange, qu'on boiue d'autant.

Amoureux, menez vos aimees,
Ballez & dansez sans sejour,
Que les torches soient allumees
Iusques à la pointe du iour.

Sus, sus, mignons, aux confitures,
Le cotignac vous semble bon,
Vous n'auez les dents assez dures
Pour faire peur à ce iambon.

Amis, à force de bien boire
Repoussez de vous le soucy,
Que iamais plus n'en soit memoire:
Là doncques faites tous ainsi.

Helas! que c'est vn doux tourment
Suiure ce Dieu qui enuironne
Son chef de vigne & de serment,
En lieu de Royalle couronne.

PALINODIE A
DENISE.

MAintenant vne fin, DENISE,
A mon vers scandaleux soit mise
Qui ton cœur a despité,
Ou soit que rompu tu le noyes,
Que tu l'effaces, ou l'enuoyes
Au feu qu'il a merité.
La mere Cybele insensee
N'esbranle pas tant la pensee

De son ministre chastré:
Non Bacchus, non Phœbus ensemble
Le sein de son Prestre qui tremble
Dedans sa poitrine entré:
Comme l'ire quand elle enflâme
De sa rage le fond de l'ame,
Qui ne s'espouuante pas
Non d'vn couteau, non d'vn naufrage,
Non d'vn Tyran, non d'vn orage
Que le Ciel darde çà bas.
De chaque beste Promethée
A quelque partie adjoustée
En l'homme, & d'art curieux
D'vn doux aigneau fit son visage,
Luy trempant le cœur au courage
De quelque Lyon furieux.
Tousiours l'ire cause la guerre,
La seule ire a rué par terre
Le mur Amphionien:
Voire & fit qu'apres dix ans Troye
(Hector ja tué) fut la proye
Du grand Roy Mycenien.
,,Iamais l'humaine coniecture,
,,N'a preueu la chose future,
,,   Et l'œil trop ardent de voir
,,Le temps futur qui ne nous touche,
,,En son auis demeure louche.
,,   Qui le futur peut sçauoir?
Las! si i'eusse preueu la peine
Dont maintenant ma vie est pleine,
Ie n'eusse iamais lasché
Vne Ode si enuenimee,
Qui pour secher ta renommee
M'a le cœur du tout seché.
Or' penitent ie voy ma faute,
Ie cognois combien elle est haute!
Et ie tends les mains afin
Que ta sorceliere science
Dont tu as tant d'experience,
Ne mette mes iours à fin.
Ie te suppli' par Proserpine
(De Pluton la douce rapine)
Que courroucer il ne faut,
Et par les liures qui esmeuuent
Les Astres charmez, & les peuuent
Faire deualer d'enhaut:
Reçoy mes miserables larmes,
Et me deslie de tes charmes,
Espouuentable labeur:

Destourne ton roüet, Prestresse,
Deschante le vers qui me presse
  Tout le cœur de froide peur.
Telephe Prince de Mysie
Peut bien flechir la fantasie
  D'Achil pour le secourir,
Lors que sa lance Pelienne,
En la mesme playe ancienne
  Repassa pour le guarir.
D'Vlysse la peineuse troupe
Rebouuant de Circe la coupe
  Laissa des porcs le troupeau,
Et luy rougit dedans la face
La barbe, le teint & la grace
  De son ancienne peau.
Assez & trop helas i'endure!
Assez & trop ma peine est dure!
  Mon corps pollu par tes eaux,
Efface sa couleur de roses,
Et mes veines ne sont encloses
  Sinon que de flaques peaux,
Ma teste de tes onguents teinte,
Plus blanche qu'vn Cygne s'est peinte.
  Le lict me semble espineux,
L'Aube me semble vne seree,
Plus ne m'est douce Cytheree,
  Ny le gobelet vineux.
Appaise ta voix Marsienne,
Et fay que l'amour ancienne
  Nous reglue ensemble mieux:
De moy ta colere repousse,
Et lors tu me seras plus douce
  Que la clarté de mes yeux.

ODE.

Mon petit Bouquet mon mignon,
Qui m'es plus fidel compagnon
Qu'Oreste ne fut à Pylade:
Tout le iour quand ie suis malade
Mes valets qui pour leur deuoir,
Le soin de moy deuroient auoir,
Vont à leur plaisir par la ville,
Et ma vieille garde inutile
Apres auoir largement beu,
Yure, s'endort aupres du feu,
A l'heure qu'elle me deust dire
Des contes pour me faire rire.

* Mais toy, petit Bouquet, mais toy*
Ayant pitié de mon esmoy
Iamais le iour tu ne me laisses
Seul compagnon de mes tristesses.
  Que ne puis-ie autant que les Dieux?
Ie t'enuoiroy là haut aux Cieux
Fait d'vn bouquet vn astre insigne,
Et te mettrois aupres du signe
Que Bacchus dans le Ciel posa
Quand Ariadne il espousa,
Qui seule lamentoit sa perte
Au pied d'vne riue deserte.

ODE.

Ripé des ruses d'Amour
Ie me promenois vn iour
Deuant l'huis de ma cruelle,
Et tant rebuté i'estois,
Qu'en iurant ie promettois
De ne rentrer plus chez elle.
  Il suffit d'auoir esté
Neuf ou dix ans arresté
Es cordes d'Amour, disoye,
Il faut m'en déueloper,
Ou bien du tout les couper
Afin que libre ie soye.
  Et pour ce faire ie pris
Vne dague que ie mis
Bien auant dedans la lesse:
Et son nœud i'eusse brisé,
Si lors ie n'eusse auisé
Deuant l'huis vne Déesse.
  Mais incontinent que i'eu
Son corps garny d'aisles veu,
Sa robe & sa contenance,
Et son roquet retroussé,
Incontinent ie pense
Que c'estoit Dame Esperance.
Ie m'approche, elle me prit
Par la main dextre, & me dit.

ESPERANCE.

* Où vas-tu, pauure Poëte?*
Tu auras auec le temps
Tout le bien que tu pretens,
Et ce que ton cœur souhête.

Ta maistresse auoit raison
De tenir quelque saison
Rigueur à ta longue peine :
Elle le faisoit expres,
Pour au vray cognoistre apres
Ton cœur & ta foy certaine.

Mais ores qu'elle sçait bien
Par seure espreuue, combien
Ta loyale amitié dure :
D'elle-mesme te pri'ra,   (∴)
Et benigne guarira
Le mal que ton cœur endure.

RONSARD.

Alors ie luy respondis :
Et qu'est-ce que tu me dis ?
Veux-tu r'abuser ma vie ?
Apres me voir eschappé
De celle qui m'a trompé   (∴)
Veux-tu que ie m'y resie ?

Dix ans sont que ie la suis,
Et que pour elle ie suis
Comme vne personne morte :
Mais en lieu de luy ployer
Son orgueil, pour tout loyer
Ie muse encor à sa porte.

Non, non, il vaut mieux mourir
Tout d'vn coup, que de perir
En langueur par tant d'annees :
Ores ie veux de ma main
Me tuer, pour voir soudain
Toutes mes douleurs finees.

ESPERANCE.

Ah ! qu'il te feroit bon voir
De tomber en desespoir,
Quand l'Esperance te guide ?
Laisse, laisse ton esmoy,
Laisse ta dague, & suy-moy
Là haut chez ton homicide.

Disant ces mots ie suiuy
Ses pas, autant que ie vy.
Dans la chambre de Cassandre.

Tien, dit l'Esperance, tien :
Tout expres icy ie vien
Pour ton fugitif te rendre.

Il t'a serui longuement,

C'est raison que doucement
Ses angoisses tu luy ostes :
Il te faut bien le traitter,
Craignant ce grand Iupiter,
Puis qu'il est l'vn de tes hostes.

A-tant elle seslança
Dans le Ciel, & me laissa
Seul en ta Chambre, m'amie.

Là, doncque par amitié,
Là, Maistresse, pren pitié
De ton hoste qui te prie.

Si i'ay quelque mal chez toy,
Iupiter, le iuste Roy,
Foudroyra ta chere teste :
Car il garde ceux qui sont
Hostes, & tous ceux qui font
En misere vne requeste.

ODE POVR AMADIS
IAMIN, SVR SA TRA-
duction d'Homere.

HOmere, il suffisoit assez
D'auoir en Grece, aux temps passez,
Fait combattre pour toy sept villes,
Sans qu'ores nos Gaules fertilles,
Pour se vanter de ton berceau
Refissent vn combat nouueau.

En toy Iupiter transformé
Composa l'ouurage estimé
De l'Iliade & l'Odyssee,
Et tu as ton ame passee
En IAMIN, pour interpreter
Les vers qu'en toy fit Iupiter.

C'est afin qu'en lieu de Gregeois
Tu fusses appelé François,
Et qu'on reuist la mesme noise
Pour toy en la terre Gauloise,
Qu'en Grece en sept villes tu fis,
Qui toutes t'auoüent leur fils.

Tous deux en vn corps n'estes qu'vn,
Le Ciel vous est pere commun,
Vous n'estes ouurage de terre ;
La terre que la mer enserre,
Aux membres grossiers & pesans,
N'engendre point de tels enfans.

Ou si la terre vous conceut,
Fut sur Parnasse qui receut

La part au giron de ses Muses
Allaictant des liqueurs infuses
Du Nectar vos membres petits
Entre les roses & les lis.

   Mais la terre ne peut auoir
Cet honneur de vous conceuoir,
Nature, de gros germe pleine,
Vous parturoit à toute peine:
Depuis, vous aymant par sus tous
N'a daigné faire autre que vous.

   Toute en vous deux elle se voit:
Ce qu'aux autres elle deuoit,
Elle l'a mis d'vn soin de mere
En son IAMIN, en son Homere,
Vous faisant, comme deux Soleils,
Patrons des Muses sans pareils.

   Mille Romains, pour haut louër,
Ont voulu ton vol égaler,
Mais pour neant, car l'artifice,
Au prix de la Nature, est vice,
Restant à la posterité,
Adorable, & non imité.

   Heureux le braZier d'Ilion,
Heureuse Troye, vn milion
De villes riches & peuplées
Voudroient ainsi estre bruslées,
Prenant a plaisir & a ieu,
Qu'Homere y eust jetté le feu.
   La riche pompe de tes vers

Ressemble à des ioyaux diuers,
Diamans, Rubis, Chrysolithes,
Où toutes clarteZ sont eslites,
Luisantes comme Astres des Cieux,
Aussi tu es Poëte des Dieux.

   Le plus admirable de toy,
Et le plus diuin, c'est dequoy
Tu as poussé toutes les guerres
De Grece aux estrangeres terres,
Et n'as souffert qu'vn Argien
Fust meurtrier d'vn Achaien.

   Mais en faisant outre la mer
Contre Ilion la Grece armer,
Tu as des barbares Prouinces,
Orné la gloire de tes Princes,
Esleuant d'vn superbe front
Leurs victoires sur l'Hellespont.

   Çà, las! ie ne sçaurois mon Nom
Honorer auiourd'huy, sinon
Qu'en chantant les guerres ciuiles,
Et le feu qui brusle nos villes:
Dieux qui presideZ aux dangers,
Portez ce mal aux estrangers.

   Et faites que nostre bon Roy,
Et nostre bonne antique Loy,
Tousiours immuables demeurent,
Que les guerres ciuiles meurent,
Et qu'en la France pour iamais
Florisse vne eternelle paix.

LE RECVEIL
DES HYMNES.

HYMNE A SAINT GERVAIS,
ET S. PROTAIS.

*L*A victorieuse couronne,
Martyrs, qui vos fronts enuironne,
N'est pas la couronne du pris
Qu'Elide donne pour la course,
Ou pour auoir pres de la source
D'Alphée, esté les mieux appris.

Auoir d'vn indonté courage
De Neron mesprisé la rage,
Vous a rendu victorieux,
Quand l'vn eut la teste tranchée,
Et l'autre l'eschine hachée
De gros foüets iniurieux.

Ce beau iour qui vostre nom porte,
Chaqu'an me sera saint, de sorte
Que le chef de fleurs relié,
Dansant autour de vos Images,
Ie leur feray humbles hommages
De ce chant à vous dedié.

Ce iour, l'oüaille audacieuse
Erre en la troupe gracieuse
Des loups, & si n'a crainte d'eux.
Ce iour, les villageois vous chomment,
Et oisifs par les prez vous nomment
Leur douce esperance tous deux.

Regardez du Ciel nos seruices,
Et aduocassez pour nos vices,
Regardez-nous (disent-ils) or',
Dontez le peché qui nous presse,
Et nous sauuez de toute oppresse
Cet an, & l'autre & l'autre encor'.

Faites que des bleds l'apparence
Ne démente nostre esperance,
Et du raisin ja verdelet
Chassez la nuë menassante,

Et la brebis au champ paissante,
Emplissez d'aigneaux & de laict.

HYMNE A LA NVICT.

*N*Vict, des Amours ministre, & sergen-
te fidelle
Des Arrests de Venus, & des sainctes loix
d'elle,
Qui secrette accompagnes
L'impatient amy de l'heure accoustumée,
O l'aymée des Dieux, mais plus encore aymée
Des estoiles compagnes:
Nature de tes dons adore l'excellence,
Tu caches les plaisirs dessous muet silence,
Que l'amour ioüissante
Donne, quand ton obscur estroittement as-
semble
Les amans embrassez, & qu'ils tombent en-
semble
Sous l'ardeur languissante.
Lors que l'amie main court par la cuisse,
& ores
Par les tetins, ausquels ne s'accompare encores
Nul yuoire qu'on voye:
Et la langue en errant sur la ioüë, & la face,
Plus d'odeurs, & de fleurs, là naissantes, a-
masse
Que l'Orient n'enuoye.
C'est toy qui les soucis, & les gennes mor-
dantes,
Et tout le soin enclos en nos ames ardantes
Par ton present arraches.
C'est toy qui rends la vie aux vergiers qui
languissent,
Aux iardins la rousee, & aux Cieux qui
noircissent

Les idoles attaches.
Mets, s'ils te plaist, Deesse, vne fin à ma peine
Et domte sous mes bras celle qui est tant pleine
   De menasses cruelles,
Afin que de ses yeux (yeux qui captif me
   tiennent)
Les trop ardens flambeaux plus brusler ne me
   viennent
   Le fond de mes moüelles.

SVITTE DE L'HYMNE DE
CHARLES CARDINAL
de Lorraine.

Vand i'acheuay de te chanter ton Hy-
   mne,
Où ta loüange entre les Rois insigne
Dépeinte au vif & de mille couleurs,
Ressemble vn pré tout esmaillé de fleurs :
Je n'esperois de plus mettre en lumiere
Autre vertu que ta vertu premiere,
Comme parfaite en sa perfection :
Mais ie fus loing de mon intention,
Car de rechef en voicy de nouuelles
Qui à l'enuy sont encores plus belles.

   Ta vertu semble au champ gras & fertil,
Auquel le grain ne se germe inutil,
Mais en croissant en espic se façonne,
Et cest espic en semence foisonne :
Ou comme au soir à l'embrunir des Cieux
Vn astre icy s'apparoist à nos yeux,
Vn autre là, puis vers l'Occidentale,
Puis vers la part de l'Ourse Boreale
Vne autre estoille, & puis vne autre aupres,
Et puis vne autre, & puis dix mille apres.

   En ceste sorte, ô Prelat venerable,
Ta vertu propre apparoist innombrable :
Et tout ainsi qu'autour de la minuit
Toute Planette également ne luit,
Mais vne seule au milieu de la bande
Reluit plus claire, & plus belle, & plus gran-
   de :
Ainsi reluit, & plus clair & plus beau,
Sur tes honneurs cet honneur tout nouueau
Que tu t'acquiers, pour auoir retirée
Çà bas du Ciel la paix tant desirée.
Or tu n'as pas ce bien tant desiré
Du haut du Ciel seulement retiré,

Pour le laisser au bout de quelque annee
Euanoüir ainsi qu'vne iournee :
Mais seulement tu le gardes, & veux
Qu'il serue à nous & à tous nos neueux,
Pour en ioüir, comme vne chose acquise
Par toy, Prelat, le plus grand de l'Eglise.

   Si à Cerés jadis on a basty
Des Temples saincts pour auoir conuerty
Le glan en bled, quand la tourbe inutille
Laissa les bois pour habiter la ville :
Si à Bacchus on fit honneurs diuins
Pour nous planter seulement des raisins :
Et si Pallas pour estre inuenteresse
D'vn Oliuier se fit vne Déesse :
France te doit & temples & autels,
Et te doit mettre entre les immortels,
Et te nommer le GVISIEN Alcide,
Qui de la guerre as esté homicide :
Car ce n'est moins de nous donner la paix,
Que voir sous toy nos ennemis deffais.

   Au temps que Mars ses portes eut décloses,
Par ton conseil ton frere a fait des choses
Que nos neueux estimeront plus fort
Que les labeurs d'vn Hercule tres-fort :
Il a gardé des places ingardables,
Seul il a pris des places imprenables,
Et d'vn haut cœur qui n'a point de pareil,
Osa fausser auec peu d'appareil
L'Alpe chenuë, & conduire sa troupe
Sur le tombeau qui couure Parthenope :
Mais ton bien-fait d'entretenir la paix
Passe en grandeur la grandeur de ses faits.

   Il est bien vray que la vieille memoire
A toy tout seul n'en donnera la gloire :
Quelques Seigneurs, comme Montmorenci,
Et Saint André, y ont leur part aussi :
Qui nous ont fait pour le public affaire
A leur pouuoir cela qu'ils deuoient faire.

   Ainsi qu'on voit quand le Ciel veut ar-
   mer
L'onde & le vent contre vn vaisseau de mer,
Chacun craignant la fortune commune ;
Vn matelot va redressant la hune,
L'autre le mast, l'autre la voile, & font
Tous leur deuoir en l'estat où ils sont :
Mais par sur tous le bon Pilote sage
Prend le timon, coniecture l'orage,
Iuge le Ciel, & d'vn œil plein de soin
Sçait euiter les vagues de bien loin :

Ores

Ores à gauche il tourne son nauire,
Ores à dextre en costoyant le vire,
Fait grande voile, ou petite, & par art
Au bord prochain se sauue du hazard.

   Ainsi fis-tu n'aguere en l'assemblee,
Qui comme vne onde estoit toute troublee
D'opinions & de conseils diuers,
Qui çà qui là alloient tous de trauers :
Seul tu guidois au milieu de la noise
Le gouuernail de la barque Françoise,
Et tu gardois comme sage & rusé,
Que ton Seigneur ne fust point abusé :
Car s'il falloit demesler par querelle
De longs propos la noise mutuelle
De nos deux Rois, d'où elle procedoit,
A quelle fin dommageable tendoit,
Qui auoit tort ou droit en ceste guerre,
Qui iustement demandoit ceste terre,
Ou ceste-là : d'où vindrent leurs ayeux,
Qui fut icy, ou là victorieux :
Ou s'il falloit leur remonstrer l'Eglise
En quel estat trop piteux elle est mise :
Ou s'il falloit profondement parler,
Et les raisons douteuses demesler
D'vne parole en douceur toute pleine,
C'estoit le fait de CHARLES DE LOR-
   RAINE :
Tout ce fardeau te pendoit sur le doz :
Et c'est pourquoy (Prelat) ce second loz
A ton premier i'attache de la sorte
Qu'vne nacelle au grand batteau, qui por-
   te
Vn plus grand faiz & arriue tout plein
D'vn or cherché dans vn pays lointain.

   Donques, Seigneur, puisque par ta pru-
   dence
Tu mets en paix tout le peuple de France,
Par ta bonté mets en repos d'esprit
Celuy qui met les vertus par escrit.

   En tel chemin si tu me sers de guide,
Tu me seras vn protecteur Alcide,
Et me feras, remparé de bon-heur,
Plus que deuant deuenir bon sonneur,
Sans auoir peur du Temps ny de l'Enuie,
Estant au port le plus seur de la vie.

HYMNE DES ASTRES.
A MELLIN DE S. GELAIS.

C'Est trop long temps, MELLIN, *de-*
   meuré sur la terre
Dans l'humaine prison qui l'esprit nous en-
   serre,
Le tenant engourdy d'vn sommeil ocieux :
Il faut le délier & l'enuoyer aux Cieux.
Il me plaist en viuant de voir sous moy les nuës,
Et presser de mes pas les espaules chenuës
Du Maure porte-Ciel : il me plaist de courir
Iusques au firmament, & les secrets ouurir
(S'il m'est autant permis) des Astres admi-
   rables,
Et chanter leurs aspects de nos destins coul-
   pables :
Pour t'en faire vn present, MELLIN *en-*
   fant du Ciel,
MELLIN *qui pris ton nom de la douceur du*
   miel
Qu'au berceau tu mangeas, quand en lieu de
   nourrice
L'Abeille te repeut de Thyn & de Melisse.
   Aussi ie serois tort à mes vers & à moy,
Si ie les consacrois à vn autre qu'à toy,
Qui sçais le cours du Ciel, & qui sçais les
   puissances,
Des Astres dont ie parle, & de leurs influences.
   Dés le commencemēt (s'il faut le croire ainsi)
Les Estoiles n'auoient nos destins en souci,
Et n'auoient point encor de tout ce mõde large,
Comme ell'ont auiourd'huy, ny le soin ny la
   charge :
Sans plus elles flamboient pour vn bel ornement
Esparses, sans vertu, par tout le firmament.
Quand le Soleil hurtoit des Indes les barrieres
Sortant de l'Ocean, les Heures ses portieres
Couroient vn peu deuant son lumineux flam-
   beau
Ramasser par le Ciel des Astres le troupeau
Qui demenoit la danse, & les contoient par
   nombre,
Ainsi que les Pasteurs, qui le matin sous l'om-
   bre
D'vn Chesne, vont contant leurs brebis &
   leurs bœufs,

N N N n n n

Ains que les mener paistre aux riuages her-
   beux.
  Quãd la Lune monstroit sa corne venerable,
Les Heures de rechef ouuroiẽt la grãde estable,
Où les Astres logeoient en repos tout le iour,
Les remenant baller du Ciel tout à lentour :
Puis les serroient par compte à l'heure accou-
  stumee
Que le Soleil auoit nostre terre allumee.
  Si est-ce qu'à la fin vn estrange mal-heur
(Vn mal-heur peut seruir) mit leur flâme en
  valeur.
  La nuit que les Geants à toute peine enterẽt
Pelion dessus Osse, & sur Osse planterent
Le nuageux Olympe, à fin de debouter
Iupiter de son regne, & vaincu donter :
Les Astres , dés ce soir, force & puissance
  prindrent,
Et pour iamais au Ciel vn lieu ferme retin-
  drent.
Desià ces grands Geants en grimpant contre-
  mont,
D'Olympe sourcilleux auoient gagné le front,
Et ja tenoient le Ciel : & le fils de Saturne
Eussent emprisonné dans la Chartre nocturne
De l'abysme d'Enfer, où il tient enserrez
Et de mains & de pieds les Titans enserrez,
Sans l'Astre qui depuis eut le surnõ de l'Ourse
Qui regardoit pour lors toute seule la course
Des autres qui dansoient & si ne dansoient pas,
Ayant comme ja lasse arresté ses beaux pas
Fermes deuers Borée, & voyant la cautelle
Que brassoient les Geans , tout soudain elle
  appelle
La troupe de ses sœurs, & s'en va raconter
En tremblant, l'embuscade au pere Iupiter :
Armez-vous (dit l'Estoille) armez, vestez
  vos armes,
Armez-vous, armez-vous : ie ne sçay quels
  gensdarmes
Ont voulu trois grands monts l'vn sur l'au-
  te entasser
Pour cõquerir le Ciel, & pour vous en chasser.
Adoncques Iupiter tout en sursaut commande,
Uestu de son Ægide, à la celeste bande
D'endosser le harnois, pour garder leur maison,
Et leurs mains de porter des fers en la prison.
  Ia desia s'attaquoit l'escarmouche odieuse,
Quand des Astres flambans la troupe radieuse,

Pour esbloüir la veuë aux Geants furieux,
Se vint droicte plãter vis-à-vis de leurs yeux :
Et alors Iupiter du traict de sa tempeste
Aux Geants aueuglez escarboüilla la teste,
Leur faisant distiller l'humeur de leurs cer-
  ueaux ;
Par les yeux, par la bouche , & par les deux
  naseaux ;
Comme vn fromage mol, de qui l'humeur s'es-
  goute
Par les trous d'vn panier à terre goute à goute.
  Lors des Astres diuins (pour leur peine d'auoir
Enuers sa Majesté si bien fait leur deuoir)
Arreste la carriere , & tous en telle place
Qu'ils auoient de fortune, & en pareille espace,
D'vn lien aimantin leurs plantes attacha,
Et comme de grands cloux dãs le Ciel les ficha :
Ainsi qu'vn Maréchal qui hors de la fournaise
Tire des cloux ardans tous rayonnez de braise,
Qu'à grands coups de marteaux il coigne du-
  rement
A l'entour d'vne roüe arrengez proprement :
Puis il leur mit és mains le fil des Destinees,
Et leur donna pouuoir sur toutes choses nees :
Et que par leurs aspects fatalité seroit
Tout cela que Nature en ce monde feroit :
Retenant toutesfois la superintendence
A soy, de leurs regards, & de leur influence,
Et que quand il voudroit tout ce qu'ils au-
  roient faict
N'auroit authorité ny force ny effait.
  Les Estoilles adonc seules se firent Dames
De tous les corps humains, & non pas de nos
  ames,
Prenant l'occasion à leur seruice, afin
D'executer çà bas l'arrest de leur destin.
Depuis tous les oiseaux qui volent & qui
  chantent,
Tous les poissons muets qui les ondes frequentẽt,
Et tous les animaux , soit des champs , soit des
  bois ,
Soit des monts cauerneux , furent serfs de
  leurs lois :
Mais l'homme par sur tout eut sa vie sujette
Aux destins, que le Ciel par les Astres luy jette ;
L'homme qui le premier comprendre les osa,
Et tels noms qu'il voulut au Ciel leur imposa.
  L'vn s'adonne à la guerre, & ne vit que
  de proye,

Et cherche de mourir deuãt les murs de Troye,
Ayant percé le cœur de la lance d'Hector :
L'autre deuient Tiphys, & veut mener encor
Les Heros voir le Phase , & repasser sans
  crainte
Des rocs Cyaneans l'emboucheure contrainte,
Et sçait prognostiquer deux ou trois iours de-
  uant
Courbé sur le tillac , la tempeste & le vent.
    L'vn est né laboureur , & maugré qu'il
      en aye
Aiguillonne ses bœufs , & fend de mainte playe
Auec le soc aigu l'eschine des guerets
Pour y semer les dons de la mere Cerés :
L'autre est né vigneron, & d'vne droite ligne
Dessus les monts pierreux plãte la noble vigne,
Ou taille les vieux ceps, ou leur beche les pieds,
Ou rend aux eschallats les prouins mariez.
    L'vn pesche par contrainte (ainsi vous pleut
      Estoilles)
Et conduisant sur l'eau ses rames & ses voiles,
Traine son reth maillé, & ose bien armer
Son bras pour assommer les Mõstres de la mer:
Aucunefois il plonge , & sans reprendre haleine
Espie les Tritons iusqu'au fond de l'arene :
Aucunefois il tend ses friands hameçons,
Et sur le bord desrobe aux fleuues leurs poissons:
L'autre se fait Chasseur, & perd dans son cou-
  rage
Le soin de ses enfans & de tout son mesnage,
Pour courir par les bois apres quelque sangler,
Ou pour faire les loups aux dogues estrangler,
Et languit s'il n'attache à sa porte les testes
Et les diuerses peaux de mille estranges bestes.
  L'vn va dessous la terre, & fouïlle les metaux -
D'or , d'argent & de fer, la semence des maux,
Que Nature n'auoit comme tres-sage mere
(Pour nostre grand profit) voulu mettre en
  lumiere :
Puis deuient Alchimiste & multiplie en vain
L'or ailé qui si tost luy vole de la main :
L'autre par le mestier sa nauette promaine ,
Ou peigne les toisons d'vne grossiere laine ,
Et diriez que d'Arachne il est le nourrisson.
L'vn est Graueur, Orfeure, Entailleur, &
  Masson,
Trafiqueur, Lapidaire, & Mercier, qui va
  querre
Des biens, à son peril, en quelque estrange terre.

Aux autres vous donnez des mestiers bien
  meilleurs ;
Et ne les faites par Mareschaux ny Tailleurs,
Mais Philosophes grãds qui par lõgues estudes
Ont fait vn art certain de vos incertitudes :
Ausquels auez donné puissance d'escouter
Vos mysteres diuins pour nous les raconter.
    Cestuy-cy cognoist bien des oiseaux le lan-
      gage ,
Et sçait coniecturer des songes le presage :
Il nous dit nostre vie, & d'vn propos obscur,
A qui l'en interroge annonce le futur.
Cestuy-là dés naissance est fait sacré Poëte,
Et iamais sous ses doits sa lyre n'est muette ,
Qu'il ne chante tousiours d'vn vers melodieux
Les Hymnes excellens des hommes & des
  Dieux ,
Ainsi que toy, Mellin, orné de tant de graces,
Qui en cet art gẽtil les mirux-disans surpasses.
    Cestuy-cy plus ardent , & d'vn cœur plus
      hautain
Guide vne Colonie en vn pays lointain ,
Et n'y a ny torrent ny mont qui le retienne :
Ores il fait razer vne ville ancienne ,
Ores vne nouuelle il bastit de son nom ,
Et ne veut amasser tresor que de renom.
Cestuy-là fait le braue, & s'ose faire croire
Que la hauteur du Ciel il hurte de sa gloire
Presque adoré dù peuple, & ne veut endurer
Qu'vn autre à luy se vienne en credit mesurer:
Mais il voit à la fin son audace coupée,
Et meurt pauure & fuitif comme vn autre
  Pompée.
Cestuy comme vn Cesar apres auoir rué
L'Empire sous ses pieds, est à la fin tué
De ses gens, & ne peut fuïr la destinée
Certaine qu'en naissant vous luy auez dõnee.
Sans plus vous nous causez nos biens & nos
  mal-heurs :
Mais vous causez aussi nos diuerses humeurs:
Vous nous faites ardẽs, phlegmatiques , coleres,
Rassis, impatiens , courtisans, solitaires ,
Tristes, plaisans, gentils , hardis , froids , or-
  gueilleux,
Eloquens, ignorans , simples & cauteleux.
    Que diray plus de vous ? par vos bornes
      marquees
Le Soleil refranchit ses courses reuoquees,
Et nous refait les mois , les ans, & les saisons ,

Selon qu'il entre ou sort de vos belles maisons.
Dessous vostre pouuoir s'asseurent les grand's
 villes :
Vous nous donnez des temps les signes tres-
 vtiles :
Et soit que vous couchez,&soit que vous leuez,
En diuerses façons les signes vous auez
Imprimez sur le front des vents & des oraiges,
Des pluyes,des frimas,des gresles & des neiges,
Et selon les couleurs qui peignent vos flābeaux,
On cognoist si les iours seront ou laids ou beaux.
Vous nous dōnez aussi par vos marques celestes
Les presages certains des fieures & des pestes,
Et des maux qui bien tost doiuent tōber çà bas,
Les signes de famine, & de futurs combas :
Car vous estes de Dieu les sacrez Charācteres,
Ainçois de ce grand Dieu fideles secretaires,
Par qui sa volonté fait sçauoir aux humains,
Comme s'il nous marquoit vn papier de ses
 mains.
Non seulement par vous ce grand Seignenr
 & maistre
Donne ses volontez aux hommes à cognoistre,
Mais par l'onde & par l'air & par le feu
 tres-pront :
Voire (qui le croira) par les lignes qui sont
Escrites dans nos mains,& sur nostre visage,
Desquelles qui pourroit au vray sçauoir l'vsage,
Nous verrions imprimez clairement là dedans
Ensemble nos mauuais, & nos bons accidens :
Mais faute de pouuoir telles lignes entendre
Qui sont propres à tous, nous ne pouuons com-
 prendre
Ce que Dieu nous escrit,& sans iamais preuoir
Nostre mal-heur futur,tousiours nous laissons
 choir
Apres vne misere,en vne autre misere :
Mais certes par sus tous en vous reluit plus
 clere
La volonté de Dieu,d'autant que sa grandeur
Allume de plus pres vostre belle splendeur.
 O que loin de raison celuy follement erre
Qui dit que vous paissez des humeurs de la
 terre !
Si l'humeur vous paissoit,vous seriez corrōpus:
Et pource Astres diuins,vous n'estes point repus,
Vostre feu vous nourrit,ainsi qu'vne fontaine,
Qui tant plus va coulāt,plus se regorge pleine,
Comme ayant de son eau le surgeon perennel:

Ainsi ayant en vous le surgeon eternel
D'vn feu natif,iamais ne vous faut la lumiere
Laquelle luit en vous,cōme au Soleil premiere.
 Cōment pourroit la terre en son girō fournir
Tousiours assez d'humeur pour vous entretenir,
Quand la moindre de vous en grandeur la
 surpasse ?
Comment iroit l'humeur de ceste terre basse
Iusques à vous là haut,sans se voir dessecher
Des rayons du Soleil,auant que vous toucher ?
Fol est encor celuy,qui mortels vous pense estre,
Mourir quand nous mourons, & quand nous
 naissons,naistre ;
Et que les plus luisans aux Rois sont destinez,
Et les moins flamboyans aux pauures assignez.
Tel soin ne vous tient pas, car apres nos nais-
 sances
Que vous auez versé dessus nous vos puis-
 sances,
Plus ne vous chaut de nous, ny de nos faits
 aussi :
Ains courez en repos deliurez de souci,
Et frācs des passions,qui dés le berceau suiuent
Les hōmes qui çà bas chargez de peine viuent.
 Ie vous saluë Enfans de la premiere nuit,
Heureux Astres diuins, par qui tout se cōduit:
Pendant que vous tournez vostre tasche or-
 donnée
Au Ciel, i'accompliray çà bas la destinée
Qu'il vous pleut me verser,bonne ou mauuai-
 se,alors
Que mon ame immortelle entra dedans mon
 corps.

HYMNE DE LA FRANCE.

SVs, Luth doré, des Muses le partage,
Et d'Apollon le commun heritage,
De qui la voix, d'accord melodieux
Chante les faits des hommes & des Dieux:
Sus,l'honneur mien, il est temps que tu voises
Donner plaisir aux oreilles Françoises,
Rompant l'obscur du paresseux sejour,
Pour te monstrer aux rayons du beau iour.
Tu peux tirer les forests de leur place,
Fleschir l'Enfer, mouuoir les monts de Thra-
 ce,
Et retenir le feu qu'il ne saccage
Les verds cheueux d'vn violé bocage,

Quand Iupiter menace de son iré
Les hauts sourcils des montaignes d'Epire,
Et que son trait iustement despité
Rompt le sommet d'vne iniuste cité.
   Tousiours le Grec la Grece vantera,
Et l'Espagnol l'Espagne chantera,
L'Italien les Itales fertiles,
Mais moy Frãçois la France aux belles villes,
Et son renom, dont le crieur nous sommes,
Ferons voler par les bouches des hommes:
Où l'Equité & la Iustice aussi,
Gemelles sœurs y fleurissent ainsi
Que deux beaux lis ou deux roses, alors
Que le printemps pousse les fleurs dehors.
   Il ne faut point que l'Arabie heureuse,
Ne par son Nil l'Egypte plantureuse,
Ne l'Inde riche en mercerie estrange,
Face à la tienne esgale sa louange:
Qui d'vn clin d'œil vn monde peux armer,
Qui as les bras si longs dessus la mer,
Qui tiens sur toy tant de ports & de villes,
Et où les loix diuines & ciuiles,
En long repos tes citoyens nourrissent.
   On ne voit point par les chãps qui fleurissent
Errer ensemble vn tel nombre d'abeilles,
Baisans les lis & les roses vermeilles:
Ny par l'esté ne marchent au labeur
Tant de fournis, animaux qui ont peur
Qu'en leur vieillesse ils n'endurent souffrance,
Comme l'on voit d'hommes par nostre France
Se remuer: soit quand Bellonne anime
La majesté de leur cœur magnanime,
Ou quand la paix à son rang retournee
Chacun renuoye exercer sa iournee.
   Bien que la perle & les pierres exquises
En nostre mer des marchans ne soient quises,
Ne par nos prez on ne voye amassee
L'herbe d'Heleine, ou bien la Panacee,
Ni le doux miel ne suinte en nos rameaux,
Ni le doux laict ne coule en nos ruisseaux:
Des fiers lions la semence superbe
En est bien loin, & le serpent par l'herbe,
Tel que l'Afrique, horrible n'espouuante
Le seur pasteur, ne l'amour vehemente
Qui s'enfle au front du poulain n'y est pas
Mixtionnee és amoureux appas.
   Nos champs Iason de ses toreaux ardans
Ne laboura, pour y ietter dedans
D'vn grand serpent les machoires terribles:

Ne la moisson de tant de gens horribles
Hors de la terre à force desserrez
S'est herissee en corselets ferrez:
Mais au contraire ils enfantent vn blé,
Nous le rendant d'vsure redoublé:
Et dont iamais la premiere apparence
Du laboureur n'a trompé l'esperance.
Plus qu'en nul lieu Dame Cerés la blonde
Et le donteur des Indes y abonde.
Mille troupeaux frisez de fines laines
Comme escadrons se campent en nos plaines:
Maint arbrisseau qui porte sur ses branches
D'vn or naïf pommes belles & franches,
Y croist aussi, d'vne-part verdissant,
De l'autre-part ensemble iaunissant,
Le beau grenad à la ioüe vermeille,
Et le cytron, delices de Marseille,
Fleurit és champs de la Prouence à gré:
Et l'oliuier, à Minerue sacré,
Leur fait honneur de ses fruits Autonniers:
Et iusqu'au Ciel s'y dressent les Palmiers:
Le haut sapin, qui par flots estrangers,
Doit aller voir de la mer les dangers,
Y croist aussi: & le buis qui vaut mieux,
Pour y tailler les Images des Dieux,
De ces bons Dieux, qui ont tousiours souci
Et de la Frante, & de mes vers aussi.
   Aupres de Meun le Cheual belliqueur,
Braue apparoist, qui d'vne ardeur de cœur,
Passe à nou Loire, ou folastre aux campagnes,
Ou d'vn plein cours vole aut haut des mon-
      tagnes,
Heurte les flancs de la terre qui sonne,
Et au combat luy-mesme se façonne,
Ià se vantant d'obeïr à la bride,
Ayant sur luy Carnaualet pour guide.
   Que dirons-nous de la saison des temps,
Et des tiedeurs du volage Printemps?
La cruauté des vents malicieux
N'y regne point, ne les monstres des Cieux,
Ny tout cela, qui plein de felonnie,
Tient les sablons d'Afrique ou d'Hyrcanie.
   Tousiours la France heureusement fertile,
Donne à ses fils ce qui leur est vtile:
L'or eternel ne defaut point en elle,
Et de l'argent la source est eternelle:
Le fer, l'airain, deux metaux compagnons,
Ce sont les biens de ses riches rognons.
L'vn bon à faire ou trompettes tortuës,

Ou les portraits des diuines ſtatuës :
L'autre nous ſert pour corriger l'audace
De l'ennemy, qui en vain nous menace,
Lors qu'vn bon ſigne au Ciel nous eſt donné,
Et Iupiter à main gauche a tonné,
Fauoriſant le François, qu'il eſtime
Enfant d'Hector, ſa race legitime :
Qui de là haut nous a tranſmis ſes loix,
Et a iuré de nous donner des Rois,
Qui planteront le Lys iuſqu'à la riue
Où du Soleil le long labeur arriue.

   Icy & là, comme celeſtes flammes,
Luiſent les yeux de nos pudiques femmes,
Qui toute France honorent de leur gloire,
Ores monſtrant leurs eſpaules d'yuoire,
Ores le col d'albaſtre bien vni,
Ores le ſein, où l'honneur fait ſon ni :
Qui pour donter la cagnarde pareſſe,
Vont ſurmontant d'vne gentille addreſſe
Le vieil renom des pucelles d'Aſie,
Pour ioindre à l'or la ſoye cramoiſie,
Ou pour broder au meſtier proprement
D'vn nouueau Roy le riche accouſtrement.

   Que diray plus des lacs & des fontaines,
Des bois tondus & des foreſts hautaines ?
De ces deux mers, qui d'vn large & grand
      tour
Vont preſque France emmurant tout autour ?
Maint grand vaiſſeau, qui maint butin a-
      meine,
Parmy nos flots ſeurement ſe promeine.
Au dos des monts les grands foreſts verdoyent,
Et à leurs pieds les belles eaux ondoyent,
Des Dieux bouquins les bois ſont les repaires,
De Pan, de Faune, & des Satyres peres,
Et au plus creux des argentines ondes
Menent vn bal nos Nymphes vagabondes.
Puiſſe en mes vers leur faueur apparoiſtre,
Heureux celuy qui les a peu cognoiſtre !
Celuy vray'ment l'auarice n'ard point,
Ne l'appetit des honneurs ne le point,
Mais iour & nuict courbé deſſus le liure
Apres ſa mort taſche à ſe faire viure.

   Qui contera l'exercite des nües,
Groſſes de greſle, & de pluyes menües,
(Lors que la Bize horrible les rencontre,
Ou quand le Ciel ſe courrouce alencontre
D'vn camp, qui fait iniuſtement la guerre,
Le puniſſant d'orage & de tonnerre)

Il contera de la France les ports,
Et les citez, les villes, & les forts,
Droit eſleuant vn front audacieux,
Et vn ſourcil qui menace les Cieux.

   Dedans l'enclos de nos belles citez
Mille & mille arts y ſont exercitez.
Le lent ſommeil, ne la morne langueur,
Ne rompent point des ieunes la vigueur :
Car ains que l'Aube ait l'obſcur effacé,
De ſon labeur chacun eſt ja laſſé :
La Poëſie & la Muſique ſœurs,
Qui nos ennuis charment de leurs douceurs,
Y ont r'aquis leurs loüanges antiques.
L'art non menteur de nos Mathematiques,
Commande aux Cieux : la fiéure fuit deuant
L'experte main du Medecin ſçauant :
Nos Imagers ont la gloire en tout lieu,
Pour figurer ſoit vn Prince ou vn Dieu,
Si viuement imitans la Nature,
Que l'œil rauy ſe trompe en leur peinture.
Un million de fleuues vagabonds,
Trainans leurs flots delicieux & bons,
Leſchent les murs de tant de villes fortes,
Dordonne, Somme, & toy Seine qui portes
Deſſus ton dos vn plus horrible faix,
Que ſur le tien, Neptune, tu ne fais.

   Adjouſtez-y tant de Palais dorez,
Tant de ſommets de Temples honorez,
Iadis rochers, que la main du maçon
Elaboura d'ouurage & de façon.
» L'art dompte tout, & la perſeuerance.

   Que dirons-nous encor de noſtre France ?
C'eſt ceſte terre aux deux Pallas adeſtre,
Et qui nous a de ſon ventre fait naiſtre
Tant de vainqueurs de Laurier couronnez,
Et tant d'eſprits aux Muſes adonnez :
C'eſt celle-là qui a produit icy,
Roland, Renaud, & Charlemagne auſſi,
Lautrec, Bayard, Trimouille & la Palice,
Et toy HENRY, le fleau de la malice,
Roy dont l'honneur ſus les autres reluit
Ainſi que l'Aſtre à Venus, qui la nuit
De ſon beau front tous les autres efface,
Lors qu'il a bien laué ſa belle face
Dans l'Ocean : maint flambeau qui eſclaire,
Sort de ſes yeux : la nuict en eſt plus claire.
Roy, qui doit ſeul par le fer de la lance
Rendre l'Eſpagne eſclaue de ſa France,
Et qui n'aguere a l'Anglois abbatu,

Le premier prix de sa jeune vertu.
  Ie te saluë, ô terre plantureuse,
Heureuse en peuple, & en Princes heureuse.
Moy ton Poëte, ayant premier osé
Auoir ton los en ryme composé,
Ie te supply, qu'à gré te soit ma Lyre:
Et si quelqu'vn enrage d'en mesdire,
Soit-il prisé du pauure populaire,
Et ses labeurs ne puissent iamais plaire
A mon Prelat, honneur de ta Prouince,
Ny aux saincts yeux de mon grand Roy, ton
  Prince.

PRIERE A LA FORTVNE.

A TRES-ILLVSTRE ET
Reuerendissime Cardinal de
Chastillon.

'Ay pour iamais par serment fait vn
  vœu,
De ne sacrer tout cela que i'ay leu,
Ny tout cela qu'encore ie doy lire,
Sinon à vous, Monseigneur, car ma lyre,
Comme deuant, ne veut plus resonner,
Si vostre nom ie ne luy fais sonner:
I'ay beau pincer cent fois le iour sa corde
Au nom d'vn autre, elle iamais n'accorde
A mes chansons, & semble en la pinçant,
Qu'en me grondant elle m'aille tançant:
Mais aussi tost que vostre nom i'entonne,
Sans la forcer d'elle-mesme le sonne,
Car elle sçait combien ie suis tenu
A vous, Prelat, qui d'vn simple incognu,
M'auez aimé outre mon esperance:
C'est pour cela qu'au Theatre de France
De mieux en mieux tousiours ie publiray
Des CHASTILLONS l'honneur que i'es-
  criray
En cent papiers pour le rendre admirable:
Aussi seroy-ie à bon droit miserable,
Si les faueurs que i'ay receu de vous
Ie ne chantois aux aureilles de tous,
Et si ma langue aux nations estranges
D'vn autre nom annonçoit les loüanges
Sinon du vostre, & les faits glorieux
De vostre Frere, & de tous vos ayeux:
Pour esmouuoir les grands Rois & les Princes,

Par vostre exemple, en toutes leurs Pro-
  uinces:
Car desormais vos vertus seruiront
D'exemple à ceux qui mes œuures liront,
D'estre Mecene, & Patron des Poëtes
En leur païs, comme icy vous le m'estes,
Et pour mouuoir les Poëtes aussi
A n'estre ingrats, & d'auoir en souci
Tousiours la gloire, & les vertus loüables
De ceux, ausquels ils seront redeuables,
Contr'-eschangeant la liberalité
D'vne faueur, à l'immortalité.
  Or quant à moy, par les Muses ie iure
De ne pallir iamais de telle iniure,
Que d'estre ingrat de l'honneste faueur
Que de vous seul a receu mon labeur:
Car soit que vif au Monde ie demeure,
Soit que banny de ce Monde ie meure,
I'auray tousiours au fond de mon esprit
Le souuenir de vostre nom escrit.
  Mais ce-pendant, Monseigneur, que i'a-
  muse
A vous loüer, la faueur de ma Muse,
Qui ne se plaist d'autre chose, sinon
Qu'à celebrer des CHASTILLONS le
  nom,
» Le temps s'enfuit, le temps que l'on n'at-
  trape
» Quand vne fois des mains il nous eschape,
Vn iour viendra qu'en termes bien plus
  hauts,
Ie chanteray la guerre, & les assauts
De vostre Frere, & de quelle prudence
Vostre Oncle & luy gouuernent nostre France:
Mais maintenant il vaut trop mieux sonner
Ceste Chanson, que tant la fredonner,
Qui vous pourroit par sa longueur desplaire,
Vous ennuyant, ce que ie ne veux faire:
Car vous auez à quoy passer le temps
D'autres plus grands & meilleurs passe-
  temps,
Que cestuy-cy, puis ie fais conscience,
D'abuser trop de vostre patience.
  Las! qu'il me fasche, & que i'ay de soucy,
De ce qu'il faut que ie destourne icy
Mon vers tout court de sa premiere addresse,
Pour rencontrer vne aueugle Déesse,
Comme est Fortune, en qui ne fut, ny n'est
Veuë en ses yeux, ny en ses pieds d'arrest:

N N N n n n   iiij

Mais toutefois il faut que ie la chante,
Car c'est le but de ma chanson presente.

   O grand' Déesse, ô Fortune, qui tiens
Entre tes mains les hommes & les biens,
Dessus les champs qui conduis les armées,
Et sur la mer les galeres ramées!
Qui t'éjoüys de n'auoir point de foy,
Qui d'vn potier fais fil te plaist vn Roy,
Et d'vn grand Roy fais vn maistre d'escole:
Qui de ton chef heurtes le haut du Pole,
Et de tes pieds la terre vas foulant
Dessus vn globe incessamment roulant:
Qui n'eus iamais ny arrest ny demeure,
Qui des humains à toute heure à toute
   heure,
Es appellée en langages diuers,
Mais tous d'vn sens, Royne de l'Vniuers:
Qui seule es bonne & mauuaise nommée,
Seule haïe, & seule reclamée,
Seule inuoquée, & seule qui fais tout,
Seule qui es commencement & bout
De toute chose, à qui chacun refere
Egalement son bien & sa misere:
Et bref, qui tout en ce Monde accomplis,
Et le fueillet des deux pages remplis!

   Escoute-moy, du Monde l'Emperiere,
O grand' Déesse! escoute ma priere,
Arreste-toy, & fay signe du front,
Qu'assez à gré mes prieres te sont.

   Puis que nos Rois espoints de trop de
   gloire,
N'ont autre soin que par vne victoire
De quelque ville, ou d'vn chasteau conquis,
Hausser leur bruit par sang d'hommes ac-
   quis,
Et puis qu'ils ont de toute leur contrée,
Pour cherir Mars, chassé la belle Astrée,
Et pour la Paix ont choisi le discord,
Et pour la vie ils ont choisi la mort,
Dedans leurs cœurs, ayant bien peu de
   crainte
De Iesvs-Christ, & de sa Loy tres-
   sainte,
Expressément qui deffend aux humains
Du sang d'autruy ne se soüiller les mains,
Ains viure ensemble en paix & en con-
   corde,
Loin de la guerre & de toute discorde:
Et puis qu'ils sont obstinez durement

Iusqu'à fuïr tout admonestement:
Si ne faut-il qu'en chacune prouince
Le peuple laisse à prier pour son Prince,
Et pour ceux-là qui sont en dignité
Constituez sous leur authorité:
» Car vn Roy seul ne sçauroit tout par-
   faire. «

   Maintenant donc, que sçaurois-ie mieux
   faire
Voyant mon Roy & ses Princes aux champs,
Vestus de fer, & de glaiues tranchans,
Enuironnez d'vn monde de gendarmes,
Tous esclatans en flamboyantes armes,
Sinon prier la Fortune, qui peut
Faire vainqueur vn Roy quand elle veut,
Voire & n'eust-il qu'vne petite bande,
Et cestui-là qui en meine vne grande
Rendre vaincu; d'autant qu'elle a pouuoir
Dessus vn camp, plus que n'a le sçauoir,
Ny la vertu: tesmoin en est l'histoire
De ce grand Roy qui perdit la victoire
Contre les Grecs, bien qu'aux champs il eust
   mis
Un camp bien grand, contre vn peu d'enne-
   mis:
Vien donc, Fortune, & seule fauorise
A nostre Roy, & à son entreprise
   Premierement garde sa Majesté:
Encores nulle en Gaule n'a esté
Si grande qu'elle en force, ne puissance:
Tu le sçais bien, tu en as cognoissance:
Car c'est ce Roy qui te tenoit au crin
Quand les François beurent dedans le Rhin,
Et quand sa main t'amenant pour compa-
   gne
De sa grandeur effroya l'Allemagne,
Et l'Empereur, qui pallissoit d'effroy
Te cognoissant tenir la part du Roy.

   Garde en apres tous nos Princes, qui tien-
   nent
De sa vertu, comme Princes qui viennent
Du sang de luy, qui n'a point de pareil
En tout ce rond qu'eschauffe le Soleil:
Princes vrayment qui donroyent bien ma-
   tiere
Sans en mentir, d'vne Iliade entiere,
Voire de deux, aux François escriuains,
Tant ils ont fait d'actes preux de leurs
   mains.

Garde en apres ce preux seigneur de Guise,
Dont la vertu par armes s'est acquise
Le nom d'Heros , & du rempart Fran-
   çois,
Ainsi qu'Achil' celuy là des Gregeois :
Mais si l'on veut égaller la proüesse
De ce François, à ce Prince de Grece,
(Bien que Vulcan luy ait armé le corps,
Et que sa dextre ait enjonché de morts
Par grands monceaux la campagne Troyenne,
Faisant branler sa hache Pelienne)
On trouuera que les faits Guisiens
Doiuent passer les faits Achilliens,
D'autant qu'Achille & son fait n'est que
   fable,
Et que le faict de Guise est veritable.
    Garde en apres ce grand Montmorency,
Qui par vertu d'homme s'est fait aussi
Heros diuin, jà mesprisant la terre
Fait demi-Dieu par l'honneur de la guerre.
C'est ce Seigneur, qui en force & conseil
N'eut , ny n'a point , ny n'aura son pa-
   reil,
Bien que la Grece ait vanté Palamede,
Nestor, Vlysse, Aiax, & Diomede,
Et les Romains les vaillants Curiens,
Leurs Scipions, & leurs grands Fabiens :
Car celuy seul en hauteur les surpasse
D'autant qu'vn mont vne campagne basse :
Mais tout ainsi que le tonnerre assaut
Plus volontiers quelque sapin bien haut
Qu'vn petit fresne : ainsi la Mort assom-
   me
Plustost vn grand , que quelque petit hom-
   me :
Garde-le donc, nous aurions plus d'ennuy,
Et plus de dueil pour la perte de luy
Que les Troyens assiegez n'en receurent
Quand de leurs murs Hector ils apperceu-
   rent
Qui sanglotoit (estendu sur le bord
De Simoïs) aux longs traits de la mort,
Estant nauré par la lance d'Achille :
Vn pleur se fit neuf iours parmy la ville,
Où sans cesser de tous costez sonnoient
Les coups de poing que ses gens se don-
   noient
Sur la poitrine accablez de tristesse,
Pour le trespas d'Hector leur forteresse,

Qui conseilloit , & de mains acheuoit
Tout ce que dit au conseil il auoit,
Ayant autant au combat de vaillance,
Comme au conseil il auoit de prudence.
    Garde en apres l'Admiral Chastillon,
L'autre rempart, & l'autre bastillon
De nos soudars conduits dessous sa charge,
Ainçois gardez comme dessous la targe
Du grand Aiax les Grecs estoient gardez,
Quand par Hector les feux Troyens dar-
   dez
(Qui petilloient par vne grand' aspresse)
Brusloient au port le retour de la Grece :
Ie dy les naus, & les Gregeois dedans
Morts de fumée, & de braziers ardans.
Tu cognoistras cet Admiral de France
A voir sans plus le geste de sa lance,
Dont il regit les bandes des soudars,
Les surpassant du front, ainsi que Mars
Passe du dos & de toute la face
Les Cheualiers qu'il ameine de Thrace
Pour ruiner quelque Roy vicieux,
Qui par malice a depité les Dieux,
Voulant par force occuper la prouince,
Et les citez de quelque innocent Prince.
    Non, ce n'est pas, ce n'est pas du iour-
   d'huy
Que tu cognois les merueilles de luy :
Long-temps y a que sa vaillante dextre
A toy s'est faite en cent lieux à cognoi-
   stre
Deuant Boulongne , où sa ieune vertu,
Ainçois chenuë a tousiours combatu
Ses ennemis, & toy-mesme Fortune :
Car la Vertu ne te fait place aucune :
Tu le cognus bien ieune d'ans aussi
Auec son Frere, és murs de Landrecy :
Tu le cognus n'aguiere en Allemagne.
Tu le cognus sur tous en la campagne
De Luxembourg, en âge ressemblant
A Scipion, qui son camp assemblant
Pour saccager & Carthage & Libye,
Fut appellé l'espoir de l'Italie.
    Garde donc bien d'encombrier & de mal
Ce ieune Heros, ce vaillant Admiral,
Frere d'Odet de qui pend l'esperance
Non de moy seul, mais des Muses de France.
Si par ta ruse il a quelque mechef,
Ie t'enuoyray tout d'vn coup sur le chef,

Comme Archiloq, mille ïambes, pour prendre
Quelque licol, à fin de s'aller pendre,
Touchée en vain de repentance au cœur
D'auoir tué le frere à Monseigneur.

    Hé que ie suis encontre toy colere,
Que tu n'as peu garder son second frere,
Que sa vaillance en combatant a mis
Entre les mains de ses fiers ennemis!
Mais tout ainsi comme vn lion sauuage
Quand il se voit eschapé de sa cage,
Où il estoit prisonnier arresté,
Deuient plus fier auec la liberté,
Et plus cruel qu'il n'auoit de coustume,
Ouure la gueule, & de flammes allume
Ses yeux marris, & son poil herissant,
Se va le cœur de colere emplissant,
Coup dessus coup se frappe de la queuë
Pour s'irriter, tournant sa fiere veuë
Deuers la part qu'il entend des taureaux,
Lesquels soudain, maugré les Pastoureaux,
Rompt & deschire, & de sa dent sanglante
Fait craqueter leur pauure chair tremblante
Deuant les Chiens, qui n'osent dire mot:
Ne plus ne moins le Seigneur d'Andelot,
Ayant trouué sa liberté premiere
Retrouuera sa force coustumiere,
Ainçois plus fort qu'il n'estoit par-auant,
Et plus hardy, viuement ensuyuant
Le naturel de sa diuine race,
Ses ennemis estendra dans la place

L'vn dessus l'autre horriblement tuez
De coups par luy és batailles ruez.
Si que tousiours sa main sera saigneuse
Du sang hardy de l'Espagne odieuse,
Laquelle doit luy payer l'interest
De la prison où maintenant il est
En seruitude, & si n'a commis vice,
Si vice n'est faire à son Roy seruice.

    Garde en apres le Mareschal d'Albon,
Tant au conseil comme à la guerre bon,
Qui maintesfois a mis en jeu sa vie
Pour nostre Roy és Champs de Picardie,
Et pour trophée a tousiours rapporté
L'heureux honneur de l'ennemy donté.

    Garde en apres le reste de l'armée
De toutes pars en colere animée
Contre Cesar, qui ne tasche sinon
Par meurdre & sang accroistre son renom,
Ou par aguets, surprise, ou tromperie:
Et si tu fais cela dont ie te prie,
Tu n'auras plus de boule sous tes pieds
Comme deuant, ny les deux yeux liez,
La voile en main, ny au front la criniere,
Ny ton roüet, ny des aisles derriere,
Ny tout cela dont furent inuenteurs,
En te peignant, les vieux peintres menteurs,
Pour remonstrer que tu n'es plus volage
Comme tu fus, mais Déesse bien sage,
D'auoir voulu d'vn bon œil regarder
En ma faueur la France, & la garder.

LE RECVEIL

DES ELEGIES.

Ouce Maistresse, à qui i'ay de-
    dié
    Mon cœur captif que vous te-
    nez lié
Dedans les reis de vostre tresse blonde,
En qui la soye & le fin or abonde :
Oyez helas, le mal que ie reçoy,
Pour le plaisir de n'estre plus à moy !
Perdant du tout l'esperance de l'estre :
» Car contre vn Dieu vn homme n'est pas
    maistre.

  Ce petit Dieu qui porte dans la main,
Vn trait laué de nostre sang humain,
Qui ne se plaist que d'allumer nos ames
Du chaud brandon de ses cruelles flames,
Qui peut donter les hommes & les Dieux,
Fut l'autre iour de mon aise enuieux,
Me prit captif, & me mit sur la teste
Le pied vainqueur en signe de conqueste,
M'osta le sens, l'esprit & la raison,
Puis m'enferma dedans vostre prison,
Et me lia d'vne si douce sorte
Que i'ay plaisir des liens que ie porte.

  Tous prisonniers tant soient-ils enserrez,
Et dessous terre à l'obscur enferrez,
Flattent leur mal & viuent d'esperance
D'auoir vn iour de leurs maux deliurance,
Et de reuoir du Soleil la clarté,
Estans remis en pleine liberté.

  Mais dés le iour que la belle lumiere
De vos yeux prit mon ame prisonniere,
Ie n'ay voulu pour hoste receuoir
Ceste esperance, & n'en veux point auoir :
Bien que flateuse à toute heure elle essaye
De soulager ma prison & ma playe,
Me promettant de me faire iouïr
De liberté : mais ie ne veux l'ouïr,
Ne luy donner dedans mon cœur passage,

De peur, helas ! que mon penser mal-sage
Ne m'asseurast de me faire partir
De la prison dont ie ne veux sortir.

  Ceste esperance au soir quand ie me cou-
    che,
Et au matin quand ie sors de ma couche,
Vient toute seule, à fin de m'offenser,
Secrettement pratiquer mon penser,
Pour me trahir : mais plus elle s'efforce
D'entrer chez-moy, ie resiste à sa force :
Ie la repousse, & point ne la reçoy,
Pour ne loger mon ennemy chez-moy.

  Allez ailleurs chercher vostre demeure,
Luy di-je alors, il me plaist que ie meure
Sans nul espoir : sus donc partez d'icy,
Vous ne sçauriez soulager mon soucy,
Ny d'autre part tourner mon entreprise.
Car ma prison vaut mieux qu'vne franchise,
Un plus grand bien ie ne sçaurois choisir,
Qu'en languissant mourir à mon plaisir.

  Ceste langueur m'est vne douce vie,
Et si n'ay point en languissant enuie
De me guarir : car de ceste langueur
Vient le plaisir qui soulage mon cœur.

  Douce prison, vous m'estes honorable,
Sans vos liens ie serois miserable,
Vostre malheur bien-heureux m'a rendu :
En me perdant ie me suis bien perdu,
Et ne veux point qu'ailleurs ie me retrouue :
I'ayme mon mal, i'y consens & l'approuue,
I'ayme ma perte, & ne voudrois pour rien
Me regaigner pour estre du tout mien.

  Il ne faut point qu'vne autre Damoiselle
Pense esbranler ma constance fidelle :
En autre part ie ne sçaurois aimer.
Ie suis semblable au Polype de mer,
Qui aime tant les branches de l'Oliue,
Qu'il sort de l'eau & vient dessur la riue

Les careſſer, feſtoyer, embraſſer,
Et tellement il ſe laiſſe enlaſſer
Par l'arbre aimé, que glaiue ne qu'eſpée
(Dedans ſon ſang plus d'vne fois trempée)
Ne peut l'oſter d'vn tel embraſſement,
Ains en ſerrant touſiours obſtinément
N'a ſoin de voir ſa vie conſommée,
Mourant joyeux deſſur la branche aimée.

    Las! telle mort ie voudrois receuoir,
Si dans mes bras ie vous pouuois auoir :
Et ne craindrois la Mort tant fuſt cruelle,
Car ie ſuis ſeur que Cyprine la belle
Feroit entrer mon eſprit amoureux,
Apres ma mort, au Paradis heureux,
Soit de Paphos, d'Amathonte, ou d'Eryce.

    En ce beau lieu tout remply de delice
Où le Printemps florit tout à l'entour,
J'irois volant accompagné d'Amour :
Tous les eſprits me feroient reuerence,
J'aurois entre-eux honneur & preminence;
Et comme vn Dieu ie ſerois eſtimé,
Pour le loyer d'auoir ſi bien aimé.

    Douce beauté, ha que vous m'eſtes fiere!
Sans auoir paix vous m'eſtes trop guerriere :
En vous voyant tout le cœur me defaut,
Ie meurs pour vous, & ſi ne vous en chaut!
Souffrez au moins qu'icy ie vous accuſe
De me charmer ainſi qu'vne Meduſe.

    Toutes les fois que ie ſens approcher
Vos yeux ſur moy, ie deuiens vn rocher,
Sans ſentiment, car mon ame gelée,
Qui par frayeur au cœur ſ'en eſt allée,
De froide peur me glace tout le ſang :
Sans reſpirer ie demeure tout blanc,
Paſle & tout froid, comme vne roche dure
En qui l'on voit d'vn homme la figure.

    Telle en Sipyle apparoiſt Niobé,
Dans vn rocher deſſus la mer courbé,
Qui fut changée en pierre larmoyante,
Voyant les fils de Latone puiſſante
Tuer les ſiens, dont l'horreur la froidit,
Si bien qu'en roc tout ſon corps ſe roidit,
Et ne reſta pour vne femme à l'heure,
Sinon au bord vne roche qui pleure,
Comme ie fais : mais gueres ie ne puis
En vn rocher lamenter mes ennuis :

    Car auſſi toſt que vos léures décloſes,
Pleines de lys, de perles & de roſes,
Parlent à moy, deſcharmer ie me ſens,

De vos propos qui r'animent mes ſens,
Par la vertu d'vne haleine amoureuſe,
Qui rend ſoudain mon ame chaleureuſe,
Chaſſant du cœur la crainte & la froideur,
Pour faire place à la nouuelle ardeur.
Mon ame adonc, laquelle eſt toute pleine,
De la chaleur d'vne ſi douce haleine,
Imprime en elle au vif voſtre portrait,
Qu'Amour ſubtil engraue de ſon trait :
Lors ce portrait qui iamais ne ſe laſſe
D'errer en moy, de veine en veine paſſe,
De nerfs en nerfs, ſi bien que maugré moy,
De moy s'eſt fait le Seigneur & le Roy.
Maugré moy non! ie l'aime & le deſire,
C'eſt ce portrait qui doucement m'inſpire
Mille penſers, que changer ne voudrois,
Non pas vn ſeul, aux richeſſes des Rois.

    Puis qu'en moy donc nuict & iour ie vous porte,
Quand il vous plaiſt mon cœur ouure ſa porte,
A tout cela qui de voſtre part vient,
Car de vous ſeule au Monde ſe ſouuient :
Ie cognois bien que ie ne ſuis pas ſage,
Et que l'ardeur a forcé mon courage,
Que mes deſſeins ne ſont point auanceZ,
Je ſuis aueugle, & ſi cognois aſſez
Que i'aime trop le mal qui me tourmente,
Et toutefois ſi vous eſtieZ contente,
Pour vous donner les biens que i'aime mieux,
Mon ſang, mon cœur, ma lumiere, & mes yeux,
Je le ferois ſans aucune priere :
Car ny mon cœur, mon ſang, ny ma lumiere,
Ame, ny vie, helas! ne me ſont rien,
Au prix de vous, qui eſtes tout mon bien.

    Or pour la fin cet eſcrit ie vous donne
Pour le donner à vne autre perſonne,
S'ainſi vous plaiſt, ou pour le retenir,
Car rien de vous ne me ſçauroit venir
Qui ne m'apporte vne joye parfaite,
Si par mon mal ie vous voy ſatisfaite.

ELEGIE.

ELEGIE.

Herche, Maiſtreſſe, vn Poëte nou-
ueau,
Qui apres moy ſe rompe le cerueau
A te chanter : il aura bien affaire,
Et fuſt-ce vn Dieu, ſ'il peut auſſi bien
faire.
Si noſtre Empire auoit iadis eſté
Par nos François auſſi auant planté
Que le Romain, tu ſerois autant leuë,
Que ſi Tibul' t'auoit pour ſienne eſleuë:
Et neantmoins tu te dois contenter
De voir ton nom par la France chanter,
Autant que Laure en Tuſcan anoblie
Se voit chanter par la belle Italie.

Or pour t'auoir conſacré mes eſcris,
Ie n'ay gaigné ſinon des cheueux gris,
La ride au front, la triſteſſe en la face,
Sans meriter vn ſeul bien de ta grace :
Bien que mon nom, mes vers, ma loyauté
Euſſent d'vn tigre eſmeu la cruauté :
Et toutefois ie m'aſſeure, quand l'âge
Aura donté l'orgueil de ton courage,
Que de mon mal tu te repentiras,
Et qu'à la fin tu te conuertiras :
Et cependant ie ſouffray la peine,
Toy le plaiſir, comme Dame inhumaine,
De trop me voir languir en ton amour,
Dont Nemeſis te doit punir vn iour.

Ceux qui Amour cognoiſſent par eſpreu-
ue,
Liſant le mal où perdu ie me treuue,
Ne pardon'ront à ma ſimple amitié
Tant ſeulement, mais en auront pitié.

Or quant à moy ie penſe auoir perduë
En te ſeruant ma ieuneſſe eſpanduë
Deçà delà dedans ce liure icy.
Ie voy ma faute & la prends à mercy,
Comme celuy qui ſçait que noſtre vie
N'eſt rien que vent, que ſonge, & que folie.

ELEGIE A IEAN BRINON.

Es faits d'Amour Diotimé certaine,
Dit à bon droit qu'Amour eſt Capi-
taine
De nos Daimons, & qu'il a le pouuoir
De les contraindre, ou de les eſmouuoir,
Comme celuy qui Coronnal preſide
A leurs Cantons, & par bandes les guide.
Et qu'Amour peut vn homme accoüardi
D'vn beau trait d'œil rendre chault & hardi,
Quand il luy plaiſt l'eſchauffer de ſa flamé,
Et d'vn beau ſoin luy eſpoinçonner l'ame.

Auant, BRINON, que ie fuſſe amou-
reux,
I'eſtoy honteux, ſoupçonneux & poureux :
Si i'entre-oyois quelque choſe en la ruë
Grouler de nuict, i'auoy l'ame eſperduë,
Deçà delà tout le corps me trembloit,
Autour du cœur vne peur ſ'aſſembloit
Gelant mes os, & mes ſaillantes veines
En lieu de ſang de froideur eſtoient pleines,
Et d'vne horreur tous mes cheueux dreſſez
Sous le chapeau ſe tenoient heriſſez :
Mais par-ſus tout ie perdoy le courage
Quand ie paſſoy de nuict par vn bocage,
Ou prés d'vn antre, & peureux me ſembloit
Que quelque eſprit tout le ſang me troubloit.

Ores ſans peur i'eſleue au Ciel la teſte,
Ie ne crain vent, ny greſle, ny tempeſte,
Ny le larron d'vn faux maſque habillé
Par qui l'amant eſt ſouuenc deſpoüillé,
Ny les Daimons des antres ſolitaires,
Ny les eſprits des ombreux cemetaires :
Car le Daimon qui leur peut commander
Me tient eſcorte, & me fait hazarder
De mettre à fin tout ce que ie propoſe :
Ou ſi ie crain, ie ne crain autre choſe
Que le babil, l'enuie & le courrous
D'vne voiſine, ou d'vn mary jalous :
Ou qu'vn plus riche en ma place ne vienne,
Et que ma Dame entre ſes bras le tienne
Toute vne nuict, & que ſot cependant
A l'huis fermé ie ne bée, attendant
Ou qu'on m'appelle, ou bien qu'vne cham-
briere
Vienne eſconduire humblement ma priere

OOOooo

Par vne excuſe, ou me laiſſant deuant
La porte cloſe à la pluye & au vent,
Triſte & penſif, ie ne me couche à terre,
Tremblant de froid au bruit de ma guiterre.
Donque, Brinon, ſi tu te plais d'auoir
L'eſtomach plein de force & de pouuoir,

Sois amoureux, & tu auras l'audace
Plus forte au cœur, que ſi vne cuiraſſe
Veſtoit ton corps, ou ſi vn camp armé
De legions te gardoit enfermé.
Puiſque la mort à l'homme eſt naturelle,
Belle eſt la mort pour vne choſe belle.

MVRET.

Des faits d'Amour] Le commencement de ceſte Elegie eſt pris de la fin du Banquet de Platon, où il introduit ie ne ſçay quelle grande clergeſſe nommée Diotime, laquelle aſſeure Socrate qu'Amour eſt le Capitaine des Daimons : il conclud à la fin de ceſte Elegie, en enſuiuant Properce & Tibulle, que quiconque voudra auoir le cœur haut, magnanime & ſans peur, qu'il deuienne amoureux. *Daimon*] Eſt dit ἀπὸ τῦ δαίωας, qui ſignifie, ſçauoir, pource qu'on dit tels Daimons & ſimples eſprits ſont ſçauants & tres-experimentez en toute choſe. *A l'huis fermé ie ne bée, attendant*] C'eſt à dire, que ie face le ſot, à la mode de ceux qui ouurent la bouche : Béer eſt vn vieil mot François, qui ſignifie ce que les Grecs diſent, χάσκειν.

ELEGIE.

Our vous monſtrer que i'ay parfaite enuie
De vous ſeruir tout le temps de ma vie,
Ie vous ſuppli' vouloir prendre de moy
Ce ſeul preſent, le teſmoin de ma foy,
Vous le donnant d'affection extreſme
Auec mon cœur, ma peinture, & moy-meſme.
 Or ce preſent que ie vous donne icy,
Eſt d'vn metail qui reluit tout ainſi
Que fait ma foy, qui purement s'enflame
De la clarté de voſtre ſaincte flame,
Et tellement vit en voſtre amitié,
Qu'autre que vous n'y a part ny moitié.
 L'or eſt graué, & l'Amour qui m'imprime
Voſtre vertu que tout le Monde eſtime,
M'a ſi au vif engraué de ſon trait,
Et voſtre grace, & voſtre beau portrait,
Que ie ne vy, ſans voir en toute place
Voſtre preſence au deuant de ma face,
Car plus vos yeux ſont eſlongnez de moy,
Et de plus pres en eſprit ie les voy.
 Sur les deux bords ſont engrauez deux
  Temples,
(Des amitiez les fideles exemples,)
Car par peinture il faut repreſenter
Ce qui nous peut toutes deux contenter.
 Le Temple donc d'Apollon repreſente
Le beau Chorebe, & l'ardeur violente,
Dont pour Caſſandre Amour tant le ferut,

Que pour ſa Dame à la fin il mourut.
 O belle mort! aduienne que ie meure
Voſtre, pourueu que voſtre ie demeure :
Heureuſe lors ie pourrois m'eſtimer,
Quand ie mourrois ainſi pour vous aimer,
Car l'amitié dont ie vous ſers eſt telle,
Qu'elle ſera apres mort immortelle.
 Auſſi le temps, ny l'abſence des lieux,
Tempeſte, guerre, ou effort d'enuieux,
N'effaceront, tant leur rigueur ſoit forte,
Noſtre amitié que ſainctement ie porte.
 Pource i'ay mis autour du Temple auſſi
Ce vers Latin qui s'interprete ainſi :
Voſtre amitié chaſte auecque la mienne,
Surmontera toute amour ancienne :
 Dans l'autre Temple à Diane voüé,
(Où la Scythie a tant de fois loüé
L'amour de deux qui rarement s'aſſemble)
Se voit Oreſte, & ſon Pylade enſemble,
Deux compagnons ſi fermement amis,
Que l'vn cent fois comme prodigue a mis
Son ſang pour l'autre, ayans tous deux en-
uie
De conſacrer l'vn pour l'autre la vie :
Cœurs genereux, & dignes de renom,
Qui pour aimer ont celebré leur nom :
 Telle amitié, bien qu'elle fuſt parfaite,
Eſt auiourd'huy par la mienne desfaite,
Car ie la paſſe autant que ie voudrois
Mourir pour vous cent & cent mille fois:
Pource i'ay pris vn vers Latin, qui montre
Qu'Amour pareille icy ne ſe rencontre,
Et que ces deux le lieu doiuent quitter

A noſtre foy, qui les peut ſurmonter.

Deſſous le Temple eſt l'Autel où la Grece
(Ains que tuer la Troyenne ieuneſſe)
Iura deſſus, que point ne ſe lairroit,
Mais au combat l'vn pour l'autre mourroit.

Sur cet Autel, Maiſtreſſe, ie vous iure
De vous ſeruir, & ſi ie ſuis parjure,
Le Ciel vengeur de l'incertaine foy,
Puiſſe ruer la foudre deſſur moy :
Le vers Romain donne aſſez à cogneſtre
Qu'en voſtre endroit fidelle ie veux eſtre,
Et que mon ſang ie voudrois ſur l'Autel
Verſer pour vous par ſeruice immortel.

Dedans la pomme eſt peinte ma figure,
Paſle, muette, & triſte qui endure
Trop griéuement l'abſence de nous deux,
Ne joüyſſant du ſeul bien que ie veux.

Hà! ie voudroy que celuy qui l'a faite
Pour mon ſecours ne l'euſt point fait muette,
Elle pourroit vous conter à loiſir,
Seule à par-vous, l'extreme deſplaiſir
Que ie reçoy me voyant ſeparée
De vous, mon Tout, demeurant égarée
De tant de bien qui me ſouloit venir,
Ne viuant plus que du ſeul ſouuenir,
Et du beau Nom que vous portez, Madame,
Qui ſi auant m'eſt eſcrit dedans l'ame.

Mais quel beſoin eſt-il de preſenter
Vn portrait mort, qui ne peut contenter ;
Quand de mon corps vous eſtes la Maiſtreſſe,
Et de l'eſprit qui iamais ne vous laiſſe?

Las! c'eſt à fin qu'en le voyant ainſi,
A tout le moins ayez quelque ſouci
De moy qui ſuis en langueur languiſſante,
Pour ne voir point voſtre face preſente :
Car plus grand bien ie ne pourrois auoir,
Que vous ſeruir en preſence, & vous voir.

Puis tellement dedans vous ie veux eſtre,
Qu'autre que vous ie ne veux recogneſtre :
Le vers Romain mis autour du portrait
Declare aſſez mon deſir ſi parfait :
C'eſt qu'Anne vit en ſa Diane eſpriſe,
Diane en Anne, & que le Temps, qui
briſe
Empire & Roys, & qui tout fait plier,
Deux ſi beaux noms ne ſçauroit deſlier.

Le plus grand bien que Dieu çà-bas nous
face,
C'eſt l'amitié qui toute choſe efface.

Sans amitié la perſonne mourroit,
Et viure ſaine au monde ne pourroit.
C'eſt donc le bien qu'au monde il nous faut
ſuiure.
Le ſang, le cœur, ne font les hommes viure
Tant comme fait la fidelle amitié,
Ayant trouué vn autre ſa moitié.

Telle, Maiſtreſſe, en m'ayant eſprouuée,
M'auez certaine en voſtre amour trouuée,
Car vous & moy ne ſommes ſinon qu'vn,
Et ſi n'auons qu'vn meſme corps commun:
Voſtre penſer eſt le mien, & ma vie
Eſt de la voſtre entierement ſuiuie:
Ce n'eſt qu'vn cœur, qu'vne ame, & qu'vne
foy,
Ie ſuis en vous, & vous eſtes en moy
D'vn nœud ſi fort eſtroittement liée,
Que ie ne puis de vous eſtre oubliée,
Sans oublier vous-meſmes, & ainſi
Ie n'ay ny peur ny crainte ny ſouci,
Car toute en vous ie me trouue, Madame,
Et mon ame eſt toute entiere en voſtre ame.

Ce bien ne vient (pour point n'en abuſer)
De la faueur dont il vous plaiſt m'vſer,
Me cognoiſſant de beaucoup eſtre moindre :
Mais vous daignez voſtre hauteſſe joindre
A moy plus baſſe, à fin que tel honneur
Me rende égale à vous par le bon-heur :
C'eſt la raiſon pourquoy ie vous dedie
Mon ſang, mon cœur, ma peinture, & ma
vie.

ELEGIE.

A Yant vn iour redoubler mes ſouſpirs,
Les ſeurs teſmoins des cœurs qui ſont
martyrs,
Pitié vous prit de me voir en détreſſe,
Pour aimer trop vne ieune Maiſtreſſe,
Ce diſiez-vous, qui me rendoit ainſi
Plein de ſouſpirs, de dueil, & de ſouci :
Car pour n'auoir le moyen à toute heure
D'aller au lieu où ſa beauté demeure,
Et ne pouuoir ſouuent la viſiter,
Le ſouuenir me forçoit de jetter
Tant de ſouſpirs, qui donnoient cognoiſſan-
ce,

Qu'vne Maiſtreſſe auoit ſur moy puiſſance.
  Or vous voyant encores auiourd'huy
En cet erreur, croyant que mon ennuy
Vienne d'aimer vne autre Damoiſelle,
C'eſt bien raiſon qu'icy ie vous reuelle
Ma paſſion, & pourquoy tant de fois,
Tant de ſouſpirs m'entre-rompent la voix,
A celle fin de vous faire certaine,
Par cet eſcrit, d'où procede ma peine.
  Helas, ma Dame! & à vous & à moy
Vous faites tort de douter de ma foy:
Car vous eſtant telle comme vous eſtes,
Ayant du Ciel tant de graces parfaites,
Vos vertus ſont vn ſujet bien-heureux
Pour trauailler vn eſclaue amoureux
De vos vertus, à qui voſtre hauteſſe
Voudroit de l'œil faire vn peu de careſſe,
Voudroit l'aimer, l'eſtimer, & le voir,
Et ſes propos doucement receuoir,
Comme il vous plaiſt de me faire, ma Dame,
Et tel plaiſir ie ſens iuſques en l'ame.
Le ſeruiteur qui ne le ſentiroit,
En lieu d'vn cœur vn rocher porteroit.
  Mais plus grand tort vous me faites en-
    core,
Sçachant aſſeZ combien ie vous honore:
Puis autre-fois m'ayant fait cet honneur
De m'eſtimer & me faire faueur,
Il ſemble à voir que voſtre amour, cognuë
En mon endroit, ſe change & diminuë.
Quand vous penſez qu'eſtimer ie ne puis
Voſtre vertu, dont ſeruiteur ie ſuis,
Ou l'eſtimant, qu'aſſeZ ie ne reuere
Sa grand' valeur comme choſe tres-chere.
  Pource ie ſuis contraint de ſouſpirer,
Quand prés de vous ie me ſens retirer,
Parlant à vous, & voyant voſtre face,
Qui beauté les plus belles efface,
Dont ie reçois trop plus d'honneſteté,
Et de faueur, que ie n'ay merité.
  Or vous voyant ſi belle & ſi aimable,
Courtoiſe, douce, honneſte, deſirable,
Pleine d'honneur & de perfeſtion,
Dont vous gagneZ de tous l'affeſtion:
Puis cognoiſſant (ſuiuant ma Deſtinée)
A vous aimer ma nature inclinée,
A vous priſer, honorer & chercher,
Et voſtre amour ſur toutes pourchaſſer:
  Ie me reſous d'abandonner la bride

A mon Deſtin, lequel me ſert de guide,
Et au tourment qui me rend langoureux,
En m'aſſeurant, que l'homme eſt mal-heu-
  reux,
Qui fuit le iour, & dont l'ame groſſiere
Ne daigne voir du Soleil la lumiere.
  Mal-heureux eſt qui ne veut s'enflammer
D'vn beau viſage, & qui ne l'oſe aimer.
Celuy vray'ment de la vertu n'a cure,
Et fut conceu de quelque roche dure :
En lieu d'eſprit a du plomb au cerueau,
Puis qu'en viuant n'aime rien qui ſoit beau.
  Vous aimant donc comme choſe tres-belle,
Ie veux ſouffrir toute peine cruelle,
Et pour loyer ie ne veux autre bien
Sinon l'honneur que de n'eſtre plus mien,
M'eſtant perdu ſous voſtre obeiſſance,
Dont le malheur m'eſt trop de recompenſe.
  Car quand ie voy le lieu que vous auez,
Ce que ie puis, & ce que vous pouueZ,
Et en quel rang eſtes icy tenuë,
Ma petiteſſe & voſtre grand valuë,
Et que mon ſort au voſtre n'eſt égal,
Amour adonc qui redouble mon mal,
Me deſeſpere, & la bride retire
A mon penſer qui vainement deſire.
  Puis la Raiſon, qui ma faute reprend,
Telle conqueſte en amour me deffend,
Comme trop haute, & dont ie ne ſuis digne :
» *Car pour les Dieux eſt la choſe diuine.*
  Voilà le poinſt, & la cauſe pourquoy
Tant de ſouſpirs deſlogent de chez-moy,
Car la raiſon qui reſiſte à ma flame,
Et l'opinion diuerſe qui s'enflame,
Par les rayons de voſtre grand' beauté,
Ont vn combat en mon cœur arreſté,
Et de là vient l'eternelle abondance
De mes ſouſpirs, dont auez cognoiſſance.
  Donc, ie vous pri', deſormais ne penſeZ
Que ces ſouſpirs hors de moy ſoient pouſſeZ
Pour autre effeſt que pour rompre la glace
De voſtre cœur, à fin d'y trouuer place.
  Et ſi alors que vous n'entendiez point
L'occaſion pour qui i'eſtois eſpoint
A ſouſpirer, comme douce & humaine
Auiez pitié dequoy i'eſtois en peine :
Maintenant donc que vous cognoiſſez bien
L'occaſion de mon mal & mon bien,
Et de tous deux eſtes la cauſe vraye,

Soyez-moy douce, & guarissez ma playe,
Ayez pitié de me voir en langueur,
Car mon malheur n'est digne de rigueur.

 Outre qu'en tout vous estes tres-aimable,
On vous dira courtoise & pitoyable :
Vostre beauté qui tousiours fleurira,
De vos vertus tout ce Monde emplira :
Ainsi serez par vn bon œuure faite
Tant en vertu comme en beauté parfaite.

LES PAROLES QVE DIT
MERLIN LE PROPHETE
Anglois, esmerueillé de voir
Artus en sa ieunesse ac-
comply de toutes
vertus.

Vand Iupiter le grand pere des Rois
Fit naistre Artus ornement des An-
 glois,
Pour vn chef-d'œuure & merueille du Monde,
Il amassa toute la terre & l'onde,
Le feu leger, & les astres qui font
A tous mortels porter dessus le front
(Comme il leur plaist) cent diuerses fortunes,
Blanches tantost, tantost noires & brunes,
Versant sur nous ie ne sçay quel Destin
Qui nous maistrise & suit iusqu'à la fin.

 Il choisit l'eau la plus claire & luisante,
La terre apres la moins dure & pesante,
Les mit en masse, & en fit du leuain :
Il la poitrit longuement en sa main
L'amollissant de son doigt bien agille,
Comme vn potier amollit son argille.

 Tournant la terre en homme la forma,
Souffla dedans vn feu qui anima
La masse rude, & de soy paresseuse,
D'vne ame viue, ardente & genereuse,
Semblable au feu qui pront, chaud, & leger
Fuyant la terre, au Ciel se va loger.

 En-ce-pendant les trois Parques chenuës
Sont à l'entour de l'image venuës,
Ayant au col trois quenoilles d'airain,
Fuseaux de fer, puis tirant de leur sein
Vne filace & blanche & deliée,
L'ont tout au rond des quenoilles liée.

 Moüillant souuent de saliue leurs doigts
Pinçoient le fil d'vn accord toutes trois,

Et de la trame en tourbillon suyuie
D'vn beau fuseau filoient sa blanche vie,
La polissant d'vne mordante dent :
Puis pour durer contre tout accident
Qui va troublant des mortels le courage,
D'vn triple brin renforçoient tout l'ouurage,
A fin qu'ensemble il fust & blanc & fort,
Blanc en beauté, & dur contre l'effort
Que le malheur ou que l'enuie ameine,
Brisant le cours de nostre vie humaine.

 Lors Iupiter qui seul presidoit-là,
A haute voix tous les Dieux appella
Pour contempler ceste image parfaite
Que pour miracle au Ciel il auoit faite,
Leur commandant d'vn front paisible & doux
Qu'elle receust vn beau present de tous.

 Adonc Amour d'vne allaigre secousse
Luy renuersa tous les traits de sa trousse
Dedans les yeux ; non seulement ses traits,
Mais ses douceurs, ses graces, ses attraits
Qui volletoient sur son chef, comme Auettes
Vollent autour des plus belles fleurettes.

 Venus, d'œillets & de roses a peint
La couleur viue & fraische de son teint :
Mars luy donna la taille & la proüesse,
Pallas prudence, & Iunon la richesse :
Phebus luy fist le chef au sien pareil,
Et Promethé luy donna le conseil,
L'esprit Mercure, & Pithon la faconde :
Puis Iupiter le fit descendre au Monde.

 Si tost qu'à bas l'image descendit,
La Renommée aux grands yeux l'entendit :
Lors ne souffrant que la belle venuë
D'vn homme tel fut long-temps incognuë,
Laissa couler comme les Nymphes font
Ses longs cheueux à l'entour de son front,
Et sur le dos : puis elle prit ses aisles
A cent couleurs, grandes, longues & belles,
Faites de rang à cerceaux inégaux,
Telles qu'on voit celles des papegaux,
(Present de l'Inde) estre toutes couuertes
D'azur, de rouge, & de peintures vertes,
Et se monstrer diuerses à nos yeux,
Ainsi qu'Iris en vn temps pluuieux.
Elle cacha cent langues en sa bouche,
Print son cornet que soudain elle embouche
A ioüe enflée, & promptement de là
Sur le Palais d'Europe s'enuolla.

 Europe auoit sur sa robe engrauée

Mainte prouince à fils d'or esleuée,
Mainte cité, maints fleuues, & maints ports,
Et mainte mer seruant de frange aux bords
De son habit, mainte droicte montagne,
Mainte forest, maint lac, mainte campagne,
Et maint sablon sur les plis iauniffant
De son habit en or resplendiffant.
Son œil fut plein, tout son front & sa face
De majesté, de douceur & de grace.

    Deffur son chef mainte couronne estoit :
Dedans la main maint sceptre elle portoit,
Et haute affife en vn throfne d'yuoire
De toutes pars s'enuironnoit de gloire,
Et de joyaux qui flambans à l'entour
De ses beaux doigts faisoient vn autre iour.

    Comme elle veut ceste Europe commande
Aux Rois sceptrez affis d'vne grand' bande
Pres de son throfne, vn a le front joyeux,
L'autre marry fiche à terre les yeux,
L'autre rusé difcourt en sa penfée
De mettre à fin la guerre commencée,
L'vn vit en paix, l'autre ne veut finon
Par le harnois acquerir du renom.

    L'vn eft heureux, & l'autre n'eft profpere,
L'vn eft Tyran, l'autre regne en bon pere,
L'vn eft prudent, l'autre mal-auifé :
    L'vn ramaffant de son sceptre brifé
Les grands efclats miferable feftonne,
Et l'autre voit à terre sa couronne.
L'vn eft vieillard & l'autre ieune enfant,
L'vn eft vaincu & l'autre triomphant.

    Tout à l'entour font les Ducs & les Com-
      tes,
Que toy, Fortune, en vn iour tu furmontes,
Et de pompeux les fais aller feulets,
De grands feigneurs transformez en valets.

    Aupres du throfne eftoient grandes Prin-
      ceffes,
Roynes de nom, Marquifes & Ducheffes,
Qui venoient voir Europe bien fouuent :
L'vne derriere & l'autre alloit deuant
Selon le rang, le fang & le lignage.

    Elles ouurant à l'éguille vn ouurage
Bordoient enfemble à traits longs & parfaits
De leur païs les geftes & les faits,
Et l'origine, & les longues Annales,
Grand ornement des dignitez Royales.

    Or auffi toft que l'Europe entendit
La haute voix que la Fame efpandit

Au Ciel, en mer, & çà bas en la terre
Elle appella sa mignonne Angleterre,
Luy commandant d'aller voir que c'eftoit
Que cefte voix publiquement chantoit.

    Tout auffi toft qu'Angleterre eut ouye
Telle nouuelle, elle en fut réjouye,
Et supplia la Fame de pouuoir
(Pour le redire à l'Europe) aller voir
Cette belle ame en beauté fi parfaitte,
Qu'elle cornoit auecques sa trompette.

    La Renommée adonc fe mift deuant,
Et l'Angleterre apres l'alloit fuyuant,
Toufiours parlant d'vn fi plaifant vifage,
Dont jà le nom auoit pris son courage.

    Incontinent que cefte Nymphe eut veu
Ce nouueau corps de beauté fi pourueu,
De qui la face & douce & genereuse
Euft pris les Dieux, elle en fut defireuse,
Et en dreffant les yeux pleins de foucy
Vers Iupiter, fit sa requefte ainfi.

    Pere Iupin qui habites les nuës,
A qui des cœurs les flammes font cognuës,
Si i'ay fuiuy ta haute Majefté,
Si i'ay fidele à ton seruice efté,
Si tu m'as humble en tous lieux rencontrée,
De fi belle ame honore ma contrée.

    Ainfi priant la Nymphe demanda,
Et d'vn clin d'œil Iupiter l'accorda.

    Incontinent cent mille courtoifies,
Toutes vertus dedans le Ciel choifies,
Et tout l'honneur qui fert de luftre aux Rois
Vient honorer le beau païs Anglois,
Fils de Neptun' tout enuironné d'onde,
Et feparé des malices du Monde.

    Alors que l'âge aura de ton Printemps
Vn peu meury les plaifirs inconftans,
Et que l'ardeur qui les guerres anime,
Te rendra Prince & fort & magnanime,
Toutes forefts, tous rochers d'alentour
Ne parleront que d'armes & d'amour,
De pale-frois, d'efcuyers, de querelles,
Et de venger l'honneur des Damoifelles,
De vains combats, & de ponts perilleux,
D'enchantemens, de hazards merueilleux,
Le vray fuject de cefte Table-ronde
Qui de son nom doit courir tout le Monde,
Et de laquelle, ô tres-vaillant Artus,
Seras l'honneur pour tes hautes vertus,
Et de tous Rois, qui boüillans de ieuneffe

Voudront vn iour imiter ta proüesse.
Aussi es-tu la facture des Dieux,
Ne sois pourtant d'vn tel heur glorieux :
Tant plus en haut les choses sont poussees,
Plus contre bas elles sont abaissees
Par la Fortune, à qui n'est rien si cher
Que voir d'enhaut les Princes trebucher :
. Mais toy, qui prens des Dieux mesme la
        vie,
N'es point subiect, comme vn peuple à l'enuie,
Plus puissant qu'elle, & la voirras mourir,
Et tes combats heroïques fleurir,
Sans que sa lime odieuse les ronge.
» Toute vertu mesprise le mensonge.
   Ainsi Merlin d'Artus prophetisoit,
Et vray deuint tout cela qu'il disoit.

ELEGIE.

Eule apres DIEV la forte destinée
Commande en terre à toute chose nee,
Et son lien nous enlasse si fort,
Que rien ne peut le trancher que la Mort.
   Ny pour voguer par les mers poissonneu-
        ses,
Ny pour tracer les Syrtes sablonneuses,
Pour se cacher dans l'Antre d'vn rocher,
Ou sous la terre, on ne peut empescher
Le cours fatal, qu'importun ne nous suiue,
Et que chacun par contrainte ne viue
Dessous la loy qu'il receut en naissant :
Tant le decret du Destin est puissant.
   Ainsi du iour que ie vous vy, Madame,
Vous fustes seule empreinte dans mon ame,
Et le Destin ne m'a permis depuis
Aimer ailleurs, tant condamné ie suis
A vous seruir ne sentant autre braise,
Ny ne voyant autre bien qui me plaise.
   Quand ie vous vay (il n'en faut point men-
        tir)
Vostre beauté au cœur me fait sentir
Cent passions diuerses, & me semble
Que tout le corps passionné me tremble.
   En vous ie vy, & en vous ie respire,
Autre richesse au monde ie n'aspire,
Seuls vos beaux yeux font mon contente-
        ment :
Sans leurs rayons ie mourrois promptement.

Voila pourquoy mon ame qui s'oublie
Pour vous aimer, si fermement se lie,
En me laissant, à la vostre, qu'elle est
Tousiours collee au plaisir qui luy plaist,
Sans se souler de telle iouyssance.
Et pour cela nos noms, comme ie pense,
Sont accordans : Car nous ne sommes pas
Deux cœurs en vn liez iusqu'au trespas :
Mais le Destin qui les amans assemble,
Nous a liez de mesmes noms ensemble,
Comme de cloux pour tenir l'amitié
Qui nous conioint sans changer de moitié.
   Las ! ie ne puis changer d'autre pensee,
Tant la mienne est en la vostre passee,
Mon cœur au vostre, & plus rien ie ne suis
Sinon vous-mesme, & rien de moy ne puis :
Tout dedans vous ie ne suis nulle chose,
Et n'ay besoin d'autre metamorphose,
S'il ne vous plaist vous mesmes vous changer,
Et vous desfaire & rompre & desloger
Hors de chez vous : autre mal-heur extréme
Ne peut forcer moy qui suis en vous mesme.
   Pource, Madame, esperer il vous faut
Vn seruiteur loyal & sans defaut,
Comme ie suis, qui pour vostre seruice
Se vient soy-mesme offrir en sacrifice
A vos beautez, dont de iour & de nuict
Le beau portrait de toutes parts me suit :
Bien que souuent ou par doute ou par crainte
Ou par respect ou par autre contrainte,
En vous voyant, tout pensif & tremblant,
De voir vos yeux ie n'ay pas fait semblant,
Comme monstrant par froide contenance
Qu'en autre part i'auois fait alliance,
Faisant entrer les hommes en soupçon
Que mon ardeur n'estoit plus qu'vn glaçon,
Et la chaleur auparauant si forte,
Par trait de temps languissoit toute morte.
   Mais ie cachois d'vne cendre le feu
Qui me brusloit : à fin qu'il ne fust veu
Par le dehors, que le dedans, Madame,
Ardoit pour vous d'vne si chaude flame.
   Non, ie ne suis vn amant incertain
Qui prend & laisse amour aussi soudain
Qu'vn vestement : c'est vn acte volage.
Amour m'est tout, Amour m'est heritage,
Comme est mon sang, mes veines & mon
        cœur,
Que ny le temps, desespoir ny rigueur

Ne peut m'oster : il faudroit me desfaire.
Mais ie ne veux que l'importun vulgaire,
Menteur, causeur, cognoisse rien de moy,
Pour ne commettre à sa langue ma foy.

    Qui veut garder vne amour bien entiere,
Ne faut donner au mesdisant matiere
De caqueter : il faut dissimuler :
Souuent le taire a vaincu le parler :
Puis l'amitié qui est bien commencee,
Sans parler parle auecques la pensee.

ELEGIE, A AMADIS IAMIN
SON PAGE.

COuure mon Chef de Pauot ie te prie,
    A fin, IAMIN, que mes soucis i'oublie :
De luy tout seul pour perdre mon meschef,
Ie ne veux point me couronner le Chef :
Mais de son ius à longs traits ie veux boire
Pour de mes maux endormir la memoire
De fond en comble, & pour ne retenir
Iamais au cœur vn si dur souuenir :
Voulant du tout en forçant ma nature
Du charactere effacer la figure
Que ie portois engraué dans le cœur,
Qui par deux ans a nourry ma langueur.

    Le temps perdu soit perdu, & ie pense
Auoir assez entiere recompense,
Si de ses rets ie me puis deslier,
Et tout à coup son amour oublier.

    Charge mon vin de Pauots & ma teste,
Et ne vien plus d'vne reprise honneste
Me condamner que ie suis inconstant,
Ou si tu veux, repren, i'en suis content,
Pourueu qu'ainsi ie la puisse en ma vie
Autant haïr comme ie l'ay seruie.

    Le mal traité s'éjouït à son tour,
Quand le Destin triomphe de l'amour,
Et bien souuent pour ne pouuoir complaire,
Le trop d'amour se transforme en colere,
En rage, en feu, qui de vengeance sert,
Et pour vn rien souuent le tout se perd.

ELEGIE A CASSANDRE.

L'Absence, ny l'oubly, ny la course du
      iour
N'ont effacé le nom, les graces ny l'amour

Qu'au cœur ie m'imprimay dés ma ieunesse
    tendre,
Fait nouueau seruiteur de toy belle Cassandre,
Qui me fus autrefois plus chere que mes yeux,
Que mon sang, que ma vie, & que seule en
    tous lieux
Pour sujet eternel ma Muse auoit choisie,
A fin de te chanter par longue poësie.

    Car le trait qui sortit de ton regard si beau,
Ne fut l'vn de ces traits qui deschirent la peau ;
Mais ce fut vn de ceux, dont la poincte cruelle
Perse cœur & poumons, & veines & moüelle.
Ma Cassandre, aussi tost que ie me vy blessé,
Ieune d'ans & gaillard, depuis ie n'ay pensé
Qu'à toy, mon cœur, mon ame, à qui tu as rauie
Absente si long temps la raison & la vie :
Et quand le bõ Destin iamais n'eust fait renoir
Tes yeux si beaux aux miens, le temps n'a-
    uoit pouuoir
D'éleuer vne esquierre, ou d'amoindrir l'image
Qu'Amour m'auoit portraite au vif de ton
    visage :
Si bien qu'en souuenir ie t'aimois tout ainsi
Que dés le premier iour que tu fus mon souci.

    Et si l'âge qui rompt & murs & forteresses,
En coulant a perdu vn peu de nos ieunesses,
Cassandre, c'est tout vn ; car ie n'ay pas esgard
A ce qui est present, mais au premier regard :
Au trait qui me naura de ta grace enfantine,
Qu'encores tout sanglant ie sens en la poitrine.
Bien-heureux soit le iour que tes yeux ie reuy,
Qui m'ont & pres & loin de moy mesmes rauy.

    Et si i'estois vn Roy qui toute chose ordonne,
Ie mettrois en la place vne haute Colonne
Pour remarque d'Amour, où tous ceux qui
    viendroient,
En baisant le pilier, de nous se souuiendroient.

    Ie deuins vne Idole aux rayons de ta veüe,
Sãs parler, sans marcher, tant la raison esmeüe
Me gela tout l'esprit, loin de moy m'estrãgeant,
Et viuois de tes yeux seulement en songeant.
Tousiours me souuenoit de ceste heure premiere
Où ieuné ie perdi mes yeux en ta lumiere,
Et des propos qu'vn soir nous eusmes, deuisant,
Dont le seul souuenir, non autre m'est plaisant.
Ce fut en la saison du Printemps qui est ores :
En la mesme saison ie t'ay reueüe encores :
Face Amour que l'Auril où ie fus amoureux,
Me face aussi cõtent que l'autre mal-heureux.

LE RECVEIL
DES MASCARADES.

CE diamant, Maiſtreſſe, ie vous
    donne,
    Du tout ſemblable à la meſme
    perſonne
Du Cheualier, qui bien-heureux ſe ſent
De vous en faire vn gracieux preſent.

    Il eſt bien clair, mon ame eſt toute claire,
Où de vos yeux la belle flame eſclaire:
Il eſt durable, & durable eſt mon cœur,
Opiniaſtre à ſouffrir ſa langueur
Pour vous ſeruir comme choſe diuine,
Car la vertu en eſt ſeule origine.
La bague eſt ronde, & mon cœur eſt tout rond:
D'or eſpuré le plus riche qu'on fond
Eſt fait l'anneau, qui tous metaux ſurpaſſe
Comme ma foy toutes autres efface:
Il eſt graué, mon cœur porte le trait
Bien engraué de voſtre beau portrait.

    Et bref, Madame, en nous voyant en-
    ſemble,
Vous iugereʒ qu'au preſent ie reſemble:
Mais ie vous pri' que par voſtre bonté
Au Diamant vous laiſſieʒ la durté
Sans la loger en voſtre ame ſi belle :
Ou bien ſuiueʒ la douceur naturelle
De ce ioyau, qui plus tendre eſt rendu
Par ſang de Bouc chaudement eſpandu:
Ainſi n'ayant contre amour autres armes
Ny contre vous ſinon mes chaudes larmes,
Molliſſez-vous, voyant que mes douleurs
Me font verſer mon ſang en lieu de pleurs.

CARTEL POVR PRESEN-
TER AV ROY.

SIx Cheualiers aux armes valeureux,
  Autant vaillans que parfaits amoureux,

Ayants ſenty les gracieuſes flames
Des yeux vainqueurs de ſix honeſtes Dames,
Dont tous les ſix viuement ſont eſpris;
Ont pour l'Amour ce voyage entrepris,
Par le congé de leurs belles Maiſtreſſes,
Pour eſprouuer au combat leurs proüeſſes;
Et faire voir par le glaiue pointu
Que peut vn cœur animé de vertu.

    Ces Cheualiers yſſus de bonne race,
Et courageux d'vne amoureuſe audace,
Ont pris pour guide vn Prince du haut ſang,
Dont les ayeux conduits d'vn Cygne blanc,
Par longs combats & par guerres ſans tre-
    ues,
Ont mis au Ciel l'illuſtre nom de Cleues.

    Or pour autant qu'on oyt de toutes pars
Qu'en ceſte Cour habite le Dieu Mars
Qui a veſtu de CHARLES le viſage,
Dont les vertus ſont plus grandes que l'âge:

    Puis cognoiſſant que tant de Cheualiers
Pres d'vn tel Roy ſe trouuent à milliers,
Qui comme nous reçoiuent dedans l'ame
Le doux ſoucy d'vne gentille Dame:
Sommes venus (SIRE) pour leur prouuer
Que plus vaillans ne ſe peuuent trouuer.

    Par les chemins nous auons ouy dire,
Qu'vn Prince vit ſubiect de voſtre Empire,
Braue & courtois, qu'on dit eſtre conceu
Du meſme ſang dont vous eſtes yſſu,
Qui pour tromper la pareſſe & le vice
Fait volontiers des armes exercice.

    SIRE, ſon nom eſt le Comte Dauphin,
Contre celuy nous voulons mettre à fin
(Le deſfiant) noſtre ieune entrepriſe,
Qu'Amour anime, & que Mars fauoriſe.

    Ce Comte doncq' ſix Cheualiers prendra
Les choiſiſſant les meilleurs qu'il voudra,
Pour ſix à ſix combattre à la barriere
A coups de pique ou de lance guerriere:

A fin de faire à nos Maiſtreſſes voir
Combien leurs yeux ont ſur nous de pouuoir.
 De nos combats vous donnereʒ la gloire
A qui voudreʒ, S I R E : car la victoire
De ce tournoy qui vous eſt appreſté,
Seule dépend de voſtre Majeſté.

ENVOY A VNE DAMOISEL-
LE POVR VNE MASCARADE.

Vand le loiſir me ſeroit preſenté
Autant parfait que i'ay la volonté,
Et quand celuy qui au combat m'appelle,
M'euſt aduerty d'vne entrepriſe telle :
 I'euſſe monſtré par vn cœur liberal,
Que peut vn Prince amoureux & loyal ;
I'euſſe monſtré que peut la courtoiſie
D'vn cœur remply d'vne amoureuſe enuie.

 Mais me voyant tout ſur l'heure preſſé,
Le bon vouloir par contrainte eſt forcé,
Voire ſi bien, qu'en telle affaire extréme
Ie ne ſçaurois preſenter que moy-meſme,
Offrant icy pour gage ſuffiſant
Mon cœur en lieu de tout autre preſent.
 Pour ce, Maiſtreſſe, heureux feu de ma
  flame,
Dont la vertu ſi viuement m'enflame,
Faites ſçauoir aux Dames mon vouloir,
Et que le temps a vaincu mon deuoir.

 Vous leur direʒ que mon gentil courage,
Comme hautain, donne bien d'auantage
Que des preſens, tant ſoient-ils de grands prix,
Offrant le cœur que vos yeux tiennent pris.

 Receuez doncq', gracieuſe Thenie,
Le cœur offert, le ſeruice & la vie,
Et ceſte troupe ardente de monſtrer
Qu'vne plus braue on ne peut rencontrer,
Pour honorer vos vertus, & de celles
Qui, comme vous, ſont honneſtes & belles.

CARTEL.

Out Amant cheualeureux
Qui cherche à faire conqueſte,
Ne ſe doit dire amoureux,
S'il n'ayme d'amour honneſte.
 Si par crainte, ou par effort,

Forçant ſa Dame, il la preſſe,
Il hait ſa Dame bien fort,
Et n'eſt digne de Maiſtreſſe.
 Ce Cheualier ſainctement,
Pres d'honneur, loin de diffame,
Ayme ſi honneſtement
La Chaſteté de ſa Dame,
 Qu'il ne cede en telle amour
A nulle autre creature
Qu'à celuy qui doit ce iour
Gagner du lieu l'auanture.
 Et ſi quelqu'vn pour blaſmer
L'honneſte amour, veut debattre,
Il ne doit point preſumer
De ſ'en-aller pour combattre.

MASCARADE.

As ! pour auoir aymé trop haut,
Et n'auoir ſeruy comme il faut,
 Amour ce tourment nous accorde
De nous battre le ſein de coups,
Et vous crier à deux genoux
Mercy, pardon, miſericorde.

CARTEL POVR LE ROY
HENRY III.

'Ay par actes laborieux
Rendu mon nom ſi glorieux,
Si riche de mainte victoire,
Que ie veux auiourd'huy monſtrer
Que ie ſuis bien digne d'entrer
Dedans le beau Temple de gloire.

 Ie ſuis ſeur qu'on n'en doute pas,
Tant les honneurs de mes combas
M'appellent à telle entrepriſe :
Sans plus il faut ce meſme iour
Ioindre mon Mars auec Amour,
Et que ſon arc me fauoriſe.

 Mars rend vn Prince genereux,
Amour le fait auantureux :
Heureux qui tous deux les aſſemble.
Mes Dames, ſoyez mon ſupport,
Le cœur d'vn guerrier eſt plus fort
Quand Mars & Amour ſont enſemble.

CARTEL POVR LE ROY.

S I le Soleil qui void tant de choses le
      iour,
Vit iamais Cheuallier tres-content en amour,
Il void en ceste place vn Prince qui se vante
D'auoir sur tous Amans sa fortune contente,
D'autant que le bon-heur de son contentement
Est diuin & parfait : car le Ciel autrement
N'eust peu de ce guerrier rendre l'ame amou-
      reuse,
Sans luy döner Maistresse en tous poincts bien-
      heureuse.
Or' si quelqu'vn en doute, & ne veut confes-
      ser
Qu'il est sur tous content, n'espere de passer
Ce chemin sans combattre : ainsi le lieu le
      porte,
Afin que son audace vne honte r'emporte.
      Les Dames, sans faueur, seront iuges du
      fait,
Qui verront au combat combien sera parfait
Ce Cheualier, d'autant que sa Maistresse passe
Les autres de beautez, de vertus & de grace.

SONNET POVR CHANTER
à vne masquarade.

S I les Guerriers s'esmeuuent pour les
      Dames,
Ayez pitié de douze que voicy,
Qui sur le front ont pourtrait le soucy,
Le dueil aux yeux, & l'ennuy dans les ames.
   C'est grand' horreur de voir ces pauures
      femmes
En noir habit qui se plaignent ainsi
De ces Guerriers, dont le cœur endurci
Passe en rigueur les rochers & flammes.
   Celuy qui peut des Dames offencer,
Fait honte au Ciel, & s'il ne veut penser
Qu'vn Dieu vangeur des pechez se courrouce.
   Dessur son front son vice est apparent,
Car quel peché peut-on faire plus grand,
Que d'offencer vne chose si douce ?

SONNET POVR VNE
MOMMERIE, LE IOVR
de Caresme-prenant.

L 'An & le mois, le iour, & le moment,
   Ne sont au Ciel leurs cours de mesme
      sorte,
Car en fuyant ils sont portez, de sorte
Que tout n'est rien que diuers changement.
   Apres la guerre on void soudainement
Naistre la Paix qui tous biens nous apporte:
Par l'appetit la raison se transporte,
Et chacun vit sous diuers iugement.
   Comme le Ciel nostre plaisir varie :
N'esperez doncq' que nostre Mommerie,
Tournois, festins, puissent tousiours durer,
   Demain viendra la penitence extresme.
Dames, prenez ces poissons de Caresme,
Où si long-temps il vous faudra pleurer.

CARTEL POVR LE ROY,
CELEBRANT LE IOVR
de sa Naissance.

E N imitant des grands Roys l'excellen-
      ce,
Qui celebroient le iour de leur naissance,
Vn ieune Roy (à qui les Cieux amis
Ont le bon-heur de tant de Rois promis)
Auec son Frere (autre honneur qui égale
De ses ayeux la Majesté Royale)
A ce iourd'huy, comme Prince bien né,
A tous venans le combat a donné,
Pour émouuoir la Françoise ieunesse
Par son exemple à suiure la proüesse,
Et la vertu dont il est amoureux,
Car elle habite en vn cœur genereux.
   Ces Cheualiers issus de grande race
Tiendront le pas, & garderont la place
Contre vn chacun, & comme tres-vaillans,
Se defendront contre tous bataillans,
Et si feront Iuges de leurs querelles
Vieux Cheualiers & ieunes Damoiselles :
Pour ordonner la victoire & le prix
A ceux qui sont aux armes mieux appris.
   Or si quelqu'vn se sent eschaufer l'ame

Des beaux rayons d'vne gentille Dame,
Si par l'eſpée il veut icy montrer,
Qu'vn plus loyal ne ſe peut rencontrer,
Vienne au combat apres auoir mis gage :
Et ſi vainqueur il obtient l'aduantage,
Le gage ſien, & celuy du Tenant
Seront à luy : mais s'il eſt maintenant
Pris & vaincu, il faudra qu'il delaiſſe
L'amour qu'il porte à ſa belle Maiſtreſſe,
Et qu'il ſ'en aille en vn autre quartier
Apprendre mieux des armes le meſtier.

Pour les Rois tres-Chreſtien & Catholique.

Grand Iupiter ! habite ſi tu veux
Tout ſeul l'Olympe, & garde ton tonnerre :
Ces deux grands Rois, les plus grands de la
  terre,
Departiront tout ce monde pour eux.

Pour le Roy tres-Chreſtien Henry II. Sur ſa Deuiſe.

Pour vn Croiſſant il te faut vn Soleil :
Plus ta vertu n'a beſoin d'accroiſſance :
Qui toute ronde, & pleine de puiſſance
Te fait reluire en terre ſans pareil.

Pour le Roy Catholique, ſur ſa Deuiſe.

Eſpoir & crainte eſt la ſeule miſere
Qui nous tourmente : & qui en ce bas lieu,
Ainſi que toy ne craint plus ny eſpere,
Se doit nommer non pas homme, mais DIEV.

Pour luy-meſme.

O l'heritier des vertus de Iaſon :
O de Iunon race recommandée :
Tu as au col la Colchide toiſon,
Mais en ton lict tu n'as point de Medée.

Pour la Royne de France, maintenant Royne Mere du Roy.

Plus que Rhea noſtre Royne eſt feconde
De beaux enfans, leſquels en diuers lieux

Ayant regi la plus grand' part du monde,
Iront au Ciel pour eſtre nouueaux Dieux.

Royne Catholique.

Comme vn beau Lys, eſt en fleur la ieu-
  neſſe
D'Elizabeth : & ſi en corps mortel
Vouloit çà bas deſcendre vne Deeſſe,
Pour eſtre belle, elle en prendroit vn tel.

Roy Dauphin, maintenant Roy treſ-Chreſtien.

On ne voit point qu'vn fort lion ne face
Ses lionneaux hardis & furieux :
Ce ieune Roy ſorty de bonne race
Aura le cœur pareil à ſes ayeux.

Royne Dauphine maintenant Royne.

Ainſi qu'on voit demi blanche & ver-
  meille
Naiſtre l'Aurore, & Venus ſur la nuit,
Ainſi ſur toute en beauté nompareille
Des Eſcoſſois la Princeſſe reluit.

Pour elle-meſme.

Moins belle fut ceſte Venus diuine
Quand à Cythere en ſa Conche aborda,
Lors que le flot qui neuf mois la garda
La feit ſortir de l'eſcume marine.

Duc de Sauoye.

Alcide acquit loüange non petite
D'auoir gaigné les riches pommes d'or :
Ayant acquis la belle Marguerite,
Tu as tout ſeul du monde le threſor.

Ducheſſe de Sauoye.

Ceſte vertu des yeux de la Gorgonne
Eſt dans les tiens vnique ſœur du Roy,
Qui en rocher endurcis la perſonne
Qui vicieuſe apparoiſt deuant toy.

Pour

Pour elle mesme.

La Marguerite est la Pallas nouuelle
Qui hors du chef de son pere sortit,
Le corselet dont elle se vestit,
Est la vertu qui la rend immortelle.

Pour elle-mesme.

La grand' Minerue & la Pallas de
France
Loin des mortels ont chassé le discord :
A l'Oliuier l'vne donne naissance,
L'autre le fait reuiure apres sa mort.

Duc de Lorraine.

Achille estoit ainsi que toy formé :
Dedans tes yeux est Venus & Bellonne :
Tu sembles Mars, quand tu es tout armé,
Et desarmé, vne belle Amazonne.

Duchesse de Lorraine.

Ainsi qu'on voit dedans la Poussiniere
Sur tout vn Astre apparoistre plus beau :
Ainsi paroist sur toutes la lumiere
De ton esprit qui luit comme vn flambeau.

Duchesse doüairiere.

La belle Paix abandonna les Cieux
Pour accorder l'Europe qui t'honore,
Et se venant loger dedans tes yeux
Elle pensoit dans le Ciel estre encore.

Duchesse de Guise.

Venus la saincte en ses graces habite,
Tous les Amours logent en ses regards,
Pour ce à bon droit telle Dame merite
D'auoir esté femme de nostre Mars.

Pour Madame de Guise
doüairiere.

Pareil plaisir la mere Phrygienne
Reçoit voyant ses fils aupres de soy,

Que tu reçois, ô mere Guysienne,
Voyant tes fils tout à l'entour du Roy.

Pour la Royne d'Escosse
doüairiere.

Ie suis en doute, ô guerriere Camille,
Duquel des deux plus d'honneur tu auras ;
Ou pour auoir vne si belle fille,
Ou pour auoir les freres que tu as.

Pour Monseigneur le Cardinal de
Lorraine, & Duc de Guise
son frere.

Allez Lauriers, enuironner les testes
De deux Lorrains, à l'vn pour son sçauoir
Comme à Mercure, à l'autre pour auoir
Ainsi que Mars tant gaigné de conquestes.

Pour eux-mesmes.

L'vn des Iumeaux au Ciel bien souuent
erre,
L'autre aux Enfers d'vne nuë est vestu :
Mais des Lorrains la iumelle vertu
Tousiours illustre apparoist sur la terre.

Pour la Paix.

Des morions l'abeille soit compaigne :
Pendent rouïllez les coutelas guerriers :
Dans les harnois tousiours file l'araigne,
Et les lauriers deuiennent oliuiers.

Pour les Nopces.

Vien Hymenee, & d'vn estroit lien
Comme vn lierre estroittement assemble
Le sang d'Austriche au sang Valesien
Pour à iamais viure en repos ensemble.

LE RECVEIL
DES POEMES.

A TRES-ILLVSTRE ET
REVERENDISSIME ODET,
Cardinal de Chastillon.

VERS HEROIQVES

On ODET, mon Prelat, mon
   Seigneur, mon confort,
   Mon renom, mon honneur, ma
   gloire, mon support,
Ma Muse, mon Phœbus, qui fais ma plu-
  me escrire,
Qui animes ma langue & réueilles ma lyre,
Et qui moins enuers moy ne te monstres hu-
  main,
Que fit enuers Marot ce Mecenas Romain:
Pren s'il te plaist, icy deux presens tout con-
  traires,
L'vn, que i'offre pour toy, & l'autre pour
  tes freres:
C'est mon liure & ma vie, & tout ce que
  iamais
Ma plume en ta faueur escrira desormais,
Laquelle ne sçauroit (bien qu'elle sceust par-
  faire
Mille œuures en ton nom) à l'honneur sa-
  tisfaire
Que ie reçois de toy, sans l'auoir merité:
Et serois bien ingrat si la posterité
Ne cognoissoit d'ODET le nom tres-vene-
  rable,
Et combien vn Ronsard luy estoit redeuable,
Publieur de son lôs qui iamais ne mourra.
  Or ma plume escrira tout ce qu'elle pourra,
(Que la troupe des Sœurs n'a iamais abusee)
Puis, quand ie la verray de te loüer vsee,
I'iray trouuer ton frere, ou François, ou
  Gaspard

Au front d'vne bataille, ou dessus vn ram-
  part :
Et là changeant ma plume en quelque gran-
  de pique,
Hardy, ie me ru'ray dans la presse bellique
Pour mourir vaillamment à leurs pieds estëdu,
Ayant d'vn coutelas le corps outre-fendu :
Et si n'auray regret que ma vie s'en-aille
Pour eux, soit que ie meure au fort d'vne
  bataille,
Soit gardant vne ville, au haut des bastillons,
Afin que vif & mort ie sois aux Chastillons.

EPISTRE A CHARLES
CARDINAL DE LORRAINE.

Vand vn Prince en grandeur passeroit
   tous les Dieux,
S'il n'est doux & benin, courtois & gra-
  cieux,
Humain, facile, honneste, affable & debon-
  naire,
Il ne gaigne iamais le cœur du populaire :
Chacun fuit deuant luy, comme vn agneau
  tremblant
Fuit le loup rauisseur : bien que d'vn beau
  semblant
On feigne de l'aimer, toutefois on luy porte,
En lieu d'vne amitié, vne haine bien forte.
  Vn Roy ne peut auoir à son commandement
De ses propres sujects que le corps seulement :
Nous luy deuons le corps, soit par Zele ou par
  crainte,
Mais il n'est pas Seigneur de nos cœurs par
  contrainte.
Or s'il veut estre Roy des cœurs côme des corps,
Il faut les acquerir par douceur, & alors
Il aura cœurs & corps de toute sa prouince :

„Tant l'hõneſte douceur eſt ſeante à vn Prince:
Comme à vous mon Seigneur , bien que ſeul vous ſoyez
L'honneur des Cardinaux , & que vous employez
Voſtre eſprit genereux aux affaires de Frãce ,
Bien que tout le Conſeil ſuiue voſtre eloquence,
Biẽ que vous entẽdiez Grec, Latin,& Frãçois,
Bien que vous reſpõdiez d'vne tref-docte voix
A tous Ambaſſadeurs de quelque part qu'ils viennent,
Bien que les plus ſçauans aupres de vous ſe tiennent,
Bien que vous gouuerniez preſque ſeul noſtre Roy,
Bien que pour voſtre ayeul vous vantiez Godefroy,
Bien que Hieruſalem en vos titres ſe liſe,
Bien que voſtre niepce ait la Couronne priſe,
Royne de ce pays qui entend les cheuaux
Du Soleil ſe coucher aſſez loin de ſes eaux :
Royne qui doit vn iour par nopce ſolennelle
Ioindre au ſang de VALOIS voſtre race immortelle :
Bien que vos freres ſoyent magnanimes guerriers,
Soit en paix ſoit en guerre , à l'œuure les premiers :
Soit qu'il faille garder ſagement la muraille
De Mets enuironné , ou ſoit qu'en la bataille
De Renty , par les coups de leurs glaiues tranchans
Il faille d'hommes morts engreſſer tous les champs:
Ou ſoit que ſur la mer pour noſtre foy Chreſtienne
Ils reſpandent le ſang de la race Payenne :
Si n'eſtes-vous pourtant ny ſuperbe ny fier ,
Mais humble ne vous plaiſt vos faits glorifier
Par ceux de vos ayeux, biſayeux, & grandsperes,
Ny de geſtes nouueaux acheuez par vos freres.
　C'eſt le plus grand honneur que vous ſçauriez auoir.
Tant plus voſtre grandeur eſt puiſſante en pouuoir,
Tant plus vous maniez les affaires publiques,
Tant plus vous ſouſtenez les decrets Catholiques,

Tant plus vous commandez , tant plus vous gouuernez
Noſtre Roy,ſous lequel ſes loix vous ordõnez,
D'eſtre humble & gracieux. Ie ſçay que voſtre race
De victoires ornée eſt digne qu'on luy face
Honneurs deſſus honneurs : & ie ſçay bien que vous
Meritez à bon droit qu'on baiſe vos genous,
Qu'on embraſſe vos pieds : mais Prince , ou ie me trompe ,
Ou vous deuez fuir ceſte mondaine pompe,
Et ne deuez vſer de ſi hauts appareils
Sinon vers les plus grãds qui ſerõt vos pareils.
A ces Monſtres de Court vous deuez comme maiſtre
Faire d'vn braue front vos grandeurs apparoiſtre ,
Et combien vous pouuez : mais aux petits qui vont
Tremblant en vous voyant & qui n'oſent le front
Hauſſer vers les rayons de voſtre clair viſage,
Vous deuez eſtre ſimple & plein de doux lãgage
Pour leur gaigner le cœur, imitant l'Eternel
Qui ſe daigna veſtir d'vn habit corporel,
Et rejettant les grands où tout orgueil abonde,
Se rendit familier des plus petits du monde.
„ C'eſt peu de cas,Prelat,de cet honneur mondain,
„ Qui pluſtoſt que le vẽt du iour au lendemain
„ S'enfuit , & longuement ne ſejourne noſtre hoſte :
„ Car vn iour nous le donne , & l'autre iour nous l'oſte.
Il y a plus de peine à bien garder ſon rang,
A gouuerner vn Roy , à bien faire le grand,
Que tout l'honneur ne vaut : ceſte charge honorable
S'accompaigne touſiours d'vn ſoucy miſerable,
D'vne ſollicitude & d'vne ambition,
D'vn trauail eſpineux , & d'vne paſſion
Qui touſiours dans le cœur eternelle demeure,
Ne nous laiſſant dormir la nuict vne ſeule heure.
　C'eſt peu de cas auſſi de baſtir iuſqu'aux Cieux
Maints Palais eſleuez d'vn front ambitieux,
Qui ne ſeruẽt de rien que de pompeuſe montre,

Qui ne peuuent durer (tant soient forts) à
   l'encontre
De la fuite du Têps : car bien que les Chaleurs,
Les hyuers ou les vents, ou mille autres mal-
   heurs,
Soit de pluye ou de gresle, ou le flambant ton-
   nerre,
Ou l'ire d'vn Seigneur, ou le sac d'vne guerre,
Ne les fissent tomber : si est-ce que le Temps
Les fera de sa faulx en moins de deux cês ans
Renuerser pied sur teste, & à la petitesse
Des champs esgalera leur superbe hautesse.

   Je ne dy pas, Prelat, que ce ne soit bien-fait
De bastir vn Palais en delices parfait,
D'obtenir d'vn grand Roy tout ce qu'on luy
   demande,
De se faire soy-mesme & sa race bien grande.
Mais il ne faut pas tant que le cœur y soit mis,
Qu'on ne face vn tresor de fideles amis,
Sur lequel les larrons ny le feu n'ont puissance,
Ny l'ire des grands Rois, ny du Temps l'in-
   constance :
Il faut se rendre amy de ceux qui ont pouuoir
De chanter vostre nom, & de faire sçauoir
Aux siecles à venir vostre immortelle gloire
Par œuure poëtique, ou par certaine histoire :
Lors vous ferez pour vous trop plus que ne
   pensez,
Si par ce beau moyen les ans vous deuancez.

   Mais ne voyez-vous pas comment la re-
   nommée
De vostre Oncle defunct est desia consommee
Dans le creux du tombeau morte auecques
   ses os
(Si son nom quelquefois ne suruient à propos)
Bien qu'il fust liberal, magnifique & honneste,
Bien qu'il eust comme vous le Chapeau sur la
   teste,
Et bien qu'il gouuernast l'autre Roy tout ainsi
Que vostre Saincteté gouuerne cestuy-cy ?
On ne parle de luy non plus que d'vn pauure
   homme
Que la commune mort sans renommée as-
   somme
Dans vn lict incogneu , par faute que les
   vers
Ne respandent son nom dedans cest Vniuers.
   Doncq' à fin, mon Seigneur , qu'vn tel
   mal-heur n'emmure

Vous & vostre renom sous mesme tombe ob-
   scure,
Deuez en preuoyant vostre maison garnir
D'hommes qui sçauront bien vos vertus
   maintenir,
Hardis côtre la mort, qui les Princes emmene.
Tel à Rome iadis s'apparut vn Mecene,
Qui pere entretenoit les plus gentils esprits
Pour enrichir son nom de leurs nobles escrits.
Il ne fut point deçeu de sa belle esperance,
Ny ne sera iamais : il vit par souuenance
Autant que son Auguste , & encore au-
   iourd'huy
Les Princes bien-faicteurs se surnomment de
   luy.

   Or sus parlon de moy qui voudroy recognoistre
Mon Mecene, mon tout, mon seigneur &
   mon maistre.

   Muses, qui les sommets de Parnasse tenez,
Et qui de nuict & iour vos danses amenez
Sur le bord de Permesse : O race genereuse,
Qui pressez les ingrats d'vne nuict oublieuse,
Vous ne passerez pas ny au siecle futur,
Ny en l'âge present mon nom d'vn voile ob-
   scur
Sous le titre d'ingrat : car vne ingrate tache
Ne soüillera iamais mon cœur que ie ¹ sça-
   che :

   Ains ie diray, Seigneur, à nos peuples Fran-
   çois
Le bien que m'auez fait pour la seconde fois,
Vous suppliant n'aguiere au Chasteau qui
   s'appelle
Du gracieux surnom d'vne Fontaine belle.
   I'estois plus esperdu qu'vn viateur de nuit
Ne se perd en vn bois quand la Lune ne luit,
Et quand aucune Estoille à ses yeux ne se
   montre :
Poursuiuant vn sentier, de fortune il rencon-
   tre
Vn carrefour douteux en cent chemins croisé :
Il s'arreste au milieu comme mal-auisé,
Et comme ne pouuant en tenebres compren-
   dre
Entre tant de chemins lequel il luy faut pren-
   dre,
Doutant bien longuement en ses sens esbahis
Lequel est le meilleur : par aduis de païs

Suit le plus droit *Chemin*, qui sans seiourner
   guiere
Le guide hors du bois, où il voit la lumiere
Des loges des pasteurs, lesquels à la parfin
Ayant de luy pitié, luy monstrent le chemin.

   Ainsi tout esgaré dedans la *Cour* i'alloye,
Entre mille chemins ne sçachant quelle voye
Ie prendrois seurement pour me tirer du bois,
I'entens du labyrinth de l'esprit où i'estois.
Comme i'errois ainsi ie veis luire vne flame:
Hà! ce fut le secours propice de *Madame*
Sœur vnique du *Roy*, & le vostre, *Seigneur*,
Qui me fut du chemin le fidele enseigneur.
Il est vray que la chose à la fin n'est venuë
Comme nous l'esperions : ie ne sçay quelle nuë
Couurit vostre faueur, & le sort inhumain
Se mit deuant le fruit pour empescher ma
   main.
Ainsi que la moisson se perd dessus la terre
Lors que le mesnager dans la grãge la serre,
Ie perdis le bien-fait que i'auois eu du *Roy*
Pour n'oser m'attaquer à vn plus grand que
   moy.
» *Quand quelque grand Seigneur au petit se*
   colere;
» *Bien qu'en dissimulãt son courroux il digere,*
» *Si est-ce que son cœur qui se sent outragé,*
„ *Iamais ne dort content qu'il ne s'en soit van-*
   gé.
Mais autant, mon *Prelat*, ie vous en remercie
Que si i'en iouïssois : car tandis que la vie
Animera mon corps, fussé-ie en ceste part
Où le vent *Aquilon* armé de glaces part,
Ou fussé-ie tout nud sur l'*Ethiope* arene,
I'auray tousiours pour Prince vn CHARLES
   DE LORRAINE
Engraué dans le cœur d'vn ferme souuenir :
Et quand la froide mort me fera deuenir
Vain hoste du sepulchre, encore d'vn murmure
Ie bruiray vostre nom dedans ma sepulture.
Vous m'auez honoré, & non pas comme ceux
Qui caressent les gens pour vne fois ou deux,
Puis le matin venu, hagards ne les cognoissent,
Pensant estre honnis si les yeux ils abaissent
Pour regarder quelqu'vn, soit entrant chez
   le *Roy*,
Ou soit en lieu public, ou en lieu de requoy,
Ou dedans vne allee, ou deuant vne porte :
Mais vous ne fustes onq vers moy de telle sorte;

Car à toutes les fois que me suis presenté
A vous, mon cher *Seigneur*, vous m'auez es-
   couté,
Et comme tres-humain, d'vne douce maniere
Vous auez entendu tout du long ma priere
Sans me tourner les yeux, ny sans baisser le
   front,
Signes dissimulez que les *Courtisans* font
Quand ils trompent quelqu'vn, ou quand ils
   n'ont enuie
De prester vn plaisir à celuy qui les prie.
   Me blasme qui voudra d'importuner le *Roy*
D'augmenter ma fortune : or *Seigneur*, quant
   à moy
Ie ne seray honteux de luy faire requeste :
Il ne sçauroit monstrer largesse plus honneste
Que vers ceux que la *Muse* & *Phœbus Apollõ*
Nourrissent cherement pour illustrer son nom.
Ie ne sçaurois penser que des peintres estranges
Meritent tant que nous les postes des loüanges,
Ny qu'vn tableau basty par vn art ocieux
Vaille vne *Franciade* œuure laborieux :
Ie vous en fais le iuge & pour certain ie pense
Que iuste donnerez pour moy vostre sentence.
Hà, bons *Dieux*! qui mettroit la *Frãciade* à fin
Sans le bien-fait d'vn *Roy* ? ie le vous dis, à fin
Que vostre *Saincteté* quelquefois luy redie,
Pour rendre à bien chanter ma *Muse* plus
   hardie.
Virgile n'eust iamais si brauement chanté
Sans les biens de *Cesar* : i'ay experimenté
Qu'vn pauure ne sçauroit entreprendre vn
   grand œuure :
Volontiers le marteau d'vn soufreteux ma-
   neuure
Ne fait vn grãd *Palais*: tant plus il mõte haut,
Plus la faim le rabaisse, & le cœur luy defaut.
Vne ode, vne chanson se peut faire sans peine :
Mais vne *Franciade*, œuure de longue haleine,
Ne s'accomplit ainsi : il me faut esprouuer
La longueur de dix ans auant que l'acheuer :
Car vn liure si grand & si plein d'artifice
Ne part ainsi des mains sans qu'on le repolisse.
   Peut-estre on me dira que ie suis de loisir,
Et que ie la deurois chanter pour mon plaisir :
Mais certes ce n'est moy qui en vain me distile
Le cerueau par dix ans pour vne œuure inutile
Qui n'apporte nul bien sinon rendre grison,
Palle, & boufi l'auteur en sa ieune saison.

P P P p p p iij

Gouteux & catharreux des humeurs amaf-
  fees
Par tant & tãt de nuits sur les liures passees.
  I'ay DIEV mercy, Prélat, vn peu de bien
    pour moy,
Ie suis demy-content : mais pour chanter du
  Roy
Les ayeux , bisayeux, leurs faits, & leur
    proüesse,
Ie n'en ay pas assez ; honteux ie le confesse :
Et si ayme trop mieux le confesser, Prelat,
Que la posterité m'accuse d'estre ingrat.
  Non, non, ie ne quiers pas ces publiques
    offices,
Ces grasses Eueschez, ces riches Benefices :
Tels biens sont deubs à ceux qui le meritent
    mieux,
A nos Ambassadeurs qui d'vn soin curieux
Veillent pour nostre France, & pour ceux
    qui en guerre
Au dãger de leur sang augmẽtent nostre terre.
  Or viuez, mon Prelat, viuez heureusement,
Prelat digne de viure au monde longuement :
O l'honneur plus fameux de vostre noble race
Ie vous suppli' vouloir d'vne ioyeuse face
Ces vers forgez à haste en vos mains receuoir
Pour le gage tresseur de mon humble deuoir :
Et s'ils ne sont bien-faits, si bien ie ne vous
    chante
(Le vouloir seulemẽt, & non l'œuure ie vãte)
Vous me verrez vn iour plus hautemẽt iouër,
S'il vous plaist d'vn bon œil pour vostre m'a-
    uoüer,
Non pas au rang nombreux de vos Proteno-
    taires :
Car les champs & les bois & les lieux solitaires
Et les prez, où le Loir parmy les herbes court,
Me plaisent beaucoup plus que le bruit de la
    Court.
Il me suffit, Prelat, si venant du village
Quelquefois pour vous voir, i'ay de vous bon
    visage,
Vn ris, vne accolade, vn petit clin des yeux :
Si i'ay telle faueur, ie suis au rang des Dieux,
Et tout l'obscur brouillas qui mes Muses op-
    presse,
De bien loin s'enfuyra deuant ceste caresse.
  » Que sert dessous la terre vn abysmé tresor
  » S'il n'est mis en vsage? & que seruent encor

  » Les Nauires au port de voiles empennées,
  » S'elles n'ont vn pilot pour estre gouuer-
    nées?
  » Et que seruent les vers, tant doctes soient
    escrits,
  » Si de quelque grand Prince ils ne sont fa-
    uoris?
  Ma Muse quelquefois sera de vous aimee,
Puis que vostre faueur est toute accoustumee
D'attirer doucement les Poëtes chez vous,
Non pas comme Seigneur, mais comme pere
    dous.
Sainct Gelais est à vous, Carle est à vous en-
    core,
Et Dorat aux vers d'or qui vostre nom redore,
Et celuy qui a fait d'vn ton grauement haut
Le premier resonner le François eschaufaut.
Si par vostre bonté vous me mettez au nom-
    bre
De ces quatre diuins, i'esclairciray tout l'om-
    bre
Qui me detient obscur, pour ne vous repentir
De m'auoir au besoin vostre ayde fait sentir.
Ie ne vous seray point en des-honneur, car i'ose
Sans rougir asseurer que ie sçay quelque chose,
Et (si quelqu'vn se peut honnestement vanter)
Que vous prendrez plaisir à m'entendre chan-
    ter :
Non pour l'amour de moy, mais pour l'amour
    des belles
Filles de Iupiter, les neuf Muses pucelles
Dont ie suis seruiteur, & desquelles l'amour
Tout furieux d'esprit me rauit nuit & iour,
Descouurant leurs secrets aux nations Fran-
    çoises,
Que hardy i'espuisay des fontaines Gregeoi-
    ses.
  Ceste belle Neuuaine amoureuse en son
    cœur
De vous, qui me serez amiable seigneur,
Ioyeuse m'ouurira ses grottes reculees,
Et me fera dormir au fond de ses vallees,
Où pour l'honneur de vous, trois fois m'a-
    breuuera
Du ruisseau qui Poëte en vn iour me fera
Pour mieux choisir, rauir, & desrober les
    choses
Que belles ie verray dans son giron encloses.
Tout ainsi que l'abeille, animal nay du Ciel,

Choisit les belles fleurs pour en faire du miel,
Honorant son logis de ses liqueurs infuses :
Ainsi ie choisiray les belles fleurs des Muses
Afin d'en esmailler vn liure en vostre nom,
Pour engarder, Prelat, que vostre beau re-
*   nom*
Ne soit proye des ans, qui volontiers oppres-
*   sent*
Les meilleures vertus, & les pires nous lais-
*   sent.*

CHANT DE LIESSE.

AV ROY.

IE ne serois digne d'auoir esté
Nourri petit dessous ta Majesté,
Si au milieu de tant de voix qui sonnent,
Tant d'instrumens qui doucement resonnent,
Tant de combats, de ioustes, de tournois,
De tabourins, de fifres, de hautbois,
Qui sont tous pleins de joyeuse allegresse,
Ie ne sentois la publique liesse.
Ie ne serois ton fidelle sujet,
Si en voyant vn si plaisant objet,
Ie ne monstrois, d'escrit & de visage,
De ma liesse vn publiq' tesmoignage,
Pour loüer Dieu si fauorable, & toy
Qui t'es monstré si bon Pere, & bon Roy :
Qui, comme Auguste, apres la bonne guerre,
As ramené l'âge d'or sur la terre,
Themis, Astrée, & nous as fait auoir
Ce que ton Pere a souhaité de voir,
Et toutefois iamais n'auoit sçeu faire
Ce qu'en vn iour tu nous as sçeu parfaire.
*   Tu as changé tes guerriers estendars*
En Oliuiers : le fer de tes soldars,
(Qu'auoit si bien affilé la querelle)
S'est esmoussé dessous la peau nouuelle :
Tu as lié de cent chaines de fer
Le cruel Mars aux abysmes d'Enfer ;
Et la Discorde, Enyon & Bellonne,
Par ton moyen n'offensent plus personne :
La mort, le sang, & le meurtre importun
Ont donné place au doux repos commun,
Et en grondant de menaces despites,
Par ton moyen sont allez voir les Scythes
Loin de l'Europe, & ton peuple ont laissé

Libre du joug qui trop l'auoit pressé.
*   Quel plaisir est-ce en lieu d'oüyr les armes,*
De voir les champs tous foulez de gendarmes,
De voir en l'air les estendars rampans
En taffetas, tout ainsi que serpens
Qui vont par l'herbe, & d'vn col qui me-
*   nace,*
A cent replis entre-couppent leur trace ?
De voir le fer des soldats tous sanglans,
Voir les vieillards tous pasles & tremblans
Assassinez aupres de leur famille ?
Voir vne mere, vne veufue, vne fille,
Porter au col ou son frere ou son fils,
Et pauurement mendier d'huis en huis ?
Quel plaisir est-ce en lieu de voir les villes,
Places, chasteaux, & campagnes fertilles,
Du haut en bas & razer & brusler,
Et iusqu'au Ciel les plaintes se mesler
D'hommes, d'enfans, de filles, & de femmes,
Sauuant leurs corps demy-bruslez de flames ?
Quel plaisir est-ce, en lieu d'oüyr le bruit
D'vn mur tombé, ou d'vn rempart destruit,
Voir maintenant à Paris dans les ruës,
De tes sujets les troupes espanduës
Ioyeusement à ce retour de l'an,
Crier Hymen, ô Hymené, Hymen :
Verser œillets & lys, comme vne pluye
Tombe en Esté quand le chaud nous ennuye ?
*   Hé ! quel plaisir de voir le peuple en bas,*
En se pressant de testes & de bras,
Deçà delà se mouuoir, ainsi qu'ondes
Ou de la mer, ou des campagnes blondes,
Lors que les vents doucement redoublez
Cressent le haut de la mer & des blez ?
Tourbe ondoyante, en foule espoisse mise,
De ton Palais iusqu'à la grand' Eglise,
D'vn pied pressé t'attendre, pour auoir
Tant seulement ce bien que de te voir
Mener ta Fille en Royal equipage,
Ou bien ta Sœur au sacré Mariage !
*   Hé ! quel plaisir d'oüyr ioindre la vois*
Du peuple gay à celle des hautbois ?
De voir marcher en ordonnance égale
Tes Fils chargez de Couronne Royale ?
Et par-sus tous de voir la grauité
De ta tres-haute & grande Majesté ?
Voir au Palais les tables solennelles,
Ainsi qu'au Ciel les tables eternelles
De Jupiter, quand au Palais des Cieux

Il se marie, ou feſtie ſes Dieux,
Et qu'au milieu de la celeſte troupe
La ieune Hebé luy preſente la coupe ?
Hé ! quel plaiſir voir danſer & baller,
Voir l'amoureuſe à ſon amy parler,
Voir nouueaux yeux , maſques & momme-
*   ries,*
Au prix de voir les ſanglantes tu'ries
Du cruel Mars , que ta douce bonté
Par vne Paix pour iamais a donté ?

    Ceux qui liront depuis le Roy Clotaire,
Iuſqu'à François premier du Nom , ton
*   Pere,*
Les Roys qui ont par vn Sceptre ſuiuant,
Si bien regi la France auparauant,
Ne trouueront par antique memoire
Que les vieux Roys parangonnent ta gloire:
Car leurs honneurs ſont ſurpaſſez des tiens,
Soit en victoire, en prouëſſe, ou en biens.
Preſque en douze ans tu as aſſujettie
De tes voiſins la plus grande partie,
Et loin de France, en l'vne & l'autre mer
Les Fleurs de Lys tu as fait renommer.
Or d'eſtre Roy cela vient de Fortune,
Qui aux petits & aux grands eſt commune:
Mais ton grand heur (que Roy iamais n'eut
*   tel)*
N'eſt point commun à nul autre mortel.
Deſſur ton chef encor n'eſt retournée
De l'âge tien la quarantieſme année,
Et toutesfois en la fleur de tes ans
Tu as du Ciel les plus riches preſens.

    S I R E , *tu as, ainſi comme il me ſemble,*
Seul plus d'honneur que tous les Roys enſem-
*   ble :*
De ton viuant tu vois ainſi que toy
Ton Fils aiſné en ſa jeuneſſe Roy,
Qui pour ta bru t'a donné la plus belle
Royne qui viue, & fuſt-ce vne immortelle,
Et qui peut-eſtre aura deſſus le chef
Vne Couronne encores derechef,
Pour ioindre enſemble à la terre Eſcoſſoiſe
L'honneur voiſin de la Couronne Angloiſe.
Tes autres fils ſi belliqueux ſeront,
Que d'Orient les Sceptres ils auront,
Et chaſſeront par guerriere contrainte
Les meſcreans hors de la Terre-ſaincte.
Ta Fille aiſnée encores doit auoir
Ce Roy qui paſſe en bien & en pouuoir

Les Roys d'Europe, à qui toute l'Eſpagne,
Flandres, Milan , la Sicile, Sardagne,
Naples , Maiorque, obeiſſent ainſi
Que deſſous toy ce grand Royaume ici.

    D'vne autre part le grand Duc d'Auſtra-
*   ſie*
Ton autre fille en eſpouſe a choiſie :
Et ta petite eſt pour le Fils aiſné
Du Roy qui ſ'eſt pour ton gendre donné :
D'vne autre part ta Sœur, en qui repouſe
Toute vertu, eſt maintenant l'Eſpouſe
De ce grand Duc qui ſouloit te hayr,
Et maintenant eſt preſt de t'obeyr,
Amortiſſant toute noiſe ancienne,
Ayant conioint ſa race auec la tienne.

    Qui doncques Roy fut iamais ſi heureux,
Si plein d'honneur, d'enfans ſi plantureux,
Qui deſſous toy ia grandets apparoiſſent
Comme ſions qui ſous vn arbre croiſſent ?
Qui viuent tous, & ſi n'en as pas vn
Qui ſoit pourueu d'vn petit bien commun,
Car ils ſont tous abondans en richeſſes,
Ou Roys , ou Ducs, ou Roynes , ou Du-
*   cheſſes.*

    Tu es gaillard, tu es ieune & diſpos,
Et qui plus eſt, tu as mis en repos
Ton peuple & toy : car ſans la paix publi-
*   que*
Peu t'euſt valu ton bon-heur domeſtique.
Tu as par tout ton peuple obeïſſant :
Mais le ſeul poinct qui te rend ſi puiſſant,
C'eſt le ſeruice , & la fidelle peine
De la maiſon illuſtre de Lorraine,
Qui t'a ſerui & en guerre & en paix,
Et iuſqu'au Ciel a égalé tes faits :
C'eſt d'autre part le ſeruice agreable
De ton vaillant & ſage Conneſtable,
Auquel tu fais comme à ton pere honneur,
Et dont les ans t'ont ſerui de bon-heur :
C'eſt vn d'Albon, vn Chaſtillon, & mille
Autres Seigneurs , dont la France eſt fertille.

    Doncques ayant tant de felicité,
Contente-toy de ceſte humanité:
N'aſpire point aux Deïtez d'Homere,
Bien qu'en ſes vers ils facent ſi grand'chere :
Et vy cent ans en France bien-heureux :
Car ton bon-heur vaut bien celuy des Dieux.

AVANT-ENTREE DV ROY TRES-CHRESTIEN HENRY II. à Paris, l'an 1549.

Oicy venir d'Europe tout l'honneur,
Ouure les bras, Paris plein de bon-
    heur,
Pour embraſſer ton Roy qui te decore,
Et du parfait de ſes vertus t'honore.
Heureux Paris, le threſor de ta gloire
Sera pendu au Temple de Memoire,
Tant tu auras de bien & de grand heur,
Ayant receu d'Europe la grandeur.

    Iô, Paris, eſleue au Ciel la porte,
I'oy arriuer ton Roy, qui te rapporte
La vierge Aſtrée, & ſa belle ſequelle
Qui ſen-vola de ce Monde auec elle.
Ne la vois-tu comme elle prend ſa place
A ſon retour dans le ſein & la face
De noſtre Royne, en qui le Ciel contemple
Du vray honneur le portrait & l'exemple?
Et qui en toy vn beau iour déplira,
Quand par la ruë en triomphe elle ira?
C'eſt celle-là dont Arne eſt orgueilleux,
Et qui ſon nom d'vn haut bruit merueil-
    leux
Contre les murs de Florence reſonne:
C'eſt celle-là qui l'eſpoir nous redonne
De voir bien-toſt le beau Lys derechef
Dans l'Italie encor dreſſer le chef.

    Sus donc, Paris, regarde quel doit eſtre
Ton heur futur, en adorant ton Maiſtre,
Ton nouueau Dieu, dont la diuinité
T'enrichira d'vne immortalité.

    Comme Tirynthe eſt le propre heritage
Du grand Hercule, & de Iunon Carthage:
Ainſi, Paris, tu ſeras deformais
Du Roy HENRY la ville pour iamais,
Et dedans toy les eſtrangers viendront
Baiſer ſon Temple & leurs vœux luy rendront.

    A ſa venuë il ſemble que la terre
Tous ſes threſors de ſon ventre deſſerre,
Et que le Ciel ardentement admire
Leurs grand's beautez, où d'en-haut il ſe
    mire,
En-amouré, & courbe tout expres

Ses larges yeux pour les voir de plus pres.
    Telle ſaiſon le vieil âge eſprouua
Quand le Chaos demeſlé ſe trouua,
Et de ſon poids la terre balancée
Fut des longs doigts de Neptune embraſſée,
Lors que le Ciel ſe voûtant d'vn grand tour,
Emmantela le Monde tout autour.

    Ia du Soleil la tiede lampe allume
Vn autre iour plus beau que de couſtume:
Ià les foreſts ont pris leurs robbes neuues,
Et moins enflez gliſſent aual les fleuues,
Haſtez de voir Teihys qui les attend,
Et à ſes fils ſon grand giron eſtend:
Entre leſquels la bien-heureuſe Seine
En floſlotant vne ioye demeine,
Peigne ſon chef, ſ'agence & ſe fait belle,
Et d'vn haut cry ſon nouueau Prince appelle.

    Iô, Paris, voicy le iour venir,
Dont nos Neueux ſe doiuent ſouuenir,
Et dans lequel ſeront apparoiſſans
Et arcs, & traits, & carquois, & croiſſans,
Qui leur rondeur parfaite rempliront,
Et tout le cerne en brief accompliront,
A celle fin que leur ſplendeur arriue
De l'Ocean à l'vne & l'autre riue.

    Au iour ſacré de la Royale Entrée,
Que la Princeſſe, en drap d'or accouſtrée,
Braue apparoiſſe, & la Bourgeoiſe face
Tous les amours nicher dedans ſa face:
Que du plus haut des feneſtres on ruë
Les lys, les fleurs, les roſes en la ruë
Decà & là: Que le peuple ne voye
Sinon pleuuoir des odeurs par la voye.
Qu'on chante iô, que la Solemnité
Soit egalée à ſa diuinité.

    Crete iadis ainſi pompeuſement
Receut ſon Prince, alors qu'heureuſement
Pour ſon partage il occupa les Cieux,
Et qu'il fut Roy des hommes & des Dieux.
D'vn ordre égal en triomphe exaltée
Alloit deuant la corne d'Amalthée
Auec l'oiſeau qui par tout l'Vniuers
Porte des Dieux les prodiges diuers.

    Au grand HENRY puiſſent-ils ſe mon-
    ſtrer
Du bon coſté qu'il les faut rencontrer,
Lors qu'il ſe ruë au milieu des dangers,
Briſant l'honneur des ſoudars eſtrangers.
    I'entens déja les trompettes qui ſonnent,

Et des vainqueurs les loüanges resonnent :
Ie voy déja flamboyer les harnois,
Et les Chcuaux courans par les tournois
Leurs opposez brauement mespriser,
Et iusqu'au Ciel les lances se briser.

   Là, les faueurs des Dames peu vaudront,
Là, les plastrons pour neant deffendront
Le combatant, qu'il ne bronche par terre
Si mon grand Roy de sa lance l'enferre :
Car le Ciel veut qu'il emporte le prix,
Et de bien loin passe les mieux appris.

   Mais qui sont-ils ces Cheualiers vaillans
Qui tiennent bon contre tous assaillans,
Bruslez de gloire & d'ardeur d'éprouuer
Si vn plus fort se pourroit point trouuer,
Soit l'Espagnol aux armes fier & braue,
Ou cestui-là que la Tamise laue?

   A voir de l'vn la face souueraine
Ie recognois la gloire de Lorraine,
L'honneur d'Aumale, en qui luit en la face
Tout ce que peut la nature & la grace,
Et qui n'aguere a joint auec le sien
Du bon Roger le sang tant ancien.

   Sus donc, Seigneur, la terre des humains,
Le los de France est ores en vos mains :
Nul Cheualier, fust-il Roland, ne vienne
Tenter vos bras, qu'il ne luy en souuienne,
A fin qu'il porte aux nations estranges
Dessus son dos escrites vos loüanges.
Et toy HENRY, triomphe à la bonne-heure,
Haste tes pas, trop longue est ta demeure :
Vien voir Paris la grand' Cité Royalle,
Et de ta Gent la foy serue & loyalle.
Vien voir ses jeux, & tout ce qu'elle appreste
Pour celebrer de ta Grandeur la feste.

   Facent les Cieux que ta puissance greue
Si bien l'Anglois, que plus il ne releue :
Et que ton bras renuoye par deça
Le grand thresor qu'vn Roy Iean luy laissa.
S'ainsi aduient i'animeray ta gloire,
Et publi'ray le gain de ta victoire :
Faisant voler ton renom nompareil,
Où d'vn plein saut le renaissant Soleil
Monte à cheual, & là où il attache
Ses las coursiers qu'au fonds des eaux il cache.

LE TEMPLE DE MESSEI-
SEIGNEVRS LE CONNESTA-
BLE, & des CHASTILLONS.

A TRES-ILLVSTRE ET
Reuerendissime ODET, Car-
dinal de CHASTILLON.

IE veux, mon Mecenas, te bastir à l'e-
  xemple
Des Romains & des Grecs, la merueille d'vn
  Temple,
Sur la riue où le Loing, trainant sa petite eau,
Baigne de ses replis les pieds de ton Chasteau :
Là d'vn vœu solennel au milieu d'vne prée,
Ie veux fonder les jeux d'vne feste sacrée,
Chommable tous les ans, & pendre le Lau-
  rier,
Digne prix de celuy qui sera le premier
Publié le vainqueur (comme au lustre Olym-
  pique)
Soit de lutte, ou de course, ou de lance, ou de
  pique.

   Tout le Temple sera basty de marbre blanc,
Où grauez en airain i'attacheray de rang
Tes ayeux esleuez à l'entour des murailles,
Qui tous auront escrit aux pieds de leurs me-
  dailles
Leurs gestes, & leurs noms, & les noms enne-
  mis
Des Cheualiers qu'en guerre à mort ils auront
  mis.

   A part, vers la main dextre, appuyé sur sa
  lance
Ton pere, qui iadis fut Mareschal de France,
Sera viuant en marbre, & tellement le trait
De sa face premiere au vif sera portrait,
Qu'on luy recognoistra viuement en la pierre
La mesme audace au front, qu'il eut iadis en
  guerre.
   Dans le milieu du Temple ANNE
  MONTMORENCY
Sera portrait tout seul, mais portrait tout ainsi
Qu'vn Mars est equippé, quand il arrange en
  armes
Du long bout de sa pique vn peuple de gen-
  darmes,

Ou quand il pousse à bas les murs d'vne cité,
Contre les Citoyens iustement irrité,
Ou pource qu'ils n'ont pas aux pauures fait
    iustice,
Ou qu'ils n'ont pas aux Dieux payé leur sa-
    crifice.
    Ainsi ce Connestable, habillé comme vn
    Dieu,
Du Temple à luy sacré tiendra tout le milieu,
Ayant le glaiue nud, tiré pour l'asseurance
Des bons, & pour punir des vicieux l'offence.
Tout à l'entour de luy sus quatre pilliers
    blancs
Ie feray cizeler ses gestes les plus grands,
Et non pas les petits : car qui voudroit deduire
Tous ses faits vn-à-vn, on n'y pourroit suf-
    fire,
Et le Temple occupé de ses faits- d'armes seuls,
N'auront plus nulle espace à mettre ses ne-
    ueus.
    Là pour seruir d'entrée à ses vertus pre-
    mieres
Ie peindray tout cela qu'il fit dedans Mezie-
    res
Compagnon de Bayard, & tout cela qu'il fit,
Quand le grand Roy FRANÇOIS les Souïs-
    ses deffit.
Là, les camps d'Attigny, & de Valenciennes
Seront peints, & les murs de Bethune, &
    d'Auannes :
Ceux de Mont, & d'Arras, lesquels il a cent
    fois
Espouuantez d'effroy, Lieutenant de nos
    Rois.
Là, sera peint aussi le pas estroit de Suse,
Où dix mille Espagnols se virent par sa ruse
Tuez, si qu'à vn seul il ne fut pas permis
Retourner raconter la mort de ses amis.
    Dessus l'autre pilier, viuement imprimée
Se verra d'Auignon la furieuse armée,
Dont il fut conducteur, auec tel iugement
Qu'il chassa l'Empereur de France sage-
    ment :
Et sans perdre les siens, mit en fuite le reste
Des Espagnols mattez de famine & de peste.
Les cheuaux & les gens y seront si bien faits,
Et les murs d'Auignon si au vif contrefaits,
Et luy si bien graué d'vn visage semblable,
Qu'on ne le dira feint, mais chose veritable.

Le Rhosne d'autre part dedans ses eaux
    couché,
Laschant la bride longue à son fleuue espanché,
D'vne cruche versée, ayant la dextre mise
Au menton herissé d'vne moustache grise,
Et portant vne rame en la senestre main,
Et vne grand' fontaine au milieu de son sein,
Chantera sa loüange, accordant sous les ondes
A l'Hymne triomphal des Nymphes vaga-
    bondes,
Qui feront ses vertus deçà delà semer
Aux vents par l'Vniuers entrans dedans la
    mer,
A fin qu'il n'y ait terre en ce Monde ny riue
Où de MONTMORENCY la victoire
    n'arriue.
    Apres ie feray voir, compagnon du bon-
    heur
D'auoir vaincu Cesar, le bienfaict & l'hon-
    neur
Que sa vertu receut, quand il fut de Grand-
    maistre
Erigé Connestable, & qu'il eut en la dextre
Le sainct glaiue Royal, honneur qui ne se fait
Qu'à celuy qui par preuue aux armes est par-
    fait,
Comme est MONTMORENCY, dont la
    sage vaillance
A chassé plusieurs fois les ennemis de France.
    Sur les autres pilliers se verront engrauez
Les magnanimes faits par luy mesme acheuez
Depuis huict ans passez, que DIEV mit la
    Couronne
Sur le chef de HENRY : dont le renom fleu-
    ronne
Sur tous les autres Roys, comme Roy nompa-
    reil,
Pour croire de ton Oncle au combat le conseil,
Qui le fera bien tost (s'il l'a tousiours pour gui-
    de)
Vaincre le Monde entier soumis dessous sa
    bride.
    Pres de ce Connestable, vne marche plus
    bas,
Ie mettray le portrait de toy, mon Mecenas,
Mon honneur, mon support, qui fais que la
    lumiere
Du iour plus que deuant m'est plus douce &
    plus chere.

Ie peindray ſur ton chef vn Chappeau rougiſ-
ſant,
Puis au tour de ton col vn roquet blanchiſ-
ſant
Sur l'eſclat cramoiſi d'vne robbe pourprée,
De mainte belle hiſtoire en cent lieux diaprée :
Là, d'vn art bien ſubtil i'ourdiray tout au-
tour
La Verité, la Foy, l'Eſperance, & l'Amour,
Et toutes les Vertus qui regnerent à l'heure
Que Saturne faiſoit au Monde ſa demeure.
Sur ceſte Robbe apres ſera portrait le front
De Pinde, & d'Helicon, & de Cyrrhe le
mont,
Les antres Theſpiens, & les ſacrez riuages
De Pimple & de Parnaſſe, & les diuins bo-
cages
D'Aſcre, & de Libethrie, & de Heme le val,
Et Phebus qui conduit des neuf Muſes le bal:
Les Muſes y ſeront elles meſmes empraintes,
Que ta vertu garda, lors qu'ell' eſtoient con-
traintes
La France abandonner, ne prenant à deſ-
dain,
Quand plus on les mocquoit, de leur tendre la
main,
Careſſant leur preſent, voire, & de leur pro-
mettre
(O nouuelle bonté!) quelquefois de les mettre
En paiſible repos, pour les faire chanter
Ie ne ſçay quoy de grand qui te doit conten-
ter.
  A ton dextre coſté ie veux faire portraire
Sus vn terme doré, noſtre Admiral, ton Frere,
Noſtre François Neptune, ayant le meſme
port,
Et le front de celuy qui la Mer eut en ſort.
Ie le peindray deſſus vne coche eſmaillée
De bleu, que trois Dauphins à l'eſchine eſcaillée
Traineront ſous le joug, & Glauque qui ſera
Semblant de les brider, tant bien peint il ſera:
Il tiendra dans la dextre vn Trident venera-
ble,
Dedans la gauche main vne hache effroya-
ble :
Il regira de l'vn les vagues de la mer,
Et de l'autre, il fera ſemblant de faire armer
Nos eſcadrons François, ſoit pour donner ba-
taille,

Soit pour gaigner d'aſſaut quelque ſorte mu-
raille.
Il aura ſur le chef vn morion graué,
Et ſur le morion vn Panache eſleué,
Qui par ondes iou'ra le long de ſon eſchine,
Et deſſus le Panache il aura peint vn Cygne,
Tel qu'on le voit errer par les prez Aſiens
Paiſſant les doux replis des bords Mean-
driens.
  Au ſommet du pillier, au milieu d'vne friſe
Pour trophée pendra mainte nauire priſe,
Maint corſelet captif, maints dards & maints
eſcus
Ez batailles conquis, deſpoüilles des vaincus.
  Apres tout à l'entour de la meſme colonne
S'eſleuera le camp, & les forts de Boulongne,
Et luy qui ne ſera que commencer encor
A friſer ſon menton d'vn petit creſpe d'or,
Valeureux, chaſſera les Angloiſes cohortes
Peſle-meſle, à monceaux, tombantes dans
leurs portes
Paſles d'effroy, de peur, qui courra par leurs os
Le voyant jà déjà tout courbé ſur leurs dos
Branler ſa longue creſte, & ſa pique homi-
cide,
De la meſme façon qu'Achille Peleïde
Chaſſoit ſous Ilion les Troyens qui trem-
bloient,
Et l'vn ſur l'autre à foule en leurs portes tom-
boient,
De voir pres de leur dos l'ombre de ſon pa-
nache,
Et d'oüyr parmy l'air ſiffler ſa grande hache.
Ainſi les ennemis fuiront deuant ſa main,
Le ſang des Anglois morts fera rougir le ſein
De Tethys, & leurs corps chargera la cam-
pagne.
  Apres ſera portrait tout le camp d'Alle-
magne,
Chimets, & Rodemarc, Mommedy, Dan-
uillier,
Hedin, Yuoy, Dinant, où il fut le premier
Des ſoudars à l'aſſaut, prodigue de ſa vie,
Pour monſtrer par effet combien il a d'enuie
De ſeruir noſtre Roy, & luy faire ſçauoir
Qu'vn plus vaillant que luy la France ne peut
voir.
  Apres, de la grand' Mer, & des ondes
liquides

L'image

L'image sera peinte, & des sœurs Nereïdes,
D'Inon , & des Tritons , qui bruiront ses
　　vertus
Tout au sommet de l'eau dans leurs cornets
　　tortus,
Flottans demi-poissons, à celle fin que l'onde
Soit pleine de son los, aussi bien que le Monde,
Et que la Renommée espanduë en tous lieux
Auecques sa trompette en remplisse les Cieux.
　　Suiuant ce mesme rang, sera la portrai-
　　ture
De ton frere second, mais vne nuë obscure
Couurira tout le haut de son armet cresté,
Pour le signe fatal de sa captiuité.
Si sera-il pourtant l'vn des Dieux de mon
　　Temple,
Bien qu'il soit prisonnier, en imitant l'exem-
　　ple
Des plus grands Dieux du Ciel, qui se virent
　　bien mis
Quelquefois és prisons des Geans ennemis.
　　Hercule fut-il pas l'esclaue d'Eurysthée?
Et nonobstant apres sa puissance indontée
L'assit entre les Dieux, bien qu'il eust mille
　　fois
Senti de ce Tyran les outrageuses loix.
Et toy, qui les soudars à la bataille guides,
Mars, ne fus-tu captif des freres Aloïdes?
Et toy grand Jupiter, n'as-tu pas quelque
　　temps
Esté le prisonnier des superbes Titans?
Et toutefois apres ta captiue misere,
Tu fus nommé des Dieux, & des hommes le
　　Pere,
Et seul tenant la foudre esparse dans tes
　　mains,
Tu as puni du Ciel le vice des humains,
Regissant du sourci haut & bas toute chouse,
Junon te secondant ta sœur & ton espouse.
Qu'il prenne donc courage, & qu'il soit glo-
　　rieux
D'auoir en son mal-heur pour compagnons les
　　Dieux.
　　Ainsi , mon Mecenas, dans ce Temple de
　　gloire
Ie mettray ces portraits sacrez à la Memoire,
A fin que des longs ans les cours s'entresuiuans
Ne foulent point à bas leurs honneurs suruï-
　　uans,

Et que des Chastillons la maison estimée
Viue, maugré le temps, par longue renommée,
Pour auoir tant aimé les nombreuses douceurs
Dont Phebus Apollon anime les neuf Sœurs.
Et moy, leur grand Poëte, au sainct iour de
　　leur feste,
Ayant de verd laurier toute enceinte la teste,
Planté sur vn genoüil aux marches de l'Autel,
Ie feray resonner leur renom immortel
Aux nerfs les mieux-parlans de ma Cithare
　　courbe :
Ensemble, de la voix, ie prescheray la tourbe
Espanduë à l'entour, d'ensuiure la vertu,
Et que par autre poinct les Chastillons n'ont
　　eu
Tiltres d'honneurs diuins que pour auoir suiuie
L'honorable Vertu, tout le temps de leur vie,
Comme Hercule iadis , qui pour suiure en tout
　　lieu
L'Honneur & la Vertu, d'homme se feit vn
　　Dieu.
　　Apres dedans le Temple, imitant les Anti-
　　ques,
Ie feray sacrifice aux Esprits Olympiques,
Aux Herós le second, & le troisiesme honneur
Sera du sacrifice à Iupiter Sauueur.
Lors moy, le seul autheur d'vn si diuin office,
Ie feray dignement le premier sacrifice,
Enuironné du peuple, à tes nobles ayeux,
Qui habitent l'Olympe assis au rang des
　　Dieux.
Puis aux Heros , qui sont tes deux freres qui
　　viuent,
Et des Preux demi-Dieux les beaux gestes
　　ensuiuent :
Et le troisiesme honneur apres ces deux icy,
Ce sera pour ton Oncle Anne Montmorency,
Mon Jupiter Sauueur: car c'est luy qui ma teste
Veut sauuer de la dent de ceste fiere beste
Que Styx contre le Ciel asprement irrité
Conceut, & le nomma l'horrible Pauureté.
Dieux! faites que iamais , iamais ie ne ren-
　　contre
Aupres de ma maison cet effroyable Monstre!
Mais bien puisse tousiours ce cruel animal
Aller loger chez ceux qui me voudront du mal.
　　Or ie vais commencer maintenant à vous
　　faire
Vn sacrifice neuf qui vous pourra complaire,

QQqqq

Non par sang de taureaux, ou de vaches encor,
Ou de bœufs qui auront le haut des cornes d'or
Tuez en Hecatombe : ains ie vous sacrifie,
Dés ores à vous tous, mon esprit & ma vie,
Mes Muses, & ma plume : & si iure les eaux
De Pimple & de Pegase, & les tertres ju-
 meaux
De Parnasse sacré, choses non perjurables
A ceux à qui les Sœurs se monstrent fauora-
 bles ;
Qu'ingrat ie ne seray par le temps apperceu,
Du bien & de l'honneur que de vous i'ay re-
 ceu :
Et sans me reposer par les terres estranges
Tousiours de mieux en mieux i'enuoiray les
 loüanges,
Non pas de l'oncle seul, mais de tous les ne-
 ueux,
Ausquels bien humblement, i'appens icy mes
 vœux :
Car soit que Lachesis de couper n'ait enuie
Pour vingt ou pour trente ans la trame de ma
 vie,
Ou soit qu'elle & ses sœurs d'vne eternelle
 main
Trenchent bien tost le fil de mon mestier hu-
 main ;
I'acheueray tousiours d'ourdir en ma pensée,
De l'oncle & des nepueux l'histoire com-
 mencée.

A CHARLES DE PISSELEV,
Euesque de Condon.

» **A**Vant que l'homme soit en ce bas
  Monde né,
» *Pour souffrir mille maux il est predestiné :*
» *L'vn meurt dedans son lict, l'autre meurt en*
 la guerre,
» *L'autre meurt sus la mer, l'autre meurt sus*
 la terre :
» *Et quoy que l'on se cache és païs estrangers,*
» *On ne fuit pour cela la mort, ny les dangers :*
» *Car mort, peine, souci, maladie, & dommage*
» *Sont ordonnez du Ciel aux hommes en par-*
 tage.
» *Si DIEV nous auoit faits exempts de tout*
 mal-heur,

» *Comme Anges, non sujets à peine & à dou-*
 leur,
» *On ne cognoistroit point la vertu de prudēce,*
» *La magnanimité, la force & la constance,*
» *Que cognoistre on ne peut en la prosperité*
» *Quand Fortune nous rit : mais en l'aduersité,*
» *Lors que la maladie, ou lors que la tristesse,*
» *Ou lors qu'en la prison le lien nous oppresse.*
 » *Certes, mon PISSELEV, il n'est pas de*
 besoin
» *Que l'homme soit tousiours deliuré de tout*
 soin :
» *Mais il faut quelquefois qu'à son tour il en-*
 dure
» *Apres vn doux plaisir vne tristesse dure,*
» *S'il veut bien longuemēt son estre conseruer :*
» *Car qui voudroit tousiours en vn poinct se*
 trouuer,
» *Il ne pourroit durer : telles loix fit Nature*
» *Dés le commencement à toute creature.*
 » *On ne voit pas tousiours en mesme estat*
 les Cieux :
» *Quelquefois ils sont beaux, quelquefois plu-*
 uieux.
» *Apres le renouueau vient l'Esté, puis l'Au-*
 tonne,
» *L'Hyuer l'Autonne suit, puis le Printemps*
 retourne.
» *Si donc tout est sujet à se muer souuent,*
» *L'homme qui n'est sinon que fumée & que*
 vent,
» *Comme le fils du Temps, ne doit trouuer*
 estrange
» *Si quelquefois d'estat cōme son pere il change :*
» *Et nous voyōs cela, pour mieux nous asseurer*
» *Que rien ferme ne peut en ce Monde durer.*
 » *Quand il nous suruient donc vne fortune*
 amere,
» *Il la faut prendre ainsi que s'elle estoit pro-*
 spere,
» *Et ne murmurer point, mais patiens souffrir*
» *Tout ce qu'il plaist à DIEV pour present*
 nous offrir ;
Comme tu fais, Prelat, que longue maladie,
Que playe mal-pensée aux despens de ta vie
N'a le cœur estranlé, ny le courage esgal
A souffrir autant bien vne joye qu'vn mal.
 Aussi te souuenant de ceste horrible beste
Qui portoit en ses dents la foudre & la tēpeste,

Laquelle euſt bien eſté d'Hercule la terreur,
Et des bois Marſians l'eſpouuantable horreur:
Tu prens cœur d'auoir eu la cuiſſe outreperſée
(Puis qu'il falloit ainſi que tu l'euſſes bleſſée)
D'vn ſi braue ſanglier & non d'vn daim
    craintif,
Ou de quelque chéureul deuant les chiens
    fuitif.
Puis quand tu vois auſſi qu'vne telle fortune
Auecques tant d'Heros ſi vaillans t'eſt com-
    mune,
„ *Tu la prens plus à gré, car c'eſt allegement*
„ *D'auoir des compagnons en vn meſme tour-*
    ment.

    L'Abantiade Idmon grand Augure &
    Prophete,
Du ſainct vouloir des Dieux aux hommes
    l'interprete,
Qui liſoit le futur és cœurs des animaux,
Qui entendoit la langue & le vol des oiſeaux,
Vit d'vn coup de ſanglier ſa vie terminée,
Et rien ne luy ſeruit la choſe deuinée:
Bien qu'il euſt eſchappé les rocs Cyaneans
Et les Ceſtes plombeZ des forts Bebrycians,
Quand Aeſonide alloit auec ſa troupe eſleuë
Conquerir la Toiſon de fin or creſpeluë
Qui pendoit prés du Phaſe au haut d'vn cheſ-
    ne eſpars
Dans vn bocage verd, ioignant le champ de
    Mars.

    Ancée cognut bien quel homicide foudre
Porte ceſt animal, quand il rougiſt la poudre
De Calyde en ſon rang, voulant contre le gré
De Diane tuer le grand pourceau ſacré
Qu'elle auoit enuoyé deſpite contre Oenée,
Lequel ayant cueilly tous les fruits de l'année,
Auoit payé la diſme à tous les Immortels,
Ayant mis à meſpris Diane & ſes autels.

    Ulyſſe qui paſſa les hommes en faconde,
Qui fut le plus accort & le plus fin du Monde,
Qui de nuict deſroba le ſainct Palladion,
Et deſguiſé cognut tous les forts d'Ilion,
Fut bleſſé d'vn ſanglier de telle cicatrice
Qu'il en fut recognu par ſa vieille nourrice
Apres vingt ans paſſez, vn iour en luy la-
    uant
Les pieds, lors qu'il eſtoit profondement réuant
Comme il ſe vangeroit de l'amoureuſe trope
Qui chez luy muguetoit ſa femme Penelope.

Courage donc, Prelat, & mets premiere-
    ment
Ton eſperance en Dieu, & le prie humblement
(Car c'eſt le Dieu benin, lequel iamais n'oublie
Soit toſt ou tard, celuy qui de bon cœur le prie)
De t'enuoyer ſanté: au reſte pren bon cœur,
Et ne laiſſe fouler ton courage au labeur :
Et par vn bon eſpoir ta fortune ſoulages,
Ayant pour compagnons de ſi grands perſon-
    nages.

DISCOVRS,

A IACQVES GREVIN.

GREVIN, en tous meſtiers on peut eſtre
    parfait :
Par longue experience vn Aduocat eſt fait
Excellent en ſon art, & celuy qui practique
Deſſus les corps humains vn art Hippocrati-
    que :
Le ſage Philoſophe, & le graue Orateur,
Et celuy qui ſe dit des Nombres inuenteur
Par eſtude eſt ſçauant, mais non pas le Poëte :
„ *Car la Muſe icy bas ne fut iamais parfaite,*
Ny ne ſera, GREVIN: la haute Dëité
Ne veut pas tant d'honneur à noſtre humanité
Imparfaicte & groſſiere : & pource elle n'eſt
    digne
De la perfection d'vne fureur diuine.

    Le don de Poëſie eſt ſemblable à ce feu,
Lequel aux nuits d'Hyuer comme vn preſage
    eſt veu
Ores deſſus vn fleuue, ores ſus vne prée,
Ores deſſus le chef d'vne foreſt ſacrée
Sautant & iailliſſant, iettant de toutes pars
Par l'obſcur de la nuit de grãds rayons eſpars :
Le peuple le regarde, & de frayeur & crainte
L'ame luy bat au corps, voyant la flame ſainte.
A la fin la clarté de ce grand feu décroiſt,
Deuient palle & blaffart, & plus il n'appa-
    roiſt :
En vn meſme pays iamais il ne ſejourne,
Et au lieu dont il part, iamais il ne retourne:
Il ſaute ſans arreſt de quartier en quartier,
Et iamais vn païs de luy n'eſt heritier :
Ains il ſe communique, & ſa flame eſt mon-
    ſtrée

QQQqqq ij

(Où moins on l'esperoit) en vne autre contrée.
  Ainsi ny les Hebreux, les Grecs, ny les Ro-
mains,
N'ont eu la Poësie entiere entre leurs mains:
Elle a veu l'Allemagne, & a pris accroissance
Aux riues d'Angleterre, en Escosse & en
France,
Sautant deçà delà, & prenant grand plaisir
En estrange pays diuers hommes choisir,
Rendant de ses rayons la prouince allumée,
Mais bien tost sa lumiere en l'air est consumée.
» La loüange n'est pas tant seulement à vn,
» De tous elle est hostesse & visite vn chacun,
» Et sans auoir esgard aux biens ny à la race,
» Fauorisant chacun, vn chacun elle embrasse.
  Quant à moy, mon GREVIN, si mon
    nom espandu
S'enfle de quelque honneur, il m'est trop cher
vendu,
Et ne sçay pas comment vn autre s'en contente:
Mais ie sçay que mon art griefuement me
tourmente,
Encore que moy vif ie ioüysse du bien
Qu'on donne apres la mort au mort qui ne
sent rien:
Car pour auoir gousté les ondes de Permesse,
Je suis tout aggraué de somme & de paresse,
Inhabile, inutile : & qui pis, ie ne puis
Arracher cest humeur dont esclaue ie suis.
  Je suis opiniastre, indiscret, fantastique,
Farouche, soupçonneux, triste & melancho-
lique,
Content & non content, mal propre, & mal
courtois :
Au reste craignant DIEV, les Princes, &
les loix
Né d'assez bon esprit, de nature assez bonne,
Qui pour rien ne voudrois auoir fasché per-
sonne :
Voilà mon naturel, mon GREVIN, & ie croy
Que tous ceux de mon art ont tel vice que moy.
  Pour me recompenser au moins si Calliope
M'auoit fait le meilleur des meilleurs de sa
trope,
Et si i'estois en l'art qu'elle enseigne parfait,
De tant de passions ie seroy satisfait :
Mais me voyant sans plus icy demy-Poëte,
Vn mestier moins diuin que le mien ie sou-
haitte.

Deux sortes il y a de mestiers sur le Mont
Où les neuf belles Sœurs leur demeurance font:
L'vn fauorise à ceux qui riment & composent,
Qui les vers par leur nombre arrangent &
disposent
Et sont du nom de vers dits Versificateurs:
Ils ne sont que de vers seulement inuenteurs,
Froids, gelez, & glacez, qui en naissant n'ap-
portent
Sinon vn peu de vie, en laquelle ils auortent:
Ils ne seruent de rien qu'à donner des habits
A la canelle, au sucre, au gingembre, & au
ris :
  Ou si par trait de temps ils forcent la lu-
miere,
Si est-ce que sans nom ils demeurent derriere,
Et ne sont iamais leus : car Phebus Apollon
Ne les a point touchez de son aspre éguillon:
Ils sont comme apprentifs, lesquels n'ont peu
atteindre
A la perfection d'escrire ny de peindre:
Sans plus ils gastent l'encre, & broyant la
couleur,
Barboüillent vn portrait d'inutile valeur.
  L'autre preside à ceux qui ont la fantaisie
Esprise ardantement du feu de Poësie,
Qui n'abusent du nom, mais à la verité
Sont remplis de frayeur & de diuinité.
  Quatre ou cinq seulement sont apparus au
Monde,
De Grecque nation, qui ont à la faconde
Accouplé le mystere, & d'vn voile diuers
Par fables ont caché le vray sens de leurs vers,
A fin que le vulgaire amy de l'ignorance
Ne comprit le mestier de leur belle science;
Vulgaire qui se mocque, & qui met à mespris
Les mysteres sacrez, quand il les a compris.
  Ils furent les premiers, qui la Theologie,
Et le sçauoir hautain de nostre Astrologie,
Par vn art tres-subtil de fables ont voilé,
Et des yeux ignorans du peuple reculé.
Dieu les tient agitez, & iamais ne les laisse,
D'vn aiguillon ardãt il les picque & les presse.
Ils ont les pieds à terre, & l'esprit dãs les Cieux,
Le peuple les estime enragez, furieux :
Ils errent par les bois, par les monts, par les
prées,
Et joüissent tous seuls des Nymphes & des Fées.
Entre ces deux mestiers, vn mestier s'est trouué,

Qui tenant le milieu pour bon eſt approuué,
Et DIEV l'a concedé aux hommes, pour les
   faire
Apparoiſtre en renom par-deſſus le vulgaire,
Duquel ſe ſont polis mille autres artiſans,
Leſquels ſont eſtimeZ entre les mieux diſans.
Par vn vers heroïque ils ont mis en hiſtoire
Des Princes & des Roys la proüeſſe & la
   gloire:
Et comme ſeruiteurs de Bellonne & de Mars,
Ont au ſon de leurs vers animé les ſoldars:
Ils ont ſur l'eſchaffaut par feintes preſentée
La vie des humains en deux ſortes chantée,
Imitant des grands Roys la triſte affecloseion
Et des peuples menus la commune action.
La plainte des Seigneurs fut dite Tragedie,
L'action du commun fut dite Comedie.
L'argument du Comique eſt de toutes ſaiſons,
Mais celuy du Tragique eſt de peu de maiſons.
D'Athenes, Troye, Argos, de Thebes & My-
   cenes
Sont pris les argumens qui conuiennent aux
   Scenes:
Rome t'en a donné, que nous voyons ici,
Et crains que les François ne t'en donnent
   auſſi.
  Iodelle le premier d'vne plainte hardie,
Françoiſement chanta la Grecque Tragedie,
Puis en changeant de ton, chanta deuant nos
   Rois
La ieune Comedie en langage François,
Et ſi bien les ſonna que Sophocle & Menan-
   dre,
Tant fuſſent-ils ſçauans, y euſſent peu ap-
   prendre.
Et toy, Greuin apres, toy mon Greuin encor,
Qui dores ton menton d'vn petit creſpe d'or,
A qui vingt & deux ans n'ont pas clos les an-
   nées,
Tu nous as toutesfois les Muſes amenées,
Et nous as ſurmonteZ, qui ſommes jà griſons,
Et qui penſions auoir Phebus en nos maiſons.
  Amour premierement te bleſſa la poitrine
Du dard venãt des yeux d'vne beauté diuine,
Qu'en mille beaux papiers tu as chantée, à fin
Qu'vne ſi belle ardeur ne prenne iamais fin:
Puis tu voulus ſçauoir des herbes la nature,
Tu te fis Medecin, & d'vne ardante cure
Doublement agité, tu appris les meſtiers

D'Apollon, qui t'eſtime, & te ſuit volontiers,
A fin qu'en noſtre France, vn ſeul Greuin
   aſſemble
La docte Medecine, & les vers tout enſemble.

LA GRENOVILLE.

A REMY BELLEAV.

NOus t'eſtimons vne Déeſſe,
Gente Grenoüille, qui ſans ceſſe
Au fond des ruiſſelets herbeux
Te deſalteres quand tu veux:
Et iamais la ſoif vehemente
Qui l'Eſté les gorges tourmente
Du pauure peuple & des grands Rois,
Ne te tourmente: car tu bois
(Hé Dieu, que ie porte d'enuie
Aux feliciteZ de ta vie!)
A gorge ouuerte, ſous les eaux,
Comme la Royne des ruiſſeaux.
  Quand tu es ſur la riue herbuë,
Aux rais du Soleil eſtenduë,
Que tu es aiſe! ſi vn bœuf
Paſſe par là mourant de ſeuf,
Tu enfles contre la grand' beſte
Si fort les veines de la teſte,
Et coaces d'vn ſi haut bruit,
Que de crainte le bœuf s'enfuit,
Toy demeurant ſur l'herbe eſpeſſe,
Des ondes la ſeule Maiſtreſſe.
  En ton Royaume le ſerpent
Te combat, mais il ſe repent
Tout ſur l'heure de t'auoir priſe:
Car tu luy tiens la teſte miſe
Si long-temps au fond du ruiſſeau,
Que tu l'eſtouffes deſſous l'eau.
  Le Laboureur à ta venuë.
Ioyeux de ton chant te ſaluë,
Comme Prophete du Printemps:
Ores tu predis le beau temps,
Ore la pluye, ore l'orage:
Iamais ta bouche n'endommage
Ny herbe, ny plante, ny fruit,
Ny rien que la Terre ait produit.
  Tu vaus trop plus en Medecine,
Qu'herbe, qu'onguent, ny que racine:
Es ton fiel en quelque ſaiſon

Donne au malade guarison:
Tu vaus contre le mal d'Hercule,
Ton gosier les venins recule
De ceux qu'empoisonner on veut:
Ta langue charmeresse peut
Faire conter à la pucelle
Les propos que veut sçauoir d'elle
Le ieune Amant qui la poursuit,
La luy pendant au col de nuit.

    Bref, que diray-ie plus? ta vie
N'est comme la nostre asseruie   .
A la langueur du temps malin:
Car bien-tost en l'eau tu' prens fin:
Et nous trainons nos destinées
Quelquefois quatre-vingts années,
Et cent années quelquefois,
Et tu ne dures que six mois
Franche du temps, & de la peine
A laquelle la gent humaine
Est endebtée dés le iour
Qu'elle entre en ce commun seiour.

    Mais le don de ne viure guiere,
Tu le dois à la singuliere
Bonté du Ciel, qui ne fait pas
Tels dons à tous ceux d'icy bas.

STANCES LYRIQVES,
POVR VN BANQVET.

I. IOVEVR.

Vtant qu'au Ciel on voit de flames
Dorer la nuict de leurs clartez,
Autant voit-on icy de Dames
Orner ce soir de leurs beautez.

II. IOVEVR.

    Autant que l'on voit vne prée
Fleurir en ieunes nouueautez,
Autant ceste troupe sacrée
S'enrichit de mille beautez.

I.

La Cyprine & les Graces nuës,
Se desrobant de leur seiour,
Sont au festin icy venuës,
Pour de la nuict faire vn beau iour.

II.

    Ce ne sont pas femmes mortelles
Qui nous esclairent de leurs yeux,
Ce sont Déesses eternelles,
Qui pour vn soir quittent les Cieux.

I.

    Quand Amour perdroit ses flaméches
Et ses dards trempez de soucy,
Il trouueroit assez de fléches
Aux yeux de ces Dames icy.

II.

    Amour qui cause nos detresses
Par la cruauté de ses dards,
Fait son arc de leurs blondes tresses,
Et ses fléches de leurs regards.

I.

    Il ne faut point que l'on desire
Qu'autre saison puisse arriuer.
Voicy vn Printemps qui souspire
Ses fleurs au milieu de l'Hyuer.

II.

    Ce mois de Jannier qui surmonte
Auril par la vertu des yeux
De ces Damoiselles, fait honte
Au Printemps le plus gracieux.

I.

    Ce grand Dieu, Prince du tonnerre,
Puisse sans moy l'air habiter.
Il me plaist bien de voir en terre
Ce qui peut blesser Iupiter.

II.

    Les Dieux épris comme nous sommes,
Pour l'amour quittent leur seiour:
Mais ie ne voy point que les hommes
Aillent là-haut faire l'amour.

I.

    A la couleur des fleurs écloses
Ces Dames ont le teint pareil,
Aux blancs Lys, aux vermeilles roses
Qui naissent comme le Soleil.

II.

Leur blanche main est vn yuoire,
De leurs yeux les Astres se font:
Amour a planté sa victoire
Sus la Majesté de leur front.

I.

Las! que ne suis-ie en ceste trope
Vn Dieu caché sous vn Toreau?
Ie rauirois encore Europe
Au beau milieu de ce tropeau.

II.

Que n'ay-ie d'vn Cygne la plume,
Pour iouïr encore à plaisir
De ceste beauté qui m'allume
Le cœur de crainte & de desir?

I.

Amour qui tout void & dispense,
Ces Dames vueille contenter:
Et si la rigueur les offense,
Nouuel amy leur presenter.

II.

Afin qu'au changer de l'année,
Et au retour des ieunes fleurs,
Vne meilleure destinée
Puisse commander à leurs cœurs.

LE FOVRMY, A REMY
BELLEAV.

Vis que de moy tu as en don
Et ma Grenouïlle & mon Freslon,
Don bien petit, mais qui ne cede
Aux biens qu'vn Monarque possede,
Ie te ferois tort, mon REMY,
Si vn autre auoit ce Fourmy.
Mais bon DIEV! que dira la France,
Qui tousiours m'a veu dés enfance
Sonner les Princes & les Rois,
Et maintenant que ie deurois
Enfler d'auantage ma veine,
Me voit quasi perdre l'haleine
M'amusant à ie ne sçay quoy
Indigne de toy & de moy?

Or si à Virgile on veut croire,
On n'acquiert pas petite gloire
A traitter bien vn œuure bas:
Aussi tousiours il ne faut pas
Que le bon menestrier accorde
Tousiours vn chant sus vne corde,
Et qui voudra bien plaire, il faut
Ne chanter pas tousiours le haut.
Là donques ma petite Lyre,
Sonne, & laisse à la France dire
Cela que dire elle voudra:
L'homme graue qui ne prendra
Plaisir en si basse folie,
Aille fueilleter la Delie.
Mais il est temps, mon cher REMY,
De loüanger nostre Fourmy,
Que l'ingenieuse Nature
Aime sur toute creature,
D'autant qu'il est caut à iuger
Le futur, & grand mesnager
Du bien qu'il recelle en reserue,
A fin que l'Hyuer il luy serue,
Ayant vn prudent souuenir
Que l'Hyuer doit bien tost venir,
Et qu'on meurt de faim en vieillesse
S'on ne trauaille en la ieunesse.
Mon DIEV! quand vn ost de Fourmis
Aux champs de bon matin s'est mis,
Qu'il fait bon voir par la campagne
Marcher ceste troupe compagne
Au labeur ententiuement!
L'vn apporte vn grain de froment,
Et l'autre cache dans sa gorge
Vn grain de seigle, ou vn grain d'orge:
L'autre qui voit son faix trop gros,
Ne le porte dessus le dos,
Mais d'vne finesse ouuriere
Le traine du pied de derriere,
Dessus le deuant s'efforçant,
Ainsi qu'vn crocheteur puissant
Qui se courbe l'eschine large
Sous la pesanteur de sa charge:
Puis d'vn long ordre s'en-reuont
Par vne sente estroite, & sont
Tremeiller la campagne toute
De noires ondes de leur route,
Allant porter à la maison
Le viure de leur garnison,
Qu'ils ont auec soigneuse peine

L'Esté conquis parmy la plaine.
     L'vn est commis pour receuoir
Les plus chargez, l'autre pour voir
Les paresseux qui rien n'amassent :
Leurs republiques se compassent
Par loix, par Princes, & par Rois.

     Apprenez d'eux, peuple François,
D'estre mesnagers, & d'attendre
L'heure qu'on doit le sien despendre,
Et d'amasser d'art studieux
Des biens à quand vous serez vieux.
C'est pour cela que les Poëtes
Asseurent, Fourmis, que vous estes
Les ancestres des Myrmidons
Qui furent mesnagers tres-bons,
Et de ceux de l'Isle d'Egine,
Nous monstrans par telle origine
Que les Myrmidons anciens
Et les peuples Egineens
Estoient soigneux de leur affaire,
Preuoyans l'heure necessaire,
Et qu'ils gardoient auecq' grand soin
Les biens acquis pour leur besoin.

     L'Inde n'est point si precieuse
Pour sa perle delicieuse,
Que pour l'or que vous y trouuez.
Les cornes qu'au chef vous auez,
Sont des merueilles de l'Asie.

     Nulle plaisante Poësie,
Ou soit des Grecs ingenieux,
Ou des Latins laborieux,
Sans vous ne fut iamais parfaite,
Ny ne pourroit : car le Poëte
N'embellist ses vers seulement
D'vn orage, ou d'vn tremblement,
D'vne mer aux vents courroucee,
Ou de quelque foudre eslancee :
Mais il embellit ses raisons
De dix mille comparaisons
Qu'il prend de vous, & des ouurages
Que vous faites en vos mesnages.

     Nature à tous les animaux
N'a pas fait des presens esgaux :
Car aux vns des pieds elle donne,
Aux autres des ailes ordonne :
Mais à vous seuls donne des piez,
Et des ailerons despliez
Pour voler par le Ciel grand erre,
Et pour marcher dessus la terre.

     Que diray plus ? vous auisez
Les vents que vous prophetisez
Plus d'vn iour deuant leur venuë :
La Nature vous est cognuë,
Et toutes les saisons des Cieux :
Bref, vous estes de petits Dieux.

     Or gentils Fourmis, ie vous prie,
Si vn iour BELLEAV tient s'amie
A l'ombre de quelque Fouteau,
Sous qui sera vostre troupeau,
Ne piquez point la Chair doüillette
De sa gentille mignonnette.

CAPRICE.

AV SEIGNEVR SIMON
NICOLAS.

Tout est perdu, NICOLAS, tout
          s'empire,
Ce n'est plus rien que du François Empire,
Le vice regne & la vertu s'enfuit,
Les grands Seigneurs ont pris nouueau des-
          duit,
Farceurs, boufons, courtisans pleins de ruses
Sont maintenant en la place des Muses,
Ioüeurs, larrons, fayneans, discoureurs,
Muguets, deuins, querelleurs & iureurs.
     Rien n'apparoist de la saison derniere.
Quand le Soleil a baissé sa lumiere
» La nuict suruient, qui de son noir attour
» Profondement enueloppe le iour.
     Que ie regrette (ô Dieux !) que ie regrette
Vn si bon temps où la Muse brunette
Auoit en Cour tant de lustre & de prix !
Où l'ignorance, où des foibles esprits,
Sans nul merite & sans aucune gloire,
N'auoient le bien des filles de Memoire,
Des nouueaux nays, des folastres mentons,
Esclos d'vn iour, des petits auortons
Enflez d'honneurs, de pensions, de tiltres,
D'orgueil, de dons, de crosses & de mitres,
Laissans derriere à bouche ouuerte ceux
Qui ont Thalie & Phœbus auec eux,
Nourris des Rois au sein des neuf Pucelles,
Pour les combler de graces immortelles.
     A peine, helas ! à peine a-t'on Chassé
La barbarie, où les gens du passé

Se deleſtoient (ô peruerſe influance!)
Qu'elle reuient importuner la France
Plus que iamais: ha! les Cieux ennemis
Auroient-ils bien ce deſaſtre permis?

  Ouy, NICOLAS, c'eſt vn decret celeſte,
Noſtre malice aux grand Dieux manifeſte
Les y contraint, ouy, nos malignitez
Baillent naiſſance à telles mal-heurtez.
Ce n'eſt plus rien que fard, qu'hypocriſie,
Que brigandage & rien qu'Apoſtaſie,
Qu'erreur, que fraude en ce temps obſcurcy:
Le Turc vit mieux que l'on ne fait icy.

  Ie me repens d'auoir tant eu de peine
Que d'amener Phœbus & ſa Neufuaine
En ce pays, il me faſche d'auoir
Premierement ſur les riues du Loir
Conduit leurs pas en ma ieuneſſe tendre,
Quand le bel œil de ma belle Caſſandre
Me ſçeut apprendre à chercher comme il faut
En beau ſubiect vn ſtile braue & haut.

  Bien que l'enuie, en tous lieux animee,
Se mutinaſt contre ma renommee
De toutes pars, & que mille rimeurs
Fuſſent aux champs en deſpit des neuf Sœurs,
Ie paſſay outre, amenant de la Grece
Leur troupeau ſainct, dont la voix charme-
  reſſe
Par mon labeur en la faueur des Rois,
Donna le prix au langage François.
Tu le ſçais bien, tu veis mon premier âge,
Tu me cogneus, deſlors que i'eſtois Page
A ce grand Roy qui deuoit, ſans l'effort
D'vn accident, darder ſon nom du bord
Où le Soleil éueille ſa paupiere,
Iuſqu'où il tombe en l'onde mariniere.

  Que m'a ſerui de me trauailler tant
D'vn bras vainqueur l'Ignorance domtant,
Si par aueu elle ſe rend plus forte,
Si les plus grands ores luy font eſcorte,
Paſſionnez d'vn langage fardé,
Que les neuf Sœurs n'ont iamais regardé,
D'vn vers trainant, d'vne proſe rimee,
De qui leur ame eſt ſi tres-affamee,
Que ſi Virgile eſclairoit à leurs yeux,
Il leur ſeroit ie m'aſſeure ennuyeux?

  Deſia ma teſte eſt de neige couuerte,
Ma force eſt lente & ma veine deſerte,
Pour terraſſer encores derechef
Ce Monſtre infame eſpouuantable au chef.

Puis mon bon Prince a faict ioug à la Par-
  que,
CHARLES, ce grand, ce genereux Mo-
  narque,
De qui le front, peuplé de lauriers vers,
Daignoit pancher aux accords de mes vers:
La Mort l'a pris en ſa premiere courſe,
Et quant & quant elle a tari la ſource
Où ie puiſois ceſte douce liqueur
Qui m'eſchauffoit les eſprits & le cœur.
» Le temps qui eſt de toutes choſes maiſtre,
Peut-eſtre vn iour icy bas fera naiſtre
Quelque ame viue, à fin de s'oppoſer
Contre l'erreur qui nous veut abuſer:
Car DIEV, qui eſt tout preuoyant &
  ſage,
Ne permettra que ce deſ auantage
Dure long-temps, & que ſon traict poinctu
Triomphe ainſi du faict de la vertu.
» Touſiours la Mer à ſon bord ne tempeſte,
» Le vent touſiours ne deplume la teſte
» Des cheſnes vieux, ny touſiours bonds ſur
  bonds
» Les feux du Ciel n'eſpouuantent les monts.
  Qui que tu ſois, à qui la Pieride
Fera ce bien, pren ma voix pour ton guide,
Eſcoute-moy, s'il te plaiſt de ramer
Aſſeurément en ſi profonde mer.

  Promeine-toy dans les plaines Attiques,
Fay nouueaux mots, r'appelle les antiques,
Voy les Romains, & deſtiné du Ciel,
Deſrobe, ainſi que les mouches à miel,
Leurs belles fleurs par les Charites peintes.
Lors ſans viſer aux ialouſes attaintes
Des mal-vueillans, formes-en les douceurs
Que Melpomene inſpire dans les cœurs:
I'ay fait ainſi, toutesfois ce vulgaire,
A qui iamais ie n'ay peu ſatisfaire,
Ny n'ay voulu, me faſcha tellement
De ſon japper en mon aduenement,
Quand ie hantay les eaux de Caſtalie,
Que noſtre langue en eſt moins embellie,
Car elle eſt manque, & faut de l'action
Pour la conduire à ſa perfection.

  Cherche vn renom qui les âge ſurmonte,
Vn bruit qui dure, vne gloire qui monte
Iuſqu'aux Nepueux, & tente à cet effect,
Si tu veux eſtre vn Poete parfaict,
Mille ſubiects de mille & mille modes,

Chants pastoraux, Hymnes, Poemes &
   Odes,
Fuyant sur tout ces vulgaires façons,
Ces vers sans art, ces nouuelles chansons,
Qui n'auront bruit à la suite des âges,
Qu'entre les mains des filles & des pages.

   Que le beau nom des Princes & des Rois
Soit ton subiect & le Porte-carquois:
Par ce chemin loin des tourbes menues,
A branle d'aile on vole outre les nues,
Se couronnant à la posterité,
Des rameaux saincts de l'Immortalité.

   Mais NICOLAS, Bellonne est à nos
   portes,
Ia desia Mars & ses fieres cohortes
Sonnent la guerre: hé! bons Dieux, qui pour-
   roit,
Quand vn Homere il parangonneroit,
Qui pourroit faire esclairer la science
Parmy les maux qui regardent la France?
Le ROY (dit-on) n'aura iamais d'enfans,
Son Heritier dés ses plus ieunes ans
Ayme la guerre, il est haut de courage,
Prompt & actif, il est caut, il est sage;
Bref c'est vn foudre, vn astre des combats:
Et toutesfois ne le voudra-ton pas
En suruiuance: ah! que de fiers gendarmes,
Ah, que de feux! que d'horribles alarmes!
Que de pitié! que de sang! que de morts!
Que d'estrangers ancreront à nos ports!
Tout est perdu, la France est à son terme,
Si le bon DIEV, comme le feu saint Herme,
Ne fait descendre en l'esprit d'vn tel ROY
Son Esprit Sainct pour le ranger à soy.

   Or s'il aduient, ceste Saison dorée,
Qui fut iadis par le Monde honorée,
Refleurira, tous vices periront,
Sans coup ferir les erreurs s'en-iront
Des Reformez qui viuent en franchise,
En son honneur la primitiue Eglise
Se remettra comme premierement,
Et pour combler vn tel euenement,
Dans nos citez comme dans leurs campagnes,
De iour, de nuict les neuf Muses compagnes,
Filles du Ciel, iront comme deuant
Sous la faueur d'vn salutaire vent,
Faisans marcher de Prouince en Prouince
Le nom sacré d'vn si valeureux PRINCE
A l'enuiron de ce grand Vniuers,

,, *Car le merite esclaire par les vers.*
   Ie l'ay cogneu dés sa premiere enfance,
Comme ayant pris mon estre & ma naissance
Dans le pays qui fleschit à sa loy:
Rien n'est meilleur, rien plus doux que ce ROY,
Rien plus humain, rien n'est de plus affable,
Ce n'est qu'amour, il n'est rien de semblable:
(O NICOLAS) nous serions trop pleins
   d'heur
De viure vn iour vassaux de sa Grandeur.

   Donne, grand DIEV, que ce bon-heur ar-
   riue,
Si ton vouloir, durant ses iours, nous priue
De ce grand ROY qui nous baille ses loix,
Et s'il te plaist que le nom de VALOIS
Cede aux BOVRBONS, sortis de mesme
   race,
,, *Car tout succombe & toute chose passe.*

   Donne, SEIGNEVR, qu'en toutes les saisons
Le bon-heur vole autour de leurs maisons,
L'amour, la paix, & la foy qui nous guide
Là haut au Ciel où le vray bien reside.

   Fay que tout vice esloigne leurs citez,
Escartes-en les salles voluptez,
Les trahisons, les meurtres, les querelle;
Escartes-en ces damnables sequelles
De brelandiers, de farceurs, de plaisans,
Qui sont tousiours auec les Courtisans,
Et qu'en leur place, au comble de sa gloire,
Le docte chœur des filles de Memoire,
Comme deuant, y fleurisse tousiours,
Tant que Phœbus allumera les iours
En Orient, & que toute infortune,
Tout noir meschef, toute influence brune
Escarte loing son estoc & son dard
De NICOLAS & du chef de RONSARD.

IMITATION DV GREC
ET DV LATIN.

IE ne puis estimer vn Regent estre sage,
   Qui n'a dedans la bouche autres mots
   que la rage,
Le courroux & la mort, l'Enfer & mille
   maux,
Armes, chiés, & voirie, & charogneux oiseaux,
Comme toy maistre Adam, qui fais en chau-
   de colle

Tousiours bruire ces mots au fonds de ton es-
  cole :
Ores en renaurant le bon vieillard Nestor,
Ores sur vn poulpitre en retrainant Hector,
Auecques plus de bruit de ta voix qui enteste,
Que la voix d'vn Achil' tymbré d'vne grand'
  creste.
Fay grace à mon oreille & ne cry' plus si haut :
Assez tes escolliers apprennent en ce chaud
(Apprinssent-ils par cœur deux ou trois Ilia-
  des)
Si en telle chaleur ils ne sont point malades.

IMITATION DE
MARTIAL.

TV veux qu'à tous coups d'vn valet
Tous les seruices ie te face,
Que pour te faire aller seulet
Ie hurte le peuple en la place,
Que ie rie quand tu riras,
Que ie crie quand tu criras :
Va va, ie ne puis satisfaire,
Ni ne dois, à si sots desirs :
Que puis-ie donc en ton affaire ?
Ie te puis faire les plaisirs
Qu'vn valet ne te sçauroit faire.

VERSION D'VN EPIGRAM-
ME GREC.

DAme au gros cœur, pourquoy t'espar-
  gnes-tu,
Faisant d'vn rien l'appuy d'vne vertu ?
En cependant que tu es ieune & belle,
Eschauffe-toy d'vne amour mutuelle,
Aime en viuant : car apres ton trespas
Sous le tombeau tu ne trouueras pas
Vn amoureux lequel te vueille prendre :
» Apres la mort nous ne sommes que cendre.

EPIGRAMME SVR LA NE-
PHELOCOCVGIE DE
Pierre le Loyer.

LOYER, ta docte Muse n'erre
De bastir vne ville en l'air,
Où les cocus puissent voller :
Pour eux trop petite est la terre.

EPIGRAMME GREC,
Παλλάδος ἐιμὶ φυτόν.

IE suis la plante de Pallas :
Pourquoy, Vigne, de tant de las
Me presses-tu le corps si ioinct ?
Va-t'en ailleurs trainer tes bras,
Minerue ne s'enyure point.

QVATRAIN POVR VN LI-
ure bien composé & mal relié.

LEs Dames sont benignes de nature,
Ayez pitié de ces beaux vers qui font
De vostre liure enfler le premier frot,
Et leur donnez vn peu de couuerture.

QVATRAIN FAIT PROM-
PTEMENT POVR VN SERGENT
qui l'importunoit de luy don-
ner des vers pour vne
inscription.

DE trois Sergens pendez-en deux,
Le monde n'en vaudra que mieux,
Quand l'autre tiers sera pendu,
Le monde n'aura rien perdu.

LE RECVEIL
DES EPITAPHES.

EPITAPHE DE IEAN MAR-
tin, Poëte & Architecte.

ENTRE-PARLEVRS.

Le Chemineur, & le Genie.

Le Chemineur.

Andis qu'à tes edifices
Tu faifois des frontifpices,
Des termes, des chapiteaux:
Ta trüelle, & tes marteaux,
N'ont fceu de ta deftinée
Rompre l'heure terminée.

Le Genie.

Qui es-tu qui de mes os
Troubles ainfi le repos?
» Pauure fot, ne fçais-tu comme
» La Mort ne pardonne à l'homme,
» Et que mefme le trefpas
Les grands Rois n'euitent pas?

Le Chemineur.

Quoy! ceux qui par la fcience
D'vne longue experience,
Et d'vn foin ingenieux
Ont vagué par tous les Cieux,
Ont les eftoilles nombrees,
Et d'vn nom propre nommees,
Ont d'vn ofer plus qu'humain
Cherché DIEV *iufques au fein,*
Meurent-ils? la Parque noire
Dans Styx les fait-elle boire?

Le Genie.

Auffi bien que moy Platon
Sentit la loy de Pluton,
Et par fa philofophie
Ne fçeut allonger fa vie,
Combien qu'il euft efpluché
Tous les Cieux & recherché
Les fecrets de la Nature,
Et qu'il n'euft à la mort dure
Rien concedé que les os,
Et la peau qui tient enclos
Le fardeau qui l'ame charge:
Mais d'Eac la cruche large,
Hocha fon nom auffi bien
Comme elle a hoché le mien.

Le Chemineur.

Ie penfois, ô bon Genie,
Que la mort eut feigneurie
Sur ceux qui vont feulement
Par la mer auarement,
Et fur ceux qui pour acquerre
De l'honneur vont à la guerre:
Non fur les hommes qui font
Philofophes, & qui vont
Retraçant les pas de celles
Qu'on nomme les neuf Pucelles:
Hé quoy, ne peut le fçauoir
Cefte Parque deceuoir?

Le Genie.

» Il faut mourir, & le fage
„ N'obtient non-plus d'auantage
„ Que le fol: ieunes & vieux,
„ Et pauures, & fils des Dieux

„ Marchent

„ *Marchent tous par mesme sente*
„ *Au throsne de Radamante.*

  Là sans choix, le Laboureur
S'accoste d'vn Empereur:
Car la maison infernale
A tous venans est égale:
Et peut-estre cependant
Que tu me vas demandant
Response de ta requeste,
Que la mort guigne ta teste,
Et que sa cruelle main
Tranche ton filet humain.

Le Chemineur.

  Mais ie te pri' dy-moy, Ombre,
Es-tu là bas, ou sous l'ombre
Des beaux myrtes ombrageux,
Ou dedans le lac fangeux,
Qui de bourbeuse couronne
Neuf fois l'Enfer enuironne,
Ou bien si tu es là haut
Entre ceux où point ne faut
La lumiere, & où la glace,
Et le chaut n'a point de place?
Ombre, ie te pri' dy-moy,
Dy-moy que c'est que de toy?

Le Genie.

  Ton prier n'est raisonnable:
Car il n'est pas conuenable
A toy de t'en enquester,
Ny à moy de t'en conter:
Tandis que tu es en vie,
Pour DIEV, Passant, n'aye enuie
De sçauoir que fait çà bas
L'esprit apres le trespas,
Et ne trouble les Genies
Des personnes seuelies:
„ *Mais croy par foy seulement*
„ *(Sans en douter nullement)*
„ *Que les ames des fidelles*
„ *Viuent tousiours eternelles,*
„ *Et que la Parque n'a lieu*
„ *Dessus les Esleus de DIEV.*

Le Chemineur.

  Bonne ame! que tu merites,

Pour tant de raisons bien dites,
Sur ta tombe de Lauriers,
De Pampres & d'Oliuiers!
Reçoy donc ces belles Roses,
Ces Lis, & ces fleurs décloses,
Ce laict & ce vin nouueau
Que i'espan sus ton tombeau.

Le Genie.

  Ie ne veux de telles choses,
Serre tes Lis & tes Roses,
Et n'espan sur mon tombeau
Ton laict ny ton vin nouueau,
Mais bien nostre Seigneur prie,
Que mon esprit il allie
Au troupeau qu'il a fait franc,
Par la rançon de son sang.
Apres fais autre priere,
Que la terre soit legere
A mes os, & qu'vn sorcier
Ne me vienne deslier
Iamais du clos de ma pierre:
Trois fois couure-moy de terre,
Puis va-t'en à ton plaisir,
Et me laisse en paix gesir.

LE PASSANT RESPOND
A L'ESPRIT.

Vi m'emplira d'œillets, & de roses le
    sein,
A fin de les verser sans nombre à pleine
    main
Sur ceste tombe, où gist la plus belle des-
    poüille,
Que nature fila sur l'humaine quenoüille?
Et dont le bel esprit volât tout pur aux Cieux,
Des Anges & des Saincts émerueilla les yeux.
  Las! tu es morte donc, tu es morte Loyse:
Et morte auecques toy icy dessous gist mise
La vertu, la bonté, & pour l'honneur de toy
Icy rompt ses cheueux sur sa tombe la Foy,
Pleurant auec sa sœur Charité, qui souspire,
Qui se bat la poitrine, & sa face deschire,
N'ayant autre confort sur ta fosse, sinon
Le plaisir iour & nuit de sanglotter ton nom:
Et de dire aux Passans, que iadis tu fus celle

Qu'elle choisit en Dieu, pour sa tres-humble
   ancelle,
A qui l'orgueil des biens n'auoit enflé le cœur,
Ny titre de parens, ny mondaine faueur :
Mais bien, qui sans se faire arrogante appa-
   roistre,
Humblement gouuernoit son troupeau dans
   son cloistre.
     Las! où est cestuy-là qui n'ait bien entendu
Les bien-faits que ta main secrette a despēdu,
Pour ayder à nourrir les veufues soufreteuses,
Les ieunes orphelins, & les vierges honteuses,
Qui n'osoient mendier, ou bien qui ne pou-
   uoient?
Hé! qui diroit combien d'Escoliers receuoient
De tes biens tous les ans, liberale à despendre,
En vn œuure si sainct, pour les haster d'ap-
   prendre
Le chemin de vertu! hé, qui diroit combien
Pitoyable tu fis aux Estrangers de bien!
     Qui est encor celuy qui n'ait eu cognois-
   sance
De la noble Maison d'où tu as pris naissance,
Du Baron de Conty Ferry, dont le bon-heur
Fut en guerre & en paix de la France l'hon-
   neur?
Quel homme ne cognoist ton oncle redou-
   table
Anne Montmorency, de France Conne-
   stable?
Qui ne cognoist Odet ton Frere Cardinal,
Et ton Frere Gaspard, de la France Ad-
   miral?
L'vn qui est l'enfançon d'Apollon & des
   Muses,
Et l'autre de Mauors, qui luy apprint les ru-
   ses
Des guerres au berceau? c'est luy qui mille fois
Iusques dessus leurs murs poursuiuant les An-
   glois,
Espagnols & Flamens, comme vn foudre de
   guerre,
Leur a fait du menton ensanglanter la terre.
     Qui ne cognoist François ton autre Frere
   encor,
Vn Vlysse en conseil, aux armes vn Hector?
Qui ne cognoist les faicts de sa ieune vail-
   lance,
Mise à chef en Escosse, en Itale, & en Frāce,

Et sur les bords du Rhin? qui ne cognoist aussi
Ta Mere qui fut sœur d'Anne Mōtmorency?
Et toutesfois, helas! Loyse, tu es morte :
,, Car rien contre la mort ayde à l'homme n'ap-
   porte.
     Or adieu donc, Loyse, en assez long adieu,
Tu es au Ciel là haut assise auecque DIEV,
D'où tu vois sous tes pieds les astres & les nuës,
La mer & les citez, & les terres connuës :
Et nous pauures chetifs nous viuons icy bas,
En regret & en pleurs pour ton fascheux tres-
   pas,
Loin de nostre pays, aueuglez de nos vices,
Des Sereines du monde, & de trop de delices
Qui nous tiennent charmez & l'esprit & les
   yeux,
Pour nous faire oublier de retourner aux
   Cieux,
Nostre antique demeure, où maintenant sans
   peine,
Tu vis hors des liens de la prison humaine,
N'estant plus qu'vn esprit, qui de rien ne se
   plaist,
Sinon de voir son DIEV, son DIEV qui le
   repaist
(Comme il auoit promis en son Liure de vie)
A la Table de ceux que l'Anneau rassasie
D'Ambrosie diuine, & de Nectar diuin
En lieu de pain terrestre, & de terrestre vin.
     Or adieu derechef, adieu doncques Loyse ;
Afin que ta memoire en oubly ne soit mise,
Et que de mieux en mieux les siecles à venir,
De tes belles vertus se puissent souuenir :
Soit Printemps, soit Esté, soit Hyuer, tous-
   jours tombe
Vne pluye d'œillets, & de Lys sur ta tombe,
Menu comme rosée, & nuict & iour du Ciel
Y puisse choir la manne, & s'y faire le miel.

EPITAPHE DE
HVGVES SALEL.

Es rochers Capharez (où l'embusche trai-
   stresse
De Nauple fit noyer la flotte donteresse
Du mur Neptunien, quand l'ireuse Pallas
Destourna son courroux d'Ilion sur Aias)
Te deuoient faire sage, & te deuoient apprēdre,
SALEL, à plus n'oser le sang Troyen espandre,

Et ne renfanglanter tes vers au fang des fils
De tant de puiffans Dieux à Troye defconfits.
  Non pour autre raifon aueugle fut Ho-
    mere,
Que pour auoir de neuf rafraichy la mifere
Des mal-heureux Troyens , & pour auoir
    encor
Par fes vers retrainé la charongne d'Hector:
Pour auoir renauré la molle Cyprienne ,
Pour auoir re-fouïllé la poudre Phrygienne
Au fang de Sarpedon , & pour auoir laiffé
Encor Mars re-faigner , de fa plume bleffé.
  A toy, ainfi qu'à luy les Dieux ont eu enuie,
Qui fauorifoient Troye, & t'ont coupé la vie
Au milieu de tes ans , de peur qu'vne au-
    tre fois
Hector ne fut r'occis par les vers d'vn Frãçois.
  Mais bien que mort tu fois au plus verd de
    ton âge,
Si as-tu pour confort gagné cet auantage,
D'eftre mort riche Poete , & d'auoir par la-
    beur
Le premier d'vn grand Roy merité la faueur,
Qui chaffa loin de toy la pauureté molefte
A la troupe des Sœurs, dont la race celefte
Peu leur fert auiourd'huy, que cliquetans des
    dents,
Que d'vn pafle eftomac affamé par dedans,
Que d'vn œil enfoncé, que toutes defolées
De faim, parmy les bois n'errent écheuelées.
  F R A N Ç O I S le premier Roy des vertus
    & du nom,
Prenant à gré d'ouïr l'Atride Agamemnon
Parler en fon langage, & par toy les gens-d'ar-
    mes
De Priam , fon ayeul, faire bruire leurs armes
D'vn murmure François : Prince fur tous
    humain,
Te fit fentir les biens de fa Royale main;
Et le fit à bon droit, comme à l'vn de fa France,
Qui des premiers tira noftre langue d'enfance,
Et de qui le fçauoir auoit bien merité
D'eftre d'vn fi grand Roy fi doucemẽt traitté.
Ainfi , toy bien-heureux, fi Poete heureux
    fe treuue,
Plus difpos , & plus gay, tu trauerfas le
    fleuue
Qui n'eft point repaffable, & t'en allas ioyeux
Rencontrer ton Homere és champs delicieux,

Où fur les bancs herbus, ces vieux peres s'af-
    fifent,
Et fans foin de l'amour parmy les fleurs deuifẽt
Au girõ de leur Dame: vn fe couche à l'enuers,
Sous vn myrte efgaré, l'autre chante des vers,
L'vn luitte fur le fable , & l'autre à l'efcart
    faute,
Et fait bondir la bale, où l'herbe eft la moins
    haute.
  Là Orphée habillé d'vn long furpelis blanc,
Contre quelque Laurier fe repofant le flanc,
Tient fa lyre cornue, & d'vne douce aubade,
En rond parmy les prez fait dancer la brigade.
  Là les terres fans art portent de leur bon gré
L'heureufe panacée , & le rofier pourpré
Fleurit entre les Lys, & fur les riues franches
Naiffent les beaux œillets, & les paq'rettes
    blanches.
  Là fans iamais ceffer, iargonnent les oifeaux,
Ore dans vn bocage, & ore pres des eaux,
Et en toute faifon auec Flore y fouffpire
D'vn fouffpir eternel le gracieux Zephyre.
  Là comme icy n'a lieu fortune ny deftin,
Et le foir comme icy ne court vers le matin,
Le matin vers le foir, & comme icy la rage
D'acquerir des honneurs, ne ronge leur cou-
    rage.
  Là le bœuf Laboureur d'vn col morne &
    laffé
Ne reporte au logis le coutre renuerfé,
Et là le marinier d'auirons n'importune,
Chargé de lingos d'or, l'efchine de Neptune:
Mais fans point trauailler toufiours boiuent
    du Ciel
Le Nectar qui diftile , & fe paiffent de miel.
  Là , bien-heureux Salel, (ayant à la nature
Payé ce que luy doit chacune creature)
Tu vis franc de la mort , & du cruel foucy,
Tu te mocques là bas, qui nous tourmente icy :
Et moy chetif, ie vy ! & ie traine ma vie
Entre mille douleurs , dont la bourrelle enuie
Me tourmente à grand tort de pincemens cui-
    fans,
Me faifant le ioüet d'vn tas de Courtifans
Qui defchirent mon nom, & ma gloire naif-
    fante
(Dieux deftournez ce mal !) par leur langue
    mefchante.
Ah ! France ingrate Frãce, hé faut-il receuoir

Tant de derifions pour faire fon deuoir?
  Enuoye de là bas (mon Salel) ie te prie,
Pour leur punition, quelque horrible Furie,
Qui d'vn foüet retors de ferpens furieux
Leur frape fans repos & la bouche & les yeux,
Et d'vn long repentir leur tourne dedans
    l'ame
Icy mon innocence, & là le mefchant blafme
Qu'ils commettent vers moy, & frayeur leur
    donnant
La nuit de mille horreurs les aille efpoinçon-
    nant.
  Et toy Pere vengeur de la fimple innocence,
Si i'ay d'vn cœur deuôt fuiuy dés mon enfance
Tes filles les neuf Sœurs, fi ie fuis couftumier
Toufiours mettre ton nom dans mes vers le
    premier:
Tonne là haut pour moy, & dardant la têpefte,
Efcarboüille en cent lieux le cerueau de leur
    tefte,
Signe de ta faueur, & ne laiffe outrager
Si miferablement les tiens fans les venger.

EPITAPHE D'ANDRE'
BLONDET.

BOnté, vertu, honneur, & courtoifie,
Dans ce tombeau ont leur place choifie
Auec BLONDET, lequel repofe icy.
Verfe, Paffant, à toutes mains declofes,
Force beaux lis & force belles rofes,
Et prie à DIEV qu'il luy face mercy.

POVR LVY-MESME.

ICy repofent enclos
  Et les cendres & les os
    De BLONDET, dont enfermée
N'eft icy la renommée:
Qui de fon maiftre prifé
Fut fi bien fauorifé,
Que feul il auoit puiffance
Sur les grands threfors de France.
Paffant qui viens en ce lieu,
Ne t'en-va fans prier DIEV
Qu'au Ciel fon ame puiffe eftre
Auec celle de fon maiftre.

EPITAPHE DE LOYSE DE
MAILLY ABBESSE
de Caën.

ICy les os repofent d'vne Dame,
  De qui le Ciel fe réjoüit de l'ame:
    Le corps mortel en poudre eft côuerty.
Sous le Tombeau que fon frere a bafty
Vous qui paffez faites à DIEV priere
Que cefte tombe à fes os foit legere.
  Les rofes & les lis puiffent tomber du Ciel
A iamais fur ce marbre : & les mouches à
    miel
Puiffent à tout iamais y faire leur mefnage,
Et le laurier facré à iamais face ombrage
Aux Manes de ce corps deffous ce marbre
    enclos,
Et la tombe à iamais foit legere à fes os.
  Paffant, marche plus loin, ce marbre ne
    regarde:
Ma cendre n'eft icy: mon frere me la garde
Enclofe en fa poitrine, & fon cœur pour vaif-
    feau
Retient en luy mes os, & me fert de tom-
    beau.

SVR LE TOMBEAV DE
IEAN BRINON.

L'ombre parle.

LA mort m'a clos dans ce Tombeau,
  Qui fus en mon viuant plus beau
    Que Narciffe, & parauenture,
Paffant, efbahy tu feras,
Quand de mon corps tu ne verras
Vne fleur fur ma fepulture.
  La terre qui preffe à l'entour
Mes os, ardans de mon amour,
A laiffé dans foy mefme cuire
Toute fon humeur; & n'a peu,
Comme feiche de trop de feu,
De mon corps vne fleur produire.
  Or donq' Paffant arrofe-la,
Et verfe de-çà & delà
Tes larmes fur elle : & peut eftre

Qu'elle arrosee de ton pleur,
Soudain quelque nouuelle fleur
Du corps de BRINON *fera naistre.*

EPITAPHE DE FRAN-
çois RABELAIS.

SI d'vn mort qui pourri repose
Nature engendre quelque chose,
Et si la generation
Est faicte de corruption:
Vne vigne prendra naissance
De l'estomac & de la pance
Du bon Biberon qui boiuoit
Tousiours ce pendant qu'il viuoit.
Car d'vn seul traict sa grande gueule
Eust plus beu de vin toute seule .
(L'epuisant du nez en deux cous)
Qu'vn porc ne hume de laict dous,
Qu'Iis de fleuues, ne qu'encore
De vagues le riuage More.

   Iamais le Soleil ne l'a veu,
Tant fust-il matin, qu'il n'eust beu,
Et iamais au soir la nuict noire,
Tant fust tard, ne l'a veu sans boire,
Car alteré, sans nul sejour
Le galant boiuoit nuict & iour.
   Mais quand l'ardente Canicule
Ramenoit la saison qui brule,
Demi-nus se troussoit les bras,
Et se couchoit tout plat à bas

Sur la ionchee entre les tasses,
Et parmy des escuelles grasses
Sans nulle honte se toüillant,
Alloit dans le vin barboüillant
Comme vne grenoüille en la fange:
   Puis yure chantoit la loüange
De son amy le bon Bacchus,
Comme sous luy furent vaincus
Les Thebains, & comme sa mere
Trop chaudement receut son pere,
Qui en lieu de faire cela
Las! toute viue la brula.

   Il chantoit la grande massuë,
Et la Iument de Gargantuë,
Le grand Panurge, & le païs
Des Papimanes ébahis:
Leurs loix, leurs façons & demeures,
Et frere Iean des Antoumeures,
Et d'Episteme les combas:
Mais la mort qui ne boiuoit pas,
Tira le Beuueur de ce monde,
Et ores le fait boire en l'onde
Qui fuit trouble dans le giron
Du large fleuue d'Acheron.

   Or toy quiconque sois qui passes,
Sur sa fosse répan des tasses,
Répan du bril, & des flacons,
Des ceruelas, & des iambons:
Car si encor dessous la lame
Quelque sentiment a son ame,
Il les aime mieux que les Lis,
Tant soient-ils fraischement cueillis.

AVTRE RECVEIL
DE SONNETS.

A LA ROYNE.

DE mon preſent moy-meſme ie
m'eſtonne,
Donnant du fruit à vous, qui à
foiſon
En faicts naiſtre en chacune ſaiſon :
Car tous vos iours nous ſeruent d'vn Au-
tonne.
　CHARLES qui tient des François la
couronne,
Qui regit tout par prudence & raiſon,
Les freres ſiens, ſa ſœur & ſa maiſon,
Sont les bons fruicts que voſtre arbre nous
donne.
　Vos autres fruicts ſont la paix, la police,
Le bon conſeil, les loix, & la Iuſtice,
La guerre morte, & le diſcord détruit :
　C'eſt donc, Madame, vne folle arro-
gance
Que mon preſent, quand vous eſtes de Fran-
ce
L'arbre, la fueille, & la fleur, & le fruit.

AV ROY.

LE grand Hercule auant qu'aller aux
Cieux
Daigna loger chez vn paſteur : vous Sire,
Que pour ſon Roy tout le monde deſire,
Daignez grand Prince entrer en ſi bas lieux.
　Pour mieux vous voir les bois ont pris des
yeux,
Loir en ſes flots vos Majeſtez admire,

Et moy i'appren à ces maiſons à dire
Que la vertu vous met entre les Dieux.
　Ie ne voirray fleur, ny herbe, ny riue,
En qui le nom des CHARLES ie n'eſ-
criue,
Le tirant hors des tenebres confuſes,
　Qui des grands Rois eſteignent la clar-
té :
Pour teſmoigner à la poſterité
Qu'vn ſi grand Prince a fait honneur aux
Muſes.

A LA ROYNE.

Vous qui auez, forçant la deſti-
nee,
Si bien conduit ceſte trouble ſai-
ſon,
Vous qui auez par prudence & raiſon
Si dextrement la France gouuernee ;
　Eſtes icy des Muſes amenee
Par vn deſtin : car c'eſtoit la raiſon
Que d'vn trait d'œil vous viſſiez la mai-
ſon
Que vous m'auez en leur faueur donnee.
　Si ce lieu n'eſt vn grand Palais doré,
S'il n'eſt orné de marbre elaboré,
S'il n'eſt aſſis ſur piliers de porphyre,
　S'il n'eſt paré d'vn artifice humain,
Il m'eſt pourtant auſſi cher qu'vn Empi-
re :
Tant vaut le bien qui vient de voſtre main.

A MONSIEVR.

Rince bien né, la seconde esperance
De nostre siecle & des peuples con-
tens,
Qui fleurissez auant vostre Printemps,
Donnant du fruict au sortir de l'enfance :
   Vous n'estes pas en ces Palais de France
Chez les Seigneurs richement habitans,
Qui de plaisans, & diuers passetemps
Vous ont monstré toute magnificence.
   Voicy le lieu des peuples separé,
Mal-accoustré, mal-basty, mal-paré :
Et toutefois les Muses y demeurent,
   Et Apollon de Laurier reuestu,
Qui vont gardant que les Princes ne meurent
Qui comme vous ont aimé la vertu.

AV ROY.

Prés l'ardeur de la guerre cruelle
Ie voy fleurir le beau siecle doré,
Où vous serez des vostres adoré,
Pour la vertu qui vous est naturelle.
   Ceste vertu comme vne fleur nouuelle,
Se monstre en vous de tous biens honoré :
Car on ne voit vn Prince decoré
D'vn corps si beau que l'ame n'en soit belle.
   Doncques, mon Roy, si vous estes bien né,
Si DIEV vous a vn tel Sceptre donné,
Si Mars sous vous a perdu sa colere ;
   N'en soyez fier, mais gracieux & doux :
Car ces deux biens ne viennent pas de vous ;
L'vn vient de DIEV, l'autre de vostre
Mere.

AV ROY HENRY II.
DE CE NOM.

E vous donne le Ciel pour vos estre-
nes, SIRE.
Ie serois à la France, & à vous vn grand tort,
A vous, sain & dispos, ieune, gaillard & fort ;
A la France qui seul pour son Roy vous de-
sire ;

De vous donner la Mer : que vous vau-
   droit l'Empire
Des vagues & des vents ? De vous donner le
   fort
Qui suruint à Pluton, que vous vaudroit le
   port
De l'Enfer odieux, des trois Mondes le pire ?
   La France vous suffit, vous estes estrené :
Vos fils puisnez sont Ducs, Roy vostre fils
   aisné :
Et vos filles bien tost vous feront le grand-pere
   D'enfans, qui porteront le Sceptre en di-
   uers lieux,
Ainsi doresnauant vous serez dit le Pere
Des Rois dont la grandeur vaut bien celle des
   Dieux.

A LA ROYNE DE FRANCE
MARIE STVARD.

Angleterre & l'Escosse, & la Fran-
   çoise terre,
   Les deux ceintes de mer, & l'autre de
   montaignes,
Autour de ton berceau, ainsi que trois com-
   paignes,
Le iour que tu nasquis eurēt vne grād guerre.
   La France te vouloit, l'Escosse & l'An-
   gleterre
Te demandoient aussi, & semble que tu daignes
Fauoriser la France, & que tu t'accompaignes
D'elle qui ton beau chef de ses villes enterre.
   De ces trois le debat vint deuant Iupiter,
Qui, iuste, ne voulant ces trois sœurs depiter,
Par sentence ordonna, pour appaiser leur noise,
   Que tu serois trois mois la Royne des An-
   glois,
Et trois mois ensuiuant Royne des Escossois,
Et six mois Royne apres de la terre Fran-
   çoise.

A MADAME MARGVE-
RITE DVCHESSE DE
Sauoye.

Omme vne belle Nymphe à la riue
   amusée,
   RRRrrr   iiij

Qui seure voit de loin enfondrer vn bateau,
Et sans changer de teint court sur le bord de
     l'eau
Où son pied la conduit par la fresche rosée:
     Ainsi vous regardez d'asseurance poussée,
Sans point decolorer vostre visage beau,
Nostre Europe plongée au profond du tom-
     beau,
Par Philippe & Henry au naufrage exposée.
     Les vertus, que du Ciel en don vous receuez
Et celles que par liure acquises vous auez,
Tout le soin terrien vous Chassent hors des
     yeux.
     Et bien que vous soyez dedans ce Monde
     en vie,
L'eternelle vertu du corps vous a rauie,
Et viue vous assied (miracle) entre les Dieux.

A elle-mesme.

NY *du Roy, ny de vous, ny de mon Cher*
     Mecene
Ie n'ay de quoy me plaindre, aussi ie ne m'en
     plains:
Seulement de Fortune à bon droit me com-
     plains,
Qui ose de vous trois triompher de la peine.
     Mais d'où vient que tousiours, douce mere,
     elle ameine
Des biens aux hommes sots, inutiles & vains?
Et que les bons esprits volontiers sont con-
     trains
De la nommer tousiours leur marastre inhu-
     maine?
     Contre son impudence vn espoir me con-
     forte,
C'est qu'elle qui sans cesse en tous lieux se pour-
     meine,
Viendra sans y penser quelque iour à ma porte,
     Et maugré qu'elle en ait me sera plus hu-
     maine :
Car ie suis asseuré qu'elle n'est assez forte
Pour seule vaincre vn Roy & vous & mon
     Mecene.

AV ROY HENRY II.

ROy, *qui les autres Roys surmontez de*
     courage,
Ne vous excusez plus desormais sur la guerre,
Que vostre ayeul Francus ne vienne en vo-
     stre terre,
Qui durant vos combats differoit son voyage.
     Aprés la guerre il faut qu'on remette en
     vsage
Les Muses & Phebus, & que leur bande as-
     serre
Des Chappeaux de Laurier, de Myrte & de
     lierre
Pour ceux qui vous feront present d'vn bel
     ouurage.
     En guerre il faut parler d'armes & de har-
     nois :
En temps de Paix, d'esbats, de ioustes, de tour-
     nois,
De nopces, de festin, d'amour, & de la dance :
     Et de Chercher quelqu'vn pour celebrer vos
     faits :
Car il vaudroit autant ne les auoir point faits,
Si la posterité n'en auoit cognoissance.

AV CARDINAL DE
CHASTILLON.

NVl *homme n'est heureux sinon aprés la*
     mort;
ODET, auec raison, Solon fit ce prouerbe:
Il n'y a ny Cesar, ny Roy, tant soit superbe,
Qu'on doiue tant priser, s'il n'a passé le bord.
     » *Tousiours à nostre vie arriue quelque*
     sort,
  » *Qui nostre honneur estouffe auant qu'il*
     croisse en gerbe,
  » *On le perd tout ainsi comme la fleur de*
     l'herbe :
  » *Qui languit contre terre aussi tost qu'elle*
     sort.
     » *Certes nous sommes naiz à la condition*
  » *D'estre tous mal-heureux : sans nulle ex-*
     ception
  » *Fortune est de chacun la maistresse puissante:*

» *Loüable toutefois : car apres qu'elle a fait*
» *Par sa legereté aux hommes vn mal-fait,*
» *Vn bien suit son mal-heur, tant elle est in-*
constante.

A DIANE DE POICTIERS
Duchesse de Valentinois.

SEroy-ie seul viuant en France de vo-
stre âge,
Sans chanter vostre nom si craint & si puis-
sant ?
Diray-ie point l'honneur de vostre beau Crois-
sant ?
Feray-ie point pour vous quelque immortel
ouurage ?
    Ne rendra point Anet quelque beau tes-
    moignage
Qu'autresfois i'ay vescu en vous obeïssant ?
N'iray-ie de mes vers tout le Monde emplis-
sant,
Celebrant vostre fille & tout vostre lignage ?
    Commandez-moy, DIANE,& me ferez
    honneur
Si de vostre grandeur ie deuiens le sonneur,
Vous seruant de ma Muse à vostre nom voüée.
    I'ay peur d'estre accusé de la posterité,
Qui tant oyra parler de vostre Deïté,
Dequoy, moy la voyant, ie ne l'auray loüée.

A MONSIEVR DV THIER.

LA *Nature est marastre à quelques-*
    vns, DV THIER,
Aux autres elle est mere, & quoy que l'homme
face,
Iamais par la raison le Destin il ne passe,
Auquel il pleut au Ciel durement nous lier.
    Mais que sert d'estre nay pour se voir ou-
    blier
Aprés de tout bon-heur ? que sert d'auoir la
grace,
Le renom, le sçauoir, si la fortune est basse,
Et s'il nous faut tousiours les riches supplier ?
    DV THIER, tu es heureux, qui as eu le
    pouuoir
De faire heureux autruy : tu le fis bien sçauoir

A Salel, dont l'espoir quelque peu me console.
    Ce que tu peux vn coup, tu le pourras bien
    deux :
Tu fis Salel heureux, & tu peux faire heu-
    reux
RONSARD tant seulement d'vne seule pa-
role.

A IEAN D'AVRAT
SON PRECEPTEVR.

ILs ont menty, D'AVRAT, ceux qui
    le veulent dire,
Que RONSARD, dont la Muse a contenté
les Rois,
Soit moins que le Bartas, & qu'il ait par sa
voix
Rendu ce tesmoignage ennemy de sa Lyre.
    Ils ont menty, D'AVRAT, si bas ie ne re-
    spire,
Ie sçay trop qui ie suis, & mille & mille fois
Mille & mille tourmens plustost ie souffrirois,
Qu'vn adueu si contraire au nom que ie desire.
    Ils ont menty, D'AVRAT, c'est vne in-
    uention
Qui part, à mon aduis, de trop d'ambition,
I'auroy menty moy-mesme en le faisant pa-
    roistre,
    Francus en rougiroit, & les neuf belles
    Sœurs
Qui tremperent mes vers dans leurs graues
douceurs,
Pour vn de leurs enfans ne me voudroient
cognoistre.

IE *n'aime point ces vers qui rampent sur*
    la terre,
Ny ces vers ampoullez, dont le rude tonnerre
S'enuole outre les airs : les vns font mal au
    cœur
Des liseurs dégoustez, les autres leur font
    peur :
Ny trop haut, ny trop bas, c'est le souuerain
style ;
Tel fut celuy d'Homere & celuy de Virgile.

A M. DE CASTELNAV,
SEIGNEVR DE MAVVISSIERE,
Gentilhomme de la Chambre
du Roy, & Escuyer ordi-
naire de Monsieur.

IE n'aime point ces noms ambitieux,
   Qui font enfler le gros fourcil d'vn
liure :
Apres ma mort le mien pourra reuiure,
Sans le sacrer aux Princes ny aux Dieux.

   Mais rencontrant vn homme ingenieux,
Qui comme toy les vertus veut ensuiure,
En lieu d'vn marbre ou vn pilier de cuiure,
Ie l'eternise, & le mets dans les Cieux.

   Te voyant nay d'vne ame genereuse,
Plein de faconde, & de memoire heureuse,
Ayant la face & le naturel bon ;

   Ie t'ay donné ce Liure, MAVVISSIERE,
Qui sans faueur d'vn plus superbe nom,
Comme vne Aurore annonce ta lumiere.

A ROBERT GARNIER,
PRINCE DES POETES
Tragiques de France.

QVel son masle & hardy, quelle bouche
   heroïque,
Et quel superbe vers enten-ie icy sonner ?
Le Lierre est trop bas pour ton front couronner,
Et le Bouc est trop peu pour ta Muse Tragique.

   Si Bacchus retournoit au manoir Pluto-
nique,
Il ne voudroit Eschyle au Monde redonner,
Il te choisiroit seul, qui seul peux estonner
Le Theatre François de ton Cothurne anti-
que.

   Les premiers trahissoient l'infortune des
Rois,
Redoublant leur malheur d'vne trop basse
voix:
La tienne comme foudre en la France s'écarte.

   Heureux en bons esprits ce siecle plantureux :

Auprés toy, mon GARNIER, ie me sens
   bien-heureux,
Dequoy mon petit Loir est voisin de ta Sarte.

Autre à luy mesme.

LE vieil Cothurne d'Euripide
   Est en procez entre GARNIER,
   Et IODELLE, qui le premier
Se vante d'en estre le guide.

   Il faut que ce procez on vuide,
Et qu'on adiuge le Laurier
A qui mieux d'vn docte gosier
A beu de l'onde Aganippide.

   S'il faut espelucher de prés
Le vieil artifice des Grecs,
Les vertus d'vne œuure & les vices,

   Le sujet & le parler haut,
Et les mots bien choisis, il faut
Que GARNIER paye les espices.

A VNE DAME.

EN choisissant l'esprit vous estes mal-
   apprise,
Qui refusez le corps, à mon gré le meilleur :
De l'vn en l'esprouuant on cognoist la valeur,
L'autre n'est rien que vent, que songe & que
   feintise.

   Vous aimez l'intellect, & moins ie vous
   en prise ;
Vous volez, comme Icare, en l'air d'vn beau
   malheur :
Vous aimez les tableaux qui n'ont point de
   couleur.
Aimer l'esprit, Madame, est aimer la sottise.

   Entre les Courtisans, à fin de les brauer,
Jl faut en disputant Trismegiste approuuer,
Et de ce grand Platon n'estre point igno-
rante.

   Mais moy qui suis bercé de telle vanité,
Vn discours fantastiq' ma Raison me con-
tente :
Je n'aime point le faux, i'aime la verité.

CHANSON.

A Ce malheur qui iour & nuit me poingt
Et qui rauit ma ieune liberté,
Dois-ie touſiours obeïr en ce poinct,
Ne receuant que toute cruauté?
Fidellement
Aimant,
Ie ſens
Mes ſens
Troubler,
Et mon mal redoubler.

Ceſt or friſé, & le lys de ſon teint,
Sous vn Soleil doublement eſclaircy
Ont tellement mes moüelles attaint,
Que ie me voy déja preſque tranſi.
Son œil ardant,
Dardant
En moy,
L'eſmoy
Du feu,
Me bruſle peu à peu.

Ie cognois bien, mais helas! c'eſt trop tard,
Que le meurtrier de ma franche raiſon,
S'eſt eſcoulé par l'huys de mon regard,
Pour me braſſer ceſte amere poiſon:
Ie n'eus qu'ennuis
Depuis
Le iour
Qu'Amour
Au cœur
M'inſpira ſa rigueur.

Et nonobſtant (cruelle) que ie meurs,
En obſeruant vne ſaincte amitié,
Il ne te Chaut de toutes mes clameurs,
Qui te deuroient inciter à pitié.
Vien donc, Archer
Tres-cher,
Volant,
Doublant

Le pas,
Me guider au treſpas!
Ny mes eſprits honteuſement diſcrets,
Ny le trauail que i'ay pour t'adorer,
Larmes, ſouſpirs & mes aſpres regrets
Ne te ſçauroient, (Dame) trop inſpirer,
Si quelquefois,
Tu vois
A l'œil,
Le dueil
Que i'ay,
Pour l'amoureux eſſay.

Quelqu'vn ſera de la proye preneur,
Que i'ay long-temps par cy-deuant chaſſé,
Sans meriter ioüira de cet heur,
Qui a ſi fort mon eſprit haraſſé.
C'eſt trop ſeruy,
Rauy
Du mal
Fatal,
Ie veux
Conceuoir autres vœux.

Quelque lourdaut, ou quelque gros valet,
Seul à l'eſcart de mon heur iouiſſant,
Luy taſtera ſon ventre rondelet,
Et de ſon ſein le pourpre rougiſſant.
De nuict, de iour,
L'amour
Me fait
Ce fait
Penſer,
Et me ſert d'vn Enfer.

Or ie voy bien qu'il m'y conuient mourir
Sans eſperer aucun allegement,
Puis qu'à ma mort tu prens ſi grand plaiſir,
Ce m'eſt grand heur & grand contentement,
Me ſubmettant,
Pourtant
Qu'à tort
La Mort
L'eſprit
Me rauit par deſpit.

LE RECVEIL DES
FRAGMENTS.

FRAGMENT RETRANCHE'
PAR L'AVTHEVR DE SON
Hymne des Daimons.

*V*N *ſoir vers la minuit , guidé de la*
    ieuneſſe
    Qui commande aux amans, i'allois
    voir ma Maiſtreſſe
Tout ſeul outre le Loir, & paſſant vn deſtour
Ioignant vne grand' croix dedans vn carre-
    four,
I'oüy, ce me ſembloit, vne aboyante chaſſe
De chiens qui me ſuiuoient pas à pas à la trace :
Ie vy aupres de moy ſur vn grand cheual noir
Vn homme qui n'auoit que les os à le voir,
Me tendant vne main pour me monter en
    croupe.
I'aduiſay tout autour vne effroyable troupe
De piqueurs qui couroient vn Ombre qui bien
    fort
Sembloit vn vſurier qui n'aguere eſtoit mort,
Que le Monde penſoit pour ſa vie meſchante
Eſtre puny là-bas des mains de Rhadamante.
Vne tremblante peur me courut par les os,
Bien que i'euſſe veſtu la maille ſur le dos,
Et pris tout ce que prend vn amant, que la
    Lune
Conduit tout ſeul de nuiſt, pour chercher ſa
    fortune;
Dague , eſpée , & bouclier, & par ſur tout vn
    cœur
Qui naturellement n'eſt ſujet à la peur :
Si fuſſé-ie eſtouffé d'vne crainte preſſée
Sans Dieu, qui promptement me meit en la
    penſée
De tirer mon eſpée & de couper menu
L'air tout autour de moy auecques le fer nu :
Ce que ie feis ſoudain, & ſi toſt ils n'ouyrent

Siffler l'eſpée en l'air que tous ſ'eſuanouyrent,
Et plus ne les oüy, ny bruire ny marcher,
Craignant peureuſement de ſe ſentir hacher,
Et tronçonner le corps : car bien qu'ils n'ayent
    veines
Ny arteres ny nerfs, comme nos chairs hu-
    maines ,
Toutesfois comme nous ils ont vn ſentiment,
Car le nerf ne ſent rien , c'eſt l'eſprit ſeule-
    ment.

IL APPERT PAR CE
FRAGMENT, QVE L'AV-
theur vouloit entreprendre
vn plus grand ouurage.

*I*E *chante par quel art la France peut*
    remettre
Les armes en honneur : vueilles-le moy per-
    mettre,
Neufuaine qui d'Olympe habiteZ les ſom-
    mets,
Accompliſſant par moy l'œuure que ie pro-
    mets.
    Mars , quitte-moy le ſein de Cypris ton
    amie,
Repouſſe de tes yeux la pareſſe endormie,
Deueloppe ton bras languiſſant à l'entour
De ſon col, qui l'enerue empoiſonné d'amour.
Vien le dos tout chargé du faix de ta cuiraſſe,
Pren la hache en la main tel que te veit la
    Thrace
Retourner tout ſanglant du meurtre des
    Geans
FoudroyeZ à tes pieds par les champs Fle-
    greans.
    Et toy, Prince HENRY *, des armes la*
    merueille,

Apres

Apres le foing public preſte-moy ton aureille,
Inſpire-moy l'audace, eſchauffe-moy la peur,
Et mets auecque moy la main à ce labeur.

FRAGMENT DV POEME
DE LA LOY.

AV ROY DE NAVARRE.

On Prince, illuſtre ſang de la race
  BOVRBONNE,
A qui le Ciel promet de donner la
Couronne
Que ton grand SAINCT LOYS *porta*
deſſus le front ;
Si la chaſſe, la guerre, & les conſeils, qui font
Le nom d'vn Capitaine aprés la mort reui-
ure,
N'amuſent ton eſprit, embraſſe-moy ce liure :
Et ne refuſe point d'acquerir le bon-heur
Que ton humble ſubjeƈt celebre en ton hon-
neur.
Tu ne liras icy les amours inſenſées
Des mondains tourmenteʒ de friuoles pen-
ſées,
Mais d'vn peuple qui tremble effroyé de la
Loy
Que DIEV *pere Eternel eſcriuit de ſon doigt.*
Vn rocher ſ'eſleuoit au milieu d'vne plaine
Effroyable d'horreur & d'vne vaſte arene,
Haut rocher deſerté, dont le ſommet pointu
De l'orage des vents eſtoit touſiours battu.
Vne effroyable peur, comme vn rempart l'em-
mure
D'vn torrent deſbordé, dont le rauque mur-
mure
Boüillonnant eſtonnoit les voiſins d'alentour,
Des ſangliers & des cerfs aggreable ſejour.
Le Ciel pour ce iour-là ſerenoit la monta-
gne,
Le vent eſtoit muet, muette la campagne,
Quand l'horreur ſolitaire & l'effroy d'vn tel
lieu
Plus que les grands Palais fuſt aggreable à
DIEV,
Pour aſſembler ſon peuple, & le tenir en
crainte,
Et luy bailler le frein d'vne douce contrainte.

Pource Moyſe il appelle, & luy a dit ainſi,
Luy réueillant l'eſprit : Marche, mon cher
  ſouci,
Grimpe au ſommet du Mont & atten que ie
  vienne.
  Fay que mon peuple en preſſe au pied du
  mont ſe tienne,
Et de faces & d'yeux & d'eſpaules eſpais,
Attendant de ma Loy le mandement exprés.
Le Prophete obeït, il monta ſur la roche,
Et plein de Majeſté de ſon Maiſtre il appro-
che.

Ces vers qui ſemblent vn Oracle, dõnez par Monſieur
C. Binet Beauuoiſin, apres la mort de Ronſard, ce
qu'il n'auoit oſé faire imprimer du viuant de Henry
III. ont eſté donnez à vn autre Beauuoiſin qui les a
conſeruez à la poſterité.

CECY EST VN FRAGMENT
de la Comedie de Plutus d'Ariſtophane,
qui fut (comme le reſmoigne Binet en la
vie de Monſieur de Ronſard) la premiere joüée en France, & fut repreſentée
au College de Coqueret, d'où eſtoit
Principal Dorat ſon precepteur. Monſieur de Ronſard eſtoit lors fort ieune
quand il la fit, & n'a iamais eſté miſe
ſur la preſſe. Ce Fragment a eſté recou-
uré par le moyen de quelqu'vn, comme
pluſieurs autres pieces qui ſont en ce Recueil.

ACTE PREMIER.
CARION.

O Iupiter ! ô Dieux ! que c'eſt grand' peine
  Que de ſeruir vn maiſtre qui bien ſaine
N'a la ceruelle ! où le ſeruant luy dit
Choſe qui ſoit bien fort pour ſon profit,
Et il ne plaiſt au maiſtre de le faire,
Si par cela il fait mal ſon affaire,
Il eſt bien force au ſeruiteur auſſi
D'auoir ſa part du mal & du ſouci,
Puis qu'il a pleu à Dieu & à Fortune,
Que ſur ſon corps puiſſance n'ait aucune
Le vray ſeigneur, ains le ſeul achepteur.
Tel orendroit eſt le mien grand malheur :
Mais à preſent vne tres-juſte plainte

Ie puis former contre Apollon, qui mainte
Oblique voix d'Oracles va chantant,
Sur vn trepied tout d'or : car sil est tant
Parfait deuin & Medecin si sage,
Comm'on le fait par le commun langage,
Pourquoy a-il laissé mon maistre aller,
Sans son cerueau du haut mal alleger
De Phrenesie, en tell'sorte & maniere
Que toute iour il va suiuant derriere
Vn homme aueugle, & fait tout autrement
Qu'il ne deuroit, veu que communément
Nous qui auons la veuë qui nous guide,
Marchons deuant les aueugles pour guide?
Mais cestui-cy va derriere, & par force
D'aller derriere auecque luy me force;
Et si la bouche on n'oseroit ouurir,
Pour en parler : mais deussé-ie mourir,
Plus desormais ne m'en tairay, mon maistre,
Si ie n'entens de vous que ce peut estre,
Pourquoy ainsi nous suiuons sans sejour
Cest homme aueugle : or est-il vn bon iour,
Et me frapper à ceste bonne feste,
Vous n'oseriez, ayant dessur ma teste
Ce beau bouquet au bonnet attaché.
CHREMYLE. *Non par-Dieu, Sire, ains sera*
   arraché
Bonnet & tout pour plus de dueil te faire,
Si tu me fasche. **CARION.** *Abus, car de*
   me taire
Ie n'ay vouloir, si tu ne dis deuant
Qui est cestuy que tu vas poursuiuant.
Or ton amy, à fin que tu l'entende,
Bien fort ie suis, & pour ce le demande.
CHR. *Et vrayement rien ne te celeré,*
Car ie ne pense auoir plus asseuré
Larron que toy entre ceux qui me seruent.
I'estois iadis de ceux qui mieux obseruent
La Loy de Dieu & son commandement,
Et n'ay cessé d'estre vn pauure quaimant
Et souffreteux. **CA.** *I'en sçaurois bien que*
   dire.
CH. *Mais les meschans, qui ne se font que*
   rire
De dérober les temples, accuser
L'homme innocent, le coulpable excuser,
Le tort à tort contre le droit deffendre,
Ou bien le droit à beaux purs deniers vendre:
Iceux venoient tous comme petits Rois,
Riches, puissans. **CA.** *De cela ie te crois.*

CH. *Ce cognoissant ie m'en allay grand erre*
Vers Apollon pour d'iceluy m'enquerre,
Non pas pour moy, car mon temps est passé
En grand misere & suis ja tout cassé,
Mais pour l'amour de nostre fils vnique,
A sçauoir-mon si pour auoir pratique
Et amasser Or, Argent à foison,
Il deuoit estre iniuste, sans raison,
Sans conscience & du tout rien qui vaille,
Veu qu'autrement iamais il n'auroit maille.
CA. *Et Apollon, qu'est-ce qu'il respondit?*
CH. *Attens vn peu que ie t'aye tout dit,*
Et tu oyras : car il veint à respondre,
Disant tout clair qu'il me falloit semondre
Venir chez-moy, que ie rencontreroye
Tout le premier à mon chemin & voye,
Partant de là, sans que ie le laschasse
Tant que chez-moy auec moy le logeasse.
CA. *Et qui as-tu le premier rencontré?*
CH. *Cestui-cy seul.* **CA.** *Il t'a donc bien*
   monstré
Tout clairement, si tu le sçais entendre,
Qu'il te falloit à ton fils bien apprendre
Les bonnes mœurs desquelles chacun vse
En ce païs. **CH.** *Dy-moy, par quelle ruse*
As-tu cogneu que c'est ce qu'il entend?
CA. *Par cest aueugle : & c'est à quoy il tend,*
Te demonstrant qu'il est tres-profitable
Ne faire rien qui soit bon & loüable,
Comme aueuglé. **CH.** *Ha! croire ie ne puis*
Qu'il tende là où tu me dis, & puis
On voit tout clair qu'il y a autre chose,
Plus grande & haute en ces propos enclose:
Mais s'il vous dit qui il est, & pourquoy
Il vient ici auprés de toy & moy,
L'intention nous aurons clairement
Du Dieu diuin & du diuinement.
CA. *Vien-çà, dis-moy tout premier qui es-tu*
Que nous suiuons, ou tu seras battu.
CH. *C'est trop songé, il faut que tu le die.*
ARG. *Ie te le dis, ie suis, Dieu te maudie.*
CA. *Entendez-vous, mon maistre?* **CH.** *A*
   toy s'addresse
Ceste missiue : aussi trop de rudesse
Tu as vsé l'interrogeant ainsi.
Or dis-le moy tout bellement ici,
Si tu cheris l'homme qui n'est parjure.
ARG. *Va-t'en au Diable.* **CA.** *Et pren pren*
   cest augure

Auec cest hoste. CH. *Ha! par saincte m'a-*
    mie,
Ie feray bien que point tu ne t'en rie,
Car si ja plus tu refuses le dire,
Ie te feray mourir en grand martire.
AR. *Allez vous-en tous deux, & me laissez.*
CH. *Non ferons da.* CA. *Mon maistre, i'ay*
    assez
Un bon moyen pour faire qu'il enrage:
Ie le mettray sur vn roc au riuage,
Puis le lairray, à fin que là laissé
Tombant à bas il ait le col cassé.
CH. *Habilement qu'il soit troussé en male.*
ARGENT. *Non ie te pri'.* CH. *Dy donc.*
    AR. *Helas! bien sale*
Mon cas seroit, tant me seriez mauuais,
Si vous sçauiez qui ie suis, & iamais
Ne me lairriez d'auec vous departir.
CH. *Si tost, par-Dieu, que tu voudras partir.*
AR. *Lasche-moy donc.* CH. *Tien, te voyla*
    lasché.
AR. *Or escoutez, bien que ie suis fasché*
De declarer ce que celer pensoye,
Ie le diray tout bas, de peur qu'on l'oye,
Ie suis Argent. CH. *O le plus mal-heureux*
De tout le Monde! es-tu bien si poureux
De nous auoir celé iusqu'à cest' heure
Qui tu estois, & où est ta demeure,
Puisque tu es Argent? CA. *Tu es Argent!*
Toy si mal-propre & si mal-diligent
A te lauer que tu reluis d'ordure?
O Apollon! ô Dieux quell' auanture!
Quel heur! quel bien! mais dis-tu que tu l'es?
AR. *Ouy.* CH. *Luy-mesme?* AR. *Ouy*
    luy-mesme, allez,
C'est assez dit. CH. *Comment donques es-tu*
Si ord, si sale & si fort mal vestu?
AR. *Ie viens d'vn trou où m'auoit enterré*
Vn chiche-face, ains m'a desenterré
Son fils prodigue, apres auoir en terre
Mis comme moy son pere, qui le serre,
Comme luy moy, car il est raisonnable,
Que qui fait mal endure le semblable.
Le fils apres qu'il m'a eu deliuré
De la prison, soudain il m'a liuré
A ses putains & ribaudes folastres,
Pleines d'onguens, de verolle & d'emplastres,
Qui m'ont sali & si mal accoustré.
CH. *Par qui as-tu ce mal-heur rencontré?*

AR. *Elle me vient à fin que ie ne mente,*
Par Iupiter qui ne veut que ie hante
Auec les bons & les gens de sçauoir,
Qui plus que nuls sont dignes de m'auoir,
Ausquels iadis à ma tendre ieunesse
Ie desirois de prendre mon addresse:
Mais tout soudain que le bon Iupin vit
Mon desir tel, la veuë me rauit,
Et m'aueugla, à fin de ne pouuoir
Or' discerner ce qui est blanc du noir,
Le bien du mal, & les bons de la gent
Qui ne vaut rien, tant luy desplaist qu'Argent
Soit auec ceux qui sont de bonne vie,
Comme si Dieu leur portoit quelqu'enuie:
Et toutesfois il semble n'estre rien,
Qu'il aime plus qu'il fait les gens de bien,
Car ce sont ceux qui l'honorent & prisent,
Et au rebours les mauuais le déprisent,
Ausquels ils baille Or, Argent à planté.
CH. *Ie te confesse, & si à ta santé*
Tu reuenois & recouurois la veuë,
Quand tu ferois des hommes la reueuë,
Fuirois-tu point les meschans desormais,
Comme iadis? AR. *Ie t'asseure, iamais*
A eux n'irois. CH. *Et ausquels donc, aux*
    bons?
AR. *Trop volontiers, mais par vaulx &*
    par mons,
Ie n'en puis voir. CH. *Ce n'est pas grand'*
    merueille,
Car moy qui vois, & ne suis de pareille
Façon que toy, aueugle ny sans yeux,
Pieça ne vois homme bon sous les Cieux.
AR. *Or me laissez, car i'ay fait mon deuoir*
De vous conter ce que vouliez sçauoir.
CH. *Nous n'auons garde, ains par-Dieu, te*
    tiendrons
Le plus serré que tenir te pourrons.
AR. *Voyla mon cas, vous l'ay-ie pas predit,*
Que tout soudain que ie vous aurois dit
D'où ie venois & qui i'estois, sans cesse
Vous me feriez grand' fascherie & presse?
CH. *Et ie te prie obeïs à mon dire,*
Et ne me laisse, où que tu voises, pire
Hoste que moy tu pourras esprouuer:
Mais de meilleur tu n'en sçaurois trouuer,
Car point n'en est. AR. *Chascun m'en dit*
    autant,
Mais aussi tost que l'vn d'iceux a tant

De biens qu'il veut, & est deuenu riche,
Tant plus il a, & plus il deuient chiche,
Plus grand larron, plus trompeur, plus mef-
 chant.
C H. *Il est bien vray si c'est quelque mar-*
 chant,
Mais en chafcun tell' malice n'abonde.
A R. *Non tu dis vray, sinon à tout le monde.*
C A. *Je te battray si plus tu nous outrag'.*
C H. *Or entens bien les biens & l'auantage*
Lequel chez-moy te pourroit bien heurer
S'il te plaisoit auec nous demeurer ;
Car ayant Dieu, i'oferois bien promettre
De te guarir tes yeux & te remettre
En tel estat que tu verrois bien clair.
C A. *Ie te suppli pluftoft de m'aueugler*
Encore plus, si tel est ton pouuoir,
Car ie n'ay cure aucunement de voir
Plus que ie vois. C H. *Que dis-tu, miferable ?*
C A. *Cet homm' icy, ce croy-ie, est incurable?*
Ce mal luy est de nature donné.
A R. *Non, mais Iupin l'a ainsi ordonné,*
Et s'il sçauoit, luy qui voit toute chose,
Et qui du tout à son plaisir dispose,
Que de rechef ie visfe de mes yeux,
Il me feroit mourir. C H. *Te fait-il mieux,*
Quand maintenant il permet que tu cours,
En trébuchant, fans te donner fecours ?
A R. *Ie n'en sçay rien, mais moult ie le re-*
 doute.
Tout homme fage & prudent fait grand doute
De l'offenfer : car c'est vn grand Seigneur.
C H. *Et aux Seigneurs, qui fait que tant*
 d'honneur
Chacun leur porte, & craint leur grand pou-
 uoir ?
Le feul Argent est la Croix du tiroir :
Car quand Argent & fa Croix va par place,
Il n'est celuy qui foudain ne desplace,
Il court aprés, tant il fe fent tiré.
Par toy, Argent, chacun est attiré,
Et va fuiuant les Seigneurs, & les flatte.
C A R. *Par toy, Argent, chacun les pieds leur*
 gratte,
Chacun les va par toy idolatrer,

Car tout premier qui fait que Iupin regne
Entre les Dieux en fon celeste regne?
C A. *Le feul Argent : il en a plein fes amples*

Palais Royaux, & fes tres-facrez Temples.
C H. *Qui le luy donne ?* C A. *Autre que ce-*
 stui-ci?
C H. *Par qui fait-on les dons à luy aussi,*
A fes Autels, finon par ceftui-mefme ?
C A. *Par nul, & si tout le Monde fe chefme*
De le prier toufiours, & à toute heure,
Pour feulement auoir quelque rogneure
De fon threfor : & ne voit-on prier
Luy ny fes Dieux, finon pour fupplier
Qu'il donne Argent à ceux qui bien le prient,
Et toute iour autre chofe ne crient.
C H. *Si donc ceftuy caufe leur criement,*
Il pourroit bien faire facilement
Ceffer leur cris. A R. *Dy-moy par quel*
 moyen ?
C H. *Si tu n'estois, on ne donneroit rien*
A ceux qui vont à Jupiter crians,
Et iour & nuict en fon Temple prians,
Encens ou cierge on ne leur porteroit,
Ny bœufs, ny veaux on ne leur donneroit
Pour facrifice à fon Idole faire :
Car fans Argent on ne peut rien parfaire,
Ny rien auoir, lequel faut que tu liures,
Pour acheter des marbres ou des cuiures,
Quand quelqu'vn veut luy dreffer vne image,
Qui bien reffemble à Iupin de vifage.
Par ainsi donc nul n'est qui ne renie
Et Jupiter, & fa grand' tyrannie,
Si tu te veux des Temples abfenter.
A R. *Dis-tu que c'est par moy qu'on va flater*
Les grands Seigneurs, & leur faire feruice?
C H. *Ie t'en affeure, & n'est honnefte office,*
Ny chofe honnefte ou plaifante aux humains,
Qui ne leur fois donnée par tes mains :
Car il n'est rien qui à toy n'obeïffe.
C A. *Quant est de moy, certes point ne fer-*
 uiffe,
Si n'euft efté quelque petite fomme
De toy, Argent : car ie ne fuis pas homme
Riche & puiffant, comme tu peux penfer.
C H. *On dit aussi que qui veut dépenfer*
En chaines d'or, en bagues, en joyaux,
Des Dames a & tripes & boyaux :
Mais quand vn pauure au matin les réueille,
Elles luy font toufiours la fourde aureille.
C A. *Pareillement vn mignon au cœur gent,*
Fait de fon corps plaifir pour de l'Argent,
A quelque femme, au bon riche vilain,

Pourueu qu'ell' dōné vn sachet d'argent plein,
C H. *Ne font pas ceux qui ont bonne nature.*
C A. *Que font-ils donc?* C H. *L'vn donne*
  vne monture,
L'autre vn harnois, l'autre demande vn lict
Pourfilé d'or, à se coucher la nuict.
C A. *Il auroit honte, & craindroit le diffa-*
  me,
S'il demandoit de l'argent à sa Dame:
Mais il sçait bien, pour mieux couurir sa
  honte,
Tout gentiment dire qu'on le remonte
D'vn bon couttaut, ou bien de quelque mule,
Et s'il ne l'a, tousiours au bon recule.
C H. *Les Arts aussi, auec les Theoriques,*
Et les engins des subtils mechaniques
Par ton moyen les hommes ont trouué.
L'vn pour Argent est Marchand approuué,
Et l'autre ayant le cul dessus sa selle
Fait des souliers, l'autre forge & martelle,
L'autre charpente, & l'autre est bon Orféure,
Qui prend de toy l'Argent qu'il met en œu-
  ure:
L'autre par-Dieu, est larron & voleur,
Couppeur de bourse, ou d'iceux receleur:
L'autre est foulon, & l'autre teinturier,
L'autre tanneur, & l'autre couturier,
L'autre fruictier, l'autre vendeur d'oignons:
L'autre craignant de perdre ses rognons,
Quand il se voit surpris en adultaire,
Pour Dieu, dit-il, ne me vueilleʒ point raire
De ce razoir, sinon le poil du cu,
Et vous aurez ma bourse, amy cocu.
A R. *O moy chetif! moy mal-heureux! iadis*
Ie n'entendois cecy que tu me dis.
C H. *Et le grand Turc est-il pas par Argent*
Si grand Seigneur que d'vne telle gent?
C A. *Les grands Marchands de Venise & de*
  Romme
Ne font-il pas leur courretier cet homme?
C H. *Quoy? les soldats, les Patrons des gal-*
  leres,
Seruent-ils pas le Roy pour les salaires?
C A. *Les Lansquenets, quand le temps s'y*
  addonne,
Ne vont-ils pas seruir qui plus leur donne?
C H. *Les Generaux qui sont sur la monnoye,*
Apres qu'ils ont du Roy bien mangé l'oye,
Rendent-ils pas cent ans apres la plume?

C A. *Ceux sur lesquels, comme sur vne en-*
  clume,
Le bourreau frappe, & que si fort rabroüe,
Est-ce pas toy qui les mets sur la roüe?
C H. *Est-ce pas toy par qui l'on pette au nez*
Du Medecin? & il est bien punez
S'il ne le sent; neantmoins il l'endure,
Et se nourrit tousiours dedans l'ordure.
C A. *Est-ce pas-toy par qui le venerable*
Frere Frappart dit souuent vne fable
Au lieu. C H. *Hola, laisse-là le Clergé,*
Que tu ne sois d'heresie chargé.
Tu sçais qu'il a la charge de nos ames.
C A. *Et du corps, qui? Les Seigneurs, ou les*
  Dames?
C H. *Aussi par toy, Argent, par grand ef-*
  fort,
Plusieurs mignons n'ont la verole à tort:
Car acheté ils ont Argent contant
Le grief ennuy qui les va tourmentant.
C A. *Voire, & si toy, Argent, quand tu es*
  vif,
Tu es si fort & si penetratif,
Que tu guaris d'vne façon gentille
Le mal qu'as fait, comme vn second Achille,
Duquel iadis la lance Peliaque
Guarit Telephe: ains toy, mieux que Gaiaque
Decoction tu guaris le nauré,
Par toy Argent. C H. *De cela tu dis vray:*
Mais si faut-il aimer les Damoiselles,
Quoy qu'il aduienne, ou belles, ou non belles,
Par toy Argent, les belles pour te prendre,
Et les laid'rons pour aux beaux fils te rendre.
C A. *Et ceux qui vont marchant sur les espi-*
  nes,
Tant sont gouteux & courbans les eschines,
S'en vont branslant comme vne tour qui vole.
C H. *Puissent-ils choir & eux & leur verole*
Sur ton valet, quand tu vas par la ruë.
C A. *C'est peu de cas, par Argent on la suë.*
C H. *C'est par Argent que tout est fait, &*
  rien
N'est fait sans toy, par toy est fait le bien,
Par toy le mal, tu as toutes puissances.
C A. *Et c'est pourquoy la guerre tu balances,*
Et du costé que tu fais contre-poix,
Iceluy a de victoire le poix.
A R. *Moy doncques seul, puis tant de chose*
  faire?

S S S ſſſ iij

CH. Oüy, & si on a de toy affaire
De iour en iour, en d'autres choses mille,
Soit par les champs, ou bien soit à la ville:
Parquoy iamais nul ne fut soul de toy;
Plus on en a, plus on est en esmoy
D'en amasser: car de toute autre chose
On deuient soul. CAR. De pain. CH. De
    vers & prose.
CA. De petits chous. CH. D'honneur. CA.
    De tartelettes.
CH. De cœur vaillant. CA. De petites fi-
    guettes.
CH. De bruit, renom. CA. De pois, féues,
    lentilles.
CH. D'aller au camp. CA. Et aller voir les
    filles.
CH. Et bref de tout, fors, Argent, de t'auoir,
De toy saoulé iamais on ne peut voir
Homme quelconque: a quelqu'vn mille frans
De reuenu, ou trois mille contans?
Il brusle, il ard, qu'il n'en desrobe au double.
A-il tant fait que son vaillant il double?
Il deuient fol, qu'il ne le peut tripler,
Puis quadrupler, puis en fin centupler:
Et croit pour seur, comme dit l'Euangile,
Que si quelqu'vn a esté si habile,
Que d'acquerir le centuple du bien
De ses ayeux, sans qu'il s'en faille rien,
Il ioüira de l'eternelle vie,
Ou autrement que son ame est rauie
Droit en Enfer, & est pis qu'vn damné,
S'il n'a d'argent tant qu'il die, l'en ay.
AR. Vous dites d'or tous deux, loüans l'Ar-
    gent:
Mais vn seul poinct me va le cœur rongeant.
CH. Dy hardiment, dy-nous qui est ce
    poinct?
AR. Ie crains vn mal, & c'est ce qui me
    poingt,
Que ie ne sois assez propre à tenir
Ce grand Empire, ou pour le maintenir.
CH. Aussi dit-on qu'il n'y a rien plus las-
    che,
Ny plus paoureux qu'Argent: car on le ca-
    che
De iour en iour, il a peur des gens-d'armes,
Et tout soudain qu'il oit cliquer les armes,
On voit argent, & toute sa vaisselle
Par tout serrer, & on ne voit escuelle,

Ny plat d'argent, vase, bassin, esguiere
Chez les plus gros en aucune maniere,
Si fort tu es coüard & peu hardi.
AR. Et non suis non, si on m'a enhardi:
Mais ce qui fait que coüard on me pense,
Est, que souuent quand vn larron s'auance
D'entrer de nuict dedans quelque maison,
Il est marry qu'il ne trouue à foison
Argent & or, sans estre renfermé:
Et quand il voit que tout est bien fermé,
Il dit alors que c'est par coüardise
Que ie me cache, & ce seroit sottise
De me tenir en place descouuerte,
Quand le loup a sur moy la gueule ouuerte.
CH. Va-va, que rien de cela ne te chaille,
Tant seulement si tu vas en bataille,
Aye bon cœur, ie te feray auoir
Si bonne veuë, & si clairement voir
Qu'vn Lynx qui voit à trauers les murailles:
Et si tu vois venir quelques batailles
De fins larrons qui te veulent happer,
Fort aisément tu pourras eschapper
Auant qu'vn trou ils ay'nt fait aux parois,
Et par ainsi iamais peur tu n'aurois.
AR. Comment est-il possible que tu faces
Que puisse voir si clair que tu menaces?
CH. Assez, assez en ay bonne esperance:
Et qu'ainsi soit i'ay eu apperceuance
Que le Laurier d'Apollon a tremblé,
Ou pour le moins lors il me l'a semblé,
Quand moy, pauuret, m'en allay lamentant
A son Oracle. AR. Il est donc consentant
De cet affaire. CH. Il l'est, ie t'en asseure.
AR. Gardez-vous bien. CH. As-tu peur
    que ie meure,
Ne t'en soucie, & deussé-ie mourir,
Faire le veux. CA. Ie t'y veux secourir,
Si bon te semble. CH. Il y en aura bien
D'autres assez, qui sont bons & n'ont rien,
Lesquels viendront pour nous donner secours.
AR. Ie m'esbahis que tu as ton recours
A si chetiue & miserable gent.
CH. Ils vaudront trop, s'ils ont vn coup
    Argent:
Sus Carion despesche-toy d'aller.
CA. Où, & qu'y faire? CH. Haste-toy
    d'appeller
Mes compagnons laboureurs, & ie crois
Que les pourras trouuer à leurs charrois,

Ou bien aux champs autour de ce village,
Se trauaillans apres leur labourage,
Fay-les venir, à fin qu'ils ay'nt leur part
De ce butin : le bon , son bien départ
A son amy, & à son familier.
C A. Ie m'y en-vois, mais gardez d'oublier
De commander que de ce sainct gasteau
On en rapporte à l'hostel vn chanteau:
C'est pain benist, il faut selon l'vsage
En départir à nostre voisinage,
Mais qu'on m'en garde à moy vn bon lopin.
C H. Laisse-m'en faire, & va-t'en mettre à
   fin
Ce que i'ay dit : & toy le plus puissant
Des Dieux, Argent, entre, me benissant,
En mon hostel, car voicy la maison
Où il te faut departir à foison
De tes thresors ceste bonne iournee,
Il faut de roy qu'elle soit estrenee
Comment que soit, ou iustement ou non.
A R. Ie crains d'entrer à vn logis sinon
Que i'ay' bien sçeu de quelles meurs est l'hoste,
Car l'vn me prent, & me pince & me frotte,
L'autre me tinte, & l'autre me martelle,
L'autre me met au feu dans la coupelle,
L'autre me plie, & l'autre me cisaille,
L'autre me rompt, & l'autre me tenaille :
Bref mille maux, & nul bien ne reçois,
En quelque part où ie vois & reuois,
Tant vn chacun à son plaisir m'espreuue:
Et puis apres, quand à son gré me treuue,
Encore pis, car si l'hoste est auare,
Il m'emprisonne, & m'est chose tres-rare
De voir le iour : ou bien s'il est craintif,
Il m'enfoüit, & m'enterre tout vif,
Ou bien m'emmure, & me celle & me plastre,
Ou pour le moins sous serrure & palastre,
Sous mille clefs, crampons, ressors m'enserre:
Et si pour prest quelqu'vn le vient requerre,
Homme de bien, sans reproche, sans blasme,
Il iure D I E V, donne au Diable son ame
Qu'il ne m'a veu, qu'il ne sçait qui ie suis.
Mais s'il aduient que ie rencontre à l'huis,
Où i'entre, vn fou, vn prodigue, vn perdu,
Soudain il m'a despendu & perdu,
Perdu au ieu, despendu aux putains,
Et nu dehors me boute de ses mains,
En vn moment : qui est presque incroyable,
Comment ie suis par l'esprit variable

Des gens traité, qui maintenant me cachent,
Et autrefois trop la bride me laschent,
L'vn qui m'amasse, & l'autre qui m'aissille,
L'vn qui me donne , & l'autre qui me pille,
L'vn qui m'employe, & l'autre qui m'espar-
   gne,
Et par vn trou me met dedans l'espargne ;
L'autre, au rebours qui par vn trou aussi
Me despend tout, sans aucune mercy.
Bref, l'vn d'iceux, comme larron me pend
A sa ceinture, & l'autre me despend,
Et me répand : & quand suis répandu,
Lors il se pend, s'il m'a tout dépendu.
Voila pourquoy chez autruy franchement
Ie n'ose entrer sans sçauoir bien comment.
C H. Ie t'en croy bien ; car tu n'as peu en som-
   me
Iusques icy experimenter homme,
Qui sçeut garder la mediotrité :
Or suis-ie cil, qui à la verité,
Ayme espargner autant qu'homme qui soit,
Et si dépens, quant le temps le reçoit.
Or donc allons tous deux en mon hostel,
Tu ne trouuas iamais vn hoste tel :
Monstrer t'y veux & à ma bonne femme,
Et à mon fils vnique : par mon ame,
Ie l'aime tant qu'apres toy il n'est rien,
Que i'ayme plus.   A R. Certes ie t'en croy
   bien.

ACTE SECOND.

E' bons voisins, nos amis & comperes,
Qui habitez en ces proches reperes,
Bons laboureurs, aimans peine & trauail,
Qui auec nous, d'vn oignon, & d'vn ail
Souuent mangez, venez & vous hastez,
Marchez, courez, galopez & trotez.
Il n'est pas temps, bonnes gens, à ceste heure
De trop songer, l'occasion est meure,
Preste à cueillir, hastez-vous de la prendre.
T R O P P E. Me vois-tu pas pieça les pieds
   estendre
Tant que ie puis & qu'il est conuenable
A gens si vieux? mais il n'est raisonnable
Que tant ie coure, auant que bien i'entende
Que veut Chremyl, & pour qui il me man-
   de,

A si grand haste. C A. *Ha dea? venez le*
　　voir,
Si vous auez haste de le sçauoir.
Que n'oyez vous? ne le vous di-ie pas
Pieça? mais vous ne vous hastez d'vn pas,
Comme n'oyans mot de ce que ie dis.
Mon maistre mande, entendez-vous mes dis?
Si vous voulez viure ioyeusement,
Faisant grand chere en repos sans tourment,
Tous deliurez de ceste vie amere,
Peine trauail, & de toute misere.
T R. *Et quel moyen y a-il, & où prendre?*
C A. *Escoutez bien, ie vous le veux appren-*
　　dre.
Il a trouué, pauures gens que vous estes,
Vn bon vieillard qui s'en va à courbettes,
Non le galop, ord, gras, vilain, crasseux,
Pelé, tigneux, pouïlleux, pourry, baueux,
Edenté: bref, comme ie crois, chastré.
T R. *Est-il à poinct de tous poincts accoustré,*
Le compagnon? ô le gentil thresor,
Que tu nous dis! ce n'est pas de fin or
Qu'il est tout comble, ains de sale & villaine
Ordure. C A. *Ouy, c'est vne biere pleine*

De tous les maux de fascheuse vieillesse.
T R. *Et penses-tu à te moquer sans cesse*
Icy de nous, que tu t'en voise ainsi,
Moy en ma main tenant ce baston cy?
C A. *Et vous aussi, pensez-vous que ie soye*
Ainsi moqueur, & digne qu'on ne croye
Rien que ie disse? T R. *O que tu sçais bien faire*
De l'honneste homme! il est de bon affaire.

*　　*　　*　　*　　*　　*　　*

A Vingt ans le grand Vendomois,
Sortant de la maison des Roys,
Mit cette Comedie entiere
Dessur le Theatre en lumiere.
Au bout de soixante & douze ans,
Comme vne relique du Temps,
Ce Fragment que sa dent nous laisse,
Est mis au iour deuant les yeux
Sur le Theatre de la Presse,
A fin qu'il y reluise mieux.

　　　　C L. G A R N I E R.

　　　　F I N.

PREFACE MIS AV
DEVANT DE LA PREMIERE
IMPRESSION DES ODES.

AV LECTEVR.

I les hommes tant des ſiecles paſſez que du noſtre, ont merité quelque loüange pour auoir picqué diligentement apres les traces de ceux qui courant par la carriere de leurs inuentions, ont de bien loin franchi la borne: combien d'auantage doit-on vanter le coureur, qui galopant librement par les campagnes Attiques, & Romaines oſa tracer vn ſentier incognu, pour aller à l'immortalité? Non que ie ſoy, Lecteur, ſi gourmand de gloire, ou tant tourmenté d'ambitieuſe preſomption, que ie te vueille forcer de me bailler ce que le temps, peut-eſtre, me donnera (tant s'en faut, que c'eſt la moindre affection que i'aye, de me voir pour ſi peu de friuoles ieuneſſes eſtimé) Mais quand tu m'appelleras le premier Auteur Lyrique François, & celuy qui a guidé les autres au chemin de ſi honneſte labeur, lors tu me rendras ce que tu me dois, & ie m'efforceray te faire apprendre qu'en vain ie ne l'auray receu. Bien que la ieuneſſe ſoit touſiours eſlongnée de toute ſtudieuſe occupation pour les plaiſirs volontaires qui la maiſtriſent: ſi eſt-ce que dés mon enfance i'ay touſiours eſtimé l'eſtude des bonnes lettrés l'heureuſe felicité de la vie , & ſans laquelle on doit deſeſperer de pouuoir iamais atteindre au comble du parfait contentement. Donques deſirant par elle m'approprier quelque loüange encores non commune, ny attrapée par mes deuanciers, & ne voyant en nos Poëtes François, choſe qui fuſt ſuffiſante d'imiter: l'allay voir les eſtrangers, & me rendy familier d'Horace, contrefaiſant ſa naïue douceur, dés le meſme temps que Clement Marot (ſeule lumiere en ſes ans de la vulgaire poëſie) ſe trauailloit à la pourſuite de ſon Pſautier, & oſay le premier des noſtres, enrichir ma langue de ce nom, Ode, comme l'on peut voir par le titre d'vne imprimée ſous mon nom dedans le liure de Iacques Peletier du Mans, l'vn des plus excellens Poëtes de noſtre âge, à fin que nul ne s'attribue ce que la verité commande eſtre à moy. Il eſt certain que telle Ode eſt imparfaite, pour n'eſtre meſurée, ne propre à la lyre, ainſi que l'Ode le requiert, comme ſont encore douze ou treize, que i'ay miſes en mon Bocage, ſous autre nom que d'Odes, pour ceſte meſme raiſon, ſeruans de teſmoignage par ce vice, à leur antiquité. Depuis ayant fait quelques-vns de mes amis participans de telles nouuelles inuentions, approuuans mon entrepriſe, ſe ſont diligentez de faire apparoiſtre combien noſtre France eſt hardie, & pleine de tout vertueux labeur, laquelle choſe m'eſt agreable, pour voir, par mon moyen, les vieux Lyriques ſi heureuſement reſſuſcitez. Tu iugeras incontinent, Lecteur, que ie ſuis vn vanteur, & glouton de loüange : mais ſi tu veux entendre le vray, ie m'aſſeure tant de ton accouftumée honnefteté, que non feulement tu me fauoriferas : mais auffi quand tu liras quelques traits de mes vers, qui fe pourroient trouuer dans les œuures d'au‐truy, inconfiderément tu ne me diras imitateur de leurs efcrits : car l'imitation des noftres m'eft tant odieufe, (d'autant que la langue eft encores en fon enfance) que pour cefte raifon ie me fuis efloigné d'eux, prenant ftile à part, fens à part, œuure à part, ne defirant auoir rien de commun auec vne fi monftrueufe erreur. Doncques m'acheminant par vn fentier incogneu, & monftrant le moyen de fuiure Pindare, & Horace : Ie puis bien dire, (& certes fans vanterie) ce que luy‐mefme modefte‐ment tefmoigne de luy,

     Libera per vacuum pofui veftigia princeps,
     Non aliena meo preffi pede.

Ie fus maintes‐fois, auecques prieres, admonnefté de mes amis, faire imprimer ce mien petit labeur, & maintes fois l'ay refufé, apprenant la fentence de mon fen‐tencieux Autheur,

     Nonúmque prematur in annum.

Et mefmement folicité par Ioachim du Bellay, duquel le iugement, l'eftude pa‐reille, la longue frequentation, & l'ardent defir de réueiller la Poëfie Françoife, auant nous foible, & languiffante, (i'excepte toufiours Heroët Sceue, & Sainct Gelais) nous a rendus prefque femblables d'efprit, d'inuentions, & de labeur. Ie ne te diray à prefent que fignifie Strophe, Antiftrophe, Epode, (laquelle eft toufiours differente du Strophe & Antiftrophe de nombre ou de ryme) ne quelle eftoit la li‐re, fes coudes, ou fes cornes, auffi peu fi Mercure la façonna de l'efcaille d'vne tor‐tuë, ou Polypheme des cornes d'vn cerf, le creux de la tefte feruant de concauité refonnante : en quel honneur eftoient iadis les Poëtes Lyriques, comme ils accor‐doient les guerres efmeuës entre les Rois, & quelle fomme d'argent ils prenoient pour loüer les hommes. Ie tairay comme Pindare faifoit cháter les Hymnes efcris à la loüange des vainqueurs Olympiens, Pythiens, Nemeans, Ifthmieus. Ie referue tout ce difcours à vn meilleur loifir ; fi ie voy que telles chofes meritent quelque brieue expofition, ce ne me fera labeur de te les faire entendre, mais plaifir, t'affeurant que ie m'eftimeray fortuné, ayant fait diligence qui te foit agreable. Ie ne fais point de doute que ma Poëfie tant variée, ne femble fafcheufe aux oreilles de nos Rimeurs, & principalement des Courtifans, qui n'admirenr qu'vn petit Sonnet Petrarquifé, ou quelque mignardife d'Amour, qui continuë toufiours en fon propos : pour le moins, ie m'affeure qu'ils ne me fçauroient accufer, fans condamner premierement Pindare, autheur de telle copieufe diuerfité, & outre que c'eft la fauce, à laquelle on doit goufter l'Ode. Ie fuis de cefte opinion que nulle Poëfie fe doit loüer pour accomplie, fi elle ne reffemble la nature, laquelle ne fut eftimée belle des Anciens, que pour eftre inconftante & variable en fes perfections. Il ne faut auffi que le vola‐ge Lecteur me blafme de trop me loüer : car s'il n'a autre argument pour médire que ce poinct là, ou mon orthographe, tant s'enfaut que ie prenne garde à tel ignorant, que ce me fera plaifir de l'ouïr japper, & caqueter, ayant pour ma defence l'exemple de tous les Poëtes Grecs & Latins. Et pour parler rondement, ces petits Lecteurs Poetaftres, qui ont les yeux fi aigus à noter les friuoles fautes d'autruy, le blafmant pour vn A mal efcrit, pour vne rime non riche, ou vn poinct fuperflu ; & bref, pour quelque legere faute furuenue en l'impreffion ; monftrent euidemment leur peu de iugement, de s'attacher à ce qui n'eft rien, laiffant couler les beaux mots fans les loüer ou admirer. Pour telle vermine de gens ignorantement enuieufe, ce petit labeur n'eft publié, mais pour les gentils efprits, ardans de la vertu, & dédaignans mor‐dre comme les maftins la pierre qu'ils ne peuuent digerer : Certes, ie m'affeure que

tels debonnaires Lecteurs ne me blafmeront, moy de me loüer quelquefois mo-
deftement, ny auffi de trop hautement celebrer les honneurs des hommes, fauori-
fez par mes vers : car outre que ma boutique n'eft chargée d'autres drogues que de
loüanges, & d'honneurs : c'eft le vray but d'vn Poëte Lyrique de celebrer iufques à
l'extremité celuy qu'il entreprend de loüer. Et s'il ne cognoift en luy chofe qui foit
digne de grande recommandation, il doit entrer dans fa race, & là chercher quelqu'vn de fes ayeux, jadis braues, & vaillans : ou l'honorer par le tiltre de fon païs,
ou de quelque heureufe fortune furuenuë, foit à luy, foit aux fiens, ou par autres
vagabondes digreffions, induftrieufement broüillant ores cecy, ores cela, & par l'vn
loüant l'autre : tellement que tous deux fe fentent d'vne mefme loüange. Telles inuentions encores te feray-ie voir dans mes autres Liures, où tu pourras (fi les Mufes
me fauorifent comme i'efpere) contempler de plus pres les fainctes conceptions de
Pindare, & fes admirables inconftances, que le temps nous auoit fi longuement ce-
lées : & feray encores reuenir (fi ie puis) l'vfage de la lyre, auiourd'huy reffufcitée en
Italie ; laquelle lyre feule doit & peut animer les vers, & leur donner le iufte poids
de leur grauité. N'affectant pour ce Liure icy aucun tiltre de reputation, lequel ne
t'eft lafché que pour aller defcouurir ton iugement, à fin de t'enuoyer apres vn meilleur combattant, aumoins fi tu ne te fafches dequoy ie me trauaille à faire entendre
aux Eftrangers que noftre langue (ainfi que nous les furpaffons en proüeffes, en foy
& religion) de bien loin deuanceroit la leur, fi ces fameux Scïamaches d'auiourd'huy
vouloient prendre les armes pour la defendre, & victorieufement la pouffer dans les
païs Eftrangers. Mais que doit-on efperer d'eux, lefquels eftans paruenus plus par
opinion, peut-eftre, que par raifon, ne font trouuer bon aux Princes finon ce qu'il
leur plaift : & ne pouuans fouffrir que la clarté brufle leur ignorance, en mefdifant
des labeurs d'autruy, deçoiuent le naturel iugement des hommes, abufez par leurs
mines ? Tel fut jadis Bacchylide à l'entour d'Hieron, Roy de Sicile, tant noté par
les vers de Pindare : & tel encores fut le fçauant enuieux Callimaq, impatient d'endurer qu'vn autre flattaft les oreilles de fon Roy Ptolomée, mefdifant de ceux qui
tafchoient comme Ouide goufter les mannes de la Royale grandeur. Bien que telles
gens foifonnent en honneurs, & qu'ordinairement on les bonnette, pour auoir
quelque titre de faueur : fi mourront-ils fans renom, & reputation, & les doctes folies des Poëtes furuiuront les innombrables fiecles à venir, crians la gloire des Princes, confacrée par eux à l'Immortalité.

ADVERTISSMENT
AV LECTEVR.

'A v o i s deliberé, Lecteur, ſuiure en l'orthographe de mon liure, la plus grand' part des raiſons de Louys Maigret, homme de ſain & parfait iugement (qui a le premier oſé deſiller les yeux, pour voir l'abus de noſtre eſcriture) ſans l'aduertiſſement de mes amis, plus ſtudieux de mon renom, que de la verité : me peignant au deuant des yeux, le vulgaire, l'antiquité, & l'opiniaſtre aduis des plus celebres ignorans de noſtre temps : laquelle remonſtrance ne m'a tant ſceu eſpouuanter, que tu n'y voyes encores quelques marques de ſes raiſons. Et bien qu'il n'ait totalement raclé la lettre Grecque Υ, comme ſ deuoit, ie me ſuis hazardé de l'effacer, ne la laiſſant ſeruir ſinon aux propres noms Grecs, comme en Tethys, Thyeſte, Hippolyte, Vlyſſe, à fin qu'en les voyant, de prime face on cognoiſſe quels ils ſont & de quel païs nouuellement venus vers nous : non pas en ces vocables, abiſme, cigne, Nimphe, lire, ſire, (qui vient comme l'on dit de κύριος, changeant la lettre κ en σ) leſquels ſont deſia receus entre nous pour François, ſans les marquer de cet eſpouuantable crochet de y, ne ſonnant non plus en eux que noſtre i en ire, ſimple, nice, lime. Bref, ie ſuis d'opinion (ſi ma raiſon a quelque valeur) lors que tels mots Grecs auront long-temps demeuré en France, les receuoir en noſtre megnie, puis les marquer de l'i François pour monſtrer qu'ils ſont noſtres, & non plus incogneus eſtrangers : car qui eſt celuy qui ne iugera incontinent que Sibille, Cibelle, Cipris, Ciclope, Nimphe, lire, ne ſoient naturellement Grecs, ou pour le moins eſtrangers, puis adoptez en la famille des François, ſans les marquer de tel eſpouuantail de Pythagore ? Tu dois ſçauoir qu'vn peu deuant le ſiecle d'Auguſte, la lettre Grecque Υ, eſtoit incogneuë aux Romains, comme l'on peut voir par toutes les Comedies de Plaute, où totalement tu le verras oſté, ne ſe ſeruant point d'vn charactere eſtranger dans les noms adoptez, cóme Amphitruon, pour Amphitryon : Et ſi tu me dis qu'anciennement la lettre y, ſe prononçoit cóme auiourd'huy nous faiſons ſonner noſtre u, Latin : il faut donc que tu le prononces encores ainſi, diſant Cubelle, pour Cybelle : mais ie te veux dire dauantage, que l'y n'a pas eſté tant affecté des Latins (ainſi qu'aſſeurent nos Docteurs) pour le retenir cóme enſeigne en tous les vocables des Grecs tournez par eux en leur langue : mais ils l'ont ordinairement transformé, ores en u, comme μῦς mus, ores en a, κύων canis, ores en o, ὕπνος ſomnus, tournant l'eſprit aſpre noté ſur ύ en ſ, comme eſtoit preſque leur vieille couſtume, auant que l'aſpiration h, fuſt trouuée. Ie t'ay bien voulu admoneſter de cecy, pour te monſtrer que tant s'enfaut qu'il faille eſcrire nos mots François par l'y Grec, que nous le pouuons bien oſter, ſuiuant ce que i'ay dit, hors du nom naturel, pourueu qu'il ſoit vſité en noſtre langue. Et ſi les Latins le retiennent en quelques lieux, c'eſt plus pour monſtrer l'origine de leur quantité, que pour beſoin qu'ils en ayent. S'il aduient que nos modernes ſçauants ſe vueillent trauailler d'inuenter des dactyles, & ſpon-

dées

dées en nos vers vulgaires, lors à l'imitation des Latins, nous le pourrons retenir dans les noms venus des Grecs, pour monstrer la mesme quantité de leur origine. Et si tu le vois encore en ce mot, yeux, seulemét, sçache que pour les raisons dessus mentiónées, obeïssant à mes amis, ie l'ay laissé maugré moy, pour remedier à l'erreur auquel pourroiét tomber nos scrupuleux vieillars, ayát perdu leur marque en la lecture des yeux, & des jeux : Te suppliant, Lecteur, vouloir laisser en mon liure la lettre i, en sa naïue signification, ne la deprauant point, soit qu'elle commence la diction, ou qu'elle soit au milieu de deux voyelles, ou à la fin du vocable, sinon en quelques mots, comme en ie, en i'eus, iugemét, ieunesse, & autres, où abusant de la voyelle I, tu le liras pour I, cósonne, inuenté par Meigret, attédant que tu receuras cette marque d'I, cósonne, pour restituer l'I, voyelle en sa premiere liberté. Quant aux autres diphthongues, ie les ay laissées en leur vieille corruptió, auecques insupportables entassemés de lettres, signe de nostre ignorance, & de peu de iugement, en ce qui est si manifeste& certain: estant satisfait d'auoir deschargé mon liure, pour cette heure, d'vne partie de tel faix: attendant que nouueaux characteres seront forgez pour les syllabes, ll, gn, ch, & autres. Quant à la syllabe ph, il ne nous faut autre note que nostre F, qui sonne autant enrre nous que φ, entre les Grecs, comme manifestemét tu peux voir par ce mot φιλη, feille. Et si tu m'accuses d'estre trop inconstát en l'orthographe de ce liure, escriuant maintenant espée, épée, accorder, acorder, vestu, vétu, espandre, épádre, blasmer, blâmer, tu t'en dois colerer cótre toy mesmes, qui me fais estre ainsi, cherchant tous les moyens que ie puis de seruir aux oreilles du sçauant, & aussi pour accoustumer le vulgaire à ne regimber contre l'éguillon, lors qu'on le piquera plus rudement, monstrant par cette inconstance, que si i'estois receu en toutes les saines opinions de l'orthographe, tu ne trouuerois en mon liure presque vne seule forme de l'escriture, que sans raison tu admires tant. T'asseurant qu'à la seconde impression ie ne feray si grand tort à ma lágue que de laisser estrangler vne telle verité, sous couleur de vain abus. Aussi tu ne trouueras fascheux si i'ay quelquefois changé la lettre E, en A, & A, en E, & bien souuent, ostant vne lettre d'vn mot, ou la luy adjoustát, pour faire ma rime plus sonoreuse ou parfaite. Certes telle licence a tousiours esté concedée aux poëmes de longue haleine ou de mediocre vertu, pourueu qu'elle soit raremét vsurpée, nó à ces rimes vulgaires, orphelines de la vraye humeur Poëtique. Et si quelqu'vn par curieuse opinion plustost que par raison, se colere contre telle honteuse liberté : il doit apprendre qu'il est ignorant en sa langue, ne sentant point que E, est fort voisin de la lettre A, voire tel que souuent sans y péser nous les confondons naturellement, cóme en, vent, & autres infinis. Et s'il ne se contente de ces raisons, qu'il regarde la liberté des Grecs, &Latins, qui muent& chágent, changét & remuent les lettres ainsi qu'il leur plaist, pour obeïr au son, ou à la forçante loy de leurs vers, cóme κραδία, pour καρδία, *olli* pour *illi*. Si telles libertez n'ont lieu en nostre lágue, qui est celuy qui voudroit se trauailler à labourer vn champ tant ingrat & inutile ? Au surplus, Lecteur, tu ne seras esmerueillé si ie redy souuent mesmes mots, mesmes sentences, & mesmes traits de vers, en cela imitateur des Poëtes Grecs, & principalement d'Homere, qui iamais ou bien peu, ne cháge vn bon mot, ou quelque trac de bons vers, quand vne fois il se l'est fait familier. Ie parle à ceux qui miserablement espient le moyen pour blasonner les escrits d'autruy, courroucez peut-estre, pour m'oüir souuét redire, le miel de mes vers, les ailes de mes vers, l'arc de ma Muse, mes vers succrez, vn trait ailé, empaner la memoire, l'honneur alteré des Cieux, & autres semblables atomes par lesquels i'ay cóposé le petit monde de mes inuentions. Quád tels Grimaus ne reprennent d'vn poëme que telles choses, ou (cóme i'ay desia dit) quelque petit mot, non richement rimé, ou vne virgule pour vn point, ou l'orthographe, lors le Poëte se doit asseurer d'auoir bien dit, voire de la victoire, puis que ses aduersaires mal embastonnez, le combatent si foiblement.

TTTttt

EPISTRE AV LECTEVR,
PAR LAQVELLE SVCCINCTEMENT
L'AVTHEVR RESPOND A SES CALOMNIATEVRS.

E m'asseure, Lecteur, que tu trouueras estrange, qu'apres auoir ge-
nerallement discouru des miseres de ce temps, & respondu à ceux
qui faussement m'auoient voulu calomnier, ie change si soudain de
façon d'escrire, faisant imprimer en ce liure autres nouuelles compositions toutes differentes de stile & d'argument de celles que durant les troubles i'auois mises en lumiere; lesquelles estant cōme par
contrainte vn peu mordantes me sébloient du tout forcées, & faites cōntre la modestie de mon naturel: si falloit-il respōdre aux iniures de ces nouueaux rimasseurs, afin
de leur mōstrer que ie n'ay point les mains si engourdies, ny le iugemét si roüillé, que
quand il me plaira d'escrire, ie ne leur monstre facilemét qu'ils ne sont que ieunes apprentifs. Ils dirōt que ie suis vn magnifique vanteur, & m'accompareront tant qu'ils
voudront à ce glorieux escrimeur *Amycus*; si est-ce toutefois que ma vanterie est veritable, & ne rougiray point de honte de le confesser ainsi. Doncques, Lecteur, si tu
t'esmerueilles d'vne si soudaine mutation d'escriture, tu dois sçauoir qu'apres que i'ay
acheté ma plume, mon enere & mō papier, que par droit ils sont miens, & que ie puis
faire honnestemét tout ce que ie veux de ce qui est mien. Et comme ie ne suis contre-
rolleur des melácholies, des songes ny des fantasies de mes calomniateurs, ils ne deuroient non plus l'estre des miennes, qui entierement ne me donne peine de ce qu'ils
disent, de ce qu'ils font, ny de ce qu'ils escriuét. Car cōme ie ne lis iamais leurs œuures,
aussi ie ne m'enquiers point s'ils lisent les miennes, ny moins de leur vie ny de leurs a-
ctions. Quád i'ay voulu escrire de Dieu, encore que lágue d'homme ne soit suffisante
ny capable de parler de sa Majesté, ie l'ay fait toutefois le mieux qu'il m'a esté possible
sans me vanter de le cognoistre si parfaitement qu'vn tas de ieunes Theologiens qui
se disent ses mignons, qui ont, peut-estre, moindre cognoissance de sa grandeur incomprehensible que moy pauure infirme & humilié, qui me confesse indigne de la
recherche de ses secrets, & du tout vaincu de la puissance de sa Deïté, obeïssant à l'E-
glise Catholique, sans estre si ambitieux rechercheur de ces nouueautez, qui n'apportent nulle seureté de conscience, comme rappellans tousiours en doute les principaux poincts de nostre Religion, lesquels il faut croire fermement, & non curieusement en disputer. Quand i'ay voulu parler des choses plus humaines & plus basses, de l'amour, de la victoire, des Rois, des honneurs des Princes, de la vertu de
nos Seigneurs, ie me persuade aisément que ie m'en suis acquité de telle sorte
qu'ils frapperont la table plus de cent fois, & se gratteront autant la teste, auant
que pouuoir imiter la moindre gentillesse de mes vers. Or si tu veux sçauoir
pourquoy i'ay traitté maintenant vn argument, & maintenant vn autre, tu n'auras
autre response de moy, sinon qu'il me plaisoit le faire ainsi, d'autant qu'il m'est permis d'employer mon papier comme vn potier fait son argille, non selon leur fantaisie; mais bien selon ma volonté. Peu de personnes ont commandement sur
moy; ie fais volontiers quelque chose pour les Princes & grands Seigneurs, pourueu
qu'en leur faisant humble seruice ie ne force mon naturel, & que ie les cognoisse

gaillards & bien naiz, faifant reluire fur leur front ie ne fçay quelle attrayante & non
vulgaire vertu : car fi tu penfois que ie fuffe vn ambitieux Courtifan, ou à gage de
quelque Seigneur, tu me ferois grand tort, & t'abuferois beaucoup. Ie dy cecy pour
ce que ces nouueaux rimaffeurs m'appellent tantoft Euefque futur, tantoft Abbé;
mais telles dignitez ne font de grand reuenu, venant de leur main, pour n'eftre fon-
dées qu'en vn papier encore bien mal rimé. Il eft vray qu'autrefois ie me fuis fafché,
voyant que la faueur ne refpondoit à mes labeurs (comme tu pourras lire en la complainte que i'ay n'agueres efcrite à la Royne) & pour cela i'ay laiffé Francus & les
Troyens agitez des tempeftes de la mer, attendant vne meilleure occafion de faire
leurs nauires pour les conduire à noftre bord tát defiré. Car ce n'eft moy qui fe veut
diftiller le cerueau à la pourfuite d'vn fi grand œuure fans me voir aucunement fauorifé : s'ils le peuuét & veulent faire, ie n'en fuis enuieux. Cependant ie pafferay la fortune telle qu'il plaira à Dieu m'enuoyer. Car tu peux bié t'affeurer n'auoir iamais veu
homme fi content ny fi refolu que moy, foit que mon naturel me rende tel, ou foit
que mon meftier le vueille ainfi, ne me dónant fafcherie en l'efprit, voire quád la terre fe mefleroit dedans la mer, & la mer dedans le feu, ie fuis refolu de mefprifer toutes
fortunes, & de porter auec patience les volontez de Dieu, foit la paix, foit la guerre,
foit la mort, foit la vie, foit querelles generales ou particulieres : Tels accidens ne
m'efbranleront iamais d'icelle affeurée refolution, qui eft par la grace de Dieu imprimée de long temps en mon efprit, tellement que i'ay pris pour deuife ces deux
vers que dit Horace de l'homme conftant & refolu.

> *Si fractus illabatur orbis*
> *Impauidum ferient ruinæ.*

S'ils prennent plaifir à lire mes efcris, i'en fuis tres-ioyeux; fi au contraire ils s'en faf-
chent, ie les confeille de ne les acheter pas, ou fi d'auanture ils les ont achetez, les faire
feruir, auec vn defdain, au plus vil office dont ils fe pourront aduifer : car pour approuuer mes œuures, ou pour les calomnier, ie ne m'en trouue moins gaillard ny
difpos. Et pour leur loüange, ou pour leur mefdire, rien ne me vient en ma boëtte
quand i'ay befoin d'acheter ce qui eft neceffaire pour m'entretenir. Ils ont bien ouy
parler des deux boëttes de Simonide, & pour ce ie ne leur en feray plus lóg difcours;
feulement ie me donneray bien garde de forcer ma complexion pour leur plaifir. La
poëfie eft pleine de toute hónefte liberté, & s'il faut dire vray, vn folaftre meftier, duquel on ne peut retirer beaucoup d'auancemét, ny de profit. Si tu veux fçauoir pourquoy i'ay trauaillé fi allegremét, pour ce qu'vn tel paffe-téps m'eft agreable, & fi mon
efprit en efcriuant ne fe contétoit & donnoit plaifir, ie ne ferois iamais vn vers, cóme
ne voulant faire profeffion d'vn meftier qui me viédroit à contre-cœur. Ils en dirót
& penferont ce qu'il leur plaira; ie t'affeure, Lecteur, que ie dy verité. Ie ne fais point
de doute que ie n'aye mis vn bon nombre de ces Poëtaftres, rimaffeurs, & verfifica-
teurs en ceruelle, lefquels fe fentent offenfez, dequoy ie les ay appellez apprentifs &
difciples de mon efcole (car c'eft la feule & principalle caufe de l'enuie qu'ils ont
conceuë contre moy) les faifant deuenir furieux apres ma viue & belle renommée,
comme ces chiens qui aboyent la Lune, & ne fçauét pourquoy, finon pour ce qu'elle leur femble trop belle & luyfante, & que fa clarté fereine leur defplaift & leur offenfe le cerueau melancholique & catharreux. Mais les pauure; infenfez fe trompent
beaucoup, s'ils penfent que leurs libelles, muettes iniures, & liures fans nom, of-
fenfent la tranquillité de mon efprit : car tant s'en faut que i'en fois fafché, ou aucunement defplaifant, que ie ne veux laiffer à la pofterité plus grand tefmoignage
de ma vertu que les iniures edentées, que ces Poëtaftres vomiffent contre moy. Et
pour vne mefdifance ie leur confeille d'en dire deux, trois, quatre, cinq, fix, dix, vingt,

TTTtt ij

trente, cent mille, & autant qu'il en pourroit en tous les caques des harangeres de
Petit-pont. I'eſtime leurs iniures à grand honneur quand ie penſe qu'ils ſe ſont atta-
quez aux Princes & aux Rois auſſi bien qu'à moy. Ie ne ſuis ſeulement faſché que
d'vne choſe, c'eſt que leurs liures m'ont fait deuenir ſuperbe & glorieux : car me
voyant aſſailly de tant d'ennemis, i'ay penſé incontinent que i'eſtois quelque habile
homme, & que telles enuies ne procedoient que de ma vertu. Vous donc quiconque
ſoyez qui auez fait vn Temple contre moy, vn Enfer, vn Diſcours de ma vie, vne ſeconde reſpóſe, vne Apologie, vn Traitté de ma nobleſſe, vn Prelude, vne faulſe Palinodie en mon nom, vne autre tierce reſponſe, vn commentaire ſur ma reſpóſe, mille
Odes, mille Sonnets, & mille autres tels fatras qui auortent en naiſſant : Ie vous conſeille ſi vous en eſtes ſaouls, d'en eſcrire dauantage, pour eſtre le plus grand hóneur
que ie ſçaurois receuoir, & pour dire verité, colonnes de mon immortalité. Ie ſçay
bien que quelques vns affectionnez à leur religion, deſqnels vous n'eſtes (car vos eſcrits, vos vies, & vos mœurs vous manifeſtent vrays Athées) diront que c'eſt bien
fait de parler contre Ronſard, & le peindre de toutes couleurs, à fin que le peuple
l'aye en mauuaiſe reputation, & ne face deſormais eſtime de ſes eſcrits.

Ie ne trouue point eſtrange que telles perſonnes qui parlent ſelon leur conſcience, & qui penſent veritablement que telle choſe ſerue à leur cauſe, comme gens tres-
affectionnez, compoſent contre moy, ou facent compoſer : Mais ie ſuis eſmerueillé
dequoy vous qui n'auez ny foy, ny loy, & qui n'eſtes nullement pouſſez du zele de
religion, eſcriuez des choſes qui ne vous apportent ny honneur ny reputation : car
pour toutes vos meſdiſances, ie ne ſeray moins eſtimé des Catholiques, que ie ſuis, ny
de ceux de voſtre religion, de laquelle vous ne faites vne ſeule profeſſion. Auſſi ay-ie
dés long-temps deſcouuert voſtre malice; c'eſt que ne croyant rien, vous faites comme le Chameleon, changeant de couleurs en toutes terres où vous allez, ſuiuant
maintenant ce party, & maintenant celuy-là, ſelon que vous l'eſtimez fauoriſé, durable, auantageux, & le plus profitable pour vous : telles gens ſe deuroient fuir comme peſte, n'ayant autre Dieu que le gain & le profit. Ie penſe cognoiſtre quelqu'vn
de ces gallands, lequel deux ou trois iours deuant qu'il barboüillat le papier contre
moy, diſoit par deriſion mille vilenies de Caluin & de ſa doctrine en laquelle il auoit
eſté nourri trois ou quatre ans à Lozanne & à Geneue. Il compoſa cet eſté dernier à
Paris des Sonnets contre de Beze, que maintenant il fait ſemblant d'honorer comme
vn Dieu, leſquels il me monſtra, & dont i'ay l'original eſcrit de ſa main : Ie ne dy pas
cecy pour flatter Caluin ou Beze, car c'eſt le moindre de mes ſoucis. Toutesfois pour
monſtrer que ie ne ſuis menteur ny calomniateur, i'ay bien voulu faire imprimer
icy l'vn des Sonnets de ce Chreſtien reformé, à fin que le peuple cognoiſſe de quelle humeur le compagnon eſt agité.

> *S'armer du nom de Dieu, & aucun n'en auoir,*
> *Preſcher vn Jeſus-Chriſt, & nier ſon eſſence,*
> *Gourmander tout vn iour, & preſcher abſtinence,*
> *Preſcher d'amour diuin, & haine conceuoir :*
> *Preſcher les ſaints Canons ſans faire leur vouloir,*
> *Paillarder librement, & preſcher continence,*
> *Preſcher frugalité, & faire grand' deſpence,*
> *Preſcher la charité, & chacun deceuoir :*
> *Compter deſſus les doigts, faire bonne grimace,*
> *Amuſer de babil toute vne populace,*
> *Mignarder d'vn clin d'œil le plus profond des Cieux :*
> *Cacher ſous le manteau, d'vne façon mauuaiſe,*

Vn vouloir obſtiné, vn cœur ambitieux,
  C'eſt la perfection de Theodore de Beze.

Puis ſoudainement transformé en vn autre perſonnage, me print à partie, & vomit
ſa malice contre moy, qui l'auois cheri & feſtié deux ou trois fois à mon logis, ſans
m'auoir autrement practiqué ny cogneu, & lequel, d'effect (que ie ſçache) ny de
penſée ie n'auois iamais en nulle ſorte offenſé, ny n'euſſe voulu, ny ne voudrois
maintenant faire : car ie ſuis aſſez ſatisfait dequoy les gens d'honneur & de bien le
cognoiſſent, & le tiennent pour tel qu'il eſt. Quant à ſon Atheiſme, il en donna ſi
certaine preuue ce prochain Eſté qu'il ſejourna quelques iours en ceſte ville, que
meſme ceux & celles qu'il hantoit le plus priuément, eſtoient non ſeulement eſmerueillez, mais eſpouuantez de ſa meſchanceté. Si quelqu'vn veut eſcrire ſon hiſtoire,
ie n'en ſeray ioyeux ny marry, mais quant à moy, i'ay reſolu de n'empeſcher dauantage ma plume pour reſpondre à vn tel baboüin que luy. Vous, Meſſeigneurs,
qui auez conſciences, qui craignez D I E V, & faites profeſſion (comme vous dites)
de maintenir ſon S. Euangile, deuriez chaſſer tels apoſtats, & pour parler comme
Homere, tels ἀλλοτριεπισκόπους de voſtre compagnie : ce que ie ſuis aſſeuré que vous feriez volontiers ſi vous les pouuiez cognoiſtre ; mais ils ſe deguiſent de telle ſorte
quand ils ſont auec vos troupes, qu'il eſt fort mal-aiſé de s'en donner de garde, pour
leur rendre le chaſtiment digne de leurs merites. Ie ne puis approuuer ces meſchantes ames, & loücrois pluſtoſt ceux qui ſont fermes en leur religion. Auſſi ne ſuis-ie
à blaſmer ſi ie demeure ferme en la mienne, qui aimerois mieux mourir que me ſeparer du ſein de l'Egliſe Catholique, & penſer eſtre plus ſçauant que tant de vieux
Docteurs qui ont ſi ſainctement eſcrit. Or ie reuiens à vous, Poëtaſtres, qui vous
efforcez d'irriter les Princes & Seigneurs contre moy, diſans, que i'en ay parlé auec
peu de reuerence & honneur ; que ſçaurois-ie dire d'eux, ſinon que ie leur ſuis tres-
humble ſeruiteur ? Au reſte ie ne fus iamais de leur conſeil priué ny de leurs affaires,
& ma perſonne eſt de trop baſſe qualité, pour m'attaquer à leur grandeur : mais ie
les puis bien aſſeurer, que s'ils auoient affaire de moy, qu'ils en fourniroient pluſtoſt
que de voſtre obeïſſance diſſimulée, qui les courtiſez non par amitié, ou par bien
que vous leur vueillez, mais ſeulement pour voſtre profit particulier ; & moy par
vne naturelle reuerence & obſeruance que ie leur doy. Or ſi vous penſez par vos calomnies m'oſter de la bonne opinion que le peuple a receu de mes eſcris, vous eſtes
bien loin de voſtre compte ; & ſi vous eſtimez que ie ſois deſireux de la faueur du
vulgaire, vous vous trompez encores beaucoup : car le plus grand deſplaiſir que ie
ſçaurois auoir en ce monde, c'eſt d'eſtre eſtimé ou recherché du peuple, comme celuy qui ne ſe meſle de faciende, de faction, ny de menée quelconque, pour l'vn ne
pour l'autre party. Seulement quand il fait beau-temps ie me pourmeine, quand il
pleut ie me retire au logis, ie deuiſe, ie paſſe le temps, ſans diſcourir, pratiquer ny
affecter choſes plus hautes que ma vacation. Et voulez-vous que ie vous die ce qui
m'a le plus ennuyé durant ces troubles ? c'eſt que ie n'ay peu ioüir de la franchiſe de
mon eſprit, ny librement eſtudier comme auparauant. Ie me plains de petite choſe,
ce direz-vous : oüy petite quant à vous qui auez touſiours deſpendu de la volóté d'autruy ; mais grande quant à moy qui ſuis nourri en toute heureuſe & honneſte liberté.
Auſſi ſuiuāt mon naturel en ceſte douce ſaiſon de la paix vous ne me pourriez engarder de me réjoüir & d'eſcrire, car de tels honorables exercices ne dépend la ruine de
noſtre Republique, mais de voſtre auare ambitió. Au reſte ſi quelqu'vn a eſcrit côtre
moy, ie luy ay reſpondu, eſtant aſſeuré que les œuures de ces nouueaux rimailleurs ny
les miennes quant à ce fait, n'ont non plus de poids ny d'autorité que les ioyeuſes
ſaillies de Tony ou du Greffier, & que celuy ſeroit bien mal-accompaigné de

TTTttt iij

iugement qui voudroit fonder fur quelque raifon ou tirer en confequéce les verues
& caprices d'vn Poëte melancholique & fantaftiq. Mais puis que ce correcteur de
liures & ce ieune Drogueur (duquel la vie ne fera point mauuàife defcrite) l'ont
voulu autrement , ie fuis fort aife de leur feruir d'aiguillon , & de Tan pour les mettre en furie : car ce m'eft vn fort grand plaifir de voir ces petits gallans agitez & de-
bordez contre moy, qui fen efbranle aufli peu qu'vn rocher des tempeftes de la
Mer. Toutesfois fans le commandement des plus Grands qui ont expreffément defendu les libelles, ie les euffe viuement grattez où il leur demange : car Dieu mercy
nous auons bons & amples memoires de la vie de ces deux compagnons ; mais d'orefnauant ie me tairay pour obeyr à ceux qui ont puiffance fur ma main, & fur ma volonté. Il me plaift d'eftre leur but, leur vifée, leur paffion & leur colere ; & décochent
tant qu'ils voudront leurs fleches efpointées contre moy. De là i'attends ma gloire,
mon honneur & ma reputation , & plus ils feront enuenimez, & plus ie me promets
par leurs iniures de loüange & d'immortalité : Car ie fçay leurs forces , & de quelle
humeur les bons feigneurs font tourmentez. Si ces grands & doctes hommes (que
par honneur ie nomme mes peres) tant eftimez durant l'heureux fiecle du feu Roy
François, fe bandoient contre moy, i'en ferois extremement marry, ou ceux de ma
volée , qui fe font fait apparoiftre comme grandes eftoilles, & qui ont tellement
pouffé noftre Poëfie Françoife que par leur diligence elle eft montée au comble de
tout honneur, defpendoient l'encre à m'iniurier, ie voudrois me banir moy mefme
de ce iour pour ne contefter auec fi grands perfonnages. Mais ie prends grand
plaifir de voir ces rimaffeurs s'attaquer à moy, qui fuis nay d'vne autre complexion
que Theocrite, lequel fe fafchant contre quelque ingrat Poëtaftre de fon temps
faifoit parler de colere vn Pafteur ainfi.

    —— Μέγα δ᾽ ἄχθομαι εἴ τυ μετβλμῆς
Ὄμμασι τοῖς ὀρθοῖσι ποτιβλέπεν, ὅν ποκ᾽ ἐόντα
Γᾶδ᾽ ἔτ᾽ ἐγὼν ἐδίδασκον. ἴδ᾽ ἀχάρις ἐς τί ποθέρπει.
Θρέψαι ἓ λυκιδεῖς, θρέψαι κύνας, ὥς τυ φάγωντι.

Car comme i'ay dit, gentil barboüilleur de papier, qui m'as pris à partie, tu ne fcais
rié en cet art que tu n'ayes apprins en lifant mes œuures ou celles de mes cópagnons,
comme vray finge de nos efcrits, qui par curiofité m'as leu & releu, noté par lieux có-
muns, & obferué cóme ton maiftre, qui m'as apprins par cœur, & ne iures en ta confcience que par la foy que tu me dois. Donques te cognoiffant tel, ie n'auray iamais
peur que pour vouloir diffamer mon renom par tes muettes copies, épanduës fecret-
tement de main en main, tu t'acquieres ny faueur ny reputation, laquelle ne fe gagne
par iniures ny pour faire accroire au papier fes particulieres paffions, mais par beaux
ouurages remplis de pieté , de doctrine & de vertu. Or à fin de te faire cognoiftre
que tu es du tout nouice en ce meftier, ie ne veux commenter ta refponce, en laquelle ie m'affeure de te reprendre de mille fautes dont vn petit enfant auroit des verges
fur la main ; car tu n'entens ny les rhymes , mefures, ny cefures. Ceux qui ont quelque iugement en la Poëfie , lifant ton œuure , verront facilement fi ie parle par ani-
mofité , ou non. Seulement pour monftrer ton afnerie ie prendray le Sonnet que tu
as mis au deuant de ta refponce qui fe commence ainfi.

     Bien que iamais ie n'ay beu dedans l'eau
      De la fontaine au Cheual confacrée,
      Ou imitant le Citoyen d'Afcrée,
      Fermé les yeux fur vn double coupeau.

Premierement tu m'as defrobé l'inuention de ce Sonnet & non de Perfe. Le commencement du mien eft tel :

Ie ne suis point, Muses, accoustumé
De voir vos ieux sous la tarde seree;
Ie n'ay point beu dedans l'onde sacree
Fille du pied du Cheual emplumé.

Or sus espluchons ce beau Quatrain. (*Dedans l'eau*) Tu deuois dire, de l'eau de la fontaine, ou simplement, dedans l'eau, mais cela est peu de chose. (*Au cheual consacrée*) Pour vn si sçauant homme que toy, qui t'estimes l'honneur des lettres, ie m'esbahis comme tu as si sottement failly à la fable. La fontaine Hippocrene, dont tu parles, fut consacrée aux Muses & non au cheual Pegase, du pied duquel elle fut faite, & duquel elle retient le nom tant seulement, sans luy estre dediée. Voy Arat en ses Phenomenes.

⸺ οἱ δὲ νομῆες
ποῶτοι κεῖνο ποτὸν διεφήμισϣν Ἱππουκρήνω.

Mais tu as dit cecy pour faire honneur au cheual de Bellerophon. (*Le citoyen d'Ascrée*) Tu deuois dire, pour parler proprement, le villageois d'Ascrée : car Citoyen se refere à Cité, & Ascrée est vn meschant village au pied d'Helicon, duquel Hesiode raconte l'incommodité.

νάσατο δ' ἄγχ' Ἑλικῶνος ὀϊζυρῇ ἐνὶ κώμῃ,
Ἄσκρῃ, χεῖμα κακῇ, θέρεῖ ἀργαλέῃ, οὐδέποτ' ἐσθλῇ.

Fermé les yeux) Tu faux encores à la fable. Hesiode ne dit pas qu'il ait dormy sur le mont d'Helicon pour deuenir Poëte : il dit tout le contraire, c'est qu'en faisant paistre ses aigneaux dessous Helicon les Muses luy enseignerent l'Art de Poëtiser.

Αἵ νύ ποθ' Ἡσίοδον καλὴν ἐδίδαξαν ἀοιδήν,
Ἄρνας ποιμαίνονθ' Ἑλικῶνος ὑπὸ ζαθέοιο.

Venons à l'autre couplet :

Bien qu'esloigné de ton sentier nouueau,
Suiuant la loy que tu as massacrée,
Ie n'ay suiuy la Pleïade enyurée
Du doux poison de ton braue cerueau.

De ton sentier nouueau) Ie suis bien aise dequoy tu confesses que mon sentier est nouueau, & pour ce (puis qu'il te plaist) ie pourray seurement dire,

Auia Pieridum peragro loca, nullius antè
Trita solo: iuuat integros accedere fonteis.

Ie ne reprens cecy pour faute, mais seulement pour te monstrer qu'en te voulant moquer tu as dit verité. (*Suiuant la loy que tu as massacrée*) I'ay bien oüy dire, forcer, violer, & corrompre vne Loy, mais massacrer vne Loy, ie n'en auois iamais oüy parler: Apprens, pauure ignorât, à te corriger des fautes qu'vn estranger ne voudroit faire en nostre langue. (*La Pleïade enyurée*) Ie n'auois iamais oüy dire sinon à toy, que les Estoilles s'enyurassent, qui les veux accuser de ton propre peché. Ceux qui te cognoissent sçauent si ie mens ou non. La colere que tu descharges sur les pauures Astres, ne vient pas de là. Il me souuient d'auoir autrefois accomparé sept Poëtes de mon temps à la splendeur des sept Estoilles de la Pleïade, comme autrefois on auoit fait des sept excellens Poëtes Grecs qui florissoient presque d'vn mesme temps. Et pource que tu es extremement marry dequoy tu n'estois du nombre, tu as voulu injurier telle gentille troupe auecques moy. (*Du doux poison*) Tu trouueras ce mot de poison plus vsité au genre fœminin qu'au masculin, mais tu ressembles aux Atheniens. Cest article auecques bon tesmoignage sera traitté plus amplement en ta vie & en celle de l'ignorant Drogueur, que tu verras bien tost,

de la main d'vn excellent ouurier. *(Braue cerueau)* Braue se refere pluftoft aux habillemens qu'à l'efprit. Acheuons les deux autres couplets.

> *I'ay toutesfois vne autre recompenfe,*
> *Car l'Eternel qui benift l'impuiffance*
> *Mefme aux enfans qui font dans le berceau,*
> *Veut par mes vers peut-eftre rendre égale*
> *Ta grand mifere à celle de Bupale,*
> *Qui d'vn licol a bafty fon tombeau.*

(Car l'Eternel) Ie m'esbahis comme tu parles de l'Eternel, veu que tu le cognoif-
fois bien peu ce dernier Efté : mais cecy n'eft pas vn Solœcifme, c'eft vn Atheïfme.
(Ta grand' mifere) Tu deuois dire colere, manie, forcenerie, ou autre chofe femblable. Car Bupale ne fut pas miferable, fi ce n'eft comme on dit, *ab effectu*, mais il
deuint fi furieux par les vers d'Hipponax, qu'à la fin il fe pendit. *(Qui d'vn licol)*
Apprens à parler proprement; tu deuois dire en lieu de baftir vn tombeau d'vn
licol, trama, fila, ourdit, ou autres chofes plus propres à ton licol. Ie te confeille
de regarder vne autre-fois de plus prés à ce que tu feras, car fans mentir on peut
dire de ton long ouurage mal-digeré:

> Αασυειὸ ποταμοῖο μέγας ῥόος, ἀλλὰ τὰ πολλὰ
> λύματα γῆς, κỳ πολλòι ἐφ' ὕδασι συρφετòν ἕλκει.

Conclufion, puis que pour tes médifances le Soleil ne laiffe de me luire, ny la
terre de me porter, les vents de me recréer, & l'eau de me donner plaifir, que ie n'en
perds l'appetit ny le dormir, & que ie ne fuis moins difpos ny gaillard : Ie protefte
de ne m'en foucier iamais, ny te faire ceft honneur de te refpondre, ny à tes compagnons, qui comme toy fe veulent auancer, blafmant les perfonnes dont l'honneur ne peut eftre bleffé par leur caquet injurieux. Si tu as enuie de faire le Charlatan auecques ton Drogueur, tu le pourras faire, car vos reputations font fi obfcures,
qu'à peine font-elles cognuës des palefreniers, & le vray moyen de les anoblir eft de
rebruler encores le temple d'Ephefe; ou fi vous ne pouuez le faire, il faut pour
vous auancer entre les mefchans, comme vous, iniurier l'honneur des hommes vertueux. Quant à moy, ie feray toufiours bien aife de vous faire crucifier vous-mefmes
par vne enuie qui vous ronge le cœur, de me voir eftimé des peuples eftrangers,
& de ceux de ma nation. Or toy, candide & beneuole Lecteur, qui as pris la peine
de lire le difcours de cefte Epiftre, tu me pardonneras, s'il te plaift, fi en lieu de te
contenter ie t'ay donné occafion de fafcherie, & pour recompenfe ie te fupplie de
reuoir d'auffi bonne volonté ces œuures non encores imprimées que de bon cœur
ie te les prefente. Suppliant tres-humblement celuy qui tout peut, te donner tres-
heureufe & tres-longue vie, & à moy la grace de le feruir de tout mon cœur, & de
voir les troubles de ce Royaume bien toft appaifez, à finque toutes fortes de bonnes lettres puiffent florir fous le regne de noftre Roy Charles, duquel Dieu tout-
puiffant beniffe la ieuneffe, & auquel ie fouhaitte les ans d'Augufte, la paix & la
felicité.

IN P. RONSARDVM,
RANÆ LEMANICOLÆ coaxatio.

Vm bibis Aonios latices in vertice Pindi,
  Ronsarde, vndenas dum quatis arte fides:
Vindocini ruris, grauibus tua personat agros
  Musa modis, Phœbus quos velit esse suos.
Ast vbi cura fuit præpingui abdomine ventrē,
  Setigeræ latum reddere more suis:
Illorum explesti numerum, qui funera curant,
  Qui referunt fucos, sunt operúmque rudes.
Exin Missæ agitas numeros: at tempore ab illo,
  Non tua Musa canit, sed tua Missa canit.

PETRI RONSARDI
RESPONSVM.

On mea Musa canit, canit hæc oracula vatis
  Patmicolæ ranis Musa Lemanicolis.
Obscœnas fore tres fœdo cum corpore ranas,
  Immundos potiùs Dæmonas aut totidem.
Semper in ore sui qui stantes Pseudoprophetæ
  Inq; Deŭ,inq; pios verba profana crepent.
Vera fides vati, tu rana es de tribus vna,
  Altera Caluinus, tertia Beza tuus.
Beza ferens veteris Theodori nomen, eandem
  Déq; Deo mentem, quã Theodorus, habens.
Talibus ô ranis raucissima de tribus illa,
  Quæ me, qua Superos, garrulitate petis:
Aonios non tu latices in vertice Pindi,
  Sed bibis impuros, stagna Sabauda, lacus.
Nec cŭpurá nitet, sed cŭ niue turbida mixta,
  Et glacie fusa montibus vnda fluit.
Inde gelata viam vocis, tumefactáque fauces
  Digna coaxasti carmina vate suo.
In quibus, vt decuit gibboso gutture mŏstrum,
  Non nisi ranalis vox strepit vlla tibi.

Nam quod Musa virûm doctorum voce vocatur,
  Id nunc Missa tibi vox inamœna sonat.
Non nisi rana queat sacra sic corrŭpere verba:
  Sibila rana fera est, sibila verba crepas.
I nunc, & patrijs interstrepe vina lacunis,
  Inque pios homines quidlibet, inque Deum:
Mortua dùm, pacem ne turbes rana piorum
  Nigra, lacu Stygio, vel Phlegethonte nates.
Donec in ardenti, causam raucedinis, vnda
  Excutias frigus, quo tua Musa riget.

IN LAVDEM RONSARDI.

Llisos fluctus rupes vt vasta refundit,
  Et varias circùm latrantes dissipat vndas
Mole sua: Sic tu tacita grauitate minutos
Frangere debueras istos, Ronsarde, Poëtas
Nominis obscuri, audaces discrimine nullo,
Qui tecùm certasse putant præclarius, omnes
Quàm vicisse pares: sed postquam non ita visum,
Vtq; parens puero interdum doctúsq; magister
Respondent blandè illudentes vana loquenti,
Sic tu etiam insano vis respondere Poëtæ;
Quamuis ille tua dignum nil proferat ira;
Cygne vlulàm nec dedignaris candide nigram:
Eia age', sed catulo adlatranti seu fremit ingens
Ore Leo, exertum subitò nec conijcit vnguem:
Sic tu etiam miserum sermone illude minaci
Tantùm, terrifica vibres nec fulmina lingua:
Sat Ronsarde tibi, sat sit memorasse superbi
Æolidæ pœnas, qui non imitabile fulmen,
Elide, dum simulat demens, est turbine præceps
Jmmani tristes Erebi detrusus ad vmbras.
Sic tibi tam charum caput hoc quicunque lacesset,
Phœbe, perire sinas: Lauri nec sacra corona
Jllius indoctam frontem, si fortè reuincit,
Ingratum seruet, nescit qui parcere Lauro.

ABBREGE' DE L'ART
POETIQVE FRANCOIS.

PAR P. DE RONSARD, GENTIL-HOMME VENDOMOIS.

A ALPHONSE DELBENE, ABBE'
de Haute-combe en Sauoye.

OMBIEN que l'art de Poëfie ne fe puiffe par preceptes com-prendre ny enfeigner pour eftre plus mental que traditif : toutes-fois d'autant que l'artifice humain, experience & labeur le peuuent permettre, i'ay bien voulu t'en donner quelques reigles icy, à fin qu'vn iour tu puiffes eftre des premiers en la cognoiffance d'vn fi aggreable meftier, à l'exemple de moy qui confeffe y eftre affez paffablement verfé. Sur toutes chofes tu auras les Mufes en reuerence, voire en finguliere veneration, & ne les feras iamais feruir à chofes des-honneftes, à rifées, ny à libelles iniurieux, mais les tiendras cheres & facrees, comme les filles de Iupiter, c'eft à dire, de Dieu, qui de fa faincte grace a premierement par elles fait cognoiftre aux peuples ignorans les excellences de fa majefté. Car la Poëfie n'e-ftoit au premier âge qu'vne Theologie allegorique, pour faire entrer au cerueau des hommes groffiers par fables plaifantes & colorees les fecrets qu'ils ne pou-uoient comprendre, quand trop ouuertement on leur defcouuroit la verité. On dit qu'Eumolpe Cecropien, Line maiftre d'Hercule, Orphee, Homere, Hefiode inuenterent vn fi doux allechement. Pour cefte caufe ils font appellez Poëtes di-uins, non tant pour leur diuin efprit qui les rendoit fur tous admirables & excel-lens, que pour la conuerfation qu'ils auoient auecques les Oracles, Prophetes, De-uins, Sibylles, interpretes de fonges, defquels ils auoient appris la meilleure part de ce qu'ils fçauoient : car ce que les Oracles difoient en peu de mots, ces gentils per-fonnages l'amplifioient, coloroient & augmentoient, eftans enuers le peuple ce que les Sibylles & Deuins eftoient en leur endroit. Long-temps apres eux font venus d'vn mefme païs les feconds Poëtes, que i'appelle humains, pour eftre plus enflez d'artifice & labeur que de diuinité. A l'exemple de ceux-cy, les Poëtes Romains ont foifonné en telle formiliere, qu'ils ont apporté aux Libraires plus de charge que d'honneur, excepté cinq ou fix, defquels la doctrine, accompagnée d'vn parfait artifice, m'a toufiours tiré en admiration. Or pour-ce que les Mufes ne veulent loger en vne ame fi elle n'eft bonne, faincte & vertueufe ; tu feras de bonne nature, non meſchant, refrongné, ne chagrin : mais animé d'vn gentil eſprit, ne laiſſeras rien entrer en ton entendement qui ne ſoit ſur-humain & diuin. Tu auras en premier lieu les conceptions hautes, grandes, belles, & non trainantes à terre. Car le principal poinct eſt l'inuention, laquelle vient tant de la bonne nature, que par la leçon des bons & anciens Autheurs. Et ſi tu entreprens quelque grand œuure, tu te monſtreras religieux & craignant Dieu, le commençant ou par ſon nom, ou par vn autre qui repreſentera quelque effect de ſa Majeſté, à l'exemple des Poëtes Grecs, Μῆνιν ἄειδε θεά. Ἄνδρα μοι ἔννεπε μοῦσα. Ἐκ Διὸς ἀρχώμεσθα. Ἀρχόμενος σέο Φοῖβε. Et nos Romains, *Æneadum genitrix. Muſa mihi cauſas memora.* Car les Muſes, Apollon, Mercure, Pallas & autres telles Deïtez ne nous repreſentent autre choſe que les puiſſances de Dieu, auquel les premiers hommes auoient donné pluſieurs noms pour les diuers effects de ſon incomprehenſible Majeſté. Et c'eſt auſſi pour te monſtrer que rien ne peut eſtre ny bon, ny parfait, ſi le commencement ne vient de Dieu. Apres tu ſeras ſtudieux de la lecture des bons Poëtes, & les apprendras par cœur autant que tu pourras. Tu ſeras laborieux à corriger & limer tes vers, & ne leur pardonneras non plus qu'vn bon iardinier à ſon ante, quand il la voit chargée de branches inutiles ou de bien peu de profit. Tu conuerſeras doucement & honneſtement auec les Poëtes de ton temps : tu honoreras les plus vieux côme tes peres, tes pareils comme tes freres, les moindres comme tes enfans, & leur communiqueras tes eſcrits : car tu ne dois iamais rien mettre en lumiere qui n'ait premierement eſté veu & reueu de tes amis, que tu eſtimeras les plus experts en ce meſtier, à fin que par telles conionctions, & familiaritez d'eſprits auecques les lettres & la bonne nature que tu as, tu puiſſes facilement paruenir au comble de tout honneur, ayant pour exemple domeſtique, les vertus de ton pere, qui non ſeulement a ſurpaſſé en ſa langue Italienne les plus eſtimez de ce temps, mais encores a fait la victoire douteuſe entre luy & ceux qui eſcriuent auiourd'huy le plus purement & doctement au vieil langage Romain. Or pour ce que tu as déja la cognoiſſance de la langue Grecque & Latine, & qu'il ne te reſte plus que la Françoiſe, laquelle te doit eſtre d'autant plus recommandée qu'elle t'eſt maternelle : ie te diray en peu de parolles ce qui me ſemble le plus expedient, & ſans t'eſgarer par longues & faſcheuſes foreſts, ie te meneray tout droict par le ſentier que i'auray cogneu le plus court, à fin qu'aiſément tu regagnes ceux qui s'eſtans les premiers mis au chemin, te pourroient auoir aucunement deuancé. Tout ainſi que les vers Latins ont leurs pieds, comme tu ſçais, nous auons en noſtre Poëſie Françoiſe, de laquelle ie veux icy traicter, vne certaine meſure de ſyllabes, ſelon le deſſein des carmes que nous entreprenons compoſer, qui ne ſe peut outrepaſſer ſans offenſer la loy de noſtre vers, deſquelles meſures & nombre de ſyllabes, nous traiterons apres plus amplement. Nous auons auſſi vne certaine ceſure de la voyelle, e, laquelle ſe mange toutes les fois qu'elle eſt rencontrée d'vne autre voyelle ou diphthongue, pourueu que la voyelle qui ſuit, e, n'ait point la force de conſone. Apres à l'imitation de quelqu'vn de ce temps, tu feras tes vers maſculins & fœminins tant qu'il te ſera poſſible, pour eſtre plus propres à la Muſique & accord des inſtrumens, en faueur deſquels il ſemble que la Poëſie ſoit nee : car la Poëſie ſans les inſtrumens, ou ſans la grace d'vne ſeule, ou pluſieurs voix n'eſt nullement aggreable, non plus que les inſtrumens ſans eſtre animez de la melodie d'vne plaiſante voix. Si de fortune tu as compoſé les deux premiers vers maſculins, tu feras les deux autres fœminins, & paracheueras de meſme meſure le reſte de ton Elegie ou Chanſon, à fin que les Muſiciens les puiſſent plus facilement accorder. Quant aux vers Lyriques, tu feras le premier couplet à ta volonté, pourueu que les autres ſuiuent la trace du premier.

Si tu te fers des noms propres des Grecs & Romains, tu les tourneras à la terminaifon Françoife, autant que ton langage le permet : car il y en a beaucoup qui ne s'y
peuuent nullement tourner. Tu ne rejetteras point les vieux mots de nos Romans,
ains les choifiras auecques meure & prudente election. Tu practiqueras bien fouuent, les artifans de tous meftiers, comme de *Marine*, *Venerie*, *Fauconnerie*, & principalement, les artifans de feu, *Orféures*, *Fondeurs*, *Marefchaux*, *Minerailliers*, & de là
tireras maintes belles & viues côparaifons, auecques les noms propres des meftiers,
pour enrichir ton œuure & le rendre plus agreable & parfait : car tout ainfi qu'on ne
peut veritablement dire vn corps humain, beau, plaifant, & accomply, s'il n'eft compofé de fang, veines, arteres & tendons, & fur tout d'vne plaifante couleur; Ainfi la
Poëfie ne peut eftre plaifante fans belles inuentions, defcriptions, côparaifons, qui
font les nerfs & la vie du liure, qui veut forcer les fiecles pour demeurer de toute memoire victorieux & maiftre du temps. Tu fçauras dextrement choifir & approprier
à ton œuure les mots plus fignificatifs des dialectes de noftre France, quand mefmement tu n'en auras point de fi bons ny de fi propres en ta nation : & ne fe faut
foucier fi les vocables font *Gafcons*, *Poicteuins*, *Normans*, *Manceaux*, *Lionnois*, ou
d'autres païs, pourueu qu'ils foient bons, & que proprement ils fignifient ce que tu
veux dire, fans affecter par trop le parler de la Cour, lequel eft quelquefois tres-
mauuais pour eftre langage de Damoifelles, & ieunes Gentils-hommes qui font
plus profeffion de bien combattre que de bien parler. Et noteras que la langue
Grecque n'euft iamais efté fi faconde & abondante en dialectes & en mots comme
elle eft, fans le grand nombre de Republiques qui fleuriffoient en ce temps-là,
lefquelles comme amoureufes de leur bien propre, vouloient que leurs doctes Citoyens efcriuiffent au langage particulier de leur nation : & de là font venus vne
infinité de dialectes, phrafes, & manieres de parler qui portent encores auiour-
d'huy fur le front la marque de leur pays naturel, lefquelles eftoient tenuës indifferemment bonnes par les doctes plumes qui efcriuoient de ce temps là : car vn
païs ne peut iamais eftre fi parfait en tout, qu'il ne puiffe encores quelquefois emprunter ie ne fçay quoy de fon voifin : & ne fais point de doute que s'il y auoit encores en France des Ducs de Bourgongne, de Picardie, de Normandie, de Bretaigne, de Champagne, de Gafcongne, qu'ils ne defiraffent pour l'honneur de leur
alteffe, que leurs fujets efcriuiffent en la langue de leur païs naturel : car les Princes
ne doiuent eftre moins curieux d'eftendre leur langage par toutes nations, que
d'agrandir les bornes de leur Empire : mais auiourd'huy pource que noftre France
n'obeïft qu'à vn feul Roy, nous fommes contraints, fi nous voulons paruenir à
quelque honneur, de parler fon langage; autrement noftre labeur, tant fut-il honorable & parfait, feroit eftimé peu de chofe, ou (peut-eftre) totalement mef-
prifé.

DE L'INVENTION.

POurce qu'auparauant i'ay parlé de l'inuention, il me femble eftre bien à
propos de t'en redire vn mot. L'inuention n'eft autre chofe que le bon naturel d'vne imagination conceuant les Idées & formes de toutes chofes qui fe peuuent imaginer, tant celeftes que terreftres, animées ou inanimées, pour apres les reprefenter, defcrire, & imiter : car tout ainfi que le but de l'Orateur eft de perfuader,
ainfi celuy de Poëte d'imiter, inuenter, & reprefenter les chofes qui font, qui peuuent eftre, où que les Anciens ont eftimé comme veritables : & ne faut point
douter,

douter, apres auoir bien & hautement inuenté, que la belle difpofition de vers ne
s'enfuiue, d'autant que la difpofition fuit l'inuention mere de toutes chofes, comme
l'ombre fait le corps. Quand ie te dy que tu inuentes chofes belles & grandes, ie n'entens toutesfois ces inuentions fantaftiques & melancholiques, qui ne fe rapportent
non plus l'vne à l'autre que les fonges entrecouppez d'vn frenetique, ou de quelque
patient extremement tourmenté de la fiéure, à l'imagination duquel, pour eftre bleffée, fe reprefentent mille formes monftrueufes fans ordre ny liaifon: mais tes inuentions defquelles ie ne te puis donner regle pour eftre fpirituelles, feront bien ordonnées & difpofées: & bien qu'elles femblent paffer celles du vulgaire, elles feront
toutesfois telles qu'elles pourront eftre facilement conceuës & entendues d'vn chacun.

DE LA DISPOSITION.

Out ainfi que l'inuention defpend d'vne gentile nature d'efprit, ainfi la difpofition defpend de la belle inuention, laquelle confifte en vne elegante & parfaicte collation & ordre des chofes inuentées, & ne permet que ce qui appartient
à vn lieu, foit mis en l'autre, mais fe gouuernant par artifice, eftude & labeur,
ajance & ordonne dextrement toutes chofes à fon poinct. Tu en pourras tirer les
exemples des Autheurs anciens, & de nos modernes qui ont illuftré depuis quinze
ans noftre langue, maintenant fuperbe par la diligence d'vn fi honorable labeur.
Heureux & plus qu'heureux, ceux qui cultiuent leur propre terre, fans fe trauailler apres vne eftrangere, de laquelle on ne peut retirer que peine ingrate & mal-
heureufe, pour toute recompenfe & honneur! Quiconques furent les premiers qui
oferent abandonner la langue des Anciens pour honorer celle de leur païs, ils furent veritablement bons enfans, & non ingrats Citoyens, & dignes d'eftre couronnez fur vne ftatuë publique, & que d'âge en âge on face vne perpetuelle memoire
d'eux & de leurs vertus.

DE L'ELOCVTION.

Locution n'eft autre chofe qu'vne proprieté & fplendeur de parolles bien
choifies & ornées de graues & courtes fentences, qui font reluire les vers comme les pierres precieufes bien enchaffées, les doigts de quelque grand Seigneur. Sous
l'Elocution fe comprend l'Election des parolles, que Virgile & Horace ont fi cu-
rieufement obferuée. Pource tu te dois trauailler d'eftre copieux en vocables, &
trier les plus nobles & fignifians pour feruir de nerfs & de force à tes carmes, qui
reluiront d'autant plus que les mots feront fignificatifs, propres & choifis. Tu
n'oublieras les comparaifons, les defcriptions des lieux, fleuues, forefts, montagnes, de la nuict, du leuer du Soleil, du Midy, des Vents, de la Mer, des Dieux &
Déeffes, auecques leurs propres meftiers, habits, chars & cheuaux: te façonnant
en cecy à l'imitation d'Homere, que tu obferueras comme vn diuin exemple, fur
lequel tu tireras au vif les plus parfaits lineamens de ton tableau.

VVVuuu

DE LA POESIE EN GENERAL.

TV dois sçauoir sur toutes choses que les grands Poëmes ne se commencent iamais par la premiere occasion du fait, ny ne sont tellement accomplis, que le Lecteur espris de plaisir n'y puisse encores desirer vne plus longue fin : mais les bons ouuriers le commencent par le milieu, & sçauent si bien joindre le commencement au milieu, & le milieu à la fin, que de telles pieces rapportées, ils font vn corps entier & parfait. Tu ne commenceras iamais le discours d'vn grand Poëme, s'il n'est esloigné de la memoire des hommes, & pource tu inuoqueras la Muse, qui se souuient de tout, comme Déesse, pour te chanter les choses dont les hommes ne se peuuent plus aucunement souuenir. Les autres petits Poëmes veulent estre abruptement commencez, comme les Odes Lyriques, à la composition desquels ie te conseille premierement t'exerciter, te donnant de garde sur tout d'estre plus versificateur que Poëte : Car la fable & fiction est le sujet des bons Poëtes, qui ont esté depuis toute memoire recommandez de la posterité : & les vers sont seulement le but de l'ignorant versificateur, lequel pense auoir fait vn grãd chef-d'œuure, quand il a composé beaucoup de carmes rymez, qui sentent tellement la Prose, que ie suis esmerueillé comme nos François daignent imprimer telles drogueries, à la confusion des Autheurs, & de nostre nation. Ie te dirois icy particulierement les propres sujets d'vn chacun Poëme, si tu n'auois desia veu l'Art Poëtique d'Horace & d'Aristote, ausquels ie te cognois assez mediocrement versé. Ie te veux aduertir de fuïr les Epithetes naturels qui ne seruent de rien à la sentence de ce que tu veux dire, comme *la riuiere courante, la verde ramée :* Tes Epithetes seront recherchez pour signifier, & non pour remplir ton carme, ou pour estre oiseux en ton vers : Exemple, *Le Ciel vouté encerne tout le Monde.* I'ay dit vouté, & non ardant, clair ny haut, ny azuré, d'autant qu'vne voute est propre pour embrasser & encerner quelque chose. Tu pourras bien dire, *Le bateau va dessur l'onde coulante.* Pource que le cours de l'eau fait couler le bateau. Les Romains ont esté tres-curieux obseruateurs de ceste reigle, & entre les autres Virgile & Horace : les Grecs, comme en toutes choses appartenantes aux vers, y ont esté plus libres, & n'y ont aduisé de si prés. Tu fuïras aussi la maniere de composer des Italiens en ta langue, qui mettent ordinairement quatre ou cinq Epithetes les vns apres les autres en vn mesme vers, comme *alma, bella, angelica & fortunata donna.* Tu vois que tels Epithetes sont plus pour ampouller & farder les vers que pour besoin qu'il en soit : bref, tu te contenteras d'vn Epithete, ou pour le moins de deux, si ce n'est quelques-fois par gaillardise qu'en mettras cinq ou six, mais si tu m'en crois cela t'aduiendra le plus rarement que tu pourras.

DE LA RYME.

LA Ryme n'est autre chose qu'vne consonance & cadance de syllabes, tombantes sur la fin des vers, laquelle ie veux que tu obserues tant aux masculins qu'aux fœminins, de deux entieres & parfaites syllabes, ou pour le moins d'vne aux masculins, pourueu qu'elle soit resonante, & d'vn son entier & parfait. Exemple des fœminins, *France, esperance, despence, negligence, familiere, fourmiliere, Ehere, mere.* Exemple des masculins, *surmonter, monter, douter, sauter, Iupiter.* Toutes-fois tu seras plus soigneux de la belle inuention & des mots, que de la ryme, laquelle vient assez aisément d'elle-mesme, apres quelque peu d'exercitation.

DE LA VOYELLE E.

Outesfois & quantes que la voyelle, e, eſt rencontrée d'vne autre voyelle ou diphthôgue, elle eſt touſiours mangee, ſe perdant en la voyelle qui la ſuit, ſans faire ſyllabe par ſoy: ie dy rencontrée d'vne voyelle ou d'vne diphthongue pure, autrement elle ne ſe peut manger, quand l'i, & u voyelles, ſe tournent en côſones, comme *ie, viue*. Exemple de, e, qui ſe mange, *Cruelle & fiere, & dure, & faſcheuſe amertume. Belle au cœur dur inexorable & fier.* D'auantage i, & a, voyelles ſe peuuent elider & manger. Exemple d'a, *l'artillerie, l'amour,* pour *la artillerie, la amour.* Exêple de la voyelle i, *n'à ceux-cy, n'à ceux-là.* Quand tu mangerois l'o, & l'u, pour la neceſſité de tes vers, il n'y auroit point de mal, à la mode des Italiens, ou pluſtoſt des Grecs qui ſe ſeruent des voyelles & diphthongues, comme il leur plaiſt, & ſelon leur neceſſité.

DE L'H.

'H quelque-fois eſt note d'aſpiration, quelque-fois non. Quand elle ne rend point la premiere ſyllabe du mot aſpirée, elle ſe mange, tout ainſi que fait e, fœminin. Quand elle la rend aſpirée, elle ne ſe mange nullement. Exemple de h, non aſpirée, *Magnanime homme, humain, honneſte, & fort.* Exemple de celle qui rend la premiere ſyllabe du mot aſpirée, & ne ſe mange point. *La belle femme hors d'icy ſ'en alla. Le Gentil-homme hautain alloit par tout.* Tu pourras voir par la lecture de nos Poëtes Franςois, l'h, qui s'elide ou non. Tu euiteras autant que la contrainte de ton vers le permettra, les rencontres des voyelles & diphthôgues, qui ne ſe mangent point: car telles concurrences de voyelles ſans eſtre elidées, font les vers merueilleuſement rudes en noſtre langue, bien que les Grecs ſont couſtumiers de ce faire, comme par elegance. Exemple, *Voſtre beauté a enuoyé amour.* Ce vers icy te ſeruira de patron pour te garder de ne tomber en telle aſpreté, qui eſcraze pluſtoſt l'aureille que ne luy donne plaiſir. Tu dois auſſi noter que rien n'eſt ſi plaiſant qu'vn carme bien façoné, bien tourné, non entr'ouuert ny beant. Et pource, ſauf le iugement de nos Ariſtarques, tu dois oſter la derniere e, fœminine, tant des vocables ſinguliers que pluriers, qui ſe finiſſent en *ce,* & en *ces,* quand de fortune ils ſe rencontrent au milieu de ton vers. Exemple du maſculin plurier. *Roland auoit deux eſpées en main.* Ne ſens-tu pas que ces *deux eſpées en main,* offenſent la delicateſſe de l'aureille? & pource tu dois mettre: *Roland auoit deux eſpés en la main,* ou autre choſe ſemblable. Exemple de l'e fœminine ſinguliere. *Contre la troupe Enée print ſa picque.* Ne ſens-tu pas comme derechef *Enée* ſonne tres-mal au milieu de ce vers? pource tu mettras: *Contre la troupe Ené branla ſa picque.* Autant en eſt-il des vocables terminez en oïe, & uë, comme *roüe, ioüe, nuë, venuë,* & mille autres qui doiuent receuoir ſyncope au milieu de ton vers. Si tu veux que ton poëme ſoit enſemble doux & ſauoureux: pource tu mettras *roü', ioü', nu',* contre l'opinion de tous nos maiſtres qui n'ont de ſi prés auiſé à la perfection de ce meſtier. Encores ie te veux bien admoneſter d'vne choſe tres-neceſſaire; c'eſt quand tu trouueras des mots qui difficilement reçoiuent ryme, comme *Or, char,* & mille autres, ryme-les hardiment contre *fort, ort, accort, part, renart, art,* oſtant, par licence, la derniere lettre, t, du mot fort, & mettât *for,* ſimplement auec la marque de l'apoſtrophe: autant en feras-tu de *far,* pour *fard,* pour le rymer contre *char.* Ie voy le plus ſouuent mille belles ſentéces, & mille beaux vers perdus par faute de telle hardieſſe, ſi bien que ſur *or,* ie n'y voy iamais ryme que *treſor,* ou *or',* pour *ores, Neſtor, Hector,* & ſur *char, Ceſar.* Tu ſyncoperas auſſi hardiment ce mot de *côme:* & diras à ta neceſſité *com':* car ie voy en quelle peine bien ſouuent on ſe trouue par faute de deſtourner l'e finale de ce

mot. Et mesme au commencement du vers. Tu accourciras aussi (ie dis entant que tu
y seras contraint) les verbes trop longs: côme *donra*, pour, *donnera*, *sautra*, pour *sautera*,
& non les verbes dont les infinitifs se terminent en e, lesquels au côtraire tu n'allongeras point, & ne diras *prendera* pour *prendra*, *mordera* pour *mordra*, n'ayât en cela reigle plus parfaite que ton aureille, laquelle ne te trompera iamais, si tu veux prendre
son conseil auec certain iugement & raison. Tu euiteras aussi l'abondance des mo-
nosyllabes en tes vers, pour estre rudes & mal-plaisans à oüir. Exemple, *Je vy le Ciel*
si beau, si pur & net. Au reste, ie te conseille d'vser de la lettre ò, marquée de ceste marque, pour signifier *auecques*, à la façon des Anciens, comme, *ò luy*, pour, *auecques luy*:
car *auecques* côposé de trois syllabes, donne le grand empeschement au vers, mesmement quand il est court. Ie m'asseure que telles permissions n'auront si tost lieu que
tu cognoistras incontinent de quelle peine se verront deliurez les plus ieunes, par le
courage de ceux qui auront si hardiment osé. Tu pourras aussi à la mode des Grecs,
qui disent οὔνομα pour ὄνομα, adiouster vn u, apres vn o, pour faire ta ryme plus
riche & plus sonante, comme *troupe*, pour trope: *Callioupe*, pour *Calliope*. Tu n'oublieras iamais les articles, & tiendras pour tout certain que rien ne peut tant défigurer
ton vers que les articles delaissez: autant en est-il des pronoms primitifs, comme *ie, tu*,
que tu n'oublieras nô plus, si tu veux que tes carmes soient parfaits & de tous poinĉts
bien accomplis. Ie te dirois encores beaucoup de reigles & secrets de nostre Poësie,
mais i'aime mieux en nous promenant te les apprendre de bouche, que les mettre
par escrit, pour fascher, peut-estre, vne bonne partie de ceux qui pensent estre grands
maistres, dont à peine ont-ils encores touché les premiers outils de ce mestier.

DES VERS ALEXANDRINS.

L Es Alexandrins tiennent la place en nostre langue, telle que les vers heroïques entre les Grecs & les Latins, lesquels sont composez de douze à treize
syllabes, les masculins de douze, les fœminins de treize, & ont tousiours leur
repos sur la sixiesme syllabe, comme les vers communs sur la quatriesme, dont nous
parlerons apres. Exemple des masculins,

       Madame, baisez-moy, ie meurs en vous baisant,

où tu vois manifestement le repos de ce vers estre sur la sixiesme syllabe. Exemple
du fœminin,   *O ma belle Maistresse, as-tu pas bonne enuie?*

Tu dois icy noter que tous nôs François qui ne se terminent en es, ou en e, lente, sans
force & sans son, ou en es, sont fœminins; tous les autres de quelque terminaison
qu'ils puissent estre, sont masculins. Exemple de, e, fœminin, *singuliere, femme, beste,*
nasarde, liure, escritoire, des es, *liures, escritoires, chantres, &c*. Exemple des masculins,
donné, haut, chapeau, descendez, surmontez. Il faut aussi entendre que les pluriers des verbes qui se finissent en ent, sont reputez fœminins, comme, ils *viennent, disent, souhait-*
tent, parlent, marchent, &c. La composition des Alexandrins doit estre graue, hautaine, (s'il faut ainsi parler) altiloque, d'autant qu'ils sont plus longs que les autres, &
sentiroient la prose, s'ils n'estoient composez de mots esleus, graues, & resonnans, &
d'vne ryme assez riche, à fin que telle richesse empesche le style de la prose, & qu'elle
se garde tousiours dans les aureilles, iusques à la fin de l'autre vers. Tu les feras donc
les plus parfaits que tu pourras, & ne te contenteras point (comme la plus grand'
part de ceux de nostre temps) qui pensent, comme i'ay dit, auoir accomply ie ne sçay
quoy de grand, quand ils ont rymé de la prose en vers: tu as desia l'esprit assez bon,
pour descouurir tels versificateurs par leurs miserables escrits, & par la cognoissance
des mauuais, faire iugement des bons, lesquels ie ne veux particulierement nommer,

pour eſtre en petit nombre,& de peur d'offenſer ceux qui ne ſeroient couchez en
ce papier : auſſi que ie deſire euiter l'impudence de telle maniere de gens. Car tu ſçais
bien que non ſeulement Κεραμεὺς κεραμεῖ κοτέει καὶ τέκτονι τέκτων, mais auſſi ἀοιδὸς ἀοιδῷ.

DES VERS COMMVNS.

LEs vers communs ſont de dix à onze ſyllabes,les maſculins de dix,les fœminins
d'onze,& ont ſur la quatrieſme ſyllabe leur repos ou repriſe d'halcine, ainſi
que les vers Alexandrins,ſur la fin des ſix premieres ſyllabes. Or comme les Alexandrins ſont propres pour les ſujets heroïques,ceux-cy ſont ptoprement naiz pour les
amours,bien que les vers Alexandrins reçoiuent quelquefois vn ſujeêt amoureux,
& meſmement en Elegies & Eclogues,où ils ont aſſez bonne grace, quand ils ſont
bien compoſez. Exemple des vers communs maſculins.
Heureux le Roy qui craint d'offenſer Dieu.
Exemple du fœminin.   *Pour ne dormir i'allume la bougie.*
Telle maniere de carmes ont eſté fort vſitez entre les vieux Poëtes François ; ie te
conſeille de t'y amuſer quelque peu de temps auant que paſſer aux Alexandrins. Sur
toute choſe ie te veux bien aduertir s'il eſt poſſible, (car touſiours on ne fait pas ce
qu'on propoſe)que les quatre premieres ſyllabes du vers commun ou les ſix premieres des Alexandrins,ſoient façonnees d'vn ſens,aucunement parfait, ſans l'emprunter du mot ſuiuant. Exemple du ſens parfait.   *Ieune beauté Maiſtreſſe de ma vie.*
Exemple du vers qui a le ſens imparfait.   *L'homme qui a eſté deſſus la mer.*

DES AVTRES VERS EN GENERAL.

LEs vers Alexandrins & les communs,ſont ſeuls entre tous qui reçoiuent cen-
ſure ſur la ſixieſme & quatrieſme ſyllabe. Car les autres marchent d'vn pas
licencieux,& ſe contentent ſeulement d'vn certain nombre que tu pourras
faire à plaiſir,ſelon ta volonté , tantoſt de ſept à huiêt ſyllabes, tantoſt de ſix à ſept,
tantoſt de cinq à ſix, tantoſt de quatre à trois, les maſculins eſtans quelquefois les
plus longs,quelquesfois les fœminins ſelon que la caprice te prendra. Tels vers ſont
merueilleuſement propres pour la Muſique, la Lyre & autres inſtrumens; & pource
quand tu les appelleras Lyriques, tu ne leur feras point de tort, tantoſt les allongeant,
tantoſt les accourciſſant, & apres vn grand vers vn petit, ou deux petits, au chois
de ton aureille,gardant touſiours le plus que tu pourras vne bonne cadence de vers
(comme ie t'ay dit auparauant) pour la Muſique & autres inſtruments. Tu en pourras tirer les exemples en mille lieux de nos Poëtes François. Ie te veux auſſi bien aduertir de hautement prononcer tes vers quand tu les feras, ou pluſtoſt les chanter
quelque voix que puiſſes auoir, car cela eſt bien vne des principales parties, que tu
dois le plus curieuſement obſeruer.

DES PERSONNES DES VERBES FRANÇOIS,
& de l'Orthographe.

TV n'abuſeras des perſonnes des verbes,mais les feras ſeruir ſelon leur naturel,
n'vſurpant les vnes pour les autres, comme pluſieurs de noſtre temps. Exemple en la premiere perſonne, *I'alloy*, & non *i'allois*, *il alloit* : ſi ce n'eſt aux verbes

anomaux, defquels nous auons grand' quantité en noftre langue, comme en toutes
autres, & cela nous donne à cognoiftre que le peuple ignorant a fait les langages, &
non les fçauans: car les doctes n'euffent iamais tant creé de Monftres en leur langue, qui fe doit fi fainctement honorer. Ils n'euffent iamais dit, *fum,es,eft*, mais pluftoft, *fum, fis, fit* : & n'euffent dit, *bonus, melior, optimus*, ains, *bonus, bonior, boniffimus* :
mais ayant trouué defia les mots faits par le peuple, ils ont efté contraints d'en vfer
pour donner à entendre plus facilement au vulgaire leurs conceptions, par vn langage defia receu. Tu pourras, auecques licence, vfer de la feconde perfonne pour
la premiere, pourueu que la perfonne fe finiffe par vne voyelle ou diphthongue, &
que le mot fuiuant f'y commence, à fin d'euiter vn mauuais fon qui te pourroit offenfer, comme, *i'allois à Tours*, pour dire, *i'alloy à Tours, ie parlois à Madame*, pour, *ie par-
loy à Madame*, & mille autres femblables, qui te viendront à la plume en compofant.
Tu pourras auffi adjoufter, par licence, vne, s, à la premiere perfonne, pourueu que
la ryme du premier vers le demande ainfi. Exemple, *Puifque le Roy fait de fi bonnes loix,*
Pour ton profit, ô France, ie voudrois Qu'on les gardaft. Tu ne reietteras point les vieux
verbes Picards, comme *voudroye*, pour, *voudroy, aimeroye, diroye, feroye*: Car plus nous
aurons de mots en noftre langue, plus elle fera parfaicte, & donnera moins de peine
à celuy qui voudra pour paffe-temps s'y employer. Tu diras felon la contrainte de
ton vers, *or, ore, ores, adoncq, adoncque, adoncques, auecq', auecques*, & mille autres, que fans
crainte tu trancheras & allongeras ainfi qu'il te plaira, gardant toufiours vne certaine mefure confultée par ton aureille, laquelle eft certain iuge de la ftructure des
vers, comme l'œil, de la peinture des tableaux. Tu euiteras toute orthographe fuper-
fluë & ne mettras aucunes lettres en tels mots fi tu ne les proferes ; au moins tu en
vferas le plus fobrement que tu pourras en attendant meilleure reformation : tu
efcriras *écrire*, & non, *efcripre : cieux*, & non *cieulx*. Tu pardonneras encores à nos z,
iufques à tant qu'elles foient remifes aux lieux où elles doiuent feruir, comme en
roze, choze, efpouze, & mille autres. Quant au K, il eft tres-vtile en noftre langue,
comme en ces mots, *Kar, Kalité, Kantité, Kaquet, Kabaret*, & non le c, qui tantoft occupe la force d'vn K, tantoft d'vne S, felon qu'il a pleu à nos predeceffeurs ignorans
de les efcrire, comme *France*, pour *Franfe* : & fi on te dit qu'on prononceroit *Franze*,
tu refpondras que la lettre, s, ne fe prononce iamais par vn z. Autant en eft-il de noftre g, qui fouuentesfois occupe fi miferablement l'I, confone, comme en *langage*,
pour, *langaje*. Autant en eft-il de noftre q, & du c, lefquels il faudroit totalement
ofter, d'autant que le K, qui eft le ϰ des Grecs, peut en noftre langue feruir fans violence en lieu du q, & du c. Il faudroit encores inuenter des lettres doubles à l'imitation des Efpagnols, de ill, & de gn, pour bien prononcer *Orgueilleux, Monfeigneur*,
& reformer ou la plus grand' part, noftre a, b, c, lequel ie n'ay entrepris pour le prefent, t'ouurant par fi peu d'efcriture la cognoiffance de la verité de l'orthographe &
de la poëfie que tu pourras plus amplement pratiquer de toy-mefme, comme bien
nay, fi tu comprens ce petit Abbregé, lequel en faueur de toy a efté en trois heures
commencé & acheué. Ioinct auffi que ceux qui font fi grands maiftres de preceptes,
comme Quintilian, ne font iamais volontiers parfaits en leur meftier. Ie te veux encores aduertir de n'écorcher point le Latin, comme nos deuanciers qui ont trop
fottement tiré des Romains vne infinité de vocables eftrangers, veu qu'il y en auoit
d'auffi bons en noftre propre langage. Toutesfois tu ne les defdaigneras fils font
defia receus & vfitez d'vn chacun : tu compoferas hardiment des mots à l'imitation
des Grecs, & Latins, pourueu qu'ils foient gracieux & plaifans à l'aureille, &
n'auras foucy de ce que le vulgaire dira de toy, d'autant que les Poëtes, comme
les plus hardis, ont les premiers forgé & compofé les mots, lefquels pour eftre

beaux & fignificatifs ont paffé par la bouche des Orateurs & du vulgaire, puis finablement ont efté receus, loüez, & admirez d'vn chacun. I'ay entendu par plufieurs de mes amis, que fi ceux qui fe mefloient de la Poëfie les plus eftimez en ce meftier du temps du feu Roy François & Henry, euffent voulu fans enuie permettre aux nouueaux vne telle liberté, que noftre langue en abondance fe feuft en peu de temps egallée à celle des Romains, & des Grecs. Tu tourneras les noms propres des anciens à la terminaifon de ta langue, autant qu'il fe peut faire, à l'imitation des Romains, qui ont approprié ce qu'ils ont peu des Grecs à leur langue Latine, comme Ὀδυσσεὺς, *Vlyffes, Vlyffe,* ou pour fyncope *Vlys.* Ἀχιλλεὺς, *Achilles, Achille,* Ἡρακλῆς, *Hercules, Hercule,* ou *Hercul,* Μενέλεως, *Menelaus, Menelas,* Νικόλεως, *Nicolaus, Nicolas.* Les autres font demeurez en leur premiere terminaifon, comme *Agamemnon, Hector, Paris,* & plufieurs autres que tu pourras par-cy par-là trouuer en la lecture des Autheurs. Tu ne defdaigneras les vieux mots François, d'autant que ie les eftime toufiours en vigueur, quoy qu'on die, iufques à ce qu'ils ayent fait renaiftre en leur place, comme vne vieille fouche, vn rejetton : & lors tu te feruiras du rejetton & non de la fouche, laquelle fait aller toute fa fubftance à fon petit enfant, pour le faire croiftre & finablement l'eftablir en fon lieu, de tous vocables quels qu'ils foient en vfage ou hors d'vfage, s'il refte encores quelque partie d'eux, foit en nos verbe, aduerbe, ou participe, tu le pourras par bonne & certaine Analogie faire croiftre & multiplier, d'autant que noftre langue eft encores pauure, & qu'il faut mettre peine, quoy que murmure le peuple, auec toute modeftie de l'enrichir & cultiuer. Exemple des vieux mots : puis que le nom de *verue* nous refte, tu pourras faire fur le nom le verbe *veruer,* & l'aduerbe *veruement,* fur le nom *d'effoine, effoiner, effoinement,* & mille autres tels ; & quand il n'y auroit que l'aduerbe, tu pourras faire le verbe & le participe librement & hardiment : au pis aller tu le cotteras en la marge de ton liure, pour donner à entendre fa fignification : & fur les vocables receus en vfage, comme *pays, eau, feu,* tu feras *payfer, euer, fouër, euement, fouëment* : & mille autres tels vocables qui ne voyent encores la lumiere, faute d'vn hardy & bien-heureux entrepreneur. Or fi ie cognois que ceft abregré te foit agreable, & vtile à la pofterité, ie te feray vn plus long difcours de noftre Poëfie, comme elle fe doit enrichir, de fes parties plus neceffaires, du iugement qu'on en doit faire, fi elle fe peut regler aux pieds des vers Latins, & Grecs, ou non, comme il faut compofer des verbes frequentatifs, inchoatifs, des noms comparatifs, fuperlatifs & autres tels ornements de noftre langage pauure & manque de foy : & ne fe faut foucier, comme ie l'ay dit tant de fois, de l'opinion que pourroit auoir le peuple de tes efcrits, tenant pour regle toute affeurée, qu'il vaut mieux feruir à la verité, qu'à l'opinion du peuple, qui ne veut fçauoir finon ce qu'il void deuant fes yeux, & croyant à credit, penfe que nos deuanciers eftoient plus fages que nous, & qu'il les faut totalement fuiure, fans rien inuenter de nouueau, en cecy faifant grand tort à la bonne nature laquelle ils penfent pour le iourd'huy eftre brehaigne & infertile en bons efprits, & que dés le commencement elle a refpandu toutes fes vertus fur les premiers hommes, fans auoir rien retenu en efpargne, pour donner comme mere tres-liberale à fes enfans, qui deuoient naiftre apres au monde par le cours de tant de fiecles à venir.

VVVuuu iiij

LA VIE
ET TOMBEAV DE
PIERRE DE RONSARD,
GENTIL-HOMME
VENDOMOIS.

LA VIE DE PIERRE DE RONSARD, GENTIL-HOMME VENDOMOIS.

PAR CLAVDE BINET, A FRANÇOIS SON FILS.

C'Estoit vne coustume obseruée par les Anciens, de representer les beaux faicts & vertueuses actions des hommes Illustres de leur temps, à fin que l'exemple viuant qui auoit instruit les bonnes mœurs, ou enrichy les sciences, ne pouuant tousiours durer, ny possible se renouueler, venant à faillir, peust aucunement reuiure & seruir de miroüer à la posterité dans la polissure de leurs escrits immortels. Mais comme ces grandes vertus estoient les fruicts des premiers siecles, ainsi le monde s'enuieillissant, comme vne terre brehaigne & lasse de porter, les semences aussi degenerent en marse & peruerse nature, il ne faut point s'estonner, puis que par l'effort de la barbarie les plus belles & rares vertus ont defailly, si on a delaissé ce tant vtile labeur : aduenant ordinairement qu'au mesme temps qu'elles paroissent, elles trouuent qui les prise & honore, comme toutes choses naissent auec leur aliment naturel, & finissent aussi de mesme. Depuis, comme vne terre reposée de longue-main, nostre France ayant repris ceste premiere vigueur, & produit de nostre temps, tant d'excellens & rares esprits en toutes sortes d'arts & sciences ; i'ay bien voulu renouueler ceste mode, & choisir vn Ronsard, Prince & Pere de nos Poëtes, & celuy qui a le premier donné l'air de la perfection à l'eloquence Françoise pour subjet, & d'escrire sa vie, à fin que toy & tes semblables soyez aiguillonnez à bien faire en la profession où serez appellez souz l'esperance d'vne gloire solide, glorieuse amorce des nobles esprits : car il est certain que quand on fait coustume de loüer des belles actions, on est plus incité à les pratiquer & ensuiure ; & au contraire lors qu'on ne fait cas de rendre loüanges à ceux qui les meritent, on fait bien peu de conte de faire choses loüables : Voylà pourquoy ce discours ou meritera quelque loüange pour l'honneur de son subjet, ou pour le moins quelque excuse, pour le desir que i'auray eu de restablir vne bonne coustume, presque abolie & perduë.

Pierre de Ronsard est issu d'vne des nobles familles de France, de la maison des Ronsards au pays de Vendomois, l'antiquité de laquelle est assez auoüée & remarquée des plus curieux, pour auoir tiré son origine des confins de la Hongrie & de la Bulgarie, où le Danube voisine de plus pres le pays de Thrace, qui deuoit aussi bien qu'à la Grece donner à la France l'origine d'vn second Orphée, auquel lieu se trou-

ue vne Seigneurie appellée le Marquifat de Ronfard. Et l'etymologie de ce nom en
monftre quelque chofe ; Ronfard fignifiant en la langue du pays, comme qui diroit cœur cheualeureux ; auffi les armes de cefte maifon femblent l'exprimer, ayant
pour tymbre vn cheual, & dans l'efcuffon trois poiffons, qu'on dit en la mefme langue fe nommer Roff, c'eft à dire cheuaux, & fe trouuer dans le Danube. De là
pourroit auoir efté nommée la Seigneurie de la Poiffonniere, maifon paternelle de
Ronfard. De ce Marquifat fortit vn puifné nommé Baudouin, qui fe voulant faire
voye à l'honneur par la pointe des armes, affembla vne compaignie de Gentils-hommes puifnez, aufquels il fit trauerfer la Hongrie & l'Alemagne, gaignant la Bourgongne pour venir en France, qui eftoit lors le champ de vertu, & f'offrir au Roy
Philippes de Valois, adonc empefché en vne forte guerre contre les Anglois, lequel
l'employa en charges fi honorables, & aufquelles il fit fi bon feruice à la Couronne,
qu'il eut occafion par les bien-faits du Roy, qui fe fouuint de fes merites, d'oublier
fon pays, & baftir vne nouuelle fortune en France, où il trouua fortable party pour
s'establir au pays de Vendomois, region fertile & agreable, tant pour la tempera-
ture du Ciel, que pour la bonté du terroir. De là fit fouche cefte maifon des Ron-
fards François, d'où fortirent plufieurs grands perfonnages, & entre autres vn Iulian, qui fut (à ce que l'on dit) Euefque du Mans, & continua en grandes & nobles
alliances iufques à Loys de Ronfard, pere de Pierre, qui s'allia de la maifon de Chandrier, conjointe de proche alliance à celle du Bouchage, de la Trimoüille, & de
Roüaux, defquelles font fortis plufieurs grands Capitaines & illuftres Seigneurs,
dont nos hiftoires Françoifes & la France encor, à bon droit fe glorifient. Quant à
celle de Chandrier, elle fut fort recommandée en fon temps, pour le regard du fignalé feruice qu'elle fit à la France, ayant repris fur les Anglois la ville de la Rochelle : En remarque dequoy y a vne ruë qui fe nomme encore auiourd'huy du nom de
l'vn de cefte famille, qui en ce grand & remarquable exploit, s'eftoit rendu chef de
l'entreprife. Ce que ie n'ay peu oublier, luy mefme le tefmoignant en l'Elegie à Remy Belleau. Et la Nobleffe de cefte maifon eft telle, que le fieur du Faux Angeuin
nous a laiffé en fes Memoires par longue deduction des Genealogies, qu'elle attouchoit de pres par le moyen de la Trimoüille à cefte tres-noble maifon de Craon
plus ancienne Baronnie d'Anjou, alliée des Comtes d'Anjou, & de laquelle font
defcendus par l'aliance de l'Emperiere Mathilde les Roys d'Angleterre : de maniere
qu'il mettoit en euidence que Ronfard eftoit allié au feize ou dix-feptiefme degré
d'Elizabeth Royne d'Angleterre. Quoy qu'il en foit, toutes ces grandes maifons
ne l'ignorent point, & s'en glorifient. Loys de Ronfard fon pere fut Cheualier de
l'Ordre & Maiftre d'Hoftel du Roy François I. qui pour la fageffe & fidelité qui
eftoit en luy fut choifi pour accompagner François Dauphin de Viennois, & Henry Duc d'Orleans fes enfans en Efpagne, pendant qu'ils y furent en hoftage pour le
Roy leur pere, d'où il les ramena, au grand contentement de la France. Ce Loys
auoit quelque cognoiffance des lettres, & principalement de la Poëfie, mefmes faifoit quelquefois des vers, tels toutefois que le temps pouuoit porter : & me fouuient
en auoir ouy reciter quelques-vns à noftre Ronfard, qui monftroient que la Poëfie
ne s'acquiert pas tant comme elle s'infinuë en nous d'vn inftinct naturel en naiffant,
lequel auec vn plus grand heur toutefois, ainfi qu'vn heritage paternel, le fils a mon-
ftré auoir continué en luy par droit fucceffif, y ayant le premier conjoint l'eftude
des lettres Grecques & Latines, deux inftrumens neceffaires à la perfection de l'eloquence. Du Mariage de Loys & de Ieanne de Chandrier nafquit Pierre de Ronfard
au Chafteau de la Poiffonniere au village de Coufture en la Varenne du bas Vendomois, fitué fur le pied d'vn couftau qui regarde la region Septentrionnale, vn

Samedy 11. de Sept. 1524. Auquel iour, le Roy François I. fut prins deuant Pauie. Et pourroit-on douter si en mesme temps la France receut par ceste prinse mal-encontreuse vn plus grand dommage, ou vn plus grand bien par ceste heureuse naissance, à laquelle estoit aduenu comme à d'autres de grands personnages, d'estre remarquée d'vne si memorable rencontre. Ainsi que la naissance du grand Alexandre fut signalée & comme esclairée par l'embrasement du Temple de Diane en la ville d'Ephese. Mais peu s'en falut que le iour de sa naissance ne fut aussi le iour de son enterrement: car comme on le portoit baptizer du Chasteau de la Poissonniere en l'Eglise du lieu, celle qui le portoit trauersant vn pré, le laissa tomber par mesgarde à terre, mais ce fut sur l'herbe & sur les fleurs, qui le receurent plus doucement: & eut encor cet accident, vne autre rencontre qu'vne Damoiselle qui portoit vn vaisseau plein d'eau rose & d'amas de diuerses herbes & fleurs selon la coustume, pensant aider à recueillir l'enfant, luy renuersa sur le chef vne partie de l'eau de senteurs, qui fut vn presage des bonnes odeurs, dont il deuoit remplir la France, des fleurs de ses doctes escrits. Il ne fut l'aisné de sa maison, ains eut cinq freres nez auparauant luy, dont les deux moururent au berceau, trois autres auec nostre Ronsard resterent, dont l'aisné fut Claude de Ronsard, qui suiuit les armes: Loys qui estoit l'vn des trois, fut Abbé de Tyron, & de Beau-lieu; Quant à Pierre, son pere le fit instruire en sa maison de la Poissonniere aux premiers traits des lettres, par vn Precepteur qu'il y tint expres iusques à l'âge de 9. ans, qu'il le fit conduire à Paris au College Royal de Nauarre, où estoit lors Charles Cardinal de Lorraine, qui le cogneut, & l'ayma deslors pour ses premieres vertus, pensant son pere qu'il deust continuer l'esperance qu'il auoit conceuë de luy, lors qu'auec vne si grande viuacité d'esprit, il surpassoit tous ses freres à comprendre les premiers commencemens des lettres. Il n'auoit pas esté demy-an sous la charge d'vn de Vailly, quand rebuté par la rudesse de ses Precepteurs, comme ordinairement vn beau naturel ne veut estre forcé par vne rigueur pedantesque, il commença à se desgouster de l'estude, dequoy son pere aduerty, le fit venir en Auignon, où pour lors estoit le Roy, sur les preparatifs d'vne grande & puissante armée contre l'Empereur Charles Quint, & le donna pour gage à François fils aisné du Roy, le dediant aux armes, auec lequel il ne fut que trois iours qu'il mourut à Tournon. De là il fut donné à Charles Duc d'Orleans Second fils du Roy, où il continua quelque temps fort agreable à son maistre, tant pour vne beauté grande qui reluisoit en luy, que pour la bonne & auguste façon qui en vn âge si tendre sembloit promettre quelque chose de bien grand à l'aduenir. Et de fait sur ceste esperance à fin de luy faire voir du pays, le Duc d'Orleans le donna Page à Iacques de Stuart Roy d'Escosse, qui estoit venu espouser Madame Magdeleine fille du Roy François, qui l'emmena en son Royaume, où il demeura deux ans, & en Angleterre six mois, ayant appris la langue en peu de temps: il acquit si grande faueur pres de ce Prince qui l'aimoit fort, que peu s'en falut que la France ne perdit celuy qu'elle auoit nourri pour estre vn iour la trompette de sa renommée. Le bon instinct toutesfois de vray François le chatoüilloit à toutes heures de reuenir en France, ce qu'il fit: & se retira vers le Duc d'Orleans son Maistre, qui le retint Page en son Escurie où il auoit pour compagnon & familier amy le Seigneur de Carnaualet. Mais comme le Duc d'Orleans eut pris garde que Ronsard en tous exercices estoit le mieux appris de ses Pages, fust à dancer, luitter, sauter, ou escrimer, fust à monter à cheual & le manier, ou voltiger: ne voulant qu'vn si beau naturel s'engourdist en paresse il le despescha pour quelques affaires en Flandres & Zelande, auec charge expresse de passer iusques en Escosse; ce qu'il fit, s'estant embarqué auec le Sieur de Lassigny Gentil-homme François: auquel voyage, pensant tirer en

Escosse, le vaisseau auquel il estoit, fut tellement, durant trois iours, pourmené par la tempeste qu'il cuida sur la coste d'Angleterre estre brisé contre vn rocher : malheur, qui fut seulement differé, pour sauuer principalement nostre futur Arion d'vn tel naufrage : car le nauire qui auoit eschappé tant de dangers, apres auoir laissé sa charge sur la rade d'Escosse sans peril fit naufrage au port, brisé & enfoncé auec tout le bagage, que le plus grand soin de sauuer la vie laissa à la mercy des flots. Retourné qu'il fut de ce voyage, ayant attaint seulement l'âge de 15. à 16. ans , ayant esté au Duc d'Orleans cinq ans & iusques à son deceds, & depuis à Henry, qui fut depuis Roy, l'an 1540. fut mis en la compagnie de Lazare de Baïf, grand personnage, & des plus doctes de ce temps-là, lequel ayant ja esté employé en belles & grandes charges, alloit lors Ambassadeur pour le Roy à Spire, ville Imperiale d'Allemagne, où se deuoit tenir vne Diete. En ce voyage, & sous vn si grand personnage, bien que la ieunesse soit tousiours esloignée de toute studieuse occupation pour les plaisirs volontaires qui la maistrisent, si est-ce que dés son enfance ayant tousiours estimé l'estude des bonnes lettres, l'heureuse felicité de la vie, & sans laquelle on doit desesperer de pouuoir iamais attaindre au comble du parfait contentement; Il commença à pratiquer auec iugement, outre l'exercice de la vertu, les mœurs & façons estrangeres, & à obseruer curieusement les choses plus remarquables. Il apprit en peu de temps la langue Allemande, ayant l'esprit capable de toutes disciplines, qu'il façonna beaucoup en la compagnie d'vn si sçauant personnage, que les plus doctes d'Allemagne recherchoient, non tant pour le rang qu'il tenoit, que pour sa doctrine singuliere. Apres ce voyage, il en fit vn autre en Piedmont, auec ce grand Capitaine de Langey, pour faire seruice au Roy, en la profession, où le flot des affaires du temps, & non l'inclination de sa nature le poussoit. S'estant puis apres retiré en la Cour, il luy auint vn mal heur, s'il faut appeller de ce nom ce qui fut cause d'vn plus grand bien, c'est que pendant qu'il estoit en Allemagne, il fut contraint de boire des vins tels qu'on les trouue, la plus grand part souffrez & mixtionnez : Occasion, auec les tourmens de mer, les incommoditez des chemins, & autres peines de la guerre, qu'il auoit souffertes, que plusieurs humeurs grossieres luy monterent au cerueau, tellement qu'elles luy causerent vne defluxion, puis vne fiéure tierce, dont il deuint sourdaut ; maladie qui luy a continué iusques à la mort, & qui a semblé auoir esté fatale à nos Poëtes, comme à du Bellay, à nostre Dorat & autres, ainsi que la perte de la veuë aux excellens Poëtes Grecs , Thamyre, Tiresie, Stesichore : comme pareillement au diuin Homere, qui s'estant embarqué auec le marinier Mentes pour apprendre les diuerses façons des peuples , & la nature des choses, apres auoir abordé l'Isle d'Itaque, receut vn catharre sur les yeux qui luy fit perdre la veuë estant arriué à Colophone. Voyla comme deux grands Poëtes par vn presque semblable sort se virent priuez des sens fort necessaires : Homere, les escrits duquel tout le monde deuoit voir & lire si soigneusement, de celuy de la veuë ; & Ronsard, la douce cadence dés vers, duquel deuoit estre recueillie des plus delicates oreilles du monde, de celuy de l'ouïe. I'appelleray toutefois ce mal-heur bienheureux, qui fut cause que Ronsard, qui pour s'auancer pres des Grands par le chemin des Courtisans, eust (peut-estre) perdu son temps inutilement, changea de dessein, & reprit les estudes laissées, encore qu'il eust ja assez bonne part aux graces du Roy Henry II. nouuellement venu à la Couronne, duquel il auoit esté quelque temps Page, sous la charge du sieur de Granual : Car ce Prince l'estimoit entre tous les Gentils-hommes de la Cour, pour emporter le prix en tous les honnestes exercices, ausquels la Noblesse de France estoit ordinairement addonnée. Ce que Dorat son Precepteur & le pere de tous nos Poëtes a tesmoigné en l'Ode

qu'il

qu'il fit à Ronfard, quand il dit de luy en la premiere Antiftrophe :

> *O flos virûm, &*
> *Decus oliui, aut illius*
> *Virilis quo oblinitur*
> *Et artus terit*
> *Amyclæa pubes,*
> *Aut illius quod hilares*
> *Ferè Camœnæ obolent.*

Puis tout en fuiuant en l'Epode :

> *Nam fi quis artem finuofaque*
> *Corporis volumina velit,*
> *Quibus corpus aptè*
> *Vel in equum, vel de equo*
> *Volans micat in audacibus*
> *Pugnis, ftupebit dicatum grauibus vmbris*
> *Mufarum, agilibus quoque*
> *Saltibus Martis expediſſe membra.*

Outre que fa grace & fa beauté le rendoit fort agreable à tout le monde : car il eftoit d'vne ftature fort belle, augufte & Martiale, auoit les membres forts & proportionnez, le vifage noble, liberal & vrayement François, la barbe blondoyante, cheueux chaftains, nez aquilin, les yeux pleins de douce grauité, & le front fort ferein ; mais fur tout fa conuerfation eftoit facile & attrayante. Ayant pris fa nourriture auec la ieuneffe du Roy, & prefque de pareil aage, il commençoit à eftre fort eftimé pres de luy : & de fait, le Roy ne faifoit partie, fuft à la luitte, fuft au balon, & autres exercices propres à degourdir & fortifier la ieuneffe, où Ronfard ne fuft toufiours appellé de fon cofté : Tefmoin lors que le Roy fit partie au balon dans le pré aux Clercs, auec Monfieur de Longueuille : où le Roy ne voulut iamais commencer le jeu qu'il n'y fuft, & dit tout haut, apres auoir gaigné, que Ronfard en eftoit la caufe. Or quelque faueur qui le peuft chatoüiller, & qui femblaft le femondre à vne belle fortune, demeurant en Cour, confiderant qu'il eftoit mal-aifé auec le vice d'oreilles de s'y auancer, & d'y eftre agreable, où l'entretien & difcours font plus neceffaires que la vertu, & où il faut pluftoft eftre muet que fourd, il penfa de transferer l'office des oreilles à celuy des yeux, par la lecture des bons liures, & fe mettre à l'eftude à bon efcient. Comme au contraire, par femblable neceffité toutesfois, Homere s'eftoit feruy des oreilles pour la veüe. Et ce qui luy augmenta ce defir, fut vn Gentil-homme nommé le Seigneur Paul, Efcoffois, ainfi que difent aucuns : Baïf m'a affeuré toutesfois qu'il eftoit Piedmontois, lequel auoit efté Page auec Ronfard, & ne laiffoit de hanter l'Efcurie du Roy, qui eftoit lors vne efcole de tous honneftes & vertueux exercices, comme auffi faifoit Ronfard. Ce Gentil-homme auoit fort bien eftudié les Poëtes Latins, & mefmes lors qu'il eftoit Page auoit toufiours vn Virgile en main, interpretant aucunesfois à Ronfard quelques beaux traits de ce grand Poëte, où il prit fi grand appetit, que depuis il ne fut iamais fans vn Virgile, iufques à l'apprendre entierement par cœur : tant peut feruir la nourriture du premier lait qui laiffe toufiours en nous vne habitude de fa premiere qualité. Il ne laiffoit toutesfois d'auoir toufiours en main quelque Poëte François, qu'il lifoit auec iugement, & principalement (comme luymefme m'a maintefois raconté) vn Iean le Maire de Belges, vn Romant de la Rofe, & les œuures de Clement Marot, lefquelles il a depuis appellé, comme on lit que

X X X x x x

Virgile difoit de celles d'Ennie, les nettayeures dont il tiroit comme par vne induftrieufe laueure de riches limures d'or. Fuft donc par la lecture de ces liures, fuft par la hantife de ce docte Gentil homme, qui luy donna entierement le gouft de la Poëfie, & le premier jetta en fon efprit la femence de tant de beaux fruicts qu'il a depuis produits à l'honneur de noftre France ; l'an 1543. il fit trouuer bon à fon pere le defir de fe remettre aux lettres, mais non en intention qu'il s'addonnaft à la Poëfie, luy defendant expreffément de tenir aucun liure François, l'ayant cogneu prefque dés le berceau enclin au meftier des Mufes. Mais quoy ? vn tel efprit, qui dés fa naiffance auoit receu cefte infufion & fatale impreffion pour la Poëfie, qu'on ne peut deftourner, ne fe pouuoit lier d'autres loix que des fiennes : joinct que fon pere mourut bien toft apres, à fçauoir le fixiefme iour de Iuin 1544. en la ville de Paris feruant fon quartier chez le Roy. Ronfard donc voulant recompenfer le temps perdu, ayant le plus fouuent pour compagnon le fieur de Carnaualet, Gentil-homme Breton, & des mieux nourris, fe defroboit de l'Efcurie du Roy, pres de laquelle il eftoit logé aux Tournelles, pour paffer l'eau, & venir trouuer Iean Dorat, honneur du pays Limofin, excellent perfonnage, & celuy que l'on peut dire la fource qui a abbreué tous nos Poëtes des eaux Pieriennes ; ou, comme Ronfard a dit de luy, le premier qui a deftoupé la fontaine des Mufes par les outils des Grecs & le reueil des fciences mortes, auquel ie dois auffi vne bonne partie de mes eftudes. Dorat demeuroit lors au quartier de l'Vniuerfité chez le Seigneur Lazare de Baïf Maiftre des Requeftes ordinaires de l'Hoftel du Roy, & enfeignoit les lettres Grecques à Iean Antoine de Baïf fon fils, perfonnage auffi des plus doctes, & des premiers compagnons de Ronfard, & maintenant vn des derniers furuiuans à cefte premiere & docte volée de bons efprits, qui fe fit paroiftre en ce temps-là, & auquel eft deu l'honneur des premiers vers François, mefurez à la mode des Grecs & Latins. Depuis Ronfard ayant fceu que Dorat alloit eftablir vne Academie au College de Coqueret, duquel on luy auoir baillé le gouuernement, ayant fous fa charge le ieune Baïf, il delibera de ne perdre vne fi belle occafion, & de fe loger auec luy : car ayant efté comme charmé par Dorat du philtre des bonnes lettres, il vid bien que pour fçauoir quelque chofe, & principalement en la Poëfie, il ne falloit feulement puifer l'eau és riuieres des Latins, mais recourir aux fontaines des Grecs. Il fe fit compagnon de Iean Antoine de Baïf, & commença à bon efcient par fon emulation à eftudier : vray eft qu'il y auoit grande difference : car Baïf eftoit beaucoup plus auancé en l'vne & l'autre langue, encor que Ronfard furpaffaft beaucoup Baïf d'aage, l'vn ayant vingt ans paffez, & l'autre n'en ayant que feize. Neantmoins la diligence du Maiftre, l'infatigable trauail de Ronfard, & la conference amiable de Baïf, qui à toutes heures luy defnoüoit les plus fafcheux commencemens de la Langue Grecque, comme Ronfard, en contre-efchange, luy apprenoit les moyens qu'il fçauoit pour s'acheminer à la Poëfie Françoife, furent caufe qu'en peu de temps il recompenfa le temps perdu. Et n'eft à oublier que Dorat par vn artifice nouueau luy apprenoit la langue Latine, fçauoir eft par la Grecque. Nous ne pouuons auffi oublier de quel defir & enuie ces deux futurs ornemens de la France s'addonnoient à l'eftude : car Ronfard qui auoit efté nourri ieune à la Cour, accouftumé à veiller tard, continuoit à l'eftude iufques à deux ou trois heures apres minuict, & fe couchant reueilloit Baïf qui fe leuoit & prenoit la chandelle, & ne laiffoit refroidir la place. En cefte contention d'honneur, il de-

meura sept ans auec Dorat, continuant toufiours l'eftude des lettres Grecques
& Latines, & de la Philofophie, & autres bonnes fciences, pour lefquelles il fut
auffi auditeur d'Adrian Turnebe Lecteur du Roy, & l'honneur des bonnes lettres. Il
s'adonna deflors fouuent à faire quelques petits Poëmes, où paroiffoit defia ie ne
fçay quoy du magnanime charactere de fon Virgile, premiers effais d'vn fi braue
ouurier. Quand Dorat eut veu que fon inftinct fe deceloit à ces petits efchantillons,
il luy predit qu'il feroit quelque iour l'Homere de France : car Dorat a eu toufiours
ie ne fçay quoy d'vn diuin Genie, pour preuoir les chofes à venir : parole qu'il
s'engraua fort auant en l'efprit : & pour le nourrir de viande propre, luy leut de
plain vol le Promethée d'Efchyle, pour le mettre en plus haut gouft d'vne Poëfie
qui n'auoit encore paffé les mers de deçà ; qui pour tefmoignage du profit qu'il
auoit fait, traduit cefte Tragedie en François : l'effect de laquelle, fi toft que Ronfard eut fauouré ; Et quoy, dit-il à Dorat, mon Maiftre, m'auiez-vous caché fi
long temps ces richeffes? Ce fut ce qui l'incita encor, outre le confeil de fon Precepteur, à tourner en François le Plutus d'Ariftophane, & le faire reprefenter en public au Theatre de Coqueret, qui fut la première Comedie Françoife iouée en
France. Baïf auffi comme luy y mit fon enuie, & à l'exemple de ces deux ieunes
hommes, plufieurs beaux efprits fe refueillerent & vindrent boire en cefte fontaine dorée, comme M. Antoine de Muret, qui auoit ja grand auancement en l'e-
loquence Latine, Lancelot Charles, Remy Belleau, & quelques autres, qui tous
enfemble à l'enuy faifoient chacun iour fortir des fruits nouueaux, & non encor veuz en noftre contrée. Pour ne demeurer ingrat de tant de biens, vne
des premieres Odes, qu'il, fit fut à la loüange de Dorat, & commençoit
ainfi :

> *Puiffé-ie entonner vn vers,*
> *Qui raconte à l'Vniuers*
> *Ton los porté fur fon aile,*
> *Et combien ie fus heureux*
> *Succer le laict fauoureux*
> *De ta feconde mammelle.*
> *Sur ma langue doucement*
> *Tu mis au commencement*
> *Ie ne fçay quelles merueilles,*
> *Que vulgaires ie rendy,*
> *Et premier les efpandy*
> *Dans les Françoifes oreilles.*

Mais Ronfard qui n'auoit faute ny de cœur ny d'enthoufiafme, pour monftrer que
la Poëfie eftoit née auec luy en France, ofa paffer plus auant, & pria Dorat de luy
ouurir le chemin d'Homere, de Pindare & de Lycophron : il ne vid pas fi toft le
paffage ouuert qu'il fe fit maiftre de la campagne : voyant que noftre langue eftoit
pauure il tafcha de la desfricher & enrichir, inuentant mots nouueaux, rappel-
lant & prouignant les vieux, adoptant les eftrangers, & la reueftant de propres
Epithetes, & de mots heureufement compofez à la façon des Grecs : bref, il traça
le chemin pour aller chercher des trefors en plus d'vn lieu, & fuppleer à fa neceffité. Il effaya premierement à fe rompre, façonner & fortifier fur la Lyre d'Horace, lequel, tant s'en faut qu'en le lifant & pratiquant en noftre langue, il fe
defbauchaft d'ofer quelque chofe apres Pindare, que cela luy feruit d'aiguillon pour
l'entreprendre, eftimant l'efprit François capable de toute perfection. Dequoy

X X X x x x ij

il vint ſi bien à chef, que les plus doctes iugerent que la Lyre Grecque-Latine eſtoit deuenuë Françoiſe. Ce que Iean Dorat, qui alors deſnoüoit les plus enuelopez paſſages de l'obſcur Lycophron, & qui le premier par ceſt Autheur apprit à nos François la façon des Anagrammes, teſmoigna par les premiers qui furent faicts du nom de Ronſard, dont l'vn eſtoit, ROSE DE PINDARE, & l'autre, ΣΩΣ Ο ΤΕΡΠΑΝΔΡΟΣ, les lettres ſurabondantes, dont les pareilles ont eſté vne fois employées, ſe reüniſſans enſemble par vne licence permiſe ou excuſable. La premiere Ode qu'il fit, fut la Complainte de Glauque à Scylle, & celle qu'il addreſſe à Iacques Pelletier ſur l'argument des beautez qu'il voudroit en ſon amie : auſſi ne ſont-elles point meſurées ny propres à la Lyre, ainſi que l'Ode le requiert, non plus que quelques autres qu'il fit en ce meſme temps. Il commença donc alors à pourpenſer de grands deſſeins pour mettre noſtre langue hors d'enfance, ayant fait prouiſion de toutes matieres neceſſaires : car d'vn coſté il auoit leu les Autheurs Grecs & Latins auec tel meſnage qu'il ne ſe pouuoit preſenter ſubjet dont il n'euſt remarqué quelque excellent traict des anciens : d'ailleurs il auoit couru ſuffiſamment la Philoſophie en toutes ſes parties, & pour l'elegance des paroles, il n'y auoit mot propre en noſtre langue qu'il n'euſt curieuſement recherché, ne deſdaignant d'aller aux boutiques des artiſans, & pratiquer toutes ſortes de meſtiers pour apprendre leurs termes, prenant garde aux moindres choſes, tant naturelles que celles où l'artifice des hommes ſe rend admirable, faiſant ſon profit de toutes.

Enuiron ce temps, qui eſtoit l'an mil cinq cens quarante neuf, ainſi qu'il retournoit d'vn voyage de Poictiers à Paris, de fortune il ſe rencontra en vne meſme hoſtellerie auec Ioachim du Bellay, ieune Gentil-homme Angeuin, & iſſu de ceſte illuſtre & docte maiſon de Du-Bellay, lequel en retournant auſſi de Poictiers de l'eſtude des Loix, où il auoit eſté dedié, comme ordinairement les bons eſprits ne ſe peuuent celer non plus que la lumiere de Phœbus Apollon leur guide, ils ſe firent cognoiſtre l'vn à l'autre, pour eſtre non ſeulement alliez de parentage, mais de meſme inclination aux Muſes : qui fut cauſe qu'ils acheuerent le voyage enſemble; & depuis l'attira Ronſard à demeurer auec luy & Baïf, pour en ceſt heureux Trium-virat, & à la ſemonce les vns des autres, donner effect à l'ardent deſir qu'ils auoient de reſuſciller la Poëſie Françoiſe, auant eux foible & languiſſante : par la hantiſe deſquels, luy qui s'eſtoit plus addonné à la Poëſie Latine qu'à la Françoiſe, changea beaucoup ſon ſtyle qui ſentoit encore quelque choſe de rance & du vieux temps. C'eſtoit à qui mieux mieux feroit, tantoſt ſur le ſubject d'Amour, qui deſlors quitta l'Italie pour voler en France; tantoſt ſur quelque autre ſubject, que le temps leur preſentoit : Comme Ronſard, qui ne pouuoit plus ſe tenir en ſes bornes, fit premierement voir le iour à l'Epithalame ſur le mariage de Monſieur de Vendoſme, qui eſpouſa Madame Ieanne d'Albret Royne de Nauarre, puis vn Poëme ſur l'entrée du Roy à Paris qu'il a ſupprimé, qui fut ſuiuy de l'Hymne de la Paix. Baïf auſſi en meſme temps mit en lumiere le Poëme de la Paix, & le rauiſſement d'Europe. Depuis Ronſard s'eſtant en-amouré d'vne belle fille Bleſienne qui auoit nom Caſſandre, le 21. iour d'Auril en vn voyage qu'il fit à Blois, où eſtoit la Cour, ayant lors atteint l'aage de 20. ans, reſolut de la chanter, tant pour la beauté du ſujet que du nom, dont il fut eſpris auſſi-toſt qu'il l'eut veuë, ainſi que par vn inſtinct diuinement inſpiré : ce qu'il ſemble aſſez vouloir donner à cognoiſtre par ceſte Deuiſe qu'il print alors, ΩΣ ΙΔΟΝ, ΩΣ ΕΜΑΝΗΝ. Auſſi par ceſte Caſſandre Troyenne, on dit qu'il repreſenta myſtiquement

l'enuie qu'il auoit de chanter l'origine de nos Rois, issus des Troyens : subjet dont
il estoit deslors amoureux. Ainsi que le bruit couroit des Amours de Cassandre, &
de quatre liures d'Odes, que ja Ronsard promettoit à la façon de Pindare & d'Horace, comme le plus souuent les bons esprits sont jaloux les vns des autres ; Du Bellay, qui auoit sur le mesme subjet d'Amour, chanté son Oliue, apres luy voulut
s'essayer aux Odes sur l'inuention & crayon de celles de Ronsard, qu'il trouua
moyen de tirer & de voir sans son sçeu. Il en composa quelques vnes, lesquelles
auec quelques Sonnets sans mot dire, pensant preuenir la renommée de Ronsard,
il mit en lumiere sous le nom de Recueil de Poësie, qui n'engendra en Ronsard, si
non vne enuie, à tout le moins vne raisonnable ialousie contre du Bellay, iusques à intenter action contre luy pour le recouurement de ses papiers ; lesquels
ayant retiré par droit, non seulement ils quitterent leur querelle, mais Ronsard
ayant incité du Bellay à continuer ses Odes, redoublerent leur amitié, & iugerent que telles petites ambitions sont les plus douces & ordinaires pestes des
cœurs genereux : & que comme les esprits jaloux de gloire facilement se courrou-
cent, aussi promptement se reünissent-ils ; les Muses ne pouuans demeurer seules,
ains viuans tousiours de compagnie. Mais apres qu'il eut fait voir le iour à ses
Amours, & à quatre liures d'Odes, à ceste naissante gloire de Ronsard, s'opposa vn gros escadron de petits rimeurs de Cour, qui pour auoit fait vn petit Sonnet Petrarquisé, vn Dizain, ou vn Rondeau auec le refrain mal à propos, pensoient auoir seuls merité tous les Lauriers d'Apollon. Le chef de ceste bande fut
Melin ou Melusin, Gentil-homme de Sainct Gelais, issu de celle de Lusignan en
Poictou, tant celebre par les incroyables merueilles de la Fée Melusine, qui pour
sçauoir plus que les autres, & auoir acquis beaucoup de credit enuers les Grands,
& principalement aupres du Roy, osa bien se descouurir, & plustost meu du cry
de ces grenoüilles courtisanes, que de son propre iugement, pensoit troubler
l'eau Pegasine à cet Apollon noûueau, quand de mauuais cœur en pleine assemblée
deuant le Roy, il calomnia les œuures de Ronsard. Mais quoy, vn grand Poëte
comme cestuy-cy, ne deuoit pas auoir moins de Zoïles & de Carbiles qu'Homere
& Virgile, puis qu'il deuoit succeder à pareille loüange. Il a touché luy-mesmes
ceste querelle en l'Hymne qu'il fit apres la mort de Madame Marguerite, Royne
de Nauarre, imprimé auec ses autres Epitaphes faits par les trois Sœurs Angloises,
où se lisoit autres-fois sur la fin.

> *Escarte loin de mon Chef*
> *Tout mal-heur & tout mesclef,*
> *Preserue-moy d'infamie*
> *De toute langue ennemie,*
> *Et de tout acte malin,*
> *Et fay que deuant mon Prince*
> *Desormais plus ne me pince*
> *La tenaille de Melin.*

Mais en faueur de Saint Gelais, qui rechercha depuis son amitié, il ne changea pas
seulement ces vers qui se lisent auiourd'huy autrement, mais l'honnora de titres &
loüanges non communes par ses escrits, tesmoignages de sa naturelle candeur, l'appellant le premier des mieux appris. Ceux qui n'auoient occasion de le reprendre,
s'ils n'accusoient leur ignorance, auoient recours aux sornettes & mocqueries, lisans au Roy ses vers tronquez, & les prononçans de mauuaise grace, mesmes
les mots non communs, d'vne ignorante & courtisane impudence, & faisans courir contre luy leurs calomnieux & fades escrits. Tel fut jadis Bacchylide à l'entour

X X X x x x iij

d'Hieron, Roy de Sicile, tant noté par les vers de Pindare. Et tel encor fut l'enuieux,
sçauant toutesfois, Callimaque, impatient qu'vn autre flattast les oreilles de son
Roy Ptolomée. Mais ces iniures n'estoient dignes du courroux d'vn tel Lyon, &
pouuoit bien se vanter de la victoire, puisque ses ennemis, qui estoient tres-mal-
embastonnez, le combattoient si foiblement, & de coups qui ne faisoient sinon
que couler sur le poly de sa gloire. Les autres qui sembloient proceder auec plus
de iugement, disoient que ses escrits estoient pleins de vanterie, d'obscurité & de
nouueauté, & le renuoyoient bien loin auec les Odes Pindariques, Strophes & An-
tistrophes, tournans toutes choses en risée, dont est venu mesmes le prouerbe,
quand quelqu'vn veut farder & mignarder son langage, ou escrire d'vn stile obscur ou nouueau & non accoustumé, ou mesmes affecté, de dire, Il veut Pindari-
ser. Toutes lesquelles mesdisances il n'a point voulu celer luy-mesmes en ses escrits,
comme on peut voir en l'vne de ses Odes, où il dit ainsi;

> *Si dés mon enfance*
> *Le premier de France*
> *I'ay Pindarisé:*
> *De telle entreprise*
> *Heureusement prise*
> *Ie me voy prise.*

Aussi au Sonnet à Pontus de Tyard, qui commence:

> *Ma Muse estoit blasmée à mon commencement*
> *D'apparoistre trop haute au simple populaire.*

Et en vn autre endroit,

> *Mais que feray-ie à ce vulgaire,*
> *A qui iamais ie n'ay sçeu plaire,*
> *Ny ne plais, ny plaire ne veux?*

Et puis,

> *L'vn crie que trop ie me vante,*
> *L'autre que le vers que ie chante*
> *N'est point bien ioint ne maçonné.*

Raison pour laquelle voyant que la docte obscurité, dont on le blasmoit, venoit de l'ignorance de ceux qui lisoient ses œuures, il delibera d'escrire en style
plus facile, les Amours de Marie, qui estoit vne belle fille d'Anjou, & laquelle
il entend souuent sous le nom du Pin de Bourgueil, par ce que c'est le lieu où elle
demeuroit, & où il la vid premierement, s'estant trouué là auec vn sien amy, qui
estoit Baïf: Il l'a fort aymée apres auoir fait l'Amour à Cassandre dix ans, & icelle quittée par quelque jalousie conceuë. Quant aux Amours de Marie, il s'y
trouue assez de Sonnets, que le peu d'artifice, & la pure simplicité à la Catullienne
recommandent beaucoup. Mais à fin d'oster toute obscurité, M. Antoine de
Muret & Remy Belleau, dresserent des Annotations sur la premiere & seconde
partie de ses Amours. Il souloit dire que ces Courtisans enuieux ressembloient
aux mastins qui cherchent à mordre la pierre qu'ils ne peuuent digerer. Toutes
ces calomnies en fin ressemblerent aux bouillettes que la violence d'vne pluye fait
boursoufler sur l'eau, qui se creuent aussi tost qu'elles sont engendrées, & ne
laissent aucune marque d'auoir esté: ou comme des nuës, qui enflées du brouil-
lars d'vne nuict, s'esuanouïssent aux rayons de ce Soleil, par le moyen du soustien
qu'eut sa vertu des plus grands esprits de la France, & principalement de ceste vnique Marguerite, qui fut depuis Duchesse de Sauoye, laquelle (comme Princesse tres-
vertueuse & sçauante, fit changer d'opinion au Roy, qui depuis gousta tellement

la beauté des œuures de Ronfard, qu'il eftima à grand honneur d'auoir vn fi bel
efprit en fon Royaume. Et de là en auant le gratifia & d'honneurs & de biens affez
amplement, & de penfion ordinaire. Luy-mefme en l'Ode deuxiefme du cinquiefme liure tefmoigne affez quel bon office luy fit cefte Dame efcriuant qu'elle
eftoit

> *Seule en France*
> *Et la colonne & l'efperance*
> *Des Mufes la race des Dieux.*

Et plus bas,

> *N'eft-ce point toy, docte Princeffe,*
> *Ainçois ma mortelle Déeffe,*
> *Qui me donnas cœur de chanter?*

Et en vn autre endroit la regrettant,

> *Qui donnera le prix aux mieux difans,*
> *Et fauuera leurs vers des mefdifans?*

Ce grand Caton de noftre âge, Michel de l'Hofpital, lors Chancelier de cefte Dame, & depuis de France, entreprit auffi la defenfe de Ronfard. Et de faict, fit vne
tres-docte Elegie Latine en fon nom, où il refpond à toutes les calomnies, laquelle
i'ay penfé deuoir eftre mife au iour auffi bien que le Poëme de luy-mefme que
Ronfard a voulu eftre enchaffé dans fes Hymmes: Le commencement de l'Elegie eft tel,

> *Magnificis aulæ cultoribus atque Poëtis.*

En recompenfe dequoy, Ronfard luy enuoya cefte belle Ode, où confirmant ce que
i'ay dit, il fait dire par Iupiter aux Mufes,

> *Suiuez donc ce guide-icy,*
> *De qui la docte affeurance*
> *Franches de peur vous fera,*
> *Et celuy qui desfera*
> *Les foldats de l'Ignorance.*

Cefte brigade de muguets ignorans qui auoient gaigné quelque credit, plus par
opinion que par raifon, & qui ne faifoient trouuer rien de bon aux Princes que ce
qui leur plaifoit, ne fut pas pluftoft desfaite par l'Egide de cefte Pallas Françoife,
& par les vers & defenfe de ce grand Chancelier, que toute la France commença
d'embraffer vn Ronfard, mefmes fes ennemis, entre autres, Melin de Sainct Gelais, qui chanta vne Palinodie: & requit Ronfard d'amitié, laquelle, comme il eftoit
d'vn cœur fort noble & benin, il ne refufa pas; ains au contraire la confirma par le
feau perdurable de fes vers en cefte Ode,

> *Toufiours ne tempefte enragée*
> *Contre fes bords la mer Egée.*

Sa gloire feftant augmentée par les mefdifances de fes haineux, & le cœur luy ayant
enflé, il refolut à l'honneur du Roy Henry, & de fes deuanciers Roys, d'efcrire la
Franciade à l'imitation d'Homere & de Virgile, lefquels il fe propofa pour patrons
auec Apolloine Rhodien, & la promit deffors, & la commença, mais il n'en fit
rien voir durant fon regne, pour n'auoir efté recompenfé comme il efperoit par
ce Prince, dont l'inclination eftoit plus aux armes qu'aux lettres, & autres exercices de Paix: ce qui fit defirer à noftre Ronfard le regne du grand François I. &
d'eftre venu de fon temps. Bien fit-il fortir alors fes Hymnes pleins de doctrine &
de Majefté Poëtique, en faueur de cefte braue Princeffe Marguerite Sœur du Roy,
où il monftra comme il auoit l'efprit & le ftyle ployable à toutes fortes d'argu-

X X X x x x   iiij

mens. Ce fut ce qui le fit eſtimer encor d'auantage des Grands, & principalement du Cardinal de Chaſtillon, qui fauoriſoit fort les hommes de lettres, & de Charles Cardinal de Lorraine, qui l'aima fort, & l'honora ſelon le merite de ſa vertu. Il n'y auoit grand Seigneur en France qui ne tinſt à grande gloire d'eſtre en ſon amitié, & ſes œuures en font aſſez de foy. Ce fut auſſi ce qui eſmeut le ſieur de Clany, à qui le Roy Henry auoit commis la conduite de l'architecture de ſes Chaſteaux, de faire engrauer en demy-boſſe ſur le haut de la face du Louure vne Déeſſe qui embouche vne trompette, & regarde de front vne autre Déeſſe portant vne couronne de Laurier, & vne palme en ſes mains, auec ceſte inſcription en table d'attente & marbre noir:

VIRTVTI REGIS INVICTISSIMI.

Et comme vn iour le Roy eſtant à table luy demandoit ce qu'il vouloit ſignifier par cela, il luy reſpondit qu'il entendoit Ronſard par la premiere figure, & par la trompette la force de ſes vers, & principalement de la Franciade qui pouſſeroit ſon nom & celuy de la France par tous les quartiers de l'Vniuers.

En meſme temps il receut de Tholoſe vne gratification non ſeulement liberale, mais qui teſmoignoit le bon iugement de ceux qui l'offroient, & le merite de celuy qui la receuoit. Chacun ſçait le prix propoſé à Tholoſe aux Ieux Floraux qui furent inſtituez par ceſte gentille Dame Clemence Iſore, à celuy qui ſeroit trouué auoir mieux fait en vers, lequel eſt gratifié de l'Eglantine, le ſuiuant du Soucy, & le troiſieſme de la Violette: Mais combien que ce prix ne ſe donnaſt qu'à ceux qui ſe preſentoient, & qui auoient fait experience de leur gentil eſprit en la Poëſie, toutefois de la franche & pure liberalité du Parlement & peuple de Tholoſe, entre leſquels le ſieur de Pybrac tenoit lors vn des premiers rangs; & par decret public, pour honorer la Muſe de Ronſard, qu'ils appellerent par excellence le Poëte François, eſtimant l'Eglantine trop petite pour vn ſi grand Poëte, luy enuoyerent vne Minerue d'argent maſſif de grand prix, laquelle Ronſard ayant receuë preſenta au Roy ſous le nom de Pallas, preſent conuenable à ſes valeurs, qui l'eut fort aggreable, l'eſtimant beaucoup d'auantage qu'elle ne valoit, pour auoir ſerui de marque à la valeur infinie d'vn tel perſonnage: loüant auſſi le fait de la Palladienne Tholoſe, qui fort prudemment preſentoit la Minerue à celuy qui eſtoit le plus doüé de ſes preſens. Ronſard leur enuoya en recompenſe l'Hymne de l'Hercule Chreſtien qu'il addreſſa à Odet Cardinal de Chaſtillon lors Archeueſque de Tholoſe ſon Mecene, & qui auoit eſté des premiers qui donna l'entrée à la reputation de ſa Poëſie en Cour.

Apres la mort du Roy Henry, le Roy François II. ſon fils luy ayant ſuccedé, les troubles commencerent à s'eſleuer en France ſous pretexte de la Religion, qui donna occaſion à Ronſard de s'oppoſer à ceſte nouuelle opinion, & armer les Muſes au ſecours de la France, faiſant voir le iour à ſes Remonſtrances, qui furent iugees de tant d'efficace pour combattre les ennemis de la Religion Catholique, que le Roy & la Royne ſa mere l'en gratifierent, comme auſſi fit le Pape Pie V. qui l'en remercia par lettres expreſſes: ce qui fut cauſe que ceux de la nouuelle opinion commencerent à l'attaquer & dreſſerent vn Poëme fort Satyrique & mordant contre luy, qu'ils nommoient le Temple de Ronſard, où en forme de tapiſſeries ils depeignoient ſa vie. Ils firent auſſi quelques reſponſes à ſes Remonſtrances où eſtoit ce tiltre, La Metamorphoſe de Ronſard, dont les autheurs furent vn A. Zamariel & de Montdieu, miniſtre, le dernier deſquels il deſigne aſſez par ces vers de la reſponſe qu'il luy fit, le comparant à Siſyphe:

Qui remonte & repousse aux Enfers vn rocher,
Dont tu as pris ton nom.

Ils le blafmoient entre autres chofes, d'auoir facrifié vn bouc à Iodelle au village d'Hercueil; mais il refpond affez luy-mefme à ce chef d'accufation, & voicy ce qui en eft. Iodelle auoit fait reprefenter deuant le Roy la Tragedie de Cleopatre, qui eut tel applaudiffement d'vn chacun, que quelques iours apres, s'eftant toute la brigade des Poëtes trouuée en ce village, pour paffer le temps & s'efiouïr aux iours licencieux de Carefme-prenant, il n'y eut aucun d'eux qui ne fift quelques vers à l'imitation des Bacchanales des anciens. Il vint à propos de rencontrer vn Bouc par les ruës, qui leur donna occafion de follaftrer fur ce fujeɛt, tant pour eftre viɛtime de Bacchus, que pour faire contenance de le prefenter à Iodelle, & reprefenter le loyer de fa Tragedie à la mode ancienne; à laquelle les Chreftiens mefmes, & principalement les Poëtes recourent par fois, non par creance aucune, mais par allufion permife: & ce qui en fit croire quelque chofe, furent les vers & folaftreries de ces Poëtes qui furent mifes au iour, & mefmement les Dithyrambes de Bertrand Berger Poëte Dithyrambique, où fe lifent ces vers :

Mais qui font ces enthyrfeℤ
Heriffeℤ
De cent fueilles de lierre,
Qui font retentir la terre
De leurs pieds, & de la tefte
A ce Bouc font fi grand' fefte,
Chantant tout autour de luy
Cefte chanfon brif-ennuy,
Iach, ïach, Euoé,
Euoé, ïach, ïach?
    Tout forcené à leur bruit ie fremy;
I'entr'-oy Baïf & Remy,
Colet, Ianuier, & Vergeffe, & le Comte,
Pafchal, Muret, & Ronfard qui monte
Deffus le Bouc qui de fon gré
Marche à fin d'eftre facré
Aux pieds immortels de Iodelle,
Bouc le feul prix de fa gloire eternelle,
Pour auoir d'vne voix hardie
Renouuellé la Tragedie,
Et deterré fon honneur le plus beau,
Qui vermoulu gifoit fous le tombeau.

Tout cela ne fut qu'vne feinte & mafcarade. Au refte les Mufes qui à caufe des diuifions entre les Grands, effarouchées, fembloient auoir efté muettes, commencerent à fe réueiller fous Charles IX. bon & vertueux Prince, qui fucceda à François fon Frere, pere des bons efprits, lequel print Ronfard en telle amitié, admirant l'excellence de fon diuin efprit, qu'il luy commanda de le fuiure partout; & ne le pouuoit abandonner, luy faifant marquer logis en fa maifon, tefmoin le voyage de Bayonne en l'auant-venuë d'Elizabeth de France Royne d'Efpaigne, où il le voulut auoir toufiours prés de luy: tefmoin auffi le voyage de Meaux où le Roy cuida eftre pris par les ennemis, lequel il affifta iufques dans Paris. De cefte faueur il reprit courage, & plus que iamais f'efchauffa à la Poefie, & mit en effeɛt les projeɛts de la Franciade, dont il auoit dreffé le deffein par argumens de quatorze liures

que i'ay veus, qu'il defiroit continuer iufques à 24. à l'imitation d'Homere : il luy
en prefenta quatre feulement qu'il eut moyen d'acheuer pendant que la faueur &
l'enthoufiafme durerent auec la vie d'vn fi genereux Prince. Il luy auoit aufli pre-
fenté, d'autant qu'il fe plaifoit fort à la chaffe, & aux plaifirs ruftiques, fes Eclogues, où il monftra la fecondité de fon efprit, luy eftant aufli facile d'abaiffer fon
ftyle, comme il luy eftoit aifé & quafi propre & naturel de le hauffer. Il m'a dit
maintefois qu'aucunes pieces de fes Amours & des Mafcarades auoyent efté for-
gées par le commandement des Grands ; voulant dire, qu'il auoit fouuent forcé fa
Minerue & n'y auoit pris grand plaifir, quelques autres en ayant remporté la recompenfe : c'eft pourquoy il fit mettre au deuant de ces ouurages-là les vers de Virgile,
Sic vos non vobis, & les fuiuans.   On fçait affez en faueur de qui il fit les Amours de
Callirée qui eftoit vne tres-belle Dame de la Cour, de la noble maifon d'Atry, fur-
nommée *Aqua viua* : comme il l'exprime affez ence Sonnet qui commence, *La*
belle eau viue : & ceux d'Aftrée qui fut aufli vne fort belle Dame de la Cour, dont le
nom eft affez embelly par le feul defguifement d'vne voyelle changée en la prochaine premiere.

A près auoir chanté diuers fujeéts il voulut finir & couronner fes œuures par
les Sonnets d'Helene, les vertus, beautez & rares perfeétions de laquelle furent le dernier & plus digne objeét de fa Mufe : le dernier, parce qu'il n'eut l'heur
de la voir qu'en fa vieilleffe ; & le plus digne, parce qu'il furpaffa, aufli bien que de
qualité, de vertu & de reputation les autres precedens fujeéts de fes ieunes amours,
lefquels on peut iuger qu'il aima plus familierement, & non ceftuy-cy qu'il entreprit plus d'honorer & loüer, que d'aimer & feruir. Tefmoin le titre qu'il a donné à
fes loüanges ; imitant en cela Petrarque, lequel comme vn iour en fa Poëfie chafte
& modefte on loüoit deuant la Royne-mere du Roy, fa Majefté l'excita à efcrire
de pareil ftyle, comme plus conforme à fon âge, & à la grauité de fon fçauoir : Et
ayant, ce luy fembloit, par ce difcours occafion de voüer fa Mufe à vn fujeét d'excellent merite, il print le confeil de la Royne pour permiffion, ou pluftoft commandement de s'addreffer en fi bon lieu, qui eftoit vne des filles de fa Chambre,
d'vne tres-ancienne & tres-noble maifon en Xaintonge. A yant continué en cefte
volonté iufques à la fin, il finit quafi fa vie en la loüant. Et parce que par fon gentil efprit elle luy auoit fouuent fourny d'argument pour exercer fa plume, il con-
facra à fa memoire vne fontaine en Vendofmois, & qui encor auiourd'huy garde
fon nom, pour abbreuuer ceux qui veulent deuenir Poëtes. Le Roy Charles outre
fa penfion ordinaire luy fit quelques dons liberalement ; vray eft qu'il difoit ordinairement en gauffant qu'il auoit peur de perdre fon Ronfard, & que le trop de
biens ne le rendift pareffeux au meftier de la Mufe, & qu'vn bon Poëte ne fe deuoit
non plus engraiffer que le bon cheual, & qu'il le falloit feulement entretenir, & non
affouuir. Neantmoins il le gratifia toufiours fort librement, & euft fait s'il euft vefcu : car il n'ignoroit pas que les Poëtes ont ie ne fçay'quelle fympathie auec la grandeur des Roys, & font fuiets à s'irriter, fort fenfibles aux difgraces quand ils voyent
la faueur ne refpondre à leurs labeurs & merites, comme il s'en eft plaint en plufieurs endroits. Il fut fi familier auec ce bon Roy que le plus fouuent il le faifoit
venir pour deuifer & difcourir auec luy, l'incitoit à faire des vers & à le venir trouuer de Tours à Amboife, par vers qu'il compofoit, lefquels fe voyent imprimez
parmy fes œuures ; & trouuoit tellement bon ce qui venoit de fa part, que mefmes
il luy permit ou pluftoft l'incita d'efcrire des Satyres indifferemment contre telles
perfonnes qu'il fçauroit que le vice deuft accufer, s'offrant mefmes à n'en eftre
exempt, s'il voyoit qu'il y euft chofe à reprendre en luy ; comme de fait il fit en

la Satyre de la Dryade violée, où il reprenoit aigrement le Roy & ceux qui gouuer-
noient lors, de l'alienation du Domaine, & d'auoir fait vendre la coupe de la foreſt
de Gaſtine, laquelle il auoit conſacrée aux Muſes: Et en vne autre qu'il appelloit la
Truelle croſſée, blaſmant le Roy de ce que les benefices ſe donnoient à des maçons,
& autres plus viles perſonnes: où particulierement il taxe vn de Lorme, Architecte des Tuilleries, qui auoit obtenu l'Abbaye de Liury, & duquel ſe trouue vn
liure non impertinent de l'Architecture. Et ne ſera hors de propos de remarquer
icy la mal-vueillance de ceſt Abbé, qui pour s'en venger fit vn iour fermer l'entrée des Tuilleries à Ronſard qui ſuiuoit la Royne-mere: mais Ronſard, qui eſtoit
aſſez picquant & mordant quand il vouloit, à l'inſtant fit crayonner ſur la porte,
que le ſieur de Sarlan luy fit auſſi toſt ouurir, ces mots en lettres capitales, FORT.
REVERENT. HABE. Au retour la Royne voyant ceſt eſcrit, en preſence de
doctes hommes & de l'Abbé de Liury meſmes, voulut ſçauoir que c'eſtoit, & l'occaſion. Ronſard en fut l'interprete, apres que de Lorme ſe fut plaint que ceſt eſcrit
le taxoit: car Ronſard luy dit qu'il accordoit, que par vne douce ironie il prit ceſte
inſcription pour luy, la liſant en François, mais qu'elle luy conuenoit encor mieux
la liſant en Latin, remarquant par icelle les premiers mots racourcis d'vn Epigramme Latin d'Auſone, qui commence, *Fortunam reuerenter habe*, le renuoyant pour
apprendre à reſpecter ſa premiere & vile fortune, & ne fermer la porte aux Muſes.
La Royne ayda Ronſard à ſe venger: car elle tança aigrement l'Abbé de Liury apres
quelque riſée, & dit tout haut, que les Tuilleries eſtoient dediées aux Muſes. Il ſe
trouue auſſi vne autre Satyre, où il touche viuement le meſme Roy, & l'admoneſte
de ſon deuoir, qui commence:

　　Il me deſplaiſt de voir vn ſi grand Roy de France.

Et vne autre encor à luy, dont le commencement eſt:

　　Roy le meilleur des Rois.

Ce bon Prince luy donna l'Abbaye de Bellozane & quelques Prieurez ; & enuiron
ce temps deuint Ronſard fort malade d'vne fiéure quarte, dont il cuida mourir, &
qui neantmoins eſbranla fort ſa ſanté, le rendant depuis plus malade que ſain. Et
fut ceſte année par vn grand froid, remarquable en ce, que tous les lauriers & ar-
briſſeaux, ornemens des palliſſades, & la plus grand'part des arbres moururent : Ce
fut ce qui donna occaſion au ſieur de Pimpont ſur l'vn & l'autre ſujet de faire ces
vers :

　　Parce metu, RONSARDE, *Iouis te regia nondum*
　Inuidit nobis, nec cœli iniuria totum
　In Lauri graſſata genus, populata decúſque
　Arboreum, nuper clades te poſcit Olympo,
　Angurium vanæ nec me docuere Camœnæ,
　Sed lætum fauſtis retulerunt ſortibus omen:
　Iſta luit portenta ſuo vel funere Selua
　Caſtra ſequens, vel tu febri defunctus inerte
　Monſtra procuraſti. At magnis vertentibus annis
　Centum, ſigna dabit duri prænuntia luctus,
　Atque tui in cœlum reditus pater Augur Apollo,
　Nempe tuo aſſurgens ſeſe Lyra contrahet aſtro.
　Deliciáſque lues inuadet Apollinis omnes,
　Nec ſoli exitium Lauro tunc afferet ætas,
　Sed tota lachrymans cum gente Hyacinthus abibit
　In nihilum, funeſta ſibíque à ſtirpe Cupreſſus

Definet ablata humanis superare sepulchris,
Nec pôst se alterna poterunt reparare salute,
Materiémue vnquam redigent formámque capessent.
Fracta exul cithara incompti Pastoris auena
Mulcebit pecus, Admetum Phœbúsque requiret,
Insultans terræque nouo cœlum incremento
Gestiet, illa situ in squalorem decolor ibit.

Il ne fut pas moins estimé du Roy Henry III. à present 'regnant, duquel les tant heureuses victoires auoient seruy de suject à sa Muse, que du feu Roy; mais non si familierement caressé: & s'en est plaint ouuertement, disant, plein d'humeur Françoise, qu'il vouloit que le Roy l'aimast, & pour preuue de l'amitié, luy commandast; & en signe de bon seruice, l'honorast & le gratifiast. Vray est que depuis douze ans les gouttes fort douloureuses l'auoient tellement assailly, qu'il luy estoit presque impossible de suiure la Court : joint qu'il n'auoit oncques esté de son naturel Courtisan importun, & ne se pouuoit contraindre pour se trouuer aux heures des Grands : Voilà pourquoy ceste familiere priuauté, qui se doit acquerir & continuer par vne hantise ordinaire, ne fut telle que sous le Roy Charles, encore que son merite le recommandast assez, & le rendist tousiours present en la memoire de nostre bon & sage Roy. Il fut tant admiré par la Royne d'Angleterre, qui lisoit ordinairement ses escrits, qu'elle les voulut comme comparer à vn diamant d'excellente valeur qu'elle luy enuoya. De mesmes aussi ceste belle Royne d'Escosse, toute prisonniere qu'elle estoit, laquelle ne se pouuoit saouler de lire ses vers sur tous autres, en recompense desquels & de ses loüanges y parsemées, l'an 1583. elle luy fit present d'vn buffet de deux mille escus qu'elle luy enuoya par le sieur de Nau son Secretaire, auec vne inscription sur vn vase qui estoit elabouré en forme de rocher, representant le Parnasse, & vn Pegase au dessus. L'inscription portoit ces mots :

A Ronsard L'Apollon de la sovrce des Mvses.

Il contracta telle amitié auec le sieur Galland, chef & seigneur de l'Academie de Boncourt, docte personnage certes, digne de ce nom, & d'vne telle rencontre, que depuis dix ans venant à Paris à diuerses fois il l'auoit tousiours choisi pour son hoste, aimant naturellement ce lieu pour le bel air, & l'appellant le Parnasse de Paris. Le dernier voyage qu'il y fit fut au mois de Feurier mil cinq cens quatre-vingts cinq, & y demeura iusques au 13. du mois de Iuin ensuyuant, durant lequel temps il ne bougea presque du lict tourmenté de ses gouttes ordinaires. Il passoit neantmoins le temps à faire quelquefois des vers, & entre autres fit l'Hymne de Mercure qu'il me donna, où il descrit son mal, quand il commence ainsi :

Encor il me restoit entre tant de mal-heurs
Que la vieillesse apporte, entre tant de douleurs
Dont la goutte m'assaut pieds, iambes, & iointure,
De Chanter ja vieillard les mestiers de Mercure.

Il fit faire vn coche pour s'en retourner en la compagnie dudit Galland, sans lequel il ne pouuoit viure, l'appellant ordinairement sa seconde ame, comme il declare assez en ce fragment qu'il n'a peu acheuer, preuenu de mort :

Galland, ma seconde ame, Atrebatique race,
Encor que nos ayeux ay'nt emmuré la place
De nos villes bien loin, la tienne pres d'Arras,

La

La mienne prés Vendofme, où le Loir de fes bras
Arroufe doucement nos collines vineufes,
Et nos Champs fromentiers de vagues limoneufes,
Et la Life des tiens qui baignent ton Artois
S'enfuit au fein du Rhin, la borne des Gaulois.
Pour eftre feparé de villes & d'efpaces,
Cela n'empefche point que les trois belles Graces,
L'honneur & la vertu, n'ourdiffent le lien
Qui ferre de fi prés mon cœur auec le tien.
Heureux qui peut trouuer pour paffer l'auanture
De ce Monde vn amy de gentille nature,
Comme tu es, Galland, en qui les Cieux ont mis
Tout le parfait requis aux plus parfaits amis.
Là mon foir f'embrunit, & déja ma iournée
Fuit vers fon Occident à demy retournée,
La Parque ne me veut ny me peut fecourir:
Encore ta carriere eft bien longue à courir,
Ta vie eft en fa courfe, & d'vne forte haleine
Et d'vn pied vigoureux tu fais jaillir l'areine
Sous tes pas, auffi fort que quelque bon guerrier
Le fablon Elean pour le prix du Laurier.

Il fe fit mener à Croix-val, qui eftoit fa demeure ordinaire, pour eftre vn lieu fort plaifant, & voifin de la foreft de Gaftine, & de la fontaine Bellerie, par luy tant celebrees, & pour eftre le païs de fa naiffance : mais comme il aimoit à changer, au mois de Iuillet il fe fit porter à fon Prieuré de Sainct Cofme, y demeurant huict ou dix iours pour retourner à Croix-val où il fejourna affez long-temps. Le 22. du mois d'Octobre il efcriuit au fieur Galland, & le fujet de fes lettres eftoit, qu'il eftoit deuenu fort foible & maigre depuis quinze iours, qu'il craignoit que les fueilles d'Automne ne le viffent tomber auec elles : que la volonté de Dieu fuft faicte, & qu'auffi bien parmy tant de douleurs nerueufes, ne fe pouuant fouftenir, il n'eftoit plus qu'vn inutile fardeau fur la terre; le priant au refte de l'aller trouuer, eftimant fa prefence luy eftre vn remede.

Quelques iours apres, comme la douleur luy augmentoit, & que fes forces diminuoient, ne pouuant dormir pour l'indigeftion, & grandes douleurs d'eftomach, qu'il fentoit, il enuoya querir auec vn Notaire le Curé de Ternay, pour depofer le fecret de fa volonté; ouït la Meffe en grande deuotion, & s'eftant fait habiller premierement, receut la Chreftienne Communion, ne voulant tant à fon aife receuoir celuy qui auoit tant enduré pour nous, regrettant fa vie paffée, & en preuoyant vne meilleure. Ce fait, il fe fit deueftir & remettre au lict, difant : Me voila au lict attendant la Mort, terme & paffage commun d'vne meilleure vie : quand il plaira à Dieu m'appeller, ie fuis tout preft de partir. Il renuoya le Notaire, luy difant qu'il n'y auoit encore rien de preffé, & qu'il fe portoit mieux apres auoir mis toute fa fiance en Dieu. Le fieur Galland arriua le trentiefme d'Octobre à Montoire en vn de fes benefices nommé Sainct Gilles, diftant de lieuë & demie de Croix-val, où il s'eftoit retiré pour la crainte de ceux de la nouuelle opinion, qui rompus du fiege d'Angers, venoient fondre en ce païs : il y fejourna fix iours y ayant folemnifé la fefte de Touffaincts. De là retourna à Croix-val le lendemain, accompagné du fieur Galland, lequel il pria d'efcrire vn Epigramme qu'il auoit medité pour paffer temps, imitant vn ancien en cefte forte :

YYYyyy

Amelette Ronfardelette,
Mignonnelette, doucelette,
Tres-chere hofteffe de mon corps,
Tu defcens là bas foiblelette,
Pafle, maigrelette, feulette,
Dans le froid Royaume des mors :
Toutesfois fimple, fans remors
De meurtre, poifon, & rancune,
Mefprifant faueurs & trefors
Tant enuieZ par la Commune.
Paffant, i'ay dit, fuy ta fortune,
Ne trouble mon repos, ie dors.

Mais depuis il quitta tous paffe-temps, & ne medita plus que chofes dignes d'vne fin Chreftienne : car inquieté & ne pouuant dormir, il fe plaignoit & dictoit inceffamment pour allentir fes douleurs. Preuoyant fa mort prochaine, il fit efcrire ceft Epitaphe en fix vers pour grauer fur fon Tombeau, qui eft tel :

Ronfard repofe icy, qui hardy dés enfance
Deftourna d'Helicon les Mufes en la France,
Suiuant le fon du luth & les traicts d'Apollon:
Mais peu valut fa Mufe encontre l'éguillon
De la Mort, qui cruelle en ce Tombeau l'enferre.
Son ame foit à Dieu, fon corps foit à la Terre.

Et femble que bien à propos il ait auancé luy-mefmes fon Tombeau, fe doutant de l'ingratitude de noftre fiecle, ou fe défiant, comme ie croy, qu'il fe peuft rencontrer autre perfonne, qui le luy baftift affez dignement:ce qui m'a fait efcrire de luy les vers fuiuans :

Non, Ronfard n'eft point mort, la Mufe eft immortelle:
Ou fi Ronfard eft mort, c'eft vn Phœnix nouueau,
Qui n'ayant fon pareil foy-mefme renouuelle,
Et furuit à fa cendre animant fon Tombeau.

Ores qu'il ait fatisfait à luy-mefme en ce que les autres attendent d'autruy, & que pour luy grauer vn digne tombeau il ne falluft vfer que de fes propres vers, & prendre ce qu'il a dit de luy en la premiere Elegie à Geneure, quand il efcrit :

Ie fuis Ronfard, & cela te fuffife.

Toutesfois plufieurs fçauans perfonnages, que i'ay prié de ce deuoir, luy ont graué maint Tombeau, non pour illuftrer dauantage fa gloire, mais pour n'obfcurcir la leur d'vn ingrat filence. De ma part auffi ie ne me fuis peu contenir que ie ne luy aye fait cefte infcription :

Le fertil Vendomois naiffance me donna,
La Grandeur de nos Rois à mes vers f'eftonna,
La Touraine mes os deffus fes fleurs affemble.
I'ay joint Pallas, Cypris, & les Mufes enfemble.

Les nuicts fuiuantes, aufquelles il ne pouuoit dormir, quelques remedes qu'il euft efprouué, ayant vfé de pauot en diuerfes façons, tantoft de la fueille cruë en falade, puis cuite : tantoft de la graine, & de l'huile que l'on en tire, & de plufieurs autres remedes qu'on referue aux extremitez. Il continua à faire quelques Stances, & iufques à quatre Sonnets, lefquels au matin il recitoit au fieur Galland pour les efcrire, ayant la memoire & la viuacité de l'efprit fi entieres, qu'elles fembloient arguer de feinte l'extreme foibleffe de fon corps. Le long du iour tous fes difcours eftoient pleins de belles & graues confiderations, mefmes fur les troubles renaiffans, & qui menaçoient noftre fiecle de miferes nouuelles. Comme il languiffoit ainfi, fejournant encore quinze iours à Croix-val, il luy print enuie de fe faire transporter à Tours en fon Prieuré de Sainct Cofme en l'Ifle, tant pour recouurer plus facilement toutes fes commoditez, & furuenir à fa maladie, que pour fatisfaire à l'opinion qu'il auoit, que le changemenr d'air luy apporteroit quelque fecours : ce qu'il fit auec grand' peine, ayant demeuré en chemin, & pour faire fept lieuës, trois iours entiers : pendant lequel temps, il eut deux foibleffes grandes. Il n'auoit pas efté huict iours en ce lieu, que fes forces fe diminuans à veuë d'œil, les os luy perçans la peau, & fe voyant & fentant mourir, il fit venir pour eftre confolé, l'vn des Religieux nòmmé Iacques Defguez, aagé de foixante & quinze ans, Aumofnier de Sainct Cofme, & iffu de noble maifon (car cefte Religion n'en reçoit d'autre forte) auquel, ainfi qu'il luy euft demandé de quelle refolution il vouloit mourir, il refpondit affez aigrement en cefte forte : Qui vous fait dire cela, mon bon amy ? doutezvous de ma volonté ? ie veux mourir en la Religion Catholique comme mes ayeulx, bifayeulx, trifayeulx, & comme l'ay tefmoigné affez par mes efcrits. L'Aumofnier luy dit lors, qu'il ne l'entendoit en cefte façon, mais que ce qu'il luy en auoit dit, eftoit pour fçauoir s'il vouloit ordonner quelque chofe par forme de derniere volonté, & pour tirer de luy-mefmes cefte refolution de bien mourir, qui a grande efficace quand elle naift en nous-mefmes, fans l'attendre d'autruy. Ronfard alors luy dit, Ie defire donc que vous & vos confreres foyez tefmoins de mes dernieres actions. Alors il commença à difcourir de fa vie, monftrant auec grande repentance, qu'il renonçoit à tous les blandices de ce Monde, qu'il eftoit vn tres-grand pecheur, s'efroüiffant que par fes douleurs Dieu l'euft comme refueillé d'vn profond fommeil, pour n'oublier celuy qu'en profperité nous oublions ordinairement, le remerciant infiniment de ce qu'il luy auoit donné temps de fe recognoiftre, demandant pardon à chacun, difant à toute heure : Ie n'ay aucune haine contre perfonne, ainfi me puiffe chacun pardonner. Puis s'addreffant aux affiftans, & les exhortant à bien viure, & de vacquer foigneufement à leur deuoir, leur dit, que la mort la plus douce eftoit celle à qui la propre confcience n'apportoit aucun preiugé de crimes & mefchancetez. Cela fait, le iour de la Natiuité de noftre Seigneur, il pria le Sous-Prieur d'oüir fa confeffion, celebrer en fa chambre, & luy diftribuer la Communion, qu'il receut d'vne finguliere deuotion, & plus grande qu'on n'euft attendu d'vn perfonnage nourry parmy les débauches irreligieufes d'vne Court, difant inceffamment, que Dieu n'eftoit Dieu de vengeance, ains de mifericorde, & que cefte diuine douceur qu'il auoit entierement en l'imagination, luy aydoit fort à fupporter fes douleurs, lefquelles il meritoit bien & de plus grandes. Il continua cefte perpetuelle enuie de dicter vers, & fit efcrire ceux cy peu de iours auant fa mort, comme on luy parloit de manger.

Toute la viande qui entre
Dans le goulfre ingrat de ce ventre,

YYYyyy   ij

Incontinent sans fruict ressort :
Mais la belle science exquise
Que par l'oüye i'ay apprise,
M'accompagne iusqu'à la mort.

Le Dimanche vingt-deuxiesme Decembre il fit son testament, par lequel il ordonna de toutes choses, ayant distribué tous ses biens partie à l'Eglise & aux pauures de Dieu (ainsi les nommoit-il par son testament) partie à ses parens & à ses seruiteurs. Il eut vne telle constance, qu'il demanda à l'Aumosnier souuent, combien à son aduis, il pourroit encor viure. Il eut l'esprit tousiours sain & entier, & sans aucune perturbation, sinon d'vne enuie qu'il auoit de dicter, qui l'accompagna iusques au mourir. Et les derniers vers quil fit, sont les deux derniers Sonnets, par lesquels il entretient son ame, & l'incite d'aller trouuer IESVS-CHRIST, & de marcher par le chemin qu'il auoit frayé, finissant ses vers & sa vie heureusement par ces beaux mots de IESVS-CHRIST, & d'esprit, lequel semblable à celuy qui sommeille, il rendit à Dieu, ayant les mains jointes au Ciel, & qui en tombant firent cognoistre aux assistans le moment de son trespas, qui fut sur les deux heures de nuict, le Vendredy vingt-septiesme Decembre mil cinq cens quatre-vingts cinq, ayant vescu soixante & vn an, trois mois & seize iours : Et fut mis en sepulture ainsi qu'il l'auoit desiré & ordonné au Chœur de l'Eglise de Sainct Cosme. Ce qui m'a donné occasion de luy dresser encores ce petit monument, en la langue de la despoüille de laquelle il a tant enrichy & fait triompher la nostre :

Κόσμος ἄκοσμος ἔω ὅτε κόσμιος ὁ Ρωνζαρδος
Κόσμον ἐκόσμησεν κόσμῳ ἑῶν ἐπέων.
Νῦν δὲ θανόντος ἔχχ τύμβος Κοσμᾶ ἐνὶ να...
Ὀσία · τῆς φήμης μνῆμα δὲ κόσμος ὅλος.

Presque en vn mesme temps sont aussi decedez aucuns des plus excellens hommes de l'Europe : à sçauoir, le Cardinal Sirlet, Paul de Foix, A. Ferrier, Guy du Faur, sieur de Pybrac, Charles Sigon, M. Antoine de Muret, & Pierre Victor : & qui semblent, ennuyez de nostre siecle, ou plustost effrayez de nos futurs malheurs, auoir voulu s'éclipser de nous, pour nous laisser sans regret en nos regrets & tenebres. Ce que le mesme sieur de Pybrac semble auoir preueu lors qu'il dit :

Quand tu verras que Dieu au Ciel retire
A coup à coup les hommes vertueux,
Dy hardiment, L'orage impetueux
Viendra bien-tost esbranler cest Empire.

Faisant comme celuy qui voyant que le feu voisin doit bien-tost enuahir sa maison, en retire & sauue ses meubles plus precieux. L'on a remarqué souuent des presages auoir deuancé la mort des grands & illustres personnages, comme il est aduenu en celle de Ronsard : car vn an auparauant son trespas, ne sçay quel poëtastre, plus mal presagieux que ces corbeaux & hiboux, fit imprimer vn liuret, dont le tiltre portoit ; Les Epitaphes, mort & dernieres paroles de Pierre de Ronsard : Cela fut veu & sçeu de tout le monde, qui creut quelque temps que Ronsard estoit mort, non sans grand regret, encores que ceste nouuelle fut descouuerte bien-tost estre fausse, comme les vers que ce Corbeau vouloit attribuer à ce

Cygne. Quand on raconta ceste nouuelle à Ronsard, il ne s'en fit que rire,
s'esbahissant toutesfois comme nostre siecle pouuoit porter des esprits si miseta-
bles: Et me souuient qu'il me dit vn iour à ce propos au dernier voyage qu'il fit
à Paris, qu'il ne se falloit esbahir si ces esprits naiz en despit des Muses le faisoient mourir quand ils vouloient, veu que par leurs contagieux escrits ils faisoient mourir la pureté de nostre langue, & de la Poësie. Ceste mort feinte, fut
neantmoins estimée de mauuais augure: & voicy vn Epigramme que Iean Dorat
en fit, quand il sçeut la verité.

> *Iam semel atque iterum tua mors*, R O N S A R D E, *per vrbem,*
> *Sed falsò vulgata, vel omnem terruit orbem,*
> *Sole bis extincto toti qui luxerat orbi,*
> *Et tanti mors ipsa foret si vera fuisset,*
> *Vt tua tot lachrymis se senserit vmbra requiri:*
> *Nunc magis atque magis te mortis gloria saluo*
> *Lætitia cumulet, tua funera falsa superstes*
> *Qui legis ipse tuum luctum titulúmque perennem,*
> *Qualis ab Aurato tumulo sculpetur inani.*
> *Vnus tu* R O N S A R D V S *eras, Græcis quod Homerus,*
> *Virgilius Latiis, Francis quod tota Poësis.*

La nouuelle de sa mort trop vrayement asseurée par le sieur Galland, fut d'autant plus regrettée que jà nous-nous estions par la fausse nouuelle premiere, non
accoustumez, mais preparez pour apprehender la perte que nous faisions, perdant vn Ronsard l'honneur de la France, ainçois du Monde, nous estans comme
disposez par ce faux bruit à le regretter à l'égal de la perte vrayement depuis ad-
uenuë. Aussi le sieur Galland n'ayant enseueli l'amitié qu'il luy portoit sous vn
mesme Tombeau, faisant ce que la France deuoit, fit dresser vn magnifique appareil en la Chappelle de Boncourt, là où furent celebrées & imitées ses funerailles fort solemnellement le Lundi 24. de Feurier, 1586. Le seruice mis en Musique nombrée, animé de toutes sortes d'instrumens, fut chanté par l'eslite de tous
les enfans des Muses, s'y estans trouuez ceux de la Musique du Roy, suiuant son
commandement, & qui regretta à bon escient le trespas d'vn si grand personn-
nage, ornement de son Royaume. Ie n'aurois iamais fait, si ie voulois descrire
par le menu les Oraisons funebres, les Eloges & vers qui furent ce iour sacrez à sa
memoire, & combien de grands Seigneurs auec ce genereux Prince Charles de
Valois, accompagné du Duc de Ioyeuse, & du Reuerendissime Cardinal son frere,
ausquels Ronsard appartenoit, honorerent ceste pompe funebre, à laquelle l'eslite de ce grand Senat de Paris daigna bien assister, comme à vn acte public, suiuie de la fleur des meilleurs esprits de la France. Apres disner le sieur du Perron
prononça l'Oraison Funebre auec tant d'eloquence, & pour laquelle oüir l'affluence des Auditeurs fut si grande, que Monseigneur le Cardinal de Bourbon,
& plusieurs autres Princes & Seigneurs furent contraints de s'en retourner pour
n'auoir peu forcer la presse. L'applaudissement des assistans en tres-grand
nombre, & le regret de la troupe immense qui ne peut entrer, fit cognoistre l'effect merueilleux de son eloquence, & tesmoigna combien la gloire de Ronsard,
& la perte en estoit grande, où il sembloit que le public, & chacun en particulier eust interest, y abordant de tous costez. A l'issuë de l'Oraison fut representée vne Eclogue par moy faicte, pour fermer cest acte funebre. Voilà la fin de
celuy qui auoit donné commencement & accroissement à l'honneur de la langue
& Poësie Françoise, & qui possible l'a enseuely auec soy sous mesme sepulture,

Y Y Y y y y iij

qui le premier de nos François ofa tracer vn fentier incognu pour aller à l'immortalité, ayant guidé les autres au chemin d'vn fi honnefte labeur. Il fut en toute fa
vie autant ambitieux de l'honneur vray que la vertu nous apporte, comme efpar-
gnant de celuy d'autruy, n'ayant iamais offenfé perfonne, s'il n'eftoit prouoqué
auparauant : vray eft qu'il s'eft quelquefois courroucé contre ceux qui broüil-
loient le papier, & qui ne faifoient à fon gré, comme on peut voir au Poëme
efcrit à Chriftophle de Choifeul. Sur fes derniers iours me faifant ceft honneur
de me communiquer familierement tant les deffeins de fes ouurages, que les iugemens qu'il donnoit des efcriuains du iourd'huy, il fe plaignoit fort de ie ne fçay
quelles façons d'efcrire & inuentions fantaftiques & melancholiques d'aucuns de ce
temps qu'il voyoit s'authorifer parmy nous, qui ne fe rapportent non plus que
les fonges entre-coupez d'vn frenetique, ou d'vn fiéureux, duquel l'imagination eft bleffée. O, difoit-il, que nous fommes bien-toft à noftre barbarie! que
ie plains noftre langue de voir en naiffant fon trefpas! Puis me parlant de tels autheurs qui s'ampoullent & font fans choix Mercure de tous bois: Ils ont, me difoit-il, l'efprit plus turbulent que raffis, plus violent qu'aigu, lequel imite les
torrens d'Hiuer, qui atteignent des montagnes autant de boüe que de claire eau:
voulant euiter le langage commun ils f'embaraffent de mots & manieres de parler,
dures, fantaftiques, & infolentes, lefquelles reprefentent pluftoft des Chimeres &
venteufes impreffions des nuës qu'vne venerable majefté Virgilienne: Car c'eft autre chofe d'eftre graue & majeftueux, & autre chofe d'enfler fon ftyle, & le faire creuer. Puis faifant vne parodie fur vn vers d'Homere, quand Andromache dit à fon
Hector le voyant fortir hors la porte tout armé, Ta vaillance te perdra : ainfi, difoit-
il, le chaud boüillon de la ieuneffe de ces finges imitateurs & l'impetuofité de leur
efprit, conduict feulement de la facilité d'vne nature deprauée, fans artifice laborieux, perdra leur naiffante reputation. Difant au refte que quelques-vns d'iceux
pouuoient eftre capables de ce bel art, & d'eftre mis au rang des bons Poëtes, s'ils
euffent peu receuoir correction. Mais parlant de quelques autres qui fuiuans cefte
bande proftituent les Mufes & les habillent & defguifent à leur mode, il ne peut vn
iour fe tenir qu'il ne me dictaft fur le champ ces vers:

> *Bien fouuent, mon Binet, la troupe facrilege*
> *Des filles de Cocyte entre dans le college*
> *Des Mufes, & veftant leurs habits empruntez*
> *Trompent les plus rufez de caquets eshontez,*
> *Qui rampant cautement fe coulent & fe gliffent*
> *Au cœur des Auditeurs, qui effrayez palliffent*
> *Eftonnez du murmure & du jargon des vers:*
> *Tant plus ils font bouffis, plus courent de trauers;*
> *Tant plus ils font creuez de fens & de paroles,*
> *Plus ils font admirez des troupes qui font foles.*
>
> *Tels farouches efprits ont vn coup de marteau*
> *Engraué de naiffance au milieu du cerueau,*
> *Empefchant de preuoir de quel fainct artifice*
> *On appaife les Sœurs pour leur faire feruice,*
> *Qui demandent des fleurs, & non pas des chardons,*
> *Non des coups de canons, ains des petits fredons.*
> *Ie les ay veu fouuent courir parmy les ruës,*
> *Seruir de paffetemps à nos troupes menuës,*
> *De ris & de joüet, ou bien fur vn fumier*

Ils meurent à la fin, leur tombeau couſtumier :
Ou iureurs & vanteurs meurent à la tauerne,
Comme gens deſbauchez que la Lune gouuerne.

Il diſoit ordinairement que tous ne deuoient temerairement ſe meſler de la Poëſie, que la Poëſie eſtoit le langage des Dieux ; & que les hommes n'en deuoient eſtre les interpretes s'ils n'eſtoient ſacrez dés leur naiſſance, & dediez à ce miniſtere. Il eſtoit ennemy mortel des verſificateurs dont les conceptions ſont toutes raualées, qui penſent auoir fait vn grand chef d'œuure, quand ils ont mis de la proſe en vers : Car comme Michel Ange Peintre & Sculpteur tres-excellent, diſoit pour vn ſecret en ſon art, que la parfaite peinture doit approcher de la ſculpture, & la repreſenter autant que l'art le permet, & au contraire que la ſculpture doit du tout s'eſloigner de la plate peinture : ainſi la Proſe peut bien exprimer les ornemens de Poëſie & les veſtir modeſtement, mais la Poëſie doit eſtre toute releuée en boſſes & fleurs apparoiſſantes, & fuir du tout le ſtile plat & proſaïque comme ſon contraire.

Les premiers Poëtes qu'il a eſtimé auoir commencé à bien eſcrire ont eſté Maurice Sceue, Hugues Salel, Antoine Heroët, Melin de Saint Gelais, Iacques Pelletier, & Guillaume des Autels. Quant aux autres qui ont ſuiuy plus heureuſement, ils ſont aſſez cogneus & remarquez par leurs œuures. Il ayma & eſtima ſur tous, tant pour la grande doctrine & pour auoir le mieux eſcrit, que pour l'amitié à laquelle l'excellence de ſon ſçauoir les auoit obligez, Iean Anthoine de Baïf, Ioachin du Bellay, Ponthus de Tyard, Eſtienne Iodelle, Remy Belleau, qu'il appelloit le peintre de nature, la compagnie deſquels auec luy & Dorat à l'imitation des ſept excellents Poëtes Grecs, qui floriſſoient preſque d'vn meſme temps, il appella la Pleïade, par ce qu'ils eſtoient les premiers & plus excellents, par la diligence deſquels la Poëſie Françoiſe eſtoit montée au comble de tout honneur. Il mettoit auſſi en cet honorable rang Eſtienne Paſquier, Oliuier de Maigny, I. de la Peruſe, Amadis Iamin qu'il auoit nourri Page, & fait inſtruire, Robert Garnier Poëte tragique, Florent Chreſtien, Sceuole de Saincte Marthe, Iean Paſſerat, & Philippes des Portes, I. D. du Petron, & le poly Bertaud, leſquels ont ſi purement eſcrit qu'ils me font deſeſperer de voir iamais noſtre langue en plus haute perfection. Il faiſoit encore eſtat de quelques autres, dont le iugement eſt en ſes œuures. Il auoit vne liberté de iuger des eſcrits de ceux de ſon temps, ioincte à vne candeur eſloignée de toute ialouſie (auſſi eſtoit-il par deſſus elle) ne retenant les loüanges de ceux auſquels elles eſtoient raiſonnablement deuës ; teſmoin le iugement qu'il donna de la Pedotrophie de Sceuole de Saincte Marthe que Baïf luy auoit enuoyée : Car en la reſponſe qu'il luy fit, voicy ce qu'il en dit ; Bons Dieux, quel liure m'auez-vous enuoyé de la part du Seigneur de Saincte Marthe ! Ce n'eſt pas vn liure, ce ſont les Muſes meſmes : & s'il m'eſtoit permis d'y aſſeoir iugement, ie iure noſtre Helicon, que ie le voudrois preferer à tous ceux de noſtre temps, voire quand Bembe, Naugere, & le diuin Fracaſtor en deuroient eſtre courroucez. Car conſiderant comme il a joint la ſplendeur du vers nombreux & ſauoureux à la belle & pure diction, la fable à l'Hiſtoire, & la Philoſophie à la Medecine, ie ne me puis tenir de m'eſcrier,

Deus Deus ille, Menalca :

& de dire le ſiecle bien-heureux qui nous a produit vn tel homme. Quant au iugement de ſes ouurages, il le laiſſoit librement à vn chacun, & deferoit à celuy des doctes, les expoſant en public à la façon d'Apelle, à fin d'entendre le iugement & l'arreſt d'vn chacun, qu'auſſi volontiers il receuoit comme il penſoit eſtre candidement prononcé ; n'eſtant pas vice de s'amender, ains extreme malice de perſiſter en ſon peché : raiſon pour laquelle tantoſt par vn meilleur aduis de ſoy-meſme,

tantoſt par le conſeil de ſes plus doĉtes amis il a changé, abbregé, allongé beaucoup
de lieux, & principalement de ſa diuine Franciade, & meſmes en ceſte derniere main,
voulant touſiours tirer au but de perfeĉtion qui ſe doit rechercher en la Poëſie pour
acquerir de l'honneur, & non la mediocrité qui eſt extreme vice. I'entends Mediocrité humble & abjeĉte, & non celle que le iudicieux Horace eſtime tant, qui ſe
prend pour vn ſtyle moyen & temperé, ny trop eſleué, ny trop bas, conforme à ſon
ſujeĉt qui eſt la perfeĉtion meſme, non encore concedée des Dieux aux hommes.
Il s'eſt toutesfois trouué des Zoïles qui ont bien oſé attaquer ſa Franciade, dont la
ſeule imperfeĉtion eſt de ne l'auoir peu acheuer, pour le deſir qu'il nous en a laiſſé
par vn ſi parfait commencement. Et voicy ce que l'vn deux en eſcriuit,

> *Dum iuuenis Ronſardus ouans præclara canebat,*
> *Concepta rapuit compita Franciade.*
> *Parturijt, Centaurus adéſt, vel inepta Chimæra.*
> *Qualiacunque ea ſint, cauda capútve latet.*

Il ne s'eſmeut pour cela beaucoup, mais reſpondit en ceſte ſorte,

> *Vn lit ce liure pour apprendre,*
> *L'autre le lit comme enuieux.*
> *Il eſt bien aiſé de reprendre,*
> *Mais mal aiſé de faire mieux.*

Et s'il ne l'a pas acheuée ce n'eſt pas eſté faute de ſubjeĉt, mais faute de nos Rois
qui n'ont continué ceſte genereuſe faueur nourriciere des grands eſprits. Il le teſmoigne en ces vers:

> *Si le Roy Charles eut veſcu,*
> *I'euſſe acheué ce long ouurage.*
> *Si toſt que la mort l'eut vaincu,*
> *Sa mort me vainquit le courage.*

Mais par cet eſchantillon on peut preuoir quelle deuoit eſtre la piece entiere. Les
beaux eſprits s'exerceront à y chercher des ſens allegoriques, & laiſſeray cela à ceux
qui ont plus de loiſir. Ie ne celeray point pourtant que par la complainte d'vn amy
de Francus, mort, & par ſes obſeques il m'a dit auoir entendu vn Prince qui eſtoit
fort neceſſaire pour l'Eſtat pres du Roy Charles IX. pour lors. Comme auſſi par les
vices des Princes faineans, il a voulu toucher les corruptions de noſtre temps. Les
beautez de ſes œuures ne ſe cognoiſſent tout d'vn coup, ny par tous. Mais en general les hommes doĉtes, & non ſeulement les noſtres, mais les Eſtrangers, & principalement les Italiens, ont eſtimé, & loüé les ouurages de Ronſard ſi hautement, que
l'vn des plus nobles & doĉtes d'entr'eux, & le plus pres regardant Cenſeur des Poëtes, ce grand Iules Ceſar Scaliger luy dedia ſes Anacreontiques, comme au premier
de tous les Poëtes, en ces termes,

> *Quo te carmine, qua prece,*
> *Quo pingui Genium thure adeam tuum,*
> *Immenſi ſobolem ætheris,*
> *Qui Muſis animi prodigus imperas?*
> *O cantus decus aurei,*
> *Qui ſolus ſtupidis auribus immines.*
> *O flexus veteres nouo,*
> *Quos felix ſuperas, nĉtare condiens*
> *Sublimis fidicen Lyræ,*
> *Graijs piĉta notis Celtica temperans:*
> *Qui ſolus ſcatebris tuis*

Latè Pegaseos imbuis alueos,
Te solo magis ac magis
Implens Castalij consilium chori.
An frustra, an lepidus meus
Blandus suauiloquus dulcis Anacreon,
Ronsarde, ad liquidam chelyn,
Hinc ausit niueis vectus oloribus,
Nunc primùm è tenebris pudens,
Sacrum stellifero ferre caput polo?
Cuius luce frequens pari
Illum luce tua flammeus obruis,
Mortes præripiens truces
In quoscunque tuus spiritus ingruit.

D'autres excellens personnages aussi, comme Pierre Victor, Pierre Barga, & Speron Speronne l'ont tellement prisé que les deux premiers m'ont dit, lors que ie poursui-uois mes estudes en Italie, que nostre langage par la diuine Poësie de Ronsard s'e-galoit à la Grecque & Latine : & quant à Speronne c'est ce qui l'a esmeu au Dialo-gue des langues de tant estimer la nostre, & de faire vn iuste Poëme en langue To-scane, à la loüange de Ronsard, que i'ay trouué parmy ses papiers, & qui merite bien d'estre leu. Et ce iugement a esté suiuy de tout le monde, comme tesmoignent ses œuures que l'on a leu, & lit-on encores publiquement aux escoles Françoises de Flandres, d'Angleterre & de Pologne, iusques à Danzich. Aussi le docte la Ramée en sa Rhetorique n'a peu trouuer de plus beaux exemples pour son instruction de l'eloquence Françoise que dans les œuures de Ronsard, qui luy en ont fourny à suf-fisance, comme Virgile à Quintilian. Il a changé l'addresse d'aucunes pieces de ses œuures, mais ce n'a pas esté par legereté ou inconstance d'amitié, mais par bonne raison, ainsi qu'il m'a raconté, & que nous voyons au Sonnet qui commence,

A Phœbus, Patoüillet.

Qui s'addressoit premierement à Iacques Greuin Medecin, bel esprit certes, & l'honneur de nostre pays Beauuoisin; qui le meritoit bien, n'eust esté qu'ayant aidé à bastir le Temple de Calomnie contre Ronsard, en haine des Discours des miseres de nostre temps, ils'en rendit indigne, & de son amitié de laquelle il honoroit son gétil esprit : Sa vengeance ne fut autre toutesfois que de rayer son nom de ses escrits. Au-cuns ont trouué la correction qu'il a faite en ses œuures en quelques endroits, moins agreable que ce qu'il auoit premierement conceu, comme il peut aduenir principa-lement en la Poësie, que la premiere fureur est plus naïue, & que la lime trop de fois mise, en lieu d'esclaircir & polir ne fait qu'vser & corrompre la trempe. Les doctes qui verront sans passion ses dernieres conceptions en iugeront. I'oseray bien pro-noncer toutesfois que ses œuures en general sont tant pleines d'excellence & de beautez, que nous les pouuons mieux entendre & admirer, que les expliquer & imi-ter : & nostre Ronsard a fait si bien son profit de la profonde science de toutes cho-ses, pratiqué si heureusement les graces anciennes, & à icelles ioinct vne telle fureur Poëtique à luy seul propre, que depuis le siecle d'Auguste, il ne s'est trouué vn na-turel plus diuin, plus hardy, plus Poëtique, & plus accomply que le sien. Il n'y a fleur ou Trope qu'il n'ait parsemé, & si subtilement caché en ses escrits, qu'il est à douter si en luy l'art surmonte la nature : & quant à l'art il n'en doit rien aux anciens, & semble ayant osté de sa superfluité qu'il ait adjousté beaucoup à son embelisse-ment : car l'excellence & perfection de bien dire ne gist pas en l'abondance & mes-lange de toutes fleurs, mais au retranchement des vnes, & au choix & arrangement des plus belles. Et tout ainſi qu'au cours de noſtre vie, il y a beaucoup de choſes qui ſe preſentent, deſquelles peu nous plaiſent & moins encore nous engendrent ce parfait contentement qui nous rauit en l'admiration : Auſſi pluſieurs conſiderations s'offrent en la conception & fantaſie du Poëte dont il doit refuſer la plus grand part, & receuoir celles qui plus raiſonnablement & auec grande contention d'eſprit luy viennent à gré. De tous les Poëtes qui ont eſté iuſques à preſent, les vns ont remporté l'honneur pour le Poëme Epique, & les autres pour le Lyrique, & ainſi des autres : mais faiſant comparaiſon auec chacun Poëte particulier, il eſt au lieu de tous & entre tous vnique. Prenez garde à ſon eloquence diuerſifiée de toutes varietez, & qui entierement imite la nature, mere de toutes choſes, qui n'a eſté eſtimée belle par les anciens, que pour eſtre inconſtante & variable en ſes perfections, comme vne Muſique parfaite en ſon harmonie de pluſieurs & diuers tons, & accords. Pouuant appeller le corps de ſes œuures vn petit monde accomply de toutes parties belles en leur diuerſité, tant il imite le monde naturel : Car comme ceſtuy-cy d'vn coſté ſe monſtre fertile & luxuriant en riches moiſſons, eſgayé de belles & ver-floriſſantes prairies, que mille ruiſſeaux & fontaines reſioüiſſent de leurs courſes argentines, puis enuironne de ceſte grande mer bruyante qui rehauſſe & releue ſon embelliſſement : d'autre coſté vous la voyez hiſpide & cheueluë de tant de bocages & hautes foreſts, ſterile en landes & bruieres, ſeiche en tant de pays ſablonneux, & deſerte en tant de rochers & pierreuſes montaignes ; ce qui rend ce Tout parfait en ſa varieté. Ainſi deuons-nous admirer le diuin Genie de ſa Poëſie, la grandeur & venerable majeſté de ſes conceptions, la varieté de ſes entrelacemens Poëtiques dont il enrichit comme de franges & paſſemens ſes diuins ouurages, la facilité inimitable de ſes vers ; comme là il eſt floride & copieux, par fois aride & raboteux, icy rond, reſerré, & preſſé quand il veut, d'vn vers nombreux & ſauoureux, elegant & poly, d'vn ſtile hautain non errené ny trainant à terre, ou effeminé : agreable en comparaiſons induſtrieuſes & naïues, elabouré en viues deſcriptions, & en toutes ces choſes autant touſiours égal à ſon ſubjet, & à ſoy-meſme, comme en varieté d'inuentions & d'argumens, il eſt touſiours diſſemblable & different, repreſentant toutes les Muſes enſemble qui ont toutes diuerſe & differente face, en laquelle neantmoins on recognoiſt qu'elles ſont ſœurs & filles de Iupiter & Mnemoſyne. Ainſi que l'ingenieuſe abeille, il s'eſt ſerui ſi dextrement des fleurs des meilleurs eſcriuains qu'il en a rendu le miel tout ſien.

Les Satyres qu'il auoit faites, & qu'il euſt publiées ſi noſtre ſiecle euſt eſté plus paiſible, ne taxoient perſonne qui ne l'euſt merité. Et c'eſtoit bien vne de ſes enuies de peindre au vif les vices de noſtre temps, pour corriger les vns & eſpouuanter les autres de mal faire. Il m'en a monſtré quelques-vnes meſlées à l'Horatienne, mais ie croy qu'elles ſont fort eſgarées, d'autant que m'ayant recommandé & laiſſé ſes œuures corrigées de ſa derniere main pour y tenir l'ordre en l'impreſſion ſuiuant les memoires & aduis, deſquels il s'eſt fié à moy, il me dit, quant aux Satyres, que l'on n'en verroit iamais que ce qu'on auoit veu, noſtre ſiecle n'eſtant ny digne, ny capable de correction.

Il auoit enuie, ſi la ſanté & la Parque l'euſſent permis, d'eſcrire pluſieurs œuures Chreſtiennes, & traitter ingenieuſement & dignement la naiſſance du monde, mais il nous en a laiſſé ſeulement le deſir : bien auoit-il commencé vn Poëme de la loy diuine non acheué qu'il voüoit à Henry IV. à preſent Roy de France & de Nauarre, auec preſage de grande promeſſe, qui n'eſt encore manifeſte qu'au Ciel : & combien que les Poëtes ayent eſté appellez des anciens Vates & diuins, en voicy l'eſchantillon.

Mon Prince, illuſtre ſang de la race Bourbonne,
A qui le Ciel promet de porter la Couronne
Que ton grand Sainct Loys porta deſſus le front,
Si la Chaſſe, la guerre, & les conſeils qui font
Le nom d'vn Capitaine apres la mort reuiure,
N'amuſent ton eſprit, embraſſe-moy ce liure,
Et ne refuſe point d'acquerir le bon-heur
Que ton humble ſubiect celebre à ton honneur.

Tu ne liras icy les amours inſenſées
Des mondains tourmentez de friuoles penſées,
Mais d'vn peuple qui tremble effrayé de la loy
Que DIEV pere eternel eſcriuit de ſon doy.

Vn Rocher s'eſleuoit au milieu d'vne plaine
Effroyable d'horreur & d'vne vaſte areine,
Haut rocher deſerté, dont le ſommet pointu
De l'orage des vents eſtoit touſiours batu:
Vne effroyable peur comme vn rempart l'emmure
D'vn torrent debordé, dont le rauque murmure
Boüillonnant effroyoit les voiſins d'alentour,
Des ſangliers & des cerfs l'agreable ſejour.

Le Ciel pour ce iour-là ſerenoit la montagne,
Le vent eſtoit muet, muette la campagne,
Quand l'horreur ſolitaire & l'effroy d'vn tel lieu
Plus que les grands Palais fut agreable à DIEV,
Pour aſſembler ſon peuple, & le tenir en crainte,
Et luy bailler le frein d'vne douce contrainte.
Pource Moyſe il appelle, & luy a dit ainſi,
Luy réueillant l'eſprit, Marche mon cher ſoucy,
Grimpe au ſommet du mont, & attens que ie vienne,
Fay que mon peuple en preſſe au pied du mont ſe tienne,
De teſte, de viſage & d'eſpaules eſpés,
Attendant de ma Loy le mandement exprés.
Le Prophete obeït, il monta ſur la roche,
Et plein de majeſté de ſon Maiſtre il s'approche.

Qui monſtre aſſez auec autres ſemblables pieces en ſes œuures qu'il n'auoit faute de volonté ny de moyens pour loger les Muſes en nos temples. Il auoit auſſi
deſſeigné trois liures de la milicie Françoiſe qu'il addreſſoit au Roy, dont voicy le
Fragment.

Ie Chante par quel art la France peut remettre
Les armes en honneur: vueilles-le moy permettre,
Neufuaine qui d'Olympe habite les ſommets,
Accompliſſant par moy l'œuure que ie promets.

Mais quitte-moy le ſoin de Cypris ton amie,
Repouſſe de tes yeux la ieuneſſe endormie,
Déuelope ton bras languiſſant à l'entour
De ſon corps qui l'enerue empoiſonné d'Amour.

Vien le dos tout chargé du fais de ta cuiraſſe,
Pren la hache en main, tel que te veit la Thrace
Retournant tout ſanglant du meurtre des Geans

Foudroye? à tes pieds par les Champs Phlegreans.
   Et toy Prince HENRY *des armes la merueille,*
Apres le soin public preste-moy ton oreille,
Inspire-moy l'audace, eschauffe-moy la peur,
Et mets auecques moy la main à ce labeur.

Pareillement vn Poëme intitulé Hercule Tue-lyon, non acheué, qu'il auoit ainsi commencé:

   Tu peux te garantir du Soleil qui nous brulle
   (Dit le fort Iocaste au magnanime Hercule)
   Dessous ceste ombre assis, s'il te plaist nous conter
   Comme ta force peut le Lyon surmonter,
   Qui prenoit en Nemée & logis & pasture,
   Et dont la peau te sert encore de vesture :
   Car à voir tes sourcils, tes cheueux mal peigne?,
   Tes bras pelus, neruéux, & tes yeux renfrongnez,
   Nul homme sinon toy n'eust sçeu parfaire l'œuure;
   Puis ta dure massuë asse? le nous descœuure.
   Il n'auoit acheué, quand dix bœufs du Soleil
   Effroyez de la peau du Lyon nompareil
   Qu'Hercule auoit au dos, le choquant l'irriterent,
   Et l'ire de son fiel agassant despiterent.

En sa premiere ieunesse il s'estoit addonné à la Muse Latine, & de fait nous auons veu quelques vers Latins de sa façon assez passables, comme ceux qu'il addresse au Cardinal de Lorraine, & à Charles Euesque du Mans & Cardinal de Ramboüillet, & les Epigrammes contre quelques Ministres, & le Tombeau du Roy Charles IX. mais qui monstrent par quelque contrainte forcée, ou qu'il n'y estoit point entierement né, ou qu'il ne s'y plaisoit pas; aussi n'en auoit-il continué l'exercice, pour escrire en nostre langue.

Quant à l'oraison continuë, il ne disoit pas des mieux en propos communs, ou plustost se plaisoit en vne desdaigneuse nonchalance, laquelle il mettoit au compte de sa liberté. Que s'il auoit à discourir, en presence ou par commandement des Grands auec quelque appareil, il disoit des mieux : tesmoin le docte discours qu'il fit sur le subject des vertus actiues, qui se void encores entre les mains des curieux, & qu'il accompagna d'vne genereuse & pareille action, par le commandement, & en presence du Roy Henry III. lors que ce Prince voulut dresser l'Academie de son Palais, & fit chois des plus doctes hommes de son Royaume, pour apprendre à moindre peine les bonnes lettres par leurs rares discours, enrichis des plus belles choses qu'on peust rechercher sur vn subjet, & qu'ils deuoient faire chacun à leur tour. Du nombre desquels furent choisis des premiers auec Ronsard, le sieur de Pybrac, qui estoit autheur de ceste entreprise, & Doron Maistre des Requestes, Tyard Euesque de Chalons, Baïf, Desportes Abbé de Tyron, & le docte du Perron. Il nous a laissé vn discours en prose sur le Poëme heroïque, assez mal en ordre, pour l'auoir dicté à quelque ignorant qui escriuoit sous luy, qu'il m'enuoya, & que i'ay remis à peu pres selon son intention, ensemble vn Poëme addressé au Roy, remis au Boccage, & vne Elegie au sieur Des-Portes, & l Hymne de Mercure, & quelques autres qui suiuent: Plus les Prefaces en vers pour mettre au commencement de chacune diuerse sorte de Poëmes, & plusieurs autres pieces de luy, non encor' mises en lumiere, qui voyent le iour en ceste derniere main de ses œuures, qui comme vn dernier codicille portent sa volonté testamentaire, executé ainsi qu'il me l'auoit recommandé, inuiolable.

Sa

Sa conuerſation eſtoit fort facile auec ceux qu'il aimoit, mais il aimoit ſur tous les hommes ſtudieux, vertueux, & de nette conſcience, & qui eſtoient libres, ouuerts & ſimples, ſans fiction & affetterie courtiſanne, comme auſſi luy-meſme auoit touſiours deſiré d'eſtre tel, pouuant dire hardiment que ſes mœurs, ſa face & ſes eſcrits portoient touſiours ie ne ſçay quoy de noble au front, & en toutes ſes actions on voyoit paroiſtre les effects d'vn vray Gentil-homme François, au reſte liberal & magnifique en la deſpence des biens qu'il auoit. Il n'eſtoit ennemy d'aucun, & ſi aucuns ſe ſont rendus ſes ennemis, ils s'en ſont donné le ſubjet, mais ſa naturelle douceur les en a fait repentir. Sa demeure ordinaire eſtoit ou à Sainct Coſme, lieu fort plaiſant, & comme l'œillet de la Touraine, iardin de France, ou à Bourgueil, à cauſe du deduit de la chaſſe auquel il s'exerçoit volontiers, & où pour cet exercice il faiſoit nourrir des chiens que le feu Roy CHARLES luy auoit donnez, enſemble vn Faucon, & vn Tiercelet d'autour. Comme auſſi à Croixval, recherchant ores la ſolitude de la foreſt de Gaſtine, ores les riues du Loir, & la belle fontaine Bellerie, ou celle d'Helene, où bien ſouuent ſeul, mais touſiours en la compagnie des Muſes, il s'eſgaroit pour r'aſſembler les belles inuentions, leſquelles parmy le tumulte des villes & du peuple s'eſcartant çà & là côme vne ſemence eſgarée de la matrice, ne peuuent ſi bien ſe conceuoir en nous. Quand il eſtoit à Paris, & qu'il vouloit s'eſioüir auec ſes amis, ou compoſer à requoy, il ſe delectoit ou à Meudon, tant à cauſe des bois, que du plaiſant regard de la riuiere de Seine, ou à Gentilly, Hercueil, Sainct Clou, & Vanves, pour l'agreable fraiſcheur du ruiſſeau de Biéure, & des fontaines que les Muſes ayment naturellement. Il prenoit auſſi ſingulier plaiſir à iardiner, & ſur tous lieux en ſa maiſon de Sainct Coſme, où Monſieur le Duc d'Anjou, qui le priſoit, l'aymoit & admiroit, le fut voir pluſieurs fois apres auoir fait ſon entrée à Tours. Il ſçauoit (comme il n'ignoroit rien) beaucoup de beaux ſecrets pour le iardinage, fuſt pour ſemer, planter, ou pour enter, & greffer en toutes ſortes, & ſouuent en preſentoit des fruicts au Roy CHARLES, qui prenoit à gré tout ce qui venoit de luy. Quand il ſe mettoit à l'eſtude il s'en retiroit aiſément, & lors qu'il en ſortoit il eſtoit aſſez melancolique, & bien ayſe de rencontrer compagnie recreatiue : mais lors qu'il compoſoit, il ne vouloit eſtre importuné de perſonne, ſe faiſant excuſer librement, meſmes à ſes plus grands amis.

La peinture & ſculpture, comme auſſi la Muſique, luy eſtoient à ſingulier plaiſir, & principalement aymoit à chanter, & à ouyr chanter ſes vers, appellant la Muſique ſœur puiſnée de la Poëſie, & les Poëtes & Muſiciens, enfans ſacrez des Muſes ; que ſans la Muſique la Poëſie eſtoit preſque ſans grace, comme la Muſique ſans la melodie des vers, inanimee & ſans vie.

Il incitoit fort ceux qui l'alloient voir, & principalement les ieunes hommes qu'il iugeoit par vn gentil naturel promettre quelque fruict en la Poëſie, à bien eſcrire, & pluſtoſt à moins & mieux faire : car les vers ſe doiuent peſer & non compter, & reſſemblent au Diamant parangon, qui eſtant de belle eau, & rendant vn bel eſclat, ſeul vaut mieux qu'vne centaine de moyens.

Ie marqueray touſiours ce iour d'vn crayon bien-heureux, quand ieune d'ans & d'experience, n'ayant encores atteint l'aage de quinze ou ſeize ans, apres auoir ſauouré tant ſoit peu du miel de ſes eſcrits, l'ayant eſté voir il ne reçeut pas ſeulement les premices de ma Muſe, mais m'incita courageuſement à continuer, & le viſiter ſouuent, non chiche de me deceler beaucoup de ces diuins & myſterieux ſecrets, auec leſquels le premier il m'eſchaufa l'inclination en la Poëſie, ſi peu que parmy la ſeuerité de nos loix i'en puis recognoiſtre en moy, & depuis honora mes eſcrits

ZZZ zzz

de la gloire qui regorgeoit en luy, engageant mon affection en son amitié par l'e-
ternel lien de ses Lauriers. En recompense dequoy, belle & genereuse Ame, ayant
receu de toy office & faueur de pere, puisses-tu au Ciel en toute douceur & en paix
tranquillement reposer, receuant en gré, comme d'vn fils non ingrat, qui veut aucunement recognoistre ta paternelle pieté d'vne autre, ce fraisle vaisseau que i'ay
fait pour y enfermer tes cendres tant precieuses, par moy ramassées, & que ie presente à la posterité, reliques de tant de richesses fonduës en toy seul, & suffisant
resmoignage des regrets que la France & moy te consacrons, auec nos larmes perpetuelles.

FIN DE LA VIE DE P. DE RONSARD.

PIIS AMICI RONSARDI MANIBVS.

Onsarde Aoniæ decus immortale cohortis,
     Pars animæ quondam dimidiata meæ:
Si quis, vt est, sensus defunctis, sit tibi gratum
     Postremum hoc mœsti funeris officium:
Accipito has veras lacrymas ac intus obortas,
     Quas meus ex imo pectore fundit amor.
Sed lugere vetas, quoniam tua fama superstes
     Orbi te illustrem conspicuúmque refert:
Et quoniam, vt spero, fœlix conuiua Deorum
     Pro nobis miseris vota precésque facis.

Io. GALLANDIVS.

ORAISON FVNEBRE
SVR LA MORT DE
MONSIEVR DE RONSARD.

PRONONCEE EN LA CHAPPELLE DE Boncourt, l'an 1586. le iour de la Feſte Saint Matthias.

PAR MONSIEVR DV PERRON, DEPVIS EVESQVE D'EVREVX, ET CARDINAL, ARCHEVESQVE DE SENS, & grand Aumoſnier de France, lors aagé de 27. ans.

A MONSIEVR DES PORTES, ABBE' DE TYRON ET DE IOSAPHAT.

MONSIEVR, Ayant eſté ceſte Oraiſon prononcée pour celebrer la memoire de Monſieur de Ronſard, i'ay penſé que ie n'en pouuois addreſſer la publication plus dignement qu'à vous, auquel il ſemble auoir reſigné la gloire de ſa profeſſion, & vous auoir laiſſé comme ſon vnique ſucceſſeur. Je vous l'enuoye donc peinte & tracée fidellement ſur le papier, à fin de repreſenter à voſtre eſprit par l'image des characteres, ce qui s'en pourroit eſtre eſcoulé du ſon & de la memoire des paroles. Vous la receureʒ, s'il vous plaiſt, à vos perils et fortunes : c'eſt à dire, ſi elle eſt leuë auec quelque loüange, vous recueillireʒ, le fruict de ce que i'ay appris en voſtre conuerſation: ſi au contraire, vous me ſeruireʒ de garant enuers ceux qui taxeront & accuſeront ma temerité, comme ayant eſté le principal Autheur, non ſeulement de me la faire entreprendre, mais auſſi de me perſuader de l'expoſer au iour & à la lumiere de l'impreſſion; Et vous ſouuiendreʒ, vous & ceux qui aſſiſterent au feſtin qui ſe fit chez vous le Mardy dix-huictieſme de Mars, où le deſſein de ces funerailles fut pris, que ie n'eu que depuis le lendemain, qui fut le Mercredy des Cendres, iuſques au Lundy ſuiuant qu'elle fut prononcée, pour m'y preparer. Dieu vueille qu'elle puiſſe ſatisfaire en quelque choſe à voſtre deſir, au merite de Monſieur de Ronſard, & au iugement de ceux qui la liront.

ORAISON FVNEBRE
SVR LA MORT DE
MONSIEVR DE RONSARD.

ESSIEVRS, Ie penſe qu'il n'y a perſonne en ceſte compagnie qui ne ſçache bien la fin pour laquelle nous ſommes icy aſſemblez, qui eſt de rendre les offices funebres aux cendres, & à la memoire de feu Monſieur de Ronſard. Et de faict, quand il n'y auroit autre choſe que l'honneur & la reuerence que ie voy que vous y apportez, ce ſeroit aſſez pour me conuier à le croire, & me teſmoigner par meſme moyen que vous loüez & fauoriſez noſtre intention. Ce que i'eſtime ſeulement que vous trouuez eſtrange, eſt comme i'ay eu l'aſſeurance d'entreprendre ceſte action, pluſtoſt que beaucoup d'autres qui s'en acquitteroient, ſinon ſelon l'excellence du ſubjet, au-moins plus dignement & heureuſement que ie ne l'oſe eſperer. Et pour vous dire la verité, quand ie regarde maintenant où ie ſuis, ie ne me trouue pas moins eſtonné moy-meſme, de voir que les prieres de mes amis ayent eu tant de poids en mon endroit, que de me faire accepter vne charge à laquelle mes forces ſont ſi inegales & inferieures. Auſſi certes n'a-ce pas eſté ſans vn long combat en mon ame, & pluſieurs reſiſtances aux honneſtes deſirs de ceux qui m'en ſollicitoient, que ie me ſuis laiſſé vaincre à leur perſuaſion. Car comme d'vn coſté ie recognoiſſois, que ce m'eſtoit beaucoup d'auantage, d'auoir à traitter d'vn argument où ie ne pouuois auoir faute de matiere, ny de paroles : d'ailleurs ie conſiderois que tant plus ſa vertu me donnoit de champ & d'eſtenduë, & plus elle preparoit les aſſiſtans à attendre de moy des loüanges infinies, & correſpondantes à ſon merite. De maniere, Meſſieurs, que ſi ie n'euſſe adjouſté à tous ces reſpects, celuy de la pieté & de l'obligation, il m'euſt eſté bien mal-aiſé de forcer & ſurmonter ma timidité. Mais ie confeſſe franchement que ceſte ſeule penſée a eu plus de pouuoir en mon eſprit, que le ſoin de ma reputation, & la crainte de n'egaler pas le deſir & l'eſperance des Auditeurs. Car outre ce que toute la France en general doit à la gloire de ſon nom, comme eſtant vn des plus nobles ornemens dont elle ait iamais triomphé par deſſus les autres prouinces : encore pour mon particulier i'ay tant de cauſes qui m'obligent à aimer & honorer ſa memoire, que ie ne luy puis nier aucun gage d'affection, ſans commettre vne trop grande ingratitude. Que ſi pendant qu'il a eſté en ce monde il a pris quelque plaiſir à mes paroles, & ſi ceſte voix qui eſt maintenant debile & affligée pour l'ennuy que ie reçoy de ſa mort, luy a eſté autresfois agreable ; ie croy certes, que le plus doux fruict qu'il en recueillit iamais, c'eſt le deuoir & l'office que ie luy rens auiourd'huy. Non que ie me vueille reſeruer ce theatre à moy ſeul, & empeſcher ceux qui en ſeront ambitieux d'y paroiſtre & de s'y ſignaler. Au contraire, ie ne pretens autre choſe que de les piquer & animer de ceſte iuſte & religieuſe ialouſie, eſperant que ce ſera vn argument de s'exercer à l'aduenir, à tous ceux qui voudront combatre de la gloire de bien dire ; comme auſſi ils ne

ſçauroient faire œuure plus honorable, ny pour eux ny pour l'eloquence meſme,
que de la conſacrer à vn ſi digne & excellent ſubjet. Cependant ie me contenteray
d'auoir eu ceſte bonne rencontre de commencer le premier, & monſtrer le chemin
aux autres en vne tant ſaincte & officieuſe entrepriſe; & prieray ceſte belle ame de
me pardonner ſi ie ne puis atteindre à repreſenter parfaictement ſa vertu. Ce me ſera aſſez d'en faire ſeulement les premiers traits: c'eſt à dire, de toucher quelque choſe
ſe de ſes loüanges en general, & puis ie bailleray le tableau à ceux qui viendront
apres moy pour y adjouſter les autres beautez & ornemens, leur iurant & proteſtant
que ie n'auray point de regret d'eſtre ſurmôté par eux: ains me ſentiray tres-hono-
ré de ſacrifier ma reputation ſi i'en puis pretendre quelqu'vne, au luſtre & à l'exal-
tation de la ſienne. Au moyen dequoy auſſi ie parleray auec beaucoup moins de
crainte & de defiance, & principalement ſi vous continuez de me preſter la meſme
attention que vous auez faict iuſques à maintenant. Choſe que i'obtiendray facilement, pourueu que vous-vous ſouueniez combien le lieu auquel vous aſſiſtez eſt
ſainct & venerable, & combien le temps que vous y employez vous doit eſtre ſacré & precieux. Car ce ne ſont point icy les obſeques d'vn homme vulgaire, & ordinaire comme les autres, ce ſont les funerailles du pere commun des Muſes & de la
Poëſie. Que ſi ceux qui conduiſoient anciennement leurs peres au ſepulchre, y
portoient la teſte voilée & couuerte comme s'ils euſſent aſſiſté aux ſacrifices des
Dieux, pour teſmoigner par ceſte ceremonie exterieure qu'ils honoroient leurs
peres decedez, de la meſme façon qu'ils reueroient les Dieux; & quand ils appro-
choient de leurs monumens, s'y contenoient auec pareille religion que s'ils fuſſent
entrez dedans les Temples, & euſſent eſté aupres des Autels. A plus forte raiſon
en ces honneurs funebres, & en ce conuoy ſpirituel que nous faiſons aux cendres & à la memoire du grand Ronſard, il faut que tous les enfans des Muſes obſer-
uent le meſme reſpect, que les anciens auoient accouſtumé de deferer aux ſolemnitez mortuaires de leurs peres charnels & corporels. Mais c'eſt trop vous ſolli-
citer d'vn deuoir auquel ie vous voy deſia aſſez preparez de vous-meſmes: &
partant il vaut mieux commencer d'entrer en propos, & mettre peine de dire
ce que le lieu & occaſion deſirent de nous. Pour à quoy paruenir plus heureuſement, nous prierons celuy qui eſt l'Autheur de tous bons & loüables diſcours,
premierement qu'il nous inſpire des conceptions qui luy ſoient agreables.: &
ſecondement ſi c'eſt vne requeſte qui ſe puiſſe impetrer, qu'il nous face la grace que nous n'eclipſions & n'obſcurciſſions rien de la gloire & de la ſplendeur
de ce grand homme que nous celebrons, par l'imperfection & par le defaut de
nos paroles. Pierre de Ronſard (Meſſieurs) le Genie & l'Oracle de la Poëſie Françoiſe, quant au coſté paternel, auoit deriué ſon extraction de la Morauie, prouince ſituée entre la Pologne & la Hongrie, d'vne maiſon dont le chef s'appelle le Marquis de Ronſard. De ceſte famille il y a enuiron deux cens cinquante
ans qu'vn puiſné courageux, voulant chercher ſon aduenture par les armes, ſor-
tit du pays auec vne troupe de ieuneſſe volontaire; & ne voyant point de plus belle occaſion que la guerre, lors allumée entre les François & les Anglois, ſe vint rendre en France aupres de Philippes de Valois, lequel il ſeruit ſi dignement en toutes les expeditions militaires, qu'il le prit en amitié; & deſirant de l'obliger &
retenir, luy donna de grands biens en ce Royaume: au moyen deſquels il ſe maria, & s'habitua en Vendomois, où il planta comme vne branche & vne colonie
de la famille de Ronſard, qui y a fleury iuſques à maintenant. De ceſte maiſon de
Ronſard que l'on appelloit la Poiſſonniere, à cauſe d'vne de leurs principales terres, deſcendit Loys de Ronſard pere de celuy dont nous ſolemniſons la memoire,

ZZZ z Z z iij

qui feruit les enfans de France, du viuant du grand Roy François, & les accompagna en leur voyage d'Efpagne, & depuis fut maiftre d'Hoftel du Roy Henry II. lors de fon aduenement à la Couronne, & eut beaucoup de part auprés de luy, comme eftant homme d'agreable compagnie & de bon entendement : & au refte qui monftroit defia quelque inclination à la Poëfie ; & fe mefloit de faire des vers felon le temps. Pour le regard de l'otigine maternelle, il a eu l'heur d'appartenir à vne infinité d'illuftres familles Françoifes, comme à celle du Bouchage, & partant à Monfieur de Ioyeufe, de la prefence duquel fes funerailles font maintenant honorées : à celle de la Trimoüille, des Roüaux, des Chandriers : noms fi fignalez en ce Royaume, par les celebres actions de ceux qui les ont portez, que nos hiftoires n'ont point de plus ordinaires difcours. Ce qui fuffira pour cefte heure, à fin qu'il ne femble pas que nous allions chercher dans les racines, ce qui fe doit trouuer dans les branches, & que ces ornemens domeftiques que nous luy appliquons, ce foit par faute de loüanges qui luy foient propres & particulieres à luy-mefme. Quant au temps de fa naiffance, il y en a diuerfes opinions. Les vns veulent qu'il foit né l'an mil cinq cens vingt-deux, & par ainfi mort en fon an climacterique ; chofe que l'on a remarqué arriuer à beaucoup de grands perfonnages : Les autres s'arreftent à ce qu'il en a efcrit, ayant fignalé l'année de fa natiuité par la prife du grand Roy François, comme fouuent il fe rencontre de ces fortunes notables à la naiffance des hommes illuftres : là où nous pouuons encor obferuer en paffant, que la prife de ce Roy deuant Pauie, qui eft l'accident duquel il a voulu noter l'année de fa natiuité, tombe iuftement en vn mefme iour que celuy auquel nous celebrons la memoire de fa mort, qui eft la Fefte de Sainct Matthias. Eftant doncques cefte belle lumiere venuë au monde, & commençant dans peu de temps apres à jetter de clairs rayons d'efperance de ce qu'elle feroit à l'aduenir ; fes parens delibererent de la donner à l'eftude des lettres, tant à caufe de la viuacité de fon efprit, que d'autant qu'ayant eu cinq freres aifnez, il en reftoit encores trois, nombre fuffifant pour emporter la plus grande partie du bien de la famille. Parquoy fi toft que fon aage le permit, ils l'enuoyerent en cefte Vniuerfité, où leur intention ne reüffift pas pour la premiere fois, comme ils efperoient. Car ce libre & genereux efprit, qui ne fe pouuoit forcer par les loix & par la feuerité d'vn precepteur, mais auoit befoin de quelque paffion interieure pour l'exciter à defployer fa vigueur, fe defgoufta du premier coup des lettres & de l'eftude, tellement qu'ils furent contraints de le retirer cinq ou fix mois apres, & le dedier à la profeffion des armes, pour l'exercice de laquelle il auoit le corps bien compofé. Prenant donc cefte feconde refolution, ils l'enuoyerent au camp d'Auignon, où il fut donné Page à Monfieur d'Orleans : auec lequel ayant demeuré quelque temps, il receut commandement de fuiure le Roy d'Efcoffe, qui eftoit lors deçà la mer, & l'accompagner en fon Royaume : ce qu'il fit, & y fejourna deux ans & demy, pendant lefquels il apprit les particularitez & la langue de la prouince. Or ce fut là premierement qu'il commença à prendre gouft à la poëfie. Car vn Gentil-homme Efcoffois, nommé le Seigneur Paul, tres-bon Poëte Latin, fe plaifoit à luy lire tous les iours quelque chofe de Virgile ou d'Horace, le luy interpretant en François, ou en Efcoffois : & luy qui auoit defia jetté les yeux fur les rymes de nos anciens Autheurs, s'efforçoit de le mettre en vers le mieux qu'il luy eftoit poffible. Retournant d'Efcoffe il paffa par l'Angleterre, où il s'arrefta enuiron fix mois, & de là arriué en France s'en reuint trouuer Monfieur d'Orleans, qui le retint encores certain temps auprès de luy, eftant foigneux de le faire bien inftituer aux exercices où l'on a accouftumé

de dresser la ieunesse; ausquels à raison de son excellente disposition naturelle il se
rendoit merueilleux pardessus tous ses compagnons, fust à tirer des armes, à monter à cheual, à voltiger, à lutter, à jetter la barre, & autres tels efforts, où l'auantage
de la complexion est principalement requis. Car ceux qui l'ont cogneu en sa
premiere fleur, racontent que iamais la nature n'auoit formé vn corps mieux con-
posé ny proportionné que le sien, tant pour l'air & les traicts du visage qu'il auoit
tres-agreable, que pour sa taille & sa stature extremement auguste & Martiale : de
sorte que le Ciel sembloit auoir mis toute son industrie à preparer vn lieu qui peust
receuoir dignement ceste ame pleine de tant de gloire & de lumiere, de laquelle les
beautez du corps deuoient estre comme la splendeur & les rayons. Monsieur d'Orleans, qui voyoit les premices de sa vertu naissante, & l'opinion que tout le Monde conceuoit de luy, se resolut de plus en plus de ne le laisser point ocieux, mais de
le faire hanter & conuerser auec les nations estranges, pour le rendre capable d'estre
employé aux belles charges, ausquelles il iugeoit que son instinct & sa nature l'appelloient.   A ceste occasion, il le depescha en Flandres & en Zelande, & depuis
luy donna encore vne seconde commission pour retourner en Escosse, en la compagnie du sieur de Lassigny. Apres tous lesquels voyages il fut aussi enuoyé en Allemagne auec Lazare de Baïf, lors Ambassadeur, & y sejourna iusqu'à ce qu'il eust
appris la langue, & l'estat du païs. Puis de là, finalement s'en reuint en France
trouuer la Cour qui estoit à Blois: où il ne fut pas si tost arriué,(comme la ieunesse est
susceptible de telles impressions) que l'amour luy entra en l'esprit. Or luy estoit-il
suruenu vne debilité d'ouïe durant son voyage d'Allemagne, qui commençoit à le
rendre mal-propre pour l'entretien; ce qui fut cause qu'il se mit à representer ses
passions sur le papier, choisissant la façon d'escrire plus accommodée à son sujet &
à son inclination, à sçauoir la Poësie, en laquelle il luy estoit permis de suiure la
liberté de ses imaginations. Et encores qu'au commencement il ne s'addonnast à
ceste profession que comme en se joüant, & la faisant seruir à vn autre dessein,
toutefois quand il vit que ses vers estoient leuz auec loüange, il s'y eschauffa & af-
fectionna à bon escient. Ioint aussi que son accident l'empeschoit d'oser plus pretendre à la Cour ce qu'il y auoit esperé, le separant de la compagnie des hommes,
& le confinant en vne espece de solitude, parmy laquelle il estoit tres-aise d'eslire
vne occupation, où il peust pour le moins tirer quelque gloire de son incommodité. Considerant donc qu'il auoit bien desia acquis vne grande facilité de faire
des vers, mais que la cognoissance des langues anciennes luy manquoit, au moyen
dequoy il craignoit de ne pouuoir pas voler si haut sur ses propres aisles comme il
l'eust desiré, il se repentit d'auoir mesprisé l'estude en son enfance. Et ores qu'il se
vit en vn aage où il sembloit n'estre plus seant de retourner à l'escole des lettres,
pour apprendre les premiers elemens de la langue Grecque & Latine, si est-ce
qu'il passa par dessus toutes sortes d'obstacles : & arriué en ceste Vniuersité se vint
ranger aupres de Dorat, où il demeura cinq ans entiers, estudiant si assiduëment
qu'il recompensa auec beaucoup d'vsure la perte qu'il auoit faite auparauant. Car
il s'orna & embellit l'esprit de tout ce qu'il y auoit de rare & d'excellent dedans les
anciens Poëtes tant Grecs que Latins, des despoüilles desquels nostre langue n'a-
uoit point encore triomphé : & vsa de leurs richesses si industrieusement qu'elles
paroissoient sans comparaison plus belles, mises en œuure dedans ses escrits, que
dedans les liures de leurs premiers Autheurs : combien qu'au commencement les
aureilles des Courtisans François, qui n'estoient pas encores accoustumees à ces ornemens estrangers, fissent quelque difficulté de les supporter : rejettant tantost la
hardiesse des conceptions, qui estoient poëtiques & esleuées ; tantost la liçence

Z Z Z z z z   iiij

des conſtructions & des façons de parler, qui eſtoient imitées & empruntées des autres nations ; & tantoſt la nouueauté des mots leſquels il ſe voyoit contraint d'inuenter, pour tirer noſtre langue de la pauureté & de la neceſſité. Mais luy, dont le Demon eſtoit inuincible, & ne pouuoit ceder au iugement de la multitude, ſe ſeruant d'vn ſuffiſant teſmoin à luy-meſme, de celuy que la poſterité feroit de ſes œuures, reſiſta courageuſement à la paſſion de ſes calomniateurs, & ne ceſſa iamais de ſuiure le meſme vol qu'il auoit entrepris, iuſqu'à ce que toute l'enuie eſtant eſteinte, & tous les monſtres ſurmontez & abbatus, on commença à luy applaudir en plein theatre, & luy par conſequent à iouïr du plus doux fruict qui ſe puiſſe recueillir de la gloire, qui eſt celuy que nous en receuons pendant que nous ſommes viuans. Apres ce premier combat il luy en ſuruint encore vn autre bien eſloigné & bien different de ſujet : c'eſt que les diſputes de la Religion ſe remuerent & allumerent en ce Royaume. Or eſt-ce la couſtume de ceux qui innouent en ces matieres, de rechercher auant toutes choſes les attraits & delices du langage, à fin d'allecher la multitude, & faire couler plus facilement leur opinion ſous la douceur du ſtyle & des paroles. En quoy certes ils auoient beaucoup d'auantage ſur les Docteurs Catholiques, dont les vns ſ'eſtoient endormis tout à fait durant le long repos de l'Egliſe : & les autres ſ'eſtoient plus employez à entretenir le peuple à la pieté & à la deuotion, qu'à l'eloquence & aux beaux diſcours. Ioint d'ailleurs que les eſtudes d'humanité, enſeuelies ſous les ruines de l'Empire Romain, commençoient à eſtre deterrees en France depuis ſi peu de temps, c'eſt à dire, depuis l'aduenement du grand Roy François, qu'il n'y en auoit encores que pour les eſprits plus curieux. Ce-pendant ce defaut apportoit vn grand prejudice à la Religion Catholique, d'autant qu'il ſembloit aux ames populaires que leurs Docteurs eſtoient hommes barbares & ignorans, qui ne ſçauoient pas ſeulement parler leur langue maternelle ; & que tout ce qu'il y auoit d'eſprits polis & iudicieux en ce Royaume, eſtoit de l'autre party : & ſur ce prejugé on faiſoit courir force liurets de Theologie par les mains du vulgaire, non ſeulement en proſe & en oraiſon ſoluë, mais meſme en ryme & en poëſie. A quoy vne infinité de gens applaudiſſoient pour la nouueauté du ſujet : lequel ils n'auoient point encore veu traitter en tel genre d'eſcriture, iuſques à tant que ce grand Ronſard prenant en main les armes de ſa profeſſion, c'eſt à dire, le papier & la plume, à fin de combatre ces nouueaux Eſcriuains, ſ'aida ſi à propos d'vne ſcience prophane, comme la ſienne, pour la defenſe de l'Egliſe, & apporta ſi heureuſement les richeſſes & les treſors d'Egypte en la Terreſaincte, que l'on recogneut incontinent que toute l'elegance & la douceur des lettres n'eſtoient pas de leur coſté, comme ils pretendoient. Au meſme temps donc les voila qui le prennent à partie en ſon propre & priué nom, ſe jettant ſur luy tous enſemble, comme ſi la cauſe de l'Egliſe & la ſienne euſſent eſté inſeparablement coniointes. Mais il les defendit ſi glorieuſement & l'vne & l'autre, qu'ils demeurerent confus & eſmerueillez, & n'eurent plus ny voix ny plume pour repliquer. Dont outre le gré que toute la France luy en ſceut, & l'honneur accompagné de liberalitez que le Roy, qui eſtoit lors, & la Royne ſa Mere, luy firent en ceſte conſideration ; encore meſme le Pape Pie V. eut la generoſité de l'en remercier par eſcrit, & de teſmoigner ſolemnellement les bons & vtiles ſeruices que l'Egliſe auoit receus de luy : ce qui acheua de l'encourager à prendre l'habit & la profeſſion Eccleſiaſtique, à laquelle il y auoit déja long-temps que ſes amis l'exhortoient.

De là peut-on iuger combien il auoit vne ame vniuerſellement née à la Poëſie, veu que quelque théme qu'il ſe ſoit iamais propoſé, il l'a manié ſi dignement que nul autre ne ſ'en pouuoit mieux acquitter, diſtribuant également l'excellence de

fon efprit à tous fes ouurages. Car à l'heure qu'il a pris des fujets pleins de vanité,
comme font les matieres d'amour, il a tant contenté ceux qui les ont leus, que l'on
a dit qu'il ne fe pouuoit rien voir de plus aggreable : lors qu'il a traité des argumens de guerres & de combats, il a tellement eftonné tout le Monde, que l'on a
penfé qu'il ne fe pouuoit rien imaginer de plus efpouuantable. Mais quand il s'eft
mis à efcrire des points de Theologie & de Religion, ç'a efté lors qu'il a rauy les
efprits de telle forte, que l'on a trouué qu'il ne fe pouuoit rien apprehender ny
conceuoir de plus admirable.

Somme, par tout il a efté fuperieur aux autres, & par tout il a efté égal à luy-
mefme. Il s'eft bien veu aux fiecles paffez des hommes excellens en vn genre de
Poëfie ; mais qui ayent embraffé toutes les parties de la Poëfie enfemble, comme
ceftuy-cy a fait, il ne f'en eft point veu iufques à maintenant. Homere a bien emporté la palme entre les Epiques, Pindare entre les Lyriques, vn autre entre les Bu-
coliques, & ainfi des autres ; mais la gloire vniuerfelle de la Poëfie ils l'ont tous
diuifée entr'eux, & chacun en a pris fa partie. Il n'y a iamais eu qu'vn feul Ronfard
qui l'ait poffedee toute pleine & toute entiere. Auffi certes y auoit-il plus con-
tribué de naturel luy feul que tous ceux dont l'antiquité nous a laiffé les monumens. Car la partie plus neceffaire pour ceft effect, qui eft l'imagination, il l'auoit
fi viue & conftante tout enfemble, que quand il eft queftion de reprefenter quelque chofe, les autres font froids & languiffans aupres de luy. Ceux qui auront veu
les Hymnes qu'il a faicts des quatre faifons, comme ie penfe qu'il s'en trouuera fort
peu en cefte compagnie qui n'ayent eu cefte honnefte curiofité, confirmeront
affez mon opinion, & attefteront qu'il eft prefque impoffible de jetter les yeux
deffus, que l'on ne fente vn certain rauiffement d'efprit, & que l'on ne confeffe
qu'il faut qu'il y ait quelque ame & quelque Genie là dedans qui agite & tranfporte
foit les lecteurs, foit les auditeurs. A cefte excellente imagination qu'il auoit apportee de fa naiffance, fon inconuenient qui s'augmentoit de iour en iour, ad-
jouftoit encore l'autre commodité dont nous auons defia parlé, qui eftoit l'amour
de la folitude. Car comme il voyoit que fa furdité le rendoit moins agreable pour
la conuerfation des hommes, il prenoit fujet de là de fe retirer des compagnies,
combien que parmy les compagnies & le peuple mefme il portaft aucunement la
folitude auec luy. Ce qui fans mentir me femble luy auoir efté vn merueilleux
auantage pour l'exercice de fa profeffion. Car il n'y a point d'objets qui deftournent
tant l'efprit de l'imagination & de la contemplation, que ceux de l'oüie, ny qui
foient plus contraires aux inuentions & conceptions. C'eft pourquoy les Anciens
baftiffoient les Temples des Mufes le plus loing qu'ils pouuoient des villes & des
habitations publiques ; eftimant que la folitude, le repos & le filence, & n'eftre
point troublé par les bruits & tumultes populaires, feruoit incroyablement aux
recherches & meditations poëtiques. Auffi voyons-nous que de fon temps la furdité eftoit prefque fatale à luy & à du Bellay, & aux autres qui auoient quelque
nom en cefte profeffion. De forte que tout ainfi que durant l'ancienne Grece,
l'aueuglement eftoit comme vne marque commune à ceux qui eftoient excellens
en la Poëfie ; ainfi femble-il que la furdité ait efté de noftre fiecle vn charactere
commun à tous les grands & excellens Poëtes François. Surquoy il y a encore cecy
à confiderer, c'eft que les autres profeffions fe peuuent bien apprendre par en-
feignemens & preceptes ; mais la Poëfie, fi nous croyons ceux qui y ont fleury, il
faut qu'elle vienne du naturel & naiffe d'vne certaine vigueur d'efprit, & qu'elle
foit excitee par vne influence, & par vne agitation diuine. Pourtant eftimoient-
ils anciennement que les Poëtes eftoient faincts, & qu'il les falloit reuerer comme

les inftrumens & les organes des Dieux. Au moyen dequoy cefte fcience ne dependant d'aucune doctrine exterieure, à raifon qu'elle eft toute infpirée diuinement,
& confifte en l'inuention, & non pas en la recordation des chofes, il femble que
le fentiment de l'oüie ne luy eft point particulierement neceffaire, comme eftant
confacré à la memoire & au reffouuenir. De maniere qu'il ne faut nullement trouuer eftrange, fi ce pere des Poëtes qui eftoit inftruit du Ciel, & auoit vne fource de
doctrine interieure en luy-mefme, n'eftoit point affifté de l'entier vfage de cefte
faculté, pour apprendre de la conference d'autruy, ce qui deuoit proceder de fon
feul Genie, & de fa propre infpiration. Car comme les habitans de l'Ifle de Candie,
quand ils erigeoient des ftatuës à Iupiter, les faifoient toufiours deftituées d'oreilles, pour donner à entendre au peuple, que celuy à qui il appartenoit de fçauoir
toutes chofes de luy-mefme, il ne falloit point qu'il eut d'oreilles pour apprendre
rien de perfonne. Ainfi ce grand Ronfard, qui par vn inftinct diuin, & par vne
fcience infufe receuoit l'intelligence des myfteres de la Poëfie, lefquels il deuoit
annoncer & expofer aux hommes de fa nation, il n'eftoit point befoin qu'il euft
d'oüye pour recueillir aucune inftruction de la bouche des autres, luy qui portoit
l'efcole & la difcipline des principaux fecrets de fon art en luy-mefme, & eftoit en-
feigné de Dieu particulierement & immediatement, non point par des oreilles
charnelles & materielles, mais par les oreilles du cœur, & par les oreilles de la penfee. Bien-heureux efchange de l'oüye corporelle à l'oüye fpirituelle: bien-heureux
efchange du bruit & du tumulte populaire à l'intelligence de la Mufique & de l'harmonie des Cieux, & à la cognoiffance des accords & des compofitions de l'ame.
Bien-heureux fourd, qui as donné des oreilles aux François, pour entendre les oracles & les myfteres de la Poëfie. Bien-heureux fourd, qui as tiré noftre langue
hors d'enfance, qui luy as formé la parole, qui luy as appris à fe faire entendre
parmy les nations eftrangeres. C'eft ce grand Ronfard, qui a le premier chaffé la
furdité fpirituelle des hommes de fa nation, qui a le premier fait parler les Mufes
en François, qui a le premier eftendu la gloire de nos paroles, & les limites de noftre
langue. C'eft luy qui a fait que les autres Prouinces ont ceffé de l'eftimer barbare,
& fe font renduës curieufes de l'apprendre & de l'enfeigner, & qu'auiourd'huy on
en tient efcole iufques aux parties de l'Europe les plus efloignées, iufques en la
Morauie, iufques en la Pologne, & iufques à Danfich, où les œuures de Ronfard fe
lifent publiquement. Somme fi noftre langue a quelque chofe dequoy fe comparer, dequoy fe vanter, dequoy triompher à l'endroit des langues eftrangeres, fi elle
a quelque luftre, quelque fplendeur, quelque ornement, c'eft à la feule memoire
de Ronfard qu'elle eft tenuë de tout ceft auantage. Quelle chofe donc ferons-
nous pour celebrer dignement ce que nous auons receu de luy? Quels Tombeaux,
quelles Statuës, quelles Colonnes, quels Temples, quels Autels luy edifierons-
nous? Quelles fleurs, quelles offertes, quelles effufions efpandrons-nous fur fa
fepulture? En combien de parties diuiferons-nous fes os & fes cendres, comme les
Egyptiens diuiferent les membres d'Ofiris leur patron & leur bien-facteur, à fin
que chaque Prouince de ce Royaume puiffe joüir d'vne portion de fes reliques,
pour leur eriger des fepulchres & des monumens par tous les endroits de la France
qui luy eft obligée vniuerfellement? Quels combats Poëriques, quels jeux, quelles folennitez inftituerons nous en faueur de fes obfeques, à fin que tous les Poëtes s'affemblent d'an en an au iour de fes funerailles, pour difputer entre le prix &
la victoire de la Poëfie, comme ils faifoient aux anniuerfaires d'Amphidamas? Et
en fomme de quelle recognoiffance vferons nous pour ne laiffer point efteindre
& enfeuelir la memoire de tant d'obligations dans le mefme Tombeau dans lequel

il est inhumé & enfepulturé? Ceux de la ville d'Argos colloquerent Homere au
rang des Dieux de leur Cité, & de leur Prouince, & l'affocierent auec Apollon en
leurs inuocations, & en leurs myfteres. Les Roys d'Egypte luy edifierent des Temples & des lieux facrez, & efleuerent aupres de luy pour trophée & pour monument de fa gloire, toutes les villes qui debattoient du lieu de fa natiuité. Les Roys
de Perfe firent mettre fes vers en leur langue maternelle, & prenoient la peine de
les apprendre par cœur, & de les chanter & reciter de leur propre bouche. Que
diray-ie plus? L'antiquité mefme a eftimé que les Dieux fe mefloient de la fepulture
des Poëtes, & leurs hiftoires racontent, quand Lyfander mit le fiege deuant la ville
d'Athenes, que la mort de Sophocle eftant interuenuë, Bacchus l'admonefta en
fonge qu'il euft à donner permiffion aux Atheniens de porter & conuoyer fes delices au fepulchre : c'eft à dire, d'enfeuelir les cendres du Poëte Sophocle, & de leur
rendre les honneurs funebres qui leur appartenoient. Et n'a pas efté iufques aux
nations plus efloignées de la douceur & de l'humanité, qui n'ayent celebré les funerailles des Poëtes auec beaucoup de reuerence & de deuotion. Faudra-il donc
que les François feuls, entre tant de marques & d'exemples de recognoiffance, foient
notez d'ingratitude & d'impieté? Sera-il dit que les Anciens ayent eftimé que la
fepulture des Poëtes eftoit facrée, & que c'eftoit vne action digne du foin & de la
diligence des Dieux; & que nous foyons fi froids & negligens à nous en acquitter
maintenant? Sera-il dit que des peuples barbares & Septentrionaux comme font
les Getes, ayent eu la pieté d'inhumer folennellement & honorablement vn pauure Poëte eftranger qui eftoit banny & relegué en leur Prouince, & de luy eriger
des monumens & des fepulchres magnifiques : & que les François mefprifent les
obfeques & les funerailles de leur Poëte naturel, qui n'eft point mort parmy les
nations eftrangeres, mais qui a rendu l'efprit dedans le fein & entre les bras de fa
patrie? Que diront tant d'ames genereufes qui ont vefcu en ce Royaume par le
paffé, & dorment maintenant en repos, de voir que nous laiffions partir de ce Monde auec fi peu de foin & d'ornement, celuy dont elles ont attendu la venuë par vn
fi long-temps, pour faire reuiure la memoire de leurs belles actions, & les dedier à
l'Eternité & à l'Immortalité? Que diront tant de vieux Cheualiers François, & tant
d'anciens Heros, qui nous ont laiffez apres eux pour recueillir les fruicts & l'heritage de leur gloire, que nous rendions cefte ingrate recompenfe à la memoire de
celuy qui nous fait ioüyr d'vne fi honorable fucceffion? Que dira ce magnanime
C H A R L E S, les delices & le foucy de la Mufe de Ronfard, qui n'a point dedaigné
autresfois de s'abbaiffer de fon Throfne Royal, pour f'égaler auec luy; & n'a point
fait difficulté de prendre la plume au lieu du Sceptre pour le prouoquer au combat des vers & de la Poëfie? Que dira-il donc maintenant quand il le verra defcendre au fepulchre fans appareil & fans pompe, defpoüillé & deftitué de tous ornemens funebres, comme vn autre homme du commun & du vulgaire? Ne regrettera-
il pas de n'eftre plus en ce Monde pour auoir le contentement de luy decerner les
ceremonies qui luy font deuës pour faire inhumer fes os & fes cendres auec les reliques de tant de Roys fes predeceffeurs, qu'il a retirez de l'ombre & de l'obfcurité
du tombeau; & finalement pour luy faire eriger vne ftatuë fur fon fepulchre, comme ce grand Scipion Africain en fit efleuer vne au Poete Ennius? Mais quoy, faut-
il que nous allions réueiller ceux qui repofent dans leurs monumens? Faut-il que
nous leur allions demander des larmes pour honorer ceft enterrement & ces funerailles? N'y a-il plus perfonne qui puiffe reffentir le malheur arriué à toute noftre
nation d'eftre priuée de la plume de celuy qui faifoit paruenir l'image & le luftre
de fes actions à la pofterité? N'y a-il plus perfonne qui fe foucie de dedier &

d'appendre les defpoüilles de Mars au Temple des Mufes? N'y a il plus perfonne
qui penfe à laiffer apres foy quelques marques & quelques tefmoignages d'auoir
vefcu ? S'il eft ainfi, pourquoy eft-ce que les François fe monftrent fi paffionnez
des beaux deffeins & des actes genereux ? Pourquoy eft-ce qu'ils courent fi volontairement à toutes fortes de dangers & de labeurs ? Pourquoy eft-ce qu'ils fe voüent
à l'execution de tant de difficiles & perilleufes entreprifes ? Car en fin fi leur ame
ne fe promet rien de la recognoiffance des fiecles à venir, & fi toutes leurs confiderations font enfermées des mefmes limites dont leur vie eft enclofe & contenuë,
quel befoin eft-il qu'ils fe confument par tant de veilles & de trauaux, ny qu'ils
courent tant de fortunes & d'accidents, à la mercy defquels ils f'expofent & fe facri-
fient à tous propos ? Mais il y a ie ne fçay quelle effigie de la gloire qui refide dans
l'efprit des perfonnes vertueufes, comme dedans vn Temple & dans vn Sanctuaire,
& les admonefte inceffamment de ne mefurer point la renommée de leurs actions
par la brieueté de cefte vie ; ains de l'égaler & la comparer auec toute l'eftenduë de
la pofterité. De forte que les belles chofes que nous faifons de iour en iour, il
nous femble en les accompliffant que ce font des femences de noftre gloire que
nous femons & efpandons dedans le champ de l'Eternité, pour en recueillir le
fruict d'vne memoire perpetuelle. Et foit que cefte vanité nous apporte quelque
volupté apres que nous fommes enleuez d'icy-bas, ou foit qu'elle ceffe de nous
delecter, pour le moins auons-nous le contentement, tant que nous fommes
viuans, de joüir de l'vfufruict d'vne telle efperance, & de flatter nos efprits de
cefte douce & agreable illufion. Que fi cependant il s'en trouue encore de fi
infenfibles aux flammes de l'honnefte ambition, que de n'eftre point touchez
de la mort de celuy qui pouuoit faire reluire leur vertu apres eux ; & s'il y en a
encore qui ne celebrent pas fes obfeques auec les mefmes larmes & la mefme
paffion que nous fommes obligez d'y apporter, ce defaut retournera à leur
perte, & non à fon dommage, à leur honte, & non à fon deshonneur. Car auffi
bien les offices que nous luy faifons maintenant, ce n'eft pas en intention d'adjoufter rien à fon luftre & à fa fplendeur que nous les executons : & ces honneurs
funebres que nous deferons à fa fepulture, ce ne font pas tant des trophées &
des enrichiffemens de fa gloire, comme ce font des monumens de noftre recognoiffance que nous dreffons & erigeons à la veuë de la pofterité : à fin que ceux
qui viendront apres nous, loüent noftre iugement, & ne nous accufent point de
facrilege & d'impieté. Ce fera cefte iufte & equitable pofterité qui rendra à fa
memoire le prix & la recompenfe qu'elle merite, & ne fe fentira plus de la froideur
& de la ftupidité des hommes de noftre temps. Elle folennifera ambicieufe-
ment ces funerailles dont nous tenons auiourd'huy fi peu de conte. Elle reue-
rera auec deuotion ce fepulchre que nous fommes fi negligens de conftruire &
d'edifier. Toutes les pierres de ce glorieux monument luy feront facrées & precieufes, & plus il ira en decadence, & plus il fe fera fainct & venerable en fon endroit par l'antiquité du temps, & par la fucceffion des années. De maniere que
ceux qui auront quelque religion enuers les Mufes, le viendront vn iour vifiter
auec admiration, & y feront des vœux & des pelerinages pour acquerir le don
& l'infpiration de la Poëfie. Il y aura encore à l'aduenir quelque nouuel Al-
phonfe qui falüera le païs de fa natiuité, & rendra graces au Genie de la Prouince, d'auoir produit vn fi rare & excellent perfonnage. Il viendra encores cy-
apres quelque fecond Alexandre ; Il naiftra encores quelque nouueau Monarque
du Monde, qui pleurera fur la fepulture d'Achille, & ne regrettera en fa fortune finon de n'auoir pas vefcu du temps de ce grand Homere François. Mais
quel

quel autre Alexandre deuons-nous souhaiter? N'auons-nous pas nostre Roy, qui a
consacré luy-mesme la sepulture de Ronsard auec ses larmes? qui a honoré les funerailles de l'Homere Gaulois, auec ses propres plaintes, & qui a seruy d'exemple &
de lumiere à toute la France, en vn acte si plein de pieté? Quel autre plus grand
desplaisir peut il ressentir maintenant que de voir que l'image de sa vie, que la description de ses combats, & de ses victoires, si heureusement entreprise & commencee par la Muse du grand Ronsard, n'ait peu estre continuée & acheuée par le
mesme Autheur, & qu'il faille qu'elle demeure defectueuse & imparfaite, ne se
trouuant plus personne qui ose mettre la main sur vn si digne tableau, ny prendre
le crayon apres vn ouurier si excellent & si inimitable? Il est vray que la posterité
iugera assez de toutes les actions d'vn tel Prince, par ce seul eschantillon, luy
estant facile de recognoistre que ç'aura esté la plume de Ronsard qui aura defailly
à sa gloire & à son merite, & non sa vertu, & son merite qui aura manqué à la plume
de Ronsard. Mais ie ne pren pas garde que i'excede le terme de la narration, &
sors des limites que ie m'estois prescrits à moy-mesme, ayant plustost desseigné de
vous representer les accidens qui luy sont arriuez vn peu auant sa mort, que de
vous entretenir d'aucunes autres considerations. Or ie ne sçay pas comme ie me
suis engagé en ce long labyrinthe de propos, ny ne sçay pas aussi comme ie m'en
pourray retirer: car ces larmes me sont douces, & ces meditations me consolent.
Et tout ainsi que les yeux des hommes ne se retirent pas aisément des objets qui
leur sont agreables, & quand on les en pense diuertir c'est alors qu'ils y retournent d'eux-mesmes: Ainsi il m'est tres-difficile de r'appeller mon esprit de ceste
chere & rauissante contemplation. Neantmoins si ne faut-il pas que l'excez de la
pieté m'emporte tellement outre les loix & les bornes de la mediocrité, que ie perde le dessein & la memoire de mon premier discours, & ne me souuienne plus
d'y adjouster la fin & le couronnement. Estant donques le Sieur de Ronsard arriué
sur le declin de son aage, & se trouuant incommodé des accidens de la vieillesse;
au lieu que ceux que la nature fauorise d'heritiers pour succeder apres eux, ont accoustumé de penser à faire leur testament, & donner ordre à leurs affaires, à fin
de les laisser joüir en repos du bien qu'ils leur ont acquis: il commença de songer
à son testament & à sa derniere volonté: non comme il ordonneroit de ses affaires
temporelles, mais comme il disposeroit de ses escrits, qui estoient ses enfans spirituels. Et pourtant delibera de les faire r'imprimer tous ensemble en vn grand volume; à fin qu'estans ainsi liez & ramassez, ils ne courussent pas fortune de s'esgarer
si aisément, & par mesme moyen d'y inserer quelques additions & corrections, & en somme d'y mettre la derniere main, & les laisser à la posterité comme il vouloit qu'ils fussent leuz & recitez. Ce qui fut cause qu'il demeura vn Hyuer
en ceste ville, auquel, outre les empeschemens qu'il auoit le reste du iour, il estoit
contraint de veiller les soirs pour voir les espreuues, & fournir de matiere aux
presses des Imprimeurs, qui deuorent vne grande quantité de labeur. Or estoit-il
fort cassé & abbatu, tant à cause des exercices violens qu'il auoit faits en sa ieunesse, de sauter, luitter, voltiger, monter à cheual, & autres diuers excez, que pour
la grande subjection qu'il auoit renduë à sa profession, depuis la fleur de son aage
iusques au commencement de sa vieillesse. Car comme il se vit desia auoir quelque
nom par la France, & neantmoins qu'il estoit venu tard à l'estude des lettres, il s'y
opiniastra tellement, pour recompenser la perte du temps, & soustenir & augmenter la reputation qu'il auoit acquise, qu'il trauailla douze ou quinze ans
continuels perpetuellement estudiant, & perpetuellement composant. Or comme
entre tous les labeurs celuy de l'ame affoiblit le plus les forces naturelles, & fait

A A A a a a a

vne plus grande confomption d'efprits; auffi de tous les trauaux de l'efprit, celuy qui confifte en la compofition & où il faut que l'ame mette quelque chofe hors d'elle mefme, eft fans comparaifon plus violent & pernicieux que celuy qui ne gift qu'en vne fimple & ocieufe lecture, où l'entendement n'a autre peine qu'à receuoir les conceptions d'autruy : & principalement en la Poëfie, qui a befoin d'vne plus grande contention pour trouuer des imaginations efleuees & feparees du commun. De forte que ces efforts le confommoient iufques à le faire tomber en de grandes maladies, pour lefquelles les Medecins ne luy defendoient rien tant que l'exercice de la Poëfie. Mais il n'y auoit point de confiderations affez fortes pour arracher vne chofe fi profondement imprimee & enracinee en fon efprit. L'image de la gloire fe prefentoit à toute heure deuant fes yeux, & ne le laiffoit repofer ny nuict ny iour, ains le tenoit en vne perpetuelle paffion de paruenir à cefte immortalité qu'elle luy promettoit; laquelle auffi elle luy a liuree non pas gratuitement ny liberalement, mais moyennant le prix le plus cher qu'il luy pouuoit payer, c'eft à dire, le retranchement de fa vie. Car il n'y a point de doute eftant né comme il eftoit, que s'il euft voulu mefnager fa fanté il n'euft vefcu vn fiecle entier. Il eft vray auffi à l'oppofite qu'il ne ioüiroit pas maintenant de cefte feconde vie que fes labeurs luy ont acquife pour la luy conferuer durant tous les aages futurs, fans fentir aucune alteration ny corruption, experimentant en luy-mefme du naturel de la gloire ce que l'on dit de celuy du cedre, à fçauoir qu'il conferue les morts, & fait mourir les viuans. Ses œuures doncques furent acheuees d'imprimer en vne nouuelle forme auecques beaucoup de contentement pour luy, de voir qu'il auoit eu le loifir deuant que d'eftre preuenu d'aucun accident de leur dire le dernier adieu. Elles furent auffi fort toft recueillies, comme rien qui fortoit d'vn fi grand perfonnage ne pouuoit eftre negligé : auec diuers iugemens toutesfois, les vns approuuant les cenfures & additions qu'il y auoit faites, les autres les trouuant languiffantes, & eftimant qu'elles fe fentoient de la froideur de la vieilleffe. Cependant ce dernier labeur le mina tellement qu'il fut foudain apres faifi de la goutte, à laquelle il y auoit defia quelque temps qu'il eftoit fubiect, & fi eftrangement traicté, qu'il demeura dix mois entiers perclus & arrefté dedans vn lict, auecques des douleurs qu'il eft plus facile d'imaginer que de reprefenter. Cefte maladie l'ayant accompagné iufques aux premieres fleurs, comme il vit le retour du Printemps, & qu'il y auoit quelque efperance que le changement de faifon luy ayderoit à recouurer fa fanté : Il n'eut pas le loifir d'attendre que les beaux iours l'euffent vn peu remis pour reprendre l'air & la liberté des champs, & fe faire porter en vn Prieuré qu'il auoit en Vendomois, appellé Croix-val. Auffi toft qu'il y eft arriué, voila les troubles qui s'efmeuuent par toute la France fous le nom de Ligue & d'Vnion, & les guerres ciuiles plus allumees & embrafees en ce Royaume que iamais. Il eft vray que leur premier feu ne dura pas long-temps en fon ardeur, d'autant que les affaires furent incontinent moderees & pacifiees, c'eft à dire dans la venuë de l'Efté : pendant laquelle faifon auffi il eut quelques trefues auec fon mal, dont toutes-fois l'Automne commençoit à luy faire payer bien cherement les interefts, quand voila de l'autre cofté les armes entre les mains de ceux que l'on nôme de la Religion, le Chafteau d'Angers prins pour eux, & leurs compagnies qui paffent la riuiere de Loire, & mettent tout l'Anjou & le Vendomois en allarme. Sur ces entrefaites defcend M. de Ioyeufe, duquel l'expedition fut fi heureufe, qu'apres auoir reduit la place en l'obeïffance du Roy, & empefché le paffage aux troupes qui s'en vouloient retourner en Poictou, il fit efcarter & diffiper tout ce nuage en peu de temps. Luy qui ne fçauoit encore rien du defordre de cefte armée, ains auoit feulement

les nouuelles que les forces de delà la riuiere fondoient en Vendomois, print l'allarme à bon escient, pensant que la guerre s'y venoit terminer. Et pource resolut de desloger, tout malade qu'il estoit, & se faire rapporter en ceste ville, où il
souffrit à son retour de si estranges tortures, que ce n'estoit que fleurs & delices que
tout ce qu'il auoit essayé iusques alors. Au bout de quelque temps, comme ceux
qui ne sçauent plus quel remede appliquer à leur mal, en accusent leurs licts ou
leurs chambres, estimans qu'il ne tient qu'à changer de lieu qu'ils ne changent de
condition : il s'imagina que c'estoit le sejour de Paris qui luy estoit ainsi contraire, à
cause de l'espesseur de l'air & des vapeurs qui y rendoient l'Hyuer beaucoup plus
pluuieux & catharreux qu'ailleurs : & partant qu'il luy falloit regaigner celuy de
Vendomois, & se faire retrainer à Croix-val, nonobstant la dissuasion de ses amis, &
les remonstrances qu'on luy faisoit des inconueniens que l'agitation du coche luy
auoit desia causé & luy causeroit encore par les chemins. Retourné qu'il fut à Croix-
val pour la seconde fois, ce fut lors qu'il commença à desesperer du tout de sa santé:
car les excessiues douleurs qu'il enduroit tant à raison de la violence ordinaire de sa
maladie, que pour les trauaux qu'il y auoit adjoustez d'ailleurs, l'empeschoient de
prendre aucune heure de repos; chose qui luy apportoit vn grand affoiblissement
d'estomac & vne merueilleuse diminution de chaleur naturelle. Et encore pour
s'acheuer, voyant qu'il auoit tousiours les yeux ouuerts, & l'ame esueillée & sensible aux pointes de sa douleur, il s'aduisa à fin de coniurer la cruauté de son mal,
d'auoir recours à vn somme artificiel, & se mit à boire du ius de pauot, lequel
au lieu de luy donner allegement, luy refroidit si fort le sang & les esprits qu'il
tomba en vne atrophie & en vn defaut de nourriture. Et lors non seulement il
perdit l'vsage de toutes les parties de son corps, excepté celuy de la langue qui
luy restoit pour exprimer la peine des autres : mais mesmes les extremitez de ses
membres venans à ne receuoir plus de vie ny d'aliment, & se trouuans occupées
d'humeurs vicieuses, commencerent à se despoüiller & descharner : de sorte que
c'estoit vn trespiteux spectacle que de jetter la veuë dessus, & qu'il n'y auoit
ame si asseurée qui n'eust eu occasion de s'en effrayer & d'en trembler. La sienne
neantmoins entre tous ces tourmens ne faisoit aucune contenance de ceder à la
rigueur de son mal; au contraire, prenoit de iour en iour de nouuelles forces
pour combattre contre sa douleur, non pas en touchant la terre à la façon
d'Antée, mais en s'approchant du Ciel, & le touchant auecques l'esperance &
le desir. Tellement que combien qu'il se vist parmy les larmes de ses amis & de
ses parens, qu'il fust comme aux accez & aux aduenuës de la mort, & que l'on
apperçeust son visage tout en eau, & ses linceux tout moüillez & trempez de
sueur, si est-ce qu'il composoit encore au fort de ce combat les plus beaux Poëmes spirituels qu'il estoit possible, & les prononçoit auec vne parole si ferme &
asseurée, qu'il ne paroissoit pas que ce fust vne voix mortelle qui parlast, mais
quelque diuinité qui se seruist de sa bouche pour rendre ses oracles : tant il auoit
vn courage inuincible, & vne ame vrayement & essentiellement Poëtique. Car
en somme, comme si ceste profession eust voulu prendre fin auec luy, il sembloit qu'elle faisoit lors ses derniers efforts, luy arrachant encore de l'esprit au
milieu de ces agonies, des vers si hardis & si animez, que c'est chose plus humaine de les admirer que de les imiter. Aussi certes pouuons-nous bien dire desormais, pour le moins de la Poësie Françoise, qu'elle a accomply son tour & sa reuolution dans le cercle & dans le periode de sa vie. Il l'a veuë en son Orient, il l'a
veuë en son Occident; il l'a veuë naistre, il l'a veuë mourir auecques luy : elle a eu
vn mesme berceau, elle aura vne mesme sepulture.

A A A a a a a ij

Entre les œuures donc qu'il tira de son esprit pendant qu'il fut à Croix-val, sortirent des Stances qu'il addressoit à vn sien neueu, deplorant la misere de ceste vie, &
l'admonestant de fuïr les voluptez comme pestes de la ieunesse, qui n'apportoient
autre chose que la perte de l'ame & la ruine du corps. Apres il desseigna & prononça luy-mesme son Epitaphe de la façon quil vouloit qu'il fust graué sur son tombeau. Cela fait, il profera quelques Sonnets en forme de plaintes sur la vehe-
mence de sa douleur, contenans comme il se voyoit mourir partie apres partie, deuant ses propres yeux, & ne pouuoit ietter la veuë sur aucun lieu de son corps sans
horreur & compassion : mais que le secours du Ciel estoit prochain, & qu'il esperoit
n'auoir plus gueres de temps à souffrir de ceste sorte. Puis en dedia certains autres à
Dieu, le priant d'auancer le terme de son salut : Qu'il auoit essayé tous les remedes
des hommes, qu'il auoit espuisé tous les secrets de l'art & de la nature pour trouuer
moyen d'auoir quelque minute de repos ; mais que ny le jus de pauot, ny les autres
drogues des Apothicaires ne luy seruoient plus de rien : & partant qu'il l'adiuroit
comme souuerain Medecin d'y vouloir mettre la main luy-mesme, & luy enuoyer
le sommeil ou la mort. En fin apres plusieurs tels combats de corps & d'esprit, se
sentât pressé d'adiouster la catastrophe & le dernier acte à ceste tragedie, & en ayant
eu non seulement des aduertissemens naturels, mais mesmes des presages extraordinaires (comme il aduient souuent à ces grands personnages auant leur deceds)
soit que c'eust esté son Ange qui luy fust apparu vne des nuicts precedentes, ou bien
quelque autre vision : il delibera d'entreprendre encore vn voyage pour le dernier
qu'il desiroit d'accomplir en ce Monde, à sçauoir, de se faire transporter en vn Prieuré qu'il auoit prés de Tours, appellé Sainct Cosme. Ce Prieuré est situé en vn lieu
fort plaisant assis sur la riuiere de Loire, accompagné de boccages, de prairies, & de
tous les ornemens naturels qui embellissent la Touraine, de laquelle il est l'œil & les
delices; ce qui le luy faisoit aimer par dessus ses autres maisons, comme estant la plus
propre à entretenir ses Muses & recréer la beauté de son esprit, & d'ailleurs le premier bien Ecclesiastique dont il auoit esté pourueu. Ne conseruant donc plus autre
passion sinon de s'y voir transporter, à fin de joüir de ceste derniere felicité d'y mourir, & se persuadant que ses os y reposeroient plus doucement, il se fit mettre dans
son chariot, tout perclus & estropié que ie vous l'ay descrit ; & s'estant ainsi achemi-
né malgré les injures de l'air, trauailla tant de ceste premiere traitte, qu'il alla coucher enuiron à trois lieuës de là, & l'autre lendemain d'apres qui estoit vn iour de
Dimanche, arriua finalement à S. Cosme sur les cinq heures du soir : depuis lequel
temps iusques au Ieudy suiuant il ne luy suruint aucun accident notable, sinon qu'il
alloit affoiblissant de iour en iour. Le Ieudy comme sa chaleur naturelle commençoit à manquer tout à fait, & à n'estre plus suffisante pour entretenir le sentiment de
ses douleurs, il tomba en vn long assoupissement, auquel ayant demeuré iusques sur
le soir, il commanda vn peu apres son réueil, qu'on prist la plume pour escrire ce
qu'il dicteroit. Puis recita deux Sonnets, l'vn addressé à son Ame, où il l'excitoit de
se disposer à ce bien-heureux depart, lequel il sentoit approcher, luy demandant ce
qu'elle pensoit faire, si elle s'amusoit à dormir lors qu'il estoit question de songer à
desloger; si elle vouloit demeurer engourdie en la masse de son corps ; que la trompette auoit sonné, qu'il falloit serrer bagage ; qu'il falloit suiure le chemin paué
de ronces & de chardons que Iesus-Christ auoit tracé pour la racheter, qu'il falloit prendre courage & n'abandonner point la carriere ; que ceux qui mettoient la
main à la charruë & regardoient derriere eux, qui commençoient la course &
ne l'acheuoient point, n'estoient pas dignes du loyer. Le second estoit vne espece d'adieu à toutes les choses caduques & perissables, lesquelles il se voyoit prest

d'abandonner, & vne forme de remonstrance à soymesme, qu'il n'estoit plus temps de penser à la terre, que c'estoit fait, qu'il auoit deuidé le fil de ses destinées, qu'il auoit espandu son nom & ses escrits par tout le Monde; maintenant que sa plume s'enuoloit au Ciel pour y estre changée en quelque nouuel astre, & luy au dessus du Ciel pour y estre transformé d'homme en Ange, & faict de corporel incorporel aupres de Iesvs-Christ. Le Vendredy enuiron sur le midy arriua le sieur Gallandius, qui auoit tousiours esté son intime & particulier amy, & qui certes luy conserue ceste mesme affection sacree & inuiolable apres sa mort, rendant auiourd'huy à sa memoire par ces actions publiques & solemnelles, les honneurs & les offices dignes de l'amitié qu'il luy a portée pendant qu'il viuoit. Or apprehendoit-il, ayant sceu sa venuë, de parler à luy & l'entretenir, encore que d'ailleurs il le desirast passionnément, de peur que sa presence ne luy attendrist le cœur & ne luy renouuelast par trop la memoire de leur ancienne familiarité. Pourtant quand il le vit entrer dedans sa chambre, il eut l'esprit saisy d'angoisse, iusques à se laisser tomber quelques larmes des yeux. Car ceste belle ame dont la trempe s'estoit tousiours monstree si forte à tous les autres traits de sa douleur, ne se sceut tenir lors, qu'elle ne s'amollist à la souuenance de leur societé & priuauté passee. Et comme il cognut qu'il se vouloit mettre en deuoir de le consoler, mais que les pleurs & les souspirs luy empeschoient la parole, il prit le premier le propos & luy dit, Qu'il estoit bien-heureux de partir de ce siecle où il sembloit que tout alloit en confusion & en ruine: Que s'il y auoit quelque chose qui l'obligeast à desirer d'y demeurer plus long-temps, c'estoit l'affection qu'il portoit à ses amis, entre lesquels il tenoit le premier rang; mais qu'il se promettoit qu'ils ne seroient iamais esloignez l'vn de l'autre, & que si leurs corps estoient separez, pour le moins leurs ames conuerseroient ensemble: Quant à luy, puis que c'estoit le plaisir de Dieu, il y obeïssoit volontiers, & qu'aussi bien ceste vie ne luy estoit plus qu'vne mort continuelle: Qu'il ressentoit que Dieu l'appelloit à vne meilleure & plus asseurée, qu'il en auoit diuers aduis, non seulement par le manquement de sa chaleur naturelle qui defailloit tout à fait, mais aussi par des presages qui venoient de plus loin, & que quelques nuicts auparauant, comme tout le monde estoit sorty de sa chambre, il luy estoit apparu vne grande lumiere, & là dessus luy recita ceste histoire dont mille personnes ont oüy parler. Puis finalement auec des larmes de part & d'autre plus chaudes que deuant, le pria qu'il le laissast & se retirast d'aupres de luy, tant pour n'augmenter point son affliction par la veuë de la sienne, qu'aussi à fin qu'en mourant il ne luy restast point vn object deuant les yeux, qui luy fist auoir regret de partir de ce Monde & s'en aller à celuy où il estoit appellé. Au mesme temps suruindrent plusieurs notables habitans de la ville de Tours, qui l'auoient souuent visité depuis qu'il estoit arriué à Sainct Cosme, & entendans qu'il n'y auoit plus d'esperance qu'il peust passer ce iour, s'estoient auancez de le venir voir de meilleure heure que les precedens. Vn peu apres donc qu'ils furent entrez, le Sous-Prieur de Sainct Cosme qui les auoient conduits, prit la parole & luy dit, Qu'il sembloit que Dieu les vouloit tant affliger que de le retirer d'auec eux; partant que ce seroit dignemét fait à luy de s'y preparer pendant qu'il luy en restoit le loisir: Qu'il auoit des affaires temporelles; qu'il croyoit qu'on luy auoit déja conseillé d'y donner ordre: qu'il auoit aussi des affaires spirituelles, qui estoit l'estat de son ame & le salut de sa conscience; qu'il estoit temps d'y vacquer & se resoudre de quelle façon il vouloit mourir. A ces mots il s'aigrit, & luy demanda s'il ignoroit comme il vouloit mourir; puis repartit qu'il vouloit mourir comme estoient morts ses peres, c'est à dire, en la foy de l'Eglise Catholique: & lors commanda qu'on luy appellast tous ses Religieux,

A A A a a a a iij

& qu'il defiroit qu'ils fuffent fpectateurs du dernier acte de fa vie : aufquels quand
ils furent affemblez il commença à faire cefte declaration ; Qu'il recognojffoit
qu'il auoit efté pecheur comme les autres hommes, voire beaucoup plus grand
pecheur que la plus part des autres hommes : Qu'il s'eftoit laiffé deceuoir aux
charmes de fes fens, & ne les auoit pas reprimez & chaftiez comme il deuoit : Ce
pendant, qu'il auoit toufiours tenu la foy & la religion que fes ayeulx luy auoient
laiffee ; qu'il auoit toufiours embraffé la creance & l'vnion de l'Eglife Catholique ; qu'il auoit mis vn bon fondement, mais qu'il auoit bafty deffus, du foin, du
bois & de la paille.   Pour le regard du fondement qu'il auoit eftably, il eftoit
tres-affeuré qu'il demeureroit : Quant à ce qu'il auoit edifié deffus, il efperoit en
la mifericorde du Seigneur qu'il feroit confommé par le feu de fa charité & de
fon amour.   Pourtant les prioit-il qu'ils creuffent comme il auoit creu, mais ne
vefcuffent pas comme il auoit vefcu : neantmoins qu'il n'auoit iamais entrepris ny
fur la vie, ny fur les biens, ny fur l'honneur de perfonne, mais que ce n'eftoit pas
dequoy fe glorifier deuant Dieu. Puis f'apperceuant qu'ils auoient le vifage tout
trempé, adjoufta qu'ils ne pleuraffent point de le voir en l'extremité où il eftoit,
mais pluftoft deploraffent leur condition de ce qu'ils auoient encore à languir fi
long-temps apres luy.   Que le Monde eftoit vne perpetuelle agitation, vne perpetuelle tourmente, vn perpetuel naufrage ; que c'eftoit vne mer & vne confu-
fion de pechez, de larmes & de douleurs, & que le feul port de toutes ces infortunes & miferes c'eftoit la Mort.   Pour luy, qu'il n'emportoit aucun defir ny aucun
regret de la vie, qu'il en auoit effayé toutes les fauffes & pretenduës felicitez, quil
n'y auoit rien oublié qui luy euft peu apporter la moindre ombre de contentement,
mais qu'à la fin il auoit trouué par tout l'Oracle du Sage, Vanité des vanitez. Que
de la plus belle & plus loüable de toutes ces vanitez, qui eftoit la gloire & la renommée, il auoit eu autant de fujet d'en eftre raffafié que perfonne de fon fiecle, qu'il
en auoit joüy & triomphé par le paffé, maintenant qu'il la laiffoit & refignoit à
fa patrie, pour la recueillir & poffeder apres fa mort, & s'en alloit d'icy bas auffi content & affouuy de la gloire du Monde, comme defireux & affamé de celle de Dieu.
Apres auoir prononcé ces chofes & plufieurs autres, auec la mefme conftance
que f'il euft efté en vn corps emprunté, il commanda fur les trois ou quatre heures
qu'on luy apportaft les Sacremens requis en telles extremitez, lefquels ayant fainctement & deuotement receus, & ayant dit les dernieres paroles, il fe tourna vers
la paroy pour repofer. Cependant toute l'affiftance eftoit en pleurs & en larmes,
qui regrettoit le malheur commun, & fe plaignoit de cefte feparation comme
d'vne tyrannie de la deftinée, s'efforçant de retenir & coniurer ce diuin efprit, ny
plus ny moins que s'ils l'euffent peu arrefter auec leurs mains & leurs prieres. Les
Anges d'autre cofté affiftoient inuifiblement à fon dernier combat, & attendoient
le partement de cefte belle ame, pour l'accompagner en fon voyage, veillans à l'entour d'elle tandis qu'elle repofoit.   Enuiron donc vne heure apres, il fortit de ce
fommeil, ou pluftoft de ceft affoupiffement : mais comme il fe fentit efueillé, il recognut que fon difcours commençoit à fe troubler, & apprehenda que les affiftans
n'y remarquaffent de l'alteration, & qu'il luy arriuaft de leur dire quelque chofe
mal à propos. Pour à quoy remedier il appella fa garde, & luy commanda qu'elle
prift garde à luy, & que quand il commenceroit à refver elle le pouffaft, & l'en ad-
uertift : ayant encore ce beau foin au dernier acte de fa vie, de ne vouloir pas qu'il
luy efchappaft aucune parole indigne de l'efprit & de la bouche du grand Ronfard.
Et cela fait inclina de rechef la tefte fur le cheuet de fon lict pour repofer, comme il
auoit fait vn peu auparauant.

Helas ! à la mienne volonté que ie peuſſe mettre icy fin à mes paroles, & que ie
ne fuſſe point obligé de pourſuiure ceſte Oraiſon, & la continuer plus auant ! Car
qui eſt-ce qui donnera de l'eau à mon chef, comme dit le Prophete, & qui eſt-ce
qui donnera des fontaines de larmes à mes yeux ? Qui eſt-ce qui me conuertira
tout en voix & en langues, pour aller publier ces triſtes nouuelles, pour aller annoncer que le grand Pan eſt mort, pour aller exciter des gemiſſemens & des
lamentations par toute la France ? C'eſt maintenant que les Oracles ſont ceſ-
ſez, c'eſt maintenant que la Poëſie eſt eſteinte & abolie : c'eſt maintenant que
les Muſes ſont delaiſſées & abandonnées. Pauure nation Françoiſe qui auois n'a-
gueres tant dequoy triompher par deſſus les autres Prouinces, où s'en eſt fuye
ta gloire & ta ſplendeur ? & qu'eſt deuenu ton luſtre & ton ornement ? Faudra-
il cy-apres, quand tu te voudras comparer auec les peuples eſtranges, que tu ſois
contrainte de retourner aux ſepulchres & aux monumens, & d'auoir recours à
la memoire des choſes paſſées ? Pauure Prouince affligée, pleure cet accident a-
uec tes autres calamitez, & ne le pleure pas ſimplement pour l'intereſt d'vne
perte ſi deplorable, mais encore à cauſe des mauuais augures & preſages que le
deceds de ces grands hommes tire ordinairement apres ſoy aux Eſtats & aux Republiques où ils ont veſcu. Et vous qui eſtes icy preſens & aſſiſtez à ce ſaint & deuot
office, qui eſtes vne bonne & grande partie des ornemens & de la lumiere de ce
Royaume, & qui deuez eſtre plus ſenſibles aux mal-heurs du public que le ſimple
peuple & les ames baſſes & vulgaires ; laiſſez-vous toucher à la paſſion, conioignez
vos plaintes auec celles des Muſes & auec les noſtres, & monſtrez que vous auez
plus perdu à la mort du grand Ronſard que perſonnes du monde, vous de qui les
vies meritent le prix & la couronne de l'immortalité. Mais que dy-ie, à la mort du
grand Ronſard ? Non non, Meſſieurs, reſſerrez vos ſouſpirs & vos larmes : Ronſard n'eſtoit point mortel, il n'eſtoit point ſubjet à la mort, c'eſt offenſer le rang
& le merite de ſa condition, que de le plaindre & regretter en ceſte qualité : c'eſt
faire tort à la force & à la grandeur de ſon courage, que de le pleurer & lamenter ainſi effeminément. Il nous a laiſſé vne ſi digne & excellente partie de luy-meſme, il nous a laiſſé vne telle prouiſion de ſes labeurs & de ſes ouurages, il nous a
laiſſé de ſi viues & perdurables reliques de ſon eſprit, que non ſeulement elles ſuffi-
ſent pour l'exempter de la deſtinée des choſes mortelles, & faire que ce noble Genie
qui ne reſpiroit qu'eternité & immortalité, ſoit perpetuellement & eternellement
preſent auec nous, mais encore pour luy exciter des imitateurs & des ſucceſſeurs. Il
viura, il ſera leu, il fleurira, il ſe conſeruera dans la penſée & dans la ſouuenance
des hommes, tant qu'il y aura quelques enſeignes & quelques marques de l'Empire
des François, tant que la langue Françoiſe aura quelque cours & quelque ſon parmy
les nations eſtrangeres, tant que les lettres ſeront en eſtime & en reuerence : & bref,
tant qu'il y aura des hommes qui voudront ietter les yeux ſur les actes de leurs deuanciers. Il ne craindra aucune ſuitte de temps ny aucune antiquité, il frequentera
ſpirituellement & inuiſiblement auec nous, & plus il ira en auant & plus il verra
croiſtre & augmenter ſa renommée ; & au lieu que n'agueres elle excedoit toutes
celles de ſon ſiecle, maintenant qu'il eſt decedé il la verra s'exceder & ſurpaſſer elle-
meſme ; ny plus ny moins que les phioles pleines de parfums & de ſenteurs, leſquelles venant à ſe caſſer, eſpandent leur odeur encor beaucoup plus loin qu'elles ne
faiſoient auparauant. Car quant à ce voile terreſtre qu'il a abandonné, quant à ces
os & à ces muſcles qu'il a deſpoüillez, qui ne luy appartenoient non plus que les
habits dont il eſtoit enueloppé, & n'eſtoient non plus parties de luy que le monument dans lequel ils ſont enclos & enſeuelis : outre ce que c'eſt ſacrilege de ſe plain-

A A A a a a a iiij

dre de l'ordonnance diuine , & que les larmes qui accufent le iugement de Dieu
font coulpables de blafpheme & d'impieté ; encore femble-il que c'eft luy vouloir
mal que d'auoir regret qu'il foit deliuré de la charge & des incommoditez que cefte
prifon caduque & mortelle luy apportoit,qu'il foit hors des douleurs dont il eftoit
detenu,qu'il ait changé fa condition feruile & pleine de captiuité ,à la franchife & à
la liberté des Anges, & que ce clair efprit depeftré des empefchemens du corps &
de l'épeffeur de la matiere, qui ne feruoient finon de troubler la lumiere de fes
conceptions , foit deformais vny immediatement auec Dieu ; &'tout nu & defcouuert contemple auffi nuëment & à defcouuert cefte fuprefme effence, qui eft la mefme pureté & la mefme fimplicité. Il ne void plus maintenant l'ombre & la figure
des chofes intelligibles, mais en confidere le vray original & le vray exemplaire. Il
ne void plus Dieu en enigme & par reflexion , mais l'obferue face à face, ioüit de la
priuauté & de la familiarité que les Anges ont auec luy, & en cefte fouueraine caufe des caufes,en ce miroir vniuerfel,en cefte glace polie & refplendiffante,recognoift
les idées & les formes de toutes chofes. Il regarde tourner fous luy le Soleil, la Lune
& les eftoiles.Il apperçoit mouuoir fous fes pieds les nuës,les vents & les tempeftes.Il
iette les yeux fur le globe de la mer & de la terre, franc d'intereft & de paffion,& con-
ftitué en vn port duquel fe defcouurent fans trouble & fans peril , toutes fortes de
tourmentes & de naufrages.Là où il eft efleué ne penetre aucune douleur ny aucune
trifteffe. Là ne s'efprouue finon vn perpetuel excez de ioye & de felicité. Là ne s'entendent que chants d'alegreffe & de rauiffement. Là il compofe & confacre luy-
mefme des Hymnes à la loüange du Souuerain, meflant fa voix parmy ceux qui
l'appellent inceffamment Sainct, Sainct, Sainct, Dieu des armées, & attendant en
gloire & en triomphe la reünion de ce corps vil & contemptible, qui eft maintenant
reclus & relegué dans vn tombeau, mais pour en fortir quelque iour plus augufte &
plus fleuriffant qu'il ne fut iamais , & dont la poudre & les cendres font des arres &
des femences de l'immortalité. Que ie l'eftime heureux (Meffieurs) de s'eftre retiré
de ce monde au temps que toutes chofes l'obligeoient de l'auoir en horreur;que non
feulement les maladies qui le tourmentoient , mais auffi celles dont toute la Republique des François eftoit trauaillée, ne luy pouuoient faire defirer autre chofe que
la mort. Certainement quand ie confidere en quelle faifon il eft forty de cefte vie,
en quelle difpofition eftoient les affaires de ce miferable Royaume à l'heure qu'il
nous a laiffez , & comme il eft mort en vn temps qu'il eftoit beaucoup plus facile de
déplorer l'eftat de fa patrie que de le fecourir, ie ne puis attribuer fon trefpas finon
à vne faueur du Ciel, & me femble qu'eftant decedé fi à propos pour luy, nous deuons pluftoft dire que Dieu luy a donné la mort, que non pas prononcer qu'il luy
a ofté la vie. Il n'a point veu de fes yeux charnels & paffibles les guerres ciuiles & domeftiques allumées en ce Royaume pour la neufiefme fois, & tout ce lamentable
Eftat acheué de ruiner par les pretextes & contentions de la Religion. Il n'a point
veu la cinquiefme inondation des Reiftres & autres Eftrangers en fa Prouince. Il n'a
point veu la diffipation des lettres & des Vniuerfitez. Il n'a point veu l'Eglife, pour
la defenfe de laquelle il a autresfois fi heureufement combatu, plus cruellement
menacée, fi Dieu n'enuoye quelque remede inefperé à nos malheurs, que iamais.
Et en fomme il n'a point efté contraint de polluer fon regard du fac & des funerailles de fa patrie , & de craindre non feulement la domination des mefchans , mais
mefme d'apprehender l'auantage & la victoire des bons, pour la perte d'vne infinité de gens de bien qui y eft ineuitablement conioincte. Là où nous pauures infortunez qui fommes enclos dans des vaiffeaux de fange & de boüe, qui fommes logez
dans des maifons de terre & de pourriture, qui n'auons qu'vne ombre de lumiere

& d'intelligence, & dont l'ame est comme morte & enseuelie dans ces sepulcres mobiles que nous portons continuellement auec nous : combien cherement achetons-
nous non pas ceste vie , mais ces reliques de vie qui nous restent encores à acheuer
apres luy, les reseruans au spectacle de tant de piteuses & cruelles tragedies? Ne seroit-
il pas bien plus desirable, puis que nous deuons tous paruenir à vn mesme but, d'y arriuer des premiers , sans demeurer si long-temps spectateurs de nos miseres, & de
celles d'autruy , & accroistre nostre infelicité, par le prolongement de nostre vie ?
Car qu'est-ce que nous emportons autre chose du peu de temps que nous auons à
viure d'auantage, sinon qu'en partie nous voyons plus de mal, en partie nous l'en-
durons, en partie nous l'executons? Et puis finalement nous payons le tribut commun & necessaire à la nature : nous suiuons les vns, nous precedons les autres : nous
deplorons les vns, nous sommes regrettez des autres : & ce mesme office de larmes
que nous rendons aux vns, nous l'attendons & le receuons des autres. Telle est la
condition des hommes, dont la vie est comme l'eau qui est espanduë sur la terre, &
n'est plus ramassee : telle est la loy de Nature, que quand nous ne sommes point,
nous naissons, & quand nous sommes naiz, derechef nous sommes dissous. L'homme est vne fueille d'Automne preste à choir au premier vent, vne fleur d'vne matinée, vne ampoulle qui s'enfle & s'esleue sur l'eau, vne petite estincelle de flamme
dans le cœur, & vn peu de fumée dans les narines. L'homme est vn phantosme qu'on
ne peut retenir , vne ombre d'vn songe d'vne nuict, vn exemple de misere & d'im-
becillité, vn joüet de fortune & de nature, & tout le reste, phlegme & colere. L'homme, dit le Prophete, est foin, & ses iours fleurissent comme la fleur de l'herbe qui
croist parmy les champs. Pourtant vaudroit-il beaucoup mieux, Messieurs, mesnager nos larmes & les reseruer & espargner pour nous-mesmes, que de les espuiser
& consommer à deplorer la mort de ce grand personnage que nous celebrons, veu
qu'aussi bien luy sont-elles inutiles & superfluës. Car ce que nous pouuons faire
pour luy maintenant qu'il est eschappé de ceste vallée de pleurs & de miseres, ce n'est
plus de le plaindre & de le lamenter. Les larmes qui arrousent sa sepulture ne coulent pas pour son interest, mais pour le nostre. Et encore que ce soient d'honnestes
tesmoignages de nostre affection & de nostre recognoissance, si est-ce qu'elles doiuent auoir leur reigle & leur mesure aussi bien que toutes autres choses. Le seul office
que nous luy pouuons rendre desormais selon les hommes, c'est de cherir & d'estimer sa memoire, c'est de la cultiuer & celebrer entre nous, c'est d'en parler le plus
souuent & le plus honorablement qu'il nous sera possible. Et pour le regard de
Dieu, d'autant qu'il ne nous apparoist point que ce bel esprit soit encore parfaictement purgé des reliques des pechez qu'il a commis estant en ce monde (combien
qu'il nous soit permis d'esperer en la meilleure part) ce que nous pouuons adjouster
en sa faueur, c'est de luy contribuer nos vœux & nos prieres , pour ayder à l'acquitter de ce qu'il doit d'amendes & satisfactions temporelles. Or cela c'est chose qui n'a
point besoin de vous estre recommandée, tant à cause que la charité Chrestienne
vous y oblige assez, que pour ce que l'affection particuliere que vous portez à sa memoire, ne vous permet pas d'estre negligens en ce qui luy peut obtenir du secours
& de l'allegement.

Tu as donc icy maintenant, ô grand Ronsard, ces derniers deuoirs & ces honneurs funebres, qui te sont offerts de la part d'vne ame pleine de passion & de pieté
en ton endroit. Tu as icy maintenant les essais & les premices de mon eloquence, si l'on peut appeller eloquence, des paroles & des plaintes proferées par la
douleur, lesquelles en somme quelles qu'elles soient, te sont dediées & consacrées.
Tu as icy sans doute l'ornement de tous les ornemens, qui te doit estre le plus

agreable, non pas des effufions d'onguens & de parfums, dont l'odeur euſt eſté
enſeuelie auec toy dans le meſme tombeau, & fuſt perie dés le premier iour de
ta ſepulture : non pas des œillets & des roſes qui ſe fuſſent fanies auſſi toſt qu'elles
euſſent eſté eſpanchées ſur ton cercueil. Le preſent que ie te foy c'eſt ceſte funebre
& deuote Oraiſon, laquelle paruiendra iuſques aux ſiecles d'apres nous, & ne permettra point que tu ſois entierement eſloigné de ceux qui la liront : mais remettra touſiours deuant les yeux de la poſterité, l'image & l'effigie de ton ame, de-
peinte & reprenſentée au vif ainſi que dans vn tableau. Que ſi tu reſſens encore
(comme ſans doute tu reſſens) quelque choſe de ces offices d'humanité, & ſi
Dieu concede tant de grace & d'indulgence aux ames des bien-heureux, que
de leur permettre de gouſter encore quelque plaiſir en ces honneurs qui leur
ſont decernez par les hommes ; monſtre-nous que tu es eſmeu & touché de noſtre pieté, aſſiſte toy-meſme & ſois preſent inuiſiblement aux ceremonies qui
s'accompliſſent icy bas en ton honneur ; iette les yeux ſur ces ſolemnitez qui ſe
celebrent pour glorifier ta memoire ; reçoy ces vœux & ces myſteres en bonne
part, & les fauoriſe d'vn doux rayon de tes yeux, & d'vn gracieux aſpect de ta
veuë. Nous ne t'inſtituons point des offrandes & des ſacrifices à la façon des
Payens ; nous te preſentons ce que la pureté & la ſimplicité de noſtre religion
nous permet. Nous n'immolons point des animaux ſur ton tombeau, ny ne
reſpandons point du laict & du ſang deſſus ta ſepulture ; nous ne te faiſons
point toutes ces offertes & ces effuſions mortuaires : mais nous nous immolons
nous meſmes par la violence de noſtre douleur, comme autant d'hoſties & de
victimes ſacrifiées à ton Genie ; nous luy offrons & luy reſpandons nos pleurs
& nos larmes, qui ſont le ſang des playes & des bleſſeures de noſtre ame. Ce
ſont là les honneurs funebres que nous déferons à ta memoire. Nous ne t'edi-
fions point des Temples & des lieux ſacrez, eſtans aſſeurez que tu t'en es baſty
vn dedans tes œuures qui ſera plus glorieux & plus durable que toutes les maſ-
ſes de pierre & tous les ouurages d'architecture. Nous ne t'eſleuons point des
tombeaux & des ſepultures magnifiques, eſtimant que le plus digne monument
que l'on te puiſſe conſacrer apres ta mort, c'eſt la douleur & la lamentation
publique. Nous ne te dreſſons point des ſtatuës, des colomnes, des arcs triom-
phaux : car toy-meſme t'es erigé des images, des effigies & des ſtatuës par tout le monde ; non pas des images muettes & inanimées, non pas des ſtatuës caduques & periſ-
ſables, & qui tombent d'elles meſmes dés le propre iour que meurent les perſonnes
à qui elles ſont dediées, comme celle de Hieron Roy de Syracuſe, mais des images
reſpirantes & cognoiſſantes, & des ſtatuës eternelles & perdurables. Car autant qu'il
y a d'ames en ceſte illuſtre aſſemblée qui aſſiſtent à tes obſeques & à tes funerailles,
& autant qu'il y en a par toutes les Prouinces & par toutes les regions de la terre, &
autant qu'il y en aura à l'aduenir par tous les aages & par tous les ſiecles de la poſterité, autant tu auras de ſtatuës viuantes & d'effigies parlantes, qui publieront eternellement ta gloire & ta renommée, iuſques à ce qu'vn iour nous n'aurons plus
beſoin d'objets externes pour renouueller les impreſſions que nous conſeruons de
toy en noſtre memoire, eſtans ſi heureux que de te voir en preſence & conuerſer
auec toy face à face. Helas nous le deſirons aſſez, ô belle lumiere de la France, & ne
trouuons rien tant à dire en nos miſeres que d'eſtre priuez de la conſolation de ioüir
de ta veuë & de ton entretien, comme nous faiſions auparauant ! Mais ce bon-heur
n'eſt plus en noſtre puiſſance pendant que nous ſommes encor en ce monde, & n'eſt
plus en la puiſſance de nos yeux qui ſont mortels & corruptibles, de ſupporter la
ſplendeur de ta face qui eſt claire & reſplendiſſante comme le Soleil. Il ne nous eſt

pas poſſible de regarder ceſte ſource de rayons de laquelle tu es enceint & enuironné, & dont nous ne receuons icy bas qu'vn bien petit eſclair, encore à trauers vne
infinité d'ombres & de nuages, iuſques à ce que nous ayons dépouillé ce voile materiel qui nous tient enueloppez, pour pouuoir entrer dignement dedás le Sanctuaire
& voir les merueilles qui ſont reſeruées aux yeux des bien-heureux, iuſques à ce que
nous ayons deſchauſſé (ſi j'oſe dire ainſi) les ſouliers de noſtre ame, c'eſt à dire, que
nous ayons deſlié ce qui la tient attachée auec les choſes inferieures & corporelles,
à fin qu'elle puiſſe marcher à pied nud ſur la terre Sainte, & qu'elle puiſſe deuiſer
de pres auec Dieu en la montaigne. Il faut donc que nous attendions la voix de
l'Archange, le ſon de la trompette, la transformation du Ciel, le changement de
la terre, la diſſolution & liberté des elemens, le renouuellement & la reformation
du monde : Et ce ſera alors que nous verrons ce grand & illuſtre Ronſard ; & nous ne
le verrons plus errant & vagabond ſur la terre ; nous ne le verrons plus porté & accompagné au ſepulchre auec vne longue ſuitte de torches & vne grande quantité
de dueil ; nous ne le verrons plus eſmouuant le monde aux regrets & aux lamentations, comme il fait maintenant : mais nous le verrons luiſant & reſplendiſſant, tout
couronné de gloire & de lumiere, & tout enuironné des rayons de la diuinité, de la
meſme façon, ô belle & glorieuſe face ! que tu m'apparois en ſonge toutes les nuits,
ou ſoit que l'eſtre de la choſe, ou ſoit que la force de ma paſſion te repreſente ainſi à
mon eſprit. Cependant nous te ſaluërons pour donner congé à tes os & à tes cendres, & auec ceſte ſalutation te dirons Adieu, requerans que la terre ſoit molle & legere à ton corps, que les fleurs naiſſent en tout temps ſur ta tombe & ſur ta ſepulture,
& que ton ame, ſi quelque choſe la retarde encore, vole promptement là haut au
ſejour des bien-heureux, pour nous attendre en repos, & rendre ceſt office mutuel
& reciproque de prieres, à ceux qui s'en acquittent dignement en ton endroit. Repoſe donc maintenant en paix, ô grand ornement des Muſes & de la France, & vous
qui eſtes icy preſens, qui auez eu ceſte bonne rencontre d'aſſiſter aux obſeques du
grand Ronſard, & qui auez eu la patience d'oüir ceſte plaintiue & funebre Oraiſon,
pour l'honneur que vous portez à ſa memoire, retournez-vous-en de ce dernier
acte bien contens & ſatisfaits en vous meſmes du temps que vous auez employé à vne
œuure ſi pleine de pieté & de deuotion, vous promettans que le bon-heur que vous
auez eu de vous trouuer à ces funerailles, deſtournera toute l'infortune & toute la
mal-encontre qui pourra iamais tomber ſur vous & ſur les voſtres. Et quand vous
ſerez arriuez en vos maiſons, annoncez à vos enfans, & que vos enfans racontent à
leurs enfans, que vous eſtiez naiz ſous ſi bons & ſi heureux auſpices, que d'auoir au
iourd'huy aidé à inhumer & enſepulturer le plus grand Poëte qui ait iamais eſté entre les François, à fin que cela vous ſoit comme vne benediction hereditaire & perpetuelle, qui paſſe de generation en generation iuſques à vos nepueux, & aux
nepueux de vos nepueux, & à toute voſtre poſterité.

PERROT.
ECLOGVE MESLEE
DE CLAVDE BINET, SVR
LE TRESPAS DE PIERRE DE RONSARD
GENTIL-HOMME VENDOMOIS.

A MONSEIGNEVR LE DVC DE
Ioyeuse, Admiral de France.

ENTRE-PARLEVRS.

THOINET Berger, PHILIN Chasseur, CLAVDIN Pescheur.

DE fortune vn matin, le long du
bord où Seine
   Son canal my-party en vn seul
   cours rameine,
Vn Berger, vn Chasseur, & vn Pescheur
   amis,
Pour se garrer d'orage à l'abri s'estoient mis
Dans l'Antre somptueux, que la mere Cybele
Pour festoyer les Dieux sa semence immortelle
Orna de ses presens. Là i'entendis leur vois
Et le nom de Perrot, l'Apollon des François,
Que i'engrauay deslors sur l'escorce d'vn arbre
Pour durer à iamais plus dur que sur le mar-
   bre,
ANNE, auec ton beau nom, nom de Dia-
   ne appris,
Pour l'apprendre à son frere, à fin qu'au grand
   pourpris
Qu'il dore de ses rais, sur la terre il l'espande,
Qui aux questes d'honneur pour toy n'est as-
   sez grande,
Mesme en l'air iusqu'au Ciel où volent tes
   oyseaux,
Et où tu es tant craint sur les marines eaux.
   Donne, grand Admiral, congé à mon Na-
   uire
De démarer du port, & au lieu d'vn Zephyre,

Enfle de ta faueur ma voile & mon desir:
Car ie veux dessus toy nouueaux Cieux dé-
   couurir,
Marquer nouuelles mers, & que par toy l'on
   sçache
Ce que l'art & le sort & nature nous cache,
Si que tant de vertus qui te font renommer,
N'ay'nt borne seulement de la prochaine
   Mer.
   Cependant échangeant ton beau nom en
   tristesse,
En Cyprés les Lauriers, qui couronnent ta
   tresse,
Entens pour ton Perrot ces regrets & san-
   glos
Qui sont mesme entendus des poissons & des
   flos
Que ton seul nom accoise, & qui à ta venüe
Applanissent le dos de la tourmente émeüe,
Comme on void au Printemps les vagues s'ap-
   paiser
Quand Nerée adoucit sa Doris d'vn baiser.
          CLAVDIN.
   Non, ce n'est point en vain qu'vn si cruel
   orage
Menace à despourueu ma vie du naufrage,
Qui brisant mon esquif flots sur flots assemblât,
                L'aise

L'aife de mon repos fi foudain va troublant :
Ou foit que Iupiter plus benin admonefte
Que toufiours il nous faut redouter la tempefte
Qu'il pend deffus nos chefs, ou qu'il vueille
　　annoncer
Quelque mal-heur plus grand qu'il va fur
　　nous lancer :
,, Noftre offenfe toufiours fa colere deuance,
,, Mais la punition fuit de bien prés l'offenfe.
　　A peine eftoit-il iour, & la Lune qui luit ;
Encor pouuoit marquer les ombres de la nuit,
Quand voyant le ferein de l'Aube fafranée,
Se mirant peu à peu dans la riue eflongnée
De Seine, au calme lit, promeffe d'vn beau iour,
I'entre dans ma nacelle & mets tout à l'entour
Mes auirons, ma truble, & la gaule crochue
Pour attirer du fonds mainte Naffe tendue
Au détroit des iaueaux. Ie me desfais du bort,
Ie commence à gafcher, quand (ô mal-heureux
　　fort)
Ie voy deffus mon chef la douteufe Moüette,
D'vn orage auenir la finiftre profette,
De hauts cris agaçant les funeftes corbeaux,
Qui f'affemblent au bruit pour rauir fur les
　　eaux
Des carnages flotans : d'autre cofté i'auife
Vn long rang de canards, qui fur leur plume
　　grife,
Ayant fait parler l'eau de leurs cous allongeZ,
Parmy les Foulques noirs au fond fe font
　　plongeZ.
　　Lors tout à coup fur moy la fureur furuenuë
D'vn tourbillon venteux, fend l'efpais d'v-
　　ne nuë
Qui s'endurcit en grefle, & fait en mille bonds
Iaillir les flots émeus & le fond des fablons.
　　Las, c'eftoit fait de moy, ma mort eftoit
　　prochaine,
Ie voyois mon Tombeau dans le creux de la
　　Seine,
Quand de cœur & de bras ie commence à na-
　　ger,
Prenant tant plus d'efpoir que grand eft le
　　danger.
I'ay regagné le bord, i'ay fermé ma nacelle,
Et les Dieux qui Sauueurs m'ont mis en leur
　　tutelle,
Auec toy, mon Thoinet & toy Philin auffi,
Dans cet Antre à l'abry me font trouuer icy,

Pour paffer fans danger la tempefte orageufe.
,, Souuent vient d'vn mal-heur vne rencontre
　　heureufe.

THOINET.

　　Ha, tu n'es point tout feul, qui as fenti
　　les coups
Du mal-heur, mon Claudin : plus heureux
　　ferions-nous
Si la pefte d'Autonne, ou l'Hyuernal orage,
Si le Ciel qui toufiours pleure noftre dommage,
Comme on a veu fanir l'herbe efpoir du Prin-
　　temps,
Euffent auffi fani le refte de nos ans :
Las ! nous ne verrions plus aux herbes innô-
　　centes
L'amas entortillé des couleuures fifflantes :
Nous n'oirions plus parler de forts ny de gue-
　　nauds,
Ny de nourrir cheZ foy les venimeux cra-
　　pauds,
De planter l'Aconit, ny de l'experience
De rauder par les bois pour cueillir la femence
De la crefpe Fougere, & le foldat fans foy,
Plus cruel que n'eft pas l'orage que ie voy,
Plus hideux, plus mortel qu'vne pefteufe rage,
De mes troupeaux emblez n'enfleroit fon ba-
　　gage.
　　Mais pourquoy cerchons-nous la caufe dans
　　les Cieux,
Des mal-heurs furuenus qui eft deuant nos
　　yeux ?
Puis que Perrot n'eft plus, qui de cefte tour-
　　mente
Mourant eft le fubjet, ou la caufe apparente;
Perrot ce grand Berger qui aux champs
　　Vendomois
Premier ioignit la fleute auecques le haut-bois?
Qui fceut nos maux predire, & pour s'en
　　voir deliure,
A ceux qu'il preuoyoit n'a point voulu fur-
　　uiure ?
Tu le fçais, mon Claudin, tu le fçais bien auffi,
Philin amy des bois, des Mufes le foucy.

PHILIN.

　　Ie le fçay : les taillis, les forefts écartées,
Et Dictynne & fes Sœurs ores déconfortées
Le fçauent bien auffi, & depuis qu'il laiffa
Nos bois, aucun chaffeur de bon têps ne chaffa :
Les chefnes heriffez au lieu d'vn doux Zephyre

Aux bourrasses du Nort, n'ont point cessé
de bruire.

CLAVDIN.

Qui ne le pleureroit ? qui pourroit s'em-
pescher
De regretter Perrot, s'il n'estoit vn rocher ?
Veu que ce rocher mesme où la vague bruyante
Renomit son courroux, escumeux en lamante?
    Or pendant que le Ciel s'accorde à nostre
dueil,
Compagnons, imitons l'honneur de son cercueil
Sur ces gazons herbus. Or sus, Thoinet, com-
mence :
» Les regrets d'vn amy portent leur recom-
pense.

THOINET.

Mais qui soudainement t'a rauy de nos
yeux,
Seul honneur des Bergers! est-ce quelqu'vn
des Dieux
Qui tout seul veut iouïr de la douce harmonie
Qu'animoit en nos Champs l'air de ta Cha-
lemie
Par toy seul embouchée aux riues de ton Loir?
Lors que sur tous Bergers tu te faisois valoir,
Ore emportant du ieu & l'honneur & le
gage,
Ore charmant l'ardeur de l'amoureuse rage,
Epris d'vn feu diuin d'vne rare beauté
Qui le beau nom d'aimer armoit de cruauté?
    Quoy, ne verray-ie plus sous la courtine
espesse
Des hauts Pins de Bourgueil , aux iours
chommez la presse
Des Bergers trepigner, au son obeïssans,
Et mesurans leurs pas aux nombres de tes
chants?
N'irons-nous plus nous deux és saisons plus
halées,
Compagnons de fortune , aux profondes
vallées
Chercher le frais repos à l'ombre des ormeaux ,
Tandis que ferions paistre à couuert nos trou-
peaux?
Ou voir dans le secret d'vn bois plus solitaire
Au Chant de tes pipeaux les Rossignols se
taire,
Apprendre tes Chansons , appellans auecq'
eux

Les Nymphes pour tesmoins, hostesses 'de ces
lieux;
Faisant honte à Tityre, & à sa cornemuse
Qui sonne encor aux bords des champs de Sy-
racuse?
Verrons-nous auec toy tous ces plaisirs finir ?
» O que de dueil apporte vn plaisant sou-
uenir !
    Que feray-ie chetif? par ton absence dure
Ie deuien languissant & de morne nature :
Ainsi qu'on void languir ce mouton descharné,
Depuis que son pareil fut par force emmené
Du soldat impiteux, tousiours, tousiours dés
l'heure
La maigreur, la langueur, en luy fit sa de-
meure.
Il n'a peu profiter : aussi tousiours depuis
I'ay creu qu'il presageoit ta mort & mes en-
nuis :
Et ore qu'en ta mort la bergerie est morte,
Apollon & ses Sœurs te regrettent, de sorte
Que les ayant toy seul en nos monts fait venir,
Maintenant par ta mort tu les en fais ban-
nir,
Emportant auec toy l'honneur de nostre
France,
Et du germe d'honneur la future esperance.
    Encor ay-ie grand' peur, Perrot, par ton
trespas
Que la terre noyee en pleurs ne vueille pas
Ouurir son sein fecond, refusant pour ta perte
A l'herbe de ces prez la reietture verte,
La séue aux arbrisseaux, si ce n'est pour nour-
rir
Ce qui fait en broutant tous nos troupeaux
mourir,
Le Tu'-chien, l'Aconit escume de Cerbere,
L'espongeux Champignon , ou la Ciguë a-
mere.

CLAVDIN.

Si tost que sur ce bord arriua Gallantin,
La moitié de Perrot, nous contant quel Destin
Auoit tranché ses iours, vous eussiez veu sur
l'onde
Mainte vague rouler tristement vagabonde :
Les rochers animez du regret de Perrot
Refuser en muglant le lauement du flot,
Flot qui refuse aussi, & de roide secousse
Les flettes des pescheurs à la riue repousse.

Le Loir (nous contoit- il) oyant vn tel malheur

De clair louche deuint , & se fondit en pleur,

Et son eau cy deuant pour l'oüir coustumiere

De refraindre son flot , voulant se rendre a-
mere

Pour plus amerement son nourriçon pleurer,

S'enfuit d'vn roide cours aux bouches de la
mer.

La mer mesme en gemit , & pour Perrot s'est
veuë

Effroyable à nos yeux , blanchir sa robe bleuë

De flots entrechoquez , qui vont mourir au
bort ,

Meslez d'escume espaisse , & de maint poisson
mort,

Ruant au Ciel ses flots , montaignes de Neptune,

Et ses propres enfans menaçant de fortune.

Le Dauphin amoureux de la Lyre au doux
son,

Qui tant de fois oüit la diuine chanson

De Perrot le pescheur, lors que la mer tranquille

Pouuoit porter Cypris dans sa creuse coquille

Aux riues d'Amathonte, ou quand les Alcyons

Pendoient aux flots leur nid tissu de petits
jons :

Las, ce pauure Dauphin n'agueres Roy de
l'onde,

Qui recourbé sautoit, roüoit, faisoit la ronde

Dans le paisible gay du riuage Ollonnois,

Ores mort de regret au bord sur le grauois,

Glaireux , tout eslancé , va renuersant l'eschine,

Et se meut seulement au heurt de la marine.

Vous verriez à l'entour le Canard riuager

Pardonnant au poisson , & les Plongeons
nager,

Puis se resouuenans de leur premiere cheute

De regret dedans l'eau refaire la culbute :

Et si verriez encor sur le prochain escueil

Les martinets d'azur , accompagnans le dueil

Des Nereïdes sœurs , qui toutes face blesme

Perrot & le Dauphin pleurent d'vne voix
mesme.

Mais quoy? que puis-ie faire autre chose sinon

Que d'apprendre à toute heure à ces riues son
nom ,

Qui le diront aux eaux , & les eaux qui vont
rendre

Leur tribut à la mer , qui luy sçauront apprendre,

Et la mer à la terre , où ses flancs escartez

Des Pilotes François ne sont encor hantez?

Mais luy mesme suffit , assez, assez sa gloire

Est engrauée au front des leuées de Loire :

Assez, Perrot , assez tu t'es fait renommer

Aux abors plus lointains des dunes de la mer.

Neptune en sa memoire a dedié vn Antre

Au milieu de ses flots , à l'honneur de son
chantre :

Cet Antre tous les ans est enjonché des fleurs

Que Nymphée iaunit de ses palles couleurs,

Non ialouse d'Hercule, ains quand chastement
pure

Se baignant & voilant l'honneur de sa ceinture

De fueillards riuagers, Portune elle apperceut

Voulant rauir sa fleur , & que Tethys deceut

En herbe la changeant qui sur l'eau tousiours
nage ,

Et monstre encor sur l'eau sa fleur pour tesmoignage .

L'Antre tout à l'entour de mousse est tapissé,

Où le limas pourpré maintefois a passé,

Y laissant par dessus vne trace vermeille,

Au corail qui se branche en ce rocher pareille :

Mainte conque d'argent engagée aux sablons

Decele s'entr'ouurant des perles les fruicts
blonds.

Là Neptune & Nerée , & la troupe marine

Des Tritons tous les ans de leur creuse buccine

Font honneur à Perrot : les Nymphes d'a-
lentour,

Les filles d'Achelois y viennent à leur tour

Au seul nom de Perrot , & à leur voix diserte

Attirent Proté mesme, & Glauque, & Melicerte :

Perrot , rien que Perrot ne respondent les flos,

Et de ce nom les vents vont emplumant leur
dos.

Mais or' que le Destin plus sourd à ma
priere

Que les rocs Capharez, plonge dans la riuiere

BBBbbbbb ij

Des oublis eternels, Perrot mon cher soucy,
Que deuiendray-ie, ô Dieux! Las que feray-
 ie icy
Seulet sur ceste riue? Ah! il faut que ie laisse
Les mestiers qu'il m'apprit, deduit de ma
 ieunesse,
La pesche industrieuse : il faut qu'auecque luy
Ie me laisse moy-mesme angoisseux plein d'en-
 nuy.
 Desormais sans Perrot ie fuiray la riuiere,
Mes perchots pourriront dedans l'Isle Louuiere,
Mes nasses d'osier franc, ma saene & mes ver-
 uains,
Qui sans luy ne seroient qu'vn faix entre mes
 mains.
Sans luy ne me plaist plus de pescher à la ligne,
Ny le liege guetter qui d'enleuer fait signe,
Ny de fouler aux prez l'esche de bon matin,
Ny foüiller le ver blanc, ou le gris muguetin,
Ny d'amorcer de blé ou de houssure grasse,
Ou de glaize en plottons le destroit de ma place :
Ny auec l'aligeoir, ou la ligne de fonds,
Accrocher les petits ou les plus grands poissons :
Perrot a quant & soy tiré toute ma ioye,
Il est mon hameçon, & moy ie suis sa proye :
Car c'est luy qui premier m'apprit à fredon-
 ner
De la Conque aux replis, fascheux à enton-
 ner,
Qu'vn iour il me donna, me disant, Ie te
 donne
Ce present, mon Claudin, iamais autre per-
 sonne
Ne l'emboucha que moy, les peuples escaillez
Quelque iour à ton chant se rendront oreillez.
 Ainsi disoit Perrot, mais ie laissay penduë
A vn croc araigneux ceste trompe tortüe,
Et mes lignes depuis : aussi depuis sa mort
Ie n'eusse rien pesché ny au fil ny au bort.
Car la carpe au plus creux des molanges ser-
 rée,
Quittant le cours de l'eau viue s'est enterrée,
Et le barbeau nourry dans le courant pierreux
Se laisse auec les eaux emporter langoureux.
De tristesse ie meurs : Mais Philin, ie te prie,
Pendant que le loisir, & le temps nous connie
D'adoucir la rigueur de nos maux par tavoix,
Tire-nous hors de l'eau, & nous meine en tes
 bois.

PHILIN.

Tous nos bois sont remplis de dueil & de
 tristesse,
Il ne faut point chercher dessous leur cime es-
 pesse
Couuerture à nos maux, Perrot en est sorty :
Le beau chef des forests depuis s'est amorty.
Les lyons & les loups, & toute beste fiere
Qui vit du cru pourchas de sa dent carnaciere
N'en ont bougé depuis : les ruisseaux sont bou-
 chez,
Les oyseaux ramagers en sont effarouchez.
 Il ne faut plus chercher sur la source d'He-
 leine
Le diuin Rossignol, boccagere Sereine :
Car ayant entendu le Destin de Perrot,
Bien loin il s'est caché pour ne plus dire mot :
Trop bien le chahuant, & la mortelle orfraye,
Qui des vieillards craintifs les longues nuicts
 effraye :
Bien les chauue-souris au voler tremblottant,
Seuls, les autres oyseaux iront espouuantant.
Et n'estoit pour auoir de Perrot souuenance,
Moy-mesme loing des bois ferois ma demeu-
 rance :
Car ayant ce matin prins mon limier Trauail,
Au lieu de rencontrer sur le frais de l'égail
Du cerf ou du cheureil, il n'assent que les
 fientes
De loups ou de renards, ou de bestes puantes.
Mais Perrot qui aymoit le desert des forests,
Y ayant consacré pour despouille ses rets,
Et au front de maint arbre au destour de Ga-
 stine
Ayant graué les tons de sa Muse diuine,
Lors que las de chasser, de Phœbus compagnon,
Il rend en nos forests immortel son beau nom :
Il veut, & ie le veux, qu'aux forests ie de-
 meure,
A fin qu'à chaque object sa memoire ie pleure,
Et qu'au dos des rochers, des saulx, des ches-
 nes vers,
Vos vers, Claudin, Thoinet, ie graue auec
 mes vers.

THOINET.

Tous les ans les Bergers feront des sacrifices
A Pan & à Pales pour Perrot honorer :
Que sçait-on si Palés pour iouïr des delices
De Perrot, en son parc l'a voulu retirer?

PHILIN.

Dictynne, fay-moy don de ta trompe diuine
Pour sonner de Perrot le tout-diuin honneur:
S'il iouït des baisers de ta face argentine,
Fay que ton frere en soit luy-mesme le son-
    neur.

CLAVDIN.

Ie chomeray tousiours de Perrot la nais-
    sance,
L'honneur François nasquit, & meurt en
    mesme iour:
Possible que Cypris ialouse de la France,
L'a raui dans sa Conque éprise de s'amour.

THOINET.

Le Thym n'est point plus doux aux mou-
    ches de Sicile,
Plus doux n'est point au bruit des ruches s'en-
    dormir,
Que doux estoit ton chant, qui encore distile
Dans mes sens estonnez vn mielleux souuenir.

PHILIN.

Plustost seront les Dains sans crainte en
    vn gagnage,
Les chesnes sans racine,& les lyons sans cœur,
Que ton nom sans honneur, honneur, qui
    d'âge en âge
Te rend & sur l'enuie & sur le temps vain-
    queur.

CLAVDIN.

Autant qu'on void de flots quand Ne-
    ptune s'irrite,
Autant que de poissons montent en la saison,
Autant que d'alge ceint les costez d'Amphi-
    trite,
Autant de Myrtes verts ceignent son chef
    grison.

THOINET.

Nymphes qui habitez le long de ces prai-
    ries,
Chantez vostre Perrot qui tant vous a chan-
    té:
Sans luy vous n'auriez point les robbes si fleu-
    ries:
Immortel est celuy que Perrot a vanté.

PHILIN.

Tous vos Lauriers sont morts, ô Nym-
    phes bocageres,
Auec vostre Perrot; mais si du clair ruisseau
De vos yeux arrousez ses os,& cendres cheres,

Les Lauriers renaistront du creux de son
    Tombeau.

CLAVDIN.

Donnez ore, donnez, ô Naïades gentilles,
Esprit à ces roseaux plantez en vostre sein:
Perrot soit leur subiet: ainsi coulant subtiles
Puissiez-vous des Tritons tousiours frauder
    la main.

CHOEVR DES NYMPHES.

Ces champs, ces riuieres, ces bois,
Ont ouy l'air de vostre voix,
Voix aussi du Ciel escoutée:
Qui ressuyant son moite front,
Destourne les nues qui vont
Se fondre en la mer escartée.

L'herbette croist parmy ces champs,
Les arbres sentent vn Printemps,
Rassises luisent les arenes:
A vos champs les Dieux sont venus,
Phœbus & les Satyres nus,
Et les trois Charites Sirenes.

Perrot nous chanterons tousiour',
Auec nous il fait son seiour:
Enfans suiuez vostre fortune,
Les Dieux oyront tousiours vos vœux,
Es prez, és buissons ombrageux,
Et sur les sillons de Neptune.

LE TOMBEAV DE P. DE RONSARD, GENTIL-homme Vendomois.

D.   M.

ASTA VIATOR, ni piget, & hæc
    pellege:
Dum pauca legis heic multum odorum
    colliges,
Ronsardus etenim flos Poëtarum heic
    situ'st.
Quis ille fuerit, litteratus dat silex,
Suopte sculpsit ipse quem cælo indicans
Sua Camœnas morte dare mortalium
Nisi nominis perennitatem nemini.
Ast illæ amœno matris in sinu hospitæ
Nati ossa propria conlocauerunt manu,
Laurúsque vati vix suo superstites

Panxere simul, has vt tepens foueat ci-
nis.
Quid si se humari & iusserint grati vt siet
Spes nulla reditus sæculo ingratissimo?

CL. BINETVS P. RONSARDO
POETÆ INCOMPARABILI
EFFVSIS TOTIVS GALLIÆ LACRYMIS
MOERENS BENEMERENTI,
P.

Εἰς Πέτρον Ῥωνσάρδον Ἐπικήδιον.

Ὀρφέα μὲν ἐν ζωοῖσιν ἔχω Πέτρος ὁ Ῥων-
σάρδος,
Τόφρα δ' ὁ ΤΕΡΠΑΝΔΡΟΣ
ΣΩΣ ἔτι καὐτὸς ἔχω.
Νῦν δ' ἐπεὶ ὁ Ῥωνσάρδος, ὃς ἄνδρας ἔτερπεν
ἀοιδαῖς,
Κάτθανε, Τέρπανδρος καὐτὸς ὁ σῶς ἔθανε.
Καὶ μόνος οὐ Τέρπανδρος, ὁ Πίνδαρος ἔκθα-
νεν αὐτός,
Τῆς γὰρ Πινδαρικῆς ὄρχαμος ἦε λύρης.
Ἔκθανεν Αἰσχύλος, Σοφοκλῆς τε, καὶ αὐτὸς
Ὅμηρος
Κεῖνος ἀειδόντων μοῦνος ἀοιδότατος.
Τοῖσδε μὲν Ἑλλήεσσι, καὶ ἄλλοι πολλοὶ ὄλοντο,
Καὐτὸς ἐρωτογράφων ἄλλος ὁ Καλλίμαχος.
Ῥωμαίων δ' ὁ Μάρων ἡρώων ἔργα γεραίρων
Ὤλετο, καὶ Λατίνης Φλάκκος ἄναξ χέλυος.
Ἀλλὰ τί μακρὰ λέγων πολὺ πλείονας ἐξα-
ειθμήσω,
Οἳ σὺν Ῥωνσάρδῳ θνησκομένῳ ἔθανον;
Σύνθανε Ῥωνσάρδῳ πρὶν Ἰταλικῆς μέλι
μούσης,
Καὶ τὸ μέλι γλώσσης Κελτίδος ὅσον ἔχω.
Ὑδύδομαι, ὅτι ἔθανεν τῆς ἀρχαϊκῆς τε νέης τε
Πᾶν τὸ μέλι γλώσσης, ἀλλὰ καὶ ὅστιν ἔτι.
Τῶν γὰρ Ῥωνσάρδου πεὶν ὅσοι γαύσαντο μελισσῶν,
Ὧν ἀπὸ τῶν σίμβλων ἔρρεεν ἡδὺ μέλι,
Γολλοὶ πολλὰ μέλη μέλιτος γλυκερώτερα καὐτοὶ
Ἡδὺν Ῥωνσάρδῳ ταῦτ' ἐπιτυμβίδια.
Οὐ μόνον ὡς θανεόντι τὸ μνημόσυνον πολύτιμον,
Ἀλλ' ὅτι Ῥωνσάρδοι πλείονες εἰσιν ἔτι.
Νῦν ᾗ θανὼν σὺ μάκαρ, μοῦσ' ὃν θανεόντα
μακαιρᾷ
Τόσων, εἰσὶν ὅσοι Κελτίδι μουσοπόλοι.

ΙΩΑΝΝΗΣ ΑΥΡΑΤΟΣ Ποιητὴς Βασιλικός.

IN NOBILISS. VIRI P. RON-
SARDI OBITVM, AD Io.
Galandium & Cl. Binetum.

Occidit heu Ronsardus, & occidit alter
Homerus,
Alter Virgilius Gallicus occidit heu!
Occidit Æschyli grauis, Euripidísque cothur-
nus,
Et Sophoclis cui vis inter vtrumque fuit.
Occidit heu tua canna Theocrite rustica, pa-
stum
Quæ Siculos solita est ducere blanda greges.
Occidit, in Græcis cui Pindarus, inque Latinis
Flaccus per Lyricos cessit vterque modos.
Occidit, occidit heu! qui Francos primus &
artem
Carminis edocuit, quicquid & artis erat:
Qui reges cecinit, Regum celebrésque trium-
phos,
Qui thalamos Regum, Regificásque dapes.
Heroas cecinit fortes, Regíque fideles,
Per quos Francorum gloria magna viget.
Hæc cecinit iam vir: sed adhuc iuuenilibus
annis
A iaculis tactus sæue Cupido tuis.
Quos iuuenis sensit tristes in amore dolores,
Hos alijs cantu posse leuare dedit.
Franciada incepit, simul hastiferúmque Phe-
renchum:
Qui nomen Francis, cui dedit hasta suum.
Talis & in primo, medio stadióque cucurrit:
In spatio extremo digna corona data est.
Teste quod extrema cùm morti proximus
esset,
Mente pia cecinit ceu moribundus olor.
Confessus peccata Deo, confessus amaris
Est lacrymis veniam se petere ante Deum.
Carmina testantur doctis cantata Poetis,
Per quos elatus funere magnifico est.
Testantur verbis extant quæ scripta solutis,
Et coram innumeris sunt recitata viris,
Vt primùm pueris annos præeuntibus arte,
Sic & postremùm, Perro diserte, tibi:
In quo tam memor est mens, tam facundia
præsens,
Vt duo sint numeris hæc tibi plena suis.

Maxima & inter eos tibi debita iure Galandi
  Gloria, qui tanto funus honore paras.
Sumptibus & nullis parcens, nullíque labori,
  Magnificásque ferens manibus inferias,
Omnibus extructum dapibus funebre dedisti
  Non epulum tantùm, docta sed elogia.
Vnde tuum memori nunquam decus excidet
    æuo,
  Si laus Ronsardi non peritura tui est.
Te quoque magna manet laus, ô Binete, re-
    centem
  Qui de Ronsardo scripseris historiam:
Nec solùm ipse tui celebraris funus amici
  Scriptis, sed multis suaseris autor idem.
Ritè parentauit charo tua cura Poëtæ:
  Ille tuo viuet munere, túque suo,
Ipse sed in terris tantos Ronsardus honores
  Funere sortitus, exequiísque pijs,
Nunc apud vt superos in honore sit vsque pre-
    cemur,
  Elysiúmque colat nobilis vmbra nemus.

Io. Auratus Poëta & Interpres Regius.

ĪN TVMVLVM P. RON-
sardi Poëtarum Gallicorum
Principis.

Ronsardi iacet hìc corpus, sed fama per
    auras
  Peruolat à nullo deperitura situ.
Annis qui à teneris Francisci Regis in aula
  Primi nutritus, dum puer esset adhuc:
Germanos, Scotos adijt ducente Baïfi
  Lazare te iuuenis, surdus & inde redit.
Sed Deus, vt surdus daret in bona carmina
    promptos
  Auditus surdo plectra canora dedit,
Græcis & Latiis patrio sermone Poëtis,
  Dum certat, palmam reddidit ambiguam.
Hispanis, Italísque suæ abstulit artis hono-
    rem,
  Ad Francos modulans cantica docta mo-
    dos.
Franciadem si non perfecit, tam bene cœpit,
  Æneidi vt certet, certet & Iliadi.
Plura sed his quid opus tumuli super aggere
    poni?
  Sat sui in auctorem sunt monumenta libri:

Vos, quibus ad tumulum mora non est parua
    molesta,
  Dicite, Ronsardo sit sine fine quies.
        Aliud.
Cesserat è vita Ronsardus: cesserat omnis
  Musarum chorus & gloria Franciadum.
Tristia sed post fata tot eius siue soluta,
  Seu pedibus vincta funera voce gemunt:
Elysios vt adusque hortos pia turba secutæ
  Musæ nunc reduces hunc super astra ferãt.
Ronsardi & leuius desiderium sit adempti,
  Tot Musis eius morte superstitibus.

Io. Aurat. Poëta & Interp. Regius.

ΕΠΙΤΑΦΙΟΝ ΕΙΣ Γ.
Ρώνσαρδον.

Δαίμονες ἠέριοί τε καὶ αἰθέριοί ποτε κλαῖον,
  Σμερδαλέον τε βραχον, Πὰν Θεὸς ὡς ἔθανεν.
Νῦν δὲ σοφοὶ λόγιοί τ’ ἄνδρες θρηνοῦσιν ἀοιδῶν
  Ἡγεμόνα, συγερῇ κηεὶ καταφθιμένον.
Κελτίδες αἱ Νύμφαι Χάριτές τε κ’ ἐννέα Μῦσαι
  Τοῦτον ὀδύρονται τῶν μετ’ μουσοπόλων,
Ἄλκιμον, ἡρώεσσι τεπημένον, ἀγλαόφημον,
  Πέτρον Ρώνσαρδον, θαῦμα καλὸν Φύσεως,
Αἰετὸν ἡλιοδερκέα, κ’ πολυηχέα κύκνον,
  Φοίβου κ’ Μουσῶν ἄξια μελψάμενον.
Τῷ μάλα δῶκε Θεὸς σεμνὸν καὶ ποικίλον αὐδῶ,
  Δῶκεν ἀριστεύειν, κ’ γέρας ἐσθλὸν ἑλεῖν.
Κελτίδα γὰ μοῦσαν κ’ ἀπὸ προτέριο θεμέθλου
  Ἠλιβάτοις ὁ λαβὼν ἤγαγεν εἰς ὀρόφους.
Οὐκ ἴσος γέγονεν, προφερέστερος οὐδέποτ’ ἔσται,
  Μόρσιμον ἐλλείπων, μηκέτι δ’ ἐκπεραεῖν.
Οὐδὲ γὰ διεργὴς Φαιήκων νηῦς μετ’ δῖον
  Τὸν Λαερτιάδην τλῆ ξένον ἐκφορέειν.
Πότνια μήτε φύσις τοῖον ποτὲ τέξεται αὖδερ·
  Δεῖ γὰ ἐπ’ ἀκροτάτοις ἡσυχίην ἀγέμεν.
            Ν. ΓΥΛΩΝΙΟΣ.

EPITAPHIVM PETRI
Ronsardi, eius Cœnotaphio ap-
positum, quo die in Bœco-
diano eidem est pa-
rentatum.

Vrna breuis, vates heu quot, diuináque
    claudis
        BBBb b b b   iiij

Nomina, pyramidum marmore digna tegi?
In te Mæonidæ requiescunt busta, Maronis
Mæonidæ bustis addita busta iacent.
Tu capis ingentem quo non ingentior alter
Pindaron, Ascræi relliquiásque senis.
Ossa Venusini vatis, vatísque Peligni
Credita sunt sidei, nobilis vrna, tuæ.
Quale ô depositum! quali seruanda metallo
Ossa Poëtarum tu breuis vrna capis!
Ista in Ronsardo quia turba reuixerat omnis,
Omnis in hoc vno contumulata iacet.

Georg. Crittonius.

EPITAPHIVM RONSARDI.

QVisquis ades Diuíque subis sacraria
Cosmi,
Fer myrtum & lauros & quoque sparge
rosas.
Musarum & Phœbi, Charitum Paphiæque
sacerdos
Hac tegitur parua contumulatus humo.
Vrna tegit Latiæ doctum Graiæque Camœnæ,
Qui nostra Aonias duxit in arua Deas,
Edocuítque modos numerosa in verba caden-
tes,
Pindaricúmque dedit voce proferre melos.
Prælia qui cecinit Martis, qui lusit amores,
Magnanimúmque tulit fortia facta ducū.
Quænam hæc vrna rogas? Ronsardi est vrna
Poëtæ.
Audisti nomen, num satis? hospes abi.

Petrus Luerius C. A.

IN FATVM PETRI
Ronsardi Monœdia.

ROnsardum morbo conflictantémque ca-
tarrho
Importuna diu luctans insomnia vatem
Vexabat, post tot vigilatas tempore noctes
Exhausto studijs Musarum, & nobilis otî:
Nec mystæ tamen in mediis feruoribus ægro
Adfuit insignis medica Deus arte, nec Her-
mes,

Spargere cantu oculis doctus virgáque sopo-
rem,
Insomnémque Argum Inachia fraudare iu-
uenca,
Ronsardus licèt addictus citharæque lyræque
Amborum cultórque Deûm vindéxq; fuisset.
Ipse Deus toties Somnus per vota vocatus
Successum misero negat, & Cereale papauer,
Sidereísque oculis Lethæum infundere rorem.
Frustrà ergo, Vates, Diuorum cura vocamur,
Famam & cum nostra pietate fouemus ina-
nem.
Mors miserata virum, tandem succurrit
anhelo,
Pro consanguineóque suo refugóque sopore
Apparet, sacrúmque illi de vertice crinem
Abstulit, & pulchro moribundum corpore
soluit,
Composuit, clausítque oculos in nocte natantes
Iam multa. vigiles oculos Famæ ipsa reliquit,
Vt legat, vt recitet tanti monumenta Poëtæ:
Atque tubam, vt passim præconia didita
fundat.
Annus hic excessu heroïs funestus amici
Me quoque semianimem cernet decora alta
Palatî
Linquentem patrij reuocari ad liminis aras,
Miscentem lacrymis Ligerina gaudia in vrna.

Germ. Valens G. PP.

RONSARDVS AD SVOS
Encomiastas.

LVstrali tepidos cineres aspergite lymphæ,
Et precibus manes rite piate meos:
Nostráque nec vobis tantæ sit gloria curæ,
Nam peperi laudis sátque supérque mihi.

EPITAPHIVM.

PETRVS RONSARDVS IACET
HÎC: si cætera nescis,
Nescis quid Phœbus, Musa, Minerua,
Charis.

PONTVS TYARDEVS
Bissianus E. C.

Ronfard gift en ce lieu: tout le refte ie paffe.
Car ſi tu ne le ſçais, Paſſant, tu ne ſçais pas
Que c'eſt que de Phœbus, de Pallas, de la Grace,
Ny des Muſes mourans en vn meſme treſpas.

P. Binet.

CLAVDIO BINETO,
Ianus Antonius Baïſius.

Ronfardi interitus tot denſat corde do-
 lores,
Tot graue nunc deſiderium, damnique recentis
Vulnus acerba mouet, tot curas pectore voluit,
Vt tacitum mœror me ſollicitúmque moleſtus
Præpediat tam crebra animi depromere ſenſa.
 O toto BINETE ciens Helicone Poëtas,
Officio qui lecta pio noua carmina quæris
Vndique, quæ tumulo RONSARDI inſcri-
 bere tentas,
Nil tale à nobis expoſcito, quos dolor vrget
Iuſtior & grauior, qui ſeriùs emicet olim.
 Lac nutricis idem Muſæ nos hauſimus
 vnà,
Tempore quam facilémque æquámque voca-
 mus eodem,
Idque pari voto: varijs ſed moribus ambo,
Diuersíſque acti fatis. Nam viuere vitam
Nos fortuna iubet dubiam, quos liuor iniquus
Exagitat modò depreſſos, modò ſorte tumen-
 tes:
Dum ratio lenis rapido ceſſura furori eſt.

A CLAVDE BINET.

I'Ay tant à me douloir du départ de Ron-
 ſard:
Le regret m'outre tant de perte ſi recente,
Que de m'en dégorger le trop de dueil m'ex-
 ente,
Par trop de penſemens & muet & ſongeard.
 BINET, qui pieteux ſerres de toute part
Des amis d'Apollon toute grace excellente,
N'atten rien tel de moy. Car ma douleur
 preſſante,

Et plus iuſte que d'autre éclatera plus tard.
 Nous ſucçaſmes vn laict de la Muſe nour-
 rice,
Que nous euſmes tous deux en meſme temps
 propice,
Sous bien diuers Deſtins & differentes mœurs.
 ,, Subjets à la Fortune, expoſez à l'Enuie,
,, Ore bien, ore mal, nous menons ceſte vie,
,, Où la douce raiſon cede aux aigres humeurs.

I. Antoine de Baïf.

PETRI RONSARDI
EPICEDION.

ACta polo rapidi quoties vertigine mo-
 tus
Labitur in terras, aut labi ſtella videtur,
Agricolæ horreſcunt, ſæua impendente pro-
 cella.
Sic vbi Ronſardi puro fulgentius aſtrum
Lucifero, vitæ occaſus, manéſque petiuit,
Obſtupui: læuo turbatus & omine mentem,
Nobilibus, dixi, tempeſtas imminet atra
Ingenijs, flebúntque nouem ſua damna Soro-
 res.
Quàm vereor Scythico redeat ne turpis ab
 axe
Barbaries! & cuncta premat caligine cæca!
Hoc adeò ex alijs licuit prænoſcere ſignis.
Pibrachus extremis cuius facundia nota
Sauromatis, dulcíque comes prudentia linguæ,
Triſte ſui deſiderium, lucémque reliquit.
Caſtalidum ſtudijs, & ſanguine clarus auito,
Auxerat ingenuas qui tot virtutibus artes,
Foxius occubuit: Gallis inimica Quirini
Mœnia, & Auſonium damnant hæc crimina
 Tibrin.
Fœlices animæ, veſtri duo lumina ſæcli,
Famáque Palladiæ ſemper manſura Tholoſæ,
Idem vos annus, vos idem menſis in oras
Edidit ætherias, idem vos abſtulit annus,
Fors & idem vos ſidus habet, cælóque recepti
Aſpicitis feſſum radijs melioribus orbem.
Eripuere etiam Latiis infeſta Camœnis
Tempora Sigonium: téque inclyta gentis He-
 truſcæ
Gloria, Victori, quo non humanior alter,

Candidiórue fuit, Pylio vel dignior æuo.
Nec satis insignem nostræ telluris alumnum,
Qui decori quondam, nunc est tibi, Roma, do-
   lori,
Muretum, Elysijs mors condidit inuida lucis.
Deerat adhuc (crudele nefas!) tot cladibus
   vnum,
Ronsardo orba suo ducit quod Gallia funus,
Heu patriæ casus, quos vel gemat hostis, ini-
   quos!
Ergo rogum & cineres tanti visura Poëtæ,
Mater vt amissi spectans incendia nati,
Ardeat ipsa licèt ciuilibus vndique flammis.
Gallia pone modum singultibus: Orphea tan-
   dem
Eluxit genitrix: genitríxque miserrima Rhe-
   sum,
Vtraque Musa tamen tecum noua vulnera
   sentit :
Vixq; pater tam morte Lini perculsus Apollo.
Extinctæ ecce faces, fractique Cupidinis arcus:
Quin & fraxineam Mauors procul abijcit
   hastam,
Inuitísque oculis manant per cassida guttæ.
Et meritò : quis enim diuûm celebrabit ho-
   norem ?
Quis pacem, quis bella canet ? quis ludet amo-
   res ?
Dicétque Hectorei reges ab origine Franci ?
   Vos quibus Aonios cura est conscendere
     montes,
Pegasei sacros latices ne quærite fontis,
Pieridum in lacrymas absumpta exaruit
   vnda.
Cernitis auulsos edera marcente corymbos ?
Parnassi sine fronde nemus ? Paphiásque ca-
   ducis
Lugentes myrtos folijs? tantùm vna Cupressus
Feralem retinet tumulo quam præbeat vm-
   bram.
   At non laudis egens, aut immaturus obiuit.
Quid stulti querimur ? non deflêt poma coloni
Cùm matura cadunt, sed cùm velluntur
   acerba.
Longa illi, si longa bonis conceditur, ætas :
Addiderat geminos ad bis sex lustra Decem-
   bres,
Subtractúsque malis, ægra quæ multa se-
   nectæ,

Gliscentem armorum rabiem, dirósque tu-
   multus,
Securus placidi mutauit pace sepulchri.
   Istos ad lapides, & non violabile bustum,
Dona pij ferimus, Syriósque adolemus odores:
Spargimus & flores suprema in munera le-
   ctos,
Innumerósque simul numeros, questúsque cie-
   mus,
Vallibus & syluis quos ludicra reddat imago.
Ceu percussa sonat Gigæi ripa Caystri,
Quando iterat voces, cecinítque extrema pa-
   rentis,
Paruus olor : discítque sui iam carmina lethi.
His macte inferijs, Gallorum maxime vatum,
Et salue, æternúmque vale. nos, turba su-
   perstes,
Inuisæ fatum abrumpet cùm stamina vitæ,
Vt tua scripta olim, sic te, Ronsarde, seque-
   mur.

Io.   Passeratius, eloquentiæ
Profess. & Interpres Regius.

SVR LE TOMBEAV DE
PIERRE DE RONSARD.

Nous te plaignons, Ronsard, & pleurons
   ton trespas,
Mais le mort plaint ainsi, celuy qui ne l'est
   pas.
Qui escrit apres toy pensant te faire viure,
Meurt luy-mesme auant toy, & s'enterre en
   son liure.

Passerat.

Tu vacuum quisquis spectacula tristia
   bustum
   Aspicis, ô properans aduena siste pedem.
Ronsardo mihi nomen erat : quis cætera
   nescit,
   Et genus, & priscæ nobilitatis auos ?
Sed potior gradibus multis & sanguine longè
   Ingenij cultus nobilitásque fuit.
Primus ego Graijs Musas deducere adortus
   Montibus & Latijs in mea regna iugis,
   Æmula Dircæis, Lesbois æmula panxi,

Atque Venusina carmina digna lyra.
Mox veterum exemplo, blandos modulatus
　amores,
　Siue Catulle tuo, siue Tibulle tuo.
Me quoque iuuit iter tritum calcare Phile-
　tæ,
　Inque Vmbri spatijs currere Callimachi.
Et pastoraleis interdum inflare cicutas,
　Et Siculis numeris ludere cura fuit.
Inde per heroum titulos laudésque deorum
　Insolita rapuit me tuba rauca via.
Omnia quæ veterum puris è fontibus hausta
　Aut graphicè expressi, vel meliora dedi.
Denique Sigæo tandem de littore soluit
　Francias, auspicijs Carole magne tuis,
Francias haud ulli temere tentanda nepotum,
　Atque adeò Coæ Cypridos instar opus.
Mæonidæ sat erat, magno sat & ire secundum
　Virgilio, meritis cessit vterque minor.
Omnia cesserunt, cessit me sospite liuor,
　Et potui viuus posteritate frui.
Mors superanda fuit, ne quid non cederet: ecce
　Cessit & exequiis mors superata meis.

I. August. Thuanus Æmerius.

EIVSDEM
AD IO. GALLANDIVM
nouissima P. Ronsardo
facientem.

Dvm gratus functo pia funera ducis
　amico,
　Obliuioso funere ipse te asseris.
Ronsardi nomen dum laude sub æthera tollis,
　Tuis choro vatum astrepente lacrymis,
In laudes mœsta ora tuas soluuntur olorum,
　Noménque surgit nomine alieno tuum:
Deniq; dum lauros vatis statuásque iacentes
　Erigis, & ipse imagines statuis tibi.
Fœlix ergo fide, fœlix & amore Galandi,
　Laudísque tanto debita præconio,
Nequicquam tecum fido contendat amore
　Fratrem redimet morte qui alterna suum:
Non vitam alterius meruisti morte perênem,
　Vitam perennem dando vicissim & accipis.

ELEGIE,
SVR LE TRESPAS DE
PIERRE DE RONSARD,
A MONSIEVR DES
Portes, Abbé de Thiron.

Par R. Garnier.

Nature est aux humains sur tous au-
　tres cruelle :
　　On ne voit animaux
En la Terre & au Ciel, ny en l'onde infidelle
　Qui souffrent tant de maux.
Le rayon eternel de l'essence diuine,
　Qu'en naissant nous auons,
De mille passions nos tristes iours espine
　Tandis que nous viuons.
Et non pas seulement viuans il nous torture,
　Mais nous blesse au trespas:
Car pour preuoir la mort, elle nous est plus
　dure
　　Qu'elle ne seroit pas.
Si tost que nostre esprit dans le cerueau rai-
　sonne,
　　Nous l'allons redoutant,
Et sans ceste frayeur que la raison nous donne,
　On ne la craindroit tant.
Nous craignôs de mourir, de perdre la lumiere
　Du Soleil radieux,
Nous craignons de passer sur les ais d'vne
　biere
　　Le fleuue Stygieux.
Nous craignons de laisser nos maisons delecta-
　bles,
　　Nos biens & nos honneurs,
Ces belles digniteZ qui nous font venerables,
　Remarquer des Seigneurs.
Le peuple des forests, de l'air & des riuieres,
　Qui ne voyent si loing,
Tombent iournellement aux mortelles pan-
　tieres
　　Sans se gesner de soing.
Leur vie est plus heureuse, & moins sujette
　aux peines
　　Et encombres diuers,

Que nous souffrons chetifs en nos ames hu-
maines
 De desastres couuerts.
Ores nous poind l'amour, tyran de la ieunesse,
 Ores l'auare faim
De l'or injurieux, qui fait que chacun laisse
 La vertu pour le gain.
Cestuy-cy se tourmente apres les grandeurs
vaines,
 Enflé d'ambition :
De cestuy-là l'enuie empoisonne les veines,
 Cruelle passion.
La haine, le courroux, le despit, la tristesse,
 L'outrageuse rancœur,
Et la tendre pitié du foible qu'on oppresse,
 Nous bourrellent le cœur.
Et voila nostre vie, ô miserables hommes !
 Nous semblons estre nez
Pour estre ce-pendant qu'en ce Monde nous
sommes,
 Tousiours infortunez.
Et encore, où le Ciel en vne belle vie
 Quelques vertus enclost,
La chagrineuse Mort qui les hommes enuie,
 Nous la pille aussi tost.
Ainsi le verd esmail d'vne riante prée
 Est soudain effacé :
Ainsi l'aimable teint d'vne rose pourprée
 Est aussi tost passé.
La ieunesse de l'an n'est de longue durée
 Mais l'Hyuer aux doigts gours,
Et l'Esté embruny de la torche etherée
 Durent presque tousiours.
Mais las ! ô doux Printemps, vostre verdeur
fanie
 Retourne en mesme poinct,
Mais quand nostre ieunesse vne fois est finie
 Elle ne reuient point.
La vieillesse nous prend maladiue & fascheuse,
 Hostesse de la Mort,
Qui pleins de mal nous pousse en vne tombe
creuse
 D'où iamais on ne sort.
Des-Portes, que la Muse honore & fauorise
 Entre tous ceux qui ont
Suiui le sainct Phœbus, & sa science apprise
 Dessur le double mont :
Vous voyez ce Rōsard merueille de nostre âge,
 L'honneur de l'Vniuers,

Paistre de sa chair morte, ineuitable outrage,
 Vne source de vers.
De rien nostre Apollon, ny les Muses pucelles
 Ne luy ont profité :
Bien qu'ils eussent pour luy les deux croppes
iumelles
 De Parnasse quitté :
Et qu'il les eust conduits aux accords de sa lyre
 Dans ce François sejour,
Pour chanter de nos Roys, & leurs victoires
dire,
 Ou sonner de l'amour.
C'est grand cas, que ce Dieu, qui dés enfance
l'aime,
 Affranchit du trespas
Ses diuines chansons, & que le Chantre mesme
 N'en affranchisse pas.
Vous en serez ainsi : car bien que vostre gloire,
 Espanduë en tous lieux,
Ne descende estoufee en vne tombe noire
 Comme vn peuple ocieux,
Et que vos sacrez vers, qui de honte font taire
 Les plus grands du mestier,
Nous facent cheoir des mains, quand nous en
cuidons faire,
 La plume & le papier :
Si verrez-vous le fleuue où tout le Monde
arriue,
 Et pay'rez le denier
Que prend pour nous passer iusques à l'autre
riue,
 L'auare Nautonnier.
Que ne ressēblons-nous aux vagueuses riuieres
 Qui ne changent de cours ?
Ou au branle eternel des ondes marinieres
 Qui reflottent tousiours ?
Hé ! n'est-ce pas pitié, que ces roches pointuës,
 Qui semblent despiter,
De vēts, de flots. d'orage, & de foudres battuës,
 L'ire de Iupiter,
Viuent incessamment, incessamment demeurēt
 Dans leurs membres pierreux,
Et que des hommes tels que ce grand Ronsard,
meurent
 Par vn sort rigoureux ?
O Destin lamentable ! vn hōme qui approche
 De la diuinité,
Est raui de ce Monde, & le front d'vne roche
 Dure en eternité.

         Qui

Qui pourra deformais d'vne haleine affez
  forte
      Entonner comme il faut
La gloire de mon Roy, puis que la Muse eft
  morte
      Qui le chantoit fi haut ?
Qui dira fes combats ? fes batailles fanglantes?
      Quand ieune, Duc d'Anjou,
De fa main foudroya les troupes Proteftantes
      Aux plaines de Poictou ?
Des-Portes, qui fera-ce? vne fois voftre Muse,
      Digne d'eftre en fon lieu,
Fuyant l'honneur prophane auiourd'huy ne
  famufe
      Qu'aux loüanges de Dieu.
Et qui fera-ce donc ? quelle voix fuffifante
      Pour fonner grauement
Ioyeufe noftre Achille, dont la gloire naiffante
      S'accroift iournellement ?
Qui dira fon courage, indomptable à la peine,
      Indomptable à la peur,
Et comme il appareille auec vne ame humaine
      Vn magnanime cœur ?
Comme il eft de l'honneur, du feul honneur
  auare,
      D'autres biens liberal,
Cheriffant vn chacun, fors celuy qui f'égare
      Du feruice Royal ?
Ne permette Clion, & Phœbus ne permette
      Que Ronfard abatu
Par l'ennuyeufe Mort, ne fe treuue Poëte
      Qui chante fa vertu.
Adieu, mon cher Ronfard, l'abeille en voftre
  Tombe
      Face toufiours fon miel :
Que le baume Arabic à tout iamais y tombe,
      Et la manne du Ciel.
Le Laurier y verdiffe auecques le Lierre,
      Et le Myrte amoureux ;
Riche en mille boutons, de toutes parts l'enferre
      Le rofier odoreux :
Le thym, le bafilic, la franche marguerite,
      Et noftre Lys François,
Et cefte rouge fleur, où la plainte eft efcrite
      Du mal-content Gregeois.
Les Nymphes de Gâtine, & les Naïades
  fainctes,
      Qui habitent le Loir,
Le venant arrofer de larmettes épreintes,

      Ne ceffent de douloir.
Las ! Clothon a trenché le fil de voftre vie,
      D'vne piteufe main,
La voyant de vieilleffe & de gouttes fuiuie,
      Torturage inhumain ;
Voyant la pauure Frãce en fon corps outragée,
      Par le fanglant effort
De fes enfans, qui l'ont tant de fois rauagée,
      Souspirer à la mort :
Le Soüiffe aguerry, qui aux combats fe loüe,
      L'Anglois fermé de flots,
Ceux qui boiuẽt le Pau, le Tage, & la Danoüe,
      Fondre deffus fon dos.
Ainfi que le Vautour, qui de griffes bourrelles
      Va fans fin tiraffant
De Promethé le foye, en paftures nouuelles,
      Coup fur coup renaiffant.
Les meurtres inhumains fe fõt entre les freres,
      Spectacle plein d'horreur,
Et déja les enfans courent contre leurs peres
      D'vne aueugle fureur :
Le cœur des citoyens fe remplit de furies,
      Les paifans efcartez
Meurent contre vne haye : on ne voit que
  tu'ries
      Par les champs defertez.
Et puis allez chanter l'honneur de noftre Frãce
      En fiecles fi maudits,
Attendez-vous qu'aucun vos labeurs recom-
  penfe
      Comme on faifoit iadis !
La trifte pauureté nos chanfons accompagne :
      La Mufe les yeux bas
Se retire de nous, voyant que l'on defdaigne
      Ses antiques efbas.
Vous eftes donc heureux, & voftre mort heu-
  reufe,
      O Cygne des François,
Ne lamentez que nous, dont la vie ennuyeufe
      Meurt le iour mille fois.
Vous errez maintenant aux cãpagnes d'Elyfe,
      A l'ombre des vergers,
Où chargent en tout temps, affeurez de la Bife,
      Les iaunes orengers :
Où les prez font toufiours tapiffez de verdure,
      Les vignes de raifins,
Et les petits oifeaux, gazoüillans au murmure
      Des ruiffeaux cryftalins.
Là le Cedre gommeux odoreufement fuë,

CCCccc

          Et l'arbre du Liban,
Et l'Ambre,& Myrrhe, au lict de son Pere
    receuë,
          Pleure le long de l'an.
En grand' foule accourus autour de vous se
    pressent
          Les Heros anciens;
Qui boiuët le Nectar, d'Ambrosie se paissent,
          Aux bords Elysiens:
Sur tous le grand Eumolpe, & le diuin
    Orphée,
          Et Line,& Amphion,
Et Musée,& celuy dont la plume eschaufée
          Mit en cendre Ilion.
Le loüangeur Thebain, le Chätre de Mantoüe,
          Le Lyrique Latin,
Et auecques Seneque, honneur grand de Cor-
    doüe,
          L'amoureux Florentin:
Tous vont battant des mains, sautelant de
    liesse,
          S'entre-disans entre-eux,
Voylà celuy, qui domte & l'Itale & la Grece,
          En Poëmes nombreux.
L'vn vous donne sa lyre, & l'autre sa trom-
    pette,
          L'autre vous veut donner
Son Myrte, son Lierre, ou son Laurier pro-
    phete,
          Pour vous en couronner.
Ainsi viuez heureuse, Ame toute diuine,
          Tandis que le Destin
Nous reserue aux malheurs de la France,
    voisine
          De sa derniere fin.

STANCES.

I.

Amadis ressentit au fond de son courage
Vn tel coup de douleur du trespas de
Ronsard,
Que l'ennuy luy naurât l'ame de part en part
Luy desroba l'esprit de plaindre vn tel dom-
mage.

II.

Donc, braue Poësie, en dueil couppe la nuë,
Vole par l'Vniuers, & d'vn son esclattant
Pour luy auec tes vers sans fin te lamentant

Raconte ceste perte aux François auenuë.

III.

Soudain Princes & Rois, Amoureux &
Gensdarmes,
Toutes sortes d'estats le pleureront si fort,
Qu'Atropos, bien que sourde, entendra qu'elle
a tort,
Et de l'auoir tué se fondra toute en larmes.

IIII.

O combien les filets de la Parque inhumaine
Ont d'extreme puissance en leur fatalité,
Puis qu'ils ont sceu fermer d'vn silence indonté
La bouche des neuf Sœurs de la saincte Neu-
uaine!

V.

Mais ie pense qu'au lieu d'Helicon &
Parnasse,
Les Muses pour logis tres-excellent & beau
Ont choisi maintenant de Ronsard le Tôbeau,
Honteuses qu'on les voye ailleurs qu'en ceste
place.

                    Amadis Iamin, Secretaire
                    de la Chambre du Roy.

VNde orta est aut vnde ruit tam dira re-
    pentè
Tempestas? medium video discindere cœlum
Palantésque polo stellas, desertáque summi
Ardua Parnassi, totúmque Helicona madere
Effusum in lachrymas, pullata veste Sorores
Atra queri, & longas in fletum ducere noctes,
Ronsardo linquente orbem, superísque locato.
Quàm benè consultum est Gallo quod carmine
    versus
Scripserit! is Latio vsus si sermone fuisset,
Occiderent vnà Musæ Latiæ atq; Camœnæ:
Sed viuunt, retinéntque decus primúmque
    nitorem,
Æternùm vt laudent vectum super astra
    Poëtam.

                    Io. Clericus libell. supplicum
                    in Senatu Paris. Præses.

HAs tibi Parisiis sacras in collibus aras,
    Magne parens, grata ponimus ecce
manu.
Tu patrij Deus eloquij, quo numine quondam

Pierias Francum protulit vber opes.
Ergo velut Cereri & Baccho sua sacra quot-
     annis
  Vouerat, & festos gens operata dies;
Sic tibi quotquot erunt Galli, tua turba, Poëtæ
  Annua solenni carmine vota canent.
Iámq; tibi primos ecce instauramus honores,
  Et ferimur vitæ pulchra per acta tuæ.
Vt claræ antiqua deductus origine gentis,
  Threicio dederis tempora prima Deo.
Vt mox & laudis meliore incensus amore
  Malueris Musas Graia per antra sequi.
Nullus erat tua qui regeret vestigia callis,
  Saxa per & nullo culmina trita pede:
Tu tamen & salebras & sentibus aspera
     vincis
  Omnia, nec durum te remoratur iter,
Donec Hyantæo teneras è fonte Sorores
  Deducas patrios victor ad vsque lacus.
Inde vbi per medias Nymphis comitantibus
     vrbes
  Conspicuum insigni tollis honore caput,
Protinus vt roseo surgit cùm Lucifer ortu,
  Cum tenebris fugiunt astra minora suis:
Sic rudis incultos aluit quos Gallia vates
  Fugêre ad vultus lumina prima tui.
Nunc igitur laudésque hominum laudésque
     Deorum
  Concinis, aut mollis quæ tibi dictat Amor:
Nunc ortus rerum varios, veríque latebras
  Quæris, & audaci tendis in astra via:
Martia nunc resonas heroo prælia versu,
  Francósque à Phrygio principe ducis auos.
Néve tibi veteres contendant laude Poëtæ,
  Quotquot habet Latium, Græcia quotquot
     habet,
Nil intentatum mens indefessa reliquit,
  Siue placent citharæ munera, siue tuba.
Felices Ligeris ripæ, felicia Cosmi
  Fana tui, vberibus Turóque diues agris;
Et quæcunque tuo demulsæ carmine gentes,
  Hausere ætherios vatis ab ore fauos:
Te nemorum coluere Deæ, te sæpe canentem
  Mænalijs Faunus visit ab vsque iugis.
Te stupuit Natura parens, nec te tua cepit
  Gallia, quæ tanti ciuis honore tumet:
Sed norunt latè populi quósque vltima Thule,
  Quósque alit Hesperio terra propinqua
     freto;

Quíque bibunt Istri gelidum septemplicis am-
     nem,
  Quíque Euphrate habitant & loca cincta
     Tigri.
Salue cura Deûm, salue ipsis addite Diuis,
  Vindocini æternum sidus, honósque soli.
Non tibi quærenda est alieno fama labore,
  Digna nec ingenio laus satis vlla tuo est.
Tu tamen hæc cape vota lubens, seu lactea
     mundi
  Te plaga, seu magni te tenet aula Iouis:
Et si quis tibi restat amor, si cura tuorum,
  Nec te operis memorem iam piget esse tui,
Respice nos, animísque interdum illabere no-
     stris,
  Tractamus patriæ dum noua plectra Lyræ.

Scæuola Sammarthanus
Quæstor Franciæ.

Viuenti lusit sic Stephanus Paschasius.

HAs tibi viuenti, magne ô Ronsarde,
     sacramus,
  Quas nos defunctis soluimus exequias.
Haud aliter poteras donari hoc munere vt in
     quem
  Inuida mors nullum vendicet imperium.

EPITAPHIVM PETRI
RONSARDI.

HIc Ronsarde iaces, & tecum Phœbus
     eodem,
  Et Musæ, & Charites contumulantur
humo.

Steph. Paschasius Reg.
Rationum Patronus.

Traduction du precedent.

CY gist le grand Ronsard, & auec luy aussi
  Les Graces, les neuf Sœurs, Phebus gisent icy.

Estienne Pasquier Aduocat du Roy
en sa Chambre des Comptes.

C C C c c c c   ij

SVmme Poëtarum quos prisca & nostra
    tulerunt,
  Quósque ferent Gallis postuma sæcla tuis,
Parce, nec ista tibi veluti data iusta putato,
    Sed tanquam summis manibus inferias.

                P. Pithoeus, I.C.

ROnsardo struitis, Vates, quid cespite fru-
  strà
Mortali tumulum, penna qui cœlite viuus
Tot sibi, tot patriæ monimenta æterna sa-
  crauit?
An vos vt cœlo secum, Iouis armiger addat?

                Ant. Oif.

Piis amici Ronsardi Manibus.

ROnsarde Aoniæ decus immortale co-
  hortis,
  Pars animæ quondam dimidiata meæ:
Si quis, vt est, sensus defunctis, sit tibi gratum
  Postremum hoc mæsti funeris officium:
Accipito has lacrymas veras ac intus obortas,
  Quas meus ex imo pectore fundit amor.
Sed lugere vetas: quoniam tua fama superstes
  Orbi te illustrem conspicuúmque refert:
Et quoniam, vt spero, felix conuiua Deorum
  Pro nobis miseris vota precésque facis.

                Io. Galandius.

SONNET.

TOut ainsi qu'au debat du prix de la
  beauté
Et Pallas & Iunon, rallumant leur querelle,
Au chois que fit Pâris, qui nomma la plus
  belle,
Quitterent à Cypris le loyer merité,
  Homere aussi combiem qu'il eust Pallas
  chanté:
Virgile que Iunon vit animé contre elle,

A Ronsard ton Poëte, ô Venus immortelle,
Au nõ de tõ Pâris leurs Lauriers ont quitté.
  Le sort egal pourtant ces trois tant fauorise
Que leur tombeau fait honte au dessein d'Ar-
  temise.
Homere gist d'Ios sur les celestes fleurs,
  Virgile dans ton sein, Parthenope Sereine,
Et Ronsard sur la soye aux iardins de Tou-
  raine,
Que Cypris & la Loire arrousent de leurs
  pleurs.

                Claude Binet.

DISCOVRS SVR LE
trespas de Monsieur de
Ronsard.

QVand l'ame de Ronsard la demeure eust
  quittée
Où le Destin l'auoit soixante ans arrestée,
Et que son bel esprit de son corps déuoilé,
Comme venu du Ciel au Ciel fut reuolé;
La France qui pensoit que iamais ses années
Ne verroient par la mort leurs courses termi-
  neés,
Disant qu'à sa naissance ainsi l'auoient pro-
  mis
Et Iupiter luy-mesme & les Destins amis:
Voyant son esperance en vent s'en estre allée,
Et la publique foy des Destins violée,
Elle ne peut muette endurer ce malheur:
Ains laissant librement murmurer sa douleur,
Et dire en souspirant d'vne voix angoissée
Ce que sa passion dictoit à sa pensée.
En fin croyant son dueil toute en pleurs elle
  alla
S'en plaindre à Iupiter, qui durant ce temps-
  là,
Desarmé de sa foudre & nud de son Ægide
Banquetoit chez Thetis la belle Nereïde,
Dans le sein des grands flots, qui d'vn pas on-
  doyant
Vont auprès de Thollon les Gaules costoyant,
Sejour où de long-temps le vieil pere Nerée
S'aime plus qu'en nul lieu de la plaine azurée.
  Là sous les flots marins vn Roc est esleué,
Où côme vne grãd' salle vn bel Antre est caué,
Qu'il semble que Nature ait fait par artifice,

Tant elle a ſçauamment en ce rare edifice
Jmité le ſçauoir de ſon imitateur,
Et rendu le deſſein digne de ſon autheur.

    Nymphes qui ſous les eaux demenez vos
    carolles,
Preſtez, ie vous ſupply, faueur à mes parolles,
Ne vous offenſant point ſi ie vais en parlant,
De vos Palais marins les treſors decelant;
Et ſi i'expoſe au iour ce que la mer profonde
Cache dans ſon abyſme aux yeux de tout le
    Monde :
Le diſcours n'eſt pas long , & ne merite point
Que les flots de l'oubly l'abyſmēt de tout point.

    Quand Neptune eſpouſa la Déeſſe Am-
    phitrite
Qu'Amour dedãs ſon cœur auoit ſi biē eſcrite,
La Terre deſirant l'eſpouſée honorer
D'vn preſent qui ſe peuſt à bon droit admirer,
Tira hors de ſon ſein ceſte belle fabrique,
Pour ſeruir au feſtin de ſalle magnifique:
Et depuis Amphitrite à Tethys la donna,
Lors qu'au riuage Indois Neptune l'amena.

    Protée à qui ie doy le diſcours de l'hiſtoire
Que ie vais par ces vers ſacrant à la Memoire,
Me deſcriuant vn iour cet Antre merueilleux,
Et les riches beautez dont il eſt orgueilleux,
Me dit que le rocher dont il creuſe la maſſe,
Eſt tout d'vn marbre verd qui l'Emeraude
    efface,
Que mille grands coraux de la roche naiſſans,
Et de leurs rouges bras l'vn l'autre s'enlaſſans,
Cheminent par la voûte, & lambriſſans la
    ſalle
D'vn ſuperbe plancher que nul autre n'e-
    galle,
Imitent en joüant les treilles des jardins,
Et leur pendent des bras des perles pour rai-
    ſins :
Que pour riche paué deſſous les pieds blon-
    doye
Le luiſant ſable d'or qui dans Pactole ondoye :
Et brief qu'il paroiſt bien qu'vn ſi beau baſti-
    ment
Fut fait par les Dieux ſeuls pour les Dieux
    ſeulement.

    Auſſi les flots ſallez dont ceſte Roche eſt
    ceinte,
Comme arreſtez d'vn frein de reſpect & de
    crainte,

N'oſent entrer dedans, ny le lieu viſiter,
Quoy que le ſueil ouuert les enſemble inuiter:
Ains recognoiſſans bien qu'indignes de l'en-
    trée
Leur humeur eſt prophane, & la Grotte eſt
    ſacrée,
Jls s'en retirent loing, l'enfermant tout autour
De grands murs cryſtalins qui tranſmettent
    le iour.

    Là du plus precieux des Royaumes humides,
Par les ſçauantes mains des belles Nereides,
En ſuperbe appareil & conuenable aux Dieux,
Le feſtin eſt dreſſé , quand le grand Roy des
    Cieux
Vient és mers de deçà viſiter chez Nerée,
Thetis dont il a l'ame encore enamourée.
Finy donc le ſouper dont il auoit eſté
Ce ſoir-là de Thetis pompeuſement traité,
Comme les demy-Dieux alloient leuer la ta-
    ble,
France portant en l'ame vn dueil inſuppor-
    table
Entre dans ceſte Grotte, & triſte ſe jettant
Aux pieds de Iupiter luy dit en ſanglottant;
Pere, Ronſard eſt mort : où ſont tant de pro-
    meſſes,
Qu'appellant à teſmoins les Dieux & les
    Déeſſes,
Tu me iurois vn iour par les eaux de là bas,
Qu'il viuroit vne vie exempte du treſpas ?

    Certes quand le malheur qui me portoit
    enuie,
Eut tant fait que mon Roy fut prins deuant
    Pauie,
Et que les Eſpagnols de mon mal triomphans,
Tremperent l'Inſubrie au ſang de mes enfans;
Alors que de douleur profondement attainte
Proſternée à tes pieds ie te faiſois ma plainte :
Nymphe, ce me dis-tu, conſole ta douleur,
Ton repos & ta paix naiſtront de ce mal-
    heur.
Il falloit que le cours des fieres Deſtinées
Allaſt par ceſte voye à ſes fins ordonnées.
Ainſi l'auoit le Ciel de long-temps arreſté:
Mais non plus que le cours des torrens de
    l'Eſté,
Qu'vn orage conçoit, n'eſt iamais de durée,
Non ſera le malheur qui te rend eſplorée.
Car quant à la priſon qui te fait ſouſpirer,

Tu verras dans vn an ton Roy s'en retirer,
Plus grand, plus redouté que si nulle tempeste
D'enuie, & de malheurs n'auoit frappé sa
   teste :
Car le mal-heur rend sage; & son coup outra-
   geux,
Qui destruit les coüards, instruit les coura-
   geux.
Cependant pour monstrer que iamais ie n'en-
   uoye
Une pure douleur ny vne pure ioye,
Sçache que ce mesme an qui maintenant escrit
D'vn encre si sanglant son nom en ton esprit,
Ce mesme an qui te semble estre si deplorable,
Te sera quelque iour doucement memorable :
D'autant que dans le sein du terroir Vendo-
   mois,
Auant que par le Ciel se soient tournez sept
   mois,
Vn enfant te naistra dont la plume diuine
Egallera ta gloire à la gloire Latine,
Et par qui les Lauriers croissans au double
   mont
Non moins que ceux de Mars t'ombrageront
   le front.

   Ie ne soufflay iamais du vent de mõ haleine,
Tant de diuinité dedans vne ame humaine,
Comme i'en souffleray dedans la sienne, à fin
Que ce qu'il chantera puisse viure sans fin :
Et que non seulement il acquiere à sa vie
Vne immortalité maistresse de l'enuie,
Mais que mesme il l'acquiere à ceux de qui
   ses vers
Voudront rendre le nom fameux par l'Vni-
   uers.
Pource appaise tes pleurs, consolant par l'at-
   tente
De ce bon-heur futur l'infortune presente.

   Ainsi flattant mon dueil, & m'essuyant
   les yeux,
Tu me disois alors, ô grand Prince des Dieux,
Remarquant de Ronsard la future nais-
   sance :
Et moy qui me laissay piper à l'esperance,
Ie finy mes souspirs en pensant qu'vn tel heur
Me deuoit bien couster vne égalle douleur,
Et qu'encor ma fortune estoit-elle enuiable,
Si pour tant de mes fils couchez morts sur le
   sable,

Vn an moins me naissoit de qui l'estre diuin
N'arriueroit iamais à la derniere fin.

   Mais à ce que ie voy, ceste belle promesse
Qui ne tendoit alors qu'à tromper ma tristesse,
A trompé mon espoir & mon attente aussi.
Car ce diuin ouurier, ma gloire & mon souci,
Qui deuoit imiter du Cedre la nature,
Qu'on voit non seulement exempt de pourri-
   ture,
Ains mesme en exempter ce qu'il tient en-
   fermé,
Si bien que par ses vers estant comme embau-
   mé,
Vn nom ne deuoit plus perir dedans la Tombe,
Luy-mesme y est tombé comme vn autre hom-
   me y tombe,
Et n'a pas moins payé pour passer Acheron,
Que feroit estant mort vn simple buscheron.

   Si m'estoy-ie promis (& sans la mort cruelle
Ie croy que cet espoir m'auroit esté fidelle)
De luy voir couronner d'vne si belle fin
L'œuure qui conduisoit Francus au bord du
   Rhin,
Que ny celuy qui fit souspirer Alexandre
Sur le fameux tombeau de la Gregeoise cẽdre,
Ny celuy dont Enée a fourny l'argument,
Ne le precederoient que du temps seulement.
Là i'esperois reuoir ma couronne Ducale
Croistre sous Pharamond en couronne Royale :
Là Clotaire vengeant l'iniure de son fils,
Mesurer derechef les Saxons déconfis
A la courte longueur de sa trenchante espée,
Et de tous les plus grands la vie estre coupee.
Puis ie me promettois que le fil de ses chants,
Courant legerement par la trace des ans,
Paruiendroit à ce siecle, & par toute la Terre
Publi'roit les beaux faits, soit de paix, soit
   de guerre,
De mes Princes derniers, & sur tous de celuy
Qui dans sa forte main tient mon Sceptre
   auiourd'huy,
Le dernier des derniers en la suitte de l'âge,
Le premier des premiers en prudence & cou-
   rage.

   Mais à ce que ie voy, i'ay vainemẽt nourry
Ceste attente en mon ame en faueur de
HENRY :
La Mort m'a pour iamais ceste gloire rauie,
Ronsard n'est plus viuant : mon espoir & sa vie

Ont fait tous deux naufrage encontre vn mef-
   me écueil,
Et tous deux sont alleZ sous vn mesme cer-
   cueil.
   O pere, ie sçay bien que nostre obeïssance
Ne doit point murmurer contre ton ordon-
   nance,
Et qu'en ce qui nous fait esiouïr ou douloir
C'est assez de raison qu'alleguer ton vouloir.
Aussi si retractant l'effect de ta promesse,
Ton vouloir est luy-mesme autheur de ma tri-
   stesse,
Et s'il n'accorde plus, de repentance espoint,
Que ce bon-heur là soit : & bien, qu'il ne soit
   point :
Qu'il soit permis au Dieu de qui subjets nous
   sommes,
D'auoir le cœur muable aussi bien que les
   hommes.
Mais si l'intention de ton premier dessein
Reste encore immuable au profond de ton sein;
Qui donne ceste audace au pouuoir de la Par-
   que
De rompre les arrests du celeste Monarque?
Qu'elle perde donc tout, s'il luy est tant permis:
Que les Demy-Dieux mesme à sa loy soient
   soumis,
Et que si sa fureur son courage y conuie,
Elle me vienne aussi despouïller de la vie,
Encor que ta faueur m'accordant des autels,
M'a daigné faire asseoir au rang des immor-
   tels :
Faueur qui maintenant m'est en peine tournée,
Puis que de tant d'ennuis à toute heure gesnée
Mon immortalité ne me sert seulement
Que d'immortaliser ma peine & mon tour-
   ment.
   Ainsi se complaignoit ceste Reine dolente
Aux pieds de Iupiter en larmes distilante,
Quand luy qui patient sa complainte entendit,
Reprenant la parole ainsi luy respondit :
Princesse, l'esperance en ton ame conceuë
Du viure de Ronsard à la fin t'a deceuë,
Non pour ce qu'és propos que de luy ie te tins,
Manqua la verité ny la foy des Destins,
Mais pour ce qu'en ton ame escoutant ma
   sentence,
Manqua de mes propos la saine intelligence.
   Ie iuray voirement par les eaux de là bas,

Qu'il viuroit vne vie exempte du trespas :
Mais ceste vie, ô Nymphe, il la faloit entendre
De celle-là qui fait qu'on suruiue à sa cendre,
De celle-là qui rend vn renom ennobly,
Et dont il n'y a point d'autre mort que l'oubly.
   Car quant à l'autre vie à la Parque sub-
   jette,
Le Soleil voit-il bien quelqu'vn qui se pro-
   mette
De ne la point finir, puis que c'est seulement
Pour prendre quelque fin qu'on prend com-
   mencement ?
O Nymphe, l'estre humain ce n'est rien qu'vn
   non-estre ;
On commence à mourir dés qu'on commence
   à naistre :
Et comme nauiguer ce n'est que tendre au port,
Ainsi viure ce n'est qu'aller deuers la mort.
   Jette l'œil du penser dessus tout ce qu'en-
   serre
Dedans son large sein la rondeur de la terre,
Tu verras que la faux de la Parque & du
   Temps
Y va tout moissonnant comme herbe du Prin-
   temps :
Ty y verras perir les Temples magnifiques,
Les grands Palais des Rois, les grandes Re-
   publiques,
Et souuent ne rester d'vne grande cité,
Sinon vn petit bruit qu'elle a iadis esté.
Et si non seulement le temps fera resoudre
Les Temples, les Chasteaux & les hommes en
   poudre ;
Mais aussi ce grand Tout, ce grand Tout que
   tu vois
Qui ne sçait où tomber, tombera quelquefois.
Va, plains-toy maintenant qu'vne maison
   priuée
Du sac vniuersel ne se soit point sauuée,
Et te desplais de voir arriuer à quelqu'vn,
L'accident que tu vois arriuer à chacun.
   Ie sçay bien que ta perte estant démesurée,
Elle ne se peut voir suffisamment plorée,
Et qu'il est difficile en vn si grand mal-heur
D'imposer promptement silence à sa douleur:
Mais encor deurois-tu ton angoisse refrain-
   dre,
Quand tu viens à penser qu'en ce qui te fait
   plaindre
C C Cccccc iiij

Tu te vois mesme auoir les Dieux pour com-
    pagnons,
Et qu'aussi bien que toy du Sort nous nous
    plaignons.
    Regarde à moy qui suis le Monarque celeste,
Encor ay-ie senty que peut l'heure funeste,
Encor m'a fait gemir la rigueur de son trait :
Et bien souuent outré de dueil & de regret
Pour mes propres enfans tuez dans les al-
    larmes,
La mort iointe à l'amour m'eust fait ietter
    des larmes,
Si la grandeur du Sceptre enfermé dans mes
    mains
Me permettoit les pleurs aussi bien qu'aux
    humains.
    Mon Sarpedon mourut en la Troyenne
    guerre,
Et mon Hercule mesme, oste-mal de la terre,
Bien qu'il fust destiné pour estre l'vn des
    Dieux,
Sans passer par la mort ne vint point dans les
    Cieux.
Ainsi ce que le Sort a de plus lamentable,
En le rendant commun il le rend supportable,
Et la Parque adoucit l'aspre seuerité
De ses funestes loix par leur egalité.
Et pource, ô belle Roine, appaise ta tristesse,
Permets que la raison ton courage redresse :
Souffre vn mal necessaire, & pense qu'on ne
    peut
Brauer mieux le Destin qu'en voulant ce qu'il
    veut.
Tu fais tort à Ronsard & à toy-mesme encore,
Si tu le vas plorant comme il faut que l'on
    plore
Ceux qui vont tous entiers dedans le monu-
    ment,
Et ne laissent rien d'eux que des os seulement.
Il n'est pas mort ainsi, sa viue renommée
Suruiuant à sa mort tient sa gloire animée :
Et s'il ne vit du corps, il vit de ceste part
Qui le faisoit estre homme & mesme estre
    Ronsard.
Ioint que si les honneurs payez à ceux qui
    meurent
Adoucissent l'ennuy des amis qui demeurent,
Ton cœur a bien dequoy consoler ses douleurs :
Car si iamais trespas fut honoré de pleurs,

Non de vulgaires pleurs, mais de pleurs vray-
    ment dignes,
Et des Cygnes François, & du pere des Cy-
    gnes,
Son tombeau s'en verra tellement honoré,
Qu'vn Dieu mort ne sçauroit estre autrement
    ploré.
Vn Temple est à Paris dans l'enclos où com-
    mande
La moitié de son cœur son cher amy Galande :
Là se doiuent trouuer en vestement de dueil,
Pour aller d'eau sacrée arrousant son cercueil,
Et payer ce qu'on doit pour le dernier office,
Les plus rares esprits dont cest âge florisse,
Alentour du Tombeau couronnez de Cypres,
Iettant au lieu de fleurs des pleurs & des re-
    grets,
Sur le poinct que la troupe humectant ses pau-
    pieres,
Dira sur le cercueil les paroles dernieres,
Ie veux que mon Mercure à l'heure vray
    larron
Des cœurs & des esprits se Change en du Per-
    ron,
En ton grand du Perron la gloire de son aage.
Ie veux qu'il porte ainsi la taille & le visage,
Et qu'empruntant sa forme, & ne se monstrant
    DIEV
Sinon en son parler, il s'assée au milieu
De ceste docte bande attachée à sa langue,
Et face de Ronsard sa funebre Harangue,
Consacrant sa memoire, & comme aux Im-
    mortels
Luy donnant ce qui donne vn Temple &
    des Autels.
Que si iamais on vid soit dessous sa figure,
Soit sous vn autre habit Mercure estre Mer-
    cure,
On le sentira là par l'effect du parler,
Qui comme vn fleuue d'or coulant sans s'es-
    couler
Fera lors par essay cognoistre à l'assistance
Combien absolument les loix de l'eloquence
Regnent sur les desirs des plus rebelles cœurs,
Ou commandant la ioye, ou demandant les
    pleurs.
    L'assistance rauie & pleine de merueille
Ressentant bien qu'vn DIEV charmera son
    oreille,

Plus que iamais, Ronsard, admirera ton heur,
D'auoir peu rencontrer vn si digne loüeur,
Et confessera lors comme esprise d'enuie
Que son trespas t'honore autant comme ta vie.
  Au reste,ô belle Reine,asseure ton penser,
Que si iamais beau nom s'est veu Styx re-
    passer,
Ou sorti du Tombeau d'auec la froide cendre,
Sur tout le large front de la terre s'estendre,
Et trouuer le Ciel mesme estroit pour son
    renom,
Ce sera de Ronsard le glorieux surnom ;
Et n'en sera iamais sur la terre habitable,
Ny de moins enuié, ny de plus enuiable.
  Vn iour doit arriuer promis par les Destins,
(Et ce iour n'est pas loing) que des peuples La-
    tins,
Que des champs Espagnols , que de ceux d'Al-
    lemagne,
Et mesme de ceux-là que la Tamise baigne,
Bref de toute l'Europe & des lieux incognus
Où ses escrits seront en volant paruenus,
On viendra salüer le sepulchre où repose
Son ombre venerable , & sa despoüille en-
    close,
Seulement pour se voir de ceste aise pourueu,
De s'en pouuoir vanter & dire,Ie l'ay veu.
  Là se celebreront d'vne feste ordinaire
Tous les ans au retour de son anniuersaire,
Des jeux & des combats entre les beaux es-
    prits,
Où les mieux escriuans emporteront le pris.
Et ie veux que celuy qui par trois nuits en-
    tieres
Veillant sur son tombeau n'aura clos les pau-
    pieres,
S'en retourne Poëte, & que dans son païs
Rauissant de ses vers les peuples esbahis,
Il monstre que Ronsard l'heur de l'humaine
    race
Viuant fut vn Phebus, & mort c'est vn Par-
    nasse.
  Ainsi dit Iupiter Ehatoüillant de ces mots
L'esprit de la Princesse : elle appaisant les flots
Dont son cœur ondoyoit , ceste response ouye
Se leua de ses pieds à demy resiouye,
R'entra dedans soy-mesme , & remit sur son
    chef
Les fleurs qu'elle en osta deplorant son meschef.

O l'eternel honneur de la France & des Mu-
    ses,
Qui premier débroüillant les semences confu-
    ses
De nostre Poësie en ordre les rangeas,
Et leur Chaos antique en ornement chan-
    geas :
Qui luy donnas des fleurs, donnas de la lu-
    miere,
Reformas la laideur de sa forme premiere,
De ses diuersitez tiras de doux accords,
Et d'vne ame diuine auiuas tout son corps :
Bel esprit qui n'eus onc ny n'auras en ce monde
Au mestier d'Apollon d'esprit qui te seconde,
Et de qui iustement nous pouuons prononcer,
Sans que les plus sçauants s'en puissent offen-
    cer,
Qu'au iour où ton trespas frauda nostre es-
    perance,
A ce iour-là mourut la mort de l'ignorance.
Pure & saincte clarté des esprits les plus purs,
Espoir des temps passez, desespoir des futurs.
Si quelque sentiment reste encore à ta cendre,
Tant qu'à trauers le marbre elle nous puisse
    entendre,
Entens, grand Apollon du Parnasse Fran-
    çois,
Ces vers qu'en ton honneur ie chante à hau-
    te vois,
Et ne t'offense point ,si ie romps d'auanture
Le repos que tu prens dessous la sepulture ,
Maintenant que ie viens pour te dire en ce
    lieu
Et le dernier bon-iour & le dernier adieu :
Ains prens en gré mon Zele, & reçoy fauo-
    rable,
De ces tristes presents l'offerte pitoyable,
De ces tristes presents , qui sont comme les
    fruits
Que ta viue semence en mon ame a produits :
Car iour & nuict te lire enchanté de ta grace,
Non comme l'Ascrean dormir dessus Par-
    nasse,
M'a fait estre Poëte : au moins si m'imposer
Vn nom si glorieux ,ce n'est point trop oser.
  Ie n'auoy pas seize ans quand la premie-
    re flame
Dont ta Muse m'éprit , s'alluma dans mon
    ame,

Et fit que ma ieunesse entrant en son Prin-
temps
Tint desia de l'Hyuer, ne prenant passe-temps
Qu'à lire tes escrits, & iugeant prophanée
L'heure qu'à ce plaisir ie n'auois point donnée,
Comme vn ieune amoureux qui pense auoir
perdu
Le temps qu'à voir sa Dame il n'a point des-
pendu.
　Depuis ie vins à voir les beaux vers de
　Des-Portes,
Et lors mon feu nouueau print des flames plus
fortes,
Allumé d'vn espoir qui me fit presumer
De pouuoir aisément sa douceur exprimer.
Espoir qui me trompa: car sa diuine grace
Qui va cachant son art, & qui de prime face
Promettoit tout facile à ma presomption,
S'esleue par dessus toute imitation.
　Lors à toy reuenant & pensant que la peine
De t'oser imiter ne seroit pas si vaine,
Je te prins pour patron: mais ie peu moins
encor
Changer mes vers de cuiure en tes vers qui
sont d'or;
Si bien que pour iamais ma simple outrecui-
dance
En gardant son desir perdit son esperance.
　Adonc plus que deuant i'admiray vos
　esprits,
Ma main n'vsa plus rien que vos diuins es-
crits:
A toute heure en tous lieux ie portay vostre
image
Deuant mes yeux errante, & ferme en mon
courage
Je reueray vos noms, reueray vos hostels,
Comme les Temples saincts des grands Dieux
immortels,
Voyant la palme Grecque en vos mains re-
uerdie;
Bref ie vous adoray (s'il faut qu'ainsi ie die)
Tant de vostre bien-dire enchanté ie deuins,
Comme des Dieux humains, ou des hommes
diuins.
　Il est vray que l'esclair de la viue lumiere
Que versoit vostre gloire en ma foible pau-
piere,
M'esblouïssant la veuë au lieu de m'esclairer

M'eust fait de vostre suitte à la fin retirer,
Rebuté pour iamais des riues de Permesse,
Si de mon vieil espoir confirmant la promesse
Vous n'eussiez mon esprit à poursuiure incité,
Me redonnant le cœur que vous m'auiez osté.
Toy principalement belle & genereuse Ame,
Dont l'eternel adieu de regret nous entame,
Qui voyant mon Destin me voüer aux neuf
Sœurs,
Me promis quelque fruit de mes premieres
fleurs,
M'incitas de monter apres toy sur Parnasse,
Et m'en donnas l'exemple aussi bien que l'au-
dace:
Car tu fus lors vn feu de ma crainte vain-
queur,
Qui m'esclaira l'esprit & m'eschaufa le cœur,
Quand d'vn conseil amy m'enseignant quelle
voye
Va droit sur Helicon, & quelle s'en déuoye.
Tu me dis que Clion m'apperceut d'vn bon
œil
Lors que mon premier iour salüa le Soleil:
Qu'il me falloit oser: que pour longuement
viure,
Il falloit longuement mourir dessus le liure,
Et que i'aurois du nom, si sans estre estonné,
Ie l'allois poursuiuant d'vn labeur obstiné.
　Vueillent les Cieux amis, ô l'honneur de
　cet âge,
Rendre l'euenement conforme à ton presage,
Et ne permettent point que i'aye obtins en
vain
L'heur d'auoir veu ta face, & touché dans ta
main.
　Cependant prens en gré, si rien de nous t'a-
　grée,
Ces pleurs qu'au lieu de fleurs, & qu'au lieu
d'eau sacrée,
Auec toute la France atteints d'vn iuste
dueil,
Nous versons sur ta Tombe & de l'ame &
de l'œil:
Pleurs que ton cher Binet en souspirant a-
masse,
Puis les meslant aux siens, en de l'or les en-
chasse,
Et dolent les consacre à l'immortalité
Pour seruir de tesmoins de nostre pieté,

Et pour faire paroiſtre à ceux du dernier âge,
Que nous auons au-moins cogneu noſtre dom-
    mage,
Et que nous l'auons plaint autant que nous
    pouuions,
Ne pouuans pas le plaindre autant que nous
    deuions.

                    BERTAVD.

ODE SAPPHIQVE RIMEE.

Ous qui les ruiſſeaux d'Helicon
    frequentez,
    Vous qui les iardins ſolitaires
    hantez,
Et le fond des bois, curieux de choiſir
    L'ombre & le loiſir:
Qui viuans bien loing de la fange, & du
    bruit,
Et de ces grandeurs que le peuple pourſuit,
Eſtimez les vers que la Muſe apres vous
    Trempe de miel doux.
Eſleuez vos chants, redoublez voſtre ardeur,
Souſtenez vos voix d'vne bruſque verdeur,
Dont l'accord montant d'icy iuſques aux
    Cieux
    Irrite les Dieux.
Noſtre grand Ronſard de ce monde ſorty,
Les efforts derniers de la Parque a ſenty:
Ses faueurs n'ont peu le garantir en fin
    Contre le Deſtin.
Luy qui peuſt, des ans & de l'âge vaincus,
Suſciter Clouis, Pharamond & Francus,
Qu'vn pareil cercueil receloit, & leur los
    Moindre que leurs os.
Luy qui peuſt des morts r'alumer le flambeau,
Et le nom des Rois retirer du Tombeau,
Imprimant ſes vers par vn art maternel,
    D'vn ſtile eternel:
Bien qu'il euſt neuf Sœurs qui ſouloient le
    garder,
Il ne peut les trou de là bas retarder,
Qu'il ne ſoit forcé de la fiere Clothon,
    Hoſte de Pluton.
Maintenant bien pres de la troupe des grands
Fondateurs guerriers de la gloire des Francs,
On le void penſif parauant qu'aborder,
    Son luth accorder.
Mais ſi toſt qu'on l'oit reciter de ſes vers,
Virgile au combat cede les Lauriers vers:
Orphée & Linus, & Homere, font lieu
    Ainſi qu'à vn DIEV.
Il va leur contant comme lors de ſon temps
Nos ciuils diſcords alumez de vingt ans
Par tout ont remply le Royaume d'erreur,
    D'armes & d'horreur.
Il va leur chantant le peril & danger
Du Troyen Francus, valeureux eſtranger,
Qui deuoit aux bords de la Seine à bon port
    Eſleuer vn fort.
Ià le Rhin fourchu ſe couuroit de vaiſſeaux,
Et le Loir enfloit le canal de ſes eaux
Sous ce grand guerrier qui d'Hyante auoit pris
    L'ardeur à meſpris.
Ià Paris monſtroit le ſommet de ſes tours,
Quand le ſort rompit le milieu de ſon cours:
Il ne pleuſt aux Dieux, que d'vn homme fus
    fait
    Oeuure ſi parfait.
Ainſi d'Apelles de la Parque ſurpris
Fut jadis laiſſé le Tableau de Cypris:
Nul depuis n'oſant la beſongne attenter
    Pour la remonter.
Quel de nous pourra renoüer ce tiſſu
Conceuant l'ardeur que ſon ame a conceu?
Quel de nous pourra de ce docte pourtrait
    Contrefaire vn trait?
Grand Demon François, digne chantre des
    Dieux,
Qui premier paſſas la loüange des vieux:
Sans ſecond, ſans pair, de la Grece vainqueur:
    Prince du ſainct Chœur.
Vendomois harpeur, qui mourant ne mourras,
Mais de loing nos pleurs à ton aiſe verras,
Oy ce ſaint concert, & retiens auec toy
    L'ombre de ton Roy.
Puiſſe ton Tombeau leger eſtre à tes os,
Et pour immortel monument de ton los,
Les œillets, le lis, le lierre à maint tour
    Croiſſent à l'entour.

            NIC. RAPIN, Lieutenant de
            robbe courte à Paris.

NÆNIA PENTASYL-
LABICA.

Pargite ad hunc lapidem flores,
   & serta, Poëtæ:
   Et tumulum violis sternite odo-
   riferis:
Spargantur crocus, atque rosæ, verníque hya-
   cinthi,
   Liliáque immixtis alba papaueribus.
Nec desint hederæ, myrtíque & pampinus,
   & qua
   Vos caput ornatis Laurus Apollinea.
Fundite lac, vnguenta, oleum, far, mella, me-
   rúmque,
   Quódque fluit liquidis Nectar arundinibus.
Mollis & ad sacram fundatur amaracus
   vrnam,
   Et thus, & nardi copia Achæmeniæ:
Atque sepulchralis quæcunque in munere
   pompæ
   Soluere consueuit prisca superstitio.
Ronsardi hoc bustum est, cuius iam nomen
   ab Afro
   Ad Gangem, & mõtes fertur Hyperboreos:
Qui primus Graias ad Gallica plectra Ca-
   mœnas
   Non vi sed numeris traxit amabilibus.
Qualiter ingenuas Sparta abduxisse puellas
   Messenem cautus fertur Aristomenes.
Hic postquàm patrijs iunxit noua pondera
   rhythmis,
   Sermonémque nouis auxit acuminibus:
Phœbadis Iliacæ sacros celebrauit amores,
   Et Veneris risus lusit Acidaliæ.
Forsitan & veros concepit grandior ignes,
   Immitémque Deæ sensit aculeolum:
Atque ita carminibus sua vulnera fleuit, vt
   ipsis
   Nulla magis fuerint nota Cupidinibus.
Maius opus demum aggreditur, Regésque
   Deósque
   Dum canit, & titulis ornat honorificis.
Troianáque suos deduxit origine Gallos,
   Et clarum multis Carolum imaginibus.
Sic puer Hectorides Xantho & Simoente re-
   lictis

Diuino ad Rhenum venit haruspicio.
Græcia delatos Gallis iam cedat honores,
   Submittátque vetus Roma supercilium.
Vicimus, & spolijs Latij gaudemus opimis:
   Gallus ouat ludis victor Olympiacis.
Frustra Virgilius, frustra iactetur Homerus,
   Virumque exuperat Gallus Atlantiades:
Dignus qui duplici princeps Helicone sederet,
   Pimplæísque daret iura cacuminibus.
Ille vbi ciuili patriam iam Marte cadentem
   Vidit, & impleri cuncta latrocinijs,
Incendíque vrbes, & regia nomina tendi,
   Prostratísque solum pingue cadaueribus,
Nunc moriamur, ait; patriæ superesse pu-
   deret,
   Atque moras annis nectere inutilibut.
Dixit, & incumbens focalibus, vltima luxit,
   Qualis olor ripas propter arundineas.
Non illum ambitio, vel amor væsanus ho-
   norum,
   Vel fœdæ stimulus punxit auaritiæ:
Gustauit parta post bis sex lustra quiete
   Dulcibus immixtam rebus amaritiem.
Vos, quibus est cordi sua laus, qui præmia
   dudum
   Concipitis tanto digna magisterio:
In planctum atque preces numeris concordi-
   bus ite,
   Defunctóque pium ferte ministerium.
Non iuuat obscuram gestare in funere pallam,
   Et caput impexo triste capillitio.
Hæc sunt quæ canimus veri monumenta do-
   loris:
   Hæc sunt Castalij iusta sodalitij.
Manibus hæc Ronsarde tuis cano, dedico,
   pono,
   Supremum nostræ pignus amicitiæ.

Idem N. Rapinus, Succinctus
in vrbe Quæsitor.

As tibi do violas, violis mihi dul-
   cior ipsis
RONSARDE, & tribulos in-
   ter quodcunque forenses
Iste meus pauper florum produxit agellus,
Hoc tumulo, velut irriguus tibi depluit im-
   ber.

                     Dum

Dum vixit, laudata tibi, tibi culta Ca-
    mœna
Nostra fuit, licèt illa malis malè nata diebus,
Et paulò asperior constantis nuncia veri
Non Reges, verùm Regum contemneret aulas.
    Nunc quoniam secuere tuam fata aspera
    vitam,
Túque manes, ego dum misera tellure moratus
Conqueror aduersos properãti in funere casus:
Accipe quas iusto soluit tibi Musa dolore
Inferias: nostrísque manent si pondera verbis,
Hoc de te RONSARDE putes, nil gran-
    dius vnquam
RONSARDO vixisse suis per sæcula lapsa,
Venturúmque nihil per postera tempora Gal-
    lus.

Lud. Aurelius.

D.   M.

AVE VIATOR, CAVE. SA-
CRA HÆC HVMVS EST. ABI.
NE FASTE, QVAM CALCAS
HVMVM, SACRA EST. RON-
SARDVS ENIM IACET HEIC, QVO
ORIENTE ORIRI MVSÆ, ET OC-
CIDENTE, COMMORI AC SECVM
INHVMARI VOLVERVNT. HOC NON
INVIDEANT QVI SVNT SVPERSTITES,
NEC PAREM SORTEM SPERENT
NEPOTES.

Io. Heroardus Regis Medicus P.

Εἰς Πέτϱον Ρώνϱαϱδον.

ΚΩφὸς ἔluω λαμπϱῶν Ρώνϱαϱδος ἄϱιϛος ἀοι-
    δῶν,
Πλήϱωτο δ᾽ ὦτα βϱοτῶν ἡδεπίης χαϱίσιν·
Θνηξάμϱϑυος τ᾽ ἀκοαὶ ζώντων ὃ ϛήϑεα τέϱπει,
Ὡϛε καλῶς ἀΐϛιν κωφὸν ἐόντα τὸ πϱίν.

Idem Latinè.

SVrdus erat vatum Princeps RONSAR-
    DVS: at aures
Gallorum implebat carmine mellifluo.
Fato etiam functus mentes oblectat & aures:
Hinc audit surdus nunc bene post obitum.

FED. MOREL. P.

PAVLI MELISSI FRANCI
COMITIS PALATINI ET
equitis ciuis Romani

ODE

AD Q. SEPT. FLORENTEM
CHRISTIANVM.

De obitu Petri Ronsardi.

Vem Fama mendax ante bien-
    nium,
O QVINTE, vani prodiga gut-
    turis
  Vixisse vatem nunciarat:
  Isne manus violentiores
Parcæ subiuit, ius adamantinæ
Strictè tenentes forficis, & glomum
  Vertentis æui conuolutum
  Dissicere heu nihil abstinentes?
Jam vetat error pristinus. En mare
Traiecit ingens Oceani patris,
  Et insulares Albionis
  Non itidem, velut antè, Celtas
Rumøre falso corripuit volans
Hinc inde pennâ Fama volubili,
  Tristésque Ledæas amœnum
  Reddidit ad Thamesim volucres:
Quas visitatâ voce ROGERSII,
DOVSæque cantu glauca Venilia,
  Itémque nostro prouocatas,
  Lætitiâ erigere insolenti
Spectarat altè colla sonantia
Clangore, crebróque agmine litora
  Vicina complere, & Britannam
  Ad modulos numerosiores
Ciere Nymphen, ætherium genus,
Vatúmque numen. Siccine fluminum
  Ocelle Liri belle, ripæ
  Vindocinæ vetus irrigator,
RONSARDVM in extremo articulo nigræ
Mortis trementem reddere anhelitum
  Flesti repercussas in auras?
  Siccine, flaue Liger, rigenti
Corpus sepulcro, pinguia quâ colunt
Turonis arui iugera, condier?
  Frustramur, an fractum Poëta

DDDdddd

Emorientis vtrumque ocellum
Vltro vocati dextra GALANDII
Propinqua clausit? Tu quoque forsitan
   Auri insusurrasti supinæ
   Verba bona & pia, CHRISTIANE,
Agona leto luctificabilem
Luctante, præstò visus adesse. Quæ *
Quos mæste flores Manibus inijcis?
Quæ vota fundis, queis sibi gaudeat
   Terpandrus alter? sume quæso,
   Sume lyram mihi cunque tritam,
Ac luctuosas hisce age nænias,
Graio & Latino pectine. Dic tuo
   Exinde MORELLO, & BINETO,
   Et STEPHANO BONEFONIO-
   que,
Musarum alumnis, vt fide Lesbiâ,
Seu queis placebit cumque modis seni
   Dignè parentent, publicísque
   Templa, theatra, Academiásque
Sonis fatigent. Fas etenim est vti
Qui natus artes dotibus inclytis
   Augere, donatus sacrarum
   Munere non careat sororum.

AC tegitur RONSARDVS
   humo tot notus in oris,
   Quot patrius flauas Lædus per-
   currit arenas.

Vsarum vates RONSAR-
   DVS, *cui dare primas*
   Inuideat nemo inter tot tantós-
   que Poëtas
Quos tulit hæc ætas, repetit cælestia regna.
Nam reuocant Diui quibus hæc sunt præmia
   curæ.
Ast vos queis superest in terris vita, fauete.

Ant. Hotom. I. C.

I.

CE *Phebus des François, ce Prin-*
   ce des Poëtes,
   Ce RONSARD, *dont les vers*
   sont autant de trompettes
Qui font bruire en tous lieux son immortel re-
   nom,
Il est mort auiourd'huy : mais sa Muse sça-
   uante
En despit de la Mort reste encore viuante,
Déterrant du tombeau des grands hommes le
   nom.

II.

Comme la Poësie auec luy prit naissance,
Elle est morte auec luy : Phebus qui sort de
   France
Fait en leur mont natal les Muses retourner :
Calliope sans plus en France est demeurée,
Et delaissant ses Sœurs, de dueil toute espleuree,
Ne veut de son RONSARD *la tombe a-*
   bandonner.

III.

Quand du Tan de Bacchus la brigade es-
   chaufée
Aux bords Oeagriens vint desmembrer Or-
   phée,
Ceste Muse sa mere en mena moins de
   dueil :
Elle a le cœur saisi d'vne douleur si grande,
Qu'elle requiert au Ciel que mortelle il la
   rende,
Pour de son cher RONSARD *mourir sur*
   le cercueil.

IV.

Tu es donc mort RONSARD, *disoit*
   ceste Deesse,
Et ta cruelle mort m'engendre vne tri-
   stesse,
Qui sera tousiours fraische au plus vif de
   mon cœur :
Ma douleur & mon estre auront mesme puis-
   sance,
Mon essence immortelle au têps fait resistance,

Et mon durable ennuy des ans sera vainqueur.

V.

Ta mort en moy, RONSARD, fait mou-
rir toute ioye:
Si quelque bien m'arriue, il s'écoule & se noye
Dans le torrent de pleurs, qui roulent de mes
yeux.
Pour descouurir le dueil qu'en l'esprit ie recelle,
Ie veux qu'à l'aduenir Alginope on m'ap-
pelle,
Ce nom est conuenable à mes maux ennuyeux.

VI.

Que mes Sœurs à leur gré sans moy leur
bal demenent,
Et que sur Helicon seules elles se tiennent;
Ce lieu m'est, sans RONSARD, vn desert
tenebreux:
Sans RONSARD ses Lauriers sont Cyprés
mortuaires,
Sans luy mesme Hippocrene a changé ses eaux
claires
Aux marests de Cocyte obscurement bourbeux.

VII.

Que i'auoy de plaisir lors qu'en son âge
tendre
RONSARD venoit soigneux l'air de nos
chants entendre,
Et remarquer les saults de nos branles diuers!
Que i'aimois à le voir d'vne teste panchée
Au riuage Ascrean sa soif rendre estanchée,
Remplissant d'eau sa gorge & son esprit de
vers!

VIII.

Il me souuient qu'vn iour ayant sa dextre
prise,
Et le trouuant esmeu d'vne ieune entreprise,
Pour oster le mortel contraire à sa fureur,
Ie le lauay neuf fois: puis d'vne bouche en-
flée,
Ayant dessus son chef mon haleine soufflée,
Ie luy remplis le sein d'ingenieuse erreur.

IX.

Ce iour deuant mes yeux sans fin se represente,
Et la mort de RONSARD, qui m'est tousiours recente,
Croissat de plus en plus les douleurs que ie sens,

Me rentame l'esprit d'vne incurable playe:
Mais en vain d'oublier mes ennuis ie m'essaye,
Car ma mere tousiours les rapporte à mes sens.

X.

O Mort! tu te deuois monstrer plus fauo-
rable
Au Chantre dont les vers te rédent memorable
En l'Hymne qu'autresfois il fit en ton hôneur:
Las! ie croy que ces vers t'ont donné plus d'éuie
De nous rauir RONSARD & le priuer de vie,
A fin d'auoir là bas vn si graue sonneur.

XI.

Quand Homere mourut, i'auoy tant d'es-
perance
De le voir par RONSARD vn iour renaistre
en France,
Que ceste seule attente appaisa mes regrets:
Maintenant de moitié ma tristesse s'augmente,
Car l'Homere Frãçois, dont la mort ie lamēte,
Fait encore vne fois mourir celuy des Grecs.

XII.

I'ay perdu tout espoir de plus voir des Poëtes,
Tousiours mes Sœurs & moy nous languirons
muettes
Par la mort de RONSARD qui nous don-
noit la vois:
Nous auons autresfois quitté nostre Phocide
A fin de suiure en France vn seul RONSARD
pour guide:
Ores puis qu'il est mort, nous laissõs les Frãçois.

XIII.

Ainsi loin de ses Sœurs, dont elle fuit la trope,
Du trespas de RONSARD se plaignoit Cal-
liope,
Lors qu'elle vit pres d'elle Apollon arriuer:
Cessez (luy dit ce Dieu) d'épancher tant de
larmes,
Celuy que vous pleurez, remporte par ses
carmes
Un honneur dont la Mort ne le pourra priuer.

XIV.

C'est de moy que iadis les Poëtes nasquirent,
C'est par moy qu'en leurs vers tant de gloire ils
acquirent,
Par moy RONSARD depuis a tant faict
qu'ils n'ont plus   (trée,
L'heur d'auoir mieux escrit que ceux de sa con-
Et ma docte fureur dans sa poitrine entrée,
Fait que tous ses escrits comme oracle sont leus.

XV.

Si Libitine auoit sur RONSARD *quel-*
    que force,
Mon sçauoir medecin reuerdiroit l'escorce
De son tronc qui pourrit au sepulchre es-
    tendu.
Mais ce n'est point RONSARD *ce corps mort*
    que la terre
En son giron auare estroittement enserre,
RONSARD *c'est ce grand nom par le monde*
    espandu.

XVI.

Il est vray que le corps gisant sous ceste lame
Pour auoir autresfois logé ceste belle ame
Semble encore auiourd'huy quelque honneur
    receuoir :
Et la posterité lisant sa Poësie,
Viendra, d'estonnement & de regret saisie,
Ce Tombeau de RONSARD *par grand mi-*
    racle voir.

XVII.

Alors ie permettray que ma saincte presence
Fera diuinement par secrette influence
Mõ brusque enthousiasme en ce marbre venir :
Et ceux qui de RONSARD *auront la Tom-*
    be veüe,
D'vne Delphique ardeur sentans leur ame
    esmeüe,
Se verront sur le Champ Poëtes deuenir.

XVIII.

Les pleurs nouuellement versez sur ceste
    biere
Seruiront de rosée & d'humeur nourriciere
Pour y faire en tout temps ma Plãte regermer :
La Palme y doit leuer sa cyme glorieuse,
Monstrant que la vertu des ans victorieuse
Sous le creux monument ne se laisse enfermer.

XIX.

Dans les Cieux esclairez des rais de mon
    visage,
Ie voulus triste & blesme arrester mon voyage
Aussi tost que RONSARD *eut accomply ses*
    iours :
Et rendant de sa mort la memoire eternelle,
Tous les ans desormais, pour marque solemnelle,
Au temps de son trespas ie finiray mon cours.

XX.

De ces mots Apollon Calliope console,
Et son dueil cõme vne ombre éuanouy s'éuole :

Alors ces Dieux en Cyrrhe à l'instant sont
    portez :
Phebus prenant sa Lyre au haut du mont se
    place,
La Muse entre ses Sœurs retournée en sa place
Diligente reprend ses ouurages quittez.

R. ESTIENNE.

SVR L'EPITAPHE DE RON-
sard fait par luy-mesme.

L E Cygne Vendomois dressant au Ciel
        son aile
        Voulut en six beaux vers son obseque
    chanter,
Afin qu'autre que luy ne se puisse vanter
D'auoir part au renom de sa Muse immortelle.
Ainsi voulut Aiax de sa main se ferir,
Estant digne tout seul de si haute entreprise :
Mais par sa main Aiax viuant s'est fait mou-
    rir,
Et par ses vers RONSARD *mourant s'im-*
    mortalise.

R. ESTIENNE.

ELEGIE.

P Leuron pleuron RONSARD,
        tous les Poëtes pleurent,
        Mais plustost par sa mort tous
        les Poëtes meurent :
Les Muses & l'Amour lãguissent par sa mortt
Et Parnasse sent bien que son Rõsard est mort.
RONSARD *ce grand* RONSARD *qui*
    grimpant sur le feste
De Pinde & d'Helicon, auoit orné sa teste
Des lauriers que Phebus pour sõ chef reseruoit,
Menaçant de bien loing quiconque le suiuoit :
RONSARD *qui ramena les Muses en la Frãce*
Faisant taire la voix du Cygne de Florence :
RONSARD *qui arraCha la victoire des mains*
Et des châtres Gregeois & des châtres Rõmains :
RONSARD *tout l'ornement de tout ce qui*
    peut naistre,
Le pere des chansons, & des Amours le maistre :
RONSARD *qui fut icy le miracle des Cieux,*
Et qui sera là bas le Soleil des bas lieux.
Pleuron pleuron RONSARD, *tous les Poë-*
    tes pleurent,

Mais plustost par sa mort tous les Poëtes
   meurent.
    Les Muses & l'Amour le pleurent auec
   nous,
Les Muses & l'Amour n'auoient rien de plus
   dous
Que le doux miel coulant de sa bouche diuine,
Quand tout plein de Phebus & du fils de Cy-
   prine
Il chantoit en ses vers les traits & le brandon,
Les esbats, les deuis, les ieux de Cupidon:
Ou quand plus hautement & d'haleine plus
   forte,
Et montant de son Luth les nerfs en autre
   sorte
Il chantoit les combats, les armets, les escus,
La gloire des vainqueurs, la honte des vain-
   cus.
O Muses, vous estiez son soing & son estude,
Et parmy vos deserts cherchant la solitude,
Il aimoit de se perdre à trauers vos Lauriers,
Par des lieux incogneus à tous ses deuanciers:
Il imitoit du Luth le chant d'vne Sereine,
Ores touchant la basse, ores la plus hautaine,
Ores d'accords tous pleins, mais tousiours
   d'vn bel air
De sa Lyre il faisoit les sept langues parler,
Et les flots gazouïllats d'vne argenteuse source
A l'enuy de son chant faisoient bruire leur
   course:
Maintenant il est mort, & les Dieux de là
   bas
Se sont monstrez ialoux de tant de doux es-
   bats.
Pleuron pleuron RONSARD, *tous les Poë-*
   tes pleurent,
Mais plustost par sa mort tous les Poetes meu-
   rent.
   RONSARD *ayant le cœur diuinement espris*
Et du feu de Phebus & du feu de Cypris,
Qu'allumoient les beaux yeux d'vne ieune
   Cassandre,
Apprenoit aux amans cõment il faut espandre
Mille pleurs, doux tesmoins des blessures du
   cœur,
Et cõment le vaincu se peut rendre vainqueur:
Il donnoit à l'Amour les flesches & les flámes
Dont il naure les cœurs & reschauffe les ames:
Et comme il luy donnoit des flámes pour brusler

Il luy donnoit aussi des ailes pour voler,
Et fuir la rigueur des beautez trop cruelles.
Amour, tu luy dois tout, & les Nymphes plus
   belles
Luy doiuẽt leur Empire, & le nom qu'elles ont,
Et la gloire du bien, & du mal qu'elles font.
   O vous doncques Cassandre, ô vous donc-
   ques Marie,
Et vous Geneure aussi, vous qu'il à tãt cherie,
Qui auez eu l'honneur d'enchanter ses esprits,
Et d'estre le subiect de ses doctes escrits,
Pleurez RONSARD, *pleurez, tous Poë-*
   tes le pleurent,
Mais plustost par sa mort tous les Poëtes meu-
   rent.
Pleurez donc auec eux, ou si desia sans corps
Vos ames ont passé dans la barque des morts,
Venez Nymphes venez, ou des Nymphes les
   ombres,
Accourez au deuãt parmy ces forests sombres,
Et recueillez celuy dont les vers amoureux
Ont retiré vos noms des monumẽs pouldreux,
Les portãt auec eux par tous les lieux du mõde
Où s'espand le doux miel de leur douce façõde.
Vous Poëtes aussi que les champs fortunez
Retiennent maintenant de Myrtes couronnez,
De Laurier, de Lierre, & d'vne blanche
   Oliue,
Venez le receuoir au sortir de la riue,
Bellay, Belleau, Iodelle, & vous qui n'auez eu,
Vieux Poëtes François, l'hõneur de l'auoir veu
Le guidant en ces champs, où la voûte etheréé
Espand plus largement sa lumiere dorée
Sus l'herbe & sus les fleurs d'vn eternel Prin-
   temps,
Où les Poëtes saincts à Phebus vont chantans
Et carollants en rond par les larges prairies
Entre les beaux Oeillets, & les Roses fleu-
   ries.
De Myrte & de Laurier vous luy ceindrez
   le front,
Et mesme honneur que vous les autres luy
   rendront:
Haut vous l'esleuerez sur vos espaules nues
Pour descouurir au loing les terres incognues:
Vous le presenterez à CHARLES, *son*
   grand Roy,
CHARLES *à qui voüant & sa Lyre & sa*
   foy,

DDDddd iij

RONSARD dedans ces vers d'eternelle me-
  moire
A basty de ses mains vn sepulchre de gloire.
Que vous serez content, ô grand CHARLES,
  de voir
Esleué dessus tous celuy dont le sçauoir
Fait que vostre vertu qui n'a point de seconde,
Se borne seulement des limites du Monde!
Il vous ira contant des nouuelles d'icy,
De HENRY nostre Roy, vostre plus doux
  soucy,
HENRY, qui reuenant de la froide Scythie
Trouua par vostre mort la France mipartie,
Et les feux de discorde en mille lieux semez,
Qui furent aussi tost esteints & consumez:
Comment il a depuis sous vne paix heureuse
Porté dessus son chef la Couronne gemmeuse,
Tenu le Sceptre en main, & fait regner encor
La Iustice & la Foy du premier siecle d'or:
Comme il a despoüillé les vanitez du monde,
Esleuant son esprit sur la terre & sur l'onde,
Sur les airs, sur les Cieux, ne luy donnant
  repos,
Et ne le repaissant que de diuins propos:
Il vous ira contant les beaux temples qu'il
  dresse,
Où de iour & de nuict, tout remply d'alegresse,
Il se bat l'estomach, & s'humecte les yeux,
Les genoux contre terre, & le cœur vers les
  Cieux:
Comme sa pieté de iour en iour s'augmente,
Comme mille moyens tous les iours il inuente
De rendre DIEV propice, & n'est iamais
  content
Par ieusnes & par vœux, bien-heureux Pe-
  nitent,
Et tousiours protecteur de la Foy Catholique,
Ennemy comme vous du mutin heretique:
Lors vous vous sentirez tout le cœur res-
  joüir,
Et voudrez,ô grand Roy,toute l'histoire oüir:
RONSARD vous la dira, vous laissant vne
  enuie
De sçauoir, mais bien tard, le reste de sa vie:
Et ce que les neueux de nos neueux verront,
Luy viuant immortel, eux ils vous l'appren-
  dront.
O Dieux que i'ay desir que bien tost nouuelle
  ombre

I'aille en ces champs fleuris en augmenter le
  nombre:
Mais le Destin m'arreste, & me sera bien tard
Quand ie pourray mourir pour te suiure,
  RONSARD.
Ce pendant de mes pleurs & d'vn piteux office
Ie feray sur ta Tombe annuel sacrifice:
Et quand l'an reuolu ce iour nous reuiendra,
Iour triste de ta mort, vne voix s'entendra:
Pleuron, pleuron RONSARD, tous les
  Poëtes pleurent,
Mais plustost par sa mort tous les Poëtes
  meurent.
  Mais bons Dieux qu'est-ce cy? ie sens fail-
  lir ma vois,
I'ay le cœur estouffé, i'ay l'estomach pantois,
Ie rougis, ie pallis, ie tremble, ie forcene:
Mon corps est tout en eau, mon ame n'est pas
  saine,
I'oy Parnasse trembler, ie voy le double Mont
Separer ses deux chefs, ie voy tourner en rond
Les champs & les forests, ie voy comme il me
  semble
Les flambeaux de la nuit se leuer tous ensemble:
Ie voy dedans les Cieux le triste Délien
Cacher son chef doré: ie voy, ie ne voy rien:
Sous vne obscure nuict toute chose est cachée,
Et toute la Nature à ce coup desbauchée:
Derechef ie voy tout, l'air est large & ouuert,
La nuict fait place au iour, le Ciel est descou-
  uert,
Vn Soleil tout nouueau comme deuãt rayonne.
Ie voy ce grand PERRON, qu'vne troupe
  enuironne
De Poëtes vestus d'vne robe de dueil:
Ie les voy tous ensemble autour de ton cer-
  cueil,
Cercueil que t'a dressé ton fidelè Galande,
L'enrichissant encor de mainte belle offrande.
Mais la plus belle offrande, & la plus riche
  encor,
Ce grand Perron te l'offre en vne coupe d'or,
Toute pleine de miel, de Nectar, d'Ambrosie,
Sur ta tombe espandant vne douceur choisie,
Oeillets,Roses,& Lys, pour y faire en tout têps
Voir les riches thresors d'vn odoreuxPrintẽps.
Ie voy le cruel fils de la douce Erycine
S'arracher les cheueux, se battre la poitrine,
Rompre son arc en deux, esteindre son brãdon,

Et sa trousse & ses traits ietter à l'abandon.
A pas mornes & lents, trainant à bas ses
  ailes,
Il vient à tous monstrer les blessures cruel-
  les
Qu'il a receu, RONSARD, le iour que tu es
  mort,
Et se plaindre des Dieux, de Nature & du
  Sort.
Ainsi dit-on qu'vn iour despoüillé de ses ar-
  mes,
Souspirant, sanglottant, espandant mille lar-
  mes
Dessus son frere Enée, il faisoit de grands cris,
Accompaignant le dueil de sa mere Cypris :
Mais les pleurs & les cris, RONSARD, ne
  te réueillent,
Tes yeux sous vne nuict en silence sommeil-
  lent :
Ils sommeillent helas ! en vn cruel sommeil,
Iusques à tant qu'vn Ange ait sonné le ré-
  ueil.
Pleuron, pleuron RONSARD, tous les Poëtes
  pleurent,
Ou plustost auec luy tous les Poëtes meurent.
  Helas ! dequoy nous sert qu'on nous appelle
    saints,
Si la Mort dessus nous peut estendre ses
  mains ?
Dequoy nous sert helas ! que les Dieux se sou-
  cient
De nous & de nos vers ? que les hommes nous
  dient
Receuoir en l'esprit les doux presents des
  Cieux,
Si malgré le vouloir & le pouuoir des Dieux
Nous descendons là bas en la commune bar-
  que,
Subiects comme le peuple au ciseau de la Par-
  que ?
Parque dont le ciseau sans iamais se roüiller
Ne cesse de couper, trencher, & se soüiller
Dans le sang des humains : Parque qui trop
  cruelle
Emporte la ieunesse en sa fleur la plus belle :
Parque qui rauissant les ieunes au trespas,
Les plus vieux toutefois en oubly ne met pas,
Mais va tout deuorant, comme Louue en-
  ragée.

La barque de Charon n'est iamais trop char-
  gée,
Toute pleine de morts sans veines & sans os,
Et de iour & de nuict va trauersant les flots
De Cocyte & de Styx en neuf ondes retorte :
Là bas dessus les bords vne grande cohorte
D'Ombres de tous endroits va la barque at-
  tendant,
Et comme papillons volettent, cependant
Que Charon fait payer aux autres le pas-
  sage,
Les autres va chassant de dessus le riuage.
Tost ou tard il nous faut aborder à ce port,
Et presser de nos pieds le chemin de la Mort :
Nous viuons en esprit, mais tout le reste
  tombe
Sous l'obscure froideur d'vne mortelle Tombe.
Le Poëte est mortel, son œuure seulement
Dans l'esprit des viuans vit eternellement.
Ainsi vit maintenant la longue renommée
Des gensdarmes Troyens, Troye estant en
  fumée,
Et la toile refaite & défaite sans fin,
Dont la Grecque trompoit le Courtisan peu
  fin.
Ainsi viura Marie, ainsi viura Cassandre;
Deux Nymphes qui t'ont peu l'vne apres
  l'autre prendre:
Mais tu meurs, ô RONSARD, ne pouuant
  rien sinon
Mortel leur départir vn immortel renom.
Pleuron, pleuron RONSARD, tous les Poë-
  tes pleurent,
Mais plustost par sa mort tous les Poëtes
  meurent.
  On conte que iadis quand la nef de Iason
Des riuages Colchois apporta la Toison,
Medée auec le iust de ses secrettes plantes
Renouuella d'Eson les arteres tremblantes:
Las ! c'est toy qu'il falloit, & non pas luy,
  RONSARD,
Renouuellant ton corps, rendre ieune & gail-
  lard.
Que ne sçay-ie pour toy cognoistre la racine
Qui produit ceste plante & ceste medecine ?
Quand l'Hyuer de tes ans le sang t'eust re-
  froidy,
Tout soudain d'vn Printemps ton chef fust
  reuerdy !
        DDDd ddd   iiij

Mais les Dieux trop cruels, qui nous portent
   enuie,
Sous de seueres loix ont rangé nostre vie.
Apres vn long Hyuer le Serpent tout nou-
   ueau
Laisse dessous la terre & ses ans & sa peau:
Les arbres despoüillez tous les ans refleuris-
   sent,
Et les Champs dessechez tous les ans reuer-
   dissent:
Mais quand l'homme vne fois de vieillesse est
   attaint,
Elle ne luy rend plus ny ses ans ny son teint.
Tithon le vieil mary de l'Aurore empourprée,
Se paissant de Nectar sa vieillesse recrée,
Et couché sur les fleurs de son lict embasmé,
Luy va baisant le front dont il est enflamé.
Si l'Aurore eust voulu nos prieres entendre,
RONSARD, elle eust laißé son Tithon pour
   te prendre:
Tu serois maintenant aupres d'elle à requoy,
Elle seroit aussi plus contente auec toy.
   Au leuer, au coucher de ta Dame immor-
   telle,
Tu charmerois son cœur d'vne chanson nou-
   uelle:
Quand elle partiroit pour apporter le iour,
Tu irois espandant des Roses tout autour
De son coche attellé, chassant la nuict humide:
Tu mettrois en ses mains de ses cheuaux la
   bride,
Et puis en les flatant de l'vne & l'autre
   main,
Çà & là sur leur col tu coucherois leur crin.
Mais las! tu meurs RONSARD, & nos
   vœux n'ont puissance
De soustraire à la Mort vne mortelle es-
   sence:
Il faut que ton corps soit en vn Tombeau re-
   clus,
Et que pensant te voir nous ne te voyons plus.
   Las! que pouuons-nous donc? Terre, ne
   sois pesante
A ses os que tu tiens, imite en l'air pen-
   dante
La masse de ton Tout, qui ne se laisse aller,
Mais de son propre poids se soustient dedans
   l'air.
Terre, si tu le fais, tu sois tousiours couuerte,

Ainsi que d'vn tapis, d'vne herbe molle &
   verte,
Et nos yeux t'arrosants d'vne source de
   pleurs,
Facent naistre de toy toutes sortes de fleurs.
Pleuron, pleuron RONSARD, tous les
   Poëtes pleurent,
Ou plustost par sa mort tous les Poëtes meu-
   rent.

R. Cailler Poicteuin.

SONNET.

Comme le long du Pau autour de Phaë-
   thon
Ses cheres sœurs pleuroient sa cruelle aduen-
   ture,
En se voyant couurir le corps d'escorce dure,
Et leurs pieds endurcir d'vne estrange façon:
   Ainsi prés ce Tombeau la troupe d'Heli-
   con
Sanglottant, souspirant sa chere nourriture,
Regrette son RONSARD, & blasme la
   Nature
De n'auoir respecté le Laurier d'Apollon.
   Las! les cris & les pleurs semblables on voit
   faire,
Mais la cause du mal en ces deux est con-
   traire,
Et diuers accidens causent vn mesme effect:
   Car RONSARD est pleuré quittant la
   terre basse
Pour monter dans le Ciel où sa vertu prend
   place,
Phaëthon pour le sault que du Ciel il a faict.

CH. de la Guesle.

Hic sibi Castaliam omnem vmbram
   Aoniosque recessus
Vindicat, exaquans Ilium Olympiáque.

C. Mænardus Senator
Parisiensis.

SVR LE TRESPAS DE RONSARD, QVI FVT VERS le Solstice Hyuernal.

A Mort vouloit RONSARD
pour monstrer sa puissance,
Apollon reseruoit son Poete du
tresspas:
Elle qui finement espioit son absence,
Ces longues nuicts d'Hyuer l'a fait passer le
pas.

Autre.

Esprits qui d'Apollon allez suiuant la trace,
Sainctement trauaillez d'vn vertueux soucy,
Oubliez desormais le chemin de Parnasse,
Les Muses n'y sont plus, elles dorment icy.

Autre.

Que sert, Troupe saincte, d'espandre
Ces cris en vain sur son trespas?
RONSARD ne nous sçauroit entendre,
Car, pour luy, nous parlons trop bas.

Autre.

Quand Phœbus vers le soir nous cache son
flambeau,
Soudain mille beaux feux sortent en appa-
rence:
Ainsi mourant RONSARD, le Soleil de la
France,
Mille braues esprits naissent de son Tombeau.

G. Durant.

Voy donc? RONSARD en son art
le premier,
RONSARD est mort & son tra-
uail honneste,
Et d'vn renom l'immortelle conqueste
N'ont sçeu ployer du Sort l'arrest meurtrier?
Qui eust pensé que ce braue Laurier
Qui iustement enuironnoit sa teste,
N'eust peu domter l'orageuse tempeste

Et les efforts du Destin coustumier?
Pour neant donc la personne s'employe
A se guinder, par vne longue voye,
Sur l'Helicon pour se voir couronner;
Si le Destin plus cruel que le foudre,
Qui ne sçait pas aux mortels pardonner,
Met les Lauriers & Poëtes en poudre.

A. de Tournebu.

Iunta del gran RONSARDO
all' altra riua
L'Ombra felice, il sacro Elisio
Choro
Lieto l'accolse, il crin cinto d'Alloro,
Di verde Myrto, & di tranquilla Oliua.
Et voce vdissi, O gloriosa & Diua
Alma, che di saper si gran Tesoro
Spargesti nel mirabil tuo lauoro:
Quale altra sia, che mai tant' alto scriua?
Tu de la Francia il Sol, tu sempiterno
Stupor del mondo sei riuata al segno
Cui trascender non lice ad huom' mortale.
Dunque fra i duo piu chiari Toschi eterno
Loco riceui, altero spirto & degno,
Recand' honore à tant' honore eguale.

Ferrante Grigioni Fior.

SONETO.

Pegner volse rea Morte à i Gigli
d'oro,
Lo splendor, che in RONSARDO
splende, assai
Sour' altro, che illustrati gl' habbia mai,
Per dar poi in preda al tempo il nome loro:
All' hor, che cinto Apollo, al sacro choro
Dalle Muse, le disse, Empia, non sai,
Che i gran merti han RONSARDO, &
gli suoi rai,
Fatti immortal' ch' io l'aurei Gigli adoro?
Indi orno di RONSARDO il crin d'al-
lori,
Et Sacerdote il giunse à i sacri altari,
Con Homer, con Virgilio, & col Petrarca.
Spirto si ben gradito, e in tanti honori,

Aſſalite hor', co i deſir voſtri auari,
Duro tempo, aſpra morte, inuida Parca?

     Matt. Zampini.

On ſei nato fra Galli? & fra gli
  odori
De Gigli ſei nutrito? & nel Tu-
  reno
Paradiſo (natio tuo dolce ſeno)
Non la madre commune abbracci, & muori?
 Naſcer' conuien' fra Galli à quei ch' han'
  cuori
Arditi & vigilanti, & che non meno
Grati ad Amor, che à Febo, il lor terreno
Sueglian' con matutin' canti ſonori.
Da più preggiati Fiori ei (più preggiato)
Riceue odor di Pianta à Dio diletta
Non ſi grande ò ſimil viſta giamai.
Nell' occhio della Francia, & nell' amato
Più puro Ciel ſua men' pura & ſcietta
Parte ſi poſa, & noi poſiamo i lai.

     P. Giacomini Teb.
     Maleſpina.

  Om' è ch' il tuo bel lume tu naſ-
   conda,
  O noſtro Apollo? è la ſuaue
   lira
(Cui l'Orſa, & l'Auſtro, il Battro el Tyl'
  amira)
Finiſca'l ſuon', che' quel del Ciel ſeconda?
 Dunque è conuerſa in triſt' & torbid' onda
Mia breue gioia? Ahi com' in van' ſ'aſpira
Al far' nulla durar qui, mentre gira
Jl Sol, che queſta ſelua infiora & sfronda.
 Coſi piangea la Francia, e'n mezzo al
  grido,
Che diſperato inſin al Ciel rimbomba,
L'Alma gentil dicea d'all' alta Corte:
 Viura RONSAR: che chiude hor ſol la
  tomba
Sua graue ſalma, jo torno al patrio nido,
Poich' à lui vita diei, Te tolſi à morte.

     Cos. Ruggieri.

DISTICHON NVMERALE
in obitum P. RONSARDI.

EXpLeſtI IanI SeXto RONSARDE
 CaLenDas
FaIa, VoLat pVLCro gLorIa LaIa
 LIbro.

     Ludouici Martelli R.

VERSI SCIOLTI DI SPE-
RON SPERONI, IN LODE
di PIETRO RONSARDO
Poëta nobile Franceſe.

  Eggo ſpeſſo fra me tacito è ſolo,
   Gentil RONSARD, le voſtre
   Ode honorate:
  Che nato eſſendo in queſta Ita-
  lia humile,
Lunge da quello altero almo paeſe,
Cui proprio è il ſuon de ſi dolce Idioma,
Io per che ſo, che con miei ſtrani accenti
Turbar potrei la lor natia chiarezza,
Non ardiſco à contarle: à ciò ſ'aggiunge
Che ſtanco e rotto ſotto il faſcio antico
Di quatre volte anni venti e vno intieri,
Della mia graue etade hora ſi inferma,
La debil voce mia, ch' à pena parlo,
Et à pena odo mè ſteſſo. Il corpo è tale,
E come tale à me vile e noioſo.
 L'alma non già: ch' ancor che poco in-
  tenda,
Anzi quanto men sà, tanto è più vaga
Sempre del imparare: io con tal fame
Colmo di nobiliſſimo ſtupore,
Che mi diletta e gioua, e non ingombra,
Torna auido à guſtar la manna il mele
De le Ode voſtre, & non ne ſon mai ſatio,
Che aſſaggiando ſi ogn'hor per tutte quante
Nuoua ſuauità d'ingegno & arte,
Naſce dal primo mio gioſoſo paſto,
Jl diſio del ſecondo, e ſi grand voglia
Della terza dolcizzima viuanda,
Che bramoſa trapaſſo alla ſua menſa
Quindi all' altre infinite, onde ad vn tempo

Io sia dal cibo hor pieno, e digiuno,
Diuenendo hor in me felice historia,
Quella fauola antica che gia fue,
Nel empio Erisithon biasimo e tormento:
Dunque io sò ben per che lodar si debba
Da noi la Patria vostra, se matrigna
Ad onta sua non vuole esser chiamata,
O madre indegna di figliuolo si degno.

E s'il vero non m'inganna, io sò, quanto
Son tenuto à lodarui, e quanto honore
Sarebbe al nome mio, se le mie carte,
Come di gemma anello, ò sposa eletta
Cinta di perle il crino, il collo, il petto,
Vergar sapessi delle vostre laudi.

Ma d'esser degno à ciò non è ch'io speri
Nel mio proprio valor: voi sette tale,
Che come altri che voi, non sà far l'opre
Che vostre son: così null' altro ancora
Fuor che sol voi, non può seruierue bene:
Che di lor si dee dire; io per me stesso
Son da me quasi nulla, ò almen si poco
Rispetto à preggi vostri altri & immensi,
Come à cerchi del Ciel ampli & aperti,
Di questa oscura e bassa terra è il centro,
Che suole anzi eclissar del sole i rai,
Nelle sue cieche tenebre che farsi
Di nouello splendore chiar e lucente.
O si de quei cotanti andati lustri
Della mia vita, ch'hor per me son spenti,
Parte me ne rimeni il sol cortese,
Quale io ero, ohime lasso, alhor che sicuro
Dal van rumor del vulgo e cheto cheto
Per risposto sentier cercando andaua
Del vero ben ch'haurei forse trouato.

Quiui era il Mantouan che fù la gloria
D'ogni filosofia, quiui era il Bembo
Ch'orno Vinegia e Roma, ambe ornamento
Dell' Italico honore, ambe rifugio,
Quella di libertà, questa di fede:
Quiui molti altri anchora tutti rari
In varie e spesse lor belle essellenze.

Tenean costor le cime certe & esselse
Dell' humana ragion si nel saper
Delle cose il perche, come nel dirlo:
E furo à me quali à suoi Greci'l choro
Delle noue sorelle esser' sognaua
Quell' altra età ch' hor nelle deste menti
E nome sol, ma nome honesto & bello.
Et si spiriti sono viui, e diuine

Di Gioue figlie & al biondo Apollo amice,
Quelle iui Muse chiama ogni Poëta,
Hor tutte vostre son: voi su l'Alpi
Vicine al Ciel per neui e ghiacci eterni
Gran parte d'esse, e parte infrà li scogli
Ch' abbracia e bagna il mar Tyrreno e Greco,
A i lidi, à i colli, à i dolci riui ameni
Delle felice alme vostre contrade
Condotte hauete al suon chiaro e soaue,
Dell' vna e l'altra lira, onde parete
Pindaro à paro di Pindaro, & Horatio
A par d'Horatio, e non secondo e terzo.
Elle sonno hor con voi, che nello specchio
Delle vostre Ode il vedo, e vi son forse
Per non partire mai più dal Franco Regno:
Che se meco fù mai fior di ragione,
Hora imagino io si ch' à dir' ardisco,
Ch'io veda adunar la bella schiera
Di tutte queste vostre amate Diue,
Che danno à Poëtar voce e intelletto.
Poscia con esso andar in ogni parte
Di tutta Francia, e d'una in altra corre
Inuisibil al vulgo, non già quale
Giua per entro vna sua oscura nebbia
In Carthagine Enea: ma com'il sole
Cui souerchio splendor cuopra & asconda,
E che scorte da voi scorgano à pieno
Le bellezze, costumi e le vertudi
Delle Dame di Francia, e se lor caro
L'esser care à chi le ama, e se non vaghe
D'esser cantate, pur come pietose
Ne lor amori, ò come aspre e feroci:
Onde quasi da fonti e da radici
Vengano i riui, ò i fior molli e depinti
Delle rime d'Amor liete e dogliose.

Vedranno appresso il signor in sembianza
Di modesti & arditi caualieri,
Atti in maniera tal piani e virili,
Che nelli aspetti loro parrà hauer posti
Venere i rai del suo terzo Epiciclo,
E ne lor petti il suo Bellona e Marte.

Quando fia dunque mai che Polimnia,
Erato, Euterpe, e ch'io con l'altre cinque
Cessino di cantare l'arme e gl' amori
Della giouentù Franca à cui si vede
Darsi dal Ciel che sempre ami, e combatta?
Dalli quai due suggetti ambi per vero
De cui come ogn'vn sa, d'ogni poëma,
Ambi purnon di men feruidi affetti,

Dell' humanità roſtra e proprij ſuoi.
Se à meglior poſta & à più alto grido
Calliope di Orpheo Madre e Maeſtra
Salir voleſſe in quel ſublime ſtile,
Che conte fa della real natura
L'opre, la lingua, e il cuor con la pietade
Della religione, Che Dio ben cole :
Tanto haurebbe ella à dir della bontade
Del voſtro inclyto Sire e del ſuo ſangue
Veramente Franceſco, e veramente
Regale, e tal dell' alte ſue parole,
Sarebbe il ſuono e ad aſcoltar ſi caro,
Che mai non taceria ſe non taceſſe
Oltre ogni legge ſua di quà dal fine
Del canto & oltre il ſuo proprio piacere.

    Ecco nouella gloria come è aggiunta
All' amica di Francia, hor che più chiara
Ne magior non parea ch' eſſer poteſſe:
Ma tal era ad ogn' altra quale è il vento
Nell' aere aperto al fumo di tal gloria,
Per voi ſol, Signor, ſi gloria e vanta
La voſtra nobil patria, che ſi come
Generando vi ſe naſcer conſorte
De voſtri antichi Vandomeſi Heroi,
Coſi creſcendo in voi fuor il noſtro vſo
La virtù inanzi à gl' anni, à tutto il mondo
Nota fatta di lei, la lingua il ſenno.

    Seruio quel ch'hora è vero e ſarà ſempre
Mentre qui giùſtarette, ne mai ſia
Che di viua ragion poſſi accuſarmi
Odio ò liuore alcun : ma cio non baſta
Al diſio di rittrare la marauiglia
Della bellezza delle voſtre rime,
Che'al cor mi abonda e del temprarla è nulla.
Però ſi come huomo di ſe rozzo e terreno,
Ma cui lo ſpirito voſtro alzi & allumi,
E veder faccia à lunge, io paſſo à dire
Che quando hora verrà che di Fenice
Che qui naſceſti, Iddio faccia vna ſtella
Vicina à ſe, non à Meduſa ò Scorpio,
Oue ſi ſpecchi il Sole, onde egli prenda
Virtu di generar ſimile à voi :
Le Muſe iſteſſe alhor, qual già le Parche
Nelle nozze di Peleo, hora à vicenda
L'vna apreſſo d'al' altra, hora in due chori
Alternando partite, hor tutte inſieme
Concorde in varie lor voci diſpari
Inalzaranno alle ſupreme ruote
Dell' Empireo Ciel là voſtra fama,

E ſarà lor canzon quei verſi nuoui
Da voi ſchelti e formati, onde per queſto
Non Aonie, ò Pierie come prima,
Ma R O N S A R D E ſiano poi ſempre appel-
    late.

    Gradirà Phebo il giudicio e l'affetto
Delle ſorelle ſue ſaggie e corteſe.
Non conſentirà già ch'elle ſian' ſole
In douerui honorare, anzi aggiungendo
Al cominciato officio amore e laude,
Simile à lei che de cento occhi d'Argo
Cinſe altra volta à ſuoi pauon le penne,
Tutto dipingera dentro e di fuori
Del nome voſtro il ſuo celeſte carro!
Non altrimenti ch'al aprir del giorno,
Moſtrando à noi dall' Oriente il volto,
Sparga di proprij rai la terra e'l mare :
O come alhor che l'Occidente il vela
Sotto natural benda al noſtro polo,
Di molte ſtelle il Ciel s'orna & colora,
Ammirerà la Sciithia il doppio lume
Del ſol che vincerà la neue e'l gelo,
Che ſteril fan quel ſuo ſterile clima,
E lo Ethiope nero e lo Abbiſſino
Nella ſuauità Franca temprato
Men caldo il ſentirà ch' eſſer non ſuole.

    Parlo, ſinteſo ſon non della morte
Di voi Signore cui tanto amo & apprezzo,
La qual dritto non è che degna ſia
D'hauer in voi giamai forza ò ragione :
Ma vuò ben dir che per poter chell' habbia,
Non vi ſcompagnarà mai pur vn poco
Da quella ſempiterna compagnia
Del vero honor che la virtù conſegue :
Anzi ſciolta che ſia dal mortal nodo,
Voſtra parte meglior libera e leue
Tornando al Cielo come ſuo patrio nido,
Dall' eſilio terren che vita è detto,
Tutto ſel riuedrà di Zona in Zona,
Onde per virtù pioua il cui fauore
Poſſa Poëti far di Arabi e Colchi.

    Io veramente à quelle vltime genti
Mai non inuidiarei ſi fatta gratia,
Se non per che facendoſi lontana
Dal voſtr' aër natio per tanto ſpatio
Al ritornar dapoi debba eſſer tarda.

    Dunque longa ſtagion Venere e Marte
Faranno in noi le lor inuitte proue
D'odio e d'Amore, e ſarà Italia preda

De nemiche armi, e di bellezze amice,
Senza trouar fra duoi si fatti estremi
Speranza al-men d'hauer qualche conforto.
Che se vero è che mai fiamma e saetta
Ch'essa di man d'Amor non ha riparo,
Onde schermir si possa vn gentil core:
E se gli' è vero ancor che la Diuina
Forza del terzo Ciel dolce ò amara
Che sentir si faccia in petto humano
Senza sfogar non cape e lo sfogarla,
Et opre dono delle celesti Muse:
Della qual amorosa gentillezza
Et delle fide sue seguaci rime
Sa ognuno, Italia mia, quanto tu abondi:
Che farai tu di refrigerio priua
E di fuoco d'amor mai sempre ardente?
Certo rinouerai l'antico essempio
Di Semele infelice, al'hor ch' in mezo
D'ogni sua gioia al troppo incenso lume
Del celeste amator Cener diuenne.

    Beato me che i fastidi e le pene
Di questa vltima età mi fanno hor tale
Che simile ad Amicla io delle paci
E dell' ire d'Amore viuo sicuro:
Pero ne i casi suoi poco à me tocca
Il pianger ò il cantarne, che lontana
Si faccia e sia per me muta ogni Musa:
Ma del furor di Marte che non scherne
Sesso ne etade alcuna, onde egli impari
D'esser men crudo altrui, chi mi assicura?
Questi da quante parti, e con quali armi
Di che debil cagion, guerre aspre e forti
Fulminar soglia, e tutte ad onta e stratio
Del bel corpo d'Italia, & del suo nome,
Quasi indegna non sia d'ogni sua pena,
Non è d'estrani vn sol che non intenda,
Ne membro alcuno in lei che gia non senta,
E che à sentir non sia, se per costume
Stimar si puote il ver dell' auuenire,
All' hora d'onde t'hauran modi e parole
Di virgineo pudor, d'orba vecchiezza,
Di fanciulli, di madri egre innocenti,
Che senza la diuina compagnia
Dell' vna almen di tante alme sorelle,
Che alla mortalità nostra souuegna

Sperino di trouar qualche pietade?
    Pouera Italia mia! patria mia cara!
Patria mia genitrice ond' io conosco
(Gratia e merce di Dio) tutto il mio bene:
Tu degnamente già fosti Regina
Della terra e del mare per tutte quatro
Parti del Mondo : e de tuoi figli humani
Fatti per virtù lor eterni è diui,
Molte sfere celesti ornar soleui:
Per te le Greche Muse volentieri
Sedendo in ripa hor di Teuere, hor d'Arno,
Nouellamente in non men gentil voce
Che prima vdisse già Pindo e Parnaso,
Impararò à cantar Tosco e Romano.
Hor vi si tacer à se non che forse
Alle reliquie de nostri alti accenti
Jterando i lor suon in guisa d'Eccho,
Alcun di noi farà qualche risposta:
Pouera Italia mia, ma datti pace
Per ch' hai bene, ond' ancora che se la gloria
Di ambedue le sue lingue andar si vede
Dietro all' altra, dell' arme, elle va in parte
Che'l suo esilio farà libero e lieto.

    Regna hora in lei quella vna inclita Donna,
Natural nostra carne, e spirito e sangue
Di Fiorenza cor tuo, che madre essendo
Di tanti Re non pur nati mà eletti,
Non è per tutto ciò ne mai fu schiffa,
Anzi vuol pur con quel della corona
Sempre il titol hauer d'esserti figlia.

    A lei d'ogni virtù figliuola e madre
Tal se te voi nel dir' delle sue laudi
Nobil RONZARD, qual volle Alesandro
Che fusse à lui Prasitele & Apelle
Gran maestri di stile, e di pennello,
Onde l'intagliò l'vn, l'altro'l dipinse.
    Dunque à cantar di lei come suggetto
Pari all' altezza, delle vostre voce
Dotandoui fra voi di mutua gloria,
Creder si dee ch'ognun via spetti e chiami.
Io certo si, ch' essendo insieme aggiunti
Per natura e per gratia Italia e Francia
In questa alma diuina, io son sicuro
Che l'armonia del nostro altero canto
Non le scompagnerà nelle sue rime.

AVX MANES DE FEV
MONSIEVR DE RONSARD.

SONNET.

A Fin de tefmoigner à la pofterité
Que ie fus en mon temps parti-
fan de ta gloire,
Malgré cts ignorans de qui la
bouche noire
Blafpheme impudemment contre ta Deïté:

Je vien rendre à ton nom ce qu'il a merité,
Belle ame de RONSARD, dont la fainéte
memoire
Obtenant fur le temps vne heureufe viétoire
Ne bornera fon cours que de l'Eternité.

Attendant que le Ciel mes deffeins fauorife,
Que ie te puiffe voir dans les plaines d'Elyfe,
Ne t'ayant iamais veu qu'en tes doétes efcrits:

Belle ame, qu'Apollon fes faueurs me
refufe,
Si, marchant fur les pas des plus rares Efprits,
Ie n'adore toufiours les fureurs de ta Mufe.

G. COLLETET, Parif.

ODE PINDARIQVE
CONTRE LES MESDISANS
des Oeuures de RONSARD.

STROPHE 1.

A Genoux, auortons de France,
Adorez l'immortelle vois,
L'immortelle voix d'excellence
De la Trompette des VALOIS:
A genoux, & que fans redite
On rende hommage à fon merite,
Aduoüant par ces vrays honneurs,
Et le Triomphe & la viétoire
Qui f'eternifent dans la gloire
D'vn parfait mignon des neuf Sœurs:

ANTISTROPHE.
RONSARD, qui venant de Permeffe,
Efmeu d'vne fainéte fureur,
Et d'vne premiere ieuneffe,
Vainquit l'Ignorance & l'Erreur:
Bronchant fous vn mefme aduantage,
Allumé d'vn braue courage,
Leurs efcadrons efpouuantez,
Dont l'affluence intolerable,
Au gré d'vn fort inequitable,
Gagnoit la Palme en nos Citez.

EPODE.
Par tout flamboient leurs Trophées,

Par tout leur nom f'efleuoit,
Et leur demerite auoit
La gloire de nos Orphées:
Mais ce Palladin guerrier,
Empennaché du Laurier
Qui ceint les teftes plus rares,
Sur leur Empire eftably,
Noya les troupes barbares
Sous les vagues de l'oubly.

STROPHE 2.
Son prix efclatta dans leurs armes,
Qui vouloient nuire à fes efforts,
Efleus pour enfanter des charmes
Capables d'attraire les morts:
Comme vn vent, comme vne fumée
Leur vanité fut confommée:
Leur nom comme vn rien fe perdit.
» Les Eftoilles chaffent les Ombres,
» Phœbus efcarte les nuiéts fombres
» Quand vers les monts il refplendit.

ANTISTRO.
L'Hippocrene adonc tremouffante
Au bien d'vn tel éuenement,

Réueilla son eau croupissante,
Qui dormoit paresseusement :
La fontaine de Castalie
Fit mouuoir son onde jaillie;
Pinde esmeut ses bocages verds :
Et sous la Vendomoise Lyre,
Parnasse & les antres de Cyrrhe
A l'égal furent descouuerts.

EPODE.

Les Roys iugez au silence,
Ouurants leur cœur & les yeux,
Furent couronneZ aux Cieux,
Affranchis de l'oubliance.
Apollon surgit en Cour ;
Et desirant tel sejour,
Les neuf sçauantes Pucelles,
Riches d'honneur & d'appas,
Au vent donnerent leurs aisles
Pour y conduire leurs pas.

STROPHE 3.

Mais où ma pouppe vagabonde
Prend-elle sa carriere ainsi ?
Quel Zephyr m'abandonne à l'onde,
A fin de tesmoigner cecy ?
Qui n'est imbu de ces merueilles,
De ces merueilles nompareilles ?
Hé ! qui de l'vne à l'autre part
Et du Gange & de l'Hesperide,
Ignore le prix qui reside
En la memoire de RONSARD ?

ANTISTRO.

Que l'on adore ses merites,
Que l'on reuere les honneurs
De ce Mignon des trois Carites,
Et de cet Amant des neuf Sœurs.
Que l'on immole à son Genie :
Que toute diuine harmonie
S'entende au front de ses Autels :
Que tous bois sacreZ les allument ;
Que l'encens, que le basme y fument,
Comme pour les Dieux immortels.

EPODE.

Que l'on y vante sa race,
En mettant dessur les rangs
Tous ses ayeux apparans,
Sa taille & sa ieune grace,
Et les beauteZ qu'il auoit
Quand sous le Regne il viuoit

De FRANÇOIS qui vit sous terre;
Et comme chiens & cheuaux,
Amours, instrumens de guerre
Estoient ses communs trauaux.

STROPHE 4.

Que ses doctes vers y resonnent
De riches couleurs esmaillez,
Par qui là haut les Dieux qui tonnent
Sont de tout point esmerueilleZ :
Et comme vne montagne passe
Vn tertre, vne colline basse,
Que sur tout le grand fils d'Hector
(Pere de nos Roys) y flamboye
Comme vne Aurore par la voye
D'vn bel Orient crespu d'or.

ANTISTRO.

» L'ingratitude est à reprendre :
» Quand l'honneur est iustement deu,
» Volontiers nous le deuons rendre;
» Iamais vn bien-faict n'est perdu :
» Là tousiours l'homme droit se fonde :
» La recognoissance redonde
» Contre celuy dont elle vient :
» DIEV hait l'ingrat, & dit-on mesme
» Qu'où la Mort a son Diadesme,
» Chacun pour infame le tient.

EPODE.

C'est pourquoy tout en colere
Ie repren ces effronteZ,
Qui chercheurs de nouueauteZ,
Blasment ta loüange claire,
Ta loüange, ô grand RONSARD !
A fin que leur voix sans art
Iniustement s'authorise,
Et que par leurs vains discours,
Vn rude siecle introduise
Leurs vers qui mourront sans cours.

STROPHE 5.

Maniere de vers sans exemple,
Que Romains, Toscans ny Gregeois
N'appendirent iamais au Temple
De Phœbus à la douce vois :
Qui iamais du Ciel n'arriuerent,
Que iamais les Dieux n'approuuerent,
Et que iamais homme sçauant,
Ny bien-disant ne mit en conte,
Pour ne rechercher de la honte
En n'idolatrant que du vent.

ANTISTRO.

Au lieu de fleurs ils ne presentent
Que des chardons : rien que fourmis
Pour des montagnes ils n'enfantent,
D'honneur & de gloire ennemis :
Et toutesfois ils osent dire
Que ceux dont l'esprit on admire,
Sont iugez le rebut de tous :
Mais que leurs Stances & leurs veilles
Sont les delices des oreilles,
Et leur contentement plus doux.

EPODE.

Belle ame où l'honneur abonde,
Si les Bien-heureux là haut,
Prés du bien qui ne defaut,
Peuuent quelque chose au Monde ;
Foudroye ces auortons,
Brise leurs vers & leurs noms ,
Et ceux qui les font parestre
En des liures ignorans,
Mis sur le contoir, pour estre
L'abus mesme des plus Grans !

STROPHE 6.

Mais telle race abominable,
Dont les esprits sont des Caos,
Telle vermine est incapable
De Cheminer auec ton los,
Et d'oser regarder en face

Les imitateurs de la grace
Qui donne lumiere à tes vers,
Hors desquels , & de leur cadance,
Il n'est rien qui vaille en la France,
Ny mesme au rond de l'Vniuers.

ANTISTRO.

Neantmoins ces corneilles vaines
(Dont la gloire a peu de saisons)
Au gré des ignorans Mecenes
Font vn Perou de leurs maisons :
Tout à leur desir se vient rendre,
Tandis qu'ez riues de Meandre
Les Cygnes meurent de langueur ;
Et que leurs chansons mesprisées
Seruent de blasme & de risées
Par vne fatale rigueur.

EPODE.

Aduienne que sous l'Empire
De LOVYS, en qui les Cieux
Ont respandu tout leur mieux,
Ie puisse vn iour m'en desdire :
Et que le prix & le nom
De la race de BOVRBON,
N'ay'nt pas vn moindre aduantage
Que l'heureux nom de VALOIS,
En faisant voir que nostre âge
Est plein d'aussi bonnes voix.

Σμικρὸς ἐν σμικροῖς, μέγας ἐν μεγάλοις.

CL. GARNIER.

TABLE GENERALE
DE·S POESIES CONTENVES
EN CE VOLVME.

SONNETS.

A

EEEeeee iiij

E E E e e e iiij

T A B L E.

F I N.

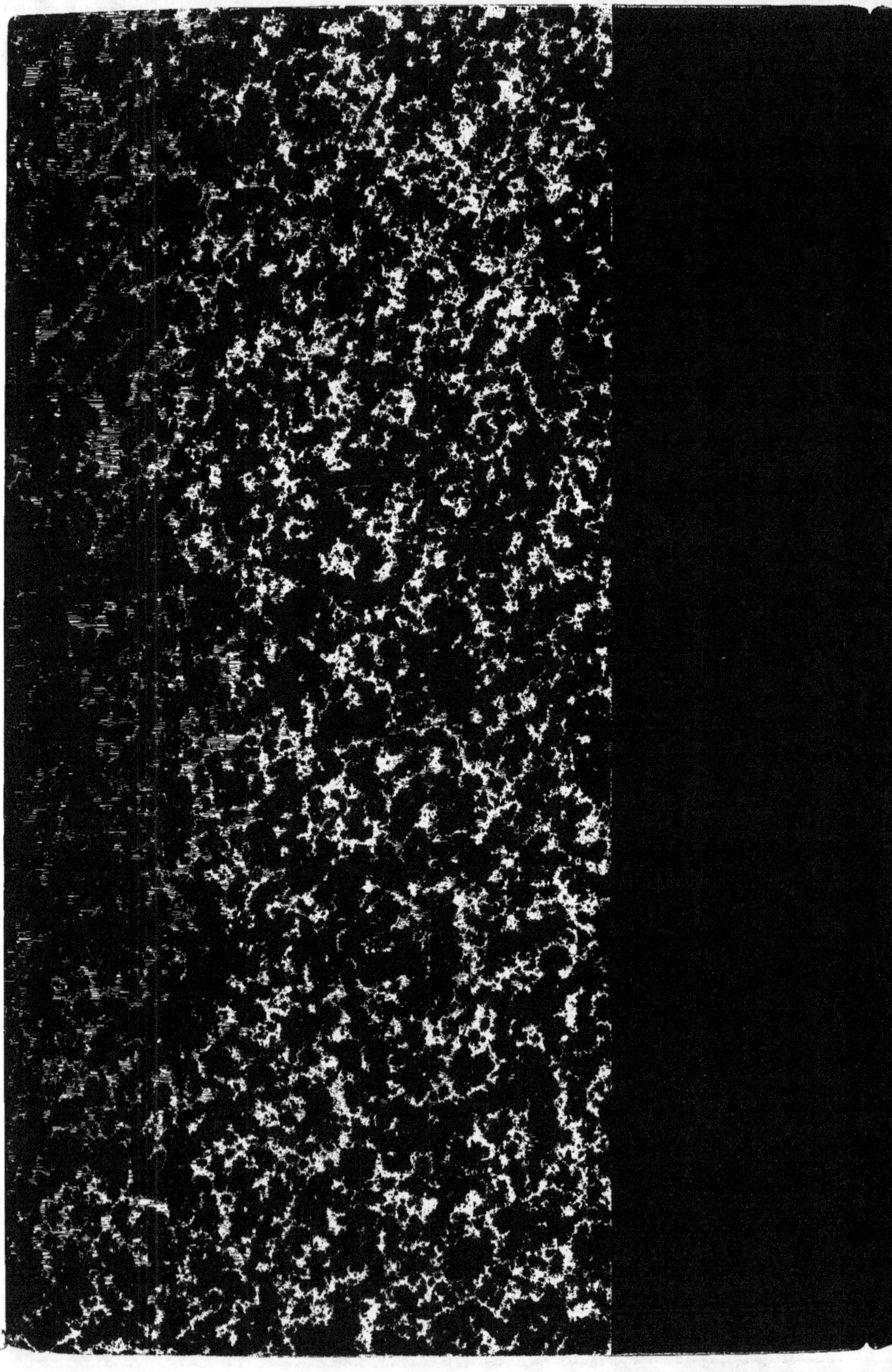